红楼梦

〔清〕曹雪芹 高鹗 著

启功 主持

张俊 聂石樵 周纪彬 龚书铎 武静寰 校注

苗怀明 导读

注解本

上册

中华书局

图书在版编目(CIP)数据

红楼梦:注解本/(清)曹雪芹,(清)高鹗著;启功主持;张俊等校注;苗怀明导读. —北京:中华书局,2020.1(2020.2重印)
ISBN 978-7-101-14274-7

Ⅰ.红…　Ⅱ.①曹…②高…③启…④张…⑤苗…　Ⅲ.章回小说-中国-清代　Ⅳ.I242.4

中国版本图书馆 CIP 数据核字(2019)第 273204 号

书　　名	红楼梦(注解本)(全二册)
著　　者	〔清〕曹雪芹　〔清〕高　鹗
主 持 者	启　功
校 注 者	张　俊　聂石樵　周纪彬　龚书铎　武静寰
导 读 者	苗怀明
责任编辑	刘胜利　刘树林　胡香玉
出版发行	中华书局
	（北京市丰台区太平桥西里38号　100073）
	http://www.zhbc.com.cn
	E-mail:zhbc@zhbc.com.cn
印　　刷	北京瑞古冠中印刷厂
版　　次	2020 年 1 月北京第 1 版
	2020 年 2 月北京第 2 次印刷
规　　格	开本/920×1250 毫米　1/32
	印张 50¼　插页4　字数 980 千字
印　　数	30001-60000 册
国际书号	ISBN 978-7-101-14274-7
定　　价	68.00 元

出版说明

在中国小说史上，《红楼梦》是一座难以逾越的高峰，它代表了古典小说创作的最高成就。

《红楼梦》作者曹雪芹，名霑，字梦阮，祖籍辽阳（今属辽宁）。在历史上，曹家和《红楼梦》中的贾家一样，是个"钟鸣鼎食"之家。在康熙一朝，从曹雪芹的曾祖父曹玺开始，祖孙三代四人相继出任江宁织造官，成为江南显赫一时的望族。雍正帝即位后，曹家失宠，连受打击，最后被籍没家产。曹雪芹生于康熙末年（约1715前后），死于乾隆二十七（1762）或二十八年（1763）除夕。少年时代，他过的是"锦衣纨袴""饫甘餍肥"的富贵生活。十三岁时，家产被抄，随家人从南京迁回北京，家境日渐衰微；到了晚年，更是陷入"举家食粥酒常赊"的境地。乾隆二十七年，曹雪芹因幼子夭亡，极度忧伤，最终贫病而死。

曹雪芹性格傲岸，豪放不羁；多才多艺，工诗善画。他一生的心血，都倾注在《红楼梦》中，据说他"披阅十载，增删五次"，"字字看来皆是血，十年辛苦不寻常"。曹雪芹主要完成了《红楼梦》前八十回，今见的后四十回，据说是程伟元、高鹗搜集残稿，续补而成的。乾隆五十六年(1791)，程伟元和高鹗首次将曹雪芹前八十回与续四十回合印成《红楼梦》一百二十回本，通称"程甲本"，从此，《红楼梦》才得以"完整"面目呈现并迅速流传。

《红楼梦》是中国古代小说中反映时代最深刻的作品。曹雪芹身经荣华富贵到贫困潦倒的大悲欢，对社会和人生有着清醒透彻的理解。他具有强烈的反叛精神，对封建正统的道德思想持决绝的批判态度。他渴望一个合乎人性发展的社会环境。所以他在小说中创造了一个大观园，营造了一个《红楼梦》的艺术世界。《红楼梦》卓越的思想成就和艺术创造，使它成为中国文学的代表，被译成多国文字，在世界各地广泛流传。

2019 年 9 月，《红楼梦》入选教育部统编语文教材高一下学期"整本书阅读"指定书目。"整本书阅读"课程设计主要包括"阅读指导"和"学习任务"两部分。为配合"整本书阅读"《红楼梦》的具体需求，中华书局特别推出《红楼梦》（注解本）。《红楼梦》（注解本）共包括导读、序言、正文、注释、"《红楼梦》主要人物形象事迹表""《红楼梦》诗词曲赋索引""《红楼梦》研究主要著述一览表""《红楼梦》人物关系表"等部分，是专门针对"整本书阅读"中六条"阅读指导"和六点"学习任务"而策划出版的。特点如下：

一、精选版本，注释作者阵容强大

1998 年，我们出版了注释本《红楼梦》。该书由著名红学家启功先生主持，北师大著名教授张俊、聂石樵、周纪彬、龚书铎、武静寰校注。他们从校勘和注释两方面做了杰出的工作：择选"程甲本"为底本，以各种脂评本、抄本为参校本，精审精校，不随意改动底本文字，使得这一版本成为研究《红楼梦》的宝贵资料；注释力求准确丰富，避免繁琐的考证。《红楼梦》（注解本）以注释本为基础重新修订而成，因此无论从底本的原始完整性还是从校注的准确丰富性而言，《红楼梦》（注解本）都是适合"整本书阅读"的绝佳读本。

二、注释详尽丰富

为了让读者完整地阅读文本，本书采用回后注方式，注释详尽丰富，约有三千六百条，涵盖方言俗语、服饰器物、职官制度、建筑陈设、医药卜筮、诗词曲赋等方面。这些注释为学生完成"整本书阅读"任务提供了有益而全面的参考。尤其是诗词（包括金陵十二钗判词等），每首每句都有注解，每条注解先叙大意，再具体解释字词，有利于学生对诗词进行整体把握和仔细研读，从而完成"整本书阅读"中的"任务4：欣赏小说人物创作的诗词"，同时对《红楼梦》的思想内容和艺术特色也能有一个更深刻的体会。

三、增加了配合"整本书阅读"的导读

我们约请南京大学文学院副院长、著名红学研究专家苗怀明教授为《红楼梦》（注解本）撰写了导读。导读共七部分，精细到位，完全配合"整本书阅读"《红楼梦》的六条"阅读指导"，从先至后依次展开，能够帮助老师和学生迅速找到关键信息。

第一部分针对阅读指导1"把握前五回的纲领作用"，串讲了前五回对读懂整本书的关键意义，并抓住家族、爱情、青春、生命四个关键词对《红楼梦》的主题进行了深入探讨。这契合"任务6：体会《红楼梦》的主题"。

第二部分针对阅读指导2"抓住情节主线"，梳理了小说情节发展中的"家族线索"和"爱情线索"两条主线。这一点和"任务5：设想主要人物的命运或结局"相契合。

第三部分针对阅读指导3"关注人物形象的塑造"，分析了《红楼梦》中多种塑造人物的手法，以及小说人物形象的丰富性和复杂性，并梳理了人物性格的发展和变化状况。这正切合"任务2：体会人物性格的多样性和复杂性"。

第四部分针对阅读指导4"品味日常生活细节的刻画"，指出《红楼梦》注意挖掘日常生活细节自身所蕴含的情调和趣味，增加了叙事的情调和意境，以追求叙事的张力。这一点有助于学生完成"任务3：品味日常生活描写所表现的丰富内涵"。

第五部分针对阅读指导5"了解社会关系与生活习俗"，指出《红楼梦》通过百科式的描写，内容涉及衣食住行、琴棋书画、柴米油盐、穿着打扮，以及各种礼仪风俗、典章制度等，直

观、感性地展示了古代人的生活状况，具有很高的认识价值。如"秦可卿葬礼"这一重大事件，就反映了各种生活习俗和社会交往关系。

第六部分和第七部分针对阅读指导 6 "鉴赏语言"，指出《红楼梦》的语言具有典雅、个性化、地域特色强等特点，特别点明对谐音这一手法的运用；并分析了《红楼梦》诗词曲赋在塑造人物、设计情节、抒发情感等方面的重要作用。这一点可有助于学生完成"任务 4：欣赏小说人物创作的诗词"。

四、保留了启功先生为注释本所撰写的序言

启功先生既是红学大家，又熟知北京风土人情，此序言针对广大读者在阅读《红楼梦》时容易产生困惑之处进行举例说明，比如北京俗语、服饰器物、官职制度、诗歌骈文等"细节"，这一点和阅读指导 4 "品味日常生活细节的刻画"契合，也有助于学生完成"任务 3：品味日常生活描写所表现的丰富内涵"。

五、增加了"《红楼梦》主要人物形象事迹表"

选取对全书主题起推动作用的人物五十多个，概括了这些人物的形象性格，梳理了这些人物在书中的重要情节，列出了他们的出场结局等关键信息，并附上回目方便查找。读"主要人物形象事迹表"可对人物之间的关系及相关情节有深入认识，也方便读者直接抄录在"人物关系表"上。

六、增加了"《红楼梦》诗词曲赋索引"

按照诗词曲赋、对联、灯谜、酒令等内容分门别类梳理了《红楼梦》中出现的诗词曲赋，附上回数和页码；同时把主要人物创作的诗词单独列出，方便读者快速查找，完成"任务 4：欣赏小说人物创作的诗词"。

七、增加了"《红楼梦》研究主要著述一览表"

列出有代表性的研究资料和研究专著若干种，并进行简要介绍。此项附录有助于学生开展《红楼梦》的延伸阅读，从而完成"任务6：体会《红楼梦》的主题：查找关于《红楼梦》主题的研究论述，深入思考《红楼梦》的主题，写一篇综述"。

八、书中所附拉页为"《红楼梦》人物关系表"

此"人物关系表"依本书整理而成。该表主要是配合"任务1：把握《红楼梦》中的人物关系"，可帮助理清小说主要人物之间的关系以及主仆从属关系。

综上所述，《红楼梦》（注解本）是一本适合"整本书阅读"的绝佳读本。

中华书局编辑部

2019 年 12 月

总　目

《红楼梦》人物关系表

目 录

《红楼梦》导读

苗怀明

"开谈不说红楼梦，读尽诗书也枉然"，这是清代道光年间在京城流行的一句玩笑话，当时没有人会想到，几十年后，这部小说会从国内传到海外，受到世界各国人民的喜爱，成为争相谈论的对象，围绕该书进行的研究竟然成为一门国际性的学问——红学。

具有现代学术意义的红学研究如果从1904年王国维发表《红楼梦评论》一文算起，已有一个多世纪了，其间涌现出众多的红学家，相关著述更是成千上万。根据研究兴趣、对象及方法的不同，可以将一百多年来的红学研究分成如下三个流派：

一是索隐派。这一派以蔡元培为代表，其代表作为《石头记索隐》。这个流派的兴趣在追索小说背后隐藏的历史事件与人物事迹，比如反清复明、宫廷斗争之类，用拆字、谐音、类比等方法将作品中的人物、情节与历史人物、事件一一对应，其特点是将作品作为密码本，将文学等同于历史，寻找文字背后的秘密。

二是考证派。这一派以胡适、周汝昌为代表，代表作有《红楼梦考证》《红楼梦新证》等。这个流派的兴趣在对作者曹雪芹家世、生平及成书、版本等问题的考索，其特点是注重实证研究，注意文献资料的搜集、整理和研究，但对作品的文学、文化特征关注较少。

三是文学文化派。这一派以王昆仑、蒋和森等人为代表，代表作有《红楼梦人物论》《红楼梦论稿》等。这个流派的兴趣在对作品进行文学、文化、思想等层面的分析和解读。

作为一部享誉世界的传世名著，《红楼梦》已入选部编版高一语文下学期"整本书阅读"指定书目，成为广大中学生朋友的必读作品。但《红楼梦》却公认的太难读，太难懂，有关的研究著述数以万计，各种说法层出不穷，难以辨别取舍。为此中华书局推出了注解本《红楼梦》，让我们以作品和相关史料为依据，结合整本书阅读的具体要求，从该书最为基本的问题谈起。

一

《红楼梦》的主题是什么？这无疑是广大读者最为关心的问题，也是红学研究中争议较大的核心问题。有人认为是反清复明，有人认为是阶级斗争，还有色空说、资本主义新生力量说等各种说法。要解决这一问题，必须从文本的实际出发，看看作者本人是怎样想的，整个作品是怎样描写的。

其实在作品第一回中，作者已经直接说出这一问题的答案。作品开头，作者并没有急于讲述故事，而是用较多的篇幅介绍其创作宗旨，其中有一段话说：

> 当此日，欲将已往所赖天恩祖德，锦衣纨袴之时，饫甘餍肥之日，背父兄教育之恩，负师友规训之德，以致今日一技无成，半生潦倒之罪，编述一集，以告天下，知我之负罪固多，然闺阁中历历有人，万不可因我之不肖，自护己短，一并使其泯灭也。

曹雪芹本人说得很明白，他创作《红楼梦》主要有两个动机：一是忏悔，二是纪念。其中忏悔是指向个人和家族的，纪念则是指向闺阁。前者为家族叙事，后者为爱情、青春及人生挽歌，而以后者为核心。一部《红楼梦》是人生记忆和教训的记录。

要把握《红楼梦》的主题，对前五回无疑要给予特别的关注，因为这五回一般认为具有纲领作用，是读懂全书的一个关键。

最早提出这一观点的是对曹雪芹创作情况十分熟悉的脂砚斋，

他在"甲戌本"《红楼梦》第一回"乐极悲生,人非物换,究竟是到头一梦,万境归空"这四句后有一句批语:"四句乃一部总纲。"稍后,王希廉在《红楼梦》的总评中提出,第五回"是一部《红楼梦》之纲领"。到了现代,毛泽东也明确指出:"什么人都不注意《红楼梦》的第四回,那是个总纲,还有《冷子兴演说荣国府》,《好了歌》和注。"

上述三人具体的意见或有不同,但都认为前五回具有"总纲"或"纲领"的作用。所谓总纲、纲领作用,就是作者在这五回点明了全书的主题,奠定了全书的思想及情感基调,交代了主要故事脉络及人物关系。将这五回的内容放在一起,可以很明显地看到这一点。

在作品第一回,作者直接说明自己创作的意图,并借助神话的形式展开家族及宝黛爱情故事。第二回,冷子兴通过与贾雨村的对话,不仅回顾了贾府的历史,而且指出了这一家族必将没落的命运。第三回、第四回则是全书核心人物贾宝玉、林黛玉、薛宝钗、王熙凤、贾母等人的出场。到第五回,更是通过贾宝玉梦游太虚幻境的方式对贾府及金陵十二钗的命运做了较为详细的交代。从第一回到第五回,反复申说,使读者提前得知全书的悲剧结局,由此给全书涂抹上了一层感伤色彩。

在前五回里,作者通过补天、还泪,林黛玉、薛宝钗进贾府、宝玉摔玉等情节,展开全书故事,为后文做了交代和铺垫,全书的故事由此逐步展开。

通过这种纲领式的作用,前五回与后面的其他故事内容形成呼应和勾连,使全书成为一个紧密的艺术整体。这在其他小说中是没有的,是曹雪芹的艺术创作。因此在阅读《红楼梦》时,前五回无疑是一个重点,需要特别留意。

结合整部作品的描写及曹雪芹的家世生平,不难归纳出《红楼梦》一书的主题,那就是作品通过对家族、爱情、青春、生命等全面深入的细致描写,抒发作者的哀悼、忏悔及纪念之情,表达其对社会、人生的独到思考。解读《红楼梦》的主题，有如下四个关键词：

（一）家族

家族问题是这部小说的核心话题，在作品中表现得非常明显。曹氏家族的兴衰巨变不仅改变了曹雪芹这位伟大作家的命运，而且也在其心灵上留下了永不磨灭的烙印，深深地影响着其人生观与文学创作。家族及个人的经历同时又成为曹雪芹创作《红楼梦》的重要素材，成为作品的重要内容。在《红楼梦》中，作者将家族的兴衰巨变作为一条十分重要的线索，给予充分展示。

曹雪芹在作品中对家族问题主要表达了如下一些思想和情感：

首先，曹雪芹通过作品流露出对家族的深厚感情。从作品的描写来看，这种深厚感情主要体现在：

作者对家族基业的开创者们如宁、荣二公充满景仰之情，透出一种自豪感。这在作品中时有表现，比如第五十三回"宁国府除夕祭宗祠"的祭祖场面的虔诚描写；他对家族破败流露出惋惜之情，比如第五回荣、宁二祖对警幻仙姑的嘱咐："使彼跳出迷人圈子，入于正路。"比如第十三回秦可卿给王熙凤托梦说："于荣时筹画下将来衰时的世业，亦可以常永保全了。"对家族内部的种种弊端，他进行了批评和指责。歌颂是一种表达感情的方式，批评同样也能传达这种感情，正所谓爱之愈深，恨之愈切。不能因为这些尖锐、辛辣的批评就否定作者对家族的深厚感情。

其次，曹雪芹对家族的描写是带有反思色彩的，对造成家族悲剧的根源，曹雪芹有着很清醒的认识。

他不是毫无原则地维护和赞美家族的一切，而是用挑剔的眼光审视家族内部的种种弊端，思考家族从盛到衰的深层根源所在。在作品中，家族成员父子母子之间、夫妻妻妾之间、兄弟嫡庶之间，以及主仆之间、仆人之间，等等，几乎家族内外的所有人物关系及矛盾都得到了十分充分、详细的描写和展现，各种矛盾交织在一起，形成一股巨大的破坏力量，最终摧毁了这个百年旧族，造成了家族的悲剧。

上层主子的腐化堕落之外，作品还特别写到奴仆之间的争斗，这些厨房、园子里的风波看起来无关紧要，但不断累积，和各种矛盾交织在一起，也足以构成毁灭家族的破坏力量。家族的衰败，每个成员都是有责任的，不管是高高在上的主子还是身份低贱的奴仆。

（二）爱情

《红楼梦》如同一支深沉哀婉的悲剧交响曲，全书大大小小的人生悲剧组成各种不同音色的声部，这些悲剧触及社会人生的各个层面，使整部小说弥漫着一种凄清幽怨的感伤情调，其中受到最多关注的自然是那些刻骨铭心的爱情婚姻悲剧。

《红楼梦》一书描写了形形色色的爱情和婚姻，从主子到奴仆，从宫廷到民间，从成人到少年，不过大多是以悲剧收场的。

在小说中，贾宝玉和林黛玉的爱情悲剧以及他与薛宝钗的婚姻悲剧构成整个悲剧的主声部。从相知相爱到生死两别，贾宝玉和林黛玉的爱情始终如清澈的山泉，纯洁无瑕，发自真心。两人不仅仅在形貌上相互吸引，更多的则是彼此理解基础上的情投意合。他们也曾经猜忌过、误会过、争吵过，其中既有观念上的矛盾，又有性格上的冲突，有时候甚至相当激烈，但最终达到了灵魂深处的沟通和默契，这正是其爱情的奇妙动人之处。

与以往才子佳人小说中一见钟情、诗书订盟的戏剧化爱情故事相比，《红楼梦》对爱情的描写更为真实，达到了一种前所未有的深度。由于贾宝玉思想观念与行为方式上的特立独行、卓然不群，林黛玉性格方面的孤芳自赏、不同俗流以及她对贾宝玉的理解和支持，他们的爱情本身就具有一种异端性和叛逆性，与当时正统的思想观念格格不入。在强大的社会重压之下，这种爱情显得格外脆弱，注定是只能开花而不能结果，以悲剧而告终也就在所难免。

对贾宝玉来说，在他与林黛玉的木石前盟之外，还有与薛宝钗的金玉良缘乃至更多的姻缘可以选择。薛宝钗也是才貌兼具的绝世佳人，更是许多男人心目中的贤妻良母。但与近乎不食人间烟火、生活在艺术中的林黛玉截然相反，她更向往滚滚红尘间的各种快乐，善于控制自己的感情，言行举止无不合乎礼节，思想观念合乎社会道德规范，并维持着良好的人际关系。

薛宝钗并不像有些红学家说的，一心想嫁给贾宝玉，为此没有原则地讨好别人，像个特务一样阴险狠毒。事实上，她是一个善良的女性，有着自己做人的原则和立场，否则就很难理解，她为什么多次规劝贾宝玉要读书仕进，尽管她明知道这会激起贾宝玉的反感，将自己推到贾宝玉的对立面，但坚定的信仰和强烈的责任感促使她还是这么做，而且她这样也确实是为贾宝玉着想，并不见得是出于个人想做宝二奶奶的私心。过去人们对薛宝钗有着太深的偏见，这是不公平的。

在现在所看到的后四十回中，所有的恩怨都被戏剧性地完成了，一个并不高明但很有效的调包计使一切变得十分简单。在宝玉、宝钗成亲的鼓乐声中，林黛玉泪尽而逝，木石前盟伴着如雨的泪水化作永久的遗憾；但金玉良缘最终使薛宝钗也成为无辜的受害者，贾宝玉的撒手而去让她对生活的美好愿望变成遥遥无期的等待。

对贾宝玉、林黛玉、薛宝钗之间这场有些三角恋爱色彩的爱情婚姻来说，它并不是一场三个青年男女之间的竞争和较量，因为谁都不是最后的胜利者。这场刻骨铭心的爱情以凄惨的夭折而告终，它葬送了所有的主角，有人失去了性命，有人因此而彻底绝望，有人无望地等待。贾宝玉、林黛玉无疑是一对悲剧人物，对二百多年来一直饱受读者指责的薛宝钗来讲，她又何尝从这段感情纠葛及其后的婚姻中得到过快乐呢。

在这场爱情、婚姻的角逐中，没有最后的胜利者，宝、黛、钗三人都是失败者和悲剧人物。悲剧既源自三人的性格缺陷，更来自那个压抑个性和自由的社会氛围和礼法制度，特别是与之有关的婚姻制度。

在贾宝玉、林黛玉、薛宝钗之外，作品也写到了其他一些人的爱情悲剧，其中也包括像司棋这样的奴仆的爱情悲剧。对贾府里众多的奴仆们来说，没有人身自由的人生注定与爱情无缘，他们已完全失去恋爱的权利，唯一能做的就是等待，等待主子分配给他们的婚姻。悲剧在他们进入贾府的时候就已经开始，皮鞭之下萌生的爱情不过使悲剧来得更快，更为惨烈而已。

（三）青春

青春无疑是人生中最为美好的年华，它可以体现为花容月貌，可以体现为纯真浪漫，可以体现为善良无邪，可以体现为激情活力，但同时它也是最为短暂的。它的转瞬即逝、不可逆转让人深深感受到生命的残酷。对于每一位成年人来说，在回首自己的青春年华时，不管当时是顺利还是坎坷，很少有人不感叹、留恋的，在感叹、留恋之余，又不由生出许多沧桑和凄凉来。

《红楼梦》捕捉到人生的这一深刻体验，并通过贾宝玉、林黛玉等主要人物的言行充分地表现出来。

作为一位衣食无忧、无拘无束的贵族少年，没有谋生的压力，贾宝玉显然比那些忙忙碌碌、迫于生计的同龄人要想得更深更远。这种处境使他能够摆脱俗世的干扰和利欲的考虑，站在一个常人无法达到的制高点上，直接面对生命的真义，思考人生的价值等这些形而上的问题。也正是因为他站得太高，所以周围的人才难以理解，将其视为另类。

与林黛玉一样，贾宝玉具有诗人气质，他对时光的飞速流逝同样怀有一种深深的恐惧感。他希望自己能够一直停留在青春时代，拒绝长大，希望周围的人也同样不老，永远陪伴着自己。因此，贾宝玉喜聚不喜散，"生怕一时散了；那花只愿常开，生怕一时谢了；只到筵散花谢，虽有万种悲伤，也就无可如何了"（第三十一回）。于是，他想尽一切努力，来享受和挽留人生中这段最美好的时光。

　　但是天下没有不散的宴席，人生的欢聚注定是短暂的，而离别则是永久的。贾宝玉要对抗的不仅是俗世的虚伪和冷酷，而且还包括男婚女嫁、生老病死这些人类生存的基本规律，而后者是无法抗拒的。因此，他必须面对这一无比残酷的现实，不断在短暂的欢娱之后陷入难言的失落与悲伤。

　　即便真的挽留不住，他也不愿意看到，甚至幻想着以自己的早逝来回避。作品第十九回他和袭人的一段对话就生动地体现了这一点："只求你们同看着我，守着我，等我有一日化成了飞灰 —— 飞灰还不好，灰还有形有迹，还有知识 —— 等我化成一股轻烟，风一吹便散了的时候，你们也管不得我，我也顾不得你们了。那时凭我去，我也凭你们爱那里去就去了。"言语间流露出一种无可奈何的孤寂感和恐惧感。

　　（四）生命

　　在作品中，贾宝玉和林黛玉曾多次谈及生死之事，两位身处花样年华的少男少女不去享受人生的盛宴和欢娱，却来讨论如此严肃、沉重的人生问题，这本身就很能说明问题。无论是宝玉的喜聚不喜散，还是黛玉的喜散不喜聚，都是一种独特的人生体验。二者的表现方式虽然各不相同，但其本质却是相同的，那就是都是出于对生命的无限留恋。

　　面对无法挽留的美好人生和青春岁月，他们感到伤感、无奈，更多的还是迷茫。因为在忙碌过、热闹过之后，剩下的只有冷清和离散，一切努力注定都是徒劳的。他们知道自己在反对和抗争什么，但无法知道自己想得到什么，能得到什么。他们只能凭个人的好恶和直觉，去做自己认为应该做或值得做的事情。

　　起初贾宝玉对死亡的想象还是充满天真和浪漫色彩的，他希望周围的人都用眼泪来埋葬他，自己能够以一种诗意的方式告别尘世。但不久他就发现这不过是一厢情愿的幻想，当他看到龄官、贾蔷两人之间的恋情之后，终于深刻地体悟到：人生比自己原来所想象的还要残酷，因为他并非这个世界的主角，连别人的眼泪都"不能全得","只是各人得各人的眼泪罢了","自此深悟人生情缘，各有分定"。这让他彻底回到真正冰冷的现实，同时也更为痛苦而无助，"每每暗伤'不知将来葬我洒泪者为谁'"（第三十六回）。唯其如此，他对别人的感情才特别珍惜。

人生苦短，年华似水，美好的青春不可永驻。时光的飞逝和不可逆转显示了生命的残酷无情，贾宝玉和林黛玉深切地感受到了这一点，他们为此而苦痛，而挣扎。在对生命的感悟和体验上，贾宝玉和林黛玉是存在许多相通之处的，也只有他们能真正理解对方，在寒冷的人生中相互扶助，获得一丝暖意。这是他们爱情的精神基础，一种理想状态的知己之爱。从这一点来说，贾宝玉和林黛玉又是幸运的，因为他们总算在世间还可以找到一个真正理解自己的人，否则很难想象他们该是如何痛苦和孤独。

而作品中的其他人物或沉湎于利欲的追逐，或因文化素养所限，要么回避，要么将其忽略，要么无法体验到。因此，他们也就无法理解宝黛二人一些独特的言行。

阅读《红楼梦》，可以领略作者对人生、生命的独特感悟和体验，这种领略注定是让人痛苦的，但这种痛苦是有价值的，因为它可以让我们珍惜眼前的一切，珍惜生命，珍惜人生，更可以启发我们认真思考，当我们注定难留青春，注定要面对死亡时，该如何度过自己的一生，什么样的人生才是有价值、有意义的。

二

《红楼梦》属世情小说，以写实的手法描摹现实人生，全书内容丰富，涉及面广，写了众多的人物和故事，头绪繁杂，事件琐细。初看这部作品或者看得不够仔细的读者，可能会觉得眼花缭乱，一头雾水，抓不住头绪，因此有必要对全书内容稍做梳理。

《红楼梦》一书虽然所写人物事件繁杂，但总的来看，主要围绕着两条线索展开，其中一条线索是家族，另一条线索是爱情。

先说家族线索。前文谈到《红楼梦》的主题时指出，家族是其中一个重要的关键词。全书以贾氏家族的兴衰为线索，旁及薛氏、王氏、史氏、甄氏等家族，较为完整地展现了贾氏家族从兴旺发达到破败衰落的全过程。这是全书的一条主线，它延续数年，涉及数百人，从鲜花着锦、烈火烹油，直至最后大厦崩塌、洪水决堤，具有十分强烈的震撼效果。

作品开头几回，特别是前五回，通过补天神话、冷子兴之口、贾宝玉之梦等多种方式告知读者，贾氏家族从鼎盛到衰落是一场不可避免的悲剧，作品由此带有浓厚的感伤色彩。不过，当时的贾府虽然已经露出败落的趋势，但僵而不死，往日的气派和声势仍在，从秦可卿葬礼、元春省亲等盛大场面的描写可以看出这一点。可以说此时贾府仍在盛时。

随着时间的推移，贾府里的种种败象越来越多地显露出来，无论是贾赦、贾珍、贾琏、贾蓉等人的荒淫无耻，还是王熙凤的包揽词讼，无论是赵姨娘对贾宝玉、王熙凤的嫉恨，还是丫环小厮们之间的明争暗斗，都是推倒贾府的破坏力量，这些力量合在一起，加上外因的推动，最终摧毁了这已延续百年的江南望族。作者用生动的笔墨全面详细地描写了这一渐进过程。

第七十四回"抄检大观园"可以看作是各种矛盾的一次集中爆发。从表面上看，不过是因傻大姐误拾绣春囊而起，但实际上交织着多种矛盾。

从主子这个层面来看，这是王熙凤与婆婆邢夫人之间的矛盾。邢夫人因贾赦娶鸳鸯未成等原因对王熙凤心生不满，正好利用这个机会打击王熙凤，而王熙凤的靠山是贾母和王夫人，邢夫人与他们的关系并不融洽。但是邢夫人并没有直接参与，而是派王善保家的充当打手，王善保家的有邢夫人做后台，一心想给王熙凤难堪。

从奴仆这个层面来看，这是王善保家的和晴雯等人的矛盾。平日晴雯等人对王善保家的这些婆子们就很厌恶，这些婆子利用这一机会正好报复。抄检大观园，最主要的受害者就是那些丫环如晴雯、司棋、芳官等人。这不仅仅是王善保家的和晴雯的矛盾，也是这个婆子群体和丫环群体的矛盾。

一次抄检，牵涉贾府上上下下各色人等，通过这一事件，可以找到很多线索。阅读作品时，要特别留意。

到作品第八十回时，这种败象已相当明显，作品的基调也转为凄清，与前几十回尚存的欢快气氛形成鲜明对比。

虽然现在已经无法看到八十回之后的内容，但根据前文的描写及脂砚斋等人透露的信息可以知道，此后贾府江河日下，经历了抄家直至破败的过程，其悲惨的程度超过现在所看到的后四十回。

有读者将《红楼梦》视作一部爱情小说，这一看法有其正确的一面，但也有不够准确的地方。说有正确的一面，是因为《红楼梦》中确实有大量的爱情描写，特别是宝黛之间刻骨铭心的爱情，这是全书的核心话题。说也不够准确，是因为全书在爱情描写之外，更多的篇幅在写家族的变迁。如果《红楼梦》仅仅是一部爱情小说的话，很多内容就没有必要详细描写，比如大观园的承包、厨房里的风波、丫环之间的争斗等。

再说爱情线索。这一点比较容易理解，作品详细描写了贾宝玉、林黛玉从相识相爱到生离死别的全过程。这也是作品最为吸引和打动读者的地方。

作品第一回描写了神瑛侍者和绛珠仙草的还泪故事，赋予宝黛爱情以超脱现实的神话色彩。两人的故事从第三回林黛玉进贾府正式展开，此后两人由于性别、性格、兴趣、成长背景等差异，不断发生冲突，甚至是相当激烈的冲突。作品描写了两人在一起的欢乐时光，同时也写到每次冲突带给他们的痛苦。经过不断的磨合，两人彼此信任，深深相爱，达到默契。从第三回到第四十五回，作品完整地展现了宝黛二人从相识到相爱的全过程。

此后，两人之间再没有大的冲突，作品的重点转向对家族内部各种矛盾的描写，这种矛盾既发生在主子之间，也发生在奴仆之间，同样也发生在主人与奴仆之间，各种矛盾错综复杂。两人之间的爱情也随着家族命运的变迁而改变，最终以悲剧告终。

尽管我们已经无法看到八十回之后的内容，不清楚具体的细节，比如林黛玉是如何去世的，林黛玉去世后宝玉的生活如何，但爱情悲剧的结局则是无疑的，作品在前八十回中已经反复暗示过。

总的来看，《红楼梦》里的故事主要通过家族和爱情两条线索来展开，两条线索交织在一起，构成全书的主体。其中有两个人物是特别需要关注的，那就是王熙凤和贾宝玉。这两个人物在小说中是性格人物，小说通过大量日常琐事描写了他们复杂而丰满的性格，但他们同时又是线索人物，起到梳理小说脉络的作用。

具体来说，王熙凤串起的是家族线索。因为她负责荣国府的管理，又参与宁国府的事务，尽管她说自己主内，但实际上，贾府的各种事务无论大小，她都有不同程度的参与，通过她的活动，可以将家族的各类事务串连起来。因此可以说，王熙凤既是串连家族的线索，同时也是观照家族的一个窗口。

再看贾宝玉，他虽然是家族的核心成员，但对家族事务毫无兴趣，整天和女孩子们打交道，因此书中有关爱情的描写多与他有关，无论是秦钟和智能儿的偷情，还是龄官对贾蔷的相思，乃至茗烟的放荡，他都是目击者。有些没有目击，但他也都有所了解。因此，他串连起爱情这条线索。抓住王熙凤、贾宝玉这两个关键人物，可以很快进入作品，理清全书的脉络。

学界通常认为程本即一百二十回本《红楼梦》的后四十回并非出自曹雪芹之手，但也不是高鹗所写，它是最早的一部《红楼梦》续书，至于作者何人，限于资料，现在已无从知晓，只能称其为无名氏了。

从现在掌握的资料来看，高鹗在《红楼梦》刊刻前曾做过一番整理修订工作，这大概是没有问题的，他对该书的定型和传播是有重要贡献的。一百二十回本的《红楼梦》倾注着高鹗的心血，其中当有他增补、修订的文字。如果从这个角度说他是后四十回的作者，拥有一定的著作权，也不无道理。但他并不是后四十回的主要作者或原创者，这一点要明确。

对程本后四十回的思想、艺术该做怎样的评价，研究者的意见分歧很大，有拍案叫好者，有批评指责者，观点截然对立，至今尚无统一的意见。

总的来看，程本后四十回续书功大于过，值得给予肯定。这个功主要体现在如下两个方面：

一是它保持了作品的完整性，使《红楼梦》得以广泛传播。

在程本刊刻之前，《红楼梦》已经以抄本的形式流传了二三十年，但始终局限在小范围内，并不为大众所知。而程本刊印之后，《红楼梦》马上风靡海内，达到家喻户晓、妇孺皆知的程度，在社会上产生了广泛的影响，一时间人们争相传颂，续书、仿作纷出，评点、改编不断，形成一股《红楼梦》的热潮。这固然是得益于作品自身的巨大艺术魅力，同时也与程本的刊印有着直接的关系。如果没有程本的出现，以抄本形式流传的《红楼梦》不仅残缺不全，难以广泛传播，甚至都可能会失传。

程本后四十回续书使《红楼梦》成为一部首尾完整的作品。程本面世二百多年来，人们一直是将它和前八十回当作一个艺术整体来阅读欣赏的，少数红学家的反对并不能改变这个事实。直到今天，出版社在刊印面向普通读者的《红楼梦》时，几乎都是将前八十回和后四十回放在一起，作为一部小说出版，而不是将两者割裂开。这是对后四十回续书的最好肯定，与其说这是出版社的选择，不如说是由读者的阅读需求所决定的。

二是在众多的《红楼梦》续书中，以程本后四十回续书的艺术水准最高，这是毫无疑问的。即使将其放到整个中国小说史中看，它也是一部上乘之作。

总的来看，程本后四十回续书大体上遵照原作的创作意图，为全书设计了一个悲剧性的结尾，贯彻了原书的思想，对人物的结局一一做了较为妥帖的安排，基本符合原书的设计，语言方面也与原书风格高度一致。续书在故事设计、人物塑造、场景描写、细节刻画等方面时有精彩之笔。对此，鲁迅、胡适等前辈学者皆有较为公允的评价，既论其失，也谈其得，不像后来的一些研究者，一味否定，将其贬得一无是处。

但不可讳言，程本后四十回毕竟不是出于曹雪芹之手，自然存在一些不尽如人意处。总的来看，人们的批评主要集中在如下三个方面：

一是全书人物结局的安排与前八十回中的交待、伏笔不尽吻合。已有不少研究者指出这一点，如胡适、俞平伯就指出，续书将史湘云丢开，小红完全没有结果，香菱、凤姐的结局也与原作的暗示不符，等等。

二是程本后四十回的思想与原作不一致。其中最受人诟病的是续书作者为贾府安排了一个兰桂齐芳、家道复兴的结局。

三是程本后四十回在风格上与原作不一致，在艺术上不及原作。确实，原作八十回所达到的艺术高度不是轻易就能赶上的，程本后四十回的风格与原书的确存在不少可议之处甚至是败笔。

三

阅读《红楼梦》，印象最深的要数那些鲜活、逼真的人物形象。无论是美丽高雅、多愁善感的林黛玉，还是温柔贤惠、精通人情世故的薛宝钗；无论是性格泼辣、干练精明的王熙凤，还是慈眉善目、笑态可掬的贾母，无不刻画得形象逼真，栩栩如生，仿佛就在眼前。

且不说作品中浓笔重墨描绘的主要人物，就连那些出场不多的小人物如耿直固执的焦大、调皮狡黠的茗烟、聪明灵慧的小红等，也都写得惟妙惟肖，跃然纸上，让人难以忘怀。

曹雪芹在《红楼梦》中匠心独运，大胆创新，打破了中国通俗小说的一些传统写法，将人物形象的塑造达到了一个新的艺术高度，取得了巨大成功。

总的来看，这种创新主要体现在如下几个方面：

首先，《红楼梦》抛弃了那种好人全好、恶人皆恶的写法，充分展示了人物形象的丰富性和复杂性。这也就是鲁迅所说的"敢于如实描写，并无讳饰"。

《红楼梦》没有采用此前小说中常见的那种脸谱化的写法，在突出表现人物主要性格特征的同时，也尽量展现人物性格的其他方面，以写出人物性格的丰富性。

在作品中，主要人物皆有着较为鲜明的性格特征，比如林黛玉的多愁善感、直爽尖刻，薛宝钗的善解人意、老成稳重，史湘云的率真直爽、乐观豁达，这是她们性格的主要特征，给读者留下了深刻的印象。但这并不是她们性格的全部，就林黛玉而言，她虽然比较多愁善感，但也有诙谐幽默的时候；尽管她说话有些尖刻，但对人还是体贴的。

再如薛宝钗，她虽然处事谨慎，但对人不失真诚；她虽然稳重，但也未全失青春少女的天真烂漫；她善解人意，但并不等于事事顺从别人，只要看一看她在家中和哥哥薛蟠发生的冲突就可以知道这一点。

作者让人物置身于各种不同的环境中，环境不同，面对的交流对象各异，自然也就表现出不同的性格特征。

以林黛玉为例，当她和贾宝玉在潇湘馆、怡红院或其他地方独处时，往往表现得较为任性，无论是喜是怒，都会将情绪毫无顾忌地宣泄出来，因为她知道贾宝玉是深爱自己的，没必要在他面前掩饰，而且即便是自己有不对的地方，也能得到他的谅解。但当她和贾宝玉在贾母房里或其他人多的场合时，则表现得较为矜持，刻意与贾宝玉保持距离，并能为贾宝玉着想。之所以这样，原因也很简单，面对长辈和其他人，她要有所顾忌，表现出一个大家闺秀应有的素养。

同样，薛宝钗一个人独处的时候会做出浪漫的扑蝶之举，和母亲在一起的时候可以撒娇，等她来到公共场合的时候，则又表现出善解人意、老成持重的淑女风范。

如此丰富的性格使人物形象饱满，呈现出立体化的特征。

《红楼梦》不仅写出人物性格的丰富性，同时也写出人物性格的复杂性。这种复杂性体现在，作品既写出人物性格中的正面因素，也写出其性格中的负面特点，甚至一个性格特征中同时兼具正面、负面特征，难以做出好坏是非的简单判断。

生活中，人们每天面对的往往是自己的家人、亲戚、朋友或同事，对这些人，是很难做出好坏的简单判断的，实际上也没有必要做这样的判断。《红楼梦》恰恰写出了人们的这种日常生活体验。

以贾宝玉为例，他是作品中最为重要的人物，同时也是一个最为复杂的人物。他对女孩子十分温柔体贴，处处为他们着想，甚至面对女孩子都会产生一种性别自卑感，但他也有对待女孩子粗暴蛮横的时候，比如他撵走茜雪，脚踹袭人；他平时任性而为，听凭晴雯撕坏一把把折扇，但关键时刻又表现得相当软弱，面对晴雯的离去乃至死亡束手无策。

他不喜欢家族中男性们的胡作非为，为他们的行为感到羞愧，但自己也和他们一样享受着家族优越的资源，过着衣来伸手、饭来张口的寄生虫生活，却没有为家族做出什么贡献。很难说清贾宝玉的行为是好是坏，依据不同的标准会得出不同的结论。

再比如王熙凤，其性格中具有不少负面因素，如贪婪、刻毒等等，她经常利用自己在家族中的地位谋取个人私利，对待下人心狠手辣，缺少同情心。但同时她又具有干练的办事才能，在荣国府中没有哪位女性包括探春能替代她。她对贾母固然是极尽奉承之能事，但不能说没有孝道的成分在。此外，她对刘老老也表现出热情、大方的一面，其性格中也有不少闪光之处。

其他人如贾政、王夫人、贾琏、薛蟠等人也都是如此。

《红楼梦》所写人物的复杂性还表现在，贾府里的每个人都有自己的生存困境，他们的言行在别人看来，也许是自私的、错误的，但在他们本人来说，则有着充分、正当的理由，不管这种理由是对是错。

以读者大多不喜欢的赵姨娘来说，她确实有让人厌恶的一面，比如俗不可耐、爱占便宜、缺少教养等等，但她这样做，也有自己的理由，那就是为了自己的儿子贾环。虽然贾环和贾宝玉都是贾政的儿子，但两人一为庶出，一为嫡子，这种出身就决定了两人地位的不平等。赵姨娘请马道婆做法，想除掉贾宝玉和王熙凤，这种行为固然是上不了台面的，但对贾环来说，则是一种母爱。对这种有些畸形的母爱，读者可以不赞同，但不能不有一丝理解。

再如那位精明机灵的贾芸，他百般奉承王熙凤，认比自己还小的贾宝玉为父，这种行为显然会得到读者的负面评价。但只要看一看贾芸的生存状态就可以知道，他生性并不是这样的人，他也不想如此低三下四，但在生存压力的逼迫下，他这样做也不无合情之处。读者在看到其卑躬屈膝一面的同时，也要看到其心酸悲辛的一面。

这样说，并不是为赵姨娘和贾芸进行辩护，而是为了说明其形象的复杂性。在中国古代小说史上，还没有哪部作品能将人物写得如此丰富而复杂。

《红楼梦》人物的丰富性和复杂性不仅体现在人物的性格、思想上，同样也体现在人物的行为特征上。

比如史湘云是一位具有豪爽之气的贵族少女，相貌出众，但她有一个特点，那就是咬舌，经常把"二"说成"爱"。按照以往小说的写法，史湘云是不能有任何缺陷的，但《红楼梦》却大胆写出了这一点，史湘云的形象由此变得鲜明，不会与其他人混淆起来。

对史湘云咬舌的描写，脂砚斋曾这样给予高度评价："可笑近之野史中，满纸羞花闭月，莺啼燕语，殊不知真正美人方有一陋处，如太真之肥，飞燕之瘦，西子之病，若施于别个不美矣。今见‘咬舌’二字加之湘云，是何大法手眼，敢用此二字哉？不独不见其陋，且更觉轻俏娇媚，俨然一娇憨湘云立于纸上，掩卷合目思之，其‘爱厄’娇音如入耳内。然后将满纸莺啼燕语之字样填粪窖可也。”

与史湘云的咬舌类似的，还有香菱的“呆”，从她向林黛玉学诗部分的描写可以看出这一点。正是因为这个“呆”，将香菱与其他女孩子区别开来。脂砚斋也给予了很高的评价：“呆头呆脑的，有趣之至。最恨野史有一百个女子，皆曰聪敏伶俐，究竟看来，他行为也只平平。今以‘呆’字为香菱定评，何等妩媚之至也。”

作者很少出面评价人物的是非好坏，而是采用多点聚焦的方式，让人物处在不同的人际关系和评价环境中，形成众声喧哗的“围观”景象。所谓多点聚焦，就是用多个人物的眼光来观察同一个人物，并做出不同的评价，这样不仅表现出人物性格的丰富性，同时也写出人物性格的复杂性。

以贾宝玉为例，除了作者的直接介绍外，作品还通过冷子兴、贾雨村、赵姨娘、傅秋芳家的婆子、兴儿、尤三姐等人来观察和评价他。这些人出于各自的身份和立场，对贾宝玉的看法自然很不一样。

在冷子兴的眼里，贾宝玉的言行是可笑的，“将来色鬼无疑了”；贾雨村的看法则不同，他认为贾政错以“淫魔色鬼”看待贾宝玉，贾宝玉属于那种“正邪两赋”之人（第二回）。对赵姨娘来说，贾宝玉是贾环的竞争对手，必欲除之而后快（第二十五回）。在身为外人的傅秋芳家的两个婆子看来，贾宝玉就是“呆子”，言行可笑，难以理解（第三十五回）；对作为家仆的兴儿来说，贾宝玉“成天家疯疯癫癫”，“外清而内浊”；尤三姐的看法则完全相反：“他在女孩儿跟前，不管什么都过的去，只不大合外人的式，所以他们不知道”（第六十六回）。

可以说，每一个人眼里都有一个属于自己的贾宝玉，不管这种形象是正面的还是负面的，这样通过众人"围观"所展示的人物形象是立体的、丰满的，自然也是真实的。

其次，《红楼梦》写出了人物性格的发展和变化。在此前的小说作品中，脸谱式的人物从出场时起，其性格特征便固定下来，一般不再有变化。此后发生的故事不过是在强化这一性格特征，比如《三国演义》中的周瑜，他从见到诸葛亮之日起，就对其产生强烈的妒忌心。此后，无论形势如何发展，这种妒忌之心始终没有什么变化，直到自己被诸葛亮气死为止。

这种写法便于凸显人物的性格特征，给人印象深刻，但它并不符合生活的真实形态。因为在日常生活中，随着个人处境和生活环境的改变，人的性格也在不断发生变化，主要的性格特征可能保持不变，但一些次要的性格特征则会悄悄发生改变。

《红楼梦》在塑造人物形象时，就很注意写出人物性格的发展和变化。以贾宝玉和林黛玉为例，两人虽然志同道合，彼此相爱，但性格上存在着较为明显的反差：贾宝玉性格外向，喜欢结交朋友，与异性往来时往往把握不好分寸。而林黛玉恰恰相反，其性格较为内向，待人接物很有分寸。这种反差使两人冲突不断，并因薛宝钗的到来而强化。薛宝钗未必对贾宝玉有意，但她与贾宝玉较多的接触使本来就有些小心眼的林黛玉产生猜忌之心。因此，三人之间就出现了一种较为紧张的态势。林黛玉一方面对贾宝玉不放心，不断进行试探，另一方面则对薛宝钗有所防范。她以警惕的目光注视着薛宝钗和贾宝玉的往来，不时对薛宝钗冷嘲热讽。毕竟爱情是排他的，不能与别人，哪怕是最好的朋友来分享。这样一来，三人之间发生误会也就在所难免。

经过不断的试探和交流，贾宝玉和林黛玉终于确定了自己在对方心目中的地位，彼此建立了一种十分默契的信任感。这样，彼此的误会和冲突就转变成相互间的关爱和包容。随着情节的发展，两人之间较为尖锐的冲突也就越来越少。

　　贾宝玉、林黛玉关系的变化自然也会引起他们与薛宝钗关系的改变，特别是林黛玉和薛宝钗之间的关系。起初她们因性格存在较大差异，彼此不够了解，加上黛玉的猜忌，关系较为紧张。随着彼此交往接触的增加，林黛玉渐渐意识到，她和贾宝玉之间的爱情是他人无法介入的，薛宝钗事实上也并不愿意去介入。认识到这一点，戒心自然也就慢慢放松。不仅如此，林黛玉还被薛宝钗的真诚深深打动，觉得自己误解了人家，产生愧疚之感，两人之间的关系变得较为融洽。

　　通过上述描写，作品十分真实、细致地描写了三人性格与关系变化的全过程，这一过程实际上也是贾宝玉、林黛玉、薛宝钗等人从少年到青年的成长过程，其间，他们的性格逐渐形成，并发展成熟。

　　在《红楼梦》中，所有的人都生活在不同的环境中，这些环境潜在地改变着每一个人；改变后的人又作为环境的一部分，再去改变其他人；其他人反过来同样构成改变别人的环境要素，彼此间存在着一种互动的关系。《红楼梦》写出了这种错综复杂的关系，写出了人物性格的发展和变化。

　　再次，《红楼梦》抛弃此前小说人物言行、事迹戏剧化、传奇式的写法，让人物置身于日常生活中，写出他们本真的、常态的人生。

　　在《红楼梦》中，无论是养尊处优的主人，还是身份卑微的奴才，他们的生活不外乎衣食住行，迎来送往，具有高度的重复性，天天如此，月月如此，年年如此，与《三国演义》《水浒传》《西游记》等作品相比，可谓单调之极。因为这些小说基本不涉及日常生活，像贾宝玉挨打这件事，在《红楼梦》中可以算是惊天动地、全家关心的大事情，但它根本写不进《三国演义》《水浒传》和《西游记》。对这些作品来说，父亲教训儿子这样一件事实在是微不足道。甚至可以这样来说，《红楼梦》所写的内容恰恰是《三国演义》《水浒传》《西游记》这些小说所忽略或不愿涉及的。一为写实，一为传奇，代表了两种类型，正好可以形成互补。

在《红楼梦》中，无论是人物的言行还是他们生活的环境，都接近生活的原生态，具有很强的写实性，这些和读者的生活体验也是高度一致的。当然，描写高度重复的日常生活并非是在记流水账。《红楼梦》一方面通过日常琐事的描写以达到写实的效果，一方面又将这些日常琐事与人物性格紧密结合起来，通过一些富有内涵的生活细节来刻画人物，从细微处透视人物的内心世界。

通过上述手法，《红楼梦》塑造了一批新型人物形象，无论是出场较多的贾宝玉、林黛玉、薛宝钗、王熙凤，还是出场较少的尤二姐、尤三姐等。这些人物在此前的小说作品中是较为少见的，即便是曾有过类似的人物，他们的内涵及塑造手法也是颇为不同的。就其效果而言，正如鲁迅在《中国小说的历史的变迁》中所概括的，"其中所叙的人物，都是真的人物"。

这里所介绍的，只是《红楼梦》人物形象塑造艺术中的一部分。除此之外，《红楼梦》还善于使用衬托、外貌、环境、心理活动的描写塑造人物，而且都运用得非常成功，限于篇幅，这里不再一一介绍。

四

与《三国演义》《水浒传》《西游记》等作品相比，《红楼梦》可谓一部慢节奏小说。衣食住行、柴米油盐、迎来送往等琐事则是每天都会发生，题材及写法的不同，决定了作品节奏的快慢。

那些时间跨度较大的叙事作品，通常是以年乃至朝代为基本时间单位。故事时间长度往往超过一个人的一生，其叙事节奏自然要比实际生活中的时间流程要快得多，而且作品中所描写的人物、事件也常常是经过过滤、筛选的，集中在某些方面。如《三国演义》《东周列国志》重在改朝换代、军事、外交方面的描写，

《水浒传》则重在江湖世界的描写等。

相比之下，《红楼梦》的叙事节奏相当舒缓，故事时间的长度实际上是以月、日乃至时辰为基本单位来计算的。这种节奏十分接近人们在日常生活中对时间的真实感觉和体验，取得了一种十分逼真的艺术效果。《红楼梦》所写聚会、宴饮、谈话等场面，虽然不过是作者的想象虚构之笔，但读者却觉得像现实生活一样更为真实，根本感觉不到其中的虚拟成分。这显然与作品叙事节奏的这种巧妙安排有关。

但问题往往具有两面性，极为舒缓的叙事节奏固然符合读者的日常生活体验，可以营造出一种真实感和现场感，但它也有局限性，那就是容易让读者感到沉闷、乏味。毕竟日常生活具有重复、单调的特点。小说不能完全等同于生活，变成一本流水账。《红楼梦》的创新之处在于在描写日常生活细节时，增加叙事的情调和意境，以保持叙事的张力。

比如作品第二十七、二十八回，林黛玉因怡红院丫环不开门，对贾宝玉产生误会。她通过葬花来排遣"伤春愁思"，并吟咏《葬花吟》。贾宝玉在山坡上听见，非常感动，大发悲声。林黛玉发现后，说道："啐！我当是谁，原来是这个狠心短命的……"她"刚说到'短命'二字，又把口掩住，长叹一声，自己抽身便走了"。

林黛玉显然是准备借机训斥贾宝玉两句的，但为什么刚说到"短命"二字就停住了呢？细细体会，发现这虽然只是一个小得不能再小的细节，但由此可以看出林黛玉对贾宝玉的真实感情。她虽然因丫环不开门而对贾宝玉产生不满，但这种不满是建立在深爱贾宝玉的基础上的，如果对贾宝玉没有这份爱情，她是不会如此在意的。她对贾宝玉表面上怨恨，内心则是充满爱意，只不过想对贾宝玉发泄一下不满情绪而已。因此当她说到"短命"二字时，觉得话说得重了，不吉利，再说也不愿意这两字用在贾宝玉身上，因此刚一出口，便立即停住。通过这个看似不起眼的细节，将林黛玉的内心世界十分精细地描绘出来。

再比如作品第二十八回，贾宝玉在听到黛玉吟咏《葬花吟》后，有着十分丰富而复杂的心理感受："试想林黛玉的花颜月貌，将来亦到无可寻觅之时，宁不心碎肠断！既黛玉终归无可寻觅之时，推之于他人，如宝钗、香菱、袭人等，亦可以到无可寻觅之时矣。宝钗等终归无可寻觅之时，则自己又安在哉？且自身尚不知何在何往，将来斯处、斯园、斯花、斯柳，又不知当属谁姓矣！因此一而二，二而三，反复推求了去，真不知此时此际，如何解释这段悲伤。"

贾宝玉不愧为林黛玉的知音，他是《葬花吟》最好的解人。不光是林黛玉会老去、死去，自己身边的女孩子都会死去，只不过时间的早晚而已——这段心理描写非常生动地反映了贾宝玉面对生死问题的迷惘和无奈。他的悬崖撒手、他的摒弃红尘，也都可以由此得到合理的解释，这并非他遭受打击后的偶然冲动，而是其思想发展的必然结果。

在《红楼梦》中有时还会通过同一个细节，写出不同人物的不同表现和态度，通过相互对照和映衬，凸显出每个人的性格特征。

比如作品第三十三、三十四回，贾宝玉挨打之后，王夫人、贾母、王熙凤、林黛玉、薛宝钗、袭人等人的表现和态度是不一样的。这一方面与他们同贾宝玉的关系有关，另一方面则与他们的性格有关。

再比如作品第四十回，鸳鸯、王熙凤捉弄刘老老，引起众人发笑。当时发笑的有史湘云、林黛玉、贾宝玉、贾母、王夫人、薛姨妈、探春、惜春等人，但他们的神态和表现各各不同，各自的性格通过这件事表现出来。一件日常生活琐事竟然可以同时写出多人的性格，这既是最为经济的笔墨，同时也是最为精彩的文字。

《红楼梦》并非照相式的复制、摹写生活，而是在保持高度真实感的前提下，注意挖掘这些琐事细节自身所蕴含的情调和趣味。也就是说，作者笔下的生活是一种高度艺术化的生活，其真实是一种高度艺术化的真实。

比如宝钗扑蝶，就故事本身而言，并没有多少特别之处，这是许多少女在春天都会做的事情。但由于薛宝钗平日以端庄、稳重的面目出现，内心世界藏而不露，城府较深，扑蝶之举则生动形象地展示出这位青春少女的另一面，也是更为真实的一面，那就是她的天真烂漫。在没有外人在场、心理不设防的情况下，她终于流露出自己的真性情，与平日的稳重、端庄形成鲜明对比，显得尤其别致。

看似寻常小事，但对读者来说则会有一种意外收获，感到意趣盎然，余味无穷。之所以如此，一方面是这种小事自身具有情趣，另一方面则是此事与其他事情形成内在的关联和对照。宝钗扑蝶与同一回中的黛玉葬花相映成趣，都是作品中的神来之笔。

再者，作者具有诗人气质，对外界观察细致入微，时时能发现生活中的诗情画意，他大胆借鉴古代诗词，将其意境化用到小说中生活琐事的叙事描写中。如宝钗扑蝶、黛玉葬花（第二十七回）、龄官画蔷（第三十回）、湘云醉卧（第六十二回）等日常场景，皆写得极富诗意，别具情趣。

这种笔法一些文言小说作品能做到，比如蒲松龄的《聊斋志异》，其《婴宁》等作品就有诗情画意的描写，但在白话通俗小说中则是一个创新。先前的白话通俗小说作品重在人物、事件传奇性和生动性的描写，而能在叙事中融入诗情画意，写出情调和意境者，只有《红楼梦》。这是一个十分了不起的艺术创新，它大大提高了白话文学语言的表现力与艺术品位，对后世小说的创作有着十分深远的影响。从《老残游记》景物和场景的相关描写中分明可以感觉到《红楼梦》的影子。

正是上述这些叙事艺术技巧的综合成功运用，使《红楼梦》的叙事节奏舒缓而不沉闷，真实而不呆滞，琐细而不凌乱，平凡

而不单调，所叙之事熟悉而不失新鲜感，普通而富有诗意，达到
很高的艺术水准，打动了一代又一代的读者。

五

前文说过，就小说流派而言，《红楼梦》属于世情小说。这类
小说的特点在于通过对日常生活的如实描写，展现世态人情。因
此就作品的内容而言，涉及日常生活的方方面面，既有物质层面
的，如建筑、器物、饮食等，也有精神层面的，比如典章制度、
风俗民情等。在审美价值之外，《红楼梦》也有很高的认识价值。
这部作品被人们称作百科全书，也是从这个层面上来说的。

之所以被称作百科全书，是因为《红楼梦》展示了非常宽广
的生活面。就单个的人物而言，写到一个人在生活中能接触的各
个方面，从衣食住行到琴棋书画，从柴米油盐到穿着打扮。从描
写的层次而言，从个人到家庭，从家族到社会，各种礼仪风俗、
典章制度，皆有所涉及。冯其庸、李希凡主编的《红楼梦大辞典》
上编，分近二十个类别对作品涉及的服饰、器用、建筑、园林、
饮食、医药、称谓、职官、典制、礼俗、岁时、哲理宗教、诗词
韵文、戏曲、音乐、美术、游艺、文史人物、地理等词语设立条
目，从这些分类可见作品涉及面之广。当然，这也为阅读理解作
品带来了一定的障碍，对此本书有着非常详细的注释，可以在阅
读过程中时时翻看。

通过这种百科式的描写，读者得以直观、感性地了解古代人
的生活状况。比如要了解古代贵族人家的葬礼，不妨看看第十三
回到第十五回有关秦可卿去世后葬礼的描写，从停灵到发丧，作
品完整地描写了这一过程。在这一过程中，从王熙凤的协理宁国
府还可以看出古代家族内部的管理运作机制，从王公大臣的路祭
可以看出古代上层贵族之间的交往。可以说，这一部分物质性的
描写有着十分丰富的信息量，从不同的角度可以看出贾府生活的

不同层面。同样，从第五十三回也可以看出贾府祭祖、节庆、宗族等方面的丰富信息。

这种描写尽管情节、人物是虚构的，但其中的细节，比如葬礼、祭祖的仪式相当真实，是作者根据自己的见闻为基础描写出当时的历史真实。

对贾府的生活状况，作品有全局式的展示，也有特写式的描写。作品巧妙地设计了林黛玉进贾府、刘老老游大观园、秦可卿葬礼、元妃省亲等情节，借林黛玉、刘老老、贾元春的视角进行了集中的展现。相信读者在阅读了这些段落之后，对贾府生活的富贵奢华情况会有整体认识。整体描写之外，作品还有很多特写式的描写，比如对林黛玉、薛宝钗、王熙凤等人的服饰都有相当详细的描写。通过这些描写，可以了解古代人日常的穿着打扮。

需要说明的是，《红楼梦》中这些百科式的描写，并非为了卖弄炫富，而是出于塑造人物、设置情节等目的，都是作品的有机组成部分。现代人根据研究的需要，将作品中写到的器皿、美食等列举出来，产生了震撼的效果，《红楼梦》由此获得百科全书的美名。但《红楼梦》并不是真正意义上的百科全书，它是一部小说，作品不是记流水账一样罗列各类物品，而是根据表达的需要融合在情节和人物中。

就这些描写的功能和效果而言，主要体现在如下几个方面：

这些百科式的描写为故事的展开提供了一个真实的背景。比如《红楼梦》中有大量宴饮场面的描写，写到不少美味佳肴，其中茄鲞给人印象深刻。作品通过王熙凤之口详细交代了这道菜的复杂做法，通过刘老老之口写出其味道。这道令刘老老赞叹的菜肴不过是贾府每天饮食中普通的一道菜。通过这段细节的描写，我们不仅得知一道菜肴的做法，而且由此了解贾府生活奢华之一斑。

这些百科式的描写对塑造人物形象往往有画龙点睛的作用。比如妙玉是个出家人，平时很少参与贾府的活动，与人们往来不多，其在大观园的生活，《红楼梦》中少有笔墨涉及。作品在第四十一回，通过茶杯这个器具写出了妙玉生活中不为人知的一面。在这一回里，刘老老二进荣国府，跟着贾母在栊翠庵饮茶，妙玉拿出的茶杯都是相当珍贵的，刘老老走后，她准备把其使用的杯子扔掉，连宝玉都觉得可惜，让她转送给了刘老老。茶杯的珍贵和妙玉的不简单清净的生活，这正如判词中所写的"欲洁何曾洁，云空未必空"，由此可以看到妙玉作为出家人对红尘的留恋。同样，作品第五十二回缝补雀金裘的描写，对塑造晴雯的形象有着重要作用，没有这段描写，晴雯心灵手巧的一面就无从展现。

由此也可以看到，《红楼梦》中所描写的服饰、器物等本身既有较高的认识价值，又是为小说的写人叙事服务的，也却是通过文学笔法展现的。我们在阅读作品时，既要了解其具体内涵，也要注意挖掘其背后蕴含的深层文化价值和审美意义。

六

文学是一门语言艺术，无论是人物的塑造还是故事的叙写，都是通过语言来实现的。《红楼梦》在语言方面较之前代的小说有不少创新，取得了很高的成就。

《红楼梦》的语言具有如下几个特点：

一是典雅。这主要指的是作者的叙述用语。《红楼梦》的语言虽然是白话，但又保留了文言的一些特点，生动而不失典雅。

这种语言风格与作者较高的文化修养有关，也是由题材、内容及表达的需要来决定的。《红楼梦》所写的贾府为贵宦豪门，其主要成员都受过教育，特别是贾宝玉、林黛玉等人，更是有着相当高的文学修养，因此作品采用较为典雅的语言讲述故事，与作品的风格是较为贴切的。

二是个性化。《红楼梦》人物众多，有大量的人物对话，对话描写是塑造人物的重要手段。作者根据人物的性别、性格、修养等特点，为其设计符合其身份的高度个性化的语言，达到闻其声可知其人的效果。

比如王熙凤，她虽然身份高贵，但没有读过书，仅粗识文字，性格泼辣，整天与各类人打交道，因而她的语言直白爽快，多使用民间俗语，十分生动。她的话大家都喜欢听，特别是她要讲笑话的时候，连没有服侍任务的丫环们都纷纷赶过来听。

相比之下，林黛玉的语言就文雅得多。由于她文化程度较高，比较多心，性格内敛，因此其语言往往较为含蓄，话里有话，需要细细体会才能领悟。贾宝玉就是在此方面留意不够，因而多次造成误会。

三是具有地域特色。《红楼梦》使用的是清代北京地区的语言，其中有些方言词，具有一定的地域色彩。

正是《红楼梦》语言的这一特点，使一些外国读者除了文学上的欣赏之外，还将《红楼梦》当作学习汉语的语言教科书。《红楼梦》用语纯正、典雅，小说中有许多生活化的描写，对外国人来说，这确实可以作为学习汉语和了解中国社会文化的教科书使用。

值得注意的是，《红楼梦》还特别使用了谐音这一艺术手法。这种手法常用于古代诗词的创作中，比如唐代诗人刘禹锡《竹枝词二首》中的"东边日出西边雨，道是无晴却有晴"，"晴"谐"情"音，这样一语双关，丰富了作品的内涵，也使作品增加了趣味。

《红楼梦》将谐音这一手法用在名物上。比如第五回中的"千红一窟""万艳同杯"，表面上看是茶和酒的名称，实际上"窟"谐"哭"音、"杯"谐"悲"音，暗喻红楼女儿的悲剧。这种谐音手法更多运用在人名上，比如贾府的四姐妹元春、迎春、探春、惜春，她们人物名字的第一个字合在一起，谐"原应叹息"。一般认为，这是在暗示她们不幸的命运和结局。再比如第一回中甄士隐的家人霍启，其名字谐音"祸起"，由他来抱着英莲看花灯，暗喻英莲不幸命运的开始。其他人物如娇杏（侥幸）、卜世仁（不是人）、单聘仁（善骗人）、詹光（沾光）等，一般认为也都运用了谐音的写法。这些人物多是龙套人物，从其名字的谐音就可以看出其寓意，这也是这些人物设置的功能。

但这里也有一个问题，那就是作品中的器物、人名哪些是谐音，哪些不是谐音，其标准究竟是什么，该如何把握。对这一问题，目前还没有统一的意见，因此推断谐音时，应当慎重，应根据人们的一般认知，不可求之过深，也不可滥用，如果把握不当，会造成对作品随心所欲的解读，其结果难免牵强附会。

七

阅读《红楼梦》，除人物、情节外，还有不少读者对其中的诗词印象深刻，其中有一些名篇，比如金陵十二钗的判词、林黛玉的《葬花吟》、贾宝玉的《芙蓉女儿诔》等。在诗词的运用方面，《红楼梦》有不少创新，这种创新既体现在诗词自身的创作上，也体现在诗词与小说的有机融合上。

《红楼梦》中各类诗词曲达一百多首，数量还是相当多的，从文体上看，诗、词、曲皆有。从内容和功能来看，可分叙事与抒情两类，也有两者兼有者。作品写到贾府人物特别是林黛玉等青年男女的文艺生活，如是写到海棠社、桃花社、香菱学诗等，自然会写到诗词。这是题中应有之义。

曹雪芹能诗善画，他的朋友敦诚、敦敏、张宜泉等都多次提及这一点。曹雪芹才思敏捷如曹植，"诗才忆曹植"（敦敏《小诗代简寄曹雪芹》），其诗作有奇气，"知君诗胆昔如铁，堪与刀颖交寒光"（敦诚《佩刀质酒歌》），风格如唐代诗人李贺，"爱君诗笔有奇气，直追昌谷破篱樊"（敦诚《寄怀曹雪芹霑》）。曹雪芹的画作今天已无法看到了，但他的诗作则可以通过《红楼梦》来领略。曹雪芹能诗保证了作品中诗作的高水准，其中有很多名篇，比如脍炙人口的《葬花吟》，即便是放在中国诗词史上，也是高水准的。

当然，在作品中插入诗词不是为了卖弄才华，而是为了塑造人物、设计情节、抒发情感的艺术需要。

诗词成为塑造人物的一种重要方式。比如林黛玉，她是一位高贵的女诗人形象，如果没有她作《葬花吟》，没有她教香菱作诗，其形象会暗淡很多。正是有了《葬花吟》，有了《菊花诗》，有了与史湘云的联句，一位才华横溢、思维敏捷的女才子形象才跃然纸上，给读者留下深刻印象。薛宝钗、史湘云等人物形象也借由诗词变得更为丰富。

作品中人物创作的诗词，多通过作品中人物写出，作者采取按头戴帽的写法，即根据人物的身份、性格、修养来为其量身定做，做到个性化，这种个性化有助于突出人物性格的独特性。比如林黛玉，其诗风清丽脱俗，与薛宝钗的温柔敦厚截然不同，与史湘云、探春等人的风格也不一样。

以第三十七回的"秋爽斋偶结海棠社"为例。在这一回里，作者让贾宝玉、林黛玉、薛宝钗、贾探春、史湘云多个人物出场，用同样的题目作诗，因各人性格、修养、造诣、理解不同，所写海棠诗自然各具特色，作者为每个人设计合乎其身份的诗歌作品，由此凸显每个人物的性格。不仅各人诗作不同，而且作诗过程中的表现也都不一样，比如薛宝钗的沉稳，史湘云的性急，林黛玉的胸有成竹等，皆得到表现。这是需要高超的写作技巧的，比一般的诗词写作更难。更不说作者还要替薛蟠设计那种俗不可耐、令人喷饭的嗳嗳诗了。

诗歌创作是贾府那些青年男女日常生活的重要组成部分，也体现着他们的青春气息和高雅情趣，正是这些文学生活将他们与贾珍、贾赦等庸俗之流区别开，没有这样的描写，人物形象会黯淡很多。

这些诗词作品除了契合人物身份，有助于人物性格的塑造，也揭示了作品的内涵，增加了作品的抒情性。

以判词而言，作品通过贾宝玉的视角，展示了金陵十二钗全部正册和部分副册、又副册的判词，通过诗词的方式暗示了人物的命运和结局。这些命运和结局有一个共同点，那就是大多都是悲剧。贾宝玉翻看这些判词时，这些女性多数尚在妙龄，但其不幸命运已经注定，不可更改。面对命中注定的悲剧，贾府上下要么没有觉察到，要么无能为力，只能接受命运的摆布，这种带有宿命色彩的故事更多透露的则是无奈，让作品带有了浓郁的感伤色彩。

同时，作品中那些作为青年男女日常生活的重要组成部分的诗词创作活动，比如结海棠社、桃花社、芦雪亭联诗、香菱学诗等，也构成了作品的重要情节。

作者具有诗人气质，对外界观察细致入微，时时能发现生活中的诗情画意，他大胆借鉴古代诗词，将其意境化用到小说的叙事描写中。作品中的一些段落，比如黛玉葬花、宝钗扑蝶、龄官画蔷、湘云醉卧等，作者写得很有画面感，富有诗的意境。

将诗词的意境化用到故事的叙事中，这无疑是一种创新，丰富了《红楼梦》叙事的手法，增强了叙事的表现力，只要将其与《三国演义》中的火烧赤壁、舌战群儒、《水浒传》中的拳打镇关西、林冲风雪草料场等著名段落进行对比，就可以感受到这一点。从中也可以看到从明代到清代中国古代小说叙事手法的演变。

阅读作品时，对《红楼梦》中的诗词要认真阅读，仔细体会，本书的注释对这些诗词包括判词皆有较详细的注释，可参看。

鲁迅曾在《中国小说的历史的变迁》中对《红楼梦》有这样的评价："自有《红楼梦》出来之后，传统的思想和写法都打破了。"他不仅对《红楼梦》的思想和艺术给予很高的评价，而且突出强调了《红楼梦》的艺术创新。确实，《红楼梦》在继承中国前代小说传统的基础上，有很多创新，包括人物塑造、语言运用、诗词创作等方面，限于篇幅，这里不再一一详细介绍，读者在阅读时可以留意，深入体会鲁迅的这段话，对作品的理解会更加全面深入。

序

启功

每部文学作品，无论在生活背景、语言词汇各方面，都有它的时代和地区的特点，《红楼梦》自然不会例外。但《红楼梦》由于作者的水平高，成书的时代近，用的语言又基本是北京话，因此今天广大的读者并不觉得难懂。但也有些容易发生问题的地方，我常听到读者提出的问题大致有以下几个方面：

1．某些北京俗语；

2．服妆形状；

3．某些器物的形状和用途；

4．官制。

这些当然是一般读者容易不太熟悉的，但此外的是否就都易懂呢？不然。我每遇到有人向我提出关于书中问题时，我总预料必将包括一些诗歌、骈文的内容。但常常与我所料相反，一般并无这方面的问题。是一般读者都理解了吗？未必，大多数是把它们翻过去。我还有时进一步向问者提出，他认为明白的某些部分怎么讲？得到的答案，往往并不确切，可见那些认为"不成问题"的部分，也未必没有问题。因此在前举四个方面之外，至少还有四个方面值得探讨的：

5．诗歌骈文的内容；

6．生活制度和习惯；

7．人物和人物的社会关系；

8．写实与虚构的辨别。

大家都知道，除了法律的爱书、医疗的病历之类以外，一切文学艺术作品，都不能无所加工、无所虚构，这原是事理之常，无须声明交代的。而《红楼梦》一书中，作者却屡次发出关于真假问题的宣言，读者容易看作是对故事、对人物虚构时的声明，免得当时被人怀疑他有所讽刺，因而产生什么文字之祸。其实我们在书中许多天花乱坠、逼真活现的场面中，不难推敲出若干关键的东西全是"子虚乌有"。或"以假作真"，或"以真作假"。因此《红楼梦》这部和白居易诗一样可使不识字的老妪都能听得懂的作品，而许多饱学的老公却未必都能理解得透。于是"横看成岭侧成峰，远近高低各不同"，也就成了新旧"红学"千猜万考的广阔园地。

《红楼梦》既需要注释，注释起来，又不是那么省事的。一个典故的出处，一件器物的形状，要概括而准确的描述，颇为费力。即使极平常的一个语词，在那个具体的环境中，究竟怎么理解，也常常不是容易的。推广到前举八个有待注释的方面，也都如此。现在试各举例来谈谈：

1. 语言问题：全书基本用的是北京话，这是人所共见的，但也运用了古代汉语，并吸收了其他旧小说的成语。由于作者取精用宏，信手拈来，化他人所有的为自己固有的，读者便毫无生硬的感觉。因此有人一一加以追溯，某一语词，某地曾有，于是作者的籍贯被猜得忽南忽北。如果以这点为衡量古书作者产地的唯一根据，那么李白、杜甫将不知同时有多少家乡了。本书中语言方面有待注释而又难于注释的约有两类：第一类是有些俗语词汇，现在已经消失的：例如"不当家花拉的"一词（二十八回），前于本书的，《金瓶梅》和《醒世姻缘》中有过；后于本书的，《儿女英雄传》中也有过。我在五十年代初注释本书时曾经望文生义，以为是"不了解"的意思。后读明人刘侗《帝京景物略》才知道"不当家"即是"不应当""不应该""不敢当"的意思。"家"是词尾，"花拉的"是这个词的附加物，是为增加这个词的分量的。类似本书中所说"没事人一大堆"（十六回），"没事人"即指没关系了，"一大堆"是附加物，增加"没事人"的分量而已。又如"积古"

一词（三十九回），也已失传，至今我还没有找到精确的解释和用法。第二类是常见的词汇，例如"嬷嬷"和"妈妈"，一般读起来，很容易认为是同义词，但在北京的习惯上，奶姆称"嬷嬷"，保姆称"妈妈"。又如黛玉所说的"呆雁"（二十八回），是讽刺宝玉看宝钗出了神时说的，这个词本是形容发呆的，雁有何呆，呆何必雁，这都没有什么理由可讲，但北京人都懂得，这是讽刺痴心，形容发愣，但又分量不重的一个词。在本书中这个人物，这个场合，这个情节中，便具有既冷峭又温柔，既尖酸又甜蜜的作用，精密符合这时三个人的关系。试问这在注释中应该怎么去写呢？

2 和 3. 即服妆和器物的问题：在不知本书作者底悉的人，一定以为什么名称的东西，即有什么样的形状，只要照样描述，或用笔一画，即可解决。这好像清末的一个故事，有人应考作"廉吏为民之表论"，不知题目怎讲，便写道："夫表者，有摄氏表，有华氏表，而独未见有廉吏为民之表。"最后他说："因画图以明之。"我们现在的画家最困难的是画《红楼梦》人物图，某个人物的服妆，在书中写得花团锦簇，及至动笔画起来，又茫然无所措手了。例如"俱各按品大妆"（十八回），什么品，每品又是什么样？怎样叫"大妆"，另外还有没有"中妆""小妆"，它们之间又有什么区别？又如"金丝八宝攒珠髻、朝阳五凤挂珠钗"（三回），我从前也曾强不知以为知地注过一番，事实上是画了一次"廉吏为民之表图"，后来明白作者是在暗写清代命妇戴的"钿子"，写得却天衣无缝，使读者觉得眼前有一个珠围翠绕的青年贵妇的发髻，但谁也说不出它具体是什么样子。这样迷离惝恍的发髻，又教注者怎么去写得十分具体呢？

至于其它物品，如莲叶羹（三十五回）等稀奇古怪的食品，固然今天谁也不易看到它是什么样子，但只看作者的描述，读者也会理解它是一种"富极无聊"的人们折腾出来的一种吃法，也就够了。至于"瓟斝""点犀㪷"（四十一回）又是什么东西？

有一位老先生曾向我说："瓟斝即是壶芦器，故宫陈列着许多，你看见过吗？"其实不止故宫，从前我在我祖父的案头也看见过，但作者同时并举的点犀䀉又在哪里去找呢？后来我恍然，又上了当，这里仍是作者故弄狡狯，和什么武则天、杨贵妃用过的什么器皿（五回）正是一类的"调侃"手法，一下笔描述它的形状，便等于又画了一次"廉吏为民之表图"。

4.官制问题：作者所避忌露出的清代的特点中，官制方面尤为严格。凡是清代以前有过而清代也沿用的，便不属清代特有，才出本名称；凡清代特有的，一律避开。像"龙禁尉""京营节度使"等等，不但清代没有，即查遍"九通""二十四史"，也仍然无迹可寻。又书中说明"五品龙禁尉"，下文则说"秦氏恭人"（十三回）。各种八十回抄本（即所谓"脂批本"）都如此。有人因为清代五品命妇称"宜人"，六品命妇称"恭人"，认为作者这里是笔误。于是高、程刻本一系的版本都直接改为"宜人"。要知作者用意正是要使品级和封号差开，才露不出清代官制的痕迹。改为"宜人"，于清代官制虽对了，而于作者本意却错了。

5.诗歌骈文的问题：书中有不少古、近体诗和骈体文，似乎只有词藻、典故的问题，至多需要加一些解题和串讲也就够了。其实本书中这方面的作品，和旧小说中那些"赞"或"有诗为证"的诗，都有所不同。同一个题目的几首诗，如海棠诗（三十七回）、菊花诗（三十八回）等，宝玉作的，表现宝玉的身份、感情；黛玉、宝钗等人作的，则表现她们每个人的身份、感情。是书中人物自作的诗，而不是曹雪芹作的诗。换言之，每首诗都是人物形象的组成部分。作者曾为王熙凤安排了一个联句场面，使她被逼得脱口说出一句眼前的景物"一夜北风紧"（五十回）。这句中既没有华丽的词藻，也没有深奥的典故，又恰是唤起下文的联句首唱。宋代欧阳修、苏轼曾作过"禁体雪诗"，所谓"禁体"，是"不以盐玉鹤鹭絮蝶飞舞之类为比，仍不使皓白洁素等字"。王熙凤这一句，不正是绝好的禁体雪诗吗？王熙凤又怎能作出呢？读者都知道，王熙凤不识字，但她聪明、机智，具有泼辣、大胆的性格和遇事满不在乎的作风。所以她能作这一句，也只能作这一句。这样一句，又绝不能换到宝钗、黛玉等人的口中、笔下。诸如此类，又不是诗选、文选注释办法所能负担得了的。

6和7. 即生活习惯和人物的关系问题：这方面看来像是书中最容易了然的部分。我十几岁时看到母亲那里有一套《红楼梦》，但不许我看。偷着看了几次，怕被发现，都是匆忙地翻阅，没头没脑地打开快看，只觉得都是一些"家常里短"，人物是些姥姥舅妈之类，情节是些吃饭喝酒之类，真使我废书而叹。认为这有什么看头，还值得那么神秘？后来知道，即是吃一桌饭，其中也有不少文章。例如"寿怡红"的"夜宴"（六十三回），哪个人坐在哪里，本是毫无可注的，也是并不须注的。但如果有人问起某个人为什么坐在某处，恐怕许多读者未必都考虑过。又如赵姨娘已生儿育女，在贾府是妾而非婢，她的娘家弟兄，当然是探春、贾环的亲舅舅，为什么探春在她亲娘面前却不承认，而说王子腾是她舅舅呢（五十五回）？按清代皇帝选妃是从内外各旗人的家中挑选，而贵族官僚则向他们的庄头家挑选。姨娘的父母兄弟，在主人家具有两重身份：在主人面前，甚至包括他们的外甥、外甥女或外孙、外孙女面前，他们是奴才；他们的家眷，在他们的女儿或姊妹的房中，不当着家长面，仍可以暂时按家人关系见礼。探春不承认庄头身份的亲舅舅，不但说明了阶级制度，即从探春的性格言，这一席对话，也正是探春的完整形象的一个组成部分。又清代贵族官僚家庭中，以至亲戚之间，"嫡出"的子女比"庶出"的子女被重视，常常有庶出子女生下后在旗下衙门报档子（报登户口册）时冒称嫡出。探春公然自称是王子腾的外甥女，也就是庶出子女公然自居是嫡出的，有时也实有这种根据。

还有旗人家庭中（恐不止旗人，我见到许多汉人官僚家庭也是如此），未出嫁的姑娘身份最高贵；大伯子对小婶必须十分有礼貌；嫂子对小叔子和侄辈，年龄尽管大不了几岁，她都可以老气横秋地对待他们，生活细节上，有时也不太按"礼防"来避忌。所以凤姐可以那样对待宝玉，也可以那样对待贾蓉。当贾蓉和凤姐纠缠时（六回），在程伟元、高鹗的再版刻本中（即所谓"程乙本"），不知谁在"那凤姐只管慢慢吃茶，出了半日神"之下给加上了"忽然把脸一红"一句，大概修订者认为这样可以暗示他们之间有些暧昧，其实作者并不须要这类"廉价标签"来贴"意淫"（五回）情节。因为在习惯上，她们之间本是许可接近的。即使面貌苍白，了无血色，要暧昧仍可暧昧。又如薛宝钗终于做了宝玉的配偶，这固然有悲剧故事情节的必要安排，也实有封建家庭的生活背景。黛玉是贾母的外孙女，宝钗是王夫人妹妹的女儿。封建家庭中，祖父祖母尽管是最高权威人物，但对"隔辈人"的婚姻，究竟要尊重孙子的父母的意见，尤其他母亲的意见，因为婆媳的关系是最要紧的。贾母爱孙子宝玉，当然也爱外孙女黛玉，何况黛玉父母已死，贾母对她的怜爱，不言而喻会更多些。如果勉强把她嫁给宝玉，自己死了以后，黛玉的命运还要操之于王夫人之手，贾母又何敢鲁莽从事呢？宝玉的婚姻既由王夫人做主，那么宝钗中选，自然是必然的结果。这可以近代史中一事为例：慈禧太后找继承人，在她妹妹家中选择，还延续到下一代。这种关系之强而且固，不是非常明显的吗？另外从前习惯"中表不婚"，尤其是姑姑、舅舅的子女不婚。如果姑姑的女儿嫁给舅舅的儿子，叫做"骨肉还家"，更犯大忌。血缘太近的人结婚，"其生不蕃"，这本是古代人从经验得来的结论，一直在民间流传着。本书的作者赋予书中的情节，又岂能例外！不管后四十回的作者是谁，我们也应该承认他处理得完全合乎当时的生活背景，而不是专为悲剧性质硬行安排的这种情节。了解这类的种种问题，对于读这部书是有帮助的。但又岂是注释体例所能担负得了的呢？

8. 写实与虚构的问题：前边已经提过，作者虚构的手法，实是随处可见的。我曾把书中的年代、地方、官职、服妆、称呼、器物等等方面虚构的情况加以分析和统计，见《读红楼梦札记》，现在不必重复。我们据此可以了解作者由于有所避忌，所以他不但要把"真事隐去"，即在其他方面，小到器物之微，也不肯露出清朝特有的痕迹。从作者这个原则来看，又有一个问题值得研究了：大观园在哪里？作者是否敢于实写，或愿意实写呢？大观园如果确是某一家第宅园林的样子，难道作者就不怕那一家主人向他问罪吗？如果说是大观园偶合某家的园林，又怎能那么巧呢？无论南北，各处的园林都有它的特点，很少重复。即如颐和园的谐趣园，大家都知道是模拟无锡寄畅园建造的，但游人共同见到，两个园子毕竟不同。像汉初建造了新丰，把丰邑原来的鸡犬搬去，它们仍一一认得自己的家。这只是夸张了的故事，而不会是生活中的事实。那么今天北京某个残存的某府第园林，又怎能便指为即是大观园呢？如果说大观园即是作者自己家的园林，这固然无需作者有什么避忌。但北京几个残存的府第，递传的主人，都班班可考，没有哪一处是曾经曹氏居住过的。我有一位搞古建筑的朋友曾画大观园的平面图，按书中所写，排列各个房屋，始终对不起位置。比方说：乙处在甲处之右，丙在乙之后，丁在丙之左。找来找去，丁之前却又是乙。大观园为什么竟成了迷魂阵？不难理解，这正是作者有意的安排，如果今天有一处现有的园林完全符合大观园，或说大观园完全符合某一处现有的园林，那么大观园便不是曹雪芹所写的了！

自从脂砚斋批语发现之后，多少读者在其中寻找作者初稿的意图，例如秦可卿之死，"淫丧天香楼"如果算是实写，那么现在传本的写法便是虚写。但前边所举的那些问题，即使查遍各本的"脂批"，又怎能从中一一得到辨别呢？书中这些被作者所设的"障眼法"遮盖的东西，又是注释中最难处理的。

以上对八项问题的探讨，主要是想说明《红楼梦》一书需有注释，而注释为体例所限，又不易把曲折复杂的事物一一详细说透。在一些分析批判思想性、艺术性的文章中，这类"细节"又常是"无关轻重"的。再加本书作者有许多故意隐晦的笔墨，半真半假的言词，越发不易寻根究底了。虽然有这些困难，我们并不能就此放下手，尤其不能眼看着青年读者看不懂而置之不理。在我们能力所及和现有的条件下，要尽先写出可以供青年读者或在校文科学生阅读这部伟大古典文学作品急需的参考用书。这部"红楼梦注释"即是为了这个目的编写的。

　　笔者虽是北京师范大学中文系古典文学组的成员，正在注释初稿工作进行时，被借调出去做别的工作，所以未能参加编写。但因《红楼梦》的初次注释，我曾出过些力，所以让我发表一点意见，才荣幸地写了这篇序言。

一九七九年秋

第一回

甄士隐梦幻识通灵① 贾雨村风尘怀闺秀②

　　此开卷第一回也。作者自云曾历过一番梦幻之后，故将真事隐去，而借"通灵"说此《石头记》一书也，故曰"甄士隐"云云。但书中所记何事何人？自己又云："今风尘碌碌，一事无成，忽念及当日所有之女子，一一细考较去，觉其行止见识皆出我之上。我堂堂须眉③，诚不若彼裙钗④，我实愧则有余，悔又无益，大无可如何之日也！当此日，欲将已往所赖天恩祖德，锦衣纨袴之时⑤，饫甘餍肥之日⑥，背父兄教育之恩，负师友规训之德，以致今日一技无成，半生潦倒之罪⑦，编述一集，以告天下，知我之负罪固多，然闺阁中历历有人⑧，万不可因我之不肖⑨，自护己短，一并使其泯灭也。故当此蓬牖茅椽，绳床瓦灶⑩，未足妨我襟怀；况对着晨风夕月，阶柳庭花，更觉润人笔墨。虽我不学无文，又何妨用假语村言，敷演出来，亦可使闺阁昭传，复可破一时之闷，醒同人之目，不亦宜乎？故曰'贾雨村'云云。更于篇中间用'梦''幻'等字，却是此书本旨，兼寓提醒阅者之意。"

　　看官：你道此书从何而起？说来虽近荒唐，细玩深有趣味。却说那女娲氏炼石补天之时⑪，于大荒山无稽崖炼成高十二丈、见方二十四丈大的顽石三万六千五百零一块⑫，那娲皇只用了三万六千五百块，单单剩下一块未用，弃在青埂峰下。谁知此石自经锻炼之后，灵性已通，自去自来，可大可小，因见众石俱得补天，独自己无才，不得入选，遂自怨自愧，日夜悲哀。

　　一日，正当嗟悼之际⑬，俄见一僧一道远远而来，生得骨格不凡，丰神迥异，来到这青埂峰下，席地坐谈。见着这块鲜莹明洁的石头，且又缩成扇坠一般⑭，甚属可爱，那僧托于掌上，笑道："形体倒也是个灵物了，只是没有实在的好处，须得再镌上几个字，使人人见了便知你是件奇物，然后携你到那昌明隆盛之邦、诗礼簪缨之族、花柳繁华地、温柔富贵乡那里去走一遭⑮。"石头听了大喜，因问："不知可镌何字？携到何方？望乞明示。"那僧笑道："你且莫问，日后自然明白。"说毕，便袖了，同那道人飘然而去，竟不知投向何方。

又不知过了几世几劫⑯，因有个空空道人访道求仙，从这大荒山无稽崖青埂峰下经过，忽见一块大石，上面字迹分明，编述历历；空空道人乃从头一看，原来是无才补天、幻形入世、被那茫茫大士渺渺真人携入红尘、引登彼岸的一块顽石⑰，上面叙着堕落之乡，投胎之处，以及家庭琐事，闺阁闲情，诗词谜语，倒还全备。只是朝代年纪，失落无考。后面又有一偈云⑱：

　　无材可去补苍天，枉入红尘若许年；此系身前身后事，倩谁记去作奇传⑲？

空空道人看了一回，晓得这石头有些来历，遂向石头说道："石兄⑳，你这一段故事，据你自己说来，有些趣味，故镌写在此，意欲闻世传奇。据我看来，第一件，无朝代年纪可考；第二件，并无大贤大忠、理朝廷、治风俗的善政，其中只不过几个异样女子，或情或痴，或小才微善，我纵然抄去，也算不得一种奇书。"石头果然答道："我师何必太痴！我想历来野史的朝代㉑，无非假借'汉''唐'的名色，莫如我这石头所记，不借此套，只按自己的事体情理，反倒新鲜别致。况且那野史中，或讪谤君相，或贬人妻女，奸淫凶恶，不可胜数。更有一种风月笔墨㉒，其淫秽污臭，最易坏人子弟。至于才子佳人等书，则又开口'文君'㉓，满篇'子建'㉔，千部一腔，千人一面，且终不能不涉淫滥。在作者不过要写出自己的两首情诗艳赋来，故假捏出男女二人名姓，又必旁添一小人拨乱其间，如戏中小丑一般。更可厌者，'之乎者也'㉕，非理即文，大不近情，自相矛盾。竟不如我半世亲见亲闻的这几个女子，虽不敢说强似前代书中所有之人，但观其事迹原委，亦可消愁破闷；至于几首歪诗，亦可以喷饭供酒㉖。其间离合悲欢，兴衰际遇，俱是按迹循踪，不敢稍加穿凿，至失其真。只愿世人当那醉余睡醒之时，或避事消愁之际，把此一玩，不但洗了旧套，换新眼目，却也省了些寿命筋力，不比那谋虚逐妄。我师意为何如？"空空道人听如此说，思忖半晌，将这《石头记》再检阅一遍，因见上面大旨不过谈情，亦只实录其事，绝无伤时淫秽之病，方从头至尾抄写回来，闻世传奇。从此空空道人因空见色，由色生情，传情入色，自色悟空㉗，遂改名情僧，改《石头记》为《情僧录》。东鲁孔梅溪题曰《风月宝鉴》㉘。后因曹雪芹于悼红轩中，披阅十载，增删五次，纂成目录，分出章回，又题曰《金陵十二钗》㉙，并题一绝。即此便是《石头记》的缘起。诗云：

满纸荒唐言㉚，一把辛酸泪㉛！都云作者痴，谁解其中味㉜？

《石头记》缘起既明，正不知那石头上面记着何人何事，看官请听——

按那石上书云：当日地陷东南㉝，这东南有个姑苏城，城中阊门㉞，最是红尘中一二等富贵风流之地。这阊门外有个十里街，街内有个仁清巷㉟，巷内有个古庙，因地方狭窄，人皆呼作"葫芦庙"。庙旁住着一家乡宦㊱，姓甄名费，字士隐，嫡妻封氏㊲，性情贤淑，深明礼义。家中虽不甚富贵，然本地也推他为望族了㊳。因这甄士隐禀性恬淡，不以功名为念，每日只以观花种竹、酌酒吟诗为乐，倒是神仙一流人物。只是一件不足，年过半百，膝下无儿，只有一女，乳名英莲，年方三岁。

一日炎夏永昼，士隐于书房闲坐，手倦抛书，伏几盹睡，不觉朦胧中走至一处，不辨是何地方。忽见那厢来了一僧一道，且行且谈，只听道人问道："你携了此物，意欲何往？"那僧笑道："你放心，如今现有一段风流公案，正该了结，这一干风流冤家尚未投胎入世㊴，趁此机会，就将此物夹带于中，使他去经历经历。"那道人道："原来近日风流冤家又将造劫历世，但不知起于何处？落于何方？"那僧道："此事说来好笑。只因西方灵河岸上三生石畔有绛珠草一株⁴⁰，那时这个石头因娲皇未用，却也落得逍遥自在，各处去游玩，一日来到警幻仙子处，那仙子知他有些来历，因留他在赤霞宫居住，就名他为赤霞宫神瑛侍者⁴¹。他却常在灵河岸上行走，看见这株仙草可爱，遂日以甘露灌溉，这绛珠草始得久延岁月。后来既受天地精华，复得甘露滋养，遂脱了草木之胎，得换人形，仅仅修成女体，终日游于'离恨天'外⁴²，饥餐'秘情果'，渴饮'灌愁水'。只因尚未酬报灌溉之德，故甚至五内郁结着一段缠绵不尽之意⁴³，常说'自己受了他雨露之惠，我并无此水可还，他若下世为人，我也同去走一遭，但把我一生所有的眼泪还他，也还得过了'。因此一事，就勾出多少风流冤家都要下凡，造历幻缘，那绛珠仙草也在其中。今日这石复还原处，你我何不将他仍带到警幻仙子案前，给他挂了号，同这些情鬼下凡，一了此案。"那道人道："果是好笑，从来不闻有'还泪'之说。趁此你我何不也下世度脱几个⁴⁴，岂不是一场功德⁴⁵？"那僧道："正合吾意。你且同我到警幻仙子宫中，将这'蠢物'交割清楚，待这一干风流孽鬼下世⁴⁶，你我再去。——如今有一半落尘，然犹未全集。"道人道："既如此，便随你去来。"

却说甄士隐俱听得明白，遂不禁上前施礼，笑问道："二位仙师请了。"那僧道也忙答礼相问，士隐因说道："适闻仙师所谈因果⁴⁷，实人世罕闻者。但弟子愚拙，不能洞悉明白，若蒙大开痴顽，备细一闻，弟子洗耳谛听，稍能警省，亦可免沉沦之苦⁴⁸。"二仙笑道："此乃玄机⁴⁹，不可预泄者。到那时只不要忘了我二人，便可跳出火坑矣⁵⁰。"士隐听了，不便再问，因笑道："玄机固不可泄，但适云'蠢物'，不知为何？或可得见否？"那僧说："若问此物，倒有一面之缘。"说着取出递与士隐。士隐接了看时，原来是块鲜明美玉，上面字迹分明，镌着"通灵宝玉"四字。后面还有几行小字，正欲细看时，那僧便说"已到幻境"，便强从手中夺了去，与道人竟过一大石牌坊⁵¹，上面大书四字，乃是"太虚幻境"㉜，两边又有一副对联道㉝：

> 假作真时真亦假，无为有处有还无㉞。

士隐意欲也跟了过去，方举步时，忽听一声霹雳，若山崩地陷，士隐大叫一声，定睛看时，只见烈日炎炎，芭蕉冉冉，梦中之事，便忘了一半。又见奶母抱了英莲走来。士隐见女儿越发生得粉装玉琢，乖觉可喜，便伸手接来，抱在怀中，斗他玩耍一回，又带至街前看那过会的热闹㉟。方欲进来时，只见从那边来了一僧一道，那僧癞头跣足，那道跛足蓬头，疯疯癫癫，挥霍谈笑而至㊱。及到了他门前，看见士隐抱着英莲，那僧便大哭起来，又向士隐道："施主㊲，你把这有命无运、累及爹娘之物抱在怀内作甚㊳？"士隐听了，知是疯话，也不睬他。那僧还说："舍我罢，舍我罢！"士隐不耐烦，便抱女儿转身欲进去，那僧乃指着他大笑，口内念了四句言词，道是：

> 惯养娇生笑你痴，菱花空对雪澌澌；好防佳节元宵后，便是烟消火灭时㊴。

士隐听得明白，心下犹豫，意欲问他来历，只听道人说道："你我不必同行，就此分手，各干营生去罢，三劫后我在北邙山等你㊵，会齐了，同往太虚幻境销号。"那僧道："最妙，最妙！"说毕，二人一去再不见个踪影了。士隐心中此时自忖：这两个人必有来历，很该问他一问，如今后悔却已晚了。

这士隐正痴想，忽见隔壁葫芦庙内寄居的一个穷儒——姓贾名化、表字时飞、别号雨村的走了来。这贾雨村原系湖州人氏㊶，也是诗书仕宦之族，因他生于末世，父母祖宗根基已尽，人口衰丧，只剩得他一身一口，在家乡无益，因进京求取功名，再整基业。自前岁来此，又淹蹇住了㊷，暂寄庙中安身，每日卖文作字为生，故士隐常与他交接。当下雨村见了士隐，忙施礼陪笑道："老先生倚门伫望，敢街市上有甚新闻么？"士隐笑道："非也，适因小女啼哭，引他出来作耍。正是无聊的很，贾兄来得正好，请入小斋，彼此俱可消此永昼。"说着，便令人送女儿进去，自携了雨村，来至书房中，小童献茶。方谈得三五句话，忽家人飞报："严老爷来拜。"士隐慌的忙起身谢罪道："恕诓驾之罪[63]，略坐，弟即来奉陪。"雨村起身亦让道："老先生请便。晚生乃常造之客，稍候何妨。"说着士隐已出前厅去了。

　　这里雨村且翻弄诗籍解闷，忽听得窗外有女子嗽声，雨村遂起身往外一看，原来是一个丫鬟在那里掐花，生得仪容不俗，眉目清秀，虽无十分姿色，却也有动人之处，雨村不觉看得呆了。那甄家丫鬟掐了花，方欲走时，猛抬头见窗内有人，敝巾旧服，虽是贫窭，然生得腰圆背厚，面阔口方，更兼剑眉星眼，直鼻方腮[64]。这丫鬟忙转身回避，心下自想："这人生的这样雄壮，却又这样褴褛，想他定是我家主人常说的什么贾雨村了，每有意帮助周济他，只是没甚机会。我家并无这样贫窭亲友，想一定就是此人了，怪道又说他必非久困之人。"如此想，不免又回头一两次。雨村见他回了头，便以为这女子心中有意于他，便狂喜不禁，自谓此女子必是个巨眼英豪[65]，风尘中之知己。一时小童进来，雨村打听得前面留饭，不可久待，遂从夹道中自便门出去了。士隐待客既散，知雨村已去，便也不去再邀。

　　一日到了中秋佳节，士隐家宴已毕，又另具一席于书房，自己步月至庙中来邀雨村。原来雨村自那日见了甄家之婢曾回顾他两次，自谓是个知己，便时刻放在心上，今又正值中秋，不免对月有怀，因而口占五言一律云[66]：

　　　　未卜三生愿[67]，频添一段愁[68]；闷来时敛额[69]，行去几回头。自顾风前影[70]，谁堪月下俦[71]？蟾光如有意[72]，先上玉人楼[73]。

雨村吟罢，因又思及平生抱负，苦未逢时，乃又搔首对天长叹，复高吟一联云：

　　　　玉在椟中求善价，钗于奁内待时飞[74]。

　　恰值士隐走来听见，笑道："雨村兄真抱负不凡也！"雨村忙笑道："不敢，不过偶吟前人之句，何期过誉如此。"因问："老先生何兴至此？"士隐笑道："今夜中秋，俗谓'团圆之节'⑮，想尊兄旅寄僧房，不无寂寥之感，故特具小酌，邀兄到敝斋一饮，不知可纳芹意否⑯？"雨村听了，并不推辞，便笑道："既蒙谬爱，何敢拂此盛情。"说着，便同了士隐复过这边书院中来。

须臾茶毕，早已设下杯盘，那美酒佳肴，自不必说。二人归坐，先是款斟慢饮，渐次谈至兴浓，不觉飞觥献斝起来⑰。当时街坊上家家箫管，户户笙歌，当头一轮明月，飞彩凝辉，二人愈添豪兴，酒到杯干。雨村此时已有七八分酒意，狂兴不禁，乃对月寓怀，口占一绝云：

> 时逢三五便团圆⑱，满把清光护玉栏；天上一轮才捧出，人间万姓仰头看⑲。

士隐听了大叫："妙极！弟每谓兄必非久居人下者，今所吟之句，飞腾之兆已见，不日可接履于云霄之上了⑳。可贺，可贺！"乃亲斟一斗为贺。雨村饮干，忽叹道："非晚生酒后狂言，若论时尚之学㉑，晚生也或可去充数挂名，只是如今行囊路费，一概无措，神京路远，非赖卖字撰文即能到得。"士隐不待说完，便道："兄何不早言，弟已久有此意，但每遇兄时，并未谈及，故未敢唐突。今既如此，弟虽不才，义利二字㉒，却还识得。且喜明岁正当大比，兄宜作速入都，春闱一捷㉓，方不负兄之所学。其盘费余事，弟自代为处置，亦不枉兄之谬识矣。"当下即命小童进去速封五十两白银并两套冬衣，又云："十九日乃黄道之期，兄可即买舟西上，待雄飞高举，明冬再晤，岂非大快之事。"雨村收了银衣，不过略谢一语，并不介意，仍是吃酒谈笑。那天已交三鼓，二人方散。

士隐送雨村去后，回房一觉，直至红日三竿方醒，因思昨夜之事，意欲写荐书两封与雨村带至都中去，使雨村投谒个仕宦之家为寄身之地，因使人过去请时，那家人回来说："和尚说：'贾爷今日五鼓已进京去了，也曾留下话与和尚转达老爷，说："读书人不在'黄道''黑道'㉔，总以事理为要，不及面辞了。"'"士隐听了，也只得罢了。

　　真是闲处光阴易过，倏忽又是元宵佳节。士隐令家人霍启抱了英莲去看社火花灯[87]，半夜中，霍启因要小解，便将英莲放在一家门槛上坐着，待他小解完了来抱时，那有英莲的踪影？急得霍启直寻了半夜，至天明不见，那霍启也不敢回来见主人，便逃往他乡去了。

　　那士隐夫妇见女儿一夜不归，便知有些不好，再使几人去找寻，回来皆云影响全无。夫妻二人半世只生此女，一旦失去，何等烦恼，因此昼夜啼哭，几乎不顾性命。看看一月，士隐已先得病，夫人封氏也因思女构疾，日日请医问卦。

　　不想这日三月十五，葫芦庙中炸供[88]，那和尚不小心，油锅火逸，便烧着窗纸，此方人家俱用竹篱木壁，也是劫数应当如此，于是接二连三，牵五挂四，将一条街烧得如"火焰山"一般[89]。彼时虽有军民来救，那火已成了势了，如何救得下，直烧了一夜方息，也不知烧了多少人家。只可怜甄家在隔壁，早成了一堆瓦砾场了，只有他夫妇并几个家人的性命不曾伤了，急得士隐惟跌足长叹而已。与妻子商议且到田庄上去住，偏值近年水旱不收，贼盗蜂起，官兵剿捕，田庄上又难以安身，只得将田地都折变了，携了妻子与两个丫鬟，投他岳丈家去。

　　他岳丈名唤封肃，本贯大如州人氏，虽是务农，家中却还殷实，今见女婿这等狼狈而来，心中便有些不乐，幸而士隐还有折变田产的银子在身边，拿出来托他随便置买些房地，以为后日衣食之计；那封肃便半用半赚的，略与他些薄田破屋。士隐乃读书之人，不惯生理稼穑等事，勉强支持了一二年，越发穷了。封肃见面时，便说些现成话，且人前人后，又怨他不善过活，只一味好吃懒做。士隐知投人不着，心中未免悔恨，再兼上年惊唬，急忿怨痛已伤，暮年之人，贫病交攻，竟渐渐的露出那下世的光景来[90]。可巧这日拄了拐扎挣到街前散散心时，忽见那边来了一个跛足道人，疯狂落拓^{⑧⑧}，麻鞋鹑衣^{⑨⑩}，口内念着几句言词道：

> 世人都晓神仙好^{⑨①}，惟有功名忘不了！古今将相在何方？荒冢一堆草没了。

> 世人都晓神仙好，只有金银忘不了！终朝只恨聚无多，及到多时眼闭了。

> 世人都晓神仙好，只有娇妻忘不了！君生日日说恩情，君死又随人去了。

> 世人都晓神仙好，只有儿孙忘不了！痴心父母古来多，孝顺子孙谁见了？

士隐听了，便迎上来道："你满口说些甚么？只听见些'好了''好了'。"那道人笑道："你若果听见'好了'二字，还算你明白。可知世上万般，好便是了，了便是好。若不了，便不好；若要好，须是了。我这歌儿便名《好了歌》^{⑨②}。"士隐本是有凤慧的^{⑨③}，一闻此言，心中早已彻悟^{⑨④}，因笑道："且住！待我将你这《好了歌》注解出来何如？"道人笑道："你就请解。"士隐乃说道：

> 陋室空堂，当年笏满床^{⑨⑤}。衰草枯杨，曾为歌舞场^{⑨⑥}。蛛丝儿结满雕梁，绿纱今又在蓬窗上^{⑨⑦}。说甚么脂正浓、粉正香，如何两鬓又成霜^{⑨⑧}？昨日黄土陇头埋白骨，今宵红绡帐底卧鸳鸯^{⑨⑨}。金满箱，银满箱，转眼乞丐人皆谤^{⑩⑩}。正叹他人命不长，那知自己归来丧？训有方^{⑩①}，保不定日后作强梁^{⑩②}。择膏粱^{⑩③}，谁承望流落在烟花巷^{⑩④}！因嫌纱帽小^{⑩⑤}，致使锁枷扛。昨怜破袄寒，今嫌紫蟒长^{⑩⑥}。乱烘烘你方唱罢我登场，反认他乡是故乡^{⑩⑦}。甚荒唐，到头来都是为他人作嫁衣裳^{⑩⑧}。

那疯跛道人听了，拍掌大笑道："解得切！解得切！"士隐便说一声"走罢"，将道人肩上的搭裢抢了过来背上^{⑩⑨}，竟不回家，同了疯道人飘飘而去。

当下哄动街坊，众人当作一件新闻传说^{⑩⑩}。封氏闻知此信，哭个死去活来，只得与父亲商议，遣人各处访寻。那讨音信？无奈何，只得依靠着他父母度日；幸而身边还有两个旧日的丫鬟伏侍，主仆三人，日夜作些针线，帮着父亲用度。那封肃虽然每日抱怨，也无可奈何了。

这日那甄家的大丫鬟在门前买线，忽听得街上喝道之声⑪，众人都说："新太爷到任了。"丫鬟隐在门内看时，只见军牢快手⑫，一对一对过去，俄而大轿内抬着一个乌帽猩袍的官府过去。丫鬟倒发个怔，自思："这官好面善，倒像在那里见过的。"于是进入房中，也就丢过，不在心上。至晚间正待歇息之时，忽听一片声打的门响，许多人乱嚷，说："本县太爷的差人来传人问话。"封肃听了，唬得目瞪口呆。不知有何祸事，且听下回分解。

【注释】

①梦幻：梦中幻境。又，佛教谓世上一切事物皆空幻不实，比喻为梦幻泡影。《金刚经》："一切有为法，如梦幻泡影，如露亦如电，应作如是观。"

②风尘：这里是久客于外、备受艰辛的意思。汉秦嘉《与妻徐淑书》："当涉远路，趋走风尘。"

③堂堂：形容人仪表庄严魁梧。须眉：古时以为男子之美在须眉，因以之代指男子。清徐时栋《烟屿楼笔记》卷二："古时称男子为须眉。"

④裙钗：古代妇女的服饰，因用作妇女的代称。

⑤锦衣纨袴（kù）：锦缎做的上衣，细绢做的裤子。形容服装的华美。指贵戚子弟之服。

⑥饫（yù）甘餍（yàn）肥：饱食香甜肥美的食物。饫、餍，都是吃饱、吃腻的意思。晋杜预《左传序》："餍而饫之，使之趋之。"疏："餍、饫，俱训为饱。"

⑦潦倒：这里是蹉跎失意、贫困衰颓的意思。

⑧闺阁：女子的卧室。这里代指女子。

⑨不肖：不似，特指子孙不像自己的父亲和祖先那样贤能。后称不孝之子为"不肖"。

⑩绳床瓦灶：表示生活的困苦。绳床，也叫"胡床"，又名"交

椅",一种可以折叠的轻便坐具。其式样来自西域,原为苦修僧徒所坐。宋程大昌《演繁露》卷十:"今之交床,本自虏来,始名胡床。桓伊下马据胡床,取笛三弄是也。隋高祖意在忌胡,器物涉胡言者,咸令改之,乃改交床。唐穆宗时,又名绳床。"此处用以代表贫家用具。瓦灶,用泥瓦块做成的简陋锅灶。

⑪女娲氏炼石补天:古代神话传说。女娲氏,传说中上古女帝王,亦称"娲皇"。《淮南子·览冥训》:"往古之时,四极废,九州裂,天不兼覆,地不周载。……于是女娲炼五色石以补苍天,断鳌足以立四极。"

⑫大荒山无稽崖:作者虚拟的两个地名,含有荒唐无稽之意。大荒山,最荒远的地方。《山海经·大荒西经》:"大荒之中,有山名曰大荒之山,日月所入。"无稽崖,无从查考的地方。《尚书·大禹谟》:"无稽之言勿听。"宋蔡沈注:"无稽者,不考于古。"

⑬嗟悼:感叹悲伤的意思。

⑭扇坠:旧时扇柄上所系的珠、玉等饰物,叫"扇坠"。

⑮诗礼簪缨之族:世代读书和做官的人家。诗礼,指《诗经》和《三礼》(《周礼》《仪礼》《礼记》),均为儒家经典。此代指读书。明郎瑛《七修类稿》卷十六:"因仍苟且,多为惜财之小而忘大义,奈何诗礼之家亦如是耶!"簪,插定发髻或冠的一种长针;缨,结冠的带子。簪和缨是古代官吏的冠饰。因以比喻显官。

⑯几世几劫:言其时间荒远。世、劫,佛教用语。世,当指世界,即宇宙。劫,佛经谓天地的形成到毁灭为一劫。《法苑珠林·劫量述意》:"夫劫者,盖是纪时之名,犹年号耳。"

⑰幻形:变化原形。大士:佛教称佛和菩萨都叫"大士"。真人:道教称所谓修真得道者为"真人"。红尘:闹市的飞尘,形容繁华。佛教徒用以指纷繁杂沓的人世间。彼岸:佛教语。梵语"波罗"的意译。佛教以有生有死的世俗世界为"此岸";以修行成道,超脱死生,即涅槃的境界为"彼岸"。

⑱偈(jì):梵语"偈陀"的简称。佛经中的一种颂词。由固定字数的四句组成。

⑲"此系"二句：意谓这是顽石身前（女娲炼石补天）、身后（顽石幻形成人之后的遭遇）所经历的事，请谁抄了作奇闻流传？倩（qìng），请。奇传，即"传奇"之倒文，本指唐人用文言写成的一种短篇小说。这里指情节离奇和人物行为超乎寻常的故事。

⑳石兄：《宋史·米芾传》："无为州治有巨石，状奇丑，芾见大喜，曰：'此足以当吾拜。'具衣冠拜之，呼之为兄。"

㉑野史：私家编撰的史书，对官修的正史而言。清徐震《珍珠舶序》："天下有正史，亦必有野史。正史者，纪千古政治之得失；野史者，述一时民风之盛衰。"亦称小说为"稗官野史"。这里即指小说。

㉒风月笔墨：旧指描写风花雪月、儿女情事的文字。蠡勺居士《昕夕闲谈小叙》："徒使作风花雪月之词，记儿女缠绵之事，则未免近于导淫，其蔽一也。"这里指渲染色情的作品。

㉓文君：即卓文君，西汉蜀地富商卓王孙之女，善鼓琴，寡居在家，司马相如以琴挑之，遂私奔相如，结为夫妇。

㉔子建：即曹植，三国魏诗人，字子建，曹操之子。据说他才思很高。南北朝宋诗人谢灵运曾说："天下才共一石，曹子建独得八斗。"

㉕之乎者也：宋文莹《湘山野录》卷中："太祖皇帝将展外城，幸朱雀门，亲自规画，独赵韩王普时从幸。上指门额问普曰：'何不只书'朱雀门'，须著'之'字安用？'普对曰：'语助。'太祖大笑曰：'之乎者也，助得甚事？'"后用以讽刺人们咬文嚼字。

㉖喷饭：吃饭时，听见可笑之事，不觉失笑，将饭喷出。

㉗"因空见色"四句：意谓天地万物的本体，都是不真实的（空），现实世界的一切事物（色），不过是虚幻不实、刹那生灭的假象，本质上是不真实的、虚幻的（空）。因此"色"的本质就是"空"，"色即是空"，"色性自空"。从"空"出发，把现实世界的一切事物都看做虚幻不实的假象，这是"因空见色"；对这假象产生种种妄念，如爱、憎等等，是"由色生情"。"传情入色，自色悟空"，是对上两句的还原。按照佛教的观点，这就是消灭妄念，解脱烦恼，使人彻底"觉悟"，回到"空"的佛性天国的道路。空、色、情，均为佛教名词。空，指事物的虚幻不实。佛教认为一切事物皆是因缘所生，没有实在的本体，

故名为"空"。色，指有形之万物。佛教把凡能使人感触到、并足以引起变碍的事物，皆称为"色"。情，指人对事物产生的种种欲念。

㉘《风月宝鉴》：甲戌本"凡例"云："是书题名极多……又曰《风月宝鉴》，是戒妄动风月之情。"宝鉴，宝镜。常用作书名，取可借鉴之意。

㉙《金陵十二钗》：甲戌本"凡例"云："此书又名《金陵十二钗》，审其名则必系金陵十二女子也。然通部细搜检去，上中下女子岂止十二人哉。"金陵，古邑名，战国楚威王七年灭越后置。在今南京清凉山。因东晋王导谓"建康古之金陵"，后因以为南京的别称。钗，女子首饰，由两股合成。古时常以金钗十二形容女子首饰之多。南朝梁萧衍《河中之水歌》："头上金钗十二行。"后借称女子排列之众。唐白居易《酬思黯戏赠》诗："钟乳三千两，金钗十二行。"这里指十二个年轻女子。

㉚荒唐言：夸大的言辞。引申为谬误、不可信的话。

㉛辛酸泪：比喻痛苦悲伤的眼泪。

㉜味：滋味。比喻事物的真实旨趣。

㉝地陷东南：《列子·汤问》："共工氏与颛顼争为帝，怒而触不周之山，折天柱，绝地维。故天倾西北，日月辰星就焉；地不满东南，故百川水潦归焉。"

㉞姑苏：江苏苏州的别称。因其西南有姑苏山而得名。阊门：苏州城的西北门。谓其像天门之有阊阖，故名。《吴越春秋·阖闾内传》："立阊门者，以象天门通阊阖风也。立蛇门者，以象地户也。阖闾欲西破楚，楚在西北，故立阊门以通天气，因复名之破楚门。"

㉟仁清巷：据脂批，谐音"人情巷"。前句中"十里街"谐音"势利街"。

㊱乡宦：即乡绅，指回乡居住的官僚。

㊲嫡妻：正妻。与"庶"相对。

㊳望族：有声望的世家大族。

㊴风流冤家：指相互爱恋的青年男女。冤家，原为佛教用语。《五灯会元》："但以佛教慈悲，冤亲平等。"意谓对怨敌和亲友同样慈

悲。后用指仇敌，也用作对情人的爱称，为爱极的反语。

④西方灵河岸上三生石畔有绛珠草一株：这里点明林黛玉的前世。西方灵河岸上，作者虚拟的仙境。西方，即西天，本指佛的出生地天竺（印度古称）。灵河，即圣河，本指流经今印度和孟加拉国境内的恒河。印度教称为"圣河"，佛教也视为"福水"，佛常到此宣说妙法。三生，佛教语，指前生、今生、来生。佛教以为人三世的生命可以不断转化。三生石，唐袁郊《甘泽谣·圆观》载，唐代李源同僧圆观友善，二人同游三峡，见一妇女汲水，圆观对李源说："是某托身之所。更约十二年后中秋月夜，杭州天竺寺外，与君相见。"说完，圆观就死了。后李源如期赴约，到了杭州，果遇一牧童唱《竹枝词》道："三生石上旧精魂，赏月吟风不要论。惭愧情人远相访，此身虽异性长存。"这牧童就是圆观的后身。后遂常用"三生石"比喻因缘前定。绛珠草，或即古代神话中的灵芝仙草。《文选》卷二张衡《西京赋》："神木灵草，朱实离离。"薛综注云："灵草，芝英；朱，赤也。"

④神瑛（yīng）：意即灵性已通的美石。《玉篇》："瑛，于京切，美石似玉。"

④离恨天：佛教说法，欲界六天第二层为忉利天，在须弥山顶，中央及四方八部共三十三天。元剧常有"三十三天，离恨天最高，四百四病，相思病最苦"语。以此来比喻男女抱恨，长期不得相见之愁怨。

④五内：即五脏，指心、肝、脾、肺、肾。后亦泛指内心。东汉蔡文姬《悲愤》诗："见此崩五内，恍惚生狂痴。"

④度脱：佛教用语。谓解脱世人生老病死种种苦厄，到达仙佛境界。《南史·阇婆达国传》："转尊法轮，度脱众生。"

④功德：佛教用语。功，指做善事。德，指得福报。一般指念佛、诵经、布施等，据说因此可得善的报应。

④下世：佛教徒称人诞生为"下世"或"落尘"，即下降到尘世的意思。

④因果：佛教名词。佛教依据"已作不失，未作不得"的理论，认为事物有起因必然导致相应的后果，善因得善果，恶因得恶果。

㊽沉沦之苦：佛家用语。谓在生死轮回中永远不得解脱的苦难。佛教认为众生各依所作善恶业因，一直在所谓六道中生死相续，升沉不定。如植恶因，则得恶果，要受从天降到人，从人降到阿修罗、地狱、饿鬼、畜生之苦。

㊾玄机：道家称所谓奥妙之理为"玄机"。这里义同"天机"。

㊿火坑：佛教用语。指地狱、饿鬼、畜生三条恶道为三恶火坑。《妙法莲花经》卷七："假使兴恶意，推落大火坑。"后也比喻悲惨困苦的处境。

�51牌坊：又名"牌楼"。一种门洞式的建筑物。多由两个、四个或六个并列的柱子构成，顶上有檐，上刻题字。一般用木、砖、石等材料建成，旧时多建于庙宇、陵墓、祠堂、衙署和园林前或街市要冲，用以标榜功德、宣扬封建礼教。

㊾太虚幻境：虚拟的仙境，意即虚幻之地。太虚，虚无缥缈。《庄子·知北游》："是以不过乎昆仑，不游乎太虚。"幻境，虚幻的境界。明无名氏《牛郎织女》第一回："这桩古典，都是太虚幻境中之楼台亭阁，内中情节奇奇怪怪，变化莫测。"

㊾对联：亦称"楹联"，悬挂于壁上或柱上的联语。盛行于明末至清。相传始于五代后蜀主孟昶。宋张唐英《蜀梼杌》卷下载，蜀亡前一年除夕，孟昶自题桃符板于寝门云："新年纳余庆，佳节贺长春。"

㊾"假作真时"一联：上联中的"真"和"假"，即佛教所谓的"实"和"虚"。佛家认为，现实世界的万物，原本都是虚假的，只有彻悟超脱，达到"彼岸世界"，才是真实的。下联中的"无"和"有"，乃道家说法。《老子》四十章："天下万物生于有，有生于无。"这副对联给"太虚幻境"蒙上了一层宗教的神秘色彩，实是作者故弄玄虚，别有寓意。

㊾过会：也叫"赛会"，民间旧俗。清富察敦崇《燕京岁时记·过会》："过会者，乃京师游手，扮作开路、中幡、杠箱、官儿、五虎棍、跨鼓、花钹、高跷、秧歌、什不闲、耍坛子、耍狮子之类；如遇城隍出巡及各庙会等，随地演唱，观者如堵，最易生事。"

㊾挥霍：亦作"挥攉"。明焦竑《字学》："摇手曰挥，反手曰

攉。"极言动作的轻捷。这里是洒脱、无拘束的意思。

⑤施主：佛家对向佛寺和尚施舍财物者的敬称。

⑧有命无运：意谓一人虽有好命，运气不好，还是可怜。命，即天命，这里指人一生的境遇。《周易·乾》："乾道变化，各正性命。"疏："命者，人所禀受，若贵贱夭寿之属是也。"运，即运气，指人一时的祸福穷达。

⑤"惯养娇生"四句：这里感叹英莲的命运。惯养娇生，即娇生惯养，意谓在过分爱怜中长成。菱花，指菱花镜。古代以铜为镜，映日则发光影如菱花。这里暗喻英莲（后改名为香菱）。雪澌澌，这里比喻甄士隐花白的头发。澌澌，下雪声。意谓甄士隐对英莲，有如对着菱花镜中的影子一样，终属虚幻。好防，仔细提防。烟消火灭，比喻事物消失，不见踪迹。

⑥北邙山：即邙山，在今河南洛阳北。东汉、魏建都洛阳，贵族官僚多葬在北邙山。唐王建《北邙行》："北邙山头少闲土，尽是洛阳人旧墓。"后成为墓地的代称。

⑥湖州：本为地名，州治在浙江吴兴。实是作者虚构的地方。甲戌本脂评："胡诌也。"

⑥淹蹇（yān jiǎn）：即"偃蹇"。本形容境遇困顿，这里是阻滞不前的意思。

⑥诓驾：不能陪待客人的道歉之词，即失陪的意思。诓，欺骗。驾，本指古时帝王的车乘，亦用为对客人的尊称。

⑥方腮：即"方颐"，形容人面颊宽广。

⑥巨眼：眼光远大，有见识。

⑥口占五言一律：作诗不起草，随口吟诵而成，叫"口占"。律，律诗的简称，全首八句（八句以上叫排律），每句五字者叫五律，七字者叫七律；讲对偶，调平仄，格律严整，异于古体，故称"律诗"。

⑥未卜：不能预测。三生愿：这里指与娇杏相结合的意愿。

⑥频添：时时添加。一段愁：唐李白《长门怨》："月光欲到长门殿，别作深宫一段愁。"

⑥敛额：紧皱眉头。愁闷的样子。

⑦⓪"自顾"句：自顾其影，含有自负之意。风前影，或指一个人姿态潇洒的风采。唐杜甫《饮中八仙歌》："宗之萧洒美少年，举觞白眼望青天，皎如玉树临风前。"

⑦①谁堪：谁能够做。月下俦：月下的伴侣。

⑦②蟾光：即月光。古代传说月中有蟾蜍。《广韵》："蟾光，月彩也。"

⑦③玉人楼：美人居住的地方。玉人，此指娇杏。

⑦④"玉在"二句：意谓贾雨村比喻自己怀才待用，正等待时机，飞黄腾达。椟（dú），匣子。《论语·子罕》："子贡曰：'有美玉于斯，韫椟而藏诸？求善贾而沽诸？'子曰：'沽之哉！沽之哉！我待贾者也。'"贾，同"价"。奁（lián），古代妇女梳妆用的镜匣。汉郭宪《洞冥记》卷二："（汉武帝）元鼎元年，起招仙阁于甘泉宫西。神女留玉钗以赠帝，帝以赐赵婕妤。至昭帝元凤中，宫人犹见此钗。黄琳欲之，明日示之，既发匣，有白燕飞升天。"

⑦⑤团圆节：明刘侗、于奕正《帝京景物略·春场》："八月十五日，祭月。其祭，果饼必圆，分瓜必牙错瓣刻之如莲花……女归宁，是日必返其夫家，曰团圆节也。"

⑦⑥芹意：比喻微薄的情意。后遂用"芹意"作为对人有所赠送的谦词。

⑦⑦飞觥（gōng）献斝（jiǎ）：形容宾主相让，尽欢痛饮。觥、斝，两种古代酒器。

⑦⑧三五：每月的十五日。《古诗十九首》之十八："三五明月满，四五蟾兔缺。"团圆（luán）：形容月圆的样子。

⑦⑨"天上"二句：宋陈师道《后山诗话》："王师围金陵，唐使徐铉来朝，铉伐其能，欲以口舌解围，谓太祖（赵匡胤）不文……太祖曰：吾微时自秦中归，道华山下，醉卧田间，觉而月出，有句曰：'未离海底千山黑，才到天中万国明。'铉大惊，殿上称寿。"贾雨村"对月寓怀"诗与此诗相仿，所以甄士隐听后赞扬他"飞腾之兆已见"。轮，圆月。

⑧⓪接履于云霄之上：这里是青云直上的意思。接履，一步接一步。

云霄，比喻高位。

⑧时尚之学：当时流行的学问。这里指科举考试用的"八股文""试帖诗"等。清章学诚《答沈枫墀论学》书："自雍正初至乾隆十年许，学士又以《四书》文义相为矜尚。"

⑧义利：仁义和财利。《论语·里仁》："子曰：'君子喻于义，小人喻于利。'"因此后代儒家常以"义利"二字，来区分所谓君子和小人。

⑧大比、春闱：清代科举制，大致分为三级考试。第一级是院试，由各省学政主持，考试府县的童生，考取者为"生员（秀才）"。第二级是乡试，由主考主持，考试一省的生员，考中者为"举人"。第三级是会试，由礼部主持，考试全国的举人，考中者为"进士"。乡试、会试每隔三年举行一次，因《周礼》有三年大比之制，所以又称"大比"。乡试在秋天，称为"秋闱"；会试在第二年春天，称为"春闱"。闱，指考场。这里的"大比"，当指会试。

⑧黄道、黑道：本为我国古代天文学名称，黄道指日，黑道指月。宋沈括《梦溪笔谈》卷八："日之所由谓之'黄道'。月行黄道之南谓之'朱道'，行黄道之北谓之'黑道'。"后迷信者把每日的干支分为"黄道""黑道"，以为均有诸神值日，黄道主吉，此日宜兴众务，一切凶恶，自然避之；黑道主凶，是日不可兴土功、营屋舍、移徙远行、嫁娶出军。

⑧社火花灯：社火，原指社日扮演的各种杂戏。古时春秋两次祭祀土神的日子，叫"社日"，一般在立春、立秋后第五个戊日。后在节日时所扮演的杂戏、杂耍，也叫"社火"。宋范成大《上元纪吴下节物俳谐体三十二韵》："颠狂社舞呈。"自注："民间鼓乐，谓之社火，不可悉记，大抵以滑稽取笑。"花灯，有各种彩饰的灯。旧时正月十五元宵节有观花灯的习俗。

⑧炸供：油炸祭神食品。供，祭祀时奉献的物品。

⑧火焰山：本是新疆维吾尔自治区境内的一座山名，一称"土孜塔格"，位于吐鲁蕃盆地中北部。主要为红砂岩所构成。因夏季气候干热，山体呈红色，故名。后神话小说《西游记》把它写成一座火势凶猛的神山。

⑧下世：意犹死亡。这里是将要死亡的意思。

⑧疯狂落拓：疯癫发狂，行为放浪。

⑨鹑（chún）衣：满是补丁的破烂衣服。鹑，鹌鹑，其尾短秃，如补绽百结。

⑨神仙：唐司马承祯《天隐子》："神于内遗照于外，自然异于俗人，则谓之神仙，故神仙亦人也。在于修我灵气，勿为世俗之所沦折；遂我自然，勿为邪见之所凝滞，则成功矣。"注："喜怒哀乐爱恶欲七者，情之邪也；风寒暑湿饥饱劳逸八者，气之邪也。去此必成仙功也。"

⑨《好了歌》：据《古今图书集成》引《荆州府志》载，明代有个"好了道士"，善为巧法，言祸福奇中，常往来宜都山中，叩其姓氏，笑而不答，但点头曰："好了。"人以故呼为"好了道士"。

⑨夙慧：即"宿慧"，佛教语。指前世带来的智慧。

⑨彻悟：即"大悟"，佛家语。意谓去掉烦恼，领悟佛理，破除迷妄，开解真智。

⑨"陋室"二句：意谓眼前的空堂陋室，就是从前达官贵人摆满笏板的豪华住宅。陋室，简陋狭小的屋子。笏满床，比喻家中做大官的人多。清代有《满床笏》一剧，则演唐郭子仪家事。因子仪六十大寿时，七子八婿皆显贵，堆笏满床，故以为名。笏，即朝笏。古代臣僚朝见皇帝时所执的长板。用象牙或竹片制成，以备奏事记录之用。《礼记·玉藻》："凡有指画于君前用笏。"床，古时的坐榻。

⑨"衰草"二句：意谓眼前所见衰草枯杨的一片荒原，当年曾是轻歌曼舞的场所。衰草，凋零的野草。枯杨，枯槁的杨树。

⑨"绿纱"句：意谓没落者重又暴富，成为新贵。绿纱，枝巢子《旧京琐记》卷一："京师屋制之美备甲于四方……夏日窗以绿色冷布糊之，内施以卷窗，昼卷而夜垂，以通空气。"蓬窗，以蓬蒿作的窗子。古时常以蓬户荜门比喻贫者所居。

⑨"说甚么"二句：意谓说什么青春年华，转瞬之间就会鬓发斑白。脂浓粉香，比喻妇女正处在青春时期。

⑨"昨日"二句：意谓昨天刚把死人埋葬，今夜又因为新婚而欢

乐。黄土陇头，指坟墓。陇，同"垄"。《方言》："冢，秦晋之间谓之坟，或谓之垄。"红绡帐，意即红纱帐。绡，生丝织成的薄纱、薄绢。鸳鸯，这里比喻新婚夫妇。

⑩"金满箱"三句：意谓积攒得金银满箱，有什么用？转眼变成乞丐，落得人人毁谤。

⑩训有方：教育子女得法。宋无名氏《释常谈》："教子弟谓之义方之训。"这里用窦禹钧教子成名的俗典。窦禹钧，五代后周渔阳人，累官右谏议大夫。尝建义塾，延请名儒以教贫士。五子仪、俨、侃、偁、僖，相继登科，俱至显官，时称"窦氏五龙"。

⑩强梁：暴横，强悍。《老子》："强梁者不得其死。"这里指强盗。

⑩择膏粱：意即选择富贵人家的子弟作为婚姻对象。膏粱，脂油和精米，泛指美味饭菜。这里是膏粱子弟的省称。清虞兆湰《天香楼偶得·膏粱》："今人称富贵家子弟曰膏粱子弟，谓但知饱食，不谙他务也。"

⑩承望：料想。烟花巷：旧时指妓院集结的地方。烟花，娼妓的代称。

⑩纱帽：古代君主和官员所戴的一种帽子，以纱制成，故名。后泛指官帽。清叶梦珠《阅世编》卷八："前朝职官公服，则乌纱帽，圆领袍，腰带，皂靴。纱帽前低后高，两傍各插一翘，通体皆圆，其内施网巾以束发。"

⑩紫蟒：古代官服。古代官吏按其官阶等级服用不同颜色。唐制，三品以上用紫，五品以上用朱。金元五品以上服紫。清代皇子、亲王等亲贵及一品到七品官都穿蟒袍，地蓝色或石青，通身以金线绣蟒，蟒数自八至五不等。

⑩"乱烘烘"二句：你方唱罢我登场，本指戏曲演唱时，一出接一出地频繁更替。这里比喻宦途的升沉，官吏的更调。反认他乡是故乡，把异乡当作家乡。这里"他乡"指现实的人世间，"故乡"指超脱尘世的虚幻世界。

⑩为他人作嫁衣裳：比喻空为他人奔忙。唐秦韬玉《贫女》诗："苦恨年年压金线，为他人作嫁衣裳。"

⑩搭裢：一种长方形口袋，中间开口，两头盛钱物。大的可搭在肩膀上，小的可挂在腰带上。也作"褡裢"。《金瓶梅》第四十九回："那胡僧直竖起身来……背上他的皮褡裢，褡裢内盛着两个药葫芦。"

⑩新闻：新近发生的奇异事情。也作"新文"。

⑪喝道：古时官员出行，士卒前引传呼，使行人闻声让路，谓之"喝道"。清袁枚《随园随笔》卷九："官府行街有呵喊声，谓之喝道。"

⑫军牢快手：管缉捕、防卫和行刑的隶卒。快手，又叫"捕快"。《明神宗实录》卷二："各处额编民壮快手，本缉捕盗贼而设。"

第二回
贾夫人仙逝扬州城^①　冷子兴演说荣国府^②

却说封肃听见公差传唤，忙出来陪笑启问，那些人只嚷："快请出甄爷来！"封肃忙陪笑道："小人姓封，并不姓甄；只有当日小婿姓甄，今已出家一二年了，不知可是问他？"那些公人道："我们也不知什么'真''假'，既是你的女婿，便带了你去面禀太爷便了。"大家把封肃推拥而去，封家各各惊慌，不知何事。

至二更时分，封肃方回来，众人忙问端的。"原来新任太爷姓贾名化，本湖州人氏，曾与女婿旧交，因在我家门首看见娇杏丫头买线，只说女婿移住此间，所以来传。我将缘故回明，那太爷感伤叹息了一回，又问外孙女儿，我说看灯丢了。太爷说：'不妨，待我差人去，务必找寻回来。'说了一回话，临走又送我二两银子。"甄家娘子听了，不觉感伤。一夜无话。

次日早有雨村遣人送了两封银子、四匹锦缎，答谢甄家娘子；又一封密书与封肃，托他向甄家娘子要那娇杏作二房^③。封肃喜得眉开眼笑，巴不得去奉承太爷，便在女儿前一力撺掇^④，当夜用一乘小轿便把娇杏送进衙内去了。雨村欢喜，自不必言，又封百金赠与封肃，又送甄家娘子许多礼物，令其且自过活，以待访寻女儿下落。

却说娇杏那丫鬟，便是当年回顾雨村的，因偶然一看，便弄出这段奇缘，也是意想不到之事。谁知他命运两济，不承望自到雨村身边^⑤，只一年，便生一子；又半载，雨村嫡配忽染疾下世，雨村便将他扶作正室夫人，正是：

> 偶因一回顾，便为人上人。

原来雨村因那年士隐赠银之后，他于十六日便起身赴京，大

比之期，十分得意，中了进士⑥，选入外班⑦，今已升了本县太
爷。虽才干优长，未免贪酷；且恃才侮上，那些官员皆侧目而视，
不上一年，便被上司参了一本⑧，说他性情狡猾，擅改礼仪，外沽
清正之名，暗结虎狼之势，使地方多事，民命不堪等语，龙颜大
怒⑨，即批革职。部文一到，本府各官无不喜悦。那雨村虽十分惭
恨，面上全无一点怨色，仍是嘻笑自若，交代过公事，将历年所
积宦囊⑩，并家属人等，送至原籍安顿妥当，却自己担风袖月⑪，
游览天下胜迹⑫。那日偶又游至维扬地方⑬，闻得今年盐政点的是
林如海⑭。

　　这林如海姓林名海，表字如海，乃是前科的探花，今已升兰
台寺大夫⑮，本贯姑苏人氏，今钦点为巡盐御史⑯，到任未久。原
来这林如海之祖，曾袭过列侯，今到如海，业经五世，起初只袭
三世，因当今隆恩盛德⑰，额外加恩，至如海之父，又袭了一代；
至如海，便从科第出身⑱，虽系世禄之家⑲，却是书香之族⑳。只
可惜这林家支庶不盛，人丁有限，虽有几门，却与如海俱是堂
族㉑，没甚亲支嫡派的㉒。今如海年已五十，只有一个三岁之子，
又于去岁亡了，虽有几房姬妾，奈命中无子，亦无可如何之事。
只嫡妻贾氏生得一女，乳名黛玉，年方五岁，夫妻爱之如掌上明
珠，见他生得聪明俊秀，也欲使他识几个字，不过假充养子之意，
聊解膝下荒凉之叹㉓。

　　且说雨村在旅店偶感风寒，愈后又因盘费不继，正欲得一居
停之所㉔，以为息肩之地㉕，偶遇两个旧友，认得新盐政，知他正
要请一西席教训女儿㉖，遂将雨村荐进衙门去。这女学生年纪幼
小，身体又弱，工课不限多寡，其余不过两个伴读丫鬟㉗，故雨村
十分省力，正好养病。

　　看看又是一载有余，不料女学生之母贾氏夫人一病而亡，女
学生奉侍汤药，守丧尽礼，过于哀痛，素本怯弱，因此旧症复发，
有好些时不曾上学。雨村闲居无聊，每当风日晴和，饭后便出来
闲步。这一日偶至郊外，意欲赏鉴那村野风光，信步至一山环水

漩、茂林修竹之处，隐隐有座庙宇，门巷倾颓，墙垣朽败，有额题曰"智通寺"，门旁又有一副旧破的对联云：

　　身后有余忘缩手㉘，眼前无路想回头。

雨村看了，因想道："这两句文虽甚浅，其意则深，也曾游过些名山大刹㉙，倒不曾见过这话头，其中想必有个翻过筋斗来的㉚，也未可知，何不进去一访。"走入看时，只有一个龙钟老僧在那里煮粥㉛，雨村见了，却不在意，及至问他两句话，那老僧既聋且昏，又齿落舌钝，所答非所问。

　　雨村不耐烦，仍退出来，意欲到那村肆中沽饮三杯，以助野趣，于是款步行来。刚入肆门，只见座上吃酒之客，有一人起身大笑，接了出来，口内说："奇遇，奇遇！"雨村忙看时，此人是都中古董行中贸易姓冷号子兴的㉜，旧日在都相识。雨村最赞这冷子兴是个有作为大本领的人，这子兴又借雨村斯文之名，故二人最相投契㉝。雨村忙亦笑问："老兄何日到此？弟竟不知。今日偶遇，真奇缘也。"子兴道："去年岁底到家，今因还要入都，从此顺路找个敝友说一句话，承他之情，留我多住两日，我也无甚紧事，且盘桓两日，待月半时，也就起身了。今日敝友有事，我因闲走至此，不期这样巧遇。"一面说，一面让雨村同席坐了，另整上酒肴来，二人闲谈慢饮，叙些别后之事。

　　雨村因问："近日都中可有新闻没有？"子兴道："倒没有什么新闻，倒是老先生的贵同宗家出了一件小小的异事㉞。"雨村笑道："弟族中无人在都，何谈及此？"子兴笑道："你们同姓，岂非一族？"雨村问是谁家，子兴笑道："荣国贾府中，可也不玷辱了老先生的门楣㉟。"雨村道："原来是他家。若论起来，寒族人丁却不少，自东汉贾复以来㊱，支派繁盛，各省皆有，谁能逐细考查。若论荣国一支，却是同谱，但他那等荣耀，我们不便去认他，故越发生疏了。"子兴叹道："老先生休如此说。如今的这荣宁两府也都萧索了，不比先时的光景。"雨村道："当日宁荣两宅，人口也极多，如何便萧索了？"子兴道："正是，说来也话长。"雨村道："去岁我到金陵，因欲游览六朝遗迹㊲，那日进了石头城㊳，从他老宅门前经过，街东是宁国府，街西是荣国府，二宅相连，竟将大半条街占了。大门外虽冷落无人，隔着围墙一望，里面厅殿楼阁，也还都峥嵘轩峻；就是后边一带花园里，树木山石，也都还有菜蔚温润之气㊴，那里像个衰败之家？"子兴笑道："亏你是进士出身，原来不通。古人有言：'百足之虫，死而不僵。'㊵如今虽说不似先年那样兴盛，较之平常仕宦之家，到底气象不同。如今生齿日繁㊶，事务日盛，主仆上下，安富尊荣尽多㊷，运筹谋画者无一㊸。其日用排场费用，又不能将就省俭，如今外面的架子虽未甚倒，内囊却也尽上来了。这也小事。更有一件大事：谁知这样钟鸣鼎食之家㊹，翰墨诗书之族，如今的儿孙，竟一代不如一代了！"雨村听说，也道："这样诗礼之家，岂有不善教育之理？别门不知，只说这宁荣两宅，是最教子有方的。"

　　子兴叹道："正说的是这两门呢。待我告诉你：当日宁国公、荣国公是一母同胞弟兄两个。宁公居长，生了四个儿子；宁国公死后，长子贾代化袭了官，也养了两个儿子，长名敷，八九岁上死了，只剩了一个次子贾敬，袭了官，如今一味好道㊺，只爱烧丹炼汞㊻，余者一概不在他心上。幸而早年留下一子，名唤贾珍，因他父亲一心想作神仙，把官倒让他袭了。他父亲又不肯回原籍来，只在都中城外和那些道士们胡羼㊼。这位珍爷也倒生了一个儿子，今年才十六岁，名叫贾蓉。如今敬老爷是一概不管，这珍爷那里肯读书，只一味高乐不了㊽，把那宁国府竟翻了过来，也没有敢来管他的人。再说荣府你听，方才所说异事就出在这里。自荣公死后，长子贾代善袭了官㊾，娶的是金陵世家史侯的小姐为妻，生了两个儿子，长名贾赦，次名贾政。如今代善早已去世，太夫人尚在，长子贾赦袭了官，为人平静中和，也不管理家。次子贾政，自幼酷喜读书，为人端方正直，祖父钟爱，原要他以科甲出身的，不料代善临终时遗本一上㊿，皇上因恤先臣，即时令长子袭官外，问还有几子，立刻引见㉛，遂又额外赐了这政老爷一个主事之衔㉜，令其入部习学㉝，如今现已升了员外郎㉞。这政老爷的夫人王氏，头胎生的公子名唤贾珠，十四岁进学㉟，不到二十岁就娶了妻，生了子，一病就死了；第二胎生了一位小姐，生在大年初一，就奇了；不想次年又生了一位公子，说来更奇，一落胞胎，嘴里便衔下一块五彩晶莹的玉来，还有许多字迹，你道是新闻异事不是？"

雨村笑道："果然奇异。只怕这人的来历不小。"子兴冷笑道："万人皆如此说，因而乃祖母爱如珍宝。那周岁时，政老爷便要试他将来的志向，便将那世上所有之物，摆了无数与他抓取㊱，谁知他一概不取，伸手只把些脂粉钗环抓来玩弄；那政老爷便不喜欢，说将来是酒色之徒耳，因此便不甚爱惜。独那太君还是命根子一般。说来又奇，如今长了七八岁，虽然淘气异常，但聪明乖觉，百个不及他一个，说起孩子话来也奇怪，他说：'女儿是水做的骨肉，男人是泥做的骨肉，我见了女儿便清爽，见了男子便觉浊臭逼人。'你道好笑不好笑？将来色鬼无疑了。"雨村岸然厉色忙止道："非也。可惜你们不知道这人来历，大约政老前辈也错以淫魔色鬼看待了。若非多读书识事，加以致知格物之功、悟道参玄之力者㊲，不能知也。"

子兴见他说得这样重大，忙请教其故。雨村道："天地生人，除大仁大恶，余者皆无大异。若大仁者则应运而生，大恶者则应劫而生㊳，运生世治，劫生世危。尧、舜、禹、汤、文、武、周、召、孔、孟、董、韩、周、程、朱、张㊴，皆应运而生者；蚩尤、共工、桀、纣、始皇、王莽、曹操、桓温、安禄山、秦桧等㊵，皆应劫而生者。大仁者修治天下，大恶者扰乱天下。清明灵秀，天地之正气，仁者之所秉也；残忍乖僻，天地之邪气，恶者之所秉也。今当祚永运隆之日㊶，太平无为之世，清明灵秀之气所秉者，上至朝廷，下至草野，比比皆是。所余之秀气，漫无所归，遂为甘露、为和风㊷，洽然溉及四海㊸；彼残忍乖邪之气，不能荡溢于光天化日之下，遂凝结充塞于深沟大壑之中，偶因风荡，或被云摧，略有摇动感发之意，一丝半缕，误而逸出者，值灵秀之气适过，正不容邪，邪复妒正，两不相下，如风水雷电，地中既遇，既不能消，又不能让，必致搏击掀发后始尽。故其气亦必赋人，发泄一尽始散，使男女偶秉此气而生者，上则不能为仁人为君子，下亦不能为大凶大恶。置之千万人之中，其聪俊灵秀之气，则在千万人之上；其乖僻邪谬不近人情之态，又在千万人之下。若生于公侯富贵之家，则为情痴情种；若生于诗书清贫之族，则为逸士高人；纵偶生于薄祚寒门，亦断不至为走卒健仆，甘遭庸夫驱制驾驭，必为奇优名娼。如前之许由、陶潜、阮籍、嵇康、刘伶、王谢二族、顾虎头、陈后主、唐明皇、宋徽宗、刘庭芝、温飞卿、米南宫、石曼卿、柳耆卿、秦少游⑭，近日倪云林、唐伯虎、祝枝山⑮，再如李龟年、黄幡绰、敬新磨、卓文君、红拂、薛涛、崔莺、朝云之流⑯：此皆易地则同之人也。”子兴道：“依你说，‘成则公侯败则贼’了？”雨村道：“正是这意。你还不知，我自革职以来，这两年遍游各省，也曾遇见两个异样孩子，所以方才你一说这宝玉，我就猜着了八九也是这一派人物。不用远说，只这金陵城内，钦差金陵省体仁院总裁甄家⑰，你可知道？”子兴道：“谁人不知！这甄府就是贾府老亲，他们两家来往极亲热的。至在下也和他家往来非止一日了。”

雨村笑道：“去岁我在金陵，也曾有人荐我到甄府处馆，我进去看其光景，谁知他家那等荣贵，却是个‘富而好礼’之家⑱，倒是个难得之馆。但是这个学生虽是启蒙⑲，却比一个举业的还劳神⑳。说起来还可笑，他说：‘必得两个女儿伴着我读书，我方能认得字，心上也明白；不然，我心里自己糊涂。’又常对着跟他的小厮们说：‘这“女儿”两个字极尊贵极清净的，比那瑞兽珍禽、奇花异草更觉希罕尊贵呢！你们这种浊口臭舌，万万不可唐突了这两个字，要紧，要紧。但凡要说的时节，必用净水香茶漱了口方可；设若失错，便要凿牙穿眼的。’其暴虐顽劣，种种异常。

只放了学进去，见了那些女儿们，其温厚和平，聪敏文雅，竟变了一个样子。因此他令尊也曾下死笞楚过几次㉑，竟不能改，每打的吃疼不过时，他便'姐姐''妹妹'的乱叫起来。后来听得里面女儿们拿他取笑：'因何打急了只管叫姐妹作什么？莫不叫姐妹们去讨情讨饶？你岂不愧些！'他回答的最妙，他说：'急痛之时，只叫"姐姐""妹妹"字样，或可解疼，也未可知，因叫了一声，果觉疼得好些，遂得了秘法，每疼痛之极，便连叫姐妹起来了。'你说可笑不可笑？为他祖母溺爱不明，每因孙辱师责子，我所以辞了馆出来的。这等子弟，必不能守祖父基业、从师友规劝的。只可惜他家几个好姊妹都是少有的。"

子兴道："便是贾府中现在三个也不错。政老爷之长女名元春，因贤孝才德，选入宫作女史去了㉒。二小姐乃是赦老爷姨娘所出，名迎春；三小姐政老爷庶出㉓，名探春；四小姐乃宁府珍爷之胞妹，名惜春。因史老夫人极爱孙女，都跟在祖母这边，一处读书，听得个个不错。"雨村道："更妙在甄家风俗，女儿之名，亦皆从男子之名命取，不似别家，另外用这些'春''红''香''玉'等艳字，何得贾府亦落此俗套？"子兴道："不然。只因现今大小姐是正月初一所生，故名'元春'，余者方从了'春'字；上一排的却也是从弟兄而来的。现有对证：目今你贵东家林公之夫人，即荣府中赦政二公之胞妹，在家时名唤贾敏，不信时你回去细访可知。"雨村拍手笑道："是极！我这女学生名黛玉，他读书凡'敏'字他皆念作'密'字㉔，写字遇着'敏'字亦减一二笔，我心中每每疑惑，今听你说，是为此无疑矣。怪道我这女学生言语举止另是一样，不与凡女子相同，度其母不凡，故生此女，今知为荣府之外孙，又不足罕矣。可惜上月其母竟亡故了。"子兴叹道："老姊妹三个，这是极小的，又没了。长一辈的姊妹，一个也没了。只看这小一辈的将来的东床何如呢㉕。"

雨村道："正是。方才说政公已有了一个衔玉之子，又有长子所遗弱孙，这赦老竟无一个不成？"子兴道："政公既有玉儿之后，其妾又生了一个，倒不知其好歹。只眼前现有二子一孙，却不知将来何如。若问那赦公，也有二子，次名贾琏，今已二十来往了，亲上做亲，娶的是政爷夫人王氏之内侄女，今已娶了二年。这位琏爷身上，现捐的是个同知⑯，也是不喜读书的；于世路上好机变，言谈去得，所以目今现在乃叔政老爷家住，帮着料理家务。谁知自娶了令夫人之后，倒上下无一人不称颂他夫人的，琏爷倒退了一舍之地⑰。模样又极标致，言谈又极爽利，心机又极深细，竟是一个男人万不及一的。"

雨村听了笑道："可知我言不谬。你我方才所说的这几个人，只怕都是那正邪两赋而来⑱，一路之人，未可知也！"子兴道："'正'也罢，'邪'也罢，只顾算别人家的账，你也吃一杯酒才好。"雨村道："只顾说话，就多吃了几杯。"子兴笑道："说着别人家的闲话，正好下酒，即多吃几杯何妨。"雨村向窗外看道："天也晚了，仔细关了城，我们慢慢进城再谈，未为不可。"于是二人起身，算还酒钱。方欲走时，忽听得后面有人叫道："雨村兄恭喜了！特来报个喜信的。"雨村忙回头看时，要知是谁，且听下回分解。

【注释】

①仙逝：成仙而去。旧时称人死亡的婉辞。

②演说：根据原来情形，加以铺叙说明。

③二房：清西清《黑龙江外记》卷六："官员有力者，妻不生子或笨愚不任家政，则更娶一妻，号二房，此旧俗也。近则有二房不已，复娶三房，皆良家女。"

④撺掇：怂恿，促成。宋朱熹《答陈同父书》："奉告老兄，且莫相撺掇。"

⑤身边：近人王澄《红楼梦》批云："廖莹中《江行杂录》：京都中下之户，生女长成，则随其姿质教以艺业，名目不一，有所谓身边

人、本事人、供过人、针线人、堂前人、剧杂人、拆洗人，以厨娘最为下色，云云。身边二字，疑作者本此。"

⑥进士：明清科举考试，由贡士经殿试赐出身者为进士。《清史稿·选举志三》："三年大比，试诸生于直省，曰乡试，中式者为举人。次年试举人于京师，曰会试，中式者为贡士。天子亲策于廷，曰殿试，名第分一、二、三甲。一甲三人，曰状元、榜眼、探花，赐进士及第。二甲若干人，赐进士出身。三甲若干人，赐同进士出身。"

⑦外班：清制，会试中进士后，除留在京城任七品京官外，其分发外地做官者，叫"外班"。

⑧参：弹劾。

⑨龙颜：谓眉骨圆起。古人以龙为神物，后遂称皇帝的容貌为"龙颜"。亦以指皇帝。

⑩宦囊：做官时所得的财物。

⑪担风袖月：意同"担月袖风"，谓肩上挑着明月，袖里揣着清风。比喻空身一人，毫无牵挂。

⑫胜迹：有名的古迹。

⑬维扬：即今江苏扬州。

⑭盐政：清初沿明制，各省设置巡盐御史，自康熙以后，改为"盐政"。掌督察征课，调剂盐价，并纠察所属盐务官员。

⑮兰台寺大夫：当系作者虚拟的官职。或借指御史大夫。兰台，本是汉代宫廷藏书之处，由御史中丞掌管。西汉时，御史中丞为御史大夫之属，居殿中兰台，兼任纠察。及东汉成立御史台，也叫兰台。明及清初，曾由巡盐御史管理盐务，故借用此称呼。甲戌本脂批："官制半遵古名亦好。余最喜此等半有半无，半古半今，事之所无，理之必有，极幻极玄，荒唐不经之处。"又，或指兰台令史。兰台令史，史官名，东汉置，掌典校图籍，治理文书。林如海为前科探花，明清时探花例授翰林院编修，可充任史官，或借此称。

⑯钦点：皇帝指名委任。钦，旧时对皇帝所做事的敬称。

⑰当今：封建时代称当代活着的皇帝为"当今"或"今上"。

⑱科第出身：科第本为汉代选拔、考核官吏的一种制度，即根据

科条，规定次第等级。后多指科举登第。出身，这里指仕进。科举时代，依考试成绩名次，予以及第、出身或同出身等资格。此制自隋唐至清末，相因不废。科第出身，即科举考试出身。当时以为这比靠祖辈余荫的官员清高，有才学。《清史稿·选举志一》："有清一沿明制，二百余年，虽有以他途进者，终不得与科第出身者相比。"

⑲世禄：即世世代代承继前辈的俸禄。

⑳书香之族：指世代读书的家庭。古人以芸香草藏书辟蠹，故称"书香"。后指读书的家风。

㉑堂族：指同祖的亲属关系。

㉒嫡派：在封建宗法制度下，一线相传的亲属关系，称"嫡派"或"嫡系"，即所谓"正支"。

㉓膝下荒凉：意谓没有儿子。子女幼时，常偎依于父母膝旁，因以"膝下"代指子女。《孝经·圣治》："故亲生之膝下。"汉郑玄注："膝下，谓孩幼之时也。"

㉔居停：寄居的处所。旧时塾师常称其主人曰"居停"。清刘禺生《世载堂杂忆》："家塾蒙馆，一曰停馆。富厚之家，延专师以教儿童，师称主人曰居停，主人称师曰西席。"

㉕息肩：卸去负担，使肩头得到休息。这里比喻暂时栖身之处。

㉖西席：也称"西宾"。古时以东、西分宾主。清梁章钜《称谓录》卷八："汉明帝尊桓荣以师礼。上幸太常府，令荣坐东面，设几，故师曰西席。"东面，谓居西面向东坐。后因称家塾教师或贵族幕客为"西席"或"西宾"。下文"处馆"，指做塾师或幕客。

㉗伴读：本是宫廷里侍教皇室子孙读书的官名。这里指服侍和陪伴读书的丫环。

㉘身后：即死后。

㉙刹：《增韵》："刹，僧寺。"

㉚翻过筋斗来的：比喻因追求功名利禄而遭受重大挫折、饱经世态炎凉从而看破红尘的人。筋斗，通作"跟头"。

㉛龙钟：身体衰迈、动作迟缓的样子。明陈继儒《眉公群碎录》："龙钟，竹名。竹枝摇曳，不自禁持。老人似之。"

㉜古董行：收售古玩的行业。宋吴自牧《梦粱录》卷十三："买卖七宝者，谓之骨董行。"

㉝投契：情意相合。契，本指契约，契约必须相合，才能取信，故引申为"合"。

㉞同宗：依古代宗法制度，原指同出于一个大宗者为"同宗"，后泛称同族或同姓为"同宗"。

㉟玷辱门楣：使门第受辱。楣，门上横木。旧时显贵之家门楣高大，因以"门楣"喻门第。

㊱贾复：东汉南阳冠军人，曾任执金吾，后升任左将军，被封为胶东侯。

㊲六朝：吴、东晋、宋、齐、梁、陈，均建都金陵，后人称之为"六朝"。

㊳石头城：古城名。简称"石城"。故址在今南京西石头山后。本楚金陵城，建安十七年，孙权重建改名。后代指金陵或南京。

㊴菶（fēn）蔚温润之气：茂盛光泽的气象。

㊵百足之虫，死而不僵：百足之虫，指蜈蚣、马陆一类的节肢动物。僵，仰倒。《本草纲目·虫部·马陆》引陶弘景语曰："此虫甚多足，寸寸断之，亦便寸行，故鲁连子云：'百足之虫，死而不僵。'"这里用以比喻大官僚贵族家庭虽一时衰败，但他们财产厚，依傍多，还不致完全破产。

㊶生齿：《周礼·秋官·司民》："司民，掌登万民之数，自生齿以上，皆书于版。"汉郑玄注："男八月、女七月而生齿。"后借指人口、家口。

㊷安富尊荣：这里是坐享其成、养尊处优的意思。

㊸运筹谋画：意即出谋划策。筹，策划。运筹，《汉书·高帝纪》："夫运筹帷幄之中，决胜千里之外，吾不如子房。"

㊹钟鸣鼎食：击钟列鼎而食。形容贵族豪门的奢汰排场。钟，乐器。鼎，三足两耳的食器。唐王勃《滕王阁诗序》："闾阎扑地，钟鸣鼎食之家。"

㊺道：这里指道教。中国教派之一，创始于东汉张道陵。晋时称"天师道"，故后称"道教"，省称"道"。其修炼的具体方法有服饵、

导引、胎息、符箓、辟谷等。宗教仪式有斋醮、祈祷、诵经、礼忏等。

㊻烧丹炼汞：丹，即朱砂。汞，即水银。古代道士把朱砂等矿物混合在一起，烧炼成药，以为服食后，可长生不死，飞升成仙。《晋书·葛洪传》："以年老，欲炼丹以祈遐寿。"

㊼胡羼（chàn）：这里是胡混瞎闹的意思。羼，羊杂处在一起。《说文解字》："羼，羊相厕也。"引申为搀杂。

㊽高乐：肆意作乐。

㊾袭：即袭封、世袭。封建时代，子孙因袭上辈的官爵，叫"袭封"。清制，有世袭罔替不减等（如亲王、郡王的爵位可由其子孙承袭原有封号）和降袭（如贝勒、贝子、公之类，其子孙承袭的封号比其祖先要依次降一等）两种情况。

㊿遗本：汉唐以来，大臣临终时，多有奏本，遗命于卒后上奏，称为"遗本"。也叫"遗表""遗折"。

�51引见：旧时皇帝接见臣下，须由官员引领，叫"引见"。清制，京官在五品以下，外官在四品以下，由于初次任用、京察、保举、学习期满留用等，均须朝见皇帝一次，文官由吏部、武官由兵部分批引见。这里当是特旨召见的意思。

�52额外主事：定员数外所补的主事。主事，明清时各部所属司下设主事，官位次于员外郎，清代为正六品。清制，翰林院设庶常馆，进士殿试后经朝考前列者，可入馆学习，称为翰林院庶吉士。未入选的进士，或分发各部任主事等职，或外用为州县官。在各部任主事者，非实任官，称"额外主事"。在部学习三年期满后，加以甄别，优良者才有实任资格。

�53部：此指工部。封建国家机构六部之一，主管土木兴建、水利和统治百工等事务。

�54员外郎：官名。明清时六部以下设司，司由郎中主持；郎中之下有员外郎，乃郎中之助理。

�55进学：科举时代，童生应岁试而取中入县学，称为"进学"，即所谓"中了秀才"。

�56抓取：指"抓周"，也叫"试儿"。旧时一种预测小孩性情和志趣的习俗。北齐颜之推《颜氏家训·风操》："江南风俗，儿生一期，为制新衣，盥浴装饰，男则用弓矢纸笔，女则刀尺针缕，并加饮食之物，及珍宝服玩，置之儿前，观其发意所取，以验贪廉愚智，名之为试儿。"清代俗称"抓周"。

㊗致知格物：意谓接触事物，探讨其中的道理，就能使人们固有的"知识"得到发挥。《礼记·大学》："欲诚其意者，先致其知；致知在格物，物格而后知至。"致，获得。知，知识。格，推究，领悟。物，指事物的"理"。悟道参玄：宗教用语。悟、参，都是领会、捉摸的意思。道、玄，指宗教中所谓高深微妙的道理。

㊿"若大仁者"二句：意谓大仁之人是顺应祥和的时代气运而生的，大恶之人则是顺应灾难的时代气运而生的。应运而生，运，这里指气运，意即和顺的时代。三国魏曹植《节游赋》："感气运之和润，乐时泽之有成。"应劫而生，劫，这里指劫灾，意即危厄的时代。佛教认为一"劫"包括"成""住""坏""空"四个时期，通称四劫；而在坏劫末期有火风水三灾，世界俱毁。

㊾尧、舜：即唐尧、虞舜。传说中原始社会后期部落联盟的两个首领。后被尊崇为古代的"圣王"。禹、汤：即夏禹、成汤。禹是夏朝的开国帝王；汤是商朝的开国帝王。文、武：周朝建国时的两个帝王。文王姬昌，开始使周在西方强大起来；姬昌之子姬发，伐帝辛（即纣王）而灭商，建立了周王朝。周、召：周朝开国时的两个大臣，即周公姬旦、召公姬奭（shì），皆为武王之弟。其中尤以周公对建立西周政权起过重要作用，传说是西周奴隶制典章制度的制定者。孔：即孔丘，鲁陬邑人。春秋末期的思想家，儒家的创始者。孟：即孟轲，战国时邹人。他是孔子之后最大的儒者。董：即董仲舒，西汉广川人。他曾建议"罢黜百家，独尊儒术"，提倡"三纲五常"等封建伦理道德。韩：即韩愈，河阳人。唐代文学家。周：即周敦颐，北宋道州人。封建理学的开创者。程：即程颢、程颐兄弟，并称二程，河南洛阳人。他们都是封建理学思想体系的建立者。朱：即朱熹，江西婺源人。南宋理学的主要代表人物。张：即张载，陕西凤翔横渠人。宋代哲学家。

㊽蚩（chī）尤：神话中东方九黎族首领。《山海经·大荒北经》载，

他曾制造兵器，攻伐黄帝，后被黄帝所杀。共工：古代神话人物。《淮南子·本经训》载，他曾振滔洪水，使之泛滥大地，后为禹所驱逐。桀：夏朝的末代君主，他荒淫无度，后为成汤所灭。纣：即帝辛，殷朝末代君主。据云他嗜酒好色，暴虐无道，武王伐之，兵败自焚。始皇：即秦始皇，姓嬴，名政，旧以为他秉性刚戾，从政以刑杀为威；又盛造宫阙，以供游观，故世有"暴秦"之称。王莽：汉元城人，元帝皇后之侄。他曾篡夺西汉政权，建立"新"王朝，法令繁苛，后被"绿林""赤眉"农民起义军所推翻。曹操：即魏武帝，字孟德，沛国谯郡人，东汉末年政治家、军事家和文学家。宋代以来，曾被看作反面人物。桓温：谯国龙亢（安徽怀远西部）人。东晋时封南郡公。后伐前燕，兵败而还，阴谋夺位，未成先死。安禄山：唐天宝时叛将，曾与史思明起兵渔阳，攻入长安，世称"安史之乱"。秦桧：宋江宁人，高宗时宰相，曾力主和议，诬杀岳飞等，是宋时有名的奸臣。

⑥祚（zuò）永运隆：皇位久远，国运兴旺。祚，皇位。《史记·秦楚之际月表》："平定海内，卒践帝祚，成于汉家。"

⑥甘露：甜美的露水。古人迷信，以为天下太平，则天降甘露。

⑥洽然：周遍地。

⑥许由：相传为唐尧时隐士。尧把天下让给他，他不受，逃至箕山下，农耕而食。尧又请他做九州长，他不愿听，便到颍水边洗耳。陶潜：字渊明，浔阳柴桑人。晋代诗人。曾做过彭泽县令等官，后辞官归隐，被称为"隐逸诗人"。阮籍：字嗣宗，河南陈留人。魏晋之际诗人。他嗜酒荒放，不拘礼俗；有傲世情，不乐士宦，"时人多谓之痴"。与嵇康、刘伶等合称"竹林七贤"。嵇康：字叔夜。魏晋之际文学家。他非汤武、薄周孔，批判六经；不喜"官事鞅掌""揖拜上官"；主张"循性而动，各附所安"。后被司马氏杀害。刘伶：魏晋时沛人。性嗜酒，"放情肆志"，也是个愤世疾俗的人物。王谢二族：指东晋时王导、谢安两家豪门贵族。其中以谢安、谢道韫、王羲之、王献之等为最著名。顾虎头：即顾恺之，晋无锡人。东晋著名画家。因小名虎头（或说他曾做过虎头将军），故称"顾虎头"。陈后主：即陈叔宝，南朝陈末代皇帝。在位时，不理政事，日与妃嫔狎客游宴，制作淫词

艳曲，后隋文帝灭陈，后主与张孔二宠妃匿入景阳宫井中，引出被俘。
唐明皇：即唐玄宗李隆基，唐代鼎盛时期的一个皇帝。他爱好声色，
历史上称之为"风流皇帝"。白居易《长恨歌》写了他和杨贵妃的爱
情故事。宋徽宗：即赵佶，北宋末代皇帝。好古董，工书画，历史上
被视为"多才多艺"的误国皇帝。刘庭芝：即刘希夷，字庭芝，唐代
汝州人。武则天时诗人。温飞卿：即温庭筠，太原人。唐代晚期诗人。
其诗词多写闺情，风格浓艳。米南宫：即米芾，宋代襄阳人。性好洁，
世号"水淫"；行多违世异俗，人称"米颠"。工书画，喜蓄古董，尤
嗜奇石。石曼卿：即石延年，宋城人。宋代文人，工诗善书。柳耆卿：
即柳永，北宋词人。《醉翁谈录》说他为人倜傥不羁，傲睨王侯，意尚
豪放，厌薄官情。其词作多描写羁旅行役和歌妓生活。传他死后，家
无余资，群妓合金葬之。过去被看作"怪胆狂情"有才无行的文人。
秦少游：即秦观，扬州高邮人。北宋词人。其词多写男女恋情和身世
感伤，风格轻婉靡丽。后人说他的词是"妇人语""女郎诗"。

⑥倪云林：即倪瓒，无锡人。元代山水画家，善画墨竹。性好洁
而迂僻，不屈于贵胄，尝自称"倪迂"。晚年信佛，讲禅学。唐伯虎：
即唐寅，吴县人。明代画家、文学家。他生活放浪，不屑科举，一生
穷困潦倒，长期以卖画为生。祝枝山：即祝允明，明代长州人。明书
法家、文学家。他鄙视封建理学，曾作《烧书论》，希秦始皇再世，把
许多书都烧掉。

⑥李龟年：唐玄宗时宫廷乐师，通音律，擅长歌唱、打羯鼓、吹
管子。黄幡绰：唐玄宗时宫廷参军戏演员。敬新磨：五代后唐庄宗时
宫廷艺人。滑稽诙谐，蔑视礼法。红拂：唐传奇《虬髯客传》中人物，
姓张。原为隋末大贵族杨素家妓。李靖参谒杨素，她识其英雄才略，
遂私奔相从，助李建功立业。薛涛：唐代妓女，字弘度，长安人。随
父流落蜀中，沦为歌妓。工文词，时称"女校书"。后居浣花里，自制
彩笺写诗，人称"薛涛笺"。其诗善抒情，时有身世之感。"作字无女
子气，笔力峻激"。崔莺：即崔莺莺，唐元稹《会真记》传奇中女主
角。朝云：宋钱塘妓女，姓王氏，后被苏轼纳为妾，能作诗，会楷书。
苏轼被贬惠州，她曾随之南迁，并死在那里。

⑥钦差金陵省体仁院总裁：钦差，由皇帝亲自派遣出外办理重大事情的官员。体仁院总裁，作者虚拟的官职。甲戌本脂批："此衔无考，亦因寓怀而设，置而勿论。"

⑧富而好礼：《论语·学而》："子贡曰：'贫而无谄，富而无骄，何如？'子曰：'可也，未若贫而乐，富而好礼者也。'"

⑩启蒙：开启蒙昧，使之明白。旧时私塾老师教育初入学的儿童读《三字经》《千字文》《六言杂字》等课本，使他们得到基本的、入门的知识，叫"启蒙"。

⑩举业：又称"举子业"，指专为科举考试的学业，如读"四书""五经"，学做"八股文"和"试帖诗"等。

⑪笞（chī）楚：一种刑具。这里指用竹板和荆条抽打。笞，竹板。楚，荆条。

⑫女史：古代宫里的女官名，佐助内宰掌王后礼职。

⑬庶出：古时妾所生的子女叫"庶出"，妻子所生的子女叫"正出"。

⑭"敏"字他皆念作"密"字：古时有避讳之制，遇到君主和尊长的名字，必须改音、改字或减笔，不能直读其音、直书其字，以表示敬避。

⑮东床：指女婿。《世说新语·雅量》："郗太傅在京口，遣门生与王丞相书，求女婿，丞相语郗信：'君往东厢，任意选之。'门生归，白郗曰：'王家诸郎亦皆可嘉，闻来觅婿，或自矜持，惟有一郎在东床上坦腹卧，如不闻。'郗公曰：'正此好！'访之，乃是逸少（即王羲之），因嫁女与焉。"后因以"令坦"或"东床"称人婿。

⑯捐的是个同知：捐，古代纳资得官叫"捐"。秦始皇四年，因蝗灾大疫，准百姓纳粟千石，拜爵一级。捐纳之例始于此。历代多沿其制。同知，某地方长官的副手，如知州、知府、知县的副官都叫"同知"。清代府、州及盐运使设同知，但仅府同知以同知为官称。

⑰退了一舍之地：舍，古代计量里程的一种单位，三十里为一舍。古有"退避三舍"的成语，比喻对人让步，不敢与之抗争。

⑱正邪两赋：这是《红楼梦》的"思想纲领"，是曹雪芹对宇宙众生的哲学总结。认为人禀气而生，气有正邪，则人有善恶。与传统哲

学片面强调正邪善恶的矛盾对立不同,《红楼梦》提出第三种人性即正邪两赋派。正邪两赋派分为逸士高人、情痴情种、奇优名倡,都是抗俗离上、不为世容的悲剧人物。《红楼梦》中以贾宝玉和金陵十二钗为中心的才女才子群像,都是"正邪两赋"人物。

第三回

托内兄如海荐西宾　接外孙贾母惜孤女

却说雨村忙回头看时，不是别人，乃是当日同僚一案参革的张如圭[①]。他系此地人，革后家居，今打听得都中奏准起复旧员之信[②]，他便四下里寻情找门路，忽遇见雨村，故忙道喜。二人见了礼，张如圭便将此信告知雨村，雨村欢喜，忙忙叙了两句，各自别去回家。冷子兴听得此言，便忙献计，令雨村央求林如海，转向都中去央烦贾政。

雨村领其意而别。回至馆中，忙寻邸报看真确了[③]。次日，面谋之如海。如海道："天缘凑巧，因贱荆去世[④]，都中家岳母念及小女无人依傍，前已遣了男女船只来接，因小女未曾大痊，故尚未行，此刻正思送女进京。因向蒙教训之恩，未经酬报，遇此机会，岂有不尽心图报之理，弟已预筹之，修下荐书一封，托内兄务为周全，方可稍尽弟之鄙诚；即有所费，弟于内兄信中注明，不劳吾兄多虑。"雨村一面打恭，谢不释口，一面又问："不知令亲大人现居何职？只怕晚生草率，不敢进谒。"如海笑道："若论舍亲，与尊兄犹系一家，乃荣公之孙：大内兄现袭一等将军之职，名赦，字恩侯；二内兄名政，字存周，现任工部员外郎，其为人谦恭厚道，大有祖父遗风，非膏粱轻薄之流，故弟致书烦托。否则不但有污尊兄清操，即弟亦不屑为矣。"雨村听了，心下方信了昨日子兴之言，于是又谢了林如海。如海又说："择了出月初二日小女入都，吾兄即同路而往，岂不两便？"雨村唯唯听命，心中十分得意。如海遂打点礼物并饯行之事[⑤]，雨村一一领了。

那女学生原不忍弃父而去，无奈他外祖母必欲其往，且兼如海说："汝父年已半百，再无续室之意，且汝多病，年又极小，上无亲母教养，下无姊妹扶持，今去依傍外祖母及舅氏姊妹，正好减我内顾之忧，如何不去？"黛玉听了，方洒泪拜别，随了奶娘及荣府中几个老妇登舟而去。雨村另有一只船，带两个小童，依附黛玉而行。

一日到了京都，雨村先整了衣冠，带了小童，拿了"宗侄"的名帖⑥，至荣府门上投了。彼时贾政已看了妹丈之书，即忙请入相会，见雨村像貌魁伟，言谈不俗，且这贾政最喜的是读书人，礼贤下士，拯溺救危，大有祖风；况又系妹丈致意，因此优待雨村，更又不同，便极力帮助，题奏之日⑦，谋了一个复职，不上二月，便选了金陵应天府⑧，辞了贾政，择日到任去了，不在话下。

且说黛玉自那日弃舟登岸时，便有荣府打发轿子并拉行李车辆伺候。这黛玉尝听得母亲说，他外祖母家与别家不同，他近日所见的这几个三等的仆妇，穿吃用度，已是不凡，何况今至其家，多要步步留心，时时在意，不要多说一句话，不可多行一步路，恐被人耻笑了去。自上了轿，进了城，从纱窗中瞧了一瞧，其街市之繁华，人烟之阜盛，自与别处不同。又行了半日，忽见街北蹲着两个大石狮子，三间兽头大门，门前列坐着十来个华冠丽服之人。正门不开，只东西两角门有人出入；正门之上有一匾⑨，匾上大书"敕造宁国府"五个大字⑩。黛玉想道："这是外祖的长房了。"又往西不远，照样也是三间大门，方是"荣国府"，却不进正门，只由西角门而进。轿子抬着走了一箭之远⑪，将转弯时，便歇了轿，后面的婆子也都下来了，另换了四个衣帽周全的十七八岁的小厮上来抬着轿子，众婆子步下跟随，至一垂花门前落下⑫，众小厮又退了出去，众婆子上前打起轿帘，扶黛玉下了轿。

林黛玉扶着婆子手进了垂花门，两边是超手游廊⑬，正中是穿堂⑭，当地放着一个紫檀架子大理石屏风⑮。转过屏风，小小三间厅房⑯，厅后便是正房大院。正面五间上房，皆是雕梁画栋，两边穿山游廊厢房⑰，挂着各色鹦鹉画眉等雀鸟。台阶上坐着几个穿红着绿的丫头，一见他们来了，都笑迎上来，说道："刚才老太太还念呢，可巧就来了。"于是三四人争着打帘子⑱，一面听得人说："林姑娘来了！"

黛玉方进房，只见两个人扶着一位鬓发如银的老母迎上来，黛玉知是外祖母了，正欲下拜，早被外祖母抱住，搂入怀中，"心肝儿肉"叫着大哭起来。当下侍立之人，无不下泪，黛玉也哭个不休。众人慢慢解劝住了，黛玉方拜见了外祖母。当下贾母一一指与黛玉："这是你大舅母，这是二舅母，这是你先珠大哥的媳妇珠大嫂。"黛玉一一拜见了。贾母又叫："请姑娘们来。今日远客初来，可以不必上学去。"众人答应了一声，便去了两个。

不一时，只见三个奶妈并五六个丫鬟拥着三位姑娘来了：第一个肌肤微丰，身材合中，腮凝新荔，鼻腻鹅脂⑲，温柔沉默，观之可亲；第二个削肩细腰，长挑身材，鸭蛋脸儿，俊眼修眉，顾盼神飞，文彩精华，见之忘俗；第三个身量未足，形容尚小。其钗环裙袄，三人皆是一样的妆束。黛玉忙起身迎上来见礼，互相厮认；归了坐位，丫鬟送上茶来。不过叙些黛玉之母，如何得病，如何请医服药，如何送死发丧。不免贾母又伤感起来，因说："我这些女孩儿，所疼者独有你母，今一旦先我而逝，不得见一面，教我怎不伤心！"说着携了黛玉的手又哭起来，家人忙相劝慰，方略略止住。

众人见黛玉年貌虽小，其举止言谈不俗，身体面庞虽弱不胜衣，却有一段风流态度，便知他有不足之症⑳，因问："常服何药？如何不治好了？"黛玉道："我自来如此，从会吃饭时便吃药，到如今了，经过多少名医，总未见效。那一年我才三岁，记得来了一个癞头和尚，说要化我去出家，我父母固是不从。他又说：'既舍不得他，但只怕他的病一生也不能好的。若要好时，除非从此以后总不许见哭声，除父母之外，凡有外亲，一概不见，方可平安了此一生。'这和尚疯疯癫癫说了这些不经之谈，也没人理他。如今还是吃人参养荣丸。"贾母道："这正好，我这里正配丸药呢，叫他们多配一料就是了。"

一语未休，只听后院中有笑语声，说："我来迟了，不曾迎接远客！"黛玉思忖道："这些人个个皆敛声屏气如此，这来者是谁，这样放诞无礼？"心下想时，只见一群媳妇丫鬟拥着一个丽人㉑，从后房进来。这个人打扮与姑娘们不同，彩绣辉煌，恍若神妃仙子：头上戴着金丝八宝攒珠髻㉒，绾着朝阳五凤挂珠钗㉓，项上戴着赤金盘螭璎珞圈㉔，身上穿着缕金百蝶穿花大红云缎窄裉袄㉕，外罩五彩刻丝石青银鼠褂㉖，下着翡翠撒花洋绉裙㉗；一双丹凤三角眼，两弯柳叶掉梢眉㉘，身量苗条，体格风骚，粉面含春威不露，丹唇未启笑先闻。

黛玉连忙起身接见，贾母笑道："你不认得他，他是我们这里有名的一个泼辣货，南京所谓'辣子'㉙，你只叫他'凤辣子'就是了。"黛玉正不知以何称呼，众姊妹都忙告诉黛玉道："这是琏嫂子。"黛玉虽不曾识面，听见他母亲说过，大舅贾赦之子贾琏，娶的就是二舅母王氏之内侄女；自幼假充男儿教养的，学名叫做王熙凤。黛玉忙陪笑见礼，以"嫂"呼之。这熙凤携着黛玉的手，上下细细打量了一回，便仍送至贾母身边坐下，因笑道："天下真有这样标致人物，我今日才算见了！况且这通身的气派，竟不像老祖宗的外孙女儿，竟是个嫡亲的孙女，怨不得老祖宗天天口头心头一刻不忘。只可怜我这妹妹这样命苦，怎么姑妈偏就去世了！"说着便用帕拭泪，贾母笑道："我才好了，你倒来招我。你妹妹远路才来，身子又弱，也才劝住了，快休再题前话。"这熙凤听了，忙转悲为喜道："正是呢！我一见了妹妹，一心都在他身上，又是喜欢，又是伤心，竟忘记了老祖宗，该打，该打！"又忙携黛玉之手问："妹妹几岁了？可也上过学？现吃什么药？在这里不要想家，要什么吃的、什么玩的，只管告诉我；丫头老婆们不好，也只管告诉我。"一面又问婆子们："林姑娘的行李东西可搬进来了？带了几个人来？你们赶早打扫两间下房让他们去歇歇。"

　　说话时，已摆了茶果上来㉚，熙凤亲为捧茶捧果。又见二舅母问他："月钱放完了不曾㉛？"熙凤道："月钱也放完了。刚才带了人到后楼上找缎子，找了半日，也没见昨日太太说的那样，想是太太记错了。"王夫人道："有没有，什么要紧。"因又说道："该随手拿出两个来给你这妹妹裁衣裳的，等晚上想着再叫人去拿罢。"熙凤道："倒是我先料着了，知道妹妹这两日到的，我已预备下了；等太太回去过了目，好送来。"王夫人一笑，点头不语。

　　当下茶果已撤，贾母命两个老嬷嬷带了黛玉去见两个舅舅去㉜。维时贾赦之妻邢氏忙起身笑回道："我带了外甥女过去，到底便宜些㉝。"贾母笑道："正是呢，你也去罢，不必过来了。"那邢夫人答应了，遂带了黛玉与王夫人作辞，大家送至穿堂。垂花门前早有众小厮拉过一辆翠幄清油车来㉞，邢夫人携了黛玉坐上，众婆娘们放下车帘，方命小厮们抬起，拉至宽处，方驾上驯骡，亦出了西角门往东，过荣府正门，入一黑油大门内，至仪门前㉟，方下车来。邢夫人挽了黛玉的手进入院中，黛玉度其处必是荣府中之花园隔断过来的。进入三层仪门，果见正房、厢庑、游廊，悉皆小巧别致，不似那边的轩峻壮丽；且院中随处之树木山石皆好。及进入正室，早有许多盛妆丽服之姬妾丫鬟迎着。邢夫人让黛玉坐了，一面令人到外书房中请贾赦。一时来回说："老爷说了：'连日身上不好，见了姑娘彼此伤心，暂且不忍相见。劝姑娘不要伤怀想家，跟着老太太和舅母，是同家里一样。姊妹们虽拙，大家一处伴着，亦可以解些烦闷。或有委屈之处，只管说得，不要外道才是㊱。'"黛玉忙站起身来一一听了。再坐一刻，便告辞，邢夫人苦留吃过饭去，黛玉笑回道："舅母爱惜赐饭，原不应辞，只是还要过去拜见二舅舅，恐迟去不恭，异日再领，望舅母容谅。"邢夫人道："这也罢了。"遂命两个嬷嬷用方才坐来的车子送过去。于是黛玉告辞。邢夫人送至仪门前，又嘱咐了众人几句，眼看着车去了方回来。

　　一时黛玉进入荣府，下了车，众嬷嬷引着便往东转弯，走过一座东西的穿堂，向南大厅之后，仪门内大院落，上面五间大正房，两边厢房鹿顶耳门钻山[37]，四通八达，轩昂壮丽，比贾母处不同，黛玉便知这方是正内室。一条大甬路[38]，直接出大门的。进入堂屋，抬头迎面先见一个赤金九龙青地大匾，匾上写着斗大三个字，是："荣禧堂"；后有一行小字："某年月日书赐荣国公贾源[39]"，又有"万几宸翰"之宝[40]。大紫檀雕螭案上设着三尺来高青绿古铜鼎[41]，悬着待漏随朝墨龙大画[42]，一边是錾金彝[43]，一边是玻璃盒，地下两溜十六张楠木椅子，又有一副对联，乃是乌木联牌[44]，镶着錾银字迹，道是：

　　座上珠玑昭日月[45]，堂前黼黻焕烟霞[46]。

下面一行小字，道是："乡世教弟勋袭东安郡王穆莳拜手书[47]。"

　　原来王夫人时常居坐宴息亦不在这正室，只在东边的三间耳房内。于是老嬷嬷引黛玉进东房门来，临窗大炕上铺着猩红洋毯[48]，正面设着大红金钱蟒引枕[49]，秋香色金钱蟒大条褥[50]；两边设一对梅花式洋漆小几[51]，左边几上文王鼎[52]，匙箸香盒[53]，右边几上汝窑美人觚[54]，内插着时鲜花卉，并茗碗茶具等物。地下面西一溜四张椅上，都搭着银红撒花椅搭[55]，底下四副脚踏[56]；两边又有一对高几，几上茗碗瓶花俱备。其余陈设，不必细说。老嬷嬷让黛玉上炕坐，炕沿上却也有两个锦褥对设，黛玉度其位次，便不上炕，只就东边椅上坐了。本房的丫鬟忙捧上茶来，黛玉一面吃了，打量这些丫鬟们妆饰衣裙，举止行动，果与别家不同。

　　茶未吃了，只见一个穿红绫袄青缎掐牙背心的一个丫鬟走来笑道[57]："太太说，请林姑娘到那边坐罢。"老嬷嬷听了，于是又引黛玉出来，到了东廊三间小正房内，正面炕上横设一张炕桌，上面堆着书籍茶具，靠东壁面西设着半旧的青缎靠背引枕。王夫人却坐在西边下首，亦是半旧青缎靠背坐褥；见黛玉来了，便往东让。黛玉心中料定这是贾政之位，因见挨炕一溜三张椅子上也搭着半旧的弹花椅袱[58]，黛玉便向椅上坐了。王夫人再三让他上炕，他方挨王夫人坐了。王夫人乃说："你舅舅今日斋戒去了[59]，再见罢。只是有一句话嘱咐你：三个姊妹倒都极好，以后一处念书认字，学针线，或偶一玩笑，都有个尽让的。但我最不放心的却有一件：我有一个孽根祸胎，是家里的'混世魔王'⑩，今日因庙里还愿去⑪，尚未回来，晚间你看见便知道了。你以后只不要采他，你这些姊妹都不敢沾惹他的。"

黛玉素闻母亲说过，有个内侄乃衔玉而生，顽劣异常，不喜读书，最喜在内帏厮混⑫；外祖母又溺爱，无人敢管。今见王夫人所说，便知是这位表兄，因陪笑道："舅母所说的，可是衔玉而生的这位表兄？在家时记得母亲常说，这位哥哥比我大一岁，小名就叫宝玉，性虽憨顽，说待姊妹们极好的。况我来了，自然和姊妹同一处，兄弟们自另院别室的，岂有得沾惹之理？"王夫人笑道："你不知道原故：他与别人不同，自幼因老太太疼爱，原系同姊妹们一处娇养惯的。若姊妹们不理他，他倒还安静些；若一日姊妹们和他多说了一句话，他心上一喜，便生出许多事来。所以嘱咐你别采他，他嘴里一时甜言蜜语，一时有天无日⑬，疯疯傻傻，只休信他。"

黛玉一一的都答应着。忽见一个丫鬟来说："老太太那里传晚饭了。"王夫人忙携了黛玉从后房门，由后廊往西，出了角门，是一条南北宽夹道，南边是倒座三间小小抱厦厅⑭，北边立着一个粉油大影壁⑮，后有一半大门，小小一所房室，王夫人笑指向黛玉道："这是你凤姐姐的屋子，回来你好向这里找他去，少什么东西只管和他说就是了。"这院门上也有几个才总角的小厮⑯，都垂手侍立。王夫人遂携黛玉穿过一个东西穿堂，便是贾母的后院了，于是进入后房门，已有多人在此伺候，见王夫人来了，方安设桌椅；贾珠之妻李氏捧饭，熙凤安箸，王夫人进羹。贾母正面榻上独坐，两旁四张空椅，熙凤忙拉黛玉在左边第一张椅子上坐下，黛玉十分推让，贾母笑道："你舅母和嫂子们左右不在这里吃饭。你是客，原该如此坐的。"黛玉方告了坐，就坐了。贾母命王夫人也坐了。迎春姊妹三个告了坐方上来，迎春坐右手第一，探春左第二，惜春右第二。旁边丫鬟执着拂尘漱盂巾帕⑥，李、凤二人立于案旁布让⑧。外间伺候之媳妇丫鬟虽多，却连一声咳嗽不闻。饭毕，各各有丫鬟用小茶盘捧上茶来。当日林家教女以惜福养身，每饭后必过片时方吃茶，不伤脾胃；今黛玉见了这里许多规矩，不似家中，亦只得随和着些，接了茶。又有人捧过漱盂来，黛玉也漱了口⑥，又盥手毕。然后又捧上茶来，这方是吃的茶。贾母便说："你们去罢，让我们自在说话儿。"王夫人听了，忙起身，说了两句闲话，方引李、凤二人去了。贾母因问黛玉念何书，黛玉道："刚念了《四书》。"黛玉又问姊妹们读何书，贾母道："读什么书，不过认几个字罢了！"

一语未了，只听外面一阵脚步响，丫鬟进来报道："宝玉来了。"黛玉心中想："这个宝玉不知是怎生个惫懒人物⑩！"及至进来，原是一个青年公子，头上戴着束发嵌宝紫金冠⑪，齐眉勒着二龙抢珠金抹额⑫，一件二色金百蝶穿花大红箭袖⑬，束着五彩丝攒花结长穗宫绦⑭，外罩石青起花八团倭缎排穗褂⑮，登着青缎粉底小朝靴⑯；面若中秋之月，色如春晓之花，鬓若刀裁，眉如墨画，鼻如悬胆⑰，睛若秋波，虽怒时而似笑，即瞋视而有情；项上金螭缨络，又有一根五色丝绦，系着一块美玉。

黛玉一见便吃一大惊，心中想道："好生奇怪，倒像在那里见过的，何等眼熟！"只见这宝玉向贾母请了安⑱，贾母便命："去见你娘来。"即转身去了。一回再来时，已换了冠带，头上周围一转的短发，即结成小辫，红丝结束，共攒至顶中胎发，总编一根大辫，黑亮如漆，从顶至梢，一串四颗大珠，用金八宝坠脚⑲；身上穿着银红撒花半旧大袄；仍旧带着项圈、宝玉、寄名锁、护身符等物⑳；下面半露松花撒花绫裤，锦边弹墨袜，厚底大红鞋㉑。越显得面如傅粉，唇若施脂；转盼多情，语言若笑。天然一段风韵，全在眉梢；平生万种情思，悉堆眼角。看其外貌，最是极好，却难知其底细，后人有作《西江月》二词批宝玉极确，其词曰：

无故寻愁觅恨，有时似傻如狂；纵然生得好皮囊，腹内原来草莽㉜。　潦倒不通庶务㉝，愚顽怕读文章㉞；行为偏僻性乖张㉟，那管世人诽谤！

　富贵不知乐业，贫穷难耐凄凉；可怜辜负好韶光㊱，于国于家无望。　天下无能第一，古今不肖无双；寄言纨袴与膏粱：莫效此儿形状！

却说贾母笑道：“外客未见就脱了衣裳！还不去见你妹妹。”宝玉早已看见了一个姊妹，便料定是林姑妈之女，忙来作揖，相见毕归坐，细看形容，与众各别：

　两弯似蹙非蹙笼烟眉㊲，一双似喜非喜含情目。态生两靥之愁，娇袭一身之病㊳。泪光点点，娇喘微微。闲静似娇花照水，行动似弱柳扶风。心较比干多一窍㊴，病如西子胜三分㊵。

宝玉看罢，笑道：“这个姊妹我曾见过的。”贾母笑道：“可又是胡说，你何曾见过他？”宝玉笑道：“虽然未曾见过他，然看着面善，心里倒像是旧相认识，恍若远别重逢的一般。”贾母笑道：“好，好！若如此更相和睦了。”

宝玉便走向黛玉身边坐下，又细细打量一番，因问：“妹妹可曾读书？”黛玉道：“不曾读书，只上了一年学，些须认得几个字。”宝玉又道：“妹妹尊名？”黛玉便说了名，宝玉又道：“表字？”黛玉道：“无字。”宝玉笑道：“我送妹妹一字，莫若‘颦颦’二字极妙。”探春便道：“何处出典？”宝玉道：“《古今人物通考》上说㊶：‘西方有石名黛㊷，可代画眉之墨。’况这妹妹眉尖若蹙，用取这两个字岂不甚美？”探春笑道：“只恐又是杜撰。”宝玉笑道：“除《四书》，杜撰的太多，偏只我是杜撰不成？”又问黛玉：“可有玉没有？”众人都不解，黛玉便忖度着：“因他有玉，故问我有无。”因答道：“我没有。那玉亦是件罕物，岂能人人皆有？”

宝玉听了，登时发作起狂病来，摘下那玉，就狠命摔去，骂道：“什么罕物！人的高下不识，还说灵不灵呢！我也不要这劳什子㊸。”吓的地下众人一拥争去拾玉，贾母急的搂了宝玉道：“孽障^㉞！你生气要打骂人容易，何苦摔那命根子！"宝玉满面泪痕泣道："家里姐姐妹妹都没有，单我有，我说没趣，如今来了这个神仙似的妹妹也没有，可知这不是个好东西。"贾母忙哄他道："这妹妹原有玉来的，因你姑妈去世时，舍不得你妹妹，无法可处，遂将他的玉带了去，一则全殉葬之礼^㉟，尽你妹妹之孝心；二则你姑妈之灵亦可权作见了你妹妹之意。因此他只说没有玉，也是不便自己夸张之意。你如今怎比得他，还不好生慎重带上，仔细你娘知道了。"说着便向丫鬟手中接来，亲与他带上。宝玉听如此说，想一想，也就不生别论了。

当下奶娘来问黛玉房舍，贾母便说："将宝玉挪出来，同我在套间暖阁里^㊱；把你林姑娘暂安置碧纱厨里^㊲，等过了残冬，春天再与他们收拾房屋，另作一番安置罢。"宝玉道："好祖宗！我就在碧纱厨外的床上很妥当，又何必出来，闹你老祖宗不得安静？"贾母想了一想，说："也罢了。"每人一个奶娘并一个丫头照管^㊳，余者在外间上夜听唤。一面早有熙凤命人送了一顶藕合色花帐并锦被缎褥之类。

黛玉只带了两个人来：一个是自己的奶娘王嬷嬷，一个是十岁的小丫头，名唤雪雁。贾母见雪雁甚小，一团孩气，王嬷又极老，料黛玉皆不遂心，将自己身边一个二等丫头名唤鹦哥的与了黛玉；亦如迎春等一般，每人除自幼乳母外，另有四个教引嬷嬷^㊴；除贴身掌管钗钏盥沐两个丫头外，另有四五个洒扫房屋来往使役的小丫头。当下王嬷嬷与鹦哥陪侍黛玉在碧纱厨内，宝玉之乳母李嬷嬷并大丫鬟名唤袭人者陪侍在外大床上。

原来这袭人亦是贾母之婢，本名珍珠，贾母因溺爱宝玉，生恐宝玉之婢不中任使，素知袭人心地纯良，遂与宝玉。宝玉因知他本姓花，又曾见旧人诗句有"花气袭人"之句^㊵，遂回明贾母，即更名袭人。

这袭人有些痴处：伏侍贾母时，心中眼中只有一个贾母；今跟了宝玉，心中眼中又只有一个宝玉。只因宝玉性情乖僻，每每规谏，宝玉不听，心中着实忧郁。是晚宝玉李嬷嬷已睡了，他见里面黛玉鹦哥犹未安歇，他自卸了妆，悄悄的进来，笑问："姑娘怎么还不安歇？"黛玉忙笑让："姐姐请坐。"袭人在床沿上坐了，鹦哥笑道："林姑娘在这里伤心，自己淌眼抹泪的，说：'今儿才来了，就惹出你家哥儿的病，倘或摔坏了那玉，岂不是因我之过！'所以伤心，我好容易劝好了。"袭人道："姑娘快休如此，将来只怕比这更奇怪的笑话儿还有呢。若为他这种行状，你多心伤感，只怕你还伤感不了呢，快别多心！"黛玉道："姐姐们说的，我记着就是了。"又叙了一回，方才安歇。

次早起来，省过贾母，因往王夫人处来，正值王夫人与熙凤在一处拆金陵来的书信，又有王夫人之兄嫂处遣来的两个媳妇儿来说话的。虽黛玉不知原委，探春等却晓得是议论金陵城中居住的薛家姨母之子，表兄薛蟠，倚财仗势，打死人命，现在应天府案下审理，如今母舅王子腾得了信，遣人来告诉这边，意欲唤取进京之意。毕竟怎的，下回分解。

【注释】

①同僚：又作"同寮"。旧指同一官署的官吏。

②起复：封建时代，官吏因父母之丧离职，守孝期满后重新出来做官，叫"起复"。这里泛指一般开缺官员被恢复任用。

③邸（dǐ）报：古时官府传抄的新闻记事。邸，原指朝觐京师者在京的住所。后亦泛指王侯和大官僚办事或居住的府第。汉代的郡国、唐代的藩镇，都在京城设邸，邸中传抄皇帝诏令和臣僚奏折以及有关情报，报导给诸藩官员，叫"邸报"或"邸钞"。清时又名"朝报"。清王士禛《池北偶谈》卷四："今之朝报，或曰邸报……又六科纶音册子，号晚帖，以当晚即知之，次日乃登邸报。"

④贱荆：也叫"山荆""拙荆"或"荆妻"。《太平御览》卷七一八引《列女传》："梁鸿妻孟光，荆钗布裙。"荆枝作钗，粗布为裙，形

容妇女朴素的服饰。旧时因以对别人谦称自己的妻子为"贱荆"。

⑤打点：这里是安排、料理的意思。

⑥名帖：即"名片"。明清时官场拜谒，用红纸书写官衔、姓名，拜访时，投以通名，称为"名帖"，又叫"名刺"。清赵翼《陔余丛考》卷三十"名帖"："窃意古人通名，本用削木书字，汉时谓之谒，汉末谓之刺，汉以后则虽用纸，而仍相沿曰刺。"

⑦题奏：明清两代，奏章有题本、奏本之分。明沈德符《万历野获编》"章奏异名"："今本章名色，为公事则曰题本，为他事则曰奏本。"乾隆中叶之后，已没有这种区别。这里泛指奏折。

⑧应天府：明代建置，宋代称建康府，元为集庆路，朱元璋建立明王朝，曾建都于此，因升为应天府。正统六年，定为南京，所辖府县甚多。清改为江宁府，府治即今南京市。这里是袭用旧称。

⑨匾：悬挂于厅堂、亭榭、门顶或墙上的题字横牌。

⑩敕（chì）造：奉皇帝命令建造。敕，特指皇帝的诏书。清顾炎武《金石文字记》："汉时人官长行之掾属，祖父行之子孙，皆曰敕……至南北朝以下，则此字惟朝廷专之。"

⑪一箭之远：即"一箭道"。宋法云《翻译名义集》卷三"数量"："一箭道，嘉祥云二里，或云取射垛一百五十步，或云百三十步。"

⑫垂花门：旧时府第内院之院门，称"垂花门"。门作悬山顶，前后出檐，左右下垂木雕莲花瓣等花饰，故名。女眷乘车出入，皆在垂花门外上下车。

⑬超手游廊：自二门起，向两边环抱的走廊叫"超手游廊"。清李斗《扬州画舫录》卷十七："浮桁在内，虚檐在外。阳马引出，栏如束腰。谓之廊。……随势曲折，谓之游廊。"

⑭穿堂：供人穿行的厅堂。坐落于前后两院落之间，正中有绿油屏门四扇，无事不开。

⑮屏风：陈设在室内为挡风或阻隔视线的用具。

⑯厅房：即"听事"。本指官府治事之所，后也指私宅厅堂。

⑰穿山：亦称"钻山"。山，指山墙，人字形房屋两侧的墙，因其上部成山尖形，故称。从山墙上开门接起的游廊，叫"穿山游廊"。

厢房：指四合院落内东西两边的房屋，其尺度较正房略小。

⑱打帘子：清代礼节之一，主人和客人、下级和上级、晚辈和长辈，一同进门时，主人、下级、晚辈应先至门前躬身把帘子打起，让别人进去之后，自己再进去。

⑲鹅脂：亦作"鹅肪"，比喻白润。

⑳不足之症：中医病症名。多由身体虚弱引起，如气血虚弱，叫正气不足，脾胃虚弱，叫中气不足。

㉑媳妇：这里指已婚的年轻女仆。夫妇共在一家为奴，妇便被称为某人媳妇或某人家的。

㉒金丝八宝攒（zǎn）珠髻（jì）：用金丝穿缀珍珠和镶嵌宝石而成的珠花髻饰。八宝，指金银饰物上镶嵌的各色珍珠、玛瑙、碧玉等。攒，簇聚。珠，指珠花，用珠宝穿缀成各种花形叫"珠花"。髻，近人王瀣批云："按此'髻'字，即今之头面也，故云'戴'。"

㉓朝阳五凤挂珠钗：一种作凤凰展翅朝阳形、口衔串珠的长钗。清代妇女首饰，于钿子上插挂珠子凤钗，皇族命妇用九支，称"九凤朝阳"；其他命妇用五支，称"五凤朝阳"。挂珠，钗上垂饰，以珠连串而成，多连缀于凤鸟的衔口上。"攒珠髻""挂珠钗"这里或暗写清代命妇戴的"钿子"。

㉔盘螭（chī）璎络圈：指一种上有盘龙和璎络饰物的项圈。螭，古代传说中蛟龙之类的动物。《说文解字·虫部》："螭，若龙而黄。"璎络，亦作"璎珞"，用线缕联缀珠玉而成的装饰品。原为印度贵族之项饰，后随佛教传入中国。圈，指项圈，是清代大家闺秀的主要饰物。

㉕缕金百蝶穿花大红云缎窄褃（kèn）袄：指一种紧身袄。缕金，指以金线绣成的绣品。金线，亦称"锦线"，古称"金缕"，故曰"缕金"。百蝶穿花，指花蝶图案。大红，又称"猩红"或"猩猩红"。云缎，织作云形花纹的锦缎。一说，或即"库缎"，云锦之一种。云锦，为我国传统工艺美术丝织名。南京所产，始于南北朝，盛于明清。用提花组织，锦纹瑰丽有如云彩，故名。传统品种有库缎、库锦和妆花三大类。衣服前后两幅合缝处叫"褃"，腰部叫"腰褃"，腋窝叫"抬褃"。窄褃可以显出身材纤细，是乾隆年间入时而又流行的一种样式。

㉖五彩刻丝石青银鼠褂：指一种外衣。五彩，指刻丝的纹饰。刻丝，在丝织品上用丝平织成花纹图案，与织锦和刺绣不同。又谓之"刻丝作"。明曹昭《格古要论》卷八："刻丝作，宋时旧织者，白地或青地子，织诗词山水或故事人物、花木鸟兽，其配色如傅彩，又谓之刻丝作，此物甚难得。"石青，矿物质的蓝色颜料，色经久不变。这里指石青色的衣面。银鼠，一名白鼠、石鼠。形略似鼬，毛短色白。清刘廷玑《在园杂志》卷一："至于毛之白者名银鼠，康熙初年尚少，其价甚昂。"这里指银鼠皮做的袄里。褂，《清稗类钞》"服饰类"："褂，外衣也。礼服之加于袍外者，谓之外褂。男女皆同此名称，惟制式不同耳。"

㉗翡翠：本为鸟名。《说文解字》："翠，青羽雀也。"这里指一种近似翡翠鸟羽色的蓝色。或称"翠蓝"。撒花：指用散碎花朵组成的图案。因其分布如撒花状，故称。洋绉：即縠，为丝绸品种之一，轻而薄，略带自然绉纹。

㉘"一双"二句：形容凤姐俏丽而又狠戾的容貌。丹凤眼，即凤眼，言眼之秀美。三角，这里指目形略有锋棱。柳叶眉，比喻眉形如柳叶，言其细长清秀。掉梢，形容眉梢微翘，斜飞入鬓的样子。

㉙辣子：同"剌子"。清章太炎《新方言》卷三："江宁谓人性狠戾者为剌子。"王瀣批云："今南京犹有此称，言无赖也。余按《五代史·汉高祖纪》，有'此都军甚操剌'语，注云：'俗谓勇猛为操剌。'是'剌'讹'辣'也。"这里是泼辣、厉害的意思，含有戏谑之意。

㉚茶果：即茶点。茶与点心之简称。北京话把糕点也叫"果子"。旧时在筵席前，或接待娇客，习惯先吃茶果。

㉛月钱：也叫"月例"或"分例"。旧时大家庭中，按照等级名分，每月发给其家庭成员和仆人的零用钱。

㉜嬷嬷（mó）：即乳母、奶娘。她所奶的男子所生的子女，称其为嬷嬷奶奶；她所奶的女子所生的子女，称其为嬷嬷老老。她所奶的人称她的子女为嬷嬷哥哥或嬷嬷姐姐。

㉝便宜：这里当"方便"讲。

㉞翠幄（wò）清油车：翠幄，指轿车上所围包的绿色车幔。清

油车，轿车用木制成，车身需涂施油漆，上等木料用本色漆之，谓之"清油"。

㉟仪门：旧时官署、府第大门之内的第二重正门，称为"仪门"，取有象可仪之意。《江宁府志》："府著，明初徙锦绣坊，大门之内为仪门，仪门内为莅事堂。"一说，也可称旁门为"仪门"，乃由"谇门"传讹而来。

㊱外道：这里是客气、见外的意思。

㊲"两边"句：指两边的厢房与鹿顶耳房以钻山方式相连接。鹿顶，一作"盝顶"，建筑术语。这里指一种平屋顶，多用于大型四合院中厢房的耳房。耳门，应作"耳房"。耳房，附于正房两旁的小屋，如人之两耳，故名。钻山，这里指厢房山墙上开门或开洞，与相邻的耳房相接。

㊳甬路：亦作"甬道"，指庭院中居中的路，多用砖石铺砌而成。清钱大昕《恒言录》卷五："今人以庭中中道为甬道。"

㊴赐：旧指上对下的给予。

㊵"万几宸翰"之宝：这是皇帝印玺上的文字。万几，《尚书·皋陶谟》："有邦兢兢业业，一日二日万几。"孔传："几，微也。言当戒惧万事之微。"后谓帝王政务之繁多曰"万几"。亦作"万机"。宸翰，皇帝的笔迹。宸，北极星所在位置，后引申为王位、帝王的代称。宝，帝王所用印章的专称。

㊶青绿：指铜鼎上的锈斑。鼎：本为古代炊器，多用青铜制成，盛行于商周。明清时的鼎，大都是后世所铸，用以点燃香烟，礼敬佛像。

㊷待漏随朝墨龙大画：这种画，以雨天海潮中的龙为题材，以"潮"谐音"朝"，比喻朝见皇帝的荣耀。漏，漏刻，古代滴水计时器，借指时间；封建时代，百官于五更前齐集殿庭，等待朝见，叫"待漏"。随朝，依照大臣班序朝见皇帝。墨龙，用水墨画的龙。

㊸錾（zàn）金彝（yí）：在金属器物上雕刻花纹叫"錾"。彝，古时青铜礼器的通称。这里指用金银嵌错图案的古铜器。

㊹乌木：常绿乔木。木材黑色，重硬细致，有光泽，是著名美术

用材。

㊺"座上"句：意谓衣服上的珍珠与日月交辉。珠玑，珍珠。玑是不圆的珠子。这里指用小粒珍珠穿缀成的衣饰。

㊻"堂前"句：意谓黼黻的图饰如烟霞焕彩。黼黻（fǔ fú），古代礼服上所绣的花纹。《周礼·考工记·画缋》："白与黑谓之黼，黑与青谓之黻。"黼，黑白相次，作斧形，刃白身黑。黻，黑青相次，作两己相背状。

㊼世：世交，指两代以上的交谊。教弟：同辈年龄较大者对较小者的谦称。

㊽炕：北方的一种床，用土坯或砖石砌成，下有孔道，可生火取暖。清顾炎武《日知录》"土炕"："北人以土为床，而空其下以发火，谓之炕。"猩红：像猩猩血的鲜艳红色。晋常璩《华阳国志》卷四："猩猩兽能言，其血可以染朱罽。"

㊾金钱蟒：蟒缎中小团龙纹的一种。蟒，指蟒缎，因上面织有蟒形花饰，故名。引枕：一种圆墩形的倚枕。

㊿秋香色：一种淡黄色。原作"缃"，俗作"湘"或"香"。有老缃、秋缃、墨缃、银缃等分别。

51洋漆：指从日本传习的一种漆器做法。

52文王鼎：本为周代传国国鼎，这里指一种仿古的小型香炉。

53匙箸（zhù）：小勺和火箸，烧香用具。

54汝窑美人觚（gū）：一种仿古的瓷器。汝窑，宋代著名瓷窑之一。窑址在今河南宝丰，古属汝州，故名。有天青、卵白、粉青等色，汁水莹厚如堆脂，棕眼隐若蟹爪，底有芝麻细小挣钉。较之官窑，质制尤滋润。觚，古代一种酒器。长身细腰，形如美人，故称"美人觚"。《陶庵梦忆》卷六记有铜制美人觚。

55椅搭：又叫"椅披"或"椅背"，用各种长条锦缎等做成的披在椅背上的一种饰物。

56脚踏：一种常放在炕前或椅前垫脚用的长方形小矮木凳。

57红绫袄青绸（chóu）揿（qiā）牙背心：一种半臂窄衣。绫，古代丝织物名。汉以后开始盛行。青绸，黑色的绸子。青，指玄色，即深黑色。清李渔《闲情偶寄》卷七："大家富室，衣色皆尚青是已。"注："青非青也，元（玄）也。因避讳，故易之。"又云："女子之少者尚银红、桃红，稍长者尚月白，未几而银红、桃红皆变大红，月白变蓝；再变则大红变紫，蓝变石青。迨鼎革以后，则石青与紫皆罕见，无论少长男妇，皆衣青矣。"掐牙，在衣服的滚边内，再加嵌一条很细的锦缎滚条作为装饰，叫"掐牙"。

㊽弹花：即"弹墨"，纹饰形式之一种，即在深黑色丝缎上洒线式推花，这种工艺，称为"弹花"或"弹墨"。椅袱：指用锦缎等做成的椅套。

㊾斋戒：古人在祭祀或举行其他隆重仪式前，沐浴更衣，戒绝嗜欲，以示虔诚，叫"斋戒"。《大清会典》："凡陪祀致斋各官，不理刑名，不办事，不宴会，不听音乐，不入内寝，不问疾，不吊丧，不饮酒。"

⑩混世魔王：我国古小说中某些神魔人物的浑名。这里是对宝玉的戏称。佛教传说欲界第六天"他化自在天"之主波旬为魔界之王，常率魔众破坏佛道。

㊽还愿：旧时对神佛有所祈求，许下某种酬谢，叫"许愿"；而后实践这种酬诺，叫"还愿"。

㊽内帏：即内室，女子居处。这里借指女子。帏，帐子。

㊽有天无日：毫无畏惧和顾忌，随心所欲。

㊽倒座：四合院以北房为正房，称相对的南房为"倒座"。抱厦厅：回绕堂屋后面的侧室。

㊽影壁：即照墙，在门内或门外正对大门以作屏障的墙壁。

㊽总角：古时儿童束发为两髻，向上分开，形状如角，故称"总角"。后因代指儿童时代。

㊽拂尘：用兽类鬃、尾或棕线制成，形如马尾，后有长柄，用来弹拭尘土，驱赶蚊蝇。俗称"蝇甩""甩子"。古时多用麈尾制成，故又称"麈尾"。

㊽布让：席间向客人敬菜、劝餐。

㊽以茶漱口：宋苏轼《漱茶说》："除烦去腻，不可缺茶，然暗中

损人，殆不少。吾有一法，常自珍之。每食已，辄以浓茶漱口，烦腻既去，而脾胃不知。凡肉之在齿间者，得茶浸漱之，乃消缩不觉脱去，不烦挑剌也，而齿便漱濯，缘此渐坚密。”

⑦⓪惫懒：也作“惫赖”。这里是调皮、不顺从的意思。元关汉卿《窦娥冤》第一折：“美妇人我见过万千向外，不似这小妮子生得十分惫赖。”

⑦①束发嵌（qiàn）宝紫金冠：即把头发扎束在顶部的一种髻冠。紫金冠，又名“太子冠”，也叫“束发冠”。明刘若愚《明宫史》水集“束发冠”：“其制如戏子所戴者，用金累丝造之，上嵌晴绿珠石。每一座，有值数百金，或千余金、二千金者。四爪蟒龙，在上蟠绕。下加额子一件，亦如戏子所戴。”紫金，即紫磨金，一种精美的金子。

⑦②二龙抢珠：指抹额上的装饰图案。抹额：本是束额的头巾，后帽箍一类的饰物，也叫“抹额”。金，指“平金”，即抹额上的纹样是用金线刺绣而成，故称“金抹额”。

⑦③二色金：指花蝶是用深浅两色金线所绣成。箭袖：一种窄袖袍服，原为便于射箭。清代有箭衣外罩，以戎装为礼服。

⑦④攒花结：用五彩丝攒聚成花朵图案的结子。或说为“攒心梅花”纹样的简称，是丝绦带上的一种装饰性的“结扣”。长穗：指绦带两端下垂的穗子。俗称“流苏”。宫绦：宫中流行的一种系在腰间的丝带。

⑦⑤起花：因在石青色之倭缎上加绣了八个彩团，故曰“起花”。八团：指褂子上所绣的八个彩团图案，本是清代妇女礼服的一种图饰。倭缎：又叫“东洋缎”，是当时极为珍贵的一种厚密的丝织物。倭，日本之旧称。排穗：指褂子下面排缀的彩穗。一说，即“麦穗”，因音近变异而成“排穗”。指一种皮软毛长的贵重羊皮。

⑦⑥青缎：黑色光缎。粉底：指靴底以白色涂料涂成。《清稗类钞》“服饰类”：“靴之材，春夏秋皆以缎为之，冬则以建绒，有三年之丧者则以布。”朝靴：方头靴之别称。同上书：“凡靴之头皆尖，惟著以入朝者则方。或曰：沿明制也。”

⑦⑦悬胆：形容人的鼻子直垂而圆如胆囊，长得好看。

⑦⑧请安：本是问安、问好的通称。清代礼俗是，在口称请某人安

的同时，男子"打千"，女子则双手扶左膝，右膝微屈，往下蹲身。

⑦坠脚：也作"坠角"，系于器物下端的小装饰品。这里指辫梢所坠的饰物。

⑧寄名锁：迷信习俗，怕小儿夭亡，在神或僧道前寄名为弟子，并用锁形饰物挂在颈间，表示借神之命锁住，以保长寿，称为"寄名锁"。或谓，寄名锁应称"长命锁"，由"百索"演变而来。汉时民族于五月五日，以五色朱索饰门户，云可避恶气。后代于此日以五色线戴小儿项上，或以系臂，以避不祥，谓之"百索"，亦名"长命缕"。护身符：一种符箓。旧时佛教、道教及巫师等用朱笔或墨笔在纸上画上佛、菩萨、鬼神的像，或写上咒语，画上一种似字非字的图形，让人悬之于身，以为可受其保护，避邪消灾，叫"护身符"。

⑧厚底大红鞋：《闲情偶寄》"鞋袜"："袜色尚白，尚浅红；鞋色尚深红，今复尚青，可谓制之尽美者矣。鞋用高底，使小者愈小，瘦者愈瘦，可谓制之尽美而又尽善者矣。"

⑧"纵然"二句：这里比喻宝玉虽然生得好，但腹中没有"仕途经济"一类的学问。皮囊，这里指人的躯体、长相。佛教认为人的灵魂不死不灭，人的肉体只是灵魂暂时寄居的地方，故称人的身体为"皮囊"。亦称"皮袋"。

⑧潦倒：这里是举止不知检束的意思。庶务：各种政务。

⑧愚顽：无知而固执。文章：这里指时文八股。

⑧偏僻：不端正。乖张：性情执拗、怪僻。

⑧韶光：本指美景或春光，这里比喻美好的青年时代。

⑧笼烟眉：或即"涵烟眉"。形容眉毛像一抹疏淡的清烟。唐温庭筠《夜宴谣》："眉敛湘烟袖回雪。"清顾嗣立注引《海录碎事》云："唐明皇令画工画十眉图，一曰涵烟眉。"

⑧"态生"二句：意谓动人的情态生于含愁的面容，娇柔的身形出自怯弱的病体。态，情态。《闲情偶寄》卷六"态度"："态自天生，非可强造，强造之态，不能饰美，只能愈增其陋，同一靥也，出于西施则可爱，出于东施则可憎者，天生、强造之别也。"靥（yè），面颊上的微涡，俗称"酒涡"。这里代指面容。袭，承袭。

⑧⑨"心较"句：这里比喻黛玉非常聪明。比干，商朝贵族，纣王的叔父。相传他的心有七窍。《史记·殷本纪》："纣愈淫乱不止。……比干曰：'为人臣者，不得不以死争。'乃强谏纣。纣怒曰：'吾闻圣人心有七窍。'剖比干，观其心。"

⑨⑩"病如"句：这句说带病的黛玉羸弱娇美，胜过西施。西子，即西施，春秋末年越国美女。相传西施心痛时，"捧心而颦（皱眉）"，样子更好看。

⑨①《古今人物通考》：不详。或是宝玉杜撰。

⑨②黛石：又称"画眉石"。明徐昌祚《燕山丛录》："宛平西斋堂村产石，黑色而性不坚，磨之如墨。金时宫人多以画眉，名曰眉石，亦曰黛石。"

⑨③劳什子：这里如同说"东西"，含有厌恶之意。

⑨④孽障：也作"业障"。佛教谓前世所做的种种恶事，成为今生的障碍为"业障"。业，指过去所作。障，即障碍。这里是罪孽的意思。

⑨⑤殉葬：古代把活人或器物随同死者一起埋葬，叫"殉葬"。

⑨⑥套间暖阁，正房两旁相连的屋子，叫"套间"。亦称"套房"。《旧京琐记》卷一："京师屋制……正房必有附室，曰套间，亦曰耳房，以为储藏之所，夏凉冬燠，四时皆宜者是矣。"暖阁，指为防寒而从套间内分隔出的小间，内设炕褥，前面两旁有隔扇，上有横楣。

⑨⑦碧纱厨：亦称"纱厨"。帷帐一类的东西。用木作架，顶及四周蒙以绿纱，可以折叠。夏天张开，摆在屋里或院中，坐卧在里面，可避蚊蝇。唐王建《赠王处士》诗："青山掩障碧纱厨。"一说，指一种隔扇门，也叫"格门"，是清式建筑室内装修隔断的一种。清代《装修作则例》写作"隔扇碧纱厨"。即在开间的隔断上装上隔门，中间两扇可以开关。格扇细巧，格心多作灯笼框式样，灯笼心上常糊以纸，宫殿里常在格心处安装玻璃，或糊各色纱，故称"碧纱厨"。一说，当指一统三间屋子之中间一间。其四面绷纱作窗，透漏如帐，里面可设床榻。

⑨⑧丫头：《言鲭》卷上："今人呼侍婢曰丫头，盖言其头上方梳双髻，未成人之时，即汉之所谓偏髻也。"

⑨教引嬷嬷：贵族之家教育引导子女饮食、言语、行步、礼节的保姆。

⑩花气袭人：全句为"花气袭人知昼暖"，是宋陆游《村居书喜》中的诗句。原作"知骤暖"。意思说由于闻到花香，知道天气已经骤然暖和了。

第四回

薄命女偏逢薄命郎① 葫芦僧判断葫芦案②

却说黛玉同姊妹们至王夫人处，见王夫人与兄嫂处的来使计议家务，又说姨母家遭人命官司等语；因见王夫人事情冗杂，姐妹们遂出来，至寡嫂李氏房中来了。

原来这李氏即贾珠之妻。珠虽夭亡，幸存一子，取名贾兰，今方五岁，已入学攻书。这李氏亦系金陵名宦之女，父名李守中，曾为国子祭酒③；族中男女无不读诗书者，至李守中继续以来，便谓"女子无才便为德"④，故生了便不十分认真读书，只不过将些《女四书》《烈女传》读读⑤，认得几个字罢了，记得前朝这几个贤女便了；却以纺绩女红为要⑥，因取名为李纨，字宫裁。因此这李纨虽青春丧偶，且居处于膏粱锦绣之中，竟如"槁木死灰"一般⑦，一概不问不闻，惟知侍亲养子，外则陪侍小姑等针黹诵读而已⑧。今黛玉虽客居于此，已有这几个姑嫂相伴，除老父之外，余者也就无用虑及了。

如今且说贾雨村授了应天府，一到任就有件人命官司详至案下⑨，乃是两家争买一婢，各不相让，以致殴伤人命。彼时雨村即拘原告之人来审，那原告道："被殴死者乃小人之主人。因那日买了一个丫头，不想系拐子拐来卖的。这拐子先已得了我家的银子，我家小主原说第三日方是好日子，再接入门；这拐子又悄悄的卖与了薛家，被我们知道了，去找拿卖主，夺取丫头。无奈薛家原系金陵一霸，倚财仗势，众豪奴将我小主人竟打死了。凶身主仆已皆逃走，无踪迹了，只剩了几个局外之人。小人告了一年的状，竟无人作主。求太老爷拘拿凶犯，以扶善良，存殁感激天恩不尽⑩！”

雨村听了大怒道：“岂有这等事！打死了人，竟白白走了拿不来的！”发签差公人立刻将凶犯家属拿来拷问⑪。只见案旁立着一个门子⑫，使眼色不令他发签。雨村心下狐疑，只得停了手。退堂至密室，令从人退去，只留此门子一人伏侍。门子忙上前请安，笑问：“老爷一向加官进禄，八九年来，就忘了我了？”雨村道：“却十分面善，一时想不起来。”门子笑道：“贵人多忘事，把出身之地竟忘了，不记得当年葫芦庙里之事么？”

雨村大惊，方忆起往事。原来这门子本是葫芦庙里一个小沙弥⑬，因被火之后，无处安身，想这件生意倒还轻省⑭，耐不得寺院凄凉景况，遂趁年纪尚轻，蓄了发，充当门子。雨村那里料得是他，便忙携手笑道：“原来是故人。”因令坐了好谈。这门子不敢坐，雨村笑道：“贫贱之交不可忘也⑮，此系私室，但坐何妨。”这门子方告了坐，斜签着坐了⑯。

雨村道：“方才何故不令发签？”这门子道：“老爷荣任到此，难道就没抄一张本省的‘护官符’来不成？”雨村忙问：“何为‘护官符’？”门子道：“如今凡作地方官者皆有一个私单，上面写的是本省最有权势极富贵的大乡绅名姓，各省皆然；倘若不知，一时触犯了这样的人家，不但官爵，只怕连性命也难保呢！所以叫做‘护官符’。方才所说的这薛家，老爷如何惹得他！他这件官司并无难断之处，从前的官府，都因碍着情分脸面，所以如此。”⑰一面说，一面从顺袋中取出一张抄的“护官符”来⑱，递与雨村，看时，上面皆是本地大族名宦之家的谚俗口碑⑲，云：

　　贾不假，白玉为堂金作马⑳。

　　阿房宫，三百里，住不下金陵一个史㉑。

　　东海缺少白玉床，龙王来请金陵王㉒。

　　丰年好大雪，珍珠如土金如铁㉓。

雨村尚未看完，忽闻传点㉔，报：“王老爷来拜。”雨村忙具衣冠出去接迎。有顿饭工夫方回来，问这门子，门子道：“这四家皆连络有亲，一损俱损，一荣俱荣，扶持遮饰，皆有照应的。今告打死人之薛就是'丰年大雪'之'薛'也。不单靠这三家，他的世交亲友在都在外者本亦不少，老爷如今拿谁去？"雨村听如此说，便笑问门子道："如你这样说来，却怎么了结此案？你大约也深知这凶犯躲的方向了？"

门子笑道："不瞒老爷说，不但这凶犯躲的方向我知道，并这拐卖的人我也知道，死鬼买主也深知道，待我细说与老爷听：这个被打死的乃是一个小乡宦之子，名唤冯渊，父母俱亡，又无兄弟，守着些薄产度日；年纪十八九岁，酷爱男风，不甚好女色。这也是前生冤孽㉖，可巧遇见这拐子卖丫头，他便一眼看上了这丫头，立意买来作妾，设誓不近男色，也不再娶第二个了，所以郑重其事，必得三日后方进门。谁知这拐子又偷卖与薛家，他意欲卷了两家的银子而逃，谁知又走不脱，两家拿住，打了个半死，都不肯收银，各要领人。那薛公子岂肯让人的，便喝令下人动手，将冯公子打了个稀烂，抬回去三日竟死了。这薛公子原早择下日子要上京去的，既打了冯公子，夺了丫头，他便没事人一般，只管带了家眷走他的路，并非为此而逃。这人命些些小事，自有他弟兄奴仆在此料理。这且别说，老爷可知这被卖之丫头为谁？"雨村道："我如何得知？"门子冷笑道："这人还是老爷的大恩人呢！他就是葫芦庙旁住的甄老爷的女儿，小名英莲的。"雨村骇然道："原来就是他！闻得他自五岁被人拐去，却如今才卖呢？"

门子道："这种拐子单拐的是幼女，养至十二三岁，带至他乡转卖。当日这英莲，我们天天哄他玩耍，极相熟的，所以隔了七八年，虽模样儿出脱得齐整㉗，然大段未改，所以认得他。且他眉心中原有米粒大的一点胭脂痣，从胎里带来的。偏生这拐子又租了我的房舍居住，那日拐子不在家，我也曾问他，他说是被拐子打怕了的，万不敢说，只说拐子是他亲爹，因无钱还债故卖的。我哄他再四，他又哭了，只说：'我原不记得小时之事。'这无可疑了。那日冯公子相见了，兑了银子，因拐子醉了，英莲自叹说：

'我今日罪孽可满了！'后又听见冯公子三日后才令过门，他又转有忧愁之态。我又不忍，等拐子出去，又叫内人去解释他：'这冯公子必待好日期来接，可知必不以丫鬟相看。况他是个绝风流人品，家里颇过得，素性又最厌恶堂客㉗，今竟破价买你，后事不言可知。只耐得三两日，何必忧闷？'他听如此说，方略解些，自谓从此得所。谁料天下竟有不如意事，第二日，他偏又卖与了薛家。若卖与第二家还好，这薛公子的混名，人称他'呆霸王'，最是天下第一个弄性尚气的人，而且使钱如土，遂打了个落花流水，生拖死拽，把个英莲拖去，如今也不知死活。这冯公子空喜一场，一念未遂，反花了钱，送了命，岂不可叹！"

雨村听了亦叹道："这也是他们的孽障遭遇，亦非偶然，不然这冯渊如何偏只看上了这英莲？这英莲受了拐子这几年折磨，才得了个路头，且又是个多情的，若果聚合了，倒是件美事，偏又生出这段事来。这薛家纵比冯家富贵，想其为人，自然姬妾众多，淫佚无度，未必及冯渊定情于一人。这正为梦幻情缘，恰遇见一对薄命儿女。且不要议论他人，只目今这官司如何剖断才好？"门子笑道："老爷当年何其明决，今日何反成个没主意的人了！小的闻得老爷补升此任，系贾府王府之力；此薛蟠即贾府之亲，老爷何不顺水行舟，做个人情，将此案了结，日后也好去见贾王二公。"雨村道："你说的何尝不是。但事关人命，蒙皇上隆恩起复委用，正竭力图报之时，岂可因私枉法，是实不忍为的。"门子听了冷笑道："老爷说的何尝不是，但如今世上是行不去的，岂不闻古人有言'大丈夫相时而动'㉘，又曰'趋吉避凶者为君子'。依老爷这说，不但不能报效朝廷，亦且自身不保：还要三思为妥。"

雨村低了头，半日方说道："依你怎么样？"门子道："小人已想了个极好的主意在此：老爷明日坐堂，只管虚张声势，动文书，发签拿人，凶犯自然是拿不来的，原告固是不依，只用将薛家族人及奴仆人等拿几个来拷问，小的在暗中调停，令他们报个'暴病身亡',合族中及地方上共递一张保呈,老爷只说善能扶鸾请仙^㉙,堂上设了乩坛,令军民人等只管来看,老爷只说:'乩仙批了,死者冯渊与薛蟠原系夙孽,今狭路相遇,原因了结。今薛蟠已得了无名之病,被冯魂追索而死。其祸皆由拐子而起,除将拐子按法处治外,余不略及'等语。小人暗中嘱咐拐子,令其实招;众人见乩仙批语与拐子相符,自然不疑了。薛家有的是钱,老爷断一千也可,五百也可,与了冯家作烧埋之费。那冯家也无甚要紧的人,不过为的是钱,有了银子,也就无话了。老爷细想,此计如何?"雨村笑道:"不妥,不妥。等我再斟酌斟酌,或可压服口声也罢了。"二人计议已定。

　　至次日坐堂,勾取一干有名人犯,雨村详加审问,果见冯家人口稀少,不过赖此欲得些烧埋之银;薛家仗势倚情,偏不相让,故致颠倒未决。雨村便徇情枉法,胡乱判断了此案,冯家得了许多烧埋银子,也就无甚话说了。雨村便疾忙修书二封与贾政并京营节度使王子腾^㉚,不过说"令甥之事已完,不必过虑"之言寄去。此事皆由葫芦庙内沙弥新门子所为,雨村又恐他对人说出当日贫贱时事来,因此心中大不乐意;后来到底寻了他一个不是,远远的充发了才罢^㉛。

　　当下言不着雨村。且说那买了英莲、打死冯渊的那薛公子,亦系金陵人氏,本是书香继世之家,只是如今这薛公子幼年丧父,寡母又怜他是个独根孤种,未免溺爱纵容些,遂致老大无成;且家中有百万之富,现领着内帑钱粮^㉜,采办杂料。这薛公子学名薛蟠,表字文起,性情奢侈,言语傲慢;虽也上过学,不过略识几个字,终日惟有斗鸡走马^㉝,游山玩景而已。虽是皇商^㉞,一应经纪世事,全然不知,不过赖祖父旧日的情分,户部挂虚名^㉟,支领钱粮,其余事体,自有伙计老家人等措办。寡母王氏乃现任京营节度使王子腾之妹,与荣国府贾政的夫人王氏,是一母所生的姊妹,今年方四十上下,只有薛蟠一子。还有一女,比薛蟠小两岁,乳名宝钗,生得肌骨莹润,举止娴雅,当时他父亲在日,极爱此女，令其读书识字，较之乃兄，竟高十倍。自父亲死后，见哥哥不能安慰母心，他便不以书字为念，只留心针黹家计等事，好为母亲分忧代劳。近因今上崇尚诗礼，征采才能，降不世之隆恩，除聘选妃嫔外㊱，在世宦名家之女，皆得亲名达部，以备选择，为宫主郡主入学陪侍㊲，充为才人赞善之职㊳。自薛蟠父亲死后，各省中所有的买卖承局、总管、伙计人等㊴，见薛蟠年轻不谙世事，便趁时拐骗起来，京都几处生意，渐亦销耗。薛蟠素闻得都中乃第一繁华之地，正思一游，便趁此机会，一来送妹待选，二来望亲，三来亲自入部销算旧账，再计新支，其实只为游览上国风光之意㊵。因此早已检点下行装细软，以及馈送亲友各色土物人情等类，正择日起身，不想偏遇了那拐子，买了英莲。薛蟠见英莲生得不俗，立意买了，又遇冯家来夺，因恃强喝令手下豪奴将冯渊打死，便将家中事务，一一嘱托了族中人并几个老家人，他便带了母妹等，竟自起身长行去了㊶。人命官司，他却视为儿戏，自谓花上几个臭钱，没有不了的。

　　在路不记其日。那日已将入都，又闻得母舅王子腾升了九省统制㊷，奉旨出都查边，薛蟠心中暗喜道："我正愁进京去有母舅管辖，不能任意挥霍，如今升出去，可知天从人愿。"因和母亲商议道："咱们京中虽有几处房舍，只是这十年来没人居住，那看守的人，未免偷着租赁与人，须得先着人去打扫收拾才好。"他母亲道："何必如此招摇！咱们这进京去，原是先拜望亲友，或是在你舅舅处，或是你姨爹家，他两家的房舍极是宽敞的，咱们且住下，再慢慢儿的着人去收拾，岂不消停些㊸。"薛蟠道："如今舅舅正升了外省去，家里自然忙乱起身，咱们这回子反一窝一拖的奔了去㊹，岂不没眼色些。"他母亲道："你舅舅虽升了去，还有你姨爹家。况这几年来，你舅舅姨娘两处每每带信捎书接咱们来。如今既来了，你舅舅虽忙着起身，你贾家的姨娘未必不苦留我们。咱们且忙忙的收拾房子，岂不使人见怪？你的意思我却知道，守着舅舅姨母住着，未免拘紧了你，不如各住，好任意施为。你既如此，你自去挑所宅子去住，我和你姨娘姊妹们别了这几年，却要厮守几日，我带了你妹子去投你姨娘家去，你道好不好？"薛蟠见母亲如此说，情知扭不过的，只得吩咐人夫，一路奔荣国府而来。

那时王夫人已知薛蟠官司一事亏贾雨村就中维持了，才放了心，又见哥哥升了边缺，正愁少了娘家的亲戚来往，略加寂寞。过了几日，忽家人报："姨太太带了哥儿姐儿合家进京，在门外下车了。"喜的王夫人忙带了人接出大厅来，将薛姨妈等接了进去，姊妹们暮年相见，悲喜交集，自不必说；叙了一番契阔，又引着拜见贾母，将人情土物各种酬献了，合家俱厮见过，又治席接风⑯。

薛蟠拜见过贾政贾琏，又引着见了贾赦贾珍等。贾政便使人上来对王夫人说："姨太太已有了春秋，外甥年轻，不知庶务，在外住着，恐又要生事。咱们东南角上梨香院，一所十来间，白空闲着，叫人打扫了，请姨太太和姐儿哥儿住了甚好。"王夫人原要留住，贾母也就遣人来说："请姨太太就在这里住下，大家亲密些。"薛姨妈正欲同居一处，方可拘紧些儿，若另在外，恐纵性惹祸，遂忙道谢应允；又私与王夫人说明："一应日费供给，一概免却，方是处常之法。"王夫人知他家不难于此，遂亦从其愿。从此后，薛家母女就在梨香院中住了。

原来这梨香院乃当日荣公暮年养静之所，小小巧巧，约有十余间房舍，前厅后舍俱全；另有一门通街，薛蟠家人就走此门出入。西南又有一角门，通一夹道，出了夹道，便是王夫人正房的东院了。每日或饭后，或晚间，薛姨妈便过来，或与贾母闲谈，或与王夫人相叙。宝钗日与黛玉、迎春姊妹等一处，或看书下棋，或做针黹，倒也十分乐意。只是薛蟠起初原不欲在贾府中居住，生恐姨父管束，不得自在；无奈母亲执意在此，且贾宅中又十分殷勤苦留，只得暂且住下，一面使人打扫出自家的房屋，再移居过去。谁知自此间住了不上一月，贾宅族中凡有的子侄，俱已认熟了一半，都是那些纨袴气习，莫不喜与他来往，今日会酒，明日观花，甚至聚赌嫖娼，无所不至，引诱的薛蟠比当日更坏了十倍。虽说贾政训子有方，治家有法，一则族大人多，照管不到；二则现在房长乃是贾珍⑥，彼乃宁府长孙，又现袭职，凡族中事都是他掌管；三则公私冗杂，且素性潇洒，不以俗事为要，每公暇之时，不过看书着棋而已。况这梨香院相隔两层房舍，又有街门别开，任意可以出入，这些子弟们，可以放意畅怀的。因此遂将移居之念，渐渐打灭了。日后何如，下回分解。

【注释】

①薄命：意谓命运不好。多形容女子的悲惨遭遇。

②葫芦案：宋元时俗语有"葫芦提"一词，即不清不白、糊里糊涂之意。葫芦案，即糊涂案。甲戌本脂批云："起用葫芦字样，收用葫芦字样，盖云一部书皆系葫芦提之意也，此亦系寓意处。"

③国子祭酒：古代最高学官。国子，指国子监，简称"国学"，为封建社会教育管理机关和最高学府。西晋始设，与太学并立，称"国子学"。隋炀帝时改为"国子监"。历代因之，清末始废。祭酒，学官名。汉置博士祭酒，西晋改为国子祭酒，隋唐以后称国子监祭酒，为国子监的主管官。清末改学制废。

④女子无才便为德：原作"女子无才便是德"。清石成金《家训钞》："女子通文识字，而能明大义者，固为贤德，然不可多得。其他便喜看曲本小说，挑动邪心，甚至舞文弄法，做出无耻丑事，反不如不识字，守拙安分之为愈也。陈眉公云：女子无才便是德，可谓至言。"陈眉公，即明人陈继儒。清李渔《闲情偶寄》卷七："女子无才便是德，言虽近理，却非无故而云然。因聪明女子，失节者多，不若无才之为贵。盖前人愤激之词。……吾谓才德二字，原不相妨，有才之女，未必人人败行，贪淫之妇，何尝历历知书。"

⑤《女四书》：即《闺阁四书集注》。东汉班昭曾作《女诫》一卷，明神宗时命王相为之作注。后与唐宋若莘、宋若昭的《女论语》、明成祖后徐氏的《内训》、王相母刘氏的《女范捷录》四部书合刻，称《闺阁四书集注》，是封建社会的女子教育书籍。《列女传》：一名《古列

女传》，西汉刘向编。分母仪、贤明、仁智、贞慎、节义、辨通、孽嬖
七目，是宣扬封建伦理道德的书籍。

⑥女红：也作"女工"。旧指女子所做的纺织、缝纫、刺绣等工作。

⑦槁木死灰：枯槁的树木和火灭后的冷灰。《庄子·齐物论》："形
固可使如槁木，而心固可使如死灰乎？"郭象注："死灰槁木，取其寂
寞无情耳。"这里比喻李纨精神世界的寂寞枯竭。清黄正元《欲海慈
航·妇女宜戒》："故守志之妇，恶逸好劳，晏眠早起，忙碌碌，无一刻
空闲，贫也不知愁，富也不知乐，便是铁石手段。"

⑧针黹（zhǐ）：也作"针指"，意同"女红"。黹，指缝纫、刺
绣等。

⑨详：古代公文的一种，用以向上陈报请示。清梁章钜《浪迹续
谈》卷一"详"条云："《淮南子·时则训》：'仲夏之月事无径。'注：'当
请详而后行也。'今由下请上之文曰详，似已肇于此。"这里用作动词，
当"上报"讲。

⑩存：活着的人。殁：死去的人。

⑪签：封建官府差遣吏役出外办事的签牌。一般用木制，插在公
案签筒中，用时取出。

⑫门子：清赵翼《陔余丛考》卷三六"门子"条云："今世所谓门
子，乃牙署中侍茶捧衣之贱役也。……今俗所谓门子者，顾宁人谓正
如六朝时县僮耳。"

⑬沙弥：佛教称谓。梵语的音译，意为"息恶""行慈"等。指刚
出家初受十戒的小和尚。清翟灏《通俗编》引《善觉要览》："落发后
称沙弥也，华言为息慈，谓得安息在慈悲之地也。"

⑭生意：这里意同"生业"，即职业、差事的意思。

⑮贫贱之交：指寒微时结识的朋友。

⑯斜签着坐了：侧身坐着，表示谦恭。

⑰"小沙弥说护官符"一段：清佚名《读红楼梦随笔》："护官符
三字颇新颖，今之巧宦皆有之。"孟子曾云："为政不难，不得罪于巨
室。"（《孟子·离娄上》）据历史记载，清代"地方有司，则平日奉缙
绅如父母，事缙绅若天帝……宁得罪于百姓，不敢开罪于缙绅"。

⑱顺袋：一种挂在腰带上的小袋，讲究者用彩色绸缎制成，并镶边绣花，甚为华丽。可藏放贵重钱物，以防丢失，因名"慎袋"，以音近讹成"顺袋"。

⑲谚俗：即"俗谚"，指民间流传之俗语。口碑：比喻众人口头传诵，如树立的碑志一样，不可磨灭。宋普济《五灯会元》："劝君不用镌顽石，路上行人口似碑。"

⑳"贾不假"二句：贾家系大官僚贵族家庭，这两句不仅写其豪华奢侈，官高爵显，且暗示其是所谓"诗礼之族"。玉堂，汉代宫殿名。也用以指豪贵之族的宅第。古乐府《相逢行》："黄金为君门，白玉为君堂。"宋以后，翰林院亦称"玉堂"。金马，汉代宫门名。《史记·东方朔传》："金马门者，宦署门也；门傍有铜马，故谓之'金马门'。"

㉑"阿房宫"三句：这里说史家也是豪门大族。阿房宫，秦代宫殿，规模宏大。后被项羽焚毁。《汉书·贾山传》记载，阿房宫长宽尺度为"东西五里，南北千步"。三百里，《三辅黄图·秦宫》："阿房宫，亦曰阿城。惠文王造，宫未成而亡。始皇广其宫，规恢三百余里。……阁道通骊山八十余里。"

㉒"东海"二句：这里借龙王向金陵王家借白玉床，极言王家的豪富。龙王，传说龙王处珠宝很多，非常富有。《太平广记》卷四一八引《梁四公记》："东海龙王第七女掌龙王珠藏，小龙千数卫护此珠。"

㉓"丰年"二句：这两句极言薛家的豪奢。雪，"薛"字谐音。据记载，清代官僚富商生活非常奢华糜费。雍正时，淮扬一带盐商"衣服屋宇，穷极华糜，饭食器具，备求工巧……宴会嬉游，殆无虚日，金银珠贝，视如泥沙"。乾隆时，贵族福康"穷奢极欲，挥金如土，以冰糖和灰堆假山，以白腊和灰涂院墙，以白绫缎裱糊墙壁"。

㉔传点：点是一种铁制响器，两端作云头形，故又称"云板"。旧时官署和权贵之家，二门旁常设有这种响器，向内院报事时，打"点"作为信号，叫"传点"。

㉕前生冤孽：前世的冤家对头。

㉖出脱：谓青年男女年龄渐长，容貌变得比以前出色。也说"出

落""出挑""出息"。

㉗堂客：旧时称妇女为"堂客"，称男子为"官客"。

㉘相时而动：看情势行动。相，察看。时，时机。

㉙扶鸾：又名"扶乩"，一种迷信活动。多将木制的丁字架放在沙盘上，由两人各持一端，假作依法请神，木架的下垂部分即在沙上画字，作为神的启示，借以骗人。俗语叫"扶鸾"，传说因神仙来时均乘凤驾鸾，故名。

㉚京营节度使：这里是借用古代官名。节度使，唐代景云二年始设，掌总军旅，专诛杀。其初仅于边地有之，天宝之后，遍设于国内。一节度使统管一道或数州军政大权，世称藩镇。宋代成为虚衔，元废。

㉛充发：充军发配。古代的一种流刑，即把罪犯押解到边远地方去服役。

㉜内帑（tǎng）：宫廷里的府库。

㉝斗鸡走马：形容贵族子弟的游乐生活。斗鸡，以鸡相斗，作为一种游戏或赌博。走马，驰马游猎。三国魏曹植《名都篇》："名都多妖女，京洛出少年。……斗鸡东郊道，走马长楸间。"

㉞皇商：专为皇宫购置用物的商人。清王庆云《熙朝纪政》卷三"纪采办"条："我朝无均输和买之政，凡官府所需，一出时价采办，而不以累民。"实则据《清朝通志》卷九五"食货略"载，这种"采办"之人，倚财仗势，"扰累地方官民商贾"，"霸占集场"，"短价指买"，"重利放债"，是当时社会上的一种特权阶层。

㉟户部：古官署名。为六部之一。源出汉代尚书中的民曹，隋定名民部，唐改称户部，历代相承。掌管全国土地、户口、赋税、财政等事务。

㊱妃嫔：帝王侍妾。《清国行政法泛论·皇室·立皇后》备考："清朝后宫，别置女官，一曰皇贵妃，二曰贵妃，三曰妃，四曰嫔，五曰贵人，六曰答应，七曰常在。"

㊲宫主郡主：宫主，即公主。战国时称诸侯之女为公主，汉代称帝王之女为公主。唐宋时太子及诸王之女称郡主，明清皆以亲王之女为郡主。

㊳才人赞善：皆指宫中女官名。才人，多为妃嫔称号。《史记·淮南衡山列传》："令故美人才人得幸者十人从居。"自晋至明，多沿置。清代宫中无此称。赞善，本为太子官属。唐代龙朔三年置左右赞善大夫，掌侍从、讲授，犹如朝廷的谏议大夫。元明清皆因之。这里指宫中女官。

㊴承局：本指官府差役。这里指商行的听差。

㊵上国：这里指国都京师。

㊶长行：即远行。元关汉卿《谢天香》第一折："辞了哥哥，便索长行。"

㊷九省：九个边远的省份。统制：官名。北宋时设置，以节制军马，统辖诸将。有都统制、副都统制、统制、副统制等名。元明不置，清初亦无此官名，此系作者借用。

㊸消停：从容、安静的意思。

㊹一窝一拖：一家子拉家带口、拖儿带女的意思。

㊺接风：旧时设席宴请远来的客人，叫"接风"。

㊻房长：清陈宏谋《选举族正族约檄》："（江省）大半，皆有祠堂之户，每祠亦皆有族长房长，专司一族之事。"

第五回
贾宝玉神游太虚境　警幻仙曲演红楼梦

第四回中既将薛家母子在荣府中寄居等事略已表明，此回则暂不能写矣。

如今且说林黛玉自在荣府，一来贾母万般怜爱，寝食起居，一如宝玉，而迎春、探春、惜春三个孙女儿倒且靠后；便是宝玉和黛玉二人之亲密友爱处，亦较别个不同；日则同行同坐，夜则同止同息，真是言和意顺，似漆如胶。不想如今忽然来了一个薛宝钗，年纪虽大不多，然品格端方，容貌美丽，人谓黛玉所不及。而宝钗行为豁达，随分从时^①，不比黛玉孤高自许，目无下尘，故深得下人之心；便是那些小丫头们，亦多与宝钗顽笑。因此黛玉心中便有些不忿之意，宝钗却浑然不觉。那宝玉亦在孩提之间^②，况自天性所禀，一片愚拙偏僻，视姊妹兄弟皆出一意，并无亲疏远近之别。如今与黛玉同处贾母房中坐卧，故略比别个姊妹熟惯些。既熟惯，则更觉亲密；既亲密，则不免有求全之毁，不虞之隙^③。这日不知为何，二人言语有些不合起来，黛玉又在房中独自垂泪，宝玉又自悔言语冒撞，前去俯就，那黛玉方渐渐回转来。

因东边宁府花园内梅花盛开，贾珍之妻尤氏乃治酒具，请贾母、邢夫人、王夫人等赏花。是日先带了贾蓉夫妻二人来面请。贾母等于早饭后过来，就在会芳园游玩，先茶后酒。不过是宁荣二府眷属家宴，并无别样新文趣事可记。

一时宝玉倦怠，欲睡中觉，贾母命人好生哄着歇息一回再来。贾蓉之妻秦氏便忙笑道："我们这里有给宝叔收拾下的屋子，老祖宗放心，只管交与我就是了。"亲向宝玉的奶娘丫鬟等道："嬷嬷、姐姐们，请宝叔随我这里来。"贾母素知秦氏是极妥当的人，生得袅娜纤巧，行事又温柔和平，乃重孙媳中第一个得意之人，见他去安置宝玉，自是安稳的。

当下秦氏引了一簇人来至上房内间，宝玉抬头看见是一幅画贴在上面，人物固好，其故事乃是"燃藜图"也④，心中便有些不快。又有一副对联，写的是：

　　　世事洞明皆学问，人情练达即文章⑤。

及看了这两句，纵然室宇精美，铺陈华丽，亦断断不肯在这里了，忙说："快出去！快出去！"秦氏听了笑道："这里还不好，往那里去呢？不然往我屋里去罢。"宝玉点头微笑，有一嬷嬷说道："那里有个叔叔往侄儿媳妇房里睡觉的礼？"秦氏笑道："嗳哟，不怕他恼，他能多大了，就忌讳这些么？上月你没有看见我那个兄弟来了，虽然和宝叔同年，两个人若站在一处，只怕那一个还高些呢。"宝玉道："我怎么没有见过他，你带他来我瞧瞧。"众人笑道："隔着二三十里，那里带去？见的日子有呢。"

说着大家来至秦氏房中。刚至房中，便有一股细细的甜香袭人，宝玉便觉得眼饧骨软⑥，连说："好香！"入房向壁上看时，有唐伯虎画的"海棠春睡图"⑦，两边有宋学士秦太虚写的一副对联云⑧：

　　　嫩寒锁梦因春冷，芳气袭人是酒香。

案上设着武则天当日镜室中设的宝镜⑨，一边摆着赵飞燕立着舞的金盘⑩，盘内盛着安禄山掷过伤了太真乳的木瓜⑪。上面设着寿昌公主于含章殿下卧的宝榻⑫，悬的是同昌公主制的连珠帐⑬。宝玉含笑道："这里好！这里好！"秦氏笑道："我这屋子大约神仙也可以住得的。"说着，亲自展开了西施浣过的纱衾⑭，移了红娘抱过的鸳枕⑮，于是众奶姆伏侍宝玉卧好了，款款散去，只留下袭人、秋纹、晴雯、麝月四个丫鬟为伴。秦氏便吩咐小丫鬟们好生在檐下看着猫儿打架。

那宝玉才合上眼，便恍恍惚惚的睡去，犹似秦氏在前，遂悠悠荡荡，随了秦氏至一所在。但见朱栏玉砌，绿树清溪，真是人迹不逢，飞尘罕到。宝玉在梦中欢喜，想道："这个去处有趣，我就在这里过一生，虽然失了家也愿意，强如天天被父母打去。"正胡思之间，忽听见山后有人作歌曰：

　　春梦随云散⑯，飞花逐水流⑰；寄言众儿女：何必觅闲愁⑱。

宝玉听了是女儿的声气。歌音未息，早见那边走出一个丽人来，蹁跹袅娜，与凡人不同。有赋为证⑲：

　　方离柳坞，乍出花房⑳。但行处，鸟惊庭树㉑；将到时，影度回廊㉒。仙袂乍飘兮，闻麝兰之馥郁㉓；荷衣欲动兮，听环佩之铿锵㉔。靥笑春桃兮，云堆翠髻㉕；唇绽樱颗兮，榴齿含香㉖。盼纤腰之楚楚兮，风回雪舞㉗；耀珠翠之辉煌兮，鸭绿鹅黄㉘。出没花间兮，宜嗔宜喜㉙；徘徊池上兮，若飞若扬。蛾眉颦笑兮㉚，将言而未语；莲步乍移兮㉛，欲止而欲行。羡彼之良质兮，冰清玉润㉜；慕彼之华服兮，闪烁文章㉝。爱彼之容貌兮，香培玉篆㉞；美彼之态度兮㉟，凤翥龙翔㊱。其素若何，春梅绽雪㊲；其洁若何，秋蕙披霜。其静若何，松生空谷；其艳若何，霞映澄塘㊳。其文若何，龙游曲沼㊴；其神若何，月射寒江。应惭西子，实愧王嫱㊵。奇矣哉，生于孰地？来自何方？信矣乎，瑶池不二㊶，紫府无双㊷。果何人哉？若斯之美也！

宝玉见是一个仙姑，喜的忙来作揖，笑问道："神仙姐姐，不知从那里来，如今要往那里去？我也不知这里是何处，望乞携带携带。"那仙姑道："吾居离恨天之上，灌愁海之中，乃放春山遣香洞太虚幻境警幻仙姑是也：司人间之风情月债，掌尘世之女怨男痴㊸。因近来风流冤孽，缠绵于此，是以前来访察机会，布散相思。今日与尔相逢，亦非偶然。此离吾境不远，别无他物，仅有自采仙茗一盏，亲酿美酒一瓮，素练魔舞歌姬数人，新填'红楼梦'仙曲十二支，可试随我一游否？"

宝玉听了，喜跃非常，便忘了秦氏在何处，竟随了仙姑至一所在。有石牌横建，上书"太虚幻境"四大字，两边一副对联，乃是：

> 假作真时真亦假，无为有处有还无。

转过牌坊，便是一座宫门，上横书四个大字，道是："孽海情天。"又有一副对联，大书云：

> 厚地高天，堪叹古今情不尽；痴男怨女，可怜风月债难酬。

宝玉看了，心下自思道："原来如此。但不知何为'古今之情'？又何为'风月之债'？从今倒要领略领略。"宝玉只顾如此一想，不料早把些邪魔招入膏肓了⑭。当下随了仙姑进入二层门内，只见两边配殿，皆有匾额对联，一时看不尽许多，惟见几处写着的是："痴情司""结怨司""朝啼司""暮哭司""春感司""秋悲司"。看了，因向仙姑道："敢烦仙姑引我到那各司中游玩游玩，不知可使得？"仙姑道："此中各司贮的是普天之下所有的女子过去未来的簿册，尔凡眼尘躯，未便先知的。"宝玉听了，那里肯依，复央之再四，警幻便看这司的匾说："也罢，就在此司内略随喜随喜罢⑮。"宝玉喜不能胜，抬头看这司的匾上，乃是"薄命司"三字，两边写着对联道：

> 春恨秋悲皆自惹，花容月貌为谁妍。

宝玉看了，便知感叹。进入门中，只见有十数个大橱，皆用封条封着。看那封条上，皆有各省字样。宝玉一心只拣自己家乡的封条看，只见那边橱上封条大书"金陵十二钗正册"，宝玉因问："何为'金陵十二钗正册'？"警幻道："即贵省中十二冠首女子之册，故为正册。"宝玉道："常听人说，金陵极大，怎么只十二个女子？如今单我们家里，上上下下就有几百个女孩儿。"警幻微笑道："贵省女子固多，不过择其紧要者录之，两边二橱则又次之。余者庸常之辈，则无册可录矣。"

宝玉再看下首一橱，上写着"金陵十二钗副册"；又一橱上写着"金陵十二钗又副册"。宝玉便伸手先将"又副册"橱门开了，拿出一本册来，揭开看时，只见这首页上画的，既非人物，亦非山水，不过是水墨滃染、满纸乌云浊雾而已⑯。后有几行字迹，写道是：

> 霁月难逢，彩云易散。心比天高，身为下贱。风流灵巧
> 招人怨。寿夭多因诽谤生，多情公子空牵念⑰。

宝玉看了，又见后面画着一簇鲜花，一床破席⑱，也有几句言词，
写道是：

> 枉自温柔和顺，空云似桂如兰；堪羡优伶有福，谁知公
> 子无缘⑲。

宝玉看了不解，遂掷下这个，去开了"副册"橱门，拿起一本册
来，揭开看时，只见画着一枝桂花，下面有一池沼，其中水涸泥
干，莲枯藕败㊿，后面书云：

> 根并荷花一茎香，平生遭际实堪伤；自从两地生孤木，
> 致使香魂返故乡㈤。

宝玉看了又不解，又去取"正册"看，只见头一页上便画着两株
枯木，木上悬着一围玉带；又有一堆雪，雪中一股金簪㈡。也有四
句诗道：

> 可叹停机德，谁怜咏絮才；玉带林中挂，金簪雪里埋㈢。

宝玉看了仍不解，待要问时，知他必不肯泄漏天机；待要丢下，
又不舍，遂往后看时，只见画着一张弓，弓上挂着一个香橼㈣。也
有一首歌词云：

> 二十年来辨是非，榴花开处照宫闱；三春怎及初春景，
> 虎兔相逢大梦归㈤。

后面又画着两个人放风筝，一片大海，一只大船，船中有一女子，
掩面泣涕之状㈥。也有四句写云：

> 才自清明志自高，生于末世运偏消；清明涕送江边望，
> 千里东风一梦遥㈦。

后面又画几缕飞云，一湾逝水㈧。其词曰：

> 富贵又何为，襁褓之间父母违；展眼吊斜辉，湘江水逝
> 楚云飞㈨。

后面又画着一块美玉，落在泥污之中㈩。其断语云：

　　　　欲洁何曾洁，云空未必空；可怜金玉质，终陷淖泥中⁶¹。

后面忽画一恶狼，追扑一美女，欲啖之意。其书云：

　　　　子系中山狼，得志便猖狂；金闺花柳质，一载赴黄粱⁶²。

后面便是一所古庙，里面有一美人，在内看经独坐。其判云：

　　　　勘破三春景不长，缁衣顿改昔年妆；可怜绣户侯门女，
　　独卧青灯古佛旁⁶³。

后面便是一片冰山，上有一只雌凤⁶⁴。其判云：

　　　　凡鸟偏从末世来，都知爱慕此生才；一从二令三人木，
　　哭向金陵事更哀⁶⁵。

后面又是一座荒村野店，有一美人在那里纺绩。其判云：

　　　　势败休云贵，家亡莫论亲；偶因济刘氏，巧得遇恩人⁶⁶。

诗后又画一盆茂兰，旁有一位凤冠霞帔的美人⁶⁷。也有判云：

　　　　桃李春风结子完，到头谁似一盆兰；如冰水好空相妒，
　　枉与他人作笑谈⁶⁸。

诗后又画一座高楼，上有一美人悬梁自尽⁶⁹。其判云：

　　　　情天情海幻情身，情既相逢必主淫；漫言不肖皆荣出，
　　造衅开端实在宁⁷⁰。

　　宝玉还欲看时，那仙姑知他天分高明、性情颖慧，恐泄漏天机，便掩了卷册，笑向宝玉道："且随我去游玩奇景，何必在此打这闷葫芦！"

　　宝玉恍恍惚惚，不觉弃了卷册，又随了警幻来至后面。但见珠帘绣幕，画栋雕檐，说不尽的光摇朱户金铺地，雪照琼窗玉作宫。更见仙花馥郁，异草芬芳，真个好所在。又听警幻笑道："你们快出来迎接贵客！"一言未了，只见房中走出几个仙子来，皆是荷袂蹁跹，羽衣飘舞，娇若春花，媚如秋月。一见了宝玉，都怨谤警幻道："我们不知系何'贵客'，忙的接了出来！姐姐曾说今日今时必有绛珠妹子的生魂前来游玩⁷¹，故我等久待。何故反引这浊物来污染这清净女儿之境？"

　　宝玉听如此说，便吓得欲退不能，果觉自形污秽不堪。警幻

忙携住宝玉的手，向众姊妹笑道："你等不知原委：今日原欲往荣府去接绛珠，适从宁府经过，偶遇荣宁二公之灵，嘱吾云：'吾家自国朝定鼎以来⑫，功名奕世⑬，富贵流传，已历百年，奈运终数尽，不可挽回。我等之子孙虽多，竟无可以继业者。惟嫡孙宝玉一人，禀性乖张，用情怪谲，虽聪明灵慧，略可望成，无奈吾家运数合终，恐无人规引入正。幸仙姑偶来，可望先以情欲声色等事警其痴顽，或能使彼跳出迷人圈子，入于正路，亦吾兄弟之幸矣。'如此嘱吾，故发慈心，引彼至此。先以彼家上中下三等女子之终身册籍，令彼熟玩，尚未觉悟；故引彼再到此处，令其历饮馔声色之幻，或冀将来一悟，未可知也。"

　　说毕，携了宝玉入室。但闻一缕幽香，不知所闻何物。宝玉遂不住相问，警幻冷笑道："此香尘世中所无，尔何能知！此系诸名山胜境初生异卉之精，合各种宝林珠树之油所制，名为'群芳髓'。"宝玉听了，自是羡慕而已。大家入座，小鬟捧上茶来，宝玉自觉香清味美，迥非常品，因又问何名。警幻道："此茶出在放春山遣香洞，又以仙花灵叶上所带的宿露而烹，此茶名曰'千红一窟'。"宝玉听了，点头称赏。因看房内瑶琴、宝鼎、古画、新诗，无所不有；更喜窗下亦有唾绒⑭，�间时渍粉污。壁上也有一副对联，书云：

　　　　幽微灵秀地，无可奈何天。

宝玉看毕，无不羡慕，因又请问众仙姑姓名：一名痴梦仙姑，一名钟情大士，一名引愁金女⑮，一名度恨菩提⑯，各各道号不一。少刻，有小鬟来调桌安椅，摆设酒馔，真是：

　　　　琼浆满泛玻璃盏，玉液浓斟琥珀杯⑰。

更不用说此馔之盛。宝玉因此酒香冽异常，又不禁相问。警幻道："此酒乃以百花之蕊，万木之汁，加以麟髓之醅、凤乳之曲酿成⑱，因名为'万艳同杯'。"宝玉称赏不迭。

　　饮酒间，又有十二个舞女上来，请问演何调曲，警幻道："就将新制'红楼梦'十二支演上来。"舞女们答应了，便轻敲檀板⑲，款按银筝⑧，听他歌道是：

　　开辟鸿蒙……

　　方歌了一句，警幻道："此曲不比尘世中所填传奇之曲㉛，必有生旦净末之则㉜，又有南北九宫之调㉝。此或咏叹一人，或感怀一事，偶成一曲，即可谱入管弦。若非个中人㉞，不知其中之妙；料尔亦未必深明此调，若不先阅其稿，后听其曲，反成嚼蜡矣。"说毕，回头命小鬟取了"红楼梦"原稿来，递与宝玉。宝玉接过来，一面目视其文，耳聆其歌曰：

　　　　〔红楼梦引子〕

　　开辟鸿蒙，谁为情种？都只为风月情浓。奈何天，伤怀日，寂寥时，试遣愚衷。因此上，演出这悲金悼玉的"红楼梦"㉟。

　　　　〔终身误〕

　　都道是金玉良缘，俺只念木石前盟。空对着，山中高士晶莹雪；终不忘，世外仙姝寂寞林。叹人间，美中不足今方信。纵然是齐眉举案，到底意难平㊱。

　　　　〔枉凝眉〕

　　一个是阆苑仙葩，一个是美玉无瑕。若说没奇缘，今生偏又遇着他；若说有奇缘，如何心事终虚话？一个枉自嗟呀，一个空劳牵挂。一个是水中月，一个是镜中花。想眼中能有多少泪珠儿，怎经得秋流到冬，春流到夏㊲！

　　却说宝玉听了此曲，散漫无稽，未见得好处；但其声韵凄婉，竟能销魂醉魄。因此也不问其原委，也不究其来历，就暂以此释闷而已。因又看下面道：

　　　　〔恨无常〕

　　喜荣华正好，恨无常又到。眼睁睁，把万事全抛。荡悠悠，芳魂销耗。望家乡，路远山高。故向爹娘梦里相寻告：儿命已入黄泉，天伦呵，须要退步抽身早㊳！

　　　　〔分骨肉〕

　　一帆风雨路三千，把骨肉家园，齐来抛闪。恐哭损残年。

告爹娘，休把儿悬念。自古穷通皆有定，离合岂无缘？从今分两地，各自保平安。奴去也，莫牵连⑧。

〔乐中悲〕

襁褓中，父母叹双亡。纵居那绮罗丛，谁知娇养？幸生来，英豪阔大宽宏量，从未将儿女私情，略萦心上。好一似，霁月光风耀玉堂。厮配得才貌仙郎，博得个地久天长，准折得幼年时坎坷形状。终久是云散高唐，水涸湘江：这是尘寰中消长数应当，何必枉悲伤⑧？

〔世难容〕

气质美如兰，才华馥比仙。天生成孤癖人皆罕。你道是啖肉食腥膻，视绮罗俗厌；却不知好高人愈妒，过洁世同嫌。可叹这，青灯古殿人将老；孤负了，红粉朱楼春色阑。到头来，依旧是风尘肮脏违心愿；好一似，无瑕白玉遭泥陷；又何须，王孙公子叹无缘⑨？

〔喜冤家〕

中山狼，无情兽，全不念当日根由。一味的，骄奢淫荡贪欢媾。觑着那，侯门艳质同蒲柳；作践的，公府千金似下流。叹芳魂艳魄，一载荡悠悠⑨。

〔虚花悟〕

将那三春看破，桃红柳绿待如何？把这韶华打灭，觅那清淡天和。说什么，天上夭桃盛，云中杏蕊多？到头来，谁见把秋捱过？则看那，白杨村里人呜咽，青枫林下鬼吟哦。更兼着，连天衰草遮坟墓。这的是，昨贫今富人劳碌，春荣秋谢花折磨。似这般，生关死劫谁能躲？闻说道，西方宝树唤婆娑，上结着长生果⑬。

〔聪明累〕

机关算尽太聪明，反算了卿卿性命！生前心已碎，死后性空灵。家富人宁，终有个，家亡人散各奔腾。枉费了，意悬悬半世心；好一似，荡悠悠三更梦。忽喇喇似大厦倾，昏惨惨似灯将尽。呀！一场欢喜忽悲辛。叹人世，终难定^④！

〔留余庆〕

留余庆，留余庆，忽遇恩人；幸娘亲，幸娘亲，积得阴功。劝人生，济困扶穷，休似俺那爱银钱、忘骨肉的狠舅奸兄！正是乘除加减，上有苍穹^⑤。

〔晚韶华〕

镜里恩情，更那堪梦里功名！那美韶华去之何迅！再休提绣帐鸳衾。只这戴珠冠，披凤袄，也抵不了无常性命。虽说是，人生莫受老来贫，也须要阴骘积儿孙。气昂昂，头戴簪缨，光灿灿，胸悬金印；威赫赫，爵禄高登，昏惨惨，黄泉路近！问古来将相可还存？也只是虚名儿与后人钦敬^⑥。

〔好事终〕

画梁春尽落香尘。擅风情，秉月貌，便是败家的根本。箕裘颓堕皆从敬，家事消亡首罪宁。宿孽总因情^⑦！

〔飞鸟各投林〕

为官的，家业凋零；富贵的，金银散尽；有恩的，死里逃生；无情的，分明报应。欠命的，命已还；欠泪的，泪已尽。冤冤相报自非轻，分离聚合皆前定。欲知命短问前生，老来富贵也真侥幸。看破的，遁入空门；痴迷的，枉送了性命。好一似食尽鸟投林，落了片白茫茫大地真干净^⑧！

歌毕，还又歌副歌。警幻见宝玉甚无趣味，因叹："痴儿竟尚未悟！"那宝玉忙止歌姬不必再唱，自觉朦胧恍惚，告醉求卧。警幻便命撤去残席，送宝玉至一香闺绣阁中，其间铺陈之盛，乃素所未见之物。更可骇者，早有一位女子在内，其鲜艳妩媚，有似乎宝钗；风流袅娜，则又如黛玉。正不知何意，忽警幻道："尘世中多少富贵之家，那些绿窗风月，绣阁烟霞，皆被淫污纨袴与那些流荡女子悉皆玷辱。更可恨者，自古来，多少轻薄浪子，皆以'好色不淫'为解^⑨，又以'情而不淫'作案^⑩，此皆饰非掩丑之语也。好色即淫，知情更淫。是以巫山之会，云雨之欢，皆由既悦其色、复恋其情所致也。吾所爱汝者，乃天下古今第一淫人也。”

宝玉听了，唬的慌忙答道：“仙姑差了。我因懒于读书，家父母尚每垂训饬，岂敢再冒‘淫’字？况且年纪尚幼，不知‘淫’为何事。”警幻道：“非也。淫虽一理，意则有别。如世之好淫者，不过悦容貌，喜歌舞，调笑无厌，云雨无时，恨不能天下之美女供我片时之趣兴：此皆皮肤滥淫之蠢物耳。如尔则天分中生成一段痴情，吾辈推之为‘意淫’⑩。惟‘意淫’二字，可心会而不可口传，可神通而不能语达。汝今独得此二字，在闺阁中固可为良友，然于世道中未免迂阔怪诡，百口嘲谤，万目睚眦⑩。今既遇令祖宁荣二公剖腹深嘱，吾不忍君独为我闺阁增光而见弃于世道，故引子前来，醉以美酒，沁以仙茗，警以妙曲，再将吾妹一人，乳名兼美表字可卿者，许配与汝。今夕良时，即可成姻。不过令汝领略此仙闺幻境之风光尚然如此，何况尘境之情景哉？而今后，万万解释⑩，改悟前情，留意于孔孟之间，委身于经济之道⑩。”说毕，便秘授以云雨之事，推宝玉入房中，将门掩上自去。

那宝玉恍恍惚惚，依警幻所嘱之言，未免有儿女之事，难以尽述。至次日，便柔情缱绻⑩，软语温存，与可卿难解难分。因二人携手出去游玩之时，忽然至一个所在，但见荆榛遍地，狼虎同行，迎面一道黑溪阻路，并无桥梁可通。正在犹豫之间，忽见警幻从后追来，说道：“快休前进，作速回头要紧！”宝玉忙止步问道：“此系何处？”警幻道：“此即迷津也⑩，深有万丈，遥亘千里，中无舟楫可通，只有一个木筏⑩，乃木居士掌柁⑩，灰侍者撑篙⑩，不受金银之谢，但遇有缘者渡之。尔今偶游至此，设如坠落其中，便深负我从前谆谆警戒之语矣。”话犹未了，只听迷津内响如雷声，有许多夜叉海鬼⑩，将宝玉拖将下去，吓得宝玉汗下如雨，一面失声喊叫：“可卿救我！”吓得袭人辈众丫鬟忙上来搂住，叫：“宝玉不怕，我们在这里。”

却说秦氏正在房外嘱咐小丫头们好生看着猫儿狗儿打架，忽闻宝玉在梦中唤他的小名，因纳闷道："我的小名这里从无人知道，他如何知得，在梦中叫出来？"正在不解，且听下回分解。

【注释】

①随分从时：分，名分。《礼记·礼运》："故礼达而分定。"从时，适应环境。

②孩提：指幼儿。《孟子·尽心上》："孩提之童。"东汉赵岐注："孩提，二三岁之间，在襁褓知孩笑可提抱者也。"这里意谓宝玉还很幼稚。

③求全之毁，不虞之隙：由《孟子·离娄上》"有不虞之誉，有求全之毁"演化而来。意谓由于要求完美而常有诋毁，因为关系亲密而不免发生意料不到的误会。毁，诋毁，责备。不虞，没想到。隙，裂缝，不和。

④燃藜图：亦称"杖藜图"。晋王嘉《拾遗记》卷六："刘向于成帝之末，校书天禄阁，专精覃思。夜有老人，着黄衣，植青藜杖，登阁而进，见向暗中独坐诵书。老父乃吹杖端，烟然（燃），因以见向，说开辟已前。向因受《洪范五行》之文……至曙而去，向请问姓名。云：'我是太一之精。'"藜，一年生草本植物，高五六尺，茎坚老者，可为杖；燃烧时光亮而耐久。这当是鼓励人们勤学苦读的一幅画。

⑤练达：老练通达，指阅历多而通达人情世故。

⑥眼饧（xíng）：眼似蜜糖般黏涩，形容一种朦胧陶醉的眼色。饧，古"糖"字，亦作"餳"。《本草纲目·谷部》："饴即软糖也，北人谓之饧。"

⑦唐伯虎画的"海棠春睡图"："海棠春睡图"或是唐伯虎所作的一幅"香艳"画。唐伯虎集中有《题海棠美人》诗一首。唐伯虎，即唐寅。海棠春睡，比喻杨贵妃的醉态。宋施元之注引《明皇杂录》："上皇尝登沉香亭，召妃子。妃子时卯酒未醒，高力士从侍儿扶掖而至。上皇笑曰：'岂是妃子醉耶？海棠睡未足耳。'"

⑧宋学士秦太虚写的一副对联：秦太虚，即秦观。《宋史·秦观传》："秦观字少游，一字太虚。"秦观出苏轼之门，为苏门四学士之一。这副对联不见于他的《淮海集》，当是小说作者的拟作。但秦观《游鉴

湖》诗中有句云："水光入座杯盘莹，花气侵人笑语香。"其第二句与对联下句相似。嫩寒，轻寒，微寒。锁梦，沉迷于梦境、如被幽闭的意思。

⑨武则天当日镜室中设的宝镜：武则天，名曌（zhào），唐高宗后。高宗得头风，不能听政，她代为执政；高宗死后，正式登位称帝，建国号曰"周"。过去说她"狐媚惑主"，秽乱宫闱。宝镜，明沈德符《万历野获编》："唐高宗镜殿成，刘仁轨惊下殿，谓一时乃有数天子。至武后时，则用以宣淫。"

⑩赵飞燕立着舞的金盘：赵飞燕，汉成帝后，身轻善舞。宋乐史《杨太真外传上》引《汉成帝内传》："汉成帝获飞燕，身轻欲不胜风。恐其飘翥，帝为造水晶盘，令宫人掌之而歌舞。"

⑪安禄山掷过伤了太真乳的木瓜：太真，即杨玉环。《新唐书·后妃传》："玄宗贵妃杨氏，号'太真'，得幸。善歌舞，邃晓音律，且智算警颖，迎意辄悟。帝大悦，遂专房宴，宫中号'娘子'，仪体与皇后等。天宝初，进册贵妃。"安史之乱前，玄宗宠信安禄山，杨贵妃认安禄山为养子，据说两人关系暧昧。掷木瓜伤乳事，不详。一说，或由安禄山以指爪伤贵妃胸乳事附会而来。宋高承《事物纪原》卷三"诃子"条云："本自唐明皇杨贵妃作之以为饰物，贵妃私安禄山，以后颇无礼，因狂悖，指爪伤贵妃胸乳间，遂作诃子之饰以蔽之。"此或为"调侃"语，另有寓意。

⑫寿昌公主于含章殿下卧的宝榻：寿昌公主，本唐代宗之女，此处当作"寿阳公主"。寿阳公主，南朝宋武帝刘裕的女儿。《太平御览·时序部》引《杂五行书》云："宋武帝女寿阳公主，人日（正月初七）卧于含章殿檐下，梅花落公主额上，成五出花，拂之不去。皇后留之，看得几时，经三日洗之乃落。宫女奇其异，竞效之。今梅花妆是也。"

⑬同昌公主制的连珠帐：同昌公主，唐懿宗之女。连珠帐，唐苏鹗《杜阳杂编》："咸通九年，同昌公主出降（下嫁），宅于广化里，赐钱五百万贯，更罄内库宝货，以实其宅……堂中设连珠之帐、却寒之帘、犀簟、牙席、龙罽凤褥。连珠帐，续真珠为之也。"

⑭西施浣过的纱衾：衾，被子。《吴越春秋·勾践阴谋篇》元徐天祐注引《十道志》："（越王）勾践索美女以献吴王，得之诸暨苎罗山，卖薪女也。西施山下有浣纱石。"相传西施曾在若耶溪旁浣过纱。

⑮红娘抱过的鸳枕：红娘，唐元稹《莺莺传》（或称《会真记》）里人物，莺莺的丫鬟，张生和崔莺莺幽会时，她曾送过鸳鸯枕。《西厢记》第四本第一折："（红云）你且接了衾枕者，小姐到来也。"秦可卿屋内的陈设，用了许多与古代"香艳"故事有关的器物书画，来暗喻屋主人生活的糜烂。护花主人评曰："秦氏房中画联陈设，俱着意描写，其人可知，非专侈华丽也。"

⑯春梦：春日之梦。常比喻人事繁华如春夜的梦境一样容易消逝。这里比喻短暂的欢乐。

⑰飞花：即落花，比喻青春易逝。

⑱闲愁：无谓的烦恼。《西厢记》第一本楔子："（莺莺唱）花落水流红，闲愁万种。"

⑲赋：文体名。汉班固《两都赋序》："赋者，古诗之流也。"其名称始于战国荀卿的《赋篇》，到汉代形成一种特定体制。讲究文采、韵节，兼具诗歌与散文的性质。

⑳"方离"二句：柳坞、花房对文，形容园林幽美。柳坞，四面如屏的柳林。坞，可作屏障的土堡。后引申指可以四面挡风的建筑物。乍，刚刚。

㉑鸟惊庭树：形容仙姑貌美，使鸟雀也为之惊动。《庄子·齐物论》："毛嫱、丽姬，人之所美也，鱼见之深入，鸟见之高飞，麋鹿见之决骤，四者孰知天下之正色哉？"

㉒影度回廊：身影在回廊上飘动，形容仙姑姿态优美。回廊，曲折回旋的走廊。这或用《西厢记》中张生等待莺莺从回廊下而来之事。一说，这里用春秋时吴王夫差和西施的故事。回廊，即吴宫中之"响回廊"。

㉓"仙袂"二句：形容仙姑散发的香气。仙袂，仙人的衣袖。麝兰，麝香和兰草，古代妇女常佩带的两种香料。馥郁，香气浓烈。

㉔"荷衣"二句：形容仙姑的衣饰。荷衣，用荷叶制成的衣裳。

仙人的一种妆束。屈原《九歌·少司命》："荷衣兮蕙带，儵而来兮忽而逝。"环佩，古人衣带上所系的佩饰。《礼记·经解》："行步则有环佩之声。"后多指妇女所佩的饰物。

㉕"靥（yè）笑"二句：形容仙姑的容貌发髻。靥笑春桃，比喻仙姑的面容艳如盛开的桃花。云堆翠髻，形容妇女的发髻浓密卷曲如云。《文选》卷十九曹植《洛神赋》："云髻峨峨，修眉联娟。"唐吕延济注："云髻，发美如云也。"翠，青绿色。

㉖"唇绽"二句：形容仙姑的唇齿之美。樱颗，比喻双唇如樱桃那样鲜红饱满。榴齿，形容牙齿似石榴子那样整齐光洁。

㉗"盼纤腰"二句：形容仙姑体态婀娜。盼，此当"妩媚"讲。纤腰，苗条的腰肢。唐刘希夷《春女行》："纤腰弄明月，长袖舞春风。"楚楚，细软的样子。风回雪舞，形容体态袅娜。《洛神赋》："仿佛兮若轻云之蔽月，飘飘兮若流风之回雪。"

㉘"耀珠翠"二句：形容仙姑饰品之美。珠翠，珍珠和翡翠，妇女的装饰品。鸭绿，碧绿色，多用以形容春水。鹅黄，淡黄色，多用以比喻嫩柳。宋王安石《柳》诗："含风鸭绿鳞鳞起，弄日鹅黄袅袅垂。"这里都是比喻珠宝的鲜艳色彩。

㉙宜嗔宜喜：这句形容仙姑一喜一怒，都使人感到很美。《西厢记》第一本第一折："（张生唱）我见他宜嗔宜喜春风面。"嗔，生气。

㉚蛾眉：《诗经·卫风·硕人》："螓首蛾眉。"蛾，蚕蛾。蚕蛾的触须细长而弯曲，旧时常用来比喻女子长而美的眉毛。

㉛莲步：《南史·齐东昏侯纪》："凿金为莲花以帖地，令潘妃行其上，曰：'此步步生莲花也。'"后因以称女子的脚步为"莲步"。

㉜冰清玉润：像冰一样清澈，像玉一样润滑。形容仙姑性行高洁。

㉝闪烁文章：灿烂华美。文章，指各种色彩、花纹杂错相间。

㉞香培玉篆：用香料造就，用美玉雕成。

㉟态度：体态风度。

㊱凤翥（zhù）龙翔：意同"凤翥龙蟠"。本为比喻汉字笔法的回旋多姿。这里用以形容仙姑体态飘洒。翥，飞举。

㊲春梅绽雪：这句以春日梅花喻仙姑肤色的洁白。绽雪，指开花。

㊳霞映澄塘：这句以晚霞映红澄塘，比喻仙姑的艳丽。澄，清澈。

㊴"其文"二句：写仙姑的举止娇逸雅顺。文，闲雅温顺的意思。龙游，《洛神赋》："其形也，翩若惊鸿，婉若游龙。"沼，池子。

㊵实愧王嫱：实在是使王嫱感到羞惭。王嫱，即王昭君，汉元帝宫人，貌美。

㊶瑶池：神话中仙境，在昆仑山上，为西王母所居之地。传说周穆王姬满曾在此宴请西王母。《穆天子传》卷三："乙丑，天子觞西王母于瑶池之上，西王母为天子谣。"

㊷紫府：传说中的仙宫，在青丘凤山上。

㊸尘世：即人间。唐王维《愚公谷》诗："寄言尘世客，何处欲归临？"

㊹膏肓（huāng）：人体脏腑中的一部分。心下为膏；肓，鬲也。心下膈上，为体内重要部位。后世遂称不治之症为"病入膏肓"。

㊺随喜：佛教用语。佛家以为行善事可生"欢喜心"，随人做善事称为"随喜"。引申为到寺庙游览、参观，也叫"随喜"。

㊻水墨瀜（wěng）染、满纸乌云浊雾：这画面比喻晴雯生在"浊世"，环境险恶。瀜染，烘托渲染。乌云浊雾，清无名氏《定情人》第十四回："炉花苦雨时时有，蔽日浮云日日多。"

㊼"霁（jì）月难逢"一首：这为晴雯判词。赞美她的品德，对她被迫害而致死的悲惨命运，寄予深切同情。霁月，雨止天晴，明月高照。古人常用这种明净的自然景象来比喻世道清明，也用以比喻人品的高尚。霁月，这里又暗切"晴"字。霁，雨止叫"霁"，引申为霜雪消、云雾散也叫"霁"。彩云，呈花纹的云彩。唐白居易《简简吟》："大都好物不坚牢，彩云易散琉璃脆。"云呈现彩色叫"雯"。彩云，又暗切"雯"字。寿夭，短命而死。多情公子，指贾宝玉。空牵念，白白地牵挂思念。

㊽一簇鲜花，一床破席：这画面暗喻花袭人。袭人姓"花"，席与"袭"同音。

㊾"枉自温柔和顺"一首：这为袭人判词。堪羡，值得羡慕。优伶，旧称戏曲演员为"优伶"，此指蒋玉函。公子，指贾宝玉。据脂

批，袭人出嫁原是在宝玉出家后才"不得已"嫁给蒋玉函，与此判词有出入。

　　㊿"只见"四句：此为香菱画面。这幅画暗示香菱被夏金桂虐待致死的结局。桂，隐指薛蟠之妻夏金桂。莲藕，意指香菱，香菱原名英莲。

　　�51"根并荷花一茎香"一首：这为香菱判词。写她始而被拐，继而被卖，终至被摧残而死的不幸遭遇。根并荷花一茎香，荷花凋谢后结成莲子，荷花与莲子同长在一根茎上。这句暗切"香菱"。遭际，遭遇。两地，即两个"土"字。孤木，一个"木"字。合之暗切夏金桂的"桂"字。香魂，指女子的灵魂。返故乡，香魂回到原来的地方，意即死亡。续书写夏金桂死后，香菱"扶正"。最后以"产难完劫"，与此判词不合。

　　52"只见"四句：此为林黛玉和薛宝钗二人画面。两木，切"林"字。玉带，以同音切"黛玉"。雪，以同音切"薛"。金簪，以同义切"宝钗"二字。

　　53"可叹停机德"一首：这为薛宝钗和林黛玉判词，写两人一生的命运。林有诗才，而命运悲惨；薛具妇德，而下场亦很凄苦。停机德，指薛宝钗的妇德。《后汉书·列女传》载，乐羊子外出远游寻师，学了一年就回来了。他的妻子以织机织布为比喻，强调日积月累的重要性，劝他不要半途而废。羊子被妻子的言论感动，"复还终业，遂七年不返。"明吕坤《闺范·善行》所载略同。清陈宏谋为《闺范》所作按语云："所载懿行，可以动天地，泣鬼神，至今读之，凛凛犹有生气，诚哉地维赖以立，天柱赖以尊。孰谓女德为无关轻重哉？"这里意谓宝钗常劝宝玉注意仕途经济，可惜徒劳无功。咏絮才，指林黛玉的诗才。《世说新语·言语》："谢太傅寒雪日内集，与儿女讲论文义，俄而雪骤，公欣然曰：'白雪纷纷何所似？'兄子胡儿曰：'撒盐空中差可拟。'兄女（谢道韫）曰：'未若柳絮因风起。'公大笑乐。"刘孝标注云："（道韫）有文才，所著诗赋诔颂，传于世。"后因以"咏絮才"比喻女子工于吟咏。这里意谓林黛玉是个有才华的女子，但又有谁爱怜她呢？雪埋金簪，暗喻宝钗的冷落下场。金簪，喻宝钗名字。

�54一张弓，弓上挂着一个香橼（yuán）：此为元春画面。弓，与"宫"同音。香橼，即枸橼，果实像小瓜，可供玩赏。这里以弓切"宫"字，以橼字切元春的"元"字。画面暗示贾元春被选入宫。

�55"二十年来辨是非"一首：这为贾元春判词。它同下面的"恨无常"曲子，即暗示元春得宠及死去，与贾家命运的关系。二十年，或说指元春在宫廷生活的时间。或说指元春入宫时的年纪。辨是非，懂得世事人情。榴花，即石榴花，榴花五月盛开，鲜艳似火。宫闱，后妃居住的地方。此句或喻指元春晋封为贤德妃乃在五月。三春，这里指迎春、探春、惜春。怎及，争及。初春，指元春。这句意谓迎、探、惜三个妹妹，都比不上元春荣耀。虎兔相逢，据小说第九十五回说：元春死在甲寅年十二月十九日。十二月十八日立春，虽未过年，但节气已交立春，次年为乙卯年。"寅"的属相是虎，"卯"的属相是兔；所谓"虎兔相逢"，或指此。大梦，道家对人生的一种消极看法。原意指死为大觉，生为大梦。大梦归，意即魂返故乡，则指死亡。这句是说，贾元春死在寅年、卯年之交。

�56"后面"几句：此为探春画面。这画面和下面的判词，暗示探春后来远嫁海隅。续书的处理，与这里的暗示不同。

�57"才自清明志自高"一首：这为探春判词。自，虚词，在句中起突出、强调的作用。清明，有版本作"精明"。运偏消，命运偏偏不好。消，这里同"浇"。

�58几缕飞云，一湾逝水：此为湘云画面。云，切史湘云的"云"字。逝水，切"湘"字。

�59"富贵又何为"一首：这为史湘云判词，同下文"乐中悲"曲子，暗示史湘云一生可悲的命运。襁褓之间，即婴儿时期。襁，背小儿的系带。褓，包小儿的小被。违，违世，离开人世，即死亡。展眼，放眼。吊，凭吊，对景伤怀。斜辉，夕阳。这句暗示史湘云出嫁后，好景不长。湘江，水名。流经湖南，古属楚地。这里用舜之二妃娥皇、女英的故事。刘向《列女传》："舜陟方死于苍梧，号曰重华。二妃死于江湘之间，俗谓之湘君。"楚云，指楚王与巫山神女幽会于云梦高唐的故事。这句隐"湘云"两字。水逝、云飞，暗喻史湘云夫妻生活之短促。

⑥⓪一块美玉，落在泥污之中：此为妙玉画面。美玉，意指妙玉。美，"妙"之同义词。

⑥①"欲洁何曾洁"一首：这为妙玉判词。洁，这里既指清洁，又指佛教所谓的"净"。佛教谓庄严洁净，没有污秽的极乐世界为"净土"。佛教又叫"净教"。元剧常称和尚曰"洁郎"，省称"洁"。空，佛教用语。金玉质，比喻美好的姿质。这里指妙玉高贵的出身和美丽的容貌。淖（nào）泥，烂泥。这里比喻妙玉后来的结局。

⑥②"子系中山狼"一首：这为迎春判词。子，旧时对男子的尊称。系，是。子系，又合而为"孙"字，指孙绍祖。中山狼，宋谢良《中山狼传》载，春秋时赵简子猎于中山，有狼被简子所逐，狼求救于东郭先生，东郭先生哄走了赵简子，掩护了狼，过后，狼反要吃掉东郭先生。后来因把忘恩负义的人称为"中山狼"。这里比喻孙绍祖。得志便猖狂，俗语。得志后就胡作非为。金闺，华美的闺房。花柳质，比喻迎春体质娇弱，经不住摧残；并暗切"迎春"的名字。赴黄粱，比喻死亡。黄粱，用"黄粱梦"故事。唐沈既济《枕中记》载，落魄书生卢生，在邯郸旅店中，遇道士吕翁，自诉贫困，意图宦达。吕翁授之以枕，使其入梦。卢生在梦中历尽荣华富贵，年过八十而死。后梦醒，主人炊黄粱尚未熟。

⑥③"勘破三春景不长"一首：这为惜春判词，暗示她出家为尼的结局。勘破，勘定是非。三春景不长，指元春、迎春、探春三人命运不济。一般认为，四姐妹的名字元、迎、探、惜寓意为原应叹息。缁衣，浅黑衣，指僧尼穿的衣服。青灯，油灯，因其灯光青莹，故名。这里指佛前海灯。

⑥④一片冰山，上有一只雌凤：此为王熙凤画面。这幅图画比喻王熙凤所依附的豪门贵族，已处于"末世"，势若冰山，难以持久。冰山，比喻不可长久依傍的权势。《资治通鉴·唐纪》玄宗天宝十一年："或劝陕郡进士张彖谒（杨）国忠，曰：'见之，富贵立可图。'彖曰：'君辈倚杨右相如泰山，吾以为冰山耳。若皎日既出，君辈得无失所恃乎？'"一只雌凤，指凤姐。

㉞"凡鸟偏从末世来"一首：这为王熙凤判词。凡鸟，合而为王熙凤的"凤"字。《世说新语·简傲》："嵇康与吕安善，每一相思，千里命驾。安后来，值康不在，喜（嵇康之兄）出户延之。不入，题门上作'凤'字而去。喜不觉，犹以为欣故作。'凤'字，凡鸟也。"这里是反过来用"凡鸟"说"凤"。一从二令三人木，其说不一。或说贾琏对王熙凤始则听从（一从），继则冷淡（二令），终于遗弃（三人木，以人木切"休"）。此说与续书的处理有歧异。或说"休"字应作"休矣"讲，指王熙凤死去。哭向金陵，指贾府送丧南归；或说王熙凤被休后，哭泣回到金陵。

㉟"势败休云贵"一首：这为巧姐判词，暗示她的遭遇。家亡，家业衰亡，人口沦丧。偶，偶然。巧，一语双关，指巧姐，又是凑巧的意思。

㊱一盆茂兰，旁有一位凤冠霞帔（pèi）的美人：此为李纨画面。这画面表示贾兰中举作了高官，李纨成了诰命夫人。茂兰，指贾兰中举显贵。凤冠，一种上绣凤形、珠花点翠的帽子，为皇后、宫妃戴的礼冠。霞帔，古代妇女的披服，宋以后定为妇女命服，随品级高低而不同。清陈元龙《格致镜原》卷十六引《名义考》："今命妇衣外以织文一幅，前后如其衣长，中分而前两开之，在肩背之间，谓之霞披。"凤冠、霞帔，均朝廷赐予，暗切"宫裁"（李纨名）二字。

㊲"桃李春风结子完"一首：这为李纨判词，暗示她的一生。李，切李纨的姓。完，以同音切其名"纨"。这句比喻李纨生贾兰后即丧夫守寡，如同春天的桃花李花，结了果实，春色也就完了一样。一盆兰，意谓贾府子孙"一代不如一代"，到了"草"字辈，只有贾兰"爵禄高登"。如冰水好，比喻生和死是紧密相依的。《淮南子·俶真训》："夫水向冬则凝而为冰，冰迎春则泮而为水，冰水移易于前后，若周员而趋，孰暇知其所苦乐乎？"后两句意谓生死荣枯，都是变化交替的。李纨一生奉行"三从四德"，晚年诰命加身，只不过得了个"虚名儿"，白白地成了人家谈笑的资料。

㊳画一座高楼，上有一美人悬梁自尽：这是画"秦可卿淫丧天香楼"事。甲戌本脂批云："秦可卿淫丧天香楼，作者用史笔也。老朽因

有魂托凤姐贾家后事二件，嫡是安富尊荣坐享人能想得到者，其事虽未漏，其言其意则令人悲切感服，姑赦之，因命芹溪删去。"

⑦⑩"情天情海幻情身"一首：这为秦可卿判词，暗示秦可卿的一生，并揭露贾府贵族的糜烂。情天情海，意谓世间风月之情如天空、大海一样广阔和深邃。漫言，莫道，不要说。荣，指荣国府。造衅开端，意即开头作恶。宁，指宁国府。

⑦①生魂：即活人的魂魄。

⑦②国朝：封建时代，人们自称其本朝叫"国朝"。定鼎：指定都建国。相传夏禹铸九鼎以像九州，自商至周，都作为传国重器，置于国都。后因称定都或建立王朝为"定鼎"。

⑦③奕世：累世，代代相传。

⑦④唾绒：口中唾出之绒。古代妇女刺绣时，每至停针换线，辄用齿咬断绣线，沾留口中者，随即唾出，谓之"唾绒"。明杨孟载《春绣绝句》："闲情正在停针处，笑嚼红绒唾碧窗。"

⑦⑤金女：本指西王母。这里借指仙女。

⑦⑥菩提：佛教名词。梵语意译"觉""智"等。指对佛教真理的觉悟。

⑦⑦琼浆、玉液：皆比喻美酒。《楚辞·招魂》："华酌既陈，有琼浆些。"

⑦⑧麟髓醅、凤乳曲：极言酿造仙酒原料的奇珍。醅，未经过滤的酒。曲，酿酒用的发酵物。

⑦⑨檀板：亦名"拍板"，用檀木制成，演奏音乐时用以打拍子。

⑧⓪款：动作舒缓的样子。按：弹的意思。银筝：筝的美称。筝，一种弦乐器。唐刘禹锡《伤秦姝行》："长安二月花满城，插花女儿弹银筝。"

⑧①传奇之曲：明代以唱南曲为主的长篇戏曲为传奇，以别于北杂剧。盛行于明嘉靖至清乾隆年间。曲，曲词。

⑧②生旦净末：传统戏曲角色名。生，扮演男子的角色。旦，扮演女子的角色。净，扮演性格刚烈或奸险的角色，即"花脸"。末，扮演中年男子的角色。

⑧③南北九宫之调：北曲、南曲是元明时期戏曲音律中的不同派别，

北曲盛于元代，南曲盛于明代。九宫，元人杂剧中有正宫、中宫、南宫、仙宫、黄钟五宫，大石调、双调、商调、越调四调，合为九宫调。

㉞个中人：犹此中人、局内人。指曾经亲历其境或深知其中道理的人。宋苏轼《李顺秀才善画山以两轴见寄仍有诗次韵答之》诗："平生自是个中人，欲向渔舟便写真。"

㉟[红楼梦引子]：引子，戏曲角色初上场时所唱的第一个曲子叫"引子"，有时唱和念相间。开辟鸿蒙，意即开天辟地以来。鸿蒙，旧指宇宙开始形成时的一种蒙昧状态。情种，感情特别深挚的人。遣，排遣，抒发。愚，"我"的自谦之词。衷，情怀。悲金悼玉，指薛宝钗（金）和林黛玉（玉），实际当包括"薄命司"的众女儿在内。

㊱[终身误]：这支曲子，写贾宝玉对林黛玉、薛宝钗的不同态度。金玉良缘，指薛宝钗与贾宝玉的姻缘。金玉，金锁和宝玉。木石前盟，指贾宝玉和林黛玉的爱情。木石，绛珠仙草和顽石。前盟，前世的盟约。世外仙姝，喻死去的林黛玉。仙姝，仙女。齐眉举案，《后汉书·梁鸿传》："（鸿）为人赁舂，每归，妻为具食，不敢于鸿前仰视，举案齐眉。"后因以称夫妻相敬如宾为"举案齐眉"。案，古时进食用的短足木盘。一说，案同"碗"。明杨慎《丹铅总录》卷八"孟光举案"条："宋林少颖云：案为古碗字，孟光举案齐眉，亦言进食举碗，若是案桌，何能高举？"

㊲[枉凝眉]：这支曲子，是写林黛玉的。作者对她浸透泪水的一生，寄予深切同情和哀悼。阆（làng）苑，仙人的园林。亦称"阆风苑"。仙葩（pā），仙花。多指梅花。此句喻林黛玉。美玉无瑕，指贾宝玉。瑕，玉的疵痕。嗟呀，伤感、叹息声。水中月、镜中花，比喻空虚幻想，不可捉摸，难以实现。明谢榛《四溟诗话》卷一："诗有可解、不可解、不必解，若水月镜花，勿泥其迹可也。"

㊳[恨无常]：这支曲子，是假托元春鬼魂的唱词。无常，佛教用语。佛教认为人世间的一切事物，都处在生成坏灭的过程中，迁流不停，绝无常住性，所以叫"无常"。《涅槃经》卷一："是身无常，念念不住，犹如电光、暴水、幻炎。"旧时迷信，说人将死时，有勾摄生魂的使者来，叫人死亡，这使者也叫"无常"或"无常鬼"。这里兼有

这两种意思。黄泉，也叫"九泉"，指地下，即人死后埋葬的地穴。天伦，旧指父子、兄弟等天然的亲属关系。这里指贾政。抽身早，宋刘克庄《水龙吟·己亥自寿二首》之二："先生放逐方归，不如前辈抽身早。"

⑧[分骨肉]：这支曲子，拟为贾探春唱词。写她在远嫁海隅时，对父母的劝慰和叮嘱。骨肉，比喻至亲。残年，晚年。这里指贾母、贾政、王夫人等年老之人。穷通，穷困或显达。

⑨[乐中悲]：这支曲子，似以第三者身份，写史湘云的孤苦身世、洒落胸怀和悲凉晚景。绮罗丛，这里比喻富贵的家庭环境。光风，雨后日出，日丽风和，草木沐浴阳光。这里用"霁月光风"比喻史湘云胸怀开朗，心地坦率。厮配，相配。才貌仙郎，才貌出众的年轻男子。地久天长，比喻白头到老。准折，弥补抵消。坎坷，道路不平的样子。也用以比喻遭遇不顺利。高唐，台馆名，在楚国云梦泽中。战国楚宋玉《高唐赋序》写楚王与巫山神女在高唐幽会的故事。后遂以"高唐"或"巫山"喻男女情事。涸，水干枯。这两句喻指史湘云丈夫早死，夫妻爱情幻灭，晚景凄凉。尘寰，尘世，人世间。消长：消，灭。长，生。消与长，循环往复，没有终止。这里指盛衰变化。数，命运。

⑨[世难容]：这支曲子，似为妙玉写的唱词，叹其厌弃尘俗，而终陷"淖泥"的可悲遭际。馥，浓郁的芳香。啖（dàn），吃。膻，羊的气味。过洁，过分洁净。红粉，胭脂和铅粉，女子化妆品。这里代指年轻女子。朱楼，即红楼，贵族女子所住的绣楼。春色阑，春日景色凋残，比喻人的青春岁月即将消失。风尘肮脏，一说，风尘，犹言烟花，旧指娼妓的生活。肮脏，污秽不洁的意思。一说，风尘，指纷扰的尘世生活。肮脏（kǎng zàng），意同"抗脏"，正直不阿的意思。《后汉书·赵壹传》："伊优北堂上，抗脏倚门边。"注："抗脏，高亢婞直之貌也。"王孙公子，贵族子弟。《文选》卷五五刘峻《广绝交论》："于是有弱冠王孙，绮纨公子。"唐李周翰注："王孙公子，相推敬辞也。"这里指贾宝玉。

⑨[喜冤家]：这支曲子，似为迎春写的唱词，叹其悲惨结局。根

由，根源来由。艳质，指女子丰满光彩的姿容。蒲柳，水杨，落叶乔木，生于水边，易于生长，也易于凋零。故常用以比喻衰弱的体质或本性低贱的东西。此取后一义，意即孙绍祖不把迎春当贵族小姐看待。

�93［虚花悟］：这支曲子，似为惜春唱词。写她看出贾府好景不长，而决意遁入空门。桃红柳绿，本指春天景色。这里比喻荣华富贵。韶华，美好的时光，比喻青春年华。觅那清淡天和，意谓修性养道。清淡，清净淡泊，意即清心寡欲，远离一切恶行烦恼。天和，指人体的元气。天上夭桃，当用"王母桃"的故事。汉班固《汉武帝内传》载，七月七日，西王母自设天厨，宴请汉武帝，"又命侍女更索桃果。须臾，以玉盘盛仙桃七颗，大如鸭卵，形圆青色。以呈王母。母以四颗与帝，三颗自食。桃味甘美，口有盈味。帝食辄收其核。王母问帝，帝曰：'欲种之。'母曰：'此桃三千年一生实，中夏地薄，种之不生。'帝乃止"。"天上夭桃"和下句"云中杏蕊"，皆比喻人的青春岁月。云中杏蕊，这句似用"董奉杏"的故事。《太平广记》卷十二引《神仙传》载，三国时，侯官人董奉，有法术，居庐山，"日为人治病，亦不取钱，重病愈者，使栽杏五株，轻者一株。如此数年，计得十万余株，郁然成林。乃使山中百禽群兽，游戏其下"。白杨，古时墓地多种白杨，故常以白杨比喻坟墓所在。青枫林，意同"白杨村"。唐杜甫《梦李白》诗："魂来枫林青，魂返关塞黑。"吟哦，朗诵诗歌。劫，即劫灾，佛教用语。指坏劫的三灾。后因之比喻无法逃脱的灾难。西方，佛教源于西域（印度），所以佛教认为西方有极乐世界。宝树，佛教语。指西天净土的草木。唤，名叫。婆娑，当是"娑罗"之误。娑罗，木名，又作"沙罗"。为龙脑香科常绿大乔木。传说佛教祖师释迦牟尼在拘尸那城河边的娑罗树下圆寂（即死）。长生果，本即万寿果。这里当借指一种使人食之能长生不老的果实。一说，或指《旧约·创世纪》上所载伊甸园中"生命树"上所结之果实，意谓赐人永生之果。这两句意谓皈依佛教，求得超度，觅取长生。

�94［聪明累］：这支曲子，拟为王熙凤的唱词。通篇都作自我悔恨、自我嘲讽之意。机关，这里指权术、计谋。宋黄庭坚《牧童》诗："骑牛远远过前村，吹笛风斜隔垅闻。多少长安名利客，机关用尽不如君。"卿卿，本为夫妻间的爱称。《世说新语·惑溺》："王安丰妇常卿安丰。安丰曰：'妇人卿婿，于礼为不敬，后勿复尔。'妇曰：'亲卿爱卿，是以卿卿。我不卿卿，谁当卿卿？'遂恒听之。"后亦多用于对女性的一种亲昵称呼。这里指王熙凤。意悬悬，内心有所牵挂，忐忑不安。

�95［留余庆］：这支曲子，拟为巧姐的唱词。以她自己遇难得救的生活经历，规劝世人"修好积德"。余庆，祖先"积善"而留给后辈的恩德。《周易·坤》："积善之家，必有余庆。"乘除加减，这里比喻人生的消长盛衰。苍穹，青天。这句意谓人生的荣枯，皆由天定。

�96［晚韶华］：这支曲子，拟为李纨的唱词。写她早年丧夫，青春守寡，晚年虽"凤冠霞帔"，但死期已近，终成空幻。绣帐鸳衾，这里即代指夫妻生活。绣帐，绣着五彩花纹的帐子。鸳衾，绣着鸳鸯图形的锦被。亦指夫妻共寝之被。珠冠、凤袄，诰命夫人的礼冠和服饰。阴骘（zhì），本为默定的意思。后演变为阴德之义，意谓在默默之中有德于人。

�97［好事终］：这支曲子写秦可卿的丧生，并探求贾府"颓堕""消亡"的原因。画梁，彩绘的屋梁。落香尘，比喻可卿之死。香尘，飘着芳香的尘土。全句暗指秦可卿在天香楼悬梁自尽事。风情，男女私情。秉，执，具有。箕裘，簸箕和皮袍，比喻祖先的事业。《礼记·学记》："良冶之子，必学为裘；良弓之子，必学为箕。"大意谓善于冶炼的人家，其子弟必定先要学会缝补皮袍，以为陶铸金铁、修治器具作准备；善于造弓的人家，其子弟必定先要学会做簸箕，以为制弓作准备。箕裘颓堕，意即祖业后继无人。敬，指贾敬。宁，指宁国府。宿孽，前世的罪过给今生带来的灾难。

�98［飞鸟各投林］：这支曲子，是上面整套曲词的总结尾，也是对贾府衰败景象的总概括。冤冤相报，冤家对头世世相报。

�99好色不淫：意谓虽喜美色，而不越于礼。

�100情而不淫：意谓感情志同道合，但不流于淫乱。

�101意淫：甲戌本脂评云："二字新雅。"又云："按宝玉一生心性，只不过是体贴二字，故曰意淫。"

�102睚眦（yá zì）：怒目而视。

⑩解释：这里是领悟的意思。

⑩经济之道：指经国济民之道。清陈宏谋《学仕遗规》卷三引明葛锡璠《省心微言》云："处今之时，读有用之书，讲经济之学，斯为实材，但不可俗耳。若风云月露之词章，无济于时，天生圣贤，正须辅救世艰，若只以词自娱，世道将何恃耶？"

⑩缱绻（qiǎn quǎn）：本为固结不解的意思。后多用以形容情意深厚、不忍分离的样子。《诗经·大雅·民劳》："无纵诡随，以谨缱绻。"

⑩迷津：佛教语，谓"迷妄"的境界，即指世间的一切"声色货利"。佛家认为这些东西皆能使人迷失本性。唐敬播《大唐西域记序》："廓群疑于性海，启妙觉于迷津。"津，江河渡口。

⑩木筏：这里意为"宝筏"。佛教语。比喻能超度人的生死灾难到达彼岸的佛法。筏，渡水工具。

⑩木居士：意指木制的佛徒。居士，隋慧远《维摩义记》："居士有二：一、广结资产，居财之士，名为居士；二、在家修道，居家道士，名为居士。"后来专指不出家的佛教徒。韩愈《题木居士》诗："偶然题作木居士，便有无穷求福人。"韩愈攻击佛教，故称佛像为"木居士"。

⑩灰侍者：意指泥塑的和尚。侍者，听候长老使唤的和尚。

⑩夜叉：梵语音译。意为勇健，又谓凶暴丑恶。佛经中一种形象凶恶的鬼。

第六回

贾宝玉初试云雨情　刘老老一进荣国府

　　却说秦氏因听见宝玉在梦中唤他的乳名，心中自是纳闷，又不好细问。彼时宝玉迷迷惑惑，若有所失，众人忙端上桂圆汤来，喝了两口，遂起身整衣，袭人伸手与他系裤带时，刚伸手至大腿处，只觉冰冷一片粘湿，唬的忙退出手来，问："是怎么了？"宝玉红涨了脸，把他的手一捻，袭人本是个聪明女子，年纪又比宝玉大两岁，近来也渐省人事，今见宝玉如此光景，心中便觉察了一半，不觉羞得红涨了脸面，遂不敢再问。仍旧理好了衣裳，随至贾母处来，胡乱吃过晚饭，过这边来，袭人趁众奶娘丫鬟不在旁时，另取出一件中衣①，与宝玉换上。

　　宝玉含羞央道："好姐姐，千万别告诉别人。"袭人含羞笑问道："你梦见什么故事了？是那里流出来的那些脏东西？"宝玉道："一言难尽。"便把梦中之事细说与袭人知了。说至警幻所授云雨之情，羞的袭人掩面伏身而笑。宝玉亦素喜袭人柔媚娇俏，遂与袭人同领警幻所训云雨之事。袭人自知系贾母将他与了宝玉的，今便如此，亦不为越理，遂和宝玉偷试了一番，幸无人撞见。自此宝玉视袭人更与别个不同，袭人侍宝玉越发尽职。暂且别无话说。

　　按荣府一宅中合算起来，人口虽不多，从上至下，也有三百余口人；事虽不多，一天也有一二十件，竟如乱麻一般，并没有个头绪可作纲领。正思从那一件事那一个人写起方妙，却好忽从千里之外，芥豆之微②，小小一个人家，因与荣府略有些瓜葛③，这日正往荣府中来，因此便就这一家说起，倒还是个头绪。

　　原来这小小之家，姓王，乃本地人氏，祖上曾做过一个小小京官，昔年曾与凤姐之祖王夫人之父认识。因贪王家的势利，便连了宗④，认作侄儿。那时只有王夫人之大兄凤姐之父与王夫人随在京的知有此一门远族，余者皆不知也。目今其祖早故，只有一个儿子，名唤王成，因家业萧条，仍搬出城外原乡中住了。王成亦相继身故，有子小名狗儿，娶妻刘氏，生子小名板儿；又生一女，名唤青儿。一家四口，以务农为业。因狗儿白日间又作些生计，刘氏又操井臼等事⑤，青板姊弟两个，无人管着，狗儿遂将岳母刘老老接来⑥，一处过活。

这刘老老乃是个久经世代的老寡妇，膝下又无子息⑦，只靠两亩薄田度日。如今女婿接了养活，岂不愿意，遂一心一计帮着女儿女婿过活起来。因这年秋尽冬初，天气冷将上来，家中冬事未办，狗儿未免心中烦虑，吃了几杯闷酒，在家闲寻气恼，刘氏不敢顶撞。因此刘老老看不过，乃劝道："姑爷，你别嗔着我多嘴，咱们村庄人家，那一个不是老老诚诚守着多大碗儿吃多大的饭。你皆因年小时，托着那老的福，吃喝惯了，如今所以把持不定，有了钱就顾头不顾尾，没了钱就瞎生气，成了什么男子汉大丈夫了！如今咱们虽离城住着，终是天子脚下。这'长安'城中⑧，遍地皆是钱，只可惜没人会去拿罢了。在家跳蹋也没用⑨。"狗儿听了道："你老只会在炕头上坐着混说，难道叫我打劫去不成？"刘老老说道："谁叫你打劫去呢？也到底大家想个方法儿才好。不然，那银子钱会自己跑到咱们家里来不成？"狗儿冷笑道："有法儿还等到这会子呢！我又没有收税的亲戚、做官的朋友，有什么法子可想的？便有，也只怕他们未必来理我们呢。"刘老老道："这倒也不然。'谋事在人，成事在天'，咱们谋到了，靠菩萨的保佑，有些机会，也未可知。我倒替你们想出一个机会来。当日你们原是和金陵王家连过宗的，二十年前，他们看承你们还好，如今是你们拉硬屎⑩，不肯去俯就他，故疏远起来。想当初我和女儿还去过一遭，他家的二小姐，着实爽快会待人的，倒不拿大⑪。如今现是荣国府贾二老爷的夫人，听得他们说，如今上了年纪，越发怜贫恤老，最爱斋僧布施⑫。如今王府虽升了边任，只怕二姑太太还认得咱们，你何不去走动走动？或者他还念旧，有些好处亦未可知。只要他发一点好心，拔一根寒毛比咱们的腰还壮呢。"刘氏一旁接口道："你老说得是，你我这样嘴脸，怎么好到他门上去？只怕他那门上人也不肯去通报，没的去打嘴现世⑬。"

谁知狗儿利名心重，听如此说，心下便有些活动起来；又听他妻子这番话，便笑接道："老老既如此说，况且当日你又见过这姑太太一次，何不你老人家明日就去走一遭，先试试风头看。"刘老老道："哎哟！可是说的'侯门似海'⑭，我是个什么东西，他家人又不认得我，去了也是白去的。"狗儿道："不妨，我教你个法儿：你竟带了外孙小板儿先去找陪房周瑞⑮，若见了他，就有些意思了。这周瑞先时曾和我父亲交过一桩事，我们本极好的。"刘老老道："我也知道。只是许多时不走动，知道他如今是怎样？这说不得的了，你又是个男人，这样个嘴脸，自然去不得。我们姑娘年轻媳妇，也难卖头卖脚去⑯，倒还是舍了我这副老脸去碰一碰。果然有些好处，也大家有益。"当晚计议已定。

次日天未明时，刘老老便起来梳洗了，又将板儿教了几句话；五六岁的孩子，听见带了他进城逛去，便喜的无不应承。于是刘老老带了板儿，进城至宁荣街来。至荣府大门前石狮子旁，只见簇簇的轿马。刘老老便不敢过去，且掸掸衣服，又教了板儿几句话，然后蹲在角门前，只见几个挺胸凸肚，指手画脚的人坐在大门上，说东谈西的。刘老老只得挨上前来问："太爷们纳福⑰。"众人打量了他一会，便问："是那里来的？"刘老老陪笑道："我找太太的陪房周大爷的，烦那位太爷替我请他出来。"那些人听了，都不瞅他，半日，方说道："你远远的那墙脚下等着，一会子他们家里有人就出来的。"内中有一年老的说道："不要误了他的事，何苦耍他。"因向刘老老道："那周大爷往南边去了。他在后一带住着，他娘子却在家。你从这边绕到后街门上找就是了。"

刘老老谢了，遂携着板儿绕至后门上，只见门上歇着些生意担子，也有卖吃的，也有卖玩耍的物件，闹吵吵三二十个孩子在那里厮闹。刘老老便拉住一个道："我问哥儿一声，有个周大娘可在家么？"孩子道："那个周大娘？我们这里周大娘有三个呢，还有两位周奶奶，不知是那一行当上的⑱？"刘老老道："他是太太的陪房。"孩子道："这个容易，你跟我来。"引着刘老老进了后院，至一院墙边，指道："这就是他家。"忙又叫道："周大妈，有个老奶奶找你呢。"

周瑞家的在内忙迎了出来，问："是那位？"刘老老迎上来问了个："好呀，周嫂子。"周瑞家的认了半日，方笑道："刘老老，你好呀？你说，这几年不见，我就忘了。请家里坐。"刘老老一面走，一面笑说道："你老是'贵人多忘事'了，那里还记得我们？"说着，来至房中，周瑞家的命雇的小丫头倒上茶来吃着。周瑞家的又问："板儿倒长了这么大了！"又问些别后闲话，又问刘老老："今日还是路过，还是特来的？"刘老老便说："原是特来瞧瞧你嫂子，二则也请请姑太太的安。若可以领我见一见更好，若不能，便借重嫂子转致意罢了。"

周瑞家的听了，便已猜着几分来意。只因他丈夫昔年争买田地一事，多得狗儿之力，今见刘老老如此，心中难却其意；二则也要显弄自己的体面。便笑说："老老你放心。大远的诚心诚意来了，岂有个不教你见个正佛去的⑲？论理，人来客至，回话却不与我相干。我们这里都是各占一样儿：我们男的只管春秋两季地租子，闲时带着小爷们出门就完了；我只管跟太太奶奶们出门的事。皆因你老是太太的亲戚，又拿我当个人，投奔了我来，我竟破个例与你通个信去。但只一件，老老有所不知，我们这里不比五年前了，如今太太不大理事，都是琏二奶奶当家了。你道这琏二奶奶是谁？就是太太内侄女儿，当日大舅老爷的女儿，小名凤哥的。"刘老老听了，罕问道："原来是他？怪道呢，我当日就说他不错。这等说来，我今儿还得见了他。"周瑞家的道："这个自然的，如今有客来，都是这凤姑娘周旋接待，今儿宁可不见太太，倒要见他一面，才不枉走这一遭儿。"刘老老道："阿弥陀佛！

这全仗嫂子方便了。"周瑞家的说："老老说那里话来？俗语说的：'与人方便，自己方便。'不过用我一句话儿，那里费了我什么事。"说着，便唤小丫头到倒厅上悄悄的打听老太太屋里摆了饭没有㉑，小丫头去了。

　　这里二人又说了些闲话。刘老老因说："这位凤姑娘，今年不过二十岁罢了，就这等有本事，当这样的家，可是难得的。"周瑞家的听了道："嗐！我的老老，告诉不得你呢。这位凤姑娘年纪虽小，行事却比是人都大呢㉑。如今出挑得美人一般的模样儿，少说些有一万个心眼子，再要赌口齿，十个会说的男人也说不过他呢。回来你见了就知道了。就只一件，待下人未免严了些。"说着，小丫头回来说："老太太屋里已摆完了饭，二奶奶在太太屋里呢。"周瑞家的听了，连忙起身催着刘老老："快走，这一下来他吃饭是空儿，咱们先等着去了。若迟一步，回事的人多了，就难说话。再歇了中觉，越发没了时候了。"

　　说着，一齐下了炕，整顿衣服，又教了板儿几句话，随着周瑞家，逶迤往贾琏的住宅来。先至倒厅，周瑞家的将刘老老安插在那里略等一等，自己先过影壁，走进了院门，知凤姐未出来，先找着了凤姐的一个心腹通房大丫头名唤平儿的㉒。周瑞家的先将刘老老起初来历说明，又说："今日大远的来请安，当日太太是常会的，今儿不可不见，所以我带了他进来等奶奶下来，我细细回明，谅奶奶也不责我莽撞的。"平儿听了，便作了个主意："叫他们进来，先在这里坐着就是了。"周瑞家的方出去领了他们进来。上了正房台阶，小丫头打起猩红毡帘，才入堂屋，只闻一阵香扑了脸来，竟不辨是何气味，身子就似在云端里一般。满屋中之物都是耀眼争光，使人头晕目眩，刘老老此时点头咂嘴念佛而已。于是引他到东边这间屋里，乃是贾琏的大女儿睡觉之所。平儿站在炕沿边，打量了刘老老两眼，只得问个好，让了坐。刘老老见平儿遍身绫罗，插金戴银，花容月貌，便当是凤姐儿了，才要称"姑奶奶"，只见周瑞家的说："他是平姑娘。"又见平儿赶着周瑞家的叫他"周大娘"，方知不过是个有体面的丫头。于是让刘老老和板儿上了炕，平儿和周瑞家的对面坐在炕沿上，小丫头们倒了茶来吃了。

刘老老只听见咯当咯当的响声，大有似乎打罗柜筛面的一般㉓，不免东瞧西望的，忽见堂屋中柱子上挂着一个匣子，底下又坠着一个秤铊般一物㉔，却不住的乱晃，刘老老心中想着："这是什么东西？有煞用处呢？"正呆时，陡听得"当"的一声，又若金钟铜磬一般，倒唬了一跳，展眼，接着又是一连八九下，方欲问时，只见小丫头们一齐乱跑，说："奶奶下来了。"平儿与周瑞家的忙起身说："刘老老只管坐着，等是时候，我们来请你。"说着迎出去了。

刘老老只屏声侧耳默候，只听远远有人笑声，约有一二十个妇人，衣裙窸窣，渐入堂屋，往那边屋内去了。又见三两个妇人，都捧着大红漆捧盒，进这边来等候。听得那边说道"摆饭"，渐渐的人才散出去，只有伺候端菜的几人。半日鸦雀不闻。忽见两个人抬了一张炕桌来，放在这边炕上，桌上碗盘摆列，仍是满满的鱼肉在内，不过略动了几样。板儿一见了便吵着要肉吃，刘老老一巴掌打了开去。忽见周瑞家的笑嘻嘻走过来，招手儿叫他，刘老老会意，于是带着板儿下炕，至堂屋中，周瑞家的又和他咕唧了一会，方蹭到这边屋内。

只见门外铜钩上悬着大红洒花软帘㉕，南窗下是炕，炕上大红条毡，靠东边板壁立着一个锁子锦靠背与一个引枕㉖，铺着金心线闪缎大坐褥㉗，傍边有银唾盒。那凤姐家常带着紫貂昭君套㉘，围着那攒珠勒子㉙，穿着桃红洒花袄㉚，石青刻丝灰鼠披风㉛，大红洋绉银鼠皮裙；粉光脂艳，端端正正坐在那里，手内拿着小铜火箸儿拨手炉内的灰㉜。平儿站在炕沿边，捧着小小的一个填漆茶盘㉝，盘内一个小盖钟。凤姐也不接茶，也不抬头，只管拨手炉的灰，慢慢的道："怎么还不请进来？"一面说，一面抬身要茶时，只见周瑞家的已带了两个人立在面前了，这才忙欲起身，犹未起身，满面春风的问好，又嗔周瑞家的："怎么不早说！"刘老老已是在地下拜了数拜，问姑奶奶安。凤姐忙说："周姐姐，搀着不拜罢。我年轻，不大认得，可也不知是什么辈数，不敢称呼。"周瑞家的忙回道："这就是我才回的那个老老了。"凤姐点头，刘老老已在炕沿上坐下了。板儿便躲在他背后，百般的哄他出来作揖，他死也不肯。

凤姐笑道："亲戚们不大走动，都疏远了。知道的呢，说你们弃嫌我们，不肯常来；不知道的那起小人，还只当我们眼里没有人似的。"刘老老忙念佛道："我们家道艰难，走不起，来了这里，没的给姑奶奶打嘴，就是管家爷们看着也不像。"凤姐笑道："这话没的教人恶心，不过借赖着祖父虚名，作个穷官儿罢了，谁家有什么？不过是个旧日的空架子。俗语说，'朝廷还有三门子穷亲'呢，何况你我。"说着，又问周瑞家的："回了太太了没有？"周瑞家的道："如今等奶奶的示下。"凤姐儿道："你去瞧瞧，要是有人有事就罢；得闲呢就回，看怎么说。"周瑞家的答应去了。

这里凤姐叫人抓些果子与板儿吃，刚问了几句闲话时，就有家下许多媳妇儿管事的来回话。平儿回了，凤姐道："我这里陪客呢，晚上再来回。若有要紧的事，你就带进现办。"平儿出去，一会进来说："我问了，没什么紧事，我就叫他们散了。"凤姐点头。只见周瑞家的回来，向凤姐道："太太说了：今日不得闲，二奶奶陪着便一样的，多谢费心想着。白来逛逛呢便罢；若有甚说的，只管告诉二奶奶，都是一样。"刘老老道："也没甚的说，不过是来睄睄姑太太姑奶奶，也是亲戚们情分。"周瑞家的说道："没有甚说的便罢；若有话，只管回二奶奶，是和太太一样的。"一面说，一面递眼色与刘老老。

刘老老会意，未语先飞红的脸，欲待不说，今日又所为何来？只得忍耻道："论理今日初次见姑奶奶，却不该说的；只是大远的奔了你老这里来，少不得说了……"刚说到这里，只听二门上小厮们回说："东府里小大爷进来了。"凤姐忙止道："刘老老不必说了。"一面便问："你蓉大爷在那里呢？"只听一路靴子脚响，进来了一个十七八岁的少年，面目清秀，身材夭矫㉞，轻裘宝带，美服华冠。刘老老此时坐不是，立不是，藏没处藏。凤姐笑道："你只管坐着，这是我侄儿。"刘老老方扭扭捏捏在炕沿上坐了。

贾蓉笑道："我父亲打发我来求姐子，说上回老舅太太给姐子的那架玻璃炕屏㉟，明日请一个要紧的客，借去略摆一摆就送过来的。"凤姐道："迟了一日，昨儿已给了人了。"贾蓉听说，便嘻嘻的笑着在炕沿子上下个半跪道："姐子若不借，我父亲又说我不会说话了，又挨了一顿好打呢。姐子，只当可怜侄儿罢。"凤姐笑道："也没见我们王家的东西都是好的？你们那里也放着那些好东西，只看不见我的东西才罢，一见了就要想拿去。"贾蓉笑道："只求开恩罢。"凤姐道："碰坏一点，你可仔细你的皮！"因命平儿拿了楼门上钥匙，传几个妥当人来抬去。贾蓉喜的眉开眼笑，忙说："我亲自带了人拿去，别由他们乱碰。"说着便起身出去了。

这凤姐忽又想起一事来，便向窗外叫："蓉儿回来。"外面几个人接声道："请蓉大爷快回来。"贾蓉忙转回来，垂手侍立，听何指示。那凤姐只管慢慢地吃茶，出了半日神，方笑道："罢了，你且去罢。晚饭后你来再说罢。这会子有人，我也没精神了。"贾蓉方慢慢退去。

这刘老老身心方安，便说道："我今日带了你侄儿，不为别的，只因他爹娘在家里连吃的也没有，天气又冷了，只得带了你侄儿奔了你老来。"说着，又推板儿道："你爹在家里怎么教你的？打发咱们来作煞事？只顾吃果子呢。"凤姐早已明白了，听他不会说话，因笑止道："不必说了，我知道了。"因问周瑞家的道："这老老不知可用了早饭没有呢？"刘老老忙道："一早就往这里赶咧，那里还有吃饭的工夫咧。"凤姐忙命："快传饭来。"

一时周瑞家的传了一桌客馔来，摆在东边屋里，过来带了刘老老和板儿过去吃饭，凤姐说道："周姐姐好生让着些儿，我不能陪了。"于是过东边屋里来，凤姐又叫过周瑞家的去道："方才回了太太，说了些什么？"周瑞家的道："太太说：他们原不是一家，是当年他们的祖与老太爷在一处做官，因连了宗的。这几年不大走动。当时他们来了，却也从没空过的；今来瞧瞧我们，也是他的好意，不可简慢了他。便有什么话说，叫二奶奶裁夺着就是了。"凤姐听了说道："怪道，既是一家子，我如何连影儿也不知道。"

说话间，刘老老已吃完了饭，拉了板儿过来，舔唇咂嘴的道谢。凤姐笑道："且请坐下，听我告诉你老人家，方才的意思，我已经知道了。论亲戚之间，原该不待上门来就有照应才是；但如今家中事情太多，太太上了年纪，一时想不到是有的。况我接着管事，都不大知道这些亲戚们，一则外面看着，虽是烈烈轰轰，不知大有大的难处，说与人也未必信呢。今你既大远的来了，又是头一次儿向我张口，怎好教你空手回去。可巧昨儿太太给我的丫头们作衣裳的二十两银子，还没动呢，你不嫌少，且先拿了去用罢。"

那刘老老先听见告艰苦，只当是没想头了，又听见给他二十两银子，喜得眉开眼笑道："我们也知艰难的，但只俗语道：'瘦死的骆驼比马还大些。'凭他怎样，你老拔一根寒毛比我们的腰还壮哩⑩！"周瑞家的在旁听见他说的粗鄙，只管使眼色止他。凤姐笑而不睬，叫平儿把昨日那包银子拿来，再拿一串钱来，都送至刘老老跟前。凤姐道："这是二十两银子，暂且给这孩子们作件冬衣罢。改日无事，只管来逛逛，方是亲戚们的意思。天也晚了，不虚留你们了，到家该问好的都问个好儿。"一面说，一面就站了起来了。

刘老老只是千恩万谢的，拿了银钱，随周瑞家的走至外厢。周瑞家的道："我的娘！你怎么见了他倒不会说了？开口就是'你侄儿'；我说句不怕你恼的话，便是亲侄儿也要说和软些。那蓉大爷才是他的侄儿呢，他怎么又跑出这样侄儿来了。"刘老老笑道："我的嫂子！我见了他，心眼儿爱还爱不过来，那里还说上话儿来。"二人说着，又至周瑞家坐了片刻，刘老老要留下一块银与周家的孩子们买果子吃，周瑞家的如何放在眼里，执意不肯，刘老老感谢不尽，仍从后门去了。未知刘老老去后如何，且听下回分解。

【注释】

①中衣：又称"小衣"，即衬裤。

②芥豆之微：芥子和豆粒，都是细小之物，常用以比喻人家境贫寒，地位低贱。

③瓜葛：瓜和葛，都是蔓生植物，这里比喻辗转相连的亲戚关系。

④连宗：也作"联宗"。旧时为相互依附，同姓而没有宗族关系的人，认作本家，叫"连宗"。清张尔岐《蒿庵闲话》卷二："近俗喜联宗，凡同姓者，势可藉，利可资，无不兄弟叔侄者矣。此风大盛于唐，其时重旧姓，故竞相依附。"

⑤井臼：汲水和舂米。代指操持家务。

⑥老老：北方习惯，外孙对外祖母称"老老"，对外祖父称"老爷"。也用作对一般老妇的称呼。

⑦子息：这里指儿子。唐慧琳《一切经音义》卷七一："儿子曰息。息者，气在人身中所禀以生也。《东观汉纪》云'此盖我子息'是也。"

⑧长安：在今陕西西安西北。我国古都之一。秦、西汉、隋、唐等朝曾在此建都。这里是国都之通称。

⑨跳踃：也作"跳跶"，顿足，跳脚。形容着急的样子。

⑩拉硬屎：俗语"瘦驴拉硬屎"的省化。有充硬气、装样子的意思。

⑪不拿大：不自大，不摆架子。

⑫布施：佛教用语。梵语"檀那"，谓施舍财物，救济他人。

⑬打嘴现世：丢脸出丑的意思。

⑭侯门似海：比喻贵族之家深宅大院，出入不易。侯门，旧指显贵之家。《全唐诗话》卷四载，崔郊有婢端丽，卖入显贵之家。后"思慕无已。赠以诗，有'侯门一入深如海，从此萧郎是路人'之句"。

⑮陪房：古代贵族女子出嫁时，从娘家带去的仆人，叫"陪房"。

也称"陪送"。

⑯卖头卖脚：出头露面的意思。封建礼教规定，妇女不得与外人见面。

⑰纳福：本为来祥致福的意思，后用作见面时的问候之辞。

⑱行当：原指传统戏曲中脚色的类型，这里指所任职务的类别。

⑲正佛：即"真佛"。佛教谓佛有法、报、应三身，真佛，即法身，指以法成身，或身具一切佛法。后也泛称高僧之身。故世俗也借以比喻有权势的人。

⑳倒厅：古时大厅建筑大都坐北向南，那些坐南向北的厅房和有些前层厅房后面向后院开门的附属部分，都叫做"倒厅"。也称"倒座厅"。清李斗《扬州画舫录》卷十七："由后檐入拖架为倒坐厅。"

㉑是人：如同说"任何人""无论哪个人"。是，《诗词曲语辞汇释》卷一："是，该括辞，犹凡也。"

㉒通房丫头：古时贵族男子，娶妻之后，又收纳贴身婢女同居，这样的使女，叫"通房丫头"。其地位低于姨娘。清随缘下士《林兰香》第六十二回："仆妇道：'丹青性情四位如何又是通房？'宿秀笑道：'通房就是妾的别名，因为无有描眉梳鬟，无有育女生男，故叫作通房。'……仆妇笑道：'你老既未作通房，如何又不嫁人？'宿秀道：'罢罢，作通房的人，浅了不是，深了又不是，又要得主公的心，又要得主母的心，真真难难。'"通房，又称"收房"。

㉓打罗柜筛面：罗柜，旧式磨房中罗面的长方形大木柜，也叫"面柜"。面柜上装有筛面罗，筛面时罗框碰在面柜边上，不断发出"咯噔咯噔"的声音。

㉔秤铊般一物：这里指老式挂钟的钟摆。

㉕软帘：旧时挂在堂屋房门上的帘子，通常要在其上头、中腰和下面三处，钉上夹板，以增加重量，使之贴紧门框，避免风吹；而一般里屋，通常挂没有夹板的帘子，柔软轻便，习惯称为"软帘"。

㉖锁子锦：用金线织成锁链形图饰的锦缎。

㉗闪缎：缎之一种，其经纬线颜色各异，见光闪铄，故名。

㉘紫貂：紫黑之貂皮。皮极轻暖，甚珍贵。昭君套：一种御寒的

帽罩，其式样当如汉代王昭君出塞时所戴之帽罩，故名。或说即"貂皮抹额"。清樊彬《燕都杂咏》诗注云："冬月闺中以貂皮覆额，名昭君套。"

㉙勒子：用珍珠、宝石等连穿成的帽绊和用锦缎做的帽箍，都称"勒子"。或说即指珠冠。

㉚洒花：也称"洒线"，此指绣花的衣服。

㉛披风：本指一种外衣，用以避风，因称"披风"。清代妇女礼服的外套，也叫"披风"。亦泛指斗篷式的外套。

㉜手炉：暖手用的小炉。

㉝填漆：雕花填彩的漆器。即把器物刻上各种花纹图案，再填入各种彩色，然后磨平即成。

㉞夭矫：形容人纵恣的样子。

㉟炕屏：规格较小、可以折叠陈设在炕上的一种屏风。

㊱壮：粗大。《方言》卷一："秦晋之间，凡人之大谓之奘，或谓之壮。"

第七回
送宫花贾琏戏熙凤　宴宁府宝玉会秦钟

　　话说周瑞家的送了刘老老去后，便上来回王夫人话，谁知王夫人不在上房，问丫鬟们，方知往薛姨妈那边闲话去了。周瑞家的听说，便出东角门，至东院，往梨香院来。刚至院门前，只见王夫人的丫鬟金钏儿和那一个才留了头的小女孩儿站在台矶上玩①。见周瑞家的来了，便知有话来回，因向内努嘴儿。

　　周瑞家的轻轻掀帘进去，只见王夫人和薛姨妈长篇大套的说些家务人情等话，周瑞家的不敢惊动，遂进里间来，只见薛宝钗家常打扮，头上只挽着纂儿②，坐在炕里边，伏在小炕几上同丫鬟莺儿正描花样子呢。见他进里来，宝钗便放下笔，转身来，满面堆笑让："周姐姐坐。"周瑞家的也忙陪笑问道："姑娘好？"一面炕沿边坐了，因说："这有两三天也没见姑娘到那边逛逛去，只怕是你宝兄弟冲撞了你不成？"宝钗笑道："那里的话！只因我那种病又发了两天，所以且静养两日。"周瑞家的道："正是呢，姑娘到底有什么病根儿？也该趁早请个大夫认真医治。小小的年纪，倒作下个病根，也不是玩的。"宝钗听说笑道："再不要提起，为这病根，也不知请了多少大夫，吃了多少药，花了多少钱钞，总不见一点效验。后来还亏了一个秃头和尚，专治无名之病，因请他看了，他说我这是从胎里带来的一股热毒，幸而我先天结壮，还不相干；若吃凡药，是不中用的。他就说了一个海上方③，又给了一包末药作引④，异香异气的。他说发了时吃一丸就好。倒也奇怪，这倒效验些。"

　　周瑞家的因问道："不知是什么海上方？姑娘说了，我们也好记着，说与人知道；倘遇见这样的病，也是行好的事。"宝钗笑道：“不问这方儿还好，若问这方，真真把人琐碎坏了。东西药料一概却都有限，易得的，只难得‘可巧’二字：要春天开的白牡丹花蕊心十二两，夏天开的白荷花蕊十二两，秋天的白芙蓉蕊十二两，冬天的白梅花蕊十二两。将这四样花蕊于次年春分这日晒干，和在末药一处，一齐研好；又要雨水这日的天落水十二钱，……”周瑞家的忙笑道：“嗳哟！这样说来这就得三年的工夫！倘或雨水这日不下雨，可又怎处呢？”宝钗笑道：“所以了，那里有这样可巧的雨？也只好再等罢了。还要白露这日的露水十二钱，霜降这日的霜十二钱，小雪这日的雪十二钱。把这四样水调匀，和了龙眼大的丸子，盛在旧磁坛里，埋在花根底下，若发了病时，拿出来吃一丸，用十二分黄柏煎汤送下⑤。”

周瑞家的听了，笑道：“阿弥陀佛！真巧死了人。等十年都未必这样巧呢。”宝钗道：“竟好。自他说了去后，一二年间，可巧都得了，好容易配成一料，如今从南带至北，现埋在梨花树下。”周瑞家的又道：“这药本有名儿没有呢？”宝钗道：“有。这也是那癞和尚说下的，叫作‘冷香丸’。”周瑞家的听了点头儿，因又说：“这病发了时，到底觉怎样？”宝钗道：“也不觉什么，不过只喘嗽些，吃一丸也就罢了。”

周瑞家的还要说话时，忽听王夫人问道：“谁在里头？”周瑞家的忙出去答应了，便回了刘老老之事，略待半刻，见王夫人无话，方欲退出去，薛姨妈忽又笑道：“你且站住。我有一种东西，你带了去罢。”说着便叫：“香菱。”帘栊响处，才和金钏儿玩的那个小丫头进来了，问：“奶奶叫我做什么？”薛姨妈道：“把那匣子里的花儿拿来。”香菱答应了，向那边捧了个小锦匣儿来。薛姨妈道：“这是宫里头作的新鲜花样儿堆纱花⑥，十二枝。昨儿我想起来，白放着可惜旧了，何不给他们姊妹们戴去。昨儿要送去，偏又忘了；你今儿来得巧，就带了去罢。你家的三位姑娘，每位二枝，下剩六枝，送林姑娘二枝，那四枝给凤姐儿罢。”王夫人道：“留着给宝丫头戴也罢了，又想着他们。”薛姨妈道：“姨妈不知，宝丫头古怪呢，他从来不爱这些花儿粉儿的。"

　　说着，周瑞家的拿了匣子，走出房门，见金钏儿仍在那里晒日阳，周瑞家的因问他道："那香菱小丫头子，可就是时常说的、临上京时买的、为他打人命官司的那个小丫头子？"金钏儿道："可不就是他。"正说着，只见香菱笑嘻嘻的走来，周瑞家的便拉了他的手细细的看了一回，因向金钏儿笑道："这个模样儿，竟有些像咱们的东府里小蓉大奶奶的品格。"金钏儿笑道："我也是这么说呢。"周瑞家的又问香菱："你几岁投身到这里？"又问："你父母今在何处？今年十几岁了？本处是那里人？"香菱听问，摇头说："不记得了。"周瑞家的和金钏儿听了，倒反为叹息感伤一回。

　　一时周瑞家的携花至王夫人正房后。原来近日贾母说孙女们太多，一处挤着倒不便，只留宝玉、黛玉二人在这边解闷，却将迎春、探春、惜春三人移到王夫人这边房后三间抱厦内居住，令李纨陪伴照管。如今周瑞家的故顺路先往这里来，只见几个小丫头儿都在抱厦内听呼唤，默坐。迎春丫鬟司棋与探春的丫鬟侍书二人，正掀帘子出来，手里都捧着茶盘茶钟，周瑞家的便知他姊妹在一处坐着，也进入内房，只见迎春、探春二人正在窗下围棋。周瑞家的将花送上，说明原故，他二人忙住了棋，都欠身道谢，命丫鬟们收了。

　　周瑞家的答应了，因说："四姑娘不在房里，只怕在老太太那边呢？"丫鬟们道："在那屋里不是？"周瑞家的听了，便往这边屋里来。只见惜春正同水月庵的小姑子智能两个一处玩笑，见周瑞家的进来，惜春便问他何事。周瑞家的便将花匣打开，说明原故，惜春笑道："我这里正和智能儿说，我明儿也剃了头同他作姑子去，可巧儿又送了花来，若剃了头，却把这花戴在那里？"说着，大家取笑一回，惜春命丫鬟入画来收了。

　　周瑞家的因问智能："你是什么时候来的？你师父那秃歪剌那里去了⑦？"智能道："我们一早就来了。我师父见过太太，就往于老爷府里去了，叫我在这里等他呢。"周瑞家的又道："十五的月例香供银子可得了没有？"智能道："不知道。"惜春听了，便问周瑞家的："如今各庙月例银子是谁管着？"周瑞家的道："是余信管着。"惜春听了笑道："这就是了。他师父一来了，余信家的就赶上来，和他师父咕唧了半日，想就是为这事了。"

那周瑞家的又和智能儿唠叨了一回，便往凤姐处来，穿夹道，从李纨后窗下越过西花墙，出西角门，进入凤姐院中。走至堂屋，只见小丫头丰儿坐在凤姐的房门槛上，见周瑞家的来了，连忙摆手儿，叫他往东屋里去，周瑞家的会意，忙的蹑手蹑脚的往东边屋里来，只见奶子拍着大姐儿睡觉呢。周瑞家的悄问奶子："姐儿睡中觉呢？也该请醒了。"奶子摇头儿。正问着，只听那边一阵笑声，却有贾琏的声音。接着房门响处，平儿拿着大铜盆出来，叫丰儿舀水进去。

平儿便进这边来，一见了周瑞家的，便问："你老人家又来作什么？"周瑞家的忙起身拿匣子给他说："送花来。"平儿听了，便打开匣子，拿了四枝，转身去了；半刻工夫，手里拿出两枝来，先叫彩明来，吩咐他："送到那边府里，给小蓉大奶奶戴。"次后方命周瑞家的回去道谢。

周瑞家的这才往贾母这边来，过了穿堂，顶头忽见他的女儿，打扮着才从他婆家来。周瑞家的忙问："你这会子跑来作什么？"他女孩儿说："妈一向身上好？我在家里等了这半日，妈竟不出去，什么事情这样忙的不回家？我等烦了，自己先到了老太太跟前请了安了，这会子请太太安去。妈还有什么不了的差事？手里是什么东西？"周瑞家的笑道："嗳！今儿偏生来了个刘老老，我自己多事，为他跑了半日；这会子被姨太太看见了，叫送这几枝花儿与姑娘奶奶们，这会子还没送完呢。你这会子来，一定有什么事情的。"他女孩儿笑道："你老人家倒会猜着！实对你老人家说：你女婿因前儿多吃了几杯酒，和人分争起来，不知怎的被人放了一把邪火⑧，说他来历不明，告到衙门里，要递解还乡⑨。所以我来和你老人家商议商议，这个情分，求那一个可了事？”周瑞家的听了道：“我就知道的。这有什么大不了的！你且家去等我，我送这林姑娘的花儿去了，就回家来。此时太太二奶奶都不得闲儿，你回去等我，这有什么忙的？”他女孩儿听说，便回去了，还说：“妈，好歹快来。”周瑞家的道：“小人儿家没经过什么事的，就急得这样的。”说着，便到黛玉房中去了。

　　谁知此时黛玉不在自己房里，却在宝玉房中，大家解九连环作戏⑩。周瑞家的进来，笑道：“林姑娘，姨太太着我送花来与姑娘戴。”宝玉听说，便说：“什么花？拿来与我看。”一面便伸手接过来了，开匣看时，原来是两枝宫制堆纱新巧的假花，黛玉只就宝玉手中看了一看，便问道：“还是单送我一人，还是别的姑娘们都有的？”周瑞家的道：“各位都有了，这两枝是姑娘的了。”黛玉冷笑道：“我就知道，别人不挑剩下的也不给我。”周瑞家的听了，一声儿不言语。宝玉问道：“周姐姐，你作什么到那边去了？”周瑞家的因说：“太太在那里，我回话去了，姨太太就顺便叫我带来的。”宝玉道：“宝姐姐在家里作什么呢？怎么这几日也不过来？”周瑞家的道：“身上不大好呢。”宝玉听了，便和丫头们说：“谁去瞧瞧，就说我和林姑娘打发来问姨娘姐姐安，问姐姐是什么病，吃什么药。论理，我该亲自来的，就说才从学里回来，也着了些凉，改日再亲来。”说着，茜雪便答应去了。周瑞家的自去，无话。

　　原来周瑞家的女婿便是雨村的好友冷子兴，近日因卖古董，和人打官司，故叫女人来讨情分。周瑞家的仗着主子的势，把这些事也不放在心上，晚间只求求凤姐儿便完了。

　　至掌灯时，凤姐已卸了妆，来见王夫人，回说：“今儿甄家送来的东西，我已收了；咱们送他的，趁着他家有年下送鲜的船⑪，交给他带了去了。”王夫人点点头。凤姐又道：“临安伯老太太生日的礼已经打点了，太太派谁送去？”王夫人道：“你瞧谁闲着，叫四个女人去就完了，又来问我。"凤姐又道："今日珍大嫂子来请我明日去逛逛，明日有没有什么事？"王夫人道："有事没事，都害不着什么。每常他来请，有我们，你自然不便；他既不请我们单请你，可知是他诚心叫你散淡散淡，别辜负了他的心，倒该过去走走才是。"凤姐答应了。当下李纨、迎探等姊妹们亦各定省毕，各归房，无话。

　　次日凤姐梳洗了，先回王夫人毕，方来辞贾母。宝玉听了，也要逛去，凤姐只得答应着，立等换了衣裳，姐儿两个坐了车，一时进入宁府；早有贾珍之妻尤氏与贾蓉之妻秦氏，婆媳两个引了多少侍妾丫鬟等接出仪门。

　　那尤氏一见了凤姐，必先嘲笑一阵，一手携了宝玉，同入上房来归坐，秦氏献茶毕，凤姐便说："你们请我来作什么？拿什么东西来孝敬，就献上来，我还有事呢。"尤氏秦氏未及答应，几个媳妇们先笑道："二奶奶，今日不来就罢，既来了，就依不得二奶奶了。"正说着，只见贾蓉进来请安，宝玉因问："大哥哥今日不在家么？"尤氏道："今日出城请老爷爷安去了。"又道："可是你怪闷的坐在这里，何不出去逛逛？"

　　秦氏笑道："今日可巧，上回宝叔要见我兄弟，今儿也在这里，想在书房里，宝叔何不去瞧一瞧？"宝玉即下炕要走，尤氏便吩咐人："小心跟着，别委曲着他，倒比不得跟着老太太过来就罢了。"凤姐道："既这么着，何不请进这小爷来，我也见见，难道我是见不得他的？"尤氏笑道："罢，罢！可以不必见他。比不得咱家的孩子们，胡打海摔跌惯了的⑫。人家的孩子，都是斯斯文文惯了的，不像你这样泼辣货形象，倒要被你笑话死了呢。"凤姐笑道："我不笑话就罢，竟叫快领去。"贾蓉道："他生得腼腆，没见过大阵仗儿⑬，婶子见了，没得生气。"凤姐啐道："他是'哪吒'⑭，我也要见一见。别放你娘的屁了。再不带来给你一顿好嘴巴子！"贾蓉笑道："我不敢强，就带他来。"一会子，果然带了一个小后生来，较宝玉略瘦些，眉清目秀，粉面朱唇，身材俊俏，举止风流，似在宝玉之上；只是怯怯羞羞有女儿之态，腼腆含糊的向凤姐作揖问好，凤姐喜的先推宝玉笑道："比下去了！"便探身一把携了这孩子的手，就命他身边坐下，慢慢问他年纪读书等事，方知他学名叫秦钟。

早有凤姐跟的丫鬟媳妇们，看见凤姐初见秦钟，并未备得表礼来⑮，遂忙过那边去告诉平儿。平儿素知凤姐与秦氏厚密，遂自作主意，拿了一匹尺头，两个"状元及第"的小金锞子⑯，交付来人送过去，凤姐还说太简薄些。秦氏等谢毕，一时吃过了饭，尤氏、凤姐、秦氏等抹骨牌⑰，不在话下。

宝玉秦钟二人随便起坐说话，那宝玉自一见秦钟人品，心中便有所失，痴了半日，自己心中又起了个呆意，乃自思道："天下竟有这等的人物！如今看了，我竟成了泥猪癞狗了。可恨我为什么生在这侯门公府之家？若也生在寒儒薄宦之家，早得与他交接，也不枉生了一世。我虽比他尊贵，可知绫锦纱罗，也不过裹了我这枯株朽木；美酒羊羔，也只不过填了我这粪窟泥沟。'富贵'二字，不意遭我荼毒了！"秦钟自见宝玉形容出众，举止不浮，更兼金冠绣服，艳婢娇童，——"果然怨不得人人溺爱他，可恨我偏生于清寒之家，那能与他交接，可知'贫富'二字限人，亦世界上大不快事。"二人一样的胡思乱想。宝玉又问他读什么书，秦钟见问，便依实而答。二人你言我语，十来句后，越觉亲密起来。

一时摆上茶果吃茶，宝玉便说："我们两个又不吃酒，把果子摆在里间小炕上，我们那里坐去，省得闹你们。"于是二人进里间来吃茶。秦氏一面张罗与凤姐摆果酒，一面忙进来嘱宝玉道："宝叔，你侄儿年小，倘或言语不防头⑱，你千万看着我，不要睬他。他虽腼腆，却性子左强⑲，不大随和些是有的。"宝玉笑道："你去罢，我知道了。"秦氏又嘱了他兄弟一回，方去陪凤姐。

一时凤姐尤氏又打发人来问宝玉："要吃什么，外面有，只管要去。"宝玉只答应着，也无心在饮食间，只问秦钟近日家务等事。秦钟因言："业师于去岁辞馆⑳，家父年纪老了，残疾在身，公务繁冗，因此尚未议及延师，目下不过在家温习旧课而已。再读书一事，也必须有一二知己为伴，时常大家讨论，才能进益……"宝玉不待说完，便道："正是呢，我们家却有个家塾^②，合族中有不能延师的便可入塾读书，亲戚子弟可以附读。我因上年业师回家去了，也现荒废着。家父之意，亦欲暂送我去，且温习着旧书，待明年业师上来，再各自在家亦可。家祖母因说：一则家学里子弟太多，生恐大家淘气，反不好；二则也因我病了几天，遂暂且耽搁着。如此说来，尊翁如今也为此事悬心，今日回去，何不禀明，就在我们这敝塾中来，我也相伴，彼此有益，岂不是好事？"秦钟笑道："家父前日在家提起延师一事，也曾提起这里的义学倒好^②，原来要和这里的亲翁商议引荐；因这里又有事忙，不便为这点小事来聒絮的。宝叔果然度小侄或可磨墨涤砚，何不速速的作成，彼此不致荒废，又可以常相谈聚，又可以慰父母之心，又可以得朋友之乐，岂不美事？"宝玉道："放心，放心。咱们回来先告诉你姐夫姐姐和琏二嫂子，今日你回家就禀明令尊，我回去禀明了祖母，再无不速成之理。"二人计议已定，那天气已是掌灯时分，出来又看他们玩了一回牌，算账时，却又是秦氏尤氏二人输了戏酒的东道^②，言定后日吃这东道，一面又吃了晚饭。

　　因天黑了，尤氏说："派两个小子送了秦相公家去。"媳妇们传出去半日，秦钟告辞起身，尤氏问："派谁送去？"媳妇们回说："外头派了焦大，谁知焦大醉了，又骂呢。"尤氏秦氏都道："偏又派他作什么？那个小子派不得？偏又惹他。"凤姐道："成日家说，你太软弱了，纵得家里人这样，还了得呢！"尤氏道："你难道不知这焦大的？连老爷都不理他，你珍大哥哥也不理他。因他从小儿跟着太爷出过三四回兵，从死人堆里把太爷背了出来，得了命；自己挨着饿，却偷了东西给主子吃；两日没水，得了半碗水，给主子吃，他自己喝马溺。不过仗着这些功劳情分，有祖宗时，都另眼相待，如今谁肯难为他？他自己又老了，又不顾体面，一味的好酒，喝醉了无人不骂。我常说给管事的，以后不要派他差使，只当他是个死的就完了。今儿又派了他。"凤姐道:"我何曾不知这焦大?到底是你们没主意,何不远远的打发他到庄子上去就完了。"说着,因问:"我们的车可齐备了?"众媳妇们说:"伺候齐了。"凤姐也起身告辞,和宝玉携手同行。

尤氏等送至大厅口,见灯火辉煌,众小厮都在丹墀侍立㉔。那焦大又恃贾珍不在家,因趁着酒兴,先骂大总管赖二,说他:"不公道,欺软怕硬,有好差使派了别人;这样黑更半夜送人,就派我,没良心的忘八羔子!瞎充管家!你也不想想焦大太爷跷起一只腿,比你的头还高些。二十年头里的焦大太爷眼里有谁?别说你们这一把子的杂种们㉕!"

正骂得兴头上,贾蓉送凤姐的车出来,众人喝他不住,贾蓉忍不得便骂了几句,叫人:"捆起来!等明日酒醒了,问他还寻死不寻死!"那焦大那里有贾蓉在眼里?反大叫起来,赶着贾蓉叫:"蓉哥儿,你别在焦大跟前使主子性儿。别说你这样儿的,就是你爹、你爷爷,也不敢和焦大挺腰子呢!不是焦大一个人,你们做官儿,享荣华,受富贵?你祖宗九死一生挣下这个家业,到如今不报我的恩,反和我充起主子来了。不和我说别的还可,再说别的,咱们白刀子进去,红刀子出来!"凤姐在车上说与贾蓉:"还不早些打发了没王法的东西!留在家里,岂不是害?亲友知道,岂非笑话咱们这样的人家,连个规矩都没有。"贾蓉答应"是了"。

众人见他太撒野,只得上来了几个,揪翻捆倒,拖往马圈里去。焦大益发连贾珍都说出来,乱嚷乱叫,说:"要往祠堂里哭太爷去,那里承望到如今生下这些畜生来!每日偷狗戏鸡,爬灰的爬灰,养小叔的养小叔子,我什么不知道?咱们'胳膊折了往袖子里藏'!"众小厮见他说出来的话有天没日的,唬得魂飞魄丧,便把他捆起来,用土和马粪满满的填了他一嘴。

凤姐和贾蓉也遥遥听得,都装作听不见。宝玉在车上听见,因问凤姐道:"姐姐,你听他说'爬灰的爬灰'㉖,是什么?"凤姐连忙喝道："少胡说！那是醉汉嘴里胡嗳⑦，你是什么样的人，不说没听见，还倒细问！等我回了太太，仔细捶你不捶你！"吓得宝玉连忙央告："好姐姐，我再不敢说这些话了。"凤姐哄他道："好兄弟，这才是。等回去咱们回了老太太，打发人家学里说明了，请了秦钟家学里念书去要紧。"说着自回荣府而来。要知端详，且听下回分解。

【注释】

①留头：过去女子幼年剃发，年龄渐长，先蓄顶心头发，再留全发，全部留发，叫做"留头"，又叫"留满头"。

②纂儿：妇女的发髻。

③海上方：宋寇宗奭《图经衍义本草》卷十五载有崔元亮"海上方"，治疗多种疾病。这里泛指来历不凡的灵验药方。《牡丹亭·调药》："海上有仙方。"

④引：即药引。中医开完药方，末尾再加一两味药作药引，以引导其他药物直达病处，加强疗效，叫"引子"，也叫"引经药"，古称"引经报使"。

⑤黄柏：中草药的一种，可治疗口舌生疮。

⑥堆纱花：指用彩纱堆缝制成的簪饰花朵。

⑦秃歪剌：骂尼姑的话。秃，指光头。歪剌，也说"歪剌骨""歪剌货"，骂人语，多用于妇女，有下贱、泼辣、不正派等义。清翟灏《通俗编》卷二二："瓦剌国：洪容斋《俗考》：瓦剌虏人最丑恶，故俗诋妇女之不正者曰瓦剌国。汪价《侬雅》：今俗转其音曰歪赖货。"

⑧放邪火：从旁挑拨，造谣中伤。

⑨递解：旧时解往远地的犯人，由沿途各地官衙派人一站转一站地押送，叫"递解"。

⑩九连环：一种玩具，用铁丝、铜丝或银丝制成。一个长圈，一端为柄，中套九个圆环，每环下边连着垂下的直丝，到下边总连起一个横条，摘下套上，手续极繁。以能全部解开者为胜。

⑪送鲜：这里指封建时代官僚贵族向皇宫奉送的有季节性的新鲜食品，如应时的鱼虾、水果等。亦作"进鲜"。清西清《黑龙江外记》卷五："将军副都统等岁献方物，六月进白面，七月进鹰鹞，十月进鱼雉等野味，曰进鲜。"

⑫胡打海摔：随便摔打，不娇贵。

⑬大阵仗：大阵势，大排场。

⑭哪吒：也作"那吒"。本为佛教护法神，传说是毗沙门天王之子，能变三头六臂。后成为小说《西游记》《封神演义》里一个神通广大的神将。

⑮表礼：也作"表里"，指作为礼物的衣料。又称"尺头"。《水浒传》第四回："赵员外取出银锭、表里、信香，向法座前礼拜了。"

⑯状元及第：这里指一种"吉祥图案"，有的作骑马、戴金花状元及第的形状，也有只用"状元及第"四字的。这类吉祥图案，还有"流云百蝠"，用云彩和蝙蝠构成，表示福很多；"事事如意"，用双柿和如意构成；"岁岁平安"，用谷穗、瓶子和鹌鹑构成；笔、银锭、如意为"必定如意"；玉兰、海棠、牡丹为"玉堂富贵"等等。多半是谐音的祝福词句。小金锞子：金子铸成的小锭。旧时所用之金银币，铸为一定之形，名曰锭，其重量或十两或五两，小的一两、二两者叫"锞子"。

⑰抹骨牌：即打骨牌，指用骨牌游戏或赌博。骨牌，又名"牙牌"，一种游戏用具，也用作赌具。用象牙或兽骨、竹木等制成。牌作长方形，面刻点数，自一至六，上下重之，共三十二张。

⑱不防头：冒失莽撞，不留神。

⑲左强（jiàng）：执拗倔强。

⑳业师：受业的老师。

㉑家塾：延师在家教授子弟为"家塾"，以别于公家所设立的学校。家塾的教师称"塾师"。

㉒义学：这里指宗族办的一种免费学校。

㉓东道：旧称设宴请客为"作东道"。

㉔丹墀（chí）：古时宫殿前的石阶上面，以红色涂饰，叫"丹

墀”。墀，阶面。这里指正厅前的台阶。

㉕一把子：一帮子、一伙子的意思。这里含有轻蔑之意。

㉖爬灰：公公和儿媳私通。也作“扒灰”。

㉗胡唚（qìn）：畜类呕吐叫“唚”，常用以比喻人出语之污秽。胡唚，即骂人胡说的意思，但较“胡说”更重。

第八回
贾宝玉奇缘识金锁　薛宝钗巧合认通灵

　　话说宝玉和凤姐回家，见过众人，宝玉便回明贾母要秦钟上家塾之事，自己也有个伴读的朋友，正好发愤；又着实称赞秦钟的人品行事，最使人怜爱。凤姐又在一旁帮着说："改日秦钟还来拜老祖宗哩。"说得贾母喜悦起来。凤姐又趁势请贾母后日过去看戏。贾母虽年高，却极有兴头。至后日，尤氏来请，遂携了王夫人、林黛玉、宝玉等过去看戏。至晌午，贾母便回来歇息了。王夫人本是好清净的，见贾母回来，也就回来了。然后凤姐坐了首席，尽欢至晚而罢。

　　却说宝玉送贾母回来，待贾母歇了中觉，竟欲还去看戏，又恐搅的秦氏等人不便，因想起宝钗近日在家养病，未去亲候，意欲去望他。若从上房后角门过去，又恐遇见别事缠绕，又恐遇他父亲，更为不妥，宁可绕远路而去。当下众嬷嬷丫鬟伺候他换衣服，见不换，仍出二门去了；众嬷嬷丫鬟只得跟随出来，还只当他去那边府中看戏。谁知到了穿堂，便向东向北绕厅后而去。偏顶头遇见了门下清客相公詹光、单聘仁二人走来①，一见了宝玉，便都赶上来笑着，一个抱住腰②，一个携着手，都道："我的菩萨哥儿！我说做了好梦呢，好容易遇见了你。"说着，请了安，又问好，又唠叨了半日，才走开。老嬷嬷叫住，因问："你二位爷是往老爷跟前来的不是？"他二人点头道："老爷在梦坡斋小书房里歇中觉呢，不妨事的。"一面说，一面走了。

　　说的宝玉也笑了，于是转弯向北奔梨香院来。可巧银库房的总领名唤吴新登与仓上的头目名戴良，还有几个管事的头目，共七个人，从账房里出来，一见宝玉，赶来都一齐垂手站立；独有一个买办，名唤钱华，因他多日未见宝玉，忙上来打千儿请宝玉的安③，宝玉忙含笑拉他起来。众人都笑说："前儿在一处看见二爷写的斗方儿④，字法越发好了，多早晚赏我们几张贴贴。"宝玉笑道："在那处看见了？"众人道："好几处都有，都称赞的了不得，还和我们寻呢。"宝玉笑道："不值什么，你们说给我的小么儿们就是了⑤。"一面说，一面前走，众人待他过去，方都各自散了。

闲言少述，且说宝玉来至梨香院中，先入薛姨妈屋中来，见薛姨妈打点针黹与丫鬟们呢。宝玉忙请了安，薛姨妈一把拉住了他，抱入怀中笑说："这么冷天，我的儿！难为你想着来，快上炕来坐着罢。"命人倒滚滚的茶来。宝玉因问："哥哥不在家？"薛姨妈叹道："他是没笼头的马，天天逛不了，那里肯在家一日？"宝玉道："姐姐可大安了？"薛姨妈道："可是呢，你前儿又想着打发人来瞧他。他在里间不是，你去瞧。他那里比这里暖和，你那里坐着，我收拾收拾就进来和你说话儿。"

宝玉听了，忙下炕来至里间门前，只见吊着半旧的红绸软帘。宝玉掀帘一步进去，先就看见宝钗坐在炕上作针线，头上挽着黑漆油光的纂儿，蜜合色的棉袄⑥，玫瑰紫二色金银鼠比肩褂，葱黄绫子棉裙，一色儿半新不旧，看去不觉奢华。唇不点而红，眉不画而翠，脸若银盆⑦，眼如水杏。罕言寡语，人谓装愚；安分随时，自云"守拙"⑧。

宝玉一面看，一面问："姐姐可大愈了？"宝钗抬头只见宝玉进来，连忙起身含笑答道："已经大好了，多谢记挂着。"说着，让他在炕沿上坐了，即令莺儿倒茶来，一面又问老太太姨娘安，又问别的姊妹们好；一面看宝玉头上戴着累丝嵌宝紫金冠⑨，额上勒着二龙捧珠金抹额，身上穿着秋香色立蟒白狐腋箭袖⑩，系着五色蝴蝶鸾绦⑪，项上挂着长命锁、记名符，另外有那一块落草时衔下来的宝玉。宝钗因笑说道："成日家说你的这玉，究竟未曾细细的赏鉴，我今儿倒要瞧瞧。"说着便挪近前来。宝玉亦凑上去，从项上摘了下来，递在宝钗手内。宝钗托在掌上，只见大如雀卵，灿若明霞，莹润如酥，五色花纹缠护。看官们须知道，这就是大荒山中青埂峰下的那块顽石幻相，后人曾有诗嘲云：

> 女娲炼石已荒唐，又向荒唐演大荒⑫。失去幽灵真境界，幻来新就臭皮囊⑬。好知运败金无彩，堪叹时乖玉不光⑭。白骨如山忘姓氏，无非公子与红妆⑮。

那顽石亦曾记下他这幻相并癞僧所镌的篆文，今亦按图画于后，但其真体最小，方从胎中小儿口中衔下。今若按其体画，恐字迹过于微细，使观者大废眼光，亦非畅事。故按其形式，无非略展放些，使观者便于灯下醉中可阅。今注明此故，方不至以胎中之儿口有多大，怎得衔此狼犺蠢大之物为谤⑯。

通灵宝玉正面　　　　　　　通灵宝玉反面

宝钗看毕，又从先翻过正面来细看，口里念道："莫失莫忘，仙寿恒昌。"念了两遍，乃回头向莺儿笑道："你不去倒茶，也在这里发呆作什么？"莺儿嘻嘻的笑道："我听这两句话，倒像和姑娘项圈上的两句话是一对儿。"宝玉听了，忙笑道："原来姐姐那项圈上也有八个字？我也赏鉴赏鉴。"宝钗道："你别听他的话，没有什么字。"宝玉央道："好姐姐，你怎么瞧我的呢！"宝钗被他缠不过，因说道："也是个人给了两句吉利话儿，錾上了，所以天天带着；不然沉甸甸的，有什么趣儿？"一面说，一面解了排扣，从里面大红袄上将那珠宝晶莹、黄金灿烂的璎珞摘将出来。宝玉忙托着锁看时，果然一面有四个字，两面八个字，共成两句吉谶[17]。——亦曾按式画下形相：

金锁正面　　　　　　　　　　　金锁反面

宝玉看了，也念了两遍，又念自己的两遍，因笑问："姐姐，这八个字倒与我的是一对儿。"莺儿笑道："是个癞头和尚送的，他说必须錾在金器上……"宝钗不待他说完，便嗔他不去倒茶，一面又问宝玉从那里来。

宝玉此时与宝钗就近，只闻一阵阵的香气，不知是何气味，遂问："姐姐熏的是何香？我竟从未闻过这味儿。"宝钗笑道："我最怕熏香，好好的衣服，熏的烟火气的？"宝玉道："既如此，是什么香？"宝钗想了一想，说："是了，是我早起吃了冷香丸的香气。"宝玉笑道："什么'冷香丸'，这么好闻？好姐姐，给我一丸尝尝。"宝钗笑道："又混闹了，一个丸药也是混吃的？"

一语未了，忽听外面人说："林姑娘来了。"话犹未了，林黛玉已摇摇摆摆的来了，一见宝玉，便笑道："哎哟！我来的不巧了。"宝玉等忙起身让坐，宝钗因笑道："这话怎么说？"黛玉道："早知他来，我就不来了。"宝钗道："我不解这意？"黛玉笑道："要来时一齐来，要不来一个也不来；今儿他来，明儿我来，如此间错开了来，岂不天天有人来了？也不至太冷落，也不至太热闹。姐姐如何不解这意思？"

宝玉因见他外面罩着大红羽缎对襟褂子[18]，因问："下雪了么？"地下婆子们说："下了这半日了。"宝玉道："取了我的斗篷来。"黛玉便笑道："是不是？我来了他就该去了。"宝玉道："我何曾说要去？不过拿来预备着。"宝玉的奶母李嬷嬷因说道："天又下雪，也要看早晚的⑲，就在这里和姐姐妹妹一处玩玩罢。姨妈那里摆茶果呢。我叫丫头去取了斗篷来，说给小么儿们散了罢。"宝玉应了。李嬷嬷出来，命小厮们："都散了。"

这里薛姨妈已摆了几样细巧茶果，留他们吃茶。宝玉因夸前日在那边府里珍大嫂子的好鹅掌鸭信⑳。薛姨妈连忙把自己糟的取来与他尝㉑。宝玉笑道："这个须就酒才好。"薛姨妈便命人灌了上等的酒来。李嬷嬷便上来道："姨太太，酒倒罢了。"宝玉笑央道："妈妈，我只吃一杯。"李妈道："不中用，当着老太太、太太，那怕你吃一坛呢。想那日我眼错不见一会㉒，不知是那个没调教的㉓，只图讨你的好，给了你一口酒吃，葬送得我挨了两日的骂。姨太太不知他性子又可恶，吃了酒更弄性。有一日老太太高兴，又尽着他吃，什么日子又不许他吃，何苦我白赔在里面？"薛姨妈笑道："老货，只管放心吃你的去！我也不许他吃多了。便是老太太问，有我呢。"一面命小丫头："来，让你奶奶去也吃杯搪搪寒气。"那李嬷嬷听如此说，只得且和众人吃酒去。这里宝玉又说："不必烫暖了，我只爱吃冷的。"薛姨妈道："这可使不得，吃了冷酒，写字手打颤儿。"宝钗笑道："宝兄弟，亏你每日家杂学旁收的㉔，难道就不知道酒性最热，若热吃下去，发散的就快；若冷吃下去，便凝结在内，五脏去暖他，岂不受害？从此还不改了。快不要吃那冷的了。"宝玉听这话有情理，便放下冷的，令人烫来方饮。

黛玉磕着瓜子儿，只管抿着嘴笑。可巧黛玉的丫鬟雪雁走来与黛玉送小手炉，黛玉因含笑问他说："谁叫你送来的？难为他费心，那里就冷死了我！"雪雁道："紫鹃姐姐怕姑娘冷，叫我送来的。"黛玉一面接了，抱在怀中，笑道："也亏你倒听他的话，我平日和你说的，全当耳旁风；怎么他说了你就依，比圣旨还快些！"宝玉听这话，知是黛玉借此奚落他，也无回复之词，只嘻嘻的笑一阵罢了。宝钗素知黛玉是如此惯了的，也不去睬他。薛姨妈因道："你素日身子单弱，禁不得冷的，他们记挂着你倒不好？"黛玉笑道："姨妈不知道。幸亏是姨妈这里，倘或在别人家，岂不要恼的？难道看得人家连个手炉也没有？巴巴儿的从家里送个手炉来。不说丫头们太小心，还只当我素日是这等轻狂惯了呢。"薛姨妈道："你是个多心的，有这样想，我就没有这些心。"

　　说话时，宝玉已是三杯过去了。李嬷嬷又上来拦阻。宝玉正在个心甜意洽之时，又兼姊妹们说说笑笑的，那里肯不吃？只得屈意央告："好妈妈，我再吃两杯就不吃了。"李嬷嬷道："你可仔细今儿老爷在家，提防着问你的书！"宝玉听了此话，便心中大不悦，慢慢的放下酒，垂了头。黛玉忙说："扫了大家的兴！舅舅若叫你，只说姨妈留着呢。这个妈妈，他吃了酒，又拿我们来醒脾了㉕。"一面悄推宝玉，使他赌赌气；一面悄悄的咕哝说："别理那老货！咱们只管乐咱们的。"那李妈也素知黛玉的，因说道："林姐儿，你不要助着他了。你倒劝他，只怕他还听些。"林黛玉冷笑道："我为什么助他？我也不犯着劝他。你这妈妈太小心了，往常老太太又给他酒吃，如今在姨妈这里多吃了一口，料也不妨事。必定姨妈这里是外人，不当在这里的，也未可知。"李嬷嬷听了，又是急，又是笑，说道："真真这林姐儿，说出一句话来，比刀子还利害，我这话算什么！"宝钗也忍不住笑着把黛玉腮上一拧，说道："真真的这个颦丫头的一张嘴，叫人恨又不是，喜欢又不是。"薛姨妈一面又说："别怕，别怕，我的儿！来了这里，没好的你吃，别把这点子东西吓的存在心里，倒叫我不安。只管放心吃，有我呢。越发吃了晚饭去，便醉了，就跟着我睡罢。"因命："再烫些酒来，姨妈陪你吃两杯，可就吃饭罢。"宝玉听了，方又鼓起兴来。李嬷嬷因吩咐小丫头："你们在这里小心着，我家去换了衣服就来。"悄悄的回姨太太："别由他的性儿多吃了。"说着便家去了。

　　这里虽还有两三个婆子，都是不关痛痒的，见李嬷嬷走了，也都悄悄自寻方便去了。只剩两个小丫头，乐得讨宝玉的欢喜。幸而薛姨妈千哄万哄，只容他吃了几杯，就忙收过了。作了酸笋鸡皮汤，宝玉痛喝了几碗，又吃了半碗多碧粳粥㉖，一时薛林二人也吃完了饭，又酽酽的喝了几碗茶㉗。薛姨妈方放了心。雪雁等三四人，也吃了饭进来伺候。黛玉因问宝玉道："你走不走？"宝玉乜斜倦眼道㉘："你要走我和你一同走。"黛玉听说，遂起身道："咱们来了这一日，也该回去了。"说着，二人便告辞。

小丫头忙捧过斗笠来，宝玉便把头略低一低，叫他戴上，那丫头便将这大红猩毡斗笠一抖，才往宝玉头上一合，宝玉便说："罢了，罢了！好蠢东西！你也轻些儿，难道没见别人戴过？让我自己戴罢。"黛玉站在炕沿上道："过来，我与你戴罢。"宝玉忙近前来。黛玉用手轻轻笼住束发冠儿，将笠沿掖在抹额之上，将那一颗核桃大的绛绒簪缨扶起，颤巍巍露于笠外。整理已毕，端详了一回，说道："好了，披上斗篷罢。"宝玉听了，方接了斗篷披上。薛姨妈忙道："跟你们的妈妈都还没来呢，且略等等。"宝玉道："我们倒去等他们，有丫头们跟着也够了。"薛姨妈不放心，吩咐两个妇女跟着送了他兄妹们去。

他二人道了扰，一径回至贾母房中。贾母尚未用晚饭，知是薛姨妈处来，更加喜欢。因见宝玉吃了酒，遂命他自回房中歇着，不许再出来了，因令人好生看待着。忽想起跟宝玉的人来，遂问众人："李奶子怎么不见？"众人不敢直说他家去了，只说："才进来的，想有事又出去了。"宝玉跟跄回顾道："他比老太太还受用呢，问他作什么！没有他只怕我还多活两日。"一面说，一面来至自己卧室，只见笔墨在案。晴雯先接出来，笑道："好好叫我研了墨，早起高兴，只写了三个字，丢下笔就走了，哄我等了这一天。快来给我写完了这些墨才罢！"宝玉方才想起早起的事来，因笑道："我写的那三个字在那里呢？"晴雯笑道："这个人可醉了。你头里过那府里去，嘱咐我贴在门斗儿上的，我生怕别人贴坏了，亲自爬高上梯，贴了半日，这会儿还冻得手僵呢。"宝玉笑道："我忘了。你手冷，我替你握着。"便伸手携着晴雯的手，同看门斗上新写的三个字。

　　一时黛玉来了，宝玉笑道："好妹妹，你别撒谎，你看这三个字那一个好？"黛玉仰头看见是"绛芸轩"三字，笑道："个个都好。怎么写得这样好法？明儿也替我写个匾。"宝玉笑道："又哄我呢。"说着又问："袭人姐姐呢？"晴雯向里间炕上努嘴。宝玉看时，只见袭人和衣睡着。宝玉笑道："好，太睡早了些。"又问晴雯道："今儿我那边吃早饭，有一碟儿豆腐皮的包子，我想着你爱吃，和珍大嫂子说了，只说我留着晚上吃，叫人送过来的。你可曾见么？"晴雯道："快别提了。一送来我便知道是我的，偏才吃了饭，就搁在那里。后来李奶奶来了看见，说：'宝玉未必吃了，拿去给我孙子吃罢。'就叫人送了家去了。"正说着，茜雪捧上茶来，宝玉还让："林妹妹吃茶。"众人笑道："林姑娘早走了，还让呢。"

　　宝玉吃了半盏，忽又想起早晨的茶来，因问茜雪道："早起斟了一碗枫露茶㉘，我说过那茶是三四次后才出色的，这会子怎么又斟上这个茶来？"茜雪道："我原是留着的，那会子李奶奶来了，吃了去。"宝玉听了，将手中杯子顺手往地下一掷，豁琅一声，打个粉碎，泼了茜雪一裙子。又跳起来问着茜雪道："他是你那一门子的'奶奶'，你们这样孝敬他？不过是我小时候吃过他几日奶罢了，如今惯的比祖宗还大，撵了出去大家干净！"说着立刻便要去回贾母撵他乳母。

　　原来袭人实未睡着，不过是故意装睡，引宝玉来怄他玩耍㉚；先闻得说字问包子，也还可以不必起来；后来摔了茶钟，动了气，遂连忙起来解释劝阻。早有贾母遣人来问："是怎么了？"袭人忙道："我才倒茶来，被雪滑倒了，失手砸了钟子。"一面又劝宝玉道："你立意要撵他也好，我们都愿意出去，不如趁势连我们一齐撵了，我们也好，你也不愁没有好的来伏侍你。"宝玉听了，方无言语，被袭人等挟至炕上，脱了衣裳。不知宝玉口内还说些什么，只觉口齿缠绵，眉眼愈加饧涩，忙伏侍他睡下。袭人摘下那"通灵宝玉"来，用手帕包好，塞在褥子下，次日带时，便冰不着脖子。那宝玉到枕就睡着了。彼时李嬷嬷等已进来了，听见醉了，也就不敢上前，只悄悄的打听睡了，方放心散去。

　　次日醒来，就有人回："那边小蓉大爷带了秦钟来拜。"宝玉忙接出去，领了拜见贾母。贾母见秦钟形容标致，举止温柔，堪陪宝玉读书，心中十分欢喜，便留茶留饭，又命人带去见王夫人等。众人因爱秦氏，见了秦钟是这样人品，也都欢喜，临去时，都有表礼。贾母又与了一个荷包并一个金魁星㉛，取"文星和合"之意。又嘱咐他道："你家住的远，或一时寒热不便，只管住在我这里。只和你宝叔在一处，别跟着那不长进的东西们学。"秦钟一一的答应，回家禀知他父亲。

　　他父亲秦邦业现任营缮郎㉜，年近七旬，夫人早亡。因当年无儿女，便向养生堂抱了一个儿子并一个女儿㉝。谁知儿子又死了，只剩女儿，小名唤可儿。长大时，生得形容袅娜，性格风流，因素与贾家有些瓜葛，故结了亲。秦邦业五旬之上方得了秦钟，因去岁业师回南，在家温习旧课，正要与贾亲家商议附往他家塾中去；可巧遇见宝玉这个机会，又知贾家塾中司塾的乃贾代儒，现今之老儒，秦钟此去，可望学业进益，从此成名，因十分喜悦。只是宦囊羞涩㉞，那边都是一双富贵眼睛，少了拿不出来；儿子的终身大事，说不得东并西凑，恭恭敬敬封了二十四两贽见礼㉟，带来秦钟到代儒家来拜见，然后听宝玉拣的好日子，一同入塾。塾中闹事如何，下回分解。

【注释】

　　①清客相公：旧时在富贵人家帮闲凑趣的门客，称为"清客"。相公，近似"老爷""先生"一类的称呼。清梁章钜《归田琐记》卷七"清客"："都下清客最多，然亦须才品稍兼者方能自立。有编为十字令者曰：'一笔好字，二等才情，三斤酒量，四季衣服，五子围棋，六出昆曲，七字歪诗，八张马钓，九品头衔，十分和气。'"

②抱腰：近人王瀣批云："抱腰系清制，于此一见。"

③打千儿：清代满族男子见人通行之礼，右手下垂，左膝前屈，上身微俯，行半跪礼。

④斗方儿：门屏隔扇上贴的一种方形纸块，一二尺见方，以四角为上下左右，上书吉语。也指一般方形诗笺画页。

⑤小么儿：小厮，小听差。

⑥蜜合色：染色之一种。清李斗《扬州画舫录》卷一："浅黄白色曰蜜合。"

⑦银盆：本指明月，借以形容人颜面白净。

⑧守拙：本为谦辞。拙，愚笨，拙于应世。守拙，意即安于自己的笨拙，不以巧伪与世周旋。晋陶渊明《归田园居》诗之一："开荒南野际，守拙归田园。"这里指宝钗的一种处世态度。

⑨累丝：累，连缀的意思。这里指以金拉丝再连缀成冠。

⑩秋香色立蟒白狐腋箭袖：秋香色，黄色之一种。立蟒，妆缎之一，因织有蟒形花饰，故称"蟒缎"。又因蟒饰的不同，因之有时只称蟒的形状，而不用"缎"字。白狐腋，毛皮名称。《增韵》："左右肘胁之间曰腋。"狐腋之毛色纯白，集以为裘，最为轻暖，是一种名贵皮毛。

⑪五色蝴蝶鸾绦：绣有五色蝴蝶纹样的腰带。清李渔《闲情偶寄》卷七："束腰之带，俗呼鸾绦。"

⑫"女娲炼石"二句：荒唐，前一"荒唐"，是虚妄不可信的意思；后一"荒唐"，是漫无边际的意思，指荒唐的人世间。演，演说，发挥推演其义。演大荒，即演说大荒山顽石的故事。

⑬"失去"二句：意谓顽石的原貌已经失掉，幻化为一个毫无作为的人。就，成就，形成。臭皮囊，指人的躯壳。旧时佛道信徒，厌恶人的肉体，以为其中藏有涕、痰、粪、尿等污秽之物，故云。《太上纯阳真君了三得一经》："竟将五官六腑败坏于臭皮囊之中。"

⑭"好知"二句：意谓叹息现在想不到将来会遇到"运败""时乖"的厄运，还会落到"金无影""玉不光"的可悲境地。好知，须知。金无彩，《桃花扇·哭主》："一个候死的囚徒，登时上了青天。这叫做'运

去黄金减价，时来顽铁生光。'"金，指金锁。暗指宝钗。甲戌本脂批："又夹入宝钗，不是虚图对的工。"或后半部原稿有宝钗"运败无彩"的情节。时乖，时运相背，即时运不济。玉，通灵宝玉。这里指贾宝玉。

⑮红妆：旧指女子的盛妆，这里指代女子。

⑯狼犺（kàng）：清吴文英《吴下方言考》："今吴谚谓物大而无处置放者曰狼犺。"这里是笨重的意思。一说，同"躴躿"，不洁的意思。

⑰吉谶（chèn）：预示吉祥的话。谶，宗教迷信指事后要应验的预言或隐语。

⑱羽缎：一种毛织物，也称"羽毛缎"。疏细者称"羽纱"，厚密者称"羽缎"。不受水湿，宜做雨衣或斗篷。《清会典事例》卷三二八："凡雨冠雨衣，以毡或羽缎油绸为之。"近人王瀣批云："本书所称褂子、斗篷，皆雪衣也，其色多红。余家旧有此衣，或棉、或皮，严寒时坐亦拥之。"

⑲早晚：时候的意思。

⑳鸭信：即鸭舌。信，舌头。清袁栋《书隐丛说》记"苏州风俗奢靡"云："饮食宴会，已美而求精……其宴会不常，往往至虎阜大船内罗列珍羞以为荣。春秋不待言矣，盛夏之会者，味非山珍海错不用也。鸡有但用皮者，鸭有但用舌者……"下文有"酸笋鸡皮汤"。

㉑糟：用酒或酒糟腌制食物。

㉒眼错不见：一眨眼的时间没注意到。

㉓没调教的：意谓没教养的。调教，本指调理、训练牲畜，引申为教养的意思。

㉔杂学旁收：意谓宝玉爱好诗词曲赋小说等其它学问。杂学，本指科举文章以外的各种学问。清代雍正、乾隆年间，把《四书》之外的书籍，都称为"杂学"。

㉕醒脾：本为中医术语，指一种用芳香健脾药治疗脾气虚寒的方法。引申为开心的意思。

㉖碧粳（jīng）：《本草纲目·粳》陶弘景曰："粳米即今人常食之米，

但有白赤大小异族四五种。"碧粳，指其赤色的一种。

㉗酽酽（yàn）：茶味浓厚叫"酽"。这里是浓的意思。

㉘乜（miē）斜：眼睛因困倦而眯成一条缝。

㉙枫露茶：《本草纲目·木部》："枫树枝弱善摇，故字从风，树甚高大，似白杨，叶圆而有歧，有三角而香，俗呼香枫。二月有花，白色。以其花叶作露点茶，盖取其香气也。或云，枫上生木耳，人食之笑不止，以枫露点茶，或恐有此皆大欢喜之意耳。"

㉚怄（òu）：也作"呕"，故意引逗人。

㉛荷包：一种饰物，即缎制的抽口小袋，扁圆形，上有绣花，约高二寸，宽三四寸，可装细小物品。魁星：俗称"奎星"。原为古天文学中二十八宿之一，后被称为主宰文章兴衰的神。《初学记》卷二一载："奎星屈曲相钩，似文字之画。"其像头似鬼，披发短衣，左手持斗，右手持笔，意谓用笔点定中试人的姓名。旧时佩带这种金质小像，具有祈祷功名顺利的意思。切下句"文星和合"之意。

㉜营缮郎：官名。清代官署有"营造司"和"营缮清吏司"，分属内务府和工部，主管修建工程。设郎中、员外郎等职，分管各项事务。

㉝养生堂：又叫"育婴堂"，是一种以慈善为名，收养贫苦人家弃婴的机构。清唐甄《潜书·恤孤》："苏州有育婴之堂，以收弃子。凡穷民之不得有其子者，则送之堂中；愿育者怀之而去。……一郡之中，虽有此善事，不过小补；而况天下之大，生民之多，饥无食，寒无衣，父母不得养，兄弟妻子离散，婴儿之委于草莽者，不知其数矣。"

㉞宦囊羞涩：意谓虽做官，但囊中匮乏，境况窘迫。当用"阮囊羞涩"事。《韵府群玉·七阳》"一钱囊"："阮孚持一皂囊，游会稽。客问：'囊中何物？'阮曰：'但有一钱看囊，空恐羞涩。'"

㉟贽见礼：旧时初次求见人时所送的礼物叫"贽见礼"。亦专指致送给老师的礼物、学费等。

第九回
训劣子李贵承申饬^①　嗔顽童茗烟闹书房

　　话说秦邦业父子专候贾家的人来送上学之信。原来宝玉急于要和秦钟相遇，遂择了后日一定上学，打发人送了信。至日一早，宝玉起来时，袭人早已把书笔文物收拾停妥，坐在床沿上发闷；见宝玉来，只得伏侍他梳洗。宝玉见他闷闷的，因问道："好姐姐，你怎么又不自在了？难道怪我上学去，丢的你们冷清了不成？"袭人笑道："这是那里的话。读书是极好的事，不然就潦倒了一辈子，终久怎么样呢。但只一件：只是念书的时节想着书，不念的时节想着家。总别和他们一处玩闹，碰见老爷不是玩的。虽说是奋志要强，那工课宁可少些，一则贪多嚼不烂，二则身子也要保重。这就是我的意思，你可时时体谅。"袭人说一句，宝玉应一句。袭人又道："大毛衣服我也包好了^②，交给小子们去了。学里冷，好歹想着添换，比不得家里有人照顾。脚炉手炉也交出去了的^③，你可逼着他们添。那一起懒贼，你不说，他们乐得不动，白冻坏了你。"宝玉道："你放心，我出外头，自己都会调停的。你们也可别闷死在这屋里，长和林妹妹一处去玩耍才好。"说着俱已穿戴齐备，袭人催他去见贾母、贾政、王夫人等。宝玉又嘱咐了晴雯麝月几句，方出来见贾母。贾母也未免有几句嘱咐的话。然后去见王夫人，又出来到书房中见贾政。

　　偏生这日贾政回家早，正在书房中与相公清客们闲话，忽见宝玉进来请安，回说上学里去，贾政冷笑道："你如果再提'上学'两个字，连我也羞死了。依我的话，你竟玩你的去是正经。仔细站脏了我这地，靠脏了我这门！"众清客相公们都起身笑道："老世翁何必如此。今日世兄一去^④，二三年就可显身成名的了，断不似往年作小儿之态的。天也将饭时，世兄竟快请罢。"说着便有两个年老的携了宝玉出去。

贾政因问："跟宝玉的是谁？"只听见外面答应了一声，早进来三四个大汉，打千儿请安。贾政看时，认得宝玉奶姆之子，名唤李贵的，因向他道："你们成日家跟他上学，他到底念了些什么书！倒念了些流言混话在肚子里，学了些精致的淘气。等我闲一闲，先揭了你的皮，再和那不长进的算账！"吓的李贵忙双膝跪下，摘了帽子碰头，连连答应"是"，又回说："哥儿已念到第三本《诗经》，什么'攸攸鹿鸣，荷叶浮萍'，⑤小的不敢撒谎。"说的满坐哄然大笑起来，贾政也掌不住笑了。因说道："那怕再念三十本《诗经》，也都是'掩耳盗铃'，哄人而已。你去请学里太爷的安，就道我说的：什么《诗经》、古文，一概不用虚应故事⑥，只是先把《四书》一齐讲明背熟，是最要紧的。"李贵忙答应"是"，见贾政无话，方退出去。

此时宝玉独站在院外，屏声静候⑦，待他们出来便同走了。李贵等一面掸衣服，一面说道："哥儿可听见了不曾？先要揭我们的皮呢！人家的奴才跟主子赚些好体面，我们这些奴才白陪着挨打受骂的。从此也可怜见些才好。"宝玉笑道："好哥哥，你别委屈，我明儿请你。"李贵道："小祖宗，谁敢望'请'，只求听一两句话就有了。"

说着又至贾母这边，秦钟早已来了，贾母正和他说话呢。于是二人见过，辞了贾母。宝玉忽想起来未辞黛玉，又忙至黛玉房中来作辞。彼时黛玉在窗下对镜理妆，听宝玉说上学去，因笑道："好，这一去，可是要'蟾宫折桂'了⑧！我不能送你了。"宝玉道："好妹妹，等我下学再吃晚饭。那胭脂膏子也等我来再制。"唠叨了半日，方抽身去了。黛玉忙又叫住问道："你怎么不去辞辞你宝姐姐来？"宝玉笑而不答，一径同秦钟上学去了。

原来这义学也离家不远，原系当日始祖所立，恐族中子弟有力不能延师者，即入此中读书。凡族中为官者，皆有帮助银两，以为学中膏火之费⑨；举年高有德之人为塾师。如今秦宝二人来了，一一的都互相拜见过，读起书来。自此后，二人同来同往，同起同坐，愈加亲密。兼贾母爱惜，也常留下秦钟，一住三五天，自己重孙一般看待。因见秦钟家中不甚宽裕，又助些衣服等物。不上一两月工夫，秦钟在荣府里便惯熟了。宝玉终是个不能安分守理的人，一味的随心所欲，因此发了癖性，又向秦钟悄说："咱们两个人，一样的年纪，况又同窗，以后不必论叔侄，只论兄弟朋友就是了。"先是秦钟不敢当，宝玉不从，只叫他"兄弟"，或叫他的表字"鲸卿"⑩，也只得混着乱叫起来。

原来这学中虽都是本族子弟与些亲戚家的子侄，俗语说的好，"一龙九种⑪，种种各别"，未免人多了就有龙蛇混杂，下流人物在内。自秦宝二人来了，都生的花朵儿一般的模样，又见秦钟腼腆温柔，未语先红，怯怯羞羞，有女儿之风；宝玉又是天生成惯能作小服低，赔身下气，性情体贴，话语缠绵。因此二人又这般亲厚，也怨不得那起同窗人起了嫌疑之念，背地里你言我语，诟谇谣诼⑫，布满书房内外。

原来薛蟠自来王夫人处住后，便知有一家学，学中广有青年子弟，偶动了"龙阳"之兴⑬，因此也假说了来上学，不过是"三日打鱼，两日晒网"，白送些束脩礼物与贾代儒⑭，却不曾有一些进益，只图结交些契弟⑮。谁想这学内的小学生，图了薛蟠的银钱穿吃，被他哄上手的，也不消多记。又有两个多情的小学生，亦不知是那一房的亲眷，亦未考真姓名，只因生得妩媚风流，满学中都送了两个外号，一叫"香怜"，一叫"玉爱"。虽系都有窃慕之意，将"不利于孺子"之心⑯，只是都惧薛蟠的威势，不敢来沾惹。如今秦宝二人一来了，见了他两个，亦不免缱绻羡爱，亦皆知系薛蟠相知，故未敢轻举妄动；香玉二人心中，一般的留情与秦宝。因此四人心中虽有情意，只未发迹。每日一入学中，四处各坐，却八目勾留，或设言托意，或咏桑寓柳⑰，遥以心照，却外面自为避人眼目。不料偏又有几个滑贼看出形景来，都背后挤眉弄眼，或咳嗽扬声。这也非止一日。

可巧这日代儒有事回家，只留下一句七言对联，令学生对了明日再来上书⑱；将学中之事，又命长孙贾瑞管理。妙在薛蟠如今不大上学应卯了⑲，因此秦钟趁此和香怜弄眉挤眼，二人假出小恭⑳，走至后院说话。秦钟先问他："家里的大人可管你交朋友不管？"一语未了，只听见背后咳嗽了一声，二人吓的忙回顾时，原来是窗友名金荣的。香怜本有些性急，便羞怒相激，问他道："你咳嗽什么？难道不许我们说话不成？"金荣笑道："许你们说话，难道不许我咳嗽不成？我只问你们：有话不分明说，许你们这样鬼鬼祟祟的干什么故事？我可也拿住了，还赖什么！先让我抽个头儿，咱们一声儿不言语，不然大家就翻起来！"秦香二人就急得飞红的脸，便问道："你拿住什么了？"金荣笑道："我现拿住了是真的。"说着又拍着手笑嚷道："贴的好烧饼！你们都不买一个吃去？"秦钟香怜二人又气又恼，忙进来向贾瑞前告金荣，说金荣无故欺负他两个。

原来这贾瑞最是个图便宜没行止的人，每在学中以公报私，勒索子弟们请他；后又助着薛蟠图些银钱酒肉，一任薛蟠横行霸道，他不但不去管约，反"助纣为虐"讨好儿㉑。偏那薛蟠本是浮萍心性，今日爱东，明日爱西，近来有了新朋友，把香玉二人丢开一边；就连金荣也是当日的好友，自有了香玉二人，便见弃了金荣，近日连香玉亦已见弃。故贾瑞也无了提携帮衬之人，不怨薛蟠得新厌故，只怨香玉二人不在薛蟠前提携了。因此贾瑞金荣等一干人，也正醋妒他两个。今见秦香二人来告金荣，贾瑞心中便不自在起来，虽不敢呵叱秦钟，却拿着香怜作法㉒，反说他多事，着实抢白了几句。香怜反讨了没趣，连秦钟也讪讪的各归坐位去了㉓。金荣越发得了意，摇头咂嘴的，口内还说许多闲话，玉爱偏又听了，两个人隔坐咕咕唧唧的角起口来。金荣只一口咬定说："方才明明的撞见他两个在后院里亲嘴摸屁股，两个商议定了，一对儿论长道短之言。"只顾得志乱说，却不防还有别人，谁知早又触怒了一个人。你道这一个人是谁？

原来这人名唤贾蔷，亦系宁府中之正派玄孙，父母早亡，从小儿跟着贾珍过活，如今长了十六岁，比贾蓉生得还风流俊俏。他兄弟二人最相亲厚，常共起居，宁府中人多口杂，那些不得志的奴仆，专能造言诽谤主人，因此不知又有什么小人诟谇谣诼之辞。贾珍想亦风闻得些口声不好，自己也要避些嫌疑，如今竟分与房舍，命贾蔷搬出宁府，自己立门户过活去了。这贾蔷外相既美，内性又聪敏，虽然应名来上学，亦不过虚掩眼目而已；仍是斗鸡走狗、赏花阅柳为事。上有贾珍溺爱，下有贾蓉匡助，因此族中人谁敢触逆于他。他既和贾蓉最好，今见有人欺负秦钟，如何肯依？如今自己要挺身出来报不平，心中且忖度一番："金荣贾瑞一等人，都是薛大叔的相知，我又与薛大叔相好，倘或我一出头，他们告诉了老薛，我们岂不伤和气？欲不管，如此谣言，说的大家没趣。如今何不用计制伏，又止息声口，又不伤脸面。"想毕，也装出小恭去，走至后面，悄悄把跟宝玉的书童茗烟叫至身边，如此这般，调拨他几句。

这茗烟乃是宝玉第一个得用的，且又年轻不谙事，如今听贾蔷说："金荣如此欺负秦钟，连你的爷宝玉都干连在内，不给他个知道，下次越发狂纵了。"这茗烟无故就要欺压人的，如今得了这信，又有贾蔷助着，便一头进来找金荣，也不叫"金相公"了，只说："姓金的，是什么东西！"贾蔷遂跺一跺靴子，故意整整衣服，看看日影儿说："正时候了。"遂先向贾瑞说有事要早走一步。贾瑞不敢止他，只得随他去了。

这里茗烟走进来，便一把揪住金荣问道："我们腪屁股不腪，管你乩㞎相干？横竖没腪你爹就罢了！你是好小子，出来动一动你茗大爷！"吓的满室中子弟都芒芒的痴望㉔。贾瑞忙喝："茗烟不得撒野！"金荣气黄了脸，说："反了！奴才小子都敢如此，我只和你主子说。"便夺手要去抓打宝玉。秦钟刚转出身来，听得

脑后飕的一声，早见一方砚瓦飞来，并不知系何人打来，却打了
贾蓝贾菌的座上。

　　这贾蓝贾菌亦系荣府近派的重孙，这贾菌少孤，其母疼爱非
常，书房中与贾蓝最好，所以二人同坐。谁知这贾菌年纪虽小，
志气最大，极是淘气不怕人的。他在位上，冷眼看见金荣的朋友
暗助金荣，飞砚来打茗烟，偏打错了落在自己面前，将个磁砚水
壶儿打粉碎，溅了一书墨水。贾菌如何依得，便骂："好囚攮的
们，这不都动了手了么！"骂着，也便抓起砚砖来要飞。贾蓝是个
省事的，忙按住砚砖，极口劝道："好兄弟，不与咱们相干。"贾
菌如何忍得，见按住砚砖，他便两手抱起书箧子来，照这边揌了
来㉕。终是身小力薄，却揌不到，反揌至宝玉秦钟案上就落下来
了。只听豁啷一响，砸在桌上，书本、纸片、笔、砚等物，撒了
一桌；又把宝玉的一碗茶也砸得碗碎茶流。那贾菌即便跳出来，
要揪打那飞砚的人。金荣此时随手抓了一根毛竹大板在手，地狭
人多，那里经得舞动长板。茗烟早吃了一下，乱嚷："你们还不来
动手？"宝玉还有几个小厮：一名扫红，一名锄药，一名墨雨，
这三个岂有不淘气的，一齐乱嚷："小妇养的！动了兵器了！"墨
雨遂掇起一根门闩，扫红锄药手中都是马鞭子，蜂拥而上。贾瑞
急得拦一回这个，劝一回那个，谁听他的话？肆行大乱。众顽童
也有帮着打太平拳助乐的㉖，也有胆小藏过一边的，也有立在桌上
拍着手乱笑，喝着声儿叫打的。登时鼎沸起来。

　　外边几个大仆人李贵等听见里边作反起来，忙都进来一齐喝
住，问是何故，众声不一，这一个如此说，那一个又如彼说。李
贵且喝骂了茗烟等四个一顿，撵了出去。秦钟的头早撞在金荣的
板上，打去一层油皮，宝玉正拿褂襟子替他揉，见喝住了众人，
便命："李贵，收书！拉马来，我去回太爷去！我们被人欺负了，
不敢说别的，守礼来告诉瑞大爷，瑞大爷反派我们的不是，听着
人家骂我们，还调唆人家打我们。茗烟见人欺负我们，岂有不为
我的；他们反打伙儿打了茗烟，连秦钟的头也打破了。还在这里

念书么？"李贵劝道："哥儿不要性急，太爷既有事回家去了，这会子为这点子事去聒噪他老人家，倒显的咱们没礼似的。依我的主意，那里的事情那里了结，何必惊动老人家。这都是瑞大爷的不是，太爷不在这里，你老人家就是这学里的头脑了，众人看你行事。众人有了不是，该打的打，该罚的罚，如何等闹到这步田地还不管？"贾瑞道："我吆喝着都不听。"李贵道："不怕你老人家恼我，素日你老人家到底有些不是，所以这些兄弟不听。就闹到太爷跟前去，连你老人家也脱不了的。还不快作主意撕罗开了罢㉗！"宝玉道："撕罗什么？我必要回去的。"秦钟哭道："有金荣在这里，我是要回去的了。"宝玉道："这是为什么？难道别人家来得，咱们倒来不得的？我必回明白众人，撵了金荣去。"又问李贵："这金荣是那一房的亲友？"李贵想一想，道："也不用问了。若说起那一房亲戚，更伤了兄弟们和气。"

茗烟在窗外道："他是东衙里璜大奶奶的侄儿，那是什么硬挣仗腰子的㉘，也来吓我们。璜大奶奶是他姑妈。你那姑妈只会打旋磨儿㉙，给我们琏二奶奶跪着借当头㉚，我眼里就看不起他那样主子奶奶！"李贵忙喝道："偏这小狗养的知道，有这些蛆嚼㉛！"宝玉冷笑道："我只当是谁的亲戚，原来是璜嫂子侄儿，我就去问问他。"说着便要走，叫茗烟进来包书。茗烟进来包书，又得意洋洋的道："爷也不用自己去见他，等我去他家，就说老太太有话问他呢，雇上一辆车子拉进去，当着老太太问他，岂不省事？"李贵忙喝道："你要死！仔细回去我好不好先捶了你，然后回老爷、太太，就说宝哥全是你调唆的。我这里好容易劝哄的好了一半，你又来生了新法儿。你闹了学堂，不说变个法儿压息了才是，倒还往火里奔！"茗烟方不敢做声。

此时贾瑞也生恐闹不清，自己也不干净，只得委曲着来央告秦钟，又央告宝玉。先是他二人不肯，后来宝玉说："不回去也罢了，只叫金荣赔不是便罢。"金荣先是不肯，后来经不得贾瑞也来逼他权赔个不是，李贵等只得好劝金荣，说："原是你起的端，你不这样，怎得了局？"金荣强不得，只得与秦钟作了揖，宝玉还不依，定要磕头。贾瑞只要暂息此事，又悄悄的劝金荣说："俗语云：'忍得一时忿，终身无恼闷。'"未知金荣从也不从，下回分解。

【注释】

①申饬（chì）：斥责。

②大毛衣服：指用直毛皮筒子做的皮袄。大毛儿，与"小毛儿"相对而言，凡貂皮、狐皮、猞猁皮等珍贵细皮毛中，长毛厚实，可以御严寒的直毛皮筒子，都可叫"大毛儿"，但习惯多指白狐皮。

③脚炉：《清稗类钞》"物品类"："脚炉，以铜制之，其形或方，或圆，或椭圆，或六角，盖亦镂花，燃炭于中，藉以取暖，用之者大都为妇女也。"

④世翁、世兄：旧时称有世代交谊的长辈为"世翁"，同辈为"世兄"。

⑤攸攸鹿鸣，荷叶浮萍：《诗经·小雅·鹿鸣》原文是："呦呦鹿鸣，食野之苹。"这里指李贵误听原文闹的笑话。

⑥虚应故事：照例行事，敷衍了事。清黄中坚《制科策》："于是士皆尽力于八股，而其他但取办于临时以应故事。"

⑦屏声：抑制呼吸，不敢出声。形容恭谨畏惧的神态。

⑧蟾宫折桂：比喻科举及第。蟾宫，即月宫，古代传说月中有蟾。后因以用蟾宫代月宫。俗谓科举登第曰步蟾宫。《书言故事·科第类》："蟾宫，及第之荣，比步蟾宫。"桂，即月中桂，古代神话传说月中有桂树。唐段成式《酉阳杂俎·天咫》："旧言月中有桂，有蟾蜍，故异书言月桂高五百丈，下有一人常斫之，树创随合。"折桂，比喻科举考试中试。自唐以来称"登科为折桂"。

⑨膏火：旧时书院、学校供给学生的津贴费用。

⑩表字：旧时称人之字为"表字"。《颜氏家训·风操》："古者，名以正体，字以表德。"古人有名有字有号。长辈对晚辈一般称"名"，平辈之间相互客气称"字"，晚辈对长辈一般称"号"。

⑪一龙九种:《怀麓堂集》:"龙生九子不成龙,各有所好。"后用以比喻兄弟性格志趣各不相同,什么样的都有。这里比喻贾府族大人杂,好坏不一。

⑫诟(gòu)谇(suì)谣诼:辱骂斥责,造谣毁谤。

⑬"龙阳"之兴:意即喜好男色。龙阳,指战国时魏王宠臣龙阳君,因他"以色事人"(见《战国策·魏策四》),后世因以"龙阳"代指男色。

⑭束脩:也作"束修",十条干肉。束,捆。脩,干肉。古代把十条干肉扎成一捆,叫做"束脩"。《论语·述而》:"自行束脩以上,吾未尝无诲焉。"宋朱熹《集注》:"古者相见,必执贽以为礼,束脩其至薄者。"后世遂用"束脩"代指学费。

⑮契弟:本是把兄弟的意思。这里指气味相投、有不正当关系的朋友。

⑯孺子:小孩子。《尚书·金縢》记载,武王死,其子成王年幼,武王之叔周公摄政,管、蔡、霍三叔乃作流言以诬之,曰:"公将不利于孺子。"意即周公要夺取王位。这里是说有人要污辱、欺侮这两个孩子。

⑰咏桑寓柳:比喻表面吟咏某一事物,实际上寓托着对另一事物的赞美。

⑱上书:这里指增读新课文。

⑲应卯:古代军营、官府都在卯时(早晨五时至七时)点名,叫"点卯";士兵、吏役按时听候应名,叫"应卯"。后用以比喻循例到场,敷衍差事。

⑳小恭:意即小便。清李元复《常谈丛录》卷八:"常语谓如厕曰出恭,虽公文亦称之。……考《明会典》载,国子监规,每班给与'出恭入敬牌'一面,盖所以稽诸生之出入,防其闲佚荡玩,此特警戒之谓,初不必专为如厕言,度其时固必领牌而后可如厕,遂相沿为如厕之通称。……又有以遗溺为出小恭者。"

㉑助纣为虐:比喻帮着坏人干坏事。《孟子·滕文公下》:"周公相武王,诛纣伐奄。"宋朱熹《集注》:"奄,东方之国,助纣为虐者也。"

纣为商末君主，史称暴君，后比喻坏人。

㉒作法：这里意同"扎筏子"，即故意找岔子惩罚一人，以儆其余。

㉓讪讪：羞惭的样子。

㉔芒芒：无知呆傻的样子。

㉕揕（zhèn）：击刺的意思。《史记·荆轲列传》："因左手把秦王之袖，而右手持匕首揕之。"《索隐》："揕，谓以剑刺其胸也。"

㉖打太平拳：别人打架时，在旁边瞅空子打几下冷拳，因为很安全，所以叫"打太平拳"。

㉗撕罗：排解纠纷的意思。

㉘硬挣仗腰子的：有硬后台撑腰的。硬挣，也作"硬正"，坚硬的意思。仗腰子的，背后支持的人。

㉙打旋磨儿：围着人打转转儿，看机会献殷勤。

㉚借当头：借别人的衣物，拿来典当，等有钱时赎出，再还原主，叫"借当头"。旧时向当铺作典押的东西，叫"当头"。

㉛蛆嚼：即嚼蛆。骂人多嘴多舌、胡言乱语的意思。《金瓶梅》第七十二回："口里一似嚼蛆的，不知说的什么。"

第十回
金寡妇贪利权受辱① 张太医论病细穷源②

话说金荣因人多势众，又兼贾瑞勒令赔了不是，给秦钟磕了头，宝玉方才不吵闹了。大家散了学，金荣自己回到家中，越想越气，说："秦钟不过是贾蓉的小舅子，又不是贾家的子孙，附学读书，也不过和我一样，他因仗着宝玉同他相好，就目中无人。既是这样，就该行些正经事，也没的说；他素日又和宝玉鬼鬼祟祟的，只当人都是瞎子，看不见。今日他又去勾搭人，偏偏撞在我眼里，就是闹出事来，我还怕什么不成？"

他母亲胡氏听见他咕咕唧唧的，说："你又要管什么闲事？好容易我望你姑妈说了，你姑妈又千方百计的向他们西府里琏二奶奶跟前说了，你才得了这个念书的地方。若不是仗着人家，咱们家里还有力量请得起先生么？况且人家学里，茶饭都是现成的，你这二年在那里念书，家里也省好大的嚼用呢③。省出来的，你又爱穿件鲜明衣服。再者，因你在那里念书，你就认得什么薛大爷了。那薛大爷一年也帮了咱们七八十两银子。你如今要闹出了这个学房，若再要找这样一个地方，我告诉你说罢，比登天的还难呢！你给我老老实实的玩回子睡你的觉去，好多着的呢。"于是金荣忍气吞声，不多一时，也自睡觉了。次日仍旧上学去了，不在话下。

且说他姑妈原来给的是贾家"玉"字辈的嫡派，名唤贾璜，但其族人那里皆能像宁荣二府的富势？原不用细说。这贾璜夫妻，守着些小小的产业，又时常到宁荣二府里去请安，又会奉承凤姐儿并尤氏，所以凤姐儿尤氏也时常资助资助他，方能如此度日。今日正遇天气晴明，又值家中无事，遂带了一个婆子，坐上车，来家里走走，瞧瞧寡嫂并侄儿。

　　闲说之间，金荣的母亲偏提起昨日贾家学房里的事，从头至尾，一五一十都向他小姑子说了。这璜大奶奶不听则已，听了，怒从心上起，说道："这秦钟小子是贾门的亲戚，难道荣儿不是贾门的亲戚？人都别要势利了，况且都做的是什么有脸的事！就是宝玉也不犯向着他到这个田地。等我去到东府瞧瞧我们珍大奶奶，再和秦钟的姐姐说说，叫他评评这个理！"这金荣的母亲听了，急的了不得，忙说："这都是我的快嘴，告诉了姑奶奶，求姑奶奶快别去说罢。别管他们谁是谁非，倘或闹出来，怎么在这里站得住？若站不住，家里不但不能请先生，反在他身上添出许多嚼用来呢。"璜大奶奶说道："那里管得许多？你等我说了，看是怎么样！"也不容他嫂子劝，一面叫老婆子瞧了车，坐着望宁府里来。

　　到了宁府，进了东角门，下了车，进去见了贾珍的妻子尤氏，未敢气高，殷殷勤勤叙过了寒温，说了些闲话，方问道："今日怎么没见蓉大奶奶？"尤氏说："他这些日子不知怎么，经期有两个多月没有来。叫大夫瞧了，又说并不是喜。那两日，到下半日就懒怠动了，话也懒怠说，眼神也发眩。我叫他：'你且不必拘礼，早晚不必照例上来④，你竟养养罢。就是有亲戚来，还有我呢。就有长辈怪你，等我替你告诉。'连蓉哥我都嘱咐了，我说：'你不许累掯他⑤，不许招他生气，叫他好生静养静养就好了。他要想什么吃，只管到我这里来取。倘或他有个好歹，你再要娶这一个媳妇儿，这么个模样儿，这么个性情儿，只怕打着灯笼儿也没处去找呢！'他这为人行事，那个亲戚那个长辈不喜欢他？所以我这两日好不心烦。偏生今儿早起他兄弟来瞧他，谁知他那小孩子家不知好歹，看见他姐姐身上不好，这些事也不当告诉他，就受了万分委曲也不该向着他说。谁知昨日学房里打架，不知是那里附学的学生，倒欺负了他，里头还有些不干不净的话，都告诉了他姐姐。婶子，你是知道的：那媳妇虽则见了人有说有笑的，他可心细，心又多，不拘听见什么话儿，都要忖量个三日五夜才罢。这病就是从这'用心太过'上得来的。今儿听见有人欺负了他的兄弟，又是恼，又是气：恼的是那狐朋狗友，搬是弄非，调三惑四⑥；气的是为他兄弟不学好，不上心读书，以致如此学里吵闹。他为了这事，索性连早饭还没吃。我才到他那边安慰了他一会，又劝解了他的兄弟几句，我叫他兄弟到那边府里找宝玉儿去了；我又瞧着他吃了半盏燕窝汤⑦，我才过来的。婶子，你说我心焦不心焦？况目今又没个好大夫，我想到他这病上，我心里如同针扎的一般。你们知道有什么好大夫没有？"

金氏听了这一番话，把方才在他嫂子家的那一团要向秦氏理论的盛气，早吓的丢在爪洼国去了⑧。听见尤氏问他好大夫的话，连忙答道："我们也没听见人说什么好大夫。如今听起大奶奶这个病来，定不得还是喜呢。嫂子倒别教人混治，倘若治错了，可了不得！"尤氏道："正是呢。"

说话之间，贾珍从外进来，见了金氏，便问尤氏道："这不是璜大奶奶么？"金氏向前给贾珍请了安，贾珍向尤氏说："让这大妹妹吃了饭去。"贾珍说着话便向那屋里去了。金氏此来原要向秦氏说秦钟欺负他侄儿的事，听见秦氏有病，连提也不敢提了。况且贾珍尤氏又待的甚好，因转怒为喜的，又说了一会子闲话，方家去了。

金氏去后，贾珍方过来坐下，问尤氏道："今日他来有什么说的？"尤氏答道："倒没说什么，一进来脸上倒像有些着恼的气色似的，及至说了半天话，又提起媳妇的病，他倒渐渐的气色平静了。你又叫留他吃饭，他听见媳妇这样的病，也不好意思只管坐着，又说几句闲话就去了，倒没有求什么事。如今且说媳妇这病，你那里寻一个好大夫给他瞧瞧要紧，可别耽误了。现今咱们家走的这群大夫，那里要得，一个个都是听着人的口气儿，人怎么说，他也添几句文话儿说一遍；可倒殷勤的很，三四个人，一日轮流着，倒有四五遍来看脉。大家商量着立个方儿，吃了也不见效。倒弄得一日三五次换衣服，坐起来见大夫，其实于病人无益。"贾珍说："可是这孩子也糊涂，何必又脱脱换换的，倘或又着了凉，更添一层病，还了得？任凭什么好衣裳，又值什么呢，孩子的身体要紧，就是一天穿一套新的，也不值什么。我正要告诉你：方才冯紫英来看我，他见我有些抑郁之色，问我是怎么了，我告诉他媳妇身子不大爽快，因为不得个好太医，断不透是喜是病，又不知有妨碍无妨碍，所以我心里实在着急。冯紫英因说他有一个幼时从学的先生，姓张名友士，学问最渊博，更兼医理极精，且能断人的生死。今年是上京给他儿子捐官⑨，现在他家住着呢。这样看来，或者媳妇的病该在他手里除灾，也未可定。我已叫人拿我的名帖去请了。今日天晚，或未必来；明日想一定来的。且冯紫英又回家亲替我求他，务必请他来瞧的。等待张先生来瞧了再说罢。"

尤氏听说，心中甚喜，因说："后日又是太爷的寿日，到底怎么办法？"贾珍说道："我方才到了太爷那里去请安，兼请太爷来家受一受一家子的礼。太爷因说道：'我是清净惯了的，我不愿意往你们那是非场中去。你们必定说是我的生日，要叫我去受些众人的头，你莫如把我从前注的《阴骘文》给我好好的叫人写出来刻了⑩，比叫我无故受众人的头还强百倍呢！倘或明日后日这两天一家子要来，你就在家里好好的款待他们就是了。也不必给我送什么东西来；连你后日也不必来。你要心中不安，你今日就给我磕了头去。倘或后日你又跟许多人来闹我，我必和你不依。'如此说了，后日我是再不敢去的了。且叫来升来，吩咐他预备两日的筵席。"尤氏因叫了贾蓉来："吩咐来升照例预备两日的筵席，要丰丰富富的。你再亲自到西府里请老太太、大太太、二太太和你琏二婶子来逛逛。你父亲今日又听见一个好大夫，已打发人请去了，想明日必来。你可将他这些日子的病症细细的告诉他。"

贾蓉一一答应着出去了。正遇着方才到冯紫英家去请那先生的小子回来了，因回道："奴才方才到了冯大爷家，拿了老爷名帖请那先生去，那先生说道：'方才这里大爷也向我说了，但是今日拜上一天的客，才回到家，此时精神实在不能支持，就是去到府上也不能看脉，须得调息一夜，明日务必到府。'他又说：'医学浅薄，本不敢当此重荐，因冯大爷和府上既已如此说了，又不得不去，你先代我回明大人就是了。大人的名帖着实不敢当。'仍叫奴才拿回来了。哥儿替奴才回一声儿。"贾蓉复转身进去，回了贾珍和尤氏的话，方出来叫了来升，吩咐预备两日的筵席的话。来升听毕，自去照例料理，不在话下。

　　且说次日午间，门上人回道："请的那张先生来了。"贾珍遂延入大厅坐下，茶毕，方开言道："昨日承冯大爷示知老先生人品学问，又兼深通医学，小弟不胜钦敬。"张先生道："晚生粗鄙下士，知识浅陋。昨因冯大爷示知，大人家第谦恭下士，又承呼唤，敢不奉命。但毫无实学，倍增汗颜⑪。"贾珍道："先生不必过谦，就请先生进去看看儿妇，仰仗高明，以释下怀。"

　　于是贾蓉同了进去，到了内室，见了秦氏，向贾蓉说道："这就是尊夫人了？"贾蓉道："正是。请先生坐下，让我把贱内的病症说一说再诊脉何如？"那先生道："依小弟意下，竟先看脉，再请教病源为是。我初造尊府，本也不知道什么，但我们冯大爷务必叫小弟过来看看，小弟所以不得不来。如今看了脉息，看小弟说得是不是，再将这些日子的病势讲一讲，大家斟酌一个方儿。可用不可用，那时大爷再定夺就是了。"贾蓉道："先生实在高明，如今恨相见之晚。就请先生看一看脉息可治不可治，得以使家父母放心⑫。"于是家下媳妇们，捧过大迎枕来⑬，一面给秦氏靠着，一面拉着袖口，露出手腕来。这先生方伸手按在右手脉上，调息了至数⑭，凝神细诊了半刻工夫，换过左手，亦复如是。诊毕了，说道："我们外边坐罢。"

　　贾蓉于是同先生到外边屋里炕上坐了，一个婆子端了茶来。贾蓉道："先生请茶。"茶毕，问道："先生看这脉息，还治得治不得？"先生道："看得尊夫人脉息：左寸沉数，左关沉伏；右寸细而无力，右关虚而无神。其左寸沉数者，乃心气虚而生火；左关沉伏者，乃肝家气滞血亏。右寸细而无力者，乃肺经气分太虚；右关虚而无神者，乃脾土被肝木克制。心气虚而生火者，应现今经期不调，夜间不寐。肝家血亏气滞者，应胁下痛胀，月信过期，心中发热。肺经气分太虚者，头目不时眩晕，寅卯间必然自汗，如坐舟中。脾土被肝木克制者，必定不思饮食，精神倦怠，四肢酸软。据我看这脉，当有这些症候才对。或以这个的为喜脉，则小弟不敢闻命矣。"⑮

旁边一个贴身伏侍的婆子道："何尝不是这样呢！真正先生说得如神，倒不用我们说的了。如今我们家里现有好几位太医老爷瞧着呢⑯，都不能说得这样真切。有的说道是喜，有的说道是病；这位说不相干，这位又说怕冬至前后，总没有个真著话儿。求老爷明白指示指示。"

那先生说："大奶奶这个症候，可是众位耽搁了。要在初次行经的时候就用药治起，只怕此时已全愈了。如今既是把病耽误到这地位，也是应有此灾。依我看起来，病倒尚有三分治得。吃了我这药看，若是夜间睡的着觉，那时又添了二分拿手了。据我看这脉息，大奶奶是个心性高强、聪明不过的人；但聪明太过，则不如意事常有；不如意事常有，则思虑太过。此病是忧虑伤脾，肝木忒旺，经血所以不能按时而至。大奶奶从前行经的日子问一问，断不是常缩，必是常长的。是不是？"这婆子答道："可不是！从没有缩过，或是长两日三日，以至十日不等，都长过的。"先生听道："是了，这就是病源了。从前若能以养心调气之药服之，何至于此！这如今明显出一个水亏火旺的症候来。待我用药看。"于是写了方子，递与贾蓉，上写的是：

益气养荣补脾和肝汤⑰

人参	白术	云苓	熟地	归身
白芍	川芎	黄芪	香附米	醋柴胡
怀山药	真阿胶	延胡索	炙甘草	

引用建莲子七粒去心　　　　　大枣二枚

贾蓉看了说:"高明的很。还要请教先生:这病与性命终久有妨无妨?"先生笑道:"大爷是最高明的人,人病到这个地位,非一朝一夕的症候了。吃了这药,也要看医缘了。依小弟看来,今年一冬是不相干的。总是过了春分,就可望全愈了。"贾蓉也是个聪明人,也不往下细问了。

于是贾蓉送了先生去了,方将这药方子并脉案都给贾珍看了,说的话也都回了贾珍并尤氏。尤氏向贾珍道:"从来大夫不像他说的痛快,想必用药不错。"贾珍道:"人家原来不是混饭吃的,久惯行医的人;因为冯紫英我们相好,他好容易求了他来的。既有了这个人,媳妇的病或者就能好了。他那方子上有人参,就用前日买的那一斤好的罢。"贾蓉听说毕话,方出来叫人抓药去煎给秦氏吃。不知秦氏服了此药,病势如何,且听下回分解。

【注释】

①权:即权变,这里是"变"的意思,意同"导致"。一说,姑且的意思。

②穷源:彻底地探求根源。

③嚼用:指以饭费为主的生活费用。

④照例上来:指按照封建礼法,晚辈对长辈每天早晨、晚上的请安问候。

⑤累掯:这里是拖累、强制的意思。

⑥调三惑四:挑拨离间。

⑦燕窝:金丝燕所筑的巢。由金丝燕吞下海藻后吐出的胶状物凝结而成,是一种珍贵食品,中医学上用为补肺养阴药,有祛痰止咳的作用。

⑧爪洼国:古代南洋一个国名,常用以比喻极远的地方。《金瓶梅》第二回:"(西门庆)那怒气早已钻入爪洼国去了。"

⑨捐官:交纳钱财以求取官职。

⑩《阴骘(zhì)文》:即《文昌帝君阴骘文》,道教书名,简称《阴骘文》。南宋道士假托"文昌帝君"的"天启"而作。文昌帝君,

亦称梓潼帝君，传说姓张，名亚子或恶子。《太平寰宇记》："张恶子，晋人，战死而庙存。"道家说他死后玉帝命其掌管文昌府和人间禄籍，元仁宗时加封为"辅元开化文昌司禄宏仁帝君"，称"文昌帝君"。书为一卷，是一种所谓"劝善书"。"阴骘"二字，来源于《尚书·洪范》："惟天阴骘下民，相协厥居。"谓天虽不言，但于冥冥中监督人之善恶行为而降赏罚，劝人行善积德。此书在明清时广为流传。

⑪汗颜：因羞惭而脸上出汗，意即惭愧。《书言故事》"逊谢类"："言惭色曰汗颜。"注："汗颜者，心中燥急而有惭色，则致汗染其颜面。"

⑫家父母：旧时子女对别人谦称自己的父母为"家父""家母"，尊称对方的父母为"令尊""令堂"。

⑬迎枕：中医切脉时，垫在病人手背下的小枕。

⑭调息了至数：中医诊脉，先稳定自己的呼吸，叫作"调息"。正常人一呼一吸叫做"一息"，一息间脉搏跳动的次数叫做"至数"。调息了至数，指医生诊病时先调整好自己的呼吸，然后诊察病人脉搏在一息间跳动的次数。

⑮"张太医诊脉"一段：诊脉，又称"切脉"，是中医诊察脉象的方法。后世主要以寸口诊法为主，并从脉的位置、次数、性状、形势等，分为多种，以诊察人机体的病变。这里，沉，指沉脉，其脉位较低，轻取不应，重按始得。《脉经》："沉脉举之不足，按之有余。"主病在里，沉而有力是里实，沉而无力是里虚。数，指数脉，脉来急速，一息五至以上。《脉经》："数脉来去促急。"主热症，数而有力为实热，数而无力为虚热。伏，指伏脉，脉来隐伏，重按推筋着骨始得，甚则伏而不见。《难经·十八难》："伏者，脉行筋下也。"见于厥证、剧痛、邪气内闭等症。细，指细脉，脉细直而软，状如丝线，稍显于微脉，见于气血虚亏等症。《素问·脉要精微论》："细则气少。"需，当指濡脉。濡，软的意思。脉象浮小而无力，轻按可触知，重按反不明显。《脉经》："濡者，如帛衣在水中，轻手相得。"见于亡血伤阴或湿邪滞留等症。中医又以五行与五脏相配，以分别脏腑的特征，即肝属木、心属火、脾属土、肺属金、肾属水。并用五行的生克、乘侮之说，阐

述五脏之间相互资生和制约的关系，以说明一些治疗疾病的方法。如肝能制约脾，为木克土；但脾能资生肺，为土生金；而肺又能制约肝，为金克木，等等。如治疗肺气虚弱，即需健脾补肺，叫做培土生金法。喜脉，妇女怀孕后的一种脉象。不敢闻命，不敢赞同。

⑯太医老爷：专给宫廷皇亲治病的医生叫"太医"。也作为对医生的敬称，所以婆子称他为"老爷"。

⑰荣：即"荣卫"，又叫"营卫"。中医指血气的作用。营与卫，均为饮食之气所化，营为精气，属阴，主血，有生化血液、滋养周身的作用；卫为悍气，属阳，主气，有温养皮肤、卫护肌表的作用。营卫二气，内外相贯，运行不息，如外邪自表而入，则会出现营卫失度的症状。

第十一回
庆寿辰宁府排家宴　见熙凤贾瑞起淫心

话说是日贾敬的寿辰，贾珍先将上等可吃的东西，稀奇的果品，装了十六大捧盒，着贾蓉带领家下人送与贾敬去，向贾蓉说道："你留神看太爷喜欢不喜欢，你就行了礼起来，说：'父亲遵太爷的话，不敢前来，在家里率领合家都朝上行了礼了。'"贾蓉听罢，即率领家人去了。

这里渐渐的就有人来。先是贾琏、贾蔷来看了各处的座位，并问："有什么玩意儿没有？"家人答道："我们爷算计，本来请太爷今日来家，所以并未敢预备玩意儿。前日听见太爷不来了，现叫奴才们找了一班小戏儿并一档子打十番的^①，都在园子里戏台上预备着呢。"

次后邢夫人、王夫人、凤姐儿、宝玉都来了，贾珍并尤氏接了进去。尤氏的母亲已先在这里，大家见过了，彼此让了坐。贾珍尤氏二人递了茶，因笑道："老太太原是个老祖宗，我父亲又是侄儿，这样年纪、日子，原不敢请他老人家来；但是这时候，天气又凉爽，满园的菊花盛开，请老祖宗过来散散闷，看看众儿孙热热闹闹的，是这个意思。谁知老祖宗又不赏脸。"凤姐儿未等王夫人开口，先说道："老太太昨日还说要来呢，因为晚上看见宝兄弟吃桃儿，他老人家又嘴馋了，吃了有大半个，五更天时候就一连起来了两次，今日早晨略觉身子倦些。因叫我回大爷，今日断不能来了，说有好吃的要几样，还要很烂的呢。"贾珍听了笑道："我说老祖宗是爱热闹的，今日不来，必定有个缘故，这就是了。"

王夫人说："前日听见你大妹妹说，蓉哥媳妇身上有些不大好，到底是怎么样？"尤氏道："他这个病得的也奇。上月中秋还跟着老太太、太太玩了半夜，回家来好好的。到了二十日以后，一日比一日觉懒了，又懒得吃东西，这将近有半个多月。经期又有两个月没来。"邢夫人接着说道："莫是喜罢？"

正说着，外头人回道："大老爷、二老爷并一家的爷们都来了，在厅上呢。"贾珍连忙出去了。这里尤氏复说："从前大夫也有说是喜的，昨日冯紫英荐了他幼时从学过的一个先生，医道很好，瞧了说不是喜，是一个大症候。昨日开了方子，吃了一剂药，今日头眩的略好些，别的仍不见大效。"凤姐儿道："我说他不是十分支持不住，今日这样日子，再也不肯不挣扎着上来。"尤氏道："你是初三日在这里见他的，他强扎挣了半天，也是因你们娘儿两个好的上头，还恋恋的舍不得去。"凤姐听了，眼圈儿红了一会子，方说道："'天有不测风云，人有旦夕祸福。'这点年纪，倘或因这病上有个长短，人生在世，有什么趣儿！"

正说着，贾蓉进来，给邢夫人、王夫人、凤姐儿都请了安，方回尤氏道："方才我给太爷送吃食去，并回说我父亲在家伺候老爷们，款待一家子的爷们，遵太爷的话，并不敢来。太爷听了甚欢喜，说：'这才是。'叫告诉父亲母亲，好生伺候太爷太太们，叫我好生伺候叔叔婶子并哥哥们。还说：'那《阴骘文》叫他们急急刻出来，印一万张散人。'我将此话都回了我父亲了。我这会子还得快出去打发太爷们并合家爷们吃饭。"凤姐儿说："蓉哥儿，你且站着。你媳妇今日到底是怎么着？"贾蓉皱皱眉儿说道："不好么！婶子回来瞧瞧去就知道了。"于是贾蓉出去了。

这里尤氏向邢夫人王夫人道："太太们在这里吃饭，还是在园子里吃去？有小戏儿现在园子里预备着呢。"王夫人向邢夫人道："这里很好。"尤氏就吩咐媳妇婆子们："快摆饭来。"门外一齐答应了一声，都各人端各人的去了。不多时，摆上了饭。尤氏让邢夫人王夫人并他母亲都上坐了，他与凤姐儿宝玉侧席坐了。邢夫人王夫人道："我们来，原为给大老爷拜寿，这岂不是我们来过生日来了么？”凤姐儿说：“大老爷原是好养静的，已修炼成了，也算得是神仙了。太太们这么一说，就叫作‘心到神知’了。”一句话说得满屋里都笑起来。

尤氏的母亲并邢夫人、王夫人、凤姐儿都吃了饭，漱了口，净了手；才说要往园子里去，贾蓉进来向尤氏道：“老爷们并各位叔叔哥哥们都吃了饭了。大老爷说家里有事，二老爷是不爱听戏又怕人闹的慌，都去了。别的一家子爷们被琏二叔并蔷大爷都让过去听戏去了。方才南安郡王、东平郡王、西宁郡王、北静郡王四家王爷，并镇国公牛府等六家，忠靖侯史府等八家，都差人持名帖送寿礼来，俱回了我父亲，先收在账房里，礼单都上了档子了②，领谢名帖都交给各家的来人了，来人也各照例赏过，都让吃了饭去了。母亲该请二位太太、老娘、婶子都过园子里去坐着罢。”尤氏道：“也是才吃完了饭，就要过去了。”凤姐儿说：“我回太太，我先瞧瞧蓉哥媳妇去，我再过去罢。”王夫人道：“很是。我们都要去瞧瞧，倒怕他嫌我们闹的慌，说我们问他好罢。”尤氏道：“好妹妹，媳妇听你的话，你去开导开导他，我也放心。你就快些过园子里来。”宝玉也要跟着凤姐儿去瞧秦氏，王夫人道：“你看看就过去罢，那是侄儿媳妇呢。”于是尤氏请了王夫人邢夫人并他母亲都过会芳园去了。

凤姐儿宝玉方和贾蓉到秦氏这边来。进了房门，悄悄的走到里间房内，秦氏见了要站起来，凤姐儿说：“快别起来，看头晕。”于是凤姐儿紧行了两步，拉住了秦氏的手，说道：“我的奶奶！怎么几日不见，就瘦的这样了！”于是就坐在秦氏坐的褥子上。宝玉也问了好，在对面椅子上坐了。贾蓉叫：“快倒茶来，婶子和二叔在上房还未吃茶呢。”

秦氏拉着凤姐儿的手，强笑道：“这都是我没福。这样人家，公公婆婆当自家的女儿似的待。婶娘，你侄儿虽说年轻，却是他敬我，我敬他，从来没有红过脸儿。就是一家子的长辈同辈之中，除了婶子不用说了，别人也从无不疼我的，也从无不和我好的。

如今得了这个病，把我那要强的心一分也没有了。公婆面前未得孝顺一天儿；就是婶娘这样疼我，我就有十分孝顺的心，如今也不能够了。我自想着，未必熬得过年去。”

宝玉正把眼瞅着那“海棠春睡图”并那秦太虚写的“嫩寒锁梦因春冷，芳气袭人是酒香”的对联，不觉想起在这里睡晌觉时梦到“太虚幻境”的事来。正在出神，听得秦氏说了这些话，如万箭攒心，那眼泪不觉流下来了。凤姐儿见了，心中十分难过，但恐病人见了这个样子反添心酸，倒不是来开导他劝解他的意思了，因说：“宝玉，你忒婆婆妈妈的了。他病人不过是这样说，那里就到这田地？况且年纪又不大，略病病就好。”又回向秦氏道：“你别胡思乱想，岂不是自家添病了么？”贾蓉道：“他这病也不用别的，只吃得下些饭食就不怕了。”凤姐儿道：“宝兄弟，太太叫你快些过去呢。你倒别在这里只管这么着，倒招得媳妇也心里不好过。太太那里又惦着你。”因向贾蓉说道：“你先同你宝叔叔过去；我还略坐坐呢。”贾蓉听说，即同宝玉过会芳园去了。

这里凤姐儿又劝解了一番，又低低说了许多衷肠话儿。尤氏打发人来两三遍，凤姐儿才向秦氏说道：“你好生养着，我再来看你罢。合该你这病要好了③，所以前日遇着这个好大夫，再也是不怕的了。”秦氏笑道：“任凭他是神仙，‘治了病治不了命’。婶子，我知道这病不过是挨日子的。”凤姐儿说道：“你只管这么想，这那里能好呢？总要想开了才好。况且听得大夫说，若是不治，怕的是春天不好。咱们若是不能吃人参的人家，也难说了；你公公婆婆听见治得好，别说一日二钱人参，就是二斤也吃得起。好生养着罢，我就过园子里去了。”秦氏又道：“婶子，恕我不能跟过去了。闲了的时候还求过来瞧瞧我呢，咱们娘儿们坐坐，多说几句闲话儿。”凤姐儿听了，不觉眼圈儿又红了，说道：“我得了闲儿必常来看你。”

于是带着跟来的婆子媳妇们，并宁府的媳妇婆子们，从里头绕进园子的便门来④。只见：

黄花满地，白柳横坡⑤。小桥通若耶之溪，曲径接天台之路⑥。石中清流滴滴，篱落飘香⑦；树头红叶翩翩，疏林如画⑧。西风乍紧，犹听莺啼；暖日常暄，又添蜩语⑨。遥望东南，建几处依山之榭⑩；近观西北，结三间临水之轩⑪。笙簧盈座⑫，别有幽情；罗绮穿林⑬，倍添韵致⑭。

凤姐儿正看园中景致，一步步行来，正赞赏时，猛然从假山石后走出一个人来，向前对凤姐说道："请嫂子安。"凤姐儿猛一惊，将身往后一退，说道："这是瑞大爷不是？"贾瑞说道："嫂子连我也不认得了？"凤姐儿道："不是不认得，猛然一见，想不到是大爷在这里。"贾瑞道："也是合该我与嫂子有缘。我方才偷出了席，在这里清净地方略散一散，不想就遇见嫂子。这不是有缘么？"一面说着，一面拿眼睛不住的观看凤姐。

凤姐是个聪明人，见他这个光景，如何不猜八九分呢，因向贾瑞假意含笑道："怪不得你哥哥常提你，说你好。今日见了，听你这几句话儿，就知道你是个聪明和气的人了。这会子我要到太太们那边去呢，不得合你说话，等闲了再会罢。"贾瑞道："我要到嫂子家里去请安，又怕嫂子年轻，不肯轻易见人。"凤姐又假笑道："一家骨肉，说什么年轻不年轻的话。"贾瑞听了这话，心中暗喜，因想道："再不想今日得此奇遇！"那情景越发难堪了。凤姐儿说道："你快去入席去罢，看他们拿住了，罚你的酒。"贾瑞听了，身上已木了半边，慢慢的走着，一面回过头来看。凤姐儿故意的把脚放迟了，见他去远了，心里暗忖道："这才是'知人知面不知心'呢。那里有这样禽兽的人？他果如此，几时叫他死在我手里，他才知道我的手段！"

于是凤姐儿方移步前来。将转过了一重山坡儿，见两三个婆子慌慌张张的走来，见凤姐儿，笑道："我们奶奶见二奶奶不来，急的了不得，叫奴才们又来请奶奶来了。"凤姐儿说："你们奶奶就是这样'急脚鬼'似的。"凤姐儿慢慢的走着，问："戏文唱了几出了？"那婆子回道："唱了八九出了。"说话之间，已到天香楼后门，见宝玉和一群丫头小子们那里玩呢，凤姐儿说："宝兄弟，别忒淘气了。"一个丫头说道："太太们都在楼上坐着呢，请奶奶就从这边上去罢。"

凤姐儿听了，款步提衣上了楼，尤氏已在楼梯口等着。尤氏笑道："你们娘儿两个忒好了，见了面总舍不得来了。你明日搬来和他同住罢。你坐下，我先敬你一钟。"于是凤姐儿至邢夫人王夫人前告坐。尤氏拿戏单来让凤姐儿点戏⑮，凤姐儿说："太太们在上，如何敢点。"邢夫人王夫人说道："我们和亲家太太点了好几出了，你点几出好的我们听。"凤姐儿立起身来答应了，接过戏单来，从头一看，点了一出《还魂》⑯，一出《弹词》⑰，递过戏单来，说："现在唱的这《双官诰》完了⑱，再唱这两出，也就是时候了。"王夫人道："可不是呢，也该趁早叫你哥哥嫂子歇歇，他们心里又不静。"尤氏说道："太太们又不是常来的，娘儿们多坐一会子去，才有趣，天气还早呢。"凤姐儿立起身来望楼下一看，说："爷们都往那里去了？"傍边一个婆子道："爷们才到凝曦轩，带了十番那里吃酒去了。"凤姐儿道："在这里不便宜，背地里又不知干什么去了。"尤氏笑道："那里都像你这么正经人呢。"

于是说说笑笑，点的戏都唱完了，方才撤下酒席，摆上饭来。吃毕，大家才出园子来，到上房坐下，吃了茶，才叫预备车，向尤氏的母亲告了辞。尤氏率同众姬妾并家人媳妇们送出来，贾珍率领众子侄在车旁侍立，都等候着，见了邢王二夫人，说道："二位婶子明日还过来逛逛。"王夫人道："罢了，我们今儿整坐了一日，也乏了，明日也要歇歇。"于是都上车去了。贾瑞犹不住拿眼看着凤姐儿。贾珍进去后，李贵才拉过马来，宝玉骑上，随了王夫人去了。

这里贾珍同一家子的弟兄子侄吃过饭，方大家散了。次日，仍是众族人等闹了一日，不必细说。此后凤姐不时亲自来看秦氏。秦氏也有几日好些，也有几日歹些。贾珍、尤氏、贾蓉好不焦心。

且说贾瑞到荣府来了几次，偏都值凤姐儿往宁府去了。这年正是十一月三十日冬至。到交节的那几日，贾母、王夫人、凤姐儿日日差人去看秦氏。回来的人都说："这几日未见添病，也未见甚好。"王夫人向贾母说："这个症候，遇着这样节气，不添病就有指望了。"贾母说："可是呢，好个孩子，若有个长短，岂不叫人疼死。"说着，一阵心酸，向凤姐儿说道："你们娘儿们好了一场，明日大初一，过了明日，你再看看他去。你细细的瞧瞧他的光景，倘或好些儿，你回来告诉我。那孩子素日爱吃什么，你也常叫人送些给他。"

凤姐儿一一答应了。到初二日，吃了早饭，来到宁府里，看见秦氏光景，虽未添甚病，但那脸上身上的肉都瘦干了。于是和秦氏坐了半日，说了些闲话，又将这病无妨的话开导了一番。秦氏道："好不好，春天就知道了。如今现过了冬至，又没怎么样，或者好的了也未可知。婶子回老太太、太太放心罢。昨日老太太赏的那枣泥馅的山药糕，我倒吃了两块，倒像克化的动的似的⑲。"凤姐儿道："明日再给你送来。我到你婆婆那里瞧瞧，就要赶着回去回老太太话去。"秦氏道："婶子替我请老太太、太太的安罢。"

凤姐儿答应着就出来了，到了尤氏上房坐下。尤氏道："你冷眼瞧媳妇是怎么样？"凤姐儿低了半日头，说道："这个就没法儿了。你也该将一应的后事给他料理料理，冲一冲也好⑳。"尤氏道："我也暗暗的叫人预备了。就是那件东西不得好木头，且慢慢的办着呢。"于是凤姐儿吃了茶，说了一会子话儿，说道："我要快些回去回老太太的话去呢。"尤氏道："你可缓缓的说，别吓着老人家。"凤姐儿道："我知道。"

于是凤姐儿就回来了，到家中，见了贾母，说："蓉哥媳妇请老太太安，给老太太磕头，说他好些了。求老祖宗放心罢。他再略好些，还给老祖宗磕头请安来呢。"贾母道："你看他是怎么样？"凤姐儿说："暂且无妨，精神还好呢。"贾母听了，沉吟了半日，因向凤姐说："你换换衣服歇歇去罢。"

凤姐儿答应着出来，见过了王夫人，到了家中，平儿将烘的家常衣服给凤姐儿换上了。凤姐儿坐下，问："家中没有什么事么？"平儿方端了茶来，递了过去，说道："没有什么事。就是那三百两银子的利银㉑，旺儿媳妇送进来，我收了。再有瑞大爷使人来打听奶奶在家没有，他要来请安说话。"凤姐儿听了，哼了一声，说道："这畜生合该作死，看他来了怎么样！"平儿回道："这瑞大爷是为什么只管来？"凤姐儿遂将九月里在宁府园子里遇见他的光景，他说的话，都告诉了平儿。平儿说道："'癞蛤蟆想吃天鹅肉'，没人伦的混账东西，起这样念头，叫他不得好死！"凤姐儿道："等他来了，我自有道理。"不知贾瑞来时作何光景，且听下回分解。

【注释】

①十番：一种乐器合奏的套曲。俗称"十番锣鼓"。有两种：纯用十种打击乐器如锣、鼓、钹、木鱼、檀板等演奏者叫"素十番"；其中加用丝竹乐器如三弦、胡琴等演奏者叫"浑十番"。

②档子：记录板。清陆陇其《三鱼堂日记》卷上："又《陕西提督李思忠墓志铭》注云：本朝用薄板五六寸，作满字其上，以代簿籍。每数片，辄用牛皮贯之，谓之档子。"后来记录的账簿，也相沿称为"档子"。

③合该：这里是"该着"的意思，即理应如此。旧时以为人之富贵寿夭，都是命里注定的，应当如此，不可改变。

④便门：正门之外的小门。

⑤"黄花"二句：黄花，指菊花。《淮南子·时则训》："菊有黄华（花）。"白柳，秋天柳叶经霜，颜色变浅，所以称"白柳"。横坡，指柳树成行，横亘在池塘边。

⑥"小桥"二句：若耶溪，浙江绍兴南之溪水名。北魏郦道元《水经注·浙江水》："若耶溪水至清，照众山倒影，窥之如画。"相传春秋

时越国西施曾在这里洗纱，故一名浣纱溪。曲径，曲折的小路。天台路，即天台山，在浙江天台北，风景秀丽。传说东汉永平年间，剡县人刘晨、阮肇同入天台山采药，迷不得返，遇到两个仙女，邀至家，遂留住半年。其地气候草木常如春时。后二人怀乡求归，至家，子孙已历七世。（见南朝宋刘义庆《幽明录》）

⑦"石中"二句：滴滴，形容水滴连续下注的声音。唐令狐楚《赋山》诗："古岩泉滴滴，幽谷鸟关关。"篱落飘香，指篱下的菊花。唐白居易《东园玩菊》诗："唯有数丛菊，新开篱落间。"

⑧"树头"二句：红叶，北方的枫树、柿树，南方的乌白，秋后经霜，叶子变成红色，看去十分妍丽。疏林，秋后的树林，因为叶落，而显得稀疏。

⑨"暖日"二句：暄，暖和的意思。蛩（qióng）语，蟋蟀的叫声。

⑩榭：下面有高台基的房屋。明计成《园冶》："榭者，藉也，藉景而成者也。或水边，或花畔，制亦随态。"

⑪轩：有窗槛的小屋。

⑫笙簧：即笙，管乐器名，用瓠制成，大者十九簧，小者十三簧。簧，笙管下的音舌，有弹性，用以振动发声。《诗经·小雅·鹿鸣》："吹笙鼓簧，承筐是将。"疏："吹笙之时，鼓其笙中之簧以乐之。"这里泛指音乐。宋晏殊《燕归梁》词："云衫侍女，频倾寿酒，加意动笙簧。"

⑬罗绮穿林：罗绮，丝绸织品。这里指身穿罗绮的人。意即服饰华美的女子，在疏林中来往走动。唐张仲素《春游曲三首》之一："濛濛百花里，罗绮竞秋千。"

⑭韵致：风雅的情趣。

⑮点戏：唐崔令钦《教坊记》："凡欲出戏，所司先进曲名，上以墨点者即舞，不点者即否，谓之'进点'。"后因称指点戏名，使之演出曰"点戏"。

⑯《还魂》：即明汤显祖《牡丹亭》传奇第三十五出《回生》，舞台本称为《还魂》，写杜丽娘还魂复活的事。

⑰《弹词》：即清洪昇《长生殿》传奇第三十八出。《长生殿》主要写唐明皇宠幸杨贵妃，任用杨国忠为相，政治腐败，安禄山作乱进

攻长安，明皇仓皇出走，到马嵬坡时，将士愤慨，迫杨贵妃自杀。后半部写唐明皇对杨贵妃的思念，以及两人在天上相会的情形。《弹词》一出，写乐工李龟年安史之乱后，流落江南，卖艺为生，无限感慨地弹唱天宝遗事。

⑱《双官诰》：传奇名。清陈二白撰。写冯林如侍妾碧莲坚持礼法，守节抚孤；后来冯林如显贵，得官归来，儿子又中了状元，于是碧莲得到双份官诰，皇帝赐给了一块"忠孝节义"四字匾额。京剧《三娘教子》即由此改编而成。官诰，亦作"官告"，古代朝廷赐爵或授官的文凭。

⑲克化：消化。

⑳冲：旧时迷信，以为用某种相应或相反的行动，可以破除现有的病灾，叫"冲"。这里写在秦氏病中给她预治棺木衣衾，和后面宝玉病中让他成婚，都属这种举动。

㉑利银：这里指放高利贷剥削而得的利息。据记载，康熙初年，"京师坊市豪势多以私钱牟重息，有印子、坠子、转子之目，贫农称贷者不胜其苦"。

第十二回
王熙凤毒设相思局　贾天祥正照风月鉴

话说凤姐正与平儿说话，只见有人回说："瑞大爷来了。"凤姐命："请进来罢。"贾瑞见请，心中暗喜。见了凤姐，满面陪笑，连连问好。凤姐儿也假意殷勤让坐让茶。贾瑞见凤姐如此打扮，越发酥倒，因饧了眼问道："二哥哥怎么还不回来？"凤姐道："不知什么缘故。"贾瑞笑道："别是路上有人绊住了脚，舍不得回来了？"凤姐道："可知男人家见一个爱一个也是有的。"贾瑞笑道："嫂子这话错了，我就不是这样。"凤姐笑道："像你这样的人能有几个呢，十个里也挑不出一个来。"

贾瑞听了，喜的抓耳挠腮，又道："嫂子天天也闷的很。"凤姐道："正是呢，只盼个人来说话解解闷儿。"贾瑞笑道："我倒天天闲着，若天天过来替嫂子解解闷儿，可好么？"凤姐笑道："你哄我呢，你那里肯往我这里来？"贾瑞道："我在嫂子面前，若有一句谎话，天打雷劈！只因素日闻得人说，嫂子是个利害人，在你跟前一点也错不得，所以唬住了我。如今见嫂子是个有说有笑极疼人的，我怎么不来？死了也情愿。"凤姐笑道："果然你是个明白人，比贾蓉兄弟两个强远了。我看他那样清秀，只当他们心里明白，谁知竟是两个糊涂虫，一点不知人心。"

贾瑞听了这话，越发撞在心坎儿上，由不得又往前凑一凑，觑着眼看凤姐的荷包，又问："戴着什么戒指？"凤姐悄悄的道："放尊重些，别叫丫头们看见了。"贾瑞如听纶音佛语一般①，忙往后退，凤姐笑道："你该去了。"贾瑞道："我再坐一坐儿，好狠心的嫂子！"凤姐儿又悄悄的道："大天白日人来人往，你就在这里也不方便。你且去，等到晚上起了更你来，悄悄的在西边穿堂儿等我。"贾瑞听了，如得珍宝，忙问道："你别哄我。但是那里人过的多，怎么好躲呢？"凤姐道："你只放心，我把上夜的小厮们都放了假，两边门一关了，再没别人了。"

贾瑞听了，喜之不尽，忙忙的告辞而去，心内以为得手。盼到晚上，果然黑地里摸入荣府，趁掩门时，钻入穿堂。果见漆黑无一人来往，往贾母那边去的门已倒锁，只有向东的门未关。贾瑞侧耳听着，半日不见人来。忽听"咯噔"一声，东边的门也关上了。贾瑞急的也不敢则声，只得悄悄出来，将门撼了撼，关得铁桶一般。此时要出去，亦不能了，南北俱是大墙，要跳也无攀援。这屋内又是过门风，空落落的；现是腊月天气，夜又长，朔风凛凛，侵肌裂骨，一夜几乎不曾冻死。好容易盼到早晨，只见一个老婆子先将东门开了进来，去叫西门，贾瑞瞅他背着脸，一溜烟抱了肩跑出来，幸而天气尚早，人都未起，从后门一径跑回家去。

原来贾瑞父母早亡，只有他祖父代儒教养。那代儒素日教训最严，不许贾瑞多走一步，生怕他在外吃酒赌钱，有误学业。今忽见他一夜不归，只料定他在外非饮即赌，嫖娼宿妓，那里想到这段公案②？因此也气了一夜。贾瑞也捻着一把汗，少不得回来撒谎，只说："往舅舅家去的，天黑了，留我住了一夜。"代儒道："自来出门，非禀我不敢擅出，如何昨日私自去了？据此也该打，何况是撒谎！"因此发狠按倒打了三四十板，还不许吃饭，令他跪在院内读文章，定要补出十天工课来方罢。贾瑞先冻了一夜，又遭了打，且饿着肚子，跪在风地里读文章，其苦万状。

此时贾瑞邪心未改，再不想到凤姐捉弄他。过了两日，得了空，仍来找寻凤姐。凤姐故意抱怨他失信，贾瑞急的赌咒发誓。凤姐因他自投罗网，少不得再寻别计令他知改，故又约他道："今日晚上，你别在那里了。你在我这房后小过道儿里那间空屋里等我，可别冒撞了。"贾瑞道："果真？"凤姐道："谁来哄你，你不信就别来。"贾瑞道："来，来，来！死也要来！"凤姐道："这会子你先去罢。"贾瑞料定晚间必妥，此时先去了。凤姐在这里便点兵派将，设下圈套。

那贾瑞只盼不到晚上，偏生家里亲戚又来了，吃了晚饭才去，那天已有掌灯时分；又等他祖父安歇，方溜进荣府，直往那夹道中屋子里来等着，热锅上蚂蚁一般。只是左等不见人影，右闻也没声响，心中害怕，不住猜疑道："别是又不来了，又冻一夜不成？"正自胡猜，只见黑魆魆的来了一个人，贾瑞便意定是凤姐，不管皂白，等那人刚至面前，便如饿虎扑食、猫儿捕鼠的一般，抱住叫道："亲嫂子，等死我了！"说着，抱到屋里炕上就亲嘴扯裤子，满口里"亲爹""亲娘"的乱叫起来。那人只不做声，贾瑞扯了自己的裤子，硬帮帮就想顶入。忽见灯光一闪，只见贾蔷举着个蜡台，照道："谁在屋里？"只见炕上那人笑道："瑞大叔要肏我呢。"

贾瑞一见，却是贾蓉，直臊得无地可入，不知怎样才好，回身就要跑脱，被贾蔷一把揪住，道："别走！如今琏二婶已经告到太太跟前，说你调戏他，他暂用了脱身计哄你在那边等着。太太气死过去，因叫我来拿你。快跟我去见太太去！"贾瑞听了，魂不附体，只说："好侄儿！你只说没有我，我明日重重的谢你。"贾蔷道："放你不值什么，只不知你谢我多少？况且口说无凭，写一文契来③。"贾瑞道："这如何落纸呢④？"贾蔷道："这也不妨，写一个赌钱输了外人账目，借头家银若干两便罢。"贾瑞道："这也容易。"贾蔷翻身出来，纸笔现成，拿来命贾瑞写。他两个做好做歹，只写了五十两银子，画了押，贾蔷收起来。然后撕罗贾蓉，贾蓉先咬定牙不依，只说："明日告诉族中的人评评理。"贾瑞急的至于叩头。贾蔷做好做歹的，也写了一张五十两欠契才罢。

贾蔷又道："如今要放你，我就担着不是。老太太那边的门早已关了，老爷正在厅上看南京来的东西，那一条路定难过去，如今只好走后门。若这一走，倘或遇见了人，连我也不好。等我先去探探，再来领你。这屋里你还藏不住，少时就来堆东西，等我寻个地方。"说毕，拉着贾瑞，仍息了灯，出至院外，摸着大台阶底下，说道："这窝儿里好，只蹲着，别哼一声，等我来再走。"说毕，二人去了。

贾瑞此时身不由己，只得蹲在那台阶下。正要盘算，只听头顶上一声响，哗喇喇一净桶尿粪从上面直泼下来，可巧浇了他一身一头。贾瑞掌不住"嗳哟"一声，忙又掩住口，不敢声张，满头满脸皆是尿屎，浑身冰冷打战。只见贾蔷跑来叫："快走，快走！"贾瑞方得了命，三步两步从后门跑到家中，天已三更，只得叫开了门。家人见他这般光景，问："是怎么了？"少不得撒谎说："天黑了，失脚掉在茅厕里了。"一面即到自己房中更衣洗濯，心下方想到凤姐玩他，因此发一回狠；再想想凤姐的模样儿标致，又恨不得一时搂在怀里，胡思乱想，一夜也不曾合眼。自此虽想凤姐，只不敢往荣府去了。

贾蓉等两个常常来索银子，他又怕祖父知道。正是相思尚且难禁，况又添了债务，日间工课又紧；他二十来岁人，尚未娶亲，还来想着凤姐不得到手，未免有些"指头儿告了消乏"；更兼两回冻恼奔波，因此三五下里夹攻，不觉就得了一病：心内发膨胀，口内无滋味，脚下如绵，眼中似醋，黑夜作烧，白日常倦，下溺遗精，嗽痰带血。诸如此症，不上一年，都添全了。于是不能支持，一头躺倒，合上眼还只梦魂颠倒，满口说胡话，惊怖异常。百般请医疗治，诸如肉桂、附子、鳖甲、麦冬、玉竹等药，吃了有几十斤下去，也不见个动静。

倐又腊尽春回，这病更又沉重。代儒也着了忙，各处请医疗治，皆不见效。因后来吃"独参汤"⑤，代儒如何有这力量，只得往荣府里来寻。王夫人命凤姐秤二两给他。凤姐回说："前儿新近替老太太配了药，那整的太太又说留着送杨提督的太太配药，偏偏昨儿我已着人送了去了。"王夫人道："就是咱们这边没了，你打发个人往那边你婆婆处问问，或是你珍大哥哥那里有，寻些来，凑着给人家，吃好了，救一人命，也是你们的好处。"凤姐应了，也不遣人去寻，只将些渣末凑了几钱，命人送去。只说："太太送来的，再也没了。"然后向王夫人只说："都寻了来，共凑了有二两送去。"

那贾瑞此时要命心急，无药不吃，只是白花钱，不见效。忽然这日有个跛足道人来化斋，只称专治冤业之症⑥。贾瑞偏生在内听了，直着声叫喊，说："快去请进那位菩萨来救命！"一面在枕头上叩首。众人只得带了那道士进来。贾瑞一把拉住，连叫"菩萨救我！"那道士叹道："你这病非药可医。我有个宝贝与你，你天天看此时，命可保矣。"说毕，从搭裢中取正反面皆可照人的镜子来，背上面錾着"风月宝鉴"四字。递与贾瑞道："这物出自太虚幻境空灵殿上，警幻仙子所制，专治邪思妄动之症，有济世保生之功。所以带他到世上来，单与那些聪明杰俊、风雅王孙等看照。千万不可照正面，只照他的背面，要紧，要紧！三日后吾来收取，管叫你好了。"说毕，徜徉而去⑦，众人苦留不住。

贾瑞接了镜子，想道："这道士倒有意思，我何不照一照试试？"想毕，拿起"风月宝鉴"来，向反面一照，只见一个骷髅立在里面，唬得贾瑞连忙掩了，骂："道士混账！如何吓我！我倒再照照正面是什么？"想着，便将正面一照，只见凤姐站在里面点手儿叫他。贾瑞心中一喜，荡悠悠觉得进了镜子，与凤姐云雨一番，凤姐仍送他出来。到了床上，"嗳哟"了一声，一睁眼，镜子从新又掉过来，仍是反面立着一个骷髅。贾瑞自觉汗津津的，底下已遗了一滩精。心中到底不足，又翻过正面来，只见凤姐还招手叫他，他又进去，如此三四次。到了这次，刚要出镜子来，只见两个人走来，拿铁锁把他套住，拉了就走。贾瑞叫道："让我拿了镜子再走……"只说这句，就再不能说话了。

旁边伏侍的人，只见他先还拿着镜子照，落下来，仍睁开眼拾在手内，末后镜子掉下来，便不动了。众人上来看看，已咽了气，身子底下冰凉精湿一大滩精。这才忙着穿衣抬床，代儒夫妇哭的死去活来，大骂道士："是何妖镜！若不毁此镜，遗害人世不小。"遂命架火来烧。只听空中叫道:"谁教你们瞧正面了的!你们自己以假为真,为何烧我此镜?"忽见那镜从空中飞出。代儒出门看时,只见还是那个跛足道人,喊道:"谁毁'风月宝鉴'?"说着,抢了镜子,眼看他飘然去了。

当下代儒料理丧事,各处去报。三日起经⑧,七日发引⑨,寄灵铁槛寺,日后带回原籍。一时贾家众人齐来吊问,荣府贾赦赠银二十两,贾政也是二十两,宁府贾珍亦有二十两,其余族中人贫富不一,或一二两三四两,不等。外又有各同窗家中分资⑩,也凑了二三十两。代儒家道虽然淡薄,得此帮助,倒也丰丰富富完了此事。

谁知这年冬底,林如海因为身染重疾,写书来特接林黛玉回去。贾母听了,未免又加忧闷,只得忙忙的打点黛玉起身。宝玉大不自在⑪,争奈父女之情,也不好拦阻。于是贾母定要贾琏送他去,仍叫带回来。一应土仪盘费⑫,不消繁说,自然要妥贴。作速择了日期,贾琏与林黛玉辞别了众人,带领仆从,登舟往扬州去了。要知端的,且听下回分解。

【注释】

①纶音:皇帝的话,如同说"圣旨"。《礼记·缁衣》:"王言如丝,其出如纶;王言如纶,其出如绰。"疏:"王言初出,微细如丝,及其出行于外,言更渐大如似纶也。"纶,青丝带。绰,粗绳。后遂以"纶音"代指皇帝的制令。

②公案:本指官府案牍,有待依据法令加以判断的事。这里是趣话。

③文契:字据,这里指借条。

④落纸:下笔。

⑤独参汤:清吴谦《医宗金鉴》卷二六:"独参汤,治元气大虚,昏厥,脉微欲绝,及妇人崩产,脱血,血晕。人参(分两随人随症)须拣上者,浓煎顿服,待元气渐回,随症加减。"集注:"柯琴曰:一

人而系一世之安危者，必重其权而专住之。一物而系一人之死生者，当大其服而独用之。故先哲于气几息血，将脱之症，独用人参二两，浓煎顿服，能挽回性命于瞬息之间，非他物所可代也。"清李光庭《乡言解颐》卷三："今医病者至无可如何之候，则曰只好用独参汤，俗所谓救命谎者是也。"

　　⑥冤业之症：封建迷信，认为由于"结冤造孽"而得的病症。

　　⑦徜徉：本是徘徊的意思。这里意同"扬长"，大模大样之意。

　　⑧起经：旧俗人死后，第三天请和尚道士念经，超度亡灵，叫"起经"。

　　⑨发引：旧时出殡，柩车启行，送丧者执引前导，称为"发引"。引，牵挽灵柩的绳索。《礼记·檀弓下》："吊于葬者必执引。"又称"绋"。后世以整匹白布为之。

　　⑩分资：旧时遇有庆吊之事，摊钱送礼，叫"分资"或"分子"。

　　⑪不自在：清毛西河《西厢记》评："北人称病为不自在。"这里是不痛快的意思。

　　⑫土仪：作为馈赠之礼的土产品。盘费：即旅费，亦作"盘缠"。

第十三回
秦可卿死封龙禁尉[①]　王熙凤协理宁国府

话说凤姐儿自贾琏送黛玉往扬州去后，心中实在无趣，每到晚间，不过同平儿说笑一回就胡乱睡了。这日夜间正和平儿灯下拥炉倦绣，早命浓熏绣被，二人睡下，屈指算行程该到何处，不知不觉已交三鼓。平儿已睡熟了。凤姐方觉睡眼微蒙，恍惚只见秦氏从外走进来，含笑说道："婶婶好睡！我今日回去，你也不送我一程。因娘儿们素日相好，我舍不得婶婶，故来别你一别。还有一件心愿未了，非告诉婶婶，别人未必中用。"

凤姐听了，恍惚问道："有何心愿？只管托我就是了。"秦氏道："婶婶，你是个脂粉队里的英雄，连那些束带顶冠的男子也不能过你，你如何连两句俗语也不晓得？常言：'月满则亏[②]，水满则溢'，又道是：'登高必跌重。'如今我们家赫赫扬扬，已将百载，一日倘或'乐极生悲'[③]，若应了那句'树倒猢狲散'的俗语[④]，岂不虚称了一世诗书旧族了！"凤姐听了此话，心胸不快，十分敬畏，忙问道："这话虑的极是，但有何法可以永保无虞？"秦氏冷笑道："婶婶好痴也！'否极泰来'[⑤]，荣辱自古周而复始，岂人力所能常保的。但如今能于荣时筹画下将来衰时的世业，亦可以常永保全了。即如今日诸事俱妥，只有两件未妥，若把此事如此一行，则后日可保永全了。"

凤姐便问："何事？"秦氏道："目今祖茔虽四时祭祀[⑥]，只是无一定的钱粮；第二，家塾虽立，无一定的供给。依我想来，如今盛时固不缺祭祀供给，但将来败落之时，此二项有何出处？莫若依我定见，趁今日富贵，将祖茔附近多置田庄、房舍、地亩，以备祭祀供给之费皆出自此处，将家塾亦设此。合同族中长幼，大家定了则例，日后按房掌管这一年的地亩钱粮、祭祀供给之事。如此周流，又无争竞，也没有典卖诸弊。便是有罪，己物可入官，这祭祀产业⑦，连官也不入的。便败落下来，子孙回家读书务农，也有个退步，祭祀又可永继。若目今以为荣华不绝，不思后日，终非长策。眼见不日又有一件非常喜事，真是烈火烹油、鲜花着锦之盛。要知道，也不过是瞬息的繁华，一时的欢乐，万不可忘了那'盛筵必散'的俗语⑧。若不早为后虑，只恐后悔无益了。"凤姐忙问："有何喜事？"秦氏道："天机不可泄漏⑨。只是我与婶婶好了一场，临别赠你两句话，须要记着。"因念道：

　　三春去后诸芳尽，各自须寻各自门。

　　凤姐还欲问时，只听二门上传事云板连叩四下⑩，正是丧音，将凤姐惊醒，人回："东府蓉大奶奶没了。"凤姐吓一身冷汗，出了一回神，只得忙穿衣往王夫人处来。彼时合府皆知，无不纳闷，都有些疑心。那长一辈的，想他素日孝顺；平辈的，想他素日知睦亲密；下一辈的，想他素日的慈爱，以及家中仆从老小，想他素日怜贫惜贱、爱老慈幼之恩，莫不悲号痛哭。

　　闲言少叙，却说宝玉因近日林黛玉回去，剩得自己落单，也不和人玩耍，每到晚间，便索然睡了。如今从梦中听见说秦氏死了，连忙翻身爬起来，只觉心中似戳了一刀的，不觉"哇"的一声，直喷出一口血来。袭人等慌慌忙忙上来扶着，问："是怎么样的？"又要回贾母去请大夫。宝玉道："不用忙，不相干。这是急火攻心，血不归经⑪。"说着便爬起来，要衣服换了，来见贾母，即时要过去。袭人见他如此，心中虽放不下，又不敢拦阻，只得由他罢了。贾母见他要去，因说："才咽气的人，那里不干净；二则夜里风大，等明早再去不迟。"宝玉那里肯依。贾母命人备车多派跟从人役，拥护前来。

　　一直到了宁国府前，只见府门大开，两边灯火，照如白昼，乱烘烘人来人往。里面哭声摇山振岳。宝玉下了车，忙忙奔至停灵之室，痛哭一番，然后见过尤氏。谁知尤氏正犯了胃痛旧症，睡在床上。然后又出来见贾珍。彼时贾代儒、代修、贾敕、贾效、贾敦、贾赦、贾政、贾琮、贾珩、贾珖、贾琛、贾琼、贾璘、贾蔷、贾菖、贾菱、贾芸、贾芹、贾𧽷、贾萍、贾藻、贾蘅、贾芬、贾芳、贾蓝、贾菌、贾芝等都来了。贾珍哭的泪人一般，正和贾代儒等说道：“合家大小，远近亲友，谁不知我这媳妇比儿子还强十倍。如今伸腿去了，可见这长房内绝灭无人了。”说着又哭起来。众人忙劝道：“人已辞世，哭也无益，且商议如何料理要紧。”贾珍拍手道：“如何料理，不过尽我所有罢了！”

正说着，只见秦业、秦钟并尤氏的几个眷属尤氏姊妹也都来了。贾珍便命贾琼、贾琛、贾璘、贾蔷四个人去陪客，一面吩咐去请钦天监阴阳司来择日⑫，择准停灵七七四十九日⑬，三日后开丧送讣闻⑭。这四十九日，单请一百零八僧众在大厅上拜《大悲忏》⑮，超度前亡后化鬼魂；另设一坛于天香楼，是九十九位全真道士⑯，打十九日解冤洗业醮⑰。然后停灵于会芳园中，灵前另外五十众高僧，五十位高道，对坛按七作好事⑱。

那贾敬闻得长孙媳死了，因自为早晚就要飞升⑲，如何肯又回家染了红尘，将前功尽弃，故此并不在意，只凭贾珍料理。

且说贾珍恣意奢华，看板时，几副杉木板皆不中意。可巧薛蟠来吊，因见贾珍寻好板，便说：“我们木店里有一副板，叫作什么樯木，出在潢海铁网山上，作了棺材，万年不坏。这还是当年先父带来的⑳，原系忠义亲王老千岁要的，因他坏了事㉑，就不曾用。现在还封在店里，也没有人买得起。你若是要，就来看看。”贾珍听说甚喜，即命抬来，大家看时，只见帮底皆厚八寸，纹若槟榔，味若檀麝，以手扣之，声如玉石。大家称奇。贾珍笑问道：“价值几何？”薛蟠笑道：“拿着一千两银子只怕没买处，什么价不价，赏他们几两银子作工钱便是了。”贾珍听说，忙谢不尽，即命解锯造成。贾政因劝道：“此物恐非常人可享，殓以上等杉木也罢了。”贾珍如何肯听。

忽又听见秦氏之丫鬟名唤瑞珠的，见秦氏死了，也触柱而亡㉒。此事可罕，合族都称叹。贾珍遂以孙女之礼殡殓之，一并停灵于会芳园之登仙阁。又有小丫鬟名宝珠的，因秦氏无出，乃愿为义女，请任择丧驾灵之任㉓。贾珍甚喜，即时传命，从此皆呼宝珠为小姐。那宝珠按未嫁女之礼，在灵前哀哀欲绝。

于是合族人丁并家下诸人都各遵旧制行事，自不得错乱。贾珍因想道："贾蓉不过是黉门监㉔，灵幡上写时不好看，便是执事也不多㉕。"因此，心下甚不自在。可巧这日正是首七第四日，早有大明宫掌宫内监戴权㉖，先备了祭礼遣人来，次坐了大轿，打道鸣锣，亲来上祭。贾珍忙接陪，让坐至逗蜂轩献茶。贾珍心中早打定了主意，因而趁便就说要与贾蓉捐个前程的话㉗。戴权会意，因笑道："想是为丧礼上风光些？"贾珍忙道："老内相所见不差㉘。"戴权道："事倒凑巧，正有个美缺。如今三百员龙禁尉缺了两员，昨儿襄阳侯的兄弟老三来求我，现拿了一千五百两银子送到我家里。你知道，咱们都是老相好，不拘怎么样，看着他爷爷的分上，胡乱应了。还剩了一个缺，谁知永兴节度使冯胖子要求与他孩子捐，我就没工夫应他。既是咱们的孩子要捐，快写个履历来。"贾珍忙命人写了一张红纸履历来。戴权看了，上写着：

> 江南应天府江宁县监生贾蓉，年二十岁。曾祖，原任京营节度使世袭一等神威将军贾代化。祖，丙辰科进士贾敬。父，世袭三品爵威烈将军贾珍。

戴权看了，回手递与一个贴身的小厮收了，道："回去送与户部堂官老赵㉙，说我拜上他起一张五品龙禁尉的票㉚，再给个执照㉛，就把这履历填上㉜，明日我来兑银子送过去。"小厮答应了。戴权告辞，贾珍款留不住，只得送出府门。临上轿，贾珍问："银子还是我到部去兑，还是送入内相府中？"戴权道："若到部里兑，你又吃亏了；不如平准一千两银子送到我家就完了㉝。"贾珍感谢不尽，因说："待服满后㉞，亲带大小犬到府叩谢。"于是作别。

接着又听喝道之声，原来是忠靖侯史鼎的夫人来了。王夫人、邢夫人、凤姐等刚迎入正房，又见锦乡侯、川宁侯、寿山伯三家祭礼也摆在灵前；少时，三人下轿，贾珍接上大厅。如此亲朋你来我去，也不能计数。只这四十九日，宁国府街上一条白漫漫人来人往，花簇簇官来官去。

贾珍令贾蓉次日换了吉服，领凭回来。灵前供用执事等物俱按五品职例，灵牌疏上皆写"诰授贾门秦氏宜人之灵位"㉟。会芳园临街大门洞开，两边起了鼓乐厅，两班青衣按时奏乐㊱，一对对执事摆的刀斩斧截。更有两面朱红销金大牌竖在门外㊲，上面大书道："防护内廷紫禁道御前侍卫龙禁尉。"对面高起着宣坛㊳，僧道对坛，榜上大书"世袭宁国公冢孙妇防护内廷御前侍卫龙禁尉贾门秦氏宜人之丧㊴。四大部洲至中之地㊵，奉天永建太平之国㊶，总理虚无寂静教门僧录司正堂万虚、总理元始正一教门道纪司正堂叶生等㊷，敬谨修斋㊸，朝天叩佛"以及"恭请诸'伽蓝''揭谛''功曹'等神㊹，圣恩普锡，神威远振，四十九日销灾洗业平安水陆道场"等语㊺，亦不及繁记。

只是贾珍虽然心意满足，但里面尤氏又犯了旧疾，不能料理事务，惟恐各诰命来往㊻，亏了礼数，怕人笑话，因此心中不自在。当下正忧虑时，因宝玉在侧，便问道："事事都算安贴了，大哥哥还愁什么？"贾珍便将里面无人的话告诉了他。宝玉听说，笑道："这有何难，我荐一个人与你，权理这一个月的事㊼，管保妥当。"贾珍忙问："是谁？"宝玉见坐间还有许多亲友，不便明言，走向贾珍耳边说了两句。贾珍听了，喜不自胜，笑道："这果然妥贴，如今就去。"说着，拉了宝玉，辞了众人，便往上房里来。

可巧这日非正经日期㊽，亲友来的少，里面不过几位近亲堂客，邢夫人、王夫人、凤姐并合族中的内眷陪坐。闻人报："大爷进来了。"唬的众婆娘"嗡"的一声，往后藏之不迭，独凤姐款款站了起来。

贾珍此时也有些病症在身，二则过于悲痛，因拄个拐踱了进来。邢夫人等因说道："你身上不好，又连日事多，该歇歇才是，又进来做什么？"贾珍一面拄拐，扎挣着要蹲身跪下请安道乏；邢夫人等忙叫宝玉搀住，命人拨椅子与他坐。贾珍不肯坐，因勉强陪笑道："侄儿进来有一件事要求二位婶婶并大妹妹。"邢夫人等忙问："什么事？"贾珍忙忙道："婶婶自然知道，如今孙子媳妇没了，侄儿媳妇又病倒，我看里头着实不成体统。要屈尊大妹妹一个月，在这里料理料理，我就放心了。"邢夫人笑道："原来为这个。你大妹妹现在你二婶婶家，只和你二婶婶说就是了。"王夫人忙道："他一个小孩子，何曾经过这些事，倘或料理不清，反叫人笑话，倒是再烦别人好。"贾珍笑道："婶婶的意思，侄儿猜着了，是怕大妹妹劳苦了。若说料理不开，从小儿大妹妹玩笑时就有杀伐决断，如今出了阁，在那府里办事，越发历练老成了。我想了这几日，除了大妹妹再无人可求了。婶婶不看侄儿与侄儿媳妇面上，只看死的分上罢！"说着流下泪来。

王夫人心中为的是凤姐未经过丧事，怕他料理不起，被人见笑；今见贾珍苦苦的说，心中已活了几分，却又眼看着凤姐出神。那凤姐素日最喜揽事，好卖弄能干，今见贾珍如此央他，心中早已允了；又见王夫人有活动之意，便向王夫人道："大哥说得如此恳切，太太就依了罢。"王夫人悄悄的问道："你可能么？"凤姐道："有什么不能！算外面的大事，已经大哥哥料理清了，不过是里面照管照管。便是我有不知的，问太太就是了。"王夫人见说得有理，便不出声。贾珍见凤姐允了，又陪笑道："也管不得许多了，横竖要求大妹妹辛苦辛苦。我这里先与大妹妹行礼，等完了事，我再到那府里去谢。"说着就作揖下去，凤姐连忙还礼不迭。

贾珍便命人取了宁国府对牌来⑩，命宝玉送与凤姐，说道："妹妹爱怎么就怎么样办，要什么，只管拿这个取去，也不必问我。只求别存心替我省钱，要好看为上⑰；二则也同那府里一样待人才好，不要存心怕人抱怨。只这两件外，我再没不放心的了。"凤姐不敢就接牌，只看着王夫人，王夫人道："你大哥既这么说，你就照看照看罢了。只是别自作主意，有了事打发人问你哥哥嫂子一声儿要紧。"宝玉早向贾珍手里接过对牌来，强递与凤姐了。贾珍又问："妹妹还是住在这里，还是天天来呢？若是天天来，越发辛苦了。我这里赶着收拾出一个院落来，妹妹住过这几日，倒安稳。"凤姐笑说："不用，那边也离不得我，倒是天天来的好。"贾珍说："也罢，也罢。"然后又说了一回闲话，方才出去。

一时女眷散后，王夫人因问凤姐："你今儿怎么样？"凤姐道："太太只管请回去；我须得先理出一个头绪来才回得去呢。"王夫人听说，便先同邢夫人回去，不在话下。

这里凤姐来至三间一所抱厦内坐了，因想：头一件是人口混杂，遗失东西；二件，事无专管，临期推委；三件，需用过费，滥支冒领；四件，任无大小，苦乐不均；五件，家人豪纵，有脸者不能服钤束⑨，无脸者不能上进。此五件实是宁府中风俗。不知凤姐如何处治，且听下回分解。

【注释】

①龙禁尉：历代无此官名，此系作者虚构。以书中内容看，约相当于"侍卫"（皇帝侍从武官）。清制规定，可选满蒙勋戚子弟及武士做侍卫。古代封赠制度，丈夫或儿子当了官，妻子或母亲便可以受到相应的封赠。《礼记·杂记上》："凡妇人，从其夫之爵位。"元陈澔注："治妇人丧事，皆以夫爵位尊卑为等降。"秦氏死后，由于贾蓉捐了个龙禁尉，所以她也得到"宜人"的封号。

②月满则亏：意即月圆之后很快就将转为月缺。比喻物极必反。

③乐极生悲：欢乐到了极点，转而产生悲哀。

④树倒猢狲散：比喻以势利相结合的人，为首者一倒，依附他的党徒也就四处走散。清施瑮《隋村先生遗集》卷六《病中杂赋》："廿年树倒西堂闭，不待西州泪万行。"原注："曹楝亭公（寅）时拈佛语，对坐客云：'树倒猢狲散。'今忆斯言，车轮腹转。"

⑤否（pǐ）极泰来：句意是坏运气到了极点，好运气就要来。否、泰，本是《周易》两卦名。《周易·杂卦》："否、泰，反其类也。"意即

物极必反，否极泰来。天地交通叫"泰"，天地滞塞叫"否"。后世称运气好叫"泰"，运气不好叫"否"。极，顶点。《金瓶梅》第七十八回："乐极悲生，否极泰来，自然之理。"

⑥祖茔（yíng）：祖先坟地。

⑦祭祀产业：指祭田之类的产业，其地租或其他收益，专供祭祀之用。这种产业，例不入官。

⑧盛筵必散：宋倪思《经鉏堂杂志》："筵宴三杯亦散，五杯亦散，十杯亦散，至于百杯亦散。谚曰：'未有不散之筵。'余于是乎有感。"

⑨天机：天意的机密。

⑩云板连叩四下：旧时习俗，祭神和其他吉礼，叩头、祭品常用"三"数，丧礼则用"四"，所以有"神三鬼四"之说。云板连敲四下，正是报丧的信号。

⑪血不归经：中医病症名。又称"血不循经"。指血液不按经脉运行而溢于脉外的病理现象。导致原因有多种。这里指因人的情绪受到突然刺激，以致肝火亢盛，迫血妄行，因而引起吐血、衄血的一种病症。

⑫钦天监阴阳司：钦天监，封建时代官署名。主管观察天文、气象，编制历法等事。秦汉以来以太史令掌天象历法，唐设太史局，宋元有司天监，明清改名钦天监。清时，钦天监内漏刻科之阴阳生，遇各项典礼，掌选择吉日之事。钦天监无阴阳司这一机关，当系作者虚拟。

⑬停灵：埋葬之前将棺暂时停置。

⑭讣闻：或作"讣文"，关于丧事的书面通知。

⑮拜《大悲忏》：佛教仪式。拜，即拜忏。《释氏稽古略》卷二载，梁武帝梦见夫人郗氏死后变为巨蟒，便为她忏悔罪业，制成《慈悲道场忏法》十卷，请僧拜诵，结果郗氏化为天人，空中谢啼而去。后遂以和尚诵经拜佛，代人忏悔，叫"拜忏"。《大悲忏》，佛书名。宋天台宗僧知礼著。是佛教忏仪作法之书。以为虔信千手观音，如法修忏，不仅可以消灾得福，死后还可往生西方净土。拜《大悲忏》，指为死者念诵《大悲忏》的"忏悔赎罪"的活动。

⑯全真道士：本指信奉全真道教派别的道士，后亦泛指一般道士。

全真教，亦称"全真道"，与流行于南方的天始正一道称为南北两宗。由金王嚞（zhé）创立，认为"识心见性"，即为全真。主张道、释、儒三教合一。

⑰打醮（jiào）：过去请道士设坛作法事，祈福消灾，叫"打醮"。

⑱按七作好事：旧时迷信，以为人死后还会转生。在死此生彼之间，以七日为一期，寻求生缘；若七日完，不得生缘，则再续七日；到第七个七日完，必定降生一处。在此期间，因死者有"中阴身"，形似小儿，祸福未定，因此其家属每七天要设奠一次，请僧道诵经，为死者修福。《北史·胡国珍传》："又诏自始薨至七七，皆为设千僧斋。"

⑲飞升：道教用语，谓修炼成仙升天。

⑳先父：旧时自称死去的父亲叫"先父"。

㉑坏了事：这里指因获罪被革职。

㉒"秦氏丫环瑞珠触柱而亡"一段：清代确有奴婢随主殉葬的野蛮风气。清王士祺《池北偶谈》卷一："八旗旧俗，多以仆妾殉葬。朱御史小晋裴始建议禁止，得旨允行。"这里瑞珠触柱应另有深意。

㉓摔丧驾灵：旧时丧礼，在灵柩出殡时，先由死者的子孙摔一瓦盆（或瓦罐），然后抬起棺材，叫做"摔丧"，也叫"摔盆"。主丧的孝子在棺材前领路，叫"驾灵"。

㉔黉（hóng）门监：犹言"太学生"或"国子监生员"。黉，古代学校。这里指国子监，是封建时代最高学府。在明清时入国子监就读的人，统称"监生"。清代乾隆以后，监生已成为一种"出身"，不一定在国子监读书，可以用钱捐得。

㉕执事：这里指仪仗，如旗、幡、牌、伞等。

㉖大明宫掌宫内监：唐代有大明宫，唐高宗时改为蓬莱宫。故址在今陕西西安东。这里是借用其名。掌宫内监，指主持大明宫内事务的宦官。宦官，亦称"太监"，是宫廷里侍奉帝王及其家族的人员。因唐代曾置内侍监，由宦官充任，后因称宦官为内监。清设总管太监为首领，隶属内务府，授爵以四品为限。

㉗前程：旧时称获得功名或官职叫"前程"。

㉘内相：即指太监。明凌濛初《二刻拍案惊奇》卷三四写宋时杨

戗太尉家事，曾云："这几个壮士是谁？乃是……专与内相净身的。"
又，明代内官有司礼监，由宦官担任官职，掌理宫廷礼节、内外章奏，
权势极重，人称内相。这里当是对掌权内监的尊称。一说，内相本为
翰林的别称。唐开元二十三年，改翰林供奉为学士，专掌内命，故有
内相之称。《新唐书·陆贽传》："贽入翰林，年尚少，以材幸……虽外
有宰相主大议，而贽常居中参裁可否，时号'内相'。"

㉙堂官：明清时称各衙门的正副长官叫"堂官"，意谓殿堂上之官。

㉚起票：拟定证券。票，凭证，证券。

㉛执照：捐官时，由户部填发取得某官资格的凭证。也称"部
照"。

㉜履历：本是行步所至的意思。引申为经历。后官吏任职，例须
把出身经历及曾任职务等事项呈报上官，称为"履历"。宋以后渐成官
场用语。

㉝平准：本是古代官府转输物资、平抑物价的一种经济措施。
《史记·平准书》："大农之诸官尽笼天下之货物，贵即卖之，贱则买之。
如此，富商大贾无所牟大利，则反本，而万物不得腾踊。故抑天下物，
名曰'平准'。"这里是依照平定标准的意思。

㉞服满：服丧期满。服，即服丧，这里指"反服"。按照封建礼
仪，尊长为卑幼亲属服丧，叫"反服"。《清朝通典·礼·凶二》载，父
母为嫡长子之妻，服丧一年。服满，即一年以后。

㉟诰（gào）授：朝廷用诰命授予封号叫"诰授"。诰，皇帝封
赠的命令。宜人：封建时代妇女因丈夫或子孙的官爵而得的一种封号。
明清时，五品官的妻子封"宜人"。

㊱青衣：古时地位低下者所穿的服装。后因称奴仆为"青衣"。
这里指吹鼓手。

㊲朱红销金大牌：即"官衔牌"，木质朱漆，上书写官衔。销金，
在器物上敷贴金色，以为装饰。

㊳宣坛：僧道宣经作法的台子。和尚道士，相对各设一坛，各按
其法行事。

㊴冢孙妇：嫡长孙之妻。冢，长。《礼记·内则》："冢子则大牢。"

注:"冢子,犹言长子。"

⑩四大部洲:古印度神话中洲名,传说分列在须弥山四方咸海中,是人类所住的世界。佛教采用其说。《俱舍论记》卷八载,四大部洲,即东胜神洲,西牛货洲,南瞻部洲,北拘卢洲。至中之地:即指须弥山(也译为妙高山),古印度神话中山名,亦为佛教袭用。相传它处于大海之中,上高三百三十六万里,四周有四大部洲,山顶为帝释(佛教护法神之一)所居,四面山腰为四天王住处。

⑪奉天:奉受天命。太平之国:亦系作者虚拟的地方。太平,东方极远之处。

⑫虚无寂静教门:指佛教。因其主张虚无寂静、断除烦恼、超脱轮回、得道成佛为最终目的,故称。僧录司:明清时主管全国佛教事务的最高官署。唐开成中,设左右衔僧录,后因置僧录司,专掌佛教事。宋因之。明清时期中央设僧录司。正堂虚万:意谓总管和尚的姓万的首领。正堂,本指官府治事的大厅,明清也称知府、知县等地方正印官为"正堂",以区别于佐贰官。这里即指正官。元始正一教门:即指道教。因元始天尊、正一天师,都是道教供奉的最高天神,故云。道纪司:明清时各省府所设掌管道教事务的官署。《清稗类钞》"爵秩类":"凡民有出家为僧道者,置首领以约束之,在京师者曰僧录司……曰道录司……在各省者,府曰僧纲、道纪,州曰僧正、道正。"

⑬修斋:会集僧徒,供应斋食,让他们作佛事,叫"修斋"。

⑭伽(qié)蓝:佛教名词。梵语"僧伽蓝摩"的略称,意译为"众园"或"僧院",即僧众居住的园林。这里指伽蓝神,即佛教中护卫寺院的神。据《释氏要览》卷上载,伽蓝神有十八个。揭谛(dì):这里指佛教传说中所谓护法猛神。功曹:亦称"四值功曹"。这里指道教所供奉的值年、值月、值日、值时的神。功曹原为中国古代郡县的书吏,道教宣称,天上大神之下,也设有此类书吏,以传递人间焚烧后"上达天庭"的表文。因其职守类似郡县的功曹,故名。

⑮水陆道场:也叫"水陆斋",简称"水陆"。佛教谓诵经设斋、礼佛拜忏,以超度水陆众鬼的法会为"水陆道场"。相传始于梁武帝。宋高承《事物纪原》卷八:"今释氏教中有水陆斋仪,按其事始出于梁

武帝萧衍。初，帝居法云殿，一夕，梦僧教设水陆斋，觉而求其仪，而世无其说。因自撰集诠次，既成，设之于金山，实天监七年也。"

㊻诰命：本指皇帝赐爵或授官的诏令；明清制度，一品至五品以诰命授予。对受过封号的贵妇，也称"诰命"。

㊼权理：暂且代为管理。

㊽正经日期：丧礼诵经期间正式或主要吊祭死者的日子。经，指诵经，即丧礼中所做的宗教道场。

㊾对牌：即对号牌，支领财物的凭证。用竹或木制成，上有号码印章，中劈两半，双方各持其一。两半符合，才能支领。

㊿要好看为上：清杨锡绂《陈明米贵之由疏》记雍正时风俗云："衣食之类，竞求佳丽；婚丧之事，务期美观。"

�51钤（qián）束：这里是管制、约束的意思。钤，锁。

第十四回
林如海捐馆扬州城① 贾宝玉路谒北静王

话说宁国府中都总管来升闻知里面委请了凤姐，因传齐同事人等说道："如今请了西府里琏二奶奶管理内事，倘或他来支取东西，或是说话，须要小心伺候。每日大家早来晚散，宁可辛苦这一个月，过后再歇息，不要把老脸面丢了。那是个有名的烈货，脸酸心硬，一时恼了，不认人的。"众人都道："有理。"又有一个笑道："论理，我们里面也该得他来整治整治，都忒不像了。"正说着，只见来旺媳妇拿了对牌来领呈文经榜纸札②，票上开着数目。众人连忙让坐倒茶，一面命人按数取纸；来旺抱着同来旺媳妇一路来至仪门，方交与来旺媳妇自己抱进去了。

凤姐即命彩明定造册簿；即时传了来升媳妇，要家口花名册查看；又限明日一早传齐家人媳妇进府听差。大概点了一点数目单册，问了来升媳妇几句话，便坐车回家。

至次日卯正二刻，便过来了。那宁国府中婆子媳妇闻得到齐，只见凤姐与来升媳妇分派众人执事，不敢擅入，在窗外打听。听见凤姐和来升媳妇道："既托了我，我就说不得要讨你们嫌了。我可比不得你们奶奶好性儿，由着你们去。再不要说你们'这府里原是这么样'的话，如今可要依着我行，错我半点儿，管不得谁是有脸的，谁是没脸的，一例清白处治。"

说罢，便吩咐彩明念花名册，按名一个一个叫进来看视，一时看完，又吩咐道："这二十个分作两班，一班十个，每日在内单管人客来往倒茶，别事不用他们管。这二十个也分作两班，每日单管本家亲戚茶饭，也不管别事。这四十个人也分作两班，单在灵前上香添油，挂幔守灵，供饭供茶③，随起举哀④，也不管别事。这四个人专在内茶房收管杯碟茶器，若少了一件，四人分赔。这四个人单管酒饭器皿，少一件也是分赔。这八个人单管收祭礼。这八个单管各处灯油、蜡烛、纸札⑤，我总支了来，交与你八个人，然后按我的定数再往各处分派。这二十个每日轮流各处上夜，照管门户，监察火烛，打扫地方。这下剩的按房分开，某人守某处，某处所有桌椅古玩起，至于痰盒掸帚，一草一苗，或丢或坏，就问这看守之人赔补。来升家的每日揽总查看，或有偷懒的，赌钱吃酒打架拌嘴的，立刻来回我。你要徇情，经我查出，三四辈子的老脸，就顾不成了。如今都有了定规，以后那一行乱了，只和那一行说话。素日跟我的人，随身俱有钟表，不论大小事，皆有一定时刻，横竖你们上房里也有时辰钟：卯正二刻我来点卯⑥，巳正吃早饭，凡有领牌回事的，只在午初二刻。戌初烧过黄昏纸⑦，我亲到各处查一遍，回来上夜的交明钥匙。第二日仍是卯正二刻过来。说不得咱们大家辛苦这几日罢，事完了，你们大爷自然赏你们的。”

说毕，又吩咐按数发与茶叶、油烛、鸡毛掸子、笤帚等物，一面又搬取家伙：桌围、椅搭、坐褥、毡席、痰盒、脚踏之类，一面交发，一面提笔登记，某人管某处，某人领物件，开得十分清楚。众人领了去，也都有了投奔，不似先时只拣便宜的做，剩下苦差没个招揽。各房中也不能趁乱迷失东西。便是人来客往，也都安静了，不比先前紊乱无头绪，一切偷安窃取等弊，一概都蠲了⑧。

凤姐自己威重令行，心中十分得意。因见尤氏犯病，贾珍也过于悲哀，不大进饮食，自己每日从那府中熬了各样细粥，精美小菜，令人送来劝食。贾珍也另外吩咐每日送上等菜到抱厦内，单与凤姐。凤姐不畏勤劳，天天按时刻过来，点卯理事，独在抱厦内起坐，不与众姊娌合群，便有爷客来往，也不迎送。

这日乃五七正五日上，那应佛僧正开方破狱⑨，传灯照亡⑩，参阎君⑪，拘都鬼⑫，延请地藏王⑬，开金桥，引幢幡⑭；那道士们正伏章申表[15]，朝三清[16]，叩玉帝[17]，禅僧们行香[18]，放焰口[19]，拜水忏[20]；又有十二众青年尼僧，搭绣衣，靸红鞋[21]，在灵前默诵接引诸咒[22]，十分热闹。

那凤姐知道今日人客不少，寅正便起来梳洗，及收拾完备，更衣盥手，喝了几口奶子，漱口已毕，正是卯正二刻了。来旺媳妇率领众人伺候已久。凤姐出至厅前，上了车，前面一对明角灯[23]，上写"荣国府"三个大字。来至宁府大门首，门灯朗挂，两边一色蠢灯[24]，照如白昼，白汪汪穿孝家人两行侍立。请车至正门上，小厮退去，众媳妇上来揭起车帘。凤姐下了车，一手扶着丰儿，两个媳妇执着手把灯照着，撮拥凤姐进来。宁府诸媳妇迎着请安。凤姐款步入会芳园中登仙阁灵前，一见棺材，那眼泪恰似断线之珠，滚将下来。院中多少小厮垂手侍立，伺候烧纸。凤姐吩咐一声："供茶烧纸[25]。"只听一棒锣鸣，诸乐齐奏，早有人端过一张大圈椅来，放在灵前，凤姐坐了放声大哭，于是里外上下男女都接声嚎哭。

一时贾珍、尤氏令人劝止，凤姐方止住。来旺媳妇倒茶漱口毕，凤姐方起身，别了族中诸人，自入抱厦来，按名查点，各项人数，俱已到齐，只有迎送亲客上的一人未到，即令传来。那人惶恐，凤姐冷笑道："原来是你误了！你比他们有体面，所以不听我的话。"那人回道："小的天天都来的早，只有今儿来迟了一步，求奶奶饶过初次。"正说着，只见荣国府中的王兴媳妇来了，在前探头。凤姐且不发放这人，却问："王兴媳妇来作什么？"王兴媳妇近前说："领牌取线，打车轿网络[26]。"说着将个帖儿递上去，凤姐令彩明念道："大轿两顶，小轿四顶，车四辆，共用大小络子若干根，每根用珠儿线若干斤。"凤姐听了数目相合，便命彩明登记，取荣国对牌掷下。王兴家的去了。

凤姐方欲说话，只见荣国府的四个执事人进来，都是要支取东西领牌的，凤姐命他们要了帖念过，听了一共四件，因指两件道："这个开销错了，再算清了来领。"说着将帖子掷下。那二人扫兴而去。

凤姐因见张材家的在旁，因问："你有什么事？"张材家的忙取帖子回道："就是方才车轿围做成^㉗，领取裁缝工银若干两。"凤姐听了，收了帖子，命彩明登记。待王兴交过，得了买办的回押相符，然后与张材家的去领。一面又命念那一件，是为宝玉外书房完竣，支领买纸料糊裱^㉘。凤姐听了，即命收帖儿登记，待张材家的缴清再发。

凤姐便说道："明儿他也来迟了，后儿我也来迟了，将来都没有人了。本来要饶你，只是我头一次宽了，下次就难管别人了，不如开发的好。"登时放下脸来，命带出去打二十板子，众人见凤姐动怒，不敢怠慢，拉出去照数打了，进来回复；凤姐又掷下宁府对牌："说与来升革他一月银米。"吩咐："散了罢。"众人方各自办事去了。那时被打之人亦含羞饮泣而去。彼时荣宁两处领牌交牌人往来不绝，凤姐又一一开发了。于是宁府中人才知凤姐利害，自此各兢兢业业，不敢偷安，不在话下。

如今且说宝玉，因见人众，恐秦钟受了委曲，遂同他往凤姐处坐坐，凤姐正吃饭，见他们来了，笑道："好长腿子，快上来罢。"宝玉道："我们偏了^㉙。"凤姐道："在这边外头吃的，还是那边吃的？"宝玉道："同那些浑人吃什么！原是那边，我还同老太太吃了来的。"说着，一面归坐。

凤姐饭毕，就有宁府一个媳妇来领牌，为支取香灯，凤姐笑道："我算着你今儿该来支取，想是忘了。要终久忘了，自然是你包出来，都便宜了我。"那媳妇笑道："何尝不是忘了，方才想起来，再迟一步，也领不成了。"说毕，领牌而去。

一时登记交牌。秦钟因笑道："你们两府里都是这牌，倘别人私造一个，支了银子去，怎样？"凤姐笑道："依你说，都没王法了。"宝玉因道："怎么咱们家没人来领牌子支东西？"凤姐道："他们来领的时候，你还做梦呢。我且问你，你们多早晚才念夜书呢？"宝玉道："巴不得今日就念才好，只是他们不快给收拾出书房，也是没法。"凤姐笑道："你请我一请，包管就快了。"宝玉道："你也不中用，他们该做到那里的时候，自然有了。"凤姐道："就是他们做也得要东西，搁不住我不给对牌，是难的。"宝玉听说，便猴向凤姐身上立刻要牌③，说："好姐姐，给他们牌，好支东西去收拾。"凤姐道："我乏的身上生疼，还搁的住你这揉搓？你放心罢，今儿才领了裱糊纸去了，他们该要的还等叫去呢，可不傻了？"宝玉不信，凤姐便叫彩明查册子与宝玉看了。

　　正闹着，人来回："苏州去的昭儿来了。"凤姐急命唤进来。昭儿打千儿请安。凤姐便问："回来做什么的？"昭儿道："二爷打发回来的。林姑老爷是九月初三巳时没的。二爷带了林姑娘同送林姑爷的灵到苏州，大约赶年底就回来。二爷打发小的来报个信请安，讨老太太示下。还瞧瞧奶奶家里好，叫把大毛衣服带几件去。"凤姐道："你见过别人了没有？"昭儿道："都见过了。"说毕，连忙退出。凤姐向宝玉笑道："你林妹妹可在咱们家住长了。"宝玉道："了不得，想来这几日他不知哭的怎样呢。"说着蹙眉长叹。

　　凤姐见昭儿回来，因当着人不及细问贾琏，心中自是记挂，待要回去，奈事未了毕，少不得耐到晚上回来，复令昭儿进来，细问一路平安信息。连夜打点大毛衣服，和平儿亲自检点包裹，再细细追想所需何物，一并包裹交付昭儿。又细细吩咐昭儿："在外好生小心伏侍，不要惹你二爷生气。时时劝他少吃酒，别勾引他认得混账女人，——回来打折你的腿！"赶乱完了，天已四更，睡下，不觉早又天明，忙梳洗过宁府来。

　　那贾珍因见发引日近，亲自坐车带了阴阳司吏，往铁槛寺来踏看寄灵所在；又一一嘱咐住持色空好生预备新鲜陈设③，多请名僧，以备接灵使用。色空忙备晚斋，贾珍也无心茶饭，因天晚不及进城，竟在净室胡乱歇了一夜③。次日早，便进城来料理出殡之事；一面又派人先往铁槛寺，连夜另外修饰停灵之处，并厨茶等项，接灵人口。

　　凤姐见发引日期在限，也预先逐细分派料理，一面又派荣府中车轿人从跟王夫人送殡，又顾自己送殡去占下处[33]。目今正值缮国公诰命亡故，邢王二夫人又去吊祭送殡；西安郡王妃华诞[34]，送寿礼；镇国公诰命生了长男，预备贺礼；又有胞兄王仁连家眷回南，一面写家信禀叩父母并带往之物；又有迎春染疾，每日请医服药，看医生启帖、症源、药案[35]……各事冗杂，亦难尽述。又兼发引在迩，因此忙的凤姐茶饭无心，坐卧不宁。刚到了宁府，荣府的人跟着；既回到荣府，宁府的人又跟着。凤姐虽然如此之忙，只因素性好胜，惟恐落人褒贬，故费尽精神，筹划得十分整齐，于是合族中上下无不称叹。

　　这日伴宿之夕[36]，里面两班小戏并耍百戏的[37]，与亲朋等伴宿。尤氏犹卧于内室，一切张罗款待，独是凤姐一人周全承应，合族中虽有许多姊娌，也有羞口羞脚的，也有不惯见人的，也有惧贵怯官的，种种之类，俱不及凤姐举止大雅，言语典则，因此也不把众人放在眼里，挥霍指示，任其所为，旁若无人。一夜中灯明火彩，客送官迎，百般热闹，自不用说。至天明吉时，一般六十四名青衣请灵[38]。前面铭旌上大书："诰封一等宁国公冢孙妇防护内廷紫禁道御前侍卫龙禁尉享强寿贾门秦氏宜人之灵柩[40]。"一应执事陈设，皆系现赶新做出来的，一色光彩夺目。宝珠自行未嫁女之礼，摔丧驾灵，十分哀苦。

　　那时官客送殡的，有镇国公牛清之孙现袭一等伯牛继宗，理国公柳彪之孙现袭一等子柳芳，齐国公陈翼之孙世袭三品威镇将军陈瑞文，治国公马魁之孙世袭三品威远将军马尚，修国公侯晓明之孙世袭一等子侯孝康；缮国公诰命亡故，其孙石光珠守孝不得来。这六家与荣宁二家，当日所称"八公"的便是。余者更有南安郡王之孙，西宁郡王之孙，忠靖侯史鼎，平原侯之孙世袭二等男蒋子宁，定城侯之孙世袭二等男兼京营游击谢鲲[41]，襄阳侯之孙世袭二等男戚建辉，景田侯之孙五城兵马司裘良[42]。余者锦乡伯公子韩奇、神武将军公子冯紫英、陈也俊、卫若兰等，诸王孙公子，不可枚数。堂客也共有十来顶大轿，三四十顶小轿，连家下大小轿车辆，不下百十余乘。连前面各色执事陈设百耍，浩浩荡荡，一带摆三四里远。

走不多时，路上彩棚高搭㊸，设席张筵，和音奏乐，俱是各家路祭㊹：第一棚是东平王府的祭，第二棚是南安郡王的祭，第三棚是西宁郡王的祭，第四棚便是北静郡王的祭。原来这四王，当日惟北静王功最高，及今子孙犹袭王爵。现今北静王世荣年未弱冠㊺，生得美秀异常，情性谦和。近闻宁国府冢孙妇告殂㊻，因想当日彼此祖父有相与之情，同难同荣，未以异姓相视，因此不以王位自居，上日也曾探丧上祭，如今又设路奠，命麾下各官在此伺候㊼。自己五更入朝，公事一毕，便换了素服，坐大轿，鸣锣张伞而来，至棚前落轿，手下各官两旁拥侍，军民人众不得往还。

一时只见宁府大殡浩浩荡荡、压地银山一般从北而至㊽。早有宁府开路传事人等报与贾珍，贾珍急命前面住扎，同贾赦贾政三人连忙迎来，以国礼相见。世荣在轿内欠身，含笑答礼，仍以世交称呼接待，并不自大。贾珍道："犬妇之丧㊾，累蒙郡驾下临㊿，萌生辈何以克当㉛。"世荣笑道："世交至谊，何出此言？"遂回头令长府官主祭代奠㉜。贾赦等一旁还礼，复亲身来谢恩。世荣十分谦逊，因问贾政道："那一位是衔玉而诞者？久欲得一见为快，今日一定在此，何不请来。"贾政忙退下，命宝玉更衣，领他前来谒见。那宝玉素闻得世荣是个贤王，且才貌俱全，风流跌宕㉝，不为官俗国体所缚，每思相会，只是父亲拘束，不克如愿，今见反来叫他，自是喜欢。一面走，一面瞥见那世荣坐在轿内，好个仪表。不知近前又是怎样，且听下回分解。

【注释】

①捐馆：亦称"捐馆舍"。捐弃所居屋舍的意思，是死亡的婉称。《战国策·赵二》："今奉阳君捐馆舍。"宋鲍彪注："礼，妇人死曰捐馆舍，盖亦通称。"简称"捐馆"。

②呈文经榜纸札：呈文、经榜，皆纸名。呈文纸，用麻料制成，

因又称"麻呈文"。质地较厚实，旧时多作为契券、呈文之用，故名。经榜，又名"经县榜"，榜纸的一种，因其多作为书写榜文之用，故名。纸札，也作"纸扎"。旧称折叠起来的纸张叫"纸札"。这里即当作"纸张"讲。札，《尔雅·释器》疏："古未有纸，载文于简，谓之简札。"

③供饭：在灵前每日早晚两祭，名曰"供饭"（午后一时供果桌）。祭时，将所备之祭筵，预陈于另一桌上，由家人舁上，摆于灵桌之前，按时供上，按时撤下。

④随起举哀：奴仆随同死者亲属一起号哭。举哀，大声哭泣，表示哀悼。旧时富贵人家有丧事，常用奴仆或雇佣一些人专任哭泣之职，叫"号丧子"。清赵翼《陔余丛考》"丧次助哭"："世俗有丧者，于吊客至，则多遣媪婢助哭，亦有竟使之代哭者。"

⑤纸札：这里指为死人焚烧的纸钱和纸糊的车、马、楼、船等冥器。

⑥卯正二刻：早上六点半钟。古人用十二地支（子丑寅卯……）来表示一昼夜的时辰，每个时辰都等于现在的两小时。这种记时法在本书中经常出现，简述如下：从夜里十一点到凌晨一点叫子时，一点到三点叫丑时，三点到五点叫寅时，五点到七点叫卯时，七点到九点叫辰时，九点到十一点叫巳时；中午十一点到下午一点叫午时，一点到三点叫未时，三点到五点叫申时；傍晚五点到七点叫酉时，七点到九点叫戌时，九点到十一点叫亥时。近代又把每个时辰分为"初""正"，譬如夜里十一点叫子初，十二点叫子正，清晨一点叫丑初，两点叫丑正，等等。用"初""正"把一昼夜二十四小时划分出来。

⑦黄昏纸：古代丧礼，灵前焚烧纸钱，每天有一定的时间次数；黄昏时烧的那次，叫"黄昏纸"。

⑧蠲（juān）：减去，免除。

⑨应佛僧正开方破狱：应佛僧，即"应付僧"，指依附寺院为谋生之路、而替真僧支应佛事的和尚。一说，应佛僧即"应赴僧"。开方破狱，这同下文"传灯照亡"等均为旧时超度亡灵的迷信活动。开方，即开演，说法的意思。一说，开方，指开度。《贤愚经》卷六："唯愿

如来当见哀愍，暂下开度。"破狱，即念诵《破地狱偈文》，以解脱地狱之苦。

⑩传灯照亡：佛教宣扬佛法能破除黑暗，像灯一样。《维摩诘经·菩萨品》："无尽灯者，譬如一灯燃百千灯，冥者皆明，明终不尽。"迷信以为人死后鬼魂走向阴间，冥途黑暗，需点燃灯光，以照亡灵，故云"传灯照亡"。

⑪阎君：也称"阎罗王"。传说中主管地狱的神。

⑫都鬼：传说中冥司所在地酆都城里的鬼卒。酆都，本为县名，其地即今四川丰都，道家谓阴间地府即在酆都县。

⑬地藏王：佛教传说中菩萨名。《地藏十轮经》谓其"安忍不动如大地，静虑深密犹如秘藏"，故名。佛教传说，释迦既灭，弥勒未生，地藏自誓必尽度六道众生，方始成佛，于是现身人天地狱之中，拯救众生苦难。

⑭开金桥：意谓为死去的善人打开金桥，使他来世能托生个好地方。迷信传说，以为地狱中有水名奈河，广不数尺，水皆污血，腥秽不可近。故旧时附会说，善人死后魂走金桥、银桥；恶人死后魂走奈河桥。过去冥器中有纸做的金银桥。幢幡，两种旗帜。皆佛教用物，以供奉和装饰佛菩萨像等。幢，立于佛像前，竿顶安装宝珠，上用丝帛装饰。幡，长幅下垂，有青、黄、赤、白、黑等种种颜色，有的上绘狮、龙等图像。

⑮伏章申表：指道士俯首弯腰恭敬地诵读祷告的表章。

⑯三清：道教名词。这里指居于三清天、三清境的三位尊神，即居于清微天玉清境的元始天尊、居于禹余天上清境的太上道君、居于大赤天太清境的太上老君。道教谓此三神主三天三仙境，为三洞教主。

⑰玉帝：即玉皇大帝，道教天神名。传说为总执天道最崇高之神，如人间之皇帝。《玉皇本行集经》载，他本为光严妙乐国王子，舍弃王位，学道修真，度化众生，历尽亿劫，始证玉帝。

⑱行香：即行道烧香，佛教祭礼仪式之一。由和尚引着设祭主人，持香巡绕道场，或仪导以出街巷，曰"行香"。

⑲放焰口：追荐死者的佛事之一。焰口，佛教中的饿鬼名。也称

"面燃"。因其身形枯瘦，咽细如针，口内燃火，故名。《焰口饿鬼经》载，佛弟子阿难夜见一饿鬼，名焰口，对阿难曰："汝明日为我等百千饿鬼及诸婆罗门仙等，各施一斛饮食，并为我供养三宝，汝得增寿，令我离于饿鬼之苦，得生天上。"阿难求佛帮助，佛遂为其说诵经咒。后称僧徒设斋，念诵"焰口经"，并施舍饮食，以度饿鬼，为死者祈福为"放焰口"。

⑳拜水忏：僧徒念诵"水忏经"，以为死者解冤除灾的一种佛事。水忏，全称《慈悲水忏法》，佛教经文之一，传为唐代僧人知玄著。《释氏稽古略》卷三载，唐僖宗中和三年，知玄生人面疮，甚为痛楚，遇异僧引水洗疮，知为晁错、袁盎冤怼，乃作《水忏》三卷。后称依据《水忏法》而举行的一种忏悔活动为"拜水忏"。

㉑靸（sǎ）：原为古代一种草鞋名。元陶宗仪《南村辍耕录》卷十八："西浙之人，以草为履而无跟，名曰靸鞋。"这里作"穿鞋"讲。

㉒接引诸咒：即接引死者鬼魂到"极乐世界"的种种咒语。接引，佛教用语，谓佛可以引导众生到西方净土。《观无量寿经》："（观世音菩萨）其光柔软，普照一切，以此宝手，接引众生。"咒，梵语"陀罗尼"，义译为"咒"。又曰"真言"，意即真实不妄的言词。

㉓明角灯：又名"羊角灯"，用羊角质做成的灯罩，半透明，可防风雨，便于路上照明。《旧京琐记》卷四："宫中用灯，当时玻璃未通行，则皆以羊角为之，防火患也。"

㉔矗灯：又作"戳灯"或"绰灯"。一种长柄、有底座、竖立在地上可以移动的灯。

㉕供茶烧纸：旧时丧礼，吊客至丧家上祭，烧香之后，由灵前照料之人再抽出一份"烧纸"（四张白纸折叠起来为一份），点燃一角，交与吊客，吊客捧纸跪于拜垫上，待纸烧到一半多时，扔在供桌前的火盆中，谓之"烧纸"。同时照料之人把供桌上一小杯酒或茶送到吊客手中，吊客往火中轻轻洒上两点，冒出一缕轻烟，表示亡人已知此事，谓之"供酒"或"供茶"。然后磕头揖拜，如系女客近亲，还要痛哭一场，叫作"举哀"。

㉖车轿网络：这里指出殡时，罩在车轿顶上用白色珠子线编织成

的网状饰物。

㉗车轿围：套在车轿顶篷和两旁、以遮风雨的套子，叫"围子"，用布或绸、绒、缎、呢等缝制而成。守制时用素围子，即在蓝、灰色的围子上镶嵌白线。

㉘糊裱：用纸装潢房间顶棚或墙壁。

㉙偏了：表示自己已先吃过饭的客气话。一作"偏背"。

㉚猴：这里作动词用，是屈身攀援、纠缠不放的意思。

㉛住持：佛教僧职，原是久住护持佛法的意思。后用为寺院主管僧的职称。宋吴曾《能改斋漫录》卷十三载，政和三年六月，改"院主"为"管干院事"，改"庵主"为"住持"。住持作为职位名号始于此。道教亦袭用之。

㉜净室：即指"净住舍"，意谓清净的住舍，本指佛寺。《法苑珠林》卷五二："是以古德寺诰乃有多名，或名为寺，即公廷也，或名净住舍。"这里指和尚的住室。

㉝下处：这里指暂时休息的地方。

㉞华诞：对别人生日的敬称。

㉟启帖：陈述事情的帖子。

㊱伴宿：出殡的前一日晚，丧家守灵不睡，叫"伴宿"，也叫"坐夜"。此日亲友俱来赴奠唪经。

㊲小戏：指由说唱艺术或民间歌舞发展而成的小型戏曲。一般只有小生、旦、丑等角色，伴奏乐器简单。百戏：古代歌舞杂技表演的总称。

㊳六十四名青衣：青衣，这里指舁夫，即扛抬灵柩之人。

㊴铭旌：又称"明旌"，简称"铭"。旧时丧具，一种长条旗幡，绛帛粉书，上写死者官衔、姓名，以竹竿悬于灵座前右方。宋朱熹《朱子家礼·立铭旌》："以绛帛为铭旌，广终幅，三品以上九尺，五品以上八尺，六品以下七尺。书曰'某官某公之柩'，无官即随其生时所称。以竹为杠，如其长，倚于灵座之右。"

㊵享强寿：意即终其天年，活得年岁长才死。《论衡·气寿》："强寿弱夭，谓禀气渥薄也。"秦可卿死时年纪不大而云"享强寿"，作者

或使用曲笔，暗讽贾府贵族的淫乱。"藤花榭"本批曰："计贾蓉年二十岁，秦氏不过二十上下耳。享强寿三字虚诞假借巳极，此正是作者妙处。"一说，强寿，实意同"强死"，谓被杀或自缢，死于非命。《左传》文公十年："初，楚范巫矞似谓成王与子玉、子西曰：'三君皆将强死。'"疏："强，健也，无病而死，谓被杀也。"又昭公七年："匹夫匹妇强死。"注："强死，不病也。"这里或暗含"秦可卿淫丧天香楼"事，"大有深意存焉"。

㊶游击：官名，汉代设有游击将军，统兵专征，职权颇重。后代也有此官号，但官阶有所不同。清代绿营兵设游击，为参将的副手，分领营兵。

㊷五城兵马司：明清时代，在京师设有五城兵马司，各司分设指挥、副指挥、吏目等官，掌管中、东、西、南、北五城访缉盗贼、稽察奸宄、平治街道等事。

㊸彩棚：这里指丧事礼仪中所搭的彩饰棚屋。

㊹路祭：旧时富贵人家出殡时，亲友在灵柩所经过的路上设筵致祭，叫"路祭"。也叫"公祭"。《清稗类钞》"丧祭类"："（路祭）时必择一声望较著者主祭，行一跪三叩礼，奠酒，读祭文，余皆跽于下。富贵之家，路祭有多至数十起者。"

㊺弱冠：古代男子二十岁行加冠礼，以示成人，但还未到壮年，故称"弱冠"。《礼记·曲礼上》："二十曰弱冠。"疏："二十成人初加冠，体犹未壮，故曰弱也。"后泛称年少为弱冠。

㊻告殂：布告死亡。殂，死。

㊼麾下：如同说"部下"。麾，古代用以指挥军队的旗帜。

㊽大殡浩浩荡荡：指送葬队伍的庞大。清徐旭龄《力行节俭疏》："大家巨族，婚娶则多用锦绣金珠，死丧则烧毁珍宝车马，嫁一女而可破中人数十家之产，送一死而可罄生人数十年之用，暴殄天物，莫可计算。……此等财力，从何得来？非舞弄国法而多纳赃私；即酷虐小民而巧通贿赂，一家之锦衣玉食，一路之卖男鬻女也。"康熙也承认："满洲习于嬉戏，凡嫁娶丧祭，过于糜费，不可胜言。"

㊾犬妇：对自己儿媳的谦称。

㊿郡驾：郡王的车驾，这是对郡王的敬称。郡王，爵位名。其名始于西晋。唐宋以后，郡王皆为次于亲王一等的爵号。清代宗室封爵第三级称为"多罗郡王"，简称"郡王"。

51荫生：清制，因借祖先的官职、功劳而取得监生资格的人叫"荫生"。荫，受先人庇护的意思。

52长府官主祭代奠：封建时代凡皇帝或王公去吊唁下面官僚时，大半不是自己主祭，而由随行官员代表。长府官，这里当指王府长史，西汉始设，历代因之，总理府内事务，地位显要。清代亲王府、郡王府均置长史一人，统帅府属官员，总管府中政令。

53风流跌宕：有才学而不拘礼法。

第十五回
王凤姐弄权铁槛寺　秦鲸卿得趣馒头庵

　　话说宝玉举目见北静王世荣头上戴着净白簪缨银翅王帽，穿着江牙海水五爪龙白蟒袍[①]，系着碧玉红鞓带[②]；面如美玉，目似明星，真好秀丽人物。宝玉忙抢上来参见，世荣忙从轿内伸手挽住。见宝玉戴着束发银冠，勒着双龙出海抹额，穿着白蟒箭袖，围着攒珠银带；面若春花，目如点漆[③]。世荣笑道："名不虚传，果然如'宝'似'玉'。"问："衔的那宝贝在那里？"宝玉见问，连忙从衣内取出，递与世荣。世荣细细看了，又念了那上头的字，因问："果灵验否？"贾政忙道："虽如此说，只是未曾试过。"世荣一面极口称奇，一面理顺彩绦，亲自与宝玉带上，又携手问宝玉几岁，现读何书。宝玉一一答应。

　　世荣见他语言清朗，谈吐有致，一面又向贾政笑道："令郎真乃龙驹凤雏[④]，非小王在世翁前唐突[⑤]，将来'雏凤清于老凤声'[⑥]，未可量也。"贾政陪笑道："犬子岂敢谬承金奖[⑦]，赖藩郡余祯[⑧]，果如所言，亦荫生辈之幸矣。"世荣又道："只是一件，令郎如此资质，想老太夫人自然钟爱；但吾辈后生，甚不宜溺爱，溺爱则未免荒失了学业。昔小王曾蹈此辙，想令郎亦未必不如是也。若令郎在家难以用功，不妨常到寒第，小王虽不才，却多蒙海内众名士凡至都者，未有不垂青目[⑨]，是以寒第高人颇聚，令郎常去谈谈会会，则学问可以日进矣。"贾政忙躬身答道："是。"

　　世荣又将腕上一串念珠卸下来，递与宝玉，道："今日初会，仓卒无敬贺之物，此系圣上所赐蕶苓香念珠一串[⑩]，权为贺敬之礼。"宝玉连忙接了，回身奉与贾政。贾政与宝玉一齐谢过了。于是贾赦、贾珍等一齐上来请回舆，世荣道："逝者已登仙界，非碌碌你我尘寰中人也。小王虽上叨天恩，虚邀郡袭，岂可越仙辆而进也⑪?”贾赦等见执意不从，只得告辞谢恩回来，命手下人掩乐停音⑫，将殡过完，方让北静王过去。不在话下。

且说宁府送殡，一路热闹非常。刚至城门，又有贾赦、贾政、贾珍诸同寅属下各家祭棚接祭，一一的谢过，然后出城，竟奔铁槛寺大路而来。彼时贾珍带着贾蓉来到诸长辈前让坐轿上马，因而贾赦一辈的各自上了车轿，贾珍一辈的也将要上马；凤姐因记挂着宝玉，怕他在郊外纵性不服家人的话，贾政管不着，惟恐有闪失，因此命小厮来唤他。宝玉只得到他车前。凤姐笑道：“好兄弟，你是个尊贵人，同女孩儿一般人品，别学他们猴在马上。下来，咱们姐儿两个同车，岂不好？”宝玉听说，便下了马，爬上凤姐车内，二人说笑前进。

不一时，只见那边两骑马直奔凤姐车，下马扶车回道：“这里有下处，奶奶请歇歇更衣⑬。”凤姐命请邢王二夫人示下，那二人回说：“太太们说不歇了，叫奶奶自便。”凤姐便命歇歇再走。小厮带着轿马岔出人群，往北而来。宝玉在车内急命请秦相公。那时秦钟正骑着马随他父亲的轿，忽见宝玉的小厮跑来请他去打尖⑭，秦钟远看这宝玉所骑的马，搭着鞍笼，随着凤姐的车往北而去，便知宝玉同凤姐一车，自己也带马赶上来，同入一庄门内。

那庄农人家，无多房舍，妇女无处回避；那些村姑庄妇见了凤姐、宝玉、秦钟的人品衣服，几疑天人下降。凤姐进入茅屋，先命宝玉等出去玩玩。宝玉会意，因同秦钟带了小厮们各处游玩。凡庄家动用之物，俱不曾见过的，宝玉见了，都以为奇，不知何名何用。小厮中有知道的，一一告诉了名目并其用处。宝玉听了，因点头道：“怪道古人诗上说：‘谁知盘中餐，粒粒皆辛苦。’正为此也。”一面说，一面又到一间房内，见炕上有个纺车，越发以为稀奇。小厮们又告以：“纺线织布之用。”宝玉便上炕摇转作耍，只见一个村妆丫头，约有十七八岁，走来说道：“别弄坏了！”众小厮忙喝住了，宝玉也住了手，说道：“我因不曾见过，所以试一试玩儿。"那丫头道："你们不会,我转给你瞧。"秦钟暗拉宝玉道："此卿大有意趣。"宝玉推他道："再胡说,我就打了。"说着,只见那丫头纺起线来,果然好看。忽听那边老婆子叫道："二丫头,快过来!"那丫头丢了纺车,一径去了。

宝玉怅然无趣。只见凤姐打发人来叫他两个进去。凤姐洗了手,换了衣服,问他换不换,宝玉道："不换。"也就罢了。仆妇们端上茶食果品来,又倒上香茶来,凤姐等吃过茶,待他们收拾完备,便起身上车。外面旺儿预备赏封,赏了那庄户人家,那庄妇人等来谢赏。宝玉留心看时,并不见纺线之女。走不多远,却见这二丫头怀里抱了个小孩子,想是他的兄弟,同着几个小女孩子说笑而来。宝玉情不自禁,然身在车上,只得以目相送。一时电卷风驰,回头已无踪迹了。

说笑间,忽赶上大殡。早已前面法鼓金铙[15],幢幡宝盖[16],铁槛寺中僧众已列路旁。少时到了寺中,另演佛事,重设香坛,安灵于内殿偏室之中,宝珠安理寝室为伴。外面贾珍款待一应亲友,也有扰饭的,也有就告辞的,一一谢过乏,从公、侯、伯、子、男[17],一起一起的,散至未末方散尽了。里面的堂客皆是凤姐陪伴接待,先从诰命散起,也到晌午方散完了。只有几个近亲本族,等做过三日道场方去呢。那时邢王二夫人知凤姐必不能回家,便要进城。王夫人要带了宝玉同去,宝玉乍到郊外,那里肯回去?只要跟凤姐住着,王夫人只得交与凤姐而去。

原来这铁槛寺是宁荣二公当日修造的,现今还有香火地亩,以备京中老了人口[18],在此停灵。其中阴阳两宅俱是预备妥帖的[19],好为送灵人口寄居。不想如今后人繁盛,其中贫富不一,或情性参商[20]:有那家业艰难安分的,便住在这里了;有那有钱有势尚排场的,只说这里不方便,一定另外或村庄,或尼庵,寻个下处,为事毕宴退之所。即今秦氏之丧,族中诸人,皆权在铁槛寺下榻[21]。独凤姐嫌不方便,因遣人来和馒头庵的姑子净虚说了,腾出两间房来做下处。原来这馒头庵就是水月寺,因他庙里做的馒头好，就起了这个浑号，离铁槛寺不远。

当下和尚工课已完，奠过晚茶㉒，贾珍便命贾蓉请凤姐歇息。凤姐见还有几个妯娌陪着女亲，自己便辞了众人，带了宝玉秦钟往水月庵来。原来秦业年迈多病，不能在此，只命秦钟等待安灵罢，那秦钟只跟着凤姐宝玉。一时到了水月庵，净虚带领智善智能两个徒弟出来迎接，大家见过。凤姐等至净室更衣净手毕，因见智能儿越发长高了，模样越发出息了，因说道："你们师徒怎么这些日子也不往我们那里去？"净虚道："可是这几日都没有工夫㉓，因胡老爷府里产了公子，太太送了十两银子来这里，叫请几位师父念三日'血盆经'㉔，忙的没个空儿，就没有来请奶奶的安。"

不言老尼陪着凤姐，且说秦钟宝玉二人正在殿上玩耍，因见智能过来，宝玉笑道："能儿来了。"秦钟说："理那东西作什么？"宝玉笑道："你别弄鬼！那一日在老太太房里，一个人没有，你搂着他作什么？这会子还哄我。"秦钟笑道："这可是没有的话。"宝玉道："有没有也不管你，你只叫住他倒碗茶来我吃，就丢开手。"秦钟笑道："这又奇了！你叫他倒去，还怕他不倒？何必要我说呢。"宝玉道："我叫他倒的是无情意的，不及你叫他倒的是有情意的。"秦钟只得说道："能儿倒碗茶来。"那能儿自幼在荣府走动，无人不识，常和宝玉秦钟玩笑，如今长大了，渐知风月，便看上了秦钟人物风流，那秦钟也爱他研媚，二人虽未上手，却已情投意合了。智能走去倒了茶来。秦钟笑说："给我。"宝玉又叫："给我！"智能儿抿嘴笑道："一碗茶也争，难道我手上有蜜！"宝玉先抢得了，喝着，方要问话，只见智善来叫智能去摆果碟子，一时来请他两个去吃果茶。他两个那里吃这些东西？略坐一坐仍出来玩耍。

凤姐也略坐片时，便回至净室歇息，老尼相送。此时众婆娘媳妇见无事，都陆续散了，自去歇息，跟前不过几个心腹小婢，老尼便趁机说道："我有一事，要到府里求太太，先请奶奶一个示下。"凤姐问："何事？"老尼道："阿弥陀佛！只因当日我先在长安县善才庵内出家的时节，那时有个施主姓张，是大财主。他有个女儿小名金哥，那年都往我庙里来进香，不想遇见了长安府太爷的小舅子李衙内㉕。那李衙内一心看上，要娶金哥，打发人来求亲，不想金哥已受了原任长安守备的公子的聘定㉖。张家若退亲，又怕守备不依，因此说已有了人家。谁知李公子执意要娶他女儿，张家正无计策，两处为难。不料守备家一知此信，也不问青红皂白，便来作践辱骂，说：'一个女儿许几家人家？'偏不许退定礼，就打官司告状起来。那家急了，只得着人上京来寻门路，赌气偏要退定礼。我想如今长安节度云老爷，与府上相契，可以求太太与老爷说声，发一封书，求云老爷和那守备说一声，不怕他不依。若是肯行，张家连倾家孝顺也都情愿。"

凤姐听了笑道："这事倒不大，只是太太再不管这样的事。"老尼道："太太不管，奶奶可以主张了。"凤姐笑道："我也不等银子使，也不做这样的事。"净虚听了，打去妄想，半晌叹道："虽如此说，只是张家已知我来求府里。如今不管这事，张家不知道没工夫管这事，不希罕他的谢礼，倒像府里连这点子手段也没有的一般。"

凤姐听了这话，便发了兴头㉗，说道："你是素日知道我的，从来不信什么阴司地狱报应的，凭是什么事，我说要行就行。你叫他拿三千两银子来，我就替他出这口气。"老尼听说，喜之不胜，忙说："有，有！这个不难。"凤姐又道："我比不得他们扯蓬拉牵的图银子㉘。这三千两银子，不过是给打发去说的小厮们作盘缠，使他赚几个辛苦钱，我一个钱也不要。便是三万两我此刻还拿的出来。"老尼忙答应道："既如此，奶奶明日就开恩也罢了。"凤姐道："你瞧瞧我忙的，那一处少了我？我既应了你，自然快快的了结。"老尼道："这点子事，在别人跟前，就忙的不知怎样；若是奶奶跟前，再添上些，也不够奶奶一发挥的。只是俗语说的：'能者多劳。'太太见奶奶大小事都妥帖，越发都推给奶奶了，奶奶也要保重贵体才是。"一路奉承的话，凤姐越发受用，也不顾劳乏，更攀谈起来。

谁想秦钟趁黑晚无人，来寻智能，刚至后面房中，只见智能独在那里洗茶碗。秦钟便搂着亲嘴，智能急的跺脚说："做什么！"就要叫唤。秦钟道："好人，我已急死了！你今儿再不依我，我就死在这里。"智能道："你想怎么样？除非等我出这牢坑，离了这些人，才好呢。"秦钟道："这也容易，只是远水救不得近火。"说着一口吹了灯，满屋漆黑，将智能抱到炕上，就云雨起来。那智能百般的挣挫不起，又不好叫的，少不得依了。正在得趣，只见一人进来，将他二人按住，也不出声，他二人唬得魂飞魄丧。倒是那人"嗤"的一声笑了，方知是宝玉。秦钟连忙起来抱怨道："这算什么？"宝玉道："你倒不依？咱们就叫喊起来。"羞的智能趁暗中跑了。宝玉拉着秦钟出来道："你可还和我强？"秦钟笑道："好人，你只别嚷的众人知道，你要怎样我都依你。"宝玉笑道："这会子也不用说，等一会睡下再细细的算帐。"一时宽衣安歇的时节，凤姐在里间，宝玉秦钟在外间，满地下皆是家下婆子打铺坐更。凤姐因怕"通灵玉"失落，便等宝玉睡下，令人拿来塞在自己枕边。宝玉不知与秦钟算何帐目，未见真切，此系疑案，不敢纂创。一宿无语。

至次日一早，便有贾母王夫人打发了人来看宝玉，又命多穿两件衣服，无事宁可回去。宝玉那里肯回去？又有秦钟恋着智能，调唆宝玉求凤姐再住一天。凤姐想了一想：丧仪大事虽妥，还有些小事未安排，可以借此再住一日，岂不又在贾珍跟前送了满情，二则又可以完了净虚的那件事，三则顺了宝玉的心。因有此三益，便向宝玉道："我的事都完了。你要在这里逛，少不得越发辛苦了，明儿是一定要走的了。"宝玉听说，千"姐姐"万"姐姐"的央求："只住一日，明儿必回去的。"于是又住了一夜。

凤姐便命悄悄将昨日老尼之事说与来旺儿，旺儿心中俱已明白，急忙进城，找着主文的相公⑳，假托贾琏所嘱，修书一封，连夜往长安县来。不过百里之遥，两日工夫，俱已妥协。那节度使名唤云光，久悬贾府之情^⑩，这些小事，岂有不允之理，给了回书，旺儿回来，不在话下。

且说凤姐等又过了一日，次日方别了老尼，着他三日后往府里去讨信。那秦钟与智能，百般不忍分离，背地里多少幽期密约，俱不用细述，只得含恨而别。凤姐又到铁槛寺中照望一番。宝珠执意不肯回家，贾珍只得派妇女相伴。且听下回分解。

【注释】

①江牙海水五爪龙白蟒袍：古代的一种官服。江牙海水，指蟒袍下摆处所绣的波涛和人字形五彩花纹图案。蟒袍，明时称"蟒衣"，亦名"花衣"。一种上绣蟒形图案的袍服。清制，皇子、亲王等亲贵及一品至七品官皆穿蟒袍。唯皇子、亲王之蟒袍绣五爪金黄色蟒九，其一至七品官之蟒，则按品级，绣四爪蟒八至五，并不得用金黄色。

②红鞓（tīng）：红色皮带，原为宋金官员的一种服饰。

③目如点漆：眼睛又黑又亮。《晋书·杜乂传》："杜乂，美姿容。……王羲之见而目之曰：'肤若凝脂，眼如点漆，此神仙人也。'"

④龙驹（jū）凤雏：小龙小凤。古时把龙凤看成祥瑞神异的鸟兽，故常用以比喻子弟少年英俊。《晋书·陆云传》："幼时吴尚书广陵闵鸿见而奇之，曰：'此儿若非龙驹，当是凤雏。'"

⑤唐突：轻率地以言语或举动冒犯人。

⑥雏凤清于老凤声：赞美儿子要胜过父亲。唐李商隐《韩冬郎即席为诗相送，一座尽惊，他日余方追吟，连宵侍坐，徘徊久之，句有老成之风。因成二绝寄酬，兼呈畏之员外》诗："桐花万里丹山路，雏凤清于老凤声。"冬郎是诗人韩偓的小名。李商隐这诗，是向韩畏之称道其儿子韩偓的。

⑦犬子：旧时对别人谦称自己的儿子为"犬子"，也叫"小犬""豚犬"。

⑧赖藩（fān）郡余祯（zhēn）：意谓托郡王的福。藩郡，这里指受封的郡王。祯，吉祥。

⑨垂青目：也作"垂青"。古人把黑眼球叫"青眼"，以青眼看人，表示尊重的意思。《晋书·阮籍传》："籍又能为青白眼，见礼俗之士，以白眼对之。及嵇喜来吊，籍作白眼，喜不怪而退。喜弟康闻之，乃赍酒挟琴造焉，籍大悦，乃见青眼。"

⑩蓁苓香念珠：以蓁苓香等质料做成的佛珠。蓁苓香，一种香草名，又名"薰草"。念珠，又叫"佛珠"，为佛教徒念佛时计诵经次数所用，一般由一百零八颗珠子组成一串，故又名"百八丸"。后成为人们随身佩带的一种装饰品。

⑪仙轜（ér）：运载灵柩的车子。《释名·释丧制》："舆棺之车曰轜。"清福格《听雨丛谈》卷十一："专道：京师最重丧礼，庶人丧轜，皆得专道而行。途遇王公贵官之舆马弗避。贵官或停舆候过，或避于甬路之下旁驱。"

⑫掩乐停音：旧时出丧，沿途奏乐。这里为表示尊重北静王，停止奏乐。

⑬更衣：换衣。这里是大小便的婉辞。古时憩息之处，或备有厕所，宾主入厕，则托言更衣。

⑭打尖：旅途中饮食休息。《听雨丛谈》卷十一："今人行役，于日中投店而饭，谓之打尖。皆不喻其字义，或曰中途为住宿之间，乃误间而为尖也。……又见宋元人小说，谓途中之餐曰打火，自是因火字而误为尖也。"

⑮法鼓金铙（náo）：僧侣用的两种古乐器。法鼓，佛寺的大鼓。演说佛法的大堂，常设二鼓，东北角者称"法鼓"，西北角者称"茶鼓"。金铙，打击乐器。形制与钹相似，故混而为一，亦称"铜钹""铜钹子"。铜制，形如圆盘，以两只为一副，相击发声。僧人用于作法事的乐器。

⑯宝盖：佛教用物。圆筒形丝帛制品，是佛像上所置的饰物。

⑰公、侯、伯、子、男：古代对爵禄所分的五个等次。这种制度相沿至清，但与古代有很大不同。清代爵禄最高的是贵族的亲王、郡王、贝勒、贝子、公五等；其次为异姓的公、侯、伯、子、男五等，这些人多有爵而无职。

⑱老：忌讳说法，代指"死"。

⑲阴阳两宅：旧指死人的坟墓和专供停灵的房屋叫"阴宅"，活人的住处叫"阳宅"。

⑳参（shēn）商：本为二星名。参星即二十八宿中的参宿，商星即心宿。两星东西相对，此出彼没，互不得见。《左传》昭公元年："子产曰：'昔高辛氏有二子，伯曰阏伯，季曰实沈，居于旷林，不相能也。日寻干戈，以相征讨。后帝不臧，迁阏伯于商丘，主辰。商人是因，故辰为商星；迁实沈于大夏，主参，唐人是因，以服事夏商。'"后因把意见不合、感情不睦叫"参商"。

㉑铁槛（kǎn）寺：与下文"馒头庵"对应。宋范成大《重九日行营寿藏之地》诗："纵有千年铁门槛（原作"限"），终须一个土馒头。"土馒头，喻坟墓。宋胡仔《苕溪渔隐丛话》引唐王梵志诗："城外土馒头，馅草在城里。一人吃一个，莫嫌没滋味。"铁门限，即铁门槛；槛，门下的横木。唐张彦远《法书要录》载，南朝时陈智永禅师，以书法著称，住吴兴永欣寺，人来求书者如市，门限为之磨穿，乃以铁叶裹之，谓之"铁门限"。后以铁门限喻生死关口。王梵志诗："世无百年人，强作千年调。打铁作门限，鬼见拍手笑。"一说，比喻富贵人家。清顾公燮《消夏闲记摘钞》："万历年间，凡家中有大厅者，即加门槛税，今人称大户云'有门槛人家'。盖指此也。"

㉒奠晚茶：指午后的那次奠茶仪式。奠，用祭品向死者致祭。佛家称在佛前祖前灵前供茶曰"奠茶"。又，葬式据棺于龛堂后，有奠茶奠汤的佛事，一日两次，午前先汤后茶，午后先茶后汤。

㉓可是：可不是，承接上文，表示随声附和。

㉔血盆经：佛经名。旧时认为妇女产后出血是一种罪孽，所以要念《血盆经》消灾祈福。《金瓶梅》第六十二回写李瓶儿叮嘱王姑子："望你到明日我死了，你替我在家请几位师父，多诵些《血盆经忏》，我这罪业还不知堕多少罪业哩！"

㉕衙内：本为唐代禁卫官。唐末宋初，藩镇相沿以其子弟充任此职，后遂称贵官子弟为"衙内"。

㉖守备：明清所置官名。明代指镇守边防城堡的将官。清代指绿

营统兵官，位在都司之下，其职守为管理营务与粮饷等事，属各省提督、总兵管辖。

㉗兴头：方言，指得意洋洋。

㉘扯蓬拉牵：应作"扯篷拉纤"。从中拉拢撮合的意思。

㉙主文的相公：指在贵族家里代写书信文件的"清客"。这里用作对人的尊称。

㉚悬：这里是"悬欠"的意思。

第十六回
贾元春才选凤藻宫　秦鲸卿夭逝黄泉路

　　且说秦钟宝玉二人跟着凤姐自铁槛寺照应一番，坐车进城，到家见过贾母王夫人等，回到自己房中，一夜无话。至次日，宝玉见收拾了外书房，约定了与秦钟读夜书。偏生那秦钟秉赋最弱，因在郊外受了些风霜，又与智能儿偷期缱绻，未免失于调养，回来时便咳嗽伤风，懒怠进饮食，大有不胜之态，只在家中调养，不能上学，宝玉便扫了兴，然亦无法，只得候他病痊再议了。

　　那凤姐却已得了云光的回信，俱已妥协，老尼达知张家，果然那守备忍气吞声，受了前聘之物。谁知爱势贪财之父母，却养了一个知义多情的女儿，闻得退了前夫，另许李门，他便一条汗巾悄悄的寻了个自尽。那守备之子闻知金哥自缢，他也是个情种，遂投河而死。可怜张李二家没趣，真是"人财两空"。这里凤姐却安享了三千两，王夫人连一点消息也不知道。自此凤姐胆识愈壮，以后所作所为，诸如此类，不可胜数。

　　一日正是贾政的生辰，宁荣二处人丁都齐集庆贺，热闹非常，忽有门吏报道："有六宫都太监夏老爷特来降旨①。"唬的贾赦贾政一干人不知何事，忙止了戏文，撤去酒席，摆香案，启中门跪接。早见都太监夏秉忠乘马而至，又有许多跟从的内监。那夏太监也不曾负诏捧敕②，直至正厅下马，满面笑容，走至厅上，南面而立，口内说："奉特旨：立刻宣贾政入朝，在临敬殿陛见③。"说毕，也不吃茶，便乘马去了。

　　贾政等也猜不出是何兆头，只得即忙更衣入朝。贾母等合家人心俱惶惶不定，不住的使人飞马来往报信。有两个时辰，忽见赖大等三四个管家喘吁吁跑进仪门报喜，又说"奉老爷命，速请老太太率领太太等进宫谢恩"等语。

那时贾母心神不定，在大堂廊下伫候，邢王二夫人、尤氏、李纨、凤姐、迎春姊妹以及薛姨妈等，皆聚在一处打听信息。贾母又唤进赖大来细问端的，赖大禀道："小的们只在临庄门外伺候，里头的信息一概不知。后来夏太监出来道喜，说咱们家的大小姐晋封为凤藻宫尚书④，加封贤德妃。后来老爷出来亦如此吩咐小的。如今老爷又往东宫去了，速请老太太们去谢恩。"贾母等听了方心安，一时皆喜见于面，于是都按品大妆起来⑤。贾母率领邢王二夫人并尤氏，一共四乘大轿，鱼贯入朝。贾赦贾珍亦换了朝服，带领贾蔷贾蓉，奉侍贾母前往。

于是宁荣两处上下内外人等，莫不欣喜，独有宝玉置若罔闻。你道什么缘故？原来近日水月庵的智能私逃入城来找秦钟，不意被秦业知觉，将智能逐去，将秦钟打了一顿，自己气的老病发了，三五日光景，呜呼哀哉了。秦钟本自怯弱，又带病未痊，受了笞杖，今见老父气死，此时悔痛无及，又添了许多病症。因此，宝玉心中怅怅不乐。虽有元春晋封之事，那解得他愁闷？贾母等如何谢恩，如何回家，亲友如何来庆贺，宁荣两府近日如何热闹，众人如何得意，独他一个皆视有如无，毫不介意。因此众人嘲他越发呆了。

且喜贾琏与黛玉回来，先遣人来报信，明日就可到家了，宝玉听了，方略有些喜意。细问原由，方知贾雨村亦进京引见，皆由王子腾累上荐本⑥，此来候补京缺，与贾琏是同宗弟兄，又与黛玉有师徒之谊，故同路作伴而来。林如海已葬入祖茔了，诸事停妥。贾琏此番进京，若按站而走，本该出月到家，因闻元春喜信，遂昼夜兼程而进，一路俱各平安。宝玉只问了黛玉"平安"二字，余者也就不在意了。

好容易盼到明日午错⑦，果报："琏二爷和林姑娘进府了。"见面时彼此悲喜交集，未免大哭一场，又致慰庆之词。宝玉心中忖度黛玉，越发出落的超逸了。黛玉又带了许多书籍来，忙着打扫卧室，安排器具，又将些纸笔等物分送与宝钗、迎春、宝玉等。宝玉又将北静王所赠蓉苓香串珍重取出来，转送黛玉。黛玉说："什么臭男人拿过的，我不要这东西！"遂掷而不取。宝玉只得收回，暂且无话。

且说贾琏自回家见过众人，回至房中，正值凤姐事繁，无片刻闲空，见贾琏远路归来，少不得拨冗接待⑧。房内无外人，便笑道："国舅老爷大喜！国舅老爷一路的风尘辛苦！小的听见昨日的头起报马来报说⑨，今日大驾归府，略预备了一杯水酒掸尘⑩，不知可赐光谬领否？"贾琏笑道："岂敢，岂敢！多承，多承。"一面平儿与众丫鬟参见毕，献茶。

贾琏遂问别后家中诸事，又谢凤姐的操持辛苦。凤姐道："我那里管得这些事来！见识又浅，口角又笨，心肠又直率，'人家给个棒槌，我就认作针'。脸又软，搁不住人家给两句好话，心里就慈悲了。况且又没经过大事，胆子又小，太太略有些不自在，就连觉也睡不着。我苦辞过几回，太太又不许，倒说我图受用，不肯学习。殊不知我是捻着一把汗呢。一句也不敢多说，一步也不敢妄行。你是知道的，咱们家所有的这些管家奶奶，那一个是好缠的？错一点儿他们就笑话打趣，偏一点儿他们就'指桑说槐'的抱怨；'坐山看虎斗'，'借刀杀人'，'引风吹火'，'站干岸儿'，'推倒油瓶不扶'，都是全挂子的武艺。况且我年纪轻，不压人，怨不得不放我在眼里。更可笑那府里蓉儿媳妇死了，珍大哥再三在太太跟前跪着讨情，只要请我帮他几日；我是再四推辞，太太做情允了，只得从命，依旧被我闹了个马仰人翻，更不成个体统，至今珍大哥还抱怨后悔呢。你明儿见了他，好歹描补描补⑪，就说我年纪小，原没见过世面，谁叫大爷错委了他。"

说着，只听外间有人说话，凤姐便问："是谁？"平儿进来回道："姨太太打发了香菱妹子来问我一句话，我已经说了，打发他回去了。"贾琏笑道："正是呢，我方才见姨妈去，和一个年轻的小媳妇子撞了个对面，生得好齐整模样。我疑惑咱家并无此人，说话时问姨妈，方知道是上京买来的小丫头，名叫什么'香菱'的，竟与薛大傻子作了房里的人⑫，开了脸⑬，越发出挑的标致了。那薛大傻子真玷辱了他。"凤姐道："哎！往苏杭走了一趟回来，也该见些世面了，还是这样眼馋肚饱的。你要爱他，不值什么，我拿平儿去换了他来如何？那薛老大也是'吃着碗里瞧着锅里'的，这一年来的光景，他为香菱儿不能到手，和姨妈打了多少饥荒⑭。那姨妈看着香菱模样儿好还是小事，其为人行事，更又比别的女孩子不同，温柔安静，差不多的主子姑娘还跟不上他，故此摆酒请客的费事，明堂正道与他做了妾。过了没半月，也看的没事人一大堆了。我倒心里可惜他。"一语未了，二门上小厮传报："老爷在大书房等二爷呢。"贾琏听了，忙忙整衣出去。

这里凤姐乃问平儿："方才姨妈有什么事，巴巴儿的打发香菱来⑮？"平儿道："那里来的香菱，是我借他暂撒个谎儿。奶奶你说，旺儿嫂子越发连个成算也没了。"说着，又走至凤姐身边，悄悄说道："奶奶的那利银迟不送来，早不送来，这会子二爷在家，他偏送这个来了。幸亏我在堂屋里碰见，不然他走了来回奶奶，二爷少不得要知道，我们二爷那脾气，油锅里的还要捞出来花呢，知道奶奶有了体己⑯，他还不大着胆子花么？所以我赶着接过来，教我说了他两句，谁知奶奶偏听见了。我故此当着二爷面前只说香菱儿来了。"凤姐听了笑道："我说呢，姨妈知道你二爷来了，忽剌巴的反打发个房里人来了⑰，原来你这蹄子闹鬼⑱！"

说着贾琏已进来了，凤姐命摆上酒馔来，夫妻对坐。凤姐虽善饮，却不敢任兴，只陪侍着。见贾琏的乳母赵嬷嬷走来。贾琏凤姐忙让吃酒，令其上炕去。赵嬷嬷执意不肯。平儿等早于炕沿设下一几，又有小脚踏，赵嬷嬷在脚踏上坐了，贾琏向桌上拣两盘肴馔与他，放在几上自吃。凤姐又道："妈妈很嚼不动那个，没的倒硌了他的牙。"因问平儿道："早起我说那一碗火腿炖肘子很烂，正好给妈妈吃，你怎么不拿了去赶着叫他们热来？"又道：

"妈妈，你尝一尝你儿子带来的惠泉酒⑲。"赵嬷嬷道："我喝呢，奶奶也喝一钟。怕什么？只不要过多了就是了。我这会子跑了来，倒也不为酒饭，倒有一件正经事，奶奶好歹记在心里，疼顾我些罢！我们这爷，只是嘴里说的好，到了跟前就忘了我们。幸亏我从小儿奶了你这么大。我也老了，有的是那两个儿子，你就另眼照看他们些，别人也不敢龇牙儿的⑳。我还再三的求了你几遍，你答应的倒好，如今还是燥屎㉑。这如今又从天上跑出这样一件大喜事来，那里用不着人？所以倒是来和奶奶说是正经。靠着我们爷，只怕我还饿死了呢。"凤姐笑道："妈妈，你的两个奶哥哥都交给我。你从小儿奶的儿子还有什么不知他那脾气的？拿着皮肉倒往那不相干的外人身上贴。可见现放着奶哥哥那一个不比人强？你疼顾照看他们，谁敢说个'不'字儿？没的白便宜了外人。我这话也说错了，我们看着是'外人'，你却看着是'内人'一样呢㉒。"说着，满屋里人都笑了。赵嬷嬷也笑个不住，又念佛道："可是屋子里跑出青天来了。要说'内人''外人'这些混账缘故，我们爷是没有；不过是脸软心慈，搁不住人求两句罢了。"凤姐笑道："可不是呢，有'内人'的他才慈软呢，他在咱们娘儿们跟前才是刚硬呢！"赵嬷嬷道："奶奶说的太尽情了，我也乐了，再吃一杯好酒。从此我们奶奶做了主，我就没的愁了。"

贾琏此时没好意思，只是讪笑道："你们别胡说了，快盛饭来吃，还要往珍大爷那边去商议事呢。"凤姐道："可是，别误了正事。刚才老爷叫你说什么？"贾琏道："就为省亲的事㉓。"凤姐忙问道："省亲的事竟准了？"贾琏笑道："虽不十分准，也有八九分了。"凤姐笑道："可见当今的隆恩呢！历来听书看戏，古时从来未有的。"赵嬷嬷又接口道："可是呢，我也老糊涂了。我听见上上下下吵嚷了这些日子，什么省亲不省亲，我也不理论他去；如今又说省亲，到底是怎么个缘故？"贾琏道："如今当今体贴万人之心，世上至大莫如'孝'字㉔，想来父母儿女之性，皆是一理，不在贵贱上分的。当今自为日夜侍奉太上皇、皇太后，尚不能略尽孝意，因见宫里嫔妃才人等皆是入宫多年，抛离父母，岂有不思想之理？且父母在家，思想女儿，不能一见，倘因此成疾，亦大伤天和之事㉕，故启奏上皇、太后，每月逢二六日期，准其椒房眷属入宫请候省视㉖。于是太上皇、皇太后大喜，深赞当今至孝纯仁，体天格物㉗。因此二位老圣人又下旨谕说：椒房眷属入宫，未免有关国体仪制，母女尚未能惬怀。竟大开方便之恩，特降谕诸椒房贵戚，除二六日入宫之恩外，凡有重宇别院之家，可以驻跸关防者㉘，不妨启请内廷銮舆入其私第㉙，庶可尽骨肉私情，共享天伦之乐事。此旨下了，谁不踊跃感戴？现今周贵妃的父亲已在家里动了工，修盖省亲的别院呢。又有吴贵妃的父亲吴天祐家，也往城外踏看地方去了。这岂非有八九分了？”

赵嬷嬷道：“阿弥陀佛！原来如此。这样说起，咱们家也要预备接大小姐了？”贾琏道：“这何用说？不然这会子忙的是什么？”凤姐笑道：“果然如此，我可也见个大世面了。可恨我小几岁年纪，若早生二三十年，如今这些老人家也不薄我没见世面了。说起当年太祖皇帝仿舜巡的故事㉚，比一部书还热闹，我偏没造化赶上。”赵嬷嬷道：“嗳哟！那可是千载希逢的！那时候我才记事儿，咱们贾府正在姑苏扬州一带监造海船，修理海塘，只预备接驾一次，把银子花的像淌海水似的！说起来……”凤姐忙接道：“我们王府里也预备过一次。那时我爷爷专管各国进贡朝贺的事，凡有外国人来，都是我们家养活。粤、闽、滇、浙所有的洋船货物都是我们家的。”

赵嬷嬷道：“那是谁不知道的？如今还有个口号儿呢，说：‘东海少了白玉床，龙王来请江南王。’这说的就是奶奶府上了。如今还有现在江南的甄家，嗳哟哟！好势派！独他家接驾四次，若不是我们亲眼看见，告诉谁也不信。别讲银子成了土泥，凭是世上有的，没有不是堆山积海的。‘罪过可惜’四个字竟顾不得了。”凤姐道：“我常听见我们太爷说，也是这样的。岂有不信的？只纳罕他家怎么就这样富贵呢？”赵嬷嬷道：“告诉奶奶一句话，也不过拿着皇帝家的银子往皇帝身上使罢了！谁家有那些钱买这个虚热闹去？"

正说着，王夫人又打发人来瞧凤姐吃完了饭不曾。凤姐便知有事等他，忙忙的吃了饭，漱口要走，又有二门上小厮们回："东府里蓉蔷二位哥儿来了。"贾琏才漱了口，平儿捧着盆盥手，见他二人来了，便问："说什么话？"凤姐因亦止步，只听贾蓉先回说："我父亲打发我来回叔叔：老爷们已经议定了，从东边一带，接着东府里花园起，至西北，丈量了，一共三里半大，可以盖造省亲别院了。已经传人画图样去，明日就得。叔叔才回家，未免劳乏，不用过我们那边去，有话明日一早再请过去面议。"贾琏笑说："多谢大爷费心，体谅我，就从命不过去了。正经是这个主意，才省事，盖造也容易；若采置别的地方去，那更费事，且倒不成体统。你回去说，这样很好，若老爷们再要改时，全仗大爷谏阻，万不可另寻地方。明日一早，我给大爷请安去，再议细话。"贾蓉忙应几个"是"。

贾蔷又近前回说："下姑苏请聘教习[31]，采买女孩子，置办乐器行头等事[32]，大爷派了侄儿，带领着来管家两个儿子，还有单聘仁、卜固修两个清客相公，一同前往，所以命我来见叔叔。"贾琏听了，将贾蔷打量了打量，笑道："你能够在行么？这个事虽不甚大，里头却有藏掖的[33]。"贾蔷笑道："只好学着办罢了。"

贾蓉在身傍灯影下悄拉凤姐的衣襟，凤姐会意，因笑道："你也太操心了，难道大爷比咱们还不会用人？偏你又怕他不在行了。谁都是在行的？孩子们已长的这么大了，'没吃过猪肉，也看见过猪跑'。大爷派他去，原不过是个坐纛旗儿[34]，难道认真的叫他去讲价钱会经纪呢[35]！依我说，很好。"贾琏道："自然是这样。并不是我要驳回，少不得替他筹算筹算。"因问："这一项银子动那一处的？"贾蔷道："刚才也议到这里。赖爷爷说，竟不用从京里带银子去，江南甄家还收着我们五万银子。明儿写一封书信会票我们带去[36]，先支三万两，剩二万存着，等置办彩灯花烛并各色帘帏帐幔的使用。"贾琏点头道:"这个主意好。"凤姐忙向贾蔷道:"既这样,我有两个在行妥当人,你就带他们去办,这个便宜了你呢。"贾蔷忙陪笑道:"正要和婶娘讨两个人呢,这可巧了。"因问名字。凤姐便问赵嬷嬷。彼时赵嬷嬷已听话听呆了,平儿忙笑推他,才醒悟过来,忙说:"一个叫赵天梁,一个叫赵天栋。"凤姐道:"可别忘了,我干我的去了。"说着便出去了。贾蓉忙跟出来,悄悄的向凤姐道:"婶娘要什么东西,吩咐了开个账儿给我兄弟带去,按账置办了来。"凤姐笑道:"别放你娘的屁!我的东西还没处撂呢,希罕你们鬼鬼祟祟的。"说着,一径去了。

这里贾蔷也是问贾琏:"要什么东西?顺便织来孝敬。"贾琏笑道:"你别兴头。才学着办事,倒先学会了这把戏。短了什么,少不得写信来告诉你,且不要论到这里。"说毕,打发他二人去了。接着回事的人不止三四起,贾琏乏了,便传与二门上,一应不许传报,俱待明日料理。凤姐至三更时分方下来安歇。一宿无话。

次早贾琏起来,见过贾赦贾政,便往宁国府中来,合同老管事人等,并几位世交门下清客相公,审察两府地方,缮画省亲殿宇,一面参度办理人丁。自此后,各行匠役齐全,金银铜锡以及土木砖瓦之物,搬运移送不歇。先令匠役拆宁府会芳园墙垣楼阁,直接入荣府东大院中。荣府东边所有下人一带群房已尽拆去。当日宁荣二宅,虽有一条小巷界断不通,然这小巷亦系私地,并非官道,故可以联络。会芳园本是从北墙角下引来一股活水,今亦无烦再引。其山树木石虽不敷用,贾赦住的乃是荣府旧园,其中竹树山石以及亭榭栏杆等物,皆可挪就前来。如此两处又甚近,凑来一处,省许多财力,纵有不敷,所添有限。全亏一个胡老名公⑰,号山子野⑱,一一筹画起造。

贾政不惯于俗务,只凭贾赦、贾珍、贾琏、赖大、来升、林之孝、吴新登、詹光、程日兴等几人安插摆布。堆山凿池,起楼竖阁,种竹栽花,一应点景,又有山子野制度⑲,下朝闲暇,不过各处看望看望，最要紧处和贾赦等商议商议便罢了。贾赦只在家高卧，有芥豆之事，贾珍等或自去回明，或写略节^⑩，或有话说，便传呼贾琏赖大等来领命。贾蓉单管打造金银器皿。贾蔷已起身往姑苏去了。贾珍赖大等又点人丁，开册籍，监工等事。一笔不能写到，不过是喧阗热闹而已。暂且无话。

且说宝玉近因家中有这等大事，贾政不来问他的书，心中自是畅快；无奈秦钟之病，日重一日，也着实悬心，不能快乐。这日一早起来，才梳洗了，意欲回了贾母去望候秦钟，忽见茗烟在二门照壁前探头缩脑，宝玉忙出来问他："做什么？"茗烟道："秦相公不中用了！"宝玉听了，吓了一跳，忙问道："我昨儿才瞧了他还明明白白，怎么就不中用了？"茗烟道："我也不知道，刚才是他家的老头子特来告诉我的。"宝玉听了，忙转身回明贾母，贾母吩咐派妥当人跟去，"到那里尽一尽同窗之情就回来，不许多耽搁了。"

宝玉忙出来更衣。到外边，车犹未备，急的满厅乱转，一时催促的车到，忙上了车，李贵茗烟等跟随。来到秦家门首，悄无一人，遂蜂拥至内室，唬的秦钟的两个远房婶母并几个弟兄都藏之不迭。

此时秦钟已发过两三次昏了，已易箦多时矣^⑪。宝玉一见，便不禁失声。李贵忙劝道："不可，不可，秦相公是弱症，未免炕上挺扛的骨头不受用，所以暂且挪下来松散些。哥儿如此，岂不反添了他的病？"宝玉听了，方忍住近前，见秦钟面如白蜡，合目呼吸，转展枕上。宝玉忙叫道："鲸哥！宝玉来了。"连叫了两三声，秦钟不睬。宝玉又叫道："宝玉来了。"

那秦钟早已魂魄离身^⑫，只剩得一口悠悠余气在胸，正见许多鬼判持牌提索来捉他。那秦钟魂魄那里肯就去？又记念着家中无人掌着家务，又记挂着智能尚无下落，因此百般求告鬼判。无奈这些鬼判都不肯徇私，反叱咤秦钟道："亏你还是读过书的人，岂不知俗语说的：'阎王叫你三更死，谁敢留人到五更。'我们阴间上下都是铁面无私的，不比阳间瞻情顾意，有许多关碍处。"

　　正闹着，那秦钟魂魄忽听见"宝玉来了"四字，便忙又央求道："列位神差略慈悲，让我回去，和一个好朋友说一句话，就来了。"众鬼道："又是什么好朋友？"秦钟道："不瞒列位，就是荣国公孙子，小名宝玉的。"都判官听了，先就唬慌起来，忙喝骂鬼使道："我说你们放了他回去走走罢，你们断不依我的话，如今等的请出个运旺时盛的人才罢。"众鬼见都判如此，也皆忙了手脚，一面又抱怨道："你老人家先是那等'雷霆火炮'，原来见不得'宝玉'二字。依我们愚见，他是阳，我们是阴，怕他亦无益于我们。"毕竟秦钟死活如何，且听下回分解。

【注释】

　　①六宫都太监：总管六宫事务的太监。六宫，古代后妃的寝宫，正寝一，燕寝五，合称"六宫"。都，总管的意思。

　　②负诏捧敕：手持皇帝的命令。诏、敕，都特指帝王命令。

　　③陛见：臣僚谒见皇帝叫"陛见"。陛，宫殿前台阶。

　　④凤藻宫尚书：凤藻，有文彩的意思。唐李白《夏日诸从弟登汝州龙兴阁序》："当挥尔凤藻，挹余霞觞。"尚书，当指女尚书，宫中女官名。东汉、三国时魏都曾设此官。《三国志·魏书·明帝纪》注引《魏略》云：明帝"选女子知书可付信者六人，以为女尚书，使典省外奏事。"清后宫没有凤藻宫的名称，也无让后妃做女尚书的规定，这当是作者使用曲笔。唐白居易描写宫女"幽闭怨旷之苦"的《上阳白发人》诗云："今日宫中年最老，大家遥赐尚书号。……外人不见见应笑，天宝末年时世妆。"作者或借此事，暗示元春即使加封，也有如"上阳白发人"一样，难免幽怨之苦。

　　⑤大妆：其义难明，或指有爵和有职人员，正式朝贺或接待贵宾时，依照规定的朝服，按品穿戴，叫"大妆"。

　　⑥荐本：向皇帝推荐人材的奏折。

　　⑦午错：刚过正午的时候。

　　⑧拨冗：抛开繁杂的事务。

⑨报马：这里指报告消息的人。

⑩掸尘：拂去浮尘。这里意同"洗尘"或"洗泥"。本指宴请远客。此是凤姐趣语。

⑪描补描补：这里是解释弥补的意思。

⑫房里的人：这里指被"收房"的丫头。

⑬开脸：旧俗，女子出嫁时，绞除脸上的汗毛，描画眉毛，修齐鬓角，叫"开脸"。

⑭打饥荒：这里是发生麻烦的意思。

⑮巴巴儿的：特地的意思。

⑯体己：又作"梯己""梯息"。个人切身私有的。枝巢子《旧京琐记》卷二："私财曰体己。"这里即指私蓄。

⑰忽剌巴的：忽然、凭空的意思。

⑱蹄子：或为"弟子"之转讹。唐教坊中称女优为"弟子"。宋程大昌《演繁露》卷六："开元二年，玄宗……选乐工数百人，自教法曲于梨园，谓之皇帝梨园弟子。至今谓优女为弟子，命伶魁为乐营将者，此其始也。"宋元时称妓女为"弟子"。当因妓女在旧时地位卑贱，故比喻为脏臭的蹄子，转而为骂女人的话。意即娼妇、婊子，或小娼妇、小婊子之类。《儿女英雄传》第七回："谁知越劝倒越把他劝翻了，张口娼妇，闭口蹄子。"这里是谑称。

⑲惠泉酒：一种南酒。惠泉，亦作"慧泉"，在江苏无锡惠山西第一峰下，唐陆羽以为天下第二泉。有上中下三池，水清味醇，用以酿酒，称"慧泉酒"。也叫"三白"。《古今图书集成·职方典》引《常州府志》："慧泉酒，名曰三白，以岁腊月酿成。……其酒以色白味清而洌者为上，山中卖者比舍皆是。"

⑳呲牙儿：掀唇露齿的样子，引申为开口说话。这里指背后所发的不满的议论。

㉑燥屎：歇后语。干搁着。谓事情搁置未办。

㉒内人：旧时对人称自己的妻妾为"内人"。《礼记·檀弓下》："内人皆行哭失声。"注："内人，妻妾也。"这里用作"自己人"的意思，和"外人"字面相对，用以取笑贾琏。

㉓省（xíng）亲：探望父母或其他尊亲。

㉔"世上"句：清代皇帝大力提倡以"孝"治天下。《东华录》雍正元年五月上谕："《孝经》一书，与《五经》并重，盖孝为百行之首。……庶士子咸知诵习，而民间亦敦本励行，移孝作忠之道，胥由乎此。"

㉕天和：这里指自然的祥和之气。

㉖椒房：汉代后妃住的宫室，用花椒和泥涂壁，取其温香、多子之义。《汉书·车千秋传》："转至未央椒房。"唐颜师古注："椒房，殿名，皇后所居也。以椒和泥涂壁，取其温而芳也。"后遂用"椒房"代指后妃。

㉗体天格物：这里是深察人情的意思。体天，体会天意。格物，推究事物的道理。

㉘驻跸（bì）关防：驻，车马停留。跸，也作"跸"或"趩"，戒严清道。驻跸，指皇帝皇后外出时，在宫外停留暂住。关防，行动的意思。《旧京琐记》卷四："清代宫闱整肃……妃嫔行动曰关防。关防之严殊甚，各有太监以辖之，与外间音问断绝。"或可当防卫讲。《清稗类钞》"会亲类"："公主、福晋、格格及外戚眷属，岁时有赐，入内谢恩，谓之会亲。官门外施以黄幕，谓之关防。"

㉙銮舆：宫车。銮，即"銮铃"，亦作"鸾铃"，古代帝王车驾所用的铃，青铜制成。

㉚舜巡：相传古时帝舜曾巡游江南。巡，即巡狩，古时帝王五年一巡狩，视察诸侯所守的地方。《孟子·梁惠王下》："天子适诸侯曰巡狩。巡狩者，巡所守也。"

㉛教习：清代官学设有教习一职，掌课试之事。这里指教练女孩子演戏的人。

㉜行头：演戏使用的服装道具等物。清李斗《扬州画舫录》卷五："戏具谓之行头。行头分衣盔杂把四箱。……此之谓江湖行头。盐务自制戏具，谓之内班行头。"

㉝藏掖：夹带，隐匿。这里指作弊的机会。

㉞坐纛（dào）旗儿：比喻主事的人。纛，军中主将的大旗。

㉟经纪：本指买卖、生意，北魏时已有此语。《北史·卢文伟传》："经纪生资，常若不足，致财积聚，承候宠要，饷遗不绝。"这里指"牙商"，即旧时为买卖双方说合从中取得佣金的人。

㊱会票：明清时代商人发行的一种异地支付银钱的凭证。原为在一地交款领票，到另一地兑现的汇票，后亦代作现款在市场流通。

㊲名公：本指著名的人士。这里用作尊称，犹言"先生"。

㊳山子野：当是一个擅长设计堆砌假山的人的绰号。山子，指花园中的假山。清刘寿眉《春泉闻见录》："今京师有操业致富者，即以业名，如米祝、酱李、香阎、靴朱之类。"

㊴制度：这里用作动词，规划设计的意思。

㊵略节：即"节略"。简要地记述事情梗概，向上呈报，叫"节略"。

㊶易箦（zé）：更换寝席。箦，竹席。《礼记·檀弓上》载，春秋时鲁国曾参临终，以为寝席过于华美，不合当时礼制，命子曾元扶起调换，既换，反席未安而死。后因以"易箦"比喻人病重将死。

㊷魂魄：指人的精灵。古人谓精神能离开形体而存在者为"魂"，依附形体而存在者为"魄"。《左传》昭公二五年："心之精爽，是谓魂魄，魂魄去之，何以能久？"

第十七回
大观园试才题对额　荣国府归省庆元宵

话说秦钟既死，宝玉痛哭不止，李贵等好容易劝解半日方住，归时还带余哀。贾母帮了几十两银子，外又另备奠仪，宝玉去吊丧。七日后便送殡掩埋了，别无记述。只有宝玉日日感悼，思念不已，然亦无可如何了。又不知过了几时才罢。

这日贾珍等来回贾政："园内工程俱已告竣，大老爷已瞧过了，只等老爷瞧了，或有不妥之处，再行改造，好题匾额对联的。"贾政听了，沉思一会，说道："这匾对倒是一件难事。论礼该请贵妃赐题才是，然贵妃若不亲观其景，亦难悬拟①；若直待贵妃游幸时再请题②，若大景致③，若干亭榭，无字标题④，任是花柳山水，也断不能生色。"

众清客在旁笑答道："老世翁所见极是。如今我们有个主意：各处匾对断不可少，亦断不可定。如今且按其景致，或两字、三字、四字，虚合其意拟了来，暂且做出灯匾联悬了，待贵妃游幸时，再请定名，岂不两全？"贾政听了道："所见不差。我们今日且看看去，只管题了，若妥使用；若不妥，将雨村请来，令他再拟。"众人笑道："老爷今日一拟定佳，何必又待雨村。"贾政笑道："你们不知，我自幼于花鸟山水题咏上就平平；如今上了年纪，且案牍劳烦⑤，于这怡情悦性的文章上更生疏了⑥。纵拟出来，不免迂腐古板，反使花柳园亭因而减色，转没意思。"众清客："这也无妨。我们大家看了公拟，各举所长，优则存之，劣则删之，未为不可。"贾政道："此论极是。且喜今日天气和暖，大家去逛逛。"说着，起身引众人前往。贾珍先去园中知会众人。

可巧近日宝玉因思念秦钟，忧伤不已，贾母常命人带他到新园中来戏耍。此时亦才进去，忽见贾珍来了，向他笑道："你还不快出去，一会儿老爷来了。"宝玉听了，带着奶娘小厮们，一溜烟就出园来。方转过弯，顶头看见贾政引着众人来了，躲之不及，只得一旁站了。贾政近因闻得塾师称赞他专能对对，虽不喜读书，偏有些歪才，所以此时便命他跟入园中，意欲试他一试。宝玉未知何意，只得随往。

刚至园门，只见贾珍带领许多执事旁边侍立。贾政道："你且把园门闭了，我们先瞧外面，再进去。"贾珍命人将门关上，贾政先秉正看门⑦，只见正门五间，上面筒瓦泥鳅脊⑧；那门栏窗槅，俱是细雕时新花样，并无朱粉涂饰；一色水磨群墙⑨，下面白石台阶，凿成西番花样⑩。左右一望，皆雪白粉墙，下面虎皮石⑪，随意乱砌，自成纹理，不落富丽俗套，自是喜欢。遂命开门，只见一带翠嶂挡在面前。众清客都道："好山，好山！"贾政道："非此一山，一进来园中所有之景悉入目中，则有何趣？"众人道："极是。非胸中大有丘壑⑫，焉能想到这里。"

说毕，往前一望，见白石崚嶒⑬，或如鬼怪，或似猛兽，纵横拱立；上面苔藓斑驳，或藤萝掩映，其中微露羊肠小径。贾政道："我们就从此小径游去，回来由那一边出去，方可遍览。"说毕，命贾珍前导，自己扶了宝玉，逶迤走进山口。抬头忽见山上有镜面白石一块，正是迎面留题处。贾政回头笑道："诸公请看，此处题以何名方妙？"众人听说，也有说该题"叠翠"二字的，也有说该题"锦嶂"的，又有说"赛香炉"的⑭，又有说"小终南"的⑮，种种名色，不止十几个。原来众客心中，早知贾政要试宝玉的才，故此只将些俗套来敷衍。宝玉也知此意。

贾政听了，便回头命宝玉拟来。宝玉道："尝听见古人云：'编新不如述旧，刻古终胜雕今。'况此处并非主山正景，原无可题之处，不过是探景一进步耳。莫如直书古人'曲径通幽'这旧句在上⑯，倒也大方。"众人听了，赞道："是极，妙极！二世兄天分高，才情远，不似我们读腐了书的。"贾政笑道："不当过奖他。他年小的人，不过以一知充十用，取笑罢了。再俟选拟。"

说着，进入石洞来，只见佳木茏葱，奇花烂灼，一带清流，从花木深处泻于石隙之下。再进数步，渐向北边，平坦宽豁，两边飞楼插空[17]，雕甍绣槛[18]，皆隐于山坳树杪之间。俯而视之，但青溪泻玉，石磴穿云[19]，白石为栏，环抱池沼，石桥三港[20]，兽面衔吐[21]。桥上有亭。贾政与诸人到亭内坐了，问："诸公以何题此？"诸人都道："当日欧阳公《醉翁亭记》有云：'有亭翼然'[22]，就名'翼然'罢。"贾政笑道："'翼然'虽佳，但此亭压水而成，还须偏于水题为称。依我拙裁，欧阳公句：'泻于两峰之间'，竟用他这一个'泻'字。"有一客道："是极，是极。竟是'泻玉'二字妙。"贾政拈须寻思，因叫宝玉也拟一个来。宝玉回道："老爷方才所说已是。但如今追究了去，似乎当日欧阳公题酿泉用一'泻'字则妥，今日此泉也用'泻'字，似乎不妥。况此处既为省亲别墅，亦当依应制之体[23]，用此等字，亦似粗陋不雅。求再拟蕴藉含蓄者。"贾政笑道："诸公听此论何如？方才众人编新，你说'不如述古'；如今我们述古，你又说'粗陋不妥'。你且说你的。"宝玉道："用'泻玉'二字，则不若'沁芳'二字，岂不新雅？"贾政拈须点头不语。众人都忙迎合，称赞宝玉才情不凡。贾政道："匾上二字容易。再作一副七言对来。"宝玉四顾一望，机上心来，乃念道：

　　　　绕堤柳借三篙翠，隔岸花分一脉香[24]。

贾政听了，点头微笑。众人又称赞个不已。于是出亭过池，一山一石，一花一木，莫不着意观览。忽抬头见前面一带粉垣，数楹修舍[25]，有千百竿翠竹遮映。众人都道："好个所在！"于是大家进入，只见进门便是曲折游廊，阶下石子漫成甬路；上面小小三间房舍，两明一暗，里面都是合着地步打的床几椅案[26]。从里间房里，又有一小门，出去却是后园，有大株梨花并芭蕉，又有两间小小退步[27]。后院墙下忽开一隙，得泉一派，开沟仅尺许，灌入墙内，绕阶缘屋至前院，盘旋竹下而出。贾政笑道："这一处倒还好；若能月夜坐此窗下读书，也不枉虚生一世。"说着，便看宝玉，唬的宝玉忙垂了头，众人忙用闲话解说。又二客说："此处的匾该题四个字。"贾政笑问："那四个字？"一个道是："淇水遗风㉘"。贾政道："俗。"又一个道是："睢园遗迹㉙"。贾政道："也俗。"贾珍在旁说道："还是宝兄弟拟一个来。"贾政道："他未曾做，先要议论人家的好歹，可见就是个轻薄人。"众客道："议论的极是，其奈他何。"贾政忙道："休如此纵了他。"因命他道："今日任你狂为乱道，先说出议论来，方许你做。方才众人说的，可有使得的否？"宝玉见问，便答道："都似不妥。"贾政冷笑道："怎么不妥？"宝玉道："这是第一处行幸之所，必须颂圣方可。若用四字的匾，又有古人现成的，何必再做？"贾政道："难道'淇水''睢园'不是古人的？"宝玉道："这太板了。莫若'有凤来仪'四字㉚。"众人都哄然叫妙。贾政点头道："畜生，畜生！可谓'管窥蠡测'矣㉛。"因命："再题一联来。"宝玉便念道：

宝鼎茶闲烟尚绿，幽窗棋罢指犹凉㉜。

贾政摇头道："也未见长。"说毕，引人出来。方欲走时，忽想起一事来，问贾珍道："这些院落屋宇，并几案桌椅都算有了。还有那些帐幔帘子并陈设玩器古董，可也都是一处一处合式配就的么？"贾珍回道："那陈设的东西早已添了许多，自然临期合式陈设。帐幔帘子，昨日听见琏兄弟说，还不全。那原是一起工程之时就画了各处的图样，量准尺寸，就打发人办去的。想必昨日得了一半。"贾政听了，便知此事不是贾珍的首尾㉝，便叫人去唤贾琏。一时来了。贾政问他："共有几种？现今得了几种？尚欠几种？"贾琏见问，忙向靴筒内取出靴掖内装的一个纸折略节来㉞，看了一看，回道："妆蟒绣堆、刻丝弹墨㉟，并各色绸绫大小幔子一百二十架，昨日得了八十架，下欠四十架。帘子二百挂，昨俱得了。外有猩猩毡帘二百挂，湘妃竹帘二百挂㊱，金丝藤红漆竹帘二百挂，黑漆竹帘二百挂，五彩线络盘花帘二百挂，每样得了一半，也不过秋天都全了。椅搭、桌围、床裙、机套，每分一千二百件，也有了。"

一面说，一面走，忽见青山斜阻。转过山怀中，隐隐露出一带黄泥墙，墙上皆用稻茎掩护。有几百枝杏花，如喷火蒸霞一般。里面数楹茅屋，外面却是桑、榆、槿、柘，各色树稚新条，随其曲折，编就两溜青篱。篱外山坡之下，有一土井，旁有桔槔辘轳之属③；下面分畦列亩，佳蔬菜花，一望无际。

贾政笑道："倒是此处有些道理。虽系人力穿凿，而入目动心，未免勾引起我归农之意⑧。我们且进去歇息歇息。"说毕，方欲进去，忽见篱门外路旁有一石，亦为留题之所，众人笑道："更妙，更妙！此处若悬匾待题，则田舍家风一洗尽矣。立此一碣，又觉许多生色，非范石湖田家之咏不足以尽其妙⑨。"贾政道："诸公请题。"众人云："方才世兄云：'编新不如述旧。'此处古人已道尽矣，莫若直书'杏花村'为妙⑩。"贾政听了，笑向贾珍道："正亏提醒了我。此处都好，只是还少一个酒幌⑪，明日竟做一个来，就依外面村庄的式样，不必华丽，用竹竿挑在树梢头。"贾珍答应了，又回道："此处竟不必养别样雀鸟，只养些鹅、鸭、鸡之类，才相称。"贾政与众人都说："妙极。"贾政又向众人道："'杏花村'固佳，只是犯了正村名⑫，直待请名方可⑬。"众客都道："是呀。如今虚的，却是何字样好？"

大家正想，宝玉却等不得了，也不等贾政的命，便说道："旧诗有云：'红杏梢头挂酒旗。如今莫若且题以'杏帘在望'四字。"众人都道："好个'在望'！又暗合'杏花村'意思。"宝玉冷笑道："村名若用'杏花'二字，则俗陋不堪了。又有唐人诗云'柴门临水稻花香'，何不用'稻香村'的妙？"众人听了，越发同声拍手道："妙！"贾政一声断喝："无知的业障！你能知道几个古人，能记得几首旧诗，也敢在老先生前卖弄！方才那些胡说，也不过是试你的清浊⑭，取笑而已，你就认真了！"

说着，引众人步入茆堂⑮，里面纸窗木榻，富贵气象一洗皆尽。贾政心中自是欢喜，却瞅宝玉道："此处如何？"众人见问，都忙悄悄的推宝玉教他说好。宝玉不听人言，便应声道："不及'有凤来仪'多矣。"贾政听了道："无知的蠢物，你只知朱楼画栋、恶赖富丽为佳⑯，那里知道这清幽气象？终是不读书之过！"宝玉忙答道："老爷教训的固是，但古人尝云'天然'⑰，此二字不知何意？"

众人见宝玉牛心⑱，都怪他呆痴不改；今见问"天然"二字，众人忙道："别的都明白，如何'天然'反不明白？'天然'者，天之自成，而非人力之所为也。"宝玉道："却又来！此处置一田庄，分明是人力造作而成：远无邻村，近不负郭⑲，背山山无脉，临水水无源，高无隐寺之塔，下无通市之桥，峭然孤出，似非大观，怎似先处有自然之理，得自然之趣？虽种竹引泉，亦不伤穿凿。古人云'天然图画'四字㊿，正畏非其地而强为其地，非其山而强为其山，即百般精巧，终不相宜……"未及说完，贾政气的喝命："扠出去！"才出去，又喝命："回来！"命："再题一联，若不通，一并打嘴！"宝玉只得念道：

新绿涨添浣葛处㉛，好云香护采芹人㉜。

贾政听了，摇头道："更不好。"一面引人出来，转过山坡，穿花度柳，抚石依泉，过了荼蘼架，入木香棚，越牡丹亭，度芍药圃，入蔷薇院，来到芭蕉坞，盘簇曲折。忽闻水声潺潺，出于石洞；上则萝薜倒垂，下则落花浮荡。众人都道："好景，好景！"贾政道："诸公题以何名？"众人道："再不必拟了，恰恰乎是'武陵源'三字㉝。"贾政笑道："又落实了，而且陈旧。"众人笑道："不然就用'秦人旧舍'四字也罢㉞。"宝玉道："越发过露了。'秦人旧舍'说避乱之意，如何使得？莫若'蓼汀花溆'四字㉟。"贾政听了道："更是胡说。"

于是贾政进了港洞，又问贾珍："有船无船？"贾珍道："采莲船共四只，座船一只，如今尚未造成。"贾政笑道："可惜不得入了。"贾珍道："从山上盘道也可以进去。"说毕，在前导引，大家攀藤抚树过去。只见水上落花愈多，其水愈清，溶溶荡荡，曲折萦纡。池边两行垂柳，杂以桃杏遮天蔽日，真无一些尘土。忽见柳阴中又露出一个折带朱栏板桥来，度过桥去，诸路可通，便见一所清凉瓦舍，一色水磨砖墙，清瓦花堵。那大主山所分之脉，皆穿墙而过。

　　贾政道："此处这一所房子，无味的很。"因而步入门时，忽迎面突出插天的大玲珑山石来，四面群绕各式石块，竟把里面所有房屋悉皆遮住。且一株花木也无，只见许多异草：或有牵藤的，或有引蔓的，或垂山巅，或穿石脚，甚至垂檐绕柱，萦砌盘阶，或如翠带飘飘，或如金绳蟠屈，或实若丹砂，或花如金桂，味香气馥，非凡花之可比。贾政不禁道："有趣！只是不大认识。"有的说："是薜荔藤萝。"贾政道："薜荔藤萝那得有此异香？"宝玉道："果然不是。这众草中也有藤萝薜荔，那香的是杜若蘅芜，那一种大约是茝兰，这一种大约是金葛，那一种是金䔲草，这一种是玉蕗藤，红的自然是紫芸，绿的定是青芷。想来那《离骚》《文选》所有的那些异草㊱，有叫作什么霍纳姜汇的，也有叫作什么纶组紫绛的，还有什么石帆、水松、扶留等样的㊲，见于左太冲《吴都赋》㊳。又有叫作什么绿荑的，还有什么丹椒、蘼芜、风莲㊴，见于《蜀都赋》。如今年深岁改，人不能识，故皆象形夺名，渐渐的唤差了，也是有的……"未及说完，贾政喝道："谁问你来？"唬的宝玉倒退，不敢再说。

　　贾政因见两边俱是超手游廊，便顺着游廊步入，只见上面五间清厦连着卷棚㊵，四面出廊，绿窗油壁，更比前清雅不同。贾政叹道："此轩中煮茶操琴，亦不必再焚香矣。此造却出意外，诸公必有佳作新题，以颜其额㊶，方不负此。"众人笑道："莫若'兰风蕙露'贴切㊷。"贾政道："也只好用这四字。其联云何？"一人道："我想了一对，大家批削改正。"道是：

　　　　麝兰芳霭斜阳院，杜若香飘明月洲㊸。

众人道："妙则妙矣！只是'斜阳'二字不妥。"那人引古诗"蘼芜满院泣斜阳"句，众人云："颓丧，颓丧！"又一人道："我也有一联，诸公评阅评阅。"念道：

三径香风飘玉蕙[64]，一庭明月照金兰。

贾政拈须沉吟，意欲也题一联，忽抬头见宝玉在旁不敢作声，因喝道："怎么你应说话时又不说了？还要等人请教你不成！"宝玉听了回道："此处并没有什么'兰麝'、'明月'、'洲渚'之类，若要这样着迹说来，就题二百联也不能完。"贾政道："谁按着你的头，教你必定说这些字样呢？"宝玉道："如此说，则匾上莫若'蘅芷清芬'四字。对联则是：

吟成豆蔻诗犹艳[65]，睡足荼蘼梦也香[66]。

贾政笑道："这是套的'书成蕉叶文犹绿'[67]，不足为奇。"众人道："李太白《凤凰台》之作，全套《黄鹤楼》[68]。只要套得妙。如今细评起来，方才这一联竟比'书成蕉叶'尤觉幽雅活动。"贾政笑道："岂有此理！"

说着，大家出来，走不多远，则见崇阁巍峨，层楼高起，面面琳宫合抱[69]，迢迢复道萦纡[70]。青松拂檐，玉兰绕砌，金辉兽面[71]，彩焕螭头[72]。贾政道："这是正殿了。只是太富丽了些。"众人都道："要如此方是。虽然贵妃崇尚节俭，然今日之尊，礼仪如此，不为过也。"一面说，一面走，只见正面现出一座玉石牌坊，上面龙蟠螭护，玲珑凿就。贾政道："此处书以何文？"众人道："必是'蓬莱仙境'方妙[73]。"贾政摇头不语。

宝玉见了这个所在，心中忽有所动，寻思起来，倒像在那里见过的一般，却一时想不起那年那月日的事了。贾政又命他题咏，宝玉只顾细思前景，全无心于此了。众人不知其意，只当他受了这半日折磨，精神耗散，才尽词穷了；再要留难逼迫着了急，或生出事来，倒不便。遂忙都劝贾政道："罢了，明日再题罢了。"贾政心中也怕贾母不放心，遂冷笑道："你这畜生，也竟有不能之时了。也罢，限你一日，明日题不来，定不饶你。这是第一要紧处所，要好生作来！"

　　说着，引人出来，再一观望，原来自进门至此，才游了十之五六。又值人来回，有雨村处遣人回话。贾政笑道："此数处不能游了。虽如此，到底从那一边出去，也可略观大概。"说着，引客行来，至一大桥，水如晶帘一般奔入。原来这桥便是通外河之闸，引泉而入者。贾政因问："此闸何名？"宝玉道："此乃沁芳源之正流，即名'沁芳闸'。"贾政道："胡说，偏不用'沁芳'二字。"

　　于是一路行来，或清堂，或茅舍，或堆石为垣，或编花为门，或山下得幽尼佛寺，或林中藏女道丹房㉔，或长廊曲洞，或方厦圆亭，贾政皆不及进去。因半日未尝歇息，腿酸脚软，忽又见前面露出一所院落来，贾政道："到此可要歇息歇息了。"说着一径引入，绕着碧桃花，穿过竹篱花障编就的月洞门㉕，俄见粉垣环护，绿柳周垂。贾政与众人进了门，两边尽是游廊相接，院中点衬几块山石，一边种几本芭蕉，那一边是一株西府海棠㉖，其势若伞，丝垂金缕，葩吐丹砂。众人都道："好花，好花！海棠也有，从没见过这样好的。"贾政道："这叫做'女儿棠'，乃是外国之种，俗传出'女儿国'㉗，故花最繁盛，亦荒唐不经之说耳。"众人道："毕竟此花不同，'女国'之说，想亦有之。"宝玉云："大约骚人咏士以此花红若施脂，弱如扶病，近乎闺阁风度，故以'女儿'命名。世人以讹传讹，都未免认真了。"众人都说："领教，妙解！"

　　一面说话，一面都在廊下榻上坐了。贾政因道："想几个什么新鲜字来题？"一客道："'蕉鹤'二字妙。"又一个道："'崇光泛彩'方妙㉘。"贾政与众人都道："好个'崇光泛彩'！"宝玉也道："妙。"又说："只是可惜了。"众人问："如何可惜？"宝玉道："此处蕉棠两植，其意暗蓄'红''绿'二字在内，若说一样，遗漏一样，便不足取。"贾政道："依你如何？"宝玉道："依我，题'红香绿玉'四字，方两全其美。"贾政摇头道："不好，不好！"

　　说着，引人进入房内。只见其中收拾的与别处不同，竟分不出间隔来的。原来四面皆是雕空玲珑木板，或"流云百蝠"，或"岁寒三友"⑲，或山水人物，或翎毛花卉，或集锦⑳，或博古㉛，或万福万寿，各种花样，皆是名手雕镂，五彩销金嵌玉的。一槅一槅，或贮书，或设鼎，或安置笔砚，或供设瓶花，或安放盆景；其槅式样，或圆，或方，或葵花蕉叶，或连环半璧。真是花团锦簇，玲珑剔透。倏尔五色纱糊，竟系小窗；倏尔彩绫轻覆，竟如幽户。且满墙皆是随依古董玩器之形抠成的槽子，如琴、剑、悬瓶之类，俱悬于壁，却都是与壁相平的。众人都赞："好精致！难为怎么做的！"

原来贾政走了进来，未到两层，便都迷了旧路，左瞧也有门可通，右瞧也有窗暂隔，及到跟前，又被一架书挡住。回头又有窗纱明透门径可行，及至门前，忽见迎面也进来了一起人，与自己的形相一样，——却是一架大玻璃镜。转过镜去，一发见门多了。贾珍笑道："老爷随我来，从此门出去便是后院，出了后院，倒比先近了。"引着贾政及众人转了两层纱厨，果得一门出去，院中满架蔷薇。转过花障，则见青溪前阻。众人咤异："这水又从何而来？"贾珍遥指道："原从那闸起流至那洞口，从东北山坳里引到那村庄里，又开一道岔口，引至西南上，共总流到这里，仍旧合在一处，从那墙下出去。"众人听了，都道："神妙之极！"说着，忽见大山阻路，众人都迷了路，贾珍笑道："随我来。"乃在前导引，众人随着，由山脚下一转，便是平坦大路，豁然大门现于面前，众人都道："有趣，有趣！搜神夺巧，至于此极！"于是大家出来。

那宝玉一心只记挂着里边姊妹们，又不见贾政吩咐，只得跟到书房。贾政忽想起来道："你还不去，看老太太记念你。难道还逛不足么？"宝玉方退了出来。至院外，就有跟贾政的小厮上来抱住，说道："今日亏了老爷喜欢，方才老太太打发人出来问了几次，我们回说老爷喜欢；若不然，老太太叫你进去了，就不得展才了。人人都说，你才那些诗比众人都强，今儿得了彩头^②，该赏我们了。"宝玉笑道："每人一吊。"众人道："谁没见那一吊钱！把这荷包赏了罢。"说着，一个个都上来解荷包，解扇袋，不容分说，将宝玉所佩之物，尽行解去。又道："好生送上去罢。"一个个围绕着，送至贾母门前。那时贾母正等着他，见他来了，知道不曾难为他，心中自是喜欢。

　　少时袭人倒了茶来，见身边佩物，一件不存，因笑道："带的东西必又是那起没脸的东西们解了去了。"林黛玉听说，走过来一瞧，果然一件无存，因向宝玉道："我给你的那个荷包也给他们了？你明儿再想我的东西，可不能够！"说毕，生气回房，将前日宝玉嘱咐他做而未完之香袋^③，拿起剪子来就铰。宝玉见他生气，便忙赶过来，早已剪破了。宝玉曾见过这香袋，虽未完工，却十分精巧，无故剪了，却也可气。因忙把衣领解了，从里面衣襟上将所系荷包解了下来，递与黛玉道："你瞧瞧，这是什么东西？我可曾把你的东西给人？"林黛玉见他如此珍重，带在里面，可知是怕人拿去之意，因此又自悔莽撞剪了香袋，低着头一言不发。宝玉道："你也不用剪，我知你是懒怠给我东西。我连这荷包奉还，何如？"说着掷向他怀中而去。黛玉越发气得哭了，拿起荷包又剪。宝玉忙回身抢住，笑道："好妹妹，饶了他罢！"黛玉将剪子一摔，拭泪说道："你不用合我好一阵歹一阵的，要恼就撂开手。"说着赌气上床，面向里倒下拭泪。禁不住宝玉上来"妹妹"长"妹妹"短赔不是。

　　前面贾母一片声找宝玉。众人回说："在林姑娘房里。"贾母听说道："好，好，好！让他姊妹们一处玩玩罢。才他老子拘了他这半天，让他开心一会子罢。只别叫他们拌嘴。"众人答应着。

　　黛玉被宝玉缠不过，只得起来道："你的意思不叫我安生，我就离了你。"说着往外就走。宝玉笑道："你到那里，我跟到那里。"一面仍拿着荷包来带上。黛玉伸手抢道："你说不要，这会子又带上，我也替你怪臊的！"说着"嗤"的一声笑了。宝玉道：

"好妹妹，明儿另替我做个香袋儿罢。"黛玉道："那也瞧我的高兴罢了。"

一面说，一面二人出房，到王夫人上房中去了，可巧宝钗亦在那里。此时王夫人那边热闹非常。原来贾蔷已从姑苏采买了十二个女孩子并聘了教习以及行头等事来了。那时薛姨妈另迁于东北上一所幽静房舍居住，将梨香院另行修理了，就令教习在此教演女戏；又另派家中旧曾学过歌唱的众女人们——如今皆是皤然老妪㉝，着他们带领管理。就令贾蔷总理其日月出入银钱等事，以及诸凡大小所需之物料账目。

又有林之孝家的来回："采访聘买得十二个小尼姑、小道姑，都到了，连新做的二十分道袍也有了。外又有一个带发修行的，本是苏州人氏，祖上也是读书仕宦之家，因自幼多病，买了许多替身㉟，皆不中用，到底这姑娘入了空门，方才好了，所以带发修行。今年十八岁，取名妙玉。如今父母俱已亡故，身边只有两个老嬷嬷、一个小丫头伏侍。文墨也极通，经典也极熟，模样又极好。因听说'长安'都中有观音遗迹㊱，并贝叶遗文㊲，去年随了师父上来，现在西门外牟尼院住着㊳。他师父精演先天神数㊴，于去冬圆寂了㊵。遗言说他：'不宜回乡，在此静候，自有结果。'所以未曾扶灵回去。"王夫人便道："这样我们何不接了他来？"林之孝家的回道："若请他，他说：'侯门公府，必以贵势压人，我再不去的。'"王夫人道："他既是宦家小姐，自然要傲些，就下个请帖请他何妨？"林之孝家的答应着出去，叫书启相公写个请帖去请妙玉，次日遣人备车轿去接。不知后来如何，且听下回分解。

【注释】

①悬拟：凭空拟定。

②游幸：旧指帝王、皇后的游赏。幸，封建时代称帝王亲临为"幸"。

③若大：如此之大。若，亦作"偌"，如此的意思。

④标题：标示题字。指给建筑物前面所挂的匾额、对联或磨崖上标识题记文字。标，动词，书题的意思。

⑤案牍：指官府的公文案件。

⑥怡情悦性的文章：即使心情舒畅悦乐的文章。一作"怡情理性"。这里指作诗题句。

⑦秉正：这里指站在最合适的位置。秉，执持，把握。

⑧筒瓦泥鳅脊：当时有一定爵位的建筑标志。筒瓦，半圆筒状的屋瓦。也叫"瓦头"，旧名"瓦当"。清钱泳《履园丛话》卷二"秦汉瓦当"："瓦当者，宋李好文《长安图志》谓之瓦头，盖屋瓦皆仰，当两仰瓦之际，为半规之瓦以覆之，俗谓筒瓦是也。"清制，亲王大殿及宫门用绿琉璃筒子瓦，郡王则用筒子瓦。泥鳅脊，指屋面两坡筒瓦瓦垅过脊时，呈一种卷棚式，因其状如泥鳅，故名泥鳅脊。

⑨水磨群墙：用水磨砖砌成的围墙。水磨，指水磨砖，一种加水精磨而成的砖，光滑精细。

⑩西番花样：指一种西番莲式样的图案。西番，当指西番莲，又名"西洋鞠"，蔓生植物，有卷须，夏季开花，可供观赏。

⑪虎皮石：清李光庭《乡言解颐》卷二："北地以余所见，则蓟州、三河墙屋，多用不方不圆者甃砌，合缝以灰钩之，谓之虎皮石，既坚且耐观。"

⑫胸中大有丘壑：《宣和画谱叙论》："造化之神秀，阴阳之明晦，万里之远，可得于咫尺间，其非胸中具有丘壑，发而见诸形容，未必知此。"丘壑，深山幽谷。原指画家的构思布局，后用以比喻人的思虑深远。

⑬峻嶒：山势高峻重叠的样子。这里形容山石的奇形怪状。

⑭香炉：指香炉峰，江西庐山上的一景，位于庐山北部。因水气郁结峰顶，云雾弥漫，如香烟缭绕，故名。

⑮终南：指终南山，在陕西西安南。秦岭主峰之一，山势险峻，古迹甚多。

⑯曲径通幽：唐常建《题破山寺后禅院》诗："曲径通幽处，禅房花木深。"

⑰飞楼：形容高楼如凌空架起的一样。这里或指飞阁。

⑱雕甍（méng）绣槛（jiàn）：有雕画的栋梁和彩绘的栏杆。甍，栋梁，又称"屋脊"。《释名·释宫室》："屋脊曰甍。甍，蒙也，在上覆蒙屋也。"槛，殿堂四周的栏杆。

⑲石蹬：山路的石级。

⑳三港：港，这里指桥下涵洞。近人王瀣批云："'三'字必误，依原本改。"（王氏改"三"为"跨"。）

㉑兽面衔吐：这里指石桥上兽面形的石雕，也称"螭首"。作张口状，位于桥拱侧面上端中央。

㉒有亭翼然：形容亭的飞檐如鸟翼翘起的样子。下文的"泻于两峰之间"，也是《醉翁亭记》中的句子。

㉓应制之体：在唐宋人的诗文中，凡以"应制"为标题者，皆为应帝王之命而作，内容多是歌功颂德，蹈袭陈言。后世因称这类诗文为应制体。制，帝王的命令。《礼记·曲礼下》："士死制。"注："制，谓君教令所使为之。"

㉔"绕堤"一联：沁芳亭压水而成，这副对联就实景写成，意在题咏泉水。意谓泉水澄碧，好像借来绕堤垂柳的翠色；流水芬芳，仿佛分得两岸花草的香气。三篙，比喻流水。宋刘宰《北固山望扬州怀古》诗："试乘绿涨三篙水，要见朱帘十里楼。"一脉，如同说"一缕""一股"。

㉕数楹修舍：数间整洁的房屋。楹，房屋一间为一楹；一说，一列为一楹。修，这里是整洁的意思。

㉖地步：格局，尺寸。

㉗退步：正屋后面的小厅舍，供临时休息之用。也叫"拖步"。

㉘淇水遗风：《诗经·卫风·淇奥》："瞻彼淇奥，绿竹猗猗。有匪君子，如切如磋，如琢如磨。"《诗序》云："《淇奥》美武公之德也，有文章，又能听其规谏，以礼自防。"淇奥，淇水之岸。淇水，在今河南北部，其地古代多竹。南朝梁任昉《述异记》卷下："卫有淇园，出竹，在淇水之上。"西晋左思《魏都赋》亦曾以"南瞻淇奥，则绿竹纯茂"的话描述魏都邺的环境。遗风，即余风，指前代遗留下来的风尚。因这里

有千百竿翠竹，贾政又欲在此读书论文，故清客要以"淇水遗风"题匾。

㉙睢（suī）园遗迹：匾义同"淇水遗风"。睢园，汉代梁孝王刘武所筑的园囿。当时称"兔园"，后又名"梁园"。因其地址在睢阳，故亦称"睢园"。《史记·梁孝王世家》谓刘武好营宫室园囿，以为游赏和延宾之所，当时文士司马相如、枚乘等皆曾被延居园中吟诗作赋。睢园也以竹美而闻名。唐王勃《滕王阁序》亦曾以"睢园绿竹"来形容滕王阁的景色。遗迹，即旧迹。

㉚有凤来仪：《尚书·益稷》："箫韶九成，凤凰来仪。"箫韶，相传为舜之乐名。九成，多次演奏；音乐奏完一曲为一成。原意谓韶乐连续演奏，连凤凰都可以招来。凤凰为古代传说中的仙禽，多用之比后妃。这里即比喻元春归省，有如凤凰降临。

㉛管窥蠡（lí）测：意思是从管子里看天，用葫芦瓢量大海。比喻见识狭小浅薄。《汉书·东方朔传》："语曰：'以筦窥天，以蠡测海。'"筦，同"管"。蠡，瓠瓢。一说，蠡，即古"螺"字，非瓠瓢。

㉜"宝鼎"一联：这两句当从侧面写竹。宝鼎，这里指煎茶用的铛（chēng）子。烟，当指煎茶时冒出的水气。棋，指围棋。因煎茶始有绿烟，下棋才感指凉，而在"茶闲""棋罢"之时，仍觉烟绿指凉，正是因为窗外有"千百竿翠竹遮映"的原故。庚辰本脂评："尚字妙极，不必说竹，然恰是竹中精舍。"又云："犹字妙，尚绿犹凉四字，便如置身于森森万竿之中。"

㉝首尾：事情的始末。这里作"经办"讲。

㉞靴掖：绸缎或皮革制的小夹子，能折叠，用来装名帖、钱票等物，可塞在靴筒内，所以叫"靴掖"。

㉟妆蟒绣堆：妆，指妆缎，即织有花卉等图案的缎子。蟒，指蟒缎。绣，指用绣花工艺方法制作的花绣织品。堆，指堆花，是用各色绫缎剪成花、叶或各种图案，拼合堆缝，呈凸起状，以代替织绣。弹墨：指夹有黑线"衲"成行线或简单图案的妆饰。

㊱湘妃竹帘：用湘妃竹编制成的帘子。湘妃竹，即"斑竹"。《初学记》卷二八引晋张华《博物志》："舜死，二妃泪下，染竹即斑。妃死为湘水神，故曰湘妃竹。"斑竹产于湖南、广西。斑细而色淡，有

晕，中一点略紫，可作箫管簟席等。

㊲桔槔辘轳：皆为古老的井上汲水工具。桔槔，亦称"吊杆"。即在井旁树上或架子上，用绳挂一杠杆，一端系水桶，一端坠一大石，一起一落，用以汲水。辘轳，在井上竖立支架，上装可用手柄摇转的轴，轴上绕绳，绳端系一水桶，摇转手柄，使水桶一起一落，汲取井水。

㊳归农：这里意同"归田"，指辞官回乡。王濙批亦云："偶忆前人有'相逢尽道休官好'之句，哈哈。"

㊴范石湖：指南宋诗人范成大，字致能，号石湖居士，吴郡人。著有《石湖集》。他晚年写的《四时田园杂兴》《腊月村田乐府》等诗，反映当时农村生活，描写农村自然景色，甚为人传诵。

㊵杏花村：有三处，一在金陵。清陈文述《杏花村》诗序："在城南新桥西、信府河、凤凰台一带皆是，明代士大夫园多在此。《寰宇记》谓杜牧之沽酒处，牧之诗'南朝四百八十寺''夜泊秦淮近酒家'，皆在金陵作。则此说固可信也。"清余怀《金陵览古·杏花村》："……至杏花村，春时花发烂如霞蒸，中多名园，……余有屋数椽近在村中，傍构小楼，每夏时高卧北窗，清风徐来，轻林委浪，按眺农圃，情邈灌疏矣。"一在安徽贵池城西，向以产酒著名。《江南通志》载，杜牧任池州刺史时，有"清明时节雨纷纷，路上行人欲断魂。借问酒家何处有？牧童遥指杏花村"一诗，即指此。又，山西汾阳东亦有杏花村，相传自南北朝以来，即以产"汾酒"闻名。

㊶酒幌：即酒旗，俗称"望子"。旧时酒店的招帘。用布缀于竿头，悬在门首，招引顾客。因布帘多用杏黄色，故又名"杏帘"。

㊷犯了正村名：这里意谓前人已实有"杏花村"这个村名，不应与之相抵触。所以下面说要"虚的"字样。

㊸请名：指请元妃定名。

㊹清浊：指清性与浊性。引申以喻人的贤愚、高低。

㊺茆（máo）堂：茅草盖的堂屋。茆，同"茅"。

㊻恶赖：庸俗卑劣。

㊼天然：自然。金元好问《论诗绝句》之四："一语天然万古新，豪华落尽见真淳。"这里是天然生成、非人工造作的意思。《乡言解颐》

卷五："宇内色色形形，以天然为贵。云章霞采，木理花容，皆天然不假修饰。"

㊽牛心：执拗，死心眼儿。下文"牛难"，是刁难、执意作对的意思。

㊾负郭：靠近城郭。负，背倚。郭，外城。《孟子·公孙丑下》："三里之城，七里之郭。"

㊿天然图画：清王昱《翠琅玕馆丛书》："游览名山，更觉天然图画，足以开拓心胸，自然丘壑内融，众美集腕，便成名笔矣。"

�51"新绿"句：意谓池水春汛，更好洗葛衣。比喻贾府以欢欣的情绪迎接元妃归省。新绿，嫩绿色，代指春水。宋卢祖皋《谒金门》词："一雨林塘新绿净，杏梁归燕并。"浣葛，洗葛布衣。《诗经·周南·葛覃》："薄污我私，薄浣我衣。害浣害否，归宁父母。"原诗写一贵族女子洗净葛衣归宁父母事。《诗序》云："《葛覃》，后妃之本也。后妃在父母家，则志在于女功之事，躬俭节用，服浣濯之衣，尊敬师傅，则可归安父母，化天下以妇道也。"浣（huàn），洗涤。葛，一种蔓生植物，纤维可以织布。

㊼"好云"句：意谓元妃好像祥瑞的彩云，护佑着贾府的读书人。好云，祥瑞的云。采芹，《诗经·鲁颂·泮水》："思乐泮水，薄采其芹。"泮水，指泮宫之水。泮，春秋时鲁之水名，作宫其上，故称"泮宫"。自汉文帝以后，说经者皆以泮宫为学宫。科举时代称生员入学为"入泮"，又称"采芹"。采芹人，即指考入县学的生员，俗称"秀才"。

㊼武陵源：即指桃花源。晋代陶渊明《桃花源记》称晋太元中武陵郡渔人入桃花源，见其地人人丰衣足食，怡然自乐，俨然另一世界。故桃花源又称"武陵源"。

㊼秦人旧舍：《桃花源记》中有云："土地平旷，屋舍俨然。……先世避秦时乱，率妻子邑人来此绝境，不复出焉。"故称之为"秦人旧舍"。

㊼蓼汀（liǎo tīng）：生着红蓼的水岸边。唐罗邺《雁》诗："暮天新雁起汀洲，红蓼花开水国愁。"汀，水平，引申指水边平地。花溆：唐崔国辅《采莲曲》："玉溆花争发，金塘水乱流。"溆，水滨。

㊼《离骚》：《楚辞》篇名。战国时楚国爱国诗人屈原的代表作。其

中写了不少"异草"，用来表达他的爱憎和理想。《文选》：总集名。南朝梁昭明太子萧统选编，世称《昭明文选》，是一部上起先秦，下至刘宋的诗文选集。

㊼石帆、水松、扶留：与前两句中的"霍纳姜汇、纶组紫绛"皆草名。《吴都赋》云："草则藿蒳豆蔻，姜汇非一。江蓠之属，海苔之类。纶组紫绛，食葛香茅。石帆水松，东风扶留。布濩皋泽，蝉联陵丘。"霍，即藿，藿香，多年生芳香草本。纳，即蒳，一种香草。姜汇，刘良注引《异物志》云："姜汇大如累，气猛近于臭。南土人捣之以为虀菹，一名廉姜，生沙石中。"纶组紫绛，四种海草名。刘良注引《尔雅》云："纶，似纶。组，似组。东海有之。紫，紫菜也，生海水中，正青，附石生。取干之，则紫色。临海常献之。绛，绛草也，出临贺郡，可以染。"石帆、水松、扶留，皆草名。刘良注引《尔雅》云："石帆，生海屿。石上草类也，无叶，高尺许，其华离楼相贯连，虽无所用，然异物也。死则浮水中。人于海边得之，希有见其生者。水松，药草。生水中，出南海、交趾。……扶留，藤也。缘木而生，味辛。"

㊽左太冲：即左思，字太冲，晋代诗人。他的《三都赋》包括《魏都赋》《蜀都赋》和《吴都赋》，分述三国时魏都邺、蜀都益州、吴都建业三地的形势、物产等情况。相传作者构思十载始成。三"赋"中都有描述各种异草的文字。

㊾绿荑、丹椒、蘪芜、风莲：绿荑、蘪芜，皆香草名。丹椒，一种椒名。风莲，即风连，一种药草。

㊿五间清厦连着卷棚：或指一种五开间的两卷钩连搭屋面的建筑形式。清厦，房屋。卷棚，建筑名词，这里指一种坡顶屋面的做法，即屋面两坡相接处不用正脊压盖，而呈马鞍形的弧线转折。连着卷棚，有人以为即钩连搭卷棚的意思。钩连搭，建筑名词，指两个或两个以上的卷棚屋面呈波浪形连接在一起的做法。有几个卷棚屋面，即称几卷钩连搭。这种做法，多见于清代皇家苑囿建筑中。这里"连卷"，即是"两卷"的意思。

�以颜其额：在匾额上题字。颜，本指匾额。《新唐书·马燧传》：

"勒石起义堂，帝榜其颜以宠之。"这里作动词用，题写匾额的意思。额，牌匾。

⑥兰风蕙露：兰草为微风吹拂，蕙草被露珠点缀。兰、蕙，两种香草名。

⑥霭（ǎi）：云气聚集的样子，引申为笼罩。杜若：一种香草。

⑥三径：庭园间的小路。《三辅决录》卷一："蒋诩归乡里，荆棘塞门，舍中有三径，不出，唯求仲、羊仲从之游。"

⑥"吟成"句：意谓吟咏豆蔻花的诗篇，至今还很艳丽。豆蔻，姜科植物，常绿草本。明胡震亨《唐音癸签》卷二〇引姚宽《西溪丛语》："杜牧之（杜牧）诗云：'娉娉袅袅十三余，豆蔻梢头二月初。'不解豆蔻之义。阅《本草》，豆蔻花，作穗，嫩叶卷之而生。初如芙蓉，穗头深红色，叶渐展，花渐出，而色微淡。……南人取其未大开者，谓之含胎花，言尚小如妊身也。"后常以之比喻少女。杜诗为后世所传诵。宋姜夔《扬州慢》词云："纵豆蔻词工，青楼梦好，难赋深情。"

⑥"睡足"句：意谓酣睡在荼蘼架下，梦也香甜。荼蘼，也称"酴醾"，蔷薇科植物，落叶灌木，夏初开花。

⑥套的"书成蕉叶文犹绿"："书成蕉叶文犹绿，吟到梅花句亦香"，这是旧时常见的一联，但未详出处。套，照样模仿。

⑥"李太白"二句：《黄鹤楼》，唐崔颢作，原诗云："昔人已乘黄鹤去，此地空余黄鹤楼。黄鹤一去不复返，白云千载空悠悠。晴川历历汉阳树，芳草萋萋鹦鹉洲。日暮乡关何处是，烟波江上使人愁。"李白《登金陵凤凰台》诗云："凤凰台上凤凰游，凤去台空江自流。吴宫花草埋幽径，晋代衣冠成古丘。三山半落青天外，二水中分白鹭洲。总为浮云能蔽日，长安不见使人愁。"元方回《瀛奎律髓》："太白此诗与崔颢《黄鹤楼》相似，格律气势，未易甲乙。"

⑥琳宫：本指神仙所住的地方。这里指富丽的宫室。

⑦复道：亦称"阁道"，楼阁之间架空接连的通道。

⑦兽面：这里指兽环。古时大宅门上的铜环，多铸兽头以衔之，称为"兽环"。

㉒螭（chī）头：亦作"螭首"。这里指古代建筑物上一种螭头形的屋顶装饰。螭，古代传说中的一种动物。《说文解字·虫部》："螭，若龙而黄。"下面"龙蟠螭护"，是指在玉石牌坊上的浮雕装饰，龙螭作盘曲蜿蜒的样子。

㉓蓬莱仙境：古代传说中的仙境之一。《山海经·海内北经》："蓬莱山在海中。"《史记·秦始皇本纪》："齐人徐市等上书，言海中有三神山，名曰蓬莱、方丈、瀛洲，仙人居之。"

㉔丹房：道士炼丹之处。

㉕花障：用种植的花枝编排而成的篱障。

㉖西府海棠：海棠中名贵品种之一。枝梗略坚，花色稍红。《学圃余疏》："海棠中西府最佳，西府之名紫绵者尤佳，以其色重而瓣多也。"《广群芳谱》卷二五引《平泉草木记》："凡花木以海为名者，悉以海外来，如海棠之类是也。"这里似将垂丝海棠与西府海棠合并而写。故王瀣批云："西府海棠花艳，茎丝有毛，与垂丝异。此误也。"

㉗女儿国：传说中国名。《山海经·海外西经》："女子国在巫咸北，两女子居，水周之。一曰居一门中。"又，《南史·扶桑国传》："扶桑东千余里有女国，容貌端正，色甚洁白，身体有毛，发长委地。"据云明代初年，曾从外国移植过海棠。这里或只言其名贵。

㉘崇光泛彩：是说西府海棠逢春盛开，光彩焕发。

㉙岁寒三友：指松、竹、梅。松、竹经冬不凋，梅则冒寒开花，故称"岁寒三友"。

㉚集锦：这里指汇集了各种花样的图案。

㉛博古：指用古器物图形装饰的工艺品。如印拓或仿摹钟鼎等古器物的字画叫"博古画"，仿制钟鼎等形状的瓷器叫"博古碗""博古瓶"。

㉜彩头：这里指所得的赏物。也可解作光彩、脸面的意思。

㉝香袋：一种佩带的饰物。用绸缎做成的各种形状的绣花小袋，中填香料粉末，缀有丝线穗子。

㉞皤（pó）然：头发银白的样子。《周易·贲》："贲如皤如。"唐孔颖达疏："皤是素白之色。"

㊄替身：枝巢子《旧京琐记》卷一："富贵人家，多信佛，故僧道之地位甚高，子弟往往拜僧为师，求其保护。甚有以子息艰难，恐难长养，而购一贫家儿，令其为僧者，谓之替身。他日被替之子长成，此替身僧人，若其弟兄然，举家敬礼之。"也称"替僧"。清毛奇龄《西河诗话》："北人每发愿舍身，以他儿代之，所谓'替僧'也。"

㊅观音遗迹：指佛教旧迹和佛经。观音，佛教大乘菩萨之一。本译"观世音"，因唐时避太宗李世民讳，略称"观音"。玄奘译《心经》时，改译"观自在"。佛经说此菩萨为广化众生，示现种种形象，名为"普门示现"。《法华经·普门品》："菩恼丛生，一心称名，菩萨即时观其音声，皆得解脱，以是名观世音。"自南北朝后，一般图像和塑像多作女相。通常与大势至同为阿弥陀佛左右胁侍，合称"西方三圣"。

㊆贝叶遗文：指古代写在贝叶上的佛经。贝叶，贝多树的叶子，水沤之后，可代纸用。古时印度僧人，多用以写佛经。

㊇牟尼院：指尼姑庵。牟尼，即释迦牟尼，佛教始祖。此代指尼庵。

㊈先天神数：即"先天象数"，北宋理学家邵雍所倡导的一种学说。他根据"易传"关于八卦形成的解释，参杂道教思想，虚构了一个宇宙构造的图式，叫"先天八卦图"，用以推测自然和人事变化。据说这种图式及其"象数"原理，在天地形成之前，即已存在，故其图叫"先天图"，其学叫"先天学"。

㊉圆寂：佛教名词，意为"圆满""寂灭"。原是佛教所指的最高境界。贤首《般若心经略疏》："德无不备称圆，障无不尽称寂。"后来也称僧尼死亡为"圆寂"。《释氏要览》："释氏死谓涅槃、圆寂、归真、归寂、灭度、迁化、顺世，皆一义也，随便称之，盖异俗也。"

第十八回
皇恩重元妃省父母　天伦乐宝玉呈才藻

话说彼时有人回，工程上等着糊东西的纱绫，请凤姐去开库拿纱绫；又有人来回，请凤姐开库收金银器皿。王夫人并上房丫鬟等皆不得空闲。宝钗说："咱们别在这里碍手碍脚。"说着，同宝玉等往迎春房中来。

王夫人日日忙乱，直到十月里才全备了，监督都交清账目；各处古董文玩，俱已陈设齐备；采办鸟雀，自仙鹤、鹿、兔以及鸡、鹅等，已买全，交于园中各处饲养；贾蔷那边也演出二十出杂戏来；一班小尼姑、道姑也都学会念佛经咒。于是贾政方略心安意畅，又请贾母等到园中，色色斟酌，点缀妥当，再无些微不当之处。贾政才敢题本①。本上之日，奉旨："于明年正月十五日上元之日贵妃省亲。"贾府奉了此旨，一发日夜不闲，连年亦不曾好生过的。

转眼元宵在迩，自正月初八，就有太监出来，先看方向：何处更衣，何处燕坐②，何处受礼，何处开宴，何处退息。又有巡察地方总理关防太监，带了许多小太监来各处关防，挡围幕；指示贾宅人员何处出入，何处进膳，何处启事，种种仪注③。外面又有工部官员并五城兵马司打扫街道，撵逐闲人。贾赦等监督匠人扎花灯烟火之类，至十四日，俱已停妥。这一夜，上下通不曾睡。

至十五日五鼓，自贾母等有爵者，俱各按品大妆。大观园内帐舞蟠龙，帘飞彩凤，金银焕彩，珠宝生辉，鼎焚百合之香④，瓶插长春之蕊⑤，静悄悄无一人咳嗽。贾赦等在西街门外，贾母等在荣府大门外。街头巷口，用围幕挡严。正等的不耐烦，忽见一个太监骑匹马来了，贾政接着，问其消息。太监云："早多着呢！未初用晚膳，未正还到宝灵宫拜佛，酉初进大明宫领宴看灯方请旨，只怕戌初才起身呢。"凤姐听了道："既这样，老太太与太太且请回房，等到了时候，再来也未为晚。"于是贾母等且自便去了。园中赖凤姐照料。执事人等，带领太监们去吃酒饭，一面传人挑进蜡烛，各处点起灯来。

　　忽听外面跑马之声不一，有十来个太监，喘吁吁跑来拍手儿[6]。这些太监都会意，知道是来了，各按方向站立。贾赦领合族子弟在西街门外，贾母领合族女眷在大门外迎接，半日静悄悄的。忽见两个太监骑马缓缓而来，至西街门下了马，将马赶出围幕之外，便面西站立。半日又是一对，亦是如此。少时便来了十来对，方闻隐隐鼓乐之声，一对对龙旌凤翣[7]，雉羽宫扇[8]，又有销金提炉，焚着御香；然后一把曲柄七凤金黄伞过来，便是冠袍带履。又有执事太监捧着香巾、绣帕、漱盂、拂尘等物[9]。一队队过完，后面方是八个太监抬着一顶金顶金黄绣凤銮舆[10]，缓缓行来。贾母等连忙跪下，早有太监过来，扶起贾母等，那銮舆抬入大门、仪门往东一所院落门前，有太监跪请下舆更衣。于是抬舆入门，太监散去，只有昭容、彩嫔等引元春下舆[11]。只见苑内各色花灯炳灼，皆系纱绫扎成，精致非常。上面有一灯匾，写着"体仁沐德"四个字。元春入室，更衣出，复上舆进园。只见园中香烟缭绕，花影缤纷，处处灯光相映，时时细乐声喧[12]，说不尽这太平景象，富贵风流。

　　却说贾妃在轿内看了此园内外光景，因点头叹道："太奢华过费了！"忽又见太监跪请登舟，贾妃下舆登舟，只见清流一带，势若游龙，两边石栏上，皆系水晶玻璃各色风灯，点的如银光雪浪；上面柳杏诸树，虽无花叶，却用各色绸绫纸绢及通草为花[13]，粘于枝上，每一株悬灯万盏；更兼池中荷荇凫鹭之属，亦皆系螺蚌羽毛做就的，诸灯上下争辉，真是玻璃世界，珠宝乾坤。船上又有各种盆景灯，珠帘绣幕，桂楫兰桡[14]，自不必说。已而入一石港，港上一面匾灯，明现着"蓼汀花溆"四字。

看官听说：这"蓼汀花溆"四字及"有凤来仪"等字，皆系上回贾政偶试宝玉之才，何至便认真用了？想贾府世代诗书，自有一二名手题咏，岂似暴发之家，竟以小儿语搪塞了事呢？只因当日这贾妃未入宫时，自幼亦系贾母教养。后来添了宝玉，贾妃乃长姊，宝玉为幼弟，贾妃念母年将迈，始得此弟，是以独爱怜之。且同侍贾母，刻未相离。那宝玉未入学之先，三四岁时，已得贾妃口传教授了几本书，识了数千字在腹中。虽为姊弟，有如母子。自入宫后，时时带信出来与父兄说："千万好生扶养，不严不能成器；过严恐生不虞，且致祖母之忧。"眷念之心，刻刻不忘。前日贾政闻塾师赞他尽有才情，故于游园时聊一试之，虽非名公大笔，却是本家风味；且使贾妃见之，知爱弟所为，亦不负其平日切望之意。因此故将宝玉所题用了。那日未题完之处，后来又补题了许多。

且说贾妃看了四字，笑道："'花溆'二字便好，何必'蓼汀'？"侍坐太监听了，忙下舟登岸，飞传与贾政，贾政即刻换了。彼时舟临内岸，去舟上舆，便见琳宫绰约，桂殿巍峨，石牌坊上"天仙宝境"四大字，贾妃命换了"省亲别墅"四字。于是进入行宫⑮，只见庭燎绕空⑯，香屑布地，火树琪花⑰，金窗玉槛。说不尽帘卷虾须⑱，毯铺鱼獭⑲，鼎飘麝脑之香⑳，屏列雉尾之扇。真是：

　　金门玉户神仙府，桂殿兰宫妃子家。

贾妃乃问："此殿何无匾额？"随侍太监跪启道："此系正殿，外臣未敢擅拟。"贾妃点头不语。礼仪太监请升座受礼，两阶乐起。二太监引贾赦贾政等于月台下排班上殿㉑，昭容传谕曰："免。"乃退出。又引荣国太君及女眷等自东阶升月台上排班，昭容再谕曰："免。"于是亦退。

茶三献，贾妃降座，乐止；退入侧室更衣，方备省亲车驾出园。至贾母正室，欲行家礼，贾母等俱跪止之。贾妃垂泪，彼此上前厮见，一手挽贾母，一手挽王夫人，三个人满心皆有许多话，俱说不出，只是呜咽对泣而已。邢夫人、李纨、王熙凤、迎春、探春、惜春等，俱在旁垂泪无言。半日，贾妃方忍悲强笑，安慰贾母王夫人道："当日既送我到那不得见人的去处^㉒，好容易今日回家，娘儿们一会不说不笑，反到哭个不了，一会子我去了，又不知多早晚才能一见！"说到这句，不禁又哽咽起来。邢夫人忙上来劝解。贾母等让贾妃归坐，又逐次一一见过，又不免哭泣一番。然后东西两府执事人等在外厅行礼。其媳妇丫鬟行礼毕。贾妃叹道："许多亲眷，可惜都不能见面。"王夫人启道："现有外亲薛王氏及宝钗黛玉在外候旨。外眷无职，不敢擅入。"贾妃命请来相见。一时薛姨妈等进来，欲行国礼，命免过，上前各叙阔别。又有贾妃原带进宫的丫鬟抱琴等叩见，贾母连忙扶起，命入别室款待。执事太监及彩嫔昭容各侍从人等，宁府及贾赦那宅两处自有人款待，只留三四个小太监答应。母女姊妹，叙些久别情景，及家务私情。

又有贾政至帘外问安，贾妃于内行参等事。又向其父说道："田舍之家^㉓，虀盐布帛^㉔，得遂天伦之乐^㉕；今虽富贵，骨肉分离，终无意趣。"贾政亦含泪启道："臣草芥寒门，鸠群鸦属之中，岂意得征凤鸾之瑞^㉖。今贵人上锡天恩，下昭祖德，此皆山川日月之精奇、祖宗之远德钟于一人，幸及政夫妇。且今上体天地生生之大德^㉗，垂古今未有之旷恩，虽肝脑涂地，岂能报效于万一！惟朝乾夕惕^㉘，忠于厥职。伏愿我君万岁千秋，乃天下苍生之福也。贵妃切勿以政夫妇残年为念，更祈自加珍爱，惟勤慎肃恭以侍上，庶不负上眷顾隆恩也。"贾妃亦嘱以"国事宜勤，暇时保养，切勿记念。"贾政又启："园中所有亭台轩馆，皆系宝玉所题；如果有一二可寓目者，请即赐名为幸。"元妃听了宝玉能题，便含笑说道："果进益了。"贾政退出。元妃因问："宝玉因何不见？"贾母乃启道："无职外男，不敢擅入。"元妃命引进来。小太监引宝玉进来，先行国礼毕，命他近前，携手揽于怀内，又抚其头颈笑道："比先长了好些……"一语未终，泪如雨下。

尤氏凤姐等上来启道："筵宴齐备，请贵妃游幸。"元妃起身，命宝玉导引，遂同诸人步至园门前。早见灯光之中，诸般罗列，进园先从"有凤来仪""红香绿玉""杏帘在望""蘅芷清芬"等处，登楼步阁，涉水缘山，眺览徘徊。一处处铺陈不一，一桩桩点缀新奇。贾妃极加奖赞，又劝："以后不可太奢了，此皆过分。"既而来至正殿，谕免礼归坐，大开筵宴，贾母等在下相陪，尤氏、李纨、凤姐等捧羹把盏。

元妃乃命笔砚伺候，亲拂罗笺，择其喜者赐名。题其园之总名曰"大观园"㉚，正殿匾额云："顾恩思义"，对联云：

> 天地启宏慈，赤子苍生同感戴㉛；古今垂旷典㉜，九州万国被恩荣㉝。

又改题："有凤来仪"赐名"潇湘馆"，"红香绿玉"改作"怡红快绿"赐名"怡红院"，"蘅芷清芬"赐名"蘅芜院"，"杏帘在望"赐名"浣葛山庄"；正楼曰"大观楼"，东面飞楼曰"缀锦楼"，西面叙楼曰"含芳阁"㉞；更有"蓼风轩""藕香榭""紫菱洲""荇叶渚"等名。又有四字匾额如"梨花春雨""桐剪秋风""荻芦夜雪"等名，不可胜纪。又命旧有匾联不可摘去。于是先题一绝句云㉟：

> 衔山抱水建来精，多少工夫筑始成。天上人间诸景备，芳园应锡"大观"名㊱。

写毕，向诸姊妹笑道："我素乏捷才，且不长于吟咏，姊妹辈素所深知；今夜聊以塞责，不负斯景而已。异日少暇，必补撰'大观园记'并'省亲颂'等文，以记今日之事。妹等亦各题一匾一诗，随意发挥，不可为我微才所缚。且知宝玉竟能题咏，一发可喜。此中潇湘馆蘅芜苑二处，我所极爱；次之怡红院浣葛山庄，此四大处，必得别有章句题咏方妙。前所题之联虽佳，如今再各赋五言律一首㊲，使我当面试过，方不负我自幼教授之苦心。"宝玉只得答应了，下来自去构思。

迎春、探春、惜春三人中，要算探春又出于姊妹之上，然自忖亦难与薛林争衡，只得勉强随众塞责而已。李纨也勉强凑成一

律。贾妃挨次看姊妹们的,写道是:

旷性怡情(匾额)^㊳　迎　春

园成景物特精奇,奉命羞题额旷怡。谁信世间有此境,游来宁不畅神思^㊴?

万象争辉(匾额)　探　春

名园筑就势巍巍,奉命多惭学浅微。精妙一时言不尽,果然万物有光辉。

文章造化(匾额)^㊵　惜　春

山水横拖千里外^㊶,楼台高起五云中^㊷。园修日月光辉里,景夺文章造化功^㊸。

文采风流(匾额)^㊹　李　纨

秀水明山抱复回^㊺,风流文采胜蓬莱。绿裁歌扇迷芳草^㊻,红衬湘裙舞落梅^㊼。珠玉自应传盛世^㊽,神仙何幸下瑶台^㊾。名园一自邀游赏^㊿,未许凡人到此来。

凝晖钟瑞(匾额)^{�51}　薛宝钗

芳园筑向帝城西^{�52},华日祥云笼罩奇^{�53}。高柳喜迁莺出谷^{�54},修篁时待凤来仪^{�55}。文风已著宸游夕^{�56},孝化应隆归省时^{�57}。睿藻仙才瞻仰处^{�58},自惭何敢再为辞^{�59}?

世外仙源(匾额)^{�60}　林黛玉

宸游增悦豫,仙境别红尘^{�61}。借得山川秀^{�62},添来气象新。香融金谷酒^{�63},花媚玉堂人^{�64}。何幸邀恩宠^{�65},宫车过往频^{�66}。

元妃看毕,称赏一番,又笑道:"终是薛林二妹之作与众不同,非愚姊妹所及。"原来林黛玉安心今夜大展奇才,将众人压倒,不想贾妃只命一匾一咏,倒不好违谕多做,只胡乱做一首五言律应命罢了。

彼时宝玉尚未做完,才做了"潇湘馆"与"蘅芜苑"两首,正做"怡红院"一首,起稿内有"绿玉春犹卷"一句。宝钗转眼瞥见,便趁众人不理论,推他道:"贵人因不喜'红香绿玉'四字,才改了'怡红快绿';你这会子偏又用'绿玉'二字,岂不是有意和他分驰了？况且蕉叶之典故颇多，再想一个改了罢。"宝玉见宝钗如此说，便拭汗说道："我这会子总想不起什么典故出处来。"宝钗笑道："你只把'绿玉'的'玉'字改作'蜡'字就是了。"宝玉道："'绿蜡'可有出处？"宝钗悄悄的咂嘴点头笑道："亏你今夜不过如此，将来金殿对策㊿，你大约连'赵钱孙李'都忘了呢！唐朝韩翊咏芭蕉诗头一句㊽：'冷烛无烟绿蜡干'，都忘了么？"宝玉听了，不觉洞开心意，笑道："该死！眼前现成之句一时竟想不到。姐姐真可谓'一字师'了㊾。从此只叫你师傅，再不叫姐姐了。"宝钗亦悄悄的笑道："还不快做上去，只姐姐妹妹的。谁是你姐姐？那上头穿黄袍的才是你姐姐呢⑩。"一面说笑，因怕他耽延工夫，遂抽身走开了。

宝玉续成了此首，共三首。此时黛玉未得展才，心上不快。因见宝玉构思太苦，走至案旁，知宝玉只少"杏帘在望"一首，因叫他抄录前三首，却自己吟成一律，写在纸条上，搓成个团子，掷向宝玉跟前。宝玉打开一看，觉比自己做的三首高得十倍，遂忙恭楷誊完呈上。贾妃看是：

有凤来仪　宝　玉

　　秀玉初成实⑦，堪宜待凤凰⑫。竿竿青欲滴⑬，个个绿生凉⑭。迸砌防阶水，穿帘碍鼎香⑮。莫摇分碎影，好梦正初长⑯。

蘅芷清芬

　　蘅芜满静苑，萝薜助芬芳⑰。软衬三春草⑱，柔拖一缕香⑲。轻烟迷曲径⑳，冷翠湿衣裳㉑。谁谓"池塘"曲㉒，谢家幽梦长㉓。

怡红快绿

　　深庭长日静，两两出婵娟㉔。绿蜡春犹卷㉕，红妆夜未眠㉖。凭栏垂绛袖㉗，倚石护清烟㉘。对立东风里，主人应解怜㉙。

杏帘在望

　　杏帘招客饮，在望有山庄。菱荇鹅儿水，桑榆燕子梁㉚。

一畦春韭绿，十里稻花香。盛世无饥馁，何须耕织忙。

贾妃看毕，喜之不尽，说："果然进益了！"又指"杏帘"一首为四首之冠，遂将"浣葛山庄"改为"稻香村"。又命探春将方才十数首诗，另以锦笺誊出，令太监传与外厢。贾政等看了，都称颂不已。贾政又进《归省颂》。元春又命以琼酪金脍等物㉚，赐与宝玉并贾兰。此时贾兰尚幼，未谙诸事，只不过随母依叔行礼而已。

那时贾蔷带领一班女戏子在楼下，正等得不耐烦，只见一个太监飞跑下来，说："做完了诗了，快拿戏目来！"贾蔷忙将戏目呈上，并十二个人的花名册子。少时，点了四出戏：第一出，《豪宴》；第二出，《乞巧》；第三出，《仙缘》；第四出，《离魂》㉜。贾蔷忙张罗扮演起来，一个个歌有裂石之音㉝，舞有天魔之态㉞，虽是妆演的形容，却做尽悲欢情状。

刚演完了，一个太监执一金盘糕点之属进来，问："谁是龄官？"贾蔷便知是赐龄官之物，连忙接了，命龄官叩头。太监又道："贵妃有谕，说：'龄官极好，再做两出戏，不拘那两出就是了。'"贾蔷忙答应了，因命龄官做《游园》《惊梦》二出㉟。龄官自为此二出原非本角之戏，执意不从，定要做《相约》《相骂》二出㊱。贾蔷扭他不过，只得依他做了。贾妃甚喜，命："莫难为了这女孩子，好生教习。"额外赏了两匹宫绸，两个荷包，并金银锞子食物之类。然后撤筵，将未到之处，复又游玩。忽见山环佛寺，忙盥手进去焚香拜佛，又题一匾云："苦海慈航"㊲；又额外加恩与一班幽尼女道。

少时，太监跪启："赐物俱齐，请验按例行赏。"乃呈上略节。贾妃从头看了无话，即命照此而行。太监下来，一一发放。原来贾母的是金玉如意各一柄，沉香拐杖一根，伽楠念珠一串㊳，"富贵长春"宫缎四匹，"福寿绵长"宫绸四匹，紫金"笔锭如意"锞十锭，"吉庆有余"银锞十锭。邢夫人等二分，只减了如意、拐、珠四样。贾敬、贾赦、贾政等每分御制新书二部，宝墨二匣，金银盏各二只，表礼按前。宝钗黛玉诸姊妹等，每人新书一部，宝砚一方，新样格式金银锞二对。宝玉亦同。贾兰是金银项圈二个，金银锞二对。尤氏、李纨、凤姐等皆金银锞四锭，表礼四端㊾。另有表礼二十四端，清钱一千串㊿，是赏与贾母王夫人及各姊妹房中奶娘众丫鬟的。贾珍、贾琏、贾环、贾蓉等皆是表礼一端，金银锞一对。其余彩缎百匹，白银千两，御酒数瓶，是赐东西两府及园中管理工程、陈设、答应及司戏、掌灯诸人的㊿。外又有清钱五百串，是赐厨役、优伶、百戏、杂行人等的。

众人谢恩已毕，执事太监启道："时已丑正三刻，请驾回銮。"贾妃不由的满眼又滚下泪来，却又勉强笑着，拉了贾母王夫人的手不忍放，再四叮咛："不须记挂，好生保养。如今天恩浩荡，一月许进内省视一次，见面尽容易的，何必过悲。倘明岁天恩仍许归省，不可如此奢华糜费了。"贾母等已哭的哽噎难言了。贾妃虽不忍别，奈皇家规矩，违错不得的，只得忍心上舆去了。这里诸人好容易将贾母劝住，及王夫人搀扶出园去了。未知如何，下回分解。

【注释】

①题本：向皇帝奏事的正式文书，非正式文书叫奏本。

②燕坐：闲坐。燕，安闲的意思。

③仪注：指封建礼节制度。

④百合之香：即百和香，一种用多种香料配制成的香料。

⑤长春之蕊：月季花之别名。这里或指一种所谓四季盛开不谢的花。

⑥十来个太监，喘吁吁跑来拍手儿：太监之间传递消息的方式。《清朝野史大观》卷二《前清宫词百首》之六〇："昭阳仪仗午门开，夹路宫灯对马催。队队宫监齐拍手，后边知是凤舆来。"注云："同治大婚仪仗由午门排至后第。宫灯数百盏，对马数百匹，内监前引，后乘黄缎盘金绣凤肩舆，十六人舁之。舆将至时，宫监拍手相应。"

⑦龙旌（jīng）凤翣（shà）：即龙旗凤扇。旌，古代一种旗杆顶

上用五色羽毛做装饰的旗子。翣，古时一种作为仪仗的大扇，俗称"掌扇"。用野鸡或孔雀羽毛编织而成。有长柄，一人擎之以行。

⑧雉（zhì）羽宫扇：亦帝后仪仗用物。雉羽，即"雉尾扇"。宋以来雉尾有大、中、小三等，其制下方上圆，中绣双孔雀，四周排列雉羽为饰。宫扇，宫廷仪仗用的扇子。

⑨提炉、黄伞、漱盂（shù yú）等物：据《清朝通志》卷六一"器服略"记载，这些器物，多以范金、云缎、黄缎等为之，上有各种图饰。

⑩八个太监抬着一顶金顶金黄绣凤銮舆（luán yú）：《清稗类钞》"舟车类"："贵妃、妃嫔车舆之制，乃乾隆己巳（十四年）高宗所钦定。贵妃翟舆，木质，髹以金黄。盖幨坐具皆金黄缎，绘饰彩绣，皆金翟。……凡杆皆纵加金翟首尾。肩杆四，舁以八人。"

⑪昭容、彩嫔（pín）：宫廷中女官名。昭容，汉武帝置，三国魏以为九嫔之一。《周礼·天官·内宰》："九嫔掌妇学之法，以教九御妇德、妇言、妇容、妇功。"历代多因其制。唐代王后而下，以昭仪、昭容、昭媛、修仪、修容、修媛、充仪、充容、充媛为九嫔。

⑫细乐：指用丝竹管弦等乐器演奏的轻清之乐，与锣鼓等声重的打击乐相对而言。清李绿园《歧路灯》第十回写北京同乐楼演出《西游记·女儿国》，女国王出场，"早奏细乐，先出来四个镇殿女将军，……又奏一回细乐，四个女丞相出来……又打十番一套，只见一个女国王出来"。

⑬通草：即"通脱木"，五加科小乔木。茎含大量白色髓，采作薄片，可制通草花或其他装饰品。

⑭桂楫（jí）兰桡（ráo）：用桂木和兰木制成的船桨。此代指华美的船只。

⑮行宫：帝王皇后外出时，临时居住的宫室。

⑯庭燎：庭院照明的火炬。用松、苇、竹诸物合并起来，灌以脂膏，点燃照明庭中。

⑰火树琪花：即火树银花，比喻灯火绚丽灿烂。唐苏味道《正月十五夜》诗："火树银花合，星桥铁锁开。"

⑱虾须帘：用细竹皮丝编制而成。一说为虾须编成之帘。清王士

禛《古夫于亭杂录》卷一："帘名虾须，人多不晓其义，升庵《丹铅录》云：《尔雅》以鳔为大虾出海中者，长二三丈，游行则竖其须，高于水面，须长数尺，可为帘。"

⑲鱼獭（tǎ）毯：指一种用水獭皮做的土黄色的毯子。鱼獭，又名"水獭"，穴居水边，善捕鱼，皮毛珍贵。

⑳麝（shè）：指麝香，雄麝腹部香腺的分泌物。脑：指龙脑香，也叫"瑞脑"。

㉑月台：正殿前方突出的连着前阶的露天平台，三面有台阶。

㉒送我到那不得见人的去处：《清稗类钞》"礼制类"："选妃以内务府三旗中小妞妞为多。其第一次复选，在景山后之八旗领米官房中，由各该旗参领、佐领等，按各旗官房，分号设座，各旗妞妞均乘骡车，黎明即至。获选者，汇送内务府大臣拣选，送入宫中，奏请太后、皇帝亲自甄拔。获选者之父母、兄妹，辄揽裾啜泣，以他日之不易谋面也。"

㉓田舍：本指农家，此处与宫庭相对而言，泛指一般人家。

㉔齑（jī）盐布帛：吃素食，穿布衣。形容生活的贫苦。齑盐，为贫贱者的食品，这里泛指素食。齑，切碎的腌菜。布帛，原指棉织品和丝织品，这里泛指粗布衣服。

㉕遂：顺遂，如愿享受。

㉖岂意：哪里想到。征：成就。凤鸾：凤是古代传说中的一种神鸟。鸾是传说中凤凰一类的鸟。《说文解字·鸟部》："鸾，赤神灵之精也。赤色五采，鸡形，鸣中五音，颂声作则至。"这里用以比喻元春。瑞：吉祥。

㉗生生：万物相生不绝的意思。

㉘肝脑涂地：本是形容惨死，引申为竭尽忠诚，不惜一死。过去封建官吏常用以表示要对皇帝尽忠到底。

㉙朝乾夕惕：从早到晚，兢兢业业，不敢懈怠。乾，勤劳不懈。惕，小心翼翼。《周易·乾》："君子终日乾乾，夕惕若厉，无咎。"

㉚大观：形容景物盛大壮观。宋范仲淹《岳阳楼记》："予观夫巴陵胜状，在洞庭一湖。衔远山，吞长江，浩浩汤汤，横无际涯，朝晖

夕阴，气象万千。此则岳阳楼之大观也。"

㉛赤子苍生：赤子，本指刚出生的婴儿。《尚书·康诰》："若保赤子，惟民其康乂。"孔颖达疏："子生赤色，故言赤子。"这里用以指百姓。苍生，本指生草木之处。《尚书·益稷》："帝光天之下，至于海隅苍生。"疏："苍苍然生草木之处，言所及广远。"旧借指老百姓。

㉜旷典：空前的大典。

㉝九州：古代中国的行政区划分为九州。具体范围，说法不一。后来泛指中国。

㉞叙楼：当指正殿西面的配楼。叙，同"序"。西序即西厢。

㉟绝句：旧诗体裁之一，每首四句的格律诗。每句五字的叫五言绝句，每句七字的叫七言绝句。

㊱锡：同"赐"。

㊲五言律：律诗是旧诗体裁之一。每首八句，二、四、六、八句要押韵，三四两句、五六两句要对仗。每句五字的叫五言律，七字的叫七言律。超过八句的律诗，叫排律。

㊳旷性怡情：心胸豁亮，精神愉快。

㊴宁不：怎不。畅神思：使人精神舒畅。

㊵文章造化：指大观园的建筑华美精巧，浑然天成。文章，即文彩。《周礼·考工记》："画绘之事，杂五色……青与赤谓之文，赤与白谓之章。"这里指大观园华丽的铺陈，错综的布局。造化，这里指自然界的创造化育。唐杜甫《望岳》诗："造化钟神秀，阴阳割昏晓。"

㊶横拖：从旁延伸。千里外：形容由于建筑的精巧，大观园山水绵延，宛如绘画，给人以尺幅千里的感觉。唐王维《画学秘诀》："咫尺之图，写千百里之景。东西南北，宛尔目前；春夏秋冬，生于笔下。"

㊷五云：五彩云。古人以之为祥瑞之兆。唐白居易《长恨歌》："楼阁玲珑五云起，其中绰约多仙子。"

㊸"园修"二句：指园林与日月交辉，园景巧夺天工。修，整饰，装潢。夺，争夺，超过。造化功，大自然的创造力。

㊹文采风流：景物华丽，风光幽雅。

㊺抱：环抱。回：萦回曲折。

㊻歌扇：古时女子歌舞时所用的扇子，用以遮面。迷芳草：是说歌扇舞动，好像碧草连绵，迷离一片。芳草，即碧草。

㊼湘裙：湘绣所做的裙子。一说，即缃裙，浅黄色丝织品所制之裙。缃，浅黄色。古乐府《陌上桑》有"缃绮为下裙，紫绮为上襦"的话。舞落梅，是说舞裙翩跹，如同落梅飘飞，五彩缤纷。

㊽珠玉：比喻华美的诗文。这里指元春大观园的题咏。

㊾"神仙"句：是说称颂元春省亲，犹如仙子下凡，多么荣幸。神仙：比喻元春。瑶台：美玉砌成的楼台。言其精巧华丽。《淮南子·本经训》："晚世之时，帝有桀纣，为璇室、瑶台。"亦借指传说中神仙所住的地方。《拾遗记》卷十："昆仑山者，西方曰须弥山，对七星之下，出碧海之中，上有九层。……第九层山形渐小狭，下有芝田蕙圃，皆数百顷，群仙种耨焉。傍有瑶台十二，各广千步，皆五色玉为台基。"这里比喻皇宫。

㊿一自：自从。邀赏：即蒙受游赏。

�51凝晖钟瑞：光辉和祥瑞之气所聚结的地方。凝，结。晖，日光，比喻皇恩。《周易·未济》："君子之光，其晖吉也。"钟，集聚。

52"芳园"句：是说大观园建筑在帝城的西方。向，对着，朝着。帝城，封建帝王所居住的都城，即京城。这里应指紫禁城。

53"华日"句：是说因为被华日祥云笼罩，而焕发出奇光异彩。华日，丽日，灿烂的日光。

54"高柳"句：喜庆黄莺从幽谷飞到高柳上去，以喻元春出深闺进封贵妃。莺出谷，黄莺离开山谷。《诗经·小雅·伐木》："伐木丁丁，鸟鸣嘤嘤，出自幽谷，迁于乔木。"

55"修篁"句：时刻等待凤凰飞到竹林中来。修篁，修长的竹子。篁，竹林，此作竹子的代称。

56"文风"句：从元春游赏之夕，朝廷的文风，便大为昌明。文风，本指文章的风格，这里指朝廷倡导的诗礼文明教化之风。宸游，帝王的巡游。这里指元春的游赏。宸，北极星所在为宸，后借指帝王居住的地方，又引申为帝王的代称，此指元春。

⑤⑦"孝化"句：自元春归省之时，封建的孝道，应更加隆盛。孝化，以封建孝道教化人。隆，隆盛。

⑤⑧"睿藻"句：在瞻仰的那个地方，看到你的才华。睿藻，旧时颂扬帝后诗文的用语。睿，通达，明智。唐宋之问《夏日仙萼亭应制》诗："睿藻光岩穴，宸襟洽薜萝。"这里指元春的题咏。仙才，才华非凡。

⑤⑨"自惭"句：面对你的卓越才华，我自惭形秽，怎敢再题咏呢！何敢，怎敢。再为辞，再遣辞造句。

⑥⓪世外仙源：意谓大观园是世外的仙境。仙源，神仙居住的地方。

⑥①"仙境"句：仙境和人世，判然不同。仙境，道教称仙人所居清静超凡的胜地为仙境。《桓真人升仙记》描述其境况云："有长年之光景，日月不夜之山川。宝盖层台，四时明媚。金壶盛不死之酒，琉璃藏延寿之丹。桃树花芳，千年一谢，云英珍结，万载圆成。"别，不一样。

⑥②"借得"句：吟诗从山川中借得灵秀之气。山川，指大观园中的山水。

⑥③融：融和。金谷酒：石崇《金谷诗序》："余与众贤共送往涧中，……遂各赋诗以叙中怀，或不能者，罚酒三斗。"唐李白《春夜宴从弟桃花园序》："不有佳咏，何伸雅怀？如诗不成，罚依金谷酒数。"后用以指饮酒赋诗。这里代指醇酒。金谷，即金谷园，晋代官僚石崇的花园，在河南洛阳东北。

⑥④"花媚"句：花向元春献媚。媚，这里是献媚的意思。玉堂人，指元春。玉堂，嫔妃所住的地方。《三辅黄图·汉官》："未央宫有殿阁三十二，椒房、玉堂在其中。"

⑥⑤邀：叨受，幸蒙得到。

⑥⑥官车：帝后所坐的车子。

⑥⑦金殿对策：指在殿堂上对答皇帝的策问。金殿，这里指金銮殿。唐代大明宫内有金銮殿，为文学士待诏之所。也泛指皇帝受朝见的正殿为金銮殿。对策，自汉以来，朝廷考试取士，以政事、经义等设问，写在简策上，让应试者对答，叫"对策"。也叫"策问"。

○68 唐朝韩翊（yì）咏芭蕉诗：韩翊，乃唐代诗人钱珝（xǔ）之误，其《未展芭蕉》诗头两句为："冷烛无烟绿蜡干，芳心犹卷怯春寒。"

○69 一字师：改正一个字的老师。陶岳《五代史补》卷三载，唐代诗僧齐己作《早梅》诗，有"前村深雪里，昨夜数枝开"之句，郑谷改"数枝"为"一枝"，齐己下拜。时人称郑谷为"一字师"。

○70 黄袍：古代帝王的袍服。宋王楙《野客丛书·禁用黄》："自唐高祖武德初用隋制，天子常服黄袍，遂禁士庶不得服，而服黄有禁自此始。"

○71 秀玉：美好的竹子。玉，绿玉，竹子的别名。《正字通》："寒玉，竹别名，亦曰绿玉。"实：竹子所结的果实，状如小麦，号为竹米。

○72 堪，可。宜，适合。待凤凰：接待凤凰。据说凤凰食竹实。《诗经·大雅·卷阿》郑笺："凤凰之性，非梧桐不栖，非竹实不食。"本诗全篇即咏"翠竹"。

○73 "竿竿"句：这里指一棵棵竹竿清翠得好像要滴水。

○74 "个个"句：竹叶像许多"个"字。这里指一簇簇的竹叶葱绿得仿佛透出清凉。

○75 "进砌"二句：意谓竹林挡住绕阶的泉水，不使迸溅到阶上来；又阻碍鼎炉的香烟，不会穿过帘子散去。进，溅射。砌，石砌的台阶。防，阻挡。唐卢照邻《临阶竹》诗："封霜连锦砌，防露拂瑶阶。"碍，妨碍。

○76 "莫摇"二句：意谓不要摇动碎散的竹影，以免搅乱方酣的美梦。影，指竹影；竹叶细长而零散，所以说"分碎"。

○77 "蘅芜"二句：意谓蘅芜长满静苑；萝薜可以添助院中的芬芳。本诗通篇都写"异草"。蘅芜，泛指杜蘅一类的香草。芜，草的通称。萝，女萝。薜，薜荔。

○78 软衬：轻轻铺垫的意思。三春，春季三月。

○79 柔拖：细细沁散的意思。一缕香：指蘅芷的清香。

○80 轻烟：指纤柔如烟的草。如女萝也称"烟萝"。

○81 冷翠：指碧翠带露的草。

㉒池塘曲：指南朝宋谢灵运《登池上楼》诗。其中有句云："池塘生春草，园柳变鸣禽。"后人称为名句。

㉓谢家：即谢灵运家。南朝梁钟嵘《诗品》卷中引《谢氏家录》云："康乐（谢灵运）每对惠连，辄得佳语。后在永嘉西堂，思诗竟日不就，寤寐间忽见惠连，即成'池塘生春草'。故尝云：'此语有神助，非我语也。'"

㉔婵娟：姿态美好的样子。两两：指芭蕉与海棠。本诗即歌咏芭蕉与海棠。

㉕绿蜡：绿色蜡烛。这里指芭蕉。芭蕉叶绿，春天蕉叶卷而未舒时好像绿蜡。

㉖红妆：本指年轻女子，这里指海棠。海棠花红，入夜犹开，有如未眠的少女。宋苏轼《海棠》诗："只恐夜深花睡去，故烧高烛照红妆。"

㉗垂绛袖：比喻海棠花形态柔美，仿佛美人凭栏垂下的红色衣袖。绛袖，深红色衣袖。

㉘护清烟：形容芭蕉姿态挺拔，像是倚石耸立，回护着云烟。清烟，云烟。

㉙解怜：知道爱惜。

㉚"菱荇"二句：上句意谓长有菱荇的湖水是鹅儿嬉戏之处；下句意谓桑榆制作的屋梁是燕子筑巢之所。菱，菱角，水生植物，叶浮水面。荇，荇菜，亦水生植物，叶紫红色。

㉛琼酪金脍：比喻精美的食品。琼，美玉。酪，用牛、羊、马乳汁做成的食品。脍，切细的肉或鱼。

㉜"豪宴"等四出戏：《豪宴》，清李玉《一捧雪》传奇中的第五出。《一捧雪》又名《莫诚救主》，写明代儒生莫怀古携带家传玉杯"一捧雪"，进京求官，权贵严世蕃谋取此杯，莫怀古以假杯顶替，招致杀身大祸；家奴莫诚自愿替死，始得脱身。《豪宴》一出写严世蕃宴请莫怀古事。《乞巧》，即《长生殿》传奇第二十二出《密誓》，演出本改题《乞巧》，写唐明皇与杨贵妃七月七日晚上在长生殿密誓订盟的事。《仙缘》，即明汤显祖《邯郸记》第三十出《合仙》。描写卢生在梦境中出

将入相，历尽升沉荣辱，因而大悟，便从吕洞宾出家学道。《合仙》一出，写吕洞宾等众仙人度引卢生出家修仙的事。演出本称为《仙圆》，亦作《仙缘》。《离魂》，即《牡丹亭》第二十出《闹殇》，演出本称为《离魂》，写杜丽娘生病魂离的故事。这四出戏，当有寓意。庚辰本脂批云：《一捧雪》"伏贾家之败"，《乞巧》"伏元妃之死"，《仙缘》"伏甄宝玉送玉"，《离魂》"伏黛玉死"，"所点之戏剧伏四事，乃通部书之大过节、大关键"。

�93裂石之音：本是形容笛声的高扬激昂。唐李肇《国史补》："李舟好事，尝得村舍烟竹，截为笛。坚如铁石，以遗李谟。谟吹笛，天下第一。月夜泛江，与同舟人吹，寥亮逸发。俄有客于岸，呼舟请载，既至，请笛而吹，甚为精妙，山石可裂。"这里比喻歌声的清厉。

�94天魔之态：唐代有一种乐舞，叫"天魔舞"，又称"十六天魔舞"。元顺帝至正时，制天魔舞，用以赞佛、宴享。舞者为宫女十六人，头垂辫发，戴象牙佛冠，身披缨络，扮佛菩萨相而舞，用多种乐器伴奏。这里借以形容舞姿的优美。

�95《游园》《惊梦》：汤显祖《牡丹亭》中只有《惊梦》一出，演出本改为《游园》和《惊梦》两出，写杜丽娘在梦中与柳梦梅欢会的事。

�96《相约》《相骂》：明代月榭主人《钗钏记》传奇中的两出。《钗钏记》写穷书生皇甫吟和富家女史碧桃悲欢离合的故事。《相约》一出写史碧桃私遣丫环芸香去约皇甫吟至后园相会赠物、约为婚姻的事。《相骂》一出写芸香与吟母张氏老夫人拌嘴相骂的事。这两出戏，都以贴旦（扮芸香）为主角，而《游园》《惊梦》则以闺门旦（扮杜丽娘）为主角，或因龄官本演贴旦，故以《游园》《惊梦》为非本角戏而拒演。

�97苦海慈航：佛教用语。佛家认为现实社会苦无际限，故比作"苦海"。《法华经·寿量品》："我见诸众生，没在于苦海。"又宣称佛菩萨发大慈悲，能救度众生脱离生死苦海，有如渡船，故叫"慈航"。

�98金玉如意、沉香拐杖、伽楠念珠：如意，器物名。宋吴曾《能改斋漫录》卷二："《音义指归》云：'如意者，古之爪杖也。或骨角竹木削作人手指爪，柄可长三尺许。或脊有痒，手所不到，用以搔抓，如人之意。'然释流以文殊亦执之，岂欲搔痒耶？盖讲僧尚执之，私记书文祝辞于柄，以备忽忘。手执目对，如人之意。凡两意耳。"后来多用翡翠、白玉之类的质料雕刻而成，一端改作芝草或云形，借以象征吉祥，成为一种陈设品。沉香，香木名。木材与树脂可供细工用材及熏香料。伽楠，一种香木，产于广东琼山中，用它琢成的念珠，叫"伽楠珠"。念珠，佛教用物。念佛号或经咒时用以计数。

⑲端：古布帛长度名。明郎瑛《七修类稿》卷二二："今人凡以布帛一匹为一端，殊不知一端则半匹也。按《左传》：'币锦二两'注云：'二丈为一端，二端为一两，所谓匹也。二两二匹矣。'"

⑩清钱一千串：串，我国古代铜钱的计数单位，一千枚铜钱，用绳穿起来，叫做"一串"。明清两代，按其本朝定制由官局所铸之钱，叫"制钱"，以别于前朝旧钱和本朝私铸钱。这种钱体大而重，成色好，人们喜欢收用。民间私铸钱，小而薄，杂质多，人们不喜收用。一串钱里，如夹有少量私铸钱，统称"毛钱"；如全部为制钱，就叫"清钱"。元妃赏赐众人清钱，显示了皇家的尊严、体面。

⑩陈设、答应：这里都指仆役。陈设，本为明宫中近侍名号。明刘若愚《明宫史》木集："圣驾御前，凡每日近侍内臣，自司礼监掌印、秉笔、随唐之次……及钦安殿、隆德殿、英华殿之陈设。以上皆穿红，总谓之近侍也。"这里代指布设器具的仆役。答应，明清两代官人的一种称号。清秦兰徵《天启宫词》卷上："长随赍到镂金盘。"注："答应、长随，内官之卑者，职掌召对钦赐各项奔走之役。"这里当代指仆人。

第十九回
情切切良宵花解语^①　意绵绵静日玉生香

话说贾妃回宫，次日见驾谢恩，并回奏归省之事，龙颜甚悦，又发内帑彩缎金银等物，以赐贾政及各椒房等员，不必细说。

且说荣宁二府中连日用尽心力，真是人人力倦，各各神疲，又将园中一应陈设动用之物收拾了两三天方完。第一个凤姐事多任重，别人或可偷闲躲静，独他是不能脱得；二则本性要强，不肯落人褒贬^②，只扎挣着与无事的人一样。第一个宝玉是极无事最闲暇的。偏这一早，袭人的母亲又亲来回过贾母，接袭人家去吃年茶，晚间才得回来。因此，宝玉只和众丫头们掷骰子赶围棋作戏。正在房内玩得没兴头，忽见丫头们来回说："东府里珍大爷来请过去看戏，放花灯。"宝玉听了，便命换衣裳。才要去时，忽又有贾妃赐出糖蒸酥酪来^③；宝玉想上次袭人喜吃此物，便命留与袭人了，自己回过贾母，过去看戏。

谁想贾珍这边唱的是《丁郎认父》《黄伯央大摆阴魂阵》，更有《孙行者大闹天宫》《姜太公斩将封神》等类的戏文^④。倏尔神鬼乱出，忽又妖魔毕露。内中扬幡过会，号佛行香^⑤，锣鼓喊叫之声，远闻巷外。满街上个个都赞："好热闹戏，别人家断不能有的。"宝玉见繁华热闹到如此不堪的田地，只略坐了一坐，便走往各处闲耍。先是进内去和尤氏并丫头姬妾说笑了一回，便出二门来。尤氏等仍料他出来看戏，遂也不曾照管。贾珍、贾琏、薛蟠等只顾猜谜行令，百般作乐，纵一时不见他在座，只道在里边去了，也不理论。至于跟宝玉的小厮们，那年纪大些的，知宝玉这一来了必是晚间才散，因此偷空也有会赌钱的，也有往亲友家去吃年茶的，或赌或饮，都私自散了，待晚间再来；那些小些的，都钻进戏房里瞧热闹去了。

宝玉见一个人没有，因想："素日这里有个小书房内曾挂着一轴美人，极画的得神。今日这般热闹，想那里自然无人，那美人也自然是寂寞的，须得我去望慰他一回。"想着，便往那厢来。刚到窗前，闻得房内呻吟之声。宝玉倒唬了一跳："敢是美人活了不成？"乃大着胆子，舐破窗纸，向内一看，那轴美人却不曾活，却是茗烟按着一个女孩子，也干那警幻所训之事。宝玉禁不住大叫："了不得！"一脚踹进门去，将那两个唬开了，抖衣而颤。

茗烟见是宝玉，忙跪下哀求。宝玉道："青天白日，这是怎么说！珍大爷知道，你是死是活？"一面看那丫头，虽不标致倒白净，些微亦有动人心处，羞的脸红耳赤，低首无言。宝玉跺脚道："还不快跑？"一语提醒了那丫头，飞也似的去了。宝玉又赶出去叫道："你别怕，我是不告诉人的。"急得茗烟在后叫："祖宗，这是分明告诉人了！"宝玉因问："那丫头十几岁了？"茗烟道："不过十六七岁了。"宝玉道："连他的岁数也不问问，别的自然越发不知了，可见他白认得你了。可怜，可怜！"又问："名字叫什么？"茗烟笑道："若说出名字来话长，真正新鲜奇文。他说他母亲养他的时节，做了一个梦，梦得了一匹锦，上面是五色富贵不断头的'卍'字花样⑥，所以他的名字就叫作万儿。"宝玉听了笑道："真也新奇，想必他将来有些造化⑦。"说着，沉思一会。

茗烟因问："二爷为何不看这样的好戏？"宝玉道："看了半日，怪烦的，出来逛逛，就遇见你们了。这会子作什么呢？"茗烟微微笑道："这会子没人知道，我悄悄的引二爷往城外逛去，一会儿再往这里来，他们就不知道了。"宝玉道："不好，仔细花子拐了去⑧。且是他们知道了，又闹大了。不如往近些的地方去，还可就来。"茗烟道："就近地方谁家可去？这却难了。"宝玉笑道："依我的主意，咱们竟找花大姐姐去，瞧他在家作什么呢。"茗烟笑道："好，好！倒忘了他家。"又道："他们知道了，说我引着二爷胡走，要打我呢？"宝玉道："有我呢。"茗烟听说，拉了马，二人从后门就走了。幸而袭人家不远，不过一半里路程，转眼已到门前。

　　茗烟先进去叫袭人之兄花自芳。此时袭人之母接了袭人与几个外甥女儿几个侄女儿来家，正吃果茶，听见外面有人叫"花大哥"，花自芳忙出去看时，见是他主仆两个，唬的惊疑不定，连忙抱下宝玉来，至院内嚷道："宝二爷来了！"别人听见还可，袭人听了，也不知为何，忙跑出来迎着宝玉，一把拉着问："你怎么来了？"宝玉笑道："我怪闷的，来瞧瞧你作什么呢。"袭人听了，才把心放下来，说道："你也胡闹了，可作什么来呢？"一面又问茗烟："还有谁跟来？"茗烟笑道："别人都不知，就只我们两个。"袭人听了，复又惊慌说道："这还了得！倘或撞见了人，或是遇见了老爷，街上人挤马碰，有个闪失，也是玩得的？你们的胆子比斗还大。都是茗烟调唆的，回去我定告诉嬷嬷们打你。"茗烟撅了嘴道："二爷骂着打着叫我引了来的，这会子推到我身上。我说别要来罢！不然，我们还去罢。"花自芳忙劝道："罢了，已是来了，也不用多说了。只是茅檐草舍，又窄又不干净，爷怎么坐呢？"

　　袭人之母也早迎了出来。袭人拉了宝玉进去。宝玉见房中三五个女孩儿，见他进来，都低了头，羞脸通红。花自芳母子两个恐怕宝玉冷，又让他上炕，又忙另摆果桌，又忙倒好茶。袭人笑道："你们不用白忙，我自然知道，果子也不用摆了，不敢乱给东西吃。"一面说，一面将自己的坐褥拿了，铺在一个杌子上，宝玉坐了；用自己的脚炉垫了脚，向荷包内取出两个梅花香饼儿来⑨，又将自己的手炉掀开焚上，仍盖好，放与宝玉怀内；然后将自己的茶杯斟了茶，送与宝玉。彼时他母兄已是忙着齐齐整整的摆上一桌子果品来，袭人见总无可吃之物，因笑道："既来了，没有空去的理，好歹尝一点儿，也是来我家一趟。"说着，便拈了几个松子瓤，吹去细皮，用手帕托着送与宝玉。

　　宝玉看见袭人两眼微红，粉光融滑，因悄问袭人道："好好的哭什么？"袭人笑道："何尝哭！才迷了眼揉的。"因此便遮掩过了。因见宝玉穿着大红金蟒狐腋箭袖，外罩石青貂裘排穗褂，说道："你特为往这里来，又换新衣服，他们就不问你往那里去的？"宝玉笑道："原是珍大爷请过去看戏换的。"袭人点头，又道："坐一坐就回去罢，这个地方不是你来的。"宝玉笑道："你就家去才好呢，我还替你留着好东西呢。"袭人笑道："悄悄的，叫他们听着什么意思。"一面又伸手从宝玉项上将"通灵玉"摘下来，向他姊妹们笑道："你们见识见识。时常说起来都当稀罕，恨不能一见，今儿可尽力瞧了。再瞧什么稀罕物儿，也不过是这么个东西。"说毕，递与他们传看了一遍，仍与宝玉挂好，又命他哥哥去雇一乘小轿，或雇一辆小车，送宝玉回去。花自芳道："有我送去，骑马也不妨了。"袭人道："不为不妨，为的是碰见人。"

　　花自芳忙去雇了一顶小轿来，众人也不好相留，只得送宝玉出去。袭人又抓些果子与茗烟，又把些钱与他买花炮放，教他："不可告诉人，连你也有不是。"一面说着，一直送宝玉至门前，看着上轿，放下轿帘。茗烟二人牵马跟随。来至宁府街，茗烟命住轿，向花自芳道："须得我同二爷还到东府里混一混，才过去的，不然人家就疑惑了。"花自芳听说有理，忙将宝玉抱出轿来，送上马去。宝玉笑道："倒难为你了。"于是仍进了后门来，俱不在话下。

　　却说宝玉自出了门，他房中这些丫鬟们都越性恣意的玩笑，也有赶围棋的，也有掷骰抹牌的，磕了一地的瓜子皮。偏奶母李嬷嬷拄拐进来请安，瞧瞧宝玉，见宝玉不在家，丫鬟们只顾玩闹，十分看不过，因叹道："只从我出去了不大进来，你们越发没了样儿了，别的嬷嬷越不敢说你们了。那宝玉是个'丈八的灯台——照见人家，照不见自己'的，只知嫌人家腌臜，这是他的屋子，由着你们遭塌，越不成体统了。"

这些丫头们明知宝玉不讲究这些；二则李嬷嬷已是告老解事出去的了，如今管不着他们。因此，只顾玩笑，并不理他。那李嬷嬷还只管问："宝玉如今一顿吃多少饭？什么时候睡觉？"丫头们总胡乱答应，有的说："好个讨厌的老货！"李嬷嬷又问道："这盖碗里是酥酪，怎不送与我吃？"说毕，拿起就吃。一个丫头道："快别动！那是说了给袭人留着的，回来又惹气了。你老人家自己承认，别带累我们受气。"李嬷嬷听了，又气又愧，便说道："我不信他这样坏了肠子！别说我吃了一碗牛奶，就是再比这个值钱的，也是应该的。难道待袭人比我还重？难道他不想想怎么长大了？我的血变的奶，吃的长这么大；如今我吃他一碗牛奶，他就生气了？我偏吃了，看他怎样！你们看袭人不知怎样，那是我手里调理出来的毛丫头，什么阿物儿⑩！"一面说，一面赌气将酥酪吃尽。又一个丫头笑道："他们不会说话，怨不得你老人家生气。宝玉还送东西孝敬你老人家去，岂有为这个不自在的？"李嬷嬷道："你们也不必妆狐媚子哄我⑪，打量上次为茶撵茜雪的事我不知道呢。明儿有了不是，我再来领。"说着，赌气去了。

少时，宝玉回来，命人去接袭人，只见晴雯躺在床上不动，宝玉因问："敢是病了？再不然输了？"秋纹道："他倒是赢的。谁知李老太太来了混输了，他气的睡去了。"宝玉笑道："你们别和他一般见识，由他去就是了。"

说着，袭人已来，彼此相见。袭人又问宝玉何处吃饭，多早晚回来，又代母妹问诸同伴姊妹好。一时换衣卸妆。宝玉命取酥酪来，丫鬟们回说："李奶奶吃了。"宝玉才要说话，袭人便忙笑说道："原来是留的这个，多谢费心。前日我吃的时候好吃，吃过了，好肚子疼，闹的吐了才好了。他吃了倒好，搁在这里白遭塌了。我只想风干栗子吃，你替我剥栗子，我去铺床。"

宝玉听了，信以为真，方把酥酪丢开，取栗子来，自向灯前检剥。一面见众人不在房中，乃笑问袭人道："今儿那个穿红的是你什么人？"袭人道："那是我两姨妹子。"宝玉听了，赞叹了两声。袭人道:"叹什么?我知道你心里的缘故,想是说,他那里配穿红的?"宝玉笑道:"不是,不是。那样的人不配穿红的,谁还敢穿?我因为见他实在好得很,怎么也得他在咱们家就好了。"袭人冷笑道:"我一个人是奴才命罢了,难道连我的亲戚都是奴才命不成?定还要拣实在好的丫头才往你家来。"宝玉听了,忙笑道:"你又多心了!我说往咱们家来,必定是奴才不成?说亲戚就使不得?"袭人道:"那也搬配不上。"宝玉便不肯再说,只是剥栗子。袭人笑道:"怎么不言语了?想是我才冒撞冲犯了你,明儿赌气花几两银子买他们进来就是了。"宝玉笑道:"你说的话怎么叫人答言呢?我不过是赞他好,正配生在这深堂大院里,没的我们这种浊物倒生在这里!"袭人道:"他虽没这造化,倒也是娇生惯养的,我姨父姨娘的宝贝,如今十七岁,各样的嫁妆都齐备了,明年就出嫁。"

宝玉听了"出嫁"二字,不禁又"嗤"两声。正不自在,又听袭人叹道:"只从我来这几年,姊妹们都不得在一处,如今我要回去了,他们又都去了。"宝玉听这话内有文章,不觉吃一惊,忙丢下栗子,问道:"怎么,你如今要回去了?"袭人道:"我今儿听见我妈和哥哥商议,教我再耐烦一年,明年他们上来就赎我出去呢。"宝玉听了这话,越发忙了,因问:"为什么要赎你?"袭人道:"这话奇了!我又比不得是你这里的家生子儿⑫,我一家子都在别处,独我一个人在这里,怎么是个了局?"宝玉道:"我不叫你去也难。"袭人道:"从来没有这理。便是朝廷宫里,也有定例⑬,或几年一选,几年一入,没有长远留下人的理,别说你家!"

宝玉想一想,果然有理,又道:"老太太不放你也难。"袭人道:"为什么不放?我果然是个最难得的,或者感动了老太太,太太必不放我出去的,设或多给我家几两银子留下,然或有之;其实我也不过是个最平常的人,比我强的多而且多。自我从小儿来跟着老太太,先伏侍了史大姑娘几年,如今又伏侍了你几年。如今我们家来赎，正是该叫去的，只怕连身价也不要，就开恩叫我去呢。若说为伏侍得你好，不叫我去，断然没有的事。那伏侍得好，分内应当的，不是什么奇功；我去了仍旧又有好的了，不是没了我就成不得的。"宝玉听了这些话，竟是有去的理，无留的理，心里越发急了，因又道："虽然如此说，我的一心要留下你，不怕老太太不和你母亲说，多多给你母亲些银子，他也不好意思接你了。"袭人道："我妈自然不敢强。且慢说和他好说，又多给银子；就便不好和他说，一个钱也不给，安心要强留下我，他也不敢不依。但只是咱们家从没干过这倚势仗贵霸道的事。这比不得别的东西，因为喜欢，加十倍利弄了来给你，那卖的人不得吃亏，可以行得；如今无故平空留下我，于你又无益，反教我们骨肉分离，这件事，老太太、太太断不肯行的。"宝玉听了，思忖半晌，乃说道："依你说来说去，是去定了？"袭人道："去定了。"宝玉听了自思道："谁知这样一个人，这样薄情无义呢。"乃叹道："早知道都是要去的，我就不该弄了来，临了剩我一个孤鬼儿。"说着便赌气上床睡了。

原来袭人在家，听见他母兄要赎他回去，他就说："至死也不回去的。"又说："当日原是你们没饭吃，就剩我还值几两银子，若不叫你们卖，没有个看着老子娘饿死的理；如今幸而卖到这个地方，吃穿和主子一样，又不朝打暮骂。况如今爹虽没了，你们却又整理的家成业就，复了元气。若果然还艰难，把我赎出来，再多掏摸几个钱，也还罢了，其实又不难了，这会子又赎我做什么？权当我死了，再不必起赎我的念头！"因此哭闹了一阵。

他母兄见他这般坚执，自然必不出来的了。况且原是卖倒的死契⑪，明仗着贾宅是慈善宽厚之家，不过求一求，只怕连身价银一并赏了还是有的事呢；二则贾府中从不曾作践下人，只有恩多威少的，且凡老少房中所有亲侍的女孩子们，更比待家下众人不同，平常寒薄人家的小姐也不能那样尊重的。因此他母子两个就死心不赎了。次后忽然宝玉去了，他二人又是那般景况，他母子二人心中更明白了，越发一块石头落了地，而且是意外之想，彼此放心，再无赎念了。

且说袭人自幼见宝玉性格异常，其淘气憨顽自是出于众小儿之外，更有几件千奇百怪口不能言的毛病儿。近来仗着祖母溺爱，父母亦不能十分严紧拘管，更觉放纵弛荡，任情恣性，最不喜务正。每欲劝时，谅不能听。今日可巧有赎身之论，故先用骗词以探其情，以压其气，然后好下箴规⑮。今见宝玉默默睡去了，知其情有不忍，气已馁堕。自己原不想栗子吃，只因怕为酥酪生事，又像那茜雪之茶，是以假要栗子为由，混过宝玉不提就完了。于是命小丫头子们将栗子拿去吃了，自己来推宝玉。只见宝玉泪痕满面，袭人便笑道："这有什么伤心的？你果然留我，我自然不出去了。"宝玉见这话有因，便说道："你倒说说，我还要怎么留你？我自己也难说。"袭人笑道："咱们素日好处，自不用说。但今日安心留我，不在这上头。我另说出三件事来，你果然依了我，就是你真心留我了，刀搁在脖子上，我也是不出去的了。"

宝玉忙笑道："你说，那几件？我都依你。好姐姐，好亲姐姐！别说两三件，就是两三百件我也依的。只求你们同看着我，守着我，等我有一日化成了飞灰——飞灰还不好，灰还有形有迹，还有知识——等我化成一股轻烟，风一吹便散了的时候，你们也管不得我，我也顾不得你们了。那时凭我去，我也凭你们爱那里去就去了。"急得袭人忙握他的嘴，说："好，好！我正为劝你这些，更说的狠了。"宝玉忙说道："再不说这话了。"袭人道："这是头一件要改的。"宝玉道："改了，再说你就拧嘴。还有什么？"

袭人道："第二件，你真喜读书也罢，假喜也罢，只在老爷跟前，或在别人跟前，你别只管批驳诮谤，只作出个喜读书的样子来，也叫老爷少生些气，在人前也好说嘴。他心里想着，我家代代读书，只从有了你，不承望你不但不喜读书，已经他心里又气又恼了，而且背前面后乱说那些混话。凡读书上进的人，你就起个名字，叫做'禄蠹'⑯；又说只除'明明德'外无书⑰，都是前人自己不能解圣人之书，便另出己意，混编纂出来的。这些话，怎怨得老爷不气，不时时打你？叫别人怎么想你？"

宝玉笑道："再不说了。那是我小时不知天高地厚，信口胡说，如今再不敢说了。还有什么？"袭人道："再不可谤僧毁道，调脂弄粉。还有更要紧的一件事，再不许吃人嘴上擦的胭脂了，与那爱红的毛病儿。"宝玉道："都改，都改！再有什么？快说罢。"袭人道："再也没有了，只是百事检点些，不任意任情的就是了。你若果然都依了，便拿八人轿也抬不出我去了⑱。"宝玉笑道："你这里长远了，不怕没八人轿你坐。"袭人冷笑道："这我可不希罕的。有那个福气，没有那个道理，纵坐了也没甚趣。"

二人正说着，只见秋纹走进来，说："三更天了，该睡了。方才老太太打发嬷嬷来问，我答应睡了。"宝玉命取表来看时，果然针已指到亥正，方从新盥漱，宽衣安歇，不在话下。

至次日清晨，袭人起来，便觉身体发重，头疼目胀，四肢火热。先时还扎挣的住，次后捱不住，只要睡着，因而和衣躺在炕上。宝玉忙回了贾母，传医诊视，说道："不过偶感风寒，吃一两剂药疏散疏散就好了。"开方去后，令人取药来煎好，刚服下去，命他盖上被窝渥汗，宝玉自去黛玉房中来看视。

彼时黛玉自在床上歇午，丫鬟们皆出去自便，满屋内静悄悄的。宝玉揭起绣线软帘，进入里间，只见黛玉睡在那里，忙走上来推他道："好妹妹，才吃了饭，又睡觉。"将黛玉唤醒。黛玉见是宝玉，因说道："你且出去逛逛，我前儿闹了一夜，今儿还没有歇过来，浑身酸疼。"宝玉道："酸疼事小，睡出来的病大，我替你解闷儿，混过困去就好了。"黛玉只合着眼，说道："我不困，只略歇歇儿，你且别处去闹会子再来。"宝玉推他道："我往那里去呢，见了别人就怪腻的。"

黛玉听了，"嗤"的一笑道："你既要在这里，那边去老老实实的坐着，咱们说话儿。"宝玉道："我也歪着。"黛玉道："你就歪着。"宝玉道："没有枕头，咱们在一个枕头上。"黛玉道："放屁！外面不是枕头？拿一个来枕着。"宝玉出至外间，看了一看，回来笑道："那个我不要，也不知是那个腌臢老婆子的。"黛玉听了，睁开眼，起身笑道："真真你就是我命中的'天魔星'⑲，请枕这一个！"说着，将自己枕的推与宝玉，又起身将自己的再拿了一个来自己枕了，二人对面方倒下。

黛玉因看见宝玉左边腮上有钮扣大小的一块血渍，便欠身凑近前来，以手抚之细看道："这又是谁的指甲刮破了？"宝玉倒身，一面躲，一面笑道："不是刮的，只怕是才刚替他们淘澄胭脂膏子⑳，溅上了一点儿。"说着，便找手帕子要揩拭。黛玉便用自己的帕子替他揩拭了，口内说道："你又干这些事。干也罢了，必定还要带出幌子来。便是舅舅看不见，别人看见了，又当奇事新鲜话儿去学舌讨好，吹到舅舅耳朵里，又大家不干净惹气。"

宝玉总未听见这些话，只闻得一股幽香，却是从黛玉袖中发出，闻之令人醉魂酥骨。宝玉一把便将黛玉的衣袖拉住，要瞧笼着何物。黛玉笑道："这等时候谁带什么香呢？"宝玉笑道："既如此，这香是那里来的？"黛玉道："连我也不知道，想必是柜子里头的香气衣服上熏染的，也未可知。"宝玉摇头道："未必。这香的气味奇怪，不是那些香饼子、香球子、香袋子的香。"黛玉冷笑道："难道我也有什么'罗汉''真人'给我些奇香不成㉑？便是得了奇香，也没有亲哥哥亲兄弟弄了花儿、朵儿、霜儿、雪儿替我炮制。我有的是那些俗香罢了。"

宝玉笑道："凡我说一句，你就拉上这些。不给你个利害也不知道，从今儿可不饶你了！"说着翻身起来，将两只手呵了两口，便伸向黛玉膈肢窝内两胁下乱挠。黛玉素性触痒不禁，宝玉两手伸来乱挠，便笑的喘不过气来，口里说："宝玉！你再闹，我就恼了。"宝玉方住了手，笑问道："你还说这些不说了？"黛玉笑道："再不敢了。"一面理鬓笑道："我有奇香，你有'暖香'没有？"

宝玉见问，一时解不来，因问："什么'暖香'？"黛玉点头笑叹道："蠢才，蠢才！你有玉，人家就有金来配你；人家有'冷香'，你就没有'暖香'去配？"宝玉方听出来，宝玉笑道："方才求饶，如今更说狠了。"说着又去伸手。黛玉忙笑道："好哥哥，我可不敢了。"宝玉笑道："饶便饶你，只把袖子我闻一闻。"说着便拉了袖子笼在面上，闻个不住。黛玉夺了手道："这可该去了。"宝玉笑道："要去，不能。咱们斯斯文文的躺着说话儿。"说着复又倒下，黛玉也倒下，用手帕盖上脸。

宝玉有一搭没一搭的说些鬼话，黛玉只不理。宝玉问他几岁上京，路上见何景致古迹，扬州有何遗迹故事，土俗民风，黛玉不答。宝玉只怕他睡出病来，便哄他道："嗳哟！你们扬州衙门里有一件大故事，你可知道？"黛玉见他说的郑重，又且正言厉色，只当是真事，因问："什么事？"宝玉见问，便忍着笑，顺口诌道："扬州有一座黛山，山上有个林子洞……"黛玉笑道："这就扯谎，自来也没有听见这山。"宝玉道："天下山水多着呢，你那里知道这些不成？等我说完了你再批评。"黛玉道："你且说。"宝玉又诌道："林子洞里原来有一群耗子精。那一年腊月初七日，老耗子升座议事，说：'明日乃是腊八日，世上人都熬腊八粥㉒，如今我们洞中果品短少，须得趁此打劫些来方好。'乃拔令箭一枝，遣一能干小耗前去打听。一时小耗回报：'各处察访打听已毕，惟有山下庙里果米最多。'老耗问：'米有几样？果有几品？'小耗道：'米豆成仓，不可胜记。果品有五种：一红枣，二栗子，三落花生，四菱角，五香芋㉓。'老耗听了大喜。即时点耗前去，乃拔令箭，问：'谁去偷米？'一耗便接令去偷米。又拔令箭问：'谁去偷豆？'又一耗接令去偷豆。然后一一的都各领令去了。只剩下香芋一种，因又拔令箭问：'谁去偷香芋？'只见一个极小极弱的小耗应道：'我愿去偷香芋。'老耗并众耗见他这样，恐不谙练，又恐怯懦无力，都不准他去。小耗道：'我虽年小身弱，却是法术无边，口齿伶俐，机谋深远。此去管比他们偷得还巧呢！'众耗忙问：'如何得比他们巧呢？'小耗道：'我不学他们直偷，我只摇身一变，也变成个香芋，滚在香芋堆里，使人看不出，听不见，却暗暗的用分身法搬运，渐渐的就搬运尽了。岂不比直偷硬取的巧些？'众耗听了，都道：'妙却妙，只是不知怎么个变法？你去先变个我们瞧瞧。'小耗听了，笑道：'这个不难，等我变来。'说毕，摇身说：'变。'竟变了一个最标致美貌的一位小姐。众耗忙笑说：'变错了，变错了！原说变果子的，如何变出小姐来？'小耗现形笑道：'我说你们没见世面，只认得这果子是香芋，却不知盐课林老爷的小姐才是真正的"香玉"呢。'"

黛玉听了，翻身爬起来，按着宝玉笑道："我把你烂了嘴的！我就知道你是编我呢。"说着便拧。宝玉连连央告："好妹妹，饶我罢，再不敢了！我因为闻见你的香气，忽然想起这个故典来。"黛玉笑道："饶骂了人，还说是故典呢。"

一语未了，只见宝钗走来，笑问："谁说故典呢？我也听听。"黛玉忙让坐，笑道："你瞧瞧，还有谁？他饶骂了，还说是故典。"宝钗笑道："原来是宝兄弟！怪不得他。他肚子里的故典原多。只是可惜一件，凡该用故典之时他偏就忘了。有今日记得的，前儿夜里的芭蕉诗就该记得。眼面前的倒想不起来，别人冷的那样，他急的只出汗。这会子偏又有记性了。"黛玉听了笑道："阿弥陀佛！到底是我的好姐姐，你一般也遇见对子了。可知一还一报，不爽不错的。"刚说到这里，只听宝玉房中一片声吵嚷起来。未知何事，下回分解。

【注释】

①花解语：即"解语花"，意即善于领会人意的花。唐玄宗曾把杨贵妃比作"解语花"。《开元天宝遗事》："明皇秋八月，太液池有千叶白莲数枝盛开，帝与贵戚宴赏焉。左右皆叹羡。久之，帝指贵妃示于左右曰：'争如我解语花。'"

②褒贬：赞美和讽刺。这里是偏义复词，批评指责的意思。

③糖蒸酥酪：即指牛奶。《清稗类钞》"饮食类"："奶酪者，制牛

乳，和以糖，使成浆也，俗呼奶茶，北人恒饮之。"

④《丁郎认父》等戏文：《丁郎认父》，演的是明代故事。写杜文学被严嵩迫害，流落湖广，入赘胡丞相府中。他的前妻之子丁郎在大街上认父，杜文学怕胡丞相责怪，不敢答应。后丁郎进了胡府，将原委告诉了胡小姐，父子相认。《黄伯央大摆阴魂阵》，戏演的是乐毅图齐中的故事。此剧取材于《全相平话五种》里的《七国春秋平话》卷下"黄伯杨下山"等有关章节。写齐孙膑和燕乐毅对敌，乐毅请师父黄伯杨下山，布设"迷魂阵"，孙膑被困阵中。孙膑的师父鬼谷子下山，得到《阴书》三卷，破了"迷魂阵"。黄伯央，即黄伯杨，央、杨音近，辗转而异。这是一个独立的连台本戏，剧情很热闹。《孙行者大闹天宫》《姜太公斩将封神》，《古本戏曲丛刊》九集里收有宫廷大戏《升平宝筏》《封神天榜》，前者演《西游记》的故事，后者演《封神演义》的故事。

⑤号佛：大声念佛。

⑥卐字花样：卐，梵文，本是佛教如来胸前的一种符号，意思是吉祥幸福，并非文字。后建筑、丝织业中多作为一种图案花纹。

⑦造化：这里指运气、福分。

⑧花子：也叫"拍花的"，指旧时用迷药诱骗、掠卖儿童的拐子。清李虹若《朝市丛载》卷七："拍花扰害遍京城，药末迷人任意行。多少儿童藏户内，可怜散馆众先生。"

⑨香饼儿：用香料制成的小饼，可以佩带，也可以燃烧。

⑩阿物儿：这里如同说"东西"，含有卑视之意。

⑪妆狐媚子：旧时迷信，以为狐善用媚态魅人，故称用柔媚的手段迷惑人为"狐媚"。唐骆宾王《代李敬业讨武氏檄》："掩袖工谗，狐媚偏能惑主。"这里比喻亲热讨好的样子。

⑫家生子儿：封建贵族的家奴所生的子女。清赵翼《陔余丛考》卷三八："奴仆在主家所生子，俗谓之家生子。……《汉书·陈胜传》：秦令少府章邯免骊山徒人奴产子。师古注曰：奴产子，犹人云家生奴也。"清代法律规定，家生子只能终生在主人家为奴，不准赎出。

⑬朝廷宫里，也有定例：清吴振棫《养吉斋丛录》卷二五："近制，

十五岁预挑，五年即放还择配。注：'康熙间，年三十以上遣出。雍正间，年二十五遣出。'"樊彬《燕都杂咏》注云："凡选秀女，八旗王公，下至军校，女子年十五以上，二十岁以下，皆与挑选。车前悬双灯，送入内，选者或为嫔妃，或为皇子诸王福晋。余当差十年，放归。"

⑭死契：旧时买卖人口所立的一种字据，上面注明既经买卖永远不能赎取者叫"死契"。

⑮箴规：劝告，规劝。唐孟郊《劝友》诗："人生静躁殊，莫厌相箴规。"箴，《集韵》："箴，一曰诫也。"

⑯禄蠹（dù）：古代官吏的俸给叫"禄"。蠹，蛀虫。《韩非子·五蠹》曾把学者（儒家）、言谈者（纵横家）、带剑者（游侠）、患御者（逃避兵役者）及工商之民五种人称为"五蠹"。云："是故乱国之俗，其学者则称先王之道，以藉仁义，盛容服而饰辩说，以疑当世之法，而贰人主之心。"

⑰明明德：《大学》："大学之道，在明明德。"第一个"明"，作动词，阐明、发扬的意思。第二个"明"，完美的意思。明德，指上天赋予人的所谓"完美道德"。句意谓《大学》所讲的道理，就在于阐明和发扬那种完美的德行。这里代指"四书"。

⑱八人轿：八人抬的轿子，本是高官和命妇所坐。《清稗类钞》"舟车类"："京官无坐八轿者，外官为督抚、学政，可于大典时乘坐，将军、提督亦偶有乘之者。俗谓之八轿者，以舆夫有八人。……轿之四周，帏以绿呢。命妇之得其夫、其子之封典者亦乘之。"

⑲天魔星：佛教用语，魔为梵文"魔罗"音译的略称。印度古代传说欲界六天之一的"他化自在天"之主，常率魔众到人间破坏佛道。佛教采用其说，以一切能扰乱身心、破坏好事、障碍善法者为魔。这里是一种戏称。

⑳淘澄：胭脂是把红蓝花捣汁成膏、和以香料制成的，淘澄，即指淘澄汰除红蓝花的渣滓。

㉑罗汉：佛教把出家修行得道的人叫"罗汉"，又叫"阿罗汉"，是所谓断尽三界一切见、思、惑之圣者，地位次于菩萨。

㉒腊八粥：清富察敦崇《燕京岁时记·腊八粥》："腊八粥者，用黄米、白米、江米、小米、菱角米、栗子、红江豆、去皮枣泥等，合水煮熟，外用染红桃仁、杏仁、瓜子、花生、榛穰、松子及白糖、红糖、琐琐葡萄，以作点染。……每至腊七日，则剥果涤器，终夜经营，至天明时则粥熟矣。除祀先供佛外，分馈亲友，不得过午。"

㉓香芋：草本植物名，茎多肉，为圆块形，可食。因"芋"与"玉"（黛玉）同音，故借作戏语。

第二十回
王熙凤正言弹妒意　林黛玉俏语谑娇音

　　话说宝玉在黛玉房中说"耗子精"，宝钗撞来，讽刺宝玉元宵不知"绿蜡"之典，三人正在房中互相讽刺取笑。那宝玉正恐黛玉饭后贪眠，一时存了食，或夜间走了困，皆非保养身体之法；幸而宝钗走来，大家谈笑，那林黛玉方不欲睡，自己才放了心。忽听他房中嚷起来，大家侧耳听了一听，林黛玉先笑道："这是你妈妈和袭人叫唤呢。那袭人待他也罢了，你妈妈再要认真排场他①，可见老背晦了②。"

　　宝玉忙欲赶过去，宝钗一把拉住道："你别和你妈妈吵才是，他老糊涂了，倒要让他一步儿为是。"宝玉道："我知道了。"说毕，走来，只见李嬷嬷拄着拐杖，在当地骂袭人："忘了本的小娼妇！我抬举你起来，这会子我来了，你大模大样的躺在炕上，见我也不理一理。一心只想妆狐媚子哄宝玉，哄得宝玉不理我，只听你们的话。你不过是几两银子买来的毛丫头，这屋里你就作耗③，如何使得！好不好，拉出去配一个小子，看你还妖精似的哄人不哄！"袭人先道李嬷嬷不过为他躺着生气，少不得分辩说："病了，才出汗，蒙着头，原没看见你老人家。"后来听见他说"哄宝玉"，又说"配小子"，由不得又羞又委屈，禁不住哭起来了。

　　宝玉虽听了这些话，也不好怎样，少不得替他分辩病了吃药等话，又说："你不信，只问别的丫头们。"李嬷嬷听了这话，越发气起来了，说道："你只护着那起狐狸，那里还认得我了，叫我问谁去？谁不帮着你呢？谁不是袭人拿下马来的④？我都知道那些事。我只和你在老太太、太太跟前去讲，把你奶了这么大，到如今吃不着奶了，把我丢在一旁，逗着丫头们要我的强！"一面说，一面哭起来。彼时黛玉宝钗等也走过来劝道："妈妈，你老人家担待他们些就完了。"李嬷嬷见他二人来了，便诉委曲，将当日吃茶，茜雪出去，与昨日酥酪等事，唠唠叨叨说个不了。

可巧凤姐正在上房算了输赢帐，听得后面一片声嚷动，便知是李嬷嬷老病发了，排揎宝玉的人，正值他今儿输了钱，迁怒于人，便连忙赶过来，拉了李嬷嬷，笑道："妈妈别生气。大节下，老太太刚喜欢了一日，你是个老人家，别人吵嚷，还要你管他们才是；难道你反不知规矩，在这里嚷起来，叫老太太生气不成？你说谁不好，我替你打他。我家里烧的滚热的野鸡，快跟我来喝酒去。"一面说，一面拉着走，又叫："丰儿，替你李奶奶拿着拐棍子，擦眼泪的手帕子。"那李嬷嬷脚不沾地，跟了凤姐儿走了，一面还说："我也不要这老命了，索性今儿没了规矩，闹一场子，讨个没脸，强似受那娼妇的气！"后面宝钗黛玉见凤姐儿这般，都拍手笑道："亏他这一阵风来，把个老婆子撮了去。"

宝玉点头叹道："这又不知是那里的帐，只拣软的欺负。又不知是那个姑娘得罪了，上在他帐上了……"一句未完，晴雯在旁说道："谁又不疯了，得罪他做什么？既得罪了他，就有本事承任，不犯着带累别人！"袭人一面哭，一面拉着宝玉道："为我得罪了一个老奶奶，你这会子又为我得罪这些人，这还不够我受的，还只是拉扯人。"宝玉见他这般病势，又添了这些烦恼，连忙忍气吞声，安慰他仍旧睡下出汗。又见他汤烧火热，自己守着他，歪在旁边劝他："只养着病，别想那些没要紧的事生气。"袭人冷笑道："要为这些事生气，屋里一刻还留得了？但只是天长日久，尽着如此吵闹，可叫人怎么样过呢。你只顾一时为我们得罪了人，他们都记在心里，遇着坎儿，说得好说不好听，大家什么意思？"一面说，一面禁不住流泪，又怕宝玉烦恼，只得又勉强忍着。

一时杂使的老婆子端了二和药来⑤。宝玉见他才有汗意，不叫他起来，便自己端着与他就枕上吃了，即令小丫鬟们铺炕。袭人道:"你吃饭不吃饭,到底老太太、太太跟前坐一会子,和姑娘们玩一会子,再回来。我就静静的躺一躺也好。"宝玉听说,只得依他,去了簪环,看他躺下,自往上房来,同贾母吃饭。饭毕,贾母犹欲同那几个老管家的嬷嬷斗牌。宝玉记着袭人,便回至房中,见袭人朦朦睡去。自己要睡,天气尚早。彼时晴雯、绮霞、秋纹、碧痕都寻热闹找鸳鸯琥珀等耍戏去了。见麝月一人在外间房里灯下抹骨牌。宝玉笑道:"你怎么不同他们去?"麝月道:"没有钱。"宝玉道:"床底下堆着那些,还不够你输的?"麝月道:"都玩去了,这屋子交给谁呢?那一个又病了,满屋里上头是灯,下头是火。那些老婆子们都'老天拔地'⑥,服侍了一天,也该叫他们歇歇;小丫头们也服侍了一天,这会子还不叫他们玩玩去?所以我在这里看着。"

宝玉听了这话,公然又是一个袭人。因笑道:"我在这里坐着,你放心去罢。"麝月道:"你既在这里,越发不用去了,咱们两个说话玩笑岂不好?"宝玉道:"咱们两个做什么呢?怪没意思的。也罢了,早上你说头痒,这会子没什么事,我替你篦头罢。"麝月听了便道:"就是这样。"说着,将文具镜匣搬将来,卸去钗钏,打开头发,宝玉拿了篦子替他一一梳篦。只篦了三五下,见晴雯忙忙走进来取钱,一见了他两个,便冷笑道:"哦!交杯盏还没吃,倒上了头了⑦!"宝玉笑道:"你来,我也替你篦一篦。"晴雯道:"我没这么样大福。"说着,拿了钱,便摔了帘子,出去了。

宝玉在麝月身后,麝月对镜,二人在镜内相视⑧。宝玉便向镜内笑道:"满屋里就只是他磨牙⑨。"麝月听说,忙向镜中摆手,宝玉会意,忽听"嗯"一声帘子响,晴雯又跑进来问道:"我怎么磨牙了?咱们倒得说说。"麝月笑道:"你去你的罢,何苦来问人了。"晴雯笑道:"你又护着!你们那瞒神弄鬼的,我都知道。等我捞回本儿来再说话。"说着,一径出去了。这里宝玉通了头,命麝月悄悄的伏侍他睡下,不肯惊动袭人。一宿无话。

次日清晨起来，袭人已是夜间发了汗，觉得轻省了些，只吃些米汤静养。宝玉放了心，因饭后走到薛姨妈这边来闲逛。

彼时正月内，学房中放年学⑩，闺阁中忌针黹⑪，都是闲时，因贾环也过来玩。正遇见宝钗、香菱、莺儿三个赶围棋作耍，贾环见了也要玩。宝钗素昔看他也如宝玉，并没他意；今儿听他要玩，让他上来坐了，一处玩。一磊十个钱，头一回，自己赢了，心中十分欢喜。谁知后来接连输了几盘，便有些着急。赶着这盘正该自己掷骰子，若掷个七点便赢，若掷个六点，下该莺儿，掷三点就输了。因拿起骰子来狠命一掷，一个坐定了二，那一个乱转。莺儿拍着手只叫"幺"，贾环便瞪着眼，"六""七""八"混叫。那骰子偏生转出幺来。贾环急了，伸手便抓起骰子，然后就拿钱，说是个六点。莺儿便说："明明是个幺。"宝钗见贾环急了，便瞅莺儿，说道："越大越没规矩！难道爷们还赖你？还不放下钱来呢。"莺儿满心委屈，见宝钗说，不敢出声，只得放下钱来，口内嘟囔说："一个做爷的，还赖我们这几个钱，连我也不放在眼里。前儿和宝二爷玩，他输了那些，也没着急，下剩的钱还是几个小丫头子们一抢，他一笑就罢了。"宝钗不等说完，连忙喝住了。贾环道："我拿什么比宝玉？你们怕他，都和他好，都欺负我不是太太养的。"说着便哭。宝钗忙劝他："好兄弟，快别说这话，人家笑话你。"又骂莺儿。

正值宝玉走来，见了这般形况，问："是怎么了？"贾环不敢则声。宝钗素知他家规矩：凡做兄弟的怕哥哥。却不知那宝玉是不要人怕他的。他想着："兄弟们一并都有父母教训，何必我多事，反生疏了。况且我是正出⑫，他是庶出⑬，饶这样看待，还有人背后谈论，还禁得辖治了他？"更有个呆意思存在心里。你道是何呆意？因他自幼姐妹丛中长大，亲姊妹有元春探春，叔伯的有迎春惜春，亲戚中又有史湘云、林黛玉、薛宝钗等人，他便料定天地灵淑之气，只钟于女子⑭，男儿们不过是些渣滓浊沫而已。因此把一切男子都看成浊物，可有可无。只是父亲、伯叔、兄弟之伦，因是圣人遗训，不敢违忤，只得听他几句。所以兄弟之间亦不过尽其大概的情理就罢了，并不想自己是男子，须要为子弟之表率。是以贾环等都不怕他，却怕贾母，才让他三分。

现今宝钗生怕宝玉教训他，倒没意思，便连忙替贾环掩饰。宝玉道："大正月里，哭什么？这里不好，到别处玩去。你天天念书，倒念糊涂了。譬如这件东西不好，横竖那一件好，就舍了这件取那件。难道你守着这件东西哭会子就好了不成？你原来是取乐的，倒招的自己烦恼，不如快去呢。"贾环听了，只得回来。

赵姨娘见他这般，因问："是那里垫了踹窝来了⑮？"贾环便说："同宝姐姐玩来着，莺儿欺负我，赖我的钱，宝玉哥哥撵我来了。"赵姨娘啐道："谁叫你上高台盘了？下流没脸的东西！那里玩不得？谁叫你跑了去讨这没意思？"正说着，可巧凤姐在窗外过，都听在耳内，便隔窗说道："大正月里，怎么了？兄弟们小孩子家，一半点儿错了，你只教导他，说这样话做什么？凭他怎么去，还有太太老爷管他呢，就大口家啐他？他现是主子，不好，横竖有教导他的人，与你什么相干？环兄弟，出来！跟我玩去。"

贾环素日怕凤姐，比怕王夫人更甚，听见叫他，忙的出来。赵姨娘也不敢出声。凤姐向贾环说道："你也是个没性气的东西！时常说给你：要吃，要喝，要玩，要笑，你爱同那一个姐姐妹妹哥哥嫂子玩，就同那个玩。你总不听我的话，反叫这些人教的歪心邪意，狐媚子霸道的。自己又不尊重，要往下流里走，安着坏心，还只怨人家偏心呢。输了几个钱，就这么样儿！"因问贾环："你输了多少钱？"贾环见问，只得诺诺的说道："输了一二百钱。"凤姐道："亏了你还是爷们，输了一二百钱就这样！"回头叫："丰儿，去取一吊钱来，姑娘们都在后头玩呢，把他送了玩去。你明儿再这样下流狐媚子，我先打了你，再叫人告诉学里，皮不揭了你的！为你这不尊重，你哥哥恨得牙痒痒，不是我拦着，窝心脚把你的肠子窝出来呢！"喝令："去罢！"贾环诺诺的，跟了丰儿，得了钱，自去和迎春等玩去，不在话下。

　　且说宝玉正和宝钗玩笑，忽见人说："史大姑娘来了。"宝玉听了，抬身就走，宝钗笑道："等着，咱们两个一齐走，瞧瞧他去。"说着，下了炕，同宝玉来至贾母这边。只见史湘云大笑大说的，见了他两个，忙问好厮见。正值林黛玉在旁，因问宝玉："在那里来？"宝玉便道："在宝姐姐家来。"黛玉冷笑道："我说呢，亏在那里绊住，不然早就飞了来了。"宝玉道："只许同你玩，替你解闷儿；不过偶然去他那里一遭，就说这话。"黛玉道："好没意思的话！去不去，管我什么事？又没叫你替我解闷儿，可许你从此不理我呢！"说着，便赌气回房去了。

　　宝玉忙跟了来，问道："好好的又生气了？就是我说错句话，你到底也还坐在那里，和别人说笑一会子，又自己来纳闷。"黛玉道："你管我呢！"宝玉笑道："我自然不敢管你，只是你自己遭塌坏了身子呢。"黛玉道："我作践了我的身子，我死我的，与你何干？"宝玉道："何苦来，大正月里，'死'了'活'了的⑯。"黛玉道："偏说'死'！我这会子就死！你怕死，你长命百岁的如何？"宝玉笑道："要像只管这样的闹，我还怕死呢？倒不如死了干净。"黛玉忙道："正是了，要是这样闹，不如死了干净！"宝玉道："我说自家死了干净，别要错听了赖人。"正说着，宝钗走来，说："史大妹妹等你呢。"说着，便推宝玉走了。这里黛玉越发气闷，只向窗前流泪。

　　没两盏茶时，宝玉仍来了。黛玉见了，越发抽抽噎噎的哭个不住。宝玉见了这样，知难挽回，打叠起千百样的款语温言来劝慰⑰。不料自己未张口，只听黛玉先说道："你又来作什么？死活凭我去罢了！横竖如今有人和你玩，要比我又会念，又会作，又会写，又会说会笑，又怕你生气，拉了你去，你又来作什么？"宝玉听了，忙上前悄悄的说道："你这个明白人，难道连'亲不隔疏，后不僭先'也不知道⑱？我虽糊涂，却明白这两句话。头一件，咱们是姑舅姊妹，宝姐姐是两姨姊妹，论亲戚也比你疏。第二件，你先来，咱们两个一桌吃，一床睡，自小儿一处长大的，他是才来的，岂有个为他疏你的？"黛玉啐道："我难道叫你疏他？我成了什么人了呢？我为的是我的心！"宝玉道："我也为的是我的心。难道你就知道你的心，不知道我的心不成？"黛玉听了，低头不语，半日说道："你只怨人行动嗔怪你了，你再不知道你恼人难受。就拿今日天气比，分明今日冷些，怎么你倒脱了青肷披风呢⑩？"宝玉笑道："何尝不穿着？见你一恼，我一暴燥，就脱了。"黛玉叹道："回来伤了风，又该饿着吵吃的了。"

二人正说着，只见湘云走来，笑道："爱哥哥，林姐姐，你们天天一处玩，我好容易来了，也不理我一理儿。"黛玉笑道："偏是咬舌子爱说话，连个'二'哥哥也叫不上来，只是'爱'哥哥'爱'哥哥的。回来赶围棋儿，又该你闹'幺爱三'了。"宝玉笑道："你学惯了，明儿连你还咬起来呢。"湘云道："他再不放人一点儿，专挑人的不是。你自己便比世人好，也不犯着见一个打趣一个。我指出一个人来，你敢挑他么，我就服你。"黛玉便问："是谁？"湘云道："你敢挑宝姐姐的短处，就算你是个好的。"黛玉听了冷笑道："我当是谁，原来是他！我那里敢挑他呢？"宝玉不等说完，忙用话分开。湘云笑道："这一辈子我自然比不上你。我只保佑着明儿得一个咬舌儿林姐夫，时时刻刻你可听'爱'呀'厄'的去，阿弥陀佛，那时才现在我眼里呢！"说的众人一笑，湘云忙回身跑了。要知端详，且听下回分解。

【注释】

①排场：也称"排揎"，数落、责备的意思。

②背晦：脑筋不清楚，做事糊涂。也作"背会"。

③作耗：捣乱、胡闹的意思。

④拿下马：降服住的意思。

⑤二和药：中药服法，普通汤药，第一次煎好的药汁叫"头煎药"或"头和药"，先服。原药第二次加水再煎的药汁，叫"二煎药"或"二和药"。

⑥老天拔地：老态龙钟的样子。

⑦交杯盏、上头：交杯盏，旧时婚礼中，新郎新娘交换酒杯饮酒，叫"交杯"。宋王得臣《麈史》下："古者婚礼合卺，今也以双杯彩丝连足，夫妇传饮，谓之'交杯'。"所饮的酒叫"交杯酒"。宋孟元老《东京梦华录》卷五："用两盏以彩结连之，互饮一盏，谓之交杯酒。饮讫，掷盏并花冠子于床下，盏一仰一合，俗云大吉，则众喜贺。"宋代婚俗，饮交杯酒乃在撒帐后举行。或说，清代江淮间，于新妇降舆后，饮交杯酒。上头，旧时女子出嫁时改梳发髻、加簪饰物，叫"上头"，以别于未婚者。清时，宫女自召幸后，再行上头。

⑧二人在镜内相视：近人王瀣批云："新婚次早有夫妇并肩试镜之俗，作者运用极有分寸。"

⑨磨牙：王瀣批云："俗以口舌相竞为磨牙，似即借用《长杨赋》'相与摩牙而争'之语也。"又云："磨牙二字，增长晴雯人格不浅。"

⑩放年学：清富察敦崇《燕京岁时记·放年学》："儿童之读书者，于封印（十二月二十左右）之后，塾师解馆，谓之'放年学'。"

⑪忌针黹（zhǐ）：旧俗，新春有某些固定日子忌做针线活。《北京指南·礼俗》："是日禁刀剪裁割、扫除倾水等事。"

⑫正出：旧称正妻所生之子女。

⑬庶出：旧指妾所生的子女。

⑭天地灵淑之气，只钟于女子：灵淑，聪明美好。宋庞元英《谈薮》："谢希孟在临安狎娼，陆象山责之曰：'士君子乃朝夕与贱娼居，独不愧于名教乎？'希孟致谢，请后不敢。它日复为娼造鸳鸯楼，象山闻之又以书责，希孟谢曰：'非特建楼，且有记。'象山喜其文，不觉曰：'楼记云何？'即口占首句云：'自逊、抗、机、云之死，而天地英灵之气，不钟于世之男子，而钟于妇人。'象山默然。"

⑮垫了踹窝：路上被践踏成的小坑叫"踹窝"。垫踹窝，比喻代人受过，供人泄忿。亦说"垫喘儿"。

⑯"大正月里"二句：旧俗，新春应说吉利话，不能信嘴乱说。

⑰款语温言：亲切体贴的话语。

⑱亲不隔疏，后不僭（jiàn）先：这两句意思是说，关系疏远的

人，不能离间关系亲密的人；结识在后的人，不能超过结识在先的人。亲不隔疏，当作"疏不间亲"。间，离间。僭，超越。

⑲青肷（qiǎn）披风：这里指青狐腋做的皮斗篷。狐皮各部分，背上一长方块叫"狐脊"，身之两侧的块叫"狐肷"，头颈下面一大块叫"狐嗉"。这三种都属"大毛儿"一类。青肷，即青狐皮之腋下部分。

第二十一回
贤袭人娇嗔箴宝玉　俏平儿软语救贾琏[①]

话说史湘云跑了出来，怕林黛玉赶上，宝玉在后忙说："绊倒了！那里就赶上了？"林黛玉赶到门前，被宝玉叉手在门框上拦住，笑道："饶他这一遭儿罢。"林黛玉拉着手说道："我要饶了云儿，再不活着！"湘云见宝玉拦着门，料黛玉不能出来，便立住脚，笑道："好姐姐，饶我这遭儿罢。"却值宝钗来在湘云身背后，也笑道："我劝你两个看宝兄弟面上，都撂开手罢。"黛玉道："我不依。你们是一气的，都戏弄我不成！"宝玉劝道："谁敢戏弄你，你不打趣他，他焉敢说你。"四人正难分解，有人来请吃饭，方往前边去。那天已掌灯时分，王夫人、李纨、凤姐、迎春、探春、惜春姊妹等，都往贾母这边来。大家闲话了一回，各自归寝。湘云仍往黛玉房中安歇。

宝玉送他二人到房，那天已二更多时，袭人来催了几次，方回自己房中来睡。次早，天方明时，便披衣靸鞋往黛玉房中来[②]，却不见紫鹃翠缕二人，只有他姊妹两个尚卧在衾内。那黛玉严严密密裹着一幅杏子红绫被，安稳合目而睡。那史湘云却一把青丝，拖于枕畔，被只齐胸，一弯雪白的膀子，撂于被外，又带着两个金镯子。宝玉见了叹道："睡觉还是不老实！回来风吹了，又嚷肩窝疼了。"一面说，一面轻轻的替他盖上。林黛玉早已醒了，觉得有人，就猜着定是宝玉，因翻身一看，果不出所料。因说道："这早晚就跑过来作什么？"宝玉说："这早晚还早呢！你起来瞧瞧。"黛玉道："你先出去，让我们起来。"

宝玉出至外间。黛玉起来，叫醒湘云，二人都穿了衣裳。宝玉又复进来，坐在镜台旁边。只见紫鹃雪雁进来伏侍梳洗。湘云洗了脸，翠缕便拿残水要泼，宝玉道："站着，我趁势洗了就完了，省得又过去费事。"说着，便走过来，弯腰洗了两把。紫鹃递过香皂去，宝玉道："这盆里就不少，不用搓了。"再洗了两把，便要手巾。翠缕道："还是这个毛病儿，多早晚才改呢③。"

宝玉也不理他，忙忙的要青盐擦了牙，漱了口，完毕，见湘云已梳完了头，便走过来笑道："好妹妹，替我梳上头。"湘云道："这可不能了。"宝玉笑道："好妹妹，你先时怎么替我梳了呢？"湘云道："如今我忘了，不会梳呢。"宝玉道："横竖我不出门，又不戴冠子、勒子，不过打几根辫子就完了。"说着，又千"妹妹"万"妹妹"的央告。湘云只得扶过他的头来一一梳篦。在家不戴冠子，并不总角，只将四围短发编成小辫，往顶心发上归了总，编一根大辫，红绦结住。自发顶至辫梢，一路四颗珍珠，下面有金坠脚。湘云一面编着，一面说道："这珠子只三颗了，这一颗不是的，我记得是一样的，怎么少了一颗？"宝玉道："丢了一颗。"湘云道："必定是外头去，掉下来，不防被人拣了去，倒便宜他。"黛玉旁边冷笑道："也不知是真丢，也不知是给了人镶什么戴去了。"宝玉不答，因镜台两边都是妆奁等物，顺手拿起来赏玩，不觉顺手拈了胭脂，意欲往口边送，又怕湘云说，正犹豫间，湘云在身后伸过手来，"啪"的一下将胭脂从他手中打落，说道："不长进的毛病儿，多早晚才改！"

一语未了，只见袭人进来，见这光景，知是梳洗过了，只得回来自己梳洗。忽见宝钗走来，因问："宝兄弟那里去了？"袭人冷笑道："'宝兄弟'那里还有在家的工夫！"宝钗听说，心中明白。又听袭人叹道："姊妹们和气，也有个分寸礼节，也没个黑家白日闹的！凭人怎么劝，都是耳旁风。"宝钗听了，心中暗忖道："倒别看错了这个丫头，听他说话，倒有些识见。"宝钗便在炕上坐了，慢慢的闲言中，套问他年纪家乡等语，留神窥察其言语志量，深可敬爱。

一时宝玉来了，宝钗方出去。宝玉便问袭人道："怎么宝姐姐和你说的这么热闹，见我进来就跑了？"问一声不答，再问时，袭人方道："你问我么？我那里知道你们的原故。"宝玉听了这话，见他脸上气色非往日可比，便笑道："怎么又动了真气了？"袭人冷笑道："我那里敢动气？只是你从今别进这屋子了，横竖有人伏侍你，再不必来支使我。我仍旧还伏侍老太太去。"一面说，一面便在炕上合眼倒下。宝玉见了这般景况，深为骇异，禁不住赶来劝慰，那袭人只管合着眼不理。宝玉无了主意，因见麝月进来，便问道："你姐姐怎么了？"麝月道："我知道么？问你自己便明白了。"宝玉听说，呆了一回，自觉无趣，便起身嗳道："不理我罢，我也睡去。"说着，便起身下炕，到自己床上睡下。

袭人听他半日无动静，微微的打鼾，料他睡着，便起来拿一领斗篷来替他盖上，只听"嗯"的一声，宝玉便掀过去，仍合目装睡。袭人明知其意，便点头冷笑道："你也不用生气，从此后，我也只当哑了，再不说你一声如何？"宝玉禁不住起身问道："我又怎么了？你又劝我？你劝也罢了，刚才又没劝，我一进来，你就不理我，赌气睡了。我还摸不着是为什么，这会子你又说我恼了。我何尝听见你劝我的是什么话儿？"袭人道："你心里还不明白？还等我说呢！"

正闹着，贾母遣人来叫他吃饭，方往前边来，胡乱吃了几碗饭，仍回至自己房中。只见袭人睡在外头炕上，麝月在旁抹骨牌。宝玉素知麝月与袭人亲厚，一并连麝月也不理，揭起软帘，自往里间来。麝月只得跟进来。宝玉便推他出去，说："不敢惊动你们。"麝月只得笑着出来，唤两个小丫头进来。

宝玉拿一本书，歪着看了半天，因要茶，抬头只见两个小丫头在地下站着，一个大些的，生得十分清秀，宝玉便问："你叫什么名字？"那丫头答道："叫蕙香。"宝玉又问："是谁起的这个名字？"蕙香道："我原叫'芸香'，是花大姐姐改的。"宝玉道："正经该叫'晦气'罢咧，什么'蕙香'呢！"又问："你姊妹几个？"蕙香道："四个。"宝玉道："你第几个？"蕙香道："第四。"宝玉道："明日就叫'四儿'，不必什么'蕙'香'兰'气的，那一个配比这些花，没的玷辱了好名好姓的。"一面说，一面命他倒了茶来吃。袭人和麝月在外间听了半日，抿嘴儿笑。

这一日，宝玉也不出房门，自己闷闷的，只不过拿书解闷，或弄笔墨，也不使唤众人，只叫四儿答应。谁知这四儿是个乖巧不过的丫头，见宝玉用他，他便变尽方法笼络宝玉。至晚饭后，宝玉因吃了两杯酒，眼饧耳热之余，若往日则有袭人等大家嘻笑有兴，今日却冷清清的，一人对灯，好没兴趣。待要赶了他们去，又怕他们得了意，以后越来劝；若拿出作上人的模样镇唬他们，似乎无情太甚。说不得横了心只当他们死了，横竖自家也要过的。便权当他们死了，毫无牵挂，反能怡然自悦。因命四儿剪烛烹茶，自己看了一回《南华经》④，至外篇《胠箧》一则⑤，其文曰：

> 故绝圣弃智⑥，大盗乃止；擿玉毁珠⑦，小盗不起。焚符破玺⑧，而民朴鄙⑨；剖斗折衡⑩，而民不争；殚残天下之圣法⑪，而民始可与论议。擢乱六律，铄绝竽瑟，塞瞽旷之耳，而天下始人含其聪矣⑫；灭文章，散五彩，胶离朱之目，而天下始人含其明矣⑬；毁绝钩绳，而弃规矩，攦工倕之指，而天下始人含其巧矣⑭。

看至此，意趣洋洋，趁着酒兴，不禁提笔续曰：

> 焚花散麝，而闺阁始人含其劝矣⑮；戕宝钗之仙姿，灰黛玉之灵窍，丧灭情意，而闺阁之美恶始相类矣⑯。彼含其劝，则无参商之虞矣；戕其仙姿，无恋爱之心矣；灰其灵窍，无才思之情矣。彼钗、玉、花、麝者，皆张其罗而穴其隧，所以迷眩缠陷天下者也⑰。

续毕，掷笔就寝。头刚着枕，便忽然睡去，一夜竟不知所之，直至天明方醒。翻身看时，只见袭人和衣睡在衾上。宝玉将昨日的事，已付之度外，便推他说道："起来好生睡，看冻着了。"

原来袭人见他无晓夜和姊妹厮闹，若真劝他，料不能改，故用柔情以警之，料他不过半日片刻，仍复好了。不想宝玉日夜竟不回转，自己反不得主意，直一夜没好生睡。今忽见宝玉如此，料是他心意回转，便索性不采他。宝玉见他不应，便伸手替他解衣，刚解开了钮子，被袭人将手推开，又自扣了。宝玉无法，只得拉他的手笑道："你到底怎么了？"连问几声，袭人睁眼说道："我也不怎么。你睡醒了，你自过那边房里去梳洗，再迟了，就赶不上了。"宝玉道："我过那里去？"袭人冷笑道："你问我，我知道吗？你爱过那里去就过那里去。从今咱们两个丢开手，省得鸡生鹅斗，叫别人笑。横竖那边腻了过来，这边又有个什么'四儿''五儿'伏侍。我们这起东西，可是'白玷辱了好名好姓'的。"宝玉笑道："你今儿还记着呢？"袭人道："一百年还记着呢！比不得你，拿着我的话当耳旁风，夜里说了，早起就忘了。"宝玉见他娇嗔满面，情不可禁，便向枕边拿起一根玉簪来，一跌两段，说道："我再不听你说，就同这簪一样。"袭人忙的拾了簪子，说道："大早起，这是何苦来？听不听什么要紧，也值得这个样子。"宝玉道："你那里知道我心里急！"袭人笑道："你也知道着急么！可知我心里怎么样？快起来洗脸去罢。"说着，二人方起来梳洗。

宝玉往上房去后，谁知黛玉走来，见宝玉不在房中，因翻弄案上书看。可巧便翻出昨儿的《庄子》来，看见宝玉所续之处，不觉又气又笑，不禁也提笔续一绝云：

> 无端弄笔是何人？剿袭《南华》庄子文。不悔自家无见识，却将丑语诋他人！

题毕，也往上房来见贾母，后往王夫人处来。

谁知凤姐之女大姐儿病了，正乱着请大夫诊脉。大夫说："替夫人奶奶们道喜：姐儿发热是见喜了[18]，并非别症。"王夫人凤姐听了，忙遣人问："可好不好？"大夫回道："症虽险，却顺，倒还不妨。预备桑虫、猪尾要紧[19]。"凤姐听了，登时忙将起来：一面打扫房屋，供奉"痘疹娘娘"[20]，一面传与家人忌煎炒等物[21]，一面命平儿打点铺盖衣服与贾琏隔房^㉒，一面又拿大红尺头与奶子丫头亲近人等裁衣。外面又打扫净室，款留两位医生，轮流斟酌诊脉下药，十二日不放家去。贾琏只得搬出外书房来安歇。凤姐与平儿都随王夫人日日供奉"娘娘"。

那贾琏只离了凤姐，便要寻事，独寝了两夜，十分难熬，只得暂将小厮内清俊的选来出火。不想荣国府内有一个极不成材破烂酒头厨子^㉓，名叫多官，人见他懦弱无能，都唤他作"多浑虫"。因他父母给他娶了一个媳妇，今年方二十岁，也有几分人材，又兼生性轻薄，最喜拈花惹草。多浑虫又不理论，只是有酒有肉有钱，便诸事不管了。所以宁荣二府之人，都得入手。因这媳妇妖调异常，轻浮无比，众人都呼他作"多姑娘儿"。如今贾琏在外熬煎，往日也见过这媳妇，垂涎久了，只是内惧娇妻，外惧娈童^㉔，不曾下得手。那多姑娘儿也有意于贾琏，只恨没空；今闻贾琏挪在外书房来，他便没事也要走三四趟去招惹。贾琏似饥鼠一般，少不得和心腹的小厮们计议，多以金帛相许，焉有不允之理，况都和这媳妇是旧友，一说便成。

是夜，多浑虫醉倒在炕，二鼓人定，贾琏便溜进来相会。一见面，早已神魂失据，也不及情谈款叙，便宽衣动作起来。谁知这媳妇有天生的奇趣，一经男子挨身，便觉遍体筋骨瘫软，使男子如卧绵上；更兼淫态浪言，压倒娼妓。贾琏此时恨不得化在他身上。那媳妇故作浪语，在下说道："你们女儿出花儿，供着娘娘，你也该忌两日，倒为我腌臜了身子，快离了我这里罢。"贾琏一面大动，一面喘吁吁答道："你就是'娘娘'！那里还管什么'娘娘'！"那媳妇越浪起来，贾琏不禁丑态毕露。一时事毕，两个又盟山誓海，难舍难分。自此后，遂成相契。

一日，大姐毒尽癍回，十二日后送了"娘娘"，合家祭天祀祖宗，还愿焚香，庆贺放赏已毕，贾琏仍复搬进卧室。见了凤姐，正是俗语云"新婚不如远别"，更有无限恩爱，自不必细说。

次日早起，凤姐往上房里去后，平儿收拾外边拿进来的衣服铺盖，不承望枕套中抖出一绺青丝来，平儿会意，忙藏在袖内，便走至这边房内，拿出头发来，向贾琏笑道："这是什么？"贾琏一见，连忙抢上来要夺，平儿便跑，被贾琏一把揪住，按在炕上，从手中来夺。平儿笑道："你是没良心的，我好意瞒着他来问你，你倒赌狠！等他回来我告诉了，看你怎么样。"贾琏听说，忙陪笑央求道："好人，你赏我罢，我再不敢赌狠了。"

　　一语未了，只听凤姐声音进来，贾琏听见松了不是，抢又不是，只叫："好人，别叫他知道！"平儿才起身，凤姐已走进来，命平儿："快开匣子，替太太找样子。"平儿忙答应了，找时，凤姐见了贾琏，忽然想起来，便问平儿："前日拿出去的东西都收进来没有？"平儿道："收进来了。"凤姐道："可少什么不少？"平儿道："细细查了，并没少一件儿。"凤姐又道："可多什么没有？"平儿笑道："不少就罢了，怎么还有得多出来？"凤姐又笑道："这半个月，难保干净，或者有相厚的丢下的东西戒指、汗巾等物㉕，亦未可定。"一席话，说的贾琏脸都黄了，在凤姐身背后，只望着平儿杀鸡抹脖使眼色㉖，求他遮盖。平儿只作看不见，因笑道："怎么我的心就和奶奶一样！我就怕有这样的，留神搜了一搜，竟一点破绽也没有。奶奶不信，亲自搜一搜。"凤姐笑道："傻丫头，他便有这些东西，那里就叫咱们搜着。"说着，拿了样子出去了。

　　平儿指着鼻子，摇着头儿，笑道："这件事你该怎么谢我呢？"喜的贾琏眉开眼笑，跑过来搂着，"心肝肠儿肉儿"乱叫。平儿手里拿着头发，笑道："这是一辈子的把柄儿。好就好，不好咱们就抖出这个来。"贾琏笑着央告道："你好生收着罢，千万可别叫他知道。"口里说着，瞅他不堤防，一把便抢过来，笑道："你拿着终是祸胎，不如我烧了，就完了事了。"一面说，一面掖在靴掖子内。平儿咬牙道："没良心的，'过了河儿就拆桥'，明儿还想我替你撒谎呢！"

　　贾琏见他娇俏动情，便搂着求欢，平儿夺手跑了出来，急的贾琏弯着腰恨道："死促狭小娼妇儿㉗！一定浪上人的火来，他又跑了。"平儿在窗外笑道:"我浪我的,谁叫你动火?难道图你受用,叫他知道了,又不代见我呀㉓!"贾琏道:"你不用怕他,等我性子上来,把这'醋罐子'打个稀烂,他才认得我呢!他防我像防贼似的,只许他同男人说话,不许我和女人说话。我和女人说话,略近些,他就疑惑;他不论小叔子、侄儿、大的、小的,说说笑笑,就不怕我吃醋了。以后我也不许他见人!"平儿道:"他醋你使得,你醋他使不得,他原行的正,走的正,你行动便有坏心,连我也不放心,别说他呀。"贾琏道:"你两个一口贼气!都是你们行得是,我凡行动都存坏心。多早晚才叫你们都死在我手里呢!"

一句未了,凤姐走进院来,因见平儿在窗外,就问道:"要说话,怎么不在屋里,跑出来隔着窗子,是什么意思?"贾琏在内接嘴道:"你可问他,倒像屋里有老虎吃他呢!"平儿道:"屋里一个人没有,我在他跟前作什么?"凤姐笑道:"正是没人才好呢。"平儿听说,便道:"这话是说我么?"凤姐便笑道:"不说你说谁?"平儿道:"别叫我说出好话来了。"说着,也不打帘子,一径往那边去了。

凤姐自掀帘子进来,说道:"平儿丫头疯魔了,这蹄子认真要降伏起我来了,仔细你的皮要紧!"贾琏听了,倒在炕上,拍手笑道:"我竟不知平儿这么利害,从此倒服了他了。"凤姐道:"都是你兴的他,我只和你算帐就完了。"贾琏听了啐道:"你两个不睦,又拿我来垫喘儿,我躲开你们。"凤姐道:"我看你躲到那里去。"贾琏道:"我有处去。"说着就走,凤姐道:"你别走,我有话和你说呢。"不知何事,且听下回分解。

【注释】

①软语:宋吴曾《能改斋漫录》卷六"软语":"杜子美诗:'夜阑听软语',本《法华经》'又以软语'。一云言词柔软。"

②靸(sǎ):也作"靸拉",即穿鞋时,只把脚尖伸进鞋内,后帮

踩在脚下，拖着鞋走。元方回《秋夜听雨》诗："质明鞔破鞋，满砌落
叶湿。"

③多早晚：意谓什么时候。清姚元之《竹叶亭杂记》卷七："京中
俗语谓何时曰多早晚。"原注："早字俗言读音近盏。"

④《南华经》：也叫《南华真经》，《庄子》别名，庄周著。庄周，
宋国蒙人。曾任蒙漆园吏。楚威王闻其贤，使厚币而迎之，不就，终
身不仕。《庄子》一书，现存三十三篇，分内篇、外篇和杂篇。魏晋
时只称《庄子》，至天宝元年二月号庄子为南华真人，始称《庄子》为
《南华真经》。(见《唐会要》卷五十)

⑤外篇：古人论著多分内外篇，内篇是书中的主要部分，为要旨
所在；外篇则属余论或附论性质。《庄子》外篇共十篇，一般认为系庄
子后学所作。《胠箧（qū qiè）》：《庄子》外篇中的一篇。文章的主旨
在于发挥道家"绝圣弃智"的思想。胠箧，指开箱盗窃。胠，从旁边
打开。箧，小箱子。

⑥绝圣弃智：原出《老子》第十九章："绝圣弃智，民利百倍。"
先秦老庄学派，主张摒弃聪明才智，清静无为，而后始能实现太平至
治。圣，博通深察的意思。智，即儒家所谓的"上智"。

⑦摘（zhì）：抛掉。

⑧焚符破玺：烧毁信符，砸碎印玺。符，古代用为征信的一种凭
证。以竹、木、铜或玉做成，上刻文字，剖为左右两半，双方各执其
一，合之以验真假，作为证明。玺，玉石的印章。

⑨朴鄙：朴实单纯，无知无欲。

⑩剖斗折衡：把斗劈碎，把秤折断。剖，破开。衡，量轻重的秤。

⑪殚残：完全毁坏的意思。

⑫"擢（zhuó）乱六律"四句：是说搅乱了音阶，销毁了乐器，
堵塞住瞽旷的耳朵，天下人就都有灵敏的听觉了。擢乱，即搅乱。擢，
应为"搅"之借字。六律，古代用十二个长短不同的竹管作标准，审
定乐音的高低清浊。这十二个竹管，从低声管起，成单数的六个音称
为"六律"，成双数的六个音称为"六吕"，合称"律吕"。这里泛指
音调。铄，销毁。竽，笙类乐器。瑟，琴类乐器。这里泛指乐器。瞽

（gǔ）旷，即师旷，春秋时晋国著名乐师。《孟子·离娄上》："师旷之聪，不以六律，不能正五音。"汉赵岐注："师旷，晋平公之乐大师也。"因他是盲人，故称"瞽旷"。瞽，盲人。含，保藏。聪，灵敏的耳力。

⑬"灭文章"四句：是说消灭了文章，散掉了五采，粘住了离朱的眼睛，天下人就都有敏锐的视力了。文章，这里泛指文采。胶，粘住。离朱，也叫"离娄"。

⑭"毁绝钩绳"四句：是说毁绝了钩绳，抛弃了规矩，折断了工倕的手指，天下人就都有高明的技艺了。钩，定曲线的工具。绳，定直线的工具。规，画圆形的工具。矩，画方形的工具。擂（lì），折断。工倕，即工倕（chuí），相传是尧时巧匠。《吕氏春秋·离谓》："周鼎著倕而龁其指。"注："倕，尧之巧工。"一说为黄帝时的巧人。

⑮"焚花散麝"二句：是说焚烧了袭人，离散了麝月，闺阁中的女子就都隐藏起她们的劝诫了。花，这里指袭人。麝，这里指麝月。劝，劝诫。

⑯"戕宝钗之仙姿"四句：是说残害了宝钗的仙姿，毁灭了黛玉的灵窍，泯没了人们的情感，闺阁中女子的美和丑就都相同了。戕，残害。仙姿，秀逸的姿容。灰，碎裂。灵窍，灵巧的心思。

⑰"彼钗、玉、花、麝者"三句：是说钗、玉、花、麝这些人，都是张大了罗网，挖深了陷阱，用来迷惑和缠陷天下人的啊！张其罗，张大了罗网。穴，这里用作动词，挖的意思。邃，《集韵》："邃，或作隧。"隧，地道。这里当陷阱讲。迷眩，迷乱眩惑。缠陷，缠绊陷溺。

⑱见喜：旧时人们惧怕天花，避讳直说，而认为痘疹发出后就可保平安，因此称为"见喜"。

⑲桑虫：或即"桑蠹虫"。据说是一种阴寒湿毒之虫，能发痘，但有严重副作用。猪尾：指猪尾血，是剖刮猪尾尖部而出的血。据说出痘时，如逢毒盛而见干红晦滞的征象，重者则用猪尾尖血，取一二盏入药同投，兼佐冰片，可开泄腠理，通达内外。

⑳痘疹娘娘：传说为管痘疹的神。旧时以为出天花时，把她的画像供在室内，便可逢凶化吉，把灾收回；天花出完，即在院内焚化，

叫"送娘娘"。

㉑忌煎炒：一说，出天花的小儿，容易便秘，煎炒的东西不易消化，所以忌食。一说，出痘儿童体弱，须避煎炒的气味，否则，毒便归内。

㉒隔房：据云生天花的儿童，不能吃"脏奶"（过夫妻生活的女人奶），因此凤姐要独居。

㉓洒头：愚蠢的意思。

㉔娈（luán）童：旧指被侮弄的美男子。娈，美好的样子。

㉕汗巾：系腰用的长巾。又叫"腰巾"。《清稗类钞》"服装类"："腰巾至长，既结束，犹着地也。色以湖或白为多。"

㉖杀鸡抹脖：内心急迫，打手势使眼色的样子。

㉗促狭：这里是爱捉弄人的意思。

㉘不代见：不喜欢，含有厌恶的意思。代，通作"待"。《金瓶梅》第十一回："弄得汉子乌眼鸡一般，见了俺们便不待见。"

第二十二回
听曲文宝玉悟禅机[①]　制灯谜贾政悲谶语[②]

　　话说贾琏听凤姐儿说有话商量，因止步问：“是何话？”凤姐道：“二十一是薛妹妹的生日，你到底怎么样？”贾琏道：“我知道怎么样？你连多少大生日都料理过了，这会子倒没有主意了。”凤姐道：“大生日是有一定的则例。如今他这生日，大又不是，小又不是，所以和你商量。”贾琏听了，低头想了半日，道：“你竟糊涂了！现有比例，那林妹妹就是例。往年怎么给林妹妹做的，如今也照样给薛妹妹做就是了。”凤姐听了冷笑道：“我难道这个也不知道？我原也这么想定了。但昨日听见老太太说，问起大家的年纪生日来，听见薛大妹妹今年十五岁，虽不是整生日，也算得将笄之年[③]。老太太说要替他做生日，自然与往年给林妹妹的不同了。”贾琏道：“既如此，就比林妹妹的多增些。”凤姐道：“我也这么想着，所以讨你的口气。我若私自添了东西，你又怪我不告诉明白你了。”贾琏笑道：“罢，罢！这空头情我不领；你不盘察我，就够了，我还怪你？”说着，一径去了，不在话下。

　　且说史湘云住了两日，因要回去，贾母因说：“等过了你宝姐姐的生日，看了戏，再回去。”史湘云听了，只得住下，又一面遣人回去，将自己旧日作的两件针线活计取来[④]，为宝钗生辰之仪。

　　谁想贾母自见宝钗来了，喜他稳重和平，正值他才过第一个生辰，便自己捐资二十两，唤了凤姐来，交与他备酒戏。凤姐凑趣，笑道：“一个老祖宗，给孩子们作生日，不拘怎样，谁还敢争？又办什么酒席。既高兴，要热闹，就说不得自己花费几两老库里的体己。这早晚找出这霉烂的二十两银子来做东，意思还叫我们赔上。果然拿不出来，也罢了；金的、银的、圆的、扁的，压塌了箱子底，只是累掯我们。举眼看看，谁不是你老人家的儿女？难道将来只有宝兄弟顶你老人家上五台山不成⑤？那些东西只留与他，我们如今虽不配使，也别苦了我们。这个够酒的？够戏的？"说的满屋里都笑起来。贾母亦笑道："你们听听这嘴！我也算会说的了，怎么说不过这猴儿？你婆婆也不敢强嘴，你就和我哪啊哪的。"凤姐笑道："我婆婆也是一样的疼宝玉，我也没处去诉冤，倒说我强嘴！"说着，又引贾母笑了一会。贾母十分喜悦。

到晚上，众人都在贾母前，定省之余，大家娘儿姊妹等说笑时，贾母因问宝钗爱听何戏，爱吃何物。宝钗深知贾母年老人，喜热闹戏文，爱吃甜烂之物，便总依贾母素喜者说了一遍，贾母更加喜欢。次日，先送过衣服玩物去，王夫人、凤姐、黛玉等诸人皆有随分的，不须细说。

至二十一日，就贾母内院搭了家常小巧戏台，定了一班新出小戏，昆弋两腔俱有⑥。就在贾母上房摆了几席家宴酒席，并无一个外客，只有薛姨妈、史湘云、宝钗是客，余者皆是自己人。这日早起，宝玉因不见黛玉，便到他房中来寻。只见黛玉歪在炕上，宝玉笑道："起来吃饭去，就开戏了，你爱听那一出，我好点。"黛玉冷笑道："你既这样说，你就特叫一班戏，拣我爱的唱与我听，这会子犯不上借着光儿问我。"宝玉笑道："这有什么难的，明儿就这样行，也叫他们借着咱们的光儿。"一面说，一面拉他起来，携手出去。

吃了饭，点戏时，贾母一面先叫宝钗点，宝钗推让一遍，无法，只得点了一折《西游记》。贾母自是欢喜。然后便命凤姐点。凤姐虽有王夫人在前，但因贾母之命，不敢违拗；且知贾母喜热闹，更喜谑笑科诨⑦，便先点了一出，却是《刘二当衣》⑧。贾母果真更又喜欢。然后便命黛玉点，黛玉又让王夫人等先点。贾母道："今儿原是我特带着你们取乐，咱们只管咱们的，别理他们。我巴巴的唱戏摆酒，为他们不成？他们在这里白听，白吃，已经便宜了，还让他们点戏呢！"说着，大家都笑。黛玉方点了一出。

然后宝玉、史湘云、迎春、探春、惜春、李纨等俱各点了，按出扮演。

　　至上酒席时，贾母又命宝钗点，宝钗点了一出《鲁智深醉闹五台山》⑨。宝玉道："你只好点这些戏。"宝钗道："你白听了这几年戏，那里知道这出戏的好处？排场又好⑩，词藻更妙⑪。"宝玉道："我从来怕这些热闹戏。"宝钗笑道："要说这一出'热闹'，还算你不知戏呢。你过来，我告诉你，这一出戏是一套《北点绛唇》⑫，铿锵顿挫，那音律不用说是好的了；只那词藻中，有一只《寄生草》⑬，填得极妙，你何曾知道！"宝玉见说的这般好，便凑近来央告："好姐姐，念与我听听。"宝钗便念道：

　　　　漫揾英雄泪，相离处士家⑭。谢慈悲，剃度在莲台下⑮。没缘法⑯，转眼分离乍。赤条条，来去无牵挂⑰。那里讨，烟蓑雨笠卷单行⑱？一任俺，芒鞋破钵随缘化⑲！

宝玉听了，喜的拍膝摇头，称赏不已，又赞宝钗无书不知。林黛玉道："安静看戏罢！还没唱《山门》，你就《妆疯》了⑳。"说的湘云也笑了。于是大家看戏，到晚方散。

　　贾母深爱那做小旦的与一个做小丑的，因命人带进来，细看时，益发可怜见。因问年纪，那小旦才十一岁，小丑才九岁，大家叹息了一回。贾母令人另拿些肉果与他两个，又另赏钱两吊。凤姐笑道："这个孩子扮上活像一个人，你们再看不出。"宝钗心内也知道，却点点头不说；宝玉也点了点头，亦不敢说。史湘云便接口道："倒像林姐姐的模样。"宝玉听了，忙把湘云瞅了一眼，使个眼色，众人听了这话，留神细看，都笑起来了，说："果然像得狠！"一时散了。

　　晚间，湘云便命翠缕把衣包收拾了，翠缕道："忙什么？等去的那日包也不迟。"湘云道："明早就走，还在这里做什么？看人家的嘴脸！"宝玉听了这话，忙近前说道："好妹妹，你错怪了我。林妹妹是个多心的人。别人分明知道，不肯说出来，也皆因怕他恼。谁知你不防头就说了出来，他岂不恼？我怕你得罪了人，所以才使眼色。你这会子恼了我，岂不辜负了我？若是别个，那怕他得罪了十个人，与我何干呢！"湘云摔手道："你那花言巧语，别望着我说。我也原不如你林妹妹，别人拿他取笑都使得，只我说了就有不是。我原不配说他，他是主子小姐，我是奴才丫头，得罪了他了。"宝玉急的说道："我倒是为你为出不是来了。我要有坏心，立刻化成灰，教万人践踏！"湘云道："大正月里，少信口胡说这些没要紧的恶誓散语歪话！说给那些小性儿、行动爱恼人、会辖治你的人听去！别叫我啐你。"说着，至贾母里间屋里，忿忿的躺着去了。

宝玉没趣，只得又来寻黛玉。谁知才进门，便被黛玉推出来，将门关了。宝玉又不解何故，在窗外只是低声叫："好妹妹。"黛玉总不理他。宝玉闷闷的垂头不语。袭人早知端的，当此时，再不能劝。

那宝玉只呆呆的站着。黛玉只当他回去了，却开了门，只见宝玉还站在那里。黛玉不好再闭门，宝玉因随进来，问道："凡事都有个原故，说来，人也不委屈。好好的就恼了，到底是为什么起？"黛玉冷笑道："问的我倒好，我也不知为什么。我原是给你们取笑的？拿着我比戏子，给众人取笑。"宝玉道："我并没有比你，也并没有笑你，为什么恼我呢？"黛玉道："你还要比？你还要笑？你不比不笑，比人家比了笑了的还利害呢！"宝玉听说，无可分辩。黛玉又道："这一节还可恕。再者，你为什么又和云儿使眼色？这安的是什么心？莫不是他和我玩，他就自轻自贱了？他是公侯的小姐，我原是贫民家的丫头。他和我玩，设如我回了口，岂不是他自惹轻贱？你是这个主意不是？你却也是好心，只是那一个不领你的情，一般也恼了。你又拿我作情，倒说我'小性儿，行动肯恼人'。你又怕他得罪了我，我恼他，与你何干？他得罪了我，又与你何干？"

宝玉听了，知方才与湘云私谈，他也听见了。细想自己原为怕他二人生隙，故在中间调停，不料自己反落了两处的贬谤㉑，正与前日所看《南华经》内："巧者劳而智者忧，无能者无所求，蔬食而遨游，泛若不系之舟㉒"。又曰："山木自寇，源泉自盗"等句㉓，因此越想越无趣；再细想来："如今不过这几个人，尚不能应酬妥协，将来犹欲何为？"想到其间，也无庸分辩，自己转身回房。林黛玉见他去了，便知回思无趣，赌气去了，一言也不曾发，不禁自己越添了气，便说："这一去，一辈子也别来了，也别说话！"

那宝玉不理，竟回来，躺在床上，只是闷闷咄咄的㉔。袭人深知原委，不敢就说，只得以他事来解说，因笑道："今儿看了戏，又勾出几天戏来。宝姑娘一定要还席呢。"宝玉冷笑道："他还不还，与我什么相干？"袭人见这话不似往日口吻，因又笑道："这是怎么说？好好的大正月里，娘儿们姊妹们都喜喜欢欢，你又怎么这个行景了？"宝玉冷笑道："他们娘儿们姊妹们欢喜不欢喜，也与我无干。"袭人笑道："他们随和，你也随和些，岂不喜欢？"宝玉道："什么'大家彼此'？他们有'大家彼此'，我只是赤条条无牵挂的。"言及此句，不觉泪下。袭人见此景况，不敢再说。宝玉细想这一句意味，不禁大哭起来，翻身站起来，至案边，提笔立占一偈云：

> 你证我证，心证意证。是无有证，斯可云证。无可云证，
> 是立足境㉕。

写毕，自己虽解悟，又恐人看此不解，因又填一只"寄生草"，写在偈后。又念一过，自觉心中无有挂碍，便上床睡了。

谁知黛玉见宝玉此番果断而去，假以寻袭人为由，来视动静。袭人回道："已经睡了。"黛玉听了，就欲回去，袭人笑道："姑娘请站着，有一个字帖儿，瞧瞧是什么话。"便将宝玉方才所写的与黛玉看。黛玉看了，知宝玉为一时感忿而作，不觉可笑可叹。便向袭人道："作的是个玩意儿，无甚关系。"说毕，便拿了回房去，与湘云同看。次日，又与宝钗看，宝钗念其词曰：

> 无我原非你㉖，从他不解伊㉗。肆行无碍凭来去㉘。茫茫

着甚悲愁喜，纷纷说甚亲疏密？从前碌碌却因何？到如今，回头试想真无趣！

看毕，又看那偈语，又笑道："这个人悟了。都是我的不是，是我昨儿一支曲子惹出来的。这些道书机锋㉙，最能移性，明儿认真起来，说些疯话，存了这个念头，岂不是从我这一支曲子起？我成了个罪魁了。"说着，便撕了个粉碎，递与丫头们，叫："快烧了。"黛玉笑道："不该撕了，等我问他。你们跟我来，包管叫他收了这个痴心邪说。"

三人果往宝玉屋里来。黛玉先笑道："宝玉，我问你：至贵者'宝'，至坚者'玉'。尔有何贵？尔有何坚？"宝玉竟不能答。二人笑道："这样愚钝，还参禅呢！"湘云也拍手笑道："宝哥哥可输了！"黛玉又道："你那偈末云，'无可云证，是立足境'，固然好了，只是据我看来，还未尽善。我还续两句在后。"因念云："无立足境，方是干净。"宝钗道："实在这方悟彻。当日南宗六祖惠能㉚，初寻师至韶州㉛，闻五祖宏忍在黄梅㉜，他便充役火头僧。五祖欲求法嗣㉝，令徒弟诸僧各出一偈，上座神秀说道㉞：'身是菩提树，心如明镜台；时时勤拂拭，莫使有尘埃㉟。'彼时惠能在厨房舂米，听了这偈说道：'美则美矣，了则未了。'因自念一偈曰：'菩提本非树，明镜亦非台；本来无一物，何处染尘埃㊱？'五祖便将衣钵传他㊲。今儿这偈语亦同此意了。只是方才这句机锋，尚未完全了结，这便丢开手不成？"黛玉笑道："他不能答就算输了，这会子答上了也不为出奇。只是以后再不许谈禅了。连我们两个所知所能的，你还不知不能呢，还去参禅呢。"宝玉自己以为觉悟，不想忽被黛玉一问，便不能答；宝钗又比出"语录"来㊳，此皆素不见他们能者。自己想了一想："原来他们比我的知觉在先，尚未解悟，我如今何必自寻苦恼。"想毕，便笑道："谁又参禅，不过是一时的玩话儿罢了。"说罢，四人仍复如旧。

忽然人报娘娘差人送出一个灯谜来，命他们大家去猜，猜后每人也作一个送进去。四人听说，忙出来至贾母上房，只见一个小太监，拿了一盏四角平头白纱灯，专为灯谜而制，上面已有了一个，众人都争看乱猜。小太监又下谕道："众小姐猜着，不要说出来，每人只暗暗的写了，一齐封送进去，候娘娘自验是否。"宝钗听了，近前一看，是一首七言绝句，并无新奇，口中少不得称赞，只说："难猜。"故意寻思，其实一见早猜着了。宝玉、黛玉、湘云、探春四个人也都解了，各自暗暗的写了。一并将贾环贾兰等传来，一齐各揣心机猜了，写在纸上，然后各人拈一物作成一谜，恭楷写了，挂于灯上。

太监去了，至晚出来，传谕道："前日娘娘所制，俱已猜着，惟二小姐与三爷猜的不是。小姐们作的也都猜了，不知是否？"说着，也将写的拿出来，也有猜着的，也有猜不着的。太监又将颁赐之物，送与猜着之人，每人一个宫制诗筒㊳，一柄茶筅㊵。独迎春贾环二人未得，迎春自以为玩笑小事，并不介意，贾环便觉得没趣。且又听太监说："三爷所作这个不通，娘娘也没猜着，叫我带回问三爷是个什么。"众人听了，都来看他作的是什么，写道：

　　　大哥有角只八个㊶，二哥有角只两根㊷。大哥只在床上坐，二哥爱在房上蹲。

众人看了，大发一笑。贾环只得告诉太监说："是一个枕头，一个兽头。"太监记了，领茶而去。

贾母见元春这般有兴，自己一发喜乐，便命速作一架小巧精致围屏灯来，设于堂屋，命他姊妹们各自暗暗的做了，写出来，粘在屏上，然后预备下香茶细果，以及各色玩物，为猜着之贺。贾政朝罢，见贾母高兴，况在节间，晚上也来承欢取乐。上面贾母、贾政、宝玉一席，王夫人、宝钗、黛玉、湘云又一席，迎春、探春、惜春三人又一席，俱在下面。地下婆子丫鬟站满。李宫裁、王熙凤二人在里间又一席。

贾政因不见贾兰，便问："怎么不见兰哥儿？"地下女人们忙进里间问李氏，李氏起身笑着回道："他说方才老爷并没去叫他，他不肯来。"婆子回复了贾政，众人都笑说："天生的牛心古怪。"
贾政忙遣贾环与两个婆子将贾兰唤来，贾母命他在身边坐了，抓
果子与他吃，大家说笑取乐。往常间只有宝玉长谈阔论，今日贾
政在这里，便唯唯而已。余者，湘云虽系闺阁弱质，却素喜谈论，
今日贾政在席，也自钳口禁语；黛玉本性娇懒，不肯多话；宝钗
原不妄言轻动，便此时亦是坦然自若。故此一席，虽是家常取乐，
反见拘束。

　　贾母亦知因贾政一人在此所致，酒过三巡，便撵贾政去歇息。
贾政亦知贾母之意，撵了他去，好让他姊妹兄弟们取乐，因陪笑
道："今日原听见老太太这里大设春灯雅谜，故也备了彩礼酒席，
特来入会，何疼孙子孙女之心，便不略赐与儿子半点？"贾母笑
道："你在这里，他们都不敢说笑，没的倒叫我闷的慌。你要猜
谜，我便说一个你猜，猜不着是要罚的。"贾政忙笑道："自然受
罚。若猜着了，也要领赏呢！"贾母道："这个自然。"便念道：

　　　　猴子身轻站树梢——打一果名㊸。

贾政已知是荔枝，故意乱猜，罚了许多东西，然后方猜着了，也
得了贾母的东西，然后也念一个灯谜与贾母猜，念道：

　　　　身自端方，体自坚硬。虽不能言，有言必应——打一用
物㊹。

说毕，便悄悄的说与宝玉，宝玉会意，又悄悄的告诉了贾母。贾
母想了一想，果然不差，便说："是砚台。"贾政笑道："到底是老
太太，一猜就是。"回头说："快把贺彩献上来。"地下妇女答应
一声，大盘小盒，一齐捧上。贾母逐件看去，都是灯节下所用所
玩新巧之物，心中甚喜，遂命："给你老爷斟酒。"宝玉执壶，迎
春送酒。贾母因说："你瞧瞧那屏上，都是他姐儿们做的，再猜一
猜我听。"贾政答应，起身走至屏前，只见第一个是元妃的，写
着道：

　　　　能使妖魔胆尽摧，身如束帛气如雷。一声震得人方恐，
回首相看已化灰——打一物㊺。

贾政道："这是爆竹呢。"宝玉答道："是。"贾政又看迎春的，道：

> 天运人功理不穷，有功无运也难逢。因何镇日纷纷乱？
> 只为阴阳数不同——打一用物[46]。

贾政道："是算盘。"迎春笑道："是。"又往下看，是探春的，道：

> 阶下儿童仰面时，清明妆点最堪宜。游丝一断浑无力，
> 莫向东风怨别离——打一物[47]。

贾政道："好像风筝。"探春道："是。"贾政再往下看，是黛玉的，道：

> 朝罢谁携两袖烟？琴边衾里两无缘。晓筹不用鸡人报，
> 五夜无烦侍女添。焦首朝朝还暮暮，煎心日日复年年。光阴
> 荏苒须当惜，风雨阴晴任变迁——打一物[48]。

贾政道："这个莫非是更香[49]？"宝玉代言道："是。"贾政又看道：

> 南面而坐，北面而朝，"象忧亦忧，象喜亦喜"——打一
> 物[50]。

贾政道："好，好！如猜镜子，妙极！"宝玉笑回道："是。"贾政道："这一个却无名字，是谁做的？"贾母道："这个大约是宝玉做的。"贾政就不言语。往下再看宝钗的，道是：

> 有眼无珠腹内空，荷花出水喜相逢。梧桐叶落分离别，
> 恩爱夫妻不到冬——打一物[51]。

贾政看完，心内自忖道："此物还倒有限。只是小小年纪，作此等言语，更觉不祥，看来皆非福寿之辈。"想到此处，愈觉烦闷，大有悲戚之状，只是垂头沉思。

　　贾母见贾政如此光景，想到他身体劳乏，又恐拘束了他众姊妹，不得高兴玩耍，即对贾政："你竟不必在这里了，歇着去罢。让我们再坐一会子，也就散了。"贾政一闻此言，连忙答应几个"是"，又勉强劝了贾母一回酒，方才退出去了。回至房中，只是思索，翻来复去，甚觉凄惋。

　　这里贾母见贾政去了，便道："你们乐一乐罢。"一语未了，只见宝玉跑至围屏灯前，指手画脚，信口批评，这个这一句不好，

那个破的不恰当，如同开了锁的猴子一般。黛玉便道："还像方才大家坐着，说说笑笑，岂不斯文些儿。"凤姐自里间屋里出来，插口说道："你这个人，就该老爷每日合你寸步不离方好。刚才我忘了，为什么不当着老爷，撺掇叫你作诗谜儿。这会子不怕你不出汗呢！"说的宝玉急了，扯着凤姐儿厮缠了一会。

贾母又与李宫裁并众姊妹等说笑了一会子，也觉有些困倦，听了听，已交四鼓了，因命将食物撤去，赏与众人，随起身道："我们安歇罢。明日还是节呢，该当早起。明日晚上再玩罢。"于是众人散去。且听下回分解。

【注释】

①曲文：指戏曲中的唱词。禅机：即佛家禅宗所宣扬的"机要秘诀"。

②灯谜：清梁绍壬《两般秋雨庵随笔》卷二："今人以隐语黏于灯上，曰灯谜，亦曰灯虎。按《帝京景物略》云：'灯市有以诗影物，幌于寺观之壁，名之曰商灯。'则此制由来已久矣。"谶语：旧时迷信者以为将来会应验的话。

③将笄（jī）之年：谓盘发插笄的年龄，即成年。笄，一种用金属、玉石或骨角等制成的插定发髻的簪子。《礼记·内则》："女子……十有五年而笄。"后因称女子成年为"及笄"或"将笄之年"。

④两件针线活计：这里指两项针黹手工制品。针线，本指缝纫刺绣之事。

⑤顶：旧时出殡时，主丧的孝子在灵前引路，叫做"顶丧驾灵"。这里的"顶"，即顶丧的意思。五台山：在山西五台东北，是我国佛教四大名山之一，山上多佛寺，传为文殊师利菩萨显灵说法的道场。避讳不直说死，所以用到五台山成佛来比喻。

⑥昆弋两腔：两种比较古老的地方剧种。昆腔即昆山腔，起源于江苏昆山，明代流行于江苏东南部。清代大多称昆曲。弋腔即弋阳腔，起源于江西弋阳，流行于江西、湖南一带。

⑦谑笑科诨：逗趣开玩笑的话。科诨，插科打诨的略称，是戏曲

中引人发笑的穿插。科，多指表情动作。诨，多指语言道白。

⑧《刘二当衣》：是一出弋阳腔滑稽戏，剧本原名《叩当》。内容写穷汉刘二清早上当铺叩门，但当铺大门尚未开，他便站在门外，一边等待，一边唱着几段弋阳腔以消磨时光。演出时俗称《刘二当衣》。一说，这出闹剧原出明沈采《裴度还带记》传奇第十三出《刘二勒债》，剧名《刘二叩当》或《叩当》，"叩"与"扣"通。内容是说富豪刘二为富不仁，用计扣下穷姐夫家抵押的衣物，以顶利钱。

⑨《鲁智深醉闹五台山》：又名《山门》或《醉打山门》，亦称《三门》，是清初邱园（或云朱佐朝）所作《虎囊弹》传奇中的一出。演鲁智深在打死恶霸郑屠之后，为避祸到五台山出家，喝醉了酒，打坏寺院和僧人，被师父智真长老遣送到东京大相国寺的故事。

⑩排场：这里当指舞台表演。曹雪芹题敦诚《琵琶行》："白傅诗灵应喜甚，定教蛮素鬼排场。"

⑪词藻：这里指戏文中工巧有文采的词语。

⑫《北点绛唇》：本词牌名，双调四十一字。这里指曲牌名，由词牌演变而来。南北曲均有，南曲属黄钟宫，字句格律，与词牌同；北曲属仙吕宫，字数定格，与词牌前半阕同，一般用作仙吕套曲的第一曲。《山门》用的是北曲，以仙吕《点绛唇》开头，所以说是"一套《北点绛唇》"。

⑬《寄生草》：曲牌名。属北曲仙吕宫，是《点绛唇》套曲中的一支曲子。

⑭相离：指鲁智深与赵员外离别去五台山。处士：古指有才德而隐居不仕的人。这里指曾接待过鲁智深的赵员外。

⑮剃度：佛教名词。剃指剃除须发，度指度脱。佛教把落发为僧说成是超度苦难，所以叫"剃度"。莲台：谓莲花状之台座，即佛座。

⑯缘法：义同"机缘"。佛教谓众生皆有善根，时机成熟，起信佛之缘，而得正果。后泛指为机会和缘分之义。

⑰"赤条条"二句：意即"寸丝不挂"。佛教比喻心无挂碍牵累。

⑱烟蓑雨笠：防雨的蓑衣和斗笠。多指隐者的服装。宋苏轼《书晁说之考牧图后》："烟蓑雨笠长林下，老去而今空见画。"卷单行：卷

单而走。单，指僧堂里的名单。行脚僧投寺院寄住，要把衣钵挂在名单下的钩上，叫"挂单"，也叫"挂褡"；离寺而去，即称"卷单"。

⑲芒鞋：即草鞋。钵：梵文音译"钵多罗"之略，亦称"钵盂""应器"，佛教用具。用泥或铁制成，圆形稍扁，为吃饭用的食器。随缘化：即顺随机缘而募化。化，募化，求讨。指僧尼向人求布施。佛教称布施的人与佛有缘法，故名。《金光明最胜王经》卷五："随缘所在觉群迷。"此或有随遇而安的意思。

⑳《妆疯》：北曲折子戏，出于元无名氏《功臣宴敬德不服老》杂剧第三折。俗称《装疯》。演唐代尉迟敬德因故不肯为帅而装疯的故事。

㉑贬谤：贬损指责。

㉒"巧者劳"四句：见《庄子·列御寇》。意谓聪明灵巧的人，所得到的只是忧愁和劳苦，无能者内心没有任何要求，吃素食菜蔬，四处遨游，就像江河中没有绳子拴系的小船，随风而动，随流而动。巧者，灵巧的人。智者，聪明的人。无能者，指自忘其能、任运逍遥的人。蔬食，菜食，粗饭。遨游，漫游。泛，浮。系，用绳拴。

㉓山木自寇，源泉自盗：见《庄子·人间世》："山木自寇也，膏火自煎也。"意谓山木长成材，就有人来砍伐它；泉水甘甜，就有人来饮用它。因此说盗贼就在它们本身。山木，山中树木。寇，这里指砍伐。源泉，泉水。

㉔冈嘟咄（gǔ duō）：冈冈地一声不响。

㉕"你证我证"一偈：这偈意谓你的印证即我的印证，心理的印证即感情的印证；只有到了无须再印证时，才可说是彻悟；而到了什么都无可证验的时候，方是真正的立足之境。证，证验。用作佛语，又作领悟讲。《俱舍论》卷二五："如实觉知四圣谛理，故名为证。"佛教禅宗认为，经过苦思冥想，最后豁然贯通，达到佛家所追求的"真理"的最高境界，就叫做"证"。境，即指佛教追求的所谓天国境界。

㉖无我原非你：意谓"我"是没有的，"你"自然也不存在。无我，亦作"非我"，佛教名词。佛教认为世界一切事物皆无独立的实在自体，我也非实有。

㉗从：任凭。伊：你。指宝玉自己。

㉘肆行：随心而行。无碍：佛教语。通达自在、没有障隔的意思。

㉙道书：此当指佛家的书。旧亦称佛教为道。机锋：机警锋利。佛教禅宗用以比喻问答迅捷、不落迹象、含义深奥的语句。这里指神秘的佛理。

㉚南宗：南派。中国佛教禅宗的一派。相传如来以心印付嘱迦叶为禅宗初祖，达摩为二十八祖，五世纪初来中国，传播禅法，为东土始祖。后以衣钵相传，二祖慧可，三祖僧璨，四祖道信，五祖弘忍。弘忍以下，分为两支。一支以神秀为代表，主张"渐悟"，因其活动地区主要在北方，被称为"北宗"；另一支以慧能为代表，主张"顿悟"，当初活动地区在南方，被称为"南宗"。后来南宗势力扩大，逐渐取代北宗，成为中国禅宗主流。六祖惠能：唐代僧人，禅宗南宗创始人。据《宋高僧传》卷八等载，他俗姓卢，不识字，靠卖柴养母度日。听人诵《金刚般若经》，才发心学佛。后投弘忍门下，在寺中从事砍柴、舂米等劳动。因作偈得到弘忍赞许，密授法衣、钵盂，成为禅宗"六祖"。他倡导"直指人心，见性成佛"的顿悟法门，反对坐禅。他死后，弟子法海将其说教汇编成书，名《六祖坛经》，简称《坛经》。

㉛韶州：古州名。治今广东韶关。

㉜五祖宏忍：即弘忍。唐代僧人。据《宋高僧传》卷八等载，他俗姓周，七岁随道信禅师出家，尽传其禅法，称"五祖"。曾传教于黄梅双峰山东山寺，门人甚众，号"东山法门"。神秀、慧能等都是他的弟子。黄梅：在今湖北境内。

㉝法嗣：佛教禅宗称继承衣钵的弟子为"法嗣"。

㉞上座：佛教称谓。寺院中统辖僧众的僧职之一，位在寺主、维那之上。一般由年德较高者充当。神秀：唐代僧人，禅宗北宗的创始人。据《宋高僧传》卷八等载，他本姓李，少年时出家，后到东山寺见弘忍，得到弘忍器重，认为"东山之法，尽在秀矣"，命为"上座"。后在弘忍选法嗣时，他作的偈，弘忍不满意，未嗣。

㉟"身是菩提树"一偈：这偈语代表了禅宗北派"息妄修心宗"的观点。他们认为只有息灭人的妄念，逐渐修炼，才能觉悟。菩提树，一种常绿乔木，树子可作念珠，原产印度。据传南朝梁时僧人智药移

植中国，多产广东。相传释迦牟尼在此树下成佛，所以叫"菩提树"。菩提，即佛教所谓"觉悟"的意思。明镜，《资持记》下二之三："坐禅之处，多悬明镜，以助心行。"尘，指"六尘"，佛教名词，即色、声、香、味、触、法的合称。佛教以为六尘与眼、耳、鼻、舌、身、意"六根"相接，就能产生种种嗜欲，像尘埃一样染污人的情识。

㊲"菩提本非树"一偈：这偈语代表了禅宗南派"泯绝无寄宗"的观点。这一派不主张坐禅，轻视念经拜佛，认为只要心中觉悟，顿悟空幻，便可"立地成佛"。

㊲衣钵：佛教用语。指佛教僧尼的袈裟和食器。这两样代表僧尼的一切所有。佛教禅宗师徒间道法的传授，亦常付衣钵为信，称为"衣钵相传"。《传法正宗记》卷六载，弘忍传法给慧能，谓"昔达磨以来自异域，虽传于二祖，恐世未信其所师承，故以衣钵为验。今我宗天下闻之，莫不信之，则此衣钵可止于汝"。

㊳语录：文体名。自唐以来，禅宗佛教徒记录其禅师言谈的文字，以其所录者多为问答口语，不重文字修饰，故称。后宋儒师弟传授，亦常采用此体。这里指神秀等人谈佛理的书。

㊴官制诗筒：宫廷所制装诗笺的封筒。庚辰本脂批："诗筒，身边所佩之物，以待偶成之句草录暂收之。"

㊵茶筅（xiǎn）：刷洗茶具的一种器具，竹制，一端劈作细条状。庚辰本脂批："破竹如帚，以净茶具之积也。"

㊶有角只八个：指枕头，古代枕头是方形，所以两端共有八个角。

㊷有角只两根：指塑在屋檐角上的两角怪兽，即下面所谓"兽头"。

㊸站树梢：义同"立枝"。"立"和"荔"谐音，所以谜底是"荔枝"。庚辰本脂批："所谓树倒猢狲散是也。"

㊹"身自"几句：这个谜语的谜底是"砚"。"砚"和"验"谐音，是说贾母等人所作的谜语，一定会得到应验。

㊺"能使"几句：元春这个灯谜暗寓她富贵荣华瞬息即逝的命运。庚辰本脂批："才得侥幸，奈寿不长，可悲哉。"胆尽摧，胆尽丧。迷信说法，爆竹能驱鬼辟邪。束帛，绢帛五匹为一束。《周礼·春官·大宗

伯》:"孤执皮帛。"唐贾公彦疏:"束者十端,每端丈八尺,皆两端合卷,总为五匹,故云束帛也。"这里比喻爆竹的形状,用纸层层卷紧,有如束帛。

㊻"天运"几句:庚辰本脂批:"此迎春一生遭际,惜不得其夫何。"天运,指天数。人功,指人的计算。镇日,整天。《诗词曲语辞汇释》卷二:"镇日,犹云尽一日或长日也。"阴阳,本是中国古代哲学的一对范畴,其最初意义,是指日光的向背,向日为阳,背日为阴。战国末期,以邹衍为代表的阴阳家,把"阴阳"变成了和"天人感应"说结合的神秘观念。这里,"阴阳"既指数字,也指夫妻关系。

㊼"阶下"几句:这个灯谜把探春比作断线的风筝,远嫁不归。仰面,指抬头看风筝。妆点,指点缀清明节。游丝,飘动着的蛛丝。这里指放风筝的线。浑,完全。

㊽"朝罢"几句:此谜底是更香。黛玉这个灯谜,暗寓自己的一生。庚辰本脂批:"此黛玉一生愁绪之意。"朝罢,指朝见君王后回来。烟,指烧香冒的烟。琴边,指弹琴时所焚的鼎炉香烟。衾里,指熏被褥的被中炉香烟。晓筹,代指天亮的时刻。古代以漏刻计时,即用漏壶盛水,中立筹签,上有刻度,以水位高低以报时,宫中报时的人,即按筹签所示时刻,敲击钟鼓。筹,古代计时用的竹签。鸡人,本为官名。《周礼·春官·鸡人》:"掌共(供)鸡牲,辨其物,大祭祀夜呼旦以叫百官。"后亦泛指宫廷里早晨报时的人。唐王维《和贾至舍人早朝大明宫之作》诗:"绛帻鸡人报晓筹,尚衣方进翠云裘。"五夜,即五更。旧时分一夜为甲、乙、丙、丁、戊五段,谓之五更。唐李颀《寄司勋卢员外》诗:"归鸿欲度千门雪,侍女新添五夜香。"这里反用其意。焦,火烧。因香是从头上点燃的,所以说"焦首"。煎心,因更香是由外向内燃烧,所以说"煎心"。荏苒,光阴渐进的意思。

㊾更香:古时为夜间打更而制的一种线香,燃完一支恰是一更,故名。

㊿"南面"几句:宝玉这个灯谜,据说是后人据古镜谜(见明冯梦龙《挂枝儿·咏镜》)而补的。可能是借以暗示宝玉终归要出家的结局。南面,古代以面向南为尊位,封建帝王的座位皆向南,所以称

"南面"。《周易·说卦》："圣人南面而听天下，向明而治。"北面，古代君主南面而坐，臣子朝见君主则面北，所以说"北面"。《孟子·万章上》："舜南面而立，尧帅诸侯北面而朝之。"象忧亦忧，象喜亦喜，《孟子·万章上》："'不识舜不知象之将杀己与？'曰：'奚而不知也？象忧亦忧，象喜亦喜。'"原意是说，舜对他的弟弟非常好，象忧愁，舜也忧愁；象喜欢，舜也喜欢。这里用来说明照镜子时的形象。象，舜的同父异母弟。

　　�51"有眼"几句：宝钗这个灯谜暗寓她和宝玉夫妻生活的暂短。眼，即洞。荷花出水，代指夏季。喜相逢，指夏季相依取凉。梧桐叶落，点明秋天。这灯谜谜底是"竹夫人"。竹夫人，又名"竹奴""青奴"。古时消暑用具。唐时名竹夹膝，至宋始称竹夫人，又称"竹姬"。用竹青篾编成，也有用整段竹子做的，圆柱形，中空，长约三四尺，周围有洞，可以通风，夏天置床席间，用以取凉。清曹庭栋《老老恒言》卷四："竹编如枕圆长而疏漏者，俗谓之竹夫人，又曰竹几，亦以枕膝。……山谷曰：竹夫人盖凉寝竹器，憩臂休膝似非夫人之职，名以青奴。有诗云：'我无红袖堪娱夜，只要青奴一味凉。'老年但宜用于三伏时，入秋则凉，便侵人，易为膝患。"秋季天凉，不再需要竹夫人，便把它抛弃。宋吕本中《秋后竹夫人》诗："与君宿昔尚同床，正坐西风一夜凉。便学短檠墙角弃，不如团扇箧中藏。"

第二十三回
西厢记妙词通戏语①　牡丹亭艳曲警芳心②

话说贾元春自那日幸大观园回宫去后，便命将那日所有的题咏，命探春依次抄录妥协，自己编次，叙其优劣，又令在大观园勒石③，为千古风流雅事。因此贾政命人各处选拔精工名匠，大观园磨石镌字，贾珍率领贾蓉、贾萍等监工。因贾蔷又管理着文官等十二个女戏子并行头等事，不得空闲，因此又将贾菖、贾菱唤来监工。一日烫蜡钉朱④，动起手来。这也不在话下。

且说那个玉皇庙并达摩庵两处⑤，一班的十二个小沙弥并十二个小道士，如今挪出大观园来，贾政正想发到各庙去分住。不想后街上住的贾芹之母周氏，正打算到贾政这边谋一个大小事件与儿子管管，也好弄些银钱使用，可巧听见这边有事，便坐车来求凤姐。凤姐因见他素日不大拿班做势的⑥，便依允了。想了几句话，便回王夫人说："这些小和尚道士，万不可打发到别处去，一时娘娘出来，就要应承的。倘或散了，若再用时，可又费事。依我的主意，不如将他们都送到家庙铁槛寺去，月间不过派一个人拿几两银子去买柴米就是了。说声用，走去叫一声就来，一点儿不费事。"王夫人听了，便商之于贾政。贾政听了笑道："倒是提醒了我。就是这样。"即时唤贾琏。

贾琏正同凤姐吃饭，一闻呼唤，放下饭便走。凤姐一把拉住，笑道："你且站住，听我说话，若是别的事，我不管；若是为小和尚小道士们的那事，好歹依我这么着。"如此这般，教了一套话。贾琏笑道："我不知道，你有本事你说去。"凤姐听说，把头一梗，把筷子一放，腮上带笑不笑的瞅着贾琏道："你当真，还是玩话儿？"贾琏笑道："西廊下五嫂子的儿子芸儿来求了我两三遭⑦，要件事管管，我应了，叫他等着。好容易出来这件事，你又夺了去。"凤姐儿笑道："你放心，园子东北角上，娘娘说了，还叫多多的种松柏树，楼底下还叫种些花草，等这件事出来，我包管叫芸儿管这工程。"贾琏道："果然这样，也倒罢了。只是昨儿晚上，我不过是要改个样儿，你就扭手扭脚的。"凤姐听了，"嗤"的一声笑了，向贾琏啐了一口，低下头便吃饭。

贾琏一径笑着去了。走到前面，见了贾政，果然为小和尚的事，贾琏便依了凤姐的主意，说道："看来芹儿倒大大的出息了，这件事，竟交与他去管办，横竖照在里头的规例，每月叫芹儿支领就是了。"贾政原不大理论这些小事，听贾琏如此说，便依允了。贾琏回至房中告诉凤姐，凤姐即命人去告诉周氏，贾芹便来见贾琏夫妻，感谢不尽。凤姐又做情先支三个月的费用，叫他写了领字，贾琏批票画了押，登时发了对牌出去，银库上按数发出三个月的供给来，白花花三百两。贾芹随手拈了一块与掌平的人，叫他们"吃了茶罢"。于是命小厮拿了回家，与母亲商议。登时，又雇几辆车子，至荣国府角门前，唤出二十四个人来，坐上车子，一径往城外铁槛寺去了。当下无话。

如今且说那贾元春在宫中编《大观园题咏》之后，忽想起那园中的景致，自从幸过之后，贾政必定敬谨封锁，不叫人进去，岂不辜负此园？况家中现有几个能诗会赋的姊妹们，何不命他们进去居住，也不使佳人落魄，花柳无颜。却又想宝玉自幼在姊妹丛中长大，不比别的兄弟，若不命他进去，又怕冷落了他，恐贾母王夫人心上不喜，须得也命他进去居住方妥。命太监夏忠到荣府下一道谕："命宝钗等在园中居住，不可封锢，命宝玉也随进去读书。"

贾政、王夫人接了谕命，夏忠去后，便回明贾母，遣人进去各处收拾打扫，安设帘幔床帐。别人听了，还犹自可，惟宝玉喜之不胜。正和贾母盘算，要这个，要那个，忽见丫鬟来说："老爷叫宝玉。"宝玉呆了半晌，登时扫了兴，脸上转了色，便拉着贾母，扭的扭股儿糖似的，死也不敢去。贾母只得安慰他道："好宝贝，你只管去，有我呢，他不敢委屈了你。况你做了这篇好文章，想是娘娘叫你进园去住，他吩咐你几句话，不过是怕你在里头淘气。他说什么，你只好生答应着就是了。"一面安慰，一面唤了两个老嬷嬷来，吩咐："好生带了宝玉去，别叫他老子唬着他。"老嬷嬷答应了。

宝玉只得前去，一步挪不了三寸，蹭到这边来。可巧贾政在王夫人房中商议事情，金钏儿、彩云、彩凤、绣鸾、绣凤等众丫鬟都廊檐下站着呢，一见宝玉来，都抿着嘴儿笑他。金钏一把拉着宝玉，悄悄的说道："我这嘴上是才擦的香浸的胭脂，你这会子可吃不吃了？"彩云一把推开金钏，笑道："人家心里正不自在，你还奚落他。趁这会子喜欢，快进去罢。"宝玉只得挨门进去。原来贾政和王夫人都在里间呢。赵姨娘打起帘子，宝玉挨身而入，只见贾政和王夫人对坐在炕上说话，地下一溜椅子，迎春、探春、惜春、贾环四人都坐在那里。一见他进来，惟有探春、惜春和贾环站了起来。

贾政一举目见宝玉站在跟前，神彩飘逸，秀色夺人；又看见贾环人物委琐⑧，举止粗糙，忽又想起贾珠来。再看看王夫人只有这一个亲生的儿子，素爱如珍；自己的胡须将已苍白，因这几件上，把平日嫌恶宝玉之心，不觉减了八九分。半晌说道："娘娘吩咐你说，日日在外游嬉，渐次疏懒，如今叫禁管你同姐妹们在园里读书，你可好生用心学习；再不守分安常，你可仔细！"宝玉连连答应了几个"是"。王夫人便拉他在身边坐下。他姊弟三人依旧坐下，王夫人摸索着宝玉的脖项说道："前儿的丸药都吃完了没有？"宝玉答应道："还有一丸。"王夫人说："明早再取十丸来，天天临睡时候，叫袭人伏侍你吃了再睡。"宝玉道："自从太太吩咐了，袭人天天临睡打发我吃的。"贾政便问道："谁叫'袭人'？"王夫人道："是个丫头。"贾政道："丫头不拘叫个什么罢了，是谁起这样刁钻的名字？"王夫人见贾政不自在了，便替宝玉掩饰道："是老太太起的。"贾政道："老太太如何晓得这样的话？一定是宝玉。"宝玉见瞒不过，只得起身回道："因素日读诗，曾记古人有句诗云：'花气袭人知昼暖。'因这丫头姓'花'，便随意起的。"王夫人忙向宝玉说道："你回去改了罢。老爷也不用为这小事生气。"贾政道："其实也无妨碍，不用改。只可见宝玉不务正，专在这些浓词艳诗上做工夫⑨。"说毕，断喝了一声："作孽的畜生，还不出去！"王夫人也忙道："去罢，去罢！怕老太太等吃饭呢。"

宝玉答应了，慢慢的退出去；向金钏儿笑着伸伸舌头，带着两个老嬷嬷，一溜烟去了。刚至穿堂门前，只见袭人倚门而立，见宝玉平安回来，堆下笑来，问道："叫你做什么？"宝玉告诉："没有甚么，不过怕我进园淘气，吩咐吩咐。"一面说，一面回至贾母跟前，回明原委。只见黛玉正在那里，宝玉便问他："你住在那一处好？"黛玉正盘算这事，忽见宝玉一问，便笑道："我心里想着潇湘馆好，我爱那几竿竹子，隐着一道曲栏，比别处幽静。"宝玉听了，拍手笑道："正合我的主意！我也要叫你那里去住，我就住怡红院。咱们两个又近，又都清幽。"

二人正计议，就有贾政遣人来回贾母，说："二月二十二日是好日子，哥儿姐儿们好搬进去的。这几日内遣人进去分派收拾。"薛宝钗住了蘅芜院，林黛玉住了潇湘馆，贾迎春住了缀锦楼，探春住了秋掩书斋，惜春住蓼风轩，李纨住了稻香村，宝玉住怡红院。每一处添两个老嬷嬷，四个丫头；除各人奶娘亲随丫头外，另有专管收拾打扫的。至二十二日，一齐进去，登时园内花招绣带，柳拂香风，不似前番那等寂寞了。

闲言少叙。且说宝玉自进园来，心满意足，再无别项可生贪求之心，每日只和姊妹丫鬟们一处，或读书，或写字，或弹琴下棋，作画吟诗，以至描鸾刺凤，斗草簪花⑩，低吟悄唱，拆字猜枚⑪，无所不至，倒也十分快意。他曾有几首四时即事诗⑫，虽不算好，却是真情真景。

"春夜即事"云：

霞绡云幄任铺陈[13]，隔巷蛙声听未真。枕上轻寒窗外雨，眼前春色梦中人。盈盈烛泪因谁泣[14]，点点花愁为我嗔。自是小鬟娇懒惯，拥衾不耐笑言频[15]。

"夏夜即事"云：

倦绣佳人幽梦长[16]，金笼鹦鹉唤茶汤。窗明麝月开宫镜[17]，室霭檀云品御香[18]。琥珀杯倾荷露滑[19]，玻璃槛纳柳风凉[20]。水亭处处齐纨动[21]，帘卷朱楼罢晚妆。

"秋夜即事"云：

绛芸轩里绝喧哗，桂魄流光浸茜纱[22]。苔锁石纹容睡鹤[23]，井飘桐露湿栖鸦[24]。抱衾婢至舒金凤[25]，倚槛人归落翠花[26]。静夜不眠因酒渴，沉烟重拨索烹茶。

"冬夜即事"云：

梅魂竹梦已三更，锦罽鹴衾睡未成[27]。松影一庭惟见鹤，梨花满地不闻莺[28]。女奴翠袖诗怀冷[29]，公子金貂酒力轻[30]。却喜侍儿知试茗[31]，扫将新雪及时烹[32]。

不说宝玉闲吟，且说这几首诗，当时有一等势利人，见是荣国府十二三岁的公子做的，抄录出来，各处称颂；再有等轻薄子弟，爱上那风流妖艳之句，也写在扇头壁上，不时吟哦赏赞。因此上竟有人来寻诗觅字，倩画求题的。宝玉一发得意，每日家做这些外务。

谁想静中生动，忽一日，不自在起来，这也不好，那也不好，出来进去，只是闷闷的。园中那些女孩子，正是混沌世界天真烂熳之时[33]，坐卧不避，嬉笑无心，那里知宝玉此时的心事？那宝玉心内不自在，便懒在园内，只在外头鬼混，却又痴痴的。茗烟见他这样，因想与他开心，左思右想，皆是宝玉玩烦了的，只有这件，宝玉不曾见过。想毕，便走到书坊内，把那古今小说，并那飞燕、合德、武则天、杨贵妃的"外传"与那传奇角本[34]，买了许多来引宝玉。宝玉一看，如得珍宝。茗烟又嘱咐道："不可拿进园去，若叫人知道了，我就'吃不了兜着走'呢。"宝玉那里肯不拿进去？踟蹰再四，单把那文理雅道些的，拣了几套进去，放在床顶上，无人时方看；那粗俗过露的，都藏于外面书房内。

那日正当三月中浣㉟，早饭后，宝玉携了一套《会真记》㊱，走到沁芳闸桥那边桃花底下一块石上坐着，展开《会真记》，从头细看。正看到"落红成阵"㊲，只见一阵风过，树上桃花吹下一大斗来，落得满身满书满地皆是花片。宝玉要抖将下来，恐怕脚步践踏了，只得兜了那花瓣，来至池边，抖在池内。那花瓣浮在水面，飘飘荡荡，竟流出沁芳闸去了。

回来只见地下还有许多花瓣，宝玉正踟蹰间，只听背后有人说道："你在这里做什么？"宝玉一回头，却是林黛玉来了：肩上担着花锄，花锄上挂着纱囊，手内拿着花帚。宝玉笑道："好，好，来把这个花扫起来，撂在那水里去罢。我才撂了好些在那里呢。"黛玉道："撂在水里不好，你看这里的水干净，只一流出去，有人家的地方什么没有？仍旧把花遭塌了。那畸角上我有一个花冢，如今把他扫了，装在这绢袋里，埋在那里，日久随土化了，岂不干净。"

宝玉听了，喜不自禁，笑道："待我放下书，帮你来收拾。"黛玉道："什么书？"宝玉见问，慌的藏之不迭，便说道："不过是《中庸》《大学》。"黛玉道："你又在我跟前弄鬼。趁早儿给我瞧瞧，好多着呢。"宝玉道："妹妹，要论你，我是不怕的。你看了，好歹别告诉别人。真正这是好文章！你若看了，连饭也不想吃呢。"一面说，一面递了过去。黛玉把花具放下，接书来瞧，从头看去，越看越爱，不顿饭时，将十六出俱已看完㊳。但觉词句警人，余香满口。虽看完了，却只管出神，心内还默默记诵。宝玉笑道："妹妹，你说好不好？"林黛玉笑道："果然有趣。"宝玉笑道："我就是个'多愁多病的身'㊴，你就是那'倾国倾城的貌'。"林黛玉听了，不觉带腮连耳通红，登时竖起两道似蹙非蹙的眉，瞪了两只似睁非睁的眼，桃腮带怒，薄面含嗔，指着宝玉道："你这该死的胡说！好好的，把这淫词艳曲弄了来，说这些混帐话来欺负我。我告诉舅舅、舅母去！"说到"欺负"二字，就把眼圈儿红了，转身就走。

宝玉着了忙，向前拦住道："好妹妹，千万饶我这一遭，原是我说错了。若有心欺负你，明儿我掉在池子里，叫个癞头鼋吃了去⑩，变个大忘八⑪，等你明儿做了'一品夫人'病老归西的时候，我往你坟上替你驮一辈子碑去。"说的林黛玉"扑嗤"的一声笑了，一面揉着眼，一面笑道："一般唬的这么个调儿，还只管胡说。呸，原来也是个'银样蜡枪头'⑫。"宝玉听了，笑道："你说说，你这个呢？我也告诉去。"林黛玉笑道："你说你会'过目成诵'，难道我就不能'一目十行'么？"宝玉一面收书，一面笑道："正经快把花埋了罢，别提那些个了。"二人便收拾落花。

正才掩埋妥协，只见袭人走来，说道："那里没找到？摸在这里来。那边大老爷身上不好，姑娘们都过去请安，老太太叫打发你去呢，快回去换衣服罢。"宝玉听了，忙拿了书，别了黛玉，同袭人回房换衣不提。

这里林黛玉见宝玉去了，听见众姐妹也不在房中，自己闷闷的。正欲回房，刚走到梨香院墙角外，只听见墙内笛韵悠扬，歌声婉转，林黛玉便知是那十二个女孩子演习戏文。虽未留心去听，偶然两句吹到耳内，明明白白一字不落道："原来是姹紫嫣红开遍，似这般，都付与断井颓垣⑬。"林黛玉听了，倒也十分感慨缠绵，便止步侧耳细听，又唱道是："良辰美景奈何天，赏心乐事谁家院⑭？"听了这两句，不觉点头自叹，心下自思："原来戏上也有好文章，可惜世人只知看戏，未必能领略其中的趣味。"想毕，又后悔不该胡想，耽误了听曲子。再听时，恰唱到："只为你如花美眷，似水流年……"⑮黛玉听了这两句，不觉心动神摇。又听道"你在幽闺自怜"等句，越发如醉如痴，站立不住，便一蹲身坐在一块山子石上，细嚼"如花美眷，似水流年"八个字的滋味。忽又想起前日见古人诗中有"水流花谢两无情"之句⑯，再词中又有"流水落花春去也，天上人间"之句⑰，又兼方才所见《西厢记》中"花落水流红，闲愁万种"之句⑱，都一时想起来，凑聚在一处。仔细忖度，不觉心痛神驰，眼中落泪。正没个开交，忽觉背后有人击他一下，及回头看时，原来是个女子，未知是谁，下回分解。

【注释】

①西厢记：全名《崔莺莺待月西厢记》，杂剧剧本。元王实甫作。写书生张珙在蒲东普救寺遇见崔相国的女儿莺莺，两人发生爱情，后经侍女红娘帮助，终于冲破封建礼教的束缚而结合的故事。剧本根据唐代诗人元稹《会真记》传奇改编而成。所以又叫《会真记》。

②牡丹亭：也叫《还魂记》，传奇剧本。明汤显祖作。写南安太守杜宝之女杜丽娘偕侍女春香游园遣闷，梦中与书生柳梦梅相爱，醒后感伤而死，三年后复生，与柳结为夫妇的故事。

③勒石：把字刻在石碑或石壁上。

④烫蜡钉朱：古代刻碑时的工序。即先在碑石上用朱笔写好字，叫"书丹"；再用熔化了的白蜡涂在上面，以免镂刻时将朱色擦掉，叫"烫蜡"；石工按朱色碑文字迹进行镂刻，叫"钉朱"。

⑤达摩：菩提达摩的简称，也作"达磨"。中国佛教禅宗的创始者。相传为南天竺人，或云波斯人。南朝宋末到广州，又往北魏洛阳，后往嵩山少林寺。随其所止，诲以禅教。常以四卷《楞伽经》授学者，以天平年间坐化洛滨。

⑥拿班做势：装腔做势、摆架子。

⑦西廊下：这里指贾府西侧的小巷。中国建筑自两晋隋唐以来，府第、衙署、寺庙等建筑群，四周皆以廊庑围绕，谓之周回廊；沿周回廊两侧的街巷，则称为东廊下、西廊下。宋以后，周回廊多以廊屋和墙垣代替，形成四合院的面貌，但东西廊下之称沿用未变。

⑧委琐：容止鄙陋的样子。

⑨艳诗：艳体诗。后称描写男女爱情的香艳诗为"艳诗"。清周春《阅红楼梦随笔》："花气袭人知骤暖，鹊声穿竹识新晴。陆放翁佳句也。政老以为淫词艳曲，由政老不知诗之故。"

⑩斗草：也叫"斗百草"，一种玩花草的游戏，或对花草名，或斗草的多寡，赌为胜负。在古代流传久远，至唐宋而极盛。后成为一种小儿女的游戏。唐崔颢《少妇》诗："闲来斗百草，度日不成妆。"簪花：把花插在头上，如同说戴花。古时遇宴会佳节，男女皆戴花。唐杜牧《为人题赠》诗："有恨簪花懒，无寥斗草稀。"

⑪拆字：这里指流行于宋元时的一种文字游戏，即拆离字形的偏旁、点画，或离或合，以成一句话。如宋黄庭坚《两同心》词："你共人女边着子，争知我门里挑心。"以"女边着子"拆"好"字；以"门里挑心"拆"闷"字。猜枚：也叫"猜单双"。旧时常用作酒令游戏，即取莲子、瓜子等果粒，握于两拳，让人猜其单双、枚数、颜色，凡三射以决胜负。

⑫即事：眼前的事物。

⑬霞绡云幄：艳丽的丝被，轻柔的纱帐。绡，轻软的生丝织品。幄，帐子。

⑭盈盈：一汪汪的意思。宋欧阳修《踏莎行》词："寸寸柔肠，盈盈粉泪。"

⑮"自是"二句：意谓娇懒惯了的丫环正拥被欲睡，不耐烦我在她身边谈笑不绝。自是，本是。小鬟，古时少女常把头发梳成双鬟，因称小鬟，后用以指婢女。拥，围裹。

⑯倦绣：因刺绣而疲倦。幽梦：沉酣的梦。引申为香梦、好梦。

⑰"窗明"句：意谓明月映窗，好像打开了宫镜。麝月，月亮。南朝徐陵《玉台新咏序》："金星与婺女争华，麝月与嫦娥竞爽。"宫镜，宫廷使用的镜子。平日用帘遮盖，用时揭开。霭，云气。这里指烟雾。

⑱"室霭"句：意谓檀云漫屋，仿佛品味到御香。檀云，焚烧檀香冒的香烟。品，品评，鉴赏。御香，宫廷里使用的香。

⑲琥珀：松柏树脂化石，黄褐或红褐色，可以做装饰品。荷露：

指花露酒。宋陆游《林间书意》诗："红螺杯小倾花露，紫玉池深贮麝煤。"滑：指酒味醇美。

⑳玻璃：一种像水晶似的矿物，不同于现在的玻璃。以上六句包括袭人、鹦鹉、麝月、檀云、琥珀、玻璃等丫环名。

㉑齐纨：古代齐国出产的一种白细绢。这里指绸绢衫裙。或指细绢制成的团扇。

㉒"桂魄"句：意谓月光如水，浸润在红色的窗纱上。桂魄，指月亮。古代传说月中有桂，新月的光叫魄，所以称月亮为桂魄。流光，指月光。三国魏曹植《七哀》诗："明月照高楼，流光正徘徊。"浸，照映的意思。因月光如流水，所以说"浸"。宋苏轼《念奴娇·中秋》词："桂魄飞来光射处，冷浸一天秋碧。"茜纱，即红纱，这里指红色窗纱。茜，即茜草，旧称茜草根可作红色染料，因借作大红色。

㉓"苔锁石纹"句：意谓山石裂纹处布满了青苔，可容睡鹤憩息。苔，青苔。锁，遮蔽的意思。唐温庭筠《清平乐》词："凤帐鸳被徒熏，寂寞花锁千门。"

㉔"井飘桐露"句：意谓庭院中水井旁，风吹拂着梧桐树，露珠飘落，沾湿了树上的栖鸦。井，这里指"金井"，即井栏上有雕饰的水井。因古时井边多植梧桐，故"金井梧桐"常连用。唐王昌龄《长信秋词》："金井梧桐秋叶黄，珠帘不卷夜来霜。"

㉕抱衾婢：抱着锦被的丫头。舒金凤：打开绣着金色凤凰的被子。舒，展开。金凤，即金缕凤，指用金线盘押成凤凰图形的纹饰。

㉖倚槛人：靠着栏杆的人。古代作品中常用"倚栏"表示人心情的悒郁无聊，或心有所思。落翠花：把玉首饰卸下来。翠花，镶嵌着翠玉的头饰。

㉗锦罽（jì）：带文彩的毛毯。鹴（shuāng）衾：指以鹴鹴羽为絮的被子。鹴，鹴鹴，雁的一种。或说，鹴鹴是传说中五方神鸟之一，鹴衾指绣着鹴鹴图案的被子。

㉘梨花：这里比喻白雪。唐岑参《白雪歌送武判官》诗："忽如一夜春风来，千树万树梨花开。"

㉙翠袖：翠绿色的衣袖。唐杜甫《佳人》诗："天寒翠袖薄，日暮

倚修竹。"

　　㉚公子金貂：穿着金貂裘的公子。金貂，汉代侍中、中常侍一类官员帽子上用貂尾作装饰。这里指用金色貂皮做的衣服。宝玉自指。酒力轻：酒量不够，不足以御寒。

　　㉛知试茗：知道品茶。试，尝。

　　㉜新雪：新降的雪。旧时认为雪水洁净，煮茶味道清香。元白朴《双调·德胜乐·冬》："密布云，初交腊。偏宜去扫雪烹茶，羊羔酒添价。"

　　㉝混沌世界：这里指孩子年幼无知的样子。混沌，亦作"浑沌"。本是清浊不分的样子，后用以形容愚昧无知。

　　㉞飞燕、合德、武则天、杨贵妃的"外传"与那传奇角本：飞燕、合德，指赵飞燕两姊妹，汉成帝的后和妃。汉伶玄作《飞燕外传》，叙述汉成帝宠幸飞燕、合德两姊妹的故事。宋代秦醇又有《赵飞燕别传》，内容大略相同。武则天，唐高宗的皇后。未见记述武则天的别传、外传。杨贵妃，即杨玉环，号太真。唐陈鸿《长恨歌传》、宋乐史《杨太真外传》，都写唐玄宗和杨贵妃的故事。外传，为在正史上没有记载的人物作传，或者在正史之外，另为作传，记录遗闻逸事，都叫"外传"。传奇，传奇之名，至明清凡四变：唐称小说为传奇，宋元称戏文为传奇，金元称杂剧为传奇，明清人的戏曲也称传奇。这里当指盛行于明清两代的长篇戏曲。当时剧种如昆腔、弋阳腔等，都以演唱传奇剧本为主。角本，即"脚本"，通称剧本。

　　㉟中浣：即每月中旬。浣，洗涤。唐代制度，官吏每月的上、中、下三旬，各有一天休假，以作沐浴、洗涤之用。这三个休息日，称之为上浣、中浣、下浣。后演变称上、中、下三旬。清吕种玉《言鲭》卷下："今人纪月，上旬中旬下旬，称上澣中澣下澣，此起于汉唐侍从官每十日假一日，休沐浣衣，三旬之中三浣，故以此名。澣同浣。"

　　㊱《会真记》：唐元稹所作传奇小说，又名《崔莺莺传》。会真，与仙真相会的意思。相传记中张生即元稹的托名，自述其经历之事。后来金元人的《西厢记》故事，都取材于此。这里指元王实甫的杂剧《西厢记》。

㊲落红成阵:《西厢记》第二本第一折:"(莺莺唱)落红成阵,风飘万点正愁人。"落红,落花。成阵,一堆一片的样子。

㊳十六出:这里或指明闵遇五刻《六幻西厢》本的《西厢记》,共四本十六出,亦即王实甫所作之北曲《西厢记》。一说,实指王《西厢》前四本到"草桥惊梦"为止的十六折。

㊴多愁多病的身:同下文"倾国倾城的貌"俱出自《西厢记》第一本第四折:"(张生唱)小子多愁多病身,怎当他倾国倾城貌。"倾国倾城,五代蜀薛昭蕴《浣溪沙》词之七:"倾国倾城恨有余,几多红泪泣姑苏。"原作"倾城倾国"。《汉书·孝武李夫人传》:"延年侍上起舞,歌曰:'北方有佳人,绝世而独立,一顾倾人城,再顾倾人国。'"后用来形容绝色的女子。

㊵癞头鼋:即鼋,亦名"绿团鱼",俗称"癞头鼋",鳖科。因其头部呈淡青灰色,散有黑点,故称。

㊶大忘八:这里指贝屃,传说中龟名。明杨慎《升庵集》卷八一:"俗传龙生九子……一曰贝屃,形似龟,好负重,今石碑下龟趺是也。"

㊷银样蜡枪头:比喻中看不中用的东西。蜡,原作"镴"。《西厢记》第四本第二折,红娘嘲张生:"你元来苗而不秀。呸!你是个银样镴枪头。"镴,一种铅、锡合金,亮而软。

㊸"原来"三句:《牡丹亭·惊梦》一出中杜丽娘的唱词。姹紫嫣红,形容花色娇艳。

㊹"良辰美景"二句:亦为《惊梦》一出里杜丽娘唱词。这里意思是说,面对这样美好的时光和景色,该怎样排遣啊!能够内心愉快、百事欢乐的,又有哪一家呢?良辰美景,美好的时光,宜人的景物。奈何天,无可排遣的意思。宋晏几道《鹧鸪天》词之七:"欢尽夜,别经年,别多欢少奈何天。"赏心乐事,心情愉快,百事欢乐。谁家,哪一家。南朝宋谢灵运《拟魏太子邺中集诗序》:"天下良辰美景,赏心乐事,四者难并。"

㊺"只为你"二句:这两句和下面的"你在幽闺自怜",是《惊梦》一出里柳梦梅的唱词。如花美眷,即"美眷如花"。美眷,娇美的妻

室。似水流年，即"流年似水"。流年，谓年华，喻其如流水之易逝。

⑯水流花谢两无情：唐崔涂《春夕》诗："水流花谢两无情，送尽东风过楚城。"

⑰流水落花春去也，天上人间：南唐李煜《浪淘沙·怀旧》词中的成句。

⑱花落水流红，闲愁万种：《西厢记》第一本"楔子"："花落水流红，闲愁万种，无语怨东风。"

第二十四回
醉金刚轻财尚义侠① 痴女儿遗帕惹相思

　　话说黛玉正在情思萦逗、缠绵固结之时，忽有人从背后击了他一下，说道："你作什么一个人在这里？"林黛玉唬了一跳，回头看时，不是别人，却是香菱。林黛玉道："你这个傻丫头，唬我一跳。你这会子打那里来？"香菱嘻嘻的笑道："我来寻我们姑娘的，总找不着他；你们紫鹃也找你呢，说琏二奶奶送了什么茶叶来给你的。回家去坐着罢。"一面说，一面拉着黛玉的手，回潇湘馆来，果然凤姐送了两小瓶上用新茶来。林黛玉和香菱坐了，谈讲些这一个绣的好，那一个刺的精，又下一回棋，看两句书，香菱便走了，不在话下。

　　如今且说宝玉因被袭人找回房去，只见鸳鸯歪在床上看袭人的针线呢，见宝玉来了，便说道："你往那里去了？老太太等着你呢，叫你过那边请大老爷安去。还不快去换了衣裳走呢！"袭人便进房去取衣服。

　　宝玉坐在床沿上，褪了鞋，等靴子穿的工夫，回头见鸳鸯穿着水红绫子袄儿，青缎子背心，束着白绉绸汗巾儿，脸向那边，低着头看针线，脖子上带着扎花领子②。宝玉便把脸凑在脖项上，闻那香气，不住用手摩挲，其白腻不在袭人以下，便猴上身去，涎脸笑道："好姐姐，把你嘴上的胭脂赏我吃了罢。"一面说，一面扭股糖似的粘在身上。鸳鸯便叫道："袭人，你出来瞧瞧！你跟他一辈子，也不劝劝他，还是这么着。"袭人抱了衣服出来，向宝玉道："左劝也不改，右劝也不改，你到是怎么样？你再这么着，这个地方可也就难住了。"一边说，一边催他穿衣服，同鸳莺往前面来；见过贾母，出至外面，人马俱已齐备。刚欲上马，只见贾琏请安回来正下马，二人对面，彼此问了两句话，只见旁边转过一个人来："请宝叔安。"

宝玉看时，只见这人生的容长脸儿，长挑身材，年纪只有十八九岁，生得着实斯文清秀，倒也十分面善，只是想不起是那一房的，叫什么名字。贾琏笑道："你怎么发呆，连他也不认得？他是后廊上住的五嫂子的儿子芸儿③。"宝玉笑道："是了，是了，我怎么就忘。"因问他母亲好，这会子什么勾当④？贾芸指贾琏道："找二叔说句话。"宝玉笑道："你倒比先越发出挑了，倒像我的儿子。"贾琏笑道："好不害臊！人家比你大四五岁呢，就给你作儿子了？"宝玉笑道："你今年十几岁？"贾芸道："十八了。"

原来这贾芸最伶俐乖巧的，听宝玉说"像他的儿子"，便笑道："俗话说的好，'摇车儿里的爷爷，拄拐棍儿的孙子'⑤，虽然年纪大，'山高遮不住太阳'。只从我父亲死了，这几年也没人照管，若宝叔不嫌侄儿蠢，认做儿子，就是侄儿的造化了。"贾琏笑道："你听见了？认了儿子，不是好开交的。"说着，就进去了。宝玉笑道："明儿你闲了，只管来找我，别和他们鬼鬼祟祟的。这会子我不得闲儿；明日你到书房里来，和你说天话儿，我带你园里玩去。"说着，扳鞍上马，众小厮随往贾赦这边来。见了贾赦，不过是偶感些风寒。先述了贾母问的话，然后自己请了安，贾赦先站起来回了贾母问的话，便唤人来："带进哥儿去太太屋里坐着。"

宝玉退出来，至后面，到上房，邢夫人见了，先站了起来请过贾母的安，宝玉方请安。邢夫人拉他上炕坐了，方问别人，又命人倒茶。茶未吃完，只见贾琮来问宝玉好。邢夫人道："那里找活猴儿去！你那奶妈子死绝了，也不收拾收拾，弄得你黑眉乌嘴的，那里还像个大家子念书的孩子！"

正说着，只见贾环贾兰小叔侄两个也来请安。邢夫人叫他两个在椅子上坐着。贾环见宝玉同邢夫人坐在一个坐褥上，邢夫人又百般摸索抚弄他，早已心中不自在了，坐不多时，便向贾兰使个眼色儿要走，贾兰只得依他，一同起身告辞。宝玉见他们起身，也就要一同回去，邢夫人笑道："你且坐着，我还和你说话。"宝玉只得坐了。邢夫人向他两个道："你们回去，各人替我问各人的母亲好罢。你们姑娘姐妹们都在这里呢，闹的我头晕，今儿不留你们吃饭了。"贾环等答应着便出去了。宝玉笑道："可是姐妹们都过来了，怎么不见？"邢夫人道："他们坐了会子，都往后头不知那屋里去了。"宝玉说："大娘说'有话说'，不知是什么话？"邢夫人笑道："那里什么话，不过叫你等着同姐妹们吃了饭去，还有一个好玩的东西给你带回去玩儿。"娘儿两个说着，不觉又晚饭时候，请过众位姑娘们来，调开桌椅，罗列杯盘，母女姊妹们吃毕了饭，宝玉辞别贾赦，同众姊妹回家，见过贾母王夫人等，各自回房安歇，不在话下。

且说贾芸进去，见了贾琏，因打听："可有什么事情。"贾琏告诉他说："前儿倒有一件事情出来，偏生你婶娘再三求了我，给了贾芹了。他许我说：'明儿园里还有几处要栽花木的地方，等这个工程出来，一定给你就是了。'"那贾芸听了，半晌说道："既是这样，我就等着罢。叔叔也不必先在婶娘跟前提我今儿来打听的话，到跟前再说也不迟。"贾琏道："提他做什么，我那里有这工夫说闲话呢。明日还要到兴邑去走一走，必须当日赶回来方好。你先去等着，后日起更以后，你来讨信，早了我不得闲。"说着，便向后面换衣服去了。

贾芸出了荣国府回家，一路思量，想出一个主意来，便一径往他母舅卜世仁家来。原来卜世仁现开香料铺，方才从铺子里回来，一见贾芸，便问："为什么事来？"贾芸道："有件事求舅舅帮衬⑥，要用冰片、麝香，好歹舅舅每样赊四两给我，八月节按数送了银子来。"卜世仁冷笑道："再休提赊欠一事。前日也是我们铺子里一个伙计，替他的亲戚赊了几两银子的货，至今总未还上，因此我们大家赔上，立了合同，再不许替亲友赊欠，谁要犯了，就罚他二十两银子的东道。况且如今这个货也短，你就拿现银子到我们这小铺子里来买，也还没有这些，只好倒扁儿去⑦，这是一件。二则你那里有正经事？不过赊了去又是胡闹。你只说舅舅见你一遭儿就派你一遭儿不是，你小人家很不知好歹，也要立个主意，赚几个钱，弄弄穿的吃的，我看着也喜欢。"贾芸笑道："舅舅说得有理。但我父亲没的时节，我年纪又小，不知事体。后来听我母亲说，都还亏舅舅们在我们家去出主意料理的丧事。难道舅舅是不知道的，还是有一亩地，两间房子，在我手里花了不成？'巧媳妇做不出没米的饭来'，叫我怎么样呢？还亏是我呢，要是别个，死皮赖脸的三日两头儿来缠舅舅，要三升米二升豆子的，舅舅也就没有法儿呢。"

卜世仁道："我的儿，舅舅要有，还不是该的。我天天和你舅母说，只愁你没个算计。你但凡立得起来，到你大房里，就是他们爷儿们见不着，便下个气和他们的管家或管事的人们嬉和嬉和⑧，也弄个事儿管管。前儿我出城去，碰见你们三房里的老四，骑着大叫驴，带着四五辆车，有四五十和尚道士，往家庙里去了。他那不亏能干，就有这样的事到他了？"贾芸听了唠叨的不堪，便起身告辞。卜世仁道："怎么急的这样？吃了饭去罢……"一句话尚未说完，只见他娘子说道："你又糊涂了！说着没有米，这里买了半斤面来下给你吃，这会子还装胖呢⑨。留下外甥挨饿不成？"卜世仁道："再买半斤来添上就是了。"他娘子便叫女儿："银姐，往对门王奶奶家去问，有钱借二、三十个，明日就送来还的。"夫妻两个说话，那贾芸早说了几个"不用费事"，去的无影无踪了。

不言卜家夫妇，且说贾芸赌气离了母舅家门，一径回来，心下正自烦恼，一边想，一边走，低着头，不想一头就碰在一个醉汉身上，把贾芸一把拉住，骂道："你瞎了眼，碰起我来了！"

贾芸听声音像是熟人，仔细一看，原来是紧邻倪二。这倪二是个泼皮⑩，专放重利债，在赌博场吃饭，专爱喝酒打架。此时正从欠钱人家索债归来，已在醉乡，不料贾芸碰了他，就要动手。贾芸叫道："老二，住手！是我冲撞了你。"倪二一听他的语音，将醉眼睁开，一看，见是贾芸，忙松了手，趔趄着笑道⑪："原来是贾二爷，这会子那里去？"贾芸道："告诉不得你，平白的又讨了个没趣儿。"倪二道："不妨。有什么不平的事，告诉我，我替你出气。这三街六巷，凭他是谁，若得罪了我醉金刚倪二的街邻，管叫他人离家散！"贾芸道："老二，你别生气，听我告诉你这缘故。"便把卜世仁一段事告诉了倪二。倪二听了大怒道："要不是二爷的亲戚，我便骂出来。真正气死我！也罢，你也不必愁，我这里现有几两银子，你要用只管拿去。我们好街坊，这银子是不要利钱的。"一头说，一头从搭包内掏出一包银子来⑫。

贾芸心下自思："倪二素日虽然是泼皮，却也因人而施，颇有义侠之名。若今日不领他这情，怕他臊了，倒恐不美。不如用了他的，改日加倍还他就是了。"因笑道："老二，你果然是个好汉，既蒙高情，怎敢不领，回家照例写了文约送过来便了。"倪二大笑道："这不过是十五两三钱银子，你若要写文契，我就不借了。"贾芸听了，一面接银子，一面笑道："我便遵命罢了。何必着急！"倪二笑道："这才是了。天气黑了，也不让茶让酒了，我还有点事情到那边去，你竟请回。我还求你带个信儿与我们家，叫他们闭门睡罢，我不回家去；倘或有事，叫我们女孩儿明儿一早到马贩子王短腿家找我。"一面说，一面趔趄着脚儿去了。不在话下。

且说贾芸偶然碰见了这件事，心下也十分稀罕，想："那倪二倒果然有些意思，只是怕他一时醉中慷慨，到明日加倍要来，便怎么处？"忽又想道："不妨，等那件事成了，可也加倍还的起他。"因走到一个钱铺内，将那银子称一称，分两不错，心上越发欢喜。到家先将倪二的话捎与他娘子，方回家来。见他母亲自在炕上拈线，见他进来，便问："那里去了一天？"贾芸恐他母亲生气，便不提起卜世仁的事来，只说："在西府里等琏二叔的。"

问他母亲："吃了饭不曾？"他母亲说："吃了。还留饭在那里。"叫小丫头拿过来与他吃。

那天已是掌灯时候，贾芸吃了饭，收拾安歇，一宿无话。次日一早起来，洗了脸，便出南门大街，在香铺买了香麝，便往荣府来。打听贾琏出了门，贾芸便往后面来。到贾琏院门前，只见几个小厮，拿着大高的笤帚在那里扫院子呢。忽见周瑞家的从门里出来叫小厮们："先别扫，奶奶出来了。"贾芸忙上去笑道："二姐姐那里去？"周瑞家的道："老太太叫，想必是裁什么尺头。"

正说着，只见一群人簇拥着凤姐出来了。贾芸深知凤姐是喜奉承爱排场的，忙把手逼着⑬，恭恭敬敬抢上来请安。凤姐连正眼也不看，仍往前走，只问他母亲好："怎么不来我们家逛逛？"贾芸道："只是身上不好，倒时常记挂着婶娘，要瞧瞧，总不能来。"凤姐笑道："可是你会撒谎！不是我提起，他就不想我了。"贾芸笑道："侄儿不怕雷打，就敢在长辈跟前撒谎？昨日晚上还提起婶娘来，说：'婶娘身子生得单弱，事情又多，亏婶娘好大精神，竟料理的周周全全。要是差一点儿的，早累的不知怎么样了。'"

凤姐儿听了，满脸是笑，由不的止了步，问道："怎么好好的，你娘儿两个在背地里嚼说起我来？"贾芸道："有个缘故，只因我有个极好的朋友，家里有几个钱，现开香铺，因他身上捐了个通判⑭，前日选了云南不知那一府，连家眷一齐去。他这香铺也不开了，便把货物攒了一攒，该给人的给人，该贱发的贱发，像这贵重的，都送与亲友，所以我得了此冰片、麝香。我就和我母亲商量：贱卖了可惜，要送人也没有人家配使这些香料。因想婶娘往年间还拿大包的银子买这东西呢，别说今年贵妃宫中，就是这个端阳节所用，也一定比往常要加上十几倍，故此孝敬婶娘。"一面将一个锦匣递过去。

凤姐正是办端阳节的礼须用香料，便命丰儿："接过芸哥儿的来，送了家去，交给平儿。"因又说道："看着你这样知道好歹，怪道你叔叔常提起你来，说你好，说话明白，心里有见识。"贾芸听这话入港⑮，便打进一步来，故意问道："原来叔叔也常提我的？"凤姐见问，便要告诉给他事情管的话，一想，又恐被他看轻了，只说得了这点儿香料，便混许他管事了。因又止住，且把派他种花木工程的事，都一字不提，随口说了几句淡话，便往贾母房里去了。

贾芸也不好提的，只得回来。因昨日见了宝玉，叫他到外书房等着，故此吃了饭，便又进来，到贾母那边仪门外绮散斋书房里来。只见茗烟改名焙茗的并锄药两个小厮下象棋，为夺"车"正拌嘴呢；还有引泉、扫花、挑云、伴鹤四五个，在房檐下掏小雀儿玩。贾芸进入院内，把脚一跺，说道："猴儿们淘气，我来了。"众小厮看见了他，都才散去，贾芸进书房内，便坐在椅子上，问："宝二爷下来了没有？"焙茗道："今日总没下来。二爷说什么，我替你哨探哨探去⑯。"说着，便出去了。

这里贾芸便看字画古玩。有一顿饭的工夫，还不见来。再看看别的小子，都玩去了。正在烦闷，只听门前娇音嫩语的叫了一声"哥哥"，贾芸往外瞧时，是一个十五六岁的丫头，生的倒也十分精细干净，那丫头见了贾芸，便抽身要躲了，恰值焙茗走来，见那丫头在门前，便说道："好，好，正抓不着个信儿。"贾芸见了焙茗，也就赶出来，问："怎么样？"焙茗道："等了这一日，也没个人儿过来。这就是宝二爷房里的。"因说道："好姑娘，你进去带个信儿，就说廊上二爷来了。"

那丫头听见，方知是本家的爷们，便不似从前那等回避，下死眼把贾芸钉了两眼。听那贾芸说道："什么'廊上''廊下'的，你只说芸儿就是了。"半晌，那丫头冷笑道："依我说，二爷且请回去罢，明日再来。今儿晚上得空儿，我回一声。"焙茗道："这是怎么说？"那丫头道："他今儿也没睡中觉，自然吃的晚饭早，晚上又不下来，难道只是要二爷这里等着挨饿不成？不如家去，明儿来是正经。就便回来有人带信，不过口里答应着，他肯给带到吗？"

贾芸听这丫头的话，简便俏丽，待要问他名字，因是宝玉房里的，又不便问，只得说道："这话倒是。我明日再来。"说着，便往外去了。焙茗道："我倒茶去。二爷吃茶再去。"贾芸一面走，一面回头说："不吃茶，我还有事呢。"口里说话，眼睛瞧那丫头还站在那里呢。

那贾芸一径回来。至次日，来至大门前，可巧遇见凤姐往那边去请安，才上了车，见贾芸来，便命人唤住，隔窗子笑道："芸儿，你竟有胆子在我跟前弄鬼！怪道你送东西给我，原来你有事求我。昨日你叔叔才告诉我，说你求他。"贾芸笑道："求叔叔的事，婶娘别提，我这里正后悔呢。早知这样，我一起头就求婶娘，这会子早完了，谁承望叔叔竟不能的。"凤姐笑道："怪道你那里没成儿⑰，昨日又来寻我。"贾芸道："婶娘辜负了我的孝心，我并没有这个意思；若有这意，昨儿还不求婶娘？如今婶娘既知道了，我倒要把叔叔丢下，少不得求婶娘，好歹疼我一点儿。"凤姐冷笑道："你们要拣远路儿走，叫我也难。早告诉我一声儿，什么不成了，多大点儿事，耽误到这会子。那园子里还要种树种花，我只想不出个人来，早说不早完了。"贾芸笑道："这样明日婶娘就派我罢。"凤姐半晌道："这个我看着不大好，等明年正月里的烟火灯烛那个大宗儿下来，再派你罢。"贾芸道："好婶娘，先把这个派了我罢，果然这件办的好，再派我那件。"凤姐笑道："你倒会拉长线儿！罢了，若不是你叔叔说，我不管你的事。我不过吃了饭就过来，你到午错时候来领银子，后日就进去种花。"说着，命人驾起香车，径去了。

贾芸喜不自禁。来至绮散斋打听宝玉，谁知宝玉一早便往北静王府里去了。贾芸便呆呆的坐到晌午，打听凤姐回来。便写个领票来领对牌，至院外，命人通报了，彩明走了出来，单要了领票进去，批了银数、年月，一并连对牌交与贾芸。贾芸接看那批上批着二百两银子，心中喜悦，翻身走到银库上领了银子，回家告诉他母亲，自是母子俱喜。次日五更，贾芸先找了倪二还了银子，又拿了五十两银子，出西门找到花儿匠方椿家里去买树，不在话下。

且说宝玉自这日见了贾芸，曾说过明日着他进来说话，这原是富贵公子的口角⑱，那里还记在心上，因而便忘怀了。这日晚上，却从北静王府里回来，见过贾母王夫人等，回至园内，换了衣服，正要洗澡，袭人因被薛宝钗烦了去打结子⑲；秋纹碧痕两个去催水；檀云又因他母亲病了，接了出去；麝月又现在家中病着；还有几个做粗活听使唤的丫头，料是叫他不着，都出去寻伙觅伴的去了。不想这一刻的工夫，只剩了宝玉在房内，偏生的宝玉要吃茶，一连叫了两三声，方见两三个老婆子走进来。宝玉见了，连忙摇手说："罢，罢！不用了。"老婆子们只得退出。

宝玉见没丫头们，只得自己下来，拿了碗，向茶壶去倒茶。只听背后有人说道："二爷，仔细烫了手，等我来倒。"一面说，一面走上来接了碗去。宝玉倒唬了一跳，问："你在那里来的？忽然来了，唬我一跳。"那丫头一面递茶，一面笑着回道："我在后院里，才从里间后门进来，难道二爷就没听见脚步响？"

宝玉一面吃茶，一面仔细打量，那丫头穿着几件半新不旧的衣裳，倒是一头黑鸦鸦的好头发，挽着纂儿，容长脸面，细巧身材，却十分俏丽甜净。宝玉便笑问道："你也是我这屋里的人么？"那丫头道："是的。"宝玉道："既是这屋里的，我怎么不认得？"那丫头听说，便冷笑一声道："不认得的也多呢！岂止我一个。从来我又不递茶水拿东西，眼前的事一件也做不着，那里认得呢。"宝玉道："你为什么不做眼前的事？"那丫头道："这话我也难说。只是有一句话回二爷：昨日有个什么芸儿来找二爷，我想二爷不得空儿，便叫焙茗回他，叫他今日早起来，不想二爷又往北府里去了。"

刚说到这句话，只见秋纹碧痕唏唏哈哈的笑着进来，两个人共提着一桶水，一手撩衣裳，趔趔趄趄泼泼撒撒的。那丫头便忙迎出去接。那秋纹碧痕正对抱怨，"你湿了我的衣裳"，那个又说

"你踹了我的鞋"。忽见走出一个人来接水，二人看时，不是别人，原来是小红。二人便都咤异，将水放下，忙进来看时，并没别人，只有宝玉，便心中俱不自在。只得且预备下洗澡之物，待宝玉脱了衣裳，二人便带上门出来，走到那边房内，找着小红，问他："方才在屋里做什么？"小红道："我何曾在屋里的？只因我的手帕子不见了，往后头找去，不想二爷要茶吃，叫姐姐们，一个儿也没有，是我进去倒了碗茶，姐姐们便来了。"秋纹兜脸啐了一口道："没脸面的下流东西！正经叫你催水去，你说有事，倒叫我们去，你可做这个巧宗儿。一里一里的[20]，这不上来了！难道我们倒跟不上你么？你也拿那镜子照照，配递茶递水不配！"碧痕道："明儿我说给他们，凡要茶要水拿东西的事，咱们都别动，只叫他去便是了。"秋纹道："这么说，还不如我们散了，单让了他在这屋里呢。"

二人你一句，我一句，正闹着，只见有个老嬷嬷进来，传凤姐的话说："明日有人带花儿匠来种树，叫你们严禁些，衣裳裙子，别混晒混晾的[21]。那土山一带都拦着围幕，可别混跑。"秋纹便问："明日不知是谁带进匠人来监工？"那老婆子道："什么后廊上的芸哥儿。"秋纹碧痕俱不知道，只管混问别的话，那小红心内明白，知是昨日外书房所见的那人了。

原来这小红本姓林，小名红玉，因"玉"字犯了宝玉黛玉的名，便单唤他做"小红"，原来是府中世仆，他父亲现在收管各处田房事务。这红玉年方十六，进府当差，把他派在怡红院中，倒也清幽雅静。不想后来命姊妹及宝玉等进大观园居住，偏生这一所儿，又被宝玉点了。

这小红虽然是个不谙事体的丫头，因他原有三分容貌，心内妄想向上攀高，每每要在宝玉面前现弄现弄。只是宝玉身边一干人都是伶牙利爪的，那里插得下手去？不想今日才有些消息，又遭秋纹等一场恶话，心内早灰了一半。正闷闷的，忽然听见老嬷嬷说起贾芸来，不觉心中一动，便闷闷回房，睡在床上，暗暗思量；翻来掉去，正没个抓寻。忽听窗外低低的叫道："小红，你的手帕子我拾在这里呢。"小红听了，忙走出来看，不是别人，正是贾芸。小红不觉粉面含羞，问道："二爷在那里拾着的？"贾芸笑道："你过来，我告诉你。"一面说一面就上来拉他。那小红转身一跑，却被门槛绊倒。要知端底，下回分解。

【注释】

①金刚：佛教称佛的侍从力士为"金刚"，因其手持金刚杵（古印度兵器）而得名。后用以比喻强横凶暴的人。

②扎花领子：用丝线刺绣叫"扎花"。这里指绣有花的领子。俗称"绣花领"。

③后廊上：这里指贾府附近的某一居处，如同前面所说"西廊下"亦指某一居处而言一样。下文"廊上廊下"句，近人王瀣批云："按张南士官词注云：御酒房后墙有街曰长连，又一街曰短连，总曰廊下家，答应、长随多住此卖酒，京师称廊下内酒家。见《西河诗话》。贾芸卜居于此，门户之下可知。故云'什么廊上廊下'，已是防人轻视了。"

④勾当：本是"处理""办理"的意思，引申为所办的事情。后多用以指坏事或秘密事。这里即有秘密事的意思。

⑤"摇车儿里"二句：东北谚语。摇车，小孩用的睡车。明李诩《戒庵老人漫笔》卷三："今人眠小儿竹篮，名摇篮。郭晟《家塾事亲》曰：'古人制小儿睡车，曰摇车，以儿摇则睡故也。'盖摇车即摇篮。"满俗生子，三朝"洗三"，九日"上摇车"；生子送礼，则有鞍马、摇车等。

⑥帮衬：帮助，赞助。《醒世恒言》卷三《卖油郎独占花魁》："帮者，如鞋之有帮；衬者，如衣之有衬。但凡做小娘的，有一分所长，得人衬贴，就当十分。若有短处，曲意替他遮护，更兼低声下气，送暖偷寒，逢其所喜，避其所讳，以情度情，岂有不爱之理？这叫做帮衬。"

⑦倒扁儿：即"倒揣"。这里指无货可卖，须到别家去挪借银钱货物来应付。

⑧嬉和嬉和：即递和气儿。这里是为巴结人，向人讨好儿的意思。

⑨装胖：当为"打肿脸充胖子"的简化。有装样子的意思。

⑩泼皮：流氓，无赖。

⑪趔趄（liè qie）：脚步歪斜、要摔倒的样子。

⑫搭包：也作"搭膊"。一种用绸、布做成的有夹层的宽腰带，束在腰间，可裹系钱物。也把"搭裢"通称搭包。又作"褡裤"。

⑬把手逼着：两手紧贴身体两侧，表示一种恭敬的样子。逼，这里是并的意思。

⑭通判：官名。宋代地方州府设有通判，即协助知府共同处理政务之意。地位略次于州府长官。明清两代府里设通判，分管农田水利和粮饷等事务。

⑮入港：本指船舶进入港口，引申为相合之意。

⑯哨探哨探：探听探听消息。

⑰没成儿：意即没有指望。

⑱口角：本指嘴边，这里是口吻、口头话的意思。

⑲结子：用绳线等编结成的饰物，有各种花样，用以系挂珠玉等。

⑳一里一里的：一步一步的，慢慢的。

㉑"衣裳裙子"二句：《重订福寿金鉴》卷一："妇女不妖艳装束，堂中不闻妇女声，不看台戏，不窥门，女衣不晒外庭，仆不入闺，婢不入市。"

第二十五回
魇魔法叔嫂逢五鬼① 通灵玉蒙蔽遇双真②

话说小红心神恍惚，情思缠绵，忽朦胧睡去，遇见贾芸要拉他，却回身一跑，被门槛绊了，一唬醒过来，方知是梦。因此翻来复去，一夜无眠。至次日天明，方才起来，就有几个丫头来会他去打扫房子地面，提洗面水。这小红也不梳洗，向镜中胡乱挽了一挽头发，洗了手，腰中束一条汗巾，便来打扫房屋。谁知宝玉昨儿见了他，也就留心，若要指名唤他来使用，一则怕袭人等多心，二则又不知他是何情性，因而纳闷。早晨起来，也不梳洗，只坐着出神。一时下了窗子，隔着纱屉子③，向外看的真切，只见几个丫头打扫院子，都擦胭抹粉，插花带柳的，独不见昨儿那一个。宝玉便趿了鞋，走出了房门，只装做看花，东瞧西望。一抬头，只见西南角上游廊下栏杆旁有一个人倚在那里，却为一株海棠花所遮，看不真切。前进一步仔细一看，正是昨日那个丫头，在那里出神。要迎上去，又不好意思。正想着，忽见碧痕来请他洗脸，只得进去了。不在话下。

却说小红正自出神，忽见袭人招手叫他，只得走上前来。袭人笑道："我们的喷壶坏了，你到林姑娘那边借来一用。"小红便走向潇湘馆去，到翠烟桥，抬头一望，只见山坡高处都拦着帷幕，方想起今日有匠役在此种树。原来远远的一簇人在那里掘土，贾芸正坐在山子石上监工。小红待要过去，又不敢过去，只得悄悄向潇湘馆，取了喷壶而回，无精打彩，自向房内倒着。众人只说他是身子不快，也不理论。

过了一日，原来次日是王子腾夫人的寿诞，那里原打发人来请贾母、王夫人的，王夫人见贾母不去，也便不去了。倒是薛姨妈同着凤姐儿并贾家三个姊妹、宝钗、宝玉，一齐都去了。至晚方回。

王夫人正过薛姨妈房里坐着，见贾环下了学，命他去抄《金刚经》咒唪诵④。那贾环便来到王夫人炕上坐着，命人点了蜡烛，拿腔作势的抄写。一时又叫彩云倒茶来，一时又叫玉钏剪蜡花，又说金钏挡了灯亮儿。众丫鬟们素日厌恶他，都不答理他。只有彩霞还和他合得来，倒了茶与他，因向他悄悄的道："你安分些罢，何苦讨人厌。"贾环把眼一瞅道："我也知道，你别哄我。如今你和宝玉好，不大理我，我也看出来了。"彩霞咬着牙，向他头上戳了一指头，道："没良心的！'狗咬吕洞宾 —— 不识好歹。'⑤"

两人正说着，只见凤姐同着王夫人都过来了。王夫人便一长一短问他今日是那几位堂客，戏文好歹，酒席如何。不多时，宝玉也来了，见了王夫人，也规规矩矩说了几句话，便命人除去抹额，脱了袍服，拉了靴子，就一头滚在王夫人怀里；王夫人便用手摩挲抚弄他⑥，宝玉也扳着王夫人的脖子说长说短。王夫人道："我的儿，又吃多了酒，脸上滚热的。你还只是揉搓，一会子闹上酒来。还不在那里静静的躺一会子去呢。"说着，便叫人拿枕头。宝玉因就在王夫人身后倒下，又叫彩霞来替他拍着。宝玉便和彩霞说笑，只见彩霞淡淡的不大答理，两眼只向着贾环。宝玉便拉他的手，说道："好姐姐，你也理我理儿。"一面说，一面拉他的手。彩霞夺手不肯，便说："再闹就嚷了。"

二人正闹着，原来贾环听见了，素日原恨宝玉，今见他和彩霞玩耍，心上越发按不下这口气。因一沉思，计上心来，故作失手，将那一盏油汪汪的蜡烛，向宝玉脸上只一推，只听宝玉"嗳哟"的一声，满屋里人都唬一跳。连忙将地下的蠹灯移过来一照，只见宝玉满脸是油。王夫人又气又急，一面命人替宝玉擦洗，一面骂贾环。凤姐三步两步上炕去替宝玉收拾着，一面说道："老三还是这样'毛脚鸡'似的，我说你上不得台盘⑦。赵姨娘平时也该教导教导他。"一句话提醒了王夫人，遂叫过赵姨娘来，骂道："养出这样黑心种子来，也不教训教训！几番几次我都不理论，你们一发得了意了，一发上来了！"那赵姨娘只得忍气吞声，也上去帮着他们替宝玉收拾。只见宝玉左边脸上起了一溜燎泡，幸而没伤眼睛。王夫人看了，又心疼，又怕贾母问时难以回答，急的又把赵姨娘骂一顿；又安慰了宝玉，一面取了"败毒散"来敷上。宝玉说："有些疼，还不妨事。明日老太太问，只说我自己烫的就是了。"凤姐道："便说自己烫的，也要骂人不小心，横竖有一场气的。"王夫人命人好生送了宝玉回房去。袭人等见了，都慌的了不得。

林黛玉见宝玉出了一天的门，便闷闷的，晚间打发人来问了两三遍，知道烫了，便亲自赶过来，只瞧见宝玉自己拿镜子照呢，左边脸上满满的敷了一脸药。黛玉只当十分烫得利害，忙近前瞧瞧，宝玉却把脸遮了，摇手叫他出去：知他素性好洁，故不要他瞧。黛玉也就罢了，但问他："疼得怎样？"宝玉道："也不很疼，养一两日就好了。"林黛玉坐了一会回去了。次日，宝玉见了贾母，虽自己承认自己烫的，贾母兔不得又把跟从的人骂了一顿。

过了一日，有宝玉寄名的干娘马道婆到府里来⑧，见了宝玉，唬了一大跳，问其缘由，说是烫的，便点头叹息，一面向宝玉脸上用指头画了几画，口内嘟嘟囔囔的，又咒诵了一回，说道："包管好了。这不过是一时飞灾。"又向贾母道："老祖宗，老菩萨，那里知道那佛经上说的利害，大凡王公卿相人家的子弟，只一生长下来，暗里便有许多促狭鬼跟着他，得空儿便拧他一下，或掐他一下，或吃饭时打下他的饭碗来，或走着推他一跤，所以往往的那些大家子孙多有长不大的。"贾母听如此说，便问："这有什么佛法解释没有呢⑨？"马道婆便说道："这个容易，只是多替他做些因果善事，也就罢了。再那经上还说，西方有位大光明普照菩萨⑩，专管照耀阴暗邪祟，若有善男信女虔心供奉者⑪，可以永保儿孙康宁，再无撞客邪祟之灾⑫。"贾母道："倒不知怎么供奉这位菩萨？"马道婆说："也不值什么，不过除香烛供奉以外，一天多添几斤香油，点个大海灯⑬。这海灯便是菩萨现身的法象⑭，昼夜不敢息的。"贾母道："一天一夜也得多少油？我也做个好事。"马道婆说："这也不拘多少，随施主愿心。像我家里就有好几处的王妃诰命供奉的：南安郡王府里太妃，他许的愿心大，一天是四十八斤油，一斤灯草，那海灯也只比缸略小些；锦乡侯的诰命次一等，一天不过二十斤油；再有几家，或十斤、八斤、三斤、五斤的不等，也少不得要替他点。"贾母点头思忖。马道婆道："还有一件，若是为父母尊长的，多舍些不妨；若老祖宗为宝玉，若舍多了，怕哥儿担不起，反折了福。要舍，大则七斤，小则五斤，也就是了。"贾母道："既这么样，便一日五斤，每月打总儿关了去。"马道婆道："阿弥陀佛，慈悲大菩萨！"贾母又叫人来吩咐："以后宝玉出门，拿几串钱交给他的小子们，一路施舍与僧道贫苦之人。"

说毕，那道婆便往各房问安闲逛去了。一时来到赵姨娘房里，二人见过，赵姨娘命小丫头倒茶给他吃。赵姨娘正粘鞋呢，马道婆见炕上堆着些零星绸缎，因说："我正没有鞋面子，奶奶给我些零碎绸子缎子，不拘颜色，做双鞋穿罢。"赵姨娘叹口气道："你瞧，那里头还有块成样的么？就有好东西也到不了我这里。你不嫌不好，挑两块去就是了。"马道婆便挑了几块，掖在怀里。赵姨娘又问："前日我打发人送了五百钱去，你可在药王面前上了供没有⑮？"马道婆道："早已替你上了供了。"赵姨娘叹气道："阿弥陀佛！我手里但凡从容些，也时常来上供，只是'心有余而力不足'。"马道婆道："你只放心，将来熬的环哥大了，得了一官半职，那时你要做多大功德，还怕不能？"赵姨娘听了笑道："罢，罢！再别提起，如今就是榜样儿。我们娘儿们跟的上这屋里那一个儿？宝玉儿还是小孩子家，长的得人意儿，大人偏疼他些儿，也还罢了；我只不服这个主儿！"一面说，一面伸了两个指头。马道婆会意，便问道："可是琏二奶奶？"赵姨娘唬的忙摇手，起身掀帘子一看，见无人，方回身向道婆说："了不得，了不得！提起这个主儿，这一分家私要不都叫他搬了娘家去，我也不是个人。"

马道婆见说，便探他的口气道："我还用你说？难道都看不出来。也亏你们心里也不理论，只凭他去。倒也好。"赵姨娘道："我的娘！不凭他去，难道谁还敢把他怎么样呢？"马道婆道："不是我说句造孽的话⑯，你们没本事！也难怪。明里不敢怎样，暗里也算计了，还等到如今！"赵姨娘闻听这话里有话，心内暗暗的欢喜，便说道："怎么暗里算计？我倒有这个心，只是没这样的能干人。你若教给我这法子，我大大的谢你。"马道婆听了这话打拢了一处，便又故意说道："阿弥陀佛！你快休问我，我那里知道这些事？罪罪过过的。"赵姨娘道："你又来了。你是最肯济困扶危的人，难道就眼睁睁的看人家来摆布死了我们娘儿两个不成？难道还怕我不谢你么？"马道婆听如此，便笑道："若说我不忍你们娘儿两个受别人委屈，还犹可，若说谢，我还想你们什么东西么？"赵姨娘听这话松动了些，便说："你这么个明白人，怎么糊涂了？果然法子灵验，把他两人绝了，这家私还怕不是我们的。那时候你要什么不得呢？"马道婆听了，低头半日，说："那时节事情妥当了，又无凭据，你还理我呢。"赵姨娘说："这有何难？我攒了几两体己，还有些衣服首饰，你先拿几样去；我再写个欠银文契给你，到那时，我照数给你。"马道婆道："使得。"

赵姨娘将一个小丫头也支开，连忙开了箱柜，将衣服首饰拿了些出来，并体己散碎银子，又写了五十两一张欠约，递与马道婆道："你先拿去作个供养。"马道婆见了这些东西，又有欠字，遂不顾青红皂白，满口应承，伸手先将银子拿了，然后收了欠契。向赵姨娘要了张纸，拿剪子铰了两个纸人儿，递与赵姨娘，叫把他二人的年庚⑰，写在上面；又找了一张蓝纸，铰了五个青面鬼，叫他并在一处，拿针钉了："我在家中作法，自有效验的。"说完，忽见王夫人的丫头进来道："奶奶可在这里，太太等你呢。"二人散了，不在话下。

却说林黛玉因宝玉烫了脸不大出门，倒时常在一处说闲话儿。这日饭后，看了两篇书，又同紫鹃等作了一会针线，总闷闷不舒，一同信步出来看庭前才进出的新笋。不觉出了院门，来到园中，四望无人，惟见花光鸟语，信步便往怡红院来。只见几个丫头舀水，都在过廊上看画眉洗澡呢。听见房内笑声，原来是李宫裁、凤姐、宝钗都在这里。一见他进来，都笑道："这不又来了两个。"

黛玉笑道："今儿齐全，谁下帖子请的？"凤姐道："我前日打发人送两瓶茶叶与姑娘，可还好么？"黛玉道："我正忘了，多谢想着。"宝玉道："我尝了不好，不知别人尝了怎么样。"宝钗道："味倒好，只是没甚颜色。"凤姐道："那是暹罗国贡的^⑱。我尝了也不觉甚好，还不如我们常吃的呢。"黛玉道："我吃着好，不知你们的脾胃是怎样的？"宝玉道："你说好，把我的都拿了去吃罢。"凤姐道："我那里还多着的呢。"黛玉道："我叫丫头取去。"凤姐道："不用，我打发人送来。我明日还有一事求你，一同叫人送来。"

黛玉听了，笑道："你们听听，这是吃了他家一点子茶叶，就使唤起人来了。"凤姐笑道："你既吃了我家的茶^⑲，怎么还不给我们家作媳妇儿？"众人都大笑不止。黛玉红了脸，回过头去，一声儿不言语。宝钗笑道："我们二嫂子的诙谐是好的。"黛玉道："什么诙谐，不过是贫嘴贱舌的讨人厌罢了。"说着又啐了一口。凤姐道："你替我家做了媳妇，少些什么？"指着宝玉道："你瞧瞧，人物儿配不上？门第儿配不上？根基儿家私配不上？那一点儿玷辱了你？"黛玉起身便走。

宝钗叫道："颦儿急了，还不回来呢！走了倒没意思。"说着，站起来拉住。才至房门，只见赵姨娘和周姨娘两个人都来瞧宝玉。

宝玉与众人都起身让坐，独凤姐不理。宝钗正欲说话，只见王夫人房里的丫头来说："舅太太来了，请奶奶姑娘们出去呢。"李宫裁连忙同着凤姐儿走了。赵周两人也辞了出去。宝玉道："我不能出去，你们好歹别叫舅母进来。"又说："林妹妹，你略站一站，与你说句话。"凤姐听了，回头向林黛玉道："有人叫你说话呢。"便把黛玉往后一推，和李纨一同去了。

这里宝玉拉了黛玉的手，只是笑，又不说话。黛玉不觉又红了脸，挣着要走。宝玉道："嗳哟！好头疼！"黛玉道："该，阿弥陀佛！"宝玉大叫一声，将身一跳，离地有三四尺高，口内乱嚷，尽是胡话。黛玉并众丫鬟都唬慌了，忙报知王夫人与贾母。此时王子腾的夫人也在这里，都一齐来看。宝玉一发拿刀弄杖，寻死觅活的，闹的天翻地覆。贾母王夫人一见，唬的抖衣乱战，"儿"一声"肉"一声，放声大哭。于是惊动了众人，连贾赦、邢夫人、贾珍、贾政并琏、蓉、芸、萍、薛姨妈、薛蟠并周瑞家的一干家中上下人等并丫鬟媳妇等，都来园内看视，登时乱麻一般。正没个主意，只见凤姐手持一把明晃晃的刀，砍进园来，见鸡杀鸡，见犬杀犬，见了人，瞪着眼就要杀人。众人一发慌了。周瑞媳妇带着几个力大的女人，上去抱住，夺了刀，抬回房中。平儿丰儿等哭的哀天叫地。贾政也心中着忙。当下众人七言八语，有说送崇的⑳，有说跳神的㉑，有荐玉皇阁张道士捉怪的，整闹了半日，祈求祷告，百般医治，并不见好。日落后，王子腾夫人告辞去了。

次日，王子腾也来问候。接着小史侯家、邢夫人弟兄并各亲戚都来瞧看，也有送符水的，也有荐僧道的，也有荐医的。他叔嫂二人，一发糊涂，不省人事，身热如火，在床上乱说，到夜里更甚。因此那些婆子丫鬟不敢上前，故将他叔嫂二人，都搬到王夫人的上房内，着人轮班守视。贾母、王夫人、邢夫人并薛姨妈寸步不离，只围着哭。

此时贾赦贾政又恐哭坏了贾母，日夜熬油费火，闹的上下不安。贾赦还各处去寻觅僧道。贾政见不效验，因阻贾赦道："儿女之数，总由天命，非人力可强。他二人之病，百般医治不效，想是天意该如此，也只好由他去。"贾赦不理，仍是百般忙乱。

　　看看三日光阴，那凤姐宝玉躺在床上，连气息都微了。合家都说没了指望了，忙的将他二人的后事都治备下了。贾母、王夫人、贾琏、平儿、袭人等更哭的死去活来。只有赵姨娘外面假作忧愁，心中称愿。至第四日早，宝玉忽睁开眼向贾母说道："从今已后，我可不在你家了，快打发我走罢。"贾母听见这话，如同摘了心肝一般。赵姨娘在旁劝道："老太太也不必过于悲痛。哥儿已是不中用了，不如把哥儿的衣服穿好，让他早些回去，也免他受些苦；只管舍不得他，这口气不断，他在那里，也受罪不安。"这些话没说完，被贾母照脸啐了一口唾沫，骂道："烂了舌头的混账老婆！怎么见得不中用了？你愿意他死了，有什么好处？你别作梦！他死了，我只合你们要命。都是你们素日调唆着，逼他念书写字，把胆子唬破了，见了他老子就像个'避猫鼠儿'一样。都不是你们这起小妇调唆的？这会子逼死了他，你们就随了心了。我饶那一个！"一面哭，一面骂。贾政在旁听见这些话，心里越发着急，忙喝退了赵姨娘，委宛劝解了一番。忽有人来回："两口棺木都做齐了。"贾母闻之，如刀刺心，一发哭着大骂，问："是谁叫做的棺材？快把做棺材的人拿来打死！"闹了个天翻地覆。

　　忽听见空中隐隐有木鱼声㉒，念了一句"南无解冤解结菩萨㉓！有那人口不利、家宅不安、中邪祟、逢凶险的，我们善能医治。"贾母王夫人便命人向街上找寻去。原来是一个癞和尚同一个跛道士。那和尚是怎的模样？但见：

　　　　鼻如悬胆两眉长，目似明星有宝光；破衲芒鞋无住迹㉔，
　　腌臜更有一头疮。

那道人是如何模样？看他时：

　　　　一足高来一足低，浑身带水又拖泥；相逢若问家何处，
　　却在蓬莱弱水西㉕。

贾政因命人请了进来，问他二人："在何山修道？"那僧笑道："长官不消多话，因知府上人口欠安，特来医治的。"贾政道："有两个人中了邪，不知有何方可治？"那道人笑道："你家现有希世之宝，可治此病，何须问方！"贾政心中便动了，因道："小儿生时虽带了一块玉来，上面刻着'能除凶邪'，然亦未见灵效。"那僧道："长官有所不知，那'宝玉'原是灵的，只因为声色货利所迷，故此不灵了。你今将此宝取出来，待我持诵持诵，就依旧灵了。"

贾政便向宝玉项上取下那块玉来，递与他二人。那和尚擎在掌上，长叹一声，道："青埂峰下，别来十三载矣！人世光阴迅速，尘缘未断，奈何奈何！可羡你当日那段好处：

> 天不拘兮地不羁，心头无喜亦无悲；只因锻炼通灵后㉖，
> 便向人间惹是非。

可惜今日这番经历呀：

> 粉渍脂痕污宝光㉗，房栊日夜困鸳鸯㉘；沉酣一梦终须
> 醒，冤债偿清好散场㉙。"

念毕，又摩弄了一回，说了些疯话，递与贾政道："此物已灵，不可亵渎，悬于卧室槛上，除自己亲人外，不可令阴人冲犯㉚。三十三日之后，包管好了。"贾政忙命人让茶，那二人已经走了，只得依言而行。

凤姐宝玉果一日好似一日的，渐渐醒来，知道饿了，贾母王夫人才放了心。众姊妹都在外间听消息，黛玉先念一声佛，宝钗笑而不言，惜春道："宝姐姐笑什么？"宝钗道："我笑如来佛比人还忙㉛：又要度化众生；又要保佑人家病痛，都叫他速好；又要管人家的婚姻，叫他成就。你说可忙不忙？可好笑不好笑？"一时林黛玉红了脸，啐了一口道："你们都不是好人！再不跟着好人学，只跟着凤丫头学的贫嘴。"一面说，一面掀帘子出去了。欲知端详，下回分解。

【注释】

①魇（yǎn）魔法：一种迷信活动，以为施行一种所谓"法术"，可以驱使鬼神折磨人，使其疯癫或昏迷不醒，直至致人于死地。康熙时，诸皇子为争夺太子的位置，曾使用这种手段。大阿哥允禔唆使喇嘛巴汉格隆，魇胜太子允礽，事情败露之后，喇嘛自杀，允禔受到处分。五鬼：旧时星命家所称的恶煞之一，取象于鬼宿（二十八宿之一）的第五星。

②双真：指癞和尚和跛道士，即第一回的茫茫大士和渺渺真人。真，道家对修仙得道者的称呼。

③纱屉子：旧时窗户多分里外两层，外面一层窗棂糊纸或用木板做成，称为护窗，晚间挡上，早晨卸下。里面一层，窗口木屉糊纱，透明、通风，称为"纱屉子"。

④《金刚经》咒：指《金刚经》中的咒语。《金刚经》，佛经名，全称《金刚般若波罗蜜经》。因用金刚比喻智慧有能断烦恼的功用，故名《金刚经》。经文主要说明世界上一切事物都是空幻不实的，对现实世界不应执着或留恋。文字繁简适中，便于诵持。唪（fěng）诵：大声诵读。一般特指和尚大声念经。

⑤狗咬吕洞宾——不识好歹：歇后语。用以批评人们是非不分。吕洞宾，通称"吕祖"，相传为唐末道士。名喦，字洞宾。后修道于终南山，不知所终。元明以来称为八仙之一。清王有光《吴下谚联》卷四："狗咬吕洞宾：洞宾仙师，风骨凌云，人皆景仰。狗何物也，乃敢自取罪戾，噪然肆其一咬乎！……独是为狗计之，当向洞宾仙师拜之跪之，求其度之，庶不复堕畜生道中，窃糟糠食屎橛也。何反从而咬之哉？"

⑥摩挲：同"摩挲"，抚摸的意思。

⑦上不得台盘：意谓举止粗俗，不懂礼节，上不得场面。台盘，本指几案食桌之类，后比喻上等场面。

⑧寄名的干娘：《清稗类钞》"风俗类"："惧儿夭殇，他日自为若敖之鬼，因择子女众多之人，使之认为干爷干娘，且有寄名于鬼神如观音大士、文昌帝君、城隍土地，且及于无常者也，或即寄名于僧尼，

而亦皆称之曰干亲家。"

⑨佛法解释：意谓用佛法消除灾病。佛法，佛所说的教法。

⑩大光明普照菩萨：或指六观音之一的大光普照观音。

⑪善男信女：佛教用语。指信仰佛教的男女。

⑫撞客：迷信说法，以为人突然精神失常，是鬼神附体，称作"撞客"。

⑬海灯：在佛前设置的一种灯，如盆状。中央置灯心草，以备点燃。

⑭现身的法象：意谓佛变化出的形象。佛教称佛、菩萨的本身为法身，世人不能看见；为普度众生，即变幻出种种化身，在世上现身说法。

⑮药王：佛教中菩萨名。据传为施良药治除众生身心两种痛苦的菩萨。《观药王药上二菩萨经》载，星宿光、电光明兄弟二人曾持良药，供养日藏比丘及其他僧众，"此时大众赞叹，号兄为药王，弟为药上，是今药王、药上二菩萨也"。

⑯造孽：即"造业"。佛教称前世之恶因造成今生之障碍为"业障"，俗作"孽障"。后因称做恶事为造孽。

⑰年庚：人诞生的年、月、日、时，用八字表示，叫作"年庚"。迷信者认为，根据年庚，可以推算人们命运的好坏。用巫术诅咒人，也须用被咒者的年庚作标志。

⑱暹罗国：今泰国一带古国名。原为暹与罗斛两国，十四世纪中叶，两国合并，称暹罗国。

⑲吃了我家的茶：意谓接受了婚约。吃茶，这里是"受茶"的意思。旧时女子受聘叫"吃茶"。明郎瑛《七修类稿》卷四六："种茶下子，不可移植，移植则不复生也。故女子受聘，谓之吃茶。"

⑳送祟：古人想象中的鬼怪或鬼怪出而祸人，叫"祟"。请巫师焚烧纸钱等物"送走鬼祟"的一种迷信仪式叫"送祟"。《管子·权修》："上恃龟筮，好用巫医，则鬼神骤祟。"

㉑跳神：巫师烧香上供，又歌又舞，请神仙"附体"，表示以神的威力来驱除灾魔，叫"跳神"。

㉒木鱼：佛教法器。木制，形如团圆鱼鳞，中凿空洞，叩之作声。

念经礼佛时叩打，以调音节。《百丈清规·法器》："相传云，鱼昼夜常醒，刻木象形，击之，所以惊昏惰也。"

㉓南无（nā mó）：佛教用语。敬礼、归命的意思。是佛教徒向佛表示忠心归顺的辞语。常用来加在佛、菩萨名或经典题名前，表示对佛、法的尊敬和虔诚。

㉔破衲：即百衲衣，指僧衣。衲，补缀之意。依照戒律，僧尼衣服，应用人们遗弃的破碎衣片缝衲而成，故名。实则佛教盛行后已非如此。

㉕蓬莱弱水：指传说中山水名。蓬莱，相传为东海中三神山之一。弱水，古水名，其说不一。或指西方绝远之处。或传为仙境。故蓬莱弱水，往往连称，以形容仙境的杳不可即。

㉖锻炼：指女娲炼五色石补天事。

㉗"粉渍"句：意谓红粉的浸泡和胭脂的痕迹，玷污了"宝玉"的光泽。渍，浸染。

㉘"房栊"句：意谓宝玉整天和姊妹丫环们在一起厮混。房栊，窗户。《汉书·外戚传下》："房栊虚兮风泠泠。"注："栊，疏槛也。"这里代指房屋。困鸳鸯，沉溺于男女情事。

㉙"沉酣"二句：是说无论睡梦多么沉酣，终究有醒悟的时候，把冤债还清了，大家好散伙。沉酣，本谓痛饮而感到畅快的意思，这里形容睡梦深沉的样子。

㉚阴人：这里指女人。

㉛如来佛：释迦牟尼十种法号的第一种。《金刚经》："如来者，无所从来，亦无所去，故名如来。"

第二十六回
蜂腰桥设言传心事　潇湘馆春困发幽情

话说宝玉养过了三十三天之后，不但身体强壮，亦且连脸上疮痕平复，仍回大观园去。这也不在话下。

且说近日宝玉病的时节，贾芸带着家下小厮坐更看守，昼夜在这里；那小红同众丫鬟也在这里守着宝玉，彼此相见多日，都渐渐混熟了。小红见贾芸手里拿着手帕子，倒像是自己从前掉的，待要问他，又不好问的。不料那和尚道士来过，用不着一切男人，贾芸仍种树去了。这件事待放下又放不下，待要问去又怕人猜疑，正是犹预不决神魂不定之际，忽听窗外问道：“姐姐在屋里没有？”小红闻听，在窗眼内望外一看，原来是本院的个小丫头名叫佳蕙的，因答说：“在家里呢，你进来罢。”佳蕙听了跑进来，就坐在床上，笑道：“我好造化！才在院子里洗东西，宝玉叫往林姑娘那里送茶叶，花大姐姐交给我送去，可巧老太太给林姑娘送钱来，正分给他们的丫头们呢，见我去了，林姑娘就抓了两把给我，也不知多少，你替我收着。”便把手帕子打开，把钱倒了出来，小红就替他一五一十的数了收起。

佳蕙道：“你这一阵子心里到底觉怎么样？依我说，你竟家去住两日，请一个大夫来瞧瞧，吃两剂药，就好了。”小红道：“那里的话？好好的，家去做什么！”佳蕙道：“我想起来了，林姑娘生的弱，时常吃药，你就和他要些来吃，也是一样。”小红道：“胡说！药也是混吃的。”佳蕙道：“你这也不是个长法儿，又懒吃懒喝的，终久怎么样？”小红道：“怕什么，还不如早些死了倒干净。”佳蕙道：“好好的，怎么说这些话？”小红道：“你那里知道我心中的事！"

　　佳蕙点头，想了一会道："可也怨不得你。这个地方，本也难站。就像昨儿老太太因宝玉病了这些日子，说伏侍的人都辛苦了，如今身上好了，各处还香了愿，叫把跟着的人都按着等儿赏他们。我们算年纪小，上不去，我也不抱怨；象你怎么也不算在里头？我心里就不服。袭人那怕他得十分儿，也不恼他，原该的。说句良心话，谁还能比他呢？别说他素日殷勤小心，便是不殷勤小心，也拼不得。只可气晴雯绮霞他们这几个，都算在上等里去，仗着老子娘的脸面，众人倒捧着他去。你说可气不可气？"小红道："也不犯着气他们。俗语说的：'千里搭长棚，没有个不散的筵席①。'谁守一辈子呢？不过三年五载，各人干各人的去了，那时谁还管谁呢？"这两句话不觉感动了佳蕙心肠，由不得眼圈儿红了，又不好意思无端的哭，只得勉强笑道："你这话说的是。昨儿宝玉还说，明儿怎么样收拾房子，怎么样做衣裳。倒像有几百年熬煎。"

　　小红听了，冷笑两声，方要说话，只见一个未留头的小丫头走进来，手里拿着些花样子并两张纸，说道："这两个花样子，叫你描出来呢。"说着，向小红撂下，回转身就跑了。小红向外问道："到底是谁的？也等不的说完就跑。'谁蒸下馒头等着你，怕冷了不成？'"那小丫头在窗外只说得一声："是绮大姐姐的。"抬起脚来，"咕咚咕咚"又跑了。小红便赌气把那样子掷在一边，向抽屉内找笔，找了半天，都是秃了的，因说道："前儿一枝新笔放在那里了？怎么想不起来。"一面说，一面出神，想了一会，方笑道："是了，前儿晚上莺儿拿了去了。"便向佳蕙道："你替我取了来。"佳蕙道："花大姐姐还等着我替他拿箱子，你自取去罢。"小红道："他等着你，你还坐着闲打牙儿②？我不叫你取去，他也不等你了。坏透了的小蹄子！"

　　说着自己便出房来。出了怡红院，一径往宝钗院内来。刚至沁芳亭畔，只见宝玉的奶娘李嬷嬷从那边来。小红立住，笑问道：

“李奶奶，你老人家那里去了？怎么打这里来？”李嬷嬷站住，将手一拍，道：“你说，好好的，又看上了那个什么‘云哥儿’‘雨哥儿’的，这会子逼着我叫了他来。明儿叫上房里听见，可又是不好。”小红笑道：“你老人家当真的就信着他去叫么？”李嬷嬷道：“可怎么样呢？”小红笑道：“那一个要是知好歹，就回不进来才是。”李嬷嬷道：“他又不傻，为什么不进来？”小红道：“既是进来，你老人家该别同他一齐儿来；回来叫他一个人乱碰，可是不好么！”李嬷嬷道：“我有那们大工夫和他走？不过告诉了他，回来打发个小丫头子，或是老婆子，带进他来就完了。”说着拄着拐一径去了。小红听说，便站着出神，且不去取笔。

　　不多时，只见一个小丫头跑来，见小红站在那里，便问道：“红姐姐，你在这里作什么呢？”小红抬头见是小丫头子坠儿。小红道：“那里去？”坠儿道：“叫我带进芸二爷来。”说着，一径跑了。这里小红刚走至蜂腰桥门前，只见那边坠儿引着贾芸来了。那贾芸一面走，一面拿眼把小红一溜；那小红只装着和坠儿说话，也把眼去一溜贾芸：四目恰好相对。小红不觉把脸一红，一扭身往蘅芜院去了。不在话下。

　　这里贾芸随着坠儿逶迤来至怡红院中，坠儿先进去回明了，然后方领贾芸进去。贾芸看时，只见院内略略有几点山石，种着芭蕉，那边有两只仙鹤，在松树下剔翎③。一溜回廊上吊着各色笼子，各色仙禽异鸟。上面小小五间抱厦，一色雕镂新鲜花样槅扇，上面悬着一个匾，四个大字，题道是：“怡红快绿”。贾芸想道：“怪道叫‘怡红院’，原来匾上是这四个字。”正想着，只听里面隔着纱窗子笑说道：“快进来罢！我怎么就忘了你两三个月。”贾芸听见是宝玉的声音，连忙进入房内，抬头一看，只见金碧辉煌，文章炳烁，却看不见宝玉在那里。一回头，只见左边立着一架大穿衣镜，从镜后转出两个一对儿十五六岁的丫头来，说：“请二爷里头屋里坐。”

　　贾芸连正眼也不敢看，连忙答应了，又进一道碧纱厨，只见小小一张填漆床上，悬着大红销金撒花帐子。宝玉穿着家常衣服，靸着鞋，倚在床上，拿着本书；看见他进来，将书掷下，早带笑立起身来。贾芸忙上前请了安，宝玉让坐，便在下面一张椅子上坐了。宝玉笑道："只从那个月见了你，我叫你往书房里来，谁知接接连连许多事情，就把你忘了。"贾芸笑道："总是我没福，偏偏又遇着叔叔欠安。叔叔如今可大安了？"宝玉道："大好了。我倒听见说你辛苦了好几天。"贾芸道："辛苦也是该当的。叔叔大安了，也是我们一家子的造化。"说着，只见有个丫鬟端了茶来与他，那贾芸口里和宝玉说话，眼睛却瞅那丫鬟：细挑身子，容长脸儿，穿着银红袄儿④，青缎子背心，白绫细折儿裙子⑤。

那贾芸自从宝玉病了，他在里头混了两天，都把有名人口记了一半；他看见这丫鬟，知道是袭人，他在宝玉房中，比别人不同，如今端了茶来，宝玉又在旁边坐着，便忙站起来，笑道："姐姐怎么替我倒起茶来？我来到叔叔这里，又不是客，让我自己倒罢了。"宝玉道："你只管坐着罢。丫头们跟前也是这样。"贾芸笑道："虽如此说，叔叔房里姐姐们，我怎么敢放肆呢。"一面说，一面坐下吃茶。

那宝玉便和他说些没要紧的散话⑥。又说道谁家的戏子好，谁家的花园好，又告诉他谁家的丫头标致，谁家的酒席丰盛，又是谁家有奇货，又是谁家有异物。那贾芸口里只得顺着他说。说了一回，见宝玉有些懒懒的了，便起身告辞。宝玉也不甚留，只说："你明儿闲了只管来。"仍命小丫头子坠儿送出去了。

出了怡红院，贾芸见四顾无人，便脚步慢慢的停着些走，口里一长一短和坠儿说话。先问他："几岁了？名字叫什么？你父母在那行上？在宝叔房内几年了？一个月多少钱？共总宝叔房内有几个女孩子？"那坠儿见问，便一桩桩的都告诉他了。贾芸又道："刚才那个和你说话的，他可是叫小红？"坠儿笑道："他就叫小红。你问他作什么？"贾芸道："方才他问你什么手帕子，我倒拣了一块。"坠儿听了笑道："他问了我好几遍，可有看见他的帕子的。我那么大工夫管这些事！今儿他又问我。他说，我替他找着了他还谢我呢。才在蘅芜院门口说的，二爷也听见了，不是我撒谎。好二爷，你既拣了，给我罢；我看他拿什么谢我。"

原来上月贾芸进来种树之时，便拣了一块罗帕，知是这园内的人失落的，但不知是那一个人的，故不敢造次。今听见小红问坠儿，知是他的，心内不胜喜幸。又见坠儿追索，心中早得了主意，便向袖内将自己的一块取了出来，向坠儿笑道："我给是给你，你若得了他的谢礼，可不许瞒我的。"坠儿满口里答应了，接了手帕子，送出贾芸，回来找小红，不在话下。

如今且说宝玉打发贾芸去后，意思懒懒的，歪在床上，似有朦胧之态。袭人便走上来，坐在床沿上推他，说道："怎么又要睡觉？你闷的很，出去逛逛不好？"宝玉见说，携着他的手笑道："我要去，只是舍不得你。"袭人笑道："快起来罢！"一面说，一面拉了宝玉起来。宝玉道："可往那里去呢？怪腻腻烦烦的。"袭人道："你出去了就好了。只管这么葳蕤⑦，越发心里腻烦了。"

宝玉无精打彩，只得依他。躭出了房门，在回廊上调弄了一回雀儿，出至院外，顺着沁芳溪，看了一回金鱼。只见那边山坡上两只小鹿箭也似的跑来。宝玉不解何意，正自纳闷，只见贾兰在后面，拿着一张小弓儿追了下来。一见宝玉在前，便站住了，笑道："二叔叔在家里呢，我只当出门去了。"宝玉道："你又淘气了。好好的射他做什么？"贾兰笑道："这会子不念书，闲着做什么？所以演习演习骑射⑧。"宝玉道："把牙磕了，那时候才不演呢。"

说着，便顺脚一径来至一个院门前，只见凤尾森森⑨，龙吟细细⑩，却是潇湘馆。宝玉信步走入，只见湘帘垂地，悄无人声。走至窗前，觉得一缕幽香，从碧纱窗中暗暗透出。宝玉便将脸贴在纱窗上往里看时，耳内忽听得细细的长叹了一声，道："'每日家，情思睡昏昏⑪。'"宝玉听了，不觉心内痒将起来。再看时，只见黛玉在床上伸懒腰。宝玉在窗外笑道："为什么'每日家情思睡昏昏'的？"一面说，一面掀帘子进来了。

　　黛玉自觉忘情，不觉红了脸，拿袖子遮了脸，翻身向里装睡着了。宝玉才走上来，要扳他的身子，只见黛玉的奶娘并两个婆子却跟了进来，说："妹妹睡觉呢，等醒来再请罢。"刚说着，黛玉便翻身坐了起来，笑道："谁睡觉呢？"那两三个婆子见黛玉起来，便笑道："我们只当姑娘睡着了。"说着，便叫紫鹃，说："姑娘醒了，进来伺候。"一面说，一面都去了。黛玉坐在床上，一面抬手整理鬓发，一面笑向宝玉道："人家睡觉，你进来做什么？"宝玉见他星眼微饧，香腮带赤，不觉神魂早荡，一歪身坐在椅子上，笑道："你才说什么？"黛玉道："我没说什么。"宝玉笑道："给你个榧子吃呢⑫！我都听见了。"

　　二人正说话，只见紫鹃进来，宝玉笑道："紫鹃，把你们的好茶倒碗我吃。"紫鹃道："那里有好的呢？要好的只好等袭人来。"黛玉道："别理他。你先给我舀水去罢。"紫鹃道："他是客，自然先倒了茶来再舀水去。"说着，倒茶去了。宝玉笑道："好丫头，'若共你多情小姐同鸳帐，怎舍得叫你叠被铺床⑬？'"黛玉登时撂下脸来说道："二哥哥你说什么？"宝玉笑道："我何尝说什么？"黛玉便哭道："如今新兴的，外头听了村话来，也说给我听；看了混账书，也拿我取笑儿。我成了替爷们解闷儿的。"一面哭，一面下床来，往外就走。宝玉不知要怎样，心下慌了，忙赶上来说："好妹妹，我一时该死，你别告诉去！我再敢说这样话，嘴上就长个疔，烂了舌头。"

　　正说着，只见袭人走来，说道："快回去穿衣服，老爷叫你呢。"宝玉听了，不觉打了个焦雷一般，也顾不得别的，疾忙回来穿衣服。出园来，只见焙茗在二门前等着。宝玉问道："你可知道叫我是为什么？"焙茗道："爷快出来罢，横竖是见去的，到那里就知道了。"一面说，一面催着宝玉。

　　转过大厅，宝玉心里还自狐疑，只听墙角边一阵呵呵大笑，回头见薛蟠拍着手跳了出来，笑道："要不说姨父叫你，你那里肯出来的这么快！"焙茗也笑着跪下了。宝玉怔了半天，方解过来，是薛蟠哄出他来。薛蟠连忙打恭作揖赔不是，又求："不要难为了小子，都是我央他去的。"宝玉也无法了，只好笑问道："你哄我也罢了，怎么说我父亲呢？我告诉姨娘去，评评这个理，可使得么？"薛蟠忙道："好兄弟，我原为求你快些出来，就忘了忌讳这句话，改日你要哄我，也说我父亲，就完了。"宝玉道："嗳哟！越发的该死了。"又向焙茗道："反叛肏的，还跪着做什么？"焙茗连忙叩头起来。薛蟠道："要不是，我也不敢惊动，只因明儿五月初三日，是我的生日，谁知古董行的程日兴，他不知那里寻了来的这么粗、这么长、粉脆的鲜藕；这么大的西瓜；这么长、这么大的暹罗国进贡的灵柏香熏的暹罗猪、鱼。你说这四样礼物，可难得不难得？那鱼、猪不过贵而难得，这藕和瓜亏他怎么种出来的。我连忙孝敬了母亲，赶着给你们老太太、姨母送了些去。如今留了些，我要自己吃，恐怕折福，左思右想，除我之外，惟你还配吃，所以特请你来。可巧唱曲儿的一个小子又来了，我同你乐一日何如？"

　　一面说，一面来至他书房里，只见詹光、程日兴、胡斯来、单聘仁等并唱曲儿的都在这里。见他进来，请安的，问好的，都彼此见过了。吃了茶，薛蟠即命人："摆酒来。"说犹未了，众小厮七手八脚摆了半天，方才停当归坐。

　　宝玉果见瓜藕新异，因笑道："我的寿礼还未送来，倒先扰了。"薛蟠道："可是呢，你明儿来拜寿，打算送什么新鲜礼物？"宝玉道："我没有什么送的。若论银钱穿吃等类的东西，究竟还不是我的；惟有写一张字，或画一张画，这算是我的。"薛蟠笑道："你提画儿，我才想起来了。昨儿我看见人家一本春宫儿⑩，画的着实好，上头还有许多的字。我也没细看，只看落的款，原来是什么'庚黄'的。真好的了不得！"宝玉听说，心下猜疑道："古今字画也都见过些，那里有个'庚黄'？"想了半天，不觉笑将起来，命人取过笔来，在手心里写了两个字，又向薛蟠道："你看真了是'庚黄'么？"薛蟠道："怎么看不真？"宝玉将手一撒与他看道："可是这两个字罢？其实与'庚黄'相去不远。"众人都看时，原来是"唐寅"两个字，都笑道："想必是这两字，大爷一时眼花了，也未可知。"薛蟠自觉没意思，笑道："谁知他是'糖银'是'果银'的。"

正说着，小厮来回："冯大爷来了。"宝玉便知是神武将军冯唐之子冯紫英来了。薛蟠等一齐都叫"快请"。说犹未了，只见冯紫英一路说笑，已进来了，众人忙起席让坐。冯紫英笑道："好呀！也不出门了，在家里高乐罢。"宝玉薛蟠都笑道："一向少会。老世伯身上康健？"紫英答道："家父倒也托庇康健，近来家母偶着了些风寒，不好了两天。"

薛蟠见他面上有些青伤，便笑道："这脸上，又和谁挥拳来？挂了幌子了！"冯紫英笑道："从那一遭把仇都尉的儿子打伤了，我记了，再不怄气，如何又挥拳？这脸上是前日打围⑮，在铁网山叫兔鹘捎了一翅膀⑯。"宝玉道："几时的话？"紫英道："三月二十八日去的，前儿也就回来了。"宝玉道："怪道前儿初三四儿我在沈世兄家赴席不见你呢。我要问，不知怎么忘了。单你去了，还是老世伯也去了？"紫英道："可不是家父去，我没法儿，去罢了。难道我闲疯了？咱们几个人吃酒听唱的不乐，寻那个苦恼去？这一次大不幸之中却有大幸。"

薛蟠众人见他吃完了茶，都说道："且入席，有话慢慢的说。"冯紫英听说，便立起身来说道："论理，我该陪饮几杯才是，只是今儿有一件大大要紧事，回去还要见家父面回，实不敢领。"薛蟠宝玉众人那里肯依，死拉着不放。冯紫英笑道："这又奇了。你我这些年，那一回有这个道理的？果然不能遵命。若必定叫我领，拿大杯来，我领两杯就是了。"众人听说，只得罢了，薛蟠执壶，宝玉把盏，斟了两大海⑰。那冯紫英站着，一气而尽。宝玉道："你到底把这个'不幸之幸'说完了再走。"冯紫英笑道："今儿说的也不尽兴，我为这个，还要特治一个东儿，请你们去细谈一谈；二则还有奉恳之处⑱。"说着撒手就走。薛蟠道："越发说的人热刺刺的丢不下，多早晚才请我们？告诉了也免的人犹豫。"冯紫英道："多则十日，少则八天。"一面说，一面出门上马去了。

众人回来，依席又饮了一回方散。宝玉回至园中，袭人正记挂着他去见贾政，不知是祸是福，只见宝玉醉醺醺回来，因问其原故，宝玉一一向他说了，袭人道："人家牵肠挂肚的等着，你且高乐去，也到底打发个人来给个信儿。"宝玉道："我何尝不要送信儿，因冯世兄来了，就混忘了。"

正说着，只见宝钗走进来，笑道："偏了我们新鲜东西了！"宝玉笑道："姐姐家的东西，自然先偏了我们了。"宝钗摇头笑道："昨儿哥哥倒特特的请我吃，我不吃，我叫他留着送与别人罢。我知道我的命小福薄，不配吃那个。"说着，丫鬟倒了茶来，吃茶说闲话儿，不在话下。

却说那黛玉听见贾政叫了宝玉去了一日不回来，心中也替他忧虑。至晚饭后，闻得宝玉来了，心里要找他问问是怎么样了。一步步行来，见宝钗进宝玉的园内去了，自己也随后走来。刚到了沁芳桥，只见各色水禽尽都在池中浴水，也认不出名色来，但见一个个文彩闪灼，好看异常，因而站住，看了一回。再往怡红院来，门已关了，黛玉即便叩门。

谁知晴雯和碧痕二人正拌了嘴，没好气，忽见宝钗来了，那晴雯正把气移在宝钗身上，正在院内报怨说："有事没事，跑了来坐着，叫我们三更半夜的不得睡觉。"忽听又有人叫门，晴雯越发动了气，也并不问是谁，便说道："都睡下了，明儿再来罢！"

黛玉素知丫头们的情性，他们彼此玩耍惯了，恐怕院内的丫头没听见是他的声音，只当别的丫头们了，所以不开门，因而又高声说道："是我，还不开门么？"晴雯偏生还没听见，便使性子说道："凭你是谁，二爷吩咐的，一概不许放人进来呢！"黛玉听了，不觉气怔在门外，待要高声问他，逗起气来，自己又回思一番："虽说是舅母家如同自己家一样，到底是客边⑲。如今父母双亡，无依无靠，现在他家依栖^⑳，如今认真怄气，也觉没趣。"一面想，一面又滚下泪珠来了。真是回去不是，站着不是。正没主意，只听里面一阵笑语之声，细听一听，竟是宝玉宝钗二人。黛玉心中越发动了气，左思右想，忽然想起早起的事来："必竟是宝玉恼我告他的原故。但只我何尝告你去了，你也不打听打听，就恼我到这步田地！你今儿不叫我进来，难道明儿就不见面了！"越想越觉伤感起来，也不顾苍苔露冷，花径风寒，独立墙角边花阴之下，悲悲切切，呜咽起来。

原来这黛玉秉绝代姿容，具稀世俊美，不期这一哭，那附近柳枝花朵上宿鸟栖鸦，一闻此声，俱"忒楞楞"飞起远避^㉑，不忍再听。正是：

　　　花魂点点无情绪，鸟梦痴痴何处惊。

因有一首诗道：

　　　颦儿才貌世应稀，独抱幽芳出绣闺；呜咽一声犹未了，
　　落花满地鸟惊飞。

那林黛玉正自啼哭，忽听"吱喽"一声，院门开处，不知是那一个出来。要知端的，下回分解。

【注释】

①"千里"二句：俗语。是"盛筵必散"的意思。比喻封建豪门贵族，尽管煊赫一时，但最终逃脱不了覆灭的命运。长棚，旧时贵族之家遇有婚丧之事，搭长棚以备设宴席。千里，言其长棚之广大，表明筵席之丰盛。

②闲打牙：也作"闲磕牙"，说闲话的意思。

③剔翎：鸟类用嘴剔刮自己的羽毛。

④银红：丝织物染色名。清李斗《扬州画舫录》卷一："红有淮安红……桃红、银红、靠红、粉红、肉红，即韶州退红之属。"

⑤白绫细折儿裙子：一种用白绫做的精制的裙子。近人王瀣批云："白绫作裙子，似不吉。然《圣祖庭训》有云：'我朝喜庆筵宴，桌张必

用白布，以为盖袱。'又云：'白素之物，最为吉祥。'此或其遗义欤？姑志之。"

⑥散话：闲话。

⑦葳蕤（wēi ruí）：委靡不振，懒散。《史记·司马相如列传》："纷纶葳蕤。"《索隐》引胡广曰："葳蕤，委顿貌。"重言作"葳葳蕤蕤"。

⑧演习骑射：练习骑马和射箭。清制规定，亲王、贝勒以下，须年满十六，才免去骑射练习。宫廷里教育皇子，除读书外，也要教骑射。

⑨凤尾：竹之一种，高二三尺，供观赏。这里代指竹林。森森：竹林茂密的样子。

⑩龙吟：古曲名。又用以形容琴笛音响之美。唐薛能《赠欢娘》："一束龙吟细竹枝，青娥擎在手中吹。"这里比喻竹叶的声音有如笛声悠扬。细细：竹叶发出的细碎的窸窣声。

⑪"每日家"二句：《西厢记》第二本第一折里莺莺的唱词。每日家，即每日里的意思。家，词尾，无义。

⑫给你个榧（fěi）子吃：这里是指用拇指和中指相捻，发出一种像剥榧子壳似的清脆响声，叫"打榧子"。是一种调皮的举动，含有戏谑的意思。一说此语实是吴扬方言，就是食指叠架在中指上，轻轻弹人脑门，是关系密切者之间一种亲切戏谑又略示微惩的动作。榧子，也叫"香榧"，松类植物的一种果实，大如橄榄，皮色紫褐而脆。其仁味香甜，可吃。

⑬"若共你"二句：是《西厢记》第一本第二折里张生的唱词。宝玉自比张生，以紫鹃比红娘，以黛玉比莺莺。

⑭春宫儿：即春宫图，也叫"秘戏图"，旧指淫秽的图画。

⑮打围：打猎。古代打猎需要分路合围，故称。《清稗类钞》"时令类"："十月，少年臂鹰走狗，逐捕禽兽，名打围。"这里当指打小围。清吴振臣《宁古塔纪略》："四季常出猎打围，有朝出暮归者，有两三日而归者，谓之打小围。秋间打野鸡围，仲冬打大围，按八旗排阵而行。"

⑯兔鹘（hú）：一种局部羽毛带赭色的猎鹰。

⑰大海：这里指一种大酒杯。唐温庭筠《乾𦠰子·裴宏泰》："裴均

镇襄州，设宴，有银海，受一升，以手捧饮，将海覆地。"

⑱奉恳：旧时请人做事、帮忙的客气说法。

⑲客边：处于做客地位。

⑳依栖：寄居别人家中，依附别人生活。

㉑呯楞楞：鸟飞腾的声音。

第二十七回
滴翠亭杨妃戏彩蝶　埋香冢飞燕泣残红[①]

话说黛玉正自悲泣，忽听院门响处，只见宝钗出来了，宝玉袭人一群人送了出来。待要上去问着宝玉，又恐当着众人问羞了宝玉不便，因而闪过一旁，让宝钗去了，宝玉等进去关了门，方转过来，尚望着门洒了几点泪。自觉无味，转身回来，无精打彩的卸了残妆。

紫鹃雪雁素日知道黛玉的情性：无事闷坐，不是愁眉，便是长叹，且好端端的，不知为了什么，常常的便自泪不干的。先时还有人解劝，或怕他思父母，想家乡，受委屈，用话来宽慰解劝。谁知后来一年一月的，竟是常常如此，把这个样儿看惯了，也都不理论了。所以也没人去理，由他闷坐，只管睡觉去了。那林黛玉倚着床栏杆，两手抱着膝，眼睛含着泪，好似木雕泥塑的一般，直坐到二更多天，方才睡了。一宿无话。

至次日乃是四月二十六日，原来这日未时交芒种节。尚古风俗：凡交芒种节的这日，都要设摆各色礼物，祭饯花神[②]，言芒种一过，便是夏日了，众花皆卸，花神退位，须要饯行。闺中更兴这件风俗，所以大观园中之人，都早起来了。那些女孩子们，或用花瓣柳枝编成轿马的，或用绫锦纱罗叠成干旄旌幢的[③]，都用彩线系了。每一棵树，每一枝花上，都系了这些物事。满园里绣带飘飘，花枝招展。更兼这些人打扮的桃羞杏让，燕妒莺惭，一时也道不尽。

且说宝钗、迎春、探春、惜春、李纨、凤姐等并大姐儿、香菱与众丫鬟们，都在园里玩耍，独不见林黛玉，迎春因说道："林

妹妹怎么不见？好个懒丫头！这会子还睡觉不成？"宝钗道："你
们等着，等我去闹了他来。"说着，便丢了众人，一直往潇湘馆
来。正走着，只见文官等十二个女孩子也来了，上来问了好，说
了一回闲话。宝钗回身指道："他们都在那里呢，你们找他们去；
我找林姑娘去，就来。"说着，逶迤往潇湘馆来。忽然抬头见宝
玉进去了，宝钗便站住，低头想了一想："宝玉和林黛玉是从小儿
一处长大，他兄妹间多有不避嫌疑之处，嘲笑不忌，喜怒无常；
况且黛玉素昔猜忌，好弄小性儿的，此刻自己也跟了进去，一则
宝玉不便，二则黛玉嫌疑，倒是回来的妙。"想毕，抽身回来。

　　刚要寻别的姊妹去，忽见面前一双玉色蝴蝶，大如团扇，一
上一下，迎风翩跹，十分有趣。宝钗意欲扑了来玩耍，遂向袖中
取出扇子来，向草地下来扑。只见那一双蝴蝶，忽起忽落，来来
往往，将欲过河去了。倒引的宝钗蹑手蹑脚的，一直跟到池边滴
翠亭上，香汗淋漓，娇喘细细。宝钗也无心扑了，刚欲回来，只
听那亭里边嘁嘁喳喳有人说话。原来这亭子四面俱是游廊曲栏，
盖在池中水上，四面雕镂槅子，糊着纸。

　　宝钗在亭外听见说话，便煞住脚，往里细听，只听说道："你
瞧这手帕子果然是你丢的那块，你就拿着；要不是，就还芸二爷
去。"又有一人说话："可不是我那块！拿来给我罢。"又听道："你
拿什么谢我呢？难道白找了来不成？"又答道："我已经许了谢你，
自然是不哄你的。"又听说道："我找了来给你，自然谢我；但只
是那拣的人，你就不谢他么？"那一个又说道："你别胡说。他是
个爷们家，拣了我们的东西，自然该还的。叫我拿什么谢他呢？"
又听说道："你不谢他，我怎么回他呢？况且他再三再四的和我说
了，若没谢的，不许我给你呢。"半晌，又听说道："也罢，拿我
这个给他，算谢他的罢。你要告诉别人呢？须说一个誓。"又听
说道："我要告诉人，嘴上就长一个疔，日后不得好死！"又听说
道："嗳呀！咱们只顾说话，看有人来悄悄的在外头听见。不如把
这槅子都推开了，便是人见咱们在这里，他们只当我们说玩话呢。

走到跟前，咱们也看的见，就别说了。"

　　宝钗外面听见这话，心中吃惊，想道："怪道从古至今那些奸淫狗盗的人，心机都不错。这一开了，见我在这里，他们岂不臊了？况且说话的语音，大似宝玉房里红儿的言语。他素昔眼空心大，是个头等刁钻古怪东西，今儿我听了他的短儿，'人急造反，狗急跳墙'，不但生事，而且我还没趣。如今便赶着躲了，料也躲不及，少不得要使个'金蝉脱壳'的法子④。"犹未想完，只听"咯吱"一声，宝钗便故意放重了脚步，笑着叫道："颦儿！我看你往那里藏！"一面说，一面故意往前赶。

　　那亭内的小红坠儿刚一推窗，只听宝钗如此说着往前赶，两个人都唬怔了。宝钗反向他二人笑道："你们把林姑娘藏在那里了？"坠儿道："何曾见林姑娘了？"宝钗道："我才在河那边看着林姑娘在这里蹲着弄水儿呢。我要悄悄的唬他一跳，还没有走到跟前，他倒看见我了，朝东一绕，就不见了。别是藏在里头了？"一面说，一面故意进去，寻了一寻，抽身就走，口内说道："一定又钻在山子洞里去了。遇见蛇，咬一口也罢了。"一面说，一面走，心中又好笑："这件事算遮过去了，不知他二人是怎样？"

　　谁知小红听了宝钗的话，便信以为真，让宝钗去远，便拉坠儿道："了不得！林姑娘蹲在这里，一定听了话去了！"坠儿听了，也半日不言语。小红又道："这可怎么样呢？"坠儿道："便听见了，管谁筋疼⑤，各人干各人的就完了。"小红道："若是宝姑娘听见还倒罢了；林姑娘嘴里又爱克薄人，心里又细，他一听见了，倘或走露了，怎么样呢？"

　　二人正说着，只见文官、香菱、司棋、侍书等上亭子来了。二人只得掩住这话，且和他们玩笑。只见凤姐儿站在山坡上招手叫，小红连忙弃了众人，跑至凤姐前，堆着笑问："奶奶使唤做什么事？"凤姐打量了一回，见他生的干净俏丽，说话知趣，因笑道："我的丫头们今儿没跟进我来。我这会子想起一件事来，要使唤个人出去，不知你能干不能干？说的齐全不齐全？"小红笑道：

"奶奶有什么话，只管吩咐我说去；若说的不齐全，误了奶奶的事，任凭奶奶责罚就是了。"凤姐笑道："你是那位姑娘房里的？我使你出去，他回来找你，我好替你说。"小红道："我是宝二爷房里的。"凤姐听了笑道："嗳哟！你原来是宝玉房里的，怪道呢。也罢了，等他问，我替你说。你到我们家告诉你平姐姐，外头屋里桌子上汝窑盘子架儿底下放着一卷银子，那是一百二十两，给绣匠的工价，等张材家的来，当面秤给他瞧了，再给他拿去。再里头床头儿上有个小荷包，拿了来。"

小红听说，答应着，撤身去了。不多时回来了，只见凤姐不在这山坡上了，因见司棋从山洞里出来，站着系带子，便赶来问道："姐姐，不知道二奶奶往那里去了？"司棋道："没理论。"小红听了，回身又往四下里一看，只见那边探春宝钗在池边看鱼，小红上来陪笑道："姑娘们可知道二奶奶刚才那里去了？"探春道："往你大奶奶院里找去。"

小红听了，再往稻香村来，顶头只见晴雯、绮霞、碧痕、秋纹、麝月、侍书、入画、莺儿等一群人来了。晴雯一见小红，便说道："你只是疯罢！院子里花儿也不浇，雀儿也不喂，茶炉子也不弄，就在外头逛。"小红道："昨儿二爷说了，今儿不用浇花，过一日浇一回罢。我喂雀儿的时候，姐姐还睡觉呢。"碧痕道："茶炉子呢？"小红道："今儿不该我的班儿，有茶没茶，休问我。"绮霞道："你听听他的嘴！你们别说了，让他逛罢。"小红道："你们再问问，我逛了没逛？二奶奶才使唤我说话取东西去的。"说着，将荷包举给他们看，方没言语了。大家走开。晴雯冷笑道："怪道呢！原来爬上高枝儿去了，把我们不放在眼里了。不知说了一句话半句话，名儿姓儿知道了不曾，就把他兴头的这个样！这一遭儿半遭儿的算不得什么；过了后儿，还得听呵！有本事从今儿出了这园子，长长远远的在高枝儿上才算得。"一面说着去了。

这里小红听说，不便分证，只得忍着气来找凤姐儿。到了李氏房中，果见凤姐在这里和李氏说话儿呢。小红上来回道："平姐姐说，奶奶刚出来了，他就把银子收起来了；才张材家的来取，当面秤了给他拿去了。"说着，将荷包递了上去，又道："平姐姐叫我来回奶奶：才旺儿进来讨奶奶的示下，好往那家子去的，平姐姐就把那话按着奶奶的主意打发他去了。"凤姐笑道："他怎么按着我的主意打发去了？"小红道："平姐姐说：'我们奶奶问这里奶奶好。原是我们二爷不在家，虽然迟了两天，只管请奶奶放心。等五奶奶好些，我们奶奶还会了五奶奶来瞧奶奶呢。五奶奶前儿打发了人来说：舅奶奶带了信来了，问奶奶好，还要和这里的姑奶奶寻两丸延年神验万金丹；若有了，奶奶打发人来，只管送在我们奶奶这里。明儿有人去，就顺路给那边舅奶奶带去的。'"

话未说完，李氏道："嗳哟哟！这话我就不懂了，什么'奶奶''爷爷'的一大堆。"凤姐笑道："怨不得你不懂，这是四五门子的话呢。"说着，又向小红笑道："好孩子，难为你说的齐全，不像他们扭扭捏捏蚊子似的。嫂子不知道，如今除了我随手使的这几个丫头老婆子之外，我就怕和别人说话。他们必定把一句话拉长了，作两三截儿，咬文嚼字，拿着腔儿，哼哼唧唧的，急的我冒火，他们那里知道！先是我们平儿也是这么着，我就问着他：难道必定妆蚊子哼哼就是美人了？说了几遭，才好些了。"李宫裁笑道："都像你泼辣货才好！"凤姐道："这一个丫头就好。方才这两遭说话虽不多，听那口角就很剪断。"说着，又向小红笑道："明儿你伏侍我去罢，我认你做女儿。我一调理，你就出息了。"

小红听了，"扑哧"一笑。凤姐道："你怎么笑？你说我年轻，比你能大几岁，就做你的妈了？你做春梦[⑥]！你打听打听，这些人比你大的赶着我叫妈，我还不理他呢！今儿抬举了你了。"小红笑道："我不是笑这个，我笑奶奶认错了辈数儿了，我妈是奶奶的女儿，这会子又认我做女儿！"凤姐道："谁是你妈？"李宫裁笑道："你原来不认的他？他是林之孝的女儿。"凤姐听了，十分咤异，因说道："哦！是他的丫头！"又笑道："林之孝两口子，都是锥子扎不出一声儿来的。我成日家说，他们倒是配就了的一对夫妻：一个天聋⑦，一个地哑。那里承望养出这么个伶俐丫头来！你十几岁了？"小红道："十七岁了。"又问名字，小红道："原叫'红玉'，因为重了宝二爷，如今只叫红儿了。"

凤姐听说，将眉一皱，把头一回，说道："讨人嫌的很！得了'玉'的便宜似的，你也'玉'，我也'玉'。"因说："嫂子不知道，我和他妈说：'赖大家的如今事多，也不知这府里谁是谁，你替我好好的挑两个丫头我使。'他一般的答应着；他饶不挑⑧，倒把他这女孩子送了别处去。难道跟我必定不好？"李纨笑道："你可是又多心了。进来在先，你说在后，怎么怨的他妈？"凤姐说道："你这么着，明儿我和宝玉说，叫他再要人，叫这丫头跟我去。可不知本人愿意不愿意？"小红笑道："愿意不愿意，我们也不敢说。只是跟奶奶，我们学些眉眼高低，出入上下，大小的事儿，也得见识见识。"刚说着，只见王夫人的丫头来请，凤姐便辞了李宫裁去了。小红自回怡红院去，不在话下。

如今且说林黛玉因夜间失寐，次日起来迟了，闻得众姊妹都在园中做饯花会，恐人笑他痴懒，连忙梳洗了出来。刚到了院中，只见宝玉进门来了便笑道："好妹妹，你昨儿可告了我了不曾？我悬了一夜心。"黛玉便回头叫紫鹃道："把屋子收拾了，下一扇纱屉；看那大燕子回来，把帘子放了下来，拿狮子倚住⑨；烧了香，就把炉罩上。"一面说，一面又往外走。宝玉见他这样，还认作是昨日晌午的事，那知晚间的这件公案，还打恭作揖的。林黛玉正眼也不看，各自出了院门，一直找别的姊妹去了。宝玉心中纳闷，自己猜疑："看起这样光景来，不像是为昨儿的事。但只昨日我回来得晚了，又没有见他，再没有冲撞他的去处了。"一面想，一面由不得随后追了来。

只见宝钗探春，正在那边看鹤舞，见黛玉来了，三个一同站着说话儿。又见宝玉来了，探春便笑道："宝哥哥，身上好？我整整的三天没见你了。"宝玉笑道："妹妹身上好？我前儿还在大嫂子跟前问你呢。"探春道:"宝哥哥,你往这里来,我和你说话。"宝玉听说,便跟了他,离了钗玉两个,到了一棵石榴树下。

探春因说道:"这几天,老爷可曾叫你?"宝玉笑道:"没有叫。"探春道:"昨儿我恍惚听见说,老爷叫你出去的。"宝玉笑道:"那想是别人听错了,并没叫的。"探春又笑道:"这几个月,我又攒下有十来吊钱了。你还拿了去,明儿出门逛去的时候,或是好字画,好轻巧玩意儿,替我带些来。"宝玉道:"我这么逛去,城里城外大廊大庙的逛⑩,也没见个新奇精致东西,总不过是那些金、玉、铜、磁器,没处撂的古董;再就是绸缎、吃食、衣服了。"探春道:"谁要这些。怎么像你上回买的那柳枝儿编的小篮子,真竹子根儿挖的香盒儿,胶泥垛的风炉儿,这就好了。我喜欢的什么似的,谁知他们都爱上了,都当宝贝似的抢了去了。"宝玉笑道:"原来要这个。这不值什么,拿几百钱出去给小子们,管拉两车来。"探春道:"小厮们知道什么?你拣那朴而不俗直而不拙的这些东西,你多多替我带了来,我还像上回的鞋做一双你穿,比那双还加工夫,如何呢?"宝玉笑道:"你提起鞋来,我想起故事来了:一回穿着,可巧遇见了老爷,老爷就不受用,问:'是谁做的?'我那里敢提三妹妹三个字?我就回说,是前儿我生日舅母给的。老爷听了是舅母给的,才不好说什么的。半日还说:'何苦来!虚耗人力,作践绫罗,做这样的东西。'我回来告诉了袭人,袭人说:'这还罢了,赵姨娘气的抱怨的了不得:正经兄弟,鞋塌拉袜塌拉的,没人看得见,且做这些东西!'"

探春听说,登时沉下脸来道:"你说,这话糊涂到什么田地!怎么我是该做鞋的人么?环儿难道没有分例的?衣裳是衣裳,鞋袜是鞋袜,丫头老婆一屋子,怎么抱怨这些话,给谁听呢!我不过闲着没事作一双半双,爱给那个哥哥兄弟,随我的心。谁敢管我不成!这也是他瞎气。"宝玉听了,点头笑道:"你不知道,他心里自然又有个想头了。"探春听说,一发动了气,将头一扭,说道:"连你也糊涂了!他那想头,自然是有的,不过是那阴微鄙贱的见识。他只管这么想，我只管认得老爷太太两个人，别人我一概不管。就是姊妹弟兄跟前，谁和我好，我就和谁好，什么偏的，庶的，我也不知道。论理，我不该说他，但他忒昏愦得不像了！还有笑话儿呢：就是上回我给你那钱，替我带那玩耍的东西，过了两天，他见了我，也是说没钱，便怎么难处，我也不理论。谁知后来丫头们出去了，他就抱怨起我来，说我攒的钱，为什么给你使，倒不给环儿使了。我听见这话，又好笑，又好气。我就出来往太太跟前去了。"

正说着，只见宝钗那边笑道："说完了，来罢。显见得是哥哥妹妹了，丢下别人，且说体己去。我们听一句儿就使不得了？"说着，探春宝玉二人方笑着来了。宝玉因不见了林黛玉，便知他躲了别处去了。想了一想："索性迟两日，等他的气息一息再去也罢了。"因低头看去，许多凤仙石榴等各色落花，锦重重的落了一地，因叹道："这是他心里生了气，也不收拾这花儿来了。等我送了去，明儿再问着他。"说着，只见宝钗约着他们往外头去。宝玉道："我就来。"等他二人去远，把那花儿兜了起来，登山渡水，过树穿花，一直奔了那日同林黛玉葬桃花的去处来。

将已到了花冢，犹未转过山坡，只听山坡那边有呜咽之声，一面数落着，哭的好不伤心。宝玉心下想道："这不知是那房里的丫头，受了委屈，跑到这个地方来哭。"一面想，一面煞住脚步，听他哭道是：

> 花谢花飞飞满天，红消香断有谁怜？游丝软系飘春树，落絮轻沾扑绣帘。闺中女儿惜春暮，愁绪满怀无释处；手把花锄出绣帘，忍踏落花来复去。柳丝榆荚自芳菲[11]，不管桃飘与李飞；桃李明年能再发，明年闺中知有谁？三月香巢已垒成[12]，梁间燕子太无情！明年花发虽可啄，却不道人去梁空巢已倾。一年三百六十日，风刀霜剑严相逼[13]；明媚鲜妍能几时，一朝飘泊难寻觅。花开易见落难寻，阶前闷杀葬花人；独把花锄泪暗洒，洒上空枝见血痕。杜鹃无语正黄昏[14]，

荷锄归去掩重门；青灯照壁人初睡，冷雨敲窗被未温。怪侬底事倍伤神⑮？半为怜春半恼春：怜春忽至恼忽去，至又无言去不闻。昨宵庭外悲歌发，知是花魂与鸟魂⑯？花魂鸟魂总难留，鸟自无言花自羞⑰；愿奴胁下生双翼，随花飞到天尽头。天尽头，何处有香丘？未若锦囊收艳骨，一抔净土掩风流⑱。质本洁来还洁去，强于污淖陷渠沟。尔今死去侬收葬，未卜侬身何日丧？侬今葬花人笑痴，他年葬侬知是谁？试看春残花渐落，便是红颜老死时。一朝春尽红颜老，花落人亡两不知！

宝玉听了，不觉痴倒。要知端详，下回分解。

【注释】

①杨妃、飞燕：指杨玉环和赵飞燕。这里杨妃指宝钗，飞燕指黛玉。据说杨妃体胖，飞燕体瘦。清孙郁《天宝曲史·交妒》写江妃吟诗赠杨妃，有句云："歌罢霓裳环佩冷。"杨贵妃听后冷笑说："三四笑妾肌肤过肥，不如飞燕之轻盈也。"汉伶玄《赵飞燕外传》："长而纤便轻细，举止翩然，人谓之飞燕。"香冢：因花香故称葬花的坟为香冢。

②饯：设酒食送行。花神：即女夷，传说中掌花之神。

③干：盾牌。旄（máo）：古时旗杆顶端用牦牛尾作装饰的旗子。旌：亦古代旗子的一种，杆头缀有牦牛尾，下饰五采鸟羽。幢（chuáng）：古代作为仪仗用的一种旗子，类似伞形。

④金蝉脱壳：三十六计之一。蝉蜕变为成虫时，要脱去幼虫的壳。用以比喻以伪装惑敌，借以脱身逃遁。《西游记》第二十回："这个叫做'金蝉脱壳计'：他将虎皮盖在此，他却走了。"

⑤管谁筋疼：与谁相干，关谁的痛痒。

⑥做春梦：这里是痴心妄想的意思。

⑦天聋：同下文"地哑"，明王逵《蠡海集》："梓潼文昌君从者曰天聋、地哑，盖不欲人之聪明用尽，故假聋哑以寓意。夫天地岂可以聋哑哉？"这里借以比喻林之孝夫妇呆板寡言，同时也有两人匹配得当的意思。

⑧饶：这里是"不但"的意思。

⑨狮子：这里指一种用来压帘的石雕小狮子，下面带座儿。

⑩大廊大庙：这里指大的集市和庙会。廊，原指廊房。明永乐初年，官府在北京四门、钟鼓楼等处，建有一批带大廊的房舍，叫"廊房"。明清时商人多于此设摊贸易，十分热闹。庙，指庙会，也称"庙市"。旧时在寺庙内或附近定期举行的集市。

⑪榆荚：即"榆钱"，榆树的果实。《本草纲目·木部》："榆未生叶时，枝条间先生榆荚，形状似钱而小，色白成串，俗呼榆钱。"芳菲：花草芳香茂盛。

⑫香巢：燕子用花草所垒的巢。

⑬"一年"二句：明唐寅《一年歌》："一年三百六十日……寒则如刀热如炙。"风刀霜剑，风如刀、霜如剑。

⑭杜鹃：鸟名。即子规。相传是古代蜀帝杜宇的魂所化。《成都记》："望帝死，其魂化为鸟，名曰杜鹃。"

⑮侬：吴语自称，或称对方。底事：什么事。

⑯花魂：花之精魂。元郑元祐《花蝶谣》："花魂迷春招不归，梦随蝴蝶江南飞。"葬花魂事，多有所出。宋洪迈《夷坚三志》己卷第一"吴女盈盈"载，魏人王山，能诗，标韵清卓，因试下第，薄游东海，值吴女盈盈者来，年才十六，善歌舞，尤工弹筝。容貌甚冶，词翰情思，翘翘出群。山与之欢处累月，后山辞归，盈盈垂泣悲啼，不能自止。明年，寄《伤春曲》示山，词云："芳菲时节，花压枝折。蜂蝶撩乱，阑槛光发。一旦碎花魂，葬花骨，蜂兮蝶兮何不来？空使雕阑对寒月。"

⑰"鸟自"句：意谓春天将去，花鸟也沉默不语，羞怯含情。唐雍裕之《残莺》诗："花阑莺亦懒，不语似含情。"

⑱一抔（póu）净土：这里指花冢。一抔土，即一捧土。《史记·张释之传》："假令愚民取长陵一抔土，陛下何以加其法乎？"长陵是汉高祖的陵墓。后因称坟墓为"一抔土"。抔，用手捧物。

第二十八回
蒋玉函情赠茜香罗　薛宝钗羞笼红麝串①

话说林黛玉只因昨夜晴雯不开门一事，错疑在宝玉身上。次日又可巧遇见饯花之期，正在一腔无明②，未曾发泄，又勾起伤春愁思，因把些残花落瓣去掩埋，由不得感花伤己，哭了几声，便随口念了几句。不想宝玉在山坡上听见，先不过点头感叹；次又听到"侬今葬花人笑痴，他年葬侬知是谁？……一朝春尽红颜老，花落人亡两不知"等句，不觉恸倒山坡上③，怀里兜的落花撒了一地。试想林黛玉的花颜月貌，将来亦到无可寻觅之时，宁不心碎肠断！既黛玉终归无可寻觅之时，推之于他人，如宝钗、香菱、袭人等，亦可以到无可寻觅之时矣。宝钗等终归无可寻觅之时，则自己又安在哉？且自身尚不知何在何往，将来斯处、斯园、斯花、斯柳，又不知当属谁姓矣。因此一而二，二而三，反复推求了去，真不知此时此际，如何解释这段悲伤！正是：

> 花影不离身左右，鸟声只在耳东西。

那林黛玉正自伤感，忽听山坡上也有悲声，心下想道："人人都笑我有痴病，难道还有一个痴子不成？"抬头一看，见是宝玉，黛玉便啐道："呸！我当是谁，原来是这个狠心短命的……"刚说到"短命"二字，又把口掩住，长叹一声，自己抽身便走了。

这里宝玉悲恸了一回，见黛玉去了，便知黛玉看见他，躲开了。自己也觉无味，抖抖土起来，下山寻归旧路，往怡红院来。可巧看见黛玉在前头走，连忙赶上去，说道："你且站着。我知你不理我，我只说一句话，从今以后，撂开手。"林黛玉回头见是宝玉，待要不理他，听他说"只说一句话"，便道："请说来。"宝玉笑道："两句话，说了你听不听？"黛玉听说，回头就走。宝玉在身后面叹道："既有今日，何必当初！"

黛玉听见这话，由不得站住，回头道："当初怎么样？今日怎么样？"宝玉道："嗳！当初姑娘来了，那不是我陪着玩笑？凭我心爱的，姑娘要，就拿去；我爱吃的，听见姑娘也爱吃，连忙收拾的干干净净收着，等了姑娘到来。一个桌子上吃饭，一个床儿上睡觉。丫头们想不到的，我怕姑娘生气，替丫头们都想到。我心里想着：姊妹们从小儿长大，亲也罢，热也罢，和气到了儿，才见得比别人好。如今谁承望姑娘人大心大，不把我放在眼睛里，倒把外四路儿的什么'宝姐姐''凤姐姐'的放在心坎儿上④，倒把我三日不理、四日不见的。我又没个亲兄弟、亲妹妹，虽然有两个，你难道不知道是我隔母的？我也和你是独出，只怕同我的心一样，谁知我是白操了这一番心，有冤无处诉！"说着，不觉滴下泪来。

那时黛玉耳内听了这话，眼内见了这形景，心内不觉灰了大半，也不觉滴下泪来，低头不语。宝玉见这般形象，遂又说道："我也知道，我如今不好了；但只任凭着我怎么不好，万不敢在妹妹跟前有错处。便有一二分错处，你或是教导我，戒我下次，或骂我几句，打我几下，我都不灰心。谁知你总不理我，叫我摸不着头脑，少魂失魄，不知怎么样才是。就是死了，也是个'屈死鬼'。任凭高僧高道忏悔，也不能超脱，还得你申明了原故，我才得托生呢⑤！"

黛玉听了这话，不觉将昨晚的事都忘在九霄云外了，便说道："你既这么说，为什么我去了，你不叫丫头开门？"宝玉咤异道："这话从那里说起？我要是这样，立刻就死了！"黛玉啐道："大清早起'死'呀'活'的，也不忌讳。你说有呢就有，没有就没有，起什么誓呢！"宝玉道："实在没有见你去，就是宝姐姐坐了一坐，就出来了。"

黛玉想了一想，笑道："是了。必是你丫头们懒怠动，丧声歪气的，也是有的。"宝玉道："想必是这个原故。等我回去问了是谁，教训教训他们就好了。"黛玉道："你的那些姑娘们，也该教训教训，只是论理我不该说。今儿得罪了我的事小，倘或明儿'宝姑娘'来，什么'贝姑娘'来，也得罪了，事情岂不大了。"说着，抿着嘴儿笑。宝玉听了，又是咬牙，又是笑。

二人正说话，见丫头来请吃饭，遂都往前头来了。王夫人见了黛玉，因问道："大姑娘，你吃那鲍太医的药可好些？"黛玉道："也不过这么着。老太太还叫我吃王大夫的药呢。"宝玉道："太太不知道，林妹妹是内症⑥，先天生的弱，所以禁不住一点儿风寒；不过吃两剂煎药，疏散了风寒，还是吃丸药的好。"王夫人道："前儿大夫说了个丸药名字儿，我也忘了。"宝玉道："我知道那些丸药，不过叫他吃什么人参养荣丸。"王夫人道："不是。"宝玉又道："八珍益母丸⑦？左归、右归⑧？再不就是八味地黄丸⑨？"王夫人道："都不是。我只记得有个'金刚'两个字的。"宝玉拍手笑道："从来没听见有个什么'金刚丸'！若有了'金刚丸'，自然有'菩萨散'了。"说的满屋里人都笑了。宝钗抿嘴笑道："想是天王补心丹⑩。"王夫人笑道："是这个名儿。如今我也糊涂了。"宝玉道："太太倒不糊涂，都是叫'金刚''菩萨'支使糊涂了。"王夫人道："扯你娘的臊！又欠你老子捶你了。"宝玉笑道："我老子再不为这个捶我。"

王夫人又道："既有这个名儿，明儿就叫人买些来吃。"宝玉道："这些药都是不中用的。太太给我三百六十两银子，我替妹妹配一料丸药，包管一料不完就好了。"王夫人道："放屁！什么药就这么贵？"宝玉笑道："当真的呢。我这个方子比别的不同，那个药名儿也古怪，一时也说不清，只讲那头胎紫河车⑪，人形带叶参⑫，三百六十两不足龟，大何首乌⑬，千年松根茯苓胆⑭，诸如此类的药，不算为奇。只在群药里算那为君的药⑮，说起来唬人一跳。前年薛大哥哥求了我一二年，我才给了他这方子。他拿了方子去，又寻了二三年，花了有上千的银子，才配成了。太太不信，只问宝姐姐。"宝钗听说，笑着摇手儿说道："我不知道，也没听见。你别叫姨娘问我。"王夫人笑道:"到底是宝丫头好孩子,不撒谎。"宝玉站在当地,听见如此说,一回身把手一拍,说道:"我说的倒是真话呢,倒说撒谎!"口里说着,忽一回身,只见林黛玉坐在宝钗身后,抿着嘴笑,用手指头在脸上画着羞他。

凤姐因在里间房里,看着人放桌子,听如此说,便走来笑道:"宝兄弟不是撒谎,这倒是有的。前日薛大爷亲自和我来寻珍珠⑯,我问他:'做什么?'他说:'配药。'他还抱怨说:'不配也罢了,如今那里知道这么费事。'我问:'什么药?'他说是宝兄弟的方子,说了许多药,我也不记得。他又说:'不然,我也买几颗珍珠了,只是定要头上戴过的,所以来和妹妹寻。妹妹就没散的花儿,那上头拆下来的也使得。过后儿我拣好的再给妹妹穿了来。'我没法儿,把两枝珠花儿现拆了给他。还要一块三尺长、上用的大红纱,拿乳钵乳了面子呢⑰。"凤姐说一句,宝玉念一句佛,说:"太阳在屋子里呢⑱!"凤姐说完了,宝玉又道:"太太想,这不过是将就呢。正经按方子,这珍珠宝石定要在古坟里的,有那古时富贵人家装裹的头面拿了来才好⑲。如今那里为这个去刨坟掘墓?所以只是活人带过的,也可以使得。"王夫人听了道:"阿弥陀佛!不当家花拉的⑳,就是坟里有,人家死了几百年,这会子翻尸倒骨的,作了药也不灵!"

宝玉因向黛玉说道:"你听见了没有?难道二姐姐也跟着我撒谎不成?"脸望着林黛玉说,却拿眼睛瞟着宝钗。林黛玉便拉王夫人道:"舅母听听,宝姐姐不替他圆谎,他只问着我。"王夫人也道:"宝玉很会欺负你妹妹。"宝玉笑道:"太太不知道这个原故。宝姐姐先在家里住着,那薛大哥的事,他也不知道,何况如今在里头住着呢?自然是越发不知道了。林妹妹才在背后,以为是我撒谎,就羞我。"

正说着,见贾母房里的丫头找宝玉和林黛玉去吃饭。林黛玉也不叫宝玉,便起身拉了那丫头走。那丫头说:"等着宝二爷一块儿走。"林黛玉道:"他不吃饭,不同咱们走,我先走了。"说着,便出去了。宝玉道："我今儿还跟着太太吃罢。"王夫人道："罢，罢！我今儿吃斋，你正经吃你的去罢。"宝玉道："我也跟着吃斋。"说着，便叫那丫头："去罢。"自己跑到桌子上坐了。王夫人向宝钗等笑道："你们只管吃你们的，由他去罢。"宝钗因笑道："你正经去罢。吃不吃，陪着林妹妹走一趟，他心里打紧的不自在呢。"宝玉道："理他呢，过一会子就好了。"

一时吃过饭，宝玉一则怕贾母记挂着，二则也记挂着林黛玉，忙忙的要茶漱口。探春惜春都笑道："二哥哥，你成日家忙些什么？吃饭吃茶也是这么忙碌碌的。"宝钗笑道："你叫他快吃了瞧黛玉妹妹去罢，叫他在这里胡闹些什么。"

宝玉吃了茶，便出来，一直往西院来，可巧走到凤姐儿院前，只见凤姐在门前站着，蹬着门槛子，拿耳挖子剔牙㉑，看着十来个小厮们挪花盆呢。见宝玉来了，笑道："你来的好。进来，进来，替我写几个字儿。"宝玉只得跟了进来，到了房里，凤姐命人取过笔砚纸来，向宝玉道："大红妆缎四十匹㉒，蟒缎四十匹，各色上用纱一百匹，金项圈四个。"宝玉道："这算什么？又不是账，又不是礼物，怎么个写法？"凤姐儿道："你只管写上，横竖我自己明白就罢了。"宝玉听说，只得写了。

凤姐一面收起来，一面笑道："还有句话告诉你，不知依不依？你屋里有个丫头叫小红的，我要叫了来使唤，明儿我再替你挑几个，可使得么？"宝玉道："我屋里的人也多的很，姐姐喜欢谁，只管叫了来，何必问我？"凤姐笑道："既这么着，我就叫人带他去了。"宝玉道："只管带去。"说着便要走。凤姐道："你回来，我还有一句话呢。"宝玉道："老太太叫我呢，有话等回来罢。"说着，便至贾母这边，只见都已吃完饭了。贾母因问他："跟着你娘吃了什么好的？"宝玉笑道："也没什么好的，我倒多吃了一碗饭。"因问："林姑娘在那里？"贾母道："里头屋里呢。"

宝玉进来，只见地下一个丫头吹熨斗，炕上两个丫头打粉线㉓，黛玉弯着腰拿剪子裁什么呢。宝玉走进来，笑道："哦！这是做什么呢？才吃了饭，这么控着头㉔，一会子又头疼了。"黛玉并不理，只管裁他的。有一个丫头说道："那块绸子角儿还不好呢，再熨他一熨。"黛玉便把剪子一撂，说道："'理他呢，过一会子就好了。'"宝玉听了，自是纳闷。只见宝钗探春等也来了，和贾母说了一回话，宝钗也进来问："林妹妹做什么呢？"因见林黛玉裁剪，笑道："越发能干了，连裁剪都会了。"黛玉笑道："这也不过是撒谎哄人罢了。"宝钗笑道："我告诉你个笑话儿，才刚为那个药，我说了个不知道，宝兄弟心里不受用了。"林黛玉道："'理他呢，过会子就好了。'"宝玉向宝钗道："老太太要抹骨牌，正没人，你抹骨牌去罢。"宝钗听说，便笑道："我是为抹骨牌才来么？"说着便走了。林黛玉道："你倒是去罢，这里有老虎，看吃了你！"说着又裁。宝玉见他不理，只得还陪笑说道："你也去逛逛，再裁不迟。"黛玉总不理。宝玉便问丫头们："这是谁叫他裁的？"黛玉见问丫头们，便说道："凭他谁叫我裁，也不管二爷的事！"宝玉方欲说话，只见有人进来回说："外头有人请。"宝玉听了，忙撤身出来。黛玉向外头说道："阿弥陀佛！赶你回来，我死了也罢了！"

　　宝玉出来到外面，只见焙茗说："冯大爷家请。"宝玉听了，知道是昨日的话，便说："要衣裳去。"就自己往书房里来。焙茗一直到了二门前等人，只见出来了一个老婆子，焙茗上去说道："宝二爷在书房里等出门的衣裳，你老人家进去带个信儿。"那婆子道："放你娘的屁！倒好，宝二爷如今在园里住着，跟他的人都在园里，你又跑了这里来带信儿！"焙茗听了笑道："骂的是，我也糊涂了！"说着，一径往东边二门前来，可巧门上小厮在甬路底下踢球，焙茗将原故说了，有个小厮跑了进去，半日，才抱了一个包袱出来，递与焙茗，回到书房里。

　　宝玉换了，命人备马，只带着焙茗、锄药、双瑞、寿儿四个小厮去了。一径到了冯紫英门口，有人报与冯紫英，出来迎接进去。只见薛蟠早已在那里久候了，还有许多唱曲儿的小厮们，并唱小旦的蒋玉函，锦香院的妓女云儿㉕。大家都见过了，然后吃茶。

宝玉擎茶笑道："前儿所言'幸与不幸'之事，我昼夜悬想，今日一闻呼唤即至。"冯紫英笑道："你们令姑表弟兄倒都心实。前日不过是我的设辞，诚心请你们一饮，恐又推托，故说下这句话。今日一邀即至，谁知都信真了。"说毕，大家一笑。然后摆上酒来，依次坐定。冯紫英先命唱曲儿的小厮过来让酒，然后命云儿也来敬。

那薛蟠三杯下肚，不觉忘了情，拉着云儿的手，笑道："你把那体己新样儿的曲子唱个我听，我吃一坛，如何？"云儿听说，只得拿起琵琶来，唱道：

> 两个冤家，都难丢下，想着你来又记挂着他。两个人，形容俊俏都难描画。想昨宵，幽期私订在荼蘼架，一个偷情，一个寻拿；拿住了，三曹对案我也无回话㉖。

唱毕，笑道："你喝一坛子罢了。"薛蟠听说，笑道："不值一坛，再唱好的来。"

宝玉笑道："听我说来：这么滥饮，易醉而无味。我先喝一大海，发一个新令，有不遵者，连罚十大海，逐出席外，与人斟酒。"冯紫英蒋玉函等都道："有理，有理。"宝玉拿起海来，一气饮尽，说道："如今要说'悲''愁''喜''乐'四字，却要说出'女儿'来，还要注明这四个字原故。说完了，喝门杯㉗，酒面要唱一个新鲜时样曲子㉘，酒底要席上生风一样东西㉙，或古诗、旧对、'四书''五经'成语。"薛蟠未等说完，先站起来拦道："我不来，别算我。这竟是玩弄我呢！"云儿也站起来，推他坐下，笑道："怕什么？这还亏你天天吃酒呢，难道连我也不如？我回来还说呢。说是了，罢；不是了，不过罚上几杯，那里就醉死了。你如今一乱令，倒喝十大海，下去斟酒不成？"众人都拍手道："妙！"薛蟠听说无法，只得坐了。听宝玉说道："女儿悲，青春已大守空闺；女儿愁，悔教夫婿觅封侯㉚；女儿喜，对镜晨妆颜色美；女儿乐，秋千架上春衫薄。"

众人听了，都说道："好！"薛蟠独扬着脸，摇头说："不好，该罚！"众人问："如何该罚！"薛蟠道："他说的我全不懂，怎么不该罚？"云儿便拧他一把，笑道："你悄悄的想你的罢。回来说不出，又该罚了。"于是拿琵琶听宝玉唱道：

　　滴不尽相思血泪抛红豆③，开不完春柳春花满画楼，睡不稳纱窗风雨黄昏后，忘不了新愁与旧愁，咽不下玉粒金波噎满喉②，照不尽菱花镜里形容瘦。展不开的眉头，捱不明的更漏。呀！恰便似遮不住的青山隐隐，流不断的绿水悠悠。

唱完，大家齐声喝彩，独薛蟠说："无板。"宝玉饮了门杯，便拈起一片梨来，说道："'雨打梨花深闭门'③。"完了令。

下该冯紫英，说道："女儿喜，头胎养了双生子；女儿乐，私向花园掏蟋蟀；女儿悲，儿夫染病在垂危；女儿愁，大风吹倒梳妆楼。"说毕，端起酒来，唱道：

　　你是个可人③，你是个多情，你是个刁钻古怪鬼灵精，你是个神仙也不灵。我说的话儿你全不信，只叫你去背地里细打听，才知道我疼你不疼！

唱完，饮了门杯，说道："'鸡声茅店月'③。"令完，下该云儿。

云儿便说道："女儿悲，将来终身倚靠谁？"薛蟠笑道："我的儿，有你薛大爷在，你怕什么？"众人都道："别混他，别混他！"云儿又道："女儿愁，妈妈打骂何时休？"薛蟠道："前儿我见了你妈，还吩咐他，不叫他打你呢。"众人都道："再多言者，罚酒十杯！"薛蟠连忙自己打了一个嘴巴子，说道："没耳性③，再不许说了。"云儿又道："女儿喜，情郎不舍还家里；女儿乐，住了箫管弄弦索。"说完，便唱道：

　　豆蔻花开三月三，一个虫儿往里钻；钻了半日钻不进去，爬到花儿上打秋千。肉儿小心肝，我不开了，你怎么钻？

唱毕，饮了门杯，说道："'桃之夭夭'③。"令完，下该薛蟠。

薛蟠道："我可要说了：女儿悲……"说了半日，不见说底下的。冯紫英笑道："悲什么？快些说。"薛蟠登时急的眼睛铃铛一般，便说道："女儿悲……"又咳嗽了两声，方说道："女儿悲，嫁了个男人是乌龟。"众人听了都大笑起来。薛蟠道："笑什么？难道我说的不是？一个女儿嫁了汉子，要做忘八，怎么不伤心呢？"众人笑的弯腰说道："你说的是！快说底下的罢。"薛蟠瞪了瞪眼，又说道："女儿愁……"说了这句，又不言语了。众人道："怎么愁？"薛蟠道："绣房钻出个大马猴。"众人哈哈笑道："该罚，该罚！先还可恕，这句更不通。"说着，便要斟酒。宝玉笑道："押韵就好。"薛蟠道："令官都准了，你们闹什么？"众人听说，方罢了。

云儿笑道："下两句越发难说了，我替你说罢。"薛蟠道："胡说！当真我就没好的了！听我说罢：女儿喜，洞房花烛朝慵起。"众人听了，都咤异道："这句何其太雅？"薛蟠道："女儿乐，一根毡耙往里戳。"众人听了，都回头说道："该死，该死！快唱了罢。"薛蟠便唱道："一个蚊子哼哼哼。"众人都怔了，说道："这是个什么曲儿？"薛蟠还唱道："两个苍蝇嗡嗡嗡。"众人都道："罢，罢，罢！"薛蟠道："爱听不听！这是新鲜曲儿，叫做'哼哼韵'儿，你们要懒怠听，连酒底都免了，我就不唱。"众人都道："免了罢，倒别耽误了别人家。"

于是蒋玉函说道："女儿悲，丈夫一去不回归；女儿愁，无钱去打桂花油㊳；女儿喜，灯花并头结双蕊㊴；女儿乐，夫唱妇随真和合。"说毕，唱道：

> 可喜你天生成百媚娇，恰便似活神仙离碧霄㊵。度青春，
> 年正小；配鸾凤，真也巧。呀！看天河正高，听谯楼鼓敲㊶；
> 剔银灯，同入鸳帏悄。

唱毕，饮了门杯，笑道："这诗词上我倒有限，幸而昨日见了一副对子，只记得这句，可巧席上还有这件东西。"说毕，便干了酒；拿起一朵木樨来㊷，念道："'花气袭人知昼暖'。"

众人倒都依了，完令。薛蟠又跳了起来喧嚷道："了不得，了

不得！该罚，该罚！这席上并没有宝贝，你怎么说起宝贝来？"
蒋玉函忙说道："何曾有宝贝？"薛蟠道："你还赖呢？你再念来。"
蒋玉函只得又念了一遍。薛蟠道："'袭人'可不是宝贝是什么？
你们不信只问他。"说毕，指着宝玉。宝玉没好意思起来，说：
"薛大哥，你该罚多少？"薛蟠道："该罚，该罚！"说着，拿起酒
来，一饮而尽。冯紫英与蒋玉函等犹问他原故，云儿便告诉了出
来，蒋玉函忙起身陪罪。众人都道："不知者不作罪。"

　　少刻，宝玉出席解手，蒋玉函随了出来，二人站在廊檐下，
蒋玉函又赔不是。宝玉见他妩媚温柔，心中十分留恋，便紧紧的
搭着他的手，叫他："闲了往我们那里去。还有一句话问你，也是
你们贵班中，有一个叫琪官儿的，他如今名驰天下，可惜我独无
缘一见。"蒋玉函笑道："就是我的小名儿。"宝玉听说，不觉欣
然跌足笑道："有幸，有幸！果然名不虚传。今儿初会，便怎么样
呢？"想了一想，向袖中取出扇子，将一个玉玦扇坠解下来④，递
与琪官，道："微物不堪，略表今日之谊。"琪官接了，笑道："无
功受禄，何以克当？也罢，我这里也得了一件奇物，今日早起方
系上，还是簇新，聊可表我一点亲热之意。"说毕，撩衣将系小
衣儿一条大红汗巾子解了下来，递与宝玉，道："这汗巾子是茜香
国女国王所贡之物，夏天系着肌肤生香，不生汗渍。昨日北静王
给的，今日才上身。若是别人，我断不肯相赠。二爷请把自己系
的解下来给我系着。"宝玉听说，喜不自禁，连忙接了，将自己
一条松花汗巾解下来，递与琪官。二人方束好，只听一声大叫：
"我可拿住了！"只见薛蟠跳了出来，拉着二人道："放着酒不吃，
两个人逃席出来，干什么？快拿出来我瞧瞧。"二人都道："没有
什么。"薛蟠那里肯依？还是冯紫英出来，才解开了。复又归坐
饮酒，至晚方散。

　　宝玉回至园中，宽衣吃茶，袭人见扇子上的扇坠儿没了，便
问他："往那里去了？"宝玉道："马上丢了。"睡觉时，只见腰里
一条血点似的大红汗巾子，袭人便猜了八九分，因说道："你有了

好的系裤子，把我的那条还我罢。"宝玉听了，方想起那条汗巾子，原是袭人的，不该给人才是。心里后悔，口里说不出来，只得笑道："我赔你一条罢。"袭人听了，点头叹道："我就知道又干这些事！也不该拿我的东西给那起混账人，也难为你心里没个算计儿。"欲再说几句，又恐恼上他的酒来，少不得也睡了。一宿无话。

至次日天明方才醒了，只见宝玉笑道："夜里失了盗也不晓得，你瞧瞧裤子上。"袭人低头一看，只见昨日宝玉系的那条汗巾子，系在自己腰里呢，便知是宝玉夜间换了，忙一顿就解下来，说道："我不希罕这行子④，趁早儿拿了去！"宝玉见他如此，只得委婉解劝了一回。袭人无法，只得系上。过后宝玉出去，终久解下来，掷在个空箱子里，自己又换了一条系着。

宝玉并未理论，因问起："昨日可有什么事情？"袭人便回说："二奶奶打发人叫了小红去了。他原要等你来着，我想什么要紧，我就做了主，打发他去了。"宝玉道："很是。我已经知道了，不必等我罢了。"袭人又道："昨日贵妃打发夏太监出来送了一百二十两银子，叫在清虚观初一到初三打三天平安醮⑤，唱戏献供，叫珍大爷领着众位爷们跪香拜佛呢。还有端午儿的节礼也赏了。"说着，命小丫头来，将昨日的所赐之物取了出来，只见上等宫扇两柄，红麝香珠二串，凤尾罗二端⑥，芙蓉簟一领⑦。

宝玉见了，喜不自胜，问："别人的也都是这个？"袭人道："老太太多着一个香玉如意，一个玛瑙枕。老爷、太太、姨太太的，只多着一个香玉如意。你的同宝姑娘的一样。林姑娘同二姑娘、三姑娘、四姑娘只单有扇子和数珠儿，别的都没有。大奶奶、二奶奶他两个是每人两匹纱，两匹罗，两个香袋儿，两个锭子药⑧。"宝玉听了，笑道："这是怎么个原故？怎么林姑娘的倒不同我的一样，倒是宝姐姐的同我一样？别是传错了罢？"袭人道："昨儿拿出来，都是一分一分的写着签子，怎么就错了！你的是在老太太屋里的，我去拿了来了。老太太说了，明儿叫你一个五更天进去谢恩呢。"宝玉道:"自然要走一趟。"说着,便叫了紫鹃来:"拿了这个到你们姑娘那里去,就说是昨儿我得的,爱什么留下什么。"紫鹃答应了,拿了去。不一时回来,说:"姑娘说了,昨儿也得了,二爷留着罢。"

宝玉听说,便命人收了。刚洗了脸出来要往贾母那里请安去,只见黛玉顶头来了,宝玉赶上去笑道:"我的东西叫你拣,你怎么不拣?"黛玉昨儿所恼宝玉的心事,早又丢开,只顾今日的事了,因说道:"我没这么大福气禁受,比不得宝姑娘,什么'金'什么'玉'的!我们不过是个草木之人罢了。"宝玉听他提出"金玉"二字来,不觉心动疑猜,便说道:"除了别人说什么'金'什么'玉',我心里要有这个想头,天诛地灭,万世不得人身!"黛玉听他这话,便知他心里动了疑,忙又笑道:"好没意思,白白的说什么誓?管你什么'金'什么'玉'的呢!"宝玉道:"我心里的事也难对你说,日后自然明白。除了老太太、老爷、太太这三个人,第四个就是妹妹了。要有第五个人,我也起个誓。"林黛玉道:"你也不用起誓,我很知道,你心里有'妹妹',但只是见了'姐姐',就把'妹妹'忘了。"宝玉道:"那是你多心,我再不是这样的。"林黛玉道:"昨儿宝丫头不替你圆谎,你为什么问着我呢?那要是我,你又不知怎么样了。"

正说着,只见宝钗从那边来了,二人便走开了。宝钗分明看见,只装看不见,低头过去了。到了王夫人那里,坐了一回,然后到了贾母这边,只见宝玉也在这里呢。宝钗因往日母亲对王夫人等曾提过"金锁是个和尚给的,等日后有玉的方可结为婚姻"等语,所以总远着宝玉。昨日见元春所赐的东西,独他与宝玉一样,心里越发没意思起来。幸亏宝玉被一个林黛玉缠绵住了,心心念念只记挂着林黛玉,并不理论这事。此刻忽见宝玉笑道:"宝姐姐,我瞧瞧你的那香串子?"可巧宝钗左腕上笼着一串,见宝玉问他,少不得褪了下来。

宝钗原生的肌肤丰泽,容易褪不下来,宝玉在傍边看着雪白的臂膊，不觉动了羡慕之心，暗暗想道："这个膀子，若长在林姑娘身上，或者还得摸一摸；偏长在他身上，正是恨我没福。"忽然想起"金玉"一事来，再看看宝钗形容，只见脸若银盆，眼同水杏；唇不点而红，眉不画而翠：比林黛玉另具一种妩媚风流，不觉就呆了，宝钗褪下串子来递与他也忘了接。

宝钗见他呆了，自己倒不好意思的，丢下串子，回身才要走，只见林黛玉蹬着门槛子，嘴里咬着手帕子笑呢。宝钗道："你又禁不得风吹，怎么又站在那风口里？"林黛玉笑道："何曾不是在房里的。只因听见天上一声叫，出来瞧了瞧，原来是个呆雁^⑩。"宝钗道："呆雁在那里呢？我也瞧瞧。"林黛玉道："我才出来，他就'忒儿'一声飞了。"口里说着，将手里绢子一甩，向宝玉脸上甩来，宝玉不知，正打在眼上，"嗳哟"了一声。要知端的，下回分解。

【注释】

①红麝串：又叫"红麝香珠"。《清稗类钞》"服饰类"："香珠，一名香串，以茄楠香琢为圆粒，大率每串十八粒，故又称十八子。贯以采丝，间以珍宝，下有丝穗，夏日佩之以辟秽。"这里指用麝香和其他质料制成的香珠儿。因雄麝麝香腺中的分泌物干燥后呈红棕色的颗粒状，所以叫"红麝串"。

②无明：佛家用语。意译为"痴"，即"缺乏真知"之意。《大乘义章》卷四："言无明者，痴暗之心，体无慧明，故曰无明。"佛教认为，人世的种种烦恼，就是"无明"在起作用。因也称人的发怒为"无明怒火"，省称"无明"。

③恸（tòng）：极度悲哀。

④外四路儿：亦作"外四家儿"。意即外来的人。《金瓶梅》第二十一回："金莲道：'俺每是外四家儿的门儿的外头的人家。'"这里指血缘关系疏远的亲戚。

⑤托生：迷信说法，谓人死后鬼魂转生，叫"托生"。

⑥内症：中医用语。指内热的病，即由阴虚或阳盛而导致的一种病理现象，有虚实的不同。这里指由阴虚而引起的虚证。

⑦八珍益母丸：出明张景岳《景岳全书》方。由人参、茯苓、益母草等九味药配制而成。治妇女气血两亏、体弱无力等症。

⑧左归、右归：即左归丸、右归丸。均出《景岳全书》方。左归丸，由熟地黄、山药、鹿角胶等八味药配制而成。功能壮水滋阴，治肝肾精血亏损。右归丸，由熟地黄、鹿角胶、杜仲等十味药配制而成。功能温补肾阳，治肾阳不足而致气怯神疲、畏寒肢冷等症。

⑨八味地黄丸：即"肾气丸"，又名"崔氏八味丸""桂附地黄丸"。出《金匮要略》方。由地黄、山药、山茱萸、泽泻等八味药配成。功能温补肾阳，主治肾阳不足、腰酸腿软等症。

⑩天王补心丹：中药名。出明洪九有《摄生秘剖》方。由生地黄、五味子、当归等十三味药配制而成。功能滋阴清热，补心安神。

⑪头胎紫河车：中药名。即胎盘。功能补气养血，主治身体虚弱等症。

⑫人形带叶参：指状如人形的上等人参。《本草求真》引李时珍语云："人参年深，浸渐长成者，根如人形，有神，故谓之人参神草。"人参带叶，求其货真。

⑬何首乌：中药名。功能补肝肾、益精血。《本草纲目·何首乌》："凡诸名山深山产者，即大而佳也。"

⑭千年松根茯苓胆：茯苓胆，或指茯神之类。《本草纲目·茯苓》："其包含松根者曰茯神，供药用。"茯苓，中药名。有健脾和胃之功。多附生于松树根部。

⑮为君的药：中医用药，即发挥主要作用的药。有主有次，互相配合，称为"君臣佐使"。《素问·至真要大论》注："主病之谓君，佐君之谓臣，应臣之谓使。"

⑯珍珠：也作"真珠"，产于贝类壳中。可以入药，有定惊安神、清热益阴之功能。将其研成粉末，即"珍珠粉"，为名贵中药。

⑰乳钵：一种研磨细末的器皿。

⑱太阳在屋子里：即"天日是鉴"的意思。《三国志·吴书·胡综

传》："款心赤实，天日是鉴。"意谓自己没说谎话，太阳可做证人。

⑲装裹的头面：这里指死人戴的珠宝。装裹，殓葬。头面，即首饰。

⑳不当家花拉的：北方方言，亦作"不当价""不当家化化的"。不当，原指对神灵的亵渎不敬，引申为"罪过"的意思。家，即"价"，语助词。花拉的，语尾，都无实义。

㉑耳挖子：旧时妇女首饰的一种，一端可掏耳垢，一端可以剔牙。

㉒妆缎：当由漳缎而来，即以缎为底子，上织纯绒花纹。是明清时吸收倭缎织法而造的一种宫廷专用丝织品。

㉓打粉线：旧日妇女做针线活，先在布上打一粉线，然后依照粉线剪裁。

㉔控着头：俯身低着头。控，原指开弓。弓弦拉开时，两头都向中心曲转，有如人之弯身。这里是悬空下垂的意思。

㉕锦香院的妓女云儿：清阮葵生《茶余客话》卷二："雍正元年，御史年熙奏，山西两省乐户另编籍贯，世世子孙勒令为娼，绅衿地棍呼召，即来侑酒，间有一二知耻者，必不相容。"

㉖三曹对案：审案时，原告、被告和证人一同到堂，互相质对，叫"三曹对案"。三曹即"三造"。造，到的意思。曹、造并声近字通（见清孙诒让《周礼正义》）。打官司时，原告和被告双方，叫"两造"。这里说"三曹"，则指原告、被告和证人。

㉗门杯：酒席上放在各人面前的一杯酒，叫"门杯"。

㉘酒面：义同"盏面"，杯满的样子。酒宴时，先斟满一杯酒，再行酒令，叫"酒面"。元李直夫《虎头牌》杂剧："我抹的这瓶口儿净，我斟的这盏面儿圆。"

㉙酒底：行完一个酒令后，饮干一杯酒，叫"酒底"。《桃花扇·访翠》："（小旦宣令介）酒要依次流饮，每一杯干，各献所长，便是酒底。"席上生风：取酒席上现有的一样东西，说一句相关的成语，使大家都感到风趣横生。

㉚"悔教"句：语出唐代王昌龄《闺怨》诗："闺中少妇不知愁，春日凝妆上翠楼。忽见陌头杨柳色，悔教夫婿觅封侯。"

㉛血泪：带血的眼泪。形容悲痛至极而流的泪。红豆：红豆树的

种子，亦名"相思子"，子大如豌豆，色鲜红。产于亚热带地方。古人常用以象征相思。清钮琇《觚剩》卷七："红豆名相思子……相传有怨妇望夫树下，血泪染枝，旋结为子，斯名所由昉也。"这里比喻泪珠。

㉜玉粒金波：指珍美的饭菜。玉粒，比喻白米饭。唐杜甫《送率府程录事还乡》诗："素丝絮长鱼，碧酒随玉粒。"金波，本为酒名，这里泛指美酒。《西厢记》第二本第三折："（莺莺唱）他其实咽不下玉液金波。"

㉝"雨打梨花"句：语出宋秦观《鹧鸪天》词（或说无名氏作）："甫能炙得灯儿了，雨打梨花深闭门。"

㉞可人：本指性行可取之人。《礼记·杂记下》："其所与游辟也，可人也。"疏："可人也者，谓其人性行是堪可之人也。"后引申指称人心意的人。

㉟鸡声茅店月：语出唐温庭筠《商山早行》诗："鸡声茅店月，人迹板桥霜。"

㊱没耳性：没有记性。

㊲桃之夭夭：语出《诗经·周南·桃夭》："桃之夭夭，灼灼其华。"夭夭，形容桃花开得茂盛而艳丽。

㊳桂花油：一种有桂花香气的发油。

㊴灯花：灯烛余烬所结成的花形。也叫"烛花"。唐杜甫《独酌成诗》："灯花何太喜，酒绿正相亲。"旧时以灯花为喜事的预兆。双蕊：即两个灯花。

㊵碧霄：天空。《西厢记》第一本第四折："我则道这玉天仙离了碧霄。"

㊶谯楼：明曹昭《格古要论》卷五："世之鼓楼曰谯楼。"为古时击鼓报时之楼。

㊷木樨：即木犀，桂花的别称。因其木材纹理如犀而名。

㊸玉玦扇坠：当指一种精巧的椭圆环状形的扇坠。玉玦，玉饰的一种。形如环，而有缺口。唐段成式《酉阳杂俎·忠志》："玉玦，形如玉环，四分缺一。"

㊹行（háng）子：东西，多用以称自己不喜爱的人或物。

㊺平安醮：是平常为祈求无灾无病、多福多寿而举行的一种打醮活动。旧时因丧事而延请道士诵经祈祷的一种迷信仪式，叫做"打醮"。

㊻凤尾罗：即凤罗，细绫的一种。罗，或称罗纺，一种质地轻软、经纬组织显椒眼纹的丝织品。有生罗、熟罗之分。

㊼芙蓉簟（diàn）：编有荷花图案的细竹席。

㊽锭子药：凡中药做成小块的皆称为"锭子药"或"药锭子"。这里专指"紫金锭"一类暑药。可制成各种形状的小玩物。夏天佩带，既有香气，又可随时服用治病。

㊾呆雁：讥笑人痴呆发愣的神态。

第二十九回
享福人福深还祷福　多情女情重愈斟情

话说宝玉正自发怔，不想黛玉将手帕子甩了来，正碰在眼睛上，倒唬了一跳，问："是谁？"林黛玉摇着头儿笑道："不敢，是我失了手，因为宝姐姐要看呆雁，我比给他看，不想失了手。"宝玉揉着眼睛，待要说什么，又不好说的。

一时凤姐儿来了，因说起初一日在清虚观打醮的事来，约着宝钗、宝玉、黛玉等看戏去。宝钗笑道："罢，罢！怪热的，什么没看过的戏，我不去的。"凤姐道："他们那里凉快，两边又有楼。咱们要去，我头几天先打发人去，把那些道士都赶出去，把楼上打扫了，挂起帘子来①，一个闲人不许放进庙去，才是好呢。我已经回了太太了，你们不去，我自家去。这些日子也闷的很了，家里唱动戏②，我又不得舒舒服服的看。"贾母听说，就笑道："既这么着，我同你去。"凤姐听说，笑道："老祖宗也去，敢仔好③！可就是我又不得受用了。"贾母道："到明儿我在正面楼上，你在傍边楼上，你也不用到我这边来立规矩④，可好不好？"凤姐笑道："这就是老祖宗疼我了。"贾母因向宝钗道："你也去，连你母亲也去；长天老日的⑤，在家里也是睡觉。"宝钗只得答应着。

贾母又打发人去请了薛姨妈，顺路告诉王夫人，要带了他们姊妹去。王夫人因一则身上不好，二则预备元春有人出来，早已回了不去的；听贾母如此说，笑道："还是这么高兴。打发人去到园里告诉，有要逛去的，只管初一跟老太太逛去。"这个话一传开了，别人还可已，只是那些丫头们，天天不得出门槛儿，听了这话，谁不要去！便是各人的主子懒怠去，他也百般的撺掇了去，因此李宫裁等都说去。贾母越发心中喜欢，早已吩咐人去打扫安置，都不必细说。

单表到了初一这一日，荣国府门前车辆纷纷，人马簇簇，那底下凡执事人等，闻得是贵妃做好事，贾母亲自拈香，正是初一日乃月之首日，况是端阳节间，因此凡动用的什物，一色都是齐全的，不同往日。

少时贾母等出来。贾母坐一乘八人大轿，李氏、凤姐、薛姨妈每人一乘四人轿，宝钗、黛玉二人共坐一辆翠盖珠缨八宝车，迎春、探春、惜春三人共坐一辆朱轮华盖车。然后贾母的丫头鸳鸯、鹦鹉、琥珀、珍珠，黛玉的丫头紫鹃、雪雁、春纤，宝钗的丫头莺儿、文杏，迎春的丫头司棋、绣橘，探春的丫头侍书、翠墨，惜春的丫头入画、彩屏，薛姨妈的丫头同喜、同贵，外带香菱，香菱的丫头臻儿，李氏的丫头素云、碧月，凤姐儿的丫头平儿、丰儿、小红，并王夫人的两个丫头金钏、彩云，也跟了凤姐儿来。奶子抱着大姐儿，另在一车上。还有两个丫头，一共又连上各房的老嬷嬷奶娘，并跟出门的家人媳妇子，黑压压的站了一街的车。

贾母等已经坐轿去了多远，这门前尚未坐完。这个说"我不同你在一处"，那个说"你压了我们奶奶的包袱"，那边车上又说"招了我的花儿"，这边又说"硼了我的扇子"，咭咭呱呱，说笑不绝。周瑞家的走来过去的说道："姑娘们，这是街上，看人笑话。"说了两遍，方见好了。

前头的全副执事摆开，早已到了清虚观门口。宝玉骑着马，在贾母轿前。街上人都站在两边。将至观前，只听钟鸣鼓响，早有张法官执香披衣⑥，带领众道士在路旁迎接。贾母的轿刚至山门以内⑦，见了土地本境城隍各位泥塑圣像，便命住轿。贾珍带领各子弟上来迎接。凤姐儿知道鸳鸯等在后面赶不上，贾母自己下了轿，忙要上来搀，可巧有个十二三岁的小道士儿，拿着剪筒⑧，照管剪各处蜡花，正欲得便且藏出去，不想一头撞在凤姐儿怀里，凤姐便一扬手，照脸一下，把那小孩子打了一个斤斗，骂道："小野杂种！往那里跑？"那小道士也不顾拾烛剪，爬起来往外还要跑，正值宝钗等下车，众婆娘媳妇正围随的风雨不透，但见一个小道士滚了出来，都喝声叫："拿，拿！打，打！"

贾母听了，忙问："是怎么了？"贾珍忙出来问。凤姐上去搀住贾母，就回说："一个小道士儿剪烛花的，没躲出去，这会子混钻呢。"贾母听说，忙道："快带了那孩子来，别唬着他。小门小户的孩子，都是娇生惯养惯了的，那里见过这个势派？倘或唬着他，倒怪可怜见儿的⑨，他老子娘岂不疼的慌？"说着，便叫贾珍："去，好生带了来。"贾珍只得去拉了那孩子，一手拿着蜡剪，跪在地下乱颤。贾母命贾珍拉起来，叫他："不要怕。"问他："几岁了？"那孩子总说不出话来。贾母还说："可怜见儿的！"又向贾珍道："珍阿哥带他去罢。给他些钱买果子吃，叫人别难为了他。"贾珍答应，领他去了。这里贾母带着众人，一层一层的瞻拜观玩。外面小厮们见贾母等进入二层山门，忽见贾珍领了一个小道士出来，叫人来带去，给他几百钱，不要难为了他。家人听说，忙上来领了下去。

贾珍站在台矶上，因问："管家在那里？"底下站的小厮们见问，都一齐喝声说："叫管家！"登时林之孝一手整理着帽子，跑了来，到贾珍跟前。贾珍道："虽说这里地方大，今儿咱们人多，你使的人，你就带了在这院里罢；使不着的，打发到那院里去。把小么儿们多挑几个在这二层门上同两边的角门上，伺候着要东西传话。你可知道不知道？今儿姑娘奶奶们都出来，一个闲人也不许到这里来。"林之孝忙答应："晓得。"又说了几个"是"。贾珍道："去罢。"又问："怎么不见蓉儿？"

一声未了，只见贾蓉从钟楼里跑了出来。贾珍道："你瞧瞧他，我这里也没热，他倒乘凉去了！"喝命家人啐他。那小厮们都知道贾珍素日的性子，违拗不得，便有个小厮上来向贾蓉脸上啐了一口。贾珍还眼向着他，那小厮便问贾蓉道："爷还不怕热，哥儿怎么先乘凉去了？"贾蓉垂着手，一声不敢说。那贾芸、贾萍、贾芹等听见了，不但他们慌了，亦且连贾璡、贾瑁、贾琼等也都忙了，一个一个都从墙根下慢慢的溜下来。贾珍又向贾蓉道："你站着做什么？还不骑了马跑到家里告诉你娘母子去⑩？老太太同姑娘们都来了，叫他们快来伺候！"贾蓉听说，忙跑了出来，一叠连声的要马，一面抱怨道："早都不知做什么的，这会子寻趁我⑪。"一面又骂小子："捆着手呢么？马也拉不来。"要打发小厮去，又恐怕后来对出来，说不得亲自走一趟，骑马去了。

且说贾珍方要抽身进来，只见张道士站在傍边，陪笑说道："论理，我不比别人，应该里头伺候；只因天气炎热，众位千金都出来了，法官不敢擅入，请爷的示下。恐老太太问，或要随喜那里，我只在这里伺候罢了。"贾珍知道这张道士虽然是当日荣国公的替身，曾经先皇御口亲呼为"大幻仙人"，如今现掌"道录司"印⑫，又是当今封为"终了真人"，现今王公藩镇都称为"神仙"，所以不敢轻慢。二则他又常往两个府里去，凡夫人小姐都是见的。今见他如此说，便笑道："咱们自己，你又说起这话来；再多说，我把你这胡子还揪了你的呢！还不跟我进来。"那张道士呵呵大笑着，跟了贾珍进来。

贾珍到贾母跟前，控身陪笑⑬，说着："张爷爷进来请安。"贾母听了，忙道："搀他来。"贾珍忙去搀过来。那张道士先呵呵笑道："无量寿佛⑭！老祖宗一向福寿康宁！众位奶奶小姐纳福！一向没到府里请安，老太太气色越发好了。"贾母笑道："老神仙，你好？"张道士笑道："托老太太的万福，小道也还康健。别的倒罢了，只记挂着哥儿，一向身上好？前日四月二十六，我这里做遮天大王的圣诞，人也来的少，东西也很干净，我说请哥儿来逛逛，怎么说不在家？"贾母说道："果真不在家。"一面回头叫宝玉。

谁知宝玉解手去了，才来，忙忙上前问："张爷爷好？"张道士也抱住问了好，又向贾母笑道："哥儿越发发福了⑮。"贾母道："他外头好，里头弱。又搭着他老子逼着他念书，生生的把个孩子逼出病来了。"张道士道:"前日我在好几处看见哥儿写的字,做的诗,都好的了不得。怎么老爷还抱怨说哥儿不大喜欢念书呢?依小道看来,也就罢了。"又叹道:"我看见哥儿的这个形容身段,言谈举动,怎么就同当日国公爷一个稿子!"说着,两眼流下泪来。贾母听了,也由不得满脸泪痕,说道:"正是呢!我养了这些儿子孙子,也没一个像他爷爷的,就只这玉儿像他爷爷。"

那张道士又向贾珍道:"当日国公爷的模样儿,爷们一辈的不用说了,自然没赶上;大约连大老爷、二老爷也记不清楚了。"说毕,又呵呵大笑道:"前日在一个人家,看见一位小姐,今年十五岁了,生的倒也好个模样儿。我想着哥儿也该寻亲事了。若论这个小姐模样儿,聪明智慧,根基家当,倒也配的过。但不知老太太怎么样?小道也不敢造次,等请了老太太示下,才敢向人去张口呢。"贾母道:"上回有个和尚说了,这孩子命里不该早娶,等再大一大儿再定罢。你如今也讯听着,不管他根基富贵,只要模样儿配的上,就来告诉我。便是那家子穷,不过给他几两银子。只是模样儿,性格儿,难得好的。"

说毕,只见凤姐儿笑道:"张爷爷,我们丫头的寄名符儿,你也不换去。前儿亏你还有那么大脸,打发人和我要鹅黄缎子去!要不给你,又恐怕你那老脸上过不去。"张道士哈哈大笑道:"你瞧,我眼花了!也没见奶奶在这里,也没道谢。寄名符早已有了,前日原想送去的,不知道娘娘来做好事,也就混忘了。还在佛前镇着。待我取来。"说着,跑到大殿上去,一时拿了一个茶盘,搭着大红蟒缎经袱子⑯,托出符来。大姐儿的奶子接了符,张道士方欲抱过大姐儿来,只见凤姐笑道:"你就手里拿出来罢了,又用个盘子托着。"张道士道:"手里不干不净的,怎么拿?用盘子洁净些。"凤姐笑道:"你只顾拿出盘子,倒唬我一跳,我不说你是为送符,倒像是和我们化布施来了。"众人听说,哄然一笑,连贾珍也掌不住笑了。贾母回头道:"猴儿,猴儿!你不怕下割舌地狱?"凤姐笑道:"我们爷儿们不相干,他怎么常常的说我该积阴骂，迟了就短命呢？"

张道士也笑道："我拿出盘子来，一举两用，倒不为化布施，倒要将哥儿的这玉请了下来，托出去给那些远来的道友并徒子徒孙们见识见识。"贾母道："既这么着，你老人家老天拔地的，跑什么，带他去瞧了叫他进来，岂不省事？"张道士道："老太太不知道，看着小道是八十岁的人，托老太太的福，倒还健朗；二则外面的人多气味难闻，况是个暑热的天，哥儿受不惯，倘或哥儿中了腌臜气味，倒值多了。"贾母听说，便命宝玉摘下"通灵玉"来，放在盘内。那张道士兢兢业业的用蟒袱子垫着，捧了出去。

这里贾母与众人各处游玩一回。方去上楼，只见贾珍回说："张老爷送了玉来。"刚说着，张道士捧了盘子走到跟前，笑道："众人托小道的福，见了哥儿的玉，实在稀罕，都没什么敬贺，这是他们各人传道的法器⑰，都愿意为敬贺之礼。哥儿便不稀罕，只留着玩耍赏人罢。"贾母听说，向盘内看时，只见也有金璜⑱，也有玉玦，或有"事事如意"，或有"岁岁平安"，皆是珠穿宝嵌，玉琢金镂，共有三五十件。因说道："你也胡闹。他们出家人，是那里来的，何必这样？这断不能收。"张道士笑道："这是他们一点敬意，小道也不能阻挡。老太太若不留下，岂不叫他们看着小道微薄，不像是门下出身了⑲。"贾母听如此说，方命人接下了。宝玉笑道："老太太，张爷爷既这么说，又推辞不得，我要这个也无用，不如叫小子捧了这个，跟着我出去散给穷人罢。"贾母笑道："这话说的是。"张道士又忙拦道："哥儿虽要行好，但这些东西虽说不甚稀罕，到底也是几件器皿。若给了乞丐，一则与他们也无益，二则反倒遭塌了这些东西。要舍给穷人，何不就散钱与他们？"宝玉听说，便命："收下，等晚间拿钱施舍罢。"说毕，张道士方才退出。

这里贾母与众人上了楼，在正面楼上归坐。凤姐等上了东楼。众丫头等在西楼轮流伺候。贾珍一时来回道："神前拈了戏⑳，头一本《白蛇记》㉑。"贾母问："《白蛇记》是什么故事？"贾珍道：

"汉高祖斩蛇方起首的故事。第二本是《满床笏》㉒。"贾母道："这倒是第二本也还罢了。神佛要这样，也只得罢了。"又问："第三本？"贾珍道："第三本是《南柯梦》㉓。"贾母听了，便不言语。贾珍退了下来，走至外边，预备着申表、焚钱粮、开戏㉔，不在话下。

且说宝玉在楼上，坐在贾母傍边，因叫个小丫头子，捧着方才那一盘子贺物，将自己的玉带上，用手翻弄寻拨，一件一件的挑与贾母看。贾母因看见有个赤金点翠的麒麟㉕，便伸手拿起来，笑道："这件东西，好像是我看见谁家的孩子也带着一个的。"宝钗笑道："史大妹妹有一个，比这个小些。"贾母道："原来是云儿有这个。"宝玉道："他这么往我们家去住着，我也没看见。"探春笑道："宝姐姐有心，不管什么他都记得。"黛玉冷笑道："他在别的上头心还有限，惟有这些人带的东西上，越发留心。"宝钗听说，便回头装没听见。

宝玉听见史湘云有这件东西，自己便将那麒麟忙拿起来，揣在怀里。一面心里又想到怕人看见他听是史湘云有了，他就留着这件，因此，手里揣着，却拿眼睛瞟人。只见众人倒都不理论，惟有林黛玉瞅着他点头儿，似有赞叹之意。宝玉不觉心里没意思起来，又掏出来，瞅着黛玉趫笑道："这个东西倒好玩，我替你留着，到家穿上你带。"林黛玉将头一扭道："我不稀罕。"宝玉笑道："你既不稀罕，我少不得就拿着。"说着，又揣了起来。

刚要说话，只见贾珍之妻尤氏和贾蓉续娶的媳妇婆媳两个来了，见过贾母。贾母道："你们又来做什么，我不过没事来逛逛。"一句话说了，只见人报："冯将军家有人来了。"原来冯紫英家听见贾府在庙里打醮，连忙预备猪羊、香烛、茶食之类的东西送礼。凤姐听了，忙赶过正楼来，拍手笑道："嗳呀！我却不防这个。只说咱们娘儿们来闲逛逛，人家只当咱们大摆斋坛的来送礼㉖，都是老太太闹的。这又不得预备赏封儿㉗。"刚说了，只见冯家的两个管家婆子上楼来了。冯家两个未去，接着赵侍郎家也有礼来了㉘。于是接二连三，都听见贾府打醮，女眷都在庙里，凡一应远亲近友，世家相与，都来送礼。贾母才后悔起来，说："又不是什么正经斋事，我们不过闲逛逛，没的惊动人。"因此虽看了一天戏，至下午便回来了，次日便懒怠去。凤姐又说："'打墙也是动土'㉙，已经惊动了人，今儿乐得还去逛逛。"贾母因昨日见张道士提起宝玉说亲的事来，谁知宝玉一日心中不自在，回家来生气，嗔着张道士与他说了亲，口口声声说："从今以后，再不见张道士了。"别人也并不知为什么原故；二则林黛玉昨日回家，又中了暑，因此二事，贾母便执意不去了。凤姐见不去，自己带了人去，也不在话下。

　　且说宝玉因见林黛玉病了，心里放不下，饭也懒怠吃，不时来问，林黛玉又怕他有个好歹。因说道："你只管看你的戏去，在家里做什么？"宝玉因昨日张道士提亲事，心中大不受用，今听见林黛玉如此说，心里因想道："别人不知道我的心，还可恕，连他也奚落起我来。"因此心中更比往日更烦恼加了百倍。若是别人跟前，断不能动这肝火，只是黛玉说了这话，倒又比往日别人说这话不同，由不得立刻沉下脸来，说道："我白认得了你！罢了，罢了！"林黛玉听说，便冷笑了两声道："白认得了我？那里像人家有什么配得上呢。"宝玉听了，便向前来直问到脸上："你这么说，是安心咒我天诛地灭？"林黛玉一时解不过这个话来。宝玉又道："昨儿还为这个赌了几回咒，今儿你到底又重我一句！我便'天诛地灭'，你又有什么益处？"黛玉一闻此言，方想起上日的话来。今日原自己说错了，又是着急，又是羞愧，便战战兢兢的说道："我要安心咒你，我也'天诛地灭'。何苦来！我知道昨日张道士说亲，你怕拦了你的好姻缘，你心里生气，来拿我煞性子㉚。"

　　原来那宝玉自幼生成有一种下流痴病，况从幼时和黛玉耳鬓厮磨，心情相对，及如今稍明时事，又看了那些邪书僻传，凡远亲近友之家所见的那些闺英闱秀，皆未有稍及林黛玉者，所以早存一段心事，只不好说出来。故每每或喜或怒，变尽法子暗中试探。那林黛玉偏生也是个有些痴病的，也每用假情试探。因你也将真心真意瞒了起来，只用假意，我也将真心真意瞒了起来，只用假意，如此"两假相逢，终有一真"，其间琐琐碎碎，难保不有口角之事。即如此刻，宝玉的心内想的是："别人不知我的心，还可恕；难道你就不想我的心里眼里只有你？你不能为我解烦恼，反来以这话奚落堵噎我，可见我心里一时一刻白有你，你心里竟没我了。"宝玉是这个意思，只口里说不出来。那林黛玉心里想着："你心里自然有我，虽有'金玉相对'之说，你岂是重这邪说不重我的？我便时常提着'金玉'，你只管了然无闻的，方见得是待我重，无毫发私心了。如何我只一提'金玉'的事，你就着急？可知你心里时时有'金玉'的，见我一提，你又怕我多心，故意着急，安心哄我。"

看来两个人原本是一个心，却多生了枝叶，反弄成两个心了。那宝玉心中又想道："我不管怎么样都好，只要你随意，我便立刻因你死了也情愿；你知也罢，不知也罢，只由我的心，那才是你和我近，不和我远。"林黛玉心里又想着："你只管你，你好，我自好。你何必为我把自己失了？殊不知，你失我也失。可见，你不叫我近你，你竟叫我远你了。"如此看来，却都是求近之心，反弄成疏远之意。此皆他二人素昔所存私心，难以备述。如今只述他们外面的形容。

那宝玉又听见他说"好姻缘"三个字，越发逆了己意，心里干噎，口里说不出话来；便赌气向颈上摘下"通灵玉"来，咬咬牙，狠命往地下一摔，道："什么劳什子！我砸了你，就完了事了！"偏生那玉坚硬非常，摔了一下，竟文风不动。宝玉见不破，便回身找东西来砸。黛玉见他如此，早已哭起来，说道："何苦来，你摔砸那哑吧东西？有砸他的，不如来砸我！"

二人闹着，紫鹃雪雁等忙解劝。后来见宝玉下死劲砸玉，忙上来夺，又夺不下来。见比往日闹的大了，少不得去叫袭人。袭人忙赶了来，才夺了下来。宝玉冷笑道："我是砸我的东西，与你们什么相干！"袭人见他脸都气黄了，眼眉都变了，从来没气得这样，便拉着他的手，笑道："你合妹妹拌嘴，不犯着砸他；倘砸坏了，叫他心里脸上怎么过的去？"林黛玉一行哭着，一行听了这话，说到自己心坎儿上来，可见宝玉连袭人不如，越发伤心大哭起来。心里一烦恼，方才吃的香薷饮解暑汤^㉛，便承受不住，"哇"的一声，都吐了出来。紫鹃忙上来用手帕子接住，登时一口一口的，把块手帕子吐湿。雪雁忙上来捶。紫鹃道："虽然生气，姑娘到底也该保重着。才吃了药，好些，这会子因和宝二爷拌嘴，又吐了出来；倘或犯了病，宝二爷怎么过的去呢？"宝玉听了这话，说到自己心坎儿上来，可见黛玉不如一紫鹃。又见黛玉脸红头胀，一行啼哭，一行气凑，一行是泪，一行是汗，不胜怯弱。宝玉见了这般，又自己后悔："方才不该和他较证^㉜，这会子他这样光景，我又替不了他。"心里想着，也由不得滴下泪来了。袭人见他两个哭，由不得守着宝玉也心酸起来；又摸着宝玉的手冰凉，待要劝宝玉不哭罢，一则又恐宝玉有什么委屈闷在心里，二则又恐薄了黛玉。不如大家一哭，就丢开手了，因此也流下泪来。紫鹃一面收拾了吐的药，一面拿扇子替黛玉轻轻的扇着，见三个人都鸦雀无声，各自哭各自的，也由不得伤起心来，也拿手帕子拭泪。

四个人都无言对泣。一时，袭人勉强笑向宝玉道："你不看别人的，你看看这玉上穿的穗子，也不该同林姑娘拌嘴。"黛玉听了，也不顾病，赶来夺过去，顺手抓起一把剪子来要剪。袭人紫鹃刚要夺，已经剪了几段。黛玉哭道："我也是白效力，他也不稀罕，只有别人替他再穿好的去。"袭人忙接了玉道："何苦来！这是我才多嘴的不是了。"宝玉向黛玉道："你只管剪！我横竖不带他，也没什么。"

只顾里头闹，谁知那些老婆子们见黛玉大哭大吐，宝玉又砸玉，不知道要闹到什么田地，倘或连累了他们，便一齐往前头回贾母王夫人知道，好不干连了他们。那贾母王夫人见他们忙忙的做一件正经事来告诉，也都不知有了什么大祸，便一齐进园来瞧他兄妹。急的袭人抱怨紫鹃："为什么惊动了老太太、太太？"紫鹃又只当是袭人去告诉的，也抱怨袭人。

那贾母王夫人进来，见宝玉也无言，黛玉也无话，问起来，又没为什么事，便将这祸移到袭人紫鹃两个人身上，说："为什么你们不小心伏侍？这会子闹起来都不管了！"因此将二人连骂带说，教训了一顿。二人都没话，只得听着。还是贾母带出宝玉去了，方才平服。

过了一日，至初三日，乃是薛蟠生日，家里摆酒唱戏，贾府诸人都去了。宝玉因得罪了黛玉，二人总未见面，心中正自后悔，无精打彩的，那里还有心肠去看戏？因而推病不去。黛玉不过前日中了些暑溽之气，本无甚大病，听见他不去，心里想："他是好吃酒看戏的，今日反不去，自然是因为昨儿气着了；再不然他见我不去，他也没心肠去。只是昨儿千不该，万不该，铰了那玉上的穗子。管定他再不带了，还得我穿了他才带。"因而心中十分后悔。

那贾母见他两个都生气，只说趁今儿那边去看戏，他两个见了，也就完了，不想又都不去。老人家急的抱怨说："我这老冤家，是那一世里孽障？偏遇见这么两个不省事的小冤家，没有一天不叫我操心！真是俗语说的，'不是冤家不聚头'㉝。几时我闭了眼，断了这口气，凭这两个冤家闹上天去，我'眼不见，心不烦'，也就罢了。偏又不咽这口气。"自己抱怨着，也哭了。

这话传入宝林二人耳内，他二人竟未从听见过"不是冤家不聚头"的这句俗语，如今忽然得了这句话，好似参禅的一般，都低着头细嚼这句话的滋味，都不觉潸然泣下㉞。虽不曾会面，然一个在潇湘馆临风洒泪，一个在怡红院对月长吁。却不是"人居两地，情发一心"么。

袭人因劝宝玉道："千万不是，都是你的不是。往日家里小厮们和他的姊妹拌嘴，或是两口子分争，你听见了，还骂小厮们蠢，不能体贴女孩儿们的心肠；今儿你也这么着了。明儿初五，大节下，你们两个再这么仇人似的，老太太越发要生气，一定弄的不安生。依我劝你，正经下个气，赔个不是，大家还是照常一样儿，这么也好，那么也好。"宝玉听了，不知依与不依。要知端详，下回分解。

【注释】

①"挂起"句：清龚炜《巢林笔谈续编》卷下："内室之施帘帷尚矣，移之厅事看戏，移之户前看张灯赛会，久已成俗，然犹不失障蔽之义。"

②唱动（tòng）戏：指唱一次场面较大、较热闹的戏。戏，这里当指"大戏"。清赵翼《檐曝杂记》卷一"大戏"："中秋前二日为万寿圣节，是以月之六日即演大戏，至十五日止。所演戏，率用《西游记》《封神传》等小说中神仙鬼怪之类，取其荒幻不经，无所触忌，且可凭空点缀，排引多人，离奇变诡作大观也。戏台阔九筵，凡三层。所扮妖魅，有自上而下者，自下突出者，甚至两厢楼亦作化人居，而跨驼舞马，则庭中亦满焉。有时神鬼毕集，面具千百，无一相肖者。神仙将出，先有道童十二三岁者作队出场，继有十五六岁，十七八岁者。每队各数十人，长短一律，无分寸参差。举此则其他可知也。"

③敢仔：又作"敢情"，犹言自然、当然。有求之不得的意思。

④立规矩：按照家规，恭立伺候。

⑤长天老日：指夏天的白昼很长。

⑥法官：旧时对有职位的道士的敬称。

⑦山门：佛寺的大门。因寺院多居山林之处，故称。后泛指寺院。也作"三门"。《释氏要览》卷上："凡寺院有开三门者，只有一门亦呼为三门者何也？《佛地论》云：大宫殿，三解脱门……谓空门、无相门、无作门。"

⑧剪筒：存放蜡花的用具。

⑨可怜见：可怜的。见，词尾，无义。金代已习用。

⑩娘母子：包括母子、母女、婆媳在内。

⑪寻趁：本指寻觅，这里是寻机会故意找碴儿的意思。

⑫道录司：旧时负责道教事务的官署。

⑬控身：比喻人弯腰的一种姿势，表示恭敬。

⑭无量寿佛：即"阿弥陀佛"，意译"无量寿"。《无量寿经》卷上："无量寿佛，威神光明，最尊第一。"据说他是"西方极乐世界"的教主，为净土宗的主要信仰对象。《阿弥陀经》称，念此佛名号，深信无疑，即可往生"西方净土"。故后世念佛，多指念阿弥陀佛名号。

⑮发福：旧时恭维人发胖的客气话。

⑯经袱子：古时用绸或布包裹书卷的小包袱，叫做"袱子"；僧道用以包裹经卷的，称为"经袱子"。

⑰法器：原指僧道斋醮所用的引磬、木鱼、铙钹等器物，这里指传道用的东西。

⑱金璜：金属制的璜形饰物。璜，本古玉石器名，形状像璧的一半。

⑲门下出身：门下，即门庭之下，指权贵者的家。出身，个人最早的身份或经历。因张道士是荣国公的替身，所以这样说。

⑳"神前"句：指在神座前用掷签或拈阄的方式，选出要演唱的戏目。因为打醮演戏是给"神"看的，因此戏目要由神道决定。《醒世姻缘传》第八十六回写有人在河神庙唱戏乐神，"会首呈上戏单，阄了一本《鱼篮记》"。

㉑《白蛇记》：当是取材于《史记·高祖本纪》的一本戏。《本纪》载，刘邦酒醉，夜行泽中，有大蛇当道，乃拔剑斩之。这是他起义的开始。剧本或即演刘邦斩蛇起义的故事。元白朴曾写有《斩白蛇》杂剧，已佚。马廉《录鬼簿新校注》："按曹本作《汉高祖斩白蛇》。"曹即雪芹祖父曹寅。疑或指此。

㉒《满床笏》：清代传奇，又名《十醋记》，范希哲撰。范为龚鼎孳门客。剧本演唐郭子仪"七子八婿，富贵寿考"的故事。清俞樾《春在堂随笔》卷七："人家有喜庆事，以梨园侑觞，往往以《笏圆》终之，盖演郭汾阳生日上寿事也。"《海上花列传》第十九回："堂戏照例是跳加官开场，跳加官之后，系点的《满床笏》《打金枝》两出吉利戏。"

㉓《南柯梦》：即《南柯记》，明汤显祖"四梦"之一。题材取自

唐李公佐《南柯太守传》，写淳于芬梦至大槐安国，当了驸马，做了太守，国王封邑赐爵，男以门荫授官，女亦聘于王族，荣耀显赫，一时之盛，代莫比之。最后终于失宠被逐，恍然梦醒，原来所谓"大槐安国"不过是门前槐树下的蚁穴而已。作者有意安排这三部戏，由起首、盛极、到梦灭的过程，或是暗示贾府由兴盛而趋于衰败的必然结局。

㉔焚钱粮：用金、银箔纸折叠成元宝等物，祭神时焚烧，叫"焚钱粮"。

㉕赤金点翠的麒麟：用赤金制成的点缀有翠羽的麒麟。翠是鸟名，也称翠雀。羽有蓝、绿、赤、棕等色，可为饰品。以翠鸟的羽毛剪裁成圆点、菱形等小型花纹，平贴在金银首饰上，构成图案的一部分，这种工艺叫"点翠"。麒麟，古代传说中的一种动物，似鹿，独角。旧时多用以象征所谓吉祥。

㉖斋坛：僧道用以诵经朝礼的地方。

㉗赏封儿：用红纸封套装的赏钱。亦简称"封儿"。

㉘侍郎：官名。秦汉时为郎中令之属官，是宫廷的近侍。隋唐以后，中书、门下及尚书省所属各部均以侍郎为长官的副职。至明清，升至正二品，与尚书同为各部堂官。

㉙"打墙"句：旧时迷信，在掘土兴建或迁徙房屋时，先要祭祀"土神"，然后"破土"，叫做"动土"。这句谚语的意思是说，反正已经动手干了，大干小干都一样。亦说"一锄头动土两锄头也动土"。

㉚煞性子：意同"煞气"，即借他人或别的事物以宣泄自己的怒气。煞，应作"撒"。《集韵》："撒，散之也，一曰放也。"

㉛香薷（rú）饮：一种药剂。即以香薷、厚朴、白扁豆制成，主治夏令感寒伤暑、发热恶寒、胸闷呕吐等症（见《本草纲目》）。香薷，又名香草，一年生草本植物，全株有芳香气味，茎叶可入药。

㉜较证：计较辩驳。

㉝"不是冤家"句：清褚人获《坚瓠丁集》卷二："金文通息斋云：冤家不簇，不成眷属，可见六亲皆冤家聚会……真所谓不是冤家不聚头也。"

㉞潸（shān）然：流泪的样子。

第三十回

宝钗借扇机带双敲　椿龄画蔷痴及局外

话说林黛玉自与宝玉口角后，也觉后悔，但又无去就他之理，因此日夜闷闷，如有所失。紫鹃度其意，乃劝道："论前日之事，竟是姑娘太浮躁了些。别人不知那宝玉脾气，难道咱们也不知道的？为那玉也不是闹了一遭两遭了。"黛玉啐道："你倒来替人派我的不是，我怎么浮躁了？"紫鹃笑道："好好的，为什么剪了那穗子？岂不是宝玉只有三分不是，姑娘倒有七分不是？我看他素日在姑娘身上就好，皆因姑娘小性儿，常要歪派他①，才这么样。"

黛玉欲答话，只听院外叫门，紫鹃听了一听，笑道："这是宝玉的声音，想必是来赔不是来了。"黛玉听了，说："不许开门！"紫鹃道："姑娘又不是了！这么热天，毒日头地下，晒坏了他，如何使得呢！"口里说着，便出去开门，果然是宝玉。一面让他进来，一面笑着说道："我只当宝二爷再不上我们的门了，谁知道这会子又来了。"宝玉笑道："你们把极小的事，倒说大了。好好的，为什么不来？我便死了，魂也要一日来一百遭。妹妹可大好了？"紫鹃道："身上病好了，只是心里气还不大好。"宝玉笑道："我晓得有什么气。"一面说着，一面进来。只见黛玉又在床上哭。

那黛玉本不曾哭，听见宝玉来，由不得伤心了，止不住滚下泪来。宝玉笑着走近床来道："妹妹身上可大好了？"黛玉只顾拭泪，并不答应。宝玉因便挨在床沿上坐了，一面笑道："我知道你不恼我，但只我不来，叫旁人看见，倒像是咱们又拌了嘴的似的。若等他们来劝咱们，那时节，岂不咱们倒觉生分了？不如这会子，你要打要骂，凭着你怎么样，千万别不理我！"说着，又把"好妹妹"叫了几十声。

黛玉心里原是再不理宝玉的，这会子听见宝玉说"别叫人知道咱们拌了嘴就生分了是的"这一句话，又可见得比别人原亲近，因又掌不住，便哭道："你也不用来哄我。从今以后，我也不敢亲近二爷，权当我去了。"宝玉听了笑道："你往那里去呢？"黛玉道："我回家去。"宝玉笑道："我跟了去。"黛玉道："我死了呢？"宝玉道："你死了，我做和尚。"黛玉一闻此言，登时把脸放下来，问道："想是你要死了，胡说的是什么？你们家倒有几个亲姐姐亲妹妹呢，明日都死了，你几个身子做和尚？明日我倒把这话告诉别人去评评。"

宝玉自知这话说的造次了②，后悔不来，登时脸上红涨，低了头，不敢则一声。幸而屋里没人。黛玉两眼直瞪瞪的瞅了他半天，气的"嗳"了一声，说不出话来。见宝玉逼得脸上紫涨，便咬着牙，用指头狠命的在他额上戳了一下，"哼"了一声，咬着牙说道："你这……"刚说了两个字，便又叹了一口气，仍拿起手帕子来擦眼泪。

宝玉心里原有无限心事，又兼说错了话，正自后悔；又见黛玉戳他一下，要说也说不出来，自叹自泣，因此自己也有所感，不觉滚下泪来。要用帕子揩拭，不想又忘了带来，便用衫袖去擦。黛玉虽然哭着，却一眼看见了他穿着簇新藕合纱衫③，竟去拭泪，便一面自己拭着泪，一面回身，将枕上搭的一方绡帕拿起来，向宝玉怀里一摔，一语不发，仍掩面而泣。宝玉见他摔了帕子来，忙接住拭了泪，又挨近前些，伸手挽了黛玉一只手，笑道："我的五脏都碎了，你还只是哭。去罢，我同你往老太太跟前去。"黛玉将手摔道："谁同你拉拉扯扯的！一天大似一天，还这么涎皮赖脸的，连个理也不知道。"

一句话没说完，只听嚷道："好了！"宝黛两个不防，都唬了一跳，回头看时，只见凤姐儿跑了进来，笑道："老太太在那里抱怨天，抱怨地，只叫我来瞧瞧你们好了没有。我说：'不用瞧，过不了三天，他们自己就好了。'老太太骂我，说我懒；我来了，果然应了我的话。也没见你们两个，有些什么可拌的，三日好了，两日恼了，越大越成了孩子了！有这会子拉着手哭的，昨儿为什么又成了'乌眼鸡'④呢？还不跟我走，到老太太跟前，叫老人家也放些心。"说着，拉了黛玉就走。

黛玉回头叫丫头们，一个也没有。凤姐道："又叫他们做什么，有我伏侍呢。"一面说，一面拉了就走。宝玉在后面跟着，出了园门，到了贾母跟前，凤姐笑道："我说他们不用人费心，自己就会好的，老祖宗不信，一定叫我去说和；我及至到那里要说和，谁知两个人倒在一处对赔不是，对笑对说呢！倒像'黄鹰抓住鹞子的脚'，两个都'扣了环了'⑤。那里还要人去？"说的满屋里都笑起来。

此时宝钗正在这里，那黛玉只一言不发，挨着贾母坐下。宝玉没甚说的，便向宝钗笑道："大哥哥好日子，偏生的又不好了，没别的礼送，连个头也不磕去。大哥哥不知我病，倒像我懒，推故不去呢。倘或明儿闲了，姐姐替我分辩分辩。"宝钗笑道："这也多事。你便要去，也不敢惊动，何况身上不好。弟兄们终日一处，要存这个心，倒生分了。"宝玉又笑道："姐姐知道体谅我就好了。"又道："姐姐怎么不看戏去？"宝钗道："我怕热。看了两出，热得很，要走，客又不散；我少不得推身上不好，就来了。"宝玉听说，由不得脸上没意思，只得又搭赸笑道⑥："怪不得他们拿姐姐比杨贵妃⑦，原也体胖怯热。"宝钗听说，不由的大怒，待要怎样，又不好怎样；回思了一回，脸红起来，便冷笑了两声，说道："我倒像杨贵妃，只是没一个好哥哥好兄弟，可以做得杨国忠的⑧！"

二人正说着，可巧小丫头靓儿因不见了扇子，和宝钗笑道："必是宝姑娘藏了我的。好姑娘，赏我罢。"宝钗指他道："你要仔细！我和谁玩过，你来疑我？和你素日嘻皮笑脸的那些姑娘们，你该问他们去。"说的靓儿跑了。宝玉自知又把话说造次了，当着许多人，更比才在黛玉跟前更不好意思，便急回身，又同别人搭讪去了。

黛玉听见宝玉奚落宝钗，心中着实得意，才要搭言，也趁势取个笑，不想靛儿因找扇子，宝钗又发了两句话，他便改口说道："宝姐姐，你听了两出什么戏？"宝钗因见黛玉面上有得意之态，一定是听了宝玉方才奚落之言，遂了他的心愿，忽又见问他这话，便笑道："我看的是李逵骂了宋江，后来又赔不是。"宝玉便笑道："姐姐通今博古，色色都知道，怎么连这一出戏的名儿也不知道，就说了这么一串。这叫做'负荆请罪'⑨。"宝钗笑道："原来这叫'负荆请罪'！你们通今博古，才知道'负荆请罪'，我不知什么叫'负荆请罪'。"

一句话未说了，宝玉黛玉二人心里有病，听了这话，早把脸羞红了。凤姐这些上虽不通，但只看他三人形景，便知其意，也笑问道："这们大热的天，谁还吃生姜呢？"众人不解，便说道："没有吃生姜的。"凤姐故意用手摸着腮，咤异道："既没人吃生姜，怎么这样辣辣的？"宝玉黛玉二人听见这话，越发不好意思了。宝钗再欲说话，见宝玉十分羞愧，形景改变，也就不好再说，只得一笑收住。别人总未解得他四个人的言语，因此付之一笑。

一时宝钗凤姐去了，黛玉笑向宝玉道："你也试着比我利害的人了。谁都像我心拙口夯的⑩，由着人说呢！"宝玉正因宝钗多心，自己没趣，又见黛玉问着他，越发没好气起来。欲待要说两句，又怕黛玉多心，说不得忍气，无精打彩，一直出来。

谁知目今盛暑之际，又当早饭已过，各处主仆人等多半都因日长神倦，宝玉背着手，到一处，一处鸦雀无声。从贾母这里出来，往西走过了穿堂，便是凤姐的院落。到他院门前，只见院门掩着，知道凤姐素日的规矩，每到天热，午间要歇一个时辰的，进去不便，遂进角门，来到王夫人上房内。只见几个丫头手里拿着针线，却打盹儿。王夫人在里间凉床上睡着，金钏儿坐在傍边捶腿，也乜斜着眼乱恍。

宝玉轻轻的走到跟前，把他耳上带的坠子一摘，金钏儿睁眼，见是宝玉。宝玉便悄悄的笑道："就困的这么着？"金钏儿抿嘴一笑，摆手令他出去，仍合上眼。宝玉见了他，就有些恋恋不舍的，悄悄的探头瞧瞧王夫人合着眼，便自己向身边荷包里带的香雪润津丹掏了一丸出来，便向金钏儿口里一送，金钏儿并不睁眼，只管噙了。宝玉上来，便拉着手，悄悄的笑道："我和太太讨你，咱们在一处吧。"金钏儿不答。宝玉又道："不然，等太太醒来，我就讨。"金钏儿睁开眼，将宝玉一推，笑道："你忙什么？'金簪儿掉在井里头，有你的只是有你的。'连这句俗语难道也不明白？我告诉你个巧方儿，你往东小院子里拿环哥儿同彩云去。"宝玉笑道："凭他怎么去罢，我只守着你。"只见王夫人翻身起来，照金钏儿脸上就打了一个嘴巴子，指着骂道："下作小娼妇！好好爷们，都叫你们教坏了！"宝玉见王夫人起来，早一溜烟去了。这里金钏儿半边脸火热，一声不敢言语。登时众丫头们听见王夫人醒了，都忙进来。王夫人便叫："玉钏儿，把你妈叫上来，带出你姐姐去。"金钏儿听见，忙跪下哭道："我再不敢了！太太要打要骂，只管发落，别叫我出去，就是天恩了。我跟了太太十来年，这会子撵出去，我还见人不见人呢！"

王夫人固然是个宽仁慈厚的人，从来不曾打过丫头们一下，今忽见金钏儿行此无耻之事，此乃平生最恨者，故气忿不过，打了一下子，骂了几句。虽金钏儿苦求，也不肯收留；到底唤了金钏儿之母白老媳妇领了下去。那金钏儿含羞忍辱的出去，不在话下。

且说宝玉见王夫人醒了，自己没趣，忙进大观园来。只见赤日当天，树阴合地，满耳蝉声，静无人语。刚到了蔷薇架①，只听见有人哽噎之声，宝玉心中疑惑，便站住细听，果然架下那边有人。此时正是五月，那蔷薇花叶茂盛之际，宝玉悄悄的隔着篱笆洞儿一看，只见一个女孩子蹲在花下，手里拿着根绾头的簪子在地下抠土，一面悄悄的流泪呢。宝玉心中想道："难道这也是个痴丫头，又象颦儿来葬花不成！"因又自笑道："若真也葬花，可谓'东施效颦'⑫，不但不为新特，而且更是可厌了。"想毕，便要叫那女子，说："你不用跟着林姑娘学了。"话未出口，幸而再看时，这女孩子面生，不是个侍儿，倒像是那十二个学戏的女孩子之内一个，却辨不出他是生、旦、净、丑那一个脚色来。

宝玉忙忙把舌头一伸，将口掩住，自己想道："幸而不曾造次，上两回皆因造次了，颦儿也生气，宝儿也多心，如今再得罪了他们，越发没意思了。"一面想，一面又恨认不得这个是谁。再留神细看，只见这女孩子眉蹙春山，眼颦秋水，面薄腰纤，袅袅婷婷，大有林黛玉之态。宝玉早又不忍弃他而去，只管痴看，只见他虽然用金簪画地，并不是掘土埋花，竟是向土上画字。宝玉用眼随着簪子的起落，一直到底，一画、一点、一勾的看了去，数一数，十八笔，自己又在手心里用指头按着他方才下笔的规矩写了，猜是个什么字。写成一想，原来就是个蔷薇花的"蔷"字。宝玉想道："必定是他也要做诗填词，这会子见这花，因有所感，或者偶成一两句，一时兴至，怕忘，在地下画着推敲，也未可知。且看他底下再写什么。"一面想，一面又看，只见那女孩子还在那里画呢。画来画去，还是个"蔷"字。再看，还是个"蔷"字。

里面的原是早已痴了，画完一个"蔷"又画一个"蔷"，已经画了有几十个。外面的不觉也看痴了，两个眼睛珠儿只管随着簪子动，心里却想："这女孩子一定有什么说不出的大心事，才这么个形景。外面他既是这个形景，心里不知怎么熬煎呢！看他的模样儿，这般单薄，心里那里还搁得住熬煎？可恨我不能替你分些过来。"

伏中阴晴不定，片云可以致雨，忽然凉风过了，飒飒的落下一阵雨来。宝玉看那女子头上滴下水来，纱衣裳登时湿了。宝玉想道："这是下雨了，他这个身子，如何禁得骤雨一激。"因此禁不住便说道："不用写了。你看下大雨，身上都湿了。"那女孩子听说，倒唬了一跳，抬头一看，只见花外一个人叫他"不要写下大雨了"，一则宝玉脸面俊秀；二则花叶繁茂，上下俱被枝叶隐住，刚露着半边脸，那女孩子只当是个丫头，再不想是宝玉，因笑道："多谢姐姐提醒了我，难道姐姐在外头有什么遮雨的？"一句提醒了宝玉，"嗳哟"了一声，才觉得浑身冰凉。低头看看自己身上，也都湿了。说："不好！"只得一气跑回怡红院去了，心里却还记挂着那女孩子没处避雨。

　　原来明日是端阳节，那文官等十二个女孩子都放了学，进园来各处玩耍，可巧小生宝官正旦玉官两个女孩子，正在怡红院和袭人玩笑，被雨阻住，大家把沟堵了，水积在院内，把些绿头鸭、花鹨鹈、彩鸳鸯⑬，捉的捉，赶的赶，缝了翅膀，放在院内玩耍，将院门关了。袭人等都在游廊上嘻笑。

　　宝玉见关着门，便用手扣门，里面诸人只顾笑，那里听见？叫了半日，拍得门山响，里面方听见了。料着宝玉这会子再不回来的，袭人笑道："谁这会子叫门？没人开去。"宝玉道："是我。"麝月道："是宝姑娘的声音。"晴雯道："胡说！宝姑娘这会子做什么来？"袭人道："让我隔着门缝儿瞧瞧，可开就开，别叫他淋着回去。"说着，便顺着游廊到门前往外一瞧，只见宝玉淋得"雨打鸡"一般。袭人见了，又是着忙，又是可笑，忙开了门，笑着，弯腰拍手道："那里知道是爷回来了！你怎么大雨里跑了来？"

　　宝玉一肚子没好气，满心里要把开门的踢几脚，方开了门，并不看真是谁，还只当是那些小丫头们，便抬腿踢在肋上，袭人"嗳哟"了一声。宝玉还骂道："下流东西们！我素日担待你们得了意，一点儿也不怕，越发拿着我取笑儿了！"口里说着，一低头见是袭人哭了，方知踢错了。忙笑道："嗳哟，是你来了！踢在那里了？"袭人从来不曾受过一句大话儿的，今忽见宝玉生气踢他一下，又当着许多人，又是羞，又是气，又是疼，真一时置身无地。待要怎么样，料着宝玉未必是安心踢他，少不得忍着说道：

"没有踢着，还不换衣裳去！"

宝玉一面进房来解衣，一面笑道："我长了这么大，今日是头一遭儿生气打人，不想偏生遇见了你！"袭人一面忍痛换衣裳，一面笑道："我是个起头儿的人，也不论事大事小，是好是歹，自然也该从我起。但只是别说打了我，明日顺了手，也打起别人来。"宝玉道："我才也不是安心。"袭人道："谁说是安心呢！素日开门关门的都是那起小丫头们的事，他们是惯皮惯了的，早已恨得人牙痒痒，他们也没个怕惧，你打量是他们，踢一下子唬唬也好。刚才是我淘气，不叫开门的。"

说着，那雨已住了，宝官玉官也早去了。袭人只觉肋上疼得心里发闹，晚饭也不曾吃。至晚间洗澡脱了衣服，只见肋上青了碗大一块，自己倒唬了一跳，又不好声张。一时睡下，梦中作痛，由不得"嗳哟"之声，从睡中哼出。

宝玉虽说不是安心，因见袭人懒懒的，也不安稳。忽夜里闻得"嗳哟"，便知踢重了，自己下床来，悄悄的秉灯来照。刚到床前，只见袭人嗽了两声，吐出一口痰来，"嗳哟"一声，睁眼见了宝玉，倒唬一跳，道："作什么？"宝玉道："你梦里'嗳哟'，必是踢重了，我瞧瞧。"袭人道："我头上发晕，嗓子里又腥又甜，你倒照一照地下罢。"宝玉听说，果然持灯向地下一照，只见一口鲜血在地。宝玉慌了，只说："了不得了！"袭人见了，也就心冷了半截。要知端的，下回分解。

【注释】

①歪派：错怪的意思。

②造次：这里是轻率鲁莽的意思。

③簇新藕合纱衫：非常新的藕合色纱衫。簇，本指初生的嫩竹，这里比喻极新的衣服。藕合，也作"藕荷"，丝绸的一种颜色。清李斗《扬州画舫录》卷一："深紫绿色曰藕合。"

④乌眼鸡：眼圈呈黑色的鸡。一般鸡眼圈为青白色，乌眼鸡则通

体皆黑。这种鸡好斗，故常用以形容人意见不合时怒目相视的神态。一说，乌眼鸡，即五眼鸡。五眼，源于佛教，即指肉眼、天眼、慧眼、法眼、佛眼。唐道世《诸经要集》卷一："五眼精明，六通遥扬。"后比喻心眼儿多。进而形容贪得无厌。又因公鸡好斗，常为争食打斗不已，故又比喻好斗的人。

⑤扣了环：鹰抓雀、兔等物时，爪距相对扣紧，不易瓣开，叫"扣环"。清西清《黑龙江外记》卷八："鹰见雉、兔，飞起而俯视曰'打椿'；得雉、兔而双爪紧抱曰'扣环'。"这里比喻两人亲密得不肯分手。

⑥搭赸（shàn）：为跟别人接近或把尴尬局面敷衍过去而找话说。

⑦拿姐姐比杨贵妃：据云杨妃体胖，宝钗也"生的肌肤丰泽"，故有此比。

⑧杨国忠：杨贵妃的从兄，唐玄宗时为宰相，擅权作奸；"安史之乱"发生时，随玄宗逃蜀，到马嵬驿，被士兵所杀。

⑨负荆请罪：背缚荆条，主动向对方请罪，表示承认错误，请求对方责罚。这里指"李逵负荆请罪"的故事。元康进之所作《李逵负荆》杂剧，写在梁山泊附近的杏花庄，有人冒充宋江，抢走王姓之女，失主向李逵哭诉，李逵回山怒斥宋江。后查明了真相，李逵向宋江认了罪。

⑩夯（bèn）：同"笨"。《儒林外史》第四十六回："小儿蠢夯，自幼失学。"

⑪蔷薇架：明文震亨《长物志·蔷薇木香》："尝见人家园林中，必以竹为屏，牵五色蔷薇于上，架木为轩……二种非屏、架不堪植。或移着闺阁，供仕女采掇，差可。"

⑫东施效颦：《庄子·天运》："故西施病心而矉其里，其里之丑人见而美之，归亦捧心而矉其里。其里之富人见之，坚闭门而不出；贫人见之，挈妻子而去之走。彼知矉美，而不知矉之所以美。"里之丑人，后附会为西施邻女东施，而把以丑拙学美好，叫"东施效颦"。颦，一作"矉"，皱眉的意思。

⑬鸂鶒（xī chì）：类似鸳鸯的一种水鸟。

第三十一回
撕扇子作千金一笑① 因麒麟伏白首双星②

话说袭人见了自己吐的鲜血在地，也就冷了半截，想着往日常听人说："少年吐血，年月不保；纵然命长，终是废人了。"想起此言，不觉将素日想着后来争荣夸耀之心，尽皆灰了，眼中不觉的滴下泪来。宝玉见他哭了，也不觉心酸起来，因问道："你心里觉着怎么样？"袭人勉强笑道："好好的，觉怎么样呢。"

宝玉的意思即刻便要叫人烫黄酒，要山羊血黎峒丸来③。袭人拉了他的手，笑道："你这一闹不大紧，闹起多少人来，倒抱怨我轻狂。分明人不知道，倒闹得人知道了，你也不好，我也不好。正经明日你打发小子问问王太医去，弄点子药吃吃就好了。人不知鬼不觉的，可不好？"宝玉听了有理，也只得罢了；向案上斟了茶来，给袭人漱了口。袭人知宝玉心内也不安稳的，待要不叫他伏侍，他又必不依；二则定要惊动别人，不如且由他去罢：因此倚在榻上，由宝玉去伏侍。一交五更，宝玉也顾不得梳洗，忙穿衣出来，将王济仁叫来，亲自确问。王济仁问其原故，不过是伤损，便说了个丸药的名字，怎么服，怎么敷。宝玉记了，回园来，依方调治，不在话下。

这日正是端阳佳节，蒲艾簪门④，虎符系臂⑤，午间王夫人治了酒席，请薛家母女等赏午⑥。宝玉见宝钗淡淡的，也不和他说话，自知是昨日的原故。王夫人见宝玉没精打彩，也只当是昨日金钏儿之事，他没好意思的，越发不理他。林黛玉见宝玉懒懒的，只当是他因为得罪了宝钗的原故，心中不自在，形容也就懒懒的。凤姐昨日晚间王夫人就告诉了他宝玉金钏的事，知道王夫人不自在，自己如何敢说笑，也就随着王夫人气色行事，更觉淡淡的。迎春姐妹见众人无意思，也都无意思了。因此，大家坐了一坐，就散了。

林黛玉天性喜散不喜聚，他想得也有个道理。他说："人有聚就有散，聚时欢喜，到散时岂不清冷？既清冷则生感伤，所以不如倒是不聚的好。比如那花开时令人爱慕，谢时便增惆怅，所以倒是不开的好。"故此，人以为欢喜时，他反以为悲。那宝玉的情性只愿常聚，生怕一时散了；那花只愿常开，生怕一时谢了；只到筵散花谢，虽有万种悲伤，也就无可如何了。因此今日之筵，大家无兴散了，林黛玉倒不觉得，倒是宝玉心中闷闷不乐，回至自己房中，长吁短叹。

偏生晴雯上来换衣服，不防又把扇子失了手，掉在地下，将骨子跌折。宝玉因叹道："蠢才，蠢才！将来怎么样？明日你自己当家立业，难道也是这么顾前不顾后的？"晴雯冷笑道："二爷近来气大得很，行动就给脸子瞧⑦。前日连袭人都打了，今日又来寻我们的不是。要踢要打凭爷去。就是跌了扇子，也是平常的事；先时连那么样的玻璃缸、玛瑙碗，不知弄坏了多少，也没见个大气儿。这会子一把扇子就这么着了。何苦来！嫌我们就打发了我们，再挑好的使。好离好散的倒不好？"

宝玉听了这些话，气的浑身乱战。因此说道："你不用忙，将来有散的日子！"袭人在那边早已听见，忙赶过来，向宝玉道："好好的，又怎么了？可是我说的：'一时我不到就有事故儿。'"晴雯听了冷笑道："姐姐既会说，就该早来，也省了爷生气。自古以来，就只是你一个人伏侍爷的，我们原没伏侍过。因为你伏侍的好，昨日才挨窝心脚；我们不会伏侍的，明日还不知是个什么罪呢？"

袭人听了这话，又是恼，又是愧；待要说几句话，因见宝玉已经气的黄了脸，少不得自己忍个性子，推晴雯道："好妹妹，你出去逛逛，原是我们的不是。"晴雯听了他说"我们"两字，自然是他和宝玉了，不觉又添了醋意，冷笑几声道："我倒不知道，你们是谁？别叫我替你们害臊了！便是你们鬼鬼祟祟干的那事，也瞒不过我去。那里就称起'我们'来了！那明公正道，连个姑娘还没挣上去呢⑧，也不过和我似的，那里就称上'我们'了！"袭人羞得脸紫涨起来，想一想，原是自己把话说错了。宝玉一面说道："你们气不忿，我明日偏抬举他。"袭人忙拉了宝玉的手道："他一个糊涂人，你和他分证什么？况且你素日又是有担待的，比这大的，过了多少，今日是怎么了？"晴雯冷笑道："我原是糊涂人，那里配和我说话！我不过奴才罢咧。"袭人听说，道："姑娘到底是和我拌嘴，是和二爷拌嘴呢？要是心里恼我，你只和我说，不犯着当着二爷吵；要是恼二爷，不该这么吵的万人知道。我才也不过为了事，进来劝开了，大家保重。姑娘倒寻上我的晦气！又不像是恼我，又不像是恼二爷，夹枪带棒⑨，终久是个什么主意？我就不说，让你说去。"说着便往外走。宝玉向晴雯道："你也不用生气，我也猜着你的心事了。我回太太去，你也大了，打发你出去，可好不好？"晴雯听了这话，不觉又伤起心来，含泪说道："我为什么出去？要嫌我，变着法儿打发我去，也不能够的。"宝玉道："我何曾经过这样吵闹？一定是你要出去了。不如回太太，打发你去罢。"说着，站起来就要走。

袭人忙回身拦住，笑道："往那里去？"宝玉道："回太太去！"袭人笑道："好没意思！认真的去回，你也不怕臊了他？便是他认真要去，也等把这气下去了，等无事中说话儿回了太太也不迟。这会子急急的当一件正经事去回，岂不叫太太犯疑？"宝玉道："太太必不犯疑，我只明说是他闹着要去的。"晴雯哭道："我多早晚闹着要去了？饶生了气，还拿话压派我。只管去回，我一头碰死了，也不出这门儿。"宝玉道："这又奇了。你又不去，你又闹些什么？我经不起这吵，不如去了，倒干净。"说着，一定要去回。袭人见拦不住，只得跪下了。碧痕、秋纹、麝月等众丫鬟见吵闹得利害，都鸦雀无闻的在外头听消息，这会子听见袭人跪下央求，便一齐进来，都跪下了。宝玉忙把袭人拉起来，叹了一声，在床上坐下，叫众人起去。向袭人道："叫我怎么样才好！这个心使碎了，也没人知道。"说着，不觉滴下泪来。袭人见宝玉流下泪来，自己也就哭了。

晴雯在旁哭着，方欲说话，只见黛玉进来，便出去了。林黛玉笑道："大节下，怎么好好的哭起来？难道是为争粽子吃，争恼了不成？"宝玉和袭人"嗤"的一笑。林黛玉道："二哥哥不告诉我，我不问你也就知道了。"一面说，一面拍着袭人的肩，笑道："好嫂子，你告诉我，必定是你们两个拌了嘴。告诉妹妹，替你们和劝和劝。"袭人推他道："姑娘，你闹什么？我们一个丫头，姑娘只是混说。"黛玉笑道："你说你是丫头，我只拿你当嫂子待。"宝玉道："你何苦来替他招骂名儿。饶这么着，还有人说闲话，还搁得住你来说这话！"袭人笑道："林姑娘，你不知道我的心事，除非一口气不来，死了，倒也罢了。"林黛玉笑道："你死了，别人不知怎么样，我先就哭死了。"宝玉笑道："你死了，我做和尚去。"袭人道："你老实些罢！何苦还说这些话。"林黛玉将两个指头一伸，抿嘴笑道："做了两个和尚了！我从今以后，都记着你做和尚的遭数儿。"宝玉听了，知道是他点前日的话，自己一笑，也就罢了。

一时黛玉去了，就有人来说："薛大爷请。"宝玉只得去了，原来是吃酒，不能推辞，只得尽席而散。晚间回来，已带了几分酒，跟跄来至自己院内，只见院中早把乘凉的枕榻设下，榻上有个人睡着。宝玉只当是袭人，一面在榻沿上坐下，一面推他，问道："疼的好些了？"只见那人翻身起来，说："何苦来，又招我！"

宝玉一看，原来不是袭人，却是晴雯。宝玉将他一拉，拉在身旁坐下，笑道："你的性子越发惯娇了，早起就是跌了扇子，我不过说了那么两句，你就说上那些话。你说我也罢了，袭人好意劝，你又刮拉上他⑩。你自己想想，该不该？"晴雯道："怪热的，拉拉扯扯做什么！叫人来看见像什么！我这身子也不配坐在这里。"宝玉笑道："你既知道不配，为什么睡着呢？"

晴雯没的说，"嗤"的又笑了，说道："你不来使得，你来了就不配了。起来，让我洗澡去。袭人麝月都洗了澡，我叫了他们来。"宝玉笑道："我才又吃了好些酒，还得洗一洗。你既没有洗，拿了水来，咱们两个洗。"晴雯摇手笑道："罢，罢！我不敢惹爷。还记得碧痕打发你洗澡，足有两三个时辰，也不知道做什么呢；我们也不好进去的。后来洗完了，进去瞧瞧，地下的水，淹着床腿，连席子上都汪着水，也不知是怎么洗了。笑了几天。我也没功夫收拾水，你也不用同我洗去。今日也凉快，那会子洗了，这会子可以不用，我倒舀一盆水来你洗洗脸，通通头。才鸳鸯送了好些果子来，都湃在那水晶缸里呢①。叫他们打发你吃。"宝玉笑道："既这么着，你也不许洗去，只洗洗手，拿果子来吃罢。"晴雯笑道："我慌张的连扇子还跌折了，那里还配打发吃果子。倘或再打破盘子，还更了不得呢！"宝玉笑道："你爱打就打。这些东西，原不过是借人所用，你爱这样，我爱那样，各自性情不同；比如那扇子，原是搧的，你要撕着玩，也可以使得，只是不可生气时拿他出气；就如杯盘，原是盛东西的，你喜欢听那一声响，就故意砸了，也可以使得，只别在生气时拿他出气。这就是爱物了。"晴雯听了，笑道："既这么说，你就拿了扇子来我撕。我最喜欢听撕的。"宝玉听了，便笑着递与他。晴雯果然接过来，"嗤"的一声，撕了两半。接着又听"嗤""嗤"几声。宝玉在旁笑着说："撕得好！再撕响些。"

正说着，只见麝月走过来，笑道："少作些孽罢！"宝玉赶上来，一把将他手里的扇子也夺了递与晴雯。晴雯接了，也撕作几半子，二人都大笑。麝月道："这是怎么说？拿我的东西开心儿。"宝玉笑道："打开扇子匣子你拣去，什么好东西！"麝月道："既这么说，就把扇子搬出来，让他尽力撕岂不好？"宝玉笑道："你就搬去。"麝月道："我可不造这样孽！他没撕折了手，叫他自己搬去。"晴雯笑着，便倚在床上，说道："我也乏了，明日再撕罢。"宝玉笑道:"古人云,'千金难买一笑',几把扇子,能值几何?"一面说着,一面叫袭人。袭人才换了衣服走出来,小丫头佳蕙过来拾去破扇,大家乘凉,不消细说。

至次日午间,王夫人、薛宝钗、林黛玉众姐妹正在贾母房内坐着,就有人回:"史大姑娘来了。"一时,果见史湘云带领众多丫鬟媳妇走进院来。宝钗黛玉等忙迎至阶下相见。青年姊妹间,经月不见,一旦相逢,其亲密自不消说得。一时进入房中,请安问好,都见过了。贾母因说:"天热,把外头的衣服脱脱罢。"史湘云忙起身宽衣。王夫人因而笑道:"也没见穿上这些做什么?"史湘云笑道:"都是二婶娘叫穿的,谁愿意穿这些。"

宝钗一旁笑道:"姨妈不知道:他穿衣裳,还更爱穿那别人的衣裳,可记得旧年三四月里,他在这里住着,把宝兄弟的袍子穿上,靴子也穿上,额子也勒上,猛一瞧,倒像是宝兄弟,就是多两个坠子。他站在那椅子背后,哄的老太太只是叫:'宝玉,你过来,仔细那上头挂的灯穗子招下灰来,迷了眼。'他只是笑,也不过去。后来大家忍不住笑了,老太太才笑了说:'扮作男人好看了。'"林黛玉道:"这算什么!惟有前年正月里接了他来,住了没两日,下起雪来,老太太和舅母那日想是才拜了影回来⑫,老太太的一个新新的大红猩猩毡斗篷放在那⑬,谁知眼不见他就披了,又大又长,他就拿两个汗巾子拦腰系上,和丫头们在后院子扑雪人儿去,一跤栽倒沟跟前,弄了一身泥。"说着,大家想着前情,都笑了。宝钗笑问那周奶妈道:"周妈,你们姑娘还那么淘气不淘气了?"周奶妈也笑了。迎春笑道:"淘气也罢了,我就嫌他爱说话;也没见睡在那里还是咭咭呱呱,笑一阵,说一阵,也不知是那里来的那些谎话!"王夫人道:"只怕如今好了。前日有人家来相看,眼见有婆婆家了,还是那么着?"贾母因问:"今日还是住着,还是家去呢?"周奶妈笑道:"老太太没有看见,衣裳都带了来了,可住两天。"湘云问道:"宝玉哥哥不在家么?"宝钗笑道："他再不想着别人，只想宝兄弟，两个人好玩的，这可见还没改了淘气。"贾母道："如今你们大了，别提小名儿了。"

　　刚说着，只见宝玉来了，笑道："云妹妹来了！怎么前日打发人接你去，不来？"王夫人道："这里老太太才说这一个，他又来提名道姓的了。"林黛玉道："你哥哥有好东西等着你呢。"湘云道："什么好东西？"宝玉笑道："你信他！几日不见，越发高了。"湘云笑道："袭人姐姐好？"宝玉道："好，多谢你想着。"湘云道："我给他带了好东西来了。"说着，拿出手帕子来，挽着一个挖搭。宝玉道："什么好的？你倒不如把前日送来的那绛纹石的戒指儿带两个给他^⑪。"湘云笑道："这是什么？"说着便打开，众人看时，果然是上次送来的那绛纹戒指，一包四个。林黛玉笑道："你们瞧瞧他这个人，前日一般的打发人给我们送来，你就把他的也带了来，岂不省事？今日巴巴儿的自己带了来，我当又是什么新奇东西，原来还是他。真真的是个糊涂人。"史湘云笑道："你才糊涂呢！我把这理说出来，大家评一评谁糊涂。给你们送东西，就是使来的人不用说话，拿进来一看，自然就知是送姑娘们的了，要带了他们的这东西，须得我告诉来人，这是那一个丫头的，那是那一个丫头的。那使来的人明白还好，再糊涂些，丫头的名字也记不得，混闹胡说的，反连你们的东西都搅糊涂了。若是打发个女人来还罢了，偏前日又打发小子来，可怎么说丫头们的名字呢？还是我来给他们带来，岂不清白！"说着，把四个戒指放下，说道："袭人姐姐一个，鸳鸯姐姐一个，金钏儿姐姐一个，平儿姐姐一个；这倒是四个人的，难道小子们也记得这么清白？"

　　众人听了，都笑道："果然明白。"宝玉笑道："还是这么会说话，不让人。"林黛玉听了，冷笑道："他不会说话，就配带'金麒麟'了。"一面说着，便起身走了。幸而诸人都不曾听见，只有薛宝钗抿嘴一笑。宝玉听见了，倒自己后悔又说错了话；忽见宝钗一笑，由不得也一笑。宝钗见宝玉笑了，忙起身走开，找了黛玉说笑去了。

　　贾母因向湘云道："吃了茶，歇一歇，瞧瞧你嫂子们去。园里也凉快，同你姐姐们去逛逛。"湘云答应了，因将三个戒指包上，歇了一歇，便起身要瞧凤姐等去。众奶娘丫头跟着，到了凤姐那里，说笑了一回。出来，便往大观园来，见过了李宫裁，少坐片时，便往怡红院来找袭人。因回头说道："你们不必跟着，只管瞧你们的朋友亲戚去。留下翠缕伏侍就是了。"众人听了，自去寻姑觅嫂，单剩下湘云翠缕两个。

　　翠缕道："这荷花怎么还不开？"史湘云道："时候还没到呢。"翠缕道："这也和咱们家池子里的一样，也是楼子花⑮。"湘云道："他们这个还不如咱们的。"翠缕道："他们那边有棵石榴，接连四五枝，真是楼子上起楼子，这也难为他长。"史湘云道："花草也是同人一样，气脉充足，长的就好。"翠缕把脸一扭，说道："我不信这话！若说同人一样，我怎么不见头上又长出一个头来的人？"

　　湘云听了，由不得一笑，说道："我说你不用说话，你偏好说。这叫人怎么好答言？天地间都赋阴阳二气所生，或正或邪，或奇或怪，千变万化，都是阴阳顺逆；就是一生出来，人人罕见的，究竟道理还是一样。"翠缕道："这么说起来，从古至今，开天辟地，都是些阴阳了？"湘云笑道："糊涂东西，越说越放屁。什么'都是些阴阳'！况且'阴''阳'两个字，还只是一个字：阳尽了，就成阴，阴尽了，就成阳；不是阴尽了又有一个阳生出来，阳尽了又有个阴生出来。"翠缕道："这糊涂死我了！什么是个阴阳，没影没形的？我只问姑娘：这阴阳是怎么个样儿？"湘云道："这阴阳不过是个气罢了。器物赋了，才成形质。譬如天是阳，地就是阴；水是阴，火就是阳；日是阳，月就是阴。"翠缕听了，笑道："是了，是了！我今日可明白了。怪道人都管着日头叫'太阳'呢，算命的管着月亮叫什么'太阴星'，就是这个理了。"湘云笑道："阿弥陀佛！刚刚明白了。"翠缕道："这些东西有阴阳也罢了，难道那些蚊子、虼蚤、蠓虫儿、花儿、草儿、瓦片儿、砖头儿⑯，也有阴阳不成？”湘云道：“怎么没有呢！比如那一个树叶儿，还分阴阳呢，那边向上朝阳的就是阳，这边背阴覆下的就是阴。”翠缕听了，点头笑道：“原来这样，我可明白了。只是咱们这手里的扇子，怎么是阳，怎么是阴呢？”湘云道：“这边正面就为阳，那反面就为阴。”

　　翠缕又点头笑了。还要拿几件东西要问，因想不起什么来，猛低头看见湘云宫绦上的金麒麟，便提起来，笑道：“姑娘，这个难道也有阴阳？”湘云道：“走兽飞禽，雄为阳，雌为阴；牝为阴，牡为阳⑰。怎么没有呢？”翠缕道：“这是公的，还是母的呢？”湘云啐道：“什么‘公’的‘母’的！又胡说了。”翠缕道：“这也罢了，怎么东西都有阴阳，咱们人倒没有阴阳呢？”湘云沉了脸说道：“下流东西，好生走罢！越问越说出好的来了！”翠缕道：“这有什么不告诉我的呢？我也知道了，不用难我。”湘云“扑嗤”的笑道：“你知道什么？”翠缕道：“姑娘是阳，我就是阴。”湘云拿手帕子掩着嘴笑起来。翠缕道：“说的是了，就笑的这么样？”湘云道：“很是，很是！”翠缕道：“人家说主子为阳，奴才为阴⑱，我连这个大道理也不懂得？”湘云笑道：“你很懂得。”

　　正说着，只见蔷薇架下金晃晃的一件东西，湘云指着问道：“你看那是什么？”翠缕听了，忙赶去拾起来，看着笑道：“可分出阴阳来了！”说着，先拿史湘云的麒麟瞧瞧。史湘云要他拣的瞧瞧，翠缕只管不放手，笑道：“是件宝贝，姑娘瞧不得！这是从那里来的？好奇怪！我只从来在这里没见人有这个。”湘云道：“拿来我瞧瞧。”翠缕将手一撒，笑道：“姑娘请看。”湘云举目一验，却是文彩辉煌的一个金麒麟，比自己佩的又大又有文彩。湘云伸手擎在掌上，只是默默不语，正自出神，忽见宝玉从那边来了，笑道：“你两个在这日头底下做什么呢？怎么不找袭人去呢？”史湘云连忙将那麒麟藏起，道：“正要去呢，咱们一处走。”说着，大家进入怡红院来。

　　袭人正在阶下倚槛迎风，忽见湘云来了，连忙迎下来，携手笑说一向别情,一面进来归坐。宝玉因问道:"你该早来,我得了一件好东西,专等你呢。"说着,一面在身上掏上半天,"嗳呀"了一声,便向袭人:"那个东西你收起来了么?"袭人道:"什么东西?"宝玉道:"前日得的麒麟。"袭人道:"你天天带在身上的,怎么问我?"宝玉听了,将手一拍,说道:"这可丢了!往那里找去?"就要起身自己寻去。史湘云听了,方知是他遗落的,便笑问道:"你几时又有个麒麟了?"宝玉道:"前日好容易得的呢!不知多早晚丢了,我也糊涂了。"史湘云笑道:"幸而是个玩的东西,还是这么慌张。"说着,将手一撒,笑道:"你瞧瞧,是这个不是?"宝玉一见,由不得欢喜非常。要知欢喜的事,下回分解。

【注释】

①千金一笑:即"一笑千金"。极言博取美人一笑之难得。东汉崔骃《七依》:"回顾百万,一笑千金。"

②因麒麟伏白首双星:此回目或与八十回后原稿某些情节相关。庚辰本脂批云:"后数十回若兰在射圃所佩之麒麟,正此麒麟也。提纲伏于此回中。"则知此回暗伏着史湘云与其丈夫的关系。伏,隐伏。白首,白发老人。双星,指牵牛、织女两星。民间传说,天河两岸的牛郎、织女,只能一年一度在七月七日相会,故俗以七月七日为"双星节"。白首双星,比喻夫妻相爱,白头偕老。或说,指夫妻离异,犹如被隔在天河两岸的双星,永抱白头之叹。

③山羊血黎峒丸:治跌打及痈肿的一种药。山羊血,清赵翼《檐曝杂记》卷三:"山羊之血,治刀斧伤最灵。是物生山箐中,尝食三七故也。"黎峒丸,由天竺黄、牛黄、冰片、三七、血竭、儿茶、麝香、雄黄等配制,以山羊血制浸藤黄入药,共为细末,炼蜜为丸,如龙眼大,阴干,用腊为壳,封固,三白酒服。因配方中有山羊血,故称"山羊血黎峒丸"。

④端阳佳节,蒲艾簪门:端阳,即"端午"。《月令广义》卷一:"五月初五端阳节。"蒲,菖蒲,一种多年生草,气味香烈。艾,带有异香的一种草,艾绒可灸疾病。簪,作动词用,插、挂的意思。旧

俗端午节，门框上挂菖蒲和艾草，据说有"辟邪"作用。清富察敦崇《燕京岁时记》："端午日用菖蒲、艾子插于门旁，以禳不祥。"

⑤虎符系臂：这里指旧时在布条上画的小老虎，可系在臂上。也有用绫罗制成小老虎，系在小孩身上的。清富察敦崇《燕京岁时记》："每至端阳，闺阁中之巧者，用绫罗制成小虎及粽子、壶卢、樱桃、桑椹之类，以彩线穿之，悬于钗头，或系于小儿之背。"

⑥赏午：即赏端午节。《北京指南·礼俗》："五月初一至初五日，为端午节，又称端午。……此五日中居民商店皆盛制酒食，曰过端阳节。"

⑦行动：这里是"动不动"的意思。

⑧姑娘：此指"收房丫头"，如平儿一样的身份。《清稗类钞》"称谓类"："富室贵家之妾称姨太太，……或年龄太稚者，均曰姨奶奶。下焉者，则但以本人之姓或名冠于姑娘二字之上，曰某姑娘。"

⑨夹枪带棒：比喻说话带刺儿。

⑩刮拉：牵连，带累。

⑪湃（bá）：用冰镇或用冷水浸泡，使东西变冷叫"湃"。

⑫拜了影：拜影，旧时供奉的祖先画像，叫"影像"，简称"影"。过节或祭祀时，悬挂起来，子孙依次叩拜，叫"拜影"。明刘侗、于奕正《帝京景物略·春场》："三十日五更，……悬先亡影像，祀以狮仙斗糖、麻花馓枝，染五色苇架竹罩陈之，家长幼毕拜。"

⑬猩猩毡斗篷：用鲜艳的红色毛料制成的斗篷。猩猩，旧说猩猩血可作红色染料，故常以猩血、猩色或猩猩红形容红色。斗篷，指一种无袖不开衩的长外衣。也叫"一裹圆"。因其形如钟覆，故又名"一口钟"。

⑭绛纹石：或即绛石。宋杜绾《云林石谱》卷下："绛州石：绛州石，出土中，其质坚矿，色稍白，纹多花浪，颇类牛角，土人谓之'角石'。"一说即蛇纹石。《清稗类钞》："蛇纹石，一名温石，由橄榄石、角闪石等分解变质而成，常为大块，色黄绿，有赤黑斑纹如蛇皮，故名。琢之，有珠光，可为饰品。"一说疑指红丝石。《云林石谱》卷下："青州益都县红丝石，产土中，其质赤黄，红纹如刷丝，萦绕石面而稍软，扣之无声。"

⑮楼子花：花冠重叠高起的花。又称"重台"。

⑯蠓虫儿：一种小飞虫，虫体很小，褐色或黑色，翅短而宽。《埤雅》："蠓，小虫似蚋，乱飞者也。"

⑰牝（pìn）、牡：鸟兽雌性为牝，雄性为牡。

⑱"人家说"二句：历代一些思想家和封建帝王多倡导"阳尊阴卑"之说。所以这里说"主子为阳，奴才为阴"。汉董仲舒《春秋繁露·基义》："君臣、父子、夫妇之义，皆取诸阴阳之道。君为阳，臣为阴；父为阳，子为阴；夫为阳，妇为阴。"

话说宝玉见那麒麟，心中甚是欢喜，便伸手来拿，笑道："亏你拣着了！你是何时拾的？"史湘云笑道："幸而是这个，明日倘或把印也丢了①，难道也就罢了不成？"宝玉笑道："倒是丢了印平常，若丢了这个，我就该死了。"

袭人斟了茶来与史湘云吃，一面笑道："大姑娘，我听前日你大喜呀。"史湘云红了脸吃茶，一声也不答应。袭人笑道："这会子又害臊了？你还记得十年前，咱们在西边暖阁上住着，晚上你同我说的话儿？那会子不害臊，这会子怎么又臊了？"史湘云笑道："你还说呢！那会子咱们那么好，后来我们太太没了，我家去住了一程子②，怎么就把你派了跟二哥哥；我来了，你就不像先待我了。"袭人笑道："你还说呢！先'姐姐'长，'姐姐'短哄着我替你梳头洗脸，做这个，弄那个；如今大了，就拿出小姐的款儿来③。你既拿小姐的款，我怎么敢亲近呢？"史湘云道："阿弥陀佛，冤枉冤哉！我要这样，就立刻死了。你瞧瞧，这么大热天，我来了，必定赶来先瞧瞧你。你不信，你问缕儿，我在家时时刻刻，那一回不念你几声。"

话犹未了，袭人和宝玉都劝道："说玩话儿，你又认真了。还是这么性急。"史湘云道："你不说你的话咽人④，倒说人性急。"一面说，一面打开手帕子，将戒指递与袭人。袭人感谢不尽，因笑道："你前日送你姐姐们的，我已得了；今日你亲自又送来，可见是没忘了我。只这个就试出你来了。戒指儿能值多少，可见你的心真。"史湘云道："是谁给你的？"袭人道："是宝姑娘给我的。"湘云叹道："我只当林姐姐送你的，原来是宝姐姐给了你。

我天天在家里想着，这些姐姐们，再没一个比宝姐姐好的。可惜我们不是一个娘养的，我但凡有这么个亲姐姐，就是没了父母，也没妨碍的。"说着，眼圈儿就红了。宝玉道："罢，罢，罢！不用提起这个话了。"史湘云道："提这个便怎么？我知道你的心病：恐怕你的林妹妹听见，又嗔我赞了宝姐姐了。可是为这个不是？"袭人在旁"嗤"的一笑，说道："云姑娘，你如今大了，越发心直嘴快了。"宝玉笑道："我说你们这几个人难说话，果然不错。"史湘云道："好哥哥，你不必说话叫我恶心；只会在我跟前说话，见了你林妹妹，又不知怎么好了。"

袭人道："且别说玩话，正有一件事要求你呢。"史湘云便问："什么事？"袭人道："有一双鞋，抠了垫心子⑤，我这两日身上不好，不得做，你可有工夫替我做做？"史湘云道："这又奇了。你家放着这些巧人不算，还有什么针线上的，裁剪上的，怎么叫我做起来？你的活计叫人做，谁好意思不做呢？"袭人笑道："你又糊涂了！你难道不知道：我们这屋里的针线，是不要那些针线上的人做的。"史湘云听了，便知是宝玉的鞋，因笑道："既这么说，我就替你做做罢。只是一件，你的我才做，别人的我可不能。"袭人笑道："又来了！我是个什么儿，就敢烦你做鞋了。实告诉你：可不是我的，你别管是谁的，横竖我领情就是了。"史湘云道："论理，你的东西也不知烦我做了多少。今日我倒不做的原故，你必定也知道。"袭人道："我倒也不知道。"史湘云冷笑道："前日我听见把我做的扇套儿拿着和人家比，赌气又铰了。我早就听见了，你还瞒我？这会子又叫我做，我成了你们奴才了。"宝玉忙笑道："前日的那事本不知是你做的。"袭人也笑道："他本不知是你做的，是我哄他的话，说是新近外头有个会做活的，扎的绝出奇的好花儿，我叫他们拿了一个扇套儿试试看好不好，他就信了，拿出去给这个瞧、那个看的。不知怎么又惹恼了那一位，铰了两段。回来他还叫赶着做去，我才说了是你做的，他后悔的什么似的。"史湘云道："这越发奇了。林姑娘也犯不上生气，他既会剪，就叫他做。"袭人道："他可不做呢。饶这么着，老太太还怕他劳碌着了。大夫又说好生静养才好，谁还肯烦他做呢？旧年好一年的工夫，做了个香袋儿；今年半年，还没见拿针线呢。"

正说着，有人来回说："兴隆街的大爷来了，老爷叫二爷出去会。"宝玉听了，便知贾雨村来了，心中好不自在。袭人忙去拿衣服。宝玉一面登着靴子，一面抱怨道："有老爷和他坐着就罢了，回回定要见我。"史湘云一边摇着扇子，笑道："自然你能会宾接客，老爷才叫你出去呢。"宝玉道："那里是老爷？都是他自己要请我见的。"湘云笑道："'主雅客来勤'，自然你有些警动他的好处，他才要会你。"宝玉道："罢，罢！我也不称雅，俗中又俗的一个俗人，并不愿同这些人往来。"湘云笑道："还是这个情性，改不了。如今大了，你就不愿读书去考举人进士的，也该常会会这些为官作宰的⑥，谈讲谈讲那些仕途经济的学问，也好将来应酬庶务，日后也有个朋友。没见你成年家只在我们队里搅些什么？"

宝玉听了，道："姑娘请别的屋里坐坐，我这里仔细腌臜了你知经济学问的人！"袭人道："姑娘快别说这话。上回也是宝姑娘也说过一回，他也不管人脸上过得去过不去，他就'咳'了一声⑦，拿起脚来走了。这里宝姑娘的话也没说完，见他走了，登时羞得脸通红，说又不是，不说又不是。幸而是宝姑娘，那要是林姑娘，不知又闹得怎么样，哭得怎么样呢！提起这些话来，宝姑娘叫人敬重，自己过了一会子去了。我倒过不去，只当他恼了，谁知过后还是照旧一样，真真是有涵养，心地宽大的。谁知这一个反倒同他生分了。那林姑娘见他赌气不理，他后来不知赔多少不是呢。"宝玉道："林姑娘从来说过这些混帐话不曾？若他也说过这些混帐话，我早和他生分了。"袭人和湘云都点头笑道："这原是混帐话？"

原来林黛玉知道史湘云在这里，宝玉一定又赶来说麒麟的原故，因心下忖度着，近日宝玉弄来的外传野史，多半才子佳人，都因小巧玩物上撮合，或有鸳鸯，或有凤凰，或玉环金佩，或鲛帕鸾绦⑧：皆由小物而遂终身之愿。今忽见宝玉亦有麒麟，便恐借此生隙，同史湘云也做出那些风流佳事来，因而悄悄走来，见机行事，以察二人之意。不想刚走来，正听见史湘云说"经济"一事，宝玉又说："林妹妹不说这样混账话，若说这话，我也同他生分了。"

林黛玉听了这话，不觉又喜又惊，又悲又叹。所喜者，果然自己眼力不错，素日认他是个知己，果然是个知己。所惊者，他在人前一片私心称扬于我，其亲热厚密，竟不避嫌疑。所叹者，你既为我之知己，自然我亦可为你的知己，既你我为知己，则又何必有"金玉"之论呢？既有"金玉"之论，也该你我有之，又何必来一宝钗呢？所悲者，父母早逝，虽有铭心刻骨之言，无人为我主张；况近日每觉神思恍惚，病已渐成，医者更云："气弱血亏，恐致劳怯之症⑨。"我虽为你的知己，但恐不能久待；你纵为我知己，奈我薄命何！想到此间，不禁滚下泪来。待进去相见，自觉无味，便一面拭泪，一面抽身回去了。

这里宝玉忙忙的穿了衣裳出来，忽见黛玉在前面慢慢的走着，似乎有拭泪之状，便忙赶着上来笑道："妹妹往那里去？怎么又哭了？又是谁得罪了你？"林黛玉回头见是宝玉，便勉强笑道："好好的，我何曾哭了。"宝玉笑道："你瞧瞧，眼睛上的泪珠儿未干，还撒谎呢。"一面说，一面禁不住抬起手来，替他拭泪。林黛玉忙向后退了几步，说道："你又要死了！做什么，这么动手动脚的。"宝玉笑道："说话忘了情，不觉的动了手，也就顾不得死活。"林黛玉道："死了倒不值什么，只是丢下了什么'金'，又是什么'麒麟'，可怎么好呢！"一句话，又把宝玉说急了，赶上来问道："你还说这话，到底是咒我还是气我呢？"林黛玉见问，方想起前日的事来，遂自悔自己又说造次了，忙笑道："你别着急，我原说错了。这有什么，筋都叠暴起来，急得一脸汗！"一面说，一面禁不住近前伸手替他拭面上的汗。

宝玉瞅了半天，方说道："你放心。"黛玉听了，怔了半天，说道："我有什么不放心？我不明白你这话。你倒说说，怎么放心不放心？"宝玉叹了一口气，问道："你果然不明白这话？难道我素日在你身上的心都用错了？连你的意思若体贴不着，就难怪你天天为我生气了！"林黛玉道："果然我不明白放心不放心的话。"宝玉点头叹道："好妹妹，你别哄我；果然不明白这话，不但我素日之意白用了，且连你素日待我之意也都辜负了。你皆因多是不放心的原故，才弄了一身的病。但凡宽慰些，这病也不得一日重似一日。"林黛玉听了这话，如轰雷掣电，细细思之，竟比自己肺腑中掏出来的还觉恳切，竟有万句言语，满心要说，只是半个字也不能吐，却怔怔的望着他。此时宝玉心中有万句言词，不知一时从那一句说起，却也怔怔的望着黛玉。两个人怔了半天，林黛玉只"咳"了一声，两眼不觉滚下泪来，回身便要走。宝玉忙上前拉住道："好妹妹，且略站住，我说一句话再走。"黛玉一面拭泪，一面将手推开，说道："有什么可说的？你的话我都知道了。"口里说着，却头也不回，竟去了。

宝玉望着只管发起呆来。原来方才出来慌忙，不曾带得扇子，袭人怕他热，忙拿了扇子，赶来送与他；忽抬头见了林黛玉和他站着，一时黛玉走了，他还站着不动，因而赶上来说道："你也不带了扇子去，亏我看见，赶了送来。"宝玉出了神，见袭人和他说话，并未看出是何人来，便一把拉住，说道："好妹妹，我的这心事，从来也不敢说，今日我胆大说出来，死也甘心！我为你也弄了一身的病，在这里又不敢告诉人，只好掩着。等你的病好了，只怕我的病才得好呢。睡里梦里也忘不了你！"袭人听了，吓得惊疑不止，只叫"神天菩萨，坑死我了！"便推他道："这是那里的话，敢是中了邪？还不快去？"宝玉一时醒过来，方知是袭人送扇；宝玉羞得满面紫涨，夺了扇子，便抽身的跑了。

　　这里袭人见他去了，自思方才之言，一定是因林黛玉而起，如此看来，将来难免不才之事⑩，令人可惊可畏。想到此间，也不觉怔怔的滴下泪来。心下暗度如何处治，方能免此丑祸。

　　正裁疑间，忽有宝钗从那里走来，笑道："大毒日头地下，出什么神？"袭人见问，忙笑道："那两个雀儿打架，倒也好玩儿，我就看住了。"宝钗道："宝兄弟这会子穿了衣服，忙忙的那里去了？我才看见走过去，倒要叫住问他呢。他如今说话越发没了经纬⑪，我故此没叫他，由他过去罢。"袭人道："老爷叫他出去。"宝钗听了，忙说道："嗳哟！这么黄天暑热的⑫，叫他做什么？别是想起什么来，生了气，叫他出去教训一场罢？"袭人笑道："不是这个，想是有客要会。"宝钗笑道："这个客也没意思，这么热天，不在家里凉快，还跑些什么！"袭人笑道："你可说么！"

　　宝钗因而问道："云丫头在你们家做什么呢？"袭人笑道："才说了一会子闲话，你瞧，我前日粘的那双鞋子，明日求他做去。"宝钗听见这话，便两边回头，看无人来往，笑道："你这么个明白人，怎么一时半刻的就不会体谅人情？我近来看着云姑娘的神情，风里言风里语的⑬，听起来，在家里一点点做不得主。他们家嫌费用大，竟不用那些针线上的人，差不多儿的东西都是他们娘儿们动手。为什么这几次他来了，他和我说话儿，见没人在跟前，他就说家里累得很。我再问他两句家常过日子的话，他就连眼圈儿都红了，嘴里含含糊糊，待说不说的。想其形景，自然从小没爹娘的苦。我看他也不觉的伤起心来。"

　　袭人见说这话，将手一拍，道："是了，是了。怪道上月我求他打十根蝴蝶儿结子，过了那些日子，才打发人送来，还说：'这是粗打的，且在别处将就使罢；要匀净的，等明日来住着，再好生打罢。'如今听姑娘这话，想来我们求他，他不好推辞，不知他在家里怎么三更半夜的做呢！可是我也糊涂了，早知道是这样，我也不该求他的。"宝钗道："上次他告诉我，说在家里做活做到三更天，若是替别人做一点半点，他家的那些奶奶太太们，还不受用呢。"袭人道："偏生我们那个牛心左性的小爷，凭着小的大的活计，一概不要家里这些活计上的人做，我又弄不开这些。"宝钗笑道："你理他呢！只管叫人做去，就是了。"袭人道："那里哄得过他？他才是认得出来呢。说不得我只好慢慢的累去罢了。"宝钗笑道："你不必忙，我替你做些何如？"袭人笑道："当真的？这样就是我的造化了。晚上我亲自过来。"

　　一句话未了，忽见一个老婆子忙忙走来，说道："这是那里说起！金钏儿姑娘好好投井死了！"袭人听得，唬了一跳，忙问："那个金钏儿？"那老婆子道："那里还有两个金钏儿呢？就是太太屋里的。前日不知为什么撵他出去，在家里哭天抹泪的，也都不理会他，谁知找不着他，才有打水的人说：'那东南角上井里打水，见一个尸首。'赶着叫人打捞起来，谁知是他。他们还只管乱着要救活，那里中用了？"宝钗道："这也奇了。"袭人听说，点头赞叹，想素日同气之情，不觉流下泪来。宝钗听见这话，忙向王夫人处来安慰。这里袭人回去不提。

　　却说宝钗来至王夫人房里，只见鸦雀无闻，独有王夫人在里间房内坐着垂泪。宝钗便不好提这事，只得一旁坐了。王夫人便问："你从那里来？"宝钗道："从园里来。"王夫人道："你从园里来，可曾见你宝兄弟？"宝钗道："才倒看见了他，穿着衣服出去了，不知那里去。"王夫人点头叹道："你可知道一桩奇事？金钏儿忽然投井死了！"宝钗见说，道："怎么好好的投井？这也奇了。"王夫人道："原是前日他把我一件东西弄坏了，我一时生气，打了一下，撵他下去。我只说气他几天，还叫他上来，谁知他这么气性大，就投井死了，岂不是我的罪过。"宝钗笑道："姨娘是慈善人，固然是这样想；据我看来，他并不是赌气投井，多半他下去住着，或是在井跟前玩，失了脚掉下去的。他在上头拘束惯了，这一出去，自然要到各处去玩玩逛逛，岂有这样大气的理？纵然有这样大气，也不过是个糊涂人，也不为可惜。"王夫人点头叹道："这话虽然如此，到底我心不安。"

宝钗笑道："姨娘也不劳关心，十分过不去，不过多赏他几两银子，发送他，也就尽主仆之情了。"王夫人道："才刚我赏了五十两银子与他娘，原要还把你姊妹们的新衣服给他装裹，谁知各丫头可巧都没有什么新做的衣服，只有你林妹妹做生日的两套。我想你林妹妹那个孩子，素日是个有心的，况且他原也三灾八难的，既说了给他过生日，这会子又给人去装裹，岂不忌讳？因为这么样，我才现叫裁缝赶着做一套给他。要是别的丫头，赏他几两银子，也就完了。金钏儿虽然是个丫头，素日在我跟前，比我的女儿也差不多。"口里说着，不觉流下泪来。宝钗忙道："姨娘这会子又何用叫裁缝赶去，我前日倒做了两套，拿来给他，岂不省事？况且他活的时候也穿过我的旧衣服，身量又相对。"王夫人道："虽然这样，难道你不忌讳？"宝钗笑道："姨娘放心，我从来不计较这些。"一面说，一面起身就走。王夫人忙叫了两个人跟宝姑娘去。

一时宝钗取了衣服回来，只见宝玉在王夫人旁边坐着垂泪。王夫人正才说他，因见宝钗来了，就掩住口不说了。宝钗见此景况，察言观色，早知觉了七八分。于是将衣服交明，王夫人将他母亲叫来拿了去。再看下回分解。

【注释】

①把印也丢了：印，指官印，是旧时官吏行使职权的凭证，故做官丢印被认为是一种很大的罪过。《桃花扇·哭主》："（问介）带有鼓板么？（丑）自古'官不离印，货不离身'，老汉管着做甚的。"

②一程子：即一段时间。

③拿出小姐的款儿：拿款，这里指摆出身份、架子来。

④咽人：用话刺激人、堵塞人。

⑤抠（kōu）了垫心子：这里是说将做鞋面的材料挖剪出各种图案，背面再衬上其他颜色的料子。抠，挖出的意思。

⑥也该常会会这些为官作宰的：清陈宏谋《训俗遗规》引唐翼修《人生必读书》："子弟不宜避宾客，少年无才能，正当于见客周旋进退处学之。若一味回避，必至如樵夫牧子，毫不知礼。一见正人，手足无措，大为人所轻鄙也。"

⑦咳（hāi）：这里指表示惋惜的一种叹息声。

⑧鲛帕：即用生丝帛制成的手帕。鲛，指鲛绡纱。传说为鲛人所织。南朝梁任昉《述异记》卷上："南海出鲛绡纱，泉室潜织，一名龙纱。其价百余金。以为服，入水不濡。"后亦泛指薄纱。

⑨劳怯之症：一种瘦削虚痨的病症。劳，即"痨"，积劳损削之病。明戴元礼《秘传证治要诀》卷九"五劳"："五脏虽皆有劳，心肾为多；心主血，肾主精，精竭血燥，则痨生。"俗亦称结核病为痨。怯，体质虚弱。

⑩不才之事：没出息、不名誉的事。

⑪没了经纬：意即没了规矩。经纬，织物的直线叫"经"，横线叫"纬"，比喻规矩、秩序。《左传》昭公二五年："礼，上下之纪，天地之经纬也。"

⑫黄天：即夏天。夏五行当火，方位为南方，其色赤。《诗经·鲁颂·駉》："有骊有黄。"疏："黄而赤色者直名为黄。"

⑬风里言风里语：非正式的辗转透露出来的话。

第三十三回
手足眈眈小动唇舌^①　不肖种种大承笞挞^②

却说王夫人唤上他母亲来，拿几件簪环，当面赏与，又吩咐："请几众僧人念经超度他。"他母亲磕头，谢了出去。

原来宝玉会过雨村回来，听见了金钏儿含羞自尽，心中早已五内摧伤，进来又被王夫人数说教训了一番，也无可回说。看见宝钗进来，方得便走出，茫然不知何往，背着手，低着头，一面感叹，一面慢慢的信步来至厅上。刚转过屏门，不想对面来了一人，正往里走，可巧撞了一个满怀。只听那人喝一声："站住！"宝玉唬了一跳，抬头看时，不是别人，却是他父亲，早不觉倒抽了一口气，只得垂手一旁站了。贾政道："好端端的，你垂头丧气嗐些什么？方才雨村来了，要见你，那半天才出来；既出来了，全无一点慷慨挥洒的谈吐^③，仍是葳葳蕤蕤的。我看你脸上一团私欲愁闷气色，这会子又唉声叹气，你那些还不足，还不自在？无故这样，却是为何？"宝玉素日虽然口角伶俐，只是此时一心总为金钏儿感伤，恨不得此时也身亡命殒，跟了金钏儿去，如今见他父亲说这些话，究竟不曾听见，只是怔怔的站着。

贾政见他惶悚，应对不似往日，原本无气的，这一来，倒生了三分气。方欲说话，忽有回事人来回："忠顺亲王府里有人来，要见老爷。"贾政听了，心下疑惑，暗暗思忖道："素日并不与忠顺府来往，为什么今日打发人来？"一面想，一面命："快请厅上坐。"急忙进内更衣。出来接见时，却是忠顺府长府官，一面彼此见了礼，归坐献茶。未及叙谈，那长府官先就说道："下官此来，并非擅造潭府^④，皆因奉命而来，有一件事相求。看王爷面上，敢烦老先生做主。不但王爷知情，且连下官辈亦感谢不尽。”

贾政听了这话，摸不着头脑，忙陪笑起身问道：“大人既奉王命而来，不知有何见谕？望大人宣明，学生好遵谕承办。”那长府官冷笑道：“也不必承办，只用老先生一句话就完了。我们府里有一个做小旦的琪官⑤，一向好好在府，如今竟三五日不见回去，各处去找，又摸不着他的道路，因此各处察访。这一城内，十停人倒有八停人都说⑥，他近日和衔玉的那位令郎相与甚厚。下官辈听了，尊府不比别家，可以擅来索取，因此启明王爷。王爷亦说：‘若是别的戏子呢，一百个也罢了；只是这琪官，随机应答，谨慎老成，甚合我老人家的心境，断断少不得此人。’故此求老先生转达令郎，请将琪官放回，一则可慰王爷谆谆奉恳之意，二则下官辈也可免操劳求觅之苦。”说毕，忙打一躬。

贾政听了这话，又惊又气，即命唤宝玉出来。宝玉也不知是何原故，忙忙赶来，贾政便问：“该死的奴才！你在家不读书也罢了，怎么又做出这些无法无天的事来！那琪官现是忠顺王爷驾前承奉的人，你是何等草莽⑦，无故引逗他出来，如今祸及于我。”宝玉听了，唬了一跳，忙回道：“实在不知此事。究竟‘琪官’两个字，不知为何物，况更加以‘引逗’二字！”说着便哭。

贾政未及开口，只见那长府官冷笑道：“公子也不必隐饰，或藏在家，或知其下落，早说了出来，我们也不受些辛苦，岂不念公子之德？”宝玉连说：“实在不知。恐是讹传，也未见得。”那长府官冷笑两声道：“现有证据，必定当着老大人说了出来，公子岂不吃亏？既说不知此人，那红汗巾子怎得到了公子腰里？”宝玉听了这话，不觉轰了魂魄，目瞪口呆，心下自思：“这话他如何得知？他既连这样机密事都知道了，大约别的瞒他不过，不如打发他去了，免得再说出别的事来。”因说道：“大人既知他的底细，如何连他置买房舍这样大事倒不晓得？听得说，他如今在东郊离城二十里有个什么紫檀堡，他在那里置了几亩田地，几间房舍。想是在那里，也未可知。”那长府官听了，笑道：“这样说，一定是在那里。我且去找一回，若有了便罢；若没有，还要来请教。"说着，便忙忙的告辞走了。

贾政此时气得目瞪口歪，一面送那官员，一面回头命宝玉："不许动！回来有话问你！"一直送那官员去了。才回身，忽见贾环带着几个小厮一阵乱跑，贾政喝命小厮："给我快打！"贾环见了他父亲，吓得骨软筋酥，赶忙低头站住。贾政便问："你跑什么？带着你的那些人都不管你，不知往那里去，由你野马一般！"喝叫："跟上学的人呢？"贾环见他父亲甚怒，便乘机说道："方才原不曾跑，只因从那井边一过，那井里淹死了一个丫头，我看人头这样大，身子这样粗，泡得实在可怕，所以才赶着跑了过来。"贾政听了，惊疑问道："好端端，谁去跳井？我家从无这样事情，自祖宗以来，皆是宽柔待下。大约我近年于家务疏懒，自然执事人操克夺之权⑧，致使弄出这暴殄轻生的祸患。若外人知道，祖宗的颜面何在！"喝命："叫贾琏、赖大来！"

小厮们答应了一声，方欲去叫，贾环忙上前，拉住贾政袍襟，贴膝跪下，道："父亲不用生气。此事除太太房里的人，别人一点也不知道，我听见我母亲说……"说到这句，便回头四顾一看；贾政知其意，将眼色一丢，小厮们明白，都往两边后面退去。贾环便悄悄说道："我母亲告诉我说，宝玉哥哥前日在太太房里，拉着太太的丫头金钏儿，强奸不遂，打了一顿，金钏儿便赌气投井死了。"话未说完，把个贾政气得面如金纸，大喝："拿宝玉来！"一面说，一面便往书房去，喝命："今日再有人来劝我，我把这冠带家私一应就交与他与宝玉过去⑨，我免不得做个罪人，把这几根烦恼鬓毛剃去⑩，寻个干净去处自了⑪，也免得上辱先人、下生逆子之罪！"

众门客仆从见贾政这个形景，便知又是为宝玉了，一个个咬指吐舌，连忙退出。贾政喘吁吁直挺挺的坐在椅子上，满面泪痕，一叠连声："拿宝玉！拿大棍，拿绳捆上！把门都关上！有人传信到里头去，立刻打死！"众小厮们只得齐声答应着，有几个来找宝玉。

那宝玉听见贾政吩咐他"不许动"，早知凶多吉少；那里知道贾环又添了许多的话？正在厅上旋转，怎得个人来往里头捎信，偏生没个人来，连焙茗也不知在那里。正盼望时，只见一个老妈妈出来，宝玉如得了珍宝，便赶上来拉他，说道："快进去告诉：老爷要打我呢！快去，快去！要紧，要紧！"宝玉一则急了，说话不明白；二则老婆子偏生又耳聋，不曾听见是什么话，把"要紧"二字，只听做"跳井"二字，便笑道："跳井让他跳去，二爷怕什么？"宝玉见是个聋子，便着急道："你出去叫我的小厮来罢！"那婆子道："有什么不了的事？老早的完了，太太又赏了银子，怎么不了事呢？"

宝玉急得手脚正没抓寻处，只见贾政的小厮走来，逼着他出去了。贾政一见，眼都红了，也不暇问他在外流荡优伶⑫，表赠私物，在家荒疏学业，逼淫母婢，只喝命："堵起嘴来，着实打死！"小厮们不敢违，只得将宝玉按在凳上，举起大板，打了十来下。宝玉自知不能讨饶，只是呜呜的哭。贾政还嫌打的轻，一脚踢开掌板的，自己夺过板子来，狠命的又打了十几下。

宝玉生来未经过这样苦楚，起先觉得打的疼不过，还乱嚷乱哭，后来渐渐气弱声嘶，哽咽不出。众门客见打的不祥了，赶着上来，恳求夺劝。贾政那里肯听？说道："你们问问他干的勾当，可饶不可饶！素日皆是你们这些人把他酿坏了，到这步田地，还来劝解。明日酿到他弑父弑君⑬，你们才不劝不成？"

众人听这话不好听，知道气急了，忙乱着觅人进去给信。王夫人不敢先回贾母，只得忙穿衣出来，也不顾有人没人，忙忙扶了一个丫头，赶往书房中来。慌得众门客小厮等避之不及。贾政方要再打，一见王夫人进来，更加火上浇油，那板子越下去的又狠又快。按宝玉的两个小厮，忙松手走开，宝玉早已动弹不得了。贾政还欲打时，早被王夫人抱住板子。贾政道："罢了，罢了！今日必定要气死我才罢！"王夫人哭道："宝玉虽然该打，老爷也要保重。且炎暑天气，老太太身上又不大好，打死宝玉事小，倘或老太太一时不自在了，岂不事大？"贾政冷笑道："倒休提这话！我养了这不肖的孽障，我已不孝；平昔教训他一番，又有众人护持，不如趁今日结果了他的狗命，以绝将来之患！"说着，便要绳来勒死。王夫人连忙抱住哭道："老爷虽然应当管教儿子，也要看夫妻分上。我如今已五十岁的人，只有这个孽障，必定苦苦的以他为法，我也不敢深劝。今日越发要他死了，岂不是有意绝我？既要勒死他，快拿绳先勒死我，再勒死他。我们娘儿们不如一同死了，在阴司里也得个倚靠。"说毕，抱住宝玉，放声大哭起来。

贾政听了此话，不觉长叹一声，向椅上坐了，泪如雨下。王夫人抱着宝玉，只见他面白气弱，底下穿着一条绿纱小衣，一片皆是血迹。禁不住解下汗巾去，由腿看至臀胫，或青或紫，或整或破，竟无一点好处，不觉失声大哭起"苦命的儿"来。因哭出"苦命儿"来，又想起贾珠来，便叫着贾珠，哭道："若有你活着，便死一百个，我也不管了。"此时里面的人闻得王夫人出来，那李宫裁、王熙凤与迎春姊妹早已出来了。王夫人哭着贾珠的名字，别人还可，惟有李宫裁禁不住也放声哭了。贾政听了，那泪更似走珠一般滚了下来。

正没开交处，忽听丫鬟来说："老太太来了。"一句话未了，只听窗外颤巍巍的声气说道："先打死我，再打死他，岂不干净了！"贾政见他母亲来了，又急又痛，连忙迎出来。只见贾母扶着丫头，摇头喘气的走来。贾政上前躬身陪笑说道："大暑热天，母亲有何生气的自己走来，有话只叫儿子进去吩咐便了。"贾母听了，便止步喘息，一面厉声道："你原来和我说话！我倒有话吩咐，只是我一生没养个好儿子，却叫我和谁说去！"

贾政听这话不像，忙跪下含泪道："为儿的教训儿子，也为的是光宗耀祖。母亲这话，我做儿子的如何当得起？"贾母听说，便啐了一口，说道："我说了一句话，你就禁不起！你那样下死手的板子，难道宝玉就禁得起了？你说教训儿子是光宗耀祖，当日你父亲怎么教训你来！"说着，也不觉滚下泪来。贾政又陪笑道："母亲也不必伤感，皆是做儿子的一时性急，从此以后，再不打他了。"贾母便冷笑几声道："你也不必和我赌气，你的儿子，自然你要打就打。想来你也厌烦我们娘儿们，不如我们早离了你，大家干净！"说着，便命人："去看轿！我和你太太、宝玉立刻回南京去。"家下人只得答应着。

贾母又叫王夫人道："你也不必哭了，如今宝玉年纪小，你疼他；他将来长大，为官作宦的，也未必想着你是他母亲了。你如今倒不要疼他，只怕将来还少生一口气呢！"贾政听说，忙叩头说道："母亲如此说，儿子无立足之地了！"贾母冷笑道："你分明使我无立足之地，你反说起你来！只是我们回去了，你心里干净，看有谁来不许你打。"一面说，一面只命："快打点行李车辆轿马回去！"贾政直挺挺跪着，叩头认罪。

贾母一面说，一面来看宝玉，只见今日这顿打，不比往日，又是心疼，又是生气，也抱着哭个不了。王夫人与凤姐等解劝了一会，方渐渐的止住。早有丫鬟媳妇等，上来要搀宝玉，凤姐便骂："糊涂东西！也不睁开眼瞧瞧，这个样儿，如何搀着走得？这不快进去把那藤屉子春凳抬出来呢⑪！"众人听了，连忙进去，果然抬出春凳来，将宝玉抬放凳上，随着贾母王夫人等进去，送至贾母房中。

彼时贾政见贾母怒气未消，不敢自便，也跟着进来。看看宝玉果然打重了，再看看王夫人一声"肉"一声"儿"的哭道："你替珠儿早死了，留着珠儿，也免你父亲生气，我也不白操这半世的心了。这会子你倘或有个好歹，丢下我，叫我靠那一个？"数落一场，又哭"不争气的儿"。贾政听了，也就灰心自己不该下毒手打到如此地步。先劝贾母，贾母含泪说道："儿子不好，原是要管的，不该打到这个分儿。你不出去，还在这里做什么！难道于心不足，还要眼看着他死了才去不成？"贾政听说，方退了出来。

　　此时薛姨妈同宝钗、香菱、袭人、史湘云等也都在这里。袭人满心委屈，只不好十分使出来。见众人围着，灌水的灌水，打扇的打扇，自己插不下手去，便索性走出门，到二门前，命小厮们找了焙茗来细问："方才好端端的，为什么打起来？你也不早来透个信儿！"焙茗急的说："偏生我没在跟前，打到中间，我才听见了，忙打听原故，却是为琪官同金钏姐姐的事。"袭人道："老爷怎么知道的？"焙茗道："那琪官的事，多半是薛大爷素昔吃醋，没法儿出气，不知在外头挑唆了谁来，在老爷跟前下的火⑮。那金钏儿的事，大约是三爷说的，我也是听见跟老爷的人说。"

　　袭人听了这两件事都对景⑯，心中也就信了八九分，然后回来，只见众人都替宝玉疗治调停完备。贾母命："好生抬到他房内去。"众人一声答应，七手八脚，忙把宝玉送入怡红院内自己床上卧好，又乱了半日，众人渐渐散去，袭人方进前来，经心服侍，问他端的，且听下回分解。

【注释】

①手足眈眈：指贾环伺机进谗，陷害宝玉。手足，比喻兄弟。此指贾环。眈眈，形容眼睛注视的样子。《周易·颐》："虎视眈眈，其欲逐逐。"

②笞（chī）挞：用鞭、杖或竹板打人。

③慷慨挥洒：胸襟开阔，态度自然。

④擅造潭府：擅自到贵府来。造，到，前往。潭府，深宅大院。旧时对人宅第的尊称。潭，深，深邃。

⑤小旦：传统戏曲中扮演妇女角色的叫"旦角"；小旦，扮演少女的角色。

⑥停：成数。一成叫一停。

⑦草莽：本指丛生的杂草，引申为草野，与"朝廷"相对。《孟子·万章下》："在野曰草莽之臣。"这里因对方是"忠顺王爷"，故有是言。

⑧克夺之权：生杀予夺之权。

⑨冠带家私：官位和家业。冠带，帽子和束带。旧时常用作官吏或士大夫的代称。《文选》卷二汉张衡《西京赋》："冠带交错。"唐李善注："冠带，犹搢绅，谓吏人也。"这里借指官爵。家私，家产，代指家业。

⑩把这几根烦恼鬓毛剃去：意即出家当和尚。鬓毛，指头发。烦恼，佛教用语。扰乱身心的意思。《唯识述记》卷一："烦是扰义，恼是乱义；扰乱有情，故名烦恼。"佛教以为头发是引起烦恼的导线，故称为"烦恼丝"。《弘明集·释三破论》："在家则有二亲之爱，出家则有严师之重；论其爱也，发肤为上，称其严也，剪落为难。所以就剔除而欢，若辞父母而长往（出家）者，盖欲去此烦恼。即彼无为。"

⑪寻个干净去处：也是出家当和尚的意思。干净去处，佛教称"佛国"为净土，因为那里没有"五浊（劫、见、烦恼、众生、命）"尘垢的污染，故名。

⑫流荡优伶：流荡，这里是依恋的意思。《文选》卷四三赵景真《与嵇茂齐书》："繁华流荡，君子弗钦。"接近优伶，旧时被看作是很大罪过。

⑬酿：本指造酒，这里是酝酿的意思，比喻事情积渐而成。弑：地位在下的人杀死地位在上的人，叫"弑"。《周易·坤》："臣弑其君，子弑其父，非一朝一夕之故，其所由来者渐矣。"

⑭藤屉子：指凳面用藤编成。春凳：指一种面比较宽大的长凳，置于床边，可坐可卧。

⑮下的火：意同点的火，比喻进谗使坏，挑起是非，制造事端。

⑯对景：情景恰巧相合。

第三十四回
情中情因情感妹妹　错里错以错劝哥哥

话说袭人见贾母王夫人等去后，便走来宝玉身边坐下，含泪问他："怎么就打到这步田地？"宝玉叹气说道："不过为那些事，问他做什么！只是下半截疼得很，你瞧瞧，打坏了那里？"袭人听说，便轻轻的伸手进去，将中衣脱下，略动一动，宝玉便咬着牙叫"嗳哟"，袭人连忙停住手：如此三四次，才褪下来了。袭人看时，只见腿上半段青紫，都有四指阔的僵痕高了起来。袭人咬着牙说道："我的娘！怎么下这般的狠手！你但凡听我一句话，也不到得这步地位。幸而没动筋骨，倘或打出个残疾来，可叫人怎么样呢？"

正说着，只听丫鬟们说："宝姑娘来了。"袭人听见，知道穿不及中衣，便拿了一床夹纱被，替宝玉盖了。只见宝钗手里托着一丸药走进来，向袭人说道："晚上把这药用酒研开，替他敷上，把那淤血的热毒散开，可以就好了。"说毕，递与袭人。又问："这会子可好些？"宝玉一面道谢，说："好些了。"又让坐。

宝钗见他睁开眼说话，不像先时，心中也宽慰了好些，便点头叹道："早听人一句话，也不至有今日。别说老太太、太太心疼，就是我们看着，心里也……"刚说了半句，又忙咽住，自悔说的话太急了，不觉红了脸，低下头来。宝玉听得这话如此亲切稠密，大有深意；忽见他又咽住，不往下说，红了脸，低下头，只管弄衣带，那一种娇羞怯怯，竟难以言语形容，越觉心中感动，将疼痛早已丢在九霄云外去了。想道："我不过挨了几下打，他们一个个就有这些怜惜之态，令人可亲可敬。假若我一时竟遭殃横死，他们还不知何等悲感呢！既是他们这样，我便一时死了，得他们如此，一生事业，纵然尽付东流，也无足叹惜矣。"正想着，只听宝钗问袭人道："怎么好好的动了气，就打起来了？"袭人便把焙茗的话说出来了。宝玉原来还不知贾环的话，见袭人说出，方才知道；因又拉上薛蟠，惟恐宝钗沉心①，忙又止住袭人道："薛大哥从来不这样的，你们别混猜度。"

宝钗听说，便知宝玉是怕他多心，用话拦袭人。因心中暗暗想道："打得这个形象，疼还顾不过来，还这样细心，怕得罪了人。你既这样用心，何不在外头大事上做工夫，老爷也欢喜了，也不能吃这样亏。你虽然怕我沉心，所以拦袭人的话，难道我就不知我哥哥素日恣心纵欲、毫无防范的那种心性？当日为一个秦钟，还闹的天翻地覆，自然如今比先又加利害了。"想毕，因笑道："你们也不必怨这个怨那个，据我想，到底宝兄弟素日肯和那些人来往，老爷才生气。就是我哥哥说话不防头，一时说出宝兄弟来，也不是有心挑唆：一则也是本来的实话；二则他原不理论这些防嫌小事。袭姑娘从小儿只见过宝兄弟这样细心人，你何尝见过我哥哥那天不怕地不怕、心里有什么口里说什么的人呢？"

袭人因说出薛蟠来，见宝玉拦他的话，早已明白自己说造次了，恐宝钗没意思；听宝钗如此说，更觉羞愧无言。宝玉又听宝钗这番一半是堂皇正大，一半是去己的疑心，更觉比先心动神移。方欲说话时，只见宝钗起身说道："明日再来看你，好生养着罢。方才我拿了药来，交给袭人，晚上敷上，管就好了。"说着，便走出门去。袭人赶着送出院外，说："姑娘倒费心了。改日宝二爷好了，亲自来谢了。"宝钗回头笑道："有什么谢处？你只劝他好生静养，别胡思乱想的就好。要想什么吃的玩的，悄悄的往我那里去取了，不必惊动老太太、太太众人。倘或吹到老爷耳朵里，虽然彼时不怎么样，将来对景，终是要吃亏的。"说着去了。

袭人抽身回来，心内着实感激宝钗。进来见宝玉沉思默默，似睡非睡的模样，因而退出房外栉沐②。宝玉默默的躺在床上，无奈臀上作痛，如针挑刀挖一般，更热如火炙，略展转时，禁不住

"嗳哟"之声。那时天色将晚，因见袭人去了，却有两三个丫鬟伺候，此时并无呼唤之事，因说道："你们且去梳洗，等我叫时再来。"众人听了，也都退出。

这里宝玉昏昏默默，只见蒋玉函走了进来，诉说忠顺府拿他之事；一时又见金钏儿进来，哭说为他投井之情。宝玉半梦半醒，都不在意。忽又觉有人推他，恍恍惚惚，听得有人悲切之声。宝玉从梦中惊醒，睁眼一看，不是别人，却是林黛玉。犹恐是梦，忙又将身子欠起来，向脸上细细一认，只见他两个眼睛肿得桃儿一般，满面泪光，不是黛玉，却是那个？宝玉还欲看时，怎奈下半截疼痛难禁，支持不住，便"嗳哟"一声，仍旧倒下，叹了一声，说道："你又做什么来？虽然太阳落下去，那地上的余热未散，倘又受了暑呢，我虽然捱了打，并不觉疼痛。我这个样儿是装出来哄他们，好在外头布散与老爷听。其实是假的，你不可信真。"

此时林黛玉虽不是嚎啕大哭，然越是这等无声之泣，气噎喉堵，更觉利害。听了宝玉这番话，心中虽有万句言词，只是不能说得，半日，方抽抽噎噎的说道："你从此可都改了罢！"宝玉听说，便长叹一声道："你放心，别说这样话。我便为这些人死了，也是情愿的。"

一句话未了，只见院外人说："二奶奶来了。"林黛玉便知是凤姐来了，连忙立起身，说道："我从后院子里去罢，回来再来。"宝玉一把拉住，道："这又奇了。好好的怎么怕起他来？"林黛玉急得跺脚，悄悄的说道："你瞧瞧我的眼睛，又该他们取笑儿开心了。"宝玉听说，赶忙的放了手。黛玉三步两步转过床后，刚出了后院，凤姐从前头已进来了。问宝玉："可好些了？想什么吃？叫人往我那里取去。"接着薛姨妈又来了。一时贾母又打发了人来。

至掌灯时分，宝玉只喝了两口汤，便昏昏沉沉的睡去。接着周瑞媳妇、吴新登媳妇、郑好时媳妇，这几个有年纪长往来的，听见宝玉捱了打，也都进来。袭人忙迎出来，悄悄的笑道："姊娘们略来迟了一步，二爷睡着了。"说着，一面带他们到那边房里坐了，倒茶与他们吃。那几个媳妇子都悄悄的坐了一回，向袭人说："等二爷醒了，你替我们说罢。"

袭人答应了，送他们出去。刚要回来，只见王夫人使个婆子来口称："太太叫一个跟二爷的人呢。"袭人见说，想了一想，便回身悄悄的告诉晴雯、麝月、秋纹等人说："太太叫人，你们好生在房里，我去了就来。"说毕，同那婆子一径出了园子，来至上房。

王夫人正坐在凉榻上摇着芭蕉扇子，见他来了，说道："你不管叫个谁来也罢了，又丢下他来了，谁伏侍他呢？"袭人见说，连忙陪笑回道："二爷才睡安稳了，那四五个丫头，如今也好了，会伏侍二爷了，太太请放心。恐怕太太有什么话吩咐，打发他们来，一时听不明白，到耽误了事。"王夫人道："也没甚话，白问问他这会子疼的怎么样？"袭人道："宝姑娘送来的药，我给二爷敷上了，比先好些了。先疼的躺不稳，这会子都睡沉了，可见好些。"王夫人又问："吃了什么没有？"袭人道："老太太给的一碗汤，喝了两口，只嚷干渴，要吃酸梅汤。我想酸梅是个收敛东西，刚才挨打，又不许叫喊，自然急的热毒热血未免存在心里，倘或吃下这个去，激在心里，再弄出大病来，可怎么样？因此我劝了半天，才没吃。只拿那糖腌的玫瑰卤子和了，吃了小半碗，嫌吃絮了③，不香甜。"王夫人道："嗳哟，你何不早来和我说？前日有人送了几瓶子香露来，原要给他一点子的，我怕胡遭塌了，就没给；既是他嫌那玫瑰膏子絮烦，把这个拿两瓶子去，一碗水里，只用挑得一茶匙，就香的了不得呢。"说着，就唤彩云来："把前日的那几瓶香露拿了来。"袭人道："只拿两瓶来罢，多也白遭塌；等不够，再来取，也是一样。"

彩云听了，去了半日，果然拿了两瓶来，付与袭人。袭人看时，只见两个玻璃小瓶，却有三寸大小，上面螺丝银盖，鹅黄笺上写着"木樨清露"，那一个写着"玫瑰清露"④。袭人笑道："好尊贵东西！这么个小瓶儿，能有多少？"王夫人道："那是进上的，你没看见鹅黄笺子？你好生替他收着，别遭塌了。"

袭人答应着，方要走时，王夫人又叫："站着，我想起一句话来问你。"袭人忙又回来，王夫人见房内无人，便问道："我恍惚听见宝玉今日捱打，是环儿在老爷跟前说了什么话，你可听见这个话没有？你要听见告诉我，我也不吵出来叫人知道是你说的。"袭人道："我倒没听见这话，为二爷霸占着戏子，人家来和老爷要，为这个打的。"王夫人摇头说道："也为这个，还有别的原故。"袭人道："别的原故，实在不知道了。今日大胆在太太跟前说句不知好歹的话，论理……"说了半截，却又咽住。王夫人道："我有什么生气的，你只管说来。"袭人道："太太别生气，我就说了。"王夫人道："你说就是了。"袭人道："论理我们二爷也得老爷教训教训，若老爷再不管，不知将来做出什么事来呢。"

王夫人一闻此言，便合掌念声"阿弥陀佛"，由不得赶着袭人叫了一声："我的儿！亏了你也明白这话，和我的心一样。我何曾不知管儿子？先时你珠大爷在，我是怎么样管他，难道我如今倒不知管儿子了？只是有个原故：如今我想我已经五十岁的人了，通共剩了他一个，他又长得单弱，况且老太太宝贝似的，若管紧了他，倘或再有好歹，或是老太太气坏了，那时上下不安，岂不倒坏了，所以就纵坏了他。我常常掰着口儿说一阵，劝一阵，哭一阵，彼时他好过，后来还是不相干，端的吃了亏才罢。设若打坏了，将来我靠谁呢！"说着，由不得滚下泪来。

袭人见王夫人这般悲感，自己也不觉伤了心，陪着落泪。又道："二爷是太太养的，太太岂不心疼；便是我们做下人的，伏侍一场，大家落个平安，也算是造化了。要这样起来，连平安都不能了。那一日那一时，我不劝二爷？只是再劝不醒。偏生那些人又肯亲近他，也怨不得他这样，总是我们劝的倒不好了。今日太太提起这话来，我还记挂着一件事，每要来回太太，讨太太个主意，只是我怕太太疑心，不但我的话白说了，且连葬身之地都没了。"王夫人听了这话内中有因，忙问道："我的儿！你只管说。近来我因听见众人背前面后都夸你，我只说你不过在宝玉身上留心，或是诸人跟前和气，这些小意思。谁知你方才和我说的话，全是大道理，正合我的心事。你有什么，只管说什么，只别叫别人知道就是了。"袭人道："我也没什么别的说，我只想着讨太太一个示下，怎么变个法儿，以后竟还叫二爷搬出园外来住，就好了。"

王夫人听了，吃一大惊，忙拉了袭人的手，问道："宝玉难道和谁作怪了不成？"袭人连忙回道："太太别多心，并没有这话。这不过是我的小见识：如今二爷也大了，里头姑娘们也大了，况且林姑娘宝姑娘又是两姨姑表姊妹，虽说是姊妹们，到底是男女之分，日夜一处，起坐不方便，由不得叫人悬心，便是外人看着，也不像大家子的体统。俗语说的好，'没事常思有事'，世上多少没头脑的事，多半因为无心中做出，有心人看见，当做有心事，反说坏了，只是预先不防着断然不好。二爷素日性格，太太是知道的。他又偏好在我们队里闹，倘或不防，前后错了一点半点，不论真假，人多口杂，那起小人的嘴，有什么避讳，心顺了，说的比菩萨还好；心不顺，就编的连畜生不如。二爷将来倘或有人说好，不过大家直过⑤；设若叫人哼出一声不是来，我们不用说，粉身碎骨，罪有万重，都是平常小事，但后来二爷一生的声名品行，岂不完了？二则太太也难见老爷。俗语又说，'君子防未然'，⑥不如这会子防避的为是。太太事情多，一时固然想不到；我们想不到则可，既想到了，若不回明太太，罪越重了。近来我为这事，日夜悬心，又不好说与人，惟有灯知道罢了。"

王夫人听了这话，如雷轰电掣的一般，正触了金钏儿之事，心下越发感爱袭人不尽，忙笑道："我的儿！你竟有这个心胸，想得这样周全。我何曾又不想到这里？只是这几次有事就忘了。你今日这一番话提醒了我，难为你成全我娘儿两个声名体面，真真我竟不知道你这样好罢了。你且去罢，我自有道理。只是还有一句话，你今既说了这样的话，我就把他交给你了，好歹留心，保全了他，就是保全了我，我自然不辜负你。”

袭人连声答应着去了。回来正值宝玉睡醒，袭人回明香露之事，宝玉喜不自禁，即命调来吃，果然香妙非常。因心下记挂着黛玉，满心里要打发人去，只是怕袭人，便设一法先使袭人往宝钗那里去借书。

袭人去了，宝玉便命晴雯来，吩咐道：“你到林姑娘那里，看看他做什么呢。他要问我，只说我好了。”晴雯道：“白眉赤眼儿的⑦，作什么去呢？到底说句话儿，也像一件事。”宝玉道：“没有什么可说的。”晴雯道：“若不然或是送件东西，或是取件东西；不然，我去了，怎么样搭赸呢？”宝玉想了一想，便伸手拿了两条手帕子，撂与晴雯，笑道：“也罢，就说我叫你送这个给他去了。”晴雯道：“这又奇了，他要这半新不旧的两条帕子？他又要恼了，说你打趣他。”宝玉笑道：“你放心，他自然知道。”

晴雯听了，只得拿了帕子，往潇湘馆来。只见春纤正在栏杆上晾手帕子，见他进来，忙摇手儿说：“睡下了。”晴雯走进来，满屋漆黑，并未点灯，黛玉已睡在床上，问：“是谁？”晴雯忙答道：“晴雯。”黛玉道：“做什么？”晴雯道：“二爷送手帕子来给姑娘。”黛玉听了，心中发闷，暗想：“做什么送手帕子来给我？”因问：“这帕子是谁送他的，必定是好的，叫他留着送别人罢，我这会不用这个。”晴雯笑道：“不是新的，就是家常旧的。”黛玉听了，越发闷住。细心搜求，一时方大悟过来，连忙说：“放下，去罢。”晴雯只得放了，抽身回去；一路盘算，不解何意。

这林黛玉体贴出手帕子的意思来，不觉神魂驰荡：“宝玉这番苦心能领会我这番苦意，又令我可喜；我这番苦意，不知将来如何，又令我可悲；忽然好好的送两块帕子来，若不是领我深意，单看了这帕子，又令我可笑了。再想到私相传递，我又可惧；我自己每每好哭，想来也无味，又令我可愧。”如此左思右想，一时五内沸然，由不得余意缠绵，便命掌灯，也想不起嫌疑避讳等事，研墨蘸笔，便向那两块旧帕上写道：

眼空蓄泪泪空垂，暗洒闲抛却为谁？尺幅鲛绡劳惠赠⑧，叫人焉得不伤悲！

其二

抛珠滚玉只偷潸⑨，镇日无心镇日闲；枕上袖边难拂拭，任他点点与斑斑。

其三

彩线难收面上珠，湘江旧迹已模糊⑩；窗前亦有千竿竹，不识香痕渍也无？

林黛玉还要往下写时，觉得浑身火热，面上作烧，走至镜台，揭起锦袱一照，只见腮上通红，真合压倒桃花，却不知病由此萌。一时方上床睡去，犹拿着帕子思索，不在话下。

却说袭人来见宝钗，谁知宝钗不在园内，往他母亲那里去了。袭人不便空手回来，等至二更，宝钗方回来。

原来宝钗素知薛蟠情性，心中已有一半疑薛蟠挑唆了人来告宝玉的，谁知又听袭人说出来，越发信了。究竟袭人是焙茗说的，那焙茗也是私心窥度，并未据实，大家都是一半猜度，一半据实，竟认准是他说的。那薛蟠因素日有这个名声，其实这一次却不是他干的，被人生生的一口咬死是他，有口难分。这日正从外头吃了酒回来，见过母亲，只见宝钗在这里，说了几句闲话，因问："听见宝兄弟吃了亏，是为什么？"薛姨妈正为这个不自在，见他问时，便咬着牙道："不知好歹的冤家，都是你闹的，你还有脸来问！"薛蟠见说，便怔了，忙问道："我何尝闹什么？"薛姨妈道："你还装腔呢！人人都知道是你说的，还赖呢。"薛蟠道："人人说我杀了人，也就信了罢？"薛姨妈道："连你妹妹都知道是你说的，难道他也赖你不成？"宝钗忙劝道："妈妈和哥哥且别叫喊，消消停停的，就有个青红皂白了。"向薛蟠道："是你说的也罢，不是你说的也罢，事情也过去了，不必较正，把小事弄大了。我只劝

你，从此以后，少在外头胡闹，少管别人的事。天天一处大家胡
虦，你是个不防头的人，过后没事就罢了，倘或有事，不是你干
的，人人都也疑惑说是你干的。不用别人，我先就疑惑你。"

　　薛蟠本是个心直口快的人，见不得这样藏头露尾的事；又是
宝钗劝他不要躭去，他母亲又说他犯舌^⑪，宝玉之打，是他治的，
早已急得乱跳，赌神发誓的分辩。又骂众人："谁这么编派我？我
把那囚攮的牙敲了！分明是为打了宝玉，没的献勤儿，拿我来做
幌子。难道宝玉是天王？他父亲打他一顿，一家子定要闹几天！
那一回为他不好，姨父打了他两下子，过后儿老太太不知怎么知
道了，说是珍大哥治的，好好的叫了去骂了一顿。今日越发拉上
我了！既拉上我，也不怕；索性进去把宝玉打死了，我替他偿命，
大家干净。"一面嚷，一面找起一根门闩来就跑。慌得薛姨妈拉
住骂道："作死的孽障，你打谁去？你先打我来！"薛蟠的眼急得
铜铃一般，嚷道："何苦来！又不叫我去，又好好的赖我。将来宝
玉活一日，我耽一日的口舌，不如大家死了清净。"宝钗忙也上
前劝道："你忍耐些儿罢。妈妈急的这个样儿，你不说来劝，你倒
反闹得这样。别说是妈妈，便是旁人来劝你，也为你好，倒把你
的性子劝上来。"薛蟠道："你这会子又说这话。都是你说的！"
宝钗道："你只怨我说，再不怨你那顾前不顾后的形景。"薛蟠道：
"你只会怨我顾前不顾后，你怎么不怨宝玉外头招风惹草的呢？
别说别的，就拿前日琪官儿的事比给你们听：那琪官儿我们见了
十来次，他并未和我说一句亲热话，怎么前日他见了，连姓名还
不知道，就把汗巾子给他？难道这也是我说的不成？"薛姨妈和
宝钗急的说道："还提这个！可不是为这个打他呢！可见是你说的
了。"薛蟠道："真真的气死人了！赖我说的我不恼，我只为一个
宝玉闹的这么天翻地覆的。"宝钗道："谁闹？你先持刀动仗的闹
起来，倒说别人闹。"

　　薛蟠见宝钗说的话句句有理，难以驳正，比母亲的话反难回
答，因此便要设法拿话堵回他去，就无人敢拦自己的话了；也因

正在气头上，未曾想话之轻重，便道："好妹妹，你不用和我闹，我早知道你的心了，从先妈妈和我说，你这金要拣有玉的才可配，你留了心，见宝玉有那劳什子，你自然如今行动护着他。"话未说了，把个宝钗气怔了，拉着薛姨妈哭道："妈妈，你听哥哥说的是什么话！"薛蟠见妹子哭了，便知自己冒撞，便赌气走到自己房里安歇不提。

宝钗满心委屈气忿，待要怎样，又怕他母亲不安，少不得含泪别了母亲，各自回来，到房里整哭了一夜。次日一早起来，也无心梳洗，胡乱整理，便出来瞧母亲。可巧遇见黛玉，独立在花阴之下，问他："那里去？"薛宝钗因说："家去。"口里说着，便只管走。黛玉见他无精打彩的去了，又见眼上好似有哭泣之状，大非往日可比，便在后面笑道："姐姐也自己保重些儿，就是哭出两缸泪来，也医不好棒疮！"不知薛宝钗如何答对，且听下回分解。

【注释】

①沉心：怀疑别人指说自己，因而心中不快。又作"嗔心"或"吃心"。

②栉（zhì）沐：梳洗。

③吃絮：吃厌。絮，本指优柔不决，引申为频繁生厌的意思。

④木樨清露、玫瑰清露：两种饮料名。木樨露，即桂花露。《拾遗》："桂花蒸取，气香味微苦，明目疏肝。"玫瑰露，"玫瑰花蒸取，气香而味淡，能和血平肝养胃宽胸，散郁。"清顾禄《桐桥倚棹录》卷十："花露，以沙甑蒸者为贵，吴市多以锡甑。虎丘仰苏楼、静月轩，多释氏制卖，驰名四远，开瓶香冽，为当世所艳称。其所卖诸露，治肝、胃气，则有玫瑰花露；疏肝、牙痛，早桂花露。"露，用花、叶、果等蒸馏而成的饮料。

⑤直过：没有出差错，能够过得去。

⑥君子防未然：意谓君子防备祸患于未发生之前。《乐府诗集》卷

三二《君子行》："君子防未然，不处嫌疑间，瓜田不纳履，李下不正冠。"

⑦白眉赤眼儿：平白无故的意思。《金瓶梅》第五十二回："玉楼你怎的恁白眉赤眼儿的？我在那里讨个猫来！"

⑧尺幅鲛绡劳惠赠：鲛绡，这里指丝织手帕。宋周邦彦《苏幕遮》词："数尺鲛绡，半是梨花雨。"手帕大小不过一尺见方，故说"尺幅"。古时常以带泪的鲛绡寄托相思之情。宋皇都风月主人《绿窗新话》卷上引《丽情集》载，锦城官妓灼灼，能歌善舞，曾与河东御史裴质相识，后不复面。灼灼以软绡多聚红泪，密寄河东人。

⑨珠、玉：这里都比喻眼泪。唐李白《学古思边》诗："相思杳如梦，珠泪湿罗衣。"又，隋薛道衡《昔昔盐》："恒敛千金笑，长垂双玉啼。"

⑩湘江旧迹：湘妃竹上的泪斑。晋张华《博物志》："尧之二女，舜之二妃，曰湘夫人。舜崩，二妃啼，以涕挥竹，竹尽斑。"这里代指泪痕。

⑪犯舌：搬弄是非，惹起口舌纠纷。

第三十五回
白玉钏亲尝莲叶羹　黄金莺巧结梅花络

话说宝钗分明听见林黛玉克薄他，因记挂着母亲哥哥，并不回头，一径去了。这里林黛玉还是立于花阴之下，远远的却向怡红院内望着。只见李宫裁、迎春、探春、惜春并各项人等，都向怡红院内去过之后，一起一起的散尽了；只不见凤姐儿来。心里自己盘算道："如何他不来瞧宝玉？便是有事缠住了，他必定也是要来打个花胡哨^①，讨老太太、太太的好儿才是。今儿这早晚不来，必有原故。"一面猜疑，一面抬头再看时，只见花花簇簇一群人，又向怡红院内来了。定睛看时，却是贾母搭着凤姐儿的手，后头邢夫人、王夫人，跟着周姨娘并丫头媳妇等人，都进院去了。

黛玉看了，不觉点头，想起有父母的好处来，早又泪珠满面。少顷，只见宝钗薛姨妈等也进去了。忽见紫鹃从背后走来说道："姑娘吃药去罢，开水又冷了。"黛玉道："你到底要怎么样？只是催，我吃不吃，与你什么相干！"紫鹃笑道："咳嗽的才好了些，又不吃药了？如今虽是五月里，天气热，到底也还该小心些。大清早起，在这个潮地方站了半日，也该回去歇息了。"

一句话提醒了黛玉，方觉得有点腿酸，呆了半日，方慢慢的扶着紫鹃，回潇湘馆来。一进院门，只见满地下竹影参差，苔痕浓淡，不觉又想起《西厢记》中所云"幽僻处可有人行？点苍苔白露泠泠"二句来^②，因暗暗的叹道："双文虽然命薄^③，尚有孀母弱弟；今日我黛玉之薄命，一并连孀母弱弟俱无。"想到这里，又欲滴下泪来，不防廊上的鹦哥，见黛玉来了，"嘎"的一声，扑了下来，倒吓了一跳。因说道："你作死呢，又搧了我一头灰。"那鹦哥又飞上架去，便叫："雪雁，快掀帘子，姑娘来了！"黛玉便止住步，以手扣架，道："添了食水不曾？"那鹦哥便长叹一声，竟大似黛玉素日吁嗟音韵，接着念道："侬今葬花人笑痴，他年葬侬知是谁？"黛玉紫鹃听了，都笑起来。紫鹃笑道："这都是素日姑娘念的，难为他怎么记了。"黛玉便命将架摘下来，另挂在月洞窗外的钩上，于是进了屋子，在月洞窗内坐了。吃毕药，只见窗外竹影映入纱窗，满屋内阴阴翠润，几簟生凉。黛玉无可释闷，便隔着纱窗，调逗鹦哥做戏，又将素日所喜的诗词也教与他念。这且不在话下。

　　且说薛宝钗来至家中，只见母亲正梳头呢，一见他来了，便说道："你大清早起跑来做什么？"宝钗道："我瞧瞧妈妈，身上好不好？昨儿我去了，不知他可又过来闹了没有？"一面说，一面在他母亲身旁坐了，由不得哭将起来。薛姨妈见他一哭，自己掌不住也就哭了一场，一面又劝他："我的儿，你别委屈了。你等我处分那孽障！你要有个好歹，我指望那一个来？"薛蟠在外听见，连忙跑过来，对着宝钗左一个揖，右一个揖，只说："好妹妹，恕我这次罢！原是我昨儿吃了酒，回来的晚了，路上撞客着了④，来家未醒，不知胡说了什么，连自己也不知道，怨不得你生气。"

　　宝钗原是掩面哭的，听如此说，由不得又好笑了，遂抬头向地下啐了一口，说道："你不用做这些象生儿了⑤。我知道你的心里多嫌我们娘儿两个，你是变着法儿叫我们离了你就心净了。"薛蟠听说，连忙笑道："妹妹，这从那里说起？妹妹从来不是这样多心说歪话的人。"薛姨妈忙又接着道："你只会听你妹妹的'歪话'，难道昨儿晚上你说的那些话，就该的不成？当真是你发昏了！"薛蟠道："妈妈也不必生气，妹妹也不用烦恼，从今以后，我再不同他们一处吃酒闲逛如何⑥？"宝钗笑道："这才明白过来了。"薛姨妈道："你要有个横劲，那龙也下蛋了⑦。"薛蟠道："我若再和他们一处逛，妹妹听见了，只管啐我，再叫我畜生，不是人，如何？何苦来为我一个人，娘儿两个天天操心。妈妈为我生气，还犹可恕；若只管叫妹妹为我操心，我更不是人。如今父亲没了，我不能多孝顺妈妈，多疼妹妹，反叫娘母子生气，妹妹烦恼，连个畜生不如了！"口里说着，眼睛里禁不住也滚下泪来。

薛姨妈本不哭了，听他一说，又吊起伤心来。宝钗勉强笑道："你闹够了，这会子又招着妈妈哭起来了。"薛蟠听说，忙收了泪，笑道："我何曾招妈妈哭来？罢，罢，罢！丢下这个别提了，叫香菱来倒茶妹妹吃。"宝钗道："我也不吃茶，等妈妈洗了手，我们就进去了。"薛蟠道："妹妹的项圈我瞧瞧，只怕该炸一炸去了⑧。"宝钗道："黄澄澄的，又炸他做什么？"薛蟠又道："妹妹如今也该添补些衣裳了，要什么颜色花样，告诉我。"宝钗道："连那些衣服我还没穿遍了，又做什么？"一时薛姨妈换了衣裳，拉着宝钗进去，薛蟠方出去了。

这里薛姨妈和宝钗进园来看宝玉，到了怡红院中，只见抱厦里外回廊上，许多丫头老婆站着，便知贾母等都在这里。母女两个进来，大家见过了，只见宝玉躺在榻上，薛姨妈问他："可好些？"宝玉忙欲欠身，口里答应着："好些。"又说："只管惊动姨娘姐姐，我当不起。"薛姨妈忙扶他睡下，又问他："想什么，只管告诉我。"宝玉笑道："我想起来，自然和姨娘要去的。"王夫人又问："你想什么吃？回来好给你送来的。"宝玉笑道："也倒不想什么吃。倒是那一回做的那小荷叶儿小莲蓬儿的汤还好些。"凤姐在旁笑道："听听，口味倒不算高贵，只是太磨牙了⑨。巴巴的想这个吃了⑩。"贾母便一叠连声的叫："做去！"凤姐儿笑道："老祖宗别急，我想想这模子是谁收着呢？"因回头吩咐个婆子问管厨房的去要。

那婆子去了半天，来回说："管厨房的说：'四副汤模子都缴上来了。'"凤姐听说，又想了一想，道："我也记得交上来了，就不记得交给谁了，多半是在茶房里。"又遣人去问管茶房的，也不曾收。次后还是管金银器的送来了。

薛姨妈先接过来瞧时，原来是个小匣子，里面装着四副银模子，都有一尺多长，一寸见方。上面凿着有豆子大小，也有菊花的，也有梅花的，也有莲蓬的，也有菱角的：共有三四十样，打的十分精巧。因笑向贾母王夫人道："你们府上也都想绝了，吃碗汤，还有这些样子，要不说出来，我见了这个，也不认得这是做什么用的。"凤姐儿也不等人说话，便笑道："姑妈那里晓得，这是旧年备膳，他们想的法儿，不知弄些什么面印出来，借点新荷叶的清香，全仗着好汤，究竟没意思。谁家常吃他呢？那一回呈样的^⑩，做了一回，他今儿怎么想起来了。"说着，接过来递与个妇人："吩咐厨房里立刻拿几只鸡，另外添了东西，做出十碗汤来。"

王夫人道："要这些做什么？"凤姐儿笑道："有个原故：这一宗东西，家常不大做；今儿宝兄弟提起来了，单做给他吃，老太太、姑妈、太太都不吃，似乎不大好，不如借势儿弄些大家吃，托赖着连我也尝个新儿。"贾母听了，笑道："猴儿，把你乖的！拿着官中的钱做人情。"说的大家笑了。凤姐也忙笑道："这不相干。这个小东道我还孝敬得起。"便回头吩咐妇人："说给厨房里，只管好生添补着做了，在我账上领银子。"婆子答应着去了。

宝钗一旁笑道："我来了这么几年，留神看起来，二嫂子凭他怎么巧，再巧不过老太太去。"贾母听说，便答道："我的儿！我如今老了，那里还巧什么？当日我像凤哥儿这么大年纪，比他还来得呢！他如今虽说不如我们，也就算好了，比你姨娘强远了。你姨娘可怜见的，不大说话，和木头似的，在公婆跟前就不献好儿。凤儿嘴乖，怎么怨得人疼他。"宝玉笑道："若这么说，不大说话的就不疼了？"贾母道："不大说话的又有不大说话的可疼之处，嘴乖的也有一宗可嫌的，倒不如不说的好。"宝玉笑道："这就是了。我说大嫂子倒不大说话呢，老太太也是和凤姐姐的一样看待。若说单是会说话的可疼，这些姐妹里头也只凤姐姐和林妹妹可疼了。"贾母道："提起姊妹，不是我当着姨太太的面奉承，千真万真，从我们家里四个女孩儿算起，都不如宝丫头。"薛姨妈听说，忙笑道："这话是老太太说偏了。"王夫人忙又笑道："老太太时常背地里和我说宝丫头好，这倒不是假话。"宝玉勾着贾母，原为要赞林黛玉的，不想反赞起宝钗来，倒也意出望外，便看着宝钗一笑。宝钗早扭过头去和袭人说话去了。

忽有人来请吃饭，贾母方立起身来，命宝玉："好生养着罢。"把丫头们嘱咐了一回，方扶着凤姐儿，让着薛姨妈，大家出房去了，犹问："汤好了不曾？"又问薛姨妈等："想什么吃，只管告诉我，我有本事叫凤丫头弄了来咱们吃。"薛姨妈笑道："老太太也会怄他的，时常他弄了东西孝敬，究竟又吃不多。"凤姐儿笑道："姑妈倒别这样说。我们老祖宗只是嫌人肉酸，若不嫌人肉酸，早已把我还吃了呢！"

一句话没说了，引的贾母众人都哈哈的笑起来。宝玉在屋里也掌不住笑。袭人笑道："真真的二奶奶的嘴，怕死人。"宝玉伸手拉着袭人笑道："你站了这半日，可乏了。"一面说，一面拉他身旁坐下。袭人笑道："可是又忘了，趁宝姑娘在院子里，你和他说，烦他们莺儿来打上几根络子。"宝玉笑道："亏你提起来。"说着，便仰头向窗外道："宝姐姐，吃过饭叫莺儿来，烦他打几根络子，可得闲儿？"宝钗听见，回头道："怎么不得闲儿？一会叫他来就是了。"贾母等尚未听真，都止步问宝钗。宝钗说明了，贾母便说道："好孩子，你叫他来替你兄弟打几根。你要人使，我那里闲的丫头多着的呢。你喜欢谁，只管叫来使唤。"薛姨妈宝钗等都笑道："只管叫他来做就是了，有什么使唤的去处。他天天也是闲着淘气。"大家说着，往前正走，忽见湘云、平儿、香菱等在山石边掐凤仙花呢[12]，见了他们走来，都迎上来了。

少顷出至园外，王夫人恐贾母乏了，便欲让至上房内坐；贾母也觉脚酸，便点头依允。王夫人便命丫头忙先去铺设坐位。那时赵姨娘推病，只有周姨娘与那婆娘丫头们忙着打帘子，立靠背，铺褥子。贾母扶着凤姐儿进来，与薛姨妈分宾主坐了，薛宝钗史湘云坐在下面。王夫人亲捧了茶来，奉与贾母；李宫裁捧与薛姨妈。贾母向王夫人道:"让他们小妯娌伏侍,你在那里坐了,好说话儿。"王夫人方向一张小杌子上坐下,便吩咐凤姐儿道:"老太太的饭,放在这里,添了东西来。"凤姐儿答应出去,便命人去贾母那边告诉。那边的婆娘们忙往外传了,丫头们忙都赶过来,王夫人便命:"请姑娘们去。"请了半天,只有探春惜春两个来了;迎春身上不耐烦,不吃饭;林黛玉是不消说,十顿饭只好吃五顿,众人也不着意了。

少顷饭至,众人调放了桌子,凤姐儿用手巾裹了一把牙箸,站在地下,笑道:"老祖宗和姨妈不用让,还听我说就是了。"贾母笑向薛姨妈道:"我们就是这样。"薛姨妈笑着应了,于是凤姐放下四双箸:上面两双是贾母薛姨妈,两边是薛宝钗史湘云的。王夫人李宫裁等都站在地下,看着放菜。凤姐先忙着要干净家伙来,替宝玉拣菜。

少顷,莲叶汤来,贾母看过了,王夫人回头见玉钏儿在那里,便命玉钏与宝玉送去。凤姐道:"他一个人拿不去。"可巧莺儿和同喜儿都来了,宝钗知道他们已吃了饭,便同莺儿道:"宝二爷正叫你去打绦子,你们两个一同去罢。"莺儿答应着,同玉钏儿出来。莺儿道:"这么远,怪热的,怎么端了去?"玉钏笑道:"你放心,我自有道理。"说着,便命一个婆子来,将汤饭等类放在一个捧盒里,命他端了跟着,他两个却空着手走。一直到了怡红院门口,玉钏儿方接了过来,同莺儿进入房中。袭人、麝月、秋纹三个人正和宝玉玩笑呢,见他两个来了,都忙起来笑道:"你们两个来的怎么碰巧,一齐来了?"一面说,一面接了下来。玉钏便向一张杌子上坐了,莺儿不敢坐下,袭人便忙端了个脚踏来,莺儿还不敢坐。宝玉见莺儿来了,却倒十分欢喜;见了玉钏儿,便想起他姐姐金钏儿来了,又是伤心,又是惭愧,便把莺儿丢下,且和玉钏儿说话。袭人见把莺儿不理,恐莺儿没好意思的,又见莺儿不肯坐,便拉了莺儿出来,到那边屋里去吃茶说话儿去了。

这里麝月等预备了碗箸,来伺候吃饭。宝玉只是不吃,问玉钏儿道："你母亲身上好？"玉钏儿满脸怒色，正眼也不看宝玉，半日，方说了一个"好"字。宝玉便觉没趣，半日，只得又陪笑问道："谁叫你替我送来的？"玉钏儿道："不过是奶奶太太们！"宝玉见他还是哭丧着脸，便知他是为金钏儿的原故，待要虚心下气哄他，又见人多，不好下气的，因而便寻方法，将人都支出去，然后又陪笑问长问短。那玉钏儿先虽不欲理他，只管见宝玉一些性气也没有，凭他怎么丧谤⑬，还是温存和气，自己倒不好意思的了，脸上方有三分喜色。

　　宝玉便笑求他："好姐姐，你把那汤端了来，我尝尝。"玉钏儿道："我从不会喂人东西，等他们来了再吃。"宝玉笑道："我不是要你喂我，我因为走不动，你递给我吃了，你好赶早回去交代了，你好吃饭的。我只管耽误了时候，你岂不饿坏了。你要懒怠动，我少不得忍了疼下去取来。"说着，便要下床来，扎挣起来，禁不住"嗳哟"之声。玉钏儿见他这般，忍耐不住，起身说道："躺下去罢！那世里造下了业，这会子现世现报，叫我那一个眼睛看得上！"一面说，一面"哧"的一声又笑了，端过汤来，宝玉笑道："好姐姐，你要生气，只管在这里生罢，见了老太太、太太，可放和气些。若还这样，你就要挨骂了。"玉钏儿道："吃罢，吃罢！不用和我甜嘴蜜舌的，我可不信这样话！"说着，催宝玉喝了两口汤，宝玉故意说："不好吃，不好吃。"玉钏儿道："阿弥陀佛！这还不好吃，什么好吃呢！"宝玉道："一点味儿也没有，你不信尝一尝，就知道了。"玉钏儿果真赌气尝了一尝，宝玉笑道："这可好吃了！"玉钏儿听说，方解过他的意思来，原是宝玉哄他吃一口。便说道："你既说不吃，这会子说好吃，也不给你吃了。"宝玉只管陪笑央求要吃，玉钏儿又不给他，一面又叫人打发吃饭。丫头方进来时，忽有人来回话，说："傅二爷家的两个嬷嬷来请安，来见二爷。"

　　宝玉听说，便知是通判傅试家的嬷嬷来了。那傅试原是贾政的门生⑭，原来都赖贾家的名声得意，贾政也着实看待，与别的门生不同，他那里常遣人来走动。宝玉素昔最厌勇男蠢妇的，今日却如何又命这两个婆子进来？其中原来有个原故：只因那宝玉闻得傅试有个妹子，名唤傅秋芳，也是个琼闺秀玉，传说才貌俱全，虽自未亲睹，然遐思遥爱之心，十分诚敬；不命他们进来，恐薄了傅秋芳，因此连忙命让进来。那傅试原是暴发的，因傅秋芳有几分姿色，聪明过人，那傅试安心仗着妹子，要与豪门贵族结亲，不肯轻意许人，所以耽误到如今。目今傅秋芳已二十三岁，尚未许人。怎奈那些豪门贵族，又嫌他本是穷酸，根基浅薄，不肯求配。那傅试与贾家亲密，也自有一段心事。

今日遣来的两个婆子，偏生是极无知识的，闻得宝玉要见，进来，只刚问了好，说了没两句话，那玉钏儿见生人来，也不和宝玉厮闹了，手里端着汤，却只顾听。宝玉又只顾和婆子说话，一面吃饭，伸手去要汤，两个人的眼睛都看着人，不想伸猛了手，便将碗撞翻，将汤泼了宝玉手上。玉钏儿倒不曾烫着，吓了一跳，忙笑道："这是怎么了？"慌的丫头们忙上来接碗。宝玉自己烫了手，倒不觉的，只管问玉钏儿："烫了那里了？疼不疼？"玉钏儿和众人都笑了。玉钏儿道："你自己烫了，只管问我。"宝玉听了，方觉自己烫了。众人上来，连忙收拾。宝玉也不吃饭了，洗手吃茶，又和那两个婆子说了两句话，然后两个婆子告辞出去。晴雯等送至桥边方回。

那两个婆子见没人了，一行走，一行谈论，这一个笑道："怪道有人说他们家宝玉是相貌好，里头糊涂，中看不中吃的，果然竟有些呆气。他自己烫了手，倒问别人疼不疼，这可不是呆子？"那个又笑道："我前一回来，听见他家里许多人抱怨，千真万真的有些呆气。大雨淋的水鸡似的，他反告诉别人：'下雨了，快避雨去罢。'你说可笑不可笑？时常没人在跟前，就自哭自笑的；看见燕子就和燕子说话，河里看见了鱼就和鱼儿说话，见了明星月亮，他便不是长吁短叹的，就是咕咕哝哝的。且一点刚性也没有，连那些毛丫头的气都受到了。爱惜起东西来，连个线头都是好的；遭塌起来，那怕值千值万的，都不管了。"两个人一面说，一面走出园来回去，不在话下。

　　且说袭人见人去了，便携了莺儿过来，问宝玉："打什么绦子？"宝玉笑向莺儿道："才只顾说话，就忘了你。烦你来，不为别的，替我打几根络子。"莺儿道："装什么的络子？"宝玉见问，便笑道："不管装什么的，你都每样打几个罢。"莺儿拍手笑道："这还了得！要这样，十年也打不完了。"宝玉笑道："好姐姐，你闲着也没事，都替我打了罢。"袭人笑道："那里一时都打得完？如今先拣要紧的打两个罢。"莺儿道："什么要紧，不过是扇子，香坠儿，汗巾子。"宝玉道："汗巾子就好。"莺儿道："汗巾子是什么颜色？"宝玉道："大红的。"莺儿道："大红的须是黑络子才好看；或是石青的，才压得住颜色。"宝玉道："松花色配什么？"莺儿道："松花配桃红。"宝玉笑道："这才姣艳。再要雅淡之中带些姣艳。"莺儿道："葱绿柳黄我是最爱的。"宝玉道："也罢了。也打一条桃红，再打一条葱绿。"莺儿道："什么花样呢？"宝玉道："也有几样花样？"莺儿道："'一柱香''朝天凳''象眼块''方胜''连环''梅花''柳叶'⑮。"宝玉道："前儿你替三姑娘打的那花样是什么？"莺儿道："是'攒心梅花'。"宝玉道："就是那样好。"一面说，一面袭人刚拿了线来。窗外婆子说："姑娘们的饭都有了。"宝玉道："你们吃饭去，快吃了来罢。"袭人笑道："有客在这里，我们怎好去的？"莺儿一面理线，一面笑道："这话又打那里说起？正经快吃了来罢。"袭人等听说，方去了，只留下两个小丫头呼唤。

　　宝玉一面看莺儿打络子，一面说闲话。因问他："十几岁了？"莺儿手里打着，一面答话："十五岁了。"宝玉道："你本姓什么？"莺儿道："姓黄。"宝玉笑道："这个名姓倒对了，果然是个'黄莺儿'。"莺儿笑道："我的名字本来是两个字，叫做金莺，姑娘嫌拗口，只单叫莺儿，如今就叫开了。"宝玉道："宝姐姐也就算疼你了。明儿宝姐姐出嫁，少不得是你跟去了。"莺儿抿嘴一笑。宝玉笑道："我常常和袭人说，明儿也不知那一个有福的消受你们主儿两个呢。"莺儿笑道："你还不知我们姑娘，有几样世上人都没有的好处呢，模样儿还在其次。"宝玉见莺儿姣腔婉转，语笑如痴，早不胜其情了，那堪更提起宝钗来？便问道："他好处在那里？好姐姐告诉我听。"莺儿道："我告诉你，你可不许又告诉他去。"宝玉笑道："这个自然的。"

正说着，只听见外头说道："怎么这样静悄悄的！"二人回头看时，不是别人，正是宝钗来了。宝玉忙让坐。宝钗坐了，因问莺儿："打什么呢？"一面问，一面向他手里去瞧，才打了半截。宝钗笑道："这有什么趣儿，倒不如打个络子，把玉络上呢。"一句话提醒了宝玉，便拍手笑道："倒是姐姐说得是，我就忘了。只是配个什么颜色才好？"宝钗道："若用杂色断然使不得，大红又犯了色⑯，黄的又不起眼，黑的又太暗；等我想个法儿，把那金线拿来配着黑珠儿线，一根一根的拈上，打成络子，那才好看。"

宝玉听说，喜之不尽，一叠连声就叫袭人来取金线。正值袭人端了两碗菜走进来，告诉宝玉道："今儿奇怪，刚才太太打发人替我送了两碗菜来。"宝玉笑道："必定是今儿菜多，送给你们大家吃的。"袭人道："不是，指名给我送来，还不叫我过去磕头，这可是奇了。"宝钗笑道："给你的你就吃去，这有什么猜疑的。"袭人道："从来没有的事，倒叫我不好意思的。"宝钗抿嘴一笑，说道："这就不好意思了？明儿还有比这个更叫你不好意思的呢。"袭人听了话内有因，素知宝钗不是轻嘴薄舌奚落人的，自己想起上日王夫人的意思来，便再不提。将菜与宝玉看了，说："洗了手来拿线。"说毕，便一直出去了。吃过饭，洗了手进来，拿金线与莺儿打络子。此时宝钗早被薛蟠遣人来请出去了。

这里宝玉正看着打络子，忽见邢夫人那边遣了两个丫头送了两样果子来与他吃，问他："可走得了？若走得动，叫哥儿明儿过去散散心，太太着实记挂着呢。"宝玉忙道："若走得了，必定过来请太太的安去。疼的比先好些，请太太放心罢。"一面叫他两个坐下，一面又叫："秋纹来，把才那果子拿一半送与林姑娘去。"

秋纹答应了，刚欲去时，只听黛玉在院内说话，宝玉忙叫："快请。"要知端的，且看下回分解。

【注释】

①打个花胡哨：意即花言巧语，假意敷衍一番。

②"幽僻处"二句：这是《西厢记》第二本第二折红娘的唱词。泠泠（líng），清凉的样子。

③双文：指《西厢记》里的崔莺莺。因莺莺的名字是两个"莺"字（重文）连在一起，故以"双文"称之。

④撞客：民间用语。人碰到鬼邪，以致生病招灾。也叫"撞克""克碰"。

⑤象生儿：也叫"口技"。传统杂技节目之一。表演者能逼真地模仿各种声响。这里指薛蟠的言谈举动，如同表演口技，装模作样，滑稽可笑。

⑥甩（huàng）：同"晃"。

⑦龙也下蛋了：这里用来比喻稀罕的事情。旧时以龙为"神物"，不是卵生动物。龙，古代传说中一种有鳞有须、能兴云作雨的神异动物。

⑧炸一炸：金银饰物、器皿旧了，进行加工，使之重现光泽，叫"炸"。

⑨磨牙：一般称多言好辩、难以对付为磨牙。这里是麻烦、费事的意思。

⑩巴巴的：这里是偏偏的意思。

⑪呈样：宋时凡外国商船入港，将载运的货物，以货样名义选送当地政府，称为"呈样"。后指某种器物制成后送上审看其样式为"呈样"。清刘廷玑《在园杂志》卷一："刑部主事伴阮兄（源）……在内庭供奉时，呈样磁数百种，烧成绝佳。"呈，旧时下级送报上级叫"呈"。

⑫凤仙花：一名"指甲花"，一年生草本，夏季开花，花色不一。清富察敦崇《燕京岁时记·染指甲》："凤仙花即透骨草，又名指甲草。五月花开之候，闺阁儿女取而捣之，以染指甲，鲜红透骨，经年乃

消。"

⑬丧谤：态度不柔和、语言不中听的意思。

⑭门生：这里指依附世家豪族的门下客。

⑮"一柱香"至"柳叶"：这是指络子的各种样式。"一炷香"是直线形，"朝天凳"是梯形，"象眼块"是斜方形，"方胜"是一角相叠的两个方形，"连环"是两环套联，"梅花"和"柳叶"是梅花形和柳叶形。

⑯犯了色：颜色相同或色阶相近的颜色匹配，叫"犯色"。

第三十六回
绣鸳鸯梦兆绛芸轩　识分定情悟梨香院①

　　话说贾母自王夫人处回来，见宝玉一日好一日，心中自是欢喜，因怕将来贾政又叫他，遂命人将贾政的亲随小厮头儿唤来，吩咐："他以后倘有会人待客诸样的事，你老爷要叫宝玉，你不用上来传话，就回他说我说的：一则打重了，得着实将养几个月才走得；二则他的星宿不利②，祭了星，不见外人，过了八月，才许出二门。"那小厮头儿听了，领命而去。贾母又命李嬷嬷袭人等来将此话说与宝玉，使他放心。

　　那宝玉素日本就懒与士大夫诸男人接谈，又最厌峨冠礼服贺吊往还等事；今日得了这句话，越发得了意，不但将亲戚朋友一概杜绝了，而且连家庭中晨昏定省③，一发都随他的便了，日日只在园中游玩坐卧，不过每日一清早到贾母王夫人处走走就回来了。却每日甘心为诸丫头充役，竟也得十分消闲日月。或如宝钗辈有时见机劝导，反生起气来，只说："好好的一个清净洁白女子，也学的钓名沽誉④，入了国贼禄鬼之流。这总是前人无故生事，立意造言，原为引导后世的须眉浊物。不想我生不幸，亦且琼闺绣阁中亦染此风，真真有负天地钟灵毓秀之德⑤！"众人见他如此疯癫，也都不向他说正经话了。独有林黛玉自幼不曾劝他去立身扬名，所以深敬黛玉。

　　闲言少述。如今且说王凤姐自见金钏儿死后，忽见几家仆人常来孝敬他些东西，又不时的来请安奉承，自己倒生了疑惑，不知何意。这日又见人来孝敬他东西，因晚间无人时，笑问平儿。平儿冷笑道："奶奶连这个都想不起来了？我猜他们的女儿，都必是太太房里的丫头，如今太太房里有四个大的，一个月一两银子的分例，下剩的都是一个月只几百钱。如今金钏儿死了，必定他们要弄这一两银子的巧宗儿呢。"凤姐听了，笑道："是了，是了，倒是你提醒了我。看来这起人也太不知足，钱也赚够了，苦事情又摊不着，弄个丫头搪塞身子就罢了，又要想这个。也罢了，他们几家的钱也不能容易花到我跟前，这可是他们自寻的，送什么来我就收什么，横竖我有主意。"凤姐儿安下这个心，所以只管耽延着，等那些人把东西送足了，然后乘空方回王夫人。

这日午间，薛姨妈母女两个与林黛玉等正在王夫人房里，大家吃西瓜。凤姐儿得便回王夫人道："自从玉钏儿的姐姐死了，太太跟前少着一个人，太太或看准了那个丫头，就吩咐了，下月好发放月钱。"王夫人听了，想了一想道："依我说，什么是例，必定四个五个的？够使就罢了，竟可以免了罢。"凤姐笑道："论理，太太说的也是；只是原是旧例，别人屋里还有两个哩，太太倒不按例了。况且省下一两银子，也有限的。"王夫人听了，又想了想，道："也罢，这个分例只管关了来，不用补人，就把这一两银子给他妹妹玉钏儿罢。他姐姐伏侍了我一场，没个好结果，剩下他妹妹跟着我，吃个双分子也不为过。"凤姐答应着，回头望着玉钏儿笑道："大喜，大喜。"玉钏儿过来磕了头。王夫人又问道："正要问你：如今赵姨娘周姨娘的月例多少？"凤姐道："那是定例，每人二两。赵姨娘有环兄弟的二两，共是四两，另外四串钱。"王夫人道："月月可都按数给他们？"凤姐见问得奇，忙道："怎么不按数给！"王夫人道："前儿恍惚听见有人抱怨，说短了一串钱，是什么原故？"凤姐忙笑道："姨娘们的丫头月例，原是人各一吊钱，从旧年他们外头商议的，姨娘们每位丫头，分例减半，人各五百钱。每位两个丫头，所以短了一吊钱。这也抱怨不着我，我倒乐得给呢，他们外头又扣着，我难道添上不成！这个事我不过是接手儿，怎么来，怎么去，由不得我做主。我倒说了两三回，仍旧添上这两分儿的为是；他们说：'只有这个数。'叫我难再说了。如今我手里每月连日子都不错给他们呢，先时在外头关，那个月不打饥荒？何曾顺顺溜溜的得过一遭儿。”

王夫人听说，就停了半晌，又问：“老太太屋里几个一两的？”凤姐道：“八个。如今只有七个，那一个是袭人。”王夫人道：“这就是了。你宝兄弟也并没有一两的丫头，袭人还算老太太房里的人？”凤姐笑道：“袭人还是老太太的人，不过给了宝兄弟使，他这一两银子还在老太太的丫头分例上领。如今说因为袭人是宝玉的人，裁了这一两银子，断乎使不得。若说再添一个人给老太太，这个还可以裁他。若不裁他的，须得环兄弟屋里也添上一个，才公道均匀了。就是晴雯、麝月等七个大丫头，每月人各月钱一吊，佳蕙等八个小丫头们，每月人各月钱五百，还是老太太的话，别人如何恼得气得呢。”薛姨妈笑道：“只听凤丫头的嘴，倒像倒了核桃车子似的⑥，只听他的账也清楚，理也公道。”凤姐笑道：“姑妈，难道我说错了不成？”薛姨妈笑道：“说的何尝错，只是你慢些说，岂不省力！”凤姐才要笑，忙又忍住了，听王夫人示下。王夫人想了半日，向凤姐道：“明儿挑一个丫头送去老太太使唤，补袭人，把袭人的一分裁了。把我每月的月例二十两银子里，拿出二两银子一吊钱来，给袭人去。以后凡事有赵姨娘周姨娘的，也有袭人的，只是袭人的这一分，都从我的分例上匀出来，不必动官中的就是了。”

凤姐一一的答应了，笑推薛姨妈道：“姑妈听见了，我素日说的话何如？今儿果然应了我的话。”薛姨妈道：“早就该如此。模样儿自然不用说的，他的那一种行事大方，说话见人和气，里头带着刚硬要强，这个实在难得。”王夫人含泪说道：“你们那里知道袭人那孩子的好处？比我的宝玉强十倍！宝玉果然是有造化的，能够得他长长远远的伏侍一辈子，也就罢了。”凤姐道：“既这么样，就开了脸，明放他在屋里岂不好？”王夫人道：“这不好：一则年轻，二则老爷也不许，三则那宝玉见袭人是他丫头，纵有放纵的事，倒能听他的劝，如今做了跟前人⑦，那袭人该劝的也不敢十分劝了。如今且浑着，等再过二三年再说。”

说毕，凤姐见无话，便转身出来，刚至廊檐上，只见有几个执事的媳妇子正等他回事呢；见他出来，都笑道："奶奶今儿回什么事，说了这半天？可不要热着。"凤姐把袖子挽了几挽，跐着那角门的门槛子⑧，笑道："这里过堂风，倒凉快，吹一吹再走。"又告诉众人道："你们说我回了这半日的话，太太把二百年的事都想起来问我，难道我不说罢？"又冷笑道："我从今以后，倒要干几件刻薄事了。抱怨给太太听，我也不怕！糊涂油蒙了心、烂了舌头、不得好死的下作东西们⑨，别做娘的春梦了！明儿一裹脑子扣的日子还有呢。如今裁了丫头的钱，就抱怨了咱们。也不想想自己，也配使三个丫头！"一面骂，一面方走了，自去挑人回贾母话去，不在话下。

却说薛姨妈等这里吃毕西瓜，又说了一回闲话，各自方散去。宝钗与黛玉等回至园中，宝钗因约黛玉往藕香榭去，黛玉因说："立刻要洗澡。"便各自散了。宝钗独自行来，顺路进了怡红院，意欲寻宝玉去谈讲，以解午倦。不想一入院中，鸦雀无闻，一并连两只仙鹤在芭蕉下都睡着了。宝钗便顺着游廊，来至房中，只见外间床上横三竖四，都是丫头们睡觉。转过十锦槅子，来至宝玉的房内，宝玉在床上睡着了，袭人坐在身旁，手里做针线，傍边放着一柄白犀麈⑩。

宝钗走近前来，悄悄的笑道："你也过于小心了，这个屋里还有苍蝇蚊子，还拿蝇刷子赶什么？"袭人不防，猛抬头见是宝钗，忙放针线起身，悄悄笑道："姑娘来了，我倒不防，唬了一跳。姑娘不知道，虽然没有苍蝇蚊子，谁知有一种小虫子，从这纱眼里钻进来，人也看不见，只睡着了，咬一口，就像蚂蚁叮的。"宝钗道："怨不得。这屋子后头又近水，又都是香花儿，这屋子里头又香，这种虫子都是花心里长的，闻香就扑。"

说着，一面就瞧他手里的针线，原来是个白绫红里的兜肚⑪，上面扎着鸳鸯戏莲的花样，红莲绿叶，五色鸳鸯。宝钗道："嗳哟，好鲜亮活计！这是谁的，也值的费这么大工夫？"袭人向床上搲儿。宝钗笑道："这么大了，还带这个？"袭人笑道："他原是不带，所以特特的做的好了，叫他看见，由不得不带。如今天热，睡觉都不留神，哄他带上了，便是夜里纵盖不严些儿，也就罢了。你说这一个就用了工夫，还没看见他身上带的那一个呢。"宝钗笑道："也亏你耐烦。"袭人道："今儿做的工夫大了，脖子低的怪酸的。"又笑道："好姑娘，你略坐一坐，我出去走走就来。"说着，就走了。宝钗只顾看着活计，便不留心，一蹲身，刚刚的也坐在袭人方才坐的那个所在，因又见那个活计实在可爱，不由的拿起针来，就替他作。

不想林黛玉因遇见史湘云，约他来与袭人道喜，二人来至院中，见静悄悄的，湘云便转身先到厢房里去找袭人。林黛玉却来至窗外，隔着窗纱往里一看，只见宝玉穿着银红纱衫子，随便睡着在床上，宝钗坐在身旁做针线，傍边放着蝇刷子。

林黛玉见了这个景儿，连忙把身子一藏，手握着嘴，不敢笑出来，招手儿叫湘云。湘云一见他这般光景，只当有什么新闻，忙也来一看，也要笑时，忽然想起宝钗素日待他厚道，便忙掩住口。知道黛玉口里不让人，怕他取笑，便忙拉过他来，道："走罢。我想起袭人来，他说午间要到池子里去洗衣裳，想必去了，咱们那里找他去。"黛玉心下明白，冷笑了两声，只得随他走了。

这里宝钗只刚做了两三个花瓣，忽见宝玉在梦中喊骂，说："和尚道士的话如何信得？什么是'金玉姻缘'？我偏说是'木石姻缘'！"薛宝钗听了这话，不觉怔了。忽见袭人走进来，笑道："还没有醒呢？"宝钗摇头。袭人又笑道："我才碰见林姑娘史大姑娘，他们可曾进来？"宝钗道："没见他们进来。"因向袭人笑道："他们没告诉你什么？"袭人红了脸，笑道："总不过是他们那些玩话，有什么正经说的。"宝钗笑道："今儿他们说的可不是玩话，我正要告诉你呢，你又忙忙的出去了。"

一句话未完，只见凤姐打发人来叫袭人。宝钗笑道："就是为那话了。"袭人只得唤起两个丫头来，一同宝钗出怡红院，自往凤姐这里来。果然是告诉他这话，又教他与王夫人磕头，且不必去见贾母，倒把袭人不好意思的。及见过王夫人急忙回来，宝玉已醒了，问起原故，袭人且含糊答应。至夜间人静，袭人方告诉了。

宝玉喜不自禁，又向他笑道："我可看你回家去不去了！那一回往家里走了一趟，回来就说你哥哥要赎你，又说在这里没着落，终久算什么，说那些无情无义的生分话唬我，从今以后我可看谁来敢叫你去？"袭人听了，便冷笑道："你倒别这么说。从此以后，我是太太的人了，我要走，连你也不必告诉，只回了太太便走。"宝玉笑道："便就算我不好，你回了太太竟去了，叫别人听见，说我不好，你去了，你也没意思。"袭人笑道："有什么没意思？难道强盗贼我也跟着罢？再不然，还有一个死呢！人活一百岁，横竖要死，这一口气不在，听不见，看不见，就罢了。"宝玉听见这话，便忙握他的嘴，说道："罢，罢，罢！不用你说这些话了。"袭人深知宝玉性情古怪，听见奉承吉利话，又厌虚而不实；听了这些尽情实话，又生悲感。便后悔自己冒撞了，连忙笑着，用话截开，只拣那宝玉素日喜欢的春风秋月，再谈及粉淡脂红，然后谈到女儿如何好。不觉又谈到女儿死，袭人忙掩住口。

宝玉听至浓快处，见他不说了，便笑道："人谁不死？只要死的好。那些个须眉浊物只知道'文死谏''武死战'这二死是大丈夫死名死节，究竟何如不死的好！必定有昏君他方谏，只顾他邀名，猛拚一死，将来置君于何地？必定有刀兵，他方战，猛拚一死，也只顾图汗马之名，将来弃国于何地？所以这皆非正死。"袭人道："忠臣良将皆出于不得已他才死。"宝玉道："那武将不过仗血气之勇，疏谋少略，他自己无能，送了性命，这难道也是不得已？那文官更不比武官了，他念两句书，记在心里，若朝廷少有瑕疵，他就胡谈乱谏，只顾他邀忠烈之名；浊气一涌，即时拚死，这难道也是不得已？还要知道那朝廷是受命于天，他非圣人，那天也断断不把这万几重任与他了。可知那些死的，都是沽名，并不知大义。比如我此时若果有造化，该死于时的，如今趁你们在，我就死了，再能够你哭我的眼泪，流成大河，把我的尸首漂起来，送到那鸦雀不到的幽僻之处，随风化了，自此再不要托生为人，就是我死的得时了。"袭人忽见说出这些疯话来，忙说："困了。"不理他。那宝玉方合眼睡着。次日也就丢开了。

一日，宝玉因各处游的腻烦，便想起《牡丹亭》曲子来，自己看了两遍，犹不惬怀，因闻得梨香院的十二个女孩儿中，有小旦龄官，最是唱的好，因着意出角门来找时，只见宝官、玉官都在院内，见宝玉来了，都笑让坐。宝玉因问："龄官在那里？"都告诉他说："在他房里呢。"

宝玉忙至他房内，只见龄官独自倒在枕上，见他进来，闻风不动。宝玉身旁坐下，又素昔与别的女孩子玩惯了的，只当龄官也同别人一样，因近前来陪笑，央他起来，唱'袅晴丝'一套⑫。不想龄官见他坐下，忙抬起身来躲避，正色说道："嗓子哑了，前儿娘娘传进我们去，我还没有唱呢。"宝玉见他坐正了，再一细看，原来就是那日蔷薇花下画"蔷"字的那一个。又见如此景况，从来未经过这番被人弃厌，自己便讪讪的，红了脸，只得出来了。宝官等不解何故，因问其所以，宝玉便说了出来。宝官便说道："只略等一等，蔷二爷来了，他叫他唱，是必唱的。"宝玉听了，心下纳闷，因问："蔷哥儿那里去了？"宝官道："才出去了，一定就是龄官要什么，他去变弄去了。"

宝玉听了，以为奇特，少站片时，果见贾蔷从外头来了，手里提着个雀儿笼子，上面扎着小戏台，并一个雀儿，兴兴头头往里来找龄官。见了宝玉，只得站住。宝玉问他："是个什么雀儿？会衔旗串戏⑬？"贾蔷笑道："是个玉顶金头。"宝玉道："多少钱买的？"贾蔷道："一两八钱银子。"一面说，一面让宝玉坐，自己往龄官房里来。

　　宝玉此刻把听曲子的心都没了，且要看他和龄官是怎么样。只见贾蔷进去，笑道："你来瞧这个玩意儿。"龄官起身问："是什么？"贾蔷道："买了雀儿你玩，省得天天闷的无个开心的。我先玩个你看。"说着，便拿些谷子，哄的那个雀儿果然在那戏台上乱串，衔鬼脸、旗帜。众女孩子道："有趣。"独龄官冷笑了两声，赌气仍睡着去了。贾蔷还只管陪笑问他："好不好？"龄官道："你们家把好好的人弄了来，关在这牢坑里，学这个牢什子还不算，你这会子又弄个雀儿来，也偏生干这个！你分明弄了他来打趣形容我们，还问我'好不好'。"贾蔷听了，不觉忙起来，连忙赌神发誓，又道："今儿我那里的脂油蒙了心，费一二两银子买他来，原说解闷，就没想到这上头。罢，罢！放了生⑭，免你的灾病。"说着，果然将那雀儿放了，一顿把那笼子拆了。龄官还说："那雀儿虽不如人，他也有个老雀儿在窝里，你拿了他来，弄这个牢什子，也忍得？今儿我咳嗽出两口血来，太太打发人来找你，叫你请大夫来细问问，你且弄这个来取笑儿。偏是我这没人管的没人理的，又偏病。"贾蔷听说，连忙说道："昨儿晚上我问了大夫，他说：'不相干，吃两剂药，后儿再瞧。'谁知今儿又吐了？这会子就请他去。"说着便要请去，龄官又叫："站住，这会子大毒日头地下，你赌气子去请了来我也不瞧。"贾蔷听如此说，只得又站住。

　　宝玉见了这般景况，不觉痴了，这才领会过画"蔷"深意。自己站不住，便抽身走了。贾蔷一心都在龄官身上，也不顾送人，倒是别的女孩子送了出来。那宝玉一心裁夺盘算，痴痴的回至怡红院中。正值林黛玉和袭人坐着说话儿呢。宝玉一进来，就和袭人长叹，说道："我昨儿晚上的话，竟说错了，怪道老爷说我是'管窥蠡测'。昨夜说，你们的眼泪单葬我，这就错了。我竟不能全得了。从此后，只是各人得各人的眼泪罢了。"袭人只道昨夜不过是些玩话，已经忘了，不想宝玉又提起来，便笑道："你可真真有些疯了。"宝玉默然不对。自此深悟人生情缘，各有分定，只是每每暗伤："不知将来葬我洒泪者为谁？"

且说林黛玉当下见宝玉如此形象，便知是又从那里着了魔①来，也不便多问，因说道："我才在舅母跟前，听见说，明儿是薛姨妈的生日，叫我顺便来问你出去不出去。你打发人前头说一声去。"宝玉道："上回连大老爷的生日我也没去，这会子我又去，倘或碰见了人呢？我一概都不去。这么怪热的，又穿衣裳，我不去，姨妈也未必恼。"袭人忙道："这是什么话？他比不得大老爷。这里又住的近，又是亲戚，你不去，岂不叫他思量？你怕热，只清早起来，到那里磕个头、吃钟茶再来，岂不好看？"宝玉尚未说话，黛玉便先笑道："你看着人家赶蚊子的分上，也该去走走。"宝玉不解，忙问："怎么赶蚊子？"袭人便将昨日睡觉无人作伴，宝姑娘坐了一坐的话，说了出来。宝玉听了，忙说："不该！我怎么睡着了？就亵渎了他。"一面又说："明日必去。"

正说着，忽见史湘云穿得齐齐整整走来，辞说家里打发人来接他。宝玉黛玉听说，忙站起来让坐，史湘云也不坐，宝黛两个只得送他至前面。那史湘云只是眼泪汪汪的，见有他家人在跟前，又不敢十分委屈。少时宝钗赶来，愈觉缱绻难舍。还是宝钗心内明白，他家里人若回去告诉了他婶娘，待他家去，又恐怕受气，因此，倒催他走了。众人送至二门前，宝玉还要往外送他，倒是史湘云拦住了。一时，回身又叫宝玉到跟前，悄悄的嘱咐道："便是老太太想不起我来，你时常提着，好等老太太打发人接我去。"宝玉连连答应了；眼看着他上车去了，大家方才进来。要知端的，且看下回分解。

【注释】

①分定：命中注定的情缘。

②星宿（xiù）不利：古代把天上某些星的集合体叫"星宿"。旧时迷信，常以为人的命运同星宿的位置、运行有关，故把人的生年月日时配以天干地支成八字，按天星运数，附会人事，以推算人的命运。

如人生疾病，则认为是他的星宿不利，必须祭星消灾。祭星神后，不许和外人见面。

③晨昏定省：即"昏定晨省"。旧时子女侍奉父母朝夕问定的礼节。《礼记·曲礼上》："凡为人子之礼，冬温而夏清，昏定而晨省。"意谓晚间服侍父母就寝，晨起省视问安。

④钓名沽誉：也作"沽名钓誉"。虚伪矫饰，以猎取名誉。钓，求。沽，买。

⑤钟灵毓（yù）秀：意谓有才华的人，是天地间的灵秀之气所聚积养育出来的。毓，养育。

⑥倒了核桃车子：俗语。比喻话语不断，一气连贯。

⑦跟前人：在身边服侍的人。这里指做了妾的丫头，和"屋里人"同义。

⑧跐（cǐ）着门槛子：用脚尖蹬在门槛上，叫"跐门槛"。旧时妇女跐门槛，被认为是一种轻浮放肆的样子。跐，清福格《听雨丛谈》卷十一："京师人以足蹬物而升曰跐。"脚尖着地，脚跟抬起，叫"跐脚"。

⑨下作：下流。

⑩白犀麈（zhǔ）：用犀牛角做柄的拂尘。麈，鹿的一种。古代拂尘多以麈尾制成，后遂以麈指代拂尘。

⑪兜肚：也叫"抹胸"。《清稗类钞》"服饰类"："抹胸，胸间小衣也，一名抹腹，又名抹肚。以方尺之布为之，紧束前胸，以防风之内侵者。俗谓之兜肚，男女皆有之。"

⑫"袅晴丝"一套：元明戏曲一折或一出，都用一个宫调，一个宫调由若干支曲子组成，叫做"一套"。"袅晴丝"是《牡丹亭·惊梦》中《步步娇》曲子的首三字。这里代指《惊梦》一出的曲子。

⑬衔旗串戏：雀儿串戏，为古代传统百戏杂技的一种。

⑭放了生：放生，本指释放鱼、鸟等小动物。《列子·说符》："邯郸之民以正月之旦献鸠于简子，简子大悦，厚赏之。客问其故，简子曰：'正旦放生，示有恩也。'"旧时把"放生"看作是一种善举。

第三十七回
秋爽斋偶结海棠社　蘅芜院夜拟菊花题

话说史湘云回家后，宝玉等仍不过在园中嬉游吟咏不提。且说贾政自元妃归省之后，居官更加勤慎，以期仰答皇恩。皇上见他人品端方，风声清肃，虽非科第出身，却是书香世代，因特将他点了学差①，也无非是选拔真才之意。这贾政只得奉了旨，择于八月二十日起身。是日拜别过宗祠及贾母，便起身而去。宝玉等如何送行，以及贾政出差外面诸事，不及细述。

单表宝玉自贾政起身之后，每日在园中任意纵性游荡，真把光阴虚度，岁月空添。这日甚觉无聊，便往贾母王夫人处来混了一混，仍旧进园来了。刚换了衣裳，只见翠墨进来，手里拿着一幅花笺，送与他。宝玉因道："可是我忘了，要瞧瞧三妹妹去的，可好些了？你偏走来。"翠墨道："姑娘好了，今儿也不吃药了，不过是凉着一点儿。"

宝玉听说，便展开花笺看时，上面写道：

妹探谨启

二兄文几②：前夕新霁，月色如洗，因惜清景难逢，未忍就卧，漏已三转③，犹徘徊桐槛之下④，竟为风露所欺，致获采薪之患⑤。昨亲劳抚嘱，已复遣侍儿问切，兼以鲜荔并真卿墨迹见赐⑥，抑何惠爱之深耶！今因伏几处默，忽思历来古人，处名攻利敌之场，犹置些山滴水之区⑦，远招近揖，投辖攀辕⑧，务结二三同志，盘桓其中，或竖词坛，或开吟社，虽因一时之偶兴，每成千古之佳谈。妹虽不才，幸叨陪泉石之间⑨，兼慕薛林雅调。风庭月榭，惜未宴及诗人；帘杏溪桃，或可醉飞吟盏⑩。孰谓雄才莲社，独许须眉；不教雅会东山，让余脂粉耶⑪? 若蒙造雪而来⑫，敢请扫花以俟⑬。
谨启。

宝玉看了，不觉喜的拍手笑道："倒是三妹妹高雅，我如今
就去商议。"一面说，一面就走，翠墨跟在后面。刚到了沁芳亭，
只见园中后门上值日的婆子手里拿着一个字帖儿走来，见了宝玉，
便迎上去，口内说道："芸哥儿请安，在后门等着呢。这是叫我送
来的。"宝玉打开看时，写道：

  不肖男芸恭请

 父亲大人万福金安：男思自蒙

  天恩，认于 膝下，日夜思一孝顺，竟无可孝顺之处。
前因买办花草，上托 大人洪福，竟认得许多花儿匠⑭，并
认得许多名园。前因忽见有白海棠一种，不可多得，故变尽
方法，只弄得两盆。 大人若视男是亲男一般，便留下赏玩。
因天气暑热，恐园中姑娘们不便，故不敢面见。奉书恭启，
并叩 台安。

          男芸跪书。 一笑。

宝玉看了，笑问道："独他来了，还有什么人？"婆子道："还
有两盆花儿。"宝玉道："你出去说：我知道了，难为他想着。你
就把花儿送到我屋里去就是了。"一面说，一面同翠墨往秋爽斋
来，只见宝钗、黛玉、迎春、惜春已都在那里了。

众人见他进来，都大笑说："又来了一个。"探春笑道："我不
算俗，偶然起了个念头，写了几个帖儿试一试，谁知一招皆到。"
宝玉笑道："可惜迟了，早该起个社的。"黛玉说道："此时还不
算迟，也没什么可惜；但是你们只管起社，可别算我，我是不敢
的。"迎春笑道："你不敢，谁还敢呢？"宝玉道："这是一件正经
大事，大家鼓舞起来，不要你谦我让的；各有主意，只管说出来，
大家评论。宝姐姐也出个主意，林妹妹也说句话儿。"宝钗道：
"你忙什么，人还不全呢。"一语未了，李纨也来了，进门笑道：
"雅的很呀！要起诗社，我自举我掌坛。前儿春天，我原有这个

意思的，我想了一想，我又不会做诗，瞎闹些什么！因而也忘了，就没有说，既是三妹妹高兴，我就帮着你作兴起来⑮。"

黛玉道："既然定要起诗社，咱们就是诗翁了，先把这些'姐妹叔嫂'的字样改了，才不俗。"李纨道："极是！何不起个别号，彼此称呼倒雅。我是定了'稻香老农'，再无人占的。"探春笑道："我就是'秋爽居士'罢。"宝玉道："'居士''主人'，到底不确，又累赘。这里梧桐芭蕉尽有，或指桐蕉起个倒好。"探春笑道："有了，我是喜芭蕉的，就称'蕉下客'罢。"众人都道："别致有趣。"

黛玉笑道："你们快牵了他去，炖了肉脯子来吃酒。"众人不解，黛玉笑道："庄子云'蕉叶覆鹿'⑯，他自称'蕉下客'，可不是一只鹿么？快做了鹿脯来！"众人听了，都笑起来。探春因笑道："你别忙使巧话来骂人，我已替你想了个极当的美号了。"又向众人道："当日娥皇女英洒泪在竹上成斑，故今斑竹又名湘妃竹；如今他住的是潇湘馆，他又爱哭，将来他那竹子想来也是要变成斑竹的，以后都叫他做'潇湘妃子'就完了。"大家听说，都拍手叫妙。黛玉低了头，也不言语。李纨笑道："我替薛大妹妹也早已想了个好的，也只三个字。"众人忙问："是什么？"李纨道："我是封他为'蘅芜君'，不知你们以为如何？"探春道："这个封号极好。"

宝玉道："我呢？你们也替我想一个。"宝钗笑道："你的号早有了，'无事忙'三字恰当得很。"李纨道："你还是你的旧号'绛洞花主'就是了。"宝玉笑道："小时候干的营生，还提他做什么。"探春道："你的号多得很，又起什么？我们爱叫你什么，你就答应着就是了。"宝钗道："还得我送你个号罢，有最俗的一个号，却于你最当。天下难得的是富贵，又难得的是闲散，这两样再不能兼有，不想你兼有了，就叫你'富贵闲人'也罢了。"宝玉笑道："当不起，当不起！倒是随你们混叫去罢。"

李纨道："二姑娘，四姑娘，起个什么？"迎春道："我们又不大会诗，白起个号做什么！"探春道："虽如此，也起个才是。"宝钗道："他住的是紫菱洲，就叫他'菱洲'；四丫头住藕香榭，就叫他'藕榭'就完了。"

李纨道："就是这样好。但序齿我大[17]，你们都要依我的主意，管教说了，大家合意。我们七个人起社，我和二姑娘四姑娘都不会做诗，须得让出我们三个人去。我们三个人各分一件事。"探春笑道："已有了号，还只管这样称呼，不如不有了。以后错了，也要立个罚约才好。"李纨道："立定了社，再定罚约。我那里地方大，竟在我那里作社。我虽不能做诗，这些诗人竟不厌俗，容我做个东道主人，我自然也清雅起来了；若是要推我做社长，我一个社长，自然不够，必要再请两位副社长，就请菱洲藕榭二位学究来[18]，一位出题限韵[19]，一位誊录监场[20]。亦不可拘定了我们三个不做，若遇见容易些的题目韵脚，我们也随便做一首，你们四个却是要限定的。若如此便起，若不依我，我也不敢附骥了[21]。"

迎春惜春本性懒于诗词，又有薛林在前，听了这话，便深合己意，二人皆说："是极。"探春等也知此意，见他二人悦服，也不好强，只得依了。因笑道："这话罢了。只是自想好笑：好好的我起了个主意，反叫你们三个来管起我来了。"宝玉道："既这样，咱们就往稻香村去。"李纨道："都是你忙。今日不过商议了，等我再请。"宝钗道："也要议定几日一会才好。"探春道："若只管会多，又没趣了。一月之中，只可两三次。"宝钗说道："一月只要两次就够了。拟定日期，风雨无阻。除这两日外，倘有高兴的，他情愿加一社的，或请到他那里去，或附就了来，亦可使得，岂不活泼有趣？"众人都道："这个主意最好。"

探春道："这原系我起的意，我须得先做个东道主人，方不负我这兴。"李纨道："既这样说，明日你就先开一社如何？"探春道："明日不如今日，就是此刻好。你就出题，菱洲限韵，藕榭监场。"迎春道："依我说，也不必随一人出题限韵，竟是拈阄公道。"李纨道："方才我来时，看见他们抬进两盆白海棠来，倒是好花。你们何不就咏起他来？”迎春道：“都还未赏，先倒做诗？”宝钗道：“不过是白海棠，又何必定要见了才做。古人的诗赋，也不过都是寄兴寓情耳；要等见了做，如今也没这些诗了。”

迎春道：“既如此，待我限韵。”说着，走到书架前，抽出一本诗来，随手一揭，这首诗竟是一首七言律，递与众人看了，都该做七言律。迎春掩了诗，又向一个小丫头道：“你随口说个字来。”那丫头正倚门立着，便说了个“门”字，迎春笑道：“就是‘门’字韵，‘十三元’了㉒。这头一个韵定要‘门’字。”说着又要了韵牌匣子过来㉓，抽出“十三元”一屉，又命那小丫头随手拿四块。那丫头便拿了“盆”“魂”“痕”“昏”四块来。

宝玉道：“这‘盆’‘门’两个字不大好做呢！”侍书一样预备下四分纸笔，便都悄然各自思索起来。独黛玉或抚弄梧桐，或看秋色，或又和丫鬟们嘲笑。迎春又命丫鬟点了一枝“梦甜香”。原来这“梦甜香”只有三寸来长，有灯草粗细，以其易烬，故以此为限；如香烬未成，便要受罚。

一时探春便先有了，自己提笔写出，又改抹了一回，递与迎春。因问宝钗：“蘅芜君，你可有了？”宝钗道：“有却有了，只是不好。”宝玉背着手在回廊上踱来踱去，因向黛玉说道：“你听他们都有了。”黛玉道：“你别管我。”宝玉又见宝钗已誊写出来。因说道：“了不得！香只剩了一寸了，我才有了四句。”又向黛玉道：“香要完了，只管蹲在那潮地下做什么？”黛玉也不理。宝玉道：“我可顾不得你了，好歹也写出来罢。”说着，也走在案前写了。

李纨道：“我们要看诗了。若看完了还不交卷，是必罚的。”宝玉道：“稻香老农虽不善作，却善看，又最公道，你就评阅优劣，我们都服的。”众人都道：“自然。”于是先看探春的稿上写道：

咏白海棠㉔
斜阳寒草带重门㉕，苔翠盈铺雨后盆㉖。玉是精神难比洁㉗，雪为肌骨易销魂[28]。芳心一点娇无力[29]，倩影三更月有痕[30]。
莫谓缟仙能羽化，多情伴我咏黄昏[31]。

大家看了，称赏一回，又看宝钗的道：

珍重芳姿昼掩门[32]，自携手瓮灌苔盆[33]。胭脂洗出秋阶
影，冰雪招来露砌魂[34]。淡极始知花更艳，愁多焉得玉无
痕[35]？欲偿白帝宜清洁[36]，不语婷婷日又昏[37]。

李纨笑道："到底是蘅芜君。"说着，又看宝玉的道：

秋容浅淡映重门[38]，七节攒成雪满盆[39]。出浴太真冰作影[40]，
捧心西子玉为魂[41]。晓风不散愁千点，宿雨还添泪一痕[42]。独
倚画栏如有意[43]，清砧怨笛送黄昏[44]。

大家看了，宝玉说探春的好。李纨终要推宝钗："这诗有身
分[45]。"因又催黛玉。黛玉道："你们都有了？"说着，提笔一挥而
就，掷与众人。李纨等看他写道：

半卷湘帘半掩门[46]，碾冰为土玉为盆。

看了这句，宝玉先喝起彩来，只说："从何处想来！"又看下面道：

偷来梨蕊三分白，借得梅花一缕魂[47]。

众人看了，也都不禁叫好，说："果然比别人又是一样心肠。"又
看下面道：

月窟仙人缝缟袂，秋闺怨女拭啼痕[48]。娇羞默默同谁诉？
倦倚西风夜已昏。

众人看了，都道："是这首为上。"李纨道："若论风流别致，
自是这首；若论含蓄浑厚，终让蘅稿。"探春道："这评的有理，
潇湘妃子当居第二。"李纨道："怡红公子是压尾，你服不服？"
宝玉道："我的那首原不好，这评的最公。"又笑道："只是蘅潇二
首，还要斟酌。"李纨道："原是依我评论，不与你们相干，再有
多说者必罚。"

宝玉听说，只得罢了。李纨道："从此后，我定于每月初二、
十六这两日开社；出题限韵，都要依我。这其间你们有高兴的，
只管另择日子补开，那怕一个月每天都开社，我也不管。只是到

了初二、十六这两日，是必往我那里去。"宝玉道："到底要起个
社名才是。"探春道："俗了又不好，纵新了刁钻古怪也不好，可
巧才是海棠诗开端，就叫个'海棠诗社'罢。虽然俗些，因真有
此事，也就不碍了。"说毕，大家又商议了一回，略用些酒果，
方各自散去。也有回家的，也有往贾母王夫人处去的。当下无话。

　　且说袭人因见宝玉看了字帖儿，便慌慌张张同翠墨去了，也
不知何事；后来又见后门上婆子送了两盆海棠花来，袭人问："那
里来的？"婆子们便将前番原故说了。袭人听说，便命他们摆好，
让他们在下房里坐了，自己走到房内，称了六钱银子封好，又拿
了三百钱走来，都递与那两个婆子，道："这银子赏那抬花儿的小
子们。这钱你们打酒喝罢。"那婆子们站起来，眉开眼笑，千恩
万谢的不肯受；见袭人执意不收，方领了。袭人又道："后门上外
头可有该班的小子们？"婆子忙应道："天天有四个，原预备里头
差使的。姑娘有什么差使？我们吩咐去。"袭人笑道："我有什么
差使？今儿宝二爷要打发人到小侯爷家与史大姑娘送东西去，可
巧你们来了，顺便出去叫后门上小子们雇辆车来，回来你们就往
这里拿钱，不用叫他们往前头混碰去。"婆子答应着去了。

　　袭人回至房中，拿碟子盛东西与湘云送去，却见橱子上碟槽
空着⑩，因回头见晴雯、秋纹、麝月等都在一处做针黹，袭人问
道："这一个缠丝白玛瑙碟子那里去了⑩？"众人见问，你看我，
我看你，都想不起来。半日，晴雯笑道："给三姑娘送荔枝去的，
还没送来呢。"袭人道："家常送东西的家伙多，巴巴儿的拿这个
去。"晴雯道："我何常不是这样说，这个碟子配上鲜荔枝才好看。
我送去，三姑娘也见了，说好看，连碟子放着，就没带来。你再
瞧，那橱子尽上头的一对联珠瓶还没收来呢⑩。"

　　秋纹笑道："提起这瓶来，我又想起笑话来了。我们宝二爷说
声孝心一动，也孝敬到二十分。那日见园里桂花，折了两枝，原
是自己要插瓶的，忽然想起来，说：'这是自己园里才开的新鲜

花，不敢自己先玩。'巴巴的把那一对瓶拿下来，亲自灌水插好了，叫个人拿着，亲自送一瓶进老太太，又进一瓶与太太。谁知他孝心一动，连跟的人都得了福了。可巧那日是我拿去的，老太太见了这样，喜的无可不可[52]，见人就说：'到底是宝玉孝顺我，连一枝花儿也想的到。别人还只抱怨我疼他。'你们知道，老太太素日不大同我说话，有些不入他老人家的眼；那日竟叫人拿几百钱给我，说我'可怜见的，生的单弱。'这可是再想不到的福气。几百钱是小事，难得这个脸面。及至到了太太那里，太太正和二奶奶赵姨奶奶好些人翻箱子，找太太当日年轻的颜色衣裳，不知要给那一个，一见了，连衣裳也不找了，且看花儿。又有二奶奶在傍边凑趣儿，夸宝二爷又是怎么孝敬，又是怎么知好歹，有的没的，说了两车话；当着众人，太太脸上又增了光，堵了众人的嘴。太太越发喜欢了，现成的衣裳，就赏了我两件。衣裳也是小事，年年横竖也得，却不像这个采头[53]。"

晴雯笑道："呸！好没见世面的小蹄子！那是把好的给了人，挑剩下的才给你，你还充有脸呢。"秋纹道："凭他给谁剩的，到底是太太的恩典。"晴雯道："要是我，我就不要。若是给别人剩的给我，也罢了；一样这屋里的人，难道谁又比谁高贵些？把好的给他，剩的才给我，我宁可不要，冲撞了太太，我也不受这口软气。"秋纹忙问道："给这屋里谁的？我因为前日病了几天，家去了，不知是给谁的。好姐姐，你告诉我知道。"晴雯道："我告诉了你，难道你这会退还太太去不成？"秋纹笑道："胡说！我白听了喜欢喜欢，那怕给这屋里的狗剩下的，我只领太太的恩典，也不去管别的事。"众人听了都笑道："骂的巧，可不是给了那西洋花点子哈巴儿了[54]。"袭人笑道："你们这起烂了嘴的！得了空就拿我取笑打牙儿[55]，一个个不知怎么死呢！"秋纹笑道："原来姐姐得了，我实在不知道。我陪个不是罢。"

袭人笑道："少轻狂罢，你们谁取了碟子来是正经。"麝月道："那瓶也该得空收来了。老太太屋里还罢了，太太屋里人多手杂，别人还可已，赵姨奶奶一伙的人见是这屋里的东西，又该使黑心弄坏了才罢。太太也不大管这些，不如早些收来是正经。"晴雯听说，便掷下针黹，道："这话倒是，等我取去。"秋纹道："还是我取去罢，你取你的碟子去。"晴雯道："我偏取一遭儿去。是巧宗儿，你们都得了，难道不许我得一遭儿？"麝月笑道："统共秋丫头得了一遭儿衣裳，那里今儿又巧，你也遇见找衣裳不成？"晴雯冷笑道："虽然碰不见衣裳，或者太太看见我勤谨，一个月也把太太的公费里，分出二两银子来给我，也定不得。"说着，又笑道："你们别和我装神弄鬼的，什么事我不知道！"一面说，一面往外跑了。

秋纹也同他出来，自去探春那里取了碟子来，袭人打点齐备东西，叫过本处的一个老宋妈妈来，向他说道："你先好生梳洗了，换了出门的衣裳来，如今打发你与史大姑娘送东西去。"宋嬷嬷道："姑娘只管交给我，有话说与我，我收拾了，就好一顺去。"袭人听说，便端过两个小撮丝盒子来㊱，先揭开一个，里面装的是红菱、鸡头两样鲜果㊲；又揭开那一个，是一碟子桂花糖蒸的新栗粉糕㊳。又说道："这都是今年咱们这里园里新结的果子，宝二爷送来与姑娘尝尝。再前日姑娘说这玛瑙碟子好，姑娘就留下玩罢。这绢包儿里头是姑娘上日叫我做的活计，姑娘别嫌粗糙，将就着用罢。替我们请安，替二爷问好，就是了。"宋嬷嬷道："宝二爷不知还有什么说的，姑娘再问问去，回来别又说忘了。"袭人因问秋纹："方才可是在三姑娘那里么？"秋纹道："他们都在那里商议起什么诗社呢，又是做诗；想来没话，你只管去罢。"宋嬷嬷听了，便拿东西出去，穿戴了，袭人又嘱咐他："你从后门去，有小子和车等着呢。"宋嬷嬷去了，不在话下。

一时宝玉回来，先忙着看了一回海棠，至屋内告诉袭人起诗社的事，袭人也把打发宋嬷嬷与史湘云送东西去的话告诉了宝玉。宝玉听了，拍手道："偏忘了他！我自觉心里有件事，只是想不起来，亏你提起来，正要请他去。这诗社里若少了他，还有个什么意思。"袭人劝道："什么要紧，不过玩意儿。他比不得你们自在，家里又作不得主儿。告诉他，他要来，又由不得他；若不来，他又牵肠挂肚的，没的叫他不受用。"宝玉道："不妨事，我回老太太，打发人接他去。"正说着，宋嬷嬷已经回来道生受^⑤，与袭人道乏^⑥，又说："问二爷做什么呢？我说：'和姑娘们起什么诗社做诗呢。'史姑娘道，他们做诗，也不告诉他去。急的了不得。"宝玉听了，转身便往贾母处来，立逼着叫人接去。贾母因说："今儿天晚了，明日一早去。"宝玉只得罢了，回来闷闷的。

次日一早，便又往贾母处来催逼人接去。直到午后，史湘云才来了，宝玉方放了心。见面时，就把始末原由告诉他，又要与他诗看。李纨等因说道："且别给他看，先说与他韵脚。他后来的，先罚他和了诗，若好，就请入社；若不好，还要罚他一个东道再说。"湘云笑道："你们忘了请我，我还要罚你们呢！就拿韵来，我虽不能，只得勉强出丑。容我入社，扫地焚香，我也情愿。"众人见他这般有趣，越发喜欢，都埋怨："昨日怎么忘了他。"遂忙告诉他诗韵。

史湘云一心兴头，等不得推敲删改，一面只管和人说着话，心内早已和成，即用随便的纸笔录出，先笑说道："我却依韵和了两首，好歹我都不知，不过应命而已。"说着，递与众人。众人道："我们四首也算想绝了，再一首也不能了，你倒弄了两首，那里有许多话说？必要重了我们的。"一面说，一面看时，只见那两首诗写道：

其一

神仙昨日降都门，种得蓝田玉一盆^⑥。自是霜娥偏爱冷，非关倩女欲离魂^⑥。秋阴捧出何方雪^⑥？雨渍添来隔宿痕。却喜诗人吟不倦，岂令寂寞度朝昏？

其二

蘅芷阶通萝薜门^⑥，也宜墙角也宜盆。花因喜洁难寻偶^⑥，人为悲秋易断魂。玉烛滴干风里泪⑯，晶帘隔破月中痕⑰。幽情欲向嫦娥诉⑱，无那虚廊月色昏⑲！

众人看一句，惊讶一句，看到了，赞到了，都说："这个不枉做了海棠诗，真该要起'海棠社'了。"史湘云道："明日先罚我个东道，就让我先邀一社，可使得？"众人道："这更妙了。"因又将昨日的诗与他评论了一回。

至晚，宝钗将湘云邀往蘅芜院去安歇。湘云灯下计议如何设东拟题，宝钗听他说了半日，皆不妥当，因向他说道："既开社，便要作东。虽然是个玩意儿，也要瞻前顾后；又要自己便宜，又要不得罪了人，然后方大家有趣。你家里你又做不得主，一个月统共那几吊钱，你还不够使；这会子又干这没要紧的事，你婶娘听见了一发抱怨你了。况且你都拿出来，做这个东也不够。难道为这个家去要不成？还是和这里要呢？"

一席话提醒了湘云，倒踌蹰起来。宝钗道："这个我已经有个主意。我们当铺里有一个伙计，他家田里出的好螃蟹，前儿送了几个来。现在这里的人，从老太太起，连上屋里的人，有多一半都是爱吃螃蟹的，前日姨娘还说，要请老太太在园里赏桂花吃螃蟹。因为有事，还没有请。你如今且把诗社别提起，只普统一请，等他们散了，咱们有多少诗做不得的？我和我哥哥说，要他几篓极肥极大的螃蟹来，再往铺子里取上几坛好酒来，再备四五桌果碟，岂不又省事，又大家热闹？"湘云听了，心中自是感服，极赞："想的周到！"宝钗又笑道："我是一片真心为你的话，你千万别多心，想着我小看了你，咱们两个就白好了。你若不多心，我就好叫他们办去。"湘云忙笑道："好姐姐，你这样说，倒多心待我了。我凭他怎么胡涂，连个好歹也不知，还成个人哩！我若不把姐姐当亲姐姐一样看待，上回那些家常烦难事，也不肯尽情告诉你了。"宝钗听说，使唤一个婆子来："出去和大爷说，照前日的大螃蟹要几篓来，明日饭后请老太太、姨娘赏桂花。你说：大爷好歹别忘了，我今儿已经请下了人了。"那婆子出去说明，回来无话。

这里宝钗又向湘云道："诗题也不要过于新巧了。你看古人中，那里有那些刁钻古怪的题目和那极险的韵⑩？若题目过于新巧，韵过于险，再不得好诗，终是小家子气㉛。诗固然怕说熟话，然亦不可过于求生；只要头一件立意清新，措词就不俗了。究竟这也算不得什么，还是纺绩针黹是你我的本等㉜。一时闲了，倒是于身心有益的书看几章是正经。"

湘云只答应着，因笑道："我如今心里想着，昨日做了海棠诗，我如今要做个菊花诗如何？"宝钗道："菊花倒也合景，只是前人太多了。"湘云道："我也是如此想着，恐怕落套㉝。"宝钗想了一想，说道："有了，如今以菊花为宾，以人为主，竟拟出几个题目来，都要两个字：一个虚字，一个实字；实字就用'菊'字，虚字便用通用门的。如此，又是咏菊，又是赋事，前人也没很做，也不能落套。赋景咏物两关着，又新鲜又大方。"湘云笑道："这却很好，只是不知用何等虚字才好？你先想一个我听听。"宝钗想了一想，笑道："'菊梦'就好。"湘云笑道："果然好。我也有一个，'菊影'可使得？"宝钗道："也罢了，只是也有人做过。若题目多，这个也搭的上。我又有了一个。"湘云道："快说出来。"宝钗道："'问菊'如何？"湘云拍案叫："妙！"因接说道："我也有了，'访菊'如何？"宝钗也赞："有趣。"因说道："索性拟出十个来，写上再来。"

说着，二人研墨蘸笔，湘云便写，宝钗便念，一时凑了十个。湘云看了一遍，又笑道："十个还不成幅㉞，爽性凑成十二个，便全了，也如人家的字画册页一样㉟。"宝钗听说，又想了两个，一共凑成十二个，说道："既这样，一发编出他个次序先后来。"湘云道："如此更妙，竟弄成个'菊谱'了。"宝钗道："起首是'忆菊'；忆之不得，故访，第二是'访菊'；访之既得，便种，第三是'种菊'；种既盛开，故相对而赏，第四是'对菊'；相对而兴有余，故折来供瓶为玩，第五是'供菊'；既供而不吟，亦觉菊无彩色，第六便是'咏菊'；既入词章，不可以不供笔墨，第七便是'画菊'；既为画菊，如是碌碌，究竟不知菊有何妙处，不禁有所问，第八便是'问菊'；菊如何解语，使人狂喜不禁，第九竟是'簪菊'；如此人事虽尽，犹有菊之可咏者，'菊影''菊梦'二首，续在第十、第十一；末卷便以'残菊'总收前题之感。这便是三秋的妙景妙事都有了。"

湘云依言将题录出，又看了一回，又问："该限何韵？"宝钗道："我平生最不喜限韵，分明有好诗，何苦为韵所缚。咱们别学那小家派，只出题，不拘韵。原为大家偶得了好句取乐，并不为以此难人。"湘云道："这话很是。这样，大家的诗还进一层。但只咱们五个人，这十二个题目，难道每人作十二首不成？"宝钗道："那也太难人了。将这题目誊好，都要七言律诗，明日贴在墙上，他们看了，谁能那一个，就做那一个。有力量者十二首都做也可；不能的作一首也可。高才捷足者为尊⑯。若十二首已全，便不许他赶着又做，罚他便完了。"湘云道："这也罢了。"二人商议妥贴，方才息灯安寝。要知端的，且听下回分解。

【注释】

①点了学差：委派了学政。点，派定，点派。学差，即"学政"，俗称"学台"，全称为"提督学政"，是朝廷派往各省督察学校生员考课升降等事务的官员。地位略低于巡抚。

②文几：书房里陈设的案几。这里是说谨奉书信于几案前，表示尊重。几，小桌子。古代设于座侧，以便凭倚。

③漏已三转：漏刻已屡次转移，意谓夜已很深。漏，漏壶，古代计时器。清代漏壶用铜制成。壶的上下分作几层，上层底面有小孔，可以滴水，层层下注，壶中立箭，上刻度数，水减则划露出，即以此计算时间。

④桐槛：梧桐树外围的栏杆。

⑤采薪之患：即"采薪之忧"，意谓因病不能打柴。《孟子·公孙

丑下》："有采薪之忧，不能造朝。"宋朱熹《集注》："言病不能采薪，谦辞也。"后用以为称自己生病的婉辞。

⑥真卿墨迹：颜真卿的手迹。真卿，即颜真卿，又称颜鲁公，唐代书法家。其字多筋，人称"颜体"，与另一书法家柳公权并称"颜柳"。墨迹，手写的原本。

⑦些山滴水：小巧的盆景山水。元人称盆景为"些子景"。这里指园林中布置的一些泉石。

⑧投辖攀辕：意即殷勤地挽留客人。投辖，《汉书·陈遵传》："遵耆酒，每大饮，宾客满堂，辄关门，取客车辖投井中，虽有急，终不得去。"辖，车轴上的键，多用青铜制成。车去辖则不能行，客即不得去。攀辕，牵挽车辕，拦阻车行。

⑨叨陪：有幸陪侍的意思。叨，谦词。承受，蒙受。泉石：指山水、园林佳胜的地方。这里指大观园。

⑩醉飞吟盏：意谓饮酒而又吟诗。

⑪"孰谓"四句：大意为女子地位张目。清李调元《雨村词话》："易安在宋诸媛中，自卓然一家，不在秦七、黄九之下。词无一首不工，其炼处可夺梦窗之席，其丽处真参片玉之班，盖不徒俯视巾帼，直欲压倒须眉。"莲社，即白莲社。宋陈舜俞《庐山记》卷二载，东晋名僧慧远与名儒刘遗民、雷次宗等共十八人曾在庐山东林寺结社，同修净土之法，以寺种白莲，故名"白莲社"。慧远等被称作"莲社十八贤"。东山，在浙江上虞西南。东晋贵族谢安早年曾隐居于此。《晋书·谢安传》："（谢安）寓居会稽，与王羲之及高阳许询、桑门支遁游处，出则渔弋山水，入则言咏属文，无处世意。……安虽受朝寄，然东山之志始末不渝，每形于言色。"

⑫造雪而来：踏雪而来。造，有"到""走"的意思。造雪，或作"棹雪"，棹，划船工具。这里作动词用。此或取意于王子猷雪夜乘船访戴逵的故事。即"乘兴而行"的意思。

⑬扫花以俟：恳切迎客的意思。唐杜甫《客至》诗："花径不曾缘客扫，蓬门今始为君开。"

⑭花儿匠：清冯勋《六街花事》："丰台种花人，都中目为'花儿

匠'。每月初三、十三、二十三日，以车载杂花，至槐树斜街市之。桃有白者，梨有红者，杏有千叶者，索价恒浮十倍。"

⑮作兴：这里是创建的意思。

⑯蕉叶覆鹿：《列子·周穆王》："郑人有薪于野者，遇骇鹿，御而击之，毙之。恐人见之也，遽而藏诸隍中，覆之以蕉，不胜其喜。俄而遗其所藏之处，遂以为梦焉。"后多用"蕉鹿"比喻世事变幻无常。这里是黛玉取笑探春称"蕉下客"等于说自己是鹿。把《列子》说成《庄子》，当是误记。

⑰序齿：按年龄的大小定次序。齿，指年龄。

⑱学究：唐代科举制度有"学究一经"科，应这一科考试的称为"学究"。后用以指呆板的读书人。也称"老学究"。这里是戏称。

⑲限韵：旧时作诗，限定只许在某一韵部中用韵，或只能在某一韵部中用某些字作韵脚，叫"限韵"。

⑳誊录：本是科举考试时防止作弊的一种方法。始于宋代。清代乡试、会试时，挑选书吏充当誊录。即应试者用墨笔缮写试卷，称为"墨卷"；为防考官认识字迹，徇私舞弊，誊录人将试卷另用朱笔照誊，然后送考官评阅，称为"朱卷"，以誊录官监督此事。这里借用其名，取监督之意。

㉑附骥：《史记·伯夷列传》："颜渊虽笃学，附骥尾而行益显。"唐司马贞《索隐》："苍蝇附骥尾而致千里，以譬颜回因孔子而名彰也。"意思是说，苍蝇飞不远，但附在好马的尾巴上，可以远行千里。比喻依附先辈或名人而成名。后常用作谦词。

㉒就是"门"字韵，"十三元"了：《佩文诗韵》"元"字韵次序列在上平声第十三，所以称为"十三元"。"门"字韵即是属于"元"字这一韵目之内的。后文"十五删"，是上平声第十五的"删"字韵；"二萧"是下平声第二的"萧"字韵；"一先"是下平声第一的"先"字韵。

㉓韵牌匣子：将诗韵各部同韵的字，分别刻在小牌上，装于匣内，以备作诗时选用，叫"韵牌匣子"。

㉔白海棠：这里指秋海棠，多年生草本，秋季开花。

㉕"斜阳"句：意谓夕阳映照下的寒草连接着层层院门。斜阳，

这里指雨后夕阳。寒草，指秋草。带，连接。重门，一层层的门。

㉖苔翠：即翠苔，深绿色的苍苔。盈铺：铺满。

㉗"玉是"句：意谓白海棠的品格像玉那样高洁，别的花难以相比。精神，品格的意思。

㉘销魂：这里是使人陶醉的意思。

㉙芳心：本谓女子之心。这里指花心。娇无力：柔弱不能自持。唐白居易《长恨歌》："侍儿扶起娇无力，始是新承恩泽时。"

㉚倩影：即俏丽的身影，指花影。倩，笑靥美好的样子。《诗经·卫风·硕人》："巧笑倩兮。"引申为俏丽。月有痕：指在月光投映下白海棠的身影。

㉛"莫谓"二句：意谓不要说白海棠能羽化成仙，她正在黄昏中多情地陪伴我吟咏。缟仙，白衣仙子。此指白海棠。缟，白色生绢。明王象晋《群芳谱》："海棠有色无香，故唐相贾耽著花谱，以为花中神仙。"羽化，道家称所谓成仙得道为"羽化"。

㉜"珍重"句：意谓因为珍惜花，白天把门关上。珍重，珍视爱惜。芳姿，美丽的容貌。这里指海棠花。

㉝手瓮：手提的瓮。瓮，一种口小腹大的陶制盛器。

㉞"胭脂"二句：意谓秋阶上投映出白海棠本来的倩影，露砌边显示出白海棠洁净的"精神"。胭脂，代指红色。洗去，洗出的意思。冰雪，比喻皎洁。霜砌，带露水的台阶。

㉟"淡极"二句：意谓淡到极点，才认识到花的色泽更加鲜艳；愁思太多，怎能使她没有泪痕。玉，指白海棠。痕，泪痕，指海棠怯弱的娇态。

㊱"欲偿"句：此句下庚辰本脂批曰："看他收到自己身上，是何等身分。"白帝，古代传说有五天帝主管东、西、南、北、中五方，白帝是掌管西方秋天的神。

㊲婷婷：美好的样子。这里形容白海棠美丽的姿态。

㊳秋容：秋天的景色。此指白海棠淡雅的姿容。

㊴七节：言海棠叶下的梗子和开花的花茎，一节一节，非常之多。攒：簇聚。清郑燮《题画》诗："一节复一节，千枝攒万叶。"

⑩出浴太真：唐白居易《长恨歌》："春寒赐浴华清池，温泉水滑洗凝脂。"这里用以形容海棠花的洁净。南宋皇都风月主人《绿窗新话》卷下："前辈花诗，多用美人比，如《海棠》诗'雨过温泉浴妃子'之类。"太真，即杨贵妃，号太真。

⑪捧心西子：这里比喻海棠花的娇弱。西子，即西施。

⑫"晓风"二句：意谓海棠花像有无限哀愁，晨风都吹不散；昨夜的雨又给它添了一抹泪痕。宿雨，昨夜之雨。宋朱翌《猗觉寮杂记》卷上："郑谷《海棠》诗云：'秾丽正宜新著雨，娇娆全在欲开时。'百花惟海棠未开时最可观，雨中尤佳。东坡云：'雨中有泪益悽怆。'亦此意也。"

⑬独倚画栏：指白海棠。如有意，像有所思。古人或怀念远人，或悒郁愁苦，或心有所思，都习惯默默倚栏远望。这里即以人喻花，写白海棠的情态。

⑭清砧：这里指凄冷的捣衣声。砧，捶衣石。怨笛：哀怨的笛声。

⑮身分：这里当思想格调讲。

⑯湘帘：用湘妃竹编成的帘子。

⑰"偷来"二句：三分白、一缕魂，意谓海棠花集中了梨蕊和梅花的洁白与芳香。这两句或化用宋卢梅坡《雪梅》诗"梅须逊雪三分白，雪却输梅一段香"句意。

⑱"月窟"二句：意谓白海棠的神态，宛如月宫嫦娥在缝白绢衣服，秋闺怨女在抹悲伤泪痕。月窟，即月宫。《晋书·挚虞传》："扰毚兔于月窟兮，诘姮娥于蓐收。"月窟仙人，即指嫦娥。缟袂，代指白绢衣服。袂，袖口。怨女，旧指已到婚龄而无合适配偶的女子。

⑲榻子：又作"搁子"，类似书架式的一种木器。中分不同样式的许多层小格，格内可陈设各种器皿、玩物，名为"十锦榻子""集锦榻子"或"多宝榻子"。

⑳缠丝白玛瑙：一种有丝纹的白玛瑙。《资治通鉴·梁纪》元胡三省注引《本草衍义》："马瑙，非石非玉，自是一类，有红、白、黑色三种，亦有纹如缠丝者，生西国玉石间。"明曹昭《格古要论·珍宝论》："玛瑙……有红白杂色如丝相间者，谓之缠丝玛瑙，此几种皆

贵。"

○51 联珠瓶：两个完全相同而又相联成对的瓶，取"珠联璧合"之意。

○52 无可不可：这里是不知所措的意思。

○53 采头：这里是幸运、有脸面的意思。宋程大昌《演繁露》："博用六子，《楚辞》谓之六博。采本是采邑之采，指其文而言也。如黑、白之以色别，雉、犊之以物别，皆采也。投得何色，其中程者胜，因遂名之为采。今俗语凡事小而幸得者，皆以采名之，义盖起此也。"

○54 西洋花点子哈巴儿：当指我国京师狗传到西洋后重新培养的一种狗。哈巴儿，即哈巴狗，俗称"狮子狗"，体型较小，可供玩赏。

○55 打牙儿：掉嘴弄舌，说俏皮话。这里是当作笑柄的意思。

○56 摄丝盒子：细竹丝编成部分加漆的盒子。

○57 鸡头：即芡实，一种水生植物，夏天开花，叶似荷而大，果实如米，可食用。

○58 桂花糖蒸的新栗粉糕：《清稗类钞》"饮食类"："栗糕，以栗去壳，切片晒干，磨成细粉三分之一，加糯米粉拌匀，蜜水拌润，蒸熟食之，和入白糖。"

○59 生受：这里是麻烦、难为的意思。

○60 道乏：因为别人为自己出力而向人慰劳，表示感谢。

○61 "神仙"二句：都门，京城的门。蓝田玉，蓝田，山名。在陕西西安南，古以产玉著名。其玉洁白光润，称"蓝田玉"。这里比喻白海棠。种玉，《水经注·鲍丘水》引《搜神记》云："（阳）雍伯，洛阳人，至性笃孝，父母终殁，葬之于无终山。山高八十里，而上无水，雍伯置饮焉。有人就饮，与石一斗，令种之，玉生其田。北平徐氏有女，雍伯求之，要以白璧一双。媒者致命，伯至玉田，求得五双，徐氏妻之。"《太平广记》卷二九二引《孝德传》谓（阳）雍种玉之人乃"天神"所化。所以这里说"神仙"降都门。

○62 "自是"二句：意谓白海棠本是爱冷的霜娥下凡，并不是离魂的倩女。霜娥，即月中女神嫦娥。又名"素娥"。《文选》卷十三南朝宋谢庄《月赋》："集素娥于后庭。"唐李周翰注："常娥也，窃药奔月，因以为名。月色白，故云素娥。"因嫦娥深居广寒之宫，碧海青天，故云"偏爱冷"。倩女离魂，传奇故事。唐陈玄祐《离魂记》写张镒的女儿倩娘，本和表兄王宙订有婚约，张镒想把她另嫁别人，王宙愤而远行，倩娘思念王宙，郁抑得病，魂魄离体，随王出走。五年后，回家看望父母，魂精与身体复合为一。

㊳秋阴：秋天的阴云。阴，这里指密云。

㊴蘅芷：蘅芜和白芷，都是香草名。萝薜（bì）：女萝和薜荔，都是蔓生植物。

㊵难寻偶：难以找到伴侣。

㊶玉烛：白蜡烛。比喻白海棠。滴干风里泪：形容白海棠被秋风吹拂的柔弱神态。

㊷晶帘：即水晶帘。形容质地精细而色泽莹澈的帘子。隔破月中痕：描写白海棠的姿影在月色下被水晶帘隔断，朦胧不清。

㊸幽情：郁结在心中的怨恨。唐白居易《琵琶行》："别有幽愁暗恨生，此时无声胜有声。"嫦娥：也作"姮娥"。《淮南子·览冥训》："譬羿请不死之药于西王母，姮娥窃以奔月。"注："姮娥，羿妻。"后世传她为月中仙女。

㊹无那：无奈。虚廊：空寂的长廊。

㊺极险的韵：作诗以生僻字为诗韵，叫"险韵"，言其难于押妥。

㊻小家子气：旧称举止、行动不大方的人为"小家子气"或"小家派"。

㊼本等：分内的事。

㊽落套：重复前人现成的格式或语言。

㊾幅：这里是"份"的意思。旧时字画册页常以四、八或十二为一份。

㊿册页：也称"册叶"，即分页装潢成册的小品书画。

(76)高才捷足：《史记·淮阴侯列传》："秦失其鹿，天下共逐之，于是高材疾足者先得焉。"后以"捷足先得"比喻才能出众、行动敏捷的人先达到目的。

第三十八回
林潇湘魁夺菊花诗　薛蘅芜讽和螃蟹咏

话说宝钗湘云计议已定，一宿无话。湘云次日便请贾母等赏桂花。贾母等都说道："倒是他有兴头，须要扰他这雅兴。"至午，果然贾母带了王夫人凤姐，兼请薛姨妈等进园来。贾母因问："那一处好？"王夫人道："凭老太太爱在那一处，就在那一处。"凤姐道："藕香榭已经摆下了，那山坡下两棵桂花开的又好，河里水又碧清，坐在河当中亭子上不敞亮，看着水，眼也清亮。"贾母听了，说："这话很是。"说着，引了众人往藕香榭来。原来这藕香榭盖在池中，四面有窗，左右有回廊，亦是跨水接峰，后面又有曲折桥。众人上了竹桥，凤姐忙上来搀着贾母，口里说道："老祖宗只管迈大步走，不相干，这竹子桥规矩是'硌吱硌吱'的①。"

一时进入榭中，只见栏杆外另放着两张竹案，一个上面设着杯箸酒具，一个上头设着茶筅茶具各色盏碟。那边有两三个丫头煽风炉煮茶，这一边另外几个丫头也煽风炉烫酒呢。贾母忙笑问："这茶想的很好，且是地方东西都干净。"湘云笑道："这是宝姐姐帮着我预备的。"贾母道："我说这个孩子细致，凡事想的妥当。"一面说，一面又看见柱子上挂的黑漆嵌蚌的对子，命湘云念道：

　　芙蓉影破归兰桨，菱藕香深泻竹桥②。

贾母听了，又抬头看匾，因回头向薛姨妈道："我先小时，家里也有这么一个亭子，叫做什么枕霞阁。我那时也只像他姐妹们这么大年纪，同姊妹们天天玩去。那日谁知我失了脚掉下去，几乎没淹死，好容易救了上来，到底被那木钉碰破了头，如今这鬓角上那指头顶儿大一块窝儿，就是那碰破的。众人都怕经了水，又怕冒了风，都说了不得了，谁知竟好了。"凤姐不等人说，先笑道："那时要活不得，如今这么大福可叫谁享呢？可知老祖宗从小儿的福寿就不小，神差鬼使，碰出那个窝儿来，好盛福寿的。寿星老儿头上原是一个窝儿，因为万福万寿盛满了，所以倒凸高出些来了。"

未及说完，贾母与众人都笑软了。贾母笑道："这猴儿惯的了不得了，只管拿我也取笑儿起来，恨的我撕你那油嘴。"凤姐道："回来吃螃蟹，恐积了冷在心里，讨老祖宗笑一笑开心，一高兴多吃两个，也无妨了。"贾母笑道："明日叫你日夜跟着我，我倒常笑笑，觉得开心，不许回家去。"王夫人笑道："老太太因为喜欢他，才惯得他这样；还这样说，他明日越发无理了。"贾母笑道："我倒喜欢他这样，况且他又不是那真不知高低的孩子。家常没人，娘儿们原该这样，横竖礼体不错就罢了，没的倒叫他们神鬼似的做什么。"

说着，一齐进入亭子。献过茶，凤姐忙着安放杯箸，上面一桌：贾母、薛姨妈、宝钗、黛玉、宝玉。东边一桌：湘云、王夫人、迎春、探春、惜春。西边靠门一小桌：李纨和凤姐，虚设坐位，二人皆不敢坐，只在贾母王夫人两桌上伺候③。凤姐吩咐："螃蟹不可多拿来，仍旧放在蒸笼里，拿十个来，吃了再拿。"一面又要水洗了手，站在贾母跟前剥蟹肉。头次让薛姨妈，薛姨妈道："我自己掰着吃香甜，不用人让。"凤姐便奉与贾母；二次的便与宝玉。又说："把酒烫得滚热的拿来。"又命小丫头们去取菊花叶儿桂花蕊熏的绿豆面子④，预备洗手。史湘云陪着吃了一个，便下座来让人，又出至外头，命人盛两盘子与赵姨娘送去。又见凤姐走来道："你不惯张罗，你吃你的去，我先替你张罗，等散了，我再吃。"湘云不肯，又命人在那边廊上摆了两席，让鸳鸯、琥珀、彩霞、彩云、平儿去坐。鸳鸯因向凤姐笑道："二奶奶在这里伺候，我可吃去了。"凤姐儿道："你们只管去，都交给我就是了。"说着，史湘云仍入了席。

　　凤姐和李纨也胡乱应了个景儿。凤姐仍旧下来张罗，一时出至廊上，鸳鸯等正吃得高兴，见他来了，鸳鸯等站起来道："奶奶又出来做什么？让我们也受用一会子。"凤姐笑道："鸳鸯丫头越发坏了，我替你当差，倒不领情，还抱怨我，还不快斟一钟酒来我喝呢！"鸳鸯笑着，忙斟了一杯酒，送至凤姐唇边，凤姐一挺脖子吃了。琥珀彩霞二人，也斟上一杯，送至凤姐唇边，那凤姐也吃了。平儿早剔了一壳黄子送来，凤姐道："多倒些姜醋。"一回也吃了，笑道："你们坐着吃罢，我可去了。"鸳鸯笑道："好没脸！吃我们的东西。"凤姐儿笑道："你少和我作怪，你知道你琏二爷爱上了你，要和老太太讨了你做小老婆呢。"鸳鸯红了脸道："啐！这也是做奶奶说出来的话。我不拿腥手抹你一脸算不得！"说着，站起来就要抹。凤姐儿道："好姐姐，饶我这一遭儿罢。"琥珀笑道："鸳丫头要去了，平丫头还饶他？你们看看，他没有吃了两个螃蟹，倒喝了一碟子醋呢！"

　　平儿手里正剥了个满黄螃蟹，听如此奚落他，便拿着螃蟹照琥珀脸上来抹，口内笑骂："我把你这嚼舌根的小蹄子！"琥珀也笑着往傍边一躲。平儿使空了，往前一撞，正恰恰的抹在凤姐腮上。凤姐正和鸳鸯嘲笑，不防吓了一跳，"嗳哟"了一声，众人掌不住都哈哈的大笑起来。凤姐也禁不住笑骂道："死娼妇！吃离了眼了，混抹你娘的。"平儿忙赶过来替他擦了，亲自去端水。鸳鸯道："阿弥陀佛！这才是现报呢。"

　　贾母那边听见，一叠连声问："见了什么了，这样乐？告诉我们也笑笑。"鸳鸯等忙高声笑回道："二奶奶来抢螃蟹吃，平儿恼了，抹了他主子一脸螃蟹黄子，主子奴才打架呢！"贾母和王夫人等听了，也笑起来。贾母笑道："你们看他可怜见儿的，那小腿子、脐子，给他点子吃，也完了。"鸳鸯等笑着答应了，高声的说道："这满桌子的腿子，二奶奶只管吃就是了。"凤姐洗了脸，走来又伏侍贾母等吃了一回。

　　黛玉弱，不敢多吃，只吃了一点夹子肉，就下来了。贾母一时也不吃了。大家方散，都洗了手。也有看花的，也有弄水看鱼的，游玩了一回。王夫人因问贾母说："这里风大，才又吃了螃蟹，老太太还是回房去歇歇罢了。若高兴，明日再来逛逛。"贾母听了，笑道："正是呢。我怕你们高兴，我走了，又怕扫了你们的兴；既这么说，咱们就都去罢。"回头嘱咐湘云："别让你宝哥哥林姐姐多吃了。"湘云答应着。又嘱咐湘云宝钗二人说："你两个也别多吃。那东西虽好吃，不是什么好的，吃多了肚子疼。"

二人忙应着，送出园外，仍旧回来，命将残席收拾了另摆。宝玉道："也不用摆，咱们且做诗。把那大团圆桌子放在当中，酒菜都放着，也不必拘定坐位，有爱吃的去吃，大家散坐，岂不便宜？"宝钗道："这话极是。"湘云道："虽如此说，还有别人。"因又命另摆一桌，拣了热螃蟹来，请袭人、紫鹃、司棋、侍书、入画、莺儿、翠墨等一处共坐。山坡桂树底下铺下两条花毯，命支应的婆子并小丫头等也都坐了，只管随意吃喝，等使唤再来。

湘云便取了诗题，用针绾在墙上，众人看了，都说："新奇，只怕做不出来。"湘云又把不限韵的缘故说了一番，宝玉道："这才是正理，我也最不喜限韵。"黛玉因不大吃酒，又不吃螃蟹，自命人掇了一个绣墩⑤，倚栏坐着，拿着钓杆钓鱼。宝钗手里拿着一枝桂花，玩了一回，俯在窗槛上，掐了桂蕊，掷在水面，引的游鱼浮上来唼喋⑥。湘云出一回神，又让一回袭人等，又招呼山坡下的众人只管放量吃。探春和李纨惜春正立在垂柳阴中看鸥鹭。迎春又独在花阴下，拿着花针儿穿茉莉花。宝玉又看了一回黛玉钓鱼；一回又俯在宝钗傍边说笑两句；一回又看袭人等吃螃蟹，自己也陪他饮两口酒，袭人又剥一壳肉给他吃。黛玉放下钓杆，走至座间，拿起那乌银梅花自斟壶来⑦，拣了一个小小的海棠冻石蕉叶杯⑧，丫头看见，知他要饮酒，忙着走上来斟，黛玉道："你们只管吃去，让我自己斟才有趣儿。"说着，便斟了半盏，看时，却是黄酒，因说道："我吃了一点子螃蟹，觉得心口微微的疼，须得热热的吃口烧酒。"宝玉忙接道："有烧酒。"便命将那合欢花浸的酒烫一壶来⑨。

黛玉也只吃了一口，便放下了。宝钗也走过来，另拿了一只杯来，也饮了一口放下，便蘸笔至墙上把头一个"忆菊"勾了，底下又赘一个"蘅"字⑩。宝玉忙道："好姐姐，第二个我已有了四句了，你让我做罢。"宝钗笑道："我好容易有了一首，你就忙的这样。"黛玉也不说话，接过笔来把第八个"问菊"也勾了，接着把第十一个"菊梦"也勾了，也赘上了一个"潇"字。宝玉也拿起笔来将第二个"访菊"也勾了，也赘上一个"绛"字。探春起来看着道："竟没人作'簪菊'？让我作。"又指着宝玉笑道："才宣过，总不许带出闺阁字样来，你可要留神。"说着，只见湘云走来，将第四第五"对菊""供菊"一连两个都勾了，也赘上一个"湘"字。探春道："你也该起个号。"湘云笑道："我们家里如今虽有几处轩馆，我又不住着，借了来也没趣。"宝钗笑道："方才老太太说，你们家里也有一个水亭，叫做枕霞阁，难道不是你的？如今虽没了，你到底是旧主人。"众人都道："有理。"宝玉不待湘云动手，便代将"湘"字抹了，改了一个"霞"字。

没有顿饭工夫，十二题已全，各自誊出来，都交与迎春，另拿了一张雪浪笺过来⑪，一并誊录出来，某人作的，底下赘明某人的号。李纨等从头看道：

忆菊　蘅芜君

怅望西风抱闷思⑫，蓼红苇白断肠时⑬。空篱旧圃秋无迹⑭，冷月清霜梦有知⑮。念念心随归雁远⑯，寥寥坐听晚砧迟⑰。谁怜我为黄花瘦，慰语重阳会有期⑱。

访菊　怡红公子

闲趁霜晴试一游，酒杯药盏莫淹留⑲。霜前月下谁家种，槛外篱边何处秋⑳？蜡屐远来情得得㉑，冷吟不尽兴悠悠㉒。黄花若解怜诗客，休负今朝挂杖头㉓。

种菊　怡红公子

携锄秋圃自移来，篱畔庭前处处栽。昨夜不期经雨活㉔，今朝犹喜带霜开。冷吟秋色诗千首，醉酖寒香酒一杯㉕。泉漑泥封勤护惜㉖，好和井径绝尘埃㉗。

对菊㉘　枕霞旧友

别圃移来贵比金，一丛浅淡一丛深。萧疏篱畔科头坐，清冷香中抱膝吟㉙。数去更无君傲世㉚，看来惟有我知音㉛。秋光荏苒休孤负，相对原宜惜寸阴㉜。

供菊㉝　枕霞旧友

弹琴酌酒喜堪俦㉞，几案婷婷点缀幽㉟。隔坐香分三径露㊱，抛书人对一枝秋㊲。霜清纸帐来新梦㊳，圃冷斜阳忆旧游㊴。傲世也因同气味，春风桃李未淹留㊵。

咏菊　潇湘妃子

无赖诗魔昏晓侵㊶，绕篱敧石自沉音㊷。毫端蕴秀临霜写，口角噙香对月吟㊸。满纸自怜题素怨，片言谁解诉秋心㊹？一从陶令评章后㊺，千古高风说到今㊻。

画菊　蘅芜君

诗余戏笔不知狂，岂是丹青费较量㊼。聚叶泼成千点墨，攒花染出几痕霜㊽。淡浓神会风前影，跳脱秋生腕底香㊾。莫认东篱闲采掇，粘屏聊以慰重阳㊿。

问菊　潇湘妃子

欲讯秋情众莫知，喃喃负手扣东篱�51。孤标傲世偕谁隐�52，一样开花为底迟�53？圃露庭霜何寂寞，雁归蛩病可相思�54？莫言举世无谈者，解语何妨话片时�55。

簪菊�56　蕉下客

瓶供篱栽日日忙，折来休认镜中妆�57。长安公子因花癖�58，彭泽先生是酒狂�59。短鬓冷沾三径露，葛巾香染九秋霜�60。高情不入时人眼，拍手凭他笑路旁�61。

菊影　枕霞旧友

秋光叠叠复重重，潜度偷移三径中�62。窗隔疏灯描远近，篱筛破月锁玲珑�63。寒芳留照魂应驻�64，霜印传神梦也空�65。

珍重暗香踏碎处，凭谁醉眼认朦胧⑥⑥。

菊梦　潇湘妃子

篱畔秋酣一觉清，和云伴月不分明⑥⑦。登仙非慕庄生蝶，忆旧还寻陶令盟⑥⑧。睡去依依随雁断⑥⑨，惊回故故恼蛩鸣⑦⑩。醒时幽怨同谁诉，衰草寒烟无限情⑦①。

残菊　蕉下客

露凝霜重渐倾欹，宴赏才过小雪时⑦②。蒂有余香金淡泊⑦③，枝无全叶翠离披⑦④。半床落月蛩声切⑦⑤，万里寒云雁阵迟⑦⑥。明岁秋分知再会，暂时分手莫相思⑦⑦。

众人看一首，赞一首，彼此称扬不绝。李纨笑道："等我从公评来，通篇看来，各人有各人的警句，今日公评：'咏菊'第一，'问菊'第二，'菊梦'第三，题目新，诗也新，立意更新了，只得要推潇湘妃子为魁了。然后'簪菊'、'对菊'、'供菊'、'画菊'、'忆菊'次之。"宝玉听说，喜的拍手叫道："极是，极公！"黛玉道："我那个也不好，到底伤于纤巧些。"李纨道："巧的却好，不露堆砌生硬。"黛玉道："据我看来，头一句好的是'圃冷斜阳忆旧游'，这句背面傅粉⑦⑧；'抛书人对一枝秋'，已经妙绝，将供菊说完，没处再说，故翻回来想到未折未供之先，意思深远。"李纨笑道："固如此说，你的'口角噙香'一句也敌得过了。"探春又道："到底要算蘅芜君沉着，'秋无迹'，'梦有知'，把个'忆'字竟烘染出来了。"宝钗笑道："你的'短鬓冷沾'，'葛巾香染'，也就把簪菊形容的一个缝儿也没了。"湘云笑道："'偕谁隐'，'为底迟'，直直把个菊花问得无言可对⑦⑨。"李纨笑道："你那'科头坐'，'抱膝吟'，竟一时也舍不得别开，菊花有知，也必腻烦了。"说的大家都笑了。

宝玉笑道："我又落第。难道'谁家种'，'何处秋'，'蜡屐远来'，'冷吟不尽'，都不是访不成？'昨夜雨'，'今朝霜'，都不是种不成？但恨敌不上'口角噙香对月吟'、'清冷香中抱膝吟'、'短鬓'、'葛巾'、'金淡泊'、'翠离披'、'秋无迹'、'梦有知'这几句罢了。"又道："明日闲了，我一个人做出十二首来。"李纨道："你的也好，只是不及这几句新巧就是了。"大家又评了一回，复又要了热螃蟹来，就在大圆桌上吃了一回。

宝玉笑道："今日持螯赏桂，亦不可无诗，我已吟成，谁还敢作？"说着，便忙洗了手，提笔写出，众人看道：

> 持螯更喜桂阴凉⑧，泼醋擂姜兴欲狂⑧。饕餮王孙应有酒⑧，横行公子竟无肠⑧。脐间积冷馋忘忌⑧，指上沾腥洗尚香。原为世人美口腹，坡仙曾笑一生忙⑧。

黛玉笑道："这样的诗，一时要一百首也有。"宝玉笑道："你这会子才力已尽，不说不能作了，还贬人家。"黛玉听了，并不答应，略一仰首微吟，提起笔来一挥，已有了一首。众人看道：

> 铁甲长戈死未忘⑧，堆盘色相喜先尝⑧。螯封嫩玉双双满⑧，壳凸红脂块块香⑧。多肉更怜卿八足，助情谁劝我千觞⑨？对兹佳品酬佳节，桂拂清香菊带霜。

宝玉看了，正喝彩，黛玉便一把撕了，命人烧去，因笑道："我做的不及你的，我烧了他；你那个很好，比方才的菊花诗还好，你留着他给人看。"

宝钗笑道："我也勉强了一首，未必好，写出来取笑儿罢。"说着，也写了出来，大家看时，写道：

> 桂霭桐阴坐举觞⑨，长安涎口盼重阳⑨。眼前道路无经纬⑨，皮里春秋空黑黄⑨。

看到这里，众人不禁叫绝。宝玉道："骂得痛快！我的诗也该烧了。"看底下道：

> 酒未涤腥还用菊，性防积冷定须姜。于今落釜成何益？月浦空余禾黍香⑨。

众人看毕，都说："这是食蟹绝唱⑨。这些小题目，原要寓大意思，才算是大才。只是讽刺世人太毒了些。"说着，只见平儿复进园来。不知做什么，且听下回分解。

【注释】

①规矩：照例的意思。

②"芙蓉"二句：意谓芙蓉影破的地方，是兰桨在划动；菱藕香的深处，流水泻过竹桥。芙蓉，指水芙蓉，即荷花。

③"上面一桌"几句：《清稗类钞》"风俗类"："旗俗，家庭之间，礼节最繁重；而未字之小姑，其尊亚于姑，宴居会食，翁姑上坐，小姑侧坐，媳妇则侍立于旁，进盘匜，奉巾栉惟谨，如仆媪焉。"

④绿豆面子：即绿豆粉。把绿豆粉炒成黄黑色，和以皂角灰，用以洗手，可去油污。

⑤绣墩：有文饰彩绣的坐墩，其上或加刺有文绣的套子。

⑥唼喋（shà zhá）：这里指鱼嘴开合，咂水吞食。

⑦乌银梅花自斟壶：一种安有提梁、供随手自斟用的小酒壶。乌银，合金之一。以铜百分，加入银一至十分，熔和而成，呈黑紫色，故称"乌银"。梅花，指壶上的图案。自斟壶，一种小酒壶，供随手自斟之用。

⑧海棠冻石蕉叶杯：淡红色冻石做的蕉叶形浅酒杯。一说，海棠，指秋海棠花形；蕉叶杯，泛指浅底小酒杯。冻石，一种晶莹润泽的名贵石头，可雕刻印章和工艺品。

⑨合欢花：即马樱花。落叶乔木，羽状复叶，夜间相合；夏季开花，花淡红色。据云，泡酒服用，能舒郁理气，安身活络，治郁结胸闷、失眠健忘，令人轻身明目。

⑩赘字：意即签字。赘，具。这里是"签"或"署"的意思。

⑪雪浪笺：一种名贵的纸笺，纸中隐有波浪形暗纹。在宋代已经流传。

⑫怅望：怅然想望。唐李白《折荷有赠》诗："相思无因见，怅望凉风前。"抱闷思：怀着郁闷的情思。

⑬蓼：指水蓼，一年生草本，夏秋之际，开粉红色穗状小花。苇：芦苇，多年生草本，秋天开花，花后结实，种子上丛生细毛，柔白如絮，因风飞扬，外观似花。断肠：这里指怀念菊花的急切心情。

⑭空篱旧圃：空荡的篱笆和往年的园圃。秋无迹：没有秋菊的

影迹。

⑮冷月清霜：指秋夜清冷的景色。梦有知：只有在梦中追忆它。

⑯"念念"句：意谓怀念之情随着南归的鸿雁越来越远。念念，怀念之切。心随归雁远，传说雁能传送书信。

⑰寥寥：空虚之极。砧：捣衣石。这里指捣衣声。

⑱重阳：农历九月九日叫"重阳"，也叫"重九"。旧时习俗，重阳节赏菊饮菊花酒。

⑲"酒杯"句：意谓不要因饮酒或服药而不去访菊。淹留，也作"奄留"，久留。

⑳何处秋：哪里有秋色。这里"秋"指菊花。

㉑蜡屐（jī）：涂蜡的木屐。屐，下有两齿的木底鞋，涂上蜡，能防水湿。古人多着以游山玩水。情得得，这里是兴致很高的意思。得得：自然任意的意思。南朝梁何逊《西州直示同员》诗："誓将收饮啄，得得任心神。"

㉒冷吟：意即在寒秋季节里吟咏。

㉓"黄花"二句：意谓菊花如懂得爱怜我这个诗人的心意，就不要辜负我今天带来的买酒钱，应一起畅怀痛饮。挂杖头，指买酒的钱。宋无名氏《释常谈》："百钱谓之杖头。晋阮修字宣子，常以百钱挂杖头，至酒家独饮，酣醉而归。"因称买酒钱为杖头钱。

㉔不期：没有料到。

㉕"冷吟"二句：意谓因爱菊花而吟诗千首，为酬劳菊花而向它敬酒一杯。秋色，指菊。东晋陶渊明《饮酒》诗有"秋菊有佳色"的句子。酹，以酒洒地，表示祭奠，叫"酹"。寒香，亦作"冷香"，清冷的香气，即代指菊花。《群芳谱》："《花史》：王十朋取庄园卉，目为十八香，以菊为冷香。"

㉖"泉溉"句：是说用泉水浇灌，用泥土封培，殷勤的爱护。

㉗井径：田间小道，种菊的地方。此代指菊。尘埃：污垢。因菊花高洁，不要让尘埃沾污了它。

㉘对菊：意即赏菊。

㉙"萧疏"二句：意谓在稀疏的篱边，光着头坐着；在菊花丛中，

抱膝吟咏。萧疏，稀疏冷落的样子。科头，不戴帽子，表示一种疏狂的姿态。抱膝，手抱膝而坐。《三国志·蜀书·诸葛亮传》注引《魏略》云："（亮）每晨夕从容，常抱膝长啸。"

㉚更无：即绝无。傲世：菊在秋尽冬初冒寒开放，不畏风霜，旧有"傲霜枝"之称。宋苏轼《赠刘景文》诗："荷尽已无擎雨盖，菊残犹有傲霜枝。"

㉛知音：相传春秋时，伯牙善鼓琴，钟子期善听琴，能从伯牙的琴声听出他的心意。后因称知己为"知音"。

㉜惜寸阴：爱惜光阴。《晋书·陶侃传》："大禹圣者，乃惜寸阴；至于众人，当惜分阴。"这里意谓秋日已短，应珍惜时光，及时赏菊。

㉝供菊：将菊花折下，插于瓶中，摆在室内，以供观赏。

㉞弹琴酌酒：指陶渊明事。南朝梁萧统《陶靖节传》："（渊明）尝九月九日出宅边菊丛中坐，久之，满手把菊，忽值弘送酒至，即便就酌，醉而归。渊明不解音律，而蓄无弦琴一张，每酒适辄抚弄，以寄其意。"俦：这里是"作伴"的意思。

㉟"几案"句：意谓菊花供在几案上，点缀得屋里很幽雅。婷婷，这里指菊枝姿态挺秀的样子。

㊱"隔坐"句：意谓隔着座位透过菊花的香气。三径露，指带露的菊花。三径，原指隐者院中的三条小路。这里指种菊的庭院。陶渊明《归去来辞》："三径就荒，松菊犹存。"分，散发、弥漫的意思。

㊲抛书：宋蔡确《睡》诗："纸屏石枕竹方床，手倦抛书午梦长。"此指午睡醒来。一枝秋：一枝秋菊。

㊳"霜清"句：意谓秋天凉爽，睡在纸帐中，也容易使人做起赏菊的新梦。纸帐，古代一种用纸作的帐子。《遵生八笺·晨昏怡养》："纸帐：用藤皮茧纸缠于木上，以索缠紧，勒作绉纹。不用糊，以线折缝缝之。顶不用纸，以稀布为顶，取其透气。或画以梅花，或画以蝴蝶，自是分外清致。"

㊴"圃冷"句：意谓观赏室内折菊，自然叫人追忆起菊未折之前在夕阳中游赏菊圃的事。圃冷，清冷的菊圃。旧游，指菊未折未供前游园赏菊的事。

㊵"傲世"二句：意谓桃李随风飘荡，没有节操，我从未在它们面前停留过。同气味，志趣相投。桃李，桃花和李花。

㊶"无赖"句：意谓咏菊的诗情像着了魔，无论早晨晚上都侵扰不休。无赖，烦扰，多事。诗魔，佛教以一切烦恼、疑惑、迷恋等妨碍修行的心理活动为魔。这里指诗人的创作欲望不可抑制，如同着了魔一样。唐白居易《与元九书》："知我者以为诗仙，不知我者以为诗魔。何则？劳心灵，役声气，连朝接夕，不自知其苦，非魔而何？"

㊷"绕篱"句：意谓绕着篱笆，倚着山石，在沉思吟咏。沉音，即沉吟，沉思吟诵。

㊸"毫端"二句：意谓临晨写菊，笔端饱含优美的诗句；对月吟菊，口里像噙着菊花的芳香。毫端，即笔尖。蕴秀，包蕴着丽词佳句。临，面对。霜，这里当指秋天的清晨。与下句"月"相对。唐李商隐《九日》诗："曾共山翁把酒时，霜天白菊绕阶墀。"噙香，含着芳香。

㊹"满纸"二句：实是借咏菊用以抒写自己的哀怨和愁苦。题，写。素怨，秋的愁怨。素，指素秋。古代五行说，以金配秋，其色白，故称素秋。南朝梁元帝萧绎《纂要》："秋风曰商风、素风、激风、高风。"秋心，秋的情怀。又，"秋心"二字可合成"愁"字，用作"愁"的代称。宋吴文英《唐多令》词："何处合成愁，离人心上秋。"

㊺一从：自从。陶令：即陶渊明，因他曾做过彭泽令，所以称"陶令"。他很爱菊，曾赞美说："芳菊开林耀，青松冠岩列。怀此贞秀姿，卓为霜下杰。"评章：品评，议论。

㊻高风：高尚的品格操守。

㊼"诗余"二句：意谓诗兴未尽便挥笔逞狂作画，不需要多费心思斟酌。诗余，吟诗之余。戏笔，一时遣兴、不计工拙的意思。这里指随意挥笔作画。丹，朱红。青，花青。都是绘画颜料，这里代指绘画。较量，斟酌思量。

㊽"聚叶"二句：意谓用千点墨汁泼成密集的菊叶，用几抹白粉染出簇聚的菊花。聚叶，密集的叶子。泼，指泼墨法，中国绘画技法之一。即作画时，用水墨挥洒纸上，其势如泼，故名。画枝叶多用此法。攒花，一丛丛的花。染，指渲染法，即用铅粉和浅黄点染而成。

多用以画花瓣。霜，这里指白色粉末（即铅粉）。

㊾"淡浓"二句：意谓风前的菊影淡浓传神，腕底的菊花传出清香。淡浓，指画面上菊花的阴阳向背。神会，意谓领会菊花的风姿，求其神似。风前影，指菊花在风中的姿态。跳脱，也作"条脱"或"条达"。手镯、腕钏之类的别称。绘画生动也叫"跳脱"。

㊿"莫认"二句：意谓不要认为只能在东篱边采菊，把这幅菊画贴在屏风上，也可聊作重阳节的慰藉。采掇，采拾。东篱，陶渊明《饮酒》诗："采菊东篱下，悠然见南山。"粘屏，把画粘贴在屏风上。

�51喃喃：低声自言自语。负手：倒背着手，一种有所思的样子。扣：同"叩"，问的意思。

�52孤标：清峻特出。

�53为底迟：为什么你开花晚呢？

�54"圃露"二句：意谓秋雁南归，蟋蟀悲鸣，可曾引起你的相思？圃露庭霜，园圃露冷，庭院霜寒。蛩（qióng），蟋蟀。病，比喻深秋时节蟋蟀凄苦的叫声。

�55"莫言"二句：意谓不要说举世没有一个知己，你若能说话，何妨和我叙谈片时。解语，会说话。

�56簪菊：古人于重阳日插戴菊花，谓之"簪菊"。

�57"瓶供"二句：意谓天天为供菊栽菊忙碌，折一枝插在头上，不要误认为是镜奁中的普通饰物。休认，不要误认为。镜中妆，指妇女头上的普通饰物，如簪、钗之类。

58长安公子：或指唐代诗人杜牧，因其祖父杜佑是唐德宗、唐宪宗两朝宰相，因此称他为长安公子。其《九日齐山登高》诗有"尘世难逢开口笑，菊花须插满头归"的句子。

59彭泽先生：即陶渊明，他爱菊，也好饮酒。其《五柳先生传》云："性嗜酒，家贫不能常得。亲旧知其如此，或置酒而招之，造饮辄尽，期在必醉，既醉而退，曾不吝情去留。"

60"葛巾"句：意谓葛巾上沾染着秋菊的芳香。葛巾，葛布做的头巾，即帽子之类。《本草纲目·头巾》："古以尺布裹头为巾，后世以纱罗布葛缝合，方者曰巾，圆者曰帽。"九秋，秋季三个月九十天，故

称秋天为"三秋"或"九秋"。九秋霜，代指菊花。

�⑥"高情"二句：意谓自己的高情，世俗之人看不顺眼，那就任凭他们在路边拍手嘲笑吧。高情，指头上簪菊事。时人，世俗的人。拍手笑，这里似化用前人因醉酒或簪菊而被人嘲笑事。唐李白《襄阳歌》："落日欲没岘山西，倒著接䍦花下迷。襄阳小儿齐拍手，拦街争唱白铜鞮。傍人借问笑何事？笑杀山公醉似泥。"

⑥⑥"秋光"二句：意谓菊影一层压着一层，随着日光在庭院里悄悄移动。秋光，秋天的景色。这里代指菊影。

⑥⑥"窗隔"二句：意谓被窗纱隔断的淡淡灯光，描绘出菊影的浓淡远近；被竹篱筛碎的点点月光，笼罩着玲珑的菊影。破月，谓不圆之月。锁，这里当"笼罩"讲。玲珑，灵巧的样子。这里形容菊影。

⑥寒芳：指菊花。留照：即留影。魂应驻：谓菊花既能留影，它的精神必然常在。

⑥霜印：指菊影。传神：指菊影表现出的精神。梦也空：谓菊影虽能传花之神，但毕竟是虚幻的。

⑥"珍重"二句：意谓要珍惜菊影不要把它踏碎，但人被菊花陶醉，眼睛朦胧，有谁能认清菊影而不踏碎呢？暗香，指菊影。凭谁，不论谁。

⑥"篱畔"二句：意谓秋菊在篱边沉沉睡去，进入清幽的梦境；梦魂伴随云月飘然而去，依稀恍惚。酣，浓盛的意思。这里指熟睡。一觉，酣睡一场。清，指梦境清幽。和云伴月，伴随着云月。

⑥"登仙"二句：意谓菊花的梦并不是仰慕庄周梦为蝴蝶，而是怀念故交去同陶渊明重申旧盟。登仙，指入梦后飘飘然如登仙境。庄生蝶，庄生即庄周。《庄子·齐物论》："昔者庄周梦为胡蝶，栩栩然胡蝶也。自喻适志与？不知周也。俄然觉，则蘧蘧然周也。不知周之梦为胡蝶与？胡蝶之梦为周与？"寻盟，重申旧盟。《左传》哀公十二年："今吾子曰：'必寻盟。'若可寻也，亦可寒也。"注："寻，重也。"

⑥依依：留恋不舍。随雁断：意谓随着南归的鸿雁而入梦，飞雁愈远，梦境愈深。

⑥惊回：指梦醒。故故：屡屡。唐韩偓《生查子》词："侍女动

妆奁，故故惊人睡。"恼蛩鸣：意谓蟋蟀的悲鸣屡屡惊醒好梦，令菊恼恨。

⑦"醒时"二句：意谓只有衰草寒烟为我无限的感慨。幽怨，内心深处的忧郁怨恨。无限情，无限感慨，无限悲愤。

⑦"露凝"二句：意谓从重阳到小雪，菊花由茂盛逐渐趋向衰败。露凝，秋露因冷而凝结。霜重，初冬寒霜浓重。露凝霜重，暗喻秋尽冬来季节的变化。《文选》卷五晋左思《吴都赋》："露往霜来，日月其除。"唐吕延济注："露，秋也；霜，冬也。"倾敧，即倾斜，形容菊花衰残凋谢的景象。宴赏，指重阳节设宴赏菊。小雪，节气名，在阴历十月中。

⑦"蒂有"句：意谓花蒂犹留有余香，而金色的花瓣却浅淡得多了。蒂，花蒂。金，指黄金色的花瓣。淡泊，即淡薄，指菊花的颜色消褪。

⑦"枝无"句：意谓枝上的翠叶已零落不全，散乱纷披。翠，指翠叶。离披，散乱破碎的样子。

⑦蛩声切：蟋蟀叫的声音悲切。《诗经·豳风·七月》："十月蟋蟀入我床下。"

⑦雁阵迟：谓雁以北方为家，秋末冬初，天气渐寒，飞向南方，故乡之思，使它们飞行得很迟缓。雁阵，大雁飞行时所排的行列。唐王勃《滕王阁诗序》："雁阵惊寒，声断衡阳之浦。"

⑦"明岁"二句：意谓知道明年秋分还能见面，暂时分别就不要留恋不舍了。秋分，节气名，在阴历八月中，菊花将开的时节。

⑦背面傅粉：中国画是用绢作画，为使画面清晰，须在绢面上涂以铅粉，加以衬托，叫做"培垫法"，俗谓之"背面傅粉"。这里指文学创作中的衬托手法。甲戌本第一回脂批："事则实事，然亦叙得有间架，……烘云托月，背面傅粉，千皴万染，诸奇书中之秘法，亦复不少。"亦作"背面铺粉"。清金圣叹《读第五才子书法》："有背面铺粉法，如要衬宋江奸诈，不觉写作李逵真率；要衬石秀尖利，不觉写作杨雄糊涂是也。"

⑦直直：真正的意思。

⑧⓪"持螯（áo）"句：意谓在桂阴下吃蟹，别有一番雅趣，所以更加可喜。持螯，即吃蟹。螯，螃蟹夹子。这里代指螃蟹。桂阴，指桂树的阴凉。

⑧①擂姜：把姜研碎。据云蟹肉性寒，食时用姜，可以解之。

⑧②饕餮（tāo tiè）：本指传说中一种贪吃的恶兽，后比喻贪婪的人。《左传》文公十八年："缙云氏有不才子，贪于饮食，冒于货贿，……天下之民以比三凶，谓之饕餮。"晋杜预注："贪财为饕，贪食为餮。"后亦专指贪于饮食。王孙：旧指贵族子孙。这里是宝玉自我解嘲的话。或谓此似用明徐渭诗意。其《钱王孙饷蟹、不减陈君肥杰，酒而剥之，特旨》诗云："鲰生（徐渭自称）用字换霜螯，待诏将书易雪糕。并是老饕（贪食之人）营口腹，省教半李夺蛴螬。"

⑧③横行公子：指螃蟹。相传蟹没有肠子。晋葛洪《抱朴子·登涉》："称无肠公子者，蟹也。"宋陈与义《咏蟹》诗："但见横行疑是躁，不知公子实无肠。"金元好问《送蟹与兄》诗："横行公子本无肠，惯耐江湖十月霜。"古人常用螃蟹讥讽权贵。

⑧④"脐间"句：意谓蟹脐虽然性寒，因为嘴馋，也不忌食。脐，蟹的腹部。《广雅·释鱼》"蟹"清王念孙疏证："今人辨蟹，以长脐者为雄，团脐者为雌。"

⑧⑤"原为"二句：这里宝玉把苏轼有关吃蟹的事联为一句，借以自嘲。意谓苏轼尚爱吃蟹，自笑为口腹而奔忙。口腹，指饮食享受。宋江休复《江邻几杂志》："东坡嗜蟹，后有见饷者，皆放之江中，曰：'不以口腹苦生类也。'"坡仙，即苏轼，号东坡居士，人称"坡仙"。他的《初到黄州》诗云："自笑平生为口忙，老来事业转荒唐。"又《丁公默送蝤蛑》诗云："堪笑吴兴馋太守，一诗换得两尖团。"

⑧⑥铁甲长戈：比喻蟹壳和蟹螯。死未忘：死后还在耀武扬威。

⑧⑦堆盘：满盘。色相：佛教用语。佛教主张万物皆空，而称事物一时呈现于外的形式为色相。这里指熟蟹的形象。

⑧⑧嫩玉：比喻蟹螯内的白色嫩肉。

⑧⑨红脂：即蟹黄，色黄而微红，像油脂，故名。

⑨⓪"助情"句：意谓除了你之外，还有谁能助兴劝我千杯酒呢？

助情，即助兴。觞（shāng），古代盛酒器。

　　91桂霭：这里指桂花香气。桐阴：梧桐的阴凉。

　　92长安涎口：意即长安人因馋酒而口流涎水。唐杜甫《饮中八仙歌》：“汝阳三斗始朝天，道逢麹车口流涎。”杜甫所咏饮中八仙，皆当时长安文人轶事。此代指嗜酒的人。

　　93“眼前”句：意谓螃蟹横行，没有定向，从不管眼前道路的横直。经纬，这里指纵横的道路。南北叫“经”，东西叫“纬”。

　　94“皮里”句：字面是说，蟹壳里除黑膜和蟹黄外，别无所有，实则讥喻世人心机莫测。皮里春秋，表面不作评论，而内心有所褒贬。春秋，相传为孔子据鲁《春秋》整理而成的一部编年体史书。其对史实的褒贬，不在语言表面，而深藏于文字之中。

　　95“于今”二句：意谓螃蟹已死，月夜水边只留下稻谷的芳香。落釜，放在锅里煮。釜，锅。成何益，有什么用？宋黄庭坚《咏蟹》诗：“怒目横行与虎争，寒沙奔火祸胎成，虽为天上三辰次，未免人间五鼎烹。”月浦，月夜水边。禾黍，蟹生于低湿之地，以禾黍为食。

　　96绝唱：出类拔萃的诗文创作。

第三十九回
村老老是信口开河　情哥哥偏寻根究底

话说众人见平儿来了，都说："你们奶奶做什么呢，怎么不来了？"平儿笑道："他那里得空儿来？因为说没好生吃得，又不得来，所以叫我来问还有没有，叫我要几个，拿了家去吃罢。"湘云道："有，多着呢。"忙命人拿盒子装了十个极大的，平儿道："多拿几个团脐的。"众人又拉平儿坐，平儿不肯，李纨拉着他笑道："偏要你坐。"拉着他身旁坐下，端了一杯酒，送到他嘴边，平儿忙喝了一口，就要走，李纨道："偏不许你去。显见得你只有凤丫头，就不听我的话了。"说着，又命嬷嬷们："先送了盒子去，就说我留下平儿了。"那婆子一时拿了盒子回来，说："二奶奶说，叫奶奶和姑娘们别笑话要嘴吃。这个盒子里，方才舅太太那里送来的菱粉糕和鸡油卷儿，给奶奶姑娘们吃的。"又向平儿道："说使唤你来，你就贪住玩，不去了，劝你少喝一钟儿罢。"平儿笑道："多喝了，又把我怎么样？"一面说，一面只管喝，又吃螃蟹。李纨揽着他笑道："可惜这么个好体面模样儿，命却平常，只落得屋里使唤。不知道的人，谁不拿你当做奶奶太太看？"

平儿一面和宝钗湘云等吃喝着，一面回头笑道："奶奶，别这样摸的我怪痒痒的。"李氏道："嗳哟！这硬的是什么？"平儿道："是钥匙。"李氏道："有什么要紧的东西怕人偷了去，却带在身上？我成日家和人说笑：有个唐僧取经，就有个白马来驮着他①；刘智远打天下，就有个瓜精来送盔甲②；有个凤丫头，就有个你！你就是你奶奶的一把总钥匙，还要这钥匙做什么？"平儿笑道："奶奶吃了酒，又拿我来打趣着取笑儿了。"

宝钗笑道："这倒是真话。我们没事评论起来，你们这几个，都是百个里头挑不出一个来的。妙在各人有各人的好处。"李纨道:"大小都有个天理,比如老太太屋里,要没那个鸳鸯,如何使得?从太太起,那一个敢驳老太太的回,他现敢驳回,偏老太太只听他一个人的话。老太太的那些穿带的,别人不记得,他都记得。要不是他经管着,不知叫人诓骗了多少去呢。那孩子心也公道,虽然这样,倒常替人上好话儿,还倒不倚势欺人的。"惜春笑道:"老太太昨日还说呢,他比我们还强呢。"平儿道:"那原是个好的,我们那里比得上他?"宝玉道:"太太屋里的彩霞,是个老实人。"探春道:"可不是,外头'老实',心里可有数儿。太太是那么'佛爷'似的,事情上不留心,他都知道。凡一应事,却是他提着太太行,连老爷在家出外去的一应大小事,他都知道,太太忘了,他背后告诉太太。"

　　李纨道:"那也罢了。"指着宝玉道:"这一个小爷屋里,要不是袭人,你们度量到个什么田地?凤丫头就是个楚霸王,也得两只膀子好举千斤鼎,他不是这丫头,他就得这么周到了③?"平儿道:"先时赔了四个丫头来,死的死,去的去,只剩下我一个孤鬼儿了。"李纨道:"你倒是有造化的,凤丫头也是有造化的。想当初珠大爷在日,何曾也没两个人?你们看,我还是那容不下人的?天天只见他两个不自在,所以你珠大爷一没了,趁年轻我都打发了。若有一个好的守得住,我到底有个膀臂了。"说着不觉眼圈儿红了。众人都道:"这又何必伤心,不如散了倒好。"说着,便都洗了手,大家约着往贾母王夫人处问安。众婆子丫头打扫亭子,收洗杯盘。袭人便和平儿一同往前去。

　　袭人因让平儿到房里坐坐,再吃一钟茶。平儿回说:"不吃茶了,再来罢。"一面说,一面便要出去。袭人又叫住,问道:"这个月的月钱,连老太太、太太还没放呢,是为什么?"平儿见问,忙转身至袭人跟前,又见方近无人,悄悄说道:"你快别问,横竖再迟两天就放了。"袭人笑道:"这是为什么,唬的你这个样儿?"平儿悄声告诉他道:"这个月的月钱,我们奶奶早已支了,放给人使呢④。等别处利钱收了来，凑齐了才放呢。因为是你，我才告诉你，可不许告诉一个人去。"袭人笑道："他难道还短钱使？还没个足厌？何苦还操这心？"平儿笑道："何曾不是呢。他这几年，只拿着这一项银子翻出有几百来了。他的公费月例又使不着，十两八两零碎攒了，又放出去，只他这体己利钱，一年不到，上千的银子呢。"袭人笑道："拿着我们的钱，你们主子奴才赚利钱，哄的我们呆等。"平儿道："你又说没良心的话！你难道还少钱使？"袭人道："我虽不少，只是我也没地方使去，就只预备我们那一个。"平儿道："你倘若有紧要事用银钱使时，我那里还有几两银子，你先拿来使，明日我扣下你的就是了。"袭人道："此时也用不着，怕一时要用起来不够了，我打发人去取就是了。"

平儿答应着，一径出了园门，只见凤姐那边打发人来找平儿，说："奶奶有事等你。"平儿道："有什么事，这么要紧？我为大奶奶拉扯住说话儿，我又不逃了，这么连三接四的叫人来找！"那丫头说道："你去不去由你，犯不上恼我，你自己敢与奶奶说去。"

平儿啐了一口，急忙走来，只见凤姐儿不在房里，忽见上回来打抽丰的那刘老老和板儿又来了⑤，坐在那边屋里，还有张材家的周瑞家的陪着；又有两三个丫头在地下倒口袋里的枣子、倭瓜并些野菜。众人见他进来，都忙站起来了。刘老老因上次来过，知道平儿的身分，忙跳下地来，问："姑娘好？"又说："家里都问好。早要来请姑奶奶的安，看姑娘来的，因为庄家忙。好容易今年多打了两石粮食，瓜果菜蔬也丰盛，这是头一起摘下来的，并没敢卖呢，留的尖儿⑥，孝敬姑奶奶、姑娘们尝尝。姑娘们天天山珍海味的，也吃腻了，吃个野菜儿，也算我们的穷心。"平儿忙道："多谢费心。"又让坐，自己坐了，又让："张婶子周大娘坐。"命小丫头子："倒茶去。"周瑞张材两家的因笑道："姑娘今日脸上有些春色，眼圈儿都红了。"平儿笑道："可不是，我原是不吃的，大奶奶和姑娘们只是拉着死灌，不得已喝了两钟，脸就红了。"张材家的笑道："我倒想着要吃呢，又没人让。明日再有人请姑娘，可带了我去罢。"说着，大家都笑了。

周瑞家的道："早起我就看见那螃蟹了，一斤只好秤两个三个，这么两三大篓，想是有七八十斤呢。"周瑞家的又道："若是上上下下，只怕还不够。"平儿道："那里都吃？不过都是有名儿的吃两个子。那些散众，也有摸得着，也有摸不着的。"刘老老道："这样螃蟹，今年就值五分一斤，十斤五钱，五五二两五，三五一十五，再搭上酒菜，一共倒有二十多两银子。阿弥陀佛！这一顿的钱，够我们庄家人过一年的了⑦。"

平儿因问："想是见过奶奶了？"刘老老道："见过了，叫我们等着呢。"说着，又往窗外看天气，说道："天好早晚了，我们也去罢，别出不去城，才是饥荒呢。"周瑞家的道："这话倒是，我替你瞧瞧去。"说着，一径去了，半日方来，笑道："可是你老的福来了。竟投了这两个人的缘了。"平儿等问："怎么样？"周瑞家的笑道："二奶奶在老太太跟前呢，我原是悄悄的告诉二奶奶：'刘老老要家去呢，怕晚了赶不出城去。'二奶奶说：'大远的，难为他扛了些东西来，晚了就住一夜，明日再去。'这可不是投上二奶奶的缘了？这也罢了，偏生老太太又听见了，问：'刘老老是谁？'二奶奶便回明白了。老太太又说：'我正想个积古的老人家说话儿⑧，请了来我见一见。'这可不是想不到的投上缘了？"说着，催刘老老下来前去。刘老老道："我这生象儿，怎好见的？好嫂子，你就说我去了罢。"平儿忙道："你快去罢，不相干的。我们老太太最是惜老怜贫的，比不得那个狂三诈四的那些人。想是你怯上，我和周大娘送你去。"说着，同周瑞家的引了刘老老往贾母这边来。

二门口该班的小厮们见了平儿出来，都站了起来，有两个又跑上来，赶着平儿叫"姑娘"。平儿问道："又说什么？"那小厮笑道："这会子也好早晚了，我妈病着，等我去请大夫。好姑娘，我讨半日假，可使得？"平儿道："你们倒好，都商议定了，一天一个，告假又不回奶奶，只和我胡缠。前日住儿去了，二爷偏生叫他，叫不着，我应起来了，还说我做了情。你今日又来了。"
周瑞家的道："当真的他妈病了，姑娘也替他应着，放了他罢。"
平儿道："明日一早来。听着，我还要使你呢，再睡的日头晒着屁
股再来！你这一去，带个信儿给旺儿，就说奶奶的话，问着他那
剩的利钱，明日若不交来，奶奶不要了，爽性送他使罢。"那小
厮欢天喜地，答应去了。

　　平儿等来至贾母房中，彼时大观园中姊妹们都在贾母前承奉，
刘老老进去，只见满屋里珠围翠绕、花枝招展的，并不知都系何
人。只见一张榻上，独歪着一位老婆婆，身后坐着一个纱罗裹的
美人一般的小丫鬟，在那里捶腿。凤姐儿站着正说笑。刘老老便
知是贾母了，忙上来，陪着笑，福了几福⑨，口里说："请老寿星
安⑩。"贾母亦忙欠身问好，又命周瑞家的端过椅子来坐着。那板
儿仍是怯人，不知问候。贾母道："老亲家，你今年多大年纪了？"
刘老老忙起身答道："我今年七十五了。"贾母向众人道："这么大
年纪了，还这么硬朗，比我大好几岁呢。我要到这么年纪，还不
知怎么动不得呢。"刘老老笑道："我们生来是受苦的人，老太太
生来是享福的，若我们也这样，那些庄家活也没人做了。"贾母
道："眼睛牙齿都还好？"刘老老道："都还好，就是今年左边的槽
牙活动了。"贾母道："我老了，都不中用了，眼也花，耳也聋，
记性也没了。你们这些老亲戚，我都记不得了。亲戚们来了，我
怕人笑我，我都不会。不过嚼得动的吃两口，睡一觉；闷了时，
和这些孙子孙女儿玩笑一回就完了。"刘老老笑道："这正是老太
太的福了。我们想这么着不能。"贾母道："什么'福'，不过是老
废物罢了。"说的大家都笑了。

　　贾母又笑道："我才听见凤哥儿说，你带好些瓜菜儿，我叫他
快收拾去了。我正想个地里现结的瓜儿菜儿吃，外头买的不像你
们地里的好吃。"刘老老笑道："这是野意儿，不过吃个新鲜。依
我们，倒想鱼肉吃，只是吃不起。"贾母又道："今日既认着了亲，
别空空的就去，不嫌我这里，就住一两天再去。我们也有个园子，

园子里头也有果子，你明日也尝尝，带些家去，也算是看亲戚一趟。"凤姐儿见贾母喜欢，也忙留道："我们这里虽不比你们的场院大，空屋子还有两间，你住两天，把你们那里的新闻故事儿，说些与我们老太太听听。"贾母笑道："凤丫头，别拿他取笑儿，他是屯里人，老实，那里搁得住你打趣？"说着，又命人去先抓果子与板儿吃。板儿见人多了，又不敢吃。贾母又命拿些钱给他，叫小么儿们带他外头玩去。刘老老吃了茶，便把些乡村中所见所闻的事情说与贾母听，贾母越发得了趣味。

正说着，凤姐儿便命人请刘老老吃晚饭，贾母又将自己的菜拣了几样，命人送过去与刘老老吃。凤姐知道合了贾母的心，吃了饭便又打发过来。鸳鸯忙命老婆子带了刘老老去洗了澡，自己去挑了两件随常的衣服，命给刘老老换上。那刘老老那里见过这般行事？忙换了衣裳出来，坐在贾母榻前，又搜寻些话出来说。彼时宝玉姊妹们也都在这里坐着，他们何曾听见过这些话，自觉比那些瞽目先生说的书还好听。

那刘老老虽是个村野人，却生来的有些见识，况且年纪老了，世情上经历过的，见头一个贾母高兴，第二件这些哥儿姐儿们都爱听，便没话也编出些话来讲。因说道："我们村庄上种地种菜，每年每日，春夏秋冬，风里雨里，那里有个坐着的空儿？天天都是在那地头上做歇马凉亭⑪，什么奇奇怪怪的事不见呢。就象去年冬天，接连下了几天雪，地下压了三四尺深，我那日起得早，还没出房门，只听外头柴草响，我想着必定有人偷柴草来了，我巴着窗眼儿一瞧，却不是我们村庄上的人。"贾母道："必定是过路的客人们冷了，见现成的柴，抽些烤火去，也是有的。"刘老老笑道："也并不是客人，所以说来奇怪。老寿星当个什么人？原来是一个十七八岁极标致的一个小姑娘，梳着溜油光的头，穿着大红袄儿，白绫子裙儿……"刚说到这里，忽听外面人吵嚷起来，又说："不相干的，别唬着老太太。"贾母等听了，忙问："怎么了？"丫鬟回说："南院马棚子里走了水了⑫，不相干，已经救下去了。"贾母最胆小的，听了这话，忙起身扶了人出至廊上来瞧，只见东南上火光犹亮。贾母唬得口内念佛，又忙命人去火神跟前烧香，王夫人等也忙都过来请安，又回说："已经救下去了，老太太请进房去罢。"贾母足足的看火光熄了，方领众人进来。

宝玉且忙问刘老老："那女孩儿大雪地里做什么抽柴草？倘或冻出病来呢？"贾母道："都是才说抽柴草，惹出火来了，你还问呢。别说这个了，再说别的罢。"宝玉听说，心内虽不乐，也只得罢了。刘老老便又想了一遍，说道："我们庄子东边庄上有个老奶奶子，今年九十多岁了，他天天吃斋念佛，谁知就感动了观音菩萨，夜里来托梦，说：'你这么虔心，原本你该绝后的，如今奏了玉皇，给你个孙子。'原来这老奶奶只有一个儿子，这儿子也只一个儿子，好容易养到十七八岁上，死了，哭的什么儿似的。落后，果然又生了一个，今年才十三四岁，长得粉团儿一般，聪明伶俐非常。可见这些神佛是有的。"

这一夕话，暗合了贾母王夫人的心事，连王夫人也都听住了。宝玉心中只记挂着抽柴的故事，因闷得心中筹画。探春因问他："昨日扰了史大妹妹，咱们回去商议着邀一社，又还了席，也请老太太赏菊花何如？"宝玉笑道："老太太说了，还要摆酒还史妹妹的席，叫咱们做陪呢。等吃了老太太的，咱们再请不迟。"探春道："越往前去越冷了，老太太未必高兴。"宝玉道："老太太又喜欢下雨下雪的，不如咱们等下头场雪，请老太太赏雪岂不好？咱们雪下吟诗，也更有趣了。"黛玉忙笑道："咱们雪下吟诗，依我说，还不如弄一捆柴火，雪下抽柴，还更有趣儿呢！"说着，宝钗等都笑了。宝玉瞅了他一眼，也不答话。

一时散了，背地里宝玉到底拉了刘老老，细问："那女孩儿是谁？"刘老老只得编了告诉他，道："那原是我们庄北沿儿地埂子上，有一个小祠堂里，供的不是神佛，当先有个什么老爷……"说着，又想名姓。宝玉道："不拘什么名姓，也不必想了，只说原故就是了。"刘老老道："这老爷没有儿子，只有一位小姐，名叫若玉小姐，知书儿识字，老爷太太爱如珍宝。可惜这若玉小姐生到十七岁，一病死了。"宝玉听了，跌足叹惜，又问："后来怎么样？"刘老老道："因为老爷太太思念不尽，便盖了这祠堂，塑了这若玉小姐的像，派了人烧香拨火。如今日久年深的，人也没了，庙也烂了，那像也就成了精。"宝玉忙道："不是成精，规矩这样人是虽死不死的。"刘老老道："阿弥陀佛！原来如此。不是哥儿说，我们都当他成了精。他时常变了人出来各村庄店道上闲逛。我才说抽柴火的，就是他了。我们村庄上的人还商量着要打了这塑像平了庙呢。"宝玉忙道："快别如此，若平了庙，罪过不小。"刘老老道："幸亏哥儿告诉我，我明日回去，拦住他们就是了。"宝玉道："我们老太太、太太都是善人，就是合家大小，也都好善喜舍，最爱修庙塑神的。我明日做一个疏头⑬，替你化些布施，你就做香头⑭，攒了钱，把这庙修盖，再装塑了泥像，每月给你香火钱烧香，好不好？"刘老老道："若这样时，我托那小姐的福，也有几个钱使了。"

宝玉又问他地名庄名，来往远近，坐落何方，刘老老便顺口诌了出来。宝玉信以为真，回至房中，盘算了一夜，次日一早，便出来给了焙茗几百钱，按着刘老老说的方向地名，着焙茗去先踏看明白，回来再作主意。

那焙茗去后，宝玉左等也不来，右等也不来，急得热锅上的蚰蜓一般⑮。好容易等到日落，方见焙茗兴兴头头的回来了，宝玉忙问："可找着了？"焙茗笑道："爷听得不明白，叫我好找！那地名坐落，不似爷说的一样，所以找了一日，找到东北角田埂子上，才有一个破庙。"宝玉听说，喜得眉开眼笑，忙说道："刘老老有年纪的人，一时错记了，也是有的。你且说你见的。"焙茗道："那庙门都倒也朝南开，也是稀破的。我找的正没好气，一见这个，我就可好了。连忙进去，一看泥胎，唬的我又跑出来了，活像真的一般。"宝玉喜的笑道："他能变化人了，自然有些生气。"焙茗拍手道："那里是什么女孩儿？竟是一位青脸红发的瘟神爷！"

宝玉听了，啐了一口，骂道："真是一个无用的杀材⑯，这点子事也干不来！"焙茗道："爷又不知看了什么书，或者听了谁的混话，信真了，把这件没头脑的事，派我去碰头，怎么说我没用呢？"宝玉见他急了，忙抚慰他道："你别急，改日闲了，你再找去。若是他哄我们呢，自然没了；若竟是有的，你岂不也积了阴骘？我必重重的赏你呢。"

　　说着，只见二门上的小厮来说："老太太房里的姑娘们站在二门口找二爷呢。"不知找他有何言语，下回分解。

【注释】

　　①"唐僧取经"二句：唐僧，即玄奘，唐代高僧，通称"三藏法师"，民间呼为唐僧。贞观元年，西行求法，历经艰苦，抵古印度，研钻梵书。在古印度十七年，回国后译出经论七十多部。《西游记》第十五回有龙王三太子化成白马，驮唐僧西天取经的故事。

　　②"刘智远"二句：刘智远，五代时后汉王朝开国皇帝。明无名氏《白兔记》第十二出《看瓜》有瓜精送盔甲的情节。是写李洪一憎嫌妹夫刘智远，设计遣往瓜园看瓜。园中铁面瓜精斗不过刘智远，便钻入地下，刘智远掘地得石匣，里面藏有盔甲、兵书、宝剑。后来刘智远投军，倚仗这些"天赐"之物，取胜收功，加官进职，衣锦还乡。

　　③"凤丫头"四句：楚霸王，即项羽，名籍，战国末世族楚将项燕之后，秦二世元年，随叔父项梁起义，秦亡后，自封为西楚霸王。后在楚汉战争中为刘邦所败，兵困垓下，自刎而死。举鼎，《史记·项羽本纪》："籍长八尺余，力能扛鼎。"后世据此演成戏曲多种。《西汉演义》第十一则《会稽城项良起义》载有项羽在会稽涂山禹王庙举鼎的故事。写项羽奉项良之命，前往涂山招降桓楚、于英二将，共襄义举。二人恐义军力量难以抗秦。项羽愿与他们比武，以显示自己的勇力。桓楚却提出，禹王庙有鼎，重约五千余斤，可试勇力。羽将鼎一连三推三起，复又举起，绕殿连走三次，面不改色，复放原处。桓、于二人拜服，大呼"公非凡人"，"真天神也，吾辈愿随鞭镫"。从此三人成为项羽的得力助手。

④放：这里指"放债"。旧时称借钱给人以收取利息为放债。又名"生放"。宋洪迈《容斋五笔·俗语放钱》："今人出本钱以规利入，俗语谓之放债，又名生放。予考之亦有所来。《汉书·谷永传》云：'至为人起责，分利受谢。'颜师古注曰：'言富贾有钱，假托其名，代之为主，放与他人，以取利息而共分之。'此放字所起也。"

⑤打抽丰：旧指利用各种关系向人求取财物曰"打抽丰"。也叫"打秋风"。

⑥尖儿：同类中最上等的。也叫"尖子"。

⑦"刘老老道"几句：据《高宗实录》卷六三六载，乾隆二十六年五月庚戌一奏折云："查苏城米价，以每石二两上下为贵，一两五钱上下为中，一两上下为贱；麦每石一两为贵，七、八钱为中，五、六钱为贱。"一个四、五口之家，每月以一石二斗至一石五斗计，全年需十五石至十八石，正合"二十多两银子"之数。

⑧积古的老人家儿：知道很多人情世故的老人。积古，或是知古广多的意思。

⑨福了几福：原为一般祝颂之词。唐韩愈《与孟简尚书书》："未审入秋来眠食何似，伏惟万福。"宋元之后，习惯用为妇女与人相见时行礼致敬的一种礼节。宋陆游《老学庵笔记》卷五："王广津（建）《宫词》云：'新睡起来思旧梦，见人忘却道胜常。'胜常，犹今妇人言万福也。"又，明田艺蘅《留青日札》卷一："古时妇女皆肃拜也，今则但微屈其膝而躬不曲，其名曰起曰福。"这里前一"福"字用作动词。

⑩老寿星：即南极老人星。旧时作为长寿老人的象征。《史记·封禅书》"寿星祠"唐司马贞《索隐》："寿星，盖南极老人星也，见则天下理安，故祠之以祈福寿。"《观象玩古》："南极老人，主寿考，一曰寿星。"旧俗客套称年高者为"寿星老儿"或"老寿星"。

⑪歇马凉亭：旧指设在路边供行人歇马休息或避雨的亭子。这里是说农民歇工时，把地头当作"凉亭"休息。

⑫走了水：即失了火。旧时忌讳，用走水代替着火。

⑬疏头：旧时分条说明的文字叫"疏"；僧道拜忏时焚化的祝告文叫"疏头"，上写主人姓名及拜忏缘由等。这里指修庙募捐的启事，

也叫"捐启"。

⑭香头：寺庙中管理香火杂务的人，叫"香火"；香头，意即主管香火人的头目。

⑮热锅上的蚰蜒（yóu yán）：形容坐立不安的样子。蚰蜒，节足动物。古称"草鞋虫"，形似蜈蚣而略小，栖息在屋内外阴湿的地方。

⑯杀材：骂人的话。言其不良可杀。也作"杀才"。

第四十回
史太君两宴大观园　金鸳鸯三宣牙牌令^①

话说宝玉听了，忙进来看时，只见琥珀站在屏风跟前，说："快去罢，立等你说话呢。"宝玉来至上房，只见贾母正和王夫人众姐妹商议给史湘云还席。宝玉因说："我有个主意：既没有外客，吃的东西也别定了样数，谁素日爱吃的，拣样儿做几样。也不必按桌席，每人跟前摆一张高几，各人爱吃的东西一两样，再一个十锦攒心盒子^②，自斟壶，岂不别致？"贾母听了，说："很是。"即命人传与厨房："明日就拣我们爱吃的东西做了，按着人数，再装了盒子来。早饭也摆在园里吃。"商议之间，早又掌灯，一夕无话。

次日清早起来，可喜这日天气清朗。李纨清晨起来，看着老婆子丫头们扫那些落叶，并擦抹桌椅，预备茶酒器皿；只见丰儿带了刘老老板儿进来，说："大奶奶倒忙的紧。"李纨笑道："我说你昨日去不成，只忙着要去。"刘老老笑道："老太太留下我，叫我也热闹一天去。"丰儿拿了几把大小钥匙，说道："我们奶奶说了：外头的高几恐不够使，不如开了楼，把那收的拿下来使一天罢。奶奶原该亲自来的，因和太太说话呢，请大奶奶开了，带着人搬罢。"李氏便命素云接了钥匙，又命婆子出去，把二门上小厮叫几个来，李氏站在大观楼下，往上看着，命人上去开了缀锦阁，一张一张的往下抬。小厮、老婆子、丫头一齐动手，抬了二十多张下来。李纨道："好生着，别慌慌张张鬼赶着似的，仔细碰了牙子^③。"又回头向刘老老笑道："老老也上去瞧瞧。"刘老老听说，巴不得一声儿，拉了板儿登梯上去，进里面，只见乌压压的，堆着些围屏、桌、椅、大小花灯之类，虽不大认得，只见五彩炫耀，各有奇妙。念了几声佛，便下来了。然后锁上门，一齐才下来。李纨道："恐怕老太太高兴，越发把船上划子、篙、桨、遮阳幔子，都搬了下来预备着。"众人答应，又复开了门，色色的搬了下来。命小厮传驾娘们④，到船坞里撑出两只船来。

正乱着，只见贾母已带了一群人进来了，李纨忙迎上去，笑道："老太太高兴，倒进来了；我只当还没梳头呢，才掐了菊花要送去。"一面说，一面碧月早已捧过一个大荷叶式的翡翠盘子来，里面养着各色折枝菊花，贾母便拣了一朵大红的簪了鬓上；因回头看见了刘老老，忙笑道："过来带花儿。"一语未完，凤姐儿便拉过刘老老来，笑道："让我打扮你。"说着，把一盘子花，横三竖四的插了一头。贾母和众人笑的不住。刘老老笑道："我这头也不知修了什么福，今儿这样体面起来。"众人笑道："你还不拔下来摔到他脸上呢，把你打扮的成了老妖精了。"刘老老笑道："我虽老了，年轻时也风流，爱个花粉儿的，今儿老风流才好。"

说话间，已来至沁芳亭上，丫鬟们抱了一个大锦褥子来，铺在栏杆榻板上，贾母倚栏坐下，命刘老老也坐在旁边，因问他："这园子好不好？"刘老老念佛说道："我们乡下人，到了年下，都上城来买画儿贴⑤，时常闲了，大家都说：'怎么得也到画儿上逛逛。'想着那个画儿也不过是假的，那里有这个真地方？谁知我今儿进这园里一瞧，竟比那画儿还强十倍！怎么得有人也照着这个园子画一张，我带了家去给他们见见，死了也得好处。"贾母听说，指着惜春笑道："你瞧我这个小孙女儿，他就会画；等明儿叫他画一张如何？"刘老老听了，喜的忙跑过来，拉着惜春说道："我的姑娘！你这么大年纪儿，又这么个好模样儿，还有这个能干，必是个神仙托生的罢？"

贾母少歇一回，自然领着刘老老都见识见识，先到了潇湘馆。一进门，只见两边翠竹夹路，土地下苍苔布满，中间羊肠一条石子漫的路。刘老老让出来与贾母众人走，自己却走土地。琥珀拉他道："老老，你上来走，仔细青苔滑倒了。"刘老老道："不相干的，我们走熟了的，姑娘们只管走罢。可惜你们的绣鞋，必沾了泥。"他只顾上头和人说话，不防脚底下果踩滑了，"咕咚"一交跌倒，众人都拍手呵呵的笑。贾母笑骂道："小蹄子们！还不搀起来，只站着笑。"说话时，刘老老已爬了起来，自己也笑了，说道："才说嘴，就打了嘴。"贾母问他："可扭了腰了不曾？叫丫头们捶一捶。"刘老老道："那里说的我这么娇嫩了，那一天不跌两个子？都要捶起来，还了得呢。"

紫鹃早打起湘帘，贾母等进来坐下，黛玉亲自用小茶盘捧了一盖碗茶来，奉与贾母。王夫人道："我们不吃茶，姑娘不用倒了。"林黛玉听说，便命丫头把自己窗下常坐的一张椅子挪到下手，请王夫人坐了。刘老老因见窗下案上设着笔砚，又见书架上磊着满满的书，刘老老道："这必定是那位哥儿的书房了？"贾母笑指黛玉道："这是我这外孙女儿的屋子。"刘老老留神打量了林黛玉一番，方笑道："这那里像个小姐的绣房？竟比那上等的书房还好。"

贾母因问："宝玉怎么不见？"众丫头们答道："在池子里船上呢。"贾母道："谁又预备下船了？"李纨忙回说："才开楼拿的。我恐怕老太太高兴，就预备下了。"贾母听了，方欲说话时，有人回说："姨太太来了。"贾母等刚站起来，只见薛姨妈早进来了，一面归坐，笑道："今儿老太太高兴，这早晚就来了。"贾母笑道："我才说，来迟了的要罚他，不想姨太太就来迟了。"说笑一回。

贾母因见窗上纱颜色旧了，便和王夫人说道："这个纱新糊上好看，过了后来就不翠了。这个院子里头又没有个桃杏树，这竹子已是绿的，再拿这绿纱糊上，反不配。我记得咱们先有四五样颜色糊窗的纱呢，明儿给他把这窗上的换了。"凤姐儿忙道："昨儿我开库房，看见大板箱里还有好几匹银红蝉翼纱⑥，也有各样折枝花样的，也有流云蝙蝠花样的，也有百蝶穿花花样的，颜色又鲜，纱又轻软，我竟没见这个样的。拿了两匹出来，做两床绵纱被，想来一定是好的。"贾母听了笑道："呸！人人都说你没有不经过不见过的，连这个纱还不能认得呢，明儿还说嘴。"薛姨妈等都笑说："凭他怎么经过见过，如何敢比老太太呢。老太太何不教导了他，连我们也听听。"凤姐儿也笑说："好祖宗！教给我罢。"

贾母笑向薛姨妈众人道："那个纱，比你们的年纪还大呢。怪不得他认做蝉翼纱，原也有些像。不知道的，都认做蝉翼纱。正经名字叫'软烟罗'。"凤姐儿道："这个名儿也好听，只是我这么大了，纱罗也见过几百样，从没听见过这个名色。"贾母笑道："你能活了多大？见过几样东西？就说嘴来了。那个软烟罗只有四样颜色：一样雨过天青⑦，一样秋香色，一样松绿的⑧，一样就是银红的。若是做了帐子，糊了窗屉，远远的看着，就似烟雾一样，所以叫做'软烟罗'，那银红的又叫做'霞影纱'⑨。如今上用的府纱⑩，也没有这样软厚轻密的了。"薛姨妈笑道："别说凤丫头没见，连我也没听见过。"

凤姐儿一面说话，早命人取了一匹来了，贾母说："可不是这个！先时原不过是糊窗屉，后来我们拿这个做被做帐子试试，也竟好。明日就找出几匹来，拿银红的替他糊窗子。"凤姐答应着。众人看了，都称赞不已。刘老老也觑着眼看，口里不住的念佛，说道："我们想做衣裳也不能，拿着糊窗子岂不可惜？"贾母道："倒是做衣裳不好看。"凤姐忙把自己身上穿的一件大红绵纱袄的襟子拉出来，向贾母薛姨妈道："看我的这袄儿。"贾母薛姨妈都说："这也是上好的了，这是如今上用内造的，竟比不上这个。"凤姐儿道："这个薄片子还说是内造上用呢⑪，竟连这个官用的也比不上了。"贾母道："再找一找，只怕还有；若有时，都拿出来，送这刘亲家两匹。有雨过天青的，我做一个帐子挂上。剩的配上里子，做些个夹背心子给丫头们穿，白收着霉坏了。"凤姐儿忙答应了，仍命人送去。

贾母便笑道："这屋里窄，再往别处逛去罢。"刘老老笑道："人人都说，'大家子住大房'，昨儿见了老太太正房，配上大箱、大柜、大桌子、大床，果然威武。那柜子比我们一间房子还大，还高。怪道后院子里有个梯子，我想又不上房晒东西，预备这梯子做什么？后来我想起来，定是为开顶柜取放东西，离了那梯子怎么得上去呢？如今又见了这小屋子，更比大的越发齐整；满屋里东西都只好看，都可不知叫什么。我越看越舍不得离了这里。"凤姐道："还有好的呢，我都带你去瞧瞧。"

说着，一径离了潇湘馆，远远望见池中一群人在那里撑船。贾母道："他们既备下船，咱们就坐一回。"说着，向紫菱洲蓼溆一带走来。未至池前，只见几个婆子手里都捧着一色攒丝戗金五彩大盒子走来⑫，凤姐忙问王夫人："早饭在那里摆？"王夫人道："问老太太在那里就在那里罢了。"贾母听说，便回头说："你三妹妹那里好，你就带了人摆去，我们从这里坐了船去。"

凤姐儿听说，便回身同了李纨、探春、鸳鸯、琥珀带着端饭的人等，抄着近路到了秋爽斋，就在晓翠堂上调开桌案。鸳鸯笑道："天天咱们说外头老爷们吃酒吃饭，都有个凑趣儿的，拿他取笑儿。咱们今儿也得一个女清客了。"李纨是个厚道人，听了不解；凤姐儿却知说的是刘老老了，也笑说道："咱们今儿就拿他取个笑儿。"二人便如此这般商议。李纨笑劝道："你们一点好事也不做，又不是个小孩儿，还这么淘气，仔细老太太说。"鸳鸯笑道："很不与大奶奶相干，有我呢。"

正说着，只见贾母等来了，各自随便坐下，先有丫鬟端过两盘茶来。大家吃毕，凤姐手里拿着西洋布手巾，裹着一把乌木三镶银箸⑬，按席摆下。贾母因说："把那一张小楠木桌子抬过来，让刘亲家挨着我这边坐。"众人听说，忙抬了过来。凤姐一面递眼色与鸳鸯，鸳鸯便忙拉刘老老出去，悄悄的嘱咐了刘老老一席话，又说："这是我们家的规矩，若错了，我们就笑话呢。"

调停已毕，然后归坐。薛姨妈是吃过饭来的，不吃，只坐在一边吃茶。贾母带着宝玉、湘云、黛玉、宝钗一桌，王夫人带着迎春姐妹三人一桌，刘老老挨着贾母一桌。贾母素日吃饭，皆有小丫鬟在旁边拿着漱盂、麈尾、巾帕之物，如今鸳鸯是不当这差的了，今日偏接过麈尾来拂着。丫鬟们知他要撮弄刘老老，便躲开让他。鸳鸯一面侍立，一面递眼色。刘老老道："姑娘放心。"

那刘老老入了坐，拿起箸来，沉甸甸的不伏手⑭。原是凤姐和鸳鸯商议定了，单拿了一双老年四楞象牙镶金的筷子与刘老老。刘老老见了，说道："这又巴子，比我们那里的铁掀还沉，那里拿的动他？"说的众人都笑起来。只见一个媳妇端了一个盒子站在当地，一个丫鬟上来揭去盒盖，里面盛着两碗菜，李纨端了一碗放在贾母桌上，凤姐偏拣了一碗鸽子蛋放在刘老老桌上。

贾母这边说声"请"，刘老老便站起身来，高声说道："老刘，老刘，食量大如牛，吃个老母猪不抬头！"自己却鼓着腮帮子不语。众人先还发怔，后来一听，上上下下都哈哈大笑起来。湘云掌不住⑮，一口茶都喷了出来。林黛玉笑岔了气，伏着桌子只叫"嗳哟！"宝玉滚到贾母怀里，贾母笑的搂着叫"心肝"。王夫人笑的用手指着凤姐儿，却说不出话来。薛姨妈也掌不住，口里的茶喷了探春一裙子。探春手里的茶碗都合在迎春身上。惜春离了坐位，拉着他的奶母，叫"揉一揉肠子"。地下无一个不弯腰屈背，也有躲出去蹲着笑去的，也有忍着笑上来替他姐妹换衣裳的。独有凤姐鸳鸯二人掌着，还只管让刘老老。刘老老拿起箸来，只觉不听使，又道："这里的鸡儿也俊，下的这蛋也小巧，怪俊的。我且得一个儿。"众人方住了笑，听见这话，又笑起来。贾母笑的眼泪出来，只忍不住，琥珀在后捶着。贾母笑道："这定是凤丫头促狭鬼儿闹的！快别信他的话了。"那刘老老正夸鸡蛋小巧，凤姐儿笑道："一两银子一个呢，你快尝尝罢，冷了就不好吃了。"刘老老便伸筷子要夹，那里夹的起来？满碗里闹了一阵，好容易撮起一个来，才伸着脖子要吃，偏又滑下来，滚在地下，忙放下筷子，要亲自去拣，早有地下的人拣了出去了。刘老老叹道："一两银子也没听见个响声儿就没了。"

众人已没心吃饭，都看着他取笑。贾母又说："谁这会子又把那个筷子拿了出来，又不请客摆大筵席。都是凤丫头支使的，还不换了呢。"地下的人原不曾预备这牙箸，本是凤姐同鸳鸯拿了来的，听如此说，忙收了过去，也照样换上一双乌木镶银的。刘老老道："去了金的，又是银的，到底不及俺们那个伏手。"凤姐儿道："菜里若有毒，这银子下去了就试的出来⑯。"刘老老道："这个菜里有毒，我们那些都成了砒霜了。那怕毒死了，也要吃尽了。"贾母见他如此有趣，吃的又香甜，把自己的菜也都端过来与他吃。又命一个老嬷嬷来，将各样的菜给板儿夹在碗上。

一时吃毕，贾母等都往探春卧室中去闲话，这里收拾残桌，又放了一桌。刘老老看着李纨与凤姐儿对坐着吃饭，叹道："别的罢了，我只爱你们家这行事。怪道说'礼出大家'⑰。"凤姐儿忙笑道："你可别多心，才刚不过大家取乐儿。"一言未了，鸳鸯也进来笑道："老老别恼，我给你老人家赔个不是。"刘老老笑道："姑娘说那里话？咱们哄着老太太开个心儿，可有什么恼的！你先嘱咐我，我就明白了，不过大家取个笑儿。我要心里恼，也就不说了。"鸳鸯便骂人："为什么不倒茶给老老吃？"刘老老忙道："才刚那个嫂子倒了茶来，我吃过了，姑娘也该用饭了。"凤姐儿便拉鸳鸯坐下道："你和我们吃罢，省的回来又闹。"鸳鸯便坐下了，婆子们添上碗箸来，三人吃毕。

刘老老笑道："我看你们这些人，都只吃这一点儿就完了，亏你们也不饿。怪道凤儿都吹的倒。"鸳鸯便问："今儿剩的不少，都那里去了？"婆子们道："都还没散呢，在这里等着，一齐散与他们吃。"鸳鸯道："他们吃不了这些，挑两碗给二奶奶屋里平丫头送去。"凤姐道："他早吃了饭了，不用给他。"鸳鸯道："他吃不了，喂你的猫。"婆子听了，忙拣了两样，拿盒子送去。鸳鸯道："素云那里去了？"李纨道："他们都在这里一处吃，又找他做什么？"鸳鸯道："这就罢了。"凤姐道："袭人不在这里，你倒是叫人送两样给他去。"鸳鸯听说，便命人也送两样去。鸳鸯又问婆子们："回来吃酒的攒盒，可装上了？"婆子道："想必还得一会子。"鸳鸯道："催着些儿。"婆子答应了。

凤姐等来至探春房中，只见他娘儿们正说笑。探春素喜阔朗，这三间屋子并不曾隔断，当地放着一张花梨大理石大案[18]，案上磊着各种名人法帖[19]，并数十方宝砚，各色笔筒，笔海内插的笔如树林一般。那一边设着斗大的一个汝窑花囊[20]。插着满满的一囊水晶球的白菊。西墙上当中挂着一大幅米襄阳"烟雨图"[21]。左右挂着一副对联，乃是颜鲁公墨迹[22]。其联云：

　　烟霞闲骨格，泉石野生涯[23]。

案上设着大鼎，左边紫檀架上放着一个大官窑的大盘，盘内盛着数十个娇黄玲珑大佛手[24]；右边洋漆架上悬着一个白玉比目磬[25]，傍边挂着小槌。

那板儿略熟了些，便要摘那槌子要击，丫鬟们忙拦住他。他又要那佛手吃，探春拣了一个与他，说："玩罢，吃不得的。"东边便设着卧榻拔步床[26]，上悬着葱绿双绣花卉草虫的纱帐。板儿又跑来看，说："这是蝈蝈，这是蚂蚱。"刘老老忙打了他一巴掌，道："下作黄子[27]！没干没净的乱闹。倒叫你进来瞧瞧，就上脸了[28]。"打的板儿哭起来，众人忙劝解方罢。

贾母因隔着纱窗后往院内看了一回，因说："后廊檐下的梧桐也好了，只是细些。"正说话，忽一阵风过，隐隐听得鼓乐之声。贾母问："是谁家娶亲呢？这里临街倒近。"王夫人等笑回道："街上的那里听的见？这是咱们的那十来个女孩子们演习吹打呢。"贾母便笑道："既他们演，何不叫他们进来演习，他们也逛一逛，咱们可又乐了。"凤姐听说，忙命人出去叫来，又一回吩咐摆下条桌，铺上红毡子。贾母道："就铺排在藕香榭的水亭子上，借着水音更好听。回来咱们就在缀锦阁底下吃酒，又宽阔，又听的近。"众人都说："那里好。"贾母向薛姨妈笑道："咱们走罢，他们姊妹们都不大喜欢人来，生怕腌臜了屋子。咱们别没眼色，正经坐回子船，喝酒去。"说着，大家起身便走。探春笑道："这是那里的话？求着老太太、姨妈、太太来坐坐还不能呢。"贾母笑道："我的这三丫头却好，只有两个玉儿可恶；回来吃醉了，咱们偏往他们屋里闹去。"

说着，众人都笑了，一齐出来。走不多远，已到了荇叶渚。那姑苏选来的几个驾娘，早把两只棠木舫撑来，众人扶了贾母、王夫人、薛姨妈、刘老老、鸳鸯、玉钏儿上了这一只船，落后李纨也跟上去。凤姐也上去，立在船头上，也要撑船。贾母在舱内道："这不是玩的！虽不是河里，也有好深的，你快给我进来。"凤姐笑道："怕什么！老祖宗只管放心。"说着，便一篙点开，到了池当中；船小人多，凤姐只觉乱躭，忙把篙子递与驾娘，方蹲下去。

然后迎春姊妹等并宝玉上了那只，随后跟来。其余老嬷嬷众丫鬟俱沿河随行。宝玉道："这些破荷叶可恨，怎么还不叫人来拔去？"宝钗笑道："今年这几日，何曾饶了这园子闲了一闲，天天逛，那里还有叫人来收拾的工夫？"林黛玉道："我最不喜欢李义山的诗㉙，只喜他这一句：'留得残荷听雨声。'偏你们又不留着残荷了。"宝玉道："果然好句，以后咱们别叫拔去了。"

说着，已到了花溆的萝港之下，觉得阴森透骨，两滩上衰草残菱，更助秋兴。贾母因见岸上的清厦旷朗，便问："这是薛姑娘的屋子不是？"众人道："是。"贾母忙命拢岸，顺着云步石梯上去，一同进了蘅芜院，只觉异香扑鼻。那些奇草仙藤，愈冷愈苍翠，都结了实，似珊瑚豆子一般，累垂可爱。及进了房屋，雪洞一般，一色的玩器全无。案上止有一个土定瓶㉚，中供着数枝菊花，并两部书、茶奁、茶杯而已；床上只吊着青纱帐幔，衾褥也十分朴素。贾母叹道："这孩子太老实了。你没有陈设，何妨和你姨娘要些？我也不理论，也没想到。你们的东西，自然在家里没带了来。"说着，命鸳鸯去取些古董来，又嗔着凤姐儿："不送些玩器来与你妹妹，这样小器。"王夫人凤姐等都笑回说："他自己不要的。我们原送了来，都退回去了。"薛姨妈也笑说道："他在家里也不大弄这些东西。"

　　贾母摇头道："使不得。虽然他省事，倘来一个亲戚，看着不像；二则年轻的姑娘们，屋里这样素净，也忌讳。我们这老婆子，越发该住马圈去了。你们听那些书上戏上说的小姐们的绣房，精致的还了得呢！他们姊妹们虽不敢比那些小姐们，也不要很离了格儿。有现成的东西，为什么不摆？若很爱素净，少几样倒使得。我最会收拾屋子的，如今老了，没这闲心了。他们姐妹们也还学着收拾的好，只怕俗气，有好东西也摆坏了。我看他们还不俗。如今等我替你收拾，包管又大方又素净。我的体己两件，收到如今，没给宝玉看见过，若经了他的眼，也没了。"说着，叫过鸳鸯来，吩咐道："你把那石头盆景儿和那架纱照屏，还有个墨烟冻石鼎这三样摆在这案上就够了。再把那水墨字画白绫帐子拿来，把这帐子也换了。"鸳鸯答应着，笑道："这些东西都搁在东楼上的，不知那个箱子里，还得慢慢找去，明儿再拿去也罢了。"贾母道："明日后日，都使得，只别忘了。"说着，坐了一回，方出来，一径来至缀锦阁下。文官等上来请过安，因问："演习何曲？"贾母道："只拣你们熟的演习几套罢。"文官等下来，往藕香榭去不提。

　　这里凤姐儿已带着人摆设齐整，上面左右两张榻，榻上都铺着锦裀蓉簟^㉛，每一榻前两张雕漆几^㉜，也有海棠式的，也有梅花式的，也有荷叶式的，也有葵花式的，也有方的，有圆的，其式不一。一个上面放着炉瓶一分^㉝，攒盒一个。上面二榻四几，是贾母薛姨妈；下面一椅两几，是王夫人的。余者都是一椅一几。东边刘老老，刘老老之下便是王夫人。西边便是史湘云，第二便是宝钗，第三便是黛玉，第四迎春、探春、惜春挨次下去，宝玉在末。李纨凤姐二人之几设于三层槛内，二层纱橱之外。攒盒式样，亦随几之式样。每人一把乌银洋錾自斟壶，一个十锦珐琅杯^㉞。

　　大家坐定，贾母先笑道："咱们先吃两杯，今日也行一个令，才有意思。"薛姨妈笑说道："老太太自然有好酒令^㉟，我们如何会呢！安心要我们醉了，我们都多吃两杯就有了。"贾母笑道："姨太太今儿也过谦起来，想是厌我老了。"薛姨妈笑道："不是谦，只怕行不上来，倒是笑话了。"王夫人忙笑道："便说不上来，只多吃了一杯酒，醉了睡觉去，还有谁笑话咱们不成。"薛姨妈点头笑道："依令。老太太到底吃一杯令酒才是。"贾母笑道："这个自然。"说着便吃了一杯。

凤姐儿忙走至当地，笑道："既行令，还叫鸳鸯姐姐来行更好。"众人都知贾母所行之令，必得鸳鸯提着，故听了这话，都说："很是。"凤姐便拉了鸳鸯过来。王夫人笑道："既在令内，没有站着的理。"回头命小丫头子："端一张椅子，放在你二位奶奶的席上。"鸳鸯也半推半就，谢了坐，便坐下，也吃了一钟酒，笑道："酒令大如军令，不论尊卑，惟我是主，违了我的话，是要受罚的。"王夫人等都笑道："一定如此，快些说。"鸳鸯未开口，刘老老便下席，摆手道："别这样捉弄人，我家去了。"众人都笑道："这却使不得。"鸳鸯喝令小丫头子们："拉上席去！"小丫头子们也笑着，果然拉入席中。刘老老只叫："饶了我罢！"鸳鸯道："再多言的罚一壶。"刘老老方住了。

鸳鸯道："如今我说骨牌副儿⑯，从老太太起，顺领下去，至刘老老止。比如我说一副儿，将这三张牌拆开，先说头一张，次说第二张，说完了，合成这一副儿的名字。无论诗词歌赋，成语俗话，比上一句，都要合韵。错了的罚一杯。"众人笑道："这个令好，就说出来。"

鸳鸯道："有了一副了。左边是张'天'。"贾母道："头上有青天。"众人道："好！"鸳鸯道："当中是个五合六。"贾母道："六桥梅花香彻骨。"鸳鸯道："剩了一张六合么。"贾母道："一轮红日出云霄。"鸳鸯道："凑成便是个'蓬头鬼'。"贾母道："这鬼抱住钟馗腿。"⑰说完，大家笑着喝彩。贾母饮了一杯。

鸳鸯又道："又有一副了。左边是个'大长五'。"薛姨妈道："梅花朵朵风前舞。"鸳鸯道："右边是个'大五长'。"薛姨妈道："十月梅花岭上香。"鸳鸯道："当中'二五'是杂七。"薛姨妈道：

"织女牛郎会七夕。"鸳鸯道:"凑成'二郎游五岳'。"㊳薛姨妈道:
"世人不及神仙乐。"说完,大家称赏,饮了酒。

　　鸳鸯又道:"有了一副了。左边'长么'两点明。"湘云道:
"双悬日月照乾坤。"鸳鸯道:"右边'长么'两点明。"湘云道:
"闲花落地听无声。"鸳鸯道:"中间还得'么四'来。"湘云道:
"日边红杏倚云栽。"鸳鸯道:"凑成一个'樱桃九熟'。"湘云道:
"御园却被鸟衔出。"㊴说完,饮了一杯。

　　鸳鸯道:"有了一副了。左边是'长三'。"宝钗道:"双双燕
子语梁间。"鸳鸯道:"右边是'三长'。"宝钗道:"水荇牵风翠
带长。"鸳鸯道:"当中'三六'九点在。"宝钗道:"三山半落青
天外。"鸳鸯道:"凑成'铁锁练孤舟'。"宝钗道:"处处风波处
处愁。"㊵说完饮毕。

　　鸳鸯又道:"左边一个'天'。"黛玉道:"良辰美景奈何天。"
宝钗听了,回头看着他,黛玉只顾怕罚,也不理论。鸳鸯道:"中
间'锦屏'颜色俏。"黛玉道:"纱窗也没有红娘报。"鸳鸯道:"剩
了'二六'八点齐。"黛玉道:"双瞻御座引朝仪。"鸳鸯道:"凑
成'篮子'好采花。"黛玉道:"仙杖香挑芍药花。"㊶说完,饮了
一口。

　　鸳鸯道:"左边'四五'成花九。"迎春道:"桃花带雨浓。"㊷
众人笑道:"该罚!错了韵,而且又不像。"迎春笑着,饮了一口。

　　原是凤姐和鸳鸯都要听刘老老的笑话,故意都命说错,都罚
了。至王夫人,鸳鸯代说了一个,下便该刘老老。刘老老道:"我
们庄家闲了,也常会几个人弄这个,可不如这么说的好听。少不
得我也试一试。"众人都笑道:"容易说的,你只管说,不相干。"
鸳鸯笑道:"左边'大四'是个'人'。"刘老老听了,想了半日,
说道:"是个庄家人罢!"众人哄堂笑了。贾母笑道:"说的好,就
是这样说。"刘老老也笑道:"我们庄家人不过是现成的本色,众
位姑娘姐姐别笑。"鸳鸯道:"中间'三四'绿配红。"刘老老道:
"大火烧了毛毛虫。"众人笑道:"这是有的,还说你的本色。"鸳

鸳笑道："右边'么四'真好看。"刘老老道："一个萝卜一头蒜。"
众人又笑了。鸳鸯笑道："凑成便是'一枝花'。"⑱刘老老两只手
比着说道："花儿落了结个大倭瓜。"众人大笑起来。只听外面乱
嚷嚷的，何事，且听下回分解。

【注释】

①牙牌令：以牙牌为酒令。

②攒心盒子：一种盛菜肴、果品、糕点的盘盒，其中分作各种形
状的格子，都攒向中心，故称"攒心盒子"。简称"攒盒"。

③牙子：这里指桌凳边沿雕花装饰的木片。

④驾娘：或称"船娘"。本指苏州虎丘一带在船上操篙橹劳动的
年青女子，这里指专供划船的女仆。

⑤买画儿：清富察敦崇《燕京岁时记·画儿棚子》："每至腊月，繁
盛之区，支搭席棚，售卖画片。妇女儿童争购之。亦所以点缀年华
也。"

⑥蝉翼纱：一种轻薄如蝉翼的细纱。神话传说以为是泉女所织。
清代或有"蝉翼纱"这一名称。

⑦雨过天青：比喻一种鲜艳的蓝色。

⑧松绿：近于石绿色，因如松果初生时那样翠绿，故名。

⑨霞影纱：近人王瀣批云："同光年，上命染工作霞样纱，为千褶
裙。见《清异录》。此改'影'字，尤妙。"

⑩上用：皇帝所用。府纱：一种平纹织品，质地细密平滑，有
光泽。

⑪内造：宫廷内所织造。清之前，历代设有尚衣局，或尚衣监，
掌管帝王衣服。清不设，惟苏州、杭州、江宁之织造，专为宫廷督造
各种衣料。

⑫摄丝：把做成各种图案花纹的金丝填嵌在器物上叫"摄丝"。
戗（qiàng）金：器物漆地上刻划装饰图案，在划内填金，叫"戗金"。
也叫"铪金"。

⑬乌木：是一种质料坚硬的木材，老者色纯黑，多以制箸及烟管等

物。三镶：指筷子顶端、中腰和下截用银包饰的三部分。

⑭不伏手：不顺手，不听使唤。

⑮掌不住：忍不住。

⑯"菜里"二句：《本草纲目·金石部·银》引寇宗奭语曰："银本无毒，其毒则诸物之毒也。今人用银器饮食，遇毒则变黑。"

⑰礼出大家：礼仪出于富贵之家。即"富而好礼""礼义生于富足"的意思。《潜夫论·爱日》："礼义生于富足，盗窃起于贫穷。"

⑱花梨大理石大案：用花梨木和大理石镶嵌结构而成的大案。花梨，即花梨木，有两种，一为花榈木，木材坚重，花纹瑰丽；一为海南檀，心材红褐色，坚硬有光泽，纹理细密。皆为贵重家具和雕刻用材。

⑲法帖：指名家书法的拓本或印本。后把摹刻的前人书迹，也称为"法帖"。

⑳汝窑花囊：汝窑所烧制的花囊。汝窑，宋代一个著名的瓷窑。花囊，这里是指一种瓷制的瓶类器物，周围有许多孔，中间可以插花。

㉑米襄阳"烟雨图"：米襄阳，即米芾，宋代书画家，襄阳人，世称"米襄阳"。其子友仁，亦善画，世称"小米"。米氏父子皆以善画烟雨著称。传世作品有米芾《春山烟霭图》《春山烟晓图》《云山烟树图》等，米友仁《湖山烟雨图卷》《云山烟雨图》《五洲烟雨图》《溪山烟雨轴》等。

㉒颜鲁公：即颜真卿。因封鲁郡公，故世称"颜鲁公"。查《颜鲁公文集》，无下列对联。唯诗句意境有相似者，如"倚石忘世情，援云得真意""兹夕无尘虑，高云共片心"。说"颜鲁公墨迹"，当系假托。

㉓"烟霞"一联：此联似用唐人田游岩事。《旧唐书·田游岩传》载，田罢归后，隐居太白山二十余年，"后入箕山，就许由庙东筑室而居，自称'许由东邻'。调露中，高宗幸嵩山，……谓曰：'先生养道山中，比得佳否？'游岩曰：'臣泉石膏肓，烟霞痼疾。'"意谓我癖爱山石、烟霞，已如病入膏肓，不可治愈。烟霞、泉石，代指山水胜景。闲、野，悠闲而散漫。骨格，志趣格调。生涯，生活。

㉔佛手：即佛手柑，果名。为枸橼的变种，果实有裂纹如拳，或

开张如指，故名。秋天成熟，皮鲜黄，有芳香。

㉕比目磬：一种比目鱼形的挂磬。比目，鱼名。即鲽。磬，古乐器名。以玉、石或金属制成，形状如矩，悬挂于架上，击之而鸣。这里仅作为一种案头陈设品。

㉖拔步床：也叫"八步床"，是一种高脚大架的床。床前面有雕镂的纱厨及踏步，床两边有两座小柜。近人王濂批云："此床前有一层如床面式，深约二尺余，亦挂幔。今久不见了。'拔步'二字，《水浒传》已用之，言跨一两步也。"《金瓶梅》第七回写孟玉楼家"手里有一分好钱，南京拔步床也有两张"。

㉗下作黄子：意即下流种子。多用于骂小孩子。黄，指幼儿。

㉘上脸：放纵、逞能的意思。

㉙李义山：即李商隐，字义山，唐代诗人。诗作擅长律、绝。有《李义山集》。这里所引诗句，见《宿骆氏亭寄怀崔雍崔衮》诗："秋阴不散霜飞晚，留得枯荷听雨声。"

㉚土定瓶：定窑烧制的一种瓶子。定窑，宋代著名瓷窑之一。窑址在今河北曲阳，古属定州府治，故称"定窑"。土定，定窑瓷品种之一，质地较粗。

㉛锦裀（yīn）：华美的毯子。

㉜雕漆：通称"剔红"，漆器的一种。即以银朱在漆器胎骨上层层涂刷，积累至一定厚度，然后用刀雕刻花纹，使其纹浮现，谓之"雕漆"。明清时的雕漆制品，花纹满张，刻工细密。

㉝炉瓶一分：炉、瓶是焚香用具。一个香炉，一个香盒，一个小瓶，总称"炉瓶三事"，所以说一分（份）。《古玩指南·古玩琐碎》："炉瓶三事者，即香炉、箸瓶、香盒三物，焚香必备之物也。焚香时，中陈香炉，一旁置一箸瓶，一旁置一香盒，香炉为焚香之器，固任人所知者，所焚之香，并非今日成束之线香，乃香面或香条也，故焚时必用铜箸与铜铲，箸瓶即放置箸铲之用；香盒即贮藏香面或细条之用。"

㉞珐琅杯：珐琅又称"洋瓷"，清康熙时由西洋输入的钟表器物，常嵌有洋瓷画片，当时称为"珐琅"。

㉟酒令：旧时饮酒时助兴取乐的一种游戏。推一人为令官，余人听令说诗词，或做其他游戏，违令或负者罚饮。

㊱骨牌副儿：骨牌又称"牙牌"，是一种赌具。各种成套的点子和颜色，都有一定名称，叫"一副"。下文所说的即是一部分骨牌副儿的名称。

㊲左边是张"天"……这鬼抱住钟馗腿：天，又叫"大天"，上下各有六个点，红绿点色各半，叫天牌。头上有青天，俗语。意思是惯行骗诈的人，自有"青天"惩罚他。五合六，上五点，下六点，各点皆为绿色。上五点像梅花。六桥梅花香彻骨，即一张五六共十一点的牌。六桥，在杭州西湖苏堤上，名映波、锁澜、望山、压堤、东浦、跨虹，宋苏轼始建，堤上多植梅花。这里以"六桥"代指牌的下六点，以"梅花"代指上五点。香彻骨，香气沁透入骨，形容香到极点。六合么，上一点红，下六点绿。么，也作"幺"，数词"一"的别称。一轮红日出云霄，即一张么六共七点的牌。"一轮红日"代指上一点，"云霄"代指下六点。上面长六、五六、么六这三张牌成为一副，叫"蓬头鬼"。这鬼抱住钟馗腿，钟馗，相传为唐时人，曾应武举未中，愤而撞死，死后托梦给唐玄宗，立誓要除尽天下妖孽。玄宗醒后，命画工吴道子绘成图像。清烟霞散人《斩鬼传》第七回有五鬼闹钟馗的情节。故事写钟馗酒醉，倚卧树下，五鬼或脱其两靴，或偷其宝剑，或拿其笏版，或藏其纱帽，弄得他露顶赤脚，不成模样。

㊳左边是个"大长五"……凑成"二郎游五岳"：大长五，上五点，下五点，皆绿色。样子像两朵梅花，所以下句说"梅花朵朵风前舞"。大五长，即"大长五"，为押韵而说"大五长"。十月梅花岭上香，因"大五长"乃由两个梅花形的五点组成，故说"十月梅花"。岭上，指庾岭，上多梅花。杂七，即"杂牌七"。上二点，下五点，皆红色。织女牛郎会七夕，织女牛郎，为神话人物，由星名衍化而来。这里"七夕"代指杂七。二郎游五岳，这是由长五、二五、长五三张牌凑成一副牌的名称。以"二郎"代指其中的一个"二"，"五岳"比五个"五"。二郎，神话传说人物，世以为水神。宋以后各地多有二郎神庙。或说他是秦蜀郡守李冰次子，曾除都江妖孽，有水功。或说他为

隋嘉州太守赵昱，曾除蛟患，卒后，蜀人立庙灌口，号"灌口二郎"。五岳，五大名山，即东岳泰山、南岳衡山、西岳华山、北岳恒山、中岳嵩山，传说为群仙所居。

㊴左边"长么"两点明……御园却被鸟衔出：长么，又叫"地牌"，上下各一点，皆红色。像日、月并明。双悬日月照乾坤，李白《上皇西巡南京歌》："少帝长安开紫极，双悬日月照乾坤。"这里以"双悬日月"代指"长么"的两个红点；"乾坤"代指牌面的上下两点。闲花落地听无声，唐刘长卿《别严士元》诗："细雨湿衣看不见，闲花落地听无声。"这里以"闲花"代指"长么"的两个红点，像两朵红花落在"地"上。么四，上一点，下四点，皆红色，如一轮红日和几颗红杏。日边红杏倚云栽，唐高蟾《下第后上永崇高侍郎》诗："天上碧桃和露种，日边红杏倚云栽。"这里以"日"代指上一点；"红杏"代指下四点。樱桃九熟，这是由长么、么四、长么三张牌凑成一副牌的名称。因这副共有九个红点，所以叫"樱桃九熟"。御园却被鸟衔出，意即御园的樱桃被鸟衔出去了。御园，皇家的花园。鸟衔，鸟含。

㊵左边是"长三"……处处风波处处愁：长三，上下各三点，双行斜排，皆绿色，宛如双燕，又似彩带。双双燕子语梁间：唐卢照邻《长安古意》诗："双燕双飞绕画梁，罗帷翠被郁金香。"这里以"双双燕子"代指双行平行斜排的绿色六点。三长，即"长三"，为押韵而说"三长"。上下两行斜三点，有似绿色飘带斜向一方。水荇（xìng）牵风翠带长，唐杜甫《曲江对雨》诗："林花著雨燕脂湿，水荇牵风翠带长。"水荇，即荇菜，水生植物，根在水底，叶紫赤色，浮于水面，这里以水荇顺风逐波漂动的样子，代指"长三"两行斜排的绿色六点。三六，上三点斜排，下六点并排，皆绿色。三山半落青天外，唐李白《登金陵凤凰台》诗："三山半落青天外，二水中分白鹭洲。"这里以"三山"代指"三六"上面斜排的三点；以"青天外"代指下面并排的六点。铁锁练孤舟：《庆远府志·地理志》引旧《志》云："郡城如舟形，东西南三关外平衍十余里，小石联绵散布，旧有谣云：'铁锁练孤舟，千年永不休。天下大乱，此处无忧；天下大旱，地处丰收。'"这里指由长三、三六、长三三张牌凑成一副牌的名称。以"铁锁"代指两个

"长三"和"三六"中的三点；以"孤舟"代指"三六"中的六点。处处风波处处愁，唐薛莹《秋日湖上》诗："落日五湖游，烟波处处愁。"

㊹左边一个"天"……仙杖香挑芍药花：天，即"大天"。良辰美景奈何天，《牡丹亭·惊梦》中的句子。锦屏，也叫"金屏"。上四点红，下六点绿，有如彩绣的屏风。纱窗也没有红娘报，金圣叹评改本《西厢记》第一本第四折："侯门不许老僧敲，纱窗也没有红娘报。"这里以"纱窗"代指牌上的六个绿点，"红娘"代指四个红点。二六，上二点，下六点，皆绿色，排成两行，形似左右官人引百官分两行朝见皇帝。双瞻御座引朝仪，唐杜甫《紫宸殿退朝口号》诗："户外昭容紫袖垂，双瞻御座引朝仪。"双，指宫中两女官昭容。唐段成式《酉阳杂俎·贬误》："今阁门有官人垂帛引百寮。"这里代指牌上的两点。瞻，仰视。御座，皇帝的座位。朝仪，帝王临朝的典礼。诗中指臣像朝见君王时依礼仪规定所站的行列。这里代指牌上的六点。篮子好采花，这里指由长六、四六、二六三张牌凑成一副牌的名称，又名"篮子"，其中红色的四点像花朵，故云："好采花。"

㊷左边"四五"成花九……桃花带雨浓：四五，上红四点，下绿五点，配起来叫"花九"。桃花带雨浓，唐李白《访戴天山道士不遇》诗："犬吠水声中，桃花带雨浓。"此句不切"花九"形象，也不协韵，所以众人说"该罚"。

㊸左边"大四"是个"人"……凑成便是"一枝花"：大四，上下各四点，皆红色，又叫"人牌"，所以刘老老说"是个庄家人罢"。三四，上三点，绿色斜排，像一条毛毛虫；下四点红，像大火。所以说"大火烧了毛毛虫"。么四，上一点，下四点，皆红色。上一红点，像一个萝卜；下四红点，像一头紫皮蒜。所以说"一个萝卜一头蒜"。一枝花，这里是由长四、三四、幺四三张牌凑成一副牌的名称。其中十七个红点，像朵朵红花；三个斜排的绿点，则像绿枝托住红花。

第四十一回
贾宝玉品茶栊翠庵　刘老老醉卧怡红院

　　话说刘老老两只手比着说道："花儿落了结个大倭瓜。"众人听了，哄堂大笑起来。于是吃过门杯，因又斗趣，笑道："今儿实说罢，我的手脚子粗，又喝了酒，仔细失手打了这磁杯；有木头的杯取个来，我便失了手，掉了地下，也无碍。"众人听了又笑起来。凤姐儿听如此说，便忙笑道："果真要木头的，我就取了来，可有一句话先说下：这木头的可比不得磁的，他都是一套，定要吃遍一套方使得。"刘老老听了，心下�道①："我方才不过是趣话取笑儿，谁知他果真竟有，我时常在乡绅大家也赴过席，金杯银杯倒都也见过，从没见有木头杯的。哦，是了，想必是小孩子们使的木碗儿，不过诓我多喝两碗；别管他，横竖这酒蜜水儿似的，多喝点子也无妨。"想毕，便说："取来再商量。"

　　凤姐乃命丰儿："前面里间书架子上，有十个竹根套杯②，取来。"丰儿听了，才要去取，鸳鸯笑道："我知道，你那十个杯还小；况且你才说木头的，这会子又拿了竹根的来，倒不好看。不如把我们那里的黄杨根子整刓的十个大套杯拿来③，灌他十下子。"凤姐儿笑道："更好了。"鸳鸯果命人取来。刘老老一看，又惊又喜：惊的是一连十个挨次大小分下来，那大的足足的似个小盆子，极小的还有手里的杯子两个大；喜的是雕镂奇绝，一色山水树木人物，并有草字以及图印。因忙说道："拿了那小的来就是了。"凤姐儿笑道："这个杯，没有这大量的，所以没人敢使他。老老既要，好容易找出来，必定要挨次吃一遍，才使得。"刘老老吓的忙道："这个不敢。好姑奶奶，饶了我罢。"贾母、薛姨妈、王夫人知道他有年纪的人，禁不起，忙笑道："说是说，笑是笑，不可多吃了，只吃这头一杯罢。"刘老老道："阿弥陀佛！我还是小杯吃罢，把这大杯收着，我带了家去，慢慢的吃罢。"说的众人又笑起来。

鸳鸯无法，只得命人满斟了一大杯，刘老老两手捧着喝。贾母、薛姨妈都道："慢些，不要呛了。"薛姨妈又命凤姐儿布个菜。凤姐笑道："老老要吃什么，说出名儿来，我夹了喂你。"刘老老道："我知道什么名儿，样样都是好的。"贾母笑道："把茄鲞夹些喂他④。"凤姐儿听说，依言夹些茄鲞，送入刘老老口中，因笑道："你们天天吃茄子，也尝尝我们这茄子，弄的来可口不可口。"刘老老笑道："别哄我了，茄子跑出这个味儿了。我们也不用种粮食，只种茄子了。"众人笑道："真是茄子，我们再不哄你。"刘老老咤异道："真是茄子？我白吃了半日。姑奶奶再喂我些，这一口细嚼嚼。"凤姐儿果又夹了些放入他口内。刘老老细嚼了半日，笑道："虽有一点茄子香，只是还不像是茄子。告诉我是个什么法子弄的，我也弄着吃去。"凤姐儿笑道："这也不难：你把才下来的茄子，把皮刨了，只要净肉，切成碎钉子，用鸡油炸了，再用鸡肉脯子合香菌、新笋、蘑菇、五香豆腐干子、各色干果子⑤，都切成钉儿，拿鸡汤煨干，将香油一收，外加糟油一拌⑥，盛在磁罐子里，封严；要吃时拿出来，用炒的鸡瓜子一拌⑦，就是了。"

刘老老听了，摇头吐舌说："我的佛祖！倒得十来只鸡来配他，怪道这个味儿！"一面笑，一面慢慢的吃完了酒，还只管细玩那杯子。凤姐儿笑道："还是不足兴，再吃一杯罢？"刘老老忙道："了不得，那就醉死了，我因为爱这样儿好看，亏他怎么做来。"鸳鸯笑道："酒吃完了，到底这杯子是什么木头的？"刘老老笑道："怨不得姑娘不认得，你们在这金门绣户的，如何认得木头？我们成日家和树林子做街坊，困了枕着他睡，乏了靠着他坐，荒年间饿了还吃他；眼睛里天天见他，耳朵里天天听他，嘴儿里天天说他，所以好歹真假，我是认得的，让我认一认。"一面说，一面细细端详了半日，道："你们这样人家，断没有那贱东西；那容易得的木头，你们也不收着了。我掂着这么体沉，断乎不是杨木，一定是黄松做的。"

众人听了，哄堂大笑起来。只见一个婆子走来，请问贾母说："姑娘们都到了藕香榭，请示下，就演罢，还是再等一回子？"贾母忙笑道："可是倒忘了他们，就叫他们演罢。"那个婆子答应去了，不一时，只听得箫管悠扬，笙笛并发。正值风清气爽之时，那乐声穿林度水而来，自然使人神怡心旷。宝玉先禁不住，拿起壶来斟了一杯，一口饮尽，复又斟上；才要饮，只见王夫人也要饮，命人换暖酒，宝玉连忙将自己的杯捧了过来，送到王夫人口边，王夫人便就他手内吃了两口。一时暖酒来了，宝玉仍归旧坐。王夫人提了暖壶下席来⑧，众人都出了席，薛姨妈也站起来，贾母忙命李凤二人接过壶来："让你姑妈坐了，大家才便。"王夫人见如此说，方将壶递与凤姐儿，自己归坐。贾母笑道："大家吃上两杯，今日着实有趣。"说着，擎杯让薛姨妈，又向湘云宝钗道："你姐妹两个也吃一杯。你林妹妹不大会吃，也别饶他。"说着，自己也干了。湘云、宝钗、黛玉也都吃了。

当下刘老老听见这般音乐，且又有了酒，越发喜的手舞足蹈起来。宝玉因下席过来，向黛玉笑道："你瞧刘老老的样子。"黛玉笑道："当日圣乐一奏，百兽率舞⑨，如今才一牛耳。"众姐妹都笑了。须臾乐止，薛姨妈笑道："大家的酒也都有了，且出去散散再坐罢。"贾母也正要散散，于是大家出席，都随着贾母游玩。贾母因要带着刘老老散闷，遂携了刘老老至山前树下，盘桓了半晌，又说给他这是什么树，这是什么石，这是什么花。刘老老一一领会，又向贾母道："谁知城里不但人尊贵，连雀儿也是尊贵的。偏这雀儿到了你们这里，他也变俊了，也会说话了。"众人不解，因问："什么雀儿变俊了会说话？"刘老老道："那廊上金架子上站的绿毛红嘴是鹦哥儿，我是认得的。那笼子里的黑老鸹子⑩，又长出凤头儿来⑪，也会说话呢。"众人听了又都笑将起来。

一时只见丫头们来请用点心，贾母道："吃了两杯酒，倒也不饿，也罢，就拿了这里来，大家随便吃些罢。"丫头听说，便去抬了两张几来，又端了两个小捧盒。揭开看时，每个盒内两样。这盒内是两样蒸食：一样是藕粉桂花糖糕，一样是松瓤鹅油卷。那盒内是两样炸的：一样是只有一寸来大的小饺儿。贾母因问："什么馅子？"婆子们忙回："是螃蟹的。"贾母听了，皱眉说道："这会子油腻腻的，谁吃这个！"又看那一样是奶油炸的各色小面果，也不喜欢，因让薛姨妈吃，薛姨妈只拣了块糕；贾母拣了一个卷子，只尝了一尝，剩的半个，递与丫头了。

刘老老因见那小面果子都玲珑剔透，各式各样，又拣了一朵牡丹花样的，笑道："我们乡里最巧的姐儿们，剪子也不能铰出这么个纸的来。我又爱吃，又舍不得吃，包些家去给他们做花样子去倒好。"众人都笑了。贾母笑道："家去我送你一磁坛子，你先趁热吃这个罢。"别人不过拣各人爱吃的拣了一两样就算了，刘老老原不曾吃过这些东西，且都做的小巧，不显堆垛的，他和板儿每样吃了些，就去了半盘子。剩的，凤姐又命攒了两盘，并一个攒盒，与文官等吃去。忽见奶子抱了大姐儿来，大家哄他玩了一会，那大姐儿因抱着一个大柚子玩，忽见板儿抱着一个佛手，大姐便要，丫鬟哄他取去，大姐儿等不得，便哭了。众人忙把柚子给了板儿，将板儿的佛手哄过来与他才罢。那板儿因玩了半日佛手，此刻又两手抓着些果子吃，又忽见这个柚子又香又圆，更觉好玩，且当球踢着玩去，也就不要佛手了。

当下贾母等吃过了茶，又带了刘老老至栊翠庵来。妙玉忙接了进去。众人至院中，见花木繁盛，贾母笑道："倒底是他们修行人，没事常常修理，比别处越发好看。"一面说，一面便往东禅堂来[12]。妙玉笑往里让，贾母道："我们才都吃了酒肉，你这里头有菩萨，冲了罪过。我们这里坐坐，把你的好茶拿来，我们吃一杯就去了。"宝玉留神看他是怎么行事。只见妙玉亲自捧了一个海棠花式雕漆填金"云龙献寿"的小茶盘，里面放一个成窑五彩小盖钟[13]，捧与贾母。贾母道："我不吃六安茶[14]。"妙玉笑说："知道。这是'老君眉'[15]。"贾母接了，又问："是什么水？"妙玉道："是旧年蠲的雨水[16]。"贾母便吃了半盏，笑着递与刘老老，说："你尝尝这个茶。"刘老老便一口吃尽，笑道："好是好，就是淡些，再熬浓些更好了。"贾母众人都笑起来。然后众人都是一色的官窑脱胎填白盖碗[17]。

那妙玉便把宝钗黛玉的衣襟一拉，二人随他出去。宝玉悄悄的随后跟了来。只见妙玉让他二人在耳房内，宝钗便坐在榻上，黛玉便坐在妙玉的蒲团上。妙玉自向风炉上煽滚了水，另泡了一壶茶。宝玉便走了进来，笑道："偏你们吃梯己茶呢。"二人都笑道："你又赶了来撤茶吃[18]，这里并没你吃的。"妙玉刚要去取杯，只见道婆收了上面茶盏来，妙玉忙命："将那成窑的茶杯别收了，搁在外头去罢。"宝玉会意，知为刘老老吃了，他嫌腌臜，不要了。又见妙玉另拿出两只杯来，一个傍边有一耳，杯上镌着"瓟斝"三个隶字[19]，后有一行小真字[20]，是"王恺珍玩"[21]，又有"宋元丰五年四月眉山苏轼见于秘府"一行小字[22]。妙玉斟了一斝递与宝钗。那一只形似钵而小，也有三个垂珠篆字[23]，镌着"点犀䀉"[24]。妙玉斟了一䀉与黛玉。仍将前番自己常日吃茶的那只绿玉斗来斟与宝玉[25]。宝玉笑道："常言'世法平等'[26]，他两个就用那样古玩奇珍，我就是个俗器了？"妙玉道："这是俗器？不是我说狂话，只怕你家里未必找的出这么一个俗器来呢。"宝玉笑道："俗话说：'随乡入乡'，到了你这里，自然把这金珠玉宝一概贬为俗器了。"

妙玉听如此说，十分欢喜，遂又寻出一只九曲十环一百二十节蟠虬整雕竹根的一个大盏出来[27]，笑道："就剩了这一个，你可吃的了这一海[28]？"宝玉喜的忙道："吃的了。"妙玉笑道："你虽吃的了，也没这些茶你遭塌。岂不闻'一杯为品，二杯即是解渴的蠢物，三杯便是饮驴了'[29]。你吃这一海，更成什么？"说的宝钗、黛玉、宝玉都笑了。妙玉执壶，只向海内斟了约有一杯，宝玉细细吃了，果觉轻淳无比，赏赞不绝。妙玉正色道："你这遭吃茶，是托他两个的福，独你来了，我是不能给你吃的。"宝玉笑道："我深知道，我也不领你的情，只谢他二人便了。"妙玉听了，方说："这话明白。"黛玉因问："这也是旧年的雨水？"妙玉冷笑道："你这么个人，竟是大俗人，连水也尝不出来。这是五年前我在玄墓蟠香寺住着㉚，收的梅花上的雪，统共得了那一鬼脸青的花瓮一瓮㉛，总舍不得吃，埋在地下，今年夏天才开了。我只吃过一回，这是第二回了。你怎么尝不出来？隔年蠲的雨水，那有这样清淳？如何吃得。"黛玉知他天性怪僻，不好多话，亦不好多坐，吃过茶，便约着宝钗走了出来。

宝玉和妙玉陪笑道："那茶杯虽然腌臜了，白撂了岂不可惜？依我说，不如就给了那贫婆子罢，他卖了也可以度日。你道使得么？"妙玉听了，想了一想，点头说道："这也罢了。幸而那杯子是我没吃过的，若是我吃过的，我就砸碎了也不能给他㉜。你要给他，我也不管，你只交给他，快拿了去罢。"宝玉道："自然如此，你那里和他说话去？越发连你都腌臜了。只交与我就是了。"妙玉便命人拿来，递与宝玉。宝玉接了，又道："等我们出去了，我叫几个小么儿来河里打几桶水来洗地如何？"妙玉笑道："这更好了。只是你嘱咐他们，抬了水，只搁在山门外头墙根下，别进门来。"宝玉道："这是自然的。"说着，便袖着那杯，递给贾母房中的小丫头子拿着，说："明日刘老老家去，给他带去罢。"交代明白，贾母已经出来要回去，妙玉亦不甚留，送出山门，回身便将门闭了，不在话下。

且说贾母因觉身上乏倦，便命王夫人和迎春姊妹陪了薛姨妈去吃酒，自己便往稻香村来歇息。凤姐忙命人将小竹椅抬来㉝，贾母坐上，两个婆子抬起，凤姐李纨和众丫头婆子围随去了，不在话下。这里薛姨妈也就辞出。王夫人打发文官等出去，将攒盒散与众丫头们吃去，自己便也乘空歇着，随便歪在方才贾母坐的榻上，命一个小丫头放下帘子来，又命捶着腿，吩咐他："老太太那里有信，你就叫我。"说着也歪着睡着了。宝玉湘云等看着丫头们将攒盒搁在山石上，也有坐在山石上的，也有坐在草地下的，也有靠着树的，也有傍着水的，倒也十分热闹。一时又见鸳鸯来了，要带着刘老老逛，众人也都跟着取笑。

一时来至省亲别墅的牌坊底下，刘老老道："嗳呀！这里还有大庙呢。"说着，便爬下磕头。众人笑弯了腰。刘老老道："笑什么？这牌楼上字我都认得。我们那里这样的庙宇最多，都是这样的牌坊，那字就是庙的名字。"众人笑道："你认得这是什么庙？"刘老老便抬头指那字道："这不是'玉皇宝殿'四字？"众人笑的拍手打掌，还要拿他取笑。刘老老觉得腹内一阵乱响，忙的拉着一个丫头，要了两张纸，就解衣。众人又是笑，又忙喝他："这里使不得！"忙命一个婆子，带了东北角上去了。那婆子指与他地方，便乐得走开去歇息。

那刘老老因喝了些酒，他脾气不与黄酒相宜㉞，且吃了许多油腻饮食发渴，多喝了几碗茶，不免通泻起来，蹲了半日方完。及出厕来，酒被风吹，且年迈之人，蹲了半天，忽一起身，只觉眼花头晕，辨不出路径，四顾一望，皆是树木山石，楼台房舍，却不知那一处是往那一路去的了，只得顺着一条石子路，慢慢的走来。及至到了房舍跟前，又找不着门，再找了半日，忽见一带竹篱。刘老老心中自忖道："这里也有扁豆架子？"一面想，一面顺着花障走了来㉟，得了一个月洞门，进去，只见迎面一带水池，只有七八尺宽，石头砌岸，里面碧波清水，流往那边去了，上面有一块白石，横架在上面。刘老老便渡过石去，顺着石子甬路走去。转了两个弯子，只见有个房门，于是进了房门，便见迎面一个女孩儿，满面含笑迎出来。刘老老忙笑道："姑娘们把我丢下了，叫我碰头碰到这里来㊱。"说了，只觉那女孩儿不答，刘老老便赶来拉他的手，"咕咚"一声，便撞到板壁上，把头碰的生疼。细瞧了一瞧，原来是一幅画儿。刘老老自忖道："原来画儿有这样凸出来的。"一面想，一面看，一面又用手摸去，却是一色平的，点头叹了两声。一转身，方得了一个小门，门上挂着葱绿撒花软帘。

刘老老掀帘进去，抬头一看，只见四面墙壁，玲珑剔透，琴剑瓶炉，皆贴在墙上㊲；锦笼纱罩，金彩珠光，连地下踩的砖皆是碧绿凿花㊳，竟越发把眼花了，找门出去，那里有门？左一架书，右一架屏。刚从屏后得了一个门，只见一个老婆子也从外面迎了他进来。刘老老咤异，心中恍惚，莫非是他亲家母？因连忙问道："你想是见我这几日没家去，亏你找我来。那位姑娘带你进来的？"又见他戴着满头花，刘老老笑道："你好没见世面！见这园里的花好，你就没死活戴了一头。"说着，那老婆子只是笑，也不答言。便心中忽然想起："常听见富贵人家有一种穿衣镜，这别是我在镜子里头吗？"想毕，伸手一抹，再细一看，可不是四面雕空紫檀板壁，将这镜子嵌在中间。因说："这已经拦住如何走出去呢？"一面说，一面只管用手摸。这镜子原是西洋机括㊴，可以开合，不意刘老老乱摸之间，其力巧合，便撞开了消息㊵，掩过镜子，露出门来。刘老老又惊又喜，遂走出来，忽见有一副最精致的床帐。他此时又带了七八分的酒，又走乏了，便一屁股坐在床上，只说歇歇，不承望身不由己，便前仰后合的，朦胧着两眼，一歪身，就睡熟在床上。

且说众人等他不见，板儿没了他老老，急的哭了。众人都笑道："别是掉在茅厕里了？快叫人去瞧瞧。"因命两个婆子去找。回来说："没有。"众人各处搜寻不见，袭人战兢道："一定他醉了，迷了路，顺着这一条路往我们后院子里去了。若进了花障子，到后门进去，虽然碰头，还有小丫头子们知道；若不进花障子去，再往西南上去，若绕出去还好，若绕不出去，可够他绕一会子好的。我且瞧瞧去。"一面说着，一面回来。进了怡红院，便叫人，谁知那几个在房里的小丫头已偷空玩去了。

袭人一直进了房门，转过集锦橱子㊶，就听的鼾齁如雷㊷，忙进来，只闻见酒屁臭气满屋。一瞧，只见刘老老扎手舞脚的仰卧在床上。袭人这一惊不小，慌忙的赶上来将他没死没活的推醒。那刘老老惊醒，睁眼见袭人，连忙爬起来，道："姑娘，我该死了！我失错并没弄腌臜了床。"一面说，一面用手去掸。袭人恐惊动了人，被宝玉知道了，只向他摇手，不叫他说话。忙将当地大鼎内贮了三四把百合香，仍用罩子罩上。所喜不曾呕吐。忙悄悄的笑道："不相干，有我呢。你随我出来。"刘老老答应着，跟了袭人，出至小丫头子们房中，命他坐下，向他道："你说醉倒在山子石上，打了个盹儿。"刘老老答应："是。"又与他两碗茶吃，方觉酒醒了。因问道："这是那个小姐的绣房？这样精致。我就像到了天宫里的一样。"袭人微微笑道："这个么，是宝二爷的卧室。"那刘老老吓的不敢做声。袭人带他从前面出去，见了众人，只说："他在草地下睡着了，带了他来的。"众人都不理会，也就罢了。

　　一时贾母醒了，就在稻香村摆晚饭。贾母因觉懒懒的，也没吃饭，便坐了竹椅小敞轿，回至房中歇息，命凤姐儿等去吃饭。他姊妹方复进园来。未知如何，且看下回分解。

【注释】

①战敠（diān duō）：也作"掂掇"。清梁绍壬《两般秋雨盦随笔》卷五："以手量物轻重曰战敠。见《庄子》注。或曰颠笃，音义同也。今各处口谈，尚有此语。又以一心权事之是否，亦用此二字。"这里是忖度事情轻重利弊的意思。

②竹根套杯：用竹根雕制成的成套饮器。套杯，即成套的酒杯。又名"杳杯"。近人王瀣批云："套杯，亦谓之杳杯。《古今诗话》：'刁约使契丹诗有云："饯行三匹裂。"匹裂，小木罂，以色绫木为之，如黄漆。'此盖今之杳杯，俗曰套杯。或六或五，外大内小。见《通雅》。"以竹根作饮器，当是古人别致的习俗。南北朝北周庾信《奉赵王惠酒》诗："野炉然树叶，山杯捧竹根。"

③刓（wán）：雕刻，凿刻。

④茄鲞（xiǎng）：腌腊茄子。鲞，干鱼、腌鱼。宋王应麟《困学纪闻》卷四："陆广微《吴地记》云：'阖闾思海鱼而难于生致，治生鱼盐渍而日干之，故名为鲞。'"也泛指成片的腌腊食品。

⑤鸡肉脯子：风干的鸡肉。

⑥糟油：用酒糟调制而成的油，可用以浇拌凉菜。

⑦鸡瓜子：即鸡丁。用剥去皮的鸡脯肉或腱子肉做成。瓜子，指肉的碎丁。

⑧暖壶：这里指一种暖酒用的大壶，中盛热水，可放酒壶，使酒保暖。

⑨"圣乐"二句：《尚书·尧典》："予击石拊石，百兽率舞。"孔传："乐感百兽，使相率而舞。"意谓舜的音乐非常悦耳，可以让百兽随之起舞。圣乐，即指舜时所奏的音乐。

⑩黑老鸹（guā）子：本指乌鸦。这里实是八哥。

⑪凤头儿：鸟类头上的羽冠。

⑫禅堂：僧尼静坐参禅的地方。犹言"僧堂"。

⑬成窑：指明代成化年间景德镇官窑所烧制的一种瓷器。坯胎细腻纯净，白釉莹润如脂，造型轻灵秀美，尤以五彩者为上。清刘廷玑《在园杂志》卷四："成窑五彩，暗花而体薄者，鸡缸一对，价值百金，亦难轻购，本无多也。"小盖钟：有盖的小杯。

⑭六安茶：产自安徽霍山大蜀山。因霍山旧属六安郡，故称"六安茶"。《遵生八笺·论茶品》："（六安）茶品亦精，但不善炒不能发香，而味苦，茶之本性实佳。"其中六安毛尖为贡品名茶，旧例于四月初八日进贡后，始得发售。

⑮老君眉：湖南洞庭湖君山所产的一种银针茶。由未开叶的肥嫩芽头制成，色泽鲜亮，其味甘醇，香气高爽。又传老子为长寿老人，长眉乃高寿的象征，以名"老君眉"，又有吉祥之意。据云，唐时已作贡品，历代相沿。清时已不易见。清震钧《天咫偶闻》卷八："茶以苏州碧萝春为上，……次六安之青者，若武夷、君山、蒙顶，亦只闻名。"

⑯旧年蠲（juān）的雨水：这里当指所谓"梅水"。清顾铁卿《清嘉录》卷五："梅水：居人于梅雨时，备缸瓮，收蓄雨水，以供烹茶之需，名曰'梅水'。……按：长、元、吴《志》皆载：'梅天多雨，雨水极佳，蓄之瓮中，水味经年不变。'又《昆新合志》云：'人于初交霉时，备缸瓮，贮雨，以其甘滑胜山泉，嗜茶者所珍也。'"蠲，清洁。这里是封闭使之澄清的意思。或说，"蠲"为"攒"的谐音字，聚集的意思。

⑰官窑脱胎填白盖碗：一种精美的青瓷盖碗。官窑，宋代五大名窑之一。北宋大观、政和年间，宫廷自置瓷窑烧制瓷器，称为"官窑"。窑址在京师汴京（今河南开封）。胎骨有白、灰、红之分，釉色有天青、翠青、粉青、月白、大绿。粉青为上，淡白次之。南宋时，又于修内司置窑造瓷，窑址在杭州凤凰山下，通称"官窑"。釉色微带粉红，浓淡不一。《清稗类钞·工艺类》引清许之衡《饮流斋说瓷》云："自宋以来，已有官窑、民窑之分。官窑者，由官拨款支销，设专官监督之，以进上方，备赏赉者也。……官窑之中，更有御窑，所画龙，必作五爪，专备御用，下不敢僭，然达官贵人，亦得享用官窑器物。"本为宋代出产的一种瓷器，康熙窑也有仿制品。这里或指清代官窑，即所谓康熙瓷。填白，以粉料堆填瓷上，再蘸釉汁，以增光泽，叫"填白"。盖碗，一种较盖盅小的茶杯。上有瓷盖，或镂银盖，下有铜、锡茶托，为平时招待亲友之用。

⑱撇茶吃：撇，犹如说"蹭"，沾光、揩油，北方叫"拿蹭儿"。这里即是"蹭茶吃"的意思。

⑲瓟瓟斚（bān páo jiǎ）：用瓟瓟做成的斚形饮器。瓟、瓟，皆葫芦类名，均可为饮器。斚，本为古代酒器，似爵而略大，一旁有耳。《清稗类钞》"工艺类"："禁城园廛旷地，遍植葫芦，当结实之初，斫木成范，其形或为瓶，或为盘，或为盂，镂以文字及各种花痕，纳葫芦于其中。及成熟时，各随其范之方圆大小，自为一器。奇丽精巧，能夺天工，款识隆起，宛若砖文。乾隆朝所制者尤朴雅。"此饮器与下文之"点犀盉"，或系调侃语，另有含义。

⑳小真字：正楷小字。真，指真书，即汉字的正楷。也称"正书"。

㉑王恺珍玩：意即曾为王恺收藏玩赏，言其来历不凡。王恺，晋东海郯（今山东郯城）人。司马昭妻弟。官至后军将军，是当时有名的富豪。

㉒"宋元丰五年"句：元丰，宋神宗（赵顼）年号。眉山，县名，属四川。隋为通义县，宋太平兴国初改为眉山县。苏轼是眉山人。秘府，又称"秘阁"，古代宫廷中藏图书秘珍的地方。宋文莹《玉壶清话》卷一："兴国中，太宗建秘阁，选三馆书真焉。"这里"王恺珍玩""苏轼见于秘府"云云，只言其珍贵之意而已，不必看死。

㉓垂珠篆字：当即"垂露篆字"，书体的一种。因其笔划点缀如浓露，故名。相传汉代曹喜工篆隶，善悬针垂露之法。清代印记所用的古篆中，即有垂露一种。

㉔点犀盉（qiáo）：用犀牛角制成的饮器。犀，犀牛角。盉，碗类器皿。《方言》卷十三："碗谓之盉。"盉名点犀，或借唐李商隐《无题》诗"心有灵犀一点通"句意。一说，点犀，即通天犀，也称"通犀"。通犀纹形圆，即有"点"意。《金瓶梅》第五十五回写蔡太师家招待西门庆，"当直的拿着通天犀杯，斟上麻姑酒儿"。一说，点犀，应作"杏犀"。犀有诸色，以黄赤为一类，曰"亮犀"；青黑一类，曰"硬犀"。杏犀，即亮犀中之一种，色黄透明，质密纹隐，似柔而实坚。

㉕绿玉斗：绿玉制成的有柄的饮器。明曹昭《格古要论·珍宝论》："绿玉，深绿色者为佳，色淡者次之，其中有饭糁者最佳。"

㉖世法平等：佛教名词。意即平等地对待世间的一切。《金刚经》："是法平等，无有高下。"法，梵文"达磨"的音译。指一定的规范、信条，或泛指一切事物。平等，这里指佛教的所谓"众生平等"。意谓对于众生，应等同视之，不应有高低、亲怨之分，在值得怜悯和具有佛性上，平等无二。

㉗九曲十环一百二十节蟠虬（qiú）整雕竹根大盏：指一种用完整竹根雕制成的松节大杯。九曲，《河图》："河水九曲，长者入于渤海。"这里用以形容松枝的曲折盘旋。十环，形容松枝的周绕连绵。节，《周易·说卦传》："其于木也，为坚多节。"一百二十节，形容松干的结节密布。蟠虬，或作"虬蟠"。《文选》卷五晋左思《吴都赋》："轮囷虬

蟠。”唐李善注：“虬蟠，谓树如龙蛇之盘屈相纠也。”唐吕向注：“虬，龙也。……言木形屈曲如龙之蟠。”这里即形容松干盘曲的样子。蟠，盘屈；虬，《离骚》东汉王逸注：“有角曰龙，无角曰虬。”一说龙子有角者曰“虬”。

㉘海：这里指浅而大的饮器。《闽杂记》：“闽俗盛宴，各馔必用大碗为敬，称为海碗。或谓海者，极言其大如海也。”

㉙“一杯为品”三句：《茶疏·饮啜》：“一壶之茶，只堪再巡。初巡鲜美，再则甘醇，三巡意欲尽矣。余尝与冯开之戏论茶候，以初巡为婷婷袅袅十三余，再巡为碧玉破瓜年，三巡以来，绿叶成荫矣。开之大以为然。所以茶注欲小，小则再巡已终。宁使余芳剩馥，尚留叶中，犹堪饭后供啜嗽之用，未遂弃之可也。若巨器屡巡，满中泻饮，待停少温，或求浓苦，何异农匠作劳，但需涓滴，何论品赏，何知风味乎？”

㉚玄墓：山名。又名邓尉山，在江苏吴县西南七十里。相传东晋郁泰玄葬此，所以叫“玄墓山”。山多梅树，花开时一望如雪，有“香雪海”之称。

㉛鬼脸青：一种深青色釉的瓷。

㉜“幸而”三句：近人王濚批云：“意以为有唇吻芳泽在耳。按《华严经》婆须密多女云：若有众生唼我唇吻，则离贪欲得菩萨增长一切众生福德藏三昧，故净慈禅师有赞云：执手抱身心月净，搵唇唼舌戒珠圆。今妙公犹有此种分别，正是未了性欲空耳。”

㉝小竹椅：这里是“竹椅小敞轿”的略称。

㉞脾气：这里犹言脾胃。

㉟花障：有花草盘附的篱笆。

㊱硱头：乱闯的意思。

㊲琴剑瓶炉，皆贴在墙上：一种专作壁上装饰品的瓶炉，一半扁平，可以和琴剑等一起贴墙悬挂。

㊳碧绿凿花：或指琉璃窑烧制的一种砖。凿花，砖出窑后再雕刻上花纹。凿，《广韵》：“凿镂花叶。”

㊴机括：也作“机栝”，本是弩上发箭的机件。“机”为弓上发箭

器，"括"为箭末扣弦处。张弓发箭，需以括入机，机动而发。这里指一种一触即动的开关装置，类似现在门上的弹簧锁。也叫"机关"。

⑩消息：机关上的枢纽。

⑪集锦槅（gé）子：又称"多宝塔""博古架"，以木料制成，形式多样，可摆设各种珍奇古物。是古代建筑内檐装修隔断的一种。

⑫鼾齁（hōu）：睡眠时的鼻息声。

第四十二回
蘅芜君兰言解疑癖① 潇湘子雅谑补余音

话说他姊妹复进园来，吃过饭，大家散出，都无别话。

且说刘老老带着板儿，先来见凤姐儿，说："明日一早定要家去了。虽然住了两三天，日子却不多，把古往今来没见过的，没吃过的，没听见的，都经验了。难得老太太和姑奶奶并那些小姐们，连各房里的姑娘们，都这样怜贫惜老，照看我。我这一回去，没别的报答，惟有请些高香②，天天给你们念佛，保佑你们长命百岁的，就算我的心了。"凤姐儿笑道："你别喜欢，都是为你，老太太也被风吹病了，睡着不舒服；我们大姐儿也着了凉，在那里发热呢。"刘老老听了，忙叹道："老太太有年纪的，不惯十分劳乏的。"凤姐儿道："从来没像昨儿高兴。往常也进园子逛去，不过到一两处坐坐就来了。昨儿因为你在这里，要叫都逛逛，一个园子倒走了多半个。大姐儿因为我找你去，太太递了一块糕给他，谁知风地里吃了，就发起热来。"刘老老道："大姐儿只怕不大进园子。生地方儿，小人儿家，原不该去，比不得我们的孩子，会走了，那个坟圈子里不跑去。一则风扑了也是有的；二则只怕他身上干净，眼睛又净，或是遇见什么神了。依我说，给他瞧瞧祟书本子③，仔细撞客着。"

一语提醒了凤姐儿，便叫平儿拿出《玉匣记》来，着彩明来念。彩明翻了一回，念道："八月二十五日病者，东南方得遇花神。用五色纸钱四十张，向东南方四十步送之大吉。"凤姐儿笑道："果然不错，园子里头可不是花神！只怕老太太也是遇见了。"一面命人请两分纸钱来，着两个人来，一个与贾母送祟，一个与大姐儿送祟。果见大姐儿安稳睡了。

凤姐儿笑道："到底是你们有年纪的经历的多。我们大姐儿时常肯病，也不知是什么原故。"刘老老道："这也有的。富贵人家养的孩子都娇嫩，自然禁不得一些儿委屈。再他小人儿家，过于尊贵了，也禁不起。以后姑奶奶倒少疼他些就好了。"凤姐儿道："这也有理。我想起来，他还没个名字，你就给他起个名字，借借你的寿；二则你们是庄家人，不怕你恼，到底贫苦些，你贫苦人起个名字，只怕压的住他。"刘老老听说，便想了一想，笑道："不知他是几时生的？"凤姐儿道："正是生的日子不好呢，可巧是七月初七日④。"刘老老忙笑道："这个正好，就叫做巧姐儿好。这个叫做'以毒攻毒，以火攻火'的法子。姑奶奶定依我这名字，必然长命百岁。日后大了，各人成家立业，或一时有不遂心的事，必然遇难成祥，逢凶化吉，都从这'巧'字儿来。"

凤姐儿听了，自是欢喜，忙谢道："只保佑他应了你的话就好了。"说着，叫平儿来吩咐道："明儿咱们有事，恐怕不得闲儿；你这空儿闲着，把送老老的东西打点了，他明儿一早就好走得便宜了。"刘老老道："不敢多破费了。已经遭扰了几日⑤，又拿着走，越发心里不安起来。"凤姐儿道："也没有什么，不过随常的东西。好也罢，歹也罢，带了去，你们街坊邻舍看着也热闹些，也是上城一次。"

说着只见平儿走来说："老老过这边瞧瞧。"刘老老忙跟了平儿到那边屋里，只见堆着半炕东西。平儿一一的拿与他瞧着，又说道："这是昨日你要的青纱一匹，奶奶另外送你一个实地月白纱做里子⑥。这是两个茧绸⑦，做袄儿裙子都好。这包袱里是两匹绸子，年下做件衣裳穿。这是一盒各样内造点心，也有你吃过的，也有没吃过的，拿去摆碟子请客，比你们买的强些。这两条口袋是你昨日装瓜果子的，如今这一个里头装了两斗御田粳米⑧，熬粥是难得的；这一条里是园子里的果子和各样干果子。这一包是八两银子。这都是我们奶奶的。这两包每包五十两，共是一百两，是太太给的，叫你拿去，或者做个小本买卖，或者置几亩地，以后再别求亲靠友的。"说着又悄悄笑道:"这两件袄儿和两条裙子,还有四块包头⑨,一包绒线,可是我送老老的。那衣裳虽是旧的,我也没大很穿,你要弃嫌,我就不敢说了。"

平儿说一样,刘老老就念一句佛,已经念了几千佛了;又见平儿也送他这些东西,又如此谦逊,忙笑说道:"姑娘说那里话?这样好东西,我还弃嫌!我便有银子,没处买这样的去呢。只是我怪臊的,收了又不好;不收又辜负了姑娘的心。"平儿笑道:"休说外话,咱们都是自己,我才这样。你放心收了罢,我还和你要东西呢。到年下,你只把你们晒的那个灰条菜干子和豇豆、扁豆、茄子、葫芦条儿,各样干菜带些来,我们这里上上下下都爱吃,这个就算了,别的一概不要,别罔费了心。"刘老老千恩万谢的答应了。平儿道:"你只管睡你的去,我替你收拾妥当了,就放在这里,明儿一早打发小厮们雇辆车装上,不用你费一点心的。"刘老老越发感激不尽,过来又千恩万谢的辞了凤姐儿,过贾母这边睡了一夜。次早梳洗了,就要告辞。因贾母欠安,众人都过来请安,出去传请大夫。一时婆子回:"大夫来了。"老嬷嬷请贾母进幔子去坐⑩,贾母道:"我也老了,那里养不出那阿物儿来?还怕他不成!不用放幔子,就这样瞧罢。"众婆子听了,便拿过一张小桌子来,放下一个小枕头,便命人请。

一时只见贾珍、贾琏、贾蓉三个人将王太医领来。王太医不敢走甬路,只走旁阶,跟着贾珍到了台阶上,早有两个婆子在两边打起帘子,两个婆子在前引导进去,又见宝玉迎了出来。只见贾母穿着青绉绸一斗珠的羊皮褂子⑪,端坐在榻上;两边四个未留头的小丫鬟,都拿着蝇刷漱盂等物;又有五六个老嬷嬷雁翅摆在两边⑫;碧纱橱后,隐隐约约有许多穿红着绿、戴宝插金的人。王太医便不敢抬头,忙上来请了安。贾母见他穿着六品服色,便知是御医了,含笑问:"供奉好⑬?"因问贾珍:"这位供奉贵姓?"贾珍等忙回:"姓王。"贾母笑道:"当日太医院正堂有个王君效⑭,好脉息⑮。"王太医忙躬身低头含笑,因说:"那是晚生家叔祖⑯。"

贾母听了笑道：“原来这样，也算是世交了。”一面说，一面慢慢的伸手放在小枕头上。嬷嬷端着一张小机子⑰，放在小桌前面，略偏些。王太医便屈一膝坐下，歪着头诊了半日，又诊了那只手，忙欠身低头退出。贾母笑说：“劳动了。珍儿让出去，好生看茶。”

贾珍、贾琏等忙答应了几个“是”，复领王太医到外书房中。王太医说：“太夫人并无别症，偶感一点风寒，究竟不用吃药，不过略清淡些，常暖着一点儿，就好了。如今写个方子在这里，若老人家爱吃，便按方煎一剂吃；若懒怠吃，也就罢了。”说着，吃茶，写了方子。刚要告辞，只见奶子抱了大姐儿出来，笑说：“王老爷也瞧瞧我们姐儿。”王太医听说，忙起身就奶子怀中，左手托着大姐儿的手，右手诊了一诊，又摸了一摸头，又叫伸出舌头来瞧瞧，笑道：“我说着姐儿又骂我了，只是要清清净净的饿两顿就好了。不必吃煎药，我送点丸药来，临睡时用姜汤研开吃下去就是了。”说毕，告辞而去。贾珍等拿了药方来回明贾母原故，将药方放在案上出去，不在话下。这里王夫人和李纨、凤姐儿、宝钗姐妹等，见大夫出去，方从橱后出来。王夫人略坐一坐，也回房去了。

刘老老见无事，方上来和贾母告辞。贾母说：“闲了再来。”又命鸳鸯来：“好生打发刘老老出去。我身上不好，不能送你。”刘老老道了谢，又作辞，方同鸳鸯出来。到了下房，鸳鸯指炕上一个包袱说道：“这是老太太的几件衣裳，都是往年间生日节下众人孝敬的。老太太从不穿人家做的，收着也可惜，却是一次也没穿过的，昨日叫我拿出两套儿送你带去，或送人，或自己家里穿罢。别见笑，这盒子里是你要的面果子。这包儿里是你前儿说的药，梅花点舌丹也有，紫金锭也有，活络丹也有，催生保命丹也有⑱：每一样是一张方子包着，总包在里头了。这是两个荷包，带着玩罢。”说着，便抽开系子，掏出两个“笔锭如意”的锞子来与他瞧⑲，又笑道：“荷包拿去，这个留下给我罢。”

刘老老已喜出望外，早又念了几千佛，听鸳鸯如此说，便说道："姑娘只管留下罢了。"鸳鸯见他信以为真，笑着仍与他装上，说道："哄你玩呢，我有好些呢。留着年下给小孩子们罢。"说着，只见一个小丫头拿着个成窑钟子来，递给刘老老，说："这是宝二爷给你的。"刘老老道："这是那里说起？我那一世修来的，今儿这样。"说着便接了过来。鸳鸯道："前儿我叫你洗澡，换的衣裳是我的，你不弃嫌，我还有几件也送你罢。"刘老老又忙道谢。鸳鸯果然又拿出几件来，给他包好。刘老老又要到园中辞谢宝玉和众姊妹王夫人等去，鸳鸯道："不用去了。他们这会子也不见人，回来我替你说罢。闲了再来。"又命了一个老婆子，吩咐他："二门上叫两个小厮来，帮着老老拿了东西送去。"婆子答应了。又和刘老老到了凤姐儿那边，一并拿了东西，在角门上命小厮们搬了出去，直送刘老老上车去了，不在话下。

且说宝钗等吃过早饭，又往贾母处问安，回园至分路之处，宝钗便叫黛玉道："颦儿，跟我来，有一句话问你。"黛玉便同了宝钗来至蘅芜院中，进了房，宝钗便坐了，笑道："你跪下，我要审你。"黛玉不解何故，因笑道："你瞧，宝丫头疯了！审问我什么？"宝钗冷笑道："好个千金小姐！好个不出闺门的女孩儿！满嘴里说的是什么？你只实说便罢。"黛玉不解，只管发笑，心里也不免疑惑起来，口里只说："我何曾说什么？你不过要捏我的错儿罢了。你倒说出来我听听。"宝钗笑道："你还装憨儿。昨儿行酒令，你说的是什么？我竟不知是那里来的。"黛玉一想，方想起来昨儿失于检点，那《牡丹亭》《西厢记》说了两句，不觉红了脸，便上来搂着宝钗笑道："好姐姐，原是我不知道，随口说的。你教给我，再不说了。"宝钗笑道："我也不知道，听你说的怪生的，所以请教你。"黛玉道："好姐姐，你别说与别人，我以后再不说了。"

宝钗见他羞的满脸飞红，满口央告，便不肯再往下追问，因拉他坐下吃茶，款款的告诉他道⑩："你当我是谁？我也是个淘气的，从小儿七八岁上，也够个人缠的。我们家也算是个读书人家，祖父手里也极爱藏书。先时人口多，姊妹弟兄也在一处，都怕看正经书。弟兄们也有爱诗的，也有爱词的，诸如这些《西厢记》《琵琶》以及《元人百种》㉑，无所不有。他们背着我们偷看，我们也背着他们偷看。后来大人知道了，打的打，骂的骂，烧的烧，丢开了。所以咱们女孩儿家不认字的倒好。男人们读书不明理，尚且不如不读书的好，何况你我？连做诗写字等事，这也不是你我分内之事，究竟也不是男人分内之事。男人们读书明理，辅国治民，这更好了，只是如今并听不见有这样的人，读了书，倒更坏了。这并不是书误了他，可惜他把书遭塌了，所以竟不如耕种买卖，倒没有什么大害处。至于你我，只该做些针线纺绩的事才是，偏又认得几个字，既认得了字，不过拣那正经书看也罢了，最怕见些杂书，移了性情，就不可救了。”一夕话，说的黛玉垂头吃茶，心下暗服，只有答应“是”的一字。忽见素云进来说：“我们奶奶请二位姑娘商议要紧的事呢。二姑娘、三姑娘、四姑娘、史姑娘、宝二爷，都等着呢。”宝钗道：“又是什么事？”黛玉道：“咱们到了那里就知道了。”说着，便和宝钗往稻香村来，果见众人都在那里。

　　李纨见了他两个，笑道：“社还没起，就有脱滑儿的了㉒，四丫头要告一年的假呢。”黛玉笑道：“都是老太太昨儿一句话，又叫他画什么园子图儿，惹得他乐得告假了。”探春笑道：“也别怪老太太，都是刘老老一句话。”黛玉忙笑接道：“可是呢，都是他的一句话。他是那一门子的老老？直叫他是个‘母蝗虫’就是了。”说着，大家都笑起来。宝钗笑道：“世上的话，到了凤丫头嘴里也就尽了。幸而凤丫头不认得字，不大通，不过一概是市俗取笑。更有颦儿这促狭嘴，他用《春秋》的法子㉓，把市俗的粗话，撮其要，删其繁，再加润色，比方出来，一句是一句。这‘母蝗虫’三字，把昨儿那些形景都现出来了。亏他想的倒也快。”众人听了，都笑道：“你这一注解，也就不在他两个以下了。”

李纨道:"我请你们大家商议,给他多少日子的假?我给了他一个月的假,他嫌少,你们怎么说?"黛玉道:"论理,一年也不多,这园子盖才盖了一年,如今要画,自然得二年的工夫呢。又要研墨,又要蘸笔,又要铺纸,又要着颜色,又要……"刚说到这里,黛玉也自掌不住,笑道:"又要照着这样儿慢慢的画,可不得二年的工夫?"众人听了,都拍手笑个不住。宝钗笑道:"有趣!最妙落后一句是'慢慢的画'。他可不画去,怎么就有了呢?所以昨儿那些笑话儿虽然可笑,回想是没味的。你们细想,颦儿这几句话,虽没什么,回想却有滋味。我倒笑的动不得了。"惜春道:"都是宝姐姐赞的他越发逞强,这会子又拿我取笑儿。"黛玉忙拉他笑道:"我且问你,还是单画这园子呢,还是连我们众人都画在上头呢?"惜春道:"原是只画这园子的。昨儿老太太又说:'单画园子,成个房样子了。'叫连人都画上,就像行乐似的才好㉔。我又不会这工细楼台,又不会画人物,又不好驳回,正为这个为难呢。黛玉道:"人物还容易,你草虫上不能。"李纨道:"你又说不通的话了。这个上头那里又用的着草虫?或者翎毛倒要点缀一两样。"黛玉笑道:"别的草虫不画罢了,昨儿的'母蝗虫'不画上,岂不缺了典!"众人听了,又都笑起来。黛玉一面笑的两手捧着胸口,一面说道:"你快画罢,我连题跋都有了㉕,起了名字,就叫做'携蝗大嚼图'。"

众人听了,越发哄然大笑的前仰后合。只听"咕咚"一声响,不知什么倒了,急忙看,原来是湘云伏在椅子背儿上,那椅子原不曾放稳,被他全身伏着背子大笑,他又不防,两下里错了笋㉖,向东一歪,连人带椅子都歪倒了。幸有板壁挡住,不曾落地。众人一见,越发笑个不住。宝玉忙赶上去扶住了起来,方渐渐止了笑。宝玉和黛玉使个眼色儿,黛玉会意,便走至里间,将镜袱揭起㉗,照了照,只见两鬓略松了些,忙开了李纨的妆奁,拿出抿子来㉘,对镜抿了两抿,仍旧收拾好了,方出来指着李纨道:"这是叫你带着我们做针线、教道理呢,你反招了我们来大玩大笑的。"

李纨笑道："你们听他这刁话。他领着头儿闹，引着人笑了，倒赖我的不是。真真恨的我只保佑你明儿得一个利害婆婆，再得几个千刁万恶的大姑子、小姑子，试试你那会子还这么刁不刁的。"

黛玉早红了脸，拉着宝钗说："咱们放他一年的假罢。"宝钗道："我有一句公道话，你们听听。藕丫头虽会画，不过是几笔写意；如今画这园子，非离了肚子里头有些丘壑的，如何成画？这园子却是像画儿一般，山石树木，楼阁房屋，远近疏密，也不多，也不少，恰恰的是这样。你若照样儿往纸上一画，是必不能讨好的。这要看纸的地步远近，该多该少，分主分宾，该添的要添，该藏该减的要藏要减，该露的要露，这一起了稿子，再端详斟酌，方成一幅图样。第二件，这些楼台房舍，是必要界划的㉘。一点儿不留神，栏杆也歪了，柱子也塌了，门窗也倒竖过来，阶砌也离了缝，甚至桌子挤到墙里头去，花盆放在帘子上来，岂不倒成了一张笑话儿了。第三，要安插人物，也要有疏密，有高低。衣褶裙带，指手足步，最是要紧；一笔不细，不是肿了手，就是瘸了脚，染脸撕发㉚，倒是小事。依我看来，竟难的很。如今一年的假也太多，一月的假也太少，竟给他半年的假；再派了宝兄弟帮着他。并不是为宝兄弟知道教着他画，——那就更误了事；为的是有不知道的，或难安插的，宝兄弟好拿出去问问那会画的相公们，就容易了。"

宝玉听了，先喜的说："这话极是。詹子亮的工细楼台就极好，程日兴的美人是绝技，如今就问他们去。"宝钗道："我说你是'无事忙'，说了一声，你就问他去，也等着商议定了再去。如今且说拿什么画？"宝玉道："家里有雪浪纸㉛，又大，又托墨㉜。"宝钗冷笑道："我说你不中用！那雪浪纸，写字，画写意画儿㉝，或是会山水的画南宋山水㉞，托墨，禁得皴染㉟；拿了画这个，又不托色，又难烘㊱，画也不好，纸也可惜。我教给你一个法子：原先盖这园子就有一张细致图样，虽是画工描的，那地步方向是不错的。你和太太要了出来，也比着那纸大小，和凤丫头要一块重绢^㊲，交给外边相公们，叫他照着这图样删补着立了稿子，添了人物，就是了。就是配着些青绿颜色，并泥金泥银^㊳，也得他们配去。你们也得另拢上风炉子^㊴，预备化胶、出胶、洗笔^㊵。还得一个粉油大案，铺上毡子。你们那些碟子也不全，笔也不全，都从新再弄一分儿才好。"

惜春道："我何曾有这些画器？不过随手的笔画画罢了。就是颜色，只有赭石、广花、藤黄、胭脂这四样^㊶。再有不过是两支着色的笔就完了。"宝钗道："你何不早说？这些东西我却还有，只是你用不着，给你也白放着。如今我且替你收着，等你用着这个的时候我送你些。也只可留着画扇子，若画这大幅的，也就可惜了。今儿替你开个单子，照着单子和老太太要去。你们也未必知道的全，我说着，宝兄弟写。"宝玉早已预备下笔砚了，原怕记不清白，要写了记着，听宝钗如此说，喜的提笔起来静听。宝钗说道："头号排笔四支，二号排笔四支，三号排笔四支，大染四支，中染四支，小染四支，大南蟹爪十支，小蟹爪十支，须眉十支，大着色二十支，小着色二十支，开面十支，柳条二十支^㊷，箭头朱四两，南赭四两，石黄四两，石青四两，石绿四两，管黄四两，广花八两，铅粉四匣，胭脂十帖，大赤飞金二百帖，青金二百帖，广匀胶四两，净矾四两^㊸，矾绢的胶矾在外^㊹，别管他们，只把绢交出去，叫他们矾去。这些颜色，咱们淘澄飞跌着^㊺，又玩了，又使了，包你一辈子都够使了。再要顶细绢箩四个，粗箩二个，担笔四支^㊻，大小乳钵四个^㊼，大粗碗二十个，五寸碟子十个，三寸粗白碟子二十个，风炉两个，沙锅大小四个，新磁缸二口，新水桶四只，一尺长白布口袋四个，浮炭二十斤，柳木炭一二斤^㊽，三屉木箱一个，实地纱一丈，生姜二两，酱半斤^㊾。"黛玉忙笑道："铁锅一口，铁铲一个。"

宝钗道："这做什么？"黛玉道："你要生姜和酱这些作料，我替你要铁锅来，好炒颜色吃啊。"众人都笑起来。宝钗笑道："颦儿，你知道什么！那粗磁碟子保不住不上火烤，不拿姜汁子和酱预先抹在底子上烤过，一经了火，是要炸的。"众人听说，都道："原来如此。"黛玉又看了一回单子，笑着拉探春，悄悄的道："你瞧瞧，画个画儿，又要起这些水缸箱子来，想必糊涂了，把他的嫁妆单子也写上了。"探春听了，笑个不住，说道："宝姐姐，你还不拧他的嘴？你问问他编派你的话。"宝钗笑道："不用问，'狗嘴里还有象牙不成'！"一面说，一面走上来，把黛玉按在炕上，便要拧他的脸。黛玉笑着，忙央告道："好姐姐，饶了我罢！颦儿年纪小，只知说，不知道轻重，做姐姐的教导我。姐姐不饶我，我还求谁去呢？"众人不知话内有因，都笑道："说的好可怜见儿的，连我们也软了，饶了他罢。"

宝钗原是和他玩的，忽听他又拉扯上前番说他胡看杂书的话，便不好再和他闹了，放起他来。黛玉笑道："到底是姐姐，要是我，再不饶人的。"宝钗笑指他道："怪不得老太太疼你，众人爱你；今儿我也怪疼你的了。过来，我替你把头发笼笼罢。"黛玉果然转过身来，宝钗用手笼上去，宝玉在旁看着，只觉更好，不觉后悔："不该令他抿上鬓去，也该留着，此时叫他替他抿上去。"正自胡想，只见宝钗说道："写完了，明儿回老太太去。若家里有的就罢；若没有的，就拿些钱去买了来，我帮着你们配。"宝玉忙收了单子。

大家又说了一回闲话。至晚饭后，又往贾母处来请安。贾母原没有大病，不过是劳乏了，兼着了些凉，温存了一日⑩，又吃了一两剂药，发散了发散，至晚也就好了。不知次日又有何话，下回分解。

【注释】

①兰言：《周易·系辞上》："同心之言，其臭如兰。"后因以"兰言"比喻心意相投的话语。

②高香：一种线香，较之普通香粗而高，祭祀或敬神时焚烧。

③崇书本子：一种迷信书，讲论鬼神星命、吉凶祸福等。下文

《玉匣记》即其中之一。该书按日记载病中所逢邪魔外祟的名号，然后说明禳解之法。祟，指邪魔鬼怪。

④七月初七日：即"七夕"。旧俗认为，女孩子生在这天，将来命运不佳，在婚姻上有灾难。

⑤遭扰：婉辞。犹言打扰、受招待。

⑥实地月白纱：即月白实地纱。月白，一种近似白色的浅蓝色。清李斗《扬州画舫录》卷一："白有漂白、月白。"纱，为丝织品中之轻者，有"实地"和"亮纱"两种。实地纱是其中最厚密的一种；亮纱比较稀薄，能见皮肤。

⑦茧绸：即柞丝绸，以柞蚕丝织成的平纹绸。厚实坚牢，适于作夏季外衣。以山东昌邑产者为最细致。

⑧御田粳米：也叫"玉田米"，是康熙时在丰泽园御田布种的玉田稻中的良种。呈粉红色，煮熟后有异香。清吴振棫《养吉斋丛录》卷二六："康熙二十年前，圣祖于丰泽园稻田中，偶见一穗，与众穗迥异。次年命择膏壤，以此布种。其米作微红色。嗣后四十余年，悉炊此米作御膳，外间不可得也。其后种植渐广，内仓存积始多。世宗时，河东总督田文镜病初愈，尝以此米赐之。作粥最佳也。"

⑨包头：即头巾。《古今事物考》："古以皂罗裹头，号头巾。"清叶梦珠《阅世编》卷八："今世所称包头，意即古之缠头也。古或以锦为之。前朝冬用乌绫，夏用乌纱，每幅约阔二寸，长倍之。予幼所见，皆以全幅斜褶阔三寸许，裹于额上。即垂后，两杪向前，作方结，未尝施裁剪也。高年妪媪，尚加锦帕，或白花青绫帕单里缠头，即少年装矣。"

⑩幔子：即幔帐，单片的帷幕。

⑪青绉（zhòu）绸一斗珠的羊皮褂子：即黑色绉绸面的羊皮褂子。一斗珠，又名"珍珠毛"，一种未出生的羔羊皮，因其加工后，细毛卷曲像粒粒珍珠，毛色雪白，故名。一说，也叫"草上霜"。或说，珍珠毛即寒羊皮。寒羊为绵羊品种之一，毛多白色，毛质优良。

⑫雁翅：群雁飞行时，其翅张开，行列有序，故用以比喻排列整齐。

⑬供奉：旧时凡有一技之长、在皇帝左右供差遣的人，都叫"供

奉"。这里是对王太医的尊称。

⑭太医院正堂：太医院，官署名。隋唐称"太医署"，金代始改称"太医院"。明清相沿。为管理医疗的中央机构。正堂，本指府、州、县地方长官，这里指太医院院长。

⑮好脉息：这里指诊脉的技术很高明。

⑯晚生：旧时文人对前辈的谦称。地位低对地位高的人也称"晚生"。

⑰小杌（wù）子：坐具，一种小凳子。宋曾慥《类说》卷三四引《摭遗》："唐明皇召安禄山，用矮金裹脚杌子赐坐。"

⑱"梅花点舌丹"等药：都是当时比较珍贵、富有疗效的中医成药。梅花点舌丹，《外科全生集》方。由熊胆、冰片等十四味药配成。治疗毒恶疮、无名肿毒、咽喉肿痛等。紫金锭，即太乙紫金丹。《外科正宗》方。由山慈菇、五倍子等七味药制成锭剂。内治湿温时邪所致的神昏闷乱、呕恶泄泻以及小儿痰壅惊闭，外治痈疽疔疮等。活络丹，又名"小活络丸"。《太平惠民和剂局方》方。由制川乌、地龙等六味药配成。功能祛风活络，除湿止痛；治风寒湿痹、麻木拘挛等。催生保命丹，治难产的药。

⑲"笔锭如意"的锞（kè）子：上面铸有一只如意和一枝笔的小银锞。"笔锭如意"谐声"必定如意"，以讨吉利口彩。锞子，指金锭、银锭。

⑳款款的：慢慢的。

㉑《琵琶》：即《琵琶记》，南戏剧本，元末高则诚作。据民间流传南戏《赵贞女》改编。写蔡伯喈赶考，得中状元，招赘相府；其妻赵五娘在家奉侍翁姑，后遭饥荒，翁姑饿死，五娘求乞进京寻夫，几经周折，遂得团圆。《元人百种》：即《元曲选》，一名《元人百种》，元代杂剧选集，明臧懋循编，收元人杂剧近百种。

㉒脱滑儿：本是溜走的意思，引申为偷懒。也说"脱懒儿"。

㉓《春秋》的法子：指孔子修撰《春秋》一书所用的笔法。它叙事简短，而以文字为褒贬。因此古代学者说它"以一字为褒贬"，含有"微言大义"。后世遂将文笔曲折隐晦、意含褒贬的文字叫"春秋笔

法"。这里即指黛玉善于在用字上挖苦人。

㉔行乐："行乐图"的简称，一种写真画。清陆以湉《冷庐杂识》卷五："'传神写照'，见于《晋书·顾恺之传》，后世谓之'行看子'，亦称'行乐图'。至今日而此风盛行，几于人各为图，竞出新意命名，求人题咏。"

㉕题跋：写在书籍、碑帖、字画等前后的文字。《说文·足部》清段玉裁注："题者，标其前；跋者，系其后也。"一般指书画、书籍题识之辞。内容多为评介、考订、记事等。这里实指"画题"。唐王维《山水论》："凡画山水，须按四时。或曰烟笼雾锁，或曰楚岫云归，或曰秋天晓霁，……如此之类，谓之画题。"

㉖错了笋：也作"脱笋"，即笋头离开了卯眼。笋，通"榫"，指榫头。木器上两部分接合处，突出的部分叫"榫头"，凿空的部分叫"卯眼"。

㉗镜袱：遮盖镜子的软帘。

㉘抿子：刷头发的小刷子。

㉙界划：亦作"界画"，国画术语。指一种以官殿楼台为主体的传统画。因画家作画时以界尺作线，故称"界画"。为宋元绘画十三科之一。元汤垕《画鉴》："世俗论画，必曰画有十三科，山水打头，界画打底。故人以界画为易事，不知方圆曲直，高下低昂，远近凸凹，工拙纤粗，梓人匠氏有不能画其妙者，况笔墨规尺，运思于缣楮之上，求合其法度准绳，此为至难。"

㉚撕发：撕，当作"丝"。丝发，人物画技法之一。清迮朗《绘事琐言》："头发须用浓墨丝就后，以稍淡墨染两三次，以黑为度。若老人发，只以淡墨疏之数笔，或加粉丝，或不加粉，俱可。"

㉛雪浪纸：一种宣纸。

㉜托墨：纸张不滑不松，写字作画，易于渗附，叫"托墨"。

㉝写意画：国画的一种，与工笔画相对。用笔简练，不求工细，注重勾勒对象的神态和意趣。清方薰《山静居画论》卷下："世以画蔬果、花草随手点簇者，谓之写意；细笔钩染者，谓之写生。"写意画重在用笔，所以需要纸张托墨。

㉞南宋山水：这里或指南宋院体山水画，代表人物主要有李唐、刘松年、马远、夏珪。他们的水墨山水画，所用线条，沉健有力，轻重分明，形成"斧劈"形的特点，是水墨技法的重大发展。或说，"南宋"当作"南宗"。明董其昌提出山水画的南、北宗之说，董其昌云："禅家有南北二宗，唐时始分，画之南北二宗，亦唐时分也，但其人非南北耳。"他以为北宗以李思训父子为代表，风格刚劲，重勾勒，画得比较工细；南宗以王维为代表，风格飘洒，重渲染，画得比较精简。明末清初画坛群起附和，影响甚大。因为南宗山水重在笔意，又靠浓淡渲染，所以对纸张也特别需要托墨。

㉟皴（cūn）染：国画技法之一。指画山石峰峦、树木时，先勾出轮廓，再用侧笔蘸水墨擦染出山石等的脉络纹理及层次向背来。擦染法有很多专称，如大斧劈皴、小斧劈皴、披麻皴，等等。皴染，常需要多次加工，纸张必须能保持这些笔意，所以说要"禁得皴染"。

㊱烘（hōng）：国画技法之一。指用水墨或淡彩点染轮廓外部，使物象显明突出。画雪景、流水和白描人物等，一般运用此法。

㊲重绢：比较厚重的丝绢。

㊳泥金泥银：用金粉或银粉和以胶水制成的颜料。作画时涂饰作底。

㊴风炉子：清迮朗《绘事琐言》："炭炉，吴越之间谓之风炉、手炉。埋炭于灰中，有热无焰，风炉无灰而下通，扇之火炽。故小碟烘胶于手炉，宜用胶少也；矾绢煎胶于风炉，宜用胶多也。"

㊵化胶、出胶：清迮朗《绘事琐言》："画家之用炭也，专以化胶，故大则风炉，小则手炉。"又云："各色非胶不粘，既用后亦不可不出胶。胶非水温不出，温水取之他处，又恐不净，只须滴入冷水，冲开约八九分，烘手炉上，俟其自热而后撇之，胶即出矣。胶有未尽，加水再烘、再撇可也。"

㊶赭（zhě）石、广花、藤黄、胭脂：皆颜料名。赭石，俗名"土赤"，产于赤矿中，画黄棕色的颜料。清邹一桂《小山画谱》："赭石，以黄赤色鲜明者为上，铁色者为下，取其质嫩细可磨者捣碎乳细，冲以微胶，淘出标，用碟内焙干，亦可成墨。"广花，花，即"花青"，用靛青制成，为画蓝色颜料。藤黄，热带海藤树脂膏，有老、嫩两种，

嫩者清轻，宜于作画。胭脂，用茜草、红蓝花制成。清沈宗骞《芥舟学画编》："花青，即靛青，盖取其浮于面上之彩谓之花。"

㊷"头号排笔"十三句：皆画笔名。排笔，《绘事琐言》列有大排笔、小排笔。"大排笔"下注："用羊毛笔十数枝编排成帚。"云："排笔系矾绢矾纸所用，以刷胶矾者，皆非落墨着色烘染所用。"大染，《绘事琐言》列有大染、中染、小染，云："染笔宜用羊毫。"大南蟹爪、小蟹爪、大着色、小着色，《绘事琐言》："今画家所用之笔，南北殊制，大小各式。"并列有大蟹爪、小蟹爪、红描、白描、大着色、小着色，云："大幅大着色，宜用大羊毫；小幅小着色，宜用红描。……蟹爪之不如红描远甚，举一红描，而蟹爪、点花俱可省矣。"《芥舟学画编》："如作二三寸人物极细致者，则用蟹爪笔，落墨稍大者，则笔亦如之。"须眉，《绘事琐言》列有须眉、小纯毫。"须眉"下注："极小而尖细。""小纯毫"下注："亦须眉笔。"开面，《绘事琐言》注："画人面之眼鼻。"云："开面须眉亦可，择红描之尖细者用之，而又不如湖州之小纯毫为妙。"柳条，指宜于画柳条之笔。《绘事琐言》列有柳条、大兼毫、小兼毫等，云："山水勾斫，树木枝叶，宫室界画，粗者柳条大兼毫，细者小兼毫。"

㊸"箭头朱"十三句：皆颜料名。箭头朱，朱砂之一种。石黄，《绘事琐言》："石黄，即雄黄也。一名黄金石，一名熏黄。出于石门，故名石黄。"石青、石绿，都产于铜矿中，研成乳细，漂后下层色浓，中层次之，上层色淡，分为头、二、三三种。管黄，藤黄之一种，因海藤树脂膏流在竹筒里，干后中空，故名。蛤粉，白粉之一种，用蛤壳制成。《芥子园画传》："古人率用蛤粉，法以蛤蚌壳煅过研细，水飞用之。……今则画家概用铅粉矣。"飞金，即金箔。广匀胶，《绘事琐言》："清胶择其条长色黄，极明而不作气为要。别有一种大块色紫，谓之广胶。"

㊹矾绢：在作画前，生丝绢须先用胶矾水涂刷，以免作画时颜色渗沁和脱落。矾，即明矾，通称"白矾"，无机化合物，透明结晶体。可制染料等用，又可做媒染剂。这里作动词。

㊺淘澄（dèng）飞跌：皆调治颜料的手法。淘，研碎颜料，用水

洗去泥土。澄，用乳钵研细，兑胶后澄清。飞，澄清后，淡色上浮，把它吹去。跌，飞之后，留下重色和中色，再摇荡碗盏，只留下重色。

㊻担笔：《绘事琐言》："担笔以羊毛为之，或取鹰雁半翅为之，所以拂去砚碟之尘。"

㊼乳钵：《绘事琐言》："研色必用乳钵，乳钵之大小视乎颜色之多少。总取其厚，无取其薄，以白磁为上。"

㊽柳木炭：亦叫"朽炭"。《画法要录》卷四："以柳木炭起稿，谓之朽笔。"《绘事琐言》："朽炭以何物为之，柳条是也。取柳木劈细削圆，条条如线香式，细枝去皮，晒干，皆烧成炭，用以起画稿也。"

㊾生姜、酱：《芥子园画传》："炼碟，凡颜色碟子先以米泔水温温煮出，再以生姜汁及酱涂底下，入火煨顿，永保不裂。"

㊿温存：这里作"养息"解。

第四十三回
闲取乐偶攒金庆寿　不了情暂撮土为香

话说王夫人因见贾母那日在大观园不过着了些风寒，不是什么大病，请医生吃了两剂药也就好了，命凤姐来，吩咐他预备给贾政带送东西。正商议着，只见贾母打发人来叫，王夫人忙引着凤姐儿过来。王夫人又请问："这会子可又觉大安些？"贾母道："今日可大好了。方才你们送来野鸡崽子汤，我尝了一尝，倒有味儿，又吃了两块肉，心里很受用。"王夫人笑道："这是凤丫头孝敬老太太的，算他的孝心虔，不枉了素日老太太疼他。"贾母点头笑道："难为他想着。若是还有生的，再炸上两块，咸浸浸的，喝粥有味儿。那汤虽好，就只不对稀饭。"凤姐听了，连忙答应，命人去厨房传话。

这里贾母又向王夫人笑道："我打发人找你来，不为别的。初二日是凤丫头的生日，上两年我原早想着替他做生日，偏到跟前又有大事，就混过去了。今年人又齐全，料着又没事，咱们大家好生乐一日。"王夫人笑道："我也想着呢。既是老太太高兴，何不就商议定了？"贾母笑道："想我往年不拘谁做生日，都是各自送各自的礼，这个也俗了，也觉太生分似的。今儿我出个新法子，又不生分，又可取乐。"王夫人忙道："老太太怎么想着好，就是怎么样行。"贾母笑道："我想着，咱们也学那小家子，大家凑分子，多少尽着这钱去办。你道好不好？"王夫人道："这个很好，但不知怎么凑法？"

贾母听说，一发高兴起来，忙遣人去请薛姨妈邢夫人等，又叫请姑娘们并宝玉，那府里贾珍的媳妇并赖大家的，及有些头脸管事的媳妇也都叫了来。众丫头婆子见贾母十分高兴，也都高兴，忙忙的各自分头去请的请，传的传。没顿饭的工夫，老的、少的、上的、下的，乌压压挤了一屋子。只薛姨妈和贾母对坐，邢夫人王夫人只坐在房门前两张椅子上，宝钗姊妹等五六个人坐在炕上，宝玉坐在贾母怀前，底下满满的站了一地。贾母忙命拿几张小杌子来，给赖大母亲等几个高年有体面的嬷嬷坐了。贾府风俗：年高伏侍过父母的家人，比年轻的主子还有体面①，所以尤氏凤姐儿等只管地下站着，那赖大的母亲等三四个老嬷嬷告了罪，都坐在小杌子上了。

　　贾母笑着把方才一夕话说与众人听了。众人谁不凑这趣儿；再也有和凤姐儿好，有情愿这样的；也有畏惧凤姐儿，巴不得奉承的；况且都是拿得出来的，所以一闻此言，都欣然应诺。贾母先道："我出二十两。"薛姨妈笑道："我随着老太太，也是二十两。"邢夫人王夫人笑道："我们不敢和老太太并肩，自然矮一等，每人十六两罢了。"尤氏李纨也笑道："我们自然又矮一等，每人十二两罢。"贾母忙和李纨道："你寡妇失业的②，那里还拉你出这个钱，我替你出了罢。"凤姐忙笑道："老太太别高兴，且算一算账再揽事。老太太身上已有两分呢，这会子又替大嫂子出十六两，说着高兴，一会子回想又心疼了。过后儿又说：'都是为凤丫头花了钱。'使个巧法子，哄着我拿出三四倍来暗里补上，我还做梦呢。"说的众人都笑了。贾母笑道："依你怎么样呢？"凤姐笑道："生日没到，我这会子已经折受的不受用了③。我一个钱也不出，惊动这些人，实在不安，不如大嫂子这分我替他出了罢。我到那一日多吃些东西，就享了福了。"邢夫人等听了，都说："很是。"贾母方允了。

　　凤姐儿又笑道："我还有一句话呢，我想老祖宗自己二十两，又有林妹妹宝兄弟的两分子；姨妈自己二十两，又有宝妹妹的一分子：这倒也公道。只是二位太太每位十六两，自己又少，又不替人出，这有些不公道。老祖宗吃了亏了。"贾母听了，呵呵大笑道："到底是我的凤丫头向着我，这说的很是。要不是你，我叫他们又哄了去了。"凤姐笑道："老祖宗只把他哥儿两个交给两位太太，一位占一个罢，派每位替出一分就是了。"贾母忙说："这很公道，就是这样。"赖大的母亲忙站起来笑道："这可反了！我替二位太太生气。在那边是儿子媳妇，在这边是内侄女儿，倒不向着婆婆姑姑，倒向着别人，这儿媳妇倒成了陌路人，'内'侄女儿竟成了'外'侄女儿了。"说的贾母与众人都大笑起来。赖大之母因又问道："少奶奶们十二两，我们自然也该矮一等了。"贾母听说，道："这使不得，你们虽该矮一等，我知道你们这几个都是财主，位虽低些，钱却比他们多的。你们和他们一例才使得。"众嬷嬷听了，连忙答应。贾母又道："姑娘们不过应个景儿，每人照一个月的月例就是了。"又回头叫："鸳鸯，来，你们也凑几个人，商议凑了来。"鸳鸯答应着，去不多时，带了平儿、袭人、彩霞等，还有几个丫头来，也有二两的，也有一两的。

贾母因问平儿："你难道不替你主子做生日，还入在这里头？"平儿笑道："我那个私自另外的有了，这是公中的，也该出一分。"贾母笑道："这才是好孩子。"凤姐又笑道："上下都全了。还有二位姨奶奶，他出不出，也问一声儿。尽到他们是理，不然，他们只当小看了他们了。"贾母听说，忙说："可是呢，怎么倒忘了他们？只怕他们不得闲儿，叫一个丫头问问去。"说着，早有丫头去了。半日回来说道："每位也出二两。"贾母喜道："拿笔砚来算明，共记多少。"尤氏因悄骂凤姐道："我把你这没足够的小蹄子！这么些婆婆婶子来凑银子给你做生日，你还不足，又拉上两个苦瓠子做什么④？"凤姐也悄笑道："你少胡说！一会子离了这里，我才和你算帐。他们两个为什么苦呢？有了钱，也是白填还别人⑤，不如拘了来，咱们乐。"

说着，早已合算了，共凑了一百五十两有余。贾母道："一天戏酒用不了。"尤氏道："既不请客，酒席又不多，两三日的用度都够了。头等，戏不用钱，省在这上头。"贾母道："凤丫头说那一班好，就传那一班。"凤姐道："咱们家的班子都听熟了，倒是花几个钱叫一班来听听罢。"贾母道："这件事我交给珍哥媳妇了，越发叫凤丫头别操一点心，受用一日才算。"尤氏答应着，又说了一回话，都知贾母乏了，才渐渐的散出来。

尤氏等送出邢夫人王夫人二人散去，他往凤姐房里来，商议怎么办生日的话。凤姐儿道："你不用问我，你只看老太太的眼色儿行事就完了。"尤氏笑道："你这阿物儿，也试行了大运了⑥。我当有什么事叫我们去，原来单为这个。出了钱不算，还要我操心。你怎么谢我？"凤姐笑道："别扯臊⑦！我又没叫你来，谢你什么！你怕操心，你这会子就回老太太去，再派一个就是了。"尤氏笑道："你瞧他，兴的这个样儿⑧！我劝你收着些儿好，太满了就出来了。"二人又说了一回方散。

次日，将银子送到宁国府来，尤氏方才起来梳洗，因问："是谁送过来的？"丫头们回说："林妈。"尤氏便命："叫了他来。"丫头们走至下房，叫了林之孝家的过来。尤氏命他脚踏上坐了，一面忙着梳洗，一面问他："这一包银子共多少？"林之孝家的回说："这是我们底下人的银子，凑了先送过来。老太太和太太们的还没有呢。"正说着，丫头们回说："那府里太太和姨太太打发人送分子来了。"尤氏笑骂道："小蹄子！专会记得这些没要紧的话。昨儿不过老太太一时高兴，故意的要学那小家子凑分子，你们就记得，到了你们嘴里当正经的说，还不快接了进来，好生待茶，再打发他们去。"丫头们笑着忙接银子进来，一共两封，连宝钗、黛玉的都有了。尤氏问："还少谁的？"林之孝家的道："还少老太太、太太、姑娘们的，我们底下姑娘们的。"尤氏道："还有你们大奶奶的呢？"林之孝家的道："奶奶过去，这银子都从二奶奶手里发，一共都有了。"

说着，尤氏梳洗了，命人伺候车辆。一时来至荣府，先来见凤姐，只见凤姐已将银子封好，正要送去。尤氏问："都齐了么？"凤姐笑道："都有了。快拿去罢，丢了我不管。"尤氏笑道："我有些信不及⑨，倒要当面点一点。"说着，果然按数一点，只没有李纨的一分。尤氏笑道:"我说你闹鬼呢!怎么你大嫂子的没有?"凤姐笑道:"那么些还不够?就短一分儿也罢了。等不够了,我再找给你。"尤氏道:"昨儿你在人跟前做人,今儿又来和我赖,这个断然不依你!我只和老太太要去。"凤姐笑道:"我看你利害,明儿有了事,我也'丁是丁,卯是卯'的⑩,你也别抱怨。"尤氏笑道:"你一股儿不给也罢,不看你素日孝敬我,我本来依你么?"说着,把平儿的一分子拿了出来,说道:"平儿,来,把你的收了去,等不够了,我替你添上。"平儿会意,笑说道:"奶奶先使着,若剩了下来,再赏我一样。"尤氏笑道:"只许你主子作弊,就不许我作情儿?"平儿只得收了。

尤氏又道:"我看着你主子这么细致,弄这些钱,那里使去?使不了,明儿带了棺材里使去。"一面说着,一面又往贾母处来。先请了安,大概说了两句话,便走到鸳鸯房中,和鸳鸯商议,只听鸳鸯的主意行事,何以讨贾母喜欢。二人计议妥当。尤氏临走时,也把鸳鸯的二两银子还他,说:"这还使不了呢。"说着,一径出来,又至王夫人跟前说了一回话,因王夫人进了佛堂,把彩云的一分也还他。凤姐儿不在跟前,一时把周赵二人的也还了。他两个还不敢收,尤氏道:"你们可怜见的,那里有这些闲钱?凤丫头便知道了,有我应着呢。"二人听说,千恩万谢的收了。

转眼已是九月初二日,园中人都打听得尤氏办得十分热闹,不但有戏,连耍百戏并说书的女先儿全有⑪,都打点着取乐玩耍。李纨又向众姐妹道:"今儿是正经社日,可别忘了。宝玉也不来,想必他只图热闹,把清雅就丢了。"说着,便命丫头:"去瞧做什么呢,快请了来。"丫头去了半日,回说:"花大姐姐说:'今儿一早就出门去了。'"众人听了都咤异,说:"再没有出门之理。这丫头糊涂,不知说话。"因又命翠墨去。一时翠墨回来,说:"可不真出门了。说有个朋友死了,出去探丧去了。"探春道:"断然没有的事。凭他什么,再没有今日出门之理。你叫袭人来,我问他。"

刚说着，只见袭人走来，李纨等都说道："今儿凭他有什么事，也不该出门：头一件，你二奶奶的生日，老太太都这么高兴，两府上下众人来凑热闹，他倒走了？第二件，又是头一社的正日子，他也不告假，就私自去了！"袭人叹道："昨儿晚上就说了，今儿一早有要紧的事，到北静王府里去，就赶回来的，劝他不要去，他必不依。今儿一早起来，又要素衣裳穿，想必是北静王府的要紧姬妾没了，也未可知。"李纨等道："若果如此，也该去走走，只是也该回来了。"说着，大家又商议："咱们只管作诗，等他来罚他。"刚说着，只见贾母已打发人来请，便都往前头去了。袭人回明宝玉的事，贾母不乐，便命人接去。

原来宝玉心里有件心事，于头一日就吩咐焙茗："明日一早出门，备两匹马在后门口等着，不要别一个跟着。说给李贵，我往北府里去了。倘或要有人找，叫他拦住不用找，只说北府里留下了，横竖就来的。"焙茗也摸不着头脑，只得依言说了；今儿一早，果然备了两匹马，在园后门等着。天亮了，只见宝玉遍体纯素，从角门出来，一语不发，跨上马，一弯腰，顺着街就趱⑫。焙茗也只得跨上马，加鞭赶上，在后面忙问："往那里去？"宝玉道："这条路是往那里去的？"焙茗道："这是出北门的大道，出去了冷清清，没有可玩的。"宝玉听说，点头道："正要冷清清的地方好。"说着，越发加了两鞭，那马早已转了两个弯子，出了城门。

焙茗越发不得主意，只得紧紧的跟着。一气跑了七八里路出来，人烟渐渐稀少，宝玉方勒住马，回头问焙茗道："这里可有卖香的？"焙茗道："香倒有，不知是那一样？"宝玉想道："别的香不好，须得檀、芸、降三样⑬。"焙茗笑道："这三样可难得。"宝玉为难。焙茗见他为难，因问道："要香做什么使？我见二爷时常有的小荷包儿有散香，何不找一找？"一句提醒了宝玉，便回手——衣襟上挂着个荷包——摸了一摸，竟有两星沉速⑭，心内欢喜："只是不恭些。"再想："自己亲身带的，倒比买的又好些。"

于是又问炉炭，焙茗道："这可罢了，荒郊野外，那里有？既用这些，何不早说，带了来，岂不便宜？"宝玉道："糊涂东西！若可带了来，又不这样没命的跑了。"

焙茗想了半日，笑道："我得了个主意，不知二爷心下如何？我想来二爷不止用这个呢，只怕还要用别的，这也不是事；如今我们就往前再走二里地，就是水仙庵了。"宝玉听了，忙问："水仙庵就在这里？更好了！我们就去。"说着就加鞭前行，一面回头向焙茗道："这水仙庵的姑子长往咱们家去，这一去到那里和他借香炉使使，他自然是肯的。"焙茗道："别说是咱们家的香火，就是平白不认识的庙里，和他借，他也不敢驳回。只是一件，我常见二爷最厌这水仙庵的，如何今儿又这样喜欢了？"宝玉道："我素日最恨俗人不知原故混供神，混盖庙。这都是当日有钱的老公们和那些有钱的愚妇们，听见有个神，就盖起庙来供着，也不知那神是何人，因听些野史小说，便信真了。比如这水仙庵里面，因供的是洛神⑮，故名水仙庵。殊不知古来并没有个洛神，那原是曹子建的谎话，谁知这起愚人就塑了像供着。今儿却合我的心事，故借他一用。"

说着早已来至门前。那老姑子见宝玉来了，事出意外，竟象天上掉下个活龙来的一般，忙上来问好，命老道来接马⑯。宝玉进去，也不拜洛神之像，却只管赏鉴；虽是泥塑的，却真有那"翩若惊鸿，婉若游龙"之态，"荷出绿波，日映朝霞"之姿⑰。宝玉不觉滴下泪来。老姑子献了茶，宝玉因和他借香炉烧香。那姑子去了半日，连香供纸马都预备了来⑱。宝玉一概不用。命焙茗捧着炉，出至后园中，拣一块干净地方儿，竟拣不出。焙茗道："那井台上如何？"宝玉点头。一齐来至井台上，将炉放下，焙茗站过一旁。

宝玉掏出香来焚上，含泪施了半礼，回身命收了去。焙茗答应，且不收，忙爬下磕了几个头，口内祝道："我焙茗跟二爷这几年，二爷的心事，我没有不知道的，只有今儿这一祭祀，没有告诉我，我也不敢问。只是受祭的阴魂，虽不知名姓，想来自然是那人间有一、天上无双的极聪敏极清雅的一位姐姐妹妹了。二爷的心事不能出口，让我代祝你：你若有灵有圣，我们二爷这样想着你，你也时常来望候望候二爷，未尝不可；你在阴间，保佑二爷来生也变个女孩儿，和你们一处玩耍，岂不两下里都有趣了。"说毕，又磕了几个头，才爬起来。宝玉听他没说完，便掌不住笑了。因踢他道："休胡说，看人听见笑话。"焙茗起来，收过香炉，和宝玉走着，因道："我已经合姑子说了，二爷还没用饭，叫他收拾了些东西，二爷勉强吃些。我知道今儿里头大排筵宴，热闹非常，二爷为此才躲了来。横竖在这里清净一天，也就尽乐了；要不吃东西，断使不得。"宝玉道："戏酒既不吃，这随便的吃些何妨。"焙茗道："这才是。还有一说，咱们来了，必有人不放心。若没有人不放心，便晚晚进城何妨？若有人不放心，二爷须得进城回家去才是。第一老太太、太太也放了心；第二礼也尽了，不过如此。就是家去了，看戏吃酒，也并不是爷有意，原不过陪着父母尽孝道。若单为了这个，不顾老太太、太太悬心，就是方才那受祭的阴魂也不安生。二爷想，我这话如何？"宝玉笑道："你的意思我猜着了：你想着只你一个跟了我出来，回来你怕担不是，所以拿这大题目来劝我。我才来了，不过为尽个礼，再去吃酒看戏，并没说一日不进城。这已完了心愿，赶着进城，大家放心岂不两尽其道。"焙茗道："这更好。"说着二人来至禅堂，果然那姑子收拾了一桌素菜。

宝玉胡乱吃了些，焙茗也吃了，二人便上马，仍回旧路。焙茗在后面，只嘱咐："二爷好生骑着。这马总没大骑，手提紧着些。"一面说着，早已进了城，仍从后门进去，忙忙来至怡红院中。袭人等都不在屋中，只有几个老婆子看屋子，见他来了，都喜的眉开眼笑，道："阿弥陀佛，可来了！没把花姑娘急疯了呢！上头正坐席呢，二爷快去罢。"宝玉听说，忙将素衣脱了，自己找了颜色吉服换上，便问道："都在什么地方坐席呢？"老婆子们回道："在新盖的大花厅上呢⑲。"

　　宝玉听了，一径往花厅上来，耳内早隐隐闻得箫管歌吹之声。刚到穿堂那边，只见玉钏儿独坐在廊檐下垂泪，一见宝玉来了，便长出了一口气，咂着嘴儿说道："嗳，凤凰来了！快进去罢。再一会子不来，可就都反了。"宝玉陪笑道："你猜我往那里去了？"玉钏儿把身一扭，也不理他，只管拭泪。宝玉只得怏怏的进去了，到了花厅上，见了贾母王夫人等，众人真如得了"凤凰"一般。贾母先问道："你往那里去了，这早晚才来？还不给你姐姐行礼去呢！"因笑着又向凤姐儿道："你兄弟不知好歹。就有要紧的事，怎么也不说一声儿，就私自跑了，这还了得！明儿再这样，等你老子回家，必告诉他打你。"凤姐儿笑着道："行礼倒是小事，宝兄弟明儿断不可不言语一声儿，也不传人跟着，就出去。街上车马多，头一件叫人不放心；再，也不像咱们这样人家出门的规矩。"

　　这里贾母又骂跟的人："为什么都听他的话，说往那里去就去了，也不回一声儿！"一面又问他："到底是往那里去了？可吃了些什么没有？唬着了没有？"宝玉只回说："北静王的一个爱妾没了，今日给他道恼去⑳。我见他哭的那样，不好撇下他就回来，所以多等了会子。"贾母道："以后再私自出门，不先告诉我，一定叫你老子打你。"宝玉连忙答应着。贾母又要打跟的人，众人又劝道："老太太也不必生气了，他已经答应不敢了，况且回来又没事，大家该放心乐一会子了。"

　　贾母先不放心，自然着急发狠，今见宝玉回来，喜且有余，那里还恨，也就不提了。还怕他不受用，或者别处没吃饭，路上着了惊恐，反又百般的哄他。袭人早已过来伏侍，大家仍旧看戏。当日演的是《荆钗记》㉑，贾母薛姨妈等都看的心酸落泪，也有笑的，也有恨的，也有骂的。要知端底，下回分解。

【注释】

①"年高"二句：敬老为满族的一种纯朴风俗。清杨宾《柳边纪略》卷四："俗尚齿，不序贵贱，呼年老者曰'马法'；'马法'者，汉言'爷爷'也。……少者至老者家，虽宾必隔坐。随行出遇老者于途，必鞠躬垂手而问曰'赛音'；'赛音'者，汉言'好'也。若乘马必下，俟老者过，老者命之乘，乃敢避而乘。"

②失业：这里是无依无靠的意思。

③折受：旧时客套，谓受到过分的待遇，会使自己"折福损寿"。

④苦瓠（hù）子：一名"瓠瓜"。一种蔬菜类植物，有苦、甜两种。这里比喻苦命的人。

⑤白填还别人：雇工为主人格外出力，或牲口特别听从使唤，都叫"填还人"，即受人养育而施以报答的意思。这里则指把财物白送给人，人也不领情，和从前欠债、现在偿还一样。

⑥大运：旧时星命家谓气数十年一改，名为"大运"。这里当"好运"讲。

⑦扯臊：胡说，胡扯。

⑧兴的：高兴的。这里是得意忘形的意思。

⑨信不及：犹言信不过。

⑩丁是丁，卯是卯：丁、卯，即木工所用"钉""铆"的谐音，"钉"为物之凸出的部分，即榫头；"铆"为物之凹入的地方，即卯眼。某一"钉"一定要接到相应的"铆"里。比喻做事认真，不肯通融。

⑪女先儿：女盲艺人。"先儿"是"先生"的略称。旧时习惯称盲艺人为"先生"。

⑫趷（diān）："颠"之借字，溜走的意思。

⑬檀、芸、降：三种比较名贵的香。檀，指檀香，用檀香木制成。芸，指芸香，用芸香草制成。降，指降香，用降香木制成。

⑭两星沉速：两小块沉香和速香。星，指碎细如星之物。《礼记·内则》："豕望视而交睫，腥。"汉郑玄注："'腥'当为'星'，声之误也。星，肉中如米者。"这里指小颗、小块。沉速，指沉香和速香合成的香料。《本草纲目·木部一》"沉香"："香之等凡三，曰沉，曰栈，

曰黄熟是也。……其黄熟香，即香之轻虚者，俗讹为速香是矣。"

⑮洛神：洛水的女神。三国魏曹植（字子建）作有《洛神赋》，叙述他想像中和洛神相会的故事。其"序"云："黄初三年，余朝京师，还济洛川。古人有言，斯水之神，名曰宓妃。感宋玉对楚王神女之事，遂作斯赋。"《文选》卷十九《洛神赋》唐李周翰题注："洛神谓溺于洛水为神也，植有所感记而赋焉。"

⑯老道：清阙名《燕京杂记》："都人称僧寺为和尚庙，……称服役于寺者为老道，非真道士也。"此指尼庵中杂役。

⑰"翩若惊鸿，婉若游龙""荷出绿波，日映朝霞"：《洛神赋》："其形也，翩若惊鸿，婉若游龙。……远而望之，皎若太阳升朝霞，迫而察之，灼若芙蕖出绿波。"前两句形容洛神的体态轻盈，后两句形容洛神的容貌鲜丽。

⑱纸马：俗称"甲马"。唐时已有之。《知新录》："唐明皇渎于鬼神，王玙以纸为币，用纸马以祀鬼神。"后纸上画神像，祭赛毕焚化，或画神像于纸，并画马以为乘骑，皆谓之"纸马"。

⑲花厅：旧式住宅中正厅以外的内厅。多建于跨院或花园中，以拱斗抬梁，厅内极为宽敞，周围点缀以湖石花木，供饮宴、观剧、会客等用。

⑳道恼：旧时向遭丧的人家吊问称"道烦恼"，简称"道恼"。

㉑《荆钗记》：南戏剧本。作者其说不一，或说元柯丹丘作，或说明初朱权作，现流传者多为明人改编本。写宋王十朋和妻钱玉莲以荆钗为表记的悲欢离合故事。王十朋中状元后，拒绝丞相逼婚，被贬潮州；钱玉莲也拒绝富豪逼迫，投江自杀，为人救起，最后夫妻团圆。此戏和《白兔记》《拜月亭》《杀狗记》并称为"四大传奇"。

第四十四回
变生不测凤姐泼醋　喜出望外平儿理妆

　　话说众人看演《荆钗记》，宝玉和姊妹一处坐着，林黛玉因看到《男祭》这出上^①，便和宝钗说道："这王十朋也不通的很，不管在那里祭一祭罢了，必定跑到江边上来做什么！俗语说，'睹物思人'，天下的水总归一源，不拘那里的水舀一碗，看着哭去，也就尽情了。"宝钗不答。宝玉回头要热酒敬凤姐。原来贾母说，今日不比往日，定要教凤姐痛乐一日；本自己懒怠坐席，只在里间屋里榻上歪着，和薛姨妈看戏，随心爱吃的拣几样放在小几上，随意吃着说话儿。将自己两桌席面^②，赏那没有席面的大小丫头并那应着差听差的妇人等，命他们在窗外廊檐下，也只管坐着随意吃喝，不必拘礼。王夫人和邢夫人在地下高桌上坐着，外面几席是他们姊妹们坐。贾母不时吩咐尤氏等："让凤丫头坐上面，你们好生替我待东^③，难为他一年到头辛苦。"尤氏答应了，又笑回道："他说坐不惯首席，坐在上头，横不是竖不是的，酒也不肯吃。"贾母听了，笑着："你不会，等我亲自让他去。"凤姐儿忙也进来笑说："老祖宗别信他们的话，我吃了好几钟了。"贾母笑着，命尤氏："快拉他出去，按在椅子上，你们都轮流敬他；他再不吃，我当真的就亲自去了。"

　　尤氏听说，忙笑着又拉他出来坐下，命人拿了台盏^④，斟了酒，笑道："一年到头，难为你孝顺老太太、太太和我。我今儿没什么疼你的，亲自斟酒。我的乖乖，你在我手里喝一口罢。"凤姐儿笑道："你要安心孝敬我，跪下，我就喝。"尤氏笑道："说的你不知是谁！我告诉你说罢，好容易今儿这一遭，过了后儿，知道还得像今儿这样的不得了？趁着尽力灌两钟子罢。"凤姐儿见推不过，只得喝了两钟。接着众姐妹也来，凤姐也只得每人的喝一口。赖大妈妈见贾母尚且这等高兴，也少不得来凑趣儿，领着些嬷嬷们也来敬酒。凤姐儿也难推脱，只得喝了两口。鸳鸯等也都来敬，凤姐儿真不能了，忙央告道："好姐姐们，饶了我罢，我明儿再喝罢。"鸳鸯笑道："真个的，我们是没脸的了？就是我们在太太跟前，太太还赏个脸儿呢。往常倒有些体面，今儿当着这些人，倒做起主子的款儿来了。我原不该来，不喝，我们就走。"说着真个回去了。凤姐儿忙忙拉住，笑道："好姐姐，我喝就是了。"说着拿过酒来，满满的斟了一杯喝干，鸳鸯方笑了散去。

　　然后又入席，凤姐儿自觉酒沉了⑤，心里突突的往上撞，要往家去歇歇，只见那耍百戏的上来，便和尤氏说："预备赏钱，我要洗洗脸去。"尤氏点头，凤姐儿瞅人不防，便出了席，往房门后檐下走来。平儿留心，也忙跟了来，凤姐便扶着他。才至穿廊下，只见他房里的一个小丫头子，正在那里站着，见他两个来了，回身就跑。凤姐儿便疑心忙叫；那丫头先只装听不见，无奈后面连声儿叫，也只得回来。凤姐儿越发起了疑心，忙和平儿进了穿廊⑥，叫那小丫头子也进来，把槅扇开了，凤姐坐在小院子的台阶上，命那丫头子跪了，喝命平儿："叫两个二门上的小厮来，拿绳子鞭子，把眼睛里没主子的小蹄子打烂了！"

　　那小丫头子已经吓的魂飞魄散，哭着只管碰头求饶。凤姐儿问道："我又不是鬼，你见了我，不识规矩站住，怎么倒往前跑？"小丫头子哭道："我原没看见奶奶来，我又记挂着屋里无人，所以跑了。"凤姐儿道："屋里既没人，谁叫你又来的？你便没看见，我和平儿在后头扯着脖子叫了你十来声，越叫越跑。离的又不远，你聋子不成？你还和我强嘴！"说着，便扬手一掌，打在脸上，打的那小丫头子一栽；这边脸上又一下，登时小丫头子两腮紫胀起来。平儿忙劝："奶奶仔细手疼。"凤姐便说："你再打着问他跑什么。他再不说，把嘴撕烂了他的！"

　　那小丫头子先还强嘴，后来听见凤姐儿要烧了红烙铁来烙嘴，方哭道："二爷在家里，打发我来这里瞧着奶奶的，要见奶奶散了，先叫我送信去的。不承望奶奶这会子就来。"凤姐儿见话中有文章，便又问道："叫你瞧着我做什么？难道怕我家去不成？必有别的原故，快告诉我，我从此以后疼你。你要不细说，立刻拿刀子来割你的肉！"说着，回头向头上拔下一根簪子来，向那丫头嘴上乱戳，吓的那丫头一行躲，一行哭求道："我告诉奶奶，可别说我说的。"平儿一旁劝，一面催他，叫他快说。丫头便说道："二爷也是才来，来了就开箱子，拿了两块银子，还有两支簪子，两匹缎子，叫我悄悄的送与鲍二的老婆去，叫他进来。他收了东西，就往咱们屋里来了。二爷叫我瞧着奶奶，底下的事，我就不知道了。"

凤姐听了，已气的浑身发软，忙立起身来，一径来家。刚至院门，只见有一个小丫头在门前探头儿，一见了凤姐，也缩头就跑。凤姐儿提着名字喝住，那丫头本来伶俐，见躲不过了，越发的跑了出来，笑道："我正要告诉奶奶去呢，可巧奶奶来了。"凤姐道："告诉我什么？"那丫头便说："二爷在家……"这般如此，将方才的话也说了一遍。凤姐啐道："你早做什么了？这会子我看见你了，你来推干净儿！"说着，扬手一下，打的那丫头一个趔趄，便蹬脚儿走了。

凤姐来至窗前，往里听时，只听里头说笑道："多早晚你那阎王老婆死了就好了。"贾琏道："他死了，再娶一个也这样，又怎么样呢？"那妇人道："他死了，你倒是把平儿扶了正，只怕还好些。"贾琏道："如今连平儿他也不叫我沾一沾了。平儿也是一肚子委屈，不敢说。我命里怎么就该犯了'夜叉星'！"凤姐听了，气的浑身乱战。又听他们都赞平儿，便疑平儿素日背地里自然也有怨语了。那酒越发涌上来了，也并不忖夺，回身把平儿先打两下。一脚踢开了门进去，也不容分说，抓着鲍二家的撕打一顿。又怕贾琏走出去，便堵着门站着骂道："好娼妇！你偷主子汉子，还要治死主子老婆！平儿，过来！你们娼妇们一条藤儿多嫌着我⑦，外面儿你哄我！”说着，又把平儿打了几下。打的平儿有冤无处诉，只气得干哭。骂道：“你们做这些没脸的事，好好的又拉上我做什么！”说着，也把鲍二家的撕打起来。

贾琏也因吃多了酒，进来高兴，未曾做的机密，一见凤姐来了，已没了主意。又见平儿也闹起来，把酒也气上来了。凤姐儿打鲍二家的，他已又气又愧，只不好说的；今见平儿也打，便上来踢骂道：“好娼妇！你也动手打人！”平儿气怯，忙住了手，哭道：“你们背地里说话，为什么拉我呢？”凤姐见平儿怕贾琏，越发气了，又赶上来打着平儿，偏叫打鲍二家的。平儿急了，便跑出来找刀子要寻死。外面众婆子丫头忙拦住解劝。这里凤姐见平儿寻死去，便一头撞在贾琏怀里，叫道：“你们一条藤儿害我，被我听见，倒都唬起我来。你也勒死我罢！”贾琏气的墙上拔出剑来，说道：“不用寻死，我真急了，一齐杀了，我偿了命，大家干净！”正闹的不开交，只见尤氏等一群人来了，说：“这是怎么说？才好好的，就闹起来。”贾琏见了人，越发“倚酒三分醉”，逞起威风来，故意要杀凤姐儿。凤姐儿见人来了，便不似先前那般泼了，丢下众人，便哭着往贾母那边跑。

此时戏已散了，凤姐跑到贾母跟前，爬在贾母怀里，只说：“老祖宗救我！琏二爷要杀我呢。”贾母、邢夫人、王夫人等忙问：“怎么了？”凤姐儿哭道：“我才家去换衣裳，不防琏二爷在家和人说话，我只当是有客来了，唬的我不敢进去；在窗户外头听了一听，原来是鲍二家的媳妇，商议说我利害，要拿毒药给我吃，治死我，把平儿扶了正。我原生了气，又不敢和他吵，原打了平儿两下，问他为什么害我。他臊了，就要杀我。”贾母听了，都信以为真，说：“这还了得！快拿了那下流种子来！”

一语未完，只见贾琏拿着剑赶来，后面许多人跟着。贾琏明仗着贾母素昔疼他们，连母亲、婶母也无碍，故逞强闹了来。邢夫人、王夫人见了，气的忙拦住骂道：“这下流东西！你越发反了，老太太在这里呢！”贾琏乜斜着眼道：“都是老太太惯的他，他才这样。连我也骂起来了！"邢夫人气的夺下剑来，只管喝他："快出去！"那贾琏撒娇撒痴，涎言涎语的⑧，还只乱说。贾母气的说道："我知道你不把我们放在眼里，叫人把他老子叫来，看他去不去？"贾琏听见这话，方趔趄着脚儿出去了。赌气也不往家去，便往外书房来。

这里邢夫人王夫人也说凤姐，贾母道："什么要紧的事！小孩子们年轻，馋嘴猫儿似的，那里保的住不这么着？从小儿是人都打这么过的。都是我的不是，叫你多吃了两口酒，又吃起醋来了。"说的众人都笑了。贾母又道："你放心，明儿我叫他来，替你赔不是，你今儿别过去臊着他。"因又骂："平儿那蹄子，素日我倒看他好，怎么暗地里这么坏！"尤氏等笑道："平儿没有不是，是凤姐拿着人家出气。两口子不好，对打，都拿着平儿煞性子；平儿委屈的什么儿似的，老太太还骂人家。"贾母道："原来这样。我说那孩子倒不像那狐媚魇道的⑨。既这么着，可怜见的，白受他的气。"因叫："琥珀，来，你去告诉平儿，就说我的话：我知道他受了委屈，明儿我叫他主子来替他赔不是。今儿是他主子的好日子，不许他胡恼。"

原来平儿早被李纨拉入大观园去了。平儿哭的哽噎难言，宝钗劝道："你是个明白人，你们奶奶素日何等待你，今儿不过他多吃了一口酒，他可不拿你出气，难道拿别人出气不成？别人又笑话他是假的了。"正说着，只见琥珀走来，说了贾母的话，平儿自觉面上有了光辉，方才渐渐的好了，也不往前头来。宝钗等歇息了一回，方来看贾母凤姐。

宝玉便让了平儿到怡红院中来，袭人忙接着，笑道："我先原要让你的，只因大奶奶和姑娘们都让你，我就不好让的了。"平儿也陪笑说："多谢。"因又说道："好好儿的，从那里说起！无缘无故白受了一场气。"袭人笑道："二奶奶素日待你好，这不过是一时气急了。"平儿道："二奶奶倒没说的，只是那娼妇治的我，他又偏拿我凑趣儿！还有我们那糊涂爷，倒打我。"说着，便又委屈，禁不住泪流下来。宝玉忙劝道："好姐姐，别伤心，我替他两个赔个不是罢。"平儿笑道："与你什么相干？"宝玉笑道："我们兄弟姊妹都一样。他们得罪了人，我替他赔个不是，也是应该的。"又道："可惜这新衣裳也沾了，这里有你花妹妹的衣裳，何不换了下来，拿些个烧酒喷了，熨一熨，把头也另梳一梳。"一面说，一面吩咐了小丫头子们："舀洗脸水，烧熨斗来。"

平儿素昔只闻人说宝玉专能和女孩们接交，宝玉素日因平儿是贾琏的爱妾，又是凤姐儿的心腹，故不肯和他厮近，因不能尽心，也常为恨事。平儿如今见他这般，心中也暗暗的战㖞："果然话不虚传，色色想的周到。"又见袭人特特的开了箱子，拿出两件不大穿的衣服，忙来洗了脸；宝玉一旁笑劝道："姐姐还该擦上些脂粉，不然，倒像是和凤姐姐赌气了似的。况且又是他的好日子，而且老太太又打发了人来安慰你。"平儿听了有理，便去找粉，只不见粉。宝玉忙走至妆台前，将一个宣窑磁盒揭开⑩，里面盛着一排十根玉簪花棒儿，拈了一根，递与平儿，又笑说道："这不是铅粉，这是紫茉莉花种研碎了，对上料制的。"平儿倒在掌上看时，果见轻、白、红、香，四样俱美；扑在面上，也容易匀净，且能润泽，不象别的粉涩滞。然后看见胭脂，也不是一张，却是一个小小的白玉盒子，里面盛着一盒，如玫瑰膏子一样。宝玉笑道："那市上卖的胭脂不干净，颜色也薄，这是上好的胭脂拧出汁子来，淘澄净了，配了花露蒸成的。只要细簪子挑一点儿，抹在唇上，足够了；用一点水化开，抹在手心里，就够拍脸的了。"平儿依言妆饰，果见鲜艳异常，且又甜香满颊。宝玉又将盆内开的一支并蒂秋蕙用竹剪刀铰了下来，替他簪在鬓上。忽见李纨打发丫头来唤他，方忙忙的去了。

宝玉因自来从不曾在平儿前尽过心，且平儿又是个极聪明、极清俊的上等女孩儿，比不得那起俗拙蠢物，深为怨恨。今日是金钏儿生日，故一日不乐。不想落后闹出这件事来，竟得在平儿前稍尽片心，也算今生意中不想之乐。因歪在床上，心内怡然自得。忽又思及："贾琏惟知以淫乐悦己，并不知作养脂粉。"又思："平儿并无父母兄弟姊妹，独自一人，供应贾琏夫妇二人，贾琏之俗，凤姐之威，他竟能周全妥贴，今儿还遭荼毒，也就薄命的很了。"想到此间，便又伤感起来。复又起身，见方才的衣裳上喷的酒已半干，便拿熨斗熨了，叠好；见他的手帕子忘去，上面犹有泪痕，又搁在盆中，洗了晾上。又喜又悲，闷了一回，也往稻香村来。说一回闲话，掌灯后方散。

平儿就在李纨处歇了一夜，凤姐儿只跟着贾母睡。贾琏晚间归房，冷清清的，又不好去叫，只得胡乱睡了一夜。次日醒了，想昨日之事，大没意思，后悔不来。邢夫人惦记着昨日贾琏醉了，忙一早过来，叫了贾琏过贾母这边来。贾琏只得忍愧前来，在贾母面前跪下。贾母问他："怎么了？"贾琏忙陪笑说："昨儿原是吃了酒，惊了老太太的驾，今儿来领罪。"贾母啐道："下流东西！灌了黄汤^⑪，不说安分守己的挺尸去，倒打起老婆来了！凤丫头成日家说嘴，霸王似的一个人，昨儿唬的可怜。要不是我，你要伤了他的命，这会子怎么样？"贾琏一肚子的委屈，不敢分辩，只认不是。贾母又道："凤丫头和平儿还不是个美人胎子？你还不足？成日家偷鸡摸狗，腥的臭的，都拉了你屋里去。为这起娼妇打老婆，又打屋里的人，你还亏是大家子的公子出身，活打了嘴了。你若眼睛里有我，你起来，我饶了你，乖乖的替你媳妇赔个不是儿，拉了他家去，我就喜欢了。要不然，你只管出去，我也不敢受你的跪。"

贾琏听如此说，又见凤姐儿站在那边，也不盛妆，哭的眼睛肿着，也不施脂粉，黄黄脸儿，比往常更觉可怜可爱，想着："不如赔了不是，彼此也好了，又讨老太太的喜欢。"想毕，便笑道："老太太的话我不敢不依，只是越发纵了他了。"贾母笑道："胡说！我知道他最有礼的，再不会冲撞人。他日后得罪了你，我自然也做主，叫你降伏就是了。"

贾琏听说，爬起来，便与凤姐儿作了一个揖，笑道："原是我的不是，二奶奶别生气了。"满屋里的人都笑了。贾母笑道："凤丫头，不许恼了。再恼，我就恼了。"说着，又命人去叫了平儿来，命凤姐儿和贾琏安慰平儿。贾琏见了平儿，越发顾不得了，所谓"妻不如妾"，听贾母一说，便赶上来说道："姑娘昨日受了屈了，都是我的不是；奶奶得罪了你，也是因我而起。我赔了不是不算外，还替你奶奶赔个不是。"说着，也作了一个揖，引的贾母笑了，凤姐儿也笑了。

贾母又命凤姐来安慰平儿，平儿忙走上来给凤姐儿磕头，说："奶奶的千秋⑫，我惹了奶奶生气，是我该死。"凤姐儿正自愧悔昨日酒吃多了，不念素日之情，浮躁起来，听了旁人话，无故给平儿没脸；今反见他如此，又是惭愧，又是心酸，忙一把拉起来，落下泪来。平儿道："我伏侍了奶奶这么几年，也没弹我一指甲；就是昨儿打我，我也不怨奶奶，都是那娼妇治的，怨不得奶奶生气。"说着，也滴下泪来了。贾母便命人："将他三人送回房去。有一个再提此话，即刻来回我，我不管是谁，拿拐棍子给他一顿。"三个人从新给贾母、邢王二位夫人磕了头，老嬷嬷答应了，送他三人回去。

至房中，凤姐儿见无人，方说道："我怎么像个阎王，又像夜叉？那娼妇咒我死，你也帮着咒我。千日不好，也有一日好。可怜我熬的连个混账女人也不如了，我还有什么脸来过这个日子。"说着，又哭了。贾琏道："你还不足？你细想想，昨儿谁的不是多？今儿当着人，还是我跪了一跪，又赔不是，你也争足了光了。这会子还唠叨，难道你还叫我替你跪下才罢？太要足了强，也不是好事。"说的凤姐儿无言可对。平儿"嗤"的一声又笑了。贾琏也笑道："又好了！真真的我也没法了。"

正说着，只见一个媳妇来回说："鲍二媳妇吊死了。"贾琏凤姐儿都吃了一惊。凤姐忙收了怯色，反喝道："死了罢了！有什么大惊小怪的！"一时只见林之孝家的进来，悄回凤姐道："鲍二媳妇吊死了，他娘家的亲戚要告呢。"凤姐儿冷笑道："这倒好了，我正想要打官司呢！"林之孝家的道："我才和众人劝了他们，又威吓了一阵，又许了他几个钱，也就依了。"凤姐儿道："我没一个钱。有钱也不给，只管叫他告去。也不许劝他，也不用镇吓他，只管让他告去。他告不成，我还问他个'以尸诈讹'呢！"林之孝家的正在为难，见贾琏和他使眼色儿，心下明白，便出来等着。贾琏道："我出去瞧瞧，看是怎么样。"凤姐儿道："不许给他钱。"

贾琏一径出来，和林之孝来商议，着人去做好做歹，许了二百两发送才罢。贾琏生恐有变，又命人去和王子腾说了，将番役仵作人等叫几名来⑬，帮着办丧事。那些人见了如此，纵要复办，亦不敢办，只得忍气吞声罢了。贾琏又命林之孝将那二百银子入在流年账上，分别添补，开消过去。又体己给鲍二些银两，安慰他说："另日再挑个好媳妇给你。"鲍二又有体面，又有银子，有何不依，便仍然奉承贾琏，不在话下。

里面凤姐心中虽不安，面上只管佯不理论，因屋中无人，便和平儿笑道："我昨儿多喝了一口酒，你别埋怨。打了那里？让我瞧瞧。"平儿道："也没打重。"只听得说："奶奶姑娘都进来了。"要知后来端底，且看下回分解。

【注释】

①《男祭》：有的昆腔本《荆钗记》有《男祭》一出，但无王十朋临江祭奠亡妻钱玉莲事。这里当指弋腔本《荆钗记》中《祭江》一出。写王十朋中魁后，闻其母言，误以为钱玉莲投江身死，清明节那天，与老母亲赴江畔，设坛醮香，祭奠玉莲。

②席面：这里指宴席上的酒菜。

③待东：即替主人招待客人。待，亦作"代"。东，是"东道主"的简称，即主人。

④台盏：有托盘的酒杯。

⑤酒沉：饮酒过量。

⑥穿廊：二门两侧的走廊。

⑦一条藤儿：串通一气的意思。

⑧涎言涎语：厚着脸皮的意思。

⑨狐媚魇（yǎn）道：谓以邪魔外道来迷惑人、陷害人。魇道，俗谓以妖术使人在睡梦中惊恐死亡为"魇道"。魇，《正字通》："人气窒心惧神乱则魇。"

⑩宣窑：指明宣宗宣德年间的官窑。宣窑彩瓷，鲜艳光亮，小件瓷器，精美细致，都很著名。

⑪灌黄汤：饮酒。灌，即饮。《礼记·投壶》："当饮者皆跪，奉觞曰赐灌。"汉郑玄注："灌，犹饮也。"黄汤，酒的别称。但含有厌恶之意。《水浒传》第十四回："你却不径来见我，且在路上贪盏这口黄汤。"

⑫千秋：旧时祝寿用语，此代指生日。

⑬番役：又称"番子"，原为明代厂卫司中任缉捕的差役，清代内务府慎刑司及步军统领衙门两处，皆有番子若干。清福格《听雨丛谈》卷五："本朝所设番子，专司缉捕盗贼，访拿逃亡及娼赌凶棍等事。"仵作：封建官衙里专管验尸的差役。

第四十五回

金兰契互剖金兰语^①　风雨夕闷制风雨词

话说凤姐儿正抚恤平儿^②，忽见众姐妹进来，忙让坐了，平儿斟上茶来。凤姐儿笑道："今儿来的这些人，倒像下帖子请了来的。"探春先笑道："我们有两件事：一件是我的，一件是四妹妹的，还夹着老太太的话。"凤姐儿笑道："有什么事，这么要紧？"探春笑道："我们起了个诗社，头一社就不齐全，众人脸软，所以就乱了例了。我想必得你去做个'监社御史'^③，铁面无私才好。再四妹妹为画园子，用的东西这般那般不全，回了老太太，老太太说：'只怕后头楼底下还有当年剩下的，找一找。若有呢，拿出来；若没有，叫人买去。'"

凤姐儿笑道："我又不会做什么'湿'的'干'的，要我吃东西去不成？"探春道："你虽不会做，也不要你做；你只监察着我们里头有偷安怠惰的，该怎么样罚他就是了。"凤姐儿笑道："你们别哄我，我猜着了：那里是请我做'监察御史'！分明是叫我做个进钱的'铜商'^④。你们弄什么社，必是要轮流做东道的；你们的钱不够花，想出这个法子来勾了我去，好和我要钱，可是这个主意？"说的众人都笑道："你却猜着了。"李纨笑道："真真你是个水晶心肝玻璃人儿。"凤姐笑道："亏你是个大嫂子呢！姑娘们原叫你带着念书、学规矩、钱针，俱要教导他们的，这会子起诗社，能用几个钱？你就不管了！老太太、太太罢了，原是老封君^⑤，你一个月十两银子的月钱，比我们多两倍子。老太太、太太还说你'寡妇失业'的，可怜，不够用，又有个小子，足足的又添了十两银子，和老太太、太太平等；又给你园子里的地，各人取租子；年终分年例，你又是上上分儿。你娘儿们主子奴才共总没有十个人，吃的穿的仍旧是大官中的。通共算起来，也有四五百银子。这会子你就每年拿出一二百两来陪着他们玩玩，能有几年呢？他们明儿出了阁，难道还要你赔不成？这会子你怕花钱，挑唆他们来闹我，我乐得去吃一个河涸海干，我还不知道呢！"

李纨笑道："你们听听，我说了一句，他就说了两车无赖的话，真真泥腿市俗，专会打细算盘、分金掰两的。你这个东西，亏了还托生在诗书大宦人家做小姐，又是这么出了嫁，还是这么着；若生在贫寒小门小户人家，做了小子丫头，还不知怎么下作呢！天下人都被你算计了去！昨儿还打平儿，亏你伸的出手来！那黄汤难道灌丧了狗肚子里去了？气的我只要替平儿打抱不平儿。忖夺了半日，好容易'狗长尾巴尖儿'的好日子⑥，又怕老太太心里不受用，因此没来。究竟气还不平。你今儿倒招我来了，给平儿拾鞋还不要呢！你们两个，很该换一个过儿才是。"说的众人都笑了。

凤姐忙笑道："哦，我知道了！竟不是为诗为画来找我，竟是为平儿报仇来了。我竟不知道平儿有你这一位仗腰子的人，可知就像有鬼拉着我的手似的，从今我也不敢打他了。平姑娘，过来，我当着你大奶奶、姑娘们替你赔个不是，担待我'酒后无德'罢！"说着众人都笑了。李纨笑问平儿道："如何？我说必要给你争争气才罢。"平儿笑道："虽如此，奶奶们取笑，我可禁不起呢。"李纨道："什么'禁的起''禁不起'，有我呢！快拿钥匙叫你主子开门找东西去罢。"凤姐儿笑道："好嫂子，你且同他们回园子里去。才要把这米账合他们算一算，那边大太太又打发人来叫，又不知有什么话说，须得过去走一走。还有你们年下添补的衣服，打点给人做去呢。"李纨笑道："这些事情我都不管，你只把我的事完了，我好歇着去，省得这些姑娘小姐闹我。"凤姐儿忙笑道："好嫂子，赏我一点空儿，你是最疼我的，怎么今儿为平儿就不疼我了？往常你还劝我说：'事情虽多，也该保全身子，检点着偷空儿歇歇⑦。'你今儿倒反逼起我的命来了。况且误了别人年下的衣裳无碍，他姐儿们的要误了，却是你的责任。老太太岂不怪你不管闲事，连一句现成的话也不说；我宁可自己落不是，也不敢累你呀。"

李纨笑道："你们听听，说的好不好？把他会说话的！我且问你，这诗社到底管不管？"凤姐儿笑道："这是什么话？我不入社花几个钱，我不成了大观园的反叛了么？还想在这里吃饭不成？明日一早就到任，下马拜了印，先放下五十两银子给你们慢慢的做会社东道，过后几天，我又不作诗作文，只不过是个大俗人罢了。'监察'也罢，不'监察'也罢，有了钱了，愁着你们还不撺出我来！"说的众人又都笑起来。

凤姐儿道："过会子我开了楼房，凡有这些东西，叫人搬出来你们看，若使得，留着使，若少什么，照你们单子，我叫人替你们买去就是了，画绢我就裁出来。那图样没有在太太跟前，还在那边珍大爷那里。说给你们，省了太太那边碰钉子去。我去打发人取了来，一并叫人连绢交给相公们矾去，如何？"李纨点头笑道："这难为你。果然这样还罢了。既如此，咱们家去罢；等着他不送了去，再来闹他。"说着便带了他姐妹们就走。凤姐儿道："这些事再没别人，都是宝玉生出来的。"李纨听了，忙回身笑道："正是为宝玉来，反忘了他，头一社是他误了。我们脸软，你说该怎么罚他？"凤姐想了一想，说道："没有别的法子，只叫他把你们各人屋子里的地罚他扫一遍才好。"

众人都笑道："这话不差。"说着，才要回去，只见一个小丫头扶了赖嬷嬷进来。凤姐儿等忙站起来，笑道："大娘坐下。"又都向他道喜。赖嬷嬷向炕沿上坐了，笑道："我也喜，主子们也喜，若不是主子们的恩典，我这喜从何来？昨儿奶奶又打发彩哥赏东西，我孙子在门上朝上磕了头了。"李纨笑道："多早晚上任去？"赖嬷嬷叹道："我那里管他们？由他们去罢！前儿在家里给我磕头，我没好话，我说：'哥儿，别说你是官了，横行霸道的。你今年活了三十岁，虽然是人家奴才，一落娘胎胞，主子的恩典，放你出来，上托着主子的洪福，下托着你老子娘，也是公子哥儿似的，读书写字，也是丫头、老婆、奶子捧凤凰似的，长了这么大，你那里知道那"奴才"两字是怎么写？只知道享福，也不知你爷爷和你老子受的那苦恼，熬了两三辈子，好容易挣出你这个东西，从小儿三灾八难的，花的银子照样打出你这个银人儿来了。到二十岁上，又蒙主子的恩典，许你捐了前程在身上。你看那正根正苗，忍饥挨饿的，要多少？你一个奴才秧子，仔细折了福！如今乐了十年，不知怎么弄神弄鬼，求了主子，又选出来⑧。县官虽小，事情却大，为那一处的官，就是那一方的父母，你不安分守己，尽忠报国，孝敬主子，只怕天也不容你！'"

李纨凤姐儿都笑道："你也多虑。我们看他也就好。先那几年，还进来了两次，这有好几年没来了，年下生日，只见他的名字就罢了。前儿给老太太、太太磕头来，在老太太那院里，见他又穿着新官的服色，倒发的威武了，比先时也胖了。他这一得了官，正该你乐呢，反倒愁起这些来！他不好，还有他的父母呢，你只受用你的就完了。闲时坐个轿子进来，和老太太斗斗牌，说说话儿，谁好意思的委屈了你。家去一般也是楼房厦厅，谁不敬你，自然也是老封君似的了。"

平儿斟上茶来，赖嬷嬷忙站起来道："姑娘，不管叫那孩子倒来罢了，又生受你。"说着，一面吃茶，一面又道："奶奶不知道。这小孩子们，全要管的严，饶这么严，他们还偷空儿闹个乱子来，叫大人操心。知道的，说小孩子们淘气；不知道的，人家就说仗着财势欺人，连主子名声也不好。恨的我没法儿，常把他老子叫了来骂一顿，才好些。"因又指宝玉道："不怕你嫌我，如今老爷不过这么管你一管，老太太就护在头里；当日老爷小时，讨你爷爷打，谁没看见的。老爷小时，何曾像你这么天不怕地不怕的呢！还有那边大老爷，虽然淘气，也没象你这扎窝子的样儿⑨，也是天天打。还有东府里你珍大哥哥的爷爷，那才是'火上浇油'的性子，说声恼了，什么儿子，竟是审贼！如今我眼里看着，耳朵里听着，那珍大爷管儿子，倒也像当日老祖宗的规矩，只是着三不着两的⑩。他自己也不管一管自己，这些兄弟侄儿怎么怨的不怕他？你心里明白，喜欢我说；不明白，嘴里不好意思，心里不知怎么骂我呢。"

说着，只见赖大家的来了，接着周瑞家的张材家的都进来回事情。凤姐儿笑道："媳妇来接婆婆来了。"赖大家的笑道："不是接他老人家来的，倒是打听打听奶奶姑娘们赏脸不赏脸？"赖嬷嬷听了，笑道："可是我糊涂了！正经说的话俱不说，且说'陈谷子，烂芝麻'的。因为我们小子选了出来，众亲友要给他贺喜，少不得家里摆个酒。我想摆一日酒，请这个不请那个，也不是；又想了一想，托主子的洪福，想不到的这么荣耀光彩，就倾了家，我也愿意的。因此吩咐了他老子连摆三日酒：头一日，在我们破花园子里摆几席酒，一台戏，请老太太、太太们、奶奶、姑娘们去散一日闷；外头大厅上一台戏，几席酒，请老爷们、爷们增增光；第二日再请亲友；第三日再把我们两府里的伴儿请一请。热闹三天，也是托着主子的洪福一场，光辉光辉。"

李纨凤姐儿都笑道："多早晚的日子？我们必去，只怕老太太高兴要去，也定不得。"赖大家的忙道："择的日子是十四，只看我们奶奶的老脸罢了。"凤姐儿笑道："别人我不知道，我是一定去的。先说下，我可没有贺礼，也不知道放赏的，吃了一走，可别笑话。"赖大家的笑道："奶奶说那里话？奶奶一喜欢，赏我们三二万银子就有了。"赖嬷嬷笑道："我才去请老太太，老太太也说去，可算我这脸还好。"说毕，叮咛了一回，方起身要走，因看见周瑞家的，便想起一事来，因说道："可是还有一句话问奶奶：这周嫂子的儿子，犯了什么不是，撵了他不用？"凤姐儿听了，笑道："正是我要告诉你媳妇儿呢。事情多，也忘了。赖嫂子回去说给你老头子，两府里不许收留他儿子，叫他各人去罢。"

赖大家的只得答应着。周瑞家的忙跪下央求。赖嬷嬷忙道："什么事？说给我评评。"凤姐儿道："前儿我的生日，里头还没吃酒，他小子先醉了。老娘那边送了礼来，他不在外头张罗，倒坐着骂人，礼也不送进来。两个女人进来了，他才带领小么儿们往里抬。小么儿们倒好好的，他拿的一盒子倒失了手，撒了一院子馒头。人去了，我打发彩明去说他，他倒骂了彩明一顿。这样无法无天的忘八羔子，还不撵了做什么！"赖嬷嬷道："我当什么事情，原来为这个。奶奶听我说：他有不是，打他骂他，使他改过就是了；撵了出去，断乎使不得。他又比不得是咱们家的家生子儿，他现是太太的陪房；奶奶只顾撵了他，太太脸上不好看。依我说，奶奶教导他几板子，以戒下次，仍旧留着才是。不看他娘，也看太太。"凤姐儿听了，便向赖大家的说道："既这样，明儿叫了他来，打他四十棍，以后不许他吃酒。"赖大家的答应了。周瑞家的才磕头起来；又要与赖嬷嬷磕头，赖大家的拉着方罢。然后他三人去了。李纨等也就回园中来。至晚，果然凤姐命人找了许多旧收的画具出来，送至园中。宝钗等选了一回，各色东西，可用的只有一半。将那一半开了单，与凤姐儿去照样置买，不必细说。

一日，外面矾了绢，起了稿子进来，宝玉每日便在惜春那边帮忙，探春、李纨、迎春、宝钗等也都往那里来闲坐，一则观画，二则便于会面。宝钗因见天气凉爽，夜复渐长，遂至母亲房中商议，打点些针线来。日间至贾母处王夫人处两次省候，不免又承色陪坐[①]；闲时园中姐妹处也要不时闲话一回，故日间不大得闲，每夜灯下女工，必至三更方寝。

黛玉每岁至春分、秋分之后，必犯旧疾；今秋又遇着贾母高兴，多游玩了两次，未免过劳了神，近日又复嗽起来，觉得比往常又重，所以总不出门，只在自己房中将养。有时闷了，又盼个姐妹来说些闲话排遣；及至宝钗等来望候他，说不得三五句话，又厌烦了。众人都体谅他病中，且素日形体娇弱，禁不得一些委屈，所以他接待不周，礼数疏忽，也都不责他。

这日，宝钗来望他，因说起这病症来，宝钗道："这里走的几个太医，虽都还好，只是你吃他们的药，总不见效，不如再请一个高手的人来瞧一瞧，治好了岂不好？每年间闹一春一夏，又不老，又不小⑫，成什么，也不是个常法儿。"黛玉道："不中用。我知道我的病是不能好的了。且别说病，只论好的时候我是怎么个形景儿，就可知了。"宝钗点头道："可正是这话。古人说，'食谷者生'⑬，你素日吃的竟不能添养精神气血，也不是好事。"黛玉叹道："'生死有命，富贵在天'⑭，也不是人力可强求的。今年比往年反觉又重了些似的。"说话之间，已咳嗽了两三次。

宝钗道："昨儿我看你那药方上，人参肉桂觉得太多了。虽说益气补神，也不宜太热。依我说：先以平肝养胃为要。肝火一平，不能克土⑮，胃气无病，饮食就可以养人了。每日早起，拿上等燕窝一两，冰糖五钱，用银吊子熬出粥来⑯，若吃惯了，比药还强，最是滋阴补气的。"黛玉叹道："你素日待人，固然是极好的，然我最是个多心的人，只当你有心藏奸。从前日你说看杂书不好，又劝我那些好话，竟大感激你。往日竟是我错了，实在误到如今。细细算来，我母亲去世的时候，又无姐妹兄弟，我长了今年十五岁，竟没一个人像你前日的话教导我。怪不得云丫头说你好，我往日见他赞你，我还不受用，昨儿我亲自经过，才知道了。比如你说了那个，我再不轻放过你的；你竟不介意，反劝我那些话，可知我竟自误了。若不是前日看出来，今日这话，再不对你说。你方才叫我吃燕窝粥的话，虽然燕窝易得，但只我因身子不好了，每年犯了这病，也没什么要紧的去处。请大夫，熬药，人参，肉桂，已经闹了个天翻地覆了，这会子我又兴出新文来⑰，熬什么燕窝粥⑱，老太太、太太、凤姐姐，这三个人便没话说，那些底下老婆子丫头们，未免嫌我太多事了。你看这里这些人，因见老太太多疼了宝玉和凤姐姐两个，他们尚虎视眈眈，背地里言三语四的，何况于我？况我又不是正经主子，原是无依无靠投奔了来的，他们已经多嫌着我呢；如今我还不知进退，何苦叫他们咒我？"

　　宝钗道："这样说，我也是和你一样。"黛玉道："你如何比我？你又有母亲，又有哥哥；这里又有买卖地土，家里又仍旧有房有地。你不过亲戚的情分，白住在这里，一应大小事情，又不沾他们一文半个，要走就走了。我是一无所有，吃穿用度，一草一木，皆是和他们家的姑娘一样，那起小人岂有不多嫌的？"宝钗笑道："将来也不过多费得一副嫁妆罢了，如今也愁不到那里。"黛玉听了，不觉红了脸，笑道："人家才拿你当个正经人，把心里烦难告诉你听，你反拿我取笑儿。"宝钗笑道："虽是取笑儿，却也是真话。你放心，我在这里一日，我与你消遣一日。你有什么委屈烦难，只管告诉我，我能解的，自然替你解。我虽有个哥哥，你也是知道的；只有个母亲，比你略强些。咱们也算同病相怜。你也是个明白人，何必作'司马牛之叹'⑲？你才说的也是，'多一事不如省一事'。我明日家去，和妈妈说了，只怕燕窝我们家里还有，与你送几两。每日叫丫头们就熬了，又便宜，又不惊师动众的。"黛玉忙笑道："东西是小，难得你多情如此。"宝钗道："这有什么放在嘴里！只愁我人人跟前失于应候罢了。这会子只怕你烦了，我且去了。"黛玉道："晚上再来和我说句话儿。"宝钗答应着便去了，不在话下。

　　这里黛玉喝了两口稀粥，仍歪在床上。不想日未落时，天就变了，淅淅沥沥下起雨来。秋霖脉脉，阴晴不定，那天渐渐的黄昏，且阴的沉黑，兼着那雨滴竹梢，更觉凄凉。知宝钗不能来，便在灯下随便拿了一本书，却是《乐府杂稿》⑳，有《秋闺怨》《别离怨》等词㉑。黛玉不觉心有所感，亦不禁发于章句，遂成《代别离》一首㉒，拟《春江花月夜》之格㉓，乃名其词曰"秋窗风雨夕"。词曰：

　　　　秋花惨淡秋草黄，耿耿秋灯秋夜长㉔。已觉秋窗秋不尽，那堪风雨助凄凉！助秋风雨来何速？惊破秋窗秋梦续㉕。抱得秋情不忍眠，自向秋屏挑泪烛㉖。泪烛摇摇爇短檠㉗，牵愁照眼动离情。谁家秋院无风入？何处秋窗无雨声？罗衾不奈秋风力㉘，残漏声催秋雨急㉙。连宵脉脉复飕飕㉚，灯前似伴离人泣。寒烟小院转萧条㉛，疏竹虚窗时滴沥。不知风雨几时休，已教泪洒窗纱湿。

吟罢搁笔，方欲安寝，丫鬟报说："宝二爷来了。"一语未尽，只见宝玉头上戴着大箬笠㉜，身上披着蓑衣，黛玉不觉笑道："那里来的这么个渔翁？"宝玉忙问："今儿好？吃药了没有？今儿一日吃了多少饭？"一面说，一面摘了笠，脱了蓑，忙一手举起灯来，一手遮着灯儿，向黛玉脸上照了一照，觑着瞧了一瞧，笑道："今儿气色好了些。"

黛玉看他脱了蓑衣，里面只穿半旧红绫短袄，系着绿汗巾子，膝上露出绿绸洒花裤子，底下是掐金满绣的绵纱袜子，趿着蝴蝶落花鞋㉝。黛玉问道："上头怕雨，底下这鞋袜子是不怕雨的？也倒干净。"宝玉笑道："我这一套是全的。有一双棠木屐㉞，才穿了来，脱在廊檐下了。"

黛玉又看那蓑衣斗笠不是寻常市卖的，十分细致轻巧，因说道："是什么草编的？怪道穿上不像那刺猬似的。"宝玉道："这三样都是北静王送的。他闲常下雨时，在家里也是这样。你喜欢这个，我也弄一套来送你。别的都罢了，惟有这斗笠有趣：上头这顶儿是活的，冬天下雪，戴上帽子，就把竹信子抽了去㉟，拿下顶子来，只剩了这个圈子；下雪时，男女都带得。我送你一顶，冬天下雪戴。"黛玉笑道："我不要他，戴上那个，成了画儿上画的和戏上扮的渔婆儿了。"及说了出来，方想起来这话式与方才说宝玉的话相连了，后悔不迭，羞的脸飞红，伏在桌上，嗽个不住。

宝玉却不留心，因见案上有诗，遂拿起来看了一遍，又不觉叫好。黛玉听了，忙起来夺在手内，灯上烧了。宝玉笑道："我已记熟了。"黛玉道："我要歇了，你请去罢，明日再来。"宝玉听了，回手向怀内掏出一个核桃大的金表来，瞧了一瞧，那针已指到戌末亥初之间，忙又揣了，说道："原该歇了，又搅的你劳了半日神。"说着，披蓑戴笠出去了，又翻身进来，问道："你想什么吃？你告诉我，我明儿一早回老太太，岂不比老婆子们说的明白？"黛玉笑道："等我夜里想着了，明日一早告诉你。你听，雨越发紧了，快去罢。可有人跟没有？"两个婆子答应："有人，外面拿着伞点着灯笼呢。"黛玉笑道："这个天点灯笼？"宝玉道："不相干，是羊角的，不怕雨。"

黛玉听说，回手向书架上把个玻璃绣球灯拿了下来，命点一枝小蜡来，递与宝玉，道："这个又比那个亮，正是雨里点的。"宝玉道："我也有这么一个，怕他们失脚滑倒了打破了，所以没点来。"黛玉道："跌了灯值钱呢，是跌了人值钱？你又穿不惯木屐子。那灯笼命他们前头点着；这个又轻巧又亮，原是雨里自己拿着的。你自己手里拿着这个，岂不好？明儿再送来。就失了手也有限的，怎么忽然又变出这'剖腹藏珠'的脾气来®！"宝玉听了，随过来接了。前头两个婆子打着伞，拿着羊角灯，后头还有两个小丫鬟打着伞。宝玉便将这个灯递给一个小丫头捧着，宝玉扶着他的肩，一径去了。

就有蘅芜院一个婆子，也打着伞，提着灯，送了一大包燕窝来，还有一包子洁粉梅片雪花洋糖。说道："这比买的强。我们姑娘说：'姑娘先吃着，完了再送来。'"黛玉回说："费心。"命他："外头坐了吃茶。"婆子笑道："不吃茶了，我还有事呢。"黛玉笑道："我也知道你们忙。如今天又凉，夜又长，越发该会个夜局，痛赌两场了。"婆子笑道："不瞒姑娘说，今年我大沾光儿了。横竖每夜有几个上夜的人，误了更又不好，不如会个夜局，又坐了更，又解了闷。今儿又是我的头家，如今园门关了，就该上场儿了。"黛玉听了，笑道："难为你。误了你的发财，冒雨送来。"命人："给他几百钱，打些酒吃，避避雨气。"那婆子笑道："又破费姑娘赏酒吃。"说着，磕了一个头，外面接了钱，打伞去了。

紫鹃收起燕窝，然后移灯下帘，伏侍黛玉睡下。黛玉自在枕上感念宝钗，一时又羡他有母有兄；一回又想宝玉素昔和睦，终有嫌疑；又听见窗外竹梢蕉叶之上，雨声淅沥，清寒透幕，不觉

又滴下泪来。直到四更方渐渐的睡熟了。暂且无话。要知端的，
且看下回分解。

【注释】

①金兰契：比喻彼此投合的友情。《周易·系辞上》："二人同心，
其利断金；同心之言，其臭如兰。"金喻坚，兰喻香。契，投合。

②抚恤：这里指用语言安慰。

③监社御史：古有"监察御史"的官名。隋始置，掌管稽察官吏、巡
按郡县、纠视刑狱、肃整朝仪等。"监社御史"是戏语，意思是监督诗社。

④进：进献的意思。铜商：即钱商。《汉书·邓通传》载：西汉邓
通受宠于汉文帝，得赐蜀郡严道铜山，可自行铸钱，成为西汉大官商，
故称。

⑤封君：古称领受封地的贵族。后称因子孙贵显而受封典的，也
叫"封君"，是封建王朝给予官员父祖的一种荣誉封赠。其制始于晋代。
最初一般仅及于父世，唐宋五代之后，始追赠曾祖、祖、父母三代。

⑥"狗长尾巴尖儿"的好日子：传说小狗在母狗肚里长满尾巴尖
儿才生下来。这里借作对生日的戏称。

⑦检点：这里是斟酌的意思。

⑧选：选拔。此指依靠主子权势，当上县官。

⑨扎窝子：搅得家翻宅乱的意思。一说，扎，"投入"的意思。以飞
鸟投入窝中，不肯外出，比喻人躲在家里，留恋小天地，没有大作为。

⑩着三不着两：不得要领，管不到点子上。

⑪承色：即"承颜候色"，意谓看人脸色，顺人心意，逢迎不敢立异。

⑫又不老，又不小：谓不见病情有什么大的变化。老，指病情加
重。小，指病情减轻。

⑬食谷者生：我国古代医学认为食五谷能补养气血。《史记·扁鹊
仓公列传》载，太仓公淳于意为齐中郎破石看病，诊断他"肺伤不治，
当后十日丁亥溲血死"，但过了十一日才死，"所以不中期死者，师言曰
'病者安谷即过期'，不安谷则不及期，其人嗜黍，黍主肺，故过期"。

⑭"生死"二句：《论语·颜渊》载，司马牛曾忧虑自己没有兄弟，

子夏劝慰他说："死生有命，富贵在天。四海之内皆兄弟也——君子何患乎无兄弟也？"

⑮"肝火"二句：中医五行学说的一种生克关系。肝属木，木能生火，脾胃属土，木与土是相克关系。肝火是肝气亢盛的一种热象，多因七情过极、肝阳化火或肝经蕴热所致。肝火太旺，要伤及脾胃，以致消化机能紊乱，中医称为肝气犯胃或肝气犯脾，五行理论称为木克土。主要证候有头眩、胸闷、易怒、厌食等。肝火一平，不再克伤脾胃，即可和顺地摄取营养。

⑯吊子：亦作"铫（yáo）子"。指一种有柄有嘴的小锅，用以煎熬饮料。

⑰新文：这里指新花样。

⑱燕窝粥：《本草拾遗》引清张石顽云："暴得咳嗽吐血乍止，以冰糖与燕窝菜同煮，连服，取其平补肺胃而无止截之患也。"

⑲司马牛之叹：代指没有兄弟的感叹。司马牛，名耕，字子牛。孔子的弟子。他曾叹息说："人皆有兄弟，我独亡（无）。"

⑳《乐府杂稿》：未详。当是作者虚拟的书名。乐府，本为古代音乐官署名，始于汉武帝。职在采诗歌被管弦以入乐。后世因以称乐府官署采获保存的诗歌为"乐府"。也因以称魏晋至唐代可以入乐的诗歌和后人仿效乐府古题的作品。

㉑《秋闺怨》《别离怨》：虚拟的乐府篇名。怨，这里指新题乐府题名。明胡震亨《唐音癸签》卷一："新题者，古乐府所无，唐人新制为乐府题者也。其题或名歌，亦或名行，……复有曰思者，曰怨者，曰悲若哀者，曰乐者。凡此多属之乐府，然非必尽谱之于乐。"

㉒《代别离》：这里的《代别离》即模拟上文所说的《别离怨》而作。代，模拟，仿作。别离，乐府古题。

㉓《春江花月夜》之格：《春江花月夜》，乐府清商曲吴声歌曲名，相传为陈后主所创。宋郭茂倩《乐府诗集》卷四七引《晋书·乐志》云："《春江花月夜》《玉树后庭花》《堂堂》，并陈后主所作。后主常与宫中女学士及朝臣相和为诗，太常令何胥又善于文咏，采其尤艳丽者，以为此曲。"原词今已不传。隋炀帝及唐代张若虚等都作有此曲。《春江

花月夜》之格，即指张若虚作的《春江花月夜》的格调。张诗头几句云："春江潮水连海平，海上明月共潮生，滟滟随波千万里，何处春江无月明。"

㉔耿耿：光亮的样子。此指灯光。

㉕秋梦续：指秋夜梦里所见的春夏景色。

㉖"自向"句：唐李商隐《嫦娥》诗："云母屏风烛影深，长河渐落晓星沉。"泪烛，烛油烧化，滴落似泪，故称"泪烛"。

㉗摇摇：指烛焰晃动。爇（ruò）：燃烧。檠（qíng）：灯架。旧时照明用油灯，上有灯盘，置芯盛油，下有立柱，谓之灯架或灯檠。以柱之长短分为长檠和短檠。

㉘罗衾（qīn）：丝织的被褥。不奈：不耐，不能抵挡。南唐李煜《浪淘沙》："帘外雨潺潺，春意阑珊，罗衾不耐五更寒。"

㉙残漏：夜里将尽的更漏。

㉚"连宵"句：意谓夜里风雨交加，连续不停。脉脉，亦作"霢霂"，细雨连绵不断的样子。

㉛寒烟：指清冷的雾气。

㉜箬（ruò）笠：即"斗笠"，用箬竹叶或竹篾编成的笠帽，一种防雨用具。箬，竹类。叶阔而长，边缘稍白，常用以制笠。

㉝蝴蝶落花：一种纹饰。单朵花蕊称"落花"，与蝴蝶相配，易构成衣饰图案。

㉞棠木屐（jī）：棠木制作的屐。棠，即棠梨，又名"杜梨"，落叶乔木，有赤、白两种，赤棠木质坚韧。屐，木底鞋，有齿。《急就篇》唐颜师古注："屐者以木为之，而施两齿，所以践泥。"

㉟竹信子：又作"竹芯子"。指帽顶中的签子。

㊱剖腹藏珠：《资治通鉴》唐太宗贞观元年："上谓侍臣曰：'吾闻西域贾胡得美珠，剖身而藏之。彼之爱珠而不爱其身有诸？'侍臣曰：'有之。'上曰：'人皆知彼之爱珠而不爱其身也。吏受赇抵法，与帝王徇奢欲而亡国者，何以异于彼胡之可笑邪？'"后因以"剖腹藏珠"比喻为物伤身，轻重倒置。

第四十六回
尴尬人难免尴尬事①　鸳鸯女誓绝鸳鸯偶

话说黛玉直到四更将阑，方渐渐的睡去，暂且无话。

如今且说凤姐儿因见邢夫人叫他，不知何事，忙另穿戴了一番，坐车过来。邢夫人将房内人遣出，悄向凤姐儿道："叫你来不为别的，有一件为难的事，老爷托我，我不得主意，先和你商议：老爷因看上了老太太屋里的鸳鸯，要他在房里，叫我和老太太讨去。我想这倒是平常有的事，就是怕老太太不给，你可有法子办这件事么？"凤姐儿听了，忙道："依我说，竟别碰这个钉子去。老太太离了鸳鸯，饭也吃不下去的，那里就舍得了？况且平日说起闲话来，老太太常说老爷：'如今上了年纪，做什么左一个小老婆右一个小老婆，放在屋里？耽误了人家，放着身子不保养，官儿也不好生做去，成日和小老婆喝酒。'太太听听，很喜欢咱们老爷么？这会子回避还恐回避不及，反倒'拿草棍儿戳老虎的鼻子眼儿去'了。太太别恼，我是不敢去的。明放着不中用，而且反招出没意思来。老爷如今上了年纪，行事不免有点儿背晦②，太太劝劝才是。比不得年轻，做这些事无碍。如今兄弟、侄儿、儿子、孙子一大群，还这么闹起来，怎么见人呢？"邢夫人冷笑道："大家子三房四妾的也多，偏咱们就使不得？我劝了也未必依。就是老太太心爱的丫头，这么胡子苍白了又做了官的一个大儿子，要了做房里人，也未必好驳回的。我叫了你来，不过商议商议，你先派上了一篇的不是。也有叫你去的理？自然是我说去。你倒说我不劝，你还是不知道那性子的，劝不成，先和我恼了。"

凤姐知道邢夫人禀性愚弱，只知承顺贾赦以自保，次则婪取财货为自得；家下一应大小事务，俱由贾赦摆布，凡出入银钱事，一经他手，便克扣异常，以贾赦浪费为名，"须得我就中俭省，方可偿补。"儿女奴仆，一人不靠，一言不听的。如今又听邢夫人如此的话，便知他又弄左性③，劝了不中用，连忙陪笑说道："太太这话说的极是。我能活了多大，知道什么轻重？想来父母跟前，别说一个丫头，就是那么大的一个活宝贝，不给老爷给谁？背地里的话，那里信的？我竟是个呆子。拿着二爷说起，或有日得了不是，老爷太太恨的那样，恨不得立刻拿来一下子打死；及至见了面，也罢了，依旧拿着老爷太太心爱的东西赏他。如今老太太待老爷，自然也是那样了。依我说，老太太今儿喜欢，要讨，今儿就讨。我先过去哄着老太太，等太太过去了，我搭赸着走开，把屋子里的人我也带开，太太好和老太太说，给了更好，不给也没妨碍，众人也不得知道。"

邢夫人见他这般说，便又喜欢起来，又告诉他道："我的主意先不和老太太说。老太太说不给，这事便死了；我心里想着先悄悄的和鸳鸯说。他虽害臊，我细细的告诉了他，他自然不言语，就妥了；那时再和老太太说。老太太虽不依，搁不住他愿意④。常言'人去不中留'，自然这就妥了。"凤姐儿笑道："到底是太太有智谋；这是千妥万妥。别说是鸳鸯，凭他是谁，那一个不想巴高望上、不想出头的？放着半个主子不做，倒愿意做丫头，将来配个小子，就完了呢！"邢夫人笑道："正是这个话了。别说鸳鸯，就是那些执事的大丫头，谁不愿意这样呢？你先过去，别露一点风声，我吃了晚饭就过来。"

凤姐儿暗想："鸳鸯素昔是个极有心胸识见的丫头，虽如此说，保不严他愿意不愿意⑤。我先过去了，太太后过去，他要依了，便没得话说；倘或不依，太太是多疑的人，只怕疑我走了风声，使他拿腔作势的。那时太太又见应了我的话，羞恼变成怒，拿我出起气来，倒没意思。不如同着一齐过去了，他依也罢，不依也罢，就疑不到我身上了。"想毕，因笑道："才我临来，舅母那边送了两笼子鹌鹑，我吩咐他们炸了，原要赶太太晚饭上送过来的。我才进大门时，见小子们抬车，说：'太太的车拔了缝，拿去收拾去了。'不如这会子坐了我的车，一齐过去倒好。"邢夫人听了，便命人来换衣服。凤姐忙着伏侍了一回，娘儿两个坐车过来。凤姐儿又说道："太太过老太太那里去，我若跟了去，老太太若问起我过来做什么的，倒不好；不如太太先去，我脱了衣裳再来。"

邢夫人听了有理，便自往贾母处来和贾母说了一回闲话，便出来，假托往王夫人房里去，从后房门出去，打鸳鸯的卧房门前过，只见鸳鸯正坐在那里做针线，见了邢夫人，站起来。邢夫人笑道："做什么呢？我看看，你扎的花儿越发好了。"一面说，一面便进来接他手内的针线，看了一看，只管赞好。放下针线，又浑身打量。只见他穿着半新的藕色绫袄，青缎掐牙背心，下面水绿裙子；蜂腰削背，鸭蛋脸，乌油头发，高高的鼻子，两边腮上微微的几点雀瘢。

鸳鸯见这般看他，自己倒不好意思起来，心里便觉咤异，因笑问道："太太，这会子不早不晚的过来做什么？"邢夫人使个眼色儿，跟的人退出。邢夫人便坐下，拉着鸳鸯的手，笑道："我特来给你道喜来的。"鸳鸯听了，心中已猜着三分，不觉红了脸，低了头，不发一言。听邢夫人道："你知道，老爷跟前竟没有个可靠的人，心里再要买一个，又怕那些牙子家出来的⑥，不干不净；也不知道毛病儿，买了来三日两日，又弄鬼掉猴的。因满府里要挑一个家生女儿，又没个好的：不是模样儿不好，就是性子不好；有了这个好处，没了那个好处。因此常冷眼选了半年⑦，这些女孩子里头，就只你是个尖儿：模样儿，行事做人，温柔可靠，一概是齐的。意思要和老太太讨了你去，收在屋里。你不比外头新买新讨的，你这一进去了，就开了脸，就封你作姨娘，又体面，又尊贵。你又是个要强的人，俗语说的，'金子还是金子换'，谁知竟被老爷看中了。你如今这一来，可遂了素日心高智大的愿了；又堵一堵那些嫌你的人的嘴。跟了我回老太太去！"说着，拉了他的手就要走。

　　鸳鸯红了脸，夺手不行。邢夫人知他害臊，便又说道："这有什么臊处？你又不用说话，只跟着我就是了。"鸳鸯只低头不动身。邢夫人见他这般，便又说道："难道你还不愿意不成？若果然不愿意，可真是个傻丫头了。放着主子奶奶不做，倒愿意做丫头！三年两年，不过配上个小子，还是奴才。你跟我们去，你知道我的性子又好，又不是那不容人的人，老爷待你们又好。过一年半载，生个一男半女，你就和我并肩了。家里的人，你要使唤谁，谁还不动？现成主子不做去，错过了机会，后悔就迟了。"鸳鸯只管低头，仍是不语。邢夫人又道："你这么个爽快人，怎么又这样积糯起来⑧？有什么不称心之处，只管说与我；我管保你遂心如意就是了。"鸳鸯仍不语。邢夫人又笑道："想必你有老子娘，你自己不肯说话，怕臊，你等他们问你呢？这也是理。让我问他们去，叫他们来问你，有话只管告诉他们。"说毕，便往凤姐儿房中来。

　　凤姐儿早换了衣服，因房内无人，便将此话告诉了平儿。平儿也摇头笑道："据我看来，未必妥当。平常我们背着人说起话来，听他那个主意，未必是肯的。也只说着看罢了。"凤姐儿道："太太必来这屋里商议；依了还可，要是不依，白讨个没趣儿。当着你们，岂不脸上不好看。你说给他们炸些鹌鹑，再有什么配几样，预备吃饭。你且别处逛逛去，估量着走了，你再来。"平儿听说，照样传与婆子们，便逍遥自在的园子里来。

　　这里鸳鸯见邢夫人去了，必到凤姐房里商议去了，还必定有人来问他的，不如躲了这里，因找了琥珀，道："老太太要问我，只说我病了，没吃早饭，往园子里逛逛就来。"琥珀答应了。鸳鸯也往园子里来，各处游玩。不想正遇见平儿。平儿见无人，便笑道："新姨娘来了！"鸳鸯听了，便红了脸，说道："怪道，你们串通一气来算计我！等着我和你主子闹去就是了。"平儿见鸳鸯满脸恼意，自悔失言，便拉到枫树底下，坐在一块石上，越发把方才凤姐过去回来所有的形景言词，始末原由，告诉于他。鸳鸯红了脸，向平儿冷笑道："只是咱们好，比如袭人、琥珀、素云、紫鹃、彩霞、玉钏、麝月、翠墨，跟了史姑娘去的翠缕，死了的可人和金钏，去了的茜雪，连上你我，这十来个人，从小儿什么话儿不说，什么事儿不做？这如今因都大了，各自干各自的去了，我心里仍是照旧，有话有事，并不瞒你们。这话我先放在你心里，且别和二奶奶说：别说大老爷要我做小老婆，就是太太这会子死了，他三媒六聘的娶我去做大老婆⑨，我也不能去！"

平儿方欲说话，只听山石背后哈哈的笑道："好个没脸的丫头，亏你不怕牙碜⑩！"二人听了，不觉吃了一惊，忙起身向山后找寻，不是别个，却是袭人，笑着走了出来。问："什么事情？告诉我。"说着，三人坐在石上。平儿又把方才的话说与袭人，袭人听了，说道："这话，论理不该我们说：这个大老爷，真真太好色了！略平头正脸的，他就不能放手了。"平儿道："你既不愿意，我教你个法儿。"鸳鸯道："什么法儿？"平儿笑道："你只和老太太说，就说已经给了琏二爷了，大老爷就不好要了。"鸳鸯啐道："什么东西！你还说呢！前儿你主子不是这么混说？谁知应到今儿了。"袭人笑道："他两个都不愿意，依我说，就和老太太说，叫老太太就说把你已经许了宝二爷了；大老爷也就死了心了。"鸳鸯又是气，又是臊，又是急，骂道："两个坏蹄子，再不得好死的！人家有为难的事，拿着你们当做正经人，告诉你们，与我排解排解，饶不管，你们倒替换着取笑儿。你们自以为都有了结果了，将来都是做姨娘的！据我看来，天底下的事，未必都那么遂心如意的。你们且收着些儿罢，别忒乐过了头儿！"

二人见他急了，忙陪笑道："好姐姐，别多心，咱们从小儿都是亲姊妹一般，不过无人处偶然取个笑儿。你的主意告诉我们知道，也好放心。"鸳鸯道："什么主意！我只不去就完了。"平儿摇头道："你不去，未必得干休。大老爷的性子，你是知道的。虽然你是老太太房里的人，此刻不敢把你怎么样，难道你跟老太太一辈子不成？也要出去的。那时落了他的手，倒不好了。"鸳鸯冷笑道："老太太在一日，我一日不离这里；若是老太太归西去了，他横竖还有三年的孝呢，没个娘才死了，他先弄小老婆的！等过了三年，知道又是怎么个光景儿呢？那时再说。纵到了至急为难，我剪了头发做姑子去；不然，还有一死。一辈子不嫁男人，又怎么样？乐得干净呢！"平儿袭人笑道："真个这蹄子没了脸，越发信口儿都说出来了！"鸳鸯道："事到如此，臊一回子怎么样？你们不信，慢慢的看着就是了！太太才说了，找我老子娘去。我看他南京找去！"平儿道："你的父母都在南京看房子，没上来，终久也寻的着；现在还有你哥哥嫂子在这里。可惜你是这里的家生女儿，不如我们两个只单在这里。"鸳鸯道："家生女儿怎么样？'牛不喝水强按头'？我不愿意，难道杀我的老子娘不成！"

正说着，只见他嫂子从那边走来。袭人道："他们当时找不着你的爹娘，一定和你嫂子说了。"鸳鸯道："这个娼妇，专管是个'六国贩骆驼'的①，听了这话，他有个不奉承去的！"说话之间，已来到跟前。他嫂子笑道："那里没有找到，姑娘跑了这里来！你跟了我来，我和你说话。"平儿袭人都忙让坐。他嫂子只说："姑娘们请坐，找我们姑娘说句话。"袭人平儿都装不知道，笑说："什么这么忙？我们这里猜谜儿呢，等猜了这个再去。"鸳鸯道："什么话？你说罢。"他嫂子笑道："你跟我来，到那里告诉你，横竖有好话儿。"鸳鸯道："可是太太和你说的那话？"他嫂子笑道："姑娘既知道，还奈何我！快来！我细细的告诉你，可是天大的喜事！"

鸳鸯听说，立起身来，照他嫂子脸上下死劲啐了一口，指着骂道："你快夹着你那毡嘴②，离了这里，好多着呢！什么'好话'？又是什么'喜事'？怪道成日家羡慕人家的丫头做了小老婆，一家子都仗着他横行霸道的，一家子都成了小老婆了！看的眼热了，也把我送在火坑里去。我若得脸呢，你们外头横行霸道，自己就封了自己是舅爷；我若不得脸，败了时，你们把忘八脖子一缩，生死由我去！"一面骂，一面哭。平儿袭人拦着劝他。他嫂子脸上下不来，因说道："愿意不愿意，你也好说，犯不着拉三扯四的。俗语说的好：'当着矮人，别说矮话。'姑娘骂我，我不敢还言；这二位姑娘并没惹着你，'小老婆'长，'小老婆'短，人家脸上怎么过的去？"袭人平儿忙道："你倒别说这话，他也并不是说我们，你倒别拉三扯四的。你听见那位太太、太爷们封了我们做小老婆？况且我们两个也没有爹、娘、哥哥、兄弟在这门子里仗着我们横行霸道的。他骂的人自由他骂去，我们犯不着多心！"鸳鸯道："他见我骂了他，他臊了，没的盖脸，又拿话调唆你们两个。幸亏你们两个明白，原是我急了，也没分别出来，他就挑出这个空儿来。"他嫂子自觉没趣，赌气去了。

　　鸳鸯气的还骂，平儿袭人劝他一回，方罢了。平儿因问袭人道："你在那里藏着做什么？我们竟没有看见你。"袭人道："我因为往四姑娘房里看我们宝二爷去的，谁知迟了一步，说是家去了。我疑惑怎么没遇见呢，想要往林姑娘家找去，又遇见他的人，说也没去。我这里正疑惑是出园子去了，可巧你从那里来了。我一闪，你也没看见。后来他又来了，我从这树后头走到山子石后，我却见你两个说话来了，谁知你们四个眼睛没见我……"一语未了，又听身后笑道："四个眼睛没见你？你们六个眼睛还没见我呢！"三人吓了一跳，回身一看，不是别人，正是宝玉。袭人先笑道："叫我好找，你在那里来着？"宝玉笑道："我从四妹妹那里出来，迎头看见你走来了，我就知道是找我去的，我就藏起来了哄你。看你扬着头过去了，进了院子，又出来了，逢人就问，我在那里好笑。只等你到了跟前，吓你一跳的。后来见你也藏藏躲躲的，我就知道也是要哄人了。我探头往前看了一看，却是他们两个，所以我就绕到你身后。你出去，我也躲在你躲的那里了。"平儿笑道："咱们再往后找找去罢，只怕还找出两个人来，也未可知。"宝玉笑道："这可再没有了。"鸳鸯已知这话俱被宝玉听了，只伏在石头上装睡。宝玉推他笑道："这石头上冷，咱们回屋里去睡，岂不好？"说着，拉起鸳鸯来。又忙让平儿来家吃茶，和袭人都劝鸳鸯走，鸳鸯方立起身来。四个竟往怡红院来。宝玉将方才的话俱已听见，心中着实替鸳鸯不快，只默默的歪在床上，任他三人在外间说笑。

那边邢夫人因问凤姐儿鸳鸯的父亲，凤姐因说："他爹的名字叫金彩，两口子都在南京看房子，不大上来。他哥哥文翔现在是老太太的买办。他嫂子也是老太太那边浆洗上的头儿。"邢夫人便命人叫了他嫂子金文翔的媳妇来，细细说与他。金家媳妇自是喜欢，兴兴头头去找鸳鸯，指望一说必妥；不想被鸳鸯抢白了一顿，又被袭人平儿说了几句，羞恼回来，便对邢夫人说："不中用，他骂了我一场。"因凤姐儿在旁，不敢提平儿，说："袭人也帮着抢白我，说了我许多不知好歹的话，回不得主子的。太太和老爷商议再买罢。谅那小蹄子也没有这么大福，我们也没有这么大造化。"邢夫人听了，说道："又与袭人什么相干？他们如何知道的？"又问："还有谁在跟前？"金家的道："还有平姑娘。"凤姐儿忙道："你不该拿嘴巴子把他打回来？我一出了门子，他就逛去了；回家来，连一个影儿也摸不着他！他必定也帮着说什么来着？"金家的道："平姑娘倒没在跟前，远远的看着倒像是他，可也不真切。不过是我自忖度。"

凤姐便命人去："快找了他来，告诉我家来了，太太也在这里，叫他来帮个忙儿！"丰儿忙上来回道："林姑娘打发了人下请字儿，请了三四次，他才去了；奶奶一进门，我就叫他去的。林姑娘说：'告诉奶奶，我烦他有事呢。'"凤姐儿听了方罢，故意的还说："天天烦他！有什么事情？"邢夫人无计，吃了饭回家，晚间告诉了贾赦。贾赦想了一想，即刻叫贾琏来，说："南京的房子还有人看着，不止一家，即刻叫上金彩来。"贾琏回道："上次南京信来，金彩已经得了痰迷心窍，那边连棺材银子都赏了，不知如今是死是活，即便活着，人事不知，叫来无用。他老婆子又是个聋子。"贾赦听了，喝了一声，又骂："混帐！没天理的囚攮的！偏你这么知道！还不离了我这里！"唬的贾琏退出。一时又叫传金文翔。贾琏在外书房伺候着，又不敢家去，又不敢见他父亲，只得听着。一时金文翔来了，小么儿们直带入二门里去，隔了四五顿饭的工夫，才出来去了。贾琏暂且不敢打听，隔了一会，又打听贾赦睡了，方才过来。至晚间，凤姐儿告诉他，方才明白。

且说鸳鸯一夜没睡，至次日，他哥哥回贾母，接他家去逛逛，贾母允了，叫他家去。鸳鸯意欲不去，只怕贾母疑心，只得勉强出来。他哥哥只得将贾赦的话说与他，又许他怎么体面，又怎么当家做姨娘，鸳鸯只咬定牙不愿意。他哥哥无法，少不得回去回复了贾赦。贾赦怒起来，因说道："我说与你，叫你女人向他说去，就说我的话：'自古嫦娥爱少年。'他必定嫌我老了，大约他恋着少爷们，多半是看上了宝玉，只怕也有贾琏。若有此心，叫他早早歇了，我要他不来，以后谁敢收他？这是一件。第二件，想着老太太疼他，将来外边聘个正头夫妻去。叫他细想：凭他嫁到了谁家，也难出我的手心；除非他死了，或是终身不嫁男人，我就伏了他！若不然时叫他趁早回心转意，有多少好处。"贾赦说一句，金文翔应一声"是"。贾赦道："你别哄我，明儿我还打发你太太过去问鸳鸯。你们说了，他不依，便没你们的不是；若问他，他再依了，仔细你们的脑袋！"金文翔忙应了又应，退出回家，也等不得告诉他女人转说，竟自己对面说了这话，把个鸳鸯气的无话可回，想了一想，便说道："我便愿意去，也须得你们带了我回声老太太去。"他哥嫂只当回想过来，都喜之不尽，他嫂子即刻带了他上来见贾母。

可巧王夫人、薛姨妈、李纨、凤姐儿、宝钗等姊妹并外头的几个执事有头脸的媳妇，都在贾母跟前凑趣儿呢。鸳鸯看见，忙拉了他嫂子，到贾母跟前跪下，一面哭，一面说，把邢夫人怎么来说，园子里嫂子又如何说，今儿他哥哥又如何说，"因为不依，方才大老爷越发说我'恋着宝玉'，不然，要等着往外聘，凭我到天上，这一辈子也跳不出他的手心去，终久要报仇。我是横了心的，当着众人在这里，我这一辈子，别说是宝玉，就是'宝金''宝银''宝天王''宝皇帝'，横竖不嫁人就完了！就是老太太逼着我，一刀子抹死了，也不能从命！伏侍老太太归了西，我也不跟着我老子娘哥哥去，或是寻死，或是剪了头发当姑子去！若说我不是真心，暂且拿话支吾，这不是天地鬼神、日头月亮照着，嗓子里头长疔！"原来这鸳鸯一进来时，便袖内带了一把剪子，一面说着，一面回手打开头发就铰。众婆子丫鬟看见，忙来拉住，已剪下半绺来了。众人看时，幸而他的头发极多，铰的不透，连忙替他挽上。

贾母听了，气的浑身打战，口内只说："我通共剩了这么一个可靠的人，他们还要来算计！"因见王夫人在旁，便向王夫人道："你们原来都是哄我的！外头孝顺，暗地里盘算我。有好东西也来要，有好人也来要。剩了这个毛丫头，见我待他好了，你们自然气不过，弄开了他，好摆弄我！"王夫人忙站起来，不敢还一言。薛姨妈见连王夫人怪上，反不好劝的了；李纨一听见鸳鸯这话，早带了姊妹们出去。探春有心的人，想王夫人虽有委屈，如何敢辩；薛姨妈现是亲姊妹，自然也不好辩；宝钗也不便为姨母辩；李纨、凤姐、宝玉一发不敢辩：这正用着女孩儿之时，迎春老实，惜春小，因此，窗外听了一听，便走进来，陪笑向贾母道："这事与太太什么相干？老太太想一想，也有大伯子的事，小婶子如何知道？"

话未说完，贾母笑道："可是我老糊涂了！姨太太别笑话我。你这个姐姐，他极孝顺我，不像我那大太太，一味怕老爷，婆婆跟前不过应景儿。可是我委屈了他。"薛姨妈只答应"是"，又说："老太太偏心，多疼小儿子媳妇，也是有的。"贾母道："不偏心！"因又说："宝玉，我错怪了你娘，你怎么也不提我，看着你娘受委屈？"宝玉笑道："我偏着母亲说大爷大娘不成？通共一个不是，我母亲要不认，却推谁去？我倒要认是我的不是，老太太又不信！"贾母笑道："这也有理。你快给你娘跪下，你说：太太别委屈了，老太太有年纪了，看着宝玉罢。"宝玉听了，忙走过来，便跪下要说；王夫人忙笑着拉起他来，说："快起来，断乎使不得，难道替老太太给我赔不是不成？"宝玉听说，忙站起来。

贾母又笑道："凤姐儿也不提我！"凤姐笑道："我倒不派老太太的不是，老太太倒寻上我了？"贾母听了，与众人都笑道："这可奇了！倒要听听这'不是'。"凤姐道："谁叫老太太会调理人？调理的水葱儿似的，怎么怨得人要？我幸亏是孙子媳妇，我若是孙子，我早要了，还等到这会子呢！"贾母笑道："这倒是我的不是了？"凤姐笑道："自然是老太太的不是了。"贾母笑道："这样，我也不要了，你带了去罢。"凤姐儿道："等着修了这辈子，来生托生男人，我再要罢。"贾母笑道："你带了去，给琏儿放在屋里，看你那没脸的公公还要不要了！"凤姐儿道："琏儿不配，就只配我和平儿这一对'烧糊了的卷子'⑬，和他混罢。"说的众人都笑起来了。

丫头回说："大太太来了。"王夫人忙迎了出去。要知端的，再听下回分解。

【注释】

①尴尬（gān gà）：有两种意思：一是行为不正；二是处境困难，不好应付。《说文·尤部》清段玉裁注："今苏州俗语，谓事乖剌者曰尴尬。"近人王瀣批云："按《说文》：'不正也。'又，《集韵》：'行不进也。'以不正之人而行不能进之事，此处盖兼两义言之，可谓切矣。"

②背晦：俗称老年人糊涂为"背晦"。也作"背会"。

③左性：性情执拗、乖僻。

④搁不住：阻挡不了。

⑤保不严：保不住，说不准。

⑥牙子家：旧时称各种买卖经纪人为"牙子"。这里指人贩子。

⑦冷眼：指观察事物时的冷静目光。

⑧积碾（niǎn）：不爽快。也作"滞黏"。

⑨三媒六聘：即"三媒六证"。旧时男女婚姻，由父母包办，还必须有媒妁传言，证婚人证明。三媒六证，极言其郑重。

⑩牙碜（chèn）：食物中夹杂沙土，咀嚼起来，牙齿感到难受；或听到一种噪音，使人皮肤起栗，都叫"牙碜"。这里比喻说话肉麻，不觉害羞、难为情。

⑪"六国贩骆驼"的：比喻到处招揽生意、喜欢管闲事的人。六国，本指战国时函谷关以东之楚、齐、燕、韩、魏、赵六大国。

⑫毴（bī）：骂词。女性外生殖器。

⑬烧糊了的卷子：形容面目焦黑丑陋。卷子是一种面食。烧糊了，即烧焦了的意思。这是针对上文"水葱儿似的"来说的。

第四十七回
呆霸王调情遭苦打　冷郎君惧祸走他乡

话说王夫人听见邢夫人来了，连忙迎了出去。邢夫人犹不知贾母已知鸳鸯之事，正还又来打听信息，进了院门，早有几个婆子悄悄的回了他，他才知道。待要回去，里面已知；又见王夫人接了出来，少不得进来，先与贾母请安。贾母一声儿不言语。自己也觉得愧悔。凤姐儿早指一事回避了。鸳鸯也自回房去生气。薛姨妈王夫人等恐碍着邢夫人的脸面，也都渐渐退了。邢夫人且不敢出去。

贾母见无人，方说道："我听见你替你老爷说媒来了。你倒也'三从四德'的①。只是这贤惠也太过了！你们如今也是孙子儿子满眼了，你还怕他使性子。我闻得你还由着你老爷的那性儿闹。"邢夫人满面通红，回道："我劝过几次不依。老太太还有什么不知道的呢，我也是不得已儿。"贾母道："他逼着你杀人，你也杀去？如今你也想想：你兄弟媳妇，本来老实，又生的多病多痰，上上下下，那不是他操心？你一个媳妇，虽然帮着，也是天天'丢下爬儿弄扫帚'。凡百事情，我如今自己减了，他们两个就有些不到的去处，有鸳鸯那孩子还心细些，我的事情，他还想着一点子：该要的，他就要了来；该添什么，他就趁空儿告诉他们添了。鸳鸯再不这样，他娘儿两个，里头外头，大的小的，那里不忽略一件半件？我如今反倒自己操心去不成？还是天天盘算，和他们要东要西去？我这屋里，有的没有的，剩了他一个，年纪也大些，我凡做事的脾气性格儿，他还知道些。他二则也还投主子的缘法，他也并不指着我和那位太太要衣裳去，又和那位奶奶要银子去。所以这几年，一应事情，他说什么，从你小婶和你媳妇起，至家下大大小小，没有不信的。所以不单我得靠，连你小婶、媳妇也都省心。我有了这么个人，就是媳妇、孙子媳妇想不到的，我也不得缺了，也没气可生了。这会子，他去了，你们又弄什么人来我使？你们就弄他那么个真珠的人来，不会说话也无用。我正要打发人和你老爷说去，他要什么人，我这里有钱，叫他只管一万八千的买去就是；要这个丫头，不能！留下他伏侍我几年，就比他日夜伏侍我尽了孝的一样。你来的也巧，就去说，更妥当了。"说毕，命人来："请了姨太太你姑娘们来；才高兴说个话儿，怎么又都散了！"

丫头忙答应找去了。众人赶忙的又来。只有薛姨妈向那丫鬟道："我才来了，又做什么去？你就说我睡了。"那丫头道："好亲亲的姨太太，姨祖宗！我们老太太生气呢！你老人家不去，没个开交了。只当疼我们罢！你老人家怕走，我背了你老人家去。"薛姨妈笑道："小鬼头儿②！你怕些什么！不过骂几句就完了。"说着，只得和这小丫头子走来。贾母忙让坐，又笑道："咱们斗牌罢？姨太太的牌也生，咱们一处坐着，别叫凤姐儿混了我们去。"薛姨妈笑道："正是呢！老太太替我看着些儿。就是咱们娘儿四个斗呢，还是添一两个人呢？"王夫人笑道："可不只四个人。"凤姐儿道："再添一个人，热闹些。"贾母道："叫鸳鸯来，叫他在这下手里坐着，姨太太的眼花了，咱们两个的牌，都叫他看着些儿。"凤姐笑了一声，向探春道："你们知书识字的，倒不学算命？"探春道："这又奇了，这会子你不打点精神赢老太太几个钱，又想算命？"凤姐儿道："我正要算算今儿该输多少，我还想赢呢？你瞧瞧，场儿没上，左右都埋伏下了。"说的贾母薛姨妈都笑起来。

一时鸳鸯来了，便坐在贾母下首。鸳鸯之下，便是凤姐儿。铺下红毡，洗牌告么③，五人起牌，斗了一回。鸳鸯见贾母的牌已十成④，只等一张二饼，便递了暗号儿与凤姐儿。凤姐儿正该发牌，便故意踌躇了半晌，笑道："我这一张牌定在姨妈手里扣着呢，我若不发这一张牌，再顶不下来的。"薛姨妈道："我手里并没有你的牌。"凤姐儿道："我回来是要查的。"薛姨妈道："你只管查。你且发下来，我瞧瞧是张什么。"凤姐儿便送在薛姨妈跟前，薛姨妈一看，是个二饼，便笑道："我倒不稀罕他，只怕老太太满了。"凤姐听了，忙笑道："我发错了。"贾母笑的已掷下牌来，说："你敢拿回去！谁叫你错的不成？"凤姐儿道："可是我要算一算命呢！这是自己发的，也怨不得人了。"贾母笑道："可是你自己打着你那嘴，问着你自己才是。"又向薛姨妈笑道："我不是小气爱赢钱，原是个彩头儿。"薛姨妈笑道："我们可不是这样想，那里有那样糊涂人，说老太太爱钱呢？"

凤姐儿正数着钱，听了这话，忙义把钱穿上了⑤，向众人笑道："够了我的了。竟不为赢钱，单为赢彩头儿。我到底小气，输了就数钱；快收起来罢。"贾母规矩是鸳鸯代洗牌的，因和薛姨妈说笑，不见鸳鸯动手。贾母道："你怎么恼了，连牌也不替我洗？"鸳鸯拿起牌来笑道："奶奶不给钱。"贾母道："他不给钱，那是他交运了。"便命小丫头子："把他那一吊钱都拿过来！"小丫头子真就拿了，搁在贾母傍边。凤姐儿笑道："赏我罢！照数儿给就是了。"薛姨妈笑道："果然凤姐儿小器，不过玩儿罢了。"

凤姐儿听说，便站起来，拉住薛姨妈，回头指着贾母素日放钱的一个木箱子，笑道："姨妈瞧瞧，那个里头不知玩了我多少去了！这一吊钱玩不了半个时辰，那里头的钱就招手儿叫他了。只等把这一吊也叫进去了，牌也不用斗了，老祖宗气也平了，又有正经事差我办去了。"话未说完，引的贾母众人笑个不住。正说着，偏平儿怕钱不够，又送了一吊来。凤姐儿道："不用放在我跟前，也放在老太太的那一处罢：一齐叫进去，倒省事，不用做两次，叫箱子里的钱费事。"贾母笑的手里的牌撒了一桌子，推着鸳鸯，叫："快撕他的嘴！"

平儿依言，放下钱，也笑了一回，方回来。至院门前，遇见贾琏，问他："太太在那里呢？老爷叫我请过去呢。"平儿忙笑道：

"在老太太跟前站了这半日，还没动呢。趁早儿丢开手罢。老太太生了半日气，这会子，亏二奶奶凑了半日的趣儿，才略好了些。"贾琏道："我过去，只说讨老太太示下，十四往赖大家去不去，好预备轿子的。又请了太太，又凑了趣儿，岂不好。"平儿笑道："依我说，你竟别过去罢。合家子，连太太宝玉都有了不是，这会子你又填限去了⑥。"贾琏道："已经完了，难道还找补不成？况且与我又无干；二则老爷亲自吩咐我请太太的，这会子我打发了人去，倘或知道了，正没好气呢，指着这个拿我出气罢。"说着就走。平儿见他说的有理，也就跟了过来。

贾琏到了堂屋里，便把脚步放轻了，往里间探头，只见邢夫人站在那里。凤姐儿眼尖，先瞧见了，便使眼色儿，不命他进来，又使眼色与邢夫人。邢夫人不便就走，只得倒了一碗茶来，放在贾母跟前。贾母一回身，贾琏不防，便没躲过。贾母便问："外头是谁？倒像个小子一伸头的是的。"凤姐儿忙起身说："我也恍惚看见有一个人影儿。"一面说，一面起身出来。贾琏忙进去，陪笑道："打听老太太十四可出门？好预备轿子。"贾母道："既这么样，怎么不进来，又做鬼做神的？"贾琏陪笑道："见老太太玩牌，不敢惊动，不过叫媳妇出来问问。"贾母道："就忙到这一时！等他家去，你问他多少问不得？那一遭儿你这么小心来着？又不知是来做耳报神的⑦，也不知是来做探子的，鬼鬼祟祟，倒吓我一跳。什么好下流种子！你媳妇和我玩牌呢，还有半日的空儿，你家去再和那赵二家的商量治你媳妇去罢。"说着，众人都笑了。鸳鸯笑道："鲍二家的，老祖宗又拉上赵二家的去。"贾母也笑道："可是，我那里记得什么'抱'着'背'着的，提起这些事来，不由我不生气。我进了这门子，做重孙媳妇起，到如今，我也有个重孙子媳妇了，连头带尾五十四年，凭着大惊大险、千奇百怪的事，也经了些，从没经过这些事。还不离了我这里呢！"

贾琏一声儿不敢说，忙退了出来。平儿在窗外站着，悄悄笑道："我说你不听，到底碰在网里了。"正说着，只见邢夫人也出来。贾琏道："都是老爷闹的，如今都搁在我和太太身上。"邢夫人道："我把你这没孝心的种子！人家还替老子死呢；白说了几句，你就抱怨天、抱怨地了。你还不好好的呢，这几日生气，仔细他捶你。"贾琏道："太太快过去罢，叫我来请了好半日了。"说着，送他母亲出来，过那边去。

邢夫人将方才的话只略说了几句，贾赦无法，又且含愧，自此便告了病，且不敢见贾母，只打发邢夫人及贾琏每日过去请安。只得又各处遣人购求寻觅，终久费了八百两银子，买了一个十七岁女孩子来，名唤嫣红，收在屋里，不在话下。

这里斗了半日牌，吃晚饭才罢。此一二日间无话。

转眼到了十四，黑早，赖大的媳妇又进来请。贾母高兴，便带了王夫人薛姨妈及宝玉姊妹等，至赖大花园中坐了半日。那花园虽不及大观园，却也十分齐整宽阔，泉石林木，楼台亭轩，也有好几处动人的。外面大厅上，薛蟠、贾珍、贾琏、贾蓉并几个近族的都来了。那赖大家内，也请了几个现任的官长并几个大家子弟作陪。因其中有个柳湘莲，薛蟠自上次会过了一次，已念念不忘，又打听他最喜串戏⑧，且都串的是生旦风月戏文，不免错会了意，误认他做了风月子弟，正要与他相交，恨没有个引进，这日可巧遇见，乐得无可不可。且贾珍等也慕他的名，酒盖住了脸，就求他串了两出戏。下来，移席和他一处坐着，问长问短，说东说西。

那柳湘莲原系世家子弟，读书不成，父母早丧，素性爽侠，不拘细事，酷好耍枪舞剑，赌博吃酒，以至眠花卧柳，吹笛弹筝，无所不为。因他年纪又轻，生得又美，不知他身分的人，都误认作优伶一类。那赖大之子赖尚荣，与他素昔交好，故今日请来做陪。不想酒后别人犹可，独薛蟠又犯了旧病。心中早已不快，得便意欲走开完事，无奈赖尚荣又说："方才宝二爷又嘱咐我：才一进门，虽见了，只是人多不好说话，叫我嘱咐你，散的时候别走，他还有话说呢。你既一定要去，等我叫出他来，你两个见了再走，与我无干。"说着，便命小厮们："到里头，找一个老婆子，悄悄告诉，请出宝二爷来。"那小厮去了，没一杯茶时，果见宝玉出来了。赖尚荣向宝玉笑道："好叔叔，把他交给你，我张罗人去了。"说着，已经去了。

宝玉便拉了柳湘莲到厅侧书房中坐下，问他："这几日可到秦钟的坟上去了？"湘莲道："怎么不去？前日我们几个放鹰去⑨，离他坟上还有二里，我想今年夏天雨水勤，恐怕他的坟站不住，我背着众人走到那里去瞧了一瞧，略又动了一点子；回家来就便弄了几百钱，第三日一早出去，雇了两个人，收拾好了。"宝玉说："怪道呢。上月我们大观园的池子里头结了莲蓬，我摘了十个，叫焙茗出去，到坟上供他去。回来我也问他：'可被雨冲坏了没有？'他说：'不但没冲，更比上回新了些。'我想着，必是这几个朋友新收拾了。我只恨我天天圈在家里，一点儿做不得主，行动就有人知道，不是这个拦，就是那个劝的，能说不能行。虽然有钱，又不由我使。"柳湘莲道："这个事也用不着你操心，外头有我，你只心里有了就是了。眼前十月初一日，我已经打点下上坟的花消。你知道，我一贫如洗，家里是没的积聚的；纵有几个钱来，随手就光的。不如趁空儿留下这一分，省的到了跟前扎煞手⑩。"宝玉道："我也正为这个，要打发焙茗找你，你又不大在家，知道你天天萍踪浪迹，没个一定的去处。"柳湘莲道："你也不用找我，这个事也不过各尽其道。眼前我还要出门去走走，外头逛逛，三年五载再回来。"宝玉听了，忙问："这是为何？"柳湘莲冷笑道："我的心事，等到跟前，你自然知道。我如今要别过了。"宝玉道："好容易会着，晚上同散，岂不好？"湘莲道："你那令姨表兄，还是那样；再坐着，未免有事，不如我回避了倒好。"宝玉想一想，说道："既是这么样，倒是回避他为是。只是你要果真远行，必须先告诉我一声，千万别悄悄的去了。"说着，便滴下泪来。

柳湘莲说道："自然要辞你去；你只别和别人说就是了。"说着，就站起来要走；又道："你就进去罢，不必送我。"一面说，一面出了书房。刚至大门前，早遇见薛蟠在那里乱叫："谁放了小柳儿走了？"柳湘莲听了，火星乱进，恨不得一拳打死；复思酒后挥拳，又碍着赖尚荣的脸面，只得忍了又忍。薛蟠忽见他走出来，如得了珍宝，忙趔趄着走上去，一把拉住，笑道："我的兄弟！你往那里去了？"湘莲道："走走就来。"薛蟠笑道："你一去都没了兴头了，好歹坐一坐，就算疼我了。凭你什么要紧的事，交给哥哥，只别忙。你有这个哥哥，你要做官发财都容易。"

　　湘莲见他如此不堪，心中又恨又愧，早生一计，拉他到避净处，笑道："你真心和我好，还是假心和我好呢？"薛蟠听见这话，喜得心痒难挠，乜斜着眼，笑道："好兄弟，你怎么问起我这样话来？我要是假心，立刻死在眼前！"湘莲道："既如此，这里不便；等坐一坐，我先走，你随后出来，跟到我下处^⑪，咱们索性喝一夜酒。我那里还有两个绝好的孩子^⑫，从没出门的^⑬。你可连一个跟的人也不用带，到了那里，伏侍人都是现成的。"薛蟠听如此说，喜的酒醒了一半，说："果然如此？"湘莲笑道："如何！人拿真心待你，你倒不信了！"薛蟠忙笑道："我又不是呆子，怎么有个不信的呢！既如此，我又不认得，你先去了，我在那里找你？"湘莲道："我这下处在北门外头，你可舍得家，城外住一夜去？"薛蟠道："有了你，我还要家做什么？"湘莲道："既如此，我在北门外头桥上等你。咱们席上且吃酒去。你看我走了之后，你再走，他们就不留神了。"薛蟠听了，连忙答应道："是。"二人复又入席，饮了一回。那薛蟠难熬，只拿眼看湘莲，心内越想越乐，左一壶，右一壶，并不用人让，自己便吃了又吃，不觉酒有八九分了。

　　湘莲便起身出来，瞅人不防，出至门外，命小厮杏奴："先家去罢，我到城外就来。"说毕，已跨马直出北门，桥上等候薛蟠。一顿饭的工夫，只见薛蟠骑着一匹大马，远远的赶了来，张着嘴，瞪着眼，头似拨浪鼓一般^⑭，不住左右乱瞧。及至从湘莲马前过去，只顾往远处瞧，不曾留心近处。湘莲又笑又恨；他便也撒马随后跟来。薛蟠往前看时，渐渐人烟稀少，便又圈马回来；再不想一回头见了湘莲，如获奇珍，忙笑道："我说你是个再不失信的。"湘莲笑道："快往前走，仔细人看见跟了来，就不好了。"说着，先就撒马前去。薛蟠也就紧紧跟来。

湘莲见前面人烟已稀，且有一带苇塘，便下马，将马拴在树上，向薛蟠笑道："你下来，咱们先设个誓，日后要变了心，告诉人去的，便应誓。"薛蟠笑道："这话有理。"连忙下了马，也拴在树上，便跪下说道："我要日久变心，告诉人去的，天诛地灭……"一言未了，只听"镗"的一声，背后好似铁锤砸下来，只觉得一阵黑，满眼金星乱迸，身不由己，便倒下了。湘莲走上来瞧瞧，知道他是个不惯捱打的，只使了三分气力，向他脸上拍了几下，登时便"开了果子铺"⑮。薛蟠先还要扎挣起身，又被湘莲用脚尖点了一点，仍旧跌倒。口内说道："原来是两家情愿，你不依，只管好说，为什么哄出我来打我？"一面说，一面乱骂。湘莲道："我把你这瞎了眼的，你认认柳大爷是谁！你不说哀求，你还伤我！我打死你也无益，只给你个利害罢！"说着，便取了马鞭过来，从背后至胫，打了三四十下。

薛蟠的酒早已醒了大半，不觉得疼痛难禁，不禁有"嗳哟"之声。湘莲冷笑道："也只如此！我只当你是不怕打的。"一面说，一面又把薛蟠的左腿拉起来，向苇中泞泥处拉了几步，滚的满身泥水，又问道："你可认得我了？"薛蟠不应，只伏着哼哼。湘莲又掷下鞭子，用拳头向他身上擂了几下，薛蟠便乱滚乱叫，说："肋条折了！我知道你是正经人，因为我错听了旁人的话了。"湘莲道："不用拉旁人，你只说现在的。"薛蟠道："现在也没什么说的。不过你是个正经人，我错了。"湘莲道："还要说软些，才饶你。"薛蟠哼哼的道："好兄弟。"湘莲便又一拳；薛蟠"嗳"了一声，道："好哥哥。"湘莲又连两拳；薛蟠忙"嗳哟"叫道："好老爷，饶了我这没眼睛的瞎子罢！从今以后，我敬你怕你了。"

湘莲道："你把那水喝两口。"

　　薛蟠一面听了，一面皱眉道："这水实在腌臜，怎么喝的下去！"湘莲举拳就打；薛蟠忙道："我喝……我喝……"说着，只得俯头向苇根下喝了一口，犹未咽下去，只听"哇"的一声，把方才吃的东西都吐了出来。湘莲道："好腌臜东西，你快吃完了，饶你。"薛蟠听了，叩头不迭，说："好歹积阴功饶我罢！这至死不能吃的。"湘莲道："这样气息，倒熏坏了我！"说着，丢下了薛蟠，便牵马认镫去了⑩。这里薛蟠见他已去，方放下心来，后悔自己不该误认了人。待要扎挣起来，无奈遍体疼痛难禁。

　　谁知贾珍等席上忽不见了他两个，各处寻找不见。有人说："恍惚出北门去了。"薛蟠的小厮素日是惧他的，他吩咐了不许跟去，谁敢找去？后来还是贾珍不放心，命贾蓉带着小厮们寻踪问迹的，直找出北门，下桥二里多路，忽见苇坑旁边薛蟠的马拴在那里。众人都道："好了，有马必有人！"一齐来至马前，只听苇中有人呻吟。大家忙走来一看，只见薛蟠的衣衫零碎，面目肿破，没头没脸，遍身内外，滚的似个泥母猪一般。贾蓉心内已猜着八九了，忙下马命人搀了起来，笑道："薛大叔天天调情，今日调到苇子坑里，必定是龙王爷也爱上你风流，要你招驸马去⑰，你就碰到龙犄角上了⑱！"薛蟠羞的没地缝儿钻进去，那里爬的上马去？贾蓉命人赶到关厢里雇了一乘小轿子⑲，薛蟠坐了，一齐进城。贾蓉还要抬往赖家去赴席，薛蟠百般苦告，央及他不用告诉人，贾蓉方依允了，让他各自回家。贾蓉仍往赖家回复贾珍并方才的形景。贾珍也知湘莲所打，也笑道："他须得吃个亏才好！"至晚散了，便来问候。薛蟠自在卧房将养，推病不见。

　　贾母等回来，各自归家时，薛姨妈与宝钗见香菱哭的眼睛肿了，问起原故，忙来瞧薛蟠时，脸上身上虽见伤痕，并未伤筋动骨。薛姨妈又是心疼，又是发恨，骂一回薛蟠，又骂一回柳湘莲，意欲告诉王夫人，遣人寻拿柳湘莲。宝钗忙劝道："这不是什么大事，不过他们一处吃酒，酒后反脸常情。谁醉了，多挨几下子打，也是有的。况且咱们家的无法无天，人所共知。妈妈不过是心疼的原故。要出气也容易：等三五天，哥哥好了，出得去的时候，那边珍大爷琏二爷这干人，也未必白丢开了，自然备个东道，叫了那个人来，当着众人替哥哥赔不是认罪就是了。如今妈妈先当件大事，告诉众人，倒显的妈妈偏心溺爱，纵容他生事招人，今儿偶然吃了一次亏，妈妈就这样兴师动众，倚着亲戚之势，欺压常人。"薛姨妈听了道："我的儿，到底是你想的到，我一时气糊涂了。"宝钗笑道："这才好呢。他又不怕妈妈，又不听人劝，一天纵似一天；吃过两三个亏，他也罢了。"

薛蟠睡在炕上，痛骂湘莲，又命小厮去拆他的房子，打死他，和他打官司。薛姨妈喝住小厮们，只说："柳湘莲一时酒后放肆，如今酒醒，后悔不及，惧罪逃走了。"薛蟠听见如此说了，要知端的，且听下回分解。

【注释】

①三从四德：旧时束缚妇女的封建教条。三从，《礼记·郊特牲》："妇人，从人者也。幼从父兄，嫁从夫，夫死从子。"四德，《礼记·昏义》："是以古者妇人，先嫁三月，……教以妇德、妇言、妇容、妇功。"元陈澔注："妇德，贞顺也；妇言，辞令也；妇容，婉娩也；妇功，丝麻也。"即要求妇女屈从男权，谨守所谓品德、辞令、仪态和女工的道德规范。

②小鬼头儿：多用作对未成年女子的亲昵称呼。元杨瑀《山居新语》载，鲜于伯机一日宴客，名妓曹秀娥侑酒，曹秀娥呼鲜于伯机为伯机，鲜于伯机佯怒曰："小鬼头焉敢如此无礼！"

③洗牌告么：斗牌时，把牌摞乱，以便再分，叫"洗牌"。洗牌后，每人先翻一张，依点数的多少起牌，点数在前的叫"头家"。"么"点次序最先，称为"告么"。

④十成：斗牌时，牌已配齐，只要得到所需的最后一张牌，即可

放牌获胜，叫"十成"。

⑤把钱穿上：旧时使用的制钱，中有方孔，为便于存放，多用绳穿起来。一百文穿起来，就是一吊钱，或称"一串钱"。有的地方一千文叫"一吊"或"一串"。

⑥填限：又作"填馅"。原指泥瓦匠砌墙时，往墙内填充砖块泥料，后用作填空子，白做牺牲，有代人抵过、自找倒霉的意思。

⑦耳报神：比喻通风报信的人。

⑧串戏：即扮演故事戏目。因脚色须连贯一气，故称"串"。宋孟元老《东京梦华录》卷九："内殿杂戏，为有使人预宴，不敢深作谐谑，惟用群队装其似像，市语谓之拽串。"或非职业演员参加演戏，也叫"串戏"。

⑨放鹰：撒放猎鹰，即指打猎。一说，指清代八旗子弟的一种娱乐活动，本身即包括小猎。

⑩扎煞手：谓空张着两手，表示没有办法。这里指没钱应付。扎煞，张开的样子。

⑪下处：住所，此指优童住处。清阙名《燕京杂记》："优童自称其居曰下处。到下处者，谓之打茶围。置酒其中，歌舞达旦，酣嬉淋漓，其耗费不知伊于胡底。"

⑫孩子：这里指男妓。也称为"相公"或"相姑"。

⑬出门：指出外"应酬客人"。

⑭拨浪鼓：一种带把的小鼓，两旁各挂悬棰，持把反复拊动作响。是儿童玩具，旧时货郎叫卖时也有用的。

⑮开了果子铺：形容脸上被打得青一块、紫一块，皮破血流，好像水果店里的果品一样五颜六色。

⑯认镫（dèng）：将脚尖踏进马镫。这里指"上马"。镫，挂在马鞍两侧的踏脚。

⑰驸马：即驸马都尉，汉代官名。原为近侍官之一种。魏晋以后，皇帝的女婿照例加此称号，非实官。后即用称帝婿。

⑱犄（jī）角：长角。《广韵》："犄，长也。"

⑲关厢：靠近城门外的地区，即"城关"。

第四十八回
滥情人情误思游艺① 慕雅女雅集苦吟诗

话说薛蟠听见如此说了，气方渐平。三五日后，疼痛虽愈，伤痕未平，只装病在家，愧见亲友。展眼已到十月，因有各铺面伙计内有算年账要回家的，少不得家里治酒饯行。内有一个张德辉，自幼在薛蟠当铺内揽总②，家内也有了二三千金的过活③，今岁也要回家，明春方来，因说起："今年纸札香料短少，明年必是贵的。明年先打发大小儿上来，当铺里照管照管；赶端阳前，我顺路就贩些纸札香扇来卖。除去关税花消④，亦可以剩得几倍利息。"薛蟠听了，心下忖度："如今我挨了打，正难见人，想着要躲避一年半载，又没处去躲，天天装病，也不是事。况且我长了这么大，文不文，武不武，虽说做买卖，究竟戥子、算盘⑤，从没拿过；地土风俗，远近道路，又不知道。不如也打点几个本钱，和张德辉逛一年来。赚钱也罢，不赚钱也罢，且躲躲羞去。二则逛逛山水，也是好的。"心内主意已定，至酒席散后，便和气平心与张德辉说知，命他等一二日，一同前往。

晚间薛蟠告诉他母亲，薛姨妈听了，虽是欢喜，但又恐他在外生事，花了本钱倒是末事。因此不叫他去，只说："你好歹守着我，我还能放心些。况且也不用这买卖，等不着这几百银子用。"薛蟠主意已定，那里肯依。只说："天天又说我不知世务，这个也不知，那个也不学；如今我发狠把那些没要紧的都断了，如今要成人立事，学习买卖，又不准我了，叫我怎么样呢？我又不是个丫头，把我关在家里，何日是个了手？况且那张德辉又是个有年纪的，咱们和他是世家，我同他，怎么得有错？我就有一时半刻不好的去处，他自然说我劝我，就是东西贵贱行情，他是知道的，自然色色问他，何等顺利，倒不叫我去，过两日，我不告诉家里，私自打点了走，明年发了财回来，才知道我呢！"说毕，赌气睡觉去了。

薛姨妈听他如此说，因和宝钗商议。宝钗笑道："哥哥果然要经历正事，倒也罢了；只是他在家里说着好听，到了外头，旧病复发，难拘束他了，但也愁不得许多。他若是真改了，是他一生的福；若不改，妈妈也不能又有别的法子。一半尽人力，一半听天罢了。这么大人了，若只管怕他不知世路，出不得门，干不得事，今年关在家里，明年还是这个样儿。他既说的名正言顺，妈妈就打量着丢了一千、八百银子，竟交与他试一试。横竖有伙计帮着他，也未必好意思哄骗他的。二则他出去了，左右没了助兴的人，又没有倚仗的人，到了外头，谁还怕谁，有了的吃，没了的饿着，举眼无靠，他见了这样，只怕比在家里省了事也未可知。"薛姨妈听了，思忖半晌道："倒是你说的是。花两个钱，叫他学些乖来，也值。"商议已定，一宿无话。

至次日，薛姨妈命人请了张德辉来，在书房中，命薛蟠款待酒饭，自己在后廊下，隔着窗子，千言万语嘱托张德辉照管照管。张德辉满口应承；吃过饭告辞，又回说："十四日是上好出行日期，大世兄即刻打点行李，雇下骡子，十四日一早就长行了。"薛蟠喜之不尽，将此话告诉薛姨妈。薛姨妈便和宝钗香菱并两个年老的嬷嬷，连日打点行装，派下薛蟠之奶公老苍头一名⑥，当年谙事旧仆二名，外有薛蟠随身常使小厮二名：主仆一共六人，雇了三辆大车⑦，单拉行李使物，又雇了四个长行骡子⑧。薛蟠自骑一匹家内养的铁青大走骡⑨，外备一匹坐马。诸事完毕，薛姨妈宝钗等连夜劝戒之言，自不必备说。至十三日，薛蟠先去辞了他母舅，然后过来辞了贾宅诸人，贾珍等未免又有饯行之说，也不必细述。至十四日一早，薛姨妈宝钗等直同薛蟠出了仪门，母女两个，四只眼看他去了，方回来。

　　薛姨妈上京带来的家人不过四五房，并两三个老嬷嬷小丫头，今跟了薛蟠一去，外面只剩了一两个男子，因此薛姨妈即日到书房，将一应陈设玩器并帘帐等物，尽行搬了进来收贮，命两个跟去男子之妻，一并也进来睡觉。又命香菱将他屋里也收拾严紧，"将门锁了，晚间和我去睡。"宝钗道："妈妈既有这些人作伴，不如叫菱姐姐和我作伴去，我们园里又空，夜长了，我每夜做活，越多一个人，岂不越好？"薛姨妈笑道："正是，我忘了，原该叫他同你去才是。我前日还合你哥哥说：文杏又小，到三不着两的；莺儿一个人，不够伏侍。还要买一个丫头来你使。"宝钗道："买的不知底里，倘或走了眼，花了钱事小，没的淘气。倒是慢慢打听着，有知道来历的，买个还罢了。"一面说，一面命香菱收拾了衾褥妆奁，命一个老嬷嬷并臻儿送至蘅芜院去，然后宝钗和香菱才同回园中来。

　　香菱向宝钗道："我原要和太太说的，等大爷去了，我和姑娘做伴去。我又恐怕太太多心，说我贪着园里来玩，谁知你竟说了。"宝钗笑道："我知道你心里羡慕这园子不是一日两日的了，只是没个空儿。就每日来一趟，慌慌张张的，也没趣儿。所以趁着机会，越发住上一年，我也多个做伴的，你也遂了你的心。"香菱笑道："好姑娘！趁着这个工夫，你教给我做诗罢！"宝钗笑道："我说你'得陇望蜀'呢⑩。我劝你且缓一缓，今儿头一日进来，先出园东角门，从老太太起，各处各人，你都瞧瞧，问候一声儿，也不必特意告诉他们搬进园来。若有提起因由儿的，你只带口说我带了你进来做伴儿就完了。回来进了园，再到各姑娘房里走走。"

　　香菱应着才要走时，只见平儿忙忙的走来。香菱忙问了好，平儿只得陪笑相问。宝钗因向平儿笑道："我今儿把他带了来做伴儿，正要回你奶奶一声儿。"平儿笑道："姑娘说的是那里的话？我竟没话答言了。"宝钗道："这才是正理。'店房有个主人，庙里有个住持。'虽不是大事，到底告诉一声，就是园里坐更上夜的人，知道添了他两个，也好关门候户的了。你回去就告诉一声罢，我不打发人说去了。"平儿答应着，因又向香菱道："你既来了，也不拜一拜街坊邻舍去？"宝钗笑道："我正叫他去呢。"平儿道："你且不必往我们家去，二爷病了在家里呢。"香菱答应着去了，先从贾母处来，不在话下。

　　且说平儿见香菱去了，便拉宝钗悄说道："姑娘可听见我们的新文了？"宝钗道："我没听见新文。因连日打发我哥哥出门，所以你们这里的事，一概不知道；连姊妹们这两天没见。"平儿笑道："老爷把二爷打了个动不得，难道姑娘就没听见？"宝钗道："早起恍惚听见了一句，也信不真。我也正要瞧你奶奶去呢，不想你来。又是为了什么打他？"平儿咬牙骂道："都是那什么贾雨村，半路途中那里来的饿不死的野杂种！认了不到十年，生了多少事出来。今年春天，老爷不知在那个地方看见几把旧扇子，回家来，看家里所有收着的这些好扇子，都不中用了，立刻叫人各处搜求。谁知就有个不知死的冤家，混号儿都叫他做石头呆子，穷的连饭也没的吃，偏他家就有二十把旧扇子，死也不肯拿出大门来。二爷好容易烦了多少情，见了这个人，说之再三，他把二爷请了到他家里坐着，拿出这扇子来，略瞧了一瞧，据二爷说，原是不能再得的，全是湘妃、棕竹、麇鹿、玉竹的①，皆是古人写画真迹。回来告诉了老爷，便叫买他的，要多少银子给他多少。偏那石呆子说：'我饿死冻死，一千银子一把，我也不卖。'老爷没法了，天天骂二爷没能为。已经许他五百银子，先兑银子，后拿扇子，他只是不卖，只说：'要扇子先要我的命！'姑娘想想，这有什么法子？谁知那雨村没天理的听见了，便设了法子，讹他拖欠官银，拿他到了衙门里去，说：'所欠官银，变卖家产赔补。'把这扇子抄了来，做了官价，送了来。那石呆子如今不知是死是活。老爷问着二爷说：'人家怎么弄了来了？'二爷只说了一句：'为这点子小事弄的人家倾家败产，也不算什么能为。'老爷听了就生了气，说二爷拿话堵老爷。因此这是第一件大的。这几日，还有几件小的，我也记不清，所以都凑在一处，就打起来了。也没拉倒用板子棍子，就站着，不知他拿了什么，混打了一顿，脸上打破了两处。我们听见姨太太这里有一种药，上棒疮的，姑娘寻一丸给我呢。"宝钗听了，忙命莺儿去找了两丸来与平儿。宝钗道："既这样，你去替我问候罢，我就不去了。"平儿向宝钗答应着去了，不在话下。

且说香菱见了众人之后，吃过晚饭，宝钗等都往贾母处去了，自己便往潇湘馆中来。此时黛玉已好了大半了，见香菱也进园来住，自是欢喜。香菱因笑道："我这一进来了，也得空儿，好歹教给我做诗，就是我的造化了！"黛玉笑道："既要学做诗，你就拜我为师，我虽不通，大略也还教的起你。"香菱笑道："果然这样，我就拜你为师，你可不许腻烦的。"黛玉道："什么难事，也值得去学？不过是起、承、转、合⑫，当中承、转，是两副对子，平声的对仄声⑬，虚的对实的，实的对虚的⑭。若是果有了奇句，连平仄虚实不对都使得的。"香菱笑道："怪道我常弄本旧诗，偷空儿看一两首，又有对的极工的，又有不对的。又听见说，'一三五不论，二四六分明'⑮。看古人的诗上，亦有顺的，亦有二四六上错了的。所以天天疑惑。如今听你一说，原来这些规矩，竟是没事的，只要词句新奇为上。"黛玉道："正是这个道理。词句究竟还是末事，第一是立意要紧，若意趣真了，连词句不用修饰，自是好的：这叫做'不以词害意'⑯。"

香菱笑道："我只爱陆放翁诗'重帘不卷留香久，古砚微凹聚墨多'⑰。说的真切有趣。"黛玉道："断不可看这样的诗。你们因不知诗，所以见了这浅近的就爱；一入了这个格局，再学不出来的。你只听我说，你若真心要学，我这里有《王摩诘全集》⑱，你且把他的五言律一百首细心揣摩透熟了，然后再读一百二十首老杜的七言律⑲，次之再李青莲的七言绝句读一二百首⑳；肚子里先有了这三个人做了底子，然后再把陶渊明、应、刘、谢、阮、庾、鲍等人的一看[21]，你又是这样一个极聪明伶俐的人，不用一年工夫，不愁不是诗翁了。"香菱听了，笑道："既这样，好姑娘，你就把这书给我拿出来，我带回去，夜里念几首也是好的。"黛玉听说，便命紫鹃将王右丞的五言律拿来，递与香菱，道："你只看有红圈的，都是我选的，有一首念一首；不明白的，问你姑娘；或者遇见我，我讲与你就是了。"香菱拿了诗，回至蘅芜院中，诸事不管，只向灯下一首一首的读起来。宝钗连催他数次睡觉，他也不睡。宝钗见他这般苦心，只得随他去了。

一日，黛玉方梳洗完了，只见香菱笑吟吟的送了书来，又要换杜律。黛玉笑道："共记得多少首？"香菱笑道："凡红圈选的，我尽读了。"黛玉道："可领略了些没有？"香菱笑道："我倒领略了些，只不知是不是；说给你听听。"黛玉笑道："正要讲究讨论，方能长进。你且说来我听听。"香菱笑道："据我看来，诗的好处，有口里说不出来的意思，想去却是必真的；有似乎无理的，想去竟是有理有情的。"黛玉笑道："这话有了些意思，但不知你从何处见得？"香菱笑道："我看他《塞上》一首，内一联云：'大漠孤烟直，长河落日圆。'想来烟如何直？日自然是圆的[22]。这'直'字似无理，'圆'字似太俗。合上书一想，倒像是见了这景的。若说再找两个字换这两个，竟再找不出两个字来。再还有：'日落江湖白，潮来天地青。'[23]这'白''青'两个字，也似无理。想来，必得这两个字才形容的尽；念在嘴里，到像有几千斤重的一个橄榄的。还有：'渡头余落日，墟里上孤烟。'[24]这'余'字合'上'字，难为他怎么想来！我们那年上京来，那日下晚便挽住船[25]，岸上又没有人，只有几棵树，远远的几家人家作晚饭，那个烟竟是青碧连云。谁知我昨儿晚上看了这两句，倒像我又到了那个地方去了。"

正说着，宝玉和探春来了，都入座听他讲诗。宝玉笑道："既是这样，也不用看诗，'会心处不在远'[26]，听你说了这两句，可知'三昧'你已得了[27]。"黛玉笑道："你说他这'上孤烟'好，你还不知他这一句还是套了前人的来。我给你这一句瞧瞧，更比这个淡而现成。"说着，便把陶渊明的"暧暧远人村，依依墟里烟"翻了出来㉘，递与香菱。香菱瞧了，点头叹赏，笑道："原来'上'字是从'依依'两个字上化出来的！"宝玉大笑道："你已得了，不用再讲，要再讲，倒学离了。你就做起来，必是好的。"探春笑道："明儿我补一个柬来，请你入社。"香菱笑道："姑娘何苦打趣我！我不过是心里羡慕，才学这个玩罢了。"探春黛玉都笑道："谁不是玩？难道我们是认真做诗呢！若说我们真成了诗，出了这园子，把人的牙还笑掉了呢！"宝玉道："这也算自暴自弃了㉙。前日我在外头和相公们商画儿，他们听见咱们起诗社，求我把稿子给他们瞧瞧，我就写了几首给他们看看，谁不是真心叹服？他们抄了刻去了。"探春黛玉忙问道："这是真话么？"宝玉笑道："说谎的是那架上鹦哥。"黛玉探春听说，都道："你真真胡闹！且别说那不成诗；便成诗，我们的笔墨㉚，也不该传到外头去！"宝玉道："这怕什么？古来闺阁中笔墨不要传出去，如今也没人知道了。"

说着，只见惜春打发了入画来请宝玉。宝玉方去了。香菱又逼着换出杜律，又央黛玉探春二人："出个题目，让我诌去；诌了来，替我改正。"黛玉道："昨夜的月最好，我正要诌一首，未诌成；你就做一首来。'十四寒'的韵㉛，由你爱用那几个字去。"香菱听了，喜的拿着诗回来，又苦思一回，做两句诗；又舍不得杜诗，又读两首：如此茶饭无心，坐卧不定。宝钗道："何苦自寻烦恼？都是颦儿引的你，我和他算账去。你本来呆头呆脑的，再添上这个，越发弄成个呆子了。"香菱笑道："好姑娘，别混我。"一面说，一面做了一首，先与宝钗看了，笑道："这个不好，不是这个做法。你别怕臊，只管拿了给他瞧去，看他是怎么说。"香菱听了，便拿了诗找黛玉，黛玉看时，只见写道是：

> 月桂中天夜色寒，清光皎皎影团团㉜。诗人助兴常思玩，野客添愁不忍观㉝。翡翠楼边悬玉镜㉞，珍珠帘外挂冰盘。良

宵何用烧银烛^㉟，晴彩辉煌映画栏。

黛玉笑道："意思却有，只是措词不雅；皆因你看的诗少，被他缚住了。把这首诗丢开，再做一首。只管放开胆子去做。"

香菱听了，默默的回来，越发连房也不进去，只在池边树下，或坐在山石上出神，或蹲在地下抠地，来往的人都咤异。李纨、宝钗、探春、宝玉等听得此言，都远远的站在山坡上瞧着他笑。只见他皱一回眉，又自己含笑一回。宝钗笑道："这个人定是疯了！昨夜嘟嘟哝哝，直闹到五更才睡下；没一顿饭的工夫，天就亮了，我就听见他起来了，忙忙碌碌梳了头，就找颦儿去。一回来了，呆了一日，做了一首又不好，自然这会子另做呢。"宝玉笑道："这正是'地灵人杰'^㊱，老天生人，再不虚赋情性的。我们成日叹说：可惜他这么个人竟俗了，谁知到底有今日！可见天地至公。"宝钗听了，笑道："你能够像他这苦心就好了，学什么有个不成的？"宝玉不答。

只见香菱兴兴头头的，又往黛玉那边来了。探春笑道："咱们跟了去，看他有些意思没有。"说着，一齐都往潇湘馆来。只见黛玉正拿着诗和他讲究。众人因问黛玉："做的如何？"黛玉道："自然算难为他；只是还不好。这一首过于穿凿了，还得另做。"众人因要诗看时，只见做道是：

> 非银非水映窗寒，试看晴空护玉盘^㊲。淡淡梅花香欲染，丝丝柳带露初干^㊳。只疑残粉涂金砌，恍若轻霜抹玉栏^㊴。梦醒西楼人迹绝，余容犹可隔帘看^㊵。

宝钗笑道："不像吟月了，月字底下添一个'色'字，倒还使得。你看句句倒像是月色。这也罢了，原是诗从胡说来，再迟几天就好了。"香菱自为这首诗妙绝，听如此说，自己又扫了兴，不肯丢开手，便要思索起来。因见他姊妹们说笑，便自己走至阶下竹前，挖心搜胆的，耳不旁听，目不别视。一时探春隔窗笑说道："菱姑娘，你闲闲罢。"香菱怔怔答道："'闲'字是'十五删'的，错了韵了。"众人听了，不觉大笑起来。宝钗道："可真诗魔了。

都是颦儿引的他！"黛玉笑道："圣人说'诲人不倦',他又来问我,我岂有不说的理！"

李纨笑道："咱们拉了他往四姑娘屋里去,引他瞧瞧画儿,叫他醒一醒才好。"说着,真个出来拉他过藕香榭,至暖香坞中。惜春正乏倦,在床上歪着睡午觉,画缯立在壁间①,用纱罩着。众人唤醒了惜春,揭纱看时,十停方有了三停。见画上有几个美人,因指香菱道："凡会做诗的,都画在上头,你快学罢。"说着,玩笑了一回,各自散去。

香菱满心中正是想诗,至晚间,对灯出了一回神,至三更以后,上床躺下,两眼睁睁直到五更,方才朦胧睡去了。一时天亮,宝钗醒了,听了一听,他安稳睡了,心下想："他翻腾了一夜,不知可做成了? 这会子乏了,且别叫他。"正想着,只见香菱从梦中笑道："可是有了,难道这一首还不好?"宝钗听了,又是可叹,又是可笑。连忙喝醒了他,问他："得了什么? 你这诚心,都通了仙了。学不成诗,弄出病来呢！"一面说,一面梳洗了,和姊妹往贾母处来。原来香菱苦志学诗,精血诚聚,日间不能做出,忽于梦中得了八句,梳洗已毕,便忙写出,来到沁芳亭,只见李纨与众姊妹方从王夫人处回来,宝钗正告诉他们,说他梦中做诗,说梦话。众人正笑,抬头见他来了,就都争着要诗看。要知端的,且看下回分解。

【注释】

①游艺：本指用六艺之教陶冶身心,后亦泛指从事某种技艺或艺术的锻炼。唐白居易《大巧若拙赋》："既游艺而功立,亦居肆而事成。"这里指出外学做生意。

②当铺：也叫"典当"。旧社会专门以收取衣物等做抵押、放款进行高利贷剥削的店铺。受押物品成交后,付以收据,写明所当物品及抵押价款,交押款人收执,称为"当票"。抵押款额一般在抵押品价值的五成以下,利率极高,剥削极重。过期不赎,当铺即没收其抵押

品。清代开设典当成风。据《东华录》乾隆朝卷二十记载，乾隆九年，北京城内外"官民大小当铺六七百座"。曹𬤇在康熙五十四年七月奏折里报产时说："张家湾当铺一所，本银七千两。"可知曹家亦有当铺。

③过活：这里指资产、产业。《水浒传》第八回："老汉家中也颇有些过活。"

④关税：这里指旧时水陆码头各关卡所收的杂税。

⑤戥（děng）子：一种称量轻微重量的小秤，常用来称金银或药物。

⑥奶公：乳母的丈夫。老苍头：老仆人。汉时仆隶以深青色巾包头，故称"苍头"。《汉书·鲍宣传》："苍头庐儿。"唐颜师古注引孟康云："汉名奴为苍头，非纯黑，以别于良人也。"后用作"仆隶"的通称。

⑦大车：又名"敞车"。北方重要交通工具。《光绪顺天府志》："敞车，按，一呼'大车'，无帷幔，用芦席以遮雨阳。载人装物，如南方航船，有坐到十余人者。"

⑧长行骡子：旧时从事赶脚行业的人，常养一帮二帮骡子（每四或五个为一帮），受雇于人，为其驮载货物，这种骡子，叫"长行骡子"，又名"长帮骡子"。

⑨铁青：青灰色，有亮光。走骡：指一种经过专门训练、只供骑乘的细牲口，走路时腰部左右平摇，迅疾平稳。

⑩得陇望蜀：《后汉书·岑彭传》："人苦不知足，既平陇，复望蜀。"意谓既取得陇右（古郡名，在今甘肃），又想进攻西蜀（今四川）。后用以比喻人贪得无厌。

⑪湘妃、棕竹、麋鹿、玉竹：以四种名贵的竹子做扇股的扇子。湘妃，指湘妃竹，又名"斑竹"。产自湖南、广西。《群芳谱·竹谱一》："斑竹，即吴地称湘妃竹者。其斑如泪痕。"棕竹，又名"棕榈竹"。宋宋祁《益部方物略记》："性亦丛生，叶似棕，有刺，径不三二寸，或曰桃竹。"麋鹿，疑即"眉绿"，湘竹之一种，似斑竹而斑纹琐细。明屠隆《文具雅编》："湘竹眉绿九节者尤更难得。"玉竹，元李衎《竹谱》卷七："玉竹生滁州淮西等处，山谷及丘陵俱有之。一名地节，一名马薰。叶似竹，大者如箭干，有节，叶狭而长，表白里青，根可

食。或云即葳蕤也。"

⑫起、承、转、合：这里指旧体律诗的层次结构。明胡震亨《唐音癸签》卷三引杨仲弘曰："七言律有起、有承、有转、有合。起为破题，或对景兴起，或比起，或引事起，或就题起，要突兀高远，……承为颔联，或写意，或写景，或书事，或用事引证，要接破题，……转为颈联，或写意，写景，书事，用事引证，与前联之意相应、相避，要变化不穷，……合为结句，或就题结，或开一步，或缴前联之意，或用事，必放一句作散场，如截奔马，辞意俱尽，如临水送将归，辞尽意不尽。"

⑬平、仄：指平声和仄声。诗文声律用字，以四声中平声字称"平"，以上、去、入三声为"仄"。旧体诗的用字，都有规定的平仄格式，以使声调谐协。宋陈鹄《西塘集耆旧续闻》卷四："近代声律尤严，或乖平仄，则谓之失黏。"

⑭虚、实：律诗共八句，中间四句规定为两副对子，要依词性虚实相对，通常是实词对实词，虚词对虚词。这里黛玉所说"虚的对实的，实的对虚的"，当系笔误。

⑮"一三五不论"二句：旧体律诗，每字平仄声都有规定。但习惯上对每句的第一、第三、第五字要求较宽，平仄皆可；而第二、四、六字要求较严，平仄必须合韵，故云。

⑯不以词害意：《孟子·万章上》："故说诗者，不以文害辞，不以辞害志。"黛玉这里即是指作诗说，认为不能因过分注重文辞格律而损害了诗的内容。

⑰"陆放翁诗"句：陆放翁，即陆游，字务观，号放翁，越州山阴人，宋代诗人。著有《剑南诗集》等。"重帘不卷留香久，古砚微凹聚墨多"二句，见《剑南诗集》卷三一《书室明煖，终日婆娑其间，倦则扶杖至小园，戏作长句》之二。

⑱《王摩诘全集》：即《王右丞集》，唐王维作。王摩诘，即王维，字摩诘，唐代诗人、画家。玄宗时官尚书右丞，故又称"王右丞"。他的五言律，前人多所推崇。清李重华《贞一斋诗说·诗谈杂录》云："五言律老杜固属圣境，而王、孟确是正锋。"

⑲老杜：即唐代诗人杜甫，字子美。为了区别于另一诗人杜牧，后人称他为"老杜"。对他的七言律，前人多所称道。《贞一斋诗说·诗谈杂录》："余谓七律法至于子美而备，笔力亦至子美而极。"

⑳李青莲：即李白，字太白，唐代诗人。因为他青少年时曾住在四川彰明县青莲乡，自号"青莲居士"，所以人称"李青莲"。对他的七绝，前人亦多赞之者。明高棅《唐诗品汇》云："盛唐绝句，太白高于诸人，王少伯次之。"

㉑应、刘、谢、阮、庾、鲍：应，指应玚，字德琏，三国魏人。汉末文学家，"建安七子"之一。刘，指刘桢，字公幹，三国魏人。汉末诗人，五言诗为时所重。"建安七子"之一。谢，指谢灵运，南朝宋诗人。阮，即阮籍。庾，指庾信，字子山，北朝周诗人。鲍，指鲍照，字明远，南朝宋诗人，世称"鲍参军"。此以上黛玉所说的学诗方法及内容，或有所本。

㉒"《塞上》一首"六句：《塞上》一首，指唐王维《使至塞上》诗。清赵殿成《王右丞集笺注》："或谓边外多回风，其风迅急，袤烟沙而直上。亲见其景者，始知'直'字之佳。"

㉓"日落"二句：见唐王维《送邢桂州》诗。白，指日落时江湖上的迷茫之光。青，指潮来时天地间的苍莽之气。清末高步瀛《唐宋诗举要》评此诗曰："气象雄阔，涵盖一切。"

㉔"渡头"二句：见唐王维《辋川闲居赠裴秀才迪》诗。墟里，村落。清施补华《岘佣说诗》："写景须曲肖此景，'渡头余落日，墟里上孤烟'，确是晚村光景。"

㉕挽住船：又作"湾住船"，停泊的意思。

㉖会心处不在远：《世说新语·言语》："简文入华林园，顾谓左右曰：'会心处不必在远，翳然林木，便自有濠濮间想也。觉鸟兽禽鱼，自来亲人。'"会心，领悟的意思。

㉗三昧：佛教名词。原指一种止息杂虑、心注一境的精神状态，是佛教重要修持方法之一。《大乘义章》："以体寂静，离于邪乱，而名三昧。"后借指事物的诀要或精义。

㉘暧暧远人村，依依墟里烟：见晋陶渊明《归园田居》诗。暧暧，

昏暗的样子。依依，轻柔的样子。

㉙自暴自弃:《孟子·离娄上》:"自暴者，不可与有言也;自弃者，不可与有为也。言非礼义，谓之自暴也;吾身不能居仁由义，谓之自弃也。"后泛指甘心落后，不求上进。

㉚笔墨:本指笔与墨，这里借指诗文作品。

㉛十四寒:古诗韵分平声、上声、去声、入声四类。平声又分为上平声、下平声两类。上平声共有十五部，第十四部以"寒"字开头，称为"十四寒"。下面的"十五删"，指上平声第十五部以"删"字开头的韵目。

㉜皎皎:洁白明净的样子。团团:圆的意思。

㉝野客添愁:野客，山野之人。这里指旅客。因夜月容易引起旅居在外的人的乡思，所以说"添愁"。

㉞翡翠楼:比喻华美的楼。玉镜:与下文"冰盘"，皆指明月。"玉镜"喻其明亮，"冰盘"喻其冷清。

㉟良宵:即良夜，天色美好的夜晚。银烛:本为形容明亮之灯光，这里当指白腊烛。

㊱地灵人杰:原作"人杰地灵"。唐王勃《滕王阁诗序》:"物华天宝，龙光射牛斗之墟;人杰地灵，徐孺下陈蕃之榻。"意思说地方秀美，人物杰出。

㊲玉盘:比喻圆月。

㊳"淡淡"二句:写月色朦胧之下的梅花和柳枝。香欲染，形容香气浓郁，好像要沾染人衣。柳带，比喻柳枝柔软。

㊴"只疑"二句:意谓因为月光所照，阶台像涂上金粉，栏干如抹上薄霜。残，这里是淡薄的意思。粉，即铅粉。金砌，金黄色的台阶。过去常以"金粉楼台"形容华丽的建筑。

㊵余容:指将要西沉的月亮。

㊶画缯(zēng):绘画用的帛。此指张紧绷绢作画之画具，如同今日之画框。

第四十九回
琉璃世界白雪红梅　脂粉香娃割腥啖膻

话说香菱见众人正说笑他，便迎上去，笑道："你们看这首诗：若使得，我便还学；若还不好，我就死了这做诗的心了。"说着，把诗递与黛玉及众人看时，只见写道是：

精华欲掩料应难[①]，影自娟娟魄自寒[②]。一片砧敲千里白[③]，半轮鸡唱五更残[④]。绿蓑江上秋闻笛[⑤]，红袖楼头夜倚栏[⑥]。

博得嫦娥应自问：何缘不使永团圆？

众人看了，笑道："这首不但好，而且新巧有意趣。可知俗语说：'天下无难事，只怕有心人。'社里一定请你了。"香菱听了，心下不信，料着是他们哄自己的话，还只管问黛玉宝钗等。

正说之间，只见几个小丫头并老婆子忙忙的走来，都笑道："来了好些姑娘奶奶们，我们都不认得；奶奶姑娘们快认亲去。"李纨笑道："这是那里的话？你到底说明白了，是谁的亲戚？"那婆子丫头都笑道："奶奶的两位妹子都来了；还有一位姑娘，说是薛大姑娘的妹子；还有一位爷，说是薛大爷的兄弟。我这会子请姨太太去呢！奶奶和姑娘们先上去罢！"说着，一径去了。宝钗笑道："我们薛蝌和他妹子来了不成？"李纨笑道："或者我婶娘又上京来了，怎么他们都凑在一处？这可是奇事。"

大家来至王夫人上房，只见黑压压的一地。又有邢夫人的嫂子，带了女儿岫烟进京来投邢夫人的，可巧凤姐之兄王仁也正进京，两亲家一处搭帮来了。走至半路泊船时，遇见李纨寡婶，带着两个女儿，长名李纹，次名李绮，也上京，大家叙起来，又是亲戚，因此三家一路同行。后有薛蟠之从弟薛蝌[⑦]，因当年父亲在京时，已将胞妹薛宝琴许配都中梅翰林之子为婚[⑧]，正欲进京发嫁，闻得王仁进京，他也随后带了妹子赶来：所以今日会齐了来访投各人亲戚。

于是大家见礼叙过，贾母王夫人都欢喜非常。贾母因笑道："怪道昨日晚上灯花爆了又爆，结了又结，原来应到今日。"一面叙些家常，收了带来的礼物，一面命留酒饭。凤姐儿自不必说，忙上加忙；李纨宝钗自然和婶母姊妹叙离别之情。黛玉见了，先是欢喜，后想起众人皆有亲眷，独自己孤单无倚，不免又去垂泪。宝玉深知其情，十分劝慰了一番方罢。

然后宝玉忙忙来至怡红院中，向袭人、麝月、晴雯笑道："你们还不快着看去！谁知宝姐姐的亲哥哥是那个样子，他这叔伯兄弟，形容举止，另是个样子；倒像是宝姐姐的同胞兄弟似的。更奇在你们成日家只说宝姐姐是绝色的人物，你们如今瞧见他这妹子，还有大嫂子的两个妹子，我竟形容不出来了。老天，老天！你有多少精华灵秀，生出这些人上之人来！可知我'井底之蛙'，成日家只说现在的这几个人是有一无二的；谁知不必远寻，就是本地风光，一个赛似一个。如今我又长了一层学问了。除了这几个，难道还有几个不成？"一面说，一面自笑。袭人见他又有些魔意，便不肯去瞧。晴雯等早去瞧了一遍回来，带笑向袭人说道："你快瞧瞧去！大太太一个侄女儿，宝姑娘一个妹妹，大奶奶两个妹妹，倒像一把子四根水葱儿。"

一语未了，只见探春也笑着进来找宝玉，因说："咱们诗社可兴旺了。"宝玉笑道："正是呢。这是一高兴起诗社，鬼使神差来了这些人。但只一件，不知他们可学过做诗不曾？"探春道："我才都问了问，虽是他们自谦，看其光景，没有不会的。便是不会，也没难处，你看香菱就知道了。"晴雯笑道："他们里头，薛大姑娘的妹妹更好。三姑娘看着怎么样？"探春道："果然的。据我看来，连他姐姐并这些人总不及他。"袭人听了，又是咤异，又笑道："这也奇了，还从那里再寻好的去呢？我倒要瞧瞧去。"探春道："老太太一见了，喜欢的无可不可的，已经逼着咱们太太认了干女孩儿了。老太太要养活，才刚已经定了。"宝玉喜的忙问："这话果然么？"探春道："我几时说过谎？"又笑道："老太太有了这个好孙女儿，就忘了你这孙子了。"宝玉笑道："这倒不妨，原该多疼女孩儿些是正理。明儿十六，咱们可该起社了。"探春道："林丫头刚起来了，二姐姐又病了，终是七上八下的。"宝玉道："二姐姐又不大做诗，没有他又何妨？"探春道："索性等几天，等他们新来的混熟了，咱们邀上他们，岂不好？这会子，大嫂子宝姐姐心里自然没有诗兴的。况且湘云没来，颦儿才好了，人都不合式；不如等着云丫头来了，这几个新的也熟了，颦儿也大好了，大嫂子和宝姐姐心也闲了，香菱诗也长进了：如此邀一满社，岂不好？咱们两个，如今且往老太太那里去听听，除宝姐姐的妹妹不算外，他一定是在咱们家住定了的。倘或那三个要不在咱们这里住，咱们央告着老太太留下他们，也在园子里住了，咱们岂不多添几个人，越发有趣了。"宝玉听了，喜的眉开眼笑，忙说道："倒是你明白；我终久是个糊涂心肠，空喜欢了一会子，却想不到这上头。"说着，兄妹两个，一齐往贾母处来。果然王夫人已认了薛宝琴作干女儿，贾母喜欢非常，不命往园中住，晚上跟着贾母一处安寝。薛蝌自向薛蟠书房中住下了。贾母和邢夫人说："你侄女儿也不必家去了，园里住几天，逛逛再去。"

邢夫人兄嫂家中原艰难，这一上京，原仗的是邢夫人与他们治房舍，帮盘缠，听如此说，岂不愿意。邢夫人便将邢岫烟交与凤姐儿。凤姐儿算着园中姊妹多，性情不一，且又不便另设一处，莫若送到迎春一处去，倘日后邢岫烟有些不遂意的事，纵然邢夫人知道了，与自己无干。从此后，若邢岫烟家去住的日期不算，若在大观园住到一个月上，凤姐儿亦照迎春分例，送一分与岫烟。凤姐儿冷眼戡叕岫烟心性行为，竟不像邢夫人及他的父母一样，却是个极温厚可疼的人。因此凤姐儿反怜他家贫命苦，比别的姊妹多疼他些。邢夫人倒不大理论了。贾母王夫人等因素喜李纨贤惠，且年轻守节，令人敬服，今见他寡婶来了，便不肯叫他外头去住。那婶母虽十分不肯，无奈贾母执意不从，只得带着李纹李绮在稻香村住下了。当下安插既定，谁知忠靖侯史鼎又迁委了外省大员⑨，不日要带家眷去上任，贾母因舍不得湘云，便留下他了，接到家中。原要命凤姐儿另设一处与他住，史湘云执意不肯，只要和宝钗一处住，因此也就罢了。

此时大观园中，比先又热闹了多少：李纨为首，余者迎春、探春、惜春、宝钗、黛玉、湘云、李纹、李绮、宝琴、邢岫烟，再添上凤姐儿和宝玉，一共十三人。叙起年庚，除李纨年纪最长，凤姐儿次之，余者皆不过十五六七岁，大半同年异月，连他们自己也不能记清谁长谁幼；并贾母王夫人及家中婆子丫头也不能细细分清，不过是"姐""妹""兄""弟"四个字，随便乱叫。

如今香菱正满心满意只想做诗，又不敢十分罗唆宝钗，可巧来了个史湘云，那史湘云极爱说话的，那里禁得香菱又请教他谈诗？越发高了兴，没昼没夜高谈阔论起来。宝钗因笑道："我实在聒噪的受不得了。一个女孩儿家，只管拿着诗做正经事讲起来，叫有学问的人听了反笑话，说不守本分。一个香菱没闹清，又添上你这个话口袋子，满口里说的是什么：怎么是'杜工部之沉郁，韦苏州之淡雅'⑩，又怎么是'温八叉之绮靡，李义山之隐僻'⑪。痴痴癫癫，那里还象两个女儿家呢？"说得香菱湘云二人都笑起来。

正说着，只见宝琴来了，披了一领斗篷，金翠辉煌，不知何物。宝钗忙问："这是那里的？"宝琴笑道："因下雪珠儿，老太太找了这一件给我的。"香菱上来瞧道："怪道这么好看，原来是孔雀毛织的。"湘云笑道："那里是孔雀毛？就是野鸭子头上的毛做的。可见老太太疼你了：这么样疼宝玉，也没给他穿。"宝钗笑道："真真俗语说的，'各人有各人的缘法'，我也再想不到他这会子；既来了，又有老太太这么疼他。"湘云道："你除了在老太太跟前，就在园里：来这两处，只管玩笑吃喝。到了太太屋里，若太太在屋里，只管和太太说笑，多坐一回无妨；若太太不在屋里，你别进去，那屋里人多心坏，都是耍咱们的。"说的宝钗、宝琴、香菱、莺儿等都笑了。宝钗笑道："说你没心却有心，虽然有心，到底嘴太直了。我们这琴儿，今儿你竟认他做亲妹妹罢。"湘云又瞅了宝琴笑道："这一件衣裳也只配他穿，别人穿了实在不配。"

正说着，只见琥珀走来，笑道："老太太说了：叫宝姑娘别管紧了琴姑娘，他还小呢，让他爱怎么样就由他怎么样，他要什么东西只管要，别多心。"宝钗忙起身答应了，又推宝琴笑道："你也不知是那里来的这段福气！你倒去罢，仔细我们委屈了你。我就不信，我那些儿不如你。"说话之间，宝玉黛玉进来了，宝钗犹自嘲笑。湘云因笑道："宝姐姐，你这话虽是玩，却有人真心是这样想呢。"琥珀笑道："真心恼的再没别人，就只是他。"口里说，手指着宝玉。宝钗湘云都笑道："他倒不是这样人。"琥珀又笑道："不是他，就是他。"说着，又指黛玉。湘云便不作声。宝钗笑道："更不是了。我的妹妹和他的妹妹一样，他喜欢的比我还甚呢；他那里还恼？你信云儿混说，他的那嘴有什么正经。"

宝玉素昔深知黛玉有些小性儿，尚不知近日黛玉和宝钗之事，正恐贾母疼宝琴，他心中不自在；今儿湘云如此说了，宝钗又如此答，再审度黛玉声色，亦不似往日，果然与宝钗之说相符，心中甚是不解。因想："他两个素日不是这样的；如今看来，竟更比他人好了十倍。"一时又见林黛玉赶着宝琴叫"妹妹"，并不提名道姓，直似亲姊妹一般。那宝琴年轻心热，且本性聪敏，自幼读书识字，今在贾府住了两日，大概人物已知；又见众姊妹都不是那轻薄脂粉，且又和姐姐皆和气，故也不肯怠慢。其中又见林黛玉是个出类拔萃的，便更与黛玉亲敬异常。宝玉看着，只是暗暗的纳罕⑫。

一时宝钗姊妹往薛姨妈房内去后，湘云往贾母处来，林黛玉回房歇着，宝玉便找了黛玉来，笑道："我虽看了《西厢记》，也曾有明白的几句说了取笑，你还曾恼过；如今想来，竟有一句不解，我念出来，你讲讲我听。"黛玉听了，便知有文章，因笑道："你念出来我听听。"宝玉笑道："那'闹简'上有一句说的最好：'是几时孟光接了梁鸿案⑬？'这五个字不过是现成的典，难为他'是几时'三个虚字，问的有趣。是几时接了？你说说我听听。"黛玉听了，禁不住也笑起来，因笑道："这原问的好。他也问的好，你也问的好。"宝玉道："先时你只疑我，如今你也没的说了。"黛玉笑道："谁知他竟真是个好人，我素日只当他藏奸。"因把说错了酒令，宝钗怎样说他，连送燕窝，病中所谈之事，细细的告诉宝玉，宝玉方知原故。因笑道："我说呢，正纳闷'是几时孟光接了梁鸿案'，原来是从'小孩儿家口没遮拦'上就接了案了。"

　　黛玉因又说起宝琴来，想起自己没有姊妹，不免又哭了。宝玉忙劝道："这又自寻烦恼了。你瞧瞧，今年比旧年越发瘦了。你还不保养，每天好好的，你必是自寻烦恼，哭一会子，才算完了这一天的事。"黛玉拭泪道："近来我自觉心酸，眼泪却像比旧年少了些的。心里只管酸痛，眼泪却不多。"宝玉道："这是你哭惯了，心里疑惑，岂有眼泪会少的！"

　　正说着，只见他屋里的小丫头子送了猩猩毡斗篷来⑭，又说："大奶奶才打发人来说：下了雪，要商议明日请人做诗呢。"一语未了，只见李纨的丫头走来请黛玉。宝玉便邀着黛玉同往稻香村来。黛玉换上掐金挖云红香羊皮小靴⑮，罩了一件大红羽绉面白狐狸皮的鹤氅⑯，系一条青金闪绿双环四合如意绦⑰，上罩了雪帽⑱，二人一齐踏雪行来，只见众姊妹都在那里；都是一色大红猩猩毡与羽毛缎斗篷，独李纨穿一件哆罗呢对襟褂子⑲，薛宝钗穿一件莲青斗纹锦上添花洋线番羓丝的鹤氅⑳。邢岫烟仍是家常旧衣，并没避雨之衣。一时史湘云来了，穿着贾母与他的一件貂鼠脑袋面子、大毛黑灰鼠里子、里外发烧大褂子㉑；头上带着一顶挖云鹅黄片金里大红猩猩毡昭君套㉒，又围着大貂鼠风领㉓。黛玉先笑道："你们瞧瞧，孙行者来了。他一般的拿着雪褂子，故意妆出个小骚达子样儿来㉔。”湘云笑道：“你们瞧我里头打扮的。”一面说，一面脱了褂子，只见他里头穿着一件半新的靠色三厢领袖秋香色盘金五色绣龙窄裉小袖掩衿银鼠短袄㉕，里面短短的一件水红妆缎狐肷褶子㉖，腰里紧紧束着一条蝴蝶结子长穗五色宫绦，脚下也穿着鹿皮小靴：越显得蜂腰猿背，鹤势螂形㉗。众人都笑道：“偏他只爱打扮成个小子的样儿，原比他打扮女儿更俏丽了些。”

湘云笑道：“快商议做诗！我听听是谁的东家？”李纨道：“我的主意。想来昨儿的正日已自过了，再等正日又太远，可巧又下雪，不如咱们大家凑个社，又给他们接风，又可以做诗。你们意思怎么样？”宝玉先道：“这话很是，只是今日晚了，若到明日晴了，又无趣。”众人都道：“这雪未必晴，纵晴了，这一夜下的也够赏了。”李纨道：“我这里虽然好，又不如芦雪亭好。这已经打发人笼地炕去了㉘，咱们大家拥炉做诗。老太太想来未必高兴。况且咱们小玩意儿，单给凤丫头个信儿就是了。你们每人一两银子就够了，送到我这里来。”指着香菱、宝琴、李纹、李绮、岫烟：“五个不算外，咱们里头二丫头病了不算，四丫头告了假也不算，你们四分子送了来，我包管五六两银子也尽够了。”宝钗等一齐应诺。因又拟题限韵，李纨笑道：“我心里早已定了。等到了明日临期，横竖知道。”说毕，大家又闲话了一回，方往贾母处来，当日无话。

到了次日一早，宝玉因心里记挂着这事，一夜没好生得睡，天亮了就爬起来，掀起帐子一看，虽然门窗尚掩，只是窗上光辉夺目，心内早踌躇起来，埋怨定是晴了，日光已出。一面忙起来揭起窗屉，从玻璃窗内往外一看，原来不是日光，竟是一夜雪下的将有一尺多厚，天上仍是搓绵扯絮一般。宝玉此时欢喜非常，忙唤起人来，盥漱已毕，只穿一件茄色哆罗呢狐狸皮袄㉙，罩一件海龙小鹰膀褂子㉚，束了腰，披上玉针蓑㉛，带了金藤笠㉜，登上沙棠屐㉝，忙忙的往芦雪亭来。出了院门，四顾一望，并无二色，远远的是青松翠竹，自己却似装在玻璃盆内一般。于是走至山坡之下，顺着山脚，刚转过去，已闻得一股寒香扑鼻，回头一看，却是妙玉那边栊翠庵中有十数枝红梅，如胭脂一般，映着雪色，分外显得精神，好不有趣。

宝玉便立住，细细的赏玩了一回方走。只见蜂腰板桥上一个人打着伞走来，是李纨打发了请凤姐儿去的人。宝玉来至芦雪亭，只见丫头婆子正在那里扫雪开径。原来这芦雪亭盖在一个傍山临水河滩之上，一带几间茅檐土壁，横篱竹牖㉞，推窗便可垂钓，四面皆是芦苇掩覆，一条去径，逶迤穿芦度苇过去，便是藕香榭的竹桥了。众丫头婆子见他披蓑带笠而来，都笑道："我们才说正少一个渔翁，如今果然全了。姑娘们吃了饭才来呢！你也太性急了。"宝玉听了，只得回来。刚至沁芳亭，见探春正从秋爽斋出来，围着大红猩猩毡的斗篷，带着观音兜㉟，扶着个小丫头，后面一个妇人打着一把青绸油伞。宝玉知道他往贾母处去，遂立在亭边；等他来到，二人一同出园前去。

宝琴正在里间房内梳洗更衣。一时众姐妹来齐，宝玉只嚷饿了，连连催饭。好容易等摆上饭时，头一样菜是牛乳蒸羊羔㊱，贾母便说："这是我们有年纪人的药，没见天日的东西，可惜你们小孩子吃不得。今儿另外有新鲜鹿肉，你们等着吃罢。"众人答应了。宝玉却等不得，只拿茶泡了一碗饭，就着野鸡瓜子，忙忙的爬拉完了。贾母道："我知道你们今儿又有事情，连饭也不顾吃。"就叫："留着鹿肉与他晚上吃罢。"凤姐儿忙说："还有呢，吃残了的倒罢了。"湘云便和宝玉计较道："有新鹿肉，不如咱们要一块，自己拿了园里弄着，又吃又玩。"宝玉听了，真和凤姐要一块，命婆子送入园去。

一时，大家散后，进园齐往芦雪亭来，听李纨出题限韵。独不见湘云宝玉二人。黛玉道："他两个再到不得一处；要到了一处，生出多少事来。这会子一定算计那块鹿肉去了。"正说着，只见李婶娘也走来看热闹，因问李纨道："怎么那一个带玉的哥儿和那一个挂金麒麟的姐儿，那样干净清秀，又不少吃的，他两个在那里商议着要吃生肉呢，说的有来有去的。我只不信，肉也生吃得的？"众人听了，都笑道："了不得！快拿他两个来。"黛玉笑道："这可是云丫头闹的。我的卦再不错。"李纨即忙出来，找着他两个，说道："你们两个要吃生的，我送你们到老太太那里吃去，那怕一只生鹿，撑病了不与我相干。这么大雪，怪冷的，快替我做诗去罢。"宝玉忙笑道："没有的事！我们烧着吃呢。"李纨道："这还罢了。"只见老婆子们拿了铁炉、铁叉、铁丝蒙来③⑦，李纨道："仔细，割了手不许哭！"说着，方进去了。

　　那边凤姐打发了平儿回复不能来，为发放年例正忙。湘云见了平儿，那里肯放？平儿也是个好玩的，素日跟着凤姐儿无所不至，见如此有趣，乐得玩笑，因而退去手上的镯子，三个人围着火，平儿便要先烧三块吃。那边宝钗黛玉平素看惯了，不以为异；宝琴等及李婶娘深为罕事。探春和李纨等已议定了题韵。探春笑道："你们闻闻，香气这里都闻见了，我也吃去。"说着，也找了他们来。李纨也随来，说："客已齐了，你们还吃不够？"湘云一面吃，又一面说道："我吃这个方爱吃酒，吃了酒才有诗。若不是这鹿肉，今儿断不能做诗。"说着，只见宝琴披着凫靥裘③⑧，站在那里笑。湘云笑道："傻子！你来尝尝！"宝琴笑道："怪腌臜的。"宝钗笑道："你尝尝去，好吃的很呢！你林姐姐弱，吃了不消化；不然，他也爱吃。"宝琴听了，便过去吃了一块，果然好吃，便也吃起来。

　　一时凤姐儿打发小丫头来叫平儿。平儿说："史姑娘拉着我呢，你先去罢。"小丫头去了。一时，只见凤姐儿也披了斗篷走来，笑道："吃这样好东西，也不告诉我！"说着，也凑在一处吃起来。黛玉笑道："那里找这一群花子去！罢了，罢了！今日芦雪亭遭劫，生生被云丫头作践了③⑨。我为芦雪亭一大哭。"湘云冷笑道："你知道什么！'是真名士自风流'④⑩，你们都是假清高，最可厌的。我们这会子腥的膻的大吃大嚼，回来却是锦心绣口。"宝钗笑道："你回来若做的不好了，把那肉掏出来，就把这雪压的芦苇子摁上些^⑪，以完此劫！"

说着，吃毕，洗了一回手。平儿带镯子时，却少了一个，左右前后乱找了一番，踪迹全无。众人都咤异。凤姐儿笑道："我知道这镯子的去向。你们只管做诗去，我们也不用找，只管前头去，不出三日，包管就有了。"说着又问："你们今儿做什么诗？老太太说了，离年又近了，正月里还该做些灯谜儿大家玩笑。"众人听了，都笑道："可是呢，倒忘了。如今赶着做几个好的，预备着正月里玩。"说着，一齐来至地炕屋内，只见杯盘果菜俱已摆齐了，墙上已贴出诗题、韵脚、格式来了。宝玉湘云二个忙看时，只见题目是："'即景联句'^⑫，五言排律一首^⑬，限'二萧'韵。"后面尚未列次序。李纨道："我不大会做诗，我只起三句罢，然后谁先得了谁先联。"宝钗道："到底分个次序。"要知端的，且看下回分解。

【注释】

①精华：本指事物最精粹的部分，这里指月亮纯净的光辉。

②娟娟：美好的样子。魄：这里指月光。寒：清冷的意思。

③"一片"句：写明月当空，大地如同白昼，时时传来捣衣声。

④"半轮"句：写鸡叫天亮，月色变得暗淡。半轮，指缺月。唐李白《峨眉山月歌》："峨眉山月半轮秋，影入平羌江水流。"

⑤"绿蓑"句：写旅人的乡思。绿蓑，即蓑衣，防雨用具，用灯草或莎草编成，故又称"莎裳"。唐皮日休《吴中言情寄鲁望》诗："为说松江堪老处，满船烟月湿莎裳。"这里当代指漂泊在外的人。

⑥"红袖"句：写少妇的闺怨。红袖，代指闺中少妇。

⑦从弟：即堂弟。

⑧翰林：明清两朝时，进士朝考后进入翰林院的，叫"翰林"。

⑨迁委：调动官职。迁，徙官。

⑩杜工部：即杜甫，因他曾任检校工部员外郎，因而后人称他为"杜工部"。其诗含蕴深沉，故云"沉郁"。韦苏州：即韦应物，京

兆长安人，唐代诗人。曾为江州、苏州刺史，所以称为"韦江州"或"韦苏州"。其诗以写田园风物著称，语言简淡自然，故云"淡雅"。

⑪温八叉：即温庭筠。据说他才思很敏捷。元辛文房《唐才子传》卷八"温庭筠"："每试，押官韵，烛下未尝起草，但笼袖凭几，每一韵一吟而已。场中日'温八吟'。又谓八叉手成八韵，名'温八叉'。"其诗风格浓艳，多写闺情，故云"绮靡"。李义山，即李商隐。其诗构思精密，意旨隐晦，颇难索解，故云"隐僻"。

⑫纳罕：惊奇。

⑬"是几时"句：依《后汉书·梁鸿传》应是"梁鸿接了孟光案"。金圣叹评改本《西厢记》第三本第二折《闹简》写莺莺在婢女红娘跟前遮掩她对张生的爱情，实际早应了张生的约会。所以红娘有这句嘲讽的唱词。宝玉原来也想调和黛玉、宝钗之间的隔阂，现在发现黛玉已接受了宝钗的友情，因此借用了这一唱词。下文"小孩儿口没遮拦"，也是《西厢记·闹简》中的唱词，借指黛玉说话不小心，酒令中带出戏曲词句的事。

⑭猩猩：古谓猩猩血可作颜料，故称红颜色为猩红或猩色。斗篷：一种宽大无袖的御寒外罩，也叫"一裹圆"。

⑮掐金：缝里嵌上金线。挖云：挖空成云头形的花边，再垫上其他颜色的里子，构成装饰图案。红香羊皮：清代蒙古地方出产的一种细揉皮，是常列入贡品中的东西。小靴：小型的靴，是为雨具。

⑯羽绉：有绉纹的毛织物。白狐狸：狐的一种。夏毛灰褐色，此时常称为青狐，冬毛变白，毛皮珍贵。鹤氅（chǎng）：原指用鸟羽制成的衣裘。这里指御寒的外衣。清曹庭栋《老老恒言》卷三："式如被幅，无两袖，而总折其上以为领，俗名'一口总'，亦曰'罗汉衣'。天寒气肃时，出户披之，下御风，静坐亦可披以御寒。《世说》王恭披鹤氅行雪中。今制盖本此，故又名'氅衣'，办皮者为当。"

⑰青金：即"金青"，黑色。这里指黑色丝线。闪绿：黑色丝线加绿色丝线织成丝带，见光闪烁，故称。双环四合如意：指丝带上结扣的纹样。

⑱雪帽：指风帽，风兜一类防寒避雪的妆饰。

⑲哆罗呢：一种阔幅呢料。清刘廷玑《在园杂志》卷一："近由东洋入中国者，更有羽缎、羽纱、哔叽缎、哆啰（罗）呢，据云可为雨具，试之，终逊油衣，其价甚昂，亦前代所未闻者。"对襟褂子：外褂的一种，用以避雪。

⑳莲青斗纹锦上添花洋线番羓（bā）丝的鹤氅：或指用外国种的羊毛线织制而成的氅衣。莲青斗纹、锦上添花，皆指衣上纹饰。番，旧时对西方边境各族的称呼；又以指来自外族或外国的事物。羓，或疑作"羢"字。《字汇补》："羢，羊毛之细者。"

㉑貂鼠：即貂，貂皮为珍贵皮料。明宋应星《天工开物·裘》："服貂裘者，立风雪中、更暖于宇下。"灰鼠：绒鼠的一种。尾如松鼠，背灰腹白，产山中，成群穴居，皮毛名贵。其中一种，背上毛较长，呈黑色，腹下毛呈烟色，因比一般灰鼠毛长，故名"大毛黑灰鼠"。里外发烧：表里都有毛、正反两面都可以穿的皮褂子，俗称"里外发烧"。湘云所穿大褂子，因其面子为貂皮，形同貂褂；里子是大毛黑灰鼠，表里都是保暖力极强的珍贵皮货，故名。又称"翻毛"。

㉒挖云鹅黄片金里大红猩猩毡昭君套：指一种帽面为红色猩毡、有挖云纹饰、帽里为鹅黄片金的女式风帽。鹅黄，又称"鹅油黄"，淡黄色。片金，这里指一种丝织品。

㉓风领：一种防风的皮领子。《清稗类钞》"服饰类"："加于项，覆于肩，形如菱。"又："盖礼服例无领，别于袍之上加以硬领（春秋以浅湖色缎，夏以纱，冬以绒或皮。有丧者则以黑布）。下结以布或绸缎，有钮绾之，意谓领而衣也。"

㉔小骚达子：又作"小臊鞑子"。骚，通"臊"，狐臭。《山海经·北山经》："食之不骄。"晋郭璞注："或作'骚'。骚，臭也。"鞑，即鞑靼，蒙古族别称。这里是一种戏语。

㉕靠色三厢领袖秋香色盘金五色绣龙窄裉小袖掩衿银鼠短袄：指一种衣袖领口有靠红色三道滚条的、以金线及彩丝绣成龙饰的、窄袖大襟、秋香色银鼠窄裉袄。靠色，当指红色。《扬州画舫录》卷一染色中有"靠红"一种。厢，同"镶"。妇女衣服上的滚条，一道曰一镶；三镶，即三道。领袖，指衣领和袖口。秋香色，指短袄的本色。盘金

五色绣龙，指以金线和彩丝绣成龙形花饰。小袖，窄袖。掩衿，即满襟，也叫"大襟"。

㉖水红妆缎狐肷（qiǎn）褶子：指一种水红色妆缎面的狐裘。水红，即"银红"，一种淡红色。狐肷，指狐胸腹部和腋下的皮毛，属大毛儿。褶子，本为传统戏装的便服，一般用绸制成。这里指一种大领的外衣，长仅及膝。

㉗蜂腰猿背、鹤势螂形：形容一种俏丽的武士样子。蜂腰，比喻细腰。猿背，应作"猿臂"，谓人臂长如猿，可以运转自如。鹤势螂形，昂首挺胸。戚序本脂批云："近之拳谱中有坐马势，便似螂之蹲立。昔人爱轻捷便俏，闲取一螂，观其仰颈叠胸之势。今四字无出处，却写尽矣。"

㉘地炕：一种采暖设备。《林兰香》第三十回寄旅散人评云："大家富室，又有所谓地炕者，盖设灶于檐下，火行之道直达室中，户槛以内，无不热之地者是也。"

㉙茄色：紫色的一种。《扬州画舫录》卷一："紫有大紫、玫瑰紫、茄花紫，即古之油紫、北紫之属。"

㉚海龙小鹰膀褂子：用海龙皮制成的一种外褂。海龙皮，类似海獭皮的一种皮毛，有光泽。《道咸以来朝野杂记》："海龙虽名贵，只可作外褂，非公服所应用。"鹰膀褂子，当由"巴图鲁"（满语"勇士"的意思）坎肩演变而成，即在一字形的前襟上，装有排扣，两腋下也有钮扣，两边裤裆处有两袖，犹如山鹰翅膀，故名"鹰膀褂子"。

㉛玉针蓑：蓑衣的美称，因蓑衣多以莎草或灯草之类的叶茎编制而成，其形似针，故名。一说，用白玉草编织成的蓑衣，叫"玉针蓑"。

㉜金藤笠：以细藤皮编成笠帽，刷以桐油，呈金黄色，故名。

㉝沙棠屐（jī）：以沙棠木制成的木履。沙棠，木名。《山海经·西山经》："昆仑之丘……有木焉，其状如棠，黄华赤实，其味如李而无核，名曰沙棠。可以御水，食之使人不溺。"屐，鞋子的一种。

㉞竹牖（yǒu）：竹窗。

㉟观音兜：一种风帽，因其形似佛像中观音菩萨所戴的那种样式，

所以称为"观音兜"。兜,《清稗类钞》"服饰类":"今苏人称妇女之冠则曰兜。"这里指风兜,即风帽。

㊱羊羔:这里指羊胎。

㊲铁丝蒙:用铁丝做的罩子,可以烘烤食物。

㊳凫靥(yè)裘:用野鸭头部的毛织成的裘。

㊴生生:活活的。

㊵是真名士自风流:明曹臣《舌华录·名语》:"邵文庄云:'宁为真士夫,不为假道学。'"

㊶摁:同"塞",填入,堵住。

㊷联句:旧时作诗方式之一。两人或多人共作一诗,相联成篇。相传始于汉武帝时《柏梁台诗》(实为后人伪托)。《文心雕龙·明诗篇》:"联句共韵,则柏梁余制。"初无定式,有一人一句一韵、两句一韵乃至两句以上者,依次属对。后来习用于一人出上句,续者接对成一联,然后再出下联的上句,别人复对之,如此辗转相继以成篇。"其要在于对偶精切,辞意均敌,若出一手,乃为相称"。也有一人只联一句的。

㊸排律:律诗的一种。因其就律诗定格铺排延长而成,故名。每首至少十句,有多至百韵以上者。明徐师曾《文体明辨序说·排律诗》:"大抵排律之体,不以锻炼为工,而以布置有序、首尾通贯为尚。"

第五十回
芦雪亭争联即景诗[①]　暖香坞雅制春灯谜

话说薛宝钗道："倒底分个次序，让我写出来。"说着，便令众人拈阄为序。起首恰是李氏，然后按次各各开出。凤姐儿道："既这样说，我也说一句在上头。"众人都笑起来了，说："这样更妙了。"宝钗将"稻香老农"之上补了一个"凤"字，李纨又将题目讲与他听。

凤姐儿想了半日，笑道："你们别笑话我，我只有了一句粗话，可是五个字的；下剩的我就不知道了。"众人都笑道："越是粗话越好。你说了，就只管干正事去罢。"凤姐儿笑道："想下雪必刮北风，昨夜听见一夜的北风，我有一句，这一句就是'一夜北风紧'。使得使不得，我就不管了。"众人听说，都相视笑道："这句虽粗，不见底下的，这正是会作诗的起法，不但好，而且留了写不尽的多少地步与后人。就是这句为首，稻香老农快写上，续下去。"凤姐儿和李婶娘平儿又吃了两杯酒，自去了。

这里李纨就写了：

　　一夜北风紧，

自己联道：

　　开门雪尚飘。入泥怜洁白[②]，

香菱道：

　　匝地惜琼瑶[③]。有意荣枯草[④]，

探春道：

　　无心饰萎苗[⑤]。价高村酿熟[⑥]，

李绮道：

　　年稔府粱饶[⑦]。葭动灰飞管[⑧]，

李纹道：

　　阳回斗转杓⑨。寒山已失翠，

岫烟道：

　　冻浦不生潮。易挂疏枝柳⑩，

湘云道：

　　难堆破叶蕉⑪。麝煤融宝鼎⑫，

宝琴道：

　　绮袖笼金貂⑬。光守窗前镜，

黛玉道：

　　香粘壁上椒⑭。斜风仍故故⑮，

宝玉道：

　　清梦转聊聊⑯。何处梅花笛⑰？

宝钗道：

　　谁家碧玉箫⑱。鳌愁坤轴陷⑲，

李纨笑道："我替你们看热酒去罢。"宝钗命宝琴续联，只见湘云起来道：

　　龙斗阵云销⑳。野岸回孤棹㉑，

宝琴也联道：

　　吟鞭指灞桥㉒。赐裘怜抚戍㉓，

湘云那里肯让人？且别人也不如他敏捷，都看他扬眉挺身的说道：

　　加絮念征徭㉔。坳垤审夷险㉕，

宝钗连声赞好，也便联道：

　　枝柯怕动摇㉖。皑皑轻趁步，

黛玉忙联道：

　　剪剪舞随腰㉗。苦茗成新赏，

一面说，一面推宝玉，命他联。宝玉正看宝琴、宝钗、黛玉三人共战湘云，十分有趣，那里还顾得联诗？今见黛玉推他，方联道：

　　孤松订久要㉘。泥鸿从印迹㉙，

宝琴接着联道：

　　　　　林斧或闻樵^{�30}。伏象千峰凸，

湘云忙联道：

　　　　　盘蛇一径遥^{�31}。花缘经冷结^{�32}，

宝钗与众人又都赞好，探春联道：

　　　　　色岂畏霜雕^{�33}。深院惊寒雀，

湘云正渴了，忙忙的吃茶，已被岫烟抢着联道：

　　　　　空山泣老鸮^{�34}。阶墀随上下，

湘云忙丢了茶杯，联道：

　　　　　池水任浮漂。照耀临清晓，

黛玉忙联道：

　　　　　缤纷入永宵^{�35}。诚忘三尺冷^{�36}，

湘云忙笑联道：

　　　　　瑞释九重焦^{�37}。僵卧谁相问，

宝琴也忙笑联道：

　　　　　狂游客喜招^{�38}。天机断缟带，

湘云又忙道：

　　　　　海市失鲛绡^{�39}。

黛玉不容他道出，接着便道：

　　　　　寂寞封台榭，

湘云忙联道：

　　　　　清贫怀箪瓢^㊵。

宝琴也不容情，也忙道：

　　　　　烹茶水渐沸，

湘云见这般，自为得趣，又是笑，又忙联道：

　　　　　煮酒叶难烧。

黛玉也笑道：

　　　　　没帚山僧扫，

宝琴也笑道：

　　　　　埋琴稚子挑。

湘云笑弯了腰，忙念了一句，众人问道："到底说的是什么？"湘
云道：

> 石楼闲睡鹤，

黛玉笑得握着胸口，高声嚷道：

> 锦罽暖亲猫㊶。

宝琴也忙笑道：

> 月窟翻银浪㊷，

湘云忙联道：

> 霞城隐赤标㊸。

黛玉忙笑道：

> 沁梅香可嚼㊹，

宝钗笑称："好句！"也忙联道：

> 淋竹醉堪调㊺。

宝琴也忙道：

> 或湿鸳鸯带㊻，

湘云忙联道：

> 时凝翡翠翘㊼。

黛玉又忙道：

> 无风仍脉脉㊽，

宝琴又忙笑联道：

> 不雨亦潇潇㊾。

　　湘云伏着，已笑软了。众人看他三人对抢，也都不顾作诗，
看着也只是笑。黛玉还推他往下联，又道："你也有才尽力穷之
时。我听听，还有什么舌头嚼了？"湘云只伏在宝钗怀里，笑个
不住。宝钗推他起来，道："你有本事，把'二萧'的韵全用完了，
我才服你。"湘云起身笑道："我也不是作诗，竟是抢命呢！"众
人笑道："倒是你自己说罢。"探春早已料定没有自己联的了，便
早写出来，因说："还没收住呢。"李纹听了，接过来，便联了一
句道：

欲志今朝乐，

李绮收了一句道：

凭诗祝舜尧。

李纨道："够了，够了！虽没作完了韵，腾挪的字⑩，若生扭了，倒不好了。"说着大家来细细评论一回，独湘云的多，都笑道："这都是那块鹿肉的功劳。"李纨笑道："逐句评去，却还一气，只是宝玉又落了第了。"宝玉笑道："我原不会联句，只好担待我罢。"李纨笑道："也没有社社担待的：又说'韵险'了，又整误了，又'不会联句'，今日必罚你。我才看见栊翠庵的红梅有趣，我要折一枝来插瓶，可厌妙玉为人，我不理他，如今罚你取一枝来，插着玩儿。"众人都道："这罚的又雅又有趣。"宝玉也乐为，答应着就要走，湘云黛玉一齐说道："外头冷得很，你且吃杯热酒再去。"于是湘云早执起壶来。黛玉递了一个大杯，满斟了一杯，湘云笑道："你吃了我们这酒，要取不来，加倍罚你！"宝玉忙吃了一杯，冒雪而去。

李纨命人好好跟着，黛玉忙拦说："不必，有了人，反不得了。"李纨点头道："是。"一面命丫鬟将一个美女耸肩瓶拿来⑪，贮了水，准备插梅，因又笑道："回来该吟红梅了。"湘云忙道："我先作一首。"宝钗笑道："今日断不容你再作了！你都抢了去，别人都闲着也没趣。回来罚宝玉。他说不会联句，如今就叫他自己做去。"黛玉笑道："这话很是。我还有主意：方才联句不够，莫若拣那联得少的人作红梅诗。"宝钗笑道："这话是极。方才邢李三位屈才，且又是客；琴儿和颦儿云儿他们抢了许多，我们一概都别作，只他们三人做才是。"李纨因说："绮儿也不大会做，还是让琴妹妹罢。"宝钗只得依允。又道："就用'红梅花'三个字做韵，每人一首七言律：邢大妹妹做'红'字，你们李大妹妹做'梅'字，琴儿做'花'字。"李纨道："饶过宝玉去，我不服。"湘云忙道："有个好题目命他做。"众人问："何题？"湘云道："命他就做'访妙玉乞红梅'，岂不有趣？"众人听了，都说："有趣。"

一语未了，只见宝玉笑欣欣擎了一枝红梅进来。众丫鬟忙已接过，插入瓶内。众人都过来赏玩。宝玉笑道："你们如今赏罢，也不知费了我多少精神呢！"说着，探春早又递过一钟暖酒来。众丫鬟上来接了蓑笠掸雪，各人房中丫鬟都添送衣服来；袭人也遣人送了半旧的狐腋褂来。李纨命人将那蒸的大芋头盛了一盘，又将朱桔、黄橙、橄榄等物盛了两盘，命人带与袭人去。湘云且告诉宝玉方才的诗题，又催宝玉快做。宝玉道："好姐姐好妹妹们，让我自己用韵罢，别限韵了。"众人都说："随你做去罢。"

一面说，一面大家看梅花。原来这一枝梅花只有二尺来高，旁有一枝，纵横而出，约有二三尺长，其间小枝分歧，或如蟠螭㉜，或如僵蚓，或孤削如笔，或密聚如林，真乃花吐胭脂，香欺兰蕙。各各称赏。谁知岫烟、李纹、宝琴三人都已吟成，各自写了出来，众人便依"红""梅""花"三字之序看去，写道：

赋得红梅花㉝　邢岫烟

桃未芳菲杏未红，冲寒先喜笑东风㉞。魂飞庾岭春难辨㉟，霞隔罗浮梦未通㊱。绿萼添妆融宝炬㊲，缟仙扶醉跨残虹㊳。看来岂是寻常色，浓淡由他冰雪中。

又　李纹

白梅懒赋赋红梅，逞艳先迎醉眼开㊴。冻脸有痕皆是血㊵，酸心无恨亦成灰㊶。误吞丹药移真骨㊷，偷下瑶池脱旧胎㊸。江北江南春灿烂㊹，寄言蜂蝶漫疑猜㊺。

又　宝琴

疏是枝条艳是花，春妆儿女竞奢华㊻。闲庭曲槛无余雪㊼，流水空山有落霞㊽。幽梦冷随红袖笛，游仙香泛绛河槎㊾。前身定是瑶台种，无复相疑色相差㊿。

众人看了，都笑着称赞了一回，又指末一首更好。宝玉见宝琴年纪最小，才又敏捷；黛玉湘云二人斟了一小杯酒，齐贺宝琴。宝钗笑道："三首各有好处。你们两个天天捉弄厌了我，如今又捉弄他来了。"李纨又问宝玉："你可有了？"宝玉忙道："我倒有了，才一看见这三首，又唬忘了，等我再想。"湘云听说，便拿了一支铜火箸击着手炉，笑道："我击了，若鼓绝不成㉑，又要罚的。"宝玉笑道："我已有了。"黛玉提起笔来，笑道："你念我写。"湘云便击了一下，笑道："一鼓绝。"宝玉笑道："有了，你写罢。"众人听他念道：

　　　酒未开樽句未裁㉒，

黛玉写了，摇头笑道："起得平平。"湘云又道："快着！"宝玉笑道：

　　　寻春问腊到蓬莱㉓。

黛玉湘云都点头笑道："有些意思了。"宝玉又道：

　　　不求大士瓶中露㉔，为乞嫦娥槛外梅㉕。

黛玉写了，摇头说："小巧而已。"湘云将手又敲了一下，宝玉笑道：

　　　入世冷挑红雪去㉖，离尘香割紫云来㉗。槎枒谁惜诗肩瘦㉘，
　　　衣上犹沾佛院苔㉙。

　　黛玉写毕，湘云大家才评论时，只见几个丫鬟跑进来道："老太太来了！"众人忙迎出来，大家又笑道："怎么这等高兴！"说着，远远见贾母围了大斗篷，带着灰鼠暖兜㉚，坐着小竹轿，打着青绸油伞，鸳鸯琥珀等五六个丫鬟，每人都是打着伞，拥轿而来。李纨等忙往上迎。贾母命人止住，说："只站在那里就是了。"来至跟前，贾母笑道："我瞒着你太太和凤丫头来了。大雪地下，我坐着这个无妨，没的叫他娘儿们踩雪。"众人忙一面上前接斗篷，搀扶着，一面答应着。

　　贾母来至室中，先笑道："好俊梅花！你们也会乐，我也不饶你们。"说着，李纨早命人拿了一个大狼皮褥子来，铺在当中。贾母坐了，因笑道："你们只管照旧玩笑吃喝。我因为天短了，不敢睡中觉，抹了一会牌，想起你们来了，我也来凑个趣儿。"李纨早又捧过手炉来。探春另拿了一副杯箸来，亲自斟了暖酒，奉给贾母。贾母便饮了一口，问："那个盘子是什么东西？"众人忙

捧了过来，回说："是糟鹌鹑。"贾母道："这倒罢了，撕一点子腿儿来。"李纨忙答应了，要水洗手，亲自来撕。贾母道："你们仍旧坐下说笑，我听着才喜欢。"又命李纨："你也只管坐下，就如同我没来的一样才好；不然，我就走了。"众人听了，方才依次坐下，只李纨挪到尽下边。贾母因问："你们作什么玩呢？"众人便说："做诗呢。"贾母道："有做诗的，不如做些灯谜儿，大家正月里好玩。"众人答应。

　　说笑了一会，贾母便说："这里潮湿，你们别久坐，仔细着了凉。倒是你四妹妹那里暖和，我们到那里瞧瞧他的画儿，赶年可能有了不能。"众人笑道："那里能年下就有了？只怕明年端阳才有呢。"贾母道："这还了得！他竟比盖这园子还费工夫了。"说着，仍坐了竹椅轿，大家围随，过了藕香榭，穿入一条夹道，东西两边皆是过街门，门楼上里外都嵌着石头匾，如今进的是西门，向外的匾上凿着"穿云"二字，向里的凿着"度月"两字。来至堂中，进了向南的正门，贾母下了轿，惜春已接了出来。从里面游廊过去，便是惜春卧房，门斗上有"暖香坞"三字⑧，早有几个人打起猩红毡帘，已觉温香拂脸。大家进入房中，贾母并不归坐，只问惜春："画到那里？"惜春因笑回："天气寒冷了，胶性皆凝涩不润，画了恐不好看，故此收起来了。"贾母笑道："我年下就要的，你别托懒儿，快拿出来给我快画！"

　　一语未了，忽见凤姐披着紫羯绒褂笑嘻嘻的来了⑧，口内说道："老祖宗今儿也不告诉人，私自就来了，叫我好找！"贾母见他来了，心中喜欢，道："我怕你们冻着了，所以不许人告诉你们去。你真是个鬼灵精儿，到底找了我来。论礼，孝敬也不在这上头。"凤姐儿笑道："我那里是孝敬的心找了来？我因为到了老祖宗那里，鸦没雀静的，问小丫头子们，他又不肯叫我找到园里来。我正疑惑，忽然又来了两三个姑子，我心里才明白了：那姑子必是来送年疏或要年例香例银子⑧，老祖宗年下的事也多，一定是躲债来了。我赶忙问了那姑子，果然不错。我连忙把年例给了他们去了。如今来回老祖宗，债主儿已去了，不用躲着了。已预备下稀嫩的野鸡，请用晚饭去罢；再迟一回就老了。"

他一行说，众人一行笑。凤姐儿也不等贾母说话，便命人抬过轿来，贾母笑着挽了凤姐儿的手，仍上了轿，带着众人，说笑出了夹道东门，一看，四面粉妆银砌。忽见宝琴披着凫靥裘，站在山坡背后遥等；身后一个丫鬟，抱着一瓶红梅。众人都笑道："怪道少了两个，他却在这里等着，也弄梅花去了。"贾母喜的忙笑道："你们瞧，这雪坡儿上，配上他这个人物儿，又是这件衣裳，后头又是这梅花，像个什么？"众人都笑道："就像老太太屋里挂的仇十洲画的'艳雪图'㉟。"贾母摇头笑道："那画的那里有这件衣裳？人也不能这样好！"

一语未了，只见宝琴身后又转出一个穿大红猩猩毡的人来。贾母道："那又是那个女孩儿？"众人笑道："我们都在这里，那是宝玉。"贾母笑道："我的眼越发花了。"说话之间，来至跟前，可不是宝玉和宝琴两个！宝玉笑向宝钗黛玉等道："我才又到了栊翠庵，妙玉竟每人送你们一枝梅花，我已经打发人送去了。"众人都笑说："多谢你费心。"

说话之间，已出了园门，来至贾母房中，吃毕饭，大家又说笑了一回。忽见薛姨妈也来了，说："好大雪，一日也没过来望候老太太。今日老太太倒不高兴？正该赏雪才是。"贾母笑道："何曾不高兴了！我找了他们姊妹去玩了一会子。"薛姨妈笑道："昨日晚上我原想着今日要和我们姨太太借一日园子，摆两桌粗酒，请老太太赏雪的；又见老太太安息的早，我闻得宝儿说：'老太太心上不大爽。'因此今日也不敢惊动。早知如此，我竟该请了才是呢。"贾母笑道："这才是十月，是头场雪，往后下雪的日子多着呢，再破费姨太太不迟。"薛姨妈笑道："果然如此，算我的孝心虔了。"

凤姐儿笑道："姨妈仔细忘了，如今现秤五十两银子来，交给我收着，一下雪，我就预备下酒：姨妈也不用操心，也不得忘了。"贾母笑道:"既这么说,姨太太给他五十两银子收着,我和他每人分二十五两,到下雪的日子,我装心里不快,混过去了。姨太太更不用操心,我和凤姐倒得实惠。"凤姐将手一拍,笑道:"妙极了!这和我的主意一样。"众人都笑了。贾母笑道:"呸!没脸的,就顺着竿子爬上来了!你不说:姨太太是客,在咱们家受屈,我们该请姨太太才是,那里有破费姨太太的理?不这样说呢,还有脸先要五十两银子,真不害臊!"凤姐笑道:"我们老祖宗最是有眼色的,试一试姨妈:若松呢,拿出五十两来,就和我分;这会子估量着不中用了,翻过来拿我做法子,说出这些大方话来。如今我也不和姨妈要银子了,我竟替姨妈出银子,治了酒,请老太太吃了,我另外再封五十两银子孝敬老祖宗,算是罚我包揽闲事,这可好不好?"话未说完,众人已笑倒在炕上。

贾母因又说及宝琴雪下折梅,比画儿上还好;又细问他的年庚八字并家内景况。薛姨妈度其意思,大约是要与他求配。薛姨妈心中因也遂意,只是已许过梅家了,因贾母尚未说明,自己也不好拟定,遂半吐半露告诉贾母道:"可惜了,这孩子没福!前年他父亲就没了。他从小儿见的世面倒多,跟他父亲四山五岳都走遍了。他父亲好乐的,各处因有买卖,带了家眷,这一省逛一年,明年又到那一省逛半年,所以天下十停走了有五六停了。那年在这里,把他许了梅翰林的儿子,偏第二年他父亲就辞世了。如今他母亲又是痰症。"凤姐儿也不等说完,便嗐声跺脚的说:"偏不巧,我正要做个媒呢,又已经许了人家。"贾母笑道:"你要给谁说媒?"凤姐儿笑道:"老祖宗别管。心里看准了,他们两个是一对。如今已许了人,说也无益,不如不说罢了。"贾母也知凤姐儿之意,听见已有人家,也就不提了。大家又闲话了一会方散。一宿无话。

次日雪晴。饭后,贾母又吩咐惜春:"不管冷暖,你只画去;赶到年下,十分不能,便罢了。第一要紧把昨儿琴儿和丫头、梅花,照样一笔别错快快添上。"惜春听了,虽是为难的事,只得应了。一时众人都来看他如何画。惜春只是出神。李纨因笑向众人道:"让他自己想去,咱们且说话儿。昨儿老太太只叫做灯谜儿,回到家和绮儿纹儿睡不着,我就编了两个《四书》的。他两个每人也编了两个。"

众人听了,都笑道:"这倒该做的。先说了,我们猜猜。"李纨笑道:"'观音未有世家传'⑧,打《四书》一句。"湘云接着就说道:"'在止于至善'⑧。"宝钗笑道:"你也想一想'世家传'三个字的意思再猜。"李纨笑道:"再想。"黛玉笑道:"我猜罢。可是'虽善无征'⑧?"众人都笑道:"这句是了。"李纨又道:"'一池青草草何名'。"湘云又忙道:"这一定是'蒲芦也'⑧。再不是不成?"李纨笑道:"这难为你猜。纹儿的是'水向石边流出冷',打一古人名。"探春笑着问道:"可是山涛⑧?"李纨道:"是。"李纨又道:"绮儿是个'萤'字,打一个字。"众人猜了半日,宝琴道:"这个意思却深,不知可是花草的'花'字?"李绮笑道:"恰是了。"众人道:"萤与花何干?"黛玉笑道:"妙的很!萤可不是草化的⑧?"众人会意,都笑了,说:"好。"

宝钗道:"这些虽好,不合老太太的意;不如做些浅近的物儿,大家雅俗共赏才好。"众人都道:"也要做些浅近的俗物才是。"湘云想了一想,笑道:"我编了一支'点绛唇'⑨,却真是个俗物,你们猜猜。"说着,便念道:

　　溪壑分离,红尘游戏,真何趣?名利犹虚⑫,后事终难继。

众人都不解,想了半日,也有猜是和尚的,也有猜是道士的,也猜是偶戏人的。宝玉笑了半日道:"都不是。我猜着了,必定是耍的猴儿。"湘云笑道:"正是这个了。"众人道:"前头都好,末后一句怎么样解?"湘云道:"那一个耍的猴儿不是剁了尾巴去的?"众人听了,都笑起来,说:"偏他编个谜儿也是刁钻古怪的。"

李纨道:"昨日姨妈说,琴妹妹见得世面多,走的道路也多,你正该编谜儿。况且你的诗又好,为什么不编几个儿我们猜一猜?"宝琴听了,点头含笑,自去寻思。宝钗也有一个,念道:

镂檀锲梓一层层，岂系良工堆砌成？虽是半天风雨过，
何曾闻得梵铃声㉝？

众人猜时，宝玉也有一个，念道：

天上人间两渺茫，琅玕节过谨堤防。鸾音鹤信须凝睇，
好把唏嘘答上苍㉞。

黛玉也有了一个，念道：

騄駬何劳缚紫绳？驰城逐堑势狰狞。主人指示风云动，
鳌背三山独立名㉟。

探春也有了一个，方欲念时，宝琴走来，笑道："从小儿所走的地
方的古迹不少，我如今拣了十个地方古迹，做了十首'怀古诗'；
诗虽粗鄙，却怀往事，又暗隐俗物十件，姐姐们请猜一猜。"众
人听了，都说："这倒巧，何不写出来大家一看？"要知端的，且
看下回分解。

【注释】

①即景诗：以眼前的景物作为题材而写的诗。

②"入泥"句：意谓白雪落地，为泥土所污，令人怜惜。

③匝地：周遍大地。琼瑶：美玉。这里比喻白雪。

④荣枯草：意即雪水可滋润枯草，使其返青。荣，这里是滋润的
意思。

⑤饰：装饰，点缀。葽苗：枯葽的禾苗。苗，脂本作"苕
(tiáo)"，即苕花。近人王瀣批云："'苗'字原本作'苕'，甚是。按，
《荀子》有'风至苕折'句，注云：'苕，苇之秀也。'今用之芦雪亭尤
典切。"

⑥价高：因大雪天寒，酒价亦涨。唐郑谷《辇下冬暮咏怀》诗：
"烟含紫禁花期近，雪满长安酒价高。"村酿熟：指村酒酿好。

⑦年稔(rěn)：年景丰收。稔，庄稼成熟。府：这里指官府的
粮仓。

⑧葭(jiā)：芦苇。灰飞管：古时预测节气变化的一种方法。即

把芦苇茎里的薄膜烧制成灰，放入十二乐律的铜管（或玉管）内，置于密室中特制的木案上，到某一节气，相应律管内的灰就会自行飞出。这里当指黄钟律管内的芦灰飞动。

⑨阳回：阳气复回。古代以阴阳二气的消长解释四时的变化，阳回，说明已到冬至。《史记·律书》："冬至，则一阴下藏，一阳上舒。"斗：即北斗星，在北天排列成斗形的七颗亮星。古人常用以辨方向、定节气。杓：北斗星中第五、六、七颗星的名称，又称"斗柄"。随着季节的变化，斗柄所指的方位也不断转换。《鹖冠子·环流》："斗柄东指，天下皆春；斗柄南指，天下皆夏；斗柄西指，天下皆秋；斗柄北指，天下皆冬。"

⑩"易挂"句：所写或指"柳挂"，即挂在树上的冰雪。

⑪"难堆"句：意谓因蕉叶残破，难于积雪。"雪里芭蕉"是古代画家常画的一种画题。

⑫麝（shè）煤：这里是香煤的意思。宋苏轼《翻香令》词："金炉犹暖麝煤残，惜香更把宝钗翻。"或即指香煤饼。放在炉中，既可熏香，又能燃烧取暖。宝鼎：这里指鼎形的火炉。

⑬绮袖：织有花纹的绢袖。这里代指华美的衣服。

⑭"香粘"句：意谓因天气湿润，雪中好像浸有壁上椒粉的香气。壁上椒，汉代后妃所住的宫室，多用椒和泥涂壁，取其温暖有香气。

⑮故故：阵阵，不停的意思。

⑯聊聊：断断续续，若有若无的意思。

⑰梅花笛：指吹奏《梅花落》曲调的笛声。宋郭茂倩《乐府诗集》卷二四："梅花落，本笛中曲也。"

⑱碧玉箫：指吹奏《碧玉歌》曲调的箫声。《碧玉歌》是乐府吴声歌曲名。

⑲"鳌愁"句：谓大雪好像要把大地压塌，鳌也为之生愁。鳌，传说中的一种大海龟。《淮南子·览冥训》："往古之时，四极废，九州裂，天不兼覆，地不周载……于是女娲炼五色石以补苍天，断鳌足以立四极。"坤轴，即地轴，古称乾为天，坤为地，后用以泛指大地。唐韩愈《咏雪赠张籍》诗："日轮埋欲侧，坤轴压将颓。"

⑳龙斗：即用玉龙交战形容大雪纷飞。龙，指玉龙，形容白雪。唐吕岩《剑画此诗于襄阳雪中》诗："岘山一夜玉龙寒，凤林千树梨花老。"阵云销：这里比喻雪止天晴。阵云，本指战地的烟云。

㉑回孤棹（zhào）：船回到野岸。《世说新语·任诞》："王子猷居山阴，夜大雪，眠觉开室，命酌酒，四望皎然。因起彷徨，咏左思《招隐》诗，忽忆戴安道。时戴在剡，即便夜乘小船就之。经宿方至，造门不前而返。人问其故，王曰：'吾本乘兴而行，兴尽而返，何必见戴。'"这里即咏雪景中乘小船的游兴。棹，本是船桨，这里代指船。

㉒灞桥：一作"霸桥"。汉代桥名。《三辅黄图·附补遗》："霸桥……汉人送客至此桥，折柳赠别。"这里即指雪中行吟，有助诗兴。

㉓"赐裘"句：意谓皇帝怜惜戍边的将领，赏赐他们皮裘以御寒。赐裘，帝王赏给衣裘。抚戍，指边的将领。《宋史·王全斌传》载，乾德二年冬，王全斌为忠武军节度使，受诏率军伐蜀。"适属冬暮，京城大雪，太祖设毡帷于讲武殿，衣紫貂裘帽以视事，忽谓左右曰：'我被服若此，体尚觉寒，念西征将冲犯霜雪，何以堪处！'即解裘帽，遣中黄门驰赐全斌"。并谕诸将，将士感激，故所向有功。

㉔"加絮"句：意谓制衣人怀念服役的士卒，而把棉絮加厚。加絮，把衣服的棉絮加厚。征徭，被征发的役卒。

㉕"坳（ào）垤（dié）"句：意谓路面被雪覆盖，走路时要注意高低不平。坳，低凹的地方。垤，小土堆。唐韩愈《咏雪赠张籍》诗："坳中初盖底，垤处遂成堆。"审，仔细观察。夷，平坦。险，地势坎坷不平。

㉖"枝柯"句：意谓枝柯积雪，富有画意，担忧树摇雪落。枝柯，树枝。

㉗"皑皑"二句：形容白雪飘飞，有如随风起舞，轻盈而有节奏。皑皑，形容雪洁白的样子。汉班彪《北征赋》："飞云雾之杳杳，涉积雪之皑皑。"趁，《正字通》："趁，随及也。"剪剪，同"翦翦"，形容风轻而带寒意。唐韩偓《夜深》诗："侧侧轻寒翦翦风，小梅飘雪杏花红。"

㉘"孤松"句：古人常把松雪说在一起。唐司空曙《松下雪》："不

随晴野尽，独向深松积。落照入寒光，偏能伴幽寂。"久要，《群书通要·人伦门·交友类》："旧约曰久要。子曰：'久要不忘平生之言，亦可以为成人矣。'"

㉙"泥鸿"句：宋苏轼《和子由渑池怀旧》诗："人生到处知何似？应似飞鸿踏雪泥。泥上偶然留指爪，鸿飞那复计东西。"印，指鸿的爪印。

㉚樵：砍柴。这里指砍柴的声音。

㉛"伏象"二句：形容大雪之后，千百个山峰如伏卧的白象，曲折的山路如盘绕的长蛇。

㉜"花缘"句：意谓雪花因寒冷凝结而成。缘，因为。

㉝"色岂"句：意谓雪花不同于草木之花，它洁白的颜色并不怕冰霜损伤。雕，同"凋"，即凋谢。这里用作动词，损伤的意思。

㉞"深院"二句：似化用唐韩愈《咏雪赠张籍》诗"惊雀暗徘徊""虎豹饿号哀"句意，谓下雪时院中寒雀惊惧，山上老鸮悲泣，它们都因雪天难以觅食而啼饥号寒。鸮（xiāo），即猫头鹰。

㉟"照耀"二句：意谓大雪从清晨下到深夜。照耀，指雪光。缤纷，雪大的样子。永宵，长夜。

㊱"诚忘"句：诚，诚敬。这里有尊敬、虔诚的意思。三尺，指雪。这里当用"程门立雪"的典故。据《侯子雅言》《伊洛渊源录》等载，宋游酢、杨时初见程颐，颐瞑目而坐，二人侍立。颐既觉，顾谓二人曰："贤辈尚在此乎？日既晚，且休矣。"及出门外，"雪已深三尺"。意谓因诚心求教而忘却雪深三尺的寒冷。一说，"三尺"指剑，剑约长三尺，故用为剑的代称。《汉书·高帝纪下》："吾以布衣提三尺，取天下。"唐颜师古注："三尺，剑也。"这里代指守边的将士。依此说，句意则谓诚敬之心，使将士忘掉戍守的寒苦。或说，"三尺"喻弱小，代指身躯。唐王勃《滕王阁序》："勃三尺微命，一介书生。"据此，句意又谓诚心赏雪的雅兴，使我忘记了微躯的寒冷。

㊲"瑞释"句：意谓瑞雪丰年，使皇帝消除了忧虑。瑞，吉祥的征兆。这里指瑞雪，过去有"瑞雪兆丰年"的说法。南朝宋谢惠连《雪赋》："盈尺则呈瑞于丰年。"九重，本指宫禁，言其深远。后用作

皇帝的代称。

㊳"僵卧"二句：用东汉袁安雪中僵卧的故事。《后汉书·袁安传》唐李贤注引《汝南先贤传》："时大雪，积地丈余。洛阳令身出按行，见人家皆除雪出，有乞食者。至袁安门，无有行路，谓安已死。令人除雪入户，见安僵卧。问何以不出。安曰：'大雪人皆饿，不宜干人。'令以为贤，举为孝廉。"

㊴"天机"二句：谓白雪飘扬，像天机截断的丝带，如海市落下的鲛绡。比喻其洁白美好。天机，天上织女所用的织机。唐李峤《奉和七夕两仪殿会宴应制》诗："帝缕升银阁，天机罢玉梭。"缟（gǎo）带，白色丝带。唐韩愈《咏雪赠张籍》诗："随车翻缟带，逐马散银杯。"海市，旧称"蜃气"，大气因光线折射而形成的反映地面物体的一种奇异幻景。晋伏琛《三齐略记》："海上蜃气，时结楼台，名海市。"

㊵"寂寞"二句：写大雪之时贵族之家和清贫之士两种不同的生活。上句说贵族之家在家取暖，无人出来游宴，被雪封住的台榭显得格外寂寞；下句说清贫者衣食无着，连"箪食瓢饮"的生活，也值得怀念。台榭，积土高起者叫"台"，台上所盖之屋叫"榭"。《墨子·辞过》："台榭曲直之望，青黄刻镂之饰。"后亦泛指高地所建供游观的建筑物。箪（dān）瓢，《论语·雍也》："一箪食，一瓢饮，在陋巷，人不堪其忧，回也不改其乐，贤哉回也！"这是孔子称赞其弟子颜回的话。后因以"箪食瓢饮"形容生活的清贫。亦简作"箪瓢"。东汉班固《答宾戏》："颜潜乐于箪瓢，孔终篇于西狩。"箪，竹制或苇制的圆形盛器，多用以盛饭。

㊶"石楼"二句：意谓因大雪天寒，鹤在石楼里睡觉，猫披锦罽取暖。锦罽（jì），有彩色图案的毛毯。又称"缋罽"。

㊷银浪：比喻月光。宋陈与义《咏月》诗："玉盘忽微露，银浪泻千顷。"这里用以形容白雪。

㊸"霞城"句：意谓笼罩着红霞的赤城山，也因为大雪覆盖而隐没了它的赤色标志。霞城，即赤城，山名。在浙江天台北。南朝宋孔灵符《会稽记》："赤城山，土色皆赤，状似云霞，望之如雉堞。"赤

标，形容赤色山峰，高插云中，可作标志。或谓赤城山，当指道教传说中山名。

㊹"沁梅"句：意谓梅花浸雪，香气浓郁，清润可爱，像是可以咀嚼。宋王珪《梅花》诗："冷香疑到骨，琼艳几堪餐。"沁，渗入，浸润。

㊺"淋竹"句：意谓被雪淋过的竹子，湿润可以调音。淋竹，雪洒在竹子上。醉，以酒浸物。这里形容被雪水淋湿的竹枝，像用酒浸渍过一样光洁滋润。调，调音，吹奏。前蜀顾夐《甘州子》词："红炉深夜醉调笙。"

㊻鸳鸯带：上面绣有鸳鸯图案的锦带。南朝陈江总《杂曲》："合欢锦带鸳鸯鸟。"

㊼翡翠翘：也称"翠翘"，古代女子的一种首饰，因其形状像翠鸟尾上的长羽，故名。唐白居易《长恨歌》："花钿委地无人收，翠翘金雀玉搔头。"

㊽"无风"句：意谓北风已停，雪花还在依依不舍地飘舞。脉脉，形容一种依恋不舍的情态。

㊾"不雨"句：意谓虽未下雨，雪花飘落，也霎霎有声。潇潇，形容小雨飘洒声。

㊿腾挪：本是移动的意思，这里是指为了押韵而生拉硬凑的意思。

51美女耸肩瓶：一种供陈设用的花瓶。《清稗类钞》"物品类"："美人肩之项与胫，均苗条，口与足相等，腹稍巨，弯折处有姿致，故曰美人肩。"

52蟠螭（chī）：如龙盘曲的样子。这里形容梅枝苍劲有力的姿态。宋范成大《梅谱·后序》："梅以韵胜，以格高，故以横斜疏瘦，与老枝怪奇者为贵。"

53赋得红梅花：旧时凡摘取古人成句为题之诗，题首多加"赋得"二字。南朝梁元帝即已有《赋得兰泽多芳草》一诗。科举时代的试帖诗，因诗题多用成句，限制韵脚，故诗题前亦均冠以"赋得"二字。后成为一种诗体。诗人应制之作及集会即景赋诗，也往往采用这种形式。这里的《赋得红梅花》三首诗，即属此种类型。"红梅花"三字既是题目，每个字又分别为每首诗第一句的韵脚。

㊿冲寒：冒寒。

㊼"魂飞"句：意谓看到红梅，便向往庾岭，岭上梅花盛开，是春是冬，景色难辨。魂，指人的神魂。庾岭，即大庾岭，在广东、江西交界处，以产梅著名，又称梅岭。宋王巩《闻见近录》："庾岭险绝……通渠流泉，涓涓不绝，红白梅夹道……仰视青天，如一线然。"

㊽"霞隔"句：意谓我所见的只是眼前这枝嫩蕊怒放、灿若红霞的红梅，像赵师雄梦见的梅花仙人我从未梦见过。霞，形容梅花盛开，艳若红霞。罗浮，山名。在广东东江北岸增城、博罗、河源等县之间。《罗浮山记》："罗，罗山也；浮，浮山也。二山合体，谓之罗浮。"罗浮梦，用隋代赵师雄在罗浮山梦遇梅花仙人的故事。唐柳宗元《龙城录》卷上："隋开皇中，赵师雄迁罗浮。一日天寒日……于松林间酒肆旁舍见一女子，淡装素服，出迎师雄。……芳香袭人，语言极清丽，因与之扣酒家门。……一绿衣童来，笑歌戏舞，亦自可观。……久之，时东方已白，师雄起视，乃在大梅花树下，上有翠羽，啾嘈相须，月落参横，但惆怅而尔。"

㊾"绿萼"句：意谓红梅由绿萼衬托，宛如添了红妆的萼绿华仙子点燃了红烛。绿萼，这里指绿萼梅，梅花品种之一。萼，花朵下面的托片。清高士奇《北墅抱瓮录》："梅种不一，以绿萼为上品。"有人比之为仙女萼绿华。宋范成大《梅谱》："凡梅花跗蒂，皆绛紫色，惟此纯绿，枝梗亦青，特为清高，好事者，比之九嶷仙人萼绿华。"萼绿华，南朝梁陶弘景《真灵位业图》第六："萼绿华者，自云是南山人，不知是何山也。女子，年可二十上下，青衣，颜色绝整。……云是九嶷山中得道女罗郁也。"宝炬，红蜡烛。

㊿"缟仙"句：意谓红梅带雪的丰姿，好似喝醉了酒的白衣仙子跨上残虹。缟仙，白衣仙子，比喻带雪的红梅。醉，醉颜。这里暗喻红色。宋苏轼《红梅》诗："寒心未肯随春态，酒晕无端上玉肌。"残虹，即将消失的彩虹。南朝梁江淹《赤城赋》描写残虹景色云："寂火灭于山红，余形可览，残色未去。"

㊿醉眼：本指酒后含有醉意的眼神。这里醉当"沉迷"讲，指因

一心鉴赏梅花而眼神迷惑的人。

⑩冻脸：借指梅花，因其开于冰雪中，颜色艳红，故称。五代蜀韦庄《浣溪纱》词之三："暗想玉容何所似，一枝春雪冻梅花。"痕：指泪痕。

⑪酸心：梅子味酸涩，也称"酸梅"。宋陆游《梅花》诗："犹怜心事凄凉甚，结子青青亦带酸。"灰：意谓沮丧。

⑫"误吞"句：意谓红梅是因为白梅误吞了丹药而变成的。又，宋赵蕃《严先辈诗送红梅次韵》："浑疑丹换骨，不是酒侵肌。"移真骨，即换成仙骨。道家称学仙者必须服金丹，由凡骨换为仙骨，才能成仙。

⑬"偷下"句：意谓红梅像是脱去神胎的仙女，私自来到人间。瑶池，传说中西王母居住的地方。脱旧胎，脱去原来瑶池仙女的形胎。宋毛滂《红梅》诗："何处曾临阿母池，浑将绛雪点寒枝。"

⑭"江北"句：谓梅花盛开，繁华灿烂，宛如春天。

⑮"寄言"句：谓告诉蜂蝶，不要把严冬的梅花当作春日的桃李而去追逐。

⑯"春妆"句：形容梅花怒放，犹如身着春妆的女儿在争艳斗妍。春妆，即红妆。

⑰余雪：喻指白梅花。唐戎昱《早梅》诗："不知近水花先发，疑是经冬雪未销。"

⑱落霞：喻指红梅花。

⑲"幽梦"二句：意谓因欣赏红梅，仿佛伴随着红袖少女的清冷笛声进入梦境；又似乘坐着绛河的香槎漫游在仙界。红袖，代指少女，也映衬红梅。笛，笛中有《梅花落》曲。泛，漂浮。绛河，即天河。也叫"银河"。明王逵《蠡海集·天文类》："天之色苍苍然也，而前辈曰丹霄，曰绛霄；河汉曰银河可也，而曰绛河。盖观天者以北极为标准。所仰视而见者，皆在于北极之南，故称之曰丹、曰绛，借南之色以为喻也。"绛，大红色。这里用"绛"，也有映照红梅之意。槎（chá），木筏。这里指神话中的仙筏。

⑳"前身"二句：意谓不要怀疑红梅是瑶台仙种。瑶台种，仙种，

形容红梅的来历不凡。明高启《梅花》诗："琼姿只合住瑶台，谁向江南处处栽？"色相，本佛教名词，《楞严经》："离诸色相，无分别性。"这里指红梅的颜色和形状。

⑦击鼓：这里当用南齐萧文琰"击钵催诗"的故事。《南史·王僧孺传》载，萧文琰、丘令楷、江洪并以才称。"竟陵王子良尝夜集学士刻烛为诗，四韵者则刻一寸，以此为率。文琰曰：'顿烧一寸烛，而成四韵诗，何难之有！'乃与令楷、江洪等共打铜钵立韵，响灭则诗成，皆可观览。"

⑦裁：剪裁，比喻构思作诗。

⑦寻春：寻觅春光。问腊：求取梅花。腊，当指蜡梅。这里代指梅花。宋范成大《梅谱》："蜡梅，本非梅类，以其与梅同时，香又相近，色酷似蜜脾，故名蜡梅。"

⑦大士：即观音菩萨。这里比喻妙玉。传说观音为女身，手执净瓶，中盛甘露，上插杨枝，以杨枝洒甘露，可解人间苦厄。《观音忏法》："我今具杨枝净水，惟愿大悲哀怜摄受。"

⑦嫦娥：即"嫦娥"。也比喻妙玉。槛外：妙玉自称"槛外之人"，这里指妙玉的住处。

⑦入世：这里指由庵中折梅回来。红雪：这里代指红梅。

⑦离尘：谓离开众人去庵中求梅。这里比喻采折红梅。

⑦槎枒（yā）：亦作"杈丫""查牙"，歧出的样子。这里形容肩头高耸瘦削，如丫枝错出的样子。诗肩：宋杨万里《梅》诗："不饮销金传玉手，却来啮雪耸诗肩。"

⑦佛院：指栊翠庵。苔：指老梅枝干上的青苔。

⑧暖兜：即"暖帽"，一种能防风保暖的帽子。清刘廷玑《在园杂志》卷一："今之暖帽，以貂为贵，次有染银鼠、染黄鼠，以为帽檐者。"也叫"风兜"。

⑧暖香坞：近人王瀣批云："'暖香'二字亦似有意。按《云仙杂记》云，宝云溪有僧舍，盛冬客至，则燃暖香一炷，满室如春。"

⑧紫羯（jié）绒褂：紫黑色羊毛皮所制的外褂。羯，一种黑色的羊。

㉘年疏：旧时在年节时所用的一种向神求福的文字。

㉙仇十洲：即仇英，字实父，号十洲，江苏太仓人，明代画家。擅长画山水、人物、车马、楼阁，题材广泛，用笔工细。

㉕观音未有世家传：世家，本为汉司马迁《史记》中传记的一体，以记述世袭封国的诸侯事迹。唐刘知几《史通·世家》："案世家之为义也，岂不以开国承家，世代相续。"此句意谓观音虽善，但无子孙后代传下去。

㉖在止于至善：语见《礼记·大学》。意谓达到最完美的境界。

㉗虽善无征：《礼记·中庸》："上焉者虽善无征。"原意即先王之礼虽好，但无法证实。此句意谓观音虽有善名，但还未见验证。征，征验的意思。一说，这里当作"征聘"讲，古时婚礼"六礼"之一，即男女双方缔婚之后，男家以聘礼送给女家。《仪礼·士昏礼》："纳征。"汉郑玄注："征，成也。使者纳币以成昏（婚）礼。"据此，句意则谓观音虽善，但无人向其纳征，故没有子孙后代。

㉘蒲芦：即蒲苇。

㉙山涛：字巨源，西晋文人。好老庄，曾与嵇康、阮籍等为友，饮酒谈玄，为"竹林七贤"之一。

㉚萤可不是草化的：萤在夏天多就水边草根产卵，幼虫冬伏土中，第二年春天蛹化为成虫。古人因而误认为萤是腐草变成。

㉛点绛唇：曲牌名。字数定格据《九宫大成谱》正格为四、四、三、四、五（五句），与词牌前半阕同。

㉜名利犹虚：意谓猴子装戏，供人笑乐，结果终成虚空。清富察敦崇《燕京岁时记》："耍猴儿者，木箱之内，藏有羽帽乌纱，猴子自启箱，戴而坐之，俨如官之排衙。猴人口唱俚歌，抑扬可听，古称沐猴而冠，殆指此也。"

㉝"镂檀"几句：护花主人《增评加批金玉缘》评云："宝钗灯谜，似是树上松球。"镂、镌，都是雕刻的意思。檀，木名。质地坚硬，香气浓烈。梓，木名。木材轻软，耐朽。松球的外形层层叠叠，因为是天然的，故云非人工堆砌而成。梵铃，佛塔上所悬挂的铜铃。梵，"梵摩"的省称，意谓清净。佛教用以称呼与佛教有关的事物。

⑭"天上"几句：护花主人评云："宝玉灯谜，似是风筝，俗名鹞鞭。"琅玕（láng gān），本是竹，这里指扎风筝的竹篾。节，指竹篾上的竹节。节处质脆易折，故云"谨堤防"。鸾、鹤，指风筝的形状。传说中仙人以青鸾、白鹤传递消息，因此鸾音鹤信有带来好消息的意思。唐罗隐《淮南高骈所造迎仙楼》诗："鸾音鹤信杳难回，凤驾龙车早晚来。"凝睐，凝目注视。

⑮"骒骊（lù ěr）"几句：护花主人评云："黛玉灯谜，似是走马灯。"骒骊，古代名马。传说为周穆王八骏之一。也作"骒耳"。《竹书纪年》卷下："八年春，北唐来宾，献一骊马，是生骒耳。"紫绳，即紫色的缰绳。走马灯因灯烛燃烧，形成气流，自然转动，所以不用缰绳。主，取"烛"的谐音，点明纸马须靠灯烛方能转动。鳌背三山，北周庾信《谢赵王赍犀带等启》："鳌载三山，深知其重。"这里只借用"鳌山"二字。鳌山，旧时元宵灯景之一，因其堆叠成巨鳌形，故名。盛行于宋。独立名，意谓走马灯与普通灯不同，是"鳌山"灯群中的一种。

第五十一回
薛小妹新编怀古诗①　胡庸医乱用虎狼药②

　　话说众人闻得宝琴将素昔所经过各省内古迹为题，做了十首怀古绝句，内隐十物，皆说："这自然新巧。"都争着看时，只见写道是：

赤壁怀古③

　　赤壁沉埋水不流④，徒留名姓载空舟⑤。喧阗一炬悲风冷⑥，无限英魂在内游。

交趾怀古⑦

　　铜柱金城振纪纲⑧，声传海外播戎羌⑨。马援自是功劳大，铁笛无烦说子房⑩。

钟山怀古⑪

　　名利何曾伴汝身⑫，无端被诏出凡尘⑬。牵连大抵难休绝⑭，莫怨他人嘲笑频⑮。

淮阴怀古⑯

　　壮士须防恶犬欺⑰，三齐位定盖棺时⑱。寄言世俗休轻鄙，一饭之恩死也知⑲。

广陵怀古⑳

　　蝉噪鸦栖转眼过㉑，隋堤风景近如何㉒？只缘占尽风流号㉓，惹得纷纷口舌多㉔。

桃叶渡怀古㉕

　　衰草闲花映浅池，桃枝桃叶总分离。六朝梁栋多如许㉖，小照空悬壁上题㉗。

青冢怀古㉘

　　黑水茫茫咽不流㉙，冰弦拨尽曲中愁㉚。汉家制度诚堪笑㉛，樗栎应惭万古羞㉜。

马嵬怀古㉝

寂寞脂痕积汗光，温柔一旦付东洋㉞。只因遗得风流迹，
此日衣裳尚有香㉟。

蒲东寺怀古㊱

小红骨贱一身轻㊲，私掖偷携强撮成㊳。虽被夫人时吊起㊴，
已经勾引彼同行㊵。

梅花观怀古㊶

不在梅边在柳边㊷，个中谁拾画婵娟㊸？团圆莫忆春香
到，一别西风又一年㊹。

众人看了，都称奇妙。宝钗先说道："前八首都是史鉴上有据
的㊺；后二首却无考，我们也不大懂得，不如另做两首为是。"黛
玉忙拦道："这宝姐姐也忒胶柱鼓瑟、矫揉造作了㊻。两首虽于史
鉴上无考，咱们虽不曾看这些外传，不知底里，难道咱们连两本
戏也没见过不成？那三岁的孩子也知道，何况咱们？"探春便道：
"这话正是了。"李纨又道："况且他原走到这个地方的。这两件事
虽无考，古往今来，以讹传讹，好事者竟故意的弄出这古迹来以
愚人。比如那年上京的时节，便是关夫子的坟㊼，倒见了三四处。
关夫子一身事业，皆是有据的，如何又有许多的坟？自然是后来
人敬爱他生前为人，只怕从这敬爱上穿凿出来，也是有的。及至
看《广舆记》上㊽，不止关夫子的坟多，自古来有名望的人，那
坟就不少。无考的古迹更多。如今这两首诗虽无考，凡说书唱戏，
甚至于求的签上都有㊾。老少男女，俗语口头，人人皆知皆说的。
况且又并不是看了《西厢记》《牡丹亭》的词曲，怕看了邪书了。
这也无妨，只管留着。"宝钗听说，方罢了。大家猜了一回，皆
不是的。

冬日天短，觉得又是吃晚饭的时候，一齐往前头来吃晚饭。
因有人回王夫人说："袭人的哥哥花自芳，在外头回进来说，他母

亲病重了，想他女孩儿。他来求恩典，接袭人家去走走。"王夫
人听了，便说："人家母女一场，岂有不许他去的！"一面就叫了
凤姐来告诉了，命他酌量办理。

　　凤姐儿答应了，回至房中，便命周瑞家的去告诉袭人原故。
吩咐周瑞家的："再将跟着出门的媳妇传一个，你们两个人，再带
两个小丫头子，跟了袭人去。分头派四个有年纪跟车的。要一辆
大车，你们带着坐；一辆小车⑩，给丫头们坐。"周瑞家的答应
了，才要去，凤姐又道："那袭人是个省事的，你告诉说我的话：
叫他穿几件颜色好衣裳，大大的包一包袱衣裳拿着，包袱也要好
好的，手炉也拿好的。临走时，叫他先到这里来我瞧。"周瑞家
的答应去了。

　　半日，果见袭人穿戴了，两个丫头与周瑞家的拿着手炉与衣
包。凤姐看袭人头上戴着几枝金钗珠钏，倒也华丽；又看身上穿
着桃红百花刻丝银鼠袄�，葱绿盘金彩绣绵裙�] 外面穿着青缎灰
鼠褂。凤姐笑道："这三件衣裳都是老太太的，赏了你，倒是好
的；但这褂子太素了些，如今穿着也冷，你该穿一件大毛的。"袭
人笑道："太太就给了这灰鼠的，还有一件银鼠的。说赶年下再给
大毛的呢。"凤姐笑道："我倒有一件大毛的，我嫌风毛儿出不好
了㉝，正要改去，也罢，先给你穿去罢。等年下太太给你做的时
节，我再改罢。只当你还我的一样。"众人都笑道："奶奶惯会说
这话。成年家大手大脚的，替太太不知背地里赔垫了多少东西，
真真赔的是说不出来的，那里又和太太算去？偏这会子又说这小
气话取笑儿来了。"凤姐儿笑道："太太那里想的到这些，究竟
这又不是正经事。再不照管，也是大家的体面；说不得我自己吃
些亏，把众人打扮体统了；宁可我得个好名儿也罢了：一个一个
'烧糊了的卷子'似的，人先笑话我，说我当家倒把人弄出个花子
来了。"众人听了，都叹说："谁似奶奶这样圣明！在上体贴太太，
在下又疼顾下人。"

　　一面说，一面只见凤姐命平儿将昨日那件石青刻丝八团天马

皮褂子拿出来^⑭，与了袭人。又看包袱，只得一个弹墨花绫水红绸里的夹包袱，里面只见包着两件半旧绵袄与皮褂子。凤姐又命平儿把一个玉色绸里的哆罗呢包袱拿出来，又命包上一件雪褂子。平儿走去拿了出来：一件是件旧大红猩猩毡的，一件是半旧大红羽缎的。袭人道："一件就当不起了。"平儿笑道："你拿这猩猩毡的。把这件顺手带出来，叫人给邢大姑娘送去。昨儿那么大雪，人人都穿着不是猩猩毡、就是羽缎的，十来件大红衣裳，映着大雪，好不齐整！只有他穿着那几件旧衣服，越发显的拱肩缩背，好不可怜见的。如今把这件给他罢。"

凤姐笑道："我的东西，他私自就要给人。我一个还花不够，再添上你提着，更好了！"众人笑道："这都是奶奶素日孝敬太太，疼爱下人；要是奶奶素日是小气的，只以东西为事，不顾下人的，姑娘那里敢这样？"凤姐笑道："所以知道我的心的，也就是他还知三分罢了。"说着，又嘱咐袭人道："你妈要好了就罢；要不中用了，只管住下，打发人来回我，我再另打发人给你送铺盖去。可别使他们的铺盖和梳头的家伙。"又吩咐周瑞家的道："你们自然是知道这里的规矩的，也不用我吩咐了。"周瑞家的答应："都知道：我们这去到那里，总叫他们的人回避。若住下，必是另要一两间内房的。"说着，跟了袭人出去，又吩咐小厮预备灯笼，遂坐车往花自芳家来，不在话下。

这里凤姐又将怡红院的嬷嬷唤了两个来，吩咐道："袭人只怕不来家了。你们素日知道那个大丫头知好歹，派出来在宝玉屋里上夜。你们也好生照管着，别由着宝玉胡闹。"两个嬷嬷答应着去了，一时来回说："派了晴雯和麝月在屋里，我们四个人原是轮流着带管上夜的。"凤姐听了点头，又说道："晚上催他早睡，早上催他早起。"老嬷嬷们答应了，自回园去。

一时果有周瑞家的带了信回凤姐，说："袭人之母业已停床^⑮，不能回来。"凤姐回明了王夫人，一面着人往大观园去取他的铺盖妆奁。宝玉看着晴雯麝月二人打点妥当，送去之后，晴雯麝月皆卸罢残妆，脱换过裙袄。晴雯只在熏笼上围坐㊱，麝月笑道："你今儿别装小姐了，我劝你也动一动儿。"晴雯道："等你们都去净了，我再动不迟。有你们一日，我且受用一日。"麝月笑道："好姐姐，我铺床，你把那穿衣镜的套子放下来，上头的划子划上㊲。你的身量比我高些。"说着，便去与宝玉铺床。晴雯"嗐"了一声，笑道："人家才坐暖和了，你就来闹。"

　　此时宝玉正坐着纳闷，想袭人之母不知是死是活，忽听见晴雯如此说，便自己起身出去，放下镜套，划上消息。进来笑道："你们暖和罢，我都弄完了。"晴雯笑道："终久暖和不成，我又想起来，汤婆子还没拿来呢㊳。"麝月道："这难为你想着！他素日又不要汤壶，咱们那熏笼上又暖和，比不得那屋里炕冷，今儿可以不用。"宝玉笑道："你们两个都在那上头睡了，我这外边没个人，我怪怕的，一夜也睡不着。"晴雯道："我是在这里睡的，麝月，你叫他往外边睡去。"说话之间，天已一更，麝月早已放下帘幔，移灯炷香，伏侍宝玉卧下，二人方睡。晴雯自在熏笼上，麝月便在暖阁外边。

　　至三更以后，宝玉睡梦之中，便叫袭人。叫了两声，无人答应，自己醒了，方想起袭人不在家，自己也好笑起来。晴雯已醒，因唤麝月道："连我都醒了，他守在傍边还不知道，真是挺死尸呢？"麝月翻身打个哈什㊴，笑道："他叫袭人，与我什么相干！"因问："做什么？"宝玉说："要吃茶。"麝月忙起来，单穿着红绸小绵袄儿。宝玉道："披了我的皮袄再去，仔细冷着。"麝月听说，回手便把宝玉披着起来的一件貂颏满襟暖袄披上㊵，下去向盆内洗洗手，先倒了一钟温水，拿了大漱盂，宝玉漱了口，然后才向茶桶上取了茶碗，先用温水过了㊶，向暖壶中倒了半碗茶，递与宝玉吃了；自己也漱了一漱，吃了半碗。晴雯笑道："好妹妹，也赏我一口儿呢！"麝月笑道："越发上脸儿了。"晴雯道："好妹妹，明儿晚上你别动，我伏侍你一夜，如何？"麝月听说，只得也伏侍他漱了口，倒了半碗茶，与他吃了。麝月笑道："你们两个别睡，说着话儿，我出去走走回来。"晴雯笑道："外头有个鬼等着呢。"宝玉道："外头自然有大月亮的。我们说着话，你只管去。"一面说，一面便嗽了两声。

麝月便开了后房门，揭起毡帘一看，果然好月色。晴雯等他出去，便欲唬他玩耍，仗着素日比别人气壮，不畏寒冷，也不披衣，只穿着小袄，便蹑手蹑脚的下了熏笼，随后出来。宝玉劝道："罢呀，冻着不是玩的！"晴雯只摆手，随后出了屋门，只见月光如水。忽听一阵微风，只觉侵肌透骨，不禁毛骨悚然。心下自思道："怪道人说热身子不可被风吹，这一冷果然利害。"一面正要唬他，只听宝玉在内高声说道："晴雯出来了！"晴雯忙回身进来，笑道："那里就唬死了他了？偏你惯会这么蝎蝎螫螫老婆子样儿⑫！"宝玉笑道："倒不为唬坏了他，头一件你冻着也不好；二则他不防，不免一喊，倘若惊醒了别人，不说咱们是玩意儿，倒反说：'袭人才去了一夜，你们就见神见鬼的。'你来把我这边的被掖一掖罢。"晴雯听说，便上来掖了一掖，伸手进去，就渥一渥。宝玉笑道："好冷手！我说看冻着。"一面又见晴雯两腮如胭脂一般，用手摸一摸，也觉冰冷。宝玉道："快进被来渥渥罢。"

一语未了，只听"咯噔"的一声门响，麝月慌慌张张的笑着进来，说着笑道："唬我一跳好的！黑影子里，山子石后头，只见一个人蹲着；我才要叫喊，原来是那个大锦鸡，见了人，一飞飞到亮处来，我才见了。若冒冒失失一嚷，倒闹起人来。"一面说，一面洗手；又笑道："说晴雯出去了？我怎么没见？一定是要唬我去了。"宝玉笑道："这不是他？在这里渥着呢！我若不嚷得快，可是倒唬一跳。"晴雯笑道："也不用我唬去，这小蹄子已经自惊自怪的了。"一面说，一面仍回自己被中去。麝月道："你就这么'跑解马'的打扮儿⑬，伶伶俐俐的出去了不成⑭？"宝玉笑道："可不就是这么出去了。"麝月道："你死不拣好日子！你出去白站一站，把皮不冻破了你的！"说着又将火盆上的铜罩揭起，拿灰锹重将熟炭埋了一埋，拈了两块速香放上⑮，仍旧罩了。至屏后，重剔亮了灯，方才睡下。

　　晴雯因方才一冷，如今又一暖，不觉打了两个喷嚏。宝玉叹道："如何？到底伤了风了。"麝月笑道："他早起就嚷不受用，一日也没吃碗正经饭，他这会子不说保养着些，还要捉弄人；明儿病了，叫他自作自受的。"宝玉问道："头上可热？"晴雯嗽了两声，说道："不相干，那里这么娇嫩起来了！"说着，只听外间房内槅上的自鸣钟"当当"的两声，外间值宿的老嬷嬷嗽了两声，因说道："姑娘们睡罢，明儿再说笑罢。"宝玉方悄悄的笑道："咱们别说话了，看又惹他们说话。"说着，方大家睡了。

　　至次日起来，晴雯果觉有些鼻塞声重，懒怠动弹。宝玉道："快不要声张！太太知道了，又叫你搬了家去养息。家里纵好，到底冷些，不如在这里。你就在里间屋里躺着，我叫人请了大夫，悄悄的从后门进来瞧瞧就是了。"晴雯道："虽如此说，你到底要告诉大奶奶一声儿；不然，一时大夫来了，人问起来，怎么说呢？"宝玉听了有理，便唤一个老嬷嬷来，吩咐道："你回大奶奶去，就说晴雯白冷着了些，不是什么大病。袭人又不在家，他若家去养病，这里更没有人了。传一个大夫，悄悄的从后门进来瞧瞧，别回太太了。"老嬷嬷去了，半日来回说："大奶奶知道了，说：两剂药好了便罢；若不好时，还是出去的为是。如今时气不好，沾染了别人事小，姑娘们的身子要紧。"晴雯睡在暖阁里，只管咳嗽，听了这话，气的嚷道："我那里就害瘟病了？生怕招了人！我离了这里，看你们这一辈子都别头疼脑热的！"说着，便真要起来。宝玉忙按他，笑道："别生气，这原是他的责任，生恐太太知道了说他。不过白说一句。你素昔又爱生气，如今肝火自然又盛了。"

　　正说时，人回："大夫来了。"宝玉便走过来，避在书架后面，只见两三个后门口的老婆子带了一个太医进来。这里的丫头都回避了，有三四个老嬷嬷，放下暖阁上的大红绣幔，晴雯从幔中单伸出手去。那太医见这只手上有两根指甲，足有二三寸长，尚有金凤仙花染的通红的痕迹，便回过头来。有一个老嬷嬷忙拿了一块手帕掩了。那太医方诊了一回脉，起身到外间，向嬷嬷们说道："小姐的症是外感内滞⑥。近日时气不好，竟算是个小伤寒。幸亏是小姐，素日饮食有限，风寒也不大，不过是气血原弱，偶然沾染了些，吃两剂药疏散疏散就好了。"说着，便又随婆子们出去。

彼时李纨已遣人知会过后门上的人及各处丫鬟回避，太医只见了园中景致，并不曾见一个女子。一时出了园门，就在守园门的小厮们的班房内坐了，开了药方。老嬷嬷道："老爷且别去，我们小爷罗嗦，恐怕还有话问。"那太医忙道："方才不是小姐，是位爷不成？那屋子竟是绣房，又是放下幔子来瞧的，如何是位爷呢？"老嬷嬷笑道："我的老爷，怪道小子才说今儿请了一位新太医来了，真不知我们家的事。那屋子是我们小哥儿的，那人是屋里的丫头，倒是个大姐；那里的小姐的绣房？小姐病了，你那么容易就进去了！"说着，拿了药方进去了。

宝玉看时，上面有紫苏、桔梗、防风、荆芥等药，后面又有枳实、麻黄⑥。宝玉道："该死，该死！他拿着女孩儿们也像我们一样的治，如何使得！凭他有什么内滞，这枳实、麻黄如何禁得。谁请了来的？快打发他去罢！再请一个熟的来罢。"老嬷嬷道："用药好不好，我们不知道。如今再叫小厮去请王太医去倒容易，只是这个大夫又不是告诉总管房请的，这马钱是要给他的⑱。"宝玉道："给他多少？"婆子道："少不好看，也得一两银子，才是我们这样门户的礼。"宝玉道："王太医来了，给他多少？"婆子笑道："王太医和张太医每常来了，也并没个给钱的，不过每年四节，一大趸儿送礼⑲；那是一定的年例。这个人新来了一次，须得给他一两银子。"

宝玉听说，就命麝月去取银子。麝月道："花大姐姐还不知搁在那里呢？"宝玉道："我常见他在那小螺甸柜子里拿钱⑳，我和你找去。"说着，二人来至袭人堆东西的房内，开了螺甸柜子，上一槅都是些笔墨、扇子、香饼、各色荷包、汗巾等类的东西；

下一槅却有几串钱。于是开了抽屉，才看见一个小笸箩内放着几块银子，倒也有一杆戥子。麝月便拿了一块银子，提起戥子来问宝玉："那是一两的星儿？"宝玉笑道："你问的我有趣儿，你倒成了是才来的了！"麝月也笑了，又要去问人。宝玉道："拣那大的给他一块就是了。又不做买卖，算这些做什么！"麝月听了，便放下戥子，拣了一块，掂了一掂笑道："这一块只怕是一两了。宁可多些好，别少了叫那穷小子笑话：不说咱们不认得戥子，倒说咱们有心小气似的。"那婆子站在门口笑道："那是五两的锭子夹了半个，这一块至少还有二两呢！这会子又没夹剪^㉑，姑娘收了这块，拣一块小些的。"麝月早关了柜子出来，笑道："谁又找去，多些你拿了去完了！"宝玉道："你只快叫焙茗再请个大大去就是了。"婆子接了银子，自去料理。

一时焙茗果请了王太医来，先诊了脉，后说病症，也与前相仿。只是方子上果没有枳实、麻黄等药，倒有当归、陈皮、白芍等药。那分两较先也减了些。宝玉喜道："这才是女孩儿们的药。虽疏散，也不可太过。旧年我病了，却是伤寒，内里饮食停滞，他瞧了，还说我禁不起麻黄、石膏、枳实等狼虎药。我和你们就如秋天芸儿进我的那才开的白海棠是的；我禁不起的药，你们如何经得起？比如人家坟里的大杨树，看着枝叶茂盛，都是空心子的。"麝月笑道："野坟里只有杨树，难道就没有松柏不成？最讨人嫌的是杨树，那么大树，只一点子叶子；没一点风儿，他也乱响。你偏要比他，你也太下流了。"宝玉笑道："松柏不敢比，连孔夫子都说'岁寒然后知松柏之后凋'呢^㉒。可知这两件东西高雅，不害臊的才拿他混比呢。"

说着，只见老婆子取了药来。宝玉命把煎药的银吊子找了出来，就命在火盆上煎。晴雯因说："正经给他们茶房里煎去！弄的这屋里药气，如何使得？"宝玉道："药气比一切的花香还香得雅呢！神仙采药烧药，再者高人逸士采药治药，最妙的一件东西！这屋里我正想各色都齐了，就只少药香，如今恰全了。"一面说，一面早命人煨上。又嘱咐麝月打点些东西，叫个老嬷嬷去看袭人，劝他少哭。一一妥当，方过前边来贾母王夫人处问安吃饭。

正值凤姐儿和贾母王夫人商议说："天又短，又冷，不如以后大嫂子带着姑娘们在园子里吃饭；等天暖和了，再来回的跑，也不妨。"王夫人笑道："这也是好主意。刮风下雪倒便宜。吃东西受了冷气也不好；空心走来，一肚子冷气，压上些东西也不好。不如园子后门里头的五间大房子，横竖有女人们上夜的，挑两个厨子女人在那里单给他姊妹弄饭。新鲜菜蔬是有分例的，在总管房里支了去，或要钱、要东西。那些野鸡獐狍各样野味，分些给他们就是了。"贾母道："我也正想着呢，就怕又添厨房多事些。"凤姐道："并不多事：一样的分例，这里添了，那里减了。就便多费些事，小姑娘们受了冷气，别人还可，第一，林妹妹如何禁得住？就连宝玉兄弟也禁不住。况兼众位姑娘都不是结实身子。"凤姐说毕，未知贾母何言，且听下回分解。

【注释】

①怀古诗：有感于古人古事而作的诗。本回所写怀古诗，"暗隐俗物"，有如"诗谜"，但也曲折地反映了作者对古人往事的一些认识。

②虎狼药：比喻药性猛烈之药。

③赤壁怀古：赤壁，在今湖北蒲圻西北长江南岸，与今洪湖的乌林隔江相对。南朝宋盛弘之《荆州记》载，蒲圻县沿江一百里南岸名赤壁，周瑜、黄盖于此乘大舰上破魏武兵于乌林。乌林，赤壁其东西一百六十里。本篇即写赤壁之战事。东汉建安十三年，曹操率兵五十余万，进攻孙权，孙权和刘备联合，出兵三万，用火攻烧曹军船只，大破曹军。本首谜底，清徐凤仪《红楼梦偶得》拟猜"法船"。《旧京风俗志稿本·中元法船》："法船系用纸糊扎而成者，船上亦扎列和尚念经之形式，船头罗列种种鬼形。至夜请真和尚放焰口，然后将此纸法船焚化。"

④"赤壁"句：意谓赤壁之战，曹军折戟沉尸，江水为之不流。

唐杜牧《赤壁》诗:"折戟沉沙铁未销。"

⑤名姓:当指主帅之姓,即曹操。空舟:晋干宝《搜神记》卷十六:"濡须口有大船,船覆在水中,水小时便出见,长老云是曹公船。尝有渔人夜宿其旁,以船系之,但闻竽笛弦歌之音,又香气非常。渔人始得眠,梦人驱遣,云:'勿近官妓。'相传云曹公载妓,船覆于此,至今在焉。"曹雪芹或利用了这一典故。

⑥喧阗(tián):形容群情惊动而噪杂。

⑦交趾怀古:交趾,古郡名。西汉武帝元鼎元年置,辖境相当今广东、广西大部和越南北部、中部地。东汉末改为交州。隋文帝开皇九年废。这首诗题为"交趾怀古",实际是写与马援有关的两件事。马援,字文渊,东汉初扶风茂陵人。王莽末,为汉中太守。后归光武帝刘秀,南征北讨,屡建奇功,拜伏波将军,封新息侯。晚年自请出征武陵"五溪蛮",染疫身亡。本首谜底,徐凤仪拟猜"喇叭"。明戚继光《纪效新书·号令》:"凡喇叭吹摆队伍,是要各兵即于行次,每哨一聚。"

⑧铜柱:东汉光武帝时,交趾郡女子徵侧、徵贰起兵反抗交趾太守苏定的统治;建武十八年,光武帝派马援率兵去加以平定,马援便在交趾立铜柱,以定汉之国界。金城:汉郡名。在今甘肃南部、青海东部一带。纪纲:典章法度。

⑨戎:也称"西戎"。旧时对我国西北少数民族的通称。羌:古代少数民族名。散居在今甘肃岷县、四川松潘一带。

⑩"马援"二句:意谓若论吹笛的功劳,马援不在张良之下,后人无须再说张良了。铁笛,用铁铸成的笛。晋崔豹《古今注》:"《武溪深》,乃马援南征之所作也。援门生爱寄生善吹笛,援作歌以和之,名曰《武溪深》。"子房,西汉人张良的字。他曾辅助刘邦建立汉朝,因功封留侯。传说当汉军围困项羽于垓下时,张良定计派人用铁笛吹奏楚歌,项军闻楚声思家,士气低落,因以破敌。

⑪钟山怀古:钟山,亦名"北山",即今紫金山,在南京中山门外。这首诗写南齐周颙事。《文选》卷四三《北山移文》唐吕向题注:"钟山在都北,其先周彦伦隐于此山,后应诏出为海盐县令,欲却过此

山。孔生乃假山灵之意移之，使不许得至，故云《北山移文》。"周颙，字彦伦，汝南人。曾为剡令、山阴令。《北山移文》假山神责让周颙，嘲讽了他欺世盗名的虚伪面目。但考史传所载，周颙未尝为海盐县令，亦无先隐后宦事，孔稚珪文当是一种戏谑。本首谜底，护花主人拟猜"耍猴"。

⑫汝：指周颙。

⑬出凡尘：来到尘世做官。出，"进"的意思。

⑭"牵连"句：意谓周颙为名利所牵连，难以断绝。牵连，《北山移文》："虽假容于江皋，乃缨情于好爵。"

⑮"莫怨"句：意谓不要怨孔稚珪著文嘲笑他。孔文曾说，当周颙听见驿马鸣叫、知道朝廷诏书已到时，立即"形驰魄散，志变神动。尔乃眉轩席次，袂耸筵上，焚芰制而裂荷衣，抗尘容而走俗状"。

⑯淮阴怀古：淮阴，古县名。秦代所置，故城在今江苏淮阴南。汉高祖封韩信为淮阴侯于此。这首诗写韩信事。韩信，淮阴人。出身市井。初属项羽，后投奔刘邦，辅助刘邦建立汉朝，战绩卓著。曾被立为齐王，徙改楚王，又降为淮阴侯，最后被吕后所杀。本首谜底，护花主人拟猜"打狗棒"。其《金玉缘》批注云："作诸恶业，死有余恐，北俗，人死则以饭一碗，插三秫秆，煨面为槌，供之，槌名打狗棒，供亡者过恶狗村之用云。"

⑰壮士：指韩信。恶犬：指淮阴少年。《史记·淮阴侯列传》："淮阴屠中少年有侮信者，曰：'若虽长大，好带刀剑，中情怯耳。'众辱之曰：'信能死，刺我；不能死，出我裤下。'于是信孰视之，俯出裤下，蒲伏。"一说，恶犬，当指吕后。吕后曾诬陷韩信谋反，诱骗至长乐宫，加以诛杀。信方斩，曰："吾悔不听蒯通之计，乃为儿女子所诈，岂非天哉？"

⑱三齐：古地区名。项羽灭秦后，曾分故齐地为齐、胶东、济北三国，是为"三齐"，相当于今山东省大部分地区。这里代指韩信。韩信在破赵平齐后，上书刘邦，欲立为王；刘邦为笼络他，立为齐王。盖棺：即"盖棺论定"，也作"盖棺事定"，意谓人的一生功过是非，死后方能作出结论。

⑲一饭之恩：《史记·淮阴侯列传》："（韩信）常从人寄食饮，人多厌之者。……诸母漂，有一母见信饥，饭信，竟漂数十日。信喜，谓漂母曰：'吾必有以重报母。'"后韩信封为楚王，"召所从食漂母，赐千金"。

⑳广陵怀古：广陵，古郡名。治所在今江苏扬州。这首诗写隋炀帝杨广开凿运河、巡游扬州事。《资治通鉴》隋炀帝大业元年载，三月，调动河南、淮北诸郡男女百余万，开挖通济渠，渠旁皆筑御道，种植杨柳；并自长安至江都（即扬州），沿渠造离宫四十余所；江都宫尤为华丽。八月，炀帝率萧皇后以下后宫、诸王、公主、百官、僧尼、道士、蕃客等一二十万人，大举出游江都。舳舻相接二百余里，挽船兵士八万余人，皆以锦彩为袍；骑兵翊岸而行，旌旗蔽野；所过州县，五百里内，皆令献食，极水陆珍奇，后宫餍饫，将发之际，多弃埋之。后隋炀帝在扬州被禁军将领宇文化及等缢死。本首谜底，护花主人拟猜"柳絮"。

㉑蝉噪鸦栖：借柳树上蝉鸣鸦息的景象，形容隋堤风景。

㉒隋堤：清吴绮《扬州鼓吹词序·隋堤》："大业初，开邗沟入江，旁筑御道，树以杨柳，谓之隋堤，今不复可考。然计称二百余里，则江河一带，皆其故迹矣。但柳花飞落，无复青青，空有长条，系人亡国之恨耳。"

㉓风流：因隋炀帝喜欢游乐，人称为"风流天子"。亦暗指柳树。《南史·张绪传》："绪吐纳风流，听者皆忘饥疲，见者肃然如在宗庙。……刘悛之为益州，献蜀柳数株，枝条甚长，状若丝缕。时旧宫芳林苑始成，武帝以植于太昌灵和殿前，常赏玩咨嗟，曰：'此杨柳风流可爱，似张绪当年时。'"

㉔口舌：议论。这里指后人对隋炀帝的指斥。唐白居易即有《隋堤柳》新乐府，讥刺隋炀帝行幸江都事。

㉕桃叶渡怀古：桃叶渡，渡口名。故址在今南京秦淮河与青溪合流的地方。《古今乐录》："晋王献之爱妾名桃叶，其妹曰桃根。献之曾临渡歌以送之，后人因名渡曰桃叶。"本首谜底，周春《阅红楼梦随笔》拟猜"团扇"。

㉖"六朝"句：意谓六朝的贵族官僚，多有像王献之那样与亲人别离的愁怨。梁栋，房屋的大梁。这里代指大臣官僚。如许，如此。

㉗小照：肖像画之一种，多点缀有简单景物。壁上题：即墙壁的上端。题，头额。引申为端。

㉘青冢怀古：青冢，即王昭君墓，在今内蒙古自治区呼和浩特南之大黑河岸上。清王应奎《柳南续笔》卷一："王昭君青冢在归化城塞上，遍地白草，惟冢上不生，故名青冢，非谓冢上草独青也。冢边有石狮一，石虎二，石虎背上刻'青冢'二字。"王昭君，即王嫱。《后汉书·南匈奴传》："昭君字嫱，南郡人也。初，元帝时，以良家子选入掖庭。时呼韩邪来朝，帝敕以宫女五人赐之。昭君入宫数岁，不得见御，积悲怨，乃请掖庭令求行。呼韩邪临辞大会，帝召五女以示之。昭君丰容靓饰，光明汉宫，顾景裴回，竦动左右。帝见大惊，意欲留之，而难于失信，遂与匈奴。"这首诗即写此事。本首谜底，护花主人拟猜"墨斗。"

㉙黑水：即大黑河。《清一统志·归化城六厅》："黑河：在归化城南二十里，蒙古名伊克土尔根，即古白渠、荒干水也。亦名金河。"

㉚冰弦：传为以冰蚕丝制成的弦，其色有五彩。北宋乐史《杨太真外传》卷上载，开元中，中官白秀贞自蜀归，得琵琶以献杨妃，弦乃拘弥国所贡之绿冰蚕丝也。据唐苏鹗《杜阳杂编》卷上载，玄宗时内府藏有碧玉蚕丝，疑即此物。文云："碧玉蚕丝，即永泰元年东海弥罗国所贡。云其国有桑，枝干盘屈，覆地而生。大者连延十数顷，小者阴百亩。其上有蚕，可长四寸，其色金，其丝碧，亦谓之金蚕丝，纵之一尺，引之一丈，……为琴瑟弦，则鬼神悲愁忭舞。"或说，冰弦，实系一种素质丝弦。这里用以代指琵琶。曲中愁：据云昭君出塞时，在路愁怨，曾于马上弹琵琶以寄恨。唐杜甫《咏怀古迹五首》之一："千载琵琶作胡语，分明怨恨曲中论。"

㉛汉家制度：指汉遣宗室女嫁匈奴单于以和亲事。始于汉高祖刘邦。《史记·刘敬列传》："（高）帝欲遣长公主，吕后日夜泣，曰：'妾唯太子、一女，奈何弃之匈奴。'上竟不能遣长公主，而取家人子名为长公主，妻单于，使刘敬往结和亲约。"

㉜樗栎（chū lì）：两种木名。即臭椿和柞树。《庄子·逍遥游》："惠子曰：'吾有大树，人谓之樗。其大本拥肿而不中绳墨，其小枝卷曲而不中规矩。立之途，匠者不顾。'"后因以"樗栎"比喻无用之材。这里指汉元帝。《汉书·元帝纪》说他为"保塞传之无穷，边垂长无兵革之事"，而把王昭君赐给呼韩邪单于。

㉝马嵬怀古：马嵬，地名。今名马嵬镇，也叫马嵬堡，在陕西兴平西。这首诗写杨贵妃缢死马嵬事。《新唐书·后妃传》："玄宗贵妃杨氏……天宝初，进册贵妃。……禄山反，以诛国忠为名，且指言妃及诸姨罪。……及西幸至马嵬，陈玄礼等以天下计诛国忠，已死，军不解。帝遣力士问故，曰：'祸本尚在。'帝不得已，与妃诀，引而去，缢路祠下。"本首谜底，护花主人拟猜"胰皂"。

㉞温柔：谓女色。这里指杨贵妃。付东洋：付诸东海，指杨贵妃死。

㉟"只因"二句：据记载，杨贵妃死后，其遗迹留香事甚多。《旧唐书·后妃传上》载，至德二年，玄宗自蜀归，过马嵬，"密令中使改葬（杨贵妃）于他所。初瘗时，以紫褥裹之，肌肤已坏而香囊仍在。内官以献，上皇视之凄惋"。唐段成式《酉阳杂俎·虫志》："（唐明皇）夏日尝与亲王棋，令贺怀智独弹琵琶，贵妃立于局前观之。……时风吹贵妃领巾于贺怀智巾上，良久，回身方落。贺怀智归，觉满身香气非常，乃卸幞头，贮于锦囊中。及上皇复宫阙，追思贵妃不已，怀智乃进所贮幞头，且奏他日事。"

㊱蒲东寺怀古：蒲东寺，即普救寺，在今山西蒲州。唐元稹《会真记》："张生游于蒲，蒲之东十余里，有僧舍曰普救寺，张生寓焉。"元王实甫《西厢记》中有时称蒲东寺。这首诗写红娘帮助张生、莺莺结合的事。本首谜底，周春拟猜"骰子"。

㊲小红：指红娘，崔莺莺的侍女。

㊳私掖：与"偷携"同义，指红娘私自带莺莺去张生处。掖，引导，扶持。

㊴夫人：即崔莺莺之母郑氏。吊起：指郑氏拷打红娘事。

㊵"已经"句：意即张生、崔莺莺的结合已成事实，老夫人亦无可

奈何。

㊶梅花观怀古：梅花观，《牡丹亭》所写寺观名。其第二十出《闹殇》写杜丽娘死后，其父杜宝云："小女遗言，就葬后园梅树之下，又恐不便后官居住，已分付割取后园，起座'梅花庵观'，安置小女神位。"后柳梦梅卧病观中，与丽娘游魂相聚，并受托开棺，救活丽娘，结为夫妇。这首诗即写此事。本首谜底，护花主人拟猜"纨扇"。

㊷"不在"句：是杜丽娘题自画像诗中的一句，诗云："近睹分明似俨然，远观自在若飞仙。他年得傍蟾宫客，不在梅边在柳边。"

㊸"个中"句：指柳梦梅于梅花观中拾得杜丽娘自画像事。个中，此中，这里边。《诗词曲语辞汇释》卷三："个，指点辞，犹这也，那也。……个中，犹云此中。"婵娟，指美女。《桃花扇·传歌》："一带妆楼临水盖，家家分影照婵娟。"

㊹"团圆"二句：写杜丽娘死而复活之后，与父母团圆事。丽娘复生，杜宝不承认，当时在朝廷对证，春香未在场。春香，杜丽娘的婢女。

㊺史鉴：谓《史记》和《资治通鉴》之类的历史书籍。这里泛指一般史书。

㊻胶柱鼓瑟：瑟上有柱，用以架弦调音；柱如用胶粘住，则音不能调。比喻拘泥固执、不知变通。鼓，这里做"弹"讲。瑟，一种古乐器名。

㊼关夫子：即关羽，字云长，河东解县人。本为三国时蜀汉大将，后世封建统治者曾把他加以神化，尊为"关圣大帝"。关夫子，即是对他的尊称。

㊽《广舆记》：明陆应旸撰，是一部地理书。

㊾签：指旧时寺庙里所备的编号小竹片，上刻文字符号，贮于筒中。迷信者向神佛问事，抽取以卜吉凶，叫"求签"。

㊿大车、小车：这里指大鞍车、小鞍车。清杨懋建《京尘杂录》卷四："今日内城，……惟以骡车为通用，但官车用大鞍，市车用小鞍。"大鞍车，其制较宽，骡背之鞍隆起，轮在车后，行不倾颇。小鞍车，车之尺寸较小，行走灵便。

�51百花：当即"百子"，指衣服纹样。

�52葱绿：即"葱根绿"，淡绿色。清李斗《扬州画舫录》卷一"染色"中有"葱根绿"一种。

�53风毛儿：皮毛外褂周缘露出的装饰性毛边，叫"风毛"。大抵狐皮桶用白色细毛，深灰鼠、银鼠等则用本毛出风；羊皮褂为简便之服，不出风。四边只留一寸左右贴边，名曰"四不露"。

�54天马皮褂子：即沙狐皮袄。《清一统志·奉天府五》："沙狐生沙碛中，身小色白，皮集为裘，在腹下者名天马皮，颌下者名乌云豹，皆贵重。"

�55停床：人死之后，尚未入棺，先将其尸体停放在灵床之上，安于住屋正中，谓之"停床"。

�56熏笼：罩在炭盆上的一种箱形笼子，又名"火箱"。或用青铜鎏金，或用掐丝珐琅，制作精美。

�57划子：这里指镜框上一种压镜帘的小签子，可以拨转。又叫"消息"。

�58汤婆子：一种取暖用具。用铜或锡等制成的扁形瓶，冬季，注入开水，塞紧瓶口，置被中用以取暖。又称"锡夫人""脚婆"。清曹庭栋《老老恒言》卷四："有制大锡罐，热水注满，紧覆其口，彻夜纳诸被中，可以代炉，俗呼汤婆子。然终有湿气透露，及于被褥，则必及于体，暂用较胜于炉。黄山谷名以脚婆。"

�59打哈什：即打呵欠。

�60貂颏（kē）满襟暖袄：用貂颏皮作的大襟袄。貂颏，也称"貂膝"。《清稗类钞》"服饰类"："带膝貂褂：胸及两肩，均有白色毛，即貂之膝皮也。"颏，下巴。

�61过：这里即用温水涮了的意思。

�62蝎蝎螫螫（shì）：形容如同被蝎子螫了似的惊慌失措、张大其词的样子。螫，指蜂蝎用尾刺人。

�63"跑解（xiè）马"的打扮儿：跑解马，也叫"走马卖解"，一种骑着马表演各种技艺的游戏，表演者皆穿短衣。清刘廷玑《在园杂志》卷四："走解本军营演习便捷之法，晋曰猿骑，明曰走骠骑，皆于马上呈艺，上下左右，超腾踔捷。近则男子较少，咸以妇女习之。……须演马极熟，马疾如飞，妇女乃于鞍上逞弄解数，……统曰走马卖解，俗所谓卦子也。"近人王瀣批云："解，取邂逅之义，言迅疾也。毛西河《诗话》谓之'卖解妓'，善戏马。"

⑥伶伶俐俐：形容穿得单薄。

⑥速香：一种香木。即黄熟香。

⑥外感内滞：中医学名词。外感，指感受风、寒、暑、湿、燥、热等而引起的疾病。一般发病较急，多先见表证。内滞，指在消化系统内饮食积滞。

⑥紫苏、桔梗、防风、荆芥、枳实、麻黄：皆为中药名。紫苏，一年生草本，茎叶称紫苏，性温味辛，功能发表散寒，理气宽中。桔梗，多年生草本，以根入药，功能宣肺、祛痰、排脓。防风，多年生草本，以根入药，功能发表、祛风、胜湿。荆芥，一年生草本，以带花穗的地上部分入药，功能发汗解表，主治外感发热等症。枳实，芸香科植物酸橙和枳等的未成熟果实，功能破气消积。《得配本草》："大损真元，非邪实者，不可误用。"麻黄，小灌木，以茎枝入药，功能发汗解表，宣肺平喘。《医学入门》："伤风有汗及阴虚伤食者禁用。"

⑥马钱：即车马钱。清阙名《燕京杂记》："京师医生，不言谢金，不言药资，惟说车马钱耳。先生车马钱，各有定价，视其医之行否以为丰啬。价一定，虽咫尺之路不为减，十里之遥不为增。其有盛名者，家累巨万，虽太医院不及也。"

⑥一大趸（dǔn）儿：即"共总"的意思。也作"一打趸儿"或"打趸儿"。趸，整数。

⑦螺甸：亦作"螺钿"或"螺填"，我国著名手工艺品之一。用贝壳薄片制成人物鸟兽花草等形象，镶嵌在髹漆或雕镂器物上，作为装饰。清赵翼《陔余丛考》卷三三"螺填"："髹漆器用蚌蛤壳镶嵌，像人物花草，谓之螺填。……此器多出自广东沿海一带。"

⑦夹剪：一种切割元宝、银锭的工具，剪口很短，剪柄长而粗。

⑦岁寒然后知松柏之后凋：见《论语·子罕》。因松柏岁寒不凋，故后世常以之比喻处于逆境而能保持节操的人。

第五十二回
俏平儿情掩虾须镯^①　勇晴雯病补雀毛裘^②

　　话说贾母道："正是这个了。上次我要说这话，我见你们大事多，如今又添些事来，你们固然不敢抱怨，未免想着我只顾疼这些小孙子孙女儿们，就不体贴你们这当家人了。你既这么说出来，便好了。"因此时薛姨妈李婶娘都在座，邢夫人及尤氏等也都过来请安，还未过去，贾母因向王夫人等说道："今日我才说这话，素日我不说：一则怕逗了凤丫头的脸^③，二则众人不服。今日你们都在这里，都是经过妯娌姑嫂的，还有他这样想得到的没有？"薛姨妈、李婶娘、尤氏齐笑说："真个少有。别人不过是礼上面子情儿，实在他是真疼小姑子小叔子。就是老太太跟前，也是真孝顺。"贾母点头叹道："我虽疼他，我又怕他太伶俐了，也不是好事。"凤姐儿忙笑道："这话老祖宗说差了。世人都说：'太伶俐聪明怕活不长。'世人都说，世人都信，独老祖宗不当说，不当信：老祖宗只有伶俐聪明过我十倍的，怎么如今这么福寿双全的？只怕我明儿还胜老祖宗一倍呢。我活一千岁后，等老祖宗归了西，我才死呢。"贾母笑道："众人都死了，单剩咱们两个老妖精，有什么意思。"说的众人都笑了。

　　宝玉因惦记着晴雯等事，便先回园里来。到了屋中，药香满室，一人不见，只有晴雯独卧于炕上，脸上烧的飞红。又摸了一摸，只觉烫手；忙又向炉上将手烘暖，伸进被去摸了一摸身上，也是火热。因说道："别人去了也罢，麝月秋纹也这样无情，各自去了？"晴雯道："秋纹是我撵了他去吃饭的，麝月是方才平儿来找他出去了。两个人鬼鬼祟祟的，不知说什么。必是说我病了不出去。"宝玉道："平儿不是那样人。况且他并不知你病特来瞧你，想来一定是找麝月来说话，偶然见你病了，随口说特瞧你的病，这也是人情乖觉取和儿的常事④，便不出去，有不是，与他何干？你们素日又好，断不肯为这无干的事伤和气。”晴雯道：“这话也是，只是疑他为什么忽然又瞒起我来。”

宝玉笑道：“等我从后门出去，到那窗根下听听说些什么，来告诉你。”说着，果从后门出去，至窗下潜听。麝月悄悄问道：“你怎么就得了的？”平儿道：“那日彼时洗手时不见了，二奶奶就不许吵嚷；出了园子，即刻就传给园里各处的妈妈们，小心访查。我们只疑惑邢姑娘的丫头，本来又穷，只怕小孩子家没见过，拿了起来是有的，再不料定是你们这里的。幸而二奶奶没有在屋里，你们这里的宋妈去了，拿着这支镯子，说是小丫头坠儿偷起来的，被他看见，来回二奶奶的。我赶忙接了镯子。想了一想：宝玉是偏在你们身上留心用意、争胜要强的，那一年有一个良儿偷玉，刚冷了这二年，闲时还常有人提起来趁愿；这会子又跑出一个偷金子的来了，而且更偷到街坊家去了！偏是他这样，偏是他的人打嘴。所以我倒忙叮咛宋妈千万别告诉宝玉，只当没有这事，总别和一个人提起。第二件，老太太、太太听了生气。三则袭人和你们也不好看。所以我回二奶奶，只说：‘我往大奶奶那里去来着，谁知镯子褪了口，丢在草根底下，雪深了，没看见。今儿雪化尽了，黄澄澄的映着日头，还在那里呢；我就拣了起来。’二奶奶也就信了，所以我来告诉你们。你们以后防着他些，别使唤他到别处去。等袭人回来，你们商议着，变个法子打发出去就完了。”麝月道：“这小娼妇也见过些东西，怎么这么眼浅？”平儿道：“究竟这镯子能多重！原是二奶奶的，说这叫做‘虾须镯’；倒是这颗珠子重了。晴雯那蹄子是块爆炭，要告诉他，他是忍不住的，一时气上来，或打或骂，仍旧嚷出来，所以单告诉你留心就是了。”说着，便作辞而去。

宝玉听了，又喜，又气，又叹。喜的是平儿竟能体贴自己的心；气的是坠儿小窃；叹的是坠儿那样伶俐，做出这丑事来。因而回至房中，把平儿之话一长一短告诉了晴雯，又说："他说你是个要强的，如今病了，听了这话，越发要添病的，等好了再告诉你。"晴雯听了，果然气的蛾眉倒蹙，凤眼圆睁，即时就叫坠儿。宝玉忙劝道："这一喊出来，岂不辜负了平儿待你我的心呢？不如领他这个情，过后打发他出去，就完了。"晴雯道："虽如此说，只是这气如何忍得住？"宝玉道："这有什么气的？你只养病就是了。"

晴雯服了药，至晚间又服了二和，夜间虽有些汗，还未见效，仍是发烧头疼鼻塞声重。次日，王太医又来诊视，另加减汤剂。虽然稍减了烧，仍是头疼。宝玉便命麝月："取鼻烟来⑥，给他闻些，痛打几个嚏喷，就通快了。"麝月果真去取了一个金镶双金星玻璃小扁盒儿来，递与宝玉。宝玉便揭开盒盖，里面是个西洋珐琅的黄发赤身女子，两肋又有肉翅，里面盛着些真正上等洋烟。晴雯只顾看画儿，宝玉道："闻些，走了气就不好了。"晴雯听说，忙用指甲挑了些，抽入鼻中；不见怎么。便又多挑了些抽入。忽觉鼻中一股酸辣，透入囟门⑥，接连打了五六个嚏喷，眼泪鼻涕，登时齐流，晴雯忙收了盒子，笑道："了不得，辣！快拿纸来！"早有小丫头子递过一搭子细纸，晴雯便一张一张的拿来醒鼻子。宝玉笑问："如何？"晴雯笑道："果然通快些。只是太阳还疼。"宝玉笑道："越发尽用西洋药治一治，只怕就好了。"说着，便命麝月："往二奶奶要去，就说我说了：姐姐那里常有那西洋贴头疼的膏子药，叫做'依弗哪'，我寻一点儿。"

麝月答应去了，半日，果然拿了半节来。便去找了一块红缎子角儿，铰了两块指顶大的圆式，将那药烤和了，用簪挺摊上。晴雯自拿着一面靶儿镜子贴在两太阳上。麝月笑道："病的蓬头鬼一样，如今贴了这个，倒俏皮了！二奶奶贴惯了，倒不大显。"说毕，又向宝玉道："二奶奶说了：明日是舅老爷的生日，太太说了叫你去呢。明儿穿什么衣裳？今儿晚上好打点齐备了，省的明儿早起费手。"宝玉道："什么顺手就是什么罢了。一年闹生日也闹不清！"说着，便起身出房，往惜春房中去看画儿。刚到院门外边，忽见宝琴小丫头名小螺的从那边过去，宝玉忙赶上问："那里去？"小螺笑道："我们二位姑娘都在林姑娘房里呢，我如今也往那里去。"

宝玉听了，转步也便同他往潇湘馆来。不但宝钗姊妹在此，且连邢岫烟也在那里。四人团坐在熏笼上叙家常。紫鹃倒坐在暖阁里，临窗做针线。一见他来，都笑说："又来了一个！没了你的坐处了。"宝玉笑道："好一幅'冬闺集艳图'！可惜我迟来了一步，横竖这屋子比各屋子暖，这椅子坐着并不冷。"说着，便坐在黛玉常坐的搭着灰鼠椅搭的一张椅上。因见暖阁之中有一玉石条盆，里面攒三聚五栽着一盆单瓣水仙，宝玉便极口赞道："好花！这屋子越暖，这花香的越浓。怎么昨儿没见？"黛玉笑道："这是你家的大总管赖大奶奶送薛二姑娘的两盆水仙、两盆腊梅；他送了我一盆水仙，送了云丫头一盆腊梅。我原不要的，又恐辜负了他的心。你若要，我转送你如何？"宝玉道："我屋里却有两盆，只是不及这个。琴妹妹送你的，如何又转送人，这个断断使不得。"黛玉道："我一日药吊子不离火，我竟是药培着呢，哪里还搁的住花香来熏？越发弱了。况且这屋子里一股药香，反把这花香搅坏了。不如你抬了去，这花儿倒清净了，没什么杂味来搅他。"宝玉笑道："我屋里今儿也有个病人煎药呢。你怎么知道的？"黛玉笑道："这说奇了。我原是无心话，谁知你屋里的事？你不早来听古记儿⑦，这会子来了，自惊自怪的。"

宝玉笑道："咱们明儿下一社又有了题目了：就咏水仙、腊梅。"黛玉听了，笑道："罢，罢！再不敢做诗了。做一回，罚一回，没的怪羞的。"说着，便两手握起脸来。宝玉笑道："何苦来！又打趣我做什么？我还不怕臊呢，你倒握起脸来了。"宝钗因笑道："下次我邀一社，四个诗题，四个词题。每人四首诗，四首词。头一个诗题'咏太极图'⑧，限'一先'的韵⑨，五言排律；要把'一先'的韵都用尽了，一个不许剩。"宝琴笑道："这一说，可知是姐姐不是真心起社了，这分明是难人。若论起来，也强扭的出来，不过颠来倒去，弄些《易经》上的话生填⑩，究竟有何趣味！我八岁的时节，跟我父亲到西海沿上买洋货，谁知有个真真国的女孩子⑪，才十五岁，那脸面就和那西洋画上的美人一样，也披着黄头发，打着联垂⑫，满头带着都是玛瑙、珊瑚、猫儿眼、祖母绿⑬，身上穿着金丝织的锁子甲⑭，洋锦袄袖；带着倭刀⑮，也是镶金嵌宝的。实在画儿上也没他那么好看。有人说他通中国的诗书，会讲'五经'，能做诗填词，因此我父亲央烦了一位通官⑯，烦他写了一张字，就写他做的诗。"

众人都称奇道异。宝玉忙笑道："好妹妹，你拿出来我们瞧瞧。"宝琴笑道："在南京收着呢，此时那里去取？"宝玉听了，大失所望，便说："没福得见这世面！"黛玉笑拉宝琴道："你别哄我们：我知道你这一来，你的这些东西，未必放在家里，自然都是要带上来的。这会子又扯谎，说没带来。他们虽信，我是不信的。"宝琴便红了脸，低头微笑不答。宝钗笑道："偏这颦儿惯说这些话，你就伶俐的太过余了。"黛玉笑道："带了来，就给我们见识见识也罢了。"宝钗笑道："箱子笼子一大堆，还没理清，知道在那个里头呢，等过日收拾清了找出来，大家再看就是了。"又向宝琴道："你若记得，何不念念我们听听？"宝琴答道："记得他做的五言律一首，若论外国的女子，也就难为他了。"宝钗道："你且别念，等我把云儿叫了来，也叫他听听。"说着，便叫小螺来，吩咐道："你到我那里去，就说我们这里有一个外国的美人来了，做的好诗，请你这'诗疯子'来瞧去；再把我们'诗呆子'也带来。"

小螺笑着去了。半日，只听湘云笑问："那一个外国的美人来了？"一头说，一头走，和香菱来了。众人笑道："人未见形，先已闻声。"宝琴等让坐，遂把方才的话重诉了一遍。湘云笑道："快念来听听。"宝琴因念道：

　　昨夜朱楼梦⑰，今宵水国吟⑱。岛云蒸大海，岚气接丛林⑲。

　　月本无今古，情缘自浅深。汉南春历历[20]，焉得不关心？

众人听了，都道："难为他！竟比我们中国人还强。"一语未了，只见麝月走来，说："太太打发了人来告诉二爷，明儿一早往舅舅那里去，就说太太身上不大好，不得亲身来。"宝玉忙站起来答应道："是。"因问宝钗宝琴："你们二位可去？"宝钗道："我们不去。昨儿单送了礼去了。"大家说了一回方散。

　　宝玉因让诸姊妹先行，自己在后面，黛玉便又叫住他，问道："袭人到底多早晚回来？"宝玉道："自然等送了殡才来呢。"黛玉还有话说，又不能出口，出了一回神，便说道："你去罢。"宝玉也觉心里有许多话，只是口里不知要说什么，想了一想，也笑道："明儿再说罢。"一面下台阶，低头正欲迈步，复又忙回身问道："如今夜越发长了，你一夜咳嗽几次？醒几遍？"黛玉道："昨儿夜里好了，只嗽了两遍；却只睡了四更一个更次，就再不能睡了。"宝玉又笑道："正是有句要紧的话，这会子才想起来。"一面说，一面便挨近身来，悄悄道："我想宝姐姐送你的燕窝……"一语未了，只见赵姨娘走进来瞧黛玉，问："姑娘这几天可好了？"黛玉便知他从探春处来，从门前过，顺路的人情，忙陪笑让坐，说："难得姨娘想着，怪冷的，亲自走来。"又忙命倒茶，一面又使眼色给宝玉。宝玉会意，便走了出来。正值吃晚饭时，见了王夫人，又嘱咐他早去。宝玉回来，看晴雯吃了药。此夕宝玉便不命晴雯挪出暖阁来，自己便在晴雯外边。又命将熏笼抬至暖阁前，麝月便在熏笼上睡。一宿无话。

　　至次日，天未明，晴雯便叫醒麝月道："你也该醒了，只是睡不够！你出去叫人给他预备茶水，我叫醒他就是了。"麝月忙披衣起来道："咱们叫他起来，穿好衣裳，抬过这火箱去，再叫他们进来。老妈妈们已经说过，不叫他在这屋里，怕过了病气[21]；如今他们见咱们挤在一处，又该唠叨了。"晴雯道："我也是这么说。"二人才叫时，宝玉已醒了，忙起身披衣。麝月先叫进小丫头子来收拾妥了，才命秋纹等进来，一同伏侍。宝玉梳洗毕，麝月道："天又阴阴的，只怕有雪，穿一套毡子的罢。"宝玉点头，即时换了衣服。小丫头便用小茶盘捧了一盖碗建莲红枣汤来㉒，宝玉喝了两口；麝月又捧过一小碟法制紫姜来㉓，宝玉噙了一块；又嘱咐了晴雯一回，便忙往贾母处来。

　　贾母犹未起来，知道宝玉出门，便开了屋门，命宝玉进去。宝玉见贾母身后宝琴面向里睡着未醒。贾母见宝玉身上穿着荔支色哆罗呢的箭袖，大红猩猩毡盘金彩绣石青妆缎沿边的排穗褂。贾母道："下雪呢么？"宝玉道："天阴着，还没下呢！"贾母便命鸳鸯来："把昨儿那一件孔雀毛的氅衣给他罢。"鸳鸯答应走去，果取了一件来。宝玉看时，金翠辉煌，碧彩闪灼，又不似宝琴所披之凫靥裘。只听贾母笑道："这叫做'雀金呢'，这是俄罗斯国拿孔雀毛拈了线织的。前儿那件野鸭子的，给了你小妹妹，这件给你罢。"宝玉磕了一个头，便披在身上。贾母笑道："你先给你娘瞧瞧去再去。"

　　宝玉答应了，便出来，只见鸳鸯站在地下揉眼睛。因自那日鸳鸯发誓绝婚之后，他总不合宝玉说话，宝玉正自日夜不安，此时见他又要回避，宝玉便上来笑道："好姐姐，你瞧瞧，我穿着这个好不好？"鸳鸯一摔手，便进贾母房中来了。宝玉只得到了王夫人房中，与王夫人看了，然后又回至园中，与晴雯麝月看过，来回复贾母说："太太看了，只说可惜了的，叫我仔细穿，别遭塌了。"贾母道："就剩了这一件，你遭塌了也再没了。这会子特给你做这个，也是没有的事。"说着，又嘱咐："不许多吃酒，早些回来。"宝玉应了几个"是"。

　　老嬷嬷跟至厅上，只见宝玉的奶兄李贵、王和荣、张若锦、赵亦华、钱启、周瑞六个人，带着焙茗、伴鹤、锄药、扫红四个小厮，背着衣包，拿着坐褥，笼着一匹雕鞍彩辔的白马，早已伺候多时了。老嬷嬷又嘱咐他们些话，六个人连应了几个"是"，忙捧鞍坠镫，宝玉慢慢的上了马，李贵王和荣笼着嚼环，钱启周瑞二人在前引导，张若锦赵亦华在两边，紧贴宝玉身后。宝玉在马上笑道："周哥，钱哥，咱们打这角门走罢，省了到老爷的书房门口，又下来。"周瑞侧身笑道："老爷不在书房里，天天锁着，爷可以不用下来罢了。"宝玉笑道："虽锁着，也要下来的。"钱启李贵都笑道："爷说的是。便托懒不下来，倘或遇见赖大爷林二爷，虽不好说爷，也要劝两句。所有的不是，都派在我们身上，又说我们不教给爷礼了。"周瑞钱启便一直出角门来。

　　正说话时，顶头见赖大进来，宝玉忙笼住马，意欲下来。赖大忙上来抱住腿。宝玉便在镫上站起来，笑着，携手说了几句话。接着又见个小厮带着二三十人，拿着扫帚簸箕进来，见了宝玉，都顺墙垂手立住，独为首的小厮打了个千儿，说："请爷安。"宝玉不知名姓，只微笑点点头儿。马已过去，那人方带人去了。于是出了角门。外有李贵等六人的小厮并几个马夫，早预备下十来匹马专候，一出角门，李贵等各上马前引，一阵烟去了，不在话下。

　　这里晴雯吃了药，仍不见病退，急的乱骂大夫，说："只会骗人的钱，一剂好药也不给人吃。"麝月笑劝他道："你太性急了，俗语说：'病来如山倒，病去如抽丝。'又不是老君的仙丹，那有这样灵药？你只静养几天，自然好了。你越急越着手。"晴雯又骂小丫头子们："那里攒沙去了㉔！瞅着我病了，都大胆子走了。明儿我好了，一个一个的才揭了你们的皮呢！"唬的小丫头子定儿忙进来问："姑娘做什么？"晴雯道："别人都死了，就剩了你不成？"说着，只见坠儿也蹭了进来。晴雯道："你瞧瞧这小蹄子，不问他还不来呢。这里又放月钱了，又散果子了，你该跑在头里了。你往前些，我是老虎，吃了你！"坠儿只得往前凑了几步，晴雯便冷不防，欠身一把将他的手抓住，向枕边拿起一丈青㉕，向他手上乱戳，口内骂道："要这爪子做什么？拈不得针，拿不动线，只会偷嘴吃。眼皮子又浅，爪子又轻，打嘴现世的，不如戳烂了！"坠儿疼的乱喊。麝月忙拉开，按着晴雯躺下，道："你才出了汗，又作死。等你好了，要打多少打不得？这会子闹什么！"

晴雯便命人叫宋嬷嬷进来，说道："宝二爷才告诉了我，叫我告诉你们，坠儿很懒，宝二爷当面使他，他拨嘴儿不动，连袭人使他，他也背地骂他。今儿务必打发他出去，明儿宝二爷亲自回太太就是了。"宋嬷嬷听了，心下便知镯子事发，因笑道："虽如此说，也等花姑娘回来，知道了，再打发他。"晴雯说："宝二爷今儿千叮咛万嘱咐的，什么'花姑娘''草姑娘'的，我们自然有道理。你只依我的话，快叫他家的人来领他出去。"麝月道："这也罢了。早也是去，晚也是去，早带了去，早清净一日。"

宋嬷嬷听了，只得出去，唤了他母亲来，打点了他的东西。又见了晴雯等，说道："姑娘们怎么了，你侄女儿不好，你们教导他，怎么撵出去？也到底给我们留个脸儿。"晴雯道："这话只等宝玉来问他，与我们无干。"那媳妇冷笑道："我有胆子问他去！他那一件事不是听姑娘们的调停？他纵依了，姑娘们不依，也未必中用。比如方才说话，虽背地里，姑娘就直叫他的名字；在姑娘们就使得，在我们就成了野人了。"

晴雯听说，越发急红了脸，说道："我叫了他的名字了，你在老太太、太太跟前告我去；说我野，也撵出我去！"麝月道："嫂子，你只管带了人出去，有话再说。这个地方岂有你叫喊讲礼的？你见谁和我们讲过礼？别说嫂子你，就是赖大奶奶林大娘也得担待我们三分。便是叫名字，从小儿直到如今，都是老太太吩咐过的，你们也知道的：恐怕难养活，巴巴的写了他的小名儿各处贴着，叫万人叫去，为的是好养活，连挑水挑粪花子都叫得，何况我们！连昨儿林大娘叫了一声'爷'，老太太还说呢。此是一件。二则我们这些人，常回老太太、太太的话去，可不叫着名回话，难道也称'爷'？那一日不把'宝玉'两字叫二百遍，偏嫂子又来挑这个了！过一天嫂子闲了，在老太太、太太跟前听听，我们当着面儿叫他，就知道了。嫂子原也不得在老太太、太太跟前当些体统差使，成年家只在三门外头混，怪不得不知道我们里头的规矩。这里不是嫂子久站的，再一会，不用我们说话，就有人来问你了。有什么分证的话，且带了他去，你回了林大娘，叫他来找二爷说话。家里上千的人，他也跑来，我也跑来，我们认人问姓还认不清呢！"说着，便叫小丫头子："拿了擦地的布来擦地！"那媳妇听了，无言可对，亦不敢久站，赌气带了坠儿就走。宋嬷嬷忙道："怪道你这嫂子不知规矩：你女儿在屋里一场，临去时也给姑娘们磕个头。没有别的谢礼，他们也不希罕，不过磕个头尽心罢咧，怎么说走就走？"坠儿听了，只得翻身进来，给他两个磕头，又找秋纹等。他们也并不睬他。那媳妇嗐声叹气，口不敢言，抱恨而去。

晴雯方才又闪了风，着了气，反觉更不好了。翻腾至掌灯，刚安静了些，只见宝玉回来，进门就嗐声顿足。麝月忙问原故，宝玉道："今儿老太太欢欢喜喜的给了这件褂子，谁知不防，后襟子上烧了一块，幸而天晚了，老太太、太太都不理论。"一面脱下来，麝月瞧时，果然有指顶大的烧眼，说："这必定是手炉里的火迸上了。这不值什么，赶着叫人悄悄拿出去叫个能干织补匠人织上就是了。"说着，便用包袱包了，叫了一个嬷嬷送出去，说："赶天亮就有才好，千万别给老太太、太太知道！"婆子去了半日，仍就拿来，说："不但织补匠，能干裁缝、绣匠并做女工的，问了，都不认的这是什么，都不敢揽。"麝月道："这怎么样呢？明儿不穿也罢了。"宝玉道："明儿是正日子，老太太、太太说了，还叫穿过这个去呢！偏头一日就烧了，岂不扫兴！"

晴雯听了半日，忍不住，翻身说道："拿来我瞧瞧罢！没那福气穿就罢了。"说着，便递与晴雯，又移过灯来，细瞧了一瞧。晴雯道："这是孔雀金线的。如今咱们也拿孔雀金线，就象界线似的界密了㉘，只怕还可混的过去。"麝月笑道："孔雀线现成的，但这里除你，还有谁会界线？"晴雯道："说不的我挣命罢了！"宝玉忙道："这如何使得！才好了些，如何做得活。"晴雯道："不用你蝎蝎螫螫的，我自知道。"一面说，一面坐起来，挽了一挽头发，披了衣裳，只觉头重身轻，满眼金星乱迸，实实掌不住。待不做，又怕宝玉着急，少不得狠命咬牙捱着。便命麝月只帮着拈线。晴雯先拿了一根比一比，笑道："这虽不很像，若补上也不很显。"宝玉道："这就很好，那里又找俄罗斯国的裁缝去。"晴雯先将里子拆开，用茶杯口大小一个竹弓钉绷在背面，再将破口四边用金刀刮的散松松的，然后用针缝了两条，分出经纬，亦如界线之法，先界出地子来，后依本纹来回织补。补两针，又看看；织补不上三五针，便伏在枕上歇一会。宝玉在旁，一时又问："吃些滚水不吃？"一时又命："歇一歇。"一时又拿一件灰鼠斗篷替他披在背上，一时又拿个枕头与他靠着：急的晴雯央道："小祖宗，你只管睡罢，再熬上半夜，明儿眼睛抠搂了，那可怎么好！"

宝玉见他着急，只得胡乱睡下；仍睡不着。一时只听自鸣钟已敲了四下，刚刚补完；又用小牙刷慢慢的剔出绒毛来㉗。麝月道："这就很好，若不留心，再看不出的。"宝玉忙要了瞧瞧，笑说："真真一样了。"晴雯已嗽了几阵，好容易补完了，说了一声："补虽补了，到底不像，我也再不能了！""嗳哟"了一声，便身不由主倒下了。要知端的，且看下回分解。

【注释】

①虾须镯：一种用精细的金丝编成的手镯。虾须细而长，且有韧性，故常用以形容精美细密之物。

②雀毛裘：用孔雀毛制成的衣裘。《南齐书·文惠太子传》："（太子）善制珍玩之物，织孔雀毛为裘，光彩金翠，过于雉头远矣。"也有以孔雀毛织成罗、锦、缎等物者。

③逞脸：因受宠而骄恣放纵。

④乖觉：也作"乖角"，机灵的意思。

⑤鼻烟：《清稗类钞》"饮食类"："鼻烟：以鼻吸取之烟也。屑叶为末，杂以花露，一器值数十金，贵人馈遗以为重礼。置于小瓶，取之以匙，入鼻，则嚏辄随之。……旧传有明目去疾之功，故嗜之者颇

多。"清刘廷玑《在园杂志》卷三："更有鼻烟一种，以烟杂香物花露，研细末，嗅入鼻中，可以驱寒冷、治头眩、开鼻塞，毋烦烟火，其品高逸。"

⑥囟（xìn）门：头顶上微凹处。也叫"脑门"或"顶门"。

⑦古记儿：记载旧事的书籍叫古记，这里指"故事"。

⑧咏太极图：太极，指宇宙派生万物的本体。《周易·系辞上》："易有太极，是生两仪。两仪生四象，四象生八卦。八卦定吉凶，吉凶生大业。"北宋周敦颐继承《易传》这一思想和道家学说，绘制了《太极图说》，提出一个以"太极"为本原的宇宙创成说。他认为由"太极"的一动一静，产生了阴阳五行和宇宙万物。这些著作，被宋儒推崇为宇宙和人生最重要的图解和说明。康熙也曾说它"义理精奥，实前贤之所未发，朕尝极意探索，究其指归"，并命学士编修等"各撰《太极图论》一篇，朕亲览焉"。

⑨一先韵：按《佩文韵府》诗韵排列顺序，"先"属下平声韵，排列在第一。

⑩《易经》：也叫《周易》，简称《易》，儒家重要经典之一。内容包括《经》和《传》两部分。《经》主要是卦、爻及卦辞、爻辞，作为占卜之用。旧传伏羲画卦、文王作辞。《传》包括解释《经》的七种文字，旧传为孔子作。

⑪真真国：其说不一，或说指真腊国（今柬埔寨）；或以为指中亚以至阿拉伯诸伊斯兰教国；或说当指荷兰。

⑫联垂：这里指发辫，即两辫分垂左右的意思。

⑬猫儿眼、祖母绿：皆宝石名。猫儿眼，又名"猫眼石"。明蒋一葵《长安客话》卷二："祖母绿，即元人所谓助木剌也。出回回国地面，其色深绿，其价极贵，而大者尤罕得。闻成化间，宫里以银数千两买得重四五两者一块，以为希世之宝。……猫睛石，出细兰国，光色一如睛，佳者瞳子随时变换，大如指面，值千金，如钱无价。"

⑭锁子甲：或即"锁子锦"，指锦上的纹饰。

⑮倭刀：古代日本制造的佩刀，以犀利著称。有大、小两种，大者称"太刀"，小者称"胁差"。

⑯通官：这里指翻译官。也叫"通事"。

⑰朱楼：即红楼，彩绘艳丽的楼阁。

⑱水国：即岛国，因其四周环海，故称。这里当指江南一带水乡。

⑲岚气：山林中的雾气。

⑳汉南：泛指汉水以南一带地方。北周庾信《枯树赋》："昔年种柳，依依汉南；今看摇落，凄怆江潭。树犹如此，人何以堪！"历历：景色分明的样子。

㉑过：吴语。传染的意思。

㉒建莲红枣汤：用建宁所产的莲实和红枣做成的汤。建莲，即穿心白莲，因产于福建建宁，故称"建莲"。据《建宁县志》载，其种植始于五代梁龙德年间。历代作为贡品，俗称"贡莲"。

㉓法制紫姜：用嫩姜依照成法制成的酱菜。法制，本指中药传统的炮制法，是一种特殊规定的药剂加工方法。这里是标准方法的意思。紫姜，又名"子姜"，即嫩姜。姜芽新出，状如手指，芽尖微紫，故名。可供食用和药用。

㉔攒沙：这里用鱼类攒（钻）进泥沙不易寻找，来比喻小丫头们的行踪无定。

㉕一丈青：一种细长簪，一头尖细，一头有小杓，俗称"耳挖子"。近人王瀣批云："一丈青，其形如针，长约四寸，或金或银。儿时见祖母有此物，或以剔齿，或插髻上，其名如此。"

㉖界线：指手工刺绣和缝纫工艺中的一种纵横线织法。

㉗氄（rǒng）毛：细软松散的绒毛。

第五十三回
宁国府除夕祭宗祠^①　荣国府元宵开夜宴

话说宝玉见晴雯将雀裘补完，已使得力尽神危，忙命小丫头子来替他捶着，彼此捶打了一会。歇下没一顿饭的工夫，天已大亮；且不出门，只叫："快请大夫。"一时王大夫来了，诊了脉，疑惑说道："昨日已好了些，今日如何反虚浮微缩起来^②，敢是吃多了饮食？不然就是劳了神思。外感却倒轻了；这汗后失了调养，非同小可。"一面说，一面出去开了药方进来。宝玉看时，已将疏散驱邪诸药减去，倒添了茯苓、地黄、当归等益神养血之剂。宝玉一面忙命人煎去，一面叹说："这怎么处！倘或有个好歹，都是我的罪孽。"晴雯睡在枕上，嗐道："好二爷！你干你的去罢，那里就得了痨病了呢。"

宝玉无奈，只得去了。至下半天，说身上不好，就回来了。晴雯此症虽重，幸亏他素昔是个使力不使心的，再者素常饮食清淡，饥饱无伤。这贾宅中的秘法：无论上下，只一略有些伤风咳嗽，总以净饿为主，次则服药调养。故于前一日病时，就饿了两三日，又谨慎服药调养，如今虽劳碌了些，又加倍培养了几日，便渐渐的好了。近日园中姐妹皆各在房中吃饭，炊爨饮食甚便，宝玉自能要汤要羹调停，不必细说。

袭人送母殡后，业已回来，麝月便将坠儿一事，并晴雯撵逐出去、也曾回过宝玉等语，一一的告诉袭人。袭人也没说别的，只说："太性急了。"只因李纨亦因时气感冒；邢夫人正害火眼，迎春岫烟皆过去朝夕侍药；李纨之兄又接了李婶娘、李纹、李绮家去住几日；宝玉又见袭人常常思母含悲，晴雯又未大愈：因此诗社一事，皆未有人作兴，便空了几社。当下已是腊月，离年日近，王夫人与凤姐儿治办年事。王子腾升了九省都检点③，贾雨村补授了大司马④，协理军机，参赞朝政，不题。

　　且说贾珍那边开了宗祠，着人打扫，收拾供器⑤，请神主⑥；又打扫上房，以备悬供遗真影像⑦。此时荣宁二府，内外上下，皆是忙忙碌碌。这日，宁府中尤氏正起来，同贾蓉之妻打点送贾母这边的针线礼物，正值丫头捧了一茶盘押岁锞子进来⑧，回说："兴儿回奶奶：前儿那一包碎金子，共是一百五十三两六钱七分，里头成色不等，总倾了二百二十个锞子⑨。"说着递上去。尤氏看了一看，只见也有梅花式的，也有海棠式的，也有"笔锭如意"的，也有"八宝联春"的。尤氏命："收拾起来，叫兴儿将银锞子快快交了进来。"丫鬟答应去了。

　　一时贾珍进来吃饭，贾蓉之妻回避了。贾珍因问尤氏："咱们春祭的恩赏可领了不曾⑩？"尤氏道："今儿我打发蓉儿关去了。"贾珍道："咱们家虽不等这几两银子使，多少是皇上天恩。早关了来，给那边老太太送过去，置办祖宗的供，上领皇上的恩，下则是托祖宗的福。咱们那怕用一万银子供祖宗，到底不如这个有体面，又是沾恩锡福。除咱们这么一二家之外，那些世袭穷官儿家，若不仗着这银子，拿什么上供过年？真正皇恩浩荡，想得周到。"尤氏道："正是这话。"

　　二人正说着，只见人回："哥儿来了。"贾珍便命："叫他进来。"只见贾蓉捧了一个小黄布口袋进来。贾珍道："怎么去了这一日？"贾蓉陪笑回说："今儿不在礼部关领了⑪，又在光禄寺库上⑫。因又到了光禄寺，才领下来了。光禄寺官儿们都说，问父亲好，多日不见，都着实想念。"贾珍笑道："他们那里是想我？这又到了年下了，不是想我的东西，就是想我的戏酒了。"一面说，一面瞧那黄布口袋，上有封条，就是"皇恩永锡"四个大字；那一边又有礼部祠祭司的印记⑬。一行小字，道是："宁国公贾演，荣国公贾法，恩赐永远春祭赏共二分，净折银若干两，某年月日，龙禁尉候补侍卫贾蓉当堂领讫⑭。值年寺丞某人⑮。"下面一个朱笔花押⑯。

　　贾珍看了，吃过饭，盥漱毕，换了靴帽，命贾蓉捧着银子跟了来。回过贾母王夫人，又至这边，回过贾赦邢夫人，方回家去，取出银子，命将口袋向宗祠大炉内焚了。又命贾蓉道："你去问问你那边二婶娘，正月里请吃年酒的日子拟了没有？若拟定了，叫书房里明白开了单子来，咱们再请时，就不能重复了。旧年不留神，重了几家；人家不说咱们不留心，倒象两家商议定了，送虚情怕费事的一样。"贾蓉忙答应去了。一时，拿了请人吃年酒的日期单子来了⑰。贾珍看了，命："交给赖升去看了，请人别重了这上头的日子。"因在厅上看着小厮们抬围屏，擦抹几案金银供器。

　　只见小厮手里拿着一个禀帖，并一篇账目，回说："黑山村乌庄头来了⑱。"贾珍道："这个老砍头的，今儿才来。"贾蓉接过禀帖和账目，忙展开捧着，贾珍倒背着两手，向贾蓉手内看去。那红禀上写着："门下庄头乌进孝叩请爷奶奶万福金安，并公子小姐金安。新春大喜大福，荣贵平安，加官进禄，万事如意。"贾珍笑道："庄家人有些意思。"贾蓉也忙笑道："别看文法，只取个吉利儿罢。"一面忙展开单子看时，只见上面写着：

　　　大鹿三十只，獐子五十只⑲，狍子五十只⑳，暹猪二十个，汤猪二十个，龙猪二十个㉑，野猪二十个，家腊猪二十个，野羊二十个㉒，青羊二十个㉓，家汤羊二十个㉔，家风羊二十个㉕，鲟鳇鱼二百个㉖，各色杂鱼二百斤，活鸡、鸭、鹅各二百只，风鸡、鸭、鹅二百只，野鸡野猫各二百对㉗，熊掌二十对，鹿筋二十斤，海参五十斤，鹿舌五十条，牛舌五十条，蛏干二十斤㉘，榛、松、桃、杏瓤各二口袋，大对虾五十对，干虾二百斤，银霜炭上等选用一千斤㉙，中等二千斤，柴炭三万斤，御田胭脂米二担，碧糯五十斛，白糯五十斛，粉粳五十斛㉚，杂色粱谷各五十斛，下用常米一千担，各色干菜一车，外卖粱谷牲口各项折银二千五百两。外门下孝敬哥儿玩意儿：活鹿两对，白兔四对，黑兔四对，活锦鸡两对，西洋鸭两对。

贾珍看完，说："带进他来。"一时只见乌进孝进来，只在院内磕头请安。贾珍命人拉起他来，笑说："你还硬朗？"乌进孝笑道："不瞒爷说，小的走惯了，不来也闷的慌。他们可不是都愿意来见见天子脚下世面？他们到底年轻，怕路上有闪失，再过几年就可以放心了。"贾珍道："你走了几日？"乌进孝道："回爷的话：今年雪大，外头都是四五尺深的雪，前日忽然一暖一化，路上竟难走的很，耽搁了几日。虽走了一个月零两日，日子有限，怕爷心焦，可不赶着来了。"

贾珍道："我说呢，怎么今儿才来。我才看那单子上，今年你这老货又来打擂台来了^㉛。"乌进孝忙进前两步回道："回爷说：今年年成实在不好。从三月下雨，接连着直到八月，竟没有一连晴过五六日；九月一场碗大的雹子，方近二三百里地方，连人带房，并牲口粮食，打伤了上千上万的，所以才这样。小的并不敢说谎。"贾珍绉眉道："我算定你至少也有五千银子来，这够做什么的！如今你们一共只剩了八九个庄子，今年倒有两处报了旱潦，你们又打擂台，真真是叫别过年了。"乌进孝道："爷的这地方还算好呢！我兄弟离我那里只一百多地，竟又大差了。他现管着那府八处庄地，比爷这边多着几倍，今年也是这些东西，不过二三千两银子，也是有饥荒打呢。"贾珍道："正是呢。我这边倒可已，没什么外项大事，不过是一年的费用。我受用些就费些，我受些委屈就省些。再者年例送人请人，我把脸皮厚些，也就完了。比不得那府里，这几年添了许多花钱的事，一定不可免是要花的，却又不添些银子产业。这一二年里赔了许多，不和你们要，找谁去！"

乌进孝笑道："那府里如今虽添了事，有去有来。娘娘和万岁爷岂不赏呢？"贾珍听了，笑向贾蓉等道："你们听听，他说的可笑不可笑？"贾蓉等忙笑道："你们山坳海沿子上的人，那里知道这道理。娘娘难道把皇上的库给我们不成！他心里纵有这心，他不能作主。岂有不赏之礼，按时按节，不过是些彩缎、古董、玩意儿。就是赏，也不过一百两金子，才值一千多两银子，够什么？这二年，那一年不赔出几千两银子来！头一年，省亲连盖花园子，你算算那一注花了多少，就知道了。再二年，再省一回亲，只怕就精穷了。"贾珍笑道："所以他们庄客老实人，'外明不知里暗的事'，'黄柏木作了磬槌子，——外头体面里头苦。'"贾蓉又说又笑向贾珍道："果真那府里穷了，前儿我听见二婶娘和鸳鸯悄悄商议，要偷老太太的东西去当银子呢。"贾珍笑道："那又是凤姑娘的鬼，那里就穷到如此？他必定是见去路大了，实在赔得很了，不知又要省那一项的钱，先设出这法子来，使人知道，说穷到如此了。我心里却有个算盘，还不至此田地。"说着，便命人带了乌进孝出去，好生待他，不在话下。

这里贾珍吩咐将方才各物留出供祖宗的来，将各样取了些，命贾蓉送过荣府里去，然后自己留了家中所用的，余者派出等第，一分一分的堆在月台底下；命人将族中子侄唤来，分给他们。接着荣国府也送了许多供祖之物及与贾珍之物。贾珍看着收拾完备供器，靸着鞋，披着一件猞猁狲大皮袄[32]，命人在厅柱下石阶上太阳中，铺了一个大狼皮褥子负暄[33]，闲看各子弟们来领取年物。因见贾芹亦来领物，贾珍叫他过来，说道："你做什么也来了，谁叫你来的？"贾芹垂手回说："听见大爷这里叫我们领东西，我没等人去就来了。"贾珍道："我这东西，原是给你那些闲着无事没进益的叔叔兄弟们的，那二年你闲着，我也给过你的。你如今在那府里管事，家庙里管和尚道士们，一月又有你的分例外，这些和尚的分例银钱都从你手里过，你还来取这个来，太也贪了！你自己瞧瞧，你穿的可像个手里使钱办事的？先前你说没进益，如今又怎么了？比先倒不象了。"贾芹道："我家里原人口多，费用大。"贾珍冷笑道："你又支吾我，你在家庙里干的事，打量我不知道呢！你到了那里，自然是爷了，没人敢抗违你。你手里又有了钱，离着我们又远，你就为王称霸起来，夜夜招聚匪类赌钱，养老婆小子。这会子花得这个形象，你还敢领东西来？领不成东西，领一顿驮水棍去才罢^㉝！等过了年，我必和你二叔说，叫回你来。"贾芹红了脸，不敢答言。人回："北府王爷送了对联荷包来了。"贾珍听说，忙命贾蓉："出去款待，只说我不在家。"贾蓉去了。这里贾珍撵走贾芹，看着领完东西，回屋与尤氏吃毕晚饭，一宿无话。至次日更忙，不必细说。

已到了腊月二十九日了，各色齐备，两府中都换了门神、联对、挂牌，新油了桃符㉟，焕然一新。宁国府从大门、仪门、大厅、暖阁、内厅、内三门、内仪门并内塞门㊱，直到正堂，一路正门大开，两边阶下一色朱红大高烛，点的两条金龙一般。次日由贾母有封诰者，皆按品级着朝服，先坐八人大轿，带领众人进宫朝贺行礼。领宴毕回来，便到宁府暖阁下轿。诸子弟有未随入朝者，皆在宁府门前排班伺候㊲，然后引入宗祠。

且说宝琴是初次进贾祠观看，一面细细留神，打量这宗祠：原来宁府西边另一个院子，黑油栅栏内五间大门，上面悬一匾，写着是"贾氏宗祠"四个字，旁书"特晋爵太傅前翰林掌院事王希献书"㊳，两边有一副长联，写道：

　　肝脑涂地，兆姓赖保育之恩；功名贯天，百代仰蒸尝之盛㊴。

也是王太傅所书。进入院中，白石甬路，两边皆是苍松翠柏，月台上设着古铜鼎彝等器。抱厦前面悬一块九龙金匾，写道："星辉辅弼"㊵，乃先皇御笔㊶。两边一副对联，写道是：

　　勋业有光昭日月；功名无间及儿孙。

也是御笔。五间正殿前，悬一块闹龙填青匾㊷，写道是："慎终追远"㊸。傍边一副对联，写道是：

　　已后儿孙承福德；至今黎庶念荣宁。

俱是御笔。里边灯烛辉煌，锦幛绣幕，虽列着些神主，却看不真。只见贾府人分了昭穆㊹，排班立定。贾敬主祭，贾赦陪祭，贾珍献爵，贾琏贾琮献帛[45]，宝玉捧香，贾菖贾菱展拜垫[46]，守焚池。青衣乐奏，三献爵[47]，兴拜毕，焚帛，奠酒。礼毕，乐止，退出。众人围随贾母至正堂上。影前锦帐高挂，彩屏张护，香烛辉煌；上面正房中，悬着宁荣二祖遗像，皆是披蟒腰玉；两边还有几轴列祖遗像[48]。

　　贾荇贾芷等从内仪门挨次列站，直到正堂廊下；槛外方是贾敬贾赦，槛内是各女眷。众家人小厮皆在仪门之外。每一道菜至，传至仪门，贾荇贾芷等便接了，按次传至阶下贾敬手中。贾蓉系长房长孙，独他随女眷在槛里，每贾敬捧菜至，传于贾蓉，贾蓉便传于他媳妇，又传于凤姐尤氏诸人，直传至供桌前，方传与王夫人；王夫人传与贾母，贾母方捧放在桌上。邢夫人在供桌之西，东向立，同贾母供放。直至将菜饭汤点酒茶传完，贾蓉方退出，归入贾芹阶位之首。当时凡从"文"旁之名者，贾敬为首；下则从"玉"者，贾珍为首；再下从"草头"者，贾蓉为首，左昭右穆，男东女西；俟贾母拈香下拜，众人方一齐跪下，将五间大厅，三间抱厦，内外廊檐，阶上阶下，两丹墀内，花团锦簇，塞的无一些空地。鸦雀无闻，只听铿锵叮当，金铃玉佩微微摇曳之声，并起跪靴履飒沓之响。

　　一时礼毕，贾敬贾赦等便忙退出至荣府，专候与贾母行礼。尤氏上房地下，铺满红毡，当地放着象鼻三足泥鳅流金珐琅大火盆[49]，正面炕上铺着新猩红毡，设着大红彩绣"云龙捧寿"的靠背、引枕、坐褥，外另有黑狐皮的袄子，搭在上面；大白狐皮坐褥。请贾母上去坐。两边又铺皮褥，让贾母一辈的两三个妯娌坐了。这边横头排插之后小炕上[50]，也铺了皮褥，让邢夫人等坐了。地下两面相对十二张雕漆椅上，都是一色灰鼠椅搭小褥，每一张椅下一个大铜脚炉，让宝琴等姐妹坐。尤氏用茶盘亲捧茶与贾母，贾蓉媳妇捧与众老祖母，然后尤氏又捧与邢夫人等，贾蓉媳妇又捧与众姊妹。凤姐李纨等只在地下伺候。

　　茶毕，邢夫人等便先起身来侍贾母吃茶。贾母与年老妯娌们闲话了两三句，便命看轿，凤姐儿忙上去揽起来。尤氏笑回说："已经预备下老太太的晚饭。每年都不肯赏些体面，用过晚饭再过去。果然我们就不济凤丫头不成？"凤姐儿揽着贾母笑道："老祖宗走罢。咱们家去吃去，别理他。"贾母笑道："你这里供着祖宗，忙得什么儿似的，那里还搁得住我闹？况且我每年不吃，你们也要送去的；不如还送了来，我吃不了，留着明儿再吃，岂不多吃些？"说得众人都笑了。又吩咐他："好生派妥当人夜里坐着看香火，不是大意得的。"尤氏答应了。一面走出来，至暖阁前，尤氏等闪过屏风，小厮们才领轿夫，请了轿出大门。尤氏亦随邢夫人等同至荣府。这里轿出大门，这一条街上，东一边设立着宁国公的仪仗执事乐器，来往行人皆屏退不从此过。

　　一时来至荣府，也是大门正门一直开到里头。如今便不在暖阁下轿了，过了大厅，转弯向西，至贾母这边正厅上下轿。众人围随同至贾母正室之中，亦是锦裀绣屏，焕然一新。当地火盆内焚着松柏香、百合草。贾母归了坐，老嬷嬷来回："老太太们来行礼。"贾母忙起身要迎，只见两三个老妯娌已进来了。大家挽手笑了一回�，让了一回，吃茶去后，贾母只送至内仪门便回来。归了正坐，贾敬贾赦等领了诸子弟进来，贾母笑道："一年家难为你们，不行礼罢。"一面男一起，女一起，一起一起俱行过了礼；左右设下交椅，然后又按长幼挨次归坐受礼。两府男女、小厮、丫鬟，亦按差役上、中、下行礼毕。然后散了押岁钱并荷包金银锞等物㉒。摆上合欢宴来，男东女西归坐，献屠苏酒、合欢汤、吉祥果、如意糕毕㉓。贾母起身，进内间更衣，众人方各散出。那晚各处佛堂灶王前焚香上供㉔。王夫人正房院内设着天地纸马香供㉕。大观园正门上挑着角灯，两旁高照，各处皆有路灯。上下人等，打扮的花团锦簇。一夜人声杂沓，语笑喧阗，爆竹起火㉖，络绎不绝。

　　至次日五鼓，贾母等人按品大妆，摆全副执事进宫朝贺㉗，兼祝元春千秋。领宴回来，又至宁府祭过列祖，方回来。受礼毕，便换衣歇息。所有贺节来的亲友，一概不会，只和薛姨妈李婶娘二人说话取便，或同宝玉宝钗等姊妹赶围棋摸牌作戏。王夫人与凤姐天天忙着请人吃年酒，那边厅上与院内皆是戏酒，亲友络绎不绝。一连忙了七八日，才完了，早又元宵将近，宁荣二府皆张灯结彩。十一日是贾赦请贾母等，次日贾珍又请贾母，王夫人和凤姐儿也连日被人请去吃年酒，不能胜记。

　　至十五这一晚上，贾母便在大花厅上命摆几席酒，定一班小戏，满挂各色花灯，带领荣宁二府各子侄孙男孙媳等家宴。贾敬素不饮酒茹荤，因此不去请他，十七日祀祖已完，他便出城修养；就是这几日在家，也只静室默处，一概无闻，不在话下。贾赦领了贾母之赏，告辞而去。贾母知他在此不便，也随他去了。贾赦到家中，与众门客赏灯吃酒，笙歌聒耳，锦绣盈眸，其取乐与这里不同。

　　这里贾母花厅之上摆了十来席，再席傍边设一几，几上设炉瓶三事㊳，焚着御赐百合宫香；又有八寸来长、四五寸宽、二三寸高，点缀着山石的小盆景，俱是新鲜花卉；又有小洋漆茶盘放着旧窑十锦小茶杯，又有紫檀雕嵌的大纱透绣花草诗字的璎珞㊴。各色旧窑小瓶中㊵，都点缀着"岁寒三友""玉堂富贵"等鲜花。上面两席是李婶娘薛姨妈坐，东边单设一席，乃是雕夔龙护屏矮足短榻，靠背、引枕、皮褥俱全。榻上设一个轻巧洋漆描金小几，几上放着茶碗、漱盂、洋巾之类，又有一个眼镜匣子。

　　贾母歪在榻上，与众人说笑一回，又取眼镜向戏台上照一回，又说："恕我老了骨头疼，容我放肆些，歪着相陪罢。"又命琥珀坐在榻上，拿着美人拳捶腿㊶。榻下并不摆席面，只一张高几，设着高架璎珞、花瓶、香炉等物，外另设一小高桌，摆着杯箸。傍边一席，命宝琴、湘云、黛玉、宝玉四人坐着。每馔果菜来，先捧给贾母看，喜则留在小桌上，尝一尝，仍撤了放在席上，只算他四人跟着贾母坐。下面方是邢夫人王夫人之位；下边便是尤氏、李纨、凤姐、贾蓉之妻；西边便是宝钗、李纹、李绮、岫烟、迎春姊妹等。

两边大梁上挂着联三聚五玻璃彩穗灯，每席前竖着倒垂荷叶一柄，柄上有彩烛插着。这荷叶乃是洋錾珐琅活信，可以扭转向外，将灯影逼住，照着看戏，分外真切。窗槅门户，一齐摘下，全挂彩穗各种宫灯。廊檐内外及两边游廊罩棚，将羊角、玻璃、戳纱、料丝、或绣、或画、或绢、或纸诸灯挂满^㉒。廊上几席，便是贾珍、贾琏、贾环、贾琮、贾蓉、贾芹、贾芸、贾菖、贾菱等。贾母也曾差人去请众族中男女，奈他们有年老的，懒于热闹；有家内没有人，又有疾病淹留，欲来竟不能来；有一等妒富愧贫，不肯来的；更有憎畏凤姐之为人，赌气不来的；更有羞手羞脚，不惯见人，不敢来。因此族中虽多，女眷来者，不过贾兰之母娄氏带了贾兰来，男人只有贾芹、贾芸、贾菖、贾菱四个，现在凤姐麾下办事的来了。当下人虽不全，在家庭小宴，也算热闹的了。

当下又有林之孝之妻，带了六个媳妇，抬了三张炕桌，每一张上搭着一条红毡，放着选净一般大新出局的铜钱^㉓，用大红绳串穿着，每二人搭一张，共三张。林之孝家的叫将那两张摆至薛姨妈李婶娘的席下，将一张送至贾母榻下。贾母便说："放在当地罢。"这媳妇素知规矩，放下桌子，一并将钱都打开，将红绳抽去，堆在桌上。

此时正唱《西楼·楼会》^㉔，这出将终，于叔夜赌气去了。那文豹便发科诨道："你赌气去了。恰好今日正月十五，荣国府中老祖宗家宴，待我骑了这马，赶进去讨些果子吃，是要紧的。"说毕，引得贾母等都笑了。薛姨妈等都说："好个鬼头孩子，可怜见的！"凤姐便说："这孩子才九岁了。"贾母笑说："难为他说得巧！"说了一个"赏"字，早有三个媳妇已经手下预备下小笸箩，听见一个"赏"字，走上去，将桌上散堆钱，每人撮了一笸箩，走出来，向戏台说："老祖宗，姨太太、亲家太太赏文豹买果子吃的。"说毕，向台一撒，只听"豁啷啷"，满台的钱响。贾珍贾琏已命小厮们抬大笆篓的钱预备。未知怎生赏去，且听下回分解。

【注释】

①宗祠：即祠堂，也叫"家庙"。指在宗法制度下，同族人共同修盖的供奉和祭祀祖先的处所。

②虚浮微缩：中医诊断脉象的术语。虚浮，脉搏漂浮无力的意思。是正气不足的一种病症。《素问·玉机真藏论》："脉细，皮寒，气少，泄利前后，饮食不入，此谓五虚。"注："虚，谓真气不足也。"微缩，脉搏微弱，若有若无。人久病之后，正气损伤，气血运行不畅，在正常情况下，应出现沉脉，如呈虚浮脉象，则说明阳气已难潜藏，病情已很严重。

③都检点：也作"都点检"，官名。五代后唐置，为禁军最高统帅。宋初废。清代无此官名。

④大司马：官名。西汉武帝时置，多兼将军之号。成帝时与丞相、御史大夫并为三公。隋以后废。明清用作兵部尚书的别称。

⑤供器：放于供桌上以祭神、祭祖的器皿。一般有五供、七供之分。五供为一座香炉，一对香筒，一对蜡扦，共五件；七供则再加两只花插，供佛花。

⑥神主：为奉祀死者而用木制成的狭长形牌位，下有雕花底座，木牌当中写死者名讳、官衔，旁题主祀者姓名。也叫"木主"。旧时显贵之家，逢年过节在祠堂中祭"神主"，在家中正房内拜"影像"。

⑦遗真影像：死者的画像，即"影像"。近人沈太侔《春明采风志》："世家祭宗祠，悬影，家家佛前，神主上供。"

⑧押岁锞（kè）子：旧俗除夕或岁首，尊长送给小儿女的金银锞子，叫"押岁锞子"。《燕京岁时记·压岁钱》："以彩绳穿钱，编作龙形，置于床脚，谓之压岁钱。尊长赐小儿者，亦谓之压岁钱。"

⑨倾：将散碎金银溶化，倒入模子铸成锞子之类，这种工艺叫"倾"。

⑩春祭的恩赏：指在岁终时，皇帝赏赐大臣的祭祖银两。

⑪礼部：官署名。北周始设，隋唐为六部之一，掌管礼仪、祭享、

贡科等事。历代相承,清末始废部,改设典礼院。

⑫光禄寺:官署名。北齐时置光禄寺,主管皇室膳食、帐幕等事。历代沿置,至清代,则只管祭祀所用膳食等。清末废。

⑬祠祭司:礼部中分管祭祀的一个下属机构。

⑭候补:清制,官员补授实缺,需经两个阶段,即先赴吏部报到,开明履历,并呈送保结,吏部验看,准予登记,叫"候选"。选定之后,吏部再汇列登记候选官员名单,依其职位、资格、班次每月抽签一次,分发到某一部或某一省,听候委用,叫"候补"。

⑮寺丞:此指光禄寺的辅佐官员。

⑯花押:旧时文书契据上的草书签名。清梁章钜《浪迹续谈》卷一:"花押:《东观余论》云:'唐时令群臣上奏,任用真草,惟名不得草。'是除署名上奏之外,皆得用草,即花押也。"

⑰吃年酒:清潘荣陛《帝京岁时纪胜·元旦》:"纵非亲厚,亦必奉节酒三杯。若至戚忘情,何妨烂醉。"这即指吃年酒。

⑱庄头:明清两代,为皇室、贵族经管田庄的代理人叫"庄头",负责监督佃户生产、催收地租、摊派劳役等。据史载,庄头仗势横行,危害非浅。《清朝通典·食货二》:"国初定制,每庄壮丁十名,选一人为庄头,给田一百三十晌(六亩为一晌),场园马馆,另给田四晌。"

⑲獐子:兽名。似小鹿而美。《清稗类钞》"动物类":"亦名麇,又谓之麈,似鹿而小,无角,毛褐色。"

⑳狍子:鹿的一种,力大善走,肉供食用。

㉑龙猪:一种长毛种猪。清桐西漫士《听雨闲谈》:"龙猪出南雄龙王岩……皮薄肉嫩,与常猪不类。"

㉒野羊:即羚羊。状似山羊而大,四肢细长有力。元熊梦祥《析津志·物产》"羚羊"注云:"京西山广有之,夜则挂角于险峻岩崖之上以睡。其跷捷如飞,履险如夷。山人觇其往来,多获之。俗呼为野羊是也。"

㉓青羊:《清稗类钞》"动物类":"羊有青者,南人所罕见,塞上多有之。善走屖屭间,为山羊之一种。"

㉔家汤羊:将羊宰杀之后,除去五脏及头蹄,但不褪毛去皮,食

用时，临时褪毛，连皮烹煮，谓之"汤羊"。

㉕家风羊：《清稗类钞》"饮食类"："风肉者，以全猪斩八块，每块以炒盐四钱，细细揉擦，高挂有风无日处，设有虫蚀，以香油涂之，夏日取用。"风羊制法，当与此同。

㉖鲟鳇鱼：一说，鲟，古称"鳣（xún）"。唐陆德明《经典释文》卷三〇引《字林》："（鳣）长鼻鱼也，重千斤。"鳇，古称"鳣（zhān）"。《尔雅·释鱼》晋郭璞注："鳣，大鱼，似鳣而短鼻，口在颔下，体有邪行甲，无鳞，肉黄，大者二三丈。今江东呼为黄鱼。"一说，鲟鳇鱼，即为鳣之异称。

㉗野猫：即野兔，较家兔略大，肉可食用，皮可制衣。

㉘蛏（chēng）干：干的蛏子肉。蛏子，也叫"缢蛏"，软体动物，有两扇介壳，肉味甘美。

㉙银霜炭：亦即"银骨炭"。用质地坚硬的木材如青杠等烧制而成，表面灰白，有如披霜，耐烧无烟，烧后灰呈银白色。下文的"柴炭"，即用杂木烧成的木炭。

㉚粉粳（jīng）：一种稻米。斛（hú）：量器名。方形，口小底大。一斛为十斗，后改为五斗。

㉛打擂台：原指在擂台上比试武艺。这里比喻较量手段，存心作对。

㉜猞猁（shē lì）狲：兽名。野猫的一种。一名"土豹"。《清稗类钞》"动物类"："猞猁狲，亦作'失利孙'。《明一统志》则谓之曰土豹。状如狸而耳大，有尾毛，可为裘。有马猞猁、羊猞猁、草猞猁等名。乌拉诸山皆有之，体轻能升木。满洲语谓之威呼肯孤尔孤，译言轻兽，即《广舆记》所称天鼠也。"

㉝负暄：晒背取暖。暄，亦作"煊"。

㉞领一顿驮水棍去：意谓招一顿打去。驮水棍，本指背水负载时用以支撑的一种棍棒。

㉟桃符：汉王充《论衡·订鬼》引《山海经》云："沧海之中，有度朔之山，上有大桃木，其屈蟠三千里，其枝间东北曰鬼门，万鬼所出入也。上有二神人，一曰神荼，一曰郁垒，主阅领万鬼。恶害之鬼，执以苇索而以食虎。于是黄帝乃作礼以时驱之，立大桃人，门户画神

茶、郁垒与虎，悬苇索，以御凶魅。"后世因称画有门神像或题有门神名的桃符板为桃符。五代后蜀时在桃符板上书写联语，也称"桃符"。又叫"春联"。清富察敦崇《燕京岁时记·春联》："春联者，即桃符也。……祭灶之后，则渐次粘挂，千门万户，焕然一新。"

㊱内塞门：这里当指位于内仪门与正堂之间的一座独立的屏门。《论语·八佾》："邦君树塞门，管氏亦树塞门。"《集注》："塞，犹蔽也，设屏于门，以蔽内外也。"

㊲排班：这里指按照长幼次序排立。

㊳太傅：古官名。春秋时晋国所设置，是辅弼国君的官。后多为大官加衔，并无实职。清代亦然。翰林掌院事：唐初设翰林院，为各种文艺技术内廷供奉之处。以后各代，其地位、职掌均不同。清代翰林院，掌管编修国史、记载皇帝言行、向皇帝进讲经史，以及草拟有关典礼的文件等。其长官为掌院学士，由大学士、尚书、侍郎内简任。

㊴蒸尝：古祭祀名。《尔雅·释天》："秋祭曰尝，冬祭曰蒸。"

㊵星辉辅弼：《尚书大传·虞夏传·皋陶谟》："古者天子必有四邻，前曰疑，后曰丞，左曰辅，右曰弼。"后因称朝廷重臣为"辅弼"。这句意谓贾氏如星辰辉耀，辅佐着日月（帝王）。

㊶御笔：皇帝所写的字。

㊷闹龙：指匾框上浮雕的龙形作对立张牙舞爪状。填青：指匾的底面为石青色。

㊸慎终追远：《论语·学而》："慎终追远，民德归厚矣。"《集解》："孔（安国）曰：慎终者，丧尽其哀；追远者，祭尽其敬。"这里是谨慎行事、保持祖德的意思。

㊹昭穆：古代宗法制度规定的宗庙排列次序，始祖庙居中，以下二世、四世、六世，位于始祖左方，称"昭"；三世、五世、七世位于右方，称"穆"。祭祀时子孙也按这种规定排列行礼。

㊺献帛：古祭祀礼仪之一，即把帛放在神位前。帛，这里指作为祭品的一种丝绸巾帕。

㊻拜垫：跪拜时用物，或用草编，或用纺织品制作，形状或方或圆。

㊼三献爵：简称"三献"。古代祭祀时陈列祭品后，要献酒三次：

第一次为初献爵，第二次为亚献爵，第三次为终献爵，合称"三献"。

㊽列祖：指和贾演、贾法同辈，而对荣、宁二府来说，属于远房的祖先。

㊾象鼻三足：指火盆的三脚呈象鼻型。泥鳅：指火盆的边沿呈圆形，如泥鳅。流金珐琅（fà láng）：指火盆的质地，即铜掐丝珐琅。其制法为铜器表面界以细铜丝，涂以珐琅质，烧成种种图饰。因始于明代景泰年间，又以蓝色珐琅彩釉为主，故通称"景泰蓝"。清制品又称"铜掐丝珐琅"。

㊿排插：亦作"牌插"，设于室内前后沿炕两端的一种隔断，上多刻以花饰。

51挽手：满人久别相见时的一种礼俗，妇女多用之。清吴桭臣《宁古塔纪略》："旗人重礼节。……相见惟执手，送客则手略曲，久别乍晤，彼此相抱，复执手问安。如幼辈两手抱其腰，长者用手抚其背而已。如以右手抚其额，点头为拜。如跪以手抚其额，为行大礼，妇女辈相见，以执手为亲，拜亦偶耳。"也叫"拉手"。

52"俱行过了礼……并荷包金银锞等物"句：写的是旧时除夕守岁的习俗。清潘荣陛《帝京岁时纪胜·岁暮杂务》："除夕为尊亲师长辞岁，……阖家团拜，更尽分岁，散黄钱金银锞锭，亲朋幼辈来辞岁者，留饮啜，答以官制荷包，盛以金银锞饰。……高烧银烛，畅饮松醪，坐以待旦，名曰守岁，以兆延年。"

53屠苏酒：一作"酴酥酒"。古代风俗于农历正月初一饮屠苏酒，以为可"避邪"。《荆楚岁时记》："（正月一日是上元之日），长幼悉正衣冠以次拜贺，……进屠苏酒。"《本草纲目》保存有此酒的方子。

54灶王：也称"灶君"或"灶神"。古代灶祀之神。旧时民间以为灶神掌一家之祸福，腊月二十四日（北方多为二十三日），灶神上天，向天帝陈说人间善恶。清富察敦崇《燕京岁时记·祭灶》："（十二月）二十三日祭灶，……祭毕之后，将神像揭下，与千张、元宝等一并焚之。至除夕接神时，再行供奉。是日鞭炮极多，俗谓之小年下。"

55天地纸马香供：指天地桌，即除夕至灯节前所设供神之桌。纸马，也叫"百分"。《清稗类钞》"物品类"："后世刻版以五色纸印神佛像出售，焚之神前者，名曰纸马。"

㊝起火：近人王瀣批云："起火，小爆竹之能升空者，江南亦有之。"

㊞进宫朝贺：清潘荣陛《帝京岁时纪胜·元旦》："除夕之次，夜子初交，门外宝炬争辉，玉珂竞响。肩舆簇之，车马辚辚。百官趋朝，贺元旦也。"

㊘炉瓶三事：指香炉、香盒和放香铲三种焚香用具。

㊙缨络：这里指一种刺绣的陈设品。

㊿旧窑：古窑。这里实指仿古窑。

㉛美人拳：一种木制长柄小锤，外包皮革，老年人用以捶打腰腿，可代拳头，故称为"美人拳"。

㉒戳纱：一种特制的刺绣，图案花色有强烈的装饰效果。这里指用这种纱制成的灯罩。料丝：一种低溶点有丝纹的玻璃，具有透明和半透明的特点；掺入不同的呈色剂，能呈现出各种鲜艳的色彩。

㉓新出局的铜钱：局，指铸钱局。清代户、工二部，各有一铸钱局，属户部的为宝泉局，属工部的为宝源局，掌监收铜铅及铸钱之事。新出局的铜钱，铜质厚重，字文清晰，多为时人收储，喜庆时，用作赏赐。

㉔《西楼·楼会》：清初袁于令撰《西楼记》传奇中的一出。剧本写于叔夜和妓女穆素徽悲欢离合的故事。第八出《病晤》，写于、穆二人正在西楼相会，书童文豹来传于父之命，让他去"赴社"；于只得与穆相别，怏怏而去。这出戏的演出本，俗称《西楼会》。

第五十四回
史太君破陈腐旧套　　王熙凤效戏彩斑衣①

　　却说贾珍贾琏暗暗预备下大笸箩的钱，听见贾母说赏，忙命小厮们快撒钱，只听满台钱响，贾母大悦②。二人遂起身，小厮们忙将一把新暖银壶捧来，递与贾琏手内，随了贾珍趋至里面。贾珍先到李婶娘席上，躬身取下杯来，回身，贾琏忙斟了一盏；然后便至薛姨妈席上，也斟了。二人忙起身笑说："二位爷请坐着罢了，何必多礼。"于是除邢王二夫人，满席都离了席，也俱垂手旁侍。贾珍等至贾母榻前，因榻矮，二人便屈膝跪了：贾珍在前捧杯，贾琏在后捧壶。虽只二人捧酒，那贾琮弟兄等却也是排班，按序一溜随着他二人进来；见他二人跪下，都一溜跪下。宝玉也忙跪下。湘云悄推他，笑道："你这会子又帮着跪下做什么？有这样，你也去斟一巡酒岂不好？"宝玉悄笑道："再等一会再斟去。"说着，等他二人斟完，起来，又与邢王二夫人斟过了。贾珍笑说："妹妹们怎么样呢？"贾母等都说道："你们去罢，他们倒便宜些。"说了，贾珍等方退出。

　　当下天未二鼓，戏演的是《八义观灯》八出③，正在热闹之际。宝玉因下席往外走。贾母问："往那里去？外头炮张利害，仔细天上吊下火纸来烧着。"宝玉笑回说："不往远去，只出去就来。"贾母命婆子们："好生跟着。"于是宝玉出来，只有麝月秋纹几个小丫头随着。贾母因说："袭人怎么不见？他如今也有些拿大了，单支使小女孩儿出来。"王夫人忙起身笑回道："他妈前日没了，因有热孝④，不便前头来。"贾母点头，又笑道："跟主子，却讲不起这孝与不孝。若是他还跟我，难道这会子也不在这里？这些竟成了例了。"凤姐儿忙过来笑回道："今晚便没孝，那园子里头也须得看着灯烛花爆，最是担险的。这里一唱戏，园子里的谁不来偷瞧瞧，他还细心，各处照看。况且这一散后，宝兄弟回去睡觉，各色都是齐全的。若他再来了，众人又不经心，散了回去，铺盖也是冷的，茶水也不齐全，便各色都不便宜，所以我叫他不用来。老祖宗要叫他来，我就叫他就是了。"

　　贾母听了这话，忙说："你这话很是，比我想得周到，快别叫他了。但只他妈几时没了，我怎么不知道？"凤姐儿笑道："前儿袭人去亲自回老太太的，怎么倒忘了？"贾母想了想，笑道："想起来了。我的记性竟平常了。"众人都笑说："老太太那里记得这些事。"贾母因又叹道："我想着他从小儿伏侍我一场，又伏侍了云儿，末后给了个魔王，与他魔了这好几年。他又不是咱们家根生土长的奴才，没受过咱们什么大恩典；他娘没了，我想着要给他几两银子发送他娘，也就忘了。"凤姐儿道："前儿太太赏了他四十两银子，就是了。"贾母听说，点头道："这还罢了。正好前儿鸳鸯的娘也死了，我想他老子娘都在南边，我也没叫他家去守孝。如今他两处全礼，何不叫他二人一处作伴去。"又命婆子拿些果子菜馔点心之类与他二人吃去。琥珀笑道："还等这会子，他早就去了。"说着，大家又吃酒看戏。

　　且说宝玉一径来至园中，众婆子见他回房，便不跟去，只坐在园门里茶房内烤火，和管茶的女人偷空饮酒斗牌。宝玉至院中，虽是灯光灿烂，却无人声。麝月道："他们都睡了不成？咱们悄悄进去吓他们一跳。"于是大家蹑足潜踪，进了镜壁一看，只见袭人和一个人对歪在地炕上，那一头有三两个老嬷嬷打盹。宝玉只当他两个睡着了，才要进去，忽听鸳鸯叹了一声，说道："天下事可知难定。论量，你单身在这里，父母在外头，每年他们东去西来，没个定准，想来你是再不能送终的人；偏生今年就死在这里，你倒出去送了终。"袭人道："正是，我也想不到能够看着父母殡殓。回了太太，又赏了四十两银子，这倒也算养我一场，我也不敢妄想了。"宝玉听了，忙转身悄向麝月等道："谁知他也来了。

我这一进去，他又赌气走了，不如咱们回去罢，让他两个清清净净的说一回。袭人正一个闷着，幸他来得好。"说着，仍悄悄出来。宝玉便走过山石之后去，站着撩衣。麝月秋纹皆站住，背过脸去，口内笑说："蹲下再解小衣，仔细风吹了肚子。"后面两个小丫头知是小解，忙先出去茶房内预备水去了。

　　这里宝玉刚过来，只见两个媳妇迎面来了，又问："是谁？"秋纹道："宝玉在这里呢，大呼小叫，仔细吓着罢。"那媳妇们忙笑道："我们不知，大节下来惹祸了。姑娘们可连日辛苦了！"说着，已到跟前。麝月等问："手里拿着什么？"媳妇道："是老太太赏金花二位姑娘吃的。"秋纹笑道："外头唱的是《八义》，没唱《混元盒》⑤，那里又跑出'金花娘娘'来了。"宝玉命："揭起来我瞧瞧。"秋纹麝月忙上去将两个盒子揭开，两个媳妇忙蹲下身子。宝玉看了两个盒内都是席上所有的上等果品茶点，点了一点头就走。麝月等忙胡乱掷了盒盖跟上来。宝玉笑道："这两个女人倒和气，会说话。他们天天乏了，倒说你们连日辛苦；倒不是那矜功自代的⑥。"麝月道："这两个就好；那不知理的是太不知理。"宝玉道："你们是明白人，担待他们是粗夯可怜的人就完了。"一面说，一面就走出了园门。

　　那几个婆子，虽吃酒斗牌，却不住出来打探，见宝玉出来，也都跟上。到了花厅后廊上，只见那两个小丫头，一个捧着个小盆，又一个搭着手巾，又拿着沤子小壶儿⑦，在那里久等。秋纹先忙伸手向盆内试了试，说道："你越大越粗心了，那里弄得这冷水？"小丫头笑道："姑娘瞧瞧，这个天，我怕水冷，倒的是滚水，这还冷了。"正说着，可巧见一个老婆子提着一壶滚水走来，小丫头便说："好奶奶，过来给我倒上些。"那婆子道："姐姐，这是老太太泡茶的，劝你去去舀了罢。那里就走大了脚呢。"秋纹道："凭你是谁的，你不给我，管把老太太的茶吊子倒了洗手！"那婆子回头见了秋纹，忙提起壶来倒了些。秋纹道："够了，你这么大年纪，也没见识，谁不知是老太太的！要不着的就敢要了！"婆子笑道：“我眼花了，没认出这姑娘来。”宝玉洗了手，那小丫头子拿小壶儿倒了沤子在他手内，宝玉洗了手。秋纹麝月也趁热水洗了一回，跟进宝玉来。

宝玉便要了一壶暖酒，也从李婶娘斟起。他二人也笑让坐。贾母便说：“他小人家儿，让他斟去；大家倒要干过这杯。”说着，便自己干了。邢王二夫人也忙干了，薛姨妈李婶娘也只得干了。贾母又命宝玉道：“你连姐姐妹妹的一齐斟上，不许乱斟，都要叫他干了。”宝玉听说，答应着，一一按次斟上了。至黛玉前，偏他不饮，拿起杯来，放在宝玉唇边。宝玉一气饮干，黛玉笑说：“多谢。”宝玉替他斟上一杯。凤姐儿便笑道：“宝玉别喝冷酒，仔细手颤，明儿写不的字，拉不的弓。”宝玉道：“没有吃冷酒。”凤姐儿笑道：“我知道没有，不过白嘱咐你。”然后宝玉将里面斟完，只除贾蓉之妻是命丫鬟们斟的；复出至廊下，又给贾珍等斟了。坐了一回，方进来，仍归旧坐。一时上汤之后，又接着献元宵。贾母便命：“将戏暂歇，小孩子们可怜见的，也给他们些滚汤热菜的吃了再唱。”又命将各样果子元宵等物拿些与他们吃。

一时歇了戏，便有婆子带了两个门下常走的女先儿进来，放了两张杌子在那一边，贾母命他们坐了，将弦子琵琶递过去。贾母便问李薛二人：“听什么书？”他二人都回说：“不拘什么都好。”贾母便问：“近来可又添些什么新书？”两个女先儿回说：“倒有一段新书，是残唐五代的故事⑧。”贾母问是何名，女先儿回说：“这叫做《凤求鸾》。”贾母道：“这个名字倒好，不知因什么起的？你先说大概，若好再说。”女先儿道：“这书上乃是说残唐之时，有一位乡绅，本是金陵人氏，名唤王忠，曾做两朝宰辅，如今告老还家，膝下只有一位公子，名唤王熙凤。”众人听了，笑将起来。贾母笑道：“这不重了我们凤丫头了。”媳妇忙上去推他说：“是二奶奶的名字，少混说。”贾母道：“你只管说罢。”女先儿忙笑着站起来说：“我们该死了！不知是奶奶的讳⑨。”凤姐儿笑道：“怕什么！你说罢。重名重姓的多着呢。”女先儿又说道：“那年王老爷打发了王公子上京赶考，那日遇了大雨，到了一个庄子上避雨。谁知这庄上也有个乡绅，姓李，与王老爷是世交，便留下这公子住在书房里。这李乡绅膝下无儿，只有一位千金小姐。这小姐芳名叫做雏鸾，琴棋书画，无所不通。"

贾母忙道："怪道叫做《凤求鸾》。不用说了，我已经猜着了：自然是王熙凤要求这雏鸾小姐为妻了。"女先儿笑道："老祖宗原来听过这回书。"众人都道："老太太什么没听见过！就是没听见，也猜着了。"贾母笑道："这些书就是一套子，左不过是些佳人才子⑩，最没趣儿。把人家女儿说的这么坏，还说是'佳人'，编的连影儿也没有了。开口都是乡绅门第，父亲不是尚书，就是宰相。一个小姐，必是爱如珍宝。这小姐必是通文知礼，无所不晓，竟是'绝代佳人'，只见了一个清俊男人，不管是亲是友，想起他的'终身大事'来，父母也忘了，书也忘了，鬼不成鬼，贼不成贼，那一点儿像个佳人？就是满腹文章，做出这样事来，也算不得是佳人了。比如一个男人家，满腹的文章，去做贼，难道那王法就看他是个才子，就不入贼情一案了不成？可知那编书的是自己堵自己的嘴。再者：既说是世宦书香大家小姐，都知礼读书，连夫人都知书识礼，就是告老还家，自然大家人口奶奶丫鬟伏侍小姐的人也不少，怎么这些书上，凡有这样的事，就只小姐和紧跟的一个丫头？你们自想想，那些人都是管做什么的，可是前言不答后语不是？"

众人听了，都笑说："老太太这一说，是谎都批出来了。"贾母笑道："有个原故：编这样书的人，有一等妒人家富贵的，或者有求不遂心，所以编出来遭塌人家。再有一等人，他自己看了这些书，看邪了，想着得一个佳人才好，所以编出来取乐儿。何尝他知道那世宦读书家的道理！别说那书上那些世宦书礼大家，如今眼下拿着咱们这中等人家说起，也没那样的事。别叫他诌掉了下巴颏了罢！所以我们从不许说这些书，连丫头们也不懂这些话。这几年我老了，他们姊妹们住的远，我偶然闷了，说几句听听，他们一来，就忙着止住了。"李薛二人都笑说："这正是大家子的规矩。连我们家也没有这些杂话叫孩子们听见。"

凤姐儿走上来斟酒，笑道："罢，罢！酒冷了，老祖宗喝一口润润嗓子再辨谎⑪。这一回就叫做'辨谎记'，就出在本朝，本地，本年，本月，本日，本时。老祖宗'一张口难说两家话'，'花开两朵，各表一枝'，'是真是谎且不表，再整观灯看戏的人'。老祖宗且让这二位亲戚吃杯酒、看两出戏着，再从逐朝话言辨起，如何？"一面说，一面斟酒，一面笑。未说完，众人俱已笑倒了。两个女先儿也笑个不住，都说："奶奶好刚口⑫！奶奶要一说书，真连我们吃饭的地方都没了。"

薛姨妈笑道："你少兴头些！外头有人，比不得往常。"凤姐儿笑道："外头只有一位珍大哥哥，我们还是论哥哥妹妹，从小儿一处淘气淘了这么大。这几年因做了亲，我如今立了多少规矩了。便不是从小儿兄妹，只论大伯子小婶儿，那《二十四孝》上'斑衣戏彩'⑬，他们不能来戏彩引老祖宗笑一笑，我这里好容易引得老祖宗笑一笑，多吃了一点东西，大家喜欢，都该谢我才是，难道反笑我不成？"贾母笑道："可是这两日我竟没有痛痛的笑一场，倒是亏他才一路说，笑的我这里痛快了些，我再吃钟酒。"吃着酒，又命宝玉："来敬你姐姐一杯。"凤姐儿笑道："不用他敬，我讨老祖宗的寿罢。"说着便将贾母的杯拿起来，将半杯剩酒吃了，将杯递与丫鬟，另将温水浸的杯换一个上来。于是各席上的都撤去，另将温水浸着的代换，斟了新酒上来，然后归坐。

女先儿回说："老祖宗不听这书，或者弹一套曲子听听罢。"贾母道："你们两个对一套'将军令'罢⑭。"二人听说，忙合弦按调拨弄起来。贾母因问："天有几更了？"众婆子忙回："三更了。"贾母道："怪道寒浸浸起来。"早有众人丫鬟拿了添换的衣裳送来。王夫人起身陪笑说道："老太太不如挪进暖阁里地炕上，倒也罢了。这二位亲戚也不是外人，我们陪着就是了。"贾母听说，笑道："既这样说，不如大家都挪进去，岂不暖和？"王夫人道："恐里头坐下不。"贾母道:"我有道理:如今也不用这些桌子,只用两三张并起来,大家坐在一处,挤着,又亲热,又暖和。"众人都道:"这才有趣儿。"

说着,便起了席。众媳妇忙撤去残席,里面直顺并了三张大桌,又添换了果馔摆好。贾母便说:"都别拘礼,听我分派你们就坐才好。"说着,便让薛李正面上坐,自己西向坐了,叫宝琴、黛玉、湘云三人皆紧依左右坐下,向宝玉说:"你挨着你太太。"于是邢夫人王夫人之中夹着宝玉。宝钗等姐妹在西边;挨次下去,便是娄氏带着贾菌;尤氏李纨夹着贾兰;下面横头便是贾蓉之妻。贾母便说:"珍阿哥带着你兄弟们去罢,我也就睡了。"贾珍等忙答应,又都进来听吩咐。贾母道:"快去罢,不用进来。才坐好了,又都起来。你快歇着罢,明儿还有大事呢。"贾珍忙答应了,又笑道:"留下蓉儿斟酒才是。"贾母笑道:"正是,忘了他。"贾珍应了一个"是",便转身带领贾琏等出来。二人自是欢喜,便命人将贾琮贾璜各自送回家去,便约了贾琏去追欢买笑,不在话下。

这里贾母笑道:"我正想着,虽然这些人取乐,必得重孙一对双全的在席上才好。蓉儿这可全了。蓉儿!和你媳妇坐在一处,倒也团圆了。"因有家人媳妇呈上戏单,贾母笑道:"我们娘儿们正说得兴头,又要吵起来。况且那孩子们熬夜,怪冷的。也罢,且叫他们歇歇,把咱们的女孩子们叫他来,就在这台上唱两出罢,也给他们瞧瞧。"媳妇子们听了,答应出来,忙的一面着人往大观园去传人,一面二门口去传小厮们伺候。小厮们忙至戏房,将班中所有大人一概带出,只留下小孩子们。一时,梨香院的教习带了文官等十二人从游廊角门出来,婆子们抱着几个软包⑮,因不及抬箱,料着贾母爱听的三五出戏的彩衣包了来。婆子们带了文官等进去见过,只垂手站着。

贾母笑道:"大正月里,你师父也不放你们出来逛逛?你们如今唱什么?才刚八出《八义》,闹的我头疼,咱们清淡些好。你瞧瞧,薛姨太太,这李亲家太太,都是有戏的人家,不知听过多少好戏的；这些姑娘们都比咱们家的姑娘见过好戏，听过好曲子。如今这小戏子又是那有名玩戏的人家的班子，虽是小孩子，却比大班子还强。咱们好歹别落了褒贬⑯！少不得弄个新样儿的：叫芳官唱一出《寻梦》⑰，只用箫和笙笛，余者一概不用。"文官笑道："老祖宗说的是。我们的戏，自然不能入姨太太和亲家太太姑娘们的眼；不过听我们一个发脱口齿⑱，再听个喉咙罢了。"贾母笑道："正是这话了。"李婶娘薛姨妈喜的笑道："好个灵透孩子！你也跟着老太太打趣我们！"贾母笑道："我们这原是随便的玩意儿，又不出去做买卖，所以竟不大合时。"说着，又叫葵官："唱一出《惠明下书》⑲，也不用抹脸。只用这两出，叫他们二位太太听个助意儿罢了。若省了一点儿力，我可不依。"

文官等听了出来，忙去扮演上台，先是"寻梦"，次是"下书"。众人鸦雀无闻。薛姨妈笑道："实在戏也看过几百班，从没见过只用箫管的。"贾母道："先有，只是像方才《西楼·楚江情》一支⑳，多有小生吹箫合的。这合大套的实在少。这也在人讲究罢了，这算什么出奇？"指湘云道："我像他这么大的时候儿，他爷爷有一班小戏，偏有一个弹琴的，凑了《西厢记》的《听琴》㉑，《玉簪记》的《琴挑》㉒，《续琵琶》的《胡笳十八拍》㉓，竟成了真的了。比这个更如何？"众人都道："那更难得了。"贾母于是叫过媳妇们来，吩咐文官等叫他们吹弹一套"灯月圆"。媳妇们领命而去。

当下贾蓉夫妻二人捧酒一巡。凤姐儿因贾母十分高兴，便笑道："趁着女先儿们在这里，不如咱们传梅，行一套'春喜上眉梢'的令㉔，如何？"贾母笑道："这是个好令，正对时景。"忙命人取了黑漆铜钉花腔令鼓来，与女先儿们击着。席上取了一枝红梅，贾母笑道："到了谁手里住了鼓，吃一杯，也要说些什么才好。"凤姐儿笑道："依我说，谁像老祖宗要什么有什么呢。我们这不会的，岂不没意思。依我说，也要雅俗共赏。不如谁住了，谁说个笑话儿罢。"众人听了，都知道他素日善说笑话，最是肚内有无限新鲜趣令；今儿如此说，不但在席的诸人喜欢，连地下伏侍的老小人等无不欢喜。那小丫头子们都忙去找姐姐唤妹妹的，告诉他们："快来听，二奶奶又说笑话儿了。"众丫头子们便挤了一屋子。

于是戏完乐罢，贾母将些汤细点果与文官等吃去，便命响鼓。那女先儿们都是惯熟的，或紧或慢，或如残漏之滴，或如迸豆之急，或如惊马之驰，或如疾电之光，忽然暗其鼓声，那梅方递至贾母手中，鼓声恰住，大家哈哈大笑。贾蓉忙上来斟了一杯，众人都笑道："自然老太太先喜了，我们才托赖些喜。"贾母笑道："这酒也罢了，只是这笑话儿倒有些难说。"众人都说："老太太的比凤姑娘说的还好，赏一个，我们也笑一笑。"贾母笑道："并没有新鲜招笑儿的，不少得老脸皮厚的说一个罢。"因说道："一家子养了十个儿子，聚了十房媳妇儿。惟有第十房媳妇儿聪明伶俐、心巧嘴乖，公婆最疼，成日家说那九个不孝顺，这九个媳妇儿委屈，便商议说：'咱们九个心里孝顺，只是不像那小蹄子儿嘴巧，所以公公婆婆只说他好。这委屈向谁诉去？'有主意的说道：'咱们明儿到阎王庙去烧香，和阎王爷说去，问他一问：叫我们托生为人，怎么单单给那小蹄子儿一张乖嘴，我们都入了夯嘴里头。'那八个听了，都喜欢说：'这个主意不错。'第二日，便都往阎王庙里来烧香。九个都在供桌底下睡着了。九个魂专等阎王驾到。左等不来，右等也不到。正着急，只见孙行者驾着觔斗云来了，看见九个魂，便要拿金箍棒打来，吓得九个魂忙跪下央求。孙行者问起原故来，九个人忙细细的告诉了他。孙行者听了，把脚一跺，叹了一口气道：'这原故幸亏遇见我，等着阎王来了，他也不得知道。'九个人听了，就求说：'大圣发个慈悲，我们就好了。'孙行者笑道：'却也不难，那日你们妯娌十个托生时，可巧我到阎王那里去，因为撒了一泡尿在地下，你那个小婶儿便吃了。你们如今要伶俐嘴乖，有的是尿，再撒泡你们吃就是了。'"

说毕，大家都笑起来。凤姐儿笑道："好的呀！幸而我们都是夯嘴夯腮的，不然，也就吃了猴儿尿了。"尤氏娄氏都笑向李纨道："咱们这里头谁是吃过猴儿尿的，别装没事人儿。"薛姨妈笑道："笑话儿在对景就发笑。"说着，又击起鼓来。小丫头子们只要听凤姐儿的笑话，便悄悄的和女先儿说明，以咳嗽为记。须臾传至两遍，刚到了凤姐儿手里，小丫头子们故意咳嗽，女先儿便住了。众人齐笑道："这可拿住他了。快吃了酒，说一个好的罢。别太逗人笑得肠子疼。"

凤姐儿想一想，笑道："一家子也是过正月节，合家赏灯吃酒，真真的热闹非常。祖婆婆、太婆婆、媳妇、孙子媳妇、重孙子媳妇、亲孙子媳妇、侄孙子、重孙子、灰孙子、滴里搭拉的孙子、孙女儿、外孙女儿、姨表孙女儿、姑表孙女儿，……嗳哟哟，真好热闹！"众人听他说着，已经笑了，都说："听这数贫嘴的，又不知要编派那一个呢！"尤氏笑道："你要招我，我可撕你的嘴。"凤姐儿起身拍手笑道："人家这里费力，你们紧着混，我就不说了。"贾母笑道："你说你的，底下怎么样？"凤姐儿想了一想，笑道："底下就团团的坐了一屋子，吃了一夜酒，就散了。"

众人见他正言厉色的说了，也都再无有别话，怔怔的还等往下说，只觉他冰冷无味的就住了。史湘云看了他半日。凤姐儿笑道："再说一个过正月节的：几个人拿着房子大的炮仗往城外放去，引了上万的人跟着瞧去。有一个性急的人等不得，就偷着拿香点着。只见'噗哧'的一声，众人哄然一笑，都散了。这抬炮仗的人抱怨卖炮仗的捍的不结实，没等放就散了。"湘云道："难道本人没听见？"凤姐儿道："本人原是个聋子。"众人听说，想了一回，不觉失声都大笑起来。又想着先前那一个没完的，问他道："先那一个到底怎么样？也该说完了。"凤姐儿将桌子一拍，道："好罗唆！到了第二日是十六日，年也完了，节也完了，我看人忙着收东西还闹不清，那里还知道底下事了？"众人听说，复又笑起来。凤姐儿笑道："外头已经四更多了，依我说：老祖宗也乏了，咱们也该'聋子放炮仗 —— 散了'罢。"尤氏等用手帕握着嘴，笑的前仰后合，指他说道："这个东西真会数贫嘴。"贾母笑道："真真这凤丫头，越发贫嘴了。"

一面说，一面吩咐道："他提起炮仗来，咱们也把烟火放了㉕，解解酒。"贾蓉听了，忙出去，带着小厮们，就在院子内安下屏架㉖，将烟火设吊齐备。这烟火俱系各处进贡之物，虽不甚大，却极精致，各色故事俱全，夹着各色花炮。黛玉禀气虚弱，不禁"劈拍"之声，贾母便搂他在怀内。薛姨妈便搂湘云，湘云笑道："我不怕。"宝钗笑道："他专爱自己放大炮仗，还怕这个呢。"王夫人便将宝玉搂入怀内。凤姐笑道："我们是没人疼的。"尤氏笑道："有我呢，我搂着你。你这会子又撒娇儿了，听见放炮仗，就像'吃了蜜蜂儿尿'的，今儿又轻狂了。"凤姐儿笑道："等散了，咱们园子里放去。我比小厮们还放得好呢。"

说话之间，外面一色色的放了又放。又有许多"满天星""九龙入云""平地一声雷""飞天十响"之类的零星小炮仗。放罢，然后又命小戏子打了一回"莲花落"㉗，撒得满台的钱，那些孩子们满台的抢钱取乐。上汤时，贾母说："夜长，不觉得有些饿了。"凤姐忙回说："有预备的鸭子肉粥㉘。"贾母道："我吃些清淡的罢。"凤姐儿忙道："也有枣儿熬的粳米粥㉙，预备太太们吃斋的。"贾母道："倒是这个还罢了。"说着，已经撤去残席，内外另设各种精致小菜。大家随意吃了些，用过漱口茶，方散。

十七日一早，又过宁府行礼，伺候掩了祠门，收过影像，方回来。此日便是薛姨妈家请吃年酒。贾母连日觉得身上乏了，坐了半日，回来了。自十八日以后，亲友来请，或来赴席的，贾母一概不会，有邢夫人、王夫人、凤姐三人料理。连宝玉只除王子腾家去了，余者亦皆不去，只说是贾母留下解闷，闲言不提。

当下元宵已过，凤姐突然小产了，合家惊慌。要知端的，且听下回分解。

【注释】

①戏彩斑衣：即"老莱娱亲"，"二十四孝"故事之一。老莱子，春秋末楚国隐士，有孝行。《列仙传》卷上："老莱子行年七十，婴儿自娱，着五色采衣。尝取浆上堂，跌仆，因卧地，为小儿啼，或弄乌鸟于亲侧。"后因以"戏彩"表示孝养父母。

②"却说"几句：观戏撒钱，本是戏剧演唱中一种原始的资助形式。后在舞台上演出时，仍保留这种风俗。

③《八义观灯》：八义，即《八义记》，明徐元所作传奇剧本。据元纪君祥《赵氏孤儿》改编而成。写春秋时晋国权臣屠岸贾残杀赵盾全家，只有孤儿赵武幸存；后赵武长大成人，报了冤仇。为赵家出力的，先后有钮麑、程婴、公孙杵白等八人，故名《八义记》。《观灯》指该剧第五出《宴赏元宵》。

④热孝：旧称新近遭逢的父母丧事为热孝。一般指在百日之内。在此期间，孝子披麻带孝，不剃发，不外出。

⑤《混元盒》：明末清初的一部神魔剧，作者不详（或题张照撰）。全剧以水神金花娘娘同张真人斗法为线索，每本演一个兴妖作怪的小故事，内容荒诞。"混元盒"是张真人的一件法宝。

⑥矜功自代：应作"矜功自伐"，意谓居功自夸。伐，夸耀的意思。

⑦沤（òu）子：一种润肤的香蜜，半流质，用冰糖、蜂蜜、粉、油脂、香料合成，用之能使皮肤保持洁白细润。小壶儿：这里指一种似罐的小瓶，上下笔直如桶形，口覆一瓷片为盖，以纸封之，盖边留一小缺口，以备沤子流出。

⑧残唐：指唐代末年。五代：指唐代之后的梁、唐、晋、汉、周五个朝代。

⑨讳：旧时对帝王或尊长，不敢直称其名，谓之"避讳"，因此也指所避讳的名字。

⑩左不过：表示决定的副词，有反正、必然、一定的意思。

⑪辨谎：当作"瓣谎"，戳穿谎言。瓣，用力分开。

⑫刚口：说书艺人用语，意即言语爽利动听。又作"纲口"。

⑬《二十四孝》：元代郭居业编辑的一部宣扬封建孝道的书。书中集录了从舜到黄庭坚等二十四个所谓孝子的传说故事。

⑭将军令：民间乐曲名。清崇彝《道咸以来朝野杂记》："音乐中丝竹合奏谓之弹套。其指法节奏，见《弦索备考》。系以琵琶、弦子（即三弦）、筝主之，合以笙、管、笛、箫，音韵浏亮，颇堪悦耳。此技惟瞽师能之。……弹者凡十三套，曰海青，曰普安咒（皆长调）。曰将军令……（皆中调）。"

⑮软包：指演剧时用布包包着的服装、道具等。小规模演出时用"软包"，以别于大规模演出时用的"戏箱"。

⑯落了褒贬：惹人议论。褒贬，称赞和指责。这里只取"指责"一义。

⑰《寻梦》：明汤显祖《牡丹亭》第十二出，写杜丽娘在梦中与柳梦梅相会后，次日又循迹回忆梦境的情节。

⑱发脱口齿：指唱戏时的发声吐字。

⑲《惠明下书》：《西厢记》第二本第一折（一作"楔子"），叙和尚惠明给白马将军杜确送信请他来普救寺解围事。

⑳《西楼·楚江情》：西楼，即指《西楼记》。《楚江情》为该剧第八出《病晤》中的曲子。此曲当时有"名曲"之称。

㉑《西厢记》的《听琴》：《听琴》是《西厢记》第二本第五折，写崔莺莺月下听张生弹琴事。

㉒《玉簪记》的《琴挑》：《玉簪记》是明高濂写的传奇剧本，描写尼姑陈妙常摆脱宗教羁累，嫁给书生潘必正的故事。《琴挑》是该剧第十六出，原名《奇弄》，舞台演出本称《琴挑》，叙潘、陈二人借琴传情事。

㉓《续琵琶》的《胡笳十八拍》：《续琵琶》，即《后琵琶》，是曹雪芹祖父曹寅写的传奇。写汉末蔡邕的女儿蔡文姬，被南匈奴掠走，后为曹操设法赎归，夫妻得以团圆。剧中《制拍》一出表现蔡文姬写作《胡笳十八拍》，以倾诉自己一生的不幸遭遇。

㉔春喜上眉梢：即"击鼓传梅"的雅称。"梅""眉"谐声，将"传梅"说成"喜上梅（眉）梢"，是为了讨好彩头。

㉕烟火：明沈榜《宛署杂记·民风》："燕城烟火诸制，有声者曰响炮，高起者曰起火，起火中带炮连声者曰三汲浪，不响不起、旋绕地上者曰地老鼠。筑打有虚实，分两有多寡，有花草人物等形者曰花儿，名百余种，别以泥函者曰砂碉儿，以纸函者曰花筒，以筐函者曰花盆，统名曰烟火。勋戚家有集百巧为一架，分次第传爇，通宵以为乐。"

㉖屏架：这里指吊挂烟火的架子。其形制如大插屏架，下设底座，上安横梁，中间为大门式空洞，上有铁钩，可吊挂烟火盒子，以便燃放。

㉗莲花落：也叫"莲花乐""落子"，曲艺的一种。宋时已流行，原为乞儿所唱。后出现专业艺人，演唱内容多民间传说，用竹板按拍伴奏。清李振声《百戏竹枝词·莲花落》注："乞儿曲名。以竹四片，摇之以为节，号'四块玉'。"

㉘鸭子肉粥：即鸭片粥。《清稗类钞》"饮食类"："粥有普通、特殊之别，……其特殊者，或以燕窝入之，或以鸡屑入之，或以鸭片入之，或以鱼块入之，或以牛肉入之，或以火腿入之。"

㉙枣儿熬的粳米粥：《清稗类钞》"饮食类"："粥有普通、特殊之别，普通之粥，为南人所常食者，曰粳米粥，曰糯米粥，曰大麦粥，曰绿豆粥，曰红枣粥。"

第五十五回
辱亲女愚妾争闲气　欺幼主刁奴蓄险心

且说荣府中刚将年事忙过，凤姐儿因年内年外操劳太过，一时不及检点，便小月了[1]，不能理事，天天两三个太医用药。凤姐儿自恃强壮，虽不出门，然筹画计算，想起什么事来，便命平儿去回王夫人。任人谏劝，他只不听。王夫人便觉失了膀臂，一人能有多少精神？凡有了大事，便自己主张；将家中琐碎之事，一应都暂令李纨协理。李纨本是个尚德不尚才的，未免逞纵了下人，王夫人便命探春合同李纨裁处，只说过了一月，凤姐将息好了，仍交与他。谁知凤姐禀赋气血不足，兼年幼不知保养，平生争强斗智，心力更亏，故虽系小月，竟着实亏虚下来。一月之后，又添了下红之症。他虽不肯说出来，众人看他面目黄瘦，便知失于调养。王夫人只令他好生服药调养，不令他操心。他自己也怕成了大症，遗笑于人，便想偷空调养，恨不得一时复旧如常。谁知服药调养，直到三月间，才渐渐的起复过来，下红也渐渐止了，此是后话。

如今且说王夫人见他如此，探春与李纨暂难谢事[2]，园中人多，又恐失于照管，特请了宝钗来，托他各处小心。因嘱咐他："老婆子们不中用，得空儿吃酒斗牌，白日里睡觉，夜里斗牌，我都知道的。凤丫头在外头，他们还有个怕惧，如今他们又该取便了。好孩子，你还是个妥当人。你兄弟妹妹们又小，我又没工夫，你替我辛苦两天，照看照看。凡有想不到的事，你来告诉我，别等老太太问出来，我没话回。那些人不好了，你只管说；他们不听，你来回我。别弄出大事来才好。"宝钗听说，只得答应了。

时届季春，黛玉又犯了咳嗽；湘云又因时气所感，亦病卧于蘅芜院，一天医药不断。探春同李纨相住间隔，二人近日同事，不比往年，来往回话人等亦甚不便，故二人议定，每日早晨，皆到园门口南边的三间小花厅上去会齐办事；吃过早饭，于午错方回。这三间厅，原系预备省亲之时众执事太监起坐之处，故省亲以后，也用不着了，每日只有婆子们上夜。如今天已和暖，不用十分修饰，只不过略略的陈设了，便可他二人起坐。这厅上也有一处匾，题着"补仁谕德"四字③；家下俗呼皆只叫"议事厅儿"。如今他二人每日卯正至此，午正方散，凡一应执事的媳妇等来往回话者，络绎不绝。众人先听见李纨独办，各各心中暗喜，以为李纨素日是个厚道多恩无罚的，自然比凤姐儿好搪塞；便添了一个探春，都想着不过是个未出闺阁的年轻小姐，且素日也最平和恬淡，因此都不在意，比凤姐儿前便懈怠了许多。只三四日后，几件事过手，渐觉探春精细处不让凤姐，只不过是言语安静、性情和顺而已。

可巧连日有王公侯伯世袭官员十几处，皆系荣宁非亲即世交之家，或有升迁，或有黜降，或有婚丧红白等事，王夫人贺吊迎送，应酬不暇，前边更无人照管。他二人便一日皆在厅上起坐，宝钗便一日在上房监察，至王夫人回方散。每于夜间针线暇时，临寝之先，坐了轿，带领园中上夜人等，各处巡察一次：他三人如此一理，更觉比凤姐儿当权时倒更谨慎了些。因而里外下人，都暗中抱怨说："刚刚的倒了一个'巡海夜叉'④，又添了三个'镇山太岁'⑤，越发连夜里偷着吃酒玩的工夫都没了。"

这日王夫人正是往锦乡侯府去赴席，李纨与探春，早已梳洗，伺候出门去后，回至厅上坐了，刚吃茶时，只见吴新登的媳妇进来回说："赵姨娘的兄弟赵国基昨日出了事⑥，已回过老太太、太太，说知道了，叫回姑娘来。"说毕，便垂手旁侍，再不言语。彼时来回话者不少，都打听他二人办事如何：若办得妥当，大家则安个畏惧之心；若少有嫌隙不当之处，不但不畏服，一出二门，还说出许多笑话来取笑。吴新登的媳妇心中已有主意：若是凤姐前，他便早已献勤，说出许多主意、又查出许多旧例来，任凤姐拣择施行；如今他藐视李纨老实，探春是年轻的姑娘，所以只说出这一句话来，试他二人有何主见。探春便问李纨，李纨想了一想，便道："前日袭人的妈死了，听见说赏银四十两，这也赏他四十两罢了。"吴新登的媳妇听了，忙答应了个"是"，接了对牌就走。探春道："你且回来。"吴新登家的只得回来。探春道："你且别支银子。我且问你：那几年老太太屋里的几位老姨奶奶，也有家里的，也有外头的，有两个分别。家里的若死了人是赏多少？外头的死了人是赏多少？你且说两个我们听听。"

一问，吴新登家的便都忘了，忙陪笑回说道："这也不是什么大事，赏多赏少，谁还敢争不成？"探春笑道："这话胡闹。依我说，赏一百倒好。若不按理，别说你们笑话，明儿也难见你二奶奶。"吴新登家的笑道："既这么说，我查旧账去；此时却不记得。"探春笑道："你办事办老了的，还不记得，倒来难我们。你素日回你二奶奶，也现查去？若有这道理，凤姐姐还不算利害，也就算是宽厚了。还不快找了来我瞧。再迟一日，不说你们粗心，倒像我们没主意了。"吴新登家的满面通红，忙转身出来。众媳妇们都伸舌头。这里又回别的事。一时吴家的取了旧账来，探春看时，两个家里的赏过皆二十四两，两个外头的皆赏过四十两。外还有两个外头的：一个赏过一百两，一个赏过六十两。这两笔底下皆有原故：一个是隔省迁父母之柩，外赏六十两；一个是现买葬地，外赏二十两。探春便递与李纨看了，探春便说："给他二十两银子，把这账留下我们细看。"吴新登家的去了。

忽见赵姨娘进来，李纨探春忙让坐，赵姨娘开口便说道："这屋里的人，都踏下我的头去还罢了，姑娘，你也想一想，该替我出气才是。"一面说，一面便眼泪鼻涕哭起来。探春忙道："姨娘这话说谁，我竟不懂。谁踏姨娘的头？说出来，我替姨娘出气。"赵姨娘道："姑娘现踏我，我告诉谁去！"探春听说，忙站起来说道："我并不敢。"李纨也忙站起来劝。赵姨娘道："你们请坐下，听我说。我这屋里熬油似的熬了这么大年纪，又有你兄弟，这会子连袭人都不如了，我还有什么脸？连你也没脸面，别说是我呀！"

探春笑道："原来为这个。我说我并不敢犯法违礼。"一面便坐了，拿账翻与赵姨娘瞧，又念与他听；又说道："这是祖宗手里旧规矩，人人都依着，偏我改了不成？这也不但袭人，将来环儿收了外头的，自然也是同袭人一样。这原不是什么争大争小的事，讲不到有脸没脸的话上。他是太太的奴才，我是按照旧规矩办。说办的好，领祖宗的恩典，太太的恩典；若说办的不匀，那是他糊涂不知福，也只好凭他抱怨去。太太连房子赏了人，我有什么有脸之处；一文不赏，我也没什么没脸之处。依我说，太太不在家，姨娘安静些，养神罢了，何苦只要操心。太太满心疼我，因姨娘每每生事，几次寒心。我但凡是个男人，可以出得去，我必早走了，立一番事业，那时自有我一番道理；偏我是女孩儿家，一句多话也没我乱说的。太太满心里都知道，如今因看我重，才叫我照管家务。还没有做一件好事，姨娘倒先来作践我。倘或太太知道了，怕我为难，不叫我管，那才正经没脸呢，连姨娘真也没脸了！"一面说，一面不禁滚下泪来。

赵姨娘没了别话答对，便说道："太太疼你，你越发拉扯拉扯我们。你只顾讨太太的疼，就把我们忘了。"探春道："我怎么忘了？叫我怎么拉扯？这也问他们各人，那一个主子不疼出力得用的人？那一个好人用人拉扯的？"李纨在旁只管劝说："姨娘别生气，也怨不得姑娘。他满心里要拉扯，口里怎么说的出来？"探春忙道："这大嫂子也糊涂了。我拉扯谁？谁家姑娘们拉扯奴才了？他们的好歹，你们该知道，与我什么相干。"赵姨娘气得问道："谁叫你拉扯别人去了？你不当家，我也不来问你。你如今现在说一是一，说二是二。如今你舅舅死了，你多给了二三十两银子，难道太太就不依你？分明太太是好太太，都是你们尖酸克薄，可惜太太有恩无处使。姑娘放心，这也使不着你的银子！明日等出了阁，我还想你额外照看赵家呢。如今没有长翎毛儿就忘了根本，只'拣高枝儿飞'去了。"

探春没听完，已气得脸白气噎，抽抽咽咽的一面哭一面问道："谁是我舅舅？我舅舅年下才升了九省检点，那里又跑出一个舅舅来？我倒素昔按礼尊敬，越发敬出这些亲戚来了。既这么说，每日环儿出去，为什么赵国基又站起来，又跟他上学？为什么不拿出舅舅的款来？何苦来，谁不知道我是姨娘养的，必要过两三个月寻出由头来，彻底来翻腾一阵，怕人不知道，故意表白表白。也不知道是谁给谁没脸？幸亏我还明白，但凡糊涂不知礼的，早急了！"李纨急得只管劝，赵姨娘只管还唠叨。

忽听有人说："二奶奶打发平姑娘说话来了。"赵姨娘听说，方把嘴止住。只见平儿走来，赵姨娘忙陪笑让坐，又忙问："你奶奶好些？我正要瞧去，就只没得空儿。"李纨见平儿进来，因问他："来作什么？"平儿笑道："奶奶说：赵姨奶奶的兄弟没了，恐怕奶奶和姑娘不知有旧例。若照常例，只得二十两；如今请姑娘裁度着，再添些也使得。"探春早已拭去泪痕，忙说道："又好好的添什么，谁又是'二十四个月养的'？不然，也是出兵放马、背着主子逃出命来过的人不成？你主子真个倒巧：叫我开了例，他做好人，拿着太太不心疼的钱，乐得做人情。你告诉他：我不敢添减混出主意。他添他施恩，等他好了出来，爱怎么添怎么添！"平儿一来时，已明白了对半；今听这话，越发会意。见探春有怒色，便不敢以往日喜乐之时相待，只一边垂手默侍。

时值宝钗已从上房中来，探春等忙起身让坐，未及开言，又有一个媳妇进来回事，因探春才哭了，便有三四个小丫鬟捧了脸盆、巾帕、靶镜等物来⑦。此时探春因盘膝坐在矮板榻上，那捧盆丫鬟走至跟前，便双膝跪下，高捧脸盆；那两个丫鬟也都在旁屈膝捧着巾帕并靶镜脂粉之饰。平儿见侍书不在这里，便忙上来与探春挽袖卸镯，又接过一条大手巾来，将探春面前衣襟掩了，探春方伸手向脸盆中盥沐。媳妇便回道："奶奶，姑娘：家学里支环爷和兰哥儿一年的公费。"平儿先道:"你忙什么?你睁着眼看见姑娘洗脸,你不出去伺候着,倒先说话来。二奶奶跟前,你也这样没眼色来着?姑娘虽恩宽,我去回了二奶奶,只说你们眼里都没姑娘,你们都吃了亏,可别怨我!"唬得那个媳妇忙陪笑说:"我粗心了。"一面说,一面忙退出去。

探春一面匀脸,一面向平儿冷笑道:"你迟了一步,没见还有可笑的。连吴姐姐这么个办老了事的也不查清楚了就来混我们。幸亏我们问他,他竟有脸说'忘了'。我说他回二奶奶事也忘了再找去?我料着你主子未必有耐性儿等他去找。"平儿笑道:"他有这么一次,包管腿上的筋早折了两根。姑娘别信他们。那是他们瞅着大奶奶是个菩萨,姑娘又是腼腆小姐,固然是托懒来混。"说着,又向门外说道:"你们只管撒野,等奶奶大安了,咱们再说。"门外的众媳妇都笑道:"姑娘,你是个最明白的人,俗语说:'一人作罪一人当。'我们并不敢欺蔽主子。如今主子是娇客⑧,若认真惹恼了,死无葬身之地!"平儿冷笑道:"你们明白就好了。"又陪笑向探春道:"姑娘知道,二奶奶本来事多,那里照看得这些?保不住不忽略。俗语说:'旁观者清。'这几年姑娘冷眼看着,或有该添该减的去处,二奶奶没行到,姑娘竟一添减:头一件,与太太有益;第二件,也不枉姑娘待我们奶奶的情义了。"话未说完,宝钗李纨皆笑道:"好丫头,真怨不得凤丫头偏疼他!本来无可添减之事,如今听你一说,倒要找出两件来斟酌斟酌,不辜负你这话。"探春笑道:"我一肚子气,正要拿他奶奶出气去,偏他碰了来,说了这些话,叫我也没了主意了。"一面说,一面叫进方才那媳妇来问:"环爷和兰哥家学里这一年的银子,是做那一项用的?"那媳妇便回说:"一年学里吃点心或者买纸笔,每位有八两银子的使用。"探春道:"凡爷们的使用,都是各屋里支月钱的:环哥的是姨娘领二两;宝玉的,老太太屋里袭人领二两;兰哥儿是大奶奶屋里领:怎么学里每人多这八两?原来上学去的是为这八两银子!从今日起,把这一项蠲了。平儿回去，告诉你奶奶，说我的话，把这一条务必免了。"平儿笑道："早就该免。旧年奶奶原说要免的，因年下忙，就忘了。"

那媳妇只得答应着去了。就有大观园中媳妇捧了饭盒子来，侍书素云早已抬过一张小饭桌来，平儿也忙着上菜，探春笑道："你说完了话，干你的去罢，在这里又忙什么？"平儿笑道："我原没事的，二奶奶打发了我来，一则说话，二则恐这里人不方便，原是叫我帮着妹妹们伏侍奶奶姑娘的。"探春因问："宝姑娘的怎么不端来一处吃？"丫鬟们听说，忙出至檐外，命媳妇们去说："宝姑娘如今在厅上一处吃，叫他们把饭送了这里来。"探春听说，便高声说道："你别混支使人！那都是办大事的管家娘子们，你们支使他要饭要茶的，连个高低都不知道！平儿这里站着，叫他叫去。"

平儿忙答应了一声出来。那些媳妇们都悄悄的拉住笑道："那里用姑娘去叫，我们已有人叫去了。"一面说，一面用手帕摊石矶上，说："姑娘站了半天，乏了，这太阳地里且歇歇。"平儿便坐了。又有茶房里的两个婆子拿了个坐褥铺下，说："石头冷，这是极干净的，姑娘将就坐一坐儿罢。"平儿忙陪笑道："多谢。"一个又捧了一碗精致新茶出来，也悄悄笑说："这不是我们常用的茶，原是伺候姑娘们的，姑娘且润一润罢。"平儿忙欠身接了，因指众媳妇悄悄说道："你们太闹的不像了。他是个姑娘家，不肯发威动怒，这是他尊重，你们就藐视欺负他。果然招他动了大气，不过说他一个粗糙就完了⑨，你们就现吃不了的亏！他撒个娇，太太也得让他一二分，二奶奶也不敢怎样。你们就这么大胆子小看他，可是鸡蛋往石头上碰！"众人都忙道："我们何尝敢大胆了，都是赵姨娘闹的！"平儿也悄悄的道："罢了，好奶奶们，'墙倒众人推'，那赵姨奶奶原有些颠倒，'着三不着两'，有了事都赖他。你们素日那眼里没人，心术利害，我这几年难道还不知道！二奶奶若是略差一点儿的，早被你们这些奶奶们治倒了。饶这么着，得一点空儿，还要难他一难！好几次没落了你们的口声⑩。众人都道他利害，你们都怕他，惟我知道他心里也就不算不怕你们的。前日我们还议论到这里：每不能依头顺尾，必有两场气生。那三姑娘虽是个姑娘，你们都横看了他⑪。二奶奶在这些大姑子小姑子里头，也就只单怕他五分。你们这会子倒不把他放在眼里了！"

正说着，只见秋纹走来，众媳妇忙赶着问好，又说："姑娘也且歇一歇，里头摆饭呢。等撤下桌子来，再回话去。"秋纹笑道："我比不得你们，我那里等得！"说着，便直要上厅去。平儿忙叫："快回来！"秋纹回头，见了平儿，笑道："你又在这里充什么'外围子的防护'？"一面回身便坐在平儿褥上。平儿悄问："回什么？"秋纹道："问一问宝玉的月钱，我们的月钱，多早晚才领？"平儿道："这什么大事！你快回去告诉袭人，说我的话：凭有什么事，今日都别回。若回一件，管驳一件；回一百件，管驳一百件！"秋纹听了，忙问："这是为什么？"平儿与众媳妇等都忙告诉他原故；又说："正要找几处利害事与有体面的人来开例，作法子镇压，与众人作榜样呢。何苦你们先来碰在这钉子上？你这一去说了，他们若拿你们也作一二件榜样，又碍着老太太、太太；若不拿着你们做一二件，人家又说：'偏一个向一个，仗着老太太、太太威势的就怕，不敢惹，只拿着软的做鼻子头⑫。'你听听罢，二奶奶的事，他还要驳两件，才压得众人口声呢！"

秋纹听了，伸了伸舌头，笑道："幸而平姐姐在这里，没得臊一鼻子灰，趁早知会他们去。"说着，便起身走了。接着宝钗的饭至，平儿忙进来伏侍。那时赵姨娘已去，三人在板床上吃饭，宝钗面南，探春面西，李纨面东。众媳妇皆在廊下静候，里头只有他们紧跟常侍的丫鬟伺候，别人一概不敢擅入。这些媳妇们都悄悄的议论说："大家省事罢！别安着没良心的主意。连吴大娘才都讨了没意思，咱们又是什么有脸的！"都一边悄议，等饭完回事。只觉里面鸦雀无闻，并不闻碗箸之响。

一时，只见一个丫头将帘栊高揭，又有两个将桌抬出。茶房内有三个丫鬟，捧着三个沐盆儿。见饭桌已出，三人便进去了。

一回又捧出沐盆并漱盂来，方有侍书、素云、莺儿三个人，每人用茶盘捧了三盖碗茶进去。一时等他三人出来，侍书命小丫头子："好生伺候着，我们吃饭来换你们，可又别偷坐着去。"众媳妇们方慢慢的安分回事，不敢如先前轻慢疏忽了。探春气方渐平，因向平儿道："我有一件大事，早要和你奶奶商议，如今可巧想起来。你吃了饭快来。宝姑娘也在这里，咱们四个人商议了，再细细的问你奶奶可行才止。"

平儿答应回去。凤姐因问："为何去这半日？"平儿便笑着将方才的原故细细说与他听了。凤姐儿笑道："好，好，好！好个三姑娘！我说不错。只可惜他命薄，没托生在太太肚里。"平儿笑道："奶奶也说糊涂话了。他便不是太太养的，难道谁敢小看他，不与别的一样看待么？"凤姐叹道："你那里知道？虽然庶出一样，女儿却比不得男人，将来攀亲时，如今有一种轻狂人，先要打听姑娘是正出是庶出⑬，多有为庶出不要的。殊不知，别说庶出，便是我们的丫头，比人家的小姐还强呢！将来不知那个没造化的，为挑庶正误了事呢；也不知那个有造化的，不挑庶正的得了去。"说着，又向平儿笑道："你知道我这几年生了多少省俭的法子，一家子大约也没个背地里不恨我的。我如今也是'骑上老虎'了⑭，虽然看破些，无奈一时也难宽放。二则家里出去的多，进来的少，凡百大小事儿，仍是照着老祖宗手里的规矩，却一年进的产业，又不及先时多；省俭了，外人又笑话，老太太、太太也受委屈，家下也抱怨克薄。若不趁早儿料理省俭之计，再几年就都赔尽了。"

平儿道："可不是这话！将来还有三四位姑娘，还有两三个小爷们，一位老太太，这几件大事未完呢。"凤姐儿笑道："我也虑到这里，倒也够了。宝玉和林妹妹，他两个一娶一嫁，可以使不着官中钱，老太太自有体己拿出来。二姑娘是大老爷那边的，也不算。剩了三四个，满破着每人花上一万银子。环哥娶亲有限，花上三千银子；若不够，那里省一抿子也就够了⑮。老太太的事出来，一应都是全了的，不过零星杂项使费些，满破三五千两。如今再俭省些，陆续就够了。只怕如今平空再生出一两件事来，可就了不得了。咱们且别虑后事，你且吃了饭，快听他们商议什么。这正碰了我的机会，我正愁没个膀臂，虽有个宝玉，他又不是这里头的货，纵收伏了他，也不中用。大奶奶是个佛爷，也不中用。二姑娘更不中用，亦且不是这屋里的人。四姑娘小呢，兰小子与环儿更是个燎毛的小冻猫子，只等有热灶火坑让他钻去罢，真真一个娘肚子里跑出这样天悬地隔的两个人来，我想到那里就不服！再者林丫头和宝姑娘他两个人倒好，偏又都是亲戚，又不好管咱们家务事。况且一个是美人灯儿，风吹吹就坏了；一个是拿定了主意，'不干己事不张口，一问摇头三不知'⑯，也难十分去问他。倒只剩了三姑娘一个，心里嘴里都也来得，又是咱家的正人，太太又疼他，虽然脸上淡淡的，皆因是赵姨娘那老东西闹的，心里却是和宝玉一样呢。比不得环儿，实在令人难疼，要依我的性子，早撵出去了！如今他既有这主意，正该和他协同，大家做个膀臂，我也不孤不独了。按正礼天理良心上论，咱们有他这一个人帮着，咱们也省些心，与太太的事也有益。若按私心藏奸上论，我也太行毒了，也该抽回退步，回头看看；再要穷追苦克，人恨极了，他们笑里藏刀，咱们两个才四个眼睛两个心，一时不防，倒弄坏了。趁着紧溜之中⑰，他出头一料理，众人就把往日咱们的恨暂可解了。还有一件，我虽知你极明白，恐怕你心里挽不过来，如今嘱咐你：他虽是姑娘家，心里却事事明白，不过是言语谨慎。他又比我知书识字，更利害一层了。如今俗语说：'擒贼必先擒王。'他如今要作法开端，一定是先拿我开端，倘或他要驳我的事，你可别分辩，你只越恭敬越说驳的是才好。千万别想着怕我没脸，和他一强，就不好了。"

平儿不等说完，便笑道："你太把人看糊涂了！我才已经行在先了，这会子才嘱咐我！"凤姐儿笑道："我是恐怕你心里眼里只有了我、一概没有他人之故，不得不嘱咐；既已行在先，更比我明白了。这不是你又急了，满嘴里'你'呀'我'的起来了⑱！"平儿道："偏说'你'！你不依，这不是嘴巴子，再打一顿。难道这脸上还没尝过的不成！"凤姐儿笑道："你这小蹄子儿，要掂多少过儿才罢⑲。你看我病的这个样儿，还来怄我呢！过来坐下，横竖没人来，咱们一处吃饭是正经。"

说着，丰儿等三四个小丫头子进来，放小炕桌。凤姐只吃燕窝粥，两碟子精致小菜，每日分例菜已暂减去。丰儿便将平儿的四样分例菜端至桌上，与平儿盛了饭来。平儿屈一膝于炕沿之上，半身犹立于炕下，陪着凤姐儿吃了饭，伏侍漱口毕，吩咐了丰儿些话，方往探春处来。只见院中寂静，人已散出。要知端的，且听下回分解。

【注释】

①小月：即小产。俗称足月分娩为"坐月子"，小产叫"坐小月子"，简称"小月"。

②谢事：这里指辞去所任差事。

③补仁谕德：意谓补救仁爱之不足，宣谕良好之道德。谕，晓谕。

④巡海夜叉：担当巡逻职守的恶鬼。

⑤镇山太岁：担当守卫职责的凶神。太岁，凶神。《土风录》："术家以太岁为大将军，动土迁移者，必避其方。"

⑥出了事：出事，死亡的隐讳说法。

⑦靶镜：即"靶儿镜子"的简称。指有把、可拿在手里的小镜。

⑧娇客：一般指女婿，亦指家庭中未婚的女子。这里即指探春。明吕坤《闺范》卷二："世俗女子在室，自处以客，而母亦客之。"

⑨粗糙：这里是粗暴的意思。

⑩口声：即口实、话柄。

⑪横看：小看，错看。

⑫做鼻子头：当作开例的人。鼻子头，《方言》卷十三："鼻，始也。兽之初生谓之鼻，人之初生谓之首。梁、益之间谓鼻为初，或谓之祖。"注："鼻、祖，皆始之别名也。"这里即开端的意思。

⑬正出、庶出：近人王瀣批云："清初风气，嫡庶之分最严，满汉皆相似也。偶忆雍正时，大学士尹泰侧室徐氏，文端生母也。文端年少已督云贵，其生母徐氏尚日侍尹泰会客，不敢避。……道咸时，临川李小湖大理、固始吴子健中丞，皆以庶子，不为嫡所齿。此犹指男子言也。若女子，则同治间湘乡曾文正夫人欧阳氏为次子订婚，几以其女为贺耦耕中丞妾出作废。后赖文正婉转解释，始成。当时文正亦言此事关系姑媳一生慈孝，决不能一味专断，贻家庭之祸也。"

⑭骑上老虎：即"骑虎难下"。比喻做事遇到困难，但迫于形势而不能中止。

⑮一抿子：一些，一点儿。因妇女用抿子刷头，所蘸油或水极少，所以称一点儿为"一抿子"。

⑯三不知：《左传》哀公二十七年："君子之谋也，始、衷、终皆举之，而后入焉。今我三不知而入之，不亦难乎？"意谓自始至终完全不知。后指事事不知为"三不知"。

⑰紧溜：也作"紧留子"，紧要关头的意思。

⑱满嘴里"你"呀"我"的：《教女遗规》卷下引唐翼修《人生必读书》："子弟幼时，当教之以礼，……长者呼召，即急趋之，门内门外，长者问何人。对必以名，不可曰'我'曰'吾'；长者之前，不可喧嚷致争。"

⑲掂多少过儿：抓住一个话柄，反复叙说。

第五十六回
敏探春兴利除宿弊　贤宝钗小惠全大体

　　话说平儿陪着凤姐儿吃了饭，伏侍盥漱毕，方往探春处来，只见院中寂静，只有丫鬟婆子，诸内壶近人在窗外听候①。平儿进入厅中，他姊妹姑嫂三人正议论些家务，说的便是年内赖大家请吃酒，他家花园中事故。见他来了，探春便命他脚踏上坐了，因说道："我想的事，不为别的，只想着我们一月所用的头油脂粉又是二两的事。我想我们一月已有了二两月银，丫头们又另有月钱，可不是又同刚才学里的八两一样重重叠叠？这事虽小，钱有限，看起来也不妥当，你奶奶怎么就没想到这个呢？"

　　平儿笑道："这有个原故：姑娘们所用的这些东西，自然该有分例，每月每处买办买了，令女人们交送我们收管，不过预备姑娘们使用就罢了；没有个我们天天各人拿着钱，找人买这些去的。所以外头买办总领了去，按月使女人按房交给我们。至于姑娘们每月的这二两，原不是为买这些的，为的是一时当家的奶奶太太，或不在家，或不得闲，姑娘们偶然要个钱使，省得找人去。这不过是恐怕姑娘们受委曲意思。如今我冷眼看着，各屋里我们的姐妹都是现拿钱买这些东西的，竟有了一半子。我就疑惑不是买办脱了空②，就是买的不是正经货。"探春李纨都笑道："你也留心看出来了。脱空是没有的，只是迟些日子；催急了，不知那里弄些来，不过是个名儿，其实使不得，依然还得现买。就用二两银子，另叫别人的奶妈子的弟兄儿子买来，方才使得，若使官中的人去，依然是那一样的，不知他们是什么法子？"平儿便笑道："买办买的是那样，别人买了好的来，买办的也不依他，又说他使坏心，要夺他的买办了。所以他们宁可得罪了里头，不肯得罪了外头办事的。若是姑娘们使了奶妈子们，他们也就不敢说闲话了。"探春道："因此我心里不自在，饶费两起儿钱，东西又白丢一半，不如竟把买办的这一项每月蠲了为是。此是第一件事。第二件，年里往赖大家去，你也去的，你看他那小园子，比咱们这个如何？"平儿笑道："还没有咱们这一半大，树木花草也少多着呢。"探春道："我因和他们家的女孩儿说闲话儿，他说这园子除他们带的花儿，吃的笋菜鱼虾，一年还有人包了去，年终足有二百两银子剩。从那日，我才知道一个破荷叶，一根枯草根子，都是值钱的。"

宝钗笑道："真真膏粱纨袴之谈。你们虽是千金，原不知道这些事，但只你们也都念过书，识过字的，竟没看见过朱夫子有一篇'不自弃'的文么②？"探春笑道："虽也看过，不过是勉人自励，虚比浮词，那里都真有的？"宝钗道："朱子都有了虚比浮词了？那句句都是有的。你才办了两天事，就利欲熏心，把朱子都看虚浮了。你再出去，见了那些利弊大事，越发连孔子也都看虚了呢！"探春笑道："你这样一个通人④，竟没看见姬子书⑤？当日姬子有云：'登利禄之场，处运筹之界者，穷尧舜之词，背孔孟之道，……'"宝钗笑道："底下一句呢？"探春笑道："如今断章取意，念出底下一句，我自己骂我自己不成？"宝钗道："天下没有不可用的东西，既可用，便值钱。难为你是个聪明人，这大节目正事竟没经历。"李纨笑道："叫人家来了，又不说正事，你们且对讲学问⑥！"宝钗道："学问中便是正事。若不拿学问提着，便都流入市俗去了。"

三人取笑了一回，便仍谈正事。探春又接说道："咱们这个园子，只算比他们的多一半，加一倍算起来，一年就有四百银子的利息。若此时也出脱生发银子⑦，自然小器，不是咱们这样人家的事；若派出两个一定的人来，既有许多值钱之物，一味任人作践，也似乎暴殄天物⑧。不如在园子里所有的老妈妈中，拣出几个本分老成，能知园圃的，派他们收拾料理。也不必要他们交租纳税，只问他们一年可以孝敬些什么。一则园子有专定之人修理花木，自然一年好似一年的，也不用临时忙乱；二则也不致作践，白辜负了东西；三则老妈妈们也可借此小补，不枉年日家在园中辛苦；四则也可以省了这些花儿匠、山子匠并打扫人等的工费：将此有余，以补不足，未为不可。"宝钗正在地下看壁上的字画，听如此说，便点头笑道："善哉，三年之内，无饥馑矣。"李纨道："好主意。果然这么行，太太必喜欢。省钱事小，园子有人打扫，专司其职，又许他去卖钱，使之以权，动之以利，再无不尽职的了。"平儿道："这件事须得姑娘说出来。我们奶奶虽有此心，未必好出口。此刻姑娘们在园里住着，不能多弄些玩意儿陪衬，反叫人去监管修理，图省钱，这话断不好出口。"

宝钗忙走过来，摸着他的脸笑道："你张开嘴，我瞧瞧你的牙齿舌头是什么做的？从早起来，到这会子，你说了这些话，一套一个样子，也不奉承三姑娘，也不说你们奶奶才短想不到；三姑娘说一套话出来，你就有一套话回奉，总是三姑娘想得到的，你们奶奶也想到了，只是必有个不可办的原故，这会子又是因姑娘们住的园子，不好因省钱令人去监管。你们想想这话，要果真交与人弄钱去的，那人自然是一枝花也不许掐，一个果子也不许动了，姑娘们分中，自然是不敢讲究，天天和小姑娘们就吵不清。他这远愁近虑，不抗不卑，他们奶奶便不是和咱们好，听他这一番话，也必要自愧的变好了。"探春笑道："我早起一肚子气，听他来了，忽然想起他主子来：素日当家，使出来的好撒野的人，我见了他更生气了。谁知他来了，避猫鼠儿是的，站了半日，怪可怜。接着又说了那些话，不说他主子待我好，倒说'不枉姑娘待我们奶奶素日的情意了'，这一句话，不但没了气，我倒愧了，又伤起心来。我细想：我一个女孩儿家，自己还闹得没人疼没人顾的，我那里还有好处去待人。"口内说到这里，不免又流下泪来。

李纨等见他说的恳切，又想他素日赵姨娘每生诽谤，在王夫人跟前，亦为赵姨娘所累，也都不免流下泪来，都忙劝他："趁今日清净，大家商议两件兴利剔弊的事情，也不枉太太委托一场。又提这没要紧的事做什么！"平儿忙道："我已明白了。姑娘竟说，谁好，竟一派人，就完了。"探春道："虽如此说，也须得回你奶奶一声。我们这里搜剔小利，已经不当，皆因你奶奶是个明白人，我才这样行；若是糊涂多歪多妒的，我也不肯，倒像抓他的乖一般了⑨。岂可不商议了行的？"平儿笑道："既这样，我去告诉一声儿。"说着去了；半日方回来，笑道："我说是白走一趟。这样好事，奶奶岂有不依的！"

　　探春听了，便和李纨命人将园中所有婆子的名单要来，大家参度，大概定了几个人。又将他们一齐传来，李纨大概告诉与他们。众人听了，无不愿意。也有说："那片竹子单交给我，一年工夫，明年又是一片。除了家里吃的笋，一年还可交些钱粮。"这一个说："那一片稻地交给我，一年这些玩的大小雀鸟的粮食，不必动官中钱粮，我还可以交钱粮。"探春才要说话，人回："大夫来了，进园瞧史姑娘去。"众婆子只得去领大夫。平儿忙说："单你们，有一百也不成个体统。难道没有两个管事的头脑带进大夫来？"回事的那人说："有吴大娘和单大娘，他两个在西南角上聚锦门等着呢。"平儿听说，方罢了。

　　众婆子去后，探春问宝钗："如何？"宝钗笑答道："幸于始者怠于终，善其辞者嗜其利⑩。"探春听了，点头称赞，便向册上指出几个来与他三人看。平儿忙去取笔砚来。他三人说道："这一个老祝妈，是个妥当的，况他老头子和他儿子，代代都是管打扫竹子，如今竟把这所有的竹子交与他。这一个老田妈，本是种庄家的，稻香村一带，凡有菜蔬稻稗之类，虽是玩意儿，不必认真大治大耕，也须得他去再细细按时加些植养，岂不更好？"探春又笑道："可惜蘅芜院和怡红院这两处大地方，竟没有出息之物！"李纨忙笑道："蘅芜院里更利害！如今香料铺并大市大庙卖的各处香料香草儿，都不是这些东西？算起来，比别的利息更大！怡红院别说别的，单只说春夏二季的玫瑰花，共下多少花朵儿，还有一带篱笆上的蔷薇、月季、宝相、金银花、藤花^⑪，这几色草花，干了卖到茶叶铺药铺去，也值好些钱。”探春笑道：“原来如此，只是弄香草的没有在行的人。”平儿忙笑道：“跟宝姑娘的莺儿他妈，就是会弄这个的。上回他还采了些晒干了，编成花篮葫芦给我玩呢。姑娘倒忘了不成？”宝钗笑道：“我才赞你，你倒来捉弄我了。”三人都咤异问道：“这是为何？”宝钗道：“断断使不得。你们这里多少得用的人，一个个闲着没事办，这会子我又弄个人来，叫那起人连我也看小了。我倒替你们想出一个人来：怡红院有个老叶妈，他就是焙茗的娘，那是个诚实老人家；他又合我们莺儿妈极好。不如把这事交与叶妈，他有不知的，不必咱们说给他，就找莺儿的娘去商量了。那怕叶妈全不管，竟交与那一个，这是他们私情儿，有人说闲话，也就怨不到咱们身上。如此一行，你们办得又至公道，于事又甚妥。”李纨平儿都道：“是极。”探春笑道：“虽如此，只怕他们见利忘义呢。”平儿笑道：“不相干。前日莺儿还认了叶妈做干娘，请吃饭吃酒，两家和厚得很呢。”探春听了，方罢了。又共斟酌出几人来，俱是他四人素昔冷眼取中的，用笔圈出。

一时婆子们来回：“大夫已去。”将药方送上去，三人看了，一面遣人送出外边去取药，监派调服；一面探春与李纨明示诸人：某人管某处，“按四季，除家中定例用多少外，余者任凭你们采取了去取利，年终算账。”探春笑道：“我又想起一件事：若年终算账，归钱时，自然归到账房，仍是上头又添一层管主，还在他们手心里，又剥一层皮。这如今我们兴出这事来，派了你们，已是跨过他们的头去了，心里有气，只说不出来；你们年终去归账，他还不捉弄你们等什么？再者，这一年间，管什么的，主子有一全分，他们就得半分，这是每常的旧规，人所共知的。如今这园子是我的新创，竟别入他们的手，每年归账，竟归到里头来才好。”宝钗笑道：“依我说，里头也不用归账，这个多了，那个少了，倒多了事。不如问他们谁领这一分的，他就揽一宗事去。

不过是园里的人动用。我替你们算出来了，有限的几宗事，不过是头油、胭脂、香、纸，每一位姑娘，几个丫头，都是有定例的；再者各处笤帚、簸箕、掸子，并大小禽鸟、鹿、兔吃的粮食。不过这几样。都是他们包了去，不用账房去领钱。你算算，就省下多少来？"平儿笑道："这几宗虽小，一年通共算了，也省得下四百两银子。"

宝钗笑道："却又来！一年四百，二年八百两，打租的房子也能多买几间，薄沙地也可以添几亩了。虽然还有敷余，但他们既辛苦了一年，也要叫他们剩些，粘补自家。虽是兴利节用为纲，然亦不可太啬，总再省上二三百银子，失了大体统，也不像。所以如此一行，外头账房里一年少出四五百银子，也不觉的很艰啬了；他们里头却也得些小补；这些没营生的妈妈们，也宽裕了；园子里花木，也可以每年滋长繁盛；如此你们也得了可使之物，这庶几不失大体。若一味要省时，那里不搜寻出几个钱来？凡有些余利的，一概入了官中，那时里外怨声载道，岂不失了你们这样人家的大体？如今这园里几十个老妈妈们，若只给了这个，那剩的也必抱怨不公；我才说的他们只供给这个几样，也未免太宽裕了。一年竟除这个之外，他每人不论有余无余，只叫他拿出若干吊钱来，大家凑齐，单散与这些园中的妈妈们。他们虽不料理这些，却日夜也自在园中照看；当差之人，关门闭户，起早睡晚，大雨大雪，姑娘们出入，抬轿子⑫，撑船，拉冰床⑬，一应粗重活计，都是他们的差使：一年在园里辛苦到头，这园内既有出息，也是分内该沾带些的。还有一句至小的话，越发说破了，你们只顾了自己宽裕，不分与他们些，他们虽不敢明怨，心里却都不服，只用假公济私的，多摘你们几个果子，多掐几枝花儿，你们有冤还没处诉呢。他们也沾带些利息，你们有照顾不到的，他们就替你们照顾了。"

众婆子听了这个议论，又去了账房受辖制，又不与凤姐儿去算账，一年不过多拿出若干吊钱来，各各欢喜异常，都齐声说：

"愿意。强如出去被他们揉搓着，还得拿出钱来呢！"那不得管地的，听了每年终无故得钱，也都喜欢起来，口内说："他们辛苦收拾，是该剩些钱粘补的；我们怎么好'稳吃三注'呢⑪？"宝钗笑道："妈妈们也别推辞了，这原是分内应当的。你们只要日夜辛苦些，别躲懒纵放人吃酒赌钱就是了；不然，我也不该管这事。你们也知道，我姨娘亲口嘱托我三五回，说：大奶奶如今又不得闲，别的姑娘又小，托我照看照看。我若不依，分明是叫姨娘操心。我们太太又多病，家务也忙，我原是个闲人，便是街坊邻居，也要个帮忙的，何况是姨娘托我？讲不起众人嫌我。倘或我只顾沽名钓誉的，那时酒醉赌输了，再生出事来，我怎么见姨娘？你们那时后悔也迟了，就连你们素昔的老脸也都丢了。这些姑娘们，这么一所大花园，都是你们照管，皆因看得你们是三四代的老妈妈，最是循规蹈矩，原该大家齐心顾些体统。你们反纵放别人，任意吃酒赌博。姨娘听见了，教训一场犹可，倘若被那几个管家娘子听见了，他们也不用回姨娘，竟教导你们一场，你们这年老的反受了小的教训，虽是他们是管家，管得着你们，何如自己存些体统，他们如何得来作践呢！所以我如今替你们想出这个额外的进益来，也为的是大家齐心，把这园里周全得谨谨慎慎的，使那些有权执事的看见这般严肃谨慎，且不用他们操心，他们心里岂不敬服？也不枉替他们筹画些进益了。你们去细细想想这话。"众人都欢喜说："姑娘说得很是。从此姑娘奶奶只管放心。姑娘奶奶这样疼顾我们，我们再要不体上情，天地也不容了！"

刚说着，只见林之孝家的进来，说："江南甄府里家眷昨日到京，今日进宫朝贺，此刻先遣人来送礼请安。"说着便将礼单送上去。探春接了，看道是："上用的妆缎蟒缎十二匹。上用杂色缎十二匹。上用各色纱十二匹。上用宫绸十二匹。宫用各色缎纱绸绫二十四匹。"李纨探春看过，说："用上等封儿赏他。"因又命人去回了贾母。贾母命人叫李纨、探春、宝钗等都过来，将礼物看了。李纨收过一边，吩咐内库上人说："等太太回来看了再收。"

贾母因说:"这甄家又不与别家相同。上等封儿赏男人。只怕展眼又打发女人来请安,预备下尺头。"一语未了,果然人回:"甄府四个女人来请安。"

贾母听了,忙命人带进来。那四个人都是四十往上年纪,穿带之物皆比主子不大差别。请安问好毕,贾母便命拿了四个脚踏来。他四人谢了坐,宝钗等坐了,方都坐下。贾母便问:"多早晚进京的?"四人忙起身回说:"昨儿进的京,今儿太太带了姑娘进宫请安去了,所以叫女人们来请安,问候姑娘们。"贾母笑问道:"这些年没进京,也不想到就来。"四人也都笑回道:"正是。今年是奉旨唤进京的。"贾母问道:"家眷都来了?"四人回说:"老太太和哥儿、两位小姐,并别位太太,都没来;就只太太带了二姑娘来了。"贾母道:"有人家没有?"四人道:"还没有呢。"贾母笑道:"你们大姑娘和二姑娘,这两家,都和我们家甚好。"四人笑道:"正是。每年姑娘们有信回来说,全亏府上照看。"贾母笑道:"什么'照看'?原是世交,又是老亲,原应当的。你们二姑娘更好,不自尊大,所以我们才走的亲密。"四人笑道:"这是老太太过谦了。"

贾母又问:"你这哥儿也跟着你们老太太?"四人回说:"也跟着老太太呢。"贾母道:"几岁了?"又问:"上学不曾?"四人笑说:"今年十三岁。因长的齐整,老太太很疼,自幼淘气异常,天天逃学,老爷太太也不便十分管教。"贾母笑道:"也不成了我们家的了!你这哥儿叫什么名字?"四人道:"因老太太当作宝贝一样,他又生得白,老太太便叫作'宝玉'。"贾母笑向李纨道:"偏也叫个'宝玉'!"李纨等忙欠身笑道:"从古至今,同时隔代,重名的很多。"四人也笑道:"起了这小名儿之后,我们上下都疑惑,不知那位亲友家也倒是曾有一个的,只是这十来年没进京来,却记不真了。"贾母笑道:"那就是我的孙子。人来!"众媳妇丫头答应了一声,走近几步,贾母笑道:"园里把咱们的宝玉叫了来,给这四个管家娘子瞧瞧,比他们的宝玉如何?"

众媳妇听了，忙去了，半刻，围了宝玉进来。四人一见，忙起身笑道："唬了我们一跳！若是我们不进府来，倘若别处遇见，还只当我们的宝玉后赶着也进了京呢！"一面说，一面都上来拉他的手，问长问短。宝玉也笑问个好。贾母笑道："比你们的长得如何？"李纨等笑道："四位妈妈才一说，可知是模样儿相仿了。"贾母笑道："那有这样巧事？大家子孩子们，再养得娇嫩，除了脸上有残疾十分丑的，大概看去都是一样齐整，这也没有什么怪处。"四人笑道："如今看来，模样是一样！据老太太说，淘气也一样；我们看来，这位哥儿，性情却比我们的好些。"贾母忙问："怎见得？"四人笑道："方才我们拉哥儿的手说话，便知道了。若是我们那一个，只说我们糊涂。慢说拉手，他的东西，我们略动一动，也不依。所使唤的人，都是女孩子们……"

四人未说完，李纨姊妹等禁不住都失声笑出来。贾母也笑道："我们这会子也打发人去见了你们宝玉，若拉他的手，他也自然勉强忍耐着。不知你我这样人家的孩子，凭他们有什么刁钻古怪的毛病，见了外人，必是要还出正经礼数来的。若他不还正经礼数，也断不容他刁钻去了。就是大人溺爱的，也因为他一则生的人意儿；二则见人礼数，竟比大人行出来的更不错，使人见了可爱可怜，背地里所以才纵得一点子。若一味他只管没里没外，不与大人争光，凭他生得怎样，也是该打死的。"四人听了，都笑说："老太太这话正是。虽然我们宝玉淘气古怪，有时见了客，规矩礼数，比大人还有趣，所以无人见了不爱，只说：'为什么还打他？'殊不知他在家里无法无天，大人想不到的话偏会说，想不到的事偏会行，所以老爷太太恨的无法。就是任性，也是小孩子的常情；胡乱花费，也是公子哥儿的常情；怕上学，也是小孩子的常情，都还治得过来。第一，天生下来这一种刁钻古怪的脾气，如何使得。"一语未完，人回："太太回来了。"王夫人进来，问过安，他四人请了安，大概说了两句，贾母便命："歇歇去罢。"王夫人亲捧过茶，方退出去。四人告辞了贾母，便往王夫人处来，说了一会子家务，打发他们回去，不必细说。

　　这里贾母喜得逢人便告诉：也有一个宝玉，也都一般行景。众人都想着：天下的世宦大家，同名的这也很多，祖母溺爱孙子也是常事，不是什么罕事，皆不介意。独宝玉是个迂阔呆公子的心性，自为是那四人承悦贾母之词；后至园中去看湘云病去，史湘云因说他："你放心闹罢，先还'单丝不成线，独树不成林'，如今有了个对子⑮。闹急了，再打很了，你好逃到南京找那一个去。"宝玉道："那里的谎话，你也信了，偏又有宝玉了？"湘云道："怎么列国有个蔺相如，汉朝又有个司马相如呢⑯？"宝玉笑道："这也罢了，偏又模样儿也一样，这是没有的事！"湘云道："怎么匡人看见孔子，只当是阳货呢⑰？"宝玉笑道："孔子阳货虽同貌，却不同名；蔺与司马虽同名，而又不同貌；偏我和他就两样俱同不成？"湘云没了话答对，因笑道："你只会胡搅，我也不和你分证。有也罢，没也罢，与我无干。"说着，便睡下了。

　　宝玉心中便又疑惑起来："若说必无，也似必有；若说必有，又并无目睹。"心中闷闷，回至房中榻上，默默盘算，不觉昏昏睡去，竟到一座花园之内。宝玉咤异道："除了我们大观园，竟又有这一个园子？"正疑惑间，忽然那边来了几个女孩儿，都是丫鬟，宝玉又咤异道："除了鸳鸯、袭人、平儿之外，也竟还有这一干人？"只见那些丫鬟笑道："宝玉怎么跑到这里来？"宝玉只当是说他，忙来陪笑说道："因我偶步到此，不知是那位世交的花园？姐姐们带我逛逛。"众丫鬟都笑道："原来不是咱们家的宝玉！他生得也还干净，嘴儿也倒乖觉。"宝玉听了，忙道："姐姐们这里，也竟还有个宝玉？"丫鬟们忙道："'宝玉'二字，我们家是奉老太太、太太之命，为保佑他延年消灾，我们叫他，他听见喜欢；你是那里远方来的小厮，也乱叫起来！仔细你的臭肉，不打烂了你的！"又一个丫鬟笑道："咱们快走罢，别叫宝玉看见。"又说："同这臭小子说了话，把咱们熏臭了！"说着，一径去了。

　　宝玉纳闷道："从来没有人如此荼毒我⑱，他们如何竟这样的，莫不真也有我这样一个人不成？”一面想，一面顺步早到了一所院内。宝玉咤异道：“除了怡红院，也竟还有这么一个院落？”忽上了台阶，进入屋内，只见榻上有一个人卧着，那边有几个女儿做针线，或有嬉笑玩耍的。只见榻上那个少年叹了一声，一个丫鬟笑问道：“宝玉，你不睡，又叹什么？想必为你妹妹病了，你又胡愁乱恨呢。”

宝玉听说，心下也便吃惊，只见榻上少年说道：“我听见老太太说，‘长安’都中也有个宝玉，和我一样的性情，我只不信。我才做了一个梦儿，竟梦中到了都中一个花园子里头，遇见几个姐姐，都叫我臭小厮，不理我。好容易找到他房里，偏他睡觉，空有皮囊，真性不知往那里去了。”宝玉听说，忙说道：“我因找宝玉来到这里，原来你就是宝玉？”榻上的忙下来拉住，笑道：“原来你就是宝玉！这可不是梦里了。”宝玉道：“这如何是梦？真而又真的！”一语未了，只见人来说：“老爷叫宝玉。”吓得二人皆慌了。一个宝玉就走，一个便忙叫：“宝玉快回来，宝玉快回来！”

袭人在旁听他梦中自唤，忙推醒他，笑问道：“宝玉在那里？”此时宝玉虽醒，神意尚恍惚，因向门外指说：“才去了不远。”袭人笑道：“那是你梦迷了。你揉眼细瞧，是镜子里照的你的影儿。”宝玉向前瞧了一瞧，原是那嵌的大镜对面相照，自己也笑了。早有丫鬟捧过漱盂茶卤来漱了口⑩。麝月道：“怪道老太太常嘱咐说：‘小人儿屋里不可多有镜子，人小魂不全，有镜子照多了，睡觉惊恐做胡梦。’如今倒在大镜子那里安了一张床！有时放下镜套还好；往前去，天热困倦，那里想得到放他？比如方才就忘了，自然先躺下照着影儿玩来着，一时合上眼，自然是胡梦颠倒的；不然，如何叫起自己的名字来呢？不如明日挪进床来是正经。”

一语未了，只见王夫人遣人来叫宝玉，不知有何话说，且听下回分解。

【注释】

①内壸（kǔn）：即内室。壸，宫中道路，引申指宫内。《诗经·大雅·既醉》："其类维何，室家之壸。"宋朱熹《集传》："壸，宫中之巷也，言深远而严肃也。"

②脱了空：落空，无着落。

③朱夫子：或说即朱熹。"不自弃"的文：见《朱子文集大全类编》卷二一"庭训"，是朱夫子训诫其子弟的一篇文章。文中云："夫天下之物皆物也，而物有一节之可取，且不为世之所弃，可谓人而不如物乎？盖顽如石而有攻玉之用，毒如蝮而有和药之需，粪其秽矣，施之发田，则五谷赖之以秀实，灰既冷矣，俾之洗浣，则衣裳赖之以精洁。食龟之肉，甲可遗也，南人用之以占年；食鹅之肉，毛可弃也，峒民缝之以御腊，推而举之，类而推之，则天下无弃物矣。今人而见弃焉，特其自弃耳。"意思是说，天下之物，即便是顽石、毒蛇、人粪、草灰、龟甲、鹅毛等，样样都是有用的。故人不应"自弃"，不宜"怨天尤人"，而应继承"祖德""父功"，以求"于身不弃，于人无愧，祖父不失其贻谋，子孙不沦于困辱"。或说此文为托名之作，非朱熹所著。

④通人：学识渊博、贯通古今的人。

⑤姬子书：未详。或系作者假托的书名。

⑥学问：这里当指朱熹的有关说教。清陆陇其《松阳讲义》卷一："吾辈今日学问，只是尊朱子。朱子之意，即圣人之意，非朱子之意，即非圣人之意。"

⑦出脱：这里是卖出的意思。

⑧暴殄（tiǎn）天物：本指任意残害天生万物，后指任意糟踏财物。

⑨抓他的乖：抓乖，抢先行动，自己做好人，使别人出丑。

⑩"幸于"二句：意谓开始感到幸运的人，结果往往会怠惰；嘴上说得好听的人，总爱追逐私利。嗜，爱好。

⑪宝相：花名。蔷薇的一种。

⑫抬轿子：明代宫中有女轿夫。大观园中，不容许男子进出，故

轿子也用女仆抬。

⑬冰床：一名"托床"，又叫"凌爬"，俗名"冰排子"。一种在冰上滑行的交通工具，形如坐床，由人力挽拉或撑杆滑行。

⑭稳吃三注：即轻易赢得三方面的赌注，引申为不费气力而多得钱财的意思。注，即赌注，用以赌博的钱物。在天门、上门、下门三个位置上下注，叫"三注"。

⑮对子：这里是同伴的意思。

⑯蔺相如、司马相如：蔺相如，战国时赵国的上卿。司马相如，西汉武帝时文人。《史记·司马相如列传》："（司马相如）字长卿，少时好读书，学击剑，故其亲名之曰犬子。相如既学，慕蔺相如之为人，更名相如。"

⑰"匡人"二句：《史记·孔子世家》："（孔子）将适陈，过匡，颜刻为仆，以其策指之曰：'昔吾入此，由彼缺也。'匡人闻之，以为鲁之阳虎。阳虎尝暴匡人，匡人于是遂止孔子。孔子状类阳虎，拘焉五日。"匡，春秋时卫地，在今河南睢县西。阳虎，即阳货，春秋时鲁国人，名虎，曾为季孙氏家臣。

⑱荼（tú）毒：这里是挖苦的意思。

⑲茶卤：浓酽的茶汁。

第五十七回
慧紫鹃情辞试莽玉　慈姨妈爱语慰痴颦

　　话说宝玉听王夫人唤他，忙至前边来，原来是王夫人要带他拜甄夫人去。宝玉自是欢喜，忙去换衣服，跟了王夫人到那里。见其家形景，自与荣宁不甚差别，或有一二稍盛者。细问，果有一宝玉。甄夫人留席，竟一日方回。宝玉不信。因晚间回家来，王夫人又吩咐预备上等的席面，定名班大戏，请过甄夫人母女。后二日，他母女便不作辞，回任去了，无话。

　　这日宝玉因见湘云渐愈，然后去看黛玉。正值黛玉才歇午觉，宝玉不敢惊动，因紫鹃正在回廊上手里做针线，便上来问他："昨日夜里咳嗽的可好了？"紫鹃道："好些了。"宝玉笑道："阿弥陀佛！宁可好了罢。"紫鹃笑道："你也念起佛来，真是新闻！"宝玉笑道："所谓'病急乱投医'了。"一面说，一面见他穿着弹墨绫薄绵袄①，外面只穿着青缎夹背心，宝玉便伸手向他身上抹了一抹，说道："穿这样单薄，还在风口里坐着，时气又不好，你再病了，越发难了。"紫鹃便说道："从此咱们只可说话，别动手动脚的：一年大，二年小的，叫人看着不尊重。打紧的那起混账行子们背地里说你②；你总不留心，还自管和小时一般行为，如何使得。姑娘常常吩咐我们，不叫和你说笑。你近来瞧他，远着你还恐远不及呢。"说着，便起身携了针线进别的房里去了。

　　宝玉见了这般景况，心中像浇了一盆冷水一般，只瞅着竹子发了一回呆。因祝妈正在那里刨土种竹，扫竹叶子，顿觉一时魂魄失守，随便坐在一块山石上出神，不觉滴下泪来。直呆了一顿饭的工夫，千思万想，总不知如何是可。偶值雪雁从王夫人房中取了人参来，从此经过，忽扭头看见桃花树下石上一人，手托着腮颊，正出神呢：不是别人，却是宝玉。雪雁疑惑道："怪冷的，他一个人在这里做什么？春天凡有残疾的人肯犯病，敢是他也犯了呆病了？"一边想，一边便走过来，蹲下来笑道："你在这里做什么呢？"宝玉忽见了雪雁，便说道："你又做什么来找我？你难道不是女儿？他既防嫌，不许你们理我，你又来寻我，倘被人看见，岂不又生口舌？你快家去罢。"

雪雁听了，只当是他又受了黛玉的委屈，只得回至房中。黛玉未醒，将人参交给紫鹃。紫鹃因问他："太太做什么呢？"雪雁道："也睡中觉呢，所以等了这半日。姐姐，你听笑话儿：我因等太太的工夫，和玉钏儿姐姐坐在下房里说话儿，谁知赵姨奶奶招手儿叫我。我只当有什么话说，原来他和太太告了假，出去给他兄弟伴宿坐夜，明日送殡去。跟他的小丫头子小吉祥儿没衣裳，要借我的月白绫子袄儿。我想：他们一般也有两件子的，往这地方去，恐怕弄坏了，自己的舍不得穿，故此借别人的。借我的，弄坏了也是小事，只是我想他素日有什么好处到咱们跟前，所以我说：我的衣裳簪环，都是姑娘叫紫鹃姐姐收着呢。如今先得去告诉他，还得回姑娘，费多少事，别误了你老人家出门，不如再转借罢。"紫鹃笑道："你这个小东西儿，倒也巧。你不借给他，你推我和姑娘身上，好叫人怨不着你。他这会子就去呀，还是等明日一早才去呢？"雪雁道："这会子就去的，只怕此时已去了。"紫鹃点头。雪雁道："姑娘还没醒呢，是谁给了宝玉气受？坐在那里哭呢！"紫鹃听了，忙问："在那里？"雪雁道："在沁芳亭后头桃花底下呢。"

紫鹃听说，忙放下针线，又嘱咐雪雁："好生听叫。若问我，答应我就来。"说着，便出了潇湘馆，一径来寻宝玉。走至宝玉跟前，含笑说道："我不过说了那么句话，为的是大家好，你就一气，跑了这风地里来哭，弄出病来还了得！"宝玉忙笑道："谁赌气了！我因为听你说得有理，我想你们既这样说，自然别人也是这样说，将来渐渐的都不理我了，我所以想到这里，自己伤起心来了。"紫鹃也便挨他坐着。宝玉笑道："方才对面说话，你尚走开，这会子如何又来挨着我坐着？"紫鹃道："你都忘了？几日前，你们姊妹两个正说话，赵姨娘一头走了进来，我才听见他不在家，所以我来问你。正是前日你和他才说了一句'燕窝'，就歇住了，总没提起，我正想着问你。"宝玉道："也没什么要紧，不过我想着宝姐姐也是客中，既吃燕窝，又不可间断，若只管和他要，也太托实③。虽不便和太太要，我已经在老太太跟前略露了个风声，只怕老太太和凤姐姐说了。我告诉他的，竟不告诉完。如今我听见一日给你们一两燕窝，这也就完了。"紫鹃道："原来是你说了，这又多谢你费心。我们正疑惑，老太太怎么忽然想起米叫人每一日送一两燕窝来呢？这就是了。"宝玉笑道："这要天天吃惯了，吃上三二年就好了。"紫鹃道："在这里吃惯了，明年家去，那里有这闲钱吃这个。"

　　宝玉听了，吃了一惊，忙问："谁家去？"紫鹃道："妹妹回苏州去。"宝玉笑道："你又说白话④。苏州虽是原籍，因没了姑母，无人照看，才接了来的；明年回去找谁？可见你扯谎。"紫鹃冷笑道："你太看小了人。你们贾家独是大族，人口多的；除了你家，别人只得一父一母，房族中真个再无人了不成？我们姑娘来时，原是老太太心疼他年小，虽有叔伯，不如亲父母，故此接来住几年。大了该出阁时，自然要送还林家的，终不成林家女儿在你贾家一世不成？林家虽贫到没饭吃，也是世代书香人家，断不肯将他家的人丢与亲戚，落的耻笑，所以早则明年春天，迟则秋天，这里纵不送去，林家亦必有人来接的。前日夜里姑娘和我说了，叫我告诉你，将从前小时玩的东西，有他送你的，叫你都打点出来还他；他也将你送他的打点在那里呢。"宝玉听了，便如头顶上响了一个焦雷一般。紫鹃看他怎么回答，等了半天，见他只不作声，才要再问，只见晴雯找来，说："老太太叫你呢。谁知在这里。"紫鹃笑道："他这里问姑娘的病症，我告诉了他半日，他只不信，你倒拉他去罢。"说着，自己便走回房去了。

晴雯见他呆呆的，一头热汗，满脸紫胀，忙拉他的手一直到怡红院中。袭人见了这般，慌起来了，只说时气所感，热身被风扑了。无奈宝玉发热事犹小可，更觉两个眼珠儿直直的起来；口角边津液流出，皆不知觉；给他个枕头，他便睡下；扶他起来，他便坐着；倒了茶来，他便吃茶。众人见了这样，一时忙乱起来，又不敢造次去回贾母，先要差人去请李嬷嬷来。一时李嬷嬷来了，看了半日：问他几句话，也无回答；用手向他脉上摸了摸，嘴唇人中上着力掐了两下，掐得指印如许来深，竟也不觉疼。李嬷嬷只说了一声："可了不得了！""呀"的一声，便搂头放声大哭起来。急得袭人忙拉他说："你老人家瞧瞧可怕不怕，且告诉我们，去回老太太、太太去。你老人家怎么先哭起来？"李嬷嬷捶床倒枕说："这可不中用了！我白操了一世的心了！"

袭人因他年老多知，所以请他来看；如今见他这般一说，都信以为实，也哭起来了。晴雯便告诉袭人方才如此这般，袭人听了，便忙到潇湘馆来，见紫鹃正伏侍黛玉吃药，也顾不得什么，便走上来问紫鹃道："你才和我们宝玉说了些什么话？你瞧瞧他去！你回老太太去，我也不管了！"说着，便坐在椅上。黛玉忽见袭人满面急怒，又有泪痕，举止大变，更不免也着了忙，因问："怎么了？"袭人定了一回，哭道："不知紫鹃姑奶奶说了些什么话，那个呆子眼也直了，手脚也冷了，话也不说了，李嬷嬷掐着也不疼了，已死了大半个了！连嬷嬷都说不中用了，那里放声大哭，只怕这会子都死了！"

黛玉听此言，李嬷嬷乃久经老妪，说不中用了，可知必不中用，"哇"的一声，将所服之药，一口呕出，抖肠搜肺、炙胃扇肝的，哑声大嗽了几阵：一时面红发乱，目肿筋浮，喘的抬不起头来。紫鹃忙上来捶背，黛玉伏枕喘息了半晌，推紫鹃道："你不用捶！你竟拿绳子来勒死我，是正经。"紫鹃哭道："我并没说什么，不过是说了几句玩话，他就认真了。"袭人道："你还不知道他那傻子，每每玩话认了真。"黛玉道："你说了什么话？趁早儿去解说，他只怕就醒过来了。"紫鹃听说，忙下床，同袭人到了怡红院。谁知贾母王夫人等已都在那里了。贾母一见了紫鹃，便眼内出火，骂道："你这小蹄子，和他说了什么？"紫鹃忙道："并没敢说什么，不过说几句玩语。"谁知宝玉见了紫鹃，方"嗳呀"了一声，哭出来了。众人一见，都放下心来。贾母便拉住紫鹃，只当他得罪了宝玉，所以拉紫鹃命他赔罪。谁知宝玉一把拉住紫鹃，死也不放，说："要去连我带了去。"

众人不解，细问起来，方知紫鹃说要回苏州去，一句玩话引出来的。贾母流泪道："我当有什么要紧大事，原来是这句玩话。"又向紫鹃道："你这孩子，素日是个伶俐聪敏的，你又知道他有个呆根子，平白的哄他做什么？"薛姨妈劝道："宝玉本来心实，可巧林姑娘又是从小儿来的，他姊妹两个一处长得这么大，比别的姊妹更不同。这会子热刺刺的说一个去，别说他是个实心的傻孩子，便是冷心肠的大人，也要伤心。这并不是什么大病，老太太和姨太太只管万安，吃一两剂药就好了。"

正说着，人回："林之孝家的，赖大家的，都来瞧哥儿来了。"贾母道："难为他们想着，叫他们来瞧瞧。"宝玉听了一个"林"字，便满床闹起来，说："了不得了，林家的人接他们来了，快打出去罢！"贾母听了，也忙说："打出去罢。"又忙安慰说："那不是林家的人，林家的人都死绝了，没人来接他的，你只放心罢！"宝玉哭道："凭他是谁，除了林妹妹，都不许姓林的！"贾母道："没姓林的来，凡姓林的都打出去了。"一面吩咐众人："以后别叫林之孝家的进园来，你们也别说'林'字，孩子们，你们听了我这一句话罢！"众人忙答应，又不敢笑。一时宝玉又一眼看见了十锦槅子上陈设的一双金西洋自行船，便指着乱说："那不是接他们来的船来了？湾在那里呢⑤！"贾母忙命拿下来。袭人忙拿下来。宝玉伸手要，袭人递过去，宝玉便掖在被中，笑道："这可去不成了！"一面说，一面死拉着紫鹃不放。

一时人回："大夫来了。"贾母忙命："快进来。"王夫人、薛姨妈、宝钗等暂避入里间。贾母便端坐在宝玉身旁。王太医进来，见许多的人，忙上去请了贾母的安，拿了宝玉的手，诊了一回。那紫鹃少不得低了头，王太医也不解何意，起身说道："世兄这症，乃是急痛迷心。古人曾云：'痰迷有别：有气血亏柔饮食不能熔化痰迷者，有怒恼中痰急而迷者，有急痛壅塞者。'此亦痰迷之症⑥，系急痛所致，不过一时壅蔽，较诸痰迷似轻。"贾母道："你只说怕不怕，谁同你背药书呢！"王太医忙躬身笑道："不妨，不妨。"贾母道："果真不妨？"王太医道："实在不妨。都在晚生身上。"贾母道："既如此，请到外面坐，开药方。吃好了，我另外预备好谢礼，叫他亲自捧了，送去磕头；若耽误了，我打发人去拆了太医院的大堂。"王太医只躬身陪笑说："不敢，不敢。"他原听了说："另具上等谢礼命宝玉去磕头"，故满口说"不敢"，竟未听见贾母后来说"拆太医院"之戏语，犹说"不敢"，贾母与众人反倒笑了。

一时按方煎药，药来服下，果觉比先安静。无奈宝玉只不肯放紫鹃，只说："他去了，便是要回苏州去了。"贾母王夫人无法，只得命紫鹃守着他，另将琥珀去伏侍黛玉。黛玉不时遣雪雁来探消息。这晚间宝玉稍安，贾母王夫人等方回去了，一夜还遣人来问信几次。李奶妈带宋妈等几个年老人用心看守，紫鹃、袭人、晴雯等日夜相伴。有时宝玉睡去，必从梦中惊醒，不是哭了，说黛玉已去，便是说有人来接。每一惊时，必得紫鹃安慰一番方罢。彼时贾母又命将祛邪守灵丹及开窍通神散各样上方秘制诸药，按方饮服，次日又服了王太医药，渐次好了起来。宝玉心下明白，因恐紫鹃回去，倒故意作出佯狂之态。紫鹃自那日也着实后悔，如今日夜辛苦，并没有怨意。袭人等皆心安神定，因向紫鹃笑道："都是你闹的，还得你来治。也没见我们这位呆子，'听见风就是雨'，往后怎么好。"暂且按下。

且说此时湘云之症已愈，天天过来瞧看，见宝玉明白了，便将他病中狂态形容与他瞧，引得宝玉自己伏枕而笑：原来他起先那样，竟是不知的；如今听人说，还不信。无人时，紫鹃在侧，宝玉又拉他的手，问道："你为什么唬我？"紫鹃道："不过是哄你玩的，你就认真。"宝玉道："你说得那样有情有理，如何是玩话呢？"紫鹃笑道："那些玩话，都是我编的。林家实没了人口；纵有，也是极远的族中，也都不在苏州住，各省流寓不定。纵有人来接，老太太也必不放去的。"宝玉道："便老太太放去，我也不依！"紫鹃笑道："果真的不依？只怕是口里的话。你如今也大了，连亲也定下了，过二三年再娶了亲，你眼睛里还有谁了。"

宝玉听了，又惊问："谁定了亲，定了谁？"紫鹃笑道："年里我就听见老太太说要定了琴姑娘呢；不然，那么疼他？"宝玉笑道："人人只说我傻，你比我更傻！不过是句玩话，他已经许给梅翰林家了。果然定下了他，我还是这个形景了？先是我发誓赌咒，砸这劳什子，你都没劝过吗？我病的刚刚的这几日才好了，你又来怄我！"一面说，一面咬牙切齿的，又说道："我只愿这会子立刻我死了，把心迸出来，你们瞧见了，然后连皮带骨，一概都化成一股灰，再化成一股烟，一阵大风，吹得四面八方，都登时散了，这才好！"一面说，一面又滚下泪来。紫鹃忙上来握他的嘴，替他擦眼泪；又忙笑解释道："你不用着急。这原是我心里着急，故来试你。"

宝玉听了，更又咤异，问道："你又着什么急？"紫鹃笑道："你知道，我并不是林家的人，我也和袭人鸳鸯是一伙的，偏把我给了林姑娘使，偏生他又和我极好，比他苏州带来的还好十倍，一时一刻，我们两个离不开。我如今心里却愁他倘或要去了，我必要跟了他去的。我是合家在这里，我若不去，辜负了我们素日的情长；若去，又弃了本家。所以我疑惑，故说出这谎话来问你，谁知你就傻闹起来。"宝玉笑道："原来是你愁这个，所以你是傻子！从此后再别愁了。我告诉你一句打迸儿的话：活着，咱们一处活着；不活着，咱们一处化灰，化烟。如何？"

紫鹃听了，心下暗暗筹画。忽有人回："环爷兰哥儿问候。"宝玉道："就说难为他们，我才睡了，不必进来。"婆子答应去了。紫鹃笑道："你也好了，该放我回去瞧瞧我们那一个去了。"宝玉道："正是这话。我昨夜就要叫你去的，偏又忘了。我已经大好了，你就去罢。"紫鹃听说，方打迭铺盖妆奁之类。宝玉笑道："我看见你文具里头有两三面镜子，你把那面小菱花的给我留下罢。我搁在枕头傍边，照着好睡，明日出门带着也轻巧。"紫鹃听说，只得与他留下。先命人将东西送过去，然后别了众人，自回潇湘馆来。

黛玉近日闻得宝玉如此形景，未免又添些病症，多哭几场。今儿紫鹃来了，问其原故，已知大愈，仍遣琥珀去伏侍贾母。夜间人静后，紫鹃已宽衣卧下之时，悄向黛玉笑道："宝玉的心倒实，听见咱们去，就那样起来。"黛玉不答。紫鹃停了半晌，自言自语的说道："一动不如一静，我们这里就算好人家，别的都容易，最难得的是从小儿一处长大，脾气情性都彼此知道的了。"黛玉啐道："你这几天还不乏，趁这会子不歇一歇，还嚼什么蛆！"紫鹃笑道："倒不是白嚼蛆，我倒是一片真心为姑娘。替你愁了这几年了：无父母无兄弟，谁是知冷知热的人？趁早儿，老太太还明白硬朗的时节，作定了大事要紧。俗语说：'老健春寒秋后热[7]。'倘或老太太一时有个好歹，那时虽也完事，只怕耽误了时光，还不得趁心如意呢。公子王孙虽多，那一个不是三房五妾，今日朝东，明日朝西？娶一个天仙来，也不过三夜五夜，也就撂在脖子后头了。甚至于怜新弃旧，反目成仇的。若娘家有人有势的，还好些；若姑娘这样的人，有老太太一日还好，一日若没了老太太，也只是凭人去欺负罢了。所以说，拿主意要紧。姑娘是个明白人，岂不闻俗语说的'万两黄金容易得，知心一个也难求'！"黛玉听了，便说道："这丫头今日可疯了，怎么去了几日，忽然变了一个人？我明日必回老太太，退回你去，我不敢要你了。"紫鹃笑道："我说的是好话，不过叫你心里留神，并没叫你去为非作歹。何苦回老太太，叫我吃了亏，又有什么好处？”说着，竟自己睡了。黛玉听了这话，口内虽如此说，心内未尝不伤感。待他睡了，便直哭了一夜，至天明，方打了一个盹儿。次日，勉强盥漱了，吃了些燕窝粥。便有贾母等亲来看视了，又嘱咐了许多话。

　　目今是薛姨妈的生日，自贾母起，诸人皆有祝贺之礼，黛玉也只得备了两色针线送去。是日也定了一班小戏，请贾母与王夫人等。独有宝玉与黛玉二人不曾去得。至晚散时，贾母等顺路又瞧了他二人一遍，方回房去。次日，薛姨妈家又命薛蝌陪诸伙计吃了一天酒，连忙了三四天，方才完结。因薛姨妈看见邢岫烟生的端雅稳重，且家道贫寒，是个钗荆裙布的女儿⑧，便欲说与薛蟠为妻。因薛蟠素昔行止浮奢，又恐遭塌了人家女儿，正在踌躇之际，忽想起薛蝌未娶，看他二人，恰是一对天生地设的夫妻，因谋之于凤姐儿。凤姐儿笑道：“姑妈素知我们太太有些左性的，这事等我慢谋。”

　　因贾母去瞧凤姐儿时，凤姐儿便和贾母说：“薛姨妈有一件事求老祖宗，只是不好启齿的。”贾母忙问：“何事。”凤姐便将求亲一事说了。贾母笑道：“这有什么不好启齿，这是极好的好事，等我和你婆婆说了，怕他不依？”因回房来，即刻就命人来请了邢夫人过来，硬作保山⑨。邢夫人想了一想：薛家根基不错，且现今大富；薛蝌生得又好；且贾母又作保山。将计就计，便应了。

　　贾母十分喜欢，忙命人请了薛姨妈来，二人见了，自然有许多谦辞。邢夫人即刻命人去告诉邢忠夫妇。他夫妇原是此来投靠邢夫人的，如何不依，早极口的说：“妙极。”贾母笑道：“我最爱管闲事，今日又管成了一件事，不知得多少谢媒钱？”薛姨妈笑道：“这是自然的。纵抬了整万银子来，只怕不稀罕。但只一件，老太太既是作媒，还得一位主亲才好。”贾母笑道：“别的没有，我们家折腿烂手的人还有两个。”说着，便命人去叫过尤氏婆媳二人来。贾母告诉他原故，彼此忙都道喜。贾母吩咐道："咱们家的规矩，你是尽知的，从没有两亲家'争礼争面'的。如今你算替我在当中料理，不可太省，也不可太费，把他两家的事周全了回我。"尤氏忙答应了。薛姨妈喜之不尽，回家命写了请帖，补送过宁府。尤氏深知邢夫人性情，本不欲管，无奈贾母亲自嘱咐，只得应了。惟忖度邢夫人之意行事。薛姨妈是个无可无不可的人，倒还易说。这且不在话下。

如今薛姨妈既定了邢岫烟为媳，合宅皆知。邢夫人本欲接出岫烟去住，贾母因说："这又何妨？两个孩子又不能见面，就是姨太太和他一个大姑子，一个小姑子，又何妨？况且都是女孩儿，正好亲近些呢。"邢夫人方罢。那薛蝌岫烟二人，前次途中，曾有一面之遇，大约二人心中皆如意，只是那岫烟未免比先时拘泥了些，不好与宝钗姐妹共处闲谈；又兼湘云是个爱取笑的，更觉不好意思。幸他是个知书达礼的，虽是女儿，还不是那种佯羞诈鬼、一味轻薄造作之辈。

宝钗自那日见他起，想他家业贫寒；二则别人的父母皆是年高有德之人，独他的父母偏是酒糟透了的人，于女儿分中平常；邢夫人也不过是脸面之情，亦非真心疼爱；且岫烟为人雅重，迎春是个老实人，连他自己尚未照管齐全，如何能管到他身上，凡闺阁中家常一应需用之物，或有亏乏，无人照管，他又不与人张口。宝钗倒暗中每相体贴接济，也不敢与邢夫人知道，也恐怕是多心闲话之故。如今却是众人意料之外奇缘作成这门亲事。岫烟心中先取中宝钗，有时仍与宝钗闲话，宝钗仍以姊妹相呼。

这日宝钗因来瞧黛玉，恰值岫烟也来瞧黛玉，二人在半路相遇，宝钗含笑唤他到跟前，二人同走。至一块石壁后，宝钗笑问道："这天还冷的很，你怎么倒全换了夹的了？"岫烟见问，低头不答。宝钗便知道又有了原故，因又笑问道："必定是这个月的月钱又没得？凤姐姐如今也这样没心计了。"岫烟道："他倒想着不错日子给的。因姑妈打发人和我说道：一个月用不了二两银子，叫我省一两给爹妈送出去；要使什么，横竖有二姐姐的东西，能着些搭着就使了⑩。姐姐想：二姐姐是个老实人，也不大留心。我使他的东西，他虽不说什么，他那些妈妈丫头，那一个是省事的？那一个是嘴里不尖的？我虽在那屋里，却不敢很使唤他们。过三天五天，我倒得拿些钱出来，给他们打酒买点心吃才好。因此，一月二两银子还不够使，如今又去了一两。前日我悄悄的把棉衣服叫人当了几吊钱盘缠⑪。"宝钗听了，愁叹道："偏梅家又合家在任上，后年才进来。若是在这里，琴儿过去了，好再商议你这事，离了这里就完了。如今不完了他妹妹的事，也断不敢先娶亲的。如今倒是一件难事。再迟两年，我又怕你熬煎出病来。等我和妈妈再商议。"

宝钗又指他裙上一个碧玉佩问道："这是谁给你的？"岫烟道："这是三姐姐给的。"宝钗点头道："他见人人皆有，独你一个没有，怕人笑话，故此送一个，这是他聪明细致之处。"岫烟又问："姐姐此时那里去？"宝钗道："我到潇湘馆去。你且回去，把那当票子叫丫头送来我那里⑫，悄悄的取出来，晚上再悄悄的送给你去，早晚好穿；不然，风闪着还了得！但不知当在那里了？"岫烟道："叫做什么恒舒，是鼓楼西大街的。"宝钗笑道："这闹在一家去了！伙计们倘或知道了，好说'人没过来，衣裳先到了'。"岫烟听说，便知是他家的本钱，也不答，红了脸一笑，二人走开。

宝钗就往潇湘馆来，恰正值他母亲也来瞧黛玉，正说闲话呢。宝钗笑道："妈妈多早晚来的？我竟不知道。"薛姨妈道："我这几日忙，总没来瞧瞧宝玉和他，所以今日瞧他两人。都也好了。"黛玉忙让宝钗坐了，因向宝钗道："天下的事，真是人想不到的。拿着姨妈和大舅母说起，怎么又作一门亲家。"薛姨妈道："我的儿，你们女孩儿家那里知道？自古道：'千里姻缘一线牵。'管姻缘的有一位月下老人⑬，预先注定，暗里只用一根红丝，把这两个人的脚绊住，凭你两家那怕隔着海国呢，若有姻缘的，终久有机会作了夫妇。这一件事，都是出人意料之外。凭父母本人都愿意了，或是年年在一处，已为是定了的亲事，若是月下老人不用红线拴的，再不能到一处。比如你姐妹两个的婚姻，此刻也不知在眼前，也不知在山南海北呢！"宝钗道："惟有妈妈说动话拉上我们！"一面说，一面伏在母亲怀里，笑说："咱们走罢。"黛玉就笑道："你瞧！这么大了，离了姨妈，他就是个最老到的⑭；见了姨妈，他就撒娇儿。"薛姨妈将手摩弄着宝钗，向黛玉叹道："你这姐姐，就和凤哥儿在老太太跟前一样：着了正经事，就有话和他商量；没有了事，幸亏他开我的心。我见了他这样，有多少愁不散的。"

黛玉听说，流泪叹道："他偏在这里这样，分明是气我没娘的人，故意来形容我⑮！"宝钗笑道："妈妈，你瞧他这轻狂样儿，倒说我撒娇儿！"薛姨妈道："也怨不得他伤心，可怜没父母，到底没个亲人。"又摩挲黛玉，笑道："好孩子，别哭。你见我疼你姐姐，你伤心，你知我心里更疼你呢！你姐姐虽没父亲，到底有我，有亲哥哥，这就比你强了。我常和你姐姐说，心里很疼你，只是外头不好带出来的。你这里人多嘴杂，说好话的人少，说歹话的人多：不说你无依靠，为人做人可配人疼；只说我们看老太太疼你了，我们也'泼上水'去了⑯。"黛玉笑道："姨妈既这么说，我明日就认姨妈做娘。姨妈若是弃嫌，便是假意疼我。"薛姨妈道："你不厌我，就认了。"宝钗忙道："认不得的。"黛玉道："怎么认不得？"宝钗笑道："我且问你：我哥哥还没定亲事，为什么反将邢妹妹先说与我兄弟了？是什么道理？"黛玉道："他不在家，或是属相生日不对，所以先说与兄弟了。"宝钗笑道："不是这样。我哥哥已经相准了，只等来家就放定，也不必提出人来。我说你认不得娘，你细想去！"说着，便和他母亲挤眼儿发笑。

黛玉听了，便一头伏在薛姨妈身上，说道："姨妈不打他，我不依！"薛姨妈搂着他笑道："你别信你姐姐的话，他是和你玩呢。"宝钗笑道："真个妈妈明日和老太太求了，聘作媳妇，岂不比外头寻的好？"黛玉便拢上来要抓他，口内笑说："你越发疯了！"薛姨妈忙笑劝，用手分开方罢。又向宝钗道："连邢姑娘我还怕你哥哥遭塌了他，所以给你兄弟，别说这孩子，我也断不肯给他。前日老太太要把你妹妹说给宝玉，偏生又有了人家；不然，倒是门子好亲事。前日我说定了邢姑娘，老太太还取笑说：'我原要说他的人，谁知他的人没到手，倒被他说了我们一个去了。'虽是玩话，细想来倒也有些意思。我想宝琴虽有了人家，我虽无人可给，难道一句话也不说？我想你宝兄弟，老太太那样疼他，他又生得那样，若要外头说去，老太太断不中意，不如把你林妹妹定与他，岂不四角俱全^⑰？"

黛玉先还怔怔的听，后来见说到自己身上，便啐了宝钗一口，红了脸，拉着宝钗笑道："我只打你！为什么招出姨妈这些老没正经的话来？"宝钗笑道："这可奇了！妈妈说你，为什么打我？"紫鹃忙跑来笑道："姨太太既有这主意，为什么不和老太太说去？"薛姨妈笑道："这孩子急什么！想必催着姑娘出了阁，你也要早些寻一个小女婿子去了。"紫鹃也红了脸，笑道："姨太太真个倚老卖老的！"说着便转身去了。黛玉先骂："又与你这蹄子什么相干！"后来见了这样，也笑道："阿弥陀佛！该，该，该！也臊了一鼻子灰去了！"薛姨妈母女及婆子丫鬟都笑起来。

一语未了，忽见湘云走来，手里拿着一张当票，口内笑道："这是什么账篇子？"黛玉瞧了，不认得。地下婆子都笑道："这可是一件好东西！这个乖不是白教的。"宝钗忙一把接了看时，正是岫烟才说的当票子，忙折起来。薛姨妈忙说："那必是那个妈妈的当票子失落了，回来急得他们找。那里得的？"湘云道："什么'当票子'？"众人笑道："真真是个呆子，连当票子也不知道！"薛姨妈叹道："怨不得他，真真是侯门千金，而且又小，那里知道这个？那里去看这个？就是家下人有这个，他如何得见？别笑他是呆子，若给你们家的姑娘看了，也都成了呆子。"众婆子笑道："林姑娘方才也不认得。别说姑娘们，就如宝玉，倒是外头常走出去的，只怕也还没见过呢。"薛姨妈忙将原故讲明，湘云黛玉二人听了，方笑道："这人也太会想钱了！姨妈家当铺也有这个不成？"众人笑道："这更呆了！'天下老鸹一般黑'，岂有两样的。"薛姨妈因又问："是那里拾的？"湘云方欲说时，宝钗忙说："是一张死了没用的^⑰，不知是那年勾了账的。香菱拿着哄他们玩的。"薛姨妈听了此话是真，也就不问了。

一时人来回："那府里大奶奶过来请姨太太说话呢。"薛姨妈起身去了。这里屋内无人时，宝钗方问湘云："何处拾的？"湘云笑道："我见你令弟媳的丫头篆儿悄悄的递与莺儿，莺儿便随手夹在书里，只当我没看见。我等他们出去了，我偷着看，竟不认得，知道你们都在这里，所以拿来大家认认。"黛玉忙问："怎么他也当衣裳不成？既当了，怎么又给你？"

宝钗见问，不好隐瞒他两个，便将方才之事，都告诉了他二人。黛玉便说："兔死狐悲，物伤其类。"不免也要感叹起来了。史湘云听了，便动了气，说："等我问着二姐姐去！我骂那起老婆子丫头一顿，给你们出气，何如？"说着，便要走出去，宝钗忙一把拉住，笑道："你又发疯了，还不给我坐下呢！"黛玉笑道："你要是个男人，出去打一个抱不平儿；你又充什么荆轲、聂政^⑱？真真好笑。"湘云道："既不叫问他去，明日也可把他接到咱们院里一处住去，岂不是好？"宝钗笑道："明日再商量。"说着，人报："三姑娘四姑娘来了。"三人听说，忙掩了口，不提此事。要知端详，且听下回分解。

【注释】

①弹墨绫薄绵袄：黑色绫洒线或堆花的薄丝绵袄子。清李渔《闲情偶寄》卷七"衣衫"："二八佳人，如欲华美其制，则青上洒线，青上堆花，较之他色更显，反复求之，衣色之妙，未有过于此者。"

②行（háng）子们：骂语。指所厌恶的人或事。

③托实：不客气，实心眼儿。亦说"依实"。

④白话：这里指没有根据的话。

⑤湾：这里用作动词，停泊的意思。

⑥痰迷之症：即"痰迷心窍"，中医病名。指由于痰浊蒙蔽，导致神志不清的一种病症。

⑦老健春寒秋后热：意谓老年人的健康、春天的寒冷、秋后的热天，都是短暂的，不能保持长久。宋太平老人《袖中锦》："世间四事不可久恃：春寒、秋热、老健、君宠。"

⑧钗荆裙布：以荆枝为钗，以粗布为裙，形容妇女俭朴的服饰。这里是朴素的意思。

⑨保山：保人。言其可靠如山一样稳固。

⑩能着：将就。

⑪盘缠：一般指旅费，这里指日常零用钱。亦作"盘川"。

⑫当票子：当铺付给贷款人的一种证券，约长五寸，阔四寸，用厚皮纸蓝色木板水印。上面写明抵押品、当的钱数及年月日，日后凭此赎取抵押品。

⑬月下老人：传说中主管人间婚姻的神，简称"月老"。明张四维《双烈记·就婚》："岂不闻月下老人之事乎？千里姻缘着线牵。"

⑭老到：这里是老成的意思。

⑮形容我：打趣我，拿我开心。

⑯泝（fù）上水：游向上游，比喻巴结有权势的人。泝，浮游。

⑰四角俱全：完美无缺的意思。

⑱死了没用的：指过期的当票。当物过期，不能再赎取，当票便勾账了结，谓之"死号"。清初死号期限，多为两年半，后改为两年。

⑲荆轲、聂政：荆轲，战国时卫人，曾奉燕太子丹的使命去谋刺秦始皇，未成，被杀。聂政，战国时韩人，为报严遂的私仇，奉命刺杀了韩相侠累，自亦皮面抉目而死。这二人旧时都被看作是见义勇为的人物，称为"义士"。

第五十八回
杏子阴假凤泣虚凰①　茜纱窗真情揆痴理②

话说他三人因见探春等进来，忙将此话掩住不提。探春等问候过，大家说笑了一回方散。

谁知上回所表的那位老太妃已薨③，凡诰命等皆入朝随班，按爵守制④；敕谕天下，凡有爵之家，一年内不得筵宴音乐，庶民皆三月不得婚姻。贾母婆媳祖孙等俱每日入朝随祭，至未正以后方回。在大偏宫二十一日后，方请灵入先陵，地名孝慈县。这陵离都来往得十来日之功，如今请灵至此，还要停放数日，方入地宫，故得一月光景。宁府贾珍夫妻二人，也少不得是要去的：两府无人，因此大家计议，家中无主，便报了"尤氏产育"，将他腾挪出来，协理宁荣两处事件。

因托了薛姨妈在园内照管他姊妹丫鬟，薛姨妈只得也挪进园来。因宝钗处有湘云香菱，李纨处目今李婶母虽去，然有时来往，三五日不定，贾母又将宝琴送与他去照管；迎春处有岫烟；探春因家务冗杂，且不时有赵姨娘与贾环嘈聒，甚不方便；惜春处房屋狭小。况贾母又千叮咛万嘱咐托他照管林黛玉，薛姨妈素习也最怜爱他的，今既巧遇这事，便挪至潇湘馆来和黛玉同房，一应药饵饮食，十分经心。黛玉感戴不尽，以后便亦如宝钗之称呼，连宝钗前亦直以"姐姐"呼之，宝琴前直以"妹妹"呼之，俨似同胞共出，较诸人更似亲切。贾母见如此，也十分喜悦放心。薛姨妈只不过照管他姊妹，禁约得丫鬟辈；一应家中大小事务也不肯多口。尤氏虽天天过来，也不过应名点卯，亦不肯乱作威福。且他家内上下，也只剩他一人料理；再者，每日还要照管贾母王夫人的下处一应所需饮馔铺设之物：所以也甚操劳。

　　当下荣宁两处主人既如此不暇，并两处执事人等，或有跟随着入朝的，或有朝外照理下处事务的，又有先踩踏下处的⑤，也都各各忙乱。因此两处下人无了正经头绪，也都偷安，或乘隙结党，与权暂执事者窃弄威福。荣府只留得赖大并几个管家照管外务。这赖大手下常用几个人已去，虽另委人，都是些生的，只觉不顺手。且他们无知，或赚骗无节，或呈告无据，或举荐无因，种种不善，在在生事，也难备述。

　　又见各官宦家，凡养优伶男女者，一概蠲免遣发，尤氏等便议定，待王夫人回家回明，也欲遣发十二个女孩子。又说："这些人原是买的，如今虽不学唱，尽可留着使唤，只令其教习们自去也罢了。"王夫人因说："这学戏的倒比不得使唤的，他们也是好人家的女儿，因无能，卖了做这事，装丑弄鬼的几年，如今有这机会，不如给他们几两银子盘费，各自去罢。当日祖宗手里都是有这例的。咱们如今损阴坏德⑥，而且还小器。如今虽有几个老的还在，那是他们各有原故，不肯回去的，所以才留下使唤的，大了配了我们家里小厮们了。"尤氏道："如今我们也去问他十二个，有愿意回去的，就带了信儿，叫他父母来亲自领回去，给他们几两银子盘缠，方妥；倘若不叫上他的亲人来，只怕有混账人冒名领出去，又转卖了，岂不辜负了这恩典？若有不愿意回去的，就留下。"王夫人笑道："这话妥当。"

　　尤氏等遣人告诉了凤姐儿，一面说与总理房中，每教习给银八两，令其自便。凡梨香院一应物件，查清记册收明，派人上夜。将十二个女孩子叫来，当面细问，倒有一多半不愿意回家的：也说父母虽有，他只以卖我们姊妹为事，这一去还被他卖了；也有父母已亡，或被叔伯兄弟所卖的；也有说无人可投的；也有说恋恩不舍的。所愿去者止四五人。王夫人听了，只得留下。将去者四五人皆令其干娘领回家去，单等他亲父母来领；将不愿去者，分散在园中使唤。贾母便留下文官自使，将正旦芳官指与宝玉，将小旦蕊官送了宝钗，将小生藕官指与了黛玉，将大花面葵官送了湘云，将小花面豆官送了宝琴[7]，将老外艾官指与了探春，尤氏便讨了老旦茄官去：当下各得其所，就如那倦鸟出笼，每日园中游戏。众人皆知他们不能针黹，不惯使用，皆不大责备。其中或有一二个知事的，愁将来无应时之技，亦将本技丢开，便学起针黹纺绩女工诸务。

一日正是朝中大祭，贾母等五更便去了。下处用些点心小食，然后入朝。早膳已毕，方退至下处歇息。用过早饭，略歇片刻，复入朝侍中晚二祭，方出至下处歇息。用过晚饭方回家。可巧这下处乃是一个大官的家庙，乃比丘尼焚修[8]，房舍极多极净，东西二院，荣府便赁了东院；北静王府便赁了西院，太妃少妃每日晏息，见贾母等在东院，彼此同出同入，都有照应。外面诸事不消细述。

且说大观园内，因贾母王夫人天天不在家内，又送灵去一月方回，各丫鬟婆子，皆有闲空，多在园内游玩，更又将梨香院内伏侍的众婆子一概撤回，并散在园内听使，更觉园内人多了几十个。因文官等一干人，或心性高傲，或倚势凌下，或拣衣挑食，或口角锋芒，大概不安分守己者多，因此众婆子含怨，只是口中不敢与他们分争；如今散了学，大家趁了愿；也有丢开手的；也有心地狭窄犹怀旧怨的，因将众人皆分在各房名下，不敢来厮侵。

可巧这日乃是清明之日，贾琏已备下年例祭祀，带领贾环、贾琮、贾兰三人去往铁槛寺祭柩烧纸；宁府贾蓉也同族中人各办祭祀前往。因宝玉病未大愈，故不曾去得。饭后发倦，袭人因说："天气甚好，你且出去逛逛，省的丢下粥碗就睡，存在心里。"宝玉听说，只得拄了一支杖，靸着鞋，走出院来。因近日将园中分与众婆子料理，各司各业，皆在忙时：也有修竹的，也有剔树的[9]，也有栽花的，也有种豆的，池中间又有驾娘们行着船夹泥的[10]，种藕的。湘云、香菱、宝琴与些丫鬟等都坐在山石上瞧他们取乐。宝玉也慢慢行来。湘云见了他来，忙笑说："快把这船打出去！他们是接林妹妹的。"众人都笑起来。宝玉红了脸，也笑道："人家的病，谁是好意的⑪，你也形容着取笑儿。"湘云笑道："病也比人家另一样，原招笑儿，反说起人来。"说着，宝玉便也坐下，看着众人忙乱了一回。湘云因说："这里有风，石头上又冷，坐坐去罢。"

宝玉也正要去瞧黛玉，起身挂拐，辞了他们，从沁芳桥一带堤上走来。只见柳垂金线，桃吐丹霞，山石之后，一株大杏树，花已全落，叶稠阴翠，上面已结了豆子大小的许多小杏。宝玉因想道："能病了几天，竟把杏花辜负了！不觉到'绿叶成阴子满枝'了⑫！"因此仰望杏子不舍。又想起邢岫烟已择了夫婿一事：虽说男女大事，不可不行，但未免又少了一个好女儿，不过二年，便也要"绿叶成阴子满枝"了；再过几日，这杏树子落枝空，再几年，岫烟也不免乌发如银，红颜似缟了。因此，不免伤心，只管对杏叹息。正悲叹时，忽有一个雀儿飞来，落于枝上乱啼。宝玉又发了呆性了，心下想道："这雀儿必定是杏花正开时他曾来过，今见无花空有叶，故也乱啼。这声韵必是啼哭之声，可恨公冶长不在眼前⑬，不能问他。但不知明年再发时，这个雀儿可还记得飞到这里来与杏花一会不能？"

正自胡思间，忽见一股火光，从山石那边发出，将雀儿惊飞，宝玉吃了一惊，又听外边有人喊道："藕官，你要死！怎么弄些纸钱进来烧？我回奶奶们去，仔细你的肉！"宝玉听了，益发疑惑起来，忙转过山石看时，只见藕官满面泪痕，蹲在那里，手内还拿着火，守着些纸钱灰作悲。宝玉忙问道："你与谁烧纸钱？快不要在这里烧！你或是为父母兄弟，你告诉我名姓，外头去叫小厮们，打了包袱写上名姓去烧⑭。"藕官见了宝玉，只不做一声，宝玉数问不答。忽见一个婆子恶狠狠的走来拉藕官，口内说道："我已经回了奶奶们，奶奶们气得了不得！"藕官听了，终是孩气，怕辱没了没脸，便不肯去。婆子道："我说你们别太兴头过余了，如今还比得你们在外头乱闹呢！这是尺寸地方儿⑮。"指着宝玉道："连我们的爷还守规矩呢，你是什么阿物儿，跑来胡闹！怕也不中用，跟我快走罢！"宝玉忙道："他并没烧纸钱，原是林姑娘叫他烧那烂字纸的，你没看真，反错告了他。"

藕官正没了主意，见了宝玉，也正添了畏惧；忽听他反替遮掩，心内转忧成喜，也便硬着口说道："你狠看真是纸钱子么？我烧的是林姑娘写坏的字纸。"那婆子便弯腰向纸灰中拣出不曾化尽的遗纸在手内，说道："你还嘴硬？有证又有凭，只和你厅上讲去。"说着，拉了袖子，拽着要走。宝玉忙拉藕官，又用拄杖隔开那婆子的手，说道："你只管拿了回去，实告诉你，我昨夜做了一梦，梦见杏花神和我要一挂白钱，不可叫本房人烧，另叫生人替烧，我的病就好得快了，所以我请了白钱，巴巴的烦他来替我烧了。我今日才能起来，偏你又看见了。这会子又不好了，都是你冲了！还要告他去？藕官，你只管见他们去，就依着这话说。"藕官听了，越得主意，反拉着要走。那婆子忙丢下纸钱，陪笑央告宝玉，说道："我原不知道，若回太太，我这人岂不完了？"宝玉道："你也不许再回，我便不说。"婆子道："我已经回了，原叫我带他。只好说他被林姑娘叫去了。"宝玉点头应允，婆子自去。

这里宝玉细问藕官："为谁烧纸？必非父母兄弟，定有私自的情理。"藕官因方才护庇之情，心中感激，知他是自己一流人物，况再难隐瞒，便含泪说道："我这事，除了你屋里的芳官合宝姑娘的蕊官，并没第三个人知道。今日忽然被你撞见，这意思，少不得也告诉了你，只不许再对一人言讲。"又哭道："我也不便和你面说，你只回去，背人悄悄问芳官就知道了。"说毕，怏怏而去。宝玉听了，心下纳闷，只得踱到潇湘馆瞧黛玉，越发瘦得可怜，问起来，比往日大好了些。黛玉见他也比先大瘦了，想起往日之事，不免流下泪来，些微谈了一谈，便催宝玉去歇息调养。宝玉只得回来。因惦记着要问芳官原委，偏有湘云香菱来了，正和袭人芳官一处说笑，不好叫他，恐人又盘诘，只得耐着。

一时芳官又跟了他干娘去洗头，他干娘偏又先叫他亲女儿洗过才叫芳官洗。芳官见了这般，便说他偏心："把你女儿的剩水给我洗。我一个月的月钱都是你拿着，沾我的光不算，反倒给我剩东剩西的！"他干娘羞恼变成怒，便骂他："不识抬举的东西！怪不得人人都说戏子没一个好缠的，凭你什么好的，入了这一行，都学坏了。这一点子小崽子，也挑么挑六⑯，咸嘴淡舌⑰，咬群的骡子似的⑱！"娘儿两个吵起来。

　　袭人忙打发人去说："少乱嚷！瞅着老太太不在家，一个个连句安静话也都不说了。"晴雯因说："这是芳官不省事，不知狂的什么？也不过是会两出戏，倒像杀了贼王、擒过反叛来的！"袭人道："'一个巴掌拍不响'，老的也太不公些，小的也太可恶些。"宝玉道："怨不得芳官！自古说：'物不平则鸣⑲。'他失亲少眷的在这里，没人照看；赚了他的钱，又作践他，如何怪得！"又向袭人说："他到底一月多少钱？以后不如你收了过来照管他，岂不省事？"袭人道："我要照看他，那里不照看了？又要他那几个钱才照看他？没的招人骂去了。"说着，便起身至那屋里，取了一瓶花露油、鸡蛋、香皂、头绳之类，叫了一个婆子来："送给芳官去，叫他另要水自洗，不要吵闹了。"他干娘越发羞愧，便说芳官："没良心！只说我克扣你的钱！"便向他身上拍了几下，芳官便哭起来。宝玉便走出来，袭人忙劝："做什么？我去说他。"晴雯忙先过来，指他干娘说道："你这么大年纪，太不懂事！你不给他好好的洗，我们才给他东西。你自己不臊，还有脸打他！他要是还在学里学艺，你也敢打他不成？"那婆子便说："'一日叫娘，终身是母。'他排揎我⑳，我就打得！"

　　袭人唤麝月道："我不会和人拌嘴，晴雯性太急，你快过去震吓他两句。"麝月听了，忙过来说道："你且别嚷，我且问你：别说我们这一处，你看满园子里，谁在主子屋里教导过女儿的？就是你的亲女儿，既经分了房，有了主子，自有主子打骂；再者，大些的姑娘姐姐们也可以打得骂得，谁许你老子娘又半中间管起闲事来了！都这样管，又要叫他们跟着我们学什么？越老越没了规矩！你见前日坠儿的妈来吵，你如今也来跟他学！你们放心，因连日这个病那个病，再老太太又不得闲，所以我也没有去回。等两日咱们去痛回一回，大家把这威风煞一煞儿才好呢！况且宝玉才好了些，连我们也不敢说话，你反打得人狼号鬼哭的！上头出了几日门，你们就无法无天的，眼珠子里就没了人了。再两天，你们就该打我们了。他不要你这干娘，怕粪草埋了他不成？"

宝玉恨得拿拄杖打着门槛子说道："这些老婆子都是铁心石肠是的，真是大奇事！不能照看，反倒折挫他们。地久天长，如何是好？"晴雯道："什么'如何是好'？都撵了出去，不要这些'中看不中吃的'！"那婆子羞愧难当，一言不发。那芳官只穿着海棠红的小绵袄，底下绿绸洒花夹裤，敞着裤腿，一头乌油似的头发披在脑后，哭得泪人一般。麝月笑道："把个莺莺小姐反弄成才拷打完的红娘了！这会子又不妆扮了，还是这么着？"晴雯因走过去拉了他，替他洗净了发，用手巾拧干，松松的挽了一个慵妆髻㉑；命他穿了衣服，过这边来。

接着司内厨的婆子来问："晚饭有了，可送不送？"小丫头听了，进来问袭人。袭人笑道："方才胡吵了一阵，也没留心听得，几下钟了？"晴雯道："这劳什子又不知怎么了，又得去收拾！"说着，拿过表来瞧了一瞧，说道："再略等半钟茶的工夫就是了。"小丫头去了。麝月笑道："提起淘气来，芳官也该打两下儿，昨日是他摆弄了那坠子半日，就坏了。"说话之间，便将食具打点现成。一时小丫头子捧了盒子进来站住，晴雯麝月揭开看时，还是这四样小菜。晴雯笑道："已经好了，还不给两样清淡菜吃！这稀饭咸菜闹到多早晚？"一面摆好，一面又看那盒中，却有一碗火腿鲜笋汤，忙端了放在宝玉跟前。宝玉便就桌上喝了一口，说道："好汤！"众人都笑道："菩萨，能几日没见荤腥儿，馋得这样起来？"一面说，一面端起来，轻轻用口吹着。因见芳官在侧，便递与芳官，说道："你也学些服侍，别一味傻玩傻睡。口儿轻着些，别吹上唾沫星儿。"芳官依言果吹了几口，甚妥。他干娘也端饭在门外伺候，向里忙跑进来，笑道："他不老成，仔细打了碗，等我吹罢。"一面说，一面就接。

晴雯忙喊道："快出去！你让他砸了碗，也轮不到你吹！你什么空儿跑到里槅儿来了？"一面又骂小丫头们："瞎了眼的！他不知道，你们也该说给他！"小丫头们都说："我们撵他不出去，说他又不信，如今带累我们受气，这是何苦呢！你可信了？我们到的地方儿，有你到的一半儿，那一半儿是你到不去的呢！何况又跑到我们到不去的地方儿还不算，又去伸手动嘴的了。"一面说，一面推他出去。阶下几个等空盒家伙的婆子见他出来，都笑道："嫂子也没有'用镜子照一照'，就进去了！"羞得那婆子又恨又气，只得忍耐卜去了。芳官吹了几口，宝玉笑道："你尝尝，好了没有？"芳官当是玩话，只是笑着看袭人等。袭人道："你就尝一口何妨？"晴雯笑道："你瞧我尝。"说着便喝一口。芳官见如此，他便尝了一口，说："好了。"递与宝玉，喝了半碗，吃了几片笋，又吃了半碗粥，就罢了。众人便收出去。小丫头捧沐盆，漱盥毕，袭人等去吃饭。宝玉使个眼色与芳官，芳官本来伶俐，又学了几年戏，何事不知。便装肚子疼，不吃饭了。袭人道："既不吃，在屋里做伴儿。把粥留下，你饿了再吃。"说着去了。

宝玉将方才见藕官，如何谎言护庇，如何藕官叫我问你，细细的告诉一遍，又问："他祭的果系何人？"芳官听了，眼圈儿一红，又叹一口气，道："这事说来，藕官儿也是胡闹。"宝玉忙问："如何？"芳官道："他祭的就是死了的药官儿。"宝玉道："他们两个也算朋友，也是应当的。"芳官道："那里又是什么朋友哩？那都是傻想头，他是小生，药官是小旦，往常时，他们扮作两口儿，每日唱戏的时候，都装着那么亲热，一来二去，两个人就装糊涂了，倒像真的一样儿。后来两个竟是你疼我，我爱你。药官儿一死，他就哭的死去活来的，到如今不忘，所以每节烧纸。后来补了蕊官，我们见他也是那样，就问他：'为什么得了新的就把旧的忘了？'他说：'不是忘。比如人家男人死了女人，也有再娶的，只是不把死的丢过不提就是有情分了。'你说他是傻不是呢？"

宝玉听了这呆话，独合了他的呆性，不觉又喜又悲，又称奇道绝。拉着芳官嘱咐道："既如此说，我有一句话嘱咐你，须得你告诉他：以后断不可烧纸，逢时按节，只备一炉香，一心虔诚，就能感应了。我那案上也只设着一个炉，我有心事，不论日期，时常焚香；随便新茶新水，就供一盏；或有鲜花鲜果，甚至荤腥素菜都可。只在敬心，不在虚名。以后快命他不可再烧纸！"芳官听了，便答应着；一时吃过粥。便有人回："老太太回来了。"要知端的，且看下回分解。

【注释】

①假凤泣虚凰：凤凰，古代传说中的神鸟，雄为凤，雌为凰，后用以比喻夫妇。藕官和药官都是女孩子，但俨若夫妇，所以说"假凤虚凰"。

②揆（kuí）：推测，揣度。

③太妃：清制，对皇帝之祖或父所遗留之妃嫔，分别尊称为皇贵太妃、贵太妃、太妃等。薨（hōng）：周代称诸侯之死为"薨"。《礼记·曲礼下》："天子死曰崩，诸侯曰薨。"唐代称二品以上官员之死曰"薨"。这里指皇妃之死。

④守制：封建礼教规定，遭遇父母之丧，要闭门读礼，谢绝人事，"三年不从政"，"不与宴会，不听音乐，不嫁娶"，叫"守制"。这里死的是老太妃，守制的人更多，但爵位不同，规定又异，所以说"按爵守制"。

⑤踩踏：这里是实地去察看的意思。

⑥损阴：即折损阴骘。旧谓暗中做害人的事为"伤阴德"。

⑦小花面：扮演小丑的角色，也称"三花脸"。

⑧比丘尼：比丘是梵语，意为乞者。佛教称出家修行的男僧为比丘，女僧为比丘尼，也称"沙门尼"，俗名"尼姑"。焚修：焚香修斋。

⑨剔（wū）树：修砍树枝。剔，这里用作动词。

⑩夹泥：同"罱（lǎn）泥"，即用两根竹杆下端附着的竹箕，捞

取河底烂泥，以作肥料。

⑪好意的：故意的。

⑫绿叶成阴子满枝：见唐杜牧《叹花》诗。比喻少女嫁人并已生儿育女。《太平广记》卷二七三引唐高彦休《唐阙史》载，杜牧游湖州时，与一少女相识，为盟而别。十四年后，杜牧授湖州刺史，再访其人，则已出嫁三年而生三子，杜牧乃赋诗以自伤曰："自是寻春去校迟，不须惆怅怨芳时。狂风落尽深红色，绿叶成阴子满枝。"

⑬公冶长：春秋时鲁国人（一说齐人），孔子弟子，传说他能通鸟语。《论语·公冶长》："子谓公冶长'可妻也，虽在缧绁之中，非其罪也'。"南朝梁皇侃《义疏》："范宁曰：'公冶行正获罪，罪非其罪。'……别有一书，名为《论释》。云：'公冶长从卫还鲁，行至二堺上，闻鸟相呼往清溪食死人肉。须臾，见一老姬当道而哭，冶长问之。姬曰："儿前日出行，于今不反，当是已死亡，不知所在。"冶长曰："向闻鸟相呼往清溪食肉，恐是姬儿也。"姬往看，即得其儿也，已死。'"公冶长因此被误解杀人，后经审问，果然通鸟语。

⑭烧包袱：旧时用纸糊成口袋，内装纸钱等焚化物，祭奠死者时焚烧，叫"烧包袱"。

⑮尺寸地方儿：意即讲究规矩的地方。尺寸，这里指法度。

⑯挑么挑六：太好挑眼儿。

⑰咸嘴淡舌：掉嘴弄舌，花言巧语。

⑱咬群的骡子：牲口杂居有恋群、咬群之分。咬群，指劣马和驯马或咬或踢，不能相处。常用以比喻某个人常跟周围的人闹纠纷。

⑲物不平则鸣：唐韩愈《送孟东野序》："大凡物不得其平则鸣，草木之无声，风挠之鸣；水之无声，风荡之鸣；……人之于言也，亦然。有不得已者而后言，其歌也有思，其哭也有怀。凡出乎口而为声者，其皆有弗平者也。"意谓受到不公平的待遇，就要发出不满的呼声。

⑳排揎（xuān）：数落，责备。

㉑慵妆髻：一种松散的盘在头顶上的发髻。或说，即指"慵来妆"。汉伶玄《飞燕外传》载，汉成帝妃赵合德新浴后卷发作新髻，施薄眉，号远山黛；施小朱者，号慵来妆。

第五十九回
柳叶渚边嗔莺叱燕　绛芸轩里召将飞符

话说宝玉闻听贾母等回来，随多添了一件衣服，挂了杖前边来，都见过了。贾母等因每日辛苦，都要早些歇息，一宿无话。次日五更，又往朝中去。离送灵日不远，鸳鸯、琥珀、翡翠、玻璃四人，都忙着打点贾母之物；玉钏、彩云、彩霞皆打点王夫人之物；当面查点与跟随的管事媳妇们。跟随的一共大小六个丫鬟，十个老婆媳妇子，男人不算。连日收拾驮轿器械①。鸳鸯与玉钏儿皆不随去，只看屋子。一面先几日预备帐幔铺陈之物，先有四五个媳妇并几个男子领了出来，坐了几辆车绕道，先至下处，铺陈安插等候。

临日，贾母带着贾蓉媳妇坐一乘驮轿，王夫人在后，亦坐一乘驮轿；贾珍骑马，率领众家丁围护；又有几辆大车，与婆子丫鬟等坐，并放些随换的衣包等件。是日薛姨妈尤氏率领诸人直送至大门外方回。贾琏恐路上不便，一面打发他父母起身，赶上了贾母王夫人驮轿，自己也随后带领家丁押后跟来。

荣府内，赖大添派人丁上夜，将两处厅院都关了，一应出入人等皆走西边小角门；日落时，便命关了仪门，不放人出入；园中前后东西角门亦皆关锁，只留王夫人大房之后常系他姊妹出入之门，东边通薛姨妈的角门：这两门因在里院，不必关锁；里面鸳鸯和玉钏儿也将上房关了，自领丫鬟婆子下房去歇；每日林之孝家的带领十来个老婆子上夜，穿堂内又添了许多小厮打更：已安插得十分妥当。

一日清晓，宝钗春困已醒，搴帷下榻，微觉轻寒，及启户视之，见院中土润苔青：原来五更时落了几点微雨。于是唤起湘云等人来。一面梳洗，湘云因说两腮作痒，恐又犯了杏斑癣②，因问宝钗要些蔷薇硝擦③。宝钗道："前日剩的都给了妹子了。"因说："颦儿配了许多，我正要要他些来，因今年竟没发痒，就忘了。"因命莺儿去取些来。莺儿应了才去时，蕊官便说："我同你去，顺便瞧瞧藕官。"说着一径同莺儿出了蘅芜院。二人你言我语，一面行走，一面说笑，不觉到了柳叶渚。顺着柳堤走来，因见叶才点碧，丝若垂金，莺儿便笑道："你会拿这柳条子编东西不会？"蕊官笑道："编什么东西？"莺儿道："什么编不得？玩的，使的，都可。等我摘些下来，带着这叶子编一个花篮，采了各色花儿放在里头，才是好玩呢！"说着，且不去取硝，且伸手采了许多嫩条，命蕊官拿着，他却一行走，一行编花篮。随路见花便采一二枝，编出一个玲珑过梁的篮子。枝上自有本来翠叶满布，将花放上，却也别致有趣。喜得蕊官笑说："好姐姐，给了我罢！"莺儿道："这一个咱们送林姑娘，回来咱们再多采些，编几个大家玩。"说着，来至潇湘馆中。

黛玉也正晨妆，见了这篮子，便笑说："这个新鲜花篮是谁编的？"莺儿说："我编了，送与姑娘玩的。"黛玉接了，笑道："怪道人人赞你的手巧，这玩意儿却也别致。"一面瞧了，一面便叫紫鹃挂在那里。莺儿又问候薛姨妈，方和黛玉要硝。黛玉忙命紫鹃去包了一包，递与莺儿。黛玉又说道："我好了，今日要出去逛逛；你回去说与姐姐，不用过来问候妈了，也不敢劳他过来，我梳了头，同妈都往你那里去吃饭，大家热闹些。"

莺儿答应了出来，便到紫鹃房中找蕊官。只见蕊官却与藕官二人正说得高兴，不能相舍，莺儿便笑说："姑娘也去呢，藕官先同去等着，岂不是好？"紫鹃听见如此说，便也说道："这话倒很是。他这里淘气的可厌。"一面说，一面便将黛玉的匙箸用了一块洋巾包了，交与藕官道："你先带了这个去，也算一趟差了。"藕官接了，笑嘻嘻同他二人出来，一径顺着柳堤走来。莺儿便又采些柳条，索性坐在山石上编起来；又命蕊官先送了硝去再来。他二人只顾爱看他编，那里舍得去？莺儿只管催，说："你们再不去，我就不编了。"藕官便说："同你去了，再快回来。"二人方去了。

这里莺儿正编，只见何妈的女儿春燕走来，笑问："姐姐编什么呢？"正说着，蕊官藕官也到了，春燕便向藕官道："前日你到底烧了什么纸？被我姨妈看见了，要告你没告成，倒被宝玉赖了他好些不是，气得他一五一十告诉我妈。你们在外头二三年了，积了些什么仇恨，如今还不解开？"藕官冷笑道："有什么仇恨？他们不知足，反怨我们了。在外头这两年，不知赚了我们多少东西。你说说，可有的没的？"

春燕笑道："他是我的姨妈，也不好向着外人反说他的。怨不得宝玉说：'女孩儿未出嫁是颗无价宝珠，出了嫁不知怎么就变出许多不好的毛病儿来；再老了，更不是珠子，竟是鱼眼睛了！分明一个人，怎么变出三样来。'这话虽是混账话，想起来真不错。别人不知道，只说我妈和姨妈，他老姐儿两个，如今越老了，越把钱看得真了。先是老姐儿两个在家抱怨没个差使进益；幸亏有了这园子，把我挑进来，可巧把我分到怡红院。家里省了我一个人的费用不算外，每月还有四五百钱的余剩，这也还说不够。后来老姐儿两个都派到梨香院去照看他们，藕官认了我姨妈，芳官认了我妈，这几年着实宽绰了。如今挪进来，也算撂开手了，还只无厌。你说好笑不好笑？接着我妈和芳官又吵了一场，又要给宝玉吹汤，讨个没趣儿。幸亏园里的人多，没人记得清楚谁是谁的亲故；要有人记得，我们一家子，叫人家看着什么意思呢！你这会子又跑了来弄这个。这一带地方上的东西，都是我姑妈管着，他一得了这地，每日起早睡晚，自己辛苦了还不算，每日逼着我们来照看，生怕有人遭塌，我又怕误了我的差使；如今我们进来了，老姑嫂两个照看得谨谨慎慎，一根草也不许人乱动，你还掐这些好花儿，又折他的嫩树枝子，他们即刻就来，仔细他们抱怨。"莺儿道："别人折掐使不得，独我使得。自从分了地基之后，各房里每日皆有分例的，不用算；单算花草玩意儿，谁管什么，每日谁就把各房里姑娘丫头戴的，必要各色送些折枝去，另有插瓶的。惟有我们姑娘说了：'一概不用送，等要什么再和你要。'究竟总没要过一次。我今便掐些，他们也不好意思说的。"

一言未了，他姑妈果然拄了拐杖走来，莺儿春燕等忙让坐。那婆子见采了许多嫩柳，又见藕官等采了许多鲜花，心里便不受用；看着莺儿编弄，又不好说什么，便说春燕道："我叫你来照看照看，你就贪着玩不去了，倘或叫起你来，你又说我使你了。拿我作隐身草儿④，你来乐！"春燕道："你老人家又使我，又怕这会子反说我，难道把我劈八瓣子不成？"莺儿笑道："姑妈，你别信小燕儿的话，这都是他摘下来，烦我给他编，我撺他，他不去。"春燕笑道："你可少玩儿！你只顾玩，他老人家就认真的。"

那婆子本是愚夯之辈，兼之年迈昏眊⑤，惟利是命，一概情面不管；正心疼肝断，无计可施，听莺儿如此说，便倚老卖老，拿起拄杖向春燕身上击了几下，骂道："小蹄子，我说着你，你还和我强嘴儿呢！你妈恨的牙痒痒，要撕你的肉吃呢，你还和我梆子是的⑥！"打得春燕又愧又急，因哭道："莺儿姐姐玩话，你就认真打我！我妈为什么恨我？又没烧糊了洗脸水⑦，有什么不是？"莺儿本是玩话，忽见婆子认真动了气，忙上前拉住，笑道："我才是玩话，你老人家打他，这不是臊我了吗？"那婆子道："姑娘，你别管我们的事，难道为姑娘这里不许我们管孩子不成？"莺儿听这般蠢话，便赌气红了脸，撒了手，冷笑道："你要管，那一刻管不得？偏我说了一句玩话，就管他了？我看你管去！"说着便坐下，仍编柳篮子。

偏又春燕的娘出来找他，喊道："你不来舀水，在那里做什么？"这婆子便接声儿道："你来瞧瞧！你女孩儿连我也不服了，在这里排揎我呢！"那婆子一面走过来，说："姑奶奶又怎么了？我们丫头眼里没娘罢了，连姑妈也没了不成？"莺儿见他娘来了，只得又说原故。他姑娘那里容人说话，便将石上的花柳与他娘瞧，道："你瞧瞧，你女孩儿这么大孩子顽的！他领着人遭塌我，我怎么说人？"他娘也正为芳官之气未平，又恨春燕不遂他的心，便走上来打了个耳刮子，骂道："小娼妇，你能上了几年台盘，你也跟着那起轻薄浪小妇学！怎么就管不得你们了？干的我管不得，你是我自己生出来的，难道也不敢管你不成？既是你们这起蹄子到得去的地方我到不去，你就死在那里伺候，又跑出来浪汉子！"一面又抓起柳条子来，直送到他脸上，问道："这叫做什么，这编的是你娘的什么？"莺儿忙道："那是我编的，你别'指桑骂槐'的！"

　　那婆子深妒袭人晴雯一干人，早知道凡房中大些的丫鬟，都比他们有些体统权势，凡见了这一干人，心中又畏又让，未免又气又恨，亦且迁怒于众；复又看见了藕官，又是他姐姐的冤家：四处凑成一股怨气。那春燕啼哭着往怡红院去了。他娘又恐问他为何哭，怕他又说出来，又要受晴雯等的气，不免赶着来喊道："你回来！我告诉你再去。"春燕那里肯回来，急的他娘跑了去要拉他。春燕回头看见，便也往前飞跑。他娘只顾赶他，不防脚下被青苔滑倒。引得莺儿三个人都反笑了。莺儿赌气将花柳皆掷于河中，自回房去。这里把个婆子心疼的只念佛，又骂："促狭小蹄子！遭塌了花儿，雷也是要劈的！"自己且掐花与各房送去。

　　却说春燕一直跑入院中，顶头遇见袭人往黛玉处问安去，春燕便一把抱住袭人说："姑娘救我，我妈又打我呢！"袭人见他娘来了，不免生气，便说道："三日两头儿，打了干的打亲的，还是卖弄你女孩儿多？还是认真不知王法？"这婆子来了几日，见袭人不言不语，是好性儿的，便说道："姑娘，你不知道，别管我们的闲事，都是你们纵的，还管什么？"说着，便又赶着打。袭人气的转身进来，见麝月正在海棠下晾手巾，听如此喊闹，便说："姐姐别管，看他怎么！"一面使眼色与春燕。春燕便会意，直奔了宝玉去。众人都笑道："这可是从来没有的事今儿都闹出来了。"麝月向婆子道："你再略煞一煞气儿，难道这些人的脸面，和你讨一个情还讨不出来不成？"

　　那婆子见他女儿奔到宝玉身边去，又见宝玉拉了春燕的手，说："你别怕，有我呢！"春燕一行哭，一行将方才莺儿等事都说出来。宝玉越发急起来，说："你只在这里闹也罢了，怎么连亲戚也都得罪起来！"麝月又向婆子及众人道："怨不得这嫂子说我们管不着他们的事，我们虽无知，错管了。如今请出一个管得着的人来管一管，嫂子就心服口服，也知道规矩了。"便回头命小丫头子："去把平儿给我叫来，平儿不得闲，就把林大娘叫了来。"那小丫头子应了便走。众媳妇上来笑说："嫂子快求姑娘们叫回那孩子来罢。平姑娘来了，可就不好了！"那婆子说道："凭是那个姑娘来了，也要评个理。没有见个娘管女孩儿，大家管着娘的！"众人笑道："你当是那个平姑娘？是二奶奶屋里的平姑娘！他有情么，说你两句；他一翻脸，嫂子，你'吃不了兜着走'！"

　　说着，只见那个小丫头回来说："平姑娘正有事呢，问我做什么，我告诉了他。他说，既这样，且撵出他去，告诉林大娘，在角门打四十板子就是了。"那婆子听见如此说了，吓得泪流满面，央告袭人等说："好容易我进来了！况且我是寡妇家，没有坏心，一心在里头伏侍姑娘们。我这一去，不知苦到什么地步！"袭人见他如此说，又心软了，便说："你既要在这里，又不守规矩，又不听话，又乱打人，那里弄你这个不晓事的人来！天天斗口齿，也叫人笑话。"晴雯道："理他呢！打发他去了正经。那里那么大工夫和他对嘴对舌的。"那婆子又央众人道："我虽错了，姑娘们吩咐了，以后改过。姑娘们那不是行好积德。"一面又央告春燕："原是为打你起的，饶没打成你，我如今反受了罪。好孩子，你好歹替我求求罢！"宝玉见如此可怜，便命留下："不许再闹！再闹，一定打了撵出去。"那婆子一一谢过下去。

　　只见平儿走来，问系何事，袭人等忙说："已完了，不必再提。"平儿笑道："'得饶人处且饶人'[8]，得将就的就省些事罢。但只听得各屋大小人等都作起反来了，一处不了又一处，叫我不知管那一处是。"袭人笑道："我只说我们这里反了，原来还有几处。"平儿笑道："这算什么事！这三四日的工夫，一共大小出了八九件呢，——比这里的还大。可气，可笑！"不知平儿说出何事，且听下回分解。

【注释】

①驮（tuó）轿：又名"骡驮轿"。一种用两匹牲口驮着走的轿子，轿厢宽大，乘坐舒适，为北方交通工具。也叫"马舆"。

②杏斑癣：或即桃花癣，又名"吹花癣"。因脾胃内热上蒸，复感风邪所致。多发于春季，妇女多见。初起颜面皮肤发红，伴发小丘疹；继则形成斑片，微痒有干燥感。

③蔷薇硝：一种香粉。

④隐身草儿：传说中拿着它便可以使人隐匿身形的一种草。这里是挡箭牌的意思。也写作"影身草"。

⑤昏眊（mào）：原指视力模糊，引申为昏昧糊涂。

⑥梆子是的：比喻说话声高，气势汹汹。梆子，旧时巡更或号召时所用的打击响器，声音高亢清脆。

⑦烧糊了洗脸水：比喻根本不可能发生的差错。

⑧得饶人处且饶人：指做事须留有余地，不要做绝。宋姚宽《西溪丛话》："苏州有一道人善棋，凡对局，饶人一先。有诗云：'自出洞来无敌手，得饶人处且饶人。'"

第六十回
茉莉粉替去蔷薇硝　玫瑰露引出茯苓霜①

　　话说袭人因问平儿："何事这等忙乱？"平儿笑道："都是世人想不到的，说来也好笑。等过几日告诉你，如今没头绪呢，且也不得闲儿。"一语未了，只见李纨的丫鬟来了，说："平姐姐可在这里！奶奶等你，你怎么不去了？"平儿忙转身出来，口内笑说："来了，来了！"袭人等笑道："他奶奶病了，他又成了'香饽饽'了，都抢不到手。"平儿去了不提。

　　这里宝玉便叫春燕："你跟了你妈去，到宝姑娘房里，给莺儿句好话儿听听，也不可白得罪了他。"春燕答应了，和他妈出去。宝玉又隔窗说道："不可当着宝姑娘说，仔细反叫莺儿受教导。"娘儿两个应了出来，一边走着，一面说闲话儿。春燕因向他娘道："我素日劝你老人家，再不信。何苦闹出没趣来才罢！"他娘笑道："小蹄子，你走罢！俗语说：'不经一事，不长一智。'我如今知道了，你又该来支问着我了②！"春燕笑道："妈，你若好生安分守己，在这屋里长久了，自有许多好处。我且告诉你句话。宝玉常说：这屋里的人，无论家里外头的，一应我们这些人，他都要回太太全放出去，与本人父母自便呢。你只说这一件，可好不好？"他娘听说，喜的忙问："这话果真？"春燕道："谁可撒谎做什么？"婆子听了，便念佛不绝。

　　当下来至蘅芜院中，正值宝钗、黛玉、薛姨妈等吃饭。莺儿自去泡茶。春燕便和他妈一径到莺儿前，陪笑说："方才言语冒撞，姑娘莫嗔莫怪！特来陪罪。"莺儿也笑了，让他坐，又倒茶；他娘儿两个说有事，便作辞回来。忽见蕊官赶出，叫："妈妈，姐姐，略站一站。"一面走上，递了一个纸包儿与他们，说是蔷薇硝，与芳官去擦脸。春燕笑道："你们也太小气了，还怕那里没这个给他？巴巴儿的又弄一包给他去。"蕊官道："他是他的，我送的是我送的，姐姐千万带回去罢！"春燕只得接了。娘儿两个回来，正值贾环贾琮二人来问候宝玉，也才进去。春燕便向他娘说："只我进去罢，你老人家不用去。"他娘听了。自此百依百随的，不敢倔强了。

春燕进来，宝玉知道回复了，便先点头。春燕知意，便不再说一语，略站了一站，便转身出来，使眼色与芳官。芳官出来，春燕方悄悄的说与他蕊官之事，并与了他硝。宝玉并无与琮环可谈之语，因笑问芳官："手里是什么？"芳官便忙递与宝玉瞧，又说："是擦春癣的蔷薇硝。"宝玉笑道："难为他想得到。"贾环听了，便伸着头瞧了一瞧，又闻得一股清香，便弯腰向靴筒内掏出一张纸来，托着笑道："好哥哥，给我一半儿！"宝玉只得要给他。芳官心中因是蕊官之赠，不肯给别人，连忙拦住，笑说道："别动这个，我另拿些来。"宝玉会意，忙笑道："且包上拿去。"

芳官接了这个，自去收好，便从奁中去寻自己常使的。启奁看时，盒内已空，心中疑惑："早上还剩了些，如何就没了？"因问人时，都说不知。麝月便说："这会子且忙着问这个！不过是这屋里人一时短了使了，你不管拿些什么给他们，那里看得出来？快打发他们去了，咱们好吃饭。"芳官听说，便将些茉莉粉包了一包拿来。贾环见了，喜的就伸手来接，芳官便忙向炕上一掷。贾环见了，也只得向炕上拾了，揣在怀内，方作辞而去。

原来贾政不在家，且王夫人等又不在家，贾环连日也便装病逃学。如今得了硝，兴兴头头来找彩云，正值彩云和赵姨娘闲谈，贾环笑嘻嘻向彩云道："我也得了一包好的，送你擦脸。你常说蔷薇硝擦癣比外头买的银硝强，你看看，是这个不是？"彩云打开一看，"嗤"的一笑，说道："你是和谁要来的？"贾环便将方才之事说了一遍。彩云笑道："这是他们哄你这乡老儿呢！这不是硝，这是茉莉粉。"贾环看了一看，果见比先的带些红色，闻闻也是喷香，因笑道："这是好的，硝粉一样，留着擦罢，横竖比外头买的高便好。"彩云只得收了。赵姨娘便说："有好的给你？谁叫你要去了？怎么怨他们耍你！依我，拿了去照脸摔给他去。趁着这会子，撞尸的撞尸去了，挺床的挺床③，吵一出子，大家别心净，也算是报报仇。莫不成两个月之后，还找出这个渣儿来问你不成？就问你，你也有话说。宝玉是哥哥，不敢冲撞他罢了，难道他屋里的猫儿狗儿也不敢去问问？"贾环听了，便低了头。彩云忙说："这又是何苦来！不管怎么，忍耐些罢了。"赵姨娘道："你也别管，横竖与你无干。趁着抓住了理，骂那些浪娼妇们一顿，也是好的。"又指贾环道："呸！你这下流没刚性的，也只好受这些毛丫头的气！平白我说你一句儿，或无心中错拿了一件东西给你，你倒会扭头暴筋、瞪着眼，撅摔娘④；这会子被那起毛崽子耍弄，倒就罢了。你明日还想这些家里人怕你呢！你没什么本事，我也替你恨！"

贾环听了，不免又愧又急，又不敢去，只撅手说道："你这么会说，你又不敢去。支使了我去闹，他们倘或往学里告去，我捱了打，你敢自不疼的！遭遭儿调唆我去，闹出事来，我捱了打骂，你一般也低了头。这会子又调唆我和毛丫头们去闹！你不怕三姐姐，你敢去，我就服你！"一句话戳了他娘的肺，便嚷道："我肠子里爬出来的，我再怕了，这屋里越发有得活了！"一面说，一面拿了那包子，便飞也似的往园中去了。彩云死劝不住，只得躲入别房。贾环便也躲出仪门，自去玩耍。

赵姨娘直进园子，正是一头火，顶头遇见藕官的干娘夏婆子走来，瞧见赵姨娘气得眼红面青的走来，因问："姨奶奶，那里去？"赵姨娘拍着手道："你瞧瞧！这屋里连三日两日进来唱戏的小粉头们都三般两样⑤，掂人的分量，放小菜儿了。要是别一个我还不恼，若叫这些小娼妇捉弄了，还成了什么了！"夏婆子听了，正中己怀，忙问："因什么事？"赵姨娘遂将以粉作硝、轻侮贾环之事说了一回。夏婆子道："我的奶奶，你今日才知道？这算什么事！连昨日这个地方，他们私自烧纸钱，宝玉还拦在头里。人家还没拿进个什么儿来，就说使不得，不干不净的东西忌讳，这烧纸倒不忌讳？你想一想：这屋里除了太太，谁还大似你？你自己掌不起！但凡掌的起来，谁还不怕你老人家？如今我想：趁这几个小粉头儿都不是正经货，就得罪他们，也有限的。快把这两件事抓着理，扎个筏子⑥，我帮着你作证见。你老人家把威风也抖一抖，以后也好争别的。就是奶奶姑娘们，也不好为那起小粉头子说你老人家的不是。"赵姨娘听了这话，越发有理，便说："烧纸的事我不知道，你细细告诉我。"夏婆子便将前事一一的说了。又说："你只管说去，倘或闹起来，还有我们帮着你呢。"赵姨娘听了，越发得了意，仗着胆子，便一径到了怡红院中。

可巧宝玉往黛玉那里去了，芳官正与袭人等吃饭，见赵姨娘来了，忙都起身让："姨奶奶吃饭。什么事情这等忙？"赵姨娘也不答话，走上来，便将粉照芳官脸上摔来，手指着芳官骂道："小娼妇养的！你是我们家银子钱买了来学戏的，不过娼妇粉头之流，我家里下三等奴才也比你高贵些！你都会'看人下菜碟儿'！宝玉要给东西，你拦在头里，莫不是要了你的了？拿这个哄他，你只当他不认得呢！好不好，他们是手足，都是一样的主子，那里有你小看他的？"

芳官那里禁得住这话，一行哭，一行便说："没了硝，我才把这个给他的；要说没了，又怕不信。难道这不是好的？我便学戏，也没往外头唱去。我一个女孩儿家，知道什么'粉头''面头'的！姨奶奶犯不着来骂我，我又不是姨奶奶家买的。'梅香拜把子——都是奴才'罢咧⑦！这是何苦来呢！"袭人忙拉他说："休胡说！"赵姨娘气的发怔，便上来打了两个耳刮子，袭人等忙上来拉劝，说："姨奶奶不要和他小孩子一般见识，等我们说他。"芳官挨了两下打，那里肯依？便打滚撒泼的哭闹起来；口内便说："你打的着我么？你照照你那模样儿再动手！我叫你打了去，也不用活着了！"撞在他怀中叫他打。众人一面劝，一面拉。晴雯悄拉袭人说："不用管他们，让他们闹去，看怎么开交。如今乱为王了，什么你也来打，我也来打，都这样起来，还了得呢！"外面跟赵姨娘来的一干人听见如此，心中各各趁愿，都念佛说："也有今日！"又有那一干怀怨的老婆子，见打了芳官，也都趁愿。

当下藕官蕊官等正在一处玩，湘云的大花面葵官，宝琴的豆官，两个听见此信，忙找着他两个说："芳官被人欺负，咱们也没趣儿，须得大家破着大闹一场，方争的过气来。"四人终是小孩子心性，只顾他们情分上义愤，便不顾别的，一齐跑入怡红院中。豆官先就照着赵姨娘撞了一头，几乎不曾将赵姨娘撞了一跤。那三个也便拥上来，放声大哭，手撕头撞，把个赵姨娘裹住。晴雯等一面笑，一面假意去拉。急的袭人拉起这个，又跑了那个，口内只说："你们要死啊！有委屈只管好说，这样没道理，还了得了！"赵姨娘反没了主意，只好乱骂。蕊官藕官两个一边一个，抱住左右手；葵官豆官前后头顶住，只说："你打死我们四个就罢！"芳官直挺挺躺在地下，哭得死过去。

正没开交，谁知晴雯早遣春燕回了探春，当下尤氏、李纨、探春三人带着平儿与众媳妇走将来，忙把四个喝住。问起原故来，赵姨娘气得瞪着眼、粗了筋，一五一十，说个不清。尤李两个不答言，只喝禁他四人。探春便叹气说道："这是什么大事！姨娘太肯动气了。我正有一句话，要请姨娘商议，怪道丫头们说不知在那里，原来在这里生气呢！姨娘快同我来。"尤氏李纨都笑说："请姨娘到厅上来，咱们商量。"

赵姨娘无法，只得同他三人出来，口内犹说长说短。探春便说："那些小丫头子们原是玩意儿，喜欢呢，和他玩玩笑笑；不喜欢，可以不理他就是了。他不好了，如同猫儿狗儿抓咬了一下子，可恕就恕；不恕时，也只该叫管家媳妇们，说给他去责罚。何苦自不尊重，大吆小喝，也失了体统。你瞧周姨娘，怎么没人欺他、他也不寻人去？我劝姨娘且回房去煞煞性儿，别听那说瞎话的混账人调唆，惹人笑话自己呆，白给人家做活。心里有二十分的气，也忍耐这几天，等太太回来，自然料理。”一席话说得赵姨娘闭口无言，只得回房去了。

这里探春气得和李纨尤氏说：“这么大年纪，行出来的事总不叫人敬服！这是什么意思，也值的吵一吵，并不留体统！耳朵又软，心里又没有算计，这又是那起没脸面的奴才们调唆的，作弄出个呆人，替他们出气！”越想越气，因命人：“查是谁调唆的！”媳妇们只得答应着出来，相视而笑，都说是：“大海里那里捞针去？”只得将赵姨娘的人并园中人唤来盘诘，都说：“不知道。”众人也无法，只得回探春：“一时难查，慢慢的访。凡有口舌不妥的，一总来回了责罚。”

探春气渐渐平服，方罢。可巧艾官便悄悄的回探春说：“都是夏妈素日和这芳官不对，每每的造出些事来。前日赖藕官烧纸，幸亏是宝二爷自己应了，他才没话。今日我与姑娘送手巾去，看见他和姨奶奶在一处说了半天，嗫嗫喳喳的，见了我来，才走开了。”探春听了，虽知情弊，亦料定他们皆一党，本皆淘气异常，便只答应，也不肯据此为证。

谁知夏婆的外孙女儿小蝉儿，便是探春处当差的，时常与房中丫鬟们买东西，众女孩儿都待他好。这日饭后，探春正上厅理事，翠墨在家看屋子，因命小蝉出去叫小么儿买糕去。小蝉便笑说：“我才扫了个大院子，腰腿生疼的，你叫别的人去罢。”翠墨笑说：“我又叫谁去？你趁早儿去，我告诉你一句好话：你到后门顺路告诉你老娘，防着些儿。”说着，便将艾官告他老娘的话告诉了他。小蝉听说，忙接了钱，道：“这个小蹄子也要捉弄人，等我告诉去。”说着，便起身来。至后门边，只见厨房内此刻手闲之时，都坐在台阶上说闲话呢，夏婆亦在其内。小蝉便命一个婆子出去买糕，他且一行骂，一行说，将方才的话告诉了夏婆子。夏婆子听了，又气又怕，便欲去找艾官问他；又要往探春前去诉冤。小蝉忙拦住说：“你老人家去怎么说呢？这话怎么知道的？可又叨蹬不好了⑧，说给你老人家防着就是了，那里忙在一时儿？"

正说着，忽见芳官走来，扒着院门，笑向厨房中柳家媳妇说道："柳婶子，宝二爷说了：晚饭的素菜，要一样凉凉的酸酸的东西，只不要搁上香油弄腻了。"柳家的笑道："知道。今儿怎么又打发你来告诉这么句要紧的话呢？你不嫌腌臜，进来逛逛。"芳官才进来，忽有一个婆子，手里托了一碟子糕来。芳官戏说："谁买的热糕？我先尝一块儿。"小蝉一手接了，道："这是人家买的，你们还希罕这个！"柳家的见了，忙笑道："芳姑娘，你爱吃这个，我这里有才买下给你姐姐吃的，他没有吃，还收在那里，干干净净没动的。"说着，便拿了一碟子出来，递与芳官，又说："你等我替你炖口好茶来。"一面进去现通井火炖茶。芳官便拿着那糕，举到小蝉脸上，说："谁希罕吃你那糕！这个不是糕不成？我不过说着玩罢了，你给我磕头，我还不吃呢！"说着，便把手内的糕掰了一块，掷着逗雀儿玩，口内笑说道："柳婶子，你别心疼，我回来买二斤给你。"小蝉气的怔怔的瞅着说道："雷公老爷也有眼睛，怎么不打这作孽的人！"众人都说道："姑娘们罢哟！天天见了就咕唧。"有几个伶透的，见他们拌起嘴来了，又怕生事，都拿起脚来各自走开。当下小蝉也不敢十分说话，一面咕哝着去了。

这里柳家的见人散了，忙出来和芳官说："前日那话说了没有？"芳官道："说了。等一两天，再提这事。偏那赵不死的又和我闹了一场。前日那玫瑰露，姐姐吃了没有？他到底可好些？"柳家的道："可不都吃了！他爱得什么似的，又不好合你再要。"芳官道："不值什么，等我再要些来给他就是了。"

原来柳家的有个女孩儿，年才十六岁，虽是厨役之女，却生得人物与平、袭、鸳、紫相类。因他排行第五，便叫他五儿。因素有弱疾，故没得差使。近因柳家的见宝玉房中丫鬟，差轻人多，且又闻宝玉将来都要放他们，故如今要送到那里去应名。正无路头，可巧这柳家的是梨香院的差使，他最小意殷勤，伏侍得芳官一干人，比别的干娘还好，芳官等待他也极好。如今便和芳官说了，央芳官去和宝玉说。宝玉虽是依允，只是近日病着，又有事，尚未得说。

前言少述，且说当下芳官回至怡红院中，回复了宝玉。这里宝玉正为赵姨娘吵闹，心中不悦，说又不是，不说又不是，只等吵完了，打听着探春劝了他去后，方又劝了芳官一阵，因使他到厨房说话去。今见他回来，又说还要些玫瑰露与柳五儿吃去，宝玉忙道："有着呢，我又不大吃，你都给他吃去罢。"说着，命袭人取出来。见瓶中也不多，遂连瓶与了芳官。

芳官便自携了瓶与他去。正值柳家的带进他女儿来散闷，在那边畸角子一带地方逛了一回，便回到厨房内，正吃茶歇脚儿。见芳官拿了一个五寸来高的小玻璃瓶来，迎亮照着，里面有半瓶胭脂一般的汁子，还当是宝玉吃的西洋葡萄酒。母女两个忙说："快拿旋子烫滚了水⑨，你且坐下。"芳官笑道："就剩了这些，连瓶子给你罢。"五儿听说，方知是玫瑰露，忙接了，又谢芳官。因说道："今日好些，进来逛逛。这后边一带，也没有什么意思，不过是些大石头大树和房子后墙，正经好景致也没看见。"芳官道："你为什么不往前去？"柳家的道："我没叫他往前去：姑娘们也不认得他，倘有不对眼的人看见了，又是一番口舌。明日托你携带他，有了房头儿⑩，怕没人带着逛呢！只怕逛腻了的日子还有呢！"芳官听了，笑道："怕什么？有我呢！"柳家的忙道："嗳哟哟！我的姑娘！我们的头皮儿薄⑪，比不得你们。"说着，又倒了茶来。芳官那里吃这茶？只漱了一口便走了。柳家的说："我这里占着手呢，五丫头送送。"

五儿便送出来，因见无人，又拉着芳官说道："我的话到底说了没有？"芳官笑道："难道哄你不成？我听见屋里正经还少两个人的窝儿，并没补上：一个是小红的，琏二奶奶要了去，还没给人来；一个是坠儿的，也没补。如今要你一个也不算过分。皆因平儿每每和袭人说：'凡有动人动钱的事，得捱的且捱一日。如今三姑娘正要拿人作筏子呢。'连他屋里的事都驳了两三件，如今正要寻我们屋里的事没寻着，何苦来往网里碰去？倘或说些话驳了，那时候老了⑫，倒难再回转。且等冷一冷儿，老太太、太太心闲了，凭是天大的事，先和老的儿一说，没有不成的！”五儿道：“虽如此说，我却性儿急，等不得了。趁如今挑上了：头宗，给我妈争口气，也不枉养我一场；二宗，我添了月钱，家里又从容些；三宗，我开开心，只怕这病就好了。便是请大夫吃药，也省了家里的钱。”芳官说：“你的话我都知道了，你只管放心。”说毕，芳官自去了。

　　单表五儿回来，与他娘深谢芳官之情。他娘因说：“再不承望得了这些东西，虽然是个尊贵物儿，却是吃多了也动热，竟把这个倒些送个人去，也是大情。”五儿问：“送谁？”他娘道：“送你姑舅兄弟一点儿，他那热病，也想这些东西吃。我倒半盏给他去。”五儿听了，半日没言语，随他妈倒了半盏去，将剩的连瓶便放在家伙厨内。五儿冷笑道：“依我说，竟不给他也罢了。倘或有人盘问起来，倒又是一场是非。”他娘道：“那里怕起这些来，还了得！我们辛辛苦苦的，里头赚些东西，也是应当的。难道是作贼偷的不成？”说着，不听，一径去了，直至外边他哥哥家中。他侄儿正躺着。一见这个，他哥哥、嫂子、侄儿，无不欢喜。现从井上取了凉水，吃了一碗，心中爽快，头目清凉。剩的半盏，用纸盖着，放在桌上。

　　可巧又有家中几个小厮，同他侄儿素日相好的伴儿，走来看他的病，内中有一个叫做钱槐，是赵姨娘之内亲。他父母现在库上管账，他本身又派跟贾环上学。因他手头宽裕，尚未娶亲，素日看上柳家的五儿标致，一心和父母说了，娶他为妻。也曾央中保媒人，再四求告。柳家父母却也情愿，争奈五儿执意不从，虽未明言，却已中止，他父母未敢应允。近日又想往园内去，越发将此事丢开，只等三五年后放出时，自向外边择婿了。钱槐家中人见如此，也就罢了。争奈钱槐不得五儿，心中又气又愧，发恨定要弄取成配，方了此愿。今日也同人来看望柳氏的侄儿，不期柳家的在内。

　　柳家的见一群人来了，内中有钱槐，便推说不得闲，起身走了。他哥哥嫂子忙说："姑妈怎么不喝茶就走？倒难为姑妈记挂着。"柳家的因笑道："只怕里面传饭。再闲了，出来瞧侄儿罢。"他嫂子因向抽屉内取了一个纸包儿出来，拿在手内，送了柳家的出来，至墙角边，递与柳家的，又笑道："这是你哥哥昨日在门上该班儿，谁知这五日的班儿，一个外财没发，只有昨日有广东的官儿来拜，送了上头两小篓子茯苓霜，余外给了门上人一篓作门礼，你哥哥分了这些。昨儿晚上，我打开看了看，怪俊，雪白的。说拿人奶和了，每日早起吃一钟，最补人的。没人奶就用牛奶；再不得就是滚白水也好。我们想着正是外甥女儿吃得的，上半天原打发小丫头子送了家去，他说锁着门，连外甥女儿也进去了。本来我要瞧瞧他去，给他带了去的，又想着主子们不在家，各处严紧，我又没什么差使，跑什么？况且这两日风闻得里头家反作乱的，倘或沾带了，倒值多了。姑妈来的正好，亲自带去罢。"

　　柳氏道了生受，作别回来。刚走到角门前，只见一个小么儿笑道："你老人家那里去了？里头三次两趟叫人传呢，叫我们三四个人各处都找到了。你老人家从那里来了？这条路又不是家去的路，我倒要疑心起来了。"那柳家的笑道："好小猴儿崽子！你也和我胡说起来了！回来问你。"要知端的，下回分解。

【注释】

①茯苓霜：用茯苓制成的糖粉。霜，指色白如霜的粉末。

②支问：这里是责备的意思。

③挺床：即"停床"。这里是骂人像死尸一样在床上卧病、睡觉。

④撤（dūn）摔：顿足摔手、顶撞人。

⑤粉头：原指娼妓，引申指不规矩的妇女。

⑥扎个筏子：意谓找借口出气。

⑦"梅香"句：歇后语。意即不管是谁，大家都是奴才。梅香，

宋陆佃《埤雅》:"梅花优于香,桃花优于色。"后遂多以梅香为婢女常用的名字,并代指婢女。拜把子,结拜成兄弟、姐妹。

⑧叨蹬不好:宣扬出去,难以应付。叨蹬,也作"叨登",即倒腾,本谓频繁地搬移,这里是宣扬的意思。

⑨旋子:即"镟子",温酒用具,多用铜锡制成,圆筒形,中盛热水,酒壶放水中,可把酒温热。

⑩有了房头儿:意即有了归属。房头儿,本指房位、房间。这里指奴婢被分配到某一主子屋里。

⑪头皮儿薄:脸皮儿薄,即没有面子。

⑫老了:比喻事情已成定局。

《红楼梦》人物关系表

图示说明:
"——" 表示父母子女从属关系;
"……" 表示四大家族内部人物关系;
"□——□" 框内两人及以上者为夫妻关系,加黑者为男性;
"□■" 框内的人物为箭头所指者的丫鬟或小厮;
"□□" 表示名字不详。

线索人物:
甄士隐——甄英莲(后改名香菱,为薛蟠妾);
贾雨村(林黛玉老师);
冷子兴(王夫人陪房周瑞家的女婿);
刘老老(女婿王狗儿的祖上和王夫人之父连过宗);
一僧一道。

宁国公
贾演 —— 贾代化 —— 贾敷
                    贾敬 —— 贾珍
                              贾蓉之母(妻)
                              尤氏(继配)
                              佩凤(妾)
                              偕鸳(妾)

贾惜春 ·入画、彩屏·

贾蓉 —— 秦可卿 宝珠、瑞珠

贾蔷之父 —— 贾蔷

尤二姐、尤三姐(尤氏继母与前夫所生)

王子腾

王子胜

王夫人

薛姨妈

薛蟠之父
薛姨妈

薛宝琴之父
薛宝琴之母

甄应嘉

王夫人之父

王

薛

甄家（贾家世交）

薛蟠
夏金桂（妻。又名秋菱）
香菱（妾。原名甄英莲）
宝蟾（妾。夏金桂丫头）

薛宝钗
邢岫烟（妻。邢夫人侄女）

薛宝琴
梅翰林之子（夫）

甄宝玉
李绮（妻。李纨堂妹）

薛蝌
薛宝玉

薛宝钗

薛宝玉

薛宝钗

薛宝玉

薛宝玉

薛宝玉

夤儿、文杏

薛宝钗

贾宝玉之友：秦钟（秦可卿之弟）、柳湘莲（与尤三姐定亲）、蒋玉函（袭袭人）

中華書局 制作

[清] 曹雪芹　高鹗　著

启功　主持

张俊　聂石樵　周纪彬　龚书铎　武静寰　校注

苗怀明　导读

红楼梦

注解本

下册

中华书局

第六十一回
投鼠忌器宝玉瞒赃^①　判冤决狱平儿行权

　　话说那柳家的听了这小么儿一夕话，笑道："好猴儿崽子，你亲婶子找野老儿去了，你岂不多得一个叔叔？有什么疑的！不要讨我把你头上的杩子盖揪下来^②，还不开门让我进去呢！"小厮且不推门，且又拉着笑道："好婶子！你这一进去，好歹偷几个杏儿出来赏我吃。我这里老等。你要忘了，日后半夜三更打酒买油的，我不给你老人家开门，也不答应你，随你干叫去。"柳氏啐道："发了昏的！今年还比往年？把这些东西都分给了众妈妈了。一个个的不像抓破了脸的！人打树底下一过，两眼就像那饿鸡是的^③，还动他的果子！可是你舅母姨娘两三个亲戚都管着，怎不和他们要去，倒和我来要？这可是'仓老鼠问老鸹去借粮，守着的没有，飞着的倒有'！"小厮笑道："嗳哟哟，没有罢了，说上这些闲话！我看你老人家，从今已后，就用不着我了？就是姐姐有了好地方，将来呼唤我们的日子多着呢！只要我们多答应他些就有了。"柳氏听了笑道："你这个小猴儿精又捣鬼了，你姐姐有什么好地方了？"那小厮笑道："不用哄我了，早已知道了。单是你们有内纤，难道我们就没有内纤不成？我虽在这里听差，里头却也有两个姐姐，成个体统的。什么事瞒了我们！"

　　正说着，只听门内又有老婆子向外叫："小猴儿，快传你柳婶子去罢，再不来，可就误了。"柳家的听了，不顾和那小厮说话，忙推门进去，笑说："不必忙，我来了。"一面来至厨房，虽有几个同伴的人，他们都不敢自专，单等他来调停分派，一面问众人："五丫头那里去了？"众人都说："才往茶房里找他们姐妹去了。"

　　柳家的听了，便将茯苓霜搁起，且按着房头分派菜馔。忽见迎春房里小丫头莲花儿走来说："司棋姐姐说：要碗鸡蛋，炖得嫩嫩的。"柳家的道："就是这一样儿尊贵。不知怎么，今年鸡蛋短的很，十个钱一个还找不出来。昨日上头给亲戚家送粥米去④，四五个买办出去，好容易才凑了二千个来，我那里找去？你说给他，改日吃罢。"莲花儿道："前日要吃豆腐，你弄了些馊的，叫他说了我一顿；今日要鸡蛋又没有了！什么好东西？我就不信连鸡蛋都没有了，别叫我翻出来。"一面说，一面真个走来，揭起菜箱一看，只见里面果有十来个鸡蛋，说道："这不是？你就这么利害！吃的是主子分给我们的分例，你为什么心疼？又不是你下的蛋，怕人吃了。"

柳家的忙丢了手里的活计，便上来说道："你少满嘴里混嗳！你妈才下蛋呢！通共留下这几个，预备菜上的浇头⑤，姑娘们不要，还不肯做上去呢，预备遇急儿的。你们吃了，倘或一声要起来，没有好的，连鸡蛋都没了。你们深宅大院，'水来伸手，饭来张口'，只知鸡蛋是平常物件，那里知道外头买卖的行市呢。别说这个，有一年连草棍子还没了的日子还有呢。我劝他们，细米白饭，每日肥鸡大鸭子，将就些儿也罢了。吃腻了肠子，天天又闹起故事来了。鸡蛋，豆腐，又是什么面筋、酱萝卜炸儿，敢自倒换口味。只是我又不是答应你们的，一处要一样，就是十来样；我倒不用伺候头层主子，只预备你们二层主子了。"

莲花儿听了，便红了脸，喊道："谁天天要你什么来，你说上这两车子话！叫你来，不是为便宜，却为什么？前日春燕来说，晴雯姐姐要吃芦蒿，你怎么忙得还问肉炒鸡炒？春燕说荤的不好，才另叫你炒个面筋儿⑥，少搁油才好，你忙得倒说自己'发昏'，赶着洗手炒了，'狗颠屁股儿'似的，亲捧了去；今日反倒拿我作筏子，说我给众人听。"

柳家的忙道："阿弥陀佛，这些人眼见的。不要说前日一次，就从旧年以来，凡各房里，偶然间不论姑娘姐儿们，要添一样半样，谁不是先拿了钱来另买另添？有的没的，名声好听。算着连姑娘带姐儿们四五十人，一日也只管要两只鸡，两只鸭子，一二十斤肉，一吊钱的菜蔬，你们算算，够做什么的？连本项两顿饭还撑持不住，还搁得住这个点这样，那个点那样，买来的又不吃，又要别的去。既这样，不如回了太太，多添些分例⑦，也象大厨房里预备老太太的饭，把天下所有的菜蔬，用水牌写了⑧，天天转着吃，到一个月现算倒好。连前日三姑娘和宝姑娘偶然商量了要吃个油盐炒豆芽儿来，现打发个姐儿拿着五百钱给我，我倒笑起来了，说：'二位姑娘就是大肚子弥勒佛⑨，也吃不了五百钱。这二三十个钱的事，还备得起。'赶着我送回钱去，到底不收，说赏我打酒吃，又说：'如今厨房在里头，保不住屋里的人不去叨蹬⑩。一盐一酱，那不是钱买的？你不给又不好，给了你又没得赔，你拿着这个钱，权当还了他们素日叨蹬的东西窝儿。'这就是明白体下的姑娘，我们心里，只替他念佛。没得赵姨奶奶听了，又气不忿，反说太便宜了我，隔不了十天，也打发个小丫头子来寻这样，寻那样，我倒好笑起来。你们竟成了例，不是这个，就是那个，我那里有这些赔的？"

正乱时，只见司棋又打发人来催莲花儿，说他："死在这里？怎么就不回去？"莲花儿赌气回来，便添了一篇话，告诉了司棋。司棋听了，不免心头起火，此刻伺候迎春饭罢，带了小丫头们走来，见了许多人正吃饭，见他来得势头不好，都忙起身陪笑让坐。司棋便喝命小丫头子动手："凡箱柜所有的菜蔬，只管扔出去喂狗，大家赚不成！"小丫头子们巴不得一声，七手八脚抢上去，一顿乱翻乱掷，慌的众人一面拉劝，一面央告司棋说："姑娘别误听了小孩子的话，柳嫂子有八个头，也不敢得罪姑娘。说鸡蛋难买是真。我们才也说他不知好歹，凭是什么东西，也少不得变法儿去。他已经悟过来了，连忙蒸上了。姑娘不信，瞧那火上。"司棋被众人一顿好言语，方将气劝得渐平了。小丫头子们也没得摔完东西，便拉开了。司棋连说带骂，闹了一回，方被众人劝去。柳家的只好摔碗丢盘，自己咕唧了一回，蒸了一碗鸡蛋，令人送去。司棋全没了地下。那人回来，也不敢说，恐又生事。

柳家的打发他女儿喝了一回汤，吃了半碗粥，又将茯苓霜一节说了。五儿听罢，便心下要分些赠芳官，遂用纸另包了一半，趁黄昏人稀之时，自己花遮柳隐的来找芳官。且喜无人盘问，一径到了怡红院门首，不好进去，只在一簇玫瑰花前站立，远远的望着。有一盏茶时候，可巧春燕出来，忙上前叫住。春燕不知是那一个，到跟前方看真切，因问："做什么？"五儿笑道："你叫出芳官来，我和他说话。"春燕悄笑道："姐姐太性急了。横竖等十来日就来了，只管找他做什么？方才使了他往前头去了，你且等他一等。不然，有什么话告诉我，等我告诉他；恐怕你等不得，只怕关了园门。"五儿便将茯苓霜递与春燕，又说："这是茯苓霜。"如何吃，如何补益，"我得了些送他的，转烦你递与他就是了。"说毕，便走回来。

正走蓼溆一带，忽迎见林之孝家的带着几个婆子走来，五儿藏躲不及，只得上来问好。林家的问道："我听见你病了，怎么跑到这里来？"五儿陪笑说道："因这两日好些，跟我妈进来散散闷。才因我妈使我到怡红院送家伙去。"林之孝家的说道："这话岔了。方才我见你妈出去，我才关门。既是你妈使了你去，他如何不告诉我说你在这里呢，竟出去让我关门，是何主意？可是你撒谎。"五儿听了，没话回答，只说："原是我妈一早教我去取的，我忘了，挨到这时，我才想起来了。只怕我妈错认我先去了，所以没和大娘说得。"

林之孝家的听他词钝意虚，又因近日玉钏儿说那边正房内失落了东西，几个丫头对赖，没主儿，心下便起了疑。可巧小蝉莲花儿并几个媳妇子走来，见了这事，便说道："林奶奶倒要审审他。这两日他往这里头跑得不像，鬼鬼祟祟的，不知干些什么事。"小蝉又道："正是。昨日玉钏姐姐说：'太太耳房里的柜子开了，少了好些零碎东西。'琏二奶奶打发平姑娘和玉钏姐姐要些玫瑰露，谁知也少了一罐子，不是寻露还不知道呢！"莲花儿笑

道："这我没听见。今日我倒看见一个露瓶子。"林之孝家的正因
这事没主儿，每日凤姐儿使平儿催逼他，一听此言，忙问："在那
里？"莲花儿便说："在他们厨房里呢。"林之孝家的听了，忙命
打了灯笼，带着众人来寻。五儿急得便说："那原是宝二爷屋里的
芳官给我的。"林之孝家的便说："不管你'方官''圆官'，现有
赃证，我只呈报了，凭你主子前辩去！"一面说，一面进入厨房，
莲花儿带着，取出露瓶。恐还偷有别物，又细细搜了一遍，又得
了一包茯苓霜，一并拿了，带了五儿来回李纨与探春。

　　那时李纨正因兰儿病了，不理事务，只命去见探春。探春已
归房，人回进去，丫鬟们都在院内纳凉，探春在内盥沐，只有侍
书回进去，半日出来说："姑娘知道了，叫你们找平儿回二奶奶
去。"林之孝家的只得领出来，到凤姐那边，先找着平儿进去回
了凤姐。凤姐方才睡下，听见此事，便吩咐："将他娘打四十板
子，撵出去，永不许进二门；把五儿打四十板子，立刻交给庄子
上，或卖或配人。"

　　平儿听了出来，依言吩咐了林之孝家的。五儿吓得哭哭啼啼，
给平儿跪着，细诉芳官之事。平儿道："这也不难，等明日问了芳
官，便知真假。但这茯苓霜，前日人送了来，还等老太太、太太
回来看了才敢打动，这不该偷了去。"五儿见问，忙又将他舅舅
送的一节说了出来。平儿听了，笑道："这样说，你竟是个平白无
辜之人，拿你来顶缸的⑪。此时天晚，奶奶才进了药歇下，不便
为这点子小事去絮叨。如今且将他交给上夜的人看守一夜，等明
日我回了奶奶，再作道理。"林之孝家的不敢违拗，只得带出来，
交与上夜的媳妇们看守，自己便去了。

　　这里五儿被人软禁起来，一步不敢多走。又兼众媳妇也有劝
他说："不该做这没行止的事。"也有抱怨说："正经更还坐不上来，
又弄个贼来给我们看守，倘或眼不见寻了死，或逃走了，都是我
们的不是。"又有素日一干与柳家不睦的人，见了这般，十分趁
愿，都来奚落嘲戏他。这五儿心内又气又委屈，竟无处可诉；且

本来怯弱有病，这一夜思茶无茶，思水无水，思睡无衾枕，呜呜咽咽，直哭了一夜。

谁知和他母女不和的那些人，巴不得一时就撵他出门去。生恐次日有变，大家先起了个清早，都悄悄的来买转平儿，送了些东西，一面又奉承他办事简断，一面又讲述他母亲素日许多不好处。平儿一一的都应着，打发他们去了，却悄悄的来访袭人，问他可果真芳官给他玫瑰露了。袭人便说："露却是给了芳官，芳官转给何人，我却不知。"袭人于是又问芳官，芳官听了，唬了一跳，忙应是自己送他的。芳官便又告诉了宝玉，宝玉也慌了，说："露虽有了，若勾起茯苓霜来，他自然也实供。若听见了是他舅舅门上得的，他舅舅又有了不是，岂不是人家的好意，反被咱们陷害了。"因忙和平儿计议："露的事虽完了，然这霜也是有不是的。好姐姐，你只叫他也说是芳官给他的，就完了。"平儿笑道："虽如此，只是他昨晚已经同人说是他舅舅给的了，如何又说你给的？况且那边所丢之霜，正没主儿，如今有赃证的白放了，又去找谁？谁还肯认？众人也未必心服。"晴雯走来，笑道："太太那边的露，再无别人，分明是彩云偷了给环哥儿去了，你们可瞎乱说。"

平儿笑道："谁不知这个原故，但今玉钏儿急的哭，悄悄问着他，他要应了，玉钏也罢了，大家也就混着不问了，难道我们好意兜揽这事不成？可恨彩云不但不应，他还挤玉钏儿，说他偷了去。两个人'窝里炮'[12]，先吵得合府皆知，我们如何装没事人，少不得要查。殊不知告失盗的就是贼，又没赃证，怎么说他？"宝玉道："也罢。这件事，我也应起来，就说是我要吓他们玩的，悄悄的偷了太太的来了，两件事就都完了。"袭人道："也倒是一件阴鸷事，保全人的贼名儿。只是太太听见，又说你小孩子气像，不知好歹了。"平儿笑道："也倒是小事。如今便从赵姨娘屋里起了赃来也容易，我只怕又伤着一个好人的体面。别人都不要管，只这一个人，岂不又生气。我可怜的是他，不肯为'打老鼠伤了玉瓶'。"说着，把三个指头一伸。

袭人等听说，便知他说的是探春，大家都忙说："可是这话，竟是我们这里应起来的为是。"平儿又笑道："也须得把彩云和玉钏儿两个孽障叫了来，问准了他方好。不然，他们得了意，不说为这，倒像我没有本事，问不出来；就是这里完事，他们以后越发偷的偷不管的不管了。"袭人等笑道："正是，也要你留个地步。"

平儿便命一个人叫了他两个来，说道："不用慌，贼已有了。"玉钏儿先问："贼在那里？"平儿道："现在二奶奶屋里呢，问他什么应什么。我心里明白，知道不是他偷的，可怜他害怕，都承认了。这里宝二爷不过意，要替他认一半。我待要说出来，但只是这做贼的，素日又是和我好的一个姐妹；窝主却是平常，里面又伤了一个好人的体面，因此为难。少不得央求宝二爷应了，大家无事。如今反要问你们两个，还是怎样：要从此以后，大家小心存体面，这便求宝二爷应了；若不然，我就回了二奶奶，不要冤屈了人。"彩云听了，不觉红了脸，一时羞恶之心感发，便说道："姐姐放心。也不用冤屈好人，我说了罢，伤体面，偷东西，原是赵姨奶奶央告我再三，我拿了些与环哥儿是情真。连太太在家我们还拿过，各人去送人，也是常有的。我原说嚷过两天就罢了；如今既冤屈了好人，我心也不忍。姐姐竟带了我回奶奶去，一概应了完事。"

众人听了这话，一个个都咤异他竟这样有肝胆。宝玉忙笑道："彩云姐姐果然是个正经人。如今也不用你应，我只说我悄悄的偷的吓你们玩，如今闹出事来，我原该承认。我只求姐姐们以后省些事，大家就好了。"彩云道："我干的事，为什么叫你应，死活我该去受。"平儿袭人忙道："不是这样说，你一应了，未免又叨登出赵姨奶奶来，那时三姑娘听了，岂不又生气。竟不如宝二爷应了，大家无事；且除这几个人，皆不得知道，这样何等的干净！但只以后千万大家小心些就是了。要拿什么，好歹等太太到家；那怕连房子给了人，我们就没干系了。"彩云听了，低头想了想，方依允。

于是大家商议妥贴，平儿带了他两个并芳官来至上夜房中，叫了五儿，将茯苓霜一节也悄悄的教他说系芳官所赠，五儿感谢不尽。平儿带他们来至自己这边，已见林之孝家的带领了几个媳妇，押解着柳家的等够多时。林之孝家的又向平儿说："今日一早押了他来，恐园里没有人伺候姑娘们饭，我暂且将秦显的女人派了去伺候姑娘们的饭呢。"平儿道："秦显的女人是谁？我不大相熟。"林之孝家的道："他是园里南角子上夜的，白日里没什么事，所以姑娘不大认识。高高儿的孤拐⑬，大大的眼睛，最干净爽利的⑭。"玉钏儿道："是了。姐姐，你怎么忘了？他是跟二姑娘的司棋的婶子。司棋的父亲虽是大老爷那边的人，他这叔叔却是咱们这边的。"

平儿听了，方想起来，笑道："哦！你早说是他，我就明白了。"又笑道："也太派急了些。如今这事，八下里水落石出了，连前日太太屋里丢的，也有了主儿，是宝玉那日过来和这两个孽障不知道要什么的，偏这两个孽障怄他玩，说：'太太不在家，不敢拿。'宝玉便瞅着他两个不堤防时节，自己进去拿了些个什么出来。这两个孽障不知道，就吓慌了。如今宝玉听见带累了别人，方细细的告诉了我，拿出东西来我瞧，一件不差。那茯苓霜也是宝玉外头得了的，也曾赏过许多人。不独园内人有，连妈妈子们讨了出去给亲戚们吃，又转送人。袭人也曾给过芳官一流的人。他们私情，各自来往，也是常事。前日那两篓还摆在议事厅上，好好的原封没动，怎么就混赖起人来。等我回了奶奶再说。"说毕，抽身进了卧房，将此事照前言回了凤姐儿一遍。

凤姐儿道："虽如此说，但宝玉为人，不管青红皂白，爱兜揽事情。别人再求求他去，他又搁不住人两句好话，给他个炭篓子带上⑮，什么事他不应承。咱们若信了，将来若大事也如此，如何治人。还要细细的追求才是。依我的主意，把太太屋里的丫头都拿来，虽不便擅加拷打，只叫他们垫着磁瓦子跪在太阳地下⑯，茶饭也不用给他们吃，一日不说跪一日，便是铁打的，一日也管招了。"又道："'苍蝇不抱没缝儿的鸡蛋'，虽然这柳家的没偷，到底有些影儿，人才说他。虽不加贼刑，也革出不用。朝廷原有挂误的⑰，到底不算委屈了他。"平儿道："何苦来操这心！'得放手时须放手'，什么大不了的事，乐得施恩呢。依我说，纵在这屋里操上一百分心，终久是回那边屋里去的，没的结些小人仇恨，使人含恨抱怨。况且自己又三灾八难的，好容易怀了一个哥儿，到了六七个月还掉了，焉知不是素日操劳太过，气恼伤着的。如今趁早儿见一半不见一半的，也倒罢了。"一夕话说得凤姐儿倒笑了，道："随你们罢！没的怄气。"平儿笑道："这不是正经话！"说毕，转身出来，一一发放。要知端的，下回分解。

【注释】

①投鼠忌器：比喻做事有所顾忌，不敢放手进行。《汉书·贾谊传》："里谚曰：'欲投鼠而忌器。'此善喻也。鼠近于器，尚惮不投，恐伤其器，况于贵臣之近主乎！"这里指为避免伤害探春的面子，而不触动赵姨娘。

②杩（mǎ）子盖：指清代儿童留发的一种样式，四围剃去，中留圆形短发，像马桶盖一样，故名。是一种戏谑的比喻。杩，应作"马"；马子，即马桶。宋赵彦卫《云麓漫钞》卷四："汉人目溷器为虎子，郑司农注《周礼》有是言。唐讳虎，改为马，今人云厕马子者是也。"

③鸒（lí）鸡：鸟名。一名黑黎鸡、黑龙眼燕。通体黑色，尾长而呈叉状，栖于树梢。繁殖季节，有较强自卫能力，当别的鸟进入其巢区内时，即"眼色不宁，有惊恐状"，并起飞追逐之。后遂以鸒鸡比喻人焦急、猜疑或忌恨的目光。

④送粥米：近人王瀣批云："江南旧俗，凡生子之家，其戚馈食物与产母，谓之送粥米。余幼时犹闻此言。或北俗亦有此例耶？又，昔

有贵族生子，其母家与田若干亩，谓之粥米庄。"

⑤浇头：指浇在汤菜上面的鸡蛋片或各色蔬菜，是菜品上的一种装饰物。

⑥炒面筋儿：《清稗类钞》"饮食类"："炒面筋：以面筋入油锅，炙枯，再用鸡汤、蘑菇清煨；或不炙，用水泡切条，入浓鸡汁炒之，加冬笋、天花。"

⑦分例：这里当指"例菜钱"。

⑧水牌：一种粉漆木牌，暂时记事，用后即可擦去。清李光庭《乡言解颐》卷四："水牌，便于浮记之物也。粉地朱丝，罩以油，便于涂洗。……若京师酒肆、饭庄、戏班，以载肴馔，以记日期，习以为常。"

⑨弥勒佛：佛教菩萨之一。传说他是在龙华树下继承释迦牟尼而成佛的。后世塑像多作矮胖大肚状。

⑩叨蹬：这里是翻检的意思。下面"未免又叨登出赵姨奶奶来"的"叨登"，当"牵连"讲。

⑪顶缸：代人受过的意思。元缺名《陈州粜米》第四折："州官云：'好，打这厮！你不识字，可怎么做外郎那？'外郎云：'你不知道，我是雇将来的顶缸外郎。'"

⑫窝里炮：在窝里放炮。比喻在家里发威，互相攻讦，不能御外。

⑬孤拐：当为"胍肫"一词之音转。《集韵》："俗谓杖头大为胍肫，关中语讹为'胍树'。"古兵器中有骨朵，亦为音转。孤拐，或骨朵，皆指突出的、椭圆的形状而言。如人面上颧骨高，叫"脸孤拐"；脚髁骨上两面突起处，叫"脚孤拐"。这里指颧骨。

⑭爽利：意谓麻利快捷。

⑮炭篓子：比喻对人的恭维手段。带炭篓子意谓给人戴上又高大、又有热力的高帽子。

⑯磁瓦子：碎磁片儿。

⑰挂误：亦作"诖误"，贻误，牵累。后引申称官吏因受连累而被处分撤职为"诖误"。

第六十二回

憨湘云醉眠芍药茵①　呆香菱情解石榴裙②

话说平儿出来吩咐林之孝家的道:"'大事化为小事,小事化为没事',方是兴旺之家。若是一点子小事便扬铃打鼓,乱折腾起来,不成道理。如今将他母女带回,照旧去当差,将秦显家的仍旧追回。再不必提此事,只是每日小心巡察要紧。"说毕,起身走了。柳家的母女忙向上磕头。林家的就带回园中,回了李纨探春,二人都说:"知道了,宁可无事,很好。"

司棋等人空兴头了一阵③。那秦显家的好容易等了这个空子钻了来,只兴头了半天。在厨房内正乱接收家伙、米粮、煤炭等物,又查出许多亏空来,说:"粳米短了两担,长用米又多支了一个月的,炭也欠着额数。"一面又打点送林之孝的礼,悄悄的备了一篓炭,一担粳米在外边,就遣人送到林家去了;又打点送账房儿的礼;又备几样菜蔬请几位同事的人,说:"我来了,全仗你们列位扶持。自今以后,都是一家人了,我有照顾不到的,好歹大家照顾些。"

正乱着,忽有人来说:"你看完了这一顿早饭,就出去罢。柳嫂儿原无事,如今还交与他管了。"秦显家的听了,轰去了魂魄,垂头丧气,登时掩旗息鼓,卷包而去。送人之物,白白去了许多,自己倒要折变了赔补亏空。连司棋都气了个直眉瞪眼,无计挽回,只得罢了。

赵姨娘正因彩云私赠了许多东西,被玉钏儿吵出,生恐查问出来,每日捏着一把汗,偷偷的打听信儿。忽见彩云来告诉说:"都是宝玉应了,从此无事。"赵姨娘方把心放下来。谁知贾环听如此说,便起了疑心,将彩云凡私赠之物都拿了出来,照着彩云脸上摔了来，说："你这'两面三刀'的东西！我不希罕。你不和宝玉好，他怎么肯替你应？你既有担当给了我，原该不与一个人知道；如今你既然告诉了他，我再要这个，也没趣儿。"

彩云见如此，急得赌咒发誓，至于哭了。百般解说，贾环执意不信，说："不看你素日，我索性去告诉二嫂子，就说你偷来给我，我不敢要。你细想去罢！"说毕，摔手出去了。急的赵姨娘骂："没造化的种子！这是怎么说！"气得彩云哭了个泪干肠断，赵姨娘百般的安慰他："好孩子，他辜负了你的心，我横竖看得真。我收起来，过两日，他自然回转过来了。"说着，便要收东西。彩云赌气一顿卷包起来，趁人不见，来至园中，都撇在河内，顺水沉的沉漂的漂了。自己气得夜间在被内暗哭了一夜。

当下又值宝玉生日已到。原来宝琴也是这日，二人相同。王夫人不在家，也不曾像往年热闹，只有张道士送了四样礼，换的寄名符儿④；还有几处僧尼庙的和尚姑子送了供尖儿④，并寿星、纸马、疏头，并本宫星官、值年太岁、周岁换的锁儿⑤。家中常走的男女，先日来上寿。王子腾那边，仍是一套衣服，一双鞋袜，一百寿桃，一百束上用银丝挂面⑥。薛姨妈处减一半。其余家中尤氏仍是一双鞋袜；凤姐儿是一个宫制四面扣合荷包，里面装一个金寿星，一件波斯国的玩器⑦。各庙中遣人去放堂舍钱⑧。又另有宝琴之礼，不能备述。姊妹中皆随便，或有一扇的，或有一字的，或有一画的，或有一诗的，聊为应景儿而已。

这日，宝玉清晨起来，梳洗已毕，冠带起来，至前厅院中，已有李贵等四个人在那里设下天地香烛。宝玉炷了香⑨，行了礼，奠茶烧纸后，便至宁府中宗祠祖先堂两处行毕了礼。出至月台上，又朝上遥拜过贾母、贾政、王夫人等。一顺到尤氏上房，行过礼，坐了一回，方回荣府。先至薛姨妈处，再三拉着，然后又见过薛蝌，让一回，方进园来。晴雯麝月二人跟随，小丫头夹着毡子，从李氏起，一一挨着，比自己长的房中到过；复出二门，至四个奶妈家，让了一回，方进来。虽众人要行礼，也不曾受。回至房中，袭人等只都来说一声就是了：王夫人有言，不令年轻人受礼，恐折了福寿，故此皆不磕头。

一时贾环贾兰来了，袭人连忙拉住，坐了一坐，便去了。宝玉笑道："走乏了！"便歪在床上。方吃了半盏茶，只听外头咭咭呱呱，一群丫头，笑了进来，原来是翠墨、小螺、翠缕、入画，邢岫烟的丫头篆儿，并奶子抱着巧姐儿，彩鸾、绣鸾八九个人，都抱着红毡子笑着进来，说："拜寿的挤破了门了，快拿面来我们吃！"刚进来时，探春、湘云、宝琴、岫烟、惜春也都来了。宝玉忙迎出来，笑说："不敢起动。快预备好茶！"进入房中，不免推让一回，大家归坐。

袭人等捧过茶来，才吃了一口，平儿也打扮得花枝招展的来了。宝玉忙迎出来，笑说："我方才到凤姐姐门上，回进去，说不能见我；我又打发人进去让姐姐的。"平儿笑道："我正打发你姐姐梳头⑩，不得出来回你。后来听见又说让我，我那里禁当得起？所以特给二爷来磕头。"宝玉笑道："我也禁当不起。"袭人早在外间安了座，让他坐。平儿便拜下去，宝玉作揖不迭；平儿便跪下去，宝玉也忙还跪下，袭人连忙搂起来；又拜了一拜，宝玉又还了一揖。袭人笑推宝玉："你再作揖。"宝玉道："已经完了，怎么又作揖？"袭人笑道："这是他来给你拜寿，今日也是他的生日，你也该给他拜寿。"宝玉喜得忙作揖，笑道："原来今日也是姐姐的好日子。"平儿赶着也还了礼。湘云拉宝琴岫烟说："你们四个人对拜寿，直拜一天才是。"探春忙问："原来邢妹妹也是今日？我怎么就忘了。"忙命丫头："去告诉二奶奶，赶着补了一分礼，与琴姑娘的一样，送到二姑娘屋里去。"丫头答应着去了。岫烟见湘云直口说出来，少不得要到各房去让让。

探春笑道："倒有些意思，一年十二个月，月月有几个生日。人多了，便这等巧 。也有三个一日的，两个一日的。大年初一也不白过，大姐姐占了去，怨不得他福大，生日比别人就占先。又是大祖太爷的生日冥寿。过了灯节，就是老太太和宝姐姐，他们娘儿两个遇的巧。三月初一是太太的，初九是琏二哥哥。二月没人。"袭人道："二月十二是林姑娘，怎么没人？只不是咱家的人。"探春笑道："你看我这个记性儿。"宝玉笑指袭人道："他和林妹妹是一日，他所以记得。"探春笑道："原来你两个倒是一日？每年连头也不给我们磕一个！平儿的生日，我们也不知道，这也是才知道的。"平儿笑道："我们是那牌儿名上的人①，生日也没拜寿的福，又没受礼的职分，可吵嚷什么，可不悄悄儿的就过去了吗？今日他又偏吵出来了。等姑娘回房，我再行礼去罢。"探春笑道："也不敢惊动。只是今日倒要替你过个生日，我心里才过得去。"宝玉湘云等一齐都说："很是。"探春便吩咐了丫头："去告诉他奶奶，说我们大家说了，今日一天不放平儿出去，我们也大家凑了分子过生日呢。"

丫头笑着去了，半日回来说："二奶奶说了，多谢姑娘们给他脸。不知过生日给他些什么吃，只别忘了二奶奶，就不来絮聒他了。"众人都笑了。探春因说道："可巧今日里头厨房不预备饭，一应下面弄菜，都是外头收拾，咱们就凑了钱，叫柳家的来领了去，只在咱们里头收拾倒好。"众人都说："很好。"探春一面遣人去请李纨、宝钗、黛玉，一面遣人去传柳家的进来，吩咐他内厨房中快收拾两桌酒席。柳家的不知何意，因说："外厨房都预备了。"探春笑道："你原来不知道，今日是平姑娘的好日子，外头预备的是上头的，这如今我们私下又凑了分子，单为平姑娘预备两桌请他。你只管拣新巧的菜蔬预备了来，开了账，我那里领钱。"柳家的笑道："今日又是平姑娘的千秋？我们竟不知道。"说着，便向平儿磕头，慌得平儿拉起他来。柳家的忙去预备酒席。

这里探春又邀了宝玉，同到厅上去吃面，等到李纨宝钗一齐来全，又遣人去请薛姨妈与黛玉。因天气和暖，黛玉之疾渐愈，故也来了。花团锦簇，挤了一厅的人。谁知薛蟠又送了巾扇香帛四色寿礼与宝玉，宝玉于是过去陪他吃面。两家皆办了寿酒，互相酬送，彼此同领。至午间，宝玉又陪薛蝌吃了两杯酒。宝钗带了宝琴过来与薛蝌行礼，把盏毕，宝钗因嘱咐薛蝌："家里的酒也不用送过那边去，这虚套竟收了。你只请伙计们吃罢。我们和宝兄弟进去，还要待人去呢，也不能陪你了。"薛蝌忙说："姐姐兄弟只管请，只怕伙计们也就好来了。"

宝玉忙又告过罪，方同他姊妹回来。一进角门，宝钗便命婆子将门锁上，把钥匙要了，自己拿着。宝玉忙说："这一道门何必关？又没多的人走，况且姨娘、姐姐、妹妹都在里头，倘或要家去取什么，岂不费事？"宝钗笑道："小心没过逾的。你们那边，这几日七事八事，竟没有我们那边的人，可知是这门关得有功效了。若是开着，保不住那起人图顺脚走近路，从这里走，拦谁的是？不如锁了，连妈妈和我也禁着些，大家别走。纵有了事，就赖不着这边的人了。"宝玉笑道："原来姐姐也知道我们那边近日丢了东西？"宝钗笑道："你只知道玫瑰露和茯苓霜两件，乃因人而及物；若不是里头有人，你是连这两件还不知道呢。殊不知还有几件比这两件大的呢。若以后叨蹬不出来，是大家的造化；若叨蹬出来了，不知里头连累多少人呢。你也是不管事的人，我才告诉你。平儿是个明白人，我前日也告诉了他，皆因他奶奶不在外头，所以使他明白了。若不犯出来，大家落得丢开手；若犯出来，他心里已有了稿儿，自有头绪，就冤屈不着平人了。你只听我说，以后留神小心就是了。这话也不可告诉第二个人。"

说着，来到沁芳亭边，只见袭人、香菱、侍书、晴雯、麝月、芳官、蕊官、藕官十来个人，都在那里看鱼玩呢，见他们来了，都说："芍药栏里预备下了，快去上席罢。"宝钗等随携了他们，同到芍药栏中红香圃三间小敞厅内，连尤氏已请过来了，诸人都在那里，只没平儿。原来平儿出去，有赖林诸家送了礼来，连三接四，上中下三等家人，拜寿送礼的不少。平儿忙着打发赏钱道谢，一面又色色的回明了凤姐儿，不过留下几样；也有不受的，也有受下即刻赏与人的。忙了一回，又直等凤姐儿吃过面，方换了衣裳，往园里来。刚进了园，就有几个丫鬟来找他，一同到了红香圃中。只见筵开玳瑁，褥设芙蓉[12]。众人都笑说："寿星全了。"上面四座，定要让他们四个人坐。四人皆不肯。

薛姨妈说："我老天拔地，不合你们的群儿，我倒拘的慌，不如我到厅上随便躺躺去倒好。我又吃不下什么去，又不大吃酒，这里让他们，倒便宜。"尤氏等执意不从。宝钗道："这也罢了，倒是让妈妈在厅上歪着自如些。有爱吃的送些过去，倒自在了。且前头没人在那里，又可照看了。"探春笑道："既这样，恭敬不如从命。"因大家送到议事厅上，眼看着命小丫头们铺了一个锦褥并靠背引枕之类，又嘱咐："好生给姨太太捶腿。要茶要水，别推三拉四的。回来送了东西来，姨太太吃了，赏你们吃。只别离了这里。"小丫头子们都答应了。

探春等方回来。终久让宝琴岫烟二人在上，平儿面西坐，宝玉面东坐。探春又接了鸳鸯来，二人并肩对面相陪。西边一桌，宝钗、黛玉、湘云、迎春、惜春依序，一面又拉了香菱玉钏儿二人打横。三桌上尤氏李纨，又拉了袭人彩云陪坐。四桌上便是紫鹃、莺儿、晴雯、小螺、司棋等人围坐。

当下探春等还要把盏，宝琴等四人都说："这一闹，一日也坐不成了。"方才罢了。两个女先儿，要弹词上寿。众人都说："我们没人听那些野话，你厅上去，说给姨太太解闷儿去罢。"一面又将各色吃食拣了，命人送与薛姨妈去。宝玉便说："雅坐无趣，须要行令才好。"众人中有说行这个令好，又有那个说行那个令才好。黛玉道："依我说，拿了笔砚，将各色令都写了，拈成阄儿，咱们抓出那个来就是那个。"众人都道："妙极！"即命拿了一副笔砚花笺。香菱近日学了诗，又天天学写字，见了笔砚，便巴不得连忙起来，说："我写。"

众人想了一回，共得十来个，念着，香菱一一写了，搓成阄儿，掷在一个瓶中。探春便命平儿拈，平儿向内搅了一搅，用箸夹了一个出来，打开一看，上写着"射覆"二字[13]。宝钗笑道：

"把个令祖宗拈出来了！射覆从古有的，如今失了传；这是后纂的，比一切的令都难。这里头倒有一半是不会的，不如毁了，另拈一个雅俗共赏的。"探春笑道："既拈了出来，如何再毁？如今再拈一个，若是雅俗共赏的，便叫他们行去，咱们行这一个。"说着，又叫袭人拈了一个，却是"拇战"⑭。

湘云先笑着说："这个简断爽利，合了我的脾气。我不行这个射覆，没的垂头丧气闷人，我只猜拳去了。"探春道："惟有他乱令，宝姐姐快罚他一钟！"宝钗不容分说，便灌了湘云一杯。探春道："我吃一杯，我是令官；也不用宣，只听我分派。取了令骰令盆来，从琴妹妹掷起，挨着掷下去，对了点的二人射覆。"宝琴一掷，是个"三"。岫烟宝玉等皆掷的不对，直到香菱掷了个"三"。宝琴笑道："只好室内生春⑮，若说到外头去，可太没头绪了。"探春道："自然。三次不中者罚一杯。你覆他射。"

宝琴想了一想，说了个"老"字。香菱原生于这令，一时想不到，满室满席都不见有与"老"字相连的成语。湘云先听了，便也乱看，忽见门斗上贴着"红香圃"三个字，便知宝琴覆的是"吾不如老圃"的"圃"字⑯；见香菱射不着，众人击鼓又催，便悄悄的拉香菱，教他说"药"字⑰。黛玉偏看见了，说："快罚他！又在那里传递呢！"闹得众人都知道了，忙又罚了一杯。恨的湘云拿筷子敲黛玉的手。于是罚了香菱一杯。下则宝钗和探春对了点子，探春便覆了一"人"字，宝钗笑道："这个'人'字泛得很。"探春笑道："添一个字，两覆一射，也不泛了。"说着，便又说了一个"窗"字。宝钗一想，因见席上有鸡，便猜着他是用"鸡窗""鸡人"二典⑱，因射了一个"埘"字。探春知他射着，用了"鸡栖于埘"的典⑲，二人一笑，各饮一口门杯。

湘云等不得，早和宝玉"三""五"乱叫，猜起拳来。那边尤氏和鸳鸯隔着席，也"七""八"乱叫，搳起拳来。平儿袭人也作了一对，叮叮当当，只听得腕上镯子响。一时，湘云赢了宝玉，袭人赢了平儿，二人限酒底酒面。湘云便说："酒面要一句古文，一句旧诗，一句骨牌名，一句曲牌名，还要一句时宪书上有的话[20]，共总成一句话。酒底要关人事的果菜名。"众人听了，都说："惟有他的令比人唠叨，倒也有些意思。"便催宝玉快说。宝玉笑道："谁说过这个！也等想一想儿。"黛玉便道："你多喝一钟，我替你说。"宝玉真个喝了酒。听黛玉说道：

> 落霞与孤鹜齐飞[21]，风急江天过雁哀[22]，却是一枝折脚雁[23]，叫得人九回肠[24]，这是鸿雁来宾[25]。

说得大家笑了。众人说："这一串子倒有些意思！"黛玉又拈了一个榛瓤，说酒底道：

> 榛子非关隔院砧，何来万户捣衣声[26]？

令完，鸳鸯袭人等皆说的是一句俗话，都带一个"寿"字，不须多赘。

大家轮流乱了一阵。这上面湘云又和宝琴对了手，李纨和岫烟对了点子。李纨便覆了一个"瓢"字，岫烟便射了一个"绿"字[27]，二人会意，各饮一口。湘云的拳却输了，请酒面酒底。宝琴笑道："请君入瓮[28]。"大家笑起来，说："这个典用得当。"湘云便说道：

> 奔腾澎湃，江间波浪兼天涌，须要铁索缆孤舟，既遇着一江风，不宜出行[29]。

说的众人都笑了，说："好个诌断了肠子的！怪道他出这个令，故意惹人笑。"又催他："快说酒底儿。"湘云吃了酒，夹了一块鸭肉，呷口酒，忽见碗内有半个鸭头，遂夹出来吃脑子。众人催他："别只顾吃，你到底快说了。"湘云便用箸子举着说道：

> 这鸭头不是那丫头，头上那有桂花油。

众人越发笑起来，引得晴雯小螺等一干人都走过来说："云姑娘会开心儿，拿着我们取笑儿，快罚一杯才罢！怎见得我们就该擦桂花油的？倒得每人给瓶子桂花油擦擦。"黛玉笑道："他倒有心给你们一瓶子油，又怕挂误着打窃盗官司。"众人不理论，宝玉却明白，忙低了头。彩云心里有病，不觉的红了脸。宝钗忙暗暗的瞅了黛玉一眼。黛玉自悔失言，原是打趣宝玉的，就忘了趣了彩云㉚。自悔不及，忙一顿的行令猜拳岔开了。

底下宝玉可巧和宝钗对了点子，宝钗便覆了一个"宝"字，宝玉想了一想，便知是宝钗作戏，指着自己的通灵玉说的，便笑道："姐姐拿我作雅谑，我却射着了。说出来姐姐别恼，就是姐姐的讳，'钗'字就是了。"众人道："怎么解？"宝玉道："他说'宝'，底下自然是'玉'字了；我射'钗'字，旧诗曾有'敲断玉钗红烛冷㉛'，岂不射着了？"湘云说道："这用时事却使不得，两个人都该罚。"香菱道："不止时事，这也是有出处的。"湘云道："'宝玉'二字并无出处，不过是春联上或有之，诗书纪载并无，算不得。"香菱道："前日我读岑嘉州五言律㉜，现有一句，说：'此乡多宝玉'㉝，怎么你倒忘了？后来又读李义山七言绝句，又有一句，'宝钗无日不生尘'㉞。我还笑说：他两个名字都原来在唐诗上呢。"众人笑说："这可问住了，快罚一杯！"湘云无话，只得饮了。

大家又该对点揎拳，这些人因贾母王夫人不在家，没了管束，便任意取乐，呼三喝四，喊七叫八，满厅中红飞翠舞，玉动珠摇，真是十分热闹。玩了一回，大家方起席散了。却忽然不见了湘云，只当他外头自便就来，谁知越等越没了影儿。使人各处去找，那里找得着。

接着林之孝家的同着几个老婆子来，一则恐有正事呼唤，二则恐丫鬟们年轻，趁王夫人不在家，不服探春等约束，恣意痛饮，失了体统，故来请问有事无事。探春见他们来了，便知其意，忙笑道："你们又不放心，来查我们来了。我们并没有多吃酒，不过是大家玩笑，将酒作引子。妈妈们别耽心。"李纨尤氏也都笑说："你们歇着去罢，我们也不敢叫他们多吃了。"林之孝家的等人笑说："我们知道。连老太太让姑娘们吃酒，姑娘们还不肯吃呢，何况太太们不在家，自然玩罢了。我们怕有事，来打听打听。二则天长了，姑娘们玩一会子，还该点补些小食儿。素日又不大吃杂项东西，如今吃一两杯酒，若不多吃些东西，怕受伤。"探春笑道："妈妈说的是，我们也正要吃呢。"回头命取点心来。两旁丫鬟们齐声答应了，忙去传点心。探春又笑让："你们歇着去，或是姨妈那里说话儿去。我们即刻打发人送酒你们吃去。"林之孝家的等人笑回："不敢领了。"又站了一回，方退了出来。平儿摸着脸笑道："我的脸都热了，也不好意思见他们。依我说，竟收了罢，别惹他们再来，倒没意思了。"探春笑道："不相干，横竖咱们不认真喝酒，就罢了。"

正说着，只见一个小丫头笑嘻嘻的走来，说："姑娘们快瞧云姑娘，吃醉了图凉快，在山子后头一块青石板磴上睡着了。"众人听说，都笑道："快别吵嚷。"说着，都走来看时，果见湘云卧于山石僻处一个石磴子上，业经香梦沉酣，四面芍药花飞了一身，满头脸衣襟上皆是红香散乱；手中的扇子在地下，也半被落花埋了，一群蜜蜂蝴蝶闹嚷嚷的围着；又用鲛帕包了一包芍药花瓣枕着。众人看了，又是爱，又是笑，忙上来推唤挽扶。湘云口内犹作睡语说酒令，嘟嘟嚷嚷说："泉香酒冽，……醉扶归，宜会亲友㉟。"众人笑推他说道："快醒醒儿，吃饭去，这潮磴上还睡出病来呢。"

湘云慢启秋波，见了众人，又低头看了一看自己，方知是醉了。原是纳凉避静的，不觉因多罚了两杯酒，娇袅不胜，便睡着了，心中反觉自愧。早有小丫头端了一盆洗脸水，两个捧着镜奁。众人等着他。便在石磴上重新匀了脸，拢了鬓，连忙起身，同着来至红香圃中。又吃了两杯浓茶，探春忙命将醒酒石拿来㊱，给他衔在口内，一时又命他吃了些酸汤，方才觉得好了些。

当下又选了几样果菜与凤姐儿送去，凤姐儿也送了几样来。宝钗等吃过点心，大家也有坐的，也有立的，也有在外观花的，也有倚栏看鱼的，各自取便，说笑不一。探春便和宝琴下棋，宝钗岫烟观局。黛玉和宝玉在一簇花下唧唧哝哝，不知说些什么。只见林之孝家的和一群女人，带了一个媳妇进来。那媳妇愁眉泪眼，也不敢进厅来，到阶下便朝上跪下磕头。探春因一块棋受了敌，算来算去，总得了两个眼[37]，便折了官着儿[38]，两眼只瞅着棋盘，一只手伸在盒内，只管抓棋子作想。林之孝家的站了半天。因回头要茶时，才看见，问：“什么事？”林之孝家的便指那媳妇说：“这是四姑娘屋里小丫头彩儿的娘，现是园内伺候的人。嘴很不好，才是我听见了，问着他，他说的话也不敢回姑娘，竟要撵出去才是。”探春道：“怎么不回大奶奶？”林之孝家的道：“方才大奶奶往厅上姨太太处去，顶头看见，我已回明白了，叫回姑娘来。”探春道：“怎么不回二奶奶？”平儿道：“不回去也罢，我回去说一声就是了。既这么着，就撵他出去，等太太回来再回。请姑娘定夺。”探春点头，仍又下棋。这里林之孝家的带了那人出去，不提。

　　黛玉和宝玉二人站在花下，遥遥盼望[39]。黛玉便说道：“你家三丫头倒是个乖人，虽然叫他管些事，倒也一步不肯多走。差不多的人，就早作起威福来了。”宝玉道：“你不知道呢，你病着时，他干了几件事。这园子也分了人管，如今多掐一根草也不能了。又蠲了几件事，单拿我和凤姐姐做筏子。最是心里有算计的人，岂止乖呢！”黛玉道：“要这样才好。咱们也太费了。我虽不管事，心里每常闲了，替他们一算，出的多，进的少，如今若不省俭，必致后手不接。”宝玉笑道：“凭他怎么后手不接，也不短了咱们四个人的。”黛玉听了，转身就往厅上寻宝钗说笑去了。

　　宝玉正欲走时，只见袭人走来，手内捧着一个小连环洋漆茶盘，里面可式放着两钟新茶，因问：“他往那里去了？我见你两个半日没吃茶，巴巴的倒了两钟来，他又走了。”宝玉道：“那不是他？你给他送去。”说着，自拿了一钟。袭人便送了那钟去，偏和宝钗在一处，只得一钟茶，便说：“那位喝时那位先接了，我再倒去。”宝钗笑道：“我倒不喝，只要一口漱漱就是了。”说着，先拿起来，喝了一口，剩了半杯，递在黛玉手内。袭人笑说：“我再倒去。”黛玉笑道：“你知道我这病，大夫不许多吃茶，这半钟尽够了，难为你想得到。"说毕饮干，将杯放下。袭人又来接宝玉的。宝玉因问："这半日不见芳官，他在那里呢？"袭人四顾一瞧，说："才在这里，几个人斗草玩，这会子不见了。"

宝玉听说，便忙回至房中，果见芳官面向里睡在床上。宝玉推他说道："快别睡觉，咱们外头玩去。一会子好吃饭。"芳官道："你们吃酒，不理我，叫我闷了半日，可不来睡觉罢了。"宝玉拉了他起来，笑道："咱们晚上家里再吃，回来我叫袭人姐姐带了你桌上吃饭，何如？"芳官道："藕官蕊官都不上去，单我在那里，也不好。我也不惯吃那个面条子，早起也没好生吃，才刚饿了，我已告诉了柳婶子，先给我做一碗汤，盛半碗粳米饭送来，我这里吃了就完事。若是晚上吃酒，不许叫人管着我，我要尽力吃够了才罢。我先在家里，吃二三斤好惠泉酒呢；如今学了这劳什子，他们说怕坏嗓子，这几年也没闻见。趁今日，我可是要开斋了。"宝玉道："这个容易。"

说着，只见柳家的果遣人送了一个盒子来。春燕接着，揭开看时，里面是一碗虾丸鸡皮汤，又是一碗酒酿清蒸鸭子⑩，一碟腌的胭脂鹅脯⑪，还有一碟四个奶油松瓤卷酥，并一大碗热腾腾碧莹莹绿畦香稻粳米饭。春燕放在案上，走来安小菜碗箸，过来拨了一碗饭。芳官便说："油腻腻的，谁吃这些东西！"只将汤泡饭吃了一碗，拣了两块腌鹅，就不吃了。宝玉闻着，倒觉比往常之味又胜些似的，遂吃了一个卷酥，又命春燕也拨了半碗饭，泡汤一吃，十分香甜可口。春燕和芳官都笑了。

吃毕，春燕便将剩的要交回。宝玉道："你吃了罢，若不够，再要些来。"春燕道："不用要，这就够了。方才麝月姐姐拿了两盘子点心给我们吃了，我再吃了这个，尽够了，不用再吃了。"说着，便站在桌旁，一顿吃了，又留下两个卷酥，说："这个留着给我妈吃。晚上要吃酒，给我两碗酒吃就是了。"宝玉笑道："你也爱吃酒？等着咱们晚上痛喝一阵。你袭人姐姐和晴雯姐姐的量也好，也要喝，只是每日不好意思，趁今日大家开斋。还有件事，想着嘱咐你，竟忘了，此刻才想起来，以后芳官全要你照看他，他或有不到处，你提他。袭人照顾不过这些人来。"春燕道："我都知道，不用你操心。但只五儿的事怎么样？"宝玉道："你和柳家的说去，明儿直叫他进来罢，等我告诉他们一声就完了。"芳官听了，笑道："这倒是正经事。"春燕又叫两个小丫头进来，伏侍洗手倒茶。自己收了家伙，交与婆子，也洗手，便去找柳家的，不在话下。

宝玉便出来，仍往红香圃寻众姊妹。芳官在后，拿着巾扇。刚出了院门，只见袭人晴雯二人携手回来。宝玉问："你们做什么？"袭人道："摆下饭了，等你吃饭呢。"宝玉便笑着将方才吃饭的一节，告诉了他两个。袭人笑道："我说你是猫儿食。虽然如此，也该上去陪他们，多少应个景儿。"晴雯用手指戳在芳官额上，说道："你就是狐媚子！什么空儿，跑了去吃饭，两个怎么约下了？也不告诉我们一声儿。"袭人笑道："不过是误打误撞的遇见，说约下，可是没有的事。"晴雯道："既这么着，要我们无用，明日我们都走了，让芳官一个人，就够使了。"袭人笑道："我们都去了使得，你却去不得。"晴雯道："惟有我是第一个要去，又懒，又夯，性子又不好，又没用。"袭人笑道："倘或那孔雀褂子襟再烧了窟窿，你去了，谁可会补呢？你倒别和我拿三搬四的[12]，我烦你做个什么，把你懒的'横针不拈，竖线不动'。一般也不是我的私活烦你，横竖都是他的，你就都不肯做。怎么我去了几天，你病的七死八活，一夜连命也不顾，给他做了出来，这又是什么原故？你到底说话呀！怎么装憨儿，和我笑？那也当不了什么。"晴雯笑着啐了一口。大家说着，来至厅上。薛姨妈也来了，依序坐下吃饭。宝玉只用茶泡了半碗饭，应景而已。

一时吃毕，大家吃茶闲话，又随便玩笑。外面小螺和香菱、芳官、蕊官、藕官、豆官等四五个人，满园玩了一回，大家采了些花草来，兜着坐在花草堆里斗草。这一个说："我有观音柳。"那一个说："我有罗汉松。"那一个又说："我有君子竹。"这一个又说："我有美人蕉。"这个又说："我有星星翠。"那个又说："我有月月红。"这个又说："我有《牡丹亭》上的牡丹花。"那个又说："我有《琵琶记》里的枇杷果。"豆官便说："我有姊妹花。"众人没了，香菱便说："我有夫妻蕙。"豆官说："从没听见有个'夫妻蕙'。"香菱道："一个剪儿一个花儿叫做'兰'⑬，一个剪儿几个花儿叫做'蕙'。上下结花的为'兄弟蕙'，并头结花的为'夫妻蕙'。我这枝并头的，怎么不是'夫妻蕙'？"豆官没得说了，便起身笑道："依你说，要是这两枝一大一小，就是'老子儿子蕙'了。若是两枝背面开的，就是'仇人蕙'了。你汉子去了大半年，你想他了，便拉扯着蕙上也有了夫妻了，好不害羞！"

香菱听了，红了脸，忙要起身拧他，笑骂道："我把你这个烂了嘴的小蹄子！满口里放屁胡说。"豆官见他要站起来，怎肯容他，便连忙伏身将他压住，回头笑着央告蕊官等："来帮着我拧他这张嘴！"两个人滚在地下。众人拍手笑说："了不得了！那是一洼子水，可惜弄了他的新裙子。"豆官回头看了一看，果见傍边有一汪积雨，香菱的半条裙子都污湿了，自己不好意思，忙夺手跑了。众人笑个不住，怕香菱拿他们出气，也都笑着一哄而散。

香菱起身，低头一瞧，见那裙上犹滴滴点点流下绿水来。正恨骂不绝，可巧宝玉见他们斗草，也寻了些草花来凑戏，忽见众人跑了，只剩了香菱一个，低头弄裙，因问："怎么散了？"香菱便说："我有一枝夫妻蕙，他们不知道，反说我诌，因此闹起来，把我的新裙子也遭塌了。"宝玉笑道："你有夫妻蕙，我这里倒有一枝并蒂菱。"口内说着，手里真个拈着一枝并蒂菱花，又拈了那枝夫妻蕙在手内。香菱道："什么夫妻不夫妻，并蒂不并蒂！你瞧瞧这裙子。"宝玉便低头一瞧，"嗳呀"了一声，说："怎么就拉在泥里了？可惜！这石榴红绫，最不禁染。"香菱道："这是前日琴姑娘带了来的，姑娘做了一条，我做了一条，今日才上身。"宝玉跌脚叹道："若你们家，一日遭塌这么一件，也不值什么。只是头一件，既系琴姑娘带的，你和宝姐姐每人才一件，他的尚好，你的先弄坏了，岂不辜负他的心。二则，姨妈老人家的嘴碎，饶这么样，我还听见常说你们不知过日子，只会遭塌东西，不知惜福呢。这叫姨妈看见了，又说个不清。"香菱听了这话，却碰在心坎儿上，反倒喜欢起来，因笑道："就是这话。我虽有几条新裙子，都不合这一样；若有一样的，赶着换了，也就好了，过后再说。"

宝玉道："你快休动，只站着方好；不然连小衣、膝裤、鞋面都要弄上泥水了㊹。我有主意：袭人上月做了一条和这个一模一样的。他因有孝，如今也不穿，竟送了你换下这个来，何如？"香菱笑着摇头说："不好。倘或他们听见了，倒不好。"宝玉道："这怕什么。等他孝满了，他爱什么，难道不许你送他别的不成？你若这样，不是你素日为人了。况且不是瞒人的事，只管告诉宝姐姐也可。只不过怕姨妈老人家生气罢了。"香菱想了一想有理，点头笑道："就是这样罢了，别辜负了你的心。等着你，千万叫他亲自送来才好！"宝玉听了，喜欢非常，答应了，忙忙的回来，一壁低头心下暗想："可惜这么一个人，没父母，连自己本姓也忘了，被人拐出来，偏又卖与这个霸王。"因又想起："上月平儿也是意外，想不到的；今日更是意外之意外的事了。"一面胡思乱想，来至房中，拉了袭人，细细告诉了他原故。

香菱之为人，无人不怜爱的；袭人又本是个手中撒漫的㊺，况与香菱相好，一闻此信，忙就开箱取了出来，折好，随了宝玉来寻香菱。见他还站在那里等呢。袭人笑道："我说你太淘气了，总要淘出个故事来才罢。"香菱红了脸，笑说："多谢姐姐了，谁知那起促狭鬼使的黑心！"说着，接了裙子，展开一看，果然合自己的一样；又命宝玉背过脸去，自己向内解下来，将这条系上。袭人道："把这腌臜了的交与我拿回去，收拾了，给你送来。你若拿回去，看见了，又是要问的。"香菱道："好姐姐，你拿去，不拘给那个妹妹罢，我有了这个，不要他了。"袭人道："你倒大方得很。"香菱忙又拜了两拜，道谢袭人。一面袭人拿了那条泥污了的裙子就走。

　　香菱见宝玉蹲在地下，将方才夫妻蕙与并蒂菱用树枝儿挖了一个坑，先抓些落花来铺垫了，将这菱蕙安放上，又将些落花来掩了，方撮土掩埋平伏。香菱拉他的手笑道："这又叫做什么？怪道人人说你惯会鬼鬼祟祟使人肉麻呢。你瞧瞧，你这手弄得泥污苔滑的，还不快洗去！"宝玉笑着，方起身走了去洗手。香菱也自走开。

　　二人已走了数步，香菱复转身回来，叫住宝玉。宝玉不知有何说话，扎煞着两只泥手，笑嘻嘻的转来，问："作什么？"香菱红了脸，只管笑，嘴里却要说什么，又说不出口来。因那边他的小丫头臻儿走来说："二姑娘等你说话呢。"香菱脸又一红，方向宝玉道："裙子的事，可别和你哥哥说，就完了。"说毕，即转身走了。宝玉笑道："可不是我疯了，往虎口里探头儿去呢！"说着，也回去了。不知端详，下回分解。

　　【注释】

　　①芳药茵：以芍药的落花当坐垫。茵，垫褥。《开元天宝遗事·花裀》："学士许慎选，放旷不拘小节，多与亲友结宴于花圃中，未尝具帷幄、设坐具，使童仆辈聚落花铺于坐下。慎选曰：'吾自有花裀（茵），何消坐具？'"

　　②石榴裙：红色的裙子。

　　③兴头：得意，高兴。

　　④供尖儿：即蜜供。用面粉做成小条，油炸过后，拌上蜜，堆成塔形，用以供神。塔顶部分谓之"供尖儿"。清震钧《天咫偶闻》卷十："又有蜜供，则专以祀神。以油面作英，砌作浮图式，中空玲珑，高二三尺，五具为一堂。"

　　⑤星官：即星神。旧时星相家谓人之流年俱有星神当值。

　　⑥上用银丝挂面：一种皇宫里食用的精细挂面。

　　⑦波斯国：古国名。即今之伊朗。

⑧放堂：旧时施主在寺庙中把财物普遍散给僧众，叫"放堂"。

⑨炷香：即烧香。炷，点燃。

⑩打发：一般是派遣、了结的意思。这里是正在伺候的意思。

⑪那牌儿名上的人：那一班人，那一类人。这里是自谦没有资格的意思。

⑫筵开玳瑁（dài mào），褥设芙蓉：这两句形容筵席的珍贵和华丽。玳瑁，龟类动物，甲壳有光泽，可作装饰品。玳瑁筵，即以玳瑁装饰坐具的宴席。褥设芙蓉，设有绣着芙蓉的坐褥。

⑬射覆：原是古代的一种游戏，即把某物遮盖起来，供人猜测，猜中者胜，以为玩乐。《汉书·东方朔传》："上尝使诸数家射覆。"唐颜师古注："于覆器之下而置诸物，令暗射之，故云'射覆'。"后来变为酒令的一种，即用字句隐寓某种事物，令人猜度。

⑭拇战：也叫"搳拳""划拳"。酒令的一种。明李日华《六研斋笔记》："俗饮以手指屈伸相博，谓之豁拳。"

⑮室内生春：指"射覆"的事物，只限于屋内。生春，意同"生风"，即妙趣横生、欢娱吉利的意思。

⑯吾不如老圃：见《论语·子路》。老圃，种菜的老农。圃，种植果木瓜菜的园地。

⑰"药"字：当指"芍药栏"。

⑱鸡窗：《艺文类聚》卷九一引《幽明录》："晋兖州刺史沛国宋处宗尝买得一长鸣鸡，爱养甚至，恒笼着窗间。鸡遂作人语，与处宗谈论，极有玄智，终日不辍。处宗因此功业大进。"后人因此以"鸡窗"代指书室。

⑲鸡栖于埘（shí）：见《诗经·王风·君子于役》。埘，凿壁做成的鸡窝。

⑳时宪书：即历书。《清稗类钞》："时令类"："顺治甲申七月，礼部言钦天监改用新法，推注已成，请易名颁行。睿亲王曰：'宜名时宪，藉昭朝廷宪天义民至意。'"后乾隆即位，因避其名字弘历讳，故称"时宪书"。

㉑落霞与孤鹜齐飞：唐王勃《滕王阁序》："落霞与孤鹜齐飞，秋

水共长天一色。"鹜，野鸭。

㉒风急江天过雁哀：宋陆游《寒夕》诗有"风急江天无过雁，月明庭户有疏砧"的句子，或即用此。

㉓折脚雁：指骨牌中的"大刀九"，由六个绿点和三个红点排列而成，像雁和雁脚。

㉔九回肠：曲牌名。语本司马迁《报任安书》："肠一日而九回。"

㉕鸿雁来宾：《礼记·月令》："季秋之月，……鸿雁来宾。"旧时历书中常引此语，代指秋天。鸿雁，鸟名。《诗经·小雅·鸿雁》疏："鸿雁，俱是水鸟，故连言之。其形，鸿大而雁小。"来宾，来做客的意思。

㉖"榛子"二句："榛"与"砧"同音而异义，因此，这两句既按酒令规定以席上果菜（榛瓢）说人事，也点明榛子与捣衣声无关。榛子，榛树的果实，也叫"榛瓢"，可食，味略似胡桃。隔院砧，邻人的捣衣石。万户捣衣声，唐李白《子夜吴歌》："长安一片月，万户捣衣声。"

㉗"李纨"二句：李纨当是看见席上的酒杯（樽），故覆了一个"瓢"字，用宋苏辙《九日三首》诗之一"瓢尊空挂壁"之句。瓢，《正字通》："瓢，匏瓠，剖开可为酒尊。"岫烟猜着李纨覆的是"樽"，所以射了个"绿"字，用唐刘希夷《送友人之新丰》诗"愁向绿樽生"之句。绿樽，即酒樽。《幽怪录》："绿樽翠杓，为君斟酌。"

㉘请君入瓮：《资治通鉴·唐纪》天授二年："或告文昌右丞周兴与丘神勣通谋，太后（武则天）命来俊臣鞫之。俊臣与兴方推事对食，谓兴曰：'囚多不承，当为何法？'兴曰：'此甚易耳！取大瓮，以炭四周炙之，令囚入中，何事不承？'俊臣乃索大瓮，火围如兴法，因起谓兴曰：'有内状推兄，请兄入此瓮。'兴惶恐叩头认罪。"后因以"请君入瓮"比喻以其人之道还治其人之身。

㉙"奔腾澎湃"几句：奔腾澎湃，宋欧阳修《秋声赋》："初淅沥以潇飒，忽奔腾而砰湃。"江间波浪兼天涌，唐杜甫《秋兴八首》之一："江间波浪兼天涌，塞上风云接地阴。"铁索缆孤舟，《粤西志》有"铁索练孤舟，千年久不休"之谣（见商盘《质园集·铁城怀古》）。这是指三张骨牌的形状，由红绿点色组成，像六条铁索拴住孤舟。一江风，

曲牌名。不宜出行，旧时根据迷信禁忌，认为某天外出不吉利，即在历书上注明"不宜出行"。

㉚趣：这里用作动词，打趣的意思。

㉛敲断玉钗红烛冷：唐郑谷《题邸壁》诗："敲断玉钗红烛冷，计程应说到常山。"玉钗，代指灯花。

㉜岑嘉州：即唐代诗人岑参，因其曾任嘉州刺史，故称"岑嘉州"。

㉝此乡多宝玉：唐岑参《送张子尉南海》诗："此乡多宝玉，慎莫厌清贫。"

㉞宝钗无日不生尘：唐李商隐《残花》诗："若但掩关劳独梦，宝钗何日不生尘。"宝钗生尘，形容女子懒于梳妆。

㉟"泉香酒冽"几句：泉香酒冽，宋欧阳修《醉翁亭记》："酿泉为酒，泉香而酒冽。"冽，清凉的意思。醉扶归，曲牌名。取唐王驾《社日》诗"家家扶得醉人归"句意。宜会亲友，旧时按干支五行推算，以为某日会亲友吉利，即在历书上注明"宜会亲友"。

㊱醒酒石：相传是可以解酒的一种石头。或说，即今云南大理之点苍石。《清一统志·大理府》："点苍山:《点苍山志》：山高六十里，山石本青，山腰多白石，腻如切肪，白质黑章，片琢为屏，有山川云物之状。"其由火成石灰岩而变成者，又名"寒水石"或"凝水石"，其状多呈规则的块状结晶，表面平滑，有玻璃光泽，性寒无毒，可祛热止渴。古作药用。

㊲两个眼：围棋术语。眼，指走棋时一方子中所留的空隙，在这空隙中，对方不能下子。有两个眼，相连成片的子才能活。

㊳折了官着儿：即失了"收官"的机会。收官，也叫"收束"或"收官子"，围棋术语。指下棋到最后阶段，双方所占地域大体已定，尚有部分空位可以下子，填满为止，称为"收官"。官子每下一子，占地效力有大有小，如果下错，即成败局。

㊴盼望：观看的意思。

㊵酒酿：又名"酒娘"，即江米酒。清李斗《扬州画舫录》卷十三："烧酒以米为之，曰米烧。……其烧酒未蒸者，为酒娘儿，饮之鲜

美。"

㊶腌的胭脂鹅脯：明韩奕《易牙遗意》："鹅一只不剁碎，先以盐腌过，置汤锣内蒸熟，以鸭蛋三五枚，洒在内，候熟，杏腻浇供，名杏花鹅。"因杏花色娇红，鹅肉硝盐生腌，熟后肌色似胭脂，故亦名"胭脂鹅"。

㊷拿三搬四：百般推托。

㊸剪儿：当作"箭儿"。这里指花茎。

㊹膝裤：也叫"褶衣"或"膝袜"。清刘廷玑《在园杂志》卷四："旧时妇人皆穿袜，即窅娘亦着素袜而舞，袜制与男子相同，有底，但瘦小耳。自缠足之后，……易以无底直桶，名曰褶衣，亦曰凌波小袜，以罩其上。盖妇人多以布缠足，而上口未免参差不齐，故须以褶衣覆之。然亦有平底者，至睡鞋则用软底。"原注："今称褶衣，即膝裤也。"

㊺撒漫：播种有条播、掩播、撒漫播之别。撒漫播是较原始的一种作业，信手漫撒，既费种籽，亦不便于田间管理，后因称任意用钱、不吝惜财物为"撒漫"。或说，漫，同"镘"，钱背面的字幕叫"镘"，因也代指钱。撒镘，即随意化钱。

第六十三回

寿怡红群芳开夜宴　死金丹独艳理亲丧

话说宝玉回至房中洗手，因与袭人商议："晚间吃酒，大家取乐，不可拘泥。如今吃什么好，早说给他们备办去。"袭人笑道："你放心，我和晴雯、麝月、秋纹四个人，每人五钱银子，共是二两；芳官、碧痕、春燕、四儿四个人，每人三钱银子，他们告假的不算：共是三两二钱银子，早已交给了柳嫂子，预备四十碟果子。我和平儿说了，已经抬了一坛好绍兴酒①，藏在那边了。我们八个人，单替你做生日。"宝玉听了，喜的忙说："他们是那里的钱，不该叫他们出才是。"晴雯道："他们没钱，难道我们是有钱的？这原是各人的心，那怕他偷的呢，只管领他的情就是了。"

宝玉听了，笑说："你说的是。"袭人笑道："你这个人，一天不挨他两句硬话村你②，你再过不去。"晴雯笑道："你如今也学坏了，专会调三窝四③。"说着，大家都笑了。宝玉说："关了院门罢。"袭人笑道："怪不得人说你是'无事忙'！这会子关了门，人倒疑惑起来，索性再等一等。"宝玉点头，因说："我出去走走。四儿舀水去，春燕一个跟我来罢。"说着，走至外边，因见无人，便问五儿之事。春燕道："我才告诉了柳嫂子，他倒喜欢得很；只是五儿那夜受了委屈烦恼，回去又气病了，那里来得？只等好了罢。"宝玉听了，未免后悔长叹，因又问："这事袭人知道不知道？"春燕道："我没告诉，不知芳官可说了不曾？"宝玉道："我却没告诉过他。也罢，等我告诉他就是了。"说毕，复走进来，故意洗手。

已是掌灯时分，听得院门前有一群人进来。大家隔窗悄视，果见林之孝家的和几个管事的女人走来，前头一人提着大灯笼。

晴雯悄笑道："他们查上夜的人来了。这一出去，咱们就好关门
了。"只见怡红院凡上夜的人，都迎了出去。林之孝家的看了不
少，又吩咐："别耍钱吃酒，放倒头睡到大天亮。我听见是不依
的。"众人都笑说："那里有这么大胆子的人。"林之孝家的又问：
"宝二爷睡下了没有？"众人都回："不知道。"袭人忙推宝玉，宝
玉趿了鞋，便迎出来，笑道："我还没睡呢。妈妈进来歇歇。"又
叫："袭人，倒茶来。"林之孝家的忙进来，笑说："还没睡呢？如
今天长夜短了，该早些睡，明日方起得早；不然，到了明日起迟
了，人家笑话，不是个读书上学的公子了，倒像那起挑脚汉了。"
说毕，又笑。宝玉忙笑道："妈妈说得是。我每日都睡得早，妈妈
每日进来，可都是我不知道的，已经睡了。今日因吃了面，怕停
食，所以多玩一回。"林之孝家的又向袭人等笑说："该泡些普洱
茶吃④。"袭人晴雯二人忙说："泡了一茶缸子女儿茶⑤，已经吃过
两碗了。大娘也尝一碗，都是现成的。"

　　说着，晴雯便倒了来。林家的站起接了，又笑道："这些时，
我听见二爷嘴里都换了字眼，赶着这几位大姑娘们竟叫起名字来。
虽然在这屋里，到底是老太太、太太的人，还该嘴里尊重些才是。
若一时半刻偶然叫一声使得；若只管顺口叫起来，怕以后兄弟侄
儿照样，便惹人笑话这家子的人眼里没有长辈了。"宝玉笑道：
"妈妈说的是。我不过是一时半刻偶然叫一句是有的。"袭人晴雯
都笑说："这可别委屈了他。直到如今，他可'姐姐'没离了嘴，
不过玩的时候叫一声半声名字。若当着人，却是和先一样。"林
之孝家的笑道："这才好呢，这才是读书知礼的。越自己谦逊，越
尊重，别说是三五代的陈人⑥，现从老太太、太太屋里拨过来的，
便是老太太、太太屋里的猫儿狗儿，轻易也伤不得他。这才是受
过调教的公子行事。"说毕，吃了茶，便说："请安歇罢，我们走
了。"宝玉还说："再歇歇。"那林之孝家的已带了众人又查别处
去了。

　　这里晴雯等忙命关了门，进来笑说："这位奶奶那里吃了一杯

来了？唠三叨四的，又排场了我们一顿去了。"麝月笑道："他也不是好意的，少不得也要常提着些儿，也堤防着怕走了大褶儿的意思⑦。"说着，一面摆上酒果。袭人道："不用高桌，咱们把那张花梨圆炕桌子放在炕上坐，又宽绰，又便宜⑧。"说着，大家果然抬来。麝月和四儿那边去搬果子，用两个大茶盘，做四五次方搬运了来。两个老婆子蹲在外面火盆上筛酒。

宝玉说："天热，咱们都脱了大衣裳才好⑨。"众人笑道："你要脱，你脱，我们还要轮流安席呢⑩。"宝玉笑道："这一安席，就要到五更天了。知道我最怕这些俗套，在外人跟前，不得已的。这会子还怄我，就不好了。"众人听了，都说："依你。"于是先不上坐，且忙着卸妆宽衣。一时将正妆卸去，头上只随便挽着纂儿，身上皆是长裙短袄。宝玉只穿着大红绵纱小袄儿⑪，下面绿绫弹墨夹裤，散着裤脚，系着一条汗巾，靠着一个各色玫瑰芍药花瓣装的玉色夹纱新枕头，和芳官两个先搳拳。当时芳官满口嚷热，只穿着一件玉色红青驼绒三色缎子拼的水田小夹袄⑫，束着一条柳绿汗巾；底下是水红洒花夹裤，也散着裤腿；头上齐额编着一圈小辫，总归至顶心，结一根粗辫，拖在脑后；右耳根内只塞着米粒大小的一个小玉塞子⑬，左耳上单一个白果大小的硬红镶金大坠子⑭：越显得面如满月犹白，眼似秋水还清。引得众人笑说："他两个倒像一对双生的弟兄。"

袭人等一一斟上酒来，说："且等一等再搳拳，虽不安席，在我们每人手里吃一口罢了。"于是袭人为先，端在唇上，吃了一口，其余依次下去，一一吃过，大家方团圆坐了。春燕四儿因炕沿坐不下，便端了两张椅子，近炕放下。那四十个碟子，皆是一色白彩定窑的⑮，不过只有小茶碟大，里面不过是山南海北干鲜水陆的酒馔果菜。

宝玉因说："咱们也该行个令才好。"袭人道："斯文些才好，别大呼小叫，叫人听见；二则我们不识字，可不要那些文的。"麝月笑道："拿骰子咱们抢红罢⑯。"宝玉道："没趣，不好。咱们占花名儿好。"晴雯笑道:"正是,早已想弄这个玩意儿。"袭人道:"这个玩意虽好,人少了没趣。"春燕笑道:"依我说,咱们竟悄悄的把宝姑娘、云姑娘、林姑娘请了来,玩一会子,到二更天再睡不迟。"袭人道:"又开门阖户的闹,倘或遇见巡夜的问。"宝玉道:"怕什么,咱们三姑娘也吃酒,再请他一声才好。还有琴姑娘。"众人都道:"琴姑娘罢了,他在大奶奶屋里,叨蹬的大发了。"宝玉道:"怕什么!你们就快请去。"

春燕四儿都巴不得一声,二人忙命开门,分头去请。晴雯、麝月、袭人三人又说:"他两个去请,只怕宝林两个不肯来,须得我们请去,死活拉他来。"于是袭人晴雯忙又命老婆子打个灯笼,二人又去。果然宝钗说:"夜深了。"黛玉说:"身上不好。"他二人再三央求:"好歹给我们一点体面,略坐坐再来。"众人听了,却也欢喜,因想不请李纨,倘或被他知道了,倒不好,便命翠墨同了春燕也再三的请了李纨和宝琴二人,会齐,先后都到了怡红院中;袭人又死活拉了香菱来。炕上又并了一张桌子,方坐开了。宝玉忙说:"林妹妹怕冷,过这边靠板壁坐。"又拿了个靠背垫着些。袭人等都端了椅子在炕沿下陪着。黛玉却离桌远远的靠着靠背,因笑向宝钗、李纨、探春等道:"你们日日说人家夜饮聚赌,今日我们自己也如此,以后怎么说人!"李纨笑道:"有何妨碍?一年之中,不过生日节间如此,并没夜夜如此,这倒也不怕。"

说着,晴雯拿了一个竹雕的签筒来,里面装着象牙花名签子,摇了一摇,放在当中。又取过骰子来,盛在盒内,摇了一摇,揭开一看,里面是六点,数至宝钗。宝钗便笑道:"我先抓,不知抓出个什么来!"说着将筒摇了一摇,伸手掣出一签,大家一看,只见签上画着一枝牡丹,题着"艳冠群芳"四字,下面又有镌的小字,一句唐诗,道是:

　　　任是无情也动人①。

又注着:"在席共贺一杯。此为群芳之冠,随意命人,不拘诗词雅谑,或新曲一支为贺。"众人都笑说:"巧得很!你也原配牡丹花。”说着大家共贺了一杯，宝钗吃过，便笑说：“芳官唱一只我们听罢。”芳官道：“既这样，大家吃了门杯好听。”于是大家吃酒，芳官便唱：“寿筵开处风光好⑱……”众人都道：“快打回去！这会子很不用你来上寿。拣你极好的唱来。”芳官只得细细的唱了一只《赏花时》⑲：“翠凤翎毛扎帚叉，闲踏天门扫落花……”才罢。

宝玉却只管拿着那签，口内颠来倒去念“任是无情也动人”，听了这曲子，眼看着芳官不语。湘云忙一手夺了，撂与宝钗，宝钗又掷了一个十六点，数到探春。探春笑道：“还不知得个什么！”伸手掣了一根出来，自己一瞧，便撂在桌上，红了脸，笑道：“这东西，不该行这令。这原是外头男人们行的令，许多混账话在上头。”众人不解，袭人等忙拾了起来，众人看上面是一枝杏花，那红字写着“瑶池仙品”四字，诗云：

　　　日边红杏倚云栽⑳。

注云：“得此签者，必得贵婿，大家恭贺一杯，共同饮一杯。”众人笑说道：“我们说是什么呢！这签原是闺阁中取笑的，除了这两三根有这话的，并无杂话，这有何妨？我们家已有了王妃，难道你也是王妃不成？大喜，大喜！”说着大家来敬，探春那里肯饮，却被史湘云、香菱、李纨等三四个人，强死强活，灌了一钟才罢。探春只命：“蠲了这个，再行别的。”众人断不肯依。湘云拿着他的手，强掷了个十九点出来，便该李氏掣。

李氏摇了一摇，掣出一根来，一看笑道：“好极！你们瞧瞧这行子，竟有些意思。”众人瞧那签上，画着一枝老梅，是写着“霜晓寒姿”四字，那一面旧诗是：

　　　竹篱茅舍自甘心㉑。

注云：“自饮一杯，下家掷骰。”李纨笑道：“真有趣，你们掷去罢，我只自吃一杯，不问你们的废兴。”说着便吃酒，将骰过与黛玉。黛玉一掷是十八点，便该湘云掣。湘云笑着，揎拳掳袖的，伸手掣了一根出来，大家看时，一面画着一枝海棠，题着“香梦沉酣”

四字，那面诗道是：

> 只恐夜深花睡去[22]。

黛玉笑道：“'夜深'二字改'石凉'两个字。”众人便知他打趣白日间湘云醉眠的事，都笑了。湘云笑指那自行船与黛玉看，又说："快坐上那船家去罢，别多说了！"众人都笑了。因看注云："既云香梦沉酣，掣此签者，不便饮酒，只令上下两家各饮一杯。"湘云拍手笑道："阿弥陀佛，真真好签！"恰好黛玉是上家，宝玉是下家，二人斟了两杯，只得要饮。宝玉先饮了半杯，瞅人不见，递与芳官，芳官即便端起来，一仰脖喝了。黛玉只管和人说话，将酒全折在漱盂内了。

湘云便抓起骰子来一掷个九点，数去该麝月。麝月便掣了一根出来，大家看时，上面是一枝荼蘼花，题着"韶华胜极"四字，那边写着一句旧诗，道是：

> 开到荼蘼花事了[23]。

注云："在席各饮三杯送春。"麝月问："怎么讲？"宝玉皱眉，忙将签藏了，说："咱们且喝酒。"说着，大家吃了三口，以充三杯之数。麝月一掷个十点，该香菱。香菱便掣了一根并蒂花，题着"联春绕瑞"，那面写着一句旧诗，道是：

> 连理枝头花正开[24]。

注云："共贺掣者三杯，大家陪饮一杯。"香菱便又掷了个六点，该黛玉。黛玉默默的想道："不知还有什么好的被我掣着方好。"一面伸手取了一根，只见上面画着一枝芙蓉花，题着"风露清愁"四字，那面一句旧诗，道是：

> 莫怨东风当自嗟[25]。

注云："自饮一杯，牡丹陪饮一杯。"众人笑说："这个好极！除了他，别人不配做芙蓉。"黛玉也自笑了，于是饮了酒，便掷了个二十点，该着袭人。袭人便伸手取了一枝出来，却是一枝桃花，题着"武陵别景"四字，那一面写着旧诗，道是：

> 桃红又见一年春[26]。

注云："杏花陪一盏，坐中同庚者陪一盏，同姓者陪一盏。"众人笑道："这一回热闹有趣。"大家算来：香菱、晴雯、宝钗三人皆与他同庚，黛玉与他同辰，只无同姓者。芳官忙道："我也姓花，我也陪他一钟。"于是大家斟了酒，黛玉因向探春笑道："命中该招贵婿的，你是杏花，快喝了，我们好喝。"探春笑道："这是什么话，大嫂子顺手给他一巴掌！"李纨笑道："人家不得贵婿，反挨打，我也不忍得。"众人都笑了。

袭人才要掷，只听有人叫门，老婆子忙出去问时，原来是薛姨妈打发人来了接黛玉的。众人因问："几更了？"人回："二更以后了，钟打过十一下了。"宝玉犹不信，要过表来瞧了一瞧，已是子初二刻十分了，黛玉便起身说："我可掌不住了，回去还要吃药哩。"众人说："也都该散了。"袭人宝玉等还要留着众人，李纨探春等都说："夜太深了不像，这已是破格了。"袭人道："既如此，每位再吃一杯再走。"说着，晴雯等已都斟满了酒。每人吃了，都命点灯。

袭人等都送过沁芳亭河那边，方回来。关了门，大家复又行起令来。袭人等又用大钟斟了几钟，用盘子攒了各样果菜与地下的老妈妈们吃。彼此有了三分酒，便搳拳赢唱小曲儿。那天已四更时分，老妈妈们一面明吃，一面暗偷，酒缸已罄，众人听了，方收拾盥漱睡觉。芳官吃得两腮胭脂一般，眉梢眼角，添了许多丰韵，身子图不得㉗，便睡在袭人身上，说："姐姐，我心跳得很。"袭人笑道："谁叫你尽力灌呢！"春燕四儿也图不得，早睡了，晴雯还只管叫。宝玉道："不用叫了，咱们且胡乱歇一歇。"自己便枕了那红香枕，身子一歪，就睡着了。袭人见芳官醉得很，恐闹他唾酒，只得轻轻起来，就将芳官扶在宝玉之侧，由他睡了，自己却在对面榻上倒下。大家黑甜一觉㉘，不知所之。

及至天明，袭人睁眼一看，只见天色晶明，忙说："可迟了！"向对面床上瞧了一瞧，只见芳官头枕着炕沿上，睡犹未醒，连忙起来叫他，宝玉已翻身醒了，笑道："可迟了！"因又推芳官起身。

那芳官坐起来，犹发怔揉眼睛。袭人笑道："不害羞！你吃醉了，怎么也不拣地方儿，乱挺下了？"芳官听了，瞧一瞧，方知是和宝玉同榻，忙笑的下地来说："我怎么吃得不知道了！"宝玉笑道："我竟也不知道了。若知道，给你脸上抹些黑墨。"

说着，丫头进来，伺候梳洗。宝玉笑道："昨日有扰，今日晚上我还席。"袭人笑道："罢，罢，罢！今日可别闹了，再闹就有人说话了。"宝玉道："怕什么，不过才两次罢了。咱们也算会吃酒的了，那一坛子酒怎么就吃光了。正在有趣，偏又没了。"袭人笑道："原要这样才有趣。必致兴尽了，反无后味。昨日都好上来了㉒，晴雯连臊也忘了，我记得他还唱了一个曲儿。"四儿笑道："姐姐忘了，连姐姐还唱了一个呢。在席的谁没唱过？"众人听了，俱红了脸，用两手握着，笑个不住。

忽见平儿笑嘻嘻的走来，说："我亲自来请昨日在席的人，今日我还东，短一个也使不得。"众人忙让坐吃茶。晴雯笑道："可惜昨夜没他。"平儿忙问："你们夜里做什么来？"袭人便说："告诉不得你。昨日夜里热闹非常，连往日老太太、太太带着众人玩，也不及昨日这一玩。一坛酒我们都鼓捣光了，一个个喝得把臊都丢了，又都唱起来。四更多天，才横三竖四的打了一个盹儿。"平儿笑道："好！白和我要了酒来，也不请我，还说着给我听，气我。"晴雯道："今日他还席，必自来请你的，等着罢。"平儿笑问道："'他'是谁，谁是'他'？"晴雯听了，把脸飞红了，赶着打，笑说道："偏你这耳朵尖，听得真。"平儿笑道："呸，不害臊的丫头！这会子有事，不和你说，我干事去了，回来再打发人来请。一个不到，我是打上门来的。"宝玉等忙留他，已经去了。

这里宝玉梳洗了，正吃茶，忽然一眼看见砚台底下压着一张纸，因说道："你们这么随便混压东西，也不好。"袭人晴雯等忙问："又怎么了，谁又有了不是了？"宝玉指道："砚台下是什么？一定又是那位的样子，忘记收的。"晴雯忙启砚拿了出来，却是一张字帖儿，递与宝玉看时，原来是一张粉红笺纸，上面写着：

“槛外人妙玉恭肃遥叩芳辰。”宝玉看毕，直跳了起来，忙问：“是谁接了来的？也不告诉。”袭人晴雯等见了这般，不知当是那个要紧的人来的帖子，忙一齐问：“昨日是谁接下了一个帖子？”四儿忙跑进来，笑说：“昨日妙玉并没亲来，只打发个妈妈送来，我就搁在这里，谁知一顿酒喝的就忘了。”众人听了道：“我当是谁，大惊小怪！这也不值得。”

宝玉忙命：“快拿纸来。”当下拿了纸，研了墨，看他下着“槛外人”三字，自己竟不知回帖上回个什么字样才相敌，只管提笔出神，半天仍没主意。因又想：“若问宝钗去，他必又批评怪诞，不如问黛玉去。”想罢，袖了帖儿，径来寻黛玉。刚过了沁芳亭，忽见岫烟颤颤巍巍的迎面走来，宝玉忙问：“姐姐那里去？”岫烟笑道：“我找妙玉说话。”宝玉听了咤异，说道：“他为人孤癖，不合时宜，万人不入他的目。原来他推重姐姐，竟知姐姐不是我们一流俗人。”岫烟笑道：“他也未必真心重我，但我和他做过十年的邻居，只一墙之隔。他在蟠香寺修炼，我家原寒素，赁房居住，就赁了他的庙里房子，住了十年，无事到他庙里去作伴。我所认得的字，都是承他所授。我和他又是贫贱之交，又有半师之分。因我们投亲去了，闻得他因不合时宜，权势不容，竟投到这里来。如今又天缘凑合，我们得遇，旧情竟未改易，承他青目，更胜当日。”

宝玉听了，恍如听了焦雷一般，喜得笑道：“怪道姐姐举止言谈，超然如野鹤闲云[30]，原本有来历。我正因他的一件事为难，要请教别人去。如今遇见姐姐，真是天缘凑合，求姐姐指教。”说着便将拜帖取与岫烟看。岫烟笑道：“他这脾气竟不能改，竟是生成这等放诞诡僻了。从来没见拜帖上下别号的，这可是俗语说的‘僧不僧，俗不俗，女不女，男不男’[31]，成个什么理数！”宝玉听说，忙笑道：“姐姐不知道，他原不在这些人中算，他原是世人意外之人，因取了我是个些微有知识的[32]，方给我这帖子。我因不知回什么字样才好，竟没了主意，正要去问林妹妹，可巧遇见了姐姐。"

　　岫烟听了宝玉这话，且只管用眼上下细细打量了半日，方笑道："怪道俗语说的'闻名不如见面'，又怪不得妙玉竟下这帖子给你，又怪不得上年竟给你那些梅花。既连他这样，少不得我告诉你原故。他常说：'古人中自汉、晋、五代、唐、宋以来，皆无好诗，只有两句好，说道："纵有千年铁门槛，终须一个土馒头。"'所以他自称'槛外之人'。又常赞：'文是庄子的好。'故又或称为'畸人'㉝。他若帖子上是自称'畸人'的，你就还他个'世人'。'畸人'者，他自称是畸零之人；你谦自己乃世人扰扰之人，他便喜了。如今他自称'槛外之人'，是自谓蹈于'铁槛'之外了，故你如今只下'槛内人'，便合了他的心了。"宝玉听了，如醍醐灌顶㉞，"嗳哟"了一声，方笑道："怪道我们家庙说是'铁槛寺'呢！原来有这一说。姐姐就请，让我去写回帖。"岫烟听了，便自往栊翠庵来。宝玉回房，写了帖子，上面只写："槛内人宝玉熏沐谨拜"几字，亲自拿了到栊翠庵，只隔门缝儿投进去，便回来了。

　　因饭后平儿还席，说红香圃太热，便在榆荫堂中摆了几席新酒佳肴。可喜尤氏又带了佩凤偕鸳二妾过来游玩，这二妾亦是青年姣憨女子，不常过来的，今既入了这园，再遇见湘云、香菱、芳、蕊一干女子，所谓"方以类聚，物以群分"，二语不错，只见他们说笑不了，也不管尤氏在那里，只凭丫鬟们去服役，且同众人一一的游玩。

　　闲言少述，且说当下众人都在榆荫堂中，以酒为名，大家玩笑，命女先儿击鼓。平儿采了一枝芍药，大家约二十来人，传花为令，热闹了一回。因人回说："甄家有两个女人送东西来了。"探春和李纨尤氏三人出去议事厅相见。这里众人且出来散一散。佩凤偕鸳两个去打秋千玩耍，宝玉便说："你两个上去，让我送。"慌得佩凤说："罢了，别替我们闹乱子！"

　　忽见东府里几个人，慌慌张张跑来，说："老爷殡天了㉟。"众人听了，吓了一大跳，忙都说："好好的并无疾病，怎么就没了？"家人说："老爷天天修炼，定是功成圆满，升仙去了。"尤氏一闻此言，又见贾珍父子并贾琏等皆不在家，一时竟没个着己的男子来，未免忙了。只得忙卸了妆饰，命人先到元真观将所有的道士都锁了起来，等大爷来家审问；一面忙忙坐车，带了赖升一干老人媳妇出城。又请大夫看视，到底系何病症。

大夫们见人已死，何处诊脉来？素知贾敬导气之术③⑥，总属虚诞，更至参星礼斗③⑦，守庚申③⑧，服灵砂等③⑨，妄作虚为，过于劳神费力，反因此伤了性命的。如今虽死，腹中坚硬似铁，面皮嘴唇，烧的紫绛皱裂，便向媳妇回说："系道教中吞金服砂，烧胀而殁。"众道士慌的回道："原是秘制的丹砂吃坏了事，小道们也曾劝说：'功夫未到，且服不得。'不承望老爷于今夜守庚申时，悄悄的服了下去，便升仙去了。这是虔心得道，已出苦海，脱去皮囊了。"

尤氏也不便听，只命锁着，等贾珍来发放，且命人飞马报信。一面看视里面窄狭，不能停放，横竖也不能进城的，忙装裹好了，用软轿抬至铁槛寺来停放。掐指算来，至早也得半月的工夫，贾珍方能来到，目今天气炎热，实不能相待，遂自行主持，命天文生择了日期入殓④⓪。寿木早年已经备下④①，寄在此庙的，甚是便宜。三日后，便破孝开吊④②，一面且做起道场来。因那边荣府中凤姐儿出不来，李纨又照顾姐妹，宝玉不识事体，只得将外头事务，暂托了几个家中二等管事人。贾璮、贾珖、贾珩、贾璎、贾菖、贾菱等各有执事。尤氏不能回家，便将他继母接来，在宁府看家。这继母只得将两个未出嫁的女孩儿带来，一并住着，才放心。

且说贾珍闻了此信，急忙告假，并贾蓉是有职人员。礼部见当今隆敦孝弟，不敢自专，具本请旨。原来天子极是仁孝过天的，且更隆重功臣之裔，一见此本，便诏问贾敬何职，礼部代奏："系进士出身，祖职已荫其子贾珍。贾敬因年迈多疾，常养静于都城之外元真观，今因疾殁于观中。其子珍，其孙蓉，现因国丧，随驾在此，故乞假归殓。”天子听了，忙下额外恩旨曰：“贾敬虽无功于国，念彼祖父之忠，追赐五品之职，令其子孙扶柩由北下门入都，恩赐私第殡殓，任子孙尽丧，礼毕扶柩回籍。外着光禄寺按上例赐祭，朝中由王公以下，准其祭吊。钦此。”此旨一下，不但贾府中人谢恩，连朝中所有大臣，皆嵩呼称颂不绝⑬。

贾珍父子星夜驰回。半路中又见贾瑞贾珖二人领家丁飞骑而来，看见贾珍，一齐滚鞍下马请安。贾珍忙问：“做什么？”贾瑞回说：“嫂子恐哥哥和侄儿来了，老太太路上无人，叫我们两个来护送老太太的。”贾珍听了，赞声不绝。又问：“家中如何料理？”贾瑞等便将如何拿了道士，如何挪至家庙，怕家内无人，接了亲家母和两个姨奶奶在上房住着，贾蓉当下也下了马，听见两个姨娘来了，喜的笑容满面。贾珍忙说了几声“妥当”，加鞭便走。店也不投，连夜换马飞驰。

一日到了都门，先奔入铁槛寺，那天已是四更天气，坐更的闻知，忙喝起众人来。贾珍下了马，和贾蓉放声大哭，从大门外便跪爬进来，至棺前稽颡泣血⑭，直哭到天亮，喉咙都哭哑了方住。尤氏等都一齐见过，贾珍父子忙按礼换了凶服，在棺前俯伏。无奈自要理事，竟不能目不视物，耳不闻声，少不得减了些悲戚，好指挥众人。因将恩旨备述给众亲友听了，一面先打发贾蓉家中来，料理停灵之事。

贾蓉巴不得一声儿，便先骑马跑来，到家忙命前厅收桌椅，下槅扇，挂孝幔子，门前起鼓手棚、牌楼等事⑮。又忙着进来看外祖母、两个姨娘。原来尤老安人年高喜睡⑯，常常歪着；他二姨娘三姨娘都和丫头们做活计，见他来了，都道烦恼。贾蓉且嘻嘻的望他二姨娘笑说：“二姨娘，你又来了？我父亲正想你呢。”尤二姐红了脸，骂道：“好蓉小子！我过两日不骂你几句，你就过不得了，越发连个体统都没了！还亏你是大家公子哥儿，每日念书学礼的，越发连那小家子的也跟不上！”说着顺手拿起一个熨斗来，兜头就打，吓得贾蓉抱着头，滚到怀里告饶。尤三姐便转过脸去，说道："等姐姐来家再告诉他。"

贾蓉忙笑着跪在炕上求饶，因又和他二姨娘抢砂仁吃①。那二姐儿嚼了一嘴渣子，吐了他一脸，贾蓉用舌头都舔着吃了。众丫头看不过，都笑说："热孝在身上，老娘才睡了觉。他两个虽小，到底是姨娘家。你太眼里没有奶奶了。回来告诉爷，你吃不了兜着走！"贾蓉撇下他姨娘，便抱着那丫头亲嘴，说："我的心肝！你说得是。咱们馋他们两个。"丫头们忙推他，恨得骂："短命鬼！你一般有老婆丫头，只和我们闹。知道的说是玩，不知道的人，再遇见那样脏心烂肺的爱多管闲事嚼舌头的人，吵嚷到那府里，背地嚼舌，说咱们这边混账。"贾蓉笑道："各门另户，谁管谁的事？都够使的了。从古至今，连汉朝和唐朝，人还说'脏唐臭汉'，何况咱们这宗人家！谁家没风流事？别叫我说出来。连那边大老爷这么利害，琏二叔还和那小姨娘不干净呢。凤姐子那样刚强，瑞大叔还想他的账。那一件瞒了我！"贾蓉只管信口开河，胡言乱道，三姐儿沉了脸，早下炕进里间屋里，叫醒尤老娘。

这里贾蓉见他老娘醒了，忙去请安问好。又说："老祖宗劳心，又难为两位姨娘受委屈，我们爷儿们感激不尽。惟有等事完了，我们合家大小登门磕头去。"尤老安人点头道："我的儿，倒是你会说话，亲戚们原是该的。"又问："你父亲好？几时得了信赶到的？"贾蓉笑道："刚才赶到的，先打发我瞧你老人家来了，好歹求你老人家事完了再去。"说着，又和他二姨娘挤眼儿。尤二姐便悄悄咬牙骂道："很会嚼舌头的猴儿崽子，留下我们，给你爹做妈不成！"

贾蓉又与尤老娘道："放心罢，我父亲每日为两位姨娘操心，要寻两个有根基又富贵又年轻又俏皮的两位姨父，好聘嫁这二位姨娘。这几年总没拣着，可巧前日路上才相准了一个。"尤老娘只当是真话，忙问："是谁家的？"尤二姐丢了活计，一头笑，一头赶着打，说："妈妈，别信这混账孩子的话！"三姐儿道："蓉儿，你说是说，别只管嘴里这么不清不浑的！"说着，人来回话，说：

"事已完了，请哥儿出去看了，回爷的话去呢。"那贾蓉方笑嘻嘻的出来。不知如何，且看下回分解。

【注释】

①绍兴酒：通称"黄酒"，因产于浙江绍兴，故名。清阙名《燕京杂记》："高粱酒谓之乾酒，绍兴酒谓之黄酒，高粱饮少辄醉，黄酒不然。故京师尚之，宴客必需。"

②村：这里用作动词，以语羞人，有数落冲撞的意思。

③调三窝四：同"调三斡四"，意谓挑拨是非。

④普洱茶：云南普洱一带产的一种名茶。《本草纲目·拾遗·木部》："普洱茶出云南普洱府，成团，有大中小三等，大者一团五斤，如人头式，名人头茶。"又云："普洱茶膏黑如漆，醒酒第一，绿色者更佳，消食化痰，清胃生津，功力尤大也。"

⑤女儿茶：用青桐或牛李子等嫩芽制成的一种饮料。明李日华《紫桃轩杂缀》："泰山无佳茗，山中人摘青桐芽点饮，号女儿茶。"一说，女儿茶乃普洱茶之一种。

⑥陈人：老朽之人。这里指老仆人。

⑦走了大褶儿：错了大规矩。

⑧便（biàn）宜：方便。

⑨大衣裳：即大衣服，指外衣。

⑩安席：指宴席入座时敬酒、行礼等一套礼节。

⑪小袄儿：即内衣，今称衬衫，与短袄不同。

⑫玉色红青驼绒三色缎子拼的水田小夹袄：用玉色、红青、驼绒三种颜色的缎子小块拼做的小夹袄。玉色，天青色。红青，即绀青，稍微带红的黑色。驼绒，即"驼茸"，染色之一种，橙红色。水田，即"水田衣"，因多用各色方形布块连缀而成，似水田界画，故名。清翟灏《通俗编》卷二五"服饰"："水田衣：《象教皮编》：袈裟，一名'水田衣'。王维诗：'乞饭从香积，裁衣学水田。'按：时俗妇女，以各色帛，寸剪间杂，绒以为衣，亦谓之'水田衣'，是真王维所谓学水田者。"

⑬玉塞子：即镶玉的耳环。清柴桑《京师偶记》："珥，耳饰也。俗名耳塞，南人曰耳环，北人曰耳坠。近皆饰以明珠，胜国宫中，则俱用蓝宝石。"

⑭硬红镶金大坠子：镶嵌有金饰的硬红耳坠。硬红，指珊瑚或红宝石之类。《本草纲目·珊瑚》集解李时珍云："珊瑚生海底，五七株成林，谓之珊瑚林，居水中直而软，见风日则曲而硬，变红色者为上，……俱可作珠。"

⑮白彩定窑：宋代定窑烧制的瓷器之一。这里或指白粉定窑。因其色白似粉，质地滋润，俗称"粉定"，亦曰"白定"。

⑯抢红：掷骰子为戏，以得红点多者为胜，叫"抢红"。

⑰"任是"句：唐罗隐《牡丹花》诗："若教解语应倾国，任是无情亦动人。"

⑱"寿筵"句：见明戏文《牧羊记·庆寿》的第一支曲《山花子》。原文云："寿筵开处风光好，争看寿星荣耀。羡麻姑玉女并超，寿同王母年高。寿香腾，寿烛影摇，玉杯寿酒增寿考，金盘寿果长寿桃。愿福如海深，寿比山高。"

⑲《赏花时》：曲牌名。明汤显祖《邯郸记·度世》中的唱词，系何仙姑在蓬莱仙境扫花见吕洞宾时所唱。庚辰本全词是："翠凤毛翎帚叉，闲为仙人扫落花。您看那一风起玉尘砂，猛可的那一层云霞，抵多少门外即天涯。您看那一风斩黄龙一线儿差，再休向东老贫穷卖酒家。您与俺眼向云霞。洞宾呵，您得了人可便早些儿回话；若迟呵，错教人唱恨碧桃花。"

⑳"日边"句：唐高蟾《下第后上永崇高侍郎》诗："天上碧桃和露种，日边红杏倚云栽。"

㉑"竹篱"句：宋王淇《梅》诗："不受尘埃半点侵，竹篱茅舍自甘心。"

㉒"只恐"句：宋苏轼《海棠》诗："只恐夜深花睡去，故烧银烛照红妆。"《千家诗》清王相注云："昔明皇召贵妃同宴，而妃宿酒未醒，帝曰：'海棠睡未足耳。'此诗借意以喻海棠。"

㉓"开到"句：宋王淇《春暮游小园》诗："开到荼蘼花事了，丝

丝天棘出莓墙。"荼蘼（mí），春末开花，此时春花盛开的季节已过，故说"花事了"。宋苏轼《杜沂游武昌，以酴醾花菩萨泉见饷》诗："酴醾不争春，寂寞开最晚。"

㉔"连理"句：宋朱淑真《落花》诗："连理枝头花正开，妒花风雨苦相催。"

㉕"莫怨"句：宋欧阳修《明妃曲和王介甫作二首》之二："红颜胜人多薄命，莫怨东风当自嗟。"

㉖"桃红"句：宋谢枋得《庆全庵桃花》诗："寻得桃源好避秦，桃红又见一年春。"

㉗图不得：过分困倦，挣扎不得。

㉘黑甜：形容酣睡。宋苏轼《发广州》诗："三杯软饱后，一枕黑甜余。"自注："俗为睡为黑甜。"

㉙好（hào）上来：此处意为放任，偏好。

㉚野鹤闲云：比喻超然尘外、清高自在之人。也作"野鹤孤云"。

㉛僧不僧，俗不俗，女不女，男不男：《西厢记》第二本楔子中惠明的唱词。

㉜有知识：佛教称了悟一切知识、高明出众的人为"善知识"。这里指对事物有不同于世俗的见识。

㉝畸人：行为乖僻、不与世俗为偶的人。《庄子·大宗师》："子贡曰：'敢问畸人？'曰：'畸人者，畸于人而侔于天。'"唐成玄英疏："畸者，不耦之名也。修行无有，而疏外形体，乖异人伦，不耦于俗。"

㉞醍醐（tí hú）灌顶：佛教用语。比喻以智慧佛性灌输于人，令人彻悟。《西游记》第三十一回："那沙僧一闻'孙悟空'三个字，便好似醍醐灌顶，甘露滋心。"醍醐，从乳酪中提炼出的精华部分。佛教用以比喻智慧和佛性。灌顶，本为印度古代国王即位的一种仪式，国师以"四大海之水"灌其头顶，表示祝福。后佛教密宗仿效此法，于弟子入门时，本师以水或醍醐灌洒其头顶，以明诸佛之护念，表佛行之崇高。这里借指经人指点立刻领悟的意思。

㉟殡天：这里同"宾天"，到天上做客，"死"的委婉说法。古时专指帝王之死，后亦用以称尊者的死亡。

㊱导气之术：即导引之术。亦作"道引"。原为古代医家的一种养生术。指呼吸俯仰，伸屈手足，使血气流通，促进身体健康。后为道教袭用，流为一种"修仙"活动。

㊲参星礼斗：参和礼，都是"拜"的意思；星和斗，都指北斗星。道士认为礼拜北斗，有助于成仙。

㊳守庚申：道士修养方术之一。道家认为人身中有三尸神，每到庚申日，即向天帝言人罪过，减人禄命，如在庚申日斋戒静坐不眠，就可避免"三尸"作祟，安定魂魄，叫"守庚申"，亦叫"守三尸"。宋张君房《云笈七签》卷八二引"神仙守庚申法"："常以庚申日彻夕不眠，下尸交对，斩死不还；复庚申日彻夕不眠，中尸交对，斩死不还；复庚申日彻夕不眠。上尸交对，斩死不还。三尸皆尽，司命削去死籍，著长生录，上与天人游。"

㊴灵砂：即朱砂，又称"丹砂"，为氧化汞（HgO）矿物。道家以为服丹砂，可以长生不死。

㊵天文生：本为明清时代钦天监官吏之一，掌观察天象、推算时日。这里指从事择吉日、看风水等迷信活动的人，也称"阴阳先生"。

㊶寿木：即棺材。旧时给活人预备死后装殓物的婉辞。

㊷开吊：丧家择期接受亲友送礼、吊唁叫"开吊"。

㊸嵩呼：《汉书·武帝纪》："翌日亲登嵩高，御史乘属在庙旁，吏卒咸闻呼万岁者三。"后以臣下祝颂皇帝，高呼万岁，叫"嵩呼"，也叫"山呼"。

㊹稽颡（qǐ sǎng）泣血：叩头至地，悲痛哭泣。颡，额。泣血，泣而出血，极言哀伤。

㊺鼓手棚：也叫"鼓乐棚"，办丧事时搭的灵棚，供和尚念经的称"经棚"，供吹鼓手奏乐的称"鼓乐棚"。牌楼：这里指丧家门口临时搭盖的牌坊。上挂两只或四只白纱灯或纸灯笼。

㊻安人：封建王朝封赠给妇女的称号。明清时六品官之妻封"安人"。这里只是尊称。

㊼砂仁：也叫"缩砂仁"，缩砂蔤的果实。内白而味香辛，似白荳蔻仁。

第六十四回
幽淑女悲题五美吟　浪荡子情遗九龙佩

　　话说贾蓉见家中诸事已妥，连忙赶至寺中，回明贾珍。于是连夜分派各项执事人役，并预备一切应用幡杠等物，择于初四日卯时请灵柩进城；一面使人知会诸位亲友。是日丧仪煜耀，宾客如云，自铁槛寺至宁府，夹路看的何止数万人。内中有嗟叹的，也有羡慕的，又有一等"半瓶醋"的读书人，说是丧礼与其奢易，莫若俭戚的①，一路纷纷议论不一。至未申时方到，将灵柩停放正堂之内，供奠举哀已毕，亲友渐次散回，只剩族中人分理迎宾送客等事。近亲只有邢舅太爷相伴未去。

　　贾珍贾蓉此时为礼法所拘，不免在灵旁籍草枕块②，恨苦居丧；人散后，仍乘空寻他小姨子们厮混。宝玉亦每日在宁府穿孝，至晚人散，方回园里。凤姐身体未愈，虽不能时常在此，或遇开坛诵经亲友上祭之日，亦扎挣过来相帮尤氏料理。

　　一日，供毕早饭，因此时天气尚长，贾珍等连日劳倦，不免在灵旁假寐。宝玉见无客至，遂欲回家看视黛玉，因先回至怡红院中。进入门来，只见院中寂静无人，有几个老婆子与小丫头们在回廊下取便乘凉，也有睡卧的，也有坐着打盹的。宝玉也不去惊动。只有四儿看见，连忙上前来打帘子。将掀起时，只见芳官自内带笑跑出，几乎与宝玉撞个满怀。一见宝玉，方含笑站着，说道："你怎么来了？你快与我拦住晴雯，他要打我呢。"一语未了，只听得屋里唏嚕哗喇的乱响，不知是何物撒了一地。随后晴雯赶来骂道："我看你这小蹄子往那里去，输了不叫打。宝玉不在家，我看你有谁来救你。"宝玉连忙带笑拦住，道："你妹子小，不知怎么得罪了你，看我的分上，饶他罢。"

晴雯也不想宝玉此时回来，乍一见，不觉好笑，遂笑说道："芳官竟是个狐狸精变的，竟是会拘神遣将的，符咒也没有这样快！"又笑道："就是你真请了神来，我也不怕。"遂夺手仍要捉拿芳官，芳官早已藏在宝玉身后，宝玉遂一手拉了晴雯，一手携了芳官，进入屋内。看时，只见西边炕上麝月、秋纹、碧痕、春燕等正在那里抓子儿赢瓜子儿呢③。却是芳官输与晴雯，芳官不肯叫打，跑了出去，晴雯因赶芳官，将怀内的子儿撒了一地。宝玉欢喜道："如此长天，我不在家，正怕你们寂寞，吃了饭睡觉，睡出病来；大家寻件事玩笑消遣甚好。"因不见袭人，又问道："你袭人姐姐呢？"晴雯道："袭人么？越发道学了④，独自个在屋里面壁呢⑤。这好一会我们没进去，不知他做什么呢，一些声气也听不见。你快瞧瞧去罢！或者此时参悟了，也不可定。"

宝玉听说，一面笑，一面走至里间，只见袭人坐在近窗床上，手中拿着一根灰色绦子，正在那里打结子呢，见宝玉进来，连忙站起，笑道："晴雯这东西，编派我什么呢？我因要赶着打完了这结子，没工夫和他们瞎闹，因哄他道：'你们玩去罢。趁着二爷不在家，我要在这里静坐一坐，养一养神。'他就编派了我这些混话，什么'面壁了''参禅了'的。等一会我不撕他那嘴。"

宝玉笑着，挨近袭人坐下，瞧他打结子，问道："这么长天，你也该歇息歇息，或和他们玩笑，要不瞧瞧林妹妹去也好。怪热的打这个，那里使？"袭人道："我见你带的扇套，还是那年东府里蓉大奶奶的事情上做的。那个青东西，除族中或亲友家夏天有丧事才带得着，一年遇着带一两遭，平常又不犯做⑥；如今那府里有事，这是要过去天天带的，所以我赶着另作一个，等打完了结子，给你换下那旧的来。你虽然不讲究这个，要叫老太太回来看见，又该说我们躲懒，连你的穿带之物都不经心了。"宝玉笑道："这真难为你想的到。只是也不可过于赶，热着了，倒是大事。"

说着，芳官早托了一杯凉水内新湃的茶来。因宝玉素昔秉赋柔脆，虽暑月不敢用冰，只以新汲井水，将茶连壶浸在盆内，不时更换，取其凉意而已。宝玉就芳官手内吃了半盏，遂向袭人道："我来时，已吩咐了焙茗，若珍大哥那边有要紧的客来时，叫他即刻送信；若无要紧的事，我就不过去了。"说毕，遂出了房门，又回头向碧痕等道："如有事，往林姑娘处来找我。"

于是一径往潇湘馆来看黛玉。将过了沁芳桥，只见雪雁领着两个老婆子，手中都拿着菱藕瓜果之类。宝玉忙问雪雁道："你们姑娘从来不吃这些凉东西，拿这些瓜果何用？不是要请那位姑娘奶奶么？"雪雁笑道："我告诉你，可不许你对姑娘说去。"宝玉点头应允。雪雁便命两个婆子："先将瓜果送去，交与紫鹃姐姐，他要问我，你就说我做什么呢，就来。"那婆子答应着去了。雪雁方说道："我们姑娘这两日方觉身上好些了，今日饭后，三姑娘来会着要瞧二奶奶去，姑娘也没去，又不知想起了什么来，自己哭了一回，提笔写了好些，不知是诗是词。叫我传瓜果去时，又听叫紫鹃将屋内摆着的小琴桌上的陈设搬下来，将桌子挪在外间当地；又叫将那龙文鼎放在桌上⑦，等瓜果来时听用。若说是请人呢，不犯先忙着把个炉摆出来；若说点香呢，我们姑娘素日屋内除摆新鲜花果木瓜之类，又不大喜熏衣服。就是点香，也当点在常坐卧之处。难道是老婆子们把屋子熏臭了，要拿香熏熏不成？究竟连我也不知何故。"说毕，便连忙的去了。

宝玉这里，不由的低头心内细想道："据雪雁说来，必有原故。若是同那一位姊妹们闲坐，亦不必如此先设馔具，或者是姑爹姑妈的忌辰⑧？但我记得每年到此日期，老太太都吩咐另外整理肴馔送去林妹妹私祭，此时已过。大约必是七月，因为瓜果之节⑨，家家都上秋季的坟⑩，林妹妹有感于心，所以在私室自己奠祭，取《礼记》⑪：'春秋荐其时食'之意⑫，也未可定。但我此刻走去，见他伤感，必极力劝解，又怕他烦恼郁结于心；若竟不去，又恐他过于伤感，无人劝止：两件皆足致疾。莫若先到凤姐姐处一看，在彼稍坐即回。如若见林妹妹伤感，再设法开解。既不至使其过悲，哀痛稍申，亦不至抑郁致病。”

　　想毕，遂出了园门，一径到凤姐处来。正有许多执事婆子们回事毕，纷纷散出，凤姐儿正倚着门和平儿说话呢。一见了宝玉，笑道：“你回来了么。我才吩咐了林之孝家的，叫他使人告诉跟你的小厮，若没什么事，趁便请你回来歇息歇息。再者那里人多，你那里禁得住那些气味。不想恰好你倒来了。”宝玉笑道：“多谢姐姐记挂。我也因今日没事，又见姐姐这两日没往那府里去，不知身上可大愈否，所以回来看视看视。”凤姐道：“左右也不过是这样，三日好，两日不好的。老太太、太太不在家，这些大娘们，嗳，那一个是安分的？每日不是打架，就是拌嘴，连赌博偷盗的事情都闹出来了两三件了。虽说有三姑娘帮着办理，他又是个没出阁的姑娘，也有叫他知道得的，也有往他说不得的事，也只好强扎挣着罢了。总不得心静一会儿！别说想病好，求其不添，也就罢了。”

　　宝玉道：“姐姐虽如此说，姐姐还要保重身体，少操些心才是。”说毕，又说了些闲话，别了凤姐，一直往园中走来。进了潇湘馆院门看时，只见炉袅残烟，奠余玉醴，紫鹃正看着人往里收桌子，搬陈设呢。宝玉便知已经奠祭完了，走入屋内，只见黛玉面向里歪着，病体恹恹，大有不胜之态。紫鹃连忙说道：“宝二爷来了。”黛玉方慢慢的起来，含笑让坐。宝玉道：“妹妹这两天可大好些了？气色倒觉静些，只是为何又伤心了？”黛玉道：“可是你没的说了，好好的，我多早晚又伤心了？”宝玉笑道：“妹妹脸上现有泪痕，如何还哄我呢。只是我想妹妹素日本来多病，凡事当各自宽解，不可过作无益之悲。若作践坏了身子，使我……”刚说到这里，觉得以下的话有些难说，连忙咽住。只因他虽说和黛玉一处长大，情投意合，又愿同生死，却是只心中领会，从来未曾当面说出，况兼黛玉心多，每每说话造次，得罪了他。今日原为的是来劝解，不想把话又说造次了，接不下去，心中一急，又怕黛玉恼他；又想一想自己的心，实在的是为好，因而转念为悲，早已滚下泪来。黛玉起先原恼宝玉说话不论轻重，如今见此光景，心有所感，本来素昔爱哭，此时亦不免无言对泣。

却说紫鹃端了茶来，打量二人又为何事口角，因说道："姑娘身上才好些，宝二爷又来怄气了。到底是怎么样？"宝玉一面拭泪，笑道："谁敢怄妹妹了？"一面搭讪着起来闲步，只见砚台底下微露一纸角，不禁伸手拿起。黛玉忙要起身来夺，已被宝玉揣在怀内，笑央道："好妹妹，赏我看看罢。"黛玉道："不管什么，来了就混翻。"

一语未了，只见宝钗走来，笑道："宝兄弟要看什么？"宝玉因未见上面是何言词，又不知黛玉心中如何，未敢造次回答，却望着黛玉笑。黛玉一面让宝钗坐，一面笑道："我曾见古史中有才色的女子，终身遭际，令人可欣、可羡、可悲、可叹者甚多，今日饭后无事，因欲择出数人，胡乱凑几首诗，以寄感慨，可巧探丫头来会我瞧凤姐姐去，我也身上懒懒的，没同他去，才将做了五首，一时困倦起来，撂在那里，不想二爷来了，就瞧见了。其实给他看也到没有什么，但只我嫌他是不是的写给人看去⑬。"宝玉忙道："我多早晚给人看来呢？昨日那把扇子，原是我爱那几首白海棠的诗，所以我自己用小楷写了，不过为的是拿在手中看着便易⑭。我岂不知闺阁中诗词字迹是轻易往外传诵不得的？自从你说了我，总没拿出园子去。"宝钗道："林妹妹这虑的也是。你既写在扇子上，偶然忘记了，拿在书房里去，被相公们看见了，岂有不问是谁做的呢。倘或传扬开了，反为不美。自古道'女子无才便是德'，总以贞静为主，女工还是第二件。其余诗词，不过是闺中游戏，原可以会，可以不会。咱们这样人家的姑娘，倒不要这些才华的名誉。"因又笑向黛玉道："拿出来给我看看无妨，只不叫宝兄弟拿出去就是了。"黛玉笑道："既如此说，连你也可以不必看了。"又指着宝玉笑道："他早已抢了去了。"宝玉听了，方自怀内取出，凑至宝钗身旁，一同细看。只见写道：

西施⑮

一代倾城逐浪花⑯，吴宫空自忆儿家⑰；效颦莫笑东村女，头白溪边尚浣纱⑱。

虞姬⑲

肠断乌啼夜啸风⑳，虞兮幽恨对重瞳㉑；黥彭甘受他年醢，饮剑何如楚帐中㉒？

明妃㉓

绝艳惊人出汉宫㉔，红颜命薄古今同㉕；君王纵使轻颜色，予夺权何畀画工㉖？

绿珠㉗

瓦砾明珠一例抛㉘，何曾石尉重娇娆㉙？都缘顽福前生造，更有同归慰寂寥㉚。

红拂㉛

长剑雄谈态自殊，美人巨眼识穷途㉜；尸居余气杨公幕㉝，岂得羁縻女丈夫㉞？

宝玉看了，赞不绝口，又说道："妹妹这诗，恰好只做了五首，何不就命曰'五美吟'？"于是不容分说，便提笔写在后面。宝钗亦说道："做诗不论何题，只要善翻古人之意㉟。若要随人脚踪走去，纵使字句精工，已落第二艺㊱，究竟算不得好诗。即如前人所咏昭君之诗甚多，有悲挽昭君的，有怨恨延寿的，又有讥汉帝不能使画工图貌贤臣而画美人的，纷纷不一。后来王荆公复有'意态由来画不成，当时枉杀毛延寿'㊲，永叔有'耳目所见尚如此，万里安能制夷狄'㊳：二诗俱能各出己见，不与人同。今日林妹妹这五首诗，亦可谓命意新奇，别开生面了。"

仍欲往下说时，只见有人回道："琏二爷回来了。适才外间传说，往东府里去了好一会了，想必就回来的。"宝玉听了，连忙起身，迎至大门以内等待，恰好贾琏自外下马进来，于是宝玉先迎着贾琏跪下，口中给贾母王夫人等请了安，又给贾琏请了安。二人携手走进来。只见李纨、凤姐、宝钗、黛玉、迎、探、惜等早在中堂等候，相见已毕。因听贾琏说道："老太太明日一早到家，一路身体甚好。今日先打发了我来回家看视，明日五更，仍要出城迎接。"说毕，众人又问了些路途的景况。因贾琏是远归，遂大家别过，让贾琏回房歇息。一宿晚景，不必细述。

至次日饭时前后，果见贾母王夫人等到来。众人接见已毕，略坐了一坐，吃了一杯茶，便领了王夫人等人过宁府中来，只听见里面哭声震天，却是贾赦贾琏送贾母到家，即过这边来了。当下贾母进入里面，早有贾赦贾琏率领族中人哭着迎了出来。他父子一边一个，挽了贾母，走至灵前，又有贾珍贾蓉跪着，扑入贾母怀中痛哭。贾母暮年人，见此光景，亦搂了珍蓉等痛哭不已。贾赦贾琏在旁苦劝，方略略止住。又转至灵右，见了尤氏婆媳，不免又相持大痛一场。哭毕，众人方上前，一一请安问好。

贾珍因贾母才回家来，未得歇息，坐在此间看着，未免要伤心，遂再三的劝；贾母不得已，方回来了。果然年迈的人，禁不住风霜伤感，至夜间便觉头闷心酸，鼻塞声重，连忙请了医生来诊脉下药，足足的忙乱了半夜一日。幸而发散的快，未曾传经㉟，至三更天，些须发了点汗，脉静身凉，大家方放了心。至次日，仍服药调理。又过了数日，乃贾敬送殡之期，贾母犹未大愈，遂留宝玉在家侍奉。凤姐因未曾甚好，亦未去。其余贾赦、贾琏、邢夫人、王夫人等，率领家人仆妇，都送至铁槛寺，至晚方回。贾珍尤氏并贾蓉仍在寺中守灵，等过百日后㊵，方扶柩回籍。家中仍托尤老娘并二姐儿三姐儿照管。

却说贾琏素日既闻尤氏姐妹之名，恨无缘得见；近因贾敬停灵在家，每日与二姐儿三姐儿相认已熟，不禁动了垂涎之意。况知与贾珍贾蓉等素日有聚麀之诮㊶，因而乘机百般撩拨，眉目传情。那三姐儿却只是淡淡相对，只有二姐儿也十分有意，但只是眼目众多，无从下手。贾琏又怕贾珍吃醋，不敢轻动，只好二人心领神会而已。此时出殡以后，贾珍家下人少，除尤老娘带领二姐儿三姐儿并几个粗使的丫鬟老婆子在正室居住外，其余婢妾都随在寺中；外面仆妇，不过晚间巡更，日间看守门户，白日无事，亦不进里面去。所以贾琏便欲趁此时下手，遂托相伴贾珍为名，亦在寺中住宿；又时常借着替贾珍料理家务，不时至宁府中来勾搭二姐儿。

一日有小管家俞禄来回贾珍道："前者所用棚杠孝布并请杠人青衣⑫，共使银一千一百十两，除给银五百两外，仍欠六百零十两。昨日两处买卖人俱来催讨，奴才特来讨爷的示下。"贾珍道："你且向库上领去就是了，这又何必来回我。"俞禄道："昨日已曾上库上去领，但只是老爷宾天以后，各处支领甚多，所剩还要预备百日道场及庙中用度，此时竟不能发给，所以奴才今日特来回爷，或者爷内库里暂且发给，或者挪借何项，吩咐了，奴才好办。"贾珍笑道："你还当是先呢，有银子放着不使。你无论那里借了给他罢。"俞禄笑回道："若说一二百，奴才还可巴结⑬；这五六百，奴才一时那里办得来？"贾珍想了一回，向贾蓉道："你问你娘去，昨日出殡以后，有江南甄家送来打祭银五百两⑭，未曾交到库上去，家里再找找，凑齐了，给他去罢。"贾蓉答应了，连忙过这边来，回了尤氏，复转来回他父亲道："昨日那项银子已使了二百两，下剩的三百两，令人送至家中，交与老娘收了。"贾珍道："既然如此，你就带了他去，向你老娘要了出来，交给他。再也瞧瞧家中有事无事，问你两个姨娘好。下剩的，俞禄先借了添上罢。"

贾蓉与俞禄答应了，方欲退出，只见贾琏走了进来，俞禄忙上前请了安，贾琏便问："何事？"贾珍一一告诉了。贾琏心中想道："趁此机会，正可至宁府寻二姐儿。"一面遂说道："这有多大事，何必向人借去？昨日我方得了一项银子，还没使呢，莫若给他添上，岂不省事？"贾珍道："如此甚好，你就吩咐了蓉儿，一并令他取去。"贾琏忙道："这必得我亲自取去。再我这几日没回家了，还要给老太太、老爷、太太们请请安去；到大哥那边查查家人们有无生事，再也给亲家太太请请安。"贾珍笑道："只是又劳动你，我心里倒不安。"贾琏也笑道："自家兄弟，这有何妨呢？"贾珍又吩咐贾蓉道："你跟了你叔叔去，也到那边给老太太、老爷、太太们请安，说我和你娘都请安。打听打听老太太身上可大安了，还服药呢没有。"

　　贾蓉一一答应了，跟随贾琏出来，带了几个小厮，骑上马，一同进城。在路叔侄闲话，贾琏有心，便提到尤二姐，因夸说如何标致，如何做人好："举止大方，言语温柔，无一处不令人可敬可爱。人人都说你婶子好，据我看，那里及你二姨儿一零儿呢！"贾蓉揣知其意，便笑道："叔叔既这么爱他，我给叔叔作媒，说了做二房何如？"贾琏笑道："你这是玩话，还是正经话？"贾蓉道："我说的是当真的话。"贾琏又笑道："敢自好，只是怕你婶子不依；再也怕你老娘不愿意。况且我听见说你二姨儿已有了人家了。"贾蓉道："这都无妨。我二姨儿三姨儿，都不是我老爷养的，原是我老娘带了来的。听见说，我老娘在那一家时，就把我二姨儿许给皇粮庄头张家⑮，指腹为婚⑯。后来张家遭了官司，败落了，我老娘又自那家嫁了出来，如今这十数年，两家音信不通。我老娘时常抱怨，要给他家退婚。我父亲也要将姨儿转聘，只等有了好人家，不过令人找着张家，给他十几两银子，写上一张退婚的字儿。想张家穷极了的人，见了银子，有什么不依的。再他也知道咱们这样的人家，也不怕他不依。又是叔叔这样人说了做二房，我管保我老娘和我父亲都愿意。倒只是婶子那里却难。"

　　贾琏听到这里，心花都开了，那里还有什么话说，只是一味呆笑而已。贾蓉又想了一想，笑道："叔叔若有胆量，依我的主意，管保无妨，不过多花几个钱。"贾琏忙道："好孩子，你有什么主意，只管说给我听听。"贾蓉道："叔叔回家，一点声色也别露。等我回明了我父亲，向我老娘说妥，然后在咱们府后方近左右，买上一所房子及应用家伙，再拨两窝子家人过去服侍，择了日子，人不知，鬼不觉，娶了过去，嘱咐家人不许走漏风声，婶子在里面住着，深宅大院，那里就得知道了？叔叔两下里住着，过个一年半载，即或闹出来，不过挨上老爷一顿骂。叔叔只说婶子总不生育，原是为子嗣起见，所以私自在外面作成此事。就是婶子，见'生米做成熟饭'，也只得罢了。再求一求老太太，没有不完的事。"

　　自古道"欲令智昏"。贾琏只顾贪图二姐美色，听了贾蓉一篇话，遂为计出万全，将现今身上有服，并停妻再娶，严父妒妻，种种不妥之处，皆置之度外了。却不知贾蓉亦非好意：素日因同他姨娘有情，只因贾珍在内，不能畅意；如今若是贾琏娶了，少不得在外居住，趁贾琏不在时，好去鬼混之意。贾琏那里思想及此？遂向贾蓉致谢道："好侄儿！你果然能够说成了，我买两个绝色的丫头谢你。"说着，已至宁府门首，贾蓉说道："叔叔进去向我老娘要出银子来，就交给俞禄罢。我先给老太太请安去。"贾琏含笑点头道："老太太跟前，别说我和你一同来的。"贾蓉说："知道。"又附耳向贾琏道："今日要遇见二姨儿，可别性急了，闹出事来，往后倒难办了。"贾琏笑道："少胡说！你快去罢。我在这里等你。"于是贾蓉自去给贾母请安。

　　贾琏进入宁府，早有家人头儿率领家人等请安，一路围随至厅上，贾琏一一的问了些话，不过塞责而已，便命家人散去，独自往里面走来。原来贾琏贾珍素日亲密，又是弟兄，本无可避忌之人，自来是不等通报的。于是走至上房，早有廊下伺候的老婆子打起帘子让贾琏进去。贾琏进入房中一看，只见南边炕上只有尤二姐带着两个丫鬟一处做活，却不见尤老娘与三姐儿。贾琏忙上前问好相见。尤二姐含笑让坐，便靠东边排插儿坐下⑩。贾琏仍将上首让与二姐儿，说了几句见面情儿，便笑问道："亲家太太合三妹妹那里去了？怎么不见？"尤二姐笑道："才有事往后头去了，也就来的。"此时伺候的丫鬟因倒茶去，无人在跟前，贾琏不住的拿眼瞟着二姐儿。二姐儿低了头，只含笑不理。贾琏又不敢造次动手动脚，因见二姐儿手中拿着一条拴着荷包的绢子摆弄，便搭讪着，往腰里摸了摸，说道："槟榔荷包也忘记了带了来[⑨]，妹妹有槟榔，赏我一口吃。"二姐道："槟榔倒有，就只是我的槟榔从来不给人吃。"

贾琏便笑着，欲近身来拿。二姐儿怕有人来看见不雅，便连忙一笑，撂了过来。贾琏接在手中，都倒了出来，拣了半块吃剩下的，撂在口中吃了，又将剩下的都揣了起来。刚要把荷包亲身送过去，只见两个丫鬟倒了茶来。贾琏一面接了茶吃茶，一面暗将自己带的一个汉玉九龙佩解了下来，拴在手绢上，趁丫鬟回头时，仍撂了过去。二姐儿亦不去拿，只装看不见，坐着吃茶。只听后面一阵帘子响，却是尤老娘三姐儿带着两个小丫鬟自后面走来。贾琏送目与二姐儿，令其拾取，这尤二姐亦只是不理。贾琏不知二姐儿何意，甚实着急，只得迎上来与尤老娘三姐儿相见。一面又回头看二姐儿时，只见二姐儿笑着，没事人似的；再又看一看，绢子已不知那里去了，贾琏方放了心。

于是大家归坐后叙了些闲话。贾琏说道："大婶子说，前日有一包银子交给亲家太太收起来了，今日因要还人，大哥令我来取，再也看看家里有事无事。"尤老娘听了，连忙使二姐儿拿钥匙去取银子。这里贾琏又说道："我也要给亲家太太请请安，瞧瞧二位妹妹。亲家太太脸面倒好，只是二位妹妹在我们家里受委屈。"尤老娘笑道："咱们都是至亲骨肉，说那里的话？在家里也是住着，在这里也是住着。不瞒二爷说，我们家里，自从先夫去世，家计也着实艰难了，全亏了这里姑爷帮助。如今姑爷家里有了这样大事，我们不能别的出力，白看一看家，还有什么委屈了的呢？"

正说着，二姐儿已取了银子来，交与尤老娘；老娘便递与贾琏。贾琏叫一个小丫头叫了一个老婆子来，吩咐他道："你把这个交给俞禄，叫他拿过那边去等我。"老婆子答应了出去。只听得院内是贾蓉的声音说话。须臾进来，给他老娘姨娘请了安，又向贾琏笑道："才刚老爷还问叔叔呢，说是有什么事情要使唤，原要使人到庙里去叫，我回老爷说，'叔叔就来'。老爷还吩咐我，路上遇着叔叔，叫快去呢。"

　　贾琏听了，忙要起身，又听贾蓉和他老娘说道："那一次我和老太太说的，我父亲要给给二姨儿说的姨父，就和我这叔叔的面貌身量差不多儿。老太太说好不好？"一面说着，又悄悄的用手指着贾琏，和他二姨儿努嘴。二姐儿倒不好意思说什么，只见三姐儿似笑非笑、似恼非恼的骂道："坏透了的小猴儿崽子！没了你娘的说了！多早晚我才撕他那嘴呢！"贾蓉早笑着跑了出去，贾琏也笑着辞了出来。走至厅上，又吩咐了家人们，不可耍钱吃酒等话；又悄悄的央贾蓉，回去急速和他父亲说。一面便带了俞禄过来，将银子添足，交给他拿去。一面给贾赦请安，又给贾母去请安，不提。

　　却说贾蓉见俞禄跟了贾琏去取银子，自己无事，便仍回至里面，和他两个姨娘嘲戏一回，方起身。至晚到寺，见了贾珍，回道："银子已竟交给俞禄了。老太太已大愈了，如今已经不服药了。"说毕，又趁便将路上贾琏要娶尤二姐做二房之意说了，又说如何在外面置房子住，不使凤姐知道，"此时总不过为的是子嗣艰难起见，为的是二姨儿是见过的，亲上做亲，比别处不知道的人家说了来的好。所以二叔再三央我对父亲说。"只不说是他自己的主意。

　　贾珍想了想，笑道："其实倒也罢了，只不知你二姨娘心中愿意不愿意。明日你先去和你老娘商量，叫你老娘问准了你二姨娘，再作定夺。"于是又教了贾蓉一篇话，便走过来，将此事告诉了尤氏。尤氏却知此事不妥，因而极力劝止。无奈贾珍主意已定，素日又是顺从惯了的，况且他与二姐儿本非一母，不便深管，因而也只得由他们闹去了。

　　至次日一早，果然贾蓉复进城来见他老娘，将他父亲之意说了，又添上许多话，说贾琏做人如何好，目今凤姐身子有病，已是不能好的了，暂且买了房子，在外面住着，过个一年半载，只等凤姐一死，便接了二姨儿进去做正室。又说他父亲此时如何聘，贾琏那边如何娶，如何接了你老人家养老，往后三姨儿也是那边应了替聘，说得天花乱坠，不由得尤老娘不肯。况且素日全亏贾珍周济，此时又是贾珍作主替聘，而且妆奁不用自己置买；贾琏又是青年公子，强胜张家，遂忙过来与二姐儿商议。二姐儿又是水性人儿⑩，在先已和姐夫不妥，又常怨恨当时错许张华，致使后来终身失所，今见贾琏有情，况是姐夫将他聘嫁，有何不肯？也便点头依允。当下回复了。

　　贾蓉回了他父亲，次日命人请了贾琏到寺中来，贾珍当面告诉了他尤老娘应允之事。贾琏自是喜出望外，感谢贾珍贾蓉父子不尽。于是二人商量着，使人看房子，打首饰，给二姐儿置买妆奁，及新房中应用床帐等物。不过几日，早将诸事办妥，已于宁荣街后二里远近小花枝巷内买定一所房子，共二十余间；又买了两个小丫鬟。只是府里家人不敢擅动，外头买人又怕不知心腹，走漏了风声，忽然想起家人鲍二来。当初因和他女人偷情，被凤姐儿打闹了一阵，含羞吊死了，贾琏给了二百银子，叫他另娶一个。那鲍二向来却就合厨子多浑虫的媳妇多姑娘有一手儿，后来多浑虫酒癖死了，这多姑娘儿见鲍二手里从容了，便嫁了鲍二。况且这多姑娘儿原也和贾琏好的，此时都搬出外头住着。贾琏一时想起来，便叫了他两口儿到新房子里来，预备二姐儿过来时伏侍。那鲍二两口子听见这个巧宗儿，如何不来呢？

　　再说张华之祖，原当皇粮庄头，后来死去，至张华父亲时，仍充此役。因与尤老娘前夫相好，所以将张华与尤二姐指腹为婚。后来不料遭了官司，败落了家产，弄得衣食不周，那里还娶得起媳妇呢？尤老娘又自那家嫁了出来，两家有十数年音信不通。今被贾府家人唤至，逼他与二姐儿退婚，心中虽不愿意，无奈惧怕贾珍等势焰，不敢不依，只得写了一张退婚文约。尤老娘与了二十两银子，两家退亲不提。

　　这里贾琏等见诸事已妥，遂择了初三黄道吉日，以便迎娶二姐儿过门。下回分解。

【注释】

①丧礼与其奢易，莫若俭戚：《论语·八佾》："林放问礼之本。子曰：'大哉问！礼，与其奢也，宁俭；丧，与其易也，宁戚。'"这里意谓丧礼与其奢侈而无真情，不如俭朴而心中悲戚。易，轻慢，怠惰。这里是缺乏真情的意思。

②籍草枕块：垫着干草、枕着土块睡觉，是古时居父母丧的礼节，表示极度哀痛。《仪礼·既夕礼》："居倚庐，寝苫枕块。"唐贾公彦疏："孝子寝卧之时，寝于苫，以块枕头。必寝苫者，哀亲之在草；枕块者，哀亲之在土云。"籍草，当作"藉草"，意同"寝苫"，即以干草为席。

③抓子儿：一种小儿女游戏。把若干杏核或石子抓在手中，向上丢接，以赌输赢。明刘侗、于奕正《帝京景物略·春场》："是月也，女妇闲，手五丸，且掷且拾且承，曰抓子儿。丸用橡木银砾为之，竞以轻捷。"也叫"挄子儿"。赢瓜子儿：这里指赢者用手拍几下输者臂膀或打几下输者手心。《醒世姻缘传》第七十五回写狄希陈与童寄姐掷骰赌钱。寄姐说："咱不赢钱，我合你赢打瓜子。我输了，给你一个钱；你输了，打你一瓜子。"一连掷了几个对，把狄希陈的胳膊，寄姐一只手扯着，一只手伸着两个指头打。一说，瓜子儿，是指甲盖儿。赢瓜子儿：即指输者要被赢者用指甲弹几下脑门儿。

④道学：宋代儒家学说，称为"理学"，亦叫"道学"。因那些人重在闭门修养，宣扬"性命义理"，讲求"惩忿窒欲"，所以后来对一些过分拘谨呆板的人，也称为"道学"。

⑤面壁：佛教用语。面对墙壁，默坐静修。后因称打坐为"面壁"。

⑥不犯做：不值得做。

⑦龙文鼎：这里指上面带有龙形图案的香炉。

⑧忌辰：即"忌日"。旧俗父母死亡之日禁饮酒作乐，设馔莫祭，叫"忌日"。

⑨瓜果节：或即指"七夕"。

⑩上秋季的坟：《北京指南·礼俗》："十五日为中元节，俗称'鬼节'，上冢者多，一如清明。"

⑪《礼记》：儒家经典之一。是秦汉以前儒家关于各种礼仪论著的选集。相传为西汉戴圣编纂，今本为东汉郑玄注本。与《仪礼》《周礼》合称为"三礼"。

⑫春秋荐其时食：《礼记·中庸》："夫孝者，善继人之志，善述人之事，春秋，修其祖庙，陈其宗器，设其裳衣。荐其时食。"宋朱熹《集注》："时食，四时之食，各有其物，如春行羔豚膳膏香之类是也。"意谓每逢春秋祭祀，即把四时鲜物充作祭品，进献给祖先。

⑬是不是的：意谓"动不动的"，即每每、常常的意思。

⑭便易：方便。

⑮西施：春秋时越国美女，苎罗人。相传越王勾践把她献给吴王夫差，以使吴王迷恋女色，荒废国政。吴王果然中计，最后被越所灭。

⑯"一代"句：意谓一代的美女随着浪花消逝了。一说，吴灭后，西施与范蠡同游五湖而去。唐陆广微《吴地记》引《越绝书》云："西施亡吴国后，复归范蠡，同泛五湖而去。"倾城，代指美女。《汉书·孝武李夫人传》："北方有佳人，绝世而独立，一顾倾人城，再顾倾人国，宁不知倾城与倾国，佳人难再得。"这里指西施。逐浪花，传说吴国被灭后，越人把西施沉于江中。

⑰"吴宫"句：意谓吴宫里的人空自想念你。吴宫，指馆娃宫，吴王夫差建，故址在江苏吴县西南灵岩山上。儿家，你。《牡丹亭·闺塾》："只无邪两字，付与儿家。"

⑱"效颦（pín）"二句：指"东施效颦"的故事。这两句意谓不要嘲笑效颦的东村丑女，头发白了还能在若耶溪边洗纱。东村女，即指西施邻家之丑女子。溪，即浙江绍兴的若耶溪。

⑲虞姬：项羽的爱姬，名虞，一说姓虞。常随项羽出征。当项羽被刘邦军围困在垓下时，夜闻四面楚歌，知道大势已去，乃置酒帐中，与虞姬悲歌诀别曰："力拔山兮气盖世，时不利兮骓不逝；骓不逝兮可奈何，虞兮虞兮奈若何？"虞姬以歌和之曰："汉兵已略地，四方楚歌声。大王意气尽，贱妾何聊生？"歌毕拔剑自刎。

⑳"肠断"句：意谓听到乌骓迎风夜啸，最令人伤心。乌，指项羽的乌骓马。啸风，向风而啸。

㉑虞：即虞姬。幽恨：深沉的怨恨，指虞姬和项羽的死别。重瞳：眼中有两个瞳仁。《史记·项羽本纪》："又闻项羽亦重瞳子。"这里代指项羽。

㉒"黥彭"二句：意谓与其像黥、彭那样他年甘受醢刑，何如虞姬在楚帐中自刎。黥彭，即黥布、彭越。黥布，亦名英布，秦末率骊山刑徒起义，属项羽。后归汉，封淮南王，从刘邦击灭项羽于垓下。汉初因举兵谋反，为刘邦所杀。彭越，初聚众起兵于巨野泽中。楚汉战争时，归刘邦，破楚有功，封梁王。汉建立后，因被告发谋反，被刘邦诛而醢之。醢（hǎi），此指被剁成肉酱的一种酷刑。饮剑，引剑自刎。楚帐，项羽的军帐。

㉓明妃：即王昭君。西晋石崇《王明君辞》序云："王明君者，本是王昭君，以触文帝（司马昭）讳，改焉。"后人又称"明妃"。

㉔出汉宫：指昭君和亲事。

㉕红颜命薄：旧称美貌女子早死或遭遇不幸为红颜薄命。

㉖"君王"二句：这里是说为什么把决定命运的权力交给画工呢？君王，指汉元帝刘奭（shì）。颜色，指美丽的女子。予夺，给予和褫夺。畀（bì），交给。晋葛洪《西京杂记》卷二："元帝后宫既多，不得常见，乃使画工图形，按图召幸之。诸宫人皆赂画工，多者十万，少者亦不减五万，独王嫱不肯，遂不得见。后匈奴入朝，求美人为阏氏，于是上按图以昭君行。及去，召见，貌为后宫第一，善应对，举止闲雅。帝悔之，而名籍已定，帝重信于外国，故不复更人。乃穷案其事。画工皆弃市，籍其家资皆巨万。画工有杜陵毛延寿，为人形，丑好老少必得其真，……同日弃市。"

㉗绿珠：晋代官僚石崇侍妾，据传姓梁，白州博白（今属广西）人。《晋书·石崇传》："崇有妓曰绿珠，美而艳，善吹笛。孙秀使人求之。……崇竟不许，秀怒，……遂矫诏收崇及潘岳、欧阳建等。崇正宴于楼上，介士到门。崇谓绿珠曰：'我今为尔得罪。'绿珠泣曰：'当效死于官前。'因自投于楼下而死。"

㉘"瓦砾"句：意谓石崇把绿珠如同瓦砾一样抛弃。瓦砾，碎瓦断砖。明珠，暗喻绿珠，石崇是用珍珠把绿珠买来的。

㉙"何曾"句：意谓石崇何尝重视过绿珠呢？石尉，即石崇，他曾做过散骑常侍、侍中、南蛮校尉等官。娇娆，娇媚的样子，这里指绿珠。

㉚"都缘"二句：意谓只因石崇有前生注定的顽福，所以他虽不曾真正看重绿珠，但在他被杀时，绿珠已为他殉情，足可以慰其死后之寂寥。顽福，本谓人生命定应享用的不义之富贵。这里指痴顽的福分。同归，同死，指绿珠坠楼，石崇被杀。《绿珠传》："一婢子，不知书，而能感主恩，愤不顾身，其志烈懔懔，诚足使后人仰慕咏也。"

㉛红拂：唐杜光庭《虬髯客传》传奇中人物。姓张，原为隋朝大臣杨素的家妓，貌美，常手持红拂（一种拂除尘土的用具），随侍座侧。李靖参谒杨素，她识其英雄才略，遂私奔相从，曰："妾，杨家之红拂妓也"，"丝萝非独生，愿托乔木，故来奔耳"。二人同往太原，辅佐李世民起兵讨隋。

㉜"长剑"二句：《虬髯客传》写李靖参谒杨素时，杨素"踞床而见"，李靖长揖不拜，言谈自若，并指责杨素"不宜踞见宾客"，杨素敛容谢罪。雄谈，雄辩健谈。态自殊，神态非凡。巨眼，有远见，眼光锐敏。穷途，指处于穷困境遇中的李靖。

㉝尸居余气：形容人躯壳虽在，仅存气息。后多指人行将灭亡，无所作为。《虬髯客传》写李靖问红拂："杨公权重京师，如何？"红拂回答说："彼尸居余气，不足畏也。诸妓知其无成，去者众矣。"

㉞羁縻：束缚，笼络。

㉟善翻古人之意：即不落俗套的意思。

㊱第二艺：第二流的才能。宋严羽《沧浪诗话·诗辩》："论诗如论禅：汉魏晋与盛唐之诗，则第一义也。大历以还之诗，则小乘禅也，已落第二义矣。"艺，《礼记·乐记》："艺成而下。"汉郑玄注："艺，才技也。"

㊲王荆公：即宋代王安石，字介甫，号半山，江西临川人。他曾被封为荆国公，所以人称"王荆公"。他作有《明妃曲》两首，所引二

句见《明妃曲》第一首。

㊳永叔：即宋代欧阳修，字永叔。他作有《明妃曲》两首、《再和明妃曲》一首，都是唱和王安石的。所引二句，见《再和明妃曲》。

㊴传经：中医术语。指外感热病的发展变化，如通过经络传至全身，叫"传经"。《伤寒论·辩太阳病脉证并治》："伤寒一日，太阳受之，脉若静者为不传；颇欲吐，若躁烦，脉数急者，为传也。"

㊵百日：旧时丧俗，人死后满一百天为"百日"。在此时间，孝子须依礼守制。

㊶聚麀（yōu）：《礼记·曲礼》："夫惟禽兽无礼，故父子聚麀。"麀，母鹿。父子共同占有一个女子叫"聚麀"，言其如禽兽一样。

㊷杠：这里指抬棺材。旧时出殡，几个人抬棺材，谓之"几杠"。有专做这种买卖的生意，叫"杠房"。

㊸巴结：这里是勉强凑出的意思。

㊹打祭银：旧俗，殡葬时为死者所烧的纸钱，叫"祭银"。这里指送给丧家以代祭品的银钱，即"祭仪"。

㊺皇粮庄头：明清时皇室直辖的庄田，称"皇庄"。始立于明英宗天顺五年。皇粮庄头：即皇庄的代管人。

㊻指腹为婚：旧指孩子未生，即由双方父母订立婚约，叫"指腹为婚"。

㊼排插儿：即牌插，室内一种分隔空间的设施。常用于室内前后檐炕的两头。

㊽槟榔：热带棕榈科植物，实大如桃李，味苦涩，有助消化。

㊾水性人：水具有随势流动的特性，故常用以比喻人性情浮动不定。

第六十五回
贾二舍偷娶尤二姨[①]　尤三姐思嫁柳二郎

话说贾琏、贾珍、贾蓉等三人商议，事事妥贴，至初二日，先将尤老娘和三姐儿送入新房。尤老娘看了一看，虽不似贾蓉口内之言，倒也十分齐备，母女二人，已算称了心愿。鲍二两口子见了，如一盆火儿，赶着尤老娘一口一声叫"老娘"，又或是"老太太"；赶着三姐儿叫"三姨儿"，或是"姨娘"。至次日五更天，一乘素轿[②]，将二姐儿抬来，各色香烛纸马，并铺盖以及酒饭，早已预备得十分妥当。一时，贾琏素服坐了小轿来了，拜过了天地，焚了纸马。那尤老娘见了二姐儿身上头上，焕然一新，不似在家模样，十分得意。搀入洞房。是夜贾琏同他颠鸾倒凤，百般恩爱，不消细说。

那贾琏越看越爱，越瞧越喜，不知要怎么奉承这二姐儿才过得去，乃命鲍二等人不许提三说二，直以"奶奶"称之；自己也称"奶奶"，竟将凤姐一笔勾倒。有时回家，只说在东府有事。凤姐因知他和贾珍好，有事相商，也不疑心。家下人虽多，都也不管这些事。便有那游手好闲、专打听小事的人，也都去奉承贾琏，乘机讨些便宜，谁肯去露风。于是贾琏深感贾珍不尽。贾琏一月出十五两银子，做天天的供给。若不来时，他母女三人一处吃饭；若贾琏来，他夫妻二人一处吃，他母女便回房自吃。贾琏又将自己积年所有的体己，一并搬来与二姐儿收着；又将凤姐儿素日之为人行事，枕边衾里，尽情告诉了他。只等一死，便接他进去。二姐儿听了，自然是愿意的了。当下十来个人，倒也过起日子来，十分丰足。

眼见已是两月光景，这日贾珍在铁槛寺做完佛事，晚间回家时，与他姊妹久别，竟要去探望探望。先命小厮去打听贾琏在与不在。小厮回来，说："不在那里。"贾珍欢喜，将家人一概先遣回去，只留两个心腹小童牵马。一时，到了新房子里，已是掌灯时候，悄悄进去。两个小厮将马拴在圈内，自往下房去听候。贾珍进来，屋里才点灯，先看过尤氏母女，然后二姐儿出来相见。贾珍见了二姐儿，满脸的笑容，一面吃茶，一面笑说："我做的保山如何？要错过了，打着灯笼还没处寻，过日你姐姐还备礼来瞧你们呢。"

说话之间，二姐儿已命人预备下酒馔，关起门来。都是一家人，原无避讳。那鲍二来请安，贾珍便说："你还是个有良心的，所以二爷叫你来伏侍。日后自有大用你之处，不可在外头吃酒生事，我自然赏你。倘或这里短了什么，你二爷事多，那里人杂，你只管去回我。我们弟兄，不比别人。"鲍二答应道："小的知道。若小的不尽心，除非不要这脑袋了。"贾珍笑着点头道："要你知道就好。"当下四人一处吃酒。二姐儿此时恐怕贾琏一时走来，彼此不雅，吃了两钟酒便推故往那边去了。贾珍此时也无可奈何，只得看着二姐儿自去。剩下尤老娘和三姐儿相陪。那三姐儿虽向来也和贾珍偶有戏言，但不似他姐姐那样随和儿，所以贾珍虽有垂涎之意，却也不肯造次了，致讨没趣。况且尤老娘在傍边陪着，贾珍也不好意思太露轻薄。

却说跟的两个小厮，都在厨下和鲍二饮酒，那鲍二的女人多姑娘儿上灶。忽见两个丫头也走了来，嘲笑要吃酒，鲍二因说："姐儿们不在上头伏侍，也偷着来了；一时叫起来没人，又有事。"他女人骂道："糊涂浑呛了的忘八③！你撞丧那黄汤罢③。撞丧醉了，夹着你那脑袋挺你的尸去！叫不叫，与你什么相干！一应有我承当呢。风啊雨的，横竖淋不到你头上来。"

这鲍二原因妻子之力，在贾琏前十分有脸；近日他女人越发在二姐儿跟前殷勤服侍，他便自己除赚钱吃酒之外，一概不管，一听他女人吩咐，百依百随。当下又吃够了，便去睡觉。这里女人陪着这些丫鬟小厮吃酒，又和那几个小厮们打牙撂嘴儿的玩笑④，讨他们的好，准备在贾珍前讨好儿。四人正在吃的高兴，忽听见扣门的声儿，鲍二的女人忙出来开门看时，见是贾琏下马，问有事无事。鲍二女人便悄悄的告诉他说："大爷在这里西院里呢。"贾琏听了，便至卧房。见尤二姐和两个小丫头在房中，见他来了，脸上却有些赸赸的。贾琏反推不知，只命："快拿酒来。咱们吃两杯好睡觉，我今日乏了。"二姐儿忙忙陪笑，接衣捧茶，问长问短，贾琏喜的心痒难受。一时，鲍二的女人端上酒来，二人对饮，两个小丫头在地下伏侍。

贾琏的心腹小童隆儿拴马去，瞧见有了一匹马，细瞧一瞧，知是贾珍的，心下会意，也来厨下。只见喜儿寿儿两个正在那里坐着吃酒，见他来了，也都会意，笑道："你这会子来得巧。我们因赶不上爷的马，恐怕犯夜⑤，往这里来借个地方儿睡一夜。"隆儿便笑道："我是二爷使我送月银的。交给了奶奶，我也不回去了。"鲍二的女人便道："咱们这里有的是炕，为什么不大家睡呢？"喜儿便说："我们吃多了，你来吃一钟。"

隆儿才坐下，端起酒来，忽听马棚内闹将起来。原来二马同槽，不能相容，互蹶蹄起来。隆儿等慌得忙放下酒杯，出来喝马，好容易喝住，另拴好了进来。鲍二的女人笑说："你三人就在这里罢，茶也现成了，我可去了。"说着带门出去。这里喜儿喝了几杯，已是楞子眼了⑥。隆儿寿儿关了门，回头见喜儿直挺挺的仰卧炕上，二人便推他说："好兄弟，起来好生睡。只顾你一个人舒服，我们就苦了。"那喜儿便说道："咱们今儿可要公公道道贴一炉子烧饼了。"隆儿寿儿见他醉了，也不便多说，只得吹了灯，将就卧下。

二姐听见马闹，心下着实不安，只管用言语混乱贾琏。那贾琏吃了几杯，春兴发作，便命收了酒果，掩门宽衣。尤二姐只穿着大红小袄，散挽乌云⑦，满脸春色，比白日更增了颜色。贾琏搂着他笑道："人人都说我们那夜叉婆整齐，如今我看来，给你拾鞋也不要。"二姐儿道："我虽标致，却无品行，看来倒底是不标致的好。"贾琏忙说："如何说这话？我却不懂。"尤二姐滴泪说道："你们拿我作糊涂人待，什么事我不知道？我如今和你作了两个月夫妻，日子虽浅，我也知你不是糊涂人。我生是你的人，死是你的鬼，如今既做了夫妻，终身我靠你，岂敢瞒藏一字，我算是有倚有靠了。将来我妹子却如何结果？据我看来，这个形景儿，恐非常策，要作长久之计方可。"

贾琏听了，笑道："你且放心，我不是那拈酸吃醋的人。你前头的事，我都知道了，你不必惊慌。如今你跟了我来，大哥跟前自然倒要拘起形迹来了。依我的主意，不如叫三姨儿也合大哥成了好事，彼此两无拘束，索性大家作个通家之好。你的意思怎么样？"尤二姐一面拭泪，一面说道："虽然你有这个好意，头一件，三妹妹脾气不好；第二件，也怕大爷脸上下不来。"贾琏道："这个无妨。我这会子就过去，索性破了例。"说着走了，便至西院中来，只见窗内灯烛辉煌。贾琏便推门进去，说："大爷在这里呢，兄弟来请安。"

贾珍听是贾琏的声音，倒唬了一跳，见贾琏进来，不觉羞惭满面，尤老娘也觉不好意思。贾琏笑道："何必做如此景象，咱们弟兄，从前是如何样来？大哥为我操心，我今日粉身碎骨，感激不尽。大哥若多心，我倒不安了。从此以后，还求大哥照常方好；不然兄弟宁可绝后，再不敢到此处来了。"说着便要跪下。慌得贾珍连忙搀起，只说："兄弟怎么说，我无不领命。"贾琏忙命人："看酒来，我和大哥吃两杯。"因又笑嘻嘻向三姐儿道："三妹妹为何不合大哥吃个双钟儿？我也敬一杯，给大哥合三妹妹道喜。"

三姐儿听了这话，就跳起来，站在炕上，指着贾琏冷笑道："你不用和我'花马掉嘴'的[⑧]，咱们'清水下杂面，你吃我看'[⑨]。'提着影戏人子上场儿，好歹别戳破这层纸儿。'你别糊涂油蒙了心，打量我们不知道你府上的事呢！这会子花了几个臭钱，你们哥儿俩，拿着我们姊妹两个权当粉头来取乐儿，你们就打错了算盘了。我也知道你那老婆太难缠，如今把我姐姐拐了来做了二房，'偷来的锣鼓儿打不得'。我也要会会那凤奶奶去，看他是几个脑袋？几只手？若大家好，取和儿便罢；倘若有一点叫人过不去，我有本事先把你两个的牛黄狗宝掏出来⑩，再和那泼妇拚了这条命！喝酒怕什么？咱们就喝！"说着，自己拿起壶来，斟了一杯，自己先喝了半盏，揪过贾琏来就灌，说："我倒不曾和你哥哥吃过，今日倒要和你吃一吃，咱们也亲近亲近。"吓的贾琏酒都醒了。贾珍也不承望尤三姐这等拉的下脸来。兄弟两个本是风流场中耍惯的，不想今日反被这个闺女一席话说得不能搭言。

尤三姐看了这样，越发一叠声又叫："将姐姐请来！要乐，咱们四个大家一处乐。俗语说的，'便宜不过当家'⑪，你们是哥哥兄弟，我们是姐姐妹妹，又不是外人，只管上来！"尤二姐反不好意思起来。贾珍得便就要溜，尤三姐儿那里肯放？贾珍此时反后悔，不承望他是这种人，与贾琏反不好轻薄起来。

这三姐索性卸了妆饰，脱了大衣服，松松的挽个纂儿；身上只穿着大红袄儿，半掩半开，故意露出葱绿抹胸，一痕雪脯；底下绿裤红鞋，鲜艳夺目。忽起忽坐，忽喜忽嗔，没半刻斯文。两个坠子就和打秋千一般，灯光之下越显得柳眉笼翠，檀口含丹。本是一双秋水眼，再吃了几杯酒，越发横波入鬓，转盼流光。真把那珍琏二人弄的欲近不敢，欲远不舍，迷离恍惚，落魄垂涎。再加方才一席话，直将二人禁住。弟兄两个竟全然无一点儿能为，别说调情斗口，竟连一句响亮话都没了。尤三姐自己高谈阔论，任意挥霍⑫，村俗流言，洒落一阵，由着性儿拿他弟兄二人嘲笑取乐。一时，他的酒足兴尽，更不容他弟兄多坐，竟撵了出去，自己关门睡去了。

自此后，或略有丫鬟婆子不到之处，便将贾珍、贾琏、贾蓉三个厉言痛骂，说他爷儿三个诓骗他寡妇孤女。贾珍回去之后，也不敢轻易再来。那三姐儿有时高兴，又命小厮来找。及至到了这里，也只好随他的便，干瞅着罢了。

看官听说：这尤三姐天生脾气，和人异样诡僻。只因他的模样儿风流标致，他又偏爱打扮的出色，另式另样，做出许多万人不及的风情体态来。那些男子们，别说贾珍贾琏这样风流公子，便是一班老到人，铁石心肠，看见了这般光景，也要动心的。及至到他跟前，他那一种轻狂豪爽、目中无人的光景，早又把人的一团高兴逼住，不敢动手动脚。所以贾珍向来和二姐儿无所不至，渐渐的俗了，却一心注定在三姐儿身上，便把二姐儿乐得让给贾琏，自己却和三姐儿捏合。偏那三姐一般合他玩笑，别有一种令人不敢招惹的光景。他母亲和二姐儿也曾十分相劝，他反说："姐姐糊涂！咱们金玉一般的人，白叫这两个现世宝沾污了去^⑩，也算无能！而且他家现放着个极利害的女人，如今瞒着，自然是好的，倘或一日他知道了，岂肯干休？势必有一场大闹。你二人不知谁生谁死，这如何便当作安身乐业的去处？"他母女听他这话，料着难劝，也只得罢了。那尤三姐儿天天挑拣穿吃，打了银的，又要金的；有了珠子，又要宝石；吃着肥鹅，又宰肥鸭。或不趁心，连桌一推；衣裳不如意，不论绫缎新整，便用剪刀剪碎，撕一条，骂一句。究竟贾珍等何曾随意了一日，反花了许多昧心钱。

贾琏来了，只在二姐房内，心中也渐渐的悔上来了。无奈二姐儿倒是个多情人，以为贾琏是终身之主了，凡事倒还知疼着热。若论温柔和顺，却较着凤姐还有些体度；就论起那标致来，以及言谈行事，也不减于凤姐。但已经失了脚，有了一个"淫"字，凭他什么好处也不算了。偏这贾琏又说："谁人无错，知过必改就好。"故不提已往之淫，只取现今之善。便如胶似漆，一心一计，誓同生死，那里还有凤平二人在意了？二姐在枕边衾内，也常劝贾琏说："你和珍大爷商议商议，拣个相熟的，把三丫头聘了罢；留着他不是常法子，终久要生事故。"贾琏道："前日我也曾回大哥的，他只是舍不的。我还说，'就是块肥羊肉，无奈烫的慌；玫瑰花儿可爱，刺多扎手。咱们未必降的住，正经拣个人聘了罢。'

他只意意思思的就丢开手了⑭。你叫我有什么法儿？"二姐儿道："你放心。咱们明日先劝三丫头，他肯了，让他自己闹去；闹的无法，少不得聘他。"贾琏听了，说："这话极是。"

至次日，二姐儿另备了酒，贾琏也不出门，至午间，特请他妹妹过来与他母亲上坐。三姐儿便知其意，刚斟上酒，也不用他姐姐开口，便先滴泪说道："姐姐今日请我，自然有一番大道理要说；但只我也不是糊涂人，也不用絮絮叨叨的，从前的事情我已尽知，说也无益。既如今姐姐也得了好处安身，妈妈也有了安身之处，我也要自寻归结去，方是正礼。但终身大事，一生至一死，非同儿戏。向来人家看着咱们娘儿们微息⑮，都安着不知什么心。我所以破着没脸，人家才不敢欺负。这如今要办正事，不是我女孩儿家没羞耻，必得我拣一个素日可心如意的人，方跟他。若凭你们拣择，虽是有钱有势的，我心里进不去，白过了这一世。"贾琏笑道："这也容易。凭你说是谁，就是谁。一应彩礼，都有我们置办，母亲也不用操心。"三姐儿道："姐姐横竖知道，不用我说。"贾琏笑问二姐儿："是谁？"二姐儿一时想不起来。贾琏料定必是此人无移了，便拍手笑道："我知道这人了。果然好眼力。"二姐儿笑道："是谁？"贾琏笑道："别人他如何进得去，一定是宝玉。"二姐儿与尤老娘听了，也以为必然是宝玉了。三姐儿便啐了一口，说："我们有姐妹十个，也嫁你弟兄十个不成？难道除了你家，天下就没有好男人了不成？"众人听了都咤异："除了他，还有那一个？"三姐儿道："别只在眼前想，姐姐只在五年前想，就是了。"

正说着，忽见贾琏的心腹小厮兴儿走来请贾琏，说："老爷那边紧等着叫爷呢。小的答应往舅老爷那边去了，小的连忙来请。"贾琏又忙问："昨日家里问我来着么？"兴儿说："小的回奶奶：爷在家庙里和珍大爷商议做百日的事，只怕不能来。"贾琏忙命拉马，隆儿跟随去了，留下兴儿答应人。尤二姐便要了两碟菜来，命拿大杯斟了酒，就命兴儿在炕沿下站着吃，一长一短，向他说话儿，问道："家里奶奶多大年纪？怎么个利害的样子？老太太多大年纪？姑娘几个？"各样家常等话。

兴儿笑嘻嘻的，在炕沿下，一头吃，一头将荣府之事备细告诉他母女。又说："我是二门上该班的人。我们共是两班，一班四个，共是八个人。有几个是奶奶的心腹，有几个是爷的心腹。奶奶的心腹，我们不敢惹；爷的心腹，奶奶却敢惹。提起来，我们奶奶的事，告诉不得奶奶。他心里歹毒，口里尖快。我们二爷也算是个好的，那里见得他？倒是跟前平姑娘，为人很好，虽然和奶奶一气，他倒背着奶奶常作些好事。小的们有了不是，奶奶是容不过的，只求求他去就完了。如今合家大小，除了老太太、太太两个，没有不恨他的，只不过面子情儿怕他。皆因他一时看得人都不及他，只一味哄着老太太、太太两个人喜欢。他说一是一，说二是二，没人敢拦他。又恨不得把银子钱省了下来，堆成山，好叫老太太、太太说他会过日子，殊不知苦了下人，他讨好儿。或有好事，他就不等别人去说，他先抓尖儿；或有不好的事，或他自己错了，他便一缩头，推到别人身上来，他还在傍边拨火儿。如今连他正经婆婆太太都嫌了，说他'雀儿拣着旺处飞'，'黑母鸡一窝儿'，自家的事不管，倒替人家去瞎张罗。要不是老太太在头里，早叫过他去了。"

尤二姐笑道："你背着他这等说他，将来你又不知怎样说我呢。我又差他一层儿，越发有得说了。"兴儿忙跪下说道："奶奶要这样说，小的不怕雷劈吗？但凡小的要有造化，起先娶奶奶时，若得了这样的人，小的们也少挨些打骂，也少提心吊胆的。如今跟爷的几个人，谁不是背前背后称扬奶奶盛德怜下？我们商量着叫二爷要出来，情愿来伺候奶奶呢。"尤二姐笑道："你这小猾贼儿，还不起来！说句玩话儿，就吓得这个样儿。你们做什么往这里来，我还要找了你奶奶去呢。"兴儿连忙摇手，说："奶奶千万不要去，我告诉奶奶，一辈子别见他才好！'嘴甜心苦，两面三刀'，'上头笑着，脚底下就使绊子'，'明是一盆火，暗是一把刀’，都占全了。只怕三姨儿的这张嘴还说不过他呢！奶奶这样斯文良善人，那里是他的对手？”

尤氏笑道：“我只以理待他，他敢怎么样我！”兴儿道：“不是小的喝了酒，放肆胡说，奶奶便用着礼让，他看见奶奶比他标致，又比他得人心儿，他就肯善罢干休了？人家是醋罐子，他是醋缸，醋瓮。凡丫头们，二爷多看一眼，他有本事当着爷打个烂羊头似的。虽然平姑娘在屋里，大约一年间，两个有一次在一处，他还要嘴里掂十来个过儿呢。气的平姑娘性子上来，哭闹一阵，说：‘又不是我自己寻来的，你逼着我，我原不愿意，又说我反了。这会子又这样！’他一般的也罢了，倒央告平姑娘。”尤二姐笑道：“可是撒谎！这样一个夜叉，怎么反怕屋里的人呢？”兴儿道：“就是俗语说的：‘三人抬不过一个“理”字去’了⑯。这平姑娘原是他自幼儿的丫头，陪了过来一共四个，死的，嫁的，只剩下这个心腹，收了屋里。一则显他的贤良，二则又拴爷的心。那平姑娘又是个正经人，从不会挑三窝四的，倒一味忠心赤胆伏侍他，所以才容下了。”

尤二姐笑道：“原来如此。但只我听见你们还有一位寡妇奶奶和几位姑娘，他这样利害，这些人如何依他？”兴儿拍手笑道：“原来奶奶不知道！我们家这位寡妇奶奶，第一个善德人，从不管事的，只教姑娘们看书写字，针线道理，这是他的事情。前日因为他病了，这大奶奶暂管了几日事，总是按着老例儿行，不像他那么多事逞才的。我们大姑娘，不用说，是好的了。二姑娘混名儿叫‘二木头’。三姑娘的混名儿叫‘玫瑰花儿’，又红又香，无人不爱，只是有刺扎手，可惜不是太太养的，‘老鸹窝里出凤凰’。四姑娘小，正经是珍大爷的亲妹子，太太抱过来的，养了这么大，也是一位不管事的。奶奶不知道，我们家的姑娘们不算外，还有两位姑娘，真是天下少有。一位是我们姑太太的女孩儿，姓林；一位是姨太太的女孩儿，姓薛。这两位姑娘都是美人一样，又都知书识字的。或出门上车，或在园子里遇见，我们连气儿也不敢出。"尤二姐笑道："你们家规矩大，小孩子进得去，遇见姑娘们，原该远远的藏躲着，敢出什么气儿呢。"兴儿摇手，道："不是那么不敢出气儿，是怕这气儿大了，吹倒了林姑娘；气儿暖了，又吹化了薛姑娘！"说得满屋里都笑了。

要知尤三姐要嫁何人，下回分解。

【注释】

①贾二舍：宋元以来俗称贵族官僚子弟为"舍人"，如同说公子、少爷。这里即贾二公子的意思。舍，即舍人，原为官名。

②素轿：旧时送殡或守孝的人乘坐的白色轿子，叫"素轿"。

③撞丧：这里是骂人喝酒的话。撞，谐"噇"，吃喝无度的意思。《集韵·四江》："噇，食无廉也。"

④打牙撂嘴儿：也作"打牙撩嘴"，斗嘴打趣的意思。

⑤犯夜：古律法规定禁止夜行，如违犯夜行的禁例，叫"犯夜"。此律晋时已有。

⑥楞子眼：醉后眼光发呆的样子。

⑦乌云：比喻妇女的黑发。清李渔《闲情偶寄》卷六："古人呼发为乌云，呼髻为蟠龙者，以二物生于天上，宜乎在顶，发之缭绕似云，髻之蟠曲似龙，而云之色有乌云，龙之色有乌龙，是色也相也情也理也，事事相合，是以得名。"

⑧花马掉嘴：花言巧语，耍贫嘴哄骗人。

⑨清水下杂面，你吃我看：歇后语。杂面是以绿豆面为主制成的一种面条，煮时须多加油，味才不涩。单用清水煮，则味涩难吃。故下文说"你吃我看"，意谓"我看你怎样吃"。

⑩牛黄狗宝：两种中药名。牛黄，病牛的胆囊结石，可治惊痫等病。狗宝，癫狗腹中状如白石的凝结物，可治赤疔疮、膈气等病。这里比喻贾珍、贾琏的坏心肠。

⑪"便（biàn）宜"句：意即权利不让给外人。亦说"便益不失当家"。

⑫挥霍：这里是发挥的意思。

⑬现世宝：意即丢脸出丑的宝货。现世，出丑、丢脸的意思。宝，"宝货"的简称。世俗称人"宝货"，往往是反语，含有不成材、坏坯子的意思。

⑭意意思思：犹豫不决，模棱两可。

⑮微息：这里义同"微细"，轻微细小的意思。引申为地位低下。《汉书·息夫躬传》："下民微细，犹不可诈。"一说，微息，意谓家里没有男丁，可欺负。

⑯"三人"句：意即王熙凤虽是个"夜叉"，但也不能违犯"一夫多妻"的封建制度。抬，这里是"抬杠"之"抬"，争论、辩驳的意思。

第六十六回
情小妹耻情归地府　冷二郎一冷入空门

　　话说兴儿说怕吹倒了林姑娘，吹化了薛姑娘，大家都笑了。那鲍二家的打他一下子，笑道："原有些真，到了你嘴里，越发没了捆儿了①。你倒不象跟二爷的人，这些话倒像是宝玉的人。"

　　尤二姐才要又问，忽见尤三姐笑问道："可是你们家那宝玉，除了上学，他做些什么？"兴儿笑道："三姨儿别问他，说起来，三姨儿也未必信。他长了这么大，独他没有上过正经学。我们家从祖宗直到二爷，谁不是学里的师老爷严严的管着念书？偏他不爱念书，是老太太的宝贝。老爷先还管，如今也不敢管了。成天家疯疯癫癫的，说话人也不懂，干的事人也不知。外头人人看着好清俊模样儿，心里自然是聪明的，谁知里头更糊涂，见了人，一句话也没有。所有的好处，虽没上过学，倒难为他认得几个字。每日又不习文，又不学武，又怕见人，只爱在丫头群儿里闹。再者，也没个刚气儿，有一遭见了我们，喜欢时，没上没下，大家乱玩一阵；不喜欢，各自走了，他也不理人。我们坐着卧着，见了他也不理他，他也不责备。因此，没人怕他，只管随便，都过的去。"

　　尤三姐笑道："主子宽了，你们又这样；严了，又抱怨。可知你们难缠。"尤二姐道："我们看他倒好，原来这样。可惜了儿的一个好胎子。"尤三姐道："姐姐信他胡说？咱们也不是见过一面两面的，行事言谈吃喝，原有些女儿气的，自然是天天只在里头惯了的。若说糊涂，那些儿糊涂？姐姐记得穿孝时，咱们同在一处，那日正是和尚们进来绕棺②，咱们都在那里站着，他只站在头里挡着人。人说他不知礼，又没眼色。过后他没悄悄的告诉咱们说：'姐姐们不知道：我并不是没眼色；想和尚们的那样腌臜，只恐怕气味熏了姐姐们。'接着他吃茶，姐姐又要茶，那个老婆子就拿了他的碗去倒，他赶忙说：'我吃腌臜了的，另洗了再斟来。'这两件上，我冷眼看去，原来他在女孩儿跟前，不管什么都过的去，只不大合外人的式，所以他们不知道。"尤二姐听说，笑道："依你说，你两个已是情投意合了。竟把你许了他，岂不好？"三姐见有兴儿，不便说话，只低了头磕瓜子儿。兴儿笑道："若论模样儿行为，倒是一对儿好人！只是他已经有了人了，只是没有露形儿，将来准是林姑娘定了的。因林姑娘多病，二则都还小，所以还没办呢。再过三二年，老太太便一开言，那是再无不准的了。"

大家正说话，只见隆儿又来了，说："老爷有事，是件机密大事，要遣二爷往平安州去。不过三五日就起身，来回得十五六天的工夫。今日不能来了，请老奶奶早和二姨儿定了那件事。明日爷来，好做定夺。"说着带了兴儿，也回去了。这里尤二姐命掩了门，早睡下了，盘问他妹子一夜。

至次日午后，贾琏方来了。尤二姐因劝他，说："既有正事，何必忙忙又来，千万别为我误事。"贾琏道："也没什么事，只是偏偏的又出来了一件远差。出了月儿就起身，得半月工夫才来。"尤二姐道："既如此，你只管放心前去，这里一应不用你记挂。三妹妹他从不会朝更暮改的。他已择定了人，你只要依他就是了。"贾琏忙问："是谁？"二姐笑道："这人此刻不在这里，不知多早晚才来。也难为他的眼力。他自己说了，这人一年不来，他等一年；十年不来，等十年；若这人死了，再不来了，他情愿剃了头当姑子去，吃常斋念佛，再不嫁人。"贾琏问："到底是谁，这样动他的心？"二姐儿笑道："说来话长。五年前，我们老娘家做生日，妈妈和我们到那里给老娘拜寿，他家请了一起玩戏的人③，也都是好人家子弟。里头有个装小生的，叫做柳湘莲，如今要是他才嫁。旧年闻得这人惹了祸逃走了，不知回来了不曾？"贾琏听了道："怪道呢！我说是个什么人，原来是他！果然眼力不错。你不知道，那柳老二那样一个标致人，最是冷面冷心的，差不多的人，他都无情无义。他最和宝玉合的来。去年因打了薛呆子，他不好意思见我们的，不知那里去了，一向没来。听见有人说来了，不知是真是假，一问宝玉的小厮们，就知道了。倘或不来时，他是萍踪浪迹，知道几年才来，岂不白耽搁了？"二姐道："我们这三丫头，说的出来，干的出来。他怎样说，只依他便了。"

二人正说之间，只见三姐走来说道："姐夫，你也不知道我们是什么人！今日和你说罢，你只放心，我们不是那心口两样的人，说什么是什么。若有了姓柳的来，我便嫁他。从今日起，我吃斋念佛，伏侍母亲，等来了，嫁了他去；若一百年不来，我自己修行去了。"说着将头上一根玉簪拔下来，磕作两段，说："一句不真，就合这簪子一样！"说着，回房去了，真个竟"非礼不动，非礼不言"起来。

贾琏无了法，只得和二姐商议了一回家务，复回家与凤姐商议起身之事。一面着人问焙茗，焙茗说："竟不知道。大约没来，若来了，必是我知道的。"一面又问他的街坊，也说没来。贾琏只得回复了二姐儿。至起身之日已近，前两天便说起身，却先往二姐儿这边来住两夜，从这里再悄悄的长行。果见三姐儿竟像又换了一个人的是的；又见二姐儿持家勤慎，自是不消记挂。

是日，一早出城，竟奔平安州大道，晓行夜住，渴饮饥餐。方走了三日，那日正走之间，顶头来了一群驮子，内中一伙，主仆十来匹马。走的近了，一看时，不是别人，就是薛蟠和柳湘莲来了。贾琏深为奇怪，忙伸马迎了上来④，大家一齐相见，说些别后寒温，便入一酒店歇下，共叙谈谈。贾琏因笑道："闹过之后，我们忙着请你两个和解，谁知柳二弟踪迹全无。怎么你们两个今日倒在一处了？"薛蟠笑道："天下竟有这样奇事：我和伙计贩了货物，自春天起身，往回里走，一路平安。谁知前日到了平安州地面，遇见一伙强盗，已将东西劫去。不想柳二弟从那边来了，方把贼人赶散，夺回货物，还救了我们的性命。我谢他又不受，所以我们结拜了生死弟兄，如今一路进京。从此后，我们是亲弟兄一般。到前面岔口上分路，他就分路往南二百里，有他一个姑妈，他去望候望候。我先进京去安置了我的事，然后给他寻一所房子，寻一门好亲事，大家过起来。"贾琏听了道："原来如此，倒好，只是我们白悬了几日心。"又说道："方才说起给柳二弟提亲，我正有一门好亲事，堪配二弟。"说着，便将自己娶尤氏，如今又要发嫁小姨子一节，说了出来，只不说尤三姐自择之语。又嘱薛蟠："且不可告诉家里。等生了儿子，自然是知道的。"

薛蟠听了大喜，说："早该如此。这都是舍表妹之过。"湘莲忙笑说："你又忘情了⑤，还不住口！"薛蟠忙止住不语，便说："既是这等，这门亲事定要做的。"湘莲道："我本有愿，定要一个绝色的女子。如今既是贵昆仲高谊⑥，顾不得许多了，任凭定夺，我无不从命。"贾琏笑道："如今口说无凭，等柳二弟一见，便知我这内娣的品貌⑦，是古今有一无二的了。"湘莲听了大喜，说："既如此说，等弟探过姑母，不过月中，就进京的，那时再定，如何？"贾琏笑道："你我一言为定。只是我信不过二弟，你是萍踪浪迹，倘然去了不来，岂不误了人家一辈子的大事？须得留一个定礼。"湘莲道："大丈夫岂有失信之理。小弟素系寒贫，况且客中，那里能有定礼。"薛蟠道："我这里现成，就备一分，二哥带去。"贾琏道："也不用金银珠宝，须是柳二弟亲身自有的东西，不论贵贱，不过带去取信耳。"湘莲道："既如此说，弟无别物，囊中还有一把'鸳鸯剑'，乃弟家中传代之宝，弟也不敢擅用，只是随身收藏着，二哥就请拿去为定。弟纵系水流花落之性，亦断不舍此剑。"说毕，大家又饮了几杯，方各自上马，作别起程去了。

且说贾琏一日到了平安州，见了节度，完了公事，因又嘱咐他十月前后务要还来一次。贾琏领命，次日连忙取路回家，先到尤二姐那边。且说二姐儿操持家务，十分谨肃，每日关门闭户，一点外事不闻。那三姐儿果是个斩钉截铁之人，每日侍奉母亲之余，只和姐姐一处做些活计，虽贾珍趁贾琏不在家，也来鬼混了两次，无奈二姐儿只不兜揽，推故不见。那三姐儿的脾气，贾珍早已领过教的，那里还敢招惹他去？所以踪迹一发疏阔了。

却说这日贾琏进门，看见二姐儿三姐儿这般景况，喜之不尽，深念二姐儿之德。大家叙些寒温，贾琏便将路遇柳湘莲一事说了一回，又将"鸳鸯剑"取出，递与三姐儿。三姐儿看时，上面龙吞夔护⑧，珠宝晶荧；及至拿出来看时，里面却是两把合体的，一把上面錾一"鸳"字，一把上面錾一"鸯"字，冷飕飕，明亮亮，如两痕秋水一般。三姐儿喜出望外，连忙收了，挂在自己绣房床上，每日望着剑，自喜终身有靠。贾琏住了两天，回去复了父命，回家合宅相见。那时凤姐已大愈，出来理事行走了。贾琏又将此事告诉了贾珍。贾珍因近日又搭上了新相知，二则正恼他姐妹们无情，把这事丢过了，全不在心上，任凭贾琏裁夺；只怕贾琏独力不能，少不得又给他几十两银子。贾琏拿来，交与二姐儿，预备妆奁。

谁知八月内湘莲方进了京，先来拜见薛姨妈。又遇见薛蟠，方知薛蟠不惯风霜，不服水土，一进京时，便病倒在家，请医调治。听见湘莲来了，请入卧室相见。薛姨妈也不念旧事，只感救命之恩。母子们十分称谢。又说起亲事一节，凡一应东西皆置办妥当，只等择日。柳湘莲也感激不尽。

次日，又来见宝玉。二人相会，如鱼得水。湘莲因问贾琏偷娶二房之事。宝玉笑道："我听见焙茗说，我却未见。我也不敢多管。我又听见焙茗说，琏二哥哥着实问你，不知有何话说。"湘莲就将路上所有之事，一概告诉宝玉。宝玉笑道："大喜，大喜！难得这个标致人，果然是个古今绝色，堪配你之为人。"湘莲道："既是这样，他那少了人物，如何只想到我？况且我又素日不甚和他相厚，也关切不至于此。路上忙忙的就那样再三要求定下，难道女家反赶着男家不成？我自己疑惑起来，后悔不该留下这剑作定。所以后来想起你来，可以细细问了底里才好。"宝玉道："你原是个精细人，如何既许了定礼又疑惑起来？你原说只要一个绝色的，如今既得了个绝色的，便罢了，何必再疑？"湘莲道："你既不知他来历，如何又知是绝色？"宝玉道："他是珍大嫂子的继母带来的两位妹子。我在那里和他们混了一个月，怎么不知？真真一对尤物⑨，他又姓尤。"

湘莲听了，跌足道："这事不好，断乎做不得！你们东府里，除了那两个石头狮子干净罢了！"宝玉听说，红了脸。湘莲自惭失言，连忙作揖，说："我该死胡说！你好歹告诉我，他品行如何？"宝玉笑道："你既深知，又来问我做甚么？连我也未必干净了。"湘莲笑道："原是我自己一时忘情，好歹别多心。"宝玉笑道："何必再提，这倒似有心了。"湘莲作揖告辞出来，心中想着要找薛蟠，一则他病着，二则他又浮躁，不如去要回定礼。主意已定，便一径来找贾琏。

贾琏正在新房中，闻湘莲来了，喜之不尽，忙迎出来，让到内堂，与尤老娘相见。湘莲只作揖⑩，称"老伯母"，自称"晚生"，贾琏听了咤异。吃茶之间，湘莲便说："客中偶然忙促，谁知家姑母于四月订了弟妇，使弟无言可回。要从了二哥，背了姑母，似不合理。若系金帛之定，弟不敢索取；但此剑系祖父所遗，请仍赐回为幸。"贾琏听了，心中自是不自在，便道："二弟，这话你说错了。定者，定也；原怕返悔，所以为定。岂有婚姻之事，出入随意的？这个断乎使不得。"湘莲笑说："如此说，弟愿领责领罚，然此事断不敢从命。"贾琏还要饶舌。湘莲便起身说："请兄外座一叙，此处不便。"那尤三姐在房明明听见。好容易等了他来，今忽见返悔，便知他在贾府中听了什么话来，把自己也当做淫奔无耻之流，不屑为妻。今若容他出去和贾琏说退亲，料那贾琏不但无法可处，就是争辩起来，自己也无趣味。一听贾琏要同他出去，连忙摘下剑来，将一股雌锋隐在肘后，出来便说："你们也不必出去再议，还你的定礼！"一面泪如雨下，左手将剑并鞘送与湘莲，右手回肘，只往项上一横，可怜：

> 揉碎桃花红满地，玉山倾倒再难扶⑪！

当下唬的众人急救不迭。尤老娘一面嚎哭，一面大骂湘莲。贾琏揪住湘莲，命人捆了送官。二姐儿忙止泪，反劝贾琏："人家并没威逼他，是他自寻短见，你便送他到官，又有何益？反觉生事出丑。不如放他去罢。"贾琏此时也没了主意，便放了手，命湘莲快去。湘莲反不动身，拉下手绢，拭泪道："我并不知是这等刚烈人，真真可敬！是我没福消受。"大哭一场，等买了棺木，眼看着入殓，又抚棺大哭一场，方告辞而去。出门正无所之，昏昏默默，自想方才之事："原来这样标致人，又这等刚烈！"自悔不及，信步行来，也不自知了。

正走之间，只听得隐隐一阵环佩之声，尤三姐从那边来了，一手捧着鸳鸯剑，一手捧着一卷册子，向湘莲哭道："妾痴情待君五年，不期君果'冷心冷面'，妾以死报此痴情。妾今奉警幻仙姑之命，前往太虚幻境，修注案中所有一干情鬼。妾不忍相别，故来一会，从此再不能相见矣。"说毕，又向湘莲洒了几点眼泪，便要告辞而行。湘莲不舍，忙欲上来拉住问时，那尤三姐一摔手，便自去了。这里柳湘莲放声大哭，不觉自梦中哭醒，似梦非梦，睁眼看时，竟是一座破庙，旁边坐着一个瘸腿道士捕虱。湘莲便起身稽首相问⑫："此系何方？仙师何号？"道士笑道："连我也不知道此系何方，我系何人。不过暂来歇脚而已。"柳湘莲听了，冷然如寒冰侵骨。掣出那股雄剑来，将万根烦恼丝，一挥而尽，便随那道士，不知往那里去了。要知端的，且看下回分解。

【注释】

①没了捆儿：没有遮拦，信口乱说。

②绕棺：迷信习俗，人死后请和尚拈香绕棺而行，口诵经文，以超度亡灵。

③玩戏的人：即"票友"，又称"子弟"。旧时对戏曲、曲艺的非职业演员的一种称谓。据传清初八旗子弟凭朝廷所发"龙票"赴各地演唱，后因称非职业演员为"票友"。

④伸马：抻直缰绳，驱马快跑。

⑤忘情：这里是忘乎所以、随意乱说的意思。

⑥昆仲：称他人兄弟的敬词。昆，兄；其次曰仲。

⑦内娣：旧时称妻子为"内子"，妻子的弟和妹，称为"内弟"和"内娣"。

⑧龙吞夔（kuí）护：指一种"夔龙纹"的装饰图案。本为商代及西周青铜器的纹饰之一，作有角张口的龙形。这里借以形容剑鞘纹饰的古雅。夔，古代传说中的一种神兽。

⑨尤物：特出的人物。多指美貌的女子。尤，独特。《左传》昭公二十八年："夫有尤物，足以移人。"

⑩作揖：拱手为礼。封建礼节，女婿见岳父母，应行跪拜礼；只作揖，不下跪，就表示不承认岳母和女婿的关系。

⑪玉山倾倒：《世说新语·容止》："嵇叔夜（康）之为人也，岩岩若孤松之独立；其醉也，傀俄若玉山之将崩。"这里用"玉山倾倒"比喻尤三姐之死。玉山，形容仪容的美好。

⑫稽（qǐ）首：古代一种跪拜礼，叩头至地，是九拜中最恭敬的礼节。道士举一手向人行礼，也称"稽首"。

第六十七回
见土仪颦卿思故里[①]　闻秘事凤姐讯家童

　　话说尤三姐自尽之后，尤老娘合二姐儿、贾珍、贾琏等，俱不胜悲恸，自不必说，忙令人盛殓，送往城外埋葬。柳湘莲见尤三姐身亡，痴情眷恋，却被道人数句冷言，打破迷关，竟自截发出家，跟随疯道人飘然而去，不知何往。暂且不表。

　　且说薛姨妈闻知湘莲已说定了尤三姐为妻，心中甚喜，正是高高兴兴，要打算替他买房子，治家伙，择吉迎娶，以报他救命之恩。忽有家中小厮吵嚷："三姐儿自尽了。"被小丫头们听见，告知薛姨妈。薛姨妈不知为何，心甚叹息。正在猜疑，宝钗从园里过来，薛姨妈便对宝钗说道："我的儿，你听见了没有？你珍大嫂子的妹妹三姑娘，他不是已经许定给你哥哥的义弟柳湘莲了么！不知为什么自刎了。那柳湘莲也不知往那里去了，真正奇怪的事，叫人意想不到！"宝钗听了，并不在意，便说道："俗语说的好：'天有不测风云，人有旦夕祸福。'这也是他们前生命定。前日妈妈为他救了哥哥，商量着替他料理，如今已经死的死了，走的走了，依我说，也只好由他罢了。妈妈也不必为他们伤感了。倒是自从哥哥打江南回来了一二十日，贩了来的货物，想来也该发完了。那同伴去的伙计们辛辛苦苦的回来几个月了，妈妈合哥哥商议商议，也该请一请，酬谢酬谢才是。别叫人家看着无理似的。"

　　母女正说话间，见薛蟠自外而入，眼中尚有泪痕，一进门来，便向他母亲拍手说道："妈妈可知道柳二哥尤三姐的事么？"薛姨妈说："我才听见说，正在这里合你妹妹说这件公案呢。"薛蟠道："妈妈可听见说柳湘莲跟着一个道士出了家了么？"薛姨妈道："这越发奇了！怎么柳相公那样一个年轻的聪明人，一时糊涂就跟着道士去了呢。我想你们好了一场，他又无父母兄弟，只身一人在此，你该各处找找他才是。靠那道士，能往那里远去，左不过是在这方近左右的庙里寺里罢了。"薛蟠说："何尝不是呢。我一听见这个信儿，就连忙带了小厮们在各处寻找，连一个影儿也没有。又去问人，都说没看见。"薛姨妈说："你既找寻过，没有，也算把你做朋友的心尽了。焉知他这一出家，不是得了好处去呢。只是你如今也该张罗张罗买卖；二则把你自己娶媳妇应办的事情，倒早些料理料理。咱们家没人，俗语说的，'夯雀儿先飞'，省得临时丢三落四的不齐全，令人笑话。再者，你妹妹才说你也回家半个多月了，想货物也该发完了，同你去的伙计们，也该摆桌酒，给他们道道乏才是。人家陪着你走了二三千里的程途，受了四五个月的辛苦，而且在路上又替你担了多少的惊怕沉重。"薛蟠听说，便道："妈妈说的很是。倒是妹妹想的周到，我也这样想着，只因这些日子为各处发货，闹的脑袋都大了。又为柳二哥的事忙了这几日，反倒落了一个空，白张罗了一会子，倒把正经事都误了。要不然，定了明儿后儿下帖儿请罢。"薛姨妈道："由你办去罢。"

话犹未了，外面小厮进来回说："管总的张大爷差人送了两箱子东西来，说：'这是爷各自买的，不在货账里面。本要早送来，因货物箱子压着，没得拿；昨儿货物发完了，所以今日才送来了。'"一面说，一面又见两个小厮搬进了两个夹板夹的大棕箱。薛蟠一见，说："嗳哟，可是我怎么就糊涂到这步田地了！特特的给妈合妹妹带来的东西，都忘了，没拿了家里来，还是伙计送了来了。"宝钗说："亏你说还是'特特的带来'的，才放了一二十天，若不是'特特的带来'，大约要放到年底下才送来呢。我看你也诸事太不留心了。"薛蟠笑道："想是在路上叫人把魂吓掉了，还没归窍呢。"

说着，大家笑了一回，便向小丫头说："出去告诉小厮们，东西收下，叫他们回去罢。"薛姨妈和宝钗因问："到底是什么东西，这样捆着绑着的？"薛蟠便命叫两个小厮进来，解了绳子，去了夹板，开了锁看时，这一箱都是绸缎绫锦洋货等家常应用之物。薛蟠笑着道："那一箱是给妹妹带的。"亲自来开。母女二人看时，却是些笔、墨、纸、砚，各色笺纸，香袋、香珠、扇子、扇坠、花粉、胭脂等物；外有虎丘带来的自行人、酒令儿②，水银灌的打金斗小小子③，沙子灯④，一出一出的泥人儿的戏⑤，用青纱罩的匣子装着；又有在虎丘山上泥捏的薛蟠的小像⑥，与薛蟠毫无相差。宝钗见了，别的都不理论，倒是薛蟠的小像，拿着细细看了一看，又看看他哥哥，不禁笑起来了。因叫莺儿带着几个老婆子，将这些东西连箱子送到园里去。又和母亲哥哥说了一回闲话儿，才回园子里去了。这里薛姨妈将箱子里的东西取出，一分一分的打点清楚，叫同喜送给贾母并王夫人等处，不提。

且说宝钗到了自己房中，将那些玩意儿一件一件的过了目，除了自己留用之外，一分一分配合妥当：也有送笔、墨、纸、砚的；也有送香袋、扇子、香坠的；也有送脂粉、头油的；有单送玩意儿的。只有黛玉的比别人不同，且又加厚一倍。一一打点完毕，使莺儿同着一个老婆子，跟着送往各处。

这边姊妹诸人都收了东西，赏赐来使，说："见面再谢。"惟有黛玉看见他家乡之物，反自触物伤情，想起："父母双亡，又无兄弟，寄居亲戚家中，那里有人也给我带些土物？"想到这里，不觉的又伤起心来了。紫鹃深知黛玉心肠，但也不敢说破，只在一旁劝道："姑娘的身子多病，早晚服药，这两日看着比那些日子略好些，虽说精神长了一点儿，还算不得十分大好。今儿宝姑娘送来的这些东西，可见宝姑娘素日看得姑娘很重，姑娘看着该喜欢才是，为什么反倒伤起心来。这不是宝姑娘送东西来，倒叫姑娘烦恼了不成？就是宝姑娘听见，反觉脸上不好看。再者，这里老太太们为姑娘的病体，千方百计请好大夫配药诊治，也为是姑娘的病好。这如今才好些，又这样哭哭啼啼，岂不是自己遭塌了自己身子，叫老太太看着添了愁烦了么？况且姑娘这病，原是素日忧虑过度，伤了血气。姑娘的千金贵体，也别自己看轻了。"

　　紫鹃正在这里劝解，只听见小丫头子在院内说："宝二爷来了。"紫鹃忙说："请二爷进来罢。"只见宝玉进房来了。黛玉让坐毕，宝玉见黛玉泪痕满面，便问："妹妹，又是谁气着你了？"黛玉勉强笑道："谁生什么气。"旁边紫鹃将嘴向床后桌上一努。宝玉会意，往那里一瞧，见堆着许多东西，就知道是宝钗送来的，便取笑说道："那里这些东西？不是妹妹要开杂货铺啊？"黛玉也不答言。紫鹃笑着道："二爷还提东西呢！因宝姑娘送了些东西来，姑娘一看，就伤起心来了。我正在这里劝解，恰好二爷来的很巧，替我们劝劝。"

　　宝玉明知黛玉是这个原故，却也不敢提头儿，只得笑说道："你们姑娘的原故，想来不为别的，必是宝姑娘送来的东西少，所以生气伤心。妹妹，你放心，等我明年叫人往江南去，与你多多的带两船来，省得你淌眼抹泪的。"黛玉听了这些话，也知宝玉是为自己开心，也不好推，也不好任，因说道："我任凭怎么没见世面，也到不了这步田地，因送的东西少，就生气伤心。我又不是两三岁的小孩子，你也忒把人看得小气了。我有我的原故，你那里知道？"说着，眼泪又流下来了。宝玉忙走到床前，挨着黛玉坐下，将那些东西一件一件拿起来，摆弄着细瞧，故意问这是什么，叫什么名字？那是什么做的，这样齐整？这是什么，要他做什么使用？又说这一件可以摆在面前；又说那一件可以放在条桌上，当古董儿倒好呢。一味的将些没要紧的话来厮混。黛玉见宝玉如此，自己心里倒过不去，便说："你不用在这里混搅了，咱们到宝姐姐那边去罢。"宝玉巴不得黛玉出去散散闷，解了悲痛，便道："宝姐姐送咱们东西，咱们原该谢谢去。"黛玉道："自家姊妹，这倒不必；只是到他那边，薛大哥回来了，必然告诉他些南边的古迹儿，我去听听，只当回了家乡一趟的。"说着，眼圈儿又红了。宝玉便站着等他。黛玉只得同他出来，往宝钗那里去了。

且说薛蟠听了母亲之言，急下了请帖，办了酒席。次日，请了四位伙计，俱已到齐，不免说些贩卖账目发货之事。不一时，上席让坐，薛蟠挨次斟了酒，薛姨妈又使人出来致意。大家喝着酒说闲话儿，内中一个道："今日这席上短两个好朋友。"众人齐问："是谁？"那人道："还有谁，就是贾府上的琏二爷和大爷的盟弟柳二爷。"大家果然都想起来，问着薛蟠道："怎么不请琏二爷合柳二爷来？"薛蟠闻言，把眉一皱，叹口气道："琏二爷又往平安州去了，头两天就起了身的。那柳二爷竟别提起，真是天下头一件奇事！什么是'柳二爷'，如今不知那里作'柳道爷'去了。"众人都咤异道："这是怎么说？"

薛蟠便把湘莲前后事体说了一遍。众人听了，越发骇异，因说道："怪不的前日在我们店里，仿仿佛佛也听见人吵嚷说：'有一个道士，三言两语，把一个人度了去了。'又说：'一阵风刮了去了。'只不知是谁。我们正发货，那里有闲工夫打听这个事去，到如今还是似信不信的，谁知就是柳二爷呢！早知是他，我们大家也该劝劝他才是。任他怎么着，也不叫他去。"内中一个道："别是这么着罢？"众人问："怎么样？"那人道："柳二爷那样个伶俐人，未必是真跟了道士去罢。他原会些武艺，又有力量，或看破那道士的妖术邪法，特意跟他去，在背地摆布他，也未可知。"薛蟠道："果然如此，倒也罢了。世上这些妖言惑众的人，怎么没人治他一下子！"众人道："那时难道你知道了也没找寻他去？"薛蟠说："城里城外，那里没有找到？不怕你们笑话，我找不着他，还哭了一场呢。"言毕，只是长吁短叹，无精打彩的，不象往日高兴。众伙计见他这样光景，自然不便久坐，不过随便喝了几杯酒，吃了饭，大家散了。

且说宝玉同着黛玉到宝钗处来，宝玉见了宝钗，便说道："大哥哥辛辛苦苦的带了东西来，姐姐留着使罢，又送我们。"宝钗笑道："原不是什么好东西，不过是远路带来的土物儿，大家看着新鲜些就是了。"黛玉道："这些东西，我们小时候倒不理会，如今看见，真是新鲜物儿了。"宝钗因笑道："妹妹知道，这就是俗语说的'物离乡贵'⑦，其实可算什么呢。"宝玉听了这话，正对了黛玉方才的心事，连忙拿话岔道："明年好歹大哥哥再去时，替我们多带些来。"黛玉瞅了他一眼，便道："你要，你只管说，不必拉扯上人。姐姐，你瞧，宝哥哥不是给姐姐来道谢，竟又要定下明年的东西来了。"说的宝钗宝玉都笑了。

三个人又闲话了一回，因提起黛玉的病来，宝钗劝了一回，因说道："妹妹若觉着身上不爽快，倒要自己勉强拃挣着出来⑧，各处走走逛逛，散散心，比在屋里闷坐着到底好些。我那两日，不是觉着发懒、浑身发热，只是要歪着，也因为时气不好，怕病，因此寻些事情，自己混着。这两日才觉着好些了。"黛玉道："姐姐说的何尝不是，我也是这么想着呢。"大家又坐了一会子方散。宝玉仍把黛玉送至潇湘馆门首，才各自回去了。

且说赵姨娘因见宝钗送了贾环些东西，心中甚是喜欢，想道："怨不得别人都说那宝丫头好，会做人，很大方。如今看起来，果然不错！他哥哥能带了多少东西来？他挨门儿送到，并不遗漏一处，也不露出谁薄谁厚。连我们这样没时运的，他都想到了；若是那林丫头，他把我们娘儿们正眼也不瞧，那里还肯送我们东西？"一面想，一面把那些东西翻来复去的摆弄，瞧看一回。忽然想到宝钗系王夫人的亲戚，为何不到王夫人跟前卖个好儿呢。自己便蝎蝎螫螫的，拿着东西，走至王夫人房中，站在旁边，陪笑说道："这是宝姑娘才刚给环哥儿的。难为宝姑娘这么年轻的人，想的这么周到，真是大户人家的姑娘，又展样⑨，又大方。怎么叫人不敬服呢！怪不得老太太和太太成日家都夸他疼他。我也不敢自专就收起来，特拿来给太太瞧瞧，太太也喜欢喜欢。"王夫人听了，早知道来意了。又见他说的不伦不类，也不便不理他，说道："你只管收了去给环哥玩罢。"赵姨娘来时，兴兴头头，谁知抹了一鼻子灰，满心生气，又不敢露出来，只得讪讪的出来了。

到了自己房中，将东西丢在一边，嘴里咕咕哝哝，自言自语道："这个又算了个什么儿呢？"一面坐着各自生了一回闷气。

却说莺儿带着老婆子们送东西回来，回复了宝钗，将众人道谢的话并赏赐的银钱都回完了，那老婆子便出去了。莺儿走近前来一步，挨着宝钗，悄悄的说道："刚才我到琏二奶奶那边，看见二奶奶一脸的怒气。我送下东西出来时，悄悄的问小红，说：'刚才二奶奶从老太太屋里回来，不似往日欢天喜地的，叫了平儿去，唧唧咕咕的不知说了些什么。'看那个光景，倒像有什么大事的是的。姑娘没听见那边老太太有什么事？"宝钗听了，也自己纳闷，想不出凤姐是为什么有气，便道："各人家有各人的事，咱们那里管得？你去倒茶去罢。"莺儿于是出来，自己倒茶不提。

且说宝玉送了黛玉回来，想着黛玉的孤苦，不免也替他伤感起来，因要将这话告诉袭人。进来时，却只有麝月秋纹在房中，因问："你袭人姐姐那里去了？"麝月道："左不过在这几个院里，那里就丢了他，一时不见就这样找。"宝玉笑着道："不是怕丢了他。因我方才到林姑娘那边，见林姑娘又正伤心呢。问起来，却是为宝姐姐送了他东西，他看见是他家乡的土物，不免对景伤情。我要告诉你袭人姐姐，叫他闲时过去劝劝。"正说着，晴雯进来了，因问宝玉道："你回来了！你又要叫劝谁？"宝玉将方才的话说了一遍。晴雯道："袭人姐姐才出去，听见他说要到琏二奶奶那边去。保不住还到林姑娘那里。"宝玉听了，便不言语。秋纹倒了茶来，宝玉漱了一口，递给小丫头子，心中着实不自在，就随便歪在床上。

却说袭人因宝玉出门，自己作了回活计，忽想起凤姐身上不好，这几日也没有过去看看，况闻贾琏出门，正好大家说说话儿，便告诉晴雯："好生在屋里，别都出去了，叫二爷回来抓不着人。"晴雯道："嗳哟，这屋里单你一个人记挂着他，我们都是白闲着，混饭吃的！"

袭人笑着，也不答言，就走了。刚来到沁芳桥畔，那时正是夏末秋初，池中莲藕，新残相间，红绿离披。袭人走着，沿堤看玩了一回，猛抬头，看见那边葡萄架底下，有人拿着掸子，在那里掸什么呢。走到跟前，却是老祝妈。那老婆子见了袭人，便笑嘻嘻的迎上来，说道："姑娘怎么今日得工夫出来逛逛？"袭人道："可不是。我要到琏二奶奶家瞧瞧去。你在这里做什么呢？"那婆子道："我在这里赶蜜蜂儿。今年三伏里雨水少，这果子树上都有虫子，把果子吃的疤瘢流星的，掉了好些下来。姑娘还不知道呢，这马蜂最可恶的，一嘟噜上，只咬破三两个儿，那破的水滴到好的上头，连这一嘟噜都是要烂的。姑娘，你瞧，咱们说话的空儿没赶，就落上许多了。"袭人道："你就是不住手的赶，也赶不了许多。你倒是告诉买办，叫他多多做些小冷布口袋儿⑩，一嘟噜套上一个，又透风，又不遭塌。"

婆子笑道："倒是姑娘说的是。我今年才管上，那里知道这个巧法儿呢。"因又笑着说道："今年果子虽遭塌了些，味儿倒好，不信摘一个姑娘尝尝。"袭人正色道："这那里使得？不但没熟吃不得，就是熟了，上头还没有供鲜，咱们倒先吃了。你是府里使老了的，难道连这个规矩都不懂了？"老祝妈忙笑道："姑娘说得是。我见姑娘很喜欢，我才敢这么说，可就把规矩错了。我可是老糊涂了。"袭人道："这也没有什么，只是你们有年纪的老奶奶们，别先领着头儿这么着就好了。"

说着，遂一径出了园门，来到凤姐这边。一到院里，只听凤姐说道："天理良心！我在这屋里熬的越发成了贼了。"袭人听见这话，知道有原故了，又不好回来，又不好进去，遂把脚步放重些，隔着窗子问道："平姐姐在家里呢么？"平儿忙答应着迎出来。袭人便问："二奶奶也在家里呢么？身上可大安了？"说着，已走进来。

凤姐装着在床上歪着呢。见袭人进来，也笑着站起来，说："好些了，叫你惦着。怎么这几日不过我们这边坐坐？"袭人道："奶奶身上欠安，本该天天过来请安才是。但只怕奶奶身上不爽快，倒要静静儿的歇歇儿，我们来了，倒吵的奶奶烦。"凤姐笑道："烦是没的话。倒是宝兄弟屋里虽然人多，也就靠着你一个照看他，也实在的离不开。我常听见平儿告诉我说，你背地里还惦着我，常常问我。这就是你尽心了。"一面说着，叫平儿挪了张杌子放在床傍边，让袭人坐下。丰儿端进茶来。袭人欠身道："妹妹坐着罢。"一面说闲话儿。只见一个小丫头子在外间屋里，悄悄的和平儿说："旺儿来了，在二门上伺候着呢。"又听见平儿也悄悄的道："知道了。叫他先去，回来再来，别在门口儿站着。"袭人知他们有事，又说了两句话，便起身要走。凤姐道："闲来坐坐，说说话儿，我倒开心。"因命："平儿，送送你妹妹。"平儿答应着，送出来。只见两三个小丫头子都在那里，屏声息气，齐齐的伺候着。袭人不知何事，便自去了。

却说平儿送出袭人，进来回道："旺儿才来了，因袭人在这里，我叫他先到外头等等儿。这会子还是立刻叫他呢，还是等着？请奶奶的示下。"凤姐道："叫他来！"平儿忙叫小丫头去传旺儿进来。这里凤姐又问平儿："你到底是怎么听见说的？"平儿道："就是头里那小丫头子的话。他说他在二门里头，听见外头两个小厮说：'这个新二奶奶比咱们旧二奶奶还俊呢，脾气儿也好。'不知是旺儿是谁，吆喝了两个一顿，说：'什么新奶奶旧奶奶的，还不快悄悄儿的呢！叫里头知道了，把你的舌头还割了呢。'"平儿正说着，只见一个小丫头进来，回说："旺儿在外头伺候着呢。"凤姐听了，冷笑了一声，说："叫他进来！"那小丫头出来说："奶奶叫呢。"旺儿连忙答应着进来。

旺儿请了安，在外间门口垂手侍立。凤姐儿道："你过来，我问你话。"旺儿才走到里间门旁站着。凤姐儿道："你二爷在外头弄了人，你知道不知道？"旺儿又打着千儿，回道："奴才天天在二门上听差事，如何能知道二爷外头的事呢。"凤姐冷笑道："你自然'不知道'！你要知道，你怎么拦人呢。"旺儿见这话，知道刚才的话已经走了风了，料着瞒不过，便又跪回道："奴才实在不知，就是头里兴儿和喜儿两个人在那里混说，奴才吆喝了他们两句。内中深情底里，奴才不知道，不敢妄回。求奶奶问兴儿，他是长跟二爷出门的。"凤姐儿听了，下死劲唾了一口，骂道："你们这一起没良心的混账忘八崽子！都是一条藤儿，打量我不知道呢！先去给我把兴儿那个忘八崽子叫了来，你也不许走。问明白了他，回来再问你。好，好，好！这才是我使出来的好人呢。"那旺儿只得连声答应几个"是"，磕了个头，爬起来出去，去叫兴儿。

却说兴儿正在账房儿里和小厮们玩呢，听见说"二奶奶叫"，先唬了一跳，却也想不到是这件事发作了，连忙跟着旺儿进来。旺儿先进去，回说："兴儿来了。"凤姐儿厉声道："叫他！"那兴儿听见这个声音儿，早已没了主意了，只得乍着胆子进来⑪。凤姐儿一见便说："好小子啊！你和你爷办的好事啊！你只实说罢。"兴儿一闻此言，又看见凤姐儿气色，及两边丫头们的光景，早唬软了，不觉跪下，只是磕头。凤姐儿道："论起这事来，我也听见说不与你相干，但只你不早来回我知道，这就是你的不是了。你要实说了，我还饶你；再有一字虚言，你先摸摸你腔子上几个脑袋瓜子！"兴儿战兢兢的朝上磕头道："奶奶问的是什么事，奴才和爷办坏了？"凤姐听了，一腔火都发作起来，喝命："打嘴巴！"旺儿过来才要打时，凤姐儿骂道："什么糊涂忘八崽子！叫他自己打，用你打吗！一会子你再各人打你那嘴巴子还不迟呢。"那兴儿真个自己左右开弓，打了自己十几个嘴巴。凤姐儿喝声"站住"，问道："你二爷外头娶了什么'新奶奶''旧奶奶'的事，你大概不知道啊！"兴儿见说出这件事来，越发着了慌，连忙把帽子抓下来，在砖地上咕咚咕咚碰的头山响，口里说道："只求奶奶超生，奴才再不敢撒一个字儿的谎。"凤姐道："快说！"

兴儿直蹶蹶的跪起来回道："这事头里奴才也不知道。就是这一天，东府里大老爷送了殡，俞禄往珍大爷庙里去领银子，二爷同着蓉哥儿到了东府里，道儿上，爷儿两个说起珍大奶奶那边的二位姨奶奶来，二爷夸他好，蓉哥儿哄着二爷，说把二姨奶奶说给二爷……”凤姐听到这里，使劲啐道：“呸！没脸的忘八蛋！他是你那一门子的姨奶奶？”兴儿忙又磕头说：“奴才该死！”往上瞅着，不敢言语。凤姐儿道：“完了吗？怎么不说了？”兴儿方才又回道：“奶奶恕奴才，奴才才敢回。”凤姐啐道：“放你妈的屁！这还什么‘恕’不‘恕’了。你好生给我往下说，好多着呢！”兴儿又回道：“二爷听见这个话，就喜欢了。后来奴才也不知道怎么就弄真了。”凤姐微微冷笑道：“这个自然么，你可那里知道呢！你知道的只怕都烦了呢！——是了，说底下的罢。”兴儿回道：“后来就是蓉哥儿给二爷找了房子。”凤姐忙问道：“如今房子在那里？”兴儿道：“就在府后头。”凤姐儿道：“哦！”回头瞅着平儿，道：“咱们都是死人哪。你听听！”平儿也不敢作声。兴儿又回道：“珍大爷那边给了张家不知多少银子，那张家就不问了。”凤姐道：“这里头怎么又扯拉上什么张家李家咧呢？”兴儿回道：“奶奶不知道。这二奶奶……”刚说到这里，又自己打了个嘴巴，把凤姐儿倒�笑了，两边的丫头也都抿嘴儿笑。兴儿想了想，说道：“那珍大奶奶的妹子……”凤姐儿接着道：“怎么样？快说呀！”兴儿道：“那珍大奶奶的妹子原来从小儿有人家的，姓张，叫什么张华，如今穷的待好讨饭⑫。珍大爷许了他银子，他就退了亲了。”

凤姐儿听到这里，点了点头儿，回头便望丫头们说道：“你们都听见了？小忘八崽子，头里他还说他不知道呢！”兴儿又回道：“后来二爷才叫人裱糊了房子，娶过来了。”凤姐道：“打那里娶过来的？”兴儿回道：“就在他老娘家抬过来的。”凤姐道：“好罢咧！”又问：“没人送亲么？”兴儿道：“就是蓉哥儿，还有几个丫头老婆子们，没别人。”凤姐道：“你大奶奶没来吗？”兴儿道：“过了两天，大奶奶才拿了些东西来瞧的。”凤姐儿笑了一笑，回头向平儿道：“怪道那两天二爷称赞大奶奶不离嘴呢！”掉过脸来，又问兴儿：“谁伏侍呢？自然是你了。”兴儿赶着碰头，不言语。凤姐又问：“前头那些日子，说给那府里办事，想来办的就是这个了？"兴儿回道："也有办事的时候，也有往新房子里去的时候。"凤姐又问道："谁和他住着呢？"兴儿道："他母亲和他妹子。昨儿他妹子各人抹了脖子了⑬。"凤姐道："这又为什么？"

兴儿随将柳湘莲的事说了一遍。凤姐道："这个人还算造化高，省了当那出名儿的忘八。"因又问道："没了别的事了么？"兴儿道："别的事奴才不知道。奴才刚才说的，字字是实，没一字虚假，奶奶问出来，只管打死奴才，奴才也无怨的。"凤姐低了一回头，便又指着兴儿说道："你这个猴儿崽子，就该打死！这有什么瞒着我的？你想着瞒了我，就在你那糊涂爷跟前讨了好儿了，你新奶奶好疼你。我不看你刚才还有点怕惧儿，不敢撒谎，我把你的腿不给你砸折了呢。"说着，喝声："起去！"

兴儿磕了个头，才爬起来，退到外间门口，不敢就走。凤姐道："过来，我还有话呢。"兴儿赶忙垂手敬听。凤姐道："你忙什么，新奶奶等着赏你什么呢？"兴儿也不敢抬头。凤姐道："你从今日不许过去。我什么时候叫你，你什么时候到。迟一步儿，你试试！出去罢。"兴儿忙答应几个"是"，退出门来。凤姐又叫道："兴儿！"兴儿赶忙答应回来。凤姐道："快出去告诉你二爷去，是不是啊？"兴儿回道："奴才不敢。"凤姐道："你出去提一个字儿，堤防你的皮！"兴儿连忙答应着，才出去了。凤姐又叫："旺儿呢？"旺儿连忙答应着过来。凤姐把眼直瞪瞪的瞅了两三句话的工夫，才说道："好旺儿，很好，去罢！外头有人提一个字儿，全在你身上！"旺儿答应着，也慢慢的退出去了。凤姐便叫："倒茶⑭。"小丫头子们会意，都出去了。

这里凤姐才和平儿说："你都听见了？这才好呢。"平儿也不敢答言，只好陪笑儿。凤姐越想越气，歪在枕上，只是出神。忽然眉头一皱，计上心来，便叫："平儿，来！"平儿连忙答应过来。凤姐道："我想这件事，竟该这么着才好，也不必等你二爷回来再商议了。"未知凤姐如何办理，下回分解。

【注释】

①土仪：用土产品作为送人的礼物。亦作"土宜"。

②虎丘：山名。在江苏苏州西北，是苏州的名胜，工艺比较发达。东汉赵晔《吴越春秋》："阖闾冢在阊门外，葬三日，而有白虎踞其上，故曰虎丘。"自行人：当即"自走洋人"。《桐桥倚棹录》卷十："自走洋人：机轴如自鸣钟，不过一发条为关键。其店俱在山塘。腹中铜轴，皆附近乡人为之，转售于店者。"酒令儿：这里专指为行酒令时用的牙筹之类的玩具。《桐桥倚棹录》卷十一："牙筹：即酒筹也。亦有以骨为之者，可以乱真。摘《西厢》词句镌于上，有张生访莺莺之戏，又有三藏取经、许宣寻妇等名色。筹置筒中，团坐分掣，照筹上所刻仪注而行，乃饮中济胜之具。"

③打金斗小小子：打着筋斗的小男孩，一种玩具。金斗，同"筋斗"。

④沙子灯：玻璃灯的一种。

⑤一出一出的泥人儿的戏：《桐桥倚棹录》卷十一："头等泥货在（虎丘）山门以内。其法始于宋时袁遇昌，专做泥美人、泥婴孩及人物故事，以十六出为一堂，高只三五寸，彩画鲜妍，备居人供神攒盆之用。"

⑥泥捏的小像：清常辉《兰舫笔记》："有苏捏者，住虎丘山塘，余尝以游山坐观之，泥细如面，颜色浅深不一。有求像者，照面色取一丸泥，手弄之，谈笑自若，如不介意，少焉而像成矣。出视之，即其人也。其有皱文疤痣、麻子者毫无差，惟须发另着焉。晒干以衣冠靴袜装之，衣之单夹棉皮，各色悉备，至绫缎纱罗布纻，随人意也，其值之低昂视此，入一楠木匣，或坐榻，或椅杌，方几条案毕设焉。壁上悬小字画，案列瓶炉文具，概属真物，外以铁线纱罩之。细观须眉如活，形神逼肖，即画手传神，无以过也。真绝技矣。"

⑦物离乡贵：物品离开产地越远越贵重。明沈璟《埋剑记·柔远》："自古道物离乡贵，人离乡贱，这话语，信非假，到如今转忆家。"

⑧拃（zhá）挣：挣扎。

⑨展样：物品的式样大方美观。这里是指人的气派开展大方。

⑩令布：稀疏透气的纱布。

⑪乍着胆子：勉强壮起胆子。

⑫待好：将要的意思。

⑬各人：此处指"自个儿"的意思。

⑭倒茶：旧时上级官吏会见下属，说"倒茶"，就意味着"送客"。《清稗类钞》"礼制类"："大吏之见客，除平行者外，既就坐，宾主问答，主若嫌客久坐，可先取茶碗以自送之口，宾亦随之，而仆已连声高呼'送客'二字矣。"这里对奴仆说"倒茶"，就是要他们"告退"。

第六十八回

苦尤娘赚入大观园　酸凤姐大闹宁国府

话说贾琏起身去后，偏值平安节度巡边在外，约一个月方回，贾琏未得确信，只得住在下处等候。及至回来相见，将事办妥，回程已是将近两个月的限了。谁知凤姐早已心下算定，只待贾琏前脚走了，回来便传各色匠役，收拾东厢房三间，照依自己正室一样，装饰陈设。至十四日，便回明贾母王夫人，说十五日一早要到姑子庙进香去。只带了平儿、丰儿、周瑞媳妇、旺儿媳妇四人。未曾上车，便将原故告诉了众人，又吩咐众男人，素衣素盖，一径前来。兴儿引路，一直到了门前扣门。鲍二家的开了，兴儿笑道："快回二奶奶去，大奶奶来了。"

鲍二家的听了这句，顶梁骨走了真魂，忙飞跑进去，报与尤二姐。尤二姐虽也一惊，但已来了，只得以礼相见，于是忙整理衣裳，迎了出来。至门前，凤姐方下了车进来，尤二姐一看，只见头上都是素白银器，身上月白缎子袄，青缎子掐银线的褂子，白绫素裙；眉弯柳叶，高吊两梢，目横丹凤，神凝三角：俏丽若三春之桃，清素若九秋之菊。周瑞旺儿二女人搀进院来。尤二姐陪笑，忙迎上来拜见，张口便叫"姐姐"，说："今儿实在不知姐姐下降，不曾远接，求姐姐宽恕。"说着便拜下去。凤姐忙陪笑还礼不迭，赶着拉了二姐儿的手，同入房中。

凤姐上坐，尤二姐忙命丫头拿褥子，便行礼，说："妹子年轻，一从到了这里，诸事都是家母和家姐商议主张。今日有幸相会，若姐姐不弃寒微，凡事求姐姐的指教，情愿倾心吐胆，只伏侍姐姐。"说着便行下礼去。凤姐忙下坐还礼，口内忙说："皆因我也年轻，向来总是妇人的见识，一味的只劝二爷保重，别在外边眠花宿柳，恐怕叫太爷太太耽心。这都是你我的痴心，谁知二爷倒错会了我的意。若是外头包占人家姐妹的，瞒着家里也罢了；如今娶了妹妹作二房，这样正经大事，也是人家大礼，却不曾合我说。我也劝过二爷，早办这件事，果然生个一男半女，连我后来都有靠。不想二爷反以我为那等妒忌不堪的人，私自办了，真真叫我有冤没处诉。我的这个心，惟有天地可表。头十天头里，我就风闻着知道了，只怕二爷又错想了，遂不敢先说；目今可巧二爷走了，所以我亲自过来拜见，还求妹妹体谅我的苦心，起动大驾，挪到家中，你我姐妹同居同处，彼此合心合意的谏劝二爷，谨慎世务，保养身子，这才是大礼呢。要是妹妹在外头，我在里头，妹妹白想想①，我心里怎么过的去呢？再者叫外人听着，不但我的名声不好听，就是妹妹的名儿也不雅。况且二爷的名声，更是要紧的，倒是谈论咱们姐儿们还是小事。至如那起下人小人之言，未免见我素昔持家太严，背地里加减些话，也是常情。妹妹想，自古说的：'当家人，恶水缸②。'我要真有不容人的地方儿，上头三层公婆，当中有好几位姐姐、妹妹、妯娌们，怎么容的我到今儿？就是今儿二爷私娶妹妹，在外头住着，我自然不愿意见妹妹③，我如何还肯来呢？拿着我们平儿说起，我还劝着二爷收他呢。这都是天地神佛不忍我叫这些小人们遭塌，所以才叫我知道了。我如今来求妹妹，进去和我一样儿，住的、使的、穿的、带的，你我总是一样儿。妹妹这样伶透人，若肯真心帮我，我也得个膀臂。不但那起小人，堵了他们的嘴；就是二爷，回来一见，他也从今后悔，我并不是那种吃醋调歪的人。你我三人，更加和气。所以妹妹还是我的大恩人呢。要是妹妹不合我去，我也愿意搬出来陪着妹妹住，只求妹妹在二爷跟前替我好言方便方便，留我个站脚的地方儿，就叫我伏侍妹妹梳头洗脸，我也是愿意的。"说着，便呜呜咽咽，哭将起来。

尤二姐见了这般，也不免滴下泪来。二人对见了礼，分序坐下。平儿忙也上来要见礼。尤二姐见他打扮不凡，举止品貌不俗，料定是平儿，连忙亲身搀住，只叫："妹子快别这么着，你我是一样的人。"凤姐忙也起身笑说："折死了他！妹妹只管受礼，他原是咱们的丫头。以后快别如此。"说着，又命周瑞家的从包袱里取出四匹上色尺头，四对金珠簪环，为拜见礼。尤二姐忙拜受了。二人吃茶，对诉已往之事。凤姐口内全是自怨自错："怨不得别人，如今只求妹妹疼我。"

尤二姐见了这般，便认做他是个极好的人，小人不遂心，诽谤主子，亦是常理，故倾心吐胆，叙了一回，竟把凤姐认为知己。又见周瑞家的等媳妇在傍边称扬凤姐素日许多善政，只是吃亏心太痴了，反惹人怨。又说："已经预备了房屋，奶奶进去，一看便知。"尤氏心中早已要进去同住方好，今又见如此，岂有不允之理，便说："原该跟了姐姐去，只是这里怎么样？"凤姐儿道："这有何难，妹妹的箱笼细软，只管着小厮搬了进去。这些粗夯货，要他无用，还叫人看着。妹妹说谁妥当，就叫谁在这里。"二姐忙说："今日既遇见姐姐，这一进去，凡事只凭姐姐料理。我也来的日子浅，也不曾当过家，世事不明白，如何敢作主？这几件箱柜拿进去罢。我也没有什么东西，那也不过是二爷的。"

凤姐听了，便命周瑞家的记清，好生看管着，抬到东厢房去。于是催着尤二姐急忙穿戴了，二人携手上车，又同坐一处，又悄悄的告诉他："我们家的规矩大。这事老太太、太太一概不知，倘或知道二爷孝中娶你④，管把他打死了。如今且别见老太太、太太。我们有一个花园子极大，姊妹们住着，容易没人去的。你这一去，且在园子里住两天，等我设个法子，回明白了，那时再见方妥。"尤二姐道："任凭姐姐裁处。"那些跟车的小厮们皆是预先说明的，如今不进大门，只奔后门来。下了车，赶散众人，凤姐便带了尤氏进了大观园的后门，来到李纨处相见了。

彼时大观园中十停人已有九停人知道了。今忽见凤姐带了进来，引动众人来看问。尤二姐一一见过。众人见了他标致和悦，无不称扬。凤姐一一的吩咐了众人："都不许在外走了风声，若老太太、太太知道，我先叫你们死！"园中婆子丫头都素惧凤姐的，又系贾琏国孝家孝中所行之事，知道关系非常，都不管这事。凤姐悄悄的求李纨收养几日，"等回明了，我们自然过去的。"李纨见凤姐那边已收拾房屋，况在服中不好倡扬，自是正理，只得收下权住。凤姐又便去将他的丫头一概退出，又将自己的一个丫头送他使唤，暗暗吩咐他园中媳妇们："好生照看着他。若有走失逃亡，一概和你们算账！"自己又去暗中行事，不提。且说合家之人，都暗暗的纳罕，说："看他如何这等贤惠起来了？"那尤二姐得了这个所在，又见园中姊妹个个相好，倒也安心乐业的，自为得所。

　　谁知三日之后，丫头善姐便有些不服使唤起来。尤二姐因说："没了头油了，你去回一声大奶奶，拿些个来。"善姐儿便道："二奶奶，你怎么不知好歹，没眼色？我们奶奶，天天承应了老太太，又要承应这边太太，那边太太。这些姑娘妯娌们，上下几百男女，天天起来，都等他的话。一日少说，大事也有一二十件，小事还有三五十件。外头的从娘娘算起，以至王公侯伯家，多少人情，家里又有这些亲友的调度。银子上千钱上万，一日都从他一个手一个心一个嘴里调度，那里为这点子小事去烦琐他？我劝你能着些儿罢⑤。咱们又不是明媒正娶来的。这是他亘古少有一个贤良人，才这样待你。若差些儿的人，听见了这话，吵嚷起来，把你丢在外，死不死，活不活，你又敢怎么样呢？"

　　一夕话，说的尤氏垂了头。自为有这一说，少不得将就些罢了。那善姐渐渐的连饭也怕端来与他吃，或早一顿，晚一顿，所拿来的东西，皆是剩的。尤二姐说过两次，他反瞪着眼叫唤起来。尤二姐又怕人笑他不安本分，少不得忍着。隔上五日八日，见凤姐一面，那凤姐却是和容悦色，满嘴里"好妹妹"不离口。又说："倘有下人不到之处，你降不住他们，只管告诉我，我打他们。"又骂丫头媳妇说："我深知你们软的欺，硬的怕，背着我的眼，还怕谁？倘或二奶奶告诉我一个'不'字，我要你们的命！"二姐见他这般好心，"既有他，我又何必多事？下人不知好歹是常情。我若告了他们，受了委屈，反叫人说我不贤良。"因此，反替他们遮掩。

凤姐一面使旺儿在外打听这尤二姐的底细，皆已深知，果然已有了婆家的，女婿现在才十九岁，成日在外赌博，不理世业，家私花尽，父母撵他出来，现在赌钱场存身。父亲得了尤婆子二十两银子，退了亲的，这女婿尚不知道，原来这小伙子名叫张华。凤姐都一一尽知原委，便封了二十两银子与旺儿，悄悄命他将张华勾来养活，"着他写一张状子，只要往有司衙门中告去，就告琏二爷国孝家孝的里头，背旨瞒亲，仗财依势，强逼退亲，停妻再娶。"这张华也深知利害，先不敢造次⑥。旺儿回了凤姐。凤姐气的骂道："真是他娘的话！怨不得俗语说，'癞狗扶不上墙'的。你细细说给他：'就告我们家谋反也没事的。'不过是借他一闹，大家没脸；若告大了，我这里自然能够平服的。"旺儿领命，只得细说与张华。凤姐又吩咐旺儿："他若告了你，你就和他对词去。"如此，如此，"我自有道理。"旺儿听了有他做主，便又命张华状子上添上自己，说："你只告我来旺的过付⑦，一应调唆二爷做的。"张华便得了主意，和旺儿商议定了，写一张状子，次日便往都察院处喊了冤⑧。

察院坐堂，看状子是告贾琏的事，上面有"家人旺儿一人"，只得遣人去贾府传旺儿来对词。青衣不敢擅入⑨，只命人带信。那旺儿正等着此事，不用人带信，早在这条街上等候，见了青衣，反迎上去，笑道："起动众位弟兄，必是兄弟的事犯了。说不得，快来套上。"众青衣不敢，只说："好哥哥，你去罢，别闹了。"于是来至堂前跪下。察院命将状子与他看。旺儿故意看了一遍，碰头说道："这事小的尽知的，主人实有此事。但这张华素与小的有仇，故意拉小的在内，其中还有人，求老爷再问。"张华碰头道："虽还有人，小的不敢告他，所以只告他下人。"旺儿故意的说:"糊涂东西!还不快说出来!这是朝廷公堂上,凭是主子,也要说出来。"张华便说出贾蓉来。察院听了无法,只得去传贾蓉。

凤姐又差了庆儿暗中打听告了起来,便忙将王信唤来,告诉他此事,命他托察院,只要虚张声势,惊唬而已,又拿了三百银子与他去打点⑩。是夜,王信到了察院私宅,安了根子。那察院深知原委,收了赃银。次日回堂,只说张华无赖,因拖欠了贾府银两,妄捏虚词,诬赖良人。都察院素与王子腾相好,王信也只到家说了一声,况是贾府之人,巴不得了事,便也不提此事,且都收下,只传贾蓉对词。

且说贾蓉等正忙着贾琏之事,忽有人来报信,说:"有人告你们。"如此如此,这般这般,"快作道理。"贾蓉慌忙来回贾珍。贾珍说:"我却早防着这一着。倒难为他这么大胆子。"即刻封了二百银子,着人去打点察院;又命家人去对词。正商议间,又报:"西府二奶奶来了。"贾珍听了这话,倒吃了一惊,忙要同贾蓉藏躲,不想凤姐已经进来了,说:"好大哥哥,带着兄弟们干的好事!"贾蓉忙请安。凤姐拉了他就进来。贾珍还笑说:"好生伺候你婶娘,吩咐他们杀牲口备饭⑪。"说着,忙命备马,躲往别处去了。

这里凤姐带着贾蓉,走来上房。尤氏也迎了出来,见凤姐气色不善,忙说:"什么事情,这等忙?"凤姐照脸一口唾沫,啐道:"你尤家的丫头没人要了,偷着只往贾家送!难道贾家的人都是好的,普天下死绝了男人了?你就愿意给,也要三媒六证,大家说明,成个体统才是。你痰迷了心,脂油蒙了窍!国孝,家孝,两重在身,就把个人送来了。这会子被人告我们,连官场中都知道我利害,吃醋。如今指名提我,要休我。我到了你家,干错了什么不是,你这等害我?或是老太太、太太有了话在你心里,使你们做这个圈套要挤我出去。如今咱们两个一同去见官,分证明白,回来咱们公同请了合族中人,大家觌面说个明白⑫,给我休书⑬,我就走!"一面说,一面大哭,拉着尤氏,只要去见官。急的贾蓉跪在地下碰头，只求："婶娘息怒。"凤姐一面又骂贾蓉："天打雷劈、五鬼分尸的没良心的种子！不知天有多高，地有多厚，成日家调三窝四，干出这些没脸面、没王法、败家破业的营生。你死了的娘，阴灵儿也不容你！祖宗也不容你！还敢来劝我！"一面骂着，扬手就打。唬的贾蓉忙碰头说道："婶娘别动气，只求婶娘别看这一时，侄儿千日的不好，还有一日的好。实在婶娘气不平，何用婶娘打，让我自己打，婶娘只别生气。"说着，就自己举手，左右开弓，自己打了一顿嘴巴子。又自己问着自己说："以后可还再顾三不顾四的不了？以后还单听叔叔的话、不听婶娘的话不了？婶娘是怎么样待你？你这样没天理，没良心的！"众人又要劝，又要笑，又不敢笑。

凤姐儿滚到尤氏怀里，嚎天动地，大放悲声，只说："给你兄弟娶亲，我不恼。为什么使他违旨背亲，把混账名儿给我背着？咱们只去见官，省得捕快皂隶来拿。再者，咱们过去，只见了老太太、太太和众族人等，大家公议了，我既不贤良，又不容男人买妾，只给我一纸休书，我即刻就走！你妹妹，我也亲身接了来家，生怕老太太、太太生气，也不敢回，现在三茶六饭，金奴银婢的住在园里。我这里赶着收拾房子，和我一样的，只等老太太知道了。原说下接过来大家安分守己的，我也不提旧事了。谁知又是有了人家的。不知你们干的什么事，我一概又不知道。如今告我，我昨日急了，纵然我出去见官，也丢的是你贾家的脸，少不得偷把太太的五百两银子去打点。如今把我的人还锁在那里。"说了又哭，哭了又骂。后来又放声大哭起"祖宗爷娘"来，又要寻死撞头。把个尤氏揉搓成一个面团儿，衣服上全是眼泪鼻涕，并无别话，只骂贾蓉："混账种子，和你老子做的好事！我当初就说使不得。"

凤姐儿听说这话，哭着，搬着尤氏的脸，问道："你发昏了？你的嘴里难道有茄子塞着？不就是他们给你嚼子衔上了？为什么你不来告诉我去？你若告诉了我，这会子不平安了？怎么得惊官动府，闹到这步田地，你这会子还怨他们！自古说'妻贤夫祸少'，'表壮不如里壮'⑭，你但凡是个好的，他们怎敢闹出这些事来！你又没才干，又没口齿，锯了嘴子的葫芦⑮，就只会一味瞎小心，应贤良的名儿。"说着，啐了几口。尤氏也哭道："何曾不是这样，你不信，问问跟的人，我何曾不劝的？也要他们听。叫我怎么样的呢，怨不得妹妹生气，我只好听着罢了。"众姬妾丫头媳妇等已是黑压压跪了一地，陪笑求说："二奶奶最圣明的。虽是我们奶奶的不是，奶奶也作践够了，当着奴才们。奶奶们素日何等的好来？如今还求奶奶给留点脸儿。"

　　说着，捧上茶来。凤姐也揉了。一回止了哭，挽头发。又喝骂贾蓉："出去请你父亲来，我对面问他！问亲大爷的孝才五七⑯，侄儿娶亲，这个礼，我竟不知道，我问问也好学着，日后教导你们。"贾蓉只跪着磕头，说："这事原不与父母相干，都是侄儿一时吃了屎，调唆着叔叔做的。我父亲也并不知道。婶娘若闹起来了，侄儿也是个死；只求婶娘责罚侄儿，侄儿谨领。这官司还求婶娘料理，侄儿竟不能干这大事。婶娘是何等样人，岂不知俗语说的'胳膊折了，在袖子里'。侄儿糊涂死了，既做了不肖的事，就和那猫儿狗儿一般，少不得还要婶娘费心费力，将外头的事压住了才好。只当婶娘有这个不孝的儿子，就惹了祸，少不得委屈还要疼他呢。"说着，又磕头不绝。

　　凤姐儿见了贾蓉这般，心里早软了，只是碍着众人面前，又难改过口来，因叹了一口气，一面拉起来，一面拭泪向尤氏道："嫂子也别恼我，我是年轻不知事的人，一听见有人告诉了，把我吓昏了，不知方才怎么得罪了嫂子，可是蓉儿说的，'胳膊折了，往袖子里藏'，少不得嫂子要体谅我。还得嫂子在哥哥跟前替说，先把这官司按下去才好。"尤氏贾蓉一齐都说："婶娘放心，横竖一点儿连累不着叔叔。婶娘方才说用过了五百两银子，少不得我们娘儿们打点五百两银子，与婶娘送过去，好补上，岂有叫婶娘又添上亏空的？越发我们该死了！但还有一件，老太太、太太们跟前，婶娘还要周全方便，别提这些话才好。"

凤姐又冷笑道："你们饶压着我的头干了事，这会子反哄着我替你们周全。我就是个傻子，也傻不到如此。嫂子的兄弟，是我的什么人？嫂子既怕他绝了后，我难道不更比嫂子更怕绝后？嫂子的妹子，就合我的妹子一样，我一听见这话，连夜喜欢的连觉也睡不成，赶着传人收拾了屋子，就要接进来同住；倒是奴才小人的见识，他们倒说：'奶奶太性急，若是我们的主意，先回了老太太、太太，看是怎么样，再收拾房子去接也不迟。'我听了这话，叫我要打要骂的，才不言语了。谁知偏不称我的意，偏偏的打嘴，半空里又跑出一个张华来告了一状。我听见了，吓的两夜没合眼儿，又不敢声张，只得求人去打听这张华是什么人，这样大胆。打听了两日，谁知是个无赖的花子。小子们说：'原是二奶奶许了他的。他如今急了，冻死饿死，也是个死；现在有这个理他抓住，纵然死了，死的倒比冻死饿死还值些。怎么怨的他告呢？这事原是爷做事太急了。国孝一层罪，家孝一层罪，背着父母私娶一层罪，停妻再娶一层罪⑰。俗语说，"拚着一身剐，敢把皇帝拉下马"，他穷疯了的人，什么事做不出来？况且他又拿着这满理，不告等请不成？'嫂子说，我就是个韩信、张良，听了这话，也把智谋吓回去了。你兄弟又不在家，又没个人商量，少不得拿钱去垫补。谁知越使钱越叫人拿住刀靶儿，越发来讹。我是'耗子尾巴上长疮，多少脓血儿'。所以又急又气，少不得来找嫂子……"尤氏贾蓉不等说完，都说："不必操心，自然要料理的。"贾蓉又道："那张华不过是穷急，故舍了命才告咱们；如今想了一个法儿：竟许他些银子⑱，只叫他应个妄告不实之罪，咱们替他打点完了官司，他出来时，再给他些银子就完了。"凤姐儿哑着嘴儿笑道："难为你想！怨不得你顾一不顾二的，做出这些事来。原来你竟是这么个糊涂东西，我往日错看了你了！若你说的这话，他暂且依，且打出官司来，又得了银子，眼前自然了事。这些人既是无赖的小人，银子到手，三天五天，一光了，他又来找事讹诈，再要叨蹬起来，咱们虽不怕，终久耽心。搁不住他说：'既没毛病，为什么反给他银子？'"

贾蓉原是个明白人，听如此一说，便笑道："我还有个主意，'来是是非人，去是是非者'⑲，这事还得我了才好。如今我竟问张华个主意，或是他定要人？或是他愿意了事，得钱再娶？他若说一定要人，少不得我去劝我二姨娘，叫他出来，仍嫁他去；若说要钱，我们这里少不得给他。"凤姐儿忙道："虽如此说，我断舍不得你姨娘出去，我也断不肯使他出去。他要出去了，咱们家的脸在那里呢？依我说，只宁可多给钱为是。"贾蓉深知凤姐儿口虽如此，心却是巴不得只要本人出来，他却做贤良人。如今怎么说，且只好怎么依。

凤姐儿欢喜了，又说："外头好处了，家里终久怎么样？你也同我过去回明了老太太、太太才是。"尤氏又慌了，拉凤姐儿讨主意，如何撒谎才好。凤姐冷笑道："既没这本事，谁叫你干这样事？这会子这个腔儿，我又看不上。待要不出个主意，我又是个心慈面软的人，凭人撮弄我，我还是一片傻心肠儿，说不得让我应起来。如今你们只别露面，我只领了你妹妹去给老太太、太太们磕头，只说原系你妹妹我看上了很好，正因我不大生长，原说买两个人放在屋里的；今既见了你妹妹很好，而且又是亲上做亲的，我愿意娶来做二房。皆因家中父母姊妹亲近一概死了，日子又难，不能度日，若等百日之后，无奈无家无业，实在难等。就算我的主意，接了进来，已经厢房收拾了出来，暂且住着，等满了孝再圆房儿⑳。仗着我这不害臊的脸，死活赖去，有了不是，也寻不着你们了。你们娘儿两个想想，可使得？"尤氏贾蓉一齐笑说："到底是婶娘宽洪大量，足智多谋。等事妥了，少不得我们娘儿们过去拜谢。"凤姐儿道："罢呀！还说什么拜谢不拜谢。"又指着贾蓉道："今日我才知道你了！"说着，把脸却一红，眼圈儿也红了，似有多少委屈的光景。贾蓉忙陪笑道："罢了！婶娘少不得饶恕我这一次。"说着，忙又跪下。凤姐儿扭过脸去不理他，贾蓉才笑着起来了。

这里尤氏忙命丫头们舀水，取妆奁，伏侍凤姐儿梳洗了，赶忙又命预备晚饭。凤姐儿执意要回去，尤氏拦着道："今日二婶子要这么走了，我们什么脸还过那边去呢？"贾蓉旁边笑着劝道："好婶娘，亲婶娘！以后蓉儿要不真心孝顺你老人家，天打雷劈！"凤姐瞅了他一眼，啐道："谁信你这……"说到这里，又咽住了。一面老婆丫头们摆上酒菜来，尤氏亲自递酒布菜。贾蓉又跪着敬了一钟酒。凤姐便合尤氏吃了饭。丫头们递了漱口茶，又捧上茶来。凤姐喝了两口，便起身回去。贾蓉亲身送过来，才回去了。

且说凤姐进园中，将此事告诉尤二姐，又说，我怎么操心，又怎么打听，须得如此如此，方保得众人无罪，"少不得咱们按着这个法儿来才好。"不知凤姐又变出什么法儿来，且听下回分解。

【注释】

①白：这里有"平心静气"的意思。

②当家人，恶水缸：俗语。恶水缸，即"泔水缸"。意谓当家人度量要宽大，好像泔水缸，好的坏的都能容纳。

③自然：这里意同"如果"。

④孝中：在为长辈穿孝服的时期。下文"服中"同此。

⑤能：同"耐"，忍耐。《汉书·晁错传》："其性能暑。"唐颜师古注："能，读曰'耐'。"

⑥造次：这里是轻举妄动的意思。

⑦过付：双方交易，由中间人往来交付钱物，谓之"过付"。《六部成语·户部·过付》注解："过，经手也；付，交付也。言经手交付款项之人也。"这里比喻事情的调唆者。

⑧都察院：官署名。汉以后历代都有御史台，明初改设都察院。清代因之，为监察、弹劾及建议的机关。

⑨青衣：这里指"皂隶"，即衙门里的差役。因其身穿青衣，故称。

⑩打点：办理。这里指行贿托情。元李潜夫《灰阑记》第一折："你可去衙门打点，把官司上下，布置停当。"

⑪牲口：这里指鸡。

⑫觌（dí）面：当面，见面。觌，见，相见。

⑬休书：封建时代，丈夫离弃妻子，叫"休妻"或"出妻"。离弃时写给妻子的文书，叫"休书"。

⑭表壮不如里壮：《金瓶梅》第七十一回："常言道表壮不如里壮，妻若贤，夫免灾殃。"意谓丈夫有才干，还不如妻子会治家。表，指丈夫。里，指妻子。

⑮锯了嘴子的葫芦：俗有"锯了嘴的葫芦两片瓢"之语，意即有口无舌、不善言辞。

⑯五七：指人死后三十五天。旧时丧礼，人死后，每七日祭祀或唪经，有头七、三七、五七等。《清稗类钞》"丧祭类"："八旗人死，……逢单七辄招僧讽经，双七则否，五七有焚帛之举。"

⑰"国孝"四句：国孝，即"国丧"，指帝王和后妃的丧礼。《清稗类钞》"丧祭类"："皇太后、皇帝之宾天，曰国丧，臣民亦皆百日不剃发，服缟素，禁止音乐、婚嫁。"家孝一层罪，《大清律例·户律》："若居祖父母、伯叔父母、姑兄姊丧而嫁娶者，杖八十。"背父母私娶一层罪，《大清律例·男女婚姻律》："嫁娶皆由祖父母、父母主婚，祖父母、父母俱无者，从余亲主婚。"停妻再娶一层罪，《大清律例·妻妾失序律》："若有妻更娶者，杖九十；后娶之妻，离异归宗。"贾琏偷娶尤二姐，违背了这些封建法律的规定。

⑱竟：索性的意思。

⑲"来是"二句：意谓是非由谁惹起，还得由谁了结。来，招致。去，解除。

⑳圆房：旧指女子先到男家，但因故而不与丈夫同居，待一定时候始同居，称为"圆房"。

第六十九回
弄小巧用借剑杀人　觉大限吞生金自逝①

话说尤二姐听了，又感激不尽，只得跟了他来。尤氏那边怎好不过来呢，少不得也过来，跟着凤姐去回，方是大礼。凤姐笑说："你只别说话，等我去说。"尤氏道："这个自然。但有了不是，往你身上推就是了。"说着，大家先至贾母房中。

正值贾母和园中姐妹们说笑解闷，忽见凤姐带了一个标致小媳妇进来，忙觑着眼瞧说："这是谁家的孩子？好可怜见儿的。"凤姐上来笑道："老祖宗倒细细的看看，好不好？"说着，忙拉二姐儿说："这是太婆婆，快磕头。"二姐儿忙行了大礼，展拜起来②。又指着众姊妹说，这是某人某人："你先认了，太太瞧过了，再见礼。"二姐儿听了，一一又从新故意的问过，垂头站在傍边。贾母上下瞧了一遍，因又笑问："你姓什么？今年十几岁了？"凤姐忙又笑说："老祖宗且别问，只说比我俊不俊。"贾母又带上了眼镜，命鸳鸯琥珀："把那孩子拉过来，我瞧瞧肉皮儿。"众人都抿着嘴儿笑着，推他上去。贾母细瞧了一遍，又命琥珀："拿出他的手来我瞧瞧。"贾母瞧毕，摘下眼镜来，笑说道："竟是个齐全孩子，我看比你还俊些呢。"

凤姐听说，笑着，忙跪下将尤氏那边所编之话，一五一十，细细的说了一遍，"少不得老祖宗发慈心，先许他进来住，一年后再圆房。"贾母听了道："这有什么不是？既你这样贤良，很好，只是一年后方可圆得房。"凤姐听了，叩头起来，又求贾母："着两个女人，一同带去见太太们，说是老祖宗的主意。"贾母依允，遂使二人带去，见了邢夫人等。王夫人正因他风声不雅，深为忧虑；见他今行此事，岂有不乐之理。于是尤二姐自此见了天日，挪到厢房居住。

凤姐一面使人暗暗调唆张华，只叫他要原妻，这里还有许多陪送外，还给他银子安家过活。张华原无胆无心告贾家的，后来又见贾蓉打发了人对词，那人原说的："张华先退了亲，我们原是亲戚，接到家里住着是真，并无娶之说。皆因张华拖欠我们的债务，追索不给，方诬赖小的主儿。"那个察院都和贾王两处有瓜葛，况又受了贿，只说张华无赖，以穷讹诈，状子也不收，打了一顿赶出来。庆儿在外，替张华打点，也没打重，又调唆张华，说："这亲原是你家定的，你只要亲事，官必还断给你。"于是又告。王信那边又透了消息与察院。察院便批："张华借欠贾宅之银，令其限内按数交还；其所定之亲，仍令其有力时娶回。"又传了他父亲来，当堂批准。他父亲亦系庆儿说明，乐得人财两进，便去贾家领人。

凤姐一面吓的来回贾母说，如此这般："都是珍大嫂子干事不明，那家并没退准，惹人告了，如此官断。"贾母听了，忙唤尤氏过来，说他做事不妥："既你妹子从小与人指腹为婚，又没退断，使人告了，这是什么事？"尤氏听了，只得说："他连银子都收了，怎么没准？"凤姐在旁说："张华的口供上现说没见银子，也没见人去。他老子又说：'原是亲家说过一次，并没应准。亲家死了，你们就接进去做二房。'如此没有对证话，只好由他去混说。幸而琏二爷不在家，不曾圆房，这还无妨；只是人已来了，怎好送回去？岂不伤脸！"贾母道："又没圆房，没的强占人家有夫之人，名声也不好，不如送给他去。那里寻不出好人来？"尤二姐听了，又回贾母说："我母亲实于某年某月某日，给了他二十两银子退准的。他因穷极了告，又翻了口。我姐姐原没错办。"贾母听了，便说："可见刁民难惹。既这样，凤丫头去料理料理。"

凤姐听了，无法，只得应着回来，只命人去找贾蓉。贾蓉深知凤姐之意，若要使张华领回，成何体统？便回了贾珍，暗暗遣人去说张华："你如今既有许多银子，何必定要原人。若只管执定主意，岂不怕爷们一怒，寻出一个由头，你死无葬身之地。你有了银子，回家去，什么好人寻不出来。你若走呢，还赏你些路费。"张华听了，心中想了一想："这倒是好主意。"和父母商议已定，约共也得了有百金，父子次日起了五更，便回原籍去了。

贾蓉打听得真了，来回了贾母凤姐，说："张华父子妄告不实，惧罪逃走，官府亦知此情，也不追究，大事完毕。"凤姐听了，心中一想："若必定着张华带回二姐儿去，未免贾琏回来，再花几个钱包占住，不怕张华不依；还是二姐儿不去，自己拉绊着还妥当，且再作道理。只是张华此去，不知何往，倘或他再将此事告诉了别人，或日后再寻出这由头来翻案，岂不是自己害了自己。原先不该如此将刀靶付给外人去的。"因此，悔之不迭。复又想了一个主意出来，悄命旺儿遣人寻着了他，或讹他做贼，和他打官司，将他治死，或暗使人算计，务将张华治死，方剪草除根，保住自己的名誉。

旺儿领命出来，回家细想："人已走了完事，何必如此大做？人命关天，非同儿戏。我且哄过他去，再作道理。"因此在外躲了几日，回来告诉凤姐，只说"张华因有几两银子在身上，逃去第三日，在京口地界，五更天，已被截路打闷棍的打死了。他老子唬死在店房，在那里验尸掩埋。"凤姐听了不信，说："你要撒谎，我再使人打听出来，敲你的牙！"自此，方丢过不究。凤姐和尤二姐和美非常，竟比亲姊妹还胜几倍。

那贾琏一日事毕回来，先到了新房中，已经静悄悄的关锁，只有一个看房子的老头儿。贾琏问起原故，老头子细说原委，贾琏只在镫中跺足。少不得来见贾赦与邢夫人，将所完之事回明。贾赦十分欢喜，说他中用，赏了他一百两银子，又将房中一个十七岁的丫鬟名唤秋桐赏他为妾。贾琏叩头领去，喜之不尽。见了贾母合家众人，回来见了凤姐，未免脸上有些愧色。谁知凤姐反不似往日容颜，同尤二姐一同出来，叙了寒温。贾琏将秋桐之事说了，未免脸上有些得意骄矜之色。凤姐听了，忙命两个媳妇坐车在那边接了来。心中一刺未除，又平空添了一刺，说不得且吞声忍气，将好颜面换出来遮饰。一面又命摆酒接风，一面带了秋桐来见贾母与王夫人等。贾琏心中也暗暗的纳罕。

且说凤姐在家，外面待尤二姐自不必说的，只是心中又怀别意，无人处，只和尤二姐说："妹妹的声名很不好听，连老太太、太太们都知道了，说妹妹在家做女孩儿就不干净，又和姐夫来往太密，'没人要的，你拣了来。还不休了，再寻好的。'我听见这话气的什么儿是的。后来打听是谁说的，又察不出来。这日久天长，这些奴才们跟前，怎么说嘴？我反弄了鱼头来拆③。"说了两遍，自己先气病了，茶饭也不吃。除了平儿，众丫头媳妇无不言三语四，指桑说槐，暗相讥刺。

且说秋桐自以为系贾赦之赐，无人僭他的，连凤姐平儿皆不放在眼里，岂容那先奸后娶、没汉子要的妇女？凤姐听了暗乐。自从装病，便不和尤二姐吃饭，每日只命人端了菜饭到他房中去吃，那茶饭都系不堪之物。平儿看不过，自拿钱出来弄菜与他吃；或是有时只说和他园中去玩，在园中厨内另做了汤水与他吃。也无人敢回凤姐。只有秋桐撞见了，便去说舌，告诉凤姐说："奶奶名声，生是平儿弄坏了的。这样好菜好饭，浪着不吃，却往园里去偷吃。"凤姐听了，骂平儿说："人家养猫拿耗子，我的猫只倒咬鸡④！"平儿不敢多说，自此也要远着了，又暗恨秋桐。

园中姊妹一干人暗为二姐耽心。虽都不敢多言，却也可怜。每常无人处，说起话来，尤二姐淌眼抹泪，又不敢抱怨凤姐儿，因无一点坏形。贾琏来家时，见了凤姐贤良，也便不留心。况素昔见贾赦姬妾丫鬟最多，贾琏每怀不轨之心，只未敢下手；今日天缘凑巧，竟把秋桐赏了他，真是一对烈火干柴，如胶投漆，燕尔新婚⑤，连日那里拆得开？贾琏在二姐身上之心，也渐渐淡了，只有秋桐一人是命。凤姐虽恨秋桐，且喜借他先可发脱二姐，用"借刀杀人"之法，"坐山观虎斗"，等秋桐杀了尤二姐，自己再杀秋桐。主意一定，没人处，常又私劝秋桐说："你年轻不知事。他现是二房奶奶，你爷心坎儿上的人，我还让他三分，你去硬碰他，岂不是自寻其死？"

那秋桐听了这话，越发恼了，天天大口乱骂，说："奶奶是软弱人，那等贤惠，我却做不来。奶奶把素日的威风，怎么都没了？奶奶宽洪大量，我却眼里揉不下沙子去。让我和这娼妇做一回，他才知道呢！"凤姐儿在屋里，只装不敢出声儿。气得尤二姐在房里哭泣，连饭也不吃，又不敢告诉贾琏。次日，贾母见他眼睛红红的肿了，问他，又不敢说。秋桐正是抓乖卖俏之时，他便悄悄的告诉贾母王夫人等说："他专会作死，好好的，成天丧声嚎气。背地里咒二奶奶和我早死了，好和二爷一心一计的过。"贾母听了，便说："人太生娇俏了，可知心就嫉妒了。凤丫头倒好意待他，他倒这样争锋吃醋，可知是个贱骨头。"因此，渐次便不大喜欢。众人见贾母不喜，不免又往上践踏起来。弄得这尤二姐要死不能，要生不得。还是亏了平儿时常背着凤姐与他排解。

那尤二姐原是"花为肠肚，雪作肌肤"的人，如何经得这般折磨？不过受了一月的暗气，便恹恹得了一病，四肢懒动，茶饭不进，渐次黄瘦下去。夜来合上眼，只见他妹妹手捧鸳鸯宝剑，前来说："姐姐，你为人一生心痴意软，终久吃了亏。休信那妒妇花言巧语，外作贤良，内藏奸滑。他发恨定要弄你一死方罢。若妹子在世，断不肯令你进来；就是进来，亦不容他这样。此亦系理数应然，只因你前生淫奔不才，使人家丧伦败行，故有此报。你速依我，将此剑斩了那妒妇，一同归至警幻案下，听其发落。不然，你则白白的丧命，且无人怜惜。"尤二姐哭道："妹妹，我一生品行既亏，今日之报，既系当然，何必又生杀戮之冤。"三姐儿听了，长叹而去。尤二姐惊醒，却是一梦。等贾琏来看时，因无人在侧，便哭着合贾琏说："我这病不能好了。我来了半年，腹中已有身孕，但不能预知男女。倘老天可怜，生了下来还可；若不然，我的命还不能保，何况于他。"贾琏亦哭说："你只放心，我请名人来医治。"于是出去,即刻请医生。

谁知王太医此时也病了,亦谋干了军前效力,回来好讨荫封的⑥。小厮们走去,便仍旧请了那年给晴雯看病的太医胡君荣来。诊视了,说是经水不调,全要大补。贾琏便说:"已是三月庚信不行⑦,又常呕酸,恐是胎气。"胡君荣听了,复又命老婆子请出手来,再看了半日,说:"若论胎气,肝脉自应洪大⑧;然木盛则生火,经水不调,亦皆因肝木所致。医生要大胆,须得请奶奶将金面略露一露,医生观看气色,方敢下药。"贾琏无法,只得命将帐子掀起一缝。尤二姐露出脸来。胡君荣一见,早已魂飞天外,那里还能辨气色?一时掩了帐子,贾琏陪他出来,问是如何。胡太医道:"不是胎气,只是瘀血凝结。如今只以下瘀通经要紧。"于是写了一方,作辞而去。

贾琏令人送了药礼,抓了药来,调服下去。只半夜光景,尤二姐腹痛不止,谁知竟将一个已成形的男胎打了下来。于是血行不止,二姐就昏迷过去。贾琏闻知,大骂胡君荣。一面遣人再去请医调治,一面命人去找胡君荣。胡君荣听了,早已卷包逃走。这里太医便说:"本来血气亏弱,受胎以来,想是着了些气恼,郁结于中。这位先生误用虎狼之剂,如今大人元气,十伤八九,一时难保就愈。煎丸二药并行,还要一些闲言闲事不闻,庶可望好。"说毕而去,也开了个煎药方子并调元散郁的丸药方子去了。急的贾琏便查:"谁请的姓胡的来!"一时查出,便打了个半死。

凤姐比贾琏更急十倍,只说:"咱们命中无子,好容易有了一个,遇见这样没本事的大夫来。"于是天地前烧香礼拜,自己通诚祷告,说:"我情愿有病,只求尤氏妹子身体大愈,再得怀胎,生一男子,我愿吃常斋念佛。"贾琏众人见了,无不称赞。贾琏与秋桐在一处。凤姐又做汤做水的着人送与二姐,又叫人出去算命打卦⑨,偏算命的回来又说:"系属兔的阴人冲犯了。"大家算将起来,只有秋桐一人属兔,说他冲的。

秋桐见贾琏请医调治,打人骂狗,为二姐十分尽心,他心中早浸了一缸醋在内了；今又听见如此，说他冲了，凤姐儿又劝他说："你暂且别处躲几日再来。"秋桐便气得哭骂道："理那起饿不死的杂种，混嚼舌根！我和他'井水不犯河水'，怎么就冲了他？好个'爱八哥儿'⑩！在外头什么人不见，偏来了就冲了。我还要问问他呢，到底是那里来的孩子？他不过哄我们那个棉花耳朵的爷罢了⑪。纵有孩子，也不知张姓王姓的。奶奶希罕那杂种羔子，我不喜欢！谁不会养！一年半载养一个，倒还是一点搀杂没有的呢！"众人又要笑，又不敢笑。

可巧邢夫人过来请安，秋桐便告诉邢夫人说："二爷二奶奶要撵我回去，我没了安身之处，太太好歹开恩。"邢夫人听说，便数落了凤姐儿一阵，又骂贾琏："不知好歹的种子！凭他怎样，是你父亲给的，为个外来的撵他，连老子都没了。"说着，赌气去了。秋桐更又得意，越发走到窗户根底下，大骂起来。尤二姐听了，不免更添烦恼。晚间，贾琏在秋桐房中歇了，凤姐已睡，平儿过尤二姐那边来劝慰了一番，尤二姐哭诉了一回。平儿又嘱咐了几句，夜已深了，方去安息。

这里尤二姐心中自思："病已成势，日无所养，反有所伤，料定必不能好。况胎已经打下，无甚悬心，何必受这些零气⑫？不如一死，倒还干净。常听见人说'生金子可以坠死'，岂不比上吊自刎又干净。"想毕，扎挣起来，打开箱子，找出一块生金，也不知多重。哭了一回，外边将近五更天气，那二姐咬牙狠命，便吞入口中，几次直脖，方咽了下去。于是赶忙将衣裳首饰穿戴齐整，上炕躺下。当下人不知，鬼不觉。

到第二日早晨，丫鬟媳妇们见他不叫人，乐得自己梳洗。凤姐秋桐都上去了。平儿看不过，说丫头们："就只配没人心的打着骂着使也罢了，一个病人，也不知可怜可怜。他虽好性儿，你们也该拿出个样儿来，别太过逾了，'墙倒众人推'。"丫鬟听了，急推房门进来看时，却穿戴的齐齐整整，死在炕上。于是方吓慌了，喊叫起来。平儿进来瞧见，不禁大哭。众人虽素昔惧怕凤姐，然想二姐儿实在温和怜下，如今死去，谁不伤心落泪，只不敢与凤姐看见。

当下合宅皆知。贾琏进来，搂尸大哭不止。凤姐也假意哭道："狠心的妹妹！你怎么丢下我去了，辜负了我的心！"尤氏贾蓉等也都来哭了一场，劝住贾琏。贾琏便回了王夫人，讨了梨香院，停放五日，挪到铁槛寺去。王夫人依允。贾琏忙命人去往梨香院收拾停灵，将二姐儿抬上去，用衾单盖了，八个小厮和八个媳妇围随，抬往梨香院来。那里已请下天文生，择定明日寅时入殓大吉；五日出不得，七日方可。贾琏道："竟是七日。因家叔家兄皆在外，小丧不敢久停。"天文生应诺，写了殃榜而去⑬。宝玉一早过来，陪哭一场。众族人也都来了。贾琏忙进去找凤姐，要银子治办丧礼。

凤姐儿见抬了出去，推有病，回："老太太、太太说我病着，忌三房⑭，不许我去，我因此也不出来穿孝。"且往大观园中来，绕过群山，至北界墙根下，往外听了一言半语，回来又回贾母说如此这般。贾母道："信他胡说！谁家痨病死的孩子不烧了，也认真开丧破土起来。既是二房一场，也是夫妻情分，停五七日，抬出来，或一烧，或乱葬垾上埋了完事。"凤姐笑道："可是这话，我又不敢劝他。"

正说着，丫鬟来请凤姐，说："二爷在家，等着奶奶拿银子呢。"凤姐儿只得来了，便问他："什么银子？家里近日艰难，你还不知道？咱们的月例，一月赶不上一月。昨儿我把两个金项圈当了三百银，用剩了还有二十几两，你要就拿去。"说着，命平儿拿了出来，递与贾琏，指着贾母有话，又去了。恨得贾琏无话可说，只得开了尤氏箱笼，去拿自己体己。及开了箱柜，一点无存，只有些拆簪烂花，并几件半新不旧的绸绢衣裳，都是尤二姐素日穿的，不禁又伤心哭了。想着他死得不分明，又不敢说。只得自己用个包袱，一齐包了，也不用小厮丫鬟来拿，自己提着来烧。

平儿又是伤心，又是好笑，忙将二百两一包碎银偷了出来，悄递与贾琏，说："你别言语才好，你要哭，外头有多少哭不得？又跑了这里来点眼⑮。"贾琏便说道："你说得是。"接了银子，又将一条汗巾递与平儿，说："这是他家常系的，你好生替我收着，做个念心儿⑯。"平儿只得接了，自己收去。贾琏有了银子，命人买板进来，连夜赶造，一面分派了人口守灵。晚上自己也不进去，只在这里伴宿。要知端的，下回分解。

【注释】

①大限：寿数。《元史·史天泽传》："因附奏曰：'臣大限有终，死不足惜。'"这里指死期。

②展拜：即叩首，指行跪拜之礼。

③拆（zhái）鱼头：也作"择鱼头"。比喻处理麻烦难办的事情。拆，这里是分解、清理的意思。

④"人家"二句：近人王瀣批云："宋孝宗时，有部使者诬劾杨嗣清。赵雄曰：'人家市猫以咋鼠，鼠暴未及问，而首噬鹦鹉，其可恕乎？'云云。是此语所本。"

⑤燕尔新婚：《诗经·邶风·谷风》："宴尔新昏，如兄如弟。"毛传："宴，本又作'燕'。"宴尔，安乐的样子，形容夫妻和美。

⑥荫封：指封建时代后代子孙因先世的功勋而得的封官。

⑦庚信：也叫"月信"，即女子月经。

⑧肝脉：左手关脉可诊肝部病情，故也称"肝脉"。

⑨算命打卦：都属迷信活动。算命，即以人出生之年、月、日、时，按天干地支，依次排列成八个字，再用本干支所属五行生克来推断人一生的命运。唐韩愈《故殿中侍御史李君墓志铭序》载，李虚中最深于五行书，以人之始生年月日所直日辰干支，相生胜衰死相王，斟酌推人寿夭贵贱。打卦，又叫"问卦"。卦，本为古时纪形的一种符号。相传是伏羲氏所作。《周易》中有八卦，八乘八得六十四卦。画卦的线条叫爻，每卦由三爻组成。后被用作卜筮符号。以卦象来占卜吉凶叫"问卦"。

⑩爱八哥儿：可爱的东西。这里用作反语。也说"爱巴物儿"。

⑪棉花耳朵：意即"耳软"。自己没有主见，喜听别人谗言。

⑫零气：没有休止的、没完没了的气。

⑬殃榜：旧时由阴阳先生给死者写的文书，上写死者年寿及"阴魂归来"等话。《清稗类钞》"表祭类"："京师人家有丧，无论男女，必请阴阳生至，令书殃榜。"

⑭忌三房：旧俗，生病的人不得进入产房、新房和凶房（停灵房），叫"忌三房"。

⑮点眼：意即"显眼"，招惹人注意的意思。

⑯念心儿：纪念品。但仅指死者留下的东西，或生离死别时赠送的物品。对活着的人的东西不说"念心儿"。亦作"念信儿"。

第七十回
林黛玉重建桃花社　史湘云偶填柳絮词

话说贾琏自在梨香院伴宿七日夜，天天僧道不断做佛事。贾母唤了他去，吩咐不许送往家庙中，贾琏无法，只得又和时觉说了，就在尤三姐之上点了一个穴，破土埋葬。那日送殡，只不过族中人与王姓夫妇、尤氏婆媳而已。凤姐一应不管，只凭他自去办理。

又因年近岁逼，诸事烦杂不算外，又有林之孝开了一个人单子来回：共有八个二十五岁的单身小厮，应该娶妻成房的，等里面有该放的丫头，好求指配①。凤姐看了，先来问贾母和王夫人。大家商议，虽有几个应该发配的，奈各人皆有缘故：第一个鸳鸯，发誓不去。自那日之后，一向未与宝玉说话，也不盛妆浓饰。众人见他志坚，也不好相强。第二个琥珀，现又有病，这次不能了。彩云因近日和贾环分崩，也染了无医之症。只有凤姐儿和李纨房中粗使的大丫头发出去了。其余年纪未足，令他们外头自娶去了。

原来这一向因凤姐儿病了，李纨探春料理家务，不得闲暇，接着过年过节，许多杂事，竟将诗社搁起。如今仲春天气，虽得了工夫，争奈宝玉因柳湘莲遁迹空门，又闻得尤三姐自刎，尤二姐被凤姐逼死，又兼柳五儿自那夜监禁之后，病越重了。连连接接，闲愁胡恨，一重不了一重添，弄的情色若痴，话言常乱，似染怔忡之病②。慌的袭人等又不敢回贾母，只百般逗他玩笑。

这日清晨方醒，只听得外间屋内咭咭呱呱，笑声不断。袭人因笑说："你快出去拉拉罢，晴雯和麝月两个人按住芳官那里隔肢呢。"宝玉听了，忙披上灰鼠长袄出来一瞧，只见他三人被褥尚未叠起，大衣也未穿：那晴雯只穿着葱绿杭绸小袄，红绸子小衣儿，披着头发，骑在芳官身上。麝月是红绫抹胸，披着一身旧衣，在那里抓芳官的肋肢。芳官却仰在炕上，穿着撒花紧身儿③，红裤绿袜，两脚乱蹬，笑的喘不过气来。宝玉忙笑说："两个大的欺负一个小的，等我来挠你们。"说着也上床来隔肢晴雯。晴雯触痒，笑的忙丢下芳官，来合宝玉对抓，芳官趁势将晴雯按倒。袭人看他四人滚在一处，倒好笑，因说道："仔细冻着了，可不是玩的。都穿上衣裳罢！"

忽见碧月进来说："昨儿晚上，奶奶在这里把块绢子忘了，不知可在这里没有？"春燕忙应道："有。我在地下捡起来，不知是那一位的，才洗了，刚晾着，还没有干呢。"碧月见他四人乱滚，因笑道："倒是你们这里热闹，大清早起就咭咭呱呱的玩到一处。"宝玉笑道："你们那里人也不少，怎么不玩？"碧月道："我们奶奶不玩，把两个姨娘和姑娘也都拘住了。如今琴姑娘跟了老太太前头去，更冷冷清清的了。两个姨娘到明年冬天，也都家去了，更那才冷清呢。你瞧瞧，宝姑娘那里出去了一个香菱，就像短了多少人是的，把个云姑娘落了单了。"

正说着，见湘云又打发了翠缕来说："请二爷快出去瞧好诗。"宝玉听了，忙梳洗出来，果见黛玉、宝钗、湘云、宝琴、探春，都在那里，手里拿着一篇诗看。见他来时，都笑道："这会子还不起来！咱们的诗社散了一年，也没有一个人作兴作兴。如今正是初春时节，万物更新，正该鼓舞另立起来才好。"湘云笑道："一起诗社时是秋天，就不应发达的。如今却好万物逢春，咱们重新整理起这个社来，自然要有生趣儿。况这首'桃花诗'又好，就把海棠社改作桃花社，岂不大妙？"宝玉听着点头，说："很好。"且忙着要诗看。众人都又说："咱们此时就访稻香老农去，大家议定好起社。"说着，一齐站起来，都往稻香村来。宝玉一壁走，一壁看，写着是：

桃花行④

桃花帘外东风软⑤，桃花帘内晨妆懒⑥；帘外桃花帘内人，人与桃花隔不远。东风有意揭帘栊⑦，花欲窥人帘不卷。桃花帘外开仍旧，帘中人比桃花瘦；花解怜人花也愁⑧，隔帘消息风吹透⑨。风透帘栊花满庭，庭前春色倍伤情；闲苔院落门空掩⑩，斜日栏杆人自凭。凭栏人向东风泣，茜裙偷傍桃花立⑪；桃花桃叶乱纷纷，花绽新红叶凝碧。树树烟封一万株，烘楼照壁红模糊⑫。天机烧破鸳鸯锦⑬，春酣欲醒移珊枕⑭；侍女金盆进水来，香泉饮蘸胭脂冷⑮。胭脂鲜艳何相类，花之颜色人之泪；若将人泪比桃花，泪自长流花自媚。泪眼观花泪易干，泪干春尽花憔悴。憔悴花遮憔悴人，花飞人倦易黄昏；一声杜宇春归尽，寂寞帘栊空月痕！

宝玉看了，并不称赞，痴痴呆呆，竟要滚下泪来，又怕众人看见，忙自己拭了。因问："你们怎么得来？"宝琴笑道："你猜是谁做的？"宝玉笑道："自然是潇湘子的稿子。"宝琴笑道："现是我做的呢。"宝玉笑道："我不信。这声调口气，迥乎不像。"宝琴笑道："所以你不通，难道杜工部首首都作'丛菊两开他日泪'之句不成！一般的也有'红绽雨肥梅''水荇牵风翠带长'等语⑯。"宝玉笑道："固然如此，但我知道姐姐断不许妹妹有此伤悼语句，妹妹本有此才，却也断不肯做的。比不得林妹妹曾经离丧，作此哀音。"众人听说，都笑了。

已至稻香村中，将诗与李纨看了，自不必说，称赏不已。说起诗社，大家议定：明日乃三月初二日，就起社，便改"海棠社"为"桃花社"，黛玉为社主。明日饭后，齐集潇湘馆。因又大家拟题。黛玉便说："大家就要'桃花诗'一百韵。"宝钗道："使不得。古来'桃花诗'最多，纵作了，必落套，比不得你这一首古风。须得再拟。"正说着，人回："舅太太来了，请姑娘们出去请安。"因此大家都往前头来见王子腾的夫人，陪着说话。饭毕，又陪着入园中来游玩一遍，至晚饭后掌灯方去。

次日乃是探春的寿日，元春早打发了两个小太监，送了几件玩器。合家皆有寿礼，自不必细说。饭后，探春换了礼服，各处行礼。黛玉笑向众人道：“我这一社开的又不巧了，偏忘了这两日是他的生日。虽不摆酒唱戏，少不得都要陪他在老太太、太太跟前玩笑一日，如何能得闲空儿。”因此，改至初五。

这日，众姊妹皆在房中侍早膳毕，便有贾政书信到了。宝玉请安，将请贾母的安禀拆开⑪，念与贾母听，上面不过是请安的话，说六月准进京等语。其余家信事物之帖，自有贾琏和王夫人开读。众人听说六七月回京，都喜之不尽。偏生这日王子腾之女许与保宁侯之子为妻，择于五月间过门，凤姐儿又忙着张罗，常三五日不在家。这日，王子腾的夫人又来接凤姐儿，一并请众甥男甥女乐一日。贾母和王夫人命宝玉、探春、林黛玉、宝钗四人同凤姐去。众人不敢违拗，只得回房去，另妆饰了起来。五人去了一日，掌灯方回。

宝玉进入怡红院，歇了半刻，袭人便乘机见景劝他收一收心，闲时把书理一理，预备着。宝玉屈指算一算，说：“还早呢。”袭人道：“书还是第二件，到那时纵然你有了书，你的字写的在那里呢？”宝玉笑道：“我时常也有写了的好些，难道都没收着？”袭人道：“何曾没收着？你昨儿不在家，我就拿出来，统共数了一数，才有五百六十几篇，这三四年的工夫，难道只有这几张字不成！依我说，明日起，把别的心先都收了起来，天天快临几张字补上。虽不能按日都有，也要大概看得过去。”宝玉听了，忙着自己又亲检了一遍，实在搪塞不过，便说：“明日为始，一天写一百字才好。”说话时，大家睡下。

至次日起来，梳洗了，便在窗下恭楷临帖。贾母因不见他，只当病了，忙使人来问。宝玉方去请安，便说：“写字之故，因此出来迟了。”贾母听说，十分欢喜，就吩咐他：“以后只管写字念书，不用出来也使得。你去回你太太知道。”宝玉听说，便往王夫人房中来说明。王夫人便道：“‘临阵磨枪’，也不中用。有这会子着急，天天写写念念，有多少完不了的。这一赶，又赶出病来才罢。”宝玉回说：“不妨事。”宝钗探春等都笑说：“太太不用着急。书虽替不得他，字却替得的，我们每日每人临一篇给他，搪塞过这一步儿去就完了。一则老爷不生气，二则他也急不出病来。"王夫人听说，喜之不尽。

　　原来黛玉闻得贾政回家，必问宝玉的功课，宝玉一向分心，到临期自然要吃亏。因自己只装不耐烦，把诗社更不提起。探春宝钗二人，每日也临一篇楷书字与宝玉。宝玉自己每日也加功，或写二百三百不拘。至三月下旬，便将字又积了许多。这日正算着再得五十篇，也就搪得过了。谁知紫鹃走来，送了一卷东西，宝玉拆开看时，却是一色去油纸上临的钟王蝇头小楷⑱，字迹且与自己十分相类。喜的宝玉和紫鹃作了一个揖，又亲自来道谢。接着湘云宝琴二人也都临了几篇相送。凑成虽不足功课，亦可搪塞了。宝玉放了心，于是将应读之书，又温理过几次。正是天天用功，可巧近海一带海啸，又遭塌了几处生民，地方官题本奏闻，奉旨就着贾政顺路查看赈济回来。如此算去，至七月底方回。宝玉听了，便把书字又丢过一边，仍是照旧游荡。

　　时值暮春之际，湘云无聊，因见柳花飘舞，便偶成一小令⑲，调寄《如梦令》⑳。其词曰：

　　　　岂是绣绒才吐㉑，卷起半帘香雾㉒。纤手自拈来㉓，空使鹃啼燕妒㉔。且住，且住！莫使春光别去。

自己做了，心中得意，便用一条纸儿写好，给宝钗看了，又来找黛玉。黛玉看毕，笑道："好新鲜，有趣儿，我却不能。"湘云说道："咱们这几社总没有填词，你明日何不起社填词，岂不新鲜些。"黛玉听了，偶然兴动，便说："这话也倒是。"湘云道："咱们趁今日天气好，为什么不就是今日？"黛玉道："也使得。"说着，一面吩咐预备了几色果点，一面就打发人分头去请。

　　这里二人便拟了"柳絮"为题，又限出几个调来，写了粘在壁上。众人来看时："以柳絮为题，限各色小调。"又都看了湘云的，称赏了一回。宝玉笑道："这词上我倒平常，少不得也要胡诌起来。"于是大家拈阄。宝钗炷了一支"梦甜香"，大家思索起来。

一时，黛玉有了，写完。接着宝琴也忙写出来。宝钗笑道："我已有了。瞧了你们的，再看我的。"探春笑道："今儿这香怎么这样快！我才有了半首。"因又问宝玉："你可有了？"宝玉虽做了些，自己嫌不好，又都抹了，要另做；回头看，香已尽了。李纨等笑道："宝玉又输了。蕉丫头的呢？"探春听说，便写出来。众人看时，上面却只半首《南柯子》㉕，写道是：

> 空挂纤纤缕，徒垂络络丝㉖。也难绾系也难羁㉗，一任东西南北各分离。

李纨笑道："这却也好，何不再续上？"宝玉见香没了，情愿认输，不肯勉强塞责，将笔搁下，来瞧这半首。见没完时，反倒动了兴，乃提笔续道：

> 落去君休惜，飞来我自知。莺愁蝶倦晚芳时㉘，纵是明春再见——隔年期㉙！

众人笑道："正经你分内的又不能，这却偏有了。纵然好，也算不得。"说着，看黛玉的，是一阕《唐多令》㉚：

> 粉堕百花洲㉛，香残燕子楼㉜。一团团逐队成球㉝。漂泊亦如人命薄，空缱绻㉞，说风流㉟！　草木也知愁，韶华竟白头。叹今生谁舍谁收？嫁与东风春不管，凭尔去，忍淹留㊱。

众人看了，俱点头感叹说："太作悲了！好是果然好的。"因又看宝琴的《西江月》：

> 汉苑零星有限，隋堤点缀无穷㊲。三春事业付东风㊳，明月梅花一梦㊴。　几处落红庭院，谁家香雪帘栊㊵？江南江北一般同，偏是离人恨重㊶。

众人都笑说："到底是他的声调悲壮。'几处''谁家'两句最妙。"宝钗笑道："总不免过于丧败。我想，柳絮原是一件轻薄无根的东西，依我的主意，偏要把他说好了，才不落套。所以我诌了一首来，未必合你们的意思。"众人笑道："不要太谦，自然是好的，我们赏鉴赏鉴。"因看这一阕《临江仙》道㊷：

> 白玉堂前春解舞㊸，东风卷得均匀㊹。

湘云先笑道："好一个'东风卷得均匀'！这一句就出人之上了。"

> 蜂围蝶阵乱纷纷^⑮。几曾随逝水，岂必委芳尘^⑯？万缕千丝终不改，任他随聚随分。韶华休笑本无根，好风凭借力^⑰，送我上青云^⑱！

众人拍案叫绝，都说："果然翻得好！自然这首为尊。缠绵悲戚，让潇湘子；情致妩媚，却是枕霞；小薛与蕉客，今日落第，要受罚的。"宝琴笑道："我们自然受罚，但不知交白卷子的，又怎么罚？"李纨道："不用忙，这定要重重的罚他，下次为例。"

一语未了，只听窗外竹子上一声响，恰似窗屉子倒了一般，众人吓了一跳。丫鬟们出去瞧时，帘外丫头子们回道："一个大蝴蝶风筝，挂在竹梢上了。"众丫鬟笑道："好一个齐整风筝！不知是谁家放的，断了线。咱们拿下他来。"宝玉等听了，也都出来看时，宝玉笑道："我认得这风筝，这是大老爷那院里嫣红姑娘放的。拿下来给他送过去罢。"紫鹃笑道："难道天下没有一样的风筝，单他有这个不成？二爷也太死心眼儿了。我不管，我且拿起来。"探春笑道："紫鹃也太小器了，你们一般有，这会子拾人走了的，也不嫌个忌讳？"黛玉笑道："可是呢。把咱们的拿出来，咱们也放放晦气^⑲。"

丫头们听见放风筝，巴不得一声儿，七手八脚，都忙着拿出来，也有美人儿的^⑳，也有沙雁儿的。丫头们搬高墩，捆剪子股儿^㉑，一面拨起籰子来^㉒。宝钗等立在院门前，命丫头们在院外敞地下放去。宝琴笑道："你这个不好看，不如三姐姐的一个软翅子大凤凰好。"宝钗回头向翠墨笑道："你去把你们的拿来也放放。"宝玉又兴头起来，也打发个小丫头子家去，说："把昨日赖大娘送的那个大鱼取来。"小丫头去了半天，空手回来，笑道："晴雯姑娘昨儿放走了。"宝玉道："我还没放一遭儿呢。"探春笑道："横竖是给你放晦气罢了。"宝玉道："再把大螃蟹拿来罢。"丫头去了，同了几个人，扛了一个美人并籰子来，回说："袭姑娘说：昨儿把螃蟹给了三爷了，这一个是林大娘才送来的，放这一个罢。"

宝玉细看了一回，只见这美人做的十分精细，心中欢喜，便叫："放起来！"

此时探春的也取了来了，丫头们在那山坡上已放起来。宝琴叫丫头放起一个大蝙蝠来，宝钗也放起个一连七个大雁来，独有宝玉的美人儿，再放不起来。宝玉说丫头们不会放，自己放了半天，只起房高，便落下来了，急得宝玉头上的汗都出来了。众人又笑，宝玉恨得掷在地下，指着风筝说道："要不是个美人，我一顿脚跺个稀烂！"黛玉笑道："那是顶线不好③，拿去叫人换好了，就好放了。再取一个来放罢。"

宝玉等大家都仰面看天上，这几个风筝起在空中。一时风紧，众丫头都用手帕垫手。黛玉果见风力紧大，过去将籰子一松，只听得一阵"豁喇喇"响，登时线尽，风筝随风去了。黛玉因让众人来放，众人都说："林姑娘的病根儿都放了去了，咱们大家都放了罢。"于是丫头们拿过一把剪子来，铰断了线，那风筝都飘飘飖飖的随风而去。一时只有鸡蛋大，一展眼只剩下一点黑星儿，一会儿就不见了。众人仰面说道："有趣，有趣！"说着，有丫头来请吃饭，大家方散。

从此宝玉的工课也不敢像先竟撂在脖子后头了。有时写写字，有时念念书，闷了也出来合姐妹们玩笑半天，或往潇湘馆去闲话一回。众姐妹都知他工课亏欠，大家自去吟诗取乐，或讲习针黹之事，也不肯去招他。便是黛玉更怕贾政回来宝玉受气，每每推睡，不大兜揽他。宝玉也只得在自己屋里，随便用些工课。

展眼间已是夏末秋初。一日，贾母处两个小丫头，匆匆忙忙来叫宝玉。不知何事，下回分解。

【注释】

①指配：即指定配偶。清张履祥《论仆役》："男仆二十余，即当为之娶妻，女婢近二十，即当使有偶配，或别嫁之。非独免其怨旷，亦所以已乱也。"

②怔忡（zhēng chōng）之病：病名。患者呈现心跳加速、忧郁不安等病症。

③紧身儿：这里指贴身穿的背心。

④桃花行：唐乐曲名。《太平御览》卷九六七引唐武平一《景龙文馆记》："（唐中宗）四年春，上宴于桃花园，群臣毕从，学士李峤等各献《桃花诗》，上令宫女歌之，辞既清婉，歌仍绝妙，献诗者舞蹈称万岁。上敕太常简二十篇入乐府，号曰《桃花行》。"这里乃借用旧题。

⑤东风软：春风柔软无力。

⑥晨妆懒：懒于晨妆。唐温庭筠《菩萨蛮》词之一："懒起画娥眉，弄妆梳洗迟。"

⑦帘栊：这里指竹帘。

⑧"花解"句：意谓花如了解惜花人的话，也必然生愁。怜人，爱惜花的人。

⑨"隔帘"句：意谓东风把桃花对人的情意吹送进来。消息，音信。指桃花的情意。

⑩闲苔院落：长满苔藓的庭院。

⑪茜裙：红色的裙子。茜，茜草，根可做红色染料，因借指大红色。

⑫"树树"二句：意谓桃花像弥漫的烟雾，笼罩着千万株桃树；它映红楼阁，照亮墙壁，一片火红。

⑬"天机"句：意谓火红的桃花如同天上的云锦降落地面。天机，天上织女的织机。烧，极言花色红艳，犹如火焚。

⑭"春酣"句：意谓早上移枕起床。春酣，春日的酣睡。珊枕，珊瑚枕。唐温庭筠《菩萨蛮》词之二："水精帘里珊瑚枕，暖香惹梦鸳鸯锦。"

⑮"香泉"句：意谓手蘸清香的泉水盥洗，感到有些寒冷。饮，这里是"浸没"的意思。胭脂，这里代指少女的面容。

⑯"难道杜工部"几句：丛菊两开他日泪，见唐杜甫《秋兴八首》之一："丛菊两开他日泪，孤舟一系故园心。"红绽雨肥梅，见唐杜甫《陪郑广文游何将军山林十首》之五："绿垂风折笋，红绽雨肥梅。"水荇牵风翠带长，见唐杜甫《曲江对雨》："林花著雨燕支湿，水荇牵风

翠带长。"这里意思是说，杜诗的风格除沉郁外，还有清丽的一面。宋范温《潜溪诗眼》："老杜云：'绿垂风折笋，红绽雨肥梅。……'亦极绮丽，其模写景物，意自亲切，所以妙绝千古。"

⑰安禀：旧指儿女给父母的书信。禀，清梁章钜《浪迹续谈》卷一："今人由下陈请于上之语，率用禀字，……禀为受命之词，亦有请命之义。"

⑱去油纸：指去浆吸水性强的纸。临，清周亮工《书影》卷五："书有四种：曰临，曰摹，曰响拓，曰硬黄。临者，置纸法书之旁，晖睨纤浓、点画而仿为之。"钟王：指三国时魏钟繇、东晋时王羲之。两人都是著名书法家。据云，钟繇钟精于隶、楷，结体朴茂，出乎自然。王羲之书备精诸体，尤擅正、行，字势雄强多变化，为世所宗。两人的真迹，均已无存。蝇头：这里指细小的字。

⑲小令：即体制短小的词。宋武陵逸史辑《草堂诗余》曾以小令、中调、长调为目录。旧词谱即据以为例，一般以五十八字以内称"小令"，五十九字至九十字称"中调"，九十一字以上称"长调"。

⑳调寄《如梦令》：按谱填词叫"调寄"。《如梦令》，词牌名。单调（只有一段的叫"单调"）三十三字。

㉑绣绒：绣花用的丝绒，比喻柳絮。宋杨伯岩《臆乘》："柳花与柳絮迥然不同，生于叶间成穗，作鹅黄色者花也；迨花既开，就蒂结实，其实之熟，乱飞如棉者絮也。"

㉒香雾：指飘飞的柳絮。形容飞絮漫白似雾，又如花有香气。

㉓纤手：细弱的手。

㉔鹃啼燕妒：意谓柳絮飞舞在三月，正是鹃啼燕叫之时，人信手拈得柳絮，并非有意和鹃、燕争春，白白地惹得它们妒忌。

㉕《南柯子》：又叫《南歌子》《春宵曲》等。分单、双调（分上下两阕的叫"双调"）两体，单调二十三字，双调五十二字。

㉖"空挂"二句：意谓如缕如丝的柳条，也难把柳絮系住，所以说"空挂""徒垂"。缕、丝，都比喻柳条。唐刘禹锡《杨柳枝》之四："御陌青门拂地垂，千条金缕万条丝。"纤纤，柔细的样子。络络，联缀的样子。

㉗绾（wǎn）系：联结在一起。

㉘"莺愁"句：晚芳时，暮春时节。愁、倦，都指一种无精打采的样子。

㉙期：约会。

㉚《唐多令》：词牌名，双调，六十字。

㉛"粉堕"句：意谓柳絮如蒙蒙细粉，散落在百花洲。粉堕，与下文的"香残"，指柳絮飘零散落，也借以隐喻女子的红颜薄命。百花洲，这里指姑苏城内之百花洲。《清一统志·苏州府》："百花洲，在吴县城内，北自胥门，南抵盘门，水极深广。"据传吴王夫差常与西施在此泛舟游乐。

㉜"香残"句：意谓燕子楼上仍然残留着柳絮的芳香。燕子楼，故址在今江苏徐州西北。唐白居易《燕子楼三首并序》云：唐贞元中，张尚书镇徐州，有爱妓曰盼盼，善歌舞，雅多风态，张筑燕子楼以居之。张死后，盼盼念旧爱而不嫁，居此楼十余年，幽独块然。旧传张尚书为张建封。清汪立名《白香山年谱》考为建封子张愔事。此事颇为文人所传诵。

㉝逐队成球：形容柳絮随风飘飞，追逐相碰，粘在一起，成球形。

㉞空缱绻（qiǎn quǎn）：说风流：缱绻，缠绵不离的意思。

㉟风流：形容柳枝的飘洒轻柔。也指人的才华风韵。

㊱"嫁与"三句：意谓柳絮被东风吹落，春天却不闻不问，任凭你到处飘泊，忍心让你在外久留。东风，即春风。唐李贺《南园十三首》之一："可怜日暮嫣香落，嫁与春风不用媒。"凭尔去，任凭你随风飘荡到哪去。淹留，停留，久留。

㊲"汉苑"二句：上句，汉苑，汉代的皇帝禁苑。其中长杨宫内有垂杨，连亘数亩。《三辅黄图·秦宫》："长杨宫，……本秦旧宫，至汉修饰之，以备行幸。宫中有垂杨数亩，因为宫名。"因其规模不及隋堤，故曰"有限"。下句说，衬饰隋堤的杨柳，却无穷无尽。唐白居易《隋堤柳》："大业年中炀天子，种柳成行夹流水；西自黄河东接淮，绿影一千三百里。"

㊳"三春"句：意谓暮春已到，柳絮也被东风吹去了。三春事业，

指大好春光。

⑨"明月"句：意谓柳絮飘尽，无可追寻，只有明月、梅花，在梦中相伴。意即春色已去，所剩者唯有一梦而已。

⑩"几处"二句：意谓柳絮到处飘飞，散落在多少庭院里，沾满于每家的帘幕上。落红，指落花。说明已到暮春。香雪，比喻柳絮。

⑪离人恨重：意谓柳絮飘零不归，易勾起游人的离愁别恨。苏轼《水龙吟·次韵章质夫杨花词》："细看来，不是杨花，点点是离人泪。"

⑫《临江仙》：词牌名，双调，五十八字或六十字。

⑬春解舞：意谓柳絮飘飞，好像会翩翩起舞。

⑭均匀：形容柳絮飞舞，轻盈柔美，舒卷自如。

⑮蜂围蝶阵：比喻柳絮纷飞繁乱。

⑯"几曾"二句：宋苏轼《水龙吟·次韵章质夫杨花词》："春色三分：二分尘土，一分流水。"这里反其意而用之。这两句意谓柳絮何曾随流水逝去，也不必委弃芳尘之中。委，委弃。芳尘，沾有落花香气的尘土。

⑰好风凭借力：即"凭借好风力"。

⑱青云：高空。也比喻高位。旧时把追逐功名利禄，飞黄腾达，叫做"青云直上"。

⑲放晦气：旧时迷信，以为放风筝时，剪断拉线，让风筝随风飞去，就可以把不祥放走，叫"放晦气"。

⑳美人儿：即美人筝。清顾铁卿《清嘉录》卷三："（风筝）近作女人形，粉面黑鬓，红衣白裙，入于云霄，袅娜莫状。"

㉑剪子股儿：用竹竿抖放风筝时，在竿头斜捆一小棍，成剪子形，以便挑线，叫"剪子股"。

㉒籰（yuè）子：亦作"籆子"，绕线工具。这里指放风筝用的线车子。

㉓顶线：在风筝骨子中间选择距离适当的三点，再从三点系三根细线，总结于一根风筝线上；三线兜风扯直，风筝便可扯乎在一定倾斜度上，这三根细线叫"顶线"。顶线位置、长短、倾斜度恰当，风筝平稳，便易放起。

第七十一回
嫌隙人有心生嫌隙　鸳鸯女无意遇鸳鸯

话说贾母处两个丫头，匆匆忙忙来找宝玉，口里说道："二爷快跟着我们走罢，老爷家来了。"宝玉听了，又喜又愁，只得忙忙换了衣服，前来请安。贾政正在贾母房中，连衣服未换，看见宝玉进来请安，心中自是欢喜，却又有些伤感之意。又叙了些任上的事情，贾母便说："你也乏了，歇歇去罢。"贾政忙站起来，笑着答应了个"是"，又略站着说了几句话，才退出来。宝玉等也都跟过来。贾政自然问问他的工课，也就散了。

原来贾政回京复命，因是学差，故不敢先到家中。珍、琏、宝玉头一天便迎出一站去；接见了，贾政先请了贾母的安，便命都回家伺候。次日面圣，诸事完毕，才回家来。又蒙恩赐假一月，在家歇息。因年景渐老，事重身衰，又近因在外几年，骨肉离异，今得宴然复聚，自觉喜幸不尽，一应大小事务，一概亦付之度外，只是看书，闷了便与清客们下棋吃酒，或日间在里边，母子夫妻，共叙天伦之乐。

因今岁八月初三日乃贾母八旬大庆，又因亲友全来，恐筵宴排设不开，便早同贾赦及贾琏等商议，议定于七月二十八日起，至八月初五日止，宁荣两处，齐开筵宴。宁国府中单请官客，荣国府中单请堂客[①]。大观园中，收拾出缀锦阁并嘉荫堂等几处大地方来，做退居[②]。二十八日请皇亲、驸马、王公、诸王、郡主、王妃、公主、国君、太君、夫人等[③]，二十九日便是阁府督镇及诰命等[④]，三十日便是诸官长及诰命并远近亲友及堂客。初一日是贾赦的家宴，初二日是贾政，初三日是贾珍贾琏，初四日是贾府中合族长幼大小共凑家宴，初五日是赖大林之孝等家下管事人等共凑一日。

自七月上旬，送寿礼者便络绎不绝。礼部奉旨：钦赐金玉如意一柄，彩缎四端，金玉杯各四件，帑银五百两。元春又命太监送出金寿星一尊，沉香拐一支，伽楠珠一串⑤，福寿香一盒，金锭一对，银锭四对，彩缎十二匹，玉杯四只。余者自亲王驸马以及大小文武官员家，凡所来往者，莫不有礼，不能胜记。堂屋内设下大桌案，铺了红毡，将凡有精细之物都摆上，请贾母过目。先一二日，还高兴过来瞧瞧，后来烦了，也不过目，只说："叫凤丫头收了，改日闲了再瞧。"

至二十八日，两府中俱悬灯结彩，屏开鸾凤，褥设芙蓉；笙箫鼓乐之音，通衢越巷。宁府中，本日只有北静王、南安郡王、永昌驸马、乐善郡王并几位世交公侯荫袭；荣府中，南安王太妃、北静王妃并世交公侯诰命。贾母等皆是按品大妆迎接。大家厮见，先请至大观园内嘉荫堂，茶毕更衣，方出至荣庆堂上拜寿入席。大家谦逊半日，方才入座。上面两席是南北王妃，下面依序，便是众公侯命妇。左边下手一席，陪客是锦乡侯诰命与临昌伯诰命；右边下手是贾母主位。邢夫人王夫人带领尤氏凤姐并族中几个媳妇，两溜雁翅，站在贾母身后侍立。林之孝赖大家的带领众媳妇，都在竹帘外面，伺候上菜上酒；周瑞家的带领几个丫鬟，在围屏后伺候呼唤。凡跟来的人，早又有人款待，别处去了。

一时参了场⑥，台下一色十二个未留发的小丫头，都是小厮打扮，垂手伺候。须臾，一个捧了戏单至阶下，先递与回事的媳妇；这媳妇接了，才递与林之孝家的；林之孝家的用小茶盘托上，挨身入帘来，递与尤氏的侍妾佩凤；佩凤接了，才奉与尤氏；尤氏托着，走至上席，南安太妃谦让了一回，点了一出吉庆戏文，然后又让北静王妃，也点了一出；众人又让了一回，命随便拣好的唱罢。

少时，菜已四献，汤始一道，跟来各家的放了赏，大家便更衣复入园来，另献好茶。南安太妃因问宝玉，贾母笑道："今日几处庙里念‘保安延寿经’，他跪经去了⑦。”又问众小姐们，贾母笑道：“他们姊妹们病的病，弱的弱，见人腼腆，所以叫他们给我看屋子去了。有的是小戏子，传了一班在那边厅上陪着他姨娘家姊妹们也看戏呢。”南安太妃笑道：“既这样，叫人请来。”贾母回头命了凤姐儿：“去把史、薛、林四位姑娘带来。再只叫你三妹妹陪着来罢。”凤姐答应了，来至贾母这边，只见他姊妹们正吃果子看戏，宝玉也才从庙里跪经回来。凤姐说了，宝钗姊妹与黛玉湘云五人来至园中，见了大众，俱请安问好。内中也有见过的，还有一两家不曾见过的，都齐声夸赞不绝。其中湘云最熟，南安太妃因笑道：“你在这里，听见我来了还不出来，还等请去。我明儿和你叔叔算账。”因一手拉着探春，一手拉着宝钗，问：“十几岁了？”又连声夸赞，因又松了他两个，又拉着黛玉宝琴，也着实细看，极夸一回，又笑道：“都是好的！不知叫我夸那一个的是。”早有人将备用礼物打点出几分来：金玉戒指各五个，腕香珠五串。南安太妃笑道：“你姊妹们别笑话，留着赏丫头们罢。”五人忙拜谢过。北静王妃也有五样礼物。余者不必细说。

　　吃了茶，园中略逛了一逛，贾母等因又让入席。南安太妃便告辞，说：“身上不快，今日若不来，实在使不得。因此，恕我竟先要告别了。”贾母等听说，也不便强留，大家又让了一回，送至园门，坐轿而去。接着北静王妃略坐了一坐，也就告辞了。余者也有终席的，也有不终席的。贾母劳乏了一日，次日便不见人，一应都是邢夫人款待。有那些世家子弟拜寿的，只到厅上行礼，贾赦、贾政、贾珍还礼，看待至宁府坐席，不在话下。

　　这几日，尤氏晚间也不回那府去，白日间待客，晚间陪贾母玩笑，又帮着凤姐料理出入大小器皿，以及收放礼物。晚间在园内李氏房中歇宿。这日晚间伏侍过贾母晚饭后，贾母因说：“你们乏了，我也乏了，早些寻一点子吃的，歇歇去罢。明儿还要起早呢。”尤氏答应着，退了出去，到凤姐儿房里来吃饭。凤姐儿在楼上看着人收送来的围屏呢，只有平儿在房里，与凤姐叠衣服。尤氏想起二姐儿在时，多承平儿照应，便点着头儿，说道："好丫头！你这样好心儿，难为你在这里熬。"平儿把眼圈一红，拿别话岔过去。尤氏因笑问道："你们奶奶吃了饭了没有？"平儿笑道："吃饭岂不请奶奶去的。"尤氏笑道："既这样，我别处找吃的去罢，饿的我受不得了。"说着，就走。平儿忙笑道："奶奶请回来，这里有点心，且点补些儿，回来再吃饭。"尤氏笑道："你们忙得这样，我园里和他姊妹闹去。"一面说，一面就走。平儿留不住，只得罢了。

　　且说尤氏一径来至园中，只见园中正门与各处角门仍未关好，犹吊着各色彩灯，因回头命小丫头叫该班的女人。那丫鬟走入班房中，竟没一个人影，回来回了尤氏，尤氏便命传管家的女人。这丫头应了便出去，到二门外鹿顶内，乃是管事的女人议事取齐之所。到了这里，只有两个婆子分果菜吃。因问："那一位管事的奶奶在这里？东府里的奶奶立等一位奶奶，有话吩咐。"这两个婆子只顾分菜果，又听见是东府里的奶奶，不大在心上，因就回说："管家奶奶们才散了。"小丫头道："既散了，你们家里传他去。"婆子道："我们只管看屋子，不管传人；姑娘要传人，再派传人的去。"小丫头听了道："嗳哟，这可反了！怎么你们不传去？你哄新来的，怎么哄起我来了！素日你们不传，谁传去？这会子打听了体己信儿，或是赏了那位管家奶奶的东西，你们争着狗颠屁股儿的传去了，不知谁是谁呢。琏二奶奶要传，你们也敢这么回？"这婆子，一则吃了酒，二则被这丫头揭着弊病，便羞恼成怒了，因回口道："扯你的臊！我们的事传不传，不与你相干。你未从揭挑我们，你想想你那老子娘，在那边管家爷们跟前，比我们还更会溜呢。各门各户的，你有本事排揎你们那边的人去。我们这边，你离着还远些呢！"丫头听了，气白了脸，因说道："好，好，这话说得好！"一面转身进来回话。

　　尤氏已早进园来。因遇见了袭人、宝琴、湘云三人，同着地藏庵的两个姑子，正说故事玩笑，尤氏因说："饿了。"先到怡红院，袭人装了几样荤素点心出来，与尤氏吃。那小丫头子一径找了来，气狠狠的把方才的话都说了出来。尤氏听了，冷笑道："这是两个什么人？"两个姑子笑推这丫头道："你这姑娘好气性大！那糊涂老妈妈们的话，你也不该来回才是。咱们奶奶万金之体，劳乏了几日，黄汤辣水没吃，咱们只有哄他欢喜的，说这些话做什么？"袭人也忙笑拉他出去，说："好妹子！你且出去歇歇，我打发人叫他们去。"尤氏道："你不要叫人，你去就叫这两个婆子来，到那边把他们家的凤姐叫来。"袭人笑道："我请去。"尤氏笑道："偏不要你。"两个姑子忙立起身来笑说："奶奶素日宽洪大量，今日老祖宗千秋，奶奶生气，岂不惹人议论。"宝琴湘云二人也都笑劝，尤氏道："不为老太太的千秋，我一定不依！且放着就是了。"

　　说话之间，袭人早又遣了一个丫头去到园门外找人。可巧遇见周瑞家的，这小丫头子就把这话告诉他。周瑞家的虽不管事，因他素日仗着王夫人的陪房，原有些体面，心性乖滑，专惯各处献勤讨好，所以各房主人都喜欢他。他今日听了这话，忙跑入怡红院，一面飞走，一面说："可了不得！气坏了奶奶了。偏我不在跟前！且打他们几个耳刮子，再等过了这几天算账。"

　　尤氏见了他，也便笑道："周姐姐，你来，有个理你说说。这早晚园门还大开着，明灯蜡烛，出入的人又杂，倘有不防的事，如何使得？因此，叫该班的人吹灯关门。谁知一个人牙儿也没有。"周瑞家的道："这还了得！前儿二奶奶还吩咐过的，今儿就没了人。过了这几日，必要打几个才好。"尤氏又说小丫头子的话，周瑞家的说："奶奶不要生气。等过了事，我告诉管事的，打他个臭死，只问他们谁说'各门各户'的话。我已经叫他们吹灯关门呢。奶奶也别生气了。"正乱着，只见凤姐儿打发人来请吃饭。尤氏道："我也不饿了，才吃了几个饽饽，请你奶奶自己吃罢。"

一时，周瑞家的出去，便把方才之事回了凤姐，凤姐便命："将那两个的名字记上，等过了这几日，捆了送到那府里，凭大奶奶开发，或是打，或是开恩，随他就完了，什么大事。"周瑞家的听了，巴不得一声，素日因与这几个人不睦，出来了便命一个小厮到林之孝家去传凤姐的话，立刻叫林之孝家的进来见大奶奶；一面又传人立刻捆起这两个婆子来，交到马圈里，派人看守。

林之孝家的不知甚么事，忙坐车进来，先见凤姐。至二门上，传进话去，丫头们出来说："奶奶才歇下了。大奶奶在园内，叫大娘见见大奶奶就是了。"林之孝家的只得进园来到稻香村，丫鬟们回进去。尤氏听了，反过不去，忙唤进他来，因笑向他道："我不过为找人找不着，因问你；你既去了，也不是什么大事，谁又把你叫进来？倒要你白跑一趟。不大的事，已经撂过手了。"林之孝家的也笑回道："二奶奶打发人传我，说奶奶有话吩咐。"尤氏道："大约周姐姐说的。你家去歇着罢，没有什么大事。"李纨又要说原故，尤氏反拦住了。

林之孝家的见如此，只得便回身出园去。可巧遇见赵姨娘，因笑说："嗳哟哟，我的嫂子！这会子还不家去歇歇，跑什么？"林之孝家的便笑说："何曾不家去！"如此这般进来了。赵姨娘便说："这事也值一个屁！开恩呢，就不理论；心窄些儿，也不过打几下就完了。也值的叫你进来！你快歇歇去，我也不留你吃茶了。"

说毕，林之孝家的出来，到了侧门前，就有才两个婆子的女儿上来哭着求情。林之孝家的笑道："你这孩子好糊涂！谁叫他好喝酒混说话？惹出事来，连我也不知道。二奶奶打发人捆他，连我还有不是呢，我替谁讨情去？"这两个小丫头子才七、八岁，原不识事，只管啼哭求告。缠的林之孝家的没法，因说道："糊涂东西！你放着门路不去求，却缠我来。你姐姐现给了那边太太作陪房费大娘的儿子，你过去告诉你姐姐，叫亲家娘和太太一说，什么完不了的？"一语提醒了这一个，那一个还求。林之孝家的啐道:"糊涂攘的!他过去一说,自然都完了。没有单放他妈,又打你妈的礼。"说毕上车去了。

这一个小丫头子,果然过来告诉了他姐姐,和费婆子说了。这费婆子原是个大不安静的,便隔墙大骂一阵,便走了来求邢夫人,说他亲家"与大奶奶的小丫头白斗了两句话,周瑞家的挑唆了二奶奶,现捆在马圈里,等过两日还要打呢。求太太和二奶奶说声,饶他一次罢"。邢夫人自为要鸳鸯讨了没意思,贾母冷淡了他;且前日南安太妃来,贾母又单令探春出来,自己心内早已怨忿;又有在侧一干小人,心内嫉妒,挟怨凤姐,便调唆得邢夫人着实憎恶凤姐。如今又听了如此一篇话,也不说长短。

至次日一早,见过贾母,众族人到齐,开戏。贾母高兴,又今日都是自己族中子侄辈,只便妆出来堂上受礼。当中独设一榻,引枕、靠背、脚踏俱全,自己歪在榻上。榻之前后左右,皆是一色的矮凳。宝钗、宝琴、黛玉、湘云、迎春、探春、惜春姊妹等围绕。因贾珍之母也带了女儿喜鸾,贾琼之母也带了女儿四姐儿,还有几房的孙女儿,大小共有二十来个,贾母独见喜鸾四姐儿生得又好,说话行事与众不同,心中欢喜,便叫他两个也坐在榻前。宝玉却在榻上,与贾母捶腿。首席便是薛姨妈,下边两溜顺着房头辈数下去。帘外两廊,都是族中男客,也依次而坐。先是那女客一起一起行礼,后是男客行礼。贾母歪在榻上,只命人说:"免了罢。"然后赖大等带领众家人,从仪门直跪至大厅上磕头。礼毕,又是众家下媳妇。然后各房丫头。足闹了两三顿饭时。然后又抬了许多雀笼来,在那当院中放了生⑧。贾赦等焚过天地寿星纸,方开戏饮酒。直到歇了中台⑨,贾母方进来歇息,命他们取便,因命凤姐留下喜鸾四姐儿玩两日再去。凤姐儿出来,便和他母亲说。他两个母亲素日承凤姐的照顾,愿意在园内玩笑,至晚便不回去了。

邢夫人直至晚间散时,当着众人,陪笑和凤姐求情说:"我昨日晚上听见二奶奶生气,打发周管家的娘子捆了两个老婆子,可也不知犯了什么罪，论理，我不该讨情。我想老太太好日子，发狠的还要舍钱舍米，周贫济老，咱们先倒折磨起老人家来了。便不看我的脸，权且看老太太，暂且竟放了他们罢。"说毕，上车去了。

凤姐听了这话，又当着众人，又羞又气，一时找寻不着头脑，逼得脸紫胀，回头向赖大家的等冷笑道："这是那里的话？昨儿因为这里的人得罪了那府里的大嫂子，我怕大嫂子多心，所以尽让他发放，并不为得罪了我。这又是谁的耳报神这么快。"王夫人因问："为什么事？"凤姐儿笑将昨日的事说了。尤氏也笑道："连我并不知道，你原也太多事了。"凤姐儿道："我为你脸上过不去，所以等你开发，不过是个礼。就如我在你那里，有人得罪了我，你自然送了来尽我。凭他是什么好奴才，到底错不过这个礼去。这又不知谁过去，没的献勤儿，这也当作一件事情去说。"王夫人道："你太太说得是。就是珍阿哥媳妇，也不是外人，也不用这些虚礼。老太太的千秋要紧，放了他们为是。"说着，回头便命人去放了那两个婆子。

凤姐由不得越想越气越愧，不觉的一阵心灰，落下泪来。因赌气回房哭泣，又不使人知觉；偏是贾母打发了琥珀来叫，立等说话。琥珀见了，咤异道："好好的，这是什么原故？那里立等你呢。"凤姐听了，忙擦干了泪，洗面另施了脂粉，方同琥珀过来。贾母因问道："前儿这些人家送礼来的，共有几家有围屏？"凤姐儿道："共有十六家。有十二架大的，四家小的炕屏。内中只有甄家一架大屏，十二扇大红缎子刻丝'满床笏'、一面泥金'百寿图'是头等⑩。还有粤海将军邬家一架玻璃的还罢了。"贾母道："既这样，这两架别动，好生搁着，我要送人的。"凤姐儿答应了。

鸳鸯忽过来向凤姐脸上细瞧，引得贾母问："你不认得他？只管瞧什么？"鸳鸯笑道："我看他的眼肿肿的，所以我咤异。"贾母便叫近来，也细看着。凤姐笑道："才觉得发痒，揉肿了些。"鸳鸯笑道："别又是受了谁的气了罢？"凤姐笑道："谁敢给我气受？便受了气，老太太好日子，我也不敢哭的。"贾母道："正是呢。我正要吃饭，你在这里打发我吃，剩下的，你和珍儿媳妇吃了。你两个在这里帮着两个师父，替我拣佛豆儿，你们也积积寿。前儿你姊妹们和宝玉都拣了，如今也叫你们拣拣，别说我偏心。"

　　说话时，先摆上一桌素的来，两个姑子吃。然后摆上荤的，贾母吃毕，抬出外间。尤氏凤姐二人正吃着，贾母又叫把喜鸾四姐儿二人叫来，跟他二人吃毕，洗了手，点上香，捧上一升豆子来。两个姑子先念了佛偈，然后一个一个的拣在一个笸箩内，明日煮熟了，令人在十字街结寿缘[①]。贾母歪着，听两个姑子说些因果。鸳鸯早已听见琥珀说凤姐哭之一事，又和平儿前打听得原故，晚间人散时，便回说："二奶奶还是哭的，那边大太太当着人给二奶奶没脸。"贾母因问："为什么原故？"鸳鸯便将原故说了。贾母道："这才是凤丫头知礼处。难道为我的生日，由着奴才们把一族中的主子都得罪了，也不管罢！这是大太太素日没好气，不敢发作，所以今儿拿着这个作法，明是当着众人给凤姐儿没脸罢了。"正说着，只见宝琴来了，也就不说了。

　　贾母忽想起留下的喜姐儿四姐儿，叫人吩咐园中婆子们："要和家里的姑娘一样照应，倘有人小看了他们，我听见可不饶！"婆子答应了，方要走时，鸳鸯道："我说去罢，他们那里听他的话。"说着，便一径往园里来。先到稻香村中，李纨与尤氏都不在这里。问丫鬟们，都说："在三姑娘那里呢。"鸳鸯回身，又来至晓翠堂，果见那园中人都在那里说笑，见他来了，都笑说："你这会子又跑到这里做什么？"又让他坐。鸳鸯笑道："不许我逛逛么？"于是把方才的话说了一遍。李纨忙起身听了，即刻就叫人把各处的头儿唤了一个来，令他们传与诸人知道，不在话下。

　　这里尤氏笑道："老太太也太想的到。实在我们年轻力壮的人，捆上十个也赶不上。"李纨道："凤丫头仗着鬼聪明，还离脚踪儿不远，咱们是不能的了。"鸳鸯道："罢哟！还提'凤丫头''虎丫头'呢。他的为人，也可怜见儿的。虽然这几年没有在老太太、太太跟前有个错缝儿，暗里也不知得罪了多少人。总而言之，为人是难做的：若太老实了，没有个机变，公婆又嫌太老实了，家里人也不怕；若有些机变，未免又'治一经损一经'⑫。如今咱们家更好，新出来的这些底下字号的奶奶们，一个个心满意足，都不知道要怎样才好，少有不得意，不是背地里嚼舌根，就是挑三窝四的。我怕老太太生气，一点儿也不肯说；不然，我告诉出来，大家别过太平日子。这不是我当着三姑娘说：老太太偏疼宝玉，有人背地怨言还罢了，算是偏心；如今老太太偏疼你，我听着也是不好。这可笑不可笑？"探春笑道："糊涂人多，那里较量得许多？我说，倒不如小人家，虽然寒素些，倒是天天娘儿们欢天喜地，大家快乐。我们这样人家，人都看着我们不知千金万金，何等快乐，殊不知这里说不出来的烦难，更利害。"

宝玉道："谁都像三妹妹好多心多事。我常劝你，总别听那些俗语，想那些俗事，只管安富尊荣才是。比不得我们，没这清福，应该混闹的。"尤氏道："谁都象你是一心无挂碍，只知道和姊妹们玩笑，饿了吃，困了睡，再过几年，不过是这样，一点后事也不虑。"宝玉笑道："我能够和姊妹们过一日，是一日，死了就完了，什么后事不后事。"李纨等都笑道："这可又是胡说了。就算你是个没出息的，终老在这里，难道他姊妹们都不出门的？"尤氏笑道："怨不得人都说他是假长了一个胎子，究竟是个又傻又呆的。"宝玉笑道："人事莫定，谁死谁活。倘或我在今日明日、今年明年死了，也算是随心一辈子了。"众人不等说完，便说："可是又疯了，别和他说话才好。若和他说话，不是呆话，就是疯话。"喜鸾因笑道："二哥哥，你别这样说，等这里姐姐们果然都出了门，横竖老太太、太太也寂寞，我来和你作伴儿。"李纨尤氏等都笑道："姑娘也别说呆话，难道你是不出门的，这话哄谁？"说得喜鸾也低了头。当下已起更时分，大家各自归房安歇，不提。

且说鸳鸯一径回来，刚至园门前，只见角门虚掩，犹未上闩。

此时园内无人来往，只有该班的房内灯光掩映，微月半天。鸳鸯又不曾有伴，也不曾提灯，独自一个，脚步又轻，所以该班的人皆不理会。偏要小解，因下了甬路，找微草处走动，行至一块湘山石后大桂树底下来。刚转至石后，只听一阵衣衫响，吓了一惊不小。定睛一看，只见是两个人在那里，见他来了，便想往树丛石后藏躲。鸳鸯眼尖，趁着半明的月色，早看见一个穿红裙子梳鬅头、高大丰壮身材的⑬，是迎春房里司棋。鸳鸯只当他和别的女孩子也在此方便，见自己来了，故意藏躲，吓着玩耍，因便笑叫道："司棋，你不快出来，吓着我，我就喊起来，当贼拿了。这么大丫头，也没个黑家白日只是玩不够。"

　　这本是鸳鸯戏语，叫他出来。谁知他贼人胆虚，只当鸳鸯已看见他的首尾了，生恐叫喊出来，使众人知觉，更不好；且素日鸳鸯又和自己亲厚，不比别人，便从树后跑出来，一把拉住鸳鸯，便双膝跪下，只说："好姐姐，千万别嚷！"鸳鸯反不知他为什么，忙拉他起来，问道："这是怎么说？"司棋只不言语，拿手帕拭泪。鸳鸯越发不解，再瞧了一瞧，又有一个人影儿，恍惚像个小厮，心下便猜着了八九分，自己反羞的心跳耳热，又怕起来。因定了一会，忙悄问："那一个是谁？"司棋又跪下道："是我姑舅兄弟。"鸳鸯啐了一口，却羞的一句话也说不来。司棋又回头悄叫道："你不用藏着，姐姐已经看见了，快出来磕头。"那小厮听了，只得也从树后跑出来，磕头如捣蒜。鸳鸯忙要回身，司棋拉住苦求，哭道："我们的性命，都在姐姐身上，只求姐姐超生我们罢！"鸳鸯道："你不用多说了，快叫他去罢，横竖我不告诉人就是了。你这是怎么说呢！"

　　一语未了，只听角门上有人说道："金姑娘已经出去了，角门上锁罢。"鸳鸯正被司棋拉住，不得脱身，听见如此说，便忙着接声道："我在这里有事，且略等等儿我出来了。"司棋听了，只得松手，让他去了。要知端的，下回分解。

【注释】

①官客、堂客：旧俗称男宾为官客，女宾为堂客。

②退居：这里指供宾客临时休息的地方。

③太君、夫人：皇帝按臣下的官阶赐予其母、妻的称号。太君，宋高承《事物纪原》卷一："唐制四品妻为郡君，五品为县君，其母邑号皆加太，君封称太，此其始也。"夫人，这里指命妇的封号。各代不同。明代一品、二品之妻皆封夫人，清代并封宗室贝勒至辅国将军之妻为夫人。

④阁府：指入阁办事的大学士。阁，内阁，辅佐皇帝的中央最高机关。督镇：泛指各省督抚、总兵之类的长官和将帅。

⑤伽楠珠：用伽南香（沉香）制成的念珠。

⑥参了场：旧时喜庆祝寿演戏开演前，全班演员排站在戏台口致贺，叫做"参场"。

⑦跪经：参加寺庙诵经的一种方式。

⑧放了生：宋孙光宪《北梦琐言》："晋王导生辰，巩大卿笼雀鸽往贺，至则开笼放之。每放一雀，祝曰：'愿相公百二十岁。'"

⑨歇了中台：旧时戏剧演出，无论早日场或全夜场，演到中间，演员要暂歇休息，然后继续演唱，这种暂歇，称为"中间煞锣"，或叫"歇中台"。

⑩刻丝：又作"缂（kè）丝"，一种丝织工艺。织造时，以细丝为经，彩丝为纬，各色纬丝仅于图案花纹需要处与经丝交织。纬线不贯全幅，经丝纵贯织品。泥金：一种用金属粉末制成的颜料，可涂饰笺纸、雕刻髹漆等。百寿图：摹写古今各体"寿"字做成图案，用以祝寿，叫"百寿图"。

⑪"两个姑子"几句：拣佛豆儿，本为旧日浴佛会时的一种拜佛活动，即将念佛号并煮熟之豆布舍，用以结缘。清富察敦崇《燕京岁时记·舍缘豆》："四月八日，都人之好善者，取青黄豆数升，宣佛号而拈之。拈毕煮熟，散之市人，谓之舍缘豆，预结来世缘也。谨按《日下旧闻考》：京师僧人念佛号者，辄以豆记其数。至四月八日，佛诞生之辰，煮豆，微撒以盐，邀人于路，请食之，以为结缘。"这里指生日

时，拈豆念佛，然后把豆煮熟，在街口分送行人，以企求添寿，故云
"结寿缘"。

⑫治一经损一经：本为中医术语。中医按经络系统来诊断疾病和
进行治疗，缺乏经验的医生，有时治了这病，添了那病，叫"治一经
损一经"。这里比喻顾此失彼。

⑬鬅（péng）头：当指一种耸起而松散的发髻。鬅，头发松乱的
样子。

第七十二回
王熙凤恃强羞说病　来旺妇倚势霸成亲

　　且说鸳鸯出了角门，脸上犹热，心内突突的乱跳，真是意外之事，因想："这事非常，若说出来，奸盗相连，关系人命，还保不住带累旁人。横竖与自己无干，且藏在心内，不说与人知道。"回房复了贾母的命，大家安息不提。

　　且说司棋因从小儿和他姑表兄弟一处玩笑，起初时小儿戏言，便都订下将来不娶不嫁；近年大了，彼此又出落得品貌风流，常时司棋回家时，二人眉来眼去，旧情不断，只不能入手。又彼此生怕父母不从，二人便设法，彼此里外买嘱园内老婆子们，留门看道，今日趁乱，方从外进来。初次入港，虽未成双，却也海誓山盟，私传表记，已有无限风情。忽被鸳鸯惊散，那小厮早穿花度柳，从角门出去了。

　　司棋一夜不曾睡着，又后悔不来。至次日见了鸳鸯，自是脸上一红一白，百般过不去，心内怀着鬼胎，茶饭无心，起坐恍惚。挨了两日，竟不听见有动静，方略放下了心。这日晚间，忽有个婆子来悄悄告诉道："你兄弟竟逃走了，三四天没上家，如今打发人四处找他呢。"司棋听了，又急又气又伤心，因想道："纵然闹出来，也该死在一处。真真男人没情意，先就走了。"因此，又添了一层气，次日便觉心内不快，支持不住，一头躺倒，恹恹的成了病了①。

　　鸳鸯闻知那边无故走了一个小厮，园内司棋病重，要往外挪，心下料定是二人惧罪之故，生怕我说出来。因此，自己反过意不去，指着来望候司棋，支出人去，反自己赌咒发誓，与司棋说："我若告诉一个人，立刻现死现报！你只管放心养病，别白遭塌了小命儿。"司棋一把拉住，哭道："我的姐姐，咱们从小儿耳鬓厮磨②，你不曾拿我当外人待，我也不敢怠慢了你。如今我虽一着走错，你若果然不告诉一个人，你就是我的亲娘一样。从此后，我活一日，是你给我一日。我的病要好了，把你立个长生牌位，我天天烧香磕头，保佑你一辈子福寿双全的。我若死了时，变驴变狗报答你。倘或咱们散了，以后遇见，我自有报答的去处。"一面说，一面哭。这一夕话，反把鸳鸯说的心酸，也哭起来了。因点头道："你也是自家要作死哟！我作什么管你这些事坏你的名儿，我白去献勤儿？况且这事我也不便开口向人说，你只放心。从此养好了，可要安分守己的，再别胡行乱闹了。"司棋在枕上点首不绝。

　　鸳鸯又安慰了他一番，方出来。因知贾琏不在家中，又因这两日凤姐儿声色怠惰了些，不似往日一样，便顺路来问候。刚进入凤姐院中，二门上的人见是他来，便站立待他进去。鸳鸯来至堂屋，只见平儿从里头出来，见了他来，便忙上来悄声笑道："才吃了一口饭，歇了午觉了。你且这屋里略坐坐。"鸳鸯听了，只得同平儿到东边房里来。小丫头倒了茶来。鸳鸯悄问道："你奶奶这两日是怎么了？我近来看着他懒懒的。"平儿见问，因房内无人，便叹道："他这懒懒的，也不止今日了，这有一月之先，便是这样的。这几日忙乱了几天，又受了些闲气，从新又勾起来；这两日比先又添了些病，所以支不住，便露出马脚来了。"鸳鸯道："既这样，怎么不早请大夫治？"平儿叹道："我的姐姐，你还不知道他那脾气的，别说请大夫来吃药；我看不过，白问一声'身上觉怎么样'，他就动了气，反说我咒他病了。饶这样，天天还是察三访四。自己再不看破些且养身子。"鸳鸯道："虽然如此，到底该请大夫来瞧瞧是什么病，也都好放心。"平儿叹道："说起病来，据我看，也不是什么小症候。"鸳鸯忙道："是什么病呢？"平儿见问，又往前凑了一凑，向耳边说道："只从上月行了经之后，这一个月，竟沥沥淅淅的没有止住。这可是大病不是？"鸳鸯听了忙答应道:"嗳哟!依这么说,可不成了'血山崩'了吗③?"平儿忙啐了一口,又悄笑道:"你个女孩儿家,这是怎么说,你倒会咒人的!"鸳鸯见说,不禁红了脸,又悄笑道:"究竟我也不知什么是崩不崩的。你倒忘了不成,先我姐姐不是害这病死了。我也不知是什么病,因无心中听见妈和亲家妈说,我还纳闷,后来听见原故,才明白了一二分。"

二人正说着,只见小丫头向平儿道:"方才朱大娘又来了。我们回了他:'奶奶才歇午觉。'他往太太上头去了。"平儿听了点头。鸳鸯问:"那一个朱大娘?"平儿道:"就是官媒婆朱嫂子④。因有个什么孙大人来和咱们求亲,所以他这两日天天弄个帖子来,闹得人怪烦的。"一语未了,小丫头跑来说:"二爷进来了。"说话之间,贾琏已走至堂屋门口,平儿忙迎出来。贾琏见平儿在东屋里,便也过这间房内来,走至门前,忽见鸳鸯坐在炕上,便煞住脚,笑道:"鸳鸯姐姐,今儿贵脚幸踏贱地。"鸳鸯只坐着,笑道:"来请爷奶奶的安,偏又不在家的不在家,睡觉的睡觉。"贾琏笑道:"姐姐一年到头辛苦,伏侍老太太,我还没看你去,那里还敢劳动来看我们。"又说:"巧得很。我才要找姐姐去,因为穿着这袍子热,先来换了夹袍子,再过去找姐姐去,不想老天爷可怜,省我走这一趟。"一面说,一面在椅子上坐下。

鸳鸯因问:"又有什么说的?"贾琏未语先笑,道:"因有一件事竟忘了,只怕姐姐还记得:上年老太太生日,曾有一个外路和尚来孝敬一个腊油冻的佛手⑤,因老太太爱,就即刻拿过来摆着了。因前日老太太生日,我看古董账,还有一笔在这账上,却不知此时这件着落在何处。古董房里的人也回过了我两次,等我问准了,好注上一笔。所以我问姐姐,如今还是老太太摆着呢,还是交到谁手里去了呢?"鸳鸯听说,便说道:"老太太摆了几日,厌烦了,就给你们奶奶了。你这会子又问我来了!我连日子还记得,还是我打发了老王家的送来。你忘了,或是问你们奶奶和平儿。"平儿正拿衣服,听见如此说,忙出来回说:"交过来了,现在楼上放着呢。奶奶已经打发人去说过，他们发昏没记上，又来叮蹬这些没要紧的事。”贾琏听说，笑道：“既然给了你奶奶，我怎么不知道，你们就昧下了。”平儿道："奶奶告诉二爷，二爷还要送人，奶奶不肯，好容易留下的。这会子自己忘了，倒说我们昧下。那是什么好东西！比那强十倍的，也没昧下一遭儿，这会子就爱上那不值钱的咧！”

贾琏垂头含笑，想了想，拍手道："我如今竟糊涂了！丢三忘四，惹人抱怨，竟大不像先了。”鸳鸯笑道："也怨不得。事情又多，口舌又杂，你再喝上两钟酒，那里记得许多。”一面说，一面起身要走。贾琏忙也立起身来，说道："好姐姐，略坐一坐儿，兄弟还有一事相求。”说着，便骂小丫头："怎么不沏好茶来！快拿干净盖碗，把昨日进上的新茶沏一碗来。”说着，向鸳鸯道："这两日，因老太太千秋，所有的几千两都使了。几处房租、地租，统在九月才得，这会子竟接不上。明儿又要送南安府里的礼，又要预备娘娘的重阳节⑥，还有几家红白大礼⑦，至少还得三二千两银子用，一时难去支借。俗语说的好：‘求人不如求己⑧。’说不得，姐姐担个不是，暂且把老太太查不着的金银家伙，偷着运出一箱子来，暂押千数两银子，支腾过去。不上半月的光景，银子来了，我就赎了交还，断不能叫姐姐落不是。”

鸳鸯听了，笑道："你倒会变法儿！亏你怎么想了。”贾琏笑道："不是我撒谎，若论除了姐姐，也还有人手里管得起千数两银子，只是他们为人，都不如你明白有胆量。我和他们一说，反吓住了他们。所以我‘宁撞金钟一下，不打铙钹三千’⑨。”一语未了，贾母那边小丫头子忙忙走来找鸳鸯，说："老太太找姐姐。这半日，我那里没找到！却在这里。”鸳鸯听说，忙的去见贾母。

贾琏见他去了，只得回来瞧凤姐。谁知凤姐已醒了，听他和鸳鸯借当，自己不能答话，只躺在榻上。听见鸳鸯去了，贾琏进来，凤姐因问道："他可应准了？”贾琏笑道："虽未应准，却有几分成了。须得你再去和他说一说，就十分成了。”凤姐笑道："我不管这些事。倘或说准了，这会子说着好听，到了有钱的时节，你就丢在脖子后头了，谁和你打饥荒去？倘或老太太知道了，倒把我这几年的脸面都丢了。"贾琏笑道："好人，你若说定了，我谢你。"凤姐笑道："你谢我什么呢？"贾琏笑道："你说要什么就有什么。"

平儿一旁笑道："奶奶倒不要别的。刚才正说要做一件什么事，恰少一二百银子使，不如借了来，奶奶拿这么一二百银子，岂不两全其美。"凤姐笑道："幸亏提起我来。就是这样也罢了。"贾琏笑道："你们也太狠了！你们这会子别说一千两的当头，就是现银子，要三五千，只怕也难不倒。我不和你们借就罢了，这会子烦你说一句话，还要个利钱，真真了不得。"凤姐听了，翻身起来说道："我三千五千，不是赚得你的。如今里里外外上上下下，背着嚼说我的不少了，就短了你来说了，可知'没家亲引不出外鬼来'。我们看着你家什么石崇邓通⑩？把我王家的缝子扫一扫，就够你们一辈子过的了。说出来的话也不害臊！现有对证：把太太和我的嫁妆细看看，比一比，我们那一样是配不上你们的。"贾琏笑道："说句玩话儿就急了。这有什么这样的，你要使一二百两银子值什么，多的没有，这还能够。先拿进来，你使了，再说去，如何？"凤姐道："我又不等着'衔口垫背'⑪，忙什么呢。"贾琏道："何苦来，不犯着这样肝火盛。"

凤姐听了，又笑起来，"不是我着急，你说的话戳人的心。我因为想着后日是尤二姐的周年，我们好了一场，虽不能别的，到底给他上个坟，烧张纸，也是姊妹一场。他虽没个儿女留下，也别要'前人洒土，迷了后人的眼'才是⑫。"贾琏半晌方道："难为你想得周全。"凤姐一语倒把贾琏说没了话，低头打算，说："既是后日才用，若明日得了这个，你随便使多少就是了。"

一语未了，只见旺儿媳妇走进来。凤姐便问："可成了没有？"旺儿媳妇道："竟不中用。我说须得奶奶作主就成了。"贾琏便问："又是什么事？"凤姐儿见问，便说道："不是什么大事。旺儿有个小子，今年十七岁了，还没娶媳妇儿，因要求太太房里的彩霞，不知太太心里怎么样。前日太太见彩霞大了，二则又多病多灾的，因此开恩，打发他出去了，给他老子随便自己择女婿去罢。因此，旺儿媳妇来求我。我想他两家也就算门当户对了，一说去，自然成的。谁知他这会子来了，说不中用。"贾琏道："这是什么大事，比彩霞好的多着呢。"旺儿家的便笑道："爷虽如此说，连他家还看不起我们，别人越发看不起我们了。好容易相看准一个媳妇儿，我只说求爷奶奶的恩典，替作成了，奶奶又说他必是肯的。我就烦了人过去试一试，谁知白讨了个没趣儿。若论那孩子，倒好，据我素日合意儿试他，心里没有什么说的，只是他老子娘两个老东西，太心高了些。"

一语戳动了凤姐和贾琏，凤姐因见贾琏在此，且不做一声，只看贾琏的光景。贾琏心中有事，那里把这点事放在心里？待要不管，只是看着凤姐儿的陪房，且素日出过力的，脸上实在过不去，因说："什么大事？只管咕咕唧唧的。你放心且去，我明日作媒，打发两个有体面的人，一面说，一面带着定礼去，就说是我的主意。他十分不依，叫他来见我。"旺儿家的看着凤姐，凤姐便努嘴儿。旺儿家的会意，忙爬下就给贾琏磕头谢恩。这贾琏忙道："你只管给你姑娘磕头。我虽如此说了这样行，到底也得你姑娘打发人叫他女人上来，和他好说更好些；不然，太霸道了，日后你们两亲家也难走动。"凤姐忙道："连你还这样开恩操心呢，我反倒袖手旁观不成。旺儿家的，你听见了，这事说了，你也忙忙的给我完了事来，说给你男人，外头所有的账目，一概赶今年年底收了进来，少一个钱也不依。我的名声不好，再放一年，都要生吃了我呢。"

旺儿媳妇笑道："奶奶也太胆小了。谁敢议论奶奶，若收了时，我也是一场痴心白使了。"凤姐道："我真个还等钱做什么，不过为的是日用，出的多，进的少。这屋里有的没的，我和你姑爷一月的月钱，再连上四个丫头的月钱，通共一二十两银子，还不够三五天使用的呢。若不是我千凑万挪的，早不知过到什么破窑里去了⑬。如今倒落了一个放账的名儿。既这样，我就收了回来。我比谁不会花钱？咱们以后就坐着花，到多早晚，就是多早晚。这不是样儿：前儿老太太生日，太太急了两个月，想不出法儿来，还是我提了一句，后楼上现有些没要紧的大铜锡家伙，四五箱子，拿出去弄了三百银子，才把太太遮羞礼儿搪过去了。我是你们知道的，那一个金自鸣钟卖了五百六十两银子，没有半个月，大事小事没十件，白填在里头。今儿外头也短住了，不知是谁的主意，搜寻上老太太了。明儿再过一年，便搜寻到头面衣服，可就好了！"旺儿媳妇笑道："那一位太太奶奶的头面衣服折变了不够过一辈子的？只是不肯罢了。"凤姐道："不是我说没能耐的话，要像这样，我竟不能了。昨儿晚上，忽然做了一个梦，说来可笑，梦见一个人，虽然面善，却又不知名姓，找我说，娘娘打发他来，要一百匹锦。我问他是那一位娘娘，他说的又不是咱们的娘娘。我就不肯给他，他就来夺。正夺着，就醒了。"旺儿家的笑道："这是奶奶日间操心，常应候宫里的事。"

　　一语未了，人回："夏太监打发了一个小内家来说话⑭。"贾琏听了，忙皱眉道："又是什么话？一年他们也搬够了。"凤姐道："你藏起来，等我见他，若是小事，罢了；若是大事，我自有回话。"贾琏便躲入内套间去。这里凤姐命人带进小太监来，让他椅上坐了吃茶，因问何事。那小太监便说："夏爷爷因今儿偶见一所房子，如今竟短二百两银子，打发我来问舅奶奶家里，有现成的银子暂借一二百，这一两日就送来。"凤姐儿听了，笑道："什么是送来？有的是银子，只管先兑了去。改日等我们短了，再借去也是一样。"小太监道："夏爷爷还说：上两回还有那一千二百两银子没送来，等今年年底下，自然一齐都送了过来。"凤姐笑道："你夏爷爷好小气。这也值得放在心里？我说一句话，不怕他多心，若都这么记清了还我们，不知要还多少了。只怕我们没有，若有，只管拿去。"因叫旺儿媳妇来，"出去不管那里先支二百银来。"旺儿媳妇会意，因笑道："我才因别处支不动，才来和奶奶支的。"凤姐道："你们只会里头来要钱；叫你们外头弄去，就不能了。"说着，叫平儿："把我那两个金项圈拿出去，暂且押四百两银子。"

平儿答应去了，果然拿了一个锦盒子来，里面两个锦袱包着，打开时，一个金累丝攒珠的，那珍珠都有莲子大小；一个点翠嵌宝石的，两个都与宫中之物不离上下。一时拿去，果然拿了四百两银子来。凤姐命与小太监打叠一半，那一半与了旺儿媳妇，命他拿去办八月中秋的节。那小太监便告辞了，凤姐命人替他拿着银子，送出大门去了。这里贾琏出来，笑道："这一起外祟，何日是了！"凤姐笑道："刚说着，就来了一股子。"贾琏道："昨儿周太监来，张口一千两，我略慢应了些，他不自在。将来得罪人之处不少。这会子再发个三二百万的财就好了。"一面说，一面平儿伏侍凤姐另洗了脸，更衣往贾母处伺候晚饭。

这里贾琏出来，刚至外书房，忽见林之孝走来。贾琏因问何事。林之孝说道："方才听得雨村降了，却不知因何事。只怕未必真。"贾琏道："真不真，他那官儿未必保的长。只怕将来有事，咱们宁可疏远着他好。"林之孝道："何尝不是，只是一时难以疏远。如今东府大爷和他更好，老爷又喜欢他，时常来往，那个不知？"贾琏道："横竖不和他谋事，也不相干。你去再打听真了，是为什么。"

林之孝答应了，却不动身，坐在椅子上再说闲话，因又说起家道艰难，便趁势说："人口太众了。不如拣个空日，回明老太太老爷，把这些出过力的老家人，用不着的，开恩放几家出去。一则他们各有营运，二则家里一年也省口粮月钱。再者，里头的姑娘也太多。俗语说，'一时比不得一时'，如今说不得先时的例了，少不得大家委屈些，该使八个使六个，使四个的使两个。若各房算起来，一年也可以省许多月米月钱。况且里头的女孩子们，一半都大了，也该配人的配人，成了房，岂不又滋生出人来。"贾琏道："我也这样想，只是老爷才回家来，多少大事未回，那里议到这个上头。前儿官媒拿了个庚帖子来求亲⑮，太太还说老爷才来家，每日欢天喜地的说'骨肉完聚'，忽然提起这事，恐老爷又伤心，所以且不叫提起。"林之孝道："这也是正理，太太想得周到。"贾琏道："正是，提起这话，我想起一件事来：我们旺儿的小子，要说太太屋里的彩霞，他昨儿求我，我想，什么大事，不管谁去说一声去，就说我的话。"

林之孝答应了，半晌，笑道："依我说，二爷竟别管这件事。旺儿的那小子，虽然年轻，在外吃酒赌钱，无所不至。虽说都是奴才，到底是一辈子的事。彩霞这孩子，这几年我虽没见，听见说，越发出跳得好了，何苦来白遭塌一个人。"贾琏道："他小儿子原会吃酒不成人么？这样，那里还给他老婆？且给他一顿棍，锁起来，再问他老子娘。"林之孝笑道："何必在这一时。那是我错了，等他再生事，我们自然回爷处治，如今且恕他。"贾琏不语。一时林之孝出去。

晚间，凤姐已命人唤了彩霞之母来说媒。那彩霞之母，满心纵不愿意，见凤姐自和他说，何等体面，便心不由己的满口应了出去。凤姐又问贾琏："可说了没有？"贾琏因说："我原要说的，打听得他小儿子大不成人，故还不曾说。若果然不成人，且管教他两日，再给他老婆不迟。"凤姐笑道："我们王家的人，连我还不中你们的意，何况奴才呢！我已经和他娘说了，他娘已经欢天喜地，难道又叫进他来，不要了不成？"贾琏道："你说了，又何必退？明日说给他老子，好生管他就是了。"这里说话，不提。

且说彩霞因前日出去等父母择人，心中虽与贾环有旧，尚未作准。今日又见旺儿每每来求亲，早闻得旺儿之子酗酒赌博，而且容颜丑陋，不能如意。自此，心中越发懊恼，惟恐旺儿仗势作成，终身不遂，未免心中急躁。至晚间，悄命他妹子小霞进二门来找赵姨娘，问个端的。赵姨娘素日深与彩霞好，巴不得与了贾环，方有个膀臂，不承望王夫人又放了出去。每每调唆贾环去讨，一则贾环羞口难开，二则贾环也不在意，不过是个丫头，他去了，将来自然还有，遂迁延住不说，意思便丢开了手。无奈赵姨娘又不舍，又见他妹子来问，是晚得空，便先求了贾政。贾政说道："且忙什么！等他们再念一二年书，再放人不迟。我已经看中了两个丫头，一个与宝玉，一个给环儿。只是年纪还小，又怕他们误了念书，再等一二年再提。"赵姨娘还要说话，只听外面一声响，不知何物，大家吃了一惊。未知如何，下回分解。

【注释】

①恹恹（yān）：精神萎靡不振的样子。

②耳鬓厮磨：两人之耳与鬓发互相接触，形容孩童之间亲密相处的情景。

③血山崩：也叫"血崩"，妇女病症名。主要症状是经血暴下，来势急剧，如同山崩，故名。其病因不一。

④官媒婆：旧时衙署中的女役，管理女犯的择配解送等事。《清稗类钞》"婚姻类"："官媒为妇人之充官役者，旧例，各地方官遇发堂择配之妇女，皆交其执行，故称官媒。兼看管女犯之罪轻者，如斩绞监候妇女，秋审解勘经过地方派拨官媒伴送。"也指以做媒为职业的妇女。

⑤外路和尚：从外地来的和尚，即所谓"行脚僧"。腊油冻的佛手：用黄蜜蜡色冻石雕成的佛手柑。清叶梦珠《阅世编》卷七："近来闽中有寿山石，其白者如玉，黄者如蜜蜡，红者如琥珀，精光透明。"

⑥重阳节：这里指重阳节时所送的礼物。清潘荣陛《帝京岁时纪胜·重阳》："京师重阳节……有女之家，馈遗酒礼，归宁父母，又为女儿节云。"

⑦红白大礼：婚丧喜庆时所送的礼物。

⑧求人不如求己：《文子·上德》："怨人不如自怨，勉求诸人，不如求诸己。"宋张端义《贵耳集》："（宋）孝宗幸天竺，至灵隐，有辉僧相随。……又有观音像手持数珠，问曰：'何用？'曰：'要念观音菩

萨。'问：'自念则甚？'对曰：'求人不如求己。'"

⑨"宁撞"二句：俗语。意谓宁可向有权势的人央求一次，也不向没有权势的人再三求告。铙（náo）钹（bó），打击乐器。

⑩石崇、邓通：古时两个大富豪。石崇，西晋时大贵族，曾以劫掠客商致富，生活极为奢侈。《晋书·石崇传》："财产丰积，室宇宏丽，后房百数，皆曳纨绣，珥金翠。丝竹尽当时之选，庖膳穷水陆之珍。与贵戚王恺、羊琇之徒以奢靡相尚。"邓通，西汉时蜀郡南安（今四川乐山）人。深得文帝宠幸，官至上大夫。文帝曾赐他蜀郡严道铜山，许其铸钱，由此大富，邓氏钱遍于天下。

⑪衔口垫背：旧时人死之后，装殓时给死尸口中含珠、玉或米，叫"衔口"；在尸体下放钱，叫"垫背"。

⑫"前人"二句：俗语。意谓长辈做了糊涂事，累及到后辈。

⑬过到什么破窑里去了：元王实甫（或云关汉卿）《吕蒙正风雨破窑记》写富家女刘月娥，掷彩球选中穷秀才吕蒙正为婿，因而同其嫌贫爱富的父亲决裂。被赶到破窑居住，生活窘迫。最后因吕蒙正考中状元，夫荣妻贵，父女和好。这里或用此故事。

⑭小内家：指在官内侍候的小太监。

⑮庚帖子：旧时订婚时，男女双方互换的一种柬帖，上写订婚人的姓名、生辰八字、籍贯等。也叫"八字帖"。庚，年庚。

第七十三回
痴丫头误拾绣春囊[①]　懦小姐不问累金凤[②]

　　话说那赵姨娘和贾政说话，忽听外面一声响，不知何物，忙问时，原来是外间窗屉不曾扣好，滑了屈戌[③]，掉下来。赵姨娘骂了丫头几句，自己带领丫鬟上好，方进来打发贾政安歇，不在话下。

　　却说怡红院中，宝玉方才睡下，丫鬟们正欲各散安歇，忽听有人来敲院门。老婆子开了，见是赵姨娘房内的丫头，名唤小鹊的；问他作什么事，小鹊不答，直往房内，来找宝玉。只见宝玉才睡下，晴雯等犹在床边坐着，大家玩笑，见他来了，都问："什么事，这时候又跑来做什么？"小鹊笑向宝玉道："我来告诉你一个信儿，方才我们奶奶，咕咕唧唧，在老爷前不知说了你些个什么，我只听见'宝玉'二字。我来告诉你，仔细明儿老爷向你说话，着实留神。"说着，回身去了。袭人命人留他吃茶，因怕关门，遂一直去了。

　　这里宝玉知道赵姨娘心术不端，合自己仇人是的，又不知他说些什么，听了便如孙大圣听见了"紧箍咒"一般，登时四肢五内，一齐皆不自在起来。想来想去，别无他法，且理熟了书，预备明儿盘考，只能书不舛错，便有他事，也可搪塞。一面想罢，忙披衣起来要读书。心中又自后悔："这些日子，只说不提了，偏又丢生，早知该天天好歹温习些的。"如今打算打算，肚子里现可背诵的，不过只有《学》《庸》《二论》还背得出来[④]。至上本《孟子》，就有一半是夹生的，若凭空提一句，断不能背；至下《孟子》，就有大半生的。算起《五经》来，因近来做诗，常把《五经》集些，虽不甚熟，还可塞责的。别的虽不记得，素日贾政幸未叫读的，纵不知，也还不妨。至于古文，这是那几年所读过的几篇《左传》《国策》《公羊》《穀梁》、汉、唐等文⑤，这几年未曾读得，不过一时之兴，随看随忘，未曾下过苦功，如何记得？这是更难塞责的。更有时文八股一道⑥，因平素深恶此道，原非圣贤之制撰，焉能阐发圣贤之奥，不过是后人饵名钓禄之阶。虽贾政当日起身，选了百十篇命他读的，不过是后人的时文，偶见其中一二股内，或承起之中，有做得精致，或流荡，或游戏，或悲感，稍能动性者，偶尔一读，不过供一时之兴趣，究竟何曾成篇潜心玩索？如今若温习这个，又恐明日盘究那个。若温习那个，又恐盘驳这个。一夜之工，亦不能全然温习。因此，越添了焦躁。自己读书，不知紧要，却累着一房丫鬟们都不能睡。袭人等在旁剪烛斟茶，那些小的都困倦起来，前仰后合。晴雯骂道："什么蹄子！一个个黑家白日挺尸挺不够，偶然一次睡迟了些，就装出这个腔调儿来了。再这样，我拿针扎你们两下子！"

话犹未了，只听外间"咕咚"一声。急忙看时，原来是一个小丫头坐着打盹，一头撞到壁上了，从梦中惊醒，却正是晴雯说这话之时，他怔怔的只当是晴雯打了他一下，遂哭着央说道："好姐姐，我再不敢了。"众人都发起笑来。宝玉忙劝道："饶他罢。原该叫他们睡去。你们也该替换着睡。"袭人道："小祖宗，你只顾你的罢！统共这一夜的工夫，你把心暂且用在这几本书上，等过了这一关，由你再张罗别的，也不算误了什么。"宝玉听他说得恳切，只得又读几句。麝月斟了一杯茶来润舌，宝玉接茶吃了。因见麝月只穿着短袄，解了裙子，宝玉道："夜静了，冷，到底穿一件大衣裳才是。"麝月笑指着书道："你暂且把我们忘了，且把心对着他些罢。"话犹未了，只听春燕秋纹从后房门跑进来，口内喊说："不好了，一个人从墙上跳下来了！"众人听说，忙问："在那里？"即喝起人来，各处寻找。

晴雯因见宝玉读书苦恼，劳费一夜神思，明日也未必妥当，心下正要替宝玉想出一个主意来，好脱此难。忽然逢着这一惊，便生计向宝玉道："趁这个机会，快装病，只说吓着了。"正中宝玉心怀。因叫起上夜人等来，打着灯笼，各处搜寻，并无踪迹，都说："小姑娘们想是睡花了眼出去，风摇的树枝儿，错认了人。"晴雯便道："别放屁！你们查得不严，怕耽不是，还拿这话来支吾。刚才并不是一个人见的，宝玉和我们出去有事，大家亲见的。如今宝玉吓得颜色都变了，满身发热，我如今还要上房里取安魂丸药去；太太问起来，是要回明白的，难道依你说就罢了不成。"众人听了，吓得不敢则声，只得又各处去找。晴雯和秋纹二人果出去要药，故意闹得众人皆知宝玉着了惊，吓病了。王夫人听了，忙命人来看视给药，又吩咐各上夜人仔细搜查；又一面叫查二门外邻园墙上夜的小厮们。于是园内灯笼火把，直闹了一夜。至五更天，就传管家的细看查访。

　　贾母闻知宝玉被吓，细问原由，不敢再隐，只得回明。贾母道："我不料道有此事。如今各处上夜人都不小心还是小事，只怕他们就是贼，也未可知。"当下邢夫人并尤氏等都过来请安，李纨凤姐及姊妹等皆陪侍，听贾母如此说，都默然无所答。独探春出位笑道："近因凤姐姐身子不好几日，园里的人，比先放肆许多。先前不过是大家偷着一时半刻，或夜里坐更时，三四个人聚在一处，或掷骰，或斗牌，小小的玩意，不过为熬困起见。迩来渐次放诞，竟开了赌局，甚有头家局主，或三十吊五十吊的大输赢。半月前竟有争斗相打之事。"贾母听了，忙说："你既知道，为何不早回我们来？"探春道："我因想着太太事多，且连日不自在，所以没回，只告诉大嫂子和管事的人们，戒饬过几次，近日好些。"贾母忙道："你姑娘家，如何知道这里头的利害，你自为赌钱常事，不过怕起争论。殊不知夜间既耍钱，就保不住不吃酒；既吃酒，就未免门户任意开锁，或买东西。其中夜静人稀，趁便藏贼引盗，何等事做不出来。况且园内你姊妹们起居所伴者，皆系丫头媳妇们，贤愚混杂，贼盗事小，倘有别事，略沾带些，关系非小！这事岂可轻恕。"

　　探春听说，便默然归坐。凤姐虽未大愈，精神未尝稍减，今见贾母如此说，便忙道："偏生我又病了。"遂回头命人速传林之孝家的等总理家事的四个媳妇到来，当着贾母申饬了一顿。贾母命："即刻查了头家赌家来，有人出首者赏，隐情不告者罚。"林之孝家的等见贾母动怒，谁敢徇私，忙去园内传齐，又一一盘查。虽然大家赖一回，终不免水落石出。查得大头家三人，小头家八人，聚赌者统共二十多人，都带来见贾母，跪在院内，磕响头求饶。贾母先问大头家名姓，和钱之多少。原来这大头家，一个是林之孝家的两姨亲家，一个是园内厨房内柳家媳妇之妹，一个是迎春之乳母。这是三个为首的，余者不能多记。贾母便命将骰子纸牌一并烧毁，所有的钱入官，分散与众人；将为首者每人打四十大板，撵出去，总不许再入；从者每人打二十板，革去三月月钱，拨入圊厕行内⑦。又将林之孝家的申饬了一番。

　　林之孝家的见他的亲戚又与他打嘴，自己也觉没趣；迎春在坐也觉没意思。黛玉、宝钗、探春等见迎春的乳母如此，也是"物伤其类"的意思，遂都起身笑向贾母讨情，说："这个奶奶，素日原不玩的，不知怎么，也偶然高兴；求看二姐姐面上，饶过这次罢。"贾母道："你们不知道！大约这些奶子们，一个个仗着奶过哥儿姐儿，原比别人有些体面，他们就生事，比别人更可恶，专管调唆主子，护短偏向。我都是经过的。况且要拿一个作法，恰好果然就遇见了一个。你们别管，我自有道理。"宝钗等听说，只得罢了。

　　一时，贾母歇晌，大家散出；都知贾母生气，皆不敢回家，只得在此暂候。尤氏到凤姐儿处来闲话了一回，因他也不自在，只得园内去闲谈。邢夫人在王夫人处坐了一回，也要到园内走走。刚至园门前，只见贾母房内的小丫头子名唤傻大姐的，笑嘻嘻走来，手内拿着个花红柳绿的东西，低头瞧着只管走，不防迎头撞见邢夫人，抬头看见，方才站住。邢夫人因说："这傻丫头，又得个什么爱巴物儿，这样欢喜？拿来我瞧瞧。"

　　原来这傻大姐年方十四五岁，是新挑上来的，与贾母这边专做粗活。因他生得体肥面阔，两只大脚，做粗活爽利简捷，且心性愚顽，一无知识，出言可以发笑，贾母欢喜，便起名为"傻大姐"。若有错失，也不苛责他。无事时，便入园内来玩耍。正往山石背后掏促织去，忽见一个五彩绣香囊，上面绣的并非花鸟等物，一面却是两个人，赤条条的相抱，一面是几个字。这痴丫头原不认得是春意儿，心下打量："敢是两个妖精打架？不就是两口子打架呢。"左右猜解不来，正要拿去与贾母看呢，所以笑嘻嘻走回。忽见邢夫人如此说，便笑道："太太真个说的巧，真是个爱巴物儿！太太瞧一瞧。"说着，便送过去。邢夫人接来一看，吓得连忙死紧攥住，忙问："你是那里得的？"傻大姐道："我掏促织儿，在山子石后头捡的。"邢夫人道："快别告诉人，这不是好东西，连你也要打死呢。因你素日是个傻丫头，以后再别提了。"这傻大姐听了，反吓得黄了脸，说："再不敢了。"磕了头，呆呆而去。

　　邢夫人回头看时，都是些女孩儿，不便递与他们，自己便塞在袖里。心内十分罕异，揣摩此物从何而来，且不形于声色，且到迎春房里。迎春正因他乳母获罪，心中不自在，忽报母亲来了，遂接入。奉茶毕，邢夫人因说道："你这么大了，你那奶妈子行此事，你也不说说他；如今别人都好好的，偏咱们的人做出这事来，什么意思。"迎春低头弄衣带，半晌答道："我说他两次，他不听，也叫我无法儿。况且他是妈妈，只有他说我的，没有我说他的。"邢夫人道："胡说！你不好了，他原该说；如今他犯了法，你就该拿出姑娘的身分来。他敢不依，你就回我去才是。如今直等外人共知，这可是什么意思！再者，放头儿⑧，还只怕他巧语花言的和你借贷些簪环衣服做本钱。你这心活面软，未必不周济他些。若被他骗了去，我是一个钱没有的，看你明日怎么过节。"迎春不语，只低着头。邢夫人见他这般，因冷笑道："你是大老爷跟前的人养的，这里探丫头是二老爷跟前的人养的，出身一样，你娘比赵姨娘强十分，你也该比探丫头强才是。怎么你反不及他一半！倒是我无儿女的一生干净，也不能惹人笑话。"人回："琏二奶奶来了。"邢夫人听了，冷笑两声，命人出去说："请他自己养病，我这里不用他伺候。"接着又有探事的小丫头来报说："老太太醒了。"邢夫人方起身往前边来。

　　迎春送至院外方回。绣橘因说道："如何？前儿我回姑娘：'那一个攒珠累金凤⑨，竟不知那里去了。'回了姑娘，竟不问一声儿。我说：'必是老奶奶拿去，当了银子，放头儿的。'姑娘不信，只说：'司棋收着。'叫问司棋，司棋虽病，心里却明白，说：'没有收起来，还在书架上匣内放着，预备八月十五要戴呢。'姑娘该叫人去问老奶奶一声。"迎春道："何用问，那自然是他拿了去摘了肩儿了⑩。我只说他悄悄的拿了出去，不过一时半晌，仍旧悄悄的放在里头，谁知他就忘了。今日偏又闹出来，问他也无益。"绣橘道："何曾是忘记！他是试准了姑娘的性格，所以才这样。如今我有个主意：走到二奶奶房里，将此事回了，他或着人要，他或省事拿几吊钱来替他赎了。如何？"迎春忙道："罢，罢，罢！省事些好。宁可没有了，又何必生事。"绣橘道："姑娘怎这样软弱？都要省起事来，将来连姑娘还骗了去！我竟去的是。"说着便走。迎春便不言语，只好由他。

　　谁知迎春的乳母之媳玉柱儿媳妇为他婆婆得罪，来求迎春去讨情，他们正说金凤一事，且不进去。也因素日迎春懦弱，他们都不放心上；如今见绣橘立意去回凤姐，又看这事脱不过去，只得进来，陪笑先向绣橘说："姑娘，你别去生事。姑娘的金丝凤，原是我们老奶奶老糊涂了，输了几个钱，没的捞梢⑪，所以借去，不想今日弄出事来。虽然这样，到底主子的东西，我们不敢迟误，终久是要赎的。如今还要求姑娘看着从小儿吃奶的情分，常往老太太那边去讨一个情，救出他来才好。"迎春便说道："好嫂子，你趁早打了这妄想。要等我去说情儿，等到明年，也是不中用的。方才连宝姐姐林妹妹大伙儿说情，老太太还不依，何况是我一个人。我自己臊还臊不过来，还去讨臊去！”绣橘便说：“赎金凤是一件事，说情是一件事，别绞在一处。难道姑娘不去说情，你就不赔了不成？嫂子且取了金凤来再说。”

玉柱儿家的听见迎春如此拒绝他，绣橘的话又锋利，无可回答，一时脸上过不去，也明欺迎春素日好性儿，乃向绣橘发话道：“姑娘，你别太张势了。你满家子算一算，谁的妈妈奶奶不仗着主子哥儿姐儿多得些意，偏咱们就这样‘丁是丁，卯是卯’的，只许你们偷偷摸摸的哄骗了去。自从邢姑娘来了，太太吩咐一个月俭省一两银子来与舅太太去，这里饶添了邢姑娘的使费⑫，反少了一两银子。时常短了这个，少了那个，那不是我们供给，谁又要去？不过大家将就些罢了。算到今日，少说也有三十两了。我们这一向的钱，岂不白填了限呢⑬。”绣橘不待说完，便啐了一口，道：“做什么你白填了三十两，我且和你算算账，，姑娘要了些什么东西？”

迎春听了这媳妇发邢夫人之私意，忙止道：“罢，罢，罢！不能拿了金凤来，你不必拉三扯四乱嚷。我也不要那凤了。便是太太问时，我只说丢了，也妨碍不着你什么，你出去歇息歇息倒好。”一面叫绣橘倒茶来。绣橘又气又急，因说道：“姑娘虽不怕，我们是做什么的？把姑娘的东西丢了，他倒赖说姑娘使了他们的钱，这如今竟要准折起来。倘或太太问姑娘为什么使了这些钱，敢是我们就中取势？这还了得！”一行说，一行就哭了。司棋听不过，只得勉强过来，帮着绣橘，问着那媳妇。迎春劝止不住，自拿了一本《太上感应篇》去看⑭。

三人正没开交，可巧宝钗、黛玉、宝琴、探春等，因恐迎春今日不自在，都约着来安慰。他们走至院中，听见几个人讲究，探春从纱窗内一看，只见迎春倚在床上看书，若有不闻之状，探春也笑了。小丫头们忙打起帘子报道：“姑娘们来了。”迎春放下书起身。那媳妇见有人来，且又有探春在内，不劝自止了，遂趁便就走。探春坐下，便问：“刚才谁在这里说话？倒像拌嘴似的。”

迎春笑道：“没有什么，左不过他们小题大做罢了。何必问他。”探春笑道：“我才听见什么‘金凤’，又是什么‘没有钱，只合我们奴才要’。谁和奴才要钱了？难道姐姐和奴才要钱不成？”司棋绣橘道：“姑娘说得是了，姑娘何曾和他要什么了？”探春笑道：“姐姐既没有和他要，必定是我们和他们要了不成！你叫他进来，我倒要问问他。”迎春笑道：“这话又可笑。你们又无沾碍，何必如此？”探春道：“这倒不然。我和姐姐一样，姐姐的事和我一般。他说姐姐，即是说我；我那边有人怨我，姐姐听见，也是合怨姐姐一样。咱们是主子，自然不理论那些钱财小事，只知想起什么要什么，也是有的事。但不知金累丝凤因何又夹在里头？”

那玉柱媳妇生恐绣橘等告出他来，遂忙进来用话掩饰。探春深知其意，因笑道：“你们所以糊涂。如今你奶奶已得了不是，趁此求二奶奶，把方才的钱未曾散人的拿出些来赎取就完了。比不得没闹出来，大家都藏着留脸面；如今既是没了脸，趁此时，总有十个罪也只一人受罚，没有砍两颗头的理。你依我说，竟是和二奶奶趁便说去。在这里大声小气，如何使得。”这媳妇被探春说出真病，也无可赖了，只不敢往凤姐处自首。探春笑道：“我不听见便罢；既听见，少不得替你们分解分解。”

谁知探春早使了眼色与侍书，侍书出去了。这里正说话，忽见平儿进来。宝琴拍手笑道：“三姐姐敢是有驱神召将的符术？”黛玉笑道：“这倒不是道家玄术，倒是用兵最精的所谓‘守如处女，出如脱兔’⑮，‘出其不备’的妙策”⑯。二人取笑，宝钗便使眼色与二人，遂以别话岔开。探春见平儿来了，遂问：“你奶奶可好些了？真是病糊涂了，事事都不在心上，叫我们受这样委屈。”平儿忙道：“谁敢给姑娘气受？姑娘吩咐我。”那玉柱儿媳妇方慌了手脚，遂上来赶着平儿叫：“姑娘坐下，让我说原故，姑娘请听。”平儿正色道：“姑娘这里说话，也有你混插口的理！你但凡知礼，只该在外头伺侍。也有外头的媳妇们无故到姑娘房里来的？”绣橘道：“你不知我们这屋里是没礼的，谁爱来就来！”平儿道："都是你们不是！姑娘好性儿，你们就该打出去，然后再回太太去才是。"

柱儿媳妇见平儿出了言，红了脸，方退出去。探春接着道："我且告诉你，若是别人得罪了我，倒还罢了；如今这柱儿媳妇和他婆婆，仗着是嬷嬷，又瞅着二姐姐好性儿，私自拿了首饰去赌钱，而且还捏造假账，逼着去讨情，和这两个丫头在卧房里大嚷大叫，二姐姐竟不能辖治。所以我看不过，才请你来问一声：还是他本是天外的人，不知道理？还是有谁主使他如此，先把二姐姐制伏了，然后就要治我和四姑娘了？"平儿忙陪笑道："姑娘怎么今日说出这话来？我们奶奶如何担得起！"探春冷笑道："俗语说的，'物伤其类，齿竭唇亡'⑰，我自然有些惊心。"平儿问迎春道："若论此事，本好处的；但只他是姑娘的奶嫂，姑娘怎么样为是？"

当下迎春只合宝钗看《感应篇》故事，究竟连探春之话也不曾闻得，忽见平儿如此说，仍笑道："问我，我也没什么法子。他们的不是，自作自受，我也不能讨情，我也不去加责就是了。至于私自拿去的东西，送来我收下；不送来，我也不要了。太太们要来问我，可以隐瞒遮饰的过去，是他的造化；若瞒不住，我也没法儿，没有个为他们反欺枉太太们的理，少不得直说。你们若说我好性儿，没个决断，有好主意可以八面周全，不叫太太们生气，任凭你们处治，我也不管。"众人听了，都好笑起来。黛玉笑道："真是'虎狼屯于阶陛，尚谈因果'⑱。若使二姐姐是个男人，一家上下这些人，又如何裁治他们？"迎春笑道："正是，多少男人，尚且如此，何况我呢。"一语未了，只听又有一人来了。不知是谁，下回分解。

【注释】

①绣春囊：绣有男女情事的囊包。

②累金凤：用细金丝编制的凤形首饰。把黄金拉成细丝，再以之

编成各种首饰器皿，这种工艺叫"累丝"。明代严嵩被抄家的金器中即有"金厢玉累丝佛塔首饰""金累丝灯笼耳环"等。

③屈戌：门窗上的搭扣。明陶宗仪《辍耕录》卷七"屈戌"："今人家窗户设铰具，或铁或铜，名曰环纽，即古金铺之遗意。北方谓之屈戌，其称甚古。"

④《学》《庸》《二论》：指《大学》《中庸》和《论语》。《大学》原为《礼记》中的一篇，南宋朱熹为之作章句，并改动章节。《中庸》原也是《礼记》中的一篇，相传为战国时子思作。《论语》共二十篇，分上下两本，所以也叫"二论"。

⑤《左传》《国策》《公羊》《穀梁》：《左传》，亦称《春秋左氏传》，相传为春秋末年鲁国史官左丘明所撰。多用事实解释《春秋》。《国策》，即《战国策》，主要记述战国时代各诸侯国的历史及当时一些游说之士的策谋辩辞。《公羊》，亦称《春秋公羊传》，相传为战国时齐人公羊高所撰。《穀梁》，亦称《春秋穀梁传》，相传为战国时鲁人穀梁赤所撰。这两部书，史实记载较简略，多用义理阐释《春秋》，与《左传》有异。

⑥八股：亦称"时文""制义"或"制艺"。明清科举考试所规定的文体。其体源于宋元经义，明成化以后渐成定式。每篇由破题、承题、起讲、入手、起股、中股、后股、束股八部分组成。"破题"用两句话道破题目要义；"承题"是承接破题之义而阐明之；"起讲"为议论的开端；"入手"为起讲后入手之处。下自"起股"至"束股"才是正式议论，而以"中股"为全篇重心。这四段中，都有两股排比对偶的文字，合共八股，故称"八股文"，也叫"八比"。题目主要摘自《四书》，所论内容，也依宋朱熹《四书集注》等书。这种文体，是束缚人们思想、维护封建统治的工具。

⑦圊（qīng）厕行：管理或打扫厕所的行当。圊厕，即厕所。

⑧放头儿：这里是聚赌做头家的意思。清翟灏《通俗编》卷二三"财货"："头家：《吹景集》：博戏者，立一人司胜负，曰头家。"后称设局邀人聚赌抽取头钱之人为"头家"。其向赌胜者抽取的银钱叫"头儿钱"。

⑨攒珠累金凤：以金丝穿聚珍珠连缀成凤形的发饰。

⑩摘了肩儿：摘下肩头的负担。这里指挪借财物，抵偿债务，好像卸掉肩上的担子一样。

⑪捞梢：赌博输钱后，继续再赌，以期赢回所输本钱，叫"捞梢"或"捞本"。

⑫饶：意谓不但。

⑬填了限：贴补给不领情的人。

⑭《太上感应篇》：书名。晋葛洪托名为老子之师太上而作。旨在劝善惩恶，宣扬因果报应。

⑮守如处女，出如脱兔：《孙子兵法·九地》："是故始如处女，敌人开户；后如脱兔，敌不及拒。"比喻出人意料之外的举动。处女，比喻寂然不动；脱兔，逃跑的兔子，形容行动敏捷。意思是说，军队打仗时，开始要像处女一样寂然不动，迷惑敌人；然后则如脱兔一样迅捷，使敌人不及抗拒。

⑯出其不备：《孙子兵法·计》："攻其无备，出其不意。"

⑰齿竭唇亡：亦作"唇亡齿寒"。比喻互相依靠，利害关系十分密切。

⑱虎狼屯于阶陛，尚谈因果：这二句或是指封建帝王妄谈因果、信佛误国的事。南朝梁武帝萧衍"素归心释教"，叛将侯景包围了京都台城，武帝还奢谈因果。武帝子元帝萧绎亦好谈玄，闻魏兵至，尚在龙光殿讲述《老子》，尚书左仆射王褒为执经。又如，唐代宗在禁中豢养了许多和尚，"每西蕃入寇，必令群僧讲诵《仁王经》，以拒房寇，寇去则厚加赏赐"。这里是讽喻迎春对奴仆的挟胁不加裁治的软弱态度。阶陛，本指宫殿的台阶，此代指封建王朝所在地。

第七十四回
惑奸谗抄检大观园　避嫌隙杜绝宁国府

　　话说平儿听迎春说了，正自好笑，忽见宝玉也来了。原来管厨房柳家媳妇的妹子，也因放头开赌得了不是。因这园中有素与柳家的不好的，便又告出柳家的来，说他和妹子是伙计，赚了平分。因此凤姐要治柳家之罪。那柳家的听得此信，便慌了手脚，因思素与怡红院的人最为深厚，故走来悄悄的央求晴雯芳官等人，转告诉了宝玉。宝玉因思内中迎春的嬷嬷也现有此罪，不若来约同迎春去讨情，比自己独去单为柳家的说情又更妥当，故此前来。忽见许多人在此，见他来时，都问道："你的病可好了，跑来做什么？"宝玉不便说出讨情一事，只说："来看二姐姐。"当下众人也不在意，且说些闲话。

　　平儿便出去办"累金凤"一事。那玉柱儿媳妇紧跟在后，口内百般央求，只说："姑娘好歹口内超生①，我横竖去赎了来。"平儿笑道："你迟也赎，早也赎，'既有今日，何必当初'。你的意思'得过就过'，既是这样，我也不好意思告人，趁早儿取了来，交与我送去，一字不提。"玉柱儿媳妇听说，方放下心来，就拜谢，又说："姑娘自去贵干，赶晚赎了来，先回了姑娘，再送去，如何？"平儿道："赶晚不来，可别怨我。"说毕，二人方分路各自散了。

　　平儿到房，凤姐问他："三姑娘叫你做什么？"平儿笑道："三姑娘怕奶奶生气，叫我劝着奶奶些，问奶奶这两天可吃些什么？"凤姐笑道："倒是他还记挂我。刚才又出来了一件事：有人来告柳二媳妇和他妹子通同开局，凡妹子所为，都是他作主。我想，你素日肯劝我'多一事不如省一事，自己保养保养也是好的'。我因听不进去，果然应了，先把太太得罪了，而且反赚了一场病。

如今我也看破了，随他们闹去罢，横竖还有许多人呢。我白操一会子心，倒惹的万人咒骂，不如且自家养养病；就是病好了，我也会做好好先生，得乐且乐，得笑且笑，一概是非都凭他们去罢。所以我只答应着知道了。"平儿笑道："奶奶果然如此，那就是我们的造化了。"

一语未了，只见贾琏进来，拍手叹气道："好好的又生事！前儿我和鸳鸯借当，那边太太怎么知道了。才刚太太叫过我去，叫我不管那里先借二百银子，做八月十五节下使用。我回没处借，太太就说：'你没有钱就有地方挪移，我白和你商量，你就搪塞我，你就没地方儿！前儿一千银子的当是那里的？连老太太的东西你都有神通弄出来，这会二百银子你就这样难。亏我没和别人说去。'我想太太分明不短，何苦来又寻事奈何人。"凤姐儿道："那日并没个外人，谁走了这个消息？"平儿听了，也细想那日有谁在此，想了半日，笑道："是了。那日说话时没人，但晚上送东西来的时节，老太太那边傻大姐的娘可巧来送浆洗衣服，他在下房里坐了一会子，看见一大箱子东西，自然要问，必是小丫头们不知道，说出来了，也未可知。"因此便唤了几个小丫头来问："那日谁告诉傻大姐的娘了？"众小丫头慌了，都跪下赌神发誓说："自来也没敢多说一句话。有人凡问什么，都答应不知道，这事如何敢说。"

凤姐详情度理[2]，说："他们必不敢多说一句话，倒别委屈了他们。如今把这事靠后，且把太太打发了去要紧。宁可咱们短些，又别讨没意思。"因叫平儿："把我的金首饰再去押二百银子来，送去完事。"贾琏道："越发多押二百，咱们也要使呢。"凤姐道："很不必，我没处使。这不知还指那一项赎呢！"平儿拿了去，吩咐旺儿媳妇领去，不一时，拿了银子来，贾琏亲自送去，不在话下。

这里凤姐和平儿猜疑走风的人："反叫鸳鸯受累，岂不是咱们过失。"正在胡想，人报："太太来了。"凤姐听了咤异，不知何事，遂与平儿等忙迎出来。只见王夫人气色更变，只带一个贴己小丫头走来，一语不发，走至里间坐下。凤姐忙捧茶，因陪笑问道："太太今日高兴，到这里逛逛？"王夫人喝命："平儿出去！"平儿见了这般，不知怎么了，忙应了一声，带着众小丫头一齐出去，在房门外站住。越发将房门掩了，自己坐在台阶上，所有的人一个不许进去。

凤姐也着了慌，不知有何事。只见王夫人含着泪，从袖里掷出一个香袋来，说："你瞧！"凤姐忙拾起一看，见是十锦春意香袋，也吓了一跳，忙问："太太从那里得来？"王夫人见问，越发泪如雨下，颤声说道："我从那里得来？我天天坐在井里，想你是个细心人，所以我才偷空儿，谁知你也和我一样。这样东西，大天白日，明摆在园里山石上，被老太太的丫头拾着，不亏你婆婆看见，早已送到老太太跟前去了。我且问你：这个东西如何丢在那里？"

凤姐听得，也更了颜色，忙问："太太怎么知道是我的？"王夫人又哭又叹道："你反问我！你想，一家子除了你们小夫小妻，余者老婆子们，要这个何用？女孩子们是从那里得来？自然是那琏儿不长进下流种子那里弄来的。你们又和气，当作一件玩意儿；年轻的人，儿女闺房私意是有的，你还和我赖！幸而园内上下人还不解事，尚未拣得，倘或丫头们拣着，你姊妹看见，这还了得。不然，有那小丫头们拣着出去，说是园内拣的，外人知道，这性命脸面要也不要？"

凤姐听说，又急又愧，登时紫胀了面皮，便挨着炕沿双膝跪下，也含泪诉道："太太说的固然有理，我也不敢辩我并无这样东西，但其中还要求太太细想：这香袋儿是外头仿着内工绣的，带连穗子一概是市卖的东西，我虽年轻不尊重，也不肯要这样东西。再者，这也不是常带着的，我纵然有，也只好在私处搁着，焉肯在身上常带，各处逛去？况且又在园里去，个个姊妹，我们多肯拉拉扯扯，倘或露出来，不但在姊妹前看见，就是奴才看见，我有什么意思？三则论主子内，我是年轻媳妇，算起来，奴才比我更年轻的又不止一个了。况且他们也常在园走动，焉知不是他们掉的？再者，除我常在园里，还有那边太太常带过几个小姨娘来，嫣红翠云那几个人，也都是年轻的人，他们更该有这个了。还有那边珍大嫂子，他也不算很老，也常带过佩凤他们来，又焉知又不是他们的？况且园内丫头太多，保不住都是正经的。或者年纪大些的，知道了人事，一刻查问不到，偷了出去，或借着因由，合二门上小么儿们打牙撂嘴儿，外头得了来的，也未可知。不但我没此事，就连平儿，我也可以下保的。太太请细想。"

王夫人听了这一夕话，很近情理，因叹道："你起来。我也知道你是大家子的姑娘出身，不至这样轻薄，不过我气激你的话。但只如今，且怎么处？你婆婆才打发人封了这个给我瞧，把我气了个死。"凤姐道："太太快别生气。若被众人觉察了，保不定老太太不知道。且平心静气，暗暗访察，才能得这个实在；纵然访不着，外人也不能知道。如今惟有趁着赌钱的因由革了许多人这空儿，把周瑞媳妇旺儿媳妇等四五个贴近不能走话的人，安插在园里，以查赌为由。再如今他们的丫头也太多了，保不住人大心大，生事作耗，等闹出来，反悔之不及。如今若无故裁革，不但姑娘们委屈烦恼，就连太太和我也过不去。不如趁此机会，以后凡年纪大些的，或有些咬牙难缠的③，拿个错儿撵出去，配了人。一则保的住没有别事，二则也可省些用度。太太想我这话如何？"王夫人叹道："你说的何尝不是，但从公细想，你这几个姊妹，每人只有两三个丫头像人，余者竟是小鬼儿是的，如今再去了，不但我心里不忍，只怕老太太未必就依。虽然艰难，也还穷不至此。我虽没受过大荣华，比你们是强些，如今宁可省我些，别委屈了他们。你如今且叫人传周瑞家的等人进来，就吩咐他们快快暗访这事要紧。"凤姐即唤平儿进来，吩咐出去。

一时，周瑞家的与吴兴家的、郑华家的、来旺家的、来喜家的现在五家陪房进来。王夫人正嫌人少，不能勘察，忽见邢夫人的陪房王善保家的走来，正是方才是他送香袋来的。王夫人向来看视邢夫人之得力心腹人等，原无二意，今见他来打听此事，便向他说："你去回了太太，也进园来照管照管，比别人强些。"王善保家的因素日进园去，那些丫鬟们不大趋奉他，他心里不自在，要寻他们的故事又寻不着④，恰好生出这件事来，以为得了把柄；又听王夫人委托他，正碰在心坎上，道："这个容易。不是奴才多话，论理这事该早严紧些的。太太也不大往园里去，这些女孩子们，一个个倒像受了封诰似的，他们就成了千金小姐了。闹下天来，谁敢哼一声儿。不然，就调唆姑娘们，说欺负了姑娘们了，谁还耽得起。"王夫人道："这也有的常情，跟姑娘们的丫头比别的姣贵些。"王善保家的道："别的还罢了，太太不知，头一个是宝玉屋里的晴雯那丫头，仗着他生的模样儿比别人标致些，又生了一张巧嘴，天天打扮的像个西施样子，在人跟前能说惯道，抓尖要强。一句话不投机，他就立起两只眼睛来骂人。妖妖调调⑤，大不成个体统。"

王夫人听了这话，猛然触动往事，便问凤姐道："上次我们跟了老太太进园逛去，有一个水蛇腰、削肩膀儿、眉眼又有些像你林妹妹的，正在那里骂小丫头。我心里很看不上那狂样子，因同老太太走，我不曾说得；后来要问是谁，又偏忘了。今日对了槛儿⑥，这丫头想必就是他了。"凤姐道："若论这些丫头们，共总比起来，都没晴雯生得好。论举止言语，他原轻薄些。方才太太说的倒很像她，我也忘了那日的事，不敢乱说。"

王善保家的便道："不用这样，此刻不难叫了他来，太太瞧瞧。"王夫人道："宝玉房里常见我的，只有袭人麝月，这两个笨笨的倒好。要有这个，他自然不敢来见我的。我一生最嫌这样的人，且又出来这个事。好好的宝玉，倘或叫这蹄子勾引坏了，那还了得！"因叫自己的丫头来，吩咐他道："你去，只说我有话问他，留下袭人麝月伏侍宝玉，不必来；有一个晴雯最伶俐，叫他即刻快来。你不许和他说什么。"小丫头答应了，走入怡红院，正值晴雯身上不自在，睡中觉才起来，正发闷，听如此说，只得随了他来。

素日晴雯不敢出头，因连日不自在，并没十分妆饰，自为无碍。及到了凤姐房中，王夫人一见他钗軃鬓松[7]，衫垂带褪，大有春睡捧心之态[8]；而且形容面貌恰是上月的那人，不觉勾起方才的火来。王夫人便冷笑道："好个美人儿！真像个'病西施'了。你天天作这轻狂样儿给谁看？你干的事，打量我不知道呢！我且放着你，自然明儿揭你的皮！宝玉今日可好些？"

晴雯一听如此说，心内大异，便知有人暗算了他，虽然着恼，只不敢作声。他本是个聪明过顶的人，见问宝玉可好些，他便不肯以实话答应，忙跪下回道："我不大到宝玉房里去，又不常和宝玉在一处，好歹我不能知；那都是袭人合麝月两个人的事，太太问他们。"王夫人道："这就该打嘴！你难道是死人，要你们做什么！"晴雯道："我原是跟老太太的人，因老太太说园里空大人少，宝玉害怕，所以拨了我去外间屋里上夜，不过看屋子。我原回过我笨，不能伏侍，老太太骂了我：'又不叫你管他的事，要伶俐的做什么。'我听了，不敢不去，才去的。不过十天半月之内，宝玉叫着了，答应几句话，就散了。至于宝玉的饮食起居，上一层有老奶奶老妈妈们，下一层有袭人、麝月、秋纹几个人。我闲着还要做老太太屋里的针线，所以宝玉的事，竟不曾留心。太太既怪，从此后我留心就是了。"

王夫人信以为实了，忙说："阿弥陀佛！你不近宝玉，是我的造化，竟不劳你费心。既是老太太给宝玉的，我明儿回了老太太，再撵你。"因向王善保家的道："你们进去，好生防他几日，不许他在宝玉屋里睡觉，等我回过老太太，再处治他。"喝声："出去！站在这里，我看不上这浪样儿！谁许你这样花红柳绿的妆扮！"晴雯只得出来，这气非同小可，一出门，便拿手帕子握脸，一头走，一头哭，直哭到园内去。

这里王夫人向凤姐等自怨道："这几年我越发精神短了，照顾不到。这样妖精似的东西，竟没看见。只怕这样的还有，明日倒得查查。"凤姐见王夫人盛怒之际，又因王善保家的是邢夫人的耳目，常时调唆的邢夫人生事，纵有千百样言语，此刻也不敢说，只低头答应着。王善保家的道："太太且请息怒。这些小事，只交与奴才。如今要查这个是极容易的，等到晚上园门关了的时节，内外不通风，我们竟给他们个冷不防，带着人到各处丫头们房里搜寻。想来谁有这个，断不单有这个，自然还有别的；那时翻出别的来，自然这个也是他的了。"王夫人道："这话倒是。若不如此，断乎不能明白。"因问凤姐："如何？"凤姐只得答应说："太太说是，就行罢了。"王夫人道："这主意很是。不然一年也查不出来。"

于是大家商议已定，至晚饭后，待贾母安寝了，宝钗等入园时，王家的便请了凤姐一并进园，喝命将角门皆上锁，便从上夜的婆子处来抄拣起，不过抄拣些多余攒下蜡烛灯油等物。王善保家的道："这也是赃，不许动的，等明日回过太太再动。"于是先就到怡红院中，喝命关门。当下宝玉正因晴雯不自在，忽见这一干人来，不知为何，直扑了丫头们的房门去，因迎出凤姐来，问是何故。凤姐道："丢了一件要紧的东西，因大家混赖，恐怕有丫头们偷了，所以大家都查一查去疑儿。"一面说，一面坐下吃茶。

王家的等搜了一回，又细问："这几个箱子是谁的？"都叫本人来亲自打开。袭人因见晴雯这样，必有异事，又见这番抄拣，只得自己先出来打开了箱子并匣子，任其搜拣一番，不过平常通用之物。随放下，又搜别人的，挨次都一一搜过。到晴雯的箱子，因问："是谁的？怎么不打开叫搜？"袭人方欲代晴雯开时，只见晴雯挽着头发闯进来，"嘡啷"一声，将箱子掀开，两手提着底子，往地下一翻，将所有之物尽都倒出来。王善保家的也觉没趣儿，便紫胀了脸，说道："姑娘，你别生气。我们并非私自就来的，原是奉太太的命来搜察；你们叫翻呢，我们就翻一翻，不叫翻，我们还许回太太去呢。那用急的这个样子！"晴雯听了这话，越发火上浇油，便指着他的脸说道："你说你是太太打发来的，我还是老太太打发来的呢！太太那边的人我也都见过，就只没看见你这么个有头有脸大管事的奶奶！"

凤姐见晴雯说话锋利尖酸，心中甚喜，却碍着邢夫人的脸，忙喝住晴雯。那王善保家的又羞又气，刚要还言，凤姐道："妈妈，你也不必和他们一般见识，你且细细搜你的；咱们还到各处走走呢，再迟了，走了风，我可担不起。"王善保家的只得咬咬牙，且忍了这口气，细细的看了一看，也无甚私弊之物，回了凤姐，要别处去，凤姐道："你可细细的查，若这一番查不出来，难回话的。"众人都道："尽都细翻了，没有什么差错东西；虽有几样男人物件，都是小孩子东西，想是宝玉的旧物，没甚关系的。"

凤姐听了，笑道："既然如此，咱们就走，再瞧别处去。"说着，一径出来，向王善保家的道："我有一句话，不知是不是：要抄拣只抄拣咱们家的人，薛大姑娘屋里，断乎抄拣不得的。"王善保家的笑道："这个自然，岂有抄起亲戚家来的。"凤姐点头道："我也这样说呢。"一头说，一头到了潇湘馆内。黛玉已睡了，忽报这些人来，不知为甚事，才要起来，只见凤姐已走进来，忙按住他不叫起来，只说："睡着罢，我们就走的。"这边且说些闲话。

那王善保家的带了众人，到了丫鬟房中，也一一开箱倒笼抄拣了一番。因从紫鹃房中搜出两副宝玉往常换下来的寄名符儿，一副束带上的帔带，两个荷包并扇套，套内有扇子，打开看时，皆是宝玉往日手内曾拿过的。王善保家的自为得了意，遂忙请凤姐过来验视，又说："这些东西从那里来的？"凤姐笑道："宝玉和他们从小儿在一处混了几年，这自然是宝玉的旧东西。况且这符儿合扇子，都是老太太和太太常见的；妈妈不信，咱们只管拿了去。"王家的忙笑道："二奶奶既知道就是了。"凤姐道："这也不是什么稀罕事，撂下再往别处去是正经。"紫鹃笑道："直到如今，我们两下里的账也算不清，要问这一个，连我也忘了是那年月日有的了。"

这里凤姐合王善保家的又到探春院内，谁知早有人报与探春了。探春也就猜着必有原故，所以引出这等丑态来，遂命众丫鬟秉烛开门而待。一时众人来了，探春故问："何事？"凤姐笑道："因丢了一件东西，连日访察不出人来，恐怕旁人赖这些女孩子们，所以大家搜一搜，使人去疑儿，倒是洗净他们的好法子。"探春笑道："我们的丫头，自然都是些贼，我就是头一个窝主。既如此，先来搜我的箱柜，他们所偷了来的，都交给我藏着呢。"说着，便命丫鬟们把箱一齐打开，将镜奁、妆盒、衾袱、衣包若大若小之物，一齐打开，请凤姐去抄阅。凤姐陪笑道："我不过是奉太太的命来，妹妹别错怪了我。"因命丫鬟们："快快给姑娘关上。"

平儿丰儿等先忙着替侍书等关的关，收的收。探春道："我的东西，倒许你们搜阅；要想搜我的丫头，这却不能。我原比众人歹毒，凡丫头所有的东西，我都知道，都在我这里间收着，一针一线，他们也没得收藏。要搜，所以只来搜我。你们不依，只管去回太太，只说我违背了太太，该怎么处治，我去自领。你们别忙，自然你们抄的日子有呢！你们今日早起不是议论甄家，自己盼着好好的抄家，果然今日真抄了。咱们也渐渐的来了。可知这样大族人家，若从外头杀来，一时是杀不死的，这可是古人说的，'百足之虫，死而不僵'，必须先从家里自杀自灭起来，才能一败涂地呢！"说着，不觉流下泪来。

凤姐只看着众媳妇们。周瑞家的便道："既是女孩子的东西全在这里，奶奶且请到别处去罢，也让姑娘好安寝。"凤姐便起身告辞。探春道："可细细搜明白了？若明日再来，我就不依了。"凤姐笑道："既然丫头们的东西都在这里，就不必搜了。"探春冷笑道："你果然倒乖。连我的包袱都打开了，还说没翻。明日敢说我护着丫头们，不许你们翻。你趁早说明，若还要翻，不妨再翻一遍。"凤姐知道探春素日与众不同的，只得陪笑道："已经连你的东西都搜察明白了。"探春又问众人："你们也都搜明白了没有？"周瑞家的等都陪笑说："都明白了。"

那王善保家的本是个心内没成算的人，素日虽闻探春的名，他想众人没眼色没胆量罢了，那里一个姑娘就这样利害起来；况且又是庶出，他敢怎么着。自己又仗着是邢夫人的陪房，连王夫人尚另眼相待，何况别人？只当是探春认真单恼凤姐，与他们无干，他便要趁势作脸，因越众向前，拉起探春的衣襟，故意一掀，嘻嘻的笑道："连姑娘身上我都翻了，果然没有什么。"凤姐见他这样，忙说："妈妈走罢，别疯疯癫癫的。"

一语未了，只听"啪"的一声，王家的脸上早着了探春一巴掌。探春登时大怒，指着王家的问道："你是什么东西，敢来拉扯我的衣裳！我不过看着太太的面上，你又有几岁年纪，叫你一声'妈妈'；你就狗仗人势，天天作耗，在我们跟前逞脸。如今越发了不得了，你索性望我动手动脚的了！你打量我是同你们姑娘那么好性儿，由着你们欺负，你就错了主意了！你来搜检东西我不恼，你不该拿我取笑儿！"说着，便亲自要解钮子，拉着凤姐儿细细的翻："省得你们叫奴才来翻我。"

凤姐平儿等都忙与探春理裙整袄，口内喝着王善保家的说："妈妈吃两口酒，就疯疯癫癫起来，前儿把太太也冲撞了。快出去，别再讨脸了。"又忙劝探春："好姑娘，别生气。他算什么，姑娘气着倒值多了。"探春冷笑道："我但凡有气，早一头碰死了！不然，怎么许奴才来我身上搜贼赃呢。明儿一早，先回过老太太、太太，再过去给大娘赔礼。该怎么着，我去领！"

那王善保家的讨了个没脸，赶忙躲出窗外，只说："罢了，罢了！这也是头一遭挨打。我明儿回了太太，仍回老娘家去罢，这个老命还要他做什么！"探春喝命丫鬟："你们听见他说话，还等我和他拌嘴去不成？"侍书听说，便出去说道："妈妈，你知点好歹儿，省一句儿罢。你果然回老娘家去，倒是我们的造化了；只怕你舍不得去！你去了，叫谁讨主子的好儿，调唆着察考姑娘，折磨我们呢！"凤姐笑道："好丫头！真是有其主必有其仆。"探春冷笑道："我们做贼的人，嘴里都有三言两语的；就只不会背地里调唆主子。"平儿忙也陪笑解劝，一面又拉了侍书进来。周瑞家的等人劝了一番，凤姐直待伏侍探春睡下，方带着人往对过暖香坞来。

彼时李纨犹病在床上，他与惜春是紧邻，又和探春相近，故顺路先到这两处。因李纨才吃了药睡着，不好惊动，只到丫鬟们房中，一一的搜了一遍，也没有什么东西，遂到惜春房中来。因惜春年少，尚未识事，吓的不知当有什么事故，凤姐少不得安慰他。谁知竟在入画箱中寻出一大包银锞子来，约共三四十个，为察奸情，反得贼赃。又有一副玉带版子⑨，并一包男人的靴袜等物。凤姐也黄了脸，因问："是那里来的？"入画只得跪下哭诉真情，说："这是珍大爷赏我哥哥的。因我们老子娘都在南方，如今只跟着叔叔过日子；我叔叔婶子只要吃酒赌钱，我哥哥怕交给他们又花了，所以每常得了，悄悄的烦老妈妈带进来，叫我收着的。"

惜春胆小，见了这个，也害怕说："我竟不知道，这还了得！二嫂子要打他，好歹带他出去打罢，我听不惯的。"凤姐笑道："若果真呢，也倒可恕，只是不该私自传送进来。这个可以传递，怕什么不可传递。这倒是传递人的不是了。若这话不真，倘是偷来的，你可就别想活了。"入画跪哭道："我不敢撒谎，奶奶只管明日问我们奶奶和大爷去，若说不是赏的，就拿我和我哥哥一同打死无怨。"凤姐道："这个自然要问的。只是真赏的，也有不是，谁许你私自传送东西的！你且说是谁接应，我就饶你。下次万万不可。"惜春道："嫂子别饶他，这里人多，若不管了他，那些大的听见了，又不知怎么样呢。嫂子若依他，我也不依。"凤姐道："素日我看他还使得。谁没有一个错，只这一次，二次再犯，二罪俱罚。但不知传递是谁？"惜春道："若说传递，再无别个，必是后门上的张妈。他常和这些丫头鬼鬼祟祟的，这些丫头们也都肯照顾他。"

凤姐听说，便命人记下，将东西且交给周瑞家的暂且拿着，等明日对明再议。谁知那老张妈原和王善保家有亲，近因王善保家的在邢夫人跟前作了心腹人，便把亲戚和伴儿们都看不到眼里了。后来张家的气不平，斗了两次口，彼此都不说话了。如今王家的听见是他传递，碰在他心坎儿上，更兼刚才挨了探春的打，受了侍书的气，没处发泄，听见张家的这事，因撺掇凤姐道："这传东西的事关系更大。想来那些东西，自然也是传递进来的，奶奶倒不可不问。"凤姐儿道："我知道，不用你说。"于是别了惜春，方往迎春房内去。

迎春已经睡着了，丫鬟们也才要睡，众人扣门，半日才开。凤姐吩咐："不必惊动姑娘。"遂往丫鬟们房里来。因司棋是王善保家的外孙女儿，凤姐要看王家的可藏私不藏私，遂留神看他搜检。先从别人箱子起，皆无别物；及到了司棋箱中，随意掏了一回，王善保家的说："也没有什么东西。"才要关箱时，周瑞家的道："这是什么话？有没有，总要一样看看才公道。"说着，便伸手掣出一双男子的绵袜并一双缎鞋，又有一个小包袱，打开看时，里面是一个同心如意⑩，并一个字帖儿。一总递与凤姐，凤姐因理家常久，每每看帖看账，也颇识得几个字了。那帖是大红双喜笺，便看上面写道：

> 上月你来家后，父母已察觉你我之意。但姑娘未出阁，尚不能完你我之心愿。若园内可以相见，你可托张妈给一信息。若得在园内一见，倒比来家好说话。千万，千万！再所赐香珠二串，今已查收外，特寄香袋一个，略表我心。千万收好。表弟潘又安拜具。

凤姐看罢，不怒而反乐，别人并不识字。王善保家的素日并不知道他姑表姊弟有这一节风流故事，见了这鞋袜，心内已是有些毛病，又见有一红帖，凤姐看着又笑，他便说道："必是他们写的账目不成字，所以奶奶见笑。"凤姐笑道："正是这个账竟算不过来。你是司棋的老娘，他表弟也该姓王，怎么又姓潘呢？"王善保家的见问得奇怪，只得勉强告道："司棋的姑妈给了潘家，所以他姑表弟兄姓潘。上次逃走了的潘又安，就是他。"凤姐笑道："这就是了。"因说："我念给你听听。"说着，从头念了一遍，大家都吓一跳。这王家的一心只要拿人的错儿，不想反拿住了他外孙女儿，又气又臊。周瑞家的四人听见凤姐儿念了，都吐舌头，摇头儿。周瑞家的道："王大妈听见了？这是明明白白，再没得话说了。这如今怎么样呢？"

王家的只恨无地缝儿可钻。凤姐只瞅着他，抿着嘴儿嘻嘻的笑，向周瑞家的道："这倒也好。不用他老娘操一点心儿，鸦雀不闻，就给他们弄了个好女婿来了。"周瑞家的也笑着凑趣儿，王家的无处煞气，只好打着自己的脸骂道："老不死的娼妇，怎么造下孽了！说嘴打嘴，现世现报。"众人见他如此，要笑又不敢笑，也有趁愿的，也有心中感动报应不爽的。凤姐见司棋低头不语，也并无畏惧惭愧之意，倒觉可异。料此时夜深，且不必盘问，只怕他夜间自寻短志⑪，遂唤两个婆子监守，且带了人，拿了赃证，回来歇息，等待明日料理。

谁知夜里下面淋血不止，次日便觉身体十分软弱起来，遂掌不住，请医诊视，开方立案，说要保重而去。老嬷嬷们拿了方子，回过王夫人，不免又添一番愁闷，遂将司棋之事暂且搁起。

可巧这日尤氏来看凤姐，坐了一回，又看李纨等。忽见惜春遣人来请，尤氏到他房中，惜春便将昨夜之事细细告诉了，又命人将入画的东西一概要来与尤氏过目。尤氏道："实是你哥哥赏他哥哥的，只不该私自传送，如今官盐反成了私盐了⑫。"因骂入画："糊涂东西！"惜春道："你们管教不严，反骂丫头。这些姊妹，独我的丫头没脸，我如何去见人。昨儿叫凤姐姐带了他去，又不肯；今日嫂子来的恰好，快带了他去。或打，或杀，或卖，我一概不管。"入画听说，跪地哀求，百般苦告。尤氏和奶妈等人也都十分解说："他不过一时糊涂，下次再不敢的。看他从小儿伏侍一场。"

谁知惜春年幼，天性孤僻，任人怎说，只是咬定牙，断乎不肯留着。更又说道："不但不要入画，如今我也大了，连我也不便往你们那边去了。况且近日闻得多少议论，我若再去，连我也编派。"尤氏道："谁敢议论什么？又有什么可议论的！姑娘是谁，我们是谁。姑娘既听见人议论我们，就该问着他才是。"惜春冷笑道："你这话问着我倒好。我一个姑娘家，只好躲是非的，我反寻是非，成个什么人了！况且古人说得好，'善恶生死，父子不能有所勖助'^⑬，何况你我二人之间。我只能保住自己就够了。以后你们有事，好歹别累我。"

尤氏听了，又气又好笑，因向地下众人道："怪道人人都说四姑娘年轻糊涂，我只不信。你们听这些话，无原无故，又没轻重，真真的叫人寒心。"众人都劝说道："姑娘年轻，奶奶自然该吃些亏的。"惜春冷笑道："我虽年轻，这话却不年轻。你们不看书，不识字，所以都是呆子，倒说我糊涂。"尤氏道："你是状元，第一个才子。我们糊涂人，不如你明白！"惜春道："据你这话就不明白，状元难道没有糊涂的？可知你们这些人都是世俗之见，那里眼里识得出真假、心里分得出好歹来？你们要看真人，总在最初一步的心上看起，才能明白！"尤氏笑道："好！才是才子，这会子又做大和尚，又讲起参悟来了。"惜春道："我也不是什么参悟。我看如今人一概也都是入画一般，没有什么大说头儿。"尤氏道："可知你真是个心冷嘴冷的人。"惜春道："怎么我不冷？我清清白白的一个人，为什么叫你们带累坏了！"

尤氏心内原有病，怕说这些话。听说有人议论，已是心中羞恼，只是今日惜春分中，不好发作，忍耐了大半天。今见惜春又说这话，因按捺不住，便问道："怎么就带累了你？你的丫头的不是，无故说我；我倒忍了这半日，你倒越发得了意，只管说这些话。你是千金小姐，我们以后就不亲近你，仔细带累了小姐的美名儿。即刻就叫人将入画带了过去！"说着，便赌气起身去了。惜春道："你这一去了，若果然不来，倒也省了口舌是非，大家倒还干净。"尤氏也不答应,一径往前边去了。未知后事如何,下回分解。

【注释】

①口内超生:求情帮忙的意思。超生,超度其生命。

②详情度理:揣摩情理。详,审查。度,推测,估计。

③咬牙:尖钻刻薄。这里指口齿尖利,喜好争斗。

④寻他们的故事:寻故事,指找岔子,挑不是。

⑤妖妖调调:轻佻娇媚的样子。

⑥对了槛儿:情况恰巧符合。也作"对坎儿"。

⑦钗亸(duǒ)鬓松:钗饰下垂,发髻松散。亸,下垂的样子。

⑧春睡捧心之态:比喻娇慵病弱的情态。春睡,原指杨贵妃"鬓乱钗横"的醉态。清洪昇《长生殿·春睡》,即写杨贵妃睡醒之后,"人倦懒梳裹""百种娇娆"的情状。捧心,用手扪胸口。原指西施因有病而皱眉捧心之美。

⑨玉带版子:古代男子腰带上所嵌的装饰玉版。

⑩同心如意:一种吉祥图案的金属小玩具,作两个"如意"交搭形状,多为男女青年互相赠送的信物。

⑪自寻短志:即寻短见,自杀。

⑫官盐反成了私盐:意谓本来是合法的东西,反而变成不合法的了。旧时,大抵由官府经营产销或向官府纳税后许可销售的食盐,称为"官盐",否则即为"私盐"。汉武帝时置盐铁官,规定食盐一律由国家产制运销,并颁布私煮禁令。历代盐法不一。

⑬勖(xù)助:勉励帮助。

第七十五回
开夜宴异兆发悲音　赏中秋新词得佳谶

话说尤氏从惜春处赌气出来，正欲往王夫人处去，跟从的老嬷嬷们因悄悄的道："回奶奶，且别往上房去。才有甄家的几个人来，还有些东西，不知是做什么机密事。奶奶这一去，恐怕不便。"尤氏听了道："昨日听见你老爷说，看见抄报上[①]，甄家犯了罪，现今抄没家私[②]，调取进京治罪。怎么又有人来？"老嬷嬷道："正是呢。才来了几个女人，气色不成气色，慌慌张张的，想必有甚么瞒人的事。"

尤氏听了，便不往前去，仍往李纨这边来了。恰好太医才诊了脉去。李纨近日也觉精爽了些，拥衾倚枕，坐在床上，正欲人来说些闲话。因见尤氏进来，不似方才和蔼，只呆呆的坐着，李纨因问道："你过来了，可吃些东西？只怕饿了。"命素云："瞧有什么新鲜点心拿来。"尤氏忙止道："不必，不必。你这一向病着，那里有什么新鲜东西。况且我也不饿。"李纨道："昨日人家送来的好茶面子[③]，倒是对碗来你喝罢[④]。"说毕，便吩咐去对茶。

尤氏出神无语。跟来的丫头媳妇们因问："奶奶今日中晌尚未洗脸，这会子趁便可净一净好？"尤氏点头。李纨忙命素云来取自己妆奁。素云又将自己脂粉拿来，笑道："我们奶奶就少这个。奶奶不嫌腌臜，能着用些。"李纨道："我虽没有，你就该往姑娘们那里取去，怎么公然拿出你的来？幸而是他，若是别人，岂不恼呢？"尤氏笑道："这有何妨。"说着，一面洗脸。丫头只弯腰捧着脸盆。李纨道："怎么这样没规矩？"那丫头赶着跪下。尤氏笑道："我们家下大小的人，只会讲外面假礼假体面，究竟做出来的事都够使的了。"李纨听如此说，便知他已知道昨夜的事，因笑道："你这话有因。谁做事究竟够使的了？"尤氏道："你倒问我！你敢是病着死过去了？"

一语未了，只见人报："宝姑娘来。"二人忙说"快请"时，宝钗已走进来。尤氏忙擦脸起身让坐，因问："怎么一个人忽然走进来，别的姊妹都不见？"宝钗道："正是，我也没有见他们。只因今日我们奶奶身上不自在，家里两个女人也都因时症未起炕，别的靠不得，我今儿要出去陪着老人家夜里作伴。要去回老太太、太太，我想又不是什么大事，且不用提，等好了，我横竖进来的。所以来告诉大嫂子一声。"李纨听说，只看着尤氏笑，尤氏也看着李纨笑。

一时，尤氏盥洗已毕，大家吃面茶。李纨因笑着向宝钗道："既这样，且打发人去请姨娘的安，问是何病。我也病着，不能亲自来的。好妹妹，你去只管去，我且打发人去到你那里去看屋子。你好歹住一两天还进来，别叫我落不是。"宝钗笑道："落什么不是呢？也是人之常情，你又不曾卖放了贼。依我的主意，也不必添人过去，竟把云丫头请了来，你和他住一两日，岂不省事。"尤氏道："可是史大妹妹往那里去了？"宝钗道："我才打发他们找你们探丫头去了，叫他同到这里来，我也明白告诉他。"

正说着，果然报："云姑娘和三姑娘来了。"大家让坐已毕，宝钗便说要出去一事。探春道："很好。不但姨妈好了还来，就便好了不来也使得。"尤氏笑道："这话奇怪！怎么撵起亲戚来了？"探春冷笑道："正是呢，有别人撵的，不如我先撵。亲戚们好，也不在必要死住着才好。咱们倒是一家子亲骨肉呢，一个个不像乌眼鸡似的？恨不得你吃了我，我吃了你！"尤氏忙笑道："我今儿是那里来的晦气，偏都碰着你姊妹们气头上了。"探春道："谁叫你趁热灶火来了！"因问："谁又得罪了你呢？"因又寻思道："凤丫头也不犯合你怄气，却是谁呢？"尤氏只含糊答应。

探春知他畏事，不肯多言，因笑道："你别装老实了。除了朝廷治罪，没有砍头的，你不必唬的这个样儿。告诉你罢，我昨日把王善保家那老婆子打了，我还顶着罪呢。也不过背地里说我些闲话，难道也还打我一顿不成！"宝钗忙问："因何又打他？"探春悉把昨夜的事一一都说了出来。尤氏见探春已经说了出来，便把惜春方才的事也说了出来。探春道："这是他向来的脾气，孤介太过，我们再扭不过他的。"又告诉他们说："今日一早不见动静，打听了凤丫头病着，就打发人四下打听王善保家的是怎样。回来告诉我说：'王善保家的挨了一顿打，嗔着他多事。'"尤氏李纨道："这倒也是正礼。"探春冷笑道："这种遮人眼目儿的事，谁不会做？且再瞧就是了。"尤氏李纨皆默无所答。一时，丫头们来请用饭，湘云宝钗回房打点衣衫，不在话下。

尤氏辞了李纨，往贾母这边来。贾母歪在榻上，王夫人正说甄家因何获罪，如今抄没了家产，来京治罪等话。贾母听了，心中甚不自在。恰好见他姊妹来了，因问："从那里来的？可知凤姐儿妯娌两个病着，今日怎么样？"尤氏等忙回道："今日都好些。"贾母点头叹道："咱们别管人家的事，且商量咱们八月十五赏月是正经。"王夫人笑道："已预备下了，不知老太太拣那里好？只是园里恐夜晚风凉。"贾母笑道："多穿两件衣服何妨，那里正是赏月的地方，岂可倒不去的。"

说话之间，媳妇们抬过饭桌，王夫人尤氏等忙上来放箸捧饭。贾母见自己几色菜已摆完，另有两大捧盒内，盛了几色菜，便是各房孝敬的旧规矩。贾母说："我吩咐过几次，蠲了罢，都不听，也只罢了。"王夫人笑道："不过都是家常东西。今日我吃斋，没有别的。那些面筋豆腐，老太太又不甚爱吃，只拣了一样椒油莼齑酱来⑤。"贾母笑道："我倒也想这个吃。"鸳鸯听说，便将碟子挪在跟前。宝琴一一的让了，方归坐。贾母便命探春来同吃，探春也都让过了，便和宝琴对面坐下。侍书忙去取了碗箸。鸳鸯又指那几样菜道："这两样看不出是什么东西来，是大老爷孝敬的。这一碗是鸡髓笋，是外头老爷送上来的。"一面说，一面就将这碗笋送至桌上。贾母略尝了两点，便命："将那几样着人都送回去，就说我吃了。以后不必天天送，我想吃什么，自然着人来要。"媳妇们答应着仍送过去，不在话下。

贾母因问："拿稀饭来吃些罢。"尤氏早捧过一碗来，说是红稻米粥。贾母接来吃了半碗，便吩咐："将这粥送给凤姐儿吃去。"又指着这一盘果子："独给平儿吃去。"又向尤氏道："我吃了，你就来吃了罢。"尤氏答应着，待贾母漱口洗手毕，贾母便下地，和王夫人说闲话行食⑥。尤氏告坐吃饭。贾母又命鸳鸯等来陪吃。贾母见尤氏吃的仍是白米饭，因问说："怎么不盛我的饭？"丫头们回道："老太太的饭完了。今日添了一位姑娘，所以短了些。"鸳鸯道："如今都是'可着头做帽子'了，要一点儿富余也不能的。"王夫人忙回道："这一二年旱涝不定，庄上的米都不能按数交的。这几样细米更艰难，所以都是可着吃的做。"贾母笑道："正是'巧媳妇做不出没米儿粥来'。"众人都笑起来。鸳鸯一面回头向门外伺候媳妇们道："既这样，你们就去把三姑娘的饭拿来添上，也是一样。"尤氏笑道："我这个就够了，也不用去取。"鸳鸯道："你够了，我不会吃的？"媳妇们听说，方忙着取去了。

一时，王夫人也去用饭。这里尤氏直陪贾母说话取笑到起更的时候，贾母说："你也过去罢。"尤氏方告辞出来。走至二门外，上了车，众媳妇放下帘子来，四个小厮拉出来，套上牲口，几个媳妇带着小丫头子们先走，到那边大门口等着去了。这里送的丫鬟们也回来了。

尤氏在车内，因见自己门首两边狮子下，放着四五辆大车，便知系来赴赌之人，向小丫头银蝶儿道："你看，坐车的是这些，骑马的又不知有几个呢！"说着进府，已到了厅上。贾蓉媳妇带了丫鬟媳妇，也都秉着羊角手罩接了出来⑦。尤氏笑道："成日家我要偷着瞧瞧他们赌钱，也没得便，今日倒巧，顺便打他们窗户跟前走过去。"众媳妇答应着，提灯引路。又有一个先去悄悄的知会伏侍的小厮们，不许失惊打怪。于是尤氏一行人悄悄的来至窗下，只听里面称三赞四，耍笑之音虽多，又兼有恨五骂六，忿怨之声亦不少。

　　原来贾珍近因居丧，不得游玩，无聊之极，便生了个破闷的法子。日间以习射为由，请了几位世家弟兄及诸富贵亲友来较射，因说："白白的只管乱射终是无益，不但不能长进，且坏了式样⑧；必须立了罚约，赌个利物，大家才有勉力之心。"因此，天香楼下箭道内立了鹄子⑨，皆约定每日早饭后时射鹄子。贾珍不好出名，便命贾蓉做局家。这些都是少年，正是斗鸡走狗、问柳评花的一干游侠纨裤。因此，大家议定，每日轮流做晚饭之主，天天宰猪割羊，屠鹅杀鸭，好似"临潼斗宝"的一般⑩，都要卖弄自己家里的好厨役，好烹调。

　　不到半月工夫，贾政等听见这般，不知就里，反说："这才是正理，文既误了，武也当习，况在武荫之属⑪。"遂也令宝玉、贾环、贾琮、贾兰等四人，于饭后过来，跟着贾珍习射一回，方许回去。贾珍志不在此，再过几日，便渐次以歇肩养力为由，晚间或抹骨牌，赌个酒东儿，至后渐次至钱。如今三四个月的光景，竟一日一日赌胜于射了，公然斗叶掷骰⑫，放头开局，大赌起来。家下人借此各有些利益，巴不得如此，所以竟成了局势。外人皆不知一字。近日邢夫人的胞弟邢德全也酷好如此，所以也在其中；又有薛蟠，头一个惯喜送钱与人的，见此岂不快乐。这邢德全虽系邢夫人的胞弟，却居心行事，大不相同。他只知吃酒赌钱、眠花宿柳为乐；手中滥漫使钱，待人无心，因此，都叫他"傻大舅"。薛蟠早已出名的"呆大爷"。今日二人凑在一处，都爱抢快⑬，便又会了两家，在外间炕上抢快。又有几个在当地下大桌子上赶羊。里间又有一起斯文些的抹骨牌，打天九⑭。此间伏侍的小厮都是十五岁以下的孩子。此是前话。

　　且说尤氏潜至窗外偷看，其中有两个陪酒的小么儿，都打扮得粉妆锦饰。今日薛蟠又掷输了，正没好气，幸而后手里渐渐翻过来了。除了冲账的⑮，反赢了好些，心中自是兴头起来。贾珍道："且打住，吃了东西再来。"因问："那两处怎么样。"里头打天九赶老羊的未清，先摆下一桌，贾珍陪着吃。薛蟠兴头了，便搂着一个小么儿喝酒，又命将酒去敬傻大舅。傻大舅输家，没心肠，喝了两碗，便有些醉意，嗔着陪酒的小么儿只赶赢家不理输家了，因骂道：“你们这起兔子⑱，真是些没良心的忘八羔子！天天在一处，谁的恩你们不沾？只不过这会子输了几两银子，你们就这么三六九等儿的了。难道从此以后再没有求着我的事了？”众人见他带酒，那些输家不便言语，只抿着嘴儿笑。那些赢家忙说：“大舅骂的很是。这小狗攮的们都是这个风俗儿。”因笑道：“还不给舅太爷斟酒呢！”两个小孩子都是演就的圈套，忙都跪下奉酒，扶着傻大舅的腿，一面撒娇儿说道：“你老人家别生气，看着我们两个小孩子罢。我们师父教的，不论远近厚薄，只看一时有钱的就亲近。你老人家不信，回来大大的下一注，赢了，白瞧瞧我们两个是什么光景儿。”说的众人都笑了。这傻大舅掌不住也笑了，一面伸手接过酒来，一面说道：“我要不看着你们两个素日怪可怜见儿的，我这一脚把你们两个的小蛋黄子踢出来。”说着，把腿一抬。两个孩子趁势儿爬起来，越发撒娇撒痴，拿着酒花绢子，托了傻大舅的手，把那钟酒灌在傻大舅嘴里。傻大舅哈哈的笑着，一扬脖儿，把一钟酒都干了，因拧了那孩子的脸一下儿，笑说道：“我这会子看着又怪心疼的了！”说着，忽然想起旧事来，乃拍案对贾珍说道：“昨日我和你令伯母怄气，你可知道么？”贾珍道：“不曾听见。”邢大舅叹道：“就为钱这件东西！老贤甥，你不知我们邢家的底里。我们老太太去世时，我还小呢，世事不知。他姊妹三个人，只有你令伯母居长。他出阁时，把家私都带了过来了。如今你二姨儿也出了阁了，他家里也很艰窘。你三姨儿尚在家里。一应用度，都是这里陪房王善保家的掌管。我就是来要几个钱，也并不是要贾府里的家私，我邢家的家私也就够我花了。无奈竟不得到手，你们就欺负我没钱！”贾珍见他酒醉，外人听见不雅，忙用话解劝。

　　外面尤氏等听得十分真切，乃悄向银蝶儿等笑说：“你听见了，这是北院里大太太的兄弟抱怨他呢。可见他亲兄弟还是这样，就怨不得这些人了。"因还要听时，正值赶老羊的那些人也歇住了，要酒。有一个人问道："方才是谁得罪了舅太爷？我们竟没听明白。且告诉我们，评评理。"邢德全便把两个陪酒的孩子不理的话说了一遍。那人接过来就说："可恼！怨不得舅太爷生气。我问你，舅太爷不过输了几个钱罢咧，并没有输掉了毡桃，怎么你们就不理他了？"说着，大家都笑起来。邢德全也喷了一地饭，说："你这个东西，行不动儿就撒村捣怪的⑰！"尤氏在外面听了这话，悄悄的啐了一口，骂道："你听听，这一起没廉耻的小挨刀的！再灌丧了黄汤，还不知嗳出些什么新样儿的来呢。"一面便进去卸妆安歇。至四更时，贾珍方散，往佩凤房里去了。

次日起来，就有人回："西瓜月饼都全了，只待分派送人。"贾珍吩咐佩凤道："你请奶奶看着送罢，我还有别的事呢。"佩凤答应去了，回了尤氏，一一分派，遣人送去。一时，佩凤来说："爷问奶奶今儿出门不出门？说咱们是孝家，十五过不得节；今儿晚上倒好，可以大家应个景儿。"尤氏道："我倒不愿意出门呢。那边珠大奶奶又病了，琏二奶奶也躺下了，我再不去，越发没个人了。"佩凤道："爷说，奶奶出门，好歹早些回来，叫我跟了奶奶去呢。"尤氏道："既这么样，快些吃了，我好走。"佩凤道："爷说早饭在外头吃，请奶奶自己吃罢。"尤氏问道："今日外头有谁？"佩凤道："听见外头有两个南京新来的，倒不知是谁。"说毕，吃饭更衣，尤氏等仍过荣府来，至晚方回去。

果然贾珍煮了一口猪，烧了一腔羊，备了一桌菜蔬果品，在汇芳园丛绿堂中，带领妻子姬妾，先吃过晚饭，然后摆上酒，开怀作乐赏月。将一更时分，真是风清月朗，银河微隐。贾珍因命佩凤等四个人也都入席，下面一溜坐下，猜枚搳拳。饮了一回，贾珍有了几分酒，高兴起来，便命取了一支紫竹箫来，命佩凤吹箫，文花唱曲，喉清韵雅，甚令人魄散魂消。唱罢，复又行令。那天将有三更时分，贾珍酒已八分，大家正添衣喝茶、换盏更酌之际，忽听那边墙下有人长叹之声。大家明明听见，都毛发竦然。贾珍忙厉声叱问："谁在那边？"连问几声，无人答应。尤氏道："必是墙外边家里人，也未可知。"贾珍道："胡说！这墙四面皆无下人的房子，况且那边又紧靠着祠堂，焉得有人。"

一语未了，只听得一阵风声，竟过墙去了。恍惚闻得祠堂内槅扇开阖之声，只觉得风气森森，比先更觉凄惨起来。看那月色时，也淡淡的，不似先前明朗，众人都觉毛发倒竖。贾珍酒已吓醒了一半，只比别人掌得住些，心里也十分警畏，便大没兴头。勉强又坐了一会，也就归房安歇去了。次日一早起来，乃是十五日，带领众子侄开祠行朔望之礼⑱。细察祠内，都仍是照旧好好的，并无怪异之迹。贾珍自为醉后自怪，也不提此事。礼毕，仍旧闭上门，看着锁禁起来。

贾珍夫妻，至晚饭后，方过荣府来。只见贾赦贾政都在贾母房里坐着说闲话儿，与贾母取笑呢。贾琏、宝玉、贾环、贾兰皆在地下侍立。贾珍来了，都一一见过，说了两句话，贾珍方在挨门小杌子上告了坐，侧着身子坐下。贾母笑问道："这两日，你宝兄弟的箭如何了？"贾珍忙起身笑道："大长进了，不但式样好，而且弓也长了一个劲⑲。"贾母道："这也够了，且别贪力，仔细努伤着⑳。"贾珍忙答应了几个"是"。贾母又道："你昨日送来的月饼好，西瓜看着倒好，打开却也罢了。"贾珍答应："月饼是新来的一个专做点心的厨子，我试了试，果然好，才敢做了孝敬来的。西瓜往年都还可以，不知今年怎么就不好了。"贾政道："大约今年雨水太勤之过。"贾母笑道："此时月亮已上来了，咱们且去上香。"说着，便起身扶着宝玉的肩，带领众人，齐往园中来。

当下园子正门俱已大开，挂着羊角灯。嘉荫堂月台上，焚着斗香㉑，秉着烛，陈设着瓜果月饼等物。邢夫人等皆在里面久候。真是月明灯彩，人气香烟，晶艳氤氲，不可形状。地下铺着拜毡锦褥。贾母盥手上香，拜毕，于是大家皆拜过。贾母便说："赏月在山上最好。"因命在那山上的大花厅上去。众人听说，就忙着在那里铺设，贾母且在嘉荫堂中吃茶少歇，说些闲话。

一时，人回："都齐备了。"贾母方扶着人上山来。王夫人等因回说："恐石上苔滑，还是坐竹椅上去。"贾母道："天天打扫，况且极平稳的宽路，何必不疏散疏散筋骨。"于是贾赦贾政等在前引导，又有两个老婆子秉着两把羊角手罩，鸳鸯、琥珀、尤氏等贴身搀扶，邢夫人等在后围随，从下逶迤不过百余步，到了主山峰脊上，便是这座敞厅。因在山之高脊，故名曰凸碧山庄。厅前平台上列下桌椅，又用一架大围屏隔做两间。凡桌椅形式皆是圆的，特取团圆之意。上面居中，贾母坐下，左边贾赦、贾珍、贾琏、贾蓉，右边贾政、宝玉、贾环、贾兰，团团围坐，只坐了半桌，下面还有半桌余空。贾母笑道："常日倒还不觉人少，今日看来，究竟咱们的人也甚少，算不得甚么。想当年过的日子，今夜男女三四十个，何等热闹。今日又这样，太少了，如今叫女孩儿们来坐那边罢。"于是令人向围屏后邢夫人等席上将迎春、探春、惜春三个请过来。贾琏宝玉等一齐出坐，先尽他姊妹坐了，然后在下依次坐定。

贾母便命折一枝桂花来，命一媳妇在屏后击鼓传花，若花在手中，饮酒一杯，罚说笑话一个。于是先从贾母起，次贾赦，一一接过。鼓声两转，恰恰在贾政手中住了，只得饮了酒。众姊妹弟兄都你悄悄的扯我一下，我暗暗的又捏你一把，都含笑心里想着，倒要听是何笑话儿。

贾政见贾母欢喜，只得承欢。方欲说时，贾母又笑道："若说得不笑了，还要罚。"贾政笑道："只得一个，若不说笑了，也只好愿罚。"贾母道："你就说这一个。"贾政因说道："一家子一个人，最怕老婆。"只说了这一句，大家都笑了。因从没听见贾政说过，所以才笑，贾母笑道："这必是好的。"贾政笑道："若好，老太太先多吃一杯。"贾母笑道："使得。"贾赦连忙捧杯，贾政执壶，斟了一杯。贾赦仍旧递给贾政，贾赦旁边侍立。贾政捧上，安放在贾母面前，贾母饮了一口。贾赦贾政退回本位。于是贾政又说道："这个怕老婆的人，从不敢多走一步。偏是那日是八月十五，到街上买东西，便见了几个朋友，死活拉到家里去吃酒。不想吃醉了，便在朋友家睡着。第二日醒了，后悔不及，只得来家赔罪。他老婆正洗脚，说：'既是这样，你替我舔舔就饶你。'这男人只得给他舔，未免恶心要吐。他老婆便恼了，要打，说：'你这样轻狂！'吓得他男人忙跪下求，说：'并不是奶奶的脚腌臜，只因昨儿喝多了黄酒，又吃了月饼馅子，所以今日有些作酸呢。'"说得贾母和众人都笑了。贾政忙又斟了一杯送与贾母。贾母笑道："既这样，快叫人取烧酒来，别叫你们有媳妇的人受累。"众人又都笑起来。

　　于是又击鼓，便从贾政传起，可巧传到宝玉手中鼓止。宝玉因贾政在坐，早已踌躇不安㉒，偏又在他手中，因想："说笑话，倘或说不好了，又说没口才；若说好了，又说正经的不会，只惯贫嘴，更有不是，不如不说好。"乃起身辞道："我不能说笑话，求限别的罢。"贾政道："既这样，限一个'秋'字，就即景做一首诗。好便赏你；若不好，明日仔细。"贾母忙道："好好的行令，如何又做诗？"贾政陪笑道："他能的。"贾母听说："既这样，就做，快命人取纸笔来。"贾政道："只不许用这些'水''晶''冰''玉''银''彩''光''明''素'等堆砌字样。要另出主见，试试你这几年情思。"宝玉听了，碰在心坎儿上，遂立想了四句，向纸上写了，呈与贾政看。贾政看了，点头不语。贾母见这般，知无甚不好，便问："怎么样？"贾政因欲贾母喜欢，便说："难为他。只是不肯念书，到底词句不雅。"贾母道："这就罢了。就该奖励，以后越发上心了。"贾政道："正是。"因回头命个老嬷嬷出去，"吩咐小厮们，把我海南带来的扇子取来给两把与宝玉。"宝玉磕了一个头，仍复归坐行令。当下贾兰见奖励宝玉，他便出席，也做一首，呈与贾政看。贾政看了，喜不自胜。遂并讲与贾母听时，贾母也十分欢喜，也忙令贾政赏他。

于是大家归坐，复行起令来。这次贾赦手内住了，只得吃了酒，说笑话，因说道："一家子一个儿子，最孝顺，偏生母亲病了，各处求医不得，便请了一个针灸的婆子来。这婆子原不知道脉理，只说是心火，一针就好了。这儿子慌了，便问：'心见铁就死，如何针得？'婆子道：'不用针心，只针肋条就是了。'儿子道：'肋条离心远着呢，怎么就好了呢？'婆子道：'不妨事。你不知天下作父母的偏心的多着呢！'"众人听说，都笑起来。贾母也只得吃半杯酒，半日笑道："我也得这婆子针一针就好了。"贾赦听说，自知出言冒撞，贾母疑心，忙起身笑与贾母把盏，以别言解释。

贾母亦不好再提，且行令，不料这花却在贾环手里。贾环近日读书稍进，亦好外务。今见宝玉做诗受奖，他便技痒，只当着贾政，不敢造次。如今可巧花在手中，便也索纸笔来，立就一绝，呈与贾政。贾政看了，亦觉罕异，只见词句中终带着不乐读书之意，遂不悦道："可见是弟兄了。发言吐意，总属邪派。古人中有'二难'㉓，你两个也可以称'二难'了。就只不是那一个'难'字，却是做'难以教训''难'字讲才好。哥哥是公然温飞卿自居，如今兄弟又自为曹唐再世了㉔。"说得众人都笑了。贾赦道："拿诗来我瞧。"便连声赞好，道："这诗据我看，甚是有气骨。想来咱们这样人家，原不必寒窗萤火㉕，只要读些书，比人略明白些，可以做得官时，就跑不了一个官儿的。何必多费了工夫，反弄出书呆子来。所以我爱他这诗，竟不失咱们侯门的气概。"因回头吩咐人去取自己的许多玩物来赏赐与他，因又拍着贾环的脑袋笑道："以后就这样做去，这世袭的前程就跑不了你袭了。"

贾政听说，忙劝说："不过他胡诌如此，那里就论到后事了。"说着，便斟了酒，又行了一回令。贾母便说："你们去罢。自然外头还有相公们候着，也不可轻忽了他们。况且二更多了，你们散了，再让姑娘们多乐一回子，好歇着了。"贾政等听了，方止令起身。大家公进了一杯酒，才带着子侄们出去了。要知端的，下回分解。

【注释】

①抄报：朝廷颁发的通报文件。

②抄没家私：清代雍正、乾隆年间，抄家成风。雍正曾云："朕即位以来，外间流言，有谓朕好抄没人之家产者。……近闻市井中斗牌名色，有称抄家湖者，讥刺朝政，甚属可恶。"乾隆时，抄没大臣如国泰、王亶望、伍纳拉等资产，"动至数十百万之多，为他代所罕睹"。家私，即家产。

③茶面子：炒制过的用以冲做茶汤的一种面粉。把这种面粉加糖用水调吃，叫做"茶汤"。下文的"面茶"，指加盐酱等冲调吃的"茶面"。

④对：即"兑"，冲调的意思。

⑤莼（chún）齑（jī）酱：即用莼菜切碎做成的酱菜。莼，又名"水葵"。水生草本植物，嫩叶可作菜肴。齑，切碎的腌菜或酱菜。

⑥行食：饭后活动，借以帮助消化，称为"行食"。元伊世珍《嫏嬛记》卷上引《采兰杂志》："古之老人饭后必散步，欲摇动其身，以消食也。"

⑦手罩：即"手照子"，一种手持的带罩提灯。下为朱油木托，安把，中点羊油蜡，外套以六楞瓜形之纱罩，由仆妇、使女手持，照明引路。

⑧式样：这里指射箭时的姿势。如所谓站时"骑马蹲裆式"、射时"左手如托泰山，右手如抱婴儿"等等。

⑨鹄（gǔ）子：即"鹄的"，箭把的中心。《礼记·射义》："故射者，各射己之鹄。"清孙希旦《集解》："鹄者，侯之中，射之的也。"这里贾珍习射，实是"以射为娱"。

⑩临潼斗宝：原为戏曲名，元明间无名氏撰有《十八国临潼斗宝》杂剧，后成为一句成语。大意谓春秋时，秦穆公想做霸主，与百里奚合谋，约请十七国诸侯在临潼赴会，借比赛宝物定输赢。楚国伍子胥在会上举鼎示威，制服秦穆公，各国诸侯得以安然返国。其事不见史载。这里比喻夸耀豪奢，争强赌胜。

⑪武荫：因先人的官爵而世任武职。

⑫斗叶：即斗牌，博戏的一种。宋欧阳修《归田录》卷二："骰子格本备检用，故亦以叶子写之，因以为名尔。唐世士人宴聚，盛行叶子格，五代国初犹然，后渐废不传。"清赵翼《陔余丛考》卷三三："叶子戏：……纸牌之戏，唐已有之。今之以《水浒》人分配者，盖沿其式而易其名耳。"

⑬抢快：六个骰子，按一定的点色组合，定出"开数"（即今天所谓"分"数），进行比赛，开多者为胜，叫作"抢快"。按一定标准比赛点数，叫"赶羊"，又叫"赶老羊"。

⑭打天九：一种用骨牌的赌博，以"天"牌（一张牌上十二点的）与"九"（一张牌上九点的）相合为最尊，所以称为"打天九"。

⑮冲账：即还账。

⑯兔子：指娈童、男妓。传说月中有兔，月为阴之精，或谓兔子雌雄同体，望月而孕，因由兔子联想而及雌化男性。

⑰撒村捣怪：说粗野话。

⑱朔望之礼：旧时每逢初一（朔）、十五（望）照例举行的祭祖礼仪，叫"朔望之礼"。也叫"朔望之祭"。

⑲一个劲：也叫"一个力气"。古代武试时，以弓的劲度测验考生的挽力，每十斤叫"一力"。

⑳努伤：因勉强用力而受伤。

㉑斗香：亦称"香斗"。点燃之香，五十根为一股，许多股香攒聚堆制成尖塔形，叫"斗香"。或说，以纱绢或纸糊作斗形，中杂诸香，燃以祭神，也谓之"斗香"。

㉒踧踖（cù jí）：《论语·乡党》："君在，踧踖如也，与与如也。"宋朱熹《集注》："踧踖，恭敬不宁之貌。"

㉓二难：《世说新语·德行》载，东汉陈寔有二子，长元方，次季方。元方之子与季方之子各论其父的功德。争之不能解，便去问陈寔，陈寔说："元方难为兄，季方难为弟。"意即兄弟二人才智都高，难分高下。

㉔曹唐：字尧宾，桂州人，唐代诗人。初为道士，后举进士不第，咸通中官至使府从事。作品多为游仙诗。贾环诗词属仙鬼奇诡一路，

故贾政说他"总属邪派""自为曹唐再世"。

　　㉕寒窗萤火：比喻勤学苦读。寒窗，指晋孙康寒夜借窗前雪光读书的故事。明廖用贤《尚友录》卷四："孙康，晋京兆人，性敏好学，家贫无油，于冬月尝映雪读书。"萤火，指晋车胤夏夜以囊中萤光读书的故事。《晋书·车胤传》："胤恭勤不倦，博学多通。家贫不常得油，夏月则练囊盛数十萤火以照书，以夜继日焉。"

第七十六回
凸碧堂品笛感凄清　凹晶馆联诗悲寂寞

　　话说贾赦贾政带领贾珍等散去，不提。且说贾母这里命将围屏撤去，两席并作一席。众媳妇另行擦桌整果，更杯洗箸，陈设一番。贾母等都添了衣，盥漱吃茶，方又坐下，团团围绕。贾母看时，宝钗姊妹二人不在坐内，知他家去圆月；且李纨凤姐二人又病。少了这四个人，便觉冷清了好些。贾母因笑道："往年你老爷们不在家，咱们越发请过姨太太来，大家赏月，却十分热闹。忽一时想起你老爷来，又不免想到母子夫妻儿女不能一处，也都没兴。及至今年，你老爷来了，正该大家团圆取乐，又不便请他们娘儿们来说笑说笑。况且他们今年又添了两口人，也难丢了他们，跑到这里来。偏又把凤丫头病了，有他一个人来说说笑笑，还抵得十个人的空儿：可见天下事总难十全。"说毕，不觉长叹一声，随命："拿大杯来斟热酒。"王夫人笑道："今日得母子团圆，自比往年有趣。往年娘儿们虽多，终不似今年骨肉齐全的好。"贾母笑道："正是为此，所以我才高兴，拿大杯吃酒。你们也换大杯才是。"邢夫人等只得换上大杯来。因夜深体乏，且不能胜酒，未免都有些倦意。无奈贾母兴犹未阑，只得陪饮。贾母又命将毡毯铺在阶上，命将月饼、西瓜、果品等类都叫搬下去，令丫头媳妇们也都一一围坐赏月。

　　贾母因见月至天中，比先越发精彩可爱，因说："如此好月，不可不闻笛。"因命又将十番上女子传来，贾母道："音乐多了，反失雅致，只用吹笛的远远的吹起来，就够了。"说毕，刚才去吹时，只见跟邢夫人的媳妇走来向邢夫人说了两句话，贾母便问："什么事？"邢夫人便回说："方才大老爷出去，被石头绊了一下，歪了腿。"贾母听说，忙命两个婆子快看去，又命邢夫人快去。邢夫人遂告辞起身。贾母便又说："珍哥媳妇也趁着便儿就家去罢，我也就睡了。"尤氏笑道："我今日不回去了，定要和老祖宗吃一夜。"贾母笑道："使不得。你们小夫妻家，今夜不要团团圆圆，如何为我耽搁了。"尤氏红了脸，笑道："老祖宗说的我们太不堪了。我们虽是年轻，已经是二十来年的夫妻，也奔四十岁的人了。况且孝服未满，陪着老太太玩一夜是正理。"贾母听说，笑道："这话很是。我倒也忘了孝未满。可怜你公公已死了二年多了，可是我倒忘了，该罚我一大杯。既这样，你就别去，竟陪着我罢。叫蓉儿媳妇送去，就顺便回去罢。"尤氏说了，贾蓉媳妇答应着，送出邢夫人，一同至大门，各自上车回去。不在话下。

这里众人赏了一回桂花，又入席换暖酒来。正说着闲话，猛不防那壁厢桂花树下，呜咽悠扬，吹出笛声来。趁着这明月清风，天空地静，真令人烦心顿释，万虑齐除，肃然危坐，默然相赏。听约两盏茶时，方才止住，大家称赞不已。于是遂又斟上暖酒来，贾母笑道："果然好听么？"众人笑道："实在可听！我们也想不到这样。须得老太太带领着，我们也得开些心儿。"贾母道："这还不大好，须得拣那曲谱越慢的吹来越好听。"便命斟一大杯酒，送给吹笛之人，慢慢的吃了，再细细的吹一套来。媳妇们答应了，方送去，只见方才看贾赦的两个婆子回来说："瞧了。右脚面上白肿了些，如今调服了药，疼的好些了，也无甚大关系。"贾母点头叹道："我也太操心。打紧说我偏心①，我反这样。"

说着，鸳鸯拿巾兜与大斗篷来，说："夜深了，恐露水下了，风吹了头。坐坐也该歇了。"贾母道："偏今儿高兴，你又来催。难道我醉了不成，偏到天亮！"因命再斟酒来，一面戴上兜巾，披了斗篷，大家陪着又饮，说些笑话。只听桂花阴里又发出一缕笛音来，果然比先越发凄凉，大家都寂然而坐。夜静月明，众人不禁伤感，忙转身陪笑发语解释，又命换酒止笛。尤氏笑说道："我也就学了一个笑话，说与老太太解胸闷。"贾母勉强笑道："这样更好，快说来我听。”尤氏乃说道：“一家子养了四个儿子：大儿子只一个眼睛，二儿子只一个耳朵，三儿子只一个鼻子眼，四儿子倒都齐全，偏又是个哑吧。”

正说到这里，只见席上贾母已朦胧双眼，似有睡去之态。尤氏方住了，忙和王夫人轻轻叫请。贾母睁眼笑道：“我不困，白闭闭眼养神。你们只管说，我听着呢。”王夫人等道：“夜已深了，风露也大，请老太太安歇罢了。明日再赏，十六月色也好。”贾母道：“什么时候？”王夫人笑道：“已交四更。他们姊妹们熬不过，都去睡了。”贾母听说，细看了一看，果然都散了，只有探春一人在此。贾母笑道：“也罢。你们也熬不惯；况且弱的弱，病的病，去了倒省心。只是三丫头可怜，尚还等着。你也去罢，我们散了。”说着，便起身，吃了一口清茶，便坐竹椅小轿，两个婆子搭起，众人围随，出园去了，不在话下。

这里众媳妇收拾杯盘，却少了个细茶杯，各处寻觅不见，又问众人：“必是失手打了。撂在那里，告诉我，拿了磁瓦去交收，是证见，不然，又说偷起来了。”众人都说：“没有打碎，只怕跟姑娘的人打了，也未可知。你细想想，或问问他们去。”一语提醒了那媳妇，笑道：“是了。那一会记得是翠缕拿着的，我去问他。”说着便去找时，刚到了甬道，就遇见紫鹃和翠缕来了。翠缕便问道：“老太太散了？可知我们姑娘那里去了？”这媳妇道：“我来问你，一个茶钟那里去了，你倒问我要姑娘。”翠缕笑道：“我因倒茶给姑娘吃的，展眼回头，就连姑娘也没了。”那媳妇道：“太太才说，都睡觉去了。你不知那里玩去了，还不知道呢。”翠缕和紫鹃道：“断乎没有悄悄睡去之理，只怕在那里走了一走。如今老太太走了，赶过前边送去，也未可知，我们且往前边找去。有了姑娘，自然你的茶钟也有了。你明日一早再找罢，有什么忙的。”媳妇笑道：“有了下落，就不必忙了，明儿和你要罢。”说毕，回去查收家伙。这里紫鹃和翠缕便往贾母处来，不在话下。

　　原来黛玉和湘云二人并未去睡，只因黛玉见贾府中许多人赏月，贾母犹叹人少，又想宝钗姊妹家去，母女弟兄自去赏月，不觉对景感怀，自去倚栏垂泪。宝玉近因晴雯病势甚重，诸务无心，王夫人再四遣他去睡，他从此去了。探春又因近日家事恼着，无心游玩；虽有迎春惜春二人，偏又素日不大甚合。所以只剩湘云一人宽慰他。因说："你是个明白人，还不自己保养。可恨宝姐姐琴妹妹，天天说亲道热，早已说今年中秋，要大家一处赏月，必要起诗社，大家联句；到今日，便弃了咱们，自己赏月去了。社也散了，诗也不做了。倒是他们父子叔侄纵横起来。你可知宋太祖说得好：'卧榻之侧，岂容他人酣睡。'②他们不来，咱们两个竟联起句来，明日羞他们一羞。"

　　黛玉见他这般劝慰，也不肯负他的豪兴，因笑道："你看这里这等人声嘈杂，有何诗兴。"湘云笑道："这山上赏月虽好，总不及近水赏月更妙。你知道这山坡底下就是池沿，山凹里近水一个所在，就是凹晶馆。可知当日盖这园子，就有学问。这山之高处，就叫凸碧；山之低洼近水处，就叫凹晶。这'凸''凹'二字，历来用的人最少，如今直用作轩馆之名，更觉新鲜，不落窠臼。可知这两处，一上一下，一明一暗，一高一矮，一山一水，竟是特因玩月而设此处。有爱那山高月小的，便往这里来；有爱那皓月清波的，便往那里去。只是这两个字俗念作'洼''拱'二音，便说俗了，不大见用。只陆放翁用了一个'凹'字，'古砚微凹聚墨多'，还有人批他俗③，岂不可笑？"黛玉道："也不只放翁才用，古人中用者太多。如《青苔赋》④，东方朔《神异经》⑤，以至《画记》上云'张僧繇画一乘寺'的故事⑥，不可胜举。只是今日不知，误作俗字用了。实和你说罢，这两个字，还是我拟的呢。因那年试宝玉，宝玉拟了未妥，我们拟写出来，送与大姐姐瞧了，他又带出来，命给舅舅瞧过，所以都用了。如今咱们就往凹晶馆去。"

　　说着，二人同下山坡，只一转弯就是。池沿上一带竹栏相接，直通着那边藕香榭的路径。只有两个婆子上夜，因知在凸碧山庄赏月，与他们无干，早已息灯睡了。黛玉湘云见了灯，都笑道："倒是他们睡了好，咱们就在卷篷底下赏这水月，何如？"

二人遂在两个竹墩上坐下，只见天上一轮皓月，池中一个月影，上下争辉，如置身于晶宫鲛室之内⑦。微风一过，粼粼然池面皱碧叠纹，真令人神气清爽。湘云笑道："怎么得这会子上船吃酒倒好。要是我家里这样，我就立刻坐船了。"黛玉道："正是古人常说的：'事若求全何所乐。'据我说，这也罢了，偏要坐船起来？"湘云笑道："得陇望蜀，人之常情。"

正说间，只听笛韵悠扬起来。黛玉笑道："今日老太太、太太高兴了，这笛子吹得有趣，倒是助咱们的兴趣了。咱两个都爱五言，就还是五言排律罢。"湘云道："限何韵？"黛玉笑道："咱们数这个栏杆上的直棍，这头到那头为止，他是第几根，就是第几韵。"湘云笑道："这倒别致。"于是二人起身，便从头数至尽头，止得十三根。湘云道："偏又是'十三元'了。这个韵，可用的少，作排律，只怕牵强不能压韵呢。少不得你先起一句罢了。"黛玉笑道："倒要试试咱们谁强谁弱，只是没有纸笔记。"湘云道："明儿再写，只怕这一点聪明还有。"黛玉道："我先起一句现成的俗语罢。"因念道：

　　三五中秋夕，

湘云想了一想，道：

　　清游拟上元⑧。撒天箕斗灿⑨，

黛玉笑道：

　　匝地管弦繁⑩。几处狂飞盏⑪？

湘云笑道："这一句'几处狂飞盏'有些意思，这倒要对得好呢。"想了一想，笑道：

　　谁家不启轩。轻寒风剪剪，

黛玉道："好对！比我的却好。只是这句又说俗话了，就该加劲说了去才是。"湘云笑道："诗多韵险，也要铺陈些才是。总有好的，

且留在后头。"黛玉笑道:"到后头没有好的,我看你羞不羞。"因联道:

良夜景暄暄⑫。争饼嘲黄发⑬,

湘云笑道:"这句不好,杜撰,用俗事来难我了。"黛玉笑道:"我说你不曾见过书呢,'吃饼'是旧典。《唐书》《唐志》,你看了来再说。"湘云笑道:"这也难不倒,我也有了。"因联道:

分瓜笑绿媛⑭。香新荣玉桂,

黛玉道:"这可是实实你的杜撰了。"湘云笑道:"明日咱们对查了出来,大家看看,这会子别耽搁工夫。"黛玉笑道:"虽如此,下句也不好,不犯又用'玉桂''金兰'等字样来塞责。"因联道:

色健茂金萱⑮。蜡烛辉琼宴⑯,

湘云笑道:"'金萱'二字,便宜了你,省了多少力。这样现成的韵,被你得了,只不犯着替他们颂圣去。况且下句你也是塞责了。"黛玉笑道:"你不说'玉桂',我难道强对个'金萱'罢?再也要铺陈些富丽,方是即景之实事。"湘云只得又联道:

觥筹乱绮园⑰。分曹尊一令⑱,

黛玉笑道:"下句好,只难对些。"因想了一想,联道:

射覆听三宣。散彩红成点,

湘云笑道:"'三宣'有趣,竟化俗成雅了。只是下句又说上骰子。"少不得联道:

传花鼓滥喧。晴光摇院宇,

黛玉笑道:"对得却好。下句又溜了,只管拿些风月来塞责。"湘云道:"究竟没说到月上,也要点缀点缀,方不落题。"黛玉道:"且姑存之,明日再斟酌。"因联道:

素彩接乾坤⑲。赏罚无宾主,

湘云道:"又说到他们做什么,不如说咱们。"因联道:

吟诗序仲昆⑳。构思时倚槛,

黛玉道:"这可以入上你我了。"因联道:

拟句或依门。酒尽情犹在,

湘云说道："这时候了。"乃联道：

> 更残乐已谖㉑。渐闻语笑寂，

黛玉说道："这时候，可知一步难似一步了。"因联道：

> 空剩雪霜痕㉒。阶露团朝菌㉓，

湘云道："这一句怎么叶韵，让我想想。"因起身负手想了一想，笑道："够了。幸而想出一个字来，不然，几乎败了。"因联道：

> 庭烟敛夕椿㉔。秋湍泻石髓㉕，

黛玉听了，不禁也起身叫妙，说："这促狭鬼！果然留下好的。这会子方说'椿'字，亏你想得出。"湘云道："幸而昨日看《历朝文选》，见了这个字，我不知是何树，因要查一查。宝姐姐说：'不用查，这就是如今俗叫做"朝开夜合"的。'我信不及，到底查了一查，果然不错。看来宝姐姐知道的竟多。"黛玉笑道："'椿'字用在此时更恰，也还罢了。只是'秋湍'一句，亏你好想！只这一句，别的都要抹倒。我少不得打起精神来对这一句，只是再不能似这一句了。"因想了一想道：

> 风叶聚云根㉖。宝婺情孤洁㉗，

湘云道："这对得也还好。只是这一句，你也溜了㉘，幸而是景中情，不单用'宝婺'来塞责。"因联道：

> 银蟾气吐吞㉙。药催灵兔捣，

黛玉不语点头，半日遂念道：

> 人向广寒奔㉚。犯斗邀牛女㉛，

湘云也望月点首，联道：

> 乘槎访帝孙㉜。盈虚轮莫定㉝，

黛玉道："对句不好，合掌㉞。下句推开一步，倒还是'急脉缓灸法'。"因又联道：

> 晦朔魄空存㉟。壶漏声将涸，

湘云方欲联时，黛玉指池中黑影与湘云看道："你看那河里，怎么像个人到黑影里去了，敢是个鬼？"湘云笑道："可是又见鬼了。我是不怕鬼的，等我打他一下。"因弯腰拾了一块小石片，向那池中打去，只听打得水响，一个大圆圈将月影激荡，散而复聚者几次。只听那黑影里"嘎"的一声，却飞起一个白鹤来，直往藕香榭去了。黛玉笑道："原是他，猛然想不到，反吓了一跳。"湘云笑道："正是这个鹤有趣，倒助了我了。"因联道：

　　　窗灯焰已昏。寒塘渡鹤影，

黛玉听了，又叫好，又跺足，说："了不得，这鹤真是助他的了！这一句更比'秋湍'不同，叫我对什么才好？'影'字只有一个'魂'字可对，况且'寒塘渡鹤'，何等自然，何等现成，何等有景，且又新鲜，我竟要搁笔了。"湘云笑道："大家细想就有了，不然，就放着明日再联也可。"黛玉只看天，不理他，半日，猛然笑道："你不必捞嘴㊱，我也有了，你听听。"因对道：

　　　冷月葬诗魂㊲。

湘云拍手赞道："果然好极，非此不能对。好个'葬诗魂'！"因又叹道："诗固新奇，只是太颓丧了些。你现病着，不该作此过于凄清奇谲之语。"黛玉笑道："不如此，如何压倒你。只为用工在这一句了。"

　　一语未了，只见栏外山石后转出一个人来，笑道："好诗，好诗！果然太悲凉了，不必再往下做。若底下只这样去，反不显这两句了，倒弄得堆砌牵强。"二人不防，倒吓了一跳。细看时不是别人，却是妙玉。二人皆咤异，因问："你如何到了这里？"妙玉笑道："我听见你们大家赏月，又吹得好笛，我也出来玩赏这清池皓月。顺脚走到这里，忽听见你们两个吟诗，更觉清雅异常，故此就听住了。只是方才我听见这一首中，有几句虽好，只是过于颓败凄楚。此亦关人之气数而有，所以我出来止住。如今老太太都早已散了，满园的人想俱已睡熟了，你两个的丫头还不知在那里找你们呢。你们也不怕冷了？快同我来，到我那里去吃杯茶，只怕就天亮了。"黛玉笑道："谁知道就这个时候了。"

　　三人遂一同来至栊翠庵中。只见龛焰犹青，炉香未烬，几个老嬷嬷也都睡了，只有小丫头在蒲团上垂头打盹。妙玉唤他起来现烹茶。忽听扣门之声，小丫鬟忙去开门看时，却是紫鹃翠缕与几个老嬷嬷，来找他姊妹两个。进来见他们正吃茶，因都笑道："叫我们好找！一个园里走遍了，连姨太太那里都找到了。那小亭里找时，可巧那里上夜的正睡醒了。我们问他们，他们说：'方才亭外头棚下两个人说话，后来又添了一个人，听见说，大家往庵里去。'我们就知道是这里了。"

妙玉忙命丫鬟引他们到那边去坐着歇息吃茶，自却取了笔砚纸墨出来，将方才的诗，命他二人念着，遂从头写出来。黛玉见他今日十分高兴，便笑道："从来没见你这样高兴，我也不敢唐突请教。这还可以见教否？若不堪时，便就烧了；若或可改，即请改正改正。"妙玉笑道："也不敢妄评。只是这才有二十二韵。我意思想着你二位警句已出，再续时，倒恐后力不加。我竟要续貂③⑧，又恐有玷。"黛玉从没见妙玉做过诗，今见他高兴如此，忙说："果然如此，我们虽不好，亦可以带好了。"妙玉道："如今收结，到底还归到本来面目上去。若只管丢了真情真事，且去搜奇检怪，一则失了咱们的闺阁面目③⑨，二则也与题目无涉了。"林史二人皆道："极是。"妙玉提笔，一挥而就，递与他二人，道："休要见笑。依我必须如此，方翻转过来。虽前头有凄楚之句，亦无甚碍了。"二人接了看时，只见他续道：

> 香篆销金鼎④⓪，冰脂腻玉盆④①。箫增嫠妇泣④②，衾倩侍儿温。空帐悲金凤，闲屏掩彩鸳④③。露浓苔更滑，霜重竹难扪。犹步萦纡沼，还登寂历原④④。石奇神鬼缚④⑤，木怪虎狼蹲。赑屃朝光透④⑥，罘罳晓露屯④⑦。振林千树鸟，啼谷一声猿。歧熟焉忘径④⑧？泉知不问源。钟鸣栊翠寺，鸡唱稻香村。有兴悲何极？无愁意岂烦？芳情只自遣，雅趣向谁言④⑨！彻旦休云倦，烹茶更细论⑤⓪。

后书"右中秋夜大观园即景联句三十五韵"。

黛玉湘云二人称赞不已，说："可见我们天天是舍近求远，现有这样诗人在此，却天天去纸上谈兵。"妙玉笑道："明日再润色。

此时已天明了，到底也歇息歇息才是。"林史二人听说，便起身告辞，带领了丫鬟出来。妙玉送至门外，看他们去远，方掩门进来，不在话下。

这里翠缕向湘云道："大奶奶那里还有人等着咱们睡去呢。如今还是那里去好？"湘云笑道："你顺路告诉他们，叫他们睡罢。我这一去，未免惊动病人，不如闹林姑娘去罢。"说着，大家走至潇湘馆中，有一半人已睡去。二人进去，方卸妆宽衣，盥洗已毕，方上床安歇。紫鹃放下绡帐，移灯掩门出去。

谁知湘云有择席之病，虽在枕上，只是睡不着。黛玉又是个心血不足，常常失眠的，今日又错过困头，自然也是睡不着。二人在枕上翻来复去。黛玉因问道："怎么还睡不着？"湘云微笑道："我有个择席的病㉛，况且走了困，只好躺躺儿罢；你怎么也睡不着？"黛玉叹道："我这睡不着，也并非一日了。大约一年之中，通共也只好睡十夜满足的觉。"湘云道："你这病就怪不得了。"要知端底，下回分解。

【注释】

①打紧：这里是"硬是"的意思。

②"你可知"三句：宋杨亿《谈苑》载，宋开宝八年，宋军进围金陵，南唐后主李煜遣徐铉入朝，请缓兵。宋太祖谓曰："不须多言，江南有何罪，但天下一家，卧榻之侧，岂可许他人鼾睡？"这里比喻作诗本是姑娘们的事，不容男子"纵横"。宋太祖，即赵匡胤，涿郡人。宋王朝的建立者。他先后攻灭荆南、后蜀、南汉、南唐诸国，统一了天下。

③"只陆放翁"三句：清阎若璩《潜丘札记》卷四："何屺瞻告余：陆放翁之才，万顷海也；今人第以其'疏帘不卷留香久，古砚微凹积墨多'等句，遂认作苏州一老清客耳。"

④《青苔赋》：南朝梁文学家江淹作，其中有"悲凹险兮，唯流水而驰骛"的句子。

⑤东方朔：字曼倩，西汉武帝时人。性诙谐，善辞赋。《神异经》：志怪小说集，旧题东方朔撰，实为伪托。其中有"北方荒中有石湖，方千里，……其湖无凹凸，平满无高下"的话。

⑥"《画记》上云"句：《画记》，或指《历代名画记》，唐张彦远著，是我国古代画史的重要著作之一。张僧繇，南朝梁画家，吴人，善画佛像和龙。梁武帝崇奉佛教，凡装饰佛寺，多命其画壁。据云，建康（今南京）一乘寺门上之凸凹花，即他的手迹。

⑦晶宫：即水晶宫，也作"水精宫"。传说中用水晶构成的宫殿。后神话小说称龙王的第宅为水晶宫。或说，晶宫指天宫。相传天庭碧霄宫阙，皆以水晶为墙，名水晶宫。（见《逸史》）宋吕本中《紫微诗话》："吴正宪夫人最能文，尝雪夜作诗云：'夜深人在水晶宫。'"一说，指月宫。敦煌本《叶净能诗》称月宫为"水晶楼殿"。鲛（jiāo）室：传说中鲛人的居室。《述异记》卷上："南海中有鲛人室，水居如鱼，……晋木玄虚《海赋》云：'天琛水怪，鲛人之室。'"

⑧拟：类似。上元：即农历正月十五元宵节。旧以正月十五日为"上元"，七月十五日为"中元"，十月十五日为"下元"。

⑨箕斗：二星宿名。箕，由四颗星组成簸箕形。斗，由六颗星组成有柄的酒斗形。古人常用"箕斗"代指群星。

⑩匝地：遍地。管弦：这里泛指乐声。管，吹乐器，如笙、管、笛、箫等。弦，弹乐器，如琴、瑟、筝、琵琶等。

⑪飞盏：飞速地传递酒杯。

⑫暄暄：景色晴和的样子。

⑬争饼：宋秦再思《洛中记异》："（唐）僖宗幸兴庆池泛舟，方食饼餤。时进士在曲江，有闻喜宴，上命御厨各赐一枚，以红绫束之。故徐演诗云：'莫欺老缺残牙齿，曾吃红绫饼餤来。'"黄发：指老年人。《诗经·鲁颂·閟宫》："黄发台背。"汉郑玄笺："皆寿征也。"黛玉说"吃饼"是旧典，疑或指此。

⑭分瓜：指切西瓜。清富察敦崇《燕京岁时记·莲瓣西瓜》："凡中秋供月，西瓜必参差切之，如莲花瓣形。"绿媛：即指年轻女子。绿，指绿鬓，比喻女子乌黑而光亮的头发。

⑮香新荣玉桂，色健茂金萱：这两句写中秋佳节，桂花飘香，萱草健壮。玉桂，桂树秋季开花，色黄近白，故名"玉桂"。金萱，即"萱草"，又名"忘忧草"，俗称"金针菜"。夏秋间开花，呈橘红或橘黄色，故云"金萱"。

⑯琼宴：珍美的筵席。

⑰觥（gōng）：古代酒器。筹：行酒令所用的筹码。绮园：绮丽的园林。

⑱"分曹"句：猜酒令时，参加者要遵令官之命，分出对手，以行酒令。唐李商隐《无题》诗："隔座送钩春酒暖，分曹射覆蜡灯红。"分曹，即分出对手。曹，两人一对为曹。《楚辞·招魂》："分曹并进。"东汉王逸注："曹，偶。……言分曹列偶，并进技巧。"

⑲素彩：即月光。唐李群玉《望月怀友》诗："盈手水光寒不湿，流天素彩静无风。"

⑳序仲昆：排列名次，分别高下。

㉑谖（xuān）：忘记。这里当"停止"讲。

㉒雪霜痕：指黎明前淡淡的月光。古人常用雪霜形容月色的洁白。北周庾信《舟中望月》诗："山明疑有雪，岸白不关沙。"

㉓"阶露"句：意谓傍晚烟笼庭院时，合昏叶已敛合。团，聚集的意思。朝菌，一种菌类植物，朝生暮死。《庄子·逍遥游》："朝菌不知晦朔。"唐陆德明《释文》引司马彪注云："大芝也。天阴生粪上，见日则死。一名日及。"一说，指木槿花。唐陆德明《释文》引潘尼注："朝菌，木槿也。"木槿夏秋开红、白或紫色花，朝开午萎。

㉔"庭烟"句：意谓傍晚烟笼庭院时，合昏叶已敛合。棔（hūn），即合昏木，一名马缨花，落叶乔木，其叶昼开夜合。

㉕"秋湍"句：意谓迅疾的秋水从钟乳石洞倾泄而出。湍，水的急流。石髓，即石钟乳。石灰岩洞顶部的檐冰状物，因其形如钟乳而质为石，故名。

㉖"风叶"句：意谓落叶堆积在山石上。风叶，风吹的落叶。云根，山石。古人以为云气由山石中生出。唐温庭筠《东峰歌》："阳崖一梦伴云根，仙菌灵芝梦魂里。"明曾益注："云根，石也，云触石而

生，故曰云根。"

㉗宝婺（wù）：即婺女星，也叫"婺女星"，二十八宿之一。常借指女神。唐李商隐《七夕偶题》诗："宝婺摇珠佩，嫦娥照玉轮。"孤洁：孤高洁净。

㉘溜：滑，脱节，走题。意即转得太快，与上联衔接不够。因联句要求照应得当，若出一手，乃为相称。

㉙"银蟾"句：意或谓月缺是由于虾蟆吞食了月亮，月圆是因为又把它吐了出来。银蟾，传说月中有蟾蜍。唐白居易《中秋月》诗："照他几许人肠断，玉兔银蟾远不知。"气吐吞，指月有圆缺。《淮南子·说林训》："月照天下，蚀于詹诸。"注："詹诸，月中虾蟆，食月，故曰食于詹诸。"

㉚"药催"二句：指嫦娥奔月事。灵兔捣药，古代传说，月中有兔捣药。《太平御览》卷四引晋傅玄《拟天问》："月中何有？玉兔捣药。"广寒，即广寒宫，月中仙宫名。汉郭宪《汉武洞冥记》："冬至后，月养魄于广寒宫。"

㉛犯斗：干犯北斗星，意指上天。斗，即北斗星。牛女：指牵牛、织女二星。

㉜槎：木筏。帝孙：天帝之女孙，即织女。

㉝盈虚：指月轮有时圆，有时缺。

㉞合掌：诗文中对偶两句意思相同，如两掌相合，叫"合掌"。"犯斗邀牛女"两句，用的是同一传说，故云。

㉟晦朔：农历每月最末一天，叫"晦"；每月初一，叫"朔"。魄：本指月初生或将没时的微光，此处用指月体。

㊱捞嘴：多嘴，耍嘴。

㊲寒塘渡鹤影，冷月葬诗魂：二句意谓栖鹤受惊飞起，掠过清寒的池塘；月光冷落，而人之诗思，亦遂销沉。是湘云、黛玉各自悲剧人生的写照与象征。

㊳续貂：古代近侍官员以貂尾为冠饰，滥任官吏，貂尾不足，则以狗尾代之。后用为佳作在前、使人难乎为继之意。

㊴闺阁面目：指诗之格调合乎闺阁小姐的身份情趣。

㊵香篆：即篆香，一种计时用的盘香，形如篆文。明高濂《遵生八笺》卷八有"印香"，俱作篆文，或即一物。宋秦观《减字木兰花》词："断尽金炉小篆香。"销：尽。也作"消"。金鼎：鎏金的鼎形香炉，或铜香炉。

㊶冰脂：凝冻的油脂。这里指凝固的蜡油。灯油融解后，沾满玉盆，说明夜已很深。

㊷"箫增"句：意谓像寡妇哭泣的箫声，令人悲戚，不忍卒听。嫠（lí）妇，即寡妇。宋苏轼《前赤壁赋》："客有吹洞箫者，倚歌而和之；其声呜呜然，如怨如慕，如泣如诉，余音袅袅，不绝如缕。舞幽壑之潜蛟，泣孤舟之嫠妇。"

㊸"空帐"二句：金、彩，都指凤鸯羽毛的华美。凤、鸯，指帐和屏的装饰性图案。空帐、闲屏，写生活的空虚和寂寥。

㊹寂历：空旷。

㊺"石奇"句：意谓山石奇形怪状，有如神鬼在搏斗。缚，应作"搏"。

㊻赑屃（bì xì）：亦作"屃赑"。传说中一种海龟名。明杨慎《升庵集》卷八一"龙生九子"："俗传龙生九子，……一曰赑屃，形似龟，好负重，今石碑下龟趺是也。"这里代指石碑。朝光透：意谓曙光照在石碑上。

㊼罘罳（fú sī）：亦作"罘思"。古代设在官门外或城角的屏障。在宫殿檐下，防鸟雀栖集的网，也叫"罘罳"。屯：凝聚的意思。

㊽"歧熟"句：这是化用《列子·说符》"歧路亡羊"的寓言故事："杨子之邻人亡羊，既率其党，又请杨子之竖追之。杨子曰：'嘻！亡一羊何追者之众？'邻人曰：'多歧路。'既反，问：'获羊乎？'曰：'亡之矣！'曰：'奚亡之？'曰：'歧路之中又有歧焉。吾不知所之，所以反也。'……心都子曰：'大道以多歧亡羊，学者以多方丧生。'"后以"歧路亡羊"比喻事理复杂多变，没有正确方向。这里反其意而用之，意谓即使岔道再多，只要走熟，就不会迷路。歧，岔道。焉，怎么会。忘径，迷路。

㊾"芳情"二句：意谓心怀芳情，只有自己排遣，又能对谁讲呢？

芳情、雅趣，互文见义，指芳洁的情感和风雅的情趣。

　　㊿细论：细细地品评。唐杜甫《春日忆李白》诗："何时一樽酒，重与细论文？"

　　� 择席：迁居卧处，则睡眠不安，谓之"择席"。

第七十七回

俏丫鬟抱屈夭风流　美优伶斩情归水月^①

　　话说王夫人见中秋已过，凤姐病也比先减了，虽未大愈，然亦可以出入行走得了，仍命大夫每日诊脉服药，又开了丸药方来，配调经养荣丸。因用上等人参二两，王夫人取时，翻寻了半日，只向小匣内寻了几枝簪挺粗细的。王夫人看了嫌不好，命再找去，又找了一大包须沫出来。王夫人焦躁道："用不着偏有，但用着了，再找不着。成日家我叫你们查一查，都归拢一处，你们自不听，就随手混撂。"彩云道："想是没了，就只有这个。上次那边的太太来寻了去了。"王夫人道："没有的话，你再细找找。"彩云只得又去找寻，拿了几包药材来，说："我们不认得这个，请太太自看。除了这个没有了。"

　　王夫人打开看时，也都忘了，不知都是什么，并没有一支人参。因一面遣人去问凤姐有无，凤姐来说："也只有些参膏。芦须虽有几根^②，也不是上好的，每日还要煎药里用呢。"王夫人听了，只得向邢夫人那里问去。说道："因上次没了，才往这里来寻，早已用完了。"王夫人没法，只得亲身过来请问贾母。贾母忙命鸳鸯取出当日余的来，竟还有一大包，皆有手指头粗细不等，遂秤了二两与王夫人。王夫人出来，交与周瑞家的拿去，令小厮送与医生家去；又命将那几包不能辨的药也带了去，命医生认了，各包号上。

　　一时，周瑞家的又拿进来，说："这几样都各包号上名字了。但那一包人参，固然是上好的，只是年代太陈。这东西比别的大不同，凭是怎样好的，只过一百年后，就自己成了灰了。如今这个虽未成灰，然已成了糟朽烂木，也没有力量的了。请太太收了这个，倒不拘粗细，多少再换些新的倒好。"王夫人听了，低头不语，半日才说："这可没法了，只好去买二两来罢。"也无心看那些，只命："都收了罢。"因问周瑞家的："你就去说给外头人们，拣好的换二两来。倘或一时老太太问你们，只说用的是老太太的，不必多说。"

周瑞家的方才要去时，宝钗因在坐，乃笑道："姨娘且住。如今外头人参都没有好的，虽有全枝，他们也必截做两三段，镶嵌上芦泡须枝，挽匀了好卖，看不得粗细。我们铺子里常与参行交易，如今我去和妈妈说了，哥哥去托个伙计过去和参行里要他二两原枝来，不妨咱们多使几两银子，也得了好的。"王夫人笑道："倒是你明白。但只还得你亲自走一趟，才能明白。"

于是宝钗去了，半日回来，说："已遣人去，赶晚就有回音的。明日一早去配也不迟。"王夫人自是喜悦，因说道："'卖油的娘子水梳头'，自来家里有的，给人多少。这会子轮到自己用，反倒各处寻去。"说毕长叹。宝钗笑道："这东西虽然值钱，总不过是药，原该济众散人才是。咱们比不得那没见世面的人家，得了这个，就珍藏密敛的。"王夫人点头道："你这话也是。"一时宝钗去后，因见无别人在室，遂唤周瑞家的，问："前日园中搜检的事情，可得下落？"

周瑞家的是已和凤姐商议停妥，一字不隐，遂回明王夫人。王夫人吃了一惊，想到司棋系迎春丫头，乃系那边的人，只得令人去回邢氏。周瑞家的回道："前日那边太太嗔着王善保家的多事，打了几个嘴巴子，如今他也装病在家，不肯出头了。况且又是他外孙女儿，自己打了嘴，他只好装个忘了，日久平服了再说。如今我们过去回时，恐怕又多心，倒像似咱们多事的。不如直把司棋带过去，一并连赃证与那边太太瞧了，不过打一顿配了人，再指个丫头来，岂不省事？如今白告诉去，那边太太再推三阻四的，又说：'既这样，你太太就该料理，又来说什么。'岂不倒耽搁了？倘或那丫头瞅空儿寻了死，反不好了。如今看了两三天，都有些偷懒，倘一时不到，岂不倒弄出事来。"王夫人想了一想，说："这也倒是。快办了这一件，再办咱们家的那些妖精。"

周瑞家的听说，会齐了那边几个媳妇，先到迎春房里，回明迎春。迎春听了，含泪似有不舍之意。因前夜之事，丫头们悄悄说了原故，虽数年之情难舍，但事关风化，亦无可如何了。那司棋也曾求了迎春，实指望能救，只是迎春语言迟慢，耳软心活，是不能作主的。司棋见了这般，知不能免，因跪着哭道："姑娘好狠心！哄了我这两日，如今怎么连一句话也没有？"周瑞家的说道："你还要姑娘留你不成？便留下，你也难见园里的人了。依我们的好话，快快收了这样子，倒是人不知鬼不觉的去罢，大家体面些。"

迎春手里拿着一本书，正看呢，听了这话，书也不看，话也不答，只管扭着身子，呆呆的坐着。周瑞家的又催道："这么大女儿，自己作的，还不知道？把姑娘都带的不好看，你还敢紧着缠磨他！"迎春听了，方发话道："你瞧入画也是几年的，怎么说去就去了？自然不止你两个，想这园里凡大的都要去呢。依我说，将来总有一散，不如各人去罢。"周瑞家的道："所以到底是姑娘明白。明儿还有打发的人呢，你放心罢。"

司棋无法，只得含泪与迎春磕头，和众人告别。又向迎春耳边说："好歹打听我受罪，替我说个情儿，就是主仆一场！"迎春亦含泪答应："放心。"于是周瑞家的等人，带了司棋出去；又有两个婆子，将司棋所有的东西，都与他拿着。走了没几步，只见后头绣橘赶来，一面也擦着泪，一面递与司棋一个绢包，说："这是姑娘给你的。主仆一场，如今一旦分离，这个与你做个想念罢。"司棋接了，不觉得更哭起来了，又和绣橘哭了一回。周瑞家的不耐烦，只管催促，二人只得散了。司棋因又哭告道："婶子大娘们，好歹略徇个情儿，如今且歇一歇，让我到相好姊妹跟前辞一辞，也是这几年我们相好一场。"

周瑞家的等人皆各有事，做这些事，便是不得已了；况且又深恨他们素日大样，如今那里工夫听他的话？因冷笑道："我劝你去罢，别拉拉扯扯的了。我们还有正经事呢。谁是你一个衣胞里爬出来的，辞他们做什么？你不过挨一会是一会，难道算了不成！依我说，快走罢。"一面说，一面总不住脚，直带到后角门出去。司棋无奈，又不敢再说，只得跟着出来。

可巧正值宝玉从外头进来，一见带了司棋出去，又见后面又抱着些东西，料着此去再不能来了。因闻得上夜之事，又晴雯的病亦因那日加重，细问晴雯，又不说是为何。今见司棋亦走，不觉如丧魂魄，因忙拦住问道："那里去？"周瑞家的等皆知宝玉素昔行为，又恐唠叨误事，因笑道："不干你事，快念书去罢。"宝玉笑道："姐姐们且站一站，我有道理。"周瑞家的便道："太太吩咐不许少捱时刻，又有什么道理。我们只知道太太的话，管不得许多。"司棋见了宝玉，因拉住哭道："他们做不得主，好歹求求太太去。"宝玉不禁也伤心，含泪说道："我不知你做了什么大事，晴雯也气病着，如今你又要去了，这却怎么着好。"周瑞家的发躁向司棋道："你如今不是副小姐了，若不听说，我就打得你了。别想往日有姑娘护着，任你们作耗。越说着，还不好好的走！如今有了小爷见面，又拉拉扯扯，成何体统！"那几个妇人不由分说，拉着司棋便出去了。宝玉又恐他们去告舌，恨得只瞪着他们。看已走远了，方指着恨道："奇怪，奇怪！怎么这些人，只一嫁了汉子，染了男人的气味，就这样混账起来，比男人更可杀了！"守园门的婆子听了，也不禁好笑起来，因问道："这样说，凡女儿各各是好的了，女人个个是坏的了？"宝玉点头道："不错，不错！"

正说着，只见几个老婆子走来，忙说道："你们小心传齐了伺候着，此刻太太亲自到园里查人呢。"又吩咐："快叫怡红院晴雯姑娘的哥嫂来，在这里等着，领出他妹子去。"因又笑道："阿弥陀佛！今日天睁了眼，把这个祸害妖精退送了，大家清静些。"宝玉一闻得王夫人进来亲查，便料到晴雯也保不住了，早飞也似的赶了去，所以后来趁愿之话，竟未听见。

　　宝玉及到了怡红院，只见一群人在那里。王夫人在屋里坐着，一脸怒色，见宝玉也不理。晴雯四五日水米不曾沾牙，如今现在炕上拉了下来，蓬头垢面，两个女人搀架起来去了。王夫人吩咐："把他贴身的衣服撂出去，余者留下，给好的丫头们穿。"又命："把这里所有的丫头们都叫来！"一一过目。

　　原来王夫人惟怕丫头们教坏了宝玉，乃从袭人起以至于极小的粗活小丫头们，个个亲自看了一遍。因问："谁是和宝玉一日的生日？"本人不敢答应，李嬷嬷指道："这一个蕙香，又叫做四儿的，是同宝玉一日生日的。"王夫人细看了一看，虽比不上晴雯一半，却有几分水秀，视其行止，聪明皆露在外面，且也打扮得不同。王夫人冷笑道："这也是个没廉耻的货！他背地里说的同日生日就是夫妻，这可是你说的？打量我隔得远，都不知道呢！可知我身子虽不大来，我的心耳神意时时都在这里。难道我统共一个宝玉，就白放心凭你们勾引坏了不成？"这个四儿见王夫人说着他素日和宝玉的私语，不禁红了脸，低头垂泪。王夫人即命："也快把他家人叫来，领出去配人。"又问："那芳官呢？"芳官只得过来。王夫人道："唱戏的女孩子，自然更是狐狸精了！上次放你们，你们又不愿去，可就该安分守己才是；你就成精鼓捣起来，调唆宝玉，无所不为。"芳官笑辩道："并不敢调唆什么。"王夫人笑道："你还强嘴。你连你干娘都压倒了，岂止别人！"因喝命："唤他干娘来领去！就赏他外头找个女婿罢。他的东西，一概给他。"吩咐："上年凡有姑娘分的唱戏女孩儿们，一概不许留在园里，都令其各人干娘带出，自行聘嫁。"一语传出，这些干娘皆感恩趁愿不尽，都约齐与王夫人磕头领去。

　　王夫人又满屋里搜检宝玉之物。凡略有眼生之物，一并命收卷起来，拿到自己房里去了。因说："这才干净，省得旁人口舌。"又吩咐袭人麝月等人："你们小心！往后再有一点分外之事，我一概不饶。因叫人查看了，今年不宜迁挪，暂且挨过今年，明年一并给我仍旧搬出去，才心净。"说毕，茶也不吃，遂带领众人，又往别处去阅人。暂且说到后文。

如今且说宝玉只道王夫人不过来搜检搜检，无甚大事，谁知竟这样雷嗔电怒的来了。所责之事，皆系平日私语，一字不爽，料必不能挽回的。虽心下恨不能一死，但王夫人盛怒之际，自不敢多言。一直跟送王夫人到沁芳亭，王夫人命："回去好生念念那书！仔细明儿问你，才已发下狠了。"

宝玉听如此说，才回来，一路打算："谁这样犯舌？况这里事也无人知道，如何就都说着了？"一面想，一面进来，只见袭人在那里垂泪。且去了第一等的人，岂不伤心？便倒在床上大哭起来。袭人知他心里别的犹可，独有晴雯是第一件大事，乃劝道："哭也不中用。你起来，我告诉你，晴雯已经好了，他这一家去，倒心净养几天。你果然舍不得他，等太太气消了，你再求老太太，慢慢的叫进来，也不难。太太不过偶然听了别人的闲话，在气头上罢了。"宝玉道："我究竟不知晴雯犯了什么迷天大罪！"袭人道："太太只嫌他生的太好了，未免轻狂些。太太是深知这样美人是的人，心里是不能安静的，所以很嫌他，像我们这粗粗笨笨的倒好。"宝玉道："美人是的，心里就不安静么？你那里知道，古来美人安静的多着呢！这也罢了，咱们私自玩话，怎么也知道了？又没外人走风，这可奇怪了。"袭人道："你有什么忌讳的？一时高兴，你就不管有人没人了。我也曾使过眼色，也曾递过暗号，被那人知道了，你还不觉。"宝玉道："怎么人人的不是，太太都知道了，单不挑出你和麝月秋纹来？"

袭人听了这话，心内一动，低头半日，无可回答，因便笑道："正是呢。若论我们，也有玩笑不留心的去处，怎么太太竟忘了？想是还有别的事，等完了，再发放我们，也未可知。"宝玉笑道："你是头一个出了名的至善至贤的人，他两个又是你陶冶教育的，焉得有什么该罚之处！只是芳官尚小，过于伶俐些，未免倚强，压倒了人，惹人厌。四儿是我误了他，还是那年我和你拌嘴的那日起，叫上来做细活的，众人见我待他好，未免夺了地位，也是有的，故有今日。只是晴雯，也是和你们一样从小儿在老太太屋里过来的，虽生得比人强，也没什么妨碍着谁的去处；就只是他的性情爽利，口角锋芒，竟也没见他得罪了那一个。可是你说的，想是他过于生得好了，反被这个好带累了。"说毕，复又哭起来。

袭人细揣此话，直是宝玉有疑他之意，竟不好再劝，因叹道："天知道罢了。此时也查不出人来了，白哭一会子，也无益了。"宝玉冷笑道："原是想他自幼娇生惯养的，何尝受过一日委屈，如今是一盆才透出嫩箭的兰花送到猪圈里去一般③。况又是一身重病，里头一肚子闷气。他又没有亲爹热娘，只有一个醉泥鳅姑舅哥哥。他这一去，那里还等得一月半月？再不能见一面两面的了！"说着，越发心痛起来。

袭人笑道："可是你'自许州官放火，不许百姓点灯'④。我们偶说一句妨碍的话，你就说不吉利，你如今好好的咒他，就该的了！"宝玉道："我不是妄口咒人，今年春天已有兆头的。"袭人忙问："何兆？"宝玉道："这阶下好好的一株海棠花，竟无故死了半边，我就知道有坏事，果然应在他身上。"袭人听了，又笑起来，说："我要不说，又掌不住，你也太婆婆妈妈的了。这样的话，怎么是你读书的人说的。"宝玉叹道："你们那里知道，不但草木，凡天下有情有理的东西，也和人一样，得了知己，便极有灵验的。若用大题目比，就像孔子庙前桧树、坟前的蓍草⑤，诸葛祠前的柏树⑥，岳武穆坟前的松树⑦：这都是堂堂正大之气，千古不磨之物。世乱，他就枯干了；世治，他就茂盛了，凡千年枯了又生的几次。这不是应兆么？若是小题目比，就像杨太真沉香亭的木芍药⑧，端正楼的相思树⑨，王昭君坟上的长青草，难道不也有灵验？所以这海棠亦是应着人生的。"

袭人听了这篇痴话，又可笑，又可叹，因笑道："真真的这话越发说上我的气来了。那晴雯是个什么东西，就费这样心思，比出这些正经人来！还有一说，他总好，也越不过我的次序去。就是这海棠，也该先来比我，也还轮不到他。想是我要死的了。"宝玉听说，忙掩他的嘴，劝道："这是何苦！一个未清，你又这样起来。罢了，再别提这事，别弄得去了三个，又饶上一个。"袭人听说，心下暗喜道："若不如此，也没个了局。"

宝玉又道："我还有一句话要和你商量，不知你肯不肯，现在他的东西，是'瞒上不瞒下'，悄悄的送还他去。再或有咱们常日积攒下的钱，拿几吊出去，给他养病，也是你姊妹好了一场。"袭人听了，笑道："你太把我看得忒小器又没人心了。这话还等你说，我才把他的衣裳各物已打点下了，放在那里。如今白日里，人多眼杂，又恐生事，且等到晚上，悄悄的叫宋妈给他拿去。我还有攒下的几吊钱，也给他去。"宝玉听了，点点头儿。袭人笑道："我原是久已'出名的贤人'，连这一点子好名还不会买去不成！"宝玉听了他方才说的，又陪笑抚慰他，怕他寒了心。晚间，果遣宋妈送去。

宝玉将一切人稳住，便独自得便，到园子后角门，央一个老婆子，带他到晴雯家去。先这婆子百般不肯，只说怕人知道，"回了太太，我还吃饭不吃饭！"无奈宝玉死活央告，又许他些钱，那个婆子方带了他去。

却说这晴雯当日系赖大买的。还有个姑舅哥哥，叫做吴贵，人都叫他贵儿。那时晴雯才得十岁，时常赖嬷嬷带进来，贾母见了喜欢，故此，赖嬷嬷就孝敬了贾母。过了几年，赖大又给他姑舅哥哥娶了一房媳妇。谁知贵儿一味胆小老实，那媳妇却倒伶俐，又兼有几分姿色，看着贵儿无能为，便每日家打扮的妖妖调调，两只眼儿水汪汪的，招惹的赖大家人如蝇逐臭，渐渐做出些风流勾当来。那时晴雯已在宝玉房中，他便央及了晴雯，转求凤姐，合赖大家的要过来。目今两口儿就在园子后角门外居住，伺候园中买办杂差。

这晴雯一时被撵出来，住在他家。那媳妇那里有心肠照管？

吃了饭，便自去串门子，只剩下晴雯一人在外间屋内爬着。宝玉命那婆子在外了望，他独掀起布帘进来，一眼就看见晴雯睡在一领芦席上，幸而被褥还是旧日铺盖的，心内不知自己怎么才好，因上来含泪伸手，轻轻拉他，悄唤两声。当下晴雯又因着了风，又受了哥嫂的歹话，病上加病，嗽了一日，才朦胧睡了。忽闻有人唤他，强展双眸，一见是宝玉，又惊又喜，又悲又痛，一把死攥住他的手。哽咽了半日，方说道："我只道不得见你了。"接着便嗽个不住。宝玉也只有哽咽之分。晴雯道："阿弥陀佛！你来得好，且把那茶倒半碗我喝。渴了半日，叫半个人也叫不着。"宝玉听说，忙拭泪问："茶在那里？"晴雯道："在炉台上。"宝玉看时，虽有个黑煤乌嘴的吊子，也不像个茶壶。只得桌上去拿了一个碗，未到手内，先闻得油膻之气。宝玉只得拿了来，先拿些水，洗了两次，复用自己的绢子拭了，闻了闻，还有些气味，没奈何，提起壶来斟了半碗，看时，绛红的，也不大象茶。晴雯扶枕道："快给我喝一口罢！这就是茶了。那里比得咱们的茶呢！"宝玉听说，先自己尝了一尝，并无茶味，咸涩不堪，只得递与晴雯。只见晴雯如得了甘露一般，一气都灌下去了。

　　宝玉看着，眼中泪直流下来，连自己的身子都不知为何物了，一面问道："你有什么说的，趁着没人，告诉我。"晴雯呜咽道："有什么可说的！不过是挨一刻是一刻，挨一日是一日。我已知横竖不过三五日的光景，我就好回去了。只是一件，我死也不甘心：我虽生得比别人好些，并没有私情勾引你，怎么一口死咬定了我是个'狐狸精'！我今日既担了虚名，况且没了远限，不是我说一句后悔的话，早知如此，我当日……"说到这里，气往上咽，便说不出来，两手已经冰凉。宝玉又痛，又急，又害怕。便歪在席上，一只手攥着他的手，一只手轻轻的给他捶打着。又不敢大声的叫，真真万箭攒心。

　　两三句话时，晴雯才哭出来。宝玉拉着他的手，只觉瘦如枯柴，腕上犹戴着四个银镯。因哭道："除下来，等好了再戴上去罢。"又说："这一病好了，又伤好些。"晴雯拭泪，把那手用力拳回，搁在口边，狠命一咬，只听"咯吱"一声，把两根葱管一般的指甲，齐根咬下，拉了宝玉的手，将指甲搁在他手中；又回手扎挣着，连揪带脱，在被窝内，将贴身穿着的一件旧红绫小袄儿脱下，递给宝玉。不想虚弱透了的人，那里禁得这么抖搂，早喘成一处了。

宝玉见他这般，已经会意，连忙解开外衣，将自己的袄儿褪下来，盖在他身上，却把这件穿上；不及扣钮子，只用外头衣服掩了。刚系腰时，只见晴雯睁眼道："你扶起我来坐坐。"宝玉只得扶他。那里扶得起，好容易欠起半身，晴雯伸手把宝玉的袄儿往自己身上拉。宝玉连忙给他披上，拖着胳膊，伸上袖子，轻轻放倒，然后将他的指甲装在荷包里。晴雯哭道："你去罢！这里腌臜，你那里受得，你的身子要紧。今日这一来，我就死了，也不枉担了虚名。"

一语未完，只见他嫂子笑嘻嘻掀帘进来道："好呀！你两个的话，我已都听见了。"又向宝玉道："你一个做主子的，跑到下人房里来做什么？看着我年轻长的俊，你敢只是来调戏我么？"宝玉听见，吓得忙陪笑央及道："好姐姐，快别大声的。他伏侍我一场，我私自来瞧瞧他。"那媳妇儿点着头儿，笑道："怨不得人家都说你有情有义儿的。"便一手拉了宝玉进里间来，笑道："你要不叫我嚷，这也容易，你只是依我一件事。"说着，便自己坐在炕沿上，把宝玉拉在怀中，紧紧的将两条腿夹住。

宝玉那里见过这个，心内早突突的跳起来了，急得满面红胀，身上乱战，又羞又愧，又怕又恼，只说："好姐姐，别闹。"那媳妇也斜了眼儿，笑道："呸！成日家听见你在女孩儿们身上做工夫，怎么今儿个就发起赸来了？"宝玉红了脸，笑道："姐姐撒开手，有话咱们慢慢儿的说。外头有老妈妈听见，什么意思呢？"那媳妇那里肯放，笑道："我早进来了，已经叫那老婆子去到园门口儿等着呢。我等什么儿是的，今日才等着你了。你要不依我，我就嚷起来。叫里头太太听见了，我看你怎么样！你这么个人，只这么大胆子儿。我刚才进来了好一会子，在窗下细听，屋内只你两个人，我只道有些个体己话儿。这样看起来，你们两个人竟还是各不相扰儿呢。我可不能像他那么傻。”说着，就要动手。宝玉急的死往外拽。

正闹着，只听窗外有人问道："晴雯姐姐在这里住呢不是？"那媳妇子也吓了一跳，连忙放了宝玉。这宝玉已经吓怔了，听不出声音。外边晴雯听见他嫂子缠磨宝玉，又急，又臊，又气，一阵虚火上攻，早昏晕过去。那媳妇连忙答应着，出来看，不是别人，却是柳五儿和他母亲两个，抱着一个包袱，柳家的拿着几吊钱。悄悄的问那媳妇道："这是里头袭姑娘叫拿出来给你们姑娘的。他在那屋里呢？"那媳妇儿笑道："就是这个屋子，那里还有屋子。"

那柳家的领着五儿，刚进门来，只见一个人影儿往屋里一闪。柳家的素知这媳妇子不妥，只打量是他的私人。看见晴雯睡着了，连忙放下，带着五儿，便往外走。谁知五儿眼尖，早已见是宝玉，便问他母亲道："头里不是袭人姐姐那里悄悄儿的找宝二爷呢吗？"柳家的道："嗳哟！可是忘了。方才老宋妈说：'见宝二爷出角门来了。门上还有人等着，要关园门呢。'"因回头问那媳妇儿，那媳妇儿自己心虚，便道："宝二爷那里肯到我们这屋里来？"柳家的听说，便要走。这宝玉一则怕关了门，二则怕那媳妇子进来又缠，也顾不得什么了，连忙掀了帘子出来道："柳嫂子，你等等我，一路儿走。"柳家的听了，倒唬了一大跳，说："我的爷，你怎么跑了这里来了？"那宝玉也不答言，一直飞走。那柳五儿道："妈，你快叫住宝二爷不用忙，仔细冒冒失失，被人碰见，倒不好。况且才出来时，袭人姐姐已经打发人留了门了。"说着，赶忙同他妈来赶宝玉。这里晴雯的嫂子干瞅着，把个妙人儿走了。

却说宝玉跑进角门，才把心放下来，还是突突乱跳。又怕五儿关在外头，眼巴巴瞅着他母女也进来了。远远听见里边嬷嬷们正查人，若再迟一步，就关了园门了。宝玉进入园中，且喜无人知道，到了自己房内，告诉袭人，只说在薛姨妈家去的，也就罢了。一时铺床，袭人不得不问："今日怎么睡？"宝玉道："不管怎么睡罢了。"原来这一二年间，袭人因王夫人看重了他，越发自要尊重，凡背人之处，或夜晚之间，总不与宝玉狎昵，较先小时，反倒疏远了。虽无大事办理，然一应针钱，并宝玉及诸小丫头出入银线衣履什物等事，也甚烦琐；且有吐血之症，故近来夜间总不与宝玉同房。宝玉夜间胆小，醒了便要唤人，因晴雯睡卧警醒，故夜间一应茶水，起坐呼唤之事，悉皆委他一人，所以宝玉外床只是晴雯睡着。他今去了，袭人只得将自己铺盖搬来，铺设床外。

宝玉发了一晚上的呆，袭人催他睡下，然后自睡。只听宝玉在枕上长吁短叹，复去翻来，直至三更以后，方渐渐安顿了。袭人方放心，也就矇眬睡着。没半盏茶时，只听宝玉叫："晴雯。"袭人忙连声答应，问："做什么？"宝玉因要茶吃。袭人倒了茶来，宝玉乃笑道："我近来叫惯了他，却忘了是你。"袭人笑道："他乍来，你也曾睡梦中叫我的，以后才改了。"说着，大家又睡下。宝玉又翻转了一个更次，至五更方睡去时，只见晴雯从外走来，仍是往日形景，进来向宝玉道："你们好生过罢，我从此就别过了。"说毕，翻身就走。宝玉忙叫时，又将袭人叫醒。袭人还只当他惯了口乱叫，却见宝玉哭了，说道："晴雯死了。"袭人笑道："这是那里话！叫人听着，什么意思。"宝玉那里肯听？恨不得一时亮了就遣人去问信。

及至亮时，就有王夫人房里小丫头叫开前角门，传王夫人的话："'即时叫起宝玉，快洗脸，换了衣裳快来，因今儿有人请老爷赏秋菊，老爷因喜欢他前儿做的诗好，故此要带他们去。'这都是太太的话儿，你们快告诉去，立逼他快来，老爷在上屋里等他们吃面茶呢。环哥儿已来了，快快儿的去罢。我去叫兰哥儿去了。"里面的婆子听一句，应一句，一面扣着钮子，一面开门。袭人听得叩门，便知有事，一面命人问时，自己已起来了。听得这话，忙催人来舀了洗脸水，催宝玉起来梳洗，他自去取衣。因思跟贾政出门，便不肯拿出十分出色的新鲜衣服来，只拣那三等成色的来。宝玉此时已无法，只得忙忙前来。果然贾政在那里吃茶，十分喜悦。宝玉请了早安，贾环贾兰二人也都见过。贾政命坐吃茶，向环兰二人道："宝玉读书，不及你两个，论题联和诗这种聪明，你们皆不及他。今日此去，未免叫你们做诗，宝玉须随便助他们两个。"

王夫人自来不曾听见这等考语，真是意外之喜。一时，候他父子去了，方欲过贾母那边来时，就有芳官等三个干娘走来，回说："芳官自前日蒙太太的恩典赏了出去，他就疯了似的，茶饭都不吃，勾引上藕官蕊官，三个人寻死觅活，只要铰了头发做尼姑去。我只当是小孩子家，一时出去不惯，也是有的，不过隔两日就好了。谁知越闹越凶，打骂着也不怕。实在没法，所以来求太太，或是依他们去做尼姑去，或教导他们一顿，赏给别人做女孩儿去罢。我们没这福。"王夫人听了道："胡说！那里由得他们起来，佛门也是轻易进去的么？每人打一顿给他们，看还闹不闹！"

当下因八月十五日，各庙内上供去，皆有各庙内的尼姑来送供尖，因曾留下水月庵的智通与地藏庵的圆信住下未回，听得此信，就想拐两个女孩子去做活使唤，都向王夫人说："府上到底是善人家，因太太好善，所以感应得这些小姑娘们皆如此。虽然说'佛门容易难上'，也要知道'佛法平等'，我佛立愿，原度一切众生。如今两三个姑娘既然无父母，家乡又远，他们既经了这富贵，又想从小命苦，入了风流行次，将来知道终身怎么样，所以'苦海回头'，立意出家，修修来世，也是他们的高意。太太倒不要阻了善念。"

王夫人原是个善人，起先听见这话，谅系小孩子不遂心的话，将来熬不得清净，反致获罪。今听了这两个拐子的话，大近情理；且近日家中多故，又有邢夫人遣人过来知会，明日接迎春家去住两日，以备人家相看；且又有官媒来求说探春等，心绪正烦，那里着意在这些小事？既听此言，便笑答道："你两个既这等说，你们就带了做徒弟去，如何？"二姑子听了，念一声佛道："善哉，善哉！若如此，可是老人家的阴德不小。"说毕，便稽首拜谢。王夫人道："既这样，你们问他去。若果真心，即上来当着我拜了师父去罢。"

这三个女人听了出去，果然将他三人带来。王夫人问之再三，他三人已立定主意，遂与两个姑子叩了头，又拜辞了王夫人。王夫人见他们意皆决断，知不可强了，反倒伤心可怜，忙命人来取了些东西来赏了他们，又送了两个姑子些礼物。从此芳官跟了水月庵的智通，蕊官藕官二人跟了地藏庵圆信，各自出家去了。要知后事，下回分解。

【注释】

①水月：本为佛教用语，比喻一切法（事物）都无实体。《大智度论·十喻》："解了诸法，如幻如焰，如水中月。"这里指佛门。

②芦须：此指人参。人参顶部长叶处叫"芦"，人参的细根叫"须"。下文的"芦泡须枝"，指泡制过的人参。

③嫩箭：含苞未放的花骨朵，有的形似箭头，一朵叫"一箭"。

④自许州官放火，不许百姓点灯：宋陆游《老学庵笔记》卷五："田登作郡，自讳其名，触者必怒，吏卒多被榜笞，于是举州皆谓'灯'为'火'。上元放灯，许人入州治游观。吏人遂书榜揭于市曰：'本州依例放火三日。'"

⑤孔子庙：简称"孔庙"。这里指山东曲阜的孔庙，原为孔子故宅，春秋鲁哀公时立庙，历代迭加增修。桧（guì）树：亦名"圆柏""松柏"。常绿乔木，茎直立，木材坚实，有芳香。孔子庙前的桧树，相传为孔子生前所植。《阙里志》卷十一："子植桧，两株在赞德殿前，高六丈余，围一丈四尺，……一株在杏坛东南隅，高五丈余，围一丈三尺，其枝盘屈如龙形，世谓之再生桧。"蓍（shī）草：野生草本植物，古用蓍草茎进行占卜。据说孔子坟前的蓍草最为灵验。清金埴《巾箱说》："孔林草木，皆当年群弟子各自其国徙植，种类繁多。

其最著者，楷木、蓍草二种。"

⑥诸葛祠前的柏树：诸葛祠，今名武侯祠，在四川成都南郊，西晋末年十六国李雄所建。祠内古柏苍郁。

⑦岳武穆坟：岳武穆，即岳飞，南宋时抗金将领，为奸相秦桧陷害，死狱中。宋孝宗时，复其官职，赠谥"武穆"。岳坟，在浙江杭州西湖西北之栖霞岭。岳飞遇害后，初葬于杭州钱塘门外，宋孝宗时，以礼改葬于此。

⑧杨太真：即杨贵妃。沉香亭：在唐长安兴庆池东。木芍药：即牡丹。

⑨端正楼：在骊山华清宫，乃杨贵妃梳洗之所。相思树：疑指端正树。清顾予咸《温飞卿诗集》题解云："案《关中记》：在博望苑西，为唐明皇幸蜀所经处。《太真外传》：华清宫有端正楼，即贵妃梳洗之所。又，上发马嵬，至扶风道，道傍有花；寺畔见石楠树团圆，爱玩之，因呼为端正树，盖有所思也。"

第七十八回
老学士闲征姽婳词① 痴公子杜撰芙蓉诔②

话说两个尼姑领了芳官等去后，王夫人便往贾母处来。见贾母喜欢，便趁便回道："宝玉屋里有个晴雯，那个丫头也大了，而且一年之间，病不离身；我常见他比别人分外淘气，也懒；前日又病倒了十几天，叫大夫瞧，说是女儿痨③，所以我就赶着叫他下去了。若养好了，也不用叫他进来，就赏他家配人去也罢了。再那几个学戏的女孩子，我也做主放了。一则他们都会戏，口里没轻没重，只会混说，女孩儿们听了，如何使得？二则他们唱会子戏，白放了他们，也是应该的。况丫头们也太多，若说不够使，再挑上几个来，也是一样。"

贾母听了，点头道："这是正理，我也正想着如此。但晴雯那丫头，我看他甚好，言谈针线都不及他，将来还可以给宝玉使唤的。谁知变了。"王夫人笑道："老太太挑中的人原不错，只是他命里没造化，所以得了这个病。俗语又说：'女大十八变。'况且有本事的人，未免就有些调歪。老太太还有什么不曾经历过的？三年前，我也就留心这件事，先只取中了他。我留心看去，他色色比人强，只是不大沉重。知大体，莫若袭人第一。虽说贤妻美妾，也要性情和顺，举止沉重的更好些。袭人的模样虽比晴雯次一等，然放在房里，也算是一二等的。况且行事大方，心地老实，这几年从未同着宝玉淘气。凡宝玉十分胡闹的事，他只有死劝的。因此，品择了二年，一点不错了，我悄悄的把他丫头的月钱止住，我的月分银子里批出二两银子来给他。不过使他自己知道，越发小心效好之意。且没有明说，一则宝玉年纪尚小，老爷知道了，又恐说耽误了书；二则宝玉自以为自己跟前的人，不敢劝他说他，反倒纵性起来。所以直到今日，才回明老太太。"贾母听了，笑道："原来这样，如此更好了。袭人本来从小儿不言不语，我只说是'没嘴的葫芦'。既是你深知，岂有大错误的。"王夫人又回今日贾政如何夸奖，如何带他们逛去。贾母听了，更加喜悦。

　　一时，只见迎春妆扮了前来告辞过去。凤姐也来请早安，伺候早饭。又说笑一回，贾母歇晌，王夫人便唤了凤姐，问他丸药可曾配来。凤姐道："还不曾呢，如今还是吃汤药。太太只管放心，我已大好了。"王夫人见他精神复初，也就信了，因告诉撵逐晴雯等事。又说："宝丫头怎么私自回家去了，你们都不知道？我前儿顺路都查了一查。谁知兰小子的这一个新进来的奶子也十分的妖调，也不喜欢他。我说与你大嫂子了，好不好，叫他各自去罢。我因问你大嫂子：'宝丫头出去，难道你不知道不成？'他说是告诉了他的，不两三日，等姨妈病好了，就进来。姨妈究竟没甚大病，不过是咳嗽腰疼，年年是如此的。他这去的必有原故，敢是有人得罪了他不成？那孩子心重，亲戚们住一场，别得罪了人，反不好了。"凤姐笑道："谁可好好的得罪着他？"王夫人道："别是宝玉有嘴无心，从来没个忌讳，高了兴，信嘴胡说，也是有的。"凤姐笑道："这可是太太过于操心了。若说他，出门去干正经事，说正经话去，却像傻子；若只叫他进来，在这些姊妹跟前，以至于大小的丫头跟前，最有仁让，又恐怕得罪了人，那是再不得有人恼他的。我想薛妹妹此去必为着前夜搜检众丫头的原故。他自然为信不及园里的人，他又是亲戚，现也有丫头老婆在内，我们又不好去搜检了，恐我们疑他，所以多了这个心，自己回避了。也是应该避嫌疑的。"

　　王夫人听了这话不错，自己遂低头一想，便命人去请了宝钗来，分晰前日的事，以解他的疑心，又仍命他进来照旧居住。宝钗陪笑道："我原要早出去的，因姨妈有许多大事，所以不便来说。可巧前日妈妈又不好了，家里两个靠得的女人又病，所以我趁便去了。姨妈今日既已知道了，我正好回明，就从今日辞了，好搬东西。"王夫人凤姐都笑道："你太固执了。正经再搬进来为是，休为没要紧的事反疏远了亲戚。"宝钗笑道："这话说的太重了，并没为什么事要出去。我为的是妈妈近来神思比先大减，而且夜晚没有得靠的人，统共只我一二人；二则如今我哥哥眼看娶嫂子，多少针线活计，并家里一切动用器皿，尚有未齐备的，我也须得帮着妈妈去料理料理。姨妈和凤姐姐都知道我们家的事，不是我撒谎。再者，自我在园里，东南上小角门子就常开着，原是为我走的，保不住出入的人图省走路，也从那里走。又没个人盘查，设若从那里弄出事来，岂不两碍。而且我进园里来睡，原不是什么大事。因前几年年纪都小，且家里没事，在外头不如进来，姊妹们在一处玩笑作针线，都比在外头一人闷坐好些。如今彼此都大了，况姨娘这边历年皆遇不遂心之事，所以那园子里，倘有一时照顾不到的，皆有关系。惟有少几个人，就可以少操些心了。所以今日不但我决意辞去，此外还要劝姨娘，如今该减省的就减省些，也不为失了大家的体统。据我看，园里的这一项费用也竟可以免的，说不得当日的话。姨娘深知我家的，难道我家当日也是这样零落不成？"凤姐听了这篇话，便向王夫人笑道："这话依我竟不必强他。"王夫人点头道："我也无可回答，只好随你的便罢了。"

说话之间，只见宝玉已回来了，因说："老爷还未散，恐天黑了，所以先叫我们回来了。"王夫人忙问："今日可丢了丑了没有？"宝玉笑道："不但不丢丑，拐了许多东西来。"接着就有老婆子们从二门上小厮手内接进东西来。王夫人一看时，只见扇子三把，扇坠三个，笔墨共六匣，香珠三串，玉绦环三个。宝玉说道："这是梅翰林送的，那是杨侍郎送的，这是李员外送的^④，每人一分。"说着，又向怀中取出一个檀香小护身佛来，说："这是庆国公单给我的。"王夫人又问在席何人，做何诗词。说毕，只将宝玉一分，令人拿着，同宝玉、环、兰，前来见贾母。贾母看了，喜欢不尽，不免又问些话。无奈宝玉一心记着晴雯，答应完了，便说：“骑马颠了，骨头疼。”贾母便说：“快回房去，换了衣服，疏散疏散就好了，不许睡。”宝玉听了，便忙进园来。

当下麝月秋纹已带了两个丫头来等候，见宝玉辞了贾母出来，秋纹便将墨笔等物拿着，随宝玉进园来。宝玉满口里说：“好热！”一壁走，一面便摘冠解带，将外面的大衣服都脱下来，麝月拿着，只穿着一件松花绫子夹袄，襟内露出血点般大红裤子来，秋纹见这条红裤是晴雯针线，因叹道：“真是‘物在人亡’了。”麝月将秋纹拉了一把，笑道：“这裤子配着松花色袄儿，石青靴子，越显出靛青的头⑤，雪白的脸来了。”宝玉在前，只装没听见，又走了两步，便止步道：“我要走一走，这怎么好？”麝月道：“大白日里，还怕什么？还怕丢了你不成！”因命两个小丫头跟着，“我们送了这些东西去再来。”宝玉道：“好姐姐，等一等我再去。”麝月道：“我们去了就来。两个人手里都有东西，倒像摆执事的，一个捧着文房四宝，一个捧着冠袍带履，成个什么样子！”

宝玉听了，正中心怀，便让他二人去了。他便带了两个小丫头到一块山子石后头，悄问他二人道：“自我去了，你袭人姐姐打发人去瞧晴雯姐姐没有？”这一个答道：“打发宋妈瞧去了。”宝玉道：“回来说什么？”小丫头道：“回来说，晴雯姐姐直着脖子叫了一夜，今日早起，就闭了眼，住了口，世事不知，只有倒气的分儿了。”宝玉忙道：“一夜叫的是谁？”小丫头道：“一夜叫的是娘。”宝玉拭泪道：“还叫谁？”小丫头道：“没有听见叫别人了。”宝玉道：“你糊涂，想必没有听真。”

傍边那一个小丫头最伶俐，听宝玉如此说，便上来说：“真个他糊涂。”又向宝玉说：“不但我听得真切，我还亲自偷着看去的。”宝玉听说，忙问：“怎么又亲自看去？”小丫头道：“我因想，晴雯姐姐素日与别人不同，待我们极好。如今他虽受了委屈出去，我们不能别的法子救他，只亲去瞧瞧，也不枉素日疼我们一场。就是人知道了，回了太太，打我们一顿，也是愿受的。所以我拼着一顿打，偷着出去瞧了一瞧。谁知他平生为人聪明，至死不变，见我去了，便睁开眼拉我的手问：'宝玉那去了？'我告诉他了。他叹了一口气，说：'不能见了。'我就说：'姐姐何不等一等他回来见一面？'他就笑道：'你们不知道，我不是死，如今天上少了一位花神，玉皇爷命我去管花儿。我如今在未正二刻就上任去了，宝玉须得未正三刻才到家，只少得一刻儿的工夫，不能见面。世上凡有该死的人，阎王勾取了去，是差些个小鬼来捉人魂魄。若要迟延一时半刻，不过烧些纸钱，浇些浆饭⑥，那鬼只顾抢钱去了，该死的人就可少待个工夫。我这如今是天上的神仙来召请，岂可捱得时刻？'我听了这话，竟不大信。及进来到屋里，留神看时辰表，果然是未正二刻，他咽了气；正三刻上，就有人来叫我们，说你来了。"宝玉忙道："你不认得字，所以不知道，这原是有的。不但花有一花神，还有总花神。但他不知做总花神去了，还是单管一样花神？"这丫头听了，一时诌不来。恰好这是八月时节，园中池上芙蓉正开，这丫头便见景生情，忙答道："我已曾问他：'是管什么花的神？告诉我们，日后也好供养的⑦。'他说：'你只可告诉宝玉一人，除他之外，不可泄了天机。'就告诉我说，他是专管芙蓉花的。"

宝玉听了这话，不但不为怪，亦且去悲生喜，便回过头来，看着那芙蓉笑道："此花也须得这样一个人去主管。我就料定，他那样的人必有一番事业。虽然超生苦海，从此再不能相见了，免不得伤感思念。"因又想："虽然临终未见，如今且去灵前一拜，也算尽这五六年的情意。"想毕，忙至房中，正值麝月秋纹找来。

宝玉又自穿戴了，只说去看黛玉，遂一人出园，往前次看望之处来，意为停柩在内。谁知他哥嫂见他一咽气，便回了进去，希图早些得几两发送例银。王夫人闻知，便命赏了十两银子，又命："即刻送到外头焚化了罢，女子痨死的，断不可留！"他哥嫂听了这话，一面得银，一面催人立刻入殓，抬往城外化人厂上去了⑧。剩的衣裳簪环，约有三四百金之数，他哥嫂自收了，为后日之计。二人将门锁上，一同送殡去了。

宝玉走来，扑了一个空，站了半天，并无别法，只得复身进入园中。及回至房中，甚觉无味，因顺路来找黛玉，不在房中，问其何往，丫鬟们回说："往宝姑娘那里去了。"宝玉又至蘅芜院中，只见寂静无人，房内搬的空空落落，不觉吃一大惊，才想起前日仿佛听见宝钗要搬出去，只因这两日工课忙，就混忘了。这时看见如此，才知道果然搬出。怔了半天，因转念一想："不如还是和袭人厮混，再与黛玉相伴。只这两三个人，只怕还是同死同归。"想毕，仍往潇湘馆来，偏黛玉还未回来。正在不知所之，忽见王夫人的丫头进来找他，说："老爷回来了，找你呢，又得了好题目了。快走，快走。"宝玉听了，只得跟了出来。到王夫人房中，他父亲已出去了，王夫人命人送宝玉至书房中。

彼时贾政正与众幕友们谈论寻秋之胜，又说："临散时，忽谈及一事，最是千古佳谈，'风流隽逸，忠义感慨'，八字皆备。倒是个好题目，大家要做一首挽词⑨。"众幕宾听了，都请教："系何等妙事？"贾政乃道："当日曾有一位王爵，封曰恒王⑩，出镇青州。这恒王最喜女色，且公余好武，因选了许多美女，日习武事，令众美女学习战攻斗伐之事。内中有个姓林行四的，姿色既佳，且武艺更精，皆呼为林四娘⑪。恒王最得意，遂超拔林四娘统辖诸姬，又呼为姽婳将军。"众清客都称："妙极神奇。竟以'姽婳'下加'将军'二字，反更觉妖媚风流，真绝世奇文也！想这恒王也是千古第一风流人物了。"

贾政笑道："这话自然如此。但更有可奇可叹之事。"众清客都惊问道："不知底下有何等奇事？"贾政道："谁知次年便有'黄巾''赤眉'一干流贼余党，复又乌合，抢掠山左一带⑫。恒王意为犬羊之辈，不足大举，因轻骑进剿。不意贼众诡谲，两战不胜，恒王遂被众贼所戮。于是青州城内，文武官员，各各皆谓：'王尚不胜，你我何为？'遂将有献城之举。林四娘得闻凶信，遂聚集众女将，发令说道：'你我皆向蒙王恩，戴天履地，不能报其万一。今王既殒身国患，我意亦当殒身于下。尔等有愿随者，即同我前往；不愿者，亦早自散去。'众女将听他这样，都一齐说：
'愿意！'于是林四娘带领众人，连夜出城，直杀至贼营。里头众
贼不防，也被斩杀了几个首贼。后来大家见是不过几个女人，料
不能济事，遂回戈倒兵，奋力一阵，把林四娘等一个不曾留下，
倒作成了这林四娘的一片忠义之志。后来报至中都，天子百官，
无不叹息。想其朝中自然又有人去剿灭，天兵一到，化为乌有，
不必深论。只就林四娘一节，众位听了，可羡不可羡？"众幕友
都叹道："实在可羡可奇！实是个妙题，原该大家挽一挽才是。"

　　说着，早有人取了笔砚，按贾政口中之言，稍加改易了几个
字，便成了一篇短序，递与贾政看了。贾政道："不过如此。他们
那里已有原序。昨日因又奉恩旨，着察核前代以来应加褒奖而遗
落未经奏请各项人等，无论僧尼、乞丐、女妇人等，有一事可嘉，
即行汇送履历至礼部，备请恩奖。所以他这原序也送往礼部去了。
大家听了这新闻，所以都要做一首《姽婳词》，以志其忠义。"众
人听了，都又笑道："这原该如此。只是更可羡者，本朝皆系千古
未有之旷典，可谓'圣朝无阙事'了⑬。"贾政点头道："正是。"

　　说话间，宝玉、贾环、贾兰俱起身来看了题目。贾政命他三
人各吊一首，谁先做成者赏，佳者额外加赏。贾环贾兰二人近日
当着许多人皆做过几首了，胆量愈壮。今看了题目，遂自去思索。
一时，贾兰先有了，贾环生恐落后，也就有了。二人皆已录出，
宝玉尚自出神。贾政与众人且看他二人的二首。贾兰的是一首七
言绝句，写道是：

　　　　姽婳将军林四娘，玉为肌骨铁为肠。捐躯自报恒王后，
　　此日青州土尚香。

众幕宾看了，便皆大赞："小哥儿十三岁的人，就如此，可知家学
渊深，真不诬矣。"贾政笑道："稚子口角，也还难为他。"又看
贾环的，是首五言律，写道是：

　　　　红粉不知愁⑭，将军意未休⑮。掩啼离绣幕，抱恨出青
　　州。自谓酬王德，谁能复寇仇？好题忠义墓⑯，千古独风流。

众人道："更佳！到底大几岁年纪，立意又自不同。"贾政道："倒还不甚大错，终不恳切。"众人道："这就罢了。三爷才大不多几岁，俱在未冠之时。如此用心做去，再过几年，怕不是大阮小阮了么⑰。"贾政笑道："过奖了。只是不肯读书的过失。"因问宝玉。众人道："二爷细心镂刻，定又是风流悲感，不同此等的了。"

宝玉笑道："这个题目似不称近体⑱，须得古体⑲，或歌或行⑳，长篇一首，方能恳切。"众人听了，都立起身来，点头拍手道："我说他立意不同！每一题到手，必先度其体格宜与不宜㉑，这便是老手妙法。这题目名曰《姽婳词》，且既有了序，此必是长篇歌行，方合体式。或拟温八叉《击瓯歌》㉒，或拟李长吉《会稽歌》㉓，或拟白乐天《长恨歌》㉔，或拟咏古词，半叙半咏，流利飘逸，始能尽妙。"贾政听说，也合了主意，遂自提笔向纸上要写。又向宝玉笑道："如此甚好。你念，我写。若不好了，我捶你的肉。谁许你先大言不惭的！"宝玉只得念了一句道：

> 恒王好武兼好色，

贾政写了看时，摇头道："粗鄙。"一幕友道："要这样方古，究竟不粗。且看他底下的。"贾政道："姑存之。"宝玉又道：

> 遂教美女习骑射；秾歌艳舞不成欢㉕，列阵挽戈为自得。

贾政写出，众人都道："只这第三句便古朴老健，极妙。这第四句平叙，也最得体。"贾政道："休谬加奖誉，且看转的如何。"宝玉念道：

> 眼前不见尘沙起㉖，将军俏影红灯里。

众人听了这两句，便都叫："妙！好个'不见尘沙起'！又承了一句'俏影红灯里'，用字用句，皆入神化了。"宝玉道：

> 叱咤时闻口舌香㉗，霜矛雪剑娇难举㉘。

众人听了更拍手笑道："越发画出来了。当日敢是宝公也在坐，见其娇而且闻其香？不然，何体贴至此。"宝玉笑道："闺阁习武，任其勇悍，怎似男人？不问而可知娇怯之形了。"贾政道："还不快续！这又有你说嘴的了。"宝玉只得又想了一想，念道：

丁香结子芙蓉绦㉑，

众人都道："转'萧'韵更妙，这才流利飘逸。而且这句子也绮靡秀媚得妙。"贾政写了，道："这一句不好，已有过了'口舌香'、'娇难举'，何必又如此？这是力量不加，故又弄出这些堆砌货来搪塞。"宝玉笑道："长歌也须得要些词藻点缀点缀；不然，便觉萧索。"贾政道："你只顾说那些，这一句底下如何转至武事呢？若再多说两句，岂不蛇足了。"宝玉道："如此，底下一句兜转煞住，想也使得。"贾政冷笑道："你有多大本领？上头说了一句大开门的散话，如今又要一句连转带煞，岂不心有余而力不足呢？"宝玉听了，垂头想了一想，说了一句道：

不系明珠系宝刀。

忙问："这一句可还使得？"众人拍案叫绝。贾政笑道："且放着，再续。"宝玉道："使得，我便一气连下去了；若使不得，索性涂了，我再想别的意思出来，再另措词。"贾政听了，便喝道："多话！不好了再做，便做十篇百篇，还怕辛苦了不成！"宝玉听说，只得想了一会，便念道：

战罢夜阑心力怯，脂痕粉渍污鲛绡。

贾政道："这又是一段了。底下怎么样？"宝玉道：

明年流寇走山东，强吞虎豹势如蜂；

众人道："好个'走'字！便见得高低了。且通句转的也不板。"宝玉又念道：

王率天兵思剿灭，一战再战不成功；腥风吹折陇中麦，日照旌旗虎帐空㉚。青山寂寂水溅溅，正是恒王战死时；雨淋白骨血染草，月冷黄昏鬼守尸。

众人都道："妙极，妙极！布置，叙事，词藻，无不尽美。且看如何至四娘，必另有妙转奇句。"宝玉又念道：

纷纷将士只保身，青州眼见皆灰尘；不期忠义明闺阁，愤起恒王得意人。

众人都道："铺叙得委婉。"贾政道："太多了，底下只怕累赘呢。"

宝玉又道：

> 恒王得意数谁行③，姽婳将军林四娘；号令秦姬驱赵女②，
> 秾桃艳李临疆场③。绣鞍有泪春愁重，铁甲无声夜气凉；胜
> 负自难先预定，誓盟生死报前王。贼势猖獗不可敌，柳折花
> 残血凝碧④；马践胭脂骨髓香，魂依城郭家乡隔。星驰时报
> 入京师，谁家儿女不伤悲！天子惊慌愁失守，此时文武皆垂
> 首。何事文武立朝纲，不及闺中林四娘！我为四娘长叹息，
> 歌成余意尚彷徨。

念毕，众人都大赞不止。又从头看了一遍。贾政笑道："虽说了几
句，到底不大恳切。"因说："去罢。"三人如放了赦的一般，一
齐出来，各自回房。

众人皆无别话，不过至晚安歇而已。独有宝玉，一心凄楚，
回至园中，猛见池上芙蓉，想起小丫鬟说晴雯做了芙蓉之神，不
觉又喜欢起来，乃看着芙蓉，嗟叹了一会。忽又想起："死后并未
至灵前一祭，如今何不在芙蓉前一祭，岂不尽了礼？"想毕，便
欲行礼。忽又止道："虽如此，亦不可太草率了，须得衣冠整齐，
奠仪周备，方为诚敬。"想了一想："古人云，'潢污行潦，荇藻苹
蘩之贱，可以羞王公，荐鬼神。'原不在物之贵贱，只在心之诚
敬而已⑤。然非自作一篇诔文，这一段凄惨酸楚，竟无处可以发泄
了。"因用晴雯素日所喜之冰鲛縠一幅⑥，楷字写成，名曰《芙蓉
女儿诔》⑦，前序后歌；又备了晴雯素喜的四样吃食。于是黄昏人
静之时，命那小丫头捧至芙蓉前，先行礼毕，将那诔文即挂于芙
蓉枝上，乃泣涕念曰：

> 维太平不易之元⑧，蓉桂竞芳之月⑨，无可奈何之日，怡
> 红院浊玉，谨以群花之蕊、冰鲛之縠、沁芳之泉、枫露之茗⑩：
> 四者虽微，聊以达诚申信，乃致祭于白帝宫中抚司秋艳芙蓉
> 女儿之前曰⑪：

> 窃思女儿自临人世，迄今凡十有六载。其先之乡籍姓氏，

湮沦而莫能考者久矣㊷。而玉得于衾枕栉沐之间㊸，栖息宴游之夕，亲昵狎亵㊹，相与共处者，仅五年八月有奇。忆女曩生之昔，其为质则金玉不足喻其贵，其为体则冰雪不足喻其洁，其为神则星日不足喻其精，其为貌则花月不足喻其色㊺。姊娣悉慕媖娴，妪媪咸仰慧德㊻。孰料鸠鸩恶其高㊼，鹰鸷翻遭罦罬㊽；薋葹妒其臭㊾，茞兰竟被芟鉏㊿！花原自怯，岂奈狂飙？柳本多愁，何禁骤雨？偶遭蛊虿之谗㊿，遂抱膏肓之疾。故樱唇红褪，韵吐呻吟；杏脸香枯，色陈颦颔㊿。诼谣謑诟㊿，出自屏帏㊿；荆棘蓬榛㊿，蔓延窗户。既怀幽沉于不尽，复含罔屈于无穷㊿。高标见嫉，闺闱恨比长沙㊿；贞烈遭危，巾帼惨于雁塞㊿。自蓄辛酸，谁怜夭折？仙云既散，芳趾难寻。洲迷聚窟，何来却死之香㊿？海失灵槎，不获回生之药㊿。眉黛烟青，昨犹我画；指环玉冷，今倩谁温？鼎炉之剩药犹存，襟泪之余痕尚渍。镜分鸾影㊿，愁开麝月之奁㊿；梳化龙飞㊿，哀折檀云之齿㊿。委金钿于草莽，拾翠盒于尘埃㊿。楼空鳷鹊㊿，徒悬七夕之针㊿；带断鸳鸯，谁续五丝之缕㊿？况乃金天属节㊿，白帝司时；孤衾有梦，空室无人。桐阶月暗，芳魂与倩影同消；蓉帐香残㊿，娇喘共细腰俱绝。连天衰草，岂独蒹葭㊿；匝地悲声，无非蟋蟀。露阶晚砌，穿帘不度寒砧㊿；雨荔秋垣㊿，隔院希闻怨笛㊿。芳名未泯，檐前鹦鹉犹呼；艳质将亡，槛外海棠预萎。捉迷屏后，莲瓣无声㊿；斗草庭前，兰芳枉待。抛残绣线㊿，银笺彩袖谁裁㊿？褶断冰丝㊿，金斗御香未熨㊿。昨承严命㊿，既趋车而远陟芳园㊿；今犯慈威，复拄杖而遣抛孤柩㊿。及闻蕙棺被燹㊿，顿违共穴之情㊿；石椁成灾㊿，愧逮同灰之诮。尔乃西风古寺㊿，淹滞青磷㊿；落日荒丘，零星白骨。楸榆飒飒㊿，蓬艾萧萧。隔雾圹以啼猿㊿，绕烟塍而泣鬼。岂道红绡帐里，公子情深；始信黄土陇中，女儿命薄！汝南泪血㊿，斑斑洒向西风㊿；梓泽余衷㊿，默默诉凭冷月。呜呼！固鬼蜮之为灾③，岂神灵之有妒？毁彼奴之口④，讨岂从宽？剖悍妇之心，忿犹未释！在卿之尘缘虽浅⑤，而玉之鄙意尤深。因蓄惓惓之思⑥，不禁谆谆之问。始知上帝垂旌⑦，花宫待诏⑧，生侪兰蕙，死辖芙蓉。听小婢之言，似涉无稽；据浊玉之思，深为有据。何也？昔叶法善摄魂以撰碑，李长吉被诏而为记，事虽殊其理则一也⑨。故相物以配才，苟非其人，恶乃滥乎？始信上帝委托权衡，可谓至洽至协，庶不负其所秉赋也⑩。因希其不昧之灵，或陟降于兹⑩，特不揣鄙俗之词，有污慧听。乃歌而招之曰⑩：

天何如是之苍苍兮，乘玉虬以游乎穹窿耶⑩？
地何如是之茫茫兮，驾瑶象以降乎泉壤耶⑩？
望缑盖之陆离兮，抑箕尾之光耶⑩？
列羽葆而为前导兮，卫危虚于傍耶⑩？
驱丰隆以为庇从兮，望舒月以临耶⑩？
听车轨而伊轧兮，御鸾鹥以征耶⑩？
闻馥郁而飘然兮，纫蘅杜以为佩耶⑩？
斓裙裾之烁烁兮，镂明月以为珰耶⑩？
借葳蕤而成坛畤兮，檠莲焰以烛兰膏耶⑪？
文瓠匏以为觯斝兮，洒醽醁以浮桂醑耶⑫？
瞻云气而凝眸兮，仿佛有所觇耶？
俯波痕而属耳兮，恍惚有所闻耶⑬？
期汗漫而无际兮，捐弃予于尘埃耶⑭？
倩风廉之为余驱车兮，冀联辔而携归耶⑮？
余中心为之慨然兮，徒嗷嗷而何为耶？
卿偃然而长寝兮，岂天运之变于斯耶⑯？
既窀穸且安稳兮，反其真而又奚化耶⑰？
余犹桎梏而悬附兮，灵格余以嗟来耶⑱？
来兮止兮，卿其来耶？
若夫鸿蒙而居，寂静以处，虽临于兹，余亦莫睹。搴烟萝而为步障，列苍蒲而森行伍⑱。警柳眼之贪眠⑳，释莲心之味苦㉑。素女约于桂岩㉒，宓妃迎于兰渚㉓。弄玉吹笙㉔，寒簧击敔㉕。征嵩岳之妃，启骊山之姥㉖。龟呈洛浦之灵㉗，兽作咸池之舞㉘。潜赤水兮龙吟㉙，集珠林兮凤翥㉚。爱格爱诚，匪笯匪簹㉛。发轫乎霞城㉜，还旌乎玄圃㉝，既显微而若通，复氤氲而倏阻㉞。离合兮烟云，空蒙兮雾雨。尘霾敛兮星高，溪山丽兮月午㉟。何心意之怦怦，若寤寐之栩栩㊱？余乃欷歔怅怏，泣涕彷徨。人语兮寂历，天籁兮篔筜㊲。鸟惊散而飞，鱼唼喋以响。志哀兮是祷，成礼兮期祥。呜呼哀哉！尚飨㊳！

读毕，遂焚帛奠茗，依依不舍。小丫鬟催至再四，方才回身。忽听山石之后有一人笑道："且请留步。"二人听了，不觉大惊。那小丫鬟回头一看，却是个人影儿从芙蓉花里走出来，他便大叫："不好，有鬼！晴雯真来显魂了！"唬得宝玉也忙看时，究竟是人是鬼，下回分解。

【注释】

①姽婳（guǐ huà）：古语。女子安闲幽静叫"姽"，兼能勇武奔驰叫"婳"。或说，姽婳，闲静美好的样子。

②诔（lěi）：原是古代用以表彰死者德行并致哀悼的文辞，仅用于上对下。后成为哀祭文体的一种。晋陆机《文赋》："碑披文以相质，诔缠绵而凄怆。"

③女儿痨：年轻女子所患的痨病。痨，俗称结核病，多指肺结核。

④员外：本指在定额以外设置的官员，可纳钱捐买，后用为对地主富豪的一种称呼。

⑤靛（diàn）青：即青靛，青蓝色染料。清叶梦珠《阅世编》卷七："青靛，初出闽中。夏、秋两次之间，取其叶淘汁澄清，用染蓝青色。"这里当深黑色讲。

⑥浇些浆饭：古时祭祀，用浆饭浇在坟上，以享死者。

⑦供养：在家设影像牌位，以灯明、食物、香花之类祭献，叫

"供养"。

⑧化人厂：即火化场。

⑨挽词：哀悼死者的词章。古代多用于韵文。

⑩恒王：此或指明代朱祐楎（huī）。《明史》卷一一九："衡恭王祐楎，宪宗第七子，弘治十二年之藩青州（首府在今山东益都），嘉靖十七年薨。"

⑪林四娘：其说不一。据清陈维崧《妇人集》、清王渔洋《池北偶谈》、清蒲松龄《聊斋志异》等记述，林四娘生长金陵，原为衡王宫嫔，宠绝伦辈，会吟咏，不幸早死。清林云铭《林四娘记》则云，林四娘乃福建莆田人。崇祯年间，父为江宁府库官，逋帑下狱，林四娘与表兄某，悉力营救，同卧起半载，实无私情，其父出狱，而疑不释，林四娘因投缳自尽，以明无他。

⑫山左：指今山东省。因其在太行山东边，故云。

⑬圣朝无阙（quē）事：唐岑参《寄左省杜拾遗》诗："圣朝无阙事，自觉谏书稀。"意思是圣明的朝廷没有什么过失和错误。阙，过失，错误。

⑭红粉：胭脂和白粉。本为女子化妆品，即以代称女子。

⑮将军：指林四娘。意未休：心情不能平静。

⑯好题：郑重地题诗。

⑰大阮小阮：大阮，指阮籍。小阮，指阮咸，阮籍的侄子。二人都是"竹林七贤"中的人物，时负盛名，被称为"大阮""小阮"。

⑱近体：诗体名。即近体诗，亦叫"今体诗"。唐代形成的律诗和绝句的通称。其句数、字数及平仄、用韵等都有严格规定。

⑲古体：诗体名。即古体诗，亦叫"古诗""古风"。产生较早，同近体诗相对而言。每篇字数不拘，有四言、五言、六言、七言、杂言诸体。不求对仗，平仄和用韵也比较自由。

⑳或歌或行：歌行，古乐府诗体之一。它的音节、格律，一般比较自由，形式采用五言、七言、杂言的古体。

㉑"每一题"二句：清薛雪《一瓢诗话》："题与诗必须相配，才有好诗。看此题宜作何体，然后据体构思，遮几当行。一遭牵合，未免

捉襟露肘。"

㉒温八叉《击瓯歌》：温八叉，即温庭筠。《击瓯歌》，全名为《郭处士击瓯歌》，是一首古奥而又雕琢的七言古诗。

㉓李长吉《会稽歌》：李长吉，即李贺，字长吉，昌谷人，唐代诗人。《会稽歌》，全名为《还自会稽歌》，是一首拟古以自抒困顿之感的五言古诗。

㉔白乐天《长恨歌》：白乐天，即白居易，字乐天，其先太原人，后迁居下邽，唐代诗人。《长恨歌》，是一首描述唐明皇和杨贵妃爱情故事的七言古体诗。

㉕秾（nóng）歌艳舞：指美艳的歌舞。

㉖尘沙起：意即发生战争。尘沙，指战场上扬起的尘土和灰沙。

㉗叱咤：指操练时的吆喝声。

㉘霜、雪：形容矛和剑明亮锋利，寒光射人。

㉙"丁香"句：芙蓉色的丝带上装饰有丁香花式的结子。

㉚虎帐空：说明恒王已死。虎帐，古代军中将帅发号施令的营帐。

㉛"恒王"句：意谓恒王宠信的人中数得上谁呢？数（shǔ），数得着。谁行（háng），哪些人。

㉜秦姬、赵女：秦、赵，战国时两个国名，相传这两地多出美女。

㉝秾桃艳李：比喻美女。《诗经·召南·何彼秾矣》："何彼秾矣，华如桃李。"这里指恒王的姬妾。

㉞血凝碧：《庄子·外物》："苌弘死于蜀，藏其血，三年化为碧。"后以"碧血"称颂为国死难的人。

㉟"古人云"几句：意谓如果真有一片挚诚之心，那么，即便是沟中积水和野生水草，也可以奉献王公，祭奠鬼神。潢污，小坑里的死水。行潦，车沟里的流水。荇（xìng），一种水草。藻，水藻。蘋（pín），大叶浮萍。蘩（fán），白蒿。羞王公，即向王公进献美味食物。羞，美味的食物。荐鬼神，即向鬼神奉献祭品。荐，奉献。

㊱冰鲛縠（hú）：一种白而细的皱纱。縠，有皱纹的纱。《汉书·江充传》："充衣纱縠禅衣。"唐颜师古注："纱縠，纺丝而织之也，轻者为纱，绉者为縠。"冰，形容皱纱的细白而光洁。《后汉书·章帝

纪》："诏齐相省冰纨、方空縠、吹纶絮。"唐李贤注："冰，言色鲜洁如冰。"

㊲《芙蓉女儿诔》：为芙蓉女儿写的祭文。晴雯死后为芙蓉神事，当采宋以来关于芙蓉城的传说创作而成。芙蓉城是传说中的仙境。宋吴曾《能改斋漫录》卷十八"石曼卿、丁度为芙蓉城主"条："王子高遇仙人周瑶英，与之游芙蓉城，世有其传。余案，欧阳文忠公诗话记石曼卿死后，人有恍惚见之者，云：'我今为仙，主芙蓉城。'骑一青驴，去如飞。又案，太常博士张师正所纂《括异志》，记庆历中有朝士，将晓赴朝，见美女三十余人，靓装丽服，两两并行，丁度观文按辔其后，朝士问后行者：'观文将宅眷何往？'曰：'非也，诸女御迎芙蓉城主。'俄闻丁死，故东坡诗云：'芙蓉城中花冥冥，谁其主者石与丁。'韩子苍言：王荆公尝和东坡此诗，而集不载，只记其两句云：'神仙出没藏杳冥，帝遣万鬼驱六丁。'"

㊳维太平不易之元：意谓当此太平不变的年头。维，句首语气助词。不易，不变。元，纪年。古代祭文、诔文，开头常用"维……年月日"，是一种固定格式。

㊴蓉桂竞芳之月：芙蓉和桂花盛开的月份，指农历八月。蓉，这里指"木芙蓉"，也称"木莲""地芙蓉"。落叶灌木，秋季开花。《本草纲目·木部·木芙蓉》："此花艳如荷花，故有芙蓉、木莲之名，八九月始开。"

㊵茗：茶芽。一说为晚采的茶。《尔雅·释木》晋郭璞注："今呼早采者为茶，晚取者为茗。"

㊶抚司秋艳：掌管秋花。抚司，管辖的意思。

㊷湮沦：湮没沉沦。这里是"失传"的意思。

㊸衾（qīn）枕栉（zhì）沐：代指日常生活。衾枕，被子和枕头。这里指就眠。栉沐，梳头和洗面。这里指梳洗。

㊹亲昵狎亵（xiè）：态度亲近，举止随便。亲昵，指一种特殊的亲近关系。章太炎《新方言·释言》："古言亲昵，今语亦变为亲热。惟江南犹正言亲昵耳。"狎亵，态度不庄重。这里是举止随便的意思。

㊺"忆女"五句：这几句或仿唐杜牧《李长吉诗歌序》："云烟绵

联，不足为其态也；水之迢迢，不足为其情也；春之盎盎，不足为其和也；秋之明洁，不足为其格也。"曩（nǎng）生之昔，过去活着的时候。质，品质。金玉，金坚玉洁，形容人品质的高贵。冰雪，比喻晶莹洁白。

㊻"姊娣"二句：意谓晴雯受到大观园里的丫头和女仆的爱戴。姊娣，即姐妹。这里指众丫头。娣，对"姊"而言。《国语·晋语一》："其娣生卓子。"三国吴韦昭注："女子同生，谓后生为娣，于男则言妹也。"媄娴，美好文雅。妪媪，老妇人。这里指女仆。仰，佩服。

㊼孰料：谁能料到。鸠：斑鸠，似鸽而小，善鸣多声。旧时多比喻饶舌的人。鸩（zhèn）：传说中一种有毒的鸟。这里比喻坏人。

㊽鹰鸷（zhì）：指鹰隼一类善飞的猛禽。旧多以喻个性刚烈的人。这里比喻晴雯。罦罳（fú zhuó）：一种装设机关、能自动掩捕鸟兽的网，古称"覆车网"。这里意即罗网。

㊾薋（cí）：蒺藜。葹（shī）：苍耳。这两种植物都带刺，古时常用以比喻恶人。臭：气味。这里指香气。《周易·系辞上》："同心之言，其臭如兰。"

㊿茝（chǎi）、兰：都是香草，旧多以喻贤人。这里比喻晴雯。茝，白芷。芟（shān）：割除。菹（zū）：同"葅"，剁砍，切碎。以上四句比喻晴雯品德高尚，而为恶人所妒嫉，遭到陷害，如同猛禽被投进网罗、香草被铲除一样。

51蛊虿（chài）：都是害人的毒虫。蛊，相传为人工培养的一种毒虫。《本草纲目·虫部·蛊虫》引陈藏器云："取百虫入瓮中，经年开之，必有一虫尽食诸虫，即以此名为蛊。"虿，蝎子的一种。东汉服虔《通俗文》："长尾为虿，短尾为蝎。"

52顑（hǎn）颔：因饥饿而颜色憔悴的样子。《离骚》："苟余情其信姱以练要兮，长顑颔亦何伤。"宋洪兴祖补注："顑颔，食不饱，面黄貌。"这里形容晴雯因染病而面黄肌瘦。

53诼（zhuó）谣：即"谣诼"，造谣中伤。诶诟（xǐ gòu）：嘲讽辱骂。东汉王逸《九思·遭厄》："违群小兮诶诟。"

54屏帏：室内遮蔽的帐幕。此代指闺房。

○55荆棘蓬榛：灌木和杂草。这里比喻大观园里那些忠实奴才。意谓晴雯处境险恶，遭受迫害是必然的。

○56"既怀"二句：意谓晴雯生前被压抑，痛苦无尽；死后受冤枉，有冤莫伸。幽沉，指隐藏在内心深处的怨恨。罔，被诬陷。屈，冤屈。

○57"高标"二句：是说晴雯的怨恨，可和被贬谪的贾谊相比。高标，木梢曰"标"，凡高耸的物体皆通称为"高标"。此指出众的品格。长沙，指贾谊。贾谊为西汉洛阳人。汉文帝时官至大中大夫，因被人排斥，贬为长沙王太傅，作《吊屈原赋》《鹏鸟赋》以抒发自己的幽愤。后又迁梁怀王太傅，梁怀王堕马死，他自伤没有尽到做太傅的责任，常哭泣，年余亦死。年三十三岁。

○58"贞烈"二句：是说晴雯的遭遇，比出塞的王昭君更悲惨。贞烈，坚贞刚烈。巾帼，古代妇女的头巾和发饰，后代指妇女。这里指晴雯。雁塞，本为山名，其地当在蜀汉间。亦泛指北方边塞。汉元帝时，宫女王昭君被元帝送往匈奴和亲。康熙《昭君墓》诗："含悲辞汉主，挥泪赴匈奴。……漠漠龙沙际，寥寥雁塞隅。"

○59"洲迷"二句：意谓迷失了去聚窟洲的道路，怎能找到返魂之香？聚窟洲、却死香，汉东方朔《十洲记·聚窟洲》："聚窟洲在西海中申未之地，地方三千里，北接昆仑二十六万里，去东岸二十四万里，上多真仙灵官，宫第比门，不可胜数。……洲上有大山，形似人鸟之像，因名之为人鸟山。山多大树，与枫木相类，而花叶香闻数百里，名为返魂树，扣其树，亦能自作声，声如群牛吼，闻之者皆心惊神骇。伐其木根心，于玉釜中煮取汁，更微火煎如黑饧状，令可丸之，名曰惊魂香，或名之为震灵丸，或名之为返生香，或名之为震檀香，或名之为人鸟精，或名之为却死香，一种六名，斯灵物也。香气闻数百里，死者在地，闻香气乃即活，不复亡也，以香薰死人，更加神验。"迷，迷失方向。

○60"海失"二句：意谓没有去海上的仙筏，无法获得回生之药。灵槎，传说是仙人的木筏，行驶海上，可通天河。回生药，即"不死之药"。《史记·封禅书》载，传说渤海中有蓬莱、方丈、瀛洲三神山，上有不死之药，秦始皇曾使人求之，船交海中，因风不至而未得。

㉛镜分鸾影：镜分，旧时用以比喻夫妻离散。唐孟棨《本事诗·情感》载，南朝陈徐德言娶陈后主妹乐昌公主。陈衰，徐德言谓妻曰："以君之才容，国亡必入权豪之家。"乃破镜各执其半，约他日正月望日卖于都市，以相探讯。陈亡，公主为杨素所有。徐德言依期至京，见有苍头卖半镜，与所藏半镜相合，遂题《破镜诗》一绝。公主见诗，悲泣不食，杨素知之，召徐德言还其妻，携归江南终老。鸾影，当指铜镜背面的纹饰。据传鸾鸟喜群，以镜照之，见影辄舞。《北堂书钞》卷一三六引南朝宋范泰《鸾鸟诗序》："昔罽宾王结罝峻祁之山，获一鸾鸟，王甚爱之。……三年不鸣。其夫人曰：'尝闻鸟见其类而后鸣，何不悬镜以映之？'王从其言。鸾睹形感契，慨然悲鸣，哀响中霄，一奋而绝。"这里或是把这两个故事结合在一起，抒写自己对晴雯的哀思，叹其不能"重圆"，哀其死的悲惨。

㉒麝月：原指月亮，这里代指镜子。奁：古代妇女梳妆用的镜匣。

㉓梳化龙飞：隋李巨仁《赋得镜》诗云："凤从台上出，龙就匣中生。"或化用李诗句意。

㉔檀云：这里指檀木做的梳子。齿：指木梳的齿子。

㉕"委金钿（diàn）"二句：这里用唐明皇和杨贵妃的故事。杨贵妃死在马嵬坡后，她的首饰都抛在荒野。唐白居易《长恨歌》："花钿委地无人收，翠翘金雀玉搔头，君王掩面救不得，回看血泪相和流。"此喻晴雯被逐致死的悲惨情景。金钿，嵌金花的首饰。翠盒，嵌翡翠的首饰盒。

㉖楼空鸡（zhī）鸧：鸡鸧，鸟名。亦称"松鸡"。汉有楼观名鸡鸧楼。这里或重在借用"鸧"字。后唐马缟《中华古今注》："鹊，一名'神女'。俗云七月填河成桥。"比喻晴雯死后，人去楼空。

㉗"徒悬"句：此承上句意，是说鹊去无桥，七月七日牛郎织女不能相会，乞巧之针空挂在那里。七夕之针，《荆楚岁时记》："七月七日，为牵牛、织女聚会之夜。……是夕，人家妇女结彩缕，穿七孔针，或以金银鍮石为针，陈几筵酒脯瓜果于庭中以乞巧，有蟢子网于瓜上，则以为符应。"

㉘"带断"二句：意谓晴雯已死，孔雀裘破了，有谁还能缝补呢？

带断鸳鸯，即鸳鸯带断。这里或重在隐指"荣鹣裘"一词，与上文"楼空鹢鹊"相似。一说，带断鸳鸯，喻宝玉同晴雯的永诀。五丝之缕，即五色的丝缕，用汉高祖宠姬戚夫人事。五丝，意即"五绽（tuó）"。绽，缝合的意思。缕，线缕，指缝裘用的线。

⑥金天：指秋天。按五行说法，秋天属金，故云。

⑦蓉帐：绣着芙蓉花的帐子。

⑦蒹葭（jiān jiā）：芦苇。《诗经·秦风·蒹葭》："蒹葭苍苍，白露为霜。"

⑦寒砧：凄冷的捣衣声。砧，捣衣石。这里指捣衣声。

⑦雨荔秋垣：唐柳宗元《登柳州城楼寄漳汀封连四州》诗："惊风乱飐芙蓉水，密雨斜侵薜荔墙。"荔，即薜荔，香草，缘木而生。

⑦"隔院"句：《晋书·向秀传》载，晋代向秀与嵇康、吕安为友，后嵇、吕被司马氏集团杀害。向秀一次经过嵇康在山阳的旧居时，"日薄虞渊，寒冰凄然，邻人有吹笛者，发声寥亮，追思曩昔游宴之好，感音而叹，故作赋云"。赋中有句说："听鸣笛之慷慨兮，妙声绝而复寻。"

⑦莲瓣：同"莲步"。这里比喻女子的脚步。

⑦抛残绣线：《牡丹亭·惊梦》杜丽娘唱："炷尽沉烟，抛残绣线。"

⑦银笺：白纸。这里当指裁剪所用的纸样。

⑦褶（zhě）：衣服上的折痕。冰丝：相传为冰蚕所吐之丝，色有五彩。这里指丝绢所制的衣服。

⑦金斗：鎏金的熨斗。御香：这里或指熨斗中燃烧的香炭。以上四句意谓晴雯死后，绣线抛弃，又有谁来裁剪彩袖呢？衣服已有折痕，却无人烧熨斗为我熨平。

⑧严命：父命。下文"慈威"，指母威。旧时认为父严母慈，故称父为"严父"、母为"慈母"。

⑧陟：本为登高的意思，这里作"到"解。

⑧拄杖：扶着拐杖，表示极度悲伤。以上四句意谓昨天我禀承父命，不得不驾车远出，去名园赏菊；今天我不怕母亲的威严，拄杖赶来吊唁，而你的灵柩却早被抛掉。

㉜蕙棺：芳香的棺木。燹（xiǎn）：兵火。这里当"焚烧"讲。

㉝共穴：死后同葬一个墓穴。

㉞石椁（guǒ）：石棺。椁，棺外的套棺。这里即指棺木。

㉟尔乃：相当于"于是"。

㊱淹滞：来回飘荡的样子。青磷：青色的磷火。旧时叫"鬼火"。

㊲楸：落叶乔木，叶似桐，花黄绿色，结实成英。榆：叶椭圆形，花淡紫色，果实即榆钱。

㊳圹（kuàng）：坟墓。

㊴汝南泪血：宋郭茂倩《乐府诗集》卷四五引《乐苑》："《碧玉歌》者，宋汝南王所作也。碧玉，汝南王妾名。以宠爱之甚，所以歌之。"原歌共三首，其一有"芙蓉陵霜荣，秋容故尚好"的句子。梁元帝《采莲歌》亦咏其事云："碧玉小家女，来嫁汝南王。"唐代乔知之有宠婢，也叫碧玉。唐张鷟《朝野佥载》卷二云："知之时幸，为之不婚。伪魏王武承嗣，暂借教姬人妆梳，纳之更不放还。知之乃作《绿珠怨》以寄。……碧玉读诗，饮泪不食，三日，投井而死。承嗣出其尸，于裙带上得诗，大怒，乃讽罗织人告之，遂斩知之于南市，破家籍没。"汝南血泪，或以此两事合用。

㊶洒向西风：明沈宛君《长女昭齐周年感悼》诗之四："孤云细雨谁相识，空向西风泪湿衣。"

㊷梓泽：晋石崇的别馆名。这句用石崇和绿珠的故事。以上四句都是宝玉用来自喻，表达对晴雯的亲密感情和深切悼念。

㊸鬼蜮（yù）：《诗经·小雅·何人斯》："为鬼为蜮，则不可得。"蜮，传说能在水里含沙射人的一种怪物。后以"鬼蜮"喻用心险恶、暗中伤人的坏人。

㊹诐（bī）奴：爱拨弄是非的奴才。诐，邪僻。

㊺尘缘：佛家语。佛经中把色、声、香、味、触、法称为"六尘"，人生于世，以心攀缘六尘，遂受其牵累，所以叫"尘缘"。这里指活在人世的时间。

㊻惓惓（quán）：恳切的意思。

㊼垂旌：即降诏，下命令。旌，旗的一种。古礼，君有所命，招

唤大夫用旌、旐。

　　⑱待诏：候命的意思。诏，皇帝诏书。据《旧唐书·职官志》载，翰林院有待诏之所，其待诏人有词学、经术、卜祝及艺术人材，各置别院。玄宗时称翰林待诏，始以待诏名官。明清时于翰林院中仍置有待诏。这里是被任命为花官待诏的意思。

　　⑲"昔叶法善"三句：意谓上帝令晴雯管辖芙蓉，如同李邕魂魄写碑、李贺被诏作记一样，都是"相物配才"，任用得当。叶法善，唐代道士，字道元，括苍人。从其曾祖起三代皆为道士。曾隐居松阳卯酉山中，传阴阳卜卦之术。摄魂撰碑，《清稗类钞》引《处州府志》："松阳叶法善，以道术遭遇玄宗。时李邕为处州刺史，以词翰名世。法善求邕与其祖有道先生国重作碑文，成，请并书，弗许。一夕，梦法善请曰：'向辱雄文，光贲泉壤，敢再求书。'邕喜而为书，未竟，钟鸣梦觉，至丁字下数点而止。法善刻毕，持墨本往谢，邕曰：'始以为梦，乃真邪？'世传此碑为追魂碑。"李长吉，即唐代诗人李贺。被诏为记，《唐才子》卷五："长吉将死时，忽昼见一绯衣人，驾赤虬，持一版，书若太古篆或霹雳石文者，云：'当召长吉。'长吉了不能读，欻下榻叩头言：'阿婆老且病，贺不愿去。'绯衣人笑曰：'帝成白玉楼，立召君为记；天上差乐，不苦也。'长吉独泣，边人尽见之。少之，长吉气绝。"

　　⑳"故相物"几句：意谓晴雯被任命为花神，极为妥当，这才不辜负她出众的才能。相，衡量的意思。物，这里指某一方面的职务。配才，配备人才。恶乃，同"无乃"，岂不是。委托，委任托付。权衡，斟酌衡量。至洽至协，极为妥当。庶，大约，差不多。秉赋，固有的才智品德。

　　㉑陟降：古时常以陟降说明"神灵"的活动。《诗经·大雅·文王》："文王陟降，在帝左右。"宋朱熹《集传》："盖以文王之神在上，一升一降，无时不在上帝之左右。"这里是复词偏义，降临的意思。

　　㉒招：招引。这里指招魂，即招回死者的灵魂。《楚辞》有《招魂》篇，东汉王逸以为战国宋玉所作，曰："魂者，身之精也。宋玉怜哀屈原忠而斥弃，愁懑山泽，魂魄放佚，厥命将落，故作《招魂》。"

⑩⑬"天何如"二句：意谓天为什么这样碧青幽深，是你驾着玉龙在太空遨游吗？苍苍，深青色。玉虬（qiú），玉色的无角龙。穹窿，形容天空仿佛中央隆起、四周下垂的样子。《尔雅·释天》注："天形穹窿，其色苍苍。"这里即指天空。

⑩⑭"地何如"二句：意谓地为什么这样辽阔迷茫，是你乘着瑶象降临地上吗？茫茫，原野辽阔的样子。古乐府《敕勒歌》："天苍苍，野茫茫，风吹草低见牛羊。"瑶象，指用美玉和象牙作为装饰的车子。泉壤，地下。古人称地下为"黄泉""九泉"。《文选》卷十六《寡妇赋》："上瞻兮遗像，下临兮泉壤。"

⑩⑮"望缴（sǎn）盖"二句：意谓望见你的香车仪仗是那样绚丽灿烂，还是你所骑的箕尾星的闪闪光芒？缴盖，犹"伞盖"，遮阳障雨的用具。《太平御览》卷七〇二引《通俗文》："张帛避雨谓之伞盖。"这里指仪仗。陆离，这里形容五光十色的样子。抑，推测疑问之词。箕尾，二星名。均属二十八宿。《庄子·大宗师》："傅说（悦）得之，以相武丁，奄有天下，乘东维，骑箕尾，而比于列星。"《释文》引晋崔谭注云："傅说死，其精神乘东维，托龙尾，乃列宿，今尾上有傅说星。"后因称人死精魂上天，叫"骑箕尾"。

⑩⑯"列羽葆"二句：意谓排列着仪仗华盖做先导，守卫在你两旁的是危星和虚星吗？羽葆，用鸟羽做装饰的华盖，是仪仗的一种。卫，侍卫。危虚，二十八宿中的二星名。

⑩⑰"驱丰隆"二句：意谓命令云神当守卫，让望舒驾车陪同你来临吗？这两句疑当作："驱丰隆以为庇兮，从望舒以临耶？""从""兮"二字颠倒，"月"字为衍文。丰隆，神话传说中的云神或雷神。望舒，神话传说中为月亮赶车的神。

⑩⑱"听车轨"二句：意谓我仿佛听到车子的伊轧声，是你在驾着鸾凤出游吗？车轨，此指车轮。伊轧，车轮碾地的声音。鸾，凤凰一类的鸟。鹥，凤凰的别名。征，远行。

⑩⑲"闻馥郁"二句：意谓我像是闻到浓郁的芳香，是你把蘅杜穿连成佩饰吗？馥郁，形容香气浓烈。纫，贯穿连缀。《离骚》："扈江离与辟芷兮，纫秋兰以为佩。"蘅杜，两种香草。蘅，杜蘅，冬日开紫花。

杜，杜若，夏日开白花。佩，悬挂在身上的饰物。

　　⑩"斓裙裾（jū）"二句：意谓我仿佛看到你灿烂的衣裙闪耀着光彩，是你把明月珠连缀成耳坠吗？斓，五颜六色的样子。裙裾，即指裙子。衣服的大襟叫"裾"。镂，雕刻。明月，宝珠名。因珠光晶莹似月光，故名。珰（dāng），珠玉制成的耳饰。

　　⑪"借葳蕤（wēi ruí）"二句：意谓我为了祭奠你，用兰叶筑成祭坛，用莲花灯点燃香脂。借，同"藉"，以物衬垫叫"藉"。古时祭品下常以白茅垫底。葳蕤，草名。亦称"玉竹"，花钟状，下垂，绿白色。古人曾用以形容兰叶下垂的样子。唐张九龄《感遇》诗："兰叶春葳蕤，桂华秋皎洁。"这里当代指兰叶。坛畤（zhì），祭坛。古代祭祀天地五帝的地方叫"畤"。檠，灯架。莲焰，指莲花灯，灯盘作莲花形。燃灯本为祭佛的一种仪式。《无量寿经》卷下："悬缯燃灯，散花烧香。"烛，这里作"点燃"讲。兰膏，泽兰炼成的油。

　　⑫"文瓡（hú）匏（páo）"二句：意谓我为了祭奠你，把觯斝斟满美酒。文，花纹。此作动词用，描绘的意思。瓡匏，即葫芦。瓡，指"瓠瓜"，也叫"葫芦"。匏，小瓜。《广韵》："匏似瓠，可为饮器。"洒，古代祭神时，泼酒于地，叫"洒"。醽醁（líng lù），美酒名。《抱朴子·知止》："密宴继集，醽醁不撤。"亦作"醽渌"。桂醑（xǔ），即桂花酒。《梁书·沈约传》："席布骈驹，堂流桂醑。"也作"桂花醑"。醑，美酒。

　　⑬"瞻云气"四句：意谓我抬眼望云烟，仿佛窥察到什么；我俯首对波痕，恍惚听到什么。凝眸，定睛注视。觇（chān），窥察。波痕，波纹。属耳，侧耳倾听。

　　⑭"期汗漫"二句：意谓你曾约定我在天空相会，而天空广漠无边，这不是把我抛弃在尘世吗？期，约会。汗漫，形容天空的广大无垠。这里或指天空。

　　⑮"倩风廉"二句：意谓宝玉请风神为他赶车，希望能和晴雯偕同归来。风廉，当为"飞廉"之误。飞廉是神话传说中的风神。《离骚》："前望舒使先驱兮，后飞廉使奔属。"联辔，并马而行。

　　⑯"余中心"四句：借用《庄子》之意，意谓自己内心愤慨万分，

但白白的哭叫又有何用？你已长眠不醒，难道说是"天运"的变幻在起作用吗？中心，即心中，内心。嗷嗷（jiào），悲哭声。偃然，僵卧的样子。长寝，长眠，指死亡。天运，犹"天命"。这里指自然的规律。《庄子·至乐》："庄子妻死，惠子吊之，庄子则方箕踞，鼓盆而歌。惠子曰：'与人居长子，老身死，不哭亦足矣，又鼓盆而歌，不亦甚乎？'庄子曰：'不然，是其始死也，我独何能无慨然。察其死而本无生；非徒无生也，而本无形；非徒无形也，而本无气。杂乎芒芴之间，变而有气；气变而有形；形变而有生；今又变而之至死，是相与为春秋冬夏四时行也。人且偃然寝于巨室，而我嗷嗷然随而哭之，自以为不通乎命，故止也。'"

⑰"既窀穸（zhūn xī）"二句：意谓既然墓穴是那样安隐，又何必要化仙而去呢？窀穸，墓穴。反其真，这里指死。《庄子·大宗师》载，子桑户、孟子反、子琴张相与为友。后子桑户死，孟子反、子琴张或编曲，或鼓琴，相和而歌曰："嗟来桑户乎！嗟来桑户乎！而已反其真，而我犹为人猗！"唐成玄英疏："夫从无出有，名之曰生；自有还无，名之曰死。汝今既还空寂，便是归本反真。"化，变化。这里指成仙。

⑱"余犹"二句：意谓我自己毫无自由而多余地活在人间，你的灵魂是否可以被我的诚心所感动而欣然归来呢？桎梏，古代束缚人手足的刑具。《周礼·秋官·掌囚》："中罪桎梏。"汉郑玄注："在足曰桎，在手曰梏。"悬附，即"悬疣（yóu）附赘"的省略语。疣、赘，指瘤子和息肉，比喻无用之物。灵，魂灵，指晴雯。格，感通。灵格余，是说你的魂灵能被我的诚心所感动。嗟来，这里指招唤晴雯的灵魂归来。

⑲"搴（qiān）烟萝"二句：写想象中晴雯来归时的盛况。搴，采取，拔取。烟萝，茂密而远望如烟雾笼罩的蔓生植物。步障，古代贵族外出时在道旁设置的屏蔽风寒尘土的行幕。为遮挡视线而设的屏幕，也叫"步障"。苍蒲，青绿色的菖蒲。因蒲叶形如剑，故有蒲剑之称。唐李咸用《和殷衙推春霖即事》诗："柳眉低带泣，蒲剑锐初抽。"句意谓苍蒲有如带剑的队伍森然而立。

⑳"警柳眼"句：这里比喻晴雯惺忪的睡眼。警，戒，去掉。柳

眼，本指早春时杨柳初生的嫩芽，因其形似人睡眼初展，故云。唐李商隐《二月二日》诗："花须柳眼各无赖，紫蝶黄蜂俱有情。"

㉑"释莲心"句：是劝诫晴雯要排除心中的苦楚。释，排解，消除。莲心，莲子心，味苦。又因"莲"和"怜"（爱的意思）同音，古人即常将"莲心"寓以"怜爱之心"的意思，用以比喻男女思念之情。古乐府《子夜歌》："果得一莲（怜）时，流离婴辛（心）苦。"

㉒素女：古代神话中长于音乐的女神。《史记·封禅书》："太帝使素女鼓五十弦瑟，悲，帝禁不止，故破其瑟为二十五弦。"一说，素女，当即素娥，指月宫的仙女。唐柳宗元《龙城录》载，唐玄宗游月宫，见一大宫府，"有素娥十余人，皆皓衣乘白鸾往来，笑舞于广陵大桂树下"。一说，素女，为九天玄女之妹，天宫女神。清吕熊《女仙外史》第三十一回写月君宴请群真，中有素女，注云："九华宫主，玄女之妹。"桂岩：桂树丛生的山崖。《楚辞·招隐士》："桂树丛生兮山之幽。"或说，桂岩即指月宫。神话传说月中有桂树，故称。

㉓宓（fú）妃：传说中洛水之神。《文选》卷十九《洛神赋》序："黄初三年，余朝京师，还济洛川。古人有言，斯水之神，名曰宓妃。"兰渚（zhǔ）：生有兰草的小洲。

㉔弄玉吹笙：弄玉，相传为秦穆公之女，善吹笙，后同其夫萧史成仙而去。三国魏曹植《仙人篇》："湘娥拊琴瑟，秦女吹笙竽。"这里"秦女"当指弄玉。《列仙传》卷上："萧史者，秦穆公时人也。善吹箫，能致孔雀白鹤于庭。穆公有女，字弄玉，好之，公遂以女妻焉。日教弄玉作凤鸣，居数年，吹似凤声，凤凰来止其屋，公为作凤台，夫妇止其上，不下数年。一日，皆随凤凰飞去。"

㉕寒簧击敔（yǔ）：寒簧，女仙名。明叶绍袁《续窈闻》载，寒簧本为天上仙女，偶因巨卿公子郑生狂言，不觉心动失笑，于郑读书楼下花架之中一现仙女天身，受到上界切责，下谪人间。后因深悔，复归月府。《女仙外史》第一回："嫦娥有左右二仙女，一名素英，一名寒簧，是最亲近的。"清尤侗《钧天乐》传奇借作剧中女主角。剧本写她因其未婚夫沈白应试落第，忧愤去世。游魂飘荡到西王母处，做了散花仙史，后又去月宫做侍书。不久沈白亦死，考中天宫状元，二人

在天上团圆。清洪昇《长生殿》也借作月中仙子、嫦娥的侍儿，曾奉嫦娥之命，向杨贵妃索取《霓裳新谱》。敔，一种木质伏虎形的打击乐器。

⑫嵩岳之妃：指嵩山神的夫人灵妃。《旧唐书·礼仪志》："则天证圣元年，将有事于嵩山，先遣使致祭，以祈福助，下制，号嵩山为神岳，尊嵩山神为天中王，夫人为灵妃。"《女仙外史》第七十六回写嵩妃曾于嵩岳之坤灵台宴请唐月君，有南岳夫人、碧霞元君、湘皇、宓妃、瑶姬诸神妃作陪。

⑫骊山之姥（mǔ）：即骊山老母，女仙名。《汉书·律历志上》说，殷周时有骊山女子为天子。唐宋以后，遂以为女仙，尊曰老母。《太平广记》卷六三引《集仙传》载，唐李筌好神仙之道，常历名山，在嵩山得黄帝《阴符经》，抄读数千遍，不晓其义理，因入秦，至骊山下，逢骊山老母，为说《阴符》之义。

⑫龟呈洛浦之灵：洛浦，洛水之滨。传说夏禹治水时，洛水出神龟，背负《洛书》，献给禹。

⑫兽作咸池之舞：咸池，也叫"大咸"，传说是黄帝所作的乐章。兽舞，《史记·夏本纪》："于是夔行乐，祖考至，群后相让，鸟兽翔舞，《箫韶》九成，凤皇来仪，百兽率舞，百官信谐。"

⑬赤水：神话中水名。《庄子·天地》："黄帝游乎赤水之北，登乎昆仑之丘。"龙吟：苍龙在吟啸。

⑬珠林：传说中的神树林。《山海经·海外南经》："三株（一作"珠"）树在厌火北，生赤水上，其为树如柏，叶皆为珠，一曰其为树若彗。"也叫"珠树林"。凤翥（zhù）：凤凰在飞翔。

⑬匪笤匪簠（fǔ）：意谓祭在心诚，不在供品。匪，同"非"。笤，当是"筥（jǔ）"的错字。筥，圆形盛物竹器。簠，方形食器，青铜制。古代祭祀或宴享时，用之以盛谷物。这里皆代指祭器。

⑬发轫：启程，出发。清金埴《不下带编》卷六："凡始事与启行日'发轫之初'。轫，支碍车轮之木，止则用之，行则去之。盖轫发而后轮动车行也。《楚词》：'朝发轫兮天津。'"霞城：即碧霞城，仙人所居之城。《太平御览》卷六七四引《上清经》："元始（天尊）居紫云

之阙，碧霞为城。"

⑬还旌：归来。旌，这里代指仪仗。元圃：即玄圃，亦作"悬圃"，神仙居处。《穆天子传》卷二："天子北升于春山之上，以望四野，曰：'春山，是唯天下之高山也……春山之泽，清水出泉，温和无风，飞鸟百兽之所饮食，先王所谓悬圃。'"晋郭璞注引《淮南子》："昆仑去地一万一千里，上有层城九重，或上倍之，是为阆风；或上倍之，是为玄圃，以次相及。"

⑬"既显微"二句：意谓隐隐约约看见你在太空，仿佛彼此的精神已经感通，忽而云雾弥漫，突然又被阻隔。显微，即若隐若现。逋，当作"通"，彼此感通的意思。氤氲（yīn yūn），云雾缭绕的样子。

⑬"尘霾（mái）"二句：意谓当烟雨消散之后，明星高悬，山青水绿，朗月当空。尘霾，因大气中悬浮着烟尘，天空阴沉混浊。敛，收敛。月午，月正当中。

⑬"何心意"二句：意谓心情为何如此激动？眼前发生的一切仿佛是一场栩栩如生的梦。怦怦（pēng），心跳的样子。表示一种激动的心情。寤寐，复词偏义，义同"梦寐"。栩栩，《庄子·齐物论》："昔者庄周梦为蝴蝶，栩栩然蝴蝶也。"本指蝴蝶飞动的样子，这里以之代替梦境，形容梦的真实生动。

⑬"人语"二句：意谓听不见人语声，只听见风竹声。寂历，寂静。天籁，自然界发出的声音，如风声、雨声等。篔筜（yún dāng），一种长节大竹。

⑬尚飨（xiǎng）：意即希望死者来享用供祭。这是旧时一般祭文中固定的结束语。

第七十九回
薛文龙悔娶河东吼①　贾迎春误嫁中山狼

话说宝玉才祭完了晴雯，只听花阴中有个人声，倒吓了一跳。细看不是别人，却是黛玉，满面含笑，口内说道："好新奇的祭文！可与《曹娥碑》并传了②。"宝玉听了，不觉红了脸，笑答道："我想着世上这些祭文，都过于烂熟了，所以改个新样。原不过是我一时的玩意儿，谁知被你听见了。有什么大使不得的，何不改削改削。"

黛玉道："原稿在那里？倒要细细的看看。长篇大论，不知说的是什么，只听见中间两句，什么'红绡帐里，公子情深；黄土陇中，女儿命薄'。这一联意思却好，只是'红绡帐里'未免俗滥些。放着现成的真事，为什么不用？"宝玉忙问："什么现成的真事？"黛玉笑道："咱们如今都系霞彩纱糊的窗槅，何不说'茜纱窗下，公子多情'呢？"宝玉听了，不禁跌脚笑道③："好极，好极！到底是你想得出，说得出。可知天下古今现成的好景好事尽多，只是我们愚人想不出来罢了。但只一件，虽然这一改新妙之极，却是你在这里住着还可以，我实不敢当。"说着，又连说"不敢"。

黛玉笑道："何妨。我的窗即可为你之窗，何必如此分晰，也太生疏了。古人异姓陌路，尚然'肥马轻裘，敞之无憾'④，何况咱们。"宝玉笑道："论交道，不在'肥马轻裘'，即'黄金白璧'，亦不当'锱铢较量'⑤。倒是这唐突闺阁上头，却万万使不得的。如今我索性将'公子''女儿'改去，竟算是你诔他的倒妙。况且素日你又待他甚厚，所以宁可弃了这一篇文，万不可弃这'茜纱'新句。莫若改作'茜纱窗下，小姐多情；黄土陇中，丫鬟薄命'。

如此一改，虽与我不涉，我也惬怀⑥。"黛玉笑道："他又不是我的丫头，何用此语。况且'小姐''丫鬟'，亦不典雅。等得紫鹃死了，我再如此说，还不算迟。"宝玉听了笑道："这是何苦，又咒他。"黛玉笑道："是你要咒的，并不是我说的。"宝玉道："我又有了，这一改可极妥当了。莫若说：'茜纱窗下，我本无缘；黄土陇中，卿何薄命！'"

黛玉听了，陡然变色，虽有无限狐疑，外面却不肯露出，反连忙含笑点头称妙，说："果然改得好。再不必乱改了，快去干正经事罢。刚才太太打发人叫你，说明儿一早过大舅母那边去。你二姐姐已有人家求准了，所以叫你们过去呢。"宝玉拍手道："何必如此忙？我身上也不大好，明儿还未必能去呢。"黛玉道："又来了！我劝你把脾气改改罢。一年大，二年小，……"一面说话，一面咳嗽起来。宝玉忙道："这里风冷，咱们只顾站着，凉着了可不是玩的，快回去罢。"黛玉道："我也家去歇息了，明儿再见罢。"说着，便自取路去了。宝玉只得闷闷的转步，忽想起黛玉无人随伴，忙命小丫头子跟送回去。自己到了怡红院中，果有王夫人打发嬷嬷们来，吩咐他明日一早过贾赦这边来，与方才黛玉之言相对。

原来贾赦已将迎春许与孙家了。这孙家乃是大同府人氏，祖上系军官出身，乃当日宁荣府中之门生，算来亦系至交。如今孙家只有一人在京，现袭指挥之职⑦，此人名唤孙绍祖，生得相貌魁梧，体格健壮，弓马娴熟，应酬权变，年纪未满三十，且又家资饶富，现在兵部候缺题升。因未曾娶妻，贾赦见是世交子侄，且人品家当都相称合，遂择为东床娇婿。亦曾回明贾母，贾母心中却不十分愿意，但想儿女之事，自有天意，况且他亲父主张，何必出头多事？因此，只说"知道了"三字，余不多及。贾政又深恶孙家，虽是世交，不过是他祖父当日希慕荣宁之势，有不能了结之事，才拜在门下的，并非诗礼名族之裔。因此，倒劝谏过两次，无奈贾赦不听，也只得罢了。

宝玉却未曾会过这孙绍祖一面的，次日只得过去，聊以塞责。只听见那娶亲的日子甚近，不过今年，就要过门的。又见邢夫人等回了贾母，将迎春接出大观园去，越发扫兴，每每痴痴呆呆的，不知作何消遣。又听说要陪四个丫头过去，更又跌足道："从今后这世上又少了五个清净人了！"因此，天天到紫菱洲一带地方，徘徊瞻顾，见其轩窗寂寞，屏帐翛然⑧，不过只有几个该班上夜的老妪。再看那岸上的蓼花苇叶，也都觉摇摇落落，似有追忆故人之态，迥非素常逞妍斗色可比。所以情不自禁，乃信口吟成一歌曰：

> 池塘一夜秋风冷，吹散芰荷红玉影⑨；蓼花菱叶不胜悲，重露繁霜压纤梗⑩。不闻永昼敲棋声，燕泥点点污棋枰⑪；古人惜别怜朋友，况我今当手足情！

宝玉方才吟罢，忽闻背后有人笑道："你又发什么呆呢？"宝玉回头忙看是谁，原来是香菱。宝玉忙转身笑问道："我的姐姐，你这会子跑到这里来做什么？许多日子也不进来逛逛。"香菱拍手笑嘻嘻的说道："我何曾不要来。如今你哥哥回来了，那里比先时自由自在的了。刚才我们太太使人找你凤姐姐去，竟没有找着，说往园子里来了。我听见这个话，我就讨了这个差，进来找他。遇见他的丫头，说在稻香村呢。如今我往稻香村去，谁知又遇见了你。我还要问你，袭人姐姐这几日可好？怎么忽然把个晴雯姐姐也没了，到底是什么病？二姑娘搬出去的好快！你瞧瞧，这地方一时间就空落落的了。"宝玉只有一味答应；又让他同到怡红院去吃茶。香菱道："此刻竟不能，等找着琏二奶奶，说完了正经事，再来。"宝玉道："什么正经事，这般忙？"香菱道："为你哥哥娶嫂子的事，所以要紧。"宝玉道："正是。说的到底是那一家的？只听见吵嚷了这半年，今儿又说张家的好，明儿又要李家的，后儿又议论王家的。这些人家的女儿，他也不知造了什么罪，叫人家好端端的议论。"香菱道："如今定了，可以不用拉扯别家了。"宝玉忙问道："定了谁家的？"香菱道："因你哥哥上次出门时，顺路到了个亲戚家去。这门亲原是老亲，且又和我们是同在户部挂名行商，也是数一数二的大门户。前日说起来时，你们两府都也知道的：合京城里，上自王侯，下至买卖人，都称他家是'桂花夏家'⑫。"宝玉忙笑道："如何又称为'桂花夏家'？"香菱道："本姓夏，非常的富贵。其余田地不用说，单有几十顷地种着桂花；凡这'长安'，那城里城外桂花局，俱是他家的；连宫里一应陈设盆景亦是他家贡奉，因此才有这个混号。如今太爷也没了，只有老奶奶带着一个亲生的姑娘过活，也并没有哥儿弟兄，可惜他竟一门尽绝了后。"

　　宝玉忙道："咱们也别管他绝后不绝后，只是这姑娘可好？你们大爷怎么就中意了？"香菱笑道："一则是天缘，二来是'情人眼里出西施'。当年时又通家来往，从小儿都在一处玩过。叙亲是姑舅兄妹，又没嫌疑。虽离了这几年，前儿一到他家，夏奶奶又是没儿子的，一见了你哥哥出落得这样，又是哭，又是笑，竟比见了儿子还胜。又令他兄妹们相见，谁知这姑娘出落得花朵似的了，在家里也读书写字，所以你哥哥当时就一心看准了。连当铺里老伙计们一群人，遭扰了人家三四日。他们还留多住几天，好容易苦辞，才放回家来。你哥哥一进门，就咕咕唧唧求我们太太去求亲。我们太太原是见过的，又且门当户对，也依了。和这里姨太太凤姑娘商议了，打发人去一说，就成了。只是娶的日子太急，所以我们忙乱得很。我也巴不得早些过来，又添了一个做诗的人了。"宝玉冷笑道："虽如此说，但只我倒替你担心虑后呢。"香菱道："这是什么话？我倒不懂了。"宝玉笑道："这有什么不懂的，只怕再有个人来，薛大哥就不肯疼你了。"香菱听了，不觉红了脸，正色道："这是怎么说！素日咱们都是厮抬厮敬，今日忽然提起这些事来，怪不得人人都说你是个亲近不得的人。"一面说，一面转身走了。

　　宝玉见他这样，便怅然如有所失，呆呆的站了半日，只得没精打彩，还入怡红院来。一夜不曾安睡，种种不宁。次日便懒进饮食，身体发热。也因近日抄检大观园、逐司棋、别迎春、悲晴雯等羞辱惊恐悲凄所致，兼以风寒外感，遂致成疾，卧床不起。贾母听得如此，天天亲来看视。王夫人心中自悔，不合因晴雯过于逼责了他。心中虽如此，脸上却不露出，只吩咐众奶娘等好生伏侍看守。一日两次带进医生来诊脉下药。一月之后，方才渐渐的痊愈。好生保养过百日，方许动荤腥油面，方可出门行走。

这百日内，院门前皆不许到，只在房中玩笑。四五十日后，就把他拘的火星乱迸，那里忍耐的住。虽百般设法，无奈贾母王夫人执意不从，也只得罢了。因此，和些丫鬟们无所不至，恣意玩笑。又听得薛蟠那里摆酒唱戏，热闹非常，已娶亲入门。闻得这夏家小姐十分俊俏，也略通文翰，宝玉恨不得就过去一见才好。再过些时，又闻得迎春出了阁。宝玉思及当时姊妹，耳鬓厮磨，从今一别，纵得相逢，必不得似先前这等亲热了。眼前又不能去一望，真令人凄惶不尽。少不得潜心忍耐，暂同这些丫鬟们厮闹释闷，幸免贾政责备逼迫读书之难。这百日内，只不曾拆毁了怡红院，和这些丫头们无法无天，凡世上所无之事，都玩耍出来，如今且不消细说。

且说香菱自那日抢白了宝玉之后，自为宝玉有意唐突："从此倒要远避他些才好。"因此，以后连大观园也不轻易进来了。日日忙乱着，薛蟠娶过亲，自为得了护身符，自己身上分去责任，到底比这样安静些；二则又知是个有才有貌的佳人，自然是典雅和平的。因此，心中盼过门的日子，比薛蟠还急十倍。好容易盼得一日娶过了门，他便十分殷勤小心伏侍。

原来这夏家小姐今年方十七岁，生得亦颇有姿色，亦颇识得几个字。若论心里的丘壑泾渭⑬，颇步熙凤的后尘。只吃亏了一件，从小时，父亲去世的早，又无同胞兄弟，寡母独守此女，娇养溺爱，不啻珍宝，凡女儿一举一动，他母亲皆百依百顺，因此未免酿成个盗跖的情性⑭，自己尊若菩萨，他人秽如粪土；外具花柳之姿，内秉风雷之性。在家中和丫鬟们使性赌气、轻骂重打的。
今日出了阁，自为要作当家的奶奶，比不得做女儿时腼腆温柔，
须要拿出威风来，才钤压的住人；况且见薛蟠气质刚硬，举止骄
奢，若不趁热灶一气炮制，将来必不能自竖旗帜矣。又见有香菱
这等一个才貌俱全的爱妾在室，越发添了那"宋太祖灭南唐"之
意⑮。因他家多桂花，小名就叫做金桂。他在家时，不许人口中带
出"金""桂"二字，凡有不留心误道出一字者，他便定要苦打重
罚才罢。他因想"桂花"二字是禁止不住的，须得另换一名，想
桂花曾有广寒嫦娥之说，便将桂花改为"嫦娥花"，又寓自己身分
如此。薛蟠本是个怜新弃旧的人，且是有酒胆无饭力的⑯，如今得
了这一个妻子，正在新鲜兴头上，凡事未免尽让他些。那夏金桂
见是这般形景，便也试着一步紧似一步。一月之中，二人气概都
还相平；至两月之后，便觉薛蟠的气概渐次的低矮了下去。

一日，薛蟠酒后，不知要行何事，先与金桂商议，金桂执意
不从。薛蟠便忍不住，便发了几句话儿，赌气自行了。金桂便哭
的如醉人一般，茶汤不进，装起病来，请医疗治。医生又说："气
血相逆，当进宽胸顺气之剂。"薛姨妈恨得骂了薛蟠一顿，说：
"如今娶了亲，眼前抱儿子了，还是这么胡闹！人家凤凰似的，好
容易养了一个女儿，比花朵儿还轻巧，原看的你是个人物，才给
你做老婆。你不说收了心，安分守己，一心一计，和和气气的过
日子，还是这样胡闹，喝了黄汤，折磨人家。这会子花钱吃药白
遭心！"

一夕话，说得薛蟠后悔不迭，反来安慰金桂。金桂见婆婆如
此说，越发得了意，更装出些张致来⑰，不理薛蟠。薛蟠没了主
意，惟有自软而已。好容易十天半月之后，才渐渐的哄转过金桂
的心来。自此，便加一倍小心，气概不免又矮了半截下来。那金
桂见丈夫旗纛渐倒，婆婆良善，也就渐渐的持戈试马⑱。先前不过
挟制薛蟠，后来倚娇作媚，将及薛姨妈，后将至宝钗。宝钗久察
其不轨之心，每每随机应变，暗以言语弹压其志；金桂知其不可

犯，便欲寻隙，苦得无隙可乘，倒只好曲意俯就。

一日，金桂无事，因和香菱闲谈，问香菱家乡父母。香菱皆答忘记，金桂便不悦，说有意欺瞒了他。因问："'香菱'二字是谁起的？"香菱便答道："姑娘起的。"金桂冷笑道："人人都说姑娘通，只这一个名字就不通。"香菱忙笑道："奶奶若说姑娘不通，奶奶没合姑娘讲究过。说起来，他的学问，连咱们姨老爷常时还夸的呢！"欲知金桂说出何话，且听下卷分解。

【注释】

①河东吼：即"河东狮子吼"，比喻妻子妒悍。宋洪迈《容斋三笔》卷三载，陈慥字季常，自称"龙丘先生"，"好宾客，喜畜声妓。然其妻柳氏绝凶妒，故东坡有诗云：'龙丘居士亦可怜，谈空说有夜不眠，忽闻河东师子吼，拄杖落手心茫然。'""河东"是柳姓的郡望，暗指陈妻柳氏。师（狮）子吼，佛家用以比喻威严，意谓说法音声，震动世界，如狮子作吼，群兽慑伏。《传灯录》卷一："释迦佛生时，一手指天，一手指地，作狮子吼，云：'天上地下，唯我独尊。'"陈慥好谈佛，所以苏东坡借佛家语来嘲戏他。后因称悍妇为河东狮，妇怒为河东狮吼。这里指夏金桂。

②《曹娥碑》：原系东汉度尚为孝女曹娥所立碑之碑文。《后汉书·列女传》："孝女曹娥者，会稽上虞人也。父盱，能弦歌为巫祝。汉安二年五月五日于县江溯涛婆娑迎神溺死，不得尸骸。娥年十四，乃沿江号哭，昼夜不绝声；旬有七日，遂投江而死。至元嘉元年，县长度尚改葬娥于江南道傍，为立碑焉。"唐李贤注引东晋虞预《会稽典录》云：度尚弟子邯郸淳，有异才，尚使其作曹娥碑文，操笔而成，无所点定。其后蔡邕题八字曰："黄绢幼妇，外孙齑臼。"（即"绝妙好辞"四字之隐语）碑已不存，文见《古文苑》卷十九。

③跌脚：跺脚。

④"肥马"二句：《论语·公冶长》："子路曰：'愿车马衣轻裘，与朋友共，敝之而无憾。'"又《雍也》："赤之适齐也，乘肥马，衣轻裘。"肥马轻裘，形容服御华丽。敝，破旧，毁坏。

⑤锱铢（zī zhū）较量：连同上句，意谓论交友之道，比"肥马轻裘"更贵重的"黄金白璧"，也不应当有丝毫计较。锱铢，古代重量单位，旧说不一，或说锱是四分之一两，铢是二十四分之一两，用以比喻轻微、细小。

⑥惬怀：满意。惬，快意，满足。

⑦指挥：官名。历代职掌品级不同。清代京师兵马司指挥约在六七品之间。

⑧脩（xiāo）然：萧索零落的样子。

⑨芰（jì）荷：出水的荷，指荷叶或荷花。这里当指荷花。芰，即菱，果实名菱角。宋朱翌《猗觉寮杂记》卷上："芰，即菱也，花白，生水下。杜牧之《晚晴赋》云：'复引舟于深湾，忽八九之红芰，姹然如妇，敛然如女。'是以芰为莲花。"一说，芰，应作"伎"。宋陆游《老学庵笔记》卷十："今人谓卷荷为伎荷。伎，立也。卷荷出水面，亭亭植立，故谓之伎荷。或作'芰'，非是。"红玉：形容荷花光泽似玉，色彩鲜明。

⑩纤梗：纤细的枝梗。

⑪"不闻"二句：这两句推想迎春出嫁后，人去楼空，冷落寂寞。永昼，长日。燕泥，燕子筑巢衔的泥。棋枰，即棋盘。

⑫桂花夏家：近人王瀣批云："翟灏曰：连业着姓，始见《汉书·王尊传》'箭张禁，酒赵放'，注云'此二人作箭、作酒之家，今江北犹以所执业冠其姓上，江南则以业系于姓下。余按：'桂花夏家'，正是前例也。"

⑬心里的丘壑泾渭：这里是说夏金桂很有心机，处世待人，心中有数。丘壑，原指山水幽深之处。这里比喻令人难以揣测的深远用心。泾渭，指泾水、渭水，陕西二水名。《诗经·邶风·谷风》："泾以渭浊。"毛传："泾渭相入而清浊异。"后因两水清浊有别，常以之比喻人品的高低。

⑭盗跖（zhí）：人名。传说中的大盗。名跖，一作"蹠"。《庄子·盗跖》说他曾率"从卒九千人，横行天下，侵暴诸侯"。

⑮宋太祖灭南唐：这里是妒忌、不能容人之意。

⑯有酒胆无饭力：表面上很刚强，骨子里很懦弱。

⑰张致：模样。《水浒传》第二十四回："那妇人做出许多奸伪张致。"

⑱持戈试马：指跃跃欲试。

第八十回
美香菱屈受贪夫棒　王道士胡诌妒妇方

话说金桂听了，将脖项一扭，嘴唇一撇，鼻孔里"哧哧"两声，冷笑道："菱角花开，谁见香来？若是菱角香了，正经那些香花放在那里？可是不通之极！"香菱道："不独菱花香，就连荷叶莲蓬，都是有一股清香的。但他原不是花香可比，若静日静夜，或清早半夜，细领略了去，那一股清香比是花都好闻呢①。就连菱角、鸡头、苇叶、芦根，得了风露，那一股清香，也是令人心神爽快的。"金桂道："依你说，这兰花桂花，倒香的不好了？"香菱说到热闹头上，忘了忌讳，便接口道："兰花桂花的香，又非别的香可比。"

一句未完，金桂的丫鬟名唤宝蟾的，忙指着香菱的脸说道："你可要死！你怎么叫起姑娘的名字来！"香菱猛省了，反不好意思，忙陪笑说："一时顺了嘴，奶奶别计较。"金桂笑道："这有什么，你也太小心了。但只是我想这个'香'字到底不妥，意思要换一个字，不知你服不服？"香菱笑道："奶奶说那里话，此刻连我一身一体俱是奶奶的，何得换一个名字反问我服不服，叫我如何当得起！奶奶说那一个字好，就用那一个。"金桂冷笑道："你虽说得是，只怕姑娘多心。"香菱笑道："奶奶原来不知：当日买了我时，原是老太太使唤的，故此姑娘起了这个名字。后来伏侍了爷，就与姑娘无涉了。如今又有了奶奶，越发不与姑娘相干。且姑娘又是极明白的人，如何恼得这些呢。"金桂道："既这样说，'香'字竟不如'秋'字妥当。菱角菱花皆盛于秋，岂不比香字有来历些。"香菱笑道："就依奶奶这样罢了。"自此后遂改了"秋"字，宝钗亦不在意。

只因薛蟠是天性"得陇望蜀"的，如今娶了金桂，又见金桂的丫头宝蟾有三分姿色，举止轻浮可爱，便时常要茶要水的，故意撩逗他。宝蟾虽亦解事，只是怕金桂，不敢造次，且看金桂的眼色。金桂亦觉察其意，想着："正要摆布香菱，无处寻隙，如今他既看上宝蟾，我且舍出宝蟾与他，他一定就和香菱疏远了。我再乘他疏远之时，摆布了香菱；那时宝蟾原是我的人，也就好处了。"打定了主意，俟机而发。

这日，薛蟠晚间微醺，又命宝蟾倒茶来吃。薛蟠接碗时，故意捏他的手；宝蟾又乔装躲闪，连忙缩手。两下失误，"豁啷"一声，茶碗落地，泼了一身一地的茶。薛蟠不好意思，佯说宝蟾不好生拿着。宝蟾说："姑爷不好生接。"金桂冷笑道："两个人的腔调儿都够使的了。别打量谁是傻子。"薛蟠低头微笑不语，宝蟾红了脸出去。

一时，安歇之时，金桂便故意的撵薛蟠别处去睡："省的得了馋痨似的。"薛蟠只是笑。金桂道："要做什么和我说，别偷偷摸摸的，不中用。"薛蟠听了，仗着酒盖脸，就势跪在被上，拉着金桂笑道："好姐姐，你若把宝蟾赏了我，你要怎样，就怎样。你要活人脑子，也弄来给你。"金桂笑道："这话好不通。你爱谁，说明了，就收在房里，省得别人看着不雅。我可要什么呢！"薛蟠得了这话，喜的称谢不尽。是夜，曲尽丈夫之道，竭力奉承金桂。次日也不出门，只在家中厮闹，越发放大了胆了。

至午后，金桂故意出去，让个空儿与他二人，薛蟠便拉拉扯扯的起来。宝蟾心里也知八九了，也就半推半就。正要入港，谁知金桂是有心等候的，料着在难分之际，便叫小丫头小舍儿过来。原来这小丫头也是金桂在家使唤的，因他自小时父母双亡，无人看管，便大家叫他做小舍儿，专做些粗活。金桂如今有意，独唤他来吩咐道："你去告诉秋菱，到我屋里，将我的绢子取来，不必说我说的。"小舍儿听了，一径去寻着秋菱，说："菱姑娘，奶奶的绢子忘记在屋里了，你去取了来，送上去，岂不好？"

　　秋菱正因金桂近日每每挫折他，不知何意，百般竭力挽回，听了这话，忙走往房里来取，不防正遇见他二人推就之际，一头撞了进去，自己倒羞的耳面通红，转身回避不及。薛蟠自为是过了明路的②，除了金桂，无人可怕，所以连门也不掩。这会秋菱撞来，故虽不十分在意，无奈宝蟾素日最是说嘴要强的，今既遇了秋菱，便恨无地可入，忙推开薛蟠，一径跑了，口内还怨恨不绝的说他强奸力逼。薛蟠好容易哄得上手，却被秋菱打散，不免一腔的兴头，变做了一腔的恶怒，都在秋菱身上，不容分说，赶出来，啐了两口，骂道："死娼妇！你这会子做什么来撞尸游魂③？"秋菱料事不好，三步两步，早已跑了。薛蟠再来找宝蟾，已无踪迹了。于是只恨得骂秋菱。至晚饭后，已吃得醺醺然，洗澡时，不防水略热了些，烫了脚，便说秋菱有意害他，他赤条精光，赶着秋菱踢打了两下。秋菱虽未受过这气苦，既到了此时，也说不得了，只好自悲自怨，各自走开。

　　彼时金桂已暗和宝蟾说明，今夜令薛蟠在秋菱房中去成亲，命秋菱过来陪自己安睡。先是秋菱不肯，金桂说他嫌腌臜了，再必是图安逸，怕夜里劳动伏侍。又骂说："你没见世面的主子，见一个爱一个，把我的人霸占了去，又不叫你来，到底是什么主意？想必是逼死我就罢了。"薛蟠听了这话，又怕闹黄了宝蟾之事，忙又赶来骂秋菱："不识抬举！再不去就要打了。"秋菱无奈，只得抱了铺盖来，金桂命他在地下铺着睡，秋菱只得依命。刚睡下，便叫倒茶，一时又要捶腿：如是者，一夜七八次，总不使其安逸稳卧片时。那薛蟠得了宝蟾，如获珍宝，一概都置之不顾。恨得金桂暗暗的发恨道："且叫你乐几天，等我慢慢的摆弄了他，那时可别怨我！"一面隐忍，一面设计摆布秋菱。

　　半月光景，忽又装起病来，只说心痛难忍，四肢不能转动，疗治不效。众人都说是秋菱气的。闹了两天，忽又从金桂枕头内抖出个纸人来，上面写着金桂的年庚八字，有五根针钉在心窝并肋肢骨缝等处。于是，众人当作新闻，先报与薛姨妈。薛姨妈先忙手忙脚的；薛蟠自然更乱起来，立刻要拷打众人。金桂道：“何必冤枉众人？大约是宝蟾的镇魔法儿。”薛蟠道：“他这些时并没多空儿在你房里，何苦赖好人？”金桂冷笑道：“除了他还有谁，莫不是我自己害自己不成！虽有别人，如何敢进我的房呢？”薛蟠道：“秋菱如今是天天跟着你，他自然知道，先拷问他，就知道了。”金桂冷笑道：“拷问谁，谁肯认？依我说，竟装个不知道，大家丢开手罢了。横竖治死我，也没什么要紧，乐得再娶好的。若据良心上说，左不是你三个多嫌我！”一面说着，一面痛哭起来。

薛蟠更被这些话激怒，顺手抓起一根门闩来，一径抢步，找着秋菱，不容分说，便劈头劈脸浑身打起来，一口只咬定是秋菱所施。秋菱叫屈，薛姨妈跑来禁喝道：“不问明白就打起人来了。这丫头伏侍这几年，那一年不小心？他岂肯如今做这没良心的事！你且问个清浑皂白，再动粗卤。”金桂听见他婆婆如此说，怕薛蟠心软意活了，便发声浪气大哭起来，说：“这半个多月，把我的宝蟾霸占了去，不容进我的房，惟有秋菱跟着我睡。我要拷问宝蟾，你又护在头里，你这会子又赌气打他去。治死我，再拣那富贵的标致的娶来就是了，何苦做出这些把戏来！”薛蟠听了这些话，越发着了急。

薛姨妈听见金桂句句挟制着儿子，百般恶赖的样子，十分可恨。无奈儿子偏不硬气，已是被他挟制软惯了。如今又勾搭上丫头，被他说霸占了去，自己还要占温柔让夫之礼。这魔魔法究竟不知谁做的？正是俗语说的好，“清官难断家务事”，此时正是公婆难断床帏的事了。因没法，只得赌气喝薛蟠，说：“不争气的孽障，狗也比你体面些！谁知你三不知的把陪房丫头也摸索上了，叫老婆说霸占了丫头，什么脸出去见人！也不知谁使的法子，也不问清就打人。我知道你是个得新弃旧的东西，白辜负了当日的心。他既不好，你也不许打。我即刻叫人牙子来卖了他④，你就心净了。”气着，又命：“秋菱，收拾了东西，跟我来。”一面叫人：

"去！快叫个人牙子来，多少卖几两银子，拔去肉中刺、眼中钉，大家过太平日子。"

薛蟠见母亲动了气，早已低了头。金桂听了这话，便隔着窗子，往外哭道："你老人家只管卖人，不必说着一个、拉着一个的。我们很是那吃醋拈酸容不得下人的不成？怎么‘拔去肉中刺、眼中钉’？是谁的钉，谁的刺？但凡多嫌着他，也不肯把我的丫鬟也收在房里了。"薛姨妈听说，气得身战气咽，道："这是谁家的规矩？婆婆在这里说话，媳妇隔着窗子拌嘴。亏你是旧人家的女儿！满嘴里大呼小喊，说的是什么！"薛蟠急得跺脚，说："罢哟，罢哟！看人家听见笑话。"金桂意谓一不做，二不休，越发喊起来了，说："我不怕人笑话！你的小老婆治害我，我倒怕人笑话了？再不然，留下他，卖了我！谁还不知道薛家有钱，行动拿钱垫人⑤；又有好亲戚，挟制着别人。你不趁早施为，还等什么？嫌我不好，谁叫你们瞎了眼，三求四告的，跑了我们家做什么去了！"一面哭喊，一面自己拍打。薛蟠急得说又不好，劝又不好，打又不好，央告又不好，只是出入唉声叹气，抱怨说："运气不好。"

当下薛姨妈被宝钗劝进去了，只命人来卖香菱。宝钗笑道："咱们家只知买人，并不知卖人之说，妈妈可是气糊涂了⑥。倘或叫人听见，岂不笑话。哥哥嫂子嫌他不好，留着我使唤，我正也没人呢。"薛姨妈道："留下他还是惹气，不如打发了他干净。"宝钗笑道："他跟着我也是一样，横竖不叫他到前头去。从此，断绝了他那里，也与卖了的一样。"香菱早已跑到薛姨妈跟前，痛哭哀求，不愿出去，情愿跟姑娘。薛姨妈只得罢了。自此，后来香菱果跟随宝钗去了，把前面路径竟自断绝。虽然如此，终不免对月伤悲，挑灯自叹。虽然在薛蟠房中几年，皆因血分中有病，是以并无胎孕。今复加以气怒伤肝，内外折挫不堪，竟酿成干血之症⑦，日渐赢瘦⑧，饮食懒进，请医服药不效。

那时金桂又吵闹了数次。薛蟠有时仗着酒胆，挺撞过两次，持棍欲打，那金桂便递身叫打；这里持刀欲杀时，便伸着脖项。薛蟠也实不能下手，只得乱了一阵罢了。如今已成习惯自然，反使金桂越长威风，又渐次辱嗔宝蟾。宝蟾比不得香菱，正是个烈火干柴，既和薛蟠情投意合，便把金桂放在脑后。近见金桂又作践他，他便不肯低服半点。先是一冲一撞的拌嘴；后来金桂气急，甚至于骂，再至于打。他虽不敢还手，便也撒泼打滚，寻死觅活，昼则刀剪，夜则绳索，无所不闹。薛蟠一身难以两顾，惟徘徊观望，十分闹得无法，便出门躲着。金桂不发作性气，有时欢喜，便纠聚人来斗牌掷骰行乐。又生平最喜啃骨头，每日务要杀鸡鸭，将肉赏人吃，只单是油炸的焦骨头下酒。吃得不耐烦，便肆行海骂，说："有别的忘八粉头乐的，我为什么不乐！"薛家母女总不去理他，惟暗里落泪。薛蟠亦无别法，惟悔恨不该娶这"搅家精"⑨，都是一时没了主意。于是宁荣二府之人，上上下下，无有不知，无有不叹者。

此时宝玉已过了百日，出门行走，亦曾过来，见过金桂："举止形容，也不怪厉，一般是鲜花嫩柳，与众姊妹不差上下，焉得这等情性？可为奇事。"因此，心中纳闷。这日，与王夫人请安去，又正遇见迎春奶娘来家请安，说起孙绍祖甚属不端："姑娘惟有背地里淌眼泪，只要接了来家，散荡两日⑩。"王夫人因说："我正要这两日接他去，只是七事八事的，都不遂心，所以就忘了。前日宝玉去了，回来也曾说过的。明日是个好日子，就接他去。"

正说时，贾母打发人来找宝玉，说："明儿一早往天齐庙还愿去⑪。"宝玉如今巴不得各处去逛逛，听见如此，喜的一夜不曾合眼。次日一早，梳洗穿戴已毕，随了两三个老嬷嬷，坐车出西城门外天齐庙烧香还愿。这庙里已于昨日预备停妥的。宝玉天性怯懦，不敢近狰狞神鬼之像，是以忙忙的焚过纸马钱粮，即便退至道院歇息。

一时吃饭毕，众嬷嬷和李贵等围随宝玉到各处玩耍了一回，宝玉困倦，复回至净室安歇。众嬷嬷生恐他睡着了，便请了当家的老王道士来陪他说话儿。这老道士专在江湖上卖药，弄些海上方治病射利，庙外现挂着招牌，丸散膏药，色色俱备。亦长在宁荣二府走动惯熟，都与他起了个混号，唤他做"王一贴"：言他膏药灵验，一贴病除。当下王一贴进来。宝玉正歪在炕上想睡，看见王一贴进来，笑道："来得好。王师傅你极会说笑话儿的，说一个与我们大家听听。"王一贴笑道："正是呢，哥儿别睡，仔细肚子里面筋作怪。"说着，满屋里的都笑了。

宝玉也笑着起身整衣。王一贴命徒弟们："快沏好茶来。"焙茗道："我们爷不吃你的茶，坐在这屋里还嫌膏药气息呢。"王一贴笑道："不当家花拉的，膏药从不拿进屋里来的。知道二爷今日必来，三五日头里就拿香熏的了。"宝玉道："可是呢，天天只听见说你的膏药好，到底治什么病？"王一贴道："若问我的膏药，说来话长，其中细底，一言难尽：共药一百二十味，君臣相济，温凉兼用。内则调元补气，养荣卫，开胃口，宁神定魄，去寒去暑，化食化痰；外则和血脉，舒筋络，去死生新，去风散毒。其效如神，贴过便知。"宝玉道："我不信一张膏药就治这些病，我且问你，倒有一种病，可也贴得好么？"王一贴道："百病千灾无不立效；若不效，二爷只管揪胡子，打我这老脸，拆我这庙，何如？只说出病源来。"宝玉道："你猜，若猜得着，便贴得好了。"王一贴听了，寻思一会，笑道："这倒难猜，只怕膏药有些不美了。"宝玉命他坐在身边，王一贴心动，便笑着悄悄的说道："我可猜着了！想是二爷如今有了房中的事情，要滋助的药，可是不是？"

话犹未完，焙茗先喝道："该死，打嘴！"宝玉犹未解，忙问："他说什么？"焙茗道："信他胡说！"唬得王一贴不等再问，只说："二爷明说了罢。"宝玉道："我问你，可有贴女人的妒病的方子没有？"王一贴听了，拍手笑道："这可罢了，不但说没有方子，就是听也没有听见过。"宝玉笑道："这样还算不得什么。"王一贴又忙道："这贴妒的膏药倒没经过，有一种汤药，或者可医，只是慢些儿，不能立刻见效的。"宝玉道："什么汤，怎样吃法？"王一贴道："这叫做'疗妒汤'：用极好的秋梨一个，二钱冰糖，一钱陈皮，水三碗，梨熟为度。每日清晨吃这一个梨，吃来吃去就好了。"宝玉道："这也不值什么。只怕未必见效。"王一贴道："一剂不效，吃十剂；今日不效，明日再吃；今年不效，明年再吃。横竖这三味药都是润肺开胃不伤人的，甜丝丝的，又止咳嗽，又好吃。吃过一百岁，人横竖是要死的，死了还妒什么！那时就见效了。"说着，宝玉焙茗都大笑不止，骂："油嘴的牛头。"王一贴道："不过是闲着解午盹罢了，有什么关系。说笑了你们就值钱。告诉你们说：连膏药也是假的。我有真药，我还吃了做神仙呢。有真的跑到这里来混？"正说着，吉时已到，请宝玉出去奠酒，焚化钱粮，散福。功课完毕，宝玉方进城回家。

那时迎春已来家好半日，孙家婆娘媳妇等人已待晚饭，打发回家去了。迎春方哭哭啼啼，在王夫人房中诉委屈，说："孙绍祖一味好色，好赌，酗酒，家中所有的媳妇丫头，将及淫遍。略劝过两三次，便骂我是'醋汁子老婆拧出来的'。又说老爷曾收着五千银子，不该使了他的。如今他来要了两三次不得，便指着我的脸说道：'你别和我充夫人娘子，你老子使了我五千银子，把你准折卖给我的。好不好，打你一顿，撵你到下房睡去！当日有你爷爷在时，希冀上我们的富贵，赶着相与的⑫。论理，我和你父亲是一辈，如今压着我的头，晚了一辈，不该做了这门亲，倒没的叫人看着赶势利似的。'"一行说，一行哭得呜呜咽咽，连王夫人并众姊妹无不落泪。王夫人只得用言解劝，说："已是遇见不晓事的人，可怎么样呢。想当日你叔叔也曾劝过大老爷，不叫做这门亲的；大老爷执意不听，一心情愿，到底做不好了。我的儿！这也是你的命。"迎春哭道："我不信我的命就这么苦！从小儿没有娘，幸而过姊娘这边来，过了几年净心日子，如今偏又是这么个结果！"

王夫人一面劝，一面问他随意要在那里安歇。迎春道："乍乍的离了姊妹们[13]，只是眠思梦想；二则还记挂着我的屋子，还得在园里住得三五天，死也甘心了。不知下次来还可得住不得住了呢！"王夫人忙劝道："快休乱说。年轻的夫妻们，斗牙斗齿，也是泛泛人的常事[14]，何必说这些丧话。"仍命人忙忙的收拾紫菱洲房屋，命姊妹们陪伴着解释。又吩咐宝玉："不许在老太太跟前，走漏一些风声，倘或老太太知道了这些事，都是你说的。"宝玉唯唯的听命。迎春是夕仍在旧馆安歇，众姊妹丫鬟等，更加亲热异常。一连住了三日，才往邢夫人那边去，先辞过贾母及王夫人，然后与众姊妹分别，各皆悲伤不舍，还是王夫人薛姨妈等安慰劝释，方止住了，过那边去。又在邢夫人处住了两日，就有孙家的人来接去，迎春虽不愿去，无奈孙绍祖之恶，勉强忍情，作辞去了。邢夫人本不在意，也不问其夫妻和睦、家务烦难，只面情塞责而已[15]。要知后事，下回分解。

【注释】

①是花：各种各样的花。是，样样的意思。

②过了明路的：已经公开了的行动。

③撞尸游魂：骂人东奔西跑。

④人牙子：旧时以介绍人口买卖为职业的人。清谈迁《北游录·纪闻下》："顺承门内大街骡马市、牛市、羊市，又有人市。旗下妇女欲售者丛焉。牙人或引至其家递阅。"

⑤拿钱垫人：依仗钱财欺压人。

⑥"咱们家"三句：清时，贵族官僚以拥有奴婢之多寡，为门第高低的重要标志。清福格《听雨丛谈》卷五："仆从多寡，不以所司繁简而论，均以职分尊卑而定，以示等威也。"邓之诚《骨董续记》卷二："柴桑《京师偶记》引叶子奇《草木子》云：'元朝北人，女使必得高丽，家僮必得黑厮。不如此谓之不成仕宦。'今旗下贵家，必买臊鞑子小口，以多为胜，竞相夸耀。男口至五十金，女口倍之。按所云黑

厮，或即昆仑奴之类；清初亦有蓄之者。”

⑦干血之症：即干血痨，中医学病名。指妇女长期月经减少或闭经、形体极度消瘦、两目暗黑、潮热盗汗、口干颧红等症。

⑧羸（léi）瘦：瘦弱。羸，弱。

⑨搅家精：亦作"绞家星"，即专在家里混搅蛮缠的人。

⑩散荡：亦作"散诞"或作"散旦"。舒散的意思。

⑪天齐庙：即东岳庙。《旧唐书·礼仪志》载，唐开元十三年，玄宗"封泰山神为天齐王"。清潘荣陛《帝京岁时纪胜·东岳庙》："朝阳门外二里许，延祐中建庙，以祀东岳天齐仁圣帝。明正统中，改拓其宇，两庑设地狱七十二司，殿后为穿堂寝殿。神像为正奉刘元手塑。……岁之三月朔至二十八日设庙，为帝庆诞辰，都人陈鼓乐旌旗，结彩亭乘舆，导驾出游，观者塞路，进香赛愿者，络绎不绝。"

⑫赶着：即"上赶着"，竭力巴结的意思。

⑬乍乍的：刚刚的。

⑭泛泛人：一般人。

⑮面情塞责：应付情面，搪塞应尽的责任。

第八十一回
占旺相四美钓游鱼[①]　奉严词两番入家塾[②]

且说迎春归去之后，邢夫人像没有这事。倒是王夫人抚养了一场，却甚实伤感，在房中自己叹息了一回。只见宝玉走来请安，看见王夫人脸上似有泪痕，也不敢坐，只在傍边站着。王夫人叫他坐下，宝玉才挨上炕来，就在王夫人身旁坐了。王夫人见他呆呆的瞅着，似有欲言不言的光景，便道："你又为什么这样呆呆的？"宝玉道："并不为什么。只是昨儿听见二姐姐这种光景，我实在替他受不得。虽不敢告诉老太太，却这两夜只是睡不着。我想咱们这样人家的姑娘，那里受得这样的委屈？况且二姐姐是个最懦弱的人，向来不会和人拌嘴，偏偏儿的遇见这样没人心的东西，竟一点儿不知道女人的苦处。"说着，几乎滴下泪来。王夫人道："这也是没法儿的事。俗语说的：'嫁出去的女孩儿，泼出去的水。'叫我能怎么样呢？"宝玉道："我昨儿夜里倒想了一个主意：咱们索性回明了老太太，把二姐姐接回来，还叫他紫菱洲住着，仍旧我们姐妹弟兄们一块儿吃，一块儿玩，省得受孙家那混账行子的气。等他来接，咱们硬不叫他去。由他接一百回，咱们留一百回。只说是老太太的主意。这个岂不好呢？"

王夫人听了，又好笑，又好恼，说道："你又发了呆气了，混说的是什么！大凡做了女孩儿，终是要出门子的。嫁到人家去，娘家那里顾得？也只好看他自己的命运，碰得好就好，碰得不好也就没法儿。你难道没听见人说，'嫁鸡随鸡，嫁狗随狗'[③]，那里个个都像你大姐姐做娘娘呢？况且你二姐姐是新媳妇，孙姑爷也还是年轻的人，各人有各人的脾气，新来乍到，自然要有些扭别的。过几年，大家摸着脾气儿，生儿长女以后，那就好了。你断断不许在老太太跟前说起半个字。我知道了，是不依你的。快去干你的去罢，不要在这里混说。"说得宝玉也不敢作声，坐了一回，无精打彩的出来了。憋着一肚子闷气，无处可泄，走到园中，一径往潇湘馆来。刚进了门，便放声大哭起来。

黛玉正在梳洗才毕，见宝玉这个光景，倒吓了一跳，问："是怎么了？合谁恼了气了？"连问几声。宝玉低着头，伏在桌子上，呜呜咽咽，哭的说不出话来。黛玉便在椅子上怔怔的瞅着他，一会子问道："到底是别人合你恼了气了，还是我得罪了你呢？"宝玉摇手道："都不是，都不是！"黛玉道："那么着，为什么这么伤起心来？"宝玉道："我只想着，咱们大家越早些死的越好，活着真真没有趣儿。"黛玉听了这话，更觉惊讶，道："这是什么话，你真正发了疯了不成？"宝玉道："也并不是我发疯。我告诉你，你也不能不伤心。前儿二姐姐回来的样子和那些话，你也都听见看见了。我想人到了大的时候，为什么要嫁？嫁出去，受人家这般苦楚！还记得咱们初结海棠社的时候，大家吟诗做东道，那时候何等热闹！如今宝姐姐家去了，连香菱也不能过来，二姐姐又出了门子了，几个知心知意的人，都不在一处，弄得这样光景！我原打算去告诉老太太，接二姐姐回来，谁知太太不依，倒说我呆、混说。我又不敢言语。这不多几时，你瞧瞧，园中光景，已经大变了；若再过几年，又不知怎么样了。故此，越想不由人不心里难受起来。"黛玉听了这番言语，把头渐渐的低了下去，身子渐渐的退至炕上，一言不发，叹了口气，便向里躺下去了。

紫鹃刚拿进茶来，见他两个这样，正在纳闷，只见袭人来了，进来看见宝玉，便道："二爷在这里呢么？老太太那里叫呢。我估量着二爷就是在这里。"黛玉听见是袭人，便欠身起来让坐。黛玉的两个眼圈儿已经哭的通红了。宝玉看见，道："妹妹，我刚才说的，不过是些呆话，你也不用伤心。你要想我的话时，身子更要保重才好。你歇歇儿罢。老太太那边叫我，我看看去就来。"说着，往外走了。袭人悄问黛玉道："你两个人又为什么？"黛玉道:"他为他二姐姐伤心;我是刚才眼睛发痒,揉的,并不为什么。"袭人也不言语,忙跟了宝玉出来,各自散了。宝玉来到贾母那边,贾母却已经歇晌,只得回到怡红院。

到了午后,宝玉睡了中觉起来,甚觉无聊,随手拿了一本书看。袭人见他看书,忙去沏茶伺候。谁知宝玉拿的那本书却是《古乐府》④,随手翻来,正看见曹孟德"对酒当歌,人生几何"一首⑤,不觉刺心。因放下这一本,又拿一本看时,却是晋文,翻了几页,忽然把书掩上,托着腮,只管痴痴的坐着。袭人倒了茶来,见他这般光景,便道:"你为什么又不看了?"宝玉也不答言,接过茶来,喝了一口,便放下了。袭人一时摸不着头脑,也只管站在傍边,呆呆的看着他。忽见宝玉站起来,嘴里咕咕哝哝的说道:"好一个'放浪形骸之外'⑥!"袭人听了,又好笑,又不敢问他,只得劝道:"你若不爱看这些书,不如还到园里逛逛,也省得闷出毛病来。"

那宝玉只管口中答应,只管出着神,往外走了。一时,走到沁芳亭,但见萧疏景象,人去房空。又来至蘅芜院,更是香草依然,门窗掩闭。转过藕香榭来,远远的只见几个人,在蓼溆一带栏干上靠着,有几个小丫头蹲在地下找东西。宝玉轻轻的走在假山背后听着。只听一个说道:"看他洑上来不洑上来。"好似李纹的语音。一个笑道:"好!下去了。我知道他不上来的。"这个却是探春的声音。一个又道:"是了。姐姐,你别动,只管等着,他横竖上来。"一个又说:"上来了。"这两个是李绮邢岫烟的声儿。

宝玉忍不住,拾了一块小砖头儿,往那水里一撂,"咕咚"一声,四个人都吓了一跳,惊讶道:"这是谁这么促狭?唬了我们一跳。"宝玉笑着从山子后直跳出来,笑道:"你们好乐啊,怎么不叫我一声儿?"探春道:"我就知道再不是别人,必是二哥哥这样淘气。没什么说的,你好好儿的赔我们的鱼罢!刚才一个鱼上来,刚刚儿的要钓着,叫你唬跑了。"宝玉笑道:"你们在这里顽,竟不找我,我还要罚你们呢。"大家笑了一回。宝玉道:"咱们大家今儿钓鱼，占占谁的运气好。看谁钓得着，就是他今年的运气好；钓不着，就是他今年运气不好。咱们谁先钓？"探春便让李纹，李纹不肯。探春笑道："这样就是我先钓。"回头向宝玉说道："二哥哥，你再赶走了我的鱼，我可不依了。"宝玉道："头里原是我要唬你们顽，这会子你只管钓罢。"

探春把丝绳抛下，没十来句话的工夫，就有一个杨叶窜儿⑦，吞着钩子，把漂儿坠下去。探春把竿一挑，往地下一撩，却是活进的。侍书在满地上乱抓，两手捧着搁在小磁坛内，清水养着。探春把钓竿递与李纹。李纹也把钓竿垂下，但觉丝儿一动，忙挑起来，却是个空钩子。又垂下去半晌，钩丝一动，又挑起来，还是空钩子。李纹把那钩子拿上来一瞧，原来往里钩了。李纹笑道："怪不得钓不着！"忙叫素云把钩子敲好了，换上新虫子，上边贴好了苇片儿⑧。垂下去一会儿，见苇片直沉下去，急忙提起来，倒是一个二寸长的鲫瓜儿⑨。李纹笑着道："宝哥哥钓罢。"宝玉道："索性三妹妹合邢妹妹钓了我再钓。"岫烟却不答言。只见李绮道："宝哥哥先钓罢。"说着，水面上起了一个泡儿。探春道："不必尽着让了。你看那鱼都在三妹妹那边呢，还是三妹妹快着钓罢。"李绮笑着接了钓竿儿，果然沉下去就钓了一个。然后岫烟也钓着了一个，随将竿子仍旧递给探春，探春才递与宝玉。宝玉道："我是要做姜太公的⑩。"便走下石矶，坐在池边钓起来。岂知那水里的鱼，看见人影儿，都躲到别处去了。宝玉抢着钓竿，等了半天，那钓丝儿动也不动。刚有一个鱼儿在水边吐沫，宝玉把竿子一晃，又唬走了，急的宝玉道："我最是个性儿急的人，他偏性儿慢，这可怎么样呢？好鱼儿，快来罢！你也成全成全我呢。"说的四人都笑了。一言未了，只见钓丝微微一动。宝玉喜得满怀，用力往上一兜，把钓竿往石上一碰，折作两段，丝也振断了，钩子也不知往那里去了。众人越发笑起来。探春道："再没见象你这样卤人！"

正说着，只见麝月慌慌张张的跑来说："二爷，老太太醒了，叫你快去呢。"五个人都唬了一跳。探春便问麝月道:"老太太叫二爷什么事?"麝月道:"我也不知道。就只听见说是什么闹破了,叫宝玉来问;还要叫琏二奶奶一块儿查问呢。"吓得宝玉发了一回呆,说道:"不知又是那个丫头遭了瘟了。"探春道:"不知什么事,二哥哥,你快去。有什么信儿,先叫麝月来告诉我们一声儿。"说着,便同李纹、李绮、岫烟走了。

宝玉走到贾母房中,只见王夫人陪着贾母摸牌。宝玉看见无事,才把心放下了一半。贾母见他进来,便问道:"你前年那一次大病的时候,后来亏了一个疯和尚和个癞道士治好了的。那会子病里,你觉得是怎么样?"宝玉想了一回,道:"我记得得病的时候儿,好好的站着,倒像背地里有人把我拦头一棍,疼的眼睛前头漆黑,看见满屋子里都是些青面獠牙、拿刀举棒的恶鬼。躺在炕上,觉着脑袋上加了几个脑箍似的。已后便疼的任什么不知道了。到好的时候,又记得堂屋里一片金光⑪,直照到我房里来,那些鬼都跑着躲避,便不见了。我的头也不疼了,心上也就清楚了。"贾母告诉王夫人道:"这个样儿也就差不多了。"

说着凤姐也进来了。见了贾母,又回身见过了王夫人,说道:"老祖宗要问我什么?"贾母道:"你前年害了邪病,你还记得怎么样?"凤姐儿笑道:"我也全不记得。但觉自己身子不由自主,倒像有些鬼怪,拉拉扯扯,要我杀人才好。有什么拿什么,见什么杀什么,自己原觉狠乏,只是不能住手。"贾母道:"好的时候还记得么?"凤姐道:"好的时候好像空中有人说了几句话是的,却不记得说什么来着。"贾母道:"这么看起来,竟是他了。他姐儿两个病中的光景合才说的一样。这老东西竟这样坏心,宝玉枉认了他做干妈!倒是这个和尚道人,阿弥陀佛!才是救宝玉性命的,只是没有报答他。"凤姐道:"怎么老太太想起我们的病来呢?"贾母道:"你问你太太去,我懒待说。"

王夫人道:"才刚老爷进来,说起宝玉的干妈,竟是个混账东西，邪魔外道的。如今闹破了，被锦衣府拿住送入刑部监⑫，要问死罪的了。前几天被人告发的。那个人叫做什么潘三保，有一所房子，卖与斜对过当铺里。这房子加了几倍价钱，潘三保还要加，当铺里那里还肯？潘三保便买嘱了这老东西——因他常到当铺里去，那当铺里人的内眷都与他好的——他就使了个法儿，叫人家的内人便得了邪病，家翻宅乱起来。他又去说，这个病他能治，就用些神马纸钱烧献了⑬，果然见效。他又向人家内眷们要了十几两银子。岂知老佛爷有眼，应该败露了。这一天急要回去，掉了一个绢包儿，当铺里人捡起来一看，里头有许多纸人，还有四丸子狠香的香。正咤异着呢，那老东西倒回来找这绢包儿。这里的人就把他拿住。身边一搜，搜出一个匣子，里面有象牙刻的一男一女，不穿衣服，光着身子的两个魔王，还有七根朱红绣花针。立时送到锦衣府去，问出许多官员家大户太太姑娘们的隐情事来，所以知会了营里⑭，把他家中一抄，抄出好些泥塑的煞神⑮，几匣子闹香⑯。炕背后空屋子里挂着一盏七星灯⑰，灯下有几个草人，有头上戴着脑箍的，有胸前穿着钉子的，有项上拴着锁子的。柜子里无数纸人儿。底下几篇小账，上面记着某家验过，应找银若干。得人家油钱香分也不计其数⑱。"凤姐道："咱们的病一准是他。我记得咱们病后，那老妖精向赵姨娘处来过几次，要向赵姨娘讨银子，见了我，便脸上变貌变色，两眼鸂𪆁鸡的。我当初还猜疑了几遍，总不知什么原故。如今说起来，却原来都是有因的。但只我在这里当家，自然惹人恨怨，怪不得人治我。宝玉可合人有什么仇呢？忍得下这样毒手！"贾母道："焉知不因我疼宝玉，不疼环儿，竟给你们种了毒了呢。"王夫人道："这老货已经问了罪，决不好叫他来对证。没有对证，赵姨娘那里肯认账？事情又大，闹出来，外面也不雅。等他自作自受，少不得要自己败露的。"贾母道："你这话说的也是。这样事，没有对证，也难作准。只是佛爷菩萨看的真，他们姐儿两个，如今又比谁不济了呢？罢了，过去的事，凤哥儿也不必提了。今日你合你太太都在我这边吃了晚饭再过去罢。"遂叫鸳鸯琥珀等传饭。凤姐赶忙笑道："怎么老祖宗倒操起心来？"王夫人也笑了。只见外头几个媳妇伺候。凤姐连忙告诉小丫头子传饭："我合太太都跟着老太太吃。"正说着，只见玉钏儿走来对王夫人道："老爷要找一件什么东西，请太太伺候了老太太的饭完了，自己去找一找呢。"贾母道："你去罢，保不住你老爷有要紧的事。"

　　王夫人答应着，便留下凤姐儿伺候，自己退了出来，回至房中，合贾政说了些闲话，把东西找了出来。贾政便问道："迎儿已经回去了，他在孙家怎么样？"王夫人道："迎丫头一肚子眼泪，说孙姑爷凶横的了不得。"因把迎春的话述了一遍。贾政叹道："我原知不是对头。无奈大老爷已说定了，教我也没法。不过迎丫头受些委屈罢了。"王夫人道："这还是新媳妇，只指望他已后好了好。"说着，"嗤"的一笑。贾政道："笑什么？"王夫人道："我笑宝玉今儿早起，特特的到这屋里来，说的都是些孩子话。"贾政道："他说什么？"王夫人把宝玉的言语笑述了一遍。贾政也忍不住的笑，因又说道："你提宝玉，我正想起一件事来。这小孩子天天放在园里，也不是事。生女儿不得济，还是别人家的人；生儿若不济事，关系非浅。前日倒有人和我提起一位先生来，学问人品都是极好的，也是南边人。但我想南边先生，性情最是和平。咱们城里的孩子，个个踢天弄井⑲，鬼聪明倒是有的，可以搪塞就搪塞过去了；胆子又大，先生再要不肯给没脸，一日哄哥儿是的，没的白耽误了。所以老辈子不肯请外头的先生，只在本家择出有年纪再有点学问的请来掌家塾。如今儒大太爷虽学问也只中平，但还弹压的住这些小孩子们，不至以颟顸了事⑳。我想宝玉闲着总不好，不如仍旧叫他家塾中读书去罢了。"王夫人道："老爷说的狠是。自从老爷外任去了，他又常病，竟耽搁了好几年。如今且在家学里温习温习，也是好的。"贾政点头，又说些闲话，不提。

　　且说宝玉次日起来，梳洗已毕，早有小厮们传进话来，说：

“老爷叫二爷说话。”宝玉忙整理了衣服，来至贾政书房中，请了安，站着。贾政道：“你近来作些什么功课？虽有几篇字，也算不得什么。我看你近来的光景，越发比头几年散荡了；况且每每听见你推病，不肯念书。如今可大好了？我还听见你天天在园子里和姐妹们顽顽笑笑，甚至和那些丫头们混闹，把自己的正经事，总丢在脑袋后头。就是做得几句诗词，也并不怎么样，有什么稀罕处？比如应试选举，到底以文章为主。你这上头倒没有一点儿工夫。我可嘱咐你：自今日起，再不许做诗做对的了，单要习学八股文章。限你一年，若毫无长进，你也不用念书了，我也不愿有你这样的儿子了。”遂叫李贵来，说：“明儿一早，传焙茗跟了宝玉去收拾应念的书籍，一齐拿过来我看看。亲自送他到家学里去。”喝命宝玉：“去罢！明日起早来见我。”

宝玉听了，半日竟无一言可答，因回到怡红院来。袭人正在着急听信，见说取书，倒也喜欢。独是宝玉要人即刻送信与贾母，欲叫拦阻。贾母得信，便命人叫过宝玉来，告诉他说：“只管放心先去，别叫你老子生气。有什么难为你，有我呢。”宝玉没法，只得回来，嘱咐了丫头们：“明日早早叫我，老爷要等着送我到家学里去呢。”袭人等答应了，同麝月两个倒替着醒了一夜。

次日一早，袭人便叫醒宝玉，梳洗了，换了衣服，打发小丫头子传了焙茗在二门上伺候，拿着书籍等物。袭人又催了两遍，宝玉只得出来，过贾政书房中来，先打听老爷过来了没有。书房中小厮答应：“方才一位清客相公请老爷回话，里边说：‘梳洗呢。’命清客相公出去候着去了。”宝玉听了，心里稍稍安顿，连忙到贾政这边来。恰好贾政着人来叫，宝玉便跟着进去。贾政不免又嘱咐几句话，带了宝玉，上了车，焙茗拿着书籍，一直到家塾中来。

早有人先抢一步，回代儒说：“老爷来了。”代儒站起身来，贾政早已走入，向代儒请了安。代儒拉着手问了好，又问：“老太太近日安么？”宝玉过来也请了安。贾政站着，请代儒坐了，然后坐下。贾政道："我今日自己送他来，因要求托一番。这孩子年纪也不小了，到底要学个成人的举业，才是终身立身成名之事。如今他在家中，只是和些孩子们混闹。虽懂得几句诗词，也是胡诌乱道的；就是好了，也不过是风云月露^㉑，与一生的正事，毫无关涉。"代儒道："我看他相貌也还体面，灵性也还去得，为什么不念书，只是心野贪顽？诗词一道，不是学不得的，只要发达了已后，再学还不迟呢。"贾政道："原是如此。目今只求叫他读书、讲书、作文章。倘或不听教训，还求太爷认真的管教管教他，才不至有名无实的，白耽误了他的一世。"说毕，站起来，又作了一个揖，然后说了些闲话，才辞了出去。代儒送至门首，说："老太太前替我问好请安罢。"贾政答应着，自己上车去了。

代儒回身进来，看见宝玉在西南角靠窗户摆着一张花梨小桌，右边堆下两套旧书，薄薄儿的一本文章，叫焙茗将纸墨笔砚都搁在抽屉里藏着。代儒道："宝玉，我听见说你前儿有病，如今可大好了？"宝玉站起来道："大好了。"代儒道："如今论起来，你可也该用功了。你父亲望你成人，恳切的狠。你且把从前念过的书，打头儿理一遍。每日早起理书^㉒，饭后写字，晌午讲书，念几遍文章就是了。"宝玉答应了个"是"，回身坐下时，不免四面一看。见昔时金荣辈不见了几个，又添了几个小学生，都是些粗俗异常的。忽然想起秦钟来，如今没有一个做得伴、说句知心话儿的，心上凄然不乐；却不敢作声，只是闷着看书。代儒告诉宝玉道："今日头一天，早些放你家去罢。明日要讲书了。但是你又不是狠愚夯的，明日我倒要你先讲一两章书我听，试试你近来的工课何如，我才晓得你到怎么个分儿上头。"说得宝玉心中乱跳。欲知明日听解何如，且听下回分解。

【注释】

①占：《说文·卜部》："占，视兆问也。"这里即指占卜。在古代，"占"是观察的意思；"卜"是用火灼龟甲取兆，以预测吉凶。后来用其

他方法预测吉凶祸福，也叫"占卜"。旺相：汉王充《论衡·命禄篇》："春夏囚死，秋冬旺相，非能为之也。"系阴阳家语言，指人的行动得时，运气旺盛。这里指运气好。

②严词：父训，父命。

③"嫁鸡随鸡"二句：旧时比喻女子出嫁后，不论丈夫好坏，都必须跟从。宋欧阳修《代鸠妇言》诗："人言嫁鸡逐鸡飞，安知嫁鸠被鸠逐。"又，宋庄季裕《鸡肋编》卷下："杜少陵《新婚别》云：'鸡狗亦得将'，世谓谚云'嫁得鸡，逐鸡飞；嫁得狗，逐狗走'之语也。"

④《古乐府》：元左克明编选。共十卷，始自唐虞，迄于陈隋，"有谣有歌，有行有辞，有操有曲"，是一部通代的乐府诗歌选集。大抵根据宋郭茂倩《乐府诗集》加以简化而成。

⑤对酒当歌，人生几何：汉末曹操所作《短歌行·对酒篇》的头两句。当，对，同义，都是面对的意思。

⑥放浪形骸之外：晋王羲之《兰亭集序》中语。放浪，意即放纵，不受拘束。形骸，形体。

⑦杨叶窜儿：一种小鱼，常在水面窜游，形状像杨柳叶子。

⑧苇片儿：即鱼漂。钓鱼时系在线上能漂浮的小东西，使鱼钩不致沉底。鱼漂下沉，说明鱼已上钩。

⑨鲫瓜儿：即小鲫鱼。

⑩姜太公：即吕尚，周东海人，本姓姜氏，其先封于吕，从其封姓，字子牙，俗称姜太公。传说他曾在渭水边钓鱼，钓竿直钩无饵，说："负命者上钩来！"（见《武王伐纣平话》卷中）所以谚语有"姜太公钓鱼，愿者上钩"的话。

⑪一片金光：《高僧传·释玄高传》："母以伪秦弘始三年，梦见梵僧散花满室，便觉怀胎，至四年二月八日生男，家内忽有异香，及光明照壁，迄旦乃息。"此即俗说"菩萨显圣"之意。

⑫锦衣府：也叫"锦衣卫"，官署名。即锦衣亲军都指挥使司。设置于明洪武十五年，掌管卫护皇宫的禁军和皇帝出入的仪仗。后明太祖为加强专制统治，锦衣卫遂演变成为专管纠查、侦察的特务组织。刑部监：即刑部属下的监狱。刑部是封建官僚机构六部之一，掌管国

家的法律、刑狱事务。这是依托明代制度而言。

⑬神马：即神像。清富察敦崇《燕京岁时记·月光马儿》："京师谓神像为神马儿，不敢斥言神也。"

⑭营：指五城巡捕营，清代禁卫军之一，属步军统领衙门。《清史稿·职官志四》："巡捕营各官掌分汛防守，巡逻纠察，以执御非违。"

⑮煞神：凶神。

⑯闹香：即闷香，一种能熏人使之昏迷不能发声及动作的香。

⑰七星灯：祭神的一种油灯，因其七个灯芯排列如北斗七星，故名。

⑱油钱香分（fèn）：巫祝等借口敬神上供，而向人诈骗钱财所立的名目。油、香，都指祭神用品。

⑲踢天弄井：意即上天入地。《西游记》第二十回："我老孙也捉得怪，降得魔，伏虎擒龙，踢天弄井，都晓得些儿。"这里形容孩子窜上跳下，闹得天翻地覆，顽皮到极点。

⑳颟顸（mān hān）：《广韵》："颟顸，大面貌。"后指糊涂马虎，不明事理。

㉑风云月露：指绮丽的文字。《隋书·李谔传》："连篇累牍，不出月露之形；积案盈箱，唯是风云之状。世俗以此相高，朝廷据兹擢士。"

㉒理书：即温书。理，这里作"温习"讲。北齐颜之推《颜氏家训·勉学》："吾七岁时，诵《灵光殿赋》，至于今日，十年一理，犹不遗忘。"

第八十二回
老学究讲义警顽心[①]　病潇湘痴魂惊恶梦

　　话说宝玉下学回来，见了贾母。贾母笑道："好了，如今野马上了笼头了。去罢，见见你老爷回来，散散儿去罢。"宝玉答应着，去见贾政。贾政道："这早晚就下了学了么？师父给你定了工课没有？"宝玉道："定了。早起理书，饭后写字，晌午讲书念文章。"贾政听了，点点头儿，因道："去罢，还到老太太那边陪着坐坐去。你也该学些人功道理，别一味的贪顽。晚上早些睡，天天上学，早些起来。你听见了？"

　　宝玉连忙答应几个"是"，退出来，忙忙又去见王夫人，又到贾母那边打了个照面儿，赶着出来，恨不得一走就走到潇湘馆才好。刚进门口，便拍着手笑道："我依旧回来了。"猛可里倒唬了黛玉一跳。紫鹃打起帘子，宝玉进来坐下。黛玉道："我恍惚听见你念书去了，这么早就回来了？"宝玉道："嗳呀，了不得！我今儿不是被老爷叫了念书去了么？心上倒像没有和你们见面的日子了。好容易熬了一天，这会子瞧见你们，竟如死而复生的一样。真真古人说，'一日三秋'[②]，这话再不错的。"黛玉道："你上头去过了没有？"宝玉道："都去过了。"黛玉道："别处呢？"宝玉道："没有。"黛玉道："你也该瞧瞧他们去。"宝玉道："我这会子懒待动了，只和妹妹坐着，说一会子话儿罢。老爷还叫早睡早起，只好明儿再瞧他们去了。"黛玉道："你坐坐儿，可是正该歇歇儿去了。"宝玉道："我那里是乏，只是闷得慌。这会子咱们坐着，才把闷散了，你又催起我来。"黛玉微微的一笑，因叫紫鹃："把我的龙井茶给二爷沏一碗。二爷如今念书了，比不得头里。"紫鹃笑着答应，去拿茶叶，叫小丫头子沏茶。宝玉接着说道："还提什么念书，我最厌这些道学话。更可笑的，是八股文章，拿他诓功名，混饭吃，也罢了，还要说'代圣贤立言'③。好些的，不过拿些经书凑搭凑搭还罢了；更有一种可笑的，肚子里原没有什么，东拉西扯，弄的牛鬼蛇神④，还自以为博奥。这那里是阐发圣贤的道理？目下老爷口口声声叫我学这个，我又不敢违拗，你这会子还提念书呢！"黛玉道："我们女孩儿家虽然不要这个，但小时跟着你们雨村先生念书，也曾看过。内中也有近情近理的，也有清微淡远的。那时候虽不大懂，也觉得好，不可一概抹倒。况且你要取功名，这个也清贵些。"宝玉听到这里，觉得不甚入耳，因想："黛玉从来不是这样人，怎么也这样势欲熏心起来？"又不敢在他跟前驳回，只在鼻子眼里笑了一声。

正说着，忽听外面两个人说话，却是秋纹和紫鹃。只听秋纹道："袭人姐姐叫我老太太那里接去，谁知却在这里！"紫鹃道："我们这里才沏了茶，索性让他喝了再去。"说着，二人一齐进来。宝玉和秋纹笑道："我就过去。又劳动你来找。"秋纹未及答言，只见紫鹃道："你快喝了茶去罢，人家都想了一天了。"秋纹啐道："呸，好混账丫头！"说的大家都笑了。宝玉起身，才辞了出来。黛玉送到屋门口儿，紫鹃在台阶下站着，宝玉出去，才回房里来。

却说宝玉回到怡红院中，进了屋子，只见袭人从里间迎出来，便问："回来了么？"秋纹应道："二爷早来了。在林姑娘那边来着。宝玉道："今日有事没有？"袭人道："事却没有。方才太太叫鸳鸯姐姐来吩咐我们：如今老爷发狠叫你念书，如有丫鬟们再敢和你顽笑，都要照着晴雯司棋的例办。我想伏侍你一场，赚了这些言语，也没什么趣儿。"说着，便伤起心来。宝玉忙道："好姐姐，你放心。我只好生念书，太太再不说你们了。我今儿晚上还要看书，明日师父叫我讲书呢。我要使唤，横竖有麝月秋纹呢，你歇歇去罢。"袭人道："你要真肯念书，我们伏侍你也是欢喜的。"宝玉听得了，赶忙吃了晚饭，就叫点灯，把念过的"四书"翻出来，"只是从何处看起？"翻了一本看去，章章里头，似乎明白；

细按起来，却不狠明白。看着小注，又看讲章。闹到梆子下来了，自己想道："我在诗词上觉得狠容易，在这个上头竟没头脑。"便坐着呆呆的呆想。袭人道："歇歇罢。做工夫也不在这一时的。"宝玉嘴里只管胡乱答应。麝月袭人才伏侍他睡下，两个才也睡了。及至睡醒一觉，听得宝玉炕上还是翻来复去。袭人道："你还醒着呢么？你倒别混想了，养养神，明儿好念书。"宝玉道："我也是这样想，只是睡不着，你来给我揭去一层被。"袭人道："天气不热，别揭罢。"宝玉道："我心里烦躁的狠。"自把被窝褪下来。袭人忙爬起来按住，把手去他头上一摸，觉得微微有些发烧。袭人道："你别动了，有些发烧了。"宝玉道："可不是。"袭人道："这是怎么说呢！"宝玉道："不怕，是我心烦的原故，你别吵嚷。省得老爷知道了，必说我装病逃学；不然，怎么病的这样巧。明儿好了，原到学里去，就完事了。"袭人也觉得可怜，说道："我靠着你睡罢。"便和宝玉捶了一回脊梁，不知不觉，大家都睡着了。

直到红日高升，方才起来。宝玉道："不好了，晚了！"急忙梳洗毕，问了安，就往学里来了。代儒已经变着脸，说："怪不得你老爷生气，说你没出息。第二天你就懒惰。这是什么时候才来？"宝玉把昨儿发烧的话说了一遍，方过去了，原旧念书。

到了下晚，代儒道："宝玉，有一章书，你来讲讲。"宝玉过来一看，却是"后生可畏"章⑤。宝玉心上说："这还好，幸亏不是《学》《庸》。"问道："怎么讲呢？"代儒道："你把节旨句子细细儿讲来⑥。"宝玉把这章先朗朗的念了一遍，说："这章书是圣人勉励后生，教他及时努力，不要弄到……"说到这里，抬头向代儒一瞧。代儒觉得了，笑了一笑道："你只管说，讲书是没有什么避忌的。《礼记》上说：'临文不讳。'⑦只管说，'不要弄到'什么？"宝玉道："不要弄到老大无成。先将'可畏'二字激发后生的志气，后把'不足畏'三字警惕后生的将来。"说罢，看着代儒。代儒道："也还罢了。串讲呢？"宝玉道："圣人说：人生少时，心思才力，样样聪明能干，实在是可怕的，那里料得定他后来的日子不像我的今日？若是悠悠忽忽，到了四十岁，又到五十岁，既不能荣发达，这种人，虽是他后生时像个有用的，到了那个时候，这一辈子就没有人怕他了。"代儒笑道："你方才节旨讲的倒清楚，只是句子里有些孩子气。'无闻'二字⑧，不是不能发达做官的话。'闻'是实在自己能勾明理见道，就不做官也是有闻了；不然，古圣贤有遁世不见知的⑨，岂不是不做官的人，难道也是无闻么？'不足畏'是使人料得定，方与'焉知'的'知'字对针，不是'怕'的字眼。要从这里看出，方能入细。你懂得不懂得？"宝玉道："懂得了。"代儒道："还有一章，你也讲一讲。"代儒往前揭了一篇，指给宝玉。宝玉看是，"吾未见好德如好色者也"⑩。宝玉觉得这一章却有些刺心，便陪笑道："这句话没有什么讲头。"代儒道："胡说！譬如场中出了这个题目，也说没有做头么？"宝玉不得已，讲道："是圣人看见人不肯好德，见了色，便好的了不得，殊不想德是性中本有的东西，人偏都不肯好他。至于那个色呢，虽也是从先天中带来，无人不好的，但是德乃天理，色是人欲，人那里肯把天理好的像人欲是的？孔子虽是叹息的话，又是望人回转来的意思。并且见得人就有好德的，好得终是浮浅，直要像色一样的好起来，那才是真好呢。"代儒道："这也讲的罢了。我有句话问你：你既懂得圣人的话，为什么正犯着这两件病？我虽不在家中，你们老爷也不曾告诉我，其实你的毛病，我却尽知的。做一个人，怎么不望长进？你这回儿正是'后生可畏'的时候。'有闻'，'不足畏'，全在你自己做去了。我如今限你一个月，把念过的旧书全要理清。再念一个月文章，已后我要出题目叫你作文章了。如若懈怠，我是断乎不依的。自古道：'成人不自在，自在不成人⑪。'你好生记着我的话。"宝玉答应了，也只得天天按着功课干去，不提。

　　且说宝玉上学之后，怡红院中甚觉清净闲暇，袭人倒可做些活计，拿着针线要绣个槟榔包儿。想着如今宝玉有了功课，丫头们可也没有饥荒了，早要如此，晴雯何至弄到没有结果？兔死狐悲，不觉滴下泪来。忽又想到自己终身，本不是宝玉的正配，原是偏房。宝玉的为人，却还拿得住；只怕娶了一个利害的，自己便是尤二姐香菱的后身。素来看着贾母王夫人光景，及凤姐儿往往露出话来，自然是黛玉无疑了。那黛玉就是个多心人。想到此际，脸红心热，拿着针不知戳到那里去了。便把活计放下，走到黛玉处去探探他的口气。

黛玉正在那里看书，见是袭人，欠身让坐。袭人也连忙迎上来问："姑娘这几天身子可大好了？"黛玉道："那里能彀？不过略硬朗些。你在家里做什么呢？"袭人道："如今宝二爷上了学，房中一点事儿没有，因此来瞧瞧姑娘，说说话儿。"

说着，紫鹃拿茶来。袭人忙站起来道："妹妹坐着罢。"因又笑道："我前儿听见秋纹说，妹妹背地里说我们什么来着？"紫鹃也笑道："姐姐信他的话！我说宝二爷上了学，宝姑娘又隔断了，连香菱也不过来，自然是闷的。"袭人道："你还提香菱呢，这才苦呢，撞着这位'太岁奶奶'，难为他怎么过！"把手伸着两个指头，道："说起来，比他还利害，连外头的脸面都不顾了。"黛玉接着道："他也彀受了，尤二姑娘怎么死了！"袭人道："可不是，想来都是一个人，不过名分里头差些，何苦这样毒？外面名声也不好听。"黛玉从不闻袭人背地里说人，今听此话有因，便说道："这也难说。但凡家庭之事，不是东风压了西风，就是西风压了东风。"袭人道："做了旁边人，心里先怯了，那里倒敢去欺负人呢。"

说着，只见一个婆子在院里问道："这里是林姑娘的屋子么？那位姐姐在这里呢？"雪雁出来一看，模模糊糊认得是薛姨妈那边的人，便问道："作什么？"婆子道："我们姑娘打发来给这里林姑娘送东西的。"雪雁道："略等等儿。"雪雁进来回了黛玉，黛玉便叫领他进来。那婆子进来，请了安，且不说送什么，只是觑着眼睛黛玉。看的黛玉脸上倒不好意思起来，因问道："宝姑娘叫你来送什么？"婆子方笑着回道："我们姑娘叫给姑娘送了一瓶儿蜜饯荔枝来。"回头又睄见袭人，便问道："这位姑娘，不是宝二爷屋里的花姑娘么？"袭人笑道："妈妈怎么认得我？"婆子笑道："我们只在太太屋里看屋子，不大跟太太姑娘出门，所以姑娘们都不大认得。姑娘们碰着到我们那边去，我们都模糊记得。"说着，将一个瓶儿递给雪雁，又回头看看黛玉，因笑着向袭人道："怨不得我们太太说：这林姑娘和你们宝二爷是一对儿。原来真是天仙似的！"袭人见他说话造次，连忙岔道："妈妈，你乏了，坐坐吃茶罢。"那婆子笑嘻嘻的道："我们那里忙呢，都张罗琴姑娘的事呢。姑娘还有两瓶荔枝，叫给宝二爷送去。"说着，颤颤巍巍，告辞出去。

黛玉虽恼这婆子方才冒撞，但因是宝钗使来的，也不好怎么样他，等他出了屋门，才说一声道："给你们姑娘道费心。"那老婆子还只管嘴里咕咕哝哝的说："这样好模样儿，除了宝玉，什么人擎受的起⑫。"黛玉只装没听见。袭人笑道："怎么人到了老来，就是混说白道的，叫人听着又生气，又好笑。"一时雪雁拿过瓶子来给黛玉看，黛玉道："我懒待吃，拿了搁起去罢。"又说了一回话，袭人才去了。

一时，晚妆将卸，黛玉进了套间，猛抬头看见了荔枝瓶，不禁想起日间老婆子的一番混话，甚是刺心。当此黄昏人静，千愁万绪，堆上心来，想起："自己身子不牢，年纪又大了，看宝玉的光景，心里虽没别人，但是老太太舅母又不见有半点意思，深恨父母在时，何不早定了这头婚姻。"又转念一想道："倘若父母在时，别处定了婚姻，怎能彀似宝玉这般人材心地？不如此时尚有可图。"心内一上一下，辗转缠绵，竟像辘轳一般。叹了一回气，吊了几点泪，无情无绪，和衣倒下。

不知不觉，只见小丫头走来说道："外面雨村贾老爷请姑娘。"黛玉道："我虽跟他读过书，却不比男学生，要见我作什么？况且他和舅舅往来，从未提起，我也不便见的。”因叫小丫头回复：“身上有病，不能出来，与我请安道谢就是了。”小丫头道：“只怕要与姑娘道喜，南京还有人来接。”说着，又见凤姐同邢夫人、王夫人、宝钗等都来笑道：“我们一来道喜，二来送行。”黛玉慌道：“你们说什么话？”凤姐道：“你还装什么呆？你难道不知道：林姑爷升了湖北的粮道⑬，娶了一位继母，十分合心合意；如今想着你撂在这里，不成事体，因托了贾雨村作媒，将你许了你继母的什么亲戚，还说是续弦⑭，所以着人到这里来接你回去。大约一到家中，就要过去的。都是你继母作主。怕的是道儿上没有照应，还叫你琏二哥哥送去。”说得黛玉一身冷汗。

　　黛玉又恍惚父亲果在那里做官的样子。心上急着，硬说道：“没有的事，都是凤姐姐混闹。”只见邢夫人向王夫人使个眼色儿：“他还不信呢，咱们走罢。”黛玉含着泪道：“二位舅母坐坐去。”众人不言语，都冷笑而去。黛玉此时心中干急，又说不出来，哽哽咽咽；恍惚又是和贾母在一处的似的，心中想道：“此事惟求老太太，或还可救。”于是两腿跪下去，抱着贾母的腰说道：“老太太救我！我南边是死也不去的。况且有了继母，又不是我的亲娘，我是情愿跟着老太太一块儿的。”但见老太太呆着脸儿笑道：“这个不干我事。”黛玉哭道：“老太太，这是什么事呢。”老太太道：“续弦也好，倒多一副妆奁。”黛玉哭道：“我若在老太太跟前，决不使这里分外的闲钱，只求老太太救我。”贾母道：“不中用了。做了女人，总是要出嫁的。你孩子家，不知道。在此地终非了局。”黛玉道：“我在这里，情愿自己做个奴婢过活，自做自吃，也是愿意。只求老太太作主。”老太太总不言语，黛玉抱着贾母的腰哭道：“老太太，你向来最是慈悲的，又最疼我的，到了紧急的时候，怎么全不管？不要说我是你的外孙女儿，是隔了一层了；我的娘是你的亲生女儿，看我娘分上，也该护庇些。”说着，撞在怀里痛哭。听见贾母道：“鸳鸯，你来送姑娘出去歇歇，我到被他闹乏了。”黛玉情知不是路了⑮，求去无用，不如寻个自尽，站起来，往外就走。深痛自己没有亲娘，便是外祖母与舅母姊妹们，平时何等待的好，可见都是假的。又一想："今日怎么独不见宝玉？或见一面，看他还有法儿。"便见宝玉站在面前，笑嘻嘻的说："妹妹大喜呀！"黛玉听了这一句话，越发急了，也顾不得什么了，把宝玉紧紧拉住，说："好，宝玉，我今日才知道你是个无情无义的人了！"宝玉道："我怎么无情无义？你既有了人家儿，咱们各自干各自的了。"黛玉越听越气，越没了主意，只得拉着宝玉哭道："好哥哥，你叫我跟了谁去？"宝玉道："你要不去，就在这里住着。你原是许了我的，所以你才到我们这里来。我待你是怎么样的？你也想想。"黛玉恍惚又像果曾许过宝玉的，心内忽又转悲作喜，问宝玉道："我是死活打定主意的了，你到底叫我去不去？"宝玉道："我说叫你住下。你不信我的话，你就瞧瞧我的心！"说着，就拿着一把小刀子往胸口上一划，只见鲜血直流。黛玉吓得魂飞魄散，忙用手握着宝玉的心窝，哭道："你怎么做出这个事来？你先来杀了我罢！"宝玉道："不怕，我拿我的心给你瞧。"还把手在划开的地方儿乱抓。黛玉又颤又哭，又怕人撞破，抱住宝玉痛哭。宝玉道："不好了，我的心没有了，活不得了！"说着，眼睛往上一翻，"咕咚"就倒了。黛玉拚命放声大哭。只听见紫鹃叫道："姑娘，姑娘！怎么魇住了？快醒醒儿，脱了衣服睡罢。"

黛玉一翻身，却原来是一场恶梦，喉间犹是哽咽，心上还是乱跳，枕头上已经湿透，肩背身心，但觉冰冷，想了一回，"父亲死得久了，与宝玉尚未放定⑯，这是从那里说起？"又想梦中光景，无倚无靠，再真把宝玉死了，那可怎么样好？一时痛定思痛，神魂俱乱。又哭了一回，遍身微微的出了一点儿汗。扎挣起来，把外罩大袄脱了，叫紫鹃盖好了被窝，又躺下去。翻来复去，那里睡得着？只听得外面淅淅飒飒，又像风声，又像雨声。又停了一会子，又听得远远的吆呼声儿，却是紫鹃已在那里睡着，鼻息出入之声。自己扎挣着爬起来，围着被坐了一会，觉得窗缝里透进一缕凉风来，吹得寒毛直竖，便又躺下。正要蒙眬睡去，听得竹枝上不知有多少家雀儿的声儿，啾啾唧唧，叫个不住。那窗上的纸，隔着屉子，渐渐的透进清光来。

黛玉此时已醒得双眸炯炯，一会儿咳嗽起来，连紫鹃都咳嗽醒了。紫鹃道："姑娘，你还没睡着么？又咳嗽起来了。想是着了风了，这会儿窗户纸发清了，也待好亮起来了。歇歇儿罢，养养神，别尽着想长想短的了。"黛玉道："我何尝不要睡？只是睡不着。你睡你的罢。"说了，又嗽起来。紫鹃见黛玉这般光景，心中也自伤感，睡不着了。听见黛玉又嗽，连忙起来，捧着痰盒。这时天已亮了。黛玉道："你不睡了么？"紫鹃笑道："天都亮了，还睡什么呢？"黛玉道："既这样，你就把痰盒儿换了罢。"

紫鹃答应着，忙出来换了一个痰盒儿，将手里的这个盒儿放在桌上，开了套间门出来，仍旧带上门，放下撒花软帘，出来叫醒雪雁。开了屋门去倒那盒子时，只见满盒子痰，痰中好些血星，唬了紫鹃一跳，不觉失声道："嗳哟，这还了得！"黛玉里面接着问："是什么？"紫鹃自知失言，连忙改说道："手里一滑，几乎撂了痰盒子。"黛玉道："不是盒子里的痰有了什么？"紫鹃道："没有什么。"说着这句话时，心中一酸，那眼泪直流下来，声儿早已岔了。

黛玉因为喉间有些甜腥，早自疑惑；方才听见紫鹃在外边咤异，这会子又听见紫鹃说话声音带着悲惨的光景，心中觉了八九分，便叫紫鹃："进来罢，外头看冷着。"紫鹃答应了一声，这一声更比头里凄惨，竟是鼻中酸楚之音。黛玉听了，凉了半截。看紫鹃推门进来时，尚拿手帕拭眼。黛玉道："大清早起，好好的为什么哭？"紫鹃勉强笑道："谁哭来？早起起来，眼睛里有些不舒服。姑娘今夜大概比往常醒的时候更大罢？我听见咳嗽了大半夜。"黛玉道："可不是！越要睡，越睡不着。"紫鹃道："姑娘身上不大好，依我说，还得自己开解着些。身子是根本，俗语说的：'留得青山在，依旧有柴烧。'况这里自老太太、太太起，那个不疼姑娘？"只这一句话，又勾起黛玉的梦来，觉得心里一撞，眼中一黑，神色俱变。紫鹃连忙端着痰盒，雪雁捶起脊梁，半日才吐出一口痰来，痰中一缕紫血，簌簌乱跳。紫鹃雪雁脸都吓黄了。两个旁边守着，黛玉便昏昏躺下。紫鹃看着不好，连忙努嘴叫雪雁叫人去。

　　雪雁才出屋门，只见翠缕翠墨两个人笑嘻嘻的走来。翠缕便道："林姑娘怎么这早晚还不出门？我们姑娘和三姑娘都在四姑娘屋里，讲究四姑娘画的那张园子景儿呢。"雪雁连忙摆手儿。翠缕翠墨二人倒都吓了一跳，说："这是什么原故？"雪雁将方才的事一一告诉他二人。二人都吐了吐舌头儿，说："这可不是顽的！你们怎么不告诉老太太去？这还了得！你们怎么这么糊涂。"雪雁道："我这里才要去，你们就来了。"

　　正说着，只听紫鹃叫道："谁在外头说话？姑娘问呢。"三个人连忙一齐进来。翠缕翠墨见黛玉盖着被，躺在床上，见了他二人，便说道："谁告诉你们了，你们这样大惊小怪的？"翠墨道："我们姑娘和云姑娘才都在四姑娘屋里，讲究四姑娘画的那张园子图儿，叫我们来请姑娘来。不知姑娘身上又欠安了。"黛玉道："也不是什么大病，不过觉得身子略软些，躺躺儿就起来了。你们回去告诉三姑娘和云姑娘，饭后若无事，倒是请他们来这里坐坐罢。宝二爷没到你们那边去？"二人答道："没有。"翠墨又道："宝二爷这两天上了学了，老爷天天要查功课，那里还能像从前那么乱跑呢。"黛玉听了，默然不言。二人又略站了一回，都悄悄的退出来了。

　　且说探春湘云正在惜春那边评论惜春所画"大观园图"，说这个多一点，那个少一点；这个太疏，那个太密。大家又议着题诗，着人去请黛玉商议。正说着，忽见翠缕翠墨二人回来，神色匆忙。湘云便先问道："林姑娘怎么不来？"翠缕道："林姑娘昨日夜里又犯了病了，咳嗽了一夜。我们听见雪雁说，吐了一盒子痰血。"

探春听了，咤异道："这话真么？"翠缕道："怎么不真？"翠墨道："我们刚才进去去瞧了瞧，颜色不成颜色，说话儿的气力儿都微了。"湘云道："不好的这么着，怎么还能说话呢？"探春道："怎么你这么糊涂！不能说话，不是已经……"说到这里，却咽住了。惜春道："林姐姐那样一个聪明人，我看他总有些瞧不破，一点半点儿都要认起真来，天下事那里有多少真的呢？"探春道："既这么着，咱们都过去看看。倘若病的利害，咱们好过去告诉大嫂子，回老太太，传大夫进来瞧瞧，也得个主意。"湘云道："正是这样。"惜春道："姐姐们先去，我回来再过去。"

于是探春湘云扶了小丫头，都到潇湘馆来。进入房中，黛玉见他二人，不免又伤心起来。因又转念，想起梦中，"连老太太尚且如此，何况他们。况且我不请他们，他们还不来呢！"心里虽是如此，脸上却碍不过去，只得勉强令紫鹃扶起，口中让坐。探春湘云都坐在床沿上，一头一个；看了黛玉这般光景，也自伤感。探春便道："姐姐怎么身上又不舒服了？"黛玉道："也没什么要紧，只是身子软得狠。"紫鹃在黛玉身后，偷偷的用手指那痰盒儿。湘云到底年轻，性情又兼直爽，伸手便把痰盒拿起来看。不看则已，看了吓的惊疑不止，说："这是姐姐吐的？这还了得！"初时黛玉昏昏沉沉，吐了也没细看；此时见湘云这么说，回头看时，自己早已灰了一半。探春见湘云冒失，连忙解说道："这不过是肺火上炎⑰，带出一半点来，也是常事。偏是云丫头，不拘什么，就这样蝎蝎螫螫的！"湘云红了脸，自悔失言。

探春见黛玉精神短少，似有烦倦之意，连忙起身说道："姐姐静静的养养神罢。我们回来再瞧你。"黛玉道："累你二位惦着。"探春又嘱咐紫鹃："好生留神伏侍姑娘。"紫鹃答应着。探春才要走，只听外面一个人嚷起来。未知是谁，下回分解。

【注释】

①讲义：讲解经典义理。这里指逐节逐句讲授宋朱熹《四书集注》

里的"义理"。

②一日三秋：形容思念的殷切。《诗经·王风·采葛》："一日不见，如三秋兮。"三秋，三个秋天。南朝梁何逊《为衡山侯与妇书》："路迩人遐，音尘寂绝，一日三秋，不足为喻。"

③代圣贤立言：即模拟"古人语气"，阐发"圣贤"的思想。清钱沣《湖南试牍序》："学圣贤之道，而代圣贤之言，不求其何以有当于圣贤，而仅仅欲徇使者之好，充此念后，将何所不至哉？夫圣贤之道远矣。今谓为文者所言，即皆圣贤之言，不特闻者不信，即言者亦不敢自信。"《明史·选举志二》："科目者，沿唐宋之旧，而稍变其试士之法，专取四子书及《易》《书》《诗》《春秋》《礼记》五经命题试士。盖太祖与刘基所定。其文略仿宋经义，然代古人语气为之，体用排偶，谓之八股，通谓之制义。"

④牛鬼蛇神：唐杜牧《李贺歌诗集序》："鲸呿鳌掷，牛鬼蛇神，不足为其虚荒诞幻也。"原意比喻李贺诗的虚幻怪诞。这里指在八股文里用了经书以外的语言或故事，不合阐明经义、文字"纯正典雅"的要求。《明史·选举志一》："国初举业有用六经语者，其后引《左传》《国语》矣，又引《史记》《汉书》矣。《史记》穷而用六子，六子穷而用百家，甚至佛经、《道藏》摘而用之，流弊安穷。弘治、正德、嘉靖初年，中式文字纯正典雅。宜选其尤者，刊布学官，俾知趋向。"

⑤后生可畏：《论语·子罕》："子曰：后生可畏，焉知来者之不如今也。四十、五十而无闻焉，斯亦不足畏也已。"宋朱熹《集注》："孔子言后生年富力强，足以积学而有待，其势可畏，安知其将来不如我之今日乎？然或不能自勉，至于老而无闻，则不足畏矣。言此以警人，使及时勉学也。"后生，后辈。

⑥节旨：明清两代考生所用的"四书""五经"读本，除正文和注解外，每章末还有总括其大意的话，叫"节旨"或"章旨"。

⑦临文不讳：《礼记·曲礼上》："诗书不讳，临文不讳。"封建时代，说话或写文章时，遇到君王、尊亲和某些"圣贤"的名字，都不能直说或直接写出，叫"避讳"。唯独在抄写或讲读儒家经典时，不受这种限制，叫"临文不讳"。

⑧无闻：没有声名。《论语·子罕》："四十、五十而无闻焉，斯亦不足畏也已。"《集注》："尹氏曰：少而不勉，老而无闻，则亦已矣。自少而进者，安知其不至于极乎？"

⑨遁世不见知：《礼记·中庸》："遁世不见知而不悔。"意即隐居起来，不被人知道，也不懊悔。

⑩"吾未见"句：语见《论语·子罕》。意谓我没有见到过爱好德行如同喜欢女色那样的人。好，喜欢，爱好。色，女色。

⑪"成人不自在"二句：意谓人要有所成就，必须刻苦努力，不可放任自流。宋罗大经《鹤林玉露》卷九载，庐陵士友藏朱文公一小简真迹云："吾子读书，比复如何？只是专一勤苦，无不成就。第一更切检束操守，不可放逸。亲近师友，莫与不胜己者往来，熏染习熟，坏了人也……谚云：'成人不自在，自在不成人。'此言虽浅，然实切至之论，千万勉之。"

⑫擎（qíng）受：承受。

⑬粮道："督粮道"的简称，又叫"粮储道"。明清两代官名。负责督运政府征集转运的漕粮。

⑭续弦：古代以琴瑟比喻夫妇，因此把妻死再娶叫"续弦"。清翟灏《通俗编·妇女》："今俗谓丧妻曰断弦，再娶曰续弦。"

⑮不是路：不对头。

⑯放定：旧时定婚的一种手续，即男方给女方送去聘礼，表示双方已肯定了婚约，叫"放定"。

⑰肺火上炎：中医用语。指因燥热袭肺，肺阴亏损，而致咯血的一种病症。多见于肺结核、支气管扩张等病。

第八十三回
省宫闱贾元妃染恙①　闹闺阃薛宝钗吞声②

话说探春湘云才要走时，忽听外面一个人嚷道："你这不成人的小蹄子！你是个什么东西，来这园子里头混搅！"黛玉听了，大叫一声道："这里住不得了！"一手指着窗外，两眼反插上去。原来黛玉住在大观园中，虽靠着贾母疼爱，然在别人身上，凡事终是寸步留心。听见窗外老婆子这样骂着，在别人呢，一句是贴不上的，竟象专骂着自己的。自思一个千金小姐，只因没了爹娘，不知何人指使这老婆子来这般辱骂，那里委屈得来！因此，肝肠崩裂，哭晕去了。紫鹃只是哭叫："姑娘怎么样了？快醒转来罢。"探春也叫了一回。半晌，黛玉回过这口气，还说不出话来，那只手仍向窗外指着。

探春会意，开门出去，看见老婆子手中拿着拐棍，赶着一个不干不净的毛丫头道："我是为照管这园中的花果树木，来到这里，你作什么来了？等我家去，打你一个知道。"这丫头扭着头，把一个指头探在嘴里，瞅着老婆子笑。探春骂道："你们这些人，如今越发没了王法了，这里是你骂人的地方儿吗！"老婆子见是探春，连忙陪着笑脸儿说道："刚才是我的外孙女儿，看见我来了，他就跟了来。我怕他闹，所以才吆喝他回去，那里敢在这里骂人呢。"探春道："不用多说了，快给我都出去。这里林姑娘身上不大好，还不快去么！"老婆子答应了几个"是"，说着，一扭身去了，那丫头也就跑了。

探春回来，看见湘云拉着黛玉的手只管哭，紫鹃一手抱着黛玉，一手给黛玉揉胸口，黛玉的眼睛方渐渐的转过来了。探春笑道："想是听见老婆子的话，你疑了心了么？"黛玉只摇摇头儿。

探春道："他是骂他外孙女儿；我才刚也听见了。这种东西说话，再没有一点道理的。他们懂得什么避讳。"黛玉听了，点点头儿，拉着探春的手道："妹妹。"叫了一声，又不言语了。探春又道："你别心烦。我来看你，是姊妹们应该的。你又少人伏侍。只要你安心肯吃药，心上把喜欢事儿想想，能彀一天一天的硬朗起来，大家依旧结社做诗，岂不好呢。"湘云道："可是三姐姐说的，那么着不乐？"黛玉哽咽道："你们只顾要我喜欢，可怜我那里赶得上这日子？只怕不能彀了！"探春道："你这话说的太过了。谁没个病儿灾儿的，那里就想到这里来了？你好生歇歇儿罢。我们到老太太那边，回来再看你。你要什么东西，只管叫紫鹃告诉我。"黛玉流泪道："好妹妹，你到老太太那里，只说我请安，身上略有点不好，不是什么大病，也不用老太太烦心的。"探春答应道："我知道，你只管养着罢。"说着，才同湘云出去了。

这里紫鹃扶着黛玉躺在床上，地下诸事，自有雪雁照料，自己只守着傍边看着黛玉，又是心酸，又不敢哭泣。那黛玉闭着眼躺了半晌，那里睡得着！觉得园里头平日只见寂寞，如今躺在床上，偏听得风声，虫鸣声，鸟语声，人走的脚步响声，又象远远的孩子们啼哭声，一阵一阵的聒噪的烦躁起来，因叫紫鹃放下帐子来。雪雁捧了一碗燕窝汤，递与紫鹃。紫鹃隔着帐子，轻轻问道："姑娘，喝一口汤罢？"黛玉微微应了一声，紫鹃复将汤递给雪雁，自己上来，搀扶黛玉坐起，然后接过汤来，搁在唇边试了一试，一手搂着黛玉肩臂，一手端着汤送到唇边。黛玉微微睁眼喝了两三口，便摇摇头儿不喝了。紫鹃仍将碗递给雪雁，轻轻扶黛玉睡下。

静了一时，略觉安顿，只听窗外悄悄问道："紫鹃妹妹在家么？"雪雁连忙出来，见是袭人，因悄悄说道："姐姐屋里坐着。"袭人也便悄悄问道："姑娘怎么着？"一面走，一面雪雁告诉夜间及方才之事。袭人听了这话，也唬怔了，因说道："怪道刚才翠缕到我们那边说你们姑娘病了，唬的宝二爷连忙打发我来，看看是怎么样。"

正说着，只见紫鹃从里间掀起帘子，望外看见袭人，点头儿叫他。袭人轻轻走过来，问道："姑娘睡着了吗？"紫鹃点点头儿，问道："姐姐才听见说了？"袭人也点点头儿，蹙着眉道："终久怎么样好呢？那一位昨夜也把我唬了个半死儿。"紫鹃忙问："怎么了？"袭人道："昨日晚上睡觉，还是好好儿的。谁知半夜里，一叠连声的嚷起心疼来，嘴里胡说白道，只说好象刀子割了去的是的。直闹到打亮梆子以后才好些了③。你说唬人不唬人？今日不能上学，还要请大夫来吃药呢。"

正说着，只听黛玉在帐子里又咳嗽起来，紫鹃连忙过来捧痰盒儿接痰。黛玉微微睁眼问道："你合谁说话呢？"紫鹃道："袭人姐姐来瞧姑娘来了。"说着，袭人已走到床前。黛玉命紫鹃扶起，一手指着床边，让袭人坐下。袭人侧身坐了，连忙陪着笑劝道："姑娘倒还是躺着罢。"黛玉道："不妨，你们快别这样大惊小怪的。刚才是说谁半夜里心疼起来？"袭人道："是宝二爷偶然魇住了，不是认真怎么样。"黛玉会意，知道是袭人怕自己又悬心的原故，又感激，又伤心，因趁势问道："既是魇住了，不听见他还说什么？"袭人道："也没说什么。"黛玉点点头儿，迟了半日，叹了一声，才说道："你们别告诉宝二爷说我不好，看耽搁了他的工夫，又叫老爷生气。"袭人答应了，又劝道："姑娘，还是躺躺歇歇罢。"黛玉点头，命紫鹃扶着歪下。袭人不免坐在旁边，又宽慰了几句，然后告辞。回到怡红院，只说黛玉身上略觉不受用，也没什么大病。宝玉才放了心。

且说探春湘云出了潇湘馆，一路往贾母这边来。探春因嘱咐湘云道："妹妹回来见了老太太，别象刚才那样冒冒失失的了。"湘云点头笑道："知道了。我头里是叫他唬的忘了神了。"说着，已到贾母那边，探春因提起黛玉的病来。贾母听了，自是心烦，因说道："偏是这两个'玉'儿多病多灾的。林丫头一来二去的大了，他这个身子也要紧。我看那孩子太是个心细。"众人也不敢答言。贾母便向鸳鸯道："你告诉他们，明儿大夫来瞧了宝玉，就叫他到林姑娘那屋里去。"鸳鸯答应着出来，告诉了婆子们。婆子们自去传话。这里探春湘云就跟着贾母吃了晚饭，然后同回园中去，不提。

到了次日，大夫来了。瞧了宝玉，不过说饮食不调，着了点儿风邪，没大要紧，疏散疏散就好了。这里王夫人凤姐等，一面遣人拿了方子回贾母；一面使人到潇湘馆，告诉说："大夫就过来。"紫鹃答应了，连忙给黛玉盖好被窝，放下帐子，雪雁赶着收拾房里的东西。

一时，贾琏陪着大夫进来了，便说道："这位老爷是常来的，姑娘们不用回避。"老婆子打起帘子，贾琏让着，进入房中坐下。贾琏道："紫鹃姐姐，你先把姑娘的病势向王老爷说说。"王大夫道："且慢说。等我诊了脉，听我说了，看是对不对。若有不合的地方，姑娘们再告诉我。"紫鹃便向帐中扶出黛玉的一只手来，搁在迎手上④。紫鹃又把镯子连袖子轻轻的搂起，不叫压住了脉息。那王大夫诊了好一会儿，又换那只手也诊了，便同贾琏出来，到外间屋里坐下，说道："六脉皆弦⑤，因平日郁结所致。"说着，紫鹃也出来，站在里间门口。那王大夫便向紫鹃道："这病时常应得头晕，减饮食，多梦；每到五更，必醒个几次；即日间听见不干自己的事，也必要动气，且多疑多惧。不知者疑为性情乖诞，其实因肝阴亏损⑥，心气衰耗，都是这个病在那里作怪。不知是否？"紫鹃点点头儿，向贾琏道："说的狠是。"王太医道："既这样，就是了。"说毕，起身同贾琏往外书房去开方子。小厮们早已预备下一张梅红单帖⑦。王太医吃了茶，因提笔先写道：

六脉弦迟，素由积郁。左寸无力⑧，心气已衰。关脉独洪，肝邪偏旺。木气不能疏达⑨，势必上侵脾土，饮食无味；甚至胜所不胜，肺金定受其殃。气不流精，凝而为痰；血随气涌，自然咳吐。理宜疏肝保肺，涵养心脾。虽有补剂，未

可骤施。姑拟"黑逍遥"以开其先[10]，后用"归肺固金"以继

其后。不揣固陋，俟高明裁服。

又将七味药与引子写了。

　　贾琏拿来看时，问道："血势上冲，柴胡使得么[11]？"王大夫

笑道："二爷但知柴胡是升提之品，为吐衄所忌[12]，岂知用鳖血拌

炒[13]，非柴胡不足宣少阳甲胆之气[14]。以鳖血制之，使其不致升

提，且能培养肝阴，制遏邪火。所以《内经》说[15]：'通因通用，

塞因塞用[16]。'柴胡用鳖血拌炒，正是'假周勃以安刘'的法

子[17]。"贾琏点头道："原来是这么着。这就是了。"王大夫又道：

"先请服两剂，再加减，或再换方子罢。我还有一点小事，不能久

坐，容日再来请安。"说着，贾琏送了出来，说道："舍弟的药就

是那么着了？"王大夫道："宝二爷倒没什么大病，大约再吃一剂

就好了。"说着，上车而去。

　　这里贾琏一面叫人抓药，一面回到房中告诉凤姐黛玉的病原，

与大夫用的药，述了一遍。只见周瑞家的走来，回了几件没要紧

的事。贾琏听到一半，便说道："你回二奶奶罢，我还有事呢。"

说着，就走了。周瑞家的回完了这件事，又说道："我方才到林姑

娘那边，看他那个病，竟是不好呢。脸上一点血色也没有，摸了

摸身上，只剩得一把骨头。问问他，也没有话说，只是淌眼泪。

回来紫鹃告诉我说：'姑娘现在病着，要什么，自己又不肯要，我

打算要问二奶奶那里支用一两个月的月钱。如今吃药，虽是公中

的，零用也得几个钱。'我答应了他，替他来回奶奶。"凤姐低了

半日头，说道："竟这么着罢，我送他几两银子使罢。也不用告诉

林姑娘。这月钱却是不好支的。一个人开了例，要是都支起来，

那如何使得呢？你不记得赵姨娘和三姑娘拌嘴了？也无非为的是

月钱。况且近来你也知道，出去的多，进来的少，总绕不过湾儿

来。不知道的，还说我打算的不好。更有那一种嚼舌根的，说我

搬运到娘家去了。周嫂子，你倒是那里经手的人，这个自然还知

道些。"周瑞家的道："真正委屈死人！这样大门头儿，除了奶

奶这样心计儿当家罢了。别说是女人当不来，就是三头六臂的男人，还撑不住呢。还说这些个混账话。"说着，又笑了一声，道："奶奶还没听见呢，外头的人还更糊涂呢。前儿，周瑞回家来，说起外头的人，打谅着咱们府里不知怎么样有钱呢。也有说：'贾府里的银库几间，金库几间，使的家伙都是金子镶了、玉石嵌了的。'也有说：'姑娘做了王妃，自然皇上家的东西分了一半子给娘家。前儿贵妃娘娘省亲回来，我们还亲见他带了几车金银回来，所以家里收拾摆设的水晶宫是的。那日在庙里还愿，花了几万银子，只算得牛身上拔了一根毛罢咧。'有人还说：'他门前的狮子，只怕还是玉石的呢！园子里还有金麒麟，叫人偷了一个去，如今剩下一个了。家里的奶奶姑娘不用说，就是屋里使唤的姑娘们，也是一点儿不动，喝酒下棋，弹琴画画，横竖有伏侍的人呢，单管穿罗罩纱；吃的带的，都是人家不认得的。那些哥儿姐儿们，更不用说了，要天上的月亮，也有人去拿下来给他顽。'还有歌儿呢，说是：'宁国府，荣国府，金银财宝如粪土。吃不穷，穿不穷，算来……'"说到这里，猛然咽住。原来那时歌儿说道是"算来总是一场空"，这周瑞家的说溜了嘴，说到这里，忽然想起这话不好，因咽住了。

凤姐儿听了，已明白必是句不好的话了，也不便追问。因说道："那都没要紧，只是这'金麒麟'的话从何而来？"周瑞家的笑道："就是那庙里的老道士送给宝二爷的小金麒麟儿。后来丢了几天，亏了史姑娘捡着，还了他，外头就造出这个谣言来了。奶奶说这些人可笑不可笑？"凤姐道："这些话倒不是可笑，倒是可怕的！咱们一日难似一日，外面还是这么讲究。俗语儿说的，'人怕出名猪怕壮'，况且又是个虚名儿。终久还不知怎么样呢。"周瑞家的道："奶奶虑的也是。只是满城里茶坊酒铺儿以及各胡同儿，都是这样说，并且不是一年了。那里握的住众人的嘴？"凤姐点点头儿。因叫平儿称了几两银子，递给周瑞家的道："你先拿去交给紫鹃，只说我给他添补买东西的。若要官中的，只管要去，别提这月钱的话，他也是个伶透人，自然明白我的话。我得了空儿，就去瞧姑娘去。"周瑞家的接了银子，答应着自去，不提。

且说贾琏走到外面，只见一个小厮迎上来，回道："大老爷叫二爷说话呢。"贾琏急忙过来，见了贾赦。贾赦道："方才风闻宫里头传了一个太医院御医、两个吏目去看病⑱，想来不是宫女儿下人了。这几天，娘娘宫里有什么信儿没有？"贾琏道："没有。"贾赦道："你去问问二老爷和你珍大哥；不然，还该叫人去到太医院里打听打听才是。"贾琏答应了，一面吩咐人往太医院去，一面连忙去见贾政贾珍。贾政听了这话，因问道："是那里来的风声？"贾琏道："是大老爷才说的。"贾政道："你索性和你珍大哥到里头打听打听。"贾琏道："我已经打发人往太医院打听去了。"一面说着，一面退出来去找贾珍。只见贾珍迎面来了，贾琏忙告诉贾珍。贾珍道："我正为也听见这话，来回大老爷二老爷去的。"于是两个人同着来见贾政。贾政道："如系元妃，少不得终有信的。"说着，贾赦也过来了。

到了晌午，打听的尚未回来，门上人进来回说："有两个内相在外，要见二位老爷呢。"贾赦道："请进来。"门上的人领了老公进来⑲。贾赦贾政迎至二门外，先请了娘娘的安，一面同着进来，走至厅上，让了坐。老公道："前日这里贵妃娘娘有些欠安，昨日奉过旨意，宣召亲丁四人，进里头探问。许各带丫头一人，余皆不用。亲丁男人，只许在宫门外递个职名请安⑳，听信，不得擅入。准于明日辰巳时进去，申酉时出来。"

贾政贾赦等站着听了旨意，复又坐下，让老公吃茶毕，老公辞了出去。贾赦贾政送出大门，回来先禀贾母。贾母道："亲丁四人，自然是我和你们两位太太了。那一个人呢？"众人也不敢答言。贾母想了想，道："必得是凤姐儿，他诸事有照应。你们爷儿们各自商量去罢。"贾赦贾政答应了出来，因派了贾琏贾蓉看家外，凡"文"字辈至"草"字辈一应都去。遂吩咐家人预备四乘绿轿，十余辆大车，明儿黎明伺候。家人答应去了。贾赦贾政又进去回明老太太："辰巳时进去，申酉时出来。今日早些歇歇，明日好早些起来，收拾进宫。"贾母道："我知道，你们去罢。"赦政等退出。这里邢夫人、王夫人、凤姐儿也都说了一会子元妃的病，又说了些闲话，才各自散了。

　　次日黎明，各间屋子丫头们将灯火俱已点齐，太太们各梳洗毕，爷们亦各整顿好了；一到卯初，林之孝合赖大进来，至二门口回道："轿车俱已齐备，在门外伺候着呢。"不一时，贾赦邢夫人也过来了。大家用了早饭，凤姐先扶老太太出来，众人围随，各带使女一人，缓缓前行。又命李贵等二人先骑马去外宫门接应，自己家眷随后。"文"字辈至"草"字辈各自登车骑马，跟着众家人，一齐去了。贾琏贾蓉在家中看家。

　　且说贾家的车辆轿马，俱在外西垣门口歇下等着，一会儿，有两个内监出来，说道："贾府省亲的太太奶奶们，着令入宫探问；爷们，俱着令内宫门外请安，不得入见。"门上人叫："快进去。"贾府中四乘轿子跟着小内监前行，贾家爷们在轿后步行跟着，令众家人在外等候。走近宫门口，只见几个老公在门上坐着。见他们来了，便站起来说道："贾府爷们至此。"贾赦贾政便捱次立定。轿子抬至宫门口，便都出了轿，早有几个小内监引路，贾母等各有丫头扶着步行。走至元妃寝宫，只见奎壁辉煌^㉑，琉璃照耀。又有两个小宫女儿传谕道："只用请安，一概仪注都免。"贾母等谢了恩，来至床前，请安毕，元妃都赐了坐。贾母等又告了坐。元妃便问贾母道："近日身上可好？"贾母扶着小丫头，颤颤巍巍站起来，答应道："托娘娘洪福，起居尚健。"元妃又向邢夫人王夫人问了好。邢王二夫人站着回了话。元妃又问凤姐："家中过的日子若何？"凤姐站起来回奏道："尚可支持。"元妃道："这几年来，难为你操心！"凤姐正要站起来回奏，只见一个宫女传进许多职名，请娘娘龙目^㉒。元妃看时，就是贾赦贾政等若干人。那元妃看了职名，眼圈儿一红，止不住流下泪来。宫女儿递过绢子，元妃一面拭泪，一面传谕道："今日稍安，令他们外面暂歇。"贾母等站起来，又谢了恩。元妃含泪道："父女弟兄，反不如小家子得以常常亲近！"贾母等都忍着泪道："娘娘不用悲伤，家中已托着娘娘的福多了。"元妃又问："宝玉近来若何？"贾母道："近来颇肯念书。因他父亲逼得严紧，如今文字也都做上来了。"元妃道："这样才好。"遂命外宫赐宴。便有两个宫女儿，四个小太监，引了到一座宫里。已摆得齐整，各按坐次坐了。不必细述。

一时吃完了饭，贾母带着他婆媳三人，谢过宴。又耽搁了一回，看看已近酉初，不敢羁留，俱各辞了出来。元妃命宫女儿引道，送至内宫门，门外仍是四个小太监送出。贾母等依旧坐着轿子出来，贾赦接着，大伙儿一齐回去。到家，又要安排明后日进宫，仍令照应齐集，不提。

且说薛家夏金桂赶了薛蟠出去，日间拌嘴，没有对头，秋菱又住在宝钗那边去了，只剩得宝蟾一人同住。既给与薛蟠作妾，宝蟾的意气又不比从前了；金桂看去，更是一个对头，自己也后悔不来。一日，吃了几杯闷酒。躺在炕上，便要借那宝蟾做个醒酒汤儿，因问着宝蟾道："大爷前日出门，到底是到那里去，你自然是知道的了？"宝蟾道："我那里知道？他在奶奶跟前还不说，谁知道他那些事！"金桂冷笑道："如今还有什么'奶奶''太太'的？都是你们的世界了。别人是惹不得的，有人护庇着，我也不敢去虎头上捉虱子；你还是我的丫头，问你一句话，你就和我摔脸子㉒，说塞话㉔。你既这么有势力，为什么不把我勒死了，你和秋菱，不拘谁做了奶奶，那不清净了么！偏我又不死，碍着你们的道儿。"宝蟾听了这话，那里受得住？便眼睛直直的瞅着金桂道："奶奶这些闲话只好说给别人听去！我并没合奶奶说什么。奶奶不敢惹人家，何苦来拿着我们小软儿出气呢㉖？正经的，奶奶又装听不见，'没事人一大堆'了。"说着，便哭天哭地起来。金桂越发性起，便爬下炕来，要打宝蟾。宝蟾也是夏家的风气，半点儿不让。金桂将桌椅杯盏尽行打翻，那宝蟾只管喊冤叫屈，那里理会他半点儿。

　　岂知薛姨妈在宝钗房中，听见如此吵嚷，叫香菱："你去瞧瞧，且劝劝他。"宝钗道："使不得，妈妈别叫他去。他去了，岂能劝他？那更是火上浇了油了。"薛姨妈道："既这么样，我自己过去。"宝钗道："依我说，妈妈也不用去，由着他们闹去罢。这也是没法儿的事了。"薛姨妈道："这那里还了得！"说着，自己扶了丫头，往金桂这边来。宝钗只得也跟着过去。又嘱咐香菱道："你在这里罢。"

　　母女同至金桂房门口，听见里头正还嚷哭不止。薛姨妈道："你们是怎么着，又这样家翻宅乱起来？这还像个人家儿吗？矮墙浅屋的，难道都不怕亲戚们听见笑话了么？"金桂屋里接声道："我倒怕人笑话呢！只是这里'扫帚颠倒竖'，也没有主子，也没有奴才，也没有妻，没有妾，是个混账世界了！我们夏家门子里没见过这样规矩，实在受不得你们家这样委屈了！"宝钗道："大嫂子，妈妈因听见闹得慌才过来的，就是问的急了些，没有分清'奶奶''宝蟾'两字，也没有什么。如今且先把事情说开，大家和和气气的过日子，也省的妈妈天天为咱们操心那。"薛姨妈道："是啊，先把事情说开了，你再问我的不是，还不迟呢。"金桂道："好姑娘，好姑娘！你是个大贤大德的。你日后必定有个好人家，好女婿，决不像我这样守活寡，举眼无亲，叫人家骑上头来欺负的。我是个没心眼儿的人，只求姑娘，我说话，别往死里挑捡，我从小儿到如今，没有爹娘教道。再者，我们屋里老婆、汉子、大女人、小女人的事，姑娘也管不得！"

　　宝钗听了这话，又是羞，又是气；见他母亲这样光景，又是疼不过。因忍了气，说道："大嫂子，我劝你少说句儿罢。谁挑捡你？又是谁欺负你？不要说是嫂子，就是秋菱，我也从来没有加他一点声气儿的。"金桂听了这几句话，更加拍着炕沿大哭起来说："我那里比得秋菱？连他脚底下的泥我还跟不上呢！他是来久了的，知道姑娘的心事，又会献勤儿。我是新来的，又不会献勤儿，如何拿我比他？何苦来，天下有几个都是贵妃的命？行点好儿罢。别修的像我嫁个糊涂行子，守活寡；那就是活活儿的现了眼了！"薛姨妈听到那里，万分气不过，便站起身来道："不是我护着自己的女孩儿，他句句劝你，你却句句怄他。你有什么过不去，不要寻他，勒死我倒也是希松的。"宝钗忙劝道："妈妈，你老人家不用动气。咱们既来劝他，自己生气，倒多了层气。不如且出去，等嫂子歇歇儿再说。"因吩咐宝蟾道："你可别再多嘴了。"跟了薛姨妈，出得房来。

走过院子里，只见贾母身边的丫头同着秋菱迎面走来。薛姨妈道："你从那里来，老太太身上可安？"那丫头道："老太太身上好，叫来请姨太太安，还谢谢前儿的荔枝，还给琴姑娘道喜。"宝钗道："你多早晚来的？"那丫头道："来了好一会子了。"薛姨妈料他知道，红着脸说道："这如今，我们家里闹得也不像个过日子的人家了，叫你们那边听见笑话。"丫头道："姨太太说那里的话？谁家没个'碟大碗小，磕着碰着'的呢。那是姨太太多心罢咧。"说着，跟了回到薛姨妈房中，略坐了一回，就去了。

宝钗正嘱咐香菱些话，只听薛姨妈忽然叫道："左胁疼痛的狠！"说着，便向炕上躺下。唬得宝钗香菱二人手足无措。要知后事如何，下回分解。

【注释】

①染恙：感染疾病。

②闺阃（kǔn）：旧时称女子的住室。阃，内室。

③亮梆子：巡夜人在天将亮时所打的末次梆子。

④迎手：臂肘倚靠的方枕叫"迎手"。这里指诊脉时拿迎手当病人放手的脉枕。

⑤六脉皆弦：六脉皆呈弦象，言其病情严重。六脉，指中医切脉的六个部位，即人的左右手各有寸、关、尺三脉，合称"六脉"。《史

记·扁鹊仓公列传》"切脉"唐张守节《正义》引《黄帝内经·素问》："待切脉而知病。寸口六脉，三阴三阳，皆随春秋冬夏；观其脉之变也，则知病之逆顺也。"弦，一种脉象。东汉张仲景《伤寒论》："脉浮而紧者名曰弦；弦者，状如弓弦，按之不移也。"此种脉象见于肝病或疼痛等症。

⑥肝阴亏损：中医病症名。阴，这里指人的精血和津液等。因肝郁化火，而引起肝阴过度损耗，叫"肝阴亏损"。表现为眩晕、头痛、呕血，甚至发狂。

⑦梅红：近似红梅的一种颜色。单帖：旧时礼帖的一种，以单页红纸制成，而不折叠。婚礼喜庆时用，中医开方亦用之。

⑧寸：与下文"关"皆中医诊脉部位名。腕部桡动脉处叫"寸口"，分为寸、关、尺三部。正对桡骨茎突处为"关"，关之前（腕端）为"寸"，关之后（肘端）为"尺"。（见晋王叔和《脉经》卷一）

⑨"木气"句：中医用语。木气，即肝气。肝主疏泄，需疏通畅达；如肝气郁结不舒，可引起肝阴亏损等病症。肝失疏泄，与精神因素有密切关系。

⑩黑逍遥：中药方剂名。清徐大椿《医略六书·女科指要》方，以柴胡、当归、白芍药等七味药配制而成者名逍遥散。另加生地黄或熟地黄者，叫黑逍遥。治肝郁脾虚、脉弦虚数等症。

⑪柴胡：中草药名。以根入药，性微寒，有解表退热、疏肝解郁的作用。

⑫吐衄（nǜ）：吐血。衄，鼻子流血。

⑬鳖血拌炒：因逍遥散中的"君"药柴胡为升提之药，与咳血之症有碍，而用鳖血拌炒，便可加以抑制。鳖，甲鱼。《本草纲目·介部·鳖》："鳖头血：时珍曰：鳖血之性，急缩走血。"

⑭宣少阳甲胆之气：中医用语。意即宣发胆气。少阳，即足少阳，十二经络之一，亦即胆经。（见《灵枢·经脉》）甲胆，亦即胆。因中医常用天干以代脏腑，肝胆同属木，则以甲木代胆，乙木代肝，故称胆为"甲胆"。

⑮《内经》：中医书名。《黄帝内经》的略称。包括《素问》和《灵

枢》两部分。当由先秦时医学家整理而成，是我国现存较早的一部重要医学文献。晋皇甫谧《甲乙经序》："按《七略·艺文志》，《黄帝内经》十八卷，今有《针经》九卷，二九十八卷，即《内经》也。"

⑯"通因通用"二句：见《内经》二二《至真大论篇》第七十四。中医反治法之一。通常对通泄的病症，一般应采用固涩的治法；对于闭塞不通的病症，则应采用通利的治法。但对于某些现象是"通"，实际乃瘀热的病症，却不但不能温补固涩，反而需通利，这叫"通因通用"。如对因瘀血停积引起的血崩，即应用破血行瘀的方法治疗。而某些现象是"塞"，实质为虚的病症，则不仅不能消导行通，反而要用补法，这叫"塞因塞用"。如对因中气不足、脾阳不运引起的脘满腹胀，即应用补脾法治之。

⑰假周勃以安刘：《汉书·周勃传》载，吕后曾问刘邦谁可以当宰相，刘邦说："陈平智有余，王陵少戆，可以佐之；安刘氏者必勃也。"意谓凭借周勃的力量，安定刘氏的天下。周勃是武将，刘邦认为他"厚重少文"。此处用作比喻，意即柴胡性凉，再加鳖血，更是大凉药，但如果使用得当，也可达到治病的效果。

⑱吏目：这里指太医院所属医官，位在御医之下、医士之上。由各省推选精通医理之士报太医院考选补用。主要承应为皇帝和后妃看病。

⑲老公：指太监。

⑳职名：这里指书写有官衔和姓名的帖子。

㉑奎璧：大璧。奎，同"魁"。《广雅·释诂一》："魁，大也。"或说，魁璧指白璧。魁，大蛤。《仪礼·士冠礼》："素积白屦，以魁柎之。"唐贾公彦疏："以魁蛤灰柎之者，取其白耳。"

㉒龙目：称帝王之目。古代以龙喻帝王，贾元妃地位是"君"，故称。这里用如动词，即"过目"的意思。

㉓摔脸子：放下脸来。

㉔塞话：堵塞人、顶撞人的话。

㉕小软儿：弱小的人。

第八十四回
试文字宝玉始提亲　探惊风贾环重结怨

　　却说薛姨妈一时因被金桂这场气怄得肝气上逆，左胁作痛。宝钗明知是这个原故，也等不及医生来看，先叫人去买了几钱钩藤来①，浓浓的煎了一碗，给他母亲吃了。又和秋菱给薛姨妈捶腿揉胸。停了一会儿，略觉安顿。这薛姨妈只是又悲又气，气的是金桂撒泼，悲的是宝钗有涵养，倒觉可怜。宝钗又劝了一回，不知不觉的睡了一觉，肝气也渐渐平复了。宝钗便说道："妈妈，你这种闲气不要放在心上才好。过几天走的动了，乐得往那边老太太姨妈处去说说话儿，散散闷也好。家里横竖有我和秋菱照看着，谅他也不敢怎么样。"薛姨妈点点头道："过两日看罢了。"

　　且说元妃疾愈之后，家中俱各喜欢。过了几日，有几个老公走来，带着东西银两，宣贵妃娘娘之命，因家中省问勤劳，俱有赏赐，把物件银两一一交代清楚。贾赦贾政等禀明了贾母，一齐谢恩毕，太监吃了茶去了。大家回到贾母房中，说笑了一回，外面老婆子传进来说："小厮们来回道：'那边有人请大老爷说要紧的话呢。'"贾母便向贾赦道："你去罢。"贾赦答应着，退出来自去了。

　　这里贾母忽然想起，合贾政笑道："娘娘心里却甚实惦记着宝玉，前儿还特特的问他来着呢。"贾政陪笑道："只是宝玉不大肯念书，辜负了娘娘的美意。"贾母道："我倒给他上了个好儿，说他近日文章都做上来了。"贾政笑道："那里能像老太太的话呢。"贾母道："你们时常叫他出去作诗作文，难道他都没作上来么？小孩子家，慢慢的教导他。可是人家说的：'胖子也不是一口儿吃的。'"贾政听了这话，忙陪笑道："老太太说的是。"贾母又道：

"提起宝玉，我还有一件事和你商量：如今他也大了，你们也该留神，看一个好孩子，给他定下。这也是他终身的大事。也别论远近亲戚，什么穷啊富的，只要深知那姑娘的脾性儿好模样儿周正的就好。"贾政道："老太太吩咐的狠是。但只一件，姑娘也要好，第一要他自己学好才好；不然，不稂不莠的②，反倒耽误了人家的女孩儿，岂不可惜。"贾母听了这话，心里却有些不喜欢，便说道："论起来，现放着你们作父母的，那里用我去张心。但只我想宝玉这孩子，从小儿跟着我，未免多疼他一点儿，耽误了他成人的正事，也是有的；只是我看他那生来的模样儿，也还端正，心性儿也还实在，未必一定是那种没出息的、必至遭塌了人家的女孩儿。也不知是我偏心，我看着横竖比环儿略好些。不知你们看着怎么样？"

几句话，说得贾政心中甚实不安，连忙陪笑道："老太太看的人也多了，既说他好，有造化的，想来是不错的。只是儿子望他成人性儿太急了一点，或者竟合古人的话相反，倒是'莫知其子之美'了③。"一句话把贾母也怄笑了，众人也都陪着笑了。贾母因说道："你这会子也有了几岁年纪，又居着官，自然越历练越老成。"说到这里，回头瞅着邢夫人合王夫人，笑道："想他那年轻的时候，那一种古怪脾气，比宝玉还加一倍呢。直等娶了媳妇，才略略的懂了些人事儿。如今只抱怨宝玉。这会子，我看宝玉比他还略体些人情儿呢！"说的邢夫人王夫人都笑了，因说道："老太太又说起逗笑儿的话儿来了。"说着，小丫头子们进来告诉鸳鸯："请示老太太，晚饭伺候下了。"贾母便问："你们又咕咕唧唧的说什么？"鸳鸯笑着回明了。贾母道："那么着，你们也都吃饭去罢，单留凤姐儿和珍哥媳妇跟着我吃罢。"贾政及邢王二夫人都答应着，伺候摆上饭来，贾母又催了一遍，才都退出各散。

却说邢夫人自去了。贾政同王夫人进入房中。贾政因提起贾母方才的话来，说道："老太太这样疼宝玉。毕竟要他有些实学，日后可以混得功名才好：不枉老太太疼他一场，也不至遭塌了人家的女儿。"王夫人道："老爷这话自然是该当的。"贾政因着个屋里的丫头传出去告诉李贵："宝玉放学回来，索性吃饭后再叫他过来，说我还要问他话呢。"李贵答应了"是"。至宝玉放了学，刚要过来请安，只见李贵道："二爷先不用过去。老爷吩咐了，今日叫二爷吃了饭再过去呢。听见还有话问二爷呢。"宝玉听了这话，又是一个闷雷，只得见过贾母，便回园吃饭。三口两口吃完，忙漱了口，便往贾政这边来。

　　贾政此时在内书房坐着。宝玉进来请了安，一旁侍立。贾政问道："这几日我心上有事，也忘了问你。那一日，你说你师父叫你讲一个月的书，就要给你开笔[④]。如今算来，将两个月了，你到底开了笔了没有？"宝玉道："才做过三次，师父说：'且不必回老爷知道；等好些，再回老爷知道罢。'因此，这两天总没敢回。"贾政道："是什么题目？"宝玉道："一个是'吾十有五而志于学'[⑤]，一个是'人不知而不愠'[⑥]，一个是'则归墨'三字[⑦]。"贾政道："都有稿儿么？"宝玉道："都是作了抄出来，师父又改的。"贾政道："你带了家来了，还是在学房里呢？"宝玉道："在学房里呢。"贾政道："叫人取了来我瞧。"宝玉连忙叫人传话与焙茗，叫他往学房中去，"我书桌子抽屉里有一本薄薄儿竹纸本子，上面写着'窗课'两字的就是[⑧]，快拿来。"

　　一回儿，焙茗拿了来，递给宝玉，宝玉呈与贾政。贾政翻开看时，见头一篇写着题目是"吾十有五而志于学"。他原本破的是"圣人有志于学[⑨]，幼而已然矣"。代儒却将"幼"字抹去，明用"十五"。贾政道："你原本'幼'字便扣不清题目了，幼字是从小起，至十六已前都是'幼'。这章书是圣人自言学问工夫与年俱进的话，所以十五，三十，四十，五十，六十，七十，俱要明点出来，才见得到了几时有这么个光景，到了几时又那么个光景。师父把你幼字改了十五，便明白了好些。"看到承题[⑩]，那抹去的原本云："夫不志于学，人之常也。"贾政摇头道："不但是孩子气，可见你本性不是个学者的志气。"又看后句："圣人十五而志之，不亦难乎？"说道："这更不成话了。"然后看代儒的改本云："夫人孰不学？而志于学者卒鲜。此圣人所为自信于十五时欤。"便问："改的懂得么？"宝玉答应道："懂得。"

又看第二艺^⑪，题目是"人不知而不愠"。便先看代儒的改本云："不以不知而愠者，终无改其说乐矣。"方觑着眼看那抹去的底本，说道："你是什么？——'能无愠人之心，纯乎学者也。'上一句似单做了'而不愠'三个字的题目，下一句又犯了下文君子的分界^⑫；必如改笔，才合题位呢^⑬。且下句找清上文，方是书理^⑭。须要细心领略。"宝玉答应着。贾政又往下看："夫不知，未有不愠者也；而竟不然。是非由说而乐者，曷克臻此^⑮？"原本末句"非纯学者乎"。贾政道："这也与破题同病的。这改的也罢了，不过清楚，还说得去。"

第三艺是"则归墨"。贾政看了题目，自己扬着头想了一想，因问宝玉道："你的书讲到这里了么？"宝玉道："师父说，《孟子》好懂些，所以倒先讲《孟子》，大前日才讲完了。如今讲上《论语》呢。"贾政因看这个破承，倒没大改。破题云："言于舍杨之外，若别无所归者焉。"贾政道："第二句倒难为你。""夫墨，非欲归者也，而墨之言已半天下矣，则舍杨之外，欲不归墨，得乎？"贾政道："这是你做的么？"宝玉答应道："是。"贾政点点头儿，因说道："这也并没有什么出色处，但初试笔能如此，还算不离。前年我在任上时，还出过'惟士为能'这个题目^⑯。那些童生都读过前人这篇，不能自出心裁，每多抄袭。你念过没有？"宝玉道："也念过。"贾政道："我要你另换个主意，不许雷同了前人，只做个破题也使得。"宝玉只得答应着，低头搜索枯肠。贾政背着手，也在门口站着作想。只见一个小厮往外飞走，看见贾政，连忙侧身垂手站住。贾政便问道："作什么？"小厮回道："老太太那边姨太太来了，二奶奶传出话来，叫预备饭呢。"贾政听了，也没言语，那小厮自去了。

　　谁知宝玉自从宝钗搬回家去，十分想念，听见薛姨妈来了，只当宝钗同来，心中早已忙了，便乍着胆子回道："破题倒作了一个，但不知是不是？"贾政道："你念来我听。"宝玉念道："天下不皆士也，能无产者，亦仅矣。"贾政听了，点着头道："也还使得。已后作文，总要把界限分清，把神理想明白了，再去动笔。你来的时候，老太太知道不知道？"宝玉道："知道的。"贾政道："既如此，你还到老太太处去罢。"

　　宝玉答应了个"是"，只得拿捏着，慢慢的退出。刚过穿廊月洞门的影屏，便一溜烟跑到老太太院门口。急得焙茗在后头赶着叫道："看跌倒了！老爷来了。"宝玉那里听得见？刚进得门来，便听见王夫人、凤姐、探春等笑语之声。丫鬟们见宝玉来了，连忙打起帘子，悄悄告诉："姨太太在这里呢。"宝玉赶忙进来给薛姨妈请安，过来才给贾母请了晚安。贾母便问："你今儿怎么这早晚才散学？"宝玉悉把贾政看文章并命作破题的话述了一遍。贾母笑容满面。宝玉因问众人道："宝姐姐在那里坐着呢？"薛姨妈笑道："你宝姐姐没过来，家里和香菱作活呢。"

　　宝玉听了，心中索然，又不好就走。只见说着话儿已摆上饭来。自然是贾母薛姨妈上坐，探春等陪坐。薛姨妈道："宝哥儿呢？"贾母忙笑说道："宝玉跟着我这边坐罢。"宝玉连忙回道："头里散学时，李贵传老爷的话，叫吃了饭过去，我赶着要了一碟菜，泡茶吃了一碗饭，就过去了。老太太和姨妈、姐姐们用罢。"贾母道："既这么着，凤丫头就过来跟着我。你太太才说他今儿吃斋，叫他们自己吃去罢。"王夫人也道："你跟着老太太姨太太吃罢，不用等我，我吃斋呢。"于是凤姐告了坐，丫头安了杯箸。凤姐执壶，斟了一巡，才归坐。

　　大家吃着酒，贾母便问道："可是才姨太太提香菱；我听见前儿丫头们说'秋菱'，不知是谁，问起来才知道是他。怎么那孩子好好的又改了名字呢？"薛姨妈满脸飞红，叹了口气，道："老太太再别提起。自从蟠儿娶了这个不知好歹的媳妇，成日家咕咕唧唧，如今闹的也不成个人家了。我也说过他几次，他牛心不听说，我也没那么大精神和他们尽着吵去，只好由他们去。可不是他嫌这丫头的名儿不好改的。”贾母道：“名儿什么要紧的事呢。”薛姨妈道：“说起来，我也怪臊的。其实老太太这边，有什么不知道的。他那里是为这名儿不好？听见说，他因为是宝丫头起的，他才有心要改。”贾母道：“这又是什么原故呢？”薛姨妈把手绢子不住的擦眼泪，未从说，又叹了一口气，道：“老太太还不知道呢！这如今媳妇子专和宝丫头怄气。前日老太太打发人看我去，我们家里正闹呢。”贾母连忙接着问道：“可是前儿听见姨太太肝气疼，要打发人看去；后来听见说好了，所以没着人去。依我劝，姨太太竟把他们别放在心上。再者，他们也是新过门的小夫妻，过些时，自然就好了。我看宝丫头性格儿温厚和平，虽然年轻，比大人还强几倍。前日那小丫头子回来说，我们这边，还都赞叹了他一会子。都像宝丫头那样心胸儿，脾气儿，真是百里挑一的！不是我说句冒失话，那给人家作了媳妇儿，怎么叫公婆不疼、家里上上下下的不宾服呢^①？”

　　宝玉头里已经听烦了，推故要走，及听见这话，又坐了呆呆的往下听。薛姨妈道：“不中用。他虽好，到底是女孩儿家。养了蟠儿这个糊涂孩子，真真叫我不放心。只怕在外头喝点子酒，闹出事来。幸亏老太太这里的大爷二爷常和他在一块儿，我还放点儿心。”宝玉听到这里，便接口道：“姨妈更不用悬心。薛大哥相好的都是些正经买卖大客人，都是有体面的，那里就闹出事来？”薛姨妈笑道：“依你这样说，我敢只不用操心了。”说话间，饭已吃完。宝玉先告辞了：“晚间还要看书。”便各自去了。

　　这里丫头们刚捧上茶来，只见琥珀走过来向贾母耳朵旁边说了几句，贾母便向凤姐儿道：“你快去罢，瞧瞧巧姐儿去罢。”凤姐听了，还不知何故。大家也怔了。琥珀遂过来向凤姐道：“刚才平儿打发小丫头子来回二奶奶，说：‘巧姐儿身上不大好，请二奶奶忙着些过来才好呢。’”贾母因说道：“你快去罢，姨太太也不是外人。"凤姐连忙答应，在薛姨妈跟前告了辞。又见王夫人说道："你先过去，我就去。小孩子家魂儿还不全呢，别叫丫头们大惊小怪的。屋里的猫儿狗儿，也叫他们留点神儿。尽着孩子贵气，偏有这些琐碎。"凤姐答应了，然后带了小丫头回房去了。

这里薛姨妈又问了一回黛玉的病。贾母道："林丫头那孩子倒罢了，只是心重些，所以身子就不大狠结实了。要赌灵性儿，也和宝丫头不差什么；要赌宽厚待人里头，却不济他宝姐姐有耽待、有尽让了。"薛姨妈又说了两句闲话儿，便道："老太太歇着罢，我也要到家里去看看，只剩下宝丫头和香菱了。打么同着姨太太看看巧姐儿⑱。"贾母道："正是。姨太太上年纪的人，看看是怎么不好，说给他们，也得点主意儿。"薛姨妈便告辞，同着王夫人出来，往凤姐院里去了。

却说贾政试了宝玉一番，心里却也喜欢，走向外面和那些门客闲谈，说起方才的话来。便有新近到来最善大棋的一个王尔调⑲，名作梅的，说道："据我们看来，宝二爷的学问已是大进了。"贾政道："那有进益，不过略懂得些罢咧。'学问'两个字，早得狠呢。"詹光道："这是老世翁过谦的话。不但王大兄这般说，就是我们看，宝二爷必定要高发的。"贾政笑道："这也是诸位过爱的意思。"那王尔调又道："晚生还有一句话，不揣冒昧，合老世翁商议。"贾政道："什么事？"王尔调陪笑道："也是晚生的相与，做过南韶道的张大老爷家，有一位小姐，说是生得德容功貌俱全⑳，此时尚未受聘。他又没有儿子，家资巨万，但是要富贵双全的人家，女婿又要出众，才肯作亲。晚生来了两个月，瞧着宝二爷的人品学业，都是必要大成的。老世翁这样门楣，还有何说！若晚生过去，包管一说就成。"贾政道："宝玉说亲，却也是年纪了，并且老太太常说起。但只张大老爷素来尚未深悉。"詹光道："王兄所提张家，晚生却也知道，况合大老爷那边是旧亲，老世翁一问便知。"贾政想了一回，道："大老爷那边，不曾听得这门亲戚。"詹光道:"老世翁原来不知:这张府上原和邢舅太爷那边有亲的。"贾政听了,方知是邢夫人的亲戚。坐了一回,进来了,便要向王夫人说知,转问邢夫人去。谁知王夫人陪了薛姨妈到凤姐那边看巧姐儿去了。那天已经掌灯时候,薛姨妈去了,王夫人才过来了。贾政告诉了王尔调和詹光的话,又问:"巧姐儿怎么了?"王夫人道:"怕是惊风的光景。"贾政道:"不甚利害呀?"王夫人道:"看着是搐风的来头⑳,只还没搐出来呢。"贾政听了,便不言语,各自安歇一宿晚景不提。

却说次日邢夫人过贾母这边来请安,王夫人便提起张家的事,一面回贾母,一面问邢夫人。邢夫人道:"张家虽系老亲,但近年来久已不通音信,不知他家的姑娘是怎么样的。倒是前日孙亲家太太打发老婆子来问安,却说起张家的事,说他家有个姑娘,托孙亲家那边有对劲的提一提。听见说,只这一个女孩儿,十分娇养,也识得几个字,见不得大阵仗儿,常在房中不出来的。张大老爷又说:只有这一个女孩儿,不肯嫁出去,怕人家公婆严,姑娘受不得委屈。必要女婿过门,赘在他家,给他料理些家事。"贾母听到这里,不等说完,便道:"这个使不得。我们宝玉,别人伏侍他还不够呢,倒给人家当家去!"邢夫人道:"正是老太太这个话。"贾母因向王夫人道:"你回来告诉你老爷,就说我的话,这张家的亲事是作不得的。"王夫人答应了。贾母便问:"你们昨日看巧姐儿怎么样?头里平儿来回我,说狠不大好,我也要过去看看呢。"邢王二夫人道:"老太太虽疼他,他那里耽的住?"贾母道:"却也不止为他,我也要走动走动,活活筋骨儿。"说着,便吩咐:"你们吃饭去罢,回来同我过去。"

邢王二夫人答应着出来,各自去了。一时,吃了饭,都来陪贾母到凤姐房中。凤姐连忙出来,接了进去。贾母便问:"巧姐儿到底怎么样?"凤姐儿道:"只怕是搐风的来头。"贾母道:"这么着还不请人赶着瞧?"凤姐道:"已经请去了。"贾母因同邢王二夫人进房来看。只见奶子抱着,用桃红绫子小绵被儿裹着,脸皮趣青[22]，眉梢鼻翅，微有动意。贾母同邢王二夫人看了看，便出外间坐下。

正说间，只见一个小丫头回凤姐道："老爷打发人问姐儿怎么样。"凤姐道："替我回老爷，就说请大夫去了。一会儿开了方子，就过去回老爷。"贾母忽然想起张家的事来，向王夫人道："你该就去告诉你老爷，省得人家去说了，回来又驳回。"又问邢夫人道："你们和张家如今为什么不走了？"邢夫人因又说："论起那张家行事，也难合咱们作亲，太啬克[23]，没的玷辱了宝玉。"凤姐听了这话，已知八九，便问道："太太不是说宝兄弟的亲事？"邢夫人道："可不是么！"贾母接着，因把刚才的话，告诉凤姐。凤姐笑道："不是我当着老祖宗太太们跟前说句大胆的话：现放着天配的姻缘，何用别处去找？"贾母笑问道："在那里？"凤姐道："一个'宝玉'，一个'金锁'，老太太怎么忘了？"贾母笑了一笑，因说："昨日你姑妈在这里，你为什么不提？"凤姐道："老祖宗和太太们在前头，那里有我们小孩子家说话的地方儿？况且姨妈过来睄老祖宗，怎么提这些个？这也得太太们过去求亲才是。"贾母笑了，邢王二夫人也都笑了。贾母因道："可是我背晦了。"

说着，人回："大夫来了。"贾母便坐在外间，邢王二夫人略避。那大夫同贾琏进来，给贾母请了安，方进房中。看了出来，站在地下，躬身回贾母道："妞儿一半是内热，一半是惊风。须先用一剂发散风痰药，还要用四神散才好，因病势来得不轻。如今的牛黄都是假的，要找真牛黄方用得[24]。"贾母道了乏。那大夫同贾琏出去，开了方子，去了。凤姐道："人参家里常有，这牛黄倒怕未必有，外头买去，只是要真的才好。"王夫人道："等我打发人到姨太太那边去找找。他家蟠儿是向与那些西客们做买卖，或者有真的，也未可知。我叫人去问问。"正说话间，众姊妹都来睄了。坐了一回，也都跟着贾母等去了。

这里煎了药，给巧姐儿灌了下去，只见"喀"的一声，连药带痰都吐出来，凤姐才略放了一点儿心。只见王夫人那边的小丫头，拿着一点儿的小红纸包儿，说道："二奶奶，牛黄有了。太太说了，叫二奶奶亲自把分两对准了呢。"凤姐答应着，接过来，便叫平儿配齐了真珠、冰片、朱砂，快熬起来。自己用戥子按方秤了，搀在里面，等巧姐儿醒了，好给他吃。只见贾环掀帘进来，说："二姐姐，你们巧姐儿怎么了？妈叫我来瞧瞧他。"凤姐见了他母子便嫌，说："好些了。你回去说，叫你们姨娘想着。"那贾环口里答应，只管各处瞧看。看了一回，便问凤姐儿道："你这里听的说有牛黄，不知牛黄是怎么个样儿？给我瞧瞧呢。"凤姐道："你别在这里闹了，妞儿才好些。那牛黄都煎上了。"贾环听了，便去伸手拿那锅子瞧时，岂知措手不及，"沸"的一声，锅子倒了，火已泼灭了一半。贾环见不是事，自觉没趣，连忙跑了。凤姐急的火星直爆，骂道："真真那一世的对头冤家！你何苦来还来使促狭！从前你妈要想害我，如今又来害妞儿，我和你几辈子的仇呢！"一面骂平儿不照应。

正骂着，只见丫头来找贾环。凤姐道："你去告诉赵姨娘，说他操心也太苦了！巧姐儿死定了，不用他惦着了。"平儿急忙在那里配药再熬。那丫头摸不着头脑，便悄悄问平儿道："二奶奶为什么生气？"平儿将环哥弄倒药锅子说了一遍。丫头道："怪不得他不敢回来，躲了别处去了。这环哥儿明日还不知怎么样呢！平姐姐，我替你收拾罢。"平儿说："这倒不消。幸亏牛黄还有一点，如今配好了，你去罢。"丫头道："我一准回去告诉赵姨奶奶，也省得他天天说嘴。"

丫头回去，果然告诉了赵姨娘。赵姨娘气的叫快找环儿。环儿在外间屋子里躲着，被丫头找了来。赵姨娘便骂道："你这个下作种子！你为什么弄撒了人家的药，招的人家咒骂。我原叫你去问一声，不用进去。你偏进去，又不就走，还要'虎头上捉虱子'。你看我回了老爷，打你不打！"这里赵姨娘正说着，只听贾环在外间屋子里，更说出些惊心动魄的话来。未知何言，下回分解。

【注释】

①钩藤：茜草科植物，通常在叶腋处生有二曲钩，花黄褐色。中医以带钩的茎枝入药，性寒，味甘微苦，有平肝息风的作用。

②不稂（láng）不莠（yǒu）：语见《诗经·小雅·大田》。本谓庄稼长得好，没有野草。这里反用其意，借喻人不成材、没出息。又，明清时代，也常用"不郎不秀"一语来指子弟的"不成材"。明田艺蘅《留青日札》卷四"沈万三秀"条："元时称人以郎、官、秀为等第，至今人之鄙人曰不郎不秀，是言不高不下也。"稂、莠，都是混在禾苗中的野草。

③莫知其子之美：《礼记·大学》："故谚有之曰：'人莫知其子之恶。'"意谓偏爱儿子的人，就看不到儿子的过错。贾政故意把"恶"说成"美"，以作解嘲，讨贾母喜欢。

④开笔：旧时儿童开始作文，叫"开笔"。

⑤吾十有五而志于学：《论语·为政》："子曰：'吾十有五而志于学，三十而立，四十而不惑，五十而知天命，六十而耳顺，七十而从心所欲不逾矩。'"这是孔子追述自己的经历时所说的话，说他在十五岁时就立志学习。

⑥人不知而不愠：《论语·学而》："人不知而不愠，不亦君子乎？"意谓人家不了解我，我也不怨恨。愠，怒，怨恨。

⑦则归墨：《孟子·滕文公下》："杨朱、墨翟之言盈天下，天下之言不归杨，则归墨。"意谓人们的言论主张，不属于杨朱一派，就属于墨翟一派。墨，指墨子，名翟，春秋战国之际思想家，墨家学派的创始人。

⑧窗课：明清时举子习作八股文的练习簿上，常用"窗课"两字作题名，意即书房窗下所作的八股文练习。

⑨破：即破题。唐宋诗赋，起首几句点破题意，谓之"破题"。后明清八股文之首两句，也称破题，为固定程式。

⑩承：承接破题，申述其义，叫"承题"。《日知录·试文格式》："下申其意，作四五句，谓之承题。"

⑪第二艺：指第二篇作文练习。艺，犹言"文"。

⑫犯了下文君子的分界：清梁章钜《制义丛话》卷二三："凡作破

题，最要扼题之旨，肖题之神，期于浑括清醒，精确不移。其法不可侵上，不可犯下，不可漏题，不可骂题。语涉上文谓之侵上，语犯下文谓之犯下。将本题意思，未经破全，或有遗漏，谓之漏题。将本题字眼全然写出，不能浑融，是谓骂题。"宝玉所写解释题意的两句话，有两处不合八股文格式。一是破题不全。上一句"能无愠人之心"，只解释了题目"而不愠"三字，"人不知"三字没有解释。二是在解释题意时语犯下文，界限不清。下一句"纯乎学者也"，与题目"人不知而不愠"无关，而是在解释下文"不亦君子乎"了。所以贾政说他作文不合"题位"。

⑬题位：指题目的要求，作文的规则。

⑭书理：即文理，谓文辞之义理。

⑮曷克臻此：怎么能够达到这个境地呢？臻，达到。

⑯惟士为能：《孟子·梁惠王上》："无恒产而有恒心者，惟士为能。"意谓虽无固定财产，但仍能遵守道德规范的，只有"士"才能做到。

⑰宾服：原指诸侯按时向天子朝贡，表示归顺。《礼记·乐记》："暴民不作，诸侯宾服。"这里是佩服的意思。

⑱打那么：从那里的意思。

⑲大棋：即围棋。

⑳德容功貌：应为"德言功貌"。封建礼教规定妇女应具有的四种德行。东汉班昭《女诫·妇行》："女有四行，一曰妇德，二曰妇言，三曰妇容，四曰妇功。……清闲贞静，守节整齐，行己有耻，动静有法，是谓妇德；择辞而说，不道恶语，时然后言，不厌于人，是谓妇言；盥浣尘秽，服饰鲜洁，沐浴以时，身不垢辱，是谓妇容；专心纺绩，不好戏笑，洁齐酒食，以奉宾客，是谓妇功。此四者，女子之大德，而不可乏之者也。"

㉑搐（chù）风：小儿惊风的一种症状。手足伸缩交替，抽动不已。常见于外感热病，多因热感伤阴、风火相煽、痰水壅滞所致。

㉒趣青：很青。

㉓啬克：也作"啬刻"，吝啬刻薄之意。

㉔真牛黄：牛黄是病牛肝胆中的凝结物，成块状或颗粒状。主治惊痫，安魂定魄。

第八十五回
贾存周报升郎中任[①]　薛文起复惹放流刑[②]

　　话说赵姨娘正在屋里抱怨贾环，只听贾环在外间屋里发话道："我不过弄倒了药锅子，溅了一点子药，那丫头子又没就死了，值的他也骂我，你也骂我，赖我心坏，把我往死里遭塌。等着我明儿还要那小丫头子的命呢！看你们怎么着！只叫他们堤防着就是了。"那赵姨娘赶忙从里间出来，握住他的嘴，说道："你还只管信口胡嗳，还叫人家先要了我的命呢！"娘儿两个吵了一回。赵姨娘听见凤姐的话，越想越气，也不着人来安慰凤姐一声儿。过了几天，巧姐儿也好了。因此，两边结怨比从前更加一层了。

　　一日，林之孝进来回道："今日是北静郡王生日，请老爷的示下。"贾政吩咐道："只按向年旧例办了，回大老爷知道，送去就是了。"林之孝答应了，自去办理。

　　不一时，贾赦过来同贾政商议带了贾珍、贾琏、宝玉去与北静王拜寿。别人还不理论，惟有宝玉素日仰慕北静王的容貌威仪，巴不得常见才好，遂连忙换了衣服，跟着来到北府。贾赦贾政递了职名候谕。不多时，里面出来了一个太监，手里掐着数珠儿。见了贾赦贾政，笑嘻嘻的说道："二位老爷好？"贾赦贾政也都赶忙问好，他兄弟三人也过来问了好。那太监道："王爷叫请进去呢。"于是爷儿五个跟着那太监进入府中。过了两层门，转过一层殿去，里面方是内宫门。刚到门前，大家站住，那太监先进去回王爷去了。这里门上小太监都迎着问了好。一时，那太监出来说了个"请"字，爷儿五个肃敬跟入。只见北静郡王穿着礼服，已迎到殿门廊下。贾赦贾政先上来请安，挨次便是珍、琏、宝玉请安。那北静郡王单看宝玉道："我久不见你，狠惦记你。"因又笑问道："你那块玉儿好？"宝玉躬着身打着一半千儿回道："蒙王爷福庇，都好。"北静王道："今日你来，没有什么好东西给你吃的，倒是大家说说话儿罢。"说着，几个老公打起帘子。北静王说："请。"自己却先进去，然后贾赦等都躬着身跟进去。先是贾赦请北静王受礼，北静王也说了两句谦辞。那贾赦早已跪下，次及贾政等挨次行礼，自不必说。

那贾赦等复肃敬退出，北静王吩咐太监等让在众戚旧一处，好生款待，却单留宝玉在这里说话儿，又赏了坐。宝玉又磕头谢了恩，在挨门边绣墩上侧坐，说了一回读书作文诸事。北静王甚加爱惜，又赏了茶。因说道："昨儿巡抚吴大人来陛见③，说起令尊翁前任学政时④，秉公办事，凡属生童，俱心服之至。他陛见时，万岁爷也曾问过，他也十分保举，可知是令尊翁的喜兆。"宝玉连忙站起，听毕这一段话，才回启道："此是王爷的恩典，吴大人的盛情。"

正说着，小太监进来回道："外面诸位大人老爷都在前殿谢王爷赏宴。"说着，呈上谢宴并请午安的帖子来。北静王略看了一看，仍递给小太监，笑了一笑，说道："知道了，劳动他们。"那小太监又回道："这贾宝玉，王爷单赏的饭预备了。"北静王便命那太监带了宝玉到一所极小巧精致的院里，派人陪着吃了饭，又过来谢了恩。北静王又说了些好话儿，忽然笑说道："我前次见你那块玉，倒有趣儿，回来说了个式样，叫他们也作了一块来。今日你来得正好，就给你带回去顽罢。"因命小太监取来，亲手递给宝玉。宝玉接过来捧着，又谢了，然后退出，北静王又命两个小太监跟出来，才同着贾赦等回来了。

贾赦便各自回院里去。这里贾政带着他三人回来见过贾母，请过了安，说了一回府里遇见的人。宝玉又回了贾政，吴大人陛见保举的话。贾政道："这吴大人，本来咱们相好，也是我辈中人，还倒是有骨气的。"又说了几句闲话儿，贾母便叫："歇着去罢。”贾政退出，珍、琏、宝玉都跟到门口。贾政道：“你们都回去陪老太太坐着去罢。”说着便回房去。刚坐了一坐，只见一个小丫头回道：“外面林之孝请老爷回话。”说着递上个红单帖来，写着吴巡抚的名字。贾政知是来拜，便叫小丫头叫林之孝进来。贾政出至廊檐下。林之孝进来回道：“今日巡抚吴大人来拜，奴才回了去了。再奴才还听见说，现今工部出了一个郎中缺，外头人和部里都吵嚷是老爷拟正呢⑤。”贾政道：“瞧罢咧。”林之孝又回了几句话，才出去了。

　　且说珍、琏、宝玉三人回去，独有宝玉到贾母那边，一面述说北静王待他的光景，并拿出那块玉来。大家看着，笑了一回，贾母因命人：“给他收起去罢，别丢了。”因问：“你那块玉好生带着罢，别闹混了。”宝玉在项上摘了下来，说：“这不是我那一块玉？那里就掉了呢！比起来，两块玉差远着呢，那里混得过？我正要告诉老太太：前儿晚上，我睡的时候，把玉摘下来挂在帐子里，他竟放起光来了，满帐子都是红的。”贾母说道：“又胡说了。帐子的檐子是红的，火光照着，自然红是有的。”宝玉道：“不是。那时候灯已灭了，屋里都漆黑的了，还看得见他呢。”邢王二夫人抿着嘴笑。凤姐道：“这是喜信发动了。”宝玉道：“什么喜信？”贾母道：“你不懂得。今儿个闹了一天，你去歇歇儿去罢，别在这里说呆话了。”宝玉又站了一会儿，才回园中去了。

　　这里贾母问道：“正是，你们去看薛姨妈说起这事没有？”王夫人道：“本来就要去看的，因凤丫头为巧姐儿病着，耽搁了两天，今日才去的。这事我们都告诉了，姨妈倒也十分愿意，只说蟠儿这时候不在家，目今他父亲没了，只得和他商量商量再办。”贾母道：“这也是情理的话。既这么样，大家先别提起，等姨太太那边商量定了再说。”

　　不说贾母处谈论亲事。且说宝玉回到自己房中，告诉袭人道：

"老太太与凤姐姐方才说话，含含糊糊，不知是什么意思？"袭人想了想，笑了一笑，道："这个，我也猜不着。但只刚才说这些话时，林姑娘在跟前没有？"宝玉道："林姑娘才病起来，这些时何曾到老太太那边去呢？"正说着，只听外间屋里麝月与秋纹拌嘴。袭人道："你两个又闹什么？"麝月道："我们两个斗牌，他赢了我的钱，他拿了去；他输了钱，就不肯拿出来。这也罢了，他倒把我的钱都抢了去了。"宝玉笑道："几个钱，什么要紧？傻丫头，不许闹了！"说的两个人都咕嘟着嘴，坐着去了。这里袭人打发宝玉睡下，不提。

却说袭人听了宝玉方才的话，也明知是给宝玉提亲的事，因恐宝玉每有痴想，这一提起，不知又招出他多少呆话来，所以故作不知。自己心上，却也是头一件关切的事。夜间躺着，想了个主意：不如去见见紫鹃，看他有什么动静，自然就知道了。次日，一早起来，打发宝玉上了学，自己梳洗了，便慢慢的去到潇湘馆来。只见紫鹃正在那里掐花儿呢，见袭人进来，便笑嘻嘻的道："姐姐屋里坐着。"袭人道："坐着，妹妹，掐花儿呢吗？姑娘呢？"紫鹃道："姑娘才梳洗完了，等着温药呢。"紫鹃一面说着，一面同袭人进来。见了黛玉正在那里拿着一本书看，袭人陪着笑道："姑娘怨不得劳神，起来就看书。我们宝二爷念书，若能像姑娘这样，岂不好了呢。"黛玉笑着把书放下。雪雁已拿着个小茶盘里托着一钟药，一钟水，小丫头在后面捧着痰盒漱盂进来。

原来袭人来时，要探探口气，坐了一回，无处入话。又想着黛玉最是心多，探不成消息，再惹着了他，倒是不好。又坐了坐，搭赸着辞了出来了。将到怡红院门口，只见两个人在那里站着呢，袭人不便往前走。那一个早看见了，连忙跑过来。袭人一看，却是锄药，因问："你作什么？"锄药道："刚才芸二爷来了，拿了个帖儿，说给咱们宝二爷瞧的，在这里候信。"袭人道："宝二爷天天上学，你难道不知道？还候什么信呢？"锄药笑道："我告诉他了，他叫告诉姑娘，听姑娘的信呢。"袭人正要说话，只见那一个也慢慢的蹭了过来。细看时，就是贾芸，溜溜湫湫往这边来了⑥。袭人见是贾芸，连忙向锄药道："你告诉说：知道了，回来给宝二爷瞧罢。"那贾芸原要过来和袭人说话，无非亲近之意，又不敢造次，只得慢慢踱来。相离不远，不想袭人说出这话，自己也不好再往前走，只好站住。这里袭人已掉背脸往回里去了。贾芸只得怏怏而回，同锄药出去了。

晚间，宝玉回房，袭人便回道："今日廊下小芸二爷来了。"宝玉道："作什么？"袭人道："他还有个帖儿呢。"宝玉道："在那里？拿来我看看。"麝月便走去，在里间屋里书橱子上头拿了来。宝玉接过看时，上面皮儿上写着："叔父大人安禀。"宝玉道："这孩子怎么又不认我作父亲了？"袭人道："怎么？"宝玉道："前年他送我白海棠时，称我作父亲大人，今日这帖子封皮上写着叔父，可不是又不认了么。"袭人道："他也不害臊，你也不害臊。他那么大了，倒认你这么大儿的作父亲，可不是他不害臊？你正经连个……"刚说到这里，脸一红，微微的一笑。宝玉也觉得了，便道："这倒难讲，俗语说：'和尚无儿孝子多着呢。'只是我看着他还伶俐得人心儿，才这么着；他不愿意，我还不希罕呢。"说着一面拆那帖儿。袭人也笑道："那小芸二爷也有些鬼鬼头头的。什么时候又要看人，什么时候又躲躲藏藏的，可知也是个心术不正的货。"宝玉只顾拆开看那字儿，也不理会袭人这些话。袭人见他看那帖儿，皱一回眉，又笑一笑儿，又摇摇头儿，后来光景竟大不耐烦起来。袭人等他看完了，问道："是什么事情？"宝玉也不答言，把那帖子已经撕作几断。袭人见这般光景，也不便再问，便问宝玉："吃了饭还看书不看？"宝玉道："可笑芸儿这孩子，竟这样的混帐！"袭人见他所答非所问，便微微的笑着问道："到底是什么事？"宝玉道："问他作什么，咱们吃饭罢。吃了饭歇着罢，心里闹的怪烦的。"说着，叫小丫头子点了一点火儿来，把那撕的帖儿烧了。

一时，小丫头们摆上饭来，宝玉只是怔怔的坐着。袭人连哄带怄，催着，吃了一口儿饭，便搁下了，仍是闷闷的歪在床上。一时间，忽然吊下泪来。此时袭人麝月都摸不着头脑。麝月道："好好儿的，这又是为什么？都是什么'芸儿''雨儿'的，不知什么事，弄了这么个浪帖子来，惹的这么傻了的是的，哭一会子，笑一会子。要天长日久，闹起这闷葫芦来，可叫人怎么受呢！"说着，竟伤起心来。袭人旁边由不得要笑，便劝道："好妹妹，你也别怄人了。他一个人就彀受了，你又这么着。他那帖子上的事，难道与你相干？"麝月道："你混说起来了。知道他帖儿上写的是什么混账话，你混往人身上扯。要那么说，他帖儿上只怕倒与你相干呢！"袭人还未答言，只听宝玉在床上"扑哧"的一声笑了，爬起来，抖了抖衣裳，说："咱们睡觉罢，别闹了。明日我还起早念书呢。"说着便躺下睡了。一宿无话。

　　次日，宝玉起来，梳洗了，便往家塾里去。走出院门，忽然想起，叫焙茗略等，急忙转身回来叫："麝月姐姐呢？"麝月答应着出来问道："怎么又回来了？"宝玉道："今日芸儿要来了，告诉他别在这里闹；再闹，我就回老太太和老爷去了。"麝月答应了。宝玉才转身去了。刚往外走着，只见贾芸慌慌张张往里来。看见宝玉，连忙请安，说："叔叔大喜了！"那宝玉估量着是昨日那件事，便说道："你也太冒失了，不管人心里有事没事，只管来搅。"贾芸陪笑道："叔叔不信，只管睄去。人都来了，在咱们大门口呢。"宝玉越发急了，说："这是那里的话！"

　　正说着，只听外边一片声嚷起来。贾芸道："叔叔听，这不是？"宝玉越发心里狐疑起来。只听一个人嚷道："你们这些人好没规矩，这是什么地方，你们在这里混嚷！"那人答道："谁叫老爷升了官呢，怎么不叫我们来吵喜呢⑦？别人家盼着吵还不能呢。"宝玉听了，才知道是贾政升了郎中了，人来报喜的，心中自是甚喜。连忙要走时，贾芸赶着说道："叔叔乐不乐？叔叔的亲事要再成了，不用说，是两层喜了。"宝玉红了脸，啐了一口，道："呸！没趣儿的东西！还不快走呢。"贾芸把脸红了，道："这有什么的？我看你老人家就不……"宝玉沉着脸道："就不什么？"贾芸未及说完，也不敢言语了。

宝玉连忙来到家塾中，只见代儒笑着说道："我才刚听见你老爷升了，你今日还来了么？"宝玉陪笑道："过来见了太爷，好到老爷那边去。"代儒道："今日不必来了，放你一天假罢。可不许回园子里顽去。你年纪不小了，虽不能办事，也当跟着你大哥他们学学才是。"宝玉答应着回来。刚走到二门口，只见李贵走来迎着，旁边站住，笑道："二爷来了么？奴才才要到学里请去。"宝玉笑道："谁说的？"李贵道："老太太才打发人到院里去找二爷。那边的姑娘们说：二爷学里去了。刚才老太太打发人出来，叫奴才去给二爷告几天假。听说还要唱戏贺喜呢。二爷就来了。"

说着，宝玉自己进去。进了二门，只见满院里丫头老婆都是笑容满面；见他来了，笑道："二爷这早晚才来，还不快进去给老太太道喜去呢。"宝玉笑着进了房门，只见黛玉挨着贾母左边坐着呢，右边是湘云。地下邢王二夫人，探春、惜春、李纨、凤姐、李纹、李绮、邢岫烟一干姐妹，都在屋里，只不见宝钗、宝琴、迎春三人。宝玉此时喜的无话可说，忙给贾母道了喜，又给邢王二夫人道喜，一一见了众姐妹，便向黛玉笑道："妹妹身体可大好了？"黛玉也微笑道："大好了。听见说二哥哥身上也欠安，好了么？"宝玉道："可不是，我那日夜里，忽然心里疼起来，这几天刚好些，就上学去了，也没能过去看妹妹。"黛玉不等他说完，早扭过头和探春说话去了。凤姐在地下站着，笑道："你两个那里像天天在一处的，倒象是客一般，有这些套话，可是人说的'相敬如宾'了。"说的大家一笑。林黛玉满脸飞红，又不好说，又不好不说，迟了一会儿，才说道："你懂得什么！"众人越发笑了。凤姐一时回过味来，才知道自己出言冒失，正要拿话岔时，只见宝玉忽然向黛玉道："林妹妹，你瞧芸儿这种冒失鬼。"说了这一句，方想起来，便不言语了。招的大家又都笑起来，说："这从那里说起？"黛玉也摸不着头脑，也跟着讪讪的笑。宝玉无可搭讪，因又说道："可是刚才我听见有人要送戏，说是几儿？"大家都瞅着他笑。凤姐儿道："你在外头听见，你来告诉我们，你这会子问谁呢？"宝玉得便说道："我外头再去问问去。"贾母道："别跑到外头去。头一件，看报喜的笑话；第二件，你老子今日大喜，回来碰见你，又该生气了。"宝玉答应了个"是"，才出来了。

这里贾母因问凤姐："谁说送戏的话？"凤姐道："说是舅太爷那边说：后儿日子好，送一班新出的小戏儿给老太太、老爷、太太贺喜。"因又笑着说道："不但日子好，还是好日子呢。"说着这话，却瞅着黛玉笑。黛玉也微笑。王夫人因道："可是呢，后日还是外甥女儿的好日子呢。"贾母想了一想，也笑道："可见我如今老了，什么事都糊涂了。亏了有我这凤丫头，是我个'给事中'⑧。既这么着，很好。他舅舅家给他们贺喜，你舅舅家就给你做生日，岂不好呢。"说的大家都笑起来，说道："老祖宗说句话儿，都是上篇上论的；怎么怨得有这么大福气呢。"说着，宝玉进来，听见这些话，越发乐的手舞足蹈了。一时大家都在贾母这边吃饭，甚热闹，自不必说。饭后，那贾政谢恩回来，给宗祠里磕了头，便来给贾母磕头。站着说了几句话，便出去拜客去了。这里接连着亲戚族中的人，来来去去，闹闹攘攘，车马填门，貂蝉满坐⑨。真个是：

　　花到正开蜂蝶闹，月逢十足海天宽。

如此两日，已是庆贺之期。这日一早，王子腾和亲戚家已送过一班戏来，就在贾母正厅前，搭起行台。外头爷们都穿着公服陪侍。亲戚来贺的约有十余桌酒。里面为着是新戏，又见贾母高兴，便将琉璃戏屏隔在后厦，里面也摆下酒席。上首薛姨妈一桌，是王夫人宝琴陪着；对面老太太一桌，是邢夫人岫烟陪着。下面尚空两桌，贾母叫他们快来。

一回儿，只见凤姐领着众丫头，都簇拥着黛玉来了。黛玉略换了几件新鲜衣服，打扮得宛如嫦娥下界，含羞带笑的，出来见了众人。湘云、李纹、李绮都让他上首坐，黛玉只是不肯。贾母笑道:"今日你坐了罢。"薛姨妈站起来问道:"今日林姑娘也有喜事么?"贾母笑道:"是他的生日。"薛姨妈道:"咳,我倒忘了。"走过来说道:"恕我健忘,回来叫宝琴过来拜姐姐的寿。"黛玉笑说:"不敢。"大家坐了。那黛玉留神一看,独不见宝钗,便问道:"宝姐姐可好么?为什么不过来?"薛姨妈道:"他原该来的,只因无人看家,所以不来。"黛玉红着脸,微笑道:"姨妈那里又添了大嫂子,怎么倒用宝姐姐看起家来?大约是他怕人多热闹,懒待来罢。我倒怪想他的。"薛姨妈笑道:"难得你惦记他。他也常想你们姐妹们,过一天,我叫他来大家叙叙。"

　　说着,丫头们下来斟酒上菜,外面已开戏了。出场自然是一两出吉庆戏文。及至第三出,只见金童玉女⑩,旗幡宝幢,引着一个霓裳羽衣的小旦,头上披着一条黑帕,唱了一回儿进去了。众皆不识。听见外面人说:"这是新打的《蕊珠记》里的《冥升》⑪。小旦扮的是嫦娥,前因堕落人寰,几乎给人为配:幸亏观音点化⑫,他就未嫁而逝。此时升引月宫。不听见曲里头唱的:'人间只道风情好,那知道秋月春花容易抛,几乎不把广寒宫忘却了!'"第四出是《吃糠》⑬。第五出是达摩带着徒弟过江回去⑭。正扮出些海市蜃楼,好不热闹。

　　众人正在高兴时,忽见薛家的人满头汗闯进来,向薛蝌说道:"二爷快回去!并里头回明太太,也请速回去,家中有要紧事。"薛蝌道:"什么事?"家人道:"家去说罢。"薛蝌也不及告辞,就走了。薛姨妈见里头丫头传进话去,更骇得面如土色,即忙起身,带着宝琴,别了一声,即刻上车回去了。弄得内外愕然。贾母道:"咱们这里打发人跟过去听听,到底是什么事,大家都关切的。"众人答应了个"是"。

　　不说贾府依旧唱戏,单说薛姨妈回去,只见有两个衙役站在二门口,几个当铺里伙计陪着,说:"太太回来,自有道理。"正说着,薛姨妈已进来了。那衙役们见跟从着许多男妇,簇拥着一位老太太，便知是薛蟠之母。看见这个势派，也不敢怎么，只得垂手侍立，让薛姨妈进去了。那薛姨妈走到厅房后面，早听见有人大哭，却是金桂。薛姨妈赶忙走来，只见宝钗迎出来，满面泪痕，见了薛姨妈，便道："妈妈听了，先别着急，办事要紧。"

薛姨妈同着宝钗进了屋子，因为头里进门时，已经走着听见家人说了，吓的战战兢兢的了，一面哭着，因问："到底是合谁？"只见家人回道："太太此时且不必问那些底细。凭他是谁，打死了总是要偿命的，且商量怎么办才好。"薛姨妈哭着出来道："还有什么商议？"家人道："依小的们的主见，今夜打点银两，同着二爷赶去，和大爷见了面，就在那里访一个有斟酌的刀笔先生⑮，许他些银子，先把死罪撕捋开，回来再求贾府去上司衙门说情。还有外面的衙役，太太先拿出几两银子来打发了他们，我们好赶着办事。"薛姨妈道："你们找着那家子，许他发送银子，再给他些养济银子⑯。原告不追，事情就缓了。"宝钗在帘内说道："妈妈，使不得。这些事，越给钱越闹的凶，倒是刚才小厮说的话是。"薛姨妈又哭道："我也不要命了，赶到那里见他一面，同他死在一处就完了。"宝钗急的一面劝，一面在帘子里叫人："快同二爷办去罢。"丫头们搀进薛姨妈来。薛蟠才往外走，宝钗道："有什么信，打发人即刻寄了来，你们只管在外头照料。"薛蟠答应着去了。

这宝钗方劝薛姨妈，那里金桂趁空儿抓住香菱，又和他嚷道："平常你们只管夸他们家里打死了人，一点事也没有，就进京来了的；如今撺掇的真打死人了。平日里只讲有钱，有势，有好亲戚，这时候我看着也是吓的慌手慌脚的了。大爷明儿有个好歹儿不能回来时，你们各自干你们的去了，撂下我一个人受罪！"说着，又大哭起来。这里薛姨妈听见，越发气的发昏，宝钗急的没法。正闹着，只见贾府中王夫人早打发大丫头过来打听来了。宝钗虽心知自己是贾府的人了，一则尚未提明，二则事急之时，只得向那大丫头道："此时事情头尾尚未明白，就只听见说我哥哥在外头打死了人，被县里拿了去了，也不知怎么定罪呢。刚才二爷才去打听去了。一半日得了准信，赶着就给那边太太送信去。你先回去道谢太太惦记着，底下我们还有多少仰仗那边爷们的地方呢。"那丫头答应着去了。

薛姨妈和宝钗在家，抓摸不着。过了两日，只见小厮回来，拿了一封书，交给小丫头拿进来。宝钗拆开看时，书内写着：

> 大哥人命是误伤，不是故杀。今早用蝌出名，补了一张呈纸进去，尚未批出。大哥前头口供甚是不好。待此纸批准后，再录一堂⑰，能觑翻供得好，便可得生了。快向当铺内再取银五百两来使用，千万莫迟！并请太太放心。余事问小厮。

宝钗看了，一一念给薛姨妈听了。薛姨妈拭着眼泪说道："这么看起来，竟是死活不定了。"宝钗道："妈妈先别伤心，等着叫进小厮来问明了再说。"一面打发小丫头把小厮叫进来。薛姨妈便问小厮道："你把大爷的事细说与我听听。"小厮道："我那一天晚上，听见大爷和二爷说的，把我唬糊涂了。"未知小厮说出什么话来，下回分解。

【注释】

①郎中：官名。始于战国，汉代沿置，属郎中令（后改光禄勋）。自隋唐至清，各部皆沿置郎中，分掌各司事务，为尚书、侍郎、丞以下之高级部员。

②流刑：遣送到边远地区服劳役的一种刑罚。隋代定为五刑之一，沿用至清。

③巡抚：官名。明初以朝臣巡行地方，安抚军民，谓之"巡抚"。其后成为定员，与总督同为地方最高长官。清代正式以巡抚为省级地方政府的长官，总揽一省的军事、吏治、刑狱等。地位略次于总督，仍属平行，别称"抚台""抚军"。

④学政：清代朝廷派往各省，按期至所属各府、厅考试童生及生

员的官员。

⑤拟正：封建官吏，代理或试任一个时期职务后，得到正式任命，叫"拟正"。

⑥溜溜湫湫：躲躲闪闪，轻手轻脚的样子。

⑦吵喜：旧时家有升迁、及第和喜庆诸事，报喜人喧闹于门，表示祝贺，求得赏钱，谓之"吵喜"，亦曰"闹喜"。

⑧给事中：官名。秦汉为列侯、将军、谒者等的加官。常在皇帝左右侍从，备顾问应对等事。清代属都察院，与御史同为谏官。这里比喻凤姐是贾母的得力助手，对各种事务随时都能加以提醒。

⑨貂蝉：貂尾和金蝉。本是汉代皇帝近臣侍中、中常侍的冠上饰物，后代指达官贵人。

⑩金童玉女：道家指供仙人役使的童男童女。后亦用作冥物。

⑪打：这里指排演戏剧。《蕊珠记》：未详。元人庚天锡著有《秋月蕊珠宫》（见曹本《录鬼簿》《今乐考证》），《元曲选目》作《蕊珠宫》，但剧本久已失传。所谓蕊珠宫，当泛指天宫仙境。《黄庭内景经·上清章第一》："太上大道玉晨君，闲居蕊珠作七言。"注云："蕊珠，上清境宫阙名也。"明《娇红记》杂剧金童玉女唱："俺家住在瑶池"，"这的是天上蕊珠宫"。《蕊珠记》或据《蕊珠宫》改编而成。

⑫点化：本道教炼丹名词。在烹炼时，添加药物，使起变化，催化成丹，叫"点化"。（见《庚道集》卷三、卷六）又，神仙、真人指点世人破迷悟道，亦谓之"点化"。

⑬《吃糠》：这里指明高则诚《琵琶记》第二十一出《糟糠自厌》，写蔡伯喈考中状元，入赘相府，家乡陈留遭遇灾荒，赵五娘吃糠度日、甘于贫困、侍奉翁姑的事。后昆曲演出剧目称为《吃糠》。（见《纳书楹曲谱》正集）

⑭达摩带着徒弟过江回去：指明张凤翼作传奇《祝发记》第二十四出《达摩渡江》中情节。剧本写南北朝时梁徐孝克因遭兵乱，与妻臧氏共议卖妻易米，奉养老母；其后徐不愿为官，受达摩引度而断发出家。本出写达摩与徒弟法整和尚相约于招提寺相会，折苇渡江，遇徐孝克，点化其出家的故事。

⑮刀笔先生：旧时因称公牍文书或诉讼状文为刀笔，而把以代人书写诉讼状文为职业的人叫"刀笔先生"，言其下笔如刀，能够杀人。

⑯养济：抚养接济。

⑰再录一堂：指对犯人再次审讯记录其口供。堂，过堂，审讯。

第八十六回
受私贿老官翻案牍　寄闲情淑女解琴书

话说薛姨妈听了薛蝌的来书，因叫进小厮，问道："你听见你大爷说，到底是怎么就把人打死了呢？"小厮道："小的也没听真切。那一日，大爷告诉二爷说……"说着回头看了一看，见无人，才说道："大爷说：自从家里闹的特利害，大爷也没心肠了，所以要到南边置货去。这日想着约一个人同行，这人在咱们这城南二百多地住。大爷找他去了，遇见在先和大爷好的那个蒋玉函，带着些小戏子进城，大爷同他在个铺子里吃饭喝酒。因为这当槽儿的尽着拿眼瞟蒋玉函[1]，大爷就有了气了。后来蒋玉函走了。第二天，大爷就请找的那个人喝酒。酒后想起头一天的事来，叫那当槽儿的换酒，那当槽儿的来迟了，大爷就骂起来了。那个人不依，大爷就拿起酒碗照他打去。谁知那个人也是个泼皮，便把头伸过来叫大爷打。大爷拿碗就砸他的脑袋，一下他就冒了血了，淌在地下。头里还骂，后头就不言语了。"薛姨妈道："怎么也没人劝劝吗？"那小厮道："这个没听见大爷说，小的不敢妄言。"薛姨妈道："你先去歇歇罢。"小厮答应出来。

这里薛姨妈自来见王夫人，托王夫人转求贾政。贾政问了前后，也只好含糊应了，只说等薛蝌递了呈子，看他本县怎么批了，再作道理。

这里薛姨妈又在当铺里兑了银子，叫小厮赶着去了。三日后，果有回信，薛姨妈接着了，即叫小丫头告诉宝钗，连忙过来看了。只见书上写道：

　　　带去银两做了衙门上下使费。哥哥在监，也不大吃苦，
　　请太太放心。独是这里的人狠刁，尸亲见证都不依，连哥哥

请的那个朋友也帮着他们。我与李祥两个俱系生地生人，幸
找着一个好先生，许他银子，才讨个主意，说是：须得拉扯
着同哥哥喝酒的吴良，弄人保出他来，许他银两，叫他撕掳。
他若不依，便说张三是他打死，明推在异乡人身上。他吃不
住，就好办了。我依着他，果然吴良出来。现在买嘱尸亲见
证，又做了一张呈子，前日递的，今日批来，请看呈底便知。"
因又念呈底道：

> "具呈人某，呈为兄遭飞祸、代伸冤抑事：窃生胞兄薛
> 蟠，本籍南京，寄寓西京，于某年月日，备本往南贸易。去
> 未数日，家奴送信回家，说遭人命，生即奔宪治②，知兄误
> 伤张姓。及至囹圄③，据兄泣告，实与张姓素不相认，并无
> 仇隙。偶因换酒角口，生兄将酒泼地，恰值张三低头拾物，
> 一时失手，酒碗误碰囟门身死。蒙恩拘讯，兄惧受刑，承认
> 斗殴致死。仰蒙宪天仁慈，知有冤抑，尚未定案。生兄在禁，
> 具呈诉辩，有干例禁；生念手足，冒死代呈。伏乞宪慈恩准
> 提证质讯，开恩莫大，生等举家仰戴鸿仁，永永无既矣④！
> 激切上呈。"

> 批的是："尸场检验，证据确凿。且并未用刑，尔兄自认
> 斗杀，招供在案。今尔远来，并非目睹，何得捏词妄控？理
> 应治罪；姑念为兄情切，且恕。不准。"

薛姨妈听到那里，说道："这不是救不过来了么，这怎么好
呢？"宝钗道："二哥的书还没看完，后面还有呢。"因又念道："有
要紧的，问来使便知。"薛姨妈便问来人。因说道："县里早知我
们的家当充足。须得在京里谋干得大情，再送一分大礼，还可以
复审，从轻定案。太太此时，必得快办，再迟了就怕大爷要受苦
了。"

薛姨妈听了，叫小厮自去，即刻又到贾府与王夫人说明原故，
恳求贾政。贾政只肯托人与知县说情，不肯提及银物。薛姨妈恐
不中用，求凤姐与贾琏说了，花上几千银子，才把知县买通，薛

蝌那里也便弄通了，然后知县挂牌坐堂，传齐了一干邻保、证见、尸亲人等，监里提出薛蟠，刑房书吏俱一一点名。知县便叫地保对明初供，又叫尸亲张王氏并尸叔张二问话。张王氏哭禀道："小的的男人是张大，南乡里住，十八年前死了。大儿子、二儿子，也都死了。光留下这个死的儿子，叫张三，今年二十三岁，还没有娶女人呢。为小人家里穷，没得养活，在李家店里做当槽儿的。那一天晌午，李家店里打发人来叫俺，说：'你儿子叫人打死了。'我的青天老爷！小的就唬死了。跑到那里，看见我儿子头破血出的躺在地下喘气儿，问他话也说不出来，不多一会儿，就死了。小人就要揪住这个小杂种拚命。"众衙役吆喝一声，张王氏便磕头道："求青天老爷伸冤，小人就只这一个儿子了。"知县便叫："下去。"又叫李家店的人问道："那张三是在你店内佣工的么？"那李二回道："不是佣工，是做当槽儿的。"知县道："那日尸场上，你说张三是薛蟠将碗砸死的，你亲眼见的么？"李二说道："小的在柜上，听见说客房里要酒，不多一回，便听见说，'不好了，打伤了！'小的跑进去，只见张三躺在地下，也不能言语。小的便喊禀地保，一面报他母亲去了。他们到底怎样打的，实在不知道，求太爷问那喝酒的便知道了。"知县喝道："初审口供你是亲见的，怎么如今说没有见？"李二道："小的前日唬昏了乱说。"衙役又吆喝了一声。知县便叫吴良问道："你是同在一处喝酒的么？薛蟠怎么打的？据实供来！"吴良说："小的那日在家，这个薛大爷叫我喝酒。他嫌酒不好，要换，张三不肯。薛大爷生气，把酒向他脸上泼去，不晓得怎样，就碰在那脑袋上了。这是亲眼见的。"知县道："胡说！前日尸场上，薛蟠自己认拿碗砸死的，你说你亲眼见的，怎么今日的供不对？掌嘴！"衙役答应着要打。吴良求着说："薛蟠实没有与张三打架，酒碗失手，碰在脑袋上的。求老爷问薛蟠，便是恩典了。"

知县叫提薛蟠，问道："你与张三到底有什么仇隙？毕竟是如何死的？实供上来！"薛蟠道："求太老爷开恩，小的实没有打他，为他不肯换酒，故拿酒泼地。不想一时失手，酒碗误碰在他的脑袋上。小的即忙掩他的血，那里知道再掩不住，血淌多了，过一回就死了。前日尸场上，怕太老爷要打，所以说是拿碗砸他的。只求太老爷开恩。"知县便喝道："好个糊涂东西！本县问你怎么砸他的，你便供说恼他不换酒，才砸的，今日又供是失手碰的。"知县假作声势，要打要夹。薛蟠一口咬定。知县叫仵作："将前日尸场填写伤痕，据实报来。"仵作禀报说："前日验得张三尸身无伤，惟囟门有磁器伤，长一寸七分，深五分，皮开，囟门骨脆，裂破三分。实系磕碰伤。"

　　知县查对尸格相符⑤，早知书吏改轻，也不驳诘，胡乱便叫画供。张王氏哭喊道："青天老爷！前日听见还有多少伤，怎么今日都没有了？"知县道："这妇人胡说！现有尸格，你不知道么？"叫尸叔张二，便问道："你侄儿身死，你知道有几处伤？"张二忙供道："脑袋上一伤。"知县道："可又来。"叫书吏将尸格给张王氏瞧去，并叫地保、尸叔指明与他瞧：现有尸场亲押、证见，俱供并未打架，不为斗殴，只依误伤，吩咐画供，将薛蟠监禁候详⑥，余令原保领出，退堂。张王氏哭着乱嚷，知县叫众衙役："撵他出去！"张二也劝张王氏道："实在误伤，怎么赖人？现在太老爷断明，不要胡闹了。"

　　薛蝌在外打听明白，心内喜欢，便差人回家送信，等批详回来，便好打点赎罪，且住着等信。只听路上三三两两传说："有个贵妃薨了，皇上辍朝三日⑦。"这里离陵寝不远⑧，知县办差垫道，一时料着不得闲，住在这里无益，不如到监，告诉哥哥："安心等着，我回家去，过几日再来。"薛蟠也怕母亲痛苦，带信说："我无事，必须衙门再使费几次，便可回家了，只是不要可惜银钱。"薛蝌留下李祥在此照料，一径回家，见了薛姨妈，陈说知县怎样徇情，怎样审断，终定了误伤："将来尸亲那里再花些银子，一准赎罪⑨，便没事了。"薛姨妈听说，暂且放心，说："正盼你来家中照应。贾府里本该谢去，况且周贵妃薨了，他们天天进去，家里空落落的。我想着要去替姨太太那边照应照应，作伴儿，只是咱们家又没人，你这来的正好。"薛蝌道："我在外头，原听见说是贾妃薨了，这么才赶回来的。我们元妃好好儿的，怎么说死了？"薛姨妈道："上年原病过一次，也就好了。这回又没听见元妃有什么病，只闻那府里头几天老太太不大受用，合上眼便看见元妃娘娘，众人都不放心。直至打听起来，又没有什么事。到了大前儿晚上，老太太亲口说是'怎么元妃独自一个人到我这里？'众人只道是病中想的话，总不信。老太太又说：'你们不信，元妃还与我说是："荣华易尽，须要退步抽身。"'众人都说：'谁不想到？这是有年纪的人思前想后的心事。'所以也不当件事。恰好第二天早起，里头吵嚷出来，说娘娘病重，宣各诰命进去请安。他们就惊疑的了不得，赶着进去。他们还没有出来，我们家里已听见周贵妃薨逝了。你想外头的讹言，家里的疑心，恰碰在一处，可奇不奇？"宝钗道："不但是外头的讹言舛错，便在家里的，一听见'娘娘'两个字，也就都忙了，过后才明白。这两天那府里这些丫头婆子来说，他们早知道不是咱们家的娘娘。我说：'你们那里拿得定呢？'他说道：'前几年正月，外省荐了一个算命的，说是狠准。那老太太叫人将元妃八字夹在丫头们八字里头，送出去叫他推算，他独说这正月初一日生日的那位姑娘，只怕时辰错了，不然，真是个贵人，也不能在这府中。老爷和众人说，不管他错不错，照八字算去。那先生便说，甲申年，正月丙寅，这四个字内，有"伤官""败财"⑩。惟"申"字内有"正官""禄马"⑪，这就是家里养不住的，也不见什么好。这日子是乙卯，初春木旺，虽是"比肩"⑫，那里知道愈"比"愈好，就像那个好木料，愈经斫削，才成大器。"独喜得时上什么辛金为贵，什么巳中"正官""禄马"独旺：这叫作"飞天禄马格"⑬。又说什么"日禄归时"，贵重的狠。天月二德坐本命⑭，贵受椒房之宠。这位姑娘，若是时辰准了，定是一位主子娘娘。这不是算准了么？我们还记得说，可惜荣华不久；只怕遇着寅年卯月，这就是"比而又比，劫而又劫”⑮，譬如好木，太要做玲珑剔透，本质就不坚了。'他们把这些话都忘记了，只管瞎忙。我才想起来，告诉我们大奶奶，今年那里是寅年卯月呢。"宝钗尚未说完，薛蟠急道："且不要管人家的事，既有这样个神仙算命的，我想哥哥今年什么恶星照命，遭这么横祸？快开八字与我，给他算去，看有妨碍么。"宝钗道："他是外省来的，不知如今在京不在了。"

　　说着，便打点薛姨妈往贾府去。到了那里，只有李纨探春等在家接着，便问道："大爷的事，怎么样了？"薛姨妈道："等详上司才定，看来也到不了死罪了。"这才大家放心。探春便道："昨晚太太想着说：'上回家里有事，全仗姨太太照应；如今自己有事，也难提了。'心里只是不放心。"薛姨妈道："我在家里，也是难过。只是你大哥遭了这事，你二兄弟又办事去了，家里你姐姐一个人，中什么用？况且我们媳妇儿又是个不大晓事的，所以不能脱身过来。目今那里知县也正为预备周贵妃的差事，不得了结案件，所以你二兄弟回来了，我才得过来看看。"李纨便道："请姨太太这里住几天更好。"薛姨妈点头道："我也要在这边给你们姐妹们作作伴儿，就只你宝妹妹冷静些。"惜春道："姨妈要惦着，为什么不把宝姐姐也请过来？"薛姨妈笑着说道："使不得。"惜春道："怎么使不得？他先怎么住着来呢？"李纨道："你不懂的。人家家里如今有事，怎么来呢？"惜春也信以为实，不便再问。

　　正说着，贾母等回来，见了薛姨妈，也顾不得问好，便问薛蟠的事。薛姨妈细述了一遍。宝玉在旁听见什么蒋玉函一段，当着人不问，心里打量是："他既回了京，怎么不来瞧我？"又见宝钗也不过来，不知是怎么个原故，心内正自呆呆的想呢，恰好黛玉也来请安，宝玉稍觉心里喜欢，便把想宝钗来的念头打断，同着姊妹们在老太太那里吃了晚饭。大家散了，薛姨妈将就住在老太太的套间屋里。

　　宝玉回到自己房中，换了衣服，忽然想起蒋玉函给的汗巾，便向袭人道："你那一年没有系的那条红汗巾子，还有没有？"袭人道："我搁着呢，问他做什么？"宝玉道："我白问问。"袭人道："你没有听见薛大爷相与这些混账人，所以闹到人命关天！你还提那些作什么？有这样白操心，倒不如静静儿的念念书，把这些个没要紧的事撂开了也好。"宝玉道："我并不闹什么，偶然想起，有也罢，没也罢，我白问一声，你们就有这些话。"袭人笑道："并不是我多话。一个人知书达礼，就该往上巴结才是。就是心爱的人来了，也叫他睄着喜欢尊敬啊。"宝玉被袭人一提，便说："了不得！方才我在老太太那边，看见人多，没有与林妹妹说话，他也不曾理我。散的时候，他先走了。此时必在屋里，我去就来。"说着就走。袭人道："快些回来罢。这都是我提头儿，倒招起你的高兴来了。"

宝玉也不答言，低着头，一径走到潇湘馆来，只见黛玉靠在桌上看书。宝玉走到跟前，笑说道："妹妹早回来了？"黛玉也笑道："你不理我，我还在那里做什么？"宝玉一面笑说："他们人多说话，我插不下嘴去，所以没有和你说话。"一面瞧着黛玉看的那本书，书上的字一个也不认得。有的像"芍"字；有的像"茫"字；也有一个"大"字旁边"九"字加上一勾，中间又添个"五"字；也有上头"五"字"六"字又添一个"木"字，底下又是一个"五"字：看着又奇怪，又纳闷，便说："妹妹近日愈发进了，看起天书来了。"黛玉"嗤"的一声笑道："好个念书的人，连个琴谱都没有见过⑩？"宝玉道："琴谱怎么不知道？为什么上头的字一个也不认得？妹妹，你认得么？"黛玉道："不认得瞧他做什么？"宝玉道："我不信，从没有听见你会抚琴。我们书房里挂着好几张，前年来了一个清客先生，叫做什么嵇好古，老爷烦他抚了一曲。他取下琴来，说都使不得，还说：'老先生若高兴，改日携琴来请教。'想是我们老爷也不懂，他便不来了。怎么你有本事藏着？"黛玉道："我何尝真会呢？前日身上略觉舒服，在大书架上翻书，看有一套琴谱，甚有雅趣，上头讲的琴理甚通，手法说的也明白，真是古人静心养性的工夫。我在扬州，也听得讲究过，也曾学过，只是不弄了，就没有了。这果真是'三日不弹，手生荆棘'。前日看这几篇，没有曲文，只有操名^⑰，我又到别处找了一本有曲文的来看着，才有意思。究竟怎么弹得好，实在也难。书上说的：师旷鼓琴，能来风雷龙凤^⑱。孔圣人尚学琴于师襄，一操便知其为文王^⑲。高山流水，得遇知音^⑳。"说到这里，眼皮儿微微一动，慢慢的低下头去。

宝玉正听得高兴，便道："好妹妹，你才说的实在有趣。只是我才见上头的字，都不认得，你教我几个呢。"黛玉道："不用教的，一说便可以知道的。"宝玉道："我是个糊涂人，得教我那个'大'字加一勾，中间一个'五'字的。"黛玉笑道："这'大'字'九'字是用左手大拇指按琴上的'九徽'^㉑，这一勾加'五'字是右手钩'五弦'^㉒，并不是一个字，乃是一声，是极容易的。还有吟、揉、绰、注、撞、走、飞、推等法^㉓，是讲究手法的。"宝玉乐得手舞足蹈的说："好妹妹，你既明琴理，我们何不学起来？"黛玉道："琴者，禁也^㉔。古人制下，原以治身，涵养性情，抑其淫荡，去其奢侈。若要抚琴，必择静室高斋，或在层楼的上头，在林石的里面，或是山巅上，或是水涯上。再遇着那天地清和的时候，风清月朗，焚香静坐，心不外想，气血和平，才能与神合灵，与道合妙^㉕。所以古人说：'知音难遇。'^㉖若无知音，宁可独对着那清风明月，苍松怪石，野猿老鹤，抚弄一番，以寄兴趣，方为不负了这琴。还有一层，又要指法好，取音好。若必要抚琴，先须衣冠整齐，或鹤氅，或深衣^㉗，要知古人的象表，那才能称圣人之器。然后盥了手，焚上香^㉘，方才将身就在榻边，把琴放在案上，坐在第五徽的地方儿，对着自己的当心，两手方从容抬起：这才心身俱正。还要知道轻重疾徐、卷舒自若、体态尊重方好^㉙。"宝玉道："我们学着顽，若这么讲究起来，那就难了。"

两个人正说着，只见紫鹃进来，看见宝玉，笑说道："宝二爷，今日这样高兴。"宝玉笑道："听见妹妹讲究的，叫人顿开茅塞，所以越听越爱听。"紫鹃道："不是这个高兴，说的是二爷到我们这边来的话。"宝玉道："先时妹妹身上不舒服，我怕闹的他烦，再者，我又上学，因此显着就疏远了是的。"紫鹃不等说完，便道："姑娘也是才好。二爷既这么说，坐坐也该让姑娘歇歇儿了，别叫姑娘只是讲究劳神了。"宝玉笑道："可是我只顾爱听，也就忘了妹妹劳神了。"黛玉笑道："说这些倒也开心，也没有什么劳神的。只是怕我只管说，你只管不懂呢。"宝玉道："横竖慢慢的自然明白了。"说着，便站起来，道："当真的妹妹歇歇儿罢。明儿我告诉三妹妹和四妹妹去，叫他们都学起来，让我听。"黛玉笑道："你也太受用了。即如大家学会了抚起来，你不懂，可不是对㉚。"黛玉说到那里，想起心上的事，便缩住口，不肯往下说了。宝玉便笑着道："只要你们能弹，我便爱听，也不管'牛'不'牛'的了。"黛玉红了脸一笑，紫鹃雪雁也都笑了。于是走出门来。只见秋纹带着小丫头，捧着一小盆兰花来，说："太太那边有人送了四盆兰花来，因里头有事，没有空儿顽他，叫给二爷一盆，林姑娘一盆。"黛玉看时，却有几枝双朵儿的，心中忽然一动，也不知是喜是悲，便呆呆的呆看。那宝玉此时却一心只在琴上，便说："妹妹有了兰花，就可以做《猗兰操》了㉛。"

黛玉听了，心里反不舒服。回到房中，看着花，想到"草木当春，花鲜叶茂，想我年纪尚小，便像三秋蒲柳。若是果能随愿，或者渐渐的好来；不然，只恐似那花柳残春，怎禁得风催雨送！"想到那里，不禁又滴下泪来。紫鹃在旁看见这般光景，却想不出原故来："方才宝玉在这里，那么高兴；如今好好的看花，怎么又伤起心来？"正愁着没法儿劝解，只见宝钗那边打发人来。未知何事，下回分解。

【注释】

①当槽儿的：《六部成语·户部·当槽》注解："旅店中之伺候客商者也。"这里指酒店里的堂倌。

②宪治：这里指县衙门。旧称上官叫"宪"。下文"宪天""宪慈"，都指县官。

③囹圄（líng yǔ）：牢狱。《礼记·月令》："命有司省囹圄。"注："囹圄，所以禁守系者，若今别狱矣。"

④仰戴鸿仁，永永无既：意谓感戴大恩大德，永远没有完。既，完。

⑤尸格：验尸时对尸体状况所填写的表格。也叫"尸单"。

⑥候详：等候写公文上报。详，旧时公文的一种，用于上报请示。下文"批详"，指上边批示的公文。

⑦辍朝：停止上朝议事。

⑧陵寝：皇家墓地的宫殿建筑，以备四时致祭。《后汉书·祭祀志下》："以窦后配食章帝，恭怀后别就陵寝祭之。"

⑨赎罪：旧律赎刑之一。《清会典事例》卷七二四："过失杀人者赎罪。"即杀人已死或未死而系出于过失的罪犯，可以赎罪。

⑩伤官、败财：这同下面的"正官""禄马""比肩""比劫"等，都是星相家批八字术语。《协纪辨方书·利用一·论相主》："古人皆论生年之天干，或合官，或合财，或比肩，或印绶……不冲命克命，而又补龙扶山，则上上吉课也。"又云："合官者，贵格也；合财者，富格也。"若两干不相配合，则谓之"伤官""败财"。

⑪正官：旧时卜筮迷信，以六爻干支与八卦五行之生克定六亲位，分为父母、子孙、官鬼、妻财、兄弟等爻，把克我之爻叫"官鬼爻"（见《卜筮全书·六亲相生相克》），后世星命术士称为"官煞"。官煞之两干相配者，如甲遇辛，谓之"正官"。禄马：《协纪辨方书·义例六·飞天禄马》："禄马，为年方吉神。"

⑫比肩：并肩的意思。星命家称甲与乙相并为"比肩"。《三命通会·论甲乙》："甲乙二日在夏，宜用比肩，用火土，不宜见金水，用金水。"

⑬飞天禄马：丛辰名。指天禄、天马二辰。天马，《协纪辨方书·义例四·天马》："《神枢经》曰：'天马者，天之驿骑也。其日宜拜公卿……宣布政事，远行出征。'"又《义例六·飞天禄》："《通书》曰：'马到山头人富贵，禄到山头旺子孙。若逢禄马一同到，千祥百福

自骈臻。'……按禄马，为年方吉神，同到尤吉。《通书》年神立成，止取禄马地支一字，以月建入中宫，顺飞九宫，如甲子年，禄马俱在寅，正月寅建入中宫，即禄马同在中宫；二月卯建入中宫，顺数寅在兑七，即禄马同在兑宫。"

⑭天月二德：指天德、月德二丛神名。星相家以天德、月德为吉星，天月二德，即吉星高照，有吉利、幸运等意思。《协纪辨方书·义例三·天德》："《乾坤宝典》曰：'天德者，天之福德也。所理之方，所值之日，可以兴土功营宫室。'"又"月德"条云："《天宝历》曰：'月德者，月之德神也。取土修营，宜向其方，宴乐上官，利用其日。'"坐：这里是守的意思。本命：指人生年的干支。《福惠全书·筮仕部》："干支喜与本命行年相生，忌相中克。"

⑮比而又比，劫而又劫：《三命通会·论庚辛》："庚辛春月正逢财，最忌干头比劫来，官煞要分嫌混杂，身强用吉乃康哉。"

⑯琴谱：古琴的曲谱。记操琴音调指法，每一声皆用一定符号和数字表示，合写在一起，形状很像一个方块字。其上记左手所按徽位，下记右手指法及所弹某弦。如"䇢"，谓左手大指按于九徽，而右手勾第三弦。《旧唐书·经籍志上》载有周氏、刘氏《琴谱》四卷、陈怀《琴谱》二十一卷。

⑰操名：古琴曲名。操，即琴操。《后汉书·曹褒传》："歌诗曲操，以俟君子。"唐李贤注："操犹曲也。刘向《别录》：'君子因雅琴之适，故从容以致思焉。其道闭塞悲愁而作者名其曲曰操，言遇灾害不失其操也。'"汉蔡邕《琴操》卷上载，古琴曲有五曲十二操九引。十二操名为：将归操、猗兰操、龟山操、越裳操、拘幽操、岐山操、履霜操、雉朝飞操、别鹤操、残形操、水仙操、怀陵操。

⑱"师旷"二句：《韩非子·十过》载，晋平公让师旷鼓琴，"师旷不得已，援琴而鼓。一奏之，有玄鹤二八，道南方来，集于郎门之垝；再奏之而成列；三奏之，延颈而鸣，舒翼而舞。音中宫商之声，声闻于天。平公大说，坐者皆喜"。平公让他再鼓，"师旷不得已而鼓之。一奏而有玄云从西北方起；再奏之，大风至，大雨随之，裂帷幕，破俎豆，隳廊瓦，坐者散走，平公恐惧"。师旷，春秋时晋国乐师，善弹

琴，辨音能力很强。

⑲"孔圣人"二句：《史记·孔子世家》载，孔子曾向师襄子学弹琴，师襄子弹一曲《文王操》，孔子逐步领会，最后他从琴声中仿佛看见了周文王，曰："丘得其为人，黯然而黑，几然而长，眼如望羊，如王四国，非文王其谁能为此也。"师襄子起而拜曰："师盖云《文王操》也。"师襄，春秋时鲁国乐官，善弹琴、击磬。

⑳"高山流水"二句：《列子·汤问》："伯牙善鼓琴，钟子期善听。伯牙鼓琴，志在登高山，钟子期曰：'善哉，峨峨兮若泰山！'志在流水，钟子期曰：'善哉，洋洋兮若江河！'"后因以"高山流水"称知音。

㉑九徽：指从琴首向琴尾数的第九个圆点。徽，指琴徽，本为系弦的绳。《汉书·扬雄传》："今夫弦者，高张急徽。"注："徽，琴徽也，所以表发抚抑之处。"后称七弦琴琴面左侧十三个指示音节的圆点标志为徽，以金玉或珠蚌为之。明项元汴《蕉窗九录·琴录·琴徽》："琴以金玉为徽，示重器也，然每为琴灾。不若以产珠蚌为徽，清夜弹之，得月光相映，愈觉明朗，光彩射目，取音了然，观亦不俗。"

㉒五弦：这里指第五根弦。古琴初作五弦，周初增为七弦。

㉓吟、揉、绰、注、撞、走、飞、推等法：皆指弹琴指法。元吴澄《琴言十则》附《指法谱》原注："凡指向身发弦曰内，又曰入；向徽发弦曰外，又曰出。"吟、揉，左手按弦，往复移动，使琴声微颤，小曰吟，大曰揉。《指法谱》："吟也，按指得声，细动徽间。"又，"揉也，按指乘声，引出徽外。"绰、注：急弹和缓弹。《指法谱》："绰也，从徽下绰至徽。"又，"注也，从徽上直注下徽有声"。《初学操缦口诀》："绰注及吟揉，疾徐与轻重。"注："左手吟揉绰注，右手轻重疾徐。"明李昌祺《剪灯余话·贾云华还魂记》："吟揉绰注，一一皆精，但惜取声太巧，下指略轻耳。"撞、走、飞、推，《指法谱》："撞也，得声急上少许就下本徽。……走吟也，随声上下，且吟且引。"又，"飞揉也，按指乘声，两上两下。……推出也，中指或引或注，推出弦外"。

㉔"琴者"二句：《白虎通·礼乐》："琴者，禁也，所以禁止淫邪，

正人心也。"这是汉代儒家学派对音乐的解释。

㉕"若要抚琴"几句：《蕉窗九录·琴录·琴室》："幽人逸士或于乔松修竹岩洞石室清旷之处，地清境寂，更有泉石之胜，则琴声愈清，与广寒月殿何异哉？"又《琴录·对月》："春秋二候，天气澄和，人亦中夜多醒，万籁咸寂，月色当空，横琴膝上，时作小调，亦可畅怀。"又《琴录·临水》："鼓琴偏宜于松风涧响之间，三者皆自然之声，正合类聚；或对轩窗池沼，荷香扑人；或水边帘下，清漪芳沚，微风洒然，游鱼出听，此乐何极。"

㉖知音难遇：三国魏曹丕《与吴质书》："昔伯牙绝弦于钟期……痛知音之难遇。"《琴言十则》："至遇知音，升楼阁登山憩谷坐石游泉，值二气之清朗，皆际胜而宜于琴者。反是，而对俗子娼优与夫酒秽尘嚣，皆恶景也，自当善藏其用。"

㉗"或鹤氅（chǎng）"二句：穿鹤氅或深衣弹琴，以示高雅、端庄。鹤氅，这里指一种以鸟羽织制的宽大袍服。清徐灏《说文解字注笺》："以鹙毛为衣，谓之鹤氅者，美其耳也。"深衣，古代诸侯、大夫、士平时闲居所穿的一种衣服，上衣和下衣相连，前后深长。《礼记·王藻》："夕深衣。"唐孔颖达疏引《士冠礼》注云："其私朝及在家，大夫、士夕皆深衣也。"

㉘盥（guàn）了手，焚上香：明高濂《遵生八笺·琴窗杂记》："张琴须先盥手，手洁，则弦不受污。夏月唯宜早晚，午则不可，非唯汗溽，恐太燥脆弦。"又云："焚香鼓琴，唯宜香清烟细，如水沉生香之类，则清馥韵雅，若他合和艳香，不入琴供。"

㉙轻重疾徐：《琴言十则》："取声欲淡，又欲自然，其妙在于轻重切当，缓急得宜。"《蕉窗九录·附冷仙琴十六法》："一曰轻：不轻不重者，中和之音也。起调当以中和为主，而轻重特损益之，则其趣自生。盖音之轻处最难，力有未到，则浮而不实，晦而不明，虽轻亦不嘉，惟轻之中不爽清实，而一丝一忽指到音绽，幽趣无限，乃有一节一句之轻，有间杂高下之轻。……十五曰疾：指法有徐则有疾，徐为疾之纲，疾为徐之应，尝相间错，或句中借速以落迟，或句完迟老以速接。……十六曰徐：古人以琴涵养性情，故名其声曰希，尝于徐徐

得之，音生运指，优游弦上……或章句舒徐，或缓急相同，或断而复续，或续而复断。”

㉚可不是对："对"下面省略"牛弹琴"三字。对牛弹琴，《弘明集·理惑论》："昔公明仪为牛弹清角之操，伏食如故。非牛不闻，不合其耳也。"后因以比喻说话的人不看对象，也用来讥笑听话的人不懂对方所说的道理。

㉛《猗兰操》：亦名《幽兰操》。琴曲名，相传为孔子所作。《琴操》卷上："《猗兰操》者，孔子所作也。孔子历聘诸侯，诸侯莫能任。自卫反鲁，过隐谷之中，见芗兰独茂，喟然叹曰：'夫兰当为王者香，今乃独茂，与众草为伍，譬犹贤者不逢时，与鄙夫为伦也。'乃止车，援琴鼓之……自伤不逢时，托辞于芗兰云。"

第八十七回
感秋深抚琴悲往事　坐禅寂走火入邪魔①

却说黛玉叫进宝钗家的女人来，问了好，呈上书子，黛玉叫他去喝茶，便将宝钗来书打开看时，只见上面写着：

妹生辰不偶②，家运多艰，姊妹伶仃，萱亲衰迈。兼之猇声狺语③，旦暮无休；更遭惨祸飞灾，不啻惊风密雨。夜深辗侧，愁绪何堪！属在同心④，能不为之恝恻乎？回忆海棠结社，序属清秋，对菊持螯，同盟欢洽。犹记"孤标傲世偕谁隐，一样花开为底迟"之句，未尝不叹冷节遗芳⑤，如吾两人也。感怀触绪，聊赋四章。匪曰无故呻吟，亦长歌当哭之意耳⑥。

悲时序之递嬗兮⑦，又属清秋。感遭家之不造兮⑧，独处离愁⑨。北堂有萱兮，何以忘忧⑩？无以解忧兮，我心咻咻⑪！一解⑫

云凭凭兮秋风酸⑬，步中庭兮霜叶干。何去何从兮，失我故欢。静言思之兮恻肺肝⑭！二解

惟鲔有潭兮，惟鹤有梁。鳞甲潜伏兮，羽毛何长⑮！搔首问兮茫茫，高天厚地兮，谁知余之永伤？三解

银河耿耿兮寒气侵⑯，月色横斜兮玉漏沉⑰。忧心炳炳兮⑱，发我哀吟。吟复吟兮，寄我知音。四解

黛玉看了，不胜伤感。又想："宝姐姐不寄与别人，单寄与我，也是'惺惺惜惺惺'的意思⑲。"正在沉吟，只听见外面有人说道："林姐姐在家里呢么？"黛玉一面把宝钗的书叠起，口内便答应道："是谁？"正问着，早见几个人进来，却是探春、湘云、李纹、李绮。彼此问了好，雪雁倒上茶来，大家喝了，说些闲话。因想起

前年的"菊花诗"来，黛玉便道："宝姐姐自从挪出去，来了两遭，如今索性有事也不来了，真真奇怪。我看他终久还来我们这里不来。"探春微笑道："怎么不来？横竖要来的。如今是他们尊嫂有些脾气，姨妈上了年纪的人，又兼有薛大哥的事，自然得宝姐姐照料一切。那里还比得先前有工夫呢。"

　　正说着，忽听得"唿喇喇"一片风声，吹了好些落叶打在窗纸上。停了一回儿，又透过一阵清香来。众人闻着，都说道："这是何处来的香风？这像什么香？"黛玉道："好象木樨香。"探春笑道："林姐姐终不脱南边人的话。这大九月里的，那里还有桂花呢？"黛玉笑道："原是啊！不然，怎么不竟说'是'桂花香，只说似乎'像'呢？"湘云道："三姐姐，你也别说。你可记得'十里荷花，三秋桂子'㉑？在南边正是晚桂开的时候了，你只没有见过罢了。等你明日到南边去的时候，你自然也就知道了。"探春笑道："我有什么事到南边去？况且这个也是我早知道的，不用你们说嘴。"李纹李绮只抿着嘴儿笑。黛玉道："妹妹，这可说不齐。俗语说：'人是地行仙。'㉒今日在这里，明日就不知在那里。譬如我原是南边人，怎么到了这里呢？"湘云拍着手笑道："今儿三姐姐可叫林姐姐问住了。不但林姐姐是南边人到这里，就是我们这几个人就不同：也有本来是北边的；也有根子是南边，生长在北边的；也有生长在南边，到这北边的，今儿大家都凑在一处。可见人总有一个定数。大凡地和人，总是各自有缘分的。"众人听了，都点头，探春也只是笑。又说了一会子闲话儿，大家散出。黛玉送到门口，大家都说："你身上才好些，别出来了，看着了风。"

　　于是黛玉一面说着话儿，一面站在门口，又与四人殷勤了几句，便看着他们出院去了。进来坐着，看看已是林鸟归山，夕阳西坠。因史湘云说起南边的话，便想着："父母若在，南边的景致，春花秋月，水秀山明，二十四桥㉓，六朝遗迹。不少下人伏侍，诸事可以任意，言语亦可不避。香车画舫，红杏青帘，惟我独尊。今日寄人篱下，纵有许多照应，自己无处不要留心。不知前生作了什么罪孽，今生这样孤凄。真是李后主说的‘此间日中只以眼泪洗面’矣㉒！"一面思想，不知不觉神往那里去了。紫鹃走来，看见这样光景，想着必是因刚才说起南边北边的话来，一时触着黛玉的心事了，便问道："姑娘们来说了半天话，想来姑娘又劳了神了。刚才我叫雪雁告诉厨房里，给姑娘作了一碗火肉白菜汤㉓，加了一点儿虾米儿，配了点青笋紫菜，姑娘想着好么？"黛玉道："也罢了。"紫鹃道："还熬了一点江米粥。"黛玉点点头儿，又说道："那粥该你们两个自己熬了，不用他们厨房里熬才是。"紫鹃道："我也怕厨房里弄的不干净，我们各自熬呢。就是那汤，我也告诉雪雁合柳嫂儿说了，要弄干净着。柳嫂儿说了：他打点妥当，拿到他屋里，叫他们五儿瞅着燉呢。"黛玉道："我倒不是嫌人家腌臜；只是病了好些日子，不周不备，都是人家，这会子又汤儿粥儿的调度，未免惹人厌烦。"说着，眼圈儿又红了。紫鹃道："姑娘这话也是多想。姑娘是老太太的外孙女儿，又是老太太心坎儿上的。别人求其在姑娘跟前讨好儿还不能呢，那里有抱怨的？"黛玉点点头儿，因又问道："你才说的五儿，不是那日合宝二爷那边的芳官在一处的那个女孩儿？"紫鹃道："就是他。"黛玉道："不听见说要进来么？"紫鹃道："可不是，因为病了一场；后来好了，才要进来，正是晴雯他们闹出事来的时候，也就耽搁住了。"黛玉道："我看那丫头倒也还头脸儿干净。"

　　说着，外头婆子送了汤来。雪雁出来接时，那婆子说道："柳嫂儿叫回姑娘：这是他们五儿作的，没敢在大厨房里作，怕姑娘嫌腌臜。"雪雁答应着，接了进来。黛玉在屋里，已听见了，吩咐雪雁："告诉那老婆子回去说，叫他费心。"雪雁出来说了，老婆子自去。这里雪雁将黛玉的碗箸安放在小几儿上，因问黛玉道："还有咱们南来的五香大头菜，拌些麻油、醋，可好么？"黛玉道："也使得，只不必累坠了。"一面盛上粥来。黛玉吃了半碗，用羹匙舀了两口汤喝，就搁下了。两个丫鬟撤下来了，拭净了小几，端下去，又换上一张常放的小几。黛玉漱了口，盥了手，便道："紫鹃，添了香了没有？"紫鹃道："就添去。"黛玉道："你们就把那汤合粥吃了罢，味儿还好，且是干净。待我自己添香罢。"两个人答应了，在外间自吃去了。这里黛玉添了香，自己坐着，才要拿本书看，只听得园内的风，自西边直透到东边，穿过树枝，都在那里"唏嚹哗喇"不住的响。一会儿，檐下的铁马也只管"叮叮当当"的乱敲起来㉕。一时，雪雁先吃完了，进来伺候。黛玉便问道："天气冷了，我前日叫你们把那些小毛儿衣服晾晾，可曾晾过没有？"雪雁道："都晾过了。"黛玉道："你拿一件来我披披。"雪雁走去，将一包小毛衣服抱来，打开毡包，给黛玉自拣。只见内中夹着个绢包儿。黛玉伸手拿起，打开看时，却是宝玉病时送来的旧手帕，自己题的诗，上面泪痕犹在。里头却包着那剪破了的香囊、扇袋并宝玉通灵玉上的穗子。原来晾衣服时，从箱中检出，紫鹃恐怕遗失了，遂夹在这毡包里的。

这黛玉不看则已，看了时，也不说穿那一件衣服，手里只拿着那两方手帕，呆呆的看那旧诗；看了一回，不觉得簌簌泪下。紫鹃刚从外间进来，只见雪雁正捧着一毡包衣裳，在傍边呆立。小几上却搁着剪破的香囊和两三截儿扇袋和那铰拆了的穗子；黛玉手中自拿着两方旧帕，上边写着字迹，在那里对着滴泪。正是：

失意人逢失意事，新啼痕间旧啼痕。

紫鹃见了这样，知是他触物伤情，感怀旧事，料道劝也无益，只得笑着道："姑娘，还看那些东西作什么？那都是那几年宝二爷和姑娘小时，一时好了，一时恼了，闹出来的笑话儿。要象如今这样斯抬斯敬，那里能把这些东西白遭塌了呢？"紫鹃这话原给黛玉开心，不料这几句话更提起黛玉初来时和宝玉的旧事来，一发珠泪连绵起来。紫鹃又劝道："雪雁这里等着呢，姑娘披上一件罢。"那黛玉才把手帕撂下，紫鹃连忙拾起，将香袋等物包起拿开。这黛玉方披了一件皮衣，自己闷闷的走到外间来坐下。回头看见案上宝钗的诗启尚未收好，又拿出来瞧了两遍，叹道："境遇不同，伤心则一。不免也赋四章，翻入琴谱，可弹可歌，明日写出来寄去，以当和作。"便叫雪雁将外边桌上笔砚拿来，濡墨挥毫，赋成四叠㉖。又将琴谱翻出，借他《猗兰》《思贤》两操㉗，合成音韵。与自己做的配齐了，然后写出，以备送与宝钗，又即叫雪雁向箱中将自己带来的短琴拿出，调上弦，又操演了指法。黛玉本是个绝顶聪明人，又在南边学过几时，虽是手生，到底一理就熟。抚了一番，夜已深了，便叫紫鹃收拾睡觉，不题。

却说宝玉这日起来，梳洗了，带着焙茗正往书房中来，只见墨雨笑嘻嘻的跑来，迎头说道："二爷，今日便宜了！太爷不在书房里，都放了学了。"宝玉道："当真的么？"墨雨道："二爷不信，那不是三爷和兰哥儿来了？"宝玉看时，只见贾环贾兰跟着小厮们，两个笑嘻嘻的，嘴里咕咕呱呱，不知说些什么，迎头来了，见了宝玉都垂手站住。宝玉问道："你们两个怎么就回来了？"贾环道："今日太爷有事，说是放一天学，明儿再去呢。"宝玉听了，方回身到贾母贾政处去禀明了，然后回到怡红院中。袭人问道："怎么又回来了？"宝玉告诉了他，只坐了一坐儿，便往外走，袭人道："往那里去，这样忙法？就放了学，依我说，也该养养神儿了。"宝玉站住脚，低了头，说道："你的话也是，但是好容易放一天学，还不散散去？你也该可怜我些儿了。"袭人见说的可怜，笑道："由爷去罢。"

正说着，端了饭来。宝玉也没法儿，只得且吃饭。三口两口，忙忙的吃完，漱了口，一溜烟往黛玉房中去了。走到门口，只见雪雁在院中晾绢子呢。宝玉因问："姑娘吃了饭了么？"雪雁道："早起喝了半碗粥，懒待吃饭，这时候打盹儿呢。二爷且到别处走走，回来再来罢。"

宝玉只得回来。无处可去，忽然想起惜春有好几天没见，便信步走到蓼风轩来。刚到窗下，只见静悄悄一无人声；宝玉打谅他也睡午觉，不便进去。才要走时，只听屋里微微一响，不知何

声；宝玉站住再听，半日，又"咱"的一响。宝玉还未听出，只
见一个人道："你在这里下了一个子儿，那里你不应么？"宝玉方
知是下大棋。但只急切听不出这个人的语音是谁。底下方听见惜
春道："怕什么？你这么一吃我，我这么一应，你又这么吃，我又
这么应：还缓着一着儿呢，终久连得上。"那一个又道："我要这
么一吃呢？"惜春道："阿嗄！还有一着反扑在里头呢㉒，我倒没防
备。"宝玉听了听，那一个声音狠熟，却不是他们姊妹。料着惜
春屋里也没外人，轻轻的掀帘进去，看时，不是别人，却是那栊
翠庵的"槛外人"妙玉。这宝玉见是妙玉，不敢惊动。妙玉和惜
春正在凝思之际，也没理会。宝玉却站在旁边，看他两个的手段。
只见妙玉低着头，问惜春道："你这个畸角儿不要了么？"惜春道：
"怎么不要？你那里头都是死子儿，我怕什么？"妙玉道："且别说
满话㉓，试试看。"惜春道："我便打了起来，看你怎么样。"妙玉
却微微笑着，把边上子一接，却搭转一吃，把惜春的一个角儿都
打起来了，笑着说道："这叫做'倒脱靴势'。"

　　惜春尚未答言，宝玉在旁，情不自禁，哈哈一笑。把两个人
都唬了一大跳。惜春道："你这是怎么说？进来也不言语。这么使
促狭唬人。你多早晚进来的？"宝玉道："我头里就进来了，看着
你们两个争这个畸角儿。"说着，一面与妙玉施礼，一面又笑问
道："妙公轻易不出禅关㉚，今日何缘下凡一走？"妙玉听了，忽
然把脸一红，也不答言，低了头，自看那棋。宝玉自觉造次，连
忙陪笑道："倒是出家人比不得我们在家的俗人。头一件，心是静
的。静则灵，灵则慧……"宝玉尚未说完，只见妙玉微微的把眼
一抬，看了宝玉一眼，复又低下头去，那脸上的颜色渐渐的红晕
起来。宝玉见他不理，只得讪讪的旁边坐了。惜春还要下子，妙
玉半日说道："再下罢。"便起身理理衣裳，重新坐下，痴痴的问
着宝玉道："你从何处来？"宝玉巴不得这一声，好解释前头的话，
忽又想道："或是妙玉的机锋。"转红了脸，答应不出来。妙玉微
微一笑，自合惜春说话。惜春也笑道："二哥哥，这什么难答的？

你没的听见人家常说的，'从来处来'么？这也值得把脸红了，见了生人的是的。"妙玉听了这话，想起自家，心上一动，脸上一热，必然也是红的，倒觉不好意思起来。因站起来说道："我来得久了，要回庵里去了。"惜春知妙玉为人，也不深留，送出门口。妙玉笑道："久已不来，这里湾湾曲曲的，回去的路头都要迷住了。"宝玉道："这到要我来指引指引，何如？"妙玉道："不敢，二爷前请。"

于是二人别了惜春，离了蓼风轩，弯弯曲曲，走近潇湘馆，忽听得叮咚之声。妙玉道："那里的琴声？"宝玉道："想必是林妹妹那里抚琴呢。"妙玉道："原来他也会这个？怎么素日不听见提起？"宝玉悉把黛玉的事述了一遍，因说："咱们去看他。"妙玉道："从古只有听琴，再没有看琴的。"宝玉笑道："我原说我是个俗人。"说着，二人走至潇湘馆外，在山子石坐着静听，甚觉音调清切。只听得低吟道：

> 风萧萧兮秋气深，美人千里兮独沉吟。望故乡兮何处？倚栏杆兮涕沾襟。

歇了一回，听得又吟道：

> 山迢迢兮水长，照轩窗兮明月光㉛。耿耿不寐兮银河渺茫，罗衫怯怯兮风露凉㉜。

又歇了一歇，妙玉道："刚才'侵'字韵是第一叠，如今'扬'字韵是第二叠了。咱们再听。"里边又吟道：

> 子之遭兮不自由，予之遇兮多烦忧。之子与我兮心焉相投，思古人兮俾无尤㉝。

妙玉道："这又是一拍。何忧思之深也！"宝玉道："我虽不懂得，但听他音啊，也觉得过悲了。"里头又调了一回弦。妙玉道："君弦太高了，与无射律只怕不配呢㉞。"里边又吟道：

> 人生斯世兮如轻尘，天上人间兮感夙因。感夙因兮不可惙㉟，素心如何天上月㊱。

妙玉听了，呀然失色道："如何忽作变徵之声㊲？音韵可裂金石矣，只是太过。"宝玉道："太过便怎么？"妙玉道："恐不能持久。"
正议论时，听得君弦"蹦"的一声断了。妙玉站起来，连忙就走。
宝玉道："怎么样？"妙玉道："日后自知，你也不必多说。"竟自
走了。弄得宝玉满肚疑团，没精打采的，归至怡红院中，不表。

单说妙玉归去，早有道婆接着，掩了庵门，坐了一回，把
"禅门日诵"念了一遍㊳。吃了晚饭，点上香，拜了菩萨，命道婆
自去歇着，自己的禅床靠背俱已整齐，屏息垂帘，跏趺坐下㊴，断
除妄想，趋向真如㊵。坐到三更过后，听得屋上"嘈嘈喋喋"一片响
声，妙玉恐有贼来，下了禅床，出到前轩，但见云影横空，月华
如水。那时天气尚不狠凉，独自一个，凭栏站了一回，忽听房上
两个猫儿一递一声厮叫。

那妙玉忽想起日间宝玉之言，不觉一阵心跳耳热，自己连忙
收摄心神，走进禅房，仍到禅床上坐了。怎奈神不守舍，一时如
万马奔驰，觉得禅床便恍荡起来，身子已不在庵中。便有许多王
孙公子，要来娶他；又有些媒婆，扯扯拽拽，扶他上车，自己不
肯去。一回儿，又有盗贼劫他，持刀执棍的逼勒，只得哭喊求救。
早惊醒了庵中女尼道婆等众，都拿火来照看，只见妙玉两手撒
开，口中流沫。急叫醒时，只见眼睛直竖，两颧鲜红，骂道："我
是有菩萨保佑，你们这些强徒敢要怎么样？"众人都唬的没了主
意，都说道："我们在这里呢，快醒转来罢。"妙玉道："我要回家
去！你们有什么好人，送我回去罢。"道婆道："这里就是你住的
房子。"说着，又叫别的女尼忙向观音前祷告。求了签，翻开签
书看时，是触犯了西南角上的阴人㊶。就有一个说："是了，大观
园中西南角上本来没有人住，阴气是有的。"一面弄汤弄水的在
那里忙乱。那女尼原是自南边带来的，伏侍妙玉，自然比别人尽
心，围着妙玉坐在禅床上。妙玉回头道："你是谁？"女尼道："是
我。"妙玉仔细瞧了一瞧道："原来是你。"便抱住那女尼，呜呜
咽咽的哭起来，说道："你是我的妈呀，你不救我，我不得活了。"

那女尼一面唤醒他，一面给他揉着。道婆倒上茶来喝了，直到天明才睡了。女尼便打发人去请大夫来看脉。也有说是思虑伤脾的，也有说是热入血室的⑫，也有说是邪祟触犯的，也有说是内外感冒的，终无定论。后请得一个大夫来看了，问："曾打坐过没有？"道婆说道："向来打坐的。"大夫道："这病可是昨夜忽然来的么？"道婆道："是。"大夫道："这是走魔入火的原故。"众人问："有碍没有？"大夫道："幸亏打坐不久，魔还入得浅，可以有救。"写了降伏心火的药，吃了一剂，稍稍平复些。外面那些游头浪子听见了，便造作许多谣言，说："这样年纪，那里忍得住？况且又是很风流的人品，狠乖觉的性灵。以后不知飞在谁手里，便宜谁去呢。"过了几日，妙玉病虽略好，神思未复，终有些恍惚。

一日，惜春正坐着，彩屏忽然进来，回道："姑娘知道妙玉师父的事吗？"惜春道："他有什么事？"彩屏道："我昨日听见邢姑娘和大奶奶那里说呢：他自从那日合姑娘下棋回去，夜间忽然中了邪，嘴里乱嚷，说强盗来抢他来了。到如今还没好。姑娘，你说这不是奇事吗？"惜春听了，默然无语。因想："妙玉虽然洁净，毕竟尘缘未断。可惜我生在这种人家，不便出家，我若出了家时，那有邪魔缠扰？一念不生，万缘俱寂。"想到这里，蓦与神会，若有所得，便口占一偈云：

大造本无方，云何是应住⑬？既从空中来，应向空中去⑭。占毕，即命丫头焚香。自己静坐了一回，又翻开那棋谱来，把孔融、王积薪等所著看了几篇⑮。内中"荷叶包蟹势""黄莺搏兔势"，都不出奇；"三十六局杀角势"，一时也难会难记；独看到"八龙走马"，觉得甚有意思。正在那里作想，只听见外面一个人走进院来，连叫："彩屏！"未知是谁，下回分解。

【注释】

①走火入邪魔：意即修炼出了偏差。依佛律，凡僧尼背离佛性而产生其他欲念，叫"走火入魔"。下文"走魔入火"，近人王瀣则批

云：“魔者，识神也，五阴皆有。身根不空，宜至此耳。正是‘淫火’也。”火，指火候，道家称炼丹的功夫。唐白居易《同微之赠别郭虚舟炼师五十韵》诗：“心尘未净洁，火候遂参差。”宋张伯瑞《悟真篇》：“纵识朱砂与黑铅，不知火候也如闲。大都全藉修持力，毫发差殊不作丹。”魔，指魔道，又叫“魔界”，佛教称恶魔的境界。《楞严经》卷六：“纵有多智禅定现前，如不断淫，必落魔道，上品魔王，中品魔民，下品魔女。”

②生辰不偶：降生的时辰不利，即命运不好。不偶，即“数奇”之义，谓命运不佳。

③猇（xiāo）声狺（yín）语：这里形容夏金桂令人讨厌的吵闹声。清陈弘谋《教女遗规》卷下引王郎川《言行汇纂》：“陆象山先生尝谓人家要有三声：读书声、孩儿声、纺织声。……最可厌者，妇女诟骂声也，恶也。”猇声，虎吼声。狺语，狗叫声。

④属在同心：指互相要好，关系亲密。

⑤冷节遗芳：寒冷的季节和残余的芳香。这里指耐寒傲霜的菊花，因其在百花凋谢后的秋天开放，故云。

⑥长歌当哭：用写诗著文抒发胸中的悲愤和不平来当作哭泣。古乐府《悲歌》：“悲歌可以当泣，远望可以当归。”

⑦递嬗（shàn）：不断地交替、变迁。递，顺次更迭。

⑧遭家之不造：《诗经·周颂·闵予小子》：“闵予小子，遭家不造，嬛嬛在疚。”宋朱熹《集注》：“造，成也。”时成王丧父，故自称“遭家不造”。这里“不造”指意外的不幸。

⑨离愁：遭遇忧愁。离，遭到。

⑩“北堂”二句：《诗经·卫风·伯兮》：“焉得谖草，言树之背？”毛传：“谖草令人忘忧；背，北堂也。”北堂，古为母亲所居处。后因以“萱堂”指母亲的居室，亦代指母亲。谖，通“萱”，即忘忧草。

⑪咻咻：嘘气声。此作“悲戚”解。

⑫解：乐章之一节。《乐府诗集》卷二六“相和歌辞”解题引《古今乐录》云：“伧歌以一句为一解，中国以一章为一解。”

⑬凭凭：云层浓聚的样子。唐李白《远别离》诗：“云凭凭兮欲吼

怒，尧舜当之亦禅禹。"酸：辛酸凄凉的意思。唐李贺《金铜仙人辞汉歌》："魏官牵车指千里，东关酸风射眸子。"

⑭静言思之：静静地思索。《诗经·卫风·氓》："静言思之，躬自悼矣。"言，句中助词，无义。恻肺肝：内心悲痛。

⑮"惟鲔（wěi）"四句：意谓鲟、鳇鱼在深水里潜游，仙鹤止息在鱼梁上，鱼儿藏伏在水中，鸟儿在天空飞翔，都各得其所，只有自己还没有个安顿的地方。《诗经·小雅·白华》："有鹙在梁，有鹤在林。"宋朱熹《集注》："鹙，秃鹙也；梁，鱼梁也。苏氏曰：鹙鹤皆以鱼为食，然鹤之于鹙，清浊则有间矣。今鹙在梁，而鹤在林，鹙则饱而鹤则饥矣。"这里反其意而用之。鲔，即鲟、鳇之类的鱼。潭，深水。梁，筑于水中的堤堰，以阻水流而留缺口，以便捕鱼。鳞甲，鱼类和龟类。这里泛指水族。羽毛，代指鸟兽。《於陵子·畏人》："仲尼亦有言，羽毛弗可与同群。"

⑯耿耿：明亮的样子。

⑰玉漏沉：意即夜已深沉。玉漏，玉制的计时器。唐苏味道《正月十五日》诗："金吾不禁夜，玉漏莫相催。"

⑱炳炳：同"怲怲"，非常忧愁的样子。

⑲惺惺惜惺惺：即聪明人怜惜聪明人。常用来表示同病相怜。《西厢记》第一本第三折："方信道，惺惺的自古惜惺惺。"惺惺，聪慧的样子。

⑳十里荷花，三秋桂子：宋柳永《望海潮》词："有三秋桂子，十里荷花。"原是形容杭州西湖风景。

㉑地行仙：仙人的一种。《楞严经》卷八："有十种仙，阿难，彼诸众生，坚固服饵，而不休息，食道圆成，名地行仙。"俗语谓"人是地行仙，一日不见走三子"。

㉒二十四桥：古代名胜，在扬州西门外。唐杜牧《寄扬州韩绰判官》诗："二十四桥明月夜，玉人何处教吹箫。"《方舆胜览》认为隋代已有二十四桥，并以城门坊市为名。一说是一座桥名，南宋姜夔《扬州慢》词："二十四桥仍在，波心荡，冷月无声。"

㉓李后主说的"此间日中只以眼泪洗面"：宋王铚《默记》卷下

引龙衮《江南录》云："李国主小周后随后主归朝，封郑国夫人，例随命妇入宫。每一入辄数日而出，必大泣骂后主……韩玉汝家有李国主归朝后与金陵旧官人书云：'此中日夕，只以眼泪洗面。'"李后主，指五代时南唐国主李煜，字重光，徐州人。世称李后主。能诗文、音乐、书画，尤以词名。国亡后为宋所俘，封为违命侯，后被毒死。

㉔火肉白菜汤：《清稗类钞》"饮食类"："白菜以火腿片、鸡汤煨之，最佳。"火肉，即火腿肉。

㉕铁马：这里指悬挂在屋檐下的铁片或铃铛，风吹则响。

㉖叠：乐章再奏或文辞重用前韵叫"叠"。

㉗《思贤》：古琴曲名。即《思士操》。汉蔡邕《琴操》卷下："《文王思士》者，文王之所作也。文王思得贤士，与为治，出田援蓍而卜之，得所获非龙非麟非虎非熊，乃帝王师也。至渭之阳，果遇吕尚，与语大悦之……遂载与之俱归，立以为师，号曰太公望。文王悦喜，乃援琴而鼓之，自叙思士之意，故曰《文王思士》。"

㉘反扑：同下文的"畸角儿""打""倒脱靴势"都是围棋术语。反扑，俗称"倒包"，指送一子给对方吃后，立即反提对方数子的手段。这里所指实是"扑"，而非"反扑"。故意往对方虎口里填子送吃，从而获取更大利益的手段叫"扑"。《围棋义例·诠释》："扑，投也。以我子投彼穴中，使其急救曰扑，所以促其着也。"畸角儿，俗称"金边、银角"，指全盘围棋的某一角。其面积虽小，但易活棋，常为双方所争。打，《围棋义例·诠释》："打，击也，谓击其节曰打。"倒脱靴势，指在原残子的基础上再多送一二子给对方吃，以造成立即吃回对方数子的条件的一种手段，可在攻杀中置对方于死地。

㉙满话：大话。

㉚禅关：这里指尼姑、和尚静坐修行的地方。

㉛耿耿：这里是心中不能宁静的样子。《诗经·邶风·柏舟》："耿耿不寐，如有隐忧。"不寐：不能入睡。

㉜怯怯：形容胆怯畏缩的样子。这里当作"微微抖动"讲。

㉝"思古人"句：意谓怀念古人的好品德，使自己避免过错。《诗经·邶风·绿衣》："我思古人，俾无讹兮。"讹，同"尤"，过失。俾，

使得。

㉞"君弦"二句：意谓无射的音阶较高，如果君弦上得过紧，则无射律的音阶会更高，演奏就会发生困难。君弦，即宫声弦，又名"大弦"，最粗。《史记·乐书》："琴长八尺一寸，正度也。弦大者为宫而居中央，君也。"无射（yì）律，十二音律之一。《吕氏春秋·季秋》："季秋之月……其音商，律中无射。"古人以竹管或钟、弦来定音，共有十二个高低不同的标准音，称"十二律"。十二律各有固定的音高和特定的名称。

㉟夙因：前生的因缘。迷信认为人生的生死祸福、悲欢离合，都是前生命定的。惙（chuò）：通"辍"，停止，断绝。

㊱素心：这里指洁白纯朴的心灵。

㊲变徵（zhǐ）：我国古代音阶中有七音，即宫、商、角、徵、羽、变宫、变徵。音阶的第一级音不同，就意味着调式的不同；而调式不同，就会产生不同的音乐效果。变徵，现在通称"B调"，用以表现一种凄厉激越的情绪。《史记·刺客列传》写荆轲出使秦国，"高渐离击筑，荆轲和而歌，为变徵之声，士皆垂泪涕泣"。

㊳禅门日诵：未详。大抵属于僧尼坐禅时例行诵习的简易读物。禅门，指佛教禅宗的教门。

㊴跏趺（jiā fū）："结跏趺坐"的略称，也叫"加趺坐"。佛教用语。趺，足背。这是佛教徒盘腿打坐的姿势。据唐慧琳《一切经音义》卷八载，有两种：一是两足交叉置于左右股上，叫"全跏坐"，俗称"双盘"；一是单以左足押在右股上，或单以右足押在左股上，叫"半跏坐"，俗称"单盘"。

㊵真如：佛家语。谓事物永世不变的本体、实相。

㊶阴人：这里指死人或阴魂。

㊷热入血室：中医病症名。出自《伤寒论》。指妇女在经期或产后，感受外邪，邪热乘虚侵入血室而引起的病症。患者白日神志清醒，夜则胡言乱语，如见鬼状。（见《金匮要略》）

㊸"大造"二句：意谓现实世界的一切都是空幻的，没有什么可以迷恋的立脚点。大造，大功。这里指天地万物。无方，变化不定。

《三论玄义》："适化无方，陶诱非一。"云何，哪里。云，语助词，无义。住，佛教名词。指事物形成后的相对稳定。《俱舍论》卷五："此于诸法……能安名住。"这里指对现实的迷恋。

㊹"既从"二句：是套用禅宗答问中"从来处来，向去处去"的机锋语。意思是说，人既从空幻中来，还应该回到空幻中去。空，空幻。佛教指超乎色相现实的境界。

㊺孔融：东汉人，字文举，能诗，擅长围棋。王积薪：唐代围棋家，唐玄宗时人，著有《围棋十诀》。

第八十八回
博庭欢宝玉赞孤儿　正家法贾珍鞭悍仆

却说惜春正在那里揣摩棋谱，忽听院内有人叫彩屏，不是别人，却是鸳鸯的声儿。彩屏出去，同着鸳鸯进来。那鸳鸯却带着一个小丫头，提了一个小黄绢包儿。惜春笑问道："什么事？"鸳鸯道："老太太因明年八十一岁，是个'暗九'①，许下一场九昼夜的功德，发心要写三千六百五十零一部《金刚经》。这已发出外面人写了。但是俗说：《金刚经》就像那道家的符壳，《心经》才算是符胆②，故此，《金刚经》内必要插着《心经》，更有功德。老太太因《心经》是更要紧的，观自在又是女菩萨③，所以要几个亲丁奶奶姑娘们写上三百六十五部。如此，又虔诚，又洁净。咱们家中，除了二奶奶：头一宗，他当家没有空儿；二宗，他也写不上来。其余会写字的，不论写得多少，连东府珍大奶奶姨娘们都分了去。本家里头自不用说。"惜春听了，点头道："别的我做不来，若要写经，我最信心的④。你搁下，喝茶罢。"鸳鸯才将那小包儿搁在桌上，同惜春坐下。

彩屏倒了一钟茶来。惜春笑问道："你写不写？"鸳鸯道："姑娘又说笑话了。那几年还好；这三四年来，姑娘见我还拿了拿笔儿么？"惜春道："这却是有功德的。"鸳鸯道："我也有一件事：向来伏侍老太太安歇后，自己念上米佛⑤，已经念了三年多了。我把这个米收好，等老太太做功德的时候，我将他衬在里头，供佛施食；也是我一点诚心。"惜春道："这样说来，老太太做了观音，你就是龙女了⑥。"鸳鸯道："那里跟得上这个分儿？却是除了老太太，别的也服侍不来，不晓得前世什么缘分儿。"说着要走，叫小丫头把小绢包打开，拿出来道："这素纸一扎，是写《心经》

的。"又拿起一子儿藏香⑦，道："这是叫写经时点着写的。"惜春
都应了。

鸳鸯遂辞了出来，同小丫头来至贾母房中，回了一遍，看见
贾母与李纨打双陆⑧，鸳鸯旁边瞧着。李纨的骰子好，掷下去，把
老太太的锤打下了好几个去⑨，鸳鸯抿着嘴儿笑。

忽见宝玉进来，手中提了两个细篾丝的小笼子，笼内有几个
蝈蝈儿，说道："我听说老太太夜里睡不着，我给老太太留下解解
闷。"贾母笑道："你别瞅着你老子不在家，你只管淘气。"宝玉
笑道："我没有淘气。"贾母道："你没淘气，不在学房里念书，为
什么又弄这个东西呢？"宝玉道："不是我自己弄的。今儿因师
父叫环儿和兰儿对对子，环儿对不来，我悄悄的告诉了他。他说
了，师父喜欢，夸了他两句。他感激我的情，买了来孝敬我的。
我才拿了来孝敬老太太的。"贾母道："他没有天天念书么？为什
么对不上来？对不上来，就叫你儒大爷爷打他的嘴巴子，看他臊
不臊！你也殼受了。不记得你老子在家时，一叫做诗做词，唬的
倒像个小鬼儿是的？这会子又说嘴了。那环儿小子更没出息：求
人替做了，就变着方法儿打点人。这么点子孩子，就闹鬼闹神的，
也不害臊。赶大了，还不知是个什么东西呢！"说的满屋子人都
笑了。贾母又问道："兰小子呢，做上来了没有？这该环儿替他
了，他又比他小了，是不是？"宝玉笑道："他倒没有，却是自己
对的。"贾母道："我不信；不然，就也是你闹了鬼了。如今你还
了得，'羊群里跑出骆驼来了'，就只你大，你又会做文章了！"宝
玉笑道："实在是他作的，师父还夸他明儿一定有大出息呢。老太
太不信，就打发人叫了他来亲自试试，老太太就知道了。"贾母
道："果然这么着，我才喜欢。我不过怕你撒谎。既是他做的，这
孩子明儿大概还有一点儿出息。"因看着李纨，又想起贾珠来，
"这也不枉你大哥哥死了你大嫂子拉扯他一场，日后也替你大哥哥
顶门壮户。"说到这里，不禁流下泪来。

李纨听了这话，却也动心，只是贾母已经伤心，自己连忙忍

住泪，笑劝道："这是老祖宗的余德，我们托着老祖宗的福罢咧。只要他应得了老祖宗的话，就是我们的造化了。老祖宗看着也喜欢，怎么倒伤起心来呢？"因又回头向宝玉道："宝叔叔明儿别这么夸他，他多大孩子，知道什么？你不过是爱惜他的意思，他那里懂得，一来二去，眼大心肥，那里还能彀有长进呢。"贾母道："你嫂子这也说的是。就只他还太小呢，也别逼檑紧了他⑩；小孩子胆儿小，一时逼急了，弄出点子毛病来，书倒念不成，把你的工夫都白遭塌了。"贾母说到这里，李纨却忍不住，扑簌簌掉下泪来，连忙擦了。

只见贾环贾兰也都进来给贾母请了安。贾兰又见过他母亲，然后过来，在贾母傍边侍立。贾母道："我刚才听见你叔叔说你对的好对子，师父夸你来着。"贾兰也不言语，只管抿着嘴儿笑。鸳鸯过来说道："请示老太太，晚饭伺候下了。"贾母道："请你姨太太去罢。"琥珀接着便叫人去王夫人那边请薛姨妈。

这里宝玉贾环退出，素云和小丫头们过来把双陆收起，李纨尚等着伺候贾母的晚饭。贾兰便跟着他母亲站着。贾母道："你们娘儿两个跟着我吃罢。"李纨答应了。一时，摆上饭来，丫鬟回来禀道："太太叫回老太太：姨太太这几天浮来暂去，不能过来回老太太，今日饭后家去了。"于是贾母叫贾兰在身傍边坐下，大家吃饭，不必细述。

却说贾母刚吃完了饭，盥漱了，歪在床上，说闲话儿。只见小丫头子告诉琥珀，琥珀过来回贾母道："东府大爷请晚安来了。"贾母道："你们告诉他，如今他办理家务乏乏的，叫他歇着去罢。我知道了。"小丫头告诉老婆子们，老婆子才告诉贾珍，贾珍然后退出。

到了次日，贾珍过来料理诸事。门上小厮陆续回了几件事。又一个小厮回道："庄头送果子来了。"贾珍道："单子呢？"那小厮连忙呈上。贾珍看时，上面写着不过是时鲜果品，还夹带菜蔬野味若干在内。贾珍看完，问："向来经管的是谁？"门上的回道："是周瑞。"便叫周瑞："照账点清，送往里头交代。等我把来账抄下一个底子，留着好对。"又叫："告诉厨房，把下菜中添几宗，给送果子的来人，照常赏饭给钱。"

周瑞答应了，一面叫人搬至凤姐儿院子里去，又把庄上的账和果子交代明白，出去了。一回儿，又进来回贾珍道："才刚来的果子，大爷曾点过数目没有？"贾珍道："我那里有工夫点这个呢？给了你账，你照账点就是了。"周瑞道："小的曾点过，也没有少，也不能多出来。大爷既留下底子，再叫送果子来的人问问他，这账是真的假的。"贾珍道："这是怎么说？不过是几个果子罢咧，有什么要紧？我又没有疑你。"说着，只见鲍二走来磕了一个头，说道："求大爷原旧放小的在外头伺候罢。"贾珍道："你们这又是怎么着？"鲍二道："奴才在这里又说不上话来。"贾珍道："谁叫你说话？"鲍二道："何苦来，在这里作眼睛珠儿。"周瑞接口道："奴才在这里经管地租庄子银钱出入，每年也有三五十万来往，老爷太太奶奶们从没有说过话的，何况这些零星东西。若照鲍二说起来，爷们家里的田地房产都被奴才们弄完了。"贾珍想道："必是鲍二在这里拌嘴，不如叫他出去。"因向鲍二说道："快滚罢！"又告诉周瑞说："你也不用说了，你干你的事罢。"二人各自散了。

贾珍正在厢房里歇着，听见门上闹的翻江搅海，叫人去查问，回来说道："鲍二和周瑞的干儿子打架。"贾珍道："周瑞的干儿子是谁？"门上的回道："他叫何三，本来是个没味儿的，天天在家里喝酒闹事，常来门上坐着。听见鲍二和周瑞拌嘴，他就插在里头。"贾珍道："这却可恶！把鲍二和那个什么何几给我一块儿捆起来！周瑞呢？"门上的回道："打架时，他先走了。"贾珍道："给我拿了来！这还了得了！"众人答应了。

正嚷着，贾琏也回来了，贾珍便告诉了一遍。贾琏道："这还了得！"又添了人去拿周瑞。周瑞知道躲不过，也找到了。贾珍便叫："都捆上！"贾琏便向周瑞道："你们前头的话也不要紧，大爷说开了狠是了，为什么外头又打架？你们打架已经使不得，又弄个野杂种什么何三来闹。你不压伏压伏他们，倒竟走了。"就把周瑞踢了几脚。贾珍道："单打周瑞不中用。"喝命人把鲍二和何三各人打了五十鞭子，撵了出去，方和贾琏两个商量正事。下人背地里便生出许多议论来：也有说贾珍护短的；也有说不会调停的；也有说他本不是好人，前儿尤家姐妹弄出许多丑事来，那鲍二不是他调停着二爷叫了来的吗？这会子又嫌鲍二不济事，必是鲍二的女人伏侍不到了。人多嘴杂，纷纷不一。

却说贾政自从在工部掌印，家人中尽有发财的。那贾芸听见了，也要插手弄一点事儿，便在外头说了几个工头，讲了成数，便买了些时新绣货，要走凤姐儿门子。

凤姐正在房中，听见丫头们说："大爷二爷都生了气，在外头对打人呢。"凤姐听了，不知何故。正要叫人去问问，只见贾琏已进来了，把外面的事告诉了一遍。凤姐道："事情虽不要紧，但这风俗儿断不可长。此刻还算咱们家里正旺的时候儿，他们就敢打架，已后小辈儿们当了家，他们越发难制伏了。前年我在东府里亲眼见过焦大吃的烂醉，躺在台阶子底下骂人，不管上上下下，一混汤子的混骂。他虽是有过功的人，倒底主子奴才的名分，也要存点儿体统才好。珍大奶奶，不是我说，是个老实头，个个人都叫他养得无法无天的。如今又弄出一个什么鲍二。我还听见是你和珍大爷得用的人，为什么今儿又打他呢？"贾琏听了这话刺心，便觉赸赸的，拿话来支开，借有事，说着就走了。

小红进来回道："芸二爷在外头要见奶奶。"凤姐一想："他又来做什么？"便道："叫他进来罢。"小红出来，瞅着贾芸微微一笑。贾芸赶忙凑近一步，问道："姑娘替我回了没有？"小红红了脸，说道："我就是见二爷的事多！"贾芸道："何曾有多少事能到里头来劳动姑娘呢？就是那一年姑娘在宝二叔房里，我才和姑娘……"小红怕人撞见，不等说完，赶忙问道："那年我换给二爷的一块绢子，二爷见了没有？"那贾芸听了这句话，喜的心花俱开，才要说话，只见一个小丫头从里面出来，贾芸连忙同着小红往里走。两个人一左一右，相离不远。贾芸悄悄的道："回来我出来，还是你送出我来。我告诉你，还有笑话儿呢。"小红听了，把脸飞红，瞅了贾芸一眼，也不答言。同他到了凤姐门口，自己先进去回了，然后出来，掀起帘子，点手儿，口中却故意说道："奶奶请芸二爷进来呢。"

贾芸笑了一笑，跟着他走进房来，见了凤姐儿，请了安，并说："母亲叫问好。"凤姐也问了他母亲好。凤姐道："你来有什么事？"贾芸道："侄儿从前承婶娘疼爱，心上时刻想着，总过意不去。欲要孝敬婶娘。又怕婶娘多想。如今重阳时候，略备了一点儿东西。婶娘这里那一件没有？不过是侄儿一点孝心。只怕婶娘不肯赏脸。"凤姐儿笑道："有话坐下说。"贾芸才侧身坐了，连忙将东西捧着搁在傍边桌上。凤姐又道："你不是什么有余的人，何苦又去花钱？我又不等着使。你今日来意，是怎么个想头儿，你倒是实说。"贾芸道："并没有别的想头儿，不过感念婶娘的恩惠，过意不去罢咧。"说着，微微的笑了。凤姐道："不是这么说。你手里窄，我狠知道，我何苦白白儿使你的？你要我收下这个东西，须先和我说明白了。要是这么'含着骨头露着肉'的，我倒不收。"

贾芸没法儿，只得站起来，陪着笑儿说道："并不是有什么妄想：前几日听见老爷总办陵工[⑪]，侄儿有几个朋友办过好些工程，极妥当的，要求婶娘在老爷跟前提一提。办得一两种，侄儿再忘不了婶娘的恩典！若是家里用得着侄儿，也能给婶娘出力。"凤姐道："若是别的，我却可以作主。至于衙门里的事，上头呢，都是堂官司员定的；底下呢，都是那些书办衙役们办的[⑫]，别人只怕插不上手，连自己的家人也不过跟着老爷伏侍伏侍。就是你二叔去，亦只是为的是各自家里的事，他也并不能撺越公事。论家事，这里是踩一头儿撬一头儿的，连珍大爷还弹压不住。你的年纪儿又轻，辈数儿又小，那里缠的清这些人呢？况且衙门里头的事差不多儿也要完了，不过吃饭瞎跑。你在家里什么事作不得，难道没了这碗饭吃不成？我这是实在话，你自己回去想想就知道了。你的情意，我已经领了，把东西快拿回去，是那里弄来的，仍旧给人家送了去罢。"

正说着，只见奶妈子一大起带了巧姐儿进来。那巧姐儿身上穿得锦团花簇，手里拿着好些顽意儿，笑嘻嘻走到凤姐身边学舌。贾芸一见，便站起来，笑盈盈的赶着说道："这就是大妹妹么？你要什么好东西不要？"那巧姐儿便"哑"的一声哭了。贾芸连忙退下。凤姐道："乖乖不怕。"连忙将巧姐揽在怀里，道："这是你芸大哥哥，怎么认起生来了？"贾芸道："妹妹生得好相貌，将来又是个有大造化的。"那巧姐儿回头把贾芸一瞧，又哭起来，叠连几次。

贾芸看这光景坐不住，便起身告辞要走。凤姐道："你把东西带了去罢。"贾芸道："这一点子，婶娘还不赏脸？"凤姐道："你不带去，我便叫人送到你家去。芸哥儿，你不要这么样。你又不是外人。我这里有机会，少不得打发人去叫你；没有事也没法儿，不在乎这些东东西西上的。"贾芸看见凤姐执意不受，只得红着脸道："既这么着，我再找得用的东西来孝敬婶娘罢。"凤姐儿便叫小红拿了东西，跟着贾芸送出来。

贾芸走着，一面心中想道："人说二奶奶利害，果然利害。一点儿都不漏缝，真正斩钉截铁！怪不得没有后世。这巧姐儿更怪，见了我好象前世的冤家是的，真正晦气。白闹了这么一天。"小红见贾芸没得彩头，也不高兴，拿着东西跟出来。贾芸接过来，打开包儿，拣了两件，悄悄的递给小红。小红不接，嘴里说道："二爷别这么着。看奶奶知道了，大家倒不好看。"贾芸道："你好生收着罢。怕什么，那里就知道了呢？你若不要，就是瞧不起我了。"小红微微一笑，才接过来，说道："谁要你这些东西！算什么呢？"说了这句话，把脸又飞红了。贾芸也笑道："我也不是为东西。况且那东西也算不了什么。"说着话儿，两个已走到二门口。贾芸把下剩的仍旧揣在怀内。小红催着贾芸道："你先去罢。有什么事情，只管来找我。我如今在这院里了，又不隔手。"贾芸点点头儿，说道："二奶奶太利害，我可惜不能长来！刚才我说的话，你横竖心里明白，得了空儿，再告诉你罢。"小红满脸羞红，说道："你去罢。明儿也长来走走。谁叫你和他生疏呢？"贾芸道："知道了。"贾芸说着，出了院门。这里小红站在门口，怔怔的看他去远了，才回来了。

却说凤姐在房中吩咐预备晚饭，因又问道："你们熬了粥了没有？"丫鬟们连忙去问，回来回道："预备了。"凤姐道："你们把那南边来的糟东西弄一两碟来罢⑬。"秋桐答应了，叫丫头们伺候。平儿走来笑道："我倒忘了：今儿晌午，奶奶在上头老太太那边的时候，水月庵的师父打发人来，要向奶奶讨两瓶南小菜，还要支用几个月的月钱，说是身上不受用。我问那道婆来着：'师父怎么不受用？'他说：'四五天了。前儿夜里，因那些小沙弥小道士里头有几个女孩子，睡觉没有吹灯，他说了几次不听。那一夜，看见他们三更以后灯还点着呢，他便叫他们吹灯，个个都睡着了，没有人答应，只得自己亲自起来给他们吹灭了。回到炕上，只见有两个人，一男一女，坐在炕上。他赶着问是谁，那里把一根绳子往他脖子上一套，他便叫起人来。众人听见，点上灯火，一齐赶来，已经躺在地下，满口吐白沫子。幸亏救醒了。此时还不能吃东西，所以叫来寻些小菜儿的。'我因奶奶不在房中，不便给他。我说：'奶奶此时没有空儿，在上头呢，回来告诉。'便打发他回去了。才刚听见说起南菜，方想起来了；不然，就忘了。"凤姐听了，呆了一呆，说道："南菜不是还有呢，叫人送些去就是了。那银子，过一天叫芹哥来领就是了。"又见小红进来回道："才刚二爷差人来，说是今晚城外有事，不能回来，先通知一声。"凤姐道："是了。"

　　说着，只听见小丫头从后面喘吁吁的嚷着，直跑到院子里来。外面平儿接着，还有几个丫头们，咕咕唧唧的说话。凤姐道："你们说什么呢？"平儿道："小丫头子有些胆怯，说鬼话。"凤姐说："那一个？"小丫头进来。问道："什么鬼话？"那丫头道："我才刚到后边去叫打杂儿的添煤，只听得三间空屋子里'哗喇哗喇'的响，我还道是猫儿耗子；又听得'嗳'的一声，像个人出气儿的是的。我害怕，就跑回来了。"凤姐骂道："胡说！我这里断不兴说神说鬼。我从来不信这些个话，快滚出去罢！"那小丫头出去了。

　　凤姐便叫彩明将一天零碎日用账对过一遍。时已将近二更，大家又歇了一回，略说些闲话，遂叫各人安歇去罢。凤姐也睡下了。将近三更，凤姐似睡不睡，觉得身上寒毛一乍，自己惊醒了，越躺着越发起渗来^⑩，因叫平儿秋桐过来作伴。二人也不解何意。那秋桐本来不顺凤姐，后来贾琏因尤二姐之事，不大爱惜他了，凤姐又笼络他，如今倒也安静，只是心里比平儿差多了，外面情儿。今见凤姐不受用，只得端上茶来。凤姐喝了一口道："难为你，睡去罢，只留平儿在这里就彀了。"秋桐却要献勤儿，因说道："奶奶睡不着，倒是我们两个轮流坐坐也使得。"凤姐一面说，一面睡着了。平儿秋桐看见凤姐已睡，只听得远远的鸡声叫了，二人方都穿着衣服略躺了一躺，就天亮了，连忙起来伏侍凤姐梳洗。

　　凤姐因夜中之事，心神恍惚不宁，只是一味要强，仍然扎挣起来。正坐着纳闷，忽听个小丫头子在院里问道："平姑娘在屋里么？"平儿答应了一声。那小丫头掀起帘子进来，却是王夫人打发过来来找贾琏，说："外头有人回要紧的官事。老爷才出了门，太太叫快请二爷过去呢。"凤姐听见，唬了一跳。未知何事，下回分解。

【注释】

①暗九：因八十一是由两个"九"相乘而得，故称为"暗九"。九是数的极限。《素问·三部九候论》："天地之至数，始于一终于九焉。"迷信说法，"暗九"是个不吉利的年岁，不容易过去，所以要多做"功德"，以消灾祈福。

②"《金刚经》"二句：《金刚经》即《金刚般若波罗蜜经》的简称，《心经》即《般若波罗蜜多心经》的简称。心比喻纲要、精华，因此《心经》被认为是"般若经"类的提要。经文极简，便于持诵。旧时常与《金刚经》合印，所以说《金刚经》内必要插着《心经》。符壳、符胆，指道家的符箓，为一种笔画屈曲、似字非字的图形。道家用以遣神役鬼、镇魔压邪。这里，壳谓皮毛，当指画符的图形；胆谓核心，当指符箓的精义。

③观自在：即观世音菩萨，佛教大乘菩萨之一。唐玄奘译《心经》时，改译观自在。法藏《心经》疏云："于事理无碍之境，观达自在，故立此名；又观机往救，自在无阂，故以为名。前绎就智，后绎就悲。"一般塑像和图像，多作女相。

④信心：佛像谓归依信仰之心为"信心"。《观佛三昧经》："诸子邪见，都无信心。"这里作"虔诚"讲。

⑤念上米佛：旧时念佛时用米记数，念一声佛名数一粒米。

⑥龙女：相传为娑竭罗龙王的女儿。《法华经·提婆达多品》载，龙女年刚八岁，智慧利根，常听文殊师利菩萨说《法华经》，"深入禅定，了达诸法"，后见佛献宝，立地成佛。这里当指观音菩萨的女弟子。《女仙外史》第三十一回写月君宴请女仙，中有龙女，注云："南海大士女弟子。"

⑦一子儿：一束。藏香：西藏所产的供佛香。清富察敦崇《燕京岁时记·藏香》："所谓藏香，乃西藏所制。其味浓厚，得沉檀芸降之全。"

⑧双陆：也叫"双鹿"，古代博戏。相传由天竺传入。设一特制的盘子，游戏者双方各用十六枚（一说为十五枚）棒槌形的"马"立在自己一边，掷骰子二枚，按点数在盘子上占步数，先走到对方者为胜。

⑨锤：王濬批云："锤以形言，即《谱》所谓马也。立于局上，长寸余，各十二，两人对打。"

⑩逼榫：逼迫。

⑪陵工：古称帝王之墓为山陵。《水经注·渭水》："秦名天子冢曰山，汉曰陵。"因称修缮帝王陵墓寝庙的工程为"陵工"。清时由工部的屯田清吏司掌管。

⑫书办：旧时官署中办理公文的官吏。《清稗类钞》"胥役类"："胥吏，公家所用掌理案牍之吏也。各治其房科之事，俗称之曰书办。"

⑬糟东西：用酒或糟（酒渣）腌制的食物，为南方特产。

⑭渗：同"瘆（shèn）"，恐惧的感觉。《集韵》："瘆，骇恐貌。"

第八十九回
人亡物在公子填词　蛇影杯弓颦卿绝粒①

却说凤姐正自起来纳闷，忽听见小丫头这话，又唬了一跳，连忙问道："什么官事？"小丫头道："也不知道。刚才二门上小厮回进来，回老爷有要紧的官事，所以太太叫我请二爷来了。"凤姐听是工部里的事，才把心略略的放下。因说道："你回去回太太，就说二爷昨日晚上出城有事，没有回来，打发人先回珍大爷去罢。"那丫头答应着去了。

一时，贾珍过来，见了部里的人，问明了，进来见了王夫人，回道："部中来报：昨日总河奏到②，河南一带决了河口，湮没了几府州县。又要开销国帑，修理城工。工部司官又有一番照料。所以部里特来报知老爷的。"说完退出。及贾政回家来，回明。从此，直到冬间，贾政天天有事，常在衙门里。宝玉的工课也渐渐松了，只是怕贾政觉察出来，不敢不常在学房里去念书，连黛玉处也不敢常去。

那时已到十月中旬，宝玉起来，要往学房中去。这日天气陡寒，只见袭人早已打点出一包衣服，向宝玉道："今日天气狠冷，早晚宁使暖些。"说着，把衣裳拿出来，给宝玉挑了一件穿。又包了一件，叫小丫头拿出，交给焙茗，嘱咐道："天气凉，二爷要换时，好生预备着。"焙茗答应了，抱着毡包，跟着宝玉自去。

宝玉到了学房中，做了自己的工课，忽听得纸窗"呼喇喇"一派风声。代儒道："天气又发冷。"把风门推开一看，只见西北上一层层的黑云，渐渐往东南扑上来。焙茗走进来回宝玉道："二爷，天气冷了，再添些衣服罢。"宝玉点点头儿。只见焙茗拿进一件衣服来。宝玉不看则已，看了时，神已痴了。那些小学生都巴着眼瞧。却原是晴雯所补的那件雀金裘。宝玉道："怎么拿这一件来？是谁给你的？"焙茗道："是里头姑娘们包出来的。"宝玉道："我身上不大冷，且不穿呢，包上罢。"代儒只当宝玉可惜这件衣服，却也心里喜他知道俭省。焙茗道："二爷穿上罢。着了凉，又是奴才的不是了。二爷只当疼奴才罢！"宝玉无奈，只得穿上，呆呆的对着书坐着。代儒也只当他看书，不甚理会。晚间放学时，宝玉便往代儒托病告假一天。代儒本来上年纪的人，也不过伴着几个孩子解闷儿，时常也八病九痛的，乐得去一个少操一日心。况且明知贾政事忙，贾母溺爱，便点点头儿。

　　宝玉一径回来，见过贾母王夫人，也是这样说，自然没有不信的。略坐一坐，便回园中去了。见了袭人等，也不似往日有说有笑的，便和衣躺在炕上。袭人道："晚饭预备下了，这会儿吃，还是等一等儿？"宝玉道："我不吃了，心里不舒服。你们吃去罢。"袭人道："那么着，你也该把这件衣服换下来了。那个东西那里禁得住揉搓？"宝玉道："不用换。"袭人道："倒也不但是娇嫩物儿，你瞧瞧那上头的针线，也不该这么遭塌他呀。"宝玉听了这话，正碰在他心坎儿上，叹了一口气道："那么着，你就收起来，给我包好了。我也总不穿他了！"说着，站起来脱下。袭人才过来接时，宝玉已经自己叠起。袭人道："二爷怎么今日这样勤谨起来了？"宝玉也不答言，叠好了，便问："包这个的包袱呢？"麝月连忙递过来，让他自己包好，回头却和袭人挤着眼儿笑。宝玉也不理会，自己坐着，无精打彩。猛听架上钟响，自己低头看了看表针已指到酉初二刻了。一时小丫头点上灯来。袭人道："你不吃饭，喝一口粥儿罢，别净饿着。看仔细饿上虚火来，那又是我们的累赘了。"宝玉摇摇头儿，说："这不大饿，强吃了倒不受用。"袭人道："既这么着，就索性早些歇着罢。"于是袭人麝月铺设好了，宝玉也就歇下。翻来复去，只睡不着，将及黎明，反蒙眬睡去，不一顿饭时，早又醒了。

　　此时袭人麝月也都起来。袭人道："昨夜听着你翻腾到五更多，我也不敢问你。后来我就睡着了，不知到底你睡着了没有？”宝玉道：“也睡了一睡，不知怎么就醒了。”袭人道：“你没有什么不受用？”宝玉道：“没有，只是心上发烦。”袭人道：“今日学房里去不去？”宝玉道：“我昨儿已经告了一天假了，今儿我要想园里逛一天，散散心，只是怕冷。你叫他们收拾一间屋子，备下一炉香，搁下纸墨笔砚，你们只管干你们的，我自己静坐半天才好，别叫他们来搅我。”麝月接着道：“二爷要静静儿的用工夫，谁敢来搅！”袭人道：“这么着狠好，也省得着了凉，自己坐坐，心神也不散。”因又问：“你既懒待吃饭，今日吃什么，早说，好传给厨房里去。”宝玉道：“还是随便罢，不必闹的大惊小怪的。倒是要几个果子搁在那屋里，借点果子香。”袭人道：“那个屋里好？别的都不大干净，只是晴雯起先住的那一间，因一向无人，还干净。就是清冷些。”宝玉道：“不妨，把火盆挪过去就是了。”袭人答应了。

　　正说着，只见一个小丫头端了一个茶盘儿，一个碗，一双牙箸，递给麝月，道：“这是刚才花姑娘要的，厨房里老婆子送了来了。”麝月接了一看，却是一碗燕窝汤，便问袭人道：“这是姐姐要的么？”袭人笑道：“昨夜二爷没吃饭，又翻腾了一夜，想来今日早起心里必是发空的，所以我告诉小丫头们，叫厨房里作了这个来的。”袭人一面叫小丫头放桌儿。麝月打发宝玉喝了，漱了口，只见秋纹走来说道：“那屋里已经收拾妥了，但等着一时炭劲过了，二爷再进去罢。”宝玉点头，只是一腔心事，懒意说话。

　　一时，小丫头来请，说：“笔砚都安放妥当了。”宝玉道：“知道了。”又一个小丫头回道：“早饭得了，二爷在那里吃？”宝玉道：“就拿了来罢，不必累赘了。”小丫头答应了自去，一时端上饭来。宝玉笑了一笑，向麝月袭人道：“我心里闷得狠，自己吃只怕又吃不下去，不如你们两个同我一块儿吃，或者吃的香甜，我也多吃些。”麝月笑道：“这是二爷的高兴，我们可不敢。”袭人道：“其实也使得，我们一处喝酒，也不止今日。只是偶然替你解闷儿，还使得；若认真这样，还有什么规矩体统呢。"说着，三人坐下，宝玉在上首，袭人麝月两个打横陪着。吃了饭，小丫头端上漱口茶来，两个看着撤了下去。

宝玉因端着茶，默默如有所思，又坐了一坐，便问道："那屋里收拾妥了么？"麝月道："头里就回过了，这会子又问。"宝玉略坐了一坐，便过这间屋子来。亲自点了一炷香，摆上些果品，便叫人出去，关上了门。外面袭人等都静悄无声。宝玉拿了一幅泥金角花的粉红笺出来，口中祝了几句，便提起笔来写道：

> 怡红主人焚付晴姐知之：酌茗清香，庶几来飨。

其词云：

> 随身伴，独自意绸缪③。谁料风波平地起，顿教躯命即
> 时休。孰与话轻柔？　　东逝水，无复向西流。想象更无怀
> 梦草④，添衣还见翠云裘。脉脉使人愁！

写毕，就在香上点个火，焚化了。静静儿等着，直待一炷香点尽了，才开门出来。袭人道："怎么出来了？想来又闷的慌了。"宝玉笑了一笑，假说道："我原是心里烦，才找个地方儿静坐坐儿。这会子好了，还要外头走走去呢。"

说着，一径出来。到了潇湘馆中，在院里问道："林妹妹在家里呢么？"紫鹃接应道："是谁？"掀帘看时，笑道："原来是宝二爷。姑娘在屋里呢，请二爷到屋里坐着。"宝玉同着紫鹃走进来。黛玉却在里间呢，说道："紫鹃，请二爷屋里坐罢。"宝玉走到里间门口，看见新写的一副紫墨色泥金云龙笺的小对，上写着："绿窗明月在，青史古人空⑤。"宝玉看了，笑了一笑，走入门去，笑问道："妹妹做什么呢？"黛玉站起来，迎了两步，笑着让道："请坐。我在这里写经，只剩得两行了。等写完了再说话儿。"因叫雪雁倒茶。宝玉道："你别动，只管写。"说着，一面看见中间挂着一幅单条⑥，上面画着一个嫦娥，带着一个侍者；又一个女仙，也有一个侍者，捧着一个长长儿的衣囊似的：二人身旁边略有些云护，别无点缀，全仿李龙眠白描笔意⑦，上有"斗寒图"三字，

用八分书写着⑧。宝玉道："妹妹这幅斗寒图可是新挂上的？"黛玉道："可不是。昨日他们收拾屋子，我想起来，拿出来叫他们挂上的。"宝玉道："是什么出处？"黛玉笑道："眼前熟的狠的，还要问人。"宝玉笑道："我一时想不起，妹妹告诉我罢。"黛玉道："岂不闻'青女素娥俱耐冷，月中霜里斗婵娟'⑨？"宝玉道："是啊，这个实在新奇雅致，却好此时拿出来挂。"说着，又东瞧瞧，西走走。

雪雁沏了茶来，宝玉吃着。又等了一会子，黛玉经才写完，站起来道："简慢了。"宝玉笑道："妹妹还是这么客气。"但见黛玉身上穿着月白绣花小毛皮袄，加上银鼠坎肩；头上挽着随常云髻，簪上一枝赤金扁簪，别无花朵；腰下系着杨妃色绣花绵裙⑩。真比如：

　　　亭亭玉树临风立，冉冉香莲带露开⑪。

宝玉因问道："妹妹这两日弹琴来着没有？"黛玉道："两日没弹了。因为写字已经觉得手冷，那里还去弹琴？"宝玉道："不弹也罢了。我想琴虽是清高之品，却不是好东西，从没有弹琴里弹出富贵寿考来的，只有弹出忧思怨乱来的。再者，弹琴也得心里记谱，未免费心。依我说，妹妹身子又单弱，不操这心也罢了。"黛玉抿着嘴儿笑。宝玉指着壁上道："这张琴可就是么？怎么这么短？"黛玉笑道："这张琴不是短，因我小时学抚的时候，别的琴都彀不着，因此特地做起来的。虽不是焦尾枯桐⑫，这鹤山凤尾⑬，还配得齐整；龙池雁足，高下还相宜。你看这断纹⑭，不是牛旄是的么？所以音韵也还清越。"宝玉道："妹妹这几天来做诗没有？"黛玉道："自结社以后，没大作。"宝玉笑道："你别瞒我。我听见你吟的，什么'不可惙，素心如何天上月'，你搁在琴里，觉得音响分外的响亮。有的没有？"黛玉道："你怎么听见了？"宝玉道："我那一天从蓼风轩来听见的，又恐怕打断你的清韵，所以静听了一会，就走了。我正要问你：前路是平韵，到末了儿忽转了仄韵，是个什么意思？"黛玉道："这是人心自然之音，做到那里就到那里，原没有一定的。"宝玉道："原来如此。可惜我不知音，枉听了一会子。"黛玉道："古来知音人能有几个？"宝玉听了，又觉得出言冒失了，又怕寒了黛玉的心。坐了一坐，心里像有许多话，却再无可讲的。黛玉因方才的话也是冲口而出，此时回想，觉得太冷淡些，也就无话。宝玉一发打量黛玉设疑，遂讪讪的站起来说道："妹妹坐着罢，我还要到三妹妹那里瞧瞧去呢。"黛玉道："你若见了三妹妹，替我问候一声罢。"宝玉答应着，便出来了。

黛玉送至屋门口，自己回来，闷闷的坐着，心里想道："宝玉近来说话，半吐半吞，忽冷忽热，也不知他是什么意思。"正想着，紫鹃走来道："姑娘，经不写了？我把笔砚都收好了。"黛玉道："不写了，收起去罢。"说着，自己走到里间屋里床上歪着，慢慢的细想。紫鹃进来问道："姑娘喝碗茶罢？"黛玉道："不喝呢。我略歪歪儿。你们自己去罢。"

紫鹃答应着出来，只见雪雁一个人在那里发呆。紫鹃走到他跟前，问道："你这会子也有了什么心事了么？"雪雁只顾发呆，倒被他吓了一跳；因说道："你别嚷，今日我听见了一句话，我告诉你听，奇不奇。你可别言语！"说着，往屋里努嘴儿。因自己先行，点着头儿叫紫鹃同他出来，到门外平台底下，悄悄儿的道："姐姐，你听见了么？宝玉定了亲了。"紫鹃听见，吓了一跳，说道："这是那里来的话？只怕不真罢？"雪雁道："怎么不真！别人大概都知道，就只咱们没听见。"紫鹃道："你在那里听来的？"雪雁道："我听见侍书说的，是个什么知府家，家资也好，人才也好。"

紫鹃正听时，只听得黛玉咳嗽了一声，似乎起来的光景。紫鹃恐怕他出来听见，便拉了雪雁，摇摇手儿，往里望望，不见动静，才又悄悄儿的问道："他到底怎么说来？"雪雁道："前儿不是叫我到三姑娘那里去道谢吗，三姑娘不在屋里，只有侍书在那里。大家坐着，无意中说起宝二爷的淘气来。他说：'宝二爷怎么好！只会顽儿，全不象大人的样子，已经说亲了，还是这么呆头呆脑。'我问他：'定了没有？'他说是：'定了，是个什么王大爷做媒的。那王大爷是东府里的亲戚，所以也不用打听，一说就成了。'"紫鹃侧着头想了一想，"这句话奇！"又问道："怎么家里没有人说起？"雪雁道："侍书也说的，是老太太的意思。若一说起，恐怕宝玉野了心，所以都不提起。侍书告诉了我，又叮咛千万不可露风说出来，只道是我多嘴。"把手往里一指，"所以他面前也不提。今日是你问起，我不犯瞒你。"

正说到这里，只听鹦鹉叫唤，学着说："姑娘回来了，快倒茶来！"倒把紫鹃雪雁吓了一跳。回头并不见有人，便骂了鹦鹉一声。走进屋内，只见黛玉喘吁吁的刚坐在椅子上。紫鹃搭赸着问茶问水。黛玉问道："你们两个那里去了？再叫不出一个人来。"说着，便走到炕边，将身子一歪，仍旧倒在炕上，往里躺下，叫把帐子撩下。紫鹃雪雁答应出去，他两个心里疑惑方才的话只怕被他听了去了，只好大家不提。

谁知黛玉一腔心事，又窃听了紫鹃雪雁的话，虽不狠明白，已听得了七八分，如同将身撂在大海里一般。思前想后，竟应了前日梦中之谶，千愁万恨，堆上心来。左右打算，不如早些死了，免得眼见了意外的事情，那时反倒无趣。又想到自己没了爹娘的苦，自今以后，把身子一天一天的遭塌起来，一年半载，少不得身登清净⑮。打定了主意，被也不盖，衣也不添，竟是合眼装睡。紫鹃和雪雁来伺候几次，不见动静，又不好叫唤。晚饭都不吃。点灯已后，紫鹃掀开帐子，见已睡着了，被窝都蹬在脚后。怕他着了凉，轻轻儿拿来盖上。黛玉也不动，单待他出去，仍然褪下。那紫鹃只管问雪雁："今儿的话到底是真的是假的？"雪雁道："怎么不真！"紫鹃道："侍书怎么知道的？"雪雁道："是小红那里听来的。"紫鹃道："头里咱们说话，只怕姑娘听见了。你看刚才的神情，大有原故。今日以后，咱们倒别提这件事了。"说着，两个人也收拾要睡。紫鹃进来看时，只见黛玉被窝又蹬下来，复又给他轻轻盖上。一宿晚景不提。

　　次日，黛玉清早起来，也不叫人，独自一个，呆呆的坐着。紫鹃醒来，看见黛玉已起，便惊问道："姑娘怎么这样早？"黛玉道："可不是！睡得早，所以醒得早。"紫鹃连忙起来，叫醒雪雁，伺候梳洗。那黛玉对着镜子，只管呆呆的自看。看了一回，那泪珠儿断断连连，早已湿透了罗帕。正是：

　　　　瘦影正临春水照，卿须怜我我怜卿⑮。

　　紫鹃在旁也不敢劝，只怕倒把闲话勾引旧恨来。迟了好一会，黛玉才随便梳洗了，那眼中泪渍，终是不干。又自坐了一会，叫紫鹃道："你把藏香点上。"紫鹃道："姑娘，你睡也没睡得几时，如何点香？不是要写经？"黛玉点点头儿。紫鹃道："姑娘今日醒得太早，这会子又写经，只怕太劳神了罢。"黛玉道："不怕！早完了早好！况且我也并不是为经，倒借着写字解解闷儿。以后你们见了我的字迹，就算见了我的面儿了。"说着，那泪直流下来。紫鹃听了这话，不但不能再劝，连自己也掌不住滴下泪来。

　　原来黛玉立定主意，自此以后，有意遭塌身子，茶饭无心，每日渐减下来。宝玉下学时，也常抽空问候。只是黛玉虽有万千言语，自知年纪已大，又不便似小时可以柔情挑逗，所以满腔心事，只是说不出来。宝玉欲将实言安慰，又恐黛玉生嗔，反添病症。两个人见了面，只得用浮言劝慰，真真是"亲极反疏"了。

　　那黛玉虽有贾母王夫人等怜恤，不过请医调治，只说黛玉常病，那里知他的心病？紫鹃等虽知其意，也不敢说。从此，一天一天的减。到半月之后，肠胃日薄一日，果然粥都不能吃了。黛玉日间听见的话，都似宝玉娶亲的话；看见怡红院中的人，无论上下，也象宝玉娶亲的光景。薛姨妈来看，黛玉不见宝钗，越发起疑心。索性不要人来看望，也不肯吃药，只要速死。睡梦之中，常听见有人叫"宝二奶奶"的。一片疑心，竟成蛇影。一日竟是绝粒，粥也不喝，恹恹一息，垂毙殆尽。未知黛玉性命如何，且看下回分解。

【注释】

①蛇影杯弓：亦作"杯弓蛇影"。《晋书·乐广传》载，乐广宴客，一客见杯中弓影，以为是蛇，惊吓成病。后乐广再请客饮，证明是弓影，客豁然大悟，病才痊愈。一说此为杜宣事。《风俗通·怪神》记应郴请杜宣饮酒，杯中有形如蛇，宣得疾，后于故处设酒，蛇乃弓影。其事相同。后遂用以比喻妄自惊慌，疑神疑鬼。

②总河："河道总督"的简称，为治河最高长官。顺治初，设河道总督一人，综理黄河、运河两河事务。雍正二年，因河南堤工紧要，设副总河一人，管理河南河务。七年，改总河为总督江南河道，副总河为总督河南、山东河道，分管南北两河。

③绸缪：即缠绵，谓情意深厚。

④怀梦草：传说中的一种仙草。旧题东汉郭宪《汉武洞冥记》卷三："种火之山，有梦草，似蒲色红，昼缩入地，夜则出，亦名怀梦，怀其叶则梦之吉凶立验也。帝思李夫人之容，不可得，东方朔乃献一枝，怀之，夜果梦夫人，因改曰怀梦草。"

⑤"绿窗"二句：唐崔颢《题沈隐侯八咏楼》诗："梁日东阳守，为楼望越中。绿窗明月在，青史古人空。"青史，古代多在竹简上记事，后因称史书为"青史"。

⑥单条：即单幅画，直幅卷轴的一种。又名"立轴"。明项元汴《蕉窗九录·画录·单条画》："高斋精舍，宜挂单条，若对轴，即少雅致，况四五轴乎？"

⑦李龙眠：北宋画家。名公麟，字伯时，舒州舒城人。擅画鞍马和佛像。晚年住在龙眠山庄，号龙眠山人。所画人物，多用线描，笔法如云行水流，而不设色，人称"白描"。

⑧八分书：书体名。汉隶的别称。魏晋时楷书也叫隶书，因把有波挑的隶书称为"八分"，以示区别。对"八分"的解释，其说不一。唐张怀瓘《书断》认为："若八字分散……名之为八分。"

⑨青女素娥俱耐冷，月中霜里斗婵娟：见唐李商隐《霜月》诗。青女，传说中掌管霜雪的女神。素娥，嫦娥的别称。

⑩杨妃色：即粉红色。

⑪冉冉：亦作"苒苒"，柔弱的样子。

⑫焦尾枯桐：《后汉书·蔡邕传》："吴人有烧桐以爨者，邕闻火烈之声，知其良木，因请而裁为琴，果有美音，而其尾犹焦，故时人名曰焦尾琴焉。"后遂以"焦尾枯桐"称赞好琴。

⑬鹤山凤尾：与下文"龙池雁足"皆为古琴上几个部位的专名。鹤山，即岳山，又名"琴鹤"，琴面近首一端用以架弦的横木。凤尾，即琴尾。龙池，琴底孔眼。古琴底有二孔，前端一孔名"龙池"，尾端一孔名"凤池"。（见《世本》）雁足，琴腰底部的两只木足。

⑭断纹：古琴上的髹漆，年深日久，出现裂纹，叫"断纹"。宋赵希鹄《洞天清禄集·古琴辨》："古琴以断纹为证，盖琴不历五百岁不断，愈久则断愈多。……漆器无断纹，而琴独有之者，盖他器用布漆，琴则不用，他器安闲，而琴日夜为弦所激。"断纹如"牛旄"者为上品。

⑮身登清净：意谓离开尘世，即死去。佛教称远离罪恶与烦恼为"清净"。《俱舍论》卷十六："远离一切恶行烦恼垢故，名为清净。"

⑯"瘦影"二句：明张岱《西湖梦寻》卷三"小青佛舍"载，小青，广陵人，长好读书，解音律，善弈棋。误落武陵富人，为其小妇，大妇奇妒。小青无事，辄临池自照，好与影语，絮絮如问答，人见辄止。故其诗有"瘦影自临春水照，卿须怜我我怜卿"之句。后病瘵，奄奄待尽，乃呼画师写照，画成，以梨酒供之榻前，连呼："小青！小青！"一恸而绝，年仅十八。

第九十回
失绵衣贫女耐嗷嘈①　送果品小郎惊叵测

　　却说黛玉自立意自戕之后，渐渐不支，一日竟至绝粒。从前十几天内，贾母等轮流看望，他有时还说几句话；这两日索性不大言语。心里虽有时昏晕，却也有时清楚。贾母等见他这病不似无因而起，也将紫鹃雪雁盘问过两次。两个那里敢说？便是紫鹃欲向侍书打听消息，又怕越闹越真，黛玉更死得快了，所以见了侍书，毫不提起。那雪雁是他传话弄出这样缘故来，此时恨不得长出百十个嘴来说"我没说"，自然更不敢提起。到了这一天黛玉绝粒之日，紫鹃料无指望了，守着哭了会子，因出来偷向雪雁道："你进屋里来，好好儿的守着他，我去回老太太、太太和二奶奶去。今日这个光景，大非往常可比了。"雪雁答应，紫鹃自去。

　　这里雪雁正在屋里伴着黛玉，见他昏昏沉沉，小孩子家那里见过这个样儿，只打谅如此便是死的光景了，心中又痛又怕，恨不得紫鹃一时回来才好。正怕着，只听窗外脚步走响，雪雁知是紫鹃回来，才放下心了，连忙站起来，掀着里间帘子等他。只见外面帘子响处，进来了一个人，却是侍书。那侍书是探春打发来看黛玉的，见雪雁在那里掀着帘子，便问道："姑娘怎么样？"雪雁点点头儿，叫他进来。侍书跟进来，见紫鹃不在屋里，睄了睄黛玉，只剩得残喘微延，唬的惊疑不止。因问："紫鹃姐姐呢？"雪雁道："告诉上屋里去了。"

　　那雪雁此时只打谅黛玉心中一无所知了，又见紫鹃不在面前，因悄悄的拉了侍书的手问道："你前日告诉我说的什么王大爷给这里宝二爷说了亲，是真话么？"侍书道："怎么不真！"雪雁道："多早晚放定的？"侍书道："那里就放定了呢？那一天我告诉你时，是我听见小红说的。后来我到二奶奶那边去，二奶奶正和平姐姐说呢，道：'那都是门客们借着这个事讨老爷的喜欢，往后好拉拢的意思。别说大太太说不好，就是大太太愿意，说那姑娘好，那大太太眼里看的出什么人来？再者，老太太心里早有了人了，就在咱们园子里的，大太太那里摸的着底呢？老太太不过因老爷的话，不得不问问罢咧。'又听见二奶奶说：'宝玉的事，老太太总是要亲上作亲的，凭谁来说亲，横竖不中用。'"雪雁听到这里，也忘了神了，因说道："这是怎么说！白白的送了我们这一位的命了！"侍书道："这是从那里说起？"雪雁道："你还不知道呢！前日都是我和紫鹃姐姐说来着，这一位听见了，就弄到这步田地了。"侍书道："你悄悄儿的说罢，看仔细他听见了。"雪雁道："人事都不醒了，睄睄罢，左不过在这一两天了。"正说着，只见紫鹃掀帘进来说："这还了得！你们有什么话，还不出去说，还在这里说！索性逼死他就完了。"侍书道："我不信有这样奇事。"紫鹃道："好姐姐，不是我说，你又该恼了。你懂得什么呢？懂得也不传这些舌了。"

　　这里三个人正说着，只听黛玉忽然又嗽了一声，紫鹃连忙跑到炕沿前站着，侍书雪雁也都不言语了。紫鹃湾着腰，在黛玉身后轻轻问道："姑娘，喝口水罢？"黛玉微微答应了一声。雪雁连忙倒了半钟滚白水，紫鹃接了托着，侍书也走近前来。紫鹃和他摇头儿，不叫他说话，侍书只得咽住了。站了一回，黛玉又嗽了一声。紫鹃趁势问道："姑娘，喝水呀？"黛玉又微微应了一声，那头似有欲抬之意，那里抬得起？紫鹃爬上炕去，爬在黛玉傍边，端着水，试了冷热，送到唇边，扶了黛玉的头，就到碗边，喝了一口。紫鹃才要拿时，黛玉意思还要喝一口，紫鹃便托着那碗不动。黛玉又喝了一口，摇摇头儿，不喝了。喘了一口气，仍旧躺下。半日，微微睁眼，说道："刚才说话不是侍书么？"紫鹃答应道："是。"侍书尚未出去，因连忙过来问候。黛玉睁眼看了，点点头儿，又歇了一歇，说道："回去问你姑娘好罢。"侍书见这番光景，只当黛玉嫌烦，只得悄悄的退出去了。

原来那黛玉虽则病势沉重，心里却还明白。起先侍书雪雁说话时，他也模糊听见了一半句，却只作不知，也因实无精神答理。及听了雪雁侍书的话，才明白过前头的事情原是议而未成的。又兼侍书说是凤姐说的，老太太的主意，亲上作亲，又是园中住着的，非自己而谁？因此一想，阴极阳生，心神顿觉清爽许多，所以才喝了两口水，又要想问侍书的话。恰好贾母、王夫人、李纨、凤姐听见紫鹃之言都赶着来看。黛玉心中疑团已破，自然不似先前寻死之意。虽身体软弱，精神短少，却也勉强答应一两句了。凤姐因叫过紫鹃，问道："姑娘也不至这样。这是怎么说，你这样唬人。"紫鹃道："实在头里看着不好，才敢去告诉的。回来见姑娘竟好了许多，也就怪了。"贾母笑道："你也别怪他。他懂得什么？看见不好就言语，这倒是他明白的地方。小孩子家不嘴懒脚嫩就好。"说了一回，贾母等料着无妨，也就去了。正是：

> 心病终须心药治，解铃还是系铃人②。

不言黛玉病渐减退。且说雪雁紫鹃背地里都念佛。雪雁向紫鹃说道："亏他好了，只是病的奇怪，好的也奇怪。"紫鹃道："病的倒不怪，就只好的奇怪。想来宝玉和姑娘必是姻缘。人家说的：'好事多磨。'又说道：'是姻缘棒打不回。'这样看起来，人心天意，他们两个竟是天配的了。再者，你想那一年，我说了林姑娘要回南去，把宝玉没急死了，闹得家翻宅乱；如今一句话又把这一个弄的死去活来：可不说的'三生石上'百年前结下的么？"说着，两个悄悄的抿着嘴笑了一回。雪雁又道："幸亏好了！咱们明儿再别说了，就是宝玉娶了别的人家儿的姑娘，我亲见他在那里结亲，我也再不露一句话了。"紫鹃笑道："这就是了。"不但紫鹃和雪雁在私下里讲究，就是众人也都知道黛玉的病也病的奇怪，好也好得奇怪，三三两两，唧唧哝哝议论着。不多几时，连凤姐儿也知道了，邢王二夫人也有些疑惑，倒是贾母略猜着了八九。

那时正值邢王二夫人、凤姐等在贾母房中说闲话，说起黛玉的病来。贾母道："我正要告诉你们。宝玉和林丫头是从小儿在一处的，我只说小孩子们，怕什么？以后时常听得林丫头忽然病，忽然好，都为有了些知觉了。所以我想他们若尽着搁在一块儿，毕竟不成体统。你们怎么说？"王夫人听了，便呆了一呆，只得答应道："林姑娘是个有心计儿的。至于宝玉，呆头呆脑，不避嫌疑是有的。看起外面，却还都是个小孩儿形象。此时若忽然或把那一个分出园外，不是倒露了什么痕迹了么？古来说的：'男大须婚，女大须嫁。'老太太想，倒是赶着把他们的事办办也罢了。"贾母皱了一皱眉，说道："林丫头的乖僻，虽也是他的好处，我的心里不把林丫头配他，也是为这点子；况且林丫头这样虚弱，恐不是有寿的。只有宝丫头最妥。"王夫人道："不但老太太这么想，我们也是这样。但林姑娘也得给他说了人家儿才好。不然，女孩儿家长大了，那个没有心事？倘或真与宝玉有些私心，若知道宝玉定下宝丫头，那倒不成事了。"贾母道："自然先给宝玉娶了亲，然后给林丫头说人家。再没有先是外人、后是自己的。况且林丫头年纪到底比宝玉小两岁。依你们这样说，倒是宝玉定亲的话，不许叫他知道倒罢了。"凤姐便吩咐众丫头们道："你们听见了？宝二爷定亲的话，不许混吵嚷；若有多嘴的，提防着他的皮！"贾母又向凤姐道："凤哥儿，你如今自从身上不大好，也不大管园里的事了。我告诉你，须得经点儿心。不但这个，就象前年那些人喝酒耍钱，都不是事。你还精细些，少不得多分点心儿，严紧严紧他们才好。况且我看他们也就只还服你。"凤姐答应了。娘儿们又说了一回话，方各自散了。

从此，凤姐常到园中照料。一日，刚走进大观园，到了紫菱洲畔，只听见一个老婆子在那里嚷。凤姐走到跟前，那婆子才瞧见了，早垂手侍立，口里请了安。凤姐道："你在这里闹什么？"婆子道："蒙奶奶们派我在这里看守花果，我也没有差错，不料邢姑娘的丫头说我们是贼。"凤姐道："为什么呢？"婆子道："昨儿我们家的黑儿跟着我到这里顽了一回，他不知道，又往邢姑娘那边去瞧了一瞧，我就叫他回去了。今儿早起，听见他们丫头说，丢了东西了。我问他丢了什么，他就问起我来了。"凤姐道："问了你一声，也犯不着生气呀。"婆子道："这里园子，到底是奶奶家里的，并不是他们家里的。我们都是奶奶派的，贼名儿怎么敢认呢？"凤姐照脸啐了一口，厉声道："你少在我跟前唠唠叨叨的！你在这里照看，姑娘丢了东西，你们就该问哪，怎么说出这些没道理的话来？把老林叫了来，撵他出去。"丫头们答应了。只见邢岫烟赶忙出来，迎着凤姐陪笑道："这使不得，没有的事。事情早过去了。"凤姐道："姑娘，不是这个话。倒不讲事情，这名分上太岂有此理了。"岫烟见婆子跪在地下告饶，便忙请凤姐到里边去坐。凤姐道："他们这种人，我知道他，除了我，其余都没上没下的了。"岫烟再三替他讨饶，只说自己的丫头不好。凤姐道："我看着邢姑娘的分上，饶你这一次。"婆子才起来磕了头，又给岫烟磕了头，才出去了。

这里二人让了坐，凤姐笑问道："你丢了什么东西了？"岫烟笑道："没有什么要紧的，是一件红小袄儿，已经旧了的。我原叫他们找，找不着就罢了。这小丫头不懂事，问了那婆子一声，那婆子自然不依了。这都是小丫头糊涂不懂事，我也骂了几句。已经过去了，不必再提了。"凤姐把岫烟内外一瞧，看见虽有些皮绵衣服，已是半新不旧的，未必能暖和，他的被窝多半是薄的。至于房中桌上摆设的东西，就是老太太拿来的，却一些不动，收拾的干干净净。凤姐心上便狠爱敬他，说道："一件衣服，原不要紧。这时候冷，又是贴身的，怎么就不问一声儿呢？这撒野的奴才，了不得了！"说了一回，凤姐出来，各处去坐了一坐，就回去了。到了自己房中，叫平儿取了一件大红洋绉的小袄儿，一件松花色绫子一抖珠儿的小皮袄，一条宝蓝盘锦镶花绵裙[③]，一件佛青银鼠褂子[④]，包好叫人送去。

那时岫烟被那老婆子聒噪了一场，虽有凤姐来压住，心上终是不安。想起"许多姐妹们在这里，没有一个下人敢得罪他的，独自我这里，他们言三语四，刚刚凤姐来碰见"。想来想去，终是没意思，又说不出来。正在吞声饮泣，看见凤姐那边的丰儿送衣服过来。岫烟一看，决不肯受。丰儿道："奶奶吩咐我说：'姑娘要嫌是旧衣裳，将来送新的来。'"岫烟笑谢道："承奶奶的好意。只是因我丢了衣服，他就拿来，我断不敢受的。拿回去，千万谢你们奶奶！承你奶奶的情，我算领了。"倒拿个荷包给了丰儿，那丰儿只得拿了去了。

不多时，又见平儿同着丰儿过来，岫烟忙迎着问了好，让了坐。平儿笑说道："我们奶奶说：姑娘特外道的了不得！"岫烟道："不是外道，实在不过意。"平儿道："奶奶说：'姑娘要不收这衣裳，不是嫌太旧，就是瞧不起我们奶奶。'刚才说了：我要拿回去，奶奶不依我呢。"岫烟红着脸笑谢道："这样说了，叫我不敢不收。"又让了一回茶。

平儿同丰儿回去，将到凤姐那边，碰见薛家差来的一个老婆子，接着问好。平儿便问道："你那里来的？"婆子道："那边太太、姑娘叫我来请各位太太、奶奶、姑娘们的安。我才刚在奶奶前问起姑娘来，说姑娘到园中去了。可是从邢姑娘那里来么？"平儿道："你怎么知道？"婆子道："方才听见说，真真的二奶奶和姑娘们的行事叫人感念！"平儿笑了一笑说："你回来坐着罢。"婆子道："我还有事，改日再过来瞧姑娘罢。"说着走了。平儿回来，回复了凤姐。不在话下。

且说薛姨妈家中被金桂搅得翻江倒海，看见婆子回来，说起岫烟的事，宝钗母女二人不免滴下泪来。宝钗道："都为哥哥不在家，所以叫邢姑娘多吃几天苦。如今还亏凤姐姐不错。咱们底下也得留心，到底是咱们家里人。"说着，只见薛蝌进来说道："大哥哥这几年在外头相与的都是些什么人！连一个正经的也没有，来一起子，都是些狐群狗党。我看他们那里是不放心，不过将来探探消息儿罢咧。这两天都被我赶出去了。以后吩咐了门上，不许传进这种人来。"薛姨妈道："又是蒋玉函那些人哪？"薛蝌道："蒋玉函却倒没来，倒是别人。"薛姨妈听了薛蝌的话，不觉又伤心起来，说道："我虽有儿，如今就像没有的了。就是上司准了，也是个废人。你虽是我侄儿，我看你还比你哥哥明白些，我这后辈子全靠你了。你自己从今更要学好。再者，你聘下的媳妇儿，家道不比往时了。人家的女孩儿出门子不是容易，再没别的想头，只盼着女婿能干，他就有日子过了。若邢丫头也像这个东西……"说着，把手往里头一指，道："我也不说了。邢丫头实在是个有廉耻有心计儿的，又守得贫，耐得富。只是等咱们的事过去了，早些儿把你们的正经事完结了，也了我一宗心事。"薛蝌道："琴妹妹还没有出门子，这倒是太太烦心的一件事。至于这个，可算什么呢。"

大家又说了一回闲话，薛蝌回到自己房中，吃了晚饭，想起邢岫烟住在贾府园中，终是寄人篱下；况且又穷，日用起居不想可知。况兼当初一路同来，模样儿，性格儿，都知道的。可知天意不均：如夏金桂这种人，偏叫他有钱，娇养得这般泼辣；邢岫烟这种人，偏叫他这样受苦。阎王判命的时候，不知如何判法的？想到闷来，也想吟诗一首，写出来出出胸中的闷气，又苦自己没有工夫，只得混写道：

> 蛟龙失水似枯鱼⑤，两地情怀感索居⑥。同在泥涂多受苦⑦，不知何日向清虚⑧！

写毕，看了一回，意欲拿来粘在壁上，又不好意思，自己沉吟道："不要被人看见笑话。"又念了一遍，道："管他呢，左右粘上自己看着解闷儿罢。"又看了一回，到底不好，拿来夹在书里。又想："自己年纪可也不小了，家中又碰见这样飞灾横祸，不知何日了局。致使幽闺弱质，弄得这般凄凉寂寞。"

正在那里想时，只见宝蟾推进门来，拿着一个盒子，笑嘻嘻放在桌上。薛蝌站起来让坐。宝蟾笑着向薛蝌道："这是四碟果子，一小壶儿酒：大奶奶叫给二爷送来的。”薛蝌陪笑道：“大奶奶费心！但是叫小丫头们送来就完了，怎么又劳动姐姐呢？”宝蟾道：“好说。自家人，二爷何必说这些套话？再者，我们大爷这件事，实在叫二爷操心，大奶奶久已要亲自弄点什么儿谢二爷，又怕别人多心。二爷是知道的，咱们家里都是言合意不合，送点子东西没要紧，倒没的惹人七嘴八舌的讲究。所以今日些微的弄了一两样果子，一壶酒，叫我亲自悄悄儿的送来。”说着，又笑瞅了薛蝌一眼，道：“明儿二爷再别说这些话，叫人听着怪不好意思的。我们不过也是底下的人；伏侍的着大爷，就伏侍的着二爷，这有何妨呢？”

薛蝌一则秉性忠厚，二则到底年轻，只是向来不见金桂和宝蟾如此相待，心中想到刚才宝蟾说为薛蟠之事，也是情理，因说道：“果子留下罢，这个酒儿，姐姐只管拿回去。我向来的酒上实在狠有限，挤住了，偶然喝一钟；平白无事，是不能喝的。难道大奶奶和姐姐还不知道么？”宝蟾道：“别的我作得主，独这一件事，我可不敢应。大奶奶的脾气儿，二爷是知道的：我拿回去，不说二爷不喝，倒要说我不尽心了。”薛蝌没法，只得留下。宝蟾方才要走，又到门口往外看看，回过头来向着薛蝌一笑；又用手指着里面说道：“他还只怕要来亲自给你道乏呢。”薛蝌不知何意，反倒讪讪的起来，因说道：“姐姐替我谢大奶奶罢。天气寒，看凉着。再者，自己叔嫂也不必拘这些个礼。”宝蟾也不答言，笑着走了。

薛蝌始而以为金桂为薛蟠之事，或者真是不过意，备此酒果给自己道乏，也是有的。及见了宝蟾这种鬼鬼祟祟、不尴不尬的光景，也觉了几分，却自己回心一想：“他到底是嫂子的名分，那里就有别的讲究了呢？或者宝蟾不老成，自己不好意思怎么样，却指着金桂的名儿，也未可知。然而到底是哥哥的屋里人，也不好……”忽又一转念：“那金桂素性为人，毫无闺阁理法，况且有时高兴，打扮得妖调非常，自以为美，又焉知不是怀着坏心呢？

不然，就是他和琴妹妹也有了什么不对的地方儿，所以设下这个毒法儿，要把我拉在浑水里，弄一个不清不白的名儿，也未可知。"想到这里，索性倒怕起来。正在不得主意的时候，忽听窗外"噗哧"的笑了一声，把薛蝌倒唬了一跳。未知是谁，下回分解。

【注释】

①嗷嘈：吵闹。

②"解铃"句：本为禅宗语。明瞿汝稷《指月录》卷二三："金陵清凉泰钦法灯禅师在众日，性豪逸，不事事，众易之，法眼独契重。眼一日问众：'虎项金铃，是谁解得？'众无对。师适至，眼举前语问，师曰：'系者解得。'眼曰：'汝辈轻渠不得。'"后来比喻谁做事情出了问题，仍须由谁去解决。

③宝蓝盘锦镶花绵裙：以金线刺绣和花式滚边的蓝色丝绵裙子。宝蓝，一种鲜明的蓝色。盘锦，又称"平金"，指绵裙的纹饰以金线刺绣而成，因金线亦称锦线，故称"盘锦"。其方法是以金线加绣，制成各种图案纹饰。镶花，谓以花式的滚条镶制。镶，指衣服边缘的滚条。

④佛青：颜料名。又名"佛头青"，石青之一种。清李斗《扬州画舫录》卷一："佛头青，即深青。"是绘佛像时用以着佛头部的石青色，故名。

⑤蛟龙失水：指陷入困境，不能飞黄腾达。蛟龙，是古代传说中两种神异的动物。相传蛟龙得水，即能兴云作雾，腾踔太空。所以人们常用"蛟龙得水"比喻有才能的人获得施展的机会。《北史·杨大眼传》："大眼顾谓同寮曰：'吾之今日，所谓蛟龙得水之秋，自此一举，不复与诸君齐列矣。'"枯鱼：干鱼。《庄子·外物》："吾得斗升之水然活耳，君乃言此，曾不如早索我于枯鱼之肆。"后用"枯鱼"比喻身处穷途，困顿无助。

⑥索居：即独处，孤独的生活。索，孤单。东晋陶渊明《和刘柴桑》诗："直为亲旧故，未忍言索居。"

⑦泥涂：草野的意思。比喻地位卑下。

⑧清虚：天空。比喻尊荣的地位。

第九十一回
纵淫心宝蟾工设计　布疑阵宝玉妄谈禅

　　话说薛蝌正在狐疑，忽听窗外一笑，唬了一跳，心中想道："不是宝蟾，定是金桂。只不理他们，看他们有什么法儿。"听了半日，却又寂然无声。自己也不敢吃那酒果，掩上房门，刚要脱衣时，只听见窗纸上微微一响。薛蝌此时被宝蟾鬼混了一阵，心中七上八下，竟不知是如何是好，听见窗纸微响，细看时又无动静，自己反倒疑心起来，掩了怀，坐在灯前，呆呆的细想；又把那果子拿了一块，翻来复去的细看。猛回头，看见窗上纸湿了一块。走过来觑着眼看时，冷不防外面往里一吹，把薛蝌唬了一大跳，听得"吱吱"的笑声，薛蝌连忙把灯吹灭了，屏息而卧。只听外面一个人说道："二爷为什么不喝酒吃果子，就睡了？"这句话仍是宝蟾的话音，薛蝌只不作声装睡。又隔有两句话时，又听得外面似有恨声道："天下那里有这样没造化的人！"薛蝌听了是宝蟾，又似是金桂的语音，这才知道他们原来是这一番意思。翻来复去，直到五更后才睡着了。

　　刚到天明，早有人来扣门。薛蝌忙问："是谁？"外面也不答应。薛蝌只得起来，开了门看时，却是宝蟾，拢着头发，掩着怀，穿一件片锦边琵琶襟小紧身①，上面系一条松花绿半新的汗巾，下面并未穿裙，正露着石榴红洒花夹裤，一双新绣红鞋。原来宝蟾尚未梳洗，恐怕人见，赶早来取家伙。薛蝌见他这样打扮便走进来，心中又是一动，只得陪笑问道："怎么这样早就起来了？"宝蟾把脸红着，并不答言，只管把果子折在一个碟子里，端着就走。薛蝌见他这般，知是昨晚的原故，心里想道："这也罢了。倒是他们恼了，索性死了心，也省得来缠。"于是把心放下，唤人舀水洗脸，自己打算在家里静坐两天，一则养养心神，二则出去怕人找他。原来和薛蟠好的那些人，因见薛家无人，只有薛蝌在那里办事，年纪又轻，便生许多觊觎之心。也有想插在里头做跑腿的；也有得做状子的，认得一二个书役的②，要给他上下打点的；甚至有叫他在内趁钱的③；也有造作谣言恐吓的：种种不一。薛蝌见了这些人，远远躲避，又不敢面辞，恐怕激出意外之变，只好藏在家中听候转详，不提。

且说金桂昨夜打发宝蟾送了些酒果去探探薛蝌的消息，宝蟾回来，将薛蝌的光景一一的说了。金桂见事有些不大投机，便怕白闹一场，反被宝蟾瞧不起；欲把两三句话遮饰，改过口来，又可惜了这个人。心里倒没了主意，怔怔的坐着。那知宝蟾亦知薛蟠难以回家，正欲寻个头路，因怕金桂拿他，所以不敢透漏。今见金桂所为，先已开了端了，他便乐得借风使船④，先弄薛蝌到手，不怕金桂不依，所以用言挑拨。见薛蝌似非无情，又不甚兜揽，一时也不敢造次。后来见薛蝌吹灯自睡，大觉扫兴，回来告诉金桂，看金桂有甚方法，再作道理。及见金桂怔怔的，似乎无技可施，他也只得陪金桂收拾睡了。夜里那里睡得着？翻来复去，想出一个法子来：不如明儿一早起来，先去取了家伙，却自己换上一两件动人的衣服，也不梳洗，越显出一番娇媚来；只看薛蝌的神情，自己反倒装出一番恼意，索性不理他；那薛蝌若有悔心，自然移船泊岸⑤，不愁不先到手。及至见了薛蝌，仍是昨晚这般光景，并无邪僻之意，自己只得以假为真，端了碟子回来；却故意留下酒壶，以为再来搭转之地。只见金桂问道："你拿东西去，有人碰见么？"宝蟾道："没有。""二爷也没问你什么？"宝蟾道："也没有。"金桂因一夜不曾睡着，也想不出一个法子来，只得回思道："若作此事，别人可瞒，宝蟾如何能瞒？不如我分惠于他，他自然没有不尽心的。我又不能自去，少不得要他作脚⑥，倒不如和他商量一个稳便主意。"因带笑说道："你看二爷到底是个怎么样的人？"宝蟾道："倒像个糊涂人。"金桂听了笑道："你如何说起爷们来了？"宝蟾也笑道："他辜负奶奶的心，我就说得他！"金桂道："他怎么辜负我的心？你倒得说说。"宝蟾道："奶奶给他好东西吃，他倒不吃，这不是辜负奶奶的心么？"说着，却把眼溜着金桂一笑。金桂道："你别胡想！我给他送东西，为大爷的事不辞劳苦，我所以敬他；又怕人说瞎话，所以问你。你这些话向我说，我不懂是什么意思。"宝蟾笑道："奶奶别多心。我是跟奶奶的，还有两个心么？但是事情要密些，倘或声张起来，不是顽的。"

　　金桂也觉得脸飞红了，因说道："你这个丫头，就不是个好货！想来你心里看上了，却拿我作筏子，是不是呢？"宝蟾道："只是奶奶那么想罢咧，我到是替奶奶难受。奶奶要真瞧二爷好，我倒有个主意。奶奶想，'那个耗子不偷油'呢？他也不过怕事情不密，大家闹出乱子来不好看。依我想：奶奶且别性急，时常在他身上不周不备的去处⑦，张罗张罗。他是个小叔子，又没娶媳妇儿，奶奶就多尽点心儿，和他贴个好儿，别人也说不出什么来。过几天，他感奶奶的情，他自然要谢候奶奶。那时奶奶再备点东西儿在咱们屋里，我帮着奶奶灌醉了他，怕跑了他？他要不应，咱们索性闹起来，就说他调戏奶奶。他害怕，他自然得顺着咱们的手儿。他再不应，他也不是人，咱们也不至白丢了脸面。奶奶想怎么样？"金桂听了这话，两颧早已红晕了，笑骂道："小蹄子，你倒偷过多少汉子的是的，怪不得大爷在家时，离不开你。"宝蟾把嘴一撇，笑说道："罢哟！人家倒替奶奶拉纤，奶奶倒往我们说这个话咧。"从此，金桂一心笼络薛蝌，倒无心混闹了，家中也少觉安静。

　　当日宝蟾自去取了酒壶，仍是稳稳重重，一脸的正气。薛蝌偷眼看了，反倒后悔，疑心"或者是自己错想了他们，也未可知。果然如此，倒辜负了他这一番美意，保不住日后倒要和自己也闹起来，岂非自惹的呢？"过了两天，甚觉安静。薛蝌遇见宝蟾，宝蟾便低头走了，连眼皮儿也不抬；遇见金桂，金桂却一盆火儿的赶着。薛蝌见这般光景，反倒过意不去。这且不表。

且说宝钗母女觉得金桂几天安静，待人忽亲热起来，一家子都为罕事。薛姨妈十分欢喜，想到："必是薛蟠娶这媳妇时冲犯了什么，才败坏了这几年。目今闹出这样事来，亏得家里有钱，贾府出力，方才有了指望。媳妇儿忽然安静起来，或者是蟠儿转过运气来了，也未可知。"于是自己心里倒以为希有之奇。这日饭后，扶了同贵过来，到金桂房里瞧瞧。走到院中，只听一个男人和金桂说话。同贵知机，便说道："大奶奶，老太太过来了。"说着，已到门口，只见一个人影儿在房门后一躲。薛姨妈一吓，倒退了出来。金桂道："太太请里头坐，没有外人。他就是我的过继兄弟，本住在屯里，不惯见人。因没有见过太太，今儿才来，还没去请太太的安。"薛姨妈道："既是舅爷，不妨见见。"金桂叫兄弟出来见了薛姨妈，作了一个揖，问了好。薛姨妈也问了好，坐下叙起话来。薛姨妈道："舅爷上京几时了？"那夏三道："前月我妈没有人管家，把我过继来的。前日才进京，今日来瞧姐姐。"薛姨妈看那人不尴尬⑧，于是略坐坐儿，便起身道："舅爷坐着罢。"回头向金桂道："舅爷头上末下的来⑨，留在咱们这里吃了饭再去罢。"金桂答应着，薛姨妈自去了。

金桂见婆婆去了，便向夏三道："你坐着。今日可是过了明路的了，省得我们二爷查考你。我今日还叫你买些东西，只别叫众人看见。"夏三道："这个交给我就完了。你要什么，只要有钱，我就买得来。"金桂道："且别说嘴。你买上了当，我可不收。"说着，二人又笑了一回，然后金桂陪夏三吃了晚饭，又告诉他买的东西，又嘱咐一回，夏三自去。从此夏三往来不绝。虽有个年老的门上人，知是舅爷，也不常回。从此生出无限风波。这是后话不表。

一日，薛蟠有信寄回，薛姨妈打开叫宝钗看时，上写：

> 男在县里也不受苦，母亲放心。但昨日县里书办说，府里已经准详，想是我们的情到了。岂知府里详上去，道里反驳下来⑩。亏得县里主文相公好，即刻做了回文顶上去了，那道里却把知县申饬。现在道里要亲提，若一上去，又要吃苦。必是道里没有托到。母亲见字，快快托人求道爷去。还叫兄弟快来，不然，就要解道。银子短不得。火速，火速！

薛姨妈听了，又哭了一场，自不必说。薛蝌一面劝慰，一面说道："事不宜迟。"薛姨妈没法，只得叫薛蝌到县照料，命人即便收拾行李，兑了银子，家人李祥本在那里照应的，薛蝌又同了一个当中伙计，连夜起程。那时手忙脚乱，虽有下人办理，宝钗又恐他们思想不到，亲来帮着，直闹至四更才歇。到底富家女子娇养惯的，心上又急，又苦劳了一会，晚上就发烧，到了明日，汤水都吃不下。莺儿去回了薛姨妈。

薛姨妈急来看时，只见宝钗满面通红，身如燔灼，话都不说。薛姨妈慌了手脚，便哭得死去活来。宝琴扶着劝薛姨妈。秋菱也泪如泉涌，只管叫着。宝钗不能说话，手也不能摇动，眼干鼻塞。叫人请医调治，渐渐苏醒回来，薛姨妈等大家略略放心。早惊动荣宁两府的人。先是凤姐打发人送十香返魂丹来⑪，随后王夫人又送至宝丹来⑫，贾母邢王二夫人以及尤氏等都打发丫头来问候，却都不叫宝玉知道。一连治了七八天，终不见效。还是他自己想起"冷香丸"，吃了三丸，才得病好。后来宝玉也知道了，因病好了，没有瞧去。

那时薛蝌又有信回来。薛姨妈看了，怕宝钗耽忧，也不叫他知道，自己来求王夫人，并述了一会子宝钗的病。薛姨妈去后，王夫人又求贾政。贾政道："此事上头可托，底下难托，必须打点才好。"王夫人又提起宝钗的事来，因说道："这孩子也苦了。既是我家的人了，也该早些娶了过来才是，别叫他遭塌坏了身子。"贾政道："我也是这么想。但是他家乱忙，况且如今到了冬底，已经年近岁逼，不无各自要料理些家务。今冬且放了定，明春再过礼。过了老太太的生日，就定日子娶。你把这番话先告诉薛姨太太。"王夫人答应了。

到了明日，王夫人将贾政的话向薛姨妈述了，薛姨妈想着也是。到了饭后，王夫人陪着来到贾母房中，大家让了坐。贾母道："姨太太才过来？"薛姨妈道："还是昨儿过来的，因为晚了，没得过来给老太太请安。"王夫人便把贾政昨夜所说的话向贾母述了一遍，贾母甚喜。说着，宝玉进来了，贾母便问道："吃了饭了没有？"宝玉道："才打学房里回来，吃了，要往学房里去，先见见老太太。又听见说姨妈来了，过来给姨妈请请安。"因问："宝姐姐可大好了？"薛姨妈笑道："好了。"原来方才大家正说着，见宝玉进来，都煞住了。宝玉坐了坐，见薛姨妈情形不似从前亲热，"虽是此刻没有心情，也不犯大家都不言语。"满腹猜疑，自往学中去了。

晚间回来，都见过了，便往潇湘馆来。掀帘进去，紫鹃接着。见里间屋内无人。宝玉道："姑娘那里去了？"紫鹃道："上屋里去了。知道薛姨妈过来，姑娘请安去了。二爷没有到上屋里去么？"宝玉道："我去了来的，没有见你姑娘。"紫鹃道："这也奇了。"宝玉问："姑娘到底那里去了？"紫鹃道："不定。"宝玉往外便走，刚出屋门，只见黛玉带着雪雁，冉冉而来。宝玉道："妹妹回来了。"缩身退步进来。黛玉进来，走入里间屋内，便请宝玉里头坐，紫鹃拿了一件外罩换上，然后坐下，问道："你上去，看见姨妈没有？"宝玉道："见过了。"黛玉道："姨妈说起我没有？"宝玉道："不但没有说起你，连见了我也不象先时亲热。今日我问起宝姐姐病来，他不过笑了一笑，并不答言。难道怪我这两天没有去瞧他么？"黛玉笑了一笑，道："你去瞧过没有？"宝玉道："头几天不知道；这两天知道了，也没有去。"黛玉道："可不是！"宝玉道："老太太不叫我去，太太也不叫我去，老爷又不叫我去，我如何敢去？若是像从前这扇小门走得通的时候，要我一天瞧他十趟也不难，如今把门堵了，要打前头过去，自然不便了。"黛玉道："他那里知道这个原故。"宝玉道："宝姐姐为人是最体谅我的。"黛玉道："你不要自己打错了主意。若论宝姐姐，更不体谅，又不是姨妈病，是宝姐姐病。向来在园中做诗，赏花，饮酒，何等热闹，如今隔开了，你看见他家里有事了，他病到那步田地，你像没事人一般，他怎么不恼呢？"宝玉道："这样，难道宝姐姐便不和我好了不成？"黛玉道："他和你好不好，我却不知，我也不过是照理而论。"

宝玉听了，瞪着眼呆了半晌。黛玉看见宝玉这样光景，也不睬他，只是自己叫人添了香，又翻出书来，细看了一会。只见宝玉把眉一皱，把脚一跺，道："我想这个人，生他做什么！天地间没有了我，倒也干净！"黛玉道："原是有了我，便有了人；有了人，便有无数的烦恼生出来：恐怖，颠倒，梦想，更有许多缠碍。才刚我说的，都是顽话。你不过是看见姨妈没精打彩，如何便疑到宝姐姐身上去？姨妈过来原为他的官司事情，心绪不宁，那里还来应酬你？都是你自己心上胡思乱想，钻入魔道里去了⑬。"宝玉豁然开朗，笑道："狠是，狠是。你的性灵，比我竟强远了。怨不得前年我生气的时候，你和我说过几句禅语，我实在对不上来。我虽丈六金身⑭，还藉你一茎所化⑮。"

黛玉乘此机会，说道："我便问你一句话，你如何回答？"宝玉盘着腿，合着手，闭着眼，嘘着嘴，道："进来。"黛玉道："宝姐姐和你好，你怎么样？宝姐姐不和你好，你怎么样？宝姐姐前儿和你好，如今不和你好，你怎么样？今儿和你好，后来不和你好，你怎么样？你和他好，他偏不和你好，你怎么样？你不和他好，他偏要和你好，你怎么样？"宝玉呆了半晌，忽然大笑道："任凭弱水三千，我只取一瓢饮⑯。"黛玉道："瓢之漂水，奈何？"宝玉道："非瓢漂水；水自流，瓢自漂耳。"黛玉道："水止珠沉，奈何？"宝玉道："禅心已作沾泥絮⑰，莫向春风舞鹧鸪⑱。"黛玉道："禅门第一戒是不打诳语的⑲。"宝玉道："有如三宝⑳。"

黛玉低头不语。只听见檐外老鸹"呱呱"的叫了几声，便飞向东南上去。宝玉道："不知主何吉凶？"黛玉道："人有吉凶事，不在鸟音中㉑。"忽见秋纹走来说道："请二爷回去。老爷叫人到园里来问过，说：二爷打学里回来了没有？袭人姐姐只说：'已经来了。'快去罢。"吓的宝玉站起身来，往外忙走。黛玉也不敢相留。未知何事，下回分解。

【注释】

①琵琶襟小紧身：右襟短缺的贴身背心。琵琶襟，清李斗《扬州画舫录》卷十一："清明前后，肩担卖食之辈，类皆俊秀少年，竞尚妆饰，每着藕蓝布衫，反绀钩边，缺其衽，谓之琵琶衿。"即衣之大襟边不到腋下，至胸前即止，后以排列较密的纽扣联结。这是清代便服前襟的一种样式。紧身，即背心。清曹庭栋《老老恒言》卷三："胸前加短襟，袖少窄长，过肘三四寸，下边缝联，名曰紧身。随寒暖为加外之衣。夹与绵与皮必俱备，为常服之最适。"

②书役：犹"书办""书吏"，衙门中承办文书的吏员。清制，书吏皆父子兄弟相传，其职位虽卑，然熟于吏事成例，暗操实权。

③趁钱：赚钱。这里是乘机捞一把的意思。

④借风使船：比喻借别人的力量行事。

⑤移船泊岸：比喻主动投合的意思。

⑥作脚：跑腿，传递消息。

⑦不周不备的去处：侍候不到、不周全的地方。

⑧不尴尬：这里是神色不正常的意思。

⑨头上末下：初次，头一次。

⑩道：明清时在省、府之间所设置的监察区谓之"道"，有分巡、分守等道之别，长官称为道员，以督率府、县各官。下文的"解道"，即押送到道。

⑪十香返魂丹：又名十香返生丹。《春脚集》方。由沉香、丁香、降香、琥珀、牛黄等二十多味药配制而成。主治因七情气郁而致的神昏厥迷，牙关紧闭，痰涎壅盛，神志不清，语言狂乱，哭笑失常。

⑫至宝丹：又名局方至宝丹。《太平惠民和剂局方》方。由犀角、朱砂、雄黄等九味药制成。主治中暑、中恶、中风、温病痰热内闭等症。

⑬魔道：亦叫"魔界"，佛家称邪鬼天魔的世界。如云饿鬼道、畜生道，彼等往来的道途。后引申指歧途邪路。

⑭丈六金身：《观无量寿经》："阿弥陀佛神通如意，于十方国现变自在，或现大身满虚空中，或现小身丈六，所现之身皆金色。"世俗因称佛为"丈六金身"。

⑮一茎所化：佛教传说，佛由金莲花化生。《观无量寿经》："行者命欲终时，阿弥陀佛与诸眷属持金莲花，化作五百化佛，来迎此人。"卧闲草堂本《儒林外史》第一回回末总评云："功名富贵四字，是全书第一着眼处。……以后千变万化，无非从此四字现出地狱变相，可谓一茎草化丈六金身。"一茎，指莲花。

⑯"任凭"二句：是宝玉比喻女子虽多，只爱黛玉一人。弱水，传说中水名，所说不一。《后汉书·西域传》：大秦国"西有弱水、流沙，近西王母所居处，几于日所入也"。三千，极言其长。元李好古《张生煮海》杂剧第三折："小生曾闻这仙境有弱水三千丈，可怎生去的？"一瓢饮，宋曾慥《类说》卷二引《逸士传》："许由居箕山，唯有一瓢酌水，挂于树枝。"

⑰"禅心"句：宋惠洪《冷斋夜话》卷六载，东吴僧道潜与苏东坡友善，后东坡移守东徐，潜往访之，馆于逍遥堂。东坡遣一妓向潜乞诗，潜援笔而成，有句云："禅心已作沾泥絮，不逐东风上下狂。"禅心，佛家语，指清静寂定的心境。原意谓出家人四大皆空，万念俱寂，犹如沾在泥上的飞絮，不再随春风飘摇狂荡了。这里以禅心比喻对爱情的坚贞专一。

⑱鹧鸪：指鹧鸪曲，流行于唐代。《交州异物志》："鹧鸪其志怀南，不思北徂，南人闻之则思家，故郑谷诗云：'坐中亦有江南客，莫向春风唱鹧鸪。'（《席上赠歌者》）"宝玉所说，当引郑诗而改"唱"为"舞"。

⑲第一戒：佛教五戒之一。《大乘义章》卷十二："言五戒者，所

谓不杀、不盗、不邪淫、不妄（语）、不饮酒，是其五戒也。"是佛教
在家男女教徒应遵守的五条戒约。

⑳三宝：佛家以佛、法、僧为三宝。佛，指佛教的创始人释迦牟
尼；法，指佛教教义；僧，指继承和宣扬佛教教义的僧众。

㉑"人有"二句：宋洪迈《容斋诗话》卷五："北人以乌声为喜，
鹊声为非；南人闻鹊噪则喜，闻乌声则唾而逐之，至于弦弩挟弹击使
远去。"这里是否定此类说法。

第九十二回
评女传巧姐慕贤良　玩母珠贾政参聚散

　　话说宝玉从潇湘馆出来，连忙问秋纹道："老爷叫我作什么？"秋纹笑道："没有叫。袭人姐姐叫我请二爷，我怕你不来，才哄你的。"宝玉听了，才把心放下，因说："你们请我也罢了，何苦来唬我？"说着，回到怡红院内。袭人便问道："你这好半天到那里去了？"宝玉道："在林姑娘那边，说起薛姨妈宝姐姐的事来，就坐住了。"袭人又问道："说些什么？"宝玉将打禅语的话述了一遍。袭人道："你们再没个计较。正经说些家常闲话儿，或讲究些诗句，也是好的，怎么又说到禅语上了？又不是和尚。"宝玉道："你不知道，我们有我们的禅机，别人是插不下嘴去的。"袭人笑道："你们参禅翻了，又叫我们跟着打闷葫芦了。"宝玉道："头里我也年纪小，他也孩子气，所以我说了不留神的话，他就恼了。如今我也留神，他也没有恼的了。只是他近来不常过来，我又念书，偶然到一处，好像生疏了的。"袭人道："原该这么着才是。都长了几岁年纪了，怎么好意思还象小孩子时候的样子？"

　　宝玉点头道："我也知道。如今且不用说那个。我问你：老太太那里打发人来说什么来着没有？"袭人道："没有说什么。"宝玉道："必是老太太忘了。明儿不是十一月初一日？年年老太太那里必是个老规矩，要办'消寒会'①，齐打伙儿坐下，喝酒说笑。我今日已经在学房里告了假了。这会子没有信儿，明儿可是去不去呢？若去了呢，白白的告了假；若不去，老爷知道了，又说我偷懒。"袭人道："据我说，你竟是去的是，才念的好些儿了，又想歇着。依我说也该上紧些才好。昨儿听见太太说，兰哥儿念书真好，他打学房里回来，还各自念书作文章，天天晚上弄到四更多天才睡。你比他大多了，又是叔叔，倘或赶不上他，又叫老太太生气，倒不如明儿早起去罢。"麝月道："这样冷天，已经告了假，又去，倒叫学房里说：既这么着，就不该告假呀。显见的是告谎假，脱滑儿。依我说，落得歇一天。就是老太太忘记了，咱们这里就不消寒了么？咱们也闹个会儿，不好么？"袭人道："都是你起头儿，二爷更不肯去了。"麝月道："我也是乐一天是一天，比不得你要好名儿，使唤一个月，再多得二两银子。"袭人啐道："小蹄子！人家说正经话，你又来胡拉混扯的了。"麝月道："我倒不是混拉扯，我是为你。"袭人道："为我什么？"麝月道："二爷上学去了，你又该咕嘟着嘴想着，巴不得二爷早一刻儿回来，就有说有笑的了。这会子又假撇清②，何苦呢！我都看见了。"

袭人正要骂他，只见老太太那里打发人来，说道："老太太说了，叫二爷明儿不用上学去呢。明儿请了姨太太来给他解闷，只怕姑娘们都来家里的。史姑娘、邢姑娘、李姑娘们都请了，明儿来赴什么'消寒会'呢。"宝玉没有听完，便喜欢道："可不是？老太太最高兴的，明日不上学，是过了明路的了。"袭人也便不言语了。那丫头回去。宝玉认真念了几天书，巴不得顽这一天，又听见薛姨妈过来，想着宝姐姐自然也来，心里喜欢，便说："快睡罢，明日早些起来。"于是一夜无话。

到了次日，果然一早到老太太那里请了安，又到贾政王夫人那里请了安，回明了老太太今儿不叫上学。贾政也没言语，便慢慢退出来。走了几步，便一溜烟跑到贾母房中。见众人都没来，只有凤姐那边的奶妈子，带了巧姐儿，跟着几个小丫头，过来给老太太请了安，说："我妈妈先叫我来请安，陪着老太太说说话儿。妈妈回来就来。"贾母笑着道："好孩子，我一早就起来了。等他们总不来，只有你二叔叔来了。"那奶妈子便说："姑娘，给你二叔叔请安。"宝玉也问了一声"姐姐好？"巧姐儿道："我昨夜听见我妈妈说，要请二叔叔去说话。"宝玉道："说什么呢？"

巧姐儿道:"我妈妈说,跟着李妈认了几年字,不知道我认得不认得。我说:'都认得。我认给妈妈瞧。'妈妈说我瞎认,不信,说我一天尽子顽,那里认得!我瞧着那些字也不要紧,就是那《女孝经》也是容易念的③。妈妈说我哄他,要请二叔叔得空儿的时候给我理理。"贾母听了,笑道:"好孩子,你妈妈是不认得字的,所以说你哄他。明儿叫你二叔叔理给他瞧瞧,他就信了。"宝玉道:"你认了多少字了?"巧姐儿道:"认了三千多字。念了一本《女孝经》,半个月头里又上了《列女传》。"宝玉道:"你念了懂得吗?你要不懂,我倒是讲讲这个你听罢。"贾母道:"做叔叔的也该讲究给侄女儿听听。"

宝玉道:"那文王后妃是不必说了④。想来是知道的。那姜后脱簪待罪⑤,齐国的无盐虽丑,能安邦定国⑥,是后妃里头的贤能的。若说有才的,是曹大姑、班婕妤、蔡文姬、谢道韫诸人⑦。孟光的荆钗裙布,鲍宣妻的提瓮出汲⑧,陶侃母的截发留宾⑨,还有画荻教子的⑩,这是不厌贫的。那苦的里头,有乐昌公主破镜重圆,苏蕙的回文感主⑪。那孝的是更多了,木兰代父从军⑫,曹娥投水寻父的尸首等类也多,我也说不得许多。那个曹氏的引刀割鼻⑬,是魏国的故事。那守节的更多了,只好慢慢的讲。若是那些艳的,王嫱、西子、樊素、小蛮、绛仙等⑭,妒的是秃妾发、怨洛神等类也少⑮,文君、红拂,是女中的……"贾母听到这里,说:"嗗了,不用说了。你讲的太多,他那里还记得呢。"巧姐儿道:"二叔叔才说的,也有念过的,也有没念过的。念过的二叔叔一讲,我更知道了好些。"宝玉道:"那字是自然认得的了,不用再理。明儿我还上学呢。"巧姐儿道:"我还听见我妈妈昨儿说:我们家的小红,头里是二叔叔那里的,我妈妈要了来,还没有补上人呢。我妈妈想着要把什么柳家的五儿补上,不知二叔叔要不要。"宝玉听了更喜欢,笑着道:"你听你妈妈的话,要补谁就补谁罢咧,又问什么要不要呢!"因又向贾母笑道:"我瞧大姐姐这个小模样儿,又有这个聪明儿,只怕将来比凤姐姐还强呢,又比他认的字。"贾母道："女孩儿家认得字呢也好，只是女工针黹倒是要紧的。"巧姐儿道："我也跟着刘妈妈学着做呢。什么扎花儿咧，拉锁子⑯，我虽弄不好，却也学着会做几针儿。"贾母道："咱们这样人家，固然不仗着自己做，但只到底知道些，日后才不受人家的拿捏。"巧姐儿答应着"是"，还要宝玉解说《列女传》，见宝玉呆呆的，也不敢再说。

你道宝玉呆的是什么？只因柳五儿要进怡红院，头一次是他病了，不能进来；第二次王夫人撵了晴雯，大凡有些姿色的，都不敢挑；后来又在吴贵家看晴雯去，五儿跟着他妈给晴雯送东西去，见了一面，更觉娇娜妩媚。今日亏得凤姐想着，叫他补入小红的窝儿，竟是喜出望外了，所以呆呆的想他。

贾母等着那些人，见这时候还不来，又叫丫头去请。回来李纨同着他妹子、探春、惜春、史湘云、黛玉都来了。大家请了贾母的安，众人厮见。独有薛姨妈未到，贾母又叫请去。果然姨妈带着宝琴过来。宝玉请了安，问了好，只不见宝钗邢岫烟二人。黛玉便问起："宝姐姐为何不来？"薛姨妈假说身上不好。邢岫烟知道薛姨妈在坐，所以不来。宝玉虽见宝钗不来，心中纳闷，因黛玉来了，便把想宝钗的心暂且搁开。

不多时，邢王二夫人也来了。凤姐听见婆婆们先到了，自己不好落后，只得打发平儿先来告假，说是："正要过来，因身上发热，过一回儿就来。"贾母道："既是身上不好，不来也罢。咱们这时候狠该吃饭了。"丫头们把火盆往后挪了一挪儿，就在贾母榻前一溜摆下两桌，大家序次坐下。吃了饭，依旧围炉闲谈，不须多赘。

且说凤姐因何不来？头里为着倒比邢王二夫人迟了不好意思，后来旺儿家的来回说："迎姑娘那里打发人来请奶奶安，还说并没有到上头，只到奶奶这里来。"凤姐听了纳闷，不知又是什么事，便叫那人进来，问："姑娘在家好？"那人道："有什么好的！奴才并不是姑娘打发来的，实在是司棋的母亲央我来求奶奶的。"凤姐道："司棋已经出去了，为什么来求我？"那人道："自从司棋出去，终日啼哭。忽然那一日，他表兄来了。他母亲见了，恨的什么是的，说他害了司棋，一把拉住要打。那小子不敢言语。谁知司棋听见了，急忙出来，老着脸^①，和他母亲道：'我是为他出来的，我也恨他没良心。如今他来了，妈要打他，不如勒死了我。'他母亲骂他：'不害臊的东西！你心里要怎么样？'司棋说道：'一个女人配一个男人。我一时失脚，上了他的当，我就是他的人了，决不肯再失身给别人的。我恨他为什么这样胆小！'一身作事一身当'，为什么要逃？就是他一辈子不来了，我也一辈子不嫁人的。妈要给我配人，我原拚着一死的。今儿他来了，妈问他怎么样。若是他不改心，我在妈跟前磕了头，只当是我死了，他到那里，我跟到那里，就是讨饭吃也是愿意的。'他妈气得了不得，便哭着骂着说：'你是我的女儿，我偏不给他，你敢怎么着？'那知道那司棋这东西糊涂，便一头撞在墙上，把脑袋撞破，鲜血直流，竟死了。他妈哭着，救不过来，便要叫那小子偿命。他表兄也奇：'你们不用着急。我在外头原发了财，因想着他才回来的，心也算是真了。你们若不信，只管瞧。'说着，打怀里掏出一匣子金珠首饰来。他妈妈看见了，便心软了，说：'你既有心，为什么总不言语？'他外甥道：'大凡女人都是水性杨花，我若说有钱，他便是贪图银钱了。如今，他只为人就是难得的。我把金珠给你们，我去买棺盛殓他。'那司棋的母亲接了东西，也不顾女孩儿了，便由着外甥去。那里知道他外甥叫人抬了两口棺材来。司棋的母亲看见，咤异说：'怎么棺材要两口？'他外甥笑道：'一口装不下，得两口才好。'司棋的母亲见他外甥又不哭，只当是他心疼的傻了。岂知他忙着把司棋收拾了，也不啼哭，眼错不见，把带的小刀子往脖子里一抹，也就抹死了。司棋的母亲懊悔起来，倒哭得了不得。如今坊上知道了，要报官。他急了，央我来求奶奶说个人情，他再过来给奶奶磕头。"

凤姐听了，咤异道："那有这样傻丫头，偏偏的就碰见这个傻小子！怪不得那一天翻出那些东西来，他心里没得人是的。敢只是这么个烈性孩子。论起来我也没这么大工夫管他这些闲事，但只你才说的，叫人听着，怪可怜见儿的。也罢了，你回去告诉他，我和你二爷说，打发旺儿给他撕掳就是了。"凤姐打发那人去了，才过贾母这边来，不提。

且说贾政这日正与詹光下大棋，通局的输赢也差不多，单为着一只角儿，死活未分，在那里打结⑱。门上的小厮进来回道："外面冯大爷要见老爷。"贾政道："请进来。"小厮出去请了，冯紫英走进门来，贾政即忙迎着。冯紫英进来，在书房中坐下，见是下棋，便道："只管下棋，我来观局。"詹光笑道："晚生的棋是不堪瞧的。"冯紫英道："好说，请下罢。"贾政道："有什么事么？"冯紫英道："没有什么话。老伯只管下棋，我也学几着儿。"贾政向詹光道："冯大爷是我们相好的，既没事，我们索性下完了这一局再说话儿。冯大爷在旁边瞧着。"冯紫英道："下采不下采⑲？"詹光道："下采的。"冯紫英道："下采的是不好多嘴的。"贾政道："多嘴也不妨，横竖他输了十来两银子，终久是不拿出来的。往后只好罚他做东便了。"詹光笑道："这倒使得。"冯紫英道："老伯和詹公对下么？"贾政笑道："从前对下，他输了；如今让他两个子儿，他又输了。时常还要悔几着。不叫他悔，他就急了。"詹光也笑道："没有的事。"贾政道："你试试瞧。"大家一面说笑，一面下完了，做起棋来⑳，詹光还了棋头㉑，输了七个子儿。冯紫英道："这盘终吃亏在打结里头。老伯结少，就便宜了。"

贾政对冯紫英道："有罪，有罪，咱们说话儿罢。"冯紫英道："小侄与老伯久不见面。一来会会，二来因广西的同知进来引见，带了四种洋货，可以做得贡的。一件是围屏，有二十四扇榴子，都是紫檀雕刻的。中间虽说不是玉，却是绝好的硝子石㉒，石上镂出山水、人物、楼台、花鸟等物。一扇上有五六十个人，都是宫妆的女子。名为'汉宫春晓'。人的眉、目、口、鼻以及出手、衣褶，刻的又清楚，又细腻。点缀布置，都是好的。我想尊府大观园中正厅上却可用得着。还有一个钟表，有三尺多高，也是一个小童儿拿着时辰牌，到了什么时候，他就报什么时辰；里头也有些人在那里打十番的。这是两件重笨的，却还没有拿来。现在我带在这里两件，却有些意思儿。"就在身边拿出一个锦匣子，见几重白绵裹着，揭开了绵子，第一层是一个玻璃盒子，里头金托子，大红绉绸托底，上放着一颗桂圆大的珠子，光华耀目。冯紫英道："据说这就叫做'母珠'。"因叫："拿一个盘儿来。"詹光即忙端过一个黑漆茶盘，道："使得么？"冯紫英道："使得。"便又向怀里掏出一个白绢包儿，将包儿里的珠子都倒在盘里散着，把那颗母珠搁在中间，将盘置于桌上。看见那些小珠子儿，滴溜滴溜都滚到大珠身边来，一回儿把这颗大珠子抬高了，别处的小珠子一颗也不剩，都粘在大珠上。詹光道："这也奇怪！"贾政道："这是有的，所以叫做'母珠'，原是珠之母。"

那冯紫英又回头看着他跟来的小厮道："那个匣子呢？"那小厮赶忙捧过一个花梨木匣子来。大家打开看时，原来匣内衬着虎纹锦，锦上叠着一束蓝纱。詹光道："这是什么东西？"冯紫英道："这叫做'鲛绡帐'。㉓"在匣子里拿出来时，叠得长不满五寸，厚不上半寸。冯紫英一层一层的打开，打到十来层，已经桌上铺不下了。冯紫英道："你看，里头还有两褶，必得高屋里去，才张得下。这就是鲛丝所织。暑热天气，张在堂屋里头，苍蝇蚊子，一个不能进来，又轻又亮。"贾政道："不用全打开，怕叠起来倒费事。"詹光便与冯紫英一层一层折好收拾。冯紫英道："这四件东西，价儿也不狠贵，两万银他就卖。母珠一万，鲛绡帐五千，'汉宫春晓'与自鸣钟五千。"贾政道："那里买的起。"冯紫英道："你们是个国戚，难道宫里头用不着么？"贾政道："用得着的狠多，只是那里有这些银子？等我叫人拿进去给老太太瞧瞧。"冯紫英道："狠是。"

　　贾政便着人叫贾琏把这两件东西送到老太太那边去，并叫人请了邢王二夫人、凤姐儿都来瞧着，又把两样东西一一试过。贾琏道："他还有两件：一件是围屏，一件是乐钟。共总要卖二万银子呢。"凤姐儿接着道："东西自然是好的，但是那里有这些闲钱？咱们又不比外任督抚要办贡。我已经想了好些年了，像咱们这种人家，必得置些不动摇的根基才好：或是祭地，或是义庄㉔，再置些坟屋。往后子孙遇见不得意的事，还是点儿底子，不到一败涂地。我的意思是这样，不知老太太、老爷、太太们怎么样？若是外头老爷们要买只管买。"贾母与众人都说："这话说的倒也是。"贾琏道："还了他罢。原是老爷叫我送给老太太瞧，为的是宫里好进；谁说买来搁在家里？老太太还没开口，你便说了一大些丧气话。"说着，便把两件东西拿了出去，告诉贾政，只说："老太太不要。"便与冯紫英道："这两件东西，好可好，就只没银子。我替你留心，有要买的人我便送信给你去。"

　　冯紫英只得收拾好，坐下说些闲话，没有兴头，就要起身。贾政道："你在我这里吃了晚饭去罢。"冯紫英道："罢了，来了就叨扰老伯吗㉕？"贾政道："说那里的话！"正说着，人回："大老爷来了。"贾赦早已进来。彼此相见，叙些寒温。不一时，摆上酒来，肴馔罗列，大家喝着酒。至四五巡后，说起洋货的话。冯紫英道："这种货本是难消的。除非要像尊府这种人家，还可消得，其余就难了。"贾政道："这也不见得。"贾赦道："我们家里也比不得从前了，这回儿也不过是个空门面。"冯紫英又问："东府珍大爷可好么？我前儿见他，说起家常话儿来，提到他令郎续娶的媳妇远不及头里那位秦氏奶奶了。如今后娶的到底是那一家的？我也没有问起。"贾政道："我们这个侄孙媳妇儿也是这里大家，从前做过京畿道的胡老爷的女孩儿㉖。"冯紫英道："胡道长我是知道的。但是他家教上也不怎么样。也罢了，只要姑娘好就好。"

　　贾琏道："听得内阁里人说起㉗，雨村又要升了。"贾政道：

"这也好。不知准不准？"贾琏道："大约有意思的了。"冯紫英道："我今儿从吏部里来，也听见这样说。雨村老先生是贵本家不是？"贾政道："是。"冯紫英道："是有服的⑱，还是无服的？"贾政道："说也话长。他原籍是浙江湖州府人，流寓到苏州，甚不得意。有个甄士隐和他相好，时常周济他。已后中了进士，得了榜下知县⑲，便娶了甄家的丫头。如今的太太不是正配。岂知甄士隐弄到零落不堪，没有找处。雨村革了职以后，那时还与我家并未相识。只因舍妹丈林如海林公在扬州巡盐的时候，请他在家做西席，外甥女儿是他的学生。因他有起复的信，要进京来，恰好外甥女儿要上来探亲，林姑老爷便托他照应上来的。还有一封荐书托我吹嘘吹嘘。那时看他不错，大家常会。岂知雨村也奇：我家世袭起，从'代'字辈下来，宁荣两宅，人口房舍，以及起居事宜，一概都明白。因此，遂觉得亲热了。"因又笑说道："几年间，门子也会钻了⑳，由知府推升转了御史，不过几年，升了吏部侍郎，署兵部尚书。为着一件事降了三级。如今又要升了。"冯紫英道："人世的荣枯，仕途的得失，终属难定。"贾政道："象雨村算便宜的了。还有我们差不多的人家，就是甄家，从前一样功勋，一样的世袭，一样的起居，我们也是时常往来。不多几年，他们进京来，差人到我这里请安，狠还热闹。一会儿抄了原籍的家财，至今杳无音信。不知他近况若何，心下也着实惦记，看了这样，你想做官的怕不怕。"

贾赦道："咱们家是最没有事的。"冯紫英道："果然尊府是不怕的：一则里头有贵妃照应；二则故旧好，亲戚多；三则你家自老太太起，至于少爷们，没有一个刁钻刻薄的。"贾政道："虽无刁钻刻薄，却没有德行才情。白白的衣租食税，那里当得起？"贾赦道："咱们不用说这些话，大家吃酒罢。"大家又喝了几杯，摆上饭来。吃毕喝茶。冯家的小厮走来，轻轻的向紫英说了一句。冯紫英便要告辞了。贾赦贾政道："你说什么？"小厮道："外面下雪，早已下了榔子了㉑。"贾政叫人看时，已是雪深一寸多了。贾政道："那两件东西，你收拾好了么？"冯紫英道："收好了。若尊府要用，价钱还自然让些。"贾政道："我留神就是了。"冯紫英道："我再听信罢。天气冷，请罢，别送了。"贾赦贾政便命贾琏送了出去。未知后事如何，下回分解。

【注释】

①消寒会：旧俗，富贵人家冬日聚会饮酒，消磨寒冬，叫"消寒会"。清阙名《燕京杂记》："冬月士大夫约同人围炉饮酒，迭为宾主，谓之消寒社。"

②假撇清：假装清白，表示与己无关。撇清，为自己洗刷、辨白。

③《女孝经》：书名。唐代侯莫陈邈妻郑氏撰。因其侄女策为永王妃，遂编此书规戒。书仿《孝经》，分为十八章。内容宣扬妇女应遵守的封建孝道。

④文王后妃：指周文王的正妃太姒（sì）。西汉刘向《列女传》卷一："大姒号曰文母，文王治外，文母治内。……君子谓大姒仁明而有德。"

⑤姜后脱簪待罪：《列女传》卷二："宣王尝早卧晏起，后夫人不出房。姜后脱簪珥，待罪于永巷，使其傅母通言于王曰：'妾不才，妾之淫心见矣，至使君王失礼而晏朝，以见君王乐色而忘德也。……敢请婢子之罪。'王曰：'寡人不德，实自生过，非夫人之罪也。'遂复姜后，而勤于政事，早朝晏退，卒成中兴之名。"姜后，周宣王的正妃。

⑥无盐虽丑，能安邦定国：《列女传》卷六载，钟离春状貌极丑，行年四十，无所容入，乃自诣齐宣王，陈述危害齐国的四种坏事，宣王纳之，拜为无盐君，并立为后，于是齐国大安。无盐，古地名。战国齐邑，这里代指无盐女子钟离春。

⑦曹大姑：即班昭，一名姬，东汉史学家班彪之女，班固之妹。班固死时，所撰《汉书》未完，她曾奉命与马续共同续撰。和帝时，常出入宫廷，担任皇后和妃嫔的教师。以其夫为曹世叔，人称为"曹大家（gū）"。曾编有《女诫》七篇。班婕妤（jié yú）：名不详，班固祖姑。少有才学，成帝时被选入宫，立为婕妤，后为赵飞燕所谮，退

处东宫，作赋以自伤。婕妤，妃嫔称号，汉武帝时始置。蔡文姬：即蔡琰，字文姬，汉末女诗人。蔡邕之女。她博学多才，通晓音律。作有《悲愤诗》，写自己的悲惨遭遇。琴曲歌辞《胡笳十八拍》，相传亦为她所作。

⑧“鲍宣妻”句：《东观汉纪·列女传》：“鲍宣之妻，桓氏女也，字少君。宣尝就少君父学，父奇其清苦，以女妻之，装送甚盛。宣不悦，谓妻曰：‘少君生而骄富，习美饰，而吾贫贱，不敢当礼。’妻曰：‘大人以先生修德守约，故使贱妾侍执巾栉，既奉君子，唯命是从。’妻乃悉归侍御服饰，更着短布裳，与宣共挽鹿车，归乡里，拜姑礼毕，提瓮出汲，修行妇道，乡邦称之。”鲍宣，东汉时人。

⑨“陶侃母”句：《晋书·列女传》载，陶侃贫贱时，孝廉范逵来访，寓宿于侃，时大雪，家贫无资款待，侃母湛氏即密截其发，卖与邻人，治席待客。逵闻之，叹息曰：“非此母不生此子。”陶侃，东晋人，初为县吏，后升至郡守。

⑩画荻（dí）教子：用宋欧阳修母故事。《宋史·欧阳修传》：“欧阳修……四岁而孤，母郑，守节自誓，亲诲之学，家贫，至以荻画地学书。”荻，多年生草本植物，状似芦苇，茎可编席箔。

⑪“苏蕙”句：唐武则天《璇玑图序》载，苏蕙智识精明，仪容秀丽。窦滔出镇襄阳，只携宠姬赵阳台之任，绝苏氏音问。苏氏自伤，因织锦为回文，题诗二百余首，纵横反复，皆为文章。滔读之感其妙绝，乃具车以礼邀迎苏氏，恩好愈重。一说，因窦滔获罪充军流沙，苏氏思之，织锦赠滔。苏蕙，东晋时人，窦滔之妻。回文，也作“迴文”。诗中字句回旋往复，皆能成义诵读者叫“回文”。

⑫“木兰”句：木兰，古女子名。曾因父年老，女扮男装，代父从军十二年。

⑬曹氏的引刀割鼻：《三国志·魏书·诸夏侯曹传》南朝宋裴松之注引晋皇甫谧《列女传》载，曹文叔早死，令女自以年少无子，恐家必嫁己，乃断发以为信。其后，家果欲嫁之，令女复以刀截两耳。及曹家人尽死，令女叔父强迎其归，令女以刀割鼻，曰：“闻仁者不以盛衰改节，义者不以存亡易心；曹氏前盛之时，尚欲保终，况今衰亡，何

忍弃之？”司马懿闻而嘉之，名显于世。曹氏，指三国魏曹文叔之妻夏侯令女。

⑭樊素、小蛮：都是唐代诗人白居易的家妓。绛仙：即吴绛仙，隋炀帝宫女。

⑮秃妾发：指唐代任瓌妻柳氏的故事。唐张鷟《朝野佥载》卷三："兵部尚书任瓌敕赐宫女二人，皆国色。妻妒，烂二女头发秃尽。太宗闻之，令上官赍金壶瓶酒赐之，云：'饮之立死。瓌三品，合置姬滕。尔后不妒，不须饮；若妒，即饮之。'柳氏拜敕讫，曰：'妾与瓌结发夫妻，俱出微贱，更相辅翼，遂致荣官。瓌今多内嬖，诚不如死。'饮尽而卧，然实非鸩也，至夜半睡醒。帝谓瓌曰：'其性如此，朕亦当畏之。'因诏二女令别宅安置。"怨洛神：指晋代刘伯玉妻段氏的故事。唐段成式《酉阳杂俎·诺皋记上》："相传言，晋泰始中，刘伯玉妻段氏，字明光，性妒忌。伯玉常于妻前诵《洛神赋》，语其妻曰：'娶妇得如此，吾无憾矣。'明光曰：'君何得以水神美而欲轻我？吾死，何愁不为水神。'其夜乃自沉而死。死后七日，托梦与伯玉曰：'君本愿神，吾今得为神也。'"

⑯拉锁子：一种刺绣工艺。刺绣时将丝线编成锁链式结子，并用其组成各种图案。

⑰老着脸：不顾羞耻。

⑱打结：当作"打劫"。下围棋时，有时遇到对方提我方一子、而我方又可在原处提还对方一子的情况，为防止双方提来提去永无终局，围棋规则规定，凡遇上述情况，一律不得立即提还对方一子，必须在棋盘其他地方多走一子（寻劫）后，方可提还。这样"提子""寻劫""提还"的过程，叫做"打劫"。

⑲下采：即下赌注。

⑳做棋：围棋弈至终局，要根据双方所得子数的多少判定胜负。而棋局上双方棋子参差交错，数起来既费时间又易出错，所以人们习惯上先把某一方的地域折合成几个方形，再把最后不能折合的少量地域填满棋子，以便计算，这一过程叫"做棋"。

㉑还棋头：今称"贴子"。围棋规则，终局计算胜负时，先走的

一方要贴还对方两子半，以抵消己方的先行之利，这"两子半"称为"棋头"。

㉒硝子石：近似玉的一种石头。

㉓鲛绡帐：绡纱制成的帐子。

㉔义庄：旧时某些封建大家族以赡养族人之贫乏者为名，置田收租，作为族中公产，谓之"义庄"，其田称为"义田"。《宋史·范仲淹传》："好施予，置义庄里中，以赡族人。"其后历代多仿其制。

㉕叨扰：近人王瀣批云："司马温公《书仪》云：'凡吊及送丧葬者，必助其事而弗扰也。'注云：'扰，谓受其饮食。'今云叨扰，正是此义。"

㉖京畿道：清代十五道之一。十五道是清依省区划分的机构，各道都设有掌印监察御史、监察御史等职官，分掌稽核各省刑名案件，并稽察在京各衙门事务。京畿道兼管直隶、盛京案件。

㉗内阁：官署名。明初，废丞相，以大学士充顾问。成祖即位，命翰林院编修、检讨等官入午门内的文渊阁当值，参预政务，称为"内阁"。清代相沿，内阁有三殿、三阁大学士，但因实权掌握在满族贵族手中，内阁职权逐渐低落。

㉘有服：与下文"无服"合指宗族关系的远近。服，指丧服。古时按照与死者关系的远近，分为斩衰、齐衰、大功、小功、缌麻五种不同的丧服形式，称为五服。在五服之内，叫有服；五服之外，叫无服。

㉙榜下知县：进士经过朝考，未被圈点为庶吉士（翰林）者，可分发到各省被任命为知县，叫"榜下知县"。榜，这里指进士取录名单的榜示。

㉚钻：钻营。

㉛下了梆子：开始打梆子，表示时间已入初更。

第九十三回

甄家仆投靠贾家门　水月庵掀翻风月案

　　却说冯紫英去后，贾政叫门上的人来吩咐道："今儿临安伯那里来请吃酒，知道是什么事？"门上的人道："奴才曾问过，并没有什么喜庆事，不过南安王府里到了一班小戏子，都说是个名班，伯爷高兴，唱两天戏，请相好的老爷们瞧瞧，热闹热闹。大约不用送礼的。"说着，贾赦过来问道："明儿二老爷去不去？"贾政道："承他亲热，怎么好不去？"说着，门上进来回道："衙门里书办来请老爷明日上衙门。有堂派的事①，必得早些去。"贾政道："知道了。"说着，只见两个管屯里地租子的家人走来，请了安，磕了头，旁边站着。贾政道："你们是郝家庄的？"两个答应了一声。贾政也不往下问，竟与贾赦各自说了一回话儿散了。家人等秉着手灯，送过贾赦去。

　　这里贾琏便叫那管租的人道："说你的。"那人说道："十月里的租子，奴才已经赶上来了。原是明儿可到，谁知京外拿车，把车上的东西，不由分说，都掀在地下。奴才告诉他，说是府里收租子的车，不是买卖车②，他更不管这些。奴才叫车夫只管拉着走，几个衙役就把车夫混打了一顿，硬扯了两辆车去了。奴才所以先来回报。求爷打发个人到衙门里去要了来才好。再者，也整治整治这些无法无天的差役才好。爷还不知道呢，更可怜的是那买卖车，客商的东西全不顾，掀下来，赶着就走。那些赶车的但说句话，打的头破血出的。"贾琏听了，骂道："这个还了得！"立刻写了一个帖儿，叫家人："拿去向拿车的衙门里要车去，并车上东西。若少了一件，是不依的！快叫周瑞。"周瑞不在家，又叫旺儿。旺儿晌午出去了，还没有回来。贾琏道："这些忘八羔子，一个都不在家，他们终年家吃粮不管事。"因吩咐小厮们："快给我找去。"说着，也回到自己屋里，睡下不题。

　　且说临安伯第二天又打发人来请。贾政告诉贾赦道："我是衙门里有事。琏儿要在家等候拿车的事情，也不能去。倒是大老爷带宝玉应酬一天也罢了。"贾赦点头道："也使得。"贾政遣人去叫宝玉，说："今儿跟大爷到临安伯那里听戏去。"宝玉喜欢的了不得，便换上衣服，带了焙茗、扫红、锄药三个小子，出来见了贾赦，请了安，上了车，来到临安伯府里。门上人回进去，一会子出来说："老爷请。"于是贾赦带着宝玉走入院内，只见宾客喧阗。贾赦宝玉见了临安伯，又与众宾客都见过了礼，大家坐着，说笑了一回。只见一个掌班的拿着一本戏单，一个牙笏，向上打了一个千儿，说道："求各位老爷赏戏。"先从尊位点起，挨至贾赦，也点了一出。那人回头见了宝玉，便不向别处去，竟抢步上来，打个千儿道："求二爷赏两出。"

　　宝玉一见那人，面如傅粉，唇若涂朱；鲜润如出水芙蕖，飘扬似临风玉树：原来不是别人，就是蒋玉函。前日听得他带了小戏儿进京，也没有到自己那里；此时见了，又不好站起来，只得笑道："你多早晚来的？"蒋玉函把手在自己身子上一指，笑道："怎么二爷不知道么？"宝玉因众人在坐，也难说话，只得胡乱点了一出。蒋玉函去了，便有几个议论道："此人是谁？"有的说："他向来是唱小旦的，如今不肯唱小旦，年纪也大了，就在府里掌班。头里也改过小生。他也攒了好几个钱，家里已经有两三个铺子，只是不肯放下本业，原旧领班。"有的说："想必成了家了。"有的说："亲还没有定。他倒掌定一个主意，说是人生配偶，关系一生一世的事，不是混闹得的，不论尊卑贵贱，总要配的上他的才能。所以到如今还并没娶亲。"宝玉暗忖度道："不知日后谁家的女孩儿嫁他？要嫁着这样的人才儿，也算是不辜负了。"

　　那时开了戏，也有昆腔，也有高腔③，也有弋腔，梆子腔：

做得热闹。到了晌午，便摆开桌子吃酒。又看了一回，贾赦便欲起身。临安伯过来留道："天色尚早。听见说蒋玉函还有一出《占花魁》④，他们顶好的首戏。"宝玉听了，巴不得贾赦不走；于是贾赦又坐了一会。果然蒋玉函扮着秦小官，伏侍花魁醉后神情，把这一种怜香惜玉的意思，做得极情尽致。以后对饮对唱，缠绵缱绻。宝玉这时不看花魁，只把两支眼睛独射在秦小官身上。更加蒋玉函声音响亮，口齿清楚，按腔落板，宝玉的神魂都唱了进去了。直等这出戏进场后，更知蒋玉函极是情种，非寻常戏子可比。因想着："《乐记》上说的是⑤：'情动于中，故形于声；声成文，谓之音。'所以知声，知音，知乐，有许多讲究。声音之原，不可不察。诗词一道，但能传情，不能入骨，自后想要讲究讲究音律。"宝玉想出了神，忽见贾赦起身，主人不及相留。宝玉没法，只得跟了回来。

到了家中，贾赦自回那边去了。宝玉来见贾政。贾政才下衙门，正向贾琏问起拿车之事。贾琏道："今儿叫人拿帖儿去，知县不在家。他的门上说了：'这是本官不知道的，并无牌票出去拿车⑥，都是那些混帐东西在外头撒野挤讹头⑦。既是老爷府里的，我便立刻叫人去追办，包管明儿连车连东西一并送来。如有半点差迟，再行禀过本官，重重处治。此刻本官不在家，求这里老爷看破些，可以不用本官知道更好。'"贾政道："既无官票，到底是何等样人在那里作怪？"贾琏道："老爷不知，外头都是这样。想来明儿必定送来的。"贾琏说完下来。宝玉上去见了。贾政问了几句，便叫他往老太太那里去。

贾琏因为昨夜叫空了家人，出来传唤，那起人多已伺候齐全。贾琏骂了一顿，叫大管家赖升："将各行档的花名册子拿来，你去查点查点，写一张谕帖，叫那些人知道。若有并未告假，私自出去，传唤不到，贻误公事的，立刻给我打了撵出去！"赖升连忙答应了几个"是"，出来吩咐了一回，家人各自留意。

　　过不几时，忽见有一个人，头上戴着毡帽⑧，身上穿着一身青布衣裳，脚下穿着一双撒鞋⑨，走到门上，向众人作了个揖。众人拿眼上上下下打谅了他一番，便问他："是那里来的？"那人道："我自南边甄府中来的。并有家老爷手书一封，求这里的爷们呈上尊老爷。"众人听见他是甄府来的，才站起来让他坐下，道："你乏了，且坐坐。我们给你回就是了。"门上一面进来回明贾政，呈上来书。贾政拆书看时，上写着：

　　　　世交夙好，气谊素敦⑩，遥仰襜帷⑪，不胜依切。弟因菲材获谴⑫，自分万死难偿，幸邀宽宥，待罪边隅。迄今门户雕零，家人星散。所有奴子包勇，向曾使用，虽无奇技，人尚悫实⑬。倘使得备奔走，糊口有资，屋乌之爱⑭，感佩无涯矣！专此奉达，余容再叙，不宣⑮。

贾政看完，笑道："这里正因人多，甄家倒荐人来。又不好却的。"吩咐门上："叫他见我，且留他住下，因材使用便了。"门上出去，带进人来，见贾政，便磕了三个头，起来道："家老爷请老爷安。"自己又打个千儿，说："包勇请老爷安。"贾政回问了甄老爷的好，便把他上下一瞧，但见包勇身长五尺有零，肩背宽肥，浓眉爆眼，磕额长髯⑯，气色粗黑，垂着手站着。便问道："你是向来在甄家的，还是住过几年的？"包勇道："小的向在甄家的。"贾政道："你如今为什么要出来呢？"包勇道："小的原不肯出来，只是家爷再四叫小的出来，说是别处你不肯去，这里老爷家里只当原在自己家里一样的，所以小的来的。"贾政道："你们老爷不该有这事情，弄到这样的田地。"包勇道："小的本不敢说：我们老爷只是太好了，一味的真心待人，反倒招出事来。"贾政道："真心是最好的了。"包勇道："因为太真了，人人都不喜欢，讨人厌烦是有的。"贾政笑了一笑道："既这样，皇天自然不负他的。"

　　包勇还要说时，贾政又问道："我听见说你们家的哥儿不是也叫宝玉么？"包勇道："是。"贾政道："他还肯向上巴结⑰？"包勇道："老爷若问我们哥儿，倒是一段奇事。哥儿的脾气也和我家老爷一个样子，也是一味的诚实，从小儿只管和那些姐妹们在一处顽。老爷太太也狠打过几次，他只是不改。那一年太太进京的时候儿，哥儿大病了一场，已经死了半日，把老爷几乎急死，装裹都预备了。幸喜后来好了，嘴里说道：走到一座牌楼那里，见了一个姑娘，领着他到了一座庙里，见了好些柜子，里头见了好些册子；又到屋里，见了无数女子，说是多变了鬼怪似的，也有变做骷髅儿的；他吓急了，便哭喊起来。老爷知他醒过来了，连忙调治，渐渐的好了。老爷仍叫他在姐妹们一处顽去，他竟改了脾气了：好着时候的玩意儿一概都不要了，惟有念书为事。就有什么人来引诱他，他也全不动心。如今渐渐的能彀帮着老爷料理些家务了。"贾政默然想了一回，道："你去歇歇去罢。等这里用着你时，自然派你一个行次儿⑱。"包勇答应着，退下来，跟着这里人出去歇息不提。

一日贾政早起，刚要上衙门，看见门上那些人在那里交头接耳，好象要使贾政知道的是的，又不好明回，只管咕咕唧唧的说话。贾政叫上来问道："你们有什么事这么鬼鬼祟祟的？"门上的人回道："奴才们不敢说。"贾政道："有什么事不敢说的？"门上的人道："奴才今儿起来，开门出去，见门上贴着一张白纸，上写着许多不成事体的字。"贾政道："那里有这样的事！写的是什么？"门上的人道："是水月庵里的腌臜话。"贾政道："拿给我瞧。"门上的人道："奴才本要揭下来，谁知他贴的结实，揭不下来，只得一面抄，一面洗。刚才李德揭了一张给奴才瞧，就是那门上贴的话。奴才们不敢隐瞒。"说着，呈上那帖儿。贾政接来看时，上面写着：

"西贝草斤"年纪轻，水月庵里管尼僧。一个男人多少女，窝娼聚赌是陶情。不肖子弟来办事，荣国府内出新闻。

贾政看了，气得头昏目晕，赶着叫门上的人不许声张，悄悄叫人往宁荣两府靠近的夹道子墙壁上再去找寻。随即叫人去唤贾琏出来。贾琏即忙赶至。贾政忙问道："水月庵中寄居的那些女尼女道，向来你也查考查考过没有？"贾琏道："没有，一向都是芹儿在那里照管。"贾政道："你知道芹儿照管得来，照管不来？"贾琏道："老爷既这么说，想来芹儿必有不妥当的地方儿。"贾政叹道："你瞧瞧这个帖儿写的是什么。"贾琏一看道："有这样事么。"正说着，只见贾蓉走来，拿着一封书子，写着"二老爷密启"。打开看时，也是无头榜一张⑲，与门上所贴的话相同。贾政道："快叫赖大带了三四辆车子到水月庵里去，把那些女尼女道士一齐拉回来。不许泄漏，只说里头传唤。"赖大领命去了。

　　且说水月庵中小女尼女道士等，初到庵中，沙弥与道士原系老尼收管，日间教他些经忏。已后元妃不用，也便习学得懒怠了。那些女孩子们年纪渐渐的大了，都也有个知觉了。更兼贾芹也是风流人物，打量芳官等出家，只是小孩子性儿，便去招惹他们。那知芳官竟是真心，不能上手，便把这心肠移到女尼女道士身上。因那小沙弥中有个名叫沁香的，和女道士中有个叫做鹤仙的，长的都甚妖娆，贾芹便和这两个人勾搭上了，闲时便学些丝弦，唱个曲儿。

　　那时正当十月中旬，贾芹给庵中那些人领了月例银子，便想起法儿来，告诉众人道："我为你们领月钱，不能进城，又只得在这里歇着。怪冷的，怎么样？我今儿带些果子酒，大家吃着乐一夜，好不好？"那些女孩子都高兴，便摆起桌子，连本庵的女尼也叫了来。惟有芳官不来。贾芹喝了几杯，便说道要行令。沁香等道："我们都不会，倒不如揎拳罢。谁输了喝一杯，岂不爽快？"本庵的女尼道："这天刚过晌午，混嚷混喝的不像，且先喝几钟，爱散的先散去。谁爱陪芹大爷的，回来晚上尽子喝去，我也不管。"

　　正说着，只见道婆急忙进来说："快散了罢，府里赖大爷来了。"众女尼忙乱收拾，便叫贾芹躲开。贾芹因多喝了几杯，便道："我是送月钱来的，怕什么！"话犹未完，已见赖大进来。见这般样子，心里大怒。为的是贾政吩咐不许声张，只得含糊装笑道："芹大爷也在这里呢么？"贾芹连忙站起来道："赖大爷，你来作什么？"赖大说："大爷在这里更好。快快叫沙弥道士收拾，上车进城，宫里传呢。"贾芹等不知原故，还要细问。赖大说："天已不早了，快快的，好赶进城。"众女孩子只得一齐上车。赖大骑着大走骡，押着赶进城，不提。

却说贾政知道这事，气得衙门也不能上了，独坐在内书房叹气。贾琏也不敢走开。忽见门上的进来禀道："衙门里今夜该班是张老爷。因张老爷病了，有知会来请老爷补一班。"贾政正等赖大回来要办贾芹，此时又要该班，心里纳闷，也不言语。贾琏走上去说道："赖大是饭后出去的，水月庵离城二十来里，就赶进城，也得二更天。今日又是老爷的帮班，请老爷只管去。赖大来了，叫他押着，也别声张，等明儿老爷回来再发落。倘或芹儿来了，也不用说明，看他明儿见了老爷怎么样说。"贾政听来有理，只得上班去了。贾琏抽空才要回到自己房中，一面走着，心里抱怨凤姐出的主意，欲要埋怨，因他病着，只是隐忍，慢慢的走着。

且说那些下人，一人传十，传到里头，先是平儿知道，即忙告诉凤姐。凤姐因那一夜不好，怏怏的总没精神，正是惦记铁槛寺的事情。听说"外头贴了匿名揭帖"的一句话，吓了一跳，忙问："贴的是什么？"平儿随口答应，不留神，就错说了，道："没要紧，是馒头庵里的事情。"凤姐本是心虚，听见"馒头庵的事情"，这一唬直唬怔了，一句话没说出来，急火上攻，眼前发晕，咳嗽了一阵，哇的一声，吐出一口血来。平儿慌了，说道："水月庵里，不过是女沙弥女道士的事，奶奶着什么急？"凤姐听是水月庵，才定了定神，说道："呸，糊涂东西！到底是水月庵呢，是馒头庵？"平儿笑道："是我头里错听了，是馒头庵，后来听见不是馒头庵，是水月庵。我刚才也就说溜了嘴，说成馒头庵了。"凤姐道："我就知道是水月庵。那馒头庵与我什么相干！原是这水月庵是我叫芹儿管的。大约刻扣了月钱。"平儿道："我听着不像月钱的事，还有些腌臜话呢。"凤姐道："我更不管那个。你二爷那里去了？"平儿说："听见老爷生气，他不敢走开。我听见事情不好，我吩咐这些人不许吵嚷，不知太太们知道了么。但听见说，老爷叫赖大拿这些女孩子去了。且叫个人前头打听打听。奶奶现在病着，依我竟先别管他们的闲事。"

　　正说着，只见贾琏进来。凤姐欲待问他，见贾琏一脸的怒气，暂且装作不知。贾琏饭没吃完，旺儿来说："外头请爷呢，赖大回来了。"贾琏道："芹儿来了没有？"旺儿道："也来了。"贾琏便道："你去告诉赖大，说：老爷上班儿去了，把这些个女孩子暂且收在园里，明日等老爷回来，送进宫去。只叫芹儿在内书房等着我。"旺儿去了。贾芹走进书房，只见那些下人指指点点不知说什么，看起这个样儿来，不象宫里要人。想着问人，又问不出来。正在心里疑惑，只见贾琏走出来，贾芹便请了安，垂手侍立，说道："不知道娘娘宫里即刻传那些孩子们做什么？叫侄儿好赶！幸喜侄儿今儿送月钱去，还没有走，便同着赖大来了。二叔想来是知道的。"贾琏道："我知道什么？你才是明白的呢！"贾芹摸不着头脑儿，也不敢再问。贾琏道："你干的好事！把老爷都气坏了。"贾芹道："侄儿没有干什么。庵里月钱是月月给的，孩子们经忏是不忘记的。"贾琏见他不知，又是平素常在一处顽笑的，便叹口气道："打嘴的东西！你各自去瞧瞧罢。"便从靴掖儿里头拿出那个揭帖来，扔与他瞧。贾芹拾来一看，吓得面如土色，说道："这是谁干的！我并没得罪人，为什么这么坑我？我一月送钱去，只走一趟，并没有这些事。若是老爷回来，打着我问，侄儿便该死了。我母亲知道，更要打死。"说着，见没人在旁边，便跪下去说道："好叔叔，救我一救儿罢！"说着，只管磕头，满眼流泪。贾琏想道："老爷最恼这些，要是问准了有这些事，这场气也不小。闹出去也不好听，又长那个贴帖儿的人的志气了。将来咱们的事多着呢。倒不如趁着老爷上班儿，和赖大商量着，若混过去，就可以没事了。现在没有对证。"想定主意，便说："你别瞒我。你干的鬼鬼祟祟的事，你打谅我都不知道呢。若要完事，就是老爷打着问你，你一口咬定没有才好。没脸的，起去罢！"叫人去唤赖大。

不多时，赖大来了，贾琏便与他商量。赖大说："这芹大爷本来闹的不像了。奴才今儿到庵里的时候，他们正在那里喝酒呢。帖儿上的话，是一定有的。"贾琏道："芹儿，你听！赖大还赖你不成？"贾芹此时红涨了脸，一句也不敢言语。还是贾琏拉着赖大，央他："护庇护庇罢，只说贾芹哥儿在家里找来的。你带了他去，只说没有见我。明日你求老爷，也不用问那些女孩子了。竟是叫了媒人来，领了去，一卖完事。果然娘娘再要的时候儿，咱们再买。"赖大想来，闹也无益，且名声不好，就应了。贾琏叫贾芹："跟了赖大爷去罢！听着他教你，你就跟着他。"说罢，贾芹又磕了一个头，跟着赖大出去。到了没人的地方儿，又给赖大磕头。赖大说："我的小爷，你太闹的不像了。不知得罪了谁，闹出这个乱儿。你想想，谁和你不对罢？"贾芹想了一想，忽然想起一个人来，未知是谁，下回分解。

【注释】

①堂派：清代通称中央各部的长官为堂官。堂派即指由堂官交办的差事。

②买卖车：清姚元之《竹叶亭杂记》卷七："京城骡车近多踵事增华，即买卖车之站口、跑海者，里帷亦有绸绫窗，亦有玻璃矣。"原注："市中制车供人雇用曰买卖车，终日置胡同口，得价方行曰站口，东西奔走莫定曰跑海。"

③高腔：与下文"弋腔""梆子腔"皆为戏曲声腔。高腔，台上独唱，后台众人帮腔；只用打击乐器，不用管弦伴奏；声调高亢。这种声腔系统，统称为"高腔"，也叫"官腔"。弋腔，亦即空腔。清震钧《天咫偶闻》卷七："国初最尚昆腔戏……后乃盛行弋腔，俗呼高腔。仍昆腔之辞，变其音节耳。"梆子腔，因用梆子伴奏以按节拍而得名。

④《占花魁》：清初李玉根据明人话本《卖油郎独占花魁》而改编的传奇，写卖油郎秦钟同名妓花魁女（辛瑶琴）相识、结合的故事。蒋玉函演的一出，是其第二十二出《种缘》，写秦初入妓院，深夜照料酒醉的花魁。舞台演出本称为《受吐》，亦称《种情》。

⑤《乐记》：《礼记》中的一篇。《礼记·乐记》注云："名《乐记》者，以其记乐之义。"相传为战国时公孙尼子所作，后散失。汉成帝时，刘向辑得二十三篇，以十一篇编入《礼记》。主要阐述音乐的本原、社会功用及其与礼的关系等问题，是我国古典音乐理论的重要著作之一。

⑥牌票：封建官府对下所发的一种公文证件。《福惠全书·刑名部·挂号》："投文内止发公文上司牌票，其稍缓者，次日再发亦可。"

⑦挤讹头：意同"拿讹头"，即找人差错，诈取钱物。清顾炎武《日知录》卷三二："泰昌元年八月，御史张泼言，京师奸宄丛集，游手成群，有谓之把棍者，有谓之拿讹头者。"原注："侦知一人作奸，则尾随其后，陷人于罪，从而吓诈金钱，谓之拿讹头，即汉律所谓恐愒受赇。"

⑧毡帽：《清稗类钞》"服饰类"："至毡帽之尚沿明式，皆农夫、市贩之服，人皆贱之。"

⑨撒鞋：一作"靸鞋"。这里指鞋的一种。鞋帮纳得很密，前脸较深，上有单形或三角形皮梁。清翟灏《通俗编》卷二五"服饰"："北方所谓靸鞋，则制以布而多其系。"

⑩气谊素敦：情谊一直很深厚。

⑪襜（chān）帷：车上四旁的帷幕。《后汉书·刘盆子传》："乘轩车大马赤屏泥，绛襜络。"注："襜，帷也，车上施帷以屏蔽者，交络之以为饰。"后引申指车驾。唐王勃《滕王阁序》："襜帷暂驻。"因也用作对人的敬称。

⑫菲材：才能薄弱。

⑬悫（què）实：朴实，谨慎。悫，《荀子·非十二子》："其容悫。"注："谨敬也。"

⑭屋乌之爱：即"爱屋及乌"。意谓爱其人，连带对其屋上的乌

鸦也有感情。《说苑·贵德》:"太公谓武王曰:'臣闻爱其人者,兼及屋上之乌。'"

⑮不宣:不尽。旧时书信结尾时的套语,不一一细说之意。宋魏泰《东轩笔录》卷十五:"近世书问,自尊与卑即曰不具,自卑上尊即曰不备,朋友交驰即曰不宣,三字义皆同,而例无轻重之说,不知何人定为上下之分。"

⑯磕额:额头突出。

⑰巴结:这里是"努力"的意思。

⑱行次儿:差事,职务。

⑲无头榜:不署名的揭帖。古称揭举事由以示众的启事为"揭帖"(见明方以智《通雅》),而称不具名而攻讦他人的启事叫"匿名揭帖",即无头榜。

第九十四回
宴海棠贾母赏花妖[①]　失宝玉通灵知奇祸

　　话说赖大带了贾芹出来，一宿无话，静候贾政回来。单是那些女尼女道重进园来，都喜欢的了不得，欲要到各处逛逛，明日预备进宫。不料赖大便吩咐了看园的婆子并小厮看守，惟给了些饭食，却是一步不准走开。那些女孩子摸不着头脑，只得坐着，等到天亮。园里各处的丫头虽都知道拉进女尼们来，预备宫里使唤，却也不能深知原委。

　　到了明日早起，贾政正要下班，因堂上发下两省城工估销册子[②]，立刻要查核，一时不能回家，便叫人回来告诉贾琏，说："赖大回来，你务必查问明白。该如何办就如何办了，不必等我。"贾琏奉命，先替芹儿喜欢，又想道："若是办得一点影儿都没有，又恐贾政生疑，不如回明二太太，讨个主意办去，便是不合老爷的心，我也不至甚担干系。"主意定了，进内去见王夫人，陈说："昨日老爷见了揭帖生气，把芹儿和女尼女道等都叫进府来查办。今日老爷没空问这种不成体统的事，叫我来回太太，该怎么便怎么样。我所以来请示太太，这件事如何办理？"王夫人听了咤异道："这是怎么说！若是芹儿这么样起来，这还成咱们家的人了么？但只这个贴帖儿的也可恶！这些话可是混嚼说得的么？你到底问了芹儿有这件事没有呢？"贾琏道："刚才也问过了。太太想，别说他干了没有，就是干了，一个人干了混账事也肯应承么？但只我想芹儿也不敢行此事：知道那些女孩子都是娘娘一时要叫的，倘或闹出事来，怎么样呢？依侄儿的主见，要问也不难，若问出来，太太怎么个办法呢？"王夫人道："如今那些女孩子在那里？"贾琏道："都在园里锁着呢。"王夫人道："姑娘们知道不知道？"贾琏道："大约姑娘们也都知道是预备宫里头的话，外头并没提起别的来。"王夫人道："狠是。这些东西一刻也是留不得的。头里我原要打发他们去来着，都是你们说留着好，如今不是弄出事来了么？你竟叫赖大那些人带去细细的问他的本家有人没有，将文书查出，花上几十两银子，雇只船，派个妥当人，送到本地，一概连文书发还了，也落得无事。若是为着一两个不好，个个都押着他们还俗，那又太造孽了；若在这里发给官媒，虽然我们不要身价，他们弄去卖钱，那里顾人的死活呢？芹儿呢，你便狠狠的说他一顿，除了祭祀喜庆，无事叫他不用到这里来。看仔细碰在老爷气头儿上，那可就吃不了兜着走了。并说与账房儿里，把这一项钱粮档子销了。还打发个人到水月庵说：老爷的谕，除了上坟烧纸，要有本家爷们到他那里去，不许接待。若再有一点不好风声，连老姑子一并撵出去。"

贾琏一一答应了出去，将王夫人的话告诉赖大，说："是太太主意，叫你这么办去。办完了，告诉我去回太太。你快办去罢。回来老爷来，你也按着太太的话回去。"赖大听说，便道："我们太太真正是个佛心，这班东西着人送回去。既是太太好心，不得不挑个好人。芹哥儿竟交给二爷开发了罢。那贴帖儿的，奴才想法儿查出来，重重的收拾他才好。"贾琏点头说："是了。"即刻将贾芹发落。赖大也赶着把女尼等领出，按着主意办了去。晚上贾政回来，贾琏赖大回明贾政。贾政本是省事的人，听了也便撒开手了。独有那些无赖之徒，听得贾府发出二十四个女孩子出来，那个不想？究竟那些人能赎回家不能，未知着落，亦难虚拟。

且说紫鹃因黛玉渐好，园中无事，听见女尼等预备宫内使唤，不知何事，便到贾母那边打听打听。恰遇着鸳鸯下来闲着，坐下说闲话儿，提起女尼的事，鸳鸯咤异道："我并没有听见。回来问问二奶奶就知道了。"

正说着，只见傅试家两个女人过来请贾母的安，鸳鸯要陪了上去。那两个女人因贾母正睡晌觉，就与鸳鸯说了一声儿，回去了。紫鹃问："这是谁家差来的？"鸳鸯道："好讨人嫌！家里有了一个女孩儿，生得好些，便献宝的是的，常常在老太太面前夸他家姑娘长得怎么好，心地怎么好，礼貌上又能，说话儿又简绝，做活计儿手儿又巧，会写会算，尊长上头最孝敬的，就是待下人也是极和平的，来了就编这么一大套，常常说给老太太听。我听着狠烦，这几个老婆子真讨人嫌。我们老太太偏爱听那些个话！老太太也罢了，还有宝玉，素常见了老婆子，便狠厌烦的，偏见了他们家的老婆子便不厌烦，你说奇不奇？前儿还来说：他们姑娘现有多少人家儿来求亲，他们老爷总不肯应，心里只要和咱们这种人家作亲才肯。一回夸奖，一回奉承，把老太太的心都说活了。"紫鹃听了一呆，便假意道："若老太太喜欢，为什么不就给宝玉定了呢？"

　　鸳鸯正要说出原故，听见上头说："老太太醒了。"鸳鸯赶着上去，紫鹃只得起身出来。回到园里，一头走，一头想道："天下莫非只有一个宝玉？你也想他，我也想他。我们家的那一位，越发痴心起来了。看他的那个神情儿，是一定在宝玉身上的了。三番五次的病，可不是为着这个是什么！这家里'金'的'银'的还闹不清，若添了一个什么傅姑娘，更了不得了。我看宝玉的心也在我们那一位的身上；听着鸳鸯的说话，竟是见一个爱一个的。这不是我们姑娘白操了心了吗？"紫鹃本是想着黛玉，往下一想，连自己也不得主意了，不免掉下泪来。要想叫黛玉不用瞎操心呢，又恐怕他烦恼；若是看着他这样，又可怜见儿的。左思右想，一时烦躁起来，自己啐自己道："你替人耽什么忧！就是林姑娘真配了宝玉，他的那性情儿也是难伏侍的。宝玉性情虽好，又是贪多嚼不烂的。我倒劝人不必瞎操心，我自己才是瞎操心呢！从今已后，我尽我的心伏侍姑娘，其余的事全不管。"这么一想，心里倒觉清净。回到潇湘馆来，见黛玉独自一人，坐在炕上理从前做过的诗文词稿，抬头见紫鹃来，便问："你到那里去了？"紫鹃道：

"我今儿瞧了瞧姐妹们去。"黛玉道："敢是找袭人姐姐去么？"紫鹃道："我找他做什么？"

黛玉一想，这话怎么顺嘴说了出来？反觉不好意思，便啐道："你找谁与我什么相干！倒茶去罢。"紫鹃也心里暗笑，出来倒茶。只听见园里一叠声乱嚷，不知何故。一面倒茶，一面叫人去打听。回来说道："怡红院里的海棠本来萎了几棵，也没人去浇灌他。昨日宝玉走去瞧，见枝头上好像有了葺朵儿是的。人都不信，没有理他。忽然今日开得狠好的海棠花，众人咤异，都争着去看，连老太太、太太都哄动了，来瞧花儿呢。所以大奶奶叫人收拾园里败叶枯枝，这些人在那里传唤。"

黛玉也听见了，知道老太太来，便更了衣，叫雪雁去打听："若是老太太来了，即来告诉我。"雪雁去不多时，便跑来说："老太太、太太好些人都来了，请姑娘就去罢。"黛玉略自照了一照镜子，掠了一掠鬓发，便扶着紫鹃到怡红院来，已见老太太坐在宝玉常卧的榻上。黛玉便说道："请老太太安。"退后便见了邢王二夫人，回来与李纨、探春、惜春、邢岫烟彼此问了好。只有凤姐因病未来；史湘云因他叔叔调任回京，接了家去；薛宝琴跟他姐姐家去住了；李家姐妹因见园内多事，李婶娘带了在外居住：所以黛玉今日见的只有数人。大家说笑了一回，讲究这花开得古怪。贾母道："这花儿应在三月里开的，如今虽是十一月，因节气迟，还算十月，应着小阳春的天气③，因为和暖，开花也是有的。"王夫人道："老太太见的多，说得是，也不为奇。"邢夫人道："我听见这花已经萎了一年，怎么这回不应时候儿开了？必有个原故。"李纨笑道："老太太与太太说得都是。据我的糊涂想头，必是宝玉有喜事来了，此花先来报信。"探春虽不言语，心内想："此花必非好兆。大凡顺者昌，逆者亡；草木知运，不时而发，必是妖孽。"只不好说出来。独有黛玉听说是喜事，心里触动，便高兴说道："当初田家有荆树一棵④，三个弟兄因分了家，那荆树便枯了；后来感动了他弟兄们，仍旧归在一处，那荆树也就荣了。

可知草木也随人的。如今二哥哥认真念书，舅舅喜欢，那棵树也就发了。"贾母王夫人听了喜欢，便说："林姑娘比方得有理，狠有意思。"

正说着，贾赦、贾政、贾环、贾兰都进来看花。贾赦便说："据我的主意，把他砍去。必是花妖作怪。"贾政道："'见怪不怪，其怪自败⑤。'不用砍他，随他去就是了。"贾母听见，便说："谁在这里混说？人家有喜事好处，什么怪不怪的！若有好事，你们享去；若是不好，我一个人当去。你们不许混说！"贾政听了，不敢言语，赸赸的同贾赦等走了出来。

那贾母高兴，叫人传话到厨房里，快快预备酒席，大家赏花。叫："宝玉、环儿、兰儿各人做一首诗志喜。林姑娘的病才好，不要他费心；若高兴，给你们改改。"对着李纨道："你们都陪我喝酒。"李纨答应了"是"，便笑对探春笑道："都是你闹的。"探春道："饶不叫我们做诗，怎么我们闹的？"李纨道："海棠社不是你起的么？如今那棵海棠也要来入社了。"大家听着，都笑了。

一时，摆上酒菜，一面喝着。彼此都要讨老太太的欢喜，大家说些兴头话。宝玉上来斟了酒，便立成了四句诗，写出来念与贾母听，道：

> 海棠何事忽摧隤⑥，今日繁花为底开？应是北堂增寿考⑦，一阳旋复占先梅。

贾环也写了来，念道：

> 草木逢春当茁芽，海棠未发候偏差⑧。人间奇事知多少，冬月开花独我家。

贾兰恭楷誊正，呈与贾母。贾母命李纨念道：

> 烟凝媚色春前萎，霜浥微红雪后开。莫道此花知识浅，欣荣预佐合欢杯。

贾母听毕，便说："我不大懂诗，听去倒是兰儿的好，环儿做得不好。都上来吃饭罢。"宝玉看见贾母欢喜，更是兴头，因想起："晴雯死的那年，海棠死的；今日海棠复荣，我们院内这些人，自然都好，但是晴雯不能像花的死而复生了。"顿觉转喜为悲。忽又想起前日巧姐提凤姐要把五儿补入，或此花为他而开，也未可知。却又转悲为喜，依旧说笑。

贾母还坐了半天，然后扶了珍珠回去了，王夫人等跟着过来。只见平儿笑嘻嘻的迎上来，说："我们奶奶知道老太太在这里赏花，自己不得来，叫奴才来伏侍老太太、太太们。还有两匹红送给宝二爷包裹这花，当作贺礼。"袭人过来接了，呈与贾母看。贾母笑道："偏是凤丫头行出点事儿来，叫人看着又体面，又新鲜，狠有趣儿！"袭人笑着向平儿道："回去替宝二爷给二奶奶道谢：要有喜，大家喜。"贾母听了，笑道："嗳哟，我还忘了呢！凤丫头虽病着，还是他想得到，送得也巧。"一面说着，众人就随着去了。平儿私与袭人道："奶奶说，这花开得奇怪，叫你铰块红绸子挂挂，便应在喜事上去了。已后也不必只管当作奇事混说。"袭人点头答应，送了平儿出去不题。

且说那日宝玉本来穿着一裹圆的皮袄在家歇息，因见花开，只管出来看一回、赏一回、叹一回、爱一回的，心中无数悲喜离合，都弄到这株花上去了。忽然听说贾母要来，便去换了一件狐腋箭袖，罩一件玄狐腿外褂⑨，出来迎接贾母。匆匆穿换，未将"通灵宝玉"挂上。及至后来贾母去了，仍旧换衣，袭人见宝玉脖子上没有挂着，便问："那块玉呢？"宝玉道："刚才忙乱换衣，摘下来放在炕桌上，我没有带。"袭人回看桌上，并没有玉，便向各处找寻，踪影全无，吓得袭人满身冷汗。宝玉道："不用着急，少不得在屋里的。问他们就知道了。"袭人当作麝月等藏起吓他顽，便向麝月等笑着说道："小蹄子们！顽呢，到底有个顽法。把这件东西藏在那里了？别真弄丢了，那可就大家活不成了。"麝月等都正色道："这是那里的话？顽是顽，笑是笑，这个事非同儿戏，你可别混说！你自己昏了心了，想想罢，想想搁在那里了？这会子又混赖人了。"袭人见他这般光景，不像是顽话，便着急道："皇天菩萨，小祖宗！到底你摆在那里了？"宝玉道："我记得明明放在炕桌上的，你们到底找啊。"袭人麝月秋纹等也不敢叫人知道，大家偷偷儿的各处搜寻。闹了大半天，毫无影响，甚至翻箱倒笼，实在没处去找，便疑到方才这些人进来，不知谁捡了去了。袭人说道："进来的，谁不知道这玉是性命是的东西呢？谁敢捡了去呢！你们好歹先别声张，快到各处问去。若有姐妹们捡着吓我们顽呢，你们给他磕头，要了回来；若是小丫头偷了去，问出来，也不回上头，不论做什么送他换了出来，都使得的。这可不是小事，真要丢了这个，比丢了宝二爷的还利害呢。"麝月秋纹刚要往外走，袭人又赶出来嘱咐道："头里在这里吃饭的倒别先问去。找不成，再惹出些风波来，更不好了。"麝月等依言，分头各处追问。人人不晓，个个惊疑。麝月等回来，俱目瞪口呆，面面相窥，宝玉也吓怔了，袭人急的只是干哭。找是没处找，回又不敢回：怡红院里的人吓得个个像木雕泥塑一般。

　　大家正在发呆，只见各处知道的都来了。探春叫把园门关上，先命个老婆子带着两个丫头，再往各处去寻去；一面又叫告诉众人："若谁找出来，重重的赏银。"大家头宗要脱干系，二宗听见重赏，不顾命的混找了一遍，甚至于茅厕里都找到。谁知那块玉竟像绣花针儿一般，找了一天，总无影响。李纨急了，说："这件事不是顽的，我要说句无礼的话了。"众人道："什么呢？"李纨道："事情到了这里，也顾不得了。现在园里，除了宝玉都是女人。要求各位姐姐、妹妹、姑娘都要叫跟来的丫头脱了衣服，大家搜一搜。若没有，再叫丫头们去搜那些老婆子并粗使的丫头。"大家说道："这话也说的有理。现在人多手乱，鱼龙混杂，到是这么一来，你们也洗洗清。"探春独不言语。那些丫头们也都愿意洗净自己。先是平儿起。平儿说道："打我先搜起。"于是各人自己解怀。李纨一气儿混搜。探春嗔着李纨道："大嫂子，你也学那起不成材料的样子来了。那个人既偷了去还肯藏在身上？况且这件东西，在家里是宝，到了外头不知道的是废物，偷他做什么？

我想来必是有人使促狭。"

众人听说，又见环儿不在这里，昨儿是他满屋里乱跑，都疑到他身上，只是不肯说出来。探春又道："使促狭的只有环儿。你们叫个人去悄悄的叫了他来，背地里哄着他，叫他拿出来，然后吓着他，叫他不要声张，这就完了。"大家点头称是。李纨便向平儿道："这件事还是得你去才弄得明白。"平儿答应，就赶着去了。不多时，同了环儿来了。众人假意装出没事的样子，叫人沏了碗茶，搁在里间屋里。众人故意搭赸走开，原叫平儿哄他。平儿便笑着向环儿道："你二哥哥的玉丢了，你瞧见了没有？"贾环便急得紫涨了脸，瞪着眼，说道："人家丢了东西，你怎么又叫我来查问疑我，我是犯过案的贼么？"平儿见这样子，到不敢再问，便又陪笑道："不是这么说。怕三爷要拿了去吓他们，所以白问问瞧见了没有，好叫他们找。"贾环道："他的玉在他身上，看见不看见该问他，怎么问我？捧着他的人多着呢！得了什么不来问我，丢了东西就来问我！"说着，起身就走。众人不好拦他。这里宝玉倒急了，说道："都是这劳什子闹事！我也不要他了，你们也不用闹了。环儿一去，必是嚷得满院里都知道了，这可不是闹事了么？"袭人等急得又哭道："小祖宗，你看这玉丢了没要紧；若是上头知道了，我们这些人就要粉身碎骨了。"说着，便嚎啕大哭起来。

众人更加伤感，明知此事掩饰不来，只得要商议定了话，回来好回贾母诸人。宝玉道："你们竟也不用商量，硬说我砸了就完了。"平儿道："我的爷，好轻巧话儿！上头要问为什么砸的呢？他们也是个死啊！倘或要起砸破的碴儿来，那又怎么样呢？"宝玉道："不然，便说我前日出门丢了。"众人一想："这句话倒还混得过去，但只这两天又没上学，又没往别处去。"宝玉道："怎么没有？大前儿还到南安王府里听戏去了呢。便说那日丢的。"探春道："那也不妥。既是前儿丢的，为什么当日不来回？"

众人正在胡思乱想要装点撒谎，只听得赵姨娘的声儿，哭着喊着走来，说："你们丢了东西，自己不找，怎么叫人背地里拷问环儿！我把环儿带了来，索性交给你们这一起淤上水的。该杀该剐，随你们罢。"说着，将环儿一推，说："你是个贼，快快的招罢！"气得环儿也哭喊起来。李纨正要劝解，丫头来说："太太来了。"袭人等此时无地可容。宝玉等赶忙出来迎接。赵姨娘暂且也不敢作声，跟了出来。王夫人见众人都有惊惶之色，才信方才听见的话，便道："那块玉真丢了么？"众人都不敢作声。王夫人走进屋里坐下，便叫袭人，慌得袭人连忙跪下，含泪要禀。王夫人道："你起来，快快叫人细细找去，一忙乱倒不好了。"袭人哽咽难言。宝玉生恐袭人直告诉出来，便说道："太太，这事不与袭人相干，是我前日到南安王府那里听戏在路上丢了。"王夫人道："为什么那日不找？"宝玉道："我怕他们知道，没有告诉他们。我叫焙茗等在外头各处找过的。"王夫人道："胡说！如今脱换衣服，不是袭人他们伏侍的么？大凡哥儿出门回来，手巾荷包短了，还要个明白，何况这块玉不见了，便不问的么？"宝玉无言可答。赵姨娘听见，便得意了，忙接过口道："外头丢了东西，也赖环儿……"话未说完，被王夫人喝道："这里说这个，你且说那些没要紧的话！"赵姨娘便不敢言语了。还是李纨探春从实的告诉了王夫人一遍。王夫人也急得泪如雨下，索性要回明贾母，去问邢夫人那边跟来的这些人去。

　　凤姐病中，也听见宝玉失玉，知道王夫人过来，料躲不住，便扶了丰儿来到园里。正值王夫人起身要走，凤姐娇怯怯的说："请太太安。"宝玉等过来问了凤姐好。王夫人因说道："你也听见了么？这可不是奇事吗？刚才眼错不见就丢了⑩，再找不着。你去想想：打老太太那边丫头起，至你们平儿，谁的手不稳，谁的心促狭；我要回了老太太，认真的查出来才好。不然，是断了宝玉的命根子了。"凤姐回道："咱们家人多手杂，自古说的，'知人知面不知心'，那里保得住谁是好的？但是一吵嚷，已经都知道了，偷玉的人，若叫太太查出来，明知是死无葬身之地，他着了急，反要毁坏了灭口，那时可怎么处呢？据我的糊涂想头，只说宝玉本不爱他，撂丢了，也没有什么要紧，只要大家严密些，别叫老太太老爷知道；这么说了，暗暗的派人去各处察访，哄骗出来，那时玉也可得，罪名也好定：不知太太心里怎么样？"王夫人迟了半日，才说道："你这话虽也有理，但只是老爷跟前怎么瞒的过呢？"便叫环儿过来道："你二哥哥的玉丢了，白问了你一句，怎么你就乱嚷？若是嚷破了，人家把那个毁坏了，我看你活得活不得！"贾环吓得哭道："我再不敢嚷了。"赵姨娘听了，那里还敢言语。王夫人便吩咐众人道："想来自然有没找到的地方儿。好端端的在家里的，还怕他飞到那里去不成？只是不许声张。限袭人三天内给我找出来。要是三天找不着，只怕也瞒不住，大家那就不用过安静日子了。"说着，便叫凤姐儿跟到邢夫人那边，商议踩缉不题①。

　　这里李纨等纷纷议论，便传唤看园子的一干人来，叫把园门锁上，快传林之孝家的来，悄悄儿的告诉了他，叫他："吩咐前后门上，三天之内，不论男女下人，从里头可以走动，要出时，一概去不许放出。只说里头丢了东西，待这件东西有了着落，然后放人出来。"林之孝家的答应了"是"，因说："前儿奴才家里也丢了一件不要紧的东西，林之孝必要明白，上街去找了一个测字的。那人叫做什么刘铁嘴，测了一个字，说的狠明白，回来依旧一找，便找着了。"袭人听见，便央及林家的道："好林奶奶！出去快求林大爷替我们问问去。"那林之孝家的答应着出去了。邢岫烟道："若说那外头测字打卦的，是不中用的。我在南边闻妙玉能扶乩，何不烦他问一问？况且我听见说，这块玉原有仙机，想来问得出来。"众人都咤异道："咱们常见的，从没有听他说起。"麝月便忙问岫烟道："想来别人求他是不肯的，好姑娘，我给姑娘磕个头，求姑娘就去。若问出来了，我一辈子总不忘你的恩！"说着，赶忙就要磕下头去，岫烟连忙拦住。黛玉等也都怂恿着岫烟速往栊翠庵去。一面林之孝家的进来说道："姑娘们大喜！林之孝测了字回来，说这玉是丢不了的，将来横竖有人送还来的。"众人听了，也都半信半疑。惟有袭人麝月喜欢的了不得。探春便问："测的是什么字？"林之孝家的道："他的话多，奴才也学不上来。记得是拈了个赏人东西的'赏'字。那刘铁嘴也不问，便说：'丢了东西不是？'"李纨道："这就算好。"林之孝家的道："他还说：'"赏"字上头一个"小"字，底下一个"口"字，这件东西，狠可嘴里放得，必是个珠子宝石。'"众人听了，夸赞道："真是神仙！往下怎么说？"林之孝家的道："他说：'底下"贝"字拆开，不成一个"见"字，可不是"不见"了？'因上头拆了"当"字，叫快到当铺里找去。'"赏"字加一"人"字，可不是"偿"字？只要找着当铺就有人，有了人便赎了来，可不是偿还了吗？'"众人道："既这么着，就先往左近找起。横竖几个当铺都找遍了，少不得就有了。咱们有了东西，再问人就容易了。"李纨道："只要东西，那怕不问人都使得。林嫂子，烦你就把测字的话快去告诉二奶奶，回了太太，先叫太太放心。就叫二奶奶快派人查去。"林家的答应了便走。

众人略安了一点儿神，呆呆的等岫烟回来。正呆等，只见跟宝玉的焙茗在门外招手儿，叫小丫头子快出来。那小丫头赶忙的出去了。焙茗便说道："你快进去告诉我们二爷和里头太太、奶奶、姑娘们，天大喜事。"那小丫头子道："你快说罢，怎么这么累赘？"焙茗笑着拍手道："我告诉姑娘，姑娘进去回了，咱们两个人都得赏钱呢！你打量什么，宝二爷的那块玉呀，我得了准信来了。"未知如何，下回分解。

【注释】

①花妖：《开元天宝遗事》："初有木芍药植于沉香亭前，其花一日忽开，一枝两头，朝则深红，午则深碧，暮则深黄，夜则粉白；昼夜之内，香艳各异。帝谓左右曰：'此花木之妖，不足讶也。'"旧时以为所谓"花木之妖"大抵预示将发生不吉利的事情。

②估销册子：预算工程花销的册子。

③小阳春：指农历十月。明谢肇淛《五杂组》"天部二"："即天地之气，四月多寒，而十月多暖，有桃李生华者，俗谓之小阳春。"

④田家有荆树一棵：南朝梁吴均《续齐谐记》："京兆田真，兄弟三人，共议分财，生赀皆平均，惟堂前一株紫荆树，共议欲破三片，明日就截之。其树即枯死，状如火然。真往见之，大惊，谓诸弟曰：'树本同株，闻将分斫，所以憔悴，是人不如木也。'因悲不自胜，不复解树，树应声荣茂。兄弟相感，合财宝，遂为孝门，真仕至大中大夫。"荆树，即紫荆树，一名紫珠。多植于庭院间，以供观赏。

⑤"见怪不怪"二句：清梁章钜《浪迹续谈》卷八："'见怪不怪，其怪自败。'此语起于唐时，亦实有此理，可作座右铭也。《艺文类聚》引《见异录》云，魏元忠未达时，家贫，独一婢，方爨，有老猿为看火，婢惊白公，公曰：'猿闻我阙仆，为执爨耳。'又尝呼苍头，未应，犬代呼之，公曰：'孝顺狗也。'又独坐，有群鼠拱于前，公曰：'汝辈饥，求食于我乎？'乃饲之。又一夕夜半，有妇女数人，立于床前，公曰：'汝能徙我于堂下乎？'妇人竟舁堂下。曰：'可复徙堂中乎？'群妇舁旧所。曰：'能徙我于街市乎？'群妇再拜而去，曰：'此宽厚长者，可同常人玩之哉！'故语云：'见怪不怪，其怪自败。'"

⑥摧隤（tuí）：蹉跎，失意。汉焦延寿《易林》卷三："老杨日衰，条多枯枝；爵级不进，日下摧隤。"这里是枯萎的意思。

⑦寿考：长寿。《诗经·大雅·棫朴》："周王寿考，遐不作人。"宋朱熹《集注》："文王九十七乃终，故言寿考。"

⑧候偏差：错过了季节。

⑨玄狐腿外褂：以黑狐腿皮吊成的褂子。玄狐，即黑狐，产辽东等处，色黑毛暖，其皮为裘，最贵重。清王士禛《池北偶谈》卷四："本朝极贵玄狐，次貂，次猞猁狲。玄狐唯王公以上始得服。"

⑩眼错不见：眼光一时没有注意到。

⑪踩缉：跟踪追捕。

第九十五回
因讹成实元妃薨逝　以假混真宝玉疯颠

　　话说焙茗在门口和小丫头子说宝玉的玉有了，那小丫头急忙回来告诉宝玉。众人听了，都推着宝玉出去问他。众人在廊下听着。宝玉也觉放心，便走到门口，问道："你那里得了？快拿来。"焙茗道："拿是拿不来的，还得托人做保去呢。"宝玉道："你快说是怎么得的，我好叫人取去。"焙茗道："我在外头，知道林爷爷去测字，我就跟了去。我听见说在当铺里找，我没等他说完，便跑到几个当铺里去。我比给他个瞧，有一家便说'有'。我说：'给我罢。'那铺子里要票子。我说：'当多少钱？'他说：'三百钱的也有，五百钱的也有。前儿有一个人拿这么一块玉，当了三百钱去；今儿又有人也拿一块玉，当了五百钱去。'"宝玉不等说完，便道："你快拿三百五百钱去取了来，我们挑着看是不是。"里头袭人便啐道："二爷不用理他！我小时候儿听见我哥哥常说，有些人卖那些小玉儿，没钱用，便去当。想来是家家当铺里有的。"众人正在听得咤异，被袭人一说，想了一想，倒大家笑起来，说："快叫二爷进来罢，不用理那糊涂东西了。他说的那些玉，想来不是正经东西。"宝玉正笑着，只见岫烟来了。

　　原来岫烟走到栊翠庵，见了妙玉，不及闲话，便求妙玉扶乩。妙玉冷笑几声，说道："我与姑娘来往，为的是姑娘不是势利场中的人。今日怎么听了那里的谣言，过来缠我？况且我并不晓得什么叫'扶乩'。"说着，将要不理。岫烟懊悔此来：知他脾气是这么着的，"一时我已说出，不好白回去。"又不好与他质证他会扶乩的话，只得陪着笑将袭人等性命关系的话说了一遍。见妙玉略有活动，便起身拜了几拜。妙玉叹道："何必为人作嫁？但是我进京以来，素无人知，今日你来破例，恐将来缠绕不休。"岫烟道：
"我也一时不忍。知你必是慈悲的。便是将来他人求你，愿不愿在
你，谁敢相强？"妙玉笑了一笑，叫道婆焚香，在箱子里找出沙
盘乩架，书了符，命岫烟行礼祝告毕，起来同妙玉扶着乩。不多
时，只见那仙乩疾书道：

> 噫！来无迹，去无踪，青埂峰下倚古松。欲追寻，山万
> 重，入我门来一笑逢。

书毕，停了乩。岫烟便问："请是何仙？"妙玉道："请的是拐仙①。"
岫烟录了出来，请教妙玉解识。妙玉道："这个可不能，连我也不
懂。你快拿去，他们的聪明人多着哩。"

　　岫烟只得回来。进入院中，各人都问："怎么样了？"岫烟不
及细说，便将所录乩语递与李纨，众姊妹及宝玉争看，都解的是：
"一时要找是找不着的，然而丢是丢不了的，不知几时不找便出来
了。但是青埂峰不知在那里？"李纨道："这是仙机隐语。咱们家
里那里跑出青埂峰来？必是谁怕查出，撂在有松树的山子石底下，
也未可定。独是'入我门来'这句，到底是入谁的门呢？"黛玉
道："不知请的是谁？"岫烟道："拐仙。"探春道："若是仙家的门，
便难入了。"

　　袭人心里着忙，便捕风捉影的混找，没一块石底下不找到，
只是没有。回到院中，宝玉也不问有无，只管傻笑。麝月着急道：
"小祖宗！你到底是那里丢的？说明了，我们就是受罪，也在明处
啊。"宝玉笑道："我说外头丢的，你们又不依。你如今问我，我
知道么？"李纨探春道："今儿从早起闹起，已到三更来的天了。
你瞧林妹妹已经掌不住，各自去了。我们也该歇歇儿了，明儿再
闹罢。"说着，大家散去。宝玉即便睡下。可怜袭人等哭一回，
想一回，一夜无眠，暂且不题。

　　且说黛玉先自回去，想起"金""石"的旧话来，反自喜欢；
心里说道："和尚道士的话真个信不得。果真'金''玉'有缘，
宝玉如何能把这玉丢了呢？或者因我之事，拆散他们的'金玉'，

也未可知。"想了半天，更觉安心，把这一天的劳乏，竟不理会，重新倒看起书来。紫鹃倒觉身倦，连催黛玉睡下。黛玉虽躺下，又想到海棠花上，说："这块玉原是胎里带来的，非比寻常之物，来去自有关系。若是这花主好事呢，不该失了这玉呀。看来此花开的不祥，莫非他有不吉之事？"不觉又伤起心来。又转想到喜事上头，此花又似应开，此玉又似应失：如此一悲一喜，直想到五更方睡着。

　　次日，王夫人等早派人到当铺里去查问，凤姐暗中设法找寻。一连闹了几天，总无下落。还喜贾母贾政未知。袭人等每日提心吊胆。宝玉也好几天不上学，只是怔怔的，不言不语，没心没绪的。王夫人只知他因失玉而起，也不大着意。那日正在纳闷，忽见贾琏进来请安，嘻嘻的笑道："今日听得军机贾雨村打发人来告诉二老爷②，说：'舅太爷升了内阁大学士③，奉旨来京，已定明年正月二十日宣麻④，有三百里的文书去了⑤。'想舅太爷昼夜趱行，半个多月就要到了。侄儿特来回太太知道。"王夫人听说，便欢喜非常。正想娘家人少，薛姨妈家又衰败了；兄弟又在外任，照应不着。今日忽听兄弟拜相回京，王家荣耀，将来宝玉都有倚靠。便把失玉的心又略放开些了，天天专望兄弟来京。

　　忽一天，贾政进来，满脸泪痕，喘吁吁的说道："你快去禀知老太太，即刻进宫！不用多人的，是你伏侍进去。因娘娘忽得暴病，现在太监在外立等。他说：'太医院已经奏明痰厥⑥，不能医治。'"王夫人听说，便大哭起来。贾政道："这不是哭的时候，快快去请老太太。说得宽缓些，不要吓坏了老人家。"贾政说着，出来吩咐家人伺候。王夫人收了泪，去请贾母，只说元妃有病，进去请安。贾母念佛道："怎么又病了？前番吓的我了不得，后来又打听错了。这回情愿再错了也罢。"王夫人一面回答，一面催鸳鸯等开箱取衣饰穿戴起来。王夫人赶着回到自己房中也穿戴好了，过来伺候。一时出厅，上轿进宫不题。

　　且说元春自选了凤藻宫后，圣眷隆重，身体发福，未免举动费力。每日起居劳乏，时发痰疾。因前日侍宴回宫，偶沾寒气，勾起旧病。不料此回甚属利害，竟至痰气壅塞，四肢厥冷。一面奏明，即召太医调治。岂知汤药不进，连用通关之剂⑦，并不见效。内官忧虑，奏请预办后事，所以传旨命贾氏椒房进见。贾母王夫人遵旨进宫，见元妃痰塞口涎，不能言语。见了贾母，只有悲泣之状，却少眼泪。贾母进前请安，奏些宽慰的话。少时贾政等职名递进，宫嫔传奏，元妃目不能顾，渐渐脸色改变。内官太监即要奏闻，恐派各妃看视，椒房姻戚未便久羁，请在外宫伺候。贾母王夫人怎忍便离，无奈国家制度，只得下来，又不敢啼哭，惟有心内悲感。朝门内官员有信。不多时，只见太监出来，立传钦天监。贾母便知不好，尚未敢动。稍刻，小太监传谕出来，说："贾娘娘薨逝。"是年甲寅年十二月十八日立春；元妃薨日，是十二月十九日，已交卯年寅月，存年四十三岁。贾母含悲起身，只得出宫上轿回家。贾政等亦已得信，一路悲戚。到家中，邢夫人、李纨、凤姐、宝玉等出厅，分东西迎着贾母，请了安，并贾政王夫人请安，大家哭泣不题。

　　次日早起，凡有品级的，按贵妃丧礼进内请安哭临⑧。贾政又是工部，虽按照仪注办理，未免堂上又要周旋他些，同事又要请教他，所以两头更忙，非比从前太后与周妃的丧事了。但元妃并无所出，惟谥曰贤淑贵妃⑨。此是王家制度，不必多赘。只讲贾府中男女，天天进宫，忙的了不得。幸喜凤姐儿近日身子好些，还得出来照应家事；又要预备王子腾进京，接风贺喜。凤姐胞兄王仁，知道叔叔入了内阁，仍带家眷来京。凤姐心里喜欢，便有些心病，有这些娘家的人，也便撂开，所以身子倒觉比前好了些。王夫人看见凤姐照旧办事，又把担子卸了一半；又眼见兄弟来京，诸事放心，倒觉安静些。

　　独有宝玉原是无职之人，又不念书，代儒学里知他家里有事，也不来管他；贾政正忙，自然没有空儿查他：想来宝玉趁此机会竟可与姊妹们天天畅乐。不料他自失了玉后，终日懒怠走动，说话也糊涂了。并贾母等出门回来，有人叫他去请安，便去；没人叫他，他也不动。袭人等怀着鬼胎，又不敢去招惹他，恐他生气。每天茶饭，端到面前便吃，不来也不要。袭人看这光景，不像是有气，竟像是有病的。袭人偷着空儿到潇湘馆告诉紫鹃，说是："二爷这么着，求姑娘给他开导开导。"紫鹃虽即告诉黛玉，只因黛玉想着亲事上头，一定是自己了，如今见了他，反觉不好意思，"若是他来呢，原是小时在一处的，也难不理他；若说我去找他，断断使不得。"所以黛玉不肯过来。袭人又背地里去告诉探春。那知探春心里明明知道海棠开得怪异，"宝玉"失的更奇，接连着元妃姐姐薨逝，谅家道不祥，日日愁闷，那有心肠去劝宝玉？况兄妹们男女有别，只好过来一两次，宝玉又终是懒懒的，所以也不大常来。宝钗也知失玉。因薛姨妈那日应了宝玉的亲事，回去便告诉了宝钗。薛姨妈还说："虽是你姨妈说了，我还没有应准，说等你哥哥回来再定。你愿意不愿意？"宝钗反正色的对母亲道："妈妈这话说错了。女孩儿家的事情是父母作主的。如今我父亲没了，妈妈应该作主的；再不然，问哥哥；怎么问起我来？"所以薛姨妈更爱惜他，说他虽是从小娇养惯的，却也生来的贞静。因此，在他面前，反不提起宝玉了。宝钗自从听此一说，把"宝玉"两字自然更不提起了。如今虽然听见失了玉，心里也甚惊疑，倒不好问，只得听旁人说去，竟像不与自己相干的。只有薛姨妈打发丫头过来了好几次问信。因他自己的儿子薛蟠的事焦心，只等哥哥进京，便好为他出脱罪名；又知元妃已薨，虽然贾府忙乱，却得凤姐好了，出来理家；也把贾家的事撂开了。只苦了袭人，虽然在宝玉跟前低声下气的伏侍劝慰，宝玉竟是不懂。袭人只有暗暗的着急而已。

过了几日，元妃停灵寝庙⑩，贾母等送殡去了几天。岂知宝玉一日呆似一日，也不发烧，也不疼痛，只是吃不像吃，睡不像睡，甚至说话都无头绪。那袭人麝月等一发慌了，回过凤姐几次。

凤姐不时过来。起先道是找不着玉生气，如今看他失魂落魄的样子，只有日日请医调治。煎药吃了好几剂，只有添病的，没有减病的。及至问他那里不舒服，宝玉也不说出来。

直至元妃事毕，贾母惦记宝玉，亲自到园看视，王夫人也随过来，袭人等叫宝玉接去请安。宝玉虽说是病，每日原起来行动。今日叫他接贾母去，他依然仍是请安，惟是袭人在旁扶着指教。贾母见了，便道："我的儿！我打谅你怎么病着，故此过来瞧你。今你依旧的模样儿，我的心放了好些。"王夫人也自然是宽心的。但宝玉并不回答，只管嘻嘻的笑。贾母等进屋坐下，问他的话，袭人教一句，他说一句，大不似往常，直是一个傻子似的。贾母愈看愈疑，便说："我才进来看时，不见有什么病；如今细细一瞧，这病果然不轻，竟是神魂失散的样子！到底因什么起的呢？"王夫人知事难瞒，又瞧瞧袭人怪可怜的样子，只得便依着宝玉先前的话，将那往南安王府里去听戏时丢了这块玉的话悄悄的告诉了一遍，心里也彷徨的狠，生恐贾母着急。并说："现在着人在四下里找寻。求签问卦，都说在当铺里找，少不得找着的。"贾母听了，急得站起来，眼泪直流，说道："这件玉，如何是丢得的！你们忒不懂事了！难道老爷也是撂开手的不成？"王夫人知贾母生气，叫袭人等跪下，自己敛容低首回说："媳妇恐老太太着急，老爷生气，都没敢回。"贾母"咳"道："这是宝玉的命根子，因丢了，所以他是这么失魂丧魄的！还了得！况是这玉满城里都知道，谁检了去，便叫你们找出来么？叫人快快请老爷，我与他说。"那时吓得王夫人袭人等俱哀告道："老太太这一生气，回来老爷更了不得了。现在宝玉病着，交给我们尽命里找来就是了。"贾母道："你们怕老爷生气，有我呢！"便叫麝月传人去请。不一时，传进话来，说："老爷谢客去了。"贾母道："不用他也使得。你们便说我说的话，暂且也不用责罚下人。我便叫琏儿来，写出赏格^①，悬在前日经过的地方，便说：'有人检得送来者，情愿送银一万两；如有知人检得，送信找得者，送银五千两。'如真有了，不可吝惜银子。这么一找，少不得就找出来了。若是靠着咱们家几个人找，就找一辈子，也不能得！”王夫人也不敢直言。贾母传话，告诉贾琏，叫他速办去了。

贾母便叫人："将宝玉动用之物，都搬到我那里去。只派袭人秋纹跟过来，余者仍留园内看屋子。"宝玉听了，终不言语，只是傻笑。贾母便携了宝玉起身，袭人等搀扶出园。回到自己房中，叫王夫人坐下，看人收拾里间屋内安置，便对王夫人道："你知道我的意思么？我为的园里人少，怡红院的花树，忽萎忽开，有些奇怪。头里仗着一块玉能除邪祟；如今此玉丢了，生恐邪气易侵：故我带他过来一块儿住着。这几天也不用叫他出去。大夫来，就在这里瞧。"王夫人听说，便接口道："老太太想的自然是。如今宝玉同着老太太住了，老太太的福气大，不论什么都压住了。"贾母道："什么福气！不过我屋里干净些，经卷也多，都可以念念，定定心神。你问宝玉好不好？"那宝玉见问，只是笑。袭人叫他说好，宝玉也就说好。王夫人见了这般光景，未免落泪，在贾母这里，不敢出声。贾母知王夫人着急，便说道："你回去罢，这里有我调停他。晚上老爷回来，告诉他不必来见我，不许言语就是了。"王夫人去后，贾母叫鸳鸯找些安神定魄的药，按方吃了，不题。

且说贾政当晚回家，在车内听见道儿上人说道："人要发财，也容易的狠。"那个人道："怎么见得？"这个人又道："今日听见荣府里丢了什么哥儿的玉了，贴着招帖儿，上头写着玉的大小式样颜色，说：有人检了送去，就给一万两银子；送信的还给五千呢！"

贾政虽未听得如此真切，心里咤异，急忙赶回，便叫门上的人，问起那事来。门上的人禀道："奴才头里也不知道；今儿晌午，琏二爷传出老太太的话，叫人去贴帖儿，才知道的。"贾政便叹气道："家道该衰！偏生养这么一个孽障！才养他的时候，满街的谣言，隔了十几年，略好了些。这会子又大张晓谕的找玉，成何道理！"说着，忙走进里头去问王夫人。王夫人便一五一十的告诉。贾政知是老太太的主意，又不敢违拗，只抱怨王夫人几句。又走出来，叫瞒着老太太，背地里揭了这个帖儿下来。岂知早有那些游手好闲的人揭了去了。

　　过了些时，竟有人到荣府门上，口称送玉来。家内人们听见，喜欢的了不得，便说："拿来，我给你回去。"那人便怀内掏出赏格来，指给门上人瞧："这不是你府上的帖子么？写明送玉来的给银一万两。二太爷，你们这会子瞧我穷，回来我得了银子，就是个财主了，别这么待理不理的！"门上听他话头来得硬，说道："你到底略给我瞧一瞧，我好给你回去。"那人初到不肯，后来听人说得有理，便掏出那玉，托在掌中一扬，说："这是不是？"众家人原是在外服役，只知有玉，也不常见；今日才看见这玉的模样儿了，急忙跑到里头抢头报似的⑫。那日贾政贾赦出门，只有贾琏在家。众人回明，贾琏还细问："真不真？"门上人口称："亲眼见过，只是不给奴才，要见主子，一手交银，一手交玉。"贾琏却也喜欢，忙去禀知王夫人，即便回明贾母，把个袭人乐得合掌念佛。贾母并不改口，一叠连声："快叫琏儿请那人到书房内坐下，将玉取来一看，即便送银。"贾琏依言，请那人进来，当客待他，用好言道谢："要借这玉送到里头本人见了，谢银分厘不短。"那人只得将一个红绸子包儿送过去。贾琏打开一看，可不是那一块晶莹美玉吗？贾琏素昔原不理论，今日倒要看看。看了半日，上面的字也仿佛认得出来，什么"除邪祟"等字。贾琏看了，喜之不胜，便叫家人伺候，忙忙的送与贾母王夫人认去。

　　这会子惊动了合家的人，都等着争看。凤姐见贾琏进来，便劈手夺去，不敢先看，送到贾母手里，贾琏笑道："你这么一点儿事，还不叫我献功呢！"贾母打开看时，只见那玉比先前昏暗了好些，一面用手擦摸，鸳鸯拿上眼镜儿来，戴着一瞧，说："奇怪！这块玉倒是的！怎么把头里的宝色都没了呢？"王夫人看了一会子，也认不出，便叫凤姐过来看。凤姐看了道："像倒像，只是颜色不大对，不如叫宝兄弟自己一看，就知道了。"袭人在旁，也看着未必是那一块，只是盼得的心盛，也不敢说出不像来。凤姐于是从贾母手中接过来，同着袭人，拿来给宝玉瞧。这时宝玉正睡着才醒。凤姐告诉道："你的玉有了。"宝玉睡眼蒙眬，接在手里也没瞧，便往地下一撂，道："你们又来哄我了！"说着，只是冷笑。凤姐连忙拾起来道："这也奇了。怎么你没瞧，就知道呢？"宝玉也不答言，只管笑。王夫人也进屋里来了，见他这样，便道："这不用说了。他那玉原是胎里带来的一种古怪东西，自然他有道理。想来这个必是人见了帖儿，照样做的。"大家此时恍然大悟。

贾琏在外间屋里听见这个话，便说道："既不是，快拿来给我问问他去。人家这样事，他敢来鬼混！"贾母喝住道："琏儿，拿了去给他，叫他去罢。那也是穷极了的人，没法儿了，所以见我们家有这样事，他便想着赚给个钱，也是有的。如今白白的花了钱，弄了这个东西，又叫咱们认出来了。依着我，不要难为他，把这玉还他，说不是我们的，赏给他几两银子。外头的人知道了，才肯有信儿就送来呢。若是难为了这一个人，就有真的，人家也不敢拿来了。"贾琏答应出去。那人还等着呢，半日不见人来，正在那里心里发虚，只见贾琏气忿忿走出来了。未知如何，下回分解。

【注释】

①拐仙：传说中"八仙"之一。相传他姓李名玄，曾遇太上老君而得道，有足疾，拄铁杖，故又称"铁拐李"。

②军机：这里当指清代辅佐皇帝的政务机构军机处。雍正七年，因用兵西北，以防泄露机密，设军机房；十年更名为军机处。在军机处任职者无定员，以亲王、重臣充任称军机处行走；位卑者称学习行走，俗称小军机。军机处除处理机务外，凡特旨简放大员，如大学士、

六部、九卿、督抚、将军等，皆由军机处大臣开单请旨。

③大学士：官名。唐代始置，由宰相兼领。明中叶后，以之为内阁长官，握宰相之权。清代大学士，为王朝最高官员。

④宣麻：唐代任免将相时，用黄白麻纸书写诏书，宣告于朝廷，谓之"宣麻"。《新唐书·百官志一》："凡拜免将相、号令征伐，皆用白麻。"这里代指正式任命。

⑤三百里的文书：意即日夜行程三百里的急递公文。金元明时所设驿站名"急递铺"，十里或十五里、二十五里设一铺，凡遇官府公文至铺，随即递送，不分昼夜，风雨无阻。《金史·章宗纪四》泰和六年："初置急递铺，腰铃转递，日行三百里，非军期、河防不许起马。"

⑥痰厥：中医名词。因痰壅而呈昏迷状态，是病危时的一种征兆。

⑦通关之剂：疏通关窍的药，如通关散等。可治突然昏厥、人事不省、牙关紧闭、痰涎壅塞等症。

⑧哭临：旧时帝后之丧，集众举哀叫"哭临"。临，到。

⑨谥曰贤淑贵妃：谥，封建时代，帝王、贵族、大臣死后，按其生平行事，评定一种称号，叫"谥"。清制，贵妃如生有儿子，其死后的爵位，可加一级，而称为皇贵妃。

⑩寝庙：也称"庙寝"，指古代宗庙的前后两个部分。《礼记·月令》："（仲春之月）寝庙毕备。"汉郑玄注："凡庙，前曰庙，后曰寝。"

⑪赏格：悬赏所定的报酬数目。

⑫抢头报：科举时代，如考试得中，先来报喜的人，可多得赏钱，故争着抢头报。

第九十六回
瞒消息凤姐设奇谋　泄机关颦儿迷本性

话说贾琏拿了那块假玉忿忿走出，到了书房。那个人看见贾琏的气色不好，心里先发了虚了，连忙站起来迎着。刚要说话，只见贾琏冷笑道："好大胆！我把你这个混帐东西！这里是什么地方儿，你敢来掉鬼！"回头便问："小厮们呢？"外头轰雷一般，几个小厮齐声答应。贾琏道："取绳子去捆起他来！等老爷回来回明了，把他送到衙门里去。"众小厮又一齐答应："预备着呢！"嘴里虽如此，却不动身。那人先自唬的手足无措，见这般势派，知道难逃公道，只得跪下给贾琏碰头，口口声声只叫："老太爷，别生气！是我一时穷极无奈，才想出这个没脸的营生来。那玉是我借钱做的，我也不敢要了，只得孝敬府里的哥儿顽罢。"说毕，又连连磕头。贾琏啐道："你这个不知死活的东西！这府里希罕你的那朽不了的浪东西①！"

正闹着，只见赖大进来，陪着笑，向贾琏道："二爷别生气了。靠他算个什么东西！饶了他，叫他滚出去罢。"贾琏道："实在可恶。"赖大贾琏作好作歹，众人在外头都说道："糊涂狗攮的！还不给爷和赖大爷磕头呢！快快的滚罢，还等窝心脚呢！"那人赶忙磕了两个头，抱头鼠窜而去。从此，街上闹动了："贾宝玉弄出'假宝玉'来。"

且说贾政那日拜客回来，众人因为灯节底下，恐怕贾政生气，已过去的事了，便也都不肯回。只因元妃的事，忙碌了好些时，近日宝玉又病着，虽有旧例家宴，大家无兴，也无有可记之事。到了正月十七日，王夫人正盼王子腾来京，只见凤姐进来回说："今日二爷在外听得有人传说：我们家大老爷赶着进京，离城只二百多里地，在路上没了。太太听见了没有？"王夫人吃惊道："我没有听见，老爷昨晚也没有说起。到底在那里听见的？"凤姐道："说是在枢密张老爷家听见的②。"王夫人怔了半天，那眼泪早流下来了，因拭泪说道："回来再叫琏儿索性打听明白了来告诉我。"凤姐答应去了。王夫人不免暗里落泪，悲女哭弟，又为宝玉耽忧，如此连三接二，都是不随意的事，那里搁得住？便有些心口疼痛起来。又加贾琏打听明白了，来说道："舅太爷是赶路劳乏，偶然感冒风寒。到了十里屯地方，延医调治；无奈这个地方没有名医，误用了药，一剂就死了。但不知家眷可到了那里没有。"王夫人听了，一阵心酸，便心口疼得坐不住，叫彩云等扶了上炕，还扎挣着叫贾琏去回了贾政。"即速收拾行装，迎到那里，帮着料理完毕，即刻回来告诉我们，好叫你媳妇儿放心。"贾琏不敢违拗，只得辞了贾政起身。

贾政早已知道，心里狠不受用；又知宝玉失玉已后，神志惛愦，医药无效；又值王夫人心疼。那年正值京察③，工部将贾政保列一等，二月，吏部带领引见。皇上念贾政勤俭谨慎，即放了江西粮道。即日谢恩，已奏明起程日期。虽有众亲朋贺喜，贾政也无心应酬，只念家中人口不宁，又不敢耽延在家。

正在无计可施，只听见贾母那边叫："请老爷。"贾政即忙进去。看见王夫人带着病也在那里，便向贾母请了安。贾母叫他坐下，便说："你不日就要赴任，我有多少话与你说，不知你听不听？"说着，掉下泪来。贾政忙站起来，说道："老太太有话，只管吩咐，儿子怎敢不遵命呢？"贾母哽咽着说道："我今年八十一岁的人了，你又要做外任去。偏有你大哥在家，你又不能告亲老④。你这一去了，我所疼的只有宝玉，偏偏的又病得糊涂，还不知道怎么样呢！我昨日叫赖升媳妇出去，叫人给宝玉算算命，这先生算得好灵，说：'要娶了金命的人帮扶他，必要冲冲喜才好⑤；不然，只怕保不住。'我知道你不信那些话，所以教你来商量。你的媳妇也在这里，你们两个也商量商量：还是要宝玉好呢？还是随他去呢？"贾政陪笑说道："老太太当初疼儿子这么疼的，难道做儿子的就不疼自己的儿子不成么？只为宝玉不上进，所以时常恨他，也不过是'恨铁不成钢'的意思。老太太既要给他成家，这也是该当的，岂有逆着老太太不疼他的理？如今宝玉病着，儿子也是不放心。因老太太不叫他见我，所以儿子也不敢言语。我到底瞧瞧宝玉是个什么病？"王夫人见贾政说着也有些眼圈儿红，知道心里是疼的，便叫袭人扶了宝玉来。宝玉见了他父亲，袭人叫他请安，他便请了个安。贾政见他脸面很瘦，目光无神，大有疯傻之状，便叫人扶了进去，便想到："自己也是望六的人了⑥，如今又放外任，不知道几年回来。倘或这孩子果然不好，一则年老无嗣，虽说有孙子，到底隔了一层；二则老太太最疼的是宝玉，若有差错，可不是我的罪名更重了？"瞧瞧王夫人一包眼泪，又想到他身上，复站起来说："老太太这么大年纪，想法儿疼孙子，做儿子的还敢违拗？老太太主意该怎么便怎么就是了。但只姨太太那边，不知说明白了没有？"王夫人便道："姨太太是早应了的；只为蟠儿的事没有结案，所以这些时总没提起。"贾政又道："这就是第一层的难处。他哥哥在监里，妹子怎么出嫁？况且贵妃的事虽不禁婚嫁，宝玉应照已出嫁的姐姐，有九个月的功服⑦，此时也难娶亲。再者，我的起身日期已经奏明，不敢耽搁，这几天怎么办呢？"

　　贾母想了一想："说的果然不错。若是等这几件事过去，他父亲又走了，倘或这病一天重似一天，怎么好？只可越些礼办了才好。"想定主意，便说道："你若给他办呢，我自然有个道理，包管都碍不着：姨太太那边，我和你媳妇亲自过去求他。蟠儿那里，我央蝌儿去告诉他，说是要救宝玉的命，诸事将就，自然应的。若说服里娶亲，当真使不得；况且宝玉病着，也不可教他成亲，不过是冲冲喜。我们两家愿意，孩子们又有'金玉'的道理，婚是不用合的了，即挑了好日子，按着咱们家分儿过了礼⑧。赶着挑个娶亲日子，一概鼓乐不用，倒按宫里的样子，用十二对提灯，一乘八人轿子抬了来，照南边规矩拜了堂⑨，一样坐床撒帐⑩，可不是算娶了亲了么？宝丫头心地明白，是不用虑的。内中又有袭人，也还是个妥妥当当的孩子，再有个明白人常劝他，更好。他又和宝丫头合的来。再者，姨太太曾说：'宝丫头的金锁也有个和尚说过，只等有玉的便是婚姻。'焉知宝丫头过来，不因金锁倒招出他那块玉来，也定不得。从此一天好似一天，岂不是大家的造化？这会子只要立刻收拾屋子，铺排起来，这屋子是要你派的。一概亲友不请，也不排筵席；待宝玉好了，过了功服，然后再摆席请人：这么着，都赶的上；你也看见了他们小两口儿的事，也好放心的去。"贾政听了，原不愿意，只是贾母做主，不敢违命，勉强陪笑说道："老太太想得极是，也狠妥当。只是要吩咐家下众人，不许吵嚷得里外皆知，这要耽不是的。姨太太那边，只怕不肯；若是果真应了，也只好按着老太太的主意办去。"贾母道："姨太太那里有我呢，你去罢。"贾政答应出来，心中好不自在。因赴任事多，部里领凭，亲友们荐人，种种应酬不绝，竟把宝玉的事听凭贾母交与王夫人凤姐儿了。惟将荣禧堂后身王夫人内屋旁边一大跨所二十余间房屋指与宝玉⑪，余者一概不管。贾母定了主意，叫人告诉他去，贾政只说"狠好"。此是后话。

　　且说宝玉见过贾政，袭人扶回里间炕上。因贾政在外，无人敢与宝玉说话，宝玉便昏昏沉沉的睡去。贾母与贾政所说的话，宝玉一句也没有听见。袭人等却静静儿的听得明白，头里虽也听得些风声，到底影响，只不见宝钗过来，却也有些信真。今日听了这些话，心里方才水落归漕，倒也喜欢。心里想道："果然上头的眼力不错！这才配得是。我也造化！若他来了，我可以卸了好些担子。但是这一位的心里只有一个林姑娘，幸亏他没有听见，若知道了，又不知要闹到什么分儿了。"袭人想到这里，转喜为悲，心想："这件事怎么好？老太太、太太那里知道他们心里的事？一时高兴，说给他知道，原想要他病好。若是他仍似前的心事，初见林姑娘，便要摔玉砸玉；况且那年夏天在园里，把我当作林姑娘，说了好些私心话；后来因为紫鹃说了句顽话儿，便哭得死去活来。若是如今和他说要娶宝姑娘，竟把林姑娘撂开，除非是他人事不知还可，若稍明白些，只怕不但不能冲喜，竟是催命了。我再不把话说明，那不是一害三个人了么？”袭人想定主意，待等贾政出去，叫秋纹照看着宝玉，便从里间出来，走到王夫人身旁，悄悄的请了王夫人到贾母后身屋里去说话。贾母只道是宝玉有话，也不理会，还在那里打算怎么过礼，怎么娶亲。

那袭人同了王夫人到了后间，便跪下哭了。王夫人不知何意，把手拉着他说：“好端端的，这是怎么说？有什么委屈，起来说。”袭人道：“这话奴才是不该说的，这会子因为没有法儿了。”王夫人道：“你慢慢的说。”袭人道：“宝玉的亲事，老太太、太太已定了宝姑娘了，自然是极好的一件事。只是奴才想着，太太看去，宝玉和宝姑娘好，还是和林姑娘好呢？”王夫人道：“他两个因从小儿在一处，所以宝玉和林姑娘又好些。”袭人道：“不是‘好些’。”便将宝玉素与黛玉这些光景一一的说了，还说：“这些事都是太太亲眼见的，独是夏天的话，我从没敢和别人说。”王夫人拉着袭人道：“我看外面儿已瞧出几分来了，你今儿一说，更加是了。但是刚才老爷说的话，想必都听见了，你看他的神情儿怎么样？”袭人道：“如今宝玉若有人和他说话他就笑，没人和他说话他就睡，所以头里的话却倒都没听见。”王夫人道：“倒是这件事叫人怎么样呢？”袭人道：“奴才说是说了，还得太太告诉老太太，想个万全的主意才好。”王夫人便道：“既这么着，你去干你的。这时候满屋子的人，暂且不用提起。等我瞅空儿回明老太太，再作道理。”说着，仍到贾母跟前。

贾母正在那里和凤姐儿商议，见王夫人进来，便问道：“袭人丫头说什么，这么鬼鬼祟祟的？”王夫人趁问，便将宝玉的心事细细回明贾母。贾母听了，半日没言语。王夫人和凤姐也都不再说了。只见贾母叹道：“别的事都好说。林丫头倒没有什么。若宝玉真是这样，这可叫人作了难了！"只见凤姐想了一想，因说道："难倒不难。只是我想了个主意，不知姑妈肯不肯。"王夫人道："你有主意，只管说给老太太听，大家娘儿们商量着办罢了。"凤姐道："依我想，这件事，只有一个'掉包儿'的法子⑫。"贾母道："怎么'掉包儿'？"凤姐道："如今不管宝兄弟明白不明白，大家吵嚷起来，说是老爷做主，将林姑娘配了他了，瞧他的神情儿怎么样。要是他全不管，这个包儿也就不用掉了；若是他有些喜欢的意思，这事却要大费周折呢！"王夫人道："就算他喜欢，你怎么样办法呢？"凤姐走到王夫人耳边，如此这般的说了一遍。王夫人点了几点头儿，笑了一笑，说道："也罢了。"贾母便问道："你娘儿两个捣鬼，到底告诉我是怎么着呀。"凤姐恐贾母不懂，露泄机关，便也向耳边轻轻的告诉了一遍。贾母果真一时不懂。凤姐笑着又说了几句。贾母笑道："这么着也好，可就只忒苦了宝丫头了。倘或吵嚷出来，林丫头又怎么样呢？"凤姐道："这个话，原只说给宝玉听，外头一概不许提起，有谁知道呢？"

　　正说间，丫头传进话来，说："琏二爷回来了。"王夫人恐贾母问及，使个眼色与凤姐。凤姐便出来迎着贾琏，努了个嘴儿，同到王夫人屋里等着去了。一会儿，王夫人进来，已见凤姐哭的两眼通红。贾琏请了安，将到十里屯料理王子腾的丧事的话说了一遍，便说："有恩旨赏了内阁的职衔，谥了文勤公，命本宗扶柩回籍，着沿途地方官员照料。昨日起身，连家眷回南去了。舅太太叫我回来请安问好，说：'如今想不到不能进京，有多少话不能说。'听见我大舅子要进京，若是路上遇见了，便叫他来到咱们这里细细的说。"王夫人听毕，其悲痛自不必言。凤姐劝慰了一番，"请太太略歇一歇，晚上来，再商量宝玉的事罢。"说毕，同了贾琏回到自己房中，告诉了贾琏，叫他派人收拾新房不题。

　　一日，黛玉早饭后，带着紫鹃到贾母这边来，一则请安，二则也为自己散散闷。出了潇湘馆，走了几步，忽然想起忘了手绢子来，因叫紫鹃回去取来，自己却慢慢的走着等他。刚走到沁芳桥那边山石背后当日同宝玉葬花之处，忽听一个人呜呜咽咽在那里哭。黛玉煞住脚听时，又听不出是谁的声音，也听不出哭着叨叨的是些什么话，心里甚是疑惑；便慢慢的走去。及到了跟前，却见一个浓眉大眼的丫头在那里哭呢。黛玉未见他时，还只疑府里这些大丫头有什么说不出的心事，所以来这里发泄发泄；及至见了这个丫头，却又好笑，因想到："这种蠢货，有什么情种！自然是那屋里作粗活的丫头，受了大女孩子的气了。"细瞧了一瞧，却不认得。那丫头见黛玉来了，便也不敢再哭，站起来拭眼泪。黛玉问道："你好好的为什么在这里伤心？"那丫头听了这话，又流泪道："林姑娘，你评评这个理：他们说话，我又不知道，我就说错了一句话，我姐姐也不犯就打我呀！"黛玉听了，不懂他说的是什么，因笑问道："你姐姐是那一个？"那丫头道："就是珍珠姐姐。"黛玉听了，才知他是贾母屋里的。因又问："你叫什么？"那丫头道："我叫傻大姐儿。"黛玉笑了一笑，又问："你姐姐为什么打你？你说错了什么话了？"那丫头道："为什么呢！就是为我们宝二爷娶宝姑娘的事情。"黛玉听了这句话，如同一个疾雷，心头乱跳，略定了定神，便叫这丫头："你跟了我这里来。"那丫头跟着黛玉到那畸角儿上葬桃花的去处，那里背静，黛玉因问道："宝二爷娶宝姑娘，他为什么打你呢？"傻大姐道："我们老太太和太太、二奶奶商量了，因为我们老爷要起身，说：就赶着往姨太太商量，把宝姑娘娶过来罢。头一宗，给宝二爷冲什么喜；第二宗……"说到这里，又瞅着黛玉笑了一笑，才说道："赶着办了，还要给林姑娘说婆婆家呢。"黛玉已经听呆了。这丫头只管说道："我又不知道他们怎么商量的，不叫人吵嚷，怕宝姑娘听见害臊。我白和宝二爷屋里的袭人姐姐说了一句：'咱们明儿更热闹了，又是宝姑娘，又是宝二奶奶，这可怎么叫呢？'林姑娘，你说我这话害着珍珠姐姐什么了吗？他走过来就打了我一个嘴巴，说我混说，不遵上头的话，要撵出我去。我知道上头为什么不叫言语呢？你们又没告诉我，就打我！”说着，又哭起来。

那黛玉此时心里，竟是油儿酱儿糖儿醋儿倒在一处的一般，甜、苦、酸、咸，竟说不上什么味儿来了。停了一会儿，颤巍巍的说道：“你别混说了。你再混说，叫人听见，又要打你了。你去罢。”说着，自己转身要回潇湘馆去。那身子竟有千百斤重的，两只脚却像踩着绵花一般，早已软了。只得一步一步慢慢的走将来。走了半天，还没到沁芳桥畔。原来脚下软了，走的慢，且又迷迷痴痴，信着脚从那边绕过来，更添了两箭地的路。这时刚到沁芳桥畔，却又不知不觉的顺着堤往回里走起来。紫鹃取了绢子来，却不见黛玉。正在那里看时，只见黛玉颜色雪白，身子恍恍荡荡的，眼睛也直直的，在那里东转西转。又见一个丫头往前头走了，离的远，也看不出是那一个来。心中惊疑不定，只得赶过来，轻轻的问道：“姑娘，怎么又回去？是要往那里去？”黛玉也只模糊听见，随口应道：“我问问宝玉去。”紫鹃听了，摸不着头脑，只得搀着他到贾母这边来。黛玉走到贾母门口，心里微觉明晰，回头看见紫鹃搀着自己，便站住了，问道：“你作什么来的？”紫鹃陪笑道：“我找了绢子来了。头里见姑娘在桥那边呢，我赶着过去问姑娘，姑娘没理会。”黛玉笑道：“我打量你来瞧宝二爷来了呢，不然，怎么往这里走呢？”紫鹃见他心里迷惑，便知黛玉必是听见那丫头什么话了，惟有点头微笑而已。只是心里怕他见了宝玉，那一个已经是疯疯傻傻，这一个又这样恍恍惚惚，一时说出些不大体统的话来，那时如何是好？心里虽如此想，却也不敢违拗，只得搀他进去。

那黛玉却又奇怪了，这时不似先前那样软了，也不用紫鹃打帘子，自己掀起帘子进来。却是寂然无声，因贾母在屋里歇中觉，丫头们也有脱滑顽去，也有打盹的，也有在那里伺候老太太的。倒是袭人听见帘子响，从屋里出来一看，见是黛玉，便让道：“姑娘，屋里坐罢。”黛玉笑着道：“宝二爷在家么？”袭人不知底里，刚要答言，只见紫鹃在黛玉身后和他努嘴儿，指着黛玉，又摇摇手儿。袭人不解何意，也不敢言语。黛玉却也不理会，自己走进房来。看见宝玉在那里坐着，也不起来让坐，只瞅着嘻嘻的傻笑。黛玉自己坐下，却也瞅着宝玉笑。两个人也不问好，也不说话，也无推让，只管对着脸傻笑起来。袭人看见这番光景，心里大不得主意，只是没法儿。忽然听着黛玉说道："宝玉，你为什么病了？"宝玉笑道："我为林姑娘病了！"袭人紫鹃两个吓得面目改色，连忙用言语来岔。两个却又不答言，仍旧傻笑起来。袭人见了这样，知道黛玉此时心中迷惑，不减于宝玉。因悄和紫鹃说道："姑娘才好了，我叫秋纹妹妹同着你搀回姑娘，歇歇去罢。"因回头向秋纹道："你和紫鹃姐姐送林姑娘去罢。你可别混说话。"秋纹笑着，也不言语，便来同着紫鹃搀起黛玉。那黛玉也就站起来，瞅着宝玉只管笑，只管点头儿。紫鹃又催道："姑娘，回家去歇歇罢。"黛玉道："可不是，我这就是回去的时候儿了。"说着，便回身笑着出来了，仍旧不用丫头们搀扶，自己却走得比往常飞快。紫鹃秋纹后面赶忙跟着走。

黛玉出了贾母院门，只管一直走去，紫鹃连忙搀住，叫道："姑娘，往这么来。"黛玉仍是笑着，随了往潇湘馆来。离门口不远，紫鹃道："阿弥陀佛！可到了家了。"只这一句话没说完，只见黛玉身子往前一栽，"哇"的一声，一口血直吐出来。未知性命如何，且听下回分解。

【注释】

①浪东西：假东西。浪，浮浪，虚假。

②枢密：官名。"枢密使"的简称，为枢密院的长官，主要掌管军事机密、边防等。清代对军机大臣也往往尊称为"枢密"或"枢臣"。

③京察：明清时考核京官的一种制度。明规定六年举行一次，清改为三年，于子、卯、午、酉年举行。《清史稿·选举志六》："三载考绩之法，昉自唐、虞。清沿明制，而品式略殊。京官曰京察，外官曰大计，吏部考功司掌之。京察以子、卯、午、酉岁，部院司员由长官

考核……分称职、勤职、供职三等。列一等者，加级记名，则加考引见备外用。"

④告亲老：封建时代，官吏因父母或祖父母年老，家中又无兄弟者，可告假离职，回家养亲，叫"告亲老"。也叫"告终养"。《清会典事例·吏部·终养》："傥告终养之员，有情虽可悯而与例不符者，仍照旧例，具题请旨听候议覆遵行。"

⑤冲喜：旧俗在人病重时，用办理喜事等举动来驱除邪气，企望病人转危为安。

⑥望六：将到六十岁。

⑦九个月的功服：即五服中之大功丧服。旧时丧服，按亲疏等差在时间长短和服装样式上有五种区别，即斩衰、齐衰、大功、小功、缌麻，称为"五服"。功服，指大功、小功而言。大功服期九个月，小功服期五个月。大功丧服用熟麻布做成，较小功为粗。凡为堂兄弟、未嫁的堂姊妹、已嫁的姑、姊妹，和已嫁妇女为伯叔父、兄弟等，均穿此服。

⑧过礼：旧时男女双方同意订婚后，男家把聘礼送给女家，叫"过礼"。古称"纳币"，俗名"过定"。

⑨拜堂：古婚礼仪式之一。唐王建《失钗怨》诗："双杯行酒六亲喜，我家新妇宜拜堂。"唐宋后，特指新妇于堂上参拜舅姑及新夫妇行交拜礼。

⑩坐床撒帐：旧时婚礼的一种风俗。坐床，也叫"坐帐"。宋孟元老《东京梦华录》卷五"娶妇"条："（新人）入门于一室内，当中悬帐，谓之坐虚帐，或只径入房中，坐于床上，亦谓之坐富贵。……至家庙前参拜毕，女复倒行扶入房讲拜，男女各争先后，对拜毕，就床，女向左男向右坐，妇女以金钱彩果散掷，谓之撒帐。"

⑪跨所：这里指房舍旁边的屋子。

⑫掉包儿：暗中替换。明无名氏《人中画》第二回：张媒婆道："我有主意了！莫若将错就错，吊个绵包儿罢！"

第九十七回
林黛玉焚稿断痴情　薛宝钗出闺成大礼①

话说黛玉到潇湘馆门口，紫鹃说了一句话，更动了心，一时吐出血来，几乎晕倒，亏了还同着秋纹，两个人搀扶着黛玉到屋里来。那时秋纹去后，紫鹃雪雁守着，见他渐渐苏醒过来，问紫鹃道："你们守着哭什么？"紫鹃见他说话明白，倒放了心了，因说："姑娘刚才打老太太那边回来，身上觉着不大好，唬的我们没了主意，所以哭了。"黛玉笑道："我那里就能殻死呢！"这一句话没完，又喘成一处。

原来黛玉因今日听得宝玉宝钗的事情，这本是他数年的心病，一时急怒，所以迷惑了本性。及至回来吐了这一口血，心中却渐渐的明白过来，把头里的事一字也不记得了。这会子见紫鹃哭，方模糊想起傻大姐的话来。此时反不伤心，惟求速死，以完此债。这里紫鹃雪雁只得守着，想要告诉人去，怕又像上次招得凤姐儿说他们失惊打怪的。那知秋纹回去神情慌张，正值贾母睡起中觉来，看见这般光景，便问："怎么了？"秋纹吓的连忙把刚才的事回了一遍。贾母大惊，说："这还了得！"连忙着人叫了王夫人凤姐过来，告诉了他婆媳两个。凤姐道："我都嘱咐到了，这是什么人去走了风？这不更是一件难事吗！"贾母道："且别管那些，先瞧瞧去是怎么样了。"说着，便起身带着王夫人凤姐等过来看视。见黛玉颜色如雪，并无一点血色，神气昏沉，气息微细，半日又咳嗽了一阵，丫头递了痰盂，吐出都是痰中带血的。大家都慌了。只见黛玉微微睁眼，看见贾母在他旁边，便喘吁吁的说道："老太太！你白疼了我了！"贾母一闻此言，十分难受，便道："好孩子，你养着罢，不怕的。"黛玉微微一笑，把眼又闭上了。外面丫头进来回凤姐道："大夫来了。"于是大家略避。王大夫同着贾琏进来，诊了脉，说道："尚不妨事。这是郁气伤肝，肝不藏血，所以神气不定。如今要用敛阴止血的药，方可望好。"王大夫说完，同着贾琏出去开方取药去了。

贾母看黛玉神气不好，便出来告诉凤姐等道："我看这孩子的病，不是我咒他，只怕难好。你们也该替他预备预备，冲一冲，或者好了，岂不是大家省心？就是怎么样，也不至临时忙乱。咱们家里这两天正有事呢。"凤姐儿答应了。贾母又问了紫鹃一回，到底不知是那个说的。贾母心里只是纳闷，因说："孩子们从小儿在一处儿顽，好些是有的。如今大了，懂的人事，就该要分别些，才是做女孩儿的本分，我才心里疼他。若是他心里有别的想头，成了什么人了呢！我可是白疼了他了。你们说了，我倒有些不放心。"因回到房中，又叫袭人来问。袭人仍将前日同王夫人的话并方才黛玉的光景述了一遍。贾母道："我方才看他却还不至糊涂，这个理我就不明白了。咱们这种人家，别的事自然没有的，这心病也是断断有不得的。林丫头若不是这个病呢，我凭着花多少钱都使得；若是这个病，不但治不好，我也没心肠了。"凤姐道："林妹妹的事，老太太倒不必张心，横竖有他二哥哥天天同着大夫瞧看；倒是姑妈那边的事要紧。今日早起，听见说，房子不差什么就妥当了。竟是老太太、太太到姑妈那边，我也跟了去商量商量。就只一件：姑妈家里有宝妹妹在那里，难以说话，不如索性请姑妈晚上过来，咱们一夜都说结了^②，就好办了。"贾母王夫人都道："你说的是。今日晚了，明日饭后，咱们娘儿们就过去。"说着，贾母用了晚饭，凤姐同王夫人各自归房不提。

且说次日凤姐吃了早饭过来，便要试试宝玉，走进里间说道："宝兄弟大喜！老爷已择了吉日，要给你娶亲了。你喜欢不喜欢？"宝玉听了，只管瞅着凤姐笑，微微的点点头儿。凤姐笑道："给你娶林妹妹过来，好不好？"宝玉却大笑起来。凤姐看着，也断不透他是明白，是糊涂，因又问道："老爷说：你好了才给你娶林妹妹呢；若还是这么傻，便不给你娶了。"宝玉忽然正色道："我不傻，你才傻呢！"说着，便站起来说："我去瞧瞧林妹妹，叫他放心。"凤姐忙扶住了，说："林妹妹早知道了。他如今要做新媳妇了，自然害羞，不肯见你的。"宝玉道："娶过来，他到底是见我不见？"凤姐又好笑，又着忙，心里想："袭人的话不差。提了林妹妹，虽说仍旧说些疯话，却觉得明白些。若真明白了，将来不是林姑娘，打破了这个灯虎儿③，那饥荒才难打呢！"便忍笑说道："你好好儿的便见你；若是疯疯癫癫的，他就不见你了。"宝玉说道："我有一个心，前儿已交给林妹妹了。他要过来，横竖给我带来，还放在我肚子里头。"凤姐听着竟是疯话，便出来看着贾母笑。贾母听了又是笑，又是疼，便说道："我早听见了。如今且不用理他，叫袭人好好的安慰他，咱们走罢。"说着，王夫人也来。大家到了薛姨妈那里，只说："惦记着这边的事，来瞧瞧。"薛姨妈感激不尽，说些薛蟠的话。喝了茶，薛姨妈才要叫人告诉宝钗，凤姐连忙拦住，说："姑妈不必告诉宝妹妹。"又向薛姨妈陪笑说道："老太太此来，一则为瞧姑妈，二则也有句要紧的话，特请姑妈到那边商议。"薛姨妈听了，点点头儿说："是了。"于是大家又说些闲话，便回来了。

　　当晚，薛姨妈果然过来，见过了贾母，到王夫人屋里来，不免说起王子腾来，大家落了一回泪。薛姨妈便问道："刚才我到老太太那里，宝哥儿出来请安，还好好儿的，不过略瘦些，怎么你们说得狠利害？"凤姐便道："其实也不怎么样，只是老太太悬心。目今老爷又要起身外任去，不知几年才来。老太太的意思：头一件叫老爷看着宝兄弟成了家，也放心；二则也给宝兄弟冲冲喜，借大妹妹的金锁压压邪气，只怕就好了。"薛姨妈心里也愿意，只虑着宝钗委屈，说道："也使得，只是大家还要从长计较计较才好。"王夫人便按着凤姐的话和薛姨妈说，只说："姨太太这会子家里没人，不如把妆奁一概蠲免，明日就打发蝌儿去告诉蟠儿，一面这里过门，一面给他变法儿撕掳官事。"并不提宝玉的心事。又说："姨太太既作了亲，娶过来，早早好一天，大家早放一天心。"正说着，只见贾母差鸳鸯过来候信。薛姨妈虽恐宝钗委屈，然也没法儿，又见这般光景，只得满口应承。鸳鸯回去回了贾母，贾母也甚喜欢，又叫鸳鸯过来求薛姨妈和宝钗说明原故，不叫他受委屈。薛姨妈也答应了。便议定凤姐夫妇作媒人。大家散了，王夫人姊妹不免又叙了半夜话儿。

次日，薛姨妈回家，将这边的话细细的告诉了宝钗，还说："我已经应承了。"宝钗始则低头不语，后来便自垂泪。薛姨妈用好言劝慰，解释了好些话。宝钗自回房内，宝琴随去解闷。薛姨妈又告诉了薛蝌，叫他："明日起身，一则打听审详的事，二则告诉你哥哥一个信儿。你即便回来。"

薛蝌去了四日，便回来回复薛姨妈道："哥哥的事，上司已经准了误杀，一过堂就要题本了，叫咱们预备赎罪的银子。妹妹的事，说：'妈妈做主狠好的。赶着办又省了好些银子。叫妈妈不用等我。该怎么着就怎么办罢。'"薛姨妈听了，一则薛蟠可以回家，二则完了宝钗的事，心里安放了好些，便是看着宝钗心里好像不愿意似的，"虽是这样，他是女儿家，素来也孝顺守礼的人，知我应了，他也没得说。"便叫薛蝌："办泥金庚帖④，填上八字，即叫人送到琏二爷那边去，还问了过礼的日子来，你好预备。本来咱们不惊动亲友。哥哥的朋友，是你说的，都是混账人；亲戚呢，就是贾王两家。如今贾家是男家，王家无人在京里。史姑娘放定的事，他家没有来请咱们，咱们也不用通知。倒是把张德辉请了来，托他照料些，他上几岁年纪的人，到底懂事。"薛蝌领命，叫人送帖过去。

次日，贾琏过来见了薛姨妈，请了安，便说："明日就是上好的日子。今日过来回姨太太，就是明日过礼罢。只求姨太太不要挑饬就是了⑤。"说着，捧过通书来⑥。薛姨妈也谦逊了几句，点头应允。贾琏赶着回去，回明贾政。贾政便道："你回老太太说：既不叫亲友们知道，诸事宁可简便些。若是东西上，请老太太瞧

了就是了，不必告诉我。"贾琏答应，进内将话回明贾母。这里
王夫人叫了凤姐命人将过礼的物件都送与贾母过目，并叫袭人告
诉宝玉。那宝玉又嘻嘻的笑道："这里送到园里，回来园里又送到
这里，咱们的人送，咱们的人收，何苦来呢？"贾母王夫人听了，
都喜欢道："说他糊涂，他今日怎么这么明白呢？"鸳鸯等忍不住
好笑，只得上来一件一件的点明给贾母瞧，说："这是金项圈，这
是金珠首饰，共八十件。这是妆蟒四十匹。这是各色绸缎一百二
十匹。这是四季的衣服，共一百二十件。外面也没有预备羊酒⑦，
这是折羊酒的银子。"贾母看了，都说好，轻轻的与凤姐说道：
"你去告诉姨太太，说：不是虚礼，求姨太太等蟠儿出来，慢慢的
叫人给他妹妹做来就是了。那好日子的被褥，还是咱们这里代办
了罢。"凤姐答应了出来，叫贾琏先过去。又叫周瑞旺儿等，吩
咐他们："不必走大门，只从园里从前开的便门内送去。我也就过
去。这门离潇湘馆还远，倘别处的人见了，嘱咐他们不用在潇湘
馆里提起。"众人答应着，送礼而去。宝玉认以为真，心里大乐，
精神便觉得好些，只是语言总有些疯傻。那过礼的回来，都不提
名说姓，因此上下人等虽都知道，只因凤姐吩咐，都不敢走漏
风声。

　　且说黛玉虽然服药，这病日重一日。紫鹃等在旁苦劝，说道：
"事情到了这个分儿，不得不说了。姑娘的心事，我们也都知道。
至于意外之事，是再没有的。姑娘不信，只拿宝玉的身子说起，
这样大病，怎么做得亲呢？姑娘别听瞎话，自己安心保重才好。"
黛玉微笑一笑，也不答言，又咳嗽数声，吐出好些血来。紫鹃等
看去，只有一息奄奄，明知劝不过来，惟有守着流泪。天天三四
趟去告诉贾母，鸳鸯测度贾母近日比前疼黛玉的心差了些，所以
不常去回。况贾母这几日的心都在宝钗宝玉身上，不见黛玉的信
儿，也不大提起，只请太医调治罢了。

　　黛玉向来病着，自贾母起直到姊妹们的下人，常来问候；今

见贾府中上下人等都不过来，连一个问的人都没有，睁开眼，只有紫鹃一人，自料万无生理，因扎挣着向紫鹃说道："妹妹，你是我最知心的，虽是老太太派你伏侍我，这几年，我拿你就当作我的亲妹妹……"说到这里，气又接不上来。紫鹃听了，一阵心酸，早哭得说不出话来。迟了半日，黛玉又一面喘，一面说道："紫鹃妹妹！我躺着不受用，你扶起我来靠着坐坐才好。"紫鹃道："姑娘的身上不大好，起来又要抖搂着了⑧。"黛玉听了，闭上眼不言语了。一时，又要起来，紫鹃没法，只得同雪雁把他扶起，两边用软枕靠住，自己却倚在旁边。黛玉那里坐得住，下身自觉硌的疼，狠命的掌着。叫过雪雁来道："我的诗本子……"说着，又喘。雪雁料是要他前日所理的诗稿，因找来送到黛玉跟前。黛玉点点头儿，又抬眼看那箱子。雪雁不解，只是发怔。黛玉气的两眼直瞪，又咳嗽起来，又吐了一口血。雪雁连忙回身取了水来，黛玉漱了，吐在盒内。紫鹃用绢子给他拭了嘴，黛玉便拿那绢子指着箱子，又喘成一处，说不上来，闭了眼。紫鹃道："姑娘歪歪儿罢。"黛玉又摇摇头儿。紫鹃料是要绢子，便叫雪雁开箱，拿出一块白绫绢子来。黛玉瞧了，撂在一边，使劲说道："有字的！"紫鹃这才明白过来要那块题诗的旧帕，只得叫雪雁拿出来，递给黛玉。紫鹃劝道："姑娘歇歇儿罢，何苦又劳神？等好了再瞧罢。"只见黛玉接到手里也不瞧诗，扎挣着伸出那只手来，狠命的撕那绢子，却是只有打颤的分儿，那里撕得动。紫鹃早已知他是恨宝玉，却也不敢说破，只说："姑娘，何苦自己又生气！"黛玉点点头儿，掖在袖里。便叫："雪雁点灯。"雪雁答应，连忙点上灯来。黛玉瞧瞧，又闭了眼坐着，喘了一会子，又道："笼上火盆。"紫鹃打谅他冷，因说道："姑娘躺下，多盖一件罢。那炭气只怕耽不住。"黛玉又摇头儿。雪雁只得笼上，搁在地下火盆架上。黛玉点头，意思叫挪到炕上来。雪雁只得端上来，出去拿那张火盆炕桌。那黛玉却又把身子欠起，紫鹃只得两只手来扶着他。黛玉这才将方才的绢子拿在手中，瞅着那火，点点头儿，往上一撂。紫鹃唬了一跳，欲要抢时，两只手却不敢动。雪雁又出去拿火盆桌子，此时那绢子已经烧着了。紫鹃劝道："姑娘，这是怎么说呢。"黛玉只作不闻，回手又把那诗稿拿起来，睄了睄，又撂下了。紫鹃怕他也要烧，连忙将身倚住黛玉，腾出手来拿时，黛玉又早拾起，撂在火上。此时紫鹃却瞉不着，干急。雪雁正拿进桌子来，看见黛玉一撂，不知何物，赶忙抢时，那纸沾火就着，如何能瞉少待，早已烘烘的着了。雪雁也顾不得烧手，从火里抓起来，撂在地下乱踩，却已烧得所余无几了。那黛玉把眼一闭，往后一仰，几乎不曾把紫鹃压倒。紫鹃连忙叫雪雁上来，将黛玉扶着放倒，心里突突的乱跳。欲要叫人时，天又晚了；欲不叫人时，自己同着雪雁和鹦哥等几个小丫头，又怕一时有什么原故。好容易熬了一夜，到了次日早起，觉黛玉又缓过一点儿来。饭后，忽然又嗽又吐，又紧起来。

紫鹃看着不祥了，连忙将雪雁等都叫进来看守，自己却来回贾母。那知到了贾母上房，静悄悄的，只有两三个老妈妈和几个做粗活的丫头在那里看屋子呢。紫鹃因问道："老太太呢？"那些人都说："不知道。"紫鹃听这话咤异，遂到宝玉屋里去看，竟也无人。遂问屋里的丫头，也说不知。紫鹃已知八九："但这些人怎么竟这样狠毒冷淡！"又想到黛玉这几天竟连一个人问的也没有，越想越悲，索性激起一腔闷气来，一扭身，便出来了。自己想了一想："今日倒要看看宝玉是何形状，看他见了我怎么样过的去！那一年我说了一句谎话，他就急病了，今日竟公然做出这件事来。可知天下男子之心真真是冰寒雪冷，令人切齿的！"一面走，一面想，早已来到怡红院。只见院门虚掩，里面却又寂静的狠，紫鹃忽然想到："他要娶亲，自然是有新屋子的，但不知他这新屋子在何处？"

正在那里徘徊瞻顾，看见墨雨飞跑，紫鹃便叫住他。墨雨过来笑嘻嘻的道："姐姐在这里做什么？"紫鹃道："我听见宝二爷娶亲，我要来看看热闹儿，谁知不在这里。也不知是几儿？"墨雨悄悄的道："我这话，只告诉姐姐，你可别告诉雪雁。他们上头吩咐了，连你们都不叫知道呢。就是今日夜里娶。那里是在这里？老爷派琏二爷另收拾了房子了。"说着，又问："姐姐有什么事么？"紫鹃道："没什么事，你去罢。"墨雨仍旧飞跑去了。

紫鹃自己发了一回呆，忽然想起黛玉来，这时候还不知是死是活，因两泪汪汪，咬着牙，发狠道："宝玉！我看他明儿死了，你算是躲的过不见了，你过了你那如心如意的事儿，拿什么脸来见我！"一面哭一面走，呜呜咽咽的，自回去了。还未到潇湘馆，只见两个小丫头在门里往外探头探脑的，一眼看见紫鹃，那一个便嚷道："那不是紫鹃姐姐来了吗！"紫鹃知道不好了，连忙摆手儿不叫嚷，赶忙进去看时，只见黛玉肝火上炎，两颧红赤。紫鹃觉得不妥，叫了黛玉的奶妈王奶奶来，一看，他便大哭起来。这紫鹃因王奶妈有些年纪，可以仗个胆儿，谁知竟是个没主意的人，反倒把紫鹃弄得心里七上八下。忽然想起一个人来，便命小丫头急忙去请。你道是谁？原来紫鹃想起李宫裁是个孀居，今日宝玉结亲，他自然回避；况且园中诸事，向系李纨料理，所以打发人去请他。

李纨正在那里给贾兰改诗，冒冒失失的见一个丫头进来回说："大奶奶！只怕林姑娘好不了，那里都哭呢。"李纨听了，吓了一大跳，也不及问了，连忙站起身来便走。素云碧月跟着。一头走着，一头落泪，想着："姐妹在一处一场，更兼他那容貌才情，真是寡二少双，惟有青女素娥可以仿佛一二，竟这样小小的年纪就作了北邙乡女⑨！偏偏凤姐想出一条偷梁换柱之计，自己也不好过潇湘馆来，竟未能少尽姊妹之情，真真可怜可叹！"一头想着，已走到潇湘馆的门口。里面却又寂然无声，李纨倒着起忙来："想来必是已死，都哭过了，那衣衾未知装裹妥当了没有？"连忙三步两步走进屋子来。里间门口一个小丫头已经看见，便说："大奶奶来了。"紫鹃忙往外走，和李纨走了个对脸。李纨忙问："怎么样？"紫鹃欲说话时，惟有喉中哽咽的分儿，却一字说不出，那眼泪一似断线珍珠一般，只将一只手回过去指着黛玉。李纨看了紫鹃这般光景，更觉心酸，也不再问，连忙走过来看时，那黛玉已不能言。李纨轻轻叫了两声。黛玉却还微微的开眼，似有知识之状，但只眼皮嘴唇微有动意，口内尚有出入之息，却要一句话、一点泪，也没有了。

李纨回身，见紫鹃不在跟前，便问雪雁。雪雁道："他在外头屋里呢。"李纨连忙出来，只见紫鹃在外间空床上躺着，颜色青黄，闭了眼，只管流泪，那鼻涕眼泪把一个砌花锦边的褥子已湿了碗大的一片。李纨连忙唤他，那紫鹃才慢慢的睁开眼，欠起身来。李纨道："傻丫头！这是什么时候，且只顾哭你的！林姑娘的衣衾，还不拿出来给他换上，还等多早晚呢？难道他个女孩儿家，你还叫他失身露体，精着来，光着去吗？"紫鹃听了这句话，一发止不住痛哭起来。李纨一面也哭，一面着急，一面拭泪，一面拍着紫鹃的肩膀说："好孩子，你把我的心都哭乱了，快着收拾他的东西罢，再迟一会子就了不得了。"

正闹着，外边一个人慌慌张张跑进来，倒把李纨唬了一跳。看时，却是平儿，跑进来，看见这样，只是呆磕磕的发怔。李纨道："你这会子不在那边，做什么来了？"说着，林之孝家的也进来了。平儿道："奶奶不放心，叫来瞧瞧。既有大奶奶在这里，我们奶奶就只顾那一头儿了。"李纨点点头儿。平儿道："我也见见林姑娘。"说着，一面往里走，一面早已流下泪来。这里李纨因和林之孝家的道："你来的正好，快出去瞧瞧去，告诉管事的预备林姑娘的后事。妥当了，叫他来回我，不用到那边去。"林之孝家的答应了，还站着。李纨道："还有什么话呢？"林之孝家的道："刚才二奶奶和老太太商量了，那边用紫鹃姑娘使唤使唤呢。"李纨还未答言，只见紫鹃道："林奶奶，你先请罢！等着人死了，我们自然是出去的，那里用怎么……"说到这里，却又不好说了，因又改说道："况且我们在这里守着病人，身上也不洁净。林姑娘还有气儿呢，不时的叫我。"李纨在旁解说道："当真，这林姑娘和这丫头也是前世的缘法儿。倒是雪雁是他南边带来的，他倒不理会；惟有紫鹃，我看他两个一时也离不开。”

林之孝家的头里听了紫鹃的话，未免不受用；被李纨这番一说，却也没的说。又见紫鹃哭得泪人一般，只好瞅着他微微的笑，因又说道：“紫鹃姑娘这些闲话倒不要紧，只是他却说得，我可怎么回老太太呢？况且这话是告诉得二奶奶的吗？”正说着，平儿擦着眼泪出来道：“告诉二奶奶什么事？”林之孝家的将方才的话说了一遍。平儿低了一回头，说：“这么着罢，就叫雪姑娘去罢。”李纨道：“他使得吗？”平儿走到李纨耳边说了几句。李纨点点头儿道：“既是这么着，就叫雪雁过去也是一样的。”林之孝家的因问平儿道：“雪姑娘使得吗？”平儿道：“使得，都是一样。”林家的道：“那么，姑娘就快叫雪姑娘跟了我去。我先去回了老太太和二奶奶。这可是大奶奶和姑娘的主意，回来姑娘再各自回二奶奶去。”李纨道：“是了，你这么大年纪，连这么点子事还不耽呢！”林家的笑道：“不是不耽：头一宗，这件事，老太太和二奶奶办的，我们都不能狠明白；再者，又有大奶奶和平姑娘呢。”说着，平儿已叫了雪雁出来。原来雪雁因这几日嫌他小孩子家懂得什么，便也把心冷淡了；况且听是老太太和二奶奶叫，也不敢不去，连忙收拾了头。平儿叫他换了新鲜衣服，跟着林家的去了。随后平儿又和李纨说了几句话。李纨又嘱咐平儿打那么催着林之孝家的叫他男人快办了来。平儿答应着出来，转了个湾子，看见林家的带着雪雁在前头走呢，赶忙叫住道：“我带了他去罢。你先告诉林大爷办林姑娘的东西去罢。奶奶那里我替回就是了。”那林家的答应着去了。这里平儿带了雪雁到了新房子里回明了，自去办事。

却说雪雁看见这个光景，想起他家姑娘，也未免伤心，只是在贾母凤姐跟前不敢露出，因又想道：“也不知用我作什么？我且瞧瞧。宝玉一日家和我们姑娘好的蜜里调油，这时候总不见面了，也不知是真病假病。怕我们姑娘不依他，假说丢了玉，装出傻子样儿来，叫我们姑娘寒了心，他好娶宝姑娘的意思。我看看他去，看他见了我傻不傻。莫不成今儿还装傻么！"一面想着，已溜到里间屋子门口，偷偷儿的瞧。这时宝玉虽因失玉昏愦，但只听见娶了黛玉为妻，真乃是从古至今、天上人间、第一件畅心满意的事了，那身子顿觉健旺起来——只不过不似从前那般灵透，所以凤姐的妙计百发百中——巴不得即见黛玉。盼到今日完姻，真乐得手舞足蹈，虽有几句傻话，却与病时光景大相悬绝了。雪雁看了，又是生气，又是伤心，他那里晓得宝玉的心事，便各自走开。

这里宝玉便叫袭人快快给他装新，坐在王夫人屋里，看见凤姐尤氏忙忙碌碌，再盼不到吉时，只管问袭人道："林妹妹打园里来，为什么这么费事，还不来？"袭人忍着笑道："等好时辰回来。"又听见凤姐与王夫人道："虽然有服，外头不用鼓乐，咱们南边规矩要拜堂的，冷清清使不得。我传了家内学过音乐管过戏子的那些女人来，吹打热闹些。"王夫人点头说："使得。"一时，大轿从大门进来，家里细乐迎出去，十二对宫灯排着进来，倒也新鲜雅致。傧相请了新人出轿⑩，宝玉见新人幪着盖头⑪，喜娘披着红⑫，扶着。下首扶新人的，你道是谁？原来就是雪雁。宝玉看见雪雁，犹想："因何紫鹃不来，倒是他呢？"又想道："是了，雪雁原是他南边家里带来的；紫鹃仍是我们家的，自然不必带来。"因此，见了雪雁竟如见了黛玉的一般欢喜。傧相赞礼⑬，拜了天地，请出贾母受了四拜，后请贾政夫妇登堂行礼毕，送入洞房。还有坐床撒帐等事，俱是按金陵旧例。贾政原为贾母作主，不敢违拗，不信冲喜之说。那知今日宝玉居然像个好人一般，贾政见了，倒也喜欢。

那新人坐了床，便要揭起盖头的。凤姐早已防备，故请贾母王夫人等进去照应。宝玉此时到底有些傻气，便走到新人跟前说道："妹妹，身上好了？好些天不见了。盖着这劳什子做什么？"欲待要揭去，反把贾母急出一身冷汗来。宝玉又转念一想道："林妹妹是爱生气的，不可造次。"又歇了一歇，仍是按捺不住，只得上前揭了，喜娘接去盖头。雪雁走开，莺儿等上来伺候。宝玉睁眼一看，好像宝钗，心中不信，自己一手持灯，一手擦眼一看，可不是宝钗么！只见他盛妆艳服，丰肩馀体，鬟低鬓耽，眼瞤息微⑭，真是荷粉露垂，杏花烟润了。宝玉发了一回怔，又见莺儿立在傍边，不见了雪雁。宝玉此时心无主意，自己反以为是梦中了，呆呆的只管站着。众人接过灯去，扶了宝玉，仍旧坐下，两眼直视，半语全无。贾母恐他病发，亲自扶他上床。凤姐尤氏请了宝钗进入里间床上坐下。宝钗此时自然是低头不语。

宝玉定了一回神，见贾母王夫人坐在那边，便轻轻的叫袭人道："我是在那里呢？这不是做梦么？"袭人道："你今日好日子，什么梦不梦的混说！老爷可在外头呢。"宝玉悄悄的拿手指着道："坐在那里的这一位美人儿是谁？"袭人握了自己的嘴，笑的说不出话来，歇半日才说道："是新娶的二奶奶。"众人也都回过头去，忍不住的笑。宝玉又道："好糊涂！你说'二奶奶'，到底是谁？"袭人道："宝姑娘。"宝玉道："林姑娘呢？"袭人道："老爷作主娶的是宝姑娘，怎么混说起林姑娘来？"宝玉道："我刚才看见林姑娘了么，还有雪雁呢。怎么说没有？你们这都是做什么顽呢？"凤姐便走上来，轻轻的说道："宝姑娘在屋里坐着呢，别混说。回来得罪了他，老太太不依的。"宝玉听了，这会子糊涂更利害了。本来原有昏愦的病，加以今夜神出鬼没，更叫他不得主意，便也不顾别的了，口口声声只要找林妹妹去。贾母等上前安慰，无奈他只是不懂。又有宝钗在内，又不好明说。知宝玉旧病复发，也不讲明，只得满屋里点起安息香来，定住他的神魂，扶他睡下。众人鸦雀无闻。停了片时，宝玉便昏沉睡去，贾母等才得略略放心，只好坐以待旦，叫凤姐去请宝钗安歇。宝钗置若罔闻，也便和衣在内暂歇。贾政在外，未知内里原由，只就方才眼见的光景想来，心下倒放宽了。恰是明日就是起程的吉日，略歇了一歇，众人贺喜送行。贾母见宝玉睡着，也回房去暂歇。

次早，贾政辞了宗祠，过来拜别贾母，禀称："不孝远离⑮，惟愿老太太顺时颐养⑯。儿子一到任所，即修禀请安⑰，不必挂念。宝玉的事，已经依了老太太完结，只求老太太训诲。"贾母恐贾政在路不放心，并不将宝玉复病的话说起，只说："我有一句话：宝玉昨夜完姻，并不是同房，今日你起身，必该叫他远送才是。他因病冲喜，如今才好些，又是昨日一天劳乏，出来恐怕着了风。故此问你：你叫他送呢，我即刻去叫他；你若疼他，我就叫人带了他来你见见，叫他给你磕头就算了。"贾政道："叫他送什么？只要他从此已后认真念书，比送我还喜欢呢。"贾母听了，又放了一条心。便叫贾政坐着，叫鸳鸯去，如此如此，带了宝玉，叫袭人跟着来。鸳鸯去了不多一会，果然宝玉来了，仍是叫他行礼，宝玉见了父亲，神志略敛些，片时清楚，也没什么大差。贾政吩咐了几句，宝玉答应了。贾政叫人扶他回去了，自己回到王夫人房中，又切实的叫王夫人管教儿子，"断不可如前骄纵。明年乡试，务必叫他下场。"王夫人一一的听了，也没提起别的，即忙命人扶了宝钗过来，行了新妇送行之礼，也不出房。其余内眷俱送至二门而回。贾珍等也受了一番训饬。大家举酒送行，一班子弟及晚辈亲友直送至十里长亭而别⑱。不言贾政起程赴任。且说宝玉回来，旧病陡发，更加昏愦，连饮食也不能进了。未知性命如何，下回分解。

【注释】

①大礼：本指隆重的礼仪，后多指男女的婚礼。

②说结：说定。

③打破灯虎儿：意即揭开谜底。灯虎儿，即灯谜。清阙名《燕京杂记》："上元设灯谜，猜中以物酬之，俗谓之打灯虎。谜语甚典博，上自经文，下及词曲，非学问渊深者弗中。"

④泥金庚帖：古时用泥金作笺帖祝贺喜庆，叫"泥金帖"。这里指用泥金笺纸写的订婚帖。《清稗类钞》"婚姻类"："江宁人婚事，有传红之礼，以男女生年月日时八字，书之丹笺为质，俗谓之传红，即

古纳采也。"

⑤挑饬：苛细的选择。

⑥通书：即指历书。一说，指旧日婚礼时，男方通知女方迎娶日期的帖子。清震钧《天咫偶闻》卷二："婚前二月，具羊豕鹅酒服饰采帛以书将之纳于女，并告婚期，《仪礼》之纳征兼请期也。"

⑦羊酒：古时以羊和酒作为赏赐、馈赠或庆贺的礼物。这里指用羊酒作订婚的礼物。《西厢记》第五本第三折郑恒及杜确皆曾"牵羊担酒"向崔家下聘。

⑧抖搂：打开，掀动。这里指因掀开衣被而受凉。

⑨北邙乡女：意谓黛玉成了死葬异乡的女子。

⑩傧相：亦作"摈相"。古时称替主人接引宾客和赞礼的人。《周礼·秋官·司仪》汉郑玄注："出接宾曰摈，入赞礼曰相。"这里指旧日举行婚礼时，陪伴新郎新娘的男子和女子。

⑪盖头：旧日女子结婚时用以盖头之巾。

⑫喜娘：旧时婚礼中照料新娘的女子。

⑬赞礼：举行典礼时，司仪宣唱仪节，叫人行礼。

⑭瞚（shùn）：眼皮微动的样子。

⑮不孝：本为旧时居亲丧时的谦词，这里是贾政对母亲的自称。清王应奎《柳南续笔》卷三："人子丧中用帖称不肖子……大约是谦光之辞。近世士大夫不明此意，凡中科甲及仕宦中人，皆改称不孝。"

⑯颐养：保养。《周易·颐》："颐，贞吉，养正则吉也。观颐，观其所养也。自求口实，观其自养也。"

⑰修禀：意即给长辈写信。修，撰写。

⑱十里长亭：《白孔六帖》卷九："十里一长亭，五里一短亭。"亭是一种开敞的小型建筑物。《园冶·亭》："亭者，停也，所以停憩游行也。"古时设在路旁或大道上的称长亭、凉亭，供人休息。人们远行也常在这里饯别。《西厢记》第四本第三折："今日送张生赴京，就十里长亭安排下筵席。"

第九十八回
苦绛珠魂归离恨天　病神瑛泪洒相思地

话说宝玉见了贾政，回至房中，更觉头昏脑闷，懒待动弹，连饭也没吃，便昏沉睡去。仍旧延医诊治，服药不效，索性连人也认不明白了。大家扶着他坐起来，还是像个好人。一连闹了几天。那日恰是回九之期①，若不过去，薛姨妈脸上过不去；若说去呢，宝玉这般光景，贾母明知是为黛玉而起，欲要告诉明白，又恐气急生变。宝钗是新媳妇，又难劝慰，必得姨妈过来才好。若不回九，姨妈嗔怪。便与王夫人凤姐商议道："我看宝玉竟是魂不守舍，起动是不怕的。用两乘小轿，叫人扶着，从园里过去，应了回九的吉期；以后请姨妈过来安慰宝钗，咱们一心一计的调治宝玉，可不两全？"王夫人答应了，即刻预备。幸亏宝钗是新媳妇，宝玉是个疯傻的，由人掇弄过去了，宝钗也明知其事，心里只怨母亲办得糊涂，事已至此，不肯多言。独有薛姨妈看见宝玉这般光景，心里懊悔，只得草草完事。

到家，宝玉越加沉重，次日连起坐都不能了；日重一日，甚至汤水不进。薛姨妈等忙了手脚，各处遍请名医，皆不识病源。只有城外破寺中住着个穷医姓毕别号知庵的，诊得病源是悲喜激射，冷暖失调，饮食失时，忧忿滞中，正气壅闭：此内伤外感之症。于是度量用药。至晚服了，二更后，果然省些人事，便要水喝。贾母王夫人等才放了心，请了薛姨妈带了宝钗，都到贾母那里，暂且歇息。

宝玉片时清楚，自料难保，见诸人散后，房中只有袭人，因唤袭人至跟前，拉着手哭道："我问你：宝姐姐怎么来的？我记得老爷给我娶了林妹妹过来，怎么被宝姐姐赶了去了？他为什么霸占住在这里？我要说呢，又恐怕得罪了他。你们听见林妹妹哭得怎么样了？"袭人不敢明说，只得说道："林姑娘病着呢。"宝玉又道："我瞧瞧他去。"说着，要起来，那知连日饮食不进，身子那能动转，便哭道："我要死了！我有一句心里的话，只求你回明老太太：横竖林妹妹也是要死的，我如今也不能保，两处两个病人，都要死的！死了越发难张罗，不如腾一处空房子，趁早将我同林妹妹两个抬在那里，活着也好一处医治、伏侍，死了也好一处停放。你依我这话，不枉了几年的情分。"袭人听了这些话，便哭的哽嗓气噎。

宝钗恰好同了莺儿过来，也听见了，便说道："你放着病不保养，何苦说这些不吉利的话？老太太才安慰了些，你又生出事来。老太太一生疼你一个，如今八十多岁的人了，虽不图你的诰封，将来你成了人，老太太也看着乐一天，也不枉了老人家的苦心。太太更是不必说了，一生的心血精神，抚养了你这一个儿子，若是半途死了，太太将来怎么样呢？我虽是命薄，也不至于此。据此三件看来，你便要死，那天也不容你死的，所以你是不得死的。只管安稳着养个四五天后，风邪散了，太和正气一足，自然这些邪病都没有了。"宝玉听了，竟是无言可答，半晌，方才嘻嘻的笑道："你是好些时不和我说话了，这会子说这些大道理的话给谁听？"宝钗听了这话，便又说道："实告诉你说罢：那两日你不知人事的时候，林妹妹已经亡故了。"宝玉忽然坐起来，大声咤道："果真死了吗？"宝钗道："果真死了。岂有红口白舌咒人死的呢！老太太、太太知道你姐妹和睦，你听见他死了，自然你也要死，所以不肯告诉你。"

宝玉听了，不禁放声大哭，倒在床上，忽然眼前漆黑，辨不出方向，心中正自恍惚，只见眼前好像有人走来。宝玉茫然问道："借问此是何处？"那人道："此阴司泉路。你寿未终，何故至此？"宝玉道："适闻有一故人已死，遂寻访至此，不觉迷途。"那人道："故人是谁？"宝玉道："姑苏林黛玉。"那人冷笑道："林黛玉生不同人，死不同鬼，无魂无魄，何处寻访？凡人魂魄，聚而成形，散而为气，生前聚之，死则散焉。常人尚无可寻访，何况林黛玉呢？汝快回去罢。"宝玉听了，呆了半晌，道："既云死者散也，又如何有这个'阴司'呢？"那人冷笑道："那'阴司'说有便有，说无就无。皆为世俗溺于生死之说，设言以警世，便道上天深怒愚人，或不守分安常；或生禄未终，自行夭折；或嗜淫欲，尚气逞凶，无故自殒者：特设此地狱，因其魂魄，受无边的苦，以偿生前之罪。汝寻黛玉，是无故自陷也。且黛玉已归太虚幻境，汝若有心寻访，潜心修养，自然有时相见；如不安生，即以自行夭折之罪，囚禁阴司，除父母外，欲图一见黛玉，终不能矣。"那人说毕，袖中取出一石，向宝玉心口掷来。宝玉听了这话，又被这石子打着心窝，吓的即欲回家，只恨迷了道路。正在踌躇，忽听那边有人唤他。回首看时，不是别人，正是贾母、王夫人、宝钗、袭人等围绕哭泣叫着，自己仍旧躺在床上。见案上红灯，窗前皓月，依然锦绣丛中，繁华世界。定神一想，原来竟是一场大梦。浑身冷汗，觉得心内清爽。仔细一想，真正无可奈何，不过长叹数声而已。

宝钗早知黛玉已死，因贾母等不许众人告诉宝玉知道，恐添病难治，自己却深知宝玉之病实因黛玉而起，失玉次之，故趁势说明，使其一痛决绝，神魂归一，庶可疗治。贾母王夫人等不知宝钗的用意，深怪他造次，后来见宝玉醒了过来，方才放心，立即到外书房请了毕大夫进来诊视。那大夫进来诊了脉，便道："奇怪！这回脉气沉静，神安郁散，明日进调理的药，就可以望好了。"说着出去。众人各自安心散去。袭人起初深怨宝钗不该告诉，惟是口中不好说出。莺儿背地也说宝钗道："姑娘忒性急了。"宝钗道："你知道什么！好歹横竖有我呢。"那宝钗任人诽谤，并不介意，只窥察宝玉心病，暗下针砭②。

一日，宝玉渐觉神志安定。虽一时想起黛玉，尚有糊涂。更有袭人缓缓的将"老爷选定的宝姑娘为人和厚，嫌林姑娘秉性古怪，原恐早夭。老太太恐你不知好歹，病中着急，所以叫雪雁过来哄你"的话，时常劝解。宝玉终是心酸落泪。欲待寻死，又想着梦中之言，又恐老太太、太太生气，又不得撂开。又想黛玉已死，宝钗又是第一等人物，方信"金石姻缘"有定，自己也解了好些。宝钗看来不妨大事，于是自己心也安了，只在贾母王夫人等前尽行过家庭之礼后，便设法以释宝玉之忧。宝玉虽不能时常坐起，亦常见宝钗坐在床前，禁不住生来旧病。宝钗每以正言劝解，以"养身要紧，你我既为夫妇，岂在一时"之语安慰他。那宝玉心里虽不顺遂，无奈日里贾母王夫人及薛姨妈等轮流相伴，夜间宝钗独去安寝，贾母又派人服侍，只得安心静养。又见宝钗举动温柔，也就渐渐的将爱慕黛玉的心肠略移在宝钗身上。此是后话。

却说宝玉成家的那一日，黛玉白日已经昏晕过去，却心头口中一丝微气不断，把个李纨和紫鹃哭的死去活来。到了晚间，黛玉却又缓过来了，微微睁开眼，似有要水要汤的光景。此时雪雁已去，只有紫鹃和李纨在旁。紫鹃便端了一盏桂圆汤和的梨汁，用小银匙灌了两三匙。黛玉闭着眼，静养了一会子，觉得心里似明似暗的。此时李纨见黛玉略缓，明知是回光返照的光景，却料着还有一半天耐头，自己回到稻香村，料理了一回事情。

这里黛玉睁开眼一看，只有紫鹃和奶妈并几个小丫头在那里，便一手攥了紫鹃的手，使着劲说道："我是不中用的人了！你伏侍我几年，我原指望咱们两个总在一处，不想我……"说着，又喘了一会子，闭了眼歇着。紫鹃见他攥着不肯松手，自己也不敢挪动。看他的光景，比早半天好些，只当还可以回转，听了这话，又寒了半截。半天，黛玉又说道："妹妹，我这里并没亲人，我的身子是干净的，你好歹叫他们送我回去。"说到这里，又闭了眼不言语。那手却渐渐紧了，喘成一处，只是出气大，入气小，已经促疾的狠了③。

紫鹃忙了，连忙叫人请李纨，可巧探春来了。紫鹃见了，忙悄悄的说道："三姑娘，瞧瞧林姑娘罢！"说着，泪如雨下。探春过来，摸了摸黛玉的手，已经凉了，连目光也都散了。探春紫鹃正哭着叫人端水来给黛玉擦洗，李纨赶忙进来了。三个人才见了，不及说话。刚擦着，猛听黛玉直声叫道："宝玉，宝玉！你好……"说到"好"字，便浑身冷汗，不作声了。紫鹃等急忙扶住，那汗愈出，身子便渐渐的冷了。探春李纨叫人乱着拢头穿衣，只见黛玉两眼一翻，呜呼！

　　香魂一缕随风散，愁绪三更入梦遥！

当时黛玉气绝，正是宝玉娶宝钗的这个时辰，紫鹃等都大哭起来。李纨探春想他素日的可疼，今日更加可怜，也便伤心痛哭。因潇湘馆离新房子甚远，所以那边并没听见。一时，大家痛哭了一阵，只听得远远一阵音乐之声，侧耳一听，却又没有了。探春李纨走出院外再听时，惟有竹梢风动，月影移墙，好不凄凉冷淡。

一时叫了林之孝家的过来，将黛玉停放毕，派人看守，等明早去回凤姐。凤姐因见贾母王夫人等忙乱，贾政起身，又为宝玉昏愦更甚，正在着急异常之时，若是又将黛玉的凶信一回，恐贾母王夫人愁苦交加，急出病来，只得亲自到园。到了潇湘馆内，也不免哭了一场。见了李纨探春，知道诸事齐备，便说："狠好。只是刚才你们为什么不言语，叫我着急？"探春道："刚才送老爷，怎么说呢？"凤姐道："还倒是你们两个可怜他些。这么着，我还得那边去招呼那个冤家呢。但是这件事好累坠④，若是今日不回，使不得；若回了，恐怕老太太搁不住。"李纨道："你去见机行事，得回再回方好。"凤姐点头，忙忙的去了。

凤姐到了宝玉那里，听见大夫说不妨事，贾母王夫人略觉放心，凤姐便背了宝玉，缓缓的将黛玉的事回明了。贾母王夫人听得，都唬了一大跳。贾母眼泪交流，说道："是我弄坏了他了。但只是这个丫头也忒傻气⑤！"说着，便要到园里去哭他一场，又惦记着宝玉，两头难顾。王夫人等含悲共劝贾母："不必过去，老太太身子要紧。"贾母无奈，只得叫王夫人自去。又说："你替我告诉他的阴灵：'并不是我忍心不来送你，只为有个亲疏。你是我的外孙女儿，是亲的了；若与宝玉比起来，可是宝玉比你更亲些。倘宝玉有些不好，我怎么见他父亲呢。'"说着，又哭起来。王夫人劝道："林姑娘是老太太最疼的，但只寿夭有定，如今已经死了，无可尽心，只是葬礼上要上等的发送。一则可以少尽咱们的心；二则就是姑太太和外甥女儿的阴灵儿也可以少安了。"贾母听到这里，越发痛哭起来。

凤姐恐怕老人家伤感太过，明仗着宝玉心中不甚明白，便偷偷的使人来撒个谎儿，哄老太太道："宝玉那里找老太太呢。"贾母听见，才止住泪问道："不是又有什么缘故？"凤姐陪笑道："没什么缘故，他大约是想老太太的意思。"贾母连忙扶了珍珠儿，凤姐也跟着，过来。走至半路，正遇王夫人过来，一一回明了贾母，贾母自然又是哀痛的；只因要到宝玉那边，只得忍泪含悲的说道："既这么着，我也不过去了，由你们办罢。我看着心里也难受，只别委屈了他就是了。"王夫人凤姐一一答应了，贾母才过宝玉这边来。见了宝玉，因问："你做什么找我？"宝玉笑道："我昨日晚上看见林妹妹来了，他说要回南去。我想没人留的住，还得老太太给我留一留他。"贾母听着，说："使得，只管放心罢。袭人可扶宝玉躺下。"

贾母出来，到宝钗这边来。那时宝钗尚未回九，所以每每见了人，到有些含羞之意。这一天，见贾母满面泪痕，递了茶，贾母叫他坐下。宝钗侧身陪着坐了，才问道："听得林妹妹病了，不知他可好些了？"贾母听了这话，那眼泪止不住流下来，因说道："我的儿！我告诉你，你可别告诉宝玉。都是因你林妹妹，才叫你受了多少委屈！你如今作媳妇了，我才告诉你，这如今你林妹妹没了两三天了，就是娶你的那个时辰死的。如今宝玉这一番病，还是为着这个。你们先都在园子里，自然也都是明白的。"宝钗把脸飞红了，想到黛玉之死，又不免落下泪来。贾母又说了一回话，去了。自此，宝钗千回万转，想了一个主意，只不肯造次，所以过了回九，才想出弄个法子来。如今果然好些，然后大家说话才不至似前留神。

独是宝玉虽然病势一天好似一天，他的痴心总不能解，必要亲去哭他一场。贾母等知他病未除根，不许他胡思乱想，怎奈他郁闷难堪，病多反复。倒是大夫看出心病，索性叫他开散了再用药调理，倒可好得快些。宝玉听说，立刻要往潇湘馆来。贾母等只得叫人抬了竹椅子过来，扶宝玉坐上，贾母王夫人即便先行。到了潇湘馆内，一见黛玉灵柩，贾母已哭得泪干气绝。凤姐等再三劝住。王夫人也哭了一场。李纨便请贾母王夫人在里间歇着，犹自落泪。宝玉一到，想起未病之先，来到这里，今日屋在人亡，不禁嚎啕大哭。想起从前何等亲密，今日死别，怎不更加伤感！众人原恐宝玉病后过哀，都来解劝。宝玉已经哭得死去活来，大家搀扶歇息。其余随来的，如宝钗，俱极痛哭。独是宝玉必要叫紫鹃来见，问明姑娘临死有何话说。紫鹃本来深恨宝玉，见如此，心里已回过来些；又有贾母王夫人都在这里，不敢洒落宝玉⑥，便将林姑娘怎么复病，怎么烧毁帕子，焚化诗稿，并将临死说的话一一的都告诉了。宝玉又哭得气噎喉干。探春趁便又将黛玉临终嘱咐带柩回南的话也说了一遍。贾母王夫人又哭起来。多亏凤姐能言劝慰，略略止些，便请贾母等回去。宝玉那里肯舍，无奈贾母逼着，只得勉强回房。

贾母有了年纪的人，打从宝玉病起，日夜不宁，今又大痛一阵，已觉头晕身热，虽是不放心惦着宝玉，却也扎挣不住，回到自己房中睡下。王夫人更加心痛难禁，也便回去，派了彩云帮着袭人照应，并说："宝玉若再悲戚，速来告诉我们。"宝钗是知宝玉一时必不能舍，也不相劝，只用讽刺的话说他。宝玉倒恐宝钗多心，也便饮泣收心。歇了一夜，倒也安稳。明日一早，众人都来瞧他，但觉气虚身弱，心病倒觉去了几分。于是加意调养，渐渐的好起来。贾母幸不成病，惟是王夫人心痛未痊。那日薛姨妈过来探望，看见宝玉精神略好，也就放心，暂且住下。

　　一日，贾母特请薛姨妈过去商量，说："宝玉的命，都亏姨太太救的。如今想来不妨了，独委屈了你的姑娘。如今宝玉调养百日，身体复旧，又过了娘娘的功服，正好圆房。要求姨太太作主，另择个上好的吉日。"薛姨妈便道："老太太主意狠好，何必问我？宝丫头虽生的粗笨，心里却还是极明白的。他的情性，老太太素日是知道的。但愿他们两口儿言和意顺，从此老太太也省好些心，我姐姐也安慰些，我也放了心了。老太太便定个日子。还通知亲戚不用呢？"贾母道："宝玉和你们姑娘生来第一件大事，况且费了多少周折，如今才得安逸，必要大家热闹几天。亲戚都要请的。一来酬愿，二则咱们吃杯喜酒，也不枉我老人家操了好些心。"薛姨妈听说，自然也是喜欢的，便将要办妆奁的话也说了一番。贾母道："咱们亲上做亲，我想也不必这些。若说动用的⑦，他屋里已经满了；必定宝丫头他心爱的要你几件，姨太太就拿了来。我看宝丫头也不是多心的人，不比的我那外孙女儿的脾气，所以他不得长寿。"说着，连薛姨妈也便落泪。恰好凤姐进来，笑道："老太太姑妈又想着什么了？"薛姨妈道："我和老太太说起你林妹妹来，所以伤心。"凤姐笑道："老太太和姑妈且别伤心。我刚才听了个笑话儿来了，意思说给老太太和姑妈听。"贾母拭了拭眼泪，微笑道："你又不知要编派谁呢？你说来，我和姨太太听听。说不笑，我们可不依。"只见那凤姐未从张口，先用两只手比着，笑弯了腰了。未知他说出些什么来，下回分解。

【注释】

　　①回九：旧俗，婚后若干日内，新郎新娘回女家拜见长辈和亲友，叫"回门"；九天后回娘家者，叫"回九"。宋吴自牧《梦粱录》卷二○"嫁娶"："两新人于三日或七朝、九日，往女家行拜门礼。"

　　②针砭：古时以砭石为针，治疗疾病，谓之"针砭"。后用以比喻指出人的过错，劝人改正。

③促疾：危急的意思。

④累坠：也作"累赘"。这里是麻烦的意思。

⑤丫头：这里是对小辈女子的亲昵称呼。

⑥洒落：这里是责备、数落的意思。

⑦动用的：这里指日常用的东西。

话说凤姐见贾母和薛姨妈为黛玉伤心，便说："有个笑话儿说给老太太和姑妈听。"未从开口，先自笑了。因说道："老太太和姑妈打谅是那里的笑话儿？就是咱们家的那二位新姑爷新媳妇啊！"贾母道："怎么了？"凤姐拿手比着道："一个这么坐着，一个这么站着；一个这么扭过去，一个这么转过来。一个又……"说到这里，贾母已经大笑起来，说道："你好生说罢，倒不是他们两口儿，你倒把人怄的受不得了。"薛姨妈也笑道："你往下直说罢，不用比了。"凤姐才说道："刚才我到宝兄弟屋里，我听见好几个人笑。我只道是谁，巴着窗户眼儿一瞧，原来宝妹妹坐在炕沿上，宝兄弟站在地下。宝兄弟拉着宝妹妹的袖子，口口声声只叫：'宝姐姐！你为什么不会说话了？你这么说一句话，我的病包管全好。'宝妹妹却扭着头，只管躲。宝兄弟却作了一个揖，上去又拉宝妹妹的衣服。宝妹妹急得一扎，宝兄弟自然病后是脚软的，索性一扑，扑在宝妹妹身上了。宝妹妹急得红了脸，说道：'你越发比先不尊重了。'"说到这里，贾母和薛姨妈都笑起来。凤姐又道："宝兄弟便立起身来，笑道：'亏了跌了这一交，好容易才跌出你的话来了。'"薛姨妈笑道："这是宝丫头古怪。这有什么的？既作了两口儿，说说笑笑的怕什么？他没见他琏二哥和你。"凤姐儿笑道："这是怎么说呢？我饶说笑话给姑妈解闷儿，姑妈反到拿我打起卦来了^②。"贾母也笑道："要这么着才好。夫妻固然要和气，也得有个分寸儿。我爱宝丫头就在这尊重上头。只是我愁着宝玉还是那么傻头傻脑的，这么说起来，比头里竟明白多了。你再说说，还有什么笑话儿没有？"凤姐道："明儿宝玉圆了房，亲家太太抱了外孙子，那时候不更是笑话儿了么？"贾母笑道："猴儿，我在这里同着姨太太想你林妹妹，你来怄个笑儿还罢了，怎么臊起皮来了③！你不叫我们想你林妹妹，你不用太高兴了，你林妹妹恨你，将来不要独自一个到园里去，堤防他拉着你不依。"凤姐笑道："他倒不怨我，他临死咬牙切齿，倒恨着宝玉呢。"贾母薛姨妈听着还道是顽话儿，也不理会，便道："你别胡拉扯了。你去叫外头挑个狠好的日子给你宝兄弟圆了房儿罢。"凤姐去了，择了吉日，重新摆酒，唱戏，请亲友，这不在话下。

却说宝玉虽然病好复元，宝钗有时高兴，翻书观看，谈论起来，宝玉所有眼前常见的，尚可记忆，若论灵机，大不似从前活变了，连他自己也不解。宝钗明知是"通灵"失去，所以如此。倒是袭人时常说他："你何故把从前的灵机都忘了？那些旧毛病忘了才好，为什么你的脾气还觉照旧，在道理上更糊涂了呢？"宝玉听了，并不生气，反是嘻嘻的笑。有时宝玉顺性胡闹，多亏宝钗劝说，诸事略觉收敛些。袭人倒可少费些唇舌，惟知悉心伏侍。别的丫头素仰宝钗贞静和平，各人心服，无不安静。

只有宝玉到底是爱动不爱静的，时常要到园里去逛。贾母等一则怕他招受寒暑，二则恐他睹景伤情，虽黛玉之柩已寄放城外庵中，然而潇湘馆依然人亡屋在，不免勾起旧病来，所以也不使他去。况且亲戚姊妹们，薛宝琴已回到薛姨妈那边去了；史湘云因史侯回京，也接了家去了，又有了出嫁的日子，所以不大常来，只有宝玉娶亲那一日，与吃喜酒这天，来过两次，也只在贾母那边住下，为着宝玉已经娶过亲的人，又想自己就要出嫁的，也不肯如从前的诙谐谈笑，就是有时过来，也只和宝钗说话，见了宝玉，不过问好而已；那邢岫烟却是因迎春出嫁之后，便随着邢夫人过去；李家姊妹也另住在外，即同着李婶娘过来，亦不过到太太们与姊妹们处请安问好，即回到李纨那里略住一两天就去了，所以园内的只有李纨、探春、惜春了。贾母还要将李纨等挪进来，为着元妃薨后，家中事情接二连三，也无暇及此。现今天气一天热似一天，园里尚可住得，等到秋天再挪。此是后话，暂且不提。

　　且说贾政带了几个在京请的幕友，晓行夜宿，一日，到了本省，见过上司，即到任拜印受事，便查盘各属州县粮米仓库。贾政向来作京官，只晓得郎中事务都是一景儿的事情④；就是外任，原是学差，也无关于吏治上，所以外省州县，折收粮米，勒索乡愚，这些弊端，虽也听见别人讲究，却未尝身亲其事，只有一心做好官。便与幕宾商议，出示严禁，并谕以一经查出，必定详参揭报⑤。初到之时，果然胥吏畏惧，便百计钻营；偏遇贾政这般古执。那些家人，跟了这位老爷，在都中一无出息，好容易盼到主人放了外任，便在京指着在外发财的名头向人借贷做衣裳，装体面，心里想着到了任，银钱是容易的了。不想这位老爷呆性发作，认真要查办起来，州县馈送，一概不受。门房、签押等人⑥，心里盘算道："我们再挨半个月，衣服也要当完了，账又逼起来，那可怎么样好呢？眼见得白花花的银子，只是不能到手。"那些长随也道⑦："你们爷们到底还没花什么本钱来的。我们才冤；花了若干的银子，打了个门子⑧，来了一个多月，连半个钱也没见过！想来跟这个主儿是不能捞本儿的了。明儿我们齐打伙儿告假去。"次日，果然聚齐，都来告假。贾政不知就里，便说："要来也是你们，要去也是你们。既嫌这里不好，就都请便。"

　　那些长随怨声载道而去，只剩下些家人，又商议道："他们可去的去了，我们去不了的，到底想个法儿才好。"内中有一个管门的叫李十儿，便说："你们这些没能耐的东西，着什么忙！我见这'长'字号儿的在这里，不犯给他出头。如今都饿跑了，瞧瞧你十太爷的本领，少不得本主儿依我。只是要你们齐心，打伙儿弄几个钱，回家受用；若不随我，我也不管了，横竖拚得过你们。"众人都说："好十爷！你还主儿信得过。若你不管，我们实在是死症了。"李十儿道："不要我出了头，得了银钱，又说我得了大分儿了，窝儿里反起来，大家没意思。"众人道："你万安，没有的事。就没有多少，也强似我们腰里掏钱。"

　　正说着，只见粮房书办走来找周二爷。李十儿坐在椅子上，跷着一只腿，挺着腰，说道："找他做什么？"书办便垂手陪着笑，说道："本官到了一个多月的任，这些州县太爷见得本官的告示利害，知道不好说话，到了这时候，都没有开仓。若是过了漕⑨，你们太爷们来做什么的？"李十儿说："你别混说，老爷是有根蒂的，说到那里是要办到那里。这两天原要行文催兑，因我说了缓几天，才歇的。你到底找我们周二爷做什么？"书办道："原为打听催文的事，没有别的。"李十儿道："越发胡说！方才我说催文，你就信嘴胡诌。可别鬼鬼祟祟来讲什么账，我叫本官打了你，退你。"书办道："我在这衙门内已经三代了，外头也有些体面，家里还过得，就规规矩矩伺候本官升了还能够，不像那些等米下锅的。"说着，回了一声："二太爷，我走了。"李十儿便站起，堆着笑说："这么不禁玩，几句话就脸急了⑩。"书办道："不是我脸急，若再说什么，岂不带累了二太爷的清名呢。"李十儿过来拉着书办的手，说："你贵姓啊？"书办道："不敢，我姓詹，单名是个会字。从小儿也在京里浑了几年。"李十儿道："詹先生，我是久闻你的名的。我们弟兄们是一样的。有什么话，晚上到这里，咱们说一说。"书办也说："谁不知道李十太爷是能事的⑪，把我一诈，就吓毛了。"大家笑着走开。那晚便与书办咕唧了半夜。

　　第二天，拿话去探贾政，被贾政痛骂了一顿。隔一天拜客，里头吩咐伺候，外头答应了。停了一会子，打点已经三下了，大堂上没有人接鼓，好容易叫个人来打了鼓。贾政踱出暖阁，站班喝道的衙役只有一个。贾政也不查问，在墀下上了轿，等轿夫，又等了好一回，来齐了，抬出衙门，那个炮只响得一声。吹鼓亭的鼓手，只有一个打鼓，一个吹号筒。贾政便也生气，说："往常还好，怎么今儿不齐集至此？"抬头看那执事，却是攧前落后。勉强拜客回来，便传误班的要打。有的说因没有帽子误的；有的说是号衣当了误的；又有的说是三天没吃饭抬不动。贾政生气，打了一两个，也就罢了。

隔一天，管厨房的上来要钱，贾政带来银两付了。以后便觉样样不如意，比在京的时候倒不便了好些，无奈，便唤李十儿问道："我跟来这些人，怎样都变了？你也管管。现在带来银两，早使没有了。藩库俸银尚早⑫，该打发京里取去。"李十儿禀道："奴才那一天不说他们？不知道怎么样，这些人都是没精打彩的，叫奴才也没法儿。老爷说家里取银子，取多少？现在打听节度衙门这几天有生日，别的府道老爷都上千上万的送了，我们到底送多少呢？"贾政道："为什么不早说？"李十儿说："老爷最圣明的。我们新来乍到，又不与别位老爷狠来往，谁肯送信？巴不得老爷不去，便好想老爷的美缺。"贾政道："胡说！我这官是皇上放的，不与节度做生日，便叫我不做不成！"李十儿笑着回道："老爷说的也不错。京里离这里狠远，凡百的事，都是节度奏闻。他说好便好，说不好便吃不住。到得明白，已经迟了。就是老太太、太太们，那个不愿意老爷在外头烈烈轰轰的做官呢！"

贾政听了这话，也自然心里明白，道："我正要问你，为什么都说起来？"李十儿回说："奴才本不敢说，老爷既问到这里，若不说，是奴才没良心；若说了，少不得老爷又生气。"贾政道："只要说得在理。"李十儿说道："那些书吏衙役，都是花了钱买着粮道的衙门，那个不想发财？俱要养家活口。自从老爷到了任，并没见为国家出力，倒先有了口碑载道。"贾政道："民间有什么话？"李十儿道："百姓说：'凡有新到任的老爷，告示出的愈利害，愈是想钱的法儿。州县害怕了，好多多的送银子。'收粮的时候，衙门里便说，新道爷的法令；明是不敢要钱，这一留难打蹱⑬，那些乡民心里愿意花几个钱，早早了事。所以那些人不说老爷好，反说不谙民情。便是本家大人，是老爷最相好的，他不多几年，已巴到极顶的分儿，也只为识时达务，能彀上和下睦罢了。"贾政听到这话，道："胡说！我就不识时务吗？若是上和下睦，叫我与他们'猫鼠同眠'吗⑭？"李十儿回说道："奴才为着这点忠心儿掩不住，才这么说。若是老爷就是这样做去，到了功不成、名不就的时候，老爷又说奴才没良心，有什么话，不告诉老爷了。"

贾政道："依你怎么做才好？"李十儿道："也没有别的，趁着老爷的精神年纪，里头的照应，老太太的硬朗，为顾着自己就是了。不然，到不了一年，老爷家里的钱也都贴补完了，还落了自上至下的人抱怨，都说老爷是做外任的，自然弄了钱藏着受用。倘遇着一两件为难的事，谁肯帮着老爷？那时办也办不清，悔也悔不及。"贾政道："据你一说，是叫我做贪官吗？送了命还不要紧，必定将祖父的功勋抹了才是？"李十儿回禀道："老爷极圣明的人，没看见旧年犯事的几位老爷吗？这几位都与老爷相好，老爷常说是个做清官的，如今名在那里？现有几位亲戚，老爷向来说他们不好的，如今升的升，迁的迁。只在要做的好就是了。老爷要知道：民也要顾，官也要顾。若是依着老爷，不准州县得一个大钱，外头这些差使谁办？只要老爷外面还是这样清名声原好；里头的委屈，只要奴才办去，关碍不着老爷的。奴才跟主儿一场，到底也要掏出忠心来。"贾政被李十儿一番言语，说得心无主见，道："我是要保性命的，你们闹出来不与我相干！"说着，便踱了进去。

李十儿便自己做起威福，钩连内外一气的哄着贾政办事，反觉得事事周到，件件随心，所以贾政不但不疑，反多相信。便有几处揭报，上司见贾政古朴忠厚，也不查察。惟是幕友们耳目最长，见得如此，得便用言规谏，无奈贾政不信，也有辞去的，也有与贾政相好在内维持的。于是，漕务事毕⑮，尚无隙越⑯。

一日，贾政无事，在书房中看书，签押上呈进一封书子，外面官封，上开着"镇守海门等处总制公文一角⑰，飞递江西粮道衙门"。贾政拆封看时，只见上写道：

　　金陵契好，桑梓情深⑱。昨岁供职来都，窃喜常依座右。仰蒙雅爱，许结"朱陈"⑲，至今佩德勿谖⑳。只因调任海疆，未敢造次奉求，衷怀歉仄，自叹无缘。今幸荣戟遥临㉑，快慰平生之愿。正申燕贺㉒，先蒙翰教㉓，边帐光生，武夫额手㉔。虽隔重洋，尚叨樾荫㉕。想蒙不弃卑寒，希望茑萝之附㉖。小儿已承青盼，淑媛素仰芳仪。如蒙践诺，即遣冰人㉗。途路虽遥，一水可通。不敢云百辆之迎㉘，敬备仙舟以俟。兹修寸幅㉙，恭贺升祺，并求金允㉚。临颖不胜待命之至㉛。

世弟周琼顿首㉜

贾政看了，心想："儿女姻缘，果然有一定的。旧年因见他就了京职，又是同乡的人，素来相好，又见那孩子长得好，在席间原提起这件事。因未说定，也没有与他们说起。后来他调了海疆，大家也不说了。不料我今升任至此，他写书来问。我看起门户，却也相当，与探春到也相配。但是我并未带家眷，只可写字与他商议。"正在踌躇，只见门上传进一角文书，是议取到省会议事件，贾政只得收拾上省，候节度派委。

一日，在公馆闲坐，见桌上堆着一堆字纸，贾政一一看去，见刑部一本："为报明事，会看得金陵籍行商薛蟠……"贾政便吃惊道："了不得！已经提本了。"随用心看下去，是薛蟠殴伤张三身死，串嘱尸证，捏供误杀一案。贾政一拍桌道："完了！"只得又看底下，是：

据京营节度使咨称㉝："缘薛蟠籍隶金陵，行过太平县，在李家店歇宿，与店内当槽之张三素不相认。于某年月日，薛蟠令店主备酒邀请太平县民吴良同饮，令当槽张三取酒。因酒不甘，薛蟠令换好酒。张三因称酒已沽定，难换。薛蟠因伊倔强，将酒照脸泼去，不期去势甚猛，恰值张三低头拾箸，一时失手，将酒碗掷在张三囟门，皮破血出，逾时殒命。李店主趋救不及，随向张三之母告知。伊母张王氏往看，见已身死，随喊禀地保，赴县呈报。前署县诣验㉞，仵作将骨破一寸三分及腰眼一伤，漏报填格，详府审转。看得薛蟠实系泼酒失手，掷碗误伤张三身死，将薛蟠照过失杀人，准斗杀罪收赎"等因前来。臣等细阅各犯证尸亲前后供词不符，且查斗杀律注云："相争为斗，相打为殴。必实无争斗情形，邂逅身死，方可以过失杀定拟。"应令该节度审明实情，妥拟具题㉟。今据该节度疏称：薛蟠因张三不肯换酒，醉后拉着张三右手，先殴腰眼一拳，张三被殴回骂，薛蟠将碗掷出，致伤囟门深重，骨碎脑破，立时殒命。是张三之死实由薛蟠以酒碗砸伤深重致死，自应以薛蟠拟抵，将薛蟠依斗杀律拟绞监候㊱，吴良拟以杖徒㊲。承审不实之府州县，应请……

以下注着"此稿未完"。

贾政因薛姨妈之托，曾托过知县；若请旨革审起来，牵连着自己，好不放心。即将下一本开看，偏又不是，只好翻来复去，将报看完，终没有接这一本的，心中狐疑不定，更加害怕起来。正在纳闷，只见李十儿进来："请老爷到官厅伺候去，大人衙门已经打了二鼓了。"贾政只是发怔，没有听见。李十儿又请一遍。贾政道："这便怎么处？"李十儿道："老爷有什么心事？"贾政将看报之事说了一遍。李十儿道："老爷放心。若是部里这么办了，还算便宜薛大爷呢！奴才在京的时候，听见薛大爷在店里叫了好些媳妇，都喝醉了生事，直把个当槽儿的活活打死的。奴才听见不但是托了知县，还求琏二爷去花了好些钱，各衙门打通了，才提的，不知道怎么部里没有弄明白。如今就是闹破了，也是官官相护的，不过认个承审不实，革职处分罢，那里还肯认得银子听情呢？老爷不用想，等奴才再打听罢，不要误了上司的事。"贾政道："你们那里知道？只可惜那知县听了一个情，把这个官都丢了，还不知道有罪没有呢！"李十儿道："如今想他也无益，外头伺候着好半天了，请老爷就去罢。"贾政不知节度传办何事，且听下回分解。

【注释】

①官箴：本指古代百官对帝王的规劝。《左传》襄公四年："命百

官官箴王阙。"晋杜预注："使百官各为箴辞戒王过。"后因称官吏之诫为"官箴"。

②打卦：即"占卦"。这里是打趣、取笑的意思。

③臊皮：即"燥脾"，爽快、开心的意思。中医谓脾土忌湿，脾燥则身健爽。《桃花扇·修札》："俺这柳麻子信口胡谈，却也燥脾。"这里是寻开心的意思。

④一景儿：一样的，同一类的。

⑤详参揭报：意谓揭露弊端，报告上司，进行弹劾。

⑥签押：清代衙门办理公文的处所，称为"签押房"。在签押房办事的人员叫"签押"。

⑦长随：明代指地位卑下的随从宦官，后泛指官吏身边听候使唤的仆从。也叫"跟班"。

⑧打了个门子：意即托人说情，找了个门路。

⑨过了漕：超过了漕运的期限。

⑩脸急：现一般说"急脸"，意即禁不起开玩笑，立即变脸发作。

⑪能事：本指特别擅长的事，这里指深通世故，擅长钻营。

⑫藩库：即"省库"。清代主管一省财赋出纳和人事的布政使司又称藩司，所以省库也叫"藩库"。

⑬留难刁蹬：故意出难题借以刁难、要挟、折腾人。

⑭猫鼠同眠：《新唐书·五行志》："龙朔元年十一月，洛州猫鼠同处。鼠隐伏，象盗窃；猫职捕啮，而反与鼠同，象司盗者废职容奸。"这里用以比喻上下狼狈为奸，串通作弊。

⑮漕务：水道运粮的事务。

⑯隙越：即"陨越"。《左传》僖公九年："恐陨越于下，以遗天子羞。"晋杜预注："陨越，颠坠也。"引申为失职、失败的意思。

⑰总制：即"总督"，明清两代地方的最高长官，管辖一省或二、三省的军事和政治，例兼兵部尚书衔。因清代通称总督为制台、制军，所以总督也叫"总制"。一角：旧时一封公文称"一角"。

⑱桑梓（zǐ）：本为古人宅旁习惯种植的两种树。《诗经·小雅·小弁》："维桑与梓，必恭敬止。"宋朱熹《集注》："桑梓，二木，古者

五亩之宅，树之墙下，以遗子孙给蚕食、具器用者也。"后用以代称故乡。

⑲朱陈：古村名，在江苏丰县。据说村里只有朱、陈两姓，世代为婚。唐白居易《朱陈村》诗："徐州古丰县，有村曰朱陈……一村唯两姓，世世为婚姻。"后用作联姻的代称。

⑳佩德勿谖：谓铭记您对我的好处，不会忘却。佩，这里指铭记在心的意思。

㉑棨（qǐ）戟：有缯衣或油漆的木戟，古代官吏出行时用作前导的一种仪仗。《汉书·韩延寿传》唐颜师古注："棨，有衣之戟也。"清王先谦补注引清沈钦韩曰："《古今注》：'棨戟，殳之遗像，前驱之器，以木为之。后世滋伪，无复典刑，以赤油韬之，亦谓之油戟。王公以下通用之以前驱。'"

㉒燕贺：《淮南子·说林训》："大厦成而燕雀相贺。"本指新屋落成，燕雀有安身之所，互相庆贺。后遂以"燕贺"表示祝贺新居落成。这里用来祝贺官职的升迁。

㉓先蒙翰教：意谓先在书信中蒙受您的教导。翰，原指羽毛，后借指毛笔，引申为文辞、书信等。

㉔额手：以手加额，表示欢迎，或表示庆贺。

㉕樾荫：众木合成的树荫。樾，树荫。《玉篇》："楚谓两树交阴之下曰樾。"后因称别人的庇护为"樾荫"。

㉖茑（niǎo）萝：茑和女萝，都是蔓生植物，茎细长，缘物而生。《诗经·小雅·頍弁》："茑与女萝，施于松柏。"这里比喻希望与对方结亲。

㉗冰人：《晋书·索纨传》："孝廉令狐策梦立冰上，与冰下人语。纨曰：'冰上为阳，冰下为阴，阴阳事也。士如归妻，迨冰未泮，婚姻事也。君在冰上与冰下人语，为阳语阴，媒介事也。君当为人作媒，冰泮而婚成。'"后因称媒人为"冰人"。

㉘百辆之迎：古代诸侯遣嫁迎娶，皆有车百辆。《诗经·召南·鹊巢》："之子于归，百两御之。"毛传："百两，百乘也。诸侯之子，嫁于诸侯，送御皆百乘。"宋朱熹《集注》："两，一车也；一车两轮，故

谓之两。御，迎也。"这里是隆重迎亲的意思。

㉙寸幅：简短的书信。幅，纸张。这里代指书信。

㉚金允：旧时请别人允诺的客套话。

㉛临颖：临写信时。颖，笔尖。引申为写。

㉜顿首：以首叩地，旧多用于书信的起头和末尾。

㉝咨：旧时公文的一种，用于同级官署或平行官阶间。

㉞署县：即代理知县。旧时称代理、暂任或试充官职为"署"。

㉟具题：备文呈报。

㊱绞监候：清制规定，判处死刑立刻执行者称"立决"；暂行监禁，等秋审后再决定行刑者，叫"监候"。犯绞刑的，叫"绞监候"；犯斩刑的，叫"斩监候"。（见《清会典事例·刑部·五刑》）

㊲杖徒：五刑中的两种，始于隋。杖，即杖刑，用大荆条或竹板，拷打犯人臀、背和腿等处。徒，即徒刑，强制犯人服一定时间的劳役。

第一百回
破好事香菱结深恨　悲远嫁宝玉感离情

话说贾政去见了节度，进去了半日，不见出来，外头议论不一。李十儿在外也打听不出什么事来，便想到报上的饥荒，实在也着急。好容易听见贾政出来，便迎上来跟着，等不得回去，在无人处，便问："老爷进去这半天，有什么要紧的事？"贾政笑道："并没有事。只为镇海总制是这位大人的亲戚，有书来嘱托照应我，所以说了些好话。又说：'我们如今也是亲戚了。'"李十儿听得，心内喜欢，不免又壮了些胆子，便竭力怂恿贾政许这亲事。贾政心想，薛蟠的事到底有什么挂碍，在外头信息不早，难以打点，故回到本任来便打发家人进京打听；顺便将总制求亲之事回明贾母，如若愿意，即将三姑娘接到任所。家人奉命，赶到京中回明了王夫人，便在吏部打听得贾政并无处分，惟将署太平县的这位老爷革职。即写了禀帖，安慰了贾政，然后住着等信。

且说薛姨妈为着薛蟠这件人命官司，各衙门内不知花了多少银钱，才定了误杀具题。原打量将当铺折变给人，备银赎罪，不想刑部驳审，又托人花了好些钱，总不中用，依旧定了个死罪，监着守候秋天大审①。薛姨妈又气又疼，日夜啼哭。宝钗虽时常过来劝解，说是："哥哥本来没造化，承受了祖父这些家业，就该安安顿顿的守着过日子。在南边已经闹的不像样，便是香菱那件事情，就了不得。因为仗着亲戚们的势力，花了些银钱，这算白打死了一个公子。哥哥就该改过，做起正经人来，也该奉养母亲才是，不想进了京仍是这样。妈妈为他，不知受了多少气，哭掉了多少眼泪。给他娶了亲，原想大家安安逸逸的过日子，不想命该如此，偏偏娶的嫂子又是一个不安静的，所以哥哥躲出门的。真正俗语说的，'冤家路儿狭'，不多几天就闹出人命来了！妈妈和二哥哥也算不得不尽心的了：花了银钱不算，自己还求三拜四的谋干。无奈命里应该，也算自作自受。大凡养儿女是为着老来有靠，便自小户人家，还要挣一碗饭养活母亲；那里有将现成的闹光了，反害的老人家哭的死去活来的？不是我说，哥哥的这样行为，不是儿子，竟是个冤家对头。妈妈再不明白，明哭到夜，夜哭到明，又受嫂子的气。我呢，又不能常在这里劝解。我看见妈妈这样，那里放得下心。他虽说是傻，也不肯叫我回去。前儿老爷打发人回来说，看见京报，唬的了不得，所以才叫人来打点的。我想哥哥闹了事，担心的人也不少。幸亏我还是在跟前的一样；若是离乡调远，听见了这个信，只怕我想妈妈也就想杀了。我求妈妈暂且养养神，趁哥哥的活口现在，问问各处的账目。人家该咱们的，咱们该人家的，亦该请个旧伙计来算一算，看看还有几个钱没有。"薛姨妈哭着说道："这几天为闹你哥哥的事，你来了，不是你劝我，便是我告诉你衙门的事。你还不知道：京里的官商名字已经退了，两个当铺已经给了人家，银子早拿来使完了。还有一个当铺，管事的逃了，亏空了好几千两银子，也夹在里头打官司。你二哥哥天天在外头要账，料着京里的账已经去了几万银子，只好拿南边公分里银子并住房折变才够。前两天还听见一个荒信②，说是南边的公当铺也因为折了本儿收了。若是这么着，你娘的命可就活不成的了！"说着，又大哭起来。宝钗也哭着劝道："银钱的事，妈妈操心也不中用，还有二哥哥给我们料理。单可恨这些伙计们，见咱们的势头儿败了，各自奔各自的去也罢了，我还听见说帮着人家来挤我们的讹头。可见我哥哥活了这么大，交的人总不过是些个酒肉弟兄，急难中是一个没有的。妈妈若是疼我，听我的话：有年纪的人自己保重些；妈妈这一辈子想来还不致挨冻受饿。家里这点子衣裳家伙，只好听凭嫂子去，那是没法儿的了。所有的家人婆子，瞧他们也没心在这里，该去的叫他们去。就可怜香菱苦了一辈子，只好跟着妈妈过去。实在短什么，我要是有的，还可以拿些个来；料我们那个也没有不依的。就是袭姑娘也是心术正道的，他听见我哥哥的事，他到提起妈妈来就哭。我们那一个还道是没事的，所以不大着急；若听见了，也是要唬个半死儿的。"薛姨妈不等说完，便说："好姑娘！你可别告诉他！他为一个林姑娘，几乎没要了命，如今才好些。要是他急出个原故来，不但你添一层烦恼，我越发没了依靠了。"宝钗道："我也是这么想，所以总没告诉他。"

正说着，只听见金桂跑来外间屋里哭喊道："我的命是不要的了！男人呢，已经是没有活的分儿了。咱们如今索性闹一闹，大伙儿到法场上去拚一拚。"说着，便将头往隔断板上乱撞③，撞的披头散发。气的薛姨妈白瞪着两只眼，一句话也说不出来。还亏得宝钗"嫂子"长、"嫂子"短、好一句、歹一句的劝他。金桂道："姑奶奶！如今你是比不得头里的了。你两口儿好好的过日子，我是个单身人儿，要脸做什么！"说着，便要跑到街上回娘家去。亏得人还多，扯住了，又劝了半天方住。把个宝琴唬的再不敢见他。若是薛蝌在家，他便抹粉施脂，描眉画鬓，奇情异致的打扮收拾起来。不时打从薛蝌住房前过，或故意咳嗽一声，或明知薛蝌在屋，特问房里何人；有时遇见薛蝌，他便妖妖乔乔、娇娇痴痴的问问寒热，忽喜忽嗔。丫头们看见，都赶忙躲开。他自己也不觉得，只是一心一意要弄得薛蝌感情时，好行宝蟾之计。那薛蝌却止躲着，有时遇见也不敢不周旋一二，只怕他撒泼放刁的意思。更加金桂一则为色迷心，越瞧越爱，越想越幻，那里还看得出薛蝌的真假来？只有一宗，他见薛蝌有什么东西都是托香菱收着；衣服缝洗，也是香菱；两个人偶然说话，他来了，急忙散开，一发动了一个"醋"字。欲待发作薛蝌，却是舍不得，只得将一腔隐恨都搁在香菱身上。却又恐怕闹了香菱得罪了薛蝌，倒弄得隐忍不发。

一日，宝蟾走来，笑嘻嘻的向金桂道："奶奶，看见了二爷没有？"金桂道："没有。"宝蟾笑道："我说二爷的那种假正经是信不得的。咱们前日送了酒去，他说不会喝，刚才我见他到太太那屋里去，那脸上红扑扑儿的一脸酒气。奶奶不信，回来只在咱们院门口等他。他打那边过来时，奶奶叫住他问问，看他说什么。"金桂听了，一心的怒气，便道："他那里就出来了呢？他既无情义，问他作什么？"宝蟾道："奶奶又迂了。他好说，咱们也好说；他不好说，咱们再另打主意。"金桂听着有理，因叫宝蟾："瞧着他，看他出去了。"宝蟾答应着出来，金桂却去打开镜奁，又照了一照，把嘴唇儿又抹了一抹，然后拿一条洒花绢子，才要出来，又似忘了什么的，心里倒不知怎么是好了。只听宝蟾外面说道："二爷，今日高兴啊！那里喝了酒来了？"金桂听了，明知是叫他出来的意思，连忙掀起帘子出来。只见薛蝌和宝蟾说道："今日是张大爷的好日子，所以被他们强不过，吃了半钟。到这时候脸还发烧呢。"一句话没说完，金桂早接口道："自然人家外人的酒比咱们自己家里的酒是有趣儿的。"薛蝌被他拿话一激，脸越红了，连忙走过来陪笑道："嫂子说那里的话？"宝蟾见他二人交谈，便躲到屋里去了。这金桂初时原要假意发作薛蝌两句，无奈一见他两颊微红，双眸带涩，别有一种谨愿可怜之意，早把自己那骄悍之气，感化到爪洼国去了，因笑说道："这么说，你的酒是硬强着才肯喝的呢。"薛蝌道："我那里喝得来？"金桂道："不喝也好，强如像你哥哥喝出乱子来，明儿娶了你们奶奶儿，像我这样守活寡受孤单呢！"说到这里，两个眼已经乜斜了，两腮上也觉红晕了。薛蝌见这话越发邪僻了，打算着要走。金桂也看出来了，那里容得，早已走过来一把拉住。薛蝌急了道："嫂子，放尊重些。"说着，浑身乱颤。金桂索性老着脸道："你只管进来，我和你说一句要紧的话。"正闹着，忽听背后一个人叫道："奶奶！香菱来了。"把金桂唬了一跳。回头睄时，却是宝蟾掀着帘子看他二人的光景，一抬头见香菱从那边来了，赶忙知会金桂。金桂这一惊不小，手已松了。薛蝌得便脱身跑了。那香菱正走着，原不理会，忽听宝蟾一嚷，才睄见金桂在那里拉住薛蝌，往里死拽。香菱却唬的心头乱跳，自己连忙转身回去。这里金桂早已连吓带气，呆呆的瞅着薛蝌去了，怔了半天，恨了一声，自己扫兴归房。从此把香菱恨入骨髓。那香菱本是要到宝琴那里，刚走出腰门④，看见这般，吓回去了。

是日，宝钗在贾母屋里，听得王夫人告诉老太太要聘探春一事。贾母说道："既是同乡的人，狠好。只是听见说那孩子到过我们家里，怎么你老爷没有提起？"王夫人道："连我们也不知道。"贾母道："好便好，但是道儿太远。虽然老爷在那里，倘或将来老爷调任，可不是我们孩子太单了吗？"王夫人道："两家都是做官的，也是拿不定。或者那边还调进来；即不然，终有个叶落归根。况且老爷既在那里做官，上司已经说了，好意思不给么？想来老爷的主意定了，只是不敢做主，故遣人来回老太太的。"贾母道："你们愿意更好，但是三丫头这一去了，不知三年两年那边可能回家？若再迟了，恐怕我赶不上再见他一面了！"说着，掉下泪来。王夫人道："孩子们大了，少不得总要给人家的。就是本乡本土的人，除非不做官还使得；若是做官的，谁保得住总在一处？只要孩子们有造化就好。譬如迎姑娘倒配得近呢，偏是时常听见他被女婿打闹，甚至不给饭吃。就是我们送了东西去，他也摸不着。近来听见益发不好了，也不放他回来。两口子拌起来，就说咱们使了他家的银钱。可怜这孩子总不得个出头的日子！前儿我惦记他，打发人去睄他，迎丫头藏在耳房里，不肯出来。老婆子们必要进去；看见我们姑娘这样冷天还穿着几件旧衣裳。他一包眼泪的告诉婆子们说：'回去别说我这么苦，这也是命里所招！也不用送什么衣服东西来，不但摸不着，反要添一顿打，说是我告诉的。'老太太想想，这倒是近处眼见的，若不好，更难受。到亏了大太太也不理会他，大老爷也不出个头。如今迎姑娘实在比我们三等使唤的丫头还不如。我想探丫头虽不是我养的，老爷既看见过女婿，定然是好才许的。只请老太太示下，择个好日子，多派几个人，送到他老爷任上。该怎么着，老爷也不肯将就。"贾母道："有他老子作主，你就料理妥当，拣个长行的日子送去，也就定了一件事。"王夫人答应着"是"。宝钗听得明白，也不敢则声，只是心里叫苦："我们家里姑娘们就算他是个尖儿，如今又要远嫁，眼看着这里的人一天少似一天了。"见王夫人起身告辞出去，他也送了出来，一径回到自己房中，并不与宝玉说知。见袭人独自一个做活，便将听见的话说了。袭人也狠不受用。

却说赵姨娘听见探春这事，反欢喜起来，心里说道："我这个丫头，在家忒瞧不起我，我何从还是个娘？比他的丫头还不济！况且浇上水，护着别人。他挡在头里，连环儿也不得出头。如今老爷接了去，我倒干净。想要他孝敬我，不能彀了。只愿意他像迎丫头似的，我也称称愿。"一面想着，一面跑到探春那边与他道喜，说："姑娘，你是要高飞的人了。到了姑爷那边，自然比家里还好，想来你也是愿意的。便是养了你一场，并没有借你的光儿。就是我有七分不好，也有三分的好，总不要一去了把我搁在脑杓子后头。"探春听着毫无道理，只低头作活，一句也不言语。赵姨娘见他不理，气忿忿的自己去了。

这里探春又气，又笑，又伤心，也不过自己掉泪而已。坐了一回，闷闷的走到宝玉这边来。宝玉因问道："三妹妹，我听见林妹妹死的时候，你在那里来着。我还听见说：林妹妹死的时候，远远的有音乐之声。或者他是有来历的，也未可知。"探春笑道："那是你心里想着罢了。只是那夜却怪，不似人家鼓乐之音，你的话或者也是。"宝玉听了，更以为实。又想前日自己神魂飘荡之时，曾见一人，说是黛玉生不同人，死不同鬼，必是那里的仙子临凡。忽又想起那年唱戏做的嫦娥，飘飘艳艳，何等风致。过了一回，探春去了，因必要紫鹃过来，立刻回了贾母去叫他。

无奈紫鹃心里不愿意，虽经贾母王夫人派了过来，也就没法，只是在宝玉跟前，不是嗳声，就是叹气的。宝玉背地里拉着他，低声下气，要问黛玉的话，紫鹃从没好话回答。宝钗倒背地里夸他有忠心，并不嗔怪他。那雪雁虽是宝玉娶亲这夜出过力的，宝钗见他心地不甚明白，便回了贾母王夫人，将他配了一个小厮，各自过活去了。王奶妈，养着他将来好送黛玉的灵柩回南。莺哥等小丫头，仍伏侍了老太太。

　　宝玉本想念黛玉，因此及彼，又想跟黛玉的人已经云散，更加纳闷。闷到无可如何，忽又想黛玉死得这样清楚，必是离凡返仙去了，反又欢喜。忽然听见袭人和宝钗那里讲究探春出嫁之事，宝玉听了，"啊呀"的一声，哭倒在炕上。唬得宝钗袭人都来扶起，说："怎么了？"宝玉早哭的说不出来，定了一回子神，说道："这日子过不得了！我姊妹们都一个一个的散了！林妹妹是成了仙去了。大姐姐呢，已经死了，这也罢了，没天天在一块。二姐姐呢，碰着了一个混账不堪的东西。三妹妹又要远嫁，总不得见的了。史妹妹又不知要到那里去？薛妹妹是有了人家的。这些姐姐妹妹，难道一个都不留在家里，单留我做什么？"袭人忙又拿话解劝。宝钗摆着手说："你不用劝他，让我来问他。"因问着宝玉道："据你的心里，要这些姐妹都在家里陪到你老了，都不要为终身的事吗？若说别人，或者还有别的想头。你自己的姐姐妹妹，不用说没有远嫁的；就是有，老爷作主，你有什么法儿？打量天下独是你一个人爱姐姐妹妹呢？若是都像你，就连我也不能陪你了。大凡人念书，原为的是明理，怎么你益发糊涂了？这么说起来，我同袭姑娘各自一边儿去，让你把姐姐妹妹们都邀了来守着你。"宝玉听了，两只手拉住宝钗袭人道："我也知道。为什么散的这么早呢？等我化了灰的时候再散也不迟。"袭人掩着他的嘴道："又胡说！才这两天身上好些，二奶奶才吃些饭。若是你又闹翻了，我也不管了。"宝玉慢慢的听他两个人说话都有道理，只是心上不知道怎样才好，只得强说道："我却明白，但只是心里闹得慌。"宝钗也不理他，暗叫袭人快把定心丸给他吃了，慢慢的开导他。袭人便欲告诉探春，说临行不必来辞。宝钗道："这怕什么？等消停几日，待他心里明白，还要叫他们多说句话儿呢。况且三姑娘是极明白的人，不像那些假惺惺的人，少不得有一番箴谏，他已后便不是这样了。"正说着，贾母那边打发过鸳鸯来说："知道宝玉旧病又发，叫袭人劝说安慰，叫他不要胡思乱想。"袭人等应了。鸳鸯坐了一会子去了。

那贾母又想起探春远行，虽不备妆奁，其一应动用之物，俱该预备，便把凤姐叫来，将老爷的主意告诉了一遍，即叫他料理去。凤姐答应。不知怎么办理，下回分解。

【注释】

①秋天大审：清代复审各省死刑案件的一种制度。因在每年秋季举行，故名"秋审"。即各省督抚于秋季前，将重犯审判意见分列情实、缓决、可矜、可疑四项，具题上报刑部；八月间，刑部会同大理寺等集中审核，奏请皇帝裁决。（《清会典事例·都察院·秋审·明审》）

②荒信：不确定的或没有证实的消息。

③隔断板：即隔槅，大屋中隔开里外间的板墙。

④腰门：随墙所开的便门。

第一百一回
大观园月夜感幽魂　散花寺神签惊异兆

却说凤姐回至房中，见贾琏尚未回来，便分派那管办探春行妆奁事的一干人。那天已有黄昏以后，因忽然想起探春来，要瞧瞧他去，便叫丰儿与两个丫头跟着，头里一个丫头打着灯笼。走出门来，见月光已上，照耀如水，凤姐便命："打灯笼的回去罢。"因而走至茶房窗下，听见里面有人喊喊喳喳的，又似哭，又似笑，又似议论什么的。凤姐知道不过是家下婆子们，又不知搬什么是非，心内大不受用，便命小红："进去装做无心的样子，细细打听着，用话套出原委来。"小红答应着去了。

凤姐只带着丰儿来至园门前，门尚未关，只虚虚的掩着。于是主仆二人方推门进去，只见园中月色比着外面更觉明朗，满地下重重树影，杳无人声，甚是凄凉寂静。刚欲往秋爽斋这条路来，只听"唿唿"的一声风过，吹的那树枝上落叶，满园中"唰喇喇"的作响，枝梢上"吱娄娄"的发哨，将那些寒鸦宿鸟都惊飞起来。凤姐吃了酒，被风一吹，只觉身上发噤起来①。那丰儿后面也把头一缩，说："好冷！"凤姐也掌不住，便叫丰儿："快回去把那件银鼠坎肩儿拿来，我在三姑娘那里等着。"丰儿巴不得一声，也要回去穿衣裳来，答应了一声，回头就跑了。

凤姐刚举步走了不远，只觉身后"咈咈哧哧"，似有闻嗅之声，不觉头发森然竖了起来。由不得回头一看，只见黑油油一个东西在后面伸着鼻子闻他呢，那两只眼睛恰似灯光一般。凤姐吓的魂不附体，不觉失声的"咳"了一声，却是一只大狗。那狗抽头回身，拖着个扫帚尾巴，一气跑上大土山上，方站住了，回身犹向凤姐拱爪儿。

凤姐儿此时心跳神移，急急的向秋爽斋来，将已来至门口，方转过山子，只见迎面有一个人影儿一恍。凤姐心中疑惑，心里想着必是那一房里的丫头，便问："是谁？"问了两声，并没有人出来，已经吓得神魂飘荡，恍恍忽忽的似乎背后有人说道："婶娘连我也不认得了？"凤姐忙回头一看，只见这人形容俊俏，衣履风流，十分眼熟，只是想不起是那房那屋里的媳妇来。只听那人又说道："婶娘只管享荣华、受富贵的心盛，把我那年说的'立万年永远之基'，都付于东洋大海了。"凤姐听说，低头寻思，总想不起。那人冷笑道："婶娘那时怎样疼我了，如今就忘在九霄云外了。"凤姐听了，此时方想起来是贾蓉的先妻秦氏，便说道："嗳呀！你是死了的人哪，怎么跑到这里来了呢？"啐了一口，方转回身，脚下不防一块石头绊了一跤，犹如梦醒一般，浑身汗如雨下。虽然毛发悚然，心中却也明白，只见小红丰儿影影绰绰的来了。凤姐恐怕落人的褒贬，连忙爬起来，说道："你们做什么呢，去了这半天？快拿来我穿上罢。"一面丰儿走至跟前，伏侍穿上，小红过来搀扶凤姐，凤姐道："我才到那里，他们都睡了，咱们回去罢。"一面说，一面带了两个丫头，急急忙忙回到家中。贾琏已回来了，只是见他脸上神色更变，不似往常，待要问他，又知他素日性格，不敢突然相问，只得睡了。

至次日五更，贾琏就起来要往总理内庭都检点太监裘世安家来打听事务②，因太早了，见桌上有昨日送来的抄报，便拿起来闲看。第一件是云南节度使王忠一本，新获了一起私带神枪火药出边事③，共十八名人犯，头一名鲍音，口称系太师镇国公贾化家人④。第二件苏州刺史李孝一本，参劾纵放家奴，倚势凌辱军民，以致因奸不遂，杀死节妇一家人命三口事。凶犯姓时，名福，自称系世袭三等职衔贾范家人。贾琏看见这两件，心中早又不自在起来，待要看第三件，又恐迟了不能见裘世安的面，因此急急的穿了衣服，也等不得吃东西，恰好平儿端上茶来，喝了两口，便出来骑马走了。平儿在房内收拾换下的衣服。

此时凤姐尚未起来，平儿因说道："今儿夜里我听着奶奶没睡什么觉，我这会子替奶奶捶着，好生打个盹儿罢。"凤姐半日不言语。平儿料着这意思是了，便爬上炕来，坐在身边，轻轻的捶着。才捶了几拳，那凤姐刚有要睡之意，只听那边大姐儿哭了，凤姐又将眼睁开。平儿连向那边叫道："李妈，你到底是怎么着？姐儿哭了，你到底拍着他些。你也忒爱睡了。"那边李妈从梦中惊醒，听得平儿如此说，心中没好气，只得狠命拍了几下，口里嘟嘟哝哝的骂道："真真的小短命鬼儿！放着尸不挺，三更半夜嚎你娘的丧！"一面说，一面咬牙，便向那孩子身上拧了一把。那孩子"哇"的一声大哭起来。凤姐听见，说："了不得！你听听，他该挫磨孩子了⑤。你过去把那黑心的养汉老婆下死劲的打他几下子，把妞妞抱过来罢。"平儿笑道："奶奶别生气，他那里敢挫磨姐儿？只怕是不堤防碰了一下子，也是有的。这会子打他几下子没要紧，明儿叫他们背地里嚼舌根，倒说三更半夜打人。"凤姐听了，半日不言语，长叹一声，说道："你瞧瞧，这会子不是我十旺八旺的呢！明儿我要是死了，剩下这小孽障，还不知怎么样呢！"平儿笑道："奶奶，这怎么说！大五更的，何苦来呢？"凤姐冷笑道："你那里知道？我是早已明白了，我也不久了！虽然活了二十五岁，人家没见的也见了，没吃的也吃了，也算全了，所以世上有的也都有了，气也算赌尽了，强也算争足了；就是'寿'字儿上头缺一点儿，也罢了。"平儿听说，由不的滚下泪来。凤姐笑道："你这会子不用假慈悲，我死了，你们只有欢喜的。你们一心一计和和气气的，省得我是你们眼里的刺是的。只有一件，你们知好歹，只疼我那孩子就是了。"平儿听说这话，越发哭的泪人是的。凤姐笑道："别扯你娘的臊！那里就死了呢？哭的那么痛！我不死还叫你哭死了呢。"平儿听说，连忙止住哭，道："奶奶说得这么伤心。"一面说，一面又捶，半日不言语，凤姐又蒙眬睡去。

平儿方下炕来，要去，只听外面脚步响。谁知贾琏去迟了，那裘世安已经上朝去了，不遇而回，心中正没好气，进来就问平儿道："那些人还没起来呢么？"平儿回说："没有呢。"贾琏一路摔帘子进来，冷笑道："好，好！这会子还都不起来，安心打擂台打撒手儿！"一叠声又要吃茶。平儿忙倒了一碗茶来。原来那些丫头老婆见贾琏出了门，又复睡了，不打谅这会子回来，原不曾预备，平儿便把温过的拿了来。贾琏生气，举起碗来，"哗啷"一声，摔了个粉碎。凤姐惊醒，唬了一身冷汗，"嗳约"一声，睁开眼，只见贾琏气狠狠的坐在傍边，平儿弯着腰拾碗片子呢。凤姐道："你怎么就回来了？"问了一声，半日不答应，只得又问一声。贾琏嚷道："你不要我回来，叫我死在外头罢？"凤姐笑道："这又是何苦来呢？常时我见你不像今儿回来的快，问你一声，也没什么生气的。"贾琏又嚷道："又没遇见，怎么不快回来呢！"凤姐笑道："没有遇见，少不得耐烦些，明儿再去早些儿，自然遇见了。"贾琏嚷道："我可不'吃着自己的饭，替人家赶獐子'呢！我这里一大堆的事，没个动秤儿的⑥；没来由，为人家的事，瞎闹了这些日子，当什么呢？正经那有事的人还在家里受用，死活不知，还听见说要锣鼓喧天的摆酒唱戏做生日呢。我可瞎跑他娘的腿子！"一面说，一面往地下啐了一口，又骂平儿。

　　凤姐听了，气的干咽，要和他分证，想了一想，又忍住了，勉强陪笑道："何苦来生这么大气？大清早起，和我叫喊什么？谁叫你应了人家的事？你既应了，只得耐烦些，少不得替人家办办。也没见这个人自己有为难的事，还有心肠唱戏摆酒的闹。"贾琏道："你可说么！你明儿倒也问问他。"凤姐咤异道："问谁？"贾琏道："问谁！问你哥哥！"凤姐道："是他吗？"贾琏道："可不是他，还有谁呢？"凤姐忙问道："他又有什么事，叫你替他跑？"贾琏道："你还在坛子里呢⑦。"凤姐道："真真这就奇了！我连一个字儿也不知道。"贾琏道："你怎么能知道呢，这个事，连太太和姨太太还不知道呢。头一件，怕太太和姨太太不放心；二则你身上又常嚷不好，所以我在外头压住了，不叫里头知道的。说起来，真真可人恼！你今儿不问我，我也不便告诉你。你打谅你哥哥行事像个人呢，你知道外头人都叫他什么？"凤姐道："叫他什么？"贾琏："你叫他什么，叫他'忘仁'！"凤姐"扑哧"的一笑："他可不叫王仁，叫什么呢？"贾琏道："你打谅那个'王仁'吗？是忘了仁义礼智信的那个'忘仁'哪！"凤姐道："这是什么人这么刻薄嘴儿遭塌人。"贾琏道："不是遭塌他吗！今儿索性告诉你，你也不知道知道你那哥哥的好处，到底知道他给他二叔做生日呵！"凤姐想了一想，道："嗳哟！可是呵，我还忘了问你，二叔不是冬天的生日吗？我记得年年都是宝玉去。前者老爷升了，二叔那边送过戏来，我还偷偷儿的说：'二叔为人是最啬刻的，比不得大舅太爷。他们各自家里还乌眼鸡是的。不么，昨儿大舅太爷没了，你瞧他是个兄弟，他还出了个头儿揽了一事儿吗？'所以那一天说赶他的生日，咱们还他一班子戏，省了亲戚跟前落亏欠。如今这么早就做生日，也不知是什么意思。"贾琏道："你还作梦呢！他一到京，接着舅太爷的首尾就开了一个吊⑧。他怕咱们知道拦他，所以没告诉咱们，弄了好几千银子。后来二舅嗔着他，说他不该一网打尽。他吃不住了，变了个法子，就指着你们二叔的生日撒了个网，想着再弄几个钱，好打点二舅太爷不生气。也不管亲戚朋友冬天夏天的，人家知道不知道，这么丢脸！你知道我起早为什么？这如今因海疆的事情，御史参了一本，说是大舅太爷的亏空，本员已故，应着落其弟王子胜、侄王仁赔补。爷儿两个急了，找了我给他们托人情。我见他们吓的那个样儿，再者，又关系太太和你，我才应了。想着找找总理内庭都检点老裘替办办，或者前任后任挪移挪移，偏又去晚了，他进里头去了。我白起来跑了一趟，他们家里还那里定戏摆酒呢！你说说，叫人生气不生气？"

　　凤姐听了，才知王仁所行如此，但他素性要强护短，听贾琏如此说，便道："凭他怎么样，到底是你的亲大舅儿。再者，这件事，死的大太爷，活的二叔，都感激你。罢了，没什么说的，我们家的事，少不得我低三下四的求你了，省了带累别人受气，背地里骂我！"说着，眼泪早下来了，掀开被窝，一面坐起来，一面挽头发，一面披衣裳。贾琏道："你倒不用这么着，是你哥哥不是人，我并没说你呀。况且我出去了，你身上又不好，我都起来了，他们还睡觉，咱们老辈子有这个规矩么？你如今作'好好先生'，不管事了。我说了一句，你就起来；明儿我要嫌这些人，难道你都替了他们么？好没意思啊！"凤姐听了这些话，才把泪止住了，说道："天呢不早了，我也该起来了。你有么说的，你替他们家在心的办办，那就是你的情分了。再者，也不光为我，就是太太听见也喜欢。"贾琏道："是了，知道了。'大萝卜还用屎浇'⑨？"平儿道："奶奶这么早起来做什么？那一天奶奶不是起来有一定的时候儿呢。爷也不知是那里的邪火，拿着我们出气。何苦来呢！奶奶也算替爷挣够了，那一点儿不是奶奶挡头阵？不是我说，爷把现成儿的也不知吃了多少，这会子替奶奶办了一点子事，就关会着好几层儿呢，就这么拿糖作醋的起来⑩，也不怕人家寒心。况且这也不单是奶奶的事呀！我们起迟了，原该爷生气，左右到底是奴才呀；奶奶跟前，尽着身子累的成了个病包儿了，这是何苦来呢！"说着，自己的眼圈儿也红了。那贾琏本是一肚子闷气，那里见得这一对娇妻美妾，又尖利又柔情的话呢？便笑道："够了，算了罢！他一个人就够使的了，不用你帮着。左右我是外人，多早晚我死了，你们就清净了。"凤姐道："你也别说那个话，谁知道谁怎么样？你不死，我还死呢！早死一天早心净。"说着，又哭起来。平儿只得又劝了一回。

　　那时天已大亮，日影横窗，贾琏也不便再说，站起来出去了。这里凤姐自己起来，正在梳洗，忽见王夫人那边小丫头过来道："太太说了，叫问二奶奶今日过太舅爷那边去不去？要去，说叫二奶奶同着宝二奶奶一路去呢。"凤姐因方才一段话已经灰心丧意，恨娘家不给争气；又兼昨夜园中受了那一惊，也实在没精神，便说道："你先回太太去，我还有一两件事没办清，今日不能去；况且他们那又不是什么正经事。宝二奶奶要去，各自去罢。"小丫头答应着回去回复了，不在话下。

且说凤姐梳了头，换了衣服，想了想，虽然自己不去，也该带个信儿；再者，宝钗还是新媳妇出门子，自然要过去照应照应的。于是见过王夫人，支吾了一件事，便过来到宝玉房中。只见宝玉穿着衣服，歪在炕上，两个眼睛呆呆的看宝钗梳头。凤姐站在门口，还是宝钗一回头看见了，连忙起身让坐。宝玉也爬起来，凤姐才笑嘻嘻的坐下。宝钗因说麝月道："你们瞅着二奶奶进来，也不言语声儿。"麝月笑着道："二奶奶头里进来就摆手儿不叫言语么。"凤姐因向宝玉道："你还不走，等什么呢？没见这么大人了，还是这么小孩子气的。人家各自梳头，你爬在傍边看什么？成日家一块子在屋里，还看不够？也不怕丫头们笑话？"说着，"哧"的一笑，又瞅着他咂嘴儿。宝玉虽也有些不好意思，还不理会。把个宝钗直臊的满脸飞红，又不好听着，又不好说什么。只见袭人端过茶来，只得搭赸着，自己递了一袋烟。凤姐儿笑着站起来接了，道："二妹妹，你别管我们的事，你快穿衣服罢。"

宝玉一面也搭赸着，找这个，弄那个，凤姐道："你先去罢，那里有个爷们等着奶奶们一块儿走的理呢？"宝玉道："我只是嫌我这衣裳不大好，不如前年穿着老太太给的那件'雀金呢'好。"凤姐因怄他道："你为什么不穿？"宝玉道："穿着太早些。"凤姐忽然想起，自悔失言。幸亏宝钗也和王家是内亲，只是那些丫头们跟前，已经不好意思了。袭人却接着说道："二奶奶还不知道呢，就是穿得，他也不穿了。"凤姐儿道："这是什么原故？"袭人道："告诉二奶奶，真真是我们这位爷的行事都是天外飞来的。那一年因二舅太爷的生日，老太太给了他这件衣裳，谁知那一天就烧了。我妈病重了，我没在家。那时候还有晴雯妹妹呢，听见说，病着整给他缝了一夜，第二天，老太太才没瞅出来呢。去年那一天，上学天冷，我叫焙茗拿了去给他披披，谁知这位爷见了这件衣裳，想起晴雯来了，说了总不穿了，叫我给他收一辈子呢。"凤姐不等说完，便道："你提晴雯，可惜了儿的！那孩子模样儿手儿都好，就只嘴头子利害些。偏偏儿的太太不知听了那里的谣言，活活儿的把个小命儿要了。还有一件事，那一天，我瞧见厨房里柳家的女人，他女孩儿叫什么五儿，那丫头长的和晴雯脱了个影儿是的。我心里要叫他进来，后来我问他妈，他妈说是很愿意。我想着宝二爷屋里的小红跟了我去，我还没还他呢，就把五儿补过来。平儿说：'太太那一天说了，凡像那个样儿的都不叫派到宝二爷屋里呢。'我所以也就搁下了。这如今宝二爷也成了家了，还怕什么呢？不如我就叫他进来。可不知宝二爷愿意不愿意？要想着晴雯，只睄见这五儿就是了。"宝玉本要走，听见这些话已呆了。袭人道："为什么不愿意？早就要弄了来的，只是因为太太的话说的结实罢了。"凤姐道："那么着，明儿我就叫他进来。太太的跟前有我呢。"宝玉听了，喜不自胜，才走到贾母那边去了。这里宝钗穿衣服。

凤姐儿看他两口儿这般恩爱缠绵，想起贾琏方才那种光景，好不伤心，坐不住，便起身向宝钗笑道："我和你向太太屋里去罢。"笑着出了房门，一同来见贾母。宝玉正在那里回贾母往舅舅家去。贾母点头说道："去罢，只是少吃酒，早些回来，你身子才好些。"宝玉答应着出来，刚走到院内，又转身回来，向宝钗耳边说了几句不知什么。宝钗笑道："是了，你快去罢。"将宝玉催着去了。这贾母和凤姐宝钗说了没三句话，只见秋纹进来传说："二爷打发焙茗转来说，请二奶奶。"宝钗说道："他又忘了什么，又叫他回来？"秋纹道："我叫小丫头问了焙茗，说是'二爷忘了一句话，二爷叫我回来告诉二奶奶：若是去呢，快些来罢；若不去呢，别在风地里站着'。"说的贾母凤姐并地下站着的众老婆子丫头都笑了。宝钗飞红了脸，把秋纹啐了一口，说道："好个糊涂东西！这也值得这样慌慌张张跑了来说？"秋纹也笑着回去叫小丫头去骂焙茗。那焙茗一面跑着，一面回头说道："二爷把我巴巴的叫下马来，叫回来说的；我若不说，回来对出来，又骂我了。这会子说了，他们又骂我。"那丫头笑着跑回来说了。贾母向宝钗道："你去罢，省的他这么记卦。"说的宝钗站不住，才走了，又被凤姐讴着玩笑，没好意思。

只见散花寺的姑子大了来了，给贾母请安，见过了凤姐，坐着吃茶。贾母因问他："这一向怎么不来？"大了道："因这几日庙中作好事，有几位诰命夫人不时在庙里起坐，所以不得空儿来。今日特来回老祖宗：明儿还有一家作好事，不知老祖宗高兴不高兴？若高兴，也去随喜随喜。"贾母便问："做什么好事？"大了道："前月为王大人府里不干净，见神见鬼的，偏生那太太夜间又看见去世的老爷。因此，昨日在我庙里告诉我，要在散花菩萨跟前许愿烧香，做四十九天的水陆道场，保佑家口安宁，亡者升天，生者获福。所以我不得空儿来请老太太的安。"

却说凤姐素日最厌恶这些事的，自从昨夜见鬼，心中总只是疑疑惑惑的，如今听了大了这些话，不觉把素日的心性改了一半，已有三分信意，便问大了道："这散花菩萨是谁？他怎么就能避邪除鬼呢？"大了见问，便知他有些信意，便说道："奶奶今日问我，让我告诉奶奶知道：这个散花菩萨，来历根基不浅，道行非常。生在西天大树园中，父母打柴为生。养下菩萨来，头长三角，眼横四目，身长三尺，两手拖地。父母说这是妖精，便弃在冰山之后了。谁知这山上有一个得道的老猢狲出来打食，看见菩萨顶上白气冲天，虎狼远避，知道来历非常，便抱回洞中抚养。谁知菩萨带了来的聪慧，禅也会谈，与猢狲天天谈道参禅，说的天花散漫缤纷。至一千年后，飞升了。至今山上犹见谈经之处，天花散漫，所求必灵，时常显圣，救人苦厄。因此世人才盖了庙，塑了像供奉。"凤姐道："这有什么凭据呢？"大了道："奶奶又来搬驳了。一个佛爷可有什么凭据呢？就是撒谎，也不过哄一两个人罢咧，难道古往今来多少明白人都被他哄了不成？奶奶只想，惟有佛家香火历来不绝，他到底是祝国裕民，有些灵验，人才信服。"凤姐听了，大有道理，因道："既这么，我明儿去试试。你庙里可有签？我去求一求。我心里的事，签上批的出？批的出来，我从此就信了。"大了道："我们的签最是灵的，明儿奶奶去求一签就知道了。"贾母道："既这么着，索性等到后日初一，你再去求。"说着，大了吃了茶，到王夫人各房里去请了安，回去不提。

这里凤姐勉强扎挣着，到了初一清早，令人预备了车马，带着平儿并许多奴仆，来至散花寺。大了带了众姑子接了进去，献茶后，便洗手至大殿上焚香。那凤姐儿也无心瞻仰圣像，一秉虔诚，磕了头，举起签筒⑪，默默的将那见鬼之事并身体不安等故，祝告了一回，才摇了三下，只听"唰"的一声，筒中撺出一支签来。于是叩头，拾起一看，只见写着"第三十三签，上上大吉"。大了忙查签簿看时，只见上面写着："王熙凤衣锦还乡⑫。"凤姐一见这几个字，吃一大惊，惊问大了道："古人也有叫王熙凤的么？"大了笑道："奶奶最是通今博古的，难道汉朝的王熙凤求官的这一段事也不晓得？"周瑞家的在旁笑道："前年李先儿还说这一回书的。我们还告诉他重着奶奶的名字，不要叫呢。"凤姐笑道："可是呢，我倒忘了。"说着，又瞧底下的，写的是：

> 去国离乡二十年，于今衣锦返家园。蜂采百花成蜜后，为谁辛苦为谁甜⑬？

> 　　行人至。　　音信迟。　　讼宜和。　　婚再议。

看完也不甚明白。大了道："奶奶大喜，这一签巧得很。奶奶自幼在这里长大，何曾回南京去了？如今老爷放了外任，或者接家眷来，顺便还家，奶奶可不是'衣锦还乡'了？"一面说，一面抄了个签经交与丫头⑭。凤姐也半疑半信的。大了摆了斋来，凤姐只动了一动，放下了要走，又给了香银。大了苦留不住，只得让他走了。凤姐回至家中，见了贾母王夫人等，问起签来，命人一解，都欢喜非常："或者老爷果有此心，咱们走一趟也好！"凤姐儿见人人这么说，也就信了，不在话下。

却说宝玉这一日正睡午觉，醒来不见宝钗，正要问时，只见宝钗进来。宝玉问道："那里去了，半日不见？"宝钗笑道："我给凤姐姐瞧一回签。"宝玉听说，便问是怎么样的。宝钗把签帖念了一回，又道："家中人人都说好的，据我看，这'衣锦还乡'四字里头，还有原故。后来再睄罢了。"宝玉道："你又多疑了，妄解圣意。'衣锦还乡'四字，从古至今都知道是好的，今儿你又偏生看出缘故来了。依你说，这'衣锦还乡'还有什么别的解说？"宝钗正要解说，只见王夫人那边打发丫头过来请二奶奶，宝钗立刻过去。未知何事，下回分解。

【注释】

①发噤（jìn）：即打寒噤，因冷或受惊而身上发抖。

②总理内庭都检点太监：意即总管太监。清代称总管太监为"宫殿监督领侍"。这里是作者虚拟的官名。

③神枪：用火药发射的一种枪，明清时称为"神枪"。

④太师：官名。古三公之一，西周始置。《尚书·周官》："立太师、太傅、太保，兹惟三公，论道经邦，燮理阴阳。官不必备，惟其人。"秦废，汉复置。至明清，多以朝臣兼任，成为一种虚衔。

⑤挫磨：折磨，虐待。

⑥动秤儿的：实际干事的人。

⑦在坛子里：蒙在鼓里、被蒙蔽的意思。

⑧首尾：这里是"关系"的意思。

⑨"大萝卜"句：俗语。"浇"和"教"谐音。意思是高明的人不用愚笨的人来指教。

⑩拿糖作醋：摆架子，装腔作势。

⑪签筒：卜具。旧时寺庙中将竹片编号贮于筒中，以供迷信者抽之向神佛问事吉凶。

⑫衣锦还乡：富贵后回到故乡。这里暗示王熙凤尸返金陵的结局。

⑬"蜂采"二句：唐罗隐《蜂》诗里的句子。蜂采，原作"采得"。

⑭签经：这里意同"签诗"。旧时以竹签为卜具，编号贮筒中，另以纸条书写诗语，迷信者抽签，依号察诗，根据诗意附会人事，以决吉凶，其诗谓之"签诗"。

第一百二回
宁国府骨肉病灾褉^①　大观园符水驱妖孽

话说王夫人打发人来唤宝钗，宝钗连忙过来请了安。王夫人道："你三妹妹如今要出嫁了，只得你们作嫂子的大家开导开导他，也是你们姊妹之情。况且他也是个明白孩子，我看你们两个也很合的来。只是我听见说，宝玉听见他三妹妹出门子，哭的了不的。你也该劝劝他。如今我的身子是十病九痛的，你二嫂子也是三日好两日不好。你还心地明白些，诸事也别说只管吞着^②，不肯得罪人。将来这一番家事，都是你的担子。"宝钗答应着。王夫人又说道："还有一件事，你二嫂子昨儿带了柳家媳妇的丫头来，说补在你们屋里。"宝钗道："今日平儿才带过来，说是太太和二奶奶的主意。"王夫人道："是呦，你二嫂子和我说，我想也没要紧，不便驳他的回。只是一件，我见那孩子眉眼儿上头也不是个很安顿的。起先为宝玉房里的丫头狐狸是的，我撵了几个，那时候你也知道，不然你怎么搬回家去了呢。如今有你，自然不比先前了。我告诉你，不过留点神儿就是了。你们屋里，就是袭人那孩子还可以使得。"宝钗答应了，又说了几句话，便过来了。饭后到了探春那边，自有一番殷勤劝慰之言，不必细说。

次日，探春将要起身，又来辞宝玉。宝玉自然难割难分。探春便将纲常大体的话说的宝玉始而低头不语^③，后来转悲作喜，似有醒悟之意。于是探春放心辞别众人，竟上轿登程，水舟陆车而去。

先前众姊妹们都住在大观园中，后来贾妃薨后，也不修茸。到了宝玉娶亲，林黛玉一死，史湘云回去，宝琴在家住着，园中人少，况兼天气寒冷，李纨姊妹、探春、惜春等俱挪回旧所。到了花朝月夕，依旧相约玩耍。如今探春一去，宝玉病后不出屋门，益发没有高兴的人了。所以园中寂寞，只有几家看园的人住着。那日，尤氏过来送探春起身，因天晚省得套车，便从前年在园里开通宁府的那个便门里走过去了，觉得凄凉满目，台榭依然，女墙一带都种作园地一般④，心中怅然如有所失。因到家中，便有些身上发热，扎挣一两天，竟躺倒了。日间的发烧犹可，夜里身热异常，便谵语绵绵⑤。贾珍连忙请了大夫看视，说感冒起的，如今缠经入了足阳明胃经⑥，所以谵语不清，如有所见，有了大秽⑦，即可身安。

　　尤氏服了两剂，并不稍减，更加发起狂来。贾珍着急，便叫贾蓉来："打听外头有好医生，再请几位来瞧瞧。"贾蓉回道："前儿这位太医是最兴时的了，只怕我母亲的病不是药治得好的。"贾珍道："胡说！不吃药，难道由他去罢？"贾蓉道："不是说不治，为的是前日母亲往西府去，回来是穿着园子里走来家的。一到了家，就身上发烧，别是撞客着了罢。外头有个毛半仙，是南方人，卦起的很灵，不如请他来占卦占卦。看有信儿呢，就依着他；要是不中用，再请别的好大夫来。"贾珍听了，即刻叫人请来，坐在书房内喝了茶，便说："府上叫我，不知占什么事？"贾蓉道："家母有病，请教一卦。"毛半仙道："既如此，取净水洗手，设下香案，让我起出一课来看就是了⑧。"一时，下人安排定了，他便怀里掏出卦筒来，走到上头，恭恭敬敬的作了一个揖，手内摇着卦筒，口里念道："伏以太极两仪⑨，絪缊交感⑩，图书出而变化不穷⑪，神圣作而诚求必应。兹有信官贾某⑫，为因母病，虔请伏羲、文王、周公、孔子四大圣人⑬，鉴临在上，诚感则灵，有凶报凶，有吉报吉。先请内象三爻⑭。"说着，将筒内的钱倒在盘内，说："有灵的，头一爻就是'交'。"拿起来又摇了一摇，倒出来，说是"单"。第三爻又是"交"。检起钱来，嘴里说是："内爻已示，更请外象三爻，完成一卦。"起出来，是"单拆单"。那毛半仙收了卦筒和铜钱，便坐下问道："请坐，请坐，让我来细细的看看。这个卦乃是'未济'之卦⑮。世爻是第三爻，午火兄弟劫财，晦气是一定该有的。如今尊驾为母问病，用神是初爻，真是父母爻动出官鬼来。五爻上又有一层官鬼。我看令堂太夫人的病是不轻的。还好，还好，如今子亥之水休囚，寅木动而生火。世爻上动出一个子孙来，倒是克鬼的。况且日月生身，再隔两日，子水官鬼落空，交到戌日就好了。但是父母爻上变鬼，恐怕令尊大人也有些关碍。就是本身世爻，比劫过重，到了水旺土衰的日子，也不好。"说完了，便撅着胡子坐着。

贾蓉起先听他捣鬼，心里忍不住要笑；听他讲的卦理明白，又说生怕父亲也不好，便说道："卦是极高明的，但不知我母亲到底是什么病？"毛半仙道："据这卦上，世爻午火变水相克，必是寒火凝结。若要断得清楚，揲著也不大明白⑯，除非用'大六壬'才断的准⑰。"贾蓉道："先生都高明的么？"毛半仙道："知道些。"贾蓉便要请教，报了一个时辰。毛先生便画了盘子，将神将排定算去，是戌上白虎⑱，"这课叫做'魄化课'。大凡白虎乃是凶将，乘旺象气受制，便不能为害。如今乘着死神死煞，及时令囚死，则为饿虎，定是伤人。就如魄神受惊消散，故名'魄化'。这课象说是人身丧鬼，忧患相仍，病多丧死，讼有忧惊。按象有日墓虎临，必定是傍晚得病的。象内说：'凡占此课，必定旧宅有伏虎作怪，或有形响。'如今尊驾为大人而占，正合着虎在阳忧男，在阴忧女。此课十分凶险呢。"贾蓉没有听完，唬得面上失色道："先生说得很是。但与那卦又不大相合，到底有妨碍么？"毛半仙道："你不用慌，待我慢慢的再看。"低着头又咕哝了一会子，便说："好了，有救星了！算出巳上有贵神救解，谓之'魄化魂归'。先忧后喜，是不妨事的；只要小心些就是了。"

贾蓉奉上卦金，送了出去；回禀贾珍，说是："母亲的病，是在旧宅傍晚得的，为撞着什么'伏尸白虎'。"贾珍道："你说你母亲前日从园里走回来的，可不是那里撞着的。你还记得你二婶娘到园里去，回来就病了？他虽没有见什么，后来那些丫头老婆们，都说是山子上一个毛烘烘的东西，眼睛有灯笼大，还会说话，把他二奶奶赶了回来，唬出一场病来。"贾蓉道："怎么不记得！

我还听见宝二叔家的焙茗说，晴雯做了园里芙蓉花的神了；林姑娘死了，半空里有音乐，必定他也是管什么花儿了。想这许多妖怪在园里，还了得！头里人多阳气重，常来常往不打紧；如今冷落的时候，母亲打那里走，还不知踹了什么花儿呢，不然，就是撞着那一个。那卦也还算是准的。"贾珍道："到底说有妨碍没有呢？"贾蓉道："据他说，到了戌日就好了。只愿早两天好，或除两天才好。"贾珍道："这又是什么意思？"贾蓉道："那先生若是这样准，生怕老爷也有些不自在⑩。"

正说着，里头喊说："奶奶要坐起到那边园里去，丫头们都按捺不住。"贾珍等进去安慰定了，只闻尤氏嘴里乱说："穿红的来叫我，穿绿的来赶我！"地下这些人又怕又好笑。贾珍便命人买些纸钱，送到园里烧化。果然那夜出了汗，便安静些。到了戌日，也就渐渐的好起来。

由是，一人传十，十人传百，都说大观园中有了妖怪，唬得那些看园的人也不修花补树，灌溉果蔬。起先晚上不敢行走，以致鸟兽逼人，甚至日里也是约伴持械而行。过了些时，果然贾珍也病，竟不请医调治，轻则到园化纸许愿，重则详星拜斗。贾珍方好，贾蓉等相继而病。如此接连数月，闹的两府俱怕。从此风声鹤唳，草木皆妖。园中出息一概全蠲，各房月例重新添起，反弄的荣府中更加拮据。那些看园的没有了想头，个个要离此处，每每造言生事，便将花妖树怪编派起来，各要搬出，将园门封固，再无人敢到园中。以致崇楼高阁，琼馆瑶台，皆为禽兽所栖。

却说晴雯的表兄吴贵正住在园门口。他媳妇自从晴雯死后，听见说作了花神，每日晚间便不敢出门。这一日，吴贵出门买东西，回来晚了。那媳妇子本有些感冒着了，日间吃错了药，晚上吴贵到家，已死在炕上。外面的人因那媳妇子不妥当，便都说妖怪爬过墙吸了精去死的。于是老太太着急的了不得，另派了好些人将宝玉的住房围住，巡逻打更。这些小丫头们还说，有的看见红脸的，有的看见很俊的女人的，吵嚷不休，唬的宝玉天天害怕。

亏得宝钗有把持，听得丫头们混说，便唬吓着要打，所以那些谣言略好些。无奈各房的人都是疑人疑鬼的不安静，也添了人坐更，于是更加了好些食用。独有贾赦不大很信，说："好好园子，那里有什么鬼怪！"挑了个风清日暖的日子，带了好几个家人，手内持着器械，到园踹看动静。众人劝他不依。到了园中，果然阴气逼人。贾赦还扎挣前走，跟的人都探头缩脑。内中有个年轻的家人，心内已经害怕，只听"嗯"的一声，回过头来，只见五色灿烂的一件东西跳过去了，唬得"嗳哟"一声，腿子发软，就躺倒了。贾赦回身查问，那小子喘嘘嘘的回道："亲眼看见一个黄脸红须绿衣青裳一个妖怪走到树林子后头山窟窿里去了。"贾赦听了，便也有些胆怯，问道："你们都看见么？"有几个"推顺水船儿"的回说："怎么没瞧见？因老爷在头里，不敢惊动罢了。奴才们还掌得住。"说得贾赦害怕，也不敢再走，急急的回来，吩咐小子们："不要提及，只说看遍了，没有什么东西。"心里实也相信，要到真人府里请法官驱邪⑳。岂知那些家人无事还要生事，今见贾赦怕了，不但不瞒着，反添些穿凿，说得人人吐舌。

贾赦没法，只得请道士到园作法事，驱邪逐妖。择吉日，先在省亲正殿上铺排起坛场，上供三清圣像，旁设二十八宿并马、赵、温、周四大将㉑，下排三十六天将图像㉒。香花灯烛设满一堂，钟鼓法器排两边，插着五方旗号㉓。道纪司派定四十九位道众的执事，净了一天的坛。三位法官行香取水毕，然后擂起法鼓。法师们俱戴上七星冠，披上九宫八卦的法衣㉔，踏着登云履，手执牙笏，便拜表请圣。又念了一天的消灾邪的接福的《洞元经》㉕，以后便出榜召将。榜上大书"太乙、混元、上清三境灵宝符箓演教大法师㉖，行文敕令本境诸神到坛听用"。那日，两府上下爷们仗着法师擒妖，都到园中观看，都说："好大法令！呼神遣将的闹起来，不管有多少妖怪也唬跑了。"大家都挤到坛前。只见小道士们将旗幡举起，按定五方站住，伺候法师号令。三位法师，一位手提宝剑，拿着法水㉗；一位捧着七星皂旗；一位举着桃木打妖鞭⑧：立在坛前。只听法器一停，上头令牌三下，口中念念有词，那五方旗便团团散布。法师下坛，叫本家领着到各处楼阁殿亭，房廊屋舍，山崖水畔，洒了法水，将剑指画了一回。回来连击令牌，将七星旗祭起，众道士将旗幡一聚，接下打妖鞭望空打了三下。本家众人都道拿住妖怪，争着要看，及到跟前，并不见有什么形响。只见法师叫众道士拿取瓶罐，将妖收下，加上封条，法师朱笔书符收起，令人带回在本观塔下镇住，一面撤坛谢将。贾赦恭敬叩谢了法师。

　　贾蓉等小弟兄背地都笑个不住，说："这样的大排场，我打量拿着妖怪给我们瞧瞧，到底是些什么东西，那里知道是这样收罗，究竟妖怪拿去了没有？"贾珍听见，骂道："糊涂东西！妖怪原是聚则成形，散则成气，如今多少神将在这里，还敢现形吗？无非把这妖气收了，便不作祟，就是法力了。"众人将信将疑，且等不见响动再说。

　　那些下人只知妖怪被擒，疑心去了，便不大惊小怪，往后果然没人提起了。贾珍等病愈复原，都道法师神力。独有一个小子笑说道："头里那些响动，我也不知道。就是跟着大老爷进园这一日，明明是个大公野鸡飞过去了，拴儿吓离了眼，说得活像。我们都替他圆了个谎，大老爷就认真起来。倒瞧了个很热闹的坛场。"众人虽然听见，那里肯信，究无人住。

　　一日，贾赦无事，正想要叫几个家下人搬住园中看守书屋，惟恐夜晚藏匿奸人。方欲传出话去，只见贾琏进来，请了安，回说："今日到他大舅家去，听见一个荒信，说是二叔被节度使参进来，为的是失察属员，重征粮米，请旨革职的事。"贾赦听了，吃惊道："只怕是谣言罢？前儿你二叔带书子来，说探春于某日到了任所，择了某日吉时，送了你妹子到了海疆，路上风恬浪静，合家不必挂念。还说节度认亲，倒设席贺喜。那里有做了亲戚倒提参起来的？且不必言语，快到吏部打听明白，就来回我。"

贾琏即刻出去，不到半日回来，便说："才到吏部打听，果然二叔被参。题本上去，亏得皇上的恩典，没有交部，便下旨意，说是：'失察属员，重征粮米，苛虐百姓，本应革职，姑念初膺外任，不谙吏治，被属员蒙蔽，着降三级，加恩仍以工部员外上行走⑳，并令即日回京。'这信是准的。正在吏部说话的时候，来了一个江西引见知县，说起我们二叔是很感激的。但说是个好上司，只是用人不当，那些家人在外招摇撞骗，欺凌属员，已经把好名声都弄坏了。节度大人早已知道，也说我们二叔是个好人。不知怎么样，这回又参了。想是夫闹得不好，恐将来弄出大祸，所以借了一件失察的事情参的，倒是避重就轻的意思，也未可知。"贾赦未听说完，便叫贾琏："先去告诉你婶子知道，且不必告诉老太太就是了。"贾琏去回王夫人。未知有何话说，下回分解。

【注释】

①灾襫（jìn）：即所谓妖气造成的祸害。襫，妖气。《左传》昭公十五年："吾见赤黑之襫，非祭祥也，丧氛也。"晋杜预注："襫，妖氛也。"

②吞着：咽着，忍着。

③纲常：指三纲五常。三纲谓君臣、父子、夫妇之道。五常谓五种封建伦理道德。《尚书·泰誓下》："狎侮五常。"唐孔颖达疏："五常即五典，谓父义，母慈，兄友，弟恭，子孝；五者，人之常行。"

④女墙：本指城墙上的矮墙。女，"小"的意思。这里指短墙。清李渔《闲情偶寄》卷九"女墙"："凡户以内之及肩小墙，皆可以此名之。盖女者，妇人未嫁之称，不过言其纤小。……至于墙上嵌花或露孔，使内外得以相视，如近时园圃所筑者，益可名为女墙，盖仿睥睨之制而成者也。其法穷奇极巧，如《园冶》所载诸式，殆无遗义矣。"

⑤谵（zhān）语：即"谵言"，指病人神志不清时的胡言乱语，多见于急性热病。《素问·热论》："身热不欲食，谵言。"唐王冰注："谵言，谓妄谬而不次也。"

⑥足阳明胃经：中医学名词，人体十二经络之一。原称胃足阳明之脉，也称"胃脉"。出《灵枢·经脉》。主要分布于头面及内脏的胃、脾等部位。

⑦大秽：即大便。

⑧起出一课：起课，即占课，迷信占卜法之一。以摇动铜钱看正反面或掐指算干支，推断吉凶。其术有六壬课、文王课等。课，卜兆。

⑨太极两仪：《周易·系辞上》："易有太极，是生两仪，两仪生四象，四象生八卦。"唐孔颖达疏："太极，谓天地未分之前，元气混而为一，即太初、太一也……不言天地而言两仪者，指其物体；下与四象相对，故曰两仪，谓两体容仪也。"太极，古代指天地未分、元气混一的状态。两仪，即天和地。

⑩绸缊（yīn yūn）交感：意谓天地两气相互作用、相互感应。

⑪图书：指河图、洛书。《周易·系辞上》："河出图，洛出书，圣人则之。"传说伏羲氏时，有龙马从黄河出现，背负"河图"；有神龟从洛水出现，背负"洛书"。伏羲根据这种"图""书"画成八卦。

⑫信官：意即"虔诚的先生"。这是算卦人对问卦人的尊称。信，本佛教名词，指对佛理坚信不疑。

⑬伏羲：远古传说中人物，"三皇"之一。相传伏羲画"八卦"，文王作"卦辞"，周公作"爻辞"，孔子作"十翼"，合起来就是《周易》这部书。

⑭内象三爻：占卜术语。象，象征。《周易》用卦爻等符号表示自然变化和人事休咎，称之为象。《系辞下》："是故易者，象也。象也者，像也。"爻，构成《易》卦的基本符号，卦的变化取决于爻的变化，故爻表示交错和变动的意义。《系辞上》："爻者，言乎变者也。"传说周文王曾就伏羲所画的八卦推演为六爻卦，因卦而起课，俗称"文王课"。即占卜时，占者焚香祷祝，以制钱三枚放进有盖的竹筒或龟壳内，以烟熏之，摇动数次，把钱倒出，看其"单拆重交"。钱凡两背一面者为"拆"，一背两面者为"单"，三背者为"重"，三面者为"交"，如此摇倒一次，是为一爻。这样进行六次，即成六爻之卦。前三爻叫"内象"，后三爻叫"外象"，合成一卦。六爻之旁附有

"子""寅""辰""午""申""戌"等字，中间的六爻是卦，旁边的六字是课，以此推断所谓吉凶祸福。

⑮未济：六十四卦之一。卦象为离上坎下，火在水上，火不能烧水，水不能灭火，不能相互发生作用，故称"未济"。

⑯揲蓍（shé shī）：占卜的一种方法。揲，更迭数蓍草，按一定规则分成组，以卜吉凶。蓍，蓍草，多年生直立草本植物，古人常用蓍茎进行占卜。

⑰大六壬：占卜的一种。五行以水为首，十天干中，壬、癸皆属水，壬为阳水，癸为阴水，舍阴取阳，故名"壬"。六十甲子中，壬有六个，故名"六壬"。六壬共有七百二十课，一般总括为六十四种课体，用以占卜吉凶。其法为用刻有干支的两木盘（上名天盘，下名地盘），在同一中轴上相叠合，验其上下所合的干支及时表，以定祸福。

⑱白虎：旧时以为凶神。《协纪辨方书·义例一》引《人元秘枢经》："白虎者，岁中凶神也。常居岁后四辰。所居之地，犯之，主有丧服之灾。切宜慎之。"

⑲不自在：这里指灾病。

⑳真人府：指道教真人居住的府第。道家称修真得道之人为"真人"。三国魏曹植《飞龙篇》："我知真人，长跪问道。"一些道教的代表人物，也曾屡次被封建帝王封为"真人"。

㉑二十八宿：本为古代天文学术语，指二十八个星座，分布在东南西北四方。后宗教视之为神明。马、赵、温、周：亦写作"马、赵、温、关"。或指天宫守护南天门的神将。《西游记》第十六回："好行者，一个斤斗跳上南天门里，吓得个庞、刘、苟、毕躬身，马、赵、温、关控背。"或指道教的四大护法神。《后西游记》第二回写小石猴到青龙山参同观求悟真祖师学仙，但见"三清上供太乙天尊，四将旁分温、关、马、赵"。也称"马、赵、温、关四大元帅"。《金瓶梅》第三十九回写西门庆玉皇庙打醮，其符命有云："此一张请正法马、赵、温、关四大元帅，崔、卢、窦、邓四大天君，监临坛监门。"

㉒三十六天将：道教称神仙所居的天界有三十六重，每一重都有得道的天神统辖。

㉓五方旗号：用五种颜色分别表示五个方位的旗子。古时以东西南北中为五方，以青黄赤白黑为五正色。各色配以方位，东方青、西方白、南方赤、北方黑、中央黄。旗号，旗子表示的名号。

㉔九宫八卦的法衣：上面绘有九宫八卦图形的法衣。九宫，东汉以前《易》纬家以离、艮、兑、乾、巽、震、坤、坎八卦之宫，加上中央，合为九宫。（见《后汉书·张衡传》注）八卦，《周易》中的八种基本图形，由阴（﹣﹣）阳（﹣）两种线形组成。相传为伏羲氏所创。《易传》作者认为八卦主要象征天、地、雷、风、水、火、山、泽八种自然现象。八卦最初是上古人们记事的符号，后被用作卜筮符号。道教经籍也吸收阴阳八卦思想以衍经义，特别用以指导修炼内外丹。法衣，《翻译名义集》卷七："僧衣，即袈裟也。依律所规定而制者，故名法衣。"这里指和尚道士在举行宗教仪式时所穿的一种衣服。

㉕《洞元经》：道教经名。即《洞玄经》，通称《元始无量度人上品妙经》，全称《太上洞玄灵宝无量度人上品妙经》，亦称《度人经》。相传为三国时葛玄所传出。原为一卷，后衍为六十一卷。内容主要是宣扬元始天尊"开劫度人"的迷信说教。

㉖太乙、混元：道教所奉祀的两位尊神。太乙，亦作"太一""大一""泰乙"。《隋书·经籍志》载，道士每在"夜中于星辰之下，陈设酒脯饼饵币物，历祀天皇太乙，祀五星列宿"。《真灵位业图》所列第一神阶之右位中，有玉天太一君、太一玉君，称他们皆居玉清境，得策命学道，号令群真。混元，指太上老君。宋真宗曾崇奉太上老君为"混元上德皇帝"。宋谢守灏编有《混元圣纪》一书，"论太上老君乃大道之宗祖，三才之根本"。

㉗法水：佛教认为佛法能洗涤人们心中的尘垢烦恼，像水能洗净污垢一样，故称"法水"。方术之士用水除邪治病，也谓之"法水"。

㉘桃木打妖鞭：用桃木削制成的所谓神鞭。桃木，也称"仙木"。古时迷信，以为鬼畏桃树。

㉙行走：凡有本来官职而受派到其他机构办事，称在某处或某官上行走。清制，凡不设专官的机构和非专任的官职，都叫"行走"。《清会典·吏部》："有行走，以供其职。"

第一百三回

施毒计金桂自焚身　昧真禅雨村空遇旧

　　话说贾琏到了王夫人那边，一一的说了。次日，到了部里，打点停妥，回来又到王夫人那边将打点吏部之事告知。王夫人便道："打听准了么？果然这样，老爷也愿意，合家也放心。那外任是何尝做得的？若不是这样的参回来，只怕叫那些混账东西把老爷的性命都坑了呢！"贾琏道："太太那里知道？"王夫人道："自从你二叔放了外任，并没有一个钱拿回来，把家里的倒掏摸了好些去了。你瞧，那些跟老爷去的人，他男人在外头不多几时，那些小老婆子们便金头银面的妆扮起来了，可不是在外头瞒着老爷弄钱？你叔叔便由着他们闹去。要弄出事来，不但自己的官做不成，只怕连祖上的官也要抹掉了呢。"贾琏道："婶子说得很是。方才我听见参了，吓的了不得，直等打听明白才放心。也愿意老爷做个京官，安安逸逸的做几年，才保得住一辈子的声名。就是老太太知道了，倒也是放心的。只要太太说得宽缓些。"王夫人道："我知道，你到底再去打听打听。"

　　贾琏答应了，才要出来，只见薛姨妈家的老婆子慌慌张张的走来，到王夫人里间屋内，也没说请安，便道："我们太太叫我来告诉这里的姨太太说，我们家了不得了，又闹出事来了！"王夫人听了，便问："闹出什么事来？"那婆子又说："了不得，了不得！"王夫人哼道："糊涂东西！有紧要事，你到底说啊！"婆子便说："我们家二爷不在家，一个男人也没有，这件事情出来，怎么办！要求太太打发几位爷们去料理料理。"王夫人听着不懂，便着急道："究竟要爷们去干什么事？"婆子道："我们大奶奶死了。"王夫人听了，便啐道："这种女人死了罢咧，也值得大惊小怪的！"婆子道："不是好好儿死的，是混闹死的。快求太太打发人去办办。"说着就要走。王夫人又生气，又好笑，说："这婆子好混账！琏哥儿，倒不如你过去瞧瞧，别理那糊涂东西。"那婆子没听见打发人去，只听见说"别理他"，他便赌气跑回去了。

　　这里薛姨妈正在着急，再等不来。好容易见那婆子来了，便问："姨太太打发谁来？"婆子叹说道："人最不要有急难事。什么好亲好眷，看来也不中用。姨太太不但不肯照应我们，倒骂我糊涂。"薛姨妈听了，又气又急道："姨太太不管，你姑奶奶怎么说了？"婆子道："姨太太既不管，我们家的姑奶奶自然更不管了，没有去告诉。"薛姨妈啐道："姨太太是外人，姑娘是我养的，怎么不管？"婆子一时省悟道："是啊，怎么着我还去。"

　　正说着，只见贾琏来了，给薛姨妈请了安，道了恼，回说："我姊子知道弟妇死了，问老婆子，再说不明，着急得很，打发我来问个明白，还叫我在这里料理。该怎么样，姨太太只管说了办去。"薛姨妈本来气得干哭，听见贾琏的话，便笑着说："倒要二爷费心。我说姨太太是待我最好的，都是这老货说不清，几乎误了事。请二爷坐下，等我慢慢的告诉你。"便说："不为别的事，为的是媳妇不是好死的。"贾琏道："想是为兄弟犯事，怨命死的？"薛姨妈道："若这样倒好了。前几个月头里，他天天蓬头赤脚的疯闹。后来听见你兄弟问了死罪，他虽哭了一场，以后倒擦胭抹粉的起来。我若说他，又要吵个了不得，我总不理他。有一天，不知怎么样来要香菱去作伴。我说：'你放着宝蟾，还要香菱做什么？况且香菱是你不爱的，何苦招气生？'他必不依。我没法儿，便叫香菱到他屋里去。可怜这香菱不敢违我的话，带着病就去了。谁知道他待香菱很好，我倒喜欢，你大妹妹知道了，说：'只怕不是好心罢。'我也不理会。头几天香菱病着，他倒亲手去做汤给他吃。谁知香菱没福，刚端到跟前，他自己烫了手，连碗都砸了。我只说必要迁怒在香菱身上，他倒没生气，自己还拿笤帚扫了，拿水泼净了地，仍旧两个人很好。昨儿晚上，又叫宝蟾去做了两碗汤来，自己说同香菱一块儿喝。隔了一回，听见他屋里两只脚蹬响，宝蟾急的乱嚷，以后香菱也嚷着，扶着墙出来叫人。我忙着看去，只见媳妇鼻子眼睛里都流出血来，在地下乱滚，两只手在心口乱抓，两脚乱蹬，把我就吓死了。问他也说不出来，只管直嚷，闹了一回就死了。我睄那光景是服了毒的。宝蟾就哭着来揪香菱，说他把药药死了奶奶了。我看香菱也不是这么样的人。再者，他病的起还起不来，怎么能药人呢？无奈宝蟾一口咬定。我的二爷，这叫我怎么办？只得硬着心肠，叫老婆子们把香菱捆了，交给宝蟾，便把房门反扣了。我同你二妹妹守了一夜，等府里的门开了，才告诉去的。二爷，你是明白人，这件事怎么好？"贾琏道："夏家知道了没有？"薛姨妈道："也得撕撸明白了，才好报啊。"贾琏道："据我看起来，必要经官才了得下来。我们自然疑在宝蟾身上，别人便说宝蟾为什么药死他奶奶，也是没答对的，若说在香菱身上，竟还装得上。"

　　正说着，只见荣府女人们进来说："我们二奶奶来了。"贾琏虽是大伯子，因从小儿见的，也不回避。宝钗进来见了母亲，又见了贾琏，便往里间屋里同宝琴坐下。薛姨妈也将前事告诉一遍。宝钗便说："若把香菱捆了，可不是我们也说是香菱药死的了么？妈妈说这汤是宝蟾做的，就该捆起宝蟾来问他呀。一面便该打发人报夏家去，一面报官的是。"薛姨妈听见有理，便问贾琏。贾琏道："二妹子说得很是。报官还得我去托了刑部里的人。相验问口供的时候，有照应得。只是要捆宝蟾放香菱，倒怕难些。"薛姨妈道："并不是我要捆香菱，我恐怕香菱病中受冤着急，一时寻死，又添了一条人命，才捆了交给宝蟾，也是一个主意。"贾琏道："虽是这么说，我们倒帮了宝蟾了。若要放都放，要捆都捆，他们三个人是一处的。只要叫人安慰香菱就是了。"薛姨妈便叫人开门进去，宝钗就派了带来几个女人帮着捆宝蟾。只见香菱已哭得死去活来，宝蟾反得意洋洋。以后见人要捆他，便乱嚷起来。那禁得荣府的人吆喝着，也就捆了，竟开着门，好叫人看着。

　　这里报夏家的人已经去了。那夏家先前不住在京里，因近年消索，又记挂女儿，新近搬进京来。父亲已没，只有母亲，又过继了一个混账儿子，把家业都花完了，不时的常到薛家。那金桂原是个水性人儿，那里守得住空房，况兼天天心里想念薛蝌，便有些饥不择食的光景。无奈他这一干兄弟又是个蠢货，虽也有些知觉，只是尚未入港，所以金桂时常回去，也帮贴他些银钱。这些时正盼金桂回家，只见薛家的人来，心里就想："又拿什么东西来了。"不料说这里姑娘服毒死了，他便气得乱嚷乱叫。金桂的母亲听见了，更哭喊起来，说："好端端的女孩儿在他家，为什么服了毒呢？"哭着喊着的，带了儿子，也等不的雇车，便要走来。那夏家本是买卖人家，如今没了钱，那顾什么脸面，儿子头里就走，他跟了一个破老婆子出了门，在街上啼啼哭哭的雇了一辆破车，便跑到薛家。进门也不搭话，就"儿"一声"肉"一声的要讨人命。

　　那时贾琏到刑部托人，家里只有薛姨妈、宝钗、宝琴，何曾见过个阵仗，都吓得不敢则声。便要与他讲理，他们也不听，只说："我女孩儿在你家，得过什么好处？两口朝打暮骂，闹了几时，还不容他两口子在一处。你们商量着把女婿弄在监里，永不见面。你们娘儿们仗着好亲戚受用也罢了，还嫌他碍眼，叫人药死了他，倒说是服毒！他为什么服毒？"说着，直奔着薛姨妈来。薛姨妈只得退后，说："亲家太太，且瞧瞧你女儿，问问宝蟾，再说歪话不迟。"宝钗宝琴因外面有夏家的儿子，难以出来拦护，只在里边着急。

　　恰好王夫人打发周瑞家的照看，一进门来，见一个老婆子指着薛姨妈的脸哭骂。周瑞家的知道必是金桂的母亲，便走上来说："这位是亲家太太么？大奶奶自己服毒死的，与我们姨太太什么相干？也不犯这么遭塌呀！"那金桂的母亲问："你是谁？"薛姨妈见有了人，胆子略壮了些，便说："这就是我亲戚贾府里的。"金桂的母亲便说："谁不知道你们有仗腰子的亲戚，才能够叫姑爷坐在监里。如今我的女孩儿倒白死了不成？”说着，便拉薛姨妈说：“你到底把我女儿怎样弄杀了？给我瞧瞧！”周瑞家的一面劝说：“只管瞧瞧，用不着拉拉扯扯。”便把手一推。夏家的儿子便跑进来不依，道：“你仗着府里的势头儿来打我母亲么？”说着，便将椅子打去，却没有打着。里头跟宝钗的人听见外头闹起来，赶着来瞧，恐怕周瑞家的吃亏，齐打伙的上去，半劝半喝，那夏家的母子，索性撒起泼来，说：“知道你们荣府的势头儿。我们家的姑娘已经死了，如今也都不要命了！”说着，仍奔薛姨妈拚命。地下的人虽多，那里挡得住，自古说的：“一人拚命，万夫莫当。”

　　正闹到危急之际，贾琏带了七八个家人进来，见是如此，便叫人先把夏家的儿子拉出去，便说：“你们不许闹，有话好好儿的说。快将家里收拾收拾，刑部里头的老爷们就来相验了。”金桂的母亲正在撒泼，只见来了一位老爷。几个在头里吆喝，那些人都垂手侍立。金桂的母亲见这个光景，也不知是贾府何人。又见他儿子已被众人揪住，又听见说刑部来验，他心里原想看见女儿尸首，先闹了一个稀烂，再去喊官去，不承望这里先报了官，也便软了些。薛姨妈已吓糊涂了，还是周瑞家的回说：“他们来了也没有去瞧他姑娘，便作践起姨太太来了。我们为好劝他，那里跑进一个野男人，在奶奶们里头混撒村混打，这可不是没有王法了。”贾琏道：“这回子不用和他讲理，等一会子打着问他，说：男人有男人的所在，里头都是些姑娘奶奶们。况且有他母亲还瞧不见他们姑娘么，他跑进来不是要打抢来了么！”家人们做好做歹，压伏住了。

　　周瑞家的仗着人多，便说：“夏太太，你不懂事！既来了，该问个青红皂白。你们姑娘是自己服毒死了；不然，便是宝蟾药死他主子了。怎么不问明白，又不看尸首，就想讹人来了呢？我们就肯叫一个媳妇儿白死了不成？现在把宝蟾捆着，因为你们姑娘必要点病儿，所以叫香菱陪着他，也在一个屋里住，故此，两个人都看守在那里。原等你们来眼看着刑部相验，问出道理来才是啊！"金桂的母亲此时势孤，也只得跟着周瑞家的到他女孩儿屋里，只见满脸黑血，直挺挺的躺在炕上，便叫哭起来。宝蟾见是他家的人来，便哭喊说："我们姑娘好意待香菱，叫他在一块儿住，他倒抽空儿药死我们姑娘！"那时薛家上下人等俱在，便齐声吆喝道："胡说！昨日奶奶喝了汤才药死的，这汤可不是你做的？"宝蟾道："汤是我做的，端了来，我有事走了。不知香菱起来放些什么在里头药死的。"金桂的母亲听未说完，就奔香菱，众人拦住。薛姨妈便道："这样子是砒霜药的，家里决无此物。不管香菱宝蟾，终有替他买的。回来刑部少不得问出来，才赖不去。如今把媳妇权放平正，好等官来相验。"众婆子上来抬放。宝钗道："都是男人进来，你们将女人动用的东西检点检点。"只见炕褥底下有一个揉成团的纸包儿。金桂的母亲瞧见，便拾起打开看时，并没有什么，便撩开了。宝蟾看见道："可不是有了凭据了！这个纸包儿我认得，头几天耗子闹的慌，奶奶家去与舅爷要的，拿回来搁在首饰匣内。必是香菱看见了，拿来药死奶奶的。若不信，你们看见首饰匣里有没有了。"

　　金桂的母亲便依着宝蟾的所言，取出匣子，只有几支银簪子。薛姨妈便说："怎么好些首饰都没有了？"宝钗叫人打开箱柜，俱是空的，便道："嫂子这些东西被谁拿去？这可要问宝蟾。"金桂的母亲心里也虚了好些，见薛姨妈查问宝蟾，便说："姑娘的东西，他那里知道？"周瑞家的道："亲家太太别这么说呢。我知道宝姑娘是天天跟着大奶奶的，怎么说不知？"这宝蟾见问得紧，又不好胡赖，只得说道："奶奶自己每每带回家去，我管得么！"众人便说："好个亲家太太！哄着拿姑娘的东西，哄完了，叫他寻死，来讹我们。好罢了！回来相验，便是这么说。"宝钗叫人："到外头告诉琏二爷说，别放了夏家的人。"里面金桂的母亲忙了手脚，便骂宝蟾道："小蹄子别嚼舌头了！姑娘几时拿东西到我家去？"宝蟾道："如今东西是小，给姑娘偿命是大。"宝琴道："有了东西，就有偿命的人了。快请琏二哥哥问准了夏家的儿子买砒霜的话，回来好回刑部里的话。”金桂的母亲着了急道：“这宝蟾必是撞见鬼了，混说起来！我们姑娘何尝买过砒霜？若这么说，必是宝蟾药死了的。”宝蟾急的乱嚷，说：“别人赖我也罢了，怎么你们也赖起我来呢？你们不是常和姑娘说，叫他别受委屈，闹得他们家破人亡，那时将东西卷包儿一走，再配一个好姑爷。这个话是有的没有？”金桂的母亲还未及答言，周瑞家的便接口说道：“这是你们家的人说的，还赖什么呢？”金桂的母亲恨的咬牙切齿的骂宝蟾，说：“我待你不错呀！为什么你倒拿话来葬送我呢？回来见了官，我就说是你药死姑娘的。”宝蟾气得瞪着眼说：“请太太放了香菱罢，不犯着白害别人，我见官自有我的话。”

宝钗听出这个话头儿来了，便叫人反倒放开了宝蟾，说：“你原是个爽快人，何苦白冤在里头？你有话，索性说了，大家明白，岂不完了事了呢？”宝蟾也怕见官受苦，便说：“我们奶奶天天抱怨说：‘我这样人，为什么碰着这个瞎眼的娘，不配给二爷，偏给了这么个混账糊涂行子。要是能够同二爷过一天，死了也是愿意的。’说到那里，便恨香菱，我起初不理会，后来看见与香菱好了，我只道是香菱教他什么了。不承望昨儿的汤不是好意。”金桂的母亲接说道：“益发胡说了！若是要药香菱，为什么倒药了自己呢？”宝钗便问道：“香菱，昨日你喝汤来着没有？”香菱道：“头几天我病得抬不起头来，奶奶叫我喝汤，我不敢说不喝。刚要扎挣起来，那碗汤已经洒了，倒叫奶奶收拾了个难，我心里很过不去。昨儿听见叫我喝汤，我喝不下去，没有法儿，正要喝的时候儿呢，偏又头晕起来。见宝蟾姐姐端了去，我正喜欢；刚合上眼，奶奶自己喝着汤，叫我尝尝，我便勉强也喝了。”宝蟾不待说完便道：“是了！我老实说罢。昨儿奶奶叫我做两碗汤，说是和香菱同喝。我气不过，心里想着：香菱那里配我做汤给他喝呢？我故意的一碗里头多抓了一把盐，记了暗记儿，原想给香菱喝的。刚端进来，奶奶却拦着我到外头叫小子们雇车，说今日回家去。我出去说了回来，见盐多的这碗汤在奶奶跟前呢。我恐怕奶奶喝着咸，又要骂我。正没法的时候，奶奶往后头走动，我眼错不见，就把香菱这碗汤换了过来。也是合该如此，奶奶回来就拿了汤去到香菱床边，喝着说：'你到底尝尝。'那香菱也不觉咸，两个人都喝完了。我正笑香菱没嘴道儿^①，那里知道这死鬼奶奶要药香菱，必定趁我不在，将砒霜撒上了，也不知道我换碗。这可就是'天理昭彰，自害自身'了。"于是众人往前后一想，真正一丝不错，便将香菱也放了，扶着他仍旧睡在床上。

不说香菱得放，且说金桂的母亲心虚事实，还想辩赖。薛姨妈等你言我语，反要他儿子偿还金桂之命。正然吵嚷，贾琏在外嚷说："不用多说了，快收拾停当。刑部的老爷就到了。"此时惟有夏家母子着忙，想来总要吃亏的，不得已反求薛姨妈道："千不是，万不是，终是我死的女孩儿不长进。这也是他自作自受。若是刑部相验，到底府上脸面不好看，求亲家太太息了这件事罢。"宝钗道："那可使不得。已经报了，怎么能息呢？"周瑞家的等人大家做好做歹的劝说："若要息事，除非夏亲家太太自己出去拦验，我们不提长短罢了。"贾琏在外也将他儿子吓住。他情愿迎到刑部具结拦验^②，众人依允。薛姨妈命人买棺成殓，不提。

且说贾雨村升了京兆府尹^③，兼管税务。一日，出都查勘开垦地亩，路过知机县，到了急流津，正要渡过彼岸，因待人夫，暂且停轿。只见村旁有一座小庙，墙壁坍颓，露出几株古松，倒也苍老。雨村下轿，闲步进庙，但见庙内神象，金身脱落，殿宇歪斜，旁有断碣，字迹模糊，也看不明白。意欲行至后殿，只见一株翠柏下荫着一间茅庐，庐中有一个道士，合眼打坐。雨村走近看时，面貌甚熟，想着倒像在那里见来的，一时再想不出来。从人便欲吆喝，雨村止住，徐步向前，叫一声"老道"。那道士双眼微启，微微的笑道："贵官何事？"雨村便道："本府出都查勘事件，路过此地，见老道静修自得，想来道行深通，意欲冒昧请教。"那道人说："来自有地，去自有方。"雨村知是有些来历的，便长揖请问："老道从何处修来，在此结庐？此庙何名？庙中共有几人？或欲真修，岂无名山？或欲结缘④，何不通衢？"那道人道："'葫芦'尚可安身，何必名山结舍？庙名久隐，断碣犹存，形影相随，何须修募？岂似那'玉在椟中求善价，钗于匣内待时飞'之辈耶！"

雨村原是个颖悟人，初听见"葫芦"两字，后闻"钗玉"一对，忽然想起甄士隐的事来，重复将那道士端详一回，见他容貌依然，便屏退从人，问道："君家莫非甄老先生么？"那道人微微笑道："什么'真'，什么'假'！要知道'真'即是'假'，'假'即是'真'。"雨村听说出"贾"字来，益发无疑，便从新施礼，道："学生自蒙慨赠到都，托庇获隽公车⑤，受任贵乡，始知老先生超悟尘凡，飘举仙境。学生虽溯洄思切⑥，自念风尘俗吏，末由再睹仙颜，今何幸于此处相遇！求老仙翁指示愚蒙。倘荷不弃，京寓甚近，学生当得供奉，得以朝夕聆教。"那道人也站起来回礼，道："我于蒲团之外，不知天地间尚有何物。适才尊官所言，贫道一概不解。"说毕，依旧坐下。雨村复又心疑："想去若非士隐，何貌言相似若此？离别来十九载，面色如旧，必是修炼有成，未肯将前身说破。但我既遇恩公，又不可当面错过。看来不能以富贵动之，那妻女之私更不必说了。"想罢，又道："仙师既不肯说破前因，弟子于心何忍？"正要下礼，只见从人进来禀说："天色将晚，快请渡河。"雨村正无主意，那道人道："请尊官速登彼岸，见面有期，迟则风浪顿起。果蒙不弃，贫道他日尚在渡头候教。"说毕，仍合眼打坐。雨村无奈，只得辞了道人出庙。正要渡过，只见一人飞奔而来。未知何事，下回分解。

【注释】

①没嘴道儿：味觉不灵，尝不出咸淡。

②具结拦验：由死者亲属出具保结，阻拦官府验尸，表示对死因不怀疑，再不告发。《清史稿·刑法志三》："自缢、溺水、事主被杀等

案，尸属呈请免验者，听。"

③京兆府尹：京师地区行政长官。

④结缘：佛教名词。意谓行善积德，以修来世得度的因缘。《法华文句记》卷二下："结谓结构，立机之始；缘即缘助，能成其终，则为未来修得三德之先荫也。"

⑤获隽公车：这里指考中进士。获隽，获得优胜的名次。隽，通"俊"，杰出。公车，本为汉代官署名，西汉已设，东汉承沿。隶属卫尉总署，内设公车令，掌管吏民上章、总领征召之事。又，汉代地方上举荐人才，由公家备车送往京城，后因将入京应试的举人称为"公车"。

⑥溯洄：逆流而上。引申为追忆怀念。

第一百四回
醉金刚小鳅生大浪　痴公子余痛触前情

　　话说贾雨村刚欲过渡，见有人飞奔而来，跑到跟前，口称："老爷！方才逛的那庙火起了。"雨村回首看时，只见烈焰烧天，飞灰蔽日。雨村心想："这也奇怪！我才出来，走不多远，这火从何而来？莫非士隐遭劫于此？"欲待回去，又恐误了过河；若不回去，心下又不安。想了一想，便问道："你方才见这老道士出来了没有？"那人道："小的原随老爷出来，因腹内疼痛，略走了一走。回头看见一片火光，原来就是那庙中火起，特赶来禀知老爷，并没有见有人出来。"雨村虽则心里狐疑，究竟是名利关心的人，那肯回去看视，便叫那人："你在这里等火灭了，进去瞧那老道在与不在，即来回禀。"那人只得答应了伺候。雨村过河，仍自去查看，查了几处，遇公馆便自歇下①。

　　明日，又行一程，进了都门，众衙役接着，前呼后拥的走着。雨村坐在轿内，听见轿前开路的人吵嚷。雨村问是何事，那开路的拉了一个人过来跪在轿前，禀道："那人酒醉，不知回避，反冲突过来。小的吆喝他，他倒恃酒撒赖，躺在街心，说小的打了他了。"雨村便道："我是管理这里地方的，你们都是我的子民。知道本府经过，喝了酒，不知退避，还敢撒赖！"那人道："我喝酒是自己的钱，醉了，躺的是皇上的地，便是大人老爷也管不得。"雨村怒道："这人目无法纪，问他叫什么名字。"那人回道："我叫醉金刚倪二。"雨村听了生气，叫人："打这金刚，瞧他是金刚不是！"手下把倪二按倒，着实的打了几鞭。倪二负痛，酒醒求饶，雨村在轿内笑道："原来是这么个金刚！我且不打你，叫人带进衙门慢慢的问你。"众衙役答应，拴了倪二，拉着便走。倪二哀求，也不中用。

雨村进内复旨回曹②，那里把这件事放在心上。那街上看热闹的，三三两两传说："倪二仗着有些力气，恃酒讹人，今儿碰在贾大人手里，只怕不轻饶的。"这话已传到他妻女耳边，那夜果等倪二不见回家，他女儿便到各处赌场寻觅。那赌博的都是这么说，他女儿急得哭了。众人都道："你不用着急。那贾大人是荣府的一家。荣府里的一个什么二爷和你父亲相好，你同你母亲去找他说个情，就放出来了。"倪二的女儿听了想了一想："果然我父亲常说间壁贾二爷和他好，为什么不找他去？"赶着回来即和母亲说了，娘儿两个去找贾芸。

那日贾芸恰在家，见他母女两个过来，便让坐。贾芸的母亲便倒茶。倪家母女即将倪二被贾大人拿去的话说了一遍，"求二爷说情放出来。"贾芸一口应承，说："这算不得什么，我到西府里说一声就放了。那贾大人全仗我家西府里才得做了这么个大官，只要打发个人去一说就完了。"倪家母女欢喜，回来便到府里告诉了倪二，叫他不用忙，已经求了贾二爷，他满口应承，讨个情便放出来的。倪二听了也喜欢。

不料贾芸自从那日给凤姐送礼不收，不好意思进来，也不常到荣府。那荣府的门上原看着主子的行事，叫谁走动，才有些体面，一时来了，他便进去通报；若主子不大理了，不论本家亲戚，他一概不回，支了去就完事。那日贾芸到府上说："给琏二爷请安。"门上的说："二爷不在家，等回来，我们替回罢。"贾芸欲要说"请二奶奶的安"，生恐门上厌烦，只得回家。又被倪家母女催逼着，说："二爷常说府上是不论那个衙门，说一声谁敢不依。如今还是府里的一家，又不为什么大事，这个情还讨不来，白是我们二爷了。"贾芸脸上下不来，嘴里还说硬话："昨儿我们家里有事，没打发人说去，少不得今儿说了就放。什么大不了的事。"倪家母女只得听信。岂知贾芸近日大门竟不得进去，绕到后头，要进园内找宝玉，不料园门锁着，只得垂头丧气的回来。想起

“那年倪二借银与我，买了香料送给他，才派我种树；如今我没钱去打点，就把我拒绝。他也不是什么好的，拿着太爷留下的公中银钱在外放加一钱③，我们穷本家，要借一两也不能。他打谅保得住一辈子不穷的了，那知外头的声名很不好，我不说罢了；若说起来，人命官司不知有多少呢！”一面想着，来到家中，只见倪家母女都等着。贾芸无言可支，便说道：“西府里已经打发人说了，只言贾大人不依。你还求我们家的奴才周瑞的亲戚冷子兴去才中用。”倪家母女听了，说：“二爷这样体面爷们还不中用，若是奴才，是更不中用了。”贾芸不好意思，心里发急道：“你不知道，如今的奴才比主子强多着呢！”倪家母女听来无法，只得冷笑几声，说：“这倒难为二爷白跑了这几天，等我们那一个出来再道乏罢。”说毕出来，另托人将倪二弄了出来，只打了几板，也没有什么罪。

倪二回家，他妻女将贾家不肯说情的话说了一遍。倪二正喝着酒，便生气要找贾芸，说：“这小杂种，没良心的东西！头里他没有饭吃，要到府内钻谋事办，亏我倪二爷帮了他。如今我有了事，他不管。好罢咧！若是我倪二闹出来，连两府里都不干净！”他妻女忙劝道：“嗳！你又喝了黄汤，便是这样有天没日头的。前儿可不是醉了闹的乱子，捱了打，还没好呢，你又闹。”倪二道：“捱了打便怕他不成？只怕拿不着由头！我在监里的时候，倒认得了好几个有义气的朋友。听见他们说起来，不独是城内姓贾的多，外省姓贾的也不少，前儿监里收下了好几个贾家的家人。我倒说这里的贾家小一辈子并奴才们虽不好，他们老一辈的还好，怎么犯了事？我打听打听，说是这里和贾家是一家，都住在外省，审明白了，解进来问罪的，我才放心。若说贾二这小子，他忘恩负义，我便和几个朋友说他家怎样倚势欺人，怎样盘剥小民，怎么强娶有男妇女。叫他们吵嚷出来，有了风声到了都老爷耳朵里头④，这一闹起来，叫他们才认得倪二金刚呢！”他女人道：“你喝了酒，睡去罢。他又强占谁家的女人来了？没有的事，你不用混说了。"倪二道:"你们在家里,那里知道外头的事?前年我在赌场里碰见了小张,说他女人被贾家占了,他还和我商量,我倒劝他才了事的。不知这小张如今那里去了,这两年没见。若碰着了他,我倪二出个主意,叫贾老二死,给我好好儿的孝敬孝敬我倪二太爷才罢了!你倒不理我了。"说着,倒身躺下,嘴里还是咕咕嘟嘟的说了一回,便睡去了。他妻女只当是醉话,也不理他。明日早起,倪二又往赌场中去了,不提。

且说雨村回到家中,歇息了一夜,将道上遇见甄士隐的事告诉了他夫人一遍。他夫人便埋怨他:"为什么不回去瞧一瞧?倘或烧死了,可不是咱们没良心。"说着,掉下泪来。雨村道:"他是方外的人了⑤,不肯和咱们在一处的。"正说着,外头传进话来禀说:"前日老爷吩咐瞧火烧庙去的回来了回话。"雨村踱了出来。那衙役打千请了安,回说:"小的奉老爷的命回去,也不等火灭,便冒火进去瞧那个道士,岂知他坐的地方都烧了。小的想着那道士必定烧死了。那烧的墙屋往后塌去,道士的影儿都没有。只有一个蒲团,一个瓢儿,还是好好的。小的各处找寻他的尸首,连骨头都没有一点儿。小的恐老爷不信,想要拿这蒲团瓢儿回来做个证见,小的这么一拿,岂知都成了灰了。"雨村听毕,心下明白,知士隐仙去,便把那衙役打发了出去。回到房中,并没提起士隐火化之言,恐他妇女不知,反生悲感,只说并无形迹,必是他先走了。

雨村出来,独坐书房,正要细想士隐的话,忽有家人传报说:"内廷传旨,交看事件。"雨村疾忙上轿进内。只听见人说:"今日贾存周江西粮道被参回来,在朝内谢罪。"雨村忙到了内阁,见了各大人,将海疆办理不善的旨意看了,出来即忙找着贾政,先说了些为他抱屈的话,后又道喜,问一路可好。贾政也将违别以后的话细细的说了一遍。雨村道:"谢罪的本上了去没有?"贾政道:"已上去了。等膳后下来看旨意罢。"正说着,只听里头传出旨来叫贾政，贾政即忙进去。各大人有与贾政关切的，都在里头等着，等了好一回，方见贾政出来。看见他带着满头的汗，众人迎上去接着，问："有什么旨意？"贾政吐舌道："吓死人，吓死人！倒蒙各位大人关切，幸喜没有什么事。"众人道："旨意问了些什么？"贾政道："旨意问的是云南私带神枪一案。本上奏明是原任太师贾化的家人，主上一时记着我们先祖的名字，便问起来。我忙着磕头奏明先祖的名字是代化，主上便笑了，还降旨意说：'前放兵部，后降府尹的，不是也叫贾化么？'"那时雨村也在傍边，倒吓了一跳，便问贾政道："老先生怎么奏的？"贾政道："我便慢慢奏道：'原任太师贾化是云南人，现任府尹贾某是浙江湖州人。'主上又问：'苏州刺史奏的贾范，是你一家了？'我又磕头奏道：'是。'主上便变色道：'纵使家奴强占良民妻女，还成事么？'我一句不敢奏。主上又问道：'贾范是你什么人？'我忙奏道：'是远族。'主上哼了一声，降旨叫出来了。可不是咤事！"众人道："本来也巧。怎么一连有这两件事？"贾政道："事倒不奇，倒是都姓贾的不好。算来我们寒族人多，年代久了，各处都有。现在虽没有事，究竟主上记着一个'贾'字就不好。"众人说："真是真，假是假，怕什么？"贾政道："我心里巴不得不做官，只是不敢告老，现在我们家里两个世袭，这也无可奈何的。"雨村道："如今老先生仍是工部，想来京官是没有事的。"贾政道："京官虽然无事，我究竟做过两次外任，也就说不齐了。"众人道："二老爷的人品行事，我们都佩服的。就是令兄大老爷，也是个好人。只要在令侄辈身上严紧些就是了。"贾政道："我因在家的日子少，舍侄的事情不大查考，我心里也不甚放心。诸位今日提起，都是至相好，或者听见东宅的侄儿家有什么不奉规矩的事么？"众人道："没听见别的，只有几位侍郎心里不大和睦，内监里头也有些。想来不怕什么，只要嘱咐那边令侄，诸事留神就是了。"

　　众人说毕，举手而散⑥，贾政然后回家。众子侄等都迎接上来，贾政迎着请贾母的安。然后众子侄俱请了贾政的安，一同进府。王夫人等已到了荣禧堂迎接。贾政先到了贾母那里拜见了，陈述些违别的话。贾母问探春消息，贾政将许嫁探春的事都禀明了，还说："儿子起身急促，难过重阳，虽没有亲见，听见那边亲家的人来，说的极好。亲家老爷太太都说请老太太的安。还说今冬明春，大约还可调进京来。这便好了。如今闻得海疆有事，只怕那时还不能调。"贾母始则因贾政降调回来，知探春远在他乡，一无亲故，心下不悦；后听贾政将官事说明，探春安好，也便转悲为喜，便笑着叫贾政出去。然后弟兄相见，众子侄拜见，定了明日清晨拜祠堂。

　　贾政回到自己屋内，王夫人等见过，宝玉贾兰替另拜见⑦。贾政见了宝玉果然比起身之时脸面丰满，倒觉安静，并不知他心里糊涂，所以心甚喜欢，不以降调为念，心想"幸亏老太太办理的好。"又见宝钗沉厚更胜先时，兰儿文雅俊秀，便喜形于色。独见环儿仍是先前，究不甚钟爱。歇息了半天，忽然想起："为何今日短了一人？"王夫人知是想着黛玉，前因家书未报，今日又初到家，正是喜欢，不便直告，只说是病着。岂知宝玉的心里已如刀绞，因父亲到家，只得把持心性伺候。王夫人家筵接风，子孙敬酒。凤姐虽是侄媳，现办家事，也随了宝钗等递酒。贾政便叫："递了一巡酒，都歇息去罢。"命众家人不必伺候，待明早拜过宗祠，然后进见。分派已定，贾政与王夫人说些别后的话，余者王夫人都不敢言。倒是贾政先提起王子腾的事来，王夫人也不敢悲戚。贾政又说蟠儿的事，王夫人只说他是自作自受；趁便也将黛玉已死的话告诉。贾政反吓了一惊，不觉掉下泪来，连声叹息。王夫人也掌不住，也哭了。傍边彩云等即忙拉衣，王夫人止住，重又说些喜欢的话，便安寝了。

　　次日一早，至宗祠行礼，众子侄都随往。贾政便在祠旁厢房坐下，叫了贾珍贾琏过来，问起家中事务，贾珍拣可说的说了。贾政又道："我初回家，也不便来细细查问，只是听见外头说起你家里更不比往前，诸事要谨慎才好。你年纪也不小了，孩子们该管教管教，别叫他们在外头得罪人。琏儿也该听听。不是才回家便说你们，因我有所闻，所以才说的。你们更该小心些。"贾珍等脸涨通红的，也只答应个"是"字，不敢说什么。贾政也就罢了。回归西府，众家人磕头毕，仍复进内，众女仆行礼，不必多赘。

只说宝玉因昨贾政问起黛玉，王夫人答以有病，他便暗里伤心，直待贾政命他回去，一路上已滴了好些眼泪。回到房中，见宝钗和袭人等说话，他便独坐外间纳闷。宝钗叫袭人送过茶去，知他必是怕老爷查问工课，所以如此，只得过来安慰。宝玉便借此说："你今夜先睡一回，我要定定神。这时更不如从前，三言可忘两语，老爷瞧了不好。你们先睡罢，叫袭人陪着我。"宝钗听去有理，便自己到房先睡。

宝玉轻轻的叫袭人坐着，央他："把紫鹃叫来，有话问他。但是紫鹃见了我，脸上嘴里总是有气是的，须得你去解释开了他来才好。"袭人道："你说要定神，我倒喜欢，怎么又定到这上头了？有话你明儿问不得！"宝玉道："我就是今晚得闲，明日倘或老爷叫干什么，便没空儿。好姐姐，你快去叫他来。"袭人道："他不是二奶奶叫是不来的。"宝玉道："我所以央你去说明白了才好。"袭人道："叫我说什么？"宝玉道："你还不知道我的心也不知道他的心么？都为的是林姑娘。你说我并不是负心的。我如今叫你们弄成了一个负心人了！"说着这话，便瞧瞧里头，用手一指说："他是我本不愿意的，都是老太太他们捉弄的。好端端把一个林妹妹弄死了。就是他死，也该叫我见见，说个明白，他自己死了也不怨我。你是听见三姑娘他们说的，临死恨怨我。那紫鹃为他姑娘，也恨得我了不得。你想，我是无情的人么？晴雯到底是个丫头，也没有什么大好处，他死了，我老实告诉你罢，我还做个祭文去祭他。那时林姑娘还亲眼见的。如今林姑娘死了，莫非倒不如晴雯么？死了连祭都不能祭一祭。林姑娘死了还有知的，他想起来不更要怨我么？"袭人道："你要祭便祭去，要我们做什么？"宝玉道："我自从好了起来，就想要做一首祭文，不知道我如今一点灵机都没了。若祭别人呢，胡乱却使得；若是他，断断俗俚不得一点儿的。所以叫紫鹃来问他姑娘这条心，他打从那里看出来的。我没病的头里还想得出来，一病以后都不记得。你说林姑娘已经好了，怎么忽然死的？他好的时候，我不去，他怎么说？我病的时候，他不来，他也怎么说？所以他有的东西，我诓过来，你二奶奶总不叫我动，不知什么意思。"袭人道："二奶奶惟恐你伤心罢了，还有什么？"宝玉道："我不信。既是他这么念我，为什么临死都把诗稿烧了，不留给我作个记念？又听见说天上有音乐响，必是他成了神，或是登了仙去。我虽见过了棺材，到底不知道棺材里有他没有？"袭人道："你这话益发糊涂了！怎么一个人不死就搁上一个空棺材里当死了人呢。"宝玉道："不是嗄！大凡成仙的人，或是肉身去的，或是脱胎去的。好姐姐，你到底叫了紫鹃来。"袭人道："如今等我细细的说明了你的心。他若肯来，还好；若不肯来，还得费多少话。就是来了，见你也不肯细说。据我的主意，明后日等二奶奶上去了，我慢慢的问他，或者倒可仔细。遇着闲空儿，我再慢慢的告诉你。"宝玉道："你说得也是，你不知道我心里的着急。"

正说着，麝月出来说："二奶奶说：天已四更了，请二爷进去睡罢。袭人姐姐必是说高了兴了，忘了时候儿了。"袭人听了，道："可不是，该睡了，有话明儿再说罢。"宝玉无奈，只得含愁进去，又向袭人耳边道："明儿不要忘了。"袭人笑道："知道了。"麝月笑道："你们两个又闹鬼了。何不和二奶奶说了，就到袭人那边睡去？由着你们说一夜，我们也不管。"宝玉摆手道："不用言语。"袭人恨道："小蹄子，你又嚼舌根，看我明儿撕你！"回转头来对宝玉道："这不是二爷闹的？说了四更的话，总没有完。"说到这里，一面说，一面送宝玉进屋，各人散去。

那夜宝玉无眠，到了明日，还思这事。只闻得外头传进话来，说："众亲朋因老爷回家，都要送戏接风。老爷再四推辞，说唱戏不必，竟在家里备了水酒⑧，倒请亲朋过来，大家谈谈。于是定了后儿摆席请人，所以进来告诉。"不知所请何人，下回分解。

【注释】

①公馆：本指古代诸侯的宫室和离宫别馆。也泛指官府所设的馆舍。

②回曹：回衙。曹，古代分科办事的官署。清梁章钜《浪迹续谈》卷一："今上下衙门，皆有吏、户、礼、兵、刑、工六科房。《群碎录》云，此为六曹，相传为宋徽宗所设，是也。"

③加一钱：收到本金十分之一的高利贷。

④都老爷："御史"的俗称。清以都察院为最高纠查弹劾机关，长官为都御史，下设副都御史和各道监察御史。

⑤方外人：谓超然于世俗之外的人。《庄子·大宗师》："孔子曰：'彼游方之外者也，而丘，游方之内者也。'"唐成玄英疏："方，区域也。彼之二人齐一死生，不为教迹所拘，故游心寰宇之外。"后世借指僧人道士。

⑥举手：表示敬意的一种礼节。

⑦替另：另外。

⑧水酒：薄酒，酒席不丰盛的客气话。

第一百五回
锦衣军查抄宁国府^①　骢马使弹劾平安州^②

话说贾政正在那里设宴请酒，忽见赖大急忙走上荣禧堂来，回贾政道："有锦衣府堂官赵老爷带领好几位司官^③，说来拜望。奴才要取职名来回，赵老爷说：'我们至好，不用的。'一面就下车来，走进来了。请老爷同爷们快接去。"贾政听了，心想："和老赵并无来往，怎么也来？现在有客，留他不便，不留又不好。"正自思想，贾琏说："叔叔快去罢。再想一回，人都进来了。"

正说着，只见二门上家人又报进来，说："赵老爷已进二门了。"贾政等抢步接去。只见赵堂官满脸笑容，并不说什么，一径走上厅来。后面跟着五六位司官，也有认得的，也有不认得的，但是总不答话^④。贾政等心里不得主意，只得跟了上来让坐。众亲友也有认得赵堂官的，见他仰着脸不大理人，只拉着贾政的手笑着说了几句寒温的话。众人看见来头不好，也有躲进里间屋里的，也有垂手侍立的。

贾政正要带笑叙话，只见家人慌张报道："西平王爷到了。"贾政慌忙去接，已见王爷进来。赵堂官抢上去请了安，便说："王爷已到，随来各位老爷们就该带领府役把守前后门。"众官应了出去。贾政等知事不好，连忙跪接。西平郡王用两手扶起，笑嘻嘻的说道："无事不敢轻造，有奉旨交办事件，要赦老接旨。如今满堂中筵席未散，想有亲友在此未便，且请众位府上亲友各散，独留本宅的人听候。"赵堂官回说："王爷虽是恩典，但东边的事，这位王爷办事认真，想是早已封门。"众人知是两府干系，恨不能脱身。只见王爷笑道："众位只管就请。叫人来给我送出去，告诉锦衣府的官员说，这都是亲友，不必盘查，快快放出。"那些亲友听见，就一溜烟如飞的出去了。独有贾赦贾政一干人，唬得面如土色，满身发颤。

不多一回，只见进来无数番役，各门把守，本宅上下人等一步不能乱走。赵堂官便转过一副脸来，回王爷道："请爷宣旨意，就好动手。"这些番役都撩衣勒臂，专等旨意。西平王慢慢的说道："小王奉旨，带领锦衣府赵全来查看贾赦家产。"贾赦等听见，俱俯伏在地。王爷便站在上头说："有旨意：贾赦交通外官⑤，依势凌弱，辜负朕恩，有忝祖德⑥，着革去世职。钦此。"赵堂官一叠声叫："拿下贾赦。其余皆看守。"维时，贾赦、贾政、贾琏、贾珍、贾蓉、贾蔷、贾芝、贾兰俱在，惟宝玉假说有病，在贾母那边打闹，贾环本来不大见人的，所以就将现在几人看住。

赵堂官即叫他的家人传齐司员，带同番役，分头按房，查抄登账。这一言不打紧，唬得贾政上下人等面面相看，喜得番役家人摩拳擦掌，就要往各处动手。西平王道："闻得赦老与政老同房各爨的⑦，理应遵旨查看贾赦的家资。其余且按房封锁，我们复旨去，再候定夺。"赵堂官站起来说："回王爷：贾赦贾政并未分家。闻得他侄儿贾琏现在承总管家，不能不尽行查抄。"西平王听了，也不言语。赵堂官便说："贾琏贾赦两处须得奴才带领去查抄才好。"西平王便说："不必忙。先传信后宅，且请内眷回避，再查不迟。"一言未了，老赵家奴番役，已经拉着本宅家人领路，分头查抄去了。王爷喝命："不许罗唣，待本爵自行查看！"说着，便慢慢的站起来要走，又吩咐说："跟我的人一个不许动，都给我站在这里候着，回来一齐瞧着登数。"

正说着，只见锦衣司官跪禀说："在内查出御用衣裙并多少禁用之物，不敢擅动，回来请示王爷。"一回儿，又有一起人来拦住王爷，就回说："东跨所抄出两箱房地契，又一箱借票，却都是违例取利的⑧。"老赵便说："好个重利盘剥！很该全抄！请王爷就此坐下，叫奴才去全抄来，再候定夺罢。"说着，只见王府长史来禀说⑨："守门军传进来说：'主上特派北静王到这里宣旨，请爷接去。'"赵堂官听了，心里喜欢说："我好晦气，碰着这个酸王！如今那位来了，我就好施威。"一面想着，也迎出来。只见北静王已到大厅，就向外站着说："有旨意，锦衣府赵全听宣。"说："奉旨意：着锦衣官惟提贾赦质审，余交西平王遵旨查办。钦此。"西平王领了好不喜欢，便与北静王坐下，着赵堂官提取贾赦回衙。里头那些查抄的人，听得北静王到，俱一齐出来。及闻赵堂官走了，大家没趣，只得侍立听候。北静王便拣选两个诚实司官并十来个老年番役，余者一概逐出。西平王便说："我正与老赵生气，幸得王爷到来降旨；不然，这里很吃大亏。"北静王说："我在朝内听见王爷奉旨查抄贾宅，我甚放心，谅这里不致荼毒。不料老赵这么混账。但不知现在政老及宝玉在那里，里面不知闹到怎么样了？"众人回禀："贾政等在下房看守着，里面已抄得乱腾腾的了。"北静王便吩咐司员："快将贾政带来问话。"众人领命，带了上来。贾政跪了请安，不免含泪乞恩。北静王便起身拉着，说："政老放心。"便将旨意说了。贾政感激涕零，望北又谢了恩，仍上来听候。王爷道："政老，方才老赵在这里的时候，番役呈禀有禁用之物并重利欠票，我们也难掩过。这禁用之物，原办进贵妃用的，我们声明也无碍。独是借券，想个什么法儿才好。如今政老且带司员实在将赦老家产呈出，也就了事；切不可再有隐匿，自干罪戾。"贾政答应道："犯官再不敢。但犯官祖父遗产并未分过；惟各人所住的房屋有的东西便为己有。"两王便说："这也无妨，惟将赦老那一边所有的交出就是了。"又吩咐司员等依命行去，不许胡混乱动。司员领命去了。

　　且说贾母那边女眷也摆家宴。王夫人正在那边说："宝玉不到外头，恐他老子生气。"凤姐带病哼哼唧唧的说："我看宝玉也不是怕人，他见前头陪客的人也不少了，所以在这里照应，也是有的。倘或老爷想起里头少个人在那里照应，太太便把宝兄弟献出去，可不是好？"贾母笑道："凤丫头病到这地位，这张嘴还是那么尖巧。"

正说到高兴，只听见邢夫人那边的人一直声的嚷进来说："老太太，太太！不……不好了！多多少少的穿靴带帽的强……强盗来了！翻箱倒笼的来拿东西。"贾母等听着发呆。又见平儿披头散发，拉着巧姐，哭啼啼的来说："不好了！我正与姐儿吃饭，只见来旺被人拴着进来说：'姑娘快快传进去请太太们回避，外面王爷就进来查抄家产！'我听了着忙，正要进房拿要紧的东西，被一伙人浑推浑赶出来的。咱们这里该穿该带的快快收拾。"王邢夫人等听得，俱魂飞天外，不知怎样才好。独见凤姐先前圆睁两眼听着，后来便一仰身栽倒地下死了。贾母没有听完，便吓得涕泪交流，连话也说不出来。

那时，一屋子人，拉那个，扯这个，正闹得翻天覆地。又听见一叠声嚷说："叫里面女眷们回避，王爷进来了！"可怜宝钗宝玉等正在没法，只见地下这些丫头婆子乱拉乱扯的时候，贾琏喘吁吁的跑进来说："好了，好了！幸亏王爷救了我们了！"众人正要问他，贾琏见凤姐死在地下，哭着乱叫；又怕老太太吓坏了，急得死去活来，还亏平儿将凤姐叫醒，令人扶着。老太太也回过气来了，哭得气短神昏，躺在炕上，李纨再三宽慰。然后贾琏定神，将两王恩典说明；惟恐贾母邢夫人知道贾赦被拿，又要唬死，且暂不敢明说，只得出来照料自己屋内。一进屋门，只见箱开柜破，物件抢得半空。此时急得两眼直竖，淌泪发呆，听见外头叫，只得出来。见贾政同司员登记物件，一人报说：

赤金首饰共一百二十三件，珠宝俱全。珍珠十三挂。傺金盘二件⑩。金碗二对。金抢碗二个⑪。金匙四十把。银大碗八十个。银盘二十个。三镀金象牙箸三把。镀金执壶四把。镀金折盂三对⑫。茶托二件⑬。银碟七十六件。银酒杯三十六个。黑狐皮十八张。青狐皮六张。貂皮三十六张。黄狐皮三十张。猞猁狲皮十二张。麻叶皮三张⑭。洋灰皮六十张⑮。灰狐腿皮四十张。酱色羊皮二十张。猁狸皮二张。黄狐腿二把。

小白狐皮二十块。洋呢三十度⑯。哔叽二十三度。姑绒十二度⑰。香鼠筒子十件⑱。豆鼠皮四方⑲。天鹅绒一卷⑳。梅鹿皮一方。云狐筒子二件㉑。貉䖙皮一卷。鸭皮七把㉒。灰鼠一百六十张。獾子皮八张。虎皮六张。海豹三张。海龙十六张。灰色羊四十把。黑色羊皮六十三张。元狐帽沿十副㉓。倭刀帽沿十二副㉔。貂帽沿二副。小狐皮十六张。江貉皮二张㉕。獭子皮二张。猫皮三十五张。倭股十二度㉖。绸缎一百三十卷。纱绫一百八十卷。羽线绉三十二卷㉗。氆氇三十卷㉘。妆蟒缎八卷。葛布三捆，各色布三捆。各色皮衣一百三十二件。棉夹单纱绢衣三百四十件。玉玩三十二件。带头九副㉙。铜锡等物五百余件。钟表十八件。朝珠九挂㉚。各色妆蟒三十四件。上用蟒缎迎手靠背三分。官妆衣裙八套㉛。脂玉圈带一条㉜。黄缎十二卷。潮银五千二百两㉝。赤金五十两。钱七千吊。

一切动用家伙攒钉登记㉞，以及荣国赐第，俱一一开列。其房地契纸，家人文书，亦俱封裹。

贾琏在旁边窃听，只不听见报他的东西，心里正在疑惑，只闻两家王爷问贾政道："所抄家资，内有借券，实系盘剥，究是谁行的？政老据实才好。"贾政听了，跪在地下磕头，说："实在犯官不理家务，这些事全不知道，问犯官侄儿贾琏才知。"贾琏连忙走上，跪下禀说："这一箱文书既在奴才屋内抄出来的，敢说不知道么？只求王爷开恩。奴才叔叔并不知道的。"两王道："你父已经获罪，只可并案办理。你今认了，也是正理。如此，叫人将贾琏看守，余俱散收宅内。政老，你须小心候旨，我们进内复旨去了。这里有官役看守。"说着，上轿出门。贾政等就在二门跪送。北静王把手一伸，说："请放心。"觉得脸上大有不忍之色。

此时贾政魂魄方定，犹是发怔。贾兰便说："请爷爷进内瞧老太太，再想法儿打听东府里的事。"贾政疾忙起身进内。只见各门上妇女乱糟糟的，不知要怎样。贾政无心查问，一直到贾母房中，只见人人泪痕满面，王夫人宝玉等围住贾母，寂静无言，各各掉泪，惟有邢夫人哭作一团。因见贾政进来，都说："好了，好了！"便告诉老太太说："老爷仍旧好好的进来，请老太太安心罢。"贾母奄奄一息的，微开双目，说："我的儿，不想还见得着你！"一声未了，便嚎啕的哭起来。于是满屋里人俱哭个不住。贾政恐哭坏老母，即收泪说："老太太放心罢。本来事情原不小，蒙主上天恩，两位王爷的恩典，万般轸恤㉟。就是大老爷暂时拘质，等问明白了，主上还有恩典。如今家里一些也不动了。"贾母见贾赦不在，又伤心起来，贾政再三安慰方止。

　　众人俱不敢走散。独邢夫人回至自己那边，见门总封锁，丫头婆子亦锁在几间屋内，邢夫人无处可走，放声大哭起来。只得往凤姐那边去，见二门傍舍亦上封条，惟有屋门开着，里头呜咽不绝。邢夫人进去，见凤姐面如纸灰，合眼躺着，平儿在旁暗哭。邢夫人打谅凤姐死了㊱，又哭起来。平儿迎上来说："太太不要哭。奶奶抬回来觉着像是死的了。幸得歇息一回，苏过来，哭了几声，如今痰息气定略安了安神。太太也请定定神罢。但不知老太太怎样了？"邢夫人也不答言，仍走到贾母那边。见眼前俱是贾政的人，自己夫子被拘，媳妇病危，女儿受苦，现在身无所归，那里禁得住。众人劝慰，李纨等令人收拾房屋，请邢夫人暂住。王夫人拨人服侍。

　　贾政在外，心惊肉跳，拈须搓手的等候旨意。听见外面看守军人乱嚷道："你到底是那一边的？既碰在我们这里，就记在这里册上，拴着他交给里头锦衣府的爷们。"贾政出外看时，见是焦大，便说："怎么跑到这里来？"焦大见问，便号天踏地的哭道："我天天劝这些不长进的爷们，倒拿我当作冤家！爷还不知道焦大跟着太爷受的苦！今朝弄到这个田地，珍大爷蓉哥儿都叫什么王爷拿了去了，里头女主儿们都被什么府里衙役抢得披头散发，撅在一处空房里㊲，那些不成材料的狗男女却像猪狗似的拦起来了。所有的都抄出来搁着，木器钉得破烂，磁器打得粉碎。他们还要把我拴起来，我活了八九十岁，只有跟着太爷捆人的，那里倒叫人捆起来！我便说我是西府里，就跑出来。那些人不依，押到这里，不想这里也是那么着。我如今也不要命了，和那些人拚了罢！"说着撞头。众役见他年老，又是两王吩咐，不敢发狠。便说："你老人家安静些。这是奉旨的事，你且这里歇歇，听个信儿再说。"贾政听明，虽不理他，但是心里刀绞似的，便道："完了，完了！不料我们一败涂地如此！"

正在着急听候内信，只见薛蟠气嘘嘘的跑进来说："好容易进来了！姨父在那里？"贾政道："来的好，但是外头怎么放进来的？"薛蟠道："我再三央说，又许他们钱，所以我才能够出入的。"贾政便将抄去之事告诉了他，便烦去打听打听，说："就有好亲，在火头上，也不便送信，是你就好通信了。"薛蟠道："这里的事，我倒想不到；那边东府的事，我已听见说完了。"贾政道："究竟犯什么事？"薛蟠道："今朝为我哥哥打听决罪的事，在衙内闻得有两位御史，风闻得珍大爷引诱世家子弟赌博，这一款还轻；还有一大款是强占良民妻女为妾，因其女不从，凌逼致死。那御史恐怕不准，还将咱们家的鲍二拿去，又还拉出一个姓张的来。只怕连都察院都有不是，为的是姓张的曾告过的。"贾政尚未听完，便跺脚道："了不得！罢了，罢了！"叹了一口气，扑簌簌的掉下泪来。

薛蟠宽慰了几句，即便又出来打听去了。隔了半日，仍旧进来，说："事情不好。我在刑科打听，倒没有听见两王复旨的信，但听得说，李御史今早参奏平安州奉承京官，迎合上司，虐害百姓，好几大款。"贾政慌道："那管他人的事！到底打听我们的怎么样？"薛蟠道："说是平安州，就有我们，那参的京官就是赦老爷，说的是包揽词讼，所以火上浇油。就是同朝这些官府，俱藏躲不迭，谁肯送信？就如才散的这些亲友，有的竟回家去了，也有远远儿的歇下打听的。可恨那些贵本家便在路上说：'祖宗挣下的功业，弄出事来了，不知道飞到那个头上，大家也好施威。'"

贾政没有听完，复又顿足道："都是我们大老爷忒糊涂，东府也忒不成事体！如今老太太与琏儿媳妇是死是活，还不知道呢。你再打听去，我到老太太那边瞧瞧。若有信，能够早一步才好。"正说着，听见里头乱嚷出来，说："老太太不好了！"急得贾政即忙进去。未知生死如何，下回分解。

【注释】

①锦衣军：锦衣卫的役卒。锦衣，"锦衣卫"的略称。锦衣卫是明代设立的主管缉捕的机构，清代无此名目。

②骢马使："骢马御史"的简称。《后汉书·桓典传》："拜侍御史……常乘骢马（毛色青白相间），京师畏惮，为之语曰：'行行且止，避骢马御史。'"这里指御史。秦以前御史本为史官，东汉设御史台，为国家之监察机关，始专主弹劾。明清改御史台为都察院，通掌弹劾及建言。

③司官：清代各部属官的通称。指部内各司的郎中、员外郎、主事等。这里指锦衣府的官员。

④答话：即"搭话"，交谈的意思。

⑤交通外官：清制，严禁内外官员交结。《钦定吏部则例》："凡内外官员，除系至亲好友世谊乡情彼此往来无需禁绝外，如外官赴任时，谒见在京各官或至任所差人来往交结者革职。其在京各官与之接见及差人至外官任所往来者亦革职。"

⑥有忝祖德：做了对不起祖宗的事。忝，辱没的意思。

⑦同房各爨（cuàn）：意谓虽住在一起，但各自生活。爨，烧火做饭。

⑧违例取利：《大清律例·户律·钱债·违禁取利条》："凡私放钱债及典当钱物，每月取利，并不得过三分，年月虽多，不过一本一利，违者笞四十，以余利计赃。重（于笞四十）者，坐赃论罪，止杖一百。"

⑨长史：清时，亲王府、郡王府置长史，理府事。

⑩俭金：这里应作"淡金"，指颜色浅淡、成色较次的金子。

⑪金抢碗：即戗金碗。在器物上做嵌金的花纹，叫"戗金"。或说指一种由碗底成直角向上叉开的碗，口大底浅，多用以盛菜。

⑫折盂：小盂，用以承接漱口水。

⑬茶托：用以衬托茶杯的承盘。也叫"茶船"。清顾张思《土风录》卷五："富贵家茶杯用托子，曰茶船。"

⑭麻叶皮：当即"麻叶子"。清刘廷玑《在园杂志》卷一："其（狐）腿里一块，黄黑杂色者，集以成裘，俗名麻叶子，亦暖。"

⑮洋灰皮：即"羊灰鼠皮"。清末崇彝《道咸以来朝野杂记》："衣冠定制。寒暑更换……再换羊灰鼠，再换灰鼠……灰鼠、羊灰为中毛。"又云："中毛衣较大毛衣不贱，真羊灰鼠与灰鼠脊子尤价昂，自昔已然也。"

⑯度：即"度尺"。古代以一百粒黍横排起来的长度为一尺，叫"度尺"。

⑰姑绒：大绒的一种。清叶梦珠《阅世编》卷七："大绒，前朝最贵，细而精者，谓之姑绒，每匹长十余丈，价值百金，惟富贵之家用之，以顶重厚绫为里，一袍可服数十年，或传于子孙者。"

⑱香鼠：或指鼺鼠。《尔雅·释兽·鼺鼠》清郝懿行《义疏》："按，鼺鼠，即今香鼠，颊中藏食如猕猴然。灰色尾短而香。人亦畜之。"

⑲豆鼠皮：豆鼠为灰鼠的一种，其皮次于银鼠皮和灰鼠皮。

⑳天鹅绒：毛织品之一。明宋应星《天工开物·裘》："飞禽之中，有取鹰腹、雁胁毳毛，杀生盈万，乃得一裘，名'天鹅绒'者，将焉用之？"

㉑云狐：用狐脑颏和狐股两处皮毛拼成的衣料，毛间云纹，故名"云狐"。清末崇彝《道咸以来朝野杂记》："若云狐腿、玄狐腿二种，不恒见，其价尤贵，二种皆带银针，有旋转花纹间之，极好看。"

㉒鸭皮：或即野鸭头部绿色皮毛拼成之皮料。

㉓元狐帽沿：清西清《黑龙江外记》卷八："狐有元狐、青狐、火狐、沙狐数种，元狐最上品，青狐号倭刀，贵逊元狐，皆非境内所出。"

㉔倭刀：青狐的别名，也叫"猧刀"或"窝刀"。《清一统志·奉

天府五》："又有青狐，亦名倭刀，毛色兼黄黑，贵重次元狐。"

㉕貉：俗称"狗獾"。外形如狐，但体较胖。体色棕灰，为重要毛皮兽之一，毛皮可做皮衣、帽等。

㉖倭股：日本产的缎子。

㉗羽线绉：用毛线织出皱纹的一种织品。

㉘氆氇（pǔ lu）：藏族出产的一种羊毛织品，可作衣料和铺垫等物。

㉙带头：袍服外所系的腰带一端的扣头，常镶嵌有珠玉等饰物。

㉚朝珠：清代官服上佩带的一种珠串。以珊瑚、水晶、蜜蜡、奇南香等物制成。状如念珠，共一百零八颗，悬于胸前。凡文官五品以上、武官四品以上及军机处等属官，均得以佩带。

㉛宫妆：指宫廷里的式样、妆束和打扮。妆，或作"装"。唐刘禹锡《赠妓诗》："高髻云鬟宫样妆，春风一曲《杜韦娘》。"清时也指一种内装样式。清叶梦珠《阅世编》卷八："内装领饰，向有三等：大者裁白绫为云样，披及两肩，胸背刺绣花鸟，缀以金珠、宝石、钟铃，令行动有声，曰宫装。……近来宫装，惟礼服用之。"

㉜脂玉：即羊脂玉，一种纯白似羊脂的美玉，新疆和田出产。

㉝潮银：成色较差的银子。

㉞攒钉：钻孔装订。这里指把零散的清单装订起来。攒，同"钻"。

㉟轸（zhěn）恤：哀悯。轸，《楚辞·九章·哀郢》："出国门而轸怀兮。"注："轸，痛也。"

㊱打谅：打量，估计。

㊲搐（chuò）：同"戳"。这里是竖立的意思。

第一百六回
王熙凤致祸抱羞惭　贾太君祷天消祸患

话说贾政闻知贾母危急，即忙进去看视，见贾母惊吓气逆，王夫人鸳鸯等唤醒回来，即用疏气安神的丸药服了，渐渐的好些，只是伤心落泪。贾政在旁劝慰，总说："是儿子们不肖，招了祸来，累老太太受惊。若老太太宽慰些，儿子们尚可在外料理；若是老太太有什么不自在，儿子们的罪孽更重了。"贾母道："我活了八十多岁，自作女孩儿起，到你父亲手里，都托着祖宗的福，从没有听见过这些事；如今到老了，见你们倘或受罪，叫我心里过得去吗？倒不如合上眼，随你们去罢了。"说着，又哭。

贾政此时着急异常，又听外面说："请老爷，内廷有信。"贾政急忙出来，见是北静王府长史，一见面便说："大喜！"贾政谢了，请长史坐下，请问："王爷有何谕旨？"那长史道："我们王爷同西平郡王进内复奏，将大人的惧怕的心、感激天恩之话都代奏了。主上甚是悯恤，并念及贵妃薨逝未久①，不忍加罪，着加恩仍在工部员外上行走。所封家产，惟将贾赦的入官，余俱给还，并传旨令尽心供职。惟抄出借券，令我们王爷查核。如有违禁重利的，一概照例入官；其在定例生息的，同房地文书，尽行给还。贾琏着革去职衔，免罪释放。"贾政听毕，即起身叩谢天恩，又拜谢王爷恩典："先请长史大人代为禀谢，明晨到阙谢恩②，并到府里磕头。"那长史去了。少停，传出旨来，承办官遵旨一一查清，入官者入官，给还者给还。将贾琏放下，所有贾赦名下男妇人等造册入官。

可怜贾琏屋内东西，除将按例放出的文书发给外，其余虽未尽入官的，早被查抄的人尽行抢去，所存者只有家伙物件。贾琏始则惧罪，后蒙释放，已是大幸，及想起历年积聚的东西并凤姐的体己，不下七八万金，一朝而尽，怎得不疼；且他父亲现禁在锦衣府，凤姐病在垂危，怎得不痛。又见贾政含泪叫他，问道："我因官事在身，不大理家，故叫你们夫妇总理家事。你父亲所为，固难劝谏，那重利盘剥，究竟是谁干的？况且非咱们这样人家所为。如今入了官，在银钱，是不打紧的，这种声名出去还了得吗！"贾琏跪下说道："侄儿办家事，并不敢存一点私心，所有出入的账目，自有赖大、吴新登、戴良等登记，老爷只管叫他们来查问。现在这几年，库内的银子出多入少，虽没贴补在内，已在各处做了好些空头，求老爷问太太就知道了。这些放出去的账，连侄儿也不知道那里的银子，要问周瑞、旺儿才知道。"贾政道："据你说来，连你自己屋里的事还不知道，那些家中上下的事更不知道了。我这回也不来查问你。现今你无事的人，你父亲的事和你珍大哥的事，还不快去打听打听？"贾琏一心委屈，含着眼泪，答应了出去。

贾政叹气，连连的想道："我祖父勤劳王事，立下功勋，得了两个世职，如今两房犯事，都革去了。我瞧这些子侄没一个长进的。老天啊，老天啊！我贾家何至一败如此！我虽蒙圣恩格外垂慈，给还家产，那两处食用，自应归并一处，叫我一人那里支撑的住？方才琏儿所说，更加咤异，说不但库上无银，而且尚有亏空。这几年竟是虚名在外，只恨我自己为什么糊涂若此？倘或我珠儿在世，尚有膀臂；宝玉虽大，更是无用之物。"想到那里，不觉泪满衣襟。又想："老太太若大年纪，儿子们并没有自能奉养一日，反累他吓得死去活来，种种罪孽，叫我委之何人？"

正在独自悲切，只见家人禀报："各亲友进来看候。"贾政一一道谢，说起："家门不幸，是我不能管教子侄，所以至此。"有的说："我久知令兄赦大老爷行事不妥，那边珍哥更加骄纵。若说因官事错误，得个不是，于心无愧。如今自己闹出的，倒带累了二老爷。"有的说："人家闹的也多，也没见御史参奏。不是珍老大得罪朋友，何重如此！"有的说："也不怪御史，我们听见说是府上的家人同几个泥腿在外头哄嚷出来的③。御史恐参奏不实，所以诓了这里的人去，才说出来的。我想府上待下人最宽的，为什么还有这事？"有的说："大凡奴才们是一个养活不得的。今儿在这里都是好亲友，我才敢说。就是尊驾在外任，我保不得——你是不爱钱的——那外头的风声也不好，都是奴才们闹的，你该提防些。如今虽说没有动你的家④，倘或再遇着主上疑心起来，好些不便呢。"贾政听说，心下着忙道："众位听见我的风声怎样？"众人道："我们虽没见实据，只闻外面人说你在粮道任上，怎么叫门上家人要钱。"贾政听了，便说道："我是对得天的，从不敢起这要钱的念头。只是奴才在外招摇撞骗，闹出事来，我就吃不住了。"众人道："如今怕也无益，只好将现在的管家们都严严的查一查，若有抗主的奴才，查出来严严的办一办。"

贾政听了点头。便见门上进来回禀说："孙姑爷那边打发人来说，自己有事不能来，着人来瞧瞧。说大老爷该他一种银子，要在二老爷身上还的。"贾政心内忧闷，只说："知道了。"众人都冷笑道："人说令亲孙绍祖混账，真有些。如今丈人抄了家，不但不来瞧看帮补照应，倒赶忙的来要银子，真真不在理上。"贾政道："如今且不必说他，那头亲说原是家兄配错的。我的侄女儿的罪已经受够了，如今又招我来。"正说着，只见薛蝌进来说道："我打听锦衣府赵堂官必要照御史参的办去，只怕大老爷和珍大爷吃不住。"众人都道："二老爷，还得是你出去来求王爷，怎么挽回挽回才好；不然，这两家就完了。"贾政答应致谢，众人都散。

那时天已点灯时候，贾政进去请贾母的安，见贾母略略好些。回到自己房中，埋怨贾琏夫妇不知好歹，如今闹出放账取利的事情，大家不好，方见凤姐所为，心里很不受用。凤姐现在病重，知他所有什物，尽被抄抢一光，心内郁结，一时未便埋怨，暂且隐忍不言。一夜无话。

次早，贾政进内谢恩，并到北静王府西平王府两处叩谢，求两位王爷照应他哥哥侄儿。两位应许。贾政又在同寅相好处托情。

　　且说贾琏打听得父兄之事不很妥，无法可施，只得回到家中。平儿守着凤姐哭泣，秋桐在耳房中抱怨凤姐。贾琏走近旁边，见凤姐奄奄一息，就有多少怨言，一时也说不出来。平儿哭道："如今事已如此，东西已去，不能复来。奶奶这样，还得再请个大夫调治调治才好。"贾琏啐道："我的性命还不保，我还管他么！"凤姐听见，睁眼一瞧，虽不言语，那眼泪流个不尽。见贾琏出去，便与平儿道："你别不达时务了。到了这样田地，你还顾我做什么？我巴不得今儿就死才好。只要你能够眼里有我，我死之后，你扶养大了巧姐儿，我在阴司里也感激你的。"平儿听了，放声大哭。凤姐道："你也是聪明人。他们虽没有来说我，他必抱怨我的。虽说事是外头闹的，我若不贪财，如今也没有我的事。不但是枉费心计，挣了一辈子的强，如今落在人后头。我只恨用人不当，恍惚听得那边珍大爷的事，说是强占良民妻子为妾，不从逼死，有个姓张的在里头，你想想还有谁？若是这件事审出来，咱们二爷是脱不了的，我那时怎样见人？我要即时就死，又耽不起吞金服毒的。你到还要请大夫，可不是你为顾我，反倒害了我了么。"平儿愈听愈惨，想来实在难处，恐凤姐自寻短见，只得紧紧守着。

　　幸贾母不知底细，因近日身子好些，又见贾政无事，宝玉宝钗在旁，天天不离左右，略觉放心。素来最疼凤姐，便叫鸳鸯："将我体己东西拿些给凤丫头，再拿些银钱交给平儿，好好的伏侍好了凤丫头，我再慢慢的分派。"又命王夫人照看了邢夫人。又加了宁国府籍入官，所有财产房地等并家奴等俱造册收尽，这里贾母命人将车接了尤氏婆媳等过来。可怜赫赫宁府，只剩得他们婆媳两个并佩凤偕鸳二人，连一个下人没有。贾母指出房子一所居住，就在惜春所住的间壁。又派了婆子四人，丫头两个伏侍。一应饭食起居在大厨房内分送。衣裙什物又是贾母送去。零星需用亦在账房内开销，俱照荣府每人月例之数。

那贾赦、贾珍、贾蓉在锦衣府使用，账房内实在无项可支。如今凤姐一无所有，贾琏况又多债务满身，贾政不知家务，只说："已经托人，自有照应。"贾琏无计可施，想到那亲戚里头，薛姨妈家已败，王子腾已死，余者亲戚虽有，俱是不能照应，只得暗暗差人下屯，将地亩暂卖了数千金，作为监中使费。贾琏如此一行，那些家奴见主家势败，也便趁此弄鬼，并将东庄租税也就指名借用些。此是后话，暂且不提。

且说贾母见祖宗世职革去，现在子孙在监质审，邢夫人尤氏等日夜啼哭，凤姐病在垂危，虽有宝玉宝钗在侧，只可解劝，不能分忧，所以日夜不宁，思前想后，眼泪不干。一日傍晚，叫宝玉回去，自己扎挣坐起，叫鸳鸯等各处佛堂上香；又命自己院内焚起斗香，用拐拄着，出到院中。琥珀知是老太太拜佛，铺下大红短毡拜垫。贾母上香跪下，磕了好些头，念了一回佛，含泪祝告天地道："皇天菩萨在上，我贾门史氏，虔诚祷告，求菩萨慈悲。我贾门数世以来，不敢行凶霸道。我帮夫助子，虽不能为善，亦不敢作恶。必是后辈儿孙骄侈暴佚，暴殄天物，以致阖府抄检。现在儿孙监禁，自然凶多吉少，皆由我一人罪孽，不教儿孙，所以至此。我今叩求皇天保佑：在监的逢凶化吉，有病的早早安身。总有阖家罪孽，情愿一人承当，只求饶恕儿孙。若皇天见怜我虔诚，早早赐我一死，宽免儿孙之罪。"默默说到此，不禁伤心，呜呜咽咽的哭泣起来。鸳鸯珍珠一面解劝，一面扶进房去。

只见王夫人带了宝玉宝钗，过来请晚安。见贾母悲伤，三人也大哭起来。宝钗更有一层苦楚：想哥哥也在外监，将来要处决，不知可减缓否；翁姑虽然无事，眼见家业萧条；宝玉依然疯傻，毫无志气。想到后来终身，更比贾母王夫人哭得悲痛。宝玉见宝钗如此大恸，他亦有一番悲戚，想的是："老太太年老不得安心，老爷太太见此光景，不免悲伤；众姐妹风流云散，一日少似

一日。追想在园中吟诗起社，何等热闹；自从林妹妹一死，我郁
闷到今，又有宝姐姐过来，未便时常悲切。见他忧兄思母，日夜
难得笑容。"今见他悲哀欲绝，心里更加不忍，竟嚎啕大哭。鸳
鸯、彩云、莺儿、袭人见他们如此，也各有所思，便也呜咽起来。
余者丫头们看得伤心，也便陪哭，竟无人解慰。满屋中哭声惊天
动地，将外头上夜婆子吓慌，急报于贾政知道。

　　那贾政正在书房纳闷，听见贾母的人来报，心中着忙，飞奔
进内。远远听得哭声甚众，打谅老太太不好，急得魂魄俱丧。疾
忙进来，只见坐着悲啼，神魂方定，说是："老太太伤心，你们该
劝解，怎么的齐打伙儿哭起来了？"众人听得贾政声气，急忙止
哭，大家对面发怔。贾政上前安慰了老太太，又说了众人几句。
各自心想道："我们原恐老太太悲伤，故来劝解；怎么忘情，大家
痛哭起来？"

　　正自不解，只见老婆子带了史侯家的两个女人进来，请了贾
母的安，又向众人请安毕，便说："我们家老爷、太太、姑娘打发
我来说，听见府里的事，原没有什么大事，不过一时受惊。恐怕
老爷太太烦恼，叫我们过来告诉一声，说这里二老爷是不怕的了。
我们姑娘本要自己来的，因不多几日就要出阁，所以不能来了。"
贾母听了，不便道谢，说："你回去给我问好。这是我们的家运合
该如此。承你老爷太太惦记，过一日再来奉谢。你家姑娘出阁，
想来你们姑爷是不用说的了，他们的家计如何？"两个女人回道：
"家计倒不怎么着，只是姑爷长的很好，为人又和平。我们见过好
几次，看来与这里宝二爷差不多，还听得说，才情学问都好的。"
贾母听了，喜欢道："咱们都是南边人，虽在这里住久了，那些大
规矩还是从南方礼儿，所以新姑爷我们都没见过。我前儿还想起
我娘家的人来，最疼的就是你们姑娘，一年三百六十天，在我跟
前的日子倒有二百多天。混得这么大了，我原想给他说个好女婿，
又为他叔叔不在家，我又不便作主。他既造化配了个好姑爷，我
也放心。月里出阁，我原想过来吃杯喜酒的，不料我家闹出这样

事来，我的心就象在热锅里熬的似的，那里能够再到你们家去？你回去说我问好，我们这里的人，都请安问好。你替另告诉你家姑娘，不要将我放在心里。我是八十多岁的人了，就死也算不得没福的了。只愿他过了门，两口子和顺百年到老，我便安心了。"说着，不觉掉下泪来。那女人道："老太太也不必伤心。姑娘过了门，等回了九，少不得同姑爷过来请老太太的安，那时老太太见了才喜欢呢。"贾母点头。那女人出去。别人都不理论，只有宝玉听着发了一回怔，心里想道："如今一天一天的都过不得了，为什么人家养了女儿到大了必要出嫁？一出了嫁就改变。史妹妹这样一个人，又叫他叔叔硬压着配人了。他将来见了我，必是又不理我了。我想一个人到了这个没人理的分儿，还活着做什么！"想到那里，又是伤心；见贾母此时才安，又不敢哭泣，只是闷闷的。

一时，贾政不放心，又进来瞧瞧老太太。见是好些，便出来传了赖大，叫他将阖府里管事家人的花名册子拿来，一齐点了一点。除去贾赦入官的人，当有三十余家，共男女二百十二名。贾政叫现在府内当差的男人共二十一名进来，问起历年居家用度，共有若干进来，该用若干出去。那管总的家人将近年支用簿子呈上。贾政看时，所入不敷所出，又加连年宫里花用，账上有在外浮借的也不少⑤。再查东省地租，近年头交不及祖上一半，如今用度比祖上更加十倍。贾政不看则已，看了急得跺脚道："这了不得！我打谅虽是琏儿管事，在家自有把持，岂知好几年头里，已就'寅年用了卯年'的⑥，还是这样装好看！竟把世职俸禄当作不打紧的事情，为什么不败呢？我如今要就省俭起来，已是迟了。"想到那里，背着手踱来踱去，竟无方法。

众人知贾政不知理家，也是白操心着急，便说道："老爷也不用心焦，这是家家这样的。若是统总算起来，连王爷家还不够。不过是装着门面，过到那里就到那里。如今老爷到底得了主上的恩典，才有这点子家产，若是一并入了官，老爷就不用过了不成？"贾政嗔道："放屁！你们这班奴才最没有良心的，仗着主子好的时候，任意开销；到弄光了，走的走，跑的跑，还顾主子的死活吗？如今你们道是没有查封是好，那知道外头的名声。大本儿都保不住，还搁得住你们在外头支架子，说大话，诓人骗人？到闹出事来，望主子身上一推就完了。如今大老爷与珍大爷的事，说是咱们家人鲍二在外传播的，我看这人口册子上并没有鲍二，这是怎么说？"众人回道："这鲍二是不在册档上的⑦。先前在宁府册上，为二爷见他老实，把他们两口子叫过来了。及至他女人死了，他又回宁府去。后来老爷衙门有事，老太太、太太们和爷们往陵上去，珍大爷替理家事，带过来的，以后也就去了。老爷数年不管事，那里知道这些事来？老爷打量册上有这名字就只有这个人，不知一个人手下亲戚们也有，奴才还有奴才呢！"贾政道："这还了得！"想去一时不能清理，只得喝退众人，早打了主意在心里了，且听贾赦等事审得怎样再定。一日，正在书房筹算，只见一人飞奔进来，说："请老爷快进内廷问话。"贾政听了，心下着忙，只得进去。未知吉凶，下回分解。

【注释】

①溘（kè）逝：谓人死亡。溘，忽然。

②阙：古代官殿、祠庙及陵墓前的高建筑物，通常左右各一，建成高台，台上起楼观。因两阙之间有空缺，连以通道，故名。后亦代指官门或朝廷。

③泥腿：清佚名《燕台口号一百首》："怕事旁观都袖手，任他泥腿惯讹人。"注云："无赖曰泥腿。"

④动你的家：动家，抄家的委婉说法。

⑤浮借：暂时的借款。浮，暂时。

⑥寅年用了卯年：天干记年次序，寅以后为卯。意谓已经支到下一年的用度。言其经济的窘迫。

⑦册档：清震钧《天咫偶闻》卷十："八旗人家……凡三年一比人丁，又使各列其家人名氏，而书之于册，谓之册档。及殁而削其名于册。"

第一百七回
散余资贾母明大义　复世职政老沐天恩

话说贾政进内，见了枢密院各位大人①，又见了各位王爷。北静王道："今日我们传你来，有遵旨问你的事。"贾政即忙跪下。众大人便问道："你哥哥交通外官、恃强凌弱、纵儿聚赌、强占良民妻女不遂逼死的事，你都知道么？"贾政回道："犯官自从主恩钦点学政任满后，查看赈恤，于上年冬底回家，又蒙堂派工程，后又任江西粮道，题参回都，仍在工部行走，日夜不敢怠惰。一应家务，并未留心伺察，实在糊涂。不能管教子侄，这就是辜负圣恩。只求主上重重治罪。"北静王据说转奏。

不多时，传出旨来，北静王便述道："主上因御史参奏贾赦交通外官，恃强凌弱。据该御史指出平安州互相往来，贾赦包揽词讼。严鞫贾赦②，据供平安州原系姻亲来往，并未干涉官事，该御史亦不能指实。惟有倚势强索石呆子古扇一款是实的，然系玩物，究非强索良民之物可比。虽石呆子自尽，亦系疯傻所致，与逼勒致死者有间③。令从宽将贾赦发往台站效力赎罪④。所参贾珍强占良民妻女为妾不从逼死一款，提取都察院原案，看得尤二姐实系张华指腹为婚未娶之妻，因伊贫苦自愿退婚，尤二姐之母愿结贾珍之弟为妾，并非强占。再尤三姐自刎掩埋并未报官一款，查尤三姐原系贾珍妻妹，本意为伊择配，因被逼索定礼，众人扬言秽乱，以致羞忿自尽，并非贾珍逼勒致死。但身系世袭职员，罔知法纪，私埋人命，本应重治，念伊究属功臣后裔，不忍加罪，亦从宽革去世职，派往海疆效力赎罪。贾蓉年幼无干省释⑤。贾政实系在外任多年，居官尚属勤慎，免治伊治家不正之罪。"贾政听了，感激涕零，叩首不及；又叩求王爷代奏下忱⑥。北静王道：

"你该叩谢天恩，更有何奏？"贾政道："犯官仰蒙圣恩，不加大罪，又蒙将家产给还，实在扪心惶愧，愿将祖宗遗受重禄，积余置产，一并交官。"北静王道："主上仁慈待下，明慎用刑，赏罚无差。如今既蒙莫大深恩，给还财产，你又何必多此一奏？"众官也说不必。

贾政便谢了恩，叩谢了王爷出来，恐贾母不放心，急忙赶回。上下男女人等不知传进贾政是何吉凶，都在外头打听，一见贾政回家，都略略的放心，也不敢问。只见贾政忙忙的走到贾母跟前，将蒙圣恩宽免的事细细告诉了一遍。贾母虽则放心，只是两个世职革去，贾赦又往台站效力，贾珍又往海疆，不免又悲伤起来。邢夫人尤氏听见那话，更哭起来。贾政便道："老太太放心。大哥虽则台站效力，也是为国家办事，不致受苦，只要办得妥当，就可复职。珍儿正是年轻，很该出力。若不是这样，便是祖父的余德亦不能久享。"说了些宽慰的话。

贾母素来本不大喜欢贾赦，那边东府贾珍究竟隔了一层，只有邢夫人尤氏痛哭不已。邢夫人想着："家产一空，丈夫年老远出，膝下虽有琏儿，又是素来顺他二叔的，如今是都靠着二叔，他两口更是顺着那边去了。独我一人孤苦伶仃，怎么好？"那尤氏本来独掌宁府的家计，除了贾珍，也算是惟他为尊，又与贾珍夫妻相和；如今犯事远出，家财抄尽，依住荣府，虽则老太太疼爱，终是依人门下。又带了偕鸾佩凤，蓉儿夫妇又是不能兴家立业的人。又想着："二妹妹三妹妹俱是琏二叔闹的，如今他们倒安然无事，依旧夫妻完聚，只留我们几人，怎生度日？"想到这里，痛哭起来。

贾母不忍，便问贾政道："你大哥和珍儿现已定案，可能回家？蓉儿既没他的事，也该放出来了。"贾政道："若在定例，大哥是不能回家的。我已托人徇个私情，叫我们大老爷同着侄儿回家，好置办行装，衙门内业已应了。想来蓉儿同着他爷爷父亲一起出来。只请老太太放心，儿子办去。"贾母又道："我这几年老的不成人了，总没有问过家事。如今东府是全抄了去了，房屋入官不消说的；你大哥那边，琏儿那里，也都抄去了。咱们西府银库东省地土，你知道到底还剩了多少？他两个起身，也得给他们几千银子才好。"贾政正是没法，听见贾母一问，心想着："若是说明，又恐老太太着急；若不说明，不用说将来，现在怎样办法？"定了主意，便回道："若老太太不问，儿子也不敢说。如今老太太既问到这里，现在琏儿也在这里，昨日儿子已查了：旧库的银子早已虚空，不但用尽，外头还有亏空。现今大哥这件事，若不花银托人，虽说主上宽恩，只怕他们爷儿两个也不大好，就是这项银子尚无打算。东省的地亩，早已寅年吃了卯年的租儿了，一时也算不转来，只好尽所有蒙圣恩没有动的衣服首饰折变了，给大哥珍儿作盘费罢了。过日的事只可再打算。"贾母听了，又急得眼泪直淌，说道："怎样着？咱们家到了这样田地了么？我虽没有经过，我想起我家向日比这里还强十倍，也是摆了几年虚架子，没有出这样事，已经塌下来了，不消一二年就完了。据你说起来，咱们竟一两年就不能支了？"贾政道："若是这两个世俸不动，外头还有些挪移；如今无可指称，谁肯接济？"说着，也泪流满面，"想起亲戚来，用过我们的，如今都穷了；没有用过我们的，又不肯照应了。昨日儿子也没有细查，只看家下的人丁册子，别说上头的钱一无所出，那底下的人也养不起许多。"

　　贾母正在忧虑，只见贾赦、贾珍、贾蓉一齐进来给贾母请安。贾母看这般光景，一只手拉着贾赦，一只手拉着贾珍，便大哭起来。他两人脸上羞惭，又见贾母哭泣，都跪在地下哭着说道："儿孙们不长进，将祖上功勋丢了，又累老太太伤心，儿孙们是死无葬身之地的了。"满屋中人看这光景，又一齐大哭起来。贾政只得劝解："倒先要打算他两个的使用。大约在家只可住得一两日，迟则人家就不依了。"老太太含悲忍泪的说道："你两个且各自同你们媳妇们说说话儿去罢。"又吩咐贾政道："这件事是不能久待的，想来外面挪移，恐不中用。那时误了钦限⑦，怎么好？只好我替你们打算罢了。就是家中如此乱糟糟的，也不是常法儿。"一面说着，便叫鸳鸯吩咐去了。

这里贾赦等出来，又与贾政哭泣了一会，都不免将从前任性、过后恼悔、如今分离的话说了一会，各自同媳妇那边悲伤去了。贾赦年老，倒也抛的下；独有贾珍与尤氏怎忍分离？贾琏贾蓉两个也只有拉着父亲啼哭。虽说是比军流减等⑧，究竟生离死别。这也是事到如此，只得大家硬着心肠过去。

却说贾母叫邢王二夫人同了鸳鸯等开箱倒笼，将做媳妇到如今积攒的东西都拿出来，又叫贾赦、贾政、贾珍等一一的分派说："这里现有的银子交贾赦三千两，你拿二千两去做你的盘费使用，留一千给大太太零用。这三千给珍儿，你只许拿一千去，留下二千交你媳妇过日子。仍旧各自度日，房子是在一处，饭食各自吃罢。四丫头将来的亲事，还是我的事。只可怜凤丫头操心了一辈子，如今弄的精光，也给他三千两，叫他自己收着，不许叫琏儿用。如今他还病得神昏气短，叫平儿来拿去。这是你祖父留下的衣服，还有我少年穿的衣服首饰，如今我用不着。男的呢，叫大老爷、珍儿、琏儿、蓉儿拿去分了。女的呢，叫大太太、珍儿媳妇、凤丫头拿了分去。这五百两银子交给琏儿，明年将林丫头的棺材送回南去。"分派定了，又叫贾政道："你说现在还该着人的使用，这是少不得的，你叫拿这金子变卖偿还。这是他们闹掉了我的，你也是我的儿子，我并不偏向。宝玉已经成了家，我剩下这些金银等物，大约还值几千两银子，这是都给宝玉的了。珠儿媳妇向来孝顺我，兰儿也好，我也分给他们些。这便是我的事情完了。"

贾政见母亲如此明断分晰，俱跪下哭着说："老太太这么大年纪，儿孙们没点孝顺，承受老祖宗这样恩典，叫儿孙们更无地自容了！"贾母道："别瞎说，若不闹出这个乱儿，我还收着呢。只是现在家人过多，只有二老爷是当差的，留几个人就够了。你就吩咐管事的，将人叫齐了，分派妥当。各家有人便就罢了。譬如一抄尽了，怎么样呢？我们里头的，也要叫人分派，该配人的配人，赏去的赏去。如今虽说咱们这房子不入官，你到底把这园子交了才好。那些田地原交琏儿清理，该卖的卖，该留的留，断不要支架子，做空头。我索性说了罢：江南甄家还有几两银子，二太太那里收着，该叫人就送去罢。倘或再有点事出来，可不是他们'躲过了风暴又遇了雨'了么。"贾政本是不知当家立计的人，一听贾母的话，一一领命，心想："老太太实在真真是理家的人，都是我们这些不长进的闹坏了。"

贾政见贾母劳乏，求着老太太歇歇养神。贾母又道："我所剩的东西也有限，等我死了，做结果我的使用。余的都给我伏侍的丫头。"贾政等听到这里，更加伤感，大家跪下："请老太太宽怀。只愿儿子们托老太太的福，过了些时，都邀了恩眷，那时兢兢业业的治起家来，以赎前愆，奉养老太太到一百岁的时候。"贾母道："但愿这样才好，我死了也好见祖宗。你们别打量我是享得富贵受不得贫穷的人哪，不过这几年看着你们轰轰烈烈，我落得都不管，说说笑笑，养身子罢了。那知道家运一败，直到这样！若说外头好看，里头空虚，是我早知道的了，只是'居移气，养移体'⑨，一时下不得台来。如今借此正好收敛，守住这个门头，不然，叫人笑话你。你还不知，只打量我知道穷了，就着急的要死。我心里是想着祖宗莫大的功勋，无一日不指望你们比祖宗还强，能够守住也就罢了。谁知他们爷儿两个做些什么勾当。"

贾母正自长篇大论的说，只见丰儿慌慌张张的跑来回王夫人道："今早我们奶奶听见外头的事，哭了一场，如今气都接不上来，平儿叫我来回太太。"丰儿没有说完，贾母听见，便问："到底怎么样？"王夫人便代回道："如今说是不大好。"贾母起身道："嗳，这些冤家，竟要磨死我了！"说着，叫人扶着，要亲自看去。贾政急忙拦住，劝道："老太太伤了好一回的心，又分派了好些事，这会该歇歇。便是孙子媳妇有什么事，该叫媳妇瞧去就是了，何必老太太亲身过去呢？倘或再伤感起来，老太太身上要有一点儿不好，叫做儿子的怎么处呢。"贾母道："你们各自出去，等一会子再进来，我还有话说。"贾政不敢多言，只得出来料理兄侄起身的事，又叫贾琏挑人跟去。

　　这里贾母才叫鸳鸯等派人拿了给凤姐的东西，跟着过来。凤姐正在气厥[⑩]。平儿哭得眼红，听见贾母带着王夫人、宝玉、宝钗过来，疾忙出来迎接。贾母便问："这会子怎么样了？"平儿恐惊了贾母，便说："这会子好些。老太太既来了，请进去瞧瞧。"他先跑进去，轻轻的揭开帐子。凤姐开眼瞧着，只见贾母进来，满心惭愧。先前原打算贾母等恼他，不疼他了，是死活由他的，不料贾母亲自来瞧，心里一宽，觉那拥塞的气略松动些，便要扎挣坐起。贾母叫平儿按着："不要动。你好些么？"凤姐含泪道："我从小儿过来，老太太、太太怎么样疼我。那知我福气薄，叫神鬼支使的失魂落魄，不但不能够在老太太跟前尽点孝心，公婆前讨个好，还是这样把我当人，叫我帮着料理家务，被我闹的七颠八倒，我还有什么脸儿见老太太、太太呢？今日老太太、太太亲自过来，我更当不起了，恐怕该活三天的又折上了两天去了。"说着悲咽。贾母道："那些事原是外头闹起来的，与你什么相干？就是你的东西被人拿去，这也算不了什么呀！我带了好些东西给你，任你自便。"说着，叫人拿上来给他瞧瞧。凤姐本是贪得无厌的人，如今被抄净尽，本是愁苦，又恐人埋怨，正是几不欲生的时候。今儿贾母仍旧疼他，王夫人也不嗔怪，过来安慰他，又想贾琏无事，心下安放好些。便在枕上与贾母磕头，说道："请老太太放心。若是我的病托着老太太的福好了些，我情愿自己当个粗使丫头，尽心竭力的伏侍老太太、太太罢。"贾母听他说得伤心，不免掉下泪来。宝玉是从来没有经过这大风浪的，心下只知安乐、不知忧患的人，如今碰来碰去都是哭泣的事，所以他竟比傻子尤甚，见人哭他就哭。

　　凤姐看见众人忧闷，反倒勉强说几句宽慰贾母的话，求着："请老太太、太太回去，我略好些，过来磕头。"说着，将头仰起。

贾母叫平儿："好生服侍。短什么，到我那里要去。"说着，带了
王夫人将要回到自己房中，只听见两三处哭声。贾母实在不忍闻，
便叫王夫人散去，叫宝玉："去见你大爷大哥，送一送就回来。"
自己躺在榻上下泪。幸喜鸳鸯等能用百样言语劝解，贾母暂且
安歇。

　　不言贾赦等分离悲痛。那些跟去的人，谁是愿意的？不免心
中抱怨，叫苦连天。正是生离果胜死别，看者比受者更加伤心。
好好的一个荣国府，闹到人嚎鬼哭。贾政最循规矩，在伦常上也
讲究的，执手分别后，自己先骑马赶至城外，举酒送行，又叮咛
了好些"国家轸恤勋臣，力图报称"的话。贾赦等挥泪分头而别。

　　贾政带了宝玉回家，未及进门，只见门上有好些人在那里乱
嚷，说："今日旨意：将荣国公世职着贾政承袭。"那些人在那里
要喜钱，门上人和他们分争，说："是本来的世职，我们本家袭
了，有什么喜报？"那些人说道："那世职的荣耀，比任什么还难
得！你们大老爷闹掉了，想要这个，再不能的了。如今的圣人在
位，赦过宥罪，还赏给二老爷袭了，这是千载难逢的，怎么不给
喜钱？"正闹着，贾政回家，门上回了，虽则喜欢，究竟是哥哥
犯事所致，反觉感极涕零，赶着进内告诉贾母。王夫人正恐贾母
伤心，过来安慰，听得世职复还，自是欢喜。又见贾政进来，贾
母拉了，说些勤龟报恩的话。独有邢夫人尤氏心下悲苦，只不好
露出来。

　　且说外面这些趋炎奉势的亲戚朋友，先前贾宅有事，都远避
不来；今儿贾政袭职，知圣眷尚好，大家都来贺喜。那知贾政纯
厚性成，因他袭哥哥的职，心内反生烦恼，只知感激天恩。于第
二日进内谢恩，到底将赏还府第园子，备折奏请入官。内廷降旨
不必，贾政才得放心回家，以后循分供职。

　　但是家计萧条，入不敷出。贾政又不能在外应酬。家人们见
贾政忠厚，凤姐抱病不能理家，贾琏的亏缺一日重似一日，难免

典房卖地。府内家人，几个有钱的，怕贾琏缠扰，都装穷躲事，甚至告假不来，各自另寻门路。独有一个包勇，虽是新投到此，恰遇荣府坏事，他倒有些真心办事，见那些人欺瞒主子，便时常不忿。奈他是个新来乍到的人，一句话也插不上，他便生气，每天吃了就睡。众人嫌他不肯随和，便在贾政前说他终日贪杯生事，并不当差。贾政道："随他去罢。原是甄府荐来，不好意思。横竖家内添这一人吃饭，虽说是穷，也不在他一人身上。"并不叫来驱逐。众人又在贾琏跟前说他怎样不好，贾琏此时也不敢自作威福，只得由他。

忽一日，包勇耐不过，吃了几杯酒，在荣府街上闲逛，见有两个人说话。那人说道："你瞧，这么个大府，前儿抄了家，不知如今怎么样了？"那人道："他家怎么能败？听见说，里头有位娘娘是他家的姑娘，虽是死了，到底有根基的。况且我常见他们来往的都是王公侯伯，那里没有照应？便是现在的府尹，前任的兵部，是他们的一家。难道有这些人还护庇不来么？"那人道："你白住在这里！别人犹可，独是那个贾大人更了不得！我常见他在两府来往，前儿御史虽参了，主子还叫府尹查明实迹再办。你道他怎么样？他本沾过两府的好处，怕人说他回护一家，他便狠狠的踢了一脚，所以两府里才到底抄了。你道如今的世情还了得吗！"两人无心说闲话，岂知旁边有人跟着听的明白。包勇心下暗想："天下有这样负恩的人！但不知是我老爷的什么人？我若见了他，便打他一个死，闹出事来，我承当去！"那包勇正在酒后胡思乱想，忽听那边喝道而来。包勇远远站着，只见那两人轻轻的说道："这来的就是那个贾大人了。"包勇听了，心里怀恨，趁了酒兴，便大声的道："没良心的男女①！怎么忘了我们贾家的恩了？"雨村在轿内听得一个"贾"字，便留神观看，见是一个醉汉，便不理会，过去了。

那包勇醉着，不知好歹，便得意洋洋回到府中，问起同伴，知是方才见的那位大人是这府里提拔起来的，"他不念旧恩，反来踢弄咱们家里，见了他骂他几句，他竟不敢答言。"那荣府的人本嫌包勇，只是主人不计较他，如今他又在外闯祸，不得不回，趁着贾政无事，便将包勇喝酒闹事的话回了。贾政此时正怕风波，听得家人回禀，便一时生气，叫进包勇骂了几句，便派去看园，不许他在外行走。那包勇本是直爽的脾气，投了主子，他便赤心护主，岂知贾政反倒责骂他。他也不敢再辩，只得收拾行李，往园中看守浇灌去了。未知后事如何，下回分解。

【注释】

①枢密院：官署名。五代后梁时建崇政院，后唐改称枢密院。宋元沿置，主要掌管军事机密、边防等。明代废。这里是借用古称。

②严鞫（jū）：严加审讯。

③有间（jiàn）：这里作有区别讲。

④台站：传达公文、递送人犯的站落，战时为兵差转运点。清代在长城一带及东北地区设有台站。这里当指"军台"，即清代设置在新疆、蒙古一带的驿站，专管西北两路军报和文书的递送。《清史稿·刑法志二》："若文武职官犯徒以上，轻则军台效力，重则新疆当差。成案相沿，遂为定例。"效力：指从事驿递方面的劳役，并依定额按月交纳台费，三年期满，请旨释还。

⑤省释：省察无罪而释放。《六部成语·刑部·辨理省释》注解："省，察也；释，放也。分辨清楚，察其无罪而放之也。"

⑥下忱：自己的私意、想法。这是对尊贵者的自称，表示谦卑。

⑦钦限：皇帝指定的期限。

⑧军流：充军流放。

⑨居移气，养移体：语见《孟子·尽心上》。意谓环境可以改变人的气度，奉养能够改变人的体质。这里是说在安富尊荣的环境里过惯了，一时放不下空架子。

⑩气厥：失去知觉，呈昏迷状态。

⑪男女：这里是骂人的话。

第一百八回
强欢笑蘅芜庆生辰　死缠绵潇湘闻鬼哭

　　却说贾政先前曾将房产并大观园奏请入官，内廷不收，又无人居住，只好封锁。因园子接连尤氏惜春住宅，太觉旷阔无人，遂将包勇罚看荒园。此时贾政理家，又奉了贾母之命，将人口渐次减少，诸凡省俭，尚且不能支持。幸喜凤姐为贾母痛惜，王夫人等虽则不大喜欢，若说治家办事，尚能出力，所以将内事仍交凤姐办理。但近来因被抄以后，诸事运用不来①，也是每形拮据。那些房头上下人等，原是宽裕惯的，如今较之往日十去其七，怎能周到？不免怨言不绝。凤姐也不敢推辞，扶病承欢贾母②。过了些时，贾赦贾珍各到当差地方，恃有用度，暂且自安。写书回家，都言安逸，家中不必挂念。于是贾母放心，邢夫人尤氏也略略宽怀。

　　一日，史湘云出嫁回门，来贾母这边请安。贾母提起他女婿甚好，史湘云也将那里过日平安的话说了，请老太太放心。又提起黛玉去世，不免大家落泪。贾母又想起迎春苦楚，越觉悲伤起来。史湘云解劝一回，又到各家请安问好毕，仍到贾母房中安歇。言及薛家这样人家，被薛大哥闹的家破人亡，今年虽是缓决人犯，明年不知可能减等。贾母道："你还不知道呢，昨儿蟠儿媳妇死的不明白，几乎又闹出一场事来。还幸亏老佛爷有眼，叫他带来的丫头自己供出来了，那夏奶奶才没的闹了，自家拦住相验，你姨妈这里才将裹肉的打发出去了③。你说说，真真是'六亲同运'④。薛家是这样了，姨太太守着薛蝌过日。为这孩子有良心，他说哥哥在监里尚未结局，不肯娶亲。你邢妹妹在大太太那边，也就很苦。琴姑娘为他公公死了尚未满服，梅家尚未娶去。二太太的娘家舅太爷一死，凤丫头的哥哥也不成人；那二舅太爷也是个小气的，又是官项不清⑤，也是打饥荒。甄家自从抄家以后，别无信息。"湘云道："三姐姐去了，曾有书字回来么⑥？"贾母道："自从嫁了去，二老爷回来说，你三姐姐在海疆甚好。只是没有书信，我也日夜惦记。为着我们家连连的出些不好事，所以我也顾不来。如今四丫头也没有给他提亲。环儿呢，谁有功夫提起他来？如今我们家的日子比你从前在这里的时候更苦些。只可怜你宝姐姐，自过了门，没过一天安逸日子。你二哥哥还是这样疯疯颠颠，这怎么处呢？"湘云道："我从小儿在这里长大的，这里那些人的脾气，我都知道的。这一回来了，竟都改了样子了。我打量我隔了好些时没来，他们生疏我；我细想起来，竟不是的。就是见了我，瞧他们的意思，原要像先前一样的热闹，不知道怎么说说就伤心起来了，我所以坐坐就到老太太这里来了。"贾母道："如今这样日子，在我也罢了；你们年轻轻儿的人，还了得！我正要想个法儿，叫他们还热闹一天才好，只是打不起这个精神来。"湘云道："我想起来了，宝姐姐不是后日的生日吗？我多住一天，给他拜过寿，大家热闹一天。不知老太太怎么样？"贾母道："我真正气糊涂了。你不提，我竟忘了。后日可不是他的生日，我明日拿出钱来，给他办个生日。他没有定亲的时候，倒做过好几次，如今他过了门，倒没有做。宝玉这孩子，头里很伶俐，很淘气；如今为着家里的事不好，把这孩子越发弄的话都没有了。倒是珠儿媳妇还好。他有的时候是这么着，没的时候他也是这么着，带着兰儿静静的儿过日子，倒难为他。"湘云道："别人还不离，独有琏二嫂子，连模样儿都改了，说话也不伶俐了。明日等我来引逗他们，看他们怎么样。但是他们嘴里不说，心里要抱怨我，说我有了……"湘云说到那里，却把脸飞红了。贾母会意道："这怕什么？原来姊妹们都是在一处乐惯了的，说说笑笑，再别留这些心。大凡一个人，有也罢，没也罢，总要受得富贵、耐得贫贱才好。你宝姐姐生来是个大方的人。头里他家这样好，他也一点儿不骄傲；后来他家坏了事，他也是舒舒坦坦的。如今在我家里，宝玉待他好，他也是那样安顿；一时待他不好，不见他有什么烦恼。我看这孩子倒是个有福气的。你林姐姐，那是个最小性儿，又多心的，所以到底不长命。凤丫头也见过些事，很不该略见些风波就改了样子。他若这样没见识，也就是小器了。后儿宝丫头的生日，我替另拿出银子来，热热闹闹给他做个生日，也叫他喜欢这一天。"湘云答应道："老太太说得很是。索性把那些姐妹们都请来了，大家叙一叙。"贾母道："自然要请的。"一时高兴道："叫鸳鸯拿出一百银子来，交给外头，叫他明日起，预备两天的酒饭。"鸳鸯领命，叫婆子交了出去。一宿无话。

次日，传话出去，打发人去接迎春。又请了薛姨妈宝琴，叫带了香菱来。又请李婶娘，不多半日，李纹李绮都来了。宝钗本没有知道，听见老太太的丫头来请，说："薛姨太太来了，请二奶奶过去呢。"宝钗心里喜欢，便是随身衣服过去，要见他母亲。只见他妹子宝琴并香菱都在这里，又见李婶娘等人也都来了。心想那些人必是知道我们家的事情完了，所以来问候的，便去问了李婶娘好，见了贾母，然后与他母亲说了几句话，便与李家姐妹们问好。湘云在旁说道："太太们请都坐下，让我们姐妹们给姐姐拜寿。"宝钗听了，倒呆了一呆，回来一想，"可不是明日是我的生日吗？"便说："妹妹们过来瞧老太太是该的，若说为我的生日，是断断不敢的。"正推让着，宝玉也来请薛姨妈李婶娘的安。听见宝钗自己推让，他心里本早打算过宝钗生日，因家中闹得七颠八倒，也不敢在贾母处提起。今见湘云等众人要拜寿，便喜欢道："明日才是生日，我正要告诉老太太来。"湘云笑道："扯臊！老太太还等你告诉？你打谅这些人为什么来，是老太太请的。"宝钗听了，心下未信，只听贾母合他母亲道："可怜宝丫头做了一年新媳妇，家里接二连三的有事，总没有给他做过生日。今日我给他做个生日，请姨太太、太太们来，大家说说话儿。"薛姨妈道："老太太这些时心里才安，他小人儿家，还没有孝敬老太太，倒要老太太操心。"湘云道："老太太最疼的孙子是二哥哥，难道二嫂子就不疼了么？况且宝姐姐也配老太太给他做生日。"宝钗低头不语。宝玉心里想道："我只说史妹妹出了阁是换了一个人了，我所以不敢亲近他，他也不来理我；如今听他的话，原是和先前一样的。为什么我们那个过了门，更觉得腼腆了，话都说不出来了呢？"正想着，小丫头进来说："二姑奶奶回来了。"随后李纨凤姐都进来，大家厮见一番。

迎春提起他父亲出门，说："本要赶来见见，只是他拦着不许来，说是咱们家正是晦气时候，不要沾染其身上。我扭不过，没有来，直哭了两三天。"凤姐道："今儿为什么肯放你回来？"迎春道："他又说咱们家二老爷又袭了职，还可以走走，不妨事的，所以才放我来。"说着又哭起来。贾母道："我原为气得慌，今日接你们来给孙子媳妇过生日，说说笑笑，解个闷儿，你们又提起这些烦事来，又招起我的烦恼来了。"迎春等都不敢作声了。

凤姐虽勉强说了几句有兴的话，终不似先前爽利，招人发笑。贾母心里要宝钗喜欢，故意的怄凤姐儿说话。凤姐也知贾母之意，便竭力张罗，说道："今儿老太太喜欢些了。你看这些人好几时没有聚在一处，今儿齐全。"说着，回过头去，看见婆婆、尤氏不在这里，又缩住了口。贾母为着"齐全"两字，也想邢夫人等，叫人请去。邢夫人、尤氏、惜春等听见老太太叫，不敢不来，心内也十分不愿意，想着家业零败，偏又高兴给宝钗做生日，到底老太太偏心，便来了也是无精打彩的。贾母问起岫烟来，邢夫人假说病着不来。贾母会意，知薛姨妈在这里有些不便，也不提了。

一时，摆下果酒。贾母说："也不送到外头，今日只许咱们娘儿们乐一乐。"宝玉虽然娶过亲的人，因贾母疼爱，仍在里头打混，但不与湘云宝琴等同席，便在贾母身旁设着一个坐儿，他替宝钗轮流敬酒。贾母道："如今且坐下，大家喝酒。到挨晚儿再到各处行礼去。若如今行起来了，大家又闹规矩，把我的兴头打回去，就没趣了。"宝钗便依言坐下。贾母又叫众人来道："咱们今儿索性洒脱些，各留一两个人伺候。我叫鸳鸯带了彩云、莺儿、袭人、平儿等在后间去也喝一钟酒。"鸳鸯等说："我们还没有给二奶奶磕头，怎么就好喝酒去呢？"贾母道："我说了，你们只管去。用的着你们再来。"鸳鸯等去了。

这里贾母才让薛姨妈等喝酒。见他们都不是往常的样子，贾母着急道："你们到底是怎么着？大家高兴些才好。"湘云道："我们又吃又喝，还要怎样？"凤姐道："他们小的时候儿都高兴，如今碍着脸不敢混说，所以老太太瞧着冷净了。"宝玉轻轻的告诉贾母道："话是没有什么说的，再说就说到不好的上头来了。不如老太太出个主意，叫他们行个令儿罢。"贾母侧着耳朵听了，笑道："若是行令，又得叫鸳鸯去。"宝玉听了，不待再说，就出席到后间去找鸳鸯，说："老太太要行令，叫姐姐去呢。"鸳鸯道："小爷，让我们舒舒服服的喝一钟罢。何苦来，又来搅什么？"宝玉道："当真老太太说得，叫你去呢。与我什么相干？"鸳鸯没法，说道："你们只管喝，我去了就来。"便到贾母那边。

老太太道："你来了，不是要行令吗！"鸳鸯道："听见宝二爷说老太太叫我，敢不来吗。不知老太太要行什么令儿？"贾母道："那文的怪闷的慌，武的又不好，你倒是想个新鲜玩意儿才好。"鸳鸯想了想道："如今姨太太有了年纪，不肯费心，倒不如拿出令盆骰子来，大家掷个曲牌名儿赌输赢酒罢。"贾母道："这也使得。"便命人取骰盆放在桌上。鸳鸯说："如今用四个骰子掷去，掷不出名儿来的罚一杯；掷出名儿来，每人喝酒的杯数儿，掷出来再定。"众人听了道："这是容易的，我们都随着。"鸳鸯便打点儿，众人叫鸳鸯喝了一杯，就在他身上数起，恰是薛姨妈先掷。薛姨妈便掷了一下，却是四个"么"。鸳鸯道："这是有名的，叫做'商山四皓'⑦。有年纪的喝一杯。"于是贾母、李婶娘、邢王两夫人都该喝。贾母举酒要喝，鸳鸯道："这是姨太太掷的，还该姨太太说个曲牌名儿，下家儿接一句《千家诗》⑧。说不出的罚一杯。"薛姨妈道："你又来算计我了，我那里说得上来？"贾母道："不说到底寂寞，还是说一句的好。下家儿就是我了，若说不出来，我陪姨太太喝一钟就是了。"薛姨妈便道："我说个'临老入花丛'⑨。"贾母点点头儿道："'将谓偷闲学少年'⑩。"

说完，骰盆过到李纹，便掷了两个"四"，两个"二"。鸳鸯说："也有名了，这叫作'刘阮入天台'⑪。"李纹便接着说了个"二士入桃源"。下手儿便是李纨，说道："'寻得桃源好避秦'⑫。"大家又喝了一口。

骰盆又过到贾母跟前，便掷了两个"二"，两个"三"。贾母道："这要喝酒了。"鸳鸯道："有名儿的，这是'江燕引雏'⑬。众人都该喝一杯。"凤姐道："雏是雏，倒飞了好些了。"众人瞅了他一眼，凤姐便不言语。贾母道："我说什么呢？'公领孙'罢。"下手是李绮，便说道："'闲看儿童捉柳花'⑭。"众人都说好。

宝玉巴不得要说，只是令盆轮不到，正想着，恰好到了跟前，便掷了一个"二"，两个"三"，一个"么"，便说道："这是什么？"鸳鸯笑道："这是个'臭'⑮！先喝一杯再掷罢。"宝玉只得喝了又掷。这一掷掷了两个"三"，两个"四"。鸳鸯道："有了，这叫做'张敞画眉'⑯。"宝玉明白打趣他。宝钗的脸也飞红了。凤姐不大懂得，还说："二兄弟快说了，再找下家儿是谁。"宝玉明知难说，自认："罚了罢。我也没下家。"

过了令盆，轮到李纨，便掷了一下儿。鸳鸯道："大奶奶掷得是'十二金钗'。"宝玉听了，赶到李纨身旁看时，只见红绿对开，便说："这一个好看的很！"忽然想起"十二钗"的梦来，便呆呆的退到自己座上，心里想："这'十二钗'说是金陵的，怎么我家这些人，如今七大八小的就剩了这几个？"复又看看湘云宝钗，虽说都在，只是不见了黛玉。一时按捺不住，眼泪便要下来，恐人看见，便说身上燥的很，脱脱衣服去，挂了筹⑰，出席去了。这史湘云看见宝玉这般光景，打谅宝玉掷不出好的，被别人掷了去，心里不喜欢，便去了；又嫌那个令儿没趣，便有些烦。只见李纨道："我不说了。席间的人也不齐，不如罚我一杯。"贾母道："这个令儿也不热闹，不如蠲了罢。让鸳鸯掷一下，看掷出个什么来。”

小丫头便把令盆放在鸳鸯跟前。鸳鸯依命，便掷了两个“二”，一个“五”，那一个骰子在盆中只管转。鸳鸯叫道：“不要‘五’！”那骰子单单转出一个“五”来。鸳鸯道：“了不得！我输了。”贾母道：“这是不算什么的吗？”鸳鸯道：“名儿倒有，只是我说不上曲牌名来。”贾母道：“你说名儿，我给你诌。”鸳鸯道：“这是‘浪扫浮萍’。”贾母道：“这也不难，我替你说个‘秋鱼入菱窠’。”鸳鸯下手的就是湘云，便道：“‘白萍吟尽楚江秋’⑱。”众人都道：“这句很确。”

贾母道：“这令完了，咱们喝两杯，吃饭罢。”回头一看，见宝玉还没进来，便问道：“宝玉那里去了？还不来。”鸳鸯道：“换衣服去了。”贾母道：“谁跟了去的？”那莺儿便上来回道：“我看见二爷出去，我叫袭人姐姐跟了去了。”贾母王夫人才放心。等了一回，王夫人叫人去找来。小丫头子到了新房，只见五儿在那里插蜡。小丫头便问：“宝二爷那里去了？”五儿道：“在老太太那边喝酒呢。”小丫头道：“我在老太太那里，太太叫我来找的，岂有在那里倒叫我来找的理？”五儿道：“这就不知道了，你到别处找去罢。”小丫头没法，只得回来，遇见秋纹，问道：“你见二爷那里去了？”秋纹道：“我也找他，太太们等他吃饭。这会子那里去了呢？你快去回老太太去，不必说不在家，只说喝了酒不大受用，不吃饭了，略躺一躺再来，请老太太、太太们吃饭罢。”小丫头依言回去，告诉珍珠，珍珠依言回了贾母。贾母道：“他本来吃不多，不吃也罢了，叫他歇歇罢。告诉他今儿不必过来，有他媳妇在这里。”珍珠便向小丫头道：“你听见了？”小丫头答应着，不便说明，只得在别处转了一转，说：“告诉了。”众人也不理会，便吃毕饭，大家散坐说话，不提。

且说宝玉一时伤心，走了出来，正无主意，只见袭人赶来，问是怎么了。宝玉道：“不怎么，只是心里烦得慌。要不趁他们喝酒，咱们两个到珍大奶奶那里逛逛去。"袭人道："珍大奶奶在这里，去找谁？"宝玉道："不找谁，瞧瞧他既在这里，住的房屋怎么样。"袭人只得跟着，一面走，一面说。走到尤氏那边，又一个小门儿半开半掩，宝玉也不进去。只见看园门的两个婆子坐在门槛上说话儿，宝玉问道："这小门开着么？"婆子道："天天是不开的。今儿有人出来说，今日预备老太太要用园里的果子，故开着门等着。"

　　宝玉便慢慢的走到那边，果见腰门半开。宝玉便走了进去，袭人忙拉住道："不用去。园里不干净，常没有人去，不要再撞见什么。"宝玉仗着酒气，说："我不怕那些！"袭人苦苦的拉住，不容他去。婆子们上来说道："如今这园子安静的了。自从那日道士拿了妖去，我们摘花儿，打果子，一个人常走的。二爷要去，咱们都跟着。有这些人，怕什么！"宝玉喜欢。袭人也不便相强，只得跟着。

　　宝玉进得园来，只见满目凄凉。那些花木枯萎，更有几处亭馆，彩色久经剥落。还远远望见一丛修竹，倒还茂盛。宝玉一想，说："我自病时出园，住在后边，一连几个月不准我到这里，瞬息荒凉。你看独有那几竿翠竹菁葱，这不是潇湘馆么？"袭人道："你几个月没来，连方向都忘了。咱们只管说话，不觉将怡红院走过了。"回过头来用手指着道："这才是潇湘馆呢。"宝玉顺着袭人的手一瞧，道："可不是过了吗？咱们回去瞧瞧。"袭人道："天晚了，老太太必是等着吃饭，该回去了。"宝玉不言，找着旧路，竟往前走。你道宝玉虽离了大观园将及一载，岂遂忘了路径？只因袭人恐他见了潇湘馆，想起黛玉，又要伤心，所以用言混过。岂知宝玉只望里走，天又晚，恐招了邪气，故宝玉问他，只说已走过了，欲宝玉不去，不料宝玉的心惟在潇湘馆内。

　　袭人见他往前急走，只得赶上。见宝玉站着，似有所见，如有所闻，便道："你听什么？"宝玉道："潇湘馆倒有人住着么？"袭人道："大约没有人罢。"宝玉道："我明明听见有人在内啼哭，怎么没有人？"袭人道："你是疑心。素常你到这里，常听见林姑娘伤心，所以如今还是那样。"宝玉不信，还要听去。婆子们赶上说道："二爷快回去罢，天已晚了。别处我们还敢走走；只是这里路又隐僻，又听得人说，这里林姑娘死后，常听见有哭声，所以人都不敢走的。"宝玉袭人听说，都吃了一惊。宝玉道："可不是。"说着，便滴下泪来，说："林妹妹，林妹妹！好好儿的，是我害了你了！你别怨我，只是父母作主，并不是我负心。"愈说愈痛，便大哭起来。袭人正在没法，只见秋纹带着些人赶来，对袭人道："你好大胆！怎么领了二爷到这里来？老太太、太太他们打发人各处都找到了，刚才腰门上有人说是你同二爷到这里来了，唬得老太太、太太们了不得，骂着我，叫我带人赶来。还不快回去么！"宝玉犹自痛哭，袭人也不顾他哭，两个人拉着就走，一面替他拭眼泪，告诉他老太太着急。宝玉没法，只得回来。

　　袭人知老太太不放心，将宝玉仍送到贾母那边，众人都等着未散。贾母便说："袭人，我素常知你明白，才把宝玉交给你，怎么今儿带他园里去？他的病才好，倘或撞着什么，又闹起来，这便怎么处？"袭人也不敢分辨，只得低头不语。宝钗看宝玉颜色不好，心里着实的吃惊。倒还是宝玉恐袭人受委屈，说道："青天白日怕什么？我因为好些时没到园里逛逛，今儿趁着酒兴走走，那里就撞着什么了呢！"凤姐在园里吃过大亏的，听到那里，寒毛直竖，说："宝兄弟胆子忒大了。"湘云道："不是胆大，倒是心实。不知是会芙蓉神去了，还是寻什么仙去了。"宝玉听着，也不答言。独有王夫人急得一言不发。贾母问道："你到园里可曾唬着么？这回不用说了。以后要逛，到底多带几个人才好。不然大家早散了。回去好好的睡一夜，明日一早过来，我还要找补，叫你们再乐一天呢。不要为他又闹出什么原故来。"

　　众人听说，辞了贾母出来。薛姨妈便到王夫人那里住下，史湘云仍在贾母房中，迎春便往惜春那里去了。余者各自回去不提。独有宝玉回到房中，嗳声叹气。宝钗明知其故，也不理他，只是怕他忧闷，勾出旧病来，便进里间，叫袭人来，细问他宝玉到园怎么样的光景。未知袭人怎生回说，下回分解。

【注释】

①运用：应付、调度的意思。

②承欢：迎合他人之意，以博取欢心。后多以指侍奉父母，使之欢喜。

③将裹肉的：应作"将皮裹肉的"，比喻勉强对付的意思。

④六亲同运：意即近支亲族命运相同。六亲，六种亲属。古说不一。《汉书·贾谊传》唐颜师古注引应劭说，以父、母、兄、弟、妻、子为六亲。《周易·家人》三国魏王弼注以父、子、兄、弟、夫、妇为六亲。这里实际指各种封建的血缘亲族关系。

⑤官项不清：公款不清，即闹亏空的意思。

⑥书字：书信。也写作"书子"。

⑦商山四皓：秦末东园公、甪（lù，一作角）里先生、绮里季、夏黄公，隐居商山，年皆八十余，须眉皓白，时称"商山四皓"。（见《史记·留侯世家》索隐引《陈留志》）这里指骰子的"四个幺"。

⑧《千家诗》：宋刘克庄编有《唐宋千家诗选》一书，二十二卷。旧时书坊又有《新镌五言千家诗》与《重订千家诗》两种。前者题王相选注，后者所选都是七言，题谢枋得选，王相注；或说是根据《唐宋千家诗选》选出。两书各分绝句、律诗两部分，大都为唐宋作品。所选诸诗浅近易解，旧时并以后者用作训蒙读物，流传颇广。

⑨临老入花丛：唐刘禹锡《杏园联句》："二十四年流落者，故人相引到花丛。"刘参加王伾、王叔文改革运动失败后，被贬在外二十四年，临老始被召回，参加杏园高会，故云。依照上文，这应为"曲牌名"，实际是按所掷骰子的相应色点而起的"骨牌副儿"名称。下面的"二士入桃源""公领孙""秋鱼入菱窠"等亦如此。《金瓶梅》第二十一回写吴月娘等陪西门庆掷骰猜枚行令，即有"水仙子因二士入桃源""鲍老儿临老入花丛"等牌儿名。

⑩"将谓"句：《重订千家诗》卷上宋程颢《春日偶成》诗："时人

不识予心乐，将谓偷闲学少年。”

⑪刘阮入天台：即指汉代刘晨、阮肇入天台山采药，遇见两位仙女的故事。下文“二士入桃源”亦指此。

⑫“寻得”句：《重订千家诗》卷上宋谢枋得《庆全庵桃花》诗：“寻得桃源好避秦，桃红又见一年春。”

⑬江燕引雏：唐殷遥《春晚山行》诗：“野花成子落，江燕引雏飞。”又金李俊民《寿堂燕》诗并序写江燕为避免祸害，引着小燕飞去。

⑭“闲看”句：《重订千家诗》卷上宋杨万里《初夏睡起》诗：“日长睡起无情思，闲看儿童捉柳花。”

⑮“这是”句：俗语。如同说这是个“屁”，意即什么也不是。指宝玉掷的骰子点色不成名目，所以被罚。

⑯张敞画眉：《汉书·张敞传》：“又为妇画眉。长安中传张京兆眉怃。有司以奏敞，上问之，对曰：‘臣闻闺房之内，夫妇之私，有过于画眉者。’”后因以“画眉”形容夫妻相爱。这里语意双关，既是给骰子色点起的名称，又在打趣宝玉。张敞，西汉宣帝时人，曾任京兆尹等官。

⑰挂筹：旧时行酒令时，每人有酒筹一枚，用以计数；挂筹即存放酒筹，告假退席。

⑱“白萍”句：《重订千家诗》卷上宋程颢《题淮南寺》诗：“南去北来休便休，白萍吹尽楚江秋。”

第一百九回
候芳魂五儿承错爱　还孽债迎女返真元[①]

话说宝钗叫袭人问出原故，恐宝玉悲伤成疾，便将黛玉临死的话与袭人假作闲谈，说是："人生在世，有意有情，到了死后，各自干各自的去了，并不是生前那样个人死后还是这样。活人虽有痴心，死的竟不知道。况且林姑娘既说仙去，他看凡人是个不堪的浊物，那里还肯混在世上？只是人自己疑心，所以招出些邪魔外祟来缠扰了。"宝钗虽是与袭人说话，原说给宝玉听的。袭人会意，也说是："没有的事。若说林姑娘的魂灵儿还在园里，我们也算好的，怎么不曾梦见了一次？"

宝玉在外间听得，细细的想道："果然也奇。我知道林妹妹死了，那一日不想几遍，怎么从没梦过？想是他到天上去了，瞧我这凡夫俗子，不能交通神明，所以梦都没有一个儿。我就在外间睡着，或者我从园里回来，他知道我的实心，肯与我梦里一见。我必要问他实在那里去了，我也时常祭奠。若是果然不理我这浊物，竟无一梦，我便不想他了。"主意已定，便说："我今夜就在外间睡了，你们也不用管我。"宝钗也不强他，只说："你不用胡思乱想。你不瞧瞧，太太因你园里去了，急得话都说不出来。若是知道还不保养身子，倘或老太太知道了，又说我们不用心。"宝玉道："白这么说罢咧，我坐一会子就进来。你也乏了，先睡罢。"宝钗知他必进来的，假意说道："我睡了，叫袭姑娘伺候你罢。"

宝玉听了，正合机宜[②]。等宝钗睡了，他便叫袭人麝月另铺设下一副被褥，常叫人进来瞧二奶奶睡着了没有。宝钗故意装睡，也是一夜不宁。那宝玉知是宝钗睡着，便与袭人道："你们各自睡罢，我又不伤感。你若不信，你就伏侍我睡了再进去，只要不惊动我就是了。"袭人果然伏侍他睡下，便预备下了茶水，关好了门，进里间去照应一回，各自假寐③，宝玉若有动静，再出来。宝玉见袭人等进来，便将坐更的两个婆子支到外头。他轻轻的坐起来，暗暗的祝了几句，便睡下了，欲与神交。起初再睡不着，以后把心一静，便睡去了，岂知一夜安眠。

直到天亮，宝玉醒来，拭眼，坐起来想了一回，并无有梦。便叹口气道："正是'悠悠生死别经年，魂魄不曾来入梦'④！"宝钗却一夜反没有睡着，听宝玉在外边念这两句，便接口道："这句又说莽撞了。如若林妹妹在时，又该生气了。"宝玉听了，反不好意思，只得起来，搭赸着往里间走来，说："我原要进来的，不觉得一个盹儿就打着了。"宝钗道："你进来不进来，与我什么相干？"袭人等本没有睡，眼见他们两个说话，即忙倒上茶来。已见老太太那边打发小丫头来问："宝二爷昨夜睡得安顿么？若安顿，早早的同二奶奶梳洗了就过去。"袭人便说："你去回老太太，说：'宝玉昨夜很安顿，回来就过来。'"小丫头去了。

宝钗起来梳洗了，莺儿袭人等跟着，先到贾母那里行了礼，便到王夫人那边起至凤姐，都让过了，仍到贾母处，见他母亲也过来了。大家问起："宝玉晚上好么？"宝钗便说："回去就睡了，没有什么。"众人放心，又说些闲话。只见小丫头进来，说："二姑奶奶要回去了。听见说，孙姑爷那边人来，到大太太那里说了些话，大太太叫人到四姑娘那边说，不必留了，让他去罢。如今二姑奶奶在大太太那边哭呢，大约就过来辞老太太。"贾母众人听了，心中好不自在，都说："二姑娘这样一个人，为什么命里遭着这样的人！一辈子不能出头，这便怎么好？"说着，迎春进来，泪痕满面，因为是宝钗的好日子，只得含着泪，辞了众人要回去。贾母知道他的苦处，也不便强留，只说道："你回去也罢了，但是不要悲伤。碰着了这样人，也是没法儿的。过几天我再打发人接你去。"迎春道："老太太始终疼我，如今也疼不来了。可怜我只

是没有再来的时候儿了。”说着，眼泪直流。众人都劝道：“这有
什么不能回来的？比不得你三妹妹，隔得远，要见面就难了。”
贾母等想起探春，不觉也大家落泪。只为是宝钗的生日，即转悲
为喜说：“这也不难。只要海疆平静，那边亲家调进京来，就见的
着了。”大家说：“可不是这么着呢。”说着，迎春只得含悲而别。
众人送了出来，仍回贾母那里，从早至暮，又闹了一天。众人见
贾母劳乏，各自散了。

　　独有薛姨妈辞了贾母，到宝钗那里，说道：“你哥哥是今年过
了，直要等到皇恩大赦的时候，减了等，才好赎罪。这几年叫我
孤苦伶仃，怎么处！我想要与你二哥哥完婚，你想想好不好？”
宝钗道：“妈妈是为着大哥哥娶了亲，唬怕的了，所以把二哥哥的
事也犹豫起来。据我说，很该就办。邢姑娘是妈妈知道的，如今
在这里也很苦。娶了去，虽说我家穷，究竟比他傍人门户好多着
呢⑤。”薛姨妈道：“你得便的时候，就去告诉老太太，说我家没
人，就要择日子了。”宝钗道：“妈妈只管同二哥哥商量，挑个好
日子，过来和老太太、大太太说了，娶过去，就完了一宗事。这
里大太太也巴不得娶了去才好。”薛姨妈道：“今日听见史姑娘也
就回去了，老太太心里要留你妹妹在这里住几天，所以他住下了。
我想他也是不定多早晚就走的人了，你们姊妹们也多叙几天话
儿。”宝钗道：“正是呢。”于是薛姨妈又坐了一坐，出来辞了众
人，回去了。

　　却说宝玉晚间归房，因想：“昨夜黛玉竟不入梦，或者他已
经成仙，所以不肯来见我这种浊人，也是有的；不然，就是我的
性儿太急了，也未可知。”便想了个主意，向宝钗说道：“我昨夜
偶然在外间睡着，似乎比在屋里睡的安稳些，今日起来，心里也
觉清净些。我的意思，还要在外间睡两夜，只怕你们又来拦我。”
宝钗听了，明知早晨他嘴里念诗是为着黛玉的事了，想来他那个
呆性是不能劝的，倒好叫他睡两夜，索性自己死了心也罢了，况
兼昨夜听他睡的倒也安静，便道：“好没来由。你只管睡去，我们

拦你作什么？但只不要胡思乱想的招出些邪魔外祟来。”宝玉笑道："谁想什么？"袭人道："依我劝，二爷竟还是屋里睡罢。外边一时照应不到，着了风，倒不好。"宝玉未及答言，宝钗却向袭人使了个眼色。袭人会意，便道："也罢，叫个人跟着你罢，夜里好倒茶倒水的。"宝玉便笑道："这么说，你就跟了我来。"袭人听了，倒没意思起来，登时飞红了脸，一声也不言语。宝钗素知袭人稳重，便说道："他是跟惯了我的，还叫他跟着我罢。叫麝月五儿照料着也罢了。况且今日他跟着我闹了一天，也乏了，该叫他歇歇了。"宝玉只得笑着出来。

宝钗因命麝月五儿给宝玉仍在外间铺设了，又嘱咐两个人："醒睡些，要茶要水，都留点神儿。"两个答应着。出来看见宝玉端然坐在床上，闭目合掌，居然像个和尚一般，两个也不敢言语，只管瞅着他笑。宝钗又命袭人出来照应。袭人看见这般，却也好笑，便轻轻的叫道："该睡了。怎么又打起坐来了？"宝玉睁开眼看见袭人，便道："你们只管睡罢，我坐一坐就睡。"袭人道："因为你昨日那个光景，闹的二奶奶一夜没睡。你再这么着，成何事体？"宝玉料着自己不睡，都不肯睡，便收拾睡下。袭人又嘱咐了麝月等几句，才进去关门睡了。

这里麝月五儿两个人也收拾了被褥，伺候宝玉睡着，各自歇下。那知宝玉要睡越睡不着，见他两个人在那里打铺，忽然想起那年袭人不在家时，晴雯麝月两个人服事，夜间麝月出去，晴雯要唬他，因为没穿衣服，着了凉，后来还是从这个病上死的。想到这里，一心移在晴雯身上去了。忽又想起凤姐说五儿给晴雯脱了个影儿，因又将想晴雯的心肠移在五儿身上。自己假装睡着，偷偷的看那五儿，越瞧越像晴雯，不觉呆性复发。听了听里间已无声息，知是睡了；却见麝月睡着了，便故意叫了麝月两声，却不答应。五儿听见宝玉唤人，便问道："二爷要什么？"宝玉道："我要漱漱口。"五儿见麝月已睡，只得起来，重新剪了蜡花，倒了一钟茶来，一手托着漱盂。却因赶忙起来的，身上只穿着一件桃红绫子小袄儿，松松的挽着一个纂儿。宝玉看时，居然晴雯复生。忽又想起晴雯说的"早知担个虚名，也就打个正经主意了"。不觉呆呆的呆看，也不接茶。

　　那五儿自从芳官去后，也无心进来了。后来听得凤姐叫他进来伏侍宝玉，竟比宝玉盼他进来的心还急。不想进来以后，见宝钗袭人一般尊贵稳重，看着心里实在敬慕；又见宝玉疯疯傻傻，不似先前丰致；又听见王夫人为女孩子们和宝玉玩笑都撵了：所以把这件事搁在心上，倒无一毫的儿女私情了。怎奈这位呆爷今晚把他当作晴雯，只管爱惜起来。那五儿早已羞得两颊红潮，又不敢大声说话，只得轻轻的说道："二爷，漱口啊。"宝玉笑着接了茶在手中，也不知道漱了没有，便笑嘻嘻的问："你和晴雯姐姐好不是啊？"五儿听了，摸不着头脑，便道："都是姐妹，也没有什么不好的。"宝玉又悄悄的问道："晴雯病重了，我看他去，不是你也去了么？"五儿微微笑着点头儿。宝玉道："你听见他说什么了没有？"五儿摇着头儿道："没有。"

　　宝玉已经忘神，便把五儿的手一拉。五儿急得红了脸，心里乱跳，便悄悄说道："二爷，有什么话只管说，别拉拉扯扯的。"宝玉才放了手，说道："他和我说来着：'早知担了个虚名，也就打正经主意了。'你怎么没听见么？"五儿听了这话明明是轻薄自己的意思，又不敢怎么样，便说道："那是他自己没脸。这也是我们女孩儿家说得的吗？"宝玉着急道："你怎么也是这个道学先生！我看你长的和他一模一样，我才肯和你说这个话，你怎么倒拿这些话遭塌他？"

　　此时五儿心中也不知宝玉是怎么个意思，便说道："夜深了，二爷也睡罢，别紧着坐着，看凉着。刚才奶奶和袭人姐姐怎么嘱咐了？"宝玉道："我不凉。"说到这里，忽然想起五儿没穿着大衣服，就怕他也象晴雯着了凉，便说道："你为什么不穿上衣服就过来？"五儿道："爷叫的紧，那里有尽着穿衣裳的空儿？要知道说这半天话儿时，我也穿上了。"宝玉听了，连忙把自己盖的一件月白绫子绵袄儿揭起来递给五儿，叫他披上。五儿只不肯接，说："二爷盖着罢，我不凉。我凉，我有我的衣裳。"说着，回到自己铺边，拉了一件长袄披上。又听了听，麝月睡的正浓，才慢慢过来说："二爷今晚不是要养神呢吗？"宝玉笑道："实告诉你罢，什么是养神！我倒是要遇仙的意思。"五儿听了，越发动了疑心，便问道："遇什么仙？"宝玉道："你要知道，这话长着呢。你挨着我来坐下，我告诉你。"五儿红了脸，笑道："你在那里躺着，我怎么坐呢？"宝玉道："这个何妨？那一年冷天，也是你麝月姐姐和你晴雯姐姐玩，我怕冻着他，还把他揽在被里握着呢。这有什么的！大凡一个人，总别酸文假醋的才好。"五儿听了，句句都是宝玉调戏之意，那知这位呆爷却是实心实意的话儿。五儿此时走开不好，站着不好，坐下不好，倒没了主意。因微微的笑着道："你别混说了。看人家听见，这是什么意思？怨不得人家说你专在女孩儿身上用工夫！你自己放着二奶奶和袭人姐姐，都是仙人儿似的，只爱和别人混缠。明儿再说这些话，我回了二奶奶，看你什么脸见人。"

正说着，只听外面"咕咚"一声，把两个人吓了一跳。里间宝钗咳嗽了一声，宝玉听见连忙努嘴儿，五儿也就忙忙的息了灯，悄悄的躺下了。原来宝钗袭人因昨夜不曾睡，又兼日间劳乏了一天，所以睡去，都不曾听见他们说话，此时院中一响，早已惊醒，听了听，也无动静。宝玉此时躺在床上，心里疑惑："莫非林妹妹来了，听见我和五儿说话，故意吓我们的？"翻来复去，胡思乱想，五更以后，才朦胧睡去。

却说五儿被宝玉鬼混了半夜，又兼宝钗咳嗽，自己怀着鬼胎，生怕宝钗听见了，也是思前想后，一夜无眠。次日一早起来，见宝玉尚自昏昏睡着，便轻轻儿的收拾了屋子。那时麝月已醒，便道："你怎么这么早起来了？你难道一夜没睡吗？"五儿听这话又似麝月知道了的光景，便只是赸笑，也不答言。不一时，宝钗袭人也都起来。开了门，见宝玉尚睡，却也纳闷："怎么外边两夜睡得倒这般安稳？”

　　及宝玉醒来，见众人都起来了，自己连忙爬起，揉着眼睛，细想昨夜又不曾梦见，可是“仙凡路隔”了。慢慢的下了床，又想昨夜五儿说的“宝钗袭人都是天仙一般”，这话却也不错，便怔怔的瞅着宝钗。宝钗见他发怔，虽知他为黛玉之事，却也定不得梦不梦，只是瞅的自己倒不好意思，便道：“二爷昨夜可真遇见仙了么？”宝玉听了，只道昨晚的话宝钗听见了，笑着勉强说道：“这是那里的话？”那五儿听了这一句，越发心虚起来，又不好说的，只得且看宝钗的光景。只见宝钗又笑着问五儿道：“你听见二爷睡梦中和人说话来着么？”宝玉听了，自己坐不住，搭讪着走开了。五儿把脸飞红，只得含糊道：“前半夜倒说了几句，我也没听真。什么‘担了虚名’，又什么‘没打正经主意’，我也不懂，劝着二爷睡了。后来我也睡了，不知二爷还说来着没有。”宝钗低头一想：“这话明是为黛玉了。但尽着叫他在外头，恐怕心邪了，招出些花妖月姊来。况兼他的旧病，原在姊妹上情重。只好设法将他的心意挪移过来，然后能免无事。”想到这里，不免面红耳热起来，也就赸赸的进房梳洗去了。

　　且说贾母两日高兴，略吃多了些，这晚有些不受用；第二天，便觉着胸口饱闷。鸳鸯等要回贾政，贾母不叫言语，说：“我这两日嘴馋些，吃多了点子。我饿一顿就好了，你们快别吵嚷。”于是鸳鸯等并没有告诉人。

　　这日晚间，宝玉回到自己屋里，见宝钗自贾母王夫人处才请了晚安回来，宝玉想着早起之事，未免赧颜抱惭。宝钗看他这样，也晓得是个没意思的光景。因想着他是个痴情人，要治他的这病，少不得仍以痴情治之。想了一回，便问宝玉道：“你今夜还在外间睡去罢咧？”宝玉自觉没趣，便道：“里间外间都是一样的。”宝钗意欲再说，反觉不好意思。袭人道：“罢呀，这倒是什么道理呢？我不信睡得那么安稳。”五儿听见这话，连忙接口道：“二爷在外间睡，别的倒没什么，只是爱说梦话，叫人摸不着头脑儿，又不敢驳他的回。"袭人便道："我今日挪到床上睡睡，看说梦话不说。你们只管把二爷的铺盖铺在里间就完了。"宝钗听了，也不作声。宝玉自己惭愧不来，那里还有强嘴的分儿，便依着搬进里间来。一则宝玉负愧，欲安慰宝钗之心；二则宝钗恐宝玉思郁成疾，不如假以词色，使得稍觉亲近，以为"移花接木"之计。于是当晚袭人果然挪出去。宝玉因心中愧悔，宝钗欲拢络宝玉之心，自过门至今日，方才如鱼得水，恩爱缠绵。所谓"二五之精，妙合而凝"的了⑥。此是后话。

且说次日宝玉宝钗同起，宝玉梳洗了，先过贾母这边来。这里贾母因疼宝玉，又想宝钗孝顺，忽然想起一件东西，便叫鸳鸯开了箱子，取出祖上所遗一个汉玉玦，虽不及宝玉他那块玉石，挂在身上却也希罕。鸳鸯找出来递与贾母，便说道："这件东西，我好像从没见的。老太太这些年还记得这样清楚，说是那一箱什么匣子里装着。我按着老太太的话一拿就拿出来了。老太太怎么想着拿出来做什么？"贾母道："你那里知道？这块玉还是祖爷爷给我们老太爷，老太爷疼我，临出嫁的时候叫了我去，亲手递给我的。还说：'这玉是汉时所佩的东西，很贵重，你拿着就像见了我的一样。'我那时还小，拿了来，也不当什么，便撂在箱子里。到了这里，我见咱们家的东西也多，这算得什么！从没带过，一撂便撂了六十多年。今儿见宝玉这样孝顺，他又丢了一块玉，故此，想着拿出来给他，也象是祖上给我的意思。"

一时，宝玉请了安。贾母便喜欢道："你过来，我给你一件东西瞧瞧。"宝玉走到床前，贾母便把那块汉玉递给宝玉。宝玉接来一瞧，那玉有三寸方圆，形似甜瓜，色有红晕，甚是精致。宝玉口口称赞。贾母道："你爱么？这是我祖爷爷给我的，我传了你罢。"宝玉笑着，请了个安谢了，又拿了要送给他母亲瞧。贾母道："你太太瞧了，告诉你老子，又说疼儿子不如疼孙子了。他们从没见过。"宝玉笑着去了。宝钗等又说了几句话，也辞了出来。

　　自此，贾母两日不进饮食，胸口仍是结闷，觉得头晕目眩，咳嗽。邢王二夫人、凤姐等请安，见贾母精神尚好，不过叫人告诉贾政，立刻来请了安。贾政出来，即请大夫看脉。不多一时，大夫来诊了脉，说是有年纪的人，停了些饮食，感冒些风寒，略消导发散些就好了。开了方子，贾政看了，知是寻常药品，命人煎好进服。以后贾政早晚进来请安。一连三日，不见稍减。贾政又命贾琏打听好大夫："快去请来瞧老太太的病。咱们家常请的几个大夫，我瞧着不怎么好，所以叫你去。"贾琏想了一想，说道："记得那年宝兄弟病的时候，倒是请了一个不行医的来瞧好了的，如今不如找他。"贾政道："医道却是极难的，愈是不兴时的大夫倒有本领。你就打发人去找来罢。"贾琏即忙答应去了，回来说道："这刘大夫新近出城教书去了，过十来天进城一次。这时等不得，又请了一位，也就来了。"贾政听了，只得等着，不提。

　　且说贾母病时，合宅女眷无日不来请安。一日，众人都在那里，只见看园内腰门的老婆子进来回说："园里的栊翠庵的妙师父知道老太太病了，特来请安。"众人道："他不常过来，今儿特地来，你们快请去来。"凤姐走到床前回贾母。岫烟是妙玉的旧相识，先走出去接他。只见妙玉头带妙常髻⑦；身上穿一件月白素绸袄儿，外罩一件水田青缎镶边长背心，拴着秋香色的丝绦；腰下系一条淡墨画的白绫裙；手执麈尾念珠。跟着一个侍儿，飘飘拽拽的走来。岫烟见了问好，说是："在园内住得日子，可以常来瞧瞧你；近来因为园内人少，一个人轻易难出来，况且咱们这里的腰门常关着，所以这些日子不得见你。今儿幸会。"妙玉道："头里你们是热闹场中，你们虽在外园里住，我也不便常来亲近；如今知道这里的事情也不大好，又听说是老太太病着，又惦记着你，并要瞧瞧宝姑娘。我那管你们的关不关，我要来就来；我不来，你们要我来也不能啊。"岫烟笑道："你还是那种脾气。"

　　一面说着，已到贾母房中。众人见了，都问了好。妙玉走到贾母床前问候，说了几句套话。贾母便道："你是个女菩萨，你瞧瞧我的病可好得了好不了？"妙玉道："老太太这样慈善的人，寿数正有呢。一时感冒，吃几贴药，想来也就好了。有年纪人，只要宽心些。"贾母道："我倒不为这些，我是极爱寻快乐的。如今这病也不觉怎样，只是胸膈闷饱。刚才大夫说是气恼所致。你是知道的，谁敢给我气受？这不是那大夫脉理平常么？我和琏儿说了，还是头一个大夫说感冒伤食的是，明儿仍请他来。"说着，叫鸳鸯："吩咐厨房里办一桌净素菜来，请他在这里便饭。"妙玉道："我已吃过午饭了，我是不吃东西的。"王夫人道："不吃也罢，咱们多坐一会，说些闲话儿罢。"妙玉道："我久已不见你们，今儿来瞧瞧。"又说了一回话，便要走，回头见惜春站着，便问道："四姑娘为什么这样瘦？不要只管爱画劳了心。"惜春道："我久不画了。如今住的房屋不比园里的显亮，所以没兴画。"妙玉道："你如今住在那一所了？"惜春道："就是你才来的那个门东边的屋子，你要来，很近。"妙玉道："我高兴的时候来瞧你。"惜春等说着送了出去。回身过来，听见丫头们回说大夫在贾母那边呢，众人暂且散去。

那知贾母这病日重一日，延医调治不效，以后又添腹泻。贾政着急，知病难医，即命人到衙门告假，日夜同王夫人亲侍汤药。一日，见贾母略进些饮食，心里稍宽，只见老婆子在门外探头。王夫人叫彩云看去，问问是谁。彩云看了是陪迎春到孙家去的人，便道："你来做什么？"婆子道："我来了半日，这里找不着一个姐姐们，我又不敢冒撞，我心里又急。"彩云道："你急什么？又是姑爷作践姑娘不成么？"婆子道："姑娘不好了！前儿闹了一场，姑娘哭了一夜，昨日痰堵住了。他们又不请大夫，今日更利害了。"彩云道："老太太病着呢，别大惊小怪的。"王夫人在内已听见了，恐老太太听见不受用，忙叫彩云带他外头说去。岂知贾母病中心静，偏偏听见，便道："迎丫头要死了么？"王夫人便道："没有。婆子们不知轻重，说是这两日有些病，恐不能就好，到这里问大夫。"贾母道："瞧我的大夫就好，快请了去。"王夫人便叫彩云:"叫这婆子去回大太太去。"那婆子去了。

这里贾母便悲伤起来,说是:"我三个孙女儿:一个享尽了福死了;三丫头远嫁,不得见面;迎丫头虽苦,或者熬出来,不打谅他年轻轻儿的就要死了。留着我这么大年纪的人活着作什么!"王夫人鸳鸯等解劝了好半天。那时宝钗李氏等不在房中,凤姐近来有病。王夫人恐贾母生悲添病,便叫人叫了他们来陪着,自己回到房中,叫彩云来埋怨:"这婆子不懂事!以后我在老太太那里,你们有事,不用来回。"丫头们依命不言。岂知那婆子刚到邢夫人那里,外头的人已传进来,说:"二姑奶奶死了。"邢夫人听了,也便哭了一场。现今他父亲不在家中,只得叫贾琏快去瞧看。知贾母病重,众人都不敢回。可怜一位如花似月之女,结缡年余⑧,不料被孙家揉搓⑨,以致身亡,又值贾母病笃,众人不便离开,竟容孙家草草完结。

贾母病势日增,只想这些孙女儿。一时想起湘云,便打发人去瞧他。回来的人悄悄的找鸳鸯,因鸳鸯在老太太身旁,王夫人等都在那里,不便上去,到了后头,找了琥珀,告诉他道:"老太太想史姑娘,叫我们去打听。那里知道史姑娘哭得了不得,说是姑爷得了暴病,大夫都瞧了,说这病只怕不能好,若是变了个痨病,还可挨过四五年。所以史姑娘心里着急。又知道老太太病,只是不能过来请安。还叫我不要在老太太面前提起,倘或老太太问起来,务必托你们变个法儿回老太太才好。"琥珀听了,"咳"了一声,就也不言语了,半日说道:"你去罢。"琥珀也不便回,心里打算告诉鸳鸯叫他撒谎去,所以来到贾母床前。只见贾母神色大变,地下站着一屋子的人,喊喊的说:"瞧着是不好了。"也不敢言语了。

这里贾政悄悄的叫贾琏到身旁,向耳边说了几句话。贾琏轻轻的答应,出去了,便传齐了现在家的一干家人,说:"老太太的事,待好出来了,你们快快分头派人办去。头一件,先请出板来瞧瞧⑩,好挂里子⑪。快到各处将各人的衣服量了尺寸,都开明了，便叫裁缝去做孝衣。那棚杠执事都去讲定。厨房里还该多派几个人。"赖大等回道："二爷，这些事不用爷费心，我们早打算好了，只是这项银子在那里打算？"贾琏道："这种银子不用算计了，老太太自己早留下了。刚才老爷的主意，只要办的好，我想外面也要好看。"赖大等答应，派人分头办去。

贾琏复回到自己房中，便问平儿："你奶奶今儿怎么样？"平儿把嘴往里一努，说："你瞧去。"贾琏进内，见凤姐正要穿衣，一时动不得，暂且靠在炕桌儿上。贾琏道："你只怕养不住了，老太太的事，今儿明儿就要出来了，你还脱得过么？快叫人将屋里收拾收拾，就该扎挣上去了。若有了事，你我还能回来么？"凤姐道："咱们这里还有什么收拾的？不过就是这点子东西，还怕什么！你先去罢，看老爷叫你。我换件衣裳就来。"

贾琏先回到贾母房里，向贾政悄悄的回道："诸事已交派明白了。"贾政点头。外面又报："太医进来了。"贾琏接入，诊了一回，出来，悄悄的告诉贾琏："老太太的脉气不好，防着些。"贾琏会意，与王夫人等说知。王夫人即忙使眼色叫鸳鸯过来，叫他把老太太的装裹衣服预备出来。鸳鸯自去料理。贾母睁眼要茶喝，邢夫人便进了一杯参汤。贾母刚用嘴接着喝，便道："不要那个，倒一钟茶来我喝。"众人不敢违拗，即忙送上来。一口喝了，还要，又喝一口，便说："我要坐起来。"贾政等道："老太太要什么，只管说，可以不必坐起来才好。"贾母道："我喝了口水，心里好些，略靠着和你们说说话。"珍珠等用手轻轻的扶起，看见贾母这回精神好些。未知生死，下回分解。

【注释】

①返真元：返归真正的元始状态。意即死亡。道家称人死为"返真"。《庄子·大宗师》："嗟来桑户乎！嗟来桑户乎！而已反其真，而我犹为人猗。"

②机宜：此指心意。

③假寐：和衣而睡。《诗经·小雅·小弁》："假寐永叹。"汉郑玄笺："不脱冠衣而寐曰假寐。"

④"悠悠生死"二句：见唐白居易《长恨歌》。原写唐玄宗对杨贵妃的怀念，这里宝玉借以表达对黛玉的思念。

⑤傍人门户：依赖他人、不能自立的意思。

⑥二五之精，妙合而凝：宋周敦颐《太极图说》："二五之精，妙合而凝，乾道成男，坤道成女，二气交感，化生万物。"二，指阴阳。五，指水火木金土。这里是说夫妻同房。

⑦妙常髻：《古今女史》载，陈妙常为宋时女贞观尼，因与潘必正相爱，临江令张于湖断为夫妇。明高濂演为《玉簪记》传奇。舞台演出时，妙常梳了一种特殊形式的发髻，上覆巾帻，称"妙常髻"。

⑧结缡（lí）：古代女子出嫁时，母亲为之系结佩巾，以示至男家后应尽力操持家务。缡，佩在胸前之巾。《诗经·豳风·东山》："亲结其缡，九十其仪。"后也指男女成婚。

⑨揉搓：折磨的意思。

⑩板：本指做棺材的木料，这里指棺木。

⑪挂里子：在棺材内壁上涂刷松香、桐油、黄蜡等，叫"挂里子"。

第一百十回

史太君寿终归地府　王凤姐力诎失人心^①

却说贾母坐起说道："我到你们家已经六十多年了，从年轻的时候到老来，福也享尽了。自你们老爷起，儿子孙子也都算是好的了。就是宝玉呢，我疼了他一场……"说到那里，拿眼满地下瞅着。王夫人便推宝玉走到床前。贾母从被窝里伸出手来拉着宝玉，道："我的儿，你要争气才好！"宝玉嘴里答应，心里一酸，那眼泪便要流下来，又不敢哭，只得站着。听贾母说道："我想再见一个重孙子，我就安心了。我的兰儿在那里呢？"李纨也推贾兰上去。贾母放了宝玉，拉着贾兰，道："你母亲是要孝顺的。将来你成了人，也叫你母亲风光风光。凤丫头呢？"凤姐本来站在贾母旁边，赶忙走到眼前，说："在这里呢。"贾母道："我的儿，你是太聪明了，将来修修福罢！我也没有修什么，不过心实吃亏。那些吃斋念佛的事我也不大干，就是旧年叫人写了些《金刚经》送送人，不知送完了没有？"凤姐道："没有呢。"贾母道："早该施舍完了才好。我们大老爷和珍儿是在外头乐了；最可恶的是史丫头没良心，怎么总不来瞧我。"鸳鸯等明知其故，都不言语。贾母又瞧了一瞧宝钗，叹了口气，只见脸上发红。贾政知是回光返照，即忙进上参汤。贾母的牙关已经紧了，合了一回眼，又睁着满屋里瞧了一瞧。王夫人宝钗上去，轻轻扶着，邢夫人凤姐等便忙穿衣。地下婆子们已将床安设停当，铺了被褥。听见贾母喉间略一响动，脸变笑容，竟是去了。享年八十三岁。众婆子疾忙停床。

于是贾政等在外一边跪着，邢夫人等在内一边跪着，一齐举起哀来。外面家人各样预备齐全，只听里头信儿一传出来，从荣府大门起至内宅门，扇扇大开，一色净白纸糊了；孝棚高起，大门前的牌楼立时竖起；上下人等登时成服②。贾政报了丁忧③，礼部奏闻。主上深仁厚泽，念及世代功勋，又系元妃祖母，赏银一千两，谕礼部主祭。家人们各处报丧。众亲友虽知贾家势败，今见圣恩隆重，都来探丧。择了吉时成殓，停灵正寝④。

　　贾赦不在家，贾政为长，宝玉、贾环、贾兰是亲孙，年纪又小，都应守灵。贾琏虽也是亲孙，带着贾蓉，尚可分派家人办事。虽请了些男女外亲来照应，内里邢王二夫人、李纨、凤姐、宝钗等是应灵旁哭泣的；尤氏虽可照应，他自贾珍外出，依住荣府，一向总不上前，且又荣府的事不甚谙练；贾蓉的媳妇更不必说了；惜春年小，虽在这里长的，他于家事全不知道。所以内里竟无一人支持，只有凤姐可以照管里头的事，况又贾琏在外作主，里外他二人，倒也相宜。凤姐先前仗着自己的才干，原打谅老太太死了，他大有一番作用。邢王二夫人等本知他曾办过秦氏的事，必是妥当，于是仍叫凤姐总理里头的事。凤姐本不应辞，自然应了，心想："这里的事本是我管的。那些家人更是我手下的人。太太和珍大嫂子的人本来难使唤些，如今他们都去了。银项虽没有了对牌，这种银子是现成的。外头的事又是他办着。虽说我现今身子不好，想来也不致落褒贬，必是比宁府里还得办些。"心下已定，且待明日接了三⑤，后日一早便叫周瑞家的传出话去，将花名册取上来。凤姐一一的瞧了，统共只有男仆二十一人，女仆只有十九人，余者俱是些丫头，连各房算上，也不过三十多人，难以点派差使。心里想道："这回老太太的事倒没有东府里的人多。"又将庄上的弄出几个，也不敷差遣。

　　正在思算，只见一个小丫头过来说："鸳鸯姐姐请奶奶。"凤姐只得过去，只见鸳鸯哭得泪人一般，一把拉着凤姐儿，说道："二奶奶请坐，我给二奶奶磕个头。虽说服中不行礼，这个头是要磕的。"鸳鸯说着跪下，慌的凤姐赶忙拉住，说道："这是什么礼？有话好好的说。"鸳鸯跪着，凤姐便拉起来。鸳鸯说道："老太太的事，一应内外，都是二爷和二奶奶办。这种银子是老太太留下的。老太太这一辈子也没有遭塌过什么银钱，如今临了这件大事，必得求二奶奶体体面面的办一办才好！我方才听见老爷说什么'诗云''子曰'，我不懂；又说什么'丧与其易，宁戚'，我听了不明白。我问宝二奶奶，说是，老爷的意思：老太太的丧事，只要悲切才是真孝，不必糜费，图好看的念头。我想老太太这样一个人，怎么不该体面些？我虽是奴才丫头，敢说什么？只是老太太疼二奶奶和我这一场，临死了还不叫他风光风光？我想二奶奶是能办大事的，故此我请二奶奶来，求作个主。我生是跟老太太的人，老太太死了，我也是跟老太太的，若是睄不见老太太的事怎么办，将来怎么见老太太呢？"

凤姐听了这话来的古怪，便说："你放心，要体面是不难的。况且老爷虽说要省，那势派也错不得。便拿这项银子都花在老太太身上，也是该当的。"鸳鸯道："老太太的遗言说，所有剩下的东西是给我们的，二奶奶倘或用着不够，只管拿这个去折变补上。就是老爷说什么，我也不好违了老太太的遗言。那日老太太分派的时候，不是老爷在这里听见的么？"凤姐道："你素来最明白的，怎么这会子那样的着急起来了？"鸳鸯道："不是我着急，为的是大太太是不管事的，老爷是怕招摇的。若是二奶奶心里也是老爷的想头，说抄过家的人家，丧事还是这么好，将来又要抄起来，也就不顾起老太太来，怎么处？在我呢，是个丫头，好歹碍不着，到底是这里的声名。"凤姐道："我知道了。你只管放心，有我呢。"鸳鸯千恩万谢的托了凤姐。

那凤姐出来，想道："鸳鸯这东西好古怪，不知打了什么主意？论理，老太太身上本该体面些。嗳！不要管他，且按着咱们家先前的样子办去。"于是叫旺儿家的来，话传出去，请二爷进来。不多时，贾琏进来，说道："怎么找我？你在里头照应着些就是了。横竖作主是咱们二老爷，他说怎么着，咱们就怎么着。"凤姐道："你也说起这个话来了，可不是鸳鸯说的话应验了么？"贾琏道："什么鸳鸯的话？"凤姐便将鸳鸯请进去的话述了一遍。

贾琏道:"他们的话算什么! 才刚二老爷叫我去,说:'老太太的事固要认真办理,但是知道的呢,说是老太太自己结果自己;不知道的,只说咱们都隐匿起来了,如今很宽裕。老太太的这种银子用不了,谁还要么? 仍旧该用在老太太身上。老太太是在南边的,坟地虽有,阴宅却没有。老太太的柩是要归到南边去的。留这银子在祖坟上盖起些房屋来,再余下的,置买几顷祭田。咱们回去也好;就是不回去,也叫这些贫穷族中住着,也好按时按节早晚上香,时常祭扫祭扫。'你想这些话可不是正经主意? 据你这个话,难道都花了罢?"凤姐道:"银子发出来了没有?"贾琏道:"谁见过银子! 我听见咱们太太听见了二老爷的话,极力的撺掇二太太和二老爷说:'这是好主意。'叫我怎么着? 现在外头棚杠上要支几百银子,这会子还没有发出来。我要去,他们都说有,先叫外头办了,回来再算。你想,这些奴才们,有钱的早溜了。按着册子叫去,有的说告病,有的说下庄子去了。走不动的有几个,只有赚钱的能耐,还有赔钱的本事么?"凤姐听了,呆了半天,说道:"这还办什么!"

正说着,见来了一个丫头,说:"大太太的话,问二奶奶:今儿第三天了,里头还很乱,供了饭,还叫亲戚们等着吗? 叫了半天,来了菜,短了饭,这是什么办事的道理?"凤姐急忙进去吆喝人来伺候,胡弄着将早饭打发了。偏偏那日人来的多,里头的人都死眉瞪眼的。凤姐只得在那里照料了一会子,又惦记着派人,赶着出来,叫了旺儿家的传齐了家下女人们,一一分派了。众人都答应着不动。凤姐道:"什么时候,还不供饭?"众人道:"传饭是容易的,只要将里头的东西发出来,我们才好照管去。"凤姐道:"糊涂东西! 派定了你们,少不得有的。"众人只得勉强应着。

凤姐即往上房取发应用之物,要去请示邢王二夫人,见人多难说,看那时候已经日渐平西了,只得找了鸳鸯,说要老太太存的那一分家伙。鸳鸯道:"你还问我呢,那一年二爷当了,赎了来了么?"凤姐道:"不用银的金的,只要那一分平常使的。"鸳鸯道："大太太珍大奶奶屋里使的是那里来的？"凤姐一想不差，转身就走，只得到王夫人那边找了玉钏彩云，才拿了一分出来，急忙叫彩明登帐，发与众人收管。

鸳鸯见凤姐这样慌张，又不好叫他回来，心想："他头里作事，何等爽利周到，如今怎么掣肘的这个样儿。我看这两三天连一点头脑都没有⑥，不是老太太白疼了他了吗！"那里知邢夫人一听贾政的话，正合着将来家计艰难的心，巴不得留一点子作个收局。况且老太太的事原是长房作主，贾赦虽不在家，贾政又是拘泥的人，有件事便说"请大奶奶的主意"。邢夫人素知凤姐手脚大，贾琏的闹鬼，所以死拿住不放松。鸳鸯只道已将这项银两交了出去，故见凤姐掣肘如此，便疑为不肯用心，便在贾母灵前唠唠叨叨哭个不了。

邢夫人等听了话中有话，不想到自己不令凤姐便宜行事，反说："凤丫头果然有些不用心。"王夫人到了晚上，叫了凤姐过来，说："咱们家虽说不济，外头的体面是要的。这两三日人来人往，我瞧着那些人都照应不到，想是你没有吩咐，还得你替我们操点心儿才好！"凤姐听了，呆了一会，要将银两不凑手的话说出，但是银钱是外头管的，王夫人说的是照应不到。凤姐也不敢辨，只好不言语。邢夫人在旁说道："论理，该是我们做媳妇的操心，本不是孙子媳妇的事，但是我们动不得身，所以托你的。你是打不得撒手的。"凤姐紫涨了脸，正要回说，只听外头鼓乐一奏，是烧黄昏纸的时候了，大家举起哀来，又不得说。凤姐原想回来再说，王夫人催他出去料理，说道："这里有我们的，你快快儿的去料理明儿的事罢。"

凤姐不敢再言，只得含悲忍泣的出来，又叫人传齐了众人，又吩咐了一会，说："大娘婶子们可怜我罢！我上头捱了好些说，为的是你们不齐截，叫人笑话，明儿你们豁出些辛苦来罢。"那些人回道："奶奶办事，不是今儿个一遭儿了，我们敢违拗吗？只是这回的事，上头过于累赘。只说打发这顿饭罢：有的在这里吃，有的要在家里吃；请了那位太太，又是那位奶奶不来。诸如此类，那得齐全？还求奶奶劝劝那些姑娘们不要挑饬就好了。"凤姐道："头一层是老太太的丫头们是难缠的，太太们的也难说话，叫我说谁去呢？"众人道："从前奶奶在东府里还是署事⑦，要打要骂，怎么这样锋利，谁敢不依？如今这些姑娘们都压不住了？"凤姐叹道："东府里的事，虽说托办的，太太虽在那里，不好意思说什么。如今是自己的事情，又是公中的，人人说得话。再者，外头的银钱也叫不灵，即如棚里要一件东西，传了出来，总不见拿进来，这叫我什么法儿呢？"众人道："二爷在外头，倒怕不应付么？"凤姐道："还提那个！他也是那里为难。第一件，银钱不在他手里，要一件得回一件，那里凑手？"众人道："老太太这项银子不在二爷手里吗？"凤姐道："你们回来问管事的，便知道了。"众人道："怨不得！我们听见外头男人抱怨说：'这么件大事，咱们一点摸不着，净当苦差！'叫人怎么能齐心呢？"凤姐道："如今不用说了。眼面前的事，大家留些神罢。倘或闹的上头有了什么说的，我和你们不依的。"众人道："奶奶要怎么样，我们敢抱怨吗？只是上头一人一个主意，我们实在难周到的。"凤姐听了也没法，只得央说道："好大娘们！明儿且帮我一天。等我把姑娘们闹明白了，再说罢咧。"众人听命而去。

　　凤姐一肚子的委屈，愈想愈气，直到天亮，又得上去。要把各处的人整理整理，又恐邢夫人生气；要和王夫人说，怎奈邢夫人挑唆。这些丫头们见邢夫人等不助着凤姐的威风，更加作践起他来。幸得平儿替凤姐排解，说是："二奶奶巴不得要好，只是老爷太太们吩咐了外头，不许糜费，所以我们二奶奶不能应付到了。"说过几次，才得安静些。虽说僧经道忏，上祭挂帐⑧，络绎不绝，终是银钱吝啬，谁肯踊跃，不过草草了事。连日王妃诰命也来得不少，凤姐也不能上去照应，只好在底下张罗。叫了那个，走了这个；发一回急，央及一回；胡弄过了一起，又打发一起。别说鸳鸯等看去不象样，连凤姐自己心里也过不去了。

　　邢夫人虽说是冢妇⑨，仗着"悲戚为孝"四个字，倒也都不理会。王夫人落得跟了邢夫人行事，余者更不必说了。独有李纨瞧出凤姐的苦处，也不敢替他说话，只自叹道："俗语说的，'牡丹虽好，全仗绿叶扶持'，太太们不亏了凤丫头，那些人还帮着吗？若是三姑娘在家还好，如今只有他几个自己的人瞎张罗，面前背后的也抱怨，说是一个钱摸不着，脸面也不能剩一点儿。老爷是一味的尽孝，庶务上头不大明白。这样的一件大事，不撒散几个钱就办的开了吗？可怜凤丫头闹了几年，不想在老太太的事上，只怕保不住脸了。"于是抽空儿叫了他的人来，吩咐道："你们别看着人家的样儿，也遭塌起琏二奶奶来。别打谅什么穿孝守灵就算了大事了，不过混过几天就是了。看见那些人张罗不开，便插个手儿，也未为不可。这也是公事，大家都该出力的。"那些素服李纨的人都答应着说："大奶奶说的很是，我们也不敢那么着。只听见鸳鸯姐姐们的口话儿，好像怪琏二奶奶的似的。"李纨道："就是鸳鸯，我也告诉过他。我说琏二奶奶并不是在老太太的事上不用心，只是银子钱都不在他手里，叫他巧媳妇还作的上没米的粥来吗？如今鸳鸯也知道了，所以也不怪他了。只是鸳鸯的样子竟是不像从前了，这也奇怪。那时候有老太太疼他，倒没有作过什么威福；如今老太太死了，没有了仗腰子的了，我看他倒有些气质不大好了。我先前替他愁，这会子幸喜大老爷不在家，才躲过去了；不然，他有什么法儿？"

　　说着，只见贾兰走来说："妈妈睡罢。一天倒晚人来客去的也乏了，歇歇罢。我这几天总没有摸摸书本儿。今儿爷爷叫我家里睡，我喜欢的很，要理个一两本书才好，别等脱了孝都忘了。"李纨道："好孩子，看书呢，自然是好的。今儿且歇歇罢，等老太太送了殡再看罢。"贾兰道："妈妈要睡，我也就睡在被窝里头想想也罢了。"众人听了，都夸道："好哥儿！怎么这点年纪，得了空儿就想到书上？不象宝二爷，娶了亲的人还是那么孩子气。这几日跟着老爷跪着，瞧他很不受用，巴不得老爷一动身就跑过来找二奶奶，不知唧唧咕咕的说些什么。甚至弄的二奶奶都不理他了，他又去找琴姑娘。琴姑娘也远避他，邢姑娘也不很和他说话。倒是咱们本家的什么喜姑娘咧四姑娘咧，'哥哥'长'哥哥'短的和他亲密。我们看那宝二爷除了和奶奶姑娘们混混，只怕他心里也没有别的事，白过费了老太太的心⑩，疼了他这么大，那里及兰哥儿一零儿呢。大奶奶，你将来是不愁的了。"李纨道："就好也还小。只怕到他大了，咱们家还不知怎么样了呢！环哥儿你们瞧着怎么样？"众人道："这一个更不像样儿了！两个眼睛倒像个活猴儿是的，东溜溜，西看看。虽在那里嚎丧，见了奶奶姑娘们来了，他在孝幔子里头净偷着眼儿瞧人呢。"李纨道："他的年纪其实也不小了。前日听见说还要给他说亲呢，如今又得等着了。嗳！还有一件事：咱们家这些人，我看来也是说不清的。且不必说闲话，后日送殡，各房的车辆是怎么样了？"众人道："琏二奶奶这几天闹的像失魂落魄的样儿了，也没见传出去。昨儿听见我的男人说，二爷派了蔷二爷料理，说是咱们家的车也不够，赶车的也少，要到亲戚家去借去呢。"李纨笑道："车也都是借得的么？"众人道："奶奶说笑话儿了，车子怎借不得？只是那一日所有的亲戚都用车，只怕难借，想来还得雇呢。"李纨道："底下人的只得雇，上头白车也有雇的么⑪？"众人道："现在大太太、东府里的大奶奶小蓉奶奶，都没有车了，不雇，那里来的呢？"李纨听了，叹息道："先前见有咱们家儿的太太奶奶们坐了雇的车来，咱们都笑话，如今轮到自己头上了。你明儿去告诉你的男人，我们的车马，早早儿的预备好了，省得挤。"众人答应了出去，不提。

　　且说史湘云因他女婿病着，贾母死后，只来的一次，屈指算是后日送殡，不能不去。又见他女婿的病已成痨症，暂且不妨，只得坐夜前一日过来。想起贾母素日疼他；又想到自己命苦，刚配了一个才貌双全的男人，性情又好，偏偏的得了冤孽症候，不过挨日子罢了，于是更加悲痛，直哭了半夜。鸳鸯等再三劝慰不止。宝玉瞅着也不胜悲伤，又不好上前去劝。见他淡妆素服，不敷脂粉，更比未出嫁的时候犹胜几分。转念又看宝琴等淡素妆饰，自有一种天生丰韵。独有宝钗浑身孝服，那知道比寻常穿颜色时更有一番雅致。心里想道："所以千红万紫，终让梅花为魁。殊不知并非为梅花开的早，竟是'洁白清香'四字是不可及的了。但只这时候若有林妹妹，也是这样打扮，又不知怎样的丰韵呢！"想道这里，不觉的心酸起来，那泪珠儿便直滚滚的下来了，趁着贾母的事，不妨放声大哭。众人正劝湘云不止，外间又添出一个哭的来了。大家只道是想着贾母疼他的好处，所以悲伤，岂知他们两个人各自有各自的心事。这场大哭，不禁满屋的人无不下泪。还是薛姨妈李婶娘等劝住。

次日是坐夜之期，更加热闹。凤姐这日竟支撑不住，也无方法，只得用尽心力，甚至咽喉嚷破，敷衍过了半日。到了下半天，人客更多了，事情也更繁了，瞻前不能顾后。正在着急，只见一个小丫头跑来说："二奶奶在这里呢！怪不得大太太说：'里头人多，照应不过来，二奶奶是躲着受用去了。'"凤姐听了这话，一口气撞上来，往下一咽，眼泪直流，只觉得眼前一黑，嗓子里一甜，便喷出鲜红的血来，身子站不住，就蹲倒在地。幸亏平儿急忙过来扶住，只见凤姐的血吐个不住。未知性命如何，下回分解。

【注释】

①力诎（qū）：力穷。诎，《管子·国蓄》："其兵不诎。"唐尹知章注："诎，穷也。"

②成服：死者入殓后，亲属各依服制穿着丧服。

③丁忧：旧时称遭父母之丧叫"丁忧"。也叫"丁艰"。丁，"当"的意思。

④正寝：本指古代天子诸侯常居治事之所，这里指居屋的正室。

⑤接三：《清稗类钞》"丧祭类"："八旗人死……既殓之三日，喇嘛诵经，曰接三，以死后之第三日必回煞也。接三者，近接魂魄也。"

也称"送三"。

⑥头脑：这里是头绪的意思。

⑦署事：代理职务。

⑧挂帐：悬挂丧帐。帐，这里指丧帐，即设在灵前或柩前的帐幕。又称"缋帐"。

⑨冢妇：古代宗法称嫡长子的妻子为"冢妇"，非嫡长子之妻为"介妇"。《礼记·内则》："舅没则姑老，冢妇所祭祀宾客，每事必请于姑，介妇请于冢妇。"

⑩过费：这里是辜负的意思。

⑪白车：即"素车"，指涂以白土的车。或说未经雕饰上漆的车。用以凶丧之事。《周礼·春官·巾车》："王之丧车五乘：……素车，桼蔽，犬襫素饰，小服皆素。"注："素车，以白土垩车也。"

第一百十一回
鸳鸯女殉主登太虚　狗彘奴欺天招伙盗①

话说凤姐听了小丫头的话，又气又急又伤心，不觉吐了一口血，便昏晕过去，坐在地下。平儿急来靠着，忙叫了人来搀扶着，慢慢的送到自己房中，将凤姐轻轻的安放在炕上，立刻叫小红斟上一杯开水送到凤姐唇边。凤姐呷了一口，昏迷仍睡。秋桐过来略瞧了一瞧，却便走开，平儿也不叫他。只见丰儿在旁站着，平儿叫他"快快的去回明白了二奶奶吐血发晕不能照应"的话，告诉了邢王二夫人。邢夫人打谅凤姐推病藏躲，因这时女亲在内也不少，也不好说别的，心里却不全信，只说："叫他歇着去罢。"众人也并无言语。只说这晚人客来往不绝，幸得几个内亲照应。家下人等见凤姐不在，也有偷闲歇力的，乱乱吵吵，已闹的七颠八倒，不成事体了。

到二更多天，远客去后，便预备辞灵②，孝幕内的女眷，大家都哭了一阵。只见鸳鸯已哭的昏晕过去了，大家扶住，捶闹了一阵，才醒过来，便说"老太太疼我一场，我跟了去"的话。众人都打谅人到悲哭，俱有这些言语，也不理会。到了辞灵之时，上上下下也有百十众余人，只鸳鸯不在，众人忙乱之时，谁去检点。到了琥珀等一干的人哭奠之时，却不见鸳鸯，想来是他哭乏了，暂在别处歇着，也不言语。

辞灵以后，外头贾政叫了贾琏问明送殡的事，便商量着派人看家。贾琏回说："上人里头，派了芸儿在家照应，不必送殡；下人里头，派了林之孝的一家子照应拆棚等事。但不知里头派谁看家？"贾政道："听见你母亲说是你媳妇病了，不能去，就叫他在家的；你珍大嫂子又说你媳妇病得利害，还叫四丫头陪着，带领了几个丫头婆子，照看上屋里才好。"贾琏听见了，心想："珍大嫂子与四丫头两个不合，所以撺掇着不叫他去。若是上头就是他照应，也是不中用的。我们那一个又病着，也难照应。"想了一回，回贾政道："老爷且歇歇儿，等进去商量定了再回。"贾政点了点头，贾琏便进去了。

谁知此时鸳鸯哭了一场，想到："自己跟着老太太一辈子，身子也没有着落。如今大老爷虽不在家，大太太的这样行为，我也瞧不上。老爷是不管事的人，以后便'乱世为王'起来了。我们这些人不是要叫他们掇弄了么③。谁收在屋子里，谁配小子，我是受不得这样折磨的，倒不如死了干净。但是一时怎么样的个死法呢？"一面想，一面走回到老太太的套间屋内。刚跨进门，只见灯光惨淡，隐隐有个女人拿着汗巾子，好似要上吊的样子。鸳鸯也不惊怕，心里想道："这一个是谁？和我的心事一样，倒比我走在头里了。"便问道："你是谁？咱们两个人是一样的心，要死一块儿死。"那个人也不答言。鸳鸯走到跟前一看，并不是这屋子的丫头。再仔细一看，觉得冷气侵人，一时就不见了。鸳鸯呆了一呆，退出在炕沿上坐下，细细一想，道："哦！是了。这是东府里的小蓉大奶奶啊！他早死了的了，怎么到这里来？必是来叫我来了。他怎么又上吊呢？"想了一想，道："是了，必是教给我死的法儿。"

鸳鸯这么一想，邪侵入骨，便站起来，一面哭，一面开了妆匣，取出那年铰的一绺头发，揣在怀里，就在身上解下一条汗巾，按着秦氏方才比的地方拴上。自己又哭了一回，听见外头人客散去，恐有人进来，急忙关上屋门，然后端了一个脚凳，自己站上，把汗巾拴上扣儿，套在咽喉，便把脚凳蹬开。可怜咽喉气绝，香魂出窍。正无投奔，只见秦氏隐隐在前，鸳鸯的魂魄疾忙赶上，说道："蓉大奶奶，你等等我。"那个人道："我并不是什么蓉大奶奶，乃警幻之妹可卿是也。"鸳鸯道："你明明是蓉大奶奶，怎么说不是呢？"那人道："这也有个缘故，待我告诉你，你自然明白了。我在警幻宫中，原是个钟情的首坐，管的是风情月债；降临尘世，自当为第一情人，引这些痴情怨女，早早归入情司，所以该当悬梁自尽的。因我看破凡情，超出情海，归入情天，所以太虚幻境'痴情'一司，竟自无人掌管。今警幻仙子已经将你补入，替我掌管此司，所以命我来引你前去的。"鸳鸯的魂道："我是个最无情的，怎么算我是个有情的人呢？"那人道："你还不知道呢。世人都把那淫欲之事当作'情'字，所以作出伤风败化的事来，还自谓风月多情，无关紧要。不知'情'之一字，喜怒哀乐未发之时，便是个性；喜怒哀乐已发，便是情了[④]。至于你我这个情，正是未发之情，就如那花的含苞一样。欲待发泄出来，这情就不为真情了。"鸳鸯的魂听了，点头会意，便跟了秦氏可卿而去。

这里琥珀辞了灵，听邢王二夫人分派看家的人，想着去问鸳鸯明日怎样坐车，便在贾母的外间屋里找了一遍，不见，便找到套间里头。刚到门口，见门儿掩着，从门缝里望里看时，只见灯光半明不灭的，影影绰绰，心里害怕，又不听见屋里有什么动静，便走回来说道："这蹄子跑到那里去了？"劈头见了珍珠，说："你见鸳鸯姐姐来着没有？"珍珠道："我也找他，太太们等他说话呢。必在套间里睡着了罢？"琥珀道："我瞧了，屋里没有。那灯也没人夹蜡花儿，漆黑怪怕的，我没进去。如今咱们一块儿进去瞧，看有没有。"琥珀等进去，正夹蜡花，珍珠说："谁把脚凳撂在这里，几乎绊我一跤。"说着，往上一瞧，唬的"嗳哟"一声，身子往后一仰，"咕咚"的栽在琥珀身上。琥珀也看见了，便大嚷起来，只是两只脚挪不动。外头的人也都听见了，跑进来一瞧，大家嚷着，报与邢王二夫人知道。

王夫人宝钗等听了，都哭着去瞧。邢夫人道："我不料鸳鸯倒有这样志气！快叫人去告诉老爷。"只有宝玉听见此信，便唬的双眼直竖。袭人等慌忙扶着说道："你要哭就哭，别憋着气。"宝玉死命的才哭出来了，心想："鸳鸯这样一个人，偏又这样死法。"又想："实在天地间的灵气，独钟在这些女子身上了。他算得了死所，我们究竟是一件浊物，还是老太太的儿孙，谁能赶得上他？"复又喜欢起来。那时，宝钗听见宝玉大哭了出来了，及到跟前，见他又笑。袭人等忙说："不好了，又要疯了！"宝钗道："不妨事，他有他的意思。"宝玉听了，更喜欢宝钗的话："到是他还知道我的心，别人那里知道！"正在胡思乱想，贾政等进来，着实的嗟叹着说道："好孩子！不枉老太太疼他一场。"即命贾琏："出去吩咐人连夜买棺盛殓，明日便跟着老太太的殡送出，也停在老太太棺后，全了他的心志。"贾琏答应出去，这里命人将鸳鸯放下，停放里间屋内。平儿也知道了，过来同袭人莺儿等一干人都哭的哀哀欲绝。内中紫鹃也想起自己终身，一无着落，恨不跟了林姑娘去，又全了主仆的恩义，又得了死所。如今空悬在宝玉屋内，虽说宝玉仍是柔情密意，究竟算不得什么，于是更哭得哀切。

王夫人即传了鸳鸯的嫂子进来，叫他看着入殓，遂与邢夫人商量了，在老太太项内赏了他嫂子一百两银子，还说等闲了将鸳鸯所有的东西俱赏他们。他嫂子磕了头出去，反喜欢说："真真的我们姑娘是个有志气的，有造化的！又得了好名声，又得了好发送⑤。"傍边一个婆子说道："罢呀，嫂子！这会子你把一个活姑娘卖了一百银便这么喜欢了；那时候儿给了大老爷，你还不知得多少银钱呢，你该更得意了。"一句话戳了他嫂子的心，便红了脸走开了。刚走到二门上，见林之孝带了人抬进棺材来了，他只得也跟进去，帮着盛殓，假意哭嚎了几声。

贾政因他为贾母而死，要了香来，上了三炷，作了个揖，说："他是殉葬的人，不可作丫头论，你们小一辈都该行个礼。"宝玉听了，喜不自胜，走上来恭恭敬敬磕了几个头。贾琏想他素日的好处，也要上来行礼，被邢夫人说道："有了一个爷们便罢了，不要折受他不得超生。"贾琏就不便过来了。宝钗听了，心中好不自在，便说道："我原不该给他行礼，但只老太太去世，咱们都有未了之事，不敢胡为。他肯替咱们尽孝，咱们也该托托他，好好的替咱们伏侍老太太西去，也少尽一点子心哪！"说着，扶了莺儿走到灵前，一面奠酒，那眼泪早扑簌簌流下来了。奠毕，拜了几拜，狠狠的哭了他一场。众人也有说宝玉的两口子都是傻子，也有说他两个心肠儿好的，也有说他知礼的，贾政反倒合了意。一面商量定了看家的，仍是凤姐惜春，余者都遣去伴灵。一夜谁敢安眠？一到五更，听见外面齐人。到了辰初发引，贾政居长，衰麻哭泣[6]，极尽孝子之礼。灵柩出了门，便有各家的路祭，一路上的风光，不必细述。走了半日，来至铁槛寺安灵，所有孝男等俱应在庙伴宿，不提。

　　且说家中林之孝带领拆了棚，将门窗上好，打扫净了院子，派了巡更的人，到晚打更上夜。只是荣府规例：一交二更，三门掩上，男人便进不去了，里头只有女人们查夜。凤姐虽隔了一夜，渐渐的神气清爽了些，只是那里动得？只有平儿同着惜春各处走了一走，吩咐了上夜的人，也便各自归房。

　　却说周瑞的干儿子何三，去年贾珍管事之时，因他和鲍二打架，被贾珍打了一顿，撵在外头，终日在赌场过日。近知贾母死了，必有些事情领办，岂知探了几天的信，一些也没有想头，便嗳声叹气的回到赌场中，闷闷的坐下。那些人便说道："老三，你怎么样，不下来捞本了么？"何三道："倒想要捞一捞呢，就只没有钱么。"那些人道："你到你们周大太爷那里去了几日，府里的钱，你也不知弄了多少来，又来和我们装穷儿了。"何三道："你们还说呢，他们的金银不知有几百万，只藏着不用。明儿留着，不是火烧了，就是贼偷了，他们才死心呢！"那些人道："你又撒谎。他家抄了家，还有多少金银？"何三道："你们还不知道呢。抄去的是撂不了的。如今老太太死，还留了好些金银，他们一个也不使，都在老太太屋里搁着，等送了殡回来才分呢。"

　　内中有一个人听在心里，掷了几骰，便说："我输了几个钱，也不翻本儿了，睡去了。"说着，便走出来，拉了何三道："老三，我和你说句话。"何三跟他出来。那人道："你这样一个伶俐人，这样穷，为你不服这口气。"何三道："我命里穷，可有什么法儿呢？"那人道："你才说荣府的银子这么多，为什么不去拿些使唤使唤？"何三道："我的哥哥！他家的金银虽多，你我去白要一二钱，他们给咱们吗？"那人笑道："他不给咱们，咱们就不会拿吗？"

何三听了这话里有话，问道："依你说，怎么样拿呢？"那人道："我说你没有本事，若是我，早拿了来了。"何三道："你有什么本事？"那人便轻轻的说道："你若要发财，你就引个头儿。我有好些朋友，都是通天的本事，不要说他们送殡去了，家里剩下几个女人，就让有多少男人也不怕。只怕你没这么大胆子罢咧！"何三道："什么敢不敢！你打谅我怕那个干老子吗？我是瞧着干妈的情儿上头，才认他做干老子罢咧，他又算了人了？你刚才的话，就只怕弄不来，倒招了饥荒。他们那个衙门不熟？别说拿不来，倘或拿了来，也要闹出来的。"那人道："这么说，你的运气来了！我的朋友，还有海边上的呢，现今都在这里。看个风头，等个门路，若到了手，你我在这里也无益，不如大家下海去受用，不好么？你若撂不下你干妈，咱们索性把你干妈也带了去，大家伙儿乐一乐，好不好？"何三道："老大，你别是醉了罢？这些话混说的什么！"说着，拉了那人走到个僻静地方，两个人商量了一回，各人分头而去，暂且不提。

且说包勇自被贾政吆喝，派去看园，贾母的事出来，也忙了，不曾派他差使。他也不理会，总是自做自吃，闷来睡一觉，醒时便在园里耍刀弄棍，倒也无拘无束。那日贾母一早出殡，他虽知道，因没有派他差事，他任意闲游，只见一个女尼带了一个道婆来到园内腰门那里扣门。包勇走来，说道："女师父，那里去？"道婆道："今日听得老太太的事完了，不见四姑娘送殡，想必是在家看家。想他寂寞，我们师父来瞧他一瞧。"包勇道："主子都不在家，园门是我看的，请你们回去罢。要来呢，等主子们回来了再来。"婆子道："你是那里来的个黑炭头？也要管起我们的走动来了。"包勇道："我嫌你们这些人，我不叫你们来，你们有什么法儿？"婆子生了气，嚷道："这都是反了天的事了！连老太太在日还不能拦我们的来往走动呢，你是那里的这么个横强盗，这样没法没天的？我偏要打这里走！"说着，便把手在门环上狠狠的打了几下。

妙玉已气的不言语，正要回身便走，不料里头看二门的婆子听见有人拌嘴是的，开门一看，见是妙玉，已经回身走去，明知必是包勇得罪了走了。近日婆子们都知道上头太太们四姑娘都亲近得很，恐他日后说出门上不放进他来，那时如何耽得住，赶忙走来，说："不知师父来，我们开门迟了。我们四姑娘在家里，还正想师父呢，快请回来。看园的小子是个新来的，他不知咱们的事。回来回了太太，打他一顿，撵出去就完了。"妙玉虽是听见，总不理他。那经得看腰门的婆子赶上，再四央求，后来才说出怕自己担不是，几乎急的跪下。妙玉无奈，只得随了那婆子过来。包勇见这般光景，自然不好再拦，气得瞪眼叹气而回。

这里妙玉带了道婆走到惜春那里，道了恼，叙些闲话。说起："在家看家，只好熬个几夜，但是二奶奶病着，一个人又闷又是害怕。能有一个人在这里，我就放心，如今里头一个男人也没有。今儿你既光降，肯伴我一宵，咱们下棋说话儿，可使得么？"妙玉本自不肯，见惜春可怜，又提起下棋，一时高兴应了。打发道婆回去取了他的茶具衣褥，命侍儿送了过来，大家坐谈一夜。惜春欣幸异常，便命彩屏去开上年蠲的雨水，预备好茶。那妙玉自有茶具。那道婆去了不多一时，又来了一个侍者，带了妙玉日用之物。惜春亲自烹茶。两人言语投机，说了半天。那时已是初更时候，彩屏放下棋枰，两人对弈。惜春连输两盘，妙玉又让了四个子儿，惜春方赢了半子⑦。

这时已到四更，天空地阔，万籁无声。妙玉道："我到五更须得打坐一回，我自有人伏侍，你自去歇息。"惜春犹是不舍，见妙玉要自己养神，不便扭他。正要歇去，猛听得东边上屋内上夜的人一片声喊起。惜春那里的老婆子们也接着声嚷道："了不得了！有了人了！"唬得惜春彩屏等心胆俱裂，听见外头上夜的男人便声喊起来。妙玉道："不好了！必是这里有了贼了。"正说着，这里不敢开门，便掩了灯光，在窗户眼内往外一瞧，只见几个男人站在院内，唬得不敢作声，回身摆着手，轻轻的爬下来，说："了不得！外头有几个大汉站着。"说犹未了，又听得房上响声不绝，便有外头上夜的人进来吆喝拿贼。一个人说道："上屋里的东西都丢了，并不见人。东边有人去了，咱们到西边去。"惜春的老婆子听见有自己的人，便在外间屋里说道："这里有好些人上了房了。"上夜的都道："你瞧！这可不是吗？"大家一齐嚷起来。只听房上飞下好些瓦来，众人都不敢上前。

正在没法，只听园里腰门一声大响，打进门来，见一个梢长大汉，手执木棍，众人唬得藏躲不及。听得那人喊说道："不要跑了他们一个！你们都跟我来。"这些家人听了这话，越发唬得骨软筋酥，连跑也跑不动了。只见这人站在当地，只管乱喊。家人中有一个眼尖些的看出来了——你道是谁？正是甄家荐来的包勇。这些家人不觉胆壮起来，便颤巍巍的说道："有一个走了！有的在房上呢。"包勇便向地下一扑，耸身上房，追赶那贼。这些贼人明知贾家无人，先在院内偷看惜春房内，见有个绝色女尼，便顿起淫心，又欺上屋俱是女人，且又畏惧，正要踹进门去，因听外面有人进来追赶，所以贼众上房。见人不多，还想抵挡，猛见一人上房赶来，那些贼见是一人，越发不理论了，便用短兵抵住。那经得包勇用力一棍打去，将贼打下房来。那些贼飞奔而逃，从园墙过去，包勇也在房上追捕。岂知园内早藏下了几个在那里接赃，已经接过好些。见贼伙跑回，大家举械保护。见追的只有一人，明欺寡不敌众，反倒迎上来。包勇一见生气，道："这些毛贼！敢来和我斗斗！"那伙贼便说："我们有一个伙计被他们打倒了，不知死活，咱们索性抢了他出来。"这里包勇闻声即打。那伙贼便轮起器械，四五个人围住包勇，乱打起来。外头上夜的人也都仗着胆子只顾赶了来。众贼见斗他不过，只得跑了。包勇还要赶时，被一个箱子一绊，立定看时，心想东西未丢，众贼远逃，也不追赶，便叫众人将灯照看。地下只有几个空箱，叫人收拾，他便欲跑回上房。因路径不熟，走到凤姐那边，见里面灯烛辉煌，便问："这里有贼没有？"里头的平儿战兢兢的说道："这里也没开门，只听上屋叫喊，说有贼呢，你到那里去罢。"包勇正摸不着路头，遥见上夜的人过来，才跟着一齐寻到上屋。见是门开户启，那些上夜的在那里啼哭。

　　一时，贾芸林之孝都进来了，见是失盗，大家着急。进内查点，老太太的房门大开，将灯一照，锁头拧折。进内一瞧，箱柜已开。便骂那些上夜女人道："你们都是死人么？贼人进来，你们不知道的么？"那些上夜的人啼哭着说道："我们几个人轮更上夜，是管二三更的，我们都没有住脚，前后走的。他们是四更五更，我们的下班儿，只听见他们喊起来，并不见一个人。赶着照看，不知什么时候把东西早已丢了。求爷们问管四五更的。"林之孝道："你们个个要死！回来再说，咱们先到各处看去。"上夜的男人领着走到尤氏那边，门儿关紧。有几个接音说："唬死我们了。"林之孝问道："这里没有丢东西？"里头的人方开了门，道："这里没丢东西。"林之孝带着人走到惜春院内，只听得里面说道："了不得了！唬死了姑娘了。醒醒儿罢！"林之孝便叫人开门，问是怎样了。里头婆子开门，说："贼在这里打仗，把姑娘都唬坏了。亏得妙师父和彩屏才将姑娘救醒。东西是没失。"林之孝道："贼人怎么打仗？"上夜的男人说："幸亏包大爷上了房把贼打跑了去了，还听见打倒了一个人呢。"包勇道："在园门那里呢。"

　　贾芸等走到那边，果见一人躺在地下死了，细细一瞧，好像是周瑞的干儿子。众人见了咤异，派一个人看守着，又派两个人照看前后门，俱仍旧关锁着。林之孝便叫人开了门，报了营官，立刻到来查勘贼迹，是从后夹道上屋的，到了西院房上，见那瓦破碎不堪，一直过了后园去了。众上夜的齐声说道："这不是贼，是强盗。"营官着急道："并非明火执仗，怎算是盗？"上夜的道："我们赶贼，他在房上掷瓦，我们不能近前，幸亏我们家的姓包的上房打退。赶到园里，还有好几个贼竟与姓包的打仗，打不过姓包的，才都跑了。"营官道："可又来，若是强盗，倒打不过你们的人么？不用说了，你们快查清了东西，递了失单，我们报就是了。"

贾芸等又到上屋，已见凤姐扶病过来，惜春也来。贾芸请了凤姐的安，问了惜春的好，大家查看失物。因鸳鸯已死，琥珀等又送灵去了，那些东西都是老太太的，并没见数，只用封锁，如今打从那里查去？众人都说："箱柜东西不少，如今一空。偷的时候不小，那些上夜的人管做什么的？况且打死的贼是周瑞的干儿子，必是他们通同一气的。"凤姐听了，气的眼睛直瞪瞪的，便说："把那些上夜的女人都拴起来，交给营里审问。"众人叫苦连天，跪地哀求。不知怎生发放，并失去的物有无着落，下回分解。

【注释】

①狗彘（zhì）：犹言猪狗，比拟行为卑劣的人。

②辞灵：旧时丧礼，出殡之前，死者亲友向灵柩告别，叫"辞灵"。

③掇弄：捉弄，任意摆布。

④"不知"五句：《中庸》："喜怒哀乐之未发，谓之中；发而皆中节，谓之和。"宋朱熹《集注》："喜怒哀乐，情也；其未发，则性也。"

⑤发送：本指把灵柩送去殡葬，这里指殡葬费。

⑥衰（cuī）麻：古代丧服，以长六寸、广四寸的麻布缀于胸前，叫"衰麻"。因"衰"是丧服的主要部分，故以此代指丧服。

⑦赢了半子：围棋一共三百六十一个棋子，如果一个人占了一百八十一个子，就是赢了半子，因为真正平棋应是各占一百八十又半个子。

第一百十二回
活冤孽妙尼遭大劫　死雠仇赵妾赴冥曹①

　　话说凤姐命捆起上夜众女人，送营审问，女人跪地哀求。林之孝同贾芸道："你们求也无益。老爷派我们看家，没有事是造化；如今有了事，上下都耽不是，谁救得你？若说是周瑞的干儿子，连太太起，里里外外的都不干净。"凤姐喘吁吁的说道："这都是命里所招，和他们说什么？带了他们去就是了。那丢的东西，你告诉营里去说：'实在是老太太的东西，问老爷们才知道。等我们报了去，请了老爷们回来，自然开了失单送来。'文官衙门里我们也是这样报。"贾芸林之孝答应出去。

　　惜春一句话也没有，只是哭道："这些事，我从来没有听见过，为什么偏偏碰在咱们两个人身上！明儿老爷太太回来，叫我怎么见人？说把家里交给咱们，如今闹到这个分儿，还想活着么？"凤姐道："咱们愿意吗？现在有上夜的人在那里。"惜春道："你还能说，况且你又病着；我是没有说的。这都是我大嫂子害了我的，他撺掇着太太派我看家的。如今我的脸搁在那里呢？"说着，又痛哭起来。凤姐道："姑娘，你快别这么想。若说没脸，大家一样的。你若这么糊涂想头，我更搁不住了。"

　　二人正说着，只听见外头院子里有人大嚷的说道："我说那三姑六婆是再要不得的②！我们甄府里从来是一概不许上门的。不想这府里倒不讲究这个呢！昨儿老太太的殡才出去，那个什么庵里的尼姑死要到咱们这里来。我吆喝着不准他们进来，腰门上的老婆子倒骂我，死央及叫放那姑子进去。那腰门子一会儿开着，一会儿关着，不知做什么。我不放心，没敢睡，听到四更，这里就嚷起来。我来叫门倒不开了。我听见声儿紧了，打开了门，见西边院子里有人站着，我便赶走打死了。我今儿才知道，这是四姑奶奶的屋子，那个姑子就在里头，今儿天没亮溜出去了。可不是那姑子引进来的贼么？”

平儿等听着，都说："这是谁这么没规矩？姑娘奶奶都在这里，敢在外头混嚷吗。"凤姐道："你听见说他甄府里，别就是甄家荐来的那个厌物罢。"惜春听得明白，更加心里过不的。凤姐接着问惜春道："那个人混说什么姑子？你们那里弄了个姑子住下了？"惜春便将妙玉来瞧他，留着下棋守夜的话说了。凤姐道："是他么，他怎么肯这样？是再没有的话。但是叫这讨人嫌的东西嚷出来，老爷知道了，也不好。"惜春愈想愈怕，站起来要走。凤姐虽说坐不住，又怕惜春害怕，弄出事来，只得叫他先别走："且看着人把偷剩下的东西收起来，再派了人看着，才好走呢。"平儿道："咱们不敢收，等衙门里来了，踏看了才好收③。咱们只好看着。但只不知老爷那里有人去了没有？"凤姐道："你叫老婆子问去。"一回进来说："林之孝是走不开，家下人要伺候查验的，再有的是说不清楚的，已经芸二爷去了。"凤姐点头，同惜春坐着发愁。

且说那伙贼原是何三等邀的，偷抢了好些金银财宝接运出去，见人追赶，知道都是那些不中用的人，要往西边屋内偷去，在窗外看见里面灯光底下两个美人：一个姑娘，一个姑子。那些贼那顾性命，顿起不良，就要踹进来，因见包勇来赶，才获赃而逃，只不见何三。大家且躲入窝家，到第二天打听动静，知是何三被他们打死，已经报了文武衙门，这里是躲不住的，便商量趁早归入海洋大盗一处去；若迟了，通缉文书一行，关津上就过不去了④。

内中一个人胆子极大，便说："咱们走是走，我就只舍不得那个姑子，长的实在好看。不知是那个庵里的雏儿呢⑤？"一个人道："啊呀！我想起来了，必就是贾府园里的什么栊翠庵里的姑子。不是前年外头说他和他们家什么宝二爷有原故，后来不知怎么又害起相思病来了，请大夫吃药的，就是他！"那一个人听了，说："咱们今日躲一天，叫咱们大哥借钱置办些买卖行头。明儿亮钟时候⑥，陆续出关。你们在关外二十里坡等我。"众贼议定，分赃俵散不提⑦。

且说贾政等送殡到了寺内，安厝毕⑧，亲友散去。贾政在外厢房伴灵，邢王二夫人等在内，一宿无非哭泣。到了第二日，重新上祭。正摆饭时，只见贾芸进来，在老太太灵前磕了个头，忙忙的跑到贾政跟前，跪下请了安，喘吁吁的将昨夜被盗，将老太太上房的东西都偷去，包勇赶贼，打死了一个，已经呈报文武衙门的话说了一遍。贾政听了发怔。邢王二夫人等在里头也听见了，都唬得魂不附体，并无一言，只有啼哭。贾政过了一会子，问："失单怎样开的？"贾芸回道："家里的人都不知道，还没有开单。"贾政道："还好。咱们动过家的，若开出好的来，反耽罪名。快叫琏儿。"

贾琏领了宝玉等去别处上祭未回，贾政叫人赶了回来。贾琏听了，急得直跳，一见芸儿，也不顾贾政在那里，便把贾芸狠狠的骂了一顿，说："不配抬举的东西！我将这样重任托你，押着人上夜巡更，你是死人么？亏你还有脸来告诉！"说着，望贾芸脸上啐了几口。贾芸垂手站着，不敢回一言。贾政道："你骂他也无益了。"贾琏然后跪下，说："这便怎么样？"贾政道："也没法儿，只有报官缉贼。但只是一件，老太太遗下的东西，咱们都没动。你说要银子，我想老太太死得几天，谁忍得动他那一项银子。原打谅完了事，算了账，还人家；再有的，在这里和南边置坟产的。再有东西也没见数儿。如今说文武衙门要失单，若将几件好的东西开上，恐有碍；若说金银若干，衣饰若干，又没有实在数目，谎开使不得。倒可笑你如今竟换了一个人了，为什么这样料理不开？你跪在这里是怎么样呢！"贾琏也不敢答言，只得站起来就走。贾政又叫道："你那里去？"贾琏又跪下道："赶回家去料理清楚，再来回。"贾政哼了一声，贾琏把头低下。贾政道："你进去回了你母亲，叫了老太太的一两个丫头去，叫他们细细的想了，开单子。"

贾琏心里明知老太太的东西都是鸳鸯经管，他死了问谁？就问珍珠，他们那里记得清楚？只不敢驳回，连连的答应了。起来走到里头，邢王二夫人又埋怨了一顿，叫贾琏快回去问他们这些看家的说："明儿怎么见我们？"贾琏也只得答应了出来，一面命人套车，预备琥珀等进城；自己骑上骡子，跟了几个小厮，如飞的回去。贾芸也不敢再回贾政，斜签着身子慢慢的溜出来，骑上了马，来赶贾琏。一路无话。

到了家中，林之孝请了安，一直跟了进来。贾琏到了老太太上屋，见了凤姐惜春在那里，心里又恨，又说不出来，便向林之孝道："衙门里瞧了没有？"林之孝自知有罪，便跪下回道："文武衙门都瞧了，来踪去迹也看了，尸也验了。"贾琏吃惊道："又验什么尸？"林之孝又将包勇打死的伙贼似周瑞的干儿子的话回了贾琏。贾琏道："叫芸儿！"贾芸进来，也跪着听话。贾琏道："你见老爷时，怎么没有回周瑞的干儿子做了贼被包勇打死的话？"贾芸说道："上夜的人说像他的，恐怕不真，所以没有回。"贾琏道："好糊涂东西！你若告诉了，我就带了周瑞来一认，可不就知道了。"林之孝回道："如今衙门里把尸首放在市口儿招认去了。"贾琏道："这又是个糊涂东西！谁家的人做了贼，被人打死，要偿命么！"林之孝回道："这不用人家认，奴才就认得是他。"贾琏听了想道："是啊，我记得珍大爷那一年要打的可不是周瑞家的么？"林之孝回说："他和鲍二爷打架来着，爷还见过的呢。"

贾琏听了更生气，便要打上夜的人。林之孝哀告道："请二爷息怒。那些上夜的人，派了他们，还敢偷懒？只是爷府上的规矩：三门里一个男人不敢进去的，就是奴才们，里头不叫也不敢进去。奴才在外同芸哥儿刻刻查点，见三门关的严严的，外头的门一重没有开，那贼是从后夹道子来的。"贾琏道："里头上夜的女

人呢？"林之孝将分更上夜、奉奶奶的命捆着、等爷审问的话回
了。贾琏又问："包勇呢？"林之孝说："又往园里去了。"贾琏便
说："去叫来。"小厮们便将包勇带来，说："还亏你在这里，若没
有你，只怕所有房屋里的东西抢了去了呢。"包勇也不言语。惜
春恐他说出那话，心下着急。凤姐也不敢言语。只见外头说："琥
珀姐姐等回来了。"大家见了，不免又哭一场。

　　贾琏叫人检点偷剩下的东西，只有些衣服、尺头、钱箱未动，
余者都没有了。贾琏心里更加着急，想着外头的棚杠银、厨房的
钱，都没有付给，明儿拿什么还呢？便呆想了一会。只见琥珀等
进去，哭了一会，见箱柜开着，所有的东西怎能记忆，便胡乱想
猜，虚拟了一张失单，命人即送到文武衙门。贾琏复又派人上夜。
凤姐惜春各自回房。贾琏不敢在家安歇，也不及埋怨凤姐，竟自
骑马赶出城外。这里凤姐又恐惜春短见，又打发了丰儿过去安慰。

　　天已二更。不言这里贼去关门，众人更加小心，谁敢睡觉？
且说伙贼一心想着妙玉，知是孤庵女众，不难欺负。到了三更夜
静，便拿了短兵器，带了些闷香，跳上高墙。远远瞧见栊翠庵内
灯光犹亮，便潜身溜下，藏在房头僻处。

　　等到四更，见里头只有一盏海灯，妙玉一人在蒲团上打坐①。
歇了一会，便喛声叹气的说道："我自元墓到京，原想传个名的，
为这里请来，不能又栖他处。昨儿好心去瞧四姑娘，反受了这蠢
人的气，夜里又受了大惊。今日回来，那蒲团再坐不稳，只觉肉
跳心惊。"因素常一个打坐的，今日又不肯叫人相伴。岂知到了
五更，寒颤起来。正要叫人，只听见窗外一响，想起昨晚的事，
更加害怕，不免叫人。岂知那些婆子都不答应。自己坐着，觉得
一股香气透入囟门，便手足麻木，不能动弹，口里也说不出话来，
心中更自着急。只见一个人拿着明晃晃的刀进来。此时妙玉心中
却是明白，只不能动，想是要杀自己，索性横了心，倒也不怕。
那知那个人把刀插在背后，腾出手来，将妙玉轻轻的抱起，轻薄

了一会子，便拖起背在身上。此时妙玉心中只是如醉如痴。可怜一个极洁极净的女儿，被这强盗的闷香熏住，由着他掇弄了去了。

却说这贼背了妙玉，来到园后墙边，搭了软梯，爬上墙，跳出去了，外边早有伙计弄了车辆在园外等着。那人将妙玉放倒在车上，反打起官衔灯笼⑩，叫开栅栏，急急行到城门，正是开门之时。门官只知是有公干出城的，也不及查诘⑪。赶出城去，那伙贼加鞭，赶到二十里坡，和众强徒打了照面，各自分头奔南海而去。不知妙玉被劫，或是甘受污辱，还是不屈而死，不知下落，也难妄拟。

只言栊翠庵一个跟妙玉的女尼，他本住在静室后面，睡到五更，听见前面有人声响，只道妙玉打坐不安。后来听见有男人脚步，门窗响动，欲要起来瞧看，只是身子发软，懒怠开口，又不听见妙玉言语，只睁着两眼听着。到了天亮，终觉得心里清楚，披衣起来，叫了道婆预备妙玉茶水⑫，他便往前面来看妙玉。岂知妙玉的踪迹全无，门窗大开。心里咤异，昨晚响动，甚是疑心，说："这样早，他到那里去了？"走出院门一看，有一个软梯靠墙立着，地下还有一把刀鞘，一条搭膊，便道："不好了，昨晚是贼烧了闷香了！"急叫人起来查看，庵门仍是紧闭。那些婆子侍女们都说："昨夜煤气熏着了，今早都起不起来，这么早，叫我们做什么？"那女尼道："师父不知那里去了。"众人道："在观音堂打坐呢。"女尼道："你们还做梦呢！你来瞧瞧。"

众人不知，也都着忙，开了庵门，满园里都找到了，想来或是到四姑娘那里去了。众人来叩腰门，又被包勇骂了一顿。众人说道："我们妙师父昨晚不知去向，所以来找。求你老人家叫开腰门，问一问来了没来就是了。"包勇道："你们师父引了贼来偷我们，已经偷到手了，他跟了贼去受用去了。"众人道："阿弥陀佛，说这些话的，防着下割舌地狱！"包勇生气道："胡说！你们再闹，我就要打了。"众人陪笑央告道："求爷叫开门，我们瞧瞧；若没有，再不敢惊动你太爷了。"包勇道："你不信，你去找，若没有，回来问你们。"包勇说着，叫开腰门。众人且找到惜春那里。

惜春正是愁闷，惦着"妙玉清早去后，不知听见我们姓包的话了没有，只怕又得罪了他，以后总不肯来，我的知己是没有了。况我现在实难见人，父母早死，嫂子嫌我。头里有老太太，到底还疼我些；如今也死了，留下我孤苦伶仃，如何了局？"想到："迎春姐姐折磨死了，史姐姐守着病人，三姐姐远去，这都是命里所招，不能自由。独有妙玉如闲云野鹤，无拘无束。我能学他，就造化不小了。但我是世家之女，怎能遂意？这回看家，大耽不是，还有何颜？在这里，又恐太太们不知我的心事，将来的后事，如何呢？"想到其间，便要把自己的青丝铰去，要想出家。彩屏等听见，急忙来劝，岂知已将一半头发铰去。彩屏愈加着忙，说道："一事不了，又出一事，这可怎么好呢？"

正在吵闹，只见妙玉的道婆来找妙玉。彩屏问起来由，先唬了一跳，说："是昨日一早去了没来。"里面惜春听见，急忙问道："那里去了？"道婆们将昨夜听见的响动，被煤气熏着，今早不见妙玉，庵内软梯刀鞘的话说了一遍。惜春惊疑不定，想起昨日包勇的话来，必是那些强盗看见了他，昨晚抢去了，也未可知。但是他素来孤洁的很，岂肯惜命？"怎么你们都没听见么？"众人道："怎么不听见？只是我们这些人都是睁着眼，连一句话也说不出。必是那贼子烧了闷香。妙姑一人，想也被贼闷住，不能言语；况且贼人必多，拿刀弄杖威逼着，他还敢声喊么？"

正说着，包勇又在腰门那里嚷说："里头快把这些混账的婆子赶了出来罢！快关腰门！"彩屏听见，恐耽不是，只得叫婆子出去，叫人关了腰门。惜春于是更加苦楚。无奈彩屏等再三以礼相劝，仍旧将一半青丝笼起。大家商议："不必声张。就是妙玉被抢，也当作不知，且等老爷太太回来再说。"惜春心里的死定下一个出家的念头，暂且不提。

且说贾琏回到铁槛寺，将到家中查点了上夜的人，开了失单报去的话回了。贾政道:"怎样开的?"贾琏便将琥珀所记得的数目单子呈出,并说:"这上头元妃赐的东西,已经注明;还有那人家不大有的东西,不便开上,等侄儿脱了孝,出去托人细细的缉访,少不得弄出来的。"贾政听了合意,就点头不言。

贾琏进内见了邢王二夫人,商量着:"劝老爷早些回家才好呢,不然,都是乱麻的了。"邢夫人道:"可不是?我们在这里也是惊心吊胆。"贾琏道:"这是我们不敢说的。还是太太的主意,二老爷是依的。"邢夫人便与王夫人商议妥了。

过了一夜,贾政也不放心,打发宝玉进来说:"请太太们今日回家,过两三日再来。家人们已经派定了,里头请太太们派人罢。"邢夫人派了鹦哥等一干人伴灵,将周瑞家的等人派了总管,其余上下人等都回去。一时忙乱套车备马。贾政等在贾母灵前辞别,众人又哭了一场。

都起来正要走时,只见赵姨娘还爬在地下不起。周姨娘打谅他还哭,便去拉他。岂知赵姨娘满嘴白沫,眼睛直竖,把舌头吐出,反把家人唬了一大跳。贾环过来乱嚷。赵姨娘醒来说道:"我是不回去的,跟着老太太回南去!"众人道:"老太太那用你来?"赵姨娘道:"我跟了一辈子老太太,大老爷还不依,弄神弄鬼的来算计我。我想仗着马道婆出出我的气,银子白花了好些,也没有弄死一个,如今我回去了,又不知谁来算计我。"众人听见,早知是鸳鸯附在他身上,邢王二夫人都不言语瞅着。只有彩云等代他央告道:"鸳鸯姐姐,你死是自己愿意的,与赵姨娘什么相干?放了他罢。"见邢夫人在这里,也不敢说别的。赵姨娘道:"我不是鸳鸯,他早到仙界去了。我是阎王差人拿我去的,要问我为什么和马婆子用魇魔法的案件。"说着,便叫:"好琏二奶奶!你在这里老爷面前少顶一句儿罢,我有一千日的不好,还有一天的好呢。好二奶奶,亲二奶奶!并不是我要害你,我一时糊涂,听了那个老娼妇的话。"

正闹着,贾政打发人进来叫环儿。婆子们去回说:"赵姨娘中了邪了，三爷看着呢。”贾政道：“没有的事。我们先走了。”于是爷们等先回。这里赵姨娘还是混说，一时救不过来。邢夫人恐他又说出什么来，便说：“多派几个人在这里瞧着他，咱们先走。到了城里，打发大夫出来瞧罢。”王夫人本嫌他，也打撒手儿。宝钗本是仁厚的人，虽想着他害宝玉的事，心里究竟过不去，背地里托了周姨娘在这里照应。周姨娘也是个好人，便应承了。李纨说道：“我也在这里罢。”王夫人道：“可以不必。”于是大家都要起身。贾环急忙道：“我也在这里吗？”王夫人啐道：“糊涂东西！你姨妈的死活都不知，你还要走吗？”贾环就不敢言语了。宝玉道：“好兄弟！你是走不得的，我进了城，打发人来瞧你。”说毕，都上车回家。寺里只有赵姨娘、贾环、鹦哥等人。

　　贾政邢夫人等先后到家，到了上房，哭了一场。林之孝带了家下众人请了安，跪着。贾政喝道：“去罢！明日问你。”凤姐那日发晕了几次，竟不能出接；只有惜春见了，觉得满面羞惭。邢夫人也不理他，王夫人仍是照常，李纨、宝钗拉着手说了几句话。独有尤氏说道：“姑娘，你操心了，倒照应了好几天。”惜春一言不答，只紫涨了脸。宝钗将尤氏一拉，使了个眼色，尤氏等各自归房去了。贾政略略的看了一看，叹了口气，并不言语。到书房席地坐下，叫了贾琏、贾蓉、贾芸吩咐了几句话。宝玉要在书房来陪贾政。贾政道：“不必。”兰儿仍跟他母亲。一宿无话。

　　次日，林之孝一早进书房跪着，贾政将前后被盗的事问了一遍，并将周瑞供了出来，又说：“衙门拿住了鲍二，身边搜出了失单上的东西，现在夹讯⑬，要在他身上要这一伙贼呢。”贾政听了，大怒道：“家奴负恩，引贼偷窃家主，真是反了！”立刻叫人到城外将周瑞捆了，送到衙门审问。林之孝只管跪着，不敢起来。贾政道：“你还跪着做什么？”林之孝道：“奴才该死，求老爷开恩。”正说着，赖大等一干办事家人上来请了安，呈上丧事账簿。贾政道：“交给琏二爷算明了来回。”吆喝着林之孝起来出去了。

　　贾琏一腿跪着，在贾政身边说了一句话。贾政把眼一瞪道：

"胡说！老太太的事，银两被贼偷去，难道就该罚奴才拿出来么？"贾琏红了脸，不敢言语，站起来也不敢动。贾政道："你媳妇怎么样？"贾琏又跪下，说："看来是不中用了。"贾政叹口气道："我不料家运衰败一至如此！况且环哥儿他妈尚在庙中病着，也不知是什么症候。你们知道不知道？"贾琏也不敢言语。贾政道："传出话去，叫人带了大夫瞧瞧去。"贾琏即忙答应着，出来，叫人带了大夫到铁槛寺去瞧赵姨娘。未知死活，下回分解。

【注释】

①死雠仇：死对头。冥曹：迷信所说阴间的官府。也叫"阴曹"或"阴司"。

②三姑六婆：元陶宗仪《南村辍耕录》卷十："三姑者，尼姑、道姑、卦姑也；六婆者，牙婆（人贩子）、媒婆、师婆（巫）、虔婆（鸨母）、药婆、稳婆（收生婆）也。盖与三刑六害同也。人家有一与此，而不致奸盗者，几希矣。若能谨而远之，如避蛇蝎，庶乎净宅之法。"

③踏看：检验。

④关津：设于交通要道的关卡。《资治通鉴》后梁太祖开平元年："军士或思乡里逃去，关津辄执之。"元胡三省注："关，往来必由之要处。津，济度必由之要处。"

⑤雏儿：原指幼禽。《说文·隹部》："雏，鸡子也。"清段玉裁注："引申为凡鸟子细小之称。"后多比喻年龄小，没有阅历的人。这里指小尼姑。含有轻薄之意。

⑥亮钟：旧时天将亮时钟楼上敲钟报晓，叫"亮钟"。

⑦俵（biào）散：散开。《玉篇》："俵：散也。"

⑧安厝（cuò）：安葬。《文选》卷十九晋潘岳《寡妇赋》："痛存亡之殊制兮，将迁神而安厝。"唐李周翰注："谓迁柩归葬也。"后也指停放灵柩待葬或浅埋以待改葬为"安厝"。

⑨蒲团：用蒲草编成的圆垫，僧人打坐及跪拜时所用。

⑩官衔灯笼：旧时一种大圆灯笼，上写官职门第。夜间出行，拿着前导，以示荣耀。

⑪查诘（jié）：盘查追问。

⑫道婆：也叫"道婆子"，尼庵中的女仆。

⑬夹讯：用夹棍逼审。夹棍，旧刑具名。用两木制成，行刑时夹逼犯人腿部。

第一百十三回
忏宿冤凤姐托村妪　释旧憾情婢感痴郎

　　话说赵姨娘在寺内得了暴病，见人少了，更加混说起来，唬的众人发怔，就有两个女人搀着赵姨娘双膝跪在地下，说一回，哭一回。有时爬在地下叫饶说："打杀我了！红胡子的老爷，我再不敢了！"有一时双手合着，也是叫疼。眼睛突出，嘴里鲜血直流，头发披散。人人害怕，不敢近前。那时又将天晚，赵姨娘的声音只管阴哑起来了①，居然鬼嚎一般，无人敢在他跟前，只得叫了几个有胆量的男人进来坐着。赵姨娘一时死去，隔了些时，又回过来，整整的闹了一夜。到了第二天，也不言语，只装鬼脸，自己拿手撕开衣服，露出胸膛，好像有人剥他的样子。可怜赵姨娘虽说不出来，其痛苦之状，实在难堪。

　　正在危急，大夫来了，也不敢诊脉，只嘱咐："办后事罢。"说了，起身就走。那送大夫的家人再三央告，说："请老爷看看脉，小的好回禀家主。"那大夫用手一摸，已无脉息。贾环听了，然后大哭起来。众人只顾贾环，谁料理赵姨娘。只有周姨娘心里苦楚，想到："做偏房侧室的下场头，不过如此！况他还有儿子的，我将来死起来，还不知怎样呢！"于是反哭的悲切。

　　且说那人赶回家去回禀了贾政，即派家人去照例料理，陪着环儿住了三天，一同回来。那人去了，这里一人传十，十人传百，都知道赵姨娘使了毒心害人，被阴司里拷打死了。又说是"琏二奶奶只怕也好不了，怎么说琏二奶奶告的呢？"这些话传到平儿耳内，甚是着急，看着凤姐的样子，实在是不能好的了。况且贾琏近日并不似先前的恩爱，本来事也多，竟像不与他相干的。平儿在凤姐跟前只管劝慰。又想着邢王二夫人回家几日，只打发人来问问，并不亲身来看，凤姐心里更加悲苦。贾琏回来也没有一句贴心的话。

凤姐此时只求速死，心里一想，邪魔悉至。只见尤二姐从房后走来，渐近床前，说："姐姐，许久的不见了。做妹妹的想念的很，要见不能，如今好容易进来见见姐姐，姐姐的心机也用尽了。咱们的二爷糊涂，也不领姐姐的情，反倒怨姐姐作事过于苛刻，把他的前程去了，叫他如今见不得人。我替姐姐气不平。"凤姐恍惚说道："我如今也后悔我的心忒窄了。妹妹不念旧恶，还来瞧我。"平儿在旁听见，说道："奶奶说什么？"凤姐一时苏醒，想起尤二姐已死，必是他来索命。被平儿叫醒，心里害怕，又不肯说出，只得勉强说道："我神魂不定，想是说梦话。给我捶捶。"平儿上去捶着，见个小丫头子进来，说是"刘老老来了，婆子们带着来请奶奶的安。"平儿急忙下来，说："在那里呢？"小丫头子说："他不敢就进来，还听奶奶的示下。"平儿听了点头，想凤姐病里必是懒待见人，便说道："奶奶现在养神呢，暂且叫他等着，你问他来有什么事么？"小丫头子说道："他们问过了，没有事。说知道老太太去世了，因没有报，才来迟了。"小丫头子说着，凤姐听见，便叫："平儿，你来。人家好心来瞧，不要冷淡人家。你去请了刘老老进来，我和他说说话儿。"平儿只得出来请刘老老这里坐。凤姐刚要合眼，又见一个男人一个女人走向炕前，就象要上炕似的。凤姐急忙便叫平儿，说："那里来了一个男人，跑到这里来了！"连叫两声，只见丰儿小红赶来，说："奶奶要什么？"凤姐睁眼一瞧，不见有人，心里明白，不肯说出来，便问丰儿道："平儿这东西那里去了？"丰儿道："不是奶奶叫去请刘老老去了么？"凤姐定了一会神，也不言语。

只见平儿同刘老老带了一个小女孩儿进来，说："我们姑奶奶在那里？"平儿引到炕边。刘老老便说："请姑奶奶安。"凤姐睁眼一看，不觉一阵伤心，说："老老，你好？怎么这时候才来？你瞧你外孙女儿也长的这么大了。"刘老老看着凤姐骨瘦如柴，神情恍惚，心里也就悲惨起来，说："我的奶奶！怎么这几个月不见，就病到这个分儿。我糊涂的要死，怎么不早来请姑奶奶的安！"便叫青儿给姑奶奶请安。青儿只是笑。凤姐看了，倒也十分喜欢，便叫小红招呼着。刘老老道："我们屯乡里的人，不会病的，若一病了，就要求神许愿，从不知道吃药。我想姑奶奶的病不要撞着什么了罢？"平儿听着那话不在理，便在背地里扯他。刘老老会意，便不言语。那里知道这句话倒合了凤姐的意，扎挣着说："老老，你是有年纪的人，说的不错。你见过的赵姨娘也死了，你知道么？"刘老老咤异道："阿弥陀佛，好端端一个人，怎么就死了？我记得他也有一个小哥儿，这便怎么样呢？"平儿道："这怕什么？他还有老爷太太呢。"刘老老道："姑娘，你那里知道，不好死了，是亲生的，隔了肚皮子是不中用的。"这句话又招起凤姐的愁肠，呜呜咽咽的哭起来了。众人都来解劝。

巧姐儿听见他母亲悲哭，便走到炕前，用手拉着凤姐的手，也哭起来。凤姐一面哭着，道："你见过了老老了没有？"巧姐儿道："没有。"凤姐道："你的名字还是他起的呢，就和干娘一样。你给他请个安。"巧姐儿便走到跟前，刘老老忙拉着道："阿弥陀佛，不要折杀我了！巧姑娘，我一年多不来，你还认得我么？"巧姐儿道："怎么不认得？那年在园里见的时候，我还小。前年你来，我还合你要隔年的蝈蝈儿，你也没有给我，必是忘了。"刘老老道："好姑娘，我是老糊涂了。若说蝈蝈儿，我们屯里多得很，只是不到我们那里去。若去了，要一车也容易。"凤姐道："不然，你带了他去罢。"刘老老笑道："姑娘这样千金贵体，绫罗裹大了的，吃的是好东西；到了我们那里，我拿什么哄他玩，拿什么给他吃呢？这倒不是坑杀我了么？"说着，自己还笑，他说："那么着，我给姑娘做个媒罢。我们那里虽说是屯乡里，也有大财主人家，几千顷地，几百牲口，银子钱亦不少，只是不像这里有金的，有玉的。姑奶奶是瞧不起这样人家。我们庄家人瞧着这样大财主，也算是天上的人了。"凤姐道："你说去，我愿意就给。"刘老老道："这是玩话儿罢咧。放着姑奶奶这样，大官大府的人家只怕还不肯给，那里肯给庄家人？就是姑奶奶肯了，上头太太们也不给。"巧姐因他这话不好听，便走了去和青儿说话。两个女孩儿倒说得上，渐渐的就熟起来了。

这里平儿恐刘老老话多搅烦了凤姐，便拉了刘老老说："你提起太太来，你还没有过去呢。我出去叫人带了你去见见，也不枉来这一趟。"刘老老便要走。凤姐道："忙什么？你坐下，我问你：近来的日子还过的么？"刘老老千恩万谢的说道："我们若不仗着姑奶奶，"说着，指着青儿说："他的老子娘都要饿死了。如今虽说是庄家人苦，家里也挣了好几亩地，又打了一眼井，种些菜蔬瓜果。一年卖的钱也不少，尽够他们嚼吃的了。这两年，姑奶奶还时常给些衣服布匹，在我们村里算过得的了。阿弥陀佛，前日他老子进城，听见姑奶奶这里动了家，我就几乎唬杀了；亏得又有人说，不是这里，我才放心。后来又听见说这里老爷升了，我又喜欢，就要来道喜，为的是满地的庄稼，来不得。昨日又听见说老太太没有了。我在地里打豆子，听见了这话，唬的连豆子都拿不起来了，就在地里狠狠的哭了一大场。我合女婿说：'我也顾不得你们了，不管真话谎话，我是要进城瞧瞧去的。'我女儿女婿也不是没良心的，听见了也哭了一回子。今儿天没亮，就赶着我进城来了。我也不认得一个人，没有地方打听。一径来到后门，见是门神都糊了②，我这一唬又不小。进了门，找周嫂子，再找不着，撞见一个小姑娘，说：'周嫂子他得了不是了，撵了。'我又等了好半天，遇见了熟人，才得进来。不打谅姑奶奶也是这么病。"说着，又掉下泪来。

平儿等着急，也不等他说完，拉着就走，说："你老人家说了半天，口干了，咱们喝碗茶去罢。"拉着刘老老到下房坐着。青儿在巧姐儿那边。刘老老道："茶倒不要，好姑娘，叫人带了我去请太太的安，哭哭老太太去罢。"平儿道："你不用忙，今儿也赶不出城的了。方才我是怕你说话不防头，招的我们奶奶哭，所以催你出来的。别思量。"刘老老道："阿弥陀佛，姑娘是你多心，我知道。倒是奶奶的病怎么好呢？"平儿道："你瞧去妨碍不妨碍？"刘老老道："说是罪过，我瞧着不好。"

　　正说着，又听凤姐叫呢。平儿及到床前，凤姐又不言语了。平儿正问丰儿，贾琏进来，向炕上一瞧，也不言语，走到里间，气哼哼的坐下。只有秋桐跟了进去，倒了茶，殷勤一回，不知嘁嘁喳喳的说些什么。回来，贾琏叫平儿来问道："奶奶不吃药么？"平儿道："不吃药，怎么样呢？"贾琏道："我知道么？你拿柜子上的钥匙来罢。"平儿见贾琏有气，又不敢问，只得出来凤姐耳边说了一声。凤姐不言语。平儿便将一个匣子搁在贾琏那里就走。贾琏道："有鬼叫你吗！你搁着叫谁拿呢？"平儿忍气打开，取了钥匙，开了柜子，便问道："拿什么？"贾琏道："咱们有什么吗？"平儿气得哭道："有话明白说，人死了也愿意！"贾琏道："这还要说么！头里的事是你们闹的；如今老太太的还短了四五千银子，老爷叫我拿公中的地账弄银子。你说有么？外头拉的账不开发，使得么？谁叫我应这个名儿！只好把老太太给我的东西折变去罢了，你不依么？"平儿听了，一句不言语，将柜里东西搬出。只见小红过来，说："平姐姐快走！奶奶不好呢。"平儿也顾不得贾琏，急忙过来。见凤姐用手空抓，平儿用手攥着哭叫。贾琏也过来一瞧，把脚一跺道："若是这样，是要我的命了！"说着掉下泪来。丰儿进来说："外头找二爷呢。"贾琏只得出去。

　　这里凤姐愈加不好，丰儿等不免哭起来。巧姐听见赶来。刘老老也急忙走到炕前，嘴里念佛，捣了些鬼，果然凤姐好些。一时王夫人听了丫头的信，也过来了，先见凤姐安静些，心下略放心。见了刘老老，便说："刘老老，你好？什么时候来的？"刘老老便说："请太太安。"也不及细说，只言凤姐的病，讲究了半天。彩云进来说："老爷请太太呢。"王夫人叮咛了平儿几句话，便过去了。

凤姐闹了一回，此时又觉清楚些。见刘老老在这里，心里信他求神祷告，便把丰儿等支开，叫刘老老坐在头边，告诉他心神不宁，如见鬼怪的样。刘老老便说我们屯里什么菩萨灵，什么庙有感应。凤姐道："求你替我祷告。要用供献的银钱，我有。"便在手腕上褪下一只金镯子来交给他。刘老老道："姑奶奶，不用那个。我们村庄人家许了愿，好了，花上几百钱就是了，那用这些？就是我替姑奶奶求去，也是许愿，等姑奶奶好了，要花什么，自己去花罢。"凤姐明知刘老老一片好心，不好勉强，只得留下，说："老老，我的命交给你了。我的巧姐儿也是千灾百病的，也交给你了。"刘老老顺口答应，便说："这么着，我看天气尚早，还赶得出城去，我就去了。明儿姑奶奶好了，再请还愿去。"凤姐因被众冤魂缠绕害怕，巴不得他就去，便说："你若肯替我用心，我能安稳睡一觉，我就感激你了。你外孙女儿，叫他在这里住下罢。"刘老老道："庄家孩子没有见过世面，没的在这里打嘴，我带他去的好。"凤姐道："这就是多心了。既是咱们一家，这怕什么？虽说我们穷了，多一个人吃饭也不碍什么。"刘老老见凤姐真情，落得叫青儿住几天，省了家里的嚼吃。只怕青儿不肯，不如叫他来问问，若是他肯，就留下。于是和青儿说了几句。青儿因与巧姐儿玩得熟了，巧姐又不愿他去，青儿又愿意在这里，刘老老便吩咐了几句，辞了平儿，忙忙的赶出城去，不提。

且说栊翠庵原是贾府的地址，因盖省亲园子，将那庵圈在里头，向来食用香火，并不动贾府的钱粮。今日妙玉被劫，那女尼呈报到官，一则候官府缉盗的下落，二则是妙玉基业，不便离散，依旧住下，不过回明了贾府。那时贾府的人虽都知道，只为贾政新丧，且又心事不宁，也不敢将这些没要紧的事回禀。只有惜春知道此事，日夜不安。渐渐传到宝玉耳边，说："妙玉被贼劫去。"又有的说："妙玉凡心动了，跟人而走。"宝玉听得，十分纳闷："想来必是被强徒抢去。这个人必不肯受，一定不屈而死。"

但是一无下落，心下甚不放心，每日长嘘短叹，还说："这样一个人，自称'槛外人'，怎么遭此结局！"又想到："当日园中何等热闹。自从二姐姐出阁以来，死的死，嫁的嫁，我想他一尘不染，是保得住的了，岂知风波顿起，比林妹妹死的更奇！"由是一而二，二而三，追思起来，想到《庄子》上的话，虚无缥缈，人生在世，难免风流云散，不禁的大哭起来。袭人等又道是他的疯病发作，百般的温柔解劝。

宝钗初时不知何故，也用话箴规。怎奈宝玉抑郁不解，又觉精神恍惚。宝钗想不出道理，再三打听，方知妙玉被劫，不知去向，也是伤感。只为宝玉愁烦，便用正言解释，因提起："兰儿自送殡回来，虽不上学，闻得日夜攻苦。他是老太太的重孙。老太太素来望你成人，老爷为你日夜焦心，你为闲情痴意，遭塌自己，我们守着你，如何是个结果？"说得宝玉无言可答，过了一回，才说道："我那管人家的闲事？只可叹咱们家的运气衰颓。"宝钗道："可又来，老爷太太原为是要你成人，接续祖宗遗绪③，你只是执迷不悟，如何是好？"宝玉听来，话不投机，便靠在桌上睡去。宝钗也不理他，叫麝月等伺候着，自己都去睡了。

宝玉见屋里人少，想起："紫鹃到了这里，我从没合他说句知心的话儿，冷冷清清撂着他，我心里甚不过意。他呢，又比不得麝月秋纹，我可以安放得的。想起从前我病的时候，他在我这里伴了好些时，如今他的那一面小镜子还在我这里，他的情意却也不薄了。如今不知为什么，见我就是冷冷的。若说为我们这一个呢，他是合林妹妹最好的，我看他待紫鹃也不错。我也不在家的日子，紫鹃原也与他有说有讲的；到我来了，紫鹃便走开了。想来自然是为林妹妹死了，我便成了家的原故。嗳，紫鹃，紫鹃！你这样一个聪明女孩儿，难道连我这点子苦处都看不出来么！"因又一想："今晚他们睡的睡，做活的做活，不如趁着这个空儿，我找他去，看他有什么话？倘或我还有得罪之处，便赔个不是也使得。"想定主意，轻轻的走出了房门，来找紫鹃。

那紫鹃的下房也就在西厢里间。宝玉悄悄的走到窗下，只见里面尚有灯光，便用舌头舐破窗纸，往里一瞧，见紫鹃独自挑灯，又不是做什么，呆呆的坐着。宝玉便轻轻的叫道："紫鹃姐姐，还没有睡么？"紫鹃听了，唬了一跳，怔怔的半日，才说："是谁？"宝玉道："是我。"紫鹃听着似乎是宝玉的声音，便问："是宝二爷么？"宝玉在外轻轻的答应了一声。紫鹃问道："你来做什么？"宝玉道："我有一句心里的话要和你说说，你开了门，我到你屋里坐坐。"紫鹃停了一会儿，说道："二爷有什么话，天晚了，请回罢，明日再说罢。"宝玉听了，寒了半截。自己还要进去，恐紫鹃未必开门；欲要回去，这一肚子的隐情，越发被紫鹃这一句话勾起。无奈说道："我也没有多余的话，只问你一句。"紫鹃道："既是一句，就请说。"宝玉半日反不言语。

紫鹃在屋里，不见宝玉言语，知他素有痴病，恐怕一时实在抢白了他，勾起他的旧病，倒也不好了，因站起来，细听了一听，又问道："是走了，还是傻站着呢？有什么又不说，尽着在这里怄人。已经怄死了一个，难道还要怄死一个么？这是何苦来呢！"说着，也从宝玉舐破之处往外一张，见宝玉在那里呆听。紫鹃不便再说，回身剪了剪烛花。忽听宝玉叹了一声道："紫鹃姐姐，你从来不是这样铁心石肠，怎么近来连一句好好儿的话都不和我说了？我固然是个浊物，不配你们理我；但只我有什么不是，只望姐姐说明了，那怕姐姐一辈子不理我，我死了倒作个明白鬼呀！"紫鹃听了，冷笑道："二爷就是这个话呀，还有什么？若就是这个话呢，我们姑娘在时，我也跟着听俗了；若是我们有什么不好处呢，我是太太派来的，二爷倒是回太太去，左右我们丫头们更算不得什么了！"说到这里，那声儿便哽咽起来，说着，又醒鼻涕。宝玉在外知他伤心哭了，便急的跺脚道："这是怎么说！我的事情，你在这里几个月，还有什么不知道的？就便别人不肯替我告诉你，难道你还不叫我说，叫我憋死了不成！"说着，也呜咽起来了。

　　宝玉正在这里伤心，忽听背后一个人接言道："你叫谁替你说呢？谁是谁的什么？自己得罪了人，自己央及呀，人家赏脸不赏在人家，何苦来拿我们这些没要紧的垫喘儿呢。"这一句话把里外两个人都吓了一跳。你道是谁？原来却是麝月。宝玉自觉脸上没趣。只见麝月又说道："到底是怎么着？一个赔不是，一个人又不理。你倒是快快儿的央及呀。嗳！我们紫鹃姐姐也就太狠心了，外头这么怪冷的，人家央及了这半天，总连个活动气儿也没有。"又向宝玉道："刚才二奶奶说了，多早晚了，打谅你在那里呢，你却一个人站在这房檐底下做什么？"紫鹃里面接着说道："这可是什么意思呢？早就请二爷进去，有话明日说罢。这是何苦来！"

　　宝玉还要说话，因见麝月在那里，不好再说别的，只得一面同麝月走回，一面说道："罢了，罢了！我今生今世也难剖白这个心了！惟有老天知道罢了！"说到这里，那眼泪也不知从何处来的，滔滔不断了。麝月道："二爷，依我劝你死了心罢。白陪眼泪，也可惜了儿的。"宝玉也不答言，遂进了屋子，只见宝钗睡了，宝玉也知宝钗装睡。却是袭人说了一句道："有什么话，明日说不得？巴巴儿的跑到那里去闹，闹出……"说到这里，也就不肯说，迟一迟，才接着道："身上不觉怎么样？"宝玉也不言语，只摇摇头儿，袭人一面才打发睡下。一夜无眠，自不必说。

　　这里紫鹃被宝玉一招，越发心里难受，直直的哭了一夜。思前想后："宝玉的事，明知他病中不能明白，所以众人弄鬼弄神的办成了；后来宝玉明白了，旧病复发，时常哭想，并非忘情负义之徒。今日这种柔情，一发叫人难受，只可怜我们林姑娘真真是无福消受他。如此看来，人生缘分，都有一定。在那未到头时，大家都是痴心妄想；及至无可如何，那糊涂的也就不理会了，那情深义重的也不过临风对月，洒泪悲啼。可怜那死的倒未必知道，这活的真真是苦恼伤心，无休无了。算来竟不如草木石头，无知无觉，倒也心中干净！"想到此处，倒把一片酸热之心，一时冰冷了。才要收拾睡时，只听东院里吵嚷起来。未知何事，下回分解。

【注释】

①阴哑：嗓子尚能发音，但不能说话。

②糊门神：旧时人家有丧事，用白纸遮盖门神、对联等，表示守丧。

③祖宗遗绪：祖宗留下的功业。绪，事业。《诗经·鲁颂·閟宫》："缵禹之绪。"宋朱熹《集注》："绪，业也。"

第一百十四回
王熙凤历幻返金陵　甄应嘉蒙恩还玉阙

却说宝玉宝钗听说凤姐病的危急，赶忙起来，丫头秉烛伺候。正要出院，只见王夫人那边打发人来说："琏二奶奶不好了，还没有咽气，二爷二奶奶且慢些过去罢。琏二奶奶的病有些古怪，从三更天起，到四更时候，琏二奶奶没有住嘴，说些胡话，要船要轿的，说到金陵归入册子去。众人不懂，他只是哭哭喊喊的。琏二爷没有法儿，只得去糊船轿，还没拿来，琏二奶奶喘着气等呢。叫我们过来说，等琏二奶奶去了，再过去罢。"宝玉道："这也奇，他到金陵做什么？"袭人轻轻的合宝玉说道："你不是那年做梦，我还记得说有多少册子，不是琏二奶奶也到那里去么？"宝玉听了点头道："是呀，可惜我都不记得那上头的话了。这么说起来，人都有个定数的了。但不知林妹妹又到那里去了？我如今被你一说，我有些懂得了。若再做这个梦时，我得细细的瞧一瞧，便有未卜先知的分儿了。"袭人道："你这样的人，可是不可合你说话的，偶然提了一句，你便认起真来了吗？就算你能先知了，你有什么法儿！"宝玉道："只怕不能先知，若是能了，我也犯不着为你们瞎操心了。"

两人正说着，宝钗走来，问道："你们说什么？"宝玉恐他盘诘，只说："我们谈论凤姐姐。"宝钗道："人要死了，你们还只管议论人。旧年你还说我咒人，那个签不是应了么？"宝玉又想了一想，拍手道："是的，是的！这么说起来，你倒能先知了。我索性问问你，你知道我将来怎么样？"宝钗笑道："这是又胡闹起来了。我是就他求的签上的话混解的，你就认了真了。你就和邢妹妹一样的了。你失了玉，他去求妙玉扶乩，批出来的众人不解，他还背地里合我说，妙玉怎么前知，怎么参禅悟道。如今他遭此大难，他如何自己都不知道，这可是算得前知吗？就是我偶然说着了二奶奶的事情，其实知道他是怎么样了，只怕我连我自己也不知道呢。这样下落，可不是虚诞的事，是信得的么？"宝玉道："别提他了。你只说邢妹妹罢，自从我们这里连连的有事，把他这件事竟忘记了。你们家这么一件大事，怎么就草草的完了？也没请亲唤友的。"宝钗道："你这话又是迂了。我们家的亲戚，只有咱们这里和王家最近。王家没了什么正经人了；咱们家遭了老太太的大事，所以也没请，就是琏二哥张罗了张罗。别的亲戚虽也有一两门子，你没过去，如何知道？算起来，我们这二嫂子的命和我差不多，好好的许了我二哥哥，我妈妈原想要体体面面的给二哥哥娶这房亲事的。一则为我哥哥在监里，二哥哥也不肯大办；二则为咱们家的事；三则为我二嫂子在大太太那边忒苦，又加着抄了家，大太太是苛刻一点的，他也实在难受。所以我和妈妈说了，便将将就就的娶了过去。我看二嫂子如今倒是安心乐意的孝敬我妈妈，比亲媳妇还强十倍呢；待二哥哥也是极尽妇道的，和香菱又甚好。二哥哥不在家，他两个和和气气的过日子，虽说是穷些，我妈妈近来倒安逸好些。就是想起我哥哥来，不免悲伤。况且常打发人家里来要使用，多亏二哥哥在外头账头儿上讨来应付他的。我听见说，城里有几处房子已经典去，还剩了一所在那里，打算着搬去住。"宝玉道："为什么要搬？住在这里，你来去也便宜些；若搬远了，你去就要一天了。"宝钗道："虽说是亲戚，到底各自的稳便些。那里有个一辈子住在亲戚家的呢！"

宝玉还要讲出不搬去的理，王夫人打发人来说："琏二奶奶咽了气了，所有的人都过去了，请二爷二奶奶就过去。"宝玉听了，也掌不住跺脚要哭。宝钗虽也悲戚，恐宝玉伤心，便说："有在这里哭的，不如到那边哭去。"于是两人一直到凤姐那里，只见好些人围着哭呢。宝钗走到跟前，见凤姐已经停床，便大放悲声。宝玉也拉着贾琏的手，大哭起来，贾琏也重新哭泣。平儿等因见无人劝解，只得含悲上来劝止了。众人都悲哀不止。贾琏此时手足无措，叫人传了赖大来，叫他办理丧事。自己回明了贾政去，然后行事。但是手头不济，诸事拮据。又想起凤姐素日的好处，更加悲哭不已。又见巧姐哭的死去活来，越发伤心。哭到天明，即刻打发人去请他大舅子王仁过来。

那王仁自从王子腾死后，王子胜又是无能的人，任他胡为，已闹的六亲不和。今知妹子死了，只得赶着过来哭了一场。见这里诸事将就，心下便不舒服，说："我妹妹在你家辛辛苦苦当了好几年家，也没有什么错处，你们家该认真的发送发送才是，怎么这时候诸事还没有齐备？"贾琏本与王仁不睦，见他说些混账话，知他不懂的什么，也不大理他。王仁便叫了他外甥女儿巧姐过来，说："你娘在时，本来办事不周到，只知道一味的奉承老太太，把我们的人都不大看在眼里。外甥女儿，你也大了，看见我曾经沾染过你们没有？如今你娘死了，诸事要听着舅舅的话。你母亲娘家的亲戚就是我和你二舅舅了。你父亲的为人，我也早知道的了，只有重别人。那年什么尤姨娘死了，我虽不在京，听见人说花了好些银子。如今你娘死了，你父亲倒是这样的将就办去吗，你也不快些劝劝你父亲？"巧姐道："我父亲巴不得要好看，只是如今比不得从前了。现在手里没钱，所以诸事省些是有的。"王仁道："你的东西还少么！"巧姐儿道："旧年抄去，何尝还了呢。"王仁道："你也这样说？我听见老太太又给了好些东西，你该拿出来。"巧姐又不好说父亲用去，只推不知道。王仁便道："哦，我知道了，不过是你要留着做嫁妆罢咧。"巧姐听了，不敢回言，只气得哽噎难鸣的哭起来了。平儿生气说道："舅老爷，有话等我们二爷进来再说。姑娘这么点年纪，他懂的什么？"王仁道："你们是巴不得二奶奶死了，你们就好为王了！我并不要什么，好看些，也是你们的脸面。"说着，赌气坐着。巧姐满怀的不舒服，心想："我父亲并不是没情。我妈妈在时，舅舅不知拿了多少东西去，如今说得这样干净！"于是便不大瞧得起他舅舅了。岂知王仁心里想来，他妹妹不知积攒了多少。虽说抄了家，那屋里的银子还怕少吗？"必是怕我来缠他们，所以也帮着这么说。这小东西儿也是不中用的。"从此，王仁也嫌了巧姐儿了。

贾琏并不知道，只忙着弄银钱使用。外头的大事，叫赖大办了；里头也要用好些钱，一时实在不能张罗。平儿知他着急，便叫贾琏道："二爷也别过于伤了自己的身子。"贾琏道："什么身子！现在日用的钱都没有，这件事怎么办？偏有个糊涂行子，又在这里蛮缠，你想有什么法儿！"平儿道："二爷也不用着急。若说没钱使唤，我还有些东西，旧年幸亏没有抄去，在里头，二爷要，就拿去当着使唤罢。"贾琏听了，心想："难得这样。"便笑道："这样更好，省得我各处张罗。等我银子弄到手了还你。"平儿道："我的也是奶奶给的，什么还不还！只要这件事办的好看些就是了。"贾琏心里倒着实感激他，便将平儿的东西拿了去，当钱使用。诸凡事情，便与平儿商量。秋桐看着，心里就有些不甘，每每口角里头便说："平儿没有了奶奶，他要上去了。我是老爷的人，他怎么就越过我去了呢？"平儿也看出来了，只不理他。倒是贾琏一时明白，越发把秋桐嫌了，一时有些烦恼，便拿着秋桐出气。邢夫人知道，反说贾琏不好，贾琏忍气。不提。

再说凤姐停了十余天，送了殡。贾政守着老太太的孝，总在外书房。那时清客相公，渐渐的都辞去了，只有个程日兴还在那里，时常陪着说说话儿。提起"家运不好，一连人口死了好些，大老爷合珍大爷又在外头。家计一天难似一天，外头东庄地亩，也不知道怎么样，总不得了呀！"程日兴道："我在这里好些年，也知道，府上的人那一个不是肥己的？一年一年都往他家里拿，那自然府上是一年不够一年了。又添了大老爷珍大爷那边两处的费用；外头又有些债务；前儿又破了好些财，要想衙门里缉贼追赃，是难事。老世翁若要安顿家事，除非传那些管事的来，派一个心腹的人各处去清查清查，该去的去，该留的留；有了亏空，着在经手的身上赔补，这就有了数儿了。那一座大的园子，人家是不敢买的，这里头的出息也不少，又不派人管了。那年老世翁不在家，这些人就弄神弄鬼儿的，闹的一个人不敢到园里，这都是家人的弊。此时把下人查一查，好的使着，不好的便撵了，这才是道理。"贾政点头道："先生，你所不知，不必说下人，便是自己的侄儿，也靠不住。若要我查起来，那能一一亲见亲知？况我又在服中，不能照管这些了。我素来又兼不大理家，有的没的，我还摸不着呢。"程日兴道："老世翁最是仁德的人，若在别家的，这样的家计，就穷起来，十年五载还不怕，便向这些管家的要，也就够了。我听见世翁的家人还有做知县的呢。"贾政道："一个人若要使起家人们的钱来，便了不得了，只好自己俭省些。但是册子上的产业，若是实有还好，生怕有名无实了。"程日兴道："老世翁所见极是。晚生为什么说要查查呢！"贾政道："先生必有所闻。"程日兴道："我虽知道些那些管事的神通，晚生也不敢言语的。"贾政听了，便知话里有因，便叹道："我自祖父以来，都是仁厚的，从没有刻薄过下人。我看如今这些人一日不似一日了。在我手里行出主子样儿来，又叫人笑话。"

两人正说着，门上的进来回道："江南甄老爷到来了。"贾政便问道："甄老爷进京为什么？"那人道："奴才也打听了，说是蒙圣恩起复了。"贾政道："不用说了，快请罢。"那人出去，请了进来。那甄老爷即是甄宝玉之父，名叫甄应嘉，表字友忠，也是金陵人氏，功勋之后。原与贾府有亲，素来走动的。因前年挂误革了职，动了家产；今遇主上眷念功臣，赐还世职，行取来京陛见[①]。知道贾母新丧，特备祭礼，择日到寄灵的地方拜奠，所以先来拜望。

贾政有服，不能远接，在外书房门口等着。那位甄老爷一见，便悲喜交集，因在制中[②]，不便行礼，遂拉着了手叙了些阔别思念的话，然后分宾主坐下，献了茶，彼此又将别后事情的话说了。贾政问道："老亲翁几时陛见的？"甄应嘉道："前日。"贾政

道：“主上隆恩，必有温谕。”甄应嘉道：“主上的恩典，真是比天
还高，下了好些旨意。”贾政道：“什么好旨意？”甄应嘉道：“近
来越寇猖獗，海疆一带，小民不安，派了安国公征剿贼寇。主上
因我熟悉土疆，命我前往安抚，但是即日就要起身。昨日知老太
太仙逝，谨备瓣香至灵前拜奠③，稍尽微忱。”贾政即忙叩首拜
谢，便说：“老亲翁即此一行，必是上慰圣心，下安黎庶。诚哉莫
大之功，正在此行。但弟不克亲睹奇才，只好遥聆捷报。现在镇
海统制是弟舍亲，会时务望青照④。”甄应嘉道：“老亲翁与统制
是什么亲戚？”贾政道：“弟那年在江西粮道任时，将小女许配与
统制少君⑤，结缡已经三载。因海口案内未清，继以海寇聚奸，所
以音信不通。弟深念小女，俟老亲翁安抚事竣后，拜恳便中请为
一视。弟即修数行，烦尊纪带去⑥，便感激不尽了。”甄应嘉道：
“儿女之情，人所不免。我正在有奉托老亲翁的事，日蒙圣恩召取
来京，因小儿年幼，家下乏人，将贱眷全带来京。我因钦限迅速，
昼夜先行，贱眷在后缓行，到京尚需时日。弟奉旨出京，不敢久
留。将来贱眷到京，少不得要到尊府，定叫小犬叩见，如可进教，
遇有姻事可图之处，望乞留意为感。”贾政一一答应。

　　那甄应嘉又说了几句话，就要起身，说：“明日在城外再见。”
贾政见他事忙，谅难再坐，只得送出书房。贾琏宝玉早已伺候在
那里代送，因贾政未叫，不敢擅入。甄应嘉出来，两人上去请安。
应嘉一见宝玉，呆了一呆，心想：“这个怎么甚像我家宝玉？只是
浑身缟素。”因问：“至亲久阔，爷们都不认得了。”贾政忙指贾
琏道：“这是家兄名赦之子琏二侄儿。”又指着宝玉道：“这是第二
小犬，名叫宝玉。”应嘉拍手道：“奇！我在家听见说老亲翁有个
衔玉生的爱子，名叫宝玉，因与小儿同名，心中甚为罕异。后来
想着这个也是常有的事，不在意了。岂知今日一见，不但面貌相
同，且举止一般，这更奇了。”问起年纪，“比这里的哥儿略小一
岁。”贾政便因提起承属包勇，问及“令郎哥儿与小儿同名”的
话述了一遍。应嘉因属意宝玉，也不暇问及那包勇的得妥，只连

连的称道："真真罕异！"因又拉了宝玉的手，极致殷勤。又恐安国公起身甚速，急须预备长行，勉强分手徐行。贾琏宝玉送出，一路又问了宝玉好些的话。及至登车去后，贾琏宝玉回来见了贾政，便将应嘉问的话回了一遍。贾政命他二人散去。贾琏又去张罗，算明凤姐丧事的账目。

宝玉回到自己房中，告诉了宝钗，说是："常提的甄宝玉，我想一见不能，今日倒先见了他父亲了。我还听得说，宝玉也不日要到京了，要来拜望我老爷呢。又人人说和我一模一样的，我只不信。若是他后儿到了咱们这里来，你们都去瞧去，看他果然和我像不像。"宝钗听了道："嗳，你说话怎么越发不留神了？什么男人同你一样都说出来了，还叫我们瞧去吗！"宝玉听了，知是失言，脸上一红，连忙的还要解说。不知何话，下回分解。

【注释】

①行取：即行文调取的意思。明制，州县官有政绩者，经地方官保举，由吏部行文调取至京，通过考选，补授科道或部属官职，或者皇帝召见地方官，都叫"行取"。清初沿袭，乾隆十六年废。

②制中：即守丧期中。旧时称依礼守丧为"制"，常指居亲丧。旧例居父母之丧，为官的须辞官归里、闭门谢客，守孝三年（实为二十七个月），叫"守制"。

③瓣香：形状像瓜瓣的香，表里条条，竖而成畦。《祖庭事苑》："古今尊宿拈香，多云一瓣，瓣，瓜瓣也。以香似之，故称焉。"原为敬佛用，世俗也用作祭奠尊者。

④青照：请求照料的客气话。

⑤少君：旧时对他人儿子的敬称。

⑥尊纪：对他人之仆人的一种称呼。纪，也称"纪纲"，即仆人。《左传》僖公二十四年："秦伯送卫于晋三千人，实纪纲之仆。"晋杜预注："诸门户仆隶之事，皆秦卒共之，为之纪纲。"这里是请人办事的一种婉辞。

第一百十五回
惑偏私惜春矢素志　证同类宝玉失相知

　　话说宝玉为自己失言，被宝钗问住，想要掩饰过去，只见秋纹进来说："外头老爷叫二爷呢。"宝玉巴不得一声，便走了去。到贾政那里，贾政道："我叫你来不为别的。现在你穿着孝，不便到学里去，你在家里，必要将你念过的文章温习温习。我这几天倒也闲着，隔两三日要做几篇文章我瞧瞧，看你这些时进益了没有。"宝玉只得答应着。贾政又道："你环兄弟兰侄儿我也叫他们温习去了。倘若你做的文章不好，反倒不及他们，那可就不成事了。"宝玉不敢言语，答应了个"是"，站着不动。贾政道："去罢。"宝玉退了出来，正撞见赖大诸人拿着些册子进来。

　　宝玉一溜烟回到自己房中，宝钗问了，知道叫他作文章，倒也喜欢。惟有宝玉不愿意，也不敢怠慢。正要坐下静静心，见有两个姑子进来，宝玉看是地藏庵的。来和宝玉说："请二奶奶安。"宝钗待理不理的说："你们好？"因叫人来："倒茶给师父们喝。"宝玉原要和那姑子说话，见宝钗似乎厌恶这些，也不好兜搭^①。那姑子知道宝钗是个冷人，也不久坐，辞了要去。宝钗道："再坐坐去罢。"那姑子道："我们因在铁槛寺做了功德，好些时没来请太太奶奶们的安。今日来了，见过了奶奶太太们，还要看四姑娘呢。"宝钗点头，由他去了。

　　那姑子便到惜春那里，见了彩屏，说："姑娘在那里呢？"彩屏道："不用提了。姑娘这几天饭都没吃，只是歪着。"那姑子道："为什么？"彩屏道："说也话长。你见了姑娘，只怕他便和你说了。"惜春早已听见，急忙坐起，说："你们两个人好啊！见我们家事差了，便不来了。"那姑子道："阿弥陀佛，有也是施主，没也是施主，别说我们是本家庵里的，受过老太太多少恩惠呢！如今老太太的事，太太奶奶们都见了，只没有见姑娘，心里惦记，今儿是特特的来瞧姑娘来的。"惜春便问起水月庵的姑子来。那姑子道："他们庵里闹了些事，如今门上也不肯常放进来了。"便问惜春道："前儿听见说，栊翠庵的妙师父怎么跟了人去了？"惜春道："那里的话！说这个话的人堤防着割舌头。人家遭了强盗抢去，怎么还说这样的坏话。"那姑子道："妙师父的为人怪僻，只怕是假惺惺罢？在姑娘面前，我们也不好说的。那里像我们这些粗夯人，只知道讽经念佛，给人家忏悔，也为着自己修个善果。"惜春道："怎么样就是善果呢？"那姑子道："除了咱们家这样善德人家儿不怕，若是别人家那些诰命夫人小姐，也保不住一辈子的荣华。到了苦难来了，可就救不得了。只有个观世音菩萨大慈大悲，遇见人家有苦难的，就慈心发动，设法儿救济。为什么如今都说'大慈大悲救苦救难的观世音菩萨'呢！我们修了行的人，虽说比大人小姐们苦多着呢，只是没有险难的了。虽不能成佛作祖，修修来世或者转个男身，自己也就好了。不像如今脱生了个女人胎子，什么委屈烦难都说不出来。姑娘，你还不知道呢，要是人家姑娘们出了门子，这一辈子跟着人，是更没法儿的。若说修行，也只要修得真。那妙师父自为才情比我们强，他就嫌我们这些人俗。岂知俗的才能得善缘呢，他如今到底是遭了大劫了。"

惜春被那姑子一番话说得合在机上，也顾不得丫头们在这里，便将尤氏待他怎样，前儿看家的事说了一遍，并将头发指给他瞧，道："你打谅我是什么没主意恋火坑的人么？早有这样的心，只是想不出道儿来。"那姑子听了，假作惊慌道："姑娘再别说这个话！珍大奶奶听见，还要骂杀我们，撵出庵去呢！姑娘这样人品，这样人家，将来配个好姑爷，享一辈子的荣华富贵……"惜春不等说完，便红了脸，说："珍大奶奶撵得你，我就撵不得么？"那姑子知是真心，便索性激他一激，说道："姑娘别怪我们说错了话。太太奶奶们那里就依得姑娘的性子呢？那时闹出没意思来倒不好。

我们倒是为姑娘的话。”惜春道：“这也瞧罢咧。”彩屏等听这话头不好，便使个眼色儿给姑子，叫他走。那姑子会意，本来心里也害怕，不敢挑逗，便告辞出去。惜春也不留他，便冷笑道：“打谅天下就是你们一个地藏庵么？”那姑子也不敢答言，去了。

彩屏见事不妥，恐耽不是，悄悄的去告诉了尤氏说：“四姑娘铰头发的心头还没有息呢。他这几天不是病，竟是怨命。奶奶堤防些，别闹出事来，那会子归罪我们身上。”尤氏道：“他那里是为要出家？他为的是大爷不在家，安心和我过不去，也只好由他罢了。”彩屏等没法，也只好常常劝解。岂知惜春一天一天的不吃饭，只想铰头发。彩屏等吃不住，只得到各处告诉。邢王二夫人等也都劝了好几次，怎奈惜春执迷不解。

邢王二夫人正要告诉贾政，只听外头传进来说：“甄家的太太带了他们家的宝玉来了。”众人急忙接出，便在王夫人处坐下。众人行礼，叙些寒温，不必细述。只言王夫人提起甄宝玉与自己的宝玉无二，要请甄宝玉进来一见。传话出去，回来说道：“甄少爷在外书房同老爷说话，说的投了机了，打发人来请我们二爷三爷，还叫兰哥儿，在外头吃饭，吃了饭进来。”说毕，里头也便摆饭，不提。

且说贾政见甄宝玉相貌果与宝玉一样，试探他的文才，竟应对如流，甚是心敬，故叫宝玉等三人出来，警励他们；再者，到底叫宝玉来比一比。宝玉听命，穿了素服，带了兄弟侄儿出来，见了甄宝玉，竟是旧相识一般。那甄宝玉也像那里见过的。两人行了礼，然后贾环贾兰相见。本来贾政席地而坐，要让甄宝玉在椅子上坐，甄宝玉因是晚辈，不敢上坐，就在地下铺了褥子坐下。如今宝玉等出来，又不能同贾政一处坐着，为甄宝玉又是晚一辈，又不好竟叫宝玉等站着。贾政知是不便，站着又说了几句话，叫人摆饭，说：“我失陪，叫小儿辈陪着，大家说说话儿，好叫他们领领大教。”甄宝玉逊谢道：“老伯大人请便，侄儿正欲领世兄们的教呢。”贾政回复了几句，便自往内书房去。那甄宝玉反要送出来，贾政拦住。宝玉等先抢了一步，出了书房门槛站立着，看贾政进去，然后进来让甄宝玉坐下。彼此套叙了一回，诸如久慕竭想的话，也不必细述。

且说贾宝玉见了甄宝玉，想到梦中之景，并且素知甄宝玉为人，必是和他同心，以为得了知己。因初次见面，不便造次，且又贾环贾兰在坐，只有极力夸赞说："久仰芳名，无由亲近②，今日见面，真是谪仙一流的人物③！"那甄宝玉素来也知贾宝玉的为人，今日一见，果然不差，"只是可与我共学，不可与你适道④。他既和我同名同貌，也是三生石上的旧精魂了。既我略知了些道理，怎么不和他讲讲？但是初见，尚不知他的心与我同不同，只好缓缓的来。"便道："世兄的才名，弟所素知的。在世兄是数万人的里头选出来最清最雅的，在弟是庸庸碌碌一等愚人，忝附同名，殊觉玷辱了这两个字。"贾宝玉听了，心想："这个人果然同我的心一样的。但是你我都是男人，不比那女孩儿们清洁，怎么他拿我当作女孩儿看待起来？"便道："世兄谬赞，实不敢当。弟是至浊至愚，只不过一块顽石耳，何敢比世兄品望高清，实称此两字。"甄宝玉道："弟少时不知分量，自谓尚可琢磨；岂知家遭消索，数年来更比瓦砾犹贱。虽不敢说历尽甘苦，然世道人情，略略的领悟了好些。世兄是锦衣玉食，无不遂心的，必是文章经济，高出人上，所以老伯钟爱，将为席上之珍⑤：弟所以才说尊名方称。"

贾宝玉听这话头又近了禄蠹的旧套，想话回答。贾环见未与他说话，心中早不自在。倒是贾兰听了这话，甚觉合意，便说道："世叔所言，固是太谦，若论到文章经济，实在从历练中出来的，方为真才实学。在小侄年幼，虽不知文章为何物，然将读过的细味起来，那膏粱文绣，比着令闻广誉⑥，真是不啻百倍的了。"甄宝玉未及答言，贾宝玉听了兰儿的话，心里越发不合，想道："这孩子从几时也学了这一派酸论。"便说道："弟闻得世兄也诋尽流俗，性情中另有一番见解。今日弟幸会芝范⑦，想欲领教一番超凡入圣的道理⑧，从此可以洗净俗肠，重开眼界。不意视弟为蠢物，所以将世路的话来酬应。"甄宝玉听说，心里晓得："他知我少年的性情，所以疑我为假，我索性把话说明，或者与我作个知心朋友，也是好的。"便说道："世兄高论，固是真切。但弟少时也曾深恶那些旧套陈言，只是一年长似一年，家君致仕在家⑨，懒于酬应，委弟接待。后来见过那些大人先生，尽都是显亲扬名的人；便是著书立说，无非言忠言孝，自有一番立德立言的事业⑩，方不枉生在圣明之时，也不致负了父亲师长养育教诲之恩：所以把少时那一派迂想痴情，渐渐的淘汰了些。如今尚欲访师觅友，教导愚蒙。幸会世兄，定当有以教我。适才所言，并非虚意。"

贾宝玉愈听愈不耐烦，又不好冷淡，只得将言语支吾。幸喜里头传出话来，说："若是外头爷们吃了饭，请甄少爷里头去坐呢。"宝玉听了，趁势便邀甄宝玉进去。那甄宝玉依命前行，贾宝玉等陪着来见王夫人。贾宝玉见是甄太太上坐，便先请过了安。贾环贾兰也见了。甄宝玉也请了王夫人的安。两母两子，互相厮认。虽是贾宝玉是娶过亲的，那甄夫人年纪已老，又是老亲，因见贾宝玉的相貌身材与他儿子一般，不禁亲热起来。王夫人更不用说，拉着甄宝玉问长问短，觉得比自己家的宝玉老成些。回看贾兰，也是清秀超群的，虽不能像两个宝玉的形象，也还随得上；只有贾环粗夯，未免有偏爱之色。

众人一见两个宝玉在这里，都来瞧看，说道："真真奇事！名字同了也罢，怎么相貌身材都是一样的。亏得是我们宝玉穿孝，若是一样的衣服穿着，一时也认不出来。"内中紫鹃一时痴意发作，便想起黛玉来，心里说道："可惜林姑娘死了，若不死时，就将那甄宝玉配了他，只怕也是愿意的。"正想着，只听得甄夫人道："前日听得我们老爷回来说，我们宝玉年纪也大了，求这里老爷留心一门亲事。"王夫人正爱甄宝玉，顺口便说道："我也想要与令郎作伐⑪。我家有四个姑娘，那三个都不用说，死的死，嫁的嫁了。还有我们珍大侄儿的妹子，只是年纪过小几岁，恐怕难配。

倒是我们大媳妇的两个堂妹子，生得人材齐正。二姑娘呢，已经许了人家；三姑娘正好与令郎为配。过一天，我给令郎作媒。但是他家的家计如今差些。"甄夫人道："太太这话又客套了。如今我们家还有什么？只怕人家嫌我们穷罢了。"王夫人道："现今府上复又出了差，将来不但复旧，必是比先前更要鼎盛起来。"甄夫人笑着道："但愿依着太太的话更好。这么着，就求太太作个保山。"

甄宝玉听他们说起亲事，便告辞出来，贾宝玉等只得陪着来到书房。见贾政已在那里，复又立谈几句。听见甄家的人来回甄宝玉道："太太要走了，请爷回去罢。"于是甄宝玉告辞出来。贾政命宝玉、环、兰相送，不提。

且说宝玉自那日见了甄宝玉之父，知道甄宝玉来京，朝夕盼望，今儿见面，原想得一知己，岂知谈了半天，竟有些冰炭不投⑫。闷闷的回到自己房中，也不言，也不笑，只管发怔。宝钗便问："那甄宝玉果然像你么？"宝玉道："相貌倒还是一样的，只是言谈间看起来，并不知道什么，不过也是个禄蠹。"宝钗道："你又编派人家了。怎么就见得也是个禄蠹呢？"宝玉道："他说了半天，并没个明心见性之谈⑬，不过说些什么'文章经济'，又说什么'为忠为孝'。这样人可不是个禄蠹么？只可惜他也生了这样一个相貌。我想来有了他，我竟要连我这个相貌都不要了。"宝钗见他又发呆话，便说道："你真真说出句话来叫人发笑，这相貌怎么能不要呢？况且人家这话是正理，做了一个男人，原该要立身扬名的，谁像你一味的柔情私意？不说自己没有刚烈，倒说人家是禄蠹。"宝玉本听了甄宝玉的话，甚不耐烦，又被宝钗抢白了一场，心中更加不乐，闷闷昏昏，不觉将旧病又勾起来了，并不言语，只是傻笑。宝钗不知，只道是"我的话错了，他所以冷笑"，也不理他。岂知那日便有些发呆；袭人等怄他，也不言语。过了一夜，次日起来，只是发呆，竟有前番病的样子。

一日，王夫人因为惜春定要铰发出家，尤氏不能拦阻，看着惜春的样子是若不依他，必要自尽的，虽然昼夜着人看着，终非常事，便告诉了贾政。贾政叹气跺脚，只说："东府里不知干了什么，闹到如此地位！"叫了贾蓉来说了一顿，叫他去和他母亲说："认真劝解劝解。若是必要这样，就不是我们家的姑娘了。"岂知尤氏不劝还好，一劝了，更要寻死，说："做了女孩儿，终不能在家一辈子的。若像二姐姐一样，老爷太太们倒要烦心，况且死了。如今譬如我死了是的，放我出了家，干干净净的一辈子，就是疼我了！况且我又不出门，就是栊翠庵原是咱们家的基址，我就在那里修行。我有什么，你们也照应得着。现在妙玉的当家的在那里。你们依我呢，我就算得了命了；若不依我呢，我也没法，只有死就完了。我如若遂了自己的心愿，那时哥哥回来，我和他说并不是你们逼着我的；若说我死了，未免哥哥回来，倒说你们不容我。"尤氏本与惜春不合，听他的话，也似乎有理，只得去回王夫人。

王夫人已到宝钗那里，见宝玉神魂失所，心下着忙，便说袭人道："你们忒不留神，二爷犯了病，也不来回我。"袭人道："二爷的病原来是常有的，一时好，一时不好。天天到太太那里，仍旧请安去，原是好好儿的，今日才发糊涂些。二奶奶正要来回太太，恐怕太太说我们大惊小怪。"宝玉听见王夫人说他们，心里一时明白，恐他们受委屈，便说道："太太放心，我没什么病，只是心里觉着有些闷闷的。"王夫人道："你是有这病根子，早说了，好请大夫瞧瞧，吃两剂药好了不好？若再闹到头里丢了玉的时候是的，就费事了。"宝玉道："太太不放心，便叫个人来瞧瞧，我就吃药。"王夫人便叫丫头传话出来请大夫。这一个心思都在宝玉身上，便将惜春的事忘了。迟了一回，大夫看了服药，王夫人回去。

过了几天，宝玉更糊涂了，甚至于饭食不进，大家着急起来。恰又忙着脱孝⑩，家中无人，又叫了贾芸来照应大夫。贾琏家下无人，请了王仁来在外帮着料理。那巧姐儿是日夜哭母，也是病了。所以荣府中又闹得马仰人翻。

一日，又当脱孝来家，王夫人亲身又看宝玉，见宝玉人事不醒，急得众人手足无措，一面哭着，一面告诉贾政说："大夫回了，不肯下药，只好预备后事。"贾政叹气连连，只得亲自看视，见其光景果然不好，便又叫贾琏办去。贾琏不敢违拗，只得叫人料理。手头又短，正在为难，只见一个人跑进来说："二爷，不好了！又有饥荒来了。"贾琏不知何事，这一吓非同小可，瞪着眼说道："什么事？"那小厮道："门上来了一个和尚，手里拿着二爷的这块丢的玉，说要一万赏银。"贾琏照脸啐道："我打量什么事，这样慌张！前番那假的你不知道么？就是真的，现在人要死了，要这玉做什么！"小厮道："奴才也说了。那和尚说，给他银子就好了。"又听着外头嚷进来说："这和尚撒野，各自跑进来了，众人拦他拦不住。"贾琏道："那里有这样怪事？你们还不快打出去呢！"又闹着，贾政听见了，也没了主意。里头又哭出来，说："宝二爷不好了！"贾政益发着急。只见那和尚嚷道："要命拿银子来！"贾政忽然想起："头里宝玉的病是和尚治好的，这会子和尚来，或者有救星。但是这玉倘或是真，他要起银子来，怎么样呢？"想了一想："好，且不管他，果真人好了再说。"贾政叫人去请，那和尚已进来了，也不施礼，也不答话，便往里就跑。贾琏拉着道："里头都是内眷，你这野东西混跑什么？"那和尚道："迟了就不能救了！"贾琏急得一面走，一面乱嚷道："里头的人不要哭了，和尚进来了！"

王夫人等只顾着哭，那里理会？贾琏走近来又嚷。王夫人等回过头来，见一个长大的和尚，吓了一跳，躲避不及。那和尚直走到宝玉炕前，宝钗避过一边，袭人见王夫人站着，不敢走开。只见那和尚道："施主们，我是送玉来的。"说着，把那块玉擎着道："快把银子拿出来，我好救他。"王夫人等惊惶无措，也不择真假，便说道："若是救活了人，银子是有的。"那和尚笑道：

"拿来！"王夫人道："你放心，横竖折变的出来。"和尚哈哈大笑，手拿着玉，在宝玉耳边叫道："宝玉，宝玉！你的'宝玉'回来了。"说了这一句，王夫人等见宝玉把眼一睁。袭人说道："好了！"只见宝玉便问道："在那里呢？"那和尚把玉递给他手里。宝玉先前紧紧的攥着，后来慢慢的回过手来，放在自己眼前，细细的一看，说："嗳呀！来迟了。"里外众人都喜欢的念佛，连宝钗也顾不得有和尚了。

贾琏也走过来一看，果见宝玉回过来了，心里一喜，疾忙躲出去了。那和尚也不言语，赶来拉着贾琏就跑。贾琏只得跟着，到了前头，赶着告诉贾政。贾政听了喜欢，即找和尚施礼叩谢，和尚还了礼坐下。贾琏心下狐疑："必是要了银子才走。"贾政细看那和尚，又非前次见的，便问："宝刹何方⑮？法师大号⑯？这玉是那里得的？怎么小儿一见便会活过来呢？"那和尚微微笑道："我也不知道，只要拿一万银子来就完了。"贾政见这和尚粗鲁，也不敢得罪，便说："有。"和尚道："有便快拿来罢，我要走了。"贾政道："略请少坐，待我进内瞧瞧。"和尚道："你去，快出来才好。"

贾政果然进去，也不及告诉，便走到宝玉炕前。宝玉见是父亲来，欲要爬起，因身子虚弱，起不来。王夫人按着说道："不要动。"宝玉笑着，拿这玉给贾政瞧，道："宝玉来了。"贾政略略一看，知道此事有些根源，也不细看，便和王夫人道："宝玉好过来了，这赏银怎么样？"王夫人道："尽着我所有的折变了给他就是了。"宝玉道："只怕这和尚不是要银子的罢？"贾政点头道："我也看来古怪，但是他口口声声的要银子。"王夫人道："老爷出去先款留着他再说。"

贾政出来。宝玉便嚷饿了，喝了一碗粥，还说要饭。婆子们果然取了饭来，王夫人还不敢给他吃。宝玉说："不妨的，我已经好了。"便爬着吃了一碗，渐渐的神气果然好过来了，便要坐起来。麝月上去轻轻的扶起，因心里喜欢忘了情，说道："真是宝贝！才看见了一会儿就好了。亏的当初没有砸破。"宝玉听了这话，神色一变，把玉一摔，身子往后一仰，未知死活，下回分解。

【注释】

①兜搭：这里是拉扯闲谈的意思。

②亲近：这里意同"亲炙"，即亲身感受到熏陶教益。《孟子·尽心下》："非圣人而能若是乎？而况于亲炙之者乎？"宋朱熹《集注》："亲近而熏炙之也。"

③谪仙：意谓谪降到人世的神仙。旧多称誉才学优异、风度出众的人。唐李白《对酒忆贺监二首序》："太子宾客贺公于长安紫极宫一见余，呼余为谪仙人。"后因以专指李白。

④可与我共学，不可与你适道：《论语·子罕》："可与共学，未可与适道。"意谓可以一道学习的人，未必就是志同道合的人。

⑤席上之珍：比喻具有美善的才德，犹席上之有珍。后以"席珍待聘"，比喻怀才待用。席，铺地的草垫。珍，宝玉。

⑥膏粱文绣，令闻广誉：《孟子·告子上》："饱乎仁义也，所以不愿人之膏粱之味也；令闻广誉施于身，所以不愿人之文绣也。"宋朱熹《集注》："膏，肥肉。粱，美谷。令，善也。闻，亦誉也。文绣，衣之美者也。仁义充足而闻誉彰著，皆所谓良贵也。"这里意谓锦衣玉食，比之美名盛誉，相差不止百倍。

⑦芝范：才德美好的榜样。芝，即灵芝，古人以为瑞草。旧时常以喻人才质之美。范，典范。

⑧超凡入圣：超越平常，进入圣域。这里指修养登峰造极、达到圣贤境界。《朱子语类·学二》："且看圣人是如何，常人是如何，自家因甚便不似圣人？因甚便只是常人？就此理会得透，自可超凡入圣。"

⑨家君：对人称自己的父亲叫"家君"。致仕：交还官职，即辞官。《春秋公羊传》宣公元年："古之道不即人心，退而致仕。"东汉何休注："致仕，还禄位于君。"也称"致事"。

⑩立德立言：建树德业，创立学说。《左传》襄公二十四年："太上有立德，其次有立功，其次有立言，虽久不废，此之谓不朽。"唐孔

颖达疏："立德，谓创制垂法，博施济众……立功，谓拯厄除难，功济于时……立言，谓言得其要，理足可传。"

⑪作伐：作媒。《诗经·豳风·伐柯》："伐柯如何？匪斧不克。娶妻如何？匪媒不得。"后因称为人作媒为"伐柯"或"作伐"。下文的"保山"，指媒人。

⑫冰炭不投：比喻二者不能相容。

⑬明心见性：原为佛教禅宗的一种修持方法，以为成佛作祖，不假外求，只要觉知"自心真性"，即可见性成佛。后宋代理学家陆九渊、明代王守仁等袭用这一术语，认为心、性、理本为一体，只要通过"明心"的内省功夫，便可"见性"而认识真理。这里指对人生问题的明确认识。

⑭脱孝：指丧服期满，脱去孝衣。

⑮宝刹：对佛寺的敬称。刹，佛塔顶部的装饰，亦指寺前幡杆。

⑯法师：佛家指通晓佛法并致力修行传法的僧人。这里是对僧侣的尊称。

第一百十六回
得通灵幻境悟仙缘　送慈柩故乡全孝道

话说宝玉一听麝月的话，身往后仰，复又死去，急得王夫人等哭叫不止。麝月自知失言致祸，此时王夫人等也不及说他。那麝月一面哭着，一面打定主意，心想："若是宝玉一死，我便自尽，跟了他去。"不言麝月心里的事。且言王夫人等见叫不回来，赶着叫人出来找和尚救治，岂知贾政进内出去时，那和尚已不见了。贾政正在咤异，听见里头又闹，急忙进来，见宝玉又是先前的样子，牙关紧闭，脉息全无。用手在心窝中一摸，尚有温热。贾政只得急忙请医，灌药救治。

那知那宝玉的魂魄早已出了窍了。你道死了不成？却原来恍恍惚惚赶到前厅，见那送玉的和尚坐着，便施了礼。那知和尚站起身来，拉着宝玉就走。宝玉跟了和尚，觉得身轻如叶，飘飘飖飖，也没出大门，不知从那里走了出来。行了一程，到了个荒野地方，远远的望见一座牌楼，好像曾到过的。正要问那和尚时，只见恍恍惚惚又来了一个女人。宝玉心里想道："这样旷野地方，那得有如此的丽人？必是神仙下界了。"宝玉想着，走近前来，细细一看，竟有些认得的，只是一时想不起来。见那女人合和尚打了一个照面，就不见了。宝玉一想，竟是尤三姐的样子，越发纳闷："怎么他也在这里？"又要问时，那和尚早拉着宝玉过了那牌楼，只见牌上写着"真如福地"四大字，两边一副对联，乃是：

> 假去真来真胜假，无原有是有非无。

转过牌坊，便是一座宫门。门上也横书四个大字道："福善祸淫"①。又有一副对子，大书云：

> 过去未来，莫谓智贤能打破；前因后果，须知亲近不相逢。

宝玉看了，心下想道："原来如此！我倒要问问因果来去的事了。"这么一想，只见鸳鸯站在那里，招手儿叫他。宝玉想道："我走了半日，原不曾出园子，怎么改了样子了呢？"赶着要合鸳鸯说话，岂知一转眼便不见了，心里不免疑惑起来。走到鸳鸯站的地方儿，乃是一溜配殿，各处都有匾额。宝玉无心去看，只向鸳鸯立的所在奔去，见那一间配殿的门半掩半开。宝玉也不敢造次进去，心里正要问那和尚一声，回过头来，和尚早已不见了。宝玉恍惚见那殿宇巍峨，绝非大观园景象，便立住脚，抬头看那匾额上写道："引觉情痴"。两边写的对联道：

　　　　喜笑悲哀都是假，贪求思慕总因痴。

宝玉看了，便点头叹息。想要进去找鸳鸯，问他是什么所在。细细想来，甚是熟识，便仗着胆子推门进去。满屋一瞧，并不见鸳鸯，里头只是黑漆漆的，心下害怕。正要退出，见有十数个大橱，橱门半掩。宝玉忽然想起："我少时做梦，曾到过这样个地方；如今能够亲身到此，也是大幸。"

　　恍惚间，把找鸳鸯的念头忘了，便壮着胆把上首的大橱开了橱门一瞧，见有好几本册子，心里更觉喜欢，想道："大凡人做梦，说是假的，岂知有这梦便有这事。我常说还要做这个梦再不能的，不料今儿被我找着了。但不知那册子是那个见过的不是？"伸手在上头取了一本，册上写着"金陵十二钗正册"。宝玉拿着一想道："我恍惚记得是那个，只恨记不清楚。"便打开头一页看去。见上头有画，但是画迹模糊，再瞧不出来。后面有几行字迹，也不清楚，尚可摹拟，便细细的看去，见有什么玉带，上头有个好像"林"字，心里想道："不要是说林妹妹罢？"便认真看去，底下又有"金簪雪里"四字，咤异道："怎么又像他的名字呢？"复将前后四句合起来一念道："也没有什么道理，只是暗藏着他两个名字，并不为奇。独有那'怜'字'叹'字不好。这是怎么解？"想到那里，又自啐道："我是偷着看，若只管呆想起来，倘有人来，又看不成了。"遂往后看去，也无暇细玩那画图，只从头看去。看到尾儿，有几句词，什么"相逢大梦归"一句，便恍然大悟道："是了！果然机关不爽，这必是元春姐姐了。若都是这样明白，我要抄了去细玩起来，那些姊妹们的寿夭穷通，没有不知的了。我回去自不肯泄漏，只做一个'未卜先知'的人，也省了多少闲想。"又向各处一瞧，并没有笔砚，又恐人来，只得忙着看去。只见图上影影有一个放风筝的人儿，也无心去看。急急的将那十二首诗词都看遍了，也有一看便知的，也有一想便得的，也有不大明白的，心下牢牢记着。一面叹息，一面又取那"金陵又副册"一看，看到"堪羡优伶有福，谁知公子无缘"，先前不懂，见上面尚有花席的影子，便大惊痛哭起来。

待要往后再看，听见有人说道："你又发呆了！林妹妹请你呢。"好似鸳鸯的声气，回头却不见人。心中正自惊疑，忽鸳鸯在门外招手。宝玉一见，喜得赶出来，但见鸳鸯在前，影影绰绰的走，只是赶不上。宝玉叫道："好姐姐！等等我。"那鸳鸯并不理，只顾前走。宝玉无奈，尽力赶去。忽见别有一洞天，楼阁高耸，殿角玲珑，且有好些宫女隐约其间。宝玉贪看景致，竟将鸳鸯忘了。宝玉顺步走入一座宫门，内有奇花异卉，都也认不明白。惟有白石花栏围着一颗青草，叶头上略有红色，但不知是何名草，这样矜贵？只见微风动处，那青草已摆摇不休。虽说是一枝小草，又无花朵，其妩媚之态，不禁心动神怡，魂消魄丧。

宝玉只管呆呆的看着，只听见旁边有一人说道："你是那里来的蠢物，在此窥探仙草！"宝玉听了，吃了一惊，回头看时，却是一位仙女，便施礼道："我找鸳鸯姐姐，误入仙境，恕我冒昧之罪！请问神仙姐姐：这里是何地方？怎么我鸳鸯姐姐到此还说是林妹妹叫我？望乞明示。"那人道："谁知你的姐姐妹妹？我是看管仙草的，不许凡人在此逗留。"宝玉欲待要出来，又舍不得，只得央告道："神仙姐姐！既是那管理仙草的，必然是花神姐姐了。但不知这草有何好处？"那仙女道："你要知道这草，说起来话长着呢。那草本在灵河岸上，名曰'绛珠草'。因那时萎败，幸得一个神瑛侍者日以甘露灌溉，得以长生。后来降凡历劫，还报了灌溉之恩，今返归真境。所以警幻仙子命我看管，不令蜂缠蝶恋。"宝玉听了不解，一心疑定必是遇见了花神了，今日断不可当面错过，便问："管这草的是神仙姐姐了。还有无数名花，必有专管的，我也不敢烦问，只有看管芙蓉花的是那位神仙？"那仙女道："我却不知，除是我主人方晓。"宝玉便问道："姐姐的主人是谁？"那仙女道："我主人是潇湘妃子。"宝玉听道："是了！你不知道：这位妃子就是我的表妹林黛玉。"那仙女道："胡说！此地乃上界神女之所，虽号为潇湘妃子，并不是娥皇女英之辈，何得与凡人有亲？你少来混说，瞧着叫力士打你出去②。"

　　宝玉听了发怔，只觉自形秽浊。正要退出，又听见有人赶来，说道："里面叫请神瑛侍者。"那人道："我奉命等了好些时，总不见有神瑛侍者过来，你叫我那里请去？"那一个笑道："才退去的不是么？"那侍女慌忙赶出来，说："请神瑛侍者回来。"宝玉只道是问别人，又怕被人追赶，只得蹡蹡而逃。

　　正走时，只见一人手提宝剑，迎面拦住，说："那里走！"吓得宝玉惊惶无措。仗着胆抬头一看，却不是别人，就是尤三姐。宝玉见了，略定些神，央告道："姐姐，怎么你也来逼起我来了？"那人道："你们弟兄没有一个好人，败人名节，破人婚姻。今儿你到这里，是不饶你的了！"宝玉听去话头不好，正自着急，只听后面有人叫道："姐姐，快快拦住！不要放他走了。"尤三姐道："我奉妃子之命，等候已久。今儿见了，必定要一剑斩断你的尘缘。"宝玉听了，益发着忙，又不懂这些话到底是什么意思，只得回头要跑。岂知身后说话的并非别人，却是晴雯。宝玉一见，悲喜交集，便说："我一个人走迷了道儿，遇见仇人，我要逃回，却不见你们一人跟着我。如今好了，晴雯姐姐，快快的带我回家去罢。"晴雯道："侍者不必多疑。我非晴雯，我是奉妃子之命，特来请你一会，并不难为你。"宝玉满腹狐疑，只得问道："姐姐说是妃子叫我，那妃子究是何人？"晴雯道："此时不必问，到了那里，自然知道。"宝玉没法，只得跟着走。细看那人背后举动，恰是晴雯，"那面目声音是不错的了，怎么他说不是？我此时心里模糊，且别管他。到了那边，见了妃子，就有不是，那时再求他。到底女人的心肠是慈悲的，必定恕我冒失。"

正想着，不多时，到了一个所在，只见殿宇精致，彩色辉煌，庭中一丛翠竹，户外数本苍松。廊檐下立着几个侍女，都是宫妆打扮。见了宝玉进来，便悄悄的说道："这就是神瑛侍者么？"引着宝玉的说道："就是，你快进去通报罢。"有一侍女笑着招手，宝玉便跟着进去。过了几层房舍，见一正房，珠帘高挂。那侍女说："站着候旨。"宝玉听了，也不敢则声，只好在外等着。那侍女进去不多时，出来说："请侍者参见。"又有一人卷起珠帘。只见一女子头戴花冠③，身穿绣服，端坐在内。宝玉略一抬头，见是黛玉的形容，便不禁的说道："妹妹在这里！叫我好想。"那帘外的侍女悄咤道："这侍者无礼，快快出去！"说犹未了，又见一个侍儿将珠帘放下。宝玉此时欲待进去又不敢，要走又不舍，待要问明，见那些侍女并不认得，又被驱逐，无奈出来。心想要问晴雯，回头四顾，并不见有晴雯。心下狐疑，只得怏怏出来，又无人引着。正欲找原路而去，却又找不出旧路了。正在为难，见凤姐站在一所房檐下招手。宝玉看见，喜欢道："可好了！原来回到自己家里了。我怎么一时迷乱如此？"急奔前来说："姐姐在这里么，我被这些人捉弄到这个分儿，林妹妹又不肯见我，不知是何原故？"说着，走到凤姐站的地方，细看起来，并不是凤姐，原来却是贾蓉的前妻秦氏。宝玉只得立住脚，要问凤姐姐在那里。那秦氏也不答言，竟自往屋里去了。

宝玉恍恍惚惚的，又不敢跟进去，只得呆呆的站着，叹道："我今儿得了什么不是，众人都不理我。"便痛哭起来。见有几个黄巾力士执鞭赶来，说是："何处男人敢闯入我们这天仙福地来，快走出去！"宝玉听得，不敢言语。正要寻路出来，远远望见一群女子说笑前来。宝玉看时，又像有迎春等一干人走来，心里喜欢，叫道："我迷住在这里，你们快来救我！"正嚷着，后面力士赶来。宝玉急得往前乱跑，忽见那一群女子都变作鬼怪形象，也来追扑。

宝玉正在情急，只见那送玉来的和尚，手里拿着一面镜子一照，说道："我奉元妃娘娘旨意，特来救你。"登时鬼怪全无，仍是一片荒郊。宝玉拉着和尚说道："我记得是你领我到这里，你一时又不见了。看见了好些亲人，只是都不理我，忽又变作鬼怪。到底是梦是真？望老师明白指示。"那和尚道："你到这里，曾偷看什么东西没有？"宝玉一想，道："他既能带我到天仙福地，自然也是神仙了，如何瞒得他？况且正要问个明白。"便道："我倒见了好些册子来着。"那和尚道："可又来！你见了册子，还不解么？世上的情缘，都是那些魔障。只要把历过的事情细细记着，将来我与你说明。"说着，把宝玉狠命的一推，说："回去罢！"宝玉站不住脚，一跤跌倒，口里嚷道："阿哟！"

王夫人等正在哭泣，听见宝玉苏来，连忙叫唤。宝玉睁眼看时，仍躺在炕上，见王夫人宝钗等哭的眼泡红肿。定神一想，心里说道："是了，我是死去过来的。"遂把神魂所历的事呆呆的细想。幸喜多还记得，便哈哈的笑道："是了，是了！"王夫人只道旧病复发，便好延医调治，即命丫头婆子快去告诉贾政，说是："宝玉回过来了。头里原是心迷住了，如今说出话来，不用备办后事了。"贾政听了，即忙进来看视，果见宝玉苏来，便道："没福的痴儿，你要唬死谁么？"说着，眼泪也不知不觉流下来了。又叹了几口气，仍出去叫人请医生，诊脉服药。

这里麝月正思自尽，见宝玉一过来，也放了心。只见王夫人叫人端了桂圆汤，叫他喝了几口，渐渐的定了神。王夫人等放心，也没有说麝月，只叫人仍把那玉交给宝钗给他带上。想起那和尚来，"这玉不知那里找来的？也是古怪。怎么一时要银，一时又不见了？莫非是神仙不成？"宝钗道："说起那和尚来的踪迹，去的影响，那玉并不是找来的；头里丢的时候，必是那和尚取去的。"

王夫人道："玉在家里，怎么能取的了去？"宝钗道："既可送来，就可取去。"袭人麝月道："那年丢了玉，林大爷测了个字，后来二奶奶过了门，我还告诉过二奶奶，说测的那字是什么'赏'字。二奶奶还记得么？"宝钗想道："是了，你们说测的是当铺里找去，如今才明白了，竟是个和尚的'尚'字在上头，可不是和尚取了去的么？"王夫人道："那和尚本来古怪。那年宝玉病的时候，那和尚来说是我们家有宝贝可解，说的就是这块玉了。他既知道，自然这块玉到底有些来历。况且你女婿养下来就嘴里含着的。古往今来，你们听见过这么第二个么？只是不知终久这块玉到底是怎么着，就连咱们这一个，也还不知是怎么着。病也是这块玉，好也是这块玉，生也是这块玉……"说到这里，忽然住了，不免又流下泪来。宝玉听了，心里却也明白，更想死去的事，愈加有因，只不言语，心里细细的记忆。

那时惜春便说道："那年失玉，还请妙玉请过仙，说是'青埂峰下倚古松'，还有什么'入我门来一笑逢'的话。想起来'入我门'三字，大有讲究。佛教的法门最大，只怕二哥哥不能入得去。"宝玉听了，又冷笑几声。宝钗听了，不觉的把眉头儿肐皱着④，发起怔来。尤氏道："偏你一说，又是佛门了。你出家的念头还没有歇么？"惜春笑道："不瞒嫂子说，我早已断了荤了。"王夫人道："好孩子，阿弥陀佛！这个念头是起不得的。"惜春听了，也不言语。宝玉想"青灯古佛前"的诗句，不禁连叹几声。忽又想起一床席一枝花的诗句来，拿眼睛看着袭人，不觉又流下泪来。众人都见他忽笑忽悲，也不解是何意，只道是他的旧病；岂知宝玉触处机来，竟能把偷看册上诗句俱牢牢记住了，只是不说出来，心中早有一个成见在那里了⑤，暂且不提。

且说众人见宝玉死去复生，神气清爽，又加连日服药，一天好似一天，渐渐的复原起来。便是贾政见宝玉已好，现在丁忧无事，想起贾赦不知几时遇赦，老太太的灵柩久停寺内，终不放心，欲要扶柩回南安葬，便叫了贾琏来商议。贾琏便道："老爷想得极是。如今趁着丁忧，干了一件大事更好。将来老爷起了服⑥，生恐又不能遂意了。但是我父亲不在家，侄儿呢又不敢僭越⑦。老爷的主意很好，只是这件事也得好几千银子。衙门里缉赃，那是再缉不出来的。"贾政道："我的主意是定了。只为大爷不在家，叫你来商议商议，怎么个办法。你是不能出门的，现在这里没有人；我为是好几口材，都要带回去的，一个人怎么样的照应呢？想起把蓉哥儿带了去，况且有他媳妇的棺材，也在里头。还有你林妹妹的，那时老太太的遗言，说跟着老太太一块儿回去的。我想这一项银子，只好在那里挪借几千，也就够了。"贾琏道："如今的人情过于淡薄。老爷呢，又丁忧；我们老爷呢，又在外头。一时借是借不出来的了，只是拿房地文书出去押去。"贾政道："住的房子是官盖的，那里动得？"贾琏道："住房是不能动的。外头还有几所，可以出脱的，等老爷起复后再赎也使得。将来我父亲回来了，倘能也再起用，也好赎的。只是老爷这么大年纪，辛苦这一场，侄儿们心里却不安。"贾政道："老太太的事是应该的。只要你在家谨慎些，把持定了才好。"贾琏道："老爷这倒只管放心，侄儿虽糊涂，断不敢不认真办理的。况且老爷回南，少不得多带些人去，所留下的人也有限了，这点子费用，还可以过的来。就是老爷路上短少些，必经过赖尚荣的地方，可也叫他出点力儿。"贾政道："自己的老人家的事，叫人家帮什么。"贾琏答应了"是"，便退出来，打算银钱。

　　贾政便告诉了王夫人，叫他管了家，自己便择了发引长行的日子，就要起身。宝玉此时身体复元，贾环贾兰倒认真念书，贾政都交付给贾琏，叫他管教，"今年是大比的年头，环儿是有服的，不能入场；兰儿是孙子，服满了也可以考的；务必叫宝玉同着侄儿考去。能够中一个举人，也好赎一赎咱们的罪名。"贾琏等唯唯应命。贾政又吩咐了在家的人，说了好些话，才别了宗祠，便在城外念了几天经，就发引下船，带了林之孝等而去。也没有惊动亲友，惟有自家男女送了一程回来。

宝玉因贾政命他赴考，王夫人便不时催逼，查考起他的工课来。那宝钗袭人时常劝勉，自不必说。那知宝玉病后，虽精神日长，他的念头一发更奇僻了，竟换了一种，不但厌弃功名仕进，竟把那儿女情缘也看淡了好些。只是众人不大理会，宝玉也并不说出来。

一日，恰遇紫鹃送了林黛玉的灵柩回来，闷坐自己屋里啼哭，想着："宝玉无情，见他林妹妹的灵柩回去，并不伤心落泪；见我这样痛哭，也不来劝慰，反瞅着我笑。这样负心的人，从前都是花言巧语来哄着我们。前夜亏我想得开，不然，几乎又上了他的当。只是一件叫人不解：如今我看他待袭人等也是冷冷儿的。二奶奶是本来不喜欢亲热的，麝月那些人就不抱怨他么？我想女孩子们多半是痴心的，白操了那些时的心，看将来怎样结局！"正想着，只见五儿走来瞧他。见紫鹃满面泪痕，便说："姐姐又想林姑娘了？想一个人，闻名不如眼见。头里听着宝二爷女孩子跟前是最好的，我母亲再三的把我弄进来。岂知我进来了，尽心竭力的伏侍了几次病，如今病好了，连一句好话也没有剩出来，如今索性连眼儿也都不瞧了。"紫鹃听他说的好笑，便"噗嗤"的一笑，啐道："呸，你这小蹄子！你心里要宝玉怎么个样儿待你才好？女孩儿家也不害臊！连名公正气的屋里人瞧着他还没事人一大堆呢，有功夫理你去！"因又笑着，拿个指头往脸上抹着，问道："你到底算宝玉的什么人哪？"那五儿听了，自知失言，便飞红了脸。待要解说不是要宝玉怎样看待，说他近来不怜下的话，只听院门外乱嚷，说："外头和尚又来了，要那一万银子呢。太太着急，叫琏二爷和他讲去，偏偏琏二爷又不在家。那和尚在外头说些疯话，太太叫请二奶奶过去商量。"不知怎样打发那和尚，下回分解。

【注释】

①福善祸淫：意即行善者得福，作恶者受祸。

②力士：这里指黄巾力士，传说中值勤的神将。

③花冠：用花彩装饰而成的冠。唐白居易《长恨歌》："云鬓半垂新睡觉，花冠不整下堂来。"

④肐（gē）皱：形容眉头紧皱的样子。

⑤成见：这里是主见的意思。

⑥起服：即除服，除去丧礼之服。

⑦僭越：冒用名位，超越本分。

第一百十七回
阻超凡佳人双护玉　欣聚党恶子独承家

　　话说王夫人打发人来叫宝钗过去商量，宝玉听见说是和尚在外头，赶忙的独自一人走到前头，嘴里乱嚷道："我的师父在那里？"叫了半天，并不见有和尚，只得走到外面。见李贵将和尚拦住，不放他进来。宝玉便说道："太太叫我请师父进去。"李贵听了，松了手，那和尚便摇摇摆摆的进去。宝玉看见那僧的形状与他死去时所见的一般，心里早有些明白了，便上前施礼，连叫："师父，弟子迎候来迟。"那僧说："我不要你们接待，只要银子拿了来，我就走。"宝玉听来，又不像有道行的话，看他满头癞疮，浑身腌臜破烂，心里想道："自古说，'真人不露相，露相不真人'，也不可当面错过。我且应了他谢银，并探探他的口气。"便说道："师父不必性急。现在家母料理，请师父坐下，略等片刻。弟子请问师父，可是从太虚幻境而来？"那和尚道："什么'幻境'！不过是来处来、去处去罢了。我是送还你的玉来的。且我问你，那玉是从那里来的？"宝玉一时对答不来，那僧笑道："你自己的来路还不知，便来问我！"宝玉本来颖悟，又经点化，早把红尘看破，只是自己的底里未知。一闻那僧问起玉来，好像当头一棒[①]，便说道："你也不用银子了，我把那玉还你罢。"那僧笑道："也该还我了。"

　　宝玉也不答言，往里就跑。走到自己院内，见宝钗袭人等都到王夫人那里去了，忙向自己床边取了那玉，便走出来。迎面碰见了袭人，撞了一个满怀，把袭人唬了一跳，说道："太太说你陪着和尚坐着很好，太太在那里打算送他些银两，你又回来做什么？"宝玉道："你快去回太太说，不用张罗银两了，我把这玉还了他就是了。"袭人听说，即忙拉住宝玉，道："这断使不得的！那玉就是你的命，若是他拿了去，你又要病着了。"宝玉道："如今再不病的了。我已经有了心了，要那玉何用？"摔脱袭人，便要想走。袭人急得赶着嚷道："你回来，我告诉你一句话！"宝玉回过头来道："没有什么说的了。"袭人顾不得什么，一面赶着跑，一面嚷道："上回丢了玉，几乎没有把我的命要了！刚刚儿的有了，他拿了去，你也活不成，我也活不成了！你要还他，除非是叫我死了！"说着，赶上一把拉住。宝玉急了，道："你死也要还，你不死也要还！"狠命的把袭人一推，抽身要走。怎奈袭人两只手绕着宝玉的带子不放松，哭喊着坐在地下。

里面的丫头听见，连忙赶来，瞧见他两个人的神情不好。只听见袭人哭道："快告诉太太去！宝二爷要把那玉去还和尚呢！"丫头赶忙飞报王夫人。那宝玉更加生气，用手来掰开了袭人的手，幸亏袭人忍痛不放。紫鹃在屋里听见宝玉要把玉给人，这一急比别人更甚，把素日冷淡宝玉的主意都忘在九霄云外了，连忙跑出来，帮着抱住宝玉。那宝玉虽是个男人，用力摔打，怎奈两个人死命的抱住不放，也难脱身，叹口气道："为一块玉，这样死命的不放，若是我一个人走了，又待怎么样呢？"袭人紫鹃听到那里，不禁嚎啕大哭起来。

正在难分难解，王夫人宝钗急忙赶来。见是这样形景，便哭着喝道："宝玉！你又疯了吗！"宝玉见王夫人来了，明知不能脱身，只得陪笑道："这当什么，又叫太太着急。他们总是这样大惊小怪的，我说那和尚不近人情，他必要一万银子，少一个不能。我生气进来，拿这玉还他，就说是假的，要这玉干什么？他见得我们不希罕那玉，便随意给他些，就过去了。"王夫人道："我打谅真要还他，这也罢了，为什么不告诉明白了他们？叫他们哭哭喊喊的像什么。"宝钗道："这么说呢，倒还使得。要是真拿那玉给他，那和尚有些古怪，倘或一给了他，又闹到家口不宁，岂不是不成事了么？至于银钱呢，就把我的头面折变了，也还够

了呢。"王夫人听了，道："也罢了，且就这么办罢。"宝玉也不
回答。

只见宝钗走上来，在宝玉手里拿了这玉，说道："你也不用出
去，我合太太给他钱就是了。"宝玉道："玉不还他也使得，只是
我还得当面见他一见才好。"袭人等仍不肯放手。到底宝钗明决，
说："放了手，由他去就是了。"袭人只得放手。宝玉笑道："你们
这些人，原来重玉不重人哪！你们既放了我，我便跟着他走了，
看你们就守着那块玉怎么样？"袭人心里又着急起来，仍要拉他，
只碍着王夫人和宝钗的面前，又不好太露轻薄，恰好宝玉一撒手
就走了。袭人忙叫小丫头在三门口传了焙茗等："告诉外头照应着
二爷，他有些疯了。"小丫头答应了出去。

王夫人宝钗等进来坐下，问起袭人来由，袭人便将宝玉的话
细细说了。王夫人宝钗甚是不放心，又叫人出去，吩咐众人伺候
着和尚说些什么。回来，小丫头传话进来回王夫人道："二爷真有
些疯了。外头小厮们说：里头不给他玉，他也没法儿；如今身子
出来了，求着那和尚带了他去。"王夫人听了，说道："这还了得！
那和尚说什么来着？"小丫头回道："和尚说，要玉不要人。"宝
钗道："不要银子了么？"小丫头道："没听见说。后来和尚合二爷
两个人说着笑着，有好些话，外头小厮们都不大懂。"王夫人道：
"糊涂东西！听不出来，学是自然学得来的。"便叫小丫头："你把
那小厮叫进来。"小丫头连忙出去叫进那小厮，站在廊下，隔着
窗户请了安。王夫人便问道："和尚和二爷的话，你们不懂，难道
学也学不来吗？"那小厮回道："我们只听见说什么'大荒山'，什
么'青埂峰'，又说什么'太虚境''斩断尘缘'这些话。"王夫
人听了也不懂。宝钗听了，唬得两眼直瞪，半句话都没有了。

正要叫人出去拉宝玉进来，只见宝玉笑嘻嘻的进来，说："好
了，好了！"宝钗仍是发怔。王夫人道："你疯疯癫癫的说是什
么？"宝玉道："正经话，又说我疯癫！那和尚与我原认得的，他
不过也是要来见我一见。他何尝是真要银子呢，也只当化个善缘

就是了。所以说明了，他自己就飘然而去。这可不是好了么！"
王夫人不信，又隔着窗户问那小厮。那小厮连忙出去问了门上的
人，进来回说："果然和尚走了，说请太太们放心，我原不要银
子，只要宝二爷时常到他那里去去就是了。诸事只要随缘，自有
一定的道理。"王夫人道："原来是个好和尚，你们曾问住在那
里？"门上道："奴才也问来着，他说我们二爷是知道的。"王夫
人问宝玉道："他到底住在那里？"宝玉笑道："这个地方，说远就
远，说近就近。"宝钗不待说完，便道："你醒醒儿罢，别尽着迷
在里头！现在老爷太太就疼你一个人，老爷还吩咐叫你干功名长
进呢。"宝玉道："我说的不是功名么？你们不知道'一子出家，
七祖升天'呢。"王夫人听到那里，不觉伤心起来，说："我们的
家运怎么好？一个四丫头口口声声要出家，如今又添出一个来了。
我这样个日子，过他做什么！"说着，大哭起来。宝钗见王夫人
伤心，只得上前苦劝。宝玉笑道："我说了这句玩话，太太又认起
真来了。"王夫人止住哭声道："这些话也是混说的么？"

　　正闹着，只见丫头来回话："琏二爷回来了，颜色大变，说，
请太太回去说话。"王夫人又吃了一惊，说道："将就些叫他进来
罢，小婶子也是旧亲，不用回避了。"贾琏进来见了王夫人，请
了安。宝钗迎着，也问了贾琏的安。回说道："刚才接了我父亲
的书信，说是病重的很，叫我就去，若迟了恐怕不能见面。"说
到那里，眼泪便掉下来了。王夫人道："书上写的是什么病？"贾
琏道："写的是感冒风寒起来的，如今成了痨病了。现在危急，专
差一个人连日连夜赶来的，说'如若再耽搁一两天，就不能见面
了'。故来回太太，侄儿必得就去才好。只是家里没人照管。蔷
儿芸儿虽说糊涂，到底是个男人，外头有了事来，还可传个话。
侄儿家里倒没有什么事。秋桐是天天哭着喊着，不愿意在这里，
侄儿叫了他娘家的人来领了去了，倒省了平儿好些气。虽是巧姐
没人照应，还亏平儿的心不很坏。姐儿心里也明白，只是性气比
他娘还刚硬些，求太太时常管教管教他。"说着，眼圈儿一红，

连忙把腰里拴槟榔荷包的小绢子拉下来擦眼。王夫人道："放着他亲祖母在那里，托我做什么？"贾琏轻轻的说道："太太要说这个话，侄儿就该活活儿的打死了。没什么说的，总求太太始终疼侄儿就是了。"说着，就跪下来了。王夫人也眼圈儿红了，说："你快起来，娘儿们说话儿，这是怎么说？只是一件，孩子也大了，倘或你父亲有个一差二错，又耽搁住了，或者有个门当户对的来说亲，还是等你回来，还是你太太作主？"贾琏道："现在太太们在家，自然是太太们做主，不必等我。"王夫人道："你要去，就写了禀帖给二老爷送个信，说家下无人，你父亲不知怎样，快请二老爷将老太太的大事早早的完结，快快回来。"

贾琏答应了"是"，正要走出去，复转回来，回说道："咱们家的家下人，家里还够使唤，只是园里没有人，太空了。包勇又跟了他们老爷去了。姨太太住得房子，薛二爷已搬到自己的房子内住了。园里一带屋子都空着，忒没照应，还得太太叫人常查看查看。那栊翠庵原是咱们家的地基，如今妙玉不知那里去了，所有的根基，他的当家女尼不敢自己作主，要求府里一个人管理管理。"王夫人道："自己的事还闹不清，还搁得住外头的事么？这句话，好歹别叫四丫头知道；若是他知道了，又要吵着出家的念头出来了。你想，咱们家什么样的人家，好好的姑娘出了家，还了得！"贾琏道："太太不提起，侄儿也不敢说。四妹妹到底是东府里的，又没有父母，他亲哥哥又在外头，他亲嫂子又不大说的上话，侄儿听见要寻死觅活了好几次。他既是心里这么着的了，若是牛着他，将来倘或认真寻了死，比出家更不好了。"王夫人听了点头，道："这件事真真叫我也难担，我也做不得主，由他大嫂子去就是了。"

贾琏又说了几句，才出来，叫了众家人来，交代清楚，写了书，收拾了行装。平儿等不免叮咛了好些话。只有巧姐儿惨伤的了不得。贾琏又欲托王仁照应，巧姐到底不愿意；听见外头托了芸蔷二人，心里更不受用，嘴里却说不出来。只得送了他父亲，谨谨慎慎的随着平儿过日子。丰儿小红因凤姐去世，告假的告假，告病的告病。平儿意欲接了家中一个姑娘来，一则给巧姐作伴，二则可以带量他。遍想无人。只有喜鸾四姐儿是贾母旧日钟爱的，偏偏四姐儿新近出了嫁了，喜鸾也有了人家儿，不日就要出阁，也只得罢了。

且说贾芸贾蔷送了贾琏，便进来见了邢王二夫人。他两个倒替着在外书房住下，日间便与家人厮闹，有时找了几个朋友吃个"车轮辘会"②，甚至聚赌。里头那里知道。一日，邢大舅王仁来，瞧见了贾芸贾蔷住在这里，知他热闹，也就借着照看的名儿时常在外书房设局赌钱喝酒。所有几个正经的家人，贾政带了几个去，贾琏又跟去了几个，只有那赖林诸家的儿子侄儿。那些少年，托着老子娘的福吃喝惯了的，那知当家立计的道理？况且他们长辈都不在家，便是"没笼头的马"了。又有两个旁主人怂恿③，无不乐为。这一闹，把个荣国府闹得没上没下，没里没外。

那贾蔷还想勾引宝玉。贾芸拦住道："宝二爷那个人去运气的，不用惹他。那一年我给他说了一门子绝好的亲，父亲在外头做税官，家里开几个当铺，姑娘长的比仙女儿还好看。我巴巴儿的细细的写了一封书子给他，谁知他没造化……"说到这里，瞧了瞧左右无人，又说："他心里早和咱们这个二婶娘好上了。你没听见说，还有一个林姑娘呢，弄的害了相思病死的，谁不知道！这也罢了，各自的姻缘罢咧。谁知他为这件事倒恼了我了，总不大理。他打谅谁必是借谁的光儿呢！"

贾蔷听了，点点头，才把这个心歇了。他两个还不知道宝玉自会那和尚以后，他是欲断尘缘，一则在王夫人跟前不敢任性，已与宝钗袭人等皆不大款洽了。那些丫头不知道，还要逗他，宝玉那里看得到眼里。他也并不将家事放在心里。时常王夫人宝钗劝他念书，他便假作攻书，一心想着那个和尚引他到那仙境的机关，心目中触处皆为俗人。却在家难受，闲来倒与惜春闲讲。他们两个人讲得上了，那种心更加准了几分，那里还管贾环贾兰等。

那贾环为他父亲不在家，赵姨娘已死，王夫人不大理会，他便入了贾蔷一路。倒是彩云时常规劝，反被贾环辱骂。玉钏儿见宝玉疯癫更甚，早和他娘说了，要求着出去。如今宝玉贾环，他哥儿两个，各有一种脾气，闹得人人不理。独有贾兰跟着他母亲上紧攻书，作了文字，送到学里请教代儒。因近来代儒老病在床，只得自己刻苦。李纨是素来沉静，除了请王夫人的安，会会宝钗，余者一步不走，只有看着贾兰攻书。所以荣府住的人虽不少，竟是各自过各自的，谁也不肯做谁的主。贾环贾蔷等愈闹的不像事了，甚至偷典偷卖，不一而足。贾环更加宿娼烂赌，无所不为。

一日，邢大舅王仁都在贾家外书房喝酒，一时高兴，叫了几个陪酒的来唱着喝着劝酒。贾蔷便说：“你们闹的太俗，我要行个令儿。”众人道：“使得。”贾蔷道：“咱们‘月’字流觞罢④。我先说起，‘月’字数到那个，便是那个喝酒。还要酒面酒底；须得依着令官，不依者罚三大杯。”众人都依了。贾蔷喝了一杯令酒，便说：“飞羽觞而醉月⑤。”顺饮数到贾环。贾蔷说：“酒面要个‘桂’字。”贾环便说道：“冷露无声湿桂花⑥。酒底呢？”贾蔷道：“说个‘香’字。”贾环道：“天香云外飘⑦。”大舅说道：“没趣，没趣！你又懂得什么字了，也假斯文起来！这不是取乐，竟是恼人了。咱们都蠲了。倒是搳搳拳，输家喝，输家唱，叫作‘苦中苦’。若是不会唱的，说个笑话儿也使得，只要有趣。”众人都道：“使得。”于是乱搳起来。王仁输了，喝了一杯，唱了一个，众人道：“好！”又搳起来了，是个陪酒的输了，唱了一个什么“小姐小姐多丰彩”。以后邢大舅输了，众人要他唱曲儿。他道：“我唱不上来的，我说个笑话儿罢。”贾蔷道：“若说不笑，仍要罚的。”邢大舅就喝了一杯，便说道：“诸位听着：村庄上有一座元帝庙⑧，旁边有个土地祠。那元帝老爷常叫土地来说闲话儿。一日，元帝庙里被了盗，便叫土地去查访。土地禀道：‘这地方没有贼的，必是神将不小心，被外贼偷了东西去。’元帝道：‘胡说！你是土地，失了盗，不问你问谁去呢？你倒不去拿贼，反说我的神将不小心吗？'土地禀道：'虽说是不小心，到底是庙里的风水不好。'元帝道：'你倒会看风水么？'土地道：'待小神看看。'那土地向各处瞧了一会，便来回禀道：'老爷坐的身子背后，两扇红门，就不谨慎。小神坐的背后，是砌的墙，自然东西丢不了。以后老爷的背后亦改了墙就好了。'元帝老爷听来有理，便叫神将派人打墙。众神将叹口气道：'如今香火一炷也没有，那里有砖灰人工来打墙？'元帝老爷没法，叫神将作法，却都没有主意。那元帝老爷脚下的龟将军站起来道：'你们不中用，我有主意：你们将红门拆下来，到了夜里，拿我的肚子垫住这门口，难道当不得一堵墙么？'众神将都说道：'好！又不花钱，又便当结实。'于是龟将军便当这个差使，竟安静了。岂知过了几天，那庙里又丢了东西。众神将叫了土地来，说道：'你说砌了墙就不丢东西，怎么如今有了墙还要丢？'那土地道：'这墙砌的不结实。'众神将道：'你瞧去。'土地一看，果然是一堵好墙，怎么还有失事？把手摸了一摸，道：'我打谅是真墙，那里知道是个"假墙"！'"

众人听了，大笑起来。贾蔷也忍不住的笑，说道："傻大舅，你好！我没有骂你，你为什么骂我？快拿杯来罚一大杯。"邢大舅喝了，已有醉意。众人又喝了几杯，都醉起来。邢大舅说他姐姐不好，王仁说他妹妹不好，都说的狠狠毒毒的。贾环听了，趁着酒兴，也说凤姐不好，怎样苛刻我们，怎么样踏我们的头。众人道："大凡做个人，原要厚道些。看凤姑娘仗着老太太这样的利害，如今'焦了尾巴梢子'了⑨，只剩了一个姐儿，只怕也要现世现报呢！"贾芸想着凤姐待他不好，又想起巧姐儿见他就哭，也信着嘴儿混说。还是贾蔷道："喝酒罢，说人家做什么？"那两个陪酒的道："这位姑娘多大年纪了？长得怎么样？"贾蔷道："模样儿是好的很的，年纪也有十三四岁了。"那陪酒的说："可惜这样人生在府里这样人家，若生在小户人家，父母兄弟都做了官，还发了财呢。"众人道："怎么样？"那陪酒的说："现今有个外藩王爷⑩，最是有情的，要选一个妃子，若合了式，父母兄弟都跟了去，可不是好事儿吗？"众人都不大理会，只有王仁心里略动了一动，仍旧喝酒。

只见外头走进赖林两家的子弟来，说："爷们好乐呀！"众人站起来说道："老大老三，怎么这时候才来？叫我们好等！"那两个人说道："今早听见一个谣言，说是咱们家又闹出事来了。心里着急，赶到里头打听去，并不是咱们。"众人道："不是咱们就完了，为什么不就来？"那两个说道："虽不是咱们，也有些干系。你们知道是谁？就是贾雨村老爷。我们今儿进去，看见带着锁子，说要解到三法司衙门里审问去呢①。我们见他常在咱们家里来往，恐有什么事，便跟了去打听。"贾芸道："到底老大用心，原该打听打听。你且坐下喝一杯再说。"

两人让了一回，便坐下喝着酒，道："这位雨村老爷，人也能干，也会钻营；官也不小了，只是贪财。被人家参了个'婪索属员'的几款。如今的万岁爷是最圣明最仁慈的，独听了一个'贪'字，或因遭塌了百姓，或因恃势欺良，是极生气的，所以旨意便叫拿。若问出来了，只怕搁不住；若是没有的事，那参的人也不便。如今真真是好时候，只要有造化，做个官儿就好。"众人道："你的哥哥就是有造化的，现做知县，还不好么？"赖家的说道："我哥哥虽是做了知县，他的行为，只怕也保不住怎么样呢。"众人道："手也长么？"赖家的点点头儿，便举起杯来喝酒。众人又道："里头还听见什么新闻？"两人道："别的事没有，只听见海疆的贼寇拿住了好些，也解到法司衙门里审问。还审出好些贼寇，也有藏在城里的，打听消息，抽空儿就劫抢人家。如今知道朝里那些老爷们都是能文能武，出力报效，所到之处，早就消灭了。"众人道："你听见有在城里的，不知审出咱们家失盗了一案来没有？"两人道："倒没有听见，恍惚有人说是有个内地里的人，城里犯了事，抢了一个女人下海去了，那女人不依，被这贼寇杀了。那贼寇正要逃出关去，被官兵拿住了，就在拿获的地方正了法了。"众人道："咱们栊翠庵的什么妙玉，不是叫人抢去，不要就是他罢？"贾环道："必是他。"众人道："你怎么知道？"贾环道："妙玉这个东西是最讨人嫌的，他一日家捏酸⑫，见了宝玉，就眉开眼笑了。我若见了他，他从不拿正眼瞧我一瞧。真要是他，我才趁愿呢！"众人道："抢的人也不少，那里就是他？"贾芸道："有点信儿。前日有见人说他庵里的道婆做梦，说看见是妙玉叫人杀了。"众人笑道："梦话算不得。"邢大舅道："管他梦不梦，咱们快吃饭罢，今夜做个大输赢。"

众人愿意，便吃毕了饭，大赌起来。赌到三更多天，只听见里头乱嚷，说是："四姑娘合珍大奶奶拌嘴，把头发都铰掉了。赶到邢夫人王夫人那里去磕了头，说是要求容他做尼姑呢，送他一个地方；若不容他，他就死在眼前。那邢王两位太太没主意，叫请蔷大爷芸二爷进去。"贾芸听了，便知是那回看家的时候起的念头，想来是劝不过来的了，便合贾蔷商议道："太太叫我们进去，我们是做不得主的，况且也不好做主。只好劝去，若劝不住，只好由他们罢。咱们商量了写封书给琏二叔，便卸了我们的干系了。"两人商量定了主意，进去见了邢王两位太太，便假意的劝了一回。

无奈惜春立意必要出家，就不放他出去，只求一两间净屋子，给他诵经拜佛。尤氏见他两个不肯作主，又怕惜春寻死，自己便硬做主张，说是："这个不是，索性我耽了罢。说我做嫂子的容不下小姑子，逼他出了家了，就完了。若说到外头去呢，断断使不得；若在家里呢，太太们都在这里，算我的主意罢。叫蔷哥儿写封书子给你珍大爷琏二叔就是了。"贾蔷等答应了。不知邢王二夫人依与不依，下回分解。

【注释】

①当头一棒：佛教禅宗用语。禅宗某些派别接待参禅初学者时，对其所问，往往不用语言答复，而或以棒打，或以口喝，用以暗示和启悟对方，称为"棒喝"。后因称警醒人们的迷悟为"棒喝"或"当头

棒喝"。

②车轮辘会：应作"车箍辘会"或"车轮会"，即轮流做主人的聚餐会。

③旁主人：旁支的主人，与直系当家人相对而言。

④"月"字流觞（shāng）：酒令之一种。因行令中须带一"月"字，故名。流觞，亦叫"流杯"。古人每逢三月上旬巳日（魏以后固定为三月三日），集会于曲水之旁，在上游放置酒杯，任其顺流而下，停在谁的面前，谁即取饮。《荆楚岁时记》："三月三日，士民并出江渚池沼间，为流杯曲水之饮。"后于是把传杯行令的这种游戏叫"流觞"。

⑤"飞羽觞"句：唐李白《春夜宴桃李园序》中的一句。羽觞，古代一种雀形酒杯。《汉书·孝成班婕妤传》："酌羽觞兮销忧。"唐颜师古注引孟康曰："羽觞，爵也，作生爵（同"雀"）形，有头、尾、羽翼。"

⑥"冷露"句：唐王建《十五夜望月》诗："中庭地白树栖鸦，冷露无声湿桂花。"

⑦"天香"句：唐宋之问《灵隐寺》诗："桂子月中落，天香云外飘。"

⑧元帝庙：即玄帝庙，也叫"真武庙"。真武，又称"玄武"，为北方之神。《楚辞·远游》："召玄武而奔属。"补注："说者曰：玄武，谓龟蛇。位在北方，故曰玄。身有鳞甲，故曰武。"道教祀作护卫神，以壮威仪。其祀像披发、黑衣、仗剑、踏龟蛇，从者执黑旗。

⑨焦了尾巴梢子：断绝后代的歇后语。

⑩外藩王爷：外藩本指分封地的诸侯王。这里指分封在京都外的王爷。

⑪三法司：明清两代以刑部、都察院、大理寺为三法司。《清史稿·刑法志三》："世祖入主中夏，仍明旧制，凡诉讼在外由州县层递至于督抚，在内总归于三法司。"

⑫捏酸：故作清白斯文的样子。

第一百十八回
记微嫌舅兄欺弱女　惊谜语妻妾谏痴人

话说邢王二夫人听尤氏一段话，明知也难挽回。王夫人只得说道："姑娘要行善，这也是前生的夙根，我们也实在拦不住。只是咱们这样人家的姑娘出了家，不成了事体。如今你嫂子说了，准你修行，也是好处。却有一句话要说，那头发可以不剃的，只要自己的心真，那在头发上头呢？你想妙玉也是带发修行的。不知他怎样凡心一动，才闹到那个分儿。姑娘执意如此，我们就把姑娘住的房子便算了姑娘的静室^①。所有服侍姑娘的人，也得叫他们来问：他若愿意跟的，就讲不得说亲配人；若不愿意跟的，另打主意。"惜春听了，收了泪，拜谢了邢王二夫人、李纨、尤氏等。王夫人说了，便问彩屏等："谁愿跟姑娘修行？"彩屏等回道："太太们派谁就是谁。"王夫人知道不愿意，正在想人。袭人立在宝玉身后，想来宝玉必要大哭，防着他的旧病。岂知宝玉叹道："真真难得！"袭人心里更自伤悲。宝钗虽不言语，遇事试探，见是执迷不醒，只得暗中落泪。

王夫人才要叫了众丫头来问，忽见紫鹃走上前去，在王夫人面前跪下，回道："刚才太太问跟四姑娘的姐姐，太太看着怎么样？"王夫人道："这个如何强派得人的？谁愿意，他自然就说出来了。"紫鹃道："姑娘修行，自然姑娘愿意，并不是别的姐姐们的意思。我有句话回太太：我也并不是拆开姐姐们，各人有各人的心。我服侍林姑娘一场，林姑娘待我，也是太太们知道的，实在恩重如山，无以可报。他死了，我恨不得跟了他去，但是他不是这里的人，我又受主子家的恩典，难以从死。如今四姑娘既要修行，我就求太太们将我派了跟着姑娘，伏侍姑娘一辈子，不知太太们准不准？若准了，就是我的造化了。"

　　邢王二夫人尚未答言，只见宝玉听到那里，想起黛玉，一阵心酸，眼泪早下来了。众人才要问他时，他又哈哈的大笑，走上来道："我不该说的。这紫鹃蒙太太派给我屋里，我才敢说：求太太准了他罢，全了他的好心。"王夫人道："你头里姊妹出了嫁，还哭得死去活来；如今看见四妹妹要出家，不但不劝，倒说'好事'。你如今到底是怎么个意思？我索性不明白了。"宝玉道："四妹妹修行是已经准的了，四妹妹也是一定主意了？若是真的，我有一句话告诉太太；若是不定的，我就不敢混说了。"惜春道："二哥哥说话也好笑，一个人主意不定，便扭得过太太们来了？我也是像紫鹃的话，容我呢，是我的造化；不容我呢，还有一个死呢。那怕什么？二哥哥既有话，只管说。"宝玉道："我这也不算什么泄漏了，这也是一定的。我念一首诗给你们听听罢。"众人道："人家苦得很的时候，你倒来做诗怄人。"宝玉道："不是做诗，我到一个地方儿看了来的。你们听听罢。"众人道："使得。你就念念，别顺着嘴儿胡诌。"宝玉也不分辩，便说道：

　　　　勘破三春景不长，缁衣顿改昔年妆。可怜绣户侯门女，
　　独卧青灯古佛旁！

李纨宝钗听了咤异道："不好了！这人入了迷了。"王夫人听了这话，点头叹息，便问："宝玉，你到底是那里看来的？"宝玉不便说出来，回道："太太也不必问我，自有见的地方。"王夫人回过味来，细细一想，便更哭起来道："你说前儿是玩话，怎么忽然有这首诗？罢了，我知道了，你们叫我怎么样呢？我也没有法儿了，也只得由着你们去罢！但是要等我合上了眼，各自干各自的就完了。"

　　宝钗一面劝着，这个心比刀绞更甚，也掌不住，便放声大哭起来。袭人已经哭的死去活来，幸亏秋纹扶着。宝玉也不啼哭，也不相劝，只不言语。贾兰贾环听到那里，各自走开。李纨竭力的解说："总是宝兄弟见四妹妹修行，他想来是痛极了，不顾前后

的疯话，这也作不得准的。独有紫鹃的事情，准不准，好叫他起来。"王夫人道："什么依不依？横竖一个人的主意定了，那也是扭不过来的。可是宝玉说的，也是一定的了。"

紫鹃听了磕头。惜春又谢了王夫人。紫鹃又给宝玉宝钗磕了头。宝玉念声："阿弥陀佛！难得，难得！不料你倒先好了。"宝钗虽然有把持，也难掌住。只有袭人也顾不得王夫人在上，便痛哭不止，说："我也愿意跟了四姑娘去修行。"宝玉笑道："你也是好心，但是你不能享这个清福的。"袭人哭道："这么说，我是要死的了？"宝玉听到那里，倒觉伤心，只是说不出来。因时已五更，宝玉请王夫人安歇。李纨等各自散去。彩屏等暂且伏侍惜春回去，后来指配了人家。紫鹃终身伏侍，毫不改初。此是后话。

且言贾政扶了贾母灵柩一路南行，因遇着班师的兵将船只过境，河道拥挤，不能速行，在道实在心焦。幸喜遇见了海疆的官员，闻得镇海统制钦召回京，想来探春一定回家，略略解些烦心。只打听不出起程的日期，心里又是烦躁。想到盘费算来不敷，不得已，写书一封，差人到赖尚荣任上借银五百，叫人沿途迎上来，应需用。那人去了几日，贾政的船才行得十数里。那家人回来，迎上船只，将赖尚荣的禀启呈上，书内告了多少苦处，备上白银五十两。贾政看了生气，即命家人："立刻送还！将原书发回，叫他不必费心。"那家人无奈，只得回到赖尚荣任所。赖尚荣接到原书银两，心中烦闷，知事办得不周到，又添了一百，央来人带回，帮着说些好话。岂知那人不肯带回，撂下就走了。

赖尚荣心下不安，立刻修书到家，回明他父亲，叫他设法告假，赎出身来。于是赖家托了贾蔷贾芸等在王夫人面前乞恩放出。贾蔷明知不能，过了一日，假说王夫人不依的话，回复了。赖家一面告假，一面差人到赖尚荣任上，叫他告病辞官。王夫人并不知道。

那贾芸听见贾蔷的假话，心里便没想头。连日在外又输了好些银钱，无所抵偿，便和贾环相商。贾环本是一个钱没有的，虽是赵姨娘积蓄些微，早被他弄光了，那能照应人家？便想起凤姐待他刻薄，要趁贾琏不在家，要摆布巧姐出气，遂把这个当叫贾芸来上，故意的埋怨贾芸道：“你们年纪又大，放着弄银钱的事又不敢办，倒和我没有钱的人商量。”贾芸道：“三叔，你这话说的倒好笑，咱们一块儿玩，一块儿闹，那里有银钱的事？”贾环道：“不是前儿有人说是外藩要买个偏房，你们何不和王大舅商量，把巧姐说给他呢？”贾芸道：“叔叔，我说句招你生气的话，外藩花了钱买人，还想能和咱们走动么？”贾环在贾芸耳边说了些话，贾芸虽然点头，只道贾环是小孩子的话，也不当事。恰好王仁走来说道：“你们两个人商量些什么，瞒着我吗？”贾芸便将贾环的话附耳低言的说了。王仁拍手道：“这倒是一种好事，又有银子！只怕你们不能。若是你们敢办，我是亲舅舅，做得主的。只要环老三在大太太跟前那么一说，我找邢大舅再一说，太太们问起来，你们齐打伙儿说好就是了。”

　　贾环等商议定了，王仁便去找邢大舅，贾芸便去回邢王二夫人，说得锦上添花。王夫人听了，虽然入耳，只是不信。邢夫人听得邢大舅知道，心里愿意，便打发人找了邢大舅来问他。那邢大舅已经听了王仁的话，又可分肥②，便在邢夫人跟前说道：“若说这位郡王，是极有体面的。若应了这门亲事，虽说是不是正配，保管一过了门，姊夫的官早复了，这里的声势又好了。”邢夫人本是没主意人，被傻大舅一番假话哄得心动，请了王仁来一问，更说得热闹。于是邢夫人倒叫人出去追着贾芸去说。王仁即刻找了人去到外藩公馆说了。

　　那外藩不知底细，便要打发人来相看。贾芸又钻了相看的人③，说明：“原是瞒着合宅的，只说是王府相亲。等到成了，他祖母作主，亲舅舅的保山，是不怕的。”那相看的人应了。贾芸便送信与邢夫人，并回了王夫人。那李纨宝钗等不知原故，只道是件好事，也都欢喜。

那日，果然来了几个女人，都是艳妆丽服。邢夫人接了进去，叙了些闲话。那来人本知是个诰命，也不敢怠慢。邢夫人因事未定，也没有和巧姐说明，只说有亲戚来瞧，叫他去见。那巧姐到底是个小孩子，那管这些，便跟了奶妈过来。平儿不放心，也跟着来。只见有两个宫人打扮的，见了巧姐，便浑身上下一看，更又起身来拉着巧姐的手又瞧了一遍，略坐了一坐就走了。倒把巧姐看得羞臊，回到房中纳闷；想来没有这门亲戚，便问平儿。平儿先看见来头，却也猜着八九："必是相亲的。但是二爷不在家，大太太作主，到底不知是那府里的。若说是对头亲④，不该这样相看。瞧那几个人的来头，不像是本支王府⑤，好像是外头路数。如今且不必和姑娘说明，且打听明白再说。"平儿心下留神打听。那些丫头婆子都是平儿使过的，平儿一问，所有听见外头的风声都告诉了，平儿便吓的没了主意。虽不和巧姐说，便赶着去告诉了李纨宝钗，求他二人告诉王夫人。

王夫人知道这事不好，便和邢夫人说知。怎奈邢夫人信了兄弟并王仁的话，反疑心王夫人不是好意，便说："孙女儿也大了。现在琏儿不在家，这件事，我还做得主。况且是他亲舅爷爷和他亲舅舅打听的，难道倒比别人不真么？我横竖是愿意的。倘有什么不好，我和琏儿也抱怨不着别人。"王夫人听了这些话，心下暗暗生气，勉强说些闲话，便走了出来，告诉了宝钗，自己落泪。宝玉劝道："太太别烦恼。这件事，我看来是不成的。这又是巧姐儿命里所招，只求太太不管就是了。"王夫人道："你一开口就是疯话。人家说定了就要接过去。若依平儿的话，你琏二哥可不抱怨我么？别说自己的侄孙女儿，就是亲戚家的，也是要好才好。邢姑娘是我们作媒的，配了你二大舅子，如今和和顺顺的过日子，不好么？那琴姑娘，梅家娶了去，听见说是丰衣足食的，很好。就是史姑娘，是他叔叔的主意，头里原好；如今姑爷痨病死了，你史妹妹立志守寡，也就苦了。若是巧姐儿错给了人家儿，可不是我的心坏？"

　　正说着，平儿过来瞧宝钗，并探听邢夫人的口气。王夫人将邢夫人的话说了一遍。平儿呆了半天，跪下求道："巧姐儿终身全仗着太太，若信了人家的话，不但姑娘一辈子受了苦，便是琏二爷回来，怎么说呢？"王夫人道："你是个明白人，起来听我说：巧姐儿到底是大太太孙女儿，他要作主，我能够拦他么？"宝玉劝道："无妨碍的，只要明白就是了。"平儿生怕宝玉疯癫嚷出来，也并不言语，回了王夫人，竟自去了。

　　这里王夫人想到烦闷，一阵心痛，叫丫头扶着，勉强回到自己房中躺下，不叫宝玉宝钗过来，说："睡睡就好的。"自己却也烦闷。听见说李婶娘来了，也不及接待。只见贾兰进来请了安，回道："今早爷爷那里打发人带了一封书子来，外头小子们传进来的。我母亲接了，正要过来，因我老娘来了，叫我先呈给太太瞧，回来我母亲就过来来回太太。还说我老娘要过来呢。"说着，一面把书子呈上。王夫人一面接书，一面问道："你老娘来作什么？"贾兰道："我也不知道。我只听见我老娘说，我三姨儿的婆婆家有什么信儿来了。"王夫人听了，想起来还是前次给甄宝玉说了李绮，后来放定下茶，想来此时甄家要娶过门，所以李婶娘来商量这件事情，便点点头儿；一面拆开书信，见上面写着道：

　　　　近因沿途俱系海疆凯旋船只，不能迅速前行。闻探姐随翁婿来都，不知曾有信否？前接到琏侄手禀，知大老爷身体欠安，亦不知已有确信否？宝玉兰哥场期已近⑥，务须实心用功，不可怠惰。老太太灵柩抵家，尚需日时。我身体平善，不必挂念。此谕宝玉等知道。月日手书。蓉儿另禀。

王夫人看了，仍旧递给贾兰，说："你拿去给你二叔叔瞧瞧，还交给你母亲罢。"正说着，李纨同李婶娘过来，请安问好毕，王夫人让了坐。李婶娘便将甄家要娶李绮的话说了一遍。大家商议了一会儿。李纨因问王夫人道："老爷的书子，太太看过了么？"王夫人道："看过了。"贾兰便拿着给他母亲瞧。李纨看了道："三姑娘出了门好几年，总没有来；如今要回京了，太太也放了好些心。"王夫人道："我本是心痛，看见探丫头要回来了，心里略好些，只是不知几时才到？"李婶娘便问了贾政在路好。李纨因向贾兰道："哥儿瞧见了？场期近了，你爷爷惦记的什么是的。你快拿了去给二叔叔瞧去罢。"李婶娘道："他们爷儿两个又没进过学，怎么能下场呢？"王夫人道："他爷爷做粮道的起身时，给他们爷儿两个援了例监了⑦。"李婶娘点头。贾兰一面拿着书子出来，来找宝玉。

却说宝玉送了王夫人去后，正拿着《秋水》一篇在那里细玩⑧。宝钗从里间走出，见他看的得意忘言，便走过来一看，见是这个，心里着实烦闷，细想："他只顾把这些'出世离群'的话当作一件正经事，终久不妥。"看他这种光景，料劝不过来，便坐在宝玉傍边，怔怔的坐着。宝玉见他这般，便道："你这又是为什么？"宝钗道："我想你我既为夫妇，你便是我终身的倚靠，却不在情欲之私。论起荣华富贵，原不过是'过眼烟云'；但自古圣贤，以人品根柢为重……"宝玉也没听完，把那本书搁在旁边，微微的笑道："据你说'人品根柢'，又是什么'古圣贤'，你可知古圣贤说过'不失其赤子之心'⑨。那赤子有什么好处？不过是无知、无识、无贪、无忌。我们生来已陷溺在贪、嗔、痴、爱中⑩，犹如污泥一般，怎么能跳出这般尘网？如今才晓得'聚散浮生'四字⑪，古人说了，曾不提醒一个。既要讲到人品根柢，谁是到那太初一步地位的⑫？"宝钗道："你既说'赤子之心'，古圣贤原以忠孝为赤子之心，并不是遁世离群、无关无系为赤子之心。尧、舜、禹、汤、周、孔，时刻以救民济世为心，所谓赤子之心，原不过是'不忍'二字⑬。若你方才所说的忍于抛弃天伦，还成什么道理？"宝玉点头笑道："尧舜不强巢许⑭，武周不强夷齐⑮。"宝钗不等他说完，便道："你这个话，益发不是了。古来若都是巢、许、夷、齐，为什么如今人又把尧、舜、周、孔称为圣贤呢？况且你自比夷齐，更不成话。伯夷叔齐原是生在殷商末世，有许多难处之事，所以才有托而逃。当此圣世，咱们世受国恩，祖父锦衣玉食；况你自有生以来，自去世的老太太，以及老爷太太，视如珍宝。你方才所说，自己想一想，是与不是？"宝玉听了，也不答言，只有仰头微笑。

宝钗因又劝道："你既理屈词穷，我劝你从此把心收一收，好好的用用功，但能博得一第，便是从此而止，也不枉天恩祖德了。"宝玉点了点头，叹了口气，说道："一第呢，其实也不是什么难事，倒是你这个'从此而止，不枉天恩祖德'，却还不离其宗。"宝钗未及答言，袭人过来说道："刚才二奶奶说的古圣先贤，我们也不懂。我只想着我们这些人，从小儿辛辛苦苦跟着二爷，不知陪了多少小心，论起理来，原该当的，但只二爷也该体谅体谅。况且二奶奶替二爷在老爷太太跟前行了多少孝道，就是二爷不以夫妻为事，也不可太辜负了人心。至于神仙那一层，更是谎话，谁见过有走到凡间来的神仙呢？那里来的这么个和尚，说了些混话，二爷就信了真。二爷是读书的人，难道他的话比老爷太太还重么？"宝玉听了，低头不语。

袭人还要说时，只听外面脚步走响，隔着窗户问道："二叔在屋里呢么？"宝玉听了是贾兰的声音，便站起来笑道："你进来罢。"宝钗也站起来。贾兰进来，笑容可掬的给宝玉宝钗请了安，问了袭人的好，袭人也问了好，便把书子呈给宝玉瞧。宝玉接在手中看了，便道："你三姑姑回来了？"贾兰道："爷爷既如此写，自然是回来的了。"宝玉点头不语，默默如有所思。贾兰便问："叔叔看见爷爷后头写的，叫咱们好生念书。叔叔这一程子只怕总没作文章罢？"宝玉笑道："我也要作几篇熟一熟手，好去诓这个功名。"贾兰道："叔叔既这样，就拟几个题目，我跟着叔叔作作，也好进去混场。别到那时交了白卷子，惹人笑话。不但笑话我，人家连叔叔都要笑话了。"宝玉道："你也不至如此。"说着，宝钗命贾兰坐下。

宝玉仍坐在原处，贾兰侧身坐了。两个谈了一回文，不觉喜动颜色。宝钗见他爷儿两个谈得高兴，便仍进屋里去了，心中细想："宝玉此时光景，或者醒悟过来了。只是刚才说话，他把那'从此而止'四字单单的许可，这又不知是什么意思了。"宝钗尚自犹豫。惟有袭人看他爱讲文章，提到下场，更又欣然，心里想道："阿弥陀佛！好容易讲'四书'是的才讲过来了！"这里宝玉和贾兰讲文，莺儿沏过茶来。贾兰站起来接了，又说了一会子下场的规矩，并请甄宝玉在一处的话，宝玉也甚似愿意。

一时，贾兰回去，便将书子留给宝玉了。那宝玉拿着书子，笑嘻嘻走进来，递给麝月收了，便出来将那本《庄子》收了，把几部向来最得意的如《参同契》《元命苞》《五灯会元》之类⑯，叫出麝月、秋纹、莺儿等都搬了搁在一边。宝钗见他这番举动，甚为罕异，因欲试探他，便笑问道："不看他倒是正经，但又何必搬开呢？"宝玉道："如今才明白过来了，这些书都算不得什么。我还要一火焚之，方为干净。"宝钗听了，更欣喜异常。只听宝玉口中微吟道：

内典语中无佛性⑰，金丹法外有仙舟⑱。

宝钗也没很听真，只听得"无佛性""有仙舟"几个字，心中转又狐疑，且看他作何光景。宝玉便命麝月秋纹等收拾一间静室，把那些语录名稿及应制诗之类，都找出来，搁在静室中，自己却当真静静的用起功来。宝钗这才放了心。

那袭人此时真是闻所未闻，见所未见，便悄悄的笑着向宝钗道："到底奶奶说话透彻，只一路讲究，就把二爷劝明白了。就只可惜迟了一点儿，临场太近了。"宝钗点头微笑道："功名自有定数，中与不中，倒也不在用功的迟早。但愿他从此一心巴结正路，把从前那些邪魔永不沾染就是好了。"说到这里，见房里无人，便悄说道："这一番悔悟过来，固然很好；但只一件，怕又犯了前头的旧病，和女孩儿们打起交道来，也是不好。"袭人道："奶奶说的也是。二爷自从信了和尚，才把这些姐妹冷淡了；如今不信和尚，真怕又要犯了前头的旧病呢。我想，奶奶和我，二爷原不大理会。紫鹃去了，如今只他们四个。这里头就是五儿有些个狐媚子，听见说，他妈求了大奶奶和奶奶，说要讨出去给人家儿呢，但是这两天到底在这里呢。麝月秋纹虽没别的，只是二爷那几年也都有些顽顽皮皮的。如今算来，只有莺儿二爷倒不大理会，况且莺儿也稳重。我想倒茶弄水，只叫莺儿带着小丫头们伏侍就够了，不知奶奶心里怎么样？"宝钗道："我也虑的是这些，你说的倒也罢了。"从此便派莺儿带着小丫头伏侍。那宝玉却也不出房门，天天只差人去给王夫人请安。王夫人听见他这番光景，那一种欣慰之情，更不待言了。

到了八月初三这一日，正是贾母的冥寿。宝玉早晨过来磕了头，便回去，仍到静室中去了。饭后，宝钗袭人等都和姊妹们跟着邢王二夫人在前面屋里说闲话。见宝玉自在静室，冥心危坐。忽见莺儿端了一盘瓜果进来，说："太太叫人送来给二爷吃的，这是老太太的克什⑲。"宝玉站起来答应了，复又坐下，便道："搁在那里罢。"莺儿一面放下瓜果，一面悄悄向宝玉道："太太那里夸二爷呢。"宝玉微笑。莺儿又道："太太说了，二爷这一用功，明儿进场中了出来，明年再中了进士，作了官，老爷太太可就不枉了盼二爷了。"宝玉也只点头微笑。

莺儿忽然想起那年给宝玉打络子的时候宝玉说的话来，便道："真要二爷中了，那可是我们姑奶奶的造化了。二爷还记得那一年在园子里，不是二爷叫我打梅花络子时说的，我们姑奶奶后来带着我不知到那一个有造化的人家儿去呢，如今二爷可是有造化的罢咧。"宝玉听到这里，又觉尘心一动⑳，连忙敛神定息，微微的笑道："据你说来，我是有造化的，你们姑娘也是有造化的，你呢？"莺儿把脸飞红了，勉强道："我们不过当丫头一辈子罢咧，有什么造化呢！"宝玉笑道："果然能够一辈子是丫头，你这个造化比我们还大呢！"莺儿听见这话，似乎又是疯话了，恐怕自己招出宝玉的病根来，打算着要走。只见宝玉笑着说道："傻丫头，我告诉你罢。"未知宝玉又说出什么话来，且听下回分解。

【注释】

①静室：静坐念佛的屋子。

②分肥：分取不正当的利益。

③钻（zuàn）了：欺骗。

④对头亲：匹配适当的亲事。

⑤本支王府：即属于皇族宗室的王府。

⑥场期：指科举考试的期限，即考期。明清时考试举人，例在阴历八月举行。

⑦援：即援例，引用成例。例监：明清时代，由捐纳财物而取得监生资格者为"例监"，也叫"捐监"。《明史·选举志一》："例监始于景泰元年，以边事孔棘，令天下纳粟纳马者入监读书。"《清史稿·选举志一》："由俊秀报捐监生者，曰例监。凡捐纳入官必由之。"

⑧《秋水》:《庄子》篇名。旨在宣扬"无以人灭天"，即不要用人为的东西毁掉淳朴自然状态的东西。

⑨不失其赤子之心:《孟子·离娄下》："大人者，不失其赤子之心者也。"汉赵岐注："大人谓君，国君视民当如赤子，不失其民心之谓也。一说曰，赤子，婴儿也。少小之心，专一未变化，人能不失其赤子时心，则为贞正大人也。"

⑩贪、嗔、痴、爱：均为佛教用语。贪，谓贪爱、贪欲。《俱舍论》卷十六："于他财物恶欲名贪。"嗔，谓仇恨和损害他人之心。《大乘五蕴论》："云何为嗔？谓于有情乐作损害为性。"痴，谓愚昧无知，不明事理。《成唯识论》卷六："云何为痴？于诸理事迷暗为性，能障无痴，一切杂染所依为业。"这三种感情欲望，佛教称之为能毒害众生的"三毒"。爱，爱欲的意思。《俱舍论》卷九："贪妙资具、淫爱现行，未广追求，此位名爱。"特指贪求财物、爱恋异性。这被视为世俗生活得以产生而不能解脱的重要原因。

⑪聚散浮生：意谓人生世上，欢聚与离散，一切都虚浮无定，不必系恋。

⑫太初：指宇宙的原始状态。

⑬不忍:《孟子·公孙丑上》："人皆有不忍人之心。先王有不忍人

之心，斯有不忍人之政矣。"

⑭"尧舜"句：据说，巢父山居不出，以树为巢，寝息其上，故号"巢父"。尧想把天下让给他，不受。许由隐居沛泽中，尧让以天下，不受，遁居于箕山之下。（见《史记·伯夷列传》注引皇甫谧《高士传》）巢许，指巢父和许由。二人都是上古传说中的高士。

⑮武周：指武王和周公。夷齐：指伯夷和叔齐，二人为商孤竹君之子。武王伐商，他们曾叩马而谏。及武王灭商而有天下，他们耻食周粟，便隐居首阳山，采薇而食，终于饿死。（见《史记·伯夷列传》）

⑯《参同契》：同名者有两种：一为东汉魏伯阳所作，全名《周易参同契》，参同《周易》、黄老、炉火三家法理而契合为一，为丹经之祖。一为唐代石头和尚希迁所作，旨在发明禅理。这里似指后者。《元命苞》："春秋纬"的一种，原书已佚，清人有辑逸本。《五灯会元》：佛教书名。宋普济编，乃删订《传灯录》《广灯录》《续灯录》《联灯会要》《普灯录》五部禅宗语录而成。书中汇辑了佛教从七佛到唐宋时期各派禅僧关于佛教教义的论证和故事。

⑰内典：即佛经，佛教徒自称其教为内教，故称佛经为"内典"。北齐颜之推《颜氏家训·归心》："内典初门，设五种禁；外典仁义礼智信，皆与之符。"佛性：佛教名词。原指佛陀本性，引申为成佛的可能性、种子。《梵网经》下："一切众生，皆有佛性。"

⑱金丹：古代道士用黄金炼成"玉液"，或用铅汞等八石烧炼成黄色药金，叫"金丹"，认为服食之后，可使人长生不老。仙舟：这里喻指求仙的方法。

⑲克什：满语，亦作"克食"。清桐西漫士《听雨闲谈》卷上："上赐饼饵皆称为克食。不知满洲以恩泽为克什，凡颁赐之物，出自上恩者，皆谓之克什，即赐饭一桌及衣服果品皆然，不独饼饵为克食也。"这里指上供的食品。

⑳尘心：即凡心。佛教宣扬超脱现实，把眷恋世俗之心称为"尘心"。

第一百十九回
中乡魁宝玉却尘缘①　沐皇恩贾家延世泽

　　话说莺儿见宝玉说话，摸不着头脑，正自要走，只听宝玉又说道："傻丫头，我告诉你罢。你姑娘既是有造化的，你跟着他，自然也是有造化的了。你袭人姐姐是靠不住的。只要往后你尽心伏侍他就是了，日后或有好处，也不枉你跟着他熬了一场。"莺儿听了前头像话，后头说的又有些不像了，便道："我知道了。姑娘还等我呢。二爷要吃果子时，打发小丫头叫我就是了。"宝玉点头，莺儿才去了。一时，宝钗袭人回来，各自房中去了，不提。

　　且说过了几天，便是场期。别人只知盼望他爷儿两个作了好文章，便可以高中的了，只有宝钗见宝玉的工课虽好，只是那有意无意之间，却别有一种冷静的光景。知他要进场了，头一件，叔侄两个都是初次赴考，恐人马拥挤，有什么失闪②；第二件，宝玉自和尚去后，总不出门，虽然见他用功喜欢，只是改的太速太好了，反倒有些信不及，只怕又有什么变故。所以进场的头一天，一面派了袭人带了小丫头们同着素云等给他爷儿两个收拾妥当，自己又都过了目，好好的搁起，预备着；一面过来同李纨回了王夫人，拣家里的老成管事的多派了几个，只说怕人马拥挤碰了。

　　次日，宝玉贾兰换了半新不旧的衣服，欣然过来见了王夫人。王夫人嘱咐道："你们爷儿两个都是初次下场，但是你们活了这么大，并不曾离开我一天。就是不在我眼前，也是丫头媳妇们围着，何曾自己孤身睡过一夜。今日各自进去，孤孤凄凄，举目无亲，须要自己保重。早些作完了文章出来，找着家人，早些回来，也叫你母亲、媳妇们放心。"王夫人说着，不免伤心起来。贾兰听一句答应一句。只见宝玉一声不哼，待王夫人说完了，走来给王夫人跪下，满眼流泪，磕了三个头，说道："母亲生我一世，我也无可答报。只有这一入场，用心作了文章，好好的中个举人出来，那时太太喜欢喜欢，便是儿子一辈子的事也完了，一辈子的不好，也都遮过去了。"王夫人听了，更觉伤心起来，便道："你有这个心，自然是好的，可惜你老太太不能见你的面了。"一面说，一面拉他起来。那宝玉只管跪着，不肯起来，便说道："老太太见与不见，总是知道的，喜欢的；既能知道了，喜欢了，便是不见也和见了的一样。只不过隔了形质，并非隔了神气啊。"

李纨见王夫人和他如此，一则怕勾起宝玉的病来，二则也觉得光景不大吉祥，连忙过来说道："太太，这是大喜的事，为什么这样伤心？况且宝兄弟近来很知好歹，很孝顺，又肯用功，只要带了侄儿进去，好好的作文章，早早的回来，写出来请咱们的世交老先生们看了，等着爷儿两个都报了喜，就完了。"一面叫人搀起宝玉来。宝玉却转过身来给李纨作了个揖，说："嫂子放心，我们爷儿两个都是必中的。日后兰哥还有大出息，大嫂子还要带凤冠穿霞帔呢。"李纨笑道："但愿应了叔叔的话，也不枉……"说到这里，恐怕又惹起王夫人的伤心来，连忙咽住了。宝玉笑道："只要有了个好儿子，能够接续祖基，就是大哥哥不能见，也算他的后事完了。"李纨见天气不早了，也不肯尽着和他说话，只好点点头儿。

此时宝钗听得，早已呆了。这些话，不但宝玉，便是王夫人李纨所说，句句都是不祥之兆，却又不敢认真，只得忍泪无言。那宝玉走到跟前，深深的作了一个揖。众人见他行事古怪，也摸不着是怎么样，又不敢笑他。只见宝钗的眼泪直流下来，众人更是纳罕。又听宝玉说道："姐姐，我要走了。你好生跟着太太，听我的喜信儿罢。"宝钗道："是时候了，你不必说这些唠叨话了。"宝玉道："你倒催的我紧，我自己也知道该走了。"回头见众人都在这里，只没惜春紫鹃，便说道："四妹妹和紫鹃姐姐跟前，替我说一句罢，横竖是再见就完了。"

众人见他的话，又像有理，又像疯话。大家只说他从没出过门，都是太太的一套话招出来的，不如早早催他去了，就完了事了，便说道："外面有人等你呢，你再闹就误了时辰了。"宝玉仰面大笑道："走了，走了！不用胡闹了，完了事了！"众人也都笑道："快走罢。"独有王夫人和宝钗娘儿两个倒像生离死别的一般，那眼泪也不知从那里来的，直流下来，几乎失声哭出。但见宝玉嘻天哈地，大有疯傻之状，遂从此出门走了。正是：

　　　　走求名利无双地，打出樊笼第一关③。

　　不言宝玉贾兰出门赴考，且说贾环见他们考去，自己又气又恨，便自大为王，说："我可要给母亲报仇了。家里一个男人没有，上头大太太依了我，还怕谁！"想定了主意，跑到邢夫人那边请了安，说了些奉承的话。那邢夫人自然喜欢，便说道："你这才是明理的孩子呢！像那巧姐儿的事，原该我作主的，你琏二哥糊涂，放着亲奶奶，倒托别人去！"贾环道："人家那头儿也说了，只认得这一门子，现在定了，还要备一分大礼来送太太呢。如今太太有了这样的藩王孙女婿儿，还怕大老爷没大官做么？不是我说自己的太太，他们有了元妃姐姐，便欺压的人难受。将来巧姐儿别也是这样没良心，等我去问问他。"邢夫人道："你也该告诉他，他才知道你的好处。只怕他父亲在家也找不出这么门子好亲事来！但只平儿那个糊涂东西，他倒说这件事不好，说是你太太也不愿意。想来恐怕我们得了意。若迟了，你二哥回来，又听人家的话，就办不成了。"贾环道："那边都定了，只等太太出了八字。王府的规矩，三天就要来娶的。但是一件，只怕太太不愿意，那边说是不该娶犯官的孙女，只好悄悄的抬了去；等大老爷免了罪，做了官，再大家热闹起来。"邢夫人道："这有什么不愿意？也是礼上应该的。"贾环道："既这么着，这帖子太太出了就是了。"邢夫人道："这孩子又糊涂了！里头都是女人，你叫芸哥儿写了一个就是了。"贾环听说，喜欢的了不得，连忙答应了出来，赶着和贾芸说了，邀着王仁到那外藩公馆立文书、兑银子去了。

那知刚才所说的话早被跟邢夫人的丫头听见。那丫头是求了平儿才挑上的，便抽空儿赶到平儿那里，一五一十的都告诉了。平儿早知此事不好，已和巧姐细细的说明。巧姐哭了一夜，必要等他父亲回来作主，大太太的话不能遵；今儿又听见这话，便大哭起来，要和太太讲去。平儿急忙拦住道："姑娘且慢着。大太太是你的亲祖母，他说二爷不在家，大太太做得主的，况且还有舅舅做保山。他们都是一气，姑娘一个人，那里说得过呢？我到底是下人，说不上话去。如今只可想法儿，断不可冒失的。"邢夫人那边的丫头道："你们快快的想主意，不然，可就要抬走了。"说着，各自去了。

平儿回过头来，见巧姐哭作一团，连忙扶着道："姑娘，哭是不中用的，如今是二爷毂不着，听见他们的话头……"这句话还没说完，只见邢夫人那边打发人来告诉："姑娘大喜的事来了。叫平儿将姑娘所有应用的东西料理出来。若是赔送呢，原说明了等二爷回来再办。"平儿只得答应了回来。又见王夫人过来，巧姐儿一把抱住，哭得倒在怀里。王夫人也哭道："妞儿不用着急，我为你吃了大太太好些话，看来是扭不过来的。我们只好应着缓下去，即刻差个家人赶到你父亲那里去告诉。"平儿道："太太还不知道么？早起三爷在大太太跟前说了，什么外藩规矩，三日就要过去的。如今大太太已叫芸哥儿写了名字年庚去了，还等得二爷么？"王夫人听说是三爷，便气得说不出话来，呆了半天，一叠声叫人找贾环。找了半日，人回："今早同蔷哥儿王舅爷出去了。"王夫人问："芸哥呢？"众人回说："不知道。"巧姐屋内人人瞪眼，一无方法。王夫人也难和邢夫人争论，只有大家抱头大哭。

有个婆子进来回说："后门上的人说，那个刘老老又来了。"王夫人道："咱们家遭着这样事，那有工夫接待人，不拘怎么回了他去罢。"平儿道："太太该叫他进来，他是姐儿的干妈，也得告诉告诉他。"王夫人不言语。那婆子便带了刘老老进来。各人见了问好。刘老老见众人的眼圈儿都是红的，也摸不着头脑，迟了一会子，便问道："怎么了？太太姑娘们必是想二姑奶奶了。"巧姐儿听见提起他母亲，越发大哭起来。平儿道："老老别说闲话。你既是姑娘的干妈，也该知道的。"便一五一十的告诉了。把个刘老老也唬怔了。等了半天，忽然笑道："你这样一个伶俐姑娘，没听见过'鼓儿词'么，这上头的方法多着呢。这有什么难的！"平儿赶忙问道："老老，你有什么法儿？快说罢。"刘老老道："这有什么难的呢，一个人也不叫他们知道，扔崩一走就完了事了④。"平儿道："这可是混说了。我们这样人家的人，走到那里去？"刘老老道："只怕你们不走，你们要走，就到我屯里去。我就把姑娘藏起来，即刻叫我女婿弄了人，叫姑娘亲笔写个字儿，赶到姑老爷那里，少不得他就来了。可不好么？"平儿道："大太太知道呢？"刘老老道："我来，他们知道么？"平儿道："大太太住在后头，他待人刻薄，有什么信，没有送给他的。你若前门走来，就知道了；如今是后门来的，不妨事。"刘老老道："咱们说定了几时，我叫女婿打了车来接了去。"平儿道："这还等得几时呢，你坐着罢。"急忙进去，将刘老老的话，避了旁人告诉了。

王夫人想了半天不妥当。平儿道："只有这样！为的是太太，才敢说明。太太就装不知道，回来倒问大太太。我们那里就有人去，想二爷回来也快。"王夫人不言语，叹了一口气。巧姐儿听见，便和王夫人道："求太太救我，横竖父亲回来，只有感激的。"平儿道："不用说了，太太回去罢。回来只要太太派人看屋子。"王夫人道："掩密些，你们两个人的衣服铺盖是要的。"平儿道："要快走了才中用呢，若是他们定了回来，就有了饥荒了。"提醒了王夫人，便道："是了，你们快办去罢，有我呢。"于是王夫人回去，倒过去找邢夫人说闲话儿，把邢夫人先拌住了。

平儿这里便遣人料理了，嘱咐道："倒别避人，有人进来看见，就说是大太太吩咐的，要一辆车子送刘老老去。"这里又买嘱了看后门的人雇了车来。平儿便将巧姐装做青儿模样，急急的去了。后来平儿只当送人,眼错不见,也跨上车去了。原来近日贾府后门虽开,只有一两个人看着,余外虽有几个家下人,因房大人少,空落落的,谁能照应?且邢夫人又是个不怜下人的。众人明知此事不好,又却感念平儿的好处,所以通同一气,放走了巧姐。邢夫人还自和王夫人说话,那里理会?只有王夫人甚不放心,说了一回话,悄悄的走到宝钗那里坐下,心里还是惦记着。宝钗见王夫人神色恍惚,便问:"太太的心里有什么事?"王夫人将这事背地里和宝钗说了。宝钗道:"险得很!如今得快快儿的叫芸哥儿止住那里才妥当。"王夫人道:"我找不着环儿呢。"宝钗道:"太太总要装作不知,等我想个人去叫大太太知道才好。"王夫人点头,一任宝钗想人,暂且不言。

且说外藩原是要买几个使唤的女人,据媒人一面之辞,所以派人相看。相看的人回去,禀明了藩王,藩王问起人家,众人不敢隐瞒,只得实说。那外藩听了,知是世代勋戚,便说:"了不得!这是有干例禁的⑤,几乎误了大事!况我朝觐已过⑥,便要择日起程。倘有人来再说,快快打发出去。"这日恰好贾芸王仁等递送年庚,只见府门里头的人便说:"奉王爷的命:再敢拿贾府的人来冒充民女者,要拿住究治的。如今太平时候,谁敢这样大胆?"这一嚷,唬得王仁等抱头鼠窜的出来,埋怨那说事的人,大家扫兴而散。

贾环在家候信,又闻王夫人传唤,急得烦躁起来,见贾芸一人回来,赶着问道:"定了么?"贾芸慌忙跺足道:"了不得,了不得!不知谁露了风了。"还把吃亏的话说了一遍。贾环气得发怔,说:"我早起在大太太跟前说的这样好,如今怎么样处呢?这都是你们众人坑了我了!"正没主意,听见里头乱嚷,叫着贾环等的名字说:"大太太二太太叫呢!"两个人只得蹭进去。只见王夫人怒容满面,说:"你们干的好事!如今逼死了巧姐和平儿了,快快的给我找还尸首来完事!"两个人跪下。贾环不敢言语。贾芸低头说道："孙子不敢干什么。为的是邢舅太爷和王舅爷说给巧妹妹作媒，我们才回太太们的。大太太愿意，才叫孙子写帖儿去的。人家还不要呢。怎么我们逼死了妹妹呢？"王夫人道："环儿在大太太那里说的，三日内便要抬了走。说亲作媒，有这样的么？我也不问，你们快把巧姐儿还了我们，等老爷回来再说。"邢夫人如今也是一句话儿说不出了，只有落泪。王夫人便骂贾环说："赵姨娘这样混账的东西，留的种子也是这混账的！"说着，叫丫头扶了，回到自己房中。

那贾环、贾芸、邢夫人三个人互相埋怨，说道："如今且不用埋怨。想来死是不死的，必是平儿带了他到那什么亲戚家躲着去了。"邢夫人叫了前后的门上人来骂着，问："巧姐儿和平儿，知道那里去了？"岂知下人一口同音，说是："大太太不必问我们，问当家的爷们就知道了。在大太太也不用闹，等我们太太问起来，我们有话说。要打大家打，要发大家都发。自从琏二爷出了门，外头闹得还了得！我们的月钱月米是不给了，赌钱喝酒，闹小旦，还接了外头的媳妇儿到宅里来，这不是爷吗？"说得贾芸等顿口无言。王夫人那边又打发人来催说："叫爷们快找来！"那贾环等急得恨无地缝可钻，又不敢盘问巧姐那边的人。明知众人深恨，是必藏起来了，但是这句话怎敢在王夫人面前说，只得各处亲戚家打听，毫无踪迹。里头一个邢夫人，外头环儿等，这几天闹的昼夜不宁。

看看到了出场日期，王夫人只盼着宝玉贾兰回来。等到晌午，不见回来，王夫人、李纨、宝钗着忙，打发人去到下处打听。去了一起，又无消息，连去的人也不来了。回来又打发一起人去，又不见回来。三个人心里如热油熬煎。等到傍晚，有人进来，见是贾兰。众人喜欢，问道："宝二叔呢？"贾兰也不及请安，便哭道："二叔丢了。"王夫人听了这话，便怔了半天，也不言语，便直挺挺的躺到床上。亏得彩云等在后面扶着，下死的叫醒转来，哭着。见宝钗也是白瞪两眼，袭人等已哭得泪人一般，只有哭着骂贾兰道："糊涂东西！你同二叔在一处，怎么他就丢了？"贾兰道："我和二叔在下处是一处吃，一处睡。进了场，相离也不远，刻刻在一处的。今儿一早，二叔的卷子早完了，还等我呢。我们两个人一起去交了卷子，一同出来，在龙门口一挤⑦，回头就不见了。我们家接场的人都问我。李贵还说：'看见的，相离不过数步，怎么一挤就不见了？'现叫李贵等分头的找去。我也带了人，各处号里都找遍了，没有，我所以这时候才回来。"

王夫人是哭的一句话也说不出来，宝钗心里已知八九，袭人痛哭不已。贾蔷等不等吩咐，也是分头而去。可怜荣府的人，个个死多活少，空备了接场的酒饭。贾兰也忘却了辛苦，还要自己找去。倒是王夫人拦住道："我的儿，你叔叔丢了，还禁得再丢了你么？好孩子，你歇歇去罢。"贾兰那里肯走，尤氏等苦劝不止。众人中只有惜春心里却明白了，只不好说出来，便问宝钗道："二哥哥带了玉去了没有？"宝钗道："这是随身的东西，怎么不带？"惜春听了，便不言语。袭人想起那日抢玉的事来，也是料着那和尚作怪，柔肠几断，珠泪交流，呜呜咽咽哭个不住，追想当年宝玉相待的情分："有时怄他，他便恼了，也有一种令人回心的好处，那温存体贴，是不用说了。若怄急了他，便赌誓说做和尚，那知道今日却应了这句话。"看看那天已觉是四更天气，并没有个信儿。李纨又怕王夫人苦坏了，极力的劝着回房。众人都跟着伺候，只有邢夫人回去。贾环躲着不敢出来。王夫人叫贾兰去了，一夜无眠。次日天明，虽有家人回来，都说："没有一处不寻到，实在没有影儿。"于是薛姨妈、薛蝌、史湘云、宝琴、李婶娘等接二连三的过来请安问信。

如此一连数日，王夫人哭得饮食不进，命在垂危。忽有家人回道："海疆来了一人，口称统制大人那里来的，说我们家的三姑奶奶，明日到京了。"王夫人听说探春回京，虽不能解宝玉之愁，那个心略放了些。到了明日，果然探春回来。众人远远接着，见探春出挑得比先前更好了，服采鲜明。见了王夫人形容枯槁，众人眼肿腮红，便也大哭起来，哭了一会，然后行礼。看见惜春道姑打扮，心里很不舒服。又听见宝玉心迷走失，家中多少不顺的事，大家又哭起来。还亏得探春能言，见解亦高，把话来慢慢儿的劝解了好些时，王夫人等略觉好些。再明儿，三姑爷也来了，知有这样的事，探春住下劝解。跟探春的丫头老婆也与众姐妹们相聚，各诉别后的事。从此上上下下的人，竟是无昼无夜，专等宝玉的信。

那一夜五更多天，外头几个家人进来，到二门口报喜。几个小丫头乱跑进来，也不及告诉大丫头了，进了屋子，便说："太太奶奶们大喜！"王夫人打谅宝玉找着了，便喜欢的站起身来说："在那里找着的？快叫他进来。"那人道："中了第七名举人。"王夫人道："宝玉呢？"家人不言语。王夫人仍旧坐下。探春便问："第七名中的是谁？"家人回说："是宝二爷。"正说着，外头又嚷道："兰哥儿中了！"那家人赶忙出去，接了报单回禀，见贾兰中了一百三十名。李纨心下喜欢，因王夫人不见了宝玉，不敢喜形于色。王夫人见贾兰中了，心下也是喜欢，只想："若是宝玉一回来，咱们这些人，不知怎样乐呢！"独有宝钗心下悲苦，又不好掉泪。众人道喜，说是："宝玉既有中的命，自然再不会丢的，况天下那有迷失了的举人。"王夫人等想来不错，略有笑容，众人便趁势劝王夫人等多进了些饮食。只见三门外头焙茗乱嚷说："我们二爷中了举人，是丢不了的了！"众人问道："怎见得呢？"焙茗道："'一举成名天下闻'[8]，如今二爷走到那里，那里就知道的，谁敢不送来！"里头的众人都说："这小子虽是没规矩，这句话是不错的。"惜春道："这样大人了，那里有走失的？只怕他勘破世情，入了空门，这就难找着他了。"这句话又招得王夫人等又大哭起来。李纨道："古来成佛作祖成神仙的，果然把爵位富贵都抛了，也多得很。"王夫人哭道："他若抛了父母，这就是不孝，怎能成佛作祖？"探春道："大凡一个人，不可有奇处。二哥哥生来带块玉来，都道是好事；这么说起来，都是有了这块玉的不好。若是再有几天不见，我不是叫太太生气，就有些原故了，只好譬如没有生这位哥哥罢了。果然有来头成了正果，也是太太几辈子的修积。"宝钗听了不言语。袭人那里忍得住，心里一疼，头上一晕，便栽倒了。王夫人看了可怜，命人扶他回去。贾环见哥哥侄儿中了，又为巧姐的事，大不好意思，只抱怨蔷芸两个。知道探春回来，此事不肯干休，又不敢躲开，这几天竟是如在荆棘之中。

明日，贾兰只得先去谢恩，知道甄宝玉也中了，大家序了同年⑨。提起贾宝玉心迷走失，甄宝玉叹息劝慰。知贡举的将考中的卷子奏闻⑩，皇上一一的披阅，看取中的文章，俱是平正通达的。见第七名贾宝玉是金陵籍贯，第一百三十名又是金陵贾兰，皇上传旨询问："两个姓贾的是金陵人氏，是否贾妃一族？"大臣领命出来，传贾宝玉贾兰问话。贾兰将宝玉场后迷失的话，并将三代陈明，大臣代为转奏。皇上最是圣明仁德，想起贾氏功勋，命大臣查复，大臣便细细的奏明。皇上甚是悯恤，命有司将贾赦犯罪情由，查案呈奏。皇上又看到"海疆靖寇班师善后事宜"一本，奏的是"海晏河清⑪，万民乐业"的事。皇上圣心大悦，命九卿叙功议赏⑫，并大赦天下。贾兰等朝臣散后，拜了座师⑬，并听见朝内有大赦的信，便回了王夫人等。合家略有喜色，只盼宝玉回来。薛姨妈更加喜欢，便要打算赎罪。

一日，人报甄老爷同三姑爷来道喜，王夫人便命贾兰出去接待。不多一时，贾兰进来，笑嘻嘻的回王夫人道："太太们大喜了！甄老伯在朝内听见有旨意，说是大老爷的罪名免了；珍大爷不但免了罪，仍袭了宁国三等世职。荣国世职，仍是老爷袭了，俟丁忧服满，仍升工部郎中。所抄家产，全行赏还。二叔的文章，皇上看了甚喜。问知元妃兄弟，北静王还奏说人品亦好，皇上传旨召见。众大臣奏称："据伊侄贾兰回称出场时迷失，现在各处寻访。"皇上降旨，着五营各衙门用心寻访⑭。这旨意一下，请太太们放心，皇上这样圣恩，再没有找不着了。"王夫人等这才大家称贺，喜欢起来。

只有贾环等心下着急，四处找寻巧姐。那知巧姐随了刘老老，带着平儿出了城，到了庄上，刘老老也不敢轻亵巧姐，便打扫上房，让给巧姐平儿住下。每日供给，虽是乡村风味，倒也洁净；又有青儿陪着，暂且宽心。那庄上也有几家富户，知道刘老老家来了贾府姑娘，谁不来瞧，都道是天上神仙，也有送菜果的，也有送野味的，倒也热闹。内中有个极富的人家姓周，家财巨万，良田千顷；只有一子，生得文雅清秀，年纪十四岁，他父母延师读书，新近科试，中了秀才。那日他母亲看见了巧姐，心里羡慕，自想："我是庄家人家，那能配得起这样世家小姐？"呆呆的想着。刘老老知他的心事，拉着他说："你的心事我知道了，我给你们做个媒罢。"周妈妈笑道："你别哄我，他们什么人家，肯给我们庄人？"刘老老道："说着瞧罢。"于是两人各自走开。

刘老老惦记着贾府，叫板儿进城打听。那日恰好到宁荣街，只见有好些车轿在那里，板儿便在邻近打听。说是："宁荣两府复了官，赏还抄的家产，如今府里又要起来了。只是他们的宝玉中了官，不知走到那里去了。"板儿心里喜欢，便要回去。又见好几匹马到来，在门前下马，只见门上打千儿请安，说："二爷回来了，大喜！大老爷身上安了么？"那位爷笑着道："好了，又遇恩旨，就要回来了。"还问："那些人做什么的？"门上回说："是皇上派官在这里下旨意，叫人领家产。"那位爷便喜欢进去。板儿便知是贾琏了，也不用打听，赶忙回去告诉了他外祖母。

刘老老听说，喜的眉开眼笑，去和巧姐儿贺喜，将板儿的话说了一遍。平儿笑说道："可不是，亏得老老这样一办，不然，姑娘也摸不着那好时候。"巧姐更自欢喜。正说着，那送贾琏信的人也回来了，说是："姑老爷感激得很，叫我一到家，快把姑娘送回去。又赏了我好几两银子。"刘老老听了得意，便叫人赶了两辆车，请巧姐平儿上车。巧姐等在刘老老家住熟了，反是依依不舍，更有青儿哭着，恨不能留下。刘老老和他不忍相别，便叫青儿跟了进城，一径直奔荣府而来。

　　且说贾琏先前知道贾赦病重，赶到配所，父子相见，痛哭一场，渐渐的好起。贾琏接着家书，知道家中的事，禀明贾赦回来，走到中途，听得大赦，又赶了两天，今日到家，恰遇颁赏恩旨。里面邢夫人等正愁无人接旨，虽有贾兰，终是年轻。人报琏二爷回来，大家相见，悲喜交集。此时也不及叙话，即到前厅，叩见了。钦命大人问了他父亲好，说："明日到内府领赏。宁国府第，发交居住。"众人起身辞别。贾琏送出门去，见有几辆屯车，家人们不许停歇，正在吵闹，贾琏早知道是巧姐来的车，便骂家人道："你们这班糊涂忘八崽子！我不在，就欺心害主，将巧姐儿都逼走了。如今人家送来，还要拦阻，必是你们和我有什么仇么？"众家人原怕贾琏回来不依，想来少时才破，岂知贾琏说得更明，心下不懂，只得站着回道："二爷出门，奴才们有病的，有告假的，都是三爷、蔷大爷、芸二爷作主，不与奴才们相干。"贾琏道："什么混账东西！我完了事，再和你们说。快把车赶进来！"

　　贾琏进去，见邢夫人也不言语，转身到了王夫人那里，跪下磕了个头，回道："姐儿回来了，全亏太太！环兄弟太太也不用说他了。只是芸儿这东西，他上回看家，就闹乱儿；如今我去了几个月，便闹到这样。回太太的话，这种人，撵了他不往来也使得的。"王夫人道："你大舅子为什么也是这样？"贾琏道："太太不用说，我自有道理。"正说着，彩云等回道："巧姐儿进来了。"见了王夫人，虽然别不多时，想起这样逃难的景况，不免落下泪来。巧姐儿也便大哭。贾琏谢了刘老老。王夫人便拉他坐下，说起那日的话来。贾琏见平儿，外面不好说别的，心里感激，眼中流泪。自此，贾琏心里愈敬平儿，打算等贾赦等回来，要扶平儿为正。此是后话，暂且不提。

　　邢夫人正恐贾琏不见了巧姐，是有一番的周折；又听见贾琏在王夫人那里，心下更是着急，便叫丫头去打听。回来说是巧姐儿同着刘老老在那里说话，邢夫人才如梦初觉，知他们的鬼，还抱怨着王夫人："调唆我母子不和，到底是那个送信给平儿的？"正问着，只见巧姐同着刘老老，带了平儿，王夫人在后头跟着进来，先把头里的话都说在贾芸王仁身上，说："大太太原是听见人说，为的是好事。那里知道外头的鬼？"邢夫人听了，自觉羞惭，想起王夫人主意不差，心里也服。于是邢王二夫人，彼此心下相安。

平儿回了王夫人，带了巧姐到宝钗那里来请安，各自提各自的苦处。又说到："皇上隆恩，咱们家该兴旺起来了。想来宝二爷必回来的。"正说到这话，只见秋纹忽忙来说："袭人不好了！"不知何事，且听下回分解。

【注释】

①中乡魁：指宝玉中乡试第七名举人。明代科举考试分五经取士，每经各取一名为首，称为"经魁"。乡试中每科前五名必须分别是某一经的经魁，故称"五经魁"或"五魁"，而称第六名至第十名为"乡魁"。

②失闪：意外事故、差错。

③樊笼：关鸟兽的笼子。比喻不自由的处境。

④扔崩：亦作"吶崩"，象声词，有突然走开、弃之不顾的意思。

⑤有干例禁：即触犯朝廷的禁令。这是说强占和买卖良家妻女，要处绞刑，如是强占和买卖世代勋戚之家妻女，罪当更大。

⑥朝觐：臣子朝见君主。《周礼·春官·大宗伯》："以宾礼亲邦国。春见曰朝……秋见曰觐。"

⑦龙门口：这里指科举考场的正门。《三秦记》："河津一名龙门，桃花浪起，江海鱼集龙门下，跃而上之，跃过当化龙，否则点额暴腮。"后因以"登龙门"比喻科举得中，而把乡试考场的正门叫"龙门"，意谓进门后中举成名，犹如鱼跃过龙门而变化成龙一样。

⑧"一举成名"句：金刘祁《归潜志》卷七："古人谓：'十年窗下无人问，一举成名天下知。'"

⑨同年：科举时代称同榜或同一年考中者。

⑩知贡举：唐宋时特派主持进士考试的大臣。至清代，例由礼部长官担任。《清史稿·选举志三》："以大员总摄场务，乡试曰监临。……会试曰知贡举，礼部侍郎为之。"宝玉本应乡试，故这里"知贡举"当泛指主考官。

⑪海晏河清：海里风平浪静，黄河水流澄清。旧时比喻升平景象。元洪希文《朱千户自京归》诗："海晏河清予日望，与君同作太平人。"晏，平静。

⑫九卿：古时中央政府的九个高级官职。周秦即有此称，历代多有不同。清代九卿一般指都察院、大理寺、太常寺、光禄寺、鸿胪寺、太仆寺、通政司、宗人府、銮仪卫。

⑬座师：也叫"座主"。唐代进士用以称主试官。明清时举人、进士亦用称其本科主考或总裁官为"座师"或"座主"。清顾炎武《日知录》卷十七："贡举之士，以有司为座主，而自称门生。"

⑭五营：清代守卫京师的巡捕营，最初设南北两营，顺治十四年添设中营，乾隆四十六年又加设左右两营，故称"五营"。

第一百二十回
甄士隐详说太虚情　贾雨村归结红楼梦

话说宝钗听秋纹说袭人不好，连忙进去瞧看。巧姐儿同平儿也随着走到袭人炕前，只见袭人心痛难禁，一时气厥。宝钗等用开水灌了过来，仍旧扶他睡下，一面传请大夫。巧姐儿问宝钗道："袭人姐姐怎么病到这个样？"宝钗道："大前儿晚上，哭伤了心了，一时发晕栽倒了。太太叫人扶他回来，他就睡倒了。因外头有事，没有请大夫瞧他，所以致此。"说着，大夫来了，宝钗等略避。大夫看了脉，说是急怒所致，开了方子去了。

原来袭人模糊听见说，宝玉若不回来，便要打发屋里的人都出去，一急，越发不好了。到大夫瞧后，秋纹给他煎药，他各自一人躺着，神魂未定，好像宝玉在他面前，恍惚又像是见个和尚，手里拿着一本册子揭着看，还说道："你别错了主意，我是不认得你们的了。"袭人似要和他说话，秋纹走来说："药好了，姐姐吃罢。"袭人睁眼一瞧，知是个梦，也不告诉人。吃了药，便自己细细的想："宝玉必是跟了和尚去。上回他要拿玉出去，便是要脱身的样子。被我揪住，看他竟不像往常，把我混推搡的，一点情意都没有了。后来待二奶奶更生厌烦。在别的姊妹跟前，也是没有一点情意。这就是悟道的样子。但是你悟了道，抛了二奶奶怎么好？我是太太派我服侍你，虽是月钱照着那样的分例，其实我究竟没有在老爷太太跟前回明，就算了你的屋里人。若是老爷太太打发我出去，我若死守着，又叫人笑话；若是我出去，心想宝玉待我的情分，实在不忍。"左思右想，实在难处。想到刚才的梦，好像和我无缘的话，倒不如死了干净。岂知吃药以后，心痛减了好些，也难躺着，只好勉强支持。过了几日，起来服侍宝钗。

宝钗想念宝玉，暗中垂泪，自叹命苦。又知他母亲打算给哥哥赎罪，很费张罗，不能不帮着打算。暂且不表。

　　且说贾政扶贾母灵柩，贾蓉送了秦氏、凤姐、鸳鸯的棺木到了金陵，先安了葬。贾蓉自送黛玉的灵，也去安葬。贾政料理坟墓的事。一日，接到家书，一行一行的看到宝玉贾兰得中，心里自是喜欢；后来看到宝玉走失，复又烦恼。只得赶忙回来。在道儿上又闻得有恩旨赦的旨意，又接家书，果然赦罪复职，更是喜欢，便日夜趱行①。

　　一日，行到毗陵驿地方②，那天乍寒，下雪，泊在一个清静去处。贾政打发众人上岸投帖，辞谢朋友，总说即刻开船，都不敢劳动。船中只留一个小厮伺候，自己在船中写家书，先要打发人起旱到家③。写到宝玉的事，便停笔。抬头忽见船头上微微的雪影里面一个人，光着头，赤着脚，身上披着一领大红猩猩毡的斗篷，向贾政倒身下拜。贾政尚未认清，急忙出船，欲待扶住问他是谁。那人已拜了四拜，站起来打了个问讯④。贾政才要还揖，迎面一看，不是别人，却是宝玉。贾政吃一大惊，忙问道："可是宝玉么？"那人只不言语，似喜似悲。贾政又问道："你若是宝玉，如何这样打扮，跑到这里？"宝玉未及回言，只见船头上来了两人，一僧一道，夹住宝玉说道："俗缘已毕，还不快走！"说着，三个人飘然登岸而去。贾政不顾地滑，疾忙来赶，见那三人在前，那里赶得上？只听得他们三人口中不知是那个作歌曰：

　　　　我所居兮，青埂之峰；我所游兮，鸿蒙太空。谁与我逝
　　兮，吾谁与从？渺渺茫茫兮，归彼大荒。

贾政一面听着，一面赶去，转过一小坡，倏然不见。贾政已赶得心虚气喘，惊疑不定。回过头来，见自己的小厮也是随后赶来，贾政问道："你看见方才那三个人么？"小厮道："看见的。奴才为老爷追赶，故也赶来。后来只见老爷，不见那三个人了。"贾政还欲前走，只见白茫茫一旷野，并无一人。贾政知是古怪，只得回来。

众家人回船，见贾政不在舱中，问了船夫，说是老爷上岸追赶两个和尚一个道士去了。众人也从雪地里寻踪迎去，远远见贾政来了，迎上去接着，一同回船。贾政坐下，喘息方定，将见宝玉的话说了一遍。众人回禀，便要在这地方寻觅。贾政叹道："你们不知道，这是我亲眼见的，并非鬼怪。况听得歌声，大有玄妙。宝玉生下时，衔了玉来，便也古怪，我早知是不祥之兆，为的是老太太疼爱，所以养育到今。便是那和尚道士，我也见了三次：头一次，是那僧道来说玉的好处；第二次，便是宝玉病重，他来了，将那玉持诵了一番，宝玉便好了；第三次，送那玉来，坐在前厅，我一转眼就不见了。我心里便有些咤异，只道宝玉果真有造化，高僧仙道来护佐他的。岂知宝玉是下凡历劫的，竟哄了老太太十九年！如今叫我才明白。"说到那里，掉下泪来。众人道："宝二爷果然是下凡的和尚，就不该中举人了。怎么中了才去？"贾政道："你们那里知道，大凡天上星宿，山中老僧，洞里的精灵，他自具一种性情。你看宝玉何尝肯念书？他若略一经心，无有不能的。他那一种脾气，也是各别另样。"说着，又叹了几声。众人便拿兰哥得中、家道复兴的话解了一番。贾政仍旧写家书，便把这事写上，劝谕合家不必想念了。写完封好，即着家人回去，贾政随后赶回。暂且不提。

且说薛姨妈得了赦罪的信，便命薛蝌去各处借贷，并自己凑齐了赎罪银两。刑部准了，收兑了银子，一角文书，将薛蟠放出。他们母子姊妹弟兄见面，不必细述，自然是悲喜交集了。薛蟠自己立誓说道："若是再犯前病，必定犯杀犯剐！"薛姨妈见他这样，便要握他嘴，说："只要自己拿定主意，必定还要妄巴口舌血淋淋的起这样恶誓么！只香菱跟了你受了多少的苦处，你媳妇已经自己治死自己了，如今虽说穷了，这碗饭还有得吃，据我的主意，我便算他是媳妇了。你心里怎么样？"薛蟠点头愿意。宝钗等也说："很该这样。"倒把香菱急得脸胀通红，说是："伏侍大爷一样的，何必如此。"众人便称起"大奶奶"来，无人不服。

薛蟠便要去拜谢贾家。薛姨妈宝钗也都过来。见了众人，彼此聚首，又说了一番的话。正说着，恰好那日贾政的家人回家，呈上书子，说："老爷不日到了。"王夫人叫贾兰将书子念给听。贾兰念到贾政亲见宝玉的一段，众人听了，都痛哭起来，王夫人、宝钗、袭人等更甚。大家又将贾政书内叫家内"不必悲伤，原是借胎"的话解了一番："与其作了官，倘或命运不好，犯了事，坏家败产，那时倒反不好了，宁可咱们家出一位佛爷，倒是老爷太太的积德，所以才投到咱们家来。不是说句不顾前后的话，当初东府里太爷，倒是修炼了十几年，也没有成了仙，这佛是更难成的。太太这么一想，心里便开豁了。"王夫人哭着和薛姨妈道："宝玉抛了我，我还恨他呢。我叹的是媳妇的命苦，才成了一二年的亲，怎么他就硬着肠子都撂下了走了呢！"薛姨妈听了，也甚伤心。宝钗哭得人事不知。所有爷们都在外头。王夫人便说道："我为他担了一辈子的惊，刚刚儿的娶了亲，中了举人，又知道媳妇作了胎，我才喜欢些，不想弄到这样结局！早知这样，就不该娶亲，害了人家的姑娘。"薛姨妈道："这是自己一定的。咱们这样人家，还有什么别的说的吗？幸喜有了胎，将来生个外孙子，必定是有成立的，后来就有了结果了。你看大奶奶，如今兰哥儿中了举人，明年成了进士，可不是就做了官了么？他头里的苦也算吃尽的了，如今的甜来，也是应为人的好处。我们姑娘的心肠儿，姊姊是知道的，并不是刻薄轻佻的人，姊姊倒不必耽忧。"

王夫人被薛姨妈一番言语说得极有理，心想："宝钗小时候，便是廉静寡欲，极爱素淡的，他所以才有这个事。想来生在世，真有一定数的。看着宝钗虽是痛哭，他端庄样儿一点不走，却倒来劝我，这是真真难得的！不想宝玉这样一个人，红尘中福分，竟没有一点儿。"想了一回，也觉解了好些。又想到袭人身上："若说别的丫头呢，没有什么难处的，大的配了出去，小的伏侍二奶奶就是了。独有袭人，可怎么处呢？"此时人多，也不好说，且等晚上和薛姨妈商量。

那日薛姨妈并未回家，因恐宝钗痛哭，所以在宝钗房中解劝。那宝钗却是极明理，思前想后："宝玉原是一种奇异的人，夙世前因，自有一定，原无可怨天尤人。"更将大道理的话告诉他母亲了，薛姨妈心里反倒安了，便到王夫人那里，先把宝钗的话说了。王夫人点头叹道："若说我无德，不该有这样好媳妇了。"说着更又伤心起来。

薛姨妈倒又劝了一会子，因又提起袭人来，说："我见袭人近来瘦的了不得，他是一心想着宝玉儿。但是正配呢，理应守的，屋里人愿守也是有的。惟有这袭人，虽说是算个屋里人，到底他和宝哥儿并没有过明路儿的。"王夫人道："我才刚想着，正要等妹妹商量商量。若说放他出去，恐怕他不愿意，又要寻死觅活的；若要留着他也罢，又恐老爷不依，所以难处。"薛姨妈道："我看姨老爷是再不肯叫守着的。再者，姨老爷并不知道袭人的事，想来不过是个丫头，那有留的理呢？只要姊姊叫他本家的人来，狠狠的吩咐他，叫他配一门正经亲事，再多多的陪送他些东西。那孩子心肠儿也好，年纪儿又轻，也不枉跟了姐姐会子，也算姐姐待他不薄。袭人那里，还得我细细劝他。就是叫他家的人来，也不用告诉他；只等他家里果然说定了好人家儿，我们还打听打听，若果然足衣足食，女婿长的像个人儿，然后叫他出去。"王夫人听了，道："这个主意很是。不然，叫老爷冒冒失失的一办，我可不是又害了一个人了么？"薛姨妈听了，点头道："可不是么？"又说了几句，便辞了王夫人仍到宝钗房中去了。看见袭人泪痕满面，薛姨妈便劝解譬喻了一会。袭人本来老实，不是伶牙利齿的人，薛姨妈说一句，他应一句，回来说道："我是做下人的人，姨太太瞧得起我，才和我说这些话。我是从不敢违拗太太的。"薛姨妈听他的话，"好一个柔顺的孩子！"心里更加喜欢。宝钗又将大义的话说了一遍，大家各自相安。

　　过了几日，贾政回家，众人迎接。贾政见贾赦贾珍已都回家，弟兄叔侄相见，大家历叙别来的景况。然后内眷们见了，不免想起宝玉来，又大家伤了一会子心。贾政喝住道："这是一定的道理！如今只要我们在外把持家事，你们在内相助，断不可仍是从前这样的散漫。别房的事，各有各家料理，也不用承总。我们本房的事，里头全归于你，都要按理而行。"王夫人便将宝钗有孕的话也告诉了，将来丫头们都放出去。贾政听了，点头无语。

　　次日，贾政进内请示大臣们，说是："蒙恩感激，但未服阕⑤，应该怎么谢恩之处，望乞大人们指教。"众朝臣说是代奏请旨。于是圣恩浩荡，即命陛见。贾政进内谢了恩。圣上又降了好些旨意，又问起宝玉的事来。贾政据实回奏。圣上称奇，旨意说，宝玉的文章固是清奇，想他必是过来人，所以如此。若在朝中，可以进用；他既不敢受圣朝的爵位，便赏了一个"文妙真人"的道号。

　　贾政又叩头谢恩而出，回到家中，贾琏贾珍接着。贾政将朝内的话述了一遍，众人喜欢。贾珍便回说："宁国府第，收拾齐全，回明了要搬过去。栊翠庵圈在园内，给四妹妹养静。"贾政并不言语，隔了半日，却吩咐了一番仰报天恩的话。贾琏也趁便回说："巧姐亲事，父亲太太都愿意给周家为媳。"贾政昨晚也知巧姐的始末，便说："大老爷大太太作主就是了。莫说村居不好，只要人家清白，孩子肯念书，能够上进。朝里那些官儿，难道都是城里的人么？"贾琏答应了"是"，又说："父亲有了年纪，况且又有痰症的根子，静养几年，诸事原仗二老爷为主。"贾政道："提起村居养静，甚合我意，只是我受恩深重，尚未酬报耳。"贾政说毕进内，贾琏打发请了刘老老来，应了这件事。刘老老见了王夫人等，便说些将来怎样升官，怎样起家，怎样子孙昌盛，正说着，丫头回道："花自芳的女人进来请安。"王夫人问几句话，花自芳的女人将亲戚作媒，说的是城南蒋家的，现在有房有地，又有铺面。姑爷年纪略大几岁，并没有娶过的，况且人物儿长的是百里挑一的。王夫人听了愿意，说道："你去应了，隔几日进来，再接你妹子罢。"王夫人又命人打听，都说是好。王夫人便告诉了宝钗，仍请了薛姨妈细细的告诉了袭人。袭人悲伤不已，又不敢违命呢，心里想起宝玉那年到他家去，回来说的死也不回去的话，"如今太太硬作主张，若说我守着，又叫人说我不害臊；若是去了，实不是我的心愿。"便哭得咽哽难鸣。又被薛姨妈宝钗等苦劝，回过念头想道："我若是死在这里，倒把太太的好心弄坏了，我该死在家里才是。"于是袭人含悲叩辞了众人。那姐妹分手时，自然更有一番不忍说。

袭人怀着必死的心肠，上车回去，见了哥哥嫂子，也是哭泣，但只说不出来。那花自芳悉把蒋家的聘礼送给他看，又把自己所办妆奁一一指给他瞧，说："那是太太赏的，那是置办的。"袭人此时更难开口，住了两天，细想起来："哥哥办事不错。若是死在哥哥家里，岂不又害了哥哥呢。"千思万想，左右为难，真是一缕柔肠，几乎牵断，只得忍住。

那日已是迎娶吉期，袭人本不是那一种泼的人，委委屈屈的上轿而去，心里另想到那里再作打算。岂知过了门，见那蒋家办事，极其认真，全都按着正配的规矩。一进了门，丫头仆妇，都称"奶奶"。袭人此时欲要死在这里，又恐害了人家，辜负了一番好意。那夜原是哭着不肯俯就的，那姑爷极柔情曲意的承顺。到了第二天开箱⑥，这姑爷看见一条猩红汗巾儿，方知是宝玉的丫头。原来当初只知是贾母的侍儿，益想不到是袭人。此时蒋玉函念着宝玉待他的旧情，倒觉满心惶愧，更加周旋；又故意将宝玉所换那条松花绿的汗巾拿出来。袭人看了，方知这姓蒋的原来就是蒋玉函，始信姻缘前定。袭人才将心事说出。蒋玉函也深为叹息敬服，不敢勉强，并越发温柔体贴，弄得个袭人真无死所了。

看官听说：虽然事有前定，无可奈何，但孽子孤臣⑦，义夫节妇，这"不得已"三字也不是一概推委得的。此袭人所以在"又副册"也。正是前人过那桃花庙的诗上说道：

千古艰难惟一死，伤心岂独息夫人⑧！

　　不言袭人从此又是一番天地。且说那贾雨村犯了婪索的案件⑨，审明定罪，今遇大赦，递籍为民⑩。雨村因叫家眷先行，自己带了一个小厮，一车行李，来到急流津觉迷渡口，只见一个道者，从那渡头草棚里出来，执手相迎。雨村认得是甄士隐，也连忙打恭。士隐道："贾老先生，别来无恙？"雨村道："老仙长到底是甄老先生！何前次相逢，觌面不认？后知火焚草亭，鄙下深为惶恐。今日幸得相逢，益叹老仙翁道德高深。奈鄙人下愚不移⑪，致有今日。"甄士隐道："前者老大人高官显爵，贫道怎敢相认？原因故交，敢赠片言，不意老大人相弃之深。然而富贵穷通，亦非偶然。今日复得相逢，也是一桩奇事。这里离草庵不远，暂请膝谈⑫，未知可否？"雨村欣然领命。

　　两人携手而行，小厮驱车随后，到了一座茅庵。士隐让进，雨村坐下，小童献上茶来。雨村便请教仙长超尘的始末。士隐笑道："一念之间，尘凡顿易。老先生从繁华境中来，岂不知温柔富贵乡中有一宝玉乎？"雨村道："怎么不知！近闻纷纷传述，说他也遁入空门。下愚当时也曾与他往来过数次，再不想此人竟有如是之决绝。"士隐道："非也。这一段奇缘，我先知之。昔年我与先生在仁清巷旧宅门口叙话之前，我已会过他一面。"雨村惊讶道："京城离贵乡甚远，何以能见？"士隐道："神交久矣。"雨村道："既然如此，现今宝玉的下落，仙长定能知之。"士隐道："宝玉，即'宝玉'也。那年荣宁查抄之前，钗黛分离之日，此玉早已离世。一为避祸，二为撮合，从此风缘一了，形质归一。又复稍示神灵，高魁贵子，方显得此玉那天奇地灵锻炼之宝，非凡间可比。前经茫茫大士渺渺真人携带下凡，如今尘缘已满，仍是此二人携归本处，便是宝玉的下落。"雨村听了，虽不能全然明白，却也十知四五，便点头叹道："原来如此！下愚不知。但那宝玉既有如此的来历，又何以情迷至此，复又豁悟如此？还要请教。"士隐笑道："此事说来，老先生未必尽解。太虚幻境，即是真如福地。两番阅册，原始要终之道⑬，历历生平，如何不悟？仙草归真，焉有'通灵'不复原之理呢？"雨村听着，却不明白了，知仙机也不便更问。因又说道："宝玉之事，既得闻命。但是敝族闺秀，如是之多，何元妃以下，算来结局俱属平常呢？"士隐叹息道："老先生莫怪拙言，贵族之女，俱属从情天孽海而来。大凡古今女子，那'淫'字固不可犯，只这'情'字，也是沾染不得的。所以崔莺苏小^⑭，无非仙子尘心；宋玉相如，大是文人口孽。凡是情思缠绵，合那结局就不可问了。"雨村听到这里，不觉扭须长叹。因又问道："请教老仙翁，那荣宁两府，尚可如前？"士隐道："福善祸淫，古今定理。现今荣宁两府，善者修缘，恶者悔祸，将来兰桂齐芳，家道复初，也是自然的道理。"雨村低了半日头，忽然笑道："是了，是了！现在他府中有一个名兰的，已中乡榜，恰好应着'兰'字。适闻老仙翁说'兰桂齐芳'，又道'宝玉高魁子贵'，莫非他有遗腹之子，可以飞黄腾达的么？"士隐微微笑道："此系后事，未便预说。"

雨村还要再问，士隐不答，便命人设具盘飧，邀雨村共食。食毕，雨村还要问自己的终身。士隐便道："老先生草庵暂歇。我还有一段俗缘未了^⑮，正当今日完结。"雨村惊讶道："仙长纯修若此，不知尚有何俗缘？"士隐道："也不过是儿女私情罢了。"雨村听了，益发惊异："请问仙长何出此言？"士隐道："老先生有所不知，小女英莲，幼遭尘劫^⑯，老先生初任之时，曾经判断。今归薛姓，产难完劫，遗一子于薛家，以承宗祧^⑰。此时正是缘尘脱尽之时，只好接引接引。"士隐说着，拂袖而起。雨村心中恍恍惚惚，就在这急流津觉迷渡口草庵中睡着了。

这士隐自去度脱了香菱，送到太虚幻境，交那警幻仙子对册。刚过牌坊，见那一僧一道缥缈而来，士隐接着说道："大士、真人，恭喜，贺喜！情缘完结，都交割清楚么？"那僧道说："情缘尚未全结，倒是那蠢物已经回来了。还得把他送还原所，将他的后事叙明，也不枉他下世一回。"士隐听了，便拱手而别。那僧道仍携了玉到青埂峰下，将"宝玉"安放在女娲炼石补天之处，各自云游而去。从此后：

　　　　天外书传天外事，两番人作一番人。

　　这一日，空空道人又走青埂峰前经过，见那补天未用之石仍在那里，上面字迹依然如旧，又从头的细细看了一遍，见后面偈文后又历叙了多少收缘结果的话头，便点头叹道："我从前见石兄这段奇文，原说可以闻世传奇，所以曾经抄录，但未见返本还原。不知何时，复有此一佳话？方知石兄下凡一次，磨出光明⑱，修成圆觉⑲，也可谓无复遗憾了。只怕年深日久，字迹模糊，反有舛错，不如我再抄录一番，寻个世上清闲无事的人，托他传遍，知道奇而不奇，俗而不俗，真而不真，假而不假。或者尘梦劳人，聊倩鸟呼归去⑳；山灵好客，更从石化飞来㉑，亦未可知。"想毕，便又抄了，仍袖至那繁华昌盛的地方，遍寻了一番，不是建功立业之人，即系糊口谋衣之辈，那有闲情更去和石头饶舌。直寻到急流津觉迷渡口草庵中，睡着一个人，因想他必是闲人，便要将这抄录的《石头记》给他看看。那知那人再叫不醒。空空道人复又使劲拉他，才慢慢的开眼坐起。便接来草草一看，仍旧掷下道："这事我已亲见尽知，你这抄录的尚无舛错。我只指与你一个人，托他传去，便可归结这一新鲜公案了。"空空道人忙问何人，那人道："你须待某年，某月，某日，某时，到一个悼红轩中，有个曹雪芹先生，只说贾雨村言，托他如此如此。"说毕，仍旧睡下了。

　　那空空道人牢牢记着此言，又不知过了几世几劫，果然有个悼红轩，见那曹雪芹先生正在那里翻阅历来的古史。空空道人便将贾雨村言了，方把这《石头记》示看。那雪芹先生笑道："果然是'贾雨村言'了！"空空道人便问："先生何以认得此人，便肯替他传述？"见雪芹先生笑道："说你空，原来你肚里果然空空。既是'假语村言'，但无鲁鱼亥豕以及背谬矛盾之处㉒，乐得与二三同志，酒余饭饱，雨夕灯窗之下，同消寂寞，又不必大人先生品题传世。似你这样寻根究底，便是刻舟求剑、胶柱鼓瑟了㉓。"那空空道人听了，仰天大笑，掷下抄本，飘然而去。一面走着，口中说道："果然是敷衍荒唐！不但作者不知，抄者不知，并阅者也不知。不过游戏笔墨，陶情适性而已！"后人见了这本奇传，亦曾题过四句偈语，为作者缘起之言更转一竿头云㉔：

> 说到辛酸处，荒唐愈可悲。由来同一梦，休笑世人痴！

【注释】

①趱（zǎn）行：赶路。趱，赶，快走。

②毗（pí）陵：古县名。本春秋时吴季札封地延陵邑，西汉置县，治所在今江苏常州。晋改称晋陵。

③起旱：走陆路。

④问讯：佛教的一种礼节。以两手相屈，曲腰至膝，操手下去，合掌上来，拱手齐眉，叫"问讯"。合掌作揖，口问"安否"，亦称"问讯"。

⑤服阕：旧时父母死后，守丧三年，期满除服，叫"服阕"。阕，终了之意。汉应劭《风俗通·十反》："三年服阕。"

⑥开箱：旧俗，婚后第二天，新妇打开陪嫁的衣箱，向翁姑长亲及兄弟晚辈等分别进献赠送礼物，如尺头、鞋袜、活计（分七件头、九件头，皆装匣）之类，谓之"开箱"。

⑦孽子孤臣：也称"孤臣孽子"。古时指孤立无助的远臣和妾媵所生的庶子。

⑧"千古"二句：语出清邓汉仪《题息夫人庙》。息夫人，春秋时息国诸侯的夫人。姓妫，亦称"息妫"。《左传》庄公十四年载，楚文王灭息，以息妫归，生二子，但始终不言，楚王问之，对曰："吾一妇人而事二夫，纵弗能死，其又奚言？"唐杜牧《题桃花夫人庙》诗自注云："即息夫人。"

⑨婪索：贪污、勒索。

⑩递籍为民：遣送回原籍，贬为百姓。

⑪下愚不移：《论语·阳货》："唯上智与下愚不移。"注："下愚不可使强贤。"这里用以表示自谦。

⑫膝谈："促膝谈心"的省略。古人席地而坐，两人谈心时，相对

靠近，膝与膝相挨，故称。

⑬原始要终：探究事物的开始和归宿。

⑭苏小：即苏小小。有两人：一为六朝时南齐名妓。《乐府诗集》卷八五《苏小小歌》引《乐府广题》云："苏小小，钱塘名倡也，盖南齐时人。"有古辞曰："我乘油壁车，郎乘青骢马，何处结同心，西陵松柏下。"后之话本等也多有以苏小小为题材的故事。一为宋代名妓。明郎瑛《七修类稿》卷二七云，苏小小，钱塘人，为名妓苏盼奴之妹，后嫁襄阳赵院判。

⑮俗缘：指世俗的人事关系。

⑯尘劫：佛教用语。佛教称一世为一劫，无量无边之劫为"尘劫"。

⑰以承宗祧（tiāo）：即传宗接代。宗祧，犹宗庙。祖庙叫"宗"，远祖之庙叫"祧"。

⑱光明：佛教语。谓佛德的光辉。

⑲圆觉：佛教语。意谓圆满的灵觉，指所觉悟之道平等周满，心通法遍，毫无缺漏。《艺文类聚》卷七六引梁元帝《扬州梁安寺碑序》："旃檀散馥，无复圆觉之风。"

⑳尘梦劳人，聊倩鸟呼归去：这两句意谓尘世的梦幻，使人烦恼，不如随着杜鹃的鸣声去归隐。尘梦，人世的梦幻。鸟，指杜鹃。古人以为杜鹃鸣声有如人言"不如归去"。《本草纲目·禽部》："杜鹃，其鸣若曰不如归去。"

㉑"山灵好客"二句：意谓山神好客，会听从石头回来，再过那种顽石的生活。山灵，山神。从，听任。石化飞来，当用飞来峰的故事。飞来峰在浙江杭州灵隐山东南。《清一统志·杭州府一》引《舆地志》曰："晋咸和中，僧慧理登此山，叹曰：'此为中天竺国灵鹫山之小岭，不知何年飞来。'因名飞来峰，亦名灵鹫峰。"

㉒鲁鱼亥豕：古代篆书，"鲁"与"鱼"，"亥"与"豕"，因字形相似，容易写错。鲁鱼，《抱朴子·遐览》："书字人知之，犹尚写之多误，故谚曰：'书三写，鱼成鲁，虚成虎。'"亥豕，《吕氏春秋·察传》："子夏之晋，过卫，有读史记者曰：'晋师三豕涉河。'子夏曰：'非也，

是己亥也。夫己与三相近，豕与亥相似。'至于晋而问之，则曰晋师己亥涉河也。"后因称书籍文字传写或刊印错误为"鲁鱼亥豕"。

㉓刻舟求剑：《吕氏春秋·察今》："楚人有涉江者，其剑自舟中坠于水，遽契其舟，曰：'是吾剑之所从坠。'舟止，从所契者入水求之。舟已行矣，而剑不行，求剑若此，不亦惑乎？"后因以"刻舟求剑"比喻拘泥固执，不知变通。

㉔更转一竿头：即"百尺竿头，更进一步"的省略，原是禅宗用语，比喻宗教修养上的进步。《景德传灯录》卷十："（招贤大师）示偈曰：'百尺竿头不动人，虽然得入未成真；百丈竿头须进步，十方世界是全身。'"后以"百尺竿头，更进一步"比喻不满足已有成就，要争取更大进步。这里是说，后人偈语比作者缘起意思更深一层。

附录一
《红楼梦》主要人物形象事迹表

贾宝玉

贾政与王夫人之子。贾府通称"宝二爷"。因衔玉而生，故名贾宝玉。别号"无事忙""富贵闲人""怡红公子""绛洞花王""混世魔王"。先住绛芸轩，后住怡红院。性格顽劣叛逆，鄙视功名等俗务，追求婚姻自主；多情体贴，也粗暴任性；尊重女性，平等待人，也软弱无担当。被迫与薛宝钗结婚，中举后出家。

主要情节：

宝玉出场，宝、黛初见，宝玉摔玉（第3回）；宝玉神游太虚幻境（第5回）；宝玉与袭人初试云雨（第6回）；宝玉初见金锁（第8回）；游大观园，宝玉题咏匾额（第17回）；宝玉在元妃前作诗逞才（第18回）；宝、黛共读《西厢记》（第23回）；贾环烫伤宝玉，赵姨娘施诅咒，通灵宝玉失灵（第25回）；宝玉与蒋玉菡互赠汗巾（第28回）；宝玉第二次摔玉（第29回）；宝玉放纵晴雯撕扇（第31回）；宝玉调笑金钏儿，惹金钏儿受辱跳井（第32回）；宝玉挨打（第33回）；宝玉送黛玉罗帕传情（第34回）；宝玉感贾蔷、龄官之情，发"各人还各人的眼泪"之慨（第36回）；宝玉受邀参加海棠诗社（第37回）；品茶栊翠庵（第41回）；宝玉出城私祭金钏儿（第43回）；芦雪亭即景联句，宝玉栊翠庵折梅（第50回）；贾宝玉梦识甄宝玉（第56回）；受紫鹃试探，宝玉情痴发魔（第57回）；宝玉怡红院开夜宴庆生，群芳抽花名签酒令（第63回）；宝玉探望病中晴雯（第77回）；宝玉悼晴雯，撰写《芙蓉女儿诔》（第78回）；宝玉丢失"通灵宝玉"后变疯癫（第94回、第95回）；宝玉、宝钗成婚（第97

回）；贾宝玉、甄宝玉现实相会（第 115 回）；宝玉悟道，中举后
抛离红尘（第 116 回、第 119 回、第 120 回）。

林黛玉

金陵十二钗之一。贾母外孙女。贾府通称"林姑娘"。又称
"颦儿""潇湘妃子"。住潇湘馆。有绝代姿容、旷世诗才，孤高
自许；钟情宝玉，又敏感多疑；言语尖刻，却诙谐单纯。书中比
拟其为芙蓉花，寓意清雅脱俗，又娇艳脆弱。于贾宝玉薛宝钗新
婚之夜离世。

主要情节：

黛玉出场，进贾府，与宝玉一见如故（第 3 回）；宝玉探望
宝钗，黛玉吃醋（第 8 回）；黛玉返家探父（第 14 回）；黛玉误
剪香囊袋（第 17 回）；黛玉为宝玉说出"我为的是我的心"的
肺腑之言（第 20 回）；宝、黛共读《西厢记》（第 23 回）；黛玉
葬花（第 27 回）；黛玉语激宝玉，宝玉第二次摔玉（第 29 回）；
宝、黛互诉衷肠，引出宝玉"你死了，我做和尚"语（第 30 回）；
黛玉感念宝玉送来的旧帕，题诗三首（第 34 回）；黛玉入海棠诗
社，别号"潇湘妃子"（第 37 回）；黛玉咏菊花题诗夺冠（第 38
回）；黛玉酒令中唱出《牡丹亭》《西厢记》词（第 40 回）；黛玉
与宝钗互述衷肠，作《秋窗风雨夕》词（第 45 回）；黛玉教香菱
学诗（第 48 回）；怡红院宝玉庆生，黛玉抽到芙蓉花签（第 63
回）；黛玉悲啼《五美吟》（第 64 回）；黛玉重建桃花社，作《桃
花行》诗（第 70 回）；黛玉、湘云中秋夜联诗（第 76 回）；黛玉
病中做噩梦（第 82 回）；黛玉秋深抚琴悲往事（第 87 回）；黛玉
焚稿断痴情，含恨离世（第 97 回、第 98 回）。

薛宝钗

金陵十二钗之一。王夫人外甥女。又称"蘅芜君""宝姑娘"。
住蘅芜院。容貌丰美，举止娴雅，博学多才；通达世故，又明哲

保身；善解人意，也冷淡无情。书中比拟其为牡丹花，寓意艳冠群芳，雍容浑厚。与宝玉成婚，宝玉出家后独守空闺。

主要情节：

薛家母子暂居荣府，宝钗出场（第4回）；宝玉、宝钗互看金玉（第8回）；宝钗为宝玉一字师（第18回）；宝钗滴翠亭扑蝶（第27回）；宝钗讥讽宝玉（第30回）；金钏儿自杀，宝钗语慰王夫人（第32回）；宝玉挨打，宝钗忘情劝说（第34回）；宝钗让莺儿用金线为玉打梅花络，暗合"金玉良缘"（第35回）；宝钗降芸轩绣鸳鸯兜肚（第36回）；宝钗入海棠诗社，别号"蘅芜君"，并拟菊花诗题（第37回）；宝钗出资帮湘云摆设螃蟹宴（第38回）；宝钗发表绘画高论（第42回）；宝钗协助探春治理大观园（第56回）；怡红院宝玉庆生，宝钗抽到牡丹花签（第63回）；宝钗搬出大观园（第75回）；宝钗与黛玉书并赋诗四首（第87回）；宝玉、宝钗成婚（第97回）。

贾元春

金陵十二钗之一。贾政和王夫人之女。贾府通称"娘娘"。因生于正月初一，取名元春。身为贵妃享尽大荣华，但也反对铺张奢侈；不同凡俗，颇富才情。既是贾府的靠山，也是"金玉良缘"的支持者。最后病逝。

主要情节：

元妃省亲试才艺（第18回）；制灯谜（第22回）；端午节赐予宝玉、宝钗相同的礼物（第28回）；元妃因病去世（第95回）。

贾探春

金陵十二钗之一。贾政和赵姨娘之女。贾府通称"三姑娘"。诨名"玫瑰花"，自号"蕉下客"。住秋爽斋。精明能干，有经世之才；工诗善书，趣味高雅。心性高贵，也深藏自卑。书中比拟其为杏花，寓意必得贵婿。后远嫁海疆。

主要情节：

探春出场（第3回）；元春省亲大典上作诗，诗才出于众姊妹之上（第18回）；探春发起海棠诗社，为黛玉起号"潇湘妃子"，自号"蕉下客"（第37回）；作《簪菊》，再显才思不凡（第38回）；探春为王夫人辩护（第46回）；探春代王熙凤理家，兴利除宿弊（第56回）；怡红院宝玉庆生，探春抽到杏花花签（第63回）；抄检大观园，探春心痛贾家败亡的趋势（第74回）；探春远嫁海疆（第100回）。

史湘云

金陵十二钗之一。贾母的内侄孙女。别号"枕霞旧友"。从小父母双亡。深受贾母喜爱，常来贾府小住。借住在蘅芜院。娇憨可爱，心直口快，古道热肠，诗思敏锐，说话"咬舌"。书中比拟其为海棠花，暗寓其婚姻生活春光短促，好景难留。

主要情节：

湘云出场（第20回）；湘云捡到金麒麟（第31回）；湘云劝宝玉应讲仕途经济（第32回）；湘云入海棠诗社（第37回）；湘云做东螃蟹宴（第38回）；湘云与宝玉、平儿芦雪亭烤鹿肉（第49回）；芦雪亭联诗联句最多（第50回）；湘云醉眠芍药茵（第62回）；宝玉怡红院庆生，湘云抽到海棠花花签（第63回）；湘云与黛玉中秋夜联诗（第76回）；湘云出嫁回门，来向贾母请安（第108回）；贾母病危思念孙女，湘云因丈夫病重无法前来探望（第109回）。

妙玉

金陵十二钗之一。带发修行的尼姑。自署"槛外人"。住栊翠庵。极通文墨，极熟经典，茶艺精湛。为人孤僻，却与宝、钗、黛等结下友谊。嫌弃刘老老，又在王夫人等面前不卑不亢。虽然皈依佛门，却尘缘未了。心性高洁，最终却身陷泥淖之中。

主要情节：

妙玉出场（第 17 回）；众人饮茶栊翠庵，妙玉奉茶（第 41 回）；芦雪亭联诗，妙玉折红梅枝与宝玉（第 50 回）；妙玉赠宝玉生日帖，自署"槛外人"（第 63 回）；黛玉、湘云中秋夜联诗、妙玉续诗（第 76 回）；妙玉探望生病的贾母（第 109 回）；妙玉被贼寇劫走（第 112 回）。

贾迎春

金陵十二钗之一。贾赦之女。人称"二木头""二姑娘"。住紫菱洲。温柔善良，有自知之明，但也懦弱怕事，缺乏主见，任人欺侮。被父亲抵债嫁给中山狼孙绍祖后，受虐而死。

主要情节：

迎春出场（第 3 回）；入海棠诗社，负责"出题限韵"，号"菱洲"（第 37 回）；迎春听任司棋受辱被撵出大观园，未施援手（第 74 回）；迎春抵债被迫嫁给中山狼孙绍祖（第 79 回）；迎春受虐而死（第 109 回）。

贾惜春

金陵十二钗之一。贾敬之女。别号"藕榭"。住蓼风轩。擅长绘画。因父亲修道，母亲早死，养成心冷嘴冷的性格。看穿贾家必将败落的命运，产生弃世念头，最后皈依佛门。

主要情节：

惜春出场（第 3 回）；入海棠诗社，负责"誊录监场"，雅号"藕榭"（第 37 回）；惜春描画《大观园图》（第 42 回）；抄检大观园时，惜春赶走入画，欲与宁府断绝关系（第 74 回）；惜春皈依佛门（第 115 回、第 117 回、第 118 回）。

王熙凤

金陵十二钗之一。贾琏之妻，王夫人内侄女。贾府通称"凤姐""琏二奶奶",又称"凤辣子""凤哥儿""凤丫头"。思维敏捷,精明能干,善于察言观色、辨风测向,深得贾母和王夫人的信任,是贾府的管家奶奶。幽默诙谐,言谈爽利。心机深细,喜欢揽事,好卖弄才干。又心狠手辣,识短贪利。最后病死。

主要情节:

王熙凤先声夺人精彩出场(第3回);王熙凤接济刘老老(第6回);王熙凤设毒计害死贾瑞(第12回);王熙凤协理宁国府(第13回);王熙凤弄权铁槛寺(第15回);王熙凤被赵姨娘诅咒(第25回);贾母两宴大观园,王熙凤与鸳鸯一起戏谑刘老老(第40回);王熙凤发现贾琏偷情(第44回);受探春之邀,做诗社"监察御史",解决诗社经费问题(第45回);元宵夜宴,王熙凤逗贾母开心(第54回);王熙凤拷问家童尤二姐事(第67回);王熙凤大闹宁国府,骗尤二姐入大观园(第68回);王熙凤借剑杀人,导致尤二姐吞金自尽(第69回);王熙凤内亏外损,积劳成疾(第72回);王熙凤为宝玉婚事设掉包奇谋(第96回);王熙凤私放高利贷一事败露,因致祸倍感羞愧(第106回);王熙凤心力交瘁失去人心(第110回);王熙凤病危,将巧姐托付刘老老(第113回);王熙凤去世,魂归金陵(第114回)。

贾巧姐

金陵十二钗之一。贾琏与王熙凤之女。巧姐之名为刘老老所取,寓意遇难成祥,逢凶化吉。最后被刘老老解救。

主要情节:

巧姐出场(第7回);染了痘疹(第21回);刘老老二进荣国府,给她起名巧姐(第42回);巧姐惊风(第84回);巧姐避祸(第119回)。

李纨

金陵十二钗之一。贾珠之妻,贾兰之母。字宫裁,自号"稻香老农"。住稻香村。青春丧偶，内敛端庄。大观园时期，流露出青春活力。心善面软，厚道多恩，是下人眼中的大菩萨。亦有治家之才。书中比拟其为老梅，暗喻她不为尘俗浸染的高洁操守。

主要情节：

李纨出场（第3回）；李纨自荐为海棠诗社掌坛人（第37回）；李纨为挨打的平儿打抱不平（第44回）；芦雪亭联诗时，罚宝玉去妙玉处讨要红梅（第50回）；宝玉怡红院庆生，李纨抽到老梅花签（第63回）；黛玉临终前李纨陪伴在侧（第98回）；儿子贾兰中举（第119回）。

秦可卿

金陵十二钗之一。贾蓉之妻。被贾母赞为"重孙媳中第一个得意之人"。聪明善良，深得贾府上下人等喜爱。有出众之才，与王熙凤最为知心。知人识事，是贾府中最早看出"大厦将倾"隐患的人。

主要情节：

秦可卿出场，与尤氏邀众人到宁府赏梅（第5回）；秦可卿命丧宁国府，托梦凤姐，预言贾府必会"树倒猢狲散"，应未雨绸缪（第13回）。

贾母

荣国公贾代善之妻，贾赦、贾政、贾敏之母。又称"史太君""老祖宗"。福寿双全，享尽荣华富贵；见多识广，品位高雅；怜贫惜老，礼遇刘老老；深明大义，遇事有决断。最后寿终正寝。

主要情节：

贾母出场（第3回）；为贾政打宝玉，对贾政大发雷霆（第33回）；两宴大观园（第40回）；给王熙凤过生日（第44回）；阻止贾赦打鸳鸯的主意（第46回）；严查赌钱事件（第73回）；贾府被抄后，贾母深明大义散余资（第107回）；贾母历经贾府衰败后去世（第 110 回）。

贾赦

贾母长子，贾琏之父。冷漠无情，贪狼暴虐，荒淫好色。不满母亲对弟弟的偏心。抄家后被革去世职。

主要情节：

贾赦要娶贾母丫鬟鸳鸯做妾（第 46 回）；平儿叙述贾赦暴打贾琏（第 48 回）；贾赦把丫鬟秋桐赏给儿子做小妾（第 69 回）；贾赦把迎春嫁给中山狼孙绍祖还债（第 79 回）。

邢夫人

贾赦之妻。禀性愚弱，只知奉承贾赦以自保。贪财好利，不得人心。

主要情节：

邢夫人出场（第 3 回）；邢夫人为贾赦讨要鸳鸯为妾遭拒（第 46 回）；邢夫人把傻大姐捡的绣春囊交给王夫人，导致查抄大观园事件（第 73 回）。

贾政

贾母次子。为人端方正直，谦恭厚道。是贾母眼中的孝子，宝玉心中的严父。喜爱看书下棋，擅长清谈。不谙吏治，被属员蒙蔽。不懂理家，未能挽回家族颓运。

主要情节：

贾政游大观园试宝玉才华，暗自欣慰（第 17 回）；贾政从灯谜看到贾府女性的不祥结局（第 22 回）；痛打宝玉，深为痛惜（第 33 回）；就任江西粮道（第 99 回）；贾府被抄，贾政发现家中经济亏空严重，后贾政官复世职（第 105 回、第 106 回、第 107 回）；贾政路遇了却尘缘的宝玉（第 120 回）。

王夫人

贾政之妻。荣国府实际掌权人之一。日常陪着贾母打牌听戏，深得贾母信任。时常吃斋念佛，寡言少语，有济困之心，是众人眼中的善人。最恨宝玉身边丫鬟言行"出格"。

主要情节：

王夫人让凤姐称二两人参给贾瑞救命（第 12 回）；王夫人赶走金钏儿导致其跳井自尽（第 32 回）；王夫人被袭人的深明大义感动，从此更为倚重袭人（第 33 回）；王夫人看到绣春囊后抄检大观园，赶走晴雯致其死亡（第 74 回）；王夫人听闻袭人述说宝玉心事，与贾母等定计让宝玉娶宝钗（第 96 回）。

赵姨娘

贾政之妾。在贾府地位低下，讨人嫌。自私浅薄，常常搅得贾府鸡犬不宁。妒忌宝玉，憎恨凤姐。不被探春接受认可。

主要情节：

赵姨娘伙同马道婆使用魇魔法诅咒贾宝玉和凤姐（第 25 回）；赵姨娘和芳官大闹反被打，丢尽脸面（第 60 回）；赵姨娘向贾政开口，为贾环索要丫鬟彩霞被拒绝（第 72 回）；赵姨娘最后发疯而死（第 112 回、第 113 回）。

贾环

贾政之庶子。猥琐顽劣，妒恨宝玉。

主要情节：

贾环故意拨翻烛台烫伤宝玉（第 25 回）；金钏儿跳井后，贾环诬陷宝玉，使宝玉遭受贾政毒打（第 33 回）；贾环引发赵姨娘大闹芳官（第 60 回）；贾环伙同王仁、贾芸欲骗卖巧姐未遂（第 118 回、第 119 回）。

贾琏

贾赦之子。人称"琏二爷"。负责料理贾府日常家务，却要事事听从王熙凤；好色滥情，也曾动过真心；较王熙凤之心狠手辣，相对公正厚道。

主要情节：

贾琏护送林黛玉回苏州探望父亲（第 14 回）；贾琏与"多姑娘"鬼混被平儿放过（第 21 回）；贾琏与鲍二媳妇私通被王熙凤抓获（第 44 回）；贾琏偷娶尤二姐（第 65 回）；为尤三姐牵媒柳湘莲（第 66 回）；劝阻王熙凤不要为来旺之子做媒（第 72 回）。

贾珍

贾敬之子。贾蓉和惜春之父。贪婪好色，铺排浪费。最后被革去世职，发配海疆。

主要情节：

贾珍为儿媳秦可卿大办丧礼，为儿子贾蓉捐官五品龙禁尉（第 13 回）；清虚观打醮时贾珍当众大骂贾蓉（第 29 回）；贾珍与尤二姐有染（第 65 回）。

贾蓉

贾珍之子。面目清秀，细挑身材。游手好闲，好色无耻。宁府抄家时被羁押。

主要情节：

想出让贾琏偷娶尤二姐并安置府外的主意（第 64 回）。

贾蔷

宁国府正派玄孙。父母早亡，从小跟着贾珍生活。风流俊俏。贾府小戏班梨香院总管。

主要情节：

贾蔷下姑苏采买女孩子学戏，负责贾府戏班筹建工作（第 16

回）；买雀儿逗龄官开心（第 36 回）。

贾瑞

又名"贾天祥"。贾府私塾先生贾代儒之孙。贪图便宜又好色。贾家第一亡人，拉开贾府衰亡大幕。

主要情节：

贾瑞代管学堂，贪财好利，导致顽童闹学堂事件（第 9 回）；贾瑞见到王熙凤起淫心（第 11 回）；贾瑞被王熙凤设局捉弄致死（第 12 回）。

贾芸

贾府族人。西廊下五嫂子的儿子。斯文清秀，伶俐乖觉。

主要情节：

贾芸得醉金刚侠义解囊，买香料奉承凤姐（第 24 回）；贾芸蜂腰桥与小红眉目传情（第 26 回）；认宝玉做父亲，并赠送两盆白海棠（第 37 回）；伙同贾环、王仁欲骗卖巧姐未遂（第 118 回、第 119 回）。

尤氏

贾珍继室。人称"珍大奶奶""珍哥儿媳妇"。孝敬长辈，顺从丈夫，人缘颇佳；有时懦弱，不善言辞，但关键时刻能当机立断，顾全大局。

主要情节：

尤氏邀请贾母、王熙凤前来为贾敬庆生（第 11 回）；受老太太之托为凤姐过生日（第 44 回）；尤氏从容应对贾敬的丧事（第 63 回）；尤氏劝惜春不要赶走入画（第 74 回）。

尤二姐

尤氏继母之女。贾琏之妾。模样标致，温柔和顺，但也缺乏判断力，自卑软弱。

主要情节：

尤二姐嫁贾琏（第 65 回）；尤二姐被王熙凤算计，吞金自杀（第 68 回、第 69 回）。

尤三姐

尤氏继母之女。与柳湘莲有婚约。痴情专一，泼辣刚烈。

主要情节：

尤三姐思嫁柳湘莲，因柳湘莲悔婚自刎（第 65 回、第 66 回）。

香菱

原名甄英莲，又名"秋菱"。甄士隐之女。位列金陵十二钗副册之首。小说中第一位登场的女性人物。从小娇生惯养，却被拐卖、凌辱。历经坎坷，却娇憨天真，温和纯良，惹人怜爱。热爱诗词，刻苦专注。书中拟其为并蒂花，寓意美丽鲜艳，却遭嫉妒摧残。

主要情节：

香菱元宵节丢失（第 1 回）；香菱先被卖与冯渊，后被卖与薛蟠（第 4 回）；香菱住进大观园，跟黛玉学写诗（第 48 回）；香菱被薛蟠痛打，被夏金桂折磨（第 80 回）；夏金桂想害死香菱，却自己误喝毒药而死（第 103 回）；甄士隐讲述香菱悲剧结局（第 120 回）。

晴雯

原服侍贾母，后为贾宝玉丫鬟。位列金陵十二钗又副册第一位。高傲泼辣，快言快语。心比天高，性格叛逆。

主要情节：

晴雯撕扇（第 31 回）；晴雯带病补雀裘（第 52 回）；晴雯被逐出大观园（第 74 回）；晴雯抱屈病逝（第 77 回）。

袭人

原名珍珠，为贾母丫鬟，后成为贾宝玉贴身大丫鬟。位列金陵十二钗又副册第二位。心地善良，温顺谦恭；处事稳重，恪于职守；深明大义，也世故圆滑。书中比拟其为桃花，预示嫁给蒋玉函的归宿。

主要情节：

袭人与宝玉偷试云雨之情（第 6 回）；袭人劝宝玉"改过自新"（第 19 回）；宝玉挨打后，袭人向王夫人建议把宝玉搬出大观园（第 34 回）；袭人帮刘老老瞒过醉卧怡红院的尴尬（第 41 回）；怡红院宝玉庆生，袭人抽到桃花花签（第 63 回）；袭人嫁给蒋玉函（第 120 回）。

麝月

贾宝玉丫鬟。辩论高手，稳重周到，俏皮可爱。见证贾府衰败全过程。书中比拟其为荼蘼花，暗示贾府繁盛已过。

主要情节：

镇住闹事的春燕娘（第 59 回）；宝玉庆生时，麝月抽到荼蘼花花签（第 63 回）。

平儿

王熙凤的陪嫁丫头，贾琏的通房大丫头。聪慧干练，是王熙凤的"一把总钥匙"。心地善良，同情照顾弱者。善于处事应变，弥缝各种矛盾。

主要情节：

平儿为维护宝玉，谎称虾须镯是自己丢的（第 52 回）；平儿行权平息茯苓霜事件（第 61 回）；识破王仁和贾环诡计，护送巧姐出大观园（第 119 回）。

鸳鸯

贾母身边首席大丫鬟。美丽纯洁，聪明能干；不卑不亢，誓死捍卫尊严；公道善良，从不仗势欺人。

主要情节：

鸳鸯和凤姐一起戏谑刘老老哄贾母开心（第 40 回）；誓死不做贾赦的妾（第 46 回）；撞破司棋和她表哥幽会，为其保密（第 71 回）；贾母去世后，鸳鸯自杀殉主（第 111 回）。

紫鹃

原贾母丫鬟，后服侍黛玉。聪明灵慧，与黛玉情同姐妹。

主要情节：

紫鹃试探宝玉真心，使宝玉痴病大发（第 57 回）；黛玉病危时紫鹃守护在身边（第 97 回）；跟随惜春出家（第 118 回）。

莺儿

薛宝钗丫鬟。原名黄金莺，后改名莺儿。嘴巧手巧。

主要情节：

莺儿指出通灵宝玉和金锁是一对，拉开"金玉良缘"序幕（第 8 回）。

司棋

贾迎春丫鬟。行事泼辣，脾气刚烈；敢作敢当，为爱殉情。

主要情节：

为一碗鸡蛋羹大闹厨房（第 61 回）；抄检大观园时，司棋与表哥私情暴露被赶走，婚事遭母亲反对，撞墙而亡（第 74 回、第 77 回、第 92 回）。

金钏儿

姓白。王夫人房中丫鬟。开朗顽皮，自尊刚烈。

主要情节:

金钏儿与宝玉调笑,遭王夫人打骂羞辱,投井自杀(第30回)。

小红

林之孝之女。原为贾宝玉丫鬟,后服侍凤姐。口齿伶俐,善于谋划。

主要情节:

为宝玉倒茶被嘲笑(第24回);为王熙凤传话得到赞赏(第27回)。

龄官

贾家为元妃省亲买来的十二个唱戏女孩之一。住梨香院,学小旦。戏活极好,长相、气质很像林黛玉。清高、敏感、痴情。

主要情节:

因唱得好得到元妃称赞,不肯串角唱《游园》《惊梦》(第18回);在蔷薇花架下痴画"蔷"字,被骤雨淋湿而不觉(第30回);拒绝为宝玉唱《牡丹亭》,使宝玉认识到人生情缘各有分定;与贾蔷赌气(第36回)。

刘老老

一位来自乡下贫困家庭的老婆婆。其女婿王狗儿之祖上与王夫人之父连过宗。勤俭乐观,通达人情世故;会编故事,善于表演,幽默有趣;知恩图报,勇敢机智。见证贾府盛衰全程。

主要情节:

刘老老一进荣国府寻求救济(第6回);二进荣国府,随贾母游大观园,醉卧怡红院(第39回、第40回、第41回);三进荣国府哭祭史太君,看望王熙凤(第113回);四进荣国府救巧姐(第119回)。

甄宝玉

贾府世交甄应嘉之子。为贾宝玉的影子，另一种假想的结局。与贾宝玉外貌相同性情相似，后中举重振家业。

主要情节：

贾雨村将贾、甄宝玉二人相提并论，评为正邪两赋人格的典型（第 2 回）；贾、甄宝玉二人梦中相见（第 56 回）；贾、甄宝玉二人会面，甄宝玉大讲"文章经济"，贾宝玉十分反感（第 115 回）。

甄士隐

线索人物。名费，字士隐。名字寓意"真事隐"。

主要情节：

甄士隐女儿英莲元宵节丢失，家被大火烧光，悟出《好了歌》深意后出家（第 1 回）。

贾雨村

线索人物。名字寓意"假语存"。林黛玉的老师。忘恩负义，贪酷徇私。

主要情节：

贾雨村寄居姑苏城葫芦庙，受甄士隐援助（第 1 回）；贾雨村受聘任林黛玉老师，听冷子兴演说荣国府，提出"正邪两赋"之说（第 2 回）；贾雨村拜见贾政，得以复职（第 3 回）；贾雨村乱判"葫芦案"（第 4 回）；平儿叙述"贾雨村以权谋私，帮贾赦从石呆子手里夺扇子"一事（第 48 回）；包勇在外听闻贾雨村对贾家落井下石之事（第 107 回）；贾雨村归结红楼梦（第 120 回）。

冷子兴

线索人物。古董商。周瑞家的女婿。贾雨村朋友。

主要情节：

冷子兴演说贾府，向贾雨村介绍贾府家族成员，指出贾府衰败大势（第2回）。

兴儿

贾琏心腹小厮。口齿伶俐，随机应变。

主要情节：

兴儿生动叙述荣国府主子的性格特点（第65回、第66回）；被凤姐讯问，暴露贾琏娶尤二姐事（第67回）。

傻大姐

线索人物。贾母丫鬟。

主要情节：

捡拾绣春囊导致抄检大观园事件（第73回）；泄露宝玉婚讯导致林黛玉迷失本性（第96回）。

焙茗

原名茗烟，贾宝玉最得力的小厮。顽皮淘气，聪明机灵，巧于应付，有时也惹是生非。

主要情节：

受人挑拨，与众顽童大闹学堂（第9回）；弄来许多古今小说、传奇角本给宝玉解闷（第23回）。

蒋玉函

小名琪官。忠顺王府戏班的名角，温柔体贴。贾宝玉朋友。

主要情节：

蒋玉函与宝玉一见如故，互赠汗巾（第28回）；蒋玉函迎娶袭人（第120回）。

柳湘莲

又称"冷面二郎"。原系世家子弟，父母早丧。素性爽侠，不拘细事。贾宝玉朋友。

主要情节：

派人毒打薛蟠，后惧祸远走他乡（第47回）；路遇贾琏答应尤三姐婚事，后悔婚导致尤三姐自杀，顿悟后出家（第66回）。

薛蟠

薛宝钗之兄。字文起（一作"文龙"），外号"呆霸王"。暴躁任性，奢侈挥霍，仗势欺人，也呆傻可爱，重感情讲义气。

主要情节：

薛蟠为夺香菱打死冯渊（第4回）；薛蟠请宝玉、蒋玉函等喝酒（第28回）；薛蟠说出"金玉良缘"一事（第35回）；薛蟠调戏柳湘莲被打（第47回）；薛蟠为柳湘莲出家伤感，给宝钗带礼物（第67回）；薛蟠迎娶夏金桂（第79回）；薛蟠因打死人被抓（第85回）；薛蟠被赎回（第120回）。

焦大

宁国府仆人。忠义耿直。对宁国府后代糜烂的生活深恶痛绝。

主要情节：

焦大醉骂宁国府不孝子女的堕落（第13回）；痛心宁国府的被抄（第105回）。

附录二
《红楼梦》诗词曲赋索引

[说明]

索引分两部分:

第一部分依章回顺序编排,内容按诗词曲赋(包括赞语、联句、偈语等)、对联、灯谜、酒令分类;第二部分以小说人物编排诗词作品。

诗词曲赋

酒令

"女儿"酒令

牙牌令

人物诗词作品索引

贾宝玉

林黛玉

附录三
《红楼梦》研究主要著述一览表

名家点评本《红楼梦》

曹雪芹、高鹗著，脂砚斋、王希廉点评，中华书局 2009 年版。

该书为中华书局名家点评四大名著丛书的一种，前八十回收录脂批，后四十回收录王希廉评点，有助于读者更为全面深入的欣赏作品。

《八家评批红楼梦》

冯其庸编纂校订，文化艺术出版社 1992 年版。

该书汇集王希廉、张新之、姚燮、涂瀛、诸联、解庵居士、二知道人、洪秋藩等清代最有代表性的八家评点于一书，使用十分方便。正文采用程甲本，并参照其他版本进行校勘。

《红楼梦研究资料》

一粟编，中华书局 1963 年版。

该书辑录自清乾隆至"五四"期间有关《红楼梦》的研究资料，全书共分六卷：卷一为有关曹雪芹、高鹗的资料；卷二为《红楼梦》各种版本及续书、戏曲和仿作的序跋，间收其他小说序跋中谈及红楼梦的文字；卷三为专门评论或考证《红楼梦》的专著；卷四为杂记类资料；卷五为诗词；卷六为清末民初间文论。全书收录较为完备，资料多据原始材料辑录，校审精良，查阅方便，在学术界享有较高的声誉。

《红楼梦书录》

一粟编，古典文学出版社 1958 年版，上海古籍出版社 1982 年再版。

该书收录自《红楼梦》问世到 1954 年 10 月，各种《红楼梦》版本及有关译本、续书、评论、图画、谱录、诗词、电影、小说等书籍九百七十多种。所录以书面形式者为限，像壁画、木雕等工艺品之类，概未收入。书后附录《书名索引》《人名索引》和《笔画索引》三种索引。该书收录详备，很见功力，翻检也比较方便。

《红楼梦资料汇编》

朱一玄编，南开大学出版社 1985 年版。

该书为作者所编古典小说资料系列中的一部。全书依资料的性质和内容分为作者编、版本编、评论编和影响编，较之一粟的《红楼梦书录》，收录更为完备，增加了清宫档案和数种《红楼梦》的批语以及今人的研究成果等内容。

《红楼梦人物谱》

朱一玄著，百花文艺出版社 1986 年版。

该书分别依据庚辰本和程乙本，统计作品中出现的全部人物，标出每个人物首次出现的回数，依据人物的关系编制了两套三种人物关系表，即:《四大家族关系表》《四大家族奴仆表》和《其他与四大家族有关的人物表》，书后附录《红楼梦人物谱人名索引》。查阅很是方便。

《红楼梦大辞典》

冯其庸、李希凡主编，文化艺术出版社 1990 年版。

该书不仅解释词语、典故、名物，而且对红学范围内种种问题均给予准确扼要的介绍。该书凝结国内外众多红学研究者的心血和智慧，规模宏大，资料翔实，条目完备，是一部十分实用的红学工具书。

《红楼梦评论》

王国维著。

该文 1904 年 6 月至 8 月间连载于《教育世界》杂志，共分五个部分：人生及美术之概观、《红楼梦》之精神、《红楼梦》之美学上之价值、《红楼梦》之伦理学上之价值和余论。其中"美术"相当于现在所说的"文学艺术"。

在该文中，作者借用叔本华的哲学观念来解读《红楼梦》，将西方的哲学理论与中国文学作品结合起来，进行了较为深入的分析和探索，论述系统严密，善用比较，视野开阔，比起先前那些直观、印象式的批评，无论是在内容上还是在表述方式上都给人以耳目一新之感。

《胡适红楼梦研究论述全编》

胡适著，上海古籍出版社 1988 年版。

该书除收录胡适有关红学的专题论著外，还从其笔记、书信、日记、讲演、谈话中广为辑录。一编在手，可以遍览胡适在红学领域的毕生论述，省去很多翻检搜集之劳。

《俞平伯论红楼梦》

俞平伯著，上海古籍出版社 1988 年版。

该书收录俞平伯有关红楼梦的全部著述，除《红楼梦辨》《红楼梦研究》《读红楼梦随笔》等重要著述外，有关序跋、书信等皆在收录之列，十分完备。

《红楼梦新证》

周汝昌著，中华书局 2016 年版。

该书分引论、人物考、籍贯出身、地点问题、雪芹生卒与红楼纪历、史事稽年、新索隐、脂砚斋批和附录等部分，对此前发现的红学文献进行了全面系统的梳理和辨析，发展并完善了新红学的主要观点，对一些重要问题，比如曹雪芹籍贯、家世、生卒年、红楼梦地点、脂砚斋何人等提出了自己的见解。

《红楼梦诗词曲赋鉴赏》

蔡义江著,中华书局 2001 年版。

该书对《红楼梦》中的两百多篇诗词曲赋以及其他文体作品如酒令、联额、对句、古文、书信等进行注释和鉴赏。文字采用脂评本为底本,各种版本互参,择善而从。每篇后皆有说明、注释和鉴赏。卷首有作者所写《曹雪芹与红楼梦》《论红楼梦中的诗词曲赋》,书后附编收录《脂本〈石头记〉评诗选释》《红楼梦中的诗论选评》《有关曹雪芹生平事迹的诗歌选注》和《红楼梦版本简介》等。全书收录完备,为此类著作中较为出色的一部。

《红楼梦论源》

朱淡文著,江苏古籍出版社 1992 年版。

该书分《曹雪芹家世研究》《曹雪芹与红楼梦的创作》和《红楼梦版本探源》三编。对曹雪芹家世、个人生平、成书情况、各种版本等问题进行了较为全面详明的探讨,观点公允平妥,资料丰富,对初学者很有帮助。

《红楼启示录》

王蒙著,三联书店 1991 年版。

王蒙是当代著名作家,文化素养深厚,既有丰富的创作经验,又有很高的鉴赏能力,对《红楼梦》的解读有许多独特之处,给人启发良多。加之作者文笔流畅,时有妙笔神思,具有很强的可读性。该书论述虽然并不全面系统,但所涉及的皆是红学核心问题,比如作品的虚实问题,对后四十回的评价问题,对主要人物贾宝玉、林黛玉的看法,对小说结构、语言特点的认识等,这些都是该书作者最有会心处。

《红楼梦与百年中国》

刘梦溪著,河北教育出版社 2005 年版。

该书共七章,以专题的形式对一百多年来的红学发展状况进行了整体的观照，在叙述基本事实的同时表明个人的见解，是一部很好的红学入门之作。

《红楼二十讲》

苗怀明选编，华夏出版社 2009 年版。

该书选收王国维《红楼梦评论》、胡适《红楼梦考证》（改定稿）、俞平伯《红楼梦底风格》、鲁迅《清之人情小说》、牟宗三《红楼梦悲剧之演成》、端木蕻良《论忏悔贵族》、王昆仑《晴雯之死》、何其芳《论红楼梦》、吴世昌《曹雪芹与红楼梦的创作》、启功《读红楼梦札记》、蒋和森《红楼梦人物赞》、唐德刚《曹雪芹底文化冲突》、王利器《试谈红楼梦写茶》等名家品赏《红楼梦》的文章二十篇，都是较为经典的著述，便于初学者阅读，具有导读作用。